COLL

JOHN LE CARRÉ

ŒUVRES

* *

ÉDITION ÉTABLIE
PAR FRANCIS LACASSIN

ROBERT LAFFONT

ISBN : 2-221-06992-7

Ce volume contient :

LES GENS DE SMILEY

UNE PETITE VILLE EN ALLEMAGNE

Romans traduits de l'anglais par Jean Rosenthal

LA PETITE FILLE AU TAMBOUR

Roman traduit de l'anglais par Natalie Zimmermann et Lorris Murail

LE BOUT DU VOYAGE

Pièce écrite pour la télévision, traduite de l'anglais par Natalie Zimmermann

DOCUMENTS

Recueillis par Francis Lacassin

LES GENS DE SMILEY

(Smiley's People)

Roman traduit de l'anglais
par Jean Rosenthal

Pour mes fils
Simon, Stephen, Timothy, et Nicholas,
avec tendresse.

1

Deux événements apparemment sans rapport présidèrent au rappel de Mr George Smiley de la retraite équivoque où il était cantonné. Le premier se situait, dans l'espace, à Paris, et dans le temps durant l'étouffant mois d'août où les Parisiens, par tradition, abandonnent leur cité au soleil brûlant et aux cars bondés de touristes.

Par l'un de ces jours d'août — le quatrième, et à midi précis car l'horloge d'une église sonnait et la cloche d'une usine l'avait tout juste précédée — dans un quartier jadis célèbre pour son importante population d'émigrés russes les plus pauvres, une femme trapue d'une cinquantaine d'années, portant un sac à provisions, émergea des ténèbres d'un vieil entrepôt et, pleine de son énergie et de sa résolution habituelles, s'engagea sur le trottoir en direction de l'arrêt d'autobus. La rue était étroite et grise ; aux fenêtres, les volets étaient fermés ; il y avait deux ou trois petits hôtels de passe et beaucoup de chats. C'était, on ne sait pourquoi, un endroit d'un calme particulier. L'entrepôt, puisqu'il abritait des denrées périssables, était resté ouvert pendant les vacances. La chaleur, empestée par les gaz d'échappement et que ne venait pas purifier la moindre brise, montait vers la femme comme d'une cage d'ascenseur, mais on ne lisait sur ses traits résolument slaves aucune récrimination. Elle n'était ni vêtue ni bâtie pour la fatigue d'une chaude journée, puisqu'elle était pour tout dire plutôt courtaude et grosse, si bien qu'elle tanguait un peu en avançant. Sa robe noire, d'une austérité ecclésiastique, n'avait ni ceinture ni rien qui vînt l'égayer, sauf une touche de dentelle blanche au col et, sur la poitrine, une grande croix métallique souvent palpée mais sans valeur intrinsèque. Ses chaussures craquelées, qui se tendaient aux coutures lorsqu'elle marchait, frappaient l'asphalte d'un pas sévère qui résonnait entre les maisons fermées. Son sac râpé, plein depuis le début de la matinée, lui imposait une légère gîte sur tribord et indiquait qu'à n'en pas douter elle avait l'habitude des fardeaux. Pourtant il y avait chez elle quelque chose de gai. Ses cheveux gris étaient rassemblés en chignon sur sa nuque, mais il restait une mèche mutine qui battait sur son front au rythme de son pas dandinant. Un humour robuste éclairait ses yeux bruns. Sa bouche, au-dessus d'un menton de lutteuse, semblait prête à sourire au moindre prétexte et à tout moment.

Parvenue à son arrêt d'autobus habituel, elle posa par terre son sac à provisions et, de la main droite, se massa la croupe juste là où elle rejoignait les reins, un geste qui lui était familier encore qu'il ne lui apportât que peu de soulagement. Le haut tabouret de l'entrepôt où elle travaillait chaque matin comme pointeuse n'avait pas de dossier et de plus en plus, elle en ressentait le manque. « Maudit », murmura-t-elle à la partie de son corps qui la gênait. L'ayant frictionnée, elle se mit à plier ses coudes noirs derrière elle comme un vieux corbeau des villes prêt à s'envoler. « Maudit », répéta-t-elle. Puis, se rendant compte soudain qu'on l'observait, elle pivota sur ses talons et leva les yeux vers l'homme solidement bâti dont la haute silhouette se dressait auprès d'elle.

Il était le seul autre voyageur à attendre et d'ailleurs, pour l'instant, la seule autre personne à se trouver dans la rue. Elle ne lui avait jamais parlé, et pourtant son visage lui était déjà familier : si grand, si incertain, si couvert de sueur. Elle l'avait vu la veille, elle l'avait vu l'avant-veille et, qui sait, peut-être aussi le jour d'avant — mon Dieu, elle n'était pas un agenda ambulant ! Depuis trois ou quatre jours, ce géant nerveux et désarmé, attendant un bus ou rôdant sur le trottoir devant l'entrepôt, était devenu pour elle un personnage de la rue ; et qui plus est, un personnage d'un genre qu'elle reconnaissait, même si elle n'avait pas encore repéré lequel. Elle trouvait qu'il avait l'air traqué, comme tant de Parisiens en ce temps-là. Elle lisait une telle peur sur leurs visages, dans la façon dont ils marchaient sans oser pourtant se saluer. Peut-être était-ce la même chose partout, elle n'en savait rien. Et puis, plus d'une fois, elle avait senti l'intérêt qu'il éprouvait pour elle. Elle s'était demandé s'il était de la police. Elle avait même songé à lui poser la question, car elle avait cette effronterie des gens des villes. Son attitude lugubre évoquait la police, tout comme le costume taché de sueur et l'imperméable inutile qui pendait sur son bras comme un manteau d'uniforme. Si elle avait raison, et s'il était bien de la police, alors — et ça n'était pas trop tôt — ces idiots réagissaient enfin à la vague de pillage qui depuis des mois transformait en pétaudière son inventaire des stocks.

Mais l'inconnu la dévisageait depuis un moment. Et il continuait.

« J'ai le malheur de souffrir du dos, monsieur, finit-elle par lui confier dans son français lent et à l'articulation classique. Ce n'est pas un grand dos, mais la douleur est disproportionnée. Vous êtes médecin, peut-être ? Ostéopathe ? »

Là-dessus elle se demanda, en levant les yeux vers lui, s'il n'était pas malade et si sa plaisanterie n'était pas déplacée. Sa mâchoire et son cou luisaient d'un éclat huileux et il y avait une sorte d'obsession aveugle dans ses yeux sans force et larmoyants. On aurait dit qu'au-delà d'elle il contemplait quelque secret ennui qui le tracassait. Elle allait lui demander : Vous êtes peut-être amoureux, monsieur ? Votre femme vous trompe ? — et, en fait, elle envisageait de l'entraîner dans un café pour boire un verre d'eau ou une tisane — lorsqu'il se détourna avec brusquerie pour regarder derrière lui, puis par-dessus sa tête à elle, de l'autre côté. Et elle se dit qu'il avait vraiment peur, qu'il n'était pas seulement traqué mais affolé ; alors peut-être n'était-il pas du tout un policier mais un voleur — bien que la différence, elle le savait bien, ne fût souvent que légère.

« Votre nom est Maria Andreyevna Ostrakova ? » lui demanda-t-il soudain, comme si la question l'effrayait.

Il parlait français, mais elle avait compris que pas plus pour lui que pour elle ce n'était sa langue maternelle, et la façon correcte dont il prononça son nom, y compris le patronyme, l'alerta déjà quant à son origine. Elle reconnut aussitôt l'intonation et les mouvements de la langue et elle identifia trop tard, et avec un profond tressaillement intérieur, le genre de personnage qu'elle n'avait pas réussi à cataloguer.

« Si c'est le cas, qui diable êtes-vous donc, vous ? » répliqua-t-elle, la mâchoire en avant et en le regardant de travers.

Il s'était approché d'un pas. Leur différence de taille apparut soudain absurde. Tout comme la façon dont les traits de l'homme trahissaient son caractère déplaisant. De la position inférieure où elle se trouvait, Ostrakova pouvait déceler sa faiblesse tout autant que sa peur. Son menton moite s'était crispé, sa bouche s'était tordue pour lui donner l'air fort, mais elle savait qu'il ne faisait que cacher une incurable lâcheté. On dirait un homme qui s'arme de courage pour commettre un acte héroïque, songea-t-elle. Ou bien un acte criminel. C'est un homme incapable d'une réaction spontanée, se dit-elle.

« Vous êtes née à Leningrad le 8 mai 1927 ? » demanda l'étranger.

Sans doute dit-elle oui. Par la suite elle n'en était plus sûre. Elle le vit qui de nouveau s'humectait les lèvres. Puis son regard pâle et effrayé se braquer sur le bus qui approchait. Et encore une indécision proche de la panique s'emparer de lui et l'idée lui vint — ce qui à la longue se révéla comme une manifestation de quasi-clairvoyance — qu'il songeait à la pousser sous les roues. Il n'en fit rien, mais il posa quand même sa question suivante en russe — et sur le ton brutal des fonctionnaires de Moscou.

« En 1956, vous a-t-on accordé l'autorisation de quitter l'Union soviétique pour aller soigner votre mari malade, le traître Ostrakov ? Et pour certaines autres raisons ?

— Ostrakov n'était pas un traître, répliqua-t-elle en lui coupant la parole. C'était un patriote. » Et d'un geste instinctif, elle ramassa son sac à provisions en serrant durement la poignée.

L'inconnu poursuivit, et d'une voix très forte, pour vraincre le vacarme du bus : « Ostrakova, je vous transmets le bonjour de votre fille Alexandra à Moscou, ainsi que de certains services officiels ! Je désire vous parler à propos d'elle ! Ne prenez pas cette voiture ! »

L'autobus s'était arrêté. Le receveur la connaissait et lui tendait la main pour attraper le sac. Baissant la voix, l'étranger ajouta une phrase plus terrible : « Alexandra a de graves problèmes qui nécessitent l'assistance d'une mère. »

Le receveur lui criait de se dépêcher. Il parlait avec une brutalité feinte, ce qui était leur façon de plaisanter. « Allons, ma petite mère ! Il fait trop chaud pour l'amour ! Passez-nous votre sac et allons-y ! » cria-t-il.

Des rires éclatèrent dans l'autobus et puis quelqu'un cria une insulte — cette vieille peau qui fait attendre le monde !

Elle sentit la main de l'inconnu essayer de lui serrer le bras d'un geste malhabile, comme un soupirant maladroit cherchant à tâtons les boutons. Elle se dégagea. Elle essaya de dire quelque chose au receveur mais n'y parvint pas ; elle ouvrit la bouche, mais elle ne savait plus parler. Tout ce qu'elle réussit à faire, ce fut secouer la tête. Le receveur lui cria encore une phrase, puis agita les mains et haussa les épaules. Les insultes fusaient : une vieille femme, ivre à midi, comme une putain ! Restant où elle était, Ostrakova regarda le bus disparaître, attendant de sentir sa vision redevenir claire et son cœur cesser de battre à tout rompre. C'est moi maintenant qui ai besoin d'un verre d'eau, se dit-elle. Je peux me protéger des forts. Mais Dieu me garde des faibles.

Elle le suivit dans le café, en boitant bas. Dans un camp de travaux forcés, exactement vingt-cinq ans plus tôt, elle s'était cassé la jambe en trois endroits sur une glissière à charbon. En ce 4 août — la date ne lui avait pas échappé — contrainte comme elle l'était par le message que lui avait transmis l'inconnu, elle retrouvait la vieille impression d'être infirme.

Le café était le dernier de la rue, sinon de tout Paris, à n'avoir ni juke-box ni éclairage au néon — et à rester ouvert en août — bien qu'il y eût des tables de billard occupées du matin au soir. Pour le reste, c'était le brouhaha matinal habituel à propos de grande politique, de pronostics de courses et de tout ce qui constituait les sujets de conversations des Parisiens ; il y avait le trio classique de prostituées bavardant entre elles et un jeune serveur maussade, en chemise douteuse, qui les conduisit aussitôt à une table dans un coin portant la mention « Réservé » sur une pancarte crasseuse offerte par Campari. Il s'ensuivit un moment de ridicule banalité. L'inconnu commanda deux cafés, mais le garçon protesta qu'à midi on ne réservait pas la meilleure table de tout l'établissement juste pour commander du café ; le patron devait payer le loyer, monsieur ! Comme l'étranger ne suivait pas ce flux de patois, Ostrakova dut traduire pour lui. L'inconnu rougit et commanda deux omelettes au jambon avec des frites ainsi que deux bières d'Alsace, tout cela sans consulter Ostrakova. Puis il disparut dans les toilettes pour raffermir son courage — persuadé sans doute qu'elle ne s'enfuirait pas — et lorsqu'il revint son visage était sec et ses cheveux roux peignés ; mais l'odeur qu'il dégageait, maintenant qu'ils étaient à l'intérieur, rappelait à Ostrakova les métros de Moscou, les trams de Moscou et les salles d'interrogatoires de Moscou. De façon plus éloquente que tout ce qu'il aurait pu lui dire, ce bref aller et retour entre les toilettes et leur table l'avait convaincue de ce qu'elle redoutait déjà. Ce refus de plastronner, l'expression délibérément brutale, la lourdeur avec laquelle il se carrait maintenant les avant-bras sur la table et, avec une répugnance feinte, prenait un morceau de pain dans la corbeille comme s'il trempait une plume dans l'encre — tout cela lui rappelait ses pires souvenirs de femme humiliée sous le poids de la bureaucratie malveillante de Moscou.

« Alors », fit-il en prenant du pain pour se donner des forces. Il choisit un croûton. Avec des mains comme ça, il aurait pu le broyer en une seconde, mais il choisit au contraire d'en picorer des miettes au bout de ses doigts boudinés, avec des airs de dame dans un salon de thé, comme si c'était la façon officielle de manger. Pendant qu'il grignotait, il haussait les sourcils et semblait apitoyé par son sort, moi, un étranger dans cette terre lointaine. « Sait-on ici que vous avez vécu une vie immorale en Russie ? finit-il par demander. Peut-être que dans une ville pleine de putains, ça leur est égal. »

Elle avait la réponse sur le bout de la langue : *Ma vie en Russie n'était pas immorale. C'était votre système qui était immoral.*

Mais elle ne la prononça pas et garda un silence obstiné. Ostrakova s'était déjà juré qu'elle allait mettre un frein à son caractère emporté et à sa langue trop vive ; elle s'imposait maintenant physiquement de respecter ce vœu en prenant un bout de peau à l'intérieur de son poignet et en le pinçant avec énergie à travers sa manche, en se dissimulant sous la table, tout comme elle l'avait fait cent fois jadis, quand ce genre d'interrogatoire faisait partie de sa vie quotidienne : « Quand avez-vous eu pour la dernière fois des nouvelles de votre mari, le traître Ostrakov ? Nommez toutes les personnes que vous avez rencontrées au cours des trois derniers mois ! » Une amère expérience lui avait enseigné aussi les autres leçons de l'interrogatoire. Et en cet instant, une partie d'elle-même les répétait. Et bien qu'en termes d'histoire cela appartînt aux générations précédentes, ces recettes lui semblaient aujourd'hui aussi lumineuses qu'hier et aussi vitales. Ne jamais répondre à la grossièreté par la grossièreté, ne jamais se laisser provoquer, ne jamais marquer de points, ne jamais se montrer spirituel, supérieur ou intellectuel, ne jamais se laisser démonter par la fureur, le désespoir ou l'élan d'un brusque espoir qu'une question par hasard pourrait faire naître. Répondre à la lourdeur par la lourdeur et à la routine par la routine. Et seulement au fond, tout au fond, préserver les deux secrets qui rendaient supportables ces humiliations. La haine qu'elle leur portait ; et l'espoir qu'un jour, quand des gouttes d'eau sans fin seraient tombées sur la pierre, elle les userait et que par un miracle né à contrecœur de leurs méthodes éléphantesques, elle obtiendrait d'eux la liberté qu'ils lui refusaient.

Il avait sorti un carnet. A Moscou, ç'aurait été son dossier, mais ici, dans un café de Paris, c'était un calepin de cuir noir, un objet qu'à Moscou même un fonctionnaire s'estimerait heureux de posséder.

Dossier ou carnet, le préambule était le même : « Vous êtes née Maria Andreyevna Rogova, à Leningrad, le 8 mai 1927, répéta-t-il. Le 1er septembre 1948, à l'âge de vingt et un ans, vous avez épousé le traître Igor Ostrakov, capitaine d'infanterie de l'Armée rouge, né de mère estonienne. En 1950, ledit Ostrakov, alors en poste à Berlin-Est, commit la trahison de passer à l'Allemagne fasciste grâce à l'assistance d'émigrés estoniens réactionnaires, vous laissant à Moscou. Il s'est installé à Paris et a acquis par la suite la nationalité française, tout en continuant, de là, à garder le contact avec des amis antisoviétiques. A l'époque de son passage à l'Ouest, vous n'aviez pas d'enfant de cet homme. Vous n'étiez pas non plus enceinte. Exact ?

— Exact », dit-elle.

A Moscou, ç'aurait été : « Exact, camarade capitaine », ou bien : « Exact, camarade inspecteur », mais dans ce bruyant café français, un tel formalisme était déplacé. Le pli de peau de son poignet s'était engourdi. Le lâchant, elle laissa la circulation se rétablir, puis en pinça un autre.

« En tant que complice de la trahison d'Ostrakov, vous avez été condamnée à cinq ans de détention dans un camp de travail, mais vous avez été libérée dans le cadre d'une amnistie suivant la mort de Staline en mars 1953. Exact ?

— Exact.

— A votre retour à Moscou, malgré le peu de chance qu'avait votre requête d'être exaucée, vous avez demandé un passeport de voyage à l'étranger pour rejoindre votre mari en France. Exact ?

— Il avait un cancer, dit-elle. Si je n'avais pas fait la demande, j'aurais failli à mon devoir d'épouse. »

Le garçon apporta les omelettes et les frites, accompagnées des deux bières d'Alsace, et Ostrakova lui demanda un thé citron : elle avait soif, mais elle n'aimait pas la bière. S'adressant au jeune homme, elle essaya en vain, par des sourires et par des regards, d'établir le contact avec lui. Mais son air dur la découragea ; elle se rendit compte qu'elle était la seule femme du café à part les trois prostituées. Tenant son carnet d'une main comme un recueil de cantiques, de l'autre l'étranger se servit une cuillerée, puis une autre, pendant qu'Ostrakova se pinçait plus fort le poignet, que le nom d'Alexandra palpitait dans son esprit comme une plaie ouverte et qu'elle envisageait mille différents *graves problèmes* qui réclamaient *l'assistance d'une mère.*

L'étranger, tout en mangeant, poursuivit le brutal récit de son existence. Mangeait-il par plaisir, ou bien pour ne pas se faire remarquer ? Elle décida qu'il était boulimique.

« Cependant... annonça-t-il tout en mâchant.

— Cependant... murmura-t-elle machinalement.

— Cependant, malgré votre prétendue inquiétude sur le sort de votre mari, le traître Ostrakov, continua-t-il la bouche pleine, vous n'en avez pas moins noué des relations adultères avec le prétendu étudiant en musique Glikman Joseph, un Juif condamné quatre fois pour comportement antisocial, que vous aviez rencontré durant votre détention. Vous avez cohabité avec ce Juif dans un appartement. Exact ou faux ?

— Je me sentais seule.

— En conséquence de cette union avec Glikman, vous avez donné naissance à une fille, Alexandra, à la maternité de la Révolution d'Octobre à Moscou. Le certificat de naissance était signé de Glikman Joseph et d'Ostrakova Maria. La fille a été inscrite sous le nom du Juif Glikman. Exact ou faux ?

— Exact.

— Cependant, vous insistiez toujours pour qu'on vous délivre un passeport pour un voyage à l'étranger. Pourquoi ?

— Je vous l'ai dit. Mon mari était malade. C'était mon devoir d'insister. »

Il prit une nouvelle bouchée, et avec si peu de retenue qu'elle eut un aperçu de ses nombreuses mauvaises dents. « En janvier 1956, poursuivit l'homme, dans un geste de clémence, on vous a accordé un passeport à condition que l'enfant Alexandra reste à Moscou. Vous avez dépassé la date autorisée et vous êtes restée en France, abandonnant votre enfant. Exact ou faux ? »

Les portes de la rue étaient vitrées, la paroi aussi. Un grand camion vint se garer devant le café qui s'assombrit soudain. Sans douceur le jeune serveur posa le thé sur la table.

« Exact », répéta-t-elle, mais elle réussit à le regarder, sachant ce qui allait suivre, se forçant à lui montrer que sur ce point du moins elle n'avait ni doute ni regrets. « Exact, reprit-elle d'un ton de défi.

— Pour que les autorités donnent une suite favorable à votre demande, vous avez signé l'engagement avec les services de sécurité de l'État de vous acquitter pour eux de certaines tâches lors de votre séjour à Paris. Un, de persuader votre mari, le traître Ostrakov, de rentrer en Union soviétique...

— De tenter de le persuader, le reprit-elle avec un pâle sourire. Il n'a pas voulu écouter cette suggestion.

— Deux, vous étiez chargée aussi de fournir des renseignements sur les activités de personnalités appartenant à des groupes d'émigrés revanchards antisoviétiques. Vous avez adressé deux rapports sans aucun intérêt et ensuite rien. Pourquoi ?

— Mon mari méprisait ces groupes et avait coupé tout contact avec eux.

— Vous auriez dû participer aux activités de ces groupes sans lui. Vous avez signé le document et négligé de vous acquitter de votre tâche. Oui ou non ?

— Oui.

— Et pour cela vous abandonnez votre enfant en Russie ? A un Juif ? Afin de consacrer votre attention à un ennemi du peuple, à un traître ?

Pour cela vous négligez votre devoir ? Vous dépassez la période autorisée, vous restez en France ?

— Mon mari était mourant. Il avait besoin de moi.

— Et l'enfant Alexandra ? Elle n'avait pas besoin de vous ? Un mari mourant est plus important qu'une enfant vivante ? Un traître ? Un homme qui conspire contre le peuple ? »

Lâchant son poignet, Ostrakova prit son thé d'un geste délibéré et regarda le verre s'élever lentement vers son visage, la rondelle de citron flottant à la surface. Derrière tout cela, elle apercevait un sol de mosaïque mal lavé et par-delà encore, le visage aimé, farouche et bienveillant de Glikman, penché sur elle, l'exhortant à signer, à partir, à jurer tout ce qu'ils lui demandaient. La liberté d'un seul est plus importante que l'esclavage de trois, avait-il murmuré ; une enfant née de tels parents que nous ne peut prospérer en Russie, que tu restes ou que tu partes ; pars et nous ferons de notre mieux pour te suivre ; signe n'importe quoi, pars et vis pour nous tous, si tu m'aimes, va...

« C'était encore une époque difficile, dit-elle enfin à l'inconnu, presque comme si elle évoquait des souvenirs. Vous êtes trop jeune. C'était une époque difficile, même après la mort de Staline : encore très difficile.

— Est-ce que le criminel Glikman continue à vous écrire ? demanda l'étranger d'un air supérieur et entendu.

— Il n'a jamais écrit, dit-elle, mentant. Comment pourrait-il écrire, un dissident soumis à tant de restrictions ? La décision de rester en France, je l'ai prise seule. » Peins-toi sous des couleurs noires, se dit-elle. Fais tout ton possible pour épargner ceux qui sont sous leur coupe.

« Je n'ai aucune nouvelle de Glikman depuis mon arrivée en France, il y a plus de vingt ans, ajouta-t-elle, rassemblant son courage. J'ai appris indirectement qu'il était furieux de mon attitude antisoviétique. Il ne voulait plus me connaître. Dans le fond de son cœur il souhaitait déjà s'amender à l'époque où je l'ai quitté.

— Il n'a jamais écrit à propos de l'enfant que vous avez eu ensemble ?

— Il n'a pas écrit, il n'a pas envoyé de message. Je vous l'ai déjà dit.

— Où est votre fille maintenant ?

— Je ne sais pas.

— Vous avez reçu des messages d'elle ?

— Bien sûr que non. J'ai seulement appris qu'elle était entrée dans un orphelinat d'État et qu'elle avait pris un autre nom. Je suppose qu'elle ne connaît même pas mon existence. »

L'étranger se remit à manger d'une main, pendant que l'autre tenait le carnet. Il s'emplissait la bouche, mâchait un peu, puis prenait une gorgée de bière pour faire passer le tout. Mais le sourire supérieur était toujours là.

« Et maintenant c'est le criminel Glikman qui est mort », annonça l'inconnu, révélant son petit secret. Il poursuivit son repas.

Ostrakova regretta soudain que les vingt ans n'en fussent pas deux cents. Elle aurait voulu que jamais, après tout, le visage de Glikman ne se fût penché sur elle, elle aurait voulu ne jamais l'avoir aimé, ne jamais s'être attachée à lui, n'avoir jamais fait la cuisine pour lui, ni s'être enivrée avec lui jour après jour dans sa chambre d'exilé où ils vivaient de la charité de leurs amis, privés du droit de travailler, d'avoir d'autre activité que de faire de la musique et l'amour, de s'enivrer, de marcher dans les bois et de voir leurs voisins leur battre froid.

« La prochaine fois que j'irai en prison, ou que tu iras, de toute façon ils l'emmèneront. Alexandra est perdue dans tous les cas, avait dit Glikman. Mais toi, tu peux te sauver.

— Je le déciderai quand je serai là-bas, avait-elle répondu.

— Décide maintenant.

— Quand je serai là-bas. »

L'étranger repoussa son assiette vide et reprit à deux mains son petit carnet français. Il tourna une page, comme s'il abordait un nouveau chapitre.

« A propos maintenant de votre fille criminelle Alexandra, annonça-t-il la bouche pleine.

— *Criminelle ?* » murmura-t-elle.

A sa stupéfaction, l'inconnu débitait tout un autre chapelet de crimes. Et Ostrakova, cependant, perdait son dernier contact avec le présent. Ses yeux fixaient le sol de mosaïque et elle remarquait les pattes de langoustines et les morceaux de pain. Mais son esprit se retrouvait devant le tribunal de Moscou, où l'on répétait son procès. Si ce n'était pas le sien, alors c'était celui de Glikman — et pourtant non, il ne s'agissait pas de celui de Glikman. Alors de qui ? Elle se souvenait de procès auxquels ils avaient assisté tous deux en spectateurs importuns. Les procès d'amis, même s'ils n'étaient des amis que par accident : les gens qui avaient mis en doute le droit absolu des autorités ; quelqu'un qui avait adoré quelque dieu inacceptable ; ou bien qui avait peint d'une main criminelle des peintures abstraites ; ou alors qui avait publié des poèmes d'amour dangereux sur le plan politique. Les clients qui bavardaient dans le café devinrent la claque railleuse de la police d'État : le bruit des boules qui s'entrechoquaient sur les tables de billard devint le fracas des portes de fer qui se refermaient. Tel jour, pour s'être échappée de l'orphelinat d'Etat dans la rue Untel, tant de mois de détention corrective. A telle date, pour avoir insulté les organes de la sécurité d'État, tant d'autres mois, prolongés pour mauvaise conduite et suivis de tant d'années d'exil intérieur. Ostrakova sentait son estomac se retourner et elle crut qu'elle allait être malade. Elle porta les mains à son verre de thé et vit des marques rouges de pinçons sur son poignet. L'inconnu poursuivait sa récitation et elle entendit sa fille se faire décerner encore deux ans pour avoir refusé d'accepter un emploi à l'usine Untel ; la pauvre, et pourquoi ne pas refuser ? Où avait-elle appris cela ? se demanda Ostrakova, incrédule. Qu'était-ce donc que Glikman avait enseigné à l'enfant, durant la brève période avant qu'on ne la lui enlève ; qui l'avait marquée de son empreinte et fait échec à tous les efforts du système ? La peur, l'exultation, la surprise se mêlaient dans l'esprit d'Ostrakova, jusqu'au moment où un propos de l'étranger bloqua tout cela.

« Je n'ai pas entendu, murmura-t-elle après une éternité. Je suis un peu désorientée. Voulez-vous répéter ce que vous venez de dire ? »

Il le redit et elle leva les yeux en le dévisageant, s'efforçant de penser à tous les trucs contre lesquels on l'avait mise en garde, mais ils étaient trop nombreux et elle avait perdu son habileté. Elle n'avait plus le talent de Glikman — si elle l'avait jamais eu — pour déchiffrer leurs mensonges et jouer leur jeu avec un coup d'avance sur eux. Elle savait seulement que pour se sauver et pour retrouver son cher Ostrakov, elle avait commis un grand péché, le plus grand qu'une mère puisse commettre. L'inconnu avait commencé à la menacer, mais pour une fois la menace semblait sans objet. Au cas où elle refuserait sa collaboration — disait-il — un exemplaire de l'engagement qu'elle avait signé pour les autorités soviétiques parviendrait à la police française. Des copies de ses deux rapports inutiles (rédigés, elle le savait bien, dans le seul but de faire tenir ces brigands tranquilles) circuleraient parmi les émigrés survivants à Paris — mais, Dieu sait, il n'y en avait plus beaucoup de ceux-là maintenant ! Pourtant, pourquoi devrait-elle céder à la pression afin d'accepter un cadeau d'une valeur si incommensurable — alors que, par un acte de clémence inexplicable, cet homme, ce système lui offraient une occasion de se racheter et de racheter son enfant ? Elle savait que ses prières de jour et de nuit pour être pardonnée avaient été exaucées, les milliers de cierges, les milliers de larmes. Elle le fit répéter une troisième fois. Elle le fit reposer le carnet qui dissimulait en partie son visage au teint roux et elle vit que sa bouche molle esquissait un demi-sourire et que, stupidement, il semblait quémander son absolution alors même qu'il répétait sa question, celle que Dieu sans doute lui soufflait.

« A supposer qu'il ait été décidé de débarrasser l'Union soviétique de cet élément perturbateur et asocial, aimeriez-vous que votre fille Alexandra suive vos traces jusqu'ici en France ? »

Pendant des semaines après cette rencontre, et durant toutes les activités discrètes qui en résultèrent — visites surprises à l'ambassade soviétique, formulaires à remplir, déclarations à signer, certificat d'hébergement, le laborieux jeu de piste à travers la succession des ministères français — Ostrakova suivit ses propres démarches comme si c'étaient celles d'une autre. Elle priait souvent, mais même dans ses prières, elle adoptait une attitude de conspiratrice, les répartissant entre plusieurs églises russes orthodoxes de façon que dans aucune on ne l'observât en butte à une crise indue de piété. Certaines des églises n'étaient rien de plus que de petits hôtels particuliers répartis dans le XVIe et le XVe arrondissement, avec les croix grecques en contre-plaqué bien reconnaissables, et sur les portes, de vieux avis en russe, détrempés par la pluie, demandant des logements à bon marché et proposant des leçons de piano. Elle se rendit à l'église des Russes à l'étranger, à l'église de l'Apparition de la Sainte Vierge et à l'église de Saint-Séraphin-de-Sarov. Elle alla partout. Elle tirait les sonnettes jusqu'à ce que quelqu'un vînt, un bedeau ou une femme en noir au visage fragile ; elle leur donnait de l'argent et ils la laissaient s'agenouiller dans le froid humide devant des icônes où brûlaient des cierges et respirer la lourde odeur d'encens qui l'enivrait à moitié. Elle faisait des promesses au Tout-Puissant, elle Le remerciait, elle Lui demandait conseil, elle Lui demandait pratiquement ce qu'Il aurait fait si l'inconnu L'avait abordé dans des circonstances analogues, elle Lui rappelait que de toute façon on faisait pression sur elle et qu'ils la détruiraient si elle n'obéissait pas. Pourtant, en même temps, son bon sens indomptable s'affirmait, et elle ne cessait de se demander *pourquoi* elle, justement, épouse du traître Ostrakov, maîtresse du dissident Glikman, mère — d'après ce qu'on lui disait — d'une fille turbulente et asociale, se trouvait choisie pour bénéficier d'une indulgence aussi anormale ?

A l'ambassade soviétique, lorsqu'elle remplit sa première demande officielle, on la traita avec une considération qu'elle n'aurait jamais imaginée possible, et qui ne convenait ni à quelqu'un qui était passé à l'Ouest et qui était une espionne renégate, ni à la mère d'une faiseuse d'histoires impossible à apprivoiser. On ne lui ordonnait pas d'un ton brusque de s'installer dans une salle d'attente, mais on l'escortait dans un bureau où un fonctionnaire jeune et aimable lui témoignait une courtoisie proprement occidentale, allant même, quand sa plume ou son courage défaillaient, jusqu'à l'aider à formuler son cas comme il convenait.

Elle ne parla à personne, pas même à ses plus proches — il est vrai que ses plus proches n'étaient pas tout près. Jour et nuit l'avertissement de l'homme roux sonnait à ses oreilles : la moindre indiscrétion et votre fille ne sera pas relâchée.

Et d'ailleurs qui y avait-il vers qui se tourner à part Dieu ? Sa demi-sœur Valentina, qui habitait Lyon et qui avait épousé un vendeur de voitures ? L'idée même qu'Ostrakova fréquentât un émissaire secret de Moscou la ferait se précipiter à la recherche de sels. Dans un café, Maria ? En plein jour, Maria ? Oui, Valentina, et ce qu'il a dit est vrai. J'ai eu une fille naturelle d'un Juif.

C'était l'attente qui l'effrayait le plus. Les semaines passaient ; à l'ambassade on lui disait que sa demande était examinée « avec une attention favorable » ; les autorités françaises lui avaient assuré qu'Alexandra pourrait vite obtenir la nationalité française. L'inconnu roux l'avait persuadée d'antidater la date de naissance d'Alexandra de façon qu'elle puisse passer pour une Ostrakova et non pas pour une Glikman ; il dit que les autorités françaises trouveraient cela plus acceptable ; et cela semblait être le cas, bien qu'elle n'eût jamais mentionné l'existence de l'enfant lors des démarches qu'elle avait faites pour se faire naturaliser. Et voilà soudain qu'il n'y avait plus de formulaires à remplir, plus d'obstacles à écarter et qu'Ostrakova attendait sans savoir ce qu'elle attendait. La réapparition de l'inconnu roux ? Il n'existait plus. Une omelette au jambon avec des frites, de la bière d'Alsace, deux croûtons avaient satisfait, semblait-il, tous ses besoins. Quels rapports il avait avec l'ambassade, elle ne pouvait l'imaginer : il lui avait dit de se présenter là-bas et qu'on l'attendrait ; il avait dit vrai. Mais lorsqu'elle fit allusion à « votre monsieur », et même à « votre grand monsieur blond qui m'a contactée d'abord », elle se heurta à une incompréhension souriante.

C'est ainsi que peu à peu ce qu'elle attendait cessa d'exister. D'abord c'était devant elle, puis c'était derrière elle et elle ne l'avait pas vu passer, n'avait pas connu un instant d'assouvissement. Alexandra était-elle déjà arrivée en France ? Avait-elle obtenu ses papiers, s'était-elle installée ou bien se terrait-elle ? Ostrakova commençait à croire que ce pourrait bien être le cas. En proie à un sentiment nouveau et inconsolable de désappointement, elle allait jusqu'à dévisager des jeunes filles dans la rue, en se demandant à quoi ressemblait Alexandra. Lorsqu'elle rentrait à la maison, son regard se posait machinalement sur le paillasson dans l'espoir d'y apercevoir un mot écrit à la main ou un pneumatique : « Maman, c'est moi, je suis descendue à tel hôtel... » Un câble donnant un numéro de vol, arrive Orly demain, ce soir ; ou bien n'était-ce pas l'aéroport Charles de Gaulle plutôt qu'Orly ? Elle ne connaissait pas du tout les lignes aériennes, aussi se rendit-elle dans une agence de voyages, juste pour demander. C'était les deux. Elle envisagea même la dépense de se faire installer le téléphone pour qu'Alexandra pût l'appeler. Mais, au nom du ciel, qu'attendait-elle donc après toutes ces années ? Une réunion larmoyante avec une enfant devenue adulte à qui elle n'avait jamais été unie ? La reconstruction, dans ses rêves fous, plus de vingt ans trop tard, de rapports auxquels elle avait délibérément tourné le dos ? Je n'ai aucun droit sur elle, se disait Ostrakova avec sévérité ; je n'ai que des dettes et des obligations. Elle se rendit à l'ambassade, mais ils ne savaient rien de plus. Les formalités étaient terminées, lui dit-on. C'était tout ce qu'ils savaient. Si Ostrakova désirait envoyer de l'argent à sa fille pour ses frais de voyage, pour son visa, demanda-t-elle avec astuce — pouvait-on peut-être lui donner une adresse, un bureau qui la trouverait ?

Nous ne sommes pas un service postal, lui répondit-on. Leur froideur toute nouvelle l'effraya. Elle ne retourna pas à l'ambassade.

Après cela, elle recommença à se faire du souci à propos des diverses photos un peu floues, toujours les mêmes, qu'on lui avait données pour agrafer à ses formulaires de demande. Les photographies étaient tout ce qu'elle avait jamais vu. Elle regrettait maintenant de ne pas en avoir fait faire des tirages, mais elle n'y avait jamais pensé ; stupidement, elle s'était dit qu'elle allait bientôt retrouver l'original. Elle ne les avait pas eues en main plus d'une heure ! Elle s'était précipitée avec les clichés de l'ambassade au ministère, et lorsqu'elle les avait déposés au ministère, les photographies suivaient déjà leur chemin à travers un autre dédale bureaucratique. Mais elle les avait étudiées ! Seigneur, comme elle avait étudié ces photographies, qu'elles fussent toutes pareilles ou non ! Dans le métro, dans la salle d'attente du ministère, même dans la rue avant d'entrer, elle avait contemplé cette représentation sans vie de son enfant, en essayant de toutes ses forces de retrouver dans ces ombres grises et sans expression quelque trace de l'homme qu'elle avait adoré. Et sans y parvenir. Toujours jusqu'alors, et chaque fois qu'elle avait osé se poser la question, elle imaginait les traits de Glikman, aussi clairement inscrits sur le visage de l'enfant grandie qu'ils l'étaient sur celui du nouveau-né. Il lui avait paru impossible qu'un homme aussi vigoureux ne l'eût pas marquée de son empreinte profonde et indélébile. Pourtant Ostrakova ne voyait rien de Glikman, sur cette photographie. Il arborait son judaïsme comme un drapeau ; cela faisait partie de sa révolution solitaire. Ce n'était pas un Juif orthodoxe, il n'était même pas religieux, il détestait la secrète piété d'Ostrakova presque autant qu'elle avait en horreur la démocratie soviétique — et pourtant il lui avait emprunté son fer pour friser ses favoris comme un Juif hassidique rien que pour donner un objectif, comme il le disait, à l'antisémitisme des autorités. Mais sur le visage de la photographie, elle ne reconnaissait pas une goutte de son sang, pas la moindre étincelle de son feu — même si ce feu, à en croire l'inconnu, brûlait en elle de façon stupéfiante.

« S'ils avaient photographié un cadavre pour obtenir cette photo, songeait tout haut Ostrakova dans son appartement, je ne serais pas surprise. » Et, avec cette observation catégorique, elle exprimait pour la première fois le doute qui montait en elle.

Lorsqu'elle travaillait dans son entrepôt, lorsqu'elle était assise seule à passer de longues soirées dans son minuscule appartement, Ostrakova fouillait sa mémoire en quête de quelqu'un à qui elle pourrait se fier ; qui ne pardonnerait pas, qui ne condamnerait pas ; qui verrait au-delà des virages de la route sur laquelle elle s'était lancée ; et surtout qui ne parlerait pas, gâchant ainsi — on l'en avait assuré — gâchant ses chances d'être réunie avec Alexandra. Et puis un soir, ou bien c'était Dieu, ou bien sa mémoire en plein effort lui avait fourni une réponse : le Général ! songea-t-elle, en s'asseyant dans son lit et en allumant sa lampe de chevet. C'était Ostrakov qui avait parlé de lui ! Ces groupes d'émigrés sont une catastrophe, disait-il toujours, et il faut que tu les évites comme la peste. Le seul auquel tu puisses faire confiance, c'est Vladimir le Général ; c'est un vieux diable et un coureur de jupons, mais c'est un homme, il a des relations et il sait se taire.

Mais Ostrakov lui avait dit cela voilà quelque vingt ans, et même les vieux généraux ne sont pas immortels. Et d'ailleurs... Vladimir qui ? Elle ne connaissait même pas son nom de famille. Même le prénom de Vladimir — c'était Ostrakov qui le lui avait dit — était un nom qu'il avait emprunté pour son service militaire, car son vrai nom était estonien et ne convenait pas pour l'Armée rouge. Néanmoins, le lendemain, elle se rendit à la librairie auprès de la cathédrale Saint-Alexandre-Nevski, où on pouvait parfois se procurer des renseignements sur la colonie russe de moins en moins nombreuse, et commença ses premières investigations. Elle obtint un nom et même un numéro de téléphone, mais pas d'adresse. La ligne était coupée. Elle se rendit à la poste, fit la conquête des employés et finit par trouver un annuaire de 1976 où figurait le Mouvement pour la liberté balte, suivi d'une adresse à Montparnasse. Elle n'était pas stupide. Elle consulta l'adresse et ne trouva pas moins de quatre autres organisations qui avaient également leurs bureaux là : le Groupe de Riga, l'Association des victimes de l'impérialisme soviétique, le Comité de garantie pour l'Estonie libre, le Comité de libération de Tallinn. Elle se rappelait fort bien les opinions violentes d'Ostrakov sur de telles organisations, même s'il leur versait une cotisation. Elle se rendit quand même à l'adresse et sonna à la porte ; la maison était comme une des petites églises qu'elle fréquentait : un peu bizarre et presque fermée pour toujours. Un vieux Russe blanc finit par ouvrir la porte. Il portait un cardigan boutonné de travers, s'appuyait sur une canne et arborait un air supérieur. Ils sont partis, dit-il, en braquant sa canne vers les pavés de la rue. Ils ont déménagé. Fini. Des organisations plus importantes leur ont fait perdre leur clientèle, ajouta-t-il en riant. Ils avaient trop peu de membres, il y avait trop de groupes et ils se querellaient comme des enfants. Pas étonnant que le tsar ait été battu ! Le vieux Russe blanc avait de fausses dents mal adaptées et des cheveux gominés clairsemés sur son crâne pour dissimuler sa calvitie.

Mais le Général ? demanda-t-elle. Où était le Général ? Était-il encore en vie, ou bien avait-il... ?

Le vieux Russe ricana et demanda si c'était pour affaires.

Pas du tout, eut l'habileté de répondre Ostrakova en se souvenant de la réputation de coureur du Général, et elle esquissa un timide sourire féminin. Le vieux Russe éclata de rire et ses dents s'entrechoquèrent. Il rit encore et dit : « Oh, le Général ! » Puis il revint avec une adresse à Londres, tamponnée à l'encre mauve sur un bout de carte, et la lui donna. Le Général ne changerait jamais, dit-il ; lorsqu'il irait au paradis, il y courrait après les anges et essaierait de les trousser, on pouvait lui faire confiance. Et ce soir-là, pendant que tout le voisinage dormait, Ostrakova s'installa au bureau de son défunt mari et écrivit au Général avec la franchise que les gens qui vivent seuls réservent aux étrangers, utilisant le français plutôt que le russe pour parvenir à un plus grand détachement. Elle lui parla de son amour pour Glikman, réconfortée à l'idée que le Général, lui aussi, adorait les femmes, tout comme Glikman. Elle avoua aussitôt qu'elle était venue en France comme espionne, et elle expliqua comment elle avait réuni les éléments des deux rapports sans intérêt qui étaient le prix sordide dont elle avait dû payer sa liberté. C'était à contrecœur, dit-elle ; une invention, une échappatoire ; rien du tout. Mais les rapports existaient, ainsi que l'engagement qu'elle avait signé et qui imposait de sérieuses limites à sa liberté. Puis elle lui parla de son âme et des prières qu'elle avait adressées à Dieu dans toutes les églises russes. Depuis sa rencontre avec l'inconnu roux, disait-elle, ses jours avaient perdu toute réalité ; elle avait l'impression qu'on lui refusait une explication naturelle de son existence, même si cette explication devait être pénible. Elle ne lui cacha rien, car même si elle éprouvait des sentiments de culpabilité, ils étaient sans rapport avec les efforts qu'elle déployait pour faire venir Alexandra à l'Ouest, mais se rattachaient plutôt à sa décision de rester à Paris pour soigner Ostrakov jusqu'à sa mort — après quoi, raconta-t-elle, les Soviétiques avaient refusé de la laisser rentrer ; elle était à son tour devenue quelqu'un qui était passé à l'Ouest.

« Mais, Général, écrivit-elle, ce soir, si je devais affronter mon Créateur, Lui avouer ce qui est au plus profond de mon cœur, je Lui dirais ce que je vous dis maintenant. Ma fille Alexandra, je l'ai enfantée dans la douleur. Des jours et des nuits elle m'a combattue et je l'ai combattue à mon tour. Même dans mon ventre, elle était la fille de son père. Je n'avais pas le temps de l'aimer ; je ne l'ai jamais connue que comme la petite guerrière juive conçue par son père. Mais, Général, il y a une chose que je sais : l'enfant qui est sur la photographie n'est ni celle de Glikman, ni la mienne. Ils sont en train de déposer le mauvais œuf dans le nid et, même s'il y a une partie de cette vieille femme qui ne demande qu'à être dupée, il y a une partie plus forte qui les déteste pour leurs supercheries. »

Lorsqu'elle eut terminé la lettre, elle la cacheta aussitôt dans son enveloppe de façon à ne pas la relire ni changer d'avis. Puis elle colla dessus, exprès, bien trop de timbres, comme elle aurait pu brûler des cierges pour un amant.

Pendant les deux semaines qui suivirent l'expédition de ce document, rien ne se passa et, avec ces étranges réactions qu'ont parfois les femmes, ce silence fut pour elle un soulagement. C'était le calme après la tempête, elle avait fait le peu qu'elle pouvait faire — elle avait avoué ses faiblesses, ses trahisons et son unique grand péché —, le reste était entre les mains de Dieu et du Général. Les perturbations dans les services postaux français ne l'inquiétèrent pas. Elle y vit plutôt un autre obstacle que ceux qui modelaient son destin auraient à surmonter s'ils avaient une volonté assez forte. Satisfaite, elle se rendait à son travail, et son dos cessait de la tracasser, ce qu'elle prit comme un présage. Elle parvint même à retrouver sa philosophie. C'était l'un ou l'autre, se disait-elle ; soit Alexandra était à l'Ouest et mieux lotie qu'en Russie — si tant est qu'il y eût vraiment une Alexandra — soit Alexandra était là où elle avait toujours été, et ne s'en portait pas plus mal. Mais peu à peu, une partie d'elle-même perçait à jour cet optimisme erroné. Il y avait une troisième possibilité, et c'était la pire, celle que petit à petit elle vint à considérer comme la plus probable : c'était qu'on se servait d'Alexandra à des fins sinistres, peut-être dangereuses ; qu'on la contraignait d'une certaine façon, tout comme ils avaient contraint Ostrakova, en faisant mauvais usage de la générosité d'âme et du courage que lui avait légués son père, Glikman. Si bien que le quatorzième soir, Ostrakova fut prise d'une violente crise de sanglots et que, les larmes ruisselant sur son visage, elle traversa la moitié de

Paris en quête d'une église, n'importe quelle église pourvu qu'elle fût ouverte, jusqu'au moment où elle arriva devant la cathédrale Alexandre Nevski. Elle était ouverte. S'agenouillant, elle implora de longues heures saint Joseph, qui était après tout un père et un protecteur et à qui Glikman devait son prénom, même si le rapprochement avait de quoi faire rire Glikman. Et le jour qui suivit ces efforts spirituels, sa prière fut exaucée, une lettre arriva. Elle n'avait ni timbre ni cachet de la poste. A titre de précaution, elle avait ajouté l'adresse de son lieu de travail, et la lettre était là qui l'attendait lorsqu'elle arriva, livrée sans doute par porteur à un moment de la nuit. C'était une lettre très brève et qui ne portait ni le nom de l'expéditeur ni son adresse. Elle n'était pas signée. Comme la sienne, elle était dans un français un peu guindé et rédigée à la main, de la grande écriture presque napoléonienne d'une vieille main dictatoriale qu'elle reconnut aussitôt pour être celle du Général.

Madame ! — Cela commençait comme un ordre — *Votre lettre est parvenue sans encombre à l'auteur de ces lignes. Un ami de notre cause viendra très bientôt vous rendre visite. C'est un homme d'honneur et il se fera reconnaître en vous remettant l'autre moitié de la carte postale jointe. Je vous prie instamment de ne parler à personne de cette affaire avant son arrivée. Il viendra à votre appartement entre 8 et 10 heures du soir. Il sonnera trois fois à votre porte. Il a toute ma confiance. Fiez-vous totalement à lui, madame, et nous ferons tout pour vous assister.*

Même dans son soulagement, elle s'amusa en secret du ton mélodramatique de l'auteur de la lettre. Pourquoi ne pas l'avoir fait porter directement à son appartement, se demanda-t-elle ; et pourquoi devrais-je me sentir plus en sûreté parce qu'il me donne la moitié d'une carte postale anglaise ? Car le bout de carte postale montrait une partie de Piccadilly Circus et était déchiré en diagonale, et non pas coupé, avec une maladresse délibérée. La partie réservée à la correspondance était vierge.

A sa stupéfaction, l'envoyé du Général vint ce soir-là.

Il sonna trois fois à la porte, comme la lettre le promettait, mais il devait savoir qu'elle était chez elle — il avait dû la regarder entrer et allumer la lumière — car tout ce qu'elle entendit, ce fut le claquement de la boîte aux lettres, un claquement bien plus bruyant que d'habitude, et lorsqu'elle se dirigea vers la porte, elle vit le bout de carte postale déchiré gisant sur le paillasson, ce paillasson qu'elle avait regardé si souvent lorsqu'elle attendait des nouvelles de sa fille Alexandra. Le ramassant, elle se précipita dans sa chambre pour prendre sa Bible, où se trouvait déjà la moitié qu'elle avait, et oui, les morceaux se raccordaient, Dieu était avec elle. Saint Joseph avait intercédé en sa faveur. (Mais quand même, quelle inutile absurdité !) Lorsqu'elle lui ouvrit la porte, il se glissa devant elle comme une ombre ; c'était un petit hommes aux allures de farfadet, en manteau noir avec des revers de velours, qui lui donnait l'air d'un conspirateur d'opéra. Ils m'ont envoyé un nain pour attraper un géant, ce fut sa première réaction.

Il avait les sourcils en accent circonflexe, le visage sillonné de rides et deux petites touffes de cheveux noirs retroussées comme des cornes au-dessus de ses oreilles pointues et qu'il lissa de ses petites paumes devant le miroir du vestibule en ôtant son chapeau : il offrait un spectacle si comique qu'en toute autre occasion Ostrakova lui aurait éclaté de rire au nez.

Mais pas ce soir-là. Ce soir-là, il y avait une gravité dont elle sentit aussitôt que ce n'était pas son attitude normale. Ce soir-là, comme un représentant affairé qui vient de débarquer d'un avion — il lui donnait l'impression aussi d'être un nouvel arrivant en ville : sa tenue soignée, son air de voyageur sans bagages — ce soir-là il n'entendait que parler d'affaires.

« Vous avez reçu ma lettre sans encombre, madame ? » Il parlait russe rapidement, avec un accent estonien.

« J'avais cru que c'était la lettre du Général », répondit-elle, affectant — elle ne pouvait s'en empêcher — une certaine sévérité à son égard.

« C'est moi qui l'ai apportée pour lui », dit-il gravement. Il fouillait dans une poche intérieure et elle eut l'horrible sentiment que comme le grand Russe, il allait en extraire un petit calepin noir. Mais au lieu de cela, il en tira une photographie et un coup d'œil lui suffit : le visage pâle et moite, l'expression de mépris envers toutes les femmes et pas seulement elle ; l'air de désirer mais sans oser prendre.

« Oui, dit-elle, c'est l'étranger. »

En voyant son air radieux se préciser, elle comprit aussitôt qu'il était ce que Glikman et ses amis appelaient « un des nôtres » — pas nécessairement un Juif, mais un homme avec du cœur et de la substance. Dès cet instant, elle le baptisa « le magicien » dans son esprit. Elle s'imaginait ses poches pleines de trucs habiles et ses yeux au regard joyeux pétillant d'une étincelle de magie.

Pendant la moitié de la nuit, avec une intensité qu'elle n'avait pas connue depuis Glikman, le magicien et elle conversèrent. Tout d'abord, elle lui raconta tout de nouveau, revivant les détails avec exactitude, secrètement surprise de découvrir tout ce qu'elle avait omis dans sa lettre que le magicien semblait connaître par cœur. Elle lui expliqua ses sentiments, ses larmes, le terrible désarroi qui l'avait secouée ; elle décrivit la grossièreté de son bourreau transpirant. Il était si *inepte* — elle ne cessait de le répéter avec étonnement —, comme si c'était la première fois, disait-elle, il n'avait aucune finesse, aucune assurance. C'était si bizarre de trouver le diable aussi maladroit ! Elle lui raconta l'omelette au jambon, les frites et la bière d'Alsace, et il se mit à rire ; elle lui confia son impression que c'était un homme d'une timidité dangereuse — pas du tout un homme à femmes — et pour l'essentiel le petit magicien se montra cordialement d'accord avec elle, comme si lui et l'homme roux se connaissaient déjà bien. Elle fit toute confiance au magicien, comme le Général le lui avait dit ; elle en avait par-dessus la tête de la méfiance. Elle parla, se dit-elle par la suite, avec la même franchise que lorsqu'elle discutait avec Ostrakov, lorsqu'ils étaient de jeunes amants dans sa ville natale à elle, les nuits où ils croyaient ne peut-être jamais se revoir, s'étreignant comme des forcenés, chuchotant au bruit des canons qui approchaient, tout comme elle parlait à Glikman, alors qu'ils attendaient que viennent frapper à la porte ceux qui allaient encore une fois l'emmener en prison. Elle s'adressait à son regard alerte et compréhensif, au rire qu'il y avait en lui, à la souffrance dont elle sentit tout de suite que c'était le meilleur côté de son caractère peu orthodoxe et peut-être asocial. Et peu à peu, au fur et à mesure de la conversation, son instinct de femme lui souffla qu'il nourrissait en lui une passion — pas de l'amour cette fois, mais une haine aiguë et concentrée qui conférait de la force et de la sensibilité à la moindre petite question qu'il posait. Quel être ou quelle chose il détestait en fait, elle ne saurait le dire, mais elle tremblait pour tout homme, que ce fût l'inconnu roux ou quelqu'un d'autre, qui aurait attiré sur lui le feu de ce petit magicien. La passion de Glikman, elle s'en souvenait, était un acharnement universel et incessant contre l'injustice, qui s'attachait presque au hasard sur toute une gamme de symptômes, grands ou petits. Mais le magicien, lui, projetait un unique rayon fixé sur un point qu'elle n'arrivait pas à voir.

En tout cas le fait est que, lorsque le magicien partit — Seigneur, se dit-elle, c'était presque l'heure pour elle de retourner à son travail ! — Ostrakova lui avait dit tout ce qu'elle avait à dire, et le magicien, de son côté, avait éveillé en elle des sentiments qui depuis des années, jusqu'à ce soir-là, n'appartenaient qu'à son passé. Rangeant, dans un état voisin de l'hébétude, les assiettes et les bouteilles, elle parvint, malgré la complexité des sentiments qu'elle éprouvait à l'égard d'Alexandra, d'elle-même et des deux hommes morts qui avaient occupé sa vie, à éclater de rire devant sa stupidité de femme.

« Et je ne sais même pas son nom ! » s'exclama-t-elle tout haut en secouant la tête d'un air railleur. « Comment puis-je vous joindre ? » avait-elle demandé. « Comment puis-je vous prévenir s'il revient ? »

Elle ne le pouvait pas, avait répondu le magicien. Mais s'il y avait une crise, elle n'avait qu'à écrire de nouveau au Général, sous son nom anglais et à une adresse différente. « Mr Miller », dit-il avec gravité, prononçant le nom à la française, et il lui donna une carte avec une adresse à Londres écrite à la main en majuscules. « Mais soyez discrète, la prévint-il. Vous devez être indirecte dans vos propos. »

Durant tout ce jour-là, et pendant bien des jours ensuite, Ostrakova garda présente à la mémoire la dernière image du magicien qui s'en allait, au moment où il descendait l'escalier mal éclairé. Son dernier regard fervent, tout plein de résolution et d'excitation : « Je promets de vous libérer. Merci de m'avoir appelé à l'aide. » Sa petite main blanche, descendant la large rampe de l'escalier, comme un mouchoir agité par la fenêtre d'un train, tournoyant dans un tourbillon d'adieux de plus en plus serrés, jusqu'au moment où elle disparut dans les ténèbres du tunnel.

2

Le second des deux événements qui tira George Smiley de sa retraite se produisit quelques semaines après le premier au début de l'automne de la même année : pas du tout à Paris, mais dans la ville jadis ancienne, libre et hanséatique de Hambourg, aujourd'hui broyée à mort par le tonnerre de sa propre richesse ; il n'en demeure pas moins vrai que nulle part l'été ne se dissipe avec une splendeur plus grande que le long des berges orange et or de l'Alster, que nul encore n'a drainé ni comblé de ciment. George Smiley, inutile de le dire, n'avait rien vu de sa langoureuse splendeur automnale. Smiley, le jour dont il est question, trimait dans l'oubli, avec toute la conviction qu'il pouvait rassembler, à son bureau habituel de la bibliothèque de Londres sur St. James's Square avec deux grands fusains, à regarder par la fenêtre à guillotine de la salle de lecture. Le seul lien avec Hambourg qu'il aurait pu invoquer — s'il avait par la suite tenté d'établir un rapport, ce qu'il ne fit pas — se situait dans le Parnasse de la poésie allemande baroque, car à l'époque il était en train de rédiger une monographie du barde Opitz, en s'efforçant loyalement de faire la distinction entre la passion authentique et l'assommante convention littéraire de l'époque.

A Hambourg il était un peu plus de 11 heures du matin, et le chemin menant à la jetée était tacheté de soleil et de feuilles mortes. Une brume blanchâtre flottait sur les eaux plates de l'Aussenalster et à travers elles les clochers de la rive orientale semblaient des taches vertes peintes sur l'horizon humide. Le long du rivage, des écureuils s'affairaient, faisant des provisions pour l'hiver. Mais le jeune homme frêle et à l'air un peu anarchiste debout sur la jetée, en survêtement et chaussures d'athlétisme, ne s'intéressait pas le moins du monde à leur manège. Le regard de ses yeux injectés de sang était fixé sur le vapeur qui approchait, son visage creux assombri par une barbe de deux jours. Il portait sous le bras gauche un journal de Hambourg, et un œil aussi perceptif que celui de George Smiley aurait aussitôt remarqué que c'était le numéro de la veille et pas celui du jour. Dans la main droite il serrait un sac à provisions en paille, qui aurait mieux convenu à la replète Mme Ostrakova qu'à cet athlète élancé et dépenaillé qui semblait, à tout moment, sur le point de se précipiter dans le lac. Des oranges dépassaient du haut du panier, et une enveloppe Kodak jaune avec des inscriptions en anglais était posée sur les oranges. A part cela, la jetée était déserte et, sur l'eau, la brume ajoutait à sa solitude. Le jeune homme n'avait pour seuls compagnons que l'horaire du vapeur et un avis archaïque, qui avait dû survivre à la guerre, expliquant comment ranimer les noyés ; ses seules pensées concernaient les instructions du Général, qu'il ne cessait de se réciter comme une prière.

Le vapeur accosta et le jeune homme sauta à bord, comme un enfant qui joue à la statue : des pas précipités, puis qui s'immobilisent jusqu'à ce que la musique reparte. Depuis quarante-huit heures, nuit et jour, il n'avait eu d'autres pensées que cet instant : maintenant. Pendant la conduite, il avait fixé la route avec vigilance, imaginant entre des visions fugitives de sa femme et de sa petite fille les nombreux incidents catastrophiques qui pouvaient survenir. Il savait qu'il avait un don pour le désastre. Lors de ses rares arrêts pour prendre une tasse de café, il avait douze fois déplacé les oranges, posant l'enveloppe dans le sens de la longueur, en travers — non, cet angle est meilleur, convient mieux, c'est plus facile pour la prendre là. A la lisière de la ville, il s'était muni de petite monnaie de façon à avoir le montant exact du billet : et si le contrôleur le retenait, se mettait à lui faire la conversation, il avait peu de temps pour faire ce qu'il devait faire ! Il ne parlerait pas allemand, il avait mis cela au point. Il marmonnerait, sourirait, se montrerait réticent, s'excuserait, mais resterait muet. Ou bien il dirait quelques rares mots d'estonien : des phrases de la Bible dont il gardait encore le souvenir de son enfance luthérienne, avant que son père insiste pour lui faire apprendre le russe. Mais maintenant, alors que le moment était si proche, le jeune homme apercevait soudain une faille dans ce plan. Et si ses compagnons de voyage venaient alors à son aide ? Dans une ville polyglotte comme Hambourg, avec l'Est seulement à quelques kilomètres, il suffisait de six personnes pour rassembler toutes les langues possibles ! Mieux valait garder le silence, rester muet.

Il regretta de ne pas s'être rasé. Il regretta de ne pas être moins voyant.

Dans la cabine principale du vapeur, le jeune homme ne regarda personne. Il gardait les yeux baissés ; *évitez tout contact oculaire,* avait ordonné le Général. Le contrôleur bavardait avec une vieille dame et ne lui accordait aucune attention. Il attendait, embarrassé, en s'efforçant d'avoir l'air calme. Il y avait une trentaine de passagers, hommes et femmes, tous pareillement vêtus de manteaux verts et de feutres verts, qui, lui semblait-il, le désapprouvaient. C'était son tour. Il tendit une paume moite. Un mark, une pièce de cinquante pfennigs, une poignée de petites pièces en cuivre de dix centimes. Le contrôleur se servit, sans dire un mot. Tant bien que mal, le jeune homme se fraya un chemin entre les sièges pour gagner l'arrière. La jetée s'éloignait. On me soupçonne d'être un terroriste, songea le jeune homme. Il avait de l'huile de moteur sur les mains et il regretta de ne pas s'être lavé. J'en ai peut-être aussi sur le visage. *Soyez sans expression,* avait dit le Général. *Ayez l'air effacé. Ne soyez ni souriant ni sombre. Soyez normal.* Il jeta un coup d'œil à sa montre en essayant de le faire avec discrétion. Il avait retroussé sa manchette gauche à l'avance, tout exprès pour dégager la montre. Courbant le dos bien qu'il ne fût pas grand, le jeune homme arriva soudain dans la partie arrière, que seule une tente protégeait des intempéries. C'était une affaire de secondes. Plus de jours ni de kilomètres, plus d'heures. De secondes. L'aiguille des secondes de sa montre passa sur le six. Quand elle reviendra sur le six, tu bouges. Il y avait un peu de brise, mais ce fut à peine s'il s'en aperçut. Ce qui l'inquiétait beaucoup, c'était le temps. Quand il s'excitait, il le savait, il perdait tout sens du temps. Il avait peur que l'aiguille des secondes ne fît deux fois le tour avant qu'il ne s'en rendît compte, et qu'il s'écoulât deux minutes au lieu d'une. Dans la partie arrière, tous les sièges étaient vides. D'un pas incertain, il gagna la dernière rangée, serrant à deux mains sur son ventre le panier d'oranges, tout en coinçant le journal sous son bras : c'est moi, voyez mes signes de reconnaissance. Il se sentait stupide. Les oranges étaient bien trop voyantes. Pourquoi diable un jeune homme mal rasé, en survêtement, trimbalerait-il un panier d'oranges et le journal de la veille ? Le bateau tout entier avait dû le repérer ! « Capitaine, ce jeune homme... là-bas... c'est un terroriste ! Il a une bombe dans son panier, il a l'intention de nous détourner ou de faire couler le bateau ! » Bras dessus, bras dessous, un couple était appuyé au bastingage, lui tournant le dos, scrutant la brume. L'homme était tout petit, moins grand que la femme. Il portait un manteau noir avec un col de velours. Ils l'ignorèrent. *Asseyez-vous le plus au fond possible ; faites attention de vous asseoir auprès du passage,* avait dit le Général. Il s'assit, en priant le ciel que cela marchât la première fois, qu'aucune des solutions de rechange ne se révélât nécessaire. « Beckie, c'est pour *toi* que je fais ça », murmura-t-il, pensant à sa fille et se rappelant les paroles du Général. Malgré ses origines luthériennes, il portait une croix de bois autour du cou, un cadeau de sa mère, mais la fermeture à glissière de sa tunique la masquait. Pourquoi avait-il caché la croix ? Pour que Dieu ne fût pas témoin de sa fourberie ? Il ne savait pas. Tout ce qu'il voulait, c'était se retrouver au volant, rouler et rouler jusqu'au moment où il tomberait de fatigue ou bien arriverait sans encombre chez lui.

Ne regardez nulle part, il se souvenait que le Général avait dit cela. Il ne devait regarder nulle part sauf devant lui : *vous êtes le partenaire passif. Vous n'avez rien d'autre à faire que de fournir l'occasion. Pas de mot de passe, rien ; rien que le panier et les oranges avec l'enveloppe jaune et le journal sous votre bras.* Je n'aurais jamais dû accepter, songea-t-il. J'ai mis en danger ma fille Beckie. Stella ne me le pardonnera jamais. Je vais perdre mes droits de citoyen, j'ai tout risqué. *Faites-le pour notre cause,* avait dit le Général. Général, je n'en ai pas : ce n'était pas ma cause, c'était votre cause, celle de mon père ; voilà pourquoi j'ai jeté les oranges par-dessus bord.

Mais il n'en fit rien. Posant le journal auprès de lui sur les lattes du banc, il constata que le papier était trempé de sueur — que par endroits l'impression s'était effacée, là où il serrait le journal. Il regarda sa montre. L'aiguille des secondes était sur dix. Elle est arrêtée ! Quinze secondes depuis que j'ai regardé pour la dernière fois, ça n'est pas possible ! Un coup d'œil affolé à la ronde le persuada qu'ils étaient déjà au milieu du lac. Il regarda de nouveau sa montre et vit que l'aiguille des secondes dépassait onze. Idiot, se dit-il, calme-toi. Se penchant vers la droite, il fit semblant de lire le journal sans quitter des yeux le cadran de sa montre. Des terroristes. Rien que des terroristes, songea-t-il en relisant pour la vingtième fois les gros titres. Pas étonnant que les passagers croient que j'en suis un. *Grossfahndung.* C'était le mot qu'ils employaient pour les recherches intensives. Il était stupéfait de se rappeler autant d'allemand. *Faites-le pour notre cause.*

A ses pieds le panier d'oranges penchait de façon précaire. *Quand vous vous lèverez, posez le panier sur le banc pour réserver votre place,* avait dit le Général. Et s'il se renverse ? Il croyait voir les oranges rouler sur le pont, l'enveloppe jaune au milieu, des photos partout, toutes de Beckie. L'aiguille des secondes dépassait six. Il se leva. *Maintenant.* Il avait froid au creux de l'estomac. Il tira sur sa tunique pour se couvrir le ventre, révélant sans y faire attention la croix de bois de sa mère. Il fit coulisser la fermeture. *Baladez-vous. Ne regardez nulle part. Faites semblant d'être le genre rêveur,* avait dit le Général. *Votre père n'aurait pas hésité un instant,* avait encore dit le Général. *Vous non plus.* Soulevant avec précaution le panier pour le poser sur le banc, il le cala des deux mains, puis le pencha vers l'arrière pour le rendre plus stable. Il se demanda ce qu'il devait faire de l'*Abendblatt.* Le prendre, le laisser où il était ? Peut-être son contact n'avait-il pas encore vu le signal ? Il le prit et le fourra sous son bras.

Il regagna la cabine principale. Un autre couple se dirigeait vers la partie arrière, sans doute pour prendre l'air, des gens plus âgés, très calmes. Le premier couple avait quelque chose d'excitant, même vu de dos : l'homme de petite taille, la femme aux formes agréables, l'air soigné tous les deux. Rien qu'à les regarder, on savait qu'ils venaient de passer un bon moment au lit. Mais il trouvait que ce second couple avait l'air d'appartenir à la police, il était certain qu'ils n'éprouvaient aucun plaisir à faire l'amour. Où vont donc mes pensées ? se demanda-t-il, affolé. Pour ma femme, Stella, voilà la réponse. Vers les longues et exquises étreintes que nous ne connaîtrons peut-être plus jamais. D'un pas nonchalant, comme on le lui avait ordonné, il descendit le passage entre les bancs vers la partie séparée où était assis le pilote. C'était facile de ne regarder personne. Les passagers lui tournaient le dos. Il était allé aussi en avant que les passagers y étaient autorisés. Le pilote était à sa gauche, sur sa petite estrade surélevée. *Allez jusqu'à la fenêtre du pilote, admirez le paysage. Restez là exactement une minute.* Le toit de la cabine était plus bas à cet endroit ; il dut se pencher. A travers le grand pare-brise, des arbres et des immeubles défilaient. Il vit un huit de pointe passer, suivi d'une déesse blonde toute seule sur son skiff. Les seins comme ceux d'une statue, se dit-il. Pour avoir l'air plus nonchalant, il appuya sa chaussure d'athlétisme sur la plate-forme du pilote. Donnez-moi une femme, songeait-il avec désespoir tandis que l'instant de la crise approchait ; donnez-moi ma Stella, désirable et ensommeillée dans la demi-lumière du petit matin. Du poignet gauche il s'appuyait sur la rambarde, sa montre bien en vue.

« On ne cire pas les chaussures ici », grommela le pilote.

Le jeune homme s'empressa de reposer son pied sur le pont. Maintenant il sait que je parle allemand, pensa-t-il, et il sentit son visage rougir d'embarras. Mais de toute façon ils savent, se dit-il stupidement, car sinon pourquoi aurais-je sous le bras un journal allemand ?

C'était le moment. Se redressant de toute sa hauteur, il pivota d'un geste trop rapide et revint vers sa place, et ça n'était plus la peine de penser à ne pas dévisager les gens, parce que c'étaient eux qui le dévisageaient, avec un regard désapprobateur pour sa barbe de deux jours, son survêtement et son air égaré. Ses yeux ne quittaient un visage que pour en trouver un autre. Il se dit qu'il n'avait jamais vu un tel chœur de mauvaise volonté muette. Le blouson de son survêtement avait de nouveau remonté et exposait une ligne de poils noirs. Stella les lave à l'eau trop chaude, se dit-il. Il tira de nouveau sur le blouson et s'avança à l'air libre, portant sa croix de bois comme une médaille. Là-dessus, deux événements se produisirent presque au même instant. Sur le banc, auprès du panier, il aperçut la trace de craie jaune qu'il cherchait, courant sur deux lattes, aussi vives que le plumage d'un canari, et qui lui annonçaient que la livraison s'était effectuée avec succès. A cette vue, un sentiment de gloire l'envahit, il n'avait rien connu de pareil dans sa vie, et c'était une libération plus parfaite que ce qu'aucune femme pouvait donner.

Pourquoi faut-il procéder de cette façon ? avait-il demandé au Général ; pourquoi faut-il que ce soit si compliqué ?

Parce que l'objet est unique au monde, avait répondu le Général. *C'est un trésor qui n'a pas son pareil. Sa perte serait une tragédie pour le monde libre.*

Et c'est *moi* qu'il a choisi pour être son courrier, pensa le jeune homme avec fierté : encore qu'au fond il estimât toujours que le vieil homme en rajoutait. Ramassant d'un geste calme l'enveloppe jaune, il la fourra dans la poche de son blouson, tira la fermeture à glissière et passa les doigts dessus pour s'assurer qu'elle ne s'était pas coincée.

Au même instant, précisément, il se rendit compte qu'on l'observait. La femme appuyée à la balustrade lui tournait toujours le dos et il remarqua une fois encore qu'elle avait les hanches rondes et de très jolies jambes. Mais son séduisant petit compagnon en manteau noir s'était retourné pour lui faire face, et l'expression qu'il avait mit un terme à tous les agréables sentiments que le jeune homme venait d'éprouver. Il n'avait vu qu'une fois un visage comme celui-là, et c'était lorsque son père agonisait dans leur premier domicile en Angleterre, une chambre de Ruislip, quelques mois après leur arrivée dans le pays. Le jeune homme n'avait jamais vu chez personne d'autre quelque chose d'aussi désespéré, d'aussi profondément sérieux, d'aussi dénué de toute protection. Plus inquiétant encore, il comprit — exactement comme Ostrakova avait compris — que c'était un désespoir qui contrastait avec la disposition naturelle des traits de ce visage, qui étaient ceux d'un comédien — ou bien, comme l'avait pensé Ostrakova, d'un magicien. Si bien que l'expression passionnée de ce petit inconnu au visage aigu, avec son message d'abjuration intense — « Mon garçon, vous n'avez aucune idée de ce que vous transportez ! Veillez-y comme sur votre vie ! » — était la révélation du tréfonds de son âme.

Le vapeur s'était arrêté. Ils étaient sur l'autre rive. S'emparant de son panier, le jeune homme sauta à terre et, courant presque, se faufila d'une petite rue à une autre, au milieu de la foule des gens qui faisaient leurs achats, sans savoir où sa course le conduisait.

Durant tout le trajet de retour, tandis que le volant lui faisait vibrer les bras et que le moteur lui martelait les oreilles de ses gammes, le jeune homme revoyait ce visage devant lui, sur la route mouillée, se demandant, à mesure que les heures passaient, si ce n'était pas quelque chose qu'il avait simplement imaginé dans l'émotion de la livraison. Selon toute probabilité, le véritable contact était quelqu'un de tout à fait différent, se dit-il en essayant de se rassurer. Une de ces grosses dames au chapeau de feutre vert — peut-être même le contrôleur. J'étais trop tendu, se répéta-t-il. A un moment crucial, un inconnu s'est retourné, il m'a regardé et j'ai bâti sur lui toute une histoire, allant jusqu'à imaginer qu'il était mon père mourant.

Lorsqu'il atteignit Douvres, il croyait presque avoir chassé l'homme de son esprit. Il avait jeté les maudites oranges dans une poubelle ; l'enveloppe jaune, bien protégée, reposait dans la poche de son blouson, un coin acéré lui piquant la peau, et c'était tout ce qui comptait. Alors, comme ça, il s'était fait des idées sur son complice clandestin ? Il n'avait qu'à l'oublier. Et même si, par pure coïncidence, il avait raison et que c'était bien ce visage farouche et raviné — eh bien alors ? Raison de plus pour ne pas s'en aller en parler au Général, avec son obsession de la sécurité que le jeune homme comparait à la passion sans réplique d'un prophète. La pensée de Stella devint pour lui un besoin qui lui tenaillait les reins. Son désir s'aiguisait au rugissement des kilomètres. C'était encore le petit matin. Il s'imaginait l'éveillant sous ses caresses ; il voyait son sourire endormi tourner lentement à la passion.

L'appel parvint à Smiley cette même nuit, et il est intéressant de noter, puisqu'il avait dans l'ensemble l'impression de fort mal dormir durant cette récente période de sa vie, que le téléphone dut sonner longtemps sur sa table de chevet avant qu'il répondît. Il était rentré tout droit de la bibliothèque, puis avait piètrement dîné dans un restaurant italien de King's Road, prenant avec lui, pour se protéger, les *Voyages d'Olearius.* Il était rentré à sa maison de Baywater Street et s'était remis au travail sur sa monographie avec l'acharnement d'un homme qui n'avait rien d'autre à faire. Au bout de deux heures, il avait ouvert une bouteille de bourgogne rouge et en avait bu la moitié, tout en écoutant une mauvaise pièce à la radio. Il avait dormi d'un sommeil agité jusqu'au coup de téléphone. Et pourtant, dès l'instant où il avait entendu la voix de Lacon, il avait eu l'impression qu'on le tirait d'un endroit douillet où il se trouvait bien, et où il aurait voulu rester à jamais sans être dérangé. Et puis, bien qu'en fait il eût des gestes prompts, il avait la sensation de mettre longtemps à s'habiller, et il se demanda si c'était ainsi que les hommes âgés réagissent lorsqu'on leur annonçait une mort.

3

« Vous ne le connaissiez pas personnellement, n'est-ce pas ? lui demanda d'un ton respectueux le commissaire principal d'une voix qu'il s'efforçait de maintenir étouffée. Ou peut-être ne devrais-je pas vous poser la question ? »

Les deux hommes étaient ensemble depuis un quart d'heure, mais c'était la première question du commissaire. Un moment Smiley ne parut pas l'avoir entendue, mais son mutisme n'avait rien de vexant, il avait le don du silence. D'ailleurs, il se crée des liens entre deux hommes qui contemplent un cadavre. Peut-être une heure avant l'aube, à Hampstead Heath, une heure vague, humide et brumeuse, ni chaude ni froide, avec un ciel teinté d'orange par la lueur de Londres, et les arbres qui luisaient comme des cirés. Ils étaient là côte à côte dans une allée de hêtres et le commissaire le dépassait d'une tête : c'était un jeune géant, qui grisonnait prématurément, un peu pompeux peut-être, mais avec une douceur de géant qui le rendait naturellement sympathique. Smiley croisait ses mains potelées sur son ventre comme un maire devant un cénotaphe, et n'avait d'yeux que pour le corps enveloppé de plastique gisant à ses pieds dans le faisceau de la torche du commissaire. D'avoir marché aussi loin l'avait de toute évidence essoufflé, car il haletait un peu tout en regardant. Autour d'eux, dans l'obscurité, des récepteurs de police grésillaient dans l'air de la nuit. Il n'y avait aucune autre lumière ; le commissaire les avait fait éteindre.

« C'était juste quelqu'un avec qui je travaillais, expliqua Smiley après un long silence.

— C'est ce que j'avais cru comprendre, monsieur », dit le commissaire.

Il attendait, plein d'espoir, mais rien d'autre ne vint. « Lui parlez même pas, avait dit le patron de la Criminelle. Vous ne l'avez jamais vu, et vous ne savez même pas qui c'était. Montrez-lui simplement ce qu'il veut et laissez-le tomber. Vite. » Pour l'instant, le commissaire principal avait fait exactement cela. A son avis, il avait agi avec la vitesse de la lumière. Le photographe avait photographié, le médecin avait certifié le décès, le médecin légiste avait examiné le corps *in situ* en prélude à l'autopsie qu'il allait pratiquer — tout cela avec une célérité tout à fait contraire au rythme convenable des choses, simplement afin de déblayer la route en prévision de la venue de cet irrégulier, comme le patron de la Criminelle s'était plu à l'appeler. L'irrégulier était arrivé — avec à peu près autant de cérémonie qu'un contractuel, observa le commissaire — et le commissaire l'avait amené sur les lieux au petit galop. Ils avaient regardé les empreintes des pas, ils avaient suivi le chemin du vieil homme jusque-là. Le commissaire avait procédé à une reconstitution du crime, pour autant qu'il en était capable étant donné les circonstances, et le commissaire était un homme fort capable. Ils étaient maintenant au bas de la côte, à l'endroit où l'avenue tournait, et où la nappe de brouillard était la plus épaisse. Dans le faisceau de la torche, le cadavre était comme un surtout au milieu d'une table. Il gisait le visage contre le sol et les bras en croix, comme s'il avait été crucifié dans le gravier, et la feuille de plastique soulignait encore son absence de vie. C'était le corps d'un vieil homme, mais aux épaules encore larges, un corps qui s'était battu et qui avait connu des épreuves. Les cheveux blancs étaient taillés en brosse. Une main forte et veinée serrait encore une grosse canne. Il portait un pardessus noir et des caoutchoucs. Un béret noir gisait sur le sol auprès de lui, et autour de sa tête, le gravier était noir de sang. De la petite monnaie était répandue, ainsi qu'un mouchoir et un petit canif qui ressemblait plus à un souvenir qu'à un outil. Selon toute probabilité, on avait commencé à le fouiller et puis on y avait renoncé, monsieur, avait dit le commissaire. Selon toute probabilité, monsieur Smiley, ils avaient été dérangés ; et Smiley s'était demandé quelle impression cela devait faire de toucher un corps tiède qu'on venait d'abattre.

« Si je pouvais jeter un coup d'œil à son visage, commissaire », dit Smiley.

Cette fois ce fut le commissaire qui différa. « Ah, vous êtes bien sûr, monsieur ? (Il avait l'air un peu gêné.) Il y aura de meilleures façons de l'identifier que *ça,* vous savez.

— Oui, oui, j'en suis sûr », dit Smiley avec vigueur, comme s'il avait en effet longuement réfléchi au problème.

Le commissaire appela à voix basse du côté des arbres, où ses hommes étaient groupés autour de leurs voitures aux feux éteints, comme une génération suivante qui attend son tour.

« Vous là-bas, Hall. Sergent Pike. Arrivez ici au galop et retournez-le. »

Vite, avait dit le patron de la Criminelle.

Deux hommes émergèrent de l'ombre. Le plus âgé avec une barbe noire. Leurs gants chirurgicaux qui montaient jusqu'aux coudes étaient d'un gris fantomatique. Ils portaicnt des combinaisons bleues et des cuissardes en caoutchouc. S'accroupissant, le barbu déplia d'un geste prudent la feuille de plastique pendant que le plus jeune policier posait une main sur l'épaule du mort comme pour l'éveiller.

« Il va falloir vous donner un peu plus de mal que ça, mon garçon », lança le commissaire d'un ton nettement plus sec.

Le jeune policier tira, le sergent barbu l'aida et, comme à contrecœur, le corps roula sur le côté, un bras dressé tout raide, l'autre tenant toujours la canne.

« Oh ! Seigneur, fit le policeman. Oh, nom de Dieu ! » Et il porta une main à sa bouche. Le sergent le saisit par le coude et l'entraîna.

On entendit des bruits de nausée. « Je n'aime pas la politique, confia le commissaire à Smiley tout à trac, les yeux toujours baissés vers le sol. Je n'aime pas la politique et je n'aime pas les politiciens non plus. A mon avis, ils sont bons à enfermer, pour la plupart. A vrai dire, c'est pour ça que je suis entré dans la police. » Les rouleaux de brume ondulaient de façon étrange dans le faisceau de sa torche. « Vous ne sauriez pas par hasard ce qui a fait ça, monsieur ? En quinze ans je n'ai pas vu une blessure comme ça.

— Je crains que la balistique ne soit pas mon domaine, répondit Smiley après avoir marqué une nouvelle pause.

— Non, bien sûr, n'est-ce pas ? Vous en avez vu assez, monsieur ? »

Smiley, apparemment, n'était pas de cet avis.

« La plupart des gens s'attendent à ce qu'on leur tire en pleine poitrine, en fait, n'est-ce pas, monsieur ? » remarqua le commissaire avec entrain. Il avait appris que dans ces occasions-là faire la conversation détendait parfois l'atmosphère. « Une belle balle bien ronde qui perce un trou de bon goût. C'est ce à quoi la plupart des gens s'attendent. La victime s'affale avec douceur sur ses genoux, aux accents des chœurs célestes. C'est l'influence de la télé, je suppose. Alors que de nos jours une balle peut vous arracher un bras ou une jambe, à ce que me disent mes amis militaires. (Il prit un ton plus pratique.) Avait-il une moustache, monsieur ? Mon sergent a cru déceler une trace de poils blancs à la mâchoire supérieure.

— Des moustaches de militaire, dit Smiley après un long silence et, du pouce et de l'index il en dessina la forme d'un air absent au-dessus de sa propre lèvre, pendant que son regard était fixé sur le corps du vieil homme. Je me demande, commissaire, où il me serait possible d'examiner simplement le contenu de ses poches.

— Sergent Pike.

— Monsieur le commissaire !

— Recouvrez le corps et dites à Mr Murgotroyd de me préparer dans la camionnette le contenu de ses poches, voulez-vous, enfin ce qu'ils en ont laissé. Et au galop, ajouta machinalement le commissaire.

— Bien, monsieur le commissaire !

— Venez un peu ici. (Le commissaire avait pris le sergent par le haut du bras.) Vous allez dire à ce jeune Hall que je ne peux pas l'empêcher d'être malade mais que je ne tolérerai pas ses écarts de langage. » Car le commissaire était un homme d'un christianisme dévot et ne s'en cachait pas. « Par ici, monsieur Smiley », reprit-il en retrouvant un ton plus doux.

Comme ils remontaient l'avenue, le caquetage des radios s'affaiblit et ils n'entendaient plus que le battement d'ailes furieux des corbeaux et la rumeur de la ville. Le commissaire marchait d'un pas vif, se dirigeant vers la gauche de la zone fermée par les barrières. Smiley hâtait le pas derrière lui. Une camionnette sans fenêtre était garée entre les arbres, ses portes arrière ouvertes, et une faible lumière brûlait à l'intérieur. Ils pénétrèrent et s'assirent sur des bancs inconfortables.

Mr Murgotroyd avait des cheveux gris et un costume gris. Il se pencha pour déposer devant eux un sac en plastique comme une taie d'oreiller transparente. Le sac était fermé par un nœud qu'il dénoua. A l'intérieur flottaient des paquets plus petits. A mesure que Mr Murgotroyd les soulevait, le commissaire lisait les étiquettes à la lueur de sa torche avant de les passer à Smiley pour qu'il les examinât.

« Un porte-monnaie en cuir éraflé, de style continental. A demi sorti de sa poche, côté gauche de la veste. Vous avez vu les pièces auprès du corps — soixante-douze pence. C'est tout l'argent qu'il avait sur lui. Il n'avait pas de portefeuille, n'est-ce pas, monsieur ?

— Je ne sais pas.

— Notre hypothèse est qu'ils se sont emparés du portefeuille, ont commencé à tirer sur le porte-monnaie et puis se sont enfuis. Un trousseau de clés diverses, poche droite du pantalon... » Il poursuivait mais l'attention de Smiley ne se relâchait pas. Il y a des gens qui font semblant d'avoir de la mémoire, songea le commissaire en remarquant son air concentré, et d'autres qui en ont vraiment. Pour le commissaire, la mémoire était la meilleure partie de l'intelligence, il la plaçait plus haut que tout ; et Smiley, il le savait, en était doué. « Une carte de la bibliothèque municipale de Paddington au nom de V. Muller, une boîte d'allumettes Swan Vesta en partie utilisée, poche gauche du pardessus. Une carte d'identité d'étranger, dont le numéro figure dans le rapport, également au nom de Vladimir Muller. Un flacon de comprimés, poche gauche du pardessus. A quoi servaient les pilules, monsieur, vous n'avez pas d'idée là-dessus du tout ? Des comprimés de Sustac, Dieu sait ce que c'est, à prendre deux ou trois fois par jour.

— Pour le cœur, dit Smiley.

— Et un reçu de la somme de treize livres du Service des radio-taxis d'Islington, North 1.

— Je peux regarder ? » dit Smiley, et le commissaire le lui tendit de façon que Smiley pût lire la date et la signature du chauffeur, J. Lamb, d'une écriture appliquée et soulignée d'un paraphe plein de fioritures.

L'autre sac contenait un bâton de craie, jaune et par miracle intact. L'extrémité effilée était tachée de marron comme si on n'avait tracé qu'un seul trait, mais le gros bout était intact.

« Il y a de la poudre de craie jaune sur sa main gauche aussi », dit Mr Murgotroyd, prenant la parole pour la première fois. Son teint était comme de la pierre grise. Sa voix aussi était grise, et sinistre comme celle d'un croque-mort. « Nous nous demandions en fait s'il n'aurait pas pu être dans l'enseignement », ajouta Mr Murgotroyd, mais Smiley, soit par dessein soit par distraction, ne répondit pas à la question implicite de Mr Murgotroyd, et le commissaire n'insista pas.

Et un second mouchoir de coton, présenté cette fois par Mr Murgotroyd, en partie ensanglanté, en partie propre, et soigneusement repassé en triangle pour faire office de pochette.

« Nous nous demandions s'il ne se rendait pas à une soirée, dit Mr Murgotroyd, cette fois sans aucun espoir.

— La Criminelle au téléphone, monsieur le commissaire », lança une voix de l'avant de la camionnette.

Sans un mot, le commissaire disparut dans les ténèbres, abandonnant Smiley au regard déprimé de Mr Murgotroyd.

« Vous êtes spécialiste d'un domaine quelconque, monsieur ? demanda Mr Murgotroyd après avoir longuement promené un regard attristé sur son visiteur.

— Non, malheureusement pas, dit Smiley.

— De l'Intérieur, monsieur ?

— Hélas, pas l'Intérieur non plus », dit Smiley en secouant la tête d'un geste bienveillant qui, dans une certaine mesure le rendait complice de la stupéfaction de Mr Murgotroyd.

« Mes supérieurs se font un peu de souci à propos de la presse, monsieur Smiley, dit le commissaire en passant la tête dans la camionnette. Il paraît que les journalistes arrivent par ici, monsieur. »

Smiley s'empressa de descendre. Les deux hommes étaient face à face dans l'avenue.

« Vous avez été très aimable, dit Smiley. Je vous remercie.

— Je vous en prie, dit le commissaire.

— Vous ne vous souvenez pas, par hasard, dans quelle poche se trouvait la craie, non ? demanda Smiley.

— Poche gauche du pardessus, répondit le commissaire non sans surprise.

— Et la façon dont on l'a fouillé — pourriez-vous me redire comment vous vous représentez ça exactement ?

— Ils n'ont pas eu le temps ou n'ont pas pris la peine de le retourner. Ils se sont agenouillés près de lui, ont cherché son portefeuille, tiré sur son porte-monnaie. Fait tomber ainsi quelques objets. Et à ce moment-là ils en avaient assez.

— Je vous remercie », répéta Smiley.

Et un instant plus tard, avec plus d'aisance qu'on ne l'aurait cru capable avec sa silhouette corpulente, il avait disparu parmi les arbres. Mais pas avant que le commissaire ne lui eût braqué en plein visage le faisceau de sa torche, ce qu'il n'avait pas fait alors pour des raisons de discrétion. Et qu'il n'eût posé sur ses traits légendaires un regard intense et professionnel, ne serait-ce que pour raconter sur ses vieux jours à ses petits-enfants comment George Smiley, jadis chef du service secret, mais alors à la retraite, avait surgi un jour pour inspecter un étranger mort, de ses relations, qui avait trépassé dans des circonstances extrêmement déplaisantes.

D'ailleurs, réfléchit le commissaire, pas *un seul* visage du tout. Pas éclairé comme ça par la torche, indirectement, par en dessous. Plutôt toute votre gamme de visages. Plutôt votre tapisserie d'âges, de gens et d'activités différents. Et même — se dit le commissaire — de fois différentes.

« Le meilleur que j'aie jamais connu », lui avait dit il n'y a pas si longtemps, en buvant une bière, le vieux Mendel, l'ancien supérieur du commissaire. Mendel était maintenant à la retraite, comme Smiley. Mais Mendel savait de quoi il parlait et, pas plus que le commissaire, n'aimait les comiques du renseignement — des amateurs encombrants et poseurs pour la plupart, et pas francs par-dessus le marché. Mais pas Smiley. Smiley était différent, avait dit Mendel. Smiley était le meilleur — tout simplement le meilleur homme que Mendel ait jamais rencontré — et le vieux Mendel savait de quoi il parlait.

Une abbaye, se dit le commissaire. Voilà ce qu'il était : une abbaye. Il caserait cela dans son sermon la prochaine fois où son tour viendrait au temple. Une abbaye, faite de toutes sortes d'époques, de styles et de fonctions contradictoires. Plus il y réfléchissait, plus le commissaire était content de sa métaphore. Il allait l'essayer sur sa femme en rentrant : l'homme est comme une architecture divine, ma chérie, modelé par la main des âges, infini dans ses efforts et ses diversités... Mais là-dessus le commissaire mit un frein au débordement de sa rhétorique. Peut-être pas, après tout, songea-t-il. Peut-être volons-nous un peu trop haut, mon ami.

Il y avait un autre détail, à propos de ce visage, que le commissaire aurait aussi du mal à oublier. Plus tard, il en parla au vieux Mendel, comme il lui parla aussi plus tard de tas de choses. La peau humide. Tout d'abord il avait pris cela pour de la rosée — mais si c'était de la rosée, pourquoi le commissaire avait-il le visage parfaitement sec ? Ce n'était pas la rosée, ce n'était pas le chagrin non plus, si son intuition ne le trompait pas. C'était une chose qui était arrivée parfois au commissaire lui-même et qui arrivait à ses gars aussi, même aux plus coriaces ; ça leur tombait dessus et le commissaire guettait cela comme un faucon. En général dans les affaires de gosses, où l'absurdité vous atteignait tout d'un coup : les cas d'enfants maltraités, de violences criminelles, de viols de mineurs. On ne s'effondrait pas, on ne se frappait pas la poitrine, rien de ces cabotinages. Non. On portait tout bonnement la main à son visage, on le trouvait humide et on se demandait pourquoi diable le Christ avait pris la peine de mourir, si jamais Il était bien mort.

Et quand on avait cette réaction-là, se dit le commissaire avec un petit frisson, le mieux qu'on pouvait faire, c'était de s'octroyer deux jours de congé et d'emmener la bourgeoise à Margate, ou sans cela, avant de savoir où on en était, on se surprenait à être un peu trop brutal avec les gens pour sa propre santé.

« Sergent ! » hurla le commissaire.

La silhouette barbue apparut devant lui.

« Rallumez les lumières et remettez tout à l'état normal, ordonna le commissaire. Et demandez à l'inspecteur Hallowes de passer ici me rendre un service. Au galop. »

4

On avait ôté la chaîne de la porte pour lui, on l'avait interrogé avant même de lui retirer son manteau : questions brèves et pressantes. Y avait-il sur le corps des documents compromettants, George ? Rien qui permette d'établir un lien avec nous ? Mon Dieu, vous en avez mis du temps ! On lui avait montré où se laver les mains, en oubliant qu'il le savait déjà. On l'avait fait asseoir dans un fauteuil et ce fut là que resta Smiley, humble et à l'écart, cependant qu'Oliver Lacon, surveillant général à Whitehall pour les Services de renseignement, arpentait le tapis usé jusqu'à la trame, comme un homme travaillé par sa conscience ; que Lauder Strickland répétait tout de quinze façons différentes à quinze personnes différentes, en utilisant le vieux téléphone à potence au fond de la pièce — « Alors repassez-moi la liaison avec la police, mon petit, *tout de suite* » —, se montrant tour à tour brutal ou cajoleur, selon la position ou la tenue de son interlocuteur. Il y avait une éternité que Smiley n'avait vu le commissaire, et dans le temps cela faisait dix minutes. L'appartement sentait les serviettes sales et le mégot de cigarette, et il se trouvait au dernier étage d'un immeuble victorien à la façade ornée de volutes, à moins de deux cents mètres de Hampstead Heath. Dans l'esprit de Smiley, des images de la tête éclatée de Vladimir se mêlaient à ces pâles visages de vivants, et pourtant la mort, pour l'instant, n'était pas un choc pour lui, mais juste une affirmation que sa propre existence aussi courait à son terme ; en fait il avait dépassé son temps. Il était assis là sans rien attendre. Il était assis comme un vieil homme dans une petite gare de campagne qui regarde l'express passer. Mais qui regarde tout de même. En se souvenant des voyages d'autrefois.

Les crises, c'était toujours comme ça, se dit-il. Des conversations décousues centrées sur rien. Un homme au téléphone, un autre mort, un troisième qui marchait de long en large. L'oisiveté nerveuse du ralenti.

Il regarda autour de lui, en essayant de fixer son attention sur tout ce qui à part lui, se délabrait aussi. Des extincteurs à la peinture écaillée, fournis par le ministère du Travail. Des canapés marron cabossés, et un peu plus tachés que la dernière fois. Mais les plantes, contrairement aux vieux généraux, ne meurent jamais, songea-t-il. Elles ne disparaissaient même pas.

Devant lui, sur la table, se trouvait tout l'encombrant appareil de l'hospitalité d'un agent, dont la présence rappelait un maître de maison à jamais absent. Smiley fit l'inventaire. Dans un seau de glace fondue, une bouteille de vodka Stolichnaya, la marque favorite — c'était dans son dossier — de Vladimir. Des harengs encore dans leur boîte. Des malossols achetés au détail et qui se desséchaient déjà. L'indispensable pain noir. Comme tous les Russes que Smiley avait connus, le Vieux ne pouvait pratiquement pas boire de vodka sans en croquer une tranche. Les verres à vodka de chez Marks & Spencer : ils auraient pu être plus propres. Un paquet de cigarettes russes pas ouvert : s'il était venu, il aurait fumé le tout ; il n'en avait pas sur lui quand il était mort.

Vladimir n'en avait pas sur lui lorsqu'il était mort, se répéta-t-il, comme un refrain ressassé tout bas, comme un nœud à son mouchoir.

Un bruit de vaisselle vint interrompre la rêverie de Smiley. Dans la cuisine, le jeune Mostyn avait fait tomber une assiette. Toujours au téléphone, Lauder Strickland se retourna en réclamant le silence. Mais déjà il l'avait de nouveau obtenu. D'ailleurs, que préparait donc Mostyn ? Le dîner ? Le petir déjeuner ? Des petits gâteaux pour l'enterrement ? Et qu'était donc Mostyn ? *Qui* était-il au fait ? Smiley avait serré sa main moite et tremblante, puis oublié aussitôt de quoi il avait l'air, sauf qu'il était très jeune. Et pourtant, on ne sait pourquoi, Mostyn ne lui était pas inconnu, ne serait-ce qu'en tant que type de personnage. Mostyn, c'est notre chagrin, décida-t-il de façon tout à fait arbitraire.

Lacon, qui arpentait toujours le tapis, s'arrêta soudain.

« George ! Vous avez l'air soucieux. Il n'y a pas de raison. Nous n'avons rien à nous reprocher dans cette affaire. Aucun de nous !

— Je ne suis pas soucieux, Oliver.

— On dirait que vous vous sentez coupable. Je le vois bien !

— Quand des agents meurent... » fit Smiley, mais il n'acheva pas la phrase, et d'ailleurs Lacon ne pouvait pas l'attendre. Il reprit ses allées et venues, comme un randonneur qui a des kilomètres à faire. Lacon, Strickland, Mostyn, se dit Smiley, tandis que les grosses chaussures de Strickland martelaient le plancher. Un homme à tout faire du Cabinet, un combinard du Cirque, un jeune homme affolé. Pourquoi pas des gens ayant un peu de substance ? Pourquoi pas l'officier traitant de Vladimir, quel qu'il soit ? Pourquoi pas Saul Enderby, leur chef ?

Un couplet d'Auden retentit dans son esprit, souvenir du temps où il avait l'âge de Mostyn : *Honorons si nous le pouvons l'homme vertical, encore que nous n'apprécions que l'horizontal.* Ou quelque chose comme ça.

Et pourquoi Smiley ? songea-t-il. Surtout, pourquoi moi ? Qu'est-ce que je fais là, alors que pour eux je suis plus mort que le vieux Vladimir.

« Voulez-vous du thé, monsieur Smiley ou quelque chose de plus fort ? » cria Mostyn par la porte ouverte de la cuisine. Smiley se demanda s'il était toujours aussi pâle.

« Seulement du thé, merci, Mostyn ! lança Lacon en opérant un rapide demi-tour. Après une secousse, le thé est bien plus sûr. Avec du sucre, n'est-ce pas, George ? Le sucre remplace l'énergie perdue. Etait-ce horrible, George ? Comme c'est affreux pour vous. »

Non, ça n'était pas affreux, c'était la réalité, se dit Smiley. Il a été abattu et je l'ai vu mort. Vous devriez peut-être le voir aussi.

De toute évidence incapable de laisser Smiley tranquille, Lacon s'était rapproché et fixait sur lui un regard aigu et incompréhensif. C'était un être insipide, brusque mais sans élan, avec des traits juvéniles qui avaient cruellement vieillis et une irritation malsaine autour du cou, là où sa chemise lui râpait la peau. Dans cette lumière mystique entre l'aube et le matin, son gilet noir et son col blanc brillaient comme une soutane.

« C'est à peine si je vous ai dit bonjour, déplora Lacon comme si c'était la faute de Smiley. George. Mon vieil ami. Ah ! mon Dieu.

— Bonjour, Oliver », dit Smiley.

Lacon demeurait là, à le dévisager, sa longue tête penchée de côté, comme un enfant qui examine un insecte. Dans sa mémoire, Smiley rejoua le coup de téléphone fébrile de Lacon deux heures auparavant. *C'est une urgence, George. Vous vous souvenez de Vladimir ? George, vous êtes réveillé ? Vous vous rappelez le vieux Général, George. Il vivait à Paris ?*

Oui, je me souviens du Général, avait-il répondu. Oui, Oliver, je me rappelle Vladimir.

Nous avons besoin de quelqu'un qui appartienne à son passé, George. Quelqu'un qui ait connu ses petites manies, qui puisse l'identifier, étouffer tout risque de scandale. Nous avons besoin de vous, George. Maintenant, George, réveillez-vous.

Il s'y était efforcé. Tout comme il avait essayé de transférer le combiné sur sa meilleure oreille et de se redresser dans un lit trop large pour lui. Il était affalé dans l'espace froid abandonné par sa femme, parce que c'était de ce côté-là que se trouvait le téléphone.

Vous voulez dire qu'il a été abattu ? avait répété Smiley.

George, vous ne pouvez donc pas écouter ? On l'a abattu. Ce soir. George, au nom du ciel, réveillez-vous, nous avons besoin de vous !

Lacon repartit au petit trot, tirant sur sa chevalière comme si elle le serrait. *J'ai besoin de vous,* se dit Smiley en le regardant pivoter. *Je vous aime, je vous déteste, j'ai besoin de vous.* Ce genre de déclaration apocalyptique le faisait penser à Ann, lorsqu'elle était à court d'argent ou d'amour. Le cœur de la phrase, c'est le sujet, se dit-il. Ce n'est pas le verbe, et encore moins le complément. C'est l'ego qui réclame sa pâture.

Besoin de moi pour quoi ? se demanda-t-il encore. Pour les consoler ? Pour leur donner l'absolution ? Qu'ont-ils donc fait qu'ils aient besoin de mon passé pour redresser leur avenir ?

Au bout de la pièce, Lauder Strickland levait un bras dans un salut fasciste tout en s'adressant à l'Autorité.

« Oui, chef, il est avec nous en ce moment, monsieur... Je vais le lui dire, monsieur... Certainement, monsieur... Je lui transmettrai ce message... Oui, monsieur... » Pourquoi les Écossais éprouvent-ils une telle attirance pour l'univers des services secrets ? se demanda Smiley, et pas pour la première fois de sa carrière. Chefs mécaniciens, administrateurs coloniaux, espions... L'hérétisme de ces histoires écossaises les attirait vers les églises lointaines.

« George ! » C'était Strickland, qui parlait soudain d'une voix beaucoup plus forte, criant le nom de Smiley comme un ordre. « Sir Paul vous adresse ses plus cordiales salutations, George ! » Il avait fait demi-tour, toujours le bras levé. « Dans un moment plus calme, il vous exprimera de façon plus convenable sa gratitude. » Il revenait au téléphone : « Oui, chef, Oliver Lacon est aussi avec moi et son homologue au Home Office est en ce moment en conférence avec le préfet de police à propos de nos rapports antérieurs avec le défunt et la préparation de l'avis D pour la presse. »

Nos rapports antérieurs, enregistra Smiley. Des rapports antérieurs avec cette créature au visage déchiqueté par une balle et sans cigarettes dans ses poches. Mais de la craie jaune. Smiley inspecta Strickland sans se gêner : l'horrible costume vert, les chaussures en peau de porc retournée imitation daim. Le seul changement qu'il pouvait enregistrer chez lui, c'était une moustache rousse pas tout à fait aussi militaire que celle de Vladimir lorsqu'il en avait encore une.

« Oui, monsieur, un dossier fermé d'un intérêt purement historique, monsieur », poursuivit Strickland au téléphone. Fermé est bien le mot, songea Smiley. Fermé, rangé, enterré. « C'est exactement la terminologie, reprit Strickland. Et Oliver Lacon propose de la faire figurer mot pour mot dans l'avis D. Je ne me trompe pas là-dessus, Oliver ?

— *Qui ne peut intéresser que les historiens,* répondit Lacon avec irritation. *Pas d'un intérêt purement historique.* Il ne nous manquerait plus que cela ! Historique. » Il traversa la pièce à grands pas, pour s'en aller ostensiblement regarder par la fenêtre le jour qui se levait.

« C'est bien toujours Enderby qui dirige, Oliver ? demanda Smiley dans le dos de Lacon.

— Oui, oui, c'est toujours Saul Enderby, votre vieil adversaire, et il fait des merveilles, répliqua Lacon d'un ton impatient. (Tirant sur le rideau, il le fit dérailler de sa tringle.) Pas votre style, je vous l'accorde... Pourquoi faudrait-il ? C'est un homme de l'Alliance Atlantique. (Il essayait de faire quand même glisser le rideau.) Ça n'est pas facile de travailler avec un gouvernement comme le nôtre, je peux vous le dire. » Il donna une secousse brutale au cordon de tirage. Un courant d'air glacé vint entourer les genoux de Smiley. « Ça demande bien des démarches. Mostyn, où en est le thé ? J'ai l'impression que nous attendons depuis une éternité. »

Toute notre vie, songea Smiley.

Par-dessus le bruit d'un camion qui peinait dans la montée, il entendit de nouveau Strickland, poursuivant son interminable conversation avec Saul Enderby. « Je crois que ce qu'il faut avec la presse, c'est de ne pas minimiser *exagérément* son rôle, chef. Dans une affaire comme ça, l'essentiel c'est que ça ait l'air assommant. Même le côté vie privée est dangereux en l'occurrence. Ce que nous voulons, c'est qu'il n'y ait pas le moindre rapport avec l'époque présente. Oh ! tout à fait, tout à fait, chef, très bien... » Il ronronnait sans se lasser, flagorneur, mais sur ses gardes.

« Oliver... commença Smiley qui perdait patience. Oliver, ça ne vous ennuierait pas simplement... »

Mais Lacon parlait et n'écoutait pas. « Comment va Ann ? demanda-t-il d'un ton vague, toujours tourné vers la fenêtre, et tirant ses bras sur le rebord. Elle est avec vous et tout ça, j'imagine ? Nous ne la verrons plus, n'est-ce pas ? Dieu, que je déteste l'automne.

— Elle va bien, merci. Comment va... » Il s'efforça sans succès de se rappeler le nom de la femme de Lacon.

« Elle m'a abandonné, figurez-vous. Elle a filé avec son exaspérant maître d'équitation, la garce. Elle m'a laissé avec les enfants. Les filles sont en pension, Dieu merci. » Penché en avant, Lacon contemplait le ciel qui s'éclairait. « C'est Orion là-haut, coincé comme une balle de golf entre les pots de cheminée ? » demanda-t-il.

Encore une autre mort, pensa Smiley avec tristesse, évoquant un instant le mariage brisé de Lacon. Il se souvenait d'une jolie femme peu mondaine et d'une ribambelle de filles caracolant sur des poneys dans le jardin de leur immense maison d'Ascot.

« Je suis navré, Oliver, dit-il.

— Pourquoi le seriez-vous ? Ça n'est pas *votre* femme, c'est la mienne. En amour, c'est chacun pour soi.

— Pourriez-vous fermer cette fenêtre, s'il vous plaît, cria Strickland, qui composait un nouveau numéro. C'est le pôle Nord ici. »

Refermant la fenêtre d'un geste agacé, Lacon revint vers le centre de la pièce.

Smiley fit une seconde tentative. « Oliver, qu'est-ce qui se passe ? demanda-t-il. Pourquoi aviez-vous besoin de moi ?

— Tout d'abord, vous étiez le seul qui le connaissiez. Strickland, vous avez bientôt fini ? On dirait un de ces haut-parleurs d'aéroport, dit-il à Smiley avec un sourire stupide. Ça n'en finit jamais. »

Au fond, Oliver était très fragile, se dit Smiley en remarquant le regard absent de Lacon comme il arrivait en pleine lumière. Vous en avez trop vu, songea-t-il dans un élan inattendu de compassion. Nous en avons trop vu tous les deux.

De la cuisine, le mystérieux Mostyn apparut avec le thé : un enfant de l'époque, plein de bonne volonté, avec un pantalon évasé et une crinière de cheveux bruns. En le voyant poser le plateau, Smiley finit par le restituer dans son propre passé. Ann avait eu jadis un amant comme lui, un ordinand du collège théologique de Wells. Elle l'avait pris alors qu'il faisait de l'auto-stop sur l'autoroute M4 et avait prétendu plus tard l'avoir sauvé de l'homosexualité.

« Dans quelle section êtes-vous, Mostyn ? lui demanda Smiley avec douceur.

— Le tout-venant, monsieur. (Il s'accroupit au niveau de la table, révélant une souplesse d'Asiatique.) Depuis votre époque, en fait, monsieur. C'est une sorte de pool opérationnel. Surtout des stagiaires attendant des affectations à l'étranger.

— Je vois.

— Je vous ai entendu faire une conférence à la nursery de Sarratt, monsieur. Pour le cours des nouveaux. « Manipulation de l'agent sur le terrain. » C'est ce que j'ai entendu de mieux au cours des deux ans que j'ai passés là.

— Merci. » Mais les yeux de veau de Mostyn restaient fixés sur lui.

« Merci, répéta Smiley, plus surpris qu'avant.

— Lait, monsieur, ou bien citron ? Le citron était pour *lui* », ajouta Mostyn tout bas, comme si c'était une recommandation pour le citron.

Strickland avait raccroché et tripotait la ceinture de son pantalon, pour la serrer ou la desserrer.

« Oui, ma foi, il nous faut adoucir la vérité, George ! lança soudain Lacon comme si c'était une profession de foi personnelle. Les gens parfois sont innocents mais les circonstances peuvent les faire apparaître sous un tout autre jour. Il n'y a jamais eu d'âge d'or. Il n'y a qu'une moyenne d'or. Il ne faut pas oublier cela. On devrait le marquer sur nos miroirs de salle de bains. »

Strickland arrivait en se dandinant : « Vous. Mostyn. Jeune Nigel. Vous, monsieur ! »

En réponse, Mostyn leva vers lui ses yeux bruns au regard grave.

« Ne mettez rien par écrit, rien du tout », le prévint Strickland en essuyant le dos de sa main sur sa moustache comme si l'une ou l'autre était humide. « Vous m'entendez ? C'est un ordre d'en haut. Il n'y a pas eu de rencontre, alors vous n'avez pas besoin de remplir la feuille de rencontre habituelle ni rien de ce genre. Vous n'avez rien d'autre à faire que de rester bouche cousue. Vous comprenez ? Vous vous ferez rembourser vos frais à la petite caisse. A moi, directement. Pas de référence de dossier. Vous comprenez ?

— Je comprends, dit Mostyn.

— Et pas de conférence chuchotée à ces petites dindes des Archives, ou je le saurai. Vous m'entendez ? Donnez-nous du thé. »

Quelque chose se passa à l'intérieur de George Smiley lorsqu'il entendit cette conversation. Au milieu du vague informe de ces dialogues, de l'horreur de cette scène sur le Heath, une seule vérité bouleversante le frappa. Il éprouva un tiraillement quelque part dans la poitrine et il eut l'impression un instant d'être coupé de toute communication avec la pièce et ces trois personnages obsédés qu'il y avait trouvés. *Une feuille de rencontre ?* Pas de *rencontre ?* Une *rencontre* entre Mostyn et Vladimir ? *Dieu du ciel,* songea-t-il. *Le Seigneur nous préserve, nous dorlote et nous protège.* Mostyn était l'officier traitant de Vladimir ! *Ce vieil homme, un général, notre gloire jadis, et ils l'ont envoyé à ce garçon mal dégrossi !* Puis une autre secousse, plus violente encore, tandis qu'une explosion intérieure de fureur balayait sa surprise. Il sentit ses lèvres trembler, sa gorge se gonfler d'indignation, l'empêchant de parler, et lorsqu'il se tourna vers Lacon, ses lunettes semblaient embuées par la chaleur.

« Oliver, je me demande si cela vous ennuierait au bout du compte de me dire ce que je fais ici », s'entendit-il suggérer pour la troisième fois, sur un ton à peine plus fort qu'un murmure.

Tendant le bras, il retira la bouteille de vodka du seau. Toujours sans qu'on l'y eût invité, il rompit la capsule et se versa une généreuse rasade.

Même après cela, Lacon hésita, réfléchit, balaya la pièce du regard, gagna du temps. Dans le monde de Lacon, une question directe était le summum du mauvais goût, mais les réponses directes étaient encore pires. Un moment, surpris au milieu d'un geste au centre de la pièce, il resta immobile à fixer Smiley d'un regard incrédule. Une voiture grimpait la côte avec peine, apportant de l'autre côté de la fenêtre des nouvelles du monde réel. Lauder Strickland lapait son thé. D'un air compassé, Mostyn s'était juché sur un tabouret de piano devant lequel il n'y avait pas de piano. Mais Lacon, avec ses gestes saccadés, ne pouvait que s'efforcer de déterrer des mots elliptiques pour masquer le sens de ses propos.

« George », fit-il. Une rafale de pluie vint cingler la fenêtre, mais il n'y prêta pas attention. « Où est Mostyn ? » demanda-t-il.

Mostyn, à peine installé, s'était esquivé pour aller satisfaire un besoin naturel tant il était nerveux. On entendit le fracas de la chasse d'eau, qui retentit comme un roulement de grosse caisse, et le gargouillement des canalisations dans tout l'immeuble. Lacon porta une main à son cou, palpant les parties irritées.

A contrecœur, il commença : « Il y a trois ans, George — commençons par là... peu après votre départ du Cirque... Votre successeur, Saul Enderby — votre digne successeur — sous la pression d'un cabinet accablé de problèmes. Par *accablé de problèmes,* je veux dire nouvellement formé — décida de procéder à certaines modifications d'envergure dans la pratique du renseignement. Je vous situe simplement les choses en général, George, expliqua-t-il en s'interrompant. Je fais cela parce que je sais qui vous êtes, à cause du bon vieux temps et à cause (il braqua un doigt sur la fenêtre), à cause de ce qui s'est passé là-bas. »

Strickland avait déboutonné son gilet et était affalé, ensommeillé et repu comme un passager de première classe sur un vol de nuit. Mais ses petits yeux attentifs suivaient chacune des bottes que portait Lacon. La porte s'ouvrit et se ferma pour livrer passage à Mostyn, lequel revint se percher sur le tabouret de piano.

« Mostyn, je compte sur vous pour garder le silence là-dessus. Je parle de haute, très haute politique. Une de ces modifications d'envergure, George, était la décision de constituer un comité d'orientation interministériel. Un comité *mixte* (il souligna l'expression d'un geste de ses doigts joints), en partie Westminster, en partie

Whitehall, représentant le cabinet aussi bien que les principaux clients de Whitehall. Connus sous le nom de Comité des Sages. Mais placé — George — placé *entre* la fraternité du renseignement et le cabinet. Pour faire office de filière, de filtre, de frein. (Une main était restée tendue, distribuant ces métaphores comme des cartes.) Pour regarder par-dessus l'épaule du Cirque. Pour exercer un certain contrôle, George. Une mission de vigilance et de responsabilité dans l'intérêt d'un gouvernement plus ouvert. Ça ne vous plaît pas. Je le lis sur votre visage.

— Je ne suis plus dans le coup, dit Smiley. Je n'ai pas qualité pour juger. »

Soudain le visage de Lacon prit une expression consternée et il baissa le ton, frôlant le désespoir.

« Je voudrais que vous les *entendiez,* George, nos nouveaux maîtres ! Je voudrais que vous les entendiez parler du Cirque ! Je suis leur sous-verge, sacrebleu ! Je le sais, j'y ai droit tous les jours ! Les sarcasmes, la suspicion. De la méfiance à tous les tournants, même de la part de ministres qui devraient pourtant avoir plus de jugeote. Comme si le Cirque était une bête enragée dépassant leur compréhension. Comme si le renseignement britannique était une sorte de succursale du parti conservateur. Pas du tout leur allié, mais quelques hyperautonomes dans leur nid socialiste. Comme dans les années 30. Vous savez, ils reparlent même d'une loi britannique sur la liberté de l'information, conçue d'après le modèle américain ? Venant du *sein* du cabinet ? Audiences publiques, de révélation, tout cela pour l'amusement du public ? Vous seriez choqué, George. Peiné. Pensez à l'effet qu'une décision pareille aurait, rien que sur le moral. Est-ce que Mostyn ici présent se serait jamais engagé au Cirque après ce genre de publicité dans la presse ou Dieu sait où ? N'est-ce pas, Mostyn ? »

La question parut frapper Mostyn au tréfonds de l'âme car ses yeux graves, rendus plus sombres encore par son teint maladif, se firent plus graves encore, et il porta un pouce et un doigt à ses lèvres. Mais il ne dit rien.

« Où en étais-je, George ? demanda Lacon ayant soudain perdu le fil de son récit.

— Au Comité des Sages », fit Smiley avec compassion.

Du canapé, Lauder Strickland lança son avis personnel sur cet organisme : « Sages, mon œil. Un ramassis de marchandes de flanelle de gauche. Qui voudrait régenter nos existences. Nous dire comment faire marcher la boutique. Nous taper sur les doigts quand nous faisons une erreur dans nos additions. »

Lacon lança à Strickland un regard réprobateur mais ne le contredit pas.

« Une des activités *les moins* discutables des Sages, George... un de leurs premiers devoirs... que leur ont précisément confié nos maîtres... enchâssés dans une charte rédigée en commun... était de faire *l'inventaire.* De passer en revue les ressources du Cirque dans le monde entier et de les comparer aux objectifs légitimes d'aujourd'hui. Ne me demandez pas ce qui constitue à leurs yeux un objectif légitime d'aujourd'hui. C'est un sujet qui prête fort à controverse. Toutefois, je ne dois pas me montrer déloyal. (Il revint à son texte.) Qu'il me suffise de dire qu'au cours d'une période de six mois on procéda à un inventaire et à des coupes sombres dans les règles. (Il s'interrompit, pour regarder Smiley.) Vous me suivez, George ? » demanda-t-il d'un ton surpris.

Mais ce n'était guère possible, à cet instant, de dire si Smiley suivait qui que ce fût. Ses lourdes paupières étaient presque closes, et ce qui demeurait visible de ses yeux était voilé par les verres épais de ses lunettes. Il était assis bien droit, mais sa tête était penchée en avant et ses mentons rebondis reposaient sur sa poitrine.

Lacon hésita encore un moment puis reprit : « Donc, à la suite de ces coupes sombres — de cet inventaire, si vous préférez — de la part de nos Sages, certaines catégories d'opérations clandestines ont été *ipso facto* éliminés. *Verboten.* Vous voyez ? »

Allongé sur son canapé, Strickland entonna l'indicible : « Pas de provocation. Pas de belles blondes. Pas d'agents doubles. Pas d'incitation à la défection. Pas d'émigrés. Rien de rien.

— Qu'est-ce que c'est ? » dit Smiley, comme s'il émergeait soudain d'un profond sommeil. Mais des questions aussi abruptes n'étaient pas du goût de Lacon et il n'en tint pas compte.

« Ne soyons pas simplistes, je vous en prie, Lauder. Ayons une approche sérieuse de ces affaires. Une réflexion conceptuelle dans ce domaine essentiel. Les Sages composèrent donc un *codex*, George, reprit-il à l'adresse de Smiley. Un catalogue des pratiques proscrites. Vous voyez ? » Mais Smiley attendait plutôt qu'il n'écoutait. « Ça couvrait l'ensemble... sur le bon et le mauvais usage des agents, sur nos droits de pêche dans les pays du Commonwealth ou sur leur absence — toutes sortes de choses. Les écoutes, la surveillance à l'étranger, les opérations sous un pavillon de complaisance — bref, une tâche gigantesque, à laquelle ils se sont attaqués avec courage. » A la stupéfaction de tous sauf de lui-même, Lacon joignit ses doigts, tourna ses paumes vers l'extérieur et fit craquer les jointures dans un staccato provocant.

Il reprit : « Figuraient *aussi* dans leurs listes d'interdiction — et c'est véritablement un document sans finesse, George, sans respect des traditions — des activités telles que l'utilisation classique des agents doubles. Une *obsession*, comme nos nouveaux maîtres se plaisaient à l'appeler dans leurs découvertes. Les vieux jeux de la provocation — le retournement et la remise en service des espions de nos ennemis — ç'eût été de votre temps la substance même du contre-espionnage — aujourd'hui, George, suivant l'opinion collective des Sages — aujourd'hui, ils sont considérés comme démodés. Pas rentables. A jeter. »

Un autre camion dévalait la pente dans un grand fracas, puis il la remontait. On entendit le choc de ses roues contre le trottoir.

« Seigneur, murmura Strickland.

— Ou bien... par exemple... je cite un autre exemple au hasard... l'importance exagérée accordée aux groupes d'exilés. »

Cette fois il n'y avait plus de camion : rien que le silence profond et accusateur qu'il avait laissé dans son sillage. Smiley était toujours assis dans la même position, recueillant les propos sans les juger, son attention tout entière concentrée sur Lacon, qu'il entendait avec l'acuité des aveugles.

« Les groupes d'exilés, cela vous intéressera de l'apprendre, poursuivit Lacon, ou de façon plus exacte, les relations consacrées que le Cirque entretenait avec eux — les Sages préfèrent appeler ça *dépendance* — je trouve le mot un peu fort — j'ai émis là-dessus des protestations mais on n'a pas voulu m'écouter — sont considérées aujourd'hui comme des activités de provocation, antidétente, de nature à envenimer les relations. Une indulgence coûteuse. Ceux qui s'en occupaient le font *sous peine d'excommunication.* Absolument, George. Nous en sommes arrivés là. Voilà jusqu'où s'étend leur autorité ; vous vous rendez compte. »

D'un geste qui semblait dénuder sa poitrine pour l'offrir aux assauts de Smiley, Lacon écarta les bras et resta planté là, le dévisageant comme il l'avait fait tout à l'heure, tandis qu'en arrière-plan, avec son accent écossais, Strickland une fois de plus dénonçait la même vérité de façon plus brutale.

« Les groupes ont été jetés au panier, George, dit Strickland. Tous autant qu'ils sont. Sur ordre d'en haut. Pas de contact avec eux, pas même du bout des doigts. Y compris les défunts artistes de Vladimir pour la mort et pour la gloire. Des archives spéciales à double clé pour eux au cinquième étage. Accès interdit sans le consentement écrit du chef. Avec copie dans le rapport hebdomadaire à l'attention des Sages. C'est une époque bien troublée, George, je vous le dis, vraiment bien troublée.

— Allons, George, calmez-vous, fit Lacon mal à l'aise, surprenant des propos que les autres n'avaient pas entendus.

— Quelle totale absurdité ! » répéta délibérément Smiley.

Il avait relevé la tête et ses yeux étaient braqués sur Lacon, comme pour souligner la vigueur de sa contradiction. « Vladimir n'était pas *coûteux.* Ce n'était pas une indulgence non plus. Encore moins n'était-il pas rentable. Vous savez pertinemment qu'il avait horreur d'accepter notre argent. Nous étions obligés de le forcer, sinon il serait mort de faim. Quant à en venir aux relations — antidétente, si tant est que cela signifie quelque chose — eh bien, il fallait lui tenir les rênes de temps en temps comme on le fait avec la plupart des bons agents, mais lorsqu'on en arrivait là, il suivait nos ordres comme un agneau. Vous étiez un de ses admirateurs, Oliver. Vous savez aussi bien que moi ce qu'il représentait. »

Le calme de la voix de Smiley ne masquait pas sa mordante ironie et Lacon avait remarqué aussi les dangereuses taches de couleur qui apparaissaient sur ses joues.

Lacon se tourna aussitôt vers le plus faible des assistants : « Mostyn, je compte sur vous pour oublier tout cela. Vous entendez ? Strickland, dis-lui. »

Strickland obéit avec alacrité : « Mostyn, vous vous présenterez au surveillant ce matin à 10 h 30 précises pour signer un certificat d'endoctrinement que je composerai et que je viserai moi-même !

— Bien, monsieur », dit Mostyn après une pause quelque peu bizarre.

Ce fut seulement alors que Lacon réagit à l'objection de Smiley : « George, j'admirais l'*homme.* Jamais son Groupe. Il y a là une distinction radicale. L'homme, oui. A bien des égards, une figure héroïque si vous voulez. Mais ceux qu'il hantait : des fantaisistes, les principicules fauchés. Ni les agents envoyés pour les infiltrer par le Centre de Moscou et qu'ils accueillaient avec une telle chaleur dans leur sein. Jamais. Les Sages ont raison là-dessus, et vous ne pouvez pas le nier. »

Smiley avait ôté ses lunettes et les astiquait avec le gros bout de sa cravate. A la pâle lumière qui pénétrait maintenant à travers les rideaux, son visage rebondi paraissait moite et sans défense.

« Vladimir était l'un des meilleurs agents que nous ayons jamais eus, dit carrément Smiley.

— Parce que c'était un des vôtres, vous voulez dire ? ricana Strickland, derrière le dos de Smiley.

— Parce qu'il était bon ! lança Smiley. (Et il y eut un silence stupéfait dans la pièce pendant qu'il se reprenait.) Le père de Vladimir était un Estonien et un bolchevik passionné, Oliver, poursuivit-il d'un ton plus calme. C'était un homme de loi, un avocat. Staline a récompensé son loyalisme en le faisant exécuter lors des purges. Vladimir était né Voldemar, mais il est allé jusqu'à changer son nom en Vladimir par fidélité envers Moscou et la Révolution. Il voulait toujours croire, malgré ce qu'ils avaient fait à son père. Il s'est engagé dans l'Armée rouge et par la grâce de Dieu a échappé en même temps aux purges. La guerre lui a fait avoir de l'avancement, il s'est battu comme un lion et, quand elle a été terminée, il a attendu la grande libéralisation russe dont il rêvait et la libération de son peuple. Tout cela n'est jamais venu. Au contraire, il a été témoin des répressions impitoyables exercées dans sa patrie par le gouvernement qu'il avait servi. Des dizaines de milliers de ses compatriotes estoniens sont partis pour les camps, et parmi eux plusieurs membres de sa famille. (Lacon ouvrit la bouche pour l'interrompre, mais eut la sagesse de la refermer.) Ceux qui ont eu de la chance se sont réfugiés en Suède et en Allemagne. Nous parlons là d'une population d'un million de gens sérieux et travailleurs, complètement massacrée. Un soir, par désespoir, il nous a proposé ses services. A nous, les Anglais. A Moscou. Pendant trois ans après cela il a espionné pour nous le cœur même de la capitale. Il a tout risqué pour nous, chaque jour.

— Et inutile de préciser que c'est notre ami George, ici présent, qui était son officier traitant », grommela Strickland, essayant encore vaguement de laisser entendre que c'était ce fait même qui avait causé la disgrâce de Smiley. Mais Smiley ne se laissait pas arrêter. A ses pieds, le jeune Mostyn ouvrait ses yeux tout grands et écoutait dans une sorte de transe.

« Nous lui avons même donné une médaille, si vous vous souvenez, Oliver. Pas pour la porter ni la posséder, bien sûr. Mais quelque part, sur un bout de parchemin que de temps en temps il était autorisé à regarder, avec une signature qui ressemblait beaucoup à celle de notre souverain.

— George, c'est de l'histoire, protesta faiblement Lacon. Ce n'est pas *aujourd'hui.*

— Pendant trois longues années, Vladimir a été la meilleure source que nous ayons jamais eue sur les possibilités et les intentions des Soviétiques — et au plus fort de la guerre froide. Il était proche de leurs milieux du renseignement et faisait des rapports là-dessus. Et puis un jour au cours d'une visite de service à Paris, il a pris le risque de sauter la barrière, et Dieu soit loué qu'il l'ait fait, car sans cela il aurait été abattu bien plus tôt. »

Lacon était soudain tout désemparé. « Qu'est-ce que vous voulez dire ? demanda-t-il. Comment cela, *plus tôt* ? Qu'est-ce que vous racontez ?

— Je veux dire qu'en ce temps-là le Cirque était, dans son ensemble, dirigé par un agent du Centre de Moscou, répliqua Smiley avec une patience redoutable. C'est par le plus pur hasard que Bill Haydon se trouvait être en poste à l'étranger au moment où Vladimir travaillait pour nous. Trois mois de plus et Bill l'aurait grillé. »

Lacon ne trouvant rien à dire, Strickland vint combler le vide à sa place.

« Bill Haydon par-ci, Haydon par-là, ricana-t-il. Tout cela parce que vous étiez particulièrement lié avec lui... (Il allait continuer mais se ravisa.) Bon sang, conclut-il d'un ton morne, Haydon est mort, et toute cette époque.

— Tout comme Vladimir, fit doucement Smiley, et une fois de plus il y eut une pause dans le débat.

— George, psalmodia Lacon d'un ton grave, comme s'il avait à retardement trouvé la page qu'il cherchait dans le livre de prières, nous sommes des *pragmatistes,* George. Nous nous *adaptons.* Nous ne sommes *pas* les gardiens de quelque flamme sacrée. Je vous demande, je vous recommande de ne pas oublier cela ! »

Calme mais résolu, Smiley n'avait pas tout à fait fini l'oraison funèbre du vieil homme, et peut-être sentait-il déjà que c'était la seule à laquelle ce dernier aurait jamais droit.

« Et lorsqu'il s'est découvert, d'accord, il avait perdu sa valeur, comme c'est le cas de tous les ex-agents, continua-t-il.

— C'est bien vrai, fit Strickland *sotto voce*.

— Il est resté à Paris et s'est lancé de tout son cœur dans le mouvement d'indépendance balte. D'accord, c'était une cause perdue. Il se trouve qu'aujourd'hui encore, les Anglais ont refusé la reconnaissance *de jure* de l'annexion des trois États baltes par les Soviétiques — mais peu importe cela aussi. L'Estonie, vous ne le savez peut-être pas, Oliver, conserve à Queen's Gate une légation et un consulat général tout à fait respectables. Cela ne nous gêne pas, apparemment, de soutenir des causes perdues une fois qu'elles le sont bel et bien. Mais pas avant. (Il prit une brève inspiration.) C'est d'accord, à Paris il a formé un groupe balte et le groupe n'a fait que décliner, comme le font toujours les groupes d'émigrés et les causes perdues — laissez-moi continuer, Oliver, je ne suis pas souvent long !

— Mais, mon cher, dit Lacon, et il rougit. Soyez aussi long qu'il vous plaira, ajouta-t-il, étouffant un nouveau grognement de Strickland.

— Son groupe s'est divisé, il y a eu des querelles. Vladimir était pressé et voulait rassembler toutes les factions sous un seul chapeau. Les factions avaient leurs droits acquis et n'étaient pas d'accord. Il y a eu une bataille rangée, quelques têtes ont été brisées et les Français l'ont expulsé. Nous l'avons installé à Londres avec deux de ses lieutenants. Sur ses vieux jours, Vladimir était revenu à la religion luthérienne de ses ancêtres, troquant le Sauveur marxiste pour le Messie chrétien. Nous sommes censés encourager cela aussi, je crois. Ou peut-être n'est-ce plus notre politique ? Voilà maintenant qu'il a été assassiné. Puisque nous parlons situation, voilà ce qu'était celle de Vladimir. Maintenant, pourquoi suis-je ici ? »

Le coup de sonnette n'aurait pu arriver à un meilleur moment. Lacon était encore tout rose et Smiley, le souffle court, fourbissait une fois de plus les verres de ses lunettes. Se levant respectueusement, Mostyn l'acolyte ôta la chaîne de la porte pour laisser le passage à un grand agent de liaison à motocyclette agitant un trousseau de clés dans sa main gantée. Avec révérence, Mostyn apporta les clés à Strickland, qui signa un reçu et consigna leur arrivée dans son journal. L'estafette, après avoir lancé à Smiley un long regard presque teinté d'admiration, repartit, en laissant à Smiley l'impression coupable qu'il aurait dû la reconnaître, même sous tous ces accessoires. Mais Smiley avait des préoccupations plus pressantes. D'un geste dépourvu de tout respect, Strickland laissa tomber les clés dans la paume ouverte de Lacon.

« Très bien, Mostyn, racontez-lui ! lança soudain Lacon d'une voix sonore, mettant ainsi un terme à la diatribe de Smiley, que cela lui plût ou non. Racontez-lui comme vous me l'avez fait. »

5

Mostyn était assis, et observait une immobilité parfaite. Il parlait d'un ton feutré. Pour l'entendre, Lacon s'était retiré dans un coin et, d'un air sagace, avait croisé ses doigts sous son nez. Mais Strickland s'était redressé et semblait, comme Mostyn lui-même, surveiller les propos du jeune homme afin de corriger de possibles erreurs.

« Vladimir a téléphoné au Cirque aujourd'hui à l'heure du déjeuner, monsieur, commença Mostyn, sans que l'on comprît avec clarté à quel « monsieur » il s'adressait. Je me trouvais être de service au tout-venant et c'est moi qui ai pris la communication. »

Strickland le reprit avec un empressement déplaisant : « Vous voulez dire *hier.* Soyez précis, si vous pouvez.

— Je vous demande pardon, monsieur. Hier, fit Mostyn.

— Bon, de la précision », fit Strickland d'un ton sévère.

Être de service au tout-venant, expliqua Mostyn, ne voulait dire guère plus que combler le creux de l'heure du déjeuner et vérifier les bureaux et les corbeilles à papier à l'heure de la fermeture. Le personnel du tout-venant était trop novice pour le service de nuit, aussi n'assurait-il ces permanences qu'à l'heure du déjeuner et le soir.

Et Vladimir, répéta-t-il, appela à l'heure du déjeuner, en utilisant la ligne de sauvetage.

« *La ligne de sauvetage ?* répéta Smiley, ahuri. Je ne crois pas savoir très bien ce que vous voulez dire.

— C'est le système que nous avons pour maintenir le contact avec les agents morts, monsieur, dit Mostyn, puis il porta ses doigts à sa tempe en murmurant : « Oh, mon Dieu ! » Il reprit : « Je veux dire, les agents qui ont fait leur temps mais qui sont toujours sur nos listes de pension, monsieur », enchaîna Mostyn l'air malheureux.

— Alors il a téléphoné et c'est vous qui avez pris la communication, fit Smiley avec bonté. Quelle heure était-il ?

— 1 h 15 exactement, monsieur. La permanence du tout-venant, c'est une sorte de salle des informations, comme un journal, vous voyez. Il y a ces douze bureaux et au bout il y a la cage du chef de section, avec une cloison vitrée qui nous sépare de lui. La ligne de sauvetage se trouve dans une boîte fermée à clé et normalement c'est le chef de section qui garde la clé. Mais à l'heure du déjeuner, il la donne au type de service. J'ai donc ouvert la boîte et j'ai entendu cette voix étrangère qui disait : « Allô. »

— Allons, Mostyn, avancez, grommela Strickland.

— J'ai répondu « allô », monsieur Smiley. C'est tout ce que nous faisons. Nous ne donnons jamais le numéro. Il a dit : « Ici Gregory qui appelle Max. J'ai quelque chose de très urgent pour lui. Voulez-vous me passer Max immédiatement. » Je lui ai demandé d'où il appelait, ce qui est la procédure habituelle, mais il m'a simplement répondu qu'il avait plein de monnaie. Nous n'avons pas l'instruction de repérer les appels qui nous arrivent, et d'ailleurs, ça prend trop longtemps. Auprès de la ligne de sauvetage il y a le sélecteur de fiches électriques, il y a tous les noms de code dessus. Je lui ai dit de ne pas quitter et j'ai tapé « Gregory ». C'est ce qu'on fait ensuite après avoir demandé d'où ils appellent. Et sur le sélecteur j'ai lu : « Gregory égale Vladimir, ex-agent, ex-général soviétique, ex-chef du Groupe de Riga. » Puis le numéro du dossier. J'ai tapé « Max » et je vous ai trouvé, monsieur. (Smiley acquiesça d'un petit signe de tête.) « Max égale Smiley. » J'ai tapé ensuite « Groupe de Riga » et je me suis aperçu que c'était vous leur dernier vicaire, monsieur.

— Leur *vicaire* ? fit Lacon, comme s'il venait de détecter une hérésie. Smiley, leur dernier *vicaire,* Mostyn. Au nom du ciel...

— Je croyais que vous aviez entendu tout cela, Oliver, dit Smiley pour couper court.

— Rien que l'essentiel, répondit Lacon. Dans une crise, on s'en tient à l'indispensable. »

Sans quitter Mostyn des yeux, avec son fort accent écossais, Strickland fournit à Lacon l'explication requise : « Les organisations comme le Groupe avaient par tradition deux officiers traitants : les facteurs qui se chargeaient des problèmes matériels, et le vicaire, qui était au-dessus de la mêlée. Leur image de paire, dit-il avec un petit signe de tête nonchalant en direction de Smiley.

— Et qui figurait dans le fichier comme son plus récent facteur, Mostyn ? demanda Smiley sans s'occuper le moins du monde de Strickland.

— Esterhase, monsieur, nom de code Hector.

— Il ne l'a pas demandé ? dit Smiley à Mostyn, parlant encore une fois par-dessus la tête de Strickland.

— Je vous demande pardon, monsieur ?

— Vladimir n'a pas demandé Hector ? Son facteur ? Il m'a demandé moi. Max. Seulement Max. Vous êtes sûr de cela ?

— C'est vous qu'il voulait, monsieur, et personne d'autre, dit Mostyn catégorique.

— Avez-vous pris des notes ?

— La ligne de sauvetage est enregistrée automatiquement au magnétophone, monsieur. Elle est également reliée à une horloge parlante, si bien que nous avons en même temps le chronométrage exact.

— Bon sang, Mostyn, c'est un détail confidentiel, lança Strickland. Mr Smiley est peut-être un ex-membre distingué, mais il ne fait plus partie de la famille.

— Alors qu'avez-vous fait ensuite, Mostyn ? demanda Smiley.

— Les consignes me laissaient très peu de latitude, monsieur, répondit Mostyn, manifestant une fois de plus, comme Smiley, l'indifférence étudiée envers Strickland. Aussi bien « Smiley » que « Esterhase » figuraient sur la liste d'attente, ce qui signifiait qu'on ne pouvait les contacter que par l'intermédiaire du cinquième étage. Mon chef de section était parti déjeuner, et il ne devait pas revenir avant 2 heures et quart. (Il eut un petit haussement d'épaule.) J'ai gagné du temps. Je lui ai dit de rappeler à 2 h 30. »

Smiley se tourna vers Strickland. « Je croyais vous avoir entendu dire que tous les dossiers d'émigrés avaient été consignés dans les archives spéciales ?

— Exact.

— N'y aurait-il pas dû y avoir une mention dans ce sens sur le sélecteur de fiches ?

— Il y aurait dû et il n'y en avait pas, dit Strickland.

— C'est bien là le point, monsieur, reconnut Mostyn, ne s'adressant qu'à Smiley. A ce stade il n'y avait aucune indication que Vladimir ou son groupe était en zone interdite. D'après la fiche, il donnait juste l'impression d'être un agent pensionné comme un autre qui se rappelait à notre attention. J'ai pensé qu'il avait besoin d'un peu d'argent, de compagnie ou je ne sais quoi. Je me suis dit qu'il n'y avait qu'à le confier au chef de section.

— Dont nous tairons le nom, Mostyn, fit Strickland. N'oubliez pas cela. »

Là-dessus, l'idée vint à Smiley que la réticence de Mostyn — cet air qu'il avait pendant tout le temps qu'il parlait de contourner avec dégoût quelque dangereux secret — tenait peut-être au fait qu'il cherchait à protéger un supérieur négligent. Mais les paroles suivantes de Mostyn lui firent écarter cette hypothèse, car il se donna beaucoup de mal pour laisser entendre que son supérieur était fautif.

« L'ennui, c'est que mon chef de section n'est rentré de déjeuner qu'à 3 h 15, si bien que quand Vladimir a appelé à 2 h 30, j'ai dû l'ajourner encore. Il était furieux, dit Mostyn. Vladimir, je veux dire. Je lui ai demandé si entre-temps je pouvais faire quelque chose et il m'a dit : « Trouvez Max. Trouvez-moi simplement Max. Dites à Max que j'ai été en contact avec certains amis, et aussi par ces amis avec les voisins. » Il y avait quelques notes sur la fiche à propos de son code et j'ai vu que « voisin » signifiait renseignement soviétique. »

Une impassibilité de mandarin se lisait sur le visage de Smiley. L'émotion de tout à l'heure était bien passée.

« Et tout cela, vous l'avez dûment signalé à votre chef de section à 3 h 15 ?

— Oui, monsieur.

— Lui avez-vous fait entendre l'enregistrement ?

— Il n'en avait pas le temps, dit Mostyn, impitoyable. Il devait partir tout de suite pour un long week-end. »

La brièveté délibérée des propos de Mostyn était maintenant si évidente que Strickland se crut obligé de combler les vides.

« Ma foi oui, il est hors de doute que si nous recherchons des boucs émissaires, George, ce chef de section de Mostyn a commis une erreur monumentale, il n'y a pas à hésiter là-dessus, déclara Strickland avec entrain. Il a omis de faire venir le dossier de Vladimir — que, bien sûr, on ne lui aurait pas communiqué. Il a omis de prendre connaissance des consignes sur le maniement des émigrés. Il semble aussi avoir été victime d'une sévère attaque de fièvre du week-end, en ne laissant aucune adresse où l'on pourrait le joindre au cas où on aurait besoin de lui. Dieu le protège lundi matin, je vous assure. Oh ! oui. Allons, Mostyn, nous attendons, mon garçon. »

Mostyn reprit docilement le fil de son histoire. Vladimir téléphona pour la troisième et dernière fois à 3 h 43, monsieur, dit-il en parlant encore plus lentement qu'avant. Ç'aurait dû être à 4 heures moins le quart, mais il avait deux minutes d'avance. Mostyn avait alors des instructions rudimentaires de son chef de section, qu'il répéta à Smiley : « Il appelait ça un traitement calmant. Je devais découvrir, si jamais il y avait quelque chose, ce que le vieux voulait vraiment et, si je n'y parvenais pas, prendre un rendez-vous avec lui pour le calmer. Je devais lui offrir un verre, monsieur, le tapoter dans le dos et ne rien lui promettre sauf de transmettre tout message qu'il me confierait.

— Et les « voisins » ? demanda Smiley. Ils n'ont pas posé de problème à votre chef de section ?

— Il a plutôt cru que c'était du cabotinage d'agent, monsieur.

— Oui, je vois. Je vois. (Pourtant, ses yeux, au contraire, se fermèrent complètement un moment.) Alors quelle a été cette troisième fois le dialogue avec Vladimir ?

— D'après Vladimir, ce devait être un rendez-vous immédiat ou rien du tout, monsieur. J'ai essayé avec lui les alternatives qu'on m'avait ordonnées : « Écrivez-nous une lettre... c'est de l'argent qu'il vous faut ? Ça peut facilement attendre lundi » — mais à ce moment-là il criait dans le téléphone : « Un rendez-vous ou rien. Ce soir ou rien. Les Règles de Moscou. J'insiste : les Règles de Moscou. Dites ça à Max... »

S'interrompant, Mostyn leva la tête et soutint sans sourciller le regard hostile de Lauder Strickland.

« Dites *quoi* à Max ? dit Smiley, ses yeux passant rapidement de l'un à l'autre d'entre eux.

— Nous parlons français, monsieur. La fiche disait que le français était sa seconde langue préférée et je n'ai que le niveau B en russe.

— Ça n'a rien à voir, lança Strickland.

— Dire *quoi* à Max ? » insista Smiley.

Le regard de Mostyn était fixé sur un point du plancher à un ou deux mètres de ses pieds. « Il voulait dire : dites à Max que j'insiste que ce sont les Règles de Moscou. »

Lacon, qui pendant ces dernières minutes avait gardé un silence qui ne lui ressemblait guère, intervint. « Il y a ici un point important, George. Ce n'était pas le Cirque qui était demandeur en l'occurrence. C'était *lui.* L'ex-agent. C'était lui qui insistait, qui nous pressait. S'il avait accepté notre suggestion, s'il nous avait envoyé par écrit son information, rien de cela n'aurait dû se produire. C'est lui qui s'est totalement attiré cette histoire. George, j'insiste pour que vous notiez ce point ! »

Strickland s'allumait une nouvelle cigarette.

« D'ailleurs qui a jamais entendu parler des Règles de Moscou à Hampstead ? demanda Strickland en éteignant son allumette. C'est du temps perdu.

— Pas pour tout le monde, fit doucement Smiley.

— Mostyn, finissez votre histoire », ordonna Lacon, rougissant jusqu'aux oreilles.

Ils étaient convenus d'une heure, reprit Mostyn d'une voix sourde, fixant maintenant sa paume gauche comme s'il lisait son propre avenir. « 10 h , monsieur. »

Ils s'étaient mis d'accord sur les Règles de Moscou, dit-il, et sur les procédures de contact habituelles, que Mostyn avait précisées plus tôt dans l'après-midi en consultant le répertoire des rencontres qui se trouvait au tout-venant.

« Et quelles étaient exactement les procédures de contact ? demanda Smiley.

— Un vrai rendez-vous de manuel, monsieur, répondit Mostyn. On se serait cru au cours d'entraînement de Sarratt, monsieur. »

Smiley se sentit soudain accablé par la profondeur du respect de Mostyn. Il n'avait pas envie d'être le héros de ce garçon, ni de se laisser caresser par sa voix, son regard, ses « monsieur ». Il n'était pas préparé à l'admiration claustrophobique de ces inconnus.

« Il y a un kiosque sur Hampstead Heath, à dix minutes à pied d'East Heath Road, qui domine un terrain de jeux sur le côté sud de l'avenue, monsieur. Le signal de sécurité était une punaise neuve enfoncée haut dans le premier support de bois à gauche en entrant.

— Et le contre-signal ? » demanda Smiley.

Mais il connaissait déjà la réponse.

« Une marque à la craie jaune, dit Mostyn. J'ai cru comprendre que le jaune était un peu la marque de fabrique du Groupe, autrefois. (Il avait adopté le ton d'une conclusion.) J'ai planté la punaise et je suis revenu ici l'attendre. Comme il ne se montrait pas, je me suis dit : ma foi, s'il a l'obsession du secret, il va falloir que je retourne au kiosque pour vérifier s'il n'a pas mis un contre-signal, alors je saurai s'il est dans les parages et s'il propose d'essayer la solution de rechange.

— Qui était quoi ?

— De le prendre en voiture près de la station de métro de Swiss Cottage à 11 h 40, monsieur. J'allais sortir pour aller voir quand Mr Strickland a téléphoné en m'ordonnant de ne pas bouger jusqu'à nouvel avis. » Smiley supposait qu'il avait terminé, mais ce n'était pas tout à fait vrai. Semblant ne plus penser à personne qu'à lui-même, Mostyn secoua lentement son pâle et beau visage. « Je ne l'ai jamais rencontré, dit-il avec une lenteur stupéfaite. C'était mon premier agent, je ne l'ai jamais rencontré, je ne saurai jamais ce qu'il essayait de me dire, fit-il. Mon premier agent, et il est mort. C'est incroyable. J'ai l'impression d'être un vrai porte-malheur. » Il secouait toujours la tête longtemps après avoir fini de parler.

Lacon ajouta une brève conclusion : « Eh bien oui, Scotland Yard a un ordinateur maintenant, George. La patrouille du Heath a trouvé le corps et a bouclé le secteur ; dès l'instant où on a fourni le nom à l'ordinateur, une lumière est apparue ou un tas de chiffres ou Dieu sait quoi, et ils ont tout de suite su qu'il figurait sur notre liste spéciale. A partir de là, tout a marché comme sur des roulettes. Le préfet de police a téléphoné au ministère de l'Intérieur, le ministère de l'Intérieur a téléphoné au Cirque...

— Et vous m'avez téléphoné, dit Smiley. Pourquoi, Oliver ? Qui a suggéré que vous me mettiez sur ce coup ?

— George, est-ce que ça a de l'importance ?

— Enderby ?

— Si vous insistez, oui, c'était Saul Enderby. George, écoutez-moi. »

C'était enfin le moment de Lacon. Le problème, quel qu'il pût être, était devant eux, circonscrit, même s'il n'était pas encore précisément défini. On avait oublié Mostyn. Lacon était planté d'un air assuré, dominant la silhouette assise de Smiley, et il avait repris l'attitude d'un vieil ami.

« George, dans la situation actuelle, je peux aller trouver les Sages et dire : « J'ai fait une enquête et le Cirque a les mains nettes. » Je peux dire cela. « Le Cirque n'a donné aucun encouragement à ces gens, ni à leur chef. Depuis toute une année on ne l'a pas payé ni secouru ! » En toute sincérité. Ce ne sont pas les gens du Cirque qui sont propriétaires de son appartement, de sa voiture, ils ne paient pas son loyer, ni l'éducation de ses bâtards, ils n'envoient pas de fleurs à sa maîtresse, et n'ont plus aucun des anciens — et regrettables — rapports avec lui ni avec son entourage. Ses seuls liens étaient avec le passé. Ses officiers traitants ont quitté la scène pour de bon : vous-même et Esterhase, tous les deux âgés, tous les deux à la retraite. Je peux dire cela une main sur la poitrine. Aux Sages et, si besoin en est, à mon ministre personnellement.

— Je ne vous suis pas, fit Smiley en affectant délibérément de ne pas comprendre. Vladimir était notre agent. Il essayait de nous dire quelque chose.

— Notre *ex*-agent, George. Comment pouvons-nous être *certains* qu'il essayait de nous dire quelque chose ? Nous ne lui avions donné *aucune instruction.* Il parlait d'une affaire urgente — même du Renseignement soviétique — c'est ce que font pas mal d'ex-agents quand ils tendent leur casquette pour avoir des subsides !

— Pas Vladimir », dit Smiley.

Mais avec la sophistique, Lacon était dans son élément. Il était né là-dedans, il la respirait, il pouvait voler et nager là-dedans, personne à Whitehall n'y excellait mieux que lui.

« George, on ne peut tout de même pas nous tenir responsables de chaque ex-agent qui est assez imprudent pour s'en aller faire une promenade nocturne dans un des endroits découverts de Londres qui deviennent de plus en plus dangereux ! (Il tendit les mains d'un geste suppliant.) George. Quelle version adopter ? Choisissez. A vous de choisir. D'un côté, Vladimir a demandé à bavarder avec vous. Des copains à la retraite — un brin de causette à propos du bon vieux temps — pourquoi pas ? Et pour se rendre intéressant, comme n'importe lequel d'entre nous pourrait le faire, il a prétendu qu'il avait quelque chose pour vous. Un renseignement précieux. Pourquoi pas ? Ils le font tous. Sur cette base-là, mon ministre nous soutiendra. Pas besoin de limogeage, de crise de colère, de grandes scènes à une réunion du Cabinet, il nous aidera à enterrer l'affaire. Pas question, bien sûr, de l'étouffer. Mais il fera appel à son jugement. Si je le prends dans l'humeur qui convient, il peut même décider qu'il est inutile d'aller ennuyer les Sages avec tout cela.

— Amen, fit Strickland en écho.

— D'un autre côté, insista Lacon, rassemblant toute sa force de persuasion pour l'estocade, si les choses venaient à s'effondrer, George, et que le ministre se mette en tête que nous étions en train d'utiliser ses bons offices afin d'effacer les traces de quelque aventure illicite qui aurait avorté... (Il s'était remis à marcher, comme s'il contournait un marécage imaginaire.) S'il y avait un scandale, George, et que l'on découvre que le Cirque s'y trouvait mêlé — votre ancien service, George, que vous aimez toujours, j'en suis sûr — aux agissements d'un organisme d'émigrés au revanchisme notoire... inconstants, bavards, violemment antidétente... Avec toutes sortes d'obsessions anachroniques... Une absolue survivance de la pire époque de la guerre froide... L'archétype même de tout ce que nos maîtres nous ont dit d'éviter. (Il avait regagné son coin, un peu en dehors du cercle de lumière.) Et qu'il y ait eu une mort, George... et une tentative pour étouffer l'affaire, comme on ne manquerait pas de le dire... avec toute la publicité qui s'attache à ce genre d'affaire... Eh bien, ce pourrait bien être un scandale de trop. Le service est encore un enfant sans force, George, un peu malade, et encore très délicat aux mains de ces nouveaux venus. A ce stade de sa progression, il pourrait mourir d'un rhume banal. Si c'est le cas, on ne manquera pas de la reprocher principalement à votre génération. Vous avez un devoir là, comme nous tous. Question de loyauté. »

Un devoir envers *quoi* ? se demanda Smiley, avec cette part de lui-même qui semblait parfois être là en spectateur. De loyauté envers *qui* ? « Il n'y a pas de loyauté sans trahison », se plaisait à lui dire Ann dans leur jeunesse, lorsqu'il s'aventurait à protester devant ses infidélités.

Pendant un moment personne ne parla.

« Et l'arme ? demanda enfin Smiley, du ton de quelqu'un qui essaie une théorie. Comment expliquez-vous cela, Oliver ?

— Quelle arme ? Il n'y avait pas d'arme. Il a été abattu. Selon toute probabilité par ses propres camarades, si l'on connaît un peu leur cabale. Sans parler de son penchant pour les épouses des autres.

— C'est vrai, il a été abattu, reconnut Smiley. Un coup de feu en plein visage. Presque à bout portant. Avec une balle à cône mou. On a procédé à une fouille superficielle. On lui a pris son portefeuille. C'est le diagnostic de la police. Mais le nôtre serait bien différent, n'est-ce pas, Lauder ?

— Pas question, fit Strickland en le foudroyant du regard à travers un nuage de fumée de cigarette.

— Eh bien, le mien le serait.

— Alors, entendons-le, George, fit Lacon, généreux.

— L'arme utilisée pour tuer Vladimir était un dispositif standard du Centre de Moscou, dit Smiley. Dissimulé dans un appareil de photo, un porte-documents, Dieu sait quoi. On tire une balle à cône mou à bout portant. Pour faire disparaître, pour punir et pour décourager les autres. Si je me souviens bien, on en avait même un en vitrine à Sarratt dans le musée noir à côté du bar.

— Il y est toujours. C'est horrible », fit Mostyn.

Strickland gratifia Mostyn d'un regard mauvais.

« Mais, George ! » s'écria Lacon.

Smiley attendit, sachant que lorsqu'il était de cette humeur-là, Lacon pouvait couvrir la voix de Big Ben.

« Ces gens... ces émigrés... dont ce pauvre type faisait partie... Est-ce qu'ils ne viennent pas de Russie ? Est-ce que la moitié d'entre eux n'ont pas été *en contact* avec le Centre de Moscou... A notre connaissance ou à notre insu ? Une arme comme ça — je ne dis pas que vous avez raison, bien sûr — une arme comme ça, dans leur milieu, pourrait être aussi banale qu'un morceau de fromage ! »

Contre la stupidité, les dieux eux-mêmes luttent en vain, songea Smiley ; mais Goethe avait oublié les bureaucrates. Lacon s'adressait à Strickland.

« Lauder. Il y a toujours en suspens la question de l'avis D. (C'était un ordre.) Peut-être devriez-vous leur passer un coup de fil pour voir où ils en sont ? »

En chaussettes, Strickland traversa docilement la pièce et composa un numéro.

« Mostyn, peut-être devriez-vous ranger ces choses dans la cuisine. Nous n'avons pas besoin de laisser des traces inutiles, n'est-ce pas ? »

Une fois Mostyn lui aussi congédié, Smiley et Lacon se retrouvèrent soudain seuls.

« C'est oui ou c'est non, George, reprit Lacon. Il y a du nettoyage à faire, des explications à donner aux fournisseurs, est-ce que je sais ? Le courrier. Le lait. Les amis. Tout ce que des gens comme ça ont autour d'eux. Personne ne connaît ces choses-là comme vous. Personne. La police a promis de vous laisser une certaine avance. Il n'est pas question de mesures dilatoires, mais ils observeront un certain ordre dans le déroulement des choses et ils laisseront la routine jouer son rôle. (D'un bond nerveux, Lacon s'approcha du fauteuil de Smiley et s'assit de guingois sur le bras.) George. Vous étiez leur vicaire. Très bien, je vous demande d'aller dire la messe. C'est *vous* qu'il réclamait, George. Pas nous. Vous. »

Posté comme tout à l'heure auprès du téléphone, Strickland l'interrompit : « Ils demandent une signature pour cet avis D, Oliver. Ils aimeraient que ce soit la vôtre, si ça vous est égal.

— Pourquoi pas celle du chef ? interrogea Lacon avec méfiance.

— Ils ont l'air de penser que la vôtre aura un peu plus de poids, j'imagine.

— Demandez-lui de ne pas quitter un instant, dit Lacon, et d'un geste de moulin à vent il plongea une main dans sa poche. Je peux vous donner les clés, George ? (Il les agita devant le visage de Smiley.) A certaines conditions. D'accord ? » Les clés tintaient toujours. Smiley les considéra et peut-être demanda-t-il « quelles conditions ? » ou peut-être se contenta-t-il de regarder ; il n'était pas vraiment d'humeur à faire une conversation. Il pensait à Mostyn et aux cigarettes disparues ; ou à des coups de fil à propos des voisins ; à des agents sans visage ; au sommeil. Lacon, lui, comptait. Il attachait une grande importance à énumérer ces paragraphes. « Un, vous êtes un simple citoyen, l'exécuteur testamentaire de Vladimir, et pas le nôtre. Deux, vous appartenez au passé, non pas au présent, et vous vous conduisez en conséquence. Au passé *assaini.* Que vous vous efforcerez de calmer les vagues et non d'en faire. Que vous réprimerez bien sûr ce vieil intérêt professionnel que vous lui portez, car on pourrait confondre le vôtre avec le nôtre. A ces conditions, puis-je vous donner les clés ? Oui ? Non ? »

Mostyn était planté sur le seuil de la cuisine. C'était à Lacon qu'il s'adressait, mais son regard grave se tournait sans cesse vers Smiley.

« Qu'est-ce que c'est, Mostyn ? demanda Lacon. Soyez bref !

— Je viens de me rappeler une note sur la fiche de Vladimir, monsieur. Il avait une femme à Tallinn. Je me suis demandé s'il fallait la prévenir. J'ai pensé que je ferais mieux de vous en parler.

— Une fois de plus, la fiche n'est pas exacte, dit Smiley, regardant à son tour Mostyn. Sa femme était avec lui à Moscou lorsqu'il est passé à l'Ouest, elle a été arrêtée et envoyée dans un camp de travaux forcés. Elle est morte là-bas.

— Mr Smiley doit faire ce qu'il juge bon pour ces choses-là », s'empressa de dire Lacon, qui tenait à éviter un nouvel éclat, et il laissa tomber les clés dans la paume passive de Smiley. Tout s'anima soudain. Smiley se leva, Lacon était déjà au milieu de la pièce et Strickland lui tendait le téléphone. Mostyn s'était esquivé dans le vestibule obscur et décrochait l'imperméable de Smiley de la patère.

« Qu'est-ce que Vladimir vous a dit d'autre au téléphone, Mostyn ? demanda doucement Smiley, en plongeant un bras dans la manche.

— Il a dit : « Dites à Max que ça concerne le Marchand de Sable. Dites-lui que j'ai deux preuves et que je peux les lui apporter. Peut-être qu'il voudra bien me voir. » Il a répété cela deux fois. C'était sur la bande mais Strickland l'a effacé.

— Savez-vous ce que Vladimir voulait dire par là ? Parlez bas.

— Non, monsieur.

— Il n'y avait rien sur la fiche ?

— Non, monsieur.

— Est-ce que eux savent ce qu'il voulait dire ? demanda Smiley, faisant un geste bref en direction de Strickland et de Lacon.

— Strickland peut-être. Et encore, je n'en suis pas sûr.

— C'est vrai que Vladimir n'a pas demandé Esterhase ?

— Non, monsieur. »

Lacon terminait sa conversation téléphonique. Strickland lui reprit le combiné des mains et se remit à parler. Voyant Smiley près de la porte, Lacon se précipita vers lui et lui serra longuement la main.

« George ! Mon brave ! Portez-vous bien ! Écoutez. Il faudra que je vous parle du mariage un jour. Un séminaire où on se dira tout. Je compte sur vous pour m'en enseigner l'art, George !

— Oui. Il faudra nous voir », dit Smiley.

Baissant les yeux, il vit que Lacon lui serrait la main.

Un étrange post-scriptum à cette entrevue vient en confondre le côté conspirateur. Les pratiques habituelles du Cirque exigent que des microphones dissimulés soient installés dans les planques. Les agents, à leur étrange façon, l'acceptent, quand bien même ils n'en sont pas informés, quand bien même leur officier traitant se donne la peine de prendre des notes. Pour son rendez-vous avec Vladimir, Mostyn avait, comme il se doit, branché le système en attendant l'arrivée du vieil homme et personne, dans la panique qui s'ensuivit, ne songea à l'arrêter. Les procédures de routine firent que les bobines arrivèrent à la section des transcripteurs qui, en toute bonne foi, produisent plusieurs textes pour le lecteur général du Cirque. L'infortuné chef des tout-venants en eut un exemplaire, tout comme le secrétariat, tout comme les chefs du personnel, des opérations, et des finances. Il fallut qu'un exemplaire se retrouvât dans le panier de courrier de Lauder Strickland pour que l'explosion se produisît et que les innocents récipiendaires dussent jurer le secret sous peine de toutes sortes de redoutables menaces. L'enregistrement est parfait. On y entend les allées et venues nerveuses de Lacon ; tout comme les apartés de Strickland dont certains sont obscènes. Seuls ont échappé les confessions murmurées par Mostyn dans le vestibule.

Quant à Mostyn, il ne joua plus aucun rôle dans l'affaire. Il démissionna quelques mois plus tard, venant accroître ce taux de déperdition qui inspire aujourd'hui à tous une si grande inquiétude.

6

La même lumière incertaine qui accueillit Smiley lorsqu'il sortit avec soulagement de la planque dans l'air frais ce matin-là à Hampstead accueillit aussi Ostrakova, bien que l'automne de Paris fût plus avancé et qu'il ne restât plus que quelques feuilles accrochées aux platanes. Comme Smiley, elle n'avait pas eu une nuit reposante. Elle s'était levée dans l'obscurité et habillée avec soin et elle s'était demandé, puisque le temps semblait plus froid, si c'était le jour où sortir ses bottes d'hiver, car le courant d'air dans l'entrepôt pouvait être cruel et lui affectait surtout les jambes. Sans s'être encore décidée, elle les avait tirées du placard et les avait essuyées ; elle les avait même cirées mais elle n'avait toujours pas pu décider si elle allait les mettre ou non. C'était toujours comme ça avec elle lorsqu'elle avait affaire à un grand problème : les petits problèmes devenaient impossibles. Elle connaissait tous les symptômes, elle les sentait venir, mais il n'y avait rien qu'elle pût faire. Elle allait égarer son porte-monnaie, faire des erreurs dans ses comptes à l'entrepôt, oublier sa clé dans l'appartement et devoir aller chercher cette vieille bête de concierge, Mme Lapierre, qui pignochait et reniflait comme une chèvre dans un buisson d'orties. Elle pouvait fort bien, quand elle était de cette humeur-là, après avoir pris quinze ans le même itinéraire, se tromper d'autobus et se retrouver, furieuse, dans un quartier qu'elle ne connaissait pas. Elle finit par enfiler les bottes — en se traitant de « vieille idiote, crétine », etc. — et, prenant le lourd sac à provisions qu'elle avait préparé la veille au soir, elle s'en alla par sa route habituelle, passant devant les trois magasins qu'elle connaissait en négligeant d'entrer dans aucun d'eux, pendant qu'elle s'efforçait de décider si oui ou non elle était en train de perdre la tête.

Je suis folle. Je ne suis pas folle. Quelqu'un essaie de me tuer, quelqu'un essaie de me protéger. Je ne risque rien. Je cours un danger mortel. Et ainsi de suite.

Depuis quatre semaines qu'elle avait reçu son petit confesseur estonien, Ostrakova observait bien des changements chez elle et, pour la plupart, elle n'en était pas mécontente. Qu'elle fût tombée amoureuse de lui n'était pas la question. Il était apparu au bon moment, et ses airs de pirate avaient ranimé chez elle un sentiment d'opposition à un moment où il était en danger de disparaître. Il l'avait ranimée, et il y avait en lui un côté chat de gouttière assez développé pour lui rappeler Glikman et d'autres hommes ; elle n'avait jamais été particulièrement continente. Et puisque, par-dessus le marché se disait-elle, le Magicien est bel homme, qu'il connaît les femmes et fait irruption dans ma vie armé d'une photo de mon oppresseur et décidé, selon toute apparence, à l'éliminer — eh bien alors, ce serait positivement indécent, pauvre vieille folle que je suis, si je ne tombais pas amoureuse de lui sur-le-champ !

Mais c'était sa gravité qui avait fait sur elle encore plus forte impression que sa magie. « Vous ne devez pas *broder,* lui avait-il dit avec une sécheresse qui ne lui ressemblait pas, lorsque par souci d'amusement ou de diversité, elle s'était permis de dévier si peu que ce fût de la version qu'elle avait rédigée à l'adresse du Général. Simplement parce que vous vous sentez plus à l'aise, n'allez pas commettre l'erreur d'imaginer que le danger est passé. »

Elle avait promis de s'amender.

« Le danger est absolu, lui avait-il dit en partant. Il ne dépend pas de vous de le rendre plus grand ou moins grand. »

Des gens lui avaient déjà parlé de danger, mais lorsque c'était le Magicien, elle le croyait.

« Danger pour ma fille ? avait-elle demandé. Danger pour Alexandra ?

— Votre fille ne joue aucun rôle dans tout cela. Vous pouvez être sûre qu'elle ne sait rien de ce qui se passe.

— Alors danger pour qui ?

— Danger pour tous ceux d'entre nous qui sommes au courant de cette affaire, avait-il répondu tandis que, sur le pas de porte, elle s'abandonnait avec bonheur à leur unique étreinte. Danger surtout pour vous. »

Et voilà maintenant, depuis ces trois derniers jours — ou bien était-ce deux ? ou bien était-ce dix ? — qu'Ostrakova aurait juré qu'elle avait vu le danger se rassembler autour d'elle comme une armée d'ombres à son lit de mort. Le danger qui était absolu ; sur lequel elle n'avait aucun pouvoir pour le rendre plus grand ou moins grand. Et elle le revit ce samedi matin, alors que chaussée de ses bottes d'hiver bien astiquées, elle martelait le trottoir d'un pas lourd, en balançant sur le côté le sac à provisions chargé : les deux mêmes hommes, qui la poursuivaient, malgré le week-end. Des hommes durs. Plus durs que l'homme roux. Des hommes comme on en voit dans les commissariats, qui écoutent les interrogatoires. Sans jamais dire un mot. L'un marchait à cinq mètres derrière elle, l'autre à sa hauteur sur le trottoir d'en face, passant juste devant la porte de ce vagabond de Mercier, l'épicier, dont l'enseigne rouge et verte pendait si bas que c'était un danger même pour quelqu'un d'une taille aussi modeste qu'Ostrakova.

Elle avait décidé, lorsqu'elle s'était laissée aller la première fois à les remarquer, que c'étaient les hommes du Général. C'était lundi, ou était-ce vendredi ? Le général Vladimir m'a envoyé son garde du corps, songea-t-elle avec un vif amusement, et un dangereux matin elle prépara les gestes d'amitié qu'elle leur ferait pour leur exprimer sa gratitude : les sourires de complicité qu'elle leur décocherait quand il n'y aurait personne d'autre à regarder ; même la soupe qu'elle préparerait pour leur apporter, pour leur faire passer le temps lorsqu'ils montaient la garde devant les portes cochères. Deux grands gaillards de gardes du corps, s'était-elle dit, rien que pour une seule vieille dame ! Ostrakov avait raison : ce Général, c'était un homme ! Le second jour, elle décida qu'ils n'étaient pas là et que son désir de confier à de tels hommes pareille mission n'était qu'un prolongement du désir qu'elle éprouvait de retrouver le Magicien. Je cherche des liens avec lui, pensa-t-elle ; tout comme je ne me suis pas encore décidée à rincer le verre dans lequel il a bu sa vodka, ni à tapoter les coussins où il s'est assis pour me faire un cours sur le danger.

Mais le troisième jour — ou bien le cinquième ? — elle se mit à voir d'un œil différent et moins indulgent ses prétendus protecteurs. Elle cessa de jouer à la petite fille. Que ce fût ce jour-là ou un autre, en quittant son appartement de bonne heure pour contrôler un arrivage particulier à l'entrepôt, elle avait quitté le sanctuaire de ses abstractions pour se retrouver tout droit dans les rues de Moscou, comme elle les avait trop souvent connues durant les années passées avec Glikman. La rue pavée et mal éclairée était déserte, à l'exception d'une unique voiture noire garée à vingt mètres de sa porte. Selon toute probabilité, elle venait d'arriver. Elle s'imagina ensuite l'avoir vue s'arrêter, sans doute pour déposer les sentinelles à leur poste. S'arrêter net, juste au moment où elle sortait. Et éteindre ses lumières. D'un pas résolu, elle s'était engagée sur le trottoir. « Danger surtout pour vous, ne cessait-elle de se rappeler, danger pour tous ceux d'entre nous qui sommes au courant. »

La voiture la suivait.

Ils croient que je suis une putain, se dit-elle en vain, de ces vieilles qui font la clientèle au petit matin.

Soudain, son unique but avait été d'entrer dans une église. N'importe laquelle. L'église orthodoxe russe la plus proche était à vingt minutes de là, et si petite que prier là-dedans, c'était comme une séance de spiritisme ; la proximité même de la Sainte Famille offrait en soi le pardon. Mais vingt minutes, c'était une éternité. Les églises non orthodoxes elle les évitait en principe : ç'aurait été trahir sa nationalité. Ce matin-là, toutefois, avec la voiture qui roulait au pas derrière elle, elle avait renoncé à ses préjugés et s'était engouffrée dans la première église sur laquelle elle était tombée, et qui se révéla ne pas être seulement catholique, mais catholique moderne en plus, si bien qu'elle entendit toute la messe deux fois, en mauvais français, célébrée par un prêtre ouvrier qui sentait l'ail et pire encore. Mais lorsqu'elle sortit, elle ne voyait plus les hommes, c'était tout ce qui comptait — bien que lorsqu'elle arriva à l'entrepôt elle dût promettre de faire deux heures supplémentaires pour compenser le contretemps provoqué par son retard. Mais quand même, c'était tout ce qui comptait.

Puis rien pendant trois jours, ou bien était-ce cinq ? Ostrakova était devenue aussi incapable de compter le temps que l'argent. Pendant trois jours ou cinq, ils avaient disparu, ils n'avaient jamais existé. Tout ça, c'était sa manie de « broder », comme l'avait appelée le Magicien, sa stupide habitude d'en voir trop, de regarder trop de gens droit dans les yeux, d'inventer trop d'incidents. Jusqu'à aujourd'hui, où ils étaient de retour. Sauf que ce jour-là, c'était cinquante mille fois pire, parce que ce jour-là c'était maintenant et que la rue, alors, était aussi déserte que le dernier jour ou que le premier, et que l'homme qui était à cinq mètres derrière elle approchait, et que l'homme qui était passé sous l'enseigne scandaleusement dangereuse de Mercier traversait la rue pour la rejoindre.

Ce qui s'était passé ensuite, dans ce genre de descriptions d'imagination comme en connaissait Ostrakova, était censé se passer en un éclair. Un instant on était debout, à marcher sur le trottoir, et l'instant d'après, dans une sarabande de lumières et de hurlements de sirène, on vous transportait jusqu'à une table d'opération entourée de chirurgiens aux masques de diverses couleurs. Ou bien vous étiez au ciel, devant le Tout-Puissant, à marmonner des excuses à propos de certaines fautes qu'on ne regrettait pas vraiment ; pas plus que Lui d'ailleurs — pour peu qu'on le comprît un peu. Ou bien, ce qui était pire que tout, on revenait à soi et on vous ramenait, comme un blessé qui peut marcher, à votre appartement et votre raseuse de demi-sœur Valentina abandonnait tout, avec la plus extrême mauvaise grâce, pour monter de Lyon et s'installer à votre chevet pour vous faire la leçon sans arrêt.

Aucune de ces probabilités ne s'était réalisée.

Ce qui arriva se déroula avec la lenteur d'un ballet sous-marin. L'homme qui gagnait du terrain sur elle arriva à sa hauteur, se postant à droite, c'est-à-dire du côté intérieur du trottoir. Au même moment, l'homme qui avait traversé la rue devant chez Mercier surgit sur sa gauche, ne marchant pas sur le trottoir mais dans le caniveau, l'éclaboussant d'ailleurs de la pluie de la veille à chaque pas. Avec cette fatale habitude qu'elle avait de regarder les gens droit dans les yeux, Ostrakova contempla ses deux compagnons indésirables et vit des visages qu'elle reconnaissait déjà et qu'elle connaissait par cœur. Ils avaient traqué Ostrakov, ils avaient assassiné Glikman et, selon elle, cela faisait des siècles qu'ils massacraient tout le peuple russe, que ce fût au nom du tsar, de Dieu ou de Lénine. Détournant d'eux son regard, elle aperçut le chat noir qui l'avait suivie jusqu'à l'église et venait à sa rencontre, à pas lents, dans la rue déserte. Elle se conforma donc exactement au plan qu'elle avait mis toute la nuit à concevoir, qu'elle avait imaginé alors qu'elle était couchée dans son lit, sans dormir. Dans son sac à provisions elle avait mis un vieux fer à repasser, un bout de ferraille dont Ostrakov avait fait l'acquisition au temps où le pauvre mourant s'imaginait qu'il allait pouvoir se faire quelques francs supplémentaires en faisant le commerce des antiquités. Son sac à provisions était en cuir — vert et brun, en damier — et robuste. Le tirant en arrière, elle le balança de toute sa force vers l'homme qui était dans le caniveau, en visant l'aine, le centre abhorré de sa personne. Il jura — elle ne put entendre en quelle langue — et s'affala à genoux. Ce fut là que son plan avorta. Elle ne s'attendait pas à avoir un homme de chaque côté d'elle et il lui fallait du temps pour reprendre son équilibre et balancer le fer vers le second bras. L'homme ne la laissa pas faire. L'entourant des deux bras, il la prit comme le gros sac qu'elle était et la souleva du sol. Elle vit le sac tomber et elle entendit le bruit métallique au moment où le fer à repasser en glissait pour tomber sur une plaque d'égout. Les yeux toujours baissés, elle vit ses bottes qui s'agitaient à dix centimètres du trottoir, comme si elle s'était pendue — à l'exemple de son frère Niki — lequel avait les pieds exactement tournés en dedans comme ceux d'un simple d'esprit. Elle remarqua qu'un de ses bouts de pied, le gauche, s'était déjà éraflé dans la bagarre. Les bras de son agresseur se refermaient maintenant avec plus de violence encore sur sa poitrine et elle se demandait si ses côtes allaient céder avant qu'elle ne suffoquât. Elle le sentit la tirer en arrière, et elle se dit qu'il prenait position pour la basculer dans la voiture, qui approchait maintenant à bonne allure dans la rue : on était en train de l'enlever. Cette idée la terrifia. Rien, et surtout pas la mort, n'était aussi effrayant pour elle en ce moment que la pensée que ces porcs allaient la ramener en Russie et lui infliger le genre de mort lente — dans une prison où l'on vous endoctrinait, elle en était certaine — qui avait tué Glikman. Elle se débattit de toutes ses forces et réussit à lui mordre la main. Elle vit deux passants qui semblaient aussi affolés qu'elle. Puis elle se rendit compte que la voiture ne ralentissait pas et que les hommes avaient une toute autre intention; non pas de la kidnapper, mais de la tuer.

Il la projeta en avant.

Elle trébucha mais sans tomber, et comme la voiture faisait une embardée pour la renverser, elle remercia Dieu et tous Ses anges de s'être décidée après tout à mettre ses bottes d'hiver, car le pare-chocs avant la toucha au jarret, et lorsqu'elle revit ses pieds, ils étaient droits devant son visage, et ses cuisses nues étaient écartées comme pour l'enfantement. Elle partit un moment en vol plané, puis retomba sur la chaussée de tout son corps à la fois — la tête, le dos et les talons — puis roula sur les pavés. La voiture l'avait dépassée, mais elle l'entendit s'arrêter dans un crissement de freins et se demanda s'ils n'allaient pas faire marche arrière pour lui repasser dessus. Elle essaya de bouger mais elle avait trop sommeil. Elle entendit des voix, des portières qui claquaient, elle entendit le moteur rugir et son bruit s'éloigner, ce qui voulait dire ou bien que la voiture partait ou qu'elle était en train de perdre l'ouïe.

« Ne la touchez pas », dit quelqu'un.

Non, surtout pas, pensa-t-elle.

« C'est le manque d'oxygène, s'entendit-elle déclarer. Remettez-moi debout et ça va aller. »

Pourquoi, au nom du ciel, avait-elle dit cela ? Ou bien s'était-elle contentée de le penser ?

« Les aubergines, dit-elle. Allez chercher les aubergines. » Elle ne savait pas si elle parlait de ses courses ou des contractuelles affectées au stationnement et que dans l'argot parisien on appelait des aubergines. Puis des mains féminines la recouvrirent d'une couverture et une furieuse discussion en français s'engagea sur ce qu'il fallait faire ensuite. Est-ce que quelqu'un avait le numéro ? voulut-elle demander. Mais elle avait vraiment trop sommeil pour s'en préoccuper, et d'ailleurs elle manquait d'oxygène : la chute l'avait chassée de son corps pour de bon. Elle crut voir des oiseaux touchés par du plomb, comme elle en avait vu dans la campagne russe, battant désespérément des ailes sur le sol en attendant que les chiens viennent les chercher. Général, songea-t-elle, avez-vous reçu la seconde lettre ? Comme elle perdait connaissance, elle l'implora, le supplia de la lire et de répondre à son appel. Général, lisez ma seconde lettre.

Elle l'avait écrite une semaine auparavant, dans un moment de désespoir, et l'avait postée la veille, dans un autre moment de désespoir.

7

Dans le quartier de Paddington Station, il y a des terrasses victoriennes qui, à l'extérieur, sont peintes d'un blanc aussi éclatant que les paquebots de luxe et qui, à l'intérieur, sont sombres comme des tombes. Ce samedi matin-là, Westbourne Terrace étincelait du même éclat que d'habitude, mais le chemin qui conduisait à l'immeuble qu'habitait Vladimir était bloqué à une extrémité par un amoncellement de matelas pourrissants et, à l'autre, par une barrière défoncée comme celle d'un poste frontière. « Merci, je vais descendre ici », dit poliment Smiley et il régla la course du taxi arrêté devant les matelas.

Il était venu tout droit de Hampstead et il avait mal aux genoux. Durant tout le trajet, le chauffeur grec lui avait fait une conférence sur Chypre, et par courtoisie, il s'était accroupi sur le strapontin afin de pouvoir l'entendre par-dessus le bruit du moteur. Vladimir, nous aurions dû faire mieux pour vous, se dit-il en regardant les ordures sur le trottoir, la pauvre lessive qui pendait aux balcons. Le Cirque aurait dû vous témoigner plus d'honneur.

Ça concerne le Marchand de Sable, songea-t-il. *Dites-lui que j'ai deux preuves et que je peux les apporter avec moi.*

Il marchait à pas lents, sachant que le petit matin est la meilleure heure de la journée pour sortir d'un immeuble que pour y entrer. Une petite file d'attente s'était formée à l'arrêt d'autobus. Un laitier faisait sa tournée, tout comme un livreur de journaux. Une escadrille de mouettes picoraient avec grâce les poubelles qui débordaient. Si les mouettes s'installent dans les villes, se dit-il, les pigeons vont-ils aller à la mer ? Traversant le chemin, il aperçut un motocycliste monté sur un side-car noir à l'allure officielle se garer à cent mètres de là, le long du trottoir, et quelque chose dans l'attitude de l'homme lui rappela le messager de haute taille qui avait apporté les clés à la planque. La même fixité, une attention respectueuse, un genre presque militaire.

Les châtaigniers qui perdaient leurs feuilles assombrissaient l'entrée flanquée de deux colonnes ; un chat balafré le considéra avec méfiance. Le bouton de sonnette était le plus haut des trente qui s'alignaient, mais Smiley n'appuya pas dessus, et lorsqu'il poussa les doubles portes, elle s'écartèrent trop facilement, révélant des couloirs sinistres badigeonnés d'une peinture très brillante pour décourager les auteurs de graffitis. L'escalier tapissé de linoléum grinçait comme un chariot d'hôpital. Il n'y avait pas de minuterie et l'escalier devenait plus sombre au fur et à mesure qu'il montait. Pourquoi les meurtriers de Vladimir n'avaient-ils pas volé ses clés ? se demanda-t-il en les sentant s'enfoncer dans sa hanche à chaque pas. Peut-être n'en avaient-ils pas eu besoin. Peut-être en avaient-ils déjà le double. Il parvint à un palier et se glissa à côté d'une luxueuse voiture d'enfant. Il entendit un chien hurler, les informations matinales en allemand et la chasse d'eau des toilettes de l'étage. Il entendit encore un enfant qui criait après sa mère, puis le bruit d'une gifle et le père qui criait après l'enfant. *Dites à Max que cela concerne le Marchand de Sable.* L'air était chargé d'une odeur de curry, de mauvaise friture et de désinfectant, et s'y mêlait un relent de trop de gens désargentés entassés dans une atmosphère confinée.

Si nous l'avions mieux traité, ça ne serait jamais arrivé, se dit Smiley. Ceux qu'on néglige se font trop facilement tuer, songea-t-il, par une inconsciente affinité de pensées avec Ostrakova. Il se rappelait le jour où ils l'avaient amené ici, Smiley le vicaire, Toby le facteur. Ils étaient allés le chercher en voiture à Heathrow : Toby le combinard, teinté par tous les océans, comme il le disait lui-même. Toby conduisait vite, mais malgré cela, ils étaient arrivés presque en retard. L'avion avait atterri. Ils s'étaient précipités vers la barrière et l'avaient vu, le cheveu d'argent et l'air majestueux, sa haute silhouette immobile au milieu du couloir des arrivées, cependant que les paysans le dépassaient en foule. Il se souvenait de leur étreinte solennelle : « Max, mon vieil ami, c'est bien vous ? » « C'est moi, Vladimir, ils nous ont rassemblés encore une fois. » Il se souvenait de Toby les faisant passer par les grands couloirs derrière le service d'immigration, parce que la police française, furieuse, avait confisqué les papiers du vieil homme avant de l'expulser. Il se souvenait comment ils avaient déjeuné chez Scott, tous les trois, le vieux trop excité même pour boire, mais parlant en termes grandiloquents d'un avenir dont ils savaient tous qu'il n'existait pas : « Ça va de nouveau comme à Moscou, Max. Nous aurons peut-être même une chance en face du Marchand de Sable. » Le lendemain, il s'était mis en quête d'un appartement « rien que pour vous montrer quelques possibilités, mon général », comme l'avait expliqué Toby Esterhase.

C'était l'époque de Noël et le budget de réinstallation pour l'année était épuisé. Smiley avait fait appel au service financier du Cirque. Il avait insisté auprès de Lacon et du Trésor pour une rallonge, mais en vain. « Une dose de réalité le fera revenir sur terre, avait déclaré Lacon. Utilisez l'influence que vous avez sur lui, George. C'est pourquoi nous vous avons rappelé. » Leur première dose de réalité avait été un petit salon de putains à Kensington, leur seconde avait donné sur une voie de garage près de Waterloo. Westbourne Terrace avait été la troisième, et tandis qu'ils étaient montés en faisant grincer ces mêmes escaliers, Toby en tête, le vieil homme s'était arrêté soudain et, renversant en arrière sa grande tête au visage marqué de taches de vieillesse, il avait froncé le nez dans un geste théâtral.

Ah ! Comme ça, si j'ai faim, je n'ai qu'à me planter dans le couloir et renifler, et ma faim s'en va ! avait-il annoncé dans son français maladroit. *Comme ça je n'ai pas besoin de manger pour une semaine !* Même alors, Vladimir avait deviné qu'on le mettait au rancart pour de bon.

Smiley revint au présent. Le palier suivant était musical, observa-t-il tout en poursuivant son ascension solitaire. Par une porte arrivaient des flots de musique rock jouée à pleine puissance, et par une autre du Sibelius et une odeur de bacon. En regardant par la fenêtre, il vit deux hommes qui flânaient parmi les châtaigniers et qui n'étaient pas là lorsqu'il était arrivé. C'est du travail d'équipe, se dit-il. Une équipe posterait des vigies pendant que les autres rentreraient à l'intérieur. Mais quelle équipe ? C'était une autre question. Celle de Moscou ? La police ? Saul Derby ? Plus bas dans la rue, le grand motocycliste avait acheté un quotidien et il était assis sur sa machine, en train de le lire.

Comme Smiley passait devant une porte, celle-ci s'ouvrit et une vieille femme en robe de chambre sortit, un chat contre son épaule. Avant même qu'elle lui adressât la parole, il sentit dans son haleine l'alcool de la veille au soir.

« Vous êtes un cambrioleur, mon chou ? demanda-t-elle.

— Ma foi non, répondit Smiley en riant. Juste un visiteur.

— Quand même, c'est amusant de plaire, n'est-ce pas, mon chou ? dit-elle.

— Mais oui », dit Smiley poliment.

Le dernier étage était raide, très étroit et éclairé par la lumière du jour provenant d'un châssis vitré découpé dans le toit en pente et protégé par un grillage. Il y avait deux portes sur le palier, les deux fermées, les deux toutes petites. Sur l'une, il aperçut une petite pancarte dactylographiée : « M. V. Miller, traductions. » Vladimir alors qu'il allait devenir londonien et se tenir tranquille. « Miller » n'était pas un problème. On ne sait pourquoi, le vieil homme trouva que Miller sonnait plutôt bien. « Miller, c'est bien, avait-il déclaré. Miller, j'aime, Max. » Mais, « M. » ne lui plaisait pas du tout. Il insista pour général, puis proposa de s'en tenir à colonel. Mais Smiley, qui avait repris son rôle de vicaire, se montra inflexible sur ce point : « M. » était bien moins gênant qu'un grade de fantaisie dans l'armée auquel il n'avait pas droit, avait-il énoncé.

Il frappa avec assurance, sachant qu'on se fait beaucoup plus remarquer en frappant doucement que fort. Il entendit l'écho et rien d'autre. Pas le moindre pas, pas de bruit qui soudain s'arrêtait. Il cria « Vladimir » par la fente de la boîte aux lettres, comme s'il était un vieil ami venu lui rendre visite. Il essaya une clé de sûreté du trousseau et elle se coinça, il en essaya une autre et elle tourna. Il pénétra à l'intérieur et referma la porte, s'attendant à recevoir un coup sur la nuque, mais préférant l'idée d'un crâne brisé à la perspective d'avoir le visage déchiqueté. Il se sentait un peu étourdi et se rendit compte qu'il retenait son souffle. La même peinture blanche, remarqua-t-il, exactement le même vide de prison. Le même étrange silence, comme dans une cabine téléphonique, le même mélange de relents publics.

C'est exactement là où nous nous tenions, tous les trois cet après-midi-là, se souvint Smiley. Toby et moi comme des remorqueurs, tirant le vieux cuirassé à nous deux. La description de l'agent immobilier avait dit : « Dernier étage, vue dégagée. »

« Impossible », avait annoncé Toby Esterhase dans son français à l'accent hongrois, toujours le premier à parler, tout en se retournant pour ouvrir la porte et repartir. « Je veux dire c'est absolument épouvantable. J'aurais dû venir jeter d'abord un coup d'œil, j'ai été idiot, avait dit Toby, en voyant que Vladimir ne bougeait toujours pas. Mon général, veuillez accepter mes excuses. C'est une véritable insulte. »

Smiley avait renchéri : « Nous pouvons faire mieux que ça pour vous, Vladimir, beaucoup mieux. Il faut simplement patienter. »

Mais les yeux du vieil homme étaient braqués sur la fenêtre, comme l'étaient maintenant ceux de Smiley, sur cette forêt mouchetée de pots de cheminées, de pignons et de toits d'ardoise qui s'étendaient par-delà le garde-fou. Et soudain il avait abattu une grosse patte gantée sur l'épaule de Smiley.

« Il vaut mieux garder votre argent pour abattre ces salauds à Moscou, Max », avait-il conseillé.

Les joues ruisselantes de larmes et arborant le même sourire décidé, Vladimir avait continué à contempler les cheminées de Moscou ; et ses rêves qui s'évanouissaient de vivre encore sous un ciel russe. « *On reste ici* », avait-il ordonné enfin, comme s'il traçait une dernière ligne de défense.

Un petit lit divan se trouvait contre un mur, un réchaud était posé sur la tablette de la fenêtre. A sentir l'odeur de mastic, Smiley devina que le vieil homme n'avait cessé de badigeonner la pièce lui-même, bouchant les fissures et peignant par-dessus les taches d'humidité. Sur une table, qui devait lui servir à la fois pour travailler et pour manger, se trouvait une vieille Remington toute droite et deux dictionnaires usés. Son travail de traducteur, se dit-il ; les quelques sous supplémentaires qui venaient compléter sa pension. Les coudes rejetés en arrière, comme s'il avait des problèmes de dos, Smiley se redressa de toute sa petite taille et se lança dans la succession familière des rites mortuaires pour un espion défunt. Une bible estonienne était posée sur la table de nuit en pin. Il la sonda d'un doigt délicat, en quête d'une cavité secrète, puis la renversa pour voir si, dessous, n'étaient pas collés des bouts de papier ou des photographies. Ouvrant le tiroir, il trouva un flacon de pilules pour le rajeunissement de ceux qui sont sexuellement surmenés et trois décorations de l'Armée rouge montées sur une barre chromée. Voilà pour la couverture, songea Smiley, en se demandant comment diable Vladimir et ses nombreuses conquêtes avaient pu opérer sur un lit aussi minuscule. Une gravure représentant Martin Luther était accrochée à la tête du lit. Tout à côté, une photographie en couleur intitulée « Les toits rouges du vieux Tallinn », que Vladimir avait dû arracher dans un magazine et coller sur du carton. Une seconde photo montrait « La côte de Kazari », une troisième « Moulins à vent et châteaux en ruine ». Il fouilla derrière chacune d'elles. Puis la lampe de chevet attira son regard. Il essaya le commutateur et, comme elle ne s'allumait pas, il la débrancha, ôta l'ampoule et inspecta le pied en bois, mais sans résultat. Juste une ampoule grillée, se dit-il. Un cri venant soudain du dehors le fit se plaquer contre le mur, mais lorsqu'il eut repris ses esprits, il se rendit compte que c'était un nouveau groupe de ces mouettes venues à terre : toute une colonie s'était installée autour des pots de cheminées. Par-dessus le garde-fou il jeta de nouveau un coup d'œil dans la rue. Les deux flâneurs avaient disparu. Ils montent l'escalier, songea-t-il ; c'en est fini de mon avance. Ils ne sont pas du tout de la police, se dit-il, ce sont des assassins. Le side-car noir était toujours là, mais abandonné. Il ferma la fenêtre en se demandant s'il y avait un Walhalla spécial pour les espions morts où Vladimir et lui se retrouveraient et pourraient s'expliquer ; tout en se disant qu'il avait vécu une longue vie et que ça n'était pas un plus mauvais moment qu'un autre pour y mettre un terme. Et sans y croire une seconde.

Le tiroir de la table contenait des feuilles de papier blanc, une agrafeuse, un crayon mordillé, des élastiques et une note trimestrielle récente de téléphone, impayée, pour la somme de soixante-dix-huit livres, ce qui lui parut anormalement élevé pour le style de vie austère de Vladimir. Il ouvrit l'agrafeuse sans rien trouver. Il fourra la note de téléphone dans sa poche pour l'étudier plus tard et reprit ses recherches, sachant que ce n'était absolument pas une vraie perquisition, que pour une vraie perquisition il faudrait plusieurs jours à trois hommes avant de pouvoir dire avec certitude qu'ils avaient trouvé ce qu'il y avait à trouver. S'il cherchait quelque chose en particulier, alors c'était sans doute un carnet d'adresses, un agenda ou quelque chose qui en tenait lieu, même si ça n'était qu'un bout de papier. Il savait que, parfois, les vieux espions, même les meilleurs, étaient un peu comme de vieux amants ; à mesure que l'âge les gagnait, ils commençaient à tricher, par crainte de voir leurs pouvoirs les abandonner. Ils prétendaient qu'ils avaient tout en mémoire, mais en secret ils se cramponnaient à leur virilité, en secret ils notaient les choses, souvent dans un code de leur fabrication qui pouvait être déchiffré en quelques heures ou en quelques minutes par quiconque connaissait un peu le jeu. Des noms et des adresses de contacts, de sous-agents. Plus rien n'était sacré. Des heures et des lieux de rendez-vous, des noms de code, des numéros de téléphone, même des combinaisons de coffres inscrites comme si c'étaient des numéros de sécurité sociale ou des dates d'anniversaire. En son temps, Smiley avait vu des réseaux entiers mis ainsi en péril parce qu'un seul agent n'osait plus se fier à sa tête. Il ne croyait pas que Vladimir aurait fait cela, mais il pouvait toujours y avoir un doute.

Dites-lui que j'ai deux preuves et que je peux les apporter avec moi... Il était planté au milieu de ce que le vieil homme aurait appelé sa cuisine : la tablette de la fenêtre avec le réchaud à gaz dessus, et le petite garde-manger percé de trous pour la circulation d'air et qu'il avait fabriqué lui-même. Nous autres hommes qui faisons la cuisine pour nous-mêmes sommes des demi-créatures, songea-t-il tout en inspectant les deux étagères, en soulevant la casserole et la poêle à frire, en fouillant entre le poivre de Cayenne et le paprika. N'importe où ailleurs dans la maison — même au lit — on peut se couper du monde, lire des livres, se donner l'illusion que la solitude, c'est ce qu'il y a de mieux. Mais dans la cuisine, les indices d'une vie incomplète sont trop voyants. La moitié d'un pain noir. La moitié d'un saucisson. La moitié d'un oignon. Un demi-litre de lait. Un demi-citron. Un demi-paquet de thé noir. Une demi-existence. Il ouvrit tout ce qui s'ouvrait, il fouilla du doigt dans le paprika. Il découvrit un carreau branlant et le souleva, il dévissa le manche en bois de la poêle. Au moment où il allait ouvrir la penderie à vêtements, il s'arrêta, comme s'il tendait de nouveau l'oreille, mais cette fois c'était quelque chose qu'il avait vu qui le retint, et non quelque chose qu'il avait entendu.

Sur le haut du garde-manger se trouvait un paquet de Gauloises, les préférées de Vladimir lorsqu'il n'arrivait pas à trouver ses cigarettes russes. A bout filtre, observa-t-il, en lisant les différentes inscriptions. « Hors taxes. » « Filtre. » Avec les mentions « Exportation » et « Made in France. » Enveloppées de cellophane. Il les prit. Des dix paquets que contenait la cartouche, un manquait. Dans le cendrier, trois mégots de la même marque. Dans l'air, maintenant qu'il le reniflait, par-dessus les relents de nourriture et de mastic, il sentait un faible arôme de cigarette française.

Et pas de cigarettes dans sa poche, se rappela-t-il.

Tenant le paquet bleu à deux mains, le retournant avec lenteur, Smiley essaya de comprendre ce que cela signifiait pour lui. Son instinct — ou mieux, une perception confuse qui n'avait pas encore émergé tout à fait — lui signalait avec insistance qu'il y avait quelque chose de bizarre dans ces cigarettes. Pas leur aspect. Non pas qu'elles fussent bourrées de microfilms, d'explosifs, de balles à cône mou ou d'un autre quelconque de ces jeux démodés.

C'est simplement le fait de leur présence, ici et nulle part ailleurs, qui était étrange.

Cette cartouche si neuve, si exempte de poussière, avec un seul paquet qui manquait, et trois cigarettes fumées.

Et pas de cigarettes dans sa poche.

Il travaillait plus vite maintenant, car il avait grande envie de partir. L'appartement était à un étage trop élevé. Il était trop vide et trop plein. Il avait l'impression croissante que quelque chose clochait. Pourquoi n'avaient-ils pas pris ses clés ? Il ouvrit la penderie. Elle contenait des vêtements ainsi que des papiers, mais Vladimir possédait peu des uns comme des autres. Les papiers se composaient pour la plupart de pamphlets ronéotypés en russe, en anglais, et dans ce que Smiley jugea être une langue balte. Il y avait un dossier de lettres provenant de l'ancien quartier général du Groupe à Paris, et des affiches proclamant « SOUVENEZ-VOUS DE LA LETTONIE », « SOUVENEZ-VOUS DE L'ESTONIE », « SOUVENEZ-VOUS DE LA LITUANIE », sans doute destinées à être exhibées lors des manifestations. Il y avait une boîte de craie scolaire, jaune, et il manquait deux bâtons. Et la veste de sport à laquelle Vladimir tenait tant, décrochée de son cintre et gisant sur le sol. Tombée là, peut-être, lorsque Vladimir avait refermé trop vite la porte de la penderie. Et Vladimir qui était si vain de sa personne ? se dit Smiley. Si militaire dans son aspect ? Et pourtant voilà qu'il aurait laissé sa plus belle veste en tas sur le plancher de la penderie ? Ou bien était-ce une main plus négligente que celle de Vladimir qui ne l'avait pas remise sur le cintre ?

Ramassant la veste, Smiley fouilla les poches, puis la raccrocha à la tringle et claqua la porte pour voir si cela la faisait tomber de son cintre.

C'était le cas.

Ils n'ont pas pris ses clés et ils n'ont pas fouillé son appartement, se dit-il. Ils ont fouillé Vladimir, mais d'après le commissaire, ils ont été dérangés.

Dites-lui que j'ai deux preuves et que je peux les apporter avec moi.

Regagnant le coin cuisine, il se planta devant le garde-manger et étudia de nouveau le paquet bleu posé dessus. Puis il inspecta la corbeille à papier. Puis de nouveau le cendrier, en faisant un effort de mémoire. Puis la boîte à ordures, au cas où le paquet manquant, tout froissé, serait là. Il n'y était pas, ce qui, Dieu sait pourquoi, lui fit plaisir.

Il était l'heure de partir.

Mais il n'en fit rien. Pas tout de suite. Pendant un quart d'heure encore, tendant l'oreille en quête d'interruptions, Smiley fouilla et sonda, soulevant des objets et les remettant en place, toujours en quête de la lame de parquet mal ajustée ou de ce recoin préféré derrière les étagères. Mais cette fois il n'avait *pas* envie de trouver. Cette fois, il voulait confirmer une absence. Ce fut seulement lorsqu'il fut aussi satisfait que le permettaient les circonstances qu'il sortit sans bruit sur le palier et referma la porte à clé derrière lui. Sur le palier de l'étage, il rencontra un facteur auxiliaire portant un brassard des postes et qui débouchait d'un autre couloir. Smiley lui prit le coude.

« Si vous avez quelque chose pour l'appartement 6 β, je peux vous éviter les étages », dit-il d'un ton humble.

Le facteur fouilla dans sa sacoche et exhiba une enveloppe brune. Avec un cachet de la poste de Paris, datant de cinq jours, expédiée du XVe arrondissement. Smiley la glissa dans sa poche. Au bas du second étage se trouvait une porte d'incendie qui ne s'ouvrait que de l'intérieur en poussant sur une barre. Il avait noté cela en montant. Il la poussa, la porte céda, il descendit un horrible escalier de béton et traversa une cour intérieure donnant sur une impasse abandonnée, s'interrogeant toujours sur cette omission. Pourquoi n'avaient-ils pas fouillé son appartement ? se demanda-t-il. Le Centre de Moscou, comme toute autre grande bureaucratie, avait ses méthodes établies. On décide de tuer un homme. Alors on met des agents en faction devant sa maison, on repère son itinéraire avec des postes fixes, on met en place son équipe d'assassins et on le tue. Suivant la méthode classique. Alors pourquoi ne pas fouiller aussi son appartement ?... Vladimir, un célibataire, habitant un immeuble où il y avait sans cesse un va-et-vient d'étrangers ?... Pourquoi ne pas y envoyer les hommes de faction dès l'instant où il est en route ? *Parce qu'ils savaient qu'il avait ça sur lui,* se dit Smiley. Et la fouille du corps, que le commissaire considérait comme si superficielle ? Et s'ils n'avaient pas été dérangés, mais qu'ils avaient trouvé ce qu'ils cherchaient ?

Il héla un taxi en disant au chauffeur : « Baywater Street à Chelsea, s'il vous plaît, au coin de King's Road. »

Il faut rentrer, se dit-il. Prendre un bain, réfléchir. Se raser.

Dites-lui que j'ai deux preuves et que je peux les apporter avec moi.

Soudain, se penchant en avant, il frappa sur la cloison vitrée et changea sa destination. Comme ils effectuaient leur demi-tour, le grand motocycliste freina avec bruit derrière eux, mit pied à terre et sans hâte fit passer sa grosse moto et son side-car dans la voie opposée. Un traîne-patins, songea Smiley en l'observant. Un traîne-patins qui pousse la table roulante pour le thé. Comme une escorte officielle, le dos voûté et les coudes écartés, leur motard les suivit à travers les faubourgs de Kamden, puis, toujours à la distance réglementaire, lentement dans la montée. Le taxi s'arrêta, Smiley se pencha pour régler sa course. A cet instant, la silhouette sombre les dépassa toujours avec la même gravité, un avant-bras levé pour les saluer de sa main gantée.

8

Il s'arrêta à l'entrée de l'avenue, contemplant le tunnel des hêtres qui s'éloignaient de lui comme une armée qui bat en retraite dans la brume. A contrecœur l'obscurité avait disparu, cédant la place à une pénombre d'intérieur. Ça aurait pu déjà être le crépuscule : l'heure du thé dans une vieille maison de campagne. De chaque côté, des lampadaires étaient de pauvres bougies qui n'éclairaient rien. L'air était doux et lourd. Il s'attendait à trouver encore la police et une zone à l'accès interdit par des barrières. Il s'attendait à voir des journalistes ou des curieux. Ça ne s'est jamais passé, se dit-il, tout en descendant la pente à pas lents. A peine avais-je quitté la scène que Vladimir s'est relevé tout guilleret, sa canne à la main, a ôté son horrible maquillage et s'en est allé avec ses camarades acteurs prendre une bière au poste de police.

Sa canne à la main se répéta-t-il en se rappelant quelque chose que le commissaire lui avait dit. La main gauche ou la main droite ? « Il y a de la poudre de craie jaune sur sa main gauche aussi », lui avait dit Mr Murgotroyd dans la camionnette. « Au pouce et aux deux premiers doigts. »

Il avança et l'avenue s'assombrit autour de lui, le brouillard s'épaissit. Ses pas résonnaient devant lui d'un éclat métallique. Vingt mètres plus haut, un pâle soleil brillait comme un feu de feuilles mortes dans sa propre fumée. Mais là où il était, dans le creux, le brouillard glacé s'était concentré et Vladimir, après tout, était tout ce qu'il y a de plus mort. Il vit les traces de pneus là où les voitures de police s'étaient garées. Il remarqua l'absence de feuilles et la propreté anormale du gravier. Qu'est-ce qu'ils font ? se demanda-t-il. Ils arrosent les cailloux ? Ils balayent les feuilles et les mettent dans des sacs en plastique ?

Sa lassitude avait cédé la place à une nouvelle et mystérieuse lucidité. Il remonta l'avenue en souhaitant à Vladimir bonjour et bonne nuit, sans se sentir ridicule de le faire, toute sa pensée concentrée sur des punaises, de la craie, des cigarettes françaises et les Règles de Moscou, pendant qu'il cherchait un kiosque auprès d'un terrain de jeux. Il faut prendre ça dans l'ordre, se dit-il. Depuis le début. Laisser les Gauloises sur leur étagère. Il parvint à une croisée de chemins et la traversa, montant toujours. A sa droite apparurent des poteaux et plus loin un kiosque vert en tôle ondulée, apparemment vide. Il traversa le terrain, l'eau de puits s'insinuant dans ses chaussures. Derrière la hutte se dressait un talus boueux labouré par les glissades des enfants. Il gravit le talus, pénétra dans un hallier et continua à monter. Le brouillard n'avait pas pénétré entre les arbres et lorsque Smiley parvint en haut, il s'était dissipé. Il n'y avait toujours personne en vue. Revenant sur ses pas, il s'approcha du kiosque sous le couvert des arbres. C'était une boîte en fer-blanc, rien de plus, avec un côté ouvert sur le terrain de jeux. Le seul mobilier était un banc de bois entaillé d'encoches et d'inscriptions au canif, et le seul occupant était une silhouette allongée dessus, avec une couverture tirée par-dessus la tête et des chaussures marron qui dépassaient. Pendant un moment où il ne se contrôlait pas, Smiley se demanda si cet homme aussi avait eu le visage déchiqueté par une balle. Des poutres soutenaient le toit ; des déclarations énergiques sur la morale se détachaient en peinture verte qui s'écaillait. « Le *punk* est destructeur. La société n'en a pas besoin. » Cette affirmation le laissa un instant hésitant. « Oh ! mais si », avait-il envie de répliquer. « La société est une association de minorités. » La punaise était là où Mostyn avait dit qu'elle était, à hauteur de tête exactement, dans la meilleure tradition de Sarratt, sa tête de cuivre fournie par le Cirque aussi neuve et intacte que le garçon qui l'avait plantée là.

Rendez-vous à l'endroit fixé, disait la punaise ; *pas de danger en vue.*

Les Règles de Moscou, se dit encore Smiley. Moscou, cela pouvait prendre trois jours à un agent pour poster une lettre adressée à une planque. Moscou, où toutes les minorités sont punk. Mises à l'index. *Dites-lui que j'ai deux preuves et que je peux les apporter avec moi...*

L'accusé de réception marqué à la craie par Vladimir s'inscrivait tout près de la punaise, un message ondulant comme un ver jaune sur toute la longueur de la poutre. Peut-être le vieil homme s'inquiétait-il de la pluie, songea Smiley. Peut-être craignait-il qu'elle n'effaçât sa marque. Ou peut-être, dans son émotion, avait-il appuyé trop fort sur la craie, tout comme il avait laissé sa veste de sport sur le plancher de la penderie. *Un rendez-vous ou rien du tout,* avait-il dit à Mostyn... *Ce soir ou rien... Dites-lui que j'ai deux preuves et que je peux les apporter avec moi...* Néanmoins seul un œil vigilant aurait jamais remarqué cette marque, si épaisse qu'elle fût, ou bien la punaise brillante, et même l'œil vigilant n'aurait pas trouvé cela bizarre, car à Hampstead Heath, les gens ne cessent d'épingler des pancartes et des messages et tous, il s'en faut, ne sont pas des espions. Les uns sont des enfants, les autres des vagabonds, certains croient en Dieu et organisent des marches de charité, les uns ont perdu leurs chiens ou leurs chats et les autres cherchent des variantes en amour et doivent proclamer leurs besoins du sommet d'une colline. Et il ne leur arrive certes pas à tous d'avoir le visage déchiqueté par une balle tirée à bout portant par une arme du Centre de Moscou.

Et le but de cet accusé de réception ? A Moscou, lorsque Smiley, depuis son bureau de Londres, était l'ultime responsable de Vladimir, à Moscou ces signaux étaient conçus pour des agents susceptibles de disparaître d'une heure à l'autre ; c'étaient les branchages cassés le long d'un chemin qui pouvait toujours être leur dernier. *Je ne vois aucun danger et je continue, suivant les instructions, vers le lieu de rendez-vous convenu,* annonçait au monde des vivants le dernier — et tristement erroné — message de Vladimir. Quittant le kiosque, Smiley refit quelques pas en arrière par la route qu'il venait de prendre. Et tout en marchant, il évoquait en détail la reconstitution par le commissaire du dernier voyage de Vladimir en consultant sa mémoire comme si c'étaient des archives.

« Ces caoutchoucs sont un don du ciel, monsieur Smiley, avait déclaré vertueusement le commissaire : la marque Century, des semelles à motifs en losange, monsieur, et à peine usés — oh ! on aurait pu le suivre à travers la foule d'un match de football, s'il l'avait fallu !

« Je vais vous donner la version autorisée, avait encore dit le commissaire, parlant vite car ils avaient peu de temps. Vous êtes prêt, monsieur Smiley ? »

« Prêt », avait dit Smiley.

Le commissaire avait changé de ton. La conversation était une chose, les preuves en étaient une autre. Tout en parlant, il projetait de temps en temps le faisceau de sa torche sur le gravier humide dans le secteur fermé par des barrières. On aurait dit une conférence avec une lanterne magique, avait pensé Smiley ; pour un peu, j'aurais pris des notes. « Le voici maintenant qui descend la colline, monsieur. Vous le voyez là-bas ? Pas normal, mouvement équilibré du talon et du bout de pied, progression normale, rien de suspect. Vous voyez, monsieur Smiley ? »

Mr Smiley avait vu.

« Et l'empreinte de la canne, là, vous voyez, dans sa main droite, monsieur ? »

Smiley avait vu cela aussi, comment la canne à l'embout de caoutchouc avait laissé une profonde marque ronde toutes les deux empreintes de pas.

« Alors que, bien sûr, il avait la canne dans sa main *gauche* lorsqu'il a été abattu, exact ? Vous avez vu cela aussi, monsieur, j'ai remarqué. Est-ce que vous sauriez par hasard quelle était sa mauvaise jambe, monsieur, si c'était le cas ?

— La droite, avait dit Smiley.

— Ah ! Alors, selon toute probabilité, c'était aussi du côté droit que normalement il tenait sa canne. Par ici, s'il vous plaît, monsieur, voilà le chemin ! Il marche toujours d'un pas normal, je vous prie de le noter », avait ajouté le commissaire, commettant dans sa distraction une rare faute de grammaire.

Pendant cinq pas encore, l'empreinte aux losanges réguliers, talon et bout de pied, était toujours là, intacte, dans le faisceau de la torche du commissaire. Et maintenant, de jour, Smiley n'en voyait que le fantôme. La pluie, d'autres pas et des traces de pneus de cyclistes en avaient fait disparaître une grande partie. Mais de nuit, au spectacle des lanternes magiques du commissaire, il les avait vues avec beaucoup de netteté, tout comme il voyait le cadavre enrobé de plastique dans le creux en bas, là où la piste s'était arrêtée.

« C'est *maintenant*, avait déclaré le commissaire avec satisfaction, et il s'était arrêté, le faisceau de sa lampe immobilisé sur une partie de terrain piétinée.

« Quel âge disiez-vous qu'il avait, monsieur ? avait demandé le commissaire.

— Je n'ai rien dit, mais il en avait soixante-neuf.

— Plus cette récente crise cardiaque, je suppose. Maintenant, monsieur. Tout d'abord il s'arrête. Brusquement. Ne me demandez pas pourquoi, peut-être l'a-t-on interpellé. A mon avis, il a entendu quelque chose. Derrière lui. Remarquez la façon dont le pas se raccourcit, remarquez la position des pieds au moment où il fait demi-tour, regarde par-dessus son épaule ou je ne sais quoi. En tout cas, il se *tourne* et c'est pourquoi je dis « derrière lui ». Et quoi qu'il ait vu ou pas vu — ou bien entendu ou pas entendu — il décide de se mettre à courir. Le voilà qui démarre. Regardez ! avait insisté le commissaire, avec le soudain enthousiasme du sportif. Les enjambées sont plus grandes, c'est à peine si les talons touchent le sol. C'est une empreinte tout à fait différente, d'un homme qui court à toutes jambes. On peut même voir là où il a pris appui sur sa canne pour s'aider. » Inspectant cela maintenant, à la lumière du jour, Smiley ne pouvait plus voir avec certitude, mais il avait vu la veille au soir — et dans sa mémoire il revoyait ce matin-là — les marques brusquement désespérées de l'embout enfoncé à la verticale et puis en oblique.

« Le malheur, avait commenté calmement le commissaire, reprenant son style de salle de tribunal, c'est que ceux qui l'ont tué étaient devant, n'est-ce pas ? Et pas du tout derrière lui. »

C'était les deux, réfléchissait maintenant Smiley, avec l'avantage des heures qui s'étaient écoulées. Ils l'ont mené là, se dit-il, en essayant sans succès de se rappeler comment dans le jargon de Sarratt on appelait cette technique particulière. Ils connaissaient son itinéraire et ils l'ont mené là. Celui qui fait peur derrière la cible le mène en avant, l'homme au doigt sur la détente attend devant, inaperçu jusqu'au moment où la cible lui tombe dessus. Car c'était une vérité connue aussi des équipes de liquidation du Centre de Moscou que même les plus vieux renards passeront des heures à s'inquiéter de leurs arrières, de leurs flancs, des voitures qui passent et des voitures qui ne passent pas, des rues qu'ils traversent et des maisons dans lesquelles ils entrent. Et pourtant, quand le moment surgit sur eux, ils n'arrivent toujours pas à reconnaître le danger qui les accueille face à face.

« Il court toujours, avait dit le commissaire en approchant sans cesse plus près du corps en bas de la colline. Vous remarquez comme son pas s'allonge un peu parce que la pente est maintenant plus forte ? Il est désordonné aussi, vous voyez cela ? Les pieds s'en vont dans tous les sens. On a vraiment l'impression qu'il a la mort aux trousses. Littéralement. Et la canne toujours dans sa main droite. Vous le voyez maintenant virer, se diriger vers le bord ? Il est perdu, ça ne m'étonnerait pas. Et nous y voilà. Expliquez-moi *ça* si vous pouvez ! »

Le faisceau lumineux était braqué sur toute une série d'empreintes de pas rapprochées, il y en avait cinq ou six, toutes dans un très petit espace au bord de la pelouse entre deux grands arbres.

« Il s'est arrêté encore, avait annonçé le commissaire. Peut-être pas tout à fait, plutôt une hésitation. Ne me demandez pas pourquoi. Peut-être qu'il s'est trouvé pris à contre-pied. Peut-être qu'il était inquiet de se trouver si près des arbres. Peut-être est-ce son cœur, si vous me dites qu'il avait le cœur malade. Et puis le voilà qui repart comme avant.

— Avec la canne dans sa main gauche, avait dit Smiley d'un ton uni.

— Pourquoi ? C'est ce que je me demande, monsieur, mais peut-être que vous autres connaissez la réponse. Pourquoi ? Est-ce qu'il a de nouveau entendu quelque chose ? Qu'il s'est rappelé quelque chose ? Pourquoi — quand on court pour sauver sa peau — pourquoi s'arrêter, piétiner, changer de main et puis se remettre à courir ? Droit dans les bras de celui qui l'a abattu ? A moins, bien sûr, que ceux qui étaient derrière lui l'aient *rattrapé* là, peut-être en passant entre les arbres, en décrivant un arc de cercle ? De votre côté à vous, monsieur Smiley, pas d'explication ? »

Et avec cette question retentissant encore aux oreilles de Smiley, ils étaient arrivés enfin auprès du corps, flottant comme un embryon sous son enveloppe de plastique.

Mais Smiley, ce matin suivant, s'arrêta avant de parvenir au creux. Au lieu de cela, en plaçant ses chaussures détrempées du mieux qu'il pouvait exactement sur chaque empreinte, il entreprit d'essayer d'imiter les mouvements que le vieil homme avait pu faire. Et comme Smiley faisait tout cela au ralenti, et avec un air extrêmement concentré, sous le regard de deux dames en pantalon qui promenaient leurs bergers allemands, on le prit pour un adepte du nouveau snobisme pour les arts martiaux chinois et on le classa donc comme fou.

Il commença par mettre ses pieds côte à côte et par les diriger vers le bas de la colline. Puis il posa son pied gauche en avant et déplaça son pied droit jusqu'au moment où la pointe se trouva braquée droit vers un bosquet de jeunes arbres. Dans ce mouvement, son épaule droite suivit tout naturellement, et son instinct lui souffla que ce serait le moment probable où Vladimir avait dû faire passer la canne dans sa main gauche. Mais *pourquoi* ? Comme l'avait aussi demandé le commissaire, pourquoi changer la canne de main ? Pourquoi, dans ce moment d'extrême péril, faire gravement passer une canne de la main droite à la main gauche ? Assurément pas pour se défendre — puisque, comme Smiley s'en souvenait, il était droitier ! Pour se défendre, il n'aurait fait que saisir la canne d'une poigne plus ferme. Ou bien il l'aurait serrée de ses *deux* mains, comme une matraque.

Était-ce afin de garder sa main droite libre ? Mais libre de faire quoi ?

Se rendant compte cette fois qu'on l'observait, Smiley jeta un coup d'œil derrière lui et aperçut deux petits garçons en blazer qui s'étaient arrêtés pour regarder ce petit homme replet à lunettes exécuter avec ses pieds d'étranges pas de danse. Il les foudroya du regard dans son style le plus professoral, et ils s'empressèrent de s'éloigner.

Pour avoir sa main droite libre de faire quoi ? se répéta Smiley. Et pour se remettre à courir un moment plus tard ?

Vladimir s'est tourné vers la droite, se dit Smiley, une fois de plus harmonisant ses gestes à ses pensées. Vladimir s'est tourné vers la droite. Il était face aux bosquets, il a pris sa canne dans sa main gauche. D'après le commissaire, il est resté un instant immobile. *Et puis* il s'est mis à courir.

Les Règles de Moscou, songea Smiley, en contemplant sa main droite.

Lentement il la plongea dans sa poche d'imperméable. Qui était vide, comme l'était aussi la poche droite du manteau de Vladimir.

Avait-il voulu peut-être écrire un message ? Smiley se taquinait avec la théorie qu'il était décidé à tenir en échec. Écrire un message à la *craie*, par exemple ? Avait-il reconnu son poursuivant et désirait-il inscrire quelque part un nom à la craie, ou bien un signal ? Mais sur *quoi* ? Pas sur un de ces troncs d'arbres humides, assurément. Pas sur le sol argileux, les feuilles mortes, le gravier ! Regardant autour de lui, Smiley remarqua un caractère particulier de l'endroit où il se trouvait. Là, presque entre deux arbres, tout au bord de l'avenue, à l'endroit où le brouillard était presque le plus épais, il était pratiquement hors de vue. L'avenue descendait, certes, mais elle décrivait aussi une courbe, et de là où il se tenait, dans un sens comme dans l'autre la vision était masquée par des troncs d'arbres et par un épais bosquet de jeunes pousses. Sur tout le trajet du dernier et frénétique voyage de Vladimir — un trajet qu'il connaissait bien, il faut s'en souvenir, et qu'il avait utilisé pour des rencontres analogues — c'était le seul endroit, Smiley s'en rendait compte avec une satisfaction croissante, où l'homme en fuite échappait aux regards de quiconque se trouvait aussi bien devant lui que derrière lui.

Et il s'était arrêté.

Il avait libéré sa main droite.

Il l'avait mise... disons... dans sa poche.

Pour prendre ses comprimés pour le cœur ? Non. Comme le bâton de craie jaune et les allumettes, ils étaient dans sa poche gauche, et non pas dans la droite.

Prendre quelque chose... disons... qui n'était plus dans sa poche lorsqu'on l'avait trouvé mort.

Pour prendre quoi alors ?

Dites-lui que j'ai deux preuves et que je peux les apporter avec moi... Alors peut-être il voudra bien me voir... C'est Gregory qui demande Max. J'ai quelque chose pour lui, je vous en prie...

Des preuves. Des preuves trop précieuses pour les confier à la poste. Il apportait quelque chose. Deux choses. Pas juste dans sa tête — dans sa poche. Et il appliquait les Règles de Moscou. Des règles inculquées au Général depuis le jour même où il avait été recruté pour travailler sur place comme un homme passé à l'Ouest. Recruté par Smiley lui-même, pas moins, en sa qualité d'officier traitant sur les lieux. Des règles qui avaient été inventées pour sa survie ; et pour la survie de son réseau. Smiley sentait l'excitation s'emparer de son estomac comme une nausée. Les Règles de Moscou ordonnent que si vous *portez* physiquement un message, vous devez avoir sur vous aussi les moyens de vous en débarrasser ! Elles ordonnent que, si déguisé qu'il soit — micropoint, écriture à l'encre invisible, film non développé, n'importe laquelle d'une des cent méthodes risquées et subtiles — malgré tout en tant qu'*objet* il doit être la première chose et la plus légère qui vous tombe sous la main, la moins voyante lorsqu'on la largue !

Par exemple, un flacon plein de pilules, songea-t-il en se calmant un peu. Comme une boîte d'allumettes.

Une boîte d'allumettes Swan Vesta en partie utilisée, dans la poche gauche du manteau, se rappela-t-il. Des allumettes de fumeur, notez-le bien.

Et dans la planque, poursuivit-il impitoyablement — faisant durer le plaisir, écartant encore un instant l'ultime intuition — il y avait sur la table, à l'attendre, un paquet de cigarettes, de la marque préférée de Vladimir. Et à Westbourne Terrace, sur le garde-manger, neuf paquets de Gauloises. Sur dix.

Mais pas de cigarettes dans ses poches. Aucune, comme l'aurait dit le bon commissaire, sur sa personne. Du moins, pas quand on l'avait retrouvé.

Alors la prémisse, George ? se demanda Smiley imitant Lacon, brandissant comme Lacon un doigt accusateur de surveillant devant son propre visage intact — la prémisse ? La prémisse est pour l'instant, Oliver, qu'un fumeur, un fumeur habituel, dans un état de grande nervosité, part pour un rendez-vous clandestin crucial, muni d'allumettes, mais n'ayant même pas un paquet *vide* de cigarettes, bien qu'il en possède toute une provision, comme on peut le prouver. Si bien que, soit les assassins l'ont trouvé et s'en sont emparés : était-ce la preuve ou les preuves dont parlait Vladimir, ou bien... ou bien quoi ? Ou bien Vladimir a fait passer à temps la canne de sa main droite à sa main gauche. Et a plongé à temps sa main droite dans sa poche. Et l'en a ressortie toujours à temps, à l'endroit même où on ne pouvait pas le voir. Et qu'il s'est débarrassé de la ou des preuves, conformément aux Règles de Moscou.

Ayant satisfait son insistance pour trouver une succession logique aux événements, George Smiley s'avança à pas prudents dans les hautes herbes qui menaient jusqu'aux bosquets, trempant son pantalon jusqu'aux genoux. Pendant une demi-heure ou plus il chercha, fouillant dans l'herbe et le feuillage, revenant sur ses pas, maudissant sa maladresse, renonçant, recommençant, répondant aux stupides questions des passants, qui allaient de l'obscénité à l'intérêt maniaque. Il y avait même deux moines bouddhistes d'un séminaire local, en grande tenue avec robe safran, bottines à lacets et calotte de laine tricotée, qui offrirent leur aide. Smiley la refusa avec courtoisie. Il trouva deux cerfs-volants cassés, une quantité de boîtes de coca-cola. Il trouva des morceaux de photos de corps féminins, les uns en couleur, les autres en noir et blanc, arrachés à des magazines. Il trouva une vieille chaussure de course noire et des lambeaux d'une vieille couverture brûlée. Il trouva quatre canettes de bière vides et quatre paquets de cigarettes vides, si imprégnés d'eau et si vieux qu'après un coup d'œil il les écarta. Et sur une branche, coincé dans la fourche, là où elle rejoignait le tronc, le cinquième paquet — peut-être mieux, le dixième — qui n'était même pas vide : un paquet relativement sec de Gauloises à bout filtre et hors taxes, perché assez haut. Smiley tendit le bras comme si c'était le fruit défendu, mais comme le fruit défendu, le paquet resta hors de son atteinte. Il sauta pour l'attraper et sentit quelque chose claquer dans son dos : un déchirement net et déplaisant de tissu musculaire qui lui laissa pendant des jours une douleur cuisante. Il dit « merde » tout haut et frotta l'endroit douloureux, comme Ostrakova aurait pu le faire. Deux dactylos, qui se rendaient à leur bureau, le consolèrent de leurs gloussements. Il trouva un bout de bois, dégagea le paquet et l'ouvrit. Il restait quatre cigarettes.

Et derrière ces quatre cigarettes, à demi dissimulé et protégé par sa propre enveloppe de cellophane, quelque chose qu'il reconnut mais n'osa même pas déranger de ses doigts humides et tremblants. Quelque chose qu'il n'osait même pas contempler avant d'avoir quitté cet horrible endroit où des dactylos gloussantes et des moines bouddhistes piétinaient en toute innocence le lieu où était mort Vladimir. Ils en ont une, j'ai l'autre, se dit-il. J'ai partagé l'héritage du vieil homme avec ses assassins.

Bravant le flot de la circulation, il descendit l'étroit trottoir jusqu'au moment où il arriva à South End Green, où il espérait découvrir un café où on lui ferait du thé. N'en voyant aucun d'ouvert, il se contenta de s'asseoir sur un banc en face d'un cinéma, en contemplant une vieille fontaine en marbre et deux cabines téléphoniques rouges, plus crasseuses l'une que l'autre. Un crachin tiède tombait ; quelques boutiquiers avaient commencé à abaisser leurs bannes ; une épicerie de luxe préparait du pain pour les livraisons. Il était assis, les épaules voûtées, et les pointes humides du col de son imperméable piquaient ses joues mal rasées chaque fois qu'il tournait la tête. « Au nom du ciel, aie l'air affligé ! » lui avait lancé un jour Ann, furieuse de son impassibilité apparente après la mort d'encore un autre ami. « Si tu n'as pas de chagrin pour les morts, comment peux-tu aimer les vivants ? » Assis sur son banc, en train de réfléchir à ce qu'allait être sa démarche suivante, Smiley avait maintenant pour elle la réponse qu'il n'avait pas su trouver sur le moment. « Tu te trompes, lui dit-il d'un air absent. Je pleure sincèrement les morts. Et Vladimir, profondément en cet instant. C'est d'aimer les vivants qui pose parfois un problème. »

Il essaya les deux cabines téléphoniques et la seconde était en état de marche. Par miracle, même l'annuaire S-Z était intact, et plus stupéfiant encore, le service régulier des radio-taxis d'Islington avait payé le privilège d'être inscrit en gros caractères. Il composa le numéro, et pendant que la sonnerie retentissait, il s'affola à l'idée qu'il avait oublié le nom du signataire du reçu trouvé dans la poche de Vladimir. Il raccrocha, récupérant sa pièce de deux pence. Lane ? Lang ? Il composa de nouveau le numéro.

Une voix de femme lui répondit, lançant d'un ton ennuyé et chantonnant : « Radio-tax-iii ! Votre-nom-et-votre-adresse-s'il-vous-plaît ?

— J'aimerais parler à Mr J. Lamb, s'il vous plaît, un de vos chauffeurs, dit poliment Smiley.

— Je regrette, pas d'appels personnels sur cette ligne », chantonna-t-elle avant de raccrocher.

Il appela une troisième fois. Ce n'était pas personnel du tout, dit-il d'un ton pincé, maintenant qu'il était plus sûr de son terrain. Il voulait que Mr Lamb le conduise, et personne d'autre que Mr Lamb ne ferait l'affaire. « Dites-lui que c'est un long trajet. Stratford-sur-Avon, précisa-t-il, choisissant une ville au hasard, dites-lui que je veux aller à Stratford. » *Sampson,* répondit-il, lorsqu'elle insista pour avoir un nom. Sampson avec un *p.*

Il regagna son banc pour attendre de nouveau.

Téléphoner à Lacon ? Pour quoi faire ? Se précipiter chez lui, ouvrir le paquet de cigarettes, en découvrir le précieux contenu ? C'était la première chose que Vladimir avait jetée, se dit-il. Dans le métier d'espion, on abandonne en premier ce qu'on aime le plus. Après tout, c'est moi qui ai fait la meilleure affaire. Un couple âgé s'était installé en face de lui. L'homme portait un feutre à bord roulé et sifflotait des marches militaires. Sa femme souriait aux passants d'un air stupide. Pour éviter son regard, Smiley se rappela l'enveloppe marron de Paris et l'ouvrit, s'attendant à quoi ? Une facture, sans doute, quelque séquelle de la vie qu'avait menée là-bas le vieil homme. Ou bien l'un de ces cris de guerre ronéotypés que les immigrés s'envoient comme des cartes de Noël. Mais ce n'était ni une facture ni une circulaire, mais une lettre personnelle : un appel, mais d'un genre très particulier. Pas de signature, pas d'adresse d'expéditeur. En français, écrit à la main très vite. Smiley la lut une première fois et la lisait une seconde fois lorsqu'une Ford Cortina ornée de bandes de couleur comme une voiture de rallye et conduite par un jeune homme en chandail à col roulé fit un arrêt brutal devant le cinéma. Remettant la lettre dans sa poche, il traversa la rue jusqu'au taxi.

« Sampson avec un *p* ? » cria par la vitre le jeune homme d'un ton impertinent ; puis de l'intérieur il ouvrit la portière arrière. Smiley monta. Une odeur de lotion après-rasage se mêlait à des relents de fumée de cigarette. Il prit dans sa main un billet de dix livres qu'il étala bien en vue.

« Voulez-vous, s'il vous plaît, arrêter le moteur ? » demanda Smiley.

Le jeune homme obéit, sans cesser de l'observer dans le rétroviseur. Il avait les cheveux bruns coiffés dans le style Afro. Des mains blanches, soignées.

« Je suis détective privé, expliqua Smiley. Je suis sûr que vous rencontrez beaucoup d'entre nous et que vous nous trouvez assommants, mais je serais heureux de payer un petit renseignement. Vous avez signé hier un reçu pour treize livres. Vous rappelez-vous qui était votre client ?

— Un grand type. Étranger. Moustache blanche et il boitait.

— Agé ?

— Très. Avec une canne et tout.

— Où l'avez-vous chargé ? demanda Smiley.

— Au restaurant Cosmo, Pread Street, à 10 h 30 du matin », dit le jeune homme en faisant exprès de parler très vite.

Pread Street était à cinq minutes à pied de Westbourne Terrace. « Et où l'avez-vous conduit, s'il vous plaît ?

— A Charlton.

— Charlton, dans le sud-est de Londres ?

— A l'église de Saint-Machin, à côté de Battle-of-the-Nile Street. Il a demandé un pub qui s'appelle « La Grenouille battue ».

— La Grenouille ?

— Le Français, quoi.

— Vous l'avez déposé là ?

— Une heure d'attente, puis retour à Pread Street.

— Vous avez fait d'autres arrêts ?

— Une fois, dans un magasin de jouets à l'aller, une fois à une cabine téléphonique au retour. Le type a acheté un canard en bois sur roulettes. (Il se retourna et, appuyant le menton sur le dossier de la banquette, écarta les mains d'un geste insolent, pour donner une idée de la taille.) Un truc jaune, que c'était, dit-il. Le coup de fil, c'était à Londres.

— Comment le savez-vous ?

— Je lui ai prêté deux pence. Et puis il revient et m'emprunte deux pièces de dix pence, en cas. »

Je lui ai demandé d'où il appelait mais il m'a simplement dit qu'il avait plein de monnaie, avait dit Mostyn.

Passant au jeune homme le billet de dix livres, Smiley posa la main sur la poignée de la portière.

« Vous pourrez dire à votre firme que je n'étais pas là, dit-il.

— Je leur dirai ce que je veux, non ? »

Smiley s'empressa de descendre, réussissant tout juste à claquer la portière avant que le jeune homme ne s'éloigne à la même vitesse terrifiante. Debout sur le trottoir, il termina sa seconde lecture de la lettre et cette fois il l'avait bien en mémoire. Une femme, songea-t-il, se fiant à son premier instinct. Et elle croit qu'elle va mourir. Bah ! nous le croyons tous, et nous avons raison. Il feignait pour lui-même la désinvolture, l'indifférence. Chaque homme n'a qu'un certain lot de compassion, se dit-il, et j'ai utilisé le mien pour la journée. Mais la lettre lui faisait quand même peur et renforça son impression d'urgence.

Général, je ne voudrais pas être dramatique mais il y a des hommes qui surveillent ma maison et je ne pense pas qu'ils soient des amis à vous ni à moi. Ce matin j'ai eu l'impression qu'ils essayaient de me tuer. Vous ne voulez pas m'envoyer une fois de plus votre ami le Magicien ?

Il avait des choses à cacher. A *planquer,* comme on insistait pour dire à Sarratt. Il prit des autobus, changeant plusieurs fois, regardant derrière lui, sommeillant. La motocyclette noire avec son side-car n'avait pas reparu ; il ne pouvait pas repérer d'autre surveillance. Dans une papeterie de Baker Street, il acheta un grand carton, quelques quotidiens, du papier d'emballage et un rouleau de ruban adhésif. Il héla un taxi, puis, accroupi dans le fond, il confectionna son paquet. Il mit dans le carton le paquet de cigarettes de Vladimir avec la lettre d'Ostrakova, et il bourra l'espace vide avec des journaux. Il enveloppa le carton de papier d'emballage et s'emmêla les doigts dans le ruban adhésif. Le scotch était quelque chose qui l'avait toujours dépassé. Il écrivit son propre nom sur l'étiquette avec la mention « A venir chercher ». Il régla la course devant l'hôtel Savoy, où il déposa le carton entre les mains de l'employé du vestiaire des hommes, avec un billet d'une livre.

Ça n'est pas assez lourd pour une bombe, n'est-ce pas, monsieur ? demanda l'homme en portant d'un air facétieux le paquet à son oreille.

— Je n'en jurerais pas », dit Smiley, et la plaisanterie les fit rire tous les deux.

Dites à Max que cela concerne le Marchand de Sable, songea-t-il. Vladimir, quelle était votre autre preuve ? se demanda-t-il avec tristesse.

9

L'horizon bas était encombré de grues et de gazomètres ; des cheminées débitaient avec nonchalance une fumée ocre dans les nuages lourds de pluie. Si ce n'avait pas été samedi, Smiley aurait utilisé les transports en commun, mais le samedi il voulait bien conduire, bien qu'il entretînt des relations de haine réciproque avec le moteur à combustion interne. Il franchit le fleuve par le pont de Vauxhall. Greenwich était derrière lui. Il avait pénétré dans l'arrière-pays, plat et démembré, des docks. Pendant que les balais d'essuie-glaces frémissaient, de grosses gouttes de pluie s'insinuaient par la carrosserie de sa malheureuse petite voiture anglaise. Des enfants maussades, qui s'abritaient à un arrêt d'autobus lui dirent : « Continuez tout droit, monsieur. » Il s'était rasé, il avait pris un bain, mais n'avait pas dormi. Il avait envoyé à Lacon la note de téléphone de Vladimir, en demandant de toute urgence une récapitulation de toutes les communications dont on pouvait retrouver la trace. Il roulait, l'esprit clair, mais en proie à des changements d'humeur anarchiques. Il portait un manteau de tweed marron, celui qu'il mettait pour voyager. Il négocia un rond-point, gravit une côte et voilà soudain qu'un beau pub de style édouardien se dressa devant lui, sous l'enseigne d'un guerrier au visage rouge. Battle-of-the-Nile Street partait de là vers un îlot de gazon pelé, et sur cet îlot se trouvait l'église du Saint-Sauveur, bâtie de pierre et de silex, proclamant le message de Dieu aux entrepôts victoriens délabrés. Le prêcheur du dimanche suivant, annonçait l'affiche, était une femme commandant dans l'armée du Salut, et devant l'affiche était arrêté un camion : une gigantesque remorque de dix-huit mètres, de couleur rouge, les vitres festonnées de fanions de football et tout un assortiment d'étiquettes d'immatriculations étrangères couvrant une portière. C'était ce qu'il y avait de plus gros en vue, plus gros même que l'église. Quelque part à l'arrière-plan il entendit un moteur de motocyclette ralentir puis repartir, mais il ne se donna même pas la peine de regarder derrière lui. Son escorte habituelle l'avait suivi depuis Chelsea ; mais, comme il le prêchait toujours à Sarratt, la peur est toujours une question de sélection.

Suivant le sentier, Smiley pénétra dans un cimetière sans tombes. Des rangées de pierres tombales en constituaient le périmètre, un échafaudage et trois maisons neuves bâties sur le même modèle occupaient la partie centrale. La première maison était baptisée Sion, la seconde n'avait pas de nom, la troisième s'appelait Numéro Trois. Chacune avait de grandes baies vitrées, mais le Numéro Trois avait des rideaux de dentelle et, lorsqu'il poussa la barrière, tout ce qu'il vit ce fut une ombre au premier étage. Il la vit immobile, puis s'enfoncer et disparaître comme si elle avait été aspirée par le plancher et il se demanda une seconde, avec horreur, s'il ne venait pas d'être témoin d'un autre meurtre. Il pressa la sonnette et un carillon céleste retentit dans la maison. La porte était en verre ondulé. En collant son œil contre la vitre, il distingua un tapis marron sur l'escalier et ce qui semblait être une voiture d'enfant. Il sonna de nouveau et entendit un hurlement. Cela commença doucement et devint de plus en plus bruyant et il crut tout d'abord que c'était un enfant, puis un chat, puis le sifflet d'une bouilloire. Le bruit atteignit son apogée, s'y maintint, puis s'arrêta soudain, soit parce que quelqu'un avait ôté la bouilloire du feu, ou bien parce que le bouchon avait sauté. Il fit le tour jusqu'à l'arrière de la maison. Il était semblable à la façade, à part les tuyaux d'écoulement, un petit potager et un minuscule bassin à poissons rouges en ciment. Il n'y avait pas d'eau dans le bassin, mais sur le ciment gisait un canard en bois jaune couché sur le côté. Il était là, le bec ouvert et un œil fixe tourné vers le ciel et deux de ses roues tournaient encore.

« Le type a acheté un canard en bois sur roulettes, avait dit le chauffeur de taxi, en se retournant pour en dessiner la forme de ses mains blanches. Un truc jaune. »

Il y avait un heurtoir sur la porte de derrière. Il donna un coup léger et essaya la poignée qui céda. Il pénétra à l'intérieur et referma avec soin la porte derrière lui. Il se trouvait dans une petite pièce qui donnait sur la cuisine et la première chose qu'il remarqua dans la cuisine, ce fut la bouilloire qu'on avait retirée du gaz, avec un mince panache de vapeur qui s'échappait de son sifflet maintenant silencieux. Et puis deux tasses, une théière et un pot de lait sur un plateau.

« Madame Craven ? appela-t-il doucement. Stella ? »

Il traversa la salle à manger et s'arrêta dans le vestibule, sur le tapis brun auprès de la voiture d'enfant, et dans sa tête il concluait des pactes avec Dieu : plus de morts, plus de Vladimir et je Vous adorerai pour le reste de nos vies respectives.

« Stella ? C'est moi, Max », dit-il.

Il poussa la porte du salon et la découvrit assise dans le coin sur un fauteuil, entre le piano et la fenêtre, l'observant avec une froide détermination.

Elle n'avait pas peur, mais elle semblait le haïr. Elle portait une longue robe asiatique et pas de maquillage. Elle tenait l'enfant dans ses bras, garçon ou fille il n'aurait pu le dire et n'arrivait pas à s'en souvenir. Elle serrait contre son épaule la petite tête ébouriffée et avait posé une main sur sa bouche pour l'empêcher de faire du bruit ; elle regardait Smiley par-dessus l'enfant, d'un air de défi.

« Où est Villem ? » demanda-t-il.

Lentement elle ôta sa main et Smiley s'attendait à entendre l'enfant se mettre à crier, mais au lieu de cela, il le dévisagea sans rien dire.

« Il s'appelle William, fit-elle calmement. Mettez-vous bien ça dans la tête, Max. C'est lui qui l'a choisi. William Craven. Anglais jusqu'au fond de l'âme. Pas estonien, pas russe. Anglais. » C'était une belle femme, avec des cheveux sombres et elle était immobile. Assise dans le coin, en tenant son enfant, elle avait l'air d'être peinte contre l'arrière-fond sombre.

« Je veux lui parler, Stella. Je ne lui demande pas de faire quoi que ce soit. Il se peut même que je puisse l'aider.

— J'ai déjà entendu ça, n'est-ce pas ? Il est sorti. Il est allé travailler, comme il se doit. »

Smiley encaissa cela.

« Alors qu'est-ce que son camion fait dehors ? protesta-t-il avec douceur.

— Il est allé au dépôt. On a envoyé une voiture le chercher. »

Smiley médita cela aussi.

« Alors pour qui est la seconde tasse dans la cuisine ?

— Il n'a rien à voir là-dedans », dit-elle.

Il monta l'escalier et elle le laissa faire. Il y avait une porte juste devant lui et deux autres à sa gauche et à sa droite, toutes deux ouvertes, l'une qui donnait sur la chambre de l'enfant, l'autre sur la grande chambre à coucher. La porte devant lui était fermée, et lorsqu'il frappa on ne répondit pas.

« Villem, c'est Max, dit-il. Il faut que je vous parle, s'il vous plaît. Ensuite je m'en irai et je vous laisserai en paix, je vous le promets. »

Il répéta cela mot pour mot, puis il redescendit l'escalier plutôt raide jusqu'au salon. L'enfant s'était mis à pleurer bruyamment.

« Peut-être que si vous avez préparé ce thé, suggéra-t-il entre deux sanglots de l'enfant.

— Vous n'allez pas lui parler seul, Max. Je ne vais pas vous laisser l'embobiner encore une fois.

— Je n'ai jamais fait cela. Ça n'était pas mon travail.

— Il a toujours une très haute opinion de vous. Ça me suffit.

— Il s'agit de Vladimir, dit Smiley.

— Je sais de quoi il s'agit. Ils ont passé la moitié de la nuit à téléphoner, n'est-ce pas ?

— Qui ça ?

— « Où est Vladimir ? Où est Vladi ? » Pour qui prennent-ils William ? Pour Jack l'Éventreur ? Ça fait Dieu sait combien de temps qu'il n'a vu Vladi ni entendu parler de lui. Oh ! Beckie, mon chou, tais-toi un peu ! (Traversant la pièce, elle trouva sous un tas de linge une boîte de biscuits et en fourra un de force dans la bouche de l'enfant.) En général, dit-elle, je ne suis pas comme ça.

— Mais qui a demandé de ses nouvelles ? insista Smiley avec douceur.

— Mikhel, qui d'autre ? Vous vous rappelez Mikhel, notre étoile de Radio Liberté, Premier ministre désigné d'Estonie, rabatteur de Paris ? A 3 heures du matin, alors que Beckie est en train de percer une dent, voilà cette saleté de téléphone qui sonne. C'est Mikhel, haletant dans l'appareil. « Stella, où est Vladi ? Où est notre chef ? » Je lui ai dit : « Tu es idiot, non ? Tu crois que c'est plus difficile d'enregistrer les communications quand les gens chuchotent ? Tu es fou à lier, je lui ai dit. Occupe-toi des courses de chevaux et plus de politique », je lui ai conseillé.

— Pourquoi était-il inquiet ? demanda Smiley.

— Vladi lui devait de l'argent, voilà pourquoi. Cinquante livres. Il les a probablement perdues sur un cheval, encore un de leurs perdants. Il avait promis d'apporter la somme chez Mikhel et de faire une partie d'échecs avec lui. Au milieu de la nuit, attention. Ils doivent être insomniaques en même temps que patriotes. Notre chef ne s'était pas montré. Drame. « Pourquoi diable William saurait où il est ? lui ai-je demandé. Va dormir. » Une heure plus tard, qui est de nouveau en ligne ? Soufflant dans le téléphone comme avant ? Une fois de plus notre major Mikhel, héros de la Cavalerie royale d'Estonie, claquant des talons et s'excusant. Il est allé chez Vladi, il a frappé à la porte, sonné plusieurs fois. Personne à la maison. « Écoute, Mikhel, lui ai-je dit, il n'est pas ici, on ne le cache pas dans le grenier, nous ne l'avons pas vu depuis le baptême de Beckie, nous n'avons pas eu de ses nouvelles. Tu comprends ? William rentre tout juste de Hambourg, il a besoin de dormir et ça n'est pas moi qui vais le réveiller. »

— Alors il a raccroché, suggéra Smiley.

— Vous parlez ! C'est une sangsue, ce type. « Villem est le préféré de Vladi », il me dit. « Pourquoi ? je lui réponds. Pour la troisième à Ascot ? Écoute, fous-nous la paix et dors ! » « Vladimir me disait toujours que, si jamais quelque chose allait mal, je devrais m'adresser à Villem », m'a-t-il dit. « Alors qu'est-ce que tu veux qu'il fasse ? » dis-je. « Qu'il aille en ville avec le camion et qu'il cogne aussi à la porte de Vladi ? » Bon sang ! »

Elle assit l'enfant sur une chaise. Il resta là, à mordiller son biscuit d'un air satisfait. Il y eut le bruit d'une porte qu'on claquait avec violence, suivi de pas rapides descendant l'escalier.

« William n'est pour rien là-dedans, Max, le prévint Stella en regardant Smiley droit dans les yeux. Il ne fait pas de politique, ça n'est pas l'homme des coups en douce et il s'est remis d'avoir eu un père martyr. C'est un grand garçon maintenant, et il est capable de se débrouiller tout seul. Pas vrai ? J'ai dit : Pas vrai ? »

Smiley avait regagné l'autre extrémité de la pièce pour ne pas être trop près de la porte. Villem entra, l'air grave, toujours vêtu de son survêtement et de ses chaussures d'athlétisme, de dix ans environ le cadet de Stella et un peu trop frêle pour sa propre sécurité. Il s'assit sur le divan, tout au bord, son regard intense allant de sa femme à Smiley, comme s'il se demandait lequel des deux allait bondir le premier. Son front haut semblait étrangement blanc sous ses cheveux bruns coiffés en arrière. Il s'était rasé, et cela lui avait remplumé le visage, lui donnant l'air encore plus jeune. Ses yeux, rougis par le long trajet au volant, étaient bruns et passionnés.

« Bonjour, Villem, dit Smiley.

— William », fit sa femme, le reprenant.

Villem eut un hochement de tête un peu raide, répondant aux deux formes à la fois.

« Bonjour, Max, dit Villem. (Sur ses genoux ses mains se retrouvèrent et se joignirent.) Comment ça va, Max ?

— Je suppose que vous avez déjà entendu la nouvelle pour Vladimir, dit Smiley.

— La nouvelle ? Quelle nouvelle, je vous prie ? »

Smiley prit son temps. Pour l'observer, pour percevoir sa tension.

« Qu'il a disparu, finit par répondre Smiley d'un ton léger. Il paraît que ses amis vous ont appelé à des heures indues.

— Ses amis ? (Villem lança à Stella un regard soumis.) De vieux immigrés, qui boivent du thé, qui jouent aux échecs toute la journée, qui font de la politique ? Qui parlent de rêves fous ? Mikhel n'est pas mon ami, Max. »

Il parlait vite, impatienté par cette langue étrangère qui était un si pauvre substitut à sa langue natale. Alors que Smiley parlait comme s'il avait tout son temps.

« Mais Vladi est notre ami, lui protesta-t-il. Vladi était avant vous l'ami de votre père. Ils étaient à Paris ensemble. Frères d'armes. Ils sont venus en Angleterre ensemble. »

Pour riposter au poids de cette suggestion, le petit corps de Villem se répandit en gestes désordonnés. Ses mains s'écartèrent en décrivant des arcs furieux, il secoua la tête et ses cheveux bruns s'agitèrent avant de retomber.

« Bien sûr ! Vladimir c'était l'ami de mon père. Son bon ami. Et puis aussi le parrain de Beckie, n'est-ce pas ? Mais pas pour la politique. Plus maintenant. (Il jeta un coup d'œil à Stella, quêtant son approbation.) Moi, je suis William Craven. J'ai une maison anglaise, une femme anglaise, une gosse anglaise, un nom anglais. D'accord ?

— Et un travail anglais », intervint doucement Stella en l'observant.

— Un bon travail ! Vous savez combien je gagne, Max ? Nous achetons une maison. Peut-être une voiture, d'accord ? »

Quelque chose dans l'attitude de Villem — son bagou peut-être, ou l'énergie de ses protestations — avait retenu l'attention de sa femme, car Stella maintenant l'examinait avec la même intensité que Smiley, et elle commençait à tenir le bébé dans ses bras d'un air distrait, presque comme si cela ne l'intéressait plus.

« Quand l'avez-vous vu pour la dernière fois, William ? demanda Smiley.

— Qui, Max ? Quand j'ai vu qui ? Je vous en prie, je ne vous comprends pas.

— Dis-lui, Bill, ordonna Stella à son mari, en le fixant des yeux.

— Quand avez-vous vu Vladimir pour la dernière fois ? répéta Smiley avec patience.

— Il y a longtemps, Max.

— Des semaines ?

— Bien sûr. Des semaines.

— Des mois ?

— Des mois. Six mois ! Sept ! Au baptême. Il était parrain, nous invitons des amis. Mais pas de politique. »

Les silences de Smiley avaient commencé à créer une tension gênante.

« Et pas depuis ? finit-il par demander.

— Non. »

Smiley se tourna vers Stella, dont le regard n'avait toujours pas bougé.

« A quelle heure William est-il rentré hier ?

— De bonne heure, dit-elle.

— Vers dix heures du matin ?

— C'est bien possible. Je n'étais pas là. J'étais allée voir ma mère.

— Vladimir est venu ici hier en taxi, expliqua-t-il, s'adressant toujours à Stella. Je crois qu'il a vu William. »

Personne ne l'aidait, ni Smiley ni sa femme. Même l'enfant restait tranquille.

« En venant ici il a acheté un jouet. Le taxi a attendu une heure dans l'allée et l'a ramené à Paddington où il habite », dit Smiley, prenant toujours grand soin d'utiliser le présent.

Villem avait enfin retrouvé sa voix. « Vladi est le parrain de Beckie ! protesta-t-il dans une nouvelle envolée, comme si son anglais menaçait de l'abandonner totalement. Stella ne l'aime pas, alors il doit venir ici comme un voleur, d'accord ? Il apporte à ma Beckie un jouet, d'accord ? C'est un crime déjà, Max ? C'est une loi, un vieil homme ne peut pas porter des jouets à sa filleule ? »

Une fois de plus ni Smiley ni Stella ne disaient mot. Ils attendaient tous deux l'inévitable effondrement.

« Vladi est un vieil homme, Max ! Qui sait quand il revoit sa Beckie ? Il est ami de la famille !

— Pas de cette famille, dit Stella. Plus maintenant.

— Il était l'ami de mon père ! Camarade ! A Paris ils combattent ensemble le bolchevisme. Alors il apporte un jouet à Beckie. Pourquoi pas, dites-moi ? Pourquoi pas, Max ?

— Tu m'as raconté que c'était toi qui avais apporté ce foutu canard », dit Stella. Portant une main à sa poitrine, elle ferma un bouton comme pour couper court aux propos de son mari.

Villem se tourna vers Smiley, pour le prendre à témoin : « Stella n'aime pas le vieux, d'accord ? Elle a peur que je fasse de nouveau de la politique avec lui, d'accord ? Alors je ne le dis pas à Stella. Elle va voir sa mère à l'hôpital de Staines, et pendant qu'elle n'est pas là, Vladi fait une petite visite pour voir Beckie, dire bonjour, pourquoi pas ? (Dans son désespoir, il sauta littéralement en l'air, agitant ses bras dans un geste exagéré de protestation.) Stella ! cria-t-il. Écoute-moi ! Alors Vladi ne rentre pas chez lui hier soir ? Je suis désolé ! Mais ça n'est pas ma faute, d'accord, Max ? Ce Vladi est un vieil homme ! Très seul. Alors peut-être pour une fois il trouve une femme. D'accord ? Bon, il ne peut pas faire grand-chose avec elle, mais il aime quand même sa compagnie. Il était assez connu pour ça, je crois ! D'accord ? Pourquoi pas ?

— Et *avant* hier ? » demanda Smiley, après une éternité. Villem n'avait pas l'air de comprendre, alors Smiley reposa la question : « Vous avez vu Vladimir hier. Il est venu en taxi et a apporté un canard jaune en bois pour Beckie. A roulettes.

— Bien sûr.

— Très bien. Mais avant-hier — sans compter hier — quand l'avez-vous vu pour la dernière fois ? »

Certaines questions, on les pose au hasard, certaines par instinct, d'autres — comme celle-là — se fondent sur une compréhension qui est plus que de l'instinct, mais moins que de la connaissance. Villem s'essuya les lèvres d'un revers de main. « Lundi, dit-il d'un ton lamentable. Je le vois lundi. Il me téléphone, on se donne rendez-vous. Bien sûr. »

Stella murmura alors : « Oh ! William », et elle serra l'enfant tout droit contre elle, comme un petit soldat, tandis qu'elle baissait les yeux vers le tapis de poil rêche en attendant que ses sentiments se calment.

Le téléphone se mit à sonner. Comme un enfant furieux, Villem se précipita dessus, souleva le combiné, raccrocha avec violence, puis jeta l'appareil par terre en envoyant valser le récepteur d'un coup de pied. Puis il s'assit.

Stella se tourna vers Smiley. « Je veux que vous partiez, dit-elle. Je veux que vous sortiez de cette maison et que vous ne reveniez jamais. Je vous en prie, Max. Maintenant. »

Un moment, Smiley parut considérer cette requête avec beaucoup de sérieux. Il regardait Villem de l'air affectueux d'un oncle indulgent ; il regardait Stella. Puis il fouilla dans la poche intérieure de son manteau et en retira un exemplaire plié de la première édition de la journée de l'*Evening Standard* et la tendit à Stella plutôt qu'à Villem, en partie à cause de la barrière du langage et en partie parce qu'il se doutait que Villem allait s'effondrer.

« Je crois malheureusement, William, dit-il d'un ton de simple regret, que Vladi a disparu pour de bon. C'est dans les journaux. Il a été tué d'une balle. La police voudra vous poser des questions. Il faut que j'entende ce qui s'est passé et que je vous dise comment y répondre. »

Là-dessus, Villem dit quelque chose de désespéré en russe et Stella, émue par son ton sinon par ses paroles, posa par terre un enfant pour s'en aller réconforter l'autre, comme si Smiley n'avait pas été là. Il resta donc assis un moment tout seul, pensant au bout de négatif de Vladimir — indéchiffrable tant qu'on ne l'avait pas développé — bien rangé dans son carton au *Savoy* avec la lettre anonyme de Paris pour laquelle il ne pouvait rien faire. Il pensait aussi à la seconde preuve, en se demandant ce que c'était, et comment le vieil homme la transportait, et supposant qu'elle devait être dans son portefeuille ; mais tout en ayant la certitude qu'il ne le saurait jamais.

Villem était assis bravement, comme s'il assistait déjà à l'enterrement de Vladimir. Stella était auprès de lui, une main posée sur la sienne, la petite Beckie, allongée par terre, dormait. De temps en temps, tandis que Villem parlait, des larmes ruisselaient sans honte sur ses joues pâles.

« Pour les autres je ne donne rien, dit Villem. Pour Vladi, tout. J'adore cet homme. (Il reprit :) Après la mort de mon père, Vladi est devenu un père pour moi. Quelquefois je lui dis même « mon père ». Pas oncle. Père.

— Peut-être pourrions-nous commencer par lundi, suggéra Smiley. Par le premier rendez-vous. »

Vladimir avait téléphoné, dit Villem. C'était la première fois que Villem, depuis des mois, entendait parler de lui ou de quelqu'un du Groupe. Vladi avait téléphoné à Villem au dépôt, comme ça, tout d'un coup, alors que Villem consolidait son chargement et vérifiait ses documents de transbordement avant de partir pour Douvres. C'était l'arrangement habituel. Villem expliqua que c'était comme ça que ça continuait à se passer avec le Groupe. Il n'en faisait plus partie, comme tous les autres, plus ou moins, mais si jamais on avait un besoin urgent de lui, on pouvait le joindre au dépôt le lundi matin, pas à la maison, à cause de Stella. Vladi était le parrain de Beckie et, comme parrain, pouvait téléphoner à n'importe quel moment à la maison. Mais pas pour affaire. Jamais.

« Je lui demande : « Vladi ! Qu'est-ce que tu veux ? Écoute, comment vas-tu ? »

Vladimir était dans une cabine téléphonique au bas de la rue. Il voulait avoir une conversation personnelle tout de suite. Au mépris de tous les règlements de ses employeurs, Villem le ramassa au rond-point et Vladimir fit la moitié du chemin jusqu'à Douvres avec lui, « au noir », dit Villem, ce qui voulait dire « illégalement ». Le vieil homme avait un panier d'osier plein d'oranges, mais Villem n'était pas d'humeur à lui demander pourquoi il se trimbalait avec des kilos d'oranges. Vladimir avait commencé par parler de Paris et du père de Villem et des grandes luttes qu'ils avaient partagées ; puis il avait parlé d'un petit service que Villem pouvait lui rendre. En souvenir du bon vieux temps, un petit service. En mémoire du père défunt de Villem, que Vladimir avait tant aimé. Pour le Groupe, dont le père de Villem avait autrefois été un tel héros.

« Je lui dis : « Vladi, ce petit service est impossible pour moi. Je promets à Stella : impossible ! »

Stella retira sa main posée auprès de son mari et resta assise seule, déchirée entre le désir de le consoler de la mort du vieil homme et la peine qu'elle éprouvait à savoir qu'il n'avait pas tenu promesse.

« Juste un petit service, avait insisté Vladimir. Tout petit, pas d'ennuis, pas de risques, mais très utile pour notre cause », et puis c'était le devoir de Villem. Là-dessus, Vladi avait exhibé des photos de Beckie qu'il avait prises au baptême. Elles étaient dans une enveloppe Kodak jaune, les tirages d'un côté et les négatifs sous la couverture de cellophane de l'autre, et l'étiquette bleue du laboratoire encore agrafée à l'extérieur, tout cela innocent au possible.

Ils les admirèrent un moment, puis Vladimir dit soudain : « C'est pour Beckie, Villem. Ce que nous faisons, nous le faisons pour l'avenir de Beckie. » En entendant Villem répéter cela, Stella serra les poings et, lorsqu'elle releva la tête, il y avait une expression résolue et comme vieillie dans le réseau de rides minuscules au coin de chaque œil.

Villem poursuivit son histoire : « Alors Vladimir me dit : « Villem. Tous les lundis tu vas avec ton camion à Hanovre et à Hambourg, pour rentrer le vendredi. Combien de temps tu restes à Hambourg, s'il te plaît ? »

Ce à quoi Villem avait répondu le moins longtemps possible, cela dépendait du temps qu'il lui fallait pour décharger, cela dépendait s'il faisait sa livraison à l'agent ou au destinataire, cela dépendait de l'heure à laquelle il arrivait et du nombre d'heures qu'il avait déjà sur sa feuille de route. Cela dépendait aussi du chargement au retour, s'il y en avait un. Il y avait d'autres questions de ce genre, que Villem rapportait maintenant, pour la plupart anodines — où Villem couchait en route, où il prenait ses repas — et Smiley savait que le vieil homme, d'une façon passablement monstrueuse, faisait ce qu'il aurait fait lui-même ; il acculait Villem dans un coin, en le faisant répondre comme un prélude à le faire obéir. Et ça n'est qu'après cela que Vladimir expliqua à Villem, en utilisant toute son autorité militaire et familiale, ce qu'il souhaitait au juste voir faire à Villem.

« Il me dit : « Villem, porte ces oranges à Hambourg pour moi. Prends ce panier. » Pourquoi ? je lui demande. « Général, pourquoi je prends ce panier ? » Alors il me donne cinquante livres. « En cas d'urgence, il me dit, en cas d'urgence, voilà cinquante livres. » « Mais pourquoi est-ce que je prends ce panier ? je lui demande. De quelle urgence il s'agit, Général ? »

Vladimir récita alors à Villem ses instructions et elles comprenaient des solutions de secours et des éventualités possibles — même, si besoin en était, de rester une nuit de plus en route grâce aux cinquante livres — et Smiley remarqua comment le vieil homme avait insisté sur les Règles de Moscou, tout comme il l'avait fait avec Mostyn, et comment il y en avait *trop,* comme ç'avait toujours été le cas : plus il vieillissait, plus le vieil homme se ligotait dans les écheveaux mêmes de ses complots. Villem devait poser l'enveloppe Kodak jaune contenant les photographies de Beckie par-dessus les oranges, il devait aller faire un tour jusque sur le devant de la cabine — tout comme Villem avait fini par le faire, dit-il — et l'enveloppe était la boîte aux lettres, et le signal indiquant qu'elle avait été remplie serait une marque à la craie, jaune aussi comme l'enveloppe, ce qui est la tradition de notre Groupe », dit Villem.

« Et le signal de sécurité ? demanda Smiley. Le signal qui dit : « Je ne suis pas suivi » ?

— C'était le journal de Hambourg de la veille », répondit aussitôt Villem — mais, là-dessus, avoua-t-il, il n'était pas tout à fait d'accord avec Vladimir, malgré tout le respect qu'il lui devait en tant que chef, en tant que général, et en tant qu'ami de son père.

« Il me dit : « Villem, tu portes ce journal dans ta poche. » Mais je lui dis : « Vladi, je t'en prie, regarde-moi. Je n'ai qu'un survêtement, pas de poche. » Mais il m'a dit : « Alors tiens ce journal sous ton bras, Villem. »

— Bill, murmura Stella avec une sorte de terreur rétrospective. Oh ! Bill, pauvre stupide crétin. (Elle se tourna vers Smiley.) Je veux dire pourquoi ne l'ont-ils pas foutu à la porte, leur truc, pour s'en débarrasser ? »

Parce que c'était un négatif et que seuls les négatifs sont acceptables d'après les Règles de Moscou. Parce que le Général avait l'obsession d'être trahi, songea Smiley. Le vieil homme voyait la trahison partout, chez tous ceux qui l'entouraient. Et si la mort est le juge ultime, il avait raison.

« Et ça a marché ? finit par demander Smiley avec une grande douceur. La livraison s'est faite ?

— Bien sûr ! Ça marche bien », reconnut Villem avec entrain, tout en lançant à Stella un regard de défi.

« Et aviez-vous une idée, par exemple, de qui aurait pu être votre contact à ce rendez-vous ? »

Alors, avec beaucoup d'hésitation, beaucoup d'insistance, dont un peu de la part de Stella, Villem lui raconta cela aussi : le visage creux qui avait l'air si désespéré et qui lui avait rappelé son père ; le regard d'avertissement, qui était peut-être réel ou qu'il avait imaginé tant il était excité. Comment cela arrivait, quand il regardait le football à la télévision, ce qu'il aimait beaucoup, la caméra surprenait le visage ou l'expression de quelqu'un, et ça vous restait gravé dans la mémoire pour le reste du match, même si on ne revoyait jamais cette image — et comment le visage sur le bateau était exactement de cette sorte. Il décrivit les mèches de cheveux comme des cornes, et du bout des doigts il traça des rides profondes sur ses joues lisses. Il décrivit la petite taille de l'homme et même sa séduction — Villem disait que ça se sentait. Il décrivit l'impression qu'il avait eue de recevoir de l'homme une mise en garde, qu'on le prévenait de prendre soin de quelque chose de précieux. Villem aurait lui-même le même air — il le dit à Stella dans un brusque élan de tragédie imaginée — s'il y avait une autre guerre et des combats et qu'il devait confier Beckie à un étranger pour s'occuper d'elle ! Et ce fut le signal de nouvelles larmes, et d'une autre réconciliation, et d'une nouvelle lamentation sur la mort du vieil homme, comme la question suivante de Smiley y contribua inévitablement.

« Vous avez donc rapporté l'enveloppe jaune et hier, lorsque le Général est venu avec le canard de Beckie, vous lui avez remis l'enveloppe », conclut-il avec toute la douceur dont il était capable, mais il fallut encore quelque temps avant que n'émergeât un récit clair.

Villem avait l'habitude, expliqua-t-il, avant de rentrer à la maison le vendredi, de dormir quelques heures au dépôt dans le camion, puis de se raser et de boire une tasse de thé avec les copains si bien qu'il arrivait chez lui calmé, plutôt que nerveux et de mauvaise humeur. C'était un truc qu'il avait appris des anciens, disait-il : ne pas se précipiter chez soi, on ne fait que le regretter. Mais hier c'était différent, dit-il et d'ailleurs, poursuivit-il — réduisant soudain les prénoms à des monosyllabes — Stell devant emmener Beck à Staines pour voir sa mère. Alors, pour une fois, il était rentré directement à la maison, avait téléphoné à Vladimir et il lui avait donné le mot de code dont ils étaient convenus d'avance.

« Téléphoné où ? demanda Smiley, en l'interrompant d'une voix douce.

— A l'appartement. Il m'avait dit : « Téléphone-moi seulement à l'appartement. Jamais à la bibliothèque. Mikhel est un brave homme, mais il n'est pas informé. »

Et, reprit Villem, au bout de peu de temps — il ne se rappelait plus combien —Vladimir était arrivé à la maison en radio-taxi, ce qu'il n'avait encore jamais fait, en apportant le canard pour Beck. Villem lui avait remis l'enveloppe jaune avec les photos et Vladimir les avait emportées près de la fenêtre et très lentement, « comme si c'étaient des objets sacrés d'une église, Max », tournant le dos à Villem, Vladimir avait regardé les négatifs l'un après l'autre à la lumière jusqu'au moment où il avait paru trouver celui qu'il cherchait, et après cela il avait continué à le contempler longuement.

« Juste un ? demanda aussitôt Smiley, son esprit revenant aux deux preuves. *Un seul*, négatif ?

— Bien sûr.

— Une seule image, ou une seule demande ? »

Une image, Villem était certain. Une seule petite image. Oui, trente-cinq millimètres, comme son Agfa automatique. Non, Villem n'avait pas pu voir ce qu'il y avait dessus, si c'était quelque chose d'écrit ou quoi. Il avait vu Vladimir, voilà tout.

« Vladi était rouge, Max. L'air tout excité, Max, du brillant dans les yeux. C'était un vieil homme.

— Et pendant votre voyage, dit Smiley, interrompant le récit de Villem pour poser cette question cruciale. Durant tout le trajet depuis Hambourg, vous n'avez jamais une fois pensé à regarder ?

— C'était secret, Max. Secret militaire. »

Smiley lança un coup d'œil à Stella.

« Il ne l'aurait pas fait, dit-elle, répondant à sa question muette. Il est trop honnête. »

Smiley la croyait.

Villem reprit son récit. Ayant mis l'enveloppe jaune dans sa poche, Vladimir emmena Villem dans le jardin et le remercia, serrant à deux mains celles de Villem, lui disant que c'était une grande chose qu'il avait faite, une belle action ; que Villem était bien le fils de son père, un meilleur soldat même que son père, de la pure souche estonienne, solide, consciencieux et sérieux ; qu'avec cette photographie ils allaient pouvoir rembourser bien des dettes et causer un grand tort aux bolcheviks ; que la photographie était *une preuve*, une preuve impossible à ignorer. Mais une preuve de quoi, il ne le dit pas : seulement que Max allait la voir, et y croire et se souvenir. Villem ne savait pas très bien pourquoi ils avaient dû aller dans le jardin, mais il supposait que le vieil homme, dans son excitation, s'était mis à avoir peur des microphones, car il parlait déjà beaucoup de sécurité.

« Je l'accompagne jusqu'à la porte, mais pas au taxi. Il me dit que je ne dois pas venir au taxi. « Villem. Je suis un vieil homme », il me dit. Nous parlons russe. « La semaine prochaine, peut-être que je tombe mort. Quelle importance ? Aujourd'hui nous avons gagné une grande bataille. Max sera très fier de nous. »

Frappé par la justesse des derniers mots que le Général lui avait adressés, Villem, de nouveau, sauta sur ses pieds d'un air furieux, ses yeux marron lançant des éclairs. « C'étaient les Soviétiques ! cria-t-il. Les espions soviétiques, Max, c'est *eux* qui tuent Vladimir ! Il en sait trop !

— Toi aussi, dit Stella, et il y eut un long silence embarrassant. Nous tous, ajouta-t-elle, en lançant un coup d'œil à Smiley.

— C'est tout ce qu'il a dit ? demanda Smiley. Rien d'autre à propos de la valeur de ce que vous avez fait, par exemple. Juste que Max y croirait ? »

Villem secoua la tête.

« Il n'a pas dit qu'il y avait d'autres preuves, par exemple ?

— Rien, dit Villem ; rien d'autre.

— Rien pour dire comment il avait communiqué d'abord avec

Hambourg, et pris les arrangements ? S'il y avait d'autres membres du Groupe dans le coup ? Je vous en prie, réfléchissez. »

Villem réfléchit, mais sans résultat.

« Alors à qui avez-vous dit cela, William, à part moi ? demanda Smiley.

— A personne ! Max, à personne !

— Il n'a pas eu le temps, dit Stella.

— Personne ! En route, je dors dans la cabine, j'économise dix livres de subsistance par nuit. Nous achetons maison avec cet argent ! A Hambourg je dis à *personne !* Au dépôt, à *personne !*

— Est-ce que Vladimir en avait parlé à quelqu'un — je veux dire quelqu'un que vous connaissez ?

— Personne du Groupe, juste Mikhel, mais pas tout, même à Mikhel. Je lui demande : « Vladimir, qui sait que je fais ça pour toi ? » « Seulement Mikhel très peu », il dit. « Mikhel me prête l'argent, me prête l'appareil pour photocopier, il est mon ami. Mais même à des amis je ne peux pas faire confiance. Les ennemis, je ne les crains pas, Villem. Mais les amis, je les crains beaucoup. »

Smiley s'adressa à Stella : « Si la police vient quand même ici, dit-il, en admettant qu'ils viennent, tout ce qu'ils sauront, c'est que Vladimir est passé ici hier. Ils auront retrouvé le chauffeur de taxi, comme moi. »

Elle le regardait de ses grands yeux rusés.

« Alors ? demanda-t-elle.

— Alors ne leur racontez pas le reste. Ils savent ce qu'il leur faut. Tout le reste ne pourrait que les embarrasser.

— Eux ou vous ? demanda Stella.

— Vladimir est venu ici hier pour voir Beckie et lui apporter un cadeau. C'est l'histoire à raconter, tout comme l'a fait William. Il ne savait pas que vous l'aviez emmenée voir votre mère. Il a trouvé William ici, ils ont parlé du bon vieux temps et se sont promenés dans le jardin. Il ne pouvait pas attendre trop longtemps à cause du taxi, alors il est reparti sans vous voir vous, ni sa filleule. Voilà tout ce qui s'est passé.

— Est-ce que vous, vous êtes venu ? demanda Stella, le fixant toujours.

— S'ils le demandent, oui. Je suis venu ici aujourd'hui vous annoncer la mauvaise nouvelle. Ça n'intéresse pas la police que Villem ait appartenu au Groupe. C'est seulement le présent qui leur importe. »

Ce fut seulement à ce moment que Smiley reporta son attention vers Villem. « Dites-moi, avez-vous apporté autre chose pour Vladimir ? demanda-t-il. A part ce qu'il y avait dans l'enveloppe ? Un cadeau peut-être ? Quelque chose qu'il aimait bien et qu'il ne pouvait pas s'acheter ? »

Villem se concentra avec énergie sur la question avant de répondre. « Des cigarettes ! s'écria-t-il soudain. Sur le bateau, je lui achète cigarettes françaises comme cadeau. Gauloises, Max. Il aime beaucoup !

— Des Gauloises à bout filtre, Villem ?

— Bien sûr !

— Et les cinquante livres qu'il avait empruntées à Mikhel ? demanda Smiley.

— Je les rends. Bien sûr.

— Tout ? fit Smiley.

— Tout. Les cigarettes c'était cadeau. Max, j'aime cet homme. »

Stella le raccompagna jusqu'à la porte et sur le seuil ; il lui prit le bras avec douceur et l'entraîna pour quelques pas dans le jardin, hors de portée d'oreille de son mari.

« Vous n'êtes plus dans le coup, lui dit-elle. Quoi que ce soit que vous fassiez, tôt ou tard un côté ou l'autre devra s'arrêter. Vous êtes comme le Groupe.

— Taisez-vous et écoutez, dit Smiley. Vous écoutez ?

— Oui.

— William ne doit parler de ceci à personne. A qui aime-t-il parler au dépôt ?

— A la terre entière.

— Alors, faites ce que vous pouvez. Est-ce que personne d'autre a téléphoné à part Mikhel ? Même un faux numéro ? Une sonnerie... et puis ça s'arrête ? »

Elle réfléchit, puis secoua la tête.

« Personne ne s'est présenté à la porte ? Un représentant, un enquêteur pour une étude de marché, un prédicateur. Un rempailleur. Personne ? Vous êtes sûre ? »

Elle continuait à le dévisager et ses yeux semblaient vraiment arriver à le connaître et à le comprendre. Puis une fois de plus elle secoua la tête, lui refusant la complicité qu'il réclamait.

« Ne revenez pas, Max. Tous autant que vous êtes. Quoi qu'il arrive, même si ça va mal. Il a grandi. Il n'a plus besoin de vicaire. »

Elle le regarda partir, peut-être pour s'assurer qu'il s'en allait vraiment. Pendant un moment, tout en conduisant, l'idée du bout de négatif de Vladimir reposant dans son carton le brûla comme de l'argent caché : était-il encore à l'abri, est-ce qu'il ne devrait pas aller l'examiner ou le faire développer, puisqu'il avait été apporté de l'autre côté des lignes et au prix d'une vie. Mais lorsqu'il arriva au fleuve, il avait d'autres pensées et d'autres buts. Évitant Chelsea, il rejoignit le flot de la circulation du samedi en direction du nord, et qui consistait essentiellement en de jeunes familles dans de vieilles voitures. Et d'une motocyclette familière avec un side-car noir, qui ne le lâcha pas pendant tout le trajet jusqu'à Bloomsbury.

10

La Bibliothèque balte libre était au troisième étage au-dessus d'une boutique poussiéreuse d'antiquaire qui se spécialisait dans le spiritisme. Ses petites fenêtres louchaient sur une avant-cour du British Museum. Smiley y parvint par un escalier de bois en colimaçon, passant dans sa pesante ascension devant plusieurs panonceaux vieillis et tracés à la main, qui tiraient sur leurs punaises, et devant un tas de cartons d'articles de toilette appartenant à la pharmacie d'à côté. Arrivant en haut, il se trouva tout essoufflé et attendit sagement avant de presser la sonnette. Pendant qu'il attendait, une hallucination vint l'assaillir pendant ce fugitif moment d'épuisement. Il avait l'impression qu'il n'arrêtait pas de visiter inlassablement le même endroit haut perché : la planque de Hampstead, la mansarde de Vladimir à Westbourne Terrace, et maintenant ce bras mort plein de souvenirs des années 50, jadis point de ralliement de ceux qui se faisaient appeler les Irréguliers de Bloomsbury. Il s'imagina qu'ils étaient tous en un seul endroit, sur le même terrain où ils devaient essayer des vertus encore inexprimées. L'illusion passa et il sonna trois coups brefs, puis un coup long, se demandant s'ils avaient changé de signal, mais en doutant ; toujours inquiet à propos de Villem ou peut-être de Stella, ou peut-être simplement de l'enfant. Il entendit le parquet craquer tout près et décida que quelqu'un, à trente centimètres de lui, l'examinait par le judas. La porte s'ouvrit aussitôt, il pénétra dans un vestibule obscur tandis que deux bras décharnés l'étreignaient. Il sentit une odeur de chaleur, de sueur et de fumée de cigarette et un visage mal rasé se pressa contre le sien — la joue gauche, puis la joue droite, comme pour le décorer — et encore une fois la joue gauche dans un geste plus particulier d'affection.

« Max, murmura Mikhel d'une voix qui à elle seule était un requiem. Vous êtes venu. Je suis content. J'espérais mais je n'osais pas compter là-dessus. Je vous attendais quand même. Je vous ai attendu toute la journée jusqu'à maintenant. Il vous aimait, Max. Vous étiez le meilleur. Il le disait toujours. Vous étiez son inspiration. Il me l'a dit. Son exemple.

— Je suis désolé, Mikhel, dit Smiley. Je suis vraiment désolé.

— Comme nous le sommes tous, Max. Comme nous le sommes tous. De façon inconsolable. Mais nous sommes des soldats. »

Il était tiré à quatre épingles, le dos bien droit et sec comme l'ex-commandant de cavalerie qu'il prétendait être. Ses yeux bruns, rougis par toute une nuit de veille, avaient une certaine lourdeur de paupières séduisante. Il portait sur les épaules un blazer noir, comme une cape, et des bottes noires bien astiquées, qui en fait auraient pu servir à monter à cheval. Ses cheveux gris étaient coiffés avec une rigueur militaire, sa moustache était épaisse mais taillée avec soin. Au premier abord son visage semblait juvénile et ce n'était qu'en regardant de près comment sa surface pâle se creusait en innombrables petits deltas qu'on découvrait qu'il avait soixante ans ou plus. Smiley le suivit sans rien dire jusqu'à la bibliothèque. Elle occupait toute la largeur de la maison et était divisée en alcôves concernant des pays disparus : la Lettonie, la Lituanie et — ce n'était pas le moindre — l'Estonie, et dans chaque alcôve se trouvaient une table et un drapeau et à plusieurs tables il y avait des échiquiers préparés, et personne ne jouait, personne ne lisait non plus ; personne n'était là sauf une forte femme blonde d'une quarantaine d'années portant une jupe courte et des socquettes. Ses cheveux jaunes, sombres aux racines, étaient rassemblés en un chignon sévère, et elle était installée auprès d'un samovar à lire un magazine de voyages montrant des forêts de bouleaux à l'automne. Arrivant à sa hauteur, Mikhel s'arrêta et parut sur le point de faire des présentations, mais à la vue de Smiley elle eut les yeux qui se mirent à flamboyer d'une colère intense et évidente. Elle le regarda, avec une moue méprisante, puis détourna les yeux vers la fenêtre maculée de pluie. Elle avait les joues brillantes de larmes et des cernes sombres sous ses yeux aux paupières lourdes.

« Elvira l'aimait aussi beaucoup, observa Mikhel en guise d'explication, lorsqu'ils furent hors de portée de voix. C'était un frère pour elle. C'est lui qui l'avait instruite.

— Elvira ?

— Ma femme, Max. Après bien des années nous nous sommes mariés. J'ai résisté. Ça n'est pas toujours bien pour notre travail. Mais je lui dois cette sécurité. »

Ils s'assirent. Autour d'eux le long des murs, les portraits de martyrs de mouvements oubliés. Celui-ci déjà en prison, photographié à travers les barbelés. Celui-là mort et — comme Vladimir — on avait tiré le linceul pour exposer son visage ensanglanté. Un troisième qui riait, arborait la casquette d'un partisan et portait un fusil au canon long. Du fond de la pièce ils entendirent une petite explosion suivie par un grand juron en russe. Elvira, épouse de Mikhel, allumait le samovar.

« Je suis désolé », répéta Smiley.

Les ennemis, je ne les crains pas, Villem, songea Smiley. *Mais les amis, je les crains beaucoup.*

Ils étaient dans la petite alcôve personnelle de Mikhel qu'il appelait son bureau. Un vieux téléphone était posé sur la table auprès d'une machine à écrire Remington toute droite comme celle qu'il y avait dans l'appartement de Vladimir. Quelqu'un avait dû jadis en acheter tout un lot, songea Smiley. Mais la pièce maîtresse était un grand fauteuil sculpté à la main avec des pieds torsadés et un écusson monarchique brodé sur le dossier. Mikhel s'y installa d'un air guindé, les genoux et les bottes se touchant, comme un roi par procuration trop petit pour son trône. Il avait allumé une cigarette, qu'il tenait comme une torche, par le bas et verticalement. Au-dessus de lui un nuage de fumée flottait précisément là où Smiley en avait gardé le souvenir. Dans la corbeille à papier, Smiley remarqua plusieurs exemplaires abandonnés de *Sporting Life*.

« C'était un chef, Max, c'était un héros, déclara Mikhel. Nous devons essayer de bénéficier de son courage et de son exemple. (Il marqua un temps, comme s'il s'attendait à voir Smiley noter cela pour le publier.) Dans ces cas-là il est naturel de se demander comment on peut continuer. Qui est digne de le suivre ? Qui a sa stature, son honneur, son sens de la destinée ? Par bonheur, notre mouvement est une perpétuelle marche en avant. Il est plus grand qu'un seul individu, même qu'un seul groupe. »

Écoutant les phrases bien astiquées de Mikhel, en fixant ses bottes non moins astiquées, Smiley se prit à l'interroger sur l'âge qu'il pouvait bien avoir. Les Russes avaient occupé l'Estonie en 1940, se rappela-t-il. Pour avoir été officier de cavalerie, Mikhel devait avoir au bas mot soixante ans. Il essaya de rassembler les autres éléments de la turbulente biographie de Mikhel : la longue route à travers les guerres étrangères et les brigades ethniques auxquelles personne ne faisait confiance, tous les chapitres de l'histoire enfermés dans ce petit corps frêle. Il se demanda quel âge avaient les bottes.

« Parlez-moi de ces derniers jours, Mikhel, suggéra Smiley. Était-il actif jusqu'à la fin ?

— Absolument actif, Max, actif à tous égards. En tant que patriote. En tant qu'homme. En tant que chef. »

L'air aussi méprisant qu'avant, Elvira déposa le thé devant eux, deux tasses avec du sucre et des petits gâteaux de massepain. Lorsqu'elle se déplaçait, elle avait quelque chose d'insinuant, avec des hanches fluides et un air de provocation un peu maussade. Smiley essaya de se rappeler aussi ses antécédents, mais il n'arrivait pas à s'en souvenir ou peut-être ne les avait-il jamais connus. *Il était un frère pour elle*, songea-t-il. *C'est lui qui l'avait instruite.* Mais quelque chose dans sa propre vie l'avait depuis longtemps prévenu de ne pas se fier aux explications, surtout en amour.

« Et en tant que membre du Groupe ? demanda Smiley lorsqu'elle les eut laissés seuls. Actif aussi ?

— Toujours », dit Mikhel d'un ton grave.

Il y eut un petit silence, chacun attendant courtoisement que l'autre continue.

« A votre avis, Mikhel, qui a fait ça ? A-t-il été trahi ?

— Max, vous savez aussi bien que moi qui a fait ça. Nous courons tous des risques. Tous. Notre tour peut venir à tout moment. L'important, c'est que nous devons être prêts. Moi, je suis un soldat, je m'y suis préparé, je suis prêt. Si je m'en vais, Elvira aura sa sécurité — tout. Pour les bolcheviks, nous autres exilés demeurons l'ennemi numéro un. L'anathème. Là où ils peuvent, ils nous anéantissent. Encore. Comme autrefois ils détruisaient nos églises, nos villages, nos écoles et notre culture. Et ils ont raison, Max. Ils ont raison d'avoir peur de nous. Parce qu'un jour nous les vaincrons.

— Mais pourquoi ont-ils choisi justement ce moment-ci ? protesta doucement Smiley après cette déclaration quasi rituelle. Ils auraient pu tuer Vladimir voilà des années. »

Mikhel avait pris une petite boîte en fer-blanc avec deux petits rouleaux comme une essoreuse et un paquet de papier à cigarettes jaune. En ayant léché une feuille, il la déposa sur les rouleaux et y versa du tabac noir. Un petit déclic, l'essoreuse tourna et voilà qu'apparut sur la surface argentée une épaisse cigarette pas très bien tassée. Il s'apprêtait à la prendre lorsque Elvira vint s'en emparer. Il en roula une autre et remit la boîte dans sa poche.

« Ou alors, je suppose, Vladi mijotait quelque chose, poursuivit Smiley après ces savantes manœuvres. Ou alors il les a *provoqués* d'une certaine façon... ce qu'il pourrait bien avoir fait, quand on le connaissait.

— Qui peut le dire ? fit Mikhel en soufflant avec soin de la fumée au-dessus de leurs têtes.

— Eh bien, vous, Mikhel par exemple. Assurément c'est à *vous* qu'il a fait des confidences. Vous avez été son bras droit pendant vingt ans ou plus. D'abord à Paris, puis ici. Ne me dites pas qu'il ne vous faisait pas confiance, à vous, fit Smiley d'un ton vibrant de sincérité.

— Notre chef était un homme secret, Max. C'était sa force. Il y était bien obligé. C'était une nécessité militaire.

— Mais pas avec vous, quand même ? insista Smiley, de son ton le plus flatteur. Son assistant à Paris. Son aide de camp. Son secrétaire particulier ? Allons, vous êtes injuste envers vous-même ! »

Se penchant en avant sur son trône, Mikhel posa une petite main juste sur son cœur. Sa voix prit des accents plus graves encore.

« Max. Même avec moi. A la fin, même envers Mikhel. C'était pour me protéger. Pour m'épargner de connaître des secrets dangereux. Il me disait même : « Mikhel, il vaut mieux que toi — même toi — tu ne saches pas ce que le passé vient de rejeter. » Je le suppliais. En vain. Un jour il est venu me trouver. Ici. Je dormais à l'étage. Il a sonné suivant le code convenu : « Mikhel, il me faut cinquante livres. »

Elvira revint, cette fois avec un plateau vide et, au moment où elle le posait sur la table, Smiley perçut une brusque tension, comme un médicament qui agit soudain. Il éprouvait cela parfois en conduisant, attendant un accident qui n'arrivait pas. Et il l'éprouvait avec Ann, en la voyant revenir de quelque rendez-vous prétendument anodin alors qu'il savait — il savait tout simplement — que ce n'était pas le cas.

« Quand était-ce ? demanda-t-il lorsqu'elle fut ressortie.

— Il y a douze jours. Ça a fait une semaine lundi dernier. A sa façon d'agir, je peux tout de suite voir qu'il s'agit d'une affaire officielle. Jamais il ne m'a demandé d'argent. « Mon général, lui dis-je, vous êtes en train de comploter. Dites-moi de quoi il s'agit. » Mais il secoua la tête. « Écoutez, lui dis-je, si c'est un complot, suivez mon conseil, allez voir Max. » Il a refusé. « Mikhel, il me dit, Max est quelqu'un de bien, mais il n'a plus confiance en notre groupe. Il va même jusqu'à souhaiter que nous cessions notre lutte. Mais, quand j'aurai ferré le gros poisson que j'espère prendre, alors j'irai trouver Max pour faire rembourser nos dépenses et obtenir peut-être bien des choses en plus. Mais ça, je le fais après, pas avant. En attendant, je ne peux pas mener mes affaires avec une chemise sale. Je t'en prie, Mikhel : prête-moi cinquante livres. De toute ma vie, c'est ma mission la plus importante. Elle va loin dans notre passé. » C'étaient ses paroles, exactement. Dans mon portefeuille j'avais cinquante livres — par chance j'avais fait ce jour-là un investissement qui avait réussi — je les lui donne. « Mon général, ai-je dit, prenez tout ce que j'ai. Mes possessions sont à vous. Je vous en prie », dit Mikhel et pour ponctuer ce geste — ou pour l'authentifier — il tira une grande bouffée de sa cigarette jaune.

Dans la vitre sale de la fenêtre au-dessus d'eux, Smiley avait aperçu le reflet d'Elvira plantée à mi-chemin de la salle, et en train d'écouter leur conversation. Mikhel l'avait vue aussi et lui avait même lancé un regard mauvais, mais il semblait ne pas vouloir, et peut-être ne pas pouvoir, lui ordonner de s'en aller.

« C'était très bien de votre part, dit Smiley après un silence convenable.

— Max, c'était mon devoir. Ça venait du fond du cœur. Je ne connais pas d'autre loi. »

Elle me méprise de ne pas aider le vieil homme, songea Smiley. Elle était dans le coup. Elle était au courant, et elle me méprise aujourd'hui de ne pas l'aider alors qu'il a besoin de moi. *Il était un frère pour elle,* se rappela-t-il. *C'était lui qui l'avait instruite.*

« Et lorsqu'il vous a approché... lorsqu'il vous a demandé des fonds opérationnels, dit Smiley. C'est arrivé comme ça, tout d'un coup ? Il n'y avait rien eu avant, qui vous ai fait penser qu'il préparait un gros coup ? »

Mikhel fronça de nouveau les sourcils ; il prenait son temps et de toute évidence il n'aimait pas tellement les questions.

« Il y a quelques mois, peut-être deux, il a reçu une lettre, dit-il avec prudence. Ici, à cette adresse.

— Il en recevait si peu ?

— Cette lettre était spéciale », dit Mikhel du même ton prudent, et Smiley se rendit compte tout d'un coup que Mikhel se trouvait dans ce que les enquêteurs de Sarratt appelaient le coin du perdant, parce qu'il ne savait pas — il ne pouvait que deviner ce que Smiley déjà savait ou ne savait pas. Mikhel garderait donc jalousement ses renseignements, dans l'espoir d'estimer ainsi la force de la main de Smiley...

« De qui venait-elle ? »

Mikhel, comme il le faisait si souvent, répondit à une question légèrement différente.

« Elle venait de Paris, Max, une longue lettre, beaucoup de pages, à la main. Adressée au Général personnellement, pas à Miller. Au Général Vladimir, strictement personnel. C'était écrit sur l'enveloppe,

« strictement personnel » en français. La lettre est arrivée, je l'enferme dans mon bureau ; à 11 heures il arrive comme d'habitude : « Mikhel, je te salue. » Quelquefois, croyez-moi, nous allions même jusqu'à nous saluer. Je lui tends la lettre, il s'est assis. (Il désigna le fond de la pièce où se trouvait Elvira.) Il s'est assis, l'a ouverte d'un air détaché, comme s'il n'en attendait rien, et je l'ai vu peu à peu prendre un air préoccupé. Absorbé. Je dirais fasciné. Passionné même. Je lui ai parlé. Il ne m'a pas répondu. J'ai parlé encore — vous savez comment il était — il m'a complètement ignoré. Il est allé faire un tour. « Je vais revenir », a-t-il dit.

— En emportant la lettre ?

— Bien sûr. C'était son style, lorsqu'il avait une grave question à considérer, d'aller faire un tour. Quand il est revenu, j'ai remarqué une grande excitation chez lui. Une certaine tension. « Mikhel. » Vous savez comment il parlait. Nous devions tous obéir. « Mikhel, sors la machine à photocopier. Mets du papier pour moi dedans. J'ai un document à reproduire. » Je lui ai demandé en combien d'exemplaires. Un seul. Je lui demande combien de feuilles. « Sept. Tu voudras bien rester à cinq pas pendant que j'utilise la machine, me dit-il. Je ne peux pas t'impliquer dans cette affaire. »

Une fois de plus, Mikhel désigna l'endroit comme si cela prouvait l'absolue véracité de son récit. La machine à photocopier noire était posée sur son propre support, on aurait dit une vieille machine à vapeur, avec des rouleaux et des trous pour verser différents produits chimiques. « Le Général n'était pas un manuel, Max. J'ai préparé la machine pour lui — et puis je me suis mis... ici... à peu près... en lui criant à travers la pièce ce qu'il devait faire. Quand il a eu terminé, il a attendu que les feuillets sèchent, puis il les a pliés dans sa poche.

— Et l'original ?

— Ça aussi, il l'a mis dans sa poche.

— Vous n'avez donc jamais plus vu la lettre ? dit Smiley avec un brin de commisération dans la voix.

— Non, Max. J'ai le regret de vous dire que non.

— Mais vous avez vu l'enveloppe. Vous l'aviez ici pour la lui donner lorsqu'il est arrivé.

— Je vous ai dit, Max. Elle venait de Paris.

— Quel arrondissement ? »

Nouvelle hésitation. « Le 15e dit Mikhel. Je crois que c'était le 15e où beaucoup des nôtres habitaient autrefois.

— Et la date ? Pouvez-vous être plus précis là-dessus ? Vous disiez à peu près deux mois.

— Début septembre. Je dirais début septembre. Peut-être fin août. Disons à peu près six semaines.

— Sur l'enveloppe, l'adresse était également manuscrite ?

— Elle l'était, Max. Elle l'était.

— De quelle couleur était l'enveloppe ?

— Brune.

— Et l'encre ?

— Bleue, je crois.

— Était-elle cachetée ?

— Pardon ?

— L'enveloppe était-elle scellée avec des cachets de cire ou du ruban adhésif ? Ou bien était-elle simplement collée comme une enveloppe ordinaire ? »

Mikhel haussa les épaules, comme si de pareils détails étaient indignes de lui.

« Mais je suppose que l'expéditeur avait inscrit son nom au dos ? » insista un peu Smiley.

Si c'était le cas, Mikhel n'en convenait pas.

Un moment, Smiley laissa son esprit revenir à l'enveloppe brune dissimulée au vestiaire du Savoy, en songeant à l'appel au secours passionné qu'elle contenait. *Ce matin j'ai eu l'impression qu'ils cherchaient à me tuer. Vous ne voulez pas m'envoyer une fois de plus votre ami le Magicien ?* Cachet de la poste de Paris, songea-t-il. Le 15e arrondissement. Après la première lettre, Vladimir avait donné son adresse personnelle, se dit-il. Tout comme il donnait son numéro de téléphone personnel à Villem. Après la première lettre, Vladimir s'était assuré qu'il court-circuitait Mikhel.

Un téléphone se mit à sonner et Mikhel répondit aussitôt d'un bref « Oui ? » puis écouta.

« Alors mettez-m'en cinq gagnants et placés », murmura-t-il, et il raccrocha avec une dignité magistrale.

Au moment d'approcher le principal objet de sa visite à Mikhel, Smiley prit soin de procéder avec le plus grand respect. Il se souvenait que Mikhel — qui, lorsqu'il s'était inscrit au Groupe à Paris, avait déjà connu de l'intérieur la moitié des centres d'interrogation d'Europe orientale — avait une façon de ralentir lorsqu'on se montrait trop insistant, et qu'en son temps il avait rendu les enquêteurs de Sarratt à demi fous par cette méthode.

« Est-ce que je peux vous poser une question, Mikhel ? fit Smiley, choisissant une approche oblique pour la ligne essentielle de son interrogatoire.

— Je vous en prie.

— Ce soir-là où il est venu ici vous emprunter de l'argent, est-il resté ? Lui avez-vous fait du thé ? Avez-vous fait une partie d'échecs, peut-être ? Pourriez-vous me la décrire un peu, s'il vous plaît, cette soirée ?

— Nous avons joué aux échecs, mais sans concentration. Il était préoccupé, Max.

— Il n'a rien dit de plus à propos du gros poisson ? »

Les yeux aux lourdes paupières fixaient sur Smiley un regard innocent.

« Comment, Max ?

— Le gros poisson. L'opération qu'il disait préparer. Je me demandais s'il en avait parlé un peu plus longuement.

— Rien. Rien du tout, Max. Il était tout à fait secret.

— Avez-vous eu l'impression qu'il était question d'un autre pays ?

— Il parlait seulement du fait de ne pas avoir de passeport. Il était blessé — Max, je vous dis cela en toute franchise — il était vexé que le Cirque n'ait pas eu assez confiance en lui pour lui donner un passeport. Après de tels services, un tel dévouement... Il était peiné.

— C'était pour son bien, Mikhel.

— Max, moi je comprends très bien. Je suis un homme plus jeune, un homme du monde, plus souple. Le Général était parfois impulsif, Max. Il fallait prendre des mesures — même ceux qu'il admirait — pour maîtriser ses énergies. Bien sûr. Mais pour lui, c'était incompréhensible. C'était une insulte. »

Derrière lui, Smiley entendit les pas lourds d'Elvira qui regagnait son coin d'un air méprisant.

« Alors qui, à son avis, devait faire le déplacement pour lui ? demanda Smiley, ignorant une fois de plus Elvira.

— Villem, répondit Mikhel avec une désapprobation qu'il ne cherchait même pas à cacher. Il ne me le dit pas en propres termes, mais je suis persuadé qu'il envoie Villem. C'est l'impression que j'ai eue. Villem irait. Le général Vladimir parlait avec beaucoup d'orgueil de la jeunesse et de l'honneur de Villem. Et puis de son père. Il a même fait une allusion historique. Il parlait de faire venir la nouvelle génération pour venger les injustices qu'on avait faites à l'ancienne. Il était très ému.

— Où l'a-t-il envoyé ? Est-ce que Vladi a donné la moindre indication là-dessus ?

— Il ne me dit pas. Il me dit seulement : « Villem a un passeport, c'est un brave garçon, un bon Balte, sérieux. Il peut voyager, mais c'est nécessaire aussi de le protéger. » Je n'insiste pas, Max, je ne pose pas de questions. Ce n'est pas mon style. Vous le savez.

— Quand même, vous avez bien dû vous faire une idée, je suppose, dit Smiley. Il n'y a pas tant d'endroits où Villem serait libre d'aller, après tout. Surtout avec cinquante livres. Et puis il y avait aussi le travail de Villem ? Sans parler de sa femme. Il ne pouvait pas tout simplement disparaître de la circulation quand il en avait envie. »

Mikhel eut un geste très militaire. Fronçant les lèvres au point d'en retrousser bien haut sa moustache, il se tira le nez entre le pouce et l'index. « Le Général m'a demandé aussi des cartes, finit-il par dire. Je me demandais si j'allais vous le raconter. Vous êtes son vicaire, Max, mais vous n'êtes pas de notre cause. Mais comme j'ai confiance en vous, je vais le faire.

— Des cartes d'où ?

— Des plans. (Il leva la main vers les rayonnages comme pour les faire approcher.) Des cartes de villes, de Dantzig. De Hambourg. De Lübeck. D'Helsinki. Des cartes de la côte nord. Je lui ai demandé :

« Mon général. Laissez-moi vous aider. Je vous en prie. Je suis votre assistant pour tout. J'ai le droit. Vladimir, laissez-moi vous aider. » Il m'a refusé. Il voulait être tout à fait seul. »

Les Règles de Moscou, se dit encore une fois Smiley. De nombreuses cartes et une seule d'entre elles sert à quelque chose. Et une fois de plus, remarqua-t-il, avec son fidèle assistant à Paris, Vladimir prenait des mesures pour dissimuler son propos.

« Sur quoi il est parti ? demanda-t-il.

— Exact.

— A quelle heure ?

— Il était tard.

— Pouvez-vous me dire à peu près quand ?

— 2 heures. 3. Peut-être même 4. Je ne suis pas sûr. »

Smiley sentit alors le regard de Mikhel passer un peu par-dessus son épaule pour s'attarder là-bas, et un instinct qu'il se souvenait toujours avoir eu le fit demander : « Est-ce que Vladimir est venu ici seul ?

— Bien sûr, Max. Qui amènerait-il ? »

Ils furent interrompus par un bruit de vaisselle entrechoquée ; c'était Elvira, à l'autre bout de la pièce, qui se remettait avec maladresse à ses tâches ménagères. S'enhardissant à cet instant précis à lancer un coup d'œil à Mikhel, Smiley le vit qui la contemplait avec une expression qu'il reconnut mais que pendant un bref instant il ne parvint pas à situer : tout à la fois désespérée et affectueuse, déchirée entre la dépendance et le dégoût. Jusqu'au moment où, avec un sentiment d'identification écœurant, Smiley crut se retrouver en train de regarder son propre visage, comme il ne l'avait vu que trop souvent, les yeux rouges comme ceux de Mikhel, dans les jolis miroirs à cadre doré d'Ann, dans leur maison de Baywater Street.

« Alors s'il ne voulait pas vous laisser l'aider, qu'avez-vous fait ? demanda Smiley avec la même nonchalance étudiée. Vous vous êtes installé à lire... à jouer aux échecs avec Elvira ? »

Les yeux bruns de Mikhel s'arrêtèrent un moment sur lui, se détournèrent et revinrent.

« Non, Max, répondit-il avec une grande courtoisie. Je lui ai donné les cartes. Il désirait qu'on le laisse les consulter tout seul. Je lui ai souhaité bonne nuit. Quand il est parti je dormais. »

Mais pas Elvira, apparemment, se dit Smiley. Elvira était restée pour avoir des instructions de son frère par procuration. *Actif en tant que patriote, en tant qu'homme, en tant que chef,* se répéta Smiley. *Actif à tous égards.*

« Alors quels contacts avez-vous eus avec lui depuis ? » demanda Smiley, et Mikhel en arriva brusquement à la veille. Rien jusqu'à hier, dit Mikhel.

« Hier après-midi il m'a appelé au téléphone. Max, je vous le jure, je ne l'avais pas entendu aussi excité depuis des années. Heureux, je dirais en extase. « Mikhel ! Mikhel ! » Max, c'était un homme ravi. Il voulait venir me voir ce soir-là. Hier soir. Peut-être tard mais il aura mes cinquante livres. « Mon Général, je lui dis. Qu'est-ce que cinquante livres ? Vous allez bien ? Vous êtes sain et sauf ? Dites-moi. » « Mikhel, je suis allé à la pêche et je suis heureux. Ne vous couchez pas, me dit-il. Je serai chez vous à 11 heures, ou peu après. J'aurai l'argent. Il faut aussi que je vous batte aux échecs pour me calmer les nerfs. » Je ne me couche pas, je fais du thé, je l'attends. Et j'attends. Max, je suis un soldat. Pour moi je n'ai pas peur. Mais pour le Général — pour ce vieil homme, Max — j'avais peur. Je téléphone au Cirque, une urgence. On me raccroche au nez. Pourquoi ? Max, pourquoi avez-vous fait ça, dites-moi ?

— Je n'étais pas de permanence, dit Smiley, guettant maintenant Mikhel avec toute l'intensité qu'il osait. Racontez-moi, Mikhel, commença-t-il.

— Max.

— Qu'avez-vous cru que Vladimir allait faire après vous avoir téléphoné la bonne nouvelle — et avant qu'il vienne vous rembourser vos cinquante livres ? »

Mikhel n'eut pas un instant d'hésitation. « J'ai supposé naturellement qu'il allait voir Max, dit-il. Il avait pêché son gros poisson et maintenant il allait trouver Max, se faire rembourser ses frais, lui annoncer sa grande nouvelle. Naturellement », répéta-t-il, regardant Smiley un peu trop droit dans les yeux.

Naturellement, se dit Smiley ; et vous saviez à la minute près quand il quitterait son appartement, et au mètre près le chemin qu'il allait prendre pour gagner la planque de Hampstead.

« Alors, comme il ne venait pas, vous avez téléphoné au Cirque et nous nous sommes montrés peu coopératifs, reprit Smiley. Je suis navré. Alors qu'avez-vous fait ensuite ?

— Je téléphone à Villem. D'abord pour m'assurer que le garçon n'a rien, et aussi pour lui demander : où est notre chef ? Et cette Anglaise qu'il a épousée m'a engueulé. J'ai fini par aller chez lui. Je n'aimais pas ça... c'était une intrusion... il avait le droit d'avoir sa vie privée... mais j'y suis allé. J'ai sonné. Pas de réponse. Je suis rentré chez moi. Ce matin à 11 heures Jüri téléphone. Je n'avais pas lu la première édition des journaux du soir, je n'aime pas beaucoup les journaux anglais. Jüri les avait lus. Vladimir, notre chef, était mort », conclut-il.

Elvira était à son côté. Elle apportait deux verres de vodka sur un plateau.

« S'il vous plaît », dit Mikhel. Smiley prit un verre, Mikhel l'autre.

« A la vie ! » dit Mikhel d'une voix très forte et il but tandis que les larmes lui remplissaient les yeux.

« A la vie », répéta Smiley pendant qu'Elvira les observait.

Elle est allée avec lui, se dit Smiley. Elle a obligé Mikhel à se rendre à l'appartement du vieil homme, elle l'a traîné jusqu'à sa porte.

« Avez-vous parlé de tout cela à quelqu'un d'autre, Mikhel ? demanda Smiley lorsqu'elle fut repartie.

— Jüri, je ne lui fais pas confiance, dit Mikhel en se mouchant.

— Avez-vous parlé à Jüri de Villem ?

— Pardon ?

— Avez-vous mentionné devant lui le nom de Villem ? Avez-vous laissé entendre à Jüri d'une façon quelconque que Villem aurait pu être en rapport avec Vladimir ? »

Mikhel, semblait-il, n'avait pas commis pareil péché.

« Dans une situation comme celle-là, il faut ne se fier à personne, dit Smiley d'un ton plus formel, tandis qu'il s'apprêtait à prendre congé. Pas même à la police. Ce sont les ordres. La police ne doit pas savoir que Vladimir avait la moindre activité opérationnelle lorsqu'il est mort. C'est important pour la sécurité. Pour la vôtre aussi bien que pour la nôtre. A part ça, il ne vous a transmis aucun message ? Rien pour Max, par exemple ? »

Dites à Max que ça concerne le Marchand de Sable, songea-t-il.

Mikhel eut un sourire de regret.

« Est-ce que Vladimir a mentionné récemment le nom d'Hector, Mikhel ?

— Hector n'était pas bon pour lui.

— C'est Vladimir qui a dit ça ?

— Je vous en prie, Max. Je n'ai rien contre Hector personnellement. Hector est Hector, ce n'est pas un gentleman, mais dans notre travail nous devons utiliser diverses sortes d'humanité. C'est ce que disait le Général. Notre chef était un vieil homme. « Hector, me dit Vladimir, Hector n'est pas bon. Notre bon facteur Hector est comme les banques de la City. Quand il pleut, dit-on, les banques vous prennent votre parapluie. Notre facteur Hector est comme ça. » Attention. C'est Vladimir qui parle. Pas Mikhel. « Hector n'est pas bon. »

— Quand a-t-il dit cela ?

— Il l'a dit plusieurs fois.

— Récemment ?

— Oui.

— A peu près quand ?

— Il y a peut-être deux mois, peut-être moins.

— Après avoir reçu la lettre de Paris, ou avant ?

— Après. Aucun doute là-dessus. »

Mikhel le raccompagna jusqu'à la porte, en vrai gentleman, même si Toby Esterhase n'en était pas un. De nouveau à sa place auprès du samovar, Elvira était assise à fumer devant la même photographie de bouleaux. Et, lorsqu'il passa devant elle, Smiley entendit une sorte de sifflement, qui sortait du nez ou de la bouche, ou les deux à la fois, comme une ultime déclaration de son mépris.

« Qu'est-ce que vous allez faire maintenant ? » demanda-t-il à Mikhel comme on pose ce genre de question aux affligés. Du coin de l'œil il la vit lever la tête en entendant sa question, et étaler ses doigts au travers de la table.

Une dernière idée lui vint : « Et vous n'avez pas reconnu l'écriture ? demanda Smiley.

— Quelle écriture, Max ?

— Sur l'enveloppe venant de Paris ? »

Tout d'un coup il n'avait plus le temps d'attendre une réponse, soudain il en avait assez de ces échappatoires.

« Au revoir, Mikhel.

— Portez-vous bien, Max. »

Elvira, de nouveau, pencha la tête sur la photo des bouleaux.

Je ne saurai jamais, songea Smiley tout en se dirigeant d'un pas vif vers l'escalier de bois. Aucun de nous ne saura. Était-ce lui, Mikhel, le traître qui en voulait au vieil homme de partager avec lui sa femme et qui était assoiffé de la couronne qu'on lui avait refusée trop longtemps ? Ou bien était-ce le gentleman ou l'officier désintéressé, Mikhel le serviteur toujours loyal ? Ou bien peut-être, comme bien des serviteurs loyaux, était-il les deux à la fois ?

Il songea à l'orgueil de cavalier de Mikhel, d'une tendresse aussi redoutable que la virilité de n'importe quel autre héros. Son orgueil d'être l'ange gardien du Général, son orgueil d'être son satrape. Son humiliation de s'être senti exclu. Son orgueil encore — comme cela en faisait des facettes ! Mais jusqu'où cela allait-il ? Jusqu'à l'orgueil de donner avec noblesse à chaque maître, par exemple ? *Messieurs, je vous ai tous les deux bien servis,* dit le parfait agent double au crépuscule de sa vie. Et il le dit avec orgueil aussi, songea Smiley, qui en avait connu un bon nombre.

Il pensa à la lettre de sept pages de Paris. Il pensa aux secondes preuves. Il se demanda à qui était allée la photocopie... Peut-être à Esterhase ? Il se demanda où se trouvait l'original. Alors qui était allé à Paris ? se demanda-t-il. Si Villem s'était rendu à Hambourg, qui était le Petit Magicien ? Il était recru de fatigue. Son épuisement le frappa comme la brusque attaque d'un virus. Il le sentait dans les genoux, dans les hanches dans tout son corps qui cédait. Mais il continua à marcher, car son esprit refusait de se reposer.

11

Pour Ostrakova, marcher était tout juste possible, et marcher était tout ce qu'elle demandait. Marcher et attendre le Magicien. Elle n'avait rien de cassé. Bien que son petit corps replet, lorsqu'on lui avait donné un bain, commençât à se marbrer de plaques noires comme une carpe des bassins houillers de Sibérie, elle n'avait rien de cassé. Son pauvre postérieur, qui lui avait causé des petits ennuis à l'entrepôt, donnait déjà l'impression que toutes les armées secrètes rassemblées de la Russie soviétique l'avaient bottée d'un bout à l'autre de Paris : malgré cela, elle n'avait rien de cassé. On l'avait radiographiée sur toutes les coutures, on l'avait palpée comme de la viande douteuse pour chercher des indices d'hémorragies internes. Mais en fin de compte, on lui avait déclaré d'un ton sinistre qu'elle était la victime d'un miracle.

Malgré tout cela, on avait voulu la garder. On avait voulu la soigner pour le choc qu'elle avait subi, lui donner des calmants — au moins pour une nuit ! La police, qui avait trouvé six témoins avec sept récits contradictoires de ce qui s'était passé (la voiture était grise ou bien était-elle bleue ? Le numéro d'immatriculation était-il de Marseille ou de l'étranger ?), la police avait recueilli d'elle une longue déclaration et menaçait de revenir pour en prendre une nouvelle.

Ostrakova n'en avait pas moins quitté l'hôpital.

Alors, lui avait-on demandé, avait-elle au moins des enfants pour s'occuper d'elle ? Oh ! mais elle en avait des masses ! répondit-elle. Des filles qui satisferaient ses moindres caprices, des fils pour l'aider à monter et à descendre les escaliers ! En grand nombre — autant qu'ils voulaient ! Pour faire plaisir aux bonnes sœurs, elle leur imagina même des existences, et pourtant sa tête battait comme un tambour de guerre. Elle avait envoyé chercher des vêtements. Les siens étaient en lambeaux et Dieu lui-même avait dû rougir en voyant l'état dans lequel elle était lorsqu'on l'avait ramassée. Elle donna une fausse adresse pour aller avec son faux nom ; elle ne voulait pas de suites à cette affaire, pas de visiteurs. Et on ne sait comment, par pure volonté, sur le coup de 6 heures ce soir-là, Ostrakova devint juste une ex-malade bien pâle, descendant d'un pas prudent et extrêmement douloureux la rampe du grand hôpital noir, pour retrouver le monde même qui ce jour-là avait fait de son mieux pour se débarrasser d'elle. Chaussée de ses bottes, qui, comme elle-même, étaient toutes meurtries mais mystérieusement intactes ; et elle éprouvait une étrange fierté devant la façon dont elles l'avaient supportée.

Elle les portait toujours. Ayant regagné le crépuscule de son appartement, assise dans le fauteuil en loques d'Ostrakov tout en s'acharnant avec patience sur le vieux revolver militaire qu'il avait conservé, en essayant de deviner comment diable il fallait le charger, l'armer et tirer, elle les gardait comme un uniforme. « Je suis une armée d'un seul soldat. » Rester en vie : c'était son seul but, et plus longtemps elle y réussirait, plus grande serait sa victoire. Rester en vie jusqu'au moment où le Général viendrait ou lui enverrait le Magicien.

Leur échapper, comme Ostrakov ? Bah, cela, elle l'avait fait. Se moquer d'eux, comme Glikman, les acculer dans des coins où ils n'avaient d'autre choix que de contempler leur propre abomination ? En son temps, se plaisait-elle à penser, elle avait fait un peu de ça aussi. Mais survivre, comme aucun de ces hommes ne l'avait fait, se cramponner à la vie, en dépit de tous les efforts de cette masse sans âme et sans nom de fonctionnaires brutalisés, être pour eux une épine à chaque heure du jour, rien qu'en restant en vie, en respirant, en mangeant, en se déplaçant et en gardant sa tête — cela, Ostrakova l'avait décidé, était une occupation digne de sa fougue, de sa foi et de ses deux amours. Elle s'y était aussitôt attelée, avec toute l'assiduité qui convenait. Déjà elle avait envoyé cette idiote de concierge faire des courses pour elle : l'invalidité avait ses bons côtés.

« J'ai eu une petite *crise*, madame Lapierre » — que ce fût du cœur, de l'estomac ou de la police secrète russe, elle ne s'en ouvrit pas à cette vieille bique. « On me recommande de ne pas travailler pour quelques semaines et de me reposer complètement. Je suis épuisée, madame : il y a des moments où on a envie d'être seule. Et tenez, prenez ça, madame. Vous n'êtes pas comme les autres, qui sont si âpres au gain et trop curieuses. » Mme Lapierre prit le billet dans son poing et jeta juste un coup d'œil au coin où il y avait le chiffre avant de le fourrer quelque part du côté de sa taille. « Et écoutez, madame, si on me demande, rendez-moi un service et dites que je suis absente. Je n'allumerai rien du côté de la rue. Nous autres femmes sensibles, nous avons droit à un peu de paix, vous êtes bien d'accord ? Mais, madame, s'il vous plaît, rappelez-vous qui ils sont, ces visiteurs, et dites-moi — si c'est l'employé du gaz ou des gens qui viennent quêter pour une œuvre — dites-moi tout. J'aime bien savoir que la vie continue autour de moi. »

La concierge en conclut qu'à n'en pas douter elle était folle, mais il n'y avait aucune folie dans son argent, et l'argent était ce que la concierge aimait le mieux, et d'ailleurs, elle était folle, elle aussi. En quelques heures, Ostrakova était devenue plus rusée encore qu'à Moscou. Le mari de la concierge monta — un brigand lui aussi, pire que la vieille bique — et, encouragé par de nouveaux versements, installa une chaîne à la porte du palier. Demain il poserait un judas, également moyennant finances. La concierge promit de prendre son courrier pour elle et de ne le lui monter qu'à certaines heures convenues — exactement 11 heures du matin et 6 heures du soir en sonnant deux coups brefs — moyennant compensation aussi. En ouvrant tout grand le minuscule volet de ventilation dans les toilettes et en se juchant sur une chaise, Ostrakova pouvait regarder dans la cour quand elle le voulait et voir qui allait et venait. Elle avait envoyé un mot à l'entrepôt pour dire qu'elle était souffrante. Elle ne parvint pas à déplacer son grand lit, mais avec des oreillers et son édredon, elle aménagea le divan et le disposa de telle façon qu'il était braqué comme une torpille par la porte ouverte du salon sur la porte du palier un peu plus loin : tout ce qu'elle avait à faire, c'était de s'allonger dessus, les bottes dirigées vers l'intrus et tirer dans l'alignement, et si elle ne se faisait pas sauter le pied, elle le saisirait au premier instant de surprise au moment où il tenterait de se précipiter sur elle : elle avait mis cela au point. Elle avait la tête endolorie, et le vertige, ses yeux avaient une façon de voir tout sombre lorsqu'elle déplaçait la tête trop vite, elle brûlait de fièvre et parfois s'évanouissait à moitié. Mais elle avait mis tout cela au point, elle avait pris ses dispositions, et jusqu'à l'arrivée du Général ou du Magicien, c'était Moscou qui recommençait : « Tu es toute seule, vieille folle, se dit-elle tout haut. Tu n'as personne sur qui compter que toi-même, alors tâche de t'en arranger. »

Avec une photographie de Glikman et une d'Ostrakov sur le plancher auprès d'elle et l'icône de la Vierge sous l'édredon, Ostrakova entama sa première nuit de veille, tout en priant avec ferveur une cohorte de saints, dont le moindre n'était pas saint Joseph, pour qu'on lui envoyât son rédempteur, le Magicien.

Pas un seul message frappé pour moi sur les canalisations d'eau, songea-t-elle. Pas même l'insulte d'un gardien pour m'éveiller.

12

Et pourtant c'était le même jour ; un jour qui n'en finissait pas, pas question de se coucher. Pendant un moment, après avoir quitté Mikhel, George Smiley laissa ses jambes le conduire, sans savoir où, trop épuisé, trop bouleversé pour se faire confiance au volant, mais quand même assez éveillé pour surveiller ses arrières, pour prendre les tournants vagues et cependant brusques qui surprendraient ceux qui voudraient le suivre. Crotté, les paupières lourdes, il attendait de sentir son esprit s'effondrer, en essayant de se détendre, de se libérer de l'effort ininterrompu de son marathon de vingt-quatre heures. Les quais de la Tamise le virent passer, tout comme un pub près de Northumberland Avenue, sans doute le Sherlock Holmes, où il s'offrit un grand whisky et se demanda s'il allait téléphoner à Stella, allait-elle bien ? Puis, décidant que cela ne rimait à rien — il ne pouvait tout de même pas lui téléphoner tous les soirs pour lui demander si Villem et elle étaient en vie — il se remit à marcher jusqu'au moment où il se retrouva dans Soho qui, le samedi soir, était encore plus épouvantable que d'habitude.

Il fallait défier Lacon, se dit-il. Réclamer protection pour la famille. Mais il n'avait qu'à imaginer la scène pour savoir que l'idée était mort-née. Si Vladimir n'était pas la responsabilité du Cirque, alors ce pouvait encore moins être le cas de Villem. Et comment, je vous prie, attachez-vous une équipe de baby-sitters à un conducteur de transport routier international ? Sa seule consolation était que les assassins de Vladimir avaient apparemment trouvé ce qu'ils cherchaient : qu'ils n'avaient plus besoin de rien. Mais alors que dire de la femme de Paris ? Que dire de l'auteur des deux lettres ?

Rentre à la maison, se dit-il. A deux reprises, à partir d'une cabine téléphonique, il donna des coups de téléphone bidons, pour inspecter le trottoir. Une fois il pénétra dans un cul-de-sac et revint sur ses pas, guettant le pas incertain, l'œil qui éviterait son regard. Il envisagea de prendre une chambre d'hôtel. Il faisait cela quelquefois, rien que pour avoir une nuit de paix. Parfois sa maison était un endroit trop dangereux pour lui. Il songea au bout de négatif : c'était le moment d'ouvrir le carton. Se surprenant à graviter d'instinct vers son ancien quartier général de Cambridge Circus, il s'empressa de couper vers l'est, pour regagner sa voiture. Ayant la certitude qu'on ne l'observait pas, il roula jusqu'à Baywater, en évitant son itinéraire habituel, mais sans cesser de regarder avec attention dans le rétroviseur. Chez un quincaillier pakistanais qui vendait de tout, il acheta deux cuvettes en plastique et un rectangle de carreau de treize centimètres sur huit ; et chez un droguiste à trois portes de là, dix feuilles de papier raisiné de qualité 2 de la même taille, ainsi qu'une lampe de poche d'enfant avec un astronaute sur la poignée et un filtre rouge qui glissait par-dessus le verre quand on poussait un bouton nickelé. De Baywater, par un chemin tortueux, il se rendit au Savoy, en entrant par le côté qui donnait sur le quai. Il était toujours seul. Au vestiaire, le même employé était de service, et il se souvenait même de leur plaisanterie.

« J'attends toujours que ça explose, dit-il avec un sourire en lui rendant le carton. Une ou deux fois j'ai cru que je l'entendais qui faisait tic-tac. »

Lorsqu'il arriva devant sa porte, les petits bouts de carton qu'il avait installés avant de se rendre à Charlton étaient toujours en place. Par les fenêtres de ses voisins, il aperçut les bougies du samedi soir et des têtes qui discutaient ; mais chez lui, les rideaux étaient toujours tirés comme il les avait laissés, et dans le vestibule, la jolie petite horloge de campagne d'Ann l'accueillit dans une obscurité profonde, qu'il s'empressa de dissiper.

Si épuisé qu'il fût, il n'en procéda pas moins avec méthode.

D'abord il jeta trois allume-feu dans la grille du salon, en approcha une allumette, versa par-dessus quelques pelletées de charbon qui ne fumait pas et accrocha devant le foyer le sèche-linge d'Ann. En guise de salopette, il prit un vieux tablier de cuisine, nouant solidement le cordon autour de son embonpoint en guise de protection supplémentaire. De sous l'escalier, il exhuma un tas de tissu vert qui servait au black-out et un escabeau de cuisine qu'il descendit au sous-sol. Ayant masqué la fenêtre avec soin il remonta, étala le carton, l'ouvrit, et en effet ce n'était pas une bombe, c'était une lettre et un paquet de cigarettes tout froissé dans lequel on avait glissé le bout de négatif de Vladimir. Le tirant de là, il redescendit au sous-sol, alluma la torche électrique avec le verre rouge et se mit au travail, et Dieu sait pourtant qu'il n'avait pas le moindre talent de photographe et qu'il aurait fort bien pu — en théorie — faire développer pour lui la pellicule en une fraction du temps qu'il y consacra, en s'adressant à Lauder Strickland, qui l'aurait confié au service photographique du Cirque. Il aurait tout aussi bien pu aussi le porter à n'importe lequel d'une demi-douzaine de « fournisseurs » comme on les appelle dans le jargon : les collaborateurs choisis dans certains domaines et qui ont pris l'engagement, si on les appelle à n'importe quel moment, de tout lâcher et, sans poser de questions, de mettre leur talent à la disposition du service. Un de ces fournisseurs vivait en fait à moins d'un jet de pierre de Sloane Square, une âme paisible qui se spécialisait dans les photographies de mariage. Smiley n'avait que dix minutes à faire à pied puis à presser la sonnette de cet homme et en une demi-heure il aurait pu avoir ses tirages. Mais il n'en fit rien. Il préféra plutôt l'inconvénient, tout autant que l'imperfection, de tirer un contact dans la solitude de sa maison, pendant qu'en haut le téléphone sonnait et qu'il le laissait sonner.

Il préférait les tâtonnements d'exposer le négatif trop longtemps, trop peu, à la lumière de la pièce. D'utiliser comme instrument de mesure l'encombrant compte-minutes de la cuisine qui tictaquait et grinçait comme quelque chose sorti de *Coppélia*. Il préférait marmonner et jurer dans son irritation et transpirer dans le noir ou gâcher au moins six feuilles de papier raisiné avant que le bain contenu dans la cuvette ne donnât une image même à demi acceptable, qu'il trempa pendant trois minutes dans le bain de fixage rapide. Et qu'il lava. Et qu'il essuya avec une serviette à thé propre, abîmant sans doute à jamais le tissu, il n'en savait rien. Puis il le rapporta en haut et l'épingla au sèche-linge. Et pour les esprits qui ont un faible pour les symboles un peu lourds, il importe de préciser que le feu, malgré les allume-feu, était presque éteint, puisque le charbon consistait dans une large mesure de poussier humide, et que George Smiley dut souffler sur les flammes pour les empêcher de s'éteindre, s'accroupissant pour cela à quatre pattes. L'idée ainsi aurait pu lui venir — mais elle ne lui vint pas, car avec sa curiosité de nouveau éveillée il avait chassé toute velléité d'introspection — que ce qu'il faisait était exactement contraire à l'ordre impératif de Lacon d'étouffer les flammes et non de les attiser.

Ensuite, le cliché suspendu sans risque au-dessus du tapis, Smiley se tourna vers un ravissant secrétaire en marqueterie où Ann rangeait « ses affaires » avec une embarrassante franchise, par exemple, une feuille de papier à lettres sur laquelle elle avait écrit le seul mot « chéri » sans aller plus loin, ne sachant peut-être pas à quel chéri s'adresser. Par exemple des pochettes d'allumettes de restaurants où il n'était jamais allé et des lettres d'une écriture qu'il ne connaissait pas. De tout ce pénible bric-à-brac, il finit par extraire une grosse loupe victorienne avec un manche en nacre, dont elle se servait pour les définitions de mots croisés jamais achevés. Ainsi équipé — en raison de sa fatigue, il manquait à la succession de ses diverses actions la finition de la logique — il mit un disque de Mahler, qu'Ann lui avait offert, et s'assit dans le fauteuil de lecture en cuir muni d'un appui-livres conçu pour pivoter comme un plateau de malade au-dessus de l'estomac de son occupant. Retrouvant sa fatigue, il commit l'imprudence de laisser ses paupières se fermer pendant qu'il écoutait, un peu la musique, un peu le *pat pat* de la photographie qui séchait et un peu le pépiement récalcitrant du feu. S'éveillant en sursaut trente minutes plus tard, il trouva le cliché sec et le disque de Mahler qui tournait sans bruit sur son plateau.

Il regarda, une main tenant ses lunettes, l'autre faisant lentement pivoter la loupe au-dessus du cliché.

La photographie montrait un groupe, mais ce n'était pas un groupe politique, il ne s'agissait pas non plus d'une baignade, puisque personne n'était en costume de bain. Le groupe se composait d'un quatuor, deux hommes et deux femmes, allongés sur des divans capitonnés autour d'une table basse chargée de bouteilles et de cigarettes. Les femmes étaient nues, jeunes et jolies. Les hommes, à peine plus vêtus, étaient affalés côte à côte, et les filles s'étaient enroulées consciencieusement autour du compagnon qu'elles avaient choisi. L'éclairage de la photographie était jaunâtre et irréel, et du peu que Smiley connaissait de ces choses, il en conclut que le négatif avait été pris sur de la pellicule rapide, car le grain aussi était assez fort. Sa texture, en y réfléchissant, lui rappela les photographies qu'on voyait trop souvent d'otages retenus par les terroristes, sauf que les quatre personnages de la photographie ne s'intéressaient que les uns aux autres, alors que les otages ont une façon de fixer l'objectif comme si c'était le canon d'une arme. Toujours en quête de ce qu'il aurait appelé du renseignement opérationnel, il passa à l'emplacement probable de l'appareil de photo et décida qu'il devait se trouver très au-dessus des sujets. Ils avaient l'air, tous les quatre, d'être au centre d'une fosse, avec l'appareil qui les regardait d'en haut. Une ombre, très noire — une balustrade, ou peut-être était-ce la tablette d'une fenêtre, ou simplement l'épaule de quelqu'un — cachait le bas du premier plan. C'était comme si, malgré la position avantageuse où se trouvait l'appareil, seule la moitié de l'objectif avait osé lever la tête au-dessus de la ligne du regard.

Là, Smiley tira sa première conclusion problématique. Un pas... pas bien grand ; mais il avait déjà dans son esprit assez de grands pas. Disons un pas technique : modeste et technique. La photographie donnait tous les signes d'avoir été comme on disait dans le métier prise à la sauvette. Et prise à la sauvette en outre avec l'intention de *griller*, c'est-à-dire de faire chanter. Mais faire chanter qui ? A quelle fin ?

En soupesant le problème, Smiley s'endormit probablement. Le téléphone se trouvait sur le petit secrétaire d'Ann, et il avait dû sonner trois ou quatre fois avant que Smiley ne s'en aperçût.

« Oui, Oliver ? fit Smiley avec prudence.

— Ah ! George. J'ai essayé de vous joindre plus tôt. Vous êtes bien rentré, j'imagine ?

— D'où ? » demanda Smiley.

Lacon préféra ne pas répondre à cette question. « J'estimais que je devais vous appeler, George. Nous nous sommes séparés un peu sèchement. J'ai été brusque. Trop de travail sur les bras. Je m'en excuse. Comment ça se passe ? Vous avez fini ? Vous avez terminé ? »

En fond sonore, Smiley entendait les filles de Lacon qui se disputaient à propos du loyer qu'on pouvait réclamer pour un hôtel particulier à Park Lane. Il les a pour le week-end, songea Smiley.

« J'ai eu de nouveau l'Intérieur au téléphone, George, reprit Lacon d'une voix plus basse, sans prendre la peine d'attendre sa réponse. Ils ont eu le rapport du médecin légiste, et nous pouvons disposer du corps. On recommande une crémation sans tarder. J'ai pensé que si peut-être je vous donnais le nom de l'entreprise qui se charge de ces choses, vous voudriez bien le transmettre aux intéressés. A titre tout à fait impersonnel, bien sûr. Vous avez vu le communiqué dans la presse ? Qu'en avez-vous pensé ? Je l'ai trouvé bien tourné. J'ai trouvé qu'il avait juste le ton qu'il fallait.

— Je vais chercher un crayon, dit Smiley, et il se remit à fouiller dans le tiroir jusqu'au moment où il trouva un objet en plastique en forme de poire avec une lanière de cuir qu'Ann parfois portait au cou. Il l'ouvrit non sans difficulté et écrivit sous la dictée de Lacon : le nom de l'entreprise, l'adresse, de nouveau le nom de l'entreprise suivi encore une fois par l'adresse.

« Vous avez noté ? Voulez-vous que je répète ? Ou préférez-vous le relire, pour être bien sûr que vous l'avez bien pris ?

— Je crois que j'ai tout, merci », dit Smiley. Avec un certain retard, l'idée lui vint que Lacon était ivre.

« Maintenant, George, nous avons un rendez-vous, n'oubliez pas. Un séminaire sur le mariage en toute sincérité. Je vous ai choisi comme vétéran dans ce domaine. Il y a un grill décent en bas et je vous offrirai un dîner rapide pendant que vous me prodiguerez les trésors de votre sagesse. Vous avez un agenda sous la main ? Prenons date. »

Avec un sentiment anticipé de consternation, Smiley accepta une date. Après toute une vie passée à inventer des histoires pour masquer chaque événement, il trouvait encore impossible de se dégager d'une invitation à dîner.

« Et vous n'avez rien trouvé ? demanda Lacon d'un ton plus voilé. Pas de pépin, pas d'accroc, pas de détail qui cloche. Une tempête dans une tasse de thé, n'est-ce pas, comme nous nous en doutions ? »

Une foule de réponses traversèrent l'esprit de Smiley, mais il ne vit pas le moyen d'en utiliser une.

« Et la note de téléphone ? demanda Smiley.

— La note de téléphone ? Quelle note ? Ah oui, vous voulez dire la sienne. Réglez-la et envoyez-moi le reçu. Pas de problème. Oh ! ou mieux encore, mettez-la à la poste pour Strickland.

— Je vous l'ai déjà envoyée, fit Smiley avec patience. Je vous ai demandé l'énumération de tous les appels dont on pouvait retrouver la trace.

— Je vais m'en occuper tout de suite, répondit Lacon sans se démonter. Rien d'autre ?

— Non. Non, je ne pense pas. Rien.

— Dormez un peu. Vous avez l'air vanné.

— Bonne nuit », dit Smiley.

Son poing dodu armé une fois de plus de la loupe d'Ann, Smiley se remit à examiner la photo. Le sol de la fosse était recouvert d'une moquette, qui semblait blanche. Les divans capitonnés étaient disposés en fer à cheval, suivant la ligne des rideaux qui formaient le périmètre arrière. Il y avait aussi une porte capitonnée à l'arrière-plan et les vêtements dont les deux hommes s'étaient dépouillés — vestes, cravates, pantalons — y étaient soigneusement accrochés. Il y avait un cendrier sur la table, et Smiley entreprit d'essayer de lire ce qui était écrit sur le bord. Après avoir longuement manipulé la loupe, il se retrouva avec ce que le philologue déchu qu'il y avait en lui décrivit comme la forme putative des lettres « A-C-H-T- », mais s'il s'agissait d'un mot complet — signifiant « Huit » ou « Attention » aussi bien que représentant certains autres concepts moins évidents — ou bien de quatre lettres provenant d'un mot plus long, il n'aurait su le dire. Pas plus qu'à ce stade il ne s'évertua à le trouver, et préféra tout simplement emmagasiner ce renseignement au fond de son esprit jusqu'à l'instant où quelque autre pièce du puzzle l'obligerait à lui trouver une place.

Ann appela. Une fois de plus peut-être, il s'était assoupi, car le souvenir qu'il en eut toujours ensuite fut qu'il n'avait pas entendu le moins du monde la sonnerie du téléphone mais simplement sa voix au moment où il portait avec lenteur le combiné à son oreille : « George, George », comme si elle l'appelait depuis longtemps et qu'il venait tout juste de rassembler l'énergie ou l'intérêt qu'il fallait pour lui répondre.

Ils commencèrent leur conversation comme des étrangers, tout à fait comme quand ils commençaient à faire l'amour.

« Comment vas-tu ? demanda-t-elle.

— Très bien, je te remercie. Comment vas-tu ? Qu'est-ce que je peux faire pour toi ?

— Je parlais sérieusement, insista Ann. Comment vas-tu ? Je tiens à le savoir.

— Mais je t'ai dit que j'allais bien.

— Je t'ai téléphoné ce matin. Pourquoi n'as-tu pas répondu ?

— J'étais sorti. »

Long silence cependant qu'elle semblait considérer cette faible excuse. Le téléphone ne l'avait jamais gênée. Il ne lui donnait aucune impression d'urgence.

« Pour le travail ? demanda-t-elle.

— Une démarche administrative pour Lacon.

— Il s'intéresse à l'administration à des heures matinales maintenant ?

— Sa femme l'a quitté », dit Smiley en guise d'explication.

Pas de réponse.

« Tu disais toujours qu'elle aurait raison de le faire, poursuivit-il. Elle devrait décamper rapidement, disais-tu toujours, avant de devenir une nouvelle geisha du Service public.

— J'ai changé d'avis. Il a besoin d'elle.

— Mais elle, je présume, n'a pas besoin de lui, fit observer Smiley en se réfugiant derrière un ton d'universitaire.

— Elle est idiote », fit Ann, et un autre silence plus long suivit, cette fois du fait de Smiley, cependant qu'il envisageait le choix monumental et bien inopportun qu'elle lui avait soudain révélé.

Se retrouver ensemble, comme elle disait parfois. Oublier les blessures, la liste de ses amants ; oublier Bill Haydon, le traître du Cirque, dont l'ombre planait encore sur le visage d'Ann chaque fois qu'il tendait la main vers elle, et dont il portait en lui le souvenir comme une douleur constante. Bill son ami, Bill la fleur de leur génération, le bouffon, l'enchanteur, le conformiste iconoclaste ; Bill, l'homme né pour tromper, et que sa quête pour l'ultime trahison avait mené dans le lit des Russes et dans celui d'Ann. Organiser une nouvelle lune de miel, prendre l'avion pour le midi de la France, faire de bons repas, acheter des toilettes, tous ces jeux auxquels jouent les amants. Pour combien de temps ? Combien de temps avant de voir s'effacer son sourire, son regard s'assombrir et ses parents mythiques commencer à avoir besoin d'elle pour soigner leurs maux mythiques dans des lieux éloignés ?

« Où es-tu ?

— Chez Hilda.

— Je croyais que tu étais en Cornouailles. »

Hilda était une divorcée assez lancée. Elle habitait Kensington, à moins de vingt minutes à pied.

« Alors où est Hilda ? demanda-t-il, lorsqu'il eut assimilé ce renseignement.

— Sortie.

— Toute la nuit ?

— Je m'y attends, connaissant Hilda. A moins qu'elle ne le ramène chez elle.

— Eh bien, alors j'imagine qu'il va falloir te distraire de ton mieux sans elle », dit-il, mais tout en parlant il l'entendit murmurer « George. »

Une terreur profonde et véhémente s'empara du cœur de Smiley. A travers la pièce il tourna vers le fauteuil un regard affolé et aperçut le cliché toujours sur l'appui-livres auprès de la loupe d'Ann ; dans un soudain déferlement de mémoire, il reconstruisit tout ce que les événements lui avaient soufflé ou murmuré tout au long de cette interminable journée ; il entendit les roulements de tambour de son propre passé le convoquant dans un dernier effort, afin d'extérioriser et de résoudre le conflit sur lequel il avait vécu ; et il ne voulait surtout pas qu'elle fût près de lui. *Dites à Max que cela concerne le Marchand de Sable.* Doué de la lucidité que la faim, la fatigue et le désarroi peuvent inspirer, Smiley savait avec certitude qu'elle ne devait en rien participer à ce qu'il avait à faire. Il savait — il était à peine sur le seuil — il savait pourtant que peut-être bien, malgré tout, on lui avait donné sur ses vieux jours l'occasion de rejouer les parties de sa vie annulées pour cause de pluie et de les disputer enfin. S'il en était ainsi, alors aucune Ann, aucune fausse paix, aucun témoin corrompu de ses actions ne devaient venir troubler sa quête solitaire. Jusque-là il ne savait pas ce qu'il voulait. Mais maintenant il savait.

« Il ne faut pas, dit-il. Ann ? Écoute. Il ne faut pas que tu viennes ici. Ce n'est pas une question de choix. C'est une question de détails pratiques. Il ne faut pas que tu viennes ici. » Même pour lui, ses propres paroles avaient un accent étrange.

« Alors viens ici », dit-elle.

Il raccrocha. Il l'imagina pleurant, puis prenant son carnet d'adresses pour voir lequel de ses Onze Premiers, comme elle les appelait, pourrait la consoler à sa place. Il se versa un whisky sec, la solution adoptée par Lacon. Il se rendit dans la cuisine, oublia pourquoi et revint déambuler dans son bureau. De l'eau gazeuse, se dit-il. Trop tard. Je m'en passerai. J'ai dû avoir un accès de folie, songea-t-il. Ce sont des fantômes que je poursuis, il n'y a rien dans tout cela. Un général sénile a eu un rêve, et il est mort pour cela. Il se rappela Wilde : le fait qu'un homme meurt pour une cause ne rend pas cette cause juste. Un tableau était accroché de travers. Il le redressa, un peu trop de ce côté, un peu trop de cet autre, prenant à chaque fois du recul. *Dites-lui que cela concerne le Marchand de Sable.* Il regagna son fauteuil et ses deux prostituées, les fixant à travers la loupe d'Ann avec un regard de férocité qui les aurait fait chercher refuge à toute allure auprès de leurs protecteurs.

De toute évidence, elles appartenaient à la classe supérieure de leur profession, avec leurs corps frais, jeunes et soignés. Il semblait aussi — mais peut-être était-ce une coïncidence — que quiconque les avait sélectionnées les avait choisies délibérément différentes. La fille à gauche était blonde et fine, d'une stature presque classique, avec de longues cuisses et de petits seins accrochés haut, alors que sa compagne était brune et trapue, avec des hanches larges et des traits épais, et peut-être quelque chose d'eurasien. La blonde, nota-t-il, portait des boucles d'oreilles en forme d'ancres, ce qui lui parut bizarre car, dans l'expérience limitée qu'il avait des femmes, les boucles d'oreilles était ce qu'elles ôtaient en premier. Ann n'avait qu'à sortir de la maison sans les porter pour qu'il sentît son cœur se serrer. A part cela, il ne pouvait rien trouver de très intéressant à dire à propos de l'une ou l'autre des filles ; aussi, ayant avalé une autre bonne lampée de scotch pur, reporta-t-il son attention une fois de plus vers les hommes auxquels, s'il voulait bien en convenir, il s'était intéressé dès le début, dès l'instant où, pour la première fois, il s'était mis à examiner la photographie. Tout comme les filles, ils étaient fort différents l'un de l'autre ; seulement chez les hommes — puisqu'ils étaient sensiblement plus âgés — les différences tenaient, semblait-il, à une profondeur et à une netteté de caractère plus grandes. L'homme qui soutenait la fille blonde était blond aussi et au premier abord assommant, alors que l'homme qui soutenait la fille brune n'avait pas seulement le teint brun mais, dans ses traits, une vivacité latine, voire levantine, et un sourire contagieux qui était le seul élément attirant de la photographie. L'homme blond était affalé de tout son grand corps, l'homme brun était petit et assez vif pour être son bouffon : un petit lutin, avec un visage aimable et deux petites touffes de cheveux retroussées comme des cornes au-dessus de ses oreilles.

Une brusque nervosité — peut-être avec le recul était-ce un pressentiment — poussa Smiley à s'attacher d'abord à l'homme blond. C'était un de ces moments où l'on se sentait plus en sûreté avec des inconnus.

L'homme avait un torse solidement bâti mais pas athlétique, des membres massifs sans donner une impression de force. La blondeur de sa peau et de ses cheveux soulignait son obésité. Ses mains, l'une étalée sur le flanc de la fille, l'autre passée autour de sa taille, étaient grasses et sans charme. Passant lentement la loupe sur la poitrine nue, Smiley parvint à la tête. A l'âge de quarante ans, avait écrit de façon inquiétante un bel esprit, un homme a le visage qu'il mérite. Smiley en doutait. Il avait connu des âmes poétiques condamnées à l'emprisonnement à vie derrière des visages rudes et des délinquants aux airs d'anges. Néanmoins, ça n'était pas un visage qui vous apportait grand-chose, et la caméra non plus ne l'avait pas pris sous son jour des plus flatteurs. En termes de caractère, il semblait se diviser en deux parties : le bas, tiré dans un sourire de grossière bonne humeur tandis que, la bouche ouverte, il disait quelque chose à son compagnon ; le haut, régi par deux petits yeux pâles autour desquels ne brillaient ni gaieté ni bonne humeur, mais dont le regard semblait émerger de la chair pâteuse qui l'entourait avec la douceur froide et imperturbable d'un enfant. Le nez était plat, le cheveu abondant et coiffé dans le style de l'Europe centrale.

Un visage avide, aurait dit Ann, qui avait tendance à passer des jugements sans appel sur des gens rien qu'en examinant leurs portraits dans la presse. Avides, faibles, méchants. A éviter. Dommage qu'elle ne fût pas parvenue à la même conclusion à propos de Haydon, songea-t-il ; ou du moins pas à temps.

Smiley retourna dans la cuisine et se rinça le visage, puis se souvint qu'il était venu chercher de l'eau pour son whisky. Retournant s'installer dans son fauteuil, il braqua la loupe sur le second des deux hommes, le bouffon. Le whisky le tenait éveillé, mais en même temps l'endormait. Pourquoi ne rappelle-t-elle pas ? songea-t-il. Si elle rappelle, j'irai la retrouver. Mais en réalité son esprit s'attachait à ce second visage, car son air familier le troublait à peu près comme, avant lui, son expression de complicité pressante avait troublé Villem et Ostrakova. Il le contempla et sa fatigue le quitta, il semblait puiser de l'énergie à le regarder. Certains visages, comme Villem l'avait laissé entendre ce matin, nous sont connus avant que nous les voyions ; d'autres, nous les voyons une fois et nous en gardons le souvenir toute notre vie ; d'autres encore, nous les voyons chaque jour sans jamais en conserver le souvenir. Mais à quelle catégorie appartenait celui-ci ?

Un visage de Toulouse-Lautrec, se dit Smiley, le scrutant avec étonnement, un visage surpris au moment où le regard se détournait vers quelque occupation intense et peut-être érotique. Ann aurait tout de suite été séduite ; il avait le côté dangereux qu'elle aimait. Un visage de Toulouse-Lautrec, surpris alors qu'un éclat de lumière de champ de foire éclairait une joue creuse et qui en avait beaucoup vu. Un visage taillé à coups de serpe, avec des creux et des bosses, et dont le front, le nez et la mâchoire semblaient avoir, tous, succombé à l'érosion des mêmes tempêtes. Un visage de Toulouse-Lautrec, vif et attachant. Un visage de serveur, jamais de convive. Avec une fureur de serveur qui brûlait de son feu le plus vif derrière un sourire servile. C'était là un côté qui plairait moins à Ann. Laissant la photo là où elle était, Smiley se mit lentement debout pour se maintenir éveillé et déambula d'un pas lourd dans la pièce, en s'efforçant de le situer, sans y arriver, et se demandant si tout cela n'était pas le fruit de son imagination. Il y a des gens qui *émettent*, se dit-il. Des gens... on les rencontre et ils vous apportent tout leur passé comme si c'était un cadeau tout naturel. Il y a des gens qui sont l'intimité personnifiée.

Passant devant le secrétaire d'Ann, il s'arrêta pour contempler de nouveau le téléphone. Le sien et celui de Haydon. Le sien et celui de tout le monde. Comment s'appelait donc le modèle : Modernphone ? Ou bien était-ce Superphone ? Cinq livres de supplément aux postes pour le plaisir discutable de ses contours démodés et futuristes. *Mon appareil de cocotte*, comme elle l'appelait. *Le petit gazouillis pour mes petits amours, le gros ouah-ouah pour mes grands amours.* Il se rendit compte que le téléphone sonnait. Sonnait-il depuis longtemps, le petit gazouillis pour les amours ? Il reposa son verre, fixant toujours le téléphone pendant qu'il lançait ses trilles. En général, elle le laissait par terre au milieu de ses disques lorsqu'elle jouait de la musique, se souvint-il. Elle s'allongeait avec — là, auprès du feu — une hanche nonchalamment soulevée au cas où il aurait besoin d'elle. Lorsqu'elle allait se coucher, elle le débranchait et l'emportait avec elle, pour la réconforter la nuit. Lorsqu'ils faisaient l'amour, il savait qu'il était le suppléant de tous les hommes qu'il n'avait pas appelés. Des Onze Premiers. De Bill Haydon, même s'il était mort.

La sonnerie s'était arrêtée.

Que fait-elle maintenant ? Elle essaie les Onze Seconds ? *Être belle et être Ann, c'est une chose,* lui avait-elle dit il n'y avait pas longtemps ; *être belle et avoir l'âge d'Ann en sera bientôt une autre.* Et être laid et avoir mon âge est encore autre chose, songea-t-il avec rage. S'emparant du cliché, il reprit sa contemplation avec une intensité nouvelle.

Des ombres, se dit-il. Des taches claires et sombres, devant nous, derrière nous, tandis que nous avançons tant bien que mal. Des cornes de lutin, des cornes de diable, nos ombres tellement plus grandes que nous-mêmes. Qui est-il ? Qui était-il ? Je l'ai rencontré. J'ai refusé de le voir. Et si j'ai refusé, comment est-ce que je le connais ? C'était une sorte de suppliant, un homme avec quelque chose à vendre... Du renseignement alors ? Des rêves ? Bien éveillé maintenant, il s'allongea sur le canapé — tout plutôt que de monter se coucher — et, avec la photo devant lui, se mit à arpenter les longues galeries de sa mémoire professionnelle, approchant la lampe des portraits à demi oubliés de charlatans, de faiseurs d'or, de contrefacteurs, de trafiquants, d'intermédiaires, de canailles, de coquins et parfois de héros qui constituaient les acteurs de complément de ses innombrables relations ; en quête de l'unique visage sanctifié qui, comme un participant clandestin, semblait avoir quitté le petit cliché pour aborder aux rives de sa conscience défaillante. Le faisceau de la lampe vacillait, hésitait, revenait. J'ai été trompé par l'obscurité, songea-t-il. Je l'ai rencontré à la lumière. Il vit une affreuse chambre d'hôtel éclairée au néon... Musique d'ambiance et papier peint écossais, et le petit inconnu perché souriant dans un coin et l'appelant Max. Un petit ambassadeur... mais représentant quelle cause, quel pays ? Il se rappelait un manteau avec un col de velours et de petites mains dures qui s'agitaient au rythme de leur propre danse. Il se rappelait les yeux passionnés et rieurs, la bouche nerveuse qui s'ouvrait et se refermait avec vivacité, mais il n'entendait pas un mot. Il éprouvait un sentiment de perte, l'impression de manquer la cible, le sentiment qu'une autre ombre vague était présente pendant qu'ils parlaient.

Peut-être, se dit-il. Tout est peut-être. Peut-être, après tout, Vladimir a-t-il été abattu par un mari jaloux, se dit-il à l'instant même où la sonnette de la rue lançait son appel perçant comme celui d'un vautour, deux coups.

Elle a oublié sa clé, comme d'habitude, songea-t-il. Avant même de s'en être rendu compte, il était dans le vestibule, en train de farfouiller la serrure. Sa clé ne lui servirait à rien, réfléchit-il ; comme Ostrakova, il avait mis la chaîne à la porte. Il chercha à tâtons la chaîne en criant « Ann. Attends un peu ! » sans rien sentir dans ses doigts. Il fit glisser un verrou dans sa rainure et entendit la maison tout entière en faire retentir l'écho. « J'arrive ! cria-t-il. Attends ! Ne t'en va pas ! »

Il ouvrit la porte en grand, trébuchant sur le seuil, offrant son visage dodu en sacrifice à l'air de minuit, à la silhouette en cuir noir chatoyant, casque de moto sous le bras, plantée devant lui comme une sentinelle de la mort.

« Je ne voulais pas vous *inquiéter*, monsieur, sûrement pas », fit l'inconnu.

Cramponné au chambranle, Smiley ne pouvait que dévisager l'intrus. Il était grand, avec les cheveux taillés en brosse, et ses yeux reflétaient une loyauté mal récompensée.

« Ferguson, monsieur. Vous vous souvenez de moi, monsieur, Ferguson ? C'était moi qui dirigeais l'équipe des transports pour les lampistes de Mr Esterhase. »

Sa motocyclette noire avec son side-car était garée derrière lui sur le trottoir, ses surfaces, astiquées avec amour, étincelant à la lumière du réverbère.

« Je croyais qu'on avait licencié la section des lampistes, dit Smiley en le fixant toujours.

— En effet, monsieur. Éparpillée aux quatre vents, je regrette de le dire. La camaraderie, l'esprit de corps, tout ça c'est fini.

— Alors qui vous emploie ?

— Ma foi, personne, monsieur. Pas officiellement, comme on pourrait dire. Mais tout de même toujours du côté des anges.

— Je ne savais pas que nous avions encore des anges.

— Non, ma foi c'est vrai, monsieur. Tous les hommes sont faillibles, je le dis toujours. Surtout au jour d'aujourd'hui. (Il tenait une enveloppe brune qu'il tendit à Smiley.) Disons de la part de certains de vos amis, monsieur. Il paraît que ça concerne un relevé de téléphone sur lequel vous demandiez des renseignements. En général nous avons de bonnes réactions du service des Postes, je dirais. Bonne nuit, monsieur. Désolé de vous avoir dérangé. Il serait temps de dormir un peu, n'est-ce pas ? Les gens de bien se font rares, je le dis toujours.

— Bonne nuit », dit Smiley.

Mais son visiteur s'attardait encore, comme quelqu'un qui attend un pourboire. « Vous vous êtes bien souvenu de moi, n'est-ce pas, monsieur ? C'était juste une défaillance de mémoire, n'est-ce pas ?

— Bien sûr. »

Il y avait des étoiles, observa-t-il en refermant la porte. Des étoiles brillantes, grossies par la rosée. Frissonnant, il prit un des nombreux albums de photographies d'Ann et l'ouvrit au milieu. C'était son habitude, lorsqu'une photo lui plaisait, de glisser le négatif derrière le cliché. Choisissant une photo d'eux deux au cap Ferrat — Ann en costume de bain, Smiley prudemment couvert — il ôta le négatif et plaça celui de Vladimir derrière. Il rangea ses produits chimiques et son équipement et glissa le cliché dans le quatrième volume de son dictionnaire anglais d'Oxford, édition de 1961, à la lettre H pour Hier. Il ouvrit l'enveloppe de Ferguson, jeta un coup d'œil las à son contenu, nota deux ou trois mentions et le mot « Hambourg » et lança le tout dans un tiroir de bureau. Demain, songea-t-il ; demain est une autre énigme. Il grimpa dans le lit, ne sachant jamais, comme d'habitude, de quel côté dormir. Il ferma les yeux et aussitôt les questions l'assaillirent, comme il savait qu'elles ne manqueraient pas de le faire, en salves démentes et désordonnées.

Pourquoi Vladimir n'avait-il pas réclamé Hector ? se demanda-t-il pour la centième fois. Pourquoi le vieil homme comparait-il Esterhase, alias Hector, aux banques de la City qui emportaient votre parapluie quand il pleuvait ?

Dites à Max que ça concerne le Marchand de Sable.

Téléphoner à Ann ? Passer ses vêtements et se précipiter là-bas, pour être accueilli comme son amant clandestin, s'en allant d'un pas furtif avec l'aube ?

Trop tard. Elle s'était déjà arrangée.

Soudain, il eut terriblement envie d'elle. Il ne pouvait supporter les espaces autour de lui qui ne l'abritaient pas, il avait soif de son corps riant et tremblant lorsqu'elle criait dans ses bras, en l'appelant son seul véritable, son meilleur amant, qu'elle n'en voulait pas d'autre, jamais. « Les femmes ne connaissent pas de loi, George », lui avait-elle dit un jour, où ils étaient allongés dans une paix rare. « Alors qu'est-ce que je suis ? » avait-il demandé, et elle avait répondu : « Ma loi. » « Alors qu'était Haydon ? » Elle avait ri et dit : « Mon anarchie. »

Il revit la petite photographie, gravée, comme le petit étranger lui-même, dans sa mémoire défaillante. Un petit homme, avec une grande ombre. Il se rappelait la description que lui avait faite Villem du petit personnage sur le bac de Hambourg, avec les touffes de cheveux comme deux cornes, le visage sillonné de rides, les yeux qui semblaient le prévenir. *Général,* songea-t-il dans la confusion de ses pensées, *vous ne voulez pas m'envoyer encore une fois votre ami le Magicien ?*

Peut-être. Tout est peut-être.

Hambourg, se dit-il, et il se leva aussitôt et passa sa robe de chambre. S'installant de nouveau au secrétaire d'Ann, il se mit sérieusement au travail pour examiner le décompte du relevé téléphonique de Vladimir, transcrit dans la calligraphie soignée d'un employé des Postes. Prenant une feuille de papier, il se mit à griffonner des dates et des notes.

Fait : au début septembre, Vladimir reçoit la lettre de Paris et l'arrache aux griffes de Mikhel.

Fait : à peu près à la même date, Vladimir demande une rare et coûteuse communication interurbaine avec Hambourg, par l'intermédiaire de l'opératrice, sans doute pour pouvoir s'en faire rembourser le montant par la suite.

Fait : trois jours après cela, le 8, Vladimir accepte encore un appel de Hambourg en P.C.V., au prix de deux livres quatre-vingts, origine, durée et heure de l'appel dûment mentionnées, et l'origine est le même numéro que Vladimir avait appelé trois jours plus tôt.

Hambourg, se dit de nouveau Smiley, son esprit revenant une fois de plus au petit lutin de la photographie. Les communications en P.C.V. s'étaient poursuivies de façon intermittente jusqu'à il y avait trois jours ; neuf appels, pour un total de vingt et une livres, et tous émanant de Hambourg à destination de Vladimir. Mais qui l'appelait ? De Hambourg ? Qui ?

Et puis tout d'un coup, il se souvint.

La silhouette vague dans la chambre d'hôtel, l'ombre immense du lutin, c'était Vladimir lui-même. Il les vit côte à côte, tous les deux en manteau noir, le géant et le nain. L'abominable hôtel avec la musique de fond et le papier peint écossais se trouvait près de l'aéroport de Heathrow, où les deux hommes, si mal assortis, étaient arrivés pour une conférence au moment même où, de l'avis de Smiley, son identité professionnelle était en train de s'écrouler.

Max, nous avons besoin de vous. Max, donnez-nous notre chance.

Décrochant le téléphone, Smiley composa le numéro à Hambourg et entendit à l'autre bout du fil une voix d'homme ; un seul mot, « oui », prononcé doucement en allemand et suivi d'un silence.

« J'aimerais parler à Herr Dieter Fassbender », dit Smiley, choisissant un nom au hasard. L'allemand était la seconde langue de Smiley, et parfois sa première.

« Nous n'avons pas de Fassbender », dit la même voix d'un ton froid, après un moment de silence, comme si son interlocuteur, entre-temps, avait consulté quelque chose. Smiley entendait une musique douce à l'arrière-fond.

« Ici Leber, insista Smiley. Je voudrais parler de toute urgence à Herr Fassbender. Je suis son associé. »

Il y eut une nouvelle pause.

« Pas possible », dit la voix de l'homme d'un ton neutre après un autre silence... et on raccrocha.

Ça n'est pas une maison particulière, réfléchit Smiley en s'empressant de noter ses impressions : l'interlocuteur avait trop de choix. Pas un bureau, car quel genre de bureau joue de la musique douce en fond sonore et est ouvert à minuit un samedi ? Un hôtel ? Possible, mais un hôtel, si c'était un établissement de quelque importance, aurait transmis son appel à la réception et fait montre d'un minimum de civilité. Un restaurant ? Trop furtif, trop prudent... Et à coup sûr, il se serait annoncé en décrochant le téléphone.

Ne force pas les pièces du puzzle, se conseilla-t-il. Range-les. Patiente. Mais comment être patient alors qu'il avait si peu de temps ?

Regagnant son lit, il ouvrit un exemplaire des *Chevauchées campagnardes* de Cobbett et essaya de lire pendant qu'il réfléchissait vaguement, entre autres graves problèmes, à son sens de la *Civitas* et se demandait s'il devait beaucoup ou peu à Oliver Lacon : « C'est votre *devoir*, George. » Mais qui pouvait sérieusement être l'homme de Lacon ? se demanda-t-il. Qui pouvait considérer les fragiles arguments de Lacon comme ce qui était dû à César ?

« Un jour on ne jure que par les émigrés, le lendemain on ne veut plus en entendre parler. Un jour ça va, un jour ça ne va pas », marmonna-t-il.

Tout au long de sa vie professionnelle, semblait-il à Smiley, il avait écouté ce genre de jeu de mots signalant de théoriques grands changements dans la doctrine de Whitehall ; signalant la retenue, le renoncement, toujours une nouvelle raison de ne rien faire. Il avait vu les jupes de Whitehall raccourcir et rallonger, les ceintures se serrer, se desserrer, se resserrer. Il avait été le témoin ou la victime — ou même le prophète malgré lui — de cultes aussi peu fondés que le latéralisme, le parallélisme, le séparatisme, la dévolution opérationnelle, et maintenant, s'il gardait un souvenir exact des plus récentes divagations de Lacon, on ne parlait plus que d'intégration. Chaque nouvelle mode avait été accueillie comme une panacée : « Maintenant nous allons vaincre, maintenant la machine va fonctionner ! » Chacune s'en était allée avec des pleurnicheries, en laissant derrière elle le fouillis britannique habituel, dont il se voyait de plus en plus, avec le recul, comme l'éternel présentateur. Il avait pratiqué l'indulgence, en espérant que d'autres en feraient autant, et ce n'avait pas été le cas. Il avait trimé dans des chambres sur cour pendant que des hommes de moindre envergure occupaient la scène. Et l'occupaient encore. Voilà cinq ans encore, il n'aurait jamais avoué professer de telles opinions. Mais aujourd'hui, sondant avec calme son propre cœur, Smiley savait qu'il n'avait pas trouvé de maître et qu'il n'en trouverait peut-être jamais ; que les seules contraintes qu'on lui imposait étaient celles de sa propre raison et de sa propre humanité. Tout comme son mariage, tout comme son sens du service public. J'ai investi ma vie dans les institutions, songeait-il sans rancœur, et tout ce qu'il me reste, c'est moi-même.

Et Karla, se dit-il ; mon Graal noir.

Il ne pouvait s'en empêcher : son esprit inquiet refusait de le laisser tranquille. Les yeux fixés devant lui dans la pénombre, il croyait voir Karla planté devant lui, son image se brisant et se reformant dans le jeu incessant des taches d'ombre. Il voyait les yeux bruns qui le suivaient et l'évaluaient, comme jadis ils l'avaient évalué dans l'obscurité d'une cellule de la prison de Delhi où ils l'interrogeaient voilà cent ans de cela : des yeux qui au premier abord étaient sensibles et semblaient des signaux de camaraderie ; puis qui, comme du verre fondu, durcissaient lentement jusqu'au moment de devenir fragiles mais inébranlables. Il se voyait avançant sur la piste poussiéreuse de l'aéroport de Delhi et tressaillant en sentant la chaleur de l'Inde lui sauter au visage depuis le bitume : Smiley alias Barraclough, ou Standfast, ou Dieu sait quel nom que cette semaine-là il avait puisé dans son sac : il ne s'en souvenait plus. Un Smiley des années 60 en tout cas, Smiley le voyageur de commerce, comme on l'appelait, chargé par le Cirque d'être le fourrier du globe, offrant des conditions de réinstallation aux officiers du Centre de Moscou qui envisageaient de changer de camp. Le Centre, à l'époque, conduisait l'une de ses purges périodiques, les bois grouillaient d'officiers supérieurs russes qui avaient peur de rentrer chez eux. Un Smiley qui était le mari d'Ann et le collègue de Bill Haydon, et dont les dernières illusions étaient encore intactes. Un Smiley quand même tout près d'une crise intérieure, car c'était l'année où Ann s'était amourachée d'un danseur de ballet : le tour de Haydon n'était pas encore venu.

Toujours dans les ténèbres de la chambre d'Ann, il revécut le trajet en jeep bringuebalante et klaxonnante jusqu'à la prison, avec les enfants qui s'accrochaient en riant à l'arrière ; il voyait les chars à bœufs et les éternelles foules indiennes, les taudis sur la rive du fleuve boueux. Il sentait les odeurs de bouse et de feux toujours rougeoyants : des feux pour la cuisine et des feux pour purifier ; des feux pour se débarrasser des morts. Il voyait la grille de fer de la vieille prison l'engloutir et les uniformes britanniques impeccablement repassés des gardiens tandis qu'ils pataugeaient jusqu'aux genoux parmi les prisonniers :

« Par ici, Votre Honneur ! Veuillez avoir la bonté de nous suivre, Votre Excellence ! »

Un prisonnier européen, qui disait s'appeler Gerstmann.

Un petit homme aux cheveux gris avec des yeux bruns et une tunique de calicot rouge, qui semblait le seul survivant d'un sacerdoce disparu.

Avec des menottes aux poignets : « Veuillez les lui ôter, sergent, et lui apporter des cigarettes », avait dit Smiley.

Un prisonnier identifié par Londres comme un agent du Centre de Moscou et qui attendait maintenant sa déportation pour la Russie. Un petit fantassin de la guerre froide, semblait-il, qui savait — qui savait avec certitude — qu'être rapatrié à Moscou, c'était affronter les camps, le peloton d'exécution ou bien les deux ; que s'être trouvé aux mains de l'ennemi était aux yeux du Centre être devenu l'ennemi lui-même : peu importait qu'il eût parlé ou gardé ses secrets. Soyez des nôtres, lui avait dit Smiley à travers la table de fer. Soyez des nôtres et nous vous donnerons la vie.

Rentrez chez vous et ils vous donneront la mort.

Ses mains — celles de Smiley — transpiraient dans la prison. La chaleur était épouvantable. Prenez une cigarette, avait dit Smiley... Tenez, voici mon briquet. C'était un briquet en or, maculé par ses mains moites. Gravé. Un cadeau d'Ann pour compenser quelque écart de conduite. *Pour George de la part d'Ann avec tout mon amour.* Il y a les petits amours et les grands amours, se plaisait à dire Ann, mais lorsqu'elle avait composé l'inscription, elle lui décernait les deux titres. C'était sans doute la seule occasion où elle l'avait fait.

Soyez des nôtres, avait dit Smiley. Sauvez votre peau. Vous n'avez pas le droit de vous refuser la survie. D'abord machinalement, puis avec passion, Smiley avait répété les arguments familiers pendant que sa sueur tombait sur la table comme des gouttes de pluie. Soyez des nôtres. Vous n'avez rien à perdre. Ceux qui vous aiment en Russie sont déjà perdus. Votre retour ne fera qu'aggraver les choses pour eux, pas les améliorer. Soyez des nôtres. Je vous en prie. Écoutez-moi, écoutez les arguments, la philosophie.

Et il avait attendu, attendu et attendu en vain la moindre réponse à ses adjurations de plus en plus désespérées. Attendu de voir un battement de paupières devant les yeux bruns, attendu d'entendre les lèvres crispées prononcer un seul mot à travers les volutes de fumée de cigarette : oui, je veux bien être des vôtres. Oui, je suis d'accord pour qu'on m'interroge. Oui, j'accepterai votre argent, vos promesses de réinstallation et ce qui peut rester de vie à un homme qui change de camp. Il attendait de voir les mains libérées cesser de caresser sans arrêt le briquet d'Ann, *pour George de la part d'Ann avec tout mon amour.*

Et pourtant, plus Smiley l'implorait, plus le silence de Gerstmann devenait dogmatique. Smiley lui imposait des réponses, mais Gerstmann n'avait pas de questions pour les soutenir. Peu à peu la plénitude de Gerstmann se faisait impressionnante. C'était un homme qui s'était préparé au gibet ; qui préférait mourir aux mains de ses amis plutôt que vivre aux mains de ses ennemis. Le lendemain matin, ils s'étaient séparés, chacun pour aller vers le destin qui l'attendait : Gerstmann, au mépris de toutes les probabilités, rentra en avion à Moscou pour survivre aux purges et prospérer. Smiley, brûlant de fièvre, s'en vint retrouver son Ann et pas tout à fait tout son amour ; et pour découvrir plus tard que Gerstmann n'était nul autre que Karla lui-même, le recruteur, l'officier traitant, le mentor de Bill Haydon ; et l'homme qui avait glissé Bill dans le lit d'Ann — ce lit même où il était maintenant couché — afin de voiler la vision qui se précisait chez Smiley de la trahison plus grande encore de Bill, contre le service et contre ses agents. Karla, songea-t-il tandis que ses yeux scrutaient les ténèbres, que me veux-tu maintenant ? *Dites à Max que ça concerne le Marchand de Sable.*

Le Marchand de Sable, songea-t-il : pourquoi me réveilles-tu quand tu es censé m'endormir ?

Toujours cloîtrée dans son petit appartement de Paris, souffrant mille tourments de l'âme aussi bien que du corps, Ostrakova n'aurait pas pu dormir, même si elle l'avait voulu. Toute la magie du Marchand de Sable ne l'aurait pas aidée. Elle se retourna sur le côté et ses côtes meurtries crièrent comme si les bras de l'assassin les enserraient toujours, alors qu'il se préparait à la balancer sous la voiture. Elle essaya de se mettre sur le dos et la douleur dans ses reins avait de quoi la faire vomir. Et lorsqu'elle s'allongea sur le ventre, ses seins devinrent aussi douloureux que lorsqu'elle avait essayé de nourrir Alexandra dans les mois avant qu'elle ne l'abandonnât et elle se mit à les haïr.

C'est le châtiment de Dieu, se dit-elle sans trop de conviction. Ce ne fut que quand vint le matin et qu'elle se retrouva dans le fauteuil d'Ostrakov, le pistolet de celui-ci sur les genoux, que le monde qui s'éveillait, pour une heure ou deux, la libéra de ses pensées.

13

La galerie était située dans ce qu'on appelle, dans les milieux d'art, le mauvais bout de Bond Street, et Smiley se présenta sur le seuil, en ce lundi matin, à une heure où tous les marchands de tableaux respectables étaient encore au lit.

Son dimanche s'était passé dans une mystérieuse tranquillité. Baywater Street s'était éveillée tard, tout comme Smiley. Sa mémoire l'avait servi pendant son sommeil et continuait de le servir par modestes crises d'éclaircissement tout au long de la journée. En termes de mémoire au moins, son Graal noir s'était un peu rapproché. Son téléphone n'avait pas sonné une fois, une gueule de bois légère mais persistante l'avait conservé dans l'humeur contemplative où il était. Il y avait près de Pall Mall un club auquel, contre tout bon sens, il appartenait, et il déjeuna là, dans une solitude impériale, d'un pâté réchauffé, de steak et de rognons. Après cela, il avait demandé au concierge du club la clé de son coffre dont il avait retiré discrètement quelques possessions illicites, parmi lesquelles un passeport britannique à son ancien nom de code de Standfast, qu'il n'avait jamais réussi à rendre au surveillant du Cirque. Un permis de conduire international assorti ; une somme appréciable en francs suisses, qui certainement lui appartenait, mais que non moins certainement il gardait au mépris de la loi sur le contrôle des changes. Il les avait maintenant dans sa poche.

La galerie était d'une blancheur éblouissante et les toiles disposées derrière le verre blindé de la vitrine étaient à peu près pareilles : blanc sur blanc, avec juste le plus vague contour de la mosquée ou de la cathédrale Saint-Paul — ou bien était-ce Washington ? — tracé d'un doigt trempé dans une peinture épaisse. Six mois plus tôt, l'enseigne accrochée au-dessus du trottoir annonçait la présence du salon de thé de l'Escargot Errant. Aujourd'hui on lisait « Atelier Benati, goût arabe, Paris, New York, Monaco » et, sur la porte, un discret menu précisait les spécialités du nouveau chef : « *Islam classique-moderne. Décoration d'intérieurs conceptuels. Contrats de fournitures. Sonnez.* »

Smiley suivit ces instructions, une sonnerie retentit, la porte vitrée s'ouvrit. Une fille un peu défraîchie, blond cendré et à demi éveillée, leva vers lui un regard méfiant de derrière un bureau blanc.

« Si je pouvais juste jeter un coup d'œil », dit Smiley.

Elle leva légèrement les yeux vers un paradis islamique. « Les petites pastilles rouges signifient vendu », fit-elle d'une voix traînante et, lui ayant remis un catalogue dactylographié avec les prix, elle soupira et revint à sa cigarette et à son horoscope.

Pendant quelques instants, Smiley se traîna sans entrain d'une toile à l'autre puis revint se planter devant la jeune femme.

« Pourrais-je dire un mot à Mr Benati ? demanda-t-il.

— Oh ! je crois malheureusement que le signor Benati est extrêmement pris pour l'instant. C'est ce qu'il y a d'ennuyeux dans une affaire internationale.

— Si vous pouviez lui dire que c'est Mr Angel, proposa Smiley du même ton hésitant. Si vous pouviez simplement lui dire cela. Angel, Alan Angel, il me connaît. »

Il s'assit sur le canapé en forme de S. D'après l'étiquette il était estimé à deux mille livres et était recouvert d'une feuille de plastique protectrice qui crissait lorsqu'il se déplaçait. Il entendit la jeune personne décrocher le téléphone et soupirer dans l'appareil.

« Il y a un ange pour vous, fit-elle de son ton de confidences sur l'oreiller. Comme au paradis, vous voyez, un ange ? »

Un moment plus tard, il descendait un escalier en spirale qui plongeait dans l'obscurité. Il arriva en bas et attendit. Il y eut un déclic et une demi-douzaine de petits projecteurs vinrent éclairer des emplacements vides où n'était accrochée aucune toile. Une porte s'ouvrit, révélant une petite silhouette élégante, parfaitement immobile. Ses cheveux tout blancs étaient rejetés en arrière non sans panache. Il portait un costume noir à larges rayures et des chaussures avec de fausses boucles. La rayure était résolument trop large pour lui. Sa main droite était enfoncée dans sa poche de veston mais lorsqu'il vit Smiley, il la retira d'un geste lent et la pointa vers lui comme une lame dangereuse.

« Tiens, monsieur Angel, déclara-t-il avec un accent d'Europe centrale marqué et en jetant un rapide coup d'œil dans l'escalier comme pour voir qui écoutait. Quelle bonne surprise, monsieur. Vous vous faites trop rare. Entrez donc, je vous prie. »

Ils échangèrent une poignée de main, chacun gardant ses distances.

« Bonjour, monsieur Benati », dit Smiley, et il le suivit dans une autre pièce puis dans une seconde, dont Mr Benati referma la porte en s'y adossant avec grâce, comme s'il voulait en faire un rempart contre tout risque d'intrusion. Pendant un moment, ils restèrent tous deux silencieux, chacun préférant examiner l'autre dans un silence né d'un respect mutuel. Mr Benati avait les yeux bruns et vifs et il ne regardait nulle part longtemps et nulle part sans but. La pièce avait des airs de boudoir de cocotte avec une méridienne et une cuvette rose dans un coin.

« Alors, Toby, demanda Smiley, comment vont les affaires ? »

A cette question, Toby Esterhase répondit par un petit sourire particulier et un geste incertain de sa petite paume.

« Nous avons eu de la chance, George. Nous avons eu un excellent vernissage, un été fantastique. L'automne, George, poursuivit-il avec le même petit geste, l'automne, je dirais que c'est un peu mou. En fait, c'est une saison creuse à passer. Un peu de café, George ? Mon assistante peut vous en faire.

— Vladimir est mort, dit Smiley après un silence un peu prolongé. Abattu d'une balle sur Hampstead Heath.

— Dommage. C'était le vieux, hein ? Dommage.

— Oliver Lacon m'a demandé de balayer les miettes. Comme vous étiez le facteur du Groupe, j'ai pensé venir en discuter avec vous.

— Bien sûr, fit Toby d'un ton conciliant.

— Vous étiez au courant, alors ? Pour sa mort ?

— J'ai lu ça dans les journaux. »

Smiley laissa son regard parcourir la pièce. Pas trace de journaux nulle part.

« Pas de théorie sur qui a pu faire ça ? demanda Smiley.

— A son âge, George ? Après toute une vie de déceptions, pourrait-on dire ? Pas de famille, pas d'avenir, le Groupe liquidé... J'ai cru qu'il s'était suicidé. Ça me semblait naturel. »

Smiley s'installa avec prudence sur la méridienne et, sous l'œil attentif de Toby, prit la maquette en bronze d'une danseuse posée sur la table.

« Est-ce que ça ne devrait pas être numéroté si c'est un Degas, Toby ? demanda Smiley.

— Degas, c'est un secteur très flou, George. Il faut savoir exactement à quoi on a affaire.

— Mais cette pièce est authentique ? demanda Smiley, comme s'il avait vraiment envie de savoir.

— Absolument.

— Vous me la vendriez ?

— Comment ça ?

— Par pure curiosité abstraite. Elle est à vendre. Si je vous offrais de l'acheter, serait-ce une proposition déplacée ? »

Toby haussa les épaules, un peu gêné.

« Écoutez, George, nous parlons là en milliers de livres, vous voyez ce que je veux dire ? Ça représente une année de pension ou quelque chose comme ça.

— Quand avez-vous eu affaire au réseau de Vladi pour la dernière fois, Toby ? » demanda Smiley, reposant la danseuse sur sa table.

Toby médita cette question à loisir.

« Son réseau ? répéta-t-il enfin avec une note d'incrédulité dans la voix. J'ai bien entendu réseau, George ? » En général, le rire tenait peu de place dans le répertoire de Toby, mais il réussit quand même à émettre un petit éclat de rire, encore qu'un peu tendu.

« Vous appelez ce groupe dément un réseau ? Vingt Baltes dingues, bavards comme des pies, et voilà qu'ils constituent un *réseau* ?

— Il faut bien leur donner un nom, protesta Smiley d'un ton calme.

— Un nom, bien sûr. Mais pas réseau, d'accord ?

— Alors, la réponse ?

— Quelle réponse ?

— Quand avez-vous eu affaire pour la dernière fois avec le Groupe ?

— Il y a des années. Avant que je ne sois saqué. Des années.

— Combien ?

— Je ne sais pas.

— Trois ?

— Peut-être.

— Deux ?

— George, vous essayez de me coincer ?

— Je crois que oui. En effet. »

Toby hocha gravement la tête comme s'il s'en doutait depuis le début : « Avez-vous oublié, George, comment ça se passait pour nous, les lampistes ? A quel point nous étions surchargés de travail ? Comment mes types et moi jouions au facteur pour la moitié du réseau du Cirque ? Vous vous souvenez ? En une seule semaine, combien de rendez-vous, de rencontres ? Vingt, trente ? En pleine saison, autrefois... quarante ? Allez aux Archives, George. Si vous avez Lacon derrière vous, allez aux Archives, prenez le dossier, vérifiez les feuilles de rencontres. Comme ça, vous aurez une idée exacte. Mais ne venez pas ici en essayant de me faire trébucher, vous comprenez ? Degas, Vladimir... Je n'aime pas toutes ces questions. Un ami. Un ancien patron, chez moi ? Ça me choque, vous savez ? »

Son discours s'étant prolongé beaucoup plus que, semblait-il, aucun d'eux ne le soupçonnait, Toby s'arrêta, comme s'il attendait de Smiley l'explication de sa soudaine loquacité. Puis il fit un pas en avant, levant les paumes dans un geste de suppliant.

« George, dit-il d'un ton de reproche, George, mon nom est Benati, d'accord ? »

Smiley semblait plongé dans l'abattement. Il contemplait d'un œil morne les piles de catalogues d'exposition poussiéreux qui jonchaient la moquette.

« Je ne m'appelle pas Hector, et sûrement pas Esterhase, insista Toby. J'ai un alibi pour chaque jour de l'année... Je me cache de mon directeur de banque. Vous croyez que j'ai envie de me mettre des ennuis sur le dos ? Les émigrés, la police même ? C'est un interrogatoire, George ?

— Toby, vous me connaissez.

— Bien sûr. Je vous connais, George. Vous avez des allumettes pour pouvoir me brûler la plante des pieds ? »

Le regard de Smiley restait fixé sur les catalogues. « Avant que Vladimir ne meure — des heures avant — il a téléphoné au Cirque, dit-il. Il a dit qu'il voulait nous donner des renseignements.

— Mais ce Vladimir était un vieil homme, George ! insista Toby, protestant, du moins sembla-t-il à Smiley, avec un peu trop de vigueur. Écoutez, il y a un tas de types comme lui. Des états de service superbes, mais qui émargent depuis trop longtemps ; ils vieillissent, ils se ramollissent, ils se mettent à rédiger des mémoires déments, à voir partout des complots à l'échelle mondiale, vous comprenez ce que je veux dire ? »

Inlassablement, Smiley contemplait les catalogues, sa tête ronde appuyée sur ses poings crispés.

« Voyons, Toby, demanda-t-il d'un ton critique, pourquoi dites-vous ça, au fait ? Je ne suis pas votre raisonnement.

— Comment ça : pourquoi je dis ça ? Ces vieux transfuges, ces vieux espions, ils deviennent un peu zinzin. Ils entendent des voix, ils parlent aux petits oiseaux. C'est normal.

— Est-ce que Vladimir entendait des voix ?

— Comment voulez-vous que je sache ?

— C'est ce que je vous demandais, Toby, expliqua Smiley d'un ton raisonnable, s'adressant toujours aux catalogues. Je vous ai dit que Vladimir prétendait avoir des nouvelles pour nous, et c'est vous qui m'avez répondu qu'il ramollissait. Je me demandais comment vous le saviez. Comment vous saviez que Vladimir devenait un peu gâteux. Je me demandais de quand dataient vos renseignements sur son état d'esprit. Et pourquoi vous traitiez à la légère ce qu'il aurait pu avoir à dire. C'est tout.

— George, c'est un très vieux jeu que vous jouez. Ne déformez pas mes paroles. D'accord ? Vous voulez me poser des questions, allez-y. Je vous en prie. Mais ne déformez pas ce que je dis.

— Ça n'était pas un suicide, Toby, dit Smiley, toujours sans lui jeter un coup d'œil. Ça n'était absolument pas un suicide. J'ai vu le corps, vous pouvez me croire. Ça n'était pas un mari jaloux non plus : à moins qu'il ne se soit trouvé équipé d'une arme fournie par le Centre de Moscou. Comment les appelions-nous, ces gros pistolets ? Des « machines à déchiqueter », non ? Bref, c'est ce que Moscou a utilisé. Une machine à déchiqueter. »

Smiley, une fois de plus, resta songeur, mais cette fois — même si c'était trop tard — Toby eut la sagesse d'attendre en silence.

« Voyez-vous, Toby, quand Vladimir a passé ce coup de fil au Cirque, il a demandé *Max*. Autrement dit moi. Pas son facteur, qui aurait été vous. Ni Hector. Il a réclamé son vicaire, ce qui, pour le meilleur ou pour le pire, était moi. Au mépris de tout protocole, de tout entraînement et contre tout précédent. Ça ne s'est jamais fait. Bien sûr, je n'étais pas là, alors on lui a proposé un substitut, un jeune petit idiot du nom de Mostyn. Ça n'avait pas d'importance parce qu'en fin de compte le rendez-vous n'a jamais eu lieu. Mais vous, pouvez-vous me dire pourquoi il n'a pas demandé Hector ?

— George, enfin, vraiment ! Ce sont des ombres que vous pourchassez ! Comment voulez-vous que je sache pourquoi il ne m'a pas demandé ? Voilà maintenant que nous sommes responsables des omissions des autres ? Qu'est-ce que ça veut dire ?

— Vous êtes-vous querellé avec lui ? Serait-ce une raison ?

— Pourquoi voulez-vous que je me querelle avec Vladimir ? Il était théâtral, George. C'est comme ça qu'ils sont, ces vieux types quand ils prennent leur retraite. (Toby marqua un temps, comme pour laisser entendre que Smiley lui-même n'était pas au-dessus de ces faiblesses.) Ils s'ennuient, l'action leur manque, ils ont envie qu'on les caresse, alors ils inventent des histoires à dormir debout.

— Mais ils ne se font pas tous descendre, n'est-ce pas, Toby ? C'est ça qui me tracasse, vous comprenez : la cause et les faits. Toby se dispute avec Vladimir un jour, et voilà que Vladimir se fait descendre avec une arme russe. En termes de police, c'est ce qu'on appelle un embarrassant concours de circonstances. Dans notre vocabulaire aussi, d'ailleurs.

— George, vous êtes fou ? Pourquoi parlez-vous de querelle ? Je vous l'ai dit : je ne me suis jamais disputé de ma vie avec ce vieil homme !

— Mikhel m'a dit que si.

— Mikhel ? Vous parlez à *Mikhel*, vous ?

— D'après Mikhel, le vieux était très amer à votre propos. « Hector n'est pas bon », ne cessait de lui répéter Vladimir. Il m'a cité les propres paroles de Vladimir : « Hector n'est pas bon. » Mikhel était très surpris. Autrefois, Vladimir avait une très haute opinion de vous. Mikhel n'arrivait pas à comprendre ce qui s'était passé entre vous deux qui puisse produire un changement d'attitude aussi radical. « Hector n'est pas bon. » Pourquoi n'étiez-vous pas bon, Toby ? Que s'est-il passé qui a enflammé Vladimir d'une telle passion en ce qui vous concerne ? J'aimerais tenir la police éloignée de tout cela, si je le pouvais, vous comprenez. Pour nous tous. »

Mais l'homme de terrain qu'il y avait en Toby Esterhase était maintenant en pleine alerte, et il savait que les interrogatoires, comme les batailles, ne sont jamais gagnés, mais seulement perdus.

« George, c'est absurde, déclara-t-il d'un ton apitoyé plutôt que blessé. Je veux dire, il est évident que vous vous payez ma tête. Vous le savez ? Un vieil homme bâtit des châteaux en Espagne, alors vous voulez déjà aller trouver la police ? C'est pour ça que Lacon vous engage ? Ce sont les miettes que vous êtes chargé de balayer ? George ? »

Cette fois, le long silence parut déclencher chez Smiley une certaine résolution, et lorsqu'il reprit la parole, ce fut comme s'il ne lui restait pas beaucoup de temps. Son ton était vif, voire impatient.

« Vladimir est venu vous voir. Je ne sais pas quand, mais au cours de ces dernières semaines. Vous l'avez rencontré ou vous lui avez parlé au téléphone — d'une cabine téléphonique à une autre, peu importe la technique. Il vous a demandé de faire quelque chose pour lui. Vous avez refusé. C'est pourquoi il a réclamé Max lorsqu'il a téléphoné au Cirque vendredi soir. Il avait déjà eu la réponse d'Hector, et c'était non. C'est aussi pourquoi Hector n'était « pas bon ». Vous l'avez éconduit. »

Cette fois Toby ne fit aucun effort pour l'interrompre.

« Et si je puis dire, vous avez peur, reprit Smiley, évitant avec soin de regarder la bosse qui gonflait la poche de veston de Toby. Vous en savez assez sur ceux qui ont tué Vladimir pour penser qu'ils pourraient bien vous tuer aussi. Vous avez même cru possible que je ne sois pas le bon Angel. (Il attendit, mais Toby ne bougea pas. Il reprit d'un ton plus doux :) Vous vous souvenez de ce que nous disions à Sarratt, Toby... que la crainte, c'était du renseignement sans le remède ? Comment faut-il respecter cela ? Eh bien, Toby, je respecte votre crainte. Je veux en savoir plus sur elle. Quelle en est l'origine. Si je devrais la partager. Voilà tout. »

Toujours adossé à la porte, ses petites paumes appuyées contre les panneaux, Toby Esterhase examinait Smiley avec la plus grande attention, et sans manifester le moindre signe de perdre son sang-froid. Il parvint même à suggérer, par la profondeur et par l'interrogation qu'on percevait dans son regard, que c'était pour Smiley maintenant qu'il s'inquiétait plutôt que pour lui-même. Puis, dans son rôle d'ami plein de sollicitude, il fit un pas, puis un autre dans la pièce... mais en hésitant, et un peu comme s'il rendait visite à un ami malade à l'hôpital. Ce fut seulement alors, et avec des airs pas mal imités de médecin de famille au chevet d'un patient, qu'il répondit aux accusations de Smiley par une question fort pertinente, et à laquelle Smiley lui-même songeait en fait depuis deux jours.

« George, soyez assez bon pour me répondre. Qui parle ici en fait ? C'est George Smiley ? C'est Oliver Lacon ? Mikhel ? Qui parle, je vous prie. » Ne recevant pas de réponse, il poursuivit son avance jusqu'à un tabouret tendu de satin fané sur lequel il se jucha avec des gestes d'une souplesse féline, une main sur chaque genou. « Parce que pour quelqu'un qui agit officiellement, George, vous me posez des questions fichtrement peu officielles, me semble-t-il. Je trouve que vous avez une attitude bien peu officielle.

— Vous avez vu Vladimir et vous lui avez parlé. Que s'est-il passé ? demanda Smiley, nullement démonté par cette riposte. Répondez-moi à cela, et je vous dirai qui parle ici. »

Dans le coin le plus éloigné du plafond, il y avait une plaque de verre jaunie d'environ un mètre carré, et les ombres qui jouaient dessus étaient les pieds des passants dans la rue. On ne sait pourquoi, les yeux de Toby s'étaient fixés sur cet étrange accessoire et ce fut là qu'il parut lire sa décision, comme une instruction apparaissant sur un écran.

« Vladimir a lancé une fusée de détresse », dit Toby, exactement sur le même ton qu'avant, sans faire de concessions ni de confidences. A vrai dire, par on ne sait quel changement de ton ou d'inflexion de la voix, il parvint même à donner à sa phrase un accent d'avertissement.

« Par l'intermédiaire du Cirque ?

— Par l'intermédiaire d'amis à moi, dit Toby.

— Quand ? »

Toby donna une date. Deux semaines auparavant. Un rendez-vous d'urgence. Smiley demanda où il avait eu lieu.

« Au musée des Sciences, répondit Toby avec un regain d'assurance. La buvette au dernier étage, George. Nous avons bu du café, admiré les vieux aéroplanes accrochés au toit. Vous allez rapporter tout cela à Lacon, George ? Ne vous gênez pas. Je vous en prie. Je n'ai rien à cacher.

— Et il a énoncé sa proposition ?

— Bien sûr qu'il m'a fait une proposition. Il voulait que je fasse un travail de lampiste, que je sois son chameau. C'était une plaisanterie entre nous, vous vous souvenez, du temps de Moscou ? Allez chercher, transporter à travers le désert, livrer. « Toby, je n'ai pas de passeport. *Aidez-moi. Ami, aidez-moi.* » Vous savez comment il parlait. On aurait dit de Gaulle. C'était comme ça qu'on l'appelait d'ailleurs... « l'autre général ». Vous vous rappelez ?

— Transporter quoi ?

— Il n'a pas précisé. Un document, c'était petit, pas besoin de le dissimuler. Il ne m'en a pas dit plus.

— Pour quelqu'un qu'il tâtait, il a l'air de vous en avoir dit pas mal.

— Il demandait pas mal aussi, répondit Toby avec calme, en attendant la question suivante de Smiley.

— Et le lieu ? demanda Smiley. Vladimir vous a précisé cela aussi ?

— L'Allemagne.

— Laquelle ?

— La nôtre. Le Nord.

— Une rencontre par hasard ? Une boîte aux lettres morte ? Vivante ? Quel sorte de rendez-vous ?

— A la volée. Je devais prendre le train. De Hambourg vers le Nord. La remise devait avoir lieu sur le train, détail fourni à l'acceptation.

— Et ce devait être un arrangement privé. Pas de Cirque, pas de Max ?

— Pour le moment très privé, George. »

Smiley choisit ses mots avec tact. « Et en compensation de vos efforts ? » La réponse de Toby était empreinte d'un scepticisme incontestable : « Si nous avons le document... c'est comme ça qu'il l'appelait, n'est-ce pas ? Un document. Si nous avons le document et que le document soit authentique, et il jurait que c'était le cas, nous gagnons tout de suite une place au paradis. D'abord nous apportons le document à Max, nous racontons l'histoire à Max. Max comprendrait ce que cela veut dire, Max reconnaîtrait l'importance cruciale... du document. Max nous récompenserait. Des cadeaux, de l'avancement, des médailles, Max nous ferait entrer à la Chambre des Lords. Pourquoi pas ? Le seul problème, c'était que Vladimir ne savait pas que Max était au rancart et que le Cirque était inscrit aux boy-scouts.

— Est-ce qu'il savait qu'Hector était au rancart ?

— Cinquante-cinquante, George.

— Qu'est-ce que ça veut dire ? » Puis d'un « peu importe », Smiley annula sa propre question et retomba dans ses méditations.

« George, vous devriez laisser tomber, fit Toby d'un ton pressant. C'est le conseil que je vous donne avec force, renoncez-y », dit-il. Et il attendit.

Smiley aurait aussi bien pu ne pas l'avoir entendu. Momentanément secoué, il semblait occupé à mesurer l'étendue de l'erreur de Toby. « Ce qu'il y a, marmonna-t-il le regard dans le vide, c'est que vous l'avez envoyé au bain. Il a fait appel à vous et vous lui avez claqué la porte au nez. Comment avez-vous pu faire ça, Toby ? Surtout vous ? »

Le reproche fit se lever Toby d'un geste furieux, et c'était peut-être ce que Smiley voulait. Toby avait les yeux brillants, les joues en feu, le Hongrois qui dormait en lui était bien réveillé.

« Et vous voulez que je vous dise pourquoi, peut-être ? Vous voulez savoir pourquoi je lui ai dit : « Vladimir, allez vous faire voir. Disparaissez de mes yeux, je vous en prie, vous me rendez malade. » Vous voulez savoir qui est son contact là-bas... Ce magicien d'Allemagne du Nord avec son tas d'or qui va nous rendre milliardaires du jour au lendemain, George... Vous voulez connaître son identité ? Vous rappelez-vous par hasard le nom d'Otto Leipzig ? Bien des fois titulaire de notre prix du Salaud de l'année ? Faussaire, trafiquant de renseignement, escroc, pervers, souteneur et criminel de toutes sortes ? Vous vous souvenez de ce grand héros-là ? »

Smiley revit les murs tendus de papier écossais de la chambre d'hôtel, et les abominables gravures de chasse ; il revit les deux silhouettes en manteau noir, le géant et le nain et la grande main tachetée du Général posée sur la minuscule épaule de son protégé. « Max, voici mon bon ami Otto. Je l'ai amené pour qu'il raconte son histoire. » Il entendait le grondement continu des avions atterrissant et décollant à l'aéroport de Heathrow.

« Vaguement, répondit Smiley d'un ton paisible. Oui, je me souviens en effet vaguement d'un certain Otto Leipzig. Parlez-moi de lui. Je crois me rappeler qu'il avait une foule de noms. Mais après tout, nous en sommes tous là, n'est-ce pas ?

— Environ deux cents, mais le dernier en date, c'était Leipzig. Vous savez pourquoi ? Leipzig en Allemagne de l'Est : il aimait bien la prison là-bas. Il avait cette sorte d'humour bizarre. Vous souvenez-vous par hasard de la camelote qu'il vendait ? (Croyant avoir l'initiative, Toby s'avança hardiment et se planta devant Smiley, immobile, pour s'adresser à lui du haut de sa petite taille :) George, vous ne vous rappelez même pas des incroyables foutaises qu'année après année ce salopard refilait sous quinze noms de sources différentes à nos stations d'Europe de l'Ouest, surtout en Allemagne ? Notre expert sur le nouvel ordre en Estonie ? Notre principale source sur les expéditions d'armes soviétiques à partir de Leningrad ? Notre oreille au Centre de Moscou, même notre principal guetteur de Karla ? (Smiley ne bronchait pas.) Comment il a piqué à notre seul résident de Berlin deux mille deutsche marks pour un démarquage du magazine *Stern* ? Comment il a trompé ce vieux Général, comment, sans arrêt, il le pompait comme une sangsue... « Nous autres, Baltes »... et ce genre de propos : « Mon général j'ai les joyaux de la Couronne pour vous... Le seul problème, c'est que je n'ai pas de quoi me payer le billet d'avion. » Seigneur !

— Quand même, ça n'était pas totalement de la fabrication, n'est-ce pas Toby ? Protesta Smiley avec douceur. Une partie de ces renseignements, je crois me le rappeler... dans certains domaines en tout cas... se sont révélés être assez intéressants.

— Vous pouvez les compter sur un doigt de la main.

— Son matériel sur le Centre de Moscou, par exemple. Je ne me souviens pas que nous l'ayons jamais pris en défaut là-dessus ?

— D'accord ! Bon, le Centre lui donnait de temps en temps des broutilles pour qu'il puisse nous refiler ses autres balivernes ! Vous connaissez une autre façon d'utiliser un agent double, bon sang ? » Smiley parut sur le point de discuter ce dernier argument, puis changea d'avis.

« Je vois, finit-il par dire, comme s'il se rendait à ses raisons. Oui, je vois ce que vous voulez dire. Un mouchard.

— Pas un mouchard, un salopard. Un petit peu de ceci, un petit peu de cela. Un combinard. Sans principes. Sans morale. Prêt à travailler pour n'importe qui susceptible de mettre un peu de beurre dans ses épinards.

— Je comprends, dit Smiley d'un air grave et du même ton humble.

Et, bien sûr, il s'est installé en Allemagne du Nord, lui aussi, n'est-ce pas ? Du côté de Travemünde.

— Otto Leipzig ne s'est jamais installé nulle part dans sa vie, dit Toby avec mépris. George, ce type est un bon à rien, une vraie cloche. Il s'habille comme un Rothschild, il a un chat et une bicyclette. Vous savez quel était son dernier emploi, à ce grand espion ? Gardien de nuit dans je ne sais quel minable entrepôt des docks de Hambourg ! Laissez-le tomber.

— Et il avait un associé, reprit Smiley, du même ton innocent, comme s'il évoquait des souvenirs. Oui, ça me revient. Un immigrant, un Allemand de l'Est.

— Pire qu'un Allemand de l'Est : un Saxon. Du nom de Kretzschmar, prénom Claus. Claus avec un C, ne me demandez pas pourquoi. Non, ces types n'ont pas la moindre logique. Claus aussi était un salopard. Ils volaient ensemble, étaient souteneurs ensemble, fabriquaient de faux rapports ensemble.

— Mais c'était il y a longtemps, Toby, fit Smiley avec douceur.

— Et après ? C'était un parfait mariage.

— Alors je pense qu'il n'a pas duré », dit Smiley en aparté. Mais peut-être Smiley avait-il pour une fois un peu trop forcé sur l'humilité ; ou peut-être Toby, tout bonnement, le connaissait-il trop bien. Car une lueur méfiante s'était allumée dans ses yeux vifs de Hongrois, et un pli soucieux s'esquissait sur son front lisse. Il recula, et, contemplant Smiley, passa d'un air songeur une main sur ses cheveux blancs immaculés.

« George, dit-il. Dites-moi, de qui vous moquez-vous ? »

Smiley ne dit rien, mais souleva la statuette de Degas et la fit tourner entre ses doigts, puis la reposa.

« George, écoutez-moi pour une fois. Je vous en prie ! Vous m'entendez, George ? Tiens, peut-être que pour une fois je vais vous faire un cours. »

Smiley lui jeta un coup d'œil, puis détourna les yeux.

« George, je suis votre obligé. Il faut que vous m'entendiez. Bon, vous m'avez autrefois tiré du ruisseau à Vienne quand je n'étais qu'un sale gosse. J'étais un vrai Leipzig. Un bon à rien. Bon, vous m'avez fait avoir mon travail avec le Cirque. Bon, nous avons passé pas mal de temps ensemble, nous avons volé quelques chevaux. Vous vous souvenez de la première règle de la retraite, George ? « Pas de travail au noir. Pas question de reprendre des dossiers mal fermés. Plus jamais de secteurs privés. » Vous vous rappelez qui prêchait ce principe ? A Sarratt ? Dans les couloirs ? C'était George Smiley. « Quand c'est fini, c'est fini. Fermez les volets et rentrez chez vous ! » Alors maintenant qu'est-ce que vous voulez faire tout d'un coup ?

« Faire la cour à un vieux général zinzin qui est mort mais qui ne veut pas rester tranquille et un cabotin de quatre sous comme Otto Leipzig ! Qu'est-ce que c'est que tout ça ? La dernière charge de la cavalerie tout d'un coup contre le Kremlin ? Nous sommes finis, George.

Nous n'avons plus de permis de chasse. Ils ne veulent plus de nous. Laissez tomber. (Il hésita, gêné soudain.) D'accord, Ann vous en a fait voir avec Bill Haydon. Et puis il y a Karla, et Karla c'était le papa gâteau de Bill à Moscou. George, vous comprenez, tout ça devient très brutal, vous voyez ce que je veux dire ? »

Ses mains retombèrent le long de son corps. Il regardait fixement la silhouette immobile devant lui. Smiley avait les paupières presque closes. Il avait la tête penchée en avant, et le mouvement de ses joues avait fait apparaître des crevasses profondes autour de sa bouche et de ses yeux.

« Nous n'avons jamais pris en défaut les rapports de Leipzig sur le Centre de Moscou, dit Smiley, comme s'il n'avait pas entendu la dernière partie de la harangue de Toby. Je me rappelle parfaitement que nous ne les avons jamais pris en défaut. Ni sur Karla. Vladimir lui faisait implicitement confiance. Et nous aussi pour ce qui concernait Moscou.

— George, qui a jamais pris en défaut un rapport sur le Centre de Moscou ? Allons. D'accord, une fois de temps en temps nous avons un transfuge qui vient vous dire : « Cette histoire-ci, c'est de la foutaise et celle-là, c'est peut-être vrai. » Mais qu'est-ce qui vient corroborer ce genre de déclaration ? Où est la base solide dans tout cela, comme vous disiez ? Un type vous raconte une histoire : « Karla vient de monter une nouvelle nursery d'espions en Sibérie. » Qui peut dire que ça n'est pas vrai ? Restez assez vague, vous ne perdez jamais.

— C'était pour ça que nous le supportions, reprit Smiley, comme s'il n'avait pas entendu. En ce qui concernait les services soviétiques, il jouait franc jeu.

— George, fit Toby avec douceur en secouant la tête. Il faut vous réveiller. Tout le monde est rentré.

— Maintenant, Toby, voulez-vous me raconter le reste ? Voulez-vous me rapporter exactement ce que Vladimir vous a dit ? Je vous en prie. »

Alors en fin de compte, dans un élan d'amitié un peu à contrecœur, Toby fit son récit comme Smiley le lui demandait, sans détour, avec une franchise qui ressemblait à une défaite.

La maquette qui aurait pu être de Degas représentait une ballerine les bras levés au-dessus de sa tête. Elle avait le corps penché en arrière et les lèvres écartées dans ce qui aurait pu être de l'extase et il n'y avait aucun doute que, authentique ou fausse, elle présentait avec Ann une ressemblance gênante encore que superficielle. Smiley l'avait prise de nouveau entre ses mains et la faisait lentement pivoter, la regardant d'un côté, puis de l'autre, sans que son visage exprimât grand-chose. Toby avait regagné son tabouret capitonné de satin. Sur la verrière du plafond, les ombres de pieds continuaient à défiler.

Toby et Vladimir s'étaient retrouvés à la buvette du Muséum des Sciences Naturelles à l'étage de l'aéronautique, répéta Toby. Vladimir était dans un état de grande excitation et ne cessait de pétrir le bras de Toby, ce que Toby n'aimait pas, cela le faisait remarquer. Otto Leipzig avait réussi l'impossible, ne cessait de répéter Vladimir. C'était le gros coup, la chance sur un million, Toby ; Otto Leipzig avait décroché le gros lot dont Max avait toujours rêvé, « pour solde de tout compte », comme avait dit Vladimir. Quand Toby lui avait demandé d'un ton acide à quels comptes il faisait allusion, Vladimir, ou bien n'avait pas voulu, ou bien n'avait pas pu lui répondre : « Demandez à Max, avait-il insisté. Si vous ne me croyez pas, demandez à Max, dites à Max que c'est le gros coup. »

« Alors comment procède-t-on ? » avait demandé Toby — sachant tout en disant cela qu'avec Otto Leipzig la facture arrivait d'abord et la marchandise loin, loin derrière. « Combien veut-il, le grand héros ? » Toby avoua à Smiley qu'il avait eu du mal à dissimuler son scepticisme, « ce qui dès le départ avait donné à notre rencontre une mauvaise ambiance ». Vladimir précisa les conditions. Leipzig avait l'histoire, dit Vladimir, mais il détenait aussi certaines preuves matérielles confirmant que l'histoire était vraie. Il y avait d'abord un document, et le document était ce que Leipzig appelait une *Vorspeise*, ou un amuse-gueule. Il y avait aussi une seconde preuve, une lettre, que Vladimir avait eue en sa possession. Et puis il y avait l'histoire elle-même, qui serait révélée par d'autres pièces que Leipzig avait mises en sûreté dans un coffre. Le document montrait comment l'histoire avait été obtenue, les pièces elles-mêmes étaient d'une authenticité incontestable.

« Et le sujet ? demanda Smiley.

— Pas révélé, répondit brièvement Toby. « Hector, pas révélé. Trouvez Max et d'accord... Alors Vladimir révèle le sujet. Mais Hector, pour le moment, n'a qu'à se taire et faire les commissions. » Pendant un moment, Toby parut sur le point de se lancer dans un nouveau discours décourageant. « George, vous comprenez, le vieux était vraiment tout à fait dingue, commença-t-il. Otto Leipzig le menait en bateau, ça n'était pas croyable. » Puis il vit l'expression de Smiley, si replié sur lui-même et si inaccessible, et il se contenta alors de répéter les exigences absolument scandaleuses d'Otto Leipzig.

« Le document devait être apporté personnellement à Max par Vladimir, Règles de Moscou sur tous les points, pas d'intermédiaire, pas de correspondance. Les préparatifs, il les avait déjà faits par téléphone...

— Par téléphone entre Londres et Hambourg ? l'interrompit Smiley, laissant entendre par son ton que c'était là une information nouvelle et regrettable.

— Ils utilisaient un code, me raconte-t-il. De vieux amis, ils savent se débrouiller. Mais pas pour la preuve, dit Vladimir ; pour la preuve, il ne s'agit pas de tourner autour du pot. Pas de téléphone, pas de courrier, pas de camion, il faut un chameau, un point c'est tout. Vladi est obsédé par la sécurité, bon, ça nous le savons déjà. Désormais, seules s'appliquent les Règles de Moscou. »

Smiley se rappela le coup de téléphone à Hambourg que lui-même avait donné samedi soir, et se demanda une fois de plus quel genre d'établissement Otto Leipzig utilisait comme central téléphonique. « Dès l'instant où le Cirque aurait manifesté son intérêt, poursuivit Toby, on effectue à Otto Leipzig un premier versement de cinq mille francs suisses pour une audition. George ! Cinq mille francs suisses ! Pour commencer ? Rien que pour être dans le coup ! Ensuite... George, il faut que vous entendiez cela... Ensuite, on doit amener en avion Otto Leipzig dans une planque en Angleterre pour l'audition. George, vraiment, je n'ai jamais entendu pareilles foutaises. Vous voulez le reste ? Si, à la suite de l'audition, le Cirque veut acheter les pièces elles-mêmes... vous voulez savoir combien ? »

Smiley voulait savoir.

« Cinquante mille francs suisses. Vous voulez peut-être me signer un chèque ? »

Toby attendait une exclamation scandalisée, mais rien ne vint.

« Tout cela pour Leipzig ?

— Bien sûr. C'étaient les conditions de Leipzig. Qui d'autre serait dingue à ce point-là ?

— Qu'est-ce que Vladimir demandait pour lui ? »

Brève hésitation. « Rien », dit Toby à contrecœur. Puis, il se lança dans une nouvelle vague d'indignation.

« *Basta.* Alors maintenant tout ce que Hector a à faire, c'est de prendre l'avion pour Hambourg à ses frais, de trouver un train vers le Nord et de faire la chèvre pour je ne sais quel jeu stupide qu'Otto Leipzig a monté pour lui avec les Allemands de l'Est, les Russes, les Polonais, les Bulgares, les Cubains et aussi sans aucun doute, pour être moderne, avec les Chinois. Je lui ai dit... George, écoutez-moi... Je lui ai dit : « Vladimir, mon vieil ami, excusez-moi, pour une fois prêtez-moi attention. Dites-moi ce qu'il peut y avoir au monde de si important que le Cirque paie cinq mille francs suisses de ses précieux fonds secrets pour une malheureuse audition avec Otto Leipzig ? Maria Callas n'en a jamais eu autant et croyez-moi elle chantait fichtrement mieux qu'Otto. » Il me prend les bras. Comme ça. (Pour faire la démonstration. Toby s'empara de son propre biceps.) En me serrant comme si j'étais une orange. Il avait encore de la force, ce vieux, croyez-moi. « Allez chercher le document pour moi, Hector. » Il parle russe. C'est un endroit très tranquille, ce musée. Tout le monde s'est arrêté pour l'écouter. J'étais ennuyé. Il se met à pleurer. « Au nom du ciel, Hector, je suis un vieil homme. Je n'ai plus de jambes, plus de passeport, personne à qui je puisse me fier qu'Otto Leipzig. Allez à Hambourg me chercher le document. Quand il verra la preuve, Max me croira. Max a la foi. » J'essaie de le consoler, je fais quelques suggestions. Je lui dis que de nos jours les immigrés sont mal vus, qu'il y a eu un changement de politique, un nouveau gouvernement. Je lui conseille : « Vladimir, rentrez chez vous, jouez un peu aux échecs. Tenez, un de ces jours je passe à la bibliothèque, et peut-être qu'on pourra faire une partie. » Là-dessus il me dit : « Hector, j'ai commencé cette affaire. C'est moi qui ai envoyé l'ordre à Otto Leipzig d'explorer la position. Moi qui lui ai envoyé l'argent pour les travaux préliminaires, tout ce que j'avais. » Vous savez, c'était un vieil homme triste. Plus du tout dans le coup. »

Toby marqua un temps, mais Smiley ne broncha pas. Toby se leva, s'approcha d'un buffet, emplit deux verres d'un xérès d'une extrême banalité et en posa un sur la table auprès de la maquette de Degas. Il dit « santé », et vida son verre, mais Smiley ne bougeait toujours pas. Son inertie ranima la colère de Toby.

« Bon, je l'ai tué, George, c'est ça ? C'est la faute d'Hector, d'accord ? Hector est personnellement totalement responsable de la mort du vieux. Il ne manquait plus que cela. (Il leva les bras au ciel.) George ! Conseillez-moi ! George, pour une histoire pareille il faudrait que j'aille à Hambourg, sans titre officiel, sans couverture, sans baby-sitter ? Vous savez où est la frontière d'Allemagne de l'Est là-haut ? Après Lübeck, deux kilomètres ? Moins ? Vous vous souvenez ? A Travemünde, il faut rester sur le côté gauche de la rue, sinon on est passé à l'Est par erreur. (Smiley ne rit pas.) Et au cas improbable où je reviendrais, je devrais appeler George Smiley, m'en aller voir Saul Enderby avec lui, frapper comme un mendiant à la porte de derrière... « Laissez-nous entrer, Saul, s'il vous plaît, nous avons un renseignement de premier choix tout à fait sûr venant d'Otto Leipzig, c'est seulement cinq mille francs suisses pour une audition sur des sujets totalement interdits d'après les lois des boy-scouts ? » C'est ça qu'il faudrait que je fasse, George ? »

D'une poche intérieure de son veston, Smiley tira un paquet de cigarettes anglaises tout cabossé. Dans le paquet il prit le cliché qu'il avait développé lui-même et qu'il passa sans un mot à travers la largeur de la table pour que Toby l'examine.

« Qui est le second homme ? demanda Smiley.

— Je ne sais pas.

— Ça n'est pas son associé, le Saxon, l'homme avec qui il faisait ses coups autrefois ? Kretzschmar ? »

Secouant la tête, Toby Esterhase continua à regarder la photo.

« Alors qui est le second homme ? » répéta Smiley.

Toby lui rendit la photo. « George, s'il vous plaît, faites attention à ce que je vais vous dire, commença-t-il d'un ton calme. Vous écoutez ? »

Peut-être Smiley écoutait-il, ou peut-être pas. Il était occupé à ranger le cliché dans le paquet de cigarettes.

« Des gens font des truquages comme ça aujourd'hui, vous savez ? C'est très facile à faire, George. Je veux mettre une tête sur les épaules d'un autre type, j'ai le matériel, ça me prend peut-être deux minutes. Vous n'êtes pas un technicien, George, vous ne comprenez pas ces choses-là. Vous n'achetez pas des photographies à Otto Leipzig, vous n'achetez pas des Degas au signor Benati, vous me suivez ?

— Est-ce qu'on truque les négatifs ?

— Bien sûr. On truque le cliché, puis on le photographie et on a un nouveau négatif... Pourquoi pas ?

— C'est une photo truquée ? » demanda Smiley.

Toby hésita longtemps. « Je ne pense pas.

— Leipzig a beaucoup voyagé. Comment le contactions-nous si nous avions besoin de lui ? demanda Smiley.

— Il était à portée de main. Entièrement.

— Alors comment le contactions-nous ?

— Pour un rendez-vous de routine, les annonces matrimoniales du *Hamburger Abendlatt,* Petra, vingt-deux ans, blonde, menue, ancienne chanteuse... Ce genre de foutaises. George, écoutez-moi. Leipzig est un dangereux bon à rien avec des tas de vilaines relations, dont la plupart encore à Moscou.

— Et pour les urgences ? Avait-il une maison, une fille ?

— Il n'a jamais eu de maison de sa vie. Pour les rencontres en catastrophe, c'était Claus Kretzschmar qui jouait les concierges. George, au nom du ciel, pour une fois, écoutez-moi...

— Alors comment joignions-nous Kretzschmar ?

— Il a deux ou trois boîtes de nuit. Des bordels. On laissait un message là-bas. »

Une sonnerie retentit et d'en haut ils entendirent les échos d'une discussion.

« Malheureusement le signor Benati a aujourd'hui une conférence à Florence, disait la blonde. C'est ce qu'il y a d'ennuyeux quand on a une affaire internationale. »

Mais le visiteur refusait de la croire ; Smiley l'entendait protester de plus en plus fort. Pendant une fraction de seconde, les yeux bruns de Toby se tournèrent dans la direction d'où venait le bruit, puis avec un soupir il ouvrit une penderie et en tira un imperméable douteux et un chapeau marron, malgré le soleil qui filtrait par la verrière du plafond.

« Comment ça s'appelle ? demanda Smiley. La boîte de Kretzschmar... Ça s'appelle comment ?

— Le Diamant Bleu. George, ne le faites pas, hein ? Quoi que ce soit, laissez tomber. Bon, la photo est authentique, et alors ? Le Cirque a la photo d'un type qui prend du bon temps, cadeau d'Otto Leipzig. Vous croyez tout d'un coup que c'est une mine d'or ? Vous croyez que ça fait bander Saul Enderby ? »

Smiley regarda Toby et se souvint de lui, il se souvint aussi que durant toutes les années depuis qu'ils se connaissaient et travaillaient ensemble, pas une fois Toby n'avait dit spontanément la vérité, qu'un renseignement pour lui c'était de l'argent ; que même lorsqu'il l'estimait sans valeur, il ne le jetait jamais.

— « Qu'est-ce que Vladimir vous a dit d'autre à propos des renseignements de Leipzig ? demanda Smiley.

— Il a dit que c'était une vieille affaire qui reprenait vie. Des années d'investissement. Je ne sais quelles foutaises à propos du Marchand de Sable. Il était retombé en enfance, il se rappelait des contes de fées. Vous voyez ce que je veux dire ?

— Qu'est-ce qu'il a dit à propos du Marchand de Sable ?

— De vous dire que ça concernait le Marchand de Sable. C'est tout. Le Marchand de Sable est en train de confectionner une légende pour une fille. Max comprendra. George, figurez-vous qu'il sanglotait. Il aurait dit n'importe quoi qui lui serait venu à l'esprit. Il voulait que ça bouge. C'était un vieil espion pressé. Vous disiez toujours que c'étaient les pires. »

Toby était à la porte du fond, déjà à moitié parti. Mais il se retourna et revint sur ses pas malgré les éclats de voix qui arrivaient du rez-de-chaussée, parce que quelque chose dans l'attitude de Smiley semblait le troubler : « Un regard résolument plus dur, expliqua-t-il par la suite, comme si je ne sais comment, je l'avais insulté. »

« George ? George ? c'est Toby, vous vous souvenez ? Si vous ne décampez pas d'ici, ce type qui est là-haut va vous faire figurer sur la saisie avec les meubles, vous m'entendez ? »

Mais Smiley ne l'entendait pas. « Des années d'investissement et le Marchand de Sable était en train de faire une légende pour une fille ? répéta-t-il. Quoi d'autre ? Toby, quoi d'autre !

— Il se conduisait de nouveau comme un fou.

— Le Général ? Vladi ?

— Non, le Marchand de Sable. George, écoutez. « Le Marchand de Sable se conduit de nouveau comme un fou, le Marchand de Sable est en train de créer une légende pour une fille, Max comprendra. » *Finito.* De la pure foutaise. Je vous ai rapporté chacune de ses paroles. Alors maintenant, calmez-vous, vous m'entendez ? »

D'en haut le bruit de la discussion se faisait plus fort. Une porte claqua, on entendit des pas lourds approcher de l'escalier. Toby donna une dernière petite tape sur le bras de Smiley.

« Au revoir, George. Écoutez-moi. Le jour où vous aurez besoin d'un baby-sitter hongrois, appelez-moi. Vous entendez ? Vous avez affaire à ce salopard d'Otto Leipzig, alors il vaudrait mieux avoir un salopard comme Toby pour s'occuper de vous. Ne sortez pas seul la nuit, vous êtes trop jeune. »

En remontant l'échelle d'acier vers la galerie, Smiley faillit renverser un créancier en colère qui descendait. Mais Smiley n'en avait cure ; pas plus que lui importait le soupir insolent de la fille aux cheveux blond cendré lorsqu'il sortit dans la rue. Ce qui comptait, c'est qu'il avait mis un nom sur le second visage de la photographie, et sur le nom l'histoire, qui comme une douleur pas encore diagnostiquée harcelait sa mémoire depuis les dernières trente-six heures — comme aurait pu dire Toby, l'histoire d'une légende.

Et voilà en fait le dilemme de ces prétendus historiens qui s'efforcent, quelques mois seulement après la clôture de l'affaire, de déterminer les effets réciproques de ce que savait Smiley sur son comportement. Toby lui avait dit ceci, affirme-t-il, alors il fait cela. Ou bien : si tel événement ne s'était pas produit, alors il n'y aurait pas eu de solution. La vérité pourtant est plus complexe que cela, et bien moins facile à appréhender. Comme un patient se met à l'épreuve en sortant de l'anesthésie — cette jambe-ci, cette jambe-là, les mains se ferment-elles encore et s'ouvrent-elles ? — de même Smiley, par une succession de mouvements prudents, retrouva sa force de corps et d'esprit, sondant les motifs de son adversaire en même temps qu'il sondait les siens.

14

Il roulait sur un haut plateau et le plateau était au-dessus de la ligne des arbres parce que les pins avaient été plantés bas dans la fente de la vallée. C'était le début de la soirée du même jour et, dans la plaine, les premières lumières picotaient la pénombre humide. A l'horizon s'étendait la ville d'Oxford, que la brume qui montait du sol semblait soulever, une Jérusalem universitaire. Sous cet angle, la vue était nouvelle pour lui et ne faisait qu'accroître son sentiment d'irréalité, cette impression d'être entraîné plutôt que de déterminer lui-même son itinéraire ; d'être la proie de pensées qu'il ne contrôlait pas. Sa visite à Toby Esterhase était restée, même si on pouvait en discuter, dans le cadre des instructions sommaires de Lacon ; mais ce voyage, il le savait, l'amenait pour le meilleur ou pour le pire vers la province interdite de ce qui l'intéressait en secret. Il ne voyait pourtant pas d'autre alternative et n'en voulait aucune. Comme un archéologue qui toute sa vie a fait des fouilles en vain, Smiley avait supplié qu'on lui accordât un dernier jour, et c'était celui-là.

Au début il n'avait cessé de surveiller son rétroviseur pour voir comment la motocyclette familière le suivait. Mais après le dernier rond-point, le nommé Ferguson ne l'avait pas suivi, et lorsqu'il s'arrêta pour consulter la carte, rien ne le dépassa non plus ; donc, ou bien ils avaient deviné sa destination ou bien, pour quelque obscure raison de procédure, ils avaient interdit à leur homme de franchir la frontière du comté. Parfois, en roulant, une trépidation l'agitait. Laisse-la tranquille, songeait-il. Il avait entendu des choses, pas beaucoup mais assez pour deviner le reste. Laisse-la tranquille, laisse-la trouver sa paix où elle le peut. Mais il savait que ce n'était pas lui qui donnerait la paix, que la bataille dans laquelle il était engagé ne devait pas connaître de répit si elle devait avoir une signification. L'enseigne du chenil avait l'air d'un sourire peint : « PENSION MERRILLÉE POUR TOUS ANIMAUX — ŒUFS A VENDRE. » Un chien jaune peint par un barbouilleur et coiffé d'un haut-de-forme désignait d'une patte un chemin charretier ; et le chemin, lorsqu'il s'y engagea, descendait en pente si abrupte qu'on avait l'impression d'être en chute libre. Il passa un pylône et entendit le vent qui hurlait dans les fils ; il pénétra dans la plantation. D'abord ce furent les jeunes arbres ; puis les vieux assombrirent au-dessus de lui leur voûte et il se retrouvait dans la forêt noire de son enfance en Allemagne, se dirigeant vers quelque intérieur invisible. Il alluma ses phares, prit un virage assez sec, puis un autre et un troisième, et il y avait le chalet tout à fait comme il l'imaginait : sa *datcha,* comme elle l'appelait. Autrefois elle avait la maison d'Oxford et la *datcha* comme maison de campagne. Maintenant il n'y avait plus que la *datcha ;* elle avait renoncé à jamais aux villes. Elle se dressait dans une clairière de troncs d'arbres et de boue piétinée, avec une véranda délabrée, un toit de bois et un tuyau de cheminée d'où sortait de la fumée. Les murs en planches étaient noircis à la créosote, une mangeoire en zinc bloquait presque l'accès de la véranda. Sur un bout de pelouse était installée une table de fabrication artisanale avec assez de pain dessus pour nourrir tous les oiseaux de la création et, parsemant la clairière, comme des pavillons dans un lotissement, s'élevaient les appentis en fibrociment et les volières en treillage qui abritaient les poulets et tous les animaux domestiques accueillis sans discrimination.

Karla, songea-t-il. En voilà un endroit pour vous chercher.

Il se gara et son arrivée déclencha un formidable tohu-bohu avec les chiens qui pleuraient et les frêles cloisons qui retentissaient sous le choc de corps désespérés. Il se dirigea vers la maison, son sac de voyage à la main, les bouteilles lui heurtant les jambes. Par-dessus le fracas il entendit le bruit de ses propres pieds gravissant les six marches du perron. Sur la porte, un avis annonçait : « S'il n'y a personne, prière de ne pas laisser d'animaux. » Et en dessous, ces mots qui semblaient avoir été ajoutés dans un accès de fureur : « Pas de saleté de singes. »

Le cordon de sonnette était une queue d'âne en matière plastique. Il tendait la main mais la porte s'était déjà ouverte et une jolie femme fragile le dévisageait dans l'obscurité qui régnait à l'intérieur du chalet. Ses yeux étaient timides et gris ; elle avait cette beauté classique anglaise qui jadis avait été celle d'Ann : empreinte d'une sagesse tolérante et grave. Elle l'aperçut et s'arrêta net. « Oh ! Seigneur, murmura-t-elle. Mon Dieu. » Puis elle baissa les yeux vers ses grosses chaussures, d'un doigt repoussa en arrière une mèche qui lui tombait sur le front, pendant que, derrière leur clôture, les chiens aboyaient à en perdre la voix.

« Je suis navré, Hilary, dit Smiley avec une grande douceur. Ça n'est que pour une heure, je vous promets. Pas plus. Une heure. »

Une voix profonde et masculine, très lente, émergea des ténèbres derrière elle. « Qu'est-ce que c'est, Hil ? grommela la voix. Un rat d'égout, un perroquet ou une girafe ? »

La question fut suivie d'un bruit sourd comme le mouvement d'un tissu tombant sur quelque chose de creux.

« C'est humain, Connie, cria Hilary par-dessus son épaule, et elle se remit à considérer ses brodequins.

— Mâle ou femelle ? interrogea la voix.

— C'est George, Connie. Ne t'énerve pas, Connie.

— George ? Quel George ? George le camionneur qui pisse sur mon charbon, ou George la viande qui empoisonne mes chiens ?

— Juste quelques questions, fit Smiley à Hilary du même ton empreint d'une profonde compassion. Une vieille affaire. Rien d'extraordinaire, je vous promets.

— Ça ne fait rien, George, fit Hilary, les yeux toujours baissés. Franchement, ça n'a pas d'importance.

— Assez flirté ! ordonna la voix qui venait de l'intérieur de la maison. Lâchez-la, qui que vous soyez ! »

Comme le bruit sourd se rapprochait, Smiley se pencha par-dessus Hilary et lança : « Connie, c'est moi », fit-il. Et une fois de plus, il fit tout son possible pour que sa voix vibrât de bonne volonté.

D'abord arrivèrent les chiots — ils étaient quatre, sans doute des whippets — en une meute trottinante. Puis apparut un vieux bâtard galeux avec juste assez d'énergie pour atteindre la véranda et s'effondrer. Puis la porte s'ouvrit de toute sa largeur laissant apparaître une femme monumentale soutenue de travers par deux grosses béquilles qu'elle n'avait pas l'air de tenir. Elle avait des cheveux blancs coupés court comme ceux d'un homme et des yeux larmoyants, mais un regard perspicace qui le fixait intensément. Ce fut un examen si long, en fait, si détaillé et minutieux — son visage anxieux, son costume un peu large, le sac de voyage en plastique pendant à sa main gauche, toute son attitude trahissant l'humble attente d'être admis à entrer — que cela conférait à cette femme une autorité sur lui presque royale, que son immobilité, sa respiration difficile et son invalidité ne faisaient que renforcer.

« Oh, bonté divine, lança-t-elle, en le toisant toujours ; sur quoi elle expira fortement. Maudit soyez-vous, George Smiley. Maudit soyez-vous et tous ceux qui voguent à votre bord. Bienvenue en Sibérie. »

Puis elle sourit et son sourire était si brusque, si frais et si petite fille, qu'il balaya presque le long examen qui l'avait précédé.

« Bonjour, Connie », fit Smiley.

Malgré son sourire, ses yeux restaient fixés sur lui. Ils avaient la pâleur de ceux d'un nouveau-né.

« Hil, fit-elle enfin. Dites donc, Hil !

— Oui, Connie ?

— Allez nourrir les toutous, mon chou. Quand vous aurez fait ça, nourrissez les sales petites cocottes. Bourrez-les. Puis, quand vous aurez fait ça, préparez le repas de demain, et quand vous aurez fait ça aussi, amenez-moi le tueur humain de façon que je puisse expédier ce gêneur vers un paradis prématuré. George, suis-moi. »

Hilary souriait mais semblait incapable de bouger jusqu'au moment où Connie la poussa doucement du coude pour la mettre en mouvement.

« En route, mon petit. Il n'y a rien qu'il puisse vous faire maintenant. Il a vidé son carquois, vous aussi, et Dieu sait que moi aussi. »

C'était une maison faite tout à la fois pour le jour et pour la nuit. Au centre de la pièce, sur une table de pin jonchée de miettes de toasts et de pâté pour chiens, une vieille lampe à pétrole dispensait un globe de lumière jaune qui ne faisait qu'intensifier l'obscurité alentour. Le reflet de nuages de pluie bleutés, strié par le coucher de soleil, emplissait les portes-fenêtres du fond. Peu à peu, tandis que Smiley suivait le cheminement d'une torturante lenteur de Connie, il se rendit compte que cette pièce en bois, c'était toute la maison. En guise de bureau, il y avait le pupitre à cylindre encombré de factures et de poudre insecticide ; en guise de chambre le grand lit de cuivre avec ses animaux en peluche gisant comme des soldats morts entre les coussins ; comme salon le rocking-chair de Connie et un canapé d'osier croulant ; comme cuisine un petit réchaud à butane ; et en guise de décoration le désordre irrémédiable de l'âge.

« Connie ne revient pas, George, lança-t-elle tout en clopinant devant lui. Les chevaux sauvages peuvent souffler des naseaux et piaffer, la vieille bête a raccroché ses bottes pour de bon. (Parvenue à son fauteuil à bascule, elle entreprit la tâche difficile de faire demi-tour jusqu'au moment où elle lui tourna le dos.) Alors si c'est ce que tu es venu chercher, tu peux dire à Saul Enderby de ravaler sa fumée pour jouer du chalumeau. (Elle lui tendit les bras et il crut qu'elle voulait l'embrasser.) Mais non, vieux sadique. Tiens-moi les mains ! »

Il obéit et l'aida à s'installer dans le fauteuil.

« Ça n'est pas pour ça que je suis venu, Connie, dit Smiley. Je n'essaie pas de vous enjôler, c'est promis.

— Pour une bonne raison, c'est qu'elle est mourante, annonça-t-elle d'un ton ferme, sans paraître avoir remarqué son interruption. La vieille bête est bonne pour le broyeur, et il est grand temps. Ce charlatan de médecin essaie de me tromper, bien sûr, c'est parce qu'il a la frousse. Une bronchite. Du rhumatisme. Le mauvais temps. Tout ça, des foutaises. La mort, c'est de ça que je souffre. La vieille salope qui commence à s'accrocher systématiquement. C'est de la bibine que tu trimbales dans ce sac ?

— Oui, c'en est, dit Smiley.

— Miammiam. On va s'en payer. Comment va la diablesse d'Ann ? »

Sur l'évier, au milieu d'une pile permanente de vaisselle à laver, il trouva deux verres et les emplit à moitié.

« Florissante, j'imagine », dit-il.

Répondant par un large sourire au plaisir évident que lui procurait sa visite, il lui tendit un verre qu'elle étreignit entre ses mains gantées de mitaines.

« Tu imagines, répéta-t-elle. Tu devrais bien un jour cesser d'imaginer et la ramener sous le bras à la maison, voilà ce que tu devrais faire. Ou alors mettre du verre pilé dans son café. Bon, alors, qu'est-ce que tu cherches ? demanda-t-elle. (Tout cela dans le même souffle.) Je ne t'ai encore jamais vu faire quoi que ce soit sans raison. A ta santé.

— Et à la vôtre, Connie », dit Smiley.

Pour boire, elle devait pencher tout son torse vers le verre. Et comme sa grosse tête tremblait à la lueur de la lampe, il vit — il le savait d'une trop longue expérience — que c'était bien la vérité qu'elle disait, et que sa chair avait la blancheur lépreuse de la mort.

« Allons. Vas-y, ordonna-t-elle de son ton le plus sévère. Attention, je ne sais pas si je vais t'aider. Depuis notre séparation j'ai découvert l'amour. Ça pourrit les hormones. Ça ramollit les dents. »

Il aurait voulu avoir le temps de refaire connaissance avec elle. Il n'était plus sûr d'elle.

« C'est une de nos vieilles affaires, Connie, voilà tout, commença-t-il d'un ton d'excuse. Ça s'est ranimé tout d'un coup, comme ça arrive. (Il s'efforçait de prendre un ton détaché.) Nous avons besoin de davantage de détails. Vous savez comment vous teniez vos dossiers », ajouta-t-il d'un ton moqueur.

Elle ne le quittait pas des yeux.

« *Kirov*, poursuivit-il en prononçant le nom très lentement. Kirov, prénom Oleg. Ça vous dit quelque chose ? Ambassade soviétique à Paris, il y a trois ou quatre ans, second secrétaire ? Nous pensions qu'il était un peu un homme du Centre de Moscou.

— Il l'était », dit-elle, et elle se carra un peu plus dans son fauteuil, en l'observant toujours.

D'un geste elle lui demanda une cigarette. Un paquet de dix était posé sur la table. Il lui en glissa une entre les lèvres et l'alluma, mais les yeux de Connie ne le quittaient toujours pas.

« Saul Enderby a jeté cette affaire-là par la fenêtre », dit-elle et, plissant les lèvres comme pour jouer de la flûte, elle souffla un jet de fumée tout droit vers le sol pour ne pas le lui envoyer en pleine figure.

« Il a décidé qu'il fallait l'abandonner, fit Smiley, la reprenant.

— Quelle différence ? »

Smiley ne s'attendait pas à se trouver en train de défendre Saul Enderby.

« Ça s'est poursuivi un moment, et puis à l'époque de transition entre ma direction et la sienne, il a décrété, de façon tout à fait compréhensible, que c'était improductif, dit Smiley, en choisissant ses mots avec le plus grand soin.

— Et maintenant il a changé d'avis, dit-elle.

— J'ai des bribes, Connie. Il me faut le tout.

— Tu as toujours été comme ça, dit-elle. George, murmura-t-elle. George Smiley. Seigneur Tout-Puissant. Seigneur bénissez-nous et protégez-nous. George. » Son regard était à demi possessif, à demi désapprobateur, comme s'il était un fils égaré qu'elle aimait. Son regard s'attarda encore sur lui, puis se tourna vers les portes-fenêtres et le ciel qui, dehors, s'obscurcissait.

« Kirov », répéta-t-il comme un rappel, et il attendit, en se demandant sérieusement si elle n'était pas fichue ; si son esprit ne se mourait pas en même temps que son corps.

« Kirov Oleg, répéta-t-elle d'un ton songeur. Né à Leningrad en octobre 1929, d'après son passeport, ce qui ne veut rien dire du tout sauf qu'il n'a probablement jamais mis les pieds à Leningrad de toute sa vie. (Elle sourit comme si c'était bien le style de ce monde pervers.) Arrivé à Paris le 1er juin 1974, avec rang et qualité de second secrétaire, département commercial. Il y a trois ou quatre ans, tu dis ? Doux Seigneur, ça pourrait être vingt. C'est exact, mon chou, c'était une canaille. Bien sûr. Identifié par la loge parisienne du pauvre vieux Groupe de Riga, ce qui ne nous a pas avancés à grand-chose, surtout au cinquième étage. Quel était son vrai nom déjà ? *Kursky.* Bien sûr. Oui, je crois que je me rappelle Oleg Kirov, né Kursky. (Elle retrouva son sourire et redevint très jolie.) Ça a dû être la dernière affaire de Vladimir, ou à peu près. Comment va ce vieux bouc ? demanda-t-elle, et ses yeux humides et intelligents attendaient sa réponse.

— Oh ! dit Smiley, en pleine forme.

— Il terrifie toujours les vierges de Paddington ?

— J'en suis certain.

— Veux-tu être un ange, mon chou », dit Connie en tournant la tête jusqu'à ce qu'elle se trouvât de profil, plongée dans l'ombre, à part le trait fin dessiné par la lampe à pétrole, et que de nouveau elle puisse regarder par les portes-fenêtres.

« Va voir comment cette folle se débrouille, veux-tu, mon cœur ? demanda-t-elle avec tendresse. Assure-toi que cette idiote ne s'est pas jetée dans le bief ou qu'elle n'a pas bu le désherbant universel. »

Quittant la pièce, Smiley s'arrêta dans la véranda et, dans la nuit qui tombait, il aperçut la silhouette de Hilary qui trottinait maladroitement parmi les cages à poules. Il entendit le cliquetis de sa cuillère contre le métal du seau, et des bribes de sa voix bien élevée dans l'air nocturne tandis qu'elle débitait des noms enfantins : « Venez, Blanchette, Poupou, Bo. »

pervers.) Arrivé à Paris le 1er juin 1974, avec rang et qualité de second secrétaire, département commercial. Il y a trois ou quatre ans, tu dis ? Doux Seigneur, ça pourrait être vingt. C'est exact, mon chou, c'était une canaille. Bien sûr. Identifié par la loge parisienne du pauvre vieux Groupe de Riga, cc qui ne nous a pas avancés à grand-chose, surtout au cinquième étage. Quel était son vrai nom déjà ? *Kursky.* Bien sûr. Oui, je crois que je me rappelle Oleg Kirov, né Kursky. (Elle retrouva son sourire et redevint très jolie.) Ça a dû être la dernière affaire de Vladimir, ou à peu près. Comment va ce vieux bouc ? demanda-t-elle, et ses yeux humides et intelligents attendaient sa réponse.

— Oh ! dit Smiley, en pleine forme.

— Il terrifie toujours les vierges de Paddington ?

— J'en suis certain.

— Veux-tu être un ange, mon chou », dit Connie en tournant la tête jusqu'à ce qu'elle se trouvât de profil, plongée dans l'ombre, à part le trait fin dessiné par la lampe à pétrole, et que de nouveau elle puisse regarder par les portes-fenêtres.

« Va voir comment cette folle se débrouille, veux-tu, mon cœur ? demanda-t-elle avec tendresse. Assure-toi que cette idiote ne s'est pas jetée dans le bief ou qu'elle n'a pas bu le désherbant universel. »

Quittant la pièce, Smiley s'arrêta dans la véranda et, dans la nuit qui tombait, il aperçut la silhouette de Hilary qui trottinait maladroitement parmi les cages à poules. Il entendit le cliquetis de sa cuillère contre le métal du seau, et des bribes de sa voix bien élevée dans l'air nocturne tandis qu'elle débitait des noms enfantins : « Venez, Blanchette, Poupou, Bo. »

« Ça va très bien, dit Smiley en revenant. Elle donne à manger aux poulets.

— Je devrais lui dire de foutre le camp, n'est-ce pas, George ? remarqua Connie sans s'intéresser le moins du monde aux renseignements qu'il venait de lui donner. « Lance-toi dans le vaste monde, Hilary, ma chérie. » Voilà ce que je devrais dire. « Ne t'attache pas à une vieille carcasse pourrissante comme Connie. Épouse un imbécile sans menton, engendre des mômes, accomplis ta saleté de féminité. » (Elle avait des voix pour tout le monde, il s'en souvenait : même pour elle. C'était un don qu'elle n'avait pas perdu.) Mais c'est que je n'en ai aucune envie, George. J'ai besoin d'elle. Du moindre bout de sa superbe personne. Je l'emporterais avec moi si j'en avais la moindre possibilité. Tu devrais l'essayer un jour. (Un silence.) Et comment vont tous les garçons et les filles ? »

Pendant une seconde, il ne comprit pas sa question ; il pensait toujours à Hilary, et à Ann.

« Sa grâce Saul Enderby est toujours tout en haut du tas, j'imagine ? Il mange bien, j'espère ? Il ne perd pas ses plumes ?

— Oh ! Saul va de mieux en mieux, merci.

— Et ce petit crapaud de Sam Collins est toujours directeur des opérations ? »

Il y avait un certain mordant à ses questions, mais il ne pouvait faire autrement que de répondre.

« Sam va bien aussi, dit-il.

— Et Toby Esterhase traîne toujours ses cheveux gominés dans les couloirs ?

— Tout est à peu près comme d'habitude. »

Elle avait maintenant le visage si noyé dans l'ombre qu'il n'aurait pu dire si elle comptait parler encore. Il entendait sa respiration rauque et graillonneuse. Mais il savait qu'elle l'examinait toujours.

« Ça n'est pas toi qui travaillerais jamais pour cette bande-là, George, finit-elle par observer comme si c'était la plus évidente des platitudes. Pas toi. Verse-moi donc encore un petit coup. »

Heureux de cette occasion de bouger, Smiley repartit à l'autre bout de la pièce.

« *Kirov*, tu disais ? lui lança Connie.

— C'est cela, dit Smiley avec entrain ; et il revint après lui avoir rempli son verre.

— Cette petite fouine d'Otto Leipzig était le premier obstacle, fit-elle avec ravissement après avoir avalé une bonne lampée. Le cinquième étage ne voulait pas le croire, n'est-ce pas ? Pas notre petit Otto, oh ! non ! Otto était un faussaire et voilà tout !

— Mais je ne pense pas que Leipzig nous ait jamais menti à propos de Moscou, dit Smiley en adoptant le même ton chargé de souvenirs.

— Non, mon chéri, sûrement pas, approuva-t-elle. Il avait ses faiblesses, je te l'accorde. Mais quand il s'agissait d'un gros coup, il était toujours régulier. Et toi, tu comprenais ça, tu étais le seul de toute la tribu, je te le dis comme je le pense. Mais tu n'étais guère soutenu par les autres barons, n'est-ce pas ?

— Il n'a jamais menti à Vladimir non plus, fit Smiley. D'abord, c'étaient les filières d'évasion de Vladimir qui l'avaient fait sortir de Russie.

— Tiens, tiens, dit Connie après un autre long silence. Kirov né Kursky, le Cochon Roux. »

Elle répéta : « Kirov, né Kursky », comme un cri de ralliement lancé à sa monumentale mémoire. Et Smiley revoyait dans son esprit la chambre d'hôtel de l'aéroport et les deux étranges conspirateurs assis devant lui dans leur manteau noir : l'un si grand, l'autre minuscule ; le vieux Général utilisant toute sa masse pour donner du poids à sa supplique passionnée ; le petit Leipzig, avec ses yeux brûlants, comme un petit chien furieux tenu en laisse auprès de lui.

Elle était séduite.

La lueur de la lampe à pétrole était maintenant comme une boule de feu enfumée, et Connie, dans son fauteuil à bascule, était assise à la bordure du cercle lumineux, la Mère Russie en personne, comme on l'appelait au Cirque, son visage, miné par la maladie, sanctifié par le souvenir tandis qu'elle déroulait l'histoire d'une de ses innombrables familles d'enfants égarés. Tous les soupçons qu'elle pouvait nourrir sur les motifs qui avaient amené Smiley chez elle, elle les avait pour l'instant écartés : c'était pour cela qu'elle avait vécu ; c'était son champ, même si c'était le dernier ; ces fantastiques évocations de souvenirs, c'était son génie. Dans le bon vieux temps, Smiley se rappelait, elle l'aurait taquiné, elle aurait joué de sa voix, elle l'aurait entraîné dans mille détours au milieu de fragments apparemment sans rapport avec l'histoire du Centre de Moscou, tout cela pour l'attirer plus près. Mais ce soir, son récit avait acquis une impressionnante sobriété, comme si elle savait qu'elle avait très peu de temps.

« Oleg Kirov était arrivé à Paris tout droit de Moscou, répéta-t-elle, en ce mois de juin, chéri, comme je te le disais, ce mois où il n'arrêtait pas de pleuvoir et où le match annuel de cricket à Sarratt avait dû être annulé trois dimanches de suite. Le gros Oleg était inscrit comme célibataire et ne remplaçait personne. Son bureau était au second étage, donnant sur la rue Saint-Simon — un peu bruyant mais agréable, mon chou — alors que les résidents du Centre de Moscou monopolisaient le troisième et le quatrième, ce qui mettait en rage l'ambassadeur qui avait le sentiment d'être coincé par des voisins dans un placard. En apparence donc, Kirov se présentait au premier abord comme cet oiseau rare de la communauté diplomatique soviétique, à savoir un diplomate authentique.

Mais c'était l'habitude à Paris en ce temps-là — et pour autant que le savait Connie aujourd'hui encore, mon trésor — de distribuer, chaque fois qu'un nouveau visage se montrait à l'ambassade soviétique, sa photographie parmi les chefs de tribu des émigrés. La photographie de frère Kirov parvint donc en temps voulu aux Groupes et ne voilà-t-il pas que ce vieux diable de Vladimir tambourinait à la porte de son officier traitant dans un état de grande excitation — en ce temps-là c'était Steve Mackelvore qui avait Paris, béni soit-il, et il était mort d'une crise cardiaque peu après, mais cela c'est une autre histoire — en insistant que « ses gens » avaient identifié Kirov comme un ancien agent provocateur du nom de Kursky qui, alors qu'il était étudiant à l'institut polytechnique de Tallinn, avait formé un cercle de dockers estoniens dissidents, quelque chose qui s'appelait « le club de discussion des non-alignés », pour ensuite en refiler les membres à la police secrète. La source de Vladimir, en visite à Paris à ce moment-là, avait été l'un de ces malheureux travailleurs et pour l'expiation de ses péchés, il avait personnellement protégé Kursky jusqu'au moment de sa trahison. Jusque-là, parfait, sauf que la source de Vladi — précisait Connie — n'était autre que ce vilain petit Otto, ce qui signifiait que dès le début il y avait le feu aux poudres.

A mesure que Connie poursuivait ses explications, la mémoire de Smiley venait compléter la sienne. Il se revoyait dans ces derniers mois de gardien-chef du Cirque, descendant d'un pas las l'escalier de bois branlant du cinquième étage pour la conférence du lundi, un tas de dossiers écornés sous son bras. En ce temps-là, le Cirque était comme un immeuble bombardé, il s'en souvenait : ses officiers éparpillés, son budget sévèrement réduit, ses agents grillés, morts ou congédiés. La découverte du rôle de Bill Haydon était une blessure ouverte dans l'esprit de chacun : on appelait ça la Chute et tous partageaient le même sentiment de profonde honte. Dans le secret de leurs cœurs, peut-être reprochaient-ils à Smiley de l'avoir provoquée parce que c'était Smiley qui avait démasqué Bill.

Il se revoyait présidant la réunion, le cercle de visages hostiles déjà dressé contre lui à mesure que l'un après l'autre lui exposait les dossiers de la semaine et qu'on les soumettait aux questions habituelles : devons-nous ou non poursuivre cette affaire ? Faut-il y consacrer encore une semaine ? Encore un mois ? Encore un an ? Est-ce un piège ? Peut-on la renier ? Entre-t-elle dans le cadre de notre chasse ? De quelles ressources aura-t-on besoin et seraient-elles mieux utilisées ailleurs ? Qui donnera l'autorisation ? Qui sera informé ? Combien cela coûtera-t-il ? Il se souvenait de la violente réaction que le simple nom, le nom de code d'Otto Leipzig faisait naître aussitôt chez les juges aussi mal placés que Lauder Strickland, Sam Collins et consorts. Il essayait de se rappeler qui d'autre se trouvait là à part Connie et ses cohortes de la documentation soviétique. Le directeur des Finances, le directeur pour l'Europe de l'Ouest, le directeur de l'Offensive soviétique, pour la plupart, déjà, des hommes de Saul Enderby. Et Enderby lui-même, encore fonctionnaire des Affaires étrangères, introduit par sa propre garde du palais sous le couvert de liaisons avec Whitehall, mais dont le sourire était déjà leur rire et les froncements de sourcils leur désapprobation. Smiley se revoyait écoutant la proposition — celle de Connie — telle qu'elle la répétait maintenant, ainsi que les résultats de ses recherches préliminaires.

L'histoire d'Otto tenait debout, avait-elle insisté. Pour l'instant, on ne pouvait pas la prendre en défaut. Elle avait exposé ses travaux.

Sa propre section de documentation soviétique avait confirmé d'après les sources publiées qu'un certain Oleg Kursky, étudiant en droit, était à l'institut polytechnique de Tallinn durant la période en question, dit-elle.

Les archives du Foreign Office sur cette époque parlaient d'agitation sur les docks.

Le rapport d'un transfuge émanant des Cousins américains citait un Kursky ? Karsky ? avocat, prénom Oleg, comme diplômé d'un cours d'entraînement du Centre de Moscou à Kiev, en 1971.

La même source, bien que suspecte, laissait entendre que Kursky avait par la suite changé son nom sur le conseil de ses supérieurs, « compte tenu de son expérience antérieure sur le terrain ».

Les rapports de routine de la liaison française, bien que notoirement sujets à caution, indiquaient que pour un second secrétaire, service commercial, à Paris, Kirov bénéficiait de libertés bien inhabituelles telles que faire des courses seul et assister à des réceptions du tiers monde sans être flanqué de la quinzaine de compagnons habituelle.

Bref, tout cela — Connie avait conclu bien trop vigoureusement pour le goût du cinquième étage — tout cela confirmait le récit de Leipzig et le soupçon que Kirov jouait un rôle dans le renseignement. Puis elle avait claqué le dossier sur la table et fait passer ses photographies : les mêmes instantanés, pris de façon routinière par les études de surveillance française, qui avaient provoqué tout ce tohu-bohu au quartier général du Groupe de Riga. Kirov monte dans une voiture de l'ambassade. Kirov sort de la banque Narodny à Moscou, un porte-documents à la main. Kirov s'arrête à la devanture d'une librairie polissonne pour jeter un regard renfrogné aux couvertures des magazines.

Mais aucune, songea Smiley, revenant au présent, aucune ne montrant Oleg Kirov et son ancienne victime Otto Leipzig en train de s'ébattre avec deux dames.

« C'était donc le dossier, mon chéri, annonça Connie après avoir bu une longue gorgée de son verre. Nous avions le témoignage du petit Otto avec plein de documents pour prouver qu'il avait raison. Nous avions certaines corroborations d'autres sources, pas des masses, je te l'accorde, mais un début. Kirov était un espion, il était nouvellement nommé, mais quelle sorte d'espion, personne n'en savait rien. Et c'était ça qui le rendait intéressant, n'est-ce pas, mon chou ?

— Oui, fit Smiley d'un ton absent. Oui, Connie, je m'en souviens en effet.

— Il n'appartenait pas au personnel de la résidence, nous le savions depuis le premier jour. Il n'utilisait pas les voitures de la résidence, il ne faisait pas de veilles de nuit, pas plus qu'il ne faisait équipe avec d'autres agents identifiés, il n'utilisait pas leur salle du chiffre, il n'assistait pas à leurs réunions de prières hebdomadaires pas plus qu'il ne nourrissait le chat de la résidence ni rien de ce genre. D'un autre côté, Kirov n'était pas non plus l'homme de Karla, n'est-ce pas, trésor ? C'était ce qu'il y avait de bizarre.

— Pourquoi pas ? » demanda Smiley, sans la regarder.

Mais Connie, elle, regarda Smiley. Connie marqua un de ses longs temps pour le considérer tout à loisir, cependant que dehors, dans les ormes mourants, les corbeaux profitaient sagement de ce calme soudain pour lancer des cris de mauvais augure aux résonances shakespeariennes. « Parce que Karla avait déjà son homme à Paris, chéri, expliqua-t-elle avec patience. Comme tu le sais fort bien. Cette vieille baderne de Pudin, l'attaché militaire adjoint. Toi, tu te souviens comment Karla avait toujours aimé les militaires. Il les aime toujours pour autant que je sache. (Elle s'interrompit pour scruter, une fois de plus, son visage impassible. Il avait posé son menton sur ses mains. Ses yeux mi-clos étaient baissés vers le plancher.) Et puis, Kirov était un idiot, et s'il y a une chose que Karla n'a jamais aimé, c'était les idiots, n'est-ce pas ? Il n'avait pas tellement d'indulgence pour eux non plus, maintenant que j'y pense. Oleg Kirov était mal élevé, il puait, il transpirait et était aussi voyant qu'un poisson dans un arbre partout où il allait. Karla serait parti en courant plutôt que d'engager un lourdaud pareil. (Nouveau silence). Toi aussi », ajouta-t-elle.

Levant une paume, Smiley l'appuya contre son front, les doigts levés, comme un enfant à un examen. « A moins... dit-il.

— A moins que quoi ? A moins qu'il n'ai perdu la boule, je suppose ! Ce jour-là, je l'attends encore.

— C'était l'époque des rumeurs, dit Smiley, plongé dans ses pensées.

— Quelles rumeurs ? Il y avait toujours des rumeurs, espèce d'imbécile.

— Oh ! rien que des rapports de transfuges, dit-il d'un ton méprisant. Des récits disant qu'il se passait des choses étranges à la cour de Karla. Des sources secondaires, bien sûr. Mais est-ce qu'elles ne...

— Est-ce qu'elles ne, quoi ?

— Eh bien, est-ce qu'elles ne laissaient pas entendre qu'il enrôlait des gens plutôt bizarres ? Qu'il avait des entretiens avec eux en pleine nuit ? Tout cela, c'était du renseignement de basse qualité, je sais, je ne le mentionne qu'en passant.

— Et on nous avait ordonné de ne pas en tenir compte, dit Connie d'un ton très ferme. L'objectif, c'était Kirov. Pas Karla. C'était la décision du cinquième étage, George, et tu étais de cet avis-là aussi. « Cessez de contempler la lune et revenez à des problèmes plus terre à terre », disais-tu. (Plissant les lèvres et renversant la tête en arrière, elle imitait avec un réalisme gênant Saul Enderby :) « Ce service a pour mission de recueillir des renseignements, fit-elle avec un accent traînant. Pas de poursuivre des querelles avec l'opposition. » Ne me dis pas qu'il a changé de refrain, chéri. C'est vrai ? George ? murmura-t-elle. Oh, George, vilain ! »

Il alla de nouveau remplir son verre et lorsqu'il revint, il vit que les yeux de Connie brillaient d'une excitation malicieuse. Elle tirait sur des touffes de ses cheveux blancs comme elle le faisait lorsqu'elle les portait longs.

« Le fait est que nous avons autorisé l'opération, Connie, dit Smiley d'un ton positif destiné à la calmer. Nous avons passé outre aux objections des sceptiques et nous avons donné la permission d'emmener Kirov sur la ligne de départ. Comment s'est passée la course après cela ? »

L'alcool, les souvenirs, l'excitation retrouvée de la poursuite la poussaient à une vitesse qu'il ne parvenait plus à contrôler. Son souffle était plus rapide. Elle haletait comme une vieille machine dangereusement débridée. Il se rendit compte qu'elle racontait l'histoire de Leipzig tout comme Leipzig l'avait racontée à Vladimir. Il avait cru qu'il était encore au Cirque avec elle, au moment où l'opération contre Kirov allait tout juste être lancée. Mais dans son imagination à elle, elle avait fait un saut jusqu'à la vieille ville de Tallinn, plus d'un quart de siècle plus tôt. Avec son esprit extraordinaire, elle était allée là-bas ; elle avait connu aussi bien Leipzig que Kirov du temps de leur amitié. Une histoire d'amour, insistait-elle. Le petit Otto et le gros Oleg. C'était cela le pivot, disait-elle ; et laisse la vieille bête te raconter comment ça s'est passé, disait-elle encore ; toi, George, tu poursuis tes buts pervers tout en m'écoutant.

« Le lièvre et la tortue, chéri, voilà ce qu'ils étaient. Kirov, le grand bébé triste, lisant ses manuels de droit à Polytechnique, et l'abominable police secrète lui servant de protection, et le petit Otto Leipzig, un vrai petit diable, un doigt dans toutes les combines, un peu de prison derrière lui, travaillant sur les docks toute la journée et qui le soir prêchait la sédition aux non-alignés. Ils se sont rencontrés dans un bar et ç'a été le coup de foudre. Otto décrochait les filles, Oleg Kirov suivait dans son sillage en ramassant ses restes. Qu'est-ce que tu es en train d'essayer de faire, George ? De faire le coup de Jeanne d'Arc ? »

Il avait allumé une nouvelle cigarette pour elle et la lui avait collée au coin des lèvres dans l'espoir de l'apaiser, mais dans la fièvre de son discours, la cigarette s'était déjà assez consumée pour la brûler. S'empressant de la lui retirer, il l'écrasa dans le couvercle métallique qu'elle utilisait comme cendrier.

« Ils ont même partagé quelque temps une petite amie, dit-elle d'une voix si forte qu'elle criait presque. Et un beau jour, c'est incroyable, cette pauvre idiote est venue trouver le petit Otto pour le prévenir carrément. « Ton gros ami est jaloux de toi et c'est un lèche-bottes de la police secrète, lui dit-elle. Le club de discussion des non-alignés, qu'est-ce qu'il va prendre ! Prends garde aux Ides de mars ! »

— Du calme, Connie, lui fit Smiley avec inquiétude. Connie, doucement ! »

Elle parlait de plus en plus fort : « Otto a jeté la fille dehors et une semaine plus tard toute la bande était arrêtée. Y compris le gros Oleg, bien sûr, qui les avait donnés — mais ils savaient. Oh, ça oui, ils savaient ! (Elle balbutia comme si elle avait perdu son chemin.) Et cette petite idiote qui avait essayé de le prévenir était morte. Portée disparue et sans doute interrogée. Otto a passé les forêts au peigne fin jusqu'au jour où il a trouvé quelqu'un qui avait été en cellule avec elle. Bel et bien morte. Morte comme je ne vais pas tarder à l'être.

— Continuons plus tard », proposa Smiley.

Il l'aurait bien arrêtée — il aurait fait du thé, parlé de la pluie et du beau temps, n'importe quoi pour mettre un terme à ce débit de plus en plus rapide. Mais elle venait de faire un second saut et était déjà de retour à Paris, décrivant comment Otto Leipzig, avec l'accord donné du bout des lèvres par le cinquième étage et l'aide passionnée du Général, avait entrepris d'arranger la réunion, après toutes ces années perdues, avec le second secrétaire Kirov, qu'elle surnommait le Cochon Roux. Smiley se dit que ce devait être le sobriquet qu'elle lui donnait à l'époque. Elle avait le visage tout rouge et pas assez de souffle pour son histoire, si bien qu'elle haletait sans arrêt, mais qu'elle se forçait à continuer.

« Connie », la supplia-t-il encore, mais ça ne suffisait pas non plus et peut-être rien n'aurait suffi.

Tout d'abord, poursuivit-elle, en quête du Cochon Roux, le petit Otto fit le tour de toutes les diverses associations amicales franco-soviétiques que Kirov était connu pour fréquenter.

« Ce pauvre petit Otto a dû voir *le Cuirassé Potemkine* quinze fois, mais le Cochon Roux ne s'est pas montré une fois. »

On apprit que Kirov manifestait un intérêt sérieux pour les émigrés, qu'il se présentait comme sympathisant en secret avec eux, et demandant si, en tant que fonctionnaire subalterne, il n'y avait rien qu'il puisse faire pour aider leurs familles en Union soviétique. Avec l'assistance de Vladimir, Leipzig essaya de se mettre sur le chemin de Kirov, mais une fois de plus la chance était contre lui. Puis Kirov se mit à voyager — à voyager partout, mon chou, un véritable Hollandais volant — si bien que Connie et ses garçons commencèrent à se demander s'il n'était pas une sorte d'administrateur pour le Centre de Moscou, pas du tout du côté opérationnel : un commissaire aux comptes, par exemple d'un groupe d'antennes en Europe de l'Ouest, avec Paris comme centre : Bonn, Madrid, Stockholm, Vienne.

« Pour Karla, ou pour les réguliers ? » demanda doucement Smiley.

Il fallait bien du courage même pour le murmurer, dit Connie, mais à son avis, c'était pour Karla. Quand bien même Pudin était déjà là. Quand bien même Kirov était un idiot et pas un militaire ; ce devait quand même être pour Karla, dit Connie, revenant vicieusement sur ce qu'elle avait affirmé quelques instants plus tôt. Si Kirov avait rendu visite aux antennes officielles, il aurait été reçu et hébergé par des officiers de renseignement identifiés. Mais au lieu de cela, il restait fidèle à sa couverture et ne séjournait qu'avec ses homologues dans les services commerciaux, expliqua-t-elle.

En tout cas, tout s'arrangea en avion, dit Connie. Le petit Otto attendit que Kirov eût pris un billet pour Vienne, s'assura qu'il voyageait seul, puis prit le même vol et les voilà en rapport. « Le coup de la belle blonde sorti tout droit du manuel, voilà ce que nous cherchions, entonna Connie d'une voix vraiment très forte. Un type grillé à l'ancienne. Un gros bonnet pourrait s'en moquer comme d'une guigne, mais pas frère Kirov, et surtout pas s'il était dans les petits papiers de Karla. Des photographies polissonnes et des renseignements avec menaces, voilà ce que nous recherchions. Et quand nous en aurions fini avec lui et découvert ce qu'il mijotait, et qui étaient ses vilains amis, et qui lui donnait toute cette grisante liberté, ou bien nous l'achèterions en tant que transfuge, ou bien on le remettrait dans les temps, selon ce qui resterait de lui ! »

Elle s'arrêta net. Elle ouvrit la bouche, la referma, aspira un peu d'air et lui tendit son verre.

« Chéri, verse encore un coup à la vieille pocharde, vite, vite, tu veux ? Connie a sa crise d'allergie. Non, non. Reste où tu es. »

Pendant une seconde fatale, Smiley fut désemparé.

« George ?

— Connie, je suis là ! Qu'est-ce qu'il y a ? »

Il fut rapide, mais pas assez. Il vit son visage se crisper, ses mains déformées s'élancer devant elle et ses yeux se plisser de dégoût comme si elle venait d'assister à un horrible accident.

« Hil, vite ! cria-t-elle. Oh ! sapristi. »

Il l'étreignit et sentit ses avant-bras se refermer derrière sa nuque pour le serrer plus fort. Elle avait la peau froide, elle tremblait, mais de terreur, pas de froid. Il resta contre elle, qui sentait le scotch, le médicament et la vieille dame, tout en s'efforçant de la réconforter. Il sentait les larmes de Connie sur ses joues, il les sentait ruisseler et percevait leur saveur salée tandis qu'elle s'efforçait de le repousser. Il trouva le sac à main abandonné par terre et le lui ouvrit, puis revint en hâte jusqu'à la véranda pour appeler Hilary. Elle émergea de l'ombre en courant, les poings à demi fermés, les coudes et les hanches pivotant de cette façon qui fait rire les hommes. Elle passa très vite devant lui, avec un sourire timide, et il resta dans la véranda, sentant le froid de la nuit lui picoter les joues tandis qu'il contemplait les nuages lourds de pluie qui s'amoncelaient et les pins argentés par la lune qui se levait. La plainte du chien s'était tue. Seuls les corbeaux continuaient à lancer leurs impitoyables avertissements. « Va-t'en, se dit-il. Déguerpis d'ici. Fiche le camp. » Sa voiture attendait à moins de trente mètres de là, la gelée se formant déjà sur le toit. Il s'imagina bondissant dedans et gravissant la colline à travers la plantation et s'en allant pour ne jamais revenir. Mais il savait qu'il en était incapable.

« Elle vous redemande maintenant, George », dit Hilary d'un ton sévère, sur le pas de la porte, avec cette autorité particulière à ceux qui soignent les mourants.

Mais lorsqu'il revint, tout allait bien.

15

Tout allait bien. Austère et poudrée, Connie était assise dans son fauteuil à bascule et ses yeux, lorsqu'il entra, étaient fixés aussi droit sur lui que lorsqu'il était arrivé. Hilary l'avait calmée, Hilary l'avait dégrisée, et Hilary se tenait maintenant derrière elle, les mains sur le cou de Connie, les pouces tournés vers l'intérieur, pendant qu'elle lui massait la nuque avec douceur.

« Une petite attaque de *timor mortis,* mon chou, expliqua Connie. Le charlatan me prescrit un tranquillisant, mais la vieille bête préfère la bibine. Tu ne parleras pas de ça à Saul Enderby quand tu reviendras faire ton rapport, n'est-ce pas, mon cœur ?

— Non, bien sûr que non.

— Au fait, mon chou, quand vas-tu faire ton rapport ?

— Bientôt, dit Smiley.

— Ce soir, quand tu rentreras ?

— Ça dépend de ce qu'il y aura à dire.

— Connie a écrit tout ça, tu sais, George. Les comptes rendus de la vieille bête sur l'affaire étaient très complets, me semblait-il. Très détaillés. Très circonstanciés, pour une fois. Mais tu ne les as pas consultés. (Smiley ne dit rien.) Ils sont perdus. Détruits. Dévorés par les cafards. Tu n'as pas eu le temps ? Bien, bien. Et toi qui as un tel goût pour la paperasserie. Plus haut, Hil, ordonna-t-elle sans détourner ses yeux brillants de Smiley. Plus haut, chérie. Là où les vertèbres sont coincées dans les amygdales. »

Smiley s'assit sur le vieux canapé d'osier.

« Dire qu'autrefois j'adorais ces *doubles* jeux, avoua Connie d'un ton rêveur, en roulant la tête pour caresser de sa nuque les mains de Hilary. N'est-ce pas, Hil ? Toute la vie humaine était là. Mais tu ne connais plus ça maintenant, n'est-ce pas ? Pas depuis que tu t'es mise en rogne.

Elle revint à Smiley. « Tu veux que je continue, chéri ? demanda-t-elle de sa voix de putain des faubourgs.

— Si vous pouviez juste terminer brièvement, dit Smiley, mais pas si c'est...

— Où en étions-nous ? Ah ! je sais. Dans cet aéroplane avec le Cochon Roux. Il est en route pour Vienne. Il se vautre littéralement dans le caviar.

Il lève les yeux, et qu'est-ce qu'il voit planté devant lui comme sa mauvaise conscience ? Son vieux copain d'il y a vingt-cinq ans, le petit Otto, le visage fendu d'un grand sourire. Que ressent alors frère Kirov né Krusky ? nous demandons-nous, à supposer qu'il sente quoi que ce soit. Est-ce qu'Otto sait — se demande-t-il — que c'était moi le vilain qui l'a vendu au goulag ? Alors que fait-il ?

— Que fait-il ? dit Smiley, plus pour la faire avancer qu'en réaction à sa plaisanterie.

— Il décide de jouer la cordialité, mon chou, n'est-ce pas, Hil ? Un coup de sifflet, le caviar, il dit « Dieu merci. » (Elle murmura quelque chose et Hilary pencha la tête pour entendre, puis se mit à pouffer.) « Champagne ! » lance-t-il. Et ils boivent du champagne, et le Cochon Roux paye et ils partagent un taxi pour aller en ville, et ils boivent même un petit godet dans un café avant que le Cochon Roux ne s'en aille vaquer à ses furtives occupations. Kirov aime bien Otto, insista Connie. Il a de l'affection pour lui, n'est-ce pas, Hil ? Ils vont bien ensemble, tous les deux. Otto a du charme, Otto est drôle, il est séduisant, et il n'aime pas l'autorité, il a le pied léger et... oh ! il est tout ce que le Cochon Roux ne pourrait jamais être, pas en mille ans ! Pourquoi le cinquième étage a-t-il toujours cru que les gens ne devaient avoir qu'un seul mobile ?

— Moi en tout cas, je ne l'ai jamais cru », protesta Smiley.

Mais Connie parlait de nouveau à Hilary, et plus du tout à Smiley. « Kirov s'ennuyait, mon petit. Otto, pour lui, c'était la vie. Comme toi pour moi. Tu as mis un peu d'entrain dans mon existence, n'est-ce pas, ma chérie ? Ça ne l'avait pas empêché de balancer Otto, bien sûr, mais ça, c'est la nature, n'est-ce pas ? »

Se balançant toujours doucement derrière Connie, Hilary acquiesça d'un geste vague.

« Et que représentait Kirov pour Otto Leipzig ? demanda Smiley.

— La haine, mon chou, répliqua Connie sans hésitation. La haine à cent pour cent. Une abhorration sans faille et totale. La haine et l'argent. C'étaient les deux meilleurs atouts d'Otto. Otto avait toujours l'impression qu'on lui devait quelque chose en compensation de toutes ces années qu'il avait passées au gnouf. Il voulait aussi une compensation pour la fille. Son grand rêve, c'était qu'un jour il vendrait Kirov né Kursky pour des tas d'argent. Des tas, des tas et des tas d'argent. Puis qu'il le dépenserait. »

Une colère de serveur, songea Smiley en se rappelant le cliché. En se rappelant une fois de plus la chambre tendue d'écossais à l'aéroport, et l'allemand calme d'Otto avec ses nuances caressantes, se rappelant ses yeux bruns et fixes qui étaient comme des fenêtres sur les braises de son âme.

Après la rencontre de Vienne, dit Connie, les deux hommes étaient convenus de se retrouver à Paris et Otto eut la sagesse de ne pas brusquer les choses. A Vienne, Otto n'avait pas posé une seule question à laquelle le Cochon Roux aurait pu trouver à redire ; Otto était un pro, dit Connie. Est-ce que Kirov était marié ? avait-il demandé. Kirov avait levé les mains au ciel en éclatant de rire à cette question, indiquant par là qu'il était prêt à tout moment à ne pas l'être. *Marié mais femme à Moscou,* avait signalé Otto — ce qui rendrait un piège Chanel d'autant plus efficace. Kirov avait demandé à Leipzig ce qu'il faisait maintenant, et Leipzig avait répondu avec superbe « import-export », en se présentant comme un grand homme d'affaires, Vienne un jour, Hambourg le lendemain. En fin de compte, Otto attendit tout un mois — après vingt-cinq ans, dit Connie, il pouvait se permettre de prendre son temps — et durant ce seul mois, les Français virent Kirov à trois reprises aborder les émigrés russes d'un certain âge basés à Paris : une fois un chauffeur de taxi, une fois un commerçant, une fois un restaurateur, tous les trois avec de la famille en Union soviétique. Il proposa de se charger de lettres, de messages, d'adresses ; il offrit même de transporter de l'argent et, s'ils n'étaient pas trop encombrants, des cadeaux. Et de mettre au point un service aller-retour la prochaine fois qu'il reviendrait. Personne ne le prit au mot. La cinquième semaine, Otto téléphona à Kirov chez lui, raconta qu'il venait d'arriver de Hambourg et proposa de s'amuser un peu. Au cours du dîner, choisissant avec soin son moment, Otto annonça que ce soir c'était lui qui régalait : il venait de faire un gros coup sur une certaine expédition dans un certain pays, et il avait de l'argent à claquer.

« C'était l'hameçon que nous avions préparé pour lui, mon chou, expliqua Connie, s'adressant enfin directement à Smiley. Et le Cochon Roux a mordu, bien sûr, comme ils le font tous, n'est-ce pas ? bénis soient-ils, comme un poisson affamé, chaque fois ! »

Quelle sorte d'expédition ? avait demandé Kirov à Otto. Quelle sorte de pays ? En guise de réponse, Leipzig avait dessiné dans l'air un nez crochu par-dessus le sien et avait éclaté de rire. Kirov aussi, mais de toute évidence il était très intéressé. *Pour Israël ?* dit-il ; alors quelle sorte de cargaison ? Leipzig braqua le même index sur Kirov en faisant semblant de presser une détente. *Des armes* pour Israël ? demanda Kirov, abasourdi, mais Leipzig était un pro et refusa d'en dire plus. Ils burent, allèrent dans une boîte de strip-tease et parlèrent du bon vieux temps. Kirov fit même allusion à la petite amie qu'ils partageaient, demandant si Leipzig savait ce qu'elle était devenue. Leipzig répondit qu'il n'en savait rien. Au petit matin, Leipzig avait proposé de trouver un peu de compagnie à emmener chez lui, mais Kirov, à sa vive déception, refusa : pas à Paris, trop dangereux. A Vienne ou à

Hambourg, bien sûr. Mais pas à Paris. Ils se séparèrent, ivres, à l'heure du petit déjeuner, et le Cirque s'était appauvri de cent livres.

Là-dessus cette foutue querelle intérieure a éclaté, dit Connie changeant soudain totalement de registre. « La grande discussion de la direction. Discussion, mon œil. Tu n'étais pas là, Saul Enderby est venu mettre ses gros sabots là-dedans et les autres n'ont pas tardé à avoir leurs vapeurs... voilà ce qui s'est passé. (Elle reprit sa voix de baron gouvernemental :) « Otto Leipzig nous mène en bateau... Nous n'avons pas l'accord des Français... Le Foreign Office est inquiet pour ses implications possibles... Kirov, c'est un piège... Le Groupe de Riga n'est absolument pas une base assez sûre pour nous lancer à partir de là dans une entreprise de cette envergure. » Où étais-tu, d'ailleurs ? Cette saloperie de Berlin, non ?

— Hong Kong.

— Oh ! là-bas », dit-elle d'un ton vague, et elle se vautra plus profondément dans son fauteuil tout en fermant les paupières.

Smiley avait envoyé Hilary faire du thé, et elle remuait bruyamment de la vaisselle à l'autre bout de la pièce. Il lui jeta un coup d'œil en se demandant s'il devait l'appeler, et il la revit plantée exactement comme il l'avait vue pour la dernière fois au Cirque le soir où on était venu le chercher : un poing enfoncé dans sa bouche pour réprimer un hurlement silencieux. Il avait travaillé tard — il devait être à peu près cette heure-ci, oui, il préparait son départ pour Hong Kong, lorsque tout d'un coup son téléphone intérieur avait sonné et il avait entendu une voix d'homme, très tendue, lui demandant de venir immédiatement à la salle du chiffre : « C'est urgent, monsieur Smiley. » Quelques instants plus tard, il dévalait un couloir désert, flanqué de deux cerbères inquiets. Ils lui ouvrirent la porte, Smiley s'avança pendant qu'ils s'effaçaient. Il vit les appareils fracassés, les dossiers, les fichiers et les télégrammes jonchant le sol de la pièce comme les détritus qu'on trouve sur un terrain de football, il vit les graffitis obscènes barbouillés sur le mur au rouge à lèvres. Et au milieu de tout ça, il vit Hilary, la coupable — exactement comme elle était en ce moment — qui, à travers l'épaisse dentelle des rideaux, contemplait le ciel nu et blanc dehors : Hilary notre vestale, si bien élevée, Hilary, la petite fiancée du Cirque.

« Qu'est-ce que tu trafiques, Hil ? interrogea brutalement Connie des profondeurs de son rocking-chair.

— Je fais le thé, Connie. George voudrait une tasse de thé.

— Je me fous de ce que voudrait George, répliqua-t-elle, furieuse. George, c'est le cinquième étage. C'est George qui a mis l'éteignoir sur l'affaire Kirov et voilà maintenant qu'il essaie d'arranger les choses, en pilotant tout seul à son âge. Pas vrai, George ? Pas vrai ? Il m'a même menti à propos de ce vieux diable de Vladimir, qui a rencontré une balle en se promenant sur Hampstead Heath, d'après les journaux, qu'apparemment il ne lit pas plus que mes rapports ! »

Ils prirent le thé. Une averse se préparait. Les premières grosses gouttes martelaient le toit de bois.

Smiley l'avait charmée, Smiley l'avait flattée, Smiley l'avait persuadée de continuer. Elle avait déjà à moitié dévidé le fil pour lui. Il était décidé à ce qu'elle allât jusqu'au bout.

« Il me faut le tout, Connie, répéta-t-il. Il faut que j'entende tout, comme vous vous en souvenez, même si la fin est pénible.

— On peut le dire, que la fin est pénible », répliqua-t-elle.

Mais déjà sa voix, son visage, le brillant même de sa mémoire faiblissaient et il savait que c'était une course contre la montre.

C'était maintenant le tour de Kirov de jouer la carte classique, reprit-elle d'un ton las. Lors de leur rencontre suivante, qui eut lieu à Bruxelles un mois plus tard, Kirov fit allusion à l'histoire de la cargaison d'armes pour les Israéliens, en disant qu'il avait par hasard mentionné la conversation à un de ses amis du service commercial de l'ambassade, qui travaillait à une étude spéciale de l'économie militaire israélienne, et qui avait même des fonds à sa disposition pour la recherche. Leipzig envisagerait-il — non, je suis sérieux, Otto ! — de parler à ce type ou, mieux encore, de raconter l'histoire à son vieux copain Oleg ici même, qui pourrait même en tirer quelque crédit ? Otto répondit : « Pourvu que ça paye et que ça ne fasse de mal à personne. » Puis il débita gravement à Kirov un tas de broutilles sans intérêt préparées par Connie et par les gens du Moyen-Orient — tout cela est vrai, bien sûr, et facilement vérifiable, même si ça n'était pas très utile pour personne — et Kirov nota tout cela non moins gravement, même si tous deux, comme le disait Connie, savaient pertinemment que ni Kirov ni son maître, quel que fût ce maître, ne s'intéressaient le moins du monde à Israël, aux cargaisons d'armes, ni à son économie militaire — pas dans ce cas-là, en tout cas. L'objectif de Kirov, c'était de créer entre eux des liens de conspirateurs, comme le montra leur prochaine réunion à Paris. Kirov manifesta un immense enthousiasme pour le rapport, insista pour faire accepter cinq cents dollars à Otto, en échange de la petite formalité de signer un reçu. Et lorsque Otto eut fait cela et qu'il fut solidement ferré, Kirov se lança avec toute la brutalité dont il était capable — et c'était quelque chose, dit Connie — pour demander à Otto s'il était bien placé auprès d'émigrés russes locaux.

« Je vous en prie, Connie, murmura Smiley. Nous y sommes presque ! » Elle était si près du but, mais il la sentait qui dérivait de plus en plus loin.

Hilary était accroupie par terre, la tête contre les genoux de Connie. D'un geste absent, les mains gantées de mitaines de Connie tripotaient ses cheveux pour se réconforter, et elle avait les yeux presque fermés.

« Connie ! » répéta-t-il.

Ouvrant les yeux, Connie eut un sourire las.

« Ce n'était que la danse de l'éventail, mon chou, reprit-elle. Le numéro d'il-sait-que-je-sais-que-tu-sais. La classique danse de l'éventail, répéta-t-elle d'un ton indulgent, et ses yeux se refermèrent.

« Alors qu'est-ce que Leipzig lui a répondu ? Connie !

— Il a fait ce que nous aurions fait, mon chou, murmura-t-elle. Il a gagné du temps. Il a reconnu qu'il avait de bons rapports avec les groupes d'émigrés et qu'il était à tu et à toi avec le Général. Puis il a cherché à gagner du temps disant qu'il n'allait pas si souvent à Paris. « Pourquoi ne pas engager quelqu'un sur place ? » proposa-t-il. Il plaisantait, Hil, ma chérie, tu comprends. Il a redemandé : Ça ne ferait de mal à personne ? Il a demandé en quoi consistait le travail de toute façon. Ce que ça payait. Hil, passe-moi un peu de scotch.

— Non, dit Hilary.

— Passe-m'en. »

Smiley lui versa deux doigts de whisky et la regarda boire à petites gorgées.

« Qu'est-ce que Kirov voulait qu'Otto fasse avec les émigrés ? dit-il.

— Kirov avait besoin d'une légende, lui répondit-elle. Il voulait une légende pour une fille. »

Rien dans l'attitude de Smiley ne donnait à penser que seulement quelques heures plus tôt il avait entendu la même phrase dans la bouche de Toby Esterhase. Il y a quatre ans, Oleg Kirov voulait une légende, répéta Connie. Tout comme le Marchand de Sable, à en croire Toby et le Général, songea Smiley, en avait besoin d'une aujourd'hui. Kirov voulait une couverture pour un agent du sexe féminin susceptible d'être infiltré en France. Cela revenait à ça, dit Connie. Kirov, bien sûr, ne l'avait pas dit dans ces termes ; il s'était en fait exprimé de façon toute différente. Il raconta à Otto que Moscou avait adressé une instruction secrète à toutes les ambassades pour annoncer que les familles russes séparées pourraient dans certaines circonstances être réunies à l'étranger. Si l'on pouvait trouver un assez grand nombre de familles qui le souhaitaient, disaient les instructions, alors Moscou exposerait publiquement cette idée et améliorerait ainsi l'image de l'Union soviétique dans le domaine des Droits de l'Homme. L'idéal, c'était de trouver des cas émouvants : par exemple, des filles, en Russie, séparées de leurs familles installées à l'Ouest, des célibataires, peut-être en âge de se marier. Le secret, précisa Kirov, était indispensable, jusqu'à ce qu'on eût établi une liste de cas à examiner : quel scandale cela ferait, dit Kirov, s'il y avait une fuite à propos de cette histoire !

Le Cochon Roux présenta si mal son affaire, dit Connie, que tout d'abord Otto dut refuser la proposition, ne fût-ce que par souci de vraisemblance : c'était trop insensé, trop clandestin, dit-il ; ces histoires de listes secrètes, quelle rigolade ! Pourquoi Kirov ne contactait-il pas directement les organisations d'émigrés en leur faisant jurer le secret ? Pourquoi employer un étranger pour faire son sale boulot ? A mesure que Leipzig plaisantait, Kirov s'échauffait davantage. Ce n'était pas à Leipzig de se moquer des édits secrets de Moscou, déclara Kirov. Il se mit à lui crier après et, on ne sait comment, Connie trouva l'énergie de crier à son tour, ou du moins d'élever la voix au-dessus de son ton las pour lui donner l'accent russe guttural qu'à son avis Kirov avait dû prendre : « Tu n'as donc pas de cœur ? dit-il. Tu ne veux pas aider les gens ? Pourquoi ricanes-tu devant un geste d'humanité simplement parce que ça vient de Russie ! » Kirov ajouta qu'il avait lui-même pris contact avec certaines familles, mais qu'on ne lui avait pas fait confiance et qu'il n'avait guère avancé. Il se mit à faire pression sur Leipzig, d'abord sur le plan personnel — « Tu ne veux pas m'aider dans ma carrière ? » — et, comme cela ne marchait pas, il laissa entendre à Leipzig que puisqu'il avait déjà fourni des renseignements secrets à l'ambassade contre de l'argent, il pourrait considérer comme prudent de continuer, s'il ne voulait pas que les autorités d'Allemagne de l'Ouest, d'une façon ou d'une autre, entendent parler de cette affaire et ne l'expulsent de Hambourg — peut-être même d'Allemagne. Est-ce qu'Otto aimerait cela ? Et enfin, racontait Connie, Kirov proposa de l'argent, c'était là ce qu'il y avait d'extraordinaire. « Pour chaque réunion effectuée, dix mille dollars américains, annonça-t-elle. Pour chaque candidature acceptable, que la réunion ait lieu ou pas, mille dollars rubis sur l'ongle. Et cash. »

Sur quoi, bien sûr, poursuivit connie, le cinquième étage décida que Kirov avait perdu la tête et ordonna qu'on abandonnât aussitôt le dossier.

« Et puis je suis rentré d'Extrême-Orient, dit Smiley.

— Comme le pauvre roi Richard, des Croisades, mon chou ! reconnut Connie. Et puis tu as trouvé les paysans en pleine ébullition et ta canaille de frère sur le trône. Bien fait pour toi. (Elle eut un bâillement gigantesque.) Un dossier à la poubelle, déclara-t-elle. La police boche voulait faire extrader Leipzig de France ; nous aurions fort bien pu leur demander de ne pas le faire, mais nous n'avons pas bougé. Pas de belle blonde, pas de dividende, peau de balle. Programme annulé.

— Et comment Vladimir a-t-il pris tout ça ? » demanda Smiley, comme s'il ne le savait pas.

Connie ouvrit les yeux non sans mal.

« Pris quoi ?

— L'annulation du programme.

— Oh ! il a poussé les hauts cris, qu'est-ce que tu crois ? Les hauts cris. Il a dit que nous avions loupé le coup du siècle. Il a juré de continuer la guerre par d'autres moyens.

— Et quel genre de coup ? »

Elle ne comprit pas sa question. « Ça n'est plus une guerre à coups de fusil, George, dit-elle en refermant les yeux. C'est ça l'ennui. Tout est gris. Des demi-anges luttant contre des demi-démons. Personne ne sait où se trouvent les lignes. Plus de bang-bang. »

Une fois de plus, Smiley revit dans sa mémoire la chambre d'hôtel au papier écossais et les deux manteaux noirs côte à côte, tandis que Vladimir suppliait désespérément qu'on rouvrît le dossier : « Max, entendez-nous encore une fois, écoutez ce qui s'est passé depuis que vous nous avez donné l'ordre d'arrêter ! » Ils avaient pris l'avion de Paris à leurs frais pour lui dire, parce que la Section finances, sur les ordres d'Enderby, avait fermé les comptes de l'affaire. « Max, entendez-nous, je vous en prie, avait imploré Vladimir. Kirov a convoqué Otto dans son appartement tard hier soir. Ils ont eu un nouveau rendez-vous, Otto et Kirov. Kirov s'est enivré et a dit des choses extraordinaires ! »

Il se revit dans la pièce qu'il occupait jadis au Cirque, et Enderby déjà installé à son bureau. C'était le même jour, à peine quelques heures plus tard.

« Ça me semble être l'ultime effort du petit Otto pour ne pas tomber dans les mains des Boches, dit Enderby après avoir entendu Smiley. Pourquoi le réclament-ils là-bas, pour vol ou pour viol ?

— Pour escroquerie », avait répondu Smiley désespéré, et c'était la triste vérité.

Connie fredonnait quelque chose. Elle essaya d'en faire une chanson, puis un limerick. Elle voulait encore du whisky, mais Hilary lui avait pris son verre.

« Elle veut que vous partiez », dit Hilary en regardant Smiley droit dans les yeux.

Penché en avant sur le canapé d'osier, Smiley posa sa dernière question. Il la posa, aurait-on pu croire, à contrecœur ; presque avec dégoût. Son visage plein de douceur était durci par la détermination, mais pas assez pour dissimuler les marques de la désapprobation. « Vous vous rappelez une histoire que le vieux Vladimir racontait, Connie ? Une que nous n'avons jamais partagée avec personne ? Que nous avons rangée, comme quelque chose qui ferait partie d'un trésor privé ? Que Karla avait une maîtresse, quelqu'un qu'il aimait.

— Son Ann à lui, fit-elle d'un ton morne.

— Que pour lui il n'y avait qu'elle qui comptait au monde, qu'elle le faisait agir comme un homme qui a perdu l'esprit. »

Lentement elle redressa la tête et il vit son visage s'éclairer, sa voix se faire plus rapide et plus ferme.

« C'était la rumeur qui circulait au Centre de Moscou — pour ceux qui étaient dans le secret des dieux. L'invention de Karla... Sa création, Connie. Comment il l'avait trouvée quand elle n'était qu'une enfant errant dans un village incendié par la guerre. Comment il l'avait adoptée, élevée et était tombé amoureux d'elle. »

Il l'observait, et malgré le whisky, malgré sa mortelle lassitude, il vit le dernier sursaut d'excitation, comme la dernière goutte d'une bouteille, ranimer lentement ses traits :

« Il était derrière les lignes allemandes, fit-elle. C'était dans les années 40. Ils étaient toute une équipe, à soulever les Baltes. A bâtir des réseaux, des groupes qui restaient sur place. C'était une grande opération. Karla était le patron. Elle est devenue leur mascotte. Ils la trimbalaient partout. Une gosse. Oh, George ! »

Il retenait son souffle pour ne pas perdre un mot de ses paroles. Le vacarme sur le toit se faisait plus fort, il entendait le grondement plus sourd de la forêt martelée par la pluie. Il avait le visage tout près de celui de Connie, tout près, et tout aussi animé que le sien.

« Et alors ? fit-il.

— Alors il l'a liquidée, mon chou. Voilà.

— Pourquoi ? (Il s'approcha encore, comme s'il craignait qu'elle n'allât plus trouver ses mots au moment crucial.) Pourquoi, Connie ? Pourquoi la tuer alors qu'il l'aimait ?

— Il a tout fait pour elle. Il lui avait trouvé des parents adoptifs. Il a veillé à son éducation. Il avait fait d'elle une créature de rêve. Avec elle il jouait papa, l'amant, Dieu. Elle était son jouet. Et puis voilà qu'un jour elle se met à avoir des idées au-dessus de sa condition.

— Quelle sorte d'idées ?

— Elle est moins emballée par la Révolution. Elle fraye avec de foutus intellectuels. Elle voudrait voir l'État dépérir. Elle demande le grand « Pourquoi ? » et le grand « Pourquoi pas ? » Il lui dit de la fermer. Rien à faire. Elle avait un démon en elle. Il l'a fait flanquer au gnouf. C'était encore pire.

— Et il y avait un enfant, insista Smiley, prenant dans les siennes les deux mains emmitouflées de Connie. Elle lui avait donné un enfant, vous vous souvenez ? (La main de Connie était entre eux, entre leurs visages.) Vous l'avez recherchée, cette enfant, n'est-ce pas, Connie ? Pour je ne sais plus quelle stupide raison, je vous ai donné le feu vert. « Retrouvez sa trace, Connie, je vous ai dit. Allez là où ça vous mène. » Vous vous souvenez ? »

Poussée par les encouragements intenses de Smiley, son histoire avait pris la ferveur d'un dernier amour. Elle parlait vite, les yeux ruisselants. Elle revenait en arrière, zigzaguait en tous sens dans sa mémoire. Karla avait une fille... « Oui, mon chou, c'était l'histoire, tu m'entends ?

— Oui, Connie, continuez, je vous entends.

— Alors écoutez. Il l'a élevée, il a fait d'elle sa maîtresse, il y a eu un gosse et les scènes étaient à propos de l'enfant. George, mon chou, tu m'aimes comme autrefois ?

— Allons, Connie, bien sûr que oui, racontez-moi le reste.

— Il l'accusait de déformer le précieux esprit de l'enfant avec des idées dangereuses, comme la liberté, par exemple. Ou l'amour. C'était une fille, le portrait de sa mère, qui, paraît-il, était une beauté. A la fin, l'amour du vieux despote s'est transformé en haine et il a fait liquider son idéal, il l'a fait jeter au rebut : fin de l'histoire. Nous l'avons appris d'abord de Vladimir, puis des bruits ici et là, jamais une base solide. Nom inconnu, mon chou, parce qu'il a détruit les archives qui la concernaient, il a fait tuer tous ceux qui auraient pu entendre parler d'elle, ce qui est bien le style de Karla, béni soit-il, n'est-ce pas, mon chou ? Il a toujours été comme ça. D'autres ont dit qu'elle n'était pas morte du tout, que l'histoire de son meurtre était une fausse information pour brouiller les pistes. Là, eh bien, ça y est, non ? La vieille bête s'est souvenue !

— Et l'enfant ? demanda Smiley. La fille qui était le portrait de sa mère ? Il y a eu un rapport de transfuge... c'était à propos de quoi déjà ? » Elle n'eut pas un instant d'hésitation. Elle se souvenait de ça aussi, son esprit galopait devant elle, tout comme sa voix allait plus vite que son souffle.

Un maître de conférences de l'université de Leningrad, dit Connie. Il prétendait avoir reçu l'ordre de recevoir une fille bizarre pour des leçons particulières d'instruction politique le soir, une sorte de cliente privée qui manifestait des tendances asociales, la fille d'un haut fonctionnaire. Tatiana, il n'avait le droit de la connaître que sous le nom de Tatiana. Elle avait fait des histoires partout, mais son père était un gros bonnet à Moscou et elle était intouchable. La fille essaya de le séduire, elle y réussit sans doute, puis lui raconta une histoire d'après laquelle papa aurait fait tuer maman pour n'avoir pas témoigné une foi suffisante dans le processus historique. Le lendemain, son professeur à lui est venu le voir en lui disant que si jamais il répétait un mot de ce qui s'était passé durant cette entrevue, il se trouverait en train de glisser sur une très grosse peau de banane...

Connie poursuivit frénétiquement, décrivant l'indice qui ne mène nulle part, des sources qui disparaissaient au moment de la découverte. Il semblait impossible que son corps délabré et saturé d'alcool fût parvenu une fois de plus à rassembler une telle énergie.

« Oh ! George, mon chou, emmène-moi avec toi. C'est ça que tu cherches, j'ai trouvé ! Qui a tué Vladimir et pourquoi ! J'ai vu ça sur ta vilaine frimousse dès l'instant où tu es entré. Je n'arrivais pas à le situer, maintenant ça y est. Tu as ton air de Karla ! Vladi avait rouvert la veine, alors Karla l'a fait tuer ! C'est ta bannière, George. Je te vois te mettre en marche. Emmène-moi avec toi, George, je t'en prie ! Je laisserai Hil, je laisserai tout, fini la bibine, je jure. Ramène-moi à Londres et je te trouverai cette fille, même si elle n'existe pas, si ça doit être la dernière chose que je fais !

— Pourquoi Vladimir l'appelait-il le Marchand de Sable ? demanda Smiley, qui connaissait déjà la réponse.

— C'était une plaisanterie à lui. Un conte de fées allemand que Vladi a trouvé en Estonie venant d'un de ses ancêtres boches. « Karla est notre marchand de sable. Tous ceux qui s'approchent trop près de lui ont une façon de tomber endormis. » Nous n'avons jamais su, mon chou, comment aurions-nous pu ? A Lubianka, quelqu'un avait rencontré un homme qui avait rencontré une femme qui l'avait rencontrée. Quelqu'un d'autre connaissait quelqu'un qui avait aidé à l'enterrer. Cette fille, c'était l'idole de Karla, George. Et elle l'a trahi. Des villes jumelles, on disait que vous étiez, Karla et toi, les deux moitiés de la même pomme. George, mon chou, non ! Je t'en prie ! »

Elle s'était arrêtée et il se rendit compte qu'elle le dévisageait avec crainte, on ne sait comment son visage à elle était en dessous du sien ; il était debout et la foudroyait du regard. Hilary était plaquée contre le mur et criait : « Assez, assez ! » Il était planté devant elle, rendu furieux par cette comparaison minable et injuste, sachant que ni les méthodes de Karla ni l'absolutisme de Karla n'étaient siens. Il s'entendit dire : « *Non, Connie !* » Et s'aperçut qu'il avait levé les mains à la hauteur de sa poitrine, les paumes crispées et tournées vers le bas, comme s'il essayait d'enfoncer quelque chose dans le sol. Et il se rendit compte que sa passion lui avait fait peur ; que jamais encore, devant elle, il n'avait manifesté une conviction si forte — ni des sentiments aussi forts.

« Je vieillis », murmura-t-il avec un sourire penaud.

Il se détendit et, au même instant, lentement le corps de Connie s'amollit aussi et le rêve mourut en elle. Les mains, qui quelques secondes plus tôt le serraient si fort, reposaient sur ses genoux comme des corps dans une tranchée.

« Tout ça, c'était de la foutaise, dit-elle d'un ton morne. (Une apathie profonde, définitive s'abattit sur elle.) Des émigrés qui s'ennuient en pleurant dans leur vodka. Laisse tomber, George. Karla t'a battu à plate couture. Il t'a roulé, il a ridiculisé ton époque. Notre époque. (Elle but une gorgée, ne se souciant plus de ce qu'elle disait. Sa tête de nouveau pencha en avant et il crut un moment qu'elle dormait vraiment.) Il t'a roulé toi, il m'a roulée moi, et au moment où tu flairais quelque chose, il a envoyé ce foutu Bill Haydon pour rouler Ann et te détourner de la piste. (Avec difficulté elle releva la tête pour le dévisager encore une fois.) Rentre chez toi, George. Karla ne te rendra pas ton passé. Sois comme la vieille bête que tu as devant toi. Trouve-toi un peu d'amour et attends l'Harmagedon. »

Elle s'était remise à tousser, désespérément, une quinte déchirante après l'autre.

La pluie avait cessé. Regardant par les portes-fenêtres, Smiley revit le clair de lune sur les poulaillers, effleurant la gelée sur le grillage, il vit les crêtes glacées des sapins escaladant la colline vers un ciel noir, il vit un monde à l'envers, avec tout ce qui était clair obscurci dans l'ombre, et tout ce qui était sombre ressortant comme une balise sur le sol blanc. Il vit une lune qui soudain se dégageait des nuages, pour l'appeler vers des crevasses bouillonnantes. Il vit une silhouette noire en bottes de caoutchouc et un foulard noué autour de la tête qui remontait l'allée, et il se rendit compte que c'était Hilary. Elle avait dû s'esquiver sans qu'il s'en aperçût. Il se souvint avoir entendu une porte claquer. Il revint auprès de Connie et s'assit sur le canapé à côté d'elle. Connie pleurait et délirait en parlant d'amour. L'amour était une force positive, disait-elle d'un ton confus... demande à Hil. Mais Hilary n'était pas là pour qu'on lui pose des questions. L'amour était une pierre jetée dans l'eau, s'il y avait assez de pierres et si on aimait tous ensemble, les ondulations seraient assez fortes pour traverser la mer et noyer ceux qui détestaient et ceux qui doutaient. « Même l'abominable Karla, mon chou, lui assura-t-elle. C'est ce que dit Hil. De la foutaise, n'est-ce pas ? C'est de la foutaise, Hil ! » hurla-t-elle.

Puis Connie referma les yeux et, au bout d'un moment, à en juger par sa respiration, elle parut s'assoupir. Ou peut-être faisait-elle seulement semblant pour éviter la souffrance de dire au revoir. Il sortit à pas feutrés dans le froid du soir. Par miracle la voiture démarra ; il commença à remonter l'allée, cherchant Hilary du regard. Il passa un virage et l'aperçut dans le faisceau des phares. Elle était blottie parmi les arbres, attendant son départ avant de retourner auprès de Connie. Elle avait de nouveau les mains à son visage et il crut y voir du sang ; peut-être s'était-elle écorchée avec ses ongles. Il la dépassa et la vit dans le rétroviseur, qui le fixait, à la lueur de ses feux arrière, et un moment elle lui parut comme tous ces fantômes troubles qui sont les vraies victimes des conflits ; qui émergent en trébuchant des fumées de la guerre, meurtris, affamés et privés de tout ce qu'ils ont jamais possédé ou aimé. Il attendit de la voir redescendre la colline, vers les lumières de la *datcha*.

A l'aéroport de Heathrow, il prit son billet d'avion pour le lendemain matin, puis s'allongea sur le lit à l'hôtel, c'était peut-être le même après tout, mais les murs n'étaient pas tendus d'écossais. Toute la nuit l'hôtel resta éveillé, et Smiley aussi. Il entendit le cliquetis des canalisations, la sonnerie des téléphones et le choc sourd des amants qui ne voulaient pas ou ne pouvaient pas dormir.

Max, entends-nous encore une fois, répéta-t-il. *C'est le Marchand de Sable lui-même qui a envoyé Kirov chez les émigrés pour trouver la légende.*

16

Smiley arriva à Hambourg au milieu de la matinée et prit le car de l'aéroport jusqu'au centre de la ville. Le brouillard s'attardait et il faisait très froid. Sur la place de la Gare, après des refus répétés, il finit par trouver un vieil et frêle hôtel avec un ascenseur qui n'avait le droit que de transporter trois personnes à la fois. Il s'inscrivit sous le nom de Standfast, puis alla jusqu'à une agence de location de voitures, où il loua une petite Opel, qu'il laissa dans un garage souterrain où des haut-parleurs jouaient du Beethoven en sourdine. La voiture, c'était sa porte de sortie. Il ne savait pas s'il en aurait besoin, mais il savait qu'elle devait se trouver là. Il repartit à pied, en direction de l'Alster, en percevant toute chose avec une acuité particulière : la circulation démente, les magasins de jouets pour enfants de milliardaires. Le vacarme de la ville le frappa comme un ouragan de feu, et lui fit oublier le froid. L'Allemagne était sa seconde nature, voire sa seconde âme.

Dans sa jeunesse, la littérature allemande avait été sa passion et sa discipline. Il pouvait en endosser la langue comme un uniforme et la parler sans crainte. Pourtant il sentait le danger à chaque pas qu'il faisait, car Smiley, lorsqu'il était jeune homme, avait passé la moitié de la guerre ici, dans la terreur solitaire de l'espion, et la conscience de se trouver en territoire ennemi était solidement ancrée en lui. Adolescent, il avait connu Hambourg comme une ville portuaire riche et élégante, qui dissimulait son âme volage sous un manteau d'anglomanie et, lorsqu'il était adulte, comme une ville réduite à des ténèbres médiévales par les raids aériens de mille bombardiers. Il l'avait vue dans les premières années de la paix, des ruines qui n'en finissaient pas de fumer et des survivants qui labouraient les décombres comme des champs. Et il la voyait aujourd'hui, se précipitant dans l'anonymat de la musique en conserve, des grands immeubles en béton et du verre fumé. Lorsqu'il eut atteint le sanctuaire de l'Alster, il emprunta le sentier agréable qui mène à la jetée d'où Villem s'était embarqué. En semaine, observa-t-il, le premier bac était à 7 h 10, le dernier à 20 h 15 et c'était un jour de semaine que Villem était venu. Un vapeur était attendu dans un quart d'heure. Il resta là à regarder les rameurs et les écureuils rouges comme l'avait fait Villem, et lorsque le bateau arriva, il s'assit à l'arrière là où s'était installé Villem, à l'air libre sous l'abri de la tente. Il avait pour compagnons une foule d'écoliers et trois religieuses. Il était là, les yeux presque fermés pour se protéger des reflets éblouissants, à écouter leur bavardage. Vers le milieu de la traversée, il se leva, traversa les cabines jusqu'à la vitre avant, regarda dehors, sans doute pour confirmer quelque chose, jeta un coup d'œil à sa montre, puis regagna sa place jusqu'au Jungfernstieg, où il débarqua.

Le récit de Villem tenait debout. Smiley ne s'attendait à rien d'autre, mais dans un monde de doutes perpétuels, on n'est jamais mécontent d'être rassuré.

Il déjeuna puis se rendit à la poste centrale où il passa une heure à étudier de vieux annuaires téléphoniques, un peu comme Ostrakova l'avait fait à Paris, encore que ce fût pour des raisons différentes. Ses recherches terminées, il s'installa avec soulagement dans le hall de l'hôtel des Quatre Saisons et lut des journaux jusqu'au crépuscule.

Dans un guide des maisons de plaisir de Hambourg, le Diamant Bleu ne figurait pas parmi les boîtes de nuit, mais à la rubrique « amours », et son côté assez exclusif et ses prix lui valaient trois étoiles. L'établissement était situé à Saint-Pauli, mais discrètement à l'écart, dans une ruelle pavée, en pente, mal éclairée et qui sentait le poisson. Smiley sonna à la porte et un déclencheur électronique l'ouvrit. Il entra et se trouva aussitôt dans une antichambre bien rangée, pleine d'appareils gris dont s'occupait un jeune homme élégant en costume gris. Aux murs, des bandes magnétiques grises tournaient avec lenteur, mais la musique qu'elles diffusaient était essentiellement destinée à une autre pièce. Sur le bureau, un téléphone compliqué, gris lui aussi, clignotait et cliquetait.

« J'aimerais passer un moment ici », dit Smiley.

C'est ici qu'on a répondu à mon coup de téléphone lorsque j'ai appelé le correspondant de Vladimir à Hambourg, songea-t-il.

L'élégant jeune homme tira de son bureau un formulaire imprimé et, sur un ton confidentiel, lui expliqua la marche à suivre, un peu comme un avocat, ce qui d'ailleurs était peut-être bien sa profession dans la journée. L'inscription coûtait 175 marks, fit-il avec douceur. C'était une cotisation annuelle, qui donnait à Smiley le droit d'entrer gratis pour toute une année, autant de fois qu'il le souhaitait. La première consommation lui coûterait encore 25 marks et ensuite les tarifs étaient élevés mais pas déraisonnables. La première consommation était obligatoire et, comme la cotisation, payable avant d'entrer. Toutes les autres formes de distractions étaient gratuites, ce qui n'empêchait pas les filles d'apprécier les cadeaux qu'on pouvait leur faire. Smiley n'avait qu'à remplir le formulaire au nom qu'il souhaitait. Il serait classé ici personnellement par le jeune homme. Tout ce qu'il aurait à faire à sa prochaine visite, ce serait de se rappeler le nom sous lequel il s'était inscrit et il serait admis sans formalités.

Smiley versa son argent et ajouta un faux nom de plus aux douzaines de ceux qu'il avait utilisés dans sa vie. Il descendit un escalier jusqu'à une seconde porte qui elle aussi était commandée par un dispositif électronique, révélant un étroit passage donnant sur une rangée d'alcôves encore vides, car dans ce monde la nuit ne faisait que commencer. Au bout du couloir se trouvait une troisième porte et, une fois qu'il l'eut franchie, il pénétra dans une obscurité totale où se déchaînait à pleine puissance la musique enregistrée sur les magnétophones de l'élégant jeune homme. Une voix masculine s'adressa à lui, l'étroit faisceau d'une petite torche le guida jusqu'à une table. On lui tendit une liste de consommations. « Propriétaire, C. Kretzschmar », lut-il au bas de la page en petits caractères. Il commanda un whisky.

« Je désirerais rester seul. Pas de compagnie.

— Je vais prévenir la maison, monsieur, dit le garçon avec une infinie dignité en acceptant son pourboire.

— Dites-moi, Herr Kretzschmar, il ne serait pas de Saxe par hasard ?

— Si, monsieur. »

Pire qu'un Allemand de l'Est, avait dit Toby Esterhase. *Un Saxon. Ils ont volé ensemble, ils ont été souteneurs ensemble, ils ont fait de faux rapports ensemble. C'était une union parfaite.*

Il buvait son whisky à petites gorgées, en attendant que ses yeux s'habituent à la lumière. Venant d'on ne sait d'où, une lumière bleutée brillait, faisant ressortir de façon étrange les cols et les manchettes. Il voyait des visages blancs et des corps blancs. Il y avait deux niveaux. Celui d'en bas, où il était assis, était meublé de tables et de fauteuils. Le niveau supérieur comprenait six chambres séparées, comme des loges au théâtre, chacune avec sa propre lumière bleue. C'était dans l'une d'elles, décida-t-il, que, à son insu ou non, le quatuor avait posé pour la photographie. Il se rappelait l'angle sous lequel le cliché avait été pris. C'était d'en haut — de tout à fait en haut. Mais « tout à fait en haut » signifiait quelque part dans l'obscurité de la partie supérieure, où aucun regard ne pouvait pénétrer, pas même celui de Smiley.

La musique s'arrêta et, par les mêmes haut-parleurs, on annonça un numéro. Le titre, dit le présentateur, était le Vieux Berlin, et la voix du présentateur évoquait aussi le Vieux Berlin : autoritaire, nasillarde et pleine de sous-entendus. L'élégant jeune homme a changé la bobine, se dit Smiley. Un rideau se leva révélant une petite scène. Profitant de la lumière de la rampe, il inspecta de nouveau d'un regard rapide la partie supérieure de la salle et découvrit cette fois ce qu'il cherchait : une petite fenêtre d'observation en verre fumé installée très haut dans le mur. Le photographe avait utilisé des appareils spéciaux, songea-t-il vaguement ; de nos jours, lui avait-on dit, l'obscurité n'était plus un obstacle. J'aurais dû demander à Toby, se dit-il. Toby connaît tous ces trucs-là par cœur. Sur la scène, un groupe avait commencé à faire l'amour, de façon mécanique, sans but et décourageante. Smiley tourna son attention vers les autres membres disséminés dans la salle. Les filles étaient belles, nues et jeunes, tout comme les filles sur la photographie étaient jeunes. Celles qui avaient des partenaires étaient assises enlacées autour d'eux, et ravies en apparence de leur sénilité et de leur laideur. Celles qui n'en avaient pas formaient un groupe silencieux comme des joueurs de rugby américains attendant d'être appelés sur le terrain. Le bruit des haut-parleurs se fit plus fort, un mélange de musique et de récits désordonnés. Et à Berlin, se dit Smiley, ils jouent au Vieux Hambourg. Sur la scène, le couple augmentait ses efforts, mais sans grand résultat. Smiley se demandait s'il reconnaîtrait les filles de la photo si elles apparaissaient. Il décida que non. Le rideau se referma. Soulagé, il commanda un autre whisky.

« Herr Kretzschmar est-il ici ce soir ? » demanda-t-il au serveur. Herr Kretzschmar était un homme très occupé, expliqua le garçon, Herr Kretzschmar était obligé de diviser son temps entre plusieurs établissements.

« S'il vient, ayez la bonté de me le faire savoir.

— Il sera ici à 11 heures exactement, monsieur. »

Devant le bar, des couples nus avaient commencé à danser. Il supporta encore une demi-heure de ce spectacle avant de retourner à la réception en passant devant les alcôves, dont certaines étaient maintenant occupées. L'élégant jeune homme lui demanda qui il devrait annoncer.

« Dites-lui que c'est pour une demande particulière », dit Smiley.

L'élégant jeune homme pressa un bouton et parla d'une voix extrêmement étouffée, un peu comme il avait parlé à Smiley.

Le bureau d'en haut était aussi net qu'un cabinet de consultation de médecin, avec un bureau au plateau en plastique et beaucoup plus d'appareils. Un circuit fermé de télévision donnait une version comme à la lumière du jour de ce qui se passait en bas. La même fenêtre d'observation que Smiley avait déjà remarquée donnait sur les chambres séparées. Herr Kretzschmar était ce que les Allemands appellent un personnage sérieux. Il avait la cinquantaine, il était trapu et soigné, avec un costume sombre et une cravate pâle. Ses cheveux étaient d'un blond de paille comme il convient à un bon Saxon, son visage affable n'exprimait ni l'accueil ni le rejet. Il donna à Smiley une poignée de main énergique et lui désigna un fauteuil. Il semblait très habitué à s'occuper des demandes particulières.

« Je vous en prie », dit Herr Kretzschmar, et les préliminaires se trouvèrent terminés.

Il n'y avait d'autre solution que d'aller de l'avant.

« J'ai cru comprendre que vous aviez été autrefois l'associé d'un de mes amis du nom d'Otto Leipzig, dit Smiley, d'une voix qui lui parut un peu trop forte. Je me trouve de passage à Hambourg et je me demandais si vous pourriez me dire où il est. Son adresse ne semble figurer dans aucun annuaire. »

Le café de Herr Kretzschmar était dans une cafetière en argent avec une serviette en papier autour de la poignée pour protéger ses doigts lorsqu'il se servirait. Il but une gorgée et reposa sa tasse avec précaution pour éviter une collision trop brusque.

« Qui êtes-vous, je vous prie ? » demanda Herr Kretzschmar. L'intonation saxonne aplatissait sa voix. Un léger froncement de sourcils soulignait encore son air respectable.

« Otto m'appelait Max », dit Smiley.

Herr Kretzschmar ne réagit pas à ce renseignement mais il prit son temps avant de poser la question suivante. Son regard, nota Smiley, était d'une étrange innocence. *Otto n'a jamais eu une maison de sa vie,* avait dit Toby. *Pour les rencontres d'urgence, Kretzschmar jouait les concierges.*

« Puis-je me permettre de vous demander quelle était la nature de vos affaires avec Herr Leipzig ?

— Je représente une grande société, dit Smiley. Entre autres intérêts, nous possédons une agence littéraire et photographique pour les journalistes indépendants.

— Et alors ?

— Autrefois, ma maison mère s'est fait un plaisir d'accepter de temps en temps des reportages effectués par Herr Leipzig — par le truchement d'intermédiaires — et de les transmettre à nos clients pour le traitement et la revente.

— Alors ? » répéta Herr Kretzschmar. Il avait un peu levé la tête, mais son expression n'avait pas changé.

« Récemment les relations d'affaires entre ma maison mère et Herr Leipzig ont repris. » (Il marqua un léger temps.) Tout d'abord par téléphone, dit-il, mais Herr Kretzschmar semblait ne jamais avoir entendu parler du téléphone.

« De nouveau par le truchement d'intermédiaires, il nous a fait parvenir un échantillon de son travail que nous nous sommes fait un plaisir de placer pour lui. Je suis venu ici pour discuter les conditions d'un nouveau reportage que je voudrais lui commander. A supposer, bien sûr, que Herr Leipzig soit en mesure de l'effectuer.

— De quelle nature était ce travail, s'il vous plaît... que Herr Leipzig vous a fait parvenir... je vous prie, Herr Max ?

— C'était le négatif d'une photographie de caractère érotique. Ma maison insiste toujours pour avoir les négatifs. Herr Leipzig, bien sûr, le savait. (Smiley désigna l'autre côté de la pièce.) J'aurais tendance à croire qu'elle a dû être prise de cette fenêtre. Une particularité de cette photographie, c'est que Herr Leipzig lui-même y figurait. Il est donc permis de supposer qu'un ami ou un associé a pu actionner l'appareil. »

Le regard bleu de Herr Kretzschmar restait aussi direct et innocent qu'avant. Son visage, bien qu'étrangement peu marqué, paraissait courageux à Smiley, mais il ne savait pas pourquoi.

Vous vous occupez d'un salopard comme Leipzig, alors vous feriez mieux d'avoir un salopard comme moi pour s'occuper de vous, avait dit Toby.

« Il y a un autre point, dit Smiley.

— Oui ?

— Malheureusement le gentleman qui servait d'intermédiaire en cette occasion a eu un grave accident peu après que le négatif nous eut été remis. La ligne de communication habituelle avec Herr Leipzig s'est donc trouvée coupée. »

Herr Kretzschmar ne dissimulait pas son inquiétude. Une expression qui semblait être de sincère sollicitude assombrit son visage lisse et il dit avec une grande brusquerie :

« Comment ça, un accident ? Quelle sorte d'accident ?

— Un accident fatal. Je suis venu prévenir Otto et lui parler. »

Herr Kretzschmar possédait un beau portemine en or. Le prenant d'un geste lent dans une poche intérieure, il en fit sortir la pointe et, l'air toujours sombre, traça un cercle sur le bloc posé devant lui. Puis il ajouta une croix en haut, traça un trait à travers sa création, fit tut-tut et dit : « Navrant. » Lorsqu'il eut fait tout cela, il se redressa et dit d'un ton sec à un appareil. « Qu'on ne me dérange pas. » Dans un murmure, la voix du jeune homme en gris de la réception confirma qu'il tiendrait compte de cette instruction.

« Vous disiez que Herr Leipzig était une vieille connaissance de votre maison mère ? reprit Herr Kretzschmar.

— Comme je crois que vous l'avez été vous-même, il y a longtemps, Herr Kretzschmar.

— Veuillez expliquer cela plus en détail, dit Herr Kretzschmar en faisant tourner lentement le portemine entre ses deux mains, comme s'il examinait la qualité de l'or.

— Bien sûr, fit Smiley d'un ton désapprobateur, nous parlons d'histoires anciennes.

— Cela, je le comprends.

— Quand Herr Leipzig s'est échappé de Russie, il est venu dans le Schleswig-Holstein, dit Smiley. L'organisation qui avait monté son évasion était basée à Paris, mais en tant que Balte, il préférait vivre en Allemagne du Nord. L'Allemagne était encore occupée et il avait du mal à gagner sa vie.

— Comme tout le monde, le reprit Herr Kretzschmar. Tout le monde avait du mal à gagner sa vie. C'était une époque extrêmement dure. Les jeunes d'aujourd'hui n'en ont aucune idée.

— Aucune, reconnut Smiley. Et les temps étaient particulièrement durs pour les réfugiés. Qu'ils soient arrivés d'Estonie ou de Saxe, la vie était dure pour eux.

— C'est tout à fait correct. Les réfugiés étaient les plus mal lotis. Continuez, je vous prie.

— A cette époque il existait une industrie du renseignement considérable. De toutes sortes. Renseignement d'ordre militaire, industriel, politique, économique. Les puissances victorieuses étaient disposées à payer de grosses sommes d'argent pour obtenir des informations les unes sur les autres. Ma maison mère s'intéressait à ce commerce et avait ici un représentant dont la tâche était de recueillir ce genre de documentation et de la transmettre à Londres. Herr Leipzig et son associé devinrent parfois nos clients. Sur la base du coup par coup. »

Malgré l'annonce de l'accident fatal dont avait été victime le Général, un bref sourire, et tout à fait inattendu, passa comme une brise à la surface des traits de Herr Kretzschmar.

« Au coup par coup, dit-il, comme si les mots lui plaisaient et qu'ils étaient nouveaux pour lui. Au coup par coup, répéta-t-il. C'était exactement cela.

— Des relations de ce genre sont bien entendu d'un caractère provisoire, poursuivit Smiley. Mais Herr Leipzig, étant balte, avait d'autres intérêts et continua durant une longue période à correspondre avec ma société par des intermédiaires se trouvant à Paris. (Il marqua un temps.) Notamment un certain général. Il y a quelques années, à la suite d'une discussion, le Général fut obligé d'aller s'installer à Londres, mais Otto garda le contact avec lui. Et le Général, de son côté, resta l'intermédiaire.

— Jusqu'à son accident ? intervint Herr Kretzschmar.

— Précisément, dit Smiley.

— C'était un accident de la circulation ? Un vieil homme... un peu imprudent ?

— C'était une balle, dit Smiley. (Et il vit le visage de Herr Kretzschmar avoir de nouveau une grimace de déplaisir.) Mais il a été tué, précisa Smiley, comme pour le rassurer. Ce n'était pas un suicide, un accident, ni rien de ce genre.

— Naturellement », dit Herr Kretzschmar en offrant une cigarette à Smiley. Smiley refusa, aussi en alluma-t-il une pour lui, il tira quelques bouffées et l'écrasa dans le cendrier. Son teint pâle était un rien plus pâle.

« Vous avez rencontré Otto ? Vous le connaissez ? demanda Herr Kretzschmar du ton de quelqu'un qui fait de la conversation.

— Je l'ai rencontré une fois.

— Où cela ?

— Je ne suis pas libre de vous le dire. »

Herr Kretzschmar fronça les sourcils, mais d'un air perplexe plutôt que désapprobateur.

« Dites-moi, je vous prie. Si votre maison mère — bon, Londres — voulait contacter directement Herr Leipzig, quelles mesures prenait-elle ? demanda Herr Kretzschmar.

— Il y avait des dispositions concernant le *Hamburger Abendblatt.*

— Et si on voulait prendre contact avec lui de façon très urgente ?

— Il y avait vous.

— Vous êtes de la police ? demanda calmement Herr Kretzschmar. De Scotland Yard ?

— Non. (Smiley dévisagea Herr Kretzschmar et Herr Kretzschmar lui rendit son regard.)

— Vous m'avez apporté quelque chose ? demanda Herr Kretzschmar. (Déconcerté, Smiley ne répondit pas tout de suite.) Par exemple une lettre d'introduction ? Une carte ?

— Non.

— Rien à montrer ? C'est dommage.

— Peut-être que, quand je l'aurai vu, lui, je comprendrai mieux votre question.

— Mais de toute évidence vous l'avez vue, cette photographie ? Vous l'avez peut-être sur vous ? »

Smiley tira de sa poche son portefeuille et tendit le cliché à travers le bureau. Le tenant par les bords, Herr Kretzschmar l'examina un moment, mais à simple titre de confirmation, puis le reposa sur le plateau en plastique devant lui. A cet instant, le sixième sens de Smiley lui souffla que Herr Kretzschmar allait faire une déclaration, à la façon dont les Allemands font parfois des déclarations — qu'il s'agisse de philosopher, de se disculper ou bien de se faire aimer ou plaindre. Il commençait à penser que Herr Kretzschmar, du moins à ses propres yeux, était un homme sociable encore qu'incompris ; un homme de cœur, voire un brave homme, et que son mutisme initial était quelque chose qu'il portait comme une tenue professionnelle, à contrecœur, dans un monde qu'il trouvait souvent peu compatissant envers son caractère affectueux :

« Je voudrais vous expliquer que je dirige un établissement convenable », remarqua Herr Kretzschmar, après avoir, une fois de plus, à la lueur de la lampe moderne comme celle d'une clinique, jeté un coup d'œil au cliché posé sur son bureau. Je n'ai pas l'habitude de photographier des clients. Il y a des gens qui vendent des cravates, moi, je vends du sexe. L'important pour moi est de mener mes affaires dans l'ordre et la correction. Mais il ne s'agissait pas d'affaires. Il s'agissait d'amitié. »

Smiley eut la sagesse de garder le silence.

Herr Kretzschmar se rembrunit. Il baissa le ton et prit un air confidentiel : « Vous le connaissiez, Herr Max ? Ce vieux Général ? Vous étiez personnellement en rapport avec lui ?

— Oui.

— C'était quelqu'un, il paraît ?

— En effet.

— Un lion, hein ?

— Un lion.

— Otto est toujours fou de lui. Mon prénom est Claus. « Claus, me disait-il. Ce Vladimir, je l'adore. » Vous me suivez ? Otto est un garçon très loyal. Le Général aussi ?

— Il l'était, dit Smiley.

— Beaucoup de gens ne croient pas en Otto. Votre maison mère non plus, elle ne croit pas toujours en lui. C'est compréhensible. Je ne leur reproche pas. Mais le Général, il croyait en Otto. Pas pour tous les détails. Mais pour les grandes choses. (Avançant le bras, Herr Kretzschmar serra le poing et tout d'un coup c'était vraiment un très gros poing.) Quand les choses allaient mal, le vieux Général avait une confiance absolue en Otto. Moi aussi je crois en Otto, Herr Max. Pour les grandes choses. Mais je suis allemand, je ne fais pas de politique, je suis un homme d'affaires. Ces histoires de réfugiés sont finies pour moi. Vous me suivez ?

— Bien sûr.

— Mais pas pour Otto. Jamais. Otto est un fanatique. Je peux employer ce mot. Un fanatique. C'est une des raisons pour lesquelles nos vies se sont séparées. Néanmoins il est mon ami. Si quelqu'un lui fait du mal, il aura affaire à Kretzschmar. (Une nouvelle vague de perplexité assombrit un instant son visage.) Vous êtes sûr que vous n'avez rien pour moi, Herr Max ?

— A part la photographie, je n'ai rien pour vous. »

A contrecœur, Herr Kretzschmar, une fois de plus, passa à autre chose, mais il lui fallut du temps ; il était mal à l'aise.

« Le vieux Général a été abattu en Angleterre ? finit-il par demander.

— Oui.

— Mais vous estimez néanmoins qu'Otto est aussi en danger.

— Oui, mais je crois qu'il a choisi de l'être. »

Cette réponse plut à Herr Kretzschmar et à deux reprises il hocha la tête avec énergie.

« Moi aussi. Moi aussi. C'est tout à fait l'impression que j'ai de lui. Je lui ai dit bien des fois : « Otto, tu aurais dû être acrobate sur un fil de fer. » A mon avis, pour Otto, un jour ne vaut pas la peine d'être vécu s'il ne risque pas au moins six fois d'être son dernier. Vous me permettez de faire certaines observations sur mes rapports avec Otto ?

— Je vous en prie », fit Smiley d'un ton poli.

Appuyant ses avant-bras sur la surface de plastique, Herr Kretzschmar s'installa dans une position plus confortable pour faire sa confession.

« Il y a eu une époque où Otto et Claus Kretzschmar faisaient tout ensemble : nous volions pas mal de chevaux, comme nous disons. J'étais de Saxe, Otto venait de l'Est. Un Balte. Pas de Russie — il insistait là-dessus — d'Estonie. Il en avait vu de rudes. Il avait connu l'intérieur de pas mal de prisons, un sale type l'avait trahi là-bas en Estonie. Une fille était morte, et il était furieux à ce propos. Il avait un oncle du côté de Kiel, mais c'était une ordure. Je peux le dire. Une ordure. Nous n'avions pas d'argent. Nous étions camarades et complices dans nos vols. C'était normal, Herr Max. »

Smiley reconnut la justesse de ce propos.

« Une de nos activités, c'était de vendre des renseignements. Vous avez dit fort justement que le renseignement, en ce temps-là, était un bien précieux. Par exemple, nous entendions parler d'un réfugié qui venait d'arriver et qui n'avait pas encore été interrogé par les Alliés. Ou peut-être qu'un Russe avait déserté. Ou le patron d'un cargo. Nous entendons parler de lui, nous l'interrogeons. Si nous sommes ingénieux, nous nous arrangeons pour vendre le même rapport dans des versions différentes à deux ou même trois acheteurs différents. Les Américains, les Français, les Anglais. Même aux Allemands, déjà de nouveau en selle, mais oui. Certaines fois, dès l'instant où c'était inexact, même à *cinq* acheteurs. (Il eut un grand rire.) Mais seulement si c'était inexact, vous voyez ? D'autres fois, quand nous étions à court de sources, nous en inventions — pas de problèmes. Nous avions des cartes, une bonne imagination, de bons contacts. Ne vous méprenez pas : Kretzschmar est un ennemi du communisme. Nous parlons d'histoires anciennes, comme vous disiez, Herr Max. Il fallait ça pour survivre. Otto avait l'idée, Kretzschmar faisait le travail. Otto, je dirai, n'était pas l'inventeur du travail. (Herr Kretzschmar fronça les sourcils.) Mais sur un point Otto était quelqu'un de très sérieux. Il avait une dette à régler. De cela, il parlait sans cesse. Peut-être envers le type qui l'avait trahi et qui avait tué la fille qu'il aimait, peut-être contre toute la race humaine. Qu'est-ce que j'en sais ? Il devait être très actif. Actif politiquement. Alors, pour cela, il allait à Paris très souvent. Très. »

Herr Kretzschmar s'octroya une brève période de réflexion.

« Je vais être franc, annonça-t-il.

— Et je respecterai vos confidences, dit Smiley.

— Je vous crois. Vous êtes Max. Le Général est votre ami, Otto me l'avait dit. Otto vous a rencontré une fois, il vous admirait. Beaucoup. Je vais être franc avec vous. Il y a de nombreuses années, Otto Leipzig est allé en prison pour moi. En ce temps-là, je n'étais pas respectable. Maintenant que j'ai de l'argent, je peux me permettre de l'être. Nous avons volé quelque chose, il a été pris, il a menti et c'est lui qui a tout écopé. J'ai voulu le payer. Il m'a dit : « Qu'est-ce que ça fait ? Quand on est Otto Leipzig, une année de prison, ce sont des vacances. » J'allais le voir tous les jours, j'achetais les gardiens pour qu'il ait un régime spécial — même une fois une femme. Lorsqu'il est sorti, j'ai essayé encore de le payer. Il a décliné mes offres. « Un jour, m'a-t-il dit, je te demanderai quelque chose. Peut-être ta femme. » « Tu l'auras, lui ai-je dit, pas de problème. » Herr Max, je suppose que vous êtes anglais. Vous comprendrez ma position. »

Smiley dit qu'il la comprenait.

« Il y a deux mois... je ne sais pas au juste, peut-être plus, peut-être moins... le vieux Général est au téléphone. Il a besoin d'Otto de façon urgente. « Pas demain, mais ce soir. » Parfois il téléphonait comme ça de Paris, en utilisant des noms de code, et tout ce cinéma. Le vieux Général est quelqu'un de secret. Comme Otto. Comme les enfants, vous voyez ce que je veux dire ? Peu importe. »

Herr Kretzschmar passa d'un geste large sa grande main sur son visage, comme pour essuyer une toile d'araignée. « Écoutez, je lui dis. Je ne sais pas où est Otto. La dernière fois que j'en ai entendu parler, il avait des ennuis à propos d'une affaire qu'il avait commencée. Il faut que je le trouve, ça va prendre du temps. Peut-être demain, peut-être dix jours. » Alors le vieux me dit : « Je vous ai envoyé une lettre pour lui. Gardez-la comme la prunelle de vos yeux. » Le lendemain une lettre arrive, en exprès, pour Kretzschmar, avec un cachet de la poste de Londres. A l'intérieur, une seconde enveloppe. « Urgent et ultra-secret pour Otto. » *Ultra-secret*, pourquoi pas ? Le vieux est dingue. Peu importe. Vous connaissez cette grande écriture qu'il a, robuste comme un ordre du jour ? »

Smiley connaissait.

« Mais je trouve Otto. Une fois de plus il se cache parce qu'il a des ennuis, pas d'argent. Il a un seul costume, mais il s'habille comme une vedette de cinéma. Je lui donne la lettre du vieux.

— Qui est épaisse », suggéra Smiley, pensant aux sept pages de papier à photocopie. En pensant à la machine noire de Mikhel garée comme un vieux char dans la bibliothèque.

« Bien sûr. Une longue lettre. Il l'a ouverte pendant que j'étais là... »

Herr Kretzschmar s'interrompit pour regarder Smiley, et son expression semblait, bien à regret, exprimer une certaine contrainte.

« Une longue lettre, répéta-t-il. Beaucoup de pages. Il la lut, il était très excité. « Claus, il m'a dit. Prête-moi de l'argent. Il faut que j'aille à Paris. » Je lui prête de l'argent, cinq cents marks. Après cela je ne le vois plus beaucoup pendant quelque temps. Deux ou trois fois il vient ici, donne un coup de téléphone. Je n'écoute pas. Et puis il y a un mois il est venu me voir. (De nouveau il s'interrompit et de nouveau Smiley perçut cette contrainte.) Je suis franc, dit-il, comme si une fois de plus il enjoignait à Smiley le secret. Il était... ma foi, je dirai excité.

— Il voulait utiliser la boîte de nuit, suggéra Smiley pour l'aider.

— « Claus, il dit. Fais ce que je te demande et tu auras payé ta dette envers moi. » Il appelait ça faire le coup de la belle blonde. Il allait amener un homme au club, un certain Ivan, quelqu'un qu'il connaissait bien, qu'il cultivait depuis des années, il m'a dit, une espèce très particulière de salaud. Cet homme était l'objectif. Il l'appelait « l'objectif ». Il a dit que c'était la chance de sa vie, tout ce qu'il avait attendu. Les plus belles filles, le meilleur champagne, le plus beau spectacle. Pour un soir, offert par Kretzschmar. Le couronnement de ses efforts, dit-il. La chance de payer de vieilles dettes et de se faire aussi un peu d'argent. On lui en devait, disait-il. Maintenant il allait récolter. Il promit qu'il n'y aurait pas de répercussions. J'ai dit : « Pas de problème. » « Et puis, Claus, je voudrais que tu nous photographies », il me dit. Je réponds encore une fois : « Pas de problème. Alors il est venu. Et il a amené cet homme qu'il appelait son objectif. »

Tout d'un coup le récit de Herr Kretzschmar était devenu étonnamment concis. Profitant de cette pause, Smiley inséra une question dont le but allait bien au-delà du contexte : « Quelle langue parlaient-ils ? » Herr Kretzchmar hésita, fronça les sourcils, puis finit par répondre : « Tout d'abord son objectif a fait semblant d'être français, mais les filles ne parlaient pas beaucoup le français, alors il leur a parlé allemand. Mais avec Otto il parlait russe. Il était désagréable, cet objectif. Il sentait fort, il transpirait beaucoup. Et à certains autres égards ça n'était pas un gentleman. Les filles n'aimaient pas rester avec lui. Elles sont venues se plaindre. Je les ai renvoyées, mais elles protestaient quand même. »

Il avait l'air gêné.

« Une autre petite question, fit Smiley.

— Je vous en prie.

— Comment Otto Leipzig pouvait-il promettre qu'il n'y aurait pas de répercussions puisqu'il se proposait sans doute de faire chanter cet homme ?

— L'objectif n'était pas *la fin*, dit Herr Kretzschmar en plissant les lèvres pour bien souligner ce point. Il était le moyen.

— Le moyen d'atteindre quelqu'un d'autre ?

— Otto n'a pas été précis. « Un barreau sur l'échelle du Général, disait-il. Pour moi, Claus, l'objectif suffit. L'objectif et ensuite l'argent. Mais pour le Général, il n'est qu'un barreau de l'échelle. Pour Max aussi. » Pour des raisons que je n'ai pas comprises, l'argent dépendait aussi de la satisfaction du Général. Ou peut-être de la vôtre. (Il marqua un temps comme s'il espérait que Smiley allait pouvoir l'éclairer. Smiley n'en fit rien.) Ce n'était pas mon désir de poser des questions ni des conditions, poursuivit Herr Krestzschmar, en choisissant ses mots avec une bien plus grande sévérité. Otto et son objectif furent introduits par l'entrée de derrière et conduits directement à une chambre séparée. Nous avions choisi de ne rien montrer qui indiquerait le nom de l'établissement. Il n'y a pas longtemps, une boîte de nuit au bout de la rue avait fait faillite, fit Kretzschmar d'un ton qui suggérait qu'il n'était peut-être pas complètement désolé de cet incident. Un endroit qui s'appelait le Freudenjacht. J'avais acheté un peu de matériel à la vente. Des allumettes. Des assiettes, que nous avons disposées dans la chambre séparée. » Smiley se rappela les lettres ACHT du cendrier qu'on voyait sur la photo.

« Pouvez-vous me dire de quoi les deux hommes discutaient ?

— Non. (Il modifia sa réponse :) Je ne parle pas russe, dit-il. (Il eut un autre geste de la main.) En allemand, ils parlaient de Dieu et du monde. De tout.

— Je vois.

— C'est tout ce que je sais.

— Quelle était l'attitude d'Otto ? demanda Smiley. Était-il toujours excité ?

— Je n'ai jamais vu Otto comme ça. Il riait comme un bourreau, parlait trois langues à la fois ; il n'était pas ivre, mais extrêmement animé, il chantait, disait des plaisanteries. Voilà tout ce que je sais », conclut Herr Kretzschmar avec embarras.

Smiley jeta un coup d'œil discret à la fenêtre d'observation et aux boîtiers gris des appareils. Sur le petit écran de télévision de Kretzschmar, il aperçut une fois de plus les corps blancs qui s'enlaçaient et se séparaient de l'autre côté du mur. Il formula intérieurement la dernière question qu'il allait poser, il en reconnut la logique, il perçut toute la richesse qu'elle promettait. Pourtant le même éternel instinct qui l'avait amené jusque-là le retint. Rien pour l'instant, aucun dividende à court terme ne valait le risque de s'aliéner Kretzschmar et de se fermer la route qui menait à Otto Leipzig.

« Et Otto ne vous a donné aucune autre description de son objectif ? » dit Smiley, histoire de demander quelque chose ; pour l'aider à mettre un terme à leur conversation.

« Au cours de la soirée il est venu me voir une fois. Il est monté ici. Il s'est excusé auprès de ses compagnons et il est monté s'assurer que tout était bien en ordre. Il a regardé l'écran et il a ri. « Maintenant, je lui ai fait sauter le pas et il ne peut pas revenir en arrière », a-t-il dit. Je ne lui en ai pas demandé plus. C'est tout ce qui s'est passé. »

Herr Kretzschmar était en train d'écrire, sur un petit bloc de papier contenu dans un étui de cuir aux coins dorés, ses coordonnées pour Smiley.

« Otto vit dans des conditions difficiles, dit-il. On ne peut pas changer cela. Lui donner de l'argent n'améliore pas sa situation sociale. Il reste... (Herr Kretzschmar hésita.) ... il reste au fond du cœur, Herr Max, un gitan. Comprenez-moi bien...

— Allez-vous le prévenir que je viens ?

— Nous nous sommes mis d'accord pour ne pas utiliser le téléphone. La liaison officielle entre nous est absolument fermée. (Il lui remit la feuille de papier.) Je vous conseille fortement de faire attention, dit Herr Kretzschmar. Otto sera furieux lorsqu'il apprendra que le vieux Général a été tué. (Il accompagna Smiley jusqu'à la porte.) Qu'est-ce qu'on vous a fait payer en bas ?

— Je vous demande pardon ?

— En bas. Combien vous ont-ils pris ?

— 175 marks de cotisation.

— Avec les consommations à l'intérieur, au moins deux cents. Je vais leur dire de vous les rendre à la porte. Vous autres Anglais, ces temps-ci, vous êtes pauvres. Trop de syndicats. Le spectacle vous a plu ?

— C'était très artistique », dit Smiley.

Une fois de plus, la réponse de Smiley ravit Herr Kretzschmar. Il donna une tape sur l'épaule de Smiley : « Peut-être devriez-vous vous amuser plus dans la vie.

— Peut-être aurais-je dû, reconnut Smiley.

— Saluez Otto pour moi, fit Herr Kretzschmar.

— Je n'y manquerai pas », promit Smiley.

Herr Kretzschmar hésita, et le même étonnement fugitif passa sur lui.

« Et vous n'avez rien pour moi ? répéta-t-il. Pas de papiers, par exemple ?

— Dommage. »

Quand Smiley partit, Herr Kretzschmar était déjà au téléphone, à s'occuper d'autres demandes particulières.

Smiley regagna l'hôtel. Un veilleur de nuit ivre lui ouvrit la porte, plein de sous-entendus sur les filles superbes qu'il pourrait envoyer à la chambre de Smiley. Il s'éveilla, si tant est qu'il eût dormi, au tintement des cloches de l'église et aux coups de sirène des navires ancrés dans le port, que lui apportait le vent. Mais il est des cauchemars qui ne s'en vont pas avec le jour, et tandis qu'il roulait vers le nord à travers les marais dans son Opel de location, les terreurs qui rôdaient dans la brume étaient les mêmes que celles qui l'avaient harcelé pendant la nuit.

17

Les routes étaient aussi désertes que le paysage. Par des percées dans le brouillard, il apercevait tantôt dans un coin de champ de blé, tantôt une ferme rouge tapie au ras du sol contre le vent. Un panneau bleu annonçait « KAI ». Il vira brusquement pour s'engager sur une rampe qui descendait vers la mer, et il aperçut, devant lui, l'embarcadère, un ensemble de baraquements bas et gris tout petits auprès des ponts des cargos. Une barrière rouge et blanche barrait l'accès, il y avait un avis des douanes en plusieurs langues, mais pas une âme en vue. Arrêtant la voiture, Smiley descendit et d'un pas léger s'approcha de la barrière. Le bouton rouge qu'il fallait pousser était large comme une soucoupe. Il le pressa et la sonnerie perçante fit s'envoler dans la brume blanche un couple de hérons. A sa gauche, une tour de contrôle se dressait sur un châssis tubulaire. Il entendit une porte claquer, du métal qui résonnait et il vit une silhouette barbue, en uniforme bleu, descendre lourdement l'escalier de fer jusqu'en bas. L'homme lui cria : « Qu'est-ce que vous voulez ? » Sans attendre de réponse, il fit basculer la barrière en faisant signe à Smiley de passer. La zone portuaire avait l'air d'un vaste secteur bombardé, entourée de plaques cimentées, bordées de grues et écrasée sous le ciel blanc et brumeux. Plus loin, la mer semblait trop fragile pour supporter une telle navigation. Il jeta un coup d'œil dans le rétroviseur et vit les clochers d'une ville portuaire se dessiner comme une vieille gravure à demi-page. Il jeta un coup d'œil vers la mer et distingua à travers la brume la ligne des bouées et des balises clignotantes qui marquaient la frontière maritime avec l'Allemagne de l'Est et le début de douze mille kilomètres d'empire soviétique. C'est là que sont allés les hérons, songea-t-il. Il roulait au pas entre des cônes de circulation rouge et blanc, se dirigeant vers un parc à containers où s'entassaient des pneus de voitures et des madriers. « A gauche au parc de containers », avait dit Herr Kretzschmar. Docilement, Smiley tourna lentement à gauche, cherchant une vieille maison, bien qu'une vieille maison, dans cette décharge hanséatique, parût une impossibilité matérielle. Mais Herr Kretzschmar avait dit : « Cherchez une vieille maison marquée *bureau.* » Et Herr Kretzschmar ne faisait pas d'erreurs.

Non sans mal, il passa par-dessus un embranchement de chemin de fer et se dirigea vers les cargos. Des rayons du soleil matinal avaient percé et donnaient à la peinture blanche des navires un éclat éblouissant. Il s'engagea dans une allée faite de postes de contrôle pour les grues, chacun comme un poste d'aiguillage moderne, chacun avec des leviers verts et de grandes baies vitrées. Et là, au bout de l'allée, exactement comme l'avait promis Herr Kretzschmar, se dressait la vieille maison en plaques de tôle avec un haut pignon en zinc découpé comme du bois sculpté et couronnée d'une hampe à la peinture écaillée. Les fils électriques qui allaient jusqu'au bâtiment semblaient le faire tenir debout ; à côté, il y avait une vieille pompe à eau suintante, avec un gobelet de fer-blanc enchaîné à son pied. Sur la porte en bois, en lettres gothiques, à demi effacées, on lisait l'unique mot « BUREAU » écrit en français et non pas en allemand, au-dessus d'une pancarte plus neuve annonçant « P.K. BERGEN, IMPORT-EXPORT. » *Il travaille là comme veilleur de nuit,* avait dit Herr Kretzschmar. *Ce qu'il fait dans la journée, seuls Dieu et le diable le savent.*

Il sonna, puis recula de quelques pas pour être bien visible. Il avait les mains loin de ses poches et bien visibles aussi. Il avait boutonné son manteau jusqu'au cou. Il était sans chapeau. Il avait garé sa voiture latéralement par rapport à la maison de façon que de l'intérieur on puisse s'assurer que la voiture était vide. *Je suis seul et sans arme,* essayait-il de dire. *Je ne suis pas des leurs mais des vôtres.* Il sonna de nouveau en criant « Herr Leipzig ! » A l'étage, une fenêtre s'ouvrit et une jolie femme regarda d'un air ensommeillé, en tenant une couverture autour de ses épaules.

« Je suis désolé, lui cria Smiley poliment. Je cherchais Herr Leipzig. C'est assez important.

— Pas ici », répondit-elle en souriant.

Un homme vint la rejoindre. Il était jeune et pas rasé, avec des tatouages sur les bras et sur la poitrine. Ils échangèrent quelques mots, en polonais crut deviner Smiley.

« *Nix hier*, confirma l'homme avec précaution. *Otto nix hier.*

— Nous sommes juste des occupants provisoires, cria d'en haut la femme. Quand Otto est fauché, il s'installe dans sa villa de campagne et nous loue l'appartement. »

Elle répéta cela à son compagnon qui cette fois se mit à rire.

« *Nix hier*, répéta-t-il. Pas d'argent. Personne n'a d'argent. »

Ils savouraient la fraîcheur du matin et cette visite inattendue.

« Vous l'avez vu il y a combien de temps ? » demanda Smiley.

Nouvelle conférence. Était-ce ce jour-ci ou ce jour-là ? Smiley avait l'impression qu'ils avaient perdu le sens du temps.

« Jeudi, annonça la fille en souriant de nouveau.

— Jeudi, répéta son compagnon.

— J'ai de bonnes nouvelles pour lui, expliqua Smiley d'un ton joyeux. (Il tapota la poche de son manteau.) De l'argent, *pinka-pinka*. Tout pour Otto. Il l'a gagné comme commission. J'ai promis de le lui apporter hier. »

La fille traduisit tout cela, l'homme discuta avec elle et se remit à rire.

« Mon ami dit ne pas lui donner, sinon Otto va revenir et nous mettre dehors et nous n'aurons aucun lieu pour faire l'amour ! Essayez le camp de la plage, suggéra-t-elle en indiquant la direction de son bras nu. Deux kilomètres sur la grand-route, on passe au-dessus du chemin de fer, on dépasse le moulin à vent et puis à droite. (Elle regarda ses mains, puis en inclina une d'un geste gracieux vers son amant.) Oui à droite, à droite vers le lac, mais on voit le lac que quand on est arrivé.

— Comment s'appelle cet endroit ? demanda Smiley.

— Il n'a pas de nom, dit-elle. C'est juste un endroit, comme ça. Demandez les maisons de vacances à vendre et puis continuez vers les bateaux. Vous demandez Walther. Si Otto est dans les parages, Walther saura où le trouver.

— Merci.

— Walther sait tout ! cria-t-elle. Il est comme un professeur ! »

Elle traduisit cela aussi, mais cette fois l'homme avait l'air en colère.

« *Mauvais* professeur ! lança-t-il. Walther mauvais !

— Vous êtes professeur aussi ? demanda la fille à Smiley.

— Non. Non, malheureusement non. » Il se mit à rire et les

remercia, et ils le regardèrent monter dans sa voiture comme si c'étaient des enfants à un anniversaire. Le jour, le soleil qui perçait, sa visite, tout les amusait. Il abaissa sa vitre pour leur dire au revoir et entendit la fille dire quelque chose qu'il ne comprit pas.

« Comment ? lui cria-t-il, toujours souriant.

— J'ai dit : « Alors Otto a deux fois de la chance pour changer ! » répéta la fille.

— Pourquoi ? demanda Smiley en arrêtant le moteur. Pourquoi a-t-il deux fois de la chance ? »

La fille haussa les épaules. La couverture glissait le long de ses bras et c'était tout ce qu'elle portait. L'homme passa un bras autour d'elle pour sauvegarder sa pudeur.

« La semaine dernière la visite inattendue de l'Est, dit-elle. Et aujourd'hui l'argent. (Elle écarta les mains.) Pour une fois Otto a de la chance. Voilà tout. »

Puis elle vit le visage de Smiley et son rire s'éteignit.

« Un visiteur ? répéta Smiley. Qui était le visiteur ?

— De l'Est », dit-elle.

La voyant désemparée, et terrifié à l'idée qu'elle puisse disparaître, Smiley, non sans mal, retrouva une apparence de bonne humeur. « Ça n'était pas son frère, non ? demanda-t-il d'un ton enjoué, vibrant d'enthousiasme. (Il tendit une main, comme pour coiffer la tête de ce frère mythique.) Un petit bonhomme ? Avec des lunettes comme les miennes ?

— Non, oh non ! Un grand type. Avec un chauffeur. Riche. »

Smiley secoua la tête, affectant d'être un peu déçu. « Alors je ne le connais pas, dit-il. Le frère d'Otto n'a certainement jamais été riche. (Il réussit à rire.) Ou alors, bien sûr, c'était le chauffeur », ajouta-t-il.

Il suivit ses instructions à la lettre, avec le calme secret que donne l'urgence. Se laisser porter. N'avoir pas de volonté propre. Se laisser porter, prier, s'arranger avec son Créateur. Oh ! mon Dieu, faites que cela n'arrive pas, pas un autre Vladimir. Sous le soleil, les champs bruns avaient viré à l'or mais la sueur qui ruisselait dans le dos de Smiley était comme une main glacée qui lui piquait la peau. Il suivit les instructions de la fille en voyant tout comme si c'était son dernier jour, sachant que le grand type avec le chauffeur l'avait devancé. Il vit la ferme avec le vieux cheval de labour dans l'écurie, l'enseigne pour la bière avec son néon qui clignotait et sa lettre qui manquait, les bacs à fleurs sur les fenêtres, emplis de géraniums rouges comme du sang. Il vit le moulin à vent comme une gigantesque poivrière et le champ plein d'oies blanches qui couraient toutes dans les rafales de vent. Il vit les hérons qui passaient comme de grandes voiles au-dessus des marécages. Il roulait trop vite. Je devrais conduire plus souvent, songea-t-il ; je n'ai pas l'habitude, je perds le contrôle. La route passa du goudron au gravier, du gravier à la poussière et la poussière tourbillonnait autour de la voiture comme une tempête de sable. Il pénétra sous les pins et de l'autre côté de la pinède vit une pancarte annonçant « maisons de vacances à louer », et une rangée de bungalows d'amiante aux volets clos attendant leur peinture estivale. Il poursuivit et aperçut au loin un taillis de mâts, et une eau brune tout au fond du bassin. Il se dirigea vers les mâts, passa brutalement dans un nid-de-poule et entendit un redoutable craquement venant de sous la voiture. Il se dit que ce devait être le pot d'échappement, car le bruit du moteur se fit soudain beaucoup plus fort, et la moitié des oiseaux du Schleswig-Holstein s'étaient affolés en l'entendant arriver.

Il passa devant une ferme et pénétra dans la pénombre protectrice des arbres, puis déboucha dans un cadre nu et étincelant de blancheur dont une jetée délabrée et quelques roseaux olivâtres constituaient le premier plan et un ciel énorme le reste. Les bateaux étaient à sa droite, au fond d'une crique. Des caravanes en triste état étaient garées le long du chemin qui y conduisait, du linge douteux séchant sur les antennes de télévision. Il passa devant une tente plantée au milieu d'un petit potager et dépassa deux baraquements en ruine qui avaient dû jadis abriter des soldats. Sur l'un d'eux on avait peint un lever de soleil psychédélique qui s'écaillait par plaques. A côté, trois vieilles voitures et un tas de détritus. Il se gara et suivit un chemin boueux à travers les roseaux jusqu'au rivage. Derrière les herbes du port étaient ancrés tout un groupe de bateaux-mouches improvisés, dont certains étaient des engins de débarquement aménagés. Il faisait plus froid à cet endroit, et on ne sait pourquoi, plus sombre. Les bateaux qu'il avait vus étaient des embarcations de promenade entassés dans un mouillage un peu à part, la plupart sous des bâches. On entendait quelques radios, mais tout d'abord il ne vit personne. Puis il remarqua un bras d'eau dormante et un youyou bleu qui s'y trouvait amarré. Et dans le youyou, un vieil homme rabougri en ciré et coiffé d'une casquette noire à visière, qui se massait la nuque comme s'il venait de se réveiller.

« C'est vous, Walther ? » demanda Smiley.

Se frictionnant toujours le cou, le vieil homme parut acquiescer de la tête.

« Je cherche Otto Leipzig. On m'a dit à l'embarcadère que je pourrais le trouver ici. »

Les yeux de Walther se découpaient en forme d'amandes sur sa peau fripée comme du vieux papier d'emballage.

« L'*Isadora* », dit-il.

Il désigna une jetée branlante un peu plus loin. L'*Isadora* était ancrée à l'extrémité, une vedette à moteur de douze mètres qui avait connu des jours meilleurs, un Grand Hôtel, attendant les démolisseurs. Il y avait des rideaux aux hublots dont l'un d'eux était brisé, et un autre réparé avec du ruban adhésif. Les planches de la jetée ployaient de façon alarmante, sous les pas de Smiley. Une fois, il faillit tomber et à deux reprises, pour enjamber les brèches, il dut faire des pas qui semblaient bien risqués pour ses petites jambes. Parvenu au bout de la jetée, il se rendit compte que l'*Isadora* dérivait. Ses amarres s'étaient détachées à l'arrière et elles se balançaient à quatre mètres au large, ce qui était sans doute le plus long voyage qu'elles feraient jamais. Les portes de la cabine étaient fermées, les rideaux tirés. Il n'y avait pas de petit canot accroché à l'arrière.

Le vieil homme était assis à soixante mètres de là, appuyé sur ses avirons. Il était arrivé du fond du bras d'eau pour surveiller. Smiley mit ses mains en porte-voix et cria : « Comment est-ce que je le trouve ?

— Si vous le cherchez, appelez-le », répondit le vieil homme sans paraître élever la voix le moins du monde.

Se tournant vers la vieille vedette, Smiley appela « Otto. » Il appela doucement, puis plus fort, mais rien ne bougeait à bord de l'*Isadora*. Il guetta les rideaux. Il guetta l'eau huileuse qui clapotait contre la coque pourrissante. Il écouta et crut entendre de la musique comme celle de la boîte de nuit de Herr Kretzschmar, mais ça aurait pu être un écho arrivant d'un autre bateau. Du youyou, le visage brun de Walther l'observait toujours.

« Appelez encore, grommela-t-il. Continuez à appeler si vous voulez le voir. »

Mais d'instinct, Smiley se refusait à s'entendre donner des ordres par le vieil homme. Il sentait son autorité et son mépris et les deux lui déplaisaient.

« Il est là-dedans ou pas ? cria Smiley. J'ai dit : « Il est là-dedans ? »

Le vieil homme ne broncha pas.

« Vous l'avez vu monter à bord ? » insista Smiley.

Il vit la tête brune se détourner et il sut que le vieil homme crachait dans l'eau.

« Le cochon sauvage va et vient, l'entendit dire Smiley. Qu'est-ce que ça peut me foutre ?

— Alors quand est-il venu pour la dernière fois ? »

Au bruit de leurs voix, des têtes étaient apparues sur d'autres bateaux. Elles fixaient Smiley d'un regard sans expression : un petit étranger bedonnant debout à l'extrémité de la jetée délabrée. Sur la rive un groupe dépenaillé s'était formé : une fille en short, une vieille femme ; deux adolescents blonds pareillement vêtus. Dans leur disparité, ils avaient quelque chose en commun : un air de prisonnier, la soumission aux mêmes lois mauvaises.

« Je cherche Otto Leipzig, leur cria Smiley. S'il vous plaît, quelqu'un peut-il me dire s'il est par ici ? » Sur une péniche, pas trop loin, un homme barbu plongeait un seau dans l'eau. Le regard de Smiley le choisit. « Il y a quelqu'un à bord de l'*Isadora* ? » demanda-t-il.

Le seau s'emplit dans un gargouillis. L'homme barbu le remonta, mais sans rien dire.

« Vous devriez voir sa voiture, cria de la rive une femme — ou peut-être était-ce un enfant — à la voix aiguë. Ils l'emmenaient dans le bois. »

Le bois était à cent mètres de l'eau ; c'était, dans l'ensemble, de jeunes pousses et des bouleaux.

« Qui donc ? demanda Smiley. Qui a emmené la voiture là-bas ? »

La personne qui avait parlé choisit désormais de se taire. Le vieil homme sur un youyou ramait vers la jetée. Smiley le regarda approcher, et tourner son arrière vers les marches de la jetée. Sans hésiter, Smiley monta à bord. En quelques coups d'aviron le vieil homme l'amena vers le bord de l'*Isadora*. Il avait une cigarette coincée entre ses vieilles lèvres craquelées et, comme ses yeux, elles brillaient d'un éclat anormal au milieu de la tristesse inquiétante et sombre de son visage boucané.

« Vous venez de loin ? demanda le vieil homme.

— Je suis un de ses amis », dit Smiley.

Il y avait de la rouille et des algues sur l'échelle de l'*Isadora* et, lorsque Smiley arriva sur le pont, les planches étaient glissantes de rosée. Il chercha des signes de vie et n'en trouva aucun. Il chercha des empreintes de pas sur la rosée, en vain. Deux cannes à pêche pendaient dans l'eau, mais elles étaient peut-être là depuis des semaines. Il tendit l'oreille et entendit de nouveau, très faiblement, les accents d'un orchestre de jazz. Venant de la rive ? Ou de plus loin ? Ou d'ailleurs. Le son venait de sous ses pieds, et on aurait dit que quelqu'un faisait tourner un soixante-dix-huit tours à la vitesse d'un trente-trois tours.

Il baissa les yeux et vit le vieil homme dans son youyou, renversé en arrière, la visière de sa casquette rabattue sur ses yeux, cependant qu'il battait lentement la mesure. Smiley essaya la porte de la cabine, elle était fermée à clé, mais elle n'avait pas l'air solide — rien n'avait l'air solide — aussi fit-il le tour du pont jusqu'au moment où il trouva un tournevis rouillé pour faire office de pince-monseigneur. Il le poussa dans l'entrebâillement, le tira en arrière, le poussa en avant et soudain, à sa surprise, toute la porte céda, le chambranle, les gongs, la serrure et tout le reste, avec un bang comme une explosion, suivi d'une averse de poussière rouge provenant du bois pourri. Un gros papillon au vol lent vint heurter sa joue et y laissa une étrange sensation de piqûre qui dura un bon moment, jusqu'à ce qu'il commençât à se demander si ce n'était pas une abeille. A l'intérieur, la cabine était plongée dans l'obscurité, mais la musique était un peu plus forte. Il était sur le barreau du haut de l'échelle et même avec la lumière du jour derrière lui, les ténèbres en bas demeuraient épaisses. Il abaissa un commutateur. Rien ne se passa, aussi revint-il sur ses pas pour dire au vieil homme dans son youyou : « Allumettes. »

Un moment Smiley faillit perdre son calme. La casquette à visière ne bougeait pas, l'homme battait toujours la mesure. Il cria, et cette fois une boîte d'allumettes atterrit à ses pieds. Il l'emporta dans la cabine et en craqua une : il vit alors le petit poste à transistors, épuisé, qui déversait encore de la musique avec ses dernières forces, et c'était à peu près la seule chose intacte, la seule chose qui fonctionnait encore au milieu de toute cette dévastation.

L'allumette s'était éteinte. Il ouvrit les rideaux, mais pas du côté de la terre, avant d'en craquer une autre. Il ne tenait pas à ce que le vieil homme regardât. A la lumière grise qui arrivait de côté, Leipzig ressemblait de façon ridicule à son petit portrait sur la photographie prise par Herr Kretzschmar. Il était nu, il gisait là où on l'avait ligoté, même s'il n'y avait pas de filles et pas de Kirov non plus. Le visage à la Toulouse-Lautrec, taillé à coups de serpe, noirci de meurtrissures et bâillonné, était aussi saisissant et expressif dans la mort que Smiley en gardait le souvenir dans la vie. Ils avaient dû utiliser la musique pour masquer le bruit pendant qu'ils le torturaient, songea Smiley. Mais il se demandait si la musique avait été suffisante. Il continua à contempler le poste comme un point de référence, un objet sur quoi ses oreilles et ses yeux pourraient s'arrêter lorsque le corps serait devenu trop pénible à regarder avant que l'allumette ne s'éteignît. Un poste japonais, remarqua-t-il. Bizarre, se dit-il. Se fixer sur la bizarrerie de la chose. Comme c'était étrange de la part d'aussi bons techniciens que les Allemands d'acheter des postes japonais. Il se demanda si les Japonais leur rendaient la politesse. Continue à t'interroger, se répéta-t-il avec rage ; concentre tout ton esprit sur cet intéressant phénomène économique des échanges de biens manufacturés entre nations hautement industrialisées.

Contemplant toujours la radio, Smiley redressa un tabouret pliant et s'assit dessus. Lentement, il laissa son regard revenir au visage de Leipzig. Certains visages morts, se dit-il, ont l'expression morne, voire stupide d'un patient sous anesthésie. D'autres conservent un seul aspect d'un caractère jadis à plusieurs facettes : le mort en tant qu'amant, père, chauffeur, joueur de bridge, tyran. Et certains, comme celui de Vladimir, ne conservaient plus rien du tout. Mais le visage de Leipzig, même avec les cordes qui le ligotaient, reflétait un autre aspect, et c'était la colère : la colère intensifiée par la souffrance, transformée par elle en fureur ; une colère qui n'avait fait que croître et envahir l'homme tout entier à mesure que le corps perdait ses forces.

La haine, avait dit Connie.

Avec méthode, Smiley inspecta les lieux, réfléchissant aussi lentement qu'il le pouvait, s'efforçant, par son examen des débris, de reconstruire leur progression. D'abord la lutte avant de le maîtriser, ce qu'il déduisit des pieds de table et chaise cassés, des lampes et des étagères fracassées et de tout ce qu'on pouvait arracher de son emplacement pour le briser ou le jeter par terre. Puis la perquisition, qui eut lieu après qu'il eut été ligoté, et dans les intervalles entre les moments où ils l'interrogeaient. Leur frustration se lisait partout. Ils avaient arraché les planches des cloisons, du parquet, des tiroirs du buffet, les vêtements, les matelas et pour finir tout ce qui cédait, tout ce qui avait une certaine dimension, tandis qu'Otto Leipzig refusait toujours de parler. Il remarqua aussi qu'il y avait du sang dans des endroits surprenants : dans l'évier, sur le fourneau. Il préférait penser que ce n'était pas uniquement celui d'Otto Leipzig. Et pour finir, de rage, ils l'avaient tué, parce que c'était les ordres de Karla, c'était la méthode de Karla. « On tue d'abord, on questionne ensuite », disait toujours Vladimir.

Moi aussi je crois en Otto, songea Smiley stupidement, se rappelant les paroles de Herr Kretzschmar. *Pas dans tous les détails mais pour les choses importantes.* Moi aussi, se dit-il. Il croyait en lui, en cet instant, aussi sûrement qu'il croyait à la mort et au Marchand de Sable. Il en avait été d'Otto Leipzig comme il en avait été pour Vladimir : la mort avait décrété qu'il disait bien la vérité.

Du rivage il entendit une femme crier : « Qu'est-ce qu'il a trouvé ? Il a trouvé quelque chose ? Qui est-ce ? »

Il remonta sur le pont. Le vieil homme avait rentré ses avirons et laissé le youyou dériver. Il était assis, tournant le dos à l'échelle, la tête enfoncée entre ses larges épaules. Il avait terminé sa cigarette et allumé un cigare comme si c'était dimanche. Et à l'instant où Smiley aperçut le vieil homme, il vit aussi la marque à la craie. C'était dans la même ligne de vision, mais tout près de lui, dansant dans le brouillard qui embuait les verres de ses lunettes. Il dut baisser la tête et regarder par-dessus pour bien voir. Une marque à la craie, précise et jaune. Un trait tiré avec soin sur la rouille du bastingage, et à trente centimètres de là le moulinet de la canne à pêche, attaché avec un nœud de marin. Le vieil homme l'observait ; sans doute aussi le groupe de plus en plus nombreux de curieux sur la rive, mais il n'avait pas le choix. Il tira sur la ligne et elle était lourde. Il tira encore, une main après l'autre, jusqu'au moment où le fil se changea en racines et où il se trouva simplement en train de tirer. Cela se bloqua soudain. Avec prudence, il continua à tirer. Sur la rive, les gens attendaient : il sentait leur intérêt, même par-dessus l'espace d'eau qui les séparait. Le vieil homme avait relevé la tête et le regardait sous l'ombre noire de sa casquette. Soudain, avec un plouf, la prise jaillit de l'eau et de gros éclats de rire montèrent des spectateurs : une vieille chaussure de gymnastique, verte, avec encore son lacet, et l'hameçon qui l'accrochait à la ligne était assez gros pour tirer un requin. Les rires s'éteignirent lentement. Smiley décrocha la chaussure. Puis, comme s'il avait d'autres choses à faire sur le bateau, il repartit d'un pas lourd vers la cabine jusqu'au moment où il put échapper aux regards, en laissant la porte entrouverte pour avoir de la lumière. Mais, comme par hasard, en prenant avec lui la chaussure de gymnastique.

Un paquet de toile cirée était cousu dans le bout de la chaussure. Il le retira. C'était une blague à tabac, dont le haut était cousu et elle était pliée plusieurs fois. *Les Règles de Moscou*, se dit-il, l'esprit engourdi. *Les Règles de Moscou jusqu'au bout.* Combien d'autres legs de mort dois-je encore hériter ? se demanda-t-il. *Bien que nous n'appréciions que l'horizontale.* Il avait défait la couture. A l'intérieur de la blague à tabac, il y avait un autre paquet, cette fois une enveloppe de caoutchouc fermée par un nœud. Et dissimulé à l'intérieur de l'enveloppe, un petit bout de carton dur plus petit qu'une boîte d'allumettes. Smiley l'ouvrit. C'était la moitié d'une carte postale : en noir et blanc, même pas en couleur. La moitié d'un paysage sans intérêt du Schleswig-Holstein avec la moitié d'un troupeau de bovins de Frise en train de paître sous un soleil gris. Déchirée avec une absence de soin délibérée. Rien d'écrit au dos, pas d'adresse, pas de timbre. Rien que la moitié d'une carte postale sans intérêt et jamais postée, mais ils l'avaient torturé, puis l'avaient tué pour ça et ils ne l'avaient même pas trouvée, ni aucun des trésors dont elle était la clé. La fourrant, avec son emballage, dans la poche intérieure de sa veste, il remonta sur le pont. Dans son youyou, le vieil homme s'était rangé contre le bord. Sans un mot, Smiley descendit lentement l'échelle. Sur la rive, la foule des curieux avait encore grossi.

« Il est ivre ? demanda le vieil homme. Il cuve ? »

Smiley prit place à bord du youyou et, comme le vieil homme se remettait à ses avirons, il regarda encore une fois l'*Isadora*. Il vit le hublot brisé, il songea à la scène de destruction dans la cabine, aux cloisons minces comme du papier qui permettaient d'entendre même le bruit de pas sur le rivage. Il imagina la lutte et les hurlements de Leipzig emplissant tout le camp de leur vacarme. Il imagina le groupe silencieux, planté là où ils étaient plantés maintenant, sans qu'une voix s'élevât, sans qu'une main vînt lui porter secours.

« C'était une soirée, dit le vieil homme d'un ton nonchalant, tout en amarrant le youyou à la jetée. Il y avait de la musique, des chants. Ils nous ont prévenus que ça ferait du bruit. (Il tira sur un nœud.) Peut-être qu'ils se sont disputés. Et alors ? Il y en a des gens qui se disputent. Ils ont fait du bruit. Ils ont joué du jazz. Et après ? On aime bien la musique, nous, ici. »

« Ils étaient de la police, cria une femme du groupe sur la rive. Quand la police s'occupe de ces affaires, c'est le devoir du citoyen de fermer sa gueule. »

« Montrez-moi sa voiture », demanda Smiley.

Ils avancèrent en désordre, personne n'avait pris la tête. Le vieil homme marchait au côté de Smiley, moitié gardien, moitié garde du corps, lui ouvrant le chemin avec une feinte solennité. Les enfants couraient dans tous les sens mais évitaient d'approcher le vieil homme. La Volkswagen était garée dans un taillis et, comme la cabine de l'*Isadora*, avait été mise à sac. Le capitonnage du toit pendait en lambeaux, on avait retiré les sièges pour les ouvrir à coups de couteau. Les roues avaient disparu, mais Smiley se dit que cela avait dû se produire après. Les gens du camp faisaient cercle autour de la voiture d'un air respectueux, comme ci c'était leur plus belle pièce. Quelqu'un avait essayé de l'incendier, mais le feu n'avait pas pris.

« Lui, expliqua le vieil homme, c'était de la racaille. Ils le sont tous. Regardez-les. Des Polacks, des criminels, des sous-hommes. »

L'Opel de Smiley était là où il l'avait garée, au bord du chemin, près des poubelles, et les deux garçons blonds qui étaient habillés de la même façon étaient debout sur le coffre dont ils frappaient la serrure à grands coups de marteau. En s'approchant, il aperçut les mèches qui leur pendaient sur le front tressauter à chaque coup. Ils portaient des jeans et des bottes noires décorées de cloutages en forme de marguerite.

« Dites-leur de cesser de cogner sur ma voiture », dit Smiley au vieil homme.

Les gens du camp les suivaient à quelque distance. Il entendait de nouveau leurs pas furtifs et traînants, comme ceux d'une armée de réfugiés. Il arriva à sa voiture avec les clés en main, et les deux garçons étaient toujours penchés sur la malle qu'ils frappaient à coups redoublés. Mais lorsqu'il fit le tour pour l'examiner, tout ce qu'ils avaient fait, c'était de faire sauter les gonds du couvercle du coffre puis de le replier et de l'aplatir jusqu'à ce que cela n'ait plus l'air que d'un paquet informe. Il inspecta les roues, mais rien ne semblait clocher. Il ne savait plus quoi regarder d'autre lorsqu'il s'aperçut qu'ils avaient attaché une poubelle au pare-chocs arrière avec de la corde. Il essaya de la casser, mais elle était solide. Il tenta de la couper avec ses dents, sans succès. Le vieil homme lui prêta un couteau et il trancha la corde, gardant ses distances par rapport aux garçons. Les gens du camp avaient formé un demi-cercle et pris leurs enfants dans leurs bras comme s'ils voulaient lui dire adieu. Smiley s'installa dans la voiture et le vieil homme, d'une violente poussée, claqua la portière derrière lui. Smiley mit la clé de contact mais, alors qu'il s'apprêtait à la tourner, un des garçons s'étala sur le capot dans une attitude aussi langoureuse que celle d'un mannequin à un salon automobile, tandis que l'autre frappait poliment à la vitre.

Smiley abaissa sa vitre.

« Qu'est-ce que vous voulez ? » demanda Smiley.

Le garçon tendit sa paume. « Les réparations, expliqua-t-il. Votre coffre ne fermait pas bien. La main-d'œuvre et les pièces. Les frais généraux. Le stationnement. (Il montra l'ongle de son pouce.) Mon collègue s'est fait mal à la main. Ça aurait pu être sérieux. »

Smiley regarda le visage du garçon et n'y lut aucun instinct humain qu'il comprît.

« Vous n'avez rien réparé du tout. Vous avez fait des dégâts. Demandez à votre ami de descendre de la voiture. »

Les jeunes gens discutèrent, mais ils ne semblaient pas d'accord. Ils firent tout cela sous les yeux de la foule, d'un air raisonnable, en se poussant lentement entre eux de l'épaule et en faisant de grands gestes d'orateur qui ne coïncidaient pas avec leurs propos. Ils parlaient de la nature et de la politique, et leur dialogue platonicien aurait pu se poursuivre indéfiniment si le garçon qui était sur la voiture ne s'était pas remis debout pour mieux souligner un de ses arguments. Ce faisant, il cassa un essuie-glace et, comme si c'était une fleur le tendit au vieil homme. S'éloignant, Smiley regarda dans son rétroviseur et vit un demi-cercle de visages qui le suivaient des yeux avec le vieil homme au centre. Personne ne fit un geste d'adieu.

Il roula sans précipitation, en soupesant ses chances, tandis que l'Opel bringuebalait comme une vieille voiture de pompiers. Ils avaient dû faire autre chose, quelque chose qu'il n'avait pas remarqué. Il lui était déjà arrivé de quitter l'Allemagne, y était entré et en était reparti clandestinement ; il avait été traqué alors qu'il poursuivait, et bien qu'il fût vieux et dans une Allemagne différente, il avait l'impression d'avoir retrouvé l'aventure. Il n'avait aucune chance de savoir si quelqu'un du camp avait appelé la police, mais il considéra que c'était un fait accompli. Le bateau était ouvert et son secret dévoilé. Ceux qui avaient détourné les yeux seraient maintenant les premiers à se précipiter comme de bons citoyens. Ça aussi, il l'avait déjà vu.

Il entra dans une ville en bord de mer, le coffre — si c'était bien le coffre — résonnant toujours derrière lui. Peut-être est-ce l'échappement, songea-t-il, le nid-de-poule dans lequel j'ai passé trop vite en allant au camp. Un chaud soleil, hors de saison, avait remplacé les brumes matinales. Il n'y avait pas d'arbre. Un paysage d'un éclat stupéfiant se déployait autour de lui. C'était encore tôt et les fiacres vides attendaient les premiers touristes. Le sable était criblé de cratères creusés pendant l'été par les adorateurs du soleil pour échapper au vent. Il entendit l'écho métallique de sa progression qui se répercutait entre les devantures peintes, et l'éclatante lumière semblait rendre le bruit encore plus fort. Lorsqu'il croisait des gens, il les voyait lever la tête pour le suivre des yeux à cause du fracas que faisait la voiture.

« Ils reconnaîtront la voiture », songea-t-il. Même si personne au camp ne se rappelait le numéro, le coffre fracassé le trahirait. Il quitta la grand-rue. Le soleil était vraiment très vif. « Un homme est venu, Herr Wachtmeister, diraient-ils à la patrouille de police. Ce matin, Herr Wachtmeister. Il a dit que c'était un ami. Il a regardé dans le bateau et il est reparti. Il ne nous a rien demandé, capitaine. Il était impassible. Il a pêché une chaussure, Herr Wachtmeister. Vous imaginez... Une chaussure ! »

Il se dirigeait vers la gare, en suivant les panneaux, cherchant un endroit où on pouvait laisser une voiture toute la journée. La gare était un édifice massif en brique rouge, qui datait sans doute d'avant la guerre. Il passa devant et trouva sur sa gauche un grand parc de stationnement. Une rangée d'arbres, qui perdaient leurs feuilles, le traversait et certaines d'entre elles étaient tombées sur des voitures. Un appareil avala ses pièces de monnaie et lui distribua un ticket à coller sur son pare-brise. Il se gara en marche arrière au milieu d'une file, contre un talus boueux, le coffre aussi loin que possible des regards. Il descendit de voiture et le soleil extraordinaire le frappa comme une gifle. Il n'y avait pas un souffle d'air. Il ferma les portières à clé et mit le trousseau dans le tuyau d'échappement, il ne savait pas très bien pourquoi, sauf qu'il se sentait coupable envers l'agence de location. Il donna des coups de pied dans les feuilles et dans le sable jusqu'à ce que la plaque avant fût presque masquée. Dans une heure d'ici, par cet été de la Saint-Luc, il y aurait là une centaine de voitures au moins.

Il avait remarqué dans la grande rue un magasin de vêtements pour hommes. Il y acheta une veste de toile, mais rien de plus, car les gens qui achètent une tenue complète, on se souvient d'eux. Il ne la passa pas mais l'emporta dans un sac en plastique. Dans une petite rue pleine de boutiques, il fit l'achat d'un chapeau de paille criard et, dans une papeterie, d'une carte touristique des environs et d'un horaire de chemins de fer de la région de Hambourg, du Schleswig-Holstein et de la Basse-Saxe. Il ne mit pas le chapeau non plus, mais le garda dans son sac, comme la veste. La chaleur inattendue le mettait en sueur. Elle le déconcertait : c'était aussi absurde que de la neige en été. Il entra dans une cabine téléphonique et une fois de plus consulta les annuaires locaux. Hambourg n'avait pas de Claus Kretzschmar, mais un des annuaires du Schleswig-Holstein avait un Kretzschmar qui habitait un endroit dont Smiley n'avait jamais entendu parler. Il examina sa carte et découvrit une petite ville de ce nom-là sur la voie de chemin de fer qui menait à Hambourg. Cela lui fit grand plaisir.

Avec calme, maîtrisant d'une poigne de fer toutes ses autres pensées, Smiley, une fois de plus, fit ses calculs. Quelques instants après avoir retrouvé la voiture, la police se mettrait en contact avec l'agence de location de Hambourg. Dès qu'elle aurait parlé à l'agence et obtenu son nom et son signalement, on surveillerait l'aéroport et autres lieux de départ. Kretzschmar était un oiseau de nuit qui devait dormir tard. La ville où il vivait était à une heure d'omnibus.

Il revint à la gare. Le grand hall était une fantaisie wagnérienne de palais gothique, avec un toit en voûte et une gigantesque fenêtre en vitraux qui déversait des rayons de soleil colorés sur le sol carrelé. D'une cabine téléphonique, il appela l'aéroport de Hambourg en se présentant comme « Standfast, initiale du prénom J. » qui était le nom figurant sur le passeport qu'il avait pris à son club de Londres. Le premier vol pour Londres était ce soir-là à 6 heures mais il n'y avait de place qu'en première. Il retint une place en première classe en disant qu'il paierait le supplément de son billet en arrivant à l'aéroport. La fille répondit : « Alors, veuillez vous présenter une demi-heure avant l'embarquement. » Smiley promit de n'y pas manquer — il tenait à ce qu'on se souvînt de lui — mais non, malheureusement, Mr Standfast n'avait pas de numéro de téléphone auquel on pouvait le joindre d'ici là. Rien dans le ton de l'employée ne donnait à penser qu'elle avait un officier de police derrière elle avec un télex à la main, qui lui chuchotait des instructions à l'oreille, mais il se dit que d'ici à deux heures la réservation d'une place pour Mr Standfast allait éveiller pas mal d'échos, parce que c'était Mr Standfast qui avait loué l'Opel. Il revint dans le hall au milieu des rais de lumière colorée. Il y avait deux guichets où l'on vendait des billets et deux petites files d'attente. Au premier guichet, une employée intelligente s'occupa de lui et il prit un aller simple en seconde classe pour Hambourg. Mais ce fut un achat délibérément laborieux, plein d'indécision et de nervosité, et lorsqu'il en eut terminé, il insista pour noter les heures de départ et d'arrivée : il insista aussi pour lui emprunter son stylo à bille et un bloc-notes.

Aux toilettes, ayant commencé par transférer le contenu de ses poches, et tout d'abord le précieux morceau de carte postale trouvé sur le bateau de Leipzig, il mit la veste de toile et le chapeau de paille, puis se rendit au second guichet où, avec le moins d'histoires possibles, il fit l'achat d'un billet pour l'omnibus qui s'arrêtait dans la ville de Kretzschmar. Pour ce faire, il évita de regarder l'employée, se concentrant sur le billet et sur sa monnaie, abrité sous le bord de son chapeau de paille. Avant de partir, il prit une ultime précaution. Il téléphona à Herr Kretzschmar comme s'il avait fait un faux numéro et s'entendit déclarer par une épouse indignée que c'était un scandale de téléphoner à quelqu'un d'aussi bonne heure. Et comme dernière précaution, il plia dans sa poche les sacs en matière plastique des deux magasins.

La ville était pleine de feuillages et retirée, les pelouses étaient vastes et les maisons soigneusement alignées dans les lotissements. Tout ce qui avait jadis été vie de campagne avait depuis longtemps succombé devant l'envahissement de la banlieue, mais le brillant soleil embellissait tout. Le numéro 8 se trouvait sur le côté droit, une maison cossue à deux étages avec des toits abrupts à la scandinave, un double garage et toute une sélection de jeunes arbres plantés bien trop près les uns des autres. Il y avait une balancelle dans le jardin avec un siège recouvert de tissu plastique à fleurs et un bassin à poissons de style romantique. Mais la principale attraction, et l'orgueil de Herr Kretzschmar, c'était, dans son patio de carreaux d'un rouge à hurler, une piscine extérieure. Ce fut là que Smiley le trouva, au sein de sa famille, en cet étrange jour d'automne, occupé à donner une petite réception improvisée pour quelques voisins. Herr Kretzschmar lui-même, en short, préparait le barbecue et, lorsque Smiley laissa retomber la clenche de la grille, il s'interrompit dans ses gestes et jeta un coup d'œil pour voir qui venait d'entrer. Mais le chapeau de paille neuf et la veste de toile le déroutèrent et il appela sa femme.

Frau Kretzschmar descendit l'allée, une coupe de champagne à la main. Elle portait un costume de bain rose et une cape rose diaphane qu'elle laissait flotter derrière elle avec audace.

« Tiens, qui est-ce ? Qui vient nous faire cette gentille surprise ? » ne cessait-elle de demander d'une voix enjouée : on aurait dit qu'elle parlait à son petit chien.

Elle s'arrêta devant lui. Elle était grande et hâlée et, comme son mari, bâtie en force. Il ne voyait pas grand-chose de son visage, car elle portait des lunettes noires avec un bec en plastique blanc pour protéger son nez des coups de soleil.

« La famille Kretzschmar s'adonne à ses plaisirs, dit-elle sans grande assurance, lorsqu'il eut persisté à ne pas se présenter. Que pouvons-nous faire pour vous, monsieur ? De quelle façon pouvons-nous vous être utiles ?

— Il faut que je parle à votre mari », dit Smiley. C'était la première fois qu'il ouvrait la bouche depuis qu'il avait acheté son billet, et sa voix était rauque et bizarre.

« Mais Cläuschen ne fait pas d'affaires dans la journée, dit-elle d'un ton ferme, souriant toujours. Par décret familial, dans la journée, la recherche des bénéfices est en sommeil. Faut-il que je lui mette des menottes pour vous prouver qu'il est notre prisonnier jusqu'au coucher du soleil ? »

Son costume de bain se composait de deux pièces et son ventre lisse et plat était enduit d'huile solaire. Elle portait une chaîne d'or autour de la taille, sans doute pour faire plus naturel encore, et des sandales dorées avec des talons très hauts.

« Ayez l'amabilité de dire à votre mari qu'il ne s'agit pas d'affaires, dit Smiley, mais d'amitié. »

Frau Kretzschmar but une gorgée de champagne, puis ôta ses lunettes noires et son bec, comme si elle se découvrait au bal masqué. Elle avait un nez retroussé. Son visage, s'il était bienveillant, était plus marqué que son corps.

« Mais comment peut-il s'agir d'amitié quand je ne connais pas votre nom ? » interrogea-t-elle, ne sachant plus si elle devait se montrer séduisante ou décourageante.

Mais entre-temps Herr Kretzschmar en personne avait descendu l'allée derrière elle et s'était arrêté devant eux, son regard allant de sa femme à Smiley, puis revenant à Smiley. Et peut-être la vue du visage fermé et de l'attitude de Smiley, la fixité de son regard firent-ils comprendre à Herr Kretzschmar la raison de sa venue.

« Va t'occuper de la cuisine », dit-il sèchement.

Guidant Smiley par le bras, Herr Kretzschmar l'entraîna dans un salon agrémenté d'un lustre en cuivre et d'une baie vitrée derrière laquelle s'entassaient des cactus.

« Otto Leipzig est mort, dit Smiley sans préambule, sitôt la porte fermée. Deux hommes l'ont tué au camp près de la plage. »

Herr Kretzschmar ouvrit ses yeux tout grands ; puis sans honte il tourna le dos à Smiley et s'enfouit le visage entre ses mains.

« Vous avez fait un enregistrement sur bande, dit Smiley, sans s'occuper le moins du monde de cette manifestation d'émotion. Il y avait la photographie que je vous ai montrée et il y a quelque part aussi un enregistrement que vous gardez pour lui. (Le dos de Herr Kretzschmar ne donnait aucun signe qu'il eût entendu.) Vous m'en avez parlé vous-même hier soir, poursuivit Smiley, du même ton impersonnel. Vous disiez qu'ils discutaient de Dieu et du monde. Vous me disiez qu'Otto riait comme un bourreau, parlant trois langues à la fois, chantant, racontant des plaisanteries. Vous avez pris les photographies pour Otto, mais vous avez enregistré aussi leur conversation pour lui. J'imagine que vous possédez aussi la lettre que vous avez reçue pour lui de Londres. »

Herr Kretzschmar avait pivoté sur ses talons et fixait Smiley d'un regard furibond.

« Qui l'a tué ? interrogea-t-il. Herr Max, je vous le demande en tant que soldat ! »

Smiley avait pris dans sa poche le bout de carte postale déchirée.

« Qui l'a tué ? répéta Herr Kretzschmar. J'insiste !

— C'est ce que vous vous attendiez à me voir apporter hier soir, dit Smiley, sans répondre à sa question. La personne qui vous l'apporterait pourrait avoir les enregistrements et tout le reste que vous gardiez pour lui. C'était comme ça qu'il opérait avec vous. »

Kretzschmar prit la carte.

« Il appelait ça ses Règles de Moscou, dit Kretzschmar. Aussi bien Otto que le Général insistaient là-dessus, mais pour ma part je trouvais ça ridicule.

— Vous avez l'autre moitié de la carte postale ? demanda Smiley.

— Oui, dit Kretzschmar.

— Alors faites le raccord et donnez-moi le matériel. Je vais m'en servir exactement comme Otto l'aurait souhaité. »

Il dut répéter cela à deux reprises et de façons différentes avant d'avoir une réponse de Kretzschmar. « Vous me le promettez ? insista Kretzschmar.

— Oui.

— Et les tueurs ? Qu'allez-vous faire d'eux ?

— Selon toute probabilité, ils sont déjà en sûreté de l'autre côté de l'eau, dit Smiley. Ils n'ont que quelques kilomètres à faire.

— Alors quelle valeur a ce matériel ?

— Ce matériel est gênant pour l'homme qui a envoyé les tueurs », dit Smiley, et peut-être en cet instant le calme inébranlable de Smiley fit-il sentir à Herr Kretzschmar que son visiteur était aussi désemparé que lui — peut-être même, dans sa façon très personnelle, encore plus.

« Ça le tuera aussi ? » demanda Herr Kretzschmar.

Smiley prit son temps pour répondre à cette question. « Ça fera pire que le tuer », dit-il.

Un moment Herr Kretzschmar parut disposé à demander ce qui était pire qu'être tué, mais il n'en fit rien. Tenant la moitié de la carte postale d'une main folle, il quitta la pièce. Smiley attendit patiemment. Une pendule en cuivre suivait son cours captif, des poissons rouges le dévisageaient du fond d'un aquarium. Kretzschmar revint. Il lui tendit une boîte en carton blanc. A l'intérieur, protégée par du papier hygiénique, se trouvait une liasse pliée de photocopies couvertes d'une écriture maintenant familière, et six mini-cassettes en plastique bleu, d'un modèle utilisé par les amateurs de machines modernes.

« Il me les a confiées, dit Herr Kretzschmar.

— Il a eu raison », dit Smiley.

Herr Kretzschmar posa une main sur l'épaule de Smiley. « Si vous avez besoin de quelque chose, prévenez-moi, dit-il. J'ai mes gens. C'est une époque de violence. »

D'une cabine téléphonique, Smiley appela de nouveau l'aéroport de

Hambourg, cette fois pour reconfirmer le vol de Standfast pour Londres. Cela fait, il acheta des timbres et une enveloppe solide sur laquelle il écrivit une adresse fictive à Adélaïde en Australie. Il mit dedans le passeport de Mr Standfast et la jeta dans une boîte à lettres. Puis, voyageant sous le simple nom de Mr George Smiley, profession employé, il revint à la gare et passa au Danemark sans avoir d'incident à la frontière. Au cours du voyage, il s'enferma dans les toilettes et là lut la lettre d'Ostrakova, les sept pages, la copie faite par le Général lui-même sur l'antique presse à copier de Mikhel dans la petite bibliothèque, à deux pas du British Museum. Ce qu'il lut, s'ajoutant à ce qu'il avait déjà vu ce jour-là, l'emplit d'une inquiétude croissante et presque insurmontable. Par le train, le ferry-boat et, pour finir, en taxi, il gagna en hâte l'aéroport de Copenhague, à Kastrup. De Kastrup il prit un avion qui partait pour Paris au milieu de l'après-midi et, bien que le vol ne durât qu'une heure, dans le monde de Smiley, cela prit toute une vie où il repassa la gamme complète de ses souvenirs, de ses émotions, de ses espoirs. Sa colère et sa répulsion pour le meurtre de Leipzig, jusqu'alors réprimées, se déversèrent pour être chassées par les craintes que lui inspirait le sort d'Ostrakova : s'ils en avaient tant fait à Leipzig et au Général, que ne lui feraient-ils pas à elle ? Sa petite expédition dans le Schleswig-Holstein lui avait donné la vivacité de la jeunesse retrouvée, mais maintenant que réchappé de là son excitation retombait, il était en proie à l'incurable indifférence de l'âge. Avec la mort si proche, songea-t-il, si perpétuellement présente, à quoi bon lutter plus longtemps ? Il pensa de nouveau à Karla, à son absolutisme, qui au moins donnait du poids au chaos perpétuel qu'était la condition humaine ; du poids à la violence et à la mort ; il pensa à Karla pour qui tuer n'avait jamais été rien de plus que l'accessoire nécessaire à l'accomplissement d'un grand dessein.

Comment puis-je l'emporter ? se demanda-t-il ; seul, retenu par le doute et par un certain sens des convenances — comment l'un de nous le peut-il — devant cette fusillade sans remords.

La descente de l'appareil — et la promesse que la chasse allait reprendre — lui redonna des forces. Il y a deux Karla, raisonna-t-il, se rappelant de nouveau le visage stoïque, les yeux patients, le corps sec et nerveux attendant avec philosophie l'instant de sa destruction. Il y a Karla le professionnel, si maître de soi qu'il pouvait se permettre, si besoin en était, dix ans pour qu'une opération porte ses fruits : vingt dans le cas de Bill Haydon, Karla, le vieil espion, le pragmatiste, prêt à échanger douze défaites pour une seule grande victoire.

Et il y a cet autre Karla, Karla au cœur humain après tout, à l'unique grand amour, le Karla avec l'humanité comme défaut à sa cuirasse. Je ne devrais pas me décourager si, pour défendre son point faible, il a recours aux méthodes de sa profession.

Prenant dans le filet au-dessus de lui son chapeau de paille, Smiley se souvint par hasard d'une promesse désinvolte qu'il avait faite jadis à propos de la chute éventuelle de Karla. « Non », avait-il répliqué, en réponse à une question comparable à celle qu'il venait de se poser. « Non, Karla n'est pas à toute épreuve. Parce que c'est un fanatique. Et un jour, si j'y parviens, ce manque de modération causera sa chute. »

Se hâtant vers la station de taxis, il se rappela que sa remarque s'adressait alors à un certain Peter Guillam qui, en cet instant précis, se trouvait occuper une grande place dans ses pensées.

18

Allongée sur le divan, Ostrakova jeta un coup d'œil au crépuscule en se demandant sérieusement si c'était le signal de la fin du monde.

Toute la journée, la même pénombre grise avait pesé sur la cour, imposant à son minuscule univers un soir perpétuel. A l'aube, une lueur sépia n'avait fait que l'épaissir ; à midi, peu après la venue des hommes, c'était une coupure de courant céleste, qui précipitait tout dans un noir de caverne en attendant sa propre fin. Et voilà maintenant que, ce soir, la brume avait encore renforcé l'étreinte des ténèbres sur les forces de la lumière en retraite. Ainsi en va-t-il aussi d'Ostrakova, se dit-elle sans amertume : ainsi en va-t-il de mon corps meurtri et couvert de bleus, du siège que je subis et de mes espoirs pour la seconde apparition du rédempteur ; voilà exactement ce qui se passe, c'est aussi le déclin de mes jours.

Ce matin-là, elle s'était réveillée avec l'impression de se trouver pieds et poings liés. Elle avait essayé de bouger une jambe et, aussitôt, des cordes brûlantes avaient semblé se resserrer autour de ses cuisses, de sa poitrine et de son ventre. Elle avait levé un bras, mais seulement pour sentir le tiraillement de liens de fer. Elle avait mis une éternité à se traîner jusqu'à la salle de bains, une autre à se déshabiller et à se plonger dans l'eau chaude. Et lorsqu'elle y était entrée, elle avait eu peur de s'évanouir de douleur, tant sa chair meurtrie lui faisait mal là où l'asphalte l'avait écorchée. Elle entendit des coups de marteau et crut que c'était dans sa tête, jusqu'au moment où elle se rendit compte que c'était l'œuvre d'un voisin furieux. Lorsqu'elle compta les coups de l'horloge de l'église, ils s'arrêtèrent à quatre, alors ça n'était pas étonnant que le voisin protestât contre le bruit de l'eau passant dans les vieilles canalisations. L'effort de faire du café l'avait épuisée mais la position assise était devenue supportable, alors qu'il lui était encore trop pénible de s'allonger. Pour elle, la seule façon de se reposer était de se pencher en avant, les coudes sur l'évier. De là elle pouvait surveiller la cour, ce qui constituait tout à la fois un passe-temps et une précaution ; de là elle avait vu les hommes, les deux créatures de l'ombre comme elle les évoquait maintenant, interpeller la concierge, et cette vieille bique de Mme Lapierre leur répondre, en secouant sa tête stupide : « Non, Ostrakova n'est pas ici, pas ici », pas ici de dix façons différentes, qui retentissaient dans la cour comme une aria — *n'est pas ici* — noyant le bruit sec des femmes qui battaient leurs tapis, la galopade des enfants qui dévalaient les escaliers et le bavardage de deux vieilles femmes enturbannées au troisième étage, penchées à leurs fenêtres à deux mètres l'une de l'autre... *n'est pas ici !* Jusqu'au moment où même un enfant ne l'aurait pas crue.

Si elle voulait lire, elle devait poser le livre sur l'évier, et ce fut là, après le passage des hommes, qu'elle installa aussi le pistolet, jusqu'au moment où elle remarqua l'émerillon au bout de la crosse et, avec son esprit pratique de femme, elle se fabriqua un cordon avec un bout de ficelle. De cette façon, le pistolet autour du cou, elle avait les deux bras libres lorsqu'elle avait besoin de se déplacer dans la pièce. Mais lorsque l'arme lui battait les seins, c'était un tel supplice qu'elle en avait des nausées. Après le départ des hommes, elle s'était mise à murmurer à haute voix tout en vaquant aux tâches qu'elle s'était promis d'accomplir pendant son emprisonnement. « Un homme grand, un manteau de cuir, un feutre à rebord, avait-elle marmonné en se servant une généreuse ration de vodka pour se donner des forces. Un homme large d'épaules, un peu chauve, chaussures grises avec des trous ! » Je n'ai plus qu'à mettre mes souvenirs en chansons, s'était-elle dit, pour les chanter au Magicien, au Général... Oh ! pourquoi ne répondent-ils pas à ma seconde lettre ?

Elle se retrouvait enfant, tombant de son poney, et le poney revenait en arrière pour la piétiner. Elle se retrouvait femme, essayant d'être mère. Elle se rappelait les trois jours de douleurs impossibles durant lesquels Alexandra refusait farouchement de venir au monde dans la lumière inquiétante et grise d'une clinique malpropre de Moscou : la même lumière qu'il y avait maintenant derrière sa fenêtre, et qui recouvrait comme d'une poussière surnaturelle les parquets bien cirés de son appartement. Elle s'entendit appeler Glikman : « Amenez-le-moi, amenez-le-moi. » Elle se rappela comment il lui avait semblé que parfois c'était de lui, Glikman son amant, qu'elle était en train d'accoucher, et non pas de leur enfant, comme si tout son corps robuste et poilu s'efforçait de sortir d'elle — ou bien était-ce entré en elle ? —, comme si le fait de mettre au monde ce serait livrer Glikman à la captivité même qu'elle redoutait pour lui.

Pourquoi n'était-il pas ici, pourquoi ne venait-il pas ? se demandait-elle, confondant Glikman avec le Général et aussi avec le Magicien. Pourquoi ne répondent-ils pas à ma lettre ?

Elle savait très bien pourquoi Glikman n'était pas venu à son chevet alors qu'elle se débattait avec Alexandra. Elle l'avait supplié de n'en rien faire. « Tu as le courage de souffrir, et c'est assez, lui avait-elle dit. Mais tu n'as pas le courage d'être témoin des souffrances des autres, et pour cela je t'aime aussi. Pour le Christ, disait-elle, c'était trop facile. Le Christ pouvait guérir les lépreux, le Christ pouvait rendre la vue aux aveugles et la vie aux morts. Il pouvait même mourir pour une cause raisonnable. Mais toi, tu n'es pas le Christ, tu es Glikman, et tu ne peux rien faire pour ma souffrance, sinon regarder et souffrir aussi, ce qui n'avance à rien. »

Mais le Général et son Magicien, ce n'était pas pareil, pensa-t-elle avec quelque rancœur ; ils se sont présentés comme les médecins de ma maladie, et j'ai droit à leurs soins !

A l'heure convenue, cette crétine de concierge était montée, flanquée de son troglodyte de mari avec son tournevis. Ils étaient tout excités pour Ostrakova et tout joyeux de pouvoir lui apporter des nouvelles aussi réconfortantes. Ostrakova s'était préparée avec soin à leur visite, elle avait mis de la musique, elle s'était maquillée et avait entassé des livres auprès du divan, tout cela pour créer une atmosphère de désœuvrement intellectuel.

« Des visiteurs, madame, *des hommes*... Non, ils n'ont pas voulu laisser leurs noms... Ils arrivent de l'étranger, pour un bref passage... Ils connaissaient votre *mari*, madame. Des immigrés, comme vous... Non, ils voulaient vous faire la *surprise*, madame... Ils ont dit qu'ils avaient des *cadeaux* pour vous de votre famille, madame... Un secret, madame, et l'un d'eux était si grand, si fort et si bel homme... Non, ils reviendront une autre fois ; ils sont ici pour affaires, ils ont expliqué qu'ils avaient beaucoup de rendez-vous... Non, en taxi, et ils l'ont fait attendre ! La dépense, vous vous rendez compte ! »

Ostrakova avait éclaté de rire et posé une main sur le bras de la concierge, l'entraînant physiquement dans un grand secret, cependant que le troglodyte restait là à lancer sur elles deux des bouffées de fumée de cigarette et d'ail.

« Écoutez, tous les deux, dit-elle. Écoutez bien, monsieur et madame Lapierre. Je sais très bien qui ils sont, ces riches et beaux visiteurs. Ce sont les neveux de mon mari, des bons à rien. De Marseille, paresseux et vagabonds. S'ils apportent un cadeau pour moi, vous pouvez être sûrs qu'ils vont vouloir aussi des lits, et j'en suis bien certaine, à dîner aussi. Soyez assez gentils pour leur dire que je suis à la campagne encore pour quelques jours. Je les aime bien, mais j'ai besoin d'être tranquille. »

Ce qu'il pouvait rester de doute ou de déception dans leurs esprits bornés, Ostrakova les en débarrassa avec de l'argent, et maintenant elle se retrouvait seule, le pistolet attaché à son cou. Elle était étendue sur le divan, les hanches soulevées dans une position qui était à demi tolérable. Elle tenait le pistolet à la main, braqué sur la porte, et elle entendait les pas qui montaient l'escalier, deux paires de pas, les uns lourds, les autres légers. Elle répéta : « Un homme grand, un manteau de cuir... un homme large d'épaules, des chaussures grises avec des trous... » Puis les coups frappés à la porte, timides comme une déclaration d'amour enfantine. Et la voix inconnue, parlant français avec un accent inconnu, lent et classique comme celui de son mari Ostrakov, et avec la même séduisante tendresse.

« Madame Ostrakova, je vous en prie, laissez-moi entrer. Je suis ici pour vous aider. »

Avec le sentiment que c'était la fin de tout, Ostrakova arma le pistolet de son défunt mari et s'avança d'un pas ferme encore que douloureux vers la porte. Elle marchait comme un crabe, elle ne portait pas de chaussures et se méfiait de l'œil du judas. Rien ne la persuaderait qu'il ne permettait pas de regarder dans les deux sens. Elle fit donc le tour de la pièce dans l'espoir d'échapper à son champ de vision, et elle passa ainsi devant le portrait un peu effacé d'Ostrakov ; elle lui en voulut soudain beaucoup d'avoir eu l'égoïsme de mourir si tôt au lieu de rester vivant pour pouvoir la protéger. Puis elle songea : non. J'ai tourné le coin. J'ai mon courage à moi.

Et c'était vrai. Elle partait en guerre, chaque minute pouvait être sa dernière, mais les douleurs avaient disparu, son corps était aussi prêt qu'il l'avait été pour Glikman, toujours, à n'importe quel moment ; elle sentait son énergie à lui courir dans ses membres comme des renforts. Elle avait Glikman auprès d'elle et elle se souvenait de sa force sans regret. Elle avait la notion biblique que tout l'inlassable acharnement qu'il avait mis à lui faire l'amour l'avait fortifiée pour ce moment-là. Elle avait le calme d'Ostrakov et l'honneur d'Ostrakov ; elle avait aussi son pistolet. Et son courage solitaire et désespéré, en fin de compte, c'était le sien, et c'était le courage d'une mère en colère, frustrée et furieuse. Alexandra ! Les hommes qui étaient venus la tuer étaient les mêmes que ceux qui s'étaient moqués d'elle avec sa maternité secrète, qui avaient tué Ostrakov et Glikman et qui tueraient tout le pauvre monde si elle ne les arrêtait pas.

Elle ne voulait que viser avant de faire feu, et elle s'était rendu compte que dès l'instant où la porte était fermée, la chaîne mise et le judas en place, elle pouvait viser de très près ; et plus elle viserait de près, mieux cela vaudrait, car elle était d'une modestie raisonnable quant à ses talents de tireuse. Elle posa le doigt sur le judas pour les empêcher de regarder, puis elle y colla l'œil pour voir qui ils étaient, et la première chose qu'elle vit, ce fut son idiote de concierge, tout près, ronde comme un oignon dans la lentille qui la déformait, avec les cheveux qui semblaient verts à cause du reflet du carrelage sur le palier, un large sourire élastique et un nez qui pointait comme un bec de canard. Et l'idée vint à Ostrakova que les pas légers devaient être les siens : la légèreté, comme la souffrance et le bonheur, étant toujours relatifs par rapport à ce qui est venu avant ou après. Et la seconde chose qu'elle aperçut, ce fut un petit monsieur à lunettes qui, dans le judas, était gros comme le Bibendum Michelin. Et tandis qu'elle l'observait, il ôta un chapeau de paille qui sortait tout droit d'un roman de Tourgueniev, pour le tenir sur le côté comme s'il venait d'entendre jouer son hymne national. Et elle déduisit de ce geste que le petit monsieur lui disait qu'il savait qu'elle avait peur, qu'il savait qu'un visage dans l'ombre était ce qu'elle redoutait le plus et qu'en se découvrant, il lui révélait d'une certaine façon les bonnes intentions qu'il avait à son égard. Son immobilité et sa gravité donnaient une impression de soumission respectueuse qui, comme sa voix, une fois de plus, lui rappelait

Ostrakov ; la lentille du judas pouvait le transformer en grenouille, mais elle ne pouvait lui retirer son allure. Ses lunettes aussi lui rappelaient Ostrakov, à qui elles étaient aussi nécessaires qu'une canne pour un invalide. Tout cela, le cœur battant mais l'œil assuré, Ostrakova l'enregistra lors de son premier et long examen, tout en gardant le canon du pistolet pressé contre la porte et le doigt sur la détente, en se demandant si elle n'allait pas l'abattre là sur-le-champ, en tirant à travers la porte : « Tiens, prends *ça* pour Glikman, *ça* pour Ostrakov, *ça* pour Alexandra ! »

Car, dans l'état de méfiance où elle se trouvait, elle était prête à croire qu'ils avaient choisi l'homme justement pour son air humain ; parce qu'ils savaient qu'Ostrakov avait ce même don d'être à la fois gras et digne.

« Je n'ai pas besoin d'aide », finit par répliquer Ostrakova, et elle regarda, terrifiée, pour voir quel effet ses paroles allaient avoir sur lui. Mais pendant qu'elle l'observait, cette idiote de concierge décida de clamer sa version à elle des faits.

« Madame, c'est un monsieur ! Il est Anglais ! Il s'inquiète pour vous ! Madame, vous ne pouvez pas continuer à vous enfermer comme ça. (Un silence.) C'est un docteur, madame... n'est-ce pas, monsieur ? Un docteur distingué pour les maladies de l'esprit ! » Là-dessus, Ostrakova entendit l'idiote lui chuchoter : « Dites-lui, monsieur. Dites-lui que vous êtes docteur. »

Mais l'étranger secoua la tête d'un geste désapprobateur et répondit : « Non. Ce n'est pas exact.

— Madame, ouvrez ou je m'en vais chercher la police ! s'écria la concierge. Une Russe qui fait un tel scandale !

— *Je n'ai pas besoin d'aide* », répéta Ostrakova beaucoup plus fort. Mais elle savait déjà que plus que de toute autre chose, c'était d'aide qu'elle avait besoin ; que sans cela elle ne tuerait jamais, pas plus que Glikman n'aurait tué. Pas même si elle avait le diable en personne en face d'elle, elle ne pourrait tuer l'enfant d'une autre femme. Tandis qu'elle poursuivait sa garde, le petit bonhomme fit lentement un pas en avant jusqu'au moment où son visage, déformé comme s'il était sous l'eau, fut tout ce qu'elle pouvait distinguer dans la lentille ; et elle vit pour la première fois la fatigue qui s'y inscrivait, les yeux rouges derrière les lunettes, les cernes sombres qui les marquaient ; et elle perçut chez lui un intérêt passionné pour elle qui n'avait rien à voir avec la mort, mais au contraire avec la survie ; elle sentit qu'elle voyait un visage soucieux et non pas qui aurait banni pour toujours toute compassion. Le visage s'approcha encore et le claquement de la boîte aux lettres suffit presque à lui faire presser la détente par erreur et cela la terrifia. Elle sentit la convulsion dans sa main et ne la maîtrisa qu'à l'instant même d'achever son geste ; puis elle se pencha pour ramasser l'enveloppe sur le paillasson. C'était sa propre lettre, adressée au Général, la seconde, disant « quelqu'un essaye de me tuer », écrite en français. Comme un dernier geste de résistance, elle fit semblant de se demander si la lettre n'était pas un piège et s'ils ne l'avaient pas interceptée, achetée, volée, ou si elle n'était pas entre leurs mains à la suite de ce que font les gens qui cherchent à vous tromper. Mais en voyant la lettre, en en reconnaissant les premiers mots et le ton désespéré, elle se mit à être profondément lasse de la fourberie, de la méfiance et lasse d'essayer de lire le mal là où elle souhaitait plus que tout lire le bien. Elle entendit de nouveau la voix de l'homme gras et un français bien appris mais un peu désuet, et cela lui rappela des vers du temps de son école dont elle se souvenait un peu. Et si c'était un mensonge qu'il racontait, alors c'était le mensonge le plus habile qu'elle eût jamais entendu de sa vie.

« Le Magicien est mort, madame, dit-il, embuant le judas de son haleine. Je suis venu de Londres pour vous aider à sa place. »

Pendant des années ensuite, et sans doute toute sa vie, Peter Guillam allait raconter, avec des degrés divers de franchise, l'histoire de son retour chez lui ce soir-là. Il insistait sur le fait que les circonstances étaient particulières. Un, il était de mauvaise humeur ; il l'avait été toute la journée. Deux, son ambassadeur lui avait reproché en public à la conférence hebdomadaire une remarque d'une inconvenante légèreté à propos de la balance des paiements britanniques. Trois, il était jeune marié, et sa très jeune épouse était enceinte. Quatre, elle téléphona quelques instants après qu'il eut décodé un long message extrêmement ennuyeux du Cirque lui rappelant pour la quinzième fois qu'il était interdit, je répète *interdit* d'entreprendre des opérations sur le territoire français sans avoir au préalable l'autorisation par écrit de la direction. Et cinq, le Tout-Paris passait par une de ces épidémies périodiques de crainte d'un enlèvement. Enfin, le poste de résident principal du Cirque à Paris était bien connu pour être l'endroit où l'on exposait les officiers voués à une prompte inhumation, n'offrant guère d'autres occasions que des déjeuners interminables avec tout un assortiment de gens très corrompus et très assommants, chefs de service de renseignement français rivaux qui passaient plus de temps à s'espionner les uns les autres que leurs ennemis supposés. Tous ces éléments, Guillam insistait là-dessus par la suite, il fallait les prendre en considération avant de l'accuser d'impétuosité. Guillam, il faut peut-être l'ajouter, était un athlète, à moitié français, mais plus anglais à cause de cela ; il était mince, et pas loin d'être beau, mais bien qu'il luttât avec acharnement, il n'en approchait pas moins la cinquantaine, qui est le cap que peu de carrières d'agents vieillissants dépassent. Il possédait aussi une Porsche flambant neuve dont il avait fait l'acquisition, avec une certaine gêne, au tarif diplomatique et qu'il avait garée, malgré la virulente désapprobation de l'ambassadeur, dans le parc de stationnement de l'ambassade.

Là-dessus, Marie-Claire Guillam téléphona à son mari à 6 heures précises, juste au moment où Guillam enfermait ses codes à clé. Guillam avait deux lignes de téléphone sur son bureau, dont l'une, en théorie, était directe. La seconde passait par le standard de l'ambassade. Marie-Claire appela sur la ligne directe, chose dont il était toujours convenu qu'elle ne le ferait qu'en cas d'urgence. Elle s'exprimait en français qui, il est vrai, était sa langue natale, mais depuis quelque temps ils communiquaient en anglais afin qu'elle pût améliorer sa pratique de la langue.

« Peter ? » commença-t-elle.

Il perçut aussitôt la tension dans sa voix.

« Marie-Claire ? Qu'est-ce qu'il y a ?

— Peter, il y a quelqu'un ici. Il veut que tu viennes tout de suite.

— Qui ça ?

— Je ne peux pas te le dire. C'est important. Je t'en prie, rentre tout de suite », répéta-t-elle, et elle raccrocha.

Le secrétaire de Guillam, un Mr Hanstruther, était planté sur le seuil de la chambre forte lorsque survint l'appel téléphonique ; il attendait qu'il tourne la combinaison de la serrure avant que chacun vienne mettre sa clé. Par la porte ouverte du bureau de Guillam, il le vit raccrocher avec violence et, avant qu'il ait eu le temps de faire un geste, voilà que Guillam avait lancé à Hanstruther — un long jet, sans doute dans les cinq mètres — la sacro-sainte *clé personnelle* du chef résident, pour ainsi dire le symbole de son office, et que Hanstruther, par miracle, l'avait attrapée : il avait levé sa main gauche et l'avait happée dans sa paume, comme un joueur de base-ball ; il n'aurait pas pu le refaire s'il avait essayé cent fois, raconta-t-il plus tard à Guillam.

« Ne bougez pas d'ici avant que je vous appelle ! cria Guillam. Installez-vous à mon bureau et répondez au téléphone. Vous m'entendez ? »

Hanstruther avait bien entendu, mais Guillam était déjà à mi-chemin de l'escalier en spirale d'une absurde élégance de l'ambassade, fonçant entre des dactylos, des gardes de la Chancellerie et de brillants jeunes hommes en route pour faire la tournée des cocktails du soir. Quelques secondes plus tard, il était au volant de sa Porsche, faisait ronfler le moteur comme un pilote de course, ce qu'il aurait fort bien pu être dans une autre vie. Guillam habitait Neuilly et, en temps ordinaire, ces trajets sportifs à l'heure de pointe l'amusaient plutôt, lui rappelant deux fois par jour — comme il le disait — que si désespérément assommante que fût la routine de l'ambassade, la vie autour de lui était animée, pas toujours facile mais drôle. Il s'appliquait même à se chronométrer sur la distance. S'il prenait l'avenue Charles-de-Gaulle et qu'il avait de la chance aux feux rouges, vingt-cinq minutes dans la circulation du soir n'étaient pas un temps déraisonnable. Tard la nuit ou de bonne heure le matin, avec des rues désertes et des plaques du corps diplomatique, il pouvait descendre à quinze minutes, mais aux heures d'affluence, trente-cinq minutes étaient un temps rapide et la normale, c'était quarante. Ce soir-là, obsédé par des visions de Marie-Claire tenue sous la menace d'un pistolet par une bande de nihilistes déments, il parcourut la distance en dix-huit minutes sept secondes. Les rapports de police présentés plus tard à l'ambassadeur précisaient qu'il avait brûlé trois feux rouges et effleuré le cent quarante à l'heure à l'entrée de la dernière ligne droite ; mais ce n'était nécessairement qu'une sorte de reconstitution, puisque personne ne s'était senti enclin à essayer de suivre son train. Guillam lui-même n'a que peu de souvenirs du trajet, à part un accrochage évité de justesse avec un camion de déménagement, et un fou de cycliste qui s'était mis en tête de tourner à gauche alors que Guillam n'était qu'à cent cinquante mètres derrière lui.

Son appartement était situé dans une villa, au troisième étage. Freinant à mort avant d'arriver à l'entrée, il coupa le contact et continua en roue libre avant de s'arrêter dans la rue puis de se précipiter vers la porte d'entrée aussi discrètement que la précipitation le permettait. Il s'attendait à voir une voiture garée dans les parages, sans doute avec un chauffeur qui attendait au volant, moteur tournant au ralenti, mais à son soulagement momentané il n'en stationnait aucune alentour. Il y avait pourtant de la lumière dans leur chambre, si bien qu'il imaginait maintenant Marie-Claire bâillonnée et ligotée sur le lit, et ses agresseurs assis autour d'elle, en attendant l'arrivée de Guillam. Si c'était Guillam qu'ils voulaient, il ne comptait pas les décevoir. Il était venu sans arme ; il n'avait pas le choix. Les surveillants du Cirque avaient une sainte terreur des armes, et le revolver qu'il possédait illégalement était dans la table de nuit où, à n'en pas douter, ils l'avaient maintenant trouvé. Il monta les trois étages sans bruit et, parvenu à sa porte, ôta sa veste et la laissa tomber sur la moquette auprès de lui. Il avait sa clé à la main et, avec toute la douceur dont il était capable, il l'introduisit dans la serrure, puis pressa le bouton de sonnette et cria « le facteur », par la boîte aux lettres et puis « une lettre exprès ». La main sur la clé, il attendit d'entendre des pas approcher, dont il sut aussitôt que ce n'était pas ceux de Marie-Claire. Ils étaient lents, voire pesants, et, parut-il à Guillam, bien trop assurés. Et ils venaient de la direction de la chambre. Ses actions suivantes furent simultanées. Ouvrir la porte de l'intérieur, il le savait, nécessitait deux mouvements distincts : il fallait d'abord ôter la chaîne, puis libérer la serrure. A demi accroupi, Guillam attendit d'entendre la chaîne glisser, puis utilisa le seul élément de surprise dont il disposait : il tourna sa propre clé dans la serrure et se lança de tout son poids contre la porte ; en faisant cela, il eut l'intense satisfaction de voir une silhouette masculine et replette qui s'en allait valser contre la glace du vestibule, la décrochant de ses attaches, tandis que Guillam lui prenait le bras et le faisait basculer dans une méchante prise capable de le briser... Tout cela pour voir le visage stupéfait de son vieil ami et mentor, George Smiley, qui le contemplait, désemparé.

La suite de cette rencontre, Guillam en donne une description quelque peu confuse ; il ne s'attendait, bien sûr, pas du tout à la venue de Smiley et Smiley — peut-être par peur des microphones — ne dit pas grand-chose dans l'appartement pour l'éclairer. Marie-Claire était dans la chambre, mais ni ligotée ni bâillonnée ; c'était Ostrakova qui, sur l'insistance de Marie-Claire, était allongée sur le lit, toujours vêtue de sa vieille robe noire, et Marie-Claire lui prodiguait tous les soins qu'elle pouvait imaginer : blancs de poulet en gelée, thé à la menthe, tous les éléments pour invalide qu'elle avait accumulés avec diligence pour le jour merveilleux, mais hélas pas encore arrivé, où Guillam tomberait malade. Ostrakova, Guillam le remarqua (bien qu'il ne sût pas encore son nom), semblait avoir été battue. Elle avait de larges meurtrissures grisâtres autour des yeux et des lèvres, et les doigts écorchés sans doute lorsqu'elle avait essayé de se défendre. Ayant brièvement montré cette scène à Guillam — la dame tabassée soignée par la jeune épouse anxieuse — Smiley entraîna Guillam dans son salon et, avec toute l'autorité de l'ancien chef de Guillam qu'il avait d'ailleurs été, exposa rapidement ses requêtes. C'était seulement maintenant, se révéla-t-il, que s'imposait la hâte que Guillam avait déployée auparavant. Ostrakova — Smiley l'appelait « notre invitée » — devait quitter Paris ce soir, dit-il. La planque dont l'antenne de Paris disposait près d'Orléans — il l'appelait « notre maison de campagne » — n'était pas assez sûre ; elle avait besoin d'un endroit où on pourrait la soigner et la protéger. Guillam se souvint d'un couple français d'Arras, un agent en retraite et sa femme, qui jadis avaient abrité des oiseaux de passage du Cirque. Il convint qu'il leur téléphonerait, mais pas de l'appartement : Smiley l'envoya trouver une cabine téléphonique. Le temps que Guillam eût pris les dispositions nécessaires et fût rentré, Smiley avait rédigé un bref message sur une feuille de l'abominable papier à lettres de Marie-Claire, avec ses petits lapins qui broutaient l'herbe, et qu'il souhaitait voir transmettre immédiatement par Guillam au Cirque : « Personnel pour Saul Enderby, à déchiffrer vous-même. » Le texte, que Smiley insista pour faire lire à Guillam (mais pas tout haut), demandait poliment à Enderby — « en raison d'un second décès qu'à n'en pas douter on vous a maintenant signalé » — un rendez-vous à Ben's Place dans quarante-huit heures. Guillam n'avait aucune idée de l'endroit où se trouvait Ben's Place.

« Eh, Peter ?

— Oui, George, dit Guillam, toujours abasourdi.

— J'imagine qu'il existe un annuaire officiel des diplomates accrédités ici. En auriez-vous par hasard un chez vous ? »

Guillam en avait un. A vrai dire, c'était la bible de Marie-Claire : elle n'avait aucune mémoire des noms, aussi l'annuaire se trouvait-il dans la chambre, auprès du téléphone, pour toutes les fois où un membre d'une ambassade étrangère lui téléphonait pour l'inviter à un cocktail, à un dîner ou, ce qui était plus horrible que tout, à la célébration d'une fête nationale. Guillam alla le chercher et, quelques instants plus tard regardait par-dessus l'épaule de Smiley. « Kirov, lut-il — mais, une fois de plus, pas tout haut —, tout en suivant la ligne que soulignait l'ongle du pouce de Smiley, Kirov Oleg, second secrétaire (section commerciale), célibataire. » Suivi d'une adresse dans le ghetto de l'ambassade soviétique, dans le VIIe arrondissement.

« Vous n'êtes jamais tombé sur lui ? » demanda Smiley.

Guillam secoua la tête. « Nous nous sommes occupés de lui, mais il y a pas mal d'années. Il est marqué « ne pas toucher », répondit-il.

— Quand cet annuaire a-t-il été publié ? » demanda Smiley. La réponse était imprimée sur la couverture : décembre de l'année précédente.

Smiley dit : « Eh bien, quand vous irez au bureau...

— Je jetterai un coup d'œil au dossier, promit Guillam.

— Il y a également *ceci*, dit Smiley sèchement en remettant à Guillam un simple sac de papier contenant, lorsqu'il l'examina plus tard, plusieurs mini-cassettes et une grosse enveloppe brune. « Par la première valise demain, je vous prie, dit Smiley. Même classement et même adresse que le télégramme. »

Laissant Smiley toujours à consulter l'annuaire et les deux femmes enfermées dans la chambre, Guillam se hâta de retourner à l'ambassade et, ayant relevé le malheureux Hanstruther encore tout ahuri de sa veille devant les téléphones, il lui remit le sac avec les instructions de Smiley. La tension de Smiley avait beaucoup affecté Guillam, et il était en nage. Dans toutes les années où il avait connu George, raconta-t-il par la suite, il ne l'avait jamais vu aussi renfermé, aussi intense, aussi elliptique, aussi désespéré. Rouvrant la chambre forte, il coda et expédia lui-même le télégramme, n'attendant que le temps qu'il fallut pour recevoir l'accusé de réception de la direction avant de prendre le dossier sur les mouvements de l'ambassade soviétique et de méditer sur de vieux rapports de surveillance. Il n'eut pas à chercher loin. La troisième série, avec copie à Londres, lui révéla tout ce qu'il avait besoin de savoir. Kirov Oleg, second secrétaire (section commerciale), décrit cette fois comme « marié mais épouse pas en poste », avait regagné Moscou deux semaines plus tôt. Dans la colonne réservée aux commentaires divers, le service français de liaison avait ajouté que, selon des sources soviétiques bien informées, Kirov avait été « rappelé sans préavis au ministère soviétique des Affaires étrangères afin d'y occuper un poste important brusquement devenu vacant ». Les cocktails d'adieu habituels n'avaient donc pas pu avoir lieu.

Lorsque Guillam revint à Neuilly, Smiley accueillit ces renseignements dans le plus profond silence. Il ne semblait pas surpris, mais il semblait dans une certaine mesure consterné et, lorsqu'il finit par parler — ce qui ne se produisit que lorsqu'ils se retrouvèrent tous les trois dans la voiture en train de filer vers Arras — sa voix avait un accent presque désespéré. « Oui, dit-il, comme si Guillam connaissait toute l'histoire par cœur. Oui, c'est bien sûr exactement ce qu'il ferait, n'est-ce pas ? Il rappellerait Kirov sous le prétexte d'une promotion pour être sûr qu'il vienne vraiment. »

George n'avait pas eu ce ton-là, raconta Guillam — sans aucun doute avec la perspicacité que l'on peut avoir après coup — depuis le soir où il avait démasqué Bill Haydon comme étant la taupe de Karla aussi bien que l'amant d'Ann.

Ostrakova aussi, avec le recul, n'avait pas un souvenir bien cohérent de cette soirée-là, ni du voyage en voiture au cours duquel elle parvint à dormir, ni de l'interrogatoire patient mais insistant auquel le petit homme replet la soumit lorsqu'elle se réveilla tard le lendemain matin. Peut-être avait-elle momentanément perdu la capacité d'être impressionnée et, par conséquent, de se souvenir. Elle répondit à ses questions, elle lui était reconnaissante, elle lui donna — sans entrain ni embellissement — les mêmes renseignements qu'elle avait donnés au magicien, bien qu'il parût en posséder déjà la plupart.

« Le magicien, dit-elle une fois. Mort. Mon Dieu ! »

Elle demandait des nouvelles du Général, mais ne fit guère attention à la réponse vague de Smiley. Elle pensait à Ostrakov, puis à Glikman, maintenant au magicien — et dire qu'elle n'avait jamais su son nom. Son hôte et son hôtesse étaient très gentils avec elle, mais cela ne l'impressionnait toujours pas. Il pleuvait et elle n'apercevait même pas les champs au loin.

Peu à peu, tout de même, à mesure que les semaines passaient, Ostrakova se permit une hibernation idyllique. Le plus fort de l'hiver arriva tôt et elle se laissa envelopper par la neige ; elle commença par marcher un peu, puis beaucoup, se coucher tôt, parler rarement et, à mesure que son corps se rétablissait, il en allait de même de son âme. Tout d'abord une confusion bien pardonnable régna dans son esprit, et elle se prit à penser à sa fille suivant les termes qu'avait utilisés l'étranger roux pour la décrire : une dissidente acharnée, une rebelle indomptable. Puis lentement, la logique de l'affaire se présenta à elle. Quelque part, se dit-elle, il y avait la véritable Alexandra qui vivait et qui existait comme avant, ou plutôt qui, comme avant, n'existait pas. Dans tous les cas, les mensonges de l'homme roux concernaient une créature tout à fait différente, qu'ils avaient inventée pour leurs besoins. Elle parvint même à trouver une consolation dans la probabilité que sa fille, si elle était encore en vie, vivait dans une ignorance totale de leurs machinations. Peut-être que les souffrances qui lui avaient été infligées — souffrances de l'âme aussi bien que du corps — avaient-elles réussi ce que des années de prières et d'angoisses n'avaient pas pu faire et l'avaient-elles débarrassée des reproches qu'elle se faisait à propos d'Alexandra. Elle pleura Glikman tout à loisir, elle avait conscience d'être complètement seule au monde, mais dans le paysage hivernal, sa solitude ne lui était pas désagréable. Un brigadier de gendarmerie en retraite la demanda en mariage, mais elle déclina son offre. Elle découvrit par la suite qu'il demandait la main de tout le monde. Peter Guillam venait la voir au moins toutes les semaines et parfois ils se promenaient ensemble une heure ou deux. Dans un français impeccable il lui parlait surtout de l'arrangement des jardins, sujet sur lequel il avait des connaissances inépuisables. Tel était l'avis d'Ostrakova au moment où elle aborda cette histoire. Et cette vie, elle la menait dans l'ignorance totale des événements que la première lettre qu'elle avait écrite au Général avait déclenchés.

19

« Savez-vous qu'il s'appelle *vraiment* Ferguson ? fit Saul Enderby de cet accent snob et traînant qui est l'ultime vulgarité de la haute bourgeoisie anglaise.

— Je n'en ai jamais douté, dit Smiley.

— Il est à peu près tout ce qui nous reste de toute l'écurie des lampistes. De nos jours, les Sages ne croient pas à la surveillance domestique. Cet antiparti ou Dieu sait quoi. (Enderby continuait d'examiner le gros document qu'il avait à la main.) Et quel est votre nom à vous, George ? Sherlock Holmes sur la piste de son pauvre vieux Moriarty ? Le capitaine Ahad poursuivant sa grande baleine blanche ? Qui êtes-vous ? »

Smiley ne répondit pas.

« Je voudrais bien avoir un ennemi, je dois dire, remarqua Enderby, en tournant quelques pages. Ça fait une éternité que j'en cherche. N'est-ce pas, Sam ?

— Jour et nuit, chef », renchérit Sam Collins avec entrain en adressant à son maître un sourire complice.

Ben's Place était l'arrière-salle d'un hôtel sombre de Knigthtsbridge et les trois hommes s'étaient retrouvés là une heure plus tôt. Sur la porte une pancarte annonçait « DIRECTION, STRICTEMENT PRIVÉ » et à l'intérieur se trouvait une antichambre servant de vestiaire ; plus loin se trouvait ce sanctuaire lambrissé de chêne, qui sentait les livres et le musc, lequel à son tour donnait sur un rectangle de parterres ceint de murs volé sur le parc, avec un bassin à poissons, un ange en marbre et une allée pour les promenades contemplatives. L'identité de Ben, s'il en avait jamais eu une, était perdue dans les archives non consignées de la mythologie du Cirque. Mais cet endroit demeurait, comme un casuel dont nulle trace ne subsistait, fourni par Enderby et par George Smiley avant lui, et servait de lieu de rendez-vous pour des entrevues qui par la suite sont censées n'avoir jamais eu lieu.

« Si vous permettez, dit Enderby, je vais le relire. J'ai la compréhension un peu lente à cette heure de la journée.

— En fait, je crois que ce serait fichtrement utile, chef », dit Collins. Enderby déplaça ses lunettes demi-lune, mais juste pour pouvoir regarder par-dessus, et Smiley nourrissait en secret la théorie que de toute façon elles étaient en verres neutres.

« C'est Kirov qui parle. Ça se passe après que Leipzig l'a fait mordre à l'hameçon, n'est-ce pas, George ? (Smiley eut un hochement de tête distant.) Ils sont toujours en petite tenue dans ce claque, mais il est 5 heures du matin et on a renvoyé les filles. Nous avons d'abord le larmoyant « comment-as-tu-pu-me-faire-ça ? » de Kirov. « Je croyais que tu étais mon ami, Otto ! » dit-il. Eh ben, on peut dire qu'il se fourre le doigt dans l'œil ! Puis vient sa déclaration, transcrite en mauvais anglais par les traducteurs. Ils ont fait une concordance... c'est bien le mot, George ? On a supprimé les hum et les ah. »

Que ce fût le mot ou non, Smiley ne répondit pas. Peut-être n'attendait-on pas de lui une réponse. Il était assis très immobile dans un fauteuil de cuir, penché en avant sur ses mains jointes, et il n'avait pas ôté son pardessus de tweed brun. Un jeu de la transcription de Kirov était à son côté. Il avait l'air fatigué et Enderby remarqua plus tard qu'il donnait l'impression d'avoir suivi un régime. Sam Collins, directeur des opérations, était littéralement assis dans l'ombre d'Enderby, petit homme soigné avec une moustache sombre et un grand sourire toujours prêt à apparaître. Il y avait eu une époque où Collins était l'homme à tout faire du Cirque, à qui des années en opérations avaient enseigné à mépriser les euphémismes distingués du cinquième étage. C'était maintenant le braconnier devenu garde-chasse, et qui soignait sa pension et sa sécurité comme il avait jadis soigné ses réseaux. Il avait adopté une absence délibérée d'expression ; il fumait des cigarettes brunes jusqu'à la moitié, puis les écrasait dans un coquillage craquelé, cependant que son regard de bon chien restait fidèlement posé sur son maître, Enderby. Quant à Enderby, il était debout, appuyé au chambranle de la porte-fenêtre, sa silhouette se découpant sur la lumière du dehors, et il se curait les dents avec un bout d'allumette. Une pochette en soie dépassait de sa manche gauche et il était planté, un genou en avant et légèrement fléchi, comme s'il se trouvait dans l'enclos des membres du club d'Ascot. Dans le jardin, des lambeaux de brume s'étendaient comme une fine gaze sur la pelouse. Enderby redressa la tête et tint le document devant lui comme si c'était un menu.

« Allons-y. Je suis Kirov. « En tant qu'officier des Finances travaillant au Centre de Moscou de 1970 à 1974, ma tâche consistait à découvrir les irrégularités dans les comptes des antennes à l'étranger et à remettre les coupables dans le droit chemin. » (Il s'interrompit pour regarder de nouveau par-dessus ses lunettes.) Tout cela, c'était avant l'affectation de Kirov à Paris, exact ?

— Tout à fait exact », dit Collins avec vigueur en jetant un coup d'œil à Smiley pour quêter son soutien, mais il n'en obtint aucun.

« J'essaie juste de mettre tout ça au point, vous voyez, George, expliqua Enderby. J'aligne les cibles. Je n'ai pas vos petites cellules grises et agiles. »

Sam Collins sourit devant le déploiement de modestie de son chef. Enderby poursuivit : « Dans le cadre de ces enquêtes extrêmement délicates et confidentielles et qui, dans certains cas, aboutissaient à la punition d'officiers supérieurs du Centre de Moscou, j'ai fait la connaissance du chef du Treizième Directoire du Renseignement, un service indépendant directement rattaché au Comité central du Parti et qui n'est connu au Centre que par son nom de code de Karla. C'est un nom de femme et on dit que c'était celui du premier réseau qu'il contrôlait. » C'est exact, George ?

— C'était pendant la guerre d'Espagne, dit Smiley.

— Le grand terrain de jeu. Bon, bon. Continuons. « Le Treizième Directoire est un service séparé à l'intérieur du Centre de Moscou, puisque sa principale mission est le recrutement, l'entraînement et la mise en place d'agents clandestins disposant d'une solide couverture dans les pays fascistes, et qu'on appelle des taupes... bla... bla... bla. Il faut parfois des années à une taupe pour trouver sa place à l'intérieur du pays visé avant de se mettre activement à son travail secret. » (Passe l'ombre de ce salaud de Bill Haydon.) « La tâche d'utiliser ces taupes n'est pas confiée à des antennes normales mais à un représentant de Karla, comme on l'appelle, en général un militaire, dont le travail dans la journée est d'être attaché à une ambassade. Ces représentants sont choisis personnellement par Karla et constituent une élite... bla... bla... jouissant d'une confiance et d'une liberté dont ne bénéficient pas les autres officiers du Centre, et disposant aussi de grandes facilités pour ce qui est des voyages et de l'argent. Ils sont donc l'objet de jalousies de la part du reste du service. »

Enderby fit semblant de reprendre haleine : « Seigneur, ces traducteurs ! s'exclama-t-il. Ou c'est peut-être seulement que Kirov est un abominable petit raseur. On pourrait croire qu'un homme qui se confesse sur son lit de mort aurait la grâce d'être bref, non ? Mais pas notre Kirov, oh ! que non. Vous suivez, Sam ?

— Très bien, chef, très bien.

— Poursuivons, dit Enderby en reprenant son ton récitatif : « Dans le cadre de mes enquêtes sur les irrégularités financières, l'intégrité d'un résident de Karla a été mise en doute, celle du résident de Lisbonne. Le colonel Orlov. Karla a réuni un tribunal secret de ses collaborateurs pour juger l'affaire et, à la suite des preuves que j'ai apportées, le colonel Orlov a été liquidé à Moscou le 10 juin 1973. » Ça concorde, dites-vous, Sam ?

— Nous avons le rapport non confirmé d'un transfuge d'après lequel il a été fusillé par un peloton d'exécution, dit Collins avec entrain. Félicitations, camarade Kirov, l'ami du déprédateur. Seigneur ! Quel panier de crabes ! Pires que nous. (Enderby continua :) « Pour le rôle que j'avais joué en faisant traduire en justice le criminel Orlov, j'ai été félicité personnellement par Karla qui m'a en même temps fait jurer le secret, puisqu'il considérait les irrégularités du colonel Orlov comme une honte pour son Directoire, et de nature à nuire à sa réputation au sein du Centre de Moscou. Karla est connu comme un camarade d'une irréprochable intégrité, et pour cette raison il compte de nombreux ennemis dans les rangs de ceux qui ont tendance à se laisser aller. »

Enderby marqua un temps et de nouveau jeta un coup d'œil à Smiley par-dessus les verres de ses lunettes en demi-lune.

« Nous tressons tous les cordes pour nous pendre, n'est-ce pas, George ?

— Nous sommes une bande d'araignées suicidaires, chef », renchérit Collins, en affichant un sourire encore plus large.

Mais Smiley était perdu dans sa lecture de la déclaration de Kirov et n'était pas accessible aux plaisanteries.

« Passons sur l'année suivante de la vie et des amours de frère Kirov et venons-en à sa rencontre suivante avec Karla, proposa Enderby, nullement démonté par le mutisme de Smiley. La convocation en pleine nuit... c'est classique, j'imagine. (Il tourna deux feuillets. Smiley, suivant Enderby, fit de même.) Une voiture s'arrête devant le logement de Kirov à Moscou — pourquoi ne peuvent-ils pas dire domicile, bon sang, comme tout le monde ? — On le tire de son lit et on l'emmène vers une destination inconnue. Ils mènent une drôle d'existence, vous ne trouvez pas, ces gorilles du Centre de Moscou, à ne jamais savoir s'ils vont recevoir une décoration ou une balle ? (Il revint au rapport.) Tout cela se tient, n'est-ce pas, George ? Le trajet et tout ça ? Une demi-heure de voiture, un petit avion, etc. ?

— Le Treizième Directoire a trois ou quatre installations, y compris d'entraînement, près de Minsk », dit Smiley.

Enderby tourna encore quelques pages.

« Voici donc Kirov de nouveau en présence de Karla : Karla et Kirov absolument seuls. Un petit chalet en bois, une atmosphère monastique, pas de fioritures, pas de témoins — du moins pas visibles. Karla va droit au fait. Kirov aimerait-il un poste à Paris ? Kirov serait ravi, monsieur... (Il tourna un nouveau feuillet.) Kirov a toujours admiré le Treizième Directoire, monsieur, bla... bla... Karla a toujours été son idole... Un coup de lèche, un coup de brosse à reluire, un coup de lèche. On croirait vous entendre, Sam. C'est intéressant que Kirov ait trouvé que Karla avait l'air fatigué — vous avez remarqué ça ? —, nerveux. Karla tendu, fumant comme une cheminée.

— Il l'a toujours fait, dit Smiley.

— Fait quoi ?

— Il a toujours été un gros fumeur, dit Smiley.

— Ah oui ? Vraiment ? »

Enderby tourna une autre page. « Maintenant, les instructions de Kirov, dit-il. Karla les lui donne : « Officiellement j'aurais le poste d'attaché au service commercial de l'ambassade, et ma mission spéciale me rendrait responsable du contrôle et de la tenue des comptes dans toutes les stations du Treizième Directoire dans les pays suivants... » Kirov entreprend de les énumérer. La liste comprend Bonn mais pas Hambourg. Vous me suivez, Sam ?

— Absolument, chef.

— Vous ne vous perdez pas dans le labyrinthe ?

— Pas le moins du monde, chef.

— Ils sont malins ces Russkis.

— Démoniaques.

— De nouveau Kirov : « Il a insisté sur l'extrême importance de ma mission — bla... bla... — m'a rappelé ma remarquable performance dans l'affaire Orlov, et m'a prévenu que, étant donné le côté très délicat des affaires dont j'allais m'occuper, je devrais adresser mes rapports directement au bureau particulier de Karla et que j'aurais un code séparé... » voir page 15.

— Page 15, chef », dit Collins.

Smiley l'avait déjà trouvée.

« Outre mon travail de vérification comptable pour les stations du Treizième Directoire en Europe de l'Ouest, Karla, toutefois, m'a prévenu aussi que l'on me demanderait de me charger de certaines activités clandestines dans le but de trouver des couvertures ou des légendes, c'est-à-dire de fausses biographies, pour des agents futurs. Tous les membres de son Directoire s'occupaient de cela, dit-il, mais travailler sur une légende était néanmoins extrêmement secret, et je ne devrais en aucun cas en discuter avec qui que ce fût. Pas avec mon ambassadeur, ni avec le major Pudin, qui était le représentant opérationnel permanent de Karla à notre ambassade de Paris. Naturellement, j'acceptai cette nomination et, ayant suivi un cours spécial de sécurité et de transmission, je pris mon poste. Je n'étais pas à Paris depuis longtemps quand un message personnel de Karla m'avisa qu'on avait besoin de façon urgente d'une légende pour un agent du sexe féminin d'environ vingt et un ans. (Nous arrivons maintenant au cœur de l'affaire, commenta Enderby avec satisfaction.) Le message de Karla me signalait plusieurs familles d'émigrés qu'on pourrait persuader, grâce à une certaine pression, d'adopter un tel agent comme leur propre enfant, puisque le chantage est considéré par Karla comme une technique préférable à la corruption. » Et il a fichtrement raison, fit Enderby avec chaleur. Au taux d'inflation actuel, le chantage est à peu près la seule chose qui garde sa valeur. »

Sam Collins eut un grand rire approbateur.

« Merci, Sam, dit Enderby d'un ton aimable. Merci beaucoup. »

Un autre qu'Enderby — ou un homme à la peau moins épaisse — aurait pu sauter les quelques pages suivantes, car elles comprenaient essentiellement les récriminations formulées par Connie Sachs et par Smiley qui suppliaient voilà trois ans qu'on exploitât la relation Leipzig-Kirov.

« Kirov pêche consciencieusement les émigrés au chalut mais sans résultat, annonça Enderby comme s'il lisait des sous-titres au cinéma. Karla exhorte Kirov à redoubler d'efforts, Kirov se donne encore plus de mal et n'arrive à rien. »

Enderby s'interrompit et regarda Smiley, cette fois droit dans les yeux. « Kirov ne valait pas grand-chose, n'est-ce pas, George ? dit-il.

— Non, fit Smiley.

— Karla ne pouvait pas compter sur ses propres hommes. C'est votre théorie. Il devait s'en aller dans les cambrousses recruter un irrégulier comme Kirov.

— Oui.

— Un balourd. Le genre de type qu'on ne voudrait pas à Sarratt.

— C'est vrai.

— Ayant mis au point son appareil, en d'autres termes, l'ayant formé à accepter ces règles de fer, pourrait-on dire, il n'a pas osé l'utiliser pour cette affaire particulière. C'est votre théorie ?

— Oui, dit Smiley. C'est ma théorie. »

Aussi, quand Kirov tomba sur Leipzig dans l'avion de Vienne, reprit Enderby, paraphrasant maintenant le récit de Kirov, Leipzig lui apparut comme la réponse à toutes ses prières. Peu importait qu'il fût basé à Hambourg, peu importaient les histoires un peu déplaisantes qu'il y avait eu entre eux à Tallinn : Otto était un émigré qui avait ses entrées dans les groupes. Otto, le don du ciel. Kirov envoya un message urgent à Karla proposant de recruter Leipzig comme dénicheur de talent chez les émigrés et chez les sources. Karla donna son accord.

« Ce qui est encore une chose bizarre, quand on y réfléchit, observa Enderby. Enfin, je veux dire qui donc, à jeun et sain d'esprit, s'en irait miser sur un cheval avec le passé de Leipzig ? Surtout pour un travail comme ça ?

— Karla était tendu, dit Smiley. Kirov l'a dit et nous le tenons aussi d'ailleurs. Il était pressé. Il devait prendre des risques.

— Comme de liquider des types ?

— Ça, c'était plus récent », dit Smiley d'un ton si plein d'une indulgence nonchalante qu'Enderby lui lança un coup d'œil aigu.

« Vous avez le pardon fichtrement facile ces temps-ci, vous ne trouvez pas, George ? fit Enderby avec méfiance.

— Ah oui ? fit Smiley, l'air surpris par la question. Si vous le dites, Saul.

— Et fichtrement humble aussi. (Il revint à la transcription.) Page 21, et nous arrivons au but. (Il lut lentement pour donner à ce passage un poids supplémentaire.) Page 21, répéta-t-il. « A la suite du recrutement réussi d'Ostrakova et de la délivrance officielle d'un permis de séjour français à sa fille Alexandra, je reçus instruction de mettre aussitôt de côté dix mille dollars américains par mois sur le budget de Paris à l'intention de cette nouvelle taupe qui reçut désormais le nom de code de Komet. L'agent Komet se vit aussi décerner la plus haute qualification de secret au sein du Directoire, exigeant que toute communication la concernant fût adressée personnellement au directeur, en utilisant des codes personnels et sans intermédiaire. De préférence, d'ailleurs, ces communications devaient se faire par courrier, puisque Karla est opposé à l'usage excessif de la radio. » Il y a du vrai là-dedans, George ? demanda Enderby d'un ton nonchalant.

— C'est comme ça que nous l'avons pris en main en Inde, dit Smiley sans lever les yeux de son texte. Nous avons déchiffré ses codes et il a juré par la suite qu'il n'utiliserait plus jamais la radio. Comme la plupart des promesses, elle a été l'objet de révision. »

Enderby mâchonna un bout d'allumette et le recracha sur le dos de sa main. « Vous ne voulez pas ôter votre manteau, George? demanda-t-il. Sam, demandez-lui ce qu'il veut boire. »

Sam obtempéra, mais Smiley était trop absorbé dans la transcription pour répondre.

Enderby reprit sa lecture à voix haute : « J'ai reçu instruction aussi de m'assurer qu'aucune allusion à Komet ne figure sur les comptes annuels pour l'Europe occidentale que, en tant que vérificateur, j'étais obligé de signer et de présenter à Karla pour être soumis au Collège du Centre de Moscou à la fin de chaque année financière... Non, je n'ai jamais rencontré l'agent Komet, pas plus que je ne sais ce qu'il est advenu d'elle, ni dans quel pays elle opère. Je sais seulement qu'elle vit sous le nom d'Alexandra Ostrakova, fille de parents naturalisés français... (Il tourna d'autres pages.) L'allocation mensuelle de dix mille dollars, je ne la dépensais pas personnellement, mais je la virais à une banque de Thun dans le canton suisse de Berne. Le virement est effectué en vertu d'instructions permanentes au crédit d'un certain Dr Adolf Glaser. Glaser est le détenteur en titre du compte, mais je suis convaincu que le Dr Glaser n'est que le nom de code d'un agent de Karla à l'ambassade soviétique de Berne, dont le véritable nom est Grigoriev. Je suis convaincu de cela parce que, une fois, en envoyant l'argent à Thun, la banque a fait une erreur et l'argent n'est pas arrivé ; lorsque Karla l'a appris, il m'a donné l'ordre de faire aussitôt un second virement à Grigoriev personnellement pendant que la banque continuait ses recherches. C'est ce que j'ai fait et j'ai par la suite récupéré le montant du premier virement. C'est tout ce que je sais. Otto, mon ami, je vous supplie de garder pour vous ces confidences, elles pourraient me tuer. » Il a fichtrement raison. C'est ce qui s'est passé. » Enderby lança le document sur une table où il fit un claquement bruyant.

« C'est, pourrait-on dire, le testament de Kirov, ses dernières volontés. Voilà, George?

— Oui, Saul.

— Vraiment vous ne voulez rien boire?

— Ça va très bien, merci.

— Je m'en vais quand même reprendre tout ça parce que je suis obtus. Suivez mon arithmétique. Elle est loin d'être aussi brillante que la vôtre. Suivez chacun de mes gestes. » Un peu comme Lacon, il brandit une main blanche et écarta les doigts comme s'il allait compter dessus.

« Un, Ostrakova écrit à Vladimir. Son message évoque de vieux souvenirs. Sans doute Mikhel l'a intercepté et l'a lu, mais nous ne le saurons jamais. Nous pourrions le faire parler, mais je doute que ça nous avance à grand-chose, et, si nous le faisions, ça jetterait certainement l'émoi dans la basse-cour de Karla. (Il prit un second doigt.) Deux, Vladimir adresse une copie de la lettre d'Ostrakova à Otto Leipzig, en le priant de reprendre dare-dare ses relations avec Kirov. Trois, Leipzig fonce à Paris, voit Ostrakova, se trouve une place dans l'avion auprès de son cher vieux copain Kirov, l'amène à venir à Hambourg — où Kirov est libre d'aller, après tout, puisque Leipzig figure toujours dans les livres de Karla comme l'agent de Kirov. Là, George, il y a quelque chose. »

Smiley attendit.

« A Hambourg, Leipzig grille totalement Kirov. Exact ? La preuve est ici même entre nos mains moites. Mais ce que je veux dire, c'est comment ? »

Smiley ne suivait-il vraiment pas, ou bien était-il seulement décidé à rendre la tâche d'Enderby un peu plus difficile ? En tout cas, il préféra considérer la question d'Enderby comme de pure rhétorique.

« Comment précisément Leipzig le brûle-t-il ? insista Enderby. Quelle pression exerce-t-il ? Une photo compromettante ?... Oh ! je veux bien. Karla est un puritain, Kirov aussi. Mais enfin, bon sang, nous ne sommes plus dans les années 50, non ? Tout le monde a le droit de s'envoyer un peu en l'air de nos jours, quoi ? »

Smiley ne formula aucun commentaire sur les mœurs russes ; mais quant à la pression, il se montra aussi précis que Karla aurait pu l'être : « C'est une éthique différente de la nôtre. Elle ne supporte pas les idiots. Nous nous croyons plus susceptibles que les Russes de céder à la pression. Ça n'est pas vrai. Ça n'est tout simplement pas vrai. » Il semblait très sûr de cela. Il paraissait y avoir beaucoup réfléchi ces temps-ci :

« Kirov s'était montré incompétent et indiscret. Pour son indiscrétion seule, Karla l'aurait anéanti. Leipzig en avait la preuve. Vous vous souvenez peut-être que lorsque nous menions l'opération originelle contre Kirov, celui-ci s'est enivré et s'est mis à raconter des tas de choses sur Karla. Il a dit à Leipzig que c'était Karla personnellement qui lui avait donné l'ordre de composer la légende pour un agent de sexe féminin. A l'époque vous n'avez tenu aucun compte de cette histoire, mais c'était vrai. »

Enderby n'était pas homme à rougir, mais il eut quand même la grâce d'esquisser un sourire qui ressemblait à une grimace avant de chercher une autre allumette dans sa poche.

« Et *celui qui se sert de l'épée périra par l'épée*, observa-t-il d'un air satisfait, sans que l'on sût très bien s'il faisait allusion à ses propres errements ou à ceux de Kirov. « Raconte-nous le reste, mon vieux, ou je rapporte à Karla ce que tu m'as déjà dit », dit la petite araignée Otto à la mouche. Seigneur, vous avez raison, il tenait vraiment Kirov par les couilles ! »

Sam Collins risqua une intervention apaisante. « Je crois que la thèse de George cadre assez bien avec l'allusion page 2, chef, dit-il. Il y a un passage où Leipzig mentionne en effet « nos discussions à Paris ». Pas de doute, Otto le menace du couperet de Karla. Pas vrai, George ? »

Mais Sam Collins aurait tout aussi bien pu parler dans une autre pièce pour l'attention que lui accordaient les deux hommes.

« Leipzig avait aussi la lettre d'Ostrakova, ajouta Smiley. Son contenu ne parlait pas en faveur de Kirov.

— Encore une chose, dit Enderby.

— Oui, Saul ?

— Ça fait quatre ans, n'est-ce pas ? Ça fait quatre années pleines que Kirov a fait pour la première fois des avances à Leipzig. Tout d'un coup voilà qu'il ne parle plus que d'Ostrakova, en réclamant la même chose. Quatre ans plus tard. Vous voulez dire que pendant tout ce temps il est chargé de la même mission et qu'il n'a fait aucun progrès ? »

La réponse de Smiley fut étrangement bureaucratique. « On ne peut que supposer que les demandes de Karla cessèrent et puis qu'elles furent alors renouvelées », répondit-il d'un ton pincé, et Enderby eut le bon sens de ne pas insister.

« Ce qu'il y a, c'est que Leipzig grille complètement Kirov et annonce à Vladimir qu'il l'a fait, reprit Enderby, remettant ses doigts en position pour compter. Vladimir envoie Villem pour tenir le rôle de courrier. Pendant ce temps-là, au ranch de Moscou, ou bien Karla flaire quelque chose, ou bien Mikhel a mouchardé, mais c'est sans doute plutôt cela. Quoi qu'il en soit, Karla rappelle Kirov sous le prétexte d'une promotion et se met à le cuisiner. Kirov se met à table, comme je le ferais, et sans traîner. Karla essaie de remettre la pâte dentifrice dans le tube. Il tue Vladimir alors qu'il va à notre rendez-vous, armé de la lettre d'Ostrakova. Il tue Leipzig. Il essaie avec la vieille et manque son coup. De quelle humeur est-il maintenant ?

— Il est assis à Moscou en attendant que Holmes ou le capitaine Ahab viennent le rattraper », suggéra Sam Collins de sa voix veloutée, puis il alluma une nouvelle cigarette brune.

Enderby ne trouvait pas cela drôle. « Alors pourquoi Karla ne déterre-t-il pas son trésor, George ? Pourquoi ne pas le planquer ailleurs ? Si Kirov a avoué à Karla ce qu'il a avoué à Leipzig, le premier geste de Karla devrait être d'effacer les traces !

— Peut-être qu'on ne peut pas déplacer le trésor, répondit Smiley. Peut-être que Karla est à court d'options.

— Mais ce serait de la pure folie que de laisser ce compte en banque intact !

— C'était de la pure folie que d'utiliser un imbécile comme Kirov, dit Smiley avec une brutalité inhabituelle. C'était de la folie de le laisser recruter Leipzig et de la folie d'aborder Ostrakova, de la folie encore de croire qu'en tuant trois personnes il allait pouvoir arrêter la fuite. Je ne vois donc nulle part de présomptions de bons sens. Pourquoi y en aurait-il ? (Il marqua un temps.) Et Karla y croit quand même, apparemment, sinon Grigoriev ne serait pas toujours à Berne. Où vous dites qu'il est, me semble-t-il. » Bref coup d'œil à Collins.

« Il y est aujourd'hui encore, dit Collins, avec son sempiternel sourire.

— Alors, déplacer le compte en banque ne serait guère une mesure logique », remarqua Smiley. Et il ajouta : « Même pour un fou. »

Et c'était étrange — Collins et Enderby en convinrent par la suite en privé — comment tout ce que disait Smiley semblait traverser la pièce comme un vent glacé ; et comment, d'une certaine manière qu'ils ne parvenaient pas à comprendre, ils avaient fait place nette à un ordre plus élevé du comportement humain pour lequel ils n'étaient pas faits.

« Alors qui est cette mystérieuse créature ? demanda Enderby. Qui vaut dix briques par mois et toute sa carrière, bon sang ? Qui l'oblige à utiliser des crétins au lieu de ses coupe-gorge habituels ? Ça doit être une sacrée fille. »

Là encore, il y a un mystère autour de la décision de Smiley de ne pas répondre à cette question. Peut-être, seule, son inaccessibilité délibérée peut-elle l'expliquer ; ou peut-être nous trouvons-nous devant l'homme de terrain né qui refuse avec obstination de révéler à son officier traitant tout ce qui n'est pas essentiel à leur collaboration. Il y avait certainement une philosophie dans sa décision. Dans son esprit déjà, Smiley n'avait de comptes à rendre à personne qu'à lui-même : pourquoi agirait-il s'il en était autrement ? « Les fils mènent tous à ma propre vie, se dit-il peut-être. Pourquoi en passer les bouts à mon adversaire juste pour qu'il puisse me manipuler ? » D'un autre côté, il a fort bien pu supposer — et sans doute à juste titre — qu'Enderby connaissait aussi bien que Smiley toutes les complexités des antécédents de Karla ; et que même si ce n'était pas le cas, il n'avait qu'à demander à sa Section de recherches soviétique de fouiller toute la nuit jusqu'au moment où on aurait trouvé les réponses qu'il réclamait. Dans tous les cas, le fait est que Smiley garda le silence.

« George ? » finit par dire Enderby.

Un avion passa très bas.

« La question est simplement de savoir si vous voulez le produit, finit par dire Smiley. Je ne vois rien d'autre qui, en dernier ressort, ait grande importance.

— Ah vraiment, bon sang ! fit Enderby en retirant sa main de sa bouche et l'allumette avec. Oh ! bien sûr que je le veux, poursuivit-il, comme si ce n'était là que la moitié de la question. Je veux la Joconde et le président de la République populaire de Chine, et le vainqueur du sweepstake d'Irlande de l'année prochaine. Je veux Karla cuisiné à Sarratt et crachant l'histoire de sa vie aux interrogateurs. Je veux que les Cousins d'Amérique me mangent dans la main pendant les années à venir. Je veux gagner sur tous les tableaux, bien sûr. Ça ne m'empêche pas d'être dans le pétrin. »

Mais Smiley semblait étrangement peu concerné par le dilemme d'Enderby.

« Frère Lacon vous a expliqué les choses de la vie, je suppose ? L'impasse dans laquelle nous sommes et tout ça ? demanda Enderby. Un cabinet jeune, idéaliste, qui prend feu et flamme pour la détente, qui prêche le gouvernement ouvert, toutes ces foutaises ? Qui met un terme aux réflexes conditionnés de la guerre froide ? Qui renifle des complots tories sous tous les lits de Whitehall, et surtout sous le nôtre ? Il vous l'a dit ? Il vous a raconté qu'ils se proposent de lancer je ne sais quelle grande initiative de paix anglo-bolchevique — encore une autre — qui ne manquera pas de tomber sur le cul vers Noël prochain ?

— Non. Non. Il ne m'a pas parlé de cela.

— Eh bien, c'est comme ça. Et nous ne devons pas compromettre tous ces beaux projets, tralala. Attention, les types mêmes qui battent les tambours de la paix sont ceux qui poussent les hauts cris quand nous ne leur livrons pas la marchandise. Je suppose que c'est normal. Ils demandent déjà ce que sera l'attitude soviétique même aujourd'hui. C'est toujours comme ça ? »

Smiley mit si longtemps à répondre qu'il aurait pu rendre le Jugement des Siècles. « Oui. Je suppose que oui. Il me semble que d'une façon ou d'une autre ç'a toujours été comme ça, dit-il enfin, comme si la réponse lui importait beaucoup.

— Je regrette que vous ne m'ayez pas prévenu. »

Enderby revint à pas lents vers le milieu de la pièce et se versa de l'eau gazeuse dans un verre qu'il prit sur la desserte ; il dévisageait Smiley avec ce qui semblait être une hésitation sincère. Il le regarda longuement, détourna la tête pour le regarder encore, manifestant tous les signes de se trouver en face d'un problème insoluble.

« Ça n'est pas commode, chef, vraiment pas commode, dit Sam Collins sans qu'aucun des deux hommes y fît attention.

— Et il ne s'agit pas d'un méchant complot bolchevique, George, pour nous entraîner vers notre ultime destruction... Vous êtes sûr de ça au moins ?

— Je crois malheureusement que nous n'en valons plus la chandelle, Saul, » dit Smiley avec un sourire d'excuse.

Smiley n'aimait guère s'entendre rappeler les limites de la grandeur britannique, et sa bouche un instant se figea dans une grimace amère. « Très bien, Saul, dit-il enfin. Allons dans le jardin. »

Ils marchaient côte à côte. Collins, sur un signe de tête d'Enderby, était resté à l'intérieur. Une pluie lente criblait la surface du bassin et faisait luire l'ange de marbre dans la pénombre. Parfois une brise passait et une averse d'eau dégringolait des branches qui pendaient sur la pelouse, les trempant, l'un ou l'autre. Mais Enderby était un gentleman anglais, et si le Seigneur pouvait faire pleuvoir sur le reste de l'humanité, du diable si lui allait se laisser mouiller. La lumière arrivait jusqu'à eux par éclats. Des portes-fenêtres de Ben, des rectangles jaunes s'étendaient sur le bassin. Par-dessus le mur de brique, ils bénéficiaient de la lumière d'un verre maladif d'un lampadaire moderne. Ils firent un tour complet en silence avant qu'Enderby ne prît la parole.

« Vous nous avez fait voir du pays, vous savez, George, je peux bien vous le dire. Villem, Mikhel, Toby, Connie. Ce pauvre vieux Ferguson avait à peine le temps de remplir ses notes de frais que vous étiez déjà reparti. « Il ne dort donc jamais ? m'a-t-il demandé. Il ne boit jamais ? »

— Je suis désolé, dit Smiley, histoire de dire quelque chose.

— Oh ! mais non, vous ne l'êtes pas, fit Enderby, et il s'arrêta soudain. Saletés de lacets, murmura-t-il en se penchant sur sa chaussure, ça fait toujours ça avec le daim. Pas assez d'œilletons, voilà le problème. Qui aurait cru que les Anglais réussiraient un jour à être pingres à propos de *trous*, vous vous rendez compte ? »

Enderby souleva l'autre pied.

« Je le veux vivant, George, vous m'entendez ? Remettez-moi un Karla en vie et en état de parler et je l'accepterai ; je ferai mes excuses plus tard. Karla demande l'asile politique ? Ma foi, hmmm oui, avec beaucoup de répugnance nous pouvons le lui accorder. Le temps que les Sages chargent leurs fusils pour me tirer dessus, j'en aurai tiré assez pour qu'ils la bouclent à jamais. Je le veux vivant ou rien, vous m'avez compris ? »

Ils avaient repris leur marche, Smiley un peu à la traîne, mais Enderby, bien qu'il parlât, ne tourna pas la tête.

« N'allez jamais non plus vous imaginer qu'ils vont vous lâcher, le prévint-il. Quand Karla et vous serez coincés sur votre corniche au bord des chutes de Reichenbach comme Sherlock Holmes et Moriarty, et que vous aurez les mains autour de la gorge de Karla, frère Lacon sera là, derrière, à vous retenir par les pans de votre veste en vous disant de ne pas être vilain avec les Russes. Vous avez compris ça ? »

Smiley dit que oui, il avait compris.

« Qu'est-ce que vous avez sur lui pour l'instant ? Abus des avantages de sa charge, je présume. Fraude. Détournement de fonds publics, le motif même pour lequel il a liquidé ce type de Lisbonne. Opérations illégales à l'étranger, y compris deux ou trois assassinats. J'imagine que quand on s'y met, il y en a un sacré paquet. Plus tous ces jaloux du Centre qui ne cherchent qu'un prétexte pour le poignarder. Il a raison : le chantage est fichtrement meilleur que la corruption. » Smiley dit qu'en effet, ça semblait être le cas.

« Il va vous falloir du monde. Des baby-sitters, des lampistes, tous les jouets interdits. Ne m'en parlez pas, trouvez les vous-même. L'argent est un autre problème. Étant donné la façon dont ces clowns du Trésor travaillent, je peux vous perdre dans les comptes pour des années. Dites-moi simplement quand, combien et où, et je jouerai les Karla pour vous et je truquerai les comptes. Et les passeports et tout ça ? Il vous faut des adresses ?

— Je crois que je peux m'en tirer, merci.

— Je vous aurai à l'œil nuit et jour. Si le coup rate et qu'il y a un scandale, je ne veux pas avoir de gens à me dire que j'aurais dû vous surveiller. Je dirai que je me doutais que vous risquiez de prendre le mors aux dents à propos de l'affaire Vladimir et que j'ai décidé à tout hasard de vous faire filer. Je dirai que toute la catastrophe était une ridicule entreprise montée personnellement par un espion sénile qui avait perdu la boule. »

Smiley dit qu'il trouvait que c'était une bonne idée.

« Il se peut que je n'aie pas grand-chose à mettre en branle, mais je peux toujours mettre votre téléphone sur écoute, faire ouvrir votre courrier et, si j'en ai envie, je ferai mettre des micros dans votre chambre aussi. Nous écoutons d'ailleurs depuis samedi. Rien, bien sûr, mais à quoi peut-on s'attendre ? »

Smiley eut un petit hochement de tête compatissant.

« Si votre départ pour l'étranger me paraît précipité ou mystérieux, je devrai le signaler. Je vais avoir aussi besoin d'une couverture pour vos visites aux archives du Cirque. Vous viendrez la nuit, mais on risque de vous reconnaître et je ne veux pas avoir ça sur le dos non plus.

— Il y a eu jadis un projet de commander une histoire du service, proposa Smiley. Pas pour être publiée, évidemment, mais un peu comme des annales en continuité qui pourraient être à la disposition des nouveaux arrivants et de certains services de liaison.

— Je vous enverrai une lettre officielle, dit Enderby. Et je ferai aussi bien de l'antidater pendant que j'y suis. S'il vous arrive de faire abus de votre autorisation pendant que vous êtes dans l'immeuble, ça ne sera pas ma faute. Ce type de Berne que mentionnait Kirov, Grigoriev, conseiller commercial. Le type qui a touché l'argent ? »

Smiley semblait perdu dans ses pensées. « Oui, oui, bien sûr, dit-il. Grigoriev ?

— J'imagine que c'est votre prochain arrêt, n'est-ce pas ? »

Une étoile filante traversa le ciel et une seconde tous deux la regardèrent.

Enderby tira de sa poche intérieure une simple feuille de papier pliée. « Eh bien, voilà le pedigree de Grigoriev, pour autant que nous le connaissons. Il est blanc comme neige. Un des très rares cas. C'était un professeur d'économie dans je ne sais quelle université bolchevique. Sa femme est une vieille mégère.

— Merci, dit poliment Smiley. Merci beaucoup.

— En attendant, vous avez ma bénédiction que je nie absolument, dit Enderby tandis qu'ils revenaient vers la maison.

— Merci, dit encore Smiley.

— Désolé que vous soyez devenu un instrument de l'hypocrisie impériale, mais il y en a pas mal partout.

— Je vous en prie », dit Smiley.

Enderby s'arrêta pour laisser Smiley le rattraper.

« Comment va Ann ?

— Bien, je vous remercie.

— Combien... (Il était soudain déconcerté.) Dites-moi, George, commença-t-il lorsqu'il eut savouré un moment l'air de la nuit. Dans cette histoire, vous voyagez pour affaires ou pour le plaisir ? Lequel ? »

La réponse de Smiley fut aussi lente à venir et aussi indirecte : « Je n'ai jamais eu conscience du plaisir, dit-il. Ou peut-être veux-je dire : de la distinction entre les deux.

— Karla a toujours ce briquet qu'il vous avait donné ? C'est vrai, n'est-ce pas ? Cette fois où vous l'avez interrogé à Delhi, où vous avez essayé de le faire passer à l'Ouest, on raconte qu'il vous a piqué votre briquet. Il l'a toujours, n'est-ce pas ? Il s'en sert toujours ? Je crois que ça m'agacerait s'il était à moi.

— C'était juste un Ronson ordinaire, dit Smiley. D'ailleurs, ils sont faits pour durer, n'est-ce pas ? »

Ils se séparèrent sans se dire au revoir.

20

Dans les semaines qui suivirent cette rencontre avec Enderby, George Smiley se trouva d'une humeur complexe et variable pour s'adonner à ses nombreux préparatifs. Il n'était pas en paix ; pour tout dire il était difficile à définir en tant que personnage unique, à part l'élan constant de sa détermination. Chasseur, reclus, amant, solitaire qui cherche à s'accomplir, habile participant du Grand Jeu, vengeur, sceptique en quête d'assurance — Smiley était tour à tour chacun d'eux et parfois plus d'un seul à la fois. Parmi ceux qui évoquèrent plus tard son souvenir — le vieux Mendel, le policier en retraite, un de ses rares confidents ; une Mme Gray, la propriétaire de l'humble pension de famille pour messieurs seulement, à Pimlico, dont pour des raisons de sécurité il avait fait son quartier général provisoire ; ou bien Toby Esterhase, alias Benati, le distingué marchand d'art arabe — la plupart, chacun à sa façon, parlaient d'un menaçant repli sur soi-même, d'un silence, d'une économie de mots et de regards, et ils décrivaient cet état suivant la façon dont ils le connaissaient et leur situation dans la vie.

Mendel, un observateur sans indulgence qui avait du goût pour l'apiculture, disait tout net que George s'entraînait avant son grand combat. En son temps Mendel était monté sur le ring en amateur, il avait boxé dans la catégorie des poids moyens pour la Brigade, et il prétendait reconnaître les symptômes d'une veille de match : une gravité, une solitude d'où naissait la lucidité et ce qu'il appelait une sorte de regard fixe, qui montraient que Smiley « pensait à ses mains ». Mendel semble l'avoir invité chez lui de temps en temps pour quelques repas. Mais Mendel était trop fin pour ne pas observer aussi les autres côtés du personnage : la perplexité, souvent masquée sous le couvert de timidité mondaine ; son habitude de s'éclipser, sous un vague prétexte, comme s'il était soudain resté tranquille trop longtemps ; comme s'il avait besoin de mouvement pour se fuir lui-même.

Aux yeux de sa propriétaire, Mme Gray, Smiley était tout simplement accablé de chagrin. Elle ne savait rien de lui en tant qu'homme, sinon qu'il s'appelait Lorimer et qu'il était, de son état, bibliothécaire en retraite. Mais elle confia à ces autres messieurs qu'elle sentait bien qu'il avait perdu quelqu'un, et c'était pour cela qu'il laissait son bacon, pourquoi il sortait beaucoup mais toujours seul et pourquoi il dormait la lumière allumée. Il lui rappelait son père, disait-elle, « après la mort de Mère ». Et c'était fort pertinent de Mme Gray, car les suites de ces deux morts violentes pesaient lourdement sur Smiley durant cette accalmie, même si elles ne lui ralentissaient pas la main, tout au contraire. Elle avait raison aussi de dire qu'il était *partagé*, changeant constamment d'avis sur de petits détails ; comme Ostrakova, Smiley trouvait les menues décisions de l'existence de plus en plus difficiles à prendre.

D'un autre côté, Toby Esterhase qui avait beaucoup à faire avec lui, avait de lui une opinion mieux fondée et qui se trouvait tout naturellement éclairée par l'excitation qu'éprouvait Toby à se retrouver sur le terrain. La perspective de jouer Karla « à la grande table », comme il insistait pour le dire, avait fait de Toby un homme neuf. Mr Benati était bel et bien devenu international. Pendant deux semaines, il parcourut les ruelles des villes les plus misérables d'Europe, rassemblant sa bizarre armée de spécialistes au rancart — les as de la filoche, les voleurs de sons, les chauffeurs, les photographes — et chaque jour, de là où il se trouvait être, utilisant un mot de code convenu, il téléphonait à Smiley à une succession de numéros non loin de la pension de famille afin de faire un rapport sur ses progrès. Si Toby passait par Londres, Smiley se rendait dans un hôtel d'aéroport et l'interrogeait dans l'une de ces chambres maintenant familières. George — déclarait Toby — était en train de faire un *Flucht nach vorn*, ce que personne n'a encore tout à fait réussi à traduire. Littéralement, cela veut dire « une fuite en avant », et cela implique assurément un certain désespoir, mais aussi une faiblesse sur ses arrières, si ce n'est pas vraiment brûler ses vaisseaux. En quoi consistait au juste cette faiblesse, Toby était incapable de le décrire. « Écoutez, disait-il, George a toujours eu la peau tendre, vous voyez ce que je veux dire ? On voit beaucoup de choses... Les yeux s'endolorissent. George en a trop vu, peut-être. » Et il ajouta, en une phrase qui trouva une place modeste dans le folklore du Cirque : « George a trop de têtes sous son chapeau. » De ses talents de stratège, par contre, Toby ne doutait pas un seul instant. « Méticuleux jusqu'au moindre détail », affirmait-il avec respect, même si le détail comprenait la vérification du budget de Toby jusqu'au dernier *Rappen* suisse, discipline qu'il acceptait avec une grâce attristée. George était nerveux, disait-il, comme ils l'étaient tous ; et sa nervosité atteignit un paroxysme bien compréhensible à mesure que Toby commençait à concentrer ses équipes, par deux et par trois, sur leur objectif, la ville de Berne, et très très prudemment, à faire les premiers pas vers la proie. « Il va trop dans le détail, déplorait Toby. Tenez, il voulait être sur le terrain avec nous. Un chef d'opération, il a du mal à déléguer, vous savez ce que je veux dire ? »

Mais lorsque toutes les équipes furent rassemblées, recensées et instruites de leur mission, Smiley, depuis sa base de Londres, insistait encore sur trois jours d'inactivité quasi totale pour laisser chacun « prendre la température de la ville », comme il disait, acquérir des vêtements et des moyens de transports locaux et repérer les systèmes de communication. « C'est le rideau de dentelle tout du long, Toby, répétait-il avec inquiétude. Pour chaque semaine où rien ne se passe, Karla se sentira d'autant plus en sûreté. Mais effrayer le gibier ne serait-ce qu'une fois, et Karla va s'affoler et nous sommes fichus. » Après le premier essai opérationnel, Smiley convoqua Toby pour lui faire un nouveau rapport : « Vous êtes sûr qu'il n'y a pas eu de contacts visuels ? Avez-vous assez répété ? Voulez-vous davantage de voitures, davantage de gens ? » Puis, raconta Toby, il fallut lui expliquer encore une fois tous les détails de la manœuvre, en utilisant des plans de rues et des photographies de la maison qui était leur objectif, en précisant où étaient installés les postes statiques, et à quel endroit telle équipe disparaissait pour laisser place à la suivante. « Attendez de bien connaître ses habitudes, dit Smiley lorsqu'ils se séparèrent. Lorsque vous aurez le détail de ses habitudes, je viendrai. Pas avant. »

Et Toby ajoute qu'on peut dire qu'il a pris son temps.

Des visites de Smiley au Cirque durant cette période éprouvante, il n'y a bien entendu aucun souvenir officiel. Il y pénétrait comme son propre fantôme, flottant comme un être invisible le long des couloirs familiers. Sur le conseil d'Enderby, il arrivait à 6 heures et quart du soir, juste après que l'équipe de jour eut terminé et avant que l'équipe de nuit n'eût pris sa cadence. Il s'attendait à des barrages ; il s'imaginait non sans malaise des cerbères qu'il connaissait depuis vingt ans téléphonant au cinquième étage pour le laisser entrer. Mais Enderby avait pris d'autres arrangements, et lorsque Smiley se présenta, sans laissez-passer, à la chicane de contre-plaqué, un garçon qu'il n'avait encore jamais vu lui désigna d'un signe de tête nonchalant l'ascenseur ouvert. De là, il se rendit au sous-sol sans que personne lui demandât rien.

Il sortit de l'ascenseur et la première chose qu'il vit, ce fut le tableau d'affichage avec les mêmes avis que de son temps, mot pour mot : des chatons cherchaient une bonne maison, le groupe dramatique des jeunes donnerait une lecture de l'*Admirable Crichton*, avec une faute d'orthographe, vendredi à la cantine. Le même tournoi de squash, avec les joueurs inscrits sous leur nom de code pour des raisons de sécurité. Les mêmes ventilateurs émettant leur ronronnement inquiet. Si bien que lorsqu'il poussa la porte à la vitre en verre armé des Archives et qu'il sentit l'odeur d'encre d'imprimerie et de poussière de la bibliothèque, il s'attendait presque à voir sa propre silhouette replète penchée sur le bureau du coin à la lueur de la lampe de lecture à l'abat-jour en verre vert ébréché, comme cela arrivait assez souvent du temps où il dressait la carte des trahisons de Bill Haydon et où il s'efforçait, en employant une logique à rebours, de déceler les faiblesses dans l'armure du Centre de Moscou.

« Ah ! alors il paraît que vous êtes en train d'écrire notre glorieux passé », psalmodia d'un ton indulgent l'archiviste de nuit. C'était une grande fille, très famille terrienne, avec la démarche de Hilary : elle avait l'air prête à s'écrouler même lorsqu'elle s'asseyait. Elle posa bruyamment sur la table un vieux coffret à documents en acier. « Le Cinquième vous a fait envoyer ça avec leurs affections, dit-elle. Vous n'avez qu'à crier si vous avez besoin d'autre chose, n'est-ce pas ? »

Sur le couvercle, l'étiquette annonçait : « Souvenirs. » L'ouvrant, Smiley aperçut un tas de vieux dossiers chamois attachés ensemble par un cordon vert. Avec douceur, il défit le nœud et souleva la couverture du premier volume, pour découvrir la photographie un peu floue de Karla qui le fixait comme un cadavre des ténèbres de son cercueil. Il lut toute la nuit, ce fut à peine s'il bougea. Il lut aussi loin dans son propre passé que dans celui de Karla, et il avait parfois l'impression que la vie de l'un n'était que le complément de celle de l'autre ; qu'ils étaient les causes de la même incurable maladie. Il se demanda, comme il l'avait fait si souvent jadis, ce qu'il serait devenu s'il avait eu l'enfance de Karla, si on l'avait chauffé dans les mêmes fours des bouleversements révolutionnaires. Il essaya, mais comme cela lui était si souvent arrivé déjà, il ne parvint pas à résister à la fascination que lui inspiraient l'échelle même de la souffrance russe, sa sauvagerie insouciante, ses élans d'héroïsme. Devant elle, il se sentait petit, et doux par comparaison, et pourtant il ne considérait pas que sa propre vie eût manqué de souffrances. Lorsque l'équipe de nuit termina son service, il était toujours là, à fixer les pages jaunies, « comme un cheval qui dort debout », dit la même archiviste de nuit, qui montait dans les concours hippiques. Même lorsqu'elle lui prit les dossiers pour les retourner au cinquième étage, il continua à regarder dans le vide jusqu'au moment où elle lui toucha doucement le coude.

Il vint le lendemain soir et le surlendemain ; il disparut et revint une semaine plus tard sans explication. Lorsqu'il en eut fini avec Karla, il retira les dossiers sur Kirov, sur Mikhel, sur Villem et sur le groupe dans son ensemble, ne fût-ce que pour donner, par rétrospective, un fondement documentaire solide à tout ce qu'il avait entendu, à tout ce dont il se souvenait de l'histoire Leipzig-Kirov. Car il y avait encore un autre aspect de Smiley, le côté pédant, le côté érudit, si l'on veut, pour lequel le dossier était l'unique vérité, tout le reste simple extravagance jusqu'au jour où tout concordait et se recoupait. Il consulta les dossiers sur Otto Leipzig et sur le Général aussi et, en hommage à leur mémoire, à défaut d'autre chose, ajouta à chacun d'eux une note qui décrivait avec calme les véritables circonstances de leur mort. Le dernier dossier qu'il retira fut celui de Bill Haydon. On hésita tout d'abord à le lui confier, et l'officier qui cette nuit-là se trouvait de service au cinquième étage dérangea Enderby au milieu d'un dîner ministériel pour obtenir son accord. Enderby, il faut lui rendre cette justice, était furieux : « Bonté divine, mon vieux, c'est lui qui a écrit tout ça, non ? Si George ne peut pas lire ses propres rapports, alors qui donc ? » Smiley ne *lisait* pas vraiment, même alors, signala l'archiviste, qui avait pour mission de surveiller en secret tout ce qu'il consultait. Il *bouquinait* plutôt, dit-elle, et elle le décrivait tournant les pages d'un geste lent et songeur, « comme quelqu'un qui cherche une photo qu'il a vue et qu'il n'arrive plus à retrouver ». Il ne gardait le dossier qu'une heure environ, puis le rendait en disant poliment : « Merci beaucoup. » Il ne revint pas après cela, mais d'après une histoire que racontent les cerbères, un peu après 11 heures ce soir-là, lorsqu'il eut rangé ses papiers, débarrassé le bureau qu'il occupait et mis à la poubelle, pour être détruites, quelques notes griffonnées, on le vit rester planté un long moment dans l'arrière-cour — un endroit sinistre, tout en carrelage blanc et en tuyaux d'écoulement noirs et qui puait la pisse de chat — à contempler l'immeuble qu'il allait quitter et la lumière qui brûlait faiblement dans son ancien bureau, un peu comme des vieillards vont contempler les maisons où ils sont nés, les écoles où ils ont fait leurs études et les églises où ils se sont mariés. Et de Cambridge Circus — il était alors 11 heures et demie — à la stupéfaction de tous il prit un taxi pour Paddington et de là le train de nuit pour Penzance, qui part juste après minuit. Il n'avait pas pris de billet d'avance, il n'en avait pas retenu par téléphone, il n'avait rien non plus avec lui, pas même un rasoir, toutefois le matin il réussit à en emprunter un au contrôleur. Sam Collins avait alors rassemblé tant bien que mal une équipe pour le surveiller, une bande d'amateurs, il est vrai, et tout ce qu'ils purent dire ensuite ce fut qu'il avait donné un coup de téléphone d'une cabine publique, mais qu'ils n'avaient eu le temps de rien faire.

« Drôle de moment pour prendre des vacances, n'est-ce pas ? » remarqua Enderby avec agacement, lorsqu'on lui transmit ce renseignement, en même temps qu'un chapelet de complaintes du personnel à propos des heures supplémentaires, des déplacements et des indemnités pour des horaires extravagants. Puis la mémoire lui revint et il dit : « Oh ! Seigneur, il va voir la garce de déesse. Comme s'il n'avait pas assez de problèmes à s'attaquer tout seul à Karla ? » Cet épisode irrita bizarrement Enderby. Il fut de mauvaise humeur toute la journée et insulta Sam Collins devant tout le monde. En tant qu'ancien diplomate, il professait un grand mépris pour les idées abstraites, même s'il ne cessait d'y chercher refuge.

La maison était bâtie sur une colline, au milieu d'un bouquet d'ormes nus qui attendaient encore de perdre leurs feuilles. Elle était en granit et très vaste, et un peu croulante, avec une forêt de pignons qui s'entassaient, comme des tentes noires déchirées, par-dessus le faîte des arbres. Des hectares de serres aux vitres brisées y conduisaient, des écuries effondrées et un potager laissé à l'abandon s'étendaient en bas, dans la vallée. Les collines étaient bistre et rases et avaient jadis été fortifiées. « La baraque de Harry en Cornouailles », comme elle l'appelait. Entre les collines, à l'horizon, on apercevait la mer qui ce matin-là était dure comme de l'ardoise sous les nuages bas et lourds. Un taxi lui fit faire le trajet cahotant, une vieille Humber, comme une voiture d'état-major du temps de guerre. C'est là qu'elle a passé son enfance, songea Smiley ; et c'est là qu'elle a adopté la mienne. L'allée était pleine de trous ; des souches d'arbres abattus luisaient de chaque côté comme des pierres tombales jaunies. Elle doit être dans la grande maison, se dit-il. Le cottage où ils avaient passé leurs vacances ensemble était dans la côte, mais lorsqu'elle était seule, elle s'installait dans la maison, dans sa chambre de jeune fille. Il dit au chauffeur de ne pas attendre et se dirigea vers le perron, marchant avec précaution entre les flaques, avec ses chaussures londoniennes, consacrant aux flaques toute son attention. Ce n'est plus mon monde, songea-t-il. C'est le sien, c'est le leur. Ses yeux de guetteur parcoururent les nombreuses fenêtres de la façade, en essayant de surprendre son ombre. Elle voulait sans doute me prendre à la gare, seulement elle a mal calculé son temps, se dit-il en lui donnant le bénéfice du doute.

Mais sa voiture était garée dans les écuries, recouverte encore de la gelée matinale. Il l'avait repérée pendant qu'il réglait la course du taxi. Il sonna et entendit des pas sur les dalles, mais ce fut Mme Tremedda qui vint ouvrir la porte et le fit entrer dans un des salons, fumoir, petit salon, salon, il n'avait jamais pu s'y retrouver. Un feu de bois brûlait dans la cheminée.

« Je vais la chercher », dit Mme Tremedda.

Au moins je n'ai pas eu à parler des communistes avec ce fou de Harry, songea Smiley tout en attendant. Au moins je n'ai pas eu à entendre comment les serveurs chinois de Penzance attendent de Pékin l'ordre d'empoisonner leurs clients. Ou comment ces salopards de grévistes devraient être alignés contre un mur et fusillés — où est le sens du devoir, bon sang ? Ou comment Hitler était peut-être une canaille, mais avait des idées saines à propos des Juifs. Quelque autre conviction du même genre, monstrueuse, mais à laquelle il tenait sérieusement.

Elle a dit à la famille de rester tranquille, songea-t-il.

Il sentait une odeur de miel dans la fumée de bois et se demanda, comme toujours, d'où elle provenait. De l'encaustique ? Ou bien y avait-il, quelque part dans les catacombes, une salle de miel, tout comme il y avait une salle d'armes ou une salle de pêche, une salle de boxe et, pourquoi pas ? une salle d'amour ? Il chercha des yeux le dessin de Tiepolo qui était accroché au-dessus de la cheminée, une scène de la vie vénitienne. Ils l'ont vendu, se dit-il. Chaque fois qu'il venait, la collection avait diminué d'un bel objet de plus. A quoi Harry dépensait l'argent, Dieu seul le savait — sûrement pas à l'entretien de la maison.

Venant à sa rencontre, elle traversa la pièce et il fut heureux de la voir faire le trajet, et pas lui, car il aurait trébuché dans quelque chose. Il avait la bouche sèche et la sensation d'avoir une boule de cactus dans l'estomac ; il ne voulait pas d'elle près de lui ; tout d'un coup, sa réalité était trop pour lui. Elle était superbe et celte, comme toujours ici, et, comme elle venait vers lui, ses yeux bruns l'examinèrent, cherchant à deviner son humeur. Elle l'embrassa sur la bouche, en posant les doigts le long de sa nuque pour le guider, et l'ombre de Haydon tomba entre eux comme une épée.

« Tu n'as pas pensé à prendre un journal du matin à la gare, n'est-ce pas ? interrogea-t-elle. Harry a encore suspendu les abonnements. »

Elle lui demanda s'il avait pris son petit déjeuner et il mentit en disant que oui. Peut-être pourraient-ils aller faire un tour à la plage, proposa-t-elle, comme si elle était quelqu'un qui avait envie de faire le tour de la propriété. Elle l'emmena dans la salle d'armes où ils cherchèrent des bottes qui conviendraient. Il y avait des bottes qui luisaient comme des marrons d'Inde et d'autres qui semblaient imprégnées d'une humidité permanente. Le chemin côtier suivait la baie dans les deux directions. Périodiquement, Harry y dressait des barrières de barbelés, ou bien plantait des panneaux disant : « DANGER, MINES. » Il menait une bataille incessante avec le conseil municipal pour obtenir l'autorisation d'installer un terrain de camping, et le refus qu'on lui opposait le rendait parfois furieux. Ils choisirent le côté nord et le vent, et elle lui avait pris le bras pour écouter. Il y avait plus de vent sur le côté nord, mais sur le côté sud, il fallait marcher en file indienne parmi les ajoncs.

« Je pars quelque temps, Ann, dit-il en essayant d'utiliser son prénom avec naturel. Je ne voulais pas te le dire au téléphone. » C'était sa voix du temps de guerre et il se sentit idiot lorsqu'il s'entendit l'utiliser. « Je m'en vais faire chanter un amant », aurait-il dû dire.

« Tu pars pour aller quelque part en particulier ou simplement pour t'éloigner de moi ?

— J'ai quelque chose à faire à l'étranger, dit-il, essayant toujours de fuir son rôle de Vaillant Pilote, et n'y parvenant pas. Je ne pense pas que tu devrais rentrer à Baywater Street pendant mon absence. »

Elle avait noué les doigts autour des siens, mais il est vrai qu'elle faisait toujours ces choses-là : elle était très naturelle avec les gens, avec tous les gens. A leurs pieds dans la fente des rochers, la mer se brisait et dessinait furieusement des traînées d'écume.

« Et tu as fait tout ce chemin rien que pour me dire que l'accès de la maison m'est interdit ? » demanda-t-elle.

Il ne répondit pas.

« Laisse-moi essayer autrement, proposa-t-elle lorsqu'ils eurent fait quelques pas. Si Baywater Street ne m'était pas interdit, aurais-tu proposé que j'aille là-bas ? Ou bien es-tu en train de me dire que l'accès m'en est interdit pour de bon ? »

Elle s'arrêta pour le dévisager et le tint à bout de bras, en essayant de lire sa réponse. Elle murmura : « Bonté divine », et il percevait tout à la fois sur son visage le doute, l'orgueil et l'espoir, et il se demandait ce qu'elle voyait sur le sien, parce que lui-même n'avait aucune idée de ce qu'il ressentait, sauf qu'il n'était à sa place nulle part près d'elle, nulle part près de cette maison ; elle était comme une fille sur une île flottante qui s'éloignait de lui très vite, avec les ombres de tous ses amants rassemblées autour d'elle. Il l'aimait, il lui était indifférent, il l'observait avec la malédiction du détachement, mais elle le quittait. Si je ne me connais pas moi-même, pensa-t-il, comment puis-je dire qui tu es ? Il vit les rides de l'âge, de la souffrance et de l'effort que leur vie commune avait mises là. Elle était tout ce qu'il voulait, elle n'était rien, elle lui rappelait quelqu'un qu'il avait connu jadis voilà bien longtemps ; elle était loin de lui, il la connaissait à fond. Il vit la gravité de son visage, et s'étonna un moment qu'il ait jamais pu prendre cela pour de la profondeur ; l'instant d'après, il la méprisait de dépendre de lui et ne voulait qu'être libéré d'elle. Il aurait voulu crier « reviens » mais il n'en fit rien ; il ne tendit même pas une main pour l'empêcher de s'éloigner.

« Tu me disais toujours de ne jamais cesser de chercher », dit-il. Cette déclaration commençait comme la préface à une question, mais aucune question ne suivit.

Elle attendit, puis à son tour fit une déclaration. « Je suis un clown, George, dit-elle. J'ai besoin d'un Monsieur Loyal. J'ai besoin de toi. »

Mais il la voyait de très loin.

« C'est le métier, dit-il.

— Je ne veux pas vivre avec eux. Je ne peux pas vivre sans eux. (Il supposait qu'elle parlait de nouveau de ses amants.) Il y a une chose qui est pire que le changement, et c'est le statu quo. J'ai horreur du choix. Je t'aime. Tu comprends ? » Il y eut un silence pendant lequel il aurait dû dire quelque chose. Elle ne comptait pas sur lui, mais elle s'appuyait sur lui tout en pleurant, parce que les larmes avaient sapé ses forces. « Tu n'as jamais su à quel point tu étais libre, George, l'entendit-il déclarer. Il fallait que je sois libre pour nous deux. »

Elle parut se rendre compte de l'absurdité de ses propos et elle éclata de rire.

Elle lui lâcha le bras et ils se remirent à marcher pendant qu'elle essayait de redresser le bateau en posant des questions simples. Il dit des semaines, peut-être plus. Il dit « dans un hôtel », mais sans dire dans quelle ville ni dans quel pays. Elle le regarda de nouveau bien en face, et les larmes soudain ruisselaient, pires qu'avant, mais elles ne l'émouvaient pas comme il l'aurait souhaité.

« George, c'est tout ce qu'il y a, je te promets, dit-elle s'arrêtant pour lancer sa supplique. La partie est finie dans ton monde et dans le mien. Nous nous retrouvons l'un avec l'autre. Il n'y a plus rien. D'après les statistiques, nous sommes les gens les plus satisfaits du monde. »

Il hocha la tête, comme s'il admettait qu'elle était allée quelque part où lui n'était pas allé, mais sans considérer cela comme concluant. Ils marchèrent encore un peu, et il remarqua que lorsqu'elle ne parlait pas il parvenait à rétablir un rapport avec elle, mais seulement dans la mesure où elle était une autre créature vivante suivant le même chemin que lui.

« Cela concerne les gens qui ont causé la perte de Bill Haydon », lui dit-il, soit une consolation, soit comme excuse à sa retraite. Mais il pensait : « Ils ont causé ta perte. »

Il avait manqué son train et il avait deux heures à tuer. La mer était basse, alors il marcha sur le rivage près de Marazion, effrayé par sa propre indifférence. Le temps était gris, les oiseaux de mer très blancs sur la mer couleur d'ardoise. Deux courageux enfants s'ébattaient dans les brisants. Je suis un voleur de larmes, songea-t-il avec accablement. Sans foi, je suis les convictions d'un autre ; j'essaie de me réchauffer aux feux d'autrui. Il regarda les enfants et se rappela quelques vers du temps où il en lisait :

Pareils à des nageurs sautant dans l'onde pure,
Heureux loin d'un monde vieux, glacé et las.

Oui, songea-t-il, mélancolique. C'est moi.

« Dites-moi, George, interrogea Lacon. Croyez-vous que nous plaçons nos femmes trop haut, que c'est en *ça* que nous autres, bourgeois anglais, nous trompons ? Croyez-vous — si vous préférez — que nous autres, Anglais, avec nos traditions et nos écoles, attendons de nos femmes qu'elles représentent beaucoup trop, et puis de leur reprocher ensuite de ne rien représenter du tout — si vous me suivez ? Nous les voyons comme des concepts plutôt que comme des créatures de chair et de sang. C'est ça, notre problème ? »

Smiley dit que ce pourrait bien être le cas.

« Alors, si ce n'est pas cela, pourquoi Val s'entiche-t-elle toujours de merdeux ? » lança Lacon d'un ton agressif, à la stupéfaction d'un couple assis à la table voisine.

Smiley ne savait pas répondre à cela non plus.

Ils avaient fait un dîner épouvantable, à la rôtisserie suggérée par Lacon. Ils avaient bu du bourgogne espagnol en carafe et Lacon s'était déchaîné sur le dilemme politique de l'Angleterre. Ils en étaient maintenant à boire du café et un cognac suspect. La phobie anticommuniste était dépassée : Lacon s'en était déclaré sûr. Les communistes, après tout n'étaient que des gens, ce n'étaient pas des monstres aux crocs ensanglantés, c'était fini. Les communistes voulaient ce que tout le monde voulait : la prospérité, un peu de paix et de tranquillité. Une occasion de souffler au milieu de toute cette hostilité. Si ce n'était pas cela qu'ils voulaient — eh bien, de toute façon que peut-on y faire ? avait-il demandé. Certains problèmes — prenez l'Irlande — étaient insolubles, mais on n'amènerait jamais les Américains à avouer que quelque chose était insoluble. L'Angleterre était ingouvernable ; mais ce serait pareil partout d'ici à deux ou trois ans. Notre avenir était avec la collectivité, mais notre survie était avec l'individu, et c'était le paradoxe qui nous tuait chaque jour.

« Voyons, George, comment vous, voyez-vous cela ? Après tout, vous n'êtes plus sous le harnais. Vous avez une opinion objective, une vue d'ensemble. »

Smiley s'entendit murmurer quelque chose de stupide à propos d'un spectre.

Et voilà maintenant que le sujet que Smiley avait redouté toute la soirée était enfin abordé : leur séminaire sur le mariage avait commencé.

« On nous a toujours enseigné qu'il fallait chérir les femmes, déclara Lacon avec rancœur. Si on ne leur donnait pas l'impression d'être aimées à chaque minute de la journée, elles déraillaient. Mais ce type avec qui est Val... eh bien, si elle l'agace ou bien si elle parle à tort et à travers, il est bien capable de lui coller un œil au beurre noir. Vous et moi ne faisons jamais ça, n'est-ce pas ?

— Je pense bien que non, dit Smiley.

— Écoutez. Pensez-vous que si j'allais la voir... si j'allais la narguer chez lui... si je me montrais vraiment coriace... avec menace de prendre des mesures juridiques et tout ça... Pensez-vous que ça pourrait faire pencher la balance ? Enfin, Dieu sait que j'ai plus de poids que lui. Je ne manque pas de ressources, dans aucun domaine ! »

Ils étaient plantés sur le trottoir, sous les étoiles, à attendre le taxi de Smiley.

« En tout cas, passez de bonnes vacances, vous les avez méritées, dit Lacon. Vous allez dans un endroit chaud ?

— Oh ! j'ai pensé que j'allais simplement partir au hasard.

— Vous en avez de la chance. Mon Dieu, je vous envie votre liberté ! Enfin, vous m'avez été rudement utile. Je vais suivre vos conseils à la lettre.

— Mais, Oliver, je ne vous ai donné aucun conseil » protesta Smiley, un peu inquiet.

Lacon ne voulait rien entendre. « Et cette autre affaire est tout à fait réglée, paraît-il, fit-il d'un ton serein. Rien qui traîne, pas de gâchis. C'est bien de votre part, ça, George. C'est loyal. Je m'en vais voir si nous pouvons un peu reconnaître vos mérites là-dedans. Qu'est-ce que vous avez déjà, j'ai oublié ? L'autre jour, à l'Athenaeum, un type disait que vous méritiez un titre de chevalier. »

Le taxi arriva et, au grand embarras de Smiley, Lacon insista pour lui serrer la main. « George, béni soyez-vous. Vous avez été formidable. Nous sommes de la même trempe, George. Nous donnons, nous ne prenons pas. Dévoués à nos services. A notre pays. Il faut payer le prix. Si Ann avait été votre agent au lieu de votre femme, vous l'auriez sans doute rudement bien dirigée. »

Le lendemain après-midi, à la suite d'un coup de téléphone de Toby annonçant que « le contrat était juste sur le point d'être signé », George Smiley partit discrètement pour la Suisse, en utilisant comme identité le nom de Barraclough. De l'aéroport de Zurich, il prit le car de Swissair jusqu'à Berne et se rendit tout droit à Bellevue Palace Hotel, un établissement énorme et somptueux au calme édouardien et feutré, qui par temps clair a vue sur les contreforts des Alpes, mais qui, ce soir-là, était enveloppé dans un épais brouillard hivernal. Il avait songé à des hôtels plus modestes ; il avait envisagé d'utiliser une des planques de Toby. Mais Toby l'avait persuadé que le Bellevue était le meilleur choix. Il avait plusieurs issues, il était central, et c'était le premier endroit à Berne où on penserait le trouver, et donc le dernier où Karla, si celui-ci le cherchait, s'attendrait à ce qu'il soit. En entrant dans le vaste hall, Smiley eut l'impression de mettre le pied sur un paquebot vide en pleine mer.

21

Sa chambre était un petit Versailles suisse. Le secrétaire bombé avait des incrustations de cuivre et un dessus en marbre ; une gravure représentant le Childe Harold de Lord Byron était accrochée au-dessus des lits jumeaux désuets. Derrière la fenêtre, le brouillard faisait un mur gris. Il déballa ses affaires et redescendit au bar où un pianiste d'un certain âge jouait un pot-pourri de succès des années 50, des airs qui avaient été les préférés d'Ann et, sans doute, les siens aussi. Il prit du fromage et but un verre de fendant en se disant : *c'est maintenant.* C'est maintenant qu'on commence. A partir de maintenant, plus question de faire marche arrière, plus de place pour l'hésitation. A 10 heures, il se rendit dans la vieille ville, qu'il adorait. Les rues étaient pavées ; l'air glacé sentait les châtaignes grillées et le cigare. Les fontaines anciennes s'avançaient sur lui à travers la brume ; les maisons moyenâgeuses étaient comme la toile de fond d'une pièce dans laquelle il n'avait aucun rôle. Il entra sous les arcades, passant devant des galeries d'art et des magasins d'antiquité et des portes assez grandes pour laisser le passage à un cheval. Au pont de Nydegg, il s'arrêta pour contempler le fleuve. Tant de nuits, songea-t-il. Tant de rues encore ici. Il pensa à Hesse : *cette étrange rêverie dans le brouillard... Les arbres ne se connaissent pas entre eux.* La brume glacée ondulait au ras de l'eau ; au-dessus du déversoir, elle prenait des reflets d'un jaune crème.

Un break Volvo orange s'arrêta derrière lui, une voiture avec des plaques de Berne qui, un instant, éteignit ses lumières. Comme Smiley se dirigeait vers la voiture, on ouvrit la portière du passager de l'intérieur et, à la lumière du plafonnier, il vit Toby Esterhase au volant, et dans le fond, une femme à l'air sévère en uniforme de ménagère bernoise, qui faisait sauter un enfant sur ses genoux. Il les utilise comme couverture, songea Smiley ; pour ce que les guetteurs appellent la silhouette. Ils démarrèrent et la femme se mit à parler à l'enfant. Son suisse allemand avait un accent d'indignation continue : « Regarde la grue là-bas, Edward... Tiens, nous passons devant la fosse aux ours, Edward... Regarde, Edward, un tram... » Les guetteurs ne sont jamais satisfaits, se rappela-t-il ; c'est le sort de tous les voyeurs. Elle agitait les mains, pointant des directions à l'intention de l'enfant. *Une soirée familiale, inspecteur,* disait le scénario. *Nous visitons la ville dans notre belle Volvo orange, inspecteur. Nous rentrons à la maison.* Et les hommes, bien sûr, inspecteur, assis à l'avant.

Ils venaient d'entrer dans Elfenau, le ghetto diplomatique de Berne. A travers le brouillard, Smiley apercevait les jardins touffus blancs de givre et les portes vertes des villas. Dans le faisceau des phares apparut une plaque de cuivre annonçant un État arabe, et deux gardes du corps qui la protégeaient. Ils passèrent devant une église anglicane et une rangée de courts de tennis ; ils s'engagèrent dans une avenue bordée de hêtres dénudés. Les globes des lampadaires étaient accrochés entre leurs branches comme des ballons blancs.

« Le 18 est à cinq cents mètres à gauche, murmura Toby. Grigoriev et sa femme occupent le rez-de-chaussée. » Il roulait lentement, se servant du brouillard comme prétexte.

« Ce sont des gens très riches qui habitent ici, Edward ! chantonnait la femme derrière eux. Tous des étrangers.

— La plupart des gens de derrière le Rideau de fer habitent Muri, pas Elfenau, poursuivit Toby. C'est une vraie commune, ils font tout en groupe. Ils font leurs courses en groupe, ils se promènent en groupe, tout ce que vous voulez. Les Grigoriev sont différents. Il y a trois mois, ils ont quitté Muri pour louer cet appartement à titre personnel. Trois mille cinq par mois, George, et ils paient le loyer personnellement au propriétaire.

— En espèces ?

— Tous les mois en billets de cent.

— Comment sont payés les autres membres de l'ambassade ?

— Par le compte de la Mission. Mais pas Grigoriev. Grigoriev est l'exception. »

Une voiture de police en patrouille les dépassa avec la lenteur d'une péniche ; Smiley vit trois têtes à l'intérieur se tourner vers eux.

« Regarde, Edward, la police ! » s'écria la femme en essayant de pousser l'enfant à les saluer de la main.

Toby lui aussi prit soin de ne pas cesser de parler. « Les types de la police sont inquiets à cause des bombes, expliqua-t-il. Ils croient que les Palestiniens vont tout faire sauter. Ç'a été un bien et un mal pour nous, George. Si nous sommes maladroits, Grigoriev peut se dire que nous sommes des anges protecteurs locaux. Et ça n'est pas pareil pour la police. A cent mètres, George,... Cherchez une Mercedes noire dans l'avant-cour. Les autres utilisent les voitures du pool de l'ambassade. Pas Grigoriev. Grigoriev a sa propre Mercedes.

— Quand l'a-t-il achetée ? demanda Smiley.

— Il y a trois mois, d'occasion. A la même époque où il a déménagé de Muri. Ç'a été un grand saut pour lui, George. Il lui est arrivé tant de choses, comme un anniversaire. Une voiture, une maison, promotion de premier secrétaire à conseiller. »

C'était une villa en stuc, bâtie dans un grand jardin qui semblait ne pas avoir de fond à cause du brouillard. A une baie vitrée sur la façade, Smiley aperçut une lumière qui brûlait derrière des rideaux. Il y avait un toboggan d'enfant dans le jardin, et ce qui semblait être une piscine vide. Sur l'allée de graviers était garée une Mercedes noire avec des plaques CD.

« Toutes les immatriculations des voitures de l'ambassade soviétique se terminent par 73, dit Toby. Les Anglais, c'est 72. Grigorieva a passé son permis de conduire voilà deux mois. Il n'y a que deux femmes à l'ambassade qui aient leur permis. Elle est l'une d'elles et conduit de façon épouvantable, George. Vraiment épouvantable.

— Qui occupe le reste de la maison ?

— Le propriétaire. Un professeur de l'université de Berne, un salaud. Il y a quelque temps, les Cousins sont venus le trouver pour lui dire qu'ils aimeraient installer deux ou trois micros au rez-de-chaussée, et ils lui ont proposé de l'argent. Le professeur a accepté l'argent puis les a dénoncés à la Bundespolizei comme un bon citoyen. La Bundespolizei a eu la frousse. Ils ont promis aux Cousins de détourner les yeux en échange d'un droit de regard sur le produit. Opération abandonnée. Il semble que les Cousins ne s'intéressaient pas particulièrement à Grigoriev, c'était de la simple routine.

— Où sont les enfants de Grigoriev ?

— A Genève, à l'école de la mission soviétique, où ils sont pensionnaires. Ils rentrent à la maison le vendredi soir. Pendant les week-ends, la famille fait des excursions. On gambade dans les bois, on fait du ski de fond, on joue au badminton. On cueille des champignons. Grigorieva est une fanatique du grand air. Et puis ils se sont mis à la bicyclette, ajouta-t-il.

— Est-ce que Grigoriev accompagne la famille dans ces excursions ?

— Le samedi il travaille, George — et, j'en suis certain, rien que pour leur échapper. Toby avait des opinions bien arrêtées sur le mariage de Grigoriev, remarqua Smiley. Il se demanda s'il fallait y voir des échos de la vie conjugale de Toby.

Ils avaient quitté l'avenue pour s'engager dans une petite rue. « Écoutez, George, disait Toby, parlant toujours des week-ends de Grigoriev. Les guetteurs imaginent des choses. Il y a une fille qui travaille à la section des visas. Une petite brune, et pour une Russe, très séduisante. Les garçons l'appellent « la petite Natacha ». Ça n'est pas son vrai nom, mais pour eux elle est Natacha. Le samedi elle vient à l'ambassade. Pour travailler. Deux fois, Grigoriev l'a raccompagnée chez elle à Muri. Nous avons pris quelques photos, pas mauvaises. Elle est descendue de voiture avant son appartement et a fait à pied les cinq cents derniers mètres. Pourquoi ? Une autre fois, il ne l'a emmenée nulle part : juste un tour dans le Gurten, mais ils ont eu une bonne petite conversation. Peut-être que les garçons ont envie que ce soit comme ça à cause de Grigorieva. Ils aiment bien le type, George. Vous savez comment sont les guetteurs. C'est toujours ou l'amour ou la haine. Lui, ils l'aiment bien. »

Il s'arrêtait. Les lumières d'un petit café brillaient à travers le brouillard. Dans la cour il y avait une 2 CV Citroën verte, avec une immatriculation de Genève. Des cartons étaient entassés sur la banquette arrière, comme des échantillons. Une queue de renard pendait à l'antenne radio. Sautant à terre, Toby ouvrit la fragile portière et installa Smiley à la place du passager. Puis lui tendit un chapeau mou dont il se coiffa. Pour lui-même, Toby avait choisi un bonnet de fourrure de style russe. Ils repartirent et Smiley vit leur matrone bernoise s'installer à l'avant de la Volvo orange qu'ils venaient de quitter. Son enfant leur faisait des gestes tout tristes par la vitre arrière.

« Comment va tout le monde ? demanda Smiley.

— En pleine forme. Ils piaffent, George, tous autant qu'ils sont. Un des frères Sartor a eu un gosse malade, et il a dû rentrer à Vienne. Ça lui brisait le cœur. A part ça, la grande forme. Vous êtes le Numéro Un pour eux tous. Voici Harry Slingo qui arrive sur la droite. Vous vous rappelez Harry ? Il était mon partenaire du temps d'Acton.

— J'ai lu que son fils avait obtenu une bourse pour Oxford, dit Smiley.

— En physique. Pour Wadham, à Oxford. Ce garçon est un génie. Continuez à regarder droit devant vous, George, ne tournez pas la tête. »

Ils dépassèrent une camionnette bleue avec la mention *Auto-Schnelldienst* peinte en lettres désinvoltes sur le côté, et un chauffeur qui sommeillait au volant.

« Qui est à l'arrière ? demanda Smiley lorsqu'ils furent plus loin.

— Pete Lusty, un ancien chasseur de scalps. Ces types en ont vraiment vu de dures, George. Pas de travail, pas d'action. Pete s'est engagé dans l'armée rhodésienne. Il a tué quelques types, ça ne lui a pas plu, il est rentré. Pas étonnant qu'ils vous aiment. »

Ils repassaient devant la maison de Grigoriev. Une lumière était allumée à l'autre fenêtre.

« Les Grigoriev se couchent tôt », dit Toby avec une sorte de respect.

Une limousine garée le long du trottoir était devant eux, avec des plaques consulaires de Zurich. Derrière le volant, un chauffeur lisait un livre de poche.

« C'est Canada Bill, expliqua Toby. Grigoriev quitte la maison, il tourne à droite, il passe devant Pete Lusty. Il tourne à gauche, il passe devant Canada Bill. Ce sont de bons éléments, très vigilants.

— Qui est derrière nous ?

— Les petites Meinertzhagen. La grande c'est Marie. »

Le brouillard rendait leur progression discrète et silencieuse. Ils descendirent une côte en pente douce, passant à droite devant la résidence de l'ambassadeur britannique, avec sa Rolls Royce garée dans l'allée. La route tournait à gauche et Toby continua. A ce moment, la voiture qui était derrière eux les dépassa et fort opportunément alluma ses phares. A leur lueur, Smiley se trouva contempler un cul-de-sac boisé, se terminant sur de hautes grilles fermées et gardées par un petit groupe d'hommes. Les arbres dissimulaient tout le reste.

« Bienvenue à l'ambassade soviétique, George, dit Toby très doucement. Vingt-quatre diplomates, cinquante autres employés : cryptographes, dactylos et quelques très mauvais chauffeurs, tous domiciliés ici. La délégation commerciale est dans un autre bâtiment, au 17, Schanzeneckstrasse. Grigoriev y va souvent. A Berne, nous avons Tass et Novosti, principalement des agents libres. L'antenne mère est à Genève, couverture des Nations unies, environ deux cents personnes. Ici, ça n'est rien : ils sont douze ou quinze en tout, ça se développe, mais lentement. Le consulat est installé derrière l'ambassade. On y accède par une porte dans la clôture, comme si c'était une fumerie d'opium ou un claque. Ils ont une caméra de télévision en circuit fermé dans l'allée et aussi dans la salle d'attente. Essayez donc de demander un visa une fois.

— Je crois que je m'en abstiendrai, merci, dit Smiley, et Toby eut un de ses rares petits rires.

— Le parc de l'ambassade, dit Toby, tandis que les phares balayaient des bois qui descendaient en pente sur la droite. C'est là où Grigorieva joue au volley-ball, donne des leçons d'instruction politique aux gosses. Croyez-moi, George, c'est une femme très déconcertante. Elle s'occupe du jardin d'enfants de l'ambassade, des classes d'instruction civique, du club de ping-pong, du groupe féminin de badminton : cette femme a la main sur tout. Si vous ne me croyez pas sur parole, écoutez ce que mes garçons disent d'elle. » Comme ils sortaient du cul-de-sac, Smiley jeta un coup d'œil vers la fenêtre supérieure d'une maison d'angle et aperçut une lumière s'éteindre, puis se rallumer.

« Ça, c'est Pauli Skordeno qui dit « Bienvenue à Berne », annonça Toby. Nous avons réussi à louer le dernier étage la semaine dernière. Pauli est un pigiste pour Reuter. Nous lui avons même fourni une fausse carte de presse. Une carte de crédit pour les câbles, le grand jeu, quoi ! »

Toby s'était garé près de la Thunplatz. Sur une tour, une horloge moderne sonnait 11 heures. Une neige fine tombait, mais la brume ne s'était pas dissipée. Un moment les deux hommes restèrent silencieux.

« Aujourd'hui était un modèle de la semaine dernière, la semaine dernière était un modèle de la semaine d'avant, George, fit Toby. Chaque jeudi, c'est pareil. Après le travail, il conduit la Mercedes au garage, fait le plein d'essence et d'huile, vérifie le niveau d'eau de la batterie, demande un reçu. Puis il rentre à la maison. Vers 6 heures, un peu après, une voiture de l'ambassade arrive et en sort Krassky, le courrier régulier du jeudi en provenance de Moscou. Tout seul. C'est un type très difficile, un professionnel. Dans tous les autres cas, Krassky ne va jamais nulle part sans son compagnon, Bogdanov. Ils prennent l'avion ensemble, portent le courrier ensemble, prennent leurs repas ensemble. Mais pour rendre visite à Grigoriev, Krassky rompt les rangs et s'en va tout seul. Il reste une demi-heure, puis repart. Pourquoi ? C'est très irrégulier pour un courrier diplomatique, George, très dangereux s'il n'a pas l'appui qu'il faut, croyez-moi.

— Alors, Toby, que faites-vous de Grigoriev ? demanda Smiley, qu'est-ce qu'il est ? »

Toby avança la main, paume tendue. « Grigoriev n'est pas un agent régulièrement entraîné, George. Il n'a aucun métier, en fait c'est une vraie catastrophe. Mais il n'est pas régulier non plus. C'est un mélange, George. »

Tout comme Kirov, se dit Smiley.

« Pensez-vous que nous en ayons assez sur lui ? interrogea Smiley.

— Techniquement, pas de problème. La bande, la fausse identité, même la petite Natacha : techniquement, nous avons des as plein la main.

— Et vous pensez qu'il va se laisser griller », dit Smiley, et c'était plus une confirmation qu'une question.

Dans l'obscurité, la paume de Toby s'avança une fois de plus, de ce côté-ci, puis de l'autre.

« Griller quelqu'un, George, c'est toujours un risque, vous savez ce que je veux dire ? Il y a des types qui font de l'héroïsme tout d'un coup et veulent mourir pour leur patrie. Il y en a d'autres qui se roulent en boule et qui ne bougent plus dès l'instant où vous mettez la main sur eux. Griller, ça déclenche l'entêtement chez certaines personnes. Vous voyez ce que je veux dire ?

— Oui. Oui, je crois que oui », dit Smiley. Et de nouveau il se rappela Delhi et le visage silencieux qui l'observait à travers la brume de la fumée de cigarette.

« Ménagez-vous, George. Entendu ? Il faut quand même vous reposer de temps en temps.

— Bonne nuit », dit Smiley.

Il prit le dernier tram en direction du centre. Lorsqu'il arriva au Bellevue, la neige tombait abondamment en gros flocons, qui tourbillonnaient dans la lumière jaune, trop humides pour se poser. Il mit son réveil sur 7 heures.

22

La jeune femme qu'on appelait Alexandra était éveillée depuis une heure exactement lorsque la cloche du réveil sonna pour le rassemblement, mais lorsqu'elle l'entendit, elle replia aussitôt les genoux à l'intérieur de son pyjama de coton, serra fort les paupières et se jura qu'elle dormait encore, comme une enfant qui avait besoin de repos. Le rassemblement, comme le réveil de Smiley, sonnait à 7 heures, mais dès 6 heures elle avait entendu le tintement d'une horloge de la vallée, d'abord les catholiques, puis les protestants, puis la mairie. Elle ne croyait à aucun dieu. Pas ce dieu-ci, pas ce dieu-là, et surtout pas les bourgeois aux visages de boucher qui, lors de la fête annuelle, se tenaient au garde-à-vous avec leur ventre qui dépassait, pendant que le chœur des sapeurs-pompiers entonnait d'une voix plaintive des chansons patriotiques, en dialecte.

Elle connaissait la fête annuelle, parce que c'était une des rares expéditions autorisées et on lui avait récemment accordé comme un privilège la permission d'y assister, et à son grand amusement il s'agissait de célébrer l'oignon commun. Elle était entre sœur Ursula et sœur Béatitude, et elle savait que toutes deux étaient aux aguets au cas où elle essaierait de s'enfuir ou bien de craquer et de piquer une crise ; et elle avait écouté pendant une heure les discours les plus assommants qu'elle eût jamais entendus, puis une heure de chants avec accompagnement d'une ennuyeuse musique martiale exécutée par l'orphéon. Puis un défilé des habitants en costumes villageois portant des chapelets d'oignons au bout de longs bâtons, précédés du porte-drapeau du village qui, les autres jours, apportait le lait à la loge ou — s'il pouvait se glisser jusque-là — jusqu'à la porte du pensionnat, dans l'espoir d'apercevoir une jeune fille par la fenêtre, ou peut-être était-ce Alexandra qui essayait de l'apercevoir, lui.

Lorsque les horloges du village eurent sonné 6 heures, Alexandra, des profondeurs de son lit, avait décidé de compter les minutes jusqu'à l'éternité. Dans le rôle d'enfant qu'elle s'imposait, elle l'avait fait en comptant chaque seconde dans un murmure : « Mille et un, mille et deux. » A 6 h 12, d'après ses calculs, elle entendit le pompeux cyclomoteur de mère Félicité pétaradant dans l'allée en revenant de la messe, pour annoncer à tout le monde que Félicité-Félicité-Pop-Pop-Pop et personne d'autre — Pop-Pop-était notre surveillante générale et inauguratrice officielle de la journée ; personne d'autre — pop-pop ne ferait l'affaire. Ce qui était drôle parce que son vrai nom n'était pas du tout Félicité, c'était celui qu'elle avait choisi pour les autres religieuses. Son vrai nom, avait-elle confié comme un secret à Alexandra, était Nadezhda, qui voulait dire « Espoir ». Alexandra avait donc raconté à Félicité que son vrai nom à elle était Tatiana, et pas du tout Alexandra. Alexandra était un nouveau prénom, expliqua-t-elle, adopté pour porter spécialement en Suisse. Mais Félicité-Félicité lui avait dit sèchement de ne pas être stupide.

Après l'arrivé de mère Félicité, Alexandra avait remonté le drap blanc jusqu'à ses yeux et décidé que le temps ne passait pas du tout, qu'elle était dans les limbes blancs de l'enfance où tout était sans ombre, même Alexandra, même Tatiana. Des ampoules blanches, des murs blancs, un lit de fer blanc, des radiateurs blancs. Par les hautes fenêtres, des montagnes blanches sur un ciel blanc.

Dr Rüdi, songea-t-elle, voilà un nouveau rêve pour vous quand nous aurons notre prochaine petite conversation du jeudi, ou bien est-ce mardi ?

Maintenant, écoutez bien, docteur. Votre russe est-il assez bon ? Parfois vous faites semblant de comprendre plus que ce n'est vraiment le cas. Très bien, je vais commencer. Je m'appelle Tatiana et je suis plantée en chemise de nuit blanche devant le paysage blanc des Alpes, à essayer d'écrire sur la face de la montagne avec un bâton de craie blanche Félicité-Félicité, dont le vrai nom est Nadezhda. Je ne porte rien en dessous. Vous prétendez être indifférent à ce genre de chose mais quand je vous explique comment j'aime mon corps, vous faites bien attention, docteur Rüdi. Je gribouille avec la craie sur la face de la montagne. J'écrase le bout de la craie comme une cigarette. Je pense aux mots les plus orduriers que je connaisse — mais oui, Dr Rüdi, ce mot-ci, ce mot-là — mais je crains que votre vocabulaire russe ne les inclue sans doute pas. J'essaie de les écrire aussi, mais blanc sur blanc, quel impact voulez-vous que fasse une petite fille, je vous le demande, docteur ?

Docteur, c'est terrible, vous ne devez jamais avoir mes rêves. Savez-vous qu'une fois j'étais une putain du nom de Tatiana ? Que je n'ai jamais tort ? Que je peux mettre le feu à n'importe quoi, même à ma propre personne, vilipender l'État et que malgré cela les sages qui nous régentent ne me puniront pas ? Et qu'à la place on me fera sortir par la porte de derrière — « Allez, Tatiana, allez » — saviez-vous ça ?

Entendant des pas dans le couloir, Alexandra s'enfonça plus profondément sous les couvertures. On conduit la Française aux toilettes, songea-t-elle. La Française était la plus belle de l'établissement. Alexandra l'aimait, rien que pour sa beauté. Grâce à elle, elle mettait en échec tout le système. Même lorsqu'on lui passait la camisole de force — pour avoir griffé, s'être salie ou avoir cassé quelque chose — son visage d'ange les contemplait toujours comme une de leurs icônes. Même lorsqu'elle portait sa chemise de nuit sans forme qui n'avait pas de bouton, ses seins la soulevaient en un pont bien marqué, et personne n'y pouvait rien, pas même les plus jalouses, pas même Félicité-Félicité, dont le nom secret était Espoir, pour l'empêcher de ressembler à une vedette de cinéma. Le jour où elle arracha ses vêtements, même les religieuses la contemplaient avec une sorte de terreur teintée d'envie. Seule l'Américaine était aussi belle, et l'Américaine avait été expulsée, elle était trop dure. La Française était assez dure avec ses accès de colère où elle se mettait nue, cette habitude qu'elle avait de s'ouvrir les veines et ses crises de rage contre Félicité-Félicité, mais elle n'était rien auprès de l'Américaine lorsque celle-ci s'en alla. Les sœurs avaient dû aller chercher Kranko dans la loge pour la maintenir, rien que pour la calmer. Pendant ce temps-là, ils avaient dû fermer toute l'aile de l'infirmerie, mais lorsque la camionnette emmena l'Américaine, ce fut comme un deuil dans la famille et sœur Béatitude pleura pendant toutes les prières du soir. Et ensuite, lorsque Alexandra la força à parler, elle l'appelait par son diminutif, Sacha, signe sûr de sa détresse.

« L'Américaine est partie pour Untersee, raconta-t-elle à travers ses larmes lorsque Alexandra la força à parler. Oh, Sacha, Sacha, promets-moi de ne jamais aller à Untersee. » Tout comme dans l'existence à laquelle elle ne pouvait pas faire allusion, on l'avait suppliée : « Tatiana, ne fais pas ces choses folles et dangereuses ! »

Après cela, Untersee devint la pire terreur d'Alexandra, une menace qui la réduisait à tout moment au silence, même dans ses pires crises. « Si tu es vilaine, tu iras à Untersee, Sacha. Si tu taquines le Dr Rüdi, si tu relèves ta jupe et que tu croises tes jambes devant lui, mère Félicité sera obligée de t'envoyer à Untersee. Et toi, on t'enverra à Untersee. »

Les pas revinrent dans le couloir. On entendait la Française s'habiller. Parfois elle se débattait et se retrouvait en camisole de force. Parfois on envoyait Alexandra la calmer, ce à quoi elle parvenait en brossant inlassablement les cheveux de la Française, sans parler, jusqu'au moment où la Française se détendait et se mettait à lui baiser les mains. Alors on emmenait Alexandra parce que l'amour n'était pas, mais pas du tout prévu au programme.

La porte s'ouvrit toute grande et Alexandra entendit la voix élégante de Félicité-Félicité, qui la harcelait comme une vieille nourrice dans une pièce russe. « Sacha ! Il faut te lever tout de suite ! Sacha, réveille-toi tout de suite ! Sacha, réveille-toi ! Sacha ! » Elle fit un pas de plus. Alexandra se demanda si elle allait tirer les draps et l'obliger à se lever. Mère Félicité pouvait être brutale comme un soldat, malgré tout son sang aristocratique. Ce n'était pas un tyran, mais elle était sans ménagement et facile à provoquer.

« Sacha, tu vas être en retard pour le petit déjeuner. Les autres filles vont te regarder en riant et en disant que nous autres, stupides Russes, nous sommes toujours en retard. Sacha ? Sacha, tu veux manquer les prières ? Dieu sera furieux contre toi, Sacha. Il sera triste et Il pleurera. Il devra peut-être penser à des façons de te punir. »

Sacha, tu veux aller à Untersee ?

Alexandra serra plus fort les paupières. J'ai six ans et j'ai besoin de sommeil, mère Félicité. Mon Dieu, faites que j'aie cinq ans. Mon Dieu, faites que j'aie quatre ans. J'ai trois ans et j'ai besoin de sommeil, mère Félicité.

« Sacha, as-tu oublié que c'est ton jour spécial ? Sacha, as-tu oublié que tu as ton visiteur aujourd'hui ? »

Mon Dieu, faites que j'aie un an, que j'aie deux ans, mon Dieu, faites que j'aie un an, mon Dieu, faites que je ne sois rien et pas encore née. Non, je n'ai pas oublié mon visiteur, mère Félicité. Je me suis souvenue de mon visiteur avant de m'endormir, j'ai rêvé de lui, je n'ai pensé à rien d'autre depuis que je suis réveillée mais, mère Félicité, je ne veux pas de mon visiteur aujourd'hui, ni aucun autre jour. Je ne peux pas vivre ce mensonge, je ne sais pas comment, et c'est pour ça que je ne veux pas laisser la journée commencer !

Docilement, Alexandra sortit du lit.

« Là », dit mère Félicité en la gratifiant d'un baiser distrait avant de repartir dans le couloir en criant : « En retard encore ! En retard encore ! » tout en claquant des mains — « Allons, allons ! » — comme elle l'aurait fait avec un troupeau de poules stupides.

23

Le voyage en train jusqu'à Thun prit une demi-heure, et de la gare, Smiley déambula, faisant du lèche-vitrines et de petits détours. *Il y a des types qui deviennent héroïques et qui ont envie de mourir pour leur patrie*, songea-t-il... *Griller, ça déclenche l'entêtement chez certains...* Il se demanda ce que cela déclencherait chez lui.

C'était un jour vide et sombre. Les rares passants étaient des ombres lentes dans le brouillard, et les vapeurs du lac restaient figées dans les écluses. De temps en temps, tout ce blanc s'écartait assez pour le laisser apercevoir un château, un arbre, un bout de muraille. Et rapidement se refermait sur eux. Il y avait de la neige entre les pavés et dans les fourches des arbres du parc. Les rares voitures circulaient avec leurs feux allumés, leurs pneus crépitant dans la neige fondante. Il n'y avait de couleur que dans les vitrines. Des montres en or, des tenues de ski comme des drapeaux nationaux. « Soyez là vers onze heures au plus tôt, avait dit Toby. Onze heures, c'est déjà trop tôt, George, ils n'arriveront pas avant midi. » Il n'était que dix heures et demie, mais il voulait avoir du temps, il voulait faire le tour avant de s'installer, le temps, comme disait Enderby, d'aligner ses canards. Il s'engagea dans une rue étroite et vit le château se dresser juste au-dessus de lui. L'arcade devint un trottoir, puis un escalier, puis la pente d'une rue, et il grimpait toujours. Il passa devant un salon de thé anglais, un bar américain, une boîte de nuit qui s'appelait l'Oasis, chacun éclairé au néon, chacun comme une copie bien hygiénique d'un original perdu. Mais tout cela ne parvenait pas à décrire son amour de la Suisse. Il déboucha sur une place et aperçut la banque, celle-là même, et juste de l'autre côté de la rue le petit hôtel, exactement comme Toby l'avait décrit, avec son café restaurant au rez-de-chaussée et toute sa caserne au-dessus. Il vit le camion postal jaune hardiment garé à l'endroit interdit, et il devina que c'était le poste statique de Toby. Toby avait toujours eu confiance dans les camions postaux ; il les volait partout où il allait, en disant que personne ne les remarquait ni ne s'en souvenait. Il avait posé de nouvelles plaques de police, mais elles paraissaient plus vieilles que la camionnette. Smiley traversa la place. Un avis sur la porte de la banque annonçait : « OUVERT DU LUNDI AU JEUDI DE 7 H 45 A 17 HEURES, VENDREDI DE 7 H 45 A 18 H 15. » « Grigoriev aime bien l'heure du déjeuner, parce que, à Thun, personne ne va perdre son heure du déjeuner pour aller à la banque, avait expliqué Toby. Il a complètement confondu le calme et la sécurité, George. Des endroits déserts, des heures creuses, Grigoriev est si voyant que c'en est gênant. » Smiley franchit une passerelle. Il était onze heures moins dix. Il traversa la rue et se dirigea vers le petit hôtel avec sa vue imprenable sur la banque de Grigoriev. La tension dans le vide, songea-t-il, en écoutant résonner ses pas et l'eau gargouiller dans les gouttières ; la ville était hors de saison et hors du temps. *Griller, George, c'est toujours un risque.* Comment Karla s'y prenait-il ? se demanda-t-il. Qu'est-ce que cet absolutiste fait donc que nous ne faisons pas nous-mêmes ? Smiley n'imaginait rien à part l'enlèvement pur et simple. Karla recueillait les renseignements opérationnels, se dit-il, puis faisait son approche, prenait le risque. Il poussa la porte du café et l'air chaud l'accueillit en soupirant. Il se dirigea vers une table près de la fenêtre marquée « réservée ». « J'attends Mr Jacobi », dit-il à la serveuse. Elle eut un hochement de tête désapprobateur, évitant son regard. La fille avait une pâleur de cloîtrée et aucune expression. Il commanda du café crème dans un verre, mais elle dit que si on le lui servait dans un verre, il devrait prendre du schnaps avec.

« Alors dans une tasse », dit-il, capitulant.

Pourquoi donc avait-il demandé un verre ?

La tension dans le vide, se répéta-t-il en regardant autour de lui. Et le risque dans un endroit où il n'y a rien.

Le café était dans le style ancien moderne. Des lances croisées en plastique pendaient à des colonnes de stuc. Des haut-parleurs dissimulés jouaient une musique inoffensive ; la voix murmurante changeait de langue à chaque annonce. Dans un coin, quatre hommes jouaient aux cartes sans rien dire. Il regarda par la vitrine, la place déserte. La pluie avait recommencé à tomber, faisant virer le blanc au gris. Un garçon passa à bicyclette, coiffé d'une casquette de lainage rouge, et la casquette tomba sur la route comme une torche jusqu'au moment où le brouillard l'éteignit. La banque avait des portes doubles, observa-t-il, dont l'ouverture était commandée par un œil électronique. Il regarda sa montre. 11 h 10. Un tiroir-caisse glissa sur ses gonds avec un tintement. Une machine à café siffla. Les joueurs de cartes faisaient une nouvelle donne. Des assiettes en bois étaient accrochées aux murs : des couples de danseurs en costume national. Qu'y avait-il d'autre à regarder ? Les lampes étaient en fer forgé, mais l'éclairage venait d'un anneau de tube fluorescent au plafond et cela donnait un éclairage très cru. Il pensa à Hong Kong, avec ses caves de brasseries bavaroises au quinzième étage, avec la même impression d'attendre des explications qu'on ne fournirait jamais. Et aujourd'hui, se dit-il, ce ne sont que les préparatifs : aujourd'hui, ça n'est même pas l'approche. Il regarda de nouveau la banque. Personne d'entré, personne de sorti.

Il se souvint avoir attendu toute sa vie quelque chose qu'il n'était plus capable de définir : appelez cela la résolution. Il se souvint d'Ann et de leur dernière promenade. La résolution dans le vide. Il entendit une chaise grincer, vit Toby qui lui tendait la main, à la suisse, et le gai visage de Toby rayonnant comme s'il venait de courir.

« Les Grigoriev ont quitté la maison d'Elfenau il y a cinq minutes, dit-il discrètement. C'est Grigorieva qui conduit. Selon toute probabilité ils seront morts avant d'arriver ici.

— Et les bicyclettes ? fit Smiley avec inquiétude.

— Comme d'habitude, dit Toby en prenant une chaise.

— C'était elle qui conduisait la semaine dernière ?

— Et aussi la semaine d'avant. Elle insiste. Vous savez, George, cette femme est un monstre. (La fille lui apporta spontanément un café.) La semaine dernière, elle a littéralement arraché le volant à Grigoriev, puis elle a embouti la voiture contre le pilier de la grille, en enfonçant l'aile. Pauli et Canada Bill riaient si fort que nous avons cru que nous avions des parasites sur les micros. (Il posa une main amicale sur l'épaule de Smiley.) Écoutez, ça va être une belle journée. Croyez-moi. Une belle lumière, un bel arrangement, tout ce que vous avez à faire c'est de vous asseoir confortablement et de savourer le spectacle. »

Le téléphone sonna et la fille appela « Herr Jacobi ! » Toby s'approcha du comptoir d'un pas nonchalant. Elle lui tendit le combiné et rougit à quelque chose qu'il lui murmura à l'oreille. Le chef arriva de la cuisine avec son jeune fils. « Herr Jacobi ! » Les chrysanthèmes, sur la table de Smiley, étaient en matière plastique, mais quelqu'un avait mis de l'eau dans le vase.

« *Ciao*, lança Toby dans le téléphone d'un ton joyeux, puis il revint à la table. Tout le monde est en place, tout le monde est content, annonça-t-il avec satisfaction. Mangez donc quelque chose, non ? Amusez-vous, George. C'est la Suisse. »

Toby sortit dans la rue d'un pas guilleret. *Savourer le spectacle*, se dit Smiley. C'est vrai, au fond : c'est moi qui l'ai écrit, Toby qui l'a produit et tout ce que je peux faire maintenant c'est regarder. Mais non, songea-t-il en se corrigeant : c'est Karla qui l'a écrit, et c'était bien cela parfois qui le tracassait fort. Deux filles en tenue de randonneuse pénétraient par les doubles portes de la banque. Quelques instants plus tard, Toby leur emboîtait le pas. Il est en train de bourrer la banque, songea Smiley. Des gens à chaque comptoir, par deux. Après Toby, il y eut un jeune couple bras dessus, bras dessous, puis une femme courtaude avec deux sacs à provisions. La camionnette jaune des postes n'avait pas bougé : personne ne déplace une camionnette des postes. Il remarqua une cabine de téléphone public, et deux silhouettes pelotonnées à l'intérieur, peut-être pour s'abriter de la pluie. Deux personnes sont moins voyantes qu'une, se plaisait-on à dire à Sarratt, et trois se font moins remarquer qu'un couple. Un car de touristes vide passa. Une horloge sonna douze coups et, à cet instant précis, une Mercedes noire émergea du brouillard, le faisceau de ses codes luisant sur le pavé. Une série de cahots l'approcha maladroitement du trottoir, elle s'arrêta devant la banque, à moins de deux mètres de la camionnette des postes de Toby. *Les numéros des voitures de l'ambassade soviétique se terminent par 73*, avait dit Toby. *Elle le dépose et fait deux fois le tour du pâté de maisons en attendant qu'il sorte.* Mais aujourd'hui, par ce temps abominable, les Grigoriev avaient apparemment décidé de braver les règles du stationnement et celles de Karla aussi, et de compter sur leur plaque CD pour leur éviter des ennuis. La portière du côté passager s'ouvrit et une silhouette trapue, en costume sombre et lunettes, se hâta vers l'entrée de la banque, un porte-documents à la main. Smiley eut tout juste le temps d'enregistrer les cheveux gris et drus et les lunettes sans monture qu'on voyait sur les photographies de Grigoriev avant qu'un camion ne vînt lui boucher la vue. Lorsqu'il fut passé, Grigoriev avait disparu, mais Smiley voyait fort bien la masse formidable de Grigorieva, avec ses cheveux roux et son air sévère de monitrice d'auto-école, assise seule au volant. *George, croyez-moi, c'est une femme très déconcertante.* En l'apercevant maintenant, les mâchoires serrées, l'œil mauvais, Smiley, pour la première fois, se sentait en mesure, même si c'était avec prudence, de partager l'optimisme de Toby. Si la crainte était l'accessoire essentiel d'un grillage réussi, Grigorieva était assurément quelqu'un qui pouvait faire peur.

Maintenant, Smiley se représentait la scène qui se jouait à l'intérieur de la banque, exactement comme Toby et lui l'avaient prévue. La banque était un petit établissement, une équipe de sept pouvait l'envahir. Toby s'y était ouvert un compte personnel : Herr Jacobi, quelques milliers de francs. Toby allait s'installer à un comptoir et l'occuper en se livrant à de petites transactions. Le guichet du change n'était pas un problème non plus. Deux des hommes de Toby, armés d'un assortiment de monnaies étrangères, pouvaient camper là plusieurs minutes. Il imaginait le tohu-bohu, amenant Grigoriev à élever la voix. Il se représentait les deux randonneuses faisant leur numéro couplé, un sac à dos posé nonchalamment aux pieds de Grigoriev, enregistrant tout ce qu'il se trouvait dire au caissier ; et les appareils de photos dissimulés prenant des clichés depuis les sacs à dos, les porte-documents, les sacs de couchage ou Dieu sait où ils étaient planqués. « C'est comme le peloton d'exécution, George, avait expliqué Toby, lorsque Smiley disait qu'il s'inquiétait du bruit que pouvait faire l'obturateur, tout le monde entend le déclic sauf la proie. »

Les portes de la banque s'entrouvrirent, deux hommes d'affaires en sortirent, rajustant leurs imperméables comme s'ils étaient allés aux toilettes. La femme courtaude, avec ses deux sacs à provisions, les suivit et Toby arriva derrière elle, discutant de façon volubile avec les randonneuses. Puis arriva Grigoriev lui-même. Sans faire attention à rien, il s'engouffra dans la Mercedes noire et planta un baiser sur la joue de sa femme avant qu'elle eût le temps de détourner la tête. Il la vit prendre un air pincé et Grigoriev arborer un sourire apaisant en lui répondant. Oui, songea Smiley, il a sûrement un secret coupable ; oui, songea-t-il, se rappelant l'affection que lui portaient les guetteurs : oui, je comprends ça aussi. Mais les Grigoriev ne partaient pas ; pas encore. Grigoriev avait à peine claqué sa portière qu'une grande femme à la silhouette vaguement familière, dans un loden vert, s'approcha à grands pas, frappa avec vigueur sur la vitre du côté passager et débita ce qui semblait être une homélie sur les péchés du stationnement illégal. Grigoriev était embarrassé, Grigorieva se pencha devant lui et répliqua avec violence — Smiley entendit le mot *diplomat* en allemand, s'élever au-dessus de la rumeur de la circulation — mais la femme restait où elle était, son sac à main sous le bras, continuant à les insulter tandis qu'ils démarraient. Elle a dû les photographier dans la voiture avec les portes de la banque en arrière-fond, songea-t-il. On photographie à travers des perforations maintenant : une demi-douzaine de trous d'épingles et c'est assez de lumière pour l'objectif.

Toby était revenu et s'était assis auprès de lui à table. Il avait allumé un petit cigare. Smiley le sentait trembler comme un chien après la poursuite.

« Grigoriev a retiré ses dix mille normaux, dit-il. (Son anglais était devenu un peu incertain.) Tout comme la semaine dernière, tout comme la semaine d'avant. Ça y est, George, nous avons toute la scène. Les gars sont ravis, les filles aussi. Je vous assure, George, c'est fantastique. On ne peut pas rêver mieux. Jamais je n'ai eu une si bonne équipe. Qu'est-ce que vous pensez de lui ? »

Surpris qu'on lui posât la question, Smiley éclata de rire.

« On peut dire que c'est sa femme qui le mène par le bout du nez, fit-il.

— C'est un type charmant, vous ne trouvez pas ? Raisonnable. Je crois qu'il agira de façon raisonnable aussi. C'est mon avis, George. Les gars le pensent aussi.

— Où vont ensuite les Grigoriev ? »

Brusquement, une voix masculine les interrompit. « Herr Jacobi ! » Mais ce n'était que le chef, levant un verre de schnaps pour boire à la santé de Toby. Toby leva son verre à son tour.

« Déjeuner au buffet de la gare, première classe, poursuivit-il. Grigorieva prend une côte de porc avec des frites. Grigoriev un steak et un verre de bière. Ça peut leur arriver aussi de prendre deux vodkas.

— Et après le déjeuner ? »

Toby eut un bref hochement de tête, comme si la question ne nécessitait pas de réponse.

« Bien sûr, dit-il. C'est là qu'ils vont. George, courage. Ce type va craquer, croyez-moi. On n'a jamais vu une femme comme ça. Et Natacha est une gosse adorable. (Il baissa la voix.) C'est Karla qui la fait vivre, George. Vous ne comprenez pas toujours les choses simples. Vous pensez qu'elle va le laisser renoncer au nouvel appartement ? A la Mercedes ? »

Le visiteur hebdomadaire d'Alexandra arriva, toujours ponctuel, toujours à la même heure, qui était le vendredi après la sieste. A une heure c'était le déjeuner, qui le vendredi se composait de viande froide, de *Rösti* et de *Kompott* de pommes ou peut-être de pruneaux, selon la saison, mais elle ne pouvait pas en manger et faisait parfois semblant, pour la galerie, d'en avoir des nausées, ou bien de se précipiter aux toilettes ou encore d'appeler Félicité-Félicité et de se plaindre, dans les termes les plus crus, de la qualité de la nourriture. Cela ne manquait jamais de l'agacer. Le pensionnat s'enorgueillissait de cultiver ses propres fruits et, dans le bureau de Félicité-Félicité, les brochures contenaient de nombreuses photographies de fruits, de fleurs, de torrents alpins et de montagnes mélangées, comme si Dieu, les sœurs ou le Dr Rüdi avaient fait pousser tout cela exprès pour les pensionnaires. Après le déjeuner, il y avait une heure de sieste, et le vendredi cette heure de la journée était la pire pour Alexandra, la plus affreuse de toute la semaine, quand il lui fallait s'allonger sur le lit de fer peint en blanc et faire semblant de se détendre, tout en priant le premier Dieu qui voulait bien d'elle que l'oncle Anton pût se faire écraser, avoir une crise cardiaque ou, mieux encore, cesser d'exister, enfermée qu'elle était avec son passé, ses secrets et son nom de Tatiana. Elle pensait à ses lunettes sans monture et, dans ses phantasmes, elle les lui enfonçait dans la tête pour les faire sortir par l'autre côté, emportant les yeux avec, si bien qu'au lieu d'avoir à soutenir son regard détrempé, elle voyait à travers lui le monde extérieur.

Et voilà qu'enfin la sieste était terminée et qu'Alexandra attendait dans la salle à manger déserte, vêtue de sa plus belle robe, et guettant la loge par la fenêtre tandis que deux des Martha frottaient le sol carrelé. Elle se sentait malade. Tâche d'avoir un accident, songea-t-elle. Un accident sur ta stupide bicyclette. Les autres filles avaient des visiteurs, mais ils venaient le samedi et aucune n'avait d'oncle Anton, très peu avaient des hommes qui venaient les voir : c'étaient surtout des tantes pâlottes et des sœurs ennuyées qui venaient. Et aucune non plus n'avait le bureau de Félicité-Félicité pour s'installer, avec la porte close et personne d'autre que le visiteur ; c'était un privilège dont Alexandra et l'oncle Anton étaient les seuls à bénéficier, comme sœur Béatitude ne se lassait jamais de le faire remarquer.

Mais Alexandra aurait échangé tous ces privilèges, pas mal d'autres en plus, pour celui de ne pas avoir du tout la visite de l'oncle Anton. La grille de la loge s'ouvrit et elle fit exprès de se mettre à trembler, secouant les mains comme si elle avait vu une souris, une araignée ou un homme nu excité par sa présence. Un personnage rondelet, en costume marron, descendit l'allée à bicyclette. C'était un moyen de locomotion qui ne lui était pas naturel, elle le devinait à son manque d'aisance. Il n'arrivait pas de loin, à bicyclette, apportant une bouffée d'air extérieur. Même s'il faisait une chaleur accablante, oncle Anton n'avait jamais chaud, ne transpirait pas. Même s'il pleuvait à torrents, l'imperméable et le chapeau d'oncle Anton, lorsqu'il arrivait à la grande porte, étaient à peine mouillés, et il n'y avait jamais de boue sur ses chaussures. Il avait fallu la chute de neige géante, trois semaines plus tôt, ou des années plus tôt, et une épaisseur d'un mètre de capitonnage supplémentaire autour du château endormi pour qu'oncle Anton eût un peu l'air d'un homme réel, vivant au milieu des éléments réels : avec ses grosses bottes qui lui montaient jusqu'aux genoux, son anorak et son bonnet de fourrure, contournant les sapins tout en avançant péniblement dans l'allée, il avait paru sortir tout droit de souvenirs qu'elle ne devait jamais mentionner. Et lorsqu'il l'avait embrassée, en l'appelant « ma petite fille », et en claquant ses gros gants sur la table bien cirée de Félicité-Félicité, elle avait éprouvé un tel élan d'affection et d'espoir que pendant des jours, ensuite, elle se prenait à sourire.

« Il était si tendre, confia-t-elle à sœur Béatitude dans le peu de français qu'elle possédait. Il me tenait comme une amie ! Pourquoi la neige le rend-elle si affectueux ? »

Mais ce jour-là il n'y avait que de la boue glacée, du brouillard et de gros flocons mous qui ne voulaient pas s'installer sur le gravier jaune.

Il vient en voiture, Sacha, lui avait dit un jour sœur Béatitude, avec une *femme*, Sacha. Béatitude les avait vus. Deux fois. Elle les avait observés, naturellement. Ils avaient deux bicyclettes fixées au toit de la voiture, à l'envers, et c'était la femme qui conduisait, une grande femme robuste, un peu comme mère Félicité, mais pas si chrétienne, avec des cheveux assez roux pour affoler un taureau. Arrivés à la lisière du village, ils garaient la voiture derrière la grange d'Andreas Gertsch, et oncle Anton décrochait sa bicyclette et pédalait jusqu'à la loge. Mais la femme restait dans la voiture à fumer, à lire *Schweizer Illustrierte*, en jetant de temps en temps un regard sombre dans le rétroviseur, et sa bicyclette ne bougeait jamais du toit ; elle restait là comme une truie renversée pendant qu'elle lisait son magazine ! Puis vous ne savez pas ! La bicyclette d'oncle Anton était *illégale* ! La bicyclette — en bonne Suisse, sœur Béatitude avait tout naturellement vérifié cela — la bicyclette d'oncle Anton n'avait pas de plaque, pas de permis, c'était un criminel en liberté, tout comme la femme, mais elle était probablement trop grosse pour en faire !

Mais Alexandra se moquait bien des bicyclettes illégales. C'était la voiture qui l'intéressait. Quel genre ? Riche ou pauvre ? Quelle couleur et surtout d'où venait-elle ? Était-elle de Moscou, de Paris, d'où ça ? Mais sœur Béatitude était une fille de la campagne à l'esprit simple et, dans le monde au-delà des montagnes, la plupart des pays étrangers étaient semblables à ses yeux. Alors, bonté divine, espèce d'idiote, quelles lettres y avait-il sur la plaque minéralogique ? avait crié Alexandra. Sœur Béatitude n'avait pas remarqué ces choses-là. Sœur Béatitude secouait la tête comme la stupide fille de laiterie qu'elle était. Les bicyclettes et les vaches, elle comprenait. Les voitures, ça la dépassait.

Alexandra regarda Grigoriev arriver, elle attendit le moment où il pencha la tête en avant sur le guidon, en élevant son ample postérieur pour faire passer une courte jambe par-dessus le cadre, comme s'il montait une femme. Elle vit comme le court trajet lui avait congestionné le visage, elle le regarda détacher le porte-documents du porte-bagages au-dessus de la roue arrière. Elle se précipita à la porte et voulut l'embrasser, d'abord sur la joue, puis sur les lèvres, car elle se proposait de lui glisser sa langue dans la bouche pour lui souhaiter la bienvenue, mais il passa très vite devant elle, la tête baissée, comme s'il revenait déjà à sa femme.

« Salut à toi, Alexandra Borisovna, l'entendit-elle chuchoter, tout ému, prononçant son patronyme comme si c'était un secret d'État.

— Salut à toi, oncle Anton », répondit-elle. Sur quoi, sœur Béatitude la prit par le bras et lui murmura à l'oreille de bien se tenir, sans cela...

Le bureau de mère Félicité était à la fois ascétique et somptueux. C'était une pièce petite, nue et très hygiénique, et les Martha la fourbissaient et l'astiquaient tous les jours si bien que cela sentait la piscine. Pourtant, ces petits fragments de Russie étincelaient comme des cercueils. Elle avait des icônes et, dans de beaux cadres des photographies sépia de princesses qu'elle avait aimées, d'évêques qu'elle avait servis et, le jour de son saint patron — ou bien était-ce son anniversaire ou celui de l'évêque ? — elle les avait tous décrochés pour en faire un théâtre avec des cierges, une Vierge et un Christ enfant. Alexandra le savait parce que Félicité-Félicité l'avait fait venir et lui avait lu tout haut de vieilles prières russes, elle lui avait chanté sur un rythme de marche des bouts de liturgie et lui avait offert du gâteau et un verre de vin doux, tout cela pour avoir la compagnie d'une Russe au jour de son saint patron — ou bien était-ce Pâques ou Noël ? Il n'y avait pas mieux au monde que les Russes, disait-elle. Peu à peu, bien qu'elle eût pris beaucoup de comprimés, Alexandra s'était rendu compte que Félicité-Félicité était ivre morte, alors elle avait soulevé ses vieux pieds, lui avait mis un coussin derrière la tête, avait posé un baiser sur ses cheveux et l'avait laissée s'endormir sur le canapé de tweed où s'asseyaient les parents lorsqu'ils venaient faire inscrire de nouvelles patientes. C'était le même canapé où Alexandra était assise maintenant, à regarder oncle Anton qui tirait de sa poche un petit carnet. Il était dans un de ses jours marron, observa-t-elle. Costume marron, cravate marron, chemise marron.

« Tu devrais t'acheter des pinces à bicyclette », lui dit-elle en russe.

Oncle Anton ne rit pas. Il avait autour de son carnet un élastique noir comme une jarretelle et il était en train de l'ôter d'un air sagace tout en humectant ses lèvres de fonctionnaire. Alexandra se disait parfois que c'était un policier, parfois un prêtre déguisé, parfois un avocat ou un maître d'école, parfois même un médecin d'un genre particulier. Mais quoi qu'il fût, il tentait de toute évidence de lui faire savoir, au moyen de l'élastique, du carnet et en affichant des expressions de bienveillance nerveuse, qu'il y avait une Loi Supérieure dont ni lui ni elle n'étaient personnellement responsables, qu'il n'entendait pas être son geôlier, qu'il souhaitait son pardon — sinon son amour — pour la tenir enfermée. Elle savait aussi qu'il tenait à lui faire comprendre qu'il était triste et même esseulé, qu'assurément il avait de la tendresse pour elle et que dans un monde meilleur il aurait été l'oncle qui lui apportait fidèlement des cadeaux d'anniversaire et des cadeaux de Noël et qui, chaque année, lui chatouillait le menton en disant « mon Dieu, Sacha, comme tu grandis », et lui donnait une petite tape sur quelque partie ronde de sa personne, qui voulait dire : « Mon Dieu, Sacha, tu seras bientôt bonne pour la casserole. »

« Comment progressent tes lectures, Alexandra ? » lui demanda-t-il tout en aplatissant le carnet devant lui et en tournant les pages en quête de sa liste. Ça, c'était juste de la conversation. Ce n'était pas la Loi Supérieure. C'était comme quand il lui parlait du temps, qu'il lui disait qu'elle portait une jolie robe ou qu'elle avait l'air heureuse aujourd'hui, pas du tout comme la semaine dernière.

« Je m'appelle Tatiana et je viens de la lune », répondit-elle.

Oncle Anton fit comme si cette phrase n'avait jamais été prononcée, et peut-être ne se l'était-elle dite qu'à elle-même, en silence, dans un esprit où elle disait des tas de choses.

« Tu as fini le roman de Tourgueniev que je t'ai apporté ? demanda-t-il. Tu étais en train de finir *Les Eaux printanières*, je crois.

— Mère Félicité me le lisait, mais elle a mal à la gorge, dit Alexandra.

— Ah ! »

C'était un mensonge. Félicité-Félicité avait cessé de lui faire la lecture pour la punir d'avoir jeté sa nourriture par terre.

Oncle Anton avait trouvé la page de son carnet où se trouvait la liste, il avait trouvé son portemine aussi, en argent et dont on pressait le haut ; il en semblait extraordinairement fier.

« Bon, dit-il. Alors, Alexandra ! »

Tout à coup, Alexandra n'eut plus envie d'attendre ses questions. Tout d'un coup elle ne pouvait plus. Elle pensait à lui ôter son pantalon et à lui faire l'amour. Elle pensait à faire des bêtises dans un coin comme la Française. Elle lui montra le sang sur ses mains, là où elle les avait mâchonnées. Elle avait besoin de lui expliquer, en ayant recours au sang divin qui coulait dans ses veines, qu'elle n'avait pas envie d'entendre sa première question. Elle se leva, lui tendant une main pendant qu'elle plantait ses dents dans l'autre. Elle voulait, une fois pour toutes, faire à oncle Anton la démonstration que la question qu'il avait à l'esprit était à ses yeux à elle obscène, insultante, inacceptable et folle, et pour ce faire elle avait choisi l'exemple du Christ comme le plus proche et le plus approprié : n'était-il pas accroché au mur de Félicité-Félicité, droit devant elle, avec le sang ruisselant sur Ses poignets ? *J'ai versé cela pour toi, oncle Anton,* expliquait-elle, pensant maintenant à Pâques, à Félicité-Félicité circulant dans le château en cassant des œufs. *Je t'en prie. C'est mon sang, oncle Anton. Je l'ai versé pour toi.* Mais, avec son autre main enfoncée dans sa bouche, tout ce qu'elle parvenait à exprimer, c'était un sanglot. Elle finit donc par se rasseoir, l'air sombre, les mains jointes sur ses genoux, ne saignant pas vraiment, remarqua-t-elle, mais au moins mouillées de sa salive.

Oncle Anton maintenait le carnet ouvert de sa main droite et tenait son portemine à pressoir dans sa main gauche. Il était le premier gaucher qu'elle rencontrait, et parfois, en le regardant écrire, elle se demandait s'il était un reflet dans un miroir, dont la version réelle était assise dans la voiture derrière la grange d'Andreas Gertsch. Elle se disait : quelle merveilleuse façon ce serait de régler le problème de ce que le Dr Rüdi appelait la « nature divisée » : d'envoyer une moitié à bicyclette pendant que l'autre restait tranquille dans la voiture avec la femme rousse qui conduisait. Félicité-Félicité, si vous me prêtez votre bicyclette put-put, j'enverrai dessus la mauvaise partie de moi.

Tout d'un coup elle s'entendit parler. C'était merveilleux à entendre. Cela lui faisait aimer toutes les voix saines et robustes autour d'elle : hommes politiques à la radio, médecins lorsqu'ils se penchaient sur son lit.

« Oncle Anton, d'où viens-tu, s'il te plaît ? s'entendit-elle demander, avec une curiosité mesurée. Oncle Anton, fais attention à moi, je t'en prie, quand je fais une déclaration. Tant que tu ne m'auras pas dit qui tu es et si tu es vraiment mon oncle et quel est le numéro d'immatriculation de ta grosse voiture noire, je refuserai de répondre à aucune de tes questions. Je le regrette, mais c'est nécessaire. Et puis est-ce que la femme rousse est ton épouse ou bien est-ce Félicité-Félicité avec les cheveux teints, comme me l'affirme sœur Béatitude ? »

Mais trop souvent l'esprit d'Alexandra énonçait des mots que sa bouche ne transmettait pas, si bien que les mots restaient à voler en elle et qu'elle devenait leur geôlière involontaire, tout comme oncle Anton prétendait l'être pour elle.

« Qui te donne l'argent pour payer à Félicité-Félicité les frais de ma détention ici ? Qui paie le Dr Rüdi ? Qui dicte quelle question doit figurer chaque semaine dans ton carnet ? A qui transmets-tu mes réponses que tu notes si méticuleusement ? »

Mais une fois de plus, les mots volaient à l'intérieur de son crâne comme les oiseaux dans la serre de Kranko à la saison des fruits, et Alexandra ne pouvait rien faire pour les persuader de sortir.

« Alors ? fit oncle Anton une troisième fois, avec ce pâle sourire qu'arborait le Dr Rüdi lorsqu'il allait lui faire une piqûre. Voyons, pour commencer il faut que tu me dises ton nom en entier, Alexandra. »

Alexandra brandit trois doigts et compta dessus comme un enfant sage.

« Alexandra Borisovna Ostrakova, dit elle d'une voix puérile.

— Bon. Et comment te sens-tu cette semaine, Sacha ? »

Alexandra répondit avec un sourire poli : « Je me sens beaucoup mieux cette semaine, je vous remercie, oncle Anton. Le Dr Rüdi dit que ma crise est déjà loin derrière moi.

— As-tu reçu par un moyen quelconque — la poste, le téléphone ou de vive voix — une communication venant de l'extérieur ? »

Alexandra avait décidé qu'elle était une sainte. Elle croisa les mains sur ses genoux et penchant la tête d'un côté en s'imaginant qu'elle était une des saintes russes orthodoxes de Félicité-Félicité accrochées au mur derrière le bureau. Vera qui était la foi ; Liubov, qui était l'amour ; Sofia, Olga Irina ou Xenia — tous les noms que mère Félicité lui avait enseignés lors de cette soirée où elle lui avait avoué que son vrai nom à elle était Espoir — alors que celui d'Alexandra était Alexandra ou Sacha, mais jamais, au grand jamais Tatiana, et surtout ne l'oublie pas. Alexandra sourit à oncle Anton et elle savait que son sourire était sublime, tolérant et plein de sagesse ; et qu'elle entendait la voix de

Dieu, pas celle d'oncle Anton ; et oncle Anton le savait aussi, car il poussa un long soupir et rangea son carnet, puis tendit la main vers le bouton de sonnette afin de convoquer mère Félicité pour la cérémonie de l'argent.

Mère Félicité arriva en hâte et Alexandra se dit qu'elle ne devait pas être bien loin de l'autre côté de la porte. Elle avait le compte tout prêt à la main. Oncle Anton l'examina en fronçant les sourcils, comme il le faisait toujours, puis compta des billets sur le bureau, des billets bleus et des billets orange séparément, si bien que chacun était un instant transparent sous le faisceau de la lampe. Puis oncle Anton donna à Alexandra une petite tape sur l'épaule comme si elle avait quinze ans et non pas vingt-cinq ou vingt, ou l'âge qui était le sien lorsqu'elle avait taillé les pans interdits de son existence. Elle le regarda ressortir de son pas de canard et enfourcher sa bicyclette. Elle regarda son derrière se démener et prendre le rythme tandis qu'il s'éloignait en pédalant, passant devant la loge et devant Kranko et descendant la colline en direction du village. Et comme elle l'observait elle vit quelque chose d'étrange, quelque chose qui n'était encore jamais arrivé : en tout cas pas à oncle Anton. De nulle part, deux personnages à l'air affairé se matérialisèrent — un homme et une femme, qui poussaient une motocyclette. Ils devaient être assis sur le banc de l'autre côté de la loge, à l'abri des regards, peut-être pour s'embrasser. Ils débouchèrent dans l'allée et le suivirent des yeux, mais sans enfourcher la motocyclette, pas encore. Ils attendirent au contraire qu'oncle Anton eût presque disparu avant de partir à sa suite dans la descente. Alors Alexandra décida de pousser un cri et cette fois elle trouva sa voix, et son hurlement retentit dans toute la maison du toit jusqu'au plancher avant que sœur Béatitude ne se précipite sur elle pour la calmer d'une grande claque à travers la bouche.

« Ce sont les mêmes gens, cria Alexandra.

— Qui ça ? interrogea sœur Béatitude, tirant sa main en arrière au cas où elle aurait de nouveau besoin de s'en servir. Qui sont les mêmes gens, mauvaise fille ?

— Ce sont les gens qui ont suivi ma mère avant de l'entraîner pour la tuer. »

Sœur Béatitude eut un grognement incrédule. « Et montés sur des chevaux noirs, je suppose ! ricana-t-elle. Ils l'ont sans doute emmenée sur un traîneau, n'est-ce pas, à travers la Sibérie ! »

Alexandra avait déjà raconté ces histoires-là. Comment son père était un prince secret plus puissant que le tsar. Comment il gouvernait la nuit, comme les hiboux gouvernent lorsque les éperviers reposent. Comment ses yeux secrets la suivaient partout où elle allait, comment ses oreilles secrètes entendaient chaque mot qu'elle prononçait. Et comment, un soir, entendant sa mère prier dans son sommeil, il avait envoyé ses hommes la chercher et comment il l'avait entraînée dans la neige et comment on ne l'avait jamais revue : pas même Dieu, Il la cherchait toujours.

24

Le grillage de Tony le Truqueur, comme on l'appela par la suite dans la mythologie du Cirque — car tel était le bizarre nom de code que les guetteurs avaient donné à Grigoriev — fut une de ces rares opérations où la chance, le choix du moment et les préparatifs s'unissent dans un mariage parfait. Ils savaient tous depuis le début que le problème serait de trouver Grigoriev seul à un moment qui permettrait de le réinjecter sans tarder dans la vie normale quelques heures plus tard. Mais à la fin de la semaine suivant la surveillance de la banque de Thun, des recherches intensives sur le mode de comportement de Grigoriev n'avaient donné aucune indication évidente sur l'heure où pourrait se situer ce moment. En désespoir de cause, Skordeno et de Silsky, les durs de Toby, conçurent un plan insensé pour l'enlever alors qu'il se rendait à son travail, le long des quelques centaines de mètres de trottoir qui séparaient sa maison de l'ambassade. Toby étouffa ce projet dans l'œuf. L'une des filles se proposa comme appât : peut-être pourrait-elle trouver un moyen de se faire prendre en stop par lui ? On applaudit à son altruisme, mais ce n'était pas là une solution pratique.

Le principal problème était que Grigoriev était soumis à une double surveillance. Non seulement le personnel de sécurité de l'ambassade suivait ses agissements dans le cadre de la routine habituelle, mais sa femme en faisait autant. Les guetteurs étaient persuadés qu'elle le soupçonnait d'éprouver une certaine tendresse pour la petite Natacha. Leurs craintes se trouvèrent confirmées lorsque les écouteurs de Toby réussirent à se brancher sur la boîte de raccordement au coin de la rue. En une journée d'écoute, Grigorieva ne téléphona pas moins de trois fois à son mari, sans autre but apparent que de s'assurer qu'il était bien à l'ambassade.

« George, vraiment cette femme est un monstre, fit Toby, furieux, lorsqu'il apprit cela. L'amour... Bon, je veux bien. Mais la possession pour le plaisir de posséder, ça, je le condamne absolument. Pour moi, c'est une question de principe. »

La seule faille, c'était le trajet que faisait Grigoriev chaque jeudi après-midi jusqu'au garage, lorsqu'il y conduisait la Mercedes pour la faire vérifier. Si un manipulateur de voiture aussi entraîné que Canada Bill pouvait provoquer dans la nuit du mercredi une défaillance mécanique — qui permettrait à la voiture de se déplacer, mais tout juste — alors ne pourrait-on pas enlever Grigoriev du garage pendant qu'il attendait que le réparateur détecte la panne ? Le plan était hérissé d'impondérables. Même si tout marchait, combien de temps auraient-ils Grigoriev à leur disposition ? Et puis aussi, le jeudi Grigoriev devait être de retour à la maison à temps pour recevoir sa visite hebdomadaire du courrier Krassky. C'était néanmoins le seul plan qu'ils avaient — le plus mauvais à l'exception des autres, disait Toby — et ils s'apprêtèrent donc à une attente angoissée de cinq jours cependant que Toby et ses chefs d'équipe préparaient des solutions de rechange pour toutes les éventualités désagréables qui pourraient survenir si le plan avortait : tout le monde devait avoir réglé son hôtel et fait ses valises ; avoir à tout moment sur soi argent et papiers d'évasion ; mettre en caisse et dissimuler sous une identité américaine l'équipement radio dans les coffres d'une des grandes banques, de façon que tout indice qu'on pourrait laisser désigne les Cousins plutôt qu'eux-mêmes ; aucune réunion à part quelques mots échangés en se croisant sur le trottoir ; changer les fréquences toutes les quatre heures. Toby connaissait sa police suisse, disait-il. Il avait déjà chassé sur ce terrain. Si le ballon éclatait, déclarait-il, moins il y aurait sur place de ses garçons et de ses filles pour répondre aux questions, mieux cela vaudrait. « Heureusement que les Suisses ne sont que neutres, vous voyez ce que je veux dire ? » A titre de consolation quelque peu désespérée et pour remonter le moral délicat des guetteurs, Smiley et Toby décrétèrent que la surveillance de Grigoriev devait être maintenue à plein durant toutes les journées d'attente. Le poste d'observation de Brunnadernrain serait occupé vingt-quatre heures sur vingt-quatre ; on augmenterait les patrouilles en voiture et à bicyclette ; tout le monde serait en alerte pour le cas improbable où Dieu, dans un moment d'abandon, serait disposé à favoriser les justes.

Ce que Dieu fit, au bout du compte, ce fut d'envoyer un temps idyllique le dimanche, et ce facteur se révéla décisif. A 10 heures ce dimanche-là, c'était comme si le soleil des Alpes était descendu d'Oberland pour éclairer l'existence des habitants du bas pays plongé dans la brume. Au Bellevue Palace, qui le dimanche jouit d'un calme tout à fait écrasant, un serveur venait de déployer une serviette sur les genoux de Smiley. Ce dernier buvait à petites gorgées son café, essayant de se concentrer sur l'édition dominicale du *Herald Tribune*, quand, levant les yeux, il vit l'aimable visage de Franz, le concierge, penché devant lui.

« Monsieur Barraclough, le téléphone, je suis désolé. Un monsieur Anselm. » Les cabines étaient dans le grand hall, la voix était celle de Toby et le nom d'Anselm signifiait urgence : « Le bureau de Genève vient de nous aviser que le directeur général vient à ce moment même de partir pour Berne. »

Le bureau de Genève était le nom de code du poste d'observation de Brunnadernrain.

« Est-ce qu'il amène sa femme ? dit Smiley.

— Malheureusement, madame est obligée de faire une excursion avec les enfants, répondit Toby. Peut-être pourriez-vous passer au bureau, monsieur Barraclough ? »

Le bureau de Toby était un kiosque situé dans un jardin d'agrément non loin du Bundeshaus. Smiley s'y rendit en cinq minutes. A leurs pieds s'étendait le ravin de la rivière aux eaux vertes. Au loin, sous un ciel bleu, les sommets de l'Oberland bernois se dressaient splendides dans le soleil.

« Grigoriev a quitté l'ambassade tout seul il y a cinq minutes, portant chapeau et manteau, annonça Toby dès que Smiley fut arrivé. Il se dirige vers la ville à pied. C'est comme le premier dimanche où nous l'avons observé. Il va à pied jusqu'à l'ambassade, dix minutes plus tard il part pour la ville. Il va regarder les parties d'échecs, George, aucun doute. Qu'est-ce que vous en dites ?

— Qui est avec lui ?

— Skordeno et de Silsky à pied, une voiture de soutien derrière, deux autres devant. En ce moment même, une équipe est en train de se diriger vers l'enceinte de la cathédrale. On y va, George, ou pas ? » Pendant un moment, Toby prit conscience de ce détachement qui semblait affliger Smiley chaque fois que l'opération prenait de la vitesse, c'était moins de l'indécision qu'une mystérieuse répugnance à avancer.

Il insista : « Le feu vert, George ? ou pas ? George, je vous en prie ! Nous sommes à la seconde près !

— Est-ce que la maison reste couverte pour le moment où Grigorieva et les enfants rentreront ?

— Complètement. »

Un moment encore Smiley hésita. Un moment il soupesa la méthode par rapport à la prise, et la lointaine et grise silhouette de Karla semblait en fait l'exhorter.

« Le feu vert, dit Smiley. Oui. Allez-y. »

Il avait à peine fini de parler que Toby était dans la cabine téléphonique à moins de vingt mètres du kiosque. « Avec le cœur vibrant comme une machine à vapeur », prétendit-il plus tard. Mais aussi avec au fond des yeux la flamme de la bataille.

Il y a même à Sarratt une maquette à l'échelle de la scène et parfois les directeurs la ressortent et racontent l'histoire.

La meilleure description qu'on puisse donner de la vieille ville de Berne, c'est d'évoquer une montagne, une forteresse et une péninsule tout à la fois, comme le montre la maquette. Entre les ponts de Kirchenfelb et de Kornhaus, l'Aare suit un cours en fer à cheval taillé dans une gorge vertigineuse, et la vieille ville est prudemment perchée à l'intérieur de ce creux, sur une série de contreforts que suivent des rues médiévales, jusqu'à ce que l'on arrive à la superbe flèche gothique tardif de la cathédrale qui est tout à la fois le pic de la montagne et sa gloire. Auprès de la cathédrale, au même niveau, se trouve la plate-forme, et c'est de son périmètre sud que le visiteur imprudent peut se retrouver à contempler au bas d'une falaise abrupte de trente mètres les eaux tourbillonnantes de la rivière. C'est un endroit fait pour attirer les candidats au suicide et nul doute qu'il n'y en ait eu quelques-uns. C'est un endroit où à en croire l'histoire populaire, un homme pieux fut jeté à bas de son cheval et, bien qu'il fît en entier la terrifiante chute, survécut par la grâce divine pour servir encore trente ans l'Église et mourir paisiblement à un âge fort avancé. Le reste de la plate-forme est un endroit tranquille, avec des bancs, des arbres ornementaux et un terrain de jeu pour enfants — et, depuis quelques années, un échiquier public. Les pièces ont une soixantaine de centimètres de haut, elles sont assez légères pour qu'on puisse les soulever, mais assez lourdes pour résister aux bourrasques d'un vent du sud qui parfois vient fouetter les collines avoisinantes. La maquette de Sarratt comprend même des répliques de ces pièces.

Lorsque Toby Esterhase arriva là ce dimanche matin, le soleil inattendu avait attiré un groupe peu nombreux mais aux rangs serrés d'enthousiastes du jeu, qui étaient debout ou assis autour des cases tracées sur le pavé. Et au milieu d'eux, à moins de deux mètres de là où se trouvait Toby, aussi peu attentif à ce qui l'entourait qu'on pouvait le souhaiter, se tenait le conseiller (Section commerciale) Anton Grigoriev de l'ambassade soviétique à Berne, qui faisait l'école buissonnière aussi bien de son bureau que de sa famille, et suivait avec passion derrière ses lunettes sombres sans monture chaque mouvement que faisaient les joueurs. Et derrière Grigoriev étaient plantés Skordeno et son compagnon de Silsky, qui surveillaient Grigoriev. Les joueurs étaient jeunes, barbus et pleins d'entrain ; si ce n'étaient pas des étudiants des Beaux-arts, alors, assurément, ils avaient envie qu'on les prît pour tels. Et ils avaient tout à fait conscience de se livrer à un duel sous le regard du public.

Toby s'était déjà trouvé aussi près de Grigoriev, mais jamais quand l'attention du Russe était si solidement ancrée ailleurs. Avec le calme de la bataille imminente, Toby le jaugeait et trouvait la confirmation de ce qu'il avait toujours dit : Anton Grigoriev n'était pas un homme de terrain. Son attention ravie, la franchise sans détour de ses expressions à mesure que chaque coup se jouait ou se méditait avaient une innocence qui jamais n'aurait pu survivre aux luttes à couteaux tirés du Centre de Moscou.

La tenue de Toby était une autre de ces heureuses coïncidences de la journée. Par respect pour le dimanche bernois, il arborait un pardessus sombre et son bonnet de fourrure noire. En cet instant crucial d'improvisation, il avait donc exactement l'air qu'il aurait souhaité s'il avait tout prévu jusqu'aux moindres détails : l'air d'un homme aisé qui profite du dimanche pour se détendre.

Les yeux bruns de Toby s'élevèrent vers l'enclos de la cathédrale. Les voitures avec lesquelles ils devraient filer étaient en position. Un grand rire parcourut l'assistance. Avec un grand geste, un des joueurs barbus souleva sa reine et, comme si c'était un poids écrasant, fit deux pas en trébuchant et la laissa tomber avec un gémissement. Le visage de Grigoriev s'assombrit à la vue de ce mouvement inattendu. Sur un signe de tête de Toby, Skordeno et de Silsky s'approchèrent pour l'encadrer, si près que l'épaule de Skordeno touchait en fait celle de sa proie, mais Grigoriev n'y fit aucune attention. Prenant cela pour un signal les concernant, les guetteurs de Toby se mirent à s'infiltrer dans la foule pour former un second échelon derrière Skordeno et de Silsky. Toby n'attendit pas davantage. Se plantant droit devant Grigoriev, il souleva son bonnet en souriant. Grigoriev lui rendit son sourire — avec un peu d'hésitation, comme on pourrait le faire en face d'un collègue du corps diplomatique dont on se souvient à moitié — et souleva à son tour son chapeau.

« Comment allez-vous aujourd'hui, monsieur le conseiller ? » demanda Toby en russe, sur le ton d'une aimable plaisanterie.

Plus intrigué que jamais, Grigoriev répondit, en remerciant, qu'il allait bien.

« J'espère que vous avez apprécié votre petite excursion à la campagne, vendredi, reprit Toby du même ton nonchalant mais très discret, tout en glissant son bras sous celui de Grigoriev. La vieille ville de Thun mérite, j'en suis persuadé, d'être mieux connue par les membres de notre distinguée communauté diplomatique. A mon avis, elle est intéressante tant pour son côté ancien que pour ses installations bancaires. Vous n'êtes pas de mon avis ? »

Cette boutade d'ouverture était assez longue et assez troublante pour permettre d'amener sans résistance Grigoriev jusqu'au bord du petit groupe. Skordeno et de Silsky étaient sur ses talons. « Mon nom est Kurt Siebel, monsieur, confia Toby à l'oreille de Grigoriev, une main toujours posée sur son bras. Je suis chef enquêteur de l'agence de Thun de la banque bernoise. Nous avons certaines questions à vous poser concernant le compte personnel chez nous du Dr Adolf Glaser. Vous feriez bien de prétendre me connaître. » Ils marchaient toujours. Derrière eux, les guetteurs suivaient en échelon, comme des joueurs de rugby prêts à bloquer une soudaine attaque. « Surtout ne vous inquiétez pas, continua Toby, en comptant les pas tandis que Grigoriev poursuivait sa progression. Si vous pouviez nous accorder une heure, monsieur, je suis certain que nous pourrions régler tout cela sans jeter le trouble dans votre vie professionnelle ou privée. Je vous en prie. » Dans l'univers d'un agent secret, le mur qui sépare la sécurité du risque extrême n'est presque rien, c'est une membrane qu'en une seconde on peut percer. L'agent peut courtiser un homme des années, l'engraisser en attendant le moment de l'aborder. Mais l'instant même où on aborde — le « vous voulez bien, n'est-ce pas ? » — est un bond qui mène soit au désastre, soit à la victoire, et Toby crut un moment que c'était le désastre qui le menaçait. Grigoriev avait fini par s'immobiliser et par se retourner pour le dévisager. Il était pâle comme un malade. Le menton levé, il ouvrit la bouche pour protester en lançant une monstrueuse insulte. Il tira sur son bras captif pour se libérer mais Toby le tenait d'une main ferme. Skordeno et de Silsky étaient dans les parages, mais la distance jusqu'à la voiture était encore de quinze mètres ce qui, pour Toby, représentait un long trajet pour traîner un Russe corpulent. Toby, cependant, ne cessait de parler ; son instinct l'y poussait.

« Il y a des irrégularités, monsieur le conseiller. De graves irrégularités. Nous avons un dossier sur vous qui est une bien triste lecture. Si je le transmettais à la police suisse, toutes les protestations diplomatiques du monde ne vous épargneraient pas l'embarras public le plus aigu, sans même parler des conséquences que cela pourrait avoir sur votre carrière. Je vous en prie. J'ai dit, *je vous en prie.* »

Grigoriev n'avait toujours pas bougé. Il semblait pétrifié par l'indécision. Toby le poussa par le bras, mais Grigoriev était planté comme un roc et semblait ne pas se rendre compte de la pression qui s'exerçait sur lui. Toby poussa plus fort, Skordeno et de Silsky s'approchèrent, mais Grigoriev avait la force obstinée de ceux qui ont perdu la raison. Sa bouche s'ouvrit, il avala sa salive, son regard se fixa stupidement sur Toby.

« Quelles irrégularités ? » dit-il enfin. Seul le ton sourd et bouleversé de sa voix donnait quelques raisons d'espérer. Son corps trapu résistait toujours à d'autres déplacements. « Et ceux de Glaser dont vous parlez ? demanda-t-il du même ton abasourdi. Je ne suis pas Glaser. Je suis un diplomate. Grigoriev. Le compte dont vous parlez a été ouvert dans des conditions tout à fait normales. En tant que conseiller commercial, j'ai l'immunité. J'ai aussi le droit d'avoir des comptes dans une banque étrangère. »

Toby tira la seule autre cartouche qui lui restait. *L'argent et la fille*, avait dit Smiley. *L'argent et la fille sont tout ce que vous pouvez exploiter.*

« Il y a aussi le délicat problème de votre mariage, monsieur, reprit Toby en feignant une certaine répugnance. Il est de mon devoir de vous aviser que vos aventures galantes à l'ambassade ont gravement compromis votre situation familiale. » Grigoriev sursauta et on l'entendit murmurer « *banquier* » — mais était-ce une réaction d'incrédulité ou de dérision, on n'en sera jamais sûr. Ses yeux se fermèrent et on l'entendit répéter le mot, cette fois — à en croire Skordeno — avec une violence toute particulière. Mais il se remit à marcher. La portière arrière de la voiture était ouverte. Le véhicule de soutien attendait derrière. Toby racontait Dieu sait quoi sur le non-versement de la taxe payable sur les intérêts provenant de comptes sur une banque suisse, mais il savait que Grigoriev ne l'écoutait pas vraiment. Se glissant devant eux, de Silsky sauta à l'arrière de la voiture et Skordeno poussa Grigoriev après lui, puis s'assit à son côté et claqua la portière. Toby s'installa à l'avant ; au volant se trouvait une des filles Meinertzhagen. Lui parlant allemand, Toby lui dit d'aller doucement et, au nom du ciel, de se rappeler que c'était un dimanche bernois. Pas d'anglais devant lui, avait dit Smiley.

Quelque part du côté de la gare, Grigoriev dut réfléchir car il y eut une brève lutte et quand Toby regarda dans le rétroviseur, le visage de Grigoriev était crispé de douleur et il se tenait l'aine à deux mains. Ils prirent la Länggass-strasse, une rue longue et monotone derrière l'université. Au moment où ils s'arrêtaient devant, la porte de l'immeuble s'ouvrit. Une maigre concierge attendait sur le seuil. C'était

Millie McCraig, une ancienne du Cirque. En la voyant sourire, Grigoriev se rebiffa et c'était maintenant la rapidité qui comptait et non plus la discrétion. Skordeno sauta sur le trottoir, saisit un bras de Grigoriev et faillit le faire sortir de sa rotule ; de Silsky dut le frapper de nouveau, bien qu'il jurât par la suite que c'était un accident, car Grigoriev sortit de la voiture plié en deux et ils le portèrent à eux deux par-dessus le pas de la porte comme une jeune épousée et débouchèrent en tas dans le salon. Smiley était assis dans un coin à les attendre. C'était une pièce pleine de chintz marron et de dentelle. La porte se referma, les ravisseurs se permirent un bref moment de détente. Skordeno et de Silsky, soulagés, éclatèrent de rire. Toby ôta son bonnet de fourrure et s'épongea le front.

« *Ruhe* », dit-il sans élever la voix, pour réclamer le silence. Ils lui obéirent aussitôt.

Grigoriev se frictionnait l'épaule, et apparemment n'était sensible à rien d'autre qu'à la douleur qui le tenaillait. L'examinant, Smiley trouva un réconfort dans ce geste : inconsciemment, en se dorlotant ainsi, Grigoriev se déclarait comme un perdant. Smiley se souvint de Kirov, de la maladresse avec laquelle il avait abordé Ostrakova et de son laborieux recrutement d'Otto Leipzig. Il regarda Grigoriev et lut dans tout ce qu'il voyait la même incurable médiocrité : dans le costume à rayures tout neuf et mal choisi qui soulignait sa corpulence ; dans les précieuses chaussures grises, perforées pour la ventilation mais trop serrées pour être confortables ; dans les cheveux gominés et ondulés. Toutes ces petites manifestations inutiles de vanité indiquaient un goût de la grandeur dont Smiley savait — comme Grigoriev semblait le savoir aussi — qu'il ne serait jamais exaucé.

Un ancien universitaire, se rappela-t-il avoir lu sur le document qu'Enderby lui avait remis à Ben's Place. *Semble avoir abandonné l'enseignement pour les privilèges plus substantiels du fonctionnariat.*

Un minable, aurait dit Ann, jaugeant sa sexualité d'un seul coup d'œil. *Éconduis-le.*

Et Smiley ne pouvait pas l'éconduire. Grigoriev était un poisson pris à l'hameçon : Smiley n'avait que quelques instants pour décider la meilleure façon de l'amener à terre. Il portait des lunettes sans monture et avait le menton qui s'empâtait. La brillantine, réchauffée par la chaleur de son corps, dégageait des vapeurs de citron. Sans cesser de se masser l'épaule, il se mit à inspecter ses ravisseurs. La sueur commençait à ruisseler de son visage comme des gouttes de pluie.

« Où suis-je ? » interrogea-t-il brusquement, sans s'occuper de Smiley et choisissant Toby comme étant le chef. Il avait la voix rauque et haut perchée. Il parlait allemand avec un léger sifflement slave.

Trois ans comme premier secrétaire (Section commerciale) à la mission soviétique à Potsdam, se rappela Smiley. *Pas de rapport apparent avec le renseignement.*

« J'exige de savoir où je suis. Je suis un diplomate soviétique. J'exige de parler immédiatement à mon ambassadeur. »

La façon dont il continuait à masser son épaule endolorie émoussait beaucoup son indignation.

« J'ai été enlevé ! Je suis ici contre ma volonté ! Si vous ne me ramenez pas aussitôt à mon ambassade, il y aura un grave incident international ! »

Grigoriev avait la scène à lui tout seul, et il n'arrivait pas tout à fait à la remplir. Seul George posera des questions, avait dit Toby à son équipe. Seul George répondra. Et Smiley était assis, immobile comme un croque-mort, rien, semblait-il, ne pouvait ébranler son indifférence.

« Une rançon ? cria Grigoriev, s'adressant à eux tous. (Une horrible pensée parut le frapper.) Vous êtes des terroristes ? murmura-t-il. Et si vous êtes des terroristes, pourquoi ne me bandez-vous pas les yeux ? Pourquoi me laissez-vous voir vos visages ? » Son regard se posa sur de Silsky, puis sur Skordeno. « Il faut vous masquer le visage. Cachez-les ! Je ne veux pas vous connaître ! »

Aiguillonné par ce silence qui persistait, Grigoriev enfonça un poing dodu dans sa paume ouverte en criant « j'exige » à deux reprises. Sur quoi Smiley, avec un air de regret très officiel, ouvrit un carnet sur ses genoux, un peu comme Kirov aurait pu le faire, et poussa un petit soupir très officiel aussi : « Vous êtes le conseiller Grigoriev de l'ambassade à Berne ? demanda-t-il de la voix la plus morne possible.

— Grigoriev ! Je suis Grigoriev ! Oui, parfaitement, je suis Grigoriev ! Et vous, qui êtes-vous, je vous prie ? Al Capone ? Qui êtes-vous ? Pourquoi marmonnez-vous comme un commissaire ? »

Rien n'aurait mieux pu décrire les manières de Smiley que ce mot de commissaire. Il en avait la pesante indifférence.

« Alors, conseiller, puisque nous ne pouvons pas nous permettre de nous attarder, je dois vous demander d'examiner les photographies posées sur la table derrière vous qui vous incriminent, dit Smiley avec la même monotonie étudiée.

— Des photographies ? Quelles photographies ? Comment pouvez-vous accuser un diplomate ? J'exige de téléphoner immédiatement à mon ambassadeur !

— Je recommanderai au conseiller de regarder d'abord les photographies, dit Smiley, dans un allemand maussade et impossible à situer. Lorsqu'il aura regardé les photographies, il sera libre de téléphoner à qui il veut. Veuillez commencer par la gauche, conseilla-t-il. Les photographies sont disposées de gauche à droite. »

Un homme que l'on fait chanter a la dignité de toutes nos faiblesses, songea Smiley en regardant sournoisement Grigoriev s'avancer d'un pas traînant le long de la table comme s'il inspectait encore un buffet diplomatique. Un homme que l'on fait chanter, c'est l'un de nous pris sur le pas de la porte au moment où l'on essaye d'échapper au piège. C'était Smiley lui-même qui avait disposé les photos ; il s'était imaginé, dans l'esprit de Grigoriev, une succession bien orchestrée de catastrophes. Les Grigoriev garant leur Mercedes devant la banque. Grigorieva, avec sa perpétuelle expression de mécontentement, attendant seule au volant, les mains crispées dessus, au cas où on essaierait de le lui arracher. Grigoriev et la petite Natacha pris au téléobjectif, assis très près l'un de l'autre sur un banc. Grigoriev à l'intérieur de la banque, plusieurs photos, culminant avec une superbe vue, prise par-dessus son épaule, de Grigoriev en train de signer un reçu de caisse, le nom d'Adolf Glaser nettement dactylographié sur la ligne au-dessus de sa signature. Il y avait Grigoriev, l'air mal à l'aise sur sa bicyclette, sur le point d'entrer dans la maison de santé, il y avait Grigorieva de nouveau dans la voiture, cette fois auprès de la grande Gertsch, sa bicyclette à elle encore fixée sur le toit. Mais la photographie sur laquelle Grigoriev s'attarda le plus longtemps, observa Smiley, c'était la photo un peu floue prise au téléobjectif par les petites Meinertzhagen. La qualité n'était pas bonne, mais les deux têtes dans la voiture, bien qu'elles fussent soudées bouche à bouche, étaient suffisamment reconnaissables. L'une était celle de Grigoriev. L'autre, pressée sur lui comme si elle allait le manger tout cru, était celle de Natacha.

« Le téléphone est à votre disposition, conseiller », lui lança Smiley d'une voix calme, comme Grigoriev ne bougeait toujours pas.

Mais Grigoriev demeurait figé devant cette dernière photographie, et à en juger par son expression, son désespoir était total. Ce n'était pas seulement un homme démasqué, songea Smiley, c'était un homme dont le rêve même d'amour, jusqu'à maintenant enveloppé dans le secret, était soudain devenu public et ridicule.

Prenant toujours son ton sinistre de nécessité officielle, Smiley se mit à expliquer ce que Karla aurait appelé les pressions. D'autres interrogateurs, raconte Toby, auraient offert à Grigoriev un choix, réveillant par là l'inévitable obstination russe qu'il y avait en lui et le penchant qu'ont les Russes pour l'autodestruction : les élans mêmes, dit-il, qui auraient pu provoquer la catastrophe. D'autres interrogateurs, insiste-t-il, auraient menacé, élevé la voix, eu recours à des effets théâtraux, voire aux brutalités physiques. Pas George, dit-il : jamais. George jouait le fonctionnaire discret asservi au pouvoir, et Grigoriev, comme tous les Grigoriev du monde, l'accepta comme son destin inéluctable. George ne lui laissa aucun choix, raconte Toby. George expliqua avec calme à Grigoriev comment il se faisait qu'aucun choix ne lui était possible.

L'important, conseiller — dit Smiley, comme s'il donnait les raisons d'une demande d'imposition —, était de considérer quel impact ces photographies auraient dans les endroits où on ne manquerait pas très bientôt de les examiner si rien n'était fait pour prévenir une telle distribution. Il y avait d'abord les autorités suisses, qui de toute évidence seraient irritées par le mauvais usage d'un passeport suisse de la part d'un diplomate accrédité, sans même parler de la grave infraction aux lois sur les banques, dit Smiley. Ils formuleraient une protestation officielle avec la plus grande vigueur, et les Grigoriev, du jour au lendemain, seraient expédiés à Moscou, tous autant qu'ils étaient, pour ne plus jamais savourer les fruits d'un poste à l'étranger. Mais, de retour à Moscou, Grigoriev ne serait pas bien vu non plus, poursuivit Smiley. Ses supérieurs aux Affaires étrangères verraient d'un mauvais œil son comportement « tant sur le plan privé que sur le plan professionnel ». Les perspectives offertes à Grigoriev de faire une belle carrière s'arrêteraient là. Il serait un exilé dans son propre pays, dit Smiley et sa famille avec lui. Toute sa famille. « Imaginez avoir à affronter la colère de Grigorieva vingt-quatre heures par jour dans les déserts de la Sibérie extérieure », précisait-il.

Sur quoi Grigoriev s'effondra dans un fauteuil en se prenant le haut de la tête à deux mains comme s'il avait peur de la voir éclater.

« Mais en fin de compte », dit Smiley, levant les yeux du carnet, encore que ce ne fût que pour un moment — et ce qu'il lut là, disait Toby, Dieu seul le sait, car les pages étaient réglées mais à part cela vierges — « en fin de compte conseiller, il nous faut considérer aussi l'effet de ces photographies sur certains organismes de la sécurité d'État. »

Et là Grigoriev se lâcha la tête pour tirer la pochette qu'il avait dans la poche de sa veste et se mit à s'éponger le front, mais il avait beau s'y appliquer, la sueur ne cessait de couler. Elle ruisselait aussi vite que celle de Smiley à Dehli dans la cellule réservée aux interrogatoires, lorsqu'il s'était trouvé assis face à face avec Karla.

Totalement pris par son rôle de messager bureaucratique de l'inévitable, Smiley soupira encore une fois et tourna d'un doigt compassé une autre page de son carnet.

« Conseiller, puis-je vous demander à quelle heure vous comptez que votre femme et votre famille reviendront de leur pique-nique ? »

Se tamponnant toujours le front avec son mouchoir, Grigoriev semblait trop préoccupé pour entendre.

« Grigorieva et les enfants sont allés pique-niquer dans les bois d'Elfenau, lui rappela Smiley. Nous avons quelques questions à vous poser, mais il serait regrettable que votre absence loin de votre domicile dût provoquer quelque inquiétude. »

Grigoriev remit le mouchoir dans sa poche. « Vous êtes des espions ? murmura-t-il. Vous êtes des espions de l'Ouest ?

— Conseiller, mieux vaut que vous ne sachiez pas qui nous sommes, dit Smiley d'un ton sévère. De tels renseignements sont un fardeau dangereux. Lorsque vous aurez fait ce que nous vous demandons, vous sortirez d'ici en homme libre. Vous avez notre assurance. Ni votre femme, ni même le Centre de Moscou n'en sauront jamais rien. Veuillez me dire à quelle heure votre famille rentre d'Elfenau... » Smiley s'interrompit.

Sans grande conviction, Grigoriev tentait de s'enfuir. Il se leva, fit un bond vers la porte. Pour un homme de main, Paul Skordeno avait un air alangui, mais il fit au fugitif une clé au bras avant même que ce dernier ait eu le temps de faire un second pas. Il le ramena doucement à son fauteuil en prenant soin de ne pas le marquer. Avec un autre gémissement théâtral, Grigoriev leva les mains au ciel dans un geste d'immense désespoir. Son lourd visage se colora et se convulsa, ses larges épaules se soulevèrent tandis qu'il se lançait dans un lugubre torrent d'auto-accusation. Il parlait moitié en russe, moitié en allemand. Il se maudit avec une lente et sainte ardeur, et après cela, il maudit sa mère, sa femme et sa malchance et son abominable faiblesse en tant que père. Il aurait dû rester à Moscou, au ministère du Commerce. Il n'aurait jamais dû se laisser entraîner loin des sentiers universitaires simplement parce que sa stupide épouse voulait des toilettes étrangères, de la musique et des privilèges. Il aurait dû divorcer voilà longtemps, mais il ne pouvait supporter l'idée d'abandonner les enfants, c'était un imbécile et un clown. C'était lui qui devrait être en maison de santé au lieu de sa fille. Lorsqu'on l'avait convoqué à Moscou, il aurait dû dire non, il aurait dû résister à la pression, il aurait dû raconter l'affaire à son ambassadeur lorsqu'il était rentré.

« Oh, Grigoriev ! cria-t-il. Oh, Grigoriev ! tu es si faible, si faible ! »

Il se lança ensuite dans une tirade contre les conspirations. Pour lui, conspirer était un anathème ; à plusieurs reprises dans le cours de sa carrière, il avait été contraint de collaborer avec les horribles « *voisins* » dans quelque entreprise insensée, et chaque fois ç'avait été un désastre. Les gens du renseignement étaient des criminels, des charlatans et des imbéciles, une maçonnerie de monstres. Pourquoi les Russes les aimaient-ils tant ? Oh ! ce goût fatal et pervers du secret dans l'âme russe !

« La conspiration a remplacé la religion ! gémit Grigoriev en allemand. C'est notre substitut mystique ! Ces agents sont nos jésuites ; ces porcs, ils gâchent tout ! »

Serrant les poings maintenant, il se les enfonça dans les joues, se bourrant de coups dans sa crise de remords, jusqu'au moment où, d'un mouvement du carnet sur ses genoux, Smiley le ramena sévèrement au problème en question : « En ce qui concerne Grigorieva et vos enfants, conseiller, dit-il, il est vraiment essentiel que nous sachions à quelle heure ils doivent rentrer. »

Dans chaque interrogatoire réussi — comme Toby Esterhase se plaît à le rappeler d'un ton pontifiant à propos de cet exemple, il y a une inadvertance qu'on ne peut pas rattraper ; un seul geste, fait ou esquissé, même si ce n'est qu'un demi-sourire, ou le fait d'accepter une cigarette, qui marque le glissement de la résistance à la collaboration. Grigoriev, dans le récit que Toby fait de cette scène, commit alors cette faute cruciale. « Elle sera de retour à 1 heure », murmura-t-il, évitant aussi bien le regard de Smiley que celui de Toby.

Smiley consulta alors sa montre. Au secret ravissement de Toby, Grigoriev en fit autant.

« Mais peut-être sera-t-elle en retard ? suggéra Smiley.

— Elle n'est jamais en retard, répliqua Grigoriev d'un ton morose.

— Alors veuillez avoir la bonté de commencer par me parler de votre relation avec la fille Ostrakova », dit Smiley tout à trac, raconte Toby

— et parvenant pourtant à laisser entendre que sa question suivait tout naturellement le problème de la ponctualité de Mme Grigorieva. Puis il prépara son stylo, et d'une façon telle, dit Toby, qu'un homme comme Grigoriev devait se sentir positivement obligé de lui donner quelque chose à écrire.

Malgré tout cela, la résistance de Grigoriev n'était pas tout à fait dissipée. Son amour-propre réclamait encore au moins une sortie. Écartant les mains, donc, il en appela à Toby : « *Ostrakova* ! répéta-t-il avec un mépris exagéré. Il nous demande des nouvelles d'une dénommée *Ostrakova* ? Je ne connais pas cette personne. Lui peut-être, mais moi pas. Je suis un diplomate. Relâchez-moi immédiatement, j'ai des rendez-vous importants. »

Mais la vigueur aussi bien que la logique de ses protestations déclinaient rapidement. Et Grigoriev le savait aussi bien que personne.

« Alexandra Borisovna Ostrakova, psalmodia Smiley, tout en fourbissant ses lunettes avec le gros bout de sa cravate. Une Russe, mais qui a un passeport français. (Il remit ses lunettes sur son nez.) Tout comme vous êtes russe, conseiller, mais vous avez un passeport suisse. Sous un faux nom. Maintenant comment en êtes-vous arrivé à vous lier avec elle, je me demande ?

— *Lier* ? Voilà maintenant que vous me dites que j'étais *lié* avec elle ! Vous croyez que je suis assez bas pour coucher avec des folles ? On m'a fait chanter. Comme vous me faites chanter maintenant ; *on m'a fait chanter.* On a fait pression sur moi ! Toujours pression, toujours Grigoriev !

— Alors racontez-moi comment ils vous ont fait chanter », suggéra Smiley en lui jetant à peine un coup d'œil.

Grigoriev considéra ses mains, les leva, et les laissa retomber sur ses genoux, pour une fois inutiles. Il se tamponna les lèvres avec son mouchoir. Il secoua la tête devant l'injustice du monde.

« J'étais à Moscou », dit-il, et aux oreilles de Toby, comme il le raconte plus tard, les chœurs des anges chantaient leur Alleluia. George avait réussi son coup et la confession de Grigoriev avait commencé.

Smiley, pour sa part, ne manifesta pas une telle jubilation devant sa réussite. Bien au contraire, une expression irritée vint froncer son visage rebondi.

« *La date*, je vous en prie, conseiller, dit-il, comme si le lieu importait peu. Donnez-nous la *date* à laquelle vous étiez à Moscou. Veuillez dorénavant fournir des dates à chaque point. »

Ça aussi, c'est classique, se plaît à expliquer Toby : l'interrogateur avisé allumera toujours quelques faux feux.

« Septembre, dit Grigoriev, mystifié.

— De quelle année ? » fit Smiley en écrivant.

Grigoriev lança de nouveau à Toby un regard plaintif. « Quelle année ! Je dis septembre, il me demande *quel septembre.* C'est un historien ? Ce doit être un historien. Ce septembre-ci, dit-il à Smiley d'un ton maussade. J'ai été rappelé à Moscou pour une conférence commerciale urgente. Je suis un expert dans certains domaines hautement spécialisés de l'économie. Une telle conférence n'aurait rimé à rien sans ma présence.

— Votre femme vous accompagnait-elle dans ce voyage ? »

Grigoriev eut un rire creux. « Voilà maintenant qu'il nous prend pour des capitalistes ! commenta-t-il à l'adresse de Toby. Il s'imagine que pour une conférence économique de deux semaines nous emmenons nos femmes en avion, Swissair, première classe.

— « En septembre de cette année, j'ai reçu l'ordre de prendre l'avion seul à destination de Moscou pour assister à une conférence économique de deux semaines », proposa Smiley, comme s'il lisait tout haut la déposition de Grigoriev. « Ma femme est restée à Berne. » Veuillez décrire l'objet de la conférence.

— Le sujet de nos discussions à haut niveau était extrêmement secret, répondit Grigoriev d'un ton résigné. Mon ministère souhaitait envisager les moyens de rendre plus agressive l'attitude officielle soviétique envers la nations qui vendaient des armes à la Chine. Nous devions discuter quelles sanctions pourraient être utilisées contre les contrevenants. »

Le style anonyme de Smiley, les manières imprégnées de nécessité bureaucratique qu'il appliquait non seulement étaient maintenant bien établis, raconte Toby, mais ils s'étaient perfectionnés : Grigoriev les avait adoptés sans faire le détail, avec un pessimisme philosophique et très russe. Quant au reste des gens présents, c'est à peine s'ils pouvaient croire plus tard que Grigoriev n'avait pas été amené dans l'appartement déjà d'humeur à parler.

« Où se tenait la conférence ? demanda Smiley comme si les affaires secrètes l'intéressaient moins que les détails de forme.

— Au ministère du Commerce. Au quatrième étage... Dans la salle de conférences. En face des toilettes, répliqua Grigoriev, dans un effort désespéré pour plaisanter.

— Où êtes-vous descendu ? »

Dans un hôtel pour hauts fonctionnaires, répondit Grigoriev. Il donna l'adresse et même, d'un ton sarcastique, son numéro de chambre. Parfois, nos discussions se terminaient tard le soir, dit-il, prodiguant maintenant les renseignements avec libéralité ; mais le vendredi, puisqu'il faisait encore un temps d'été et très chaud, ils terminaient de bonne heure pour permettre à ceux qui le désiraient de partir pour la campagne. Mais Grigoriev n'avait pas de tels projets. Grigoriev se proposait de rester à Moscou pour le week-end, et non sans raison : « Je m'étais arrangé pour passer deux jours dans l'appartement d'une fille du nom d'Evdokia, autrefois ma secrétaire. Son mari était absent pour une période militaire », expliqua-t-il, comme s'il s'agissait là d'une transaction parfaitement normale entre hommes du monde, et que Toby du moins, en tant que tel, était capable d'apprécier, même si ce n'était pas le cas pour des commissaires sans âme. Puis, à la stupéfaction de

Toby, il poursuivit. De son escapade avec Evdokia, il passa sans avertissement ni préambule au cœur même de leur enquête :

« Malheureusement, j'ai été empêché de mettre à exécution ces arrangements par l'intervention de membres du Treizième Directoire du Centre de Moscou, connu aussi sous le nom de Directoire de Karla. J'ai été convoqué pour une entrevue immédiate. »

Là-dessus le téléphone sonna. Toby répondit, raccrocha et parla à Smiley.

« Elle est rentrée à la maison », annonça-t-il en allemand.

Sans hésitation, Smiley se tourna vers Grigoriev : « Conseiller, nous sommes informés que votre femme vient de rentrer. Il est maintenant devenu nécessaire que vous lui téléphoniez.

— Lui téléphoner ? (Horrifié, Grigoriev pivota vers Toby.) Il me dit de lui téléphoner ! Pour dire quoi ? « Grigorieva, ici ton mari aimant ! J'ai été enlevé par des espions de l'Ouest ! » Votre commissaire est fou ! Fou !

— Voulez-vous avoir l'obligeance de lui dire que vous êtes retardé par des causes indépendantes de votre volonté », dit Smiley.

Sa placidité ne fit qu'aviver la fureur de Grigoriev : « Je dis ça à ma femme ? A Grigorieva ? Vous vous imaginez qu'elle va me croire ? Elle va aussitôt me signaler à l'ambassadeur. « Ambassadeur, mon mari est en fuite ! Trouvez-le ! »

— Le courrier Krassky vous apporte bien vos ordres hebdomadaires de Moscou, n'est-ce pas ? demanda Smiley.

— Le commissaire sait tout, dit Grigoriev à Toby en se passant la main sur le menton. S'il sait tout, pourquoi ne parle-t-il pas lui-même à Grigorieva ?

— Vous devez adopter avec elle un ton officiel, conseiller, lui recommanda Smiley. Ne mentionnez pas Krassky, mais laissez entendre qu'il vous a ordonné de le rencontrer pour une discussion clandestine quelque part en ville. Une urgence. Krassky a changé ses plans. Vous n'avez aucune idée de la date à laquelle il reviendra, ni de ce qu'il veut. Si elle proteste, envoyez-la promener, dites-lui que c'est un secret d'État. »

Ils le regardèrent s'inquiéter, se poser des questions. Enfin ils virent un petit sourire se dessiner sur son visage.

« Un secret, répéta Grigoriev comme s'il se parlait à lui-même. Un secret d'État, oui. »

S'approchant d'un pas ferme du téléphone, il composa un numéro. Toby était auprès de lui, une main discrètement prête à couper la communication s'il essayait de faire le malin, mais Smiley, avec un petit hochement de tête, lui fit signe de s'éloigner. Ils entendirent la voix de Grigorieva dire « oui? » en allemand. Ils entendirent l'énergique réponse de Grigoriev, suivie par la voix de sa femme — tout cela est enregistré — demandant sèchement à savoir où il était. Ils le virent se crisper et lever le menton, prenant un air officiel ; ils l'entendirent lancer quelques phrases brèves et poser une question à laquelle il n'y eut apparemment pas de réponse. Ils le virent raccrocher, l'œil brillant et tout rose de plaisir, et lever ses petits bras en l'air avec ravissement, comme quelqu'un qui vient de marquer un but. Et ne voilà-t-il pas qu'il se mit à rire, de grands éclats de rire slaves, bien sonores, qui montaient et descendaient la gamme. Incapables de se maîtriser, les autres se mirent à rire avec lui : Skordeno, de Silsky et Toby. Grigoriev serrait la main de Toby.

« Aujourd'hui, j'aime beaucoup les complots ! cria Grigoriev, entre de nouveaux éclats de rire. La conspiration est très bonne aujourd'hui ! »

Toutefois, Smiley ne s'était pas joint à l'allégresse générale. S'étant délibérément installé dans le rôle du rabat-joie, il était assis à tourner les pages de son carnet, en attendant que l'hilarité se calmât.

« Vous décriviez comment vous aviez été approché par des membres du Treizième Directoire, dit Smiley lorsque le calme fut revenu. Connu aussi sous le nom de Directoire de Karla. Veuillez continuer votre récit, conseiller. »

25

Grigoriev perçut-il cette nouvelle vigilance autour de lui, ce gel discret des gestes ? Remarqua-t-il comment les yeux de Skordeno et de Silsky cherchaient tous les deux le visage impassible de Smiley et le fixaient ? Comment Millie McCraig se glissait en silence jusqu'à la cuisine pour vérifier encore une fois ses magnétophones, au cas où, par l'intervention d'un dieu malveillant, aussi bien l'enregistreur principal que l'appareil de réserve auraient eu soudain une défaillancc ? Remarqua-t-il l'air maintenant effacé, presque oriental, de Smiley — le contraire même de l'intérêt —, la façon dont tout son corps se retirait dans les amples plis de son manteau de voyage en tweed marron, cependant qu'il se léchait patiemment le pouce et le doigt qui tournaient les pages ?

Toby, du moins, remarqua ces détails. Toby, dans son coin sombre auprès du téléphone, avait une place de choix d'où il pouvait observer tout le monde sans qu'on pût pratiquement l'observer. Une mouche n'aurait pas pu traverser le plancher sans que l'œil attentif de Toby eût enregistré tout son périple. Toby va même jusqu'à décrire les symptômes que lui-même éprouvait — une sensation de chaleur au sol, dit-il, la sensation d'avoir les muscles de la gorge et du ventre noués —, non seulement Toby supporta ces inconforts, mais il en garda fidèlement le souvenir. Grigoriev réagissait-il à l'atmosphère ? C'est un autre problème. Selon toute probabilité, il était trop absorbé par le rôle central qu'il tenait. Le triomphe du coup de téléphone l'avait stimulé et avait ranimé son assurance et il était significatif que sa première déclaration, lorsqu'il reprit la parole, concernait non pas le Directoire de Karla, mais ses prouesses en tant qu'amant de la petite Natacha : « Les hommes de notre âge ont *besoin* d'une fille comme ça, expliqua-t-il à Toby avec un clin d'œil. Elles refont de nous des jeunes hommes comme autrefois !

— Très bien, vous avez pris l'avion pour Moscou seul, dit Smiley d'un ton irrité. La conférence a commencé, on vous a convoqué. Veuillez continuer à partir de là. Nous n'avons pas tout l'après-midi, vous savez.

— La conférence commença le lundi, reconnut Grigoriev, reprenant docilement sa déclaration officielle. Lorsque arriva le vendredi après-midi, je regagnai mon hôtel afin de prendre mes affaires et de les emporter à l'appartement d'Evdokia pour notre petit week-end ensemble. Mais au lieu de cela, je fus accueilli par trois hommes qui m'ordonnèrent de monter dans leur voiture avec encore moins d'explications que vous ne m'en avez donné — un coup d'œil à Toby — en me disant seulement qu'on me réclamait pour une mission spéciale. Pendant le trajet, ils me confièrent qu'ils étaient membres du Treizième Directoire du Centre de Moscou, dont tout le monde dans le milieu des fonctionnaires de Moscou sait que c'est l'élite. J'eus l'impression que c'étaient des hommes intelligents, au-dessus du niveau commun de leur profession qui, sauf votre respect, monsieur, n'est guère élevé. J'avais l'impression que ce pouvait être des officiers plutôt que de simples laquais. Néanmoins je n'étais pas inquiet. Je supposais qu'on avait besoin de mes talents professionnels pour quelque affaire secrète, voilà tout. Ils étaient courtois et j'étais même un peu flatté...

— Combien a duré le trajet ? » interrompit Smiley, tout en continuant d'écrire.

Ils avaient traversé la ville, répliqua Grigoriev sans plus de précision. Ils avaient traversé la ville puis roulé dans la campagne jusqu'à la nuit. Jusqu'au moment où ils s'étaient trouvés devant ce petit homme aux airs de moine, assis dans une petite pièce, qui semblait être leur maître.

Une fois de plus, Toby insiste pour porter témoignage de la façon sans pareille dont Smiley maîtrisait la situation. C'était la preuve la plus évidente du métier de Smiley, raconte Toby — aussi bien que de la manière dont il dominait Grigoriev — que tout au long de l'interminable récit de Grigoriev, jamais une fois, que ce fût par une question trop précipitée ou par la plus légère erreur d'inflexion de sa voix, il ne se départit du rôle impersonnel qu'il avait pris pour l'interrogatoire. Par son effacement même, affirme Toby, George tenait toute la scène « comme un œuf de grive dans sa main ». Le moindre mouvement négligent de sa part aurait pu tout détruire, mais il ne le fit jamais. Et comme suprême exemple, Toby se plaît à citer ce moment crucial, où fut pour la première fois introduit la réalité du personnage de Karla. Tout autre interrogateur, dit-il, à la seule mention d'un « petit homme aux airs de moine qui semblait être leur maître », aurait demandé une description — son âge, son grade, ce qu'il portait, ce qu'il fumait, comment saviez-vous qu'il était leur maître ? Mais pas Smiley. Smiley, réprimant une exclamation d'agacement, tapota la pointe de son stylo à bille sur son carnet et, d'un ton patient, invita Grigoriev, pour cette fois et pour l'avenir, à bien vouloir *ne pas* abréger le détail des faits :

« Laissez-moi reposer la question : Combien a duré le trajet ? Veuillez le décrire aussi précisément que vous vous en souvenez et poursuivons à partir de là. »

Penaud, Grigoriev s'excusa bel et bien. Il dirait qu'ils avaient roulé quatre heures à bonne vitesse, monsieur, peut-être plus. Il se rappelait maintenant qu'ils s'étaient arrêtés deux fois pour se soulager. Au bout de quatre heures, ils étaient entrés dans un périmètre gardé — non, monsieur, je n'ai pas vu d'épaulettes, les gardes étaient en civil — et ils avaient encore roulé au moins une demi-heure là-dedans. Comme un cauchemar, monsieur.

Mais voyons, avait protesté Smiley, décidé à maintenir la température aussi basse que possible, comment aurait-ce pu être un cauchemar, puisque Grigoriev avait encore un instant auparavant affirmé qu'il n'avait pas peur ?

Eh bien, pas un cauchemar exactement, monsieur, plutôt un rêve. A ce stade, Grigoriev avait eu l'impression qu'on le conduisait auprès du *seigneur* — il utilisa le mot russe, et Toby le traduisit — pendant que lui-même avait le sentiment de plus en plus fort de n'être qu'un pauvre paysan. Il n'avait donc pas peur, monsieur, parce qu'il n'avait aucun contrôle sur les événements, et rien donc à se reprocher. Mais lorsque la voiture avait fini par s'arrêter et qu'un des hommes avait posé une main sur son bras et lui avait adressé un avertissement, à ce moment, son attitude avait changé tout à fait, monsieur : « Vous allez rencontrer un grand combattant soviétique et un homme puissant, lui dit l'homme. Si vous lui manquez de respect ou si vous cherchez à lui raconter des mensonges, il se peut que vous ne revoyiez jamais votre femme ni votre famille.

— Quel est le nom de cet homme ? » avait demandé Grigoriev. Mais les hommes répondirent, sans sourire, que ce grand combattant soviétique n'avait pas de nom. Grigoriev demanda si c'était Karla en personne ; sachant que Karla était le nom de code du chef du Treizième Directoire. Les hommes se contentèrent de répéter que le grand combattant n'avait pas de nom.

« Donc ce fut alors que le rêve devint un cauchemar, monsieur, dit Grigoriev avec humilité. Ils m'annoncèrent aussi que je pouvais dire au revoir à mon week-end d'amour. La petite Evdokia devrait aller chercher à s'amuser ailleurs, dirent-ils. Puis l'un d'eux se mit à rire. »

Une grande crainte maintenant s'était emparée de Grigoriev, raconta-t-il, et lorsqu'il avait pénétré dans la première pièce et continué d'avancer vers la deuxième porte, il avait si peur que ses genoux en tremblaient. Il eut même le temps d'avoir peur pour sa bien-aimée Evdokia. Qui pouvait être ce personnage surnaturel ? se demanda-t-il avec terreur. Qui pouvait savoir, presque avant même que Grigoriev le sût, qu'il devait retrouver Evdokia pour le week-end ?

« Vous avez donc frappé à la porte », dit Smiley, tout en écrivant.

« Et on m'ordonna d'entrer ! » reprit Grigoriev. Son enthousiasme pour la confession se précisait, tout comme sa dépendance envers son interrogateur. Sa voix était devenue plus forte, ses gestes plus libres. On aurait dit, explique Toby, qu'il s'efforçait physiquement d'obliger Smiley à abandonner son attitude réticente ; alors qu'en réalité c'était la feinte indifférence de Smiley qui forçait Grigoriev à se découvrir. « Et je me trouvai, non pas du tout dans un grand et splendide bureau, monsieur, comme on aurait pu s'y attendre pour un haut fonctionnaire et un grand combattant soviétique, mais dans une pièce si dépouillée qu'elle aurait pu faire office de cellule de prison, avec un bureau en bois nu au milieu, et une chaise pour permettre à un visiteur de s'asseoir.

« Imaginez, monsieur, un grand combattant soviétique et un homme puissant ! Et tout ce qu'il avait, c'était un simple bureau, éclairé seulement par une bien mauvaise lumière ! Derrière était assis ce prêtre, monsieur, un homme sans affectation ni vanité aucune — un homme de grande expérience, dirais-je — un homme qui vient des racines mêmes de sa patrie — avec de petits yeux au regard droit, des cheveux gris coupés court, et la manie de tenir les mains jointes tout en fumant.

— En fumant *quoi* ? demanda Smiley, tout en écrivant.

— Pardon ?

— Que fumait-il ? La question est assez simple. La pipe, des cigarettes, un cigare ?

— Des cigarettes, américaines, et on sentait leur arôme dans toute la pièce. J'avais l'impression de me retrouver à Potsdam, quand nous négociions avec les officiers américains de Berlin. « Si cet homme fume tout le temps des américaines, me suis-je dit, alors c'est certainement un homme influent. » (Se tournant de nouveau vers Toby dans son excitation, Grigoriev lui répéta son raisonnement en russe :) « Fumer des américaines, les fumer à la chaîne, dit-il, vous vous rendez compte de ce que ça coûte, de l'influence qu'il faut pour obtenir tant de paquets ! »

Là-dessus Smiley, fidèle à ses manières pédantes, demanda à Grigoriev de montrer ce qu'il entendait par « tenir ses mains jointes » tout en fumant. Et il regarda d'un œil impassible Grigoriev prendre dans sa poche un crayon de bois marron et unir ses mains dodues devant son visage, puis tenir le crayon à deux mains et tirer dessus d'un geste caricatural, comme quelqu'un qui boit une chope à deux mains.

« Comme ça ! » expliqua-t-il et de nouveau changeant brusquement d'humeur, il se mit à rire en criant à Toby quelque chose en russe, que Toby ne crut pas utile de traduire sur le moment et qui, dans la transcription, n'est rendu que par la mention « grossièreté ».

Le prêtre ordonna à Grigoriev de s'asseoir, et pendant dix minutes lui décrivit les détails les plus intimes de la liaison de Grigoriev avec Evdokia, ainsi que de ses écarts de conduite avec deux autres filles, qui toutes deux avaient travaillé pour lui comme secrétaires, l'une à Potsdam et l'autre à Bonn, et qui avaient fini, à l'insu de Grigorieva, par partager son lit. Sur quoi, à l'en croire, Grigoriev avait fait montre de courage et s'était levé en demandant à savoir si on lui avait fait traverser la moitié de la Russie pour comparaître devant un tribunal de moralité : « Coucher avec sa secrétaire n'était pas un phénomène inouï, lui dis-je, même au Politburo ! Je lui assurai que je n'avais jamais commis d'imprudence avec des étrangères, seulement avec des Russes. « Ça aussi, je le sais, dit-il. Mais il est peu probable que Grigorieva apprécie la distinction. » Puis, à la constante stupéfaction de Toby, Grigoriev se laissa aller à un nouvel éclat de rire rauque ; et même si de Silsky et Skordeno y firent discrètement écho, l'hilarité de Grigoriev l'emportait sur celle de tous, si bien qu'ils durent attendre qu'elle se fût apaisée.

« Veuillez avoir l'obligeance de nous dire pourquoi l'homme que vous appelez le prêtre vous avait convoqué, dit Smiley des profondeurs de son pardessus marron.

— Il m'expliqua qu'il avait un travail spécial pour moi à Berne pour le compte du Treizième Directoire. Je ne devrais le révéler à personne, pas même à mon ambassadeur, c'était trop secret pour aucun d'eux. « Mais, dit le prêtre, il faudra le dire à votre femme. Les circonstances de votre vie privée ne vous permettent pas de participer à une conspiration sans la complicité de votre femme. Ça, je le sais, Grigoriev. Alors dites-le-lui. » Et il avait raison, commenta Grigoriev. C'était sage de sa part ! C'était une preuve évidente que l'homme connaissait bien la condition humaine. »

Smiley tourna une page et poursuivit son écriture. « Continuez, je vous prie », dit-il.

Tout d'abord, Grigoriev devait ouvrir un compte dans une banque suisse. Le prêtre lui remit mille francs suisses en coupures de cent francs en lui disant de les utiliser comme premier versement. Il devrait ouvrir le compte non pas à Berne, où il était connu, ni à Zurich, où il y avait une banque commerciale soviétique.

« La Vozhod, expliqua Grigoriev à titre bénévole. Cette banque est utilisée pour de nombreuses transactions officielles et non officielles. »

Pas à Zurich, donc, mais dans la petite ville de Thun, à quelques kilomètres de Berne. Il devrait ouvrir le compte au nom de Glaser, un ressortissant suisse : « Mais je suis un diplomate soviétique ! avait protesté Grigoriev. Je ne m'appelle pas Glaser, je suis Grigoriev ! »

Nullement ébranlé, le prêtre lui remit un passeport suisse au nom d'Adolph Glaser. Tous les mois, dit le prêtre, le compte serait crédité de quelques milliers de francs suisses, parfois même dix ou quinze. On allait maintenant expliquer à Grigoriev quel usage en faire. C'était très secret, répéta le prêtre avec patience, et ce secret s'accompagnait tout à la fois d'une récompense et d'une menace. Tout comme Smiley l'avait fait une heure plus tôt, le prêtre se contenta de les mentionner chacune tour à tour. « Monsieur, vous auriez dû voir son attitude envers moi, dit Grigoriev à Smiley d'un ton incrédule. Son calme, son autorité en toute circonstance ! Dans une partie d'échecs, il gagnerait tout, rien qu'avec ses nerfs.

— Mais il ne jouait pas aux échecs, objecta sèchement Smiley.

— Non, monsieur, en effet », reconnut Grigoriev, et avec un triste hochement de tête il reprit son histoire.

Une récompense et une menace, répéta-t-il.

La menace, c'était que le ministère de tutelle de Grigoriev serait prévenu qu'il n'était pas fiable en raison de ses aventures féminines, et qu'on devrait donc l'exclure désormais de toute affectation à l'étranger. Cela ruinerait la carrière de Grigoriev, ainsi que son mariage. Voilà pour la menace.

« Ce serait extrêmement terrible pour moi », ajouta inutilement Grigoriev.

Ensuite la récompense, et la récompense était substantielle. Si Grigoriev s'acquittait bien de sa tâche, et dans le secret le plus absolu, sa carrière serait favorisée, ses imprudences oubliées. A Berne, il aurait l'occasion de s'installer dans une résidence plus agréable, ce qui plairait à Grigorieva ; on lui donnerait des fonds pour s'acheter une voiture imposante, ce qui serait tout à fait du goût de Grigorieva ; et puis il serait indépendant des chauffeurs de l'ambassade, dont la plupart étaient des *voisins*, il est vrai, mais n'étaient pas admis au grand secret. Enfin, dit le prêtre, sa promotion au rang de conseiller serait accélérée afin d'expliquer l'amélioration de son niveau de vie.

Grigoriev avait regardé la liasse de francs suisses posée sur le bureau entre eux, puis le passeport suisse, puis le prêtre. Et il avait demandé ce qui lui arriverait s'il répondait qu'il préférait ne pas participer à cette conspiration. Le prêtre avait hoché la tête. Lui aussi, assura-t-il à Grigoriev, avait envisagé cette troisième possibilité, mais hélas, l'urgence des circonstances ne laissait pas de place à une telle option.

« Alors dites-moi ce que je dois faire de cet argent », avait dit Grigoriev.

C'était de la pure administration, avait répondu le prêtre, et c'était une raison de plus pour avoir choisi Grigoriev. « On me dit qu'en matière d'administration vous êtes excellent », avait-il dit. Grigoriev, bien qu'il fût maintenant à demi terrorisé par les paroles du prêtre, s'était senti flatté de cet éloge.

« Il y avait eu de bons rapports sur moi », expliqua-t-il à Smiley avec plaisir.

Le prêtre avait alors parlé à Grigoriev de la fille folle.

Smiley ne broncha pas. Ses yeux, tandis qu'il écrivait, étaient presque fermés, mais il écrivait tout le temps — Dieu sait ce qu'il écrivait, dit Toby, car George n'aurait jamais rêvé de coucher sur un bloc quoi que ce fût de vaguement confidentiel. De temps en temps, raconte Toby, pendant que Grigoriev continuait à parler, la tête de George se soulevait au-dessus du col de son manteau pour lui permettre d'examiner les mains de son interlocuteur, ou même son visage. Mais à tout autre égard, il semblait loin de tout et de tous ceux qui se trouvaient dans la pièce. Millie McCraig était sur le seuil, de Silsky et Skordeno étaient immobiles comme des statues, cependant que Toby priait le ciel que Grigoriev « continue à parler, je veux dire qu'il parle à n'importe quel prix, qu'est-ce que ça peut faire ? Nous étions en train d'entendre parler du métier de Karla par un témoin de première main ».

Le prêtre se proposait de ne rien dissimuler, assura-t-il à Grigoriev — ce que tous les assistants, sauf Grigoriev, reconnurent aussitôt comme un prélude à dissimuler quelque chose.

Dans une clinique psychiatrique privée de Suisse, expliqua le prêtre, se trouvait pensionnaire une jeune fille russe qui souffrait d'un état avancé de schizophrénie : « En Union soviétique, cette forme de maladie n'est pas assez bien comprise », dit le prêtre. Grigoriev se souvenait avoir été étrangement ému par les accents catégoriques du prêtre. « Le diagnostic et le traitement sont trop souvent compliqués par des considérations politiques, poursuivit le prêtre. En quatre ans de traitement dans nos hôpitaux, la jeune Alexandra a été accusée de bien des choses par ses médecins. Réformiste paranoïaque et idées illusoires... Surestimation de sa propre personnalité... Mauvaise adaptation à l'environnement social... Gonflement injustifié de ses capacités... Décadence bourgeoise dans son comportement sexuel. » Les médecins soviétiques n'ont cessé de lui ordonner de renoncer à ses idées erronées. Ce n'est pas de la médecine, confia d'un ton navré le prêtre à Grigoriev. C'est de la politique. Dans les hôpitaux suisses, on adopte en face de ces problèmes une attitude plus avancée. Il était donc essentiel que la jeune Alexandra se rendît en Suisse.

Il était maintenant clair pour Grigoriev que le haut fonctionnaire s'intéressait personnellement au problème de la jeune fille et qu'il en connaissait bien tous les aspects. Grigoriev lui même commençait déjà à se sentir triste pour elle. Elle était la fille d'un héros soviétique — dit le prêtre —, un ancien dignitaire de l'Armée rouge qui, se faisant passer pour un traître à la Russie, vivait dans des conditions précaires parmi les tsaristes contre-révolutionnaires de Paris.

« Son nom, dit le prêtre, confiant à Grigoriev le grand secret, son nom, dit-il, est le colonel Ostrakov. C'est un de nos agents secrets les plus brillants, les plus actifs. Nous comptons totalement sur lui pour nos renseignements concernant les conspirateurs contre-révolutionnaires de Paris. »

Personne dans la pièce, dit Toby, ne manifesta la moindre surprise devant cette soudaine déification d'un défunt déserteur russe.

Le prêtre, poursuivit Grigoriev, entreprit alors d'esquisser ce qu'avait été la vie de l'héroïque agent Ostrakov, initiant tout en même temps Grigoriev aux mystères du travail secret. Afin d'échapper à la vigilance du contre-espionnage impérialiste, expliqua le prêtre, il fallait inventer pour un agent une légende ou une fausse biographie qui le rendrait acceptable à des éléments antisoviétiques. Ostrakov prit donc l'apparence d'un transfuge de l'Armée rouge qui s'était « échappé » à Berlin-Ouest, et de là à Paris, abandonnant à Moscou sa femme et sa fille unique. Mais, afin de sauvegarder la réputation d'Ostrakov parmi les émigrés de Paris, il était logiquement nécessaire que la femme souffrît des actions traîtresses de son mari.

Car après tout, dit le prêtre, si des espions impérialistes devaient signaler qu'Ostrakova, la femme d'un déserteur et d'un renégat, vivait bien à Moscou — recevant, par exemple le salaire de son mari, ou occupant le même appartement — imaginez l'effet que cela aurait sur la crédibilité d'Ostrakov !

Grigoriev dit qu'il pouvait fort bien l'imaginer. Le prêtre, expliqua-t-il au passage, n'était pas le moins du monde autoritaire dans ses manières, mais traitait plutôt Grigoriev comme un égal, sans nul doute par respect pour ses titres académiques.

« Sans nul doute », dit Smiley, et il prit une note.

Donc, dit le prêtre de façon un peu abrupte, Ostrakova et sa fille Alexandra, avec le plein accord de son mari, furent transférées dans une province lointaine où on leur donna une maison pour y habiter, des noms différents et même — il le fallait bien — à leur façon modeste et désintéressée, leur propre légende aussi. Telle, dit le prêtre, était la pénible réalité de ceux qui se consacraient à des missions spéciales. Et songez, Grigoriev, reprit-il avec feu, songez à l'effet que de telles privations et subterfuges, que même une telle duplicité pourrait avoir sur une fille sensible et peut-être déjà un peu déséquilibrée : un père absent et dont le nom même avait été arraché de son existence. Une mère qui, avant d'être mise en sûreté, avait dû subir le plein choc de la honte publique ! Représentez-vous, insista le prêtre — vous, un père —, les tensions que cela peut exercer sur la nature jeune et délicate d'une jeune fille en pleine maturation !

S'inclinant devant une éloquence aussi énergique, Grigoriev s'empressa de dire qu'en tant que père il n'avait aucun mal à se représenter de telles tensions, et l'idée vint alors à Toby, et sans doute à tous les autres — que Grigoriev était ce qu'il prétendait être : un homme convenable et compatissant, pris au filet d'événements qui dépassaient sa compréhension ou son contrôle.

Depuis ces dernières années, continua le prêtre d'une voix vibrante de regret, la jeune Alexandra — ou bien, comme elle aimait à s'appeler, Tatiana — était, dans la province soviétique où elle vivait, une fille impudique qui vivait au ban de la société. Sous les pressions de sa situation, elle avait commis toutes sortes de méfaits, y compris l'incendie volontaire et le vol dans des lieux publics. Elle s'était rangée aux côtés de criminels pseudo-intellectuels et des pires éléments antisociaux imaginables. Elle s'était librement donnée à des hommes, parfois plusieurs par jour. Au début, quand elle avait été arrêtée, le prêtre et ses assistants avaient pu rester dans le cadre normal de la loi. Mais peu à peu, pour des raisons de sécurité, il avait fallu retirer cette protection, et Alexandra, plus d'une fois, s'était trouvée enfermée dans des cliniques psychiatriques d'État qui se spécialisaient dans le traitement des mécontents sociaux congénitaux — avec les résultats négatifs que le prêtre avait déjà évoqués.

« A diverses reprises, elle a aussi été enfermée dans des prisons de droit commun », avait dit le prêtre à voix basse. Et, à en croire Grigoriev, il avait conclu comme suit cette triste histoire : « Vous comprendrez aisément, mon cher Grigoriev, en tant qu'universitaire, en tant que père, comme tout le monde, de quelle façon tragique les nouvelles sans cesse plus alarmantes des malheurs de sa fille ont fini par affecter l'utilité de notre héroïque agent Ostrakov dans son exil solitaire à Paris. »

Là encore, Grigoriev avait été impressionné par la force du sentiment — il appellerait ça le sens de la responsabilité personnelle directe — que tout au long de son récit le prêtre inspirait.

La voix plus sèche que jamais, Smiley l'interrompit encore une fois.

« La mère est *où* actuellement, conseiller, d'après votre prêtre ?

— Morte, répondit Grigoriev. Elle est morte en province. La province où on l'a envoyée. Elle a été enterrée sous un autre nom naturellement. D'après l'histoire qu'il m'a racontée, elle est morte d'un cœur brisé. Cela aussi a pesé d'un grand poids sur l'héroïque agent du prêtre à Paris, ajouta-t-il, et sur les autorités en Russie.

— Naturellement », dit Smiley, et sa gravité était partagée par les quatre personnages immobiles postés autour de la pièce.

Enfin, dit Grigoriev, le prêtre en arriva à la raison précise pour laquelle Grigoriev avait été convoqué. La mort d'Ostrakova, s'ajoutant au terrible destin d'Alexandra, avait provoqué une crise grave dans la vie de l'héroïque agent de Moscou à l'étranger. Il avait même été brièvement tenté de renoncer à son travail vital pour retourner en Russie et s'occuper de son enfant dérangée et sans mère. On avait toutefois fini par se mettre d'accord sur une solution. Puisque Ostrakov ne pouvait se rendre en Russie, sa fille devait partir pour l'Ouest et se faire soigner dans une clinique privée, où elle serait accessible à son père chaque fois qu'il voudrait lui rendre visite de l'autre côté de la frontière et où le traitement pourrait se poursuivre, loin des regards méfiants des compagnons contre-révolutionnaires d'Ostrakov. En tant que citoyen français, le père réclamerait la jeune fille et obtiendrait les papiers nécessaires. On avait déjà trouvé une clinique qui faisait l'affaire et qui n'était pas loin de Berne. Ce que Grigoriev devait dorénavant faire, c'était veiller au bien-être de cette enfant, dès l'instant où elle arriverait là-bas. Il devrait lui rendre visite, régler les frais de clinique et envoyer chaque semaine à Moscou un rapport sur les progrès qu'elle faisait, de façon que ces renseignements puissent être aussitôt transmis à son père. C'était l'objet du compte en banque et ce que le prêtre appelait l'identité suisse de Grigoriev.

« Et vous avez accepté, dit Smiley, tandis que Grigoriev marquait un temps, et on entendit sa plume qui grattait diligemment le papier.

— Pas tout de suite. Je lui ai d'abord posé deux questions, dit Grigoriev avec un étrange sursaut de vanité. Nous autres universitaires, vous comprenez, on ne nous dupe pas aussi facilement. Primo, je lui ai d'abord demandé pourquoi cette tâche ne pouvait pas être entreprise par un des nombreux représentants de notre sécurité d'État basés en Suisse.

— Excellente question, dit Smiley lançant un rare compliment. Comment a-t-il répondu à cela ?

— C'était trop secret. Le secret, expliqua-t-il, était une affaire de compartiments. Il ne voulait pas que le nom d'Ostrakov fût associé au personnel habituel du Centre de Moscou. Avec les choses réglées de cette façon, dit-il, il saurait que s'il y avait une fuite, Grigoriev seul en serait personnellement responsable. Je n'étais pas ravi de cette distinction, dit Grigoriev en adressant un pâle sourire à Nick de Silsky.

— Et quelle était votre seconde question, conseiller ?

— Elle concernait le père à Paris : viendrait-il souvent la voir. Si le père lui rendait des visites fréquentes, alors assurément ma propre condition de père de remplacement faisait double emploi. On pouvait prendre des dispositions pour faire payer la clinique directement, le père pouvait venir de Paris tous les mois et s'occuper du bien-être de sa fille. A cela le prêtre répondit que le père ne pourrait venir que très rarement et qu'on ne pourrait jamais le mentionner dans des discussions avec la jeune Alexandra. Il ajouta, sans logique, que sa fille était un sujet de conversation fort douloureux pour le père et qu'on pouvait fort bien concevoir qu'il ne viendrait jamais la voir. Il me dit que je devrais me sentir honoré de rendre un service aussi important à un héros secret de l'Union soviétique. Il devint très sévère. Il me déclara que ce n'était pas à moi d'appliquer une logique d'amateur à l'art des professionnels. Je lui fis mes excuses. Je lui dis qu'en effet j'étais honoré. J'étais fier de contribuer, dans la mesure de mes moyens, à la lutte anti-impérialiste.

— Vous parliez pourtant sans conviction intérieure, suggéra Smiley, levant de nouveau les yeux de son carnet.

— C'est vrai.

— Pourquoi ? »

Tout d'abord, Grigoriev ne parut pas bien savoir pourquoi. Peut-être ne lui avait-on encore jamais demandé de dire la vérité sur ses sentiments.

« Peut-être ne croyiez-vous pas le prêtre ? suggéra Smiley.

— Son récit contenait de nombreuses contradictions, répéta Grigoriev, l'air soucieux. Sans doute était-ce inévitable dans le travail secret. Néanmoins j'en considérai une grande part comme improbable ou mensonger.

— Pouvez-vous m'expliquer pourquoi ? »

Dans la catharsis de la confession, Grigoriev oublia le péril où il se trouvait et eut un sourire supérieur.

« Il était ému, dit-il. Je me suis posé des questions. Le lendemain, allongé auprès d'Evdokia, en discutant cette affaire avec elle, je me suis demandé : qu'y avait-il entre cet Ostrakov et le prêtre ? Est-ce que ce sont des frères ? De vieux camarades ? Ce grand homme qu'on m'avait emmené voir, si puissant, si secret... Dans le monde entier il fait des conspirations, il exerce des pressions, il prend des mesures spéciales. C'est un homme impitoyable dans une profession impitoyable. Et pourtant quand moi, Grigoriev, je suis ici avec lui, à parler de la fille un peu dérangée d'un type, j'ai l'impression que je suis en train de lire les lettres d'amour les plus intimes de cet homme. Je lui ai dit : « Camarade. Vous m'en dites trop. Ne me dites pas ce que je n'ai pas besoin de savoir. Dites-moi seulement ce que je dois faire. » Voilà qu'il me dit : « Grigoriev. Il faut que vous soyez un ami pour cette enfant. Alors, vous serez un ami pour moi. La vie tourmentée de son père a eu un mauvais effet sur elle. Elle ne sait pas qui elle est, ni où est sa place. Elle parle de liberté sans savoir ce que cela signifie. Elle est la victime de fantasmes bourgeois pernicieux. Elle utilise un langage grossier qui ne convient pas à une jeune fille. Dans le mensonge, elle a le génie de la folie. Rien de tout cela n'est sa faute. » Alors je lui demande : « Monsieur, avez-vous rencontré cette fille ? » Et il me dit à moi seul : « Grigoriev, il faut que vous soyez un père pour elle. Sa mère, à bien des égards, n'était pas une femme facile non plus. Vous avez de la compassion dans ce genre d'affaires. Vers la fin de sa vie, elle est devenue amère, et elle soutenait même sa fille dans certaines de ses rêveries antisociales. »

Grigoriev garda un moment le silence et Toby Esterhase, encore abasourdi d'avoir appris que Grigoriev avait discuté la proposition de Karla avec sa maîtresse quelques heures après qu'on la lui eut faite, était heureux de ce répit.

« J'avais le sentiment qu'il comptait sur moi, reprit Grigoriev. J'avais l'impression qu'il dissimulait non seulement des faits, mais des sentiments. »

Il restait, reprit Grigoriev, les détails pratiques. Le prêtre les lui fournit. La directrice de la clinique était une femme russe blanche, une religieuse, qui appartenait autrefois à la communauté orthodoxe russe de Jérusalem, mais c'était une femme au cœur généreux. Dans ces cas-là, il ne faut pas être trop scrupuleux politiquement, dit le prêtre. Cette femme avait elle-même retrouvé Alexandra à Paris et l'avait escortée jusqu'en Suisse. La clinique disposait aussi des services d'un docteur de langue russe. La jeune fille, grâce aux relations ethniques de sa mère, parlait aussi allemand, mais refusait fréquemment de le faire. Ces éléments, ainsi que la situation éloignée de l'établissement, en expliquaient le choix. L'argent versé à la banque de Thun suffirait à régler les frais de clinique et les soins médicaux jusqu'à concurrence de mille francs par mois, et apporterait une subvention cachée au nouveau style de vie des Grigoriev. Il y avait d'autre argent disponible, si Grigoriev le jugeait nécessaire ; il ne devait garder aucune facture, aucun reçu ; le prêtre saurait bientôt si Grigoriev le trompait. Il devrait se rendre chaque semaine à la clinique pour payer la note et s'informer de l'état de santé de la jeune fille ; l'ambassadeur soviétique à Berne s'entendrait annoncer que les Grigoriev s'étaient vu confier un travail secret et qu'il devait leur permettre une certaine souplesse.

Le prêtre en vint alors à la question des communications de Grigoriev avec Moscou.

« Il me demanda : " Connaissez-vous le courrier Krassky ? " Je réponds, naturellement je connais ce courrier, Krassky vient une fois, parfois deux fois par semaine à l'ambassade, accompagné de son escorte. Si l'on est bien avec lui, il peut même vous apporter un pain noir qui vient tout droit de Moscou. »

A l'avenir, expliqua le prêtre, Krassky se ferait un devoir de contacter Grigoriev en privé tous les jeudis soir lors de sa visite régulière à Berne, soit chez Grigoriev, soit au bureau de Grigoriev à l'ambassade, mais de préférence à son domicile. Il n'y aurait aucune discussion secrète, Krassky se contenterait de remettre à Grigoriev une enveloppe contenant une lettre apparemment personnelle de la tante de Grigoriev à Moscou. Grigoriev mettrait la lettre en lieu sûr et la traiterait à la température prescrite avec trois solutions chimiques disponibles dans le commerce : le prêtre les nomma et Grigoriev les répéta. Dans le texte ainsi révélé, dit le prêtre, Grigoriev trouverait une liste de questions qu'il devrait poser à Alexandra lors de sa prochaine visite hebdomadaire. A l'occasion de cette même rencontre avec Krassky, Grigoriev devrait lui remettre une lettre destinée à la même tante, dans laquelle il prétendrait écrire en détail à propos de la santé de sa femme Grigorieva, alors qu'en fait il ferait son rapport au prêtre sur l'état de santé de la petite Alexandra. C'était ce qu'on appelait un code. Par la suite, le prêtre, si besoin en était, fournirait à Grigoriev les matériaux pour des communications plus clandestines, mais pour le moment, la lettre en code à la tante de Grigoriev ferait l'affaire.

Le prêtre remit alors à Grigoriev un certificat médical signé par un éminent docteur de Moscou.

« Pendant que vous étiez ici à Moscou, vous avez été victime d'une petite crise cardiaque, résultat de la tension et du surmenage, dit le prêtre. Il vous est donc prescrit de faire régulièrement de la bicyclette afin d'améliorer votre état physique. Votre femme vous accompagnera. »

En arrivant à la clinique à bicyclette ou à pied, expliqua le prêtre, Grigoriev pourrait ainsi dissimuler les plaques diplomatiques de sa voiture.

Le prêtre l'autorisa à faire l'acquisition de deux bicyclettes d'occasion. Restait la question de savoir quel jour de la semaine conviendrait le mieux pour les visites de Grigoriev à la clinique. Le jour normal de visites était le samedi, mais c'était trop dangereux, plusieurs des pensionnaires étaient de Berne et il y avait toujours le risque que « Glaser » fût reconnu. La directrice avait donc été avisée que les samedis n'étaient pas commodes et elle avait consenti, de façon exceptionnelle, à une visite régulière le vendredi après-midi. L'ambassadeur ne ferait pas d'objection, mais comment Grigoriev concilierait-il ses absences du vendredi avec son travail à l'ambassade ?

Aucun problème, répondit Grigoriev. Il était toujours possible d'échanger les vendredis pour les samedis, aussi Grigoriev demanderait-il simplement à travailler à la place le samedi, ses vendredis alors seraient libres.

Sa confession terminée, Grigoriev gratifia son auditoire d'un bref et radieux sourire.

« Le samedi, une certaine jeune personne se trouvait aussi travailler au service des visas, dit-il avec un clin d'œil à Toby. Il nous était donc possible d'avoir quelques moments seuls ensemble. »

Cette fois le rire général ne fut pas aussi cordial qu'il aurait pu l'être. Comme le récit de Grigoriev, le temps touchait à sa fin.

Ils se retrouvaient là où ils avaient commencé et voilà tout d'un coup qu'il n'y avait plus que Grigoriev dont on avait à se soucier, Grigoriev dont il fallait s'occuper, Grigoriev dont il fallait s'assurer. Il était assis là, à faire des mines sur le canapé, mais son arrogance s'atténuait. Il avait croisé les mains d'un air soumis et son regard allait de l'un à l'autre, comme s'il attendait des ordres.

« Ma femme ne sait pas monter à bicyclette, observa-t-il avec un petit sourire triste. Elle a essayé bien des fois. (Ses échecs semblaient représenter un monde pour lui.) Le prêtre m'a écrit de Moscou : « Emmenez votre femme la voir. Peut-être Alexandra a-t-elle besoin d'une mère aussi. » (Il secoua la tête, déconcerté.) Elle ne sait pas monter, dit-il à Smiley. Dans une aussi grande conspiration, comment puis-je dire à Moscou que Grigorieva ne sait pas monter à bicyclette ? » Peut-être n'y avait-il pas de plus grande épreuve pour Smiley dans le rôle de fonctionnaire responsable et dirigeant les opérations que la façon dont, presque nonchalamment, il transforma Grigoriev, l'homme qui venait de leur fournir des renseignements en Grigoriev, le transfuge de service.

« Conseiller, quels que puissent être vos projets à long terme, vous voudrez bien avoir l'obligeance de rester à l'ambassade pendant au moins encore deux semaines, annonça-t-il, en refermant d'un geste précis son carnet. Si vous faites ce que je vous propose, vous trouverez un accueil chaleureux au cas où vous choisiriez de vous refaire une vie nouvelle quelque part à l'Ouest. (Il mit le carnet dans sa poche.) Mais vendredi prochain, vous n'irez pas voir la jeune Alexandra. Vous direz à votre femme que c'est à la suite de l'entrevue d'aujourd'hui avec Krassky. Quand Krassky vous apportera la lettre jeudi prochain, vous l'accepterez normalement, mais vous continuerez par la suite à affirmer à votre femme qu'il ne faut pas aller voir Alexandra. Soyez mystérieux envers elle. Aveuglez-la de mystères. »

Acceptant les instructions qu'on lui donnait, Grigoriev hocha la tête, mal à l'aise.

« Je dois vous prévenir toutefois que si vous commettez la plus légère erreur ou si vous essayez de nous jouer un tour, le prêtre l'apprendra et vous détruira. Vous perdrez en même temps toutes vos chances d'un accueil amical à l'Ouest. Est-ce clair pour vous ? »

Il y avait des numéros de téléphone où Grigoriev devait appeler, des appels d'une cabine publique à une autre dont il fallait expliquer la procédure et, au mépris de tous les principes de la profession, Smiley permit à Grigoriev de noter tout cela par écrit, car il savait que sans cela il ne s'en souviendrait pas. Quand tout cela fut terminé, Grigoriev prit congé, dans un état de profond abattement. Toby lui-même le déposa à un endroit sûr, puis regagna l'appartement où se firent de brefs adieux.

Smiley était toujours dans son fauteuil, les mains croisées sur ses genoux. Les autres, sous les ordres de Millie McCraig, s'affairaient à effacer les traces de leur présence, astiquant, époussetant, vidant des cendriers et des corbeilles à papier. Tous ceux qui se trouvaient là, sauf lui et Smiley, partaient le jour même, dit Toby, et les équipes de surveillance aussi. Pas ce soir, pas le lendemain. Maintenant. Ils étaient assis sur une bombe à retardement de belle taille, expliqua-t-il. Peut-être qu'en cet instant même Grigoriev, poussé par le démon incessant de la confession, était en train de décrire toute l'aventure à son horrible femme. S'il avait parlé à Evdokia de Karla, qui pouvait dire qu'il ne parlerait pas à Grigorieva, ou d'ailleurs à la petite Natacha, de ces palabres avec George aujourd'hui ? Personne ne devait se sentir mis au rancart, personne ne devait se sentir abandonné, dit Toby. Ils avaient fait un travail superbe et ils allaient bientôt se retrouver pour le couronnement de l'opération. On échangea des poignées de main, on versa même une larme ou deux, mais la perspective du dernier acte ragaillardit tout le monde.

Smiley, assis si tranquille, si immobile, tandis qu'autour de lui on se faisait des adieux, quels étaient ses sentiments ? En apparence, c'était pour lui un moment de grand triomphe. Il avait fait tout ce qu'il avait entrepris de faire, et davantage encore, même si pour cela il avait dû recourir aux techniques de Karla. Il y était parvenu seul ; et aujourd'hui, comme le montrerait le dossier, il avait brisé et retourné en deux heures l'agent choisi tout exprès par Karla. Sans aide, entravé même par ceux qui l'avaient rappelé, il s'était frayé un chemin jusqu'au point où il pouvait en toute honnêteté dire qu'il avait fait sauter le dernier verrou qui comptait. Il avait atteint un âge avancé, et pourtant jamais son métier n'avait été plus parfait ; pour la première fois de sa carrière, il avait l'avantage sur son vieil adversaire.

D'un autre côté cet adversaire avait acquis un visage humain d'une déconcertante clarté. Ce n'était pas une brute que Smiley poursuivait avec une telle maîtrise, ce n'était pas, après tout, un fanatique incompétent, un automate. C'était un homme ; et un homme dont la chute, si Smiley choisissait de la provoquer, ne serait causée par rien de plus sinistre qu'un excès d'amour, faiblesse que Smiley lui-même, avec sa vie si embrouillée, connaissait fort bien.

26

Pour chaque opération clandestine, dit le folklore, il y a plus de jours d'attente qu'on n'en dénombre au paradis, et aussi bien pour George Smiley que pour Toby Esterhase, chacun à leur façon, les jours et les nuits entre dimanche soir et vendredi parurent souvent innombrables, et assurément sans aucun rapport avec l'au-delà.

Ils ne vivaient pas tant d'après les Règles de Moscou, dit Toby, que suivant les règles de guerre de George. Tous deux changèrent d'hôtel et d'identité ce même dimanche soir, Smiley levant le camp pour s'installer dans un petit hôtel meublé de la vieille ville, l'Arca, et Toby dans un affreux motel en dehors de la ville. Les deux hommes communiquaient ensuite d'une cabine publique à une autre, suivant une rotation convenue d'avance, et s'ils avaient besoin de se rencontrer, ils choisissaient des endroits en plein air et pleins de monde, faisant quelques pas ensemble avant de se séparer. Toby avait décidé de brouiller les pistes, dit-il, et il utilisait les voitures avec le plus grand ménagement. Sa tâche consistait à maintenir la surveillance sur Grigoriev. Toute la semaine il ne voulut pas démordre de la conviction qu'il avait déjà exprimée que, ayant si récemment savouré la jouissance d'une confession, Grigoriev n'allait sûrement pas se priver d'en faire une autre. Pour prévenir cette éventualité, il tenait les rênes aussi serrées que possible à Grigoriev, mais suivre son train était un cauchemar. Grigoriev, par exemple, quittait chaque matin sa maison à 8 heures moins le quart et faisait à pied les cinq minutes de trajet jusqu'à l'ambassade. Très bien : Toby passait une fois en voiture dans la rue à 7 h 50 précises. Si Grigoriev tenait son porte-documents dans la main droite, Toby savait que rien ne se passait. Mais la main gauche signifiait « urgence », avec un rendez-vous en catastrophe dans les jardins du palais d'Elfenau, et un rendez-vous de rechange en ville. Le lundi et le mardi, Grigoriev fit le chemin en n'utilisant que sa main droite. Mais le mercredi la neige tombait, il voulut essuyer les verres de ses lunettes et il s'arrêta donc pour chercher son mouchoir, ce qui eut pour résultat que Toby vit tout d'abord le porte-documents dans sa main gauche, mais lorsqu'il fit en trombe le tour du pâté de maisons pour vérifier de nouveau, Grigoriev souriait comme un dément et brandissait son porte-documents dans sa main droite. Toby, à en croire son récit, en eut « une véritable crise cardiaque ». Le lendemain, le jeudi crucial, Toby parvint à retrouver Grigoriev en voiture dans le petit village d'Allmendingen, juste en dehors de la ville, et put lui parler face à face. Une heure plus tôt, le courrier Krassky était arrivé, apportant les ordres hebdomadaires de Karla : Toby l'avait vu entrer au domicile des Grigoriev. Alors où étaient les instructions de Moscou ? interrogea Toby. Grigoriev était d'humeur acariâtre et un peu ivre. Il réclama dix mille dollars pour la lettre, ce qui mit Toby dans un état de fureur telle qu'il menaça Grigoriev de le dénoncer sur-le-champ ; il menaça de l'arrêter en pleine rue et de le conduire droit au commissariat de police en l'accusant personnellement de se faire passer pour un ressortissant suisse, d'abuser de son statut diplomatique, de tourner les lois fiscales suisses et de commettre une quinzaine d'autres délits, y compris de se livrer à la chasse et à l'espionnage. Le bluff fit son effet, Grigoriev exhiba la lettre déjà traitée, avec le texte secret qui apparaissait entre les lignes manuscrites. Toby en prit plusieurs photographies, puis la rendit à Grigoriev.

Les questions posées par Karla depuis Moscou, et que Toby montra à Smiley tard ce soir-là au cours d'une rare rencontre dans une auberge de campagne, avaient un accent suppliant : « ... Donnez-moi des détails plus complets sur l'aspect physique et l'état d'esprit d'Alexandra... Est-elle lucide ? Rit-elle et son rire donne-t-il une impression de bonheur ou de tristesse ? Est-elle soignée ? A-t-elle les ongles propres, les cheveux bien brossés ? Quel est le dernier diagnostic du docteur ; recommande-t-il un autre traitement ? »

Mais la principale préoccupation de Grigoriev à leur rendez-vous d'Allmendingen se révéla ne pas concerner Krassky, ni la lettre, ni son auteur. Sa petite amie du service des visas avait exigé carrément d'être mise au courant de ses excursions du vendredi, expliqua-t-il. D'où sa dépression et son état d'ivresse. Grigoriev lui avait fait des réponses vagues, mais il la soupçonnait maintenant d'être une espionne de Moscou, installée là par le prêtre ou bien, pis encore, par quelque autre redoutable organisme de la Sécurité soviétique. Toby, en fait, était de cet avis, mais il n'estimait pas que cela avancerait grand-chose de le confirmer.

« Je lui ai dit que je ne lui ferais plus l'amour avant d'être totalement en confiance avec elle, déclara Grigoriev avec vigueur. Et puis je n'ai pas encore décidé si elle sera autorisée à m'accompagner dans ma vie nouvelle en Australie. »

« George, c'est une maison de fous ! dit Toby à Smiley, mélangeant dans sa fureur les métaphores, pendant que Smiley continuait à étudier les questions pleines de sollicitude de Karla, bien qu'elles fussent rédigées en russe. Enfin, comment voulez-vous que nous tenions le barrage ? Ce type est complètement fou !

— Quand Krassky retourne-t-il à Moscou ? demanda Smiley.

— Samedi à midi.

— Grigoriev doit convenir d'un rendez-vous avec lui avant son départ. Il doit dire à Krassky qu'il aura un message spécial pour lui. Un message urgent.

— Bien sûr, dit Toby. Bien sûr, George. » Et on en resta là.

A quoi donc songeait George ? se demanda Toby, en le regardant disparaître une fois de plus dans la foule. Les instructions de Karla à Grigoriev semblaient avoir troublé Smiley de façon tout à fait absurde.

« J'étais pris entre un dingue total et un dépressif parfait », raconte Toby de cette période éprouvante.

Mais si Toby pouvait au moins souffrir le martyre entre les lubies de son maître et celles de son agent, Smiley n'avait rien d'aussi substantiel à se mettre sous la dent, ce qui peut-être était son problème. Le mardi, il prit un train pour Zurich et déjeuna tranquillement au Kronenhalle avec Peter Guillam, qui était arrivé par avion de Londres, sur l'ordre de Saul Enderby. Leur discussion fut mesurée et ne toucha pas au seul problème de sécurité. Guillam avait pris sur lui de parler à Ann alors qu'il était à Londres, expliqua-t-il, et il tenait à savoir s'il y avait un message qu'il pourrait lui rapporter. Smiley répondit d'un ton glacial qu'il n'en avait aucun et Guillam ne se souvenait pas de l'avoir jamais vu si près de l'engueuler. Une autre fois, conseilla-t-il, peut-être aurait-il la bonté de ne pas se mêler des affaires de Smiley. Guillam s'empressa de remettre la conversation sur les affaires. En ce qui concernait Grigoriev, Enderby avait dans l'idée de le vendre aux Cousins comme objet trouvé plutôt que de le passer à la moulinette à Sarratt. Quel était l'avis de George là-dessus ? Saul avait un peu l'intuition que le prestige d'un important transfuge russe redonnerait à la réputation des Cousins un peu de brillant dont ils avaient bien besoin à Washington, même si l'homme n'avait rien à dire, alors que Grigoriev à Londres risquerait, pour ainsi dire, de troubler la pureté du vin à venir. Quelle était en fait l'opinion de George là-dessus ?

« Tout à fait d'accord, dit Smiley.

— Saul se demandait aussi si vos plans pour vendredi prochain étaient strictement nécessaires », dit Guillam, avec une répugnance qu'il parvenait mal à dissimuler.

Prenant un couteau de table, Smiley en contempla la lame.

« Pour lui, dit-il enfin, d'une voix tendue tout à fait surprenante, elle vaut sa carrière. Il vole pour elle, il ment pour elle, il risque sa peau pour elle. Il a besoin de savoir si elle se nettoie les ongles et se lave les cheveux. Vous ne pensez pas que nous lui devons bien un coup d'œil ? »

Que nous devons à qui ? se demanda nerveusement Guillam dans l'avion qui le ramenait à Londres pour faire son rapport. Smiley avait-il voulu dire qu'il se le devait à lui-même ? Ou bien parlait-il de Karla ? Mais Guillam était bien trop prudent pour exposer ces théories devant Saul Enderby.

De loin, ç'aurait pu être un château fort, ou bien l'une de ces petites fermes perchées sur le faîte des collines dans la région des vignobles suisses, avec des tourelles, des douves et des ponts couverts menant à des cours intérieures. De près, l'édifice avait un aspect plus utilitaire, avec un incinérateur, un verger et des bâtiments extérieurs modernes avec des rangées de petites fenêtres plutôt hautes. A la sortie du village, un panonceau indiquait la direction, vantant sa situation tranquille, son confort et la sollicitude de son personnel. La communauté était décrite comme « chrétienne théosophe interconfessionnelle », et les patients étrangers étaient une spécialité. Il y avait de vieux toits et des champs couverts de neige, mais la route que Smiley prit était dégagée. C'était un jour tout blanc, le ciel et la neige s'étaient confondus en un unique vide aux limites floues. Dans l'entrée, un portier maussade téléphona pour l'annoncer et, ayant obtenu l'autorisation de quelqu'un, lui fit signe de passer. Il y avait un parc de stationnement marqué « Médecins » et un autre marqué « Visiteurs » et ce fut là qu'il se gara. Lorsqu'il pressa la sonnette, une femme à l'air triste et vêtue de gris lui ouvrit la porte, rougissant avant même de parler. Il entendit une musique d'enterrement, le tintement de la vaisselle dans une cuisine et des bruits de voix, tout cela à la fois. C'était une maison au sol sans tapis et il n'y avait pas de rideaux non plus.

« Mère Félicité vous attend », dit sœur Béatitude dans un chuchotement timide.

Un cri emplirait toute la maison, songea Smiley. Il remarqua des plantes en pot hors d'atteinte. Devant une porte agrémentée de l'inscription « Bureau » son escorte frappa avec entrain, puis ouvrit. Mère Félicité était une forte femme pleine de vigueur avec pourtant, dans le regard, une expression étonnante de mondanité. Smiley s'assit en face d'elle. Une croix sculptée reposait sur son ample poitrine, et pendant qu'elle parlait, ses lourdes mains la consolaient en la palpant parfois. Son allemand était lent et majestueux.

« Alors, dit-elle. Alors, vous êtes Herr *Lachmann*, et Herr Lachmann est une relation de Herr *Glaser* et Herr Glaser est souffrant cette semaine. (Elle jouait sur ces mots comme si elle savait aussi bien que lui que c'étaient des mensonges.) Il n'était pas souffrant au point de ne pas pouvoir téléphoner, mais il était souffrant au point de ne pas pouvoir faire de bicyclette. C'est exact ? »

Smiley dit que c'était exact en effet.

« Je vous en prie, ne baissez pas la voix simplement parce que je suis une religieuse. Nous dirigeons une maison bruyante ici et personne n'en est moins pieux pour autant. Vous paraissez pâle. Vous avez eu la grippe ?

— Non. Non, je vais bien.

— Alors vous êtes mieux loti que Herr Glaser qui a succombé à une grippe. L'année dernière nous avons eu une grippe égyptienne, l'année d'avant c'était une grippe asiatique, mais cette année le malheur semble être tout à fait de chez nous. Herr Lachmann a-t-il des documents, si je puis me permettre, qui assurent légalement qu'il est bien qui il dit être ? »

Smiley lui tendit une carte d'identité suisse.

« Allons. Votre main tremble, vous n'avez pas la grippe. Profession : *professeur,* dit-elle à voix haute. Herr Lachmann ne fait pas étalage de ses titres. C'est le Pr Lachmann. Et dans quelle matière est-il professeur, peut-on demander ?

— De philologie.

— Ah ! De philologie. Herr *Glaser*. Quelle est sa profession à lui ? Il ne me l'a jamais révélée.

— Je crois savoir qu'il est dans les affaires, dit Smiley.

— Un homme d'affaires qui parle un russe parfait. Vous aussi parlez le russe parfaitement, professeur ?

— Hélas, non.

— Mais vous êtes amis. (Elle lui rendit la carte d'identité.) Un homme d'affaires russo-suisse et un modeste professeur de philologie sont amis. Bon. Espérons que leur amitié est fructueuse.

— Nous sommes également voisins, dit Smiley.

— Nous sommes tous voisins, Herr Lachmann. Avez-vous déjà rencontré Alexandra ?

— Non.

— Les jeunes filles sont amenées ici à bien des titres. Nous avons des filleules. Nous avons des nièces. Des orphelines. Des cousines. Des tantes, quelques-unes. Quelques sœurs. Et maintenant un professeur. Mais vous seriez très surpris de voir combien il y a peu de *filles* dans le monde. Par exemple, quelle est la relation familiale entre Herr Glaser et Alexandra ?

— Je crois savoir que c'est un ami de Mr Ostrakov.

— Qui est à Paris. Et qui est invisible. Tout comme Mme Ostrakova. Invisible. Tout comme aujourd'hui Herr Glaser. Vous voyez combien il est difficile pour nous de bien saisir le monde, Herr Lachmann ? Quand nous savons nous-mêmes à peine qui nous sommes, comment pouvons-nous leur dire à eux qui ils sont ? Vous devrez faire très attention avec elle. (Une sonnerie annonçait la fin de la sieste.) Parfois elle vit dans l'obscurité. Parfois elle en voit trop. Les deux sont pénibles. Elle a grandi en Russie. Je ne sais pas pourquoi. C'est une histoire compliquée, pleine de contrastes, pleine de lacunes. Si ce n'est pas la cause de sa maladie, c'en est certainement, disons le cadre. Vous ne pensez pas que Herr Glaser soit le père ?

— Non.

— Moi non plus. Avez-vous jamais rencontré l'invisible Ostrakov ? Sans doute pas. L'invisible Ostrakov existe-t-il ? Alexandra insiste que c'est un fantôme. Alexandra aimerait avoir une parenté bien différente. Ma foi, c'est le cas de beaucoup d'entre nous !

— Puis-je vous demander ce que vous lui avez dit à mon sujet ?

— Tout ce que je sais. C'est-à-dire rien. Que vous êtes un ami d'oncle Anton, qu'elle refuse d'accepter comme son oncle. Que oncle Anton est malade, ce qui semble la ravir, mais sans doute la tracasse beaucoup. Je lui ai dit que son père désire que quelqu'un vienne lui rendre visite chaque semaine, mais elle me répond que son père est un brigand et qu'il a poussé sa mère du haut d'une montagne en pleine nuit. Je lui ai dit de parler allemand, mais elle peut encore décider que le russe est mieux que tout.

— Je comprends, dit Smiley.

— Alors, répliqua mère Félicité, vous avez de la chance. Car moi, je ne comprends pas. »

Alexandra entra et tout d'abord il ne vit que ses yeux. Si clairs, si désarmants. Dans son imagination, on ne sait pourquoi, il se l'était représentée plus grande. Ses lèvres étaient pleines au centre, mais aux commissures, déjà minces et trop agiles, et son sourire avait une luminosité dangereuse. Mère Félicité lui dit de s'asseoir, dit une phrase en russe, posa un baiser sur sa tête blonde. Elle sortit et ils entendirent ses clefs tinter tandis qu'elle s'éloignait dans le couloir, criant en français à l'une des sœurs de faire nettoyer tout ce gâchis. Alexandra portait une tunique verte avec de longues manches serrées aux poignets et un cardigan posé sur ses épaules comme une cape. Elle avait une façon détachée de porter ses vêtements, comme si quelqu'un l'avait habillée pour cette rencontre.

« Anton est mort ? interrogea-t-elle et Smiley remarqua qu'il n'y avait pas de lien naturel entre l'expression de son visage et les pensées qui passaient dans sa tête.

— Non, Anton a une mauvaise grippe, répondit-il.

— Anton dit qu'il est mon oncle, mais ça n'est pas vrai », expliqua-t-elle. Son allemand était bon et il se demanda si, malgré ce que Karla avait dit à Grigoriev, elle tenait cela de sa mère aussi, ou bien si elle avait hérité du don de son père pour les langues, ou si c'était les deux. « Il prétend aussi ne pas avoir de voiture. (Comme son père l'avait fait jadis, elle l'observait sans émotion, avec détachement.) Où est votre liste ? demanda-t-elle. Anton apporte toujours une liste.

— Oh ! j'ai mes questions dans la tête.

— Il est interdit de poser des questions sans une liste. Des questions qui sortent de la tête sont complètement interdites par mon père.

— Qui est votre père ? » demanda Smiley.

Un moment, il ne vit de nouveau que ses yeux, qui le contemplaient d'on ne sait quelle retraite lointaine et esseulée. Elle prit un rouleau de ruban adhésif sur le bureau de mère Félicité et passa un doigt léger sur la surface brillante.

« J'ai vu votre voiture, dit-elle. « BE », c'est pour Berne.

— Oui, en effet, dit Smiley.

— Quel genre de voiture a Anton ?

— Une Mercedes. Noire. Très imposante.

— Combien l'a-t-il payée ?

— Il l'a achetée d'occasion. Dans les cinq mille francs, j'imagine.

— Alors pourquoi vient-il me voir à bicyclette ?

— Peut-être a-t-il besoin d'exercice.

— Non, dit-elle. Il a un secret.

— Et vous, Alexandra, demanda Smiley, avez-vous un secret ? »

Elle entendit sa question qui la fit sourire et hocha la tête à deux reprises, comme si elle s'adressait à quelqu'un de très loin. « Mon secret s'appelle Tatiana.

— C'est un beau nom, dit Smiley. *Tatiana.* Comment êtes-vous tombée dessus ? »

Levant la tête, elle adressa un sourire radieux aux icônes sur le mur. « Il est défendu d'en parler, dit-elle. Si on parle, personne ne vous croira, mais on vous mettra dans une clinique.

— Mais vous êtes déjà dans une clinique », fit observer Smiley.

Elle n'éleva pas la voix, son débit seulement s'accéléra. Elle demeura si absolument immobile qu'elle n'avait même pas l'air de respirer entre les mots. Sa lucidité et sa courtoisie étaient impressionnantes. Elle respectait sa bonté, dit-elle à Smiley, mais elle savait qu'il était un homme extrêmement dangereux, plus dangereux que les professeurs ou que la police. Le Dr Rüdi avait inventé la propriété, les prisons et nombre des habiles arguments grâce auxquels le monde vivait ces mensonges, dit-elle. Mère Félicité était trop près de Dieu, et ne comprenait pas que Dieu était quelqu'un qu'il fallait monter et talonner comme un cheval jusqu'au moment où il vous emmènerait dans la bonne direction.

« Mais vous, Herr Lachmann, vous représentez le pardon des autorités. Oui, j'en ai bien peur. »

Elle soupira et lui adressa un sourire las et indulgent, mais lorsqu'il regarda la table, il vit qu'elle s'était mise à se serrer le pouce et qu'elle le pliait en arrière jusqu'au moment où il sembla sur le point de casser.

« C'est peut-être vous qui êtes mon père, Herr Lachmann, suggéra-t-elle avec un sourire.

— Non, hélas, je n'ai pas d'enfant, répondit Smiley.

— Êtes-vous Dieu ?

— Non, je ne suis qu'une personne ordinaire.

— Mère Félicité dit que dans chaque personne ordinaire il y a une part qui est Dieu. » Cette fois, ce fut au tour de Smiley de mettre un long moment à répondre. Sa bouche s'ouvrit, puis avec une hésitation qui n'était pas dans son caractère, se referma.

« Je l'ai entendu dire aussi, répondit-il et un moment il détourna les yeux.

— Vous êtes censé me demander si je me sens mieux.

— Vous vous sentez mieux, Alexandra ?

— Mon nom est Tatiana, dit-elle.

— Alors comment se sent Tatiana ? »

Elle éclata de rire. Ses yeux brillaient d'un éclat délicieux.

« Tatiana est la fille d'un homme qui est trop important pour exister, dit-elle. Il contrôle toute la Russie, mais il n'existe pas. Quand les gens l'arrêtent, son père s'arrange pour qu'elle soit libérée. Il n'existe pas, mais tout le monde a peur de lui. Tatiana n'existe pas non plus, ajouta-t-elle. Il n'y a qu'Alexandra.

— Et la mère de Tatiana ?

— Elle a été punie, dit Alexandra avec calme, confiant cette information aux icônes autant qu'à Smiley. Elle n'obéissait pas à l'histoire. C'est-à-dire, elle estimait que l'histoire n'avait pas pris le cours qu'il fallait. Elle se trompait. Les gens ne devraient pas essayer de changer l'histoire. C'est la tâche de l'histoire que de changer les gens. J'aimerais que vous m'emmeniez avec vous, s'il vous plaît. Je voudrais quitter cette clinique. »

Ses mains se débattaient furieusement pendant qu'elle continuait à sourire aux icônes.

« Est-ce que Tatiana a jamais rencontré son père ? demanda-t-il.

— Un petit homme veillait d'habitude sur les enfants quand ils allaient à pied jusqu'à l'école », répondit-elle. Il attendit mais elle ne dit rien de plus.

« Et alors? demanda-t-il.

— Depuis une voiture. Il abaissait la vitre, mais il ne regardait que moi.

— Vous le regardiez ?

— Bien sûr. Sinon, comment saurais-je qu'il me regardait ?

— A quoi ressemblait-il ? Quelles étaient ses manières ? Souriait-il ?

— Il fumait. Ne vous gênez pas si vous en avez envie. Mère Félicité aime bien une cigarette de temps en temps. Ma foi, c'est bien naturel, non ? Fumer apaise la conscience, m'a-t-on dit. »

Elle avait pressé le bouton de sonnette : elle avait tendu la main et le pressait depuis un long moment. Il entendit de nouveau le tintement des clefs de mère Félicité, qui s'approchait d'eux par le couloir nu, et le piétinement de ses pieds à la porte lorsqu'elle s'arrêta pour la déverrouiller, tout comme les bruits de n'importe quelle prison au monde.

« Je voudrais aller avec vous dans votre voiture », dit Alexandra.

Smiley paya sa note et Alexandra le regarda compter les billets sous la lampe, exactement comme le faisait oncle Anton. Mère Félicité surprit le regard fasciné d'Alexandra, et peut-être perçut-elle un problème, car elle lança un vif coup d'œil à Smiley, comme si elle le soupçonnait de s'être mal conduit. Alexandra l'accompagna jusqu'à la porte et aida sœur Béatitude à l'ouvrir, puis serra la main de Smiley avec une grande élégance, levant le coude vers l'extérieur et fléchissant le genou le plus en avant. Elle essaya de lui baiser la main, mais sœur Béatitude l'en empêcha. Elle le suivit des yeux jusqu'à la voiture et se mit à agiter la main, et il démarrait déjà lorsqu'il l'entendit hurler de très près et il vit qu'elle essayait d'ouvrir la portière de la voiture pour partir avec lui, mais sœur Béatitude l'arrêta et la traîna, toujours hurlante, jusqu'à la maison.

Une demi-heure plus tard, à Thun, dans la même salle de café d'où il avait observé Grigoriev se rendant à la banque une semaine plus tôt, Smiley, sans un mot, remit à Toby la lettre qu'il avait préparée. Grigoriev devait la remettre à Krassky ce soir ou dès qu'ils se rencontreraient, dit-il.

« Grigoriev veut passer chez nous ce soir », objecta Toby.

Smiley cria. Pour une fois dans sa vie, il cria. Il ouvrit très grand la bouche, il cria, et tout le café en sursauta — c'est-à-dire que la barmaid leva les yeux de ses annonces matrimoniales et que des quatre joueurs de cartes dans le coin, l'un au moins tourna la tête.

« Pas encore ! »

Puis, pour montrer qu'il se maîtrisait parfaitement, il répéta les mots doucement : « Pas encore, Toby. Pardonnez-moi. Pas encore. »

De la lettre que Smiley adressa à Karla par l'intermédiaire de Grigoriev, il n'existe pas de copie, ce qui est peut-être ce que voulait Smiley, mais il ne peut guère y avoir de doute sur son contenu, puisque Karla lui-même avait toujours été un pratiquant autodidacte des arts qu'il se plaisait à qualifier d'impressions. Smiley avait dû exposer les faits bruts : on savait qu'Alexandra était la fille qu'il avait eue d'une maîtresse morte aux tendances antisoviétiques manifestes, qu'il avait arrangé lui-même son départ illicite d'Union soviétique en prétendant qu'elle était son agent secret, qu'il s'était approprié des fonds et des ressources publics ; qu'il avait organisé deux meurtres et peut-être aussi l'exécution officielle de Kirov sur laquelle il se posait encore des questions, tout cela pour protéger son criminel projet. Smiley avait dû souligner que l'amoncellement des preuves en ce sens était tout à fait suffisant, compte tenu de la situation précaire de Karla au sein du Centre de Moscou, pour assurer sa liquidation par ses pairs du Collège ; et que si cela devait arriver, l'avenir de sa fille à l'Ouest — où elle résidait sous une fausse identité — serait, à dire le moins, incertain. Qu'il n'y aurait plus d'argent pour elle et qu'Alexandra deviendrait une exilée perpétuellement souffrante, trimbalée d'un hôpital à un autre, sans amis, sans véritable patrie et sans un sou à son nom. En mettant les choses au pire, elle serait reconduite en Russie pour y être victime de la pleine colère des ennemis de son père.

Après le bâton, Smiley offrait à Karla la même carotte qu'il lui avait proposée vingt ans plus tôt, à Delhi : sauvez votre peau, venez chez nous, dites-nous ce que vous savez et nous vous accueillerons. Un véritable match rejoué, dit plus tard Saul Enderby qui avait un faible pour les métaphores sportives. Smiley avait dû promettre à Karla qu'il serait à l'abri de toute poursuite pour complicité dans le meurtre de Vladimir, et il existe des preuves qu'Enderby obtint une concession similaire par sa liaison allemande en ce qui concernait le meurtre d'Otto Leipzig. Sans aucun doute, Smiley proposa aussi une garantie générale sur l'avenir d'Alexandra à l'Ouest : traitement, entretien et, si besoin en était, citoyenneté. Invoquait-il la parenté, comme il l'avait fait jadis à Delhi ? Faisait-il appel au sens de l'humanité de Karla, qui se manifestait maintenant si ouvertement ? Ajoutait-il quelque habile assaisonnement, conçu pour épargner toute humiliation à Karla et, connaissant son orgueil, le dissuader peut-être d'un geste d'autodestruction ?

Assurément il laissa à Karla très peu de temps pour se décider. Car cela aussi est un axiome de la pression, comme Karla s'en rendait bien compte : le temps de réfléchir est dangereux, surtout que dans ce cas-là, on avait toute raison de supposer que c'était dangereux pour Smiley aussi, encore que ce fût pour des raisons bien différentes. Il aurait pu, à la onzième heure, se laisser attendrir. Seul l'appel immédiat à l'action, dit le folklore de Sarratt, forcera la proie à échapper aux liens qui l'entravent et, au mépris de tout instinct né ou enseigné, à prendre la poudre d'escampette. On peut dire en cette occasion que la même chose s'appliquait aussi bien au chasseur.

27

C'est comme jouer tout son argent sur le noir, songea Guillam, en regardant par la fenêtre du café : tout ce qu'on a au monde, sa femme, son enfant à naître. Et puis on attend, heure après heure, que le croupier fasse tourner la roulette.

Il avait connu Berlin quand c'était la capitale mondiale de la guerre froide, quand chaque coin de passage de l'Est à l'Ouest baignait dans la tension d'une opération chirurgicale majeure. Il se rappelait comment, par des nuits comme celle-ci, de petits groupes de policiers de Berlin et de soldats alliés se rassemblaient sous les lampes à arc, en battant des pieds, en maudissant le froid, en déplaçant leur fusil d'une épaule à l'autre, en se lançant au visage des bouffées d'haleine glacée. Il se rappelait comment les chars attendaient, grondant pour maintenir leurs moteurs chauds, les canons de leurs tourelles fixant des cibles de l'autre côté, feignant la force. Il se rappelait la plainte soudaine des klaxons d'alarme et la ruée vers la Bernauerstrasse ou vers tout autre endroit où pouvait se situer la dernière tentative d'évasion. Il se rappelait les échelles de pompiers qui montaient ; les ordres de riposter aux tirs ; les ordres de ne pas riposter ; les morts, dont certains étaient des agents. Mais après ce soir, il savait qu'il n'en garderait que ce souvenir-ci : si sombre qu'on avait envie de prendre une torche avec soi dans la rue, si calme qu'on aurait entendu armer un fusil de l'autre côté de la rivière.

« Quelle couverture va-t-il utiliser ? » demanda-t-il.

Smiley était assis en face de lui de l'autre côté de la petite table en plastique, une tasse de café froid à côté de lui. Il avait, on ne sait pourquoi, l'air plus petit dans son pardessus.

« Quelque chose de très humble, dit Smiley. Quelque chose qui convienne. Ceux qui passent ici sont pour la plupart de vieux retraités, j'imagine. » Il fumait une des cigarettes de Guillam et cela semblait occuper toute son attention.

« Que diable des retraités viennent-ils chercher ici ? demanda Guillam.

— Certains, du travail. D'autres viennent voir des parents. Je crois malheureusement que je n'ai pas fait une enquête très serrée. »

Guillam n'était toujours pas satisfait.

« Nous autres retraités, nous avons tendance à faire bande à part, ajouta Smiley, dans un piètre effort pour faire de l'humour.

— Comme vous dites », fit Guillam.

Le café se trouvait dans le quartier turc, car les Turcs sont maintenant les pauvres Blancs de Berlin-Ouest, et que c'est près du Mur que les maisons sont les plus affreuses et les moins chères. Smiley et Guillam étaient les seuls étrangers. A une longue table était assise toute une famille turque, mâchonnant du pain sans levain et buvant du café et du coca-cola. Les enfants avaient le crâne rasé et des grands yeux étonnés de réfugiés. Un vieux magnétophone jouait de la musique islamique. Des bandes de plastique en couleur pendaient de l'arche en planches d'un pas de porte islamique.

Le regard de Guillam revint à la fenêtre et au pont. D'abord les quais de la voie ferrée qui l'enjambait, auprès de la vieille maison de brique que Sam Collins et son équipe avaient discrètement réquisitionnée comme centre d'observation. Ces deux derniers jours, ses hommes s'y étaient installés subrepticement. Puis venait le halo blanc des lampes à vapeur de sodium et derrière, il y avait une barricade, une casemate, puis le pont. Le pont était uniquement pour les piétons, et la seule façon de le franchir était un couloir délimité par des barrières d'acier, comme dans une volière, ayant parfois la largeur d'un homme et parfois de trois. Parfois quelqu'un traversait, gardant un air humble et un pas régulier afin de ne pas inquiéter la sentinelle du mirador, puis s'avançant dans le halo de vapeur de sodium en arrivant à l'Ouest. De jour, le couloir était gris, de nuit, pour on ne sait quelle raison, jaune et d'une couleur étrangement vive. La casemate était à un mètre ou deux à l'intérieur de la frontière, son toit dépassant tout juste la barricade, mais c'était le mirador qui dominait tout, un pilier rectangulaire de fer noir au centre du pont. Même la neige l'évitait. Il y avait de la neige sur les dents de béton qui bloquaient le pont à la circulation, la neige tourbillonnait dans le halo et autour de la casemate avant de recouvrir le pavé humide ; mais le mirador demeurait intact, comme si même la neige ne voulait pas en approcher de son plein gré. Juste après le halo, le couloir se rétrécissait jusqu'à une dernière porte débouchant sur une sorte d'enclos. Mais cette porte, expliqua Toby, pouvait être verrouillée électriquement depuis la casemate en un instant.

Il était 10 h 30, mais il aurait pu être 3 heures du matin, car le long de ces frontières, Berlin-Ouest se couche avec le jour. A l'intérieur, la ville-îlot peut discuter, boire, courir la gueuse et dépenser son argent ; les enseignes Sony, les églises et les salles de conférences reconstruites peuvent étinceler comme un parc d'attractions ; mais les sombres rives de la zone frontière sont silencieuses depuis 7 heures du soir. Non loin du halo se dressait un arbre de Noël, mais seule la moitié supérieure en était éclairée, seule la moitié supérieure en était visible de l'autre côté de la rivière. C'est un endroit sans compromis, se dit Guillam, un endroit où il n'y a pas de troisième voie. Malgré toutes les réserves qu'il pouvait de temps en temps formuler sur la liberté occidentale, ici, sur cette frontière, comme presque tout, ces réserves s'arrêtaient net.

« George ? » murmura Guillam en jetant à Smiley un regard interrogateur.

Un ouvrier venait de déboucher dans le halo. Il parut s'y élever comme c'était toujours le cas dès l'instant qu'ils sortaient du couloir, comme si un fardeau venait de tomber de leurs épaules. Il avait à la main un petit porte-documents et ce qui ressemblait à une lanterne de cheminot. Il semblait plutôt frêle. Smiley, s'il avait remarqué l'homme, s'était déjà replongé dans le col de son manteau marron et dans ses pensées lointaines et solitaires. « S'il vient, il viendra à l'heure », avait dit Smiley. « Alors pourquoi nous postons-nous ici avec deux heures d'avance ? » avait eu envie de demander Guillam. Pourquoi restons-nous assis ici, comme deux étrangers, à boire du café douceâtre dans de petites tasses, baignés dans la vapeur de cette abominable cuisine turque, à échanger des platitudes. Mais il connaissait déjà la réponse. Parce que nous le *devons*, aurait dit Smiley s'il avait été d'humeur à bavarder. Parce que nous devons être cette solitude et cette attente, nous devons cette veille à l'effort d'un homme pour échapper au système qu'il a contribué à créer. Car dès l'instant qu'il s'efforce de nous atteindre, nous sommes ses amis. Personne d'autre n'est de son côté.

Il viendra, se dit Guillam. Il ne viendra pas. Peut-être que si. Si ce n'est pas une prière, songea-t-il, qu'est-ce que c'est ?

« Encore du café, George ?

— Non, merci, Peter. Non, je ne pense pas. Non.

— Ils ont l'air d'avoir une sorte de soupe. A moins que ce ne soit le café.

— Merci, je crois que j'ai absorbé tout ce dont je suis capable, dit Smiley d'un tont tout à fait normal, comme si peu lui importait de savoir si on l'entendait ou non.

— Alors peut-être que je vais simplement commander quelque chose pour le loyer, dit Guillam.

— Le loyer ? Oh ! pardon, bien sûr. Dieu sait qu'il faut bien qu'ils vivent. »

Guillam commanda deux autres cafés et les régla. Il payait au fur et à mesure, exprès, au cas où ils devraient partir précipitamment.

Viens, pour George, dit-il. Viens, pour moi. Viens pour nous tous et sois l'impossible moisson dont nous rêvons depuis si longtemps.

« Quand disiez-vous que le bébé devait naître, Peter ?

— Mars.

— Ah ! Mars. Comment l'appellerez-vous ?

— Nous n'y avons pas encore vraiment pensé. »

De l'autre côté de la rue, à la lueur d'un magasin de meubles qui vendait du fer forgé moderne et des tapisseries, de faux mousquets et des imitations d'étain, Guillam aperçut la silhouette emmitouflée de Toby Esterhase, avec son bonnet de fourrure balkanique, qui faisait semblant d'examiner les marchandises. Toby et son équipe avaient les rues, Sam Collins avait le poste d'observation... C'était cela l'arrangement. Pour les voitures de fuite, Toby avait insisté pour qu'on choisît des taxis, et ils étaient là, trois voitures, minables à souhait, dans l'obscurité des arcades de la gare, avec, sur leurs pare-brise, des panneaux annonçant : « pas en service », et leurs chauffeurs plantés près du kiosque de l'*Imbiss*, à manger des saucisses à la sauce rémoulade dans des assiettes en carton.

Toby l'avait prévenu : *Cet endroit est un vrai champ de mines, Peter. Des Turcs, des Grecs, des Yougoslaves, un tas de canailles — même les foutus chats sont piégés, je n'exagère pas.*

Pas un murmure nulle part, avait ordonné Smiley. *Pas un chuchotement Peter. Dites-le à Collins.*

Viens, songea Guillam, de façon pressante. Nous commençons tous à prendre racine en t'attendant. Viens.

Derrière Toby, Guillam leva lentement son regard jusqu'à la fenêtre du dernier étage de la vieille maison où était situé le poste d'observation de Collins. Guillam avait fait son temps à Berlin, il avait fait partie d'une douzaine d'opérations. Les télescopes et les appareils de photo, les micros directionnels, toute la quincaillerie inutile qui était censée rendre l'attente plus facile ; le crépitement des radios, les relents de café et de tabac, les châlits. Il imaginait le policier ouest-allemand choisi par eux, qui n'avait aucune idée de la raison pour laquelle on l'avait amené ici et qui devrait rester jusqu'à ce que l'opération fût abandonnée ou qu'elle eût réussi — l'homme qui connaissait le pont par cœur, qui pouvait distinguer les habitués des nouveaux venus et repérer le moindre mauvais signe à l'instant où il se produisait : la façon dont, en silence, on doublait les effectifs de la garde, les fins tireurs Vopos qui se glissaient sans bruit à leur place.

Et s'ils l'abattent ? songea Guillam. S'ils l'arrêtent ? S'ils le laissent — ce qu'ils aimeraient sûrement faire et ce qu'ils avaient fait à bien d'autres auparavant — saigner à mort, le visage contre le sol au milieu du passage à moins de deux mètres du halo ?

Viens, se dit-il, avec moins de certitude, lançant ses prières vers l'horizon noir de l'Est. Viens quand même.

Un petit faisceau lumineux très brillant s'alluma un instant derrière la fenêtre d'en haut du côté ouest de la maison d'observation, et Guillam se leva aussitôt. Il se retourna pour voir Smiley déjà à mi-chemin de la porte. Toby Esterhase les attendait sur le trottoir.

« Ça n'est qu'une possibilité, George, dit-il doucement, du ton d'un homme se préparant à être déçu. Rien qu'une vague chance, mais ça pourrait être notre homme. »

Ils le suivirent sans un mot de plus. Le froid était mordant. Ils passèrent devant une échoppe de tailleur où deux filles aux cheveux bruns cousaient derrière la vitrine. Ils passèrent devant des affiches proposant des vacances d'hiver à bon marché, la mort pour les fascistes et pour le shah. Le froid leur coupait le souffle. Tournant le visage pour se protéger de la neige tourbillonnante, Guillam aperçut un terrain de jeu pour enfants installé avec de vieilles traverses de chemin de fer. Ils passèrent entre des immeubles noirs et morts, ils prirent à droite la rue pavée, qui, dans une obscurité glaciale, menait au bord de la rivière, où un vieil abri en madriers avec des meurtrières leur offrait une vue sur toute l'enjambée du pont. A leur gauche, noire sur le fond de la rivière hostile, une haute croix de bois, garnie de barbelés, honorait la mémoire d'un inconnu qui n'avait pas tout à fait réussi à s'échapper.

En silence, Toby tira de son manteau une paire de jumelles et les tendit à Smiley.

« George. Écoutez, bonne chance, hein ? »

La main de Toby se referma un instant sur le bras de Guillam. Puis il disparut de nouveau dans l'ombre.

L'abri sentait la feuille moisie et l'humidité. Smiley s'accroupit derrière la meurtrière, les pans de son manteau de tweed traînant dans la boue, tandis qu'il inspectait la scène devant lui comme si elle offrait toute l'étendue de sa longue vie. La rivière était large et lente, embrumée de froid. Des lampes à arc jouaient sur l'eau et la neige dansait dans leur faisceau. Le pont s'étendait sur de gros piliers de pierre, au nombre de six ou huit, qui s'élargissaient comme de grosses chaussures en atteignant l'eau. Il y avait des arcs entre les piliers, sauf au centre, où le tablier était plat pour laisser le passage à la navigation, mais le seul navire était un patrouilleur gris ancré sur la rive est, et le seul commerce qu'il offrait, c'était la mort. Derrière le pont, comme son ombre immense, se dressait le viaduc du chemin de fer, mais comme la rivière il était délaissé et aucun train, jamais, ne le franchissait. Sur l'autre rive, les entrepôts se dressaient monstrueux comme les carcasses d'une ancienne civilisation barbare, et le pont avec son passage jaune semblait bondir depuis là-bas à mi-hauteur, comme une fantastique traînée lumineuse qui traversait les ténèbres. De son poste d'observation, Smiley pouvait en balayer toute la longueur avec ses jumelles, depuis le baraquement blanc éclairé par les projecteurs sur la rive est, jusqu'au mirador noir à la crête, puis en redescendant légèrement vers le côté ouest : jusqu'à l'enclos, la casemate qui contrôlait la porte, et enfin le halo.

Guillam n'était qu'à quelques pas derrière lui, mais il aurait aussi bien pu être rentré à Paris pour l'attention que Smiley lui prêtait : il avait vu la silhouette noire et solitaire amorcer son voyage ; il avait vu briller la lueur de la cigarette au moment où il en tirait une dernière bouffée, et le rougeoiement qui était tombé en comète vers l'eau lorsqu'il l'avait lancée par-dessus la barrière de fer de l'étroit couloir. Un homme de petite taille, en vareuse d'ouvrier, avec une sacoche d'ouvrier, en travers de sa petite poitrine, ne marchant ni vite ni lentement, mais comme un homme qui marchait beaucoup. Un petit homme, son corps un rien trop long pour ses jambes, et sans chapeau malgré la neige.

C'est tout ce qui se passe, songea Smiley ; un petit homme traverse un pont.

« Est-ce lui ? chuchota Guillam. George, dites-moi ! C'est Karla ? »

Ne viens pas, songea Smiley. *Tirez*, se dit Smiley en s'adressant aux gens de Karla, et pas aux siens. Il y avait tout d'un coup quelque chose de terrible dans cette prescience que cette minuscule créature allait se détacher du noir château fort derrière lui. Abattez-le du mirador. Abattez-le de la casemate, du baraquement blanc, du nid-de-pie tout en haut de la prison. Claquez-lui la porte au nez, taillez-le en pièces, votre traître, tuez-le ! Dans son imagination qui galopait, il voyait la scène se dérouler : à la dernière minute, la découverte, par le Centre de Moscou, de l'infamie de Karla ; les coups de téléphone à la frontière : « Arrêtez-le à tout prix ! » Et les coups de feu, jamais trop — mais assez pour frapper un homme une fois ou deux et attendre.

« C'est lui ! murmura Guillam. (Il avait pris les jumelles dans la main sans défense de Smiley.) C'est le même homme ! La photographie qui était accrochée à votre mur au Cirque ! George, quel miracle vous avez fait ! »

Mais dans son imagination, Smiley ne voyait que le projecteur des Vopos convergeant sur Karla comme si c'était un lièvre dans le feu des phares, si sombre contre la neige, et la fuite désespérée du vieil homme qu'était Karla avant que les balles ne le précipitent à terre comme une poupée de chiffon.

Comme Guillam, Smiley avait déjà vu tout cela. Franchissant la rivière, son regard de nouveau plongea dans les ténèbres, et un affreux vertige le saisit tandis que le mal même qu'il avait combattu semblait s'efforcer de s'emparer de lui et de le revendiquer malgré ses efforts en le traitant de traître aussi ; se moquant de lui et en même temps applaudissant à sa trahison. Sur Karla s'est abattue la malédiction de la compassion de Smiley, sur Smiley la malédiction du fanatisme de Karla. Je les détruis avec les armes que j'abhorrais et elles sont les siennes. Nous avons chacun franchi la frontière de l'autre, nous sommes les fantômes de ce no man's land.

« Continue à avancer, murmurait Guillam. Continue à avancer, que rien ne t'arrête. » Au moment d'approcher la silhouette noire du mirador, Karla fit deux pas plus courts et Smiley crut vraiment un instant qu'il allait peut-être changer d'avis et se rendre aux Allemands de l'Est. Puis il vit une flamme jaillir comme une langue de chat : Karla allumait une autre cigarette. Avec une allumette ou un briquet ? se demanda-t-il. *A George, de la part d'Ann avec tout mon amour.*

« Bon sang, il ne s'énerve pas ! » dit Guillam.

La petite silhouette repartit, mais d'une démarche plus lente, comme si la lassitude gagnait Karla. Il rassemble son courage pour le dernier pas, songea Smiley, ou bien il essaie de refroidir son courage. Il pensait à Vladimir et à Otto Leipzig et au défunt Kirov, il pensait à Haydon et à l'œuvre de sa vie ; il pensait à Ann, à jamais souillée pour lui par l'habileté de Karla et les étreintes calculées de Haydon. Il récitait dans son désespoir toute une liste de crimes — les tortures, les meurtres, la suite sans fin de corruptions — à déposer sur les frêles épaules de cet unique piéton franchissant le pont, mais elles ne voulaient pas y rester ; il ne voulait pas de ces dépouilles, acquises par ces méthodes-là. Comme un gouffre béant, l'horizon déchiqueté persistait à lui faire signe, les tourbillons de neige en faisaient un enfer. Une seconde de plus, Smiley s'arrêta au bord, sur la rive de la rivière bouillonnante.

Ils s'étaient engagés sur le chemin de halage, Guillam devant, Smiley suivant à contrecœur. Le halo brûlait devant eux, s'élargissant à mesure qu'ils en approchaient. *Comme deux passants ordinaires,* avait dit Toby. *Avancez simplement jusqu'au pont et attendez, c'est normal.* De l'obscurité qui les entourait, Smiley entendait des voix qui chuchotaient et les bruits vifs et humides des mouvements précipités de gens tendus. « George, murmura quelqu'un. George. » D'une cabine téléphonique jaune, une silhouette inconnue leva une main dans un salut discret, et il entendit le mot « triomphe » qu'on lui lançait furtivement dans l'air humide et glacé. La neige embuait ses lunettes, et il avait du mal à voir. Le poste d'observation était sur leur droite, pas une lumière ne brûlait aux fenêtres. Il distingua une camionnette garée devant l'entrée de l'immeuble et il se rendit compte que c'était un camion des postes de Berlin, un des véhicules préférés de Toby. Guillam restait en arrière. Smiley entendit une phrase dans le genre de : « Allez chercher son prix. »

Ils étaient arrivés au bord du halo. Un rempart orange dissimulait aux regards le pont et la chicane. Ils étaient hors de vue du mirador. Juché au-dessus de l'arbre de Noël, Toby Esterhase était perché sur l'échelle d'observation avec une paire de jumelles, jouant avec calme le touriste de la guerre froide. Une observatrice replète était auprès de lui. Un vieux panneau les prévenait qu'ils étaient là à leurs risques et périls. Sur le viaduc de brique en ruine derrière eux, Smiley distingua des armoiries oubliées. Toby fit un petit geste de la main : *Les pouces en l'air, c'est bien notre homme.* De l'autre côté du rempart, Smiley entendit des pas légers et la vibration d'une barrière métallique. Il perçut le parfum d'une cigarette américaine que le vent glacé poussait par bouffées devant le fumeur. Il y a encore la porte électrique, songea-t-il ; il attendait d'entendre le déclic de sa fermeture, mais rien ne vint. Il se rendit compte qu'il n'avait pas de vrai nom pour s'adresser à son ennemi : rien qu'un nom de code, et un nom de femme par-dessus le marché. Même son grade était un mystère. Et pourtant Smiley hésitait, comme un homme qui refuse de monter sur la scène.

Guillam l'avait rejoint et semblait essayer de le pousser en avant. Il entendit des pas étouffés : c'étaient les guetteurs de Toby qui un par un se rassemblaient à la lisière du halo, hors de vue, à l'abri du rempart, attendant en retenant leur souffle d'apercevoir leur proie. Et tout d'un coup, il apparut, comme un homme qui se glisse dans un hall encombré sans qu'on l'ait remarqué. Sa petite main droite pendait plate et nue le long de son corps, sa gauche tenait d'un geste timide la cigarette sur sa poitrine. Un petit homme, sans chapeau, avec une sacoche. Il fit un pas en avant et dans le halo Smiley distingua son visage, vieilli, las et usé par les voyages, les cheveux courts blanchis par les flocons de neige. Il portait une chemise douteuse et une cravate noire : on aurait dit un pauvre allant à l'enterrement d'un ami. Le froid lui pinçait les joues, ajoutant à son âge.

Ils se dévisagèrent ; ils étaient peut-être à un mètre l'un de l'autre, à peu près comme ils l'étaient dans la prison de Delhi. Smiley entendit d'autres pas, et cette fois c'était Toby qui descendait à toute allure l'échelle de bois de son échafaudage. Il entendit des voix et des rires étouffés ; il crut même entendre des bruits de claques dans le dos, mais il n'en fut jamais sûr ; il y avait des ombres partout et, une fois à l'intérieur du halo, il avait du mal à voir dans le noir. Paul Skordeno se glissa en avant et se planta d'un côté de Karla ; Nick de Silsky se planta de l'autre. Il entendit Guillam dire à quelqu'un d'amener cette foutue voiture ici avant que les autres ne traversent le pont pour venir le rechercher. Il entendit le tintement d'un objet métallique qui tombait sur le pavé glacé, et il sut que c'était le briquet d'Ann, mais personne d'autre ne parut le remarquer. Ils échangèrent encore un coup d'œil, et peut-être chacun pendant cette seconde-là vit-il dans l'autre quelque chose de lui-même. Il entendit le crissement des pneus de voiture et le bruit des portières qui s'ouvraient, pendant que le moteur tournait toujours. De Silsky et Skordeno s'approchèrent et Karla avec eux, pourtant ils ne le touchaient pas, il semblait avoir acquis déjà les façons soumises d'un prisonnier, il les avait apprises à dure école. Smiley resta où il était et tous trois passèrent sans bruit devant lui, tous, semblait-il, trop absorbés par la cérémonie pour lui prêter attention. Le halo était vide. Il entendit les portières de la voiture qui se refermaient doucement et le bruit du moteur qui s'éloignait. Il entendit deux autres voitures partir après la première, avec elle. Il ne les regarda pas s'en aller. Il sentit Toby Esterhase qui le prenait aux épaules et vit qu'il avait les yeux pleins de larmes.

« George, commença-t-il. Toute votre vie. Fantastique ! »

Quelque chose alors dans la raideur de Smiley fit s'écarter Toby, et Smiley lui-même s'empressa de sortir du halo, passant tout près en chemin du briquet d'Ann. Il gisait à la lisière même du halo, un peu incliné, étincelant sur le pavé comme une pyrite qu'on aurait pris pour une pépite. Il songea à le ramasser, mais au fond cela semblait inutile et personne d'autre ne paraissait l'avoir vu. Quelqu'un lui serrait la main, quelqu'un d'autre lui frappait sur l'épaule. Toby doucement les retint.

« Faites attention à vous, George, lui dit Toby. Portez-vous bien, vous m'entendez ? »

Smiley entendit les gens de l'équipe de Toby s'en aller un par un, jusqu'au moment où il ne resta que Peter Guillam. Revenant un peu en arrière sur la berge, presque jusqu'à l'endroit où était plantée la croix, Smiley jeta encore un regard au pont, comme pour s'assurer si rien n'avait changé, mais de toute évidence c'était le cas, et bien que le vent semblât un peu plus fort, la neige continuait à tourbillonner en tous sens.

Peter Guillam lui toucha le bras.

« Venez, mon vieil ami, dit-il. C'est l'heure d'aller au lit. »

Par une vieille habitude, Smiley avait ôté ses lunettes et les fourbissait d'un geste absent avec le gros bout de sa cravate, bien qu'il lui eût fallu pour cela plonger entre les plis de son manteau de tweed.

« George, vous avez gagné, dit Guillam tandis qu'ils revenaient à pas lents vers la voiture.

— Vous croyez ? fit Smiley. Oui. Oui, ma foi, je pense que oui. »

UNE PETITE VILLE EN ALLEMAGNE

(A Small Town in Germany)

Roman traduit de l'anglais
par Jean Rosenthal

Prologue

LE CHASSEUR ET LE CHASSÉ

Minuit moins dix : un pieux vendredi de mai et une brume légère montant du fleuve qui recouvrait la place du Marché. Bonn était une ville balkanique, impure et secrète, sous son réseau de fils de tramways. Bonn était une maison plongée dans l'ombre où quelqu'un était mort, une maison enveloppée d'un deuil catholique et gardée par des policiers. Leurs manteaux de cuir brillaient à la lueur des lampadaires, les drapeaux noirs pendaient au-dessus d'eux comme des oiseaux. On aurait dit que seuls ils n'avaient pas entendu l'alarme et n'avaient pas fui. De temps en temps une voiture, de temps en temps un piéton passait rapidement en laissant un sillage de silence. Un tram se fit entendre, mais au loin. Dans la devanture de l'épicier, du haut d'une pyramide de boîtes de conserve, une pancarte manuscrite signalait le danger : « Faites vos provisions maintenant ! » Au milieu des miettes, des cochons en massepain comme des souris sans poil proclamaient la Toussaint oubliée.

Seules les affiches parlaient. Pendant des arbres et des réverbères, elles menaient leur guerre inutile, toutes à la même hauteur comme si c'était le règlement, elles étaient imprimées à l'encre phosphorescente, collées sur du contreplaqué et drapées de minces bandes de crêpe noir et elles surgissaient éclatantes, devant ses pas pressés. « Renvoyez les travailleurs étrangers chez eux ! » « Débarrassez-nous de la putain de Bonn ! » « Union de l'Allemagne d'abord, de l'Europe ensuite ! » Et la plus grande était installée au-dessus d'eux, une énorme banderole qui barrait toute la largeur de la rue : « Ouvrez la route de l'Est, la route de l'Ouest est une impasse. » Ses yeux sombres ne les regardaient même pas. Un policier qui battait la semelle grimaça un sourire à son intention en faisant une plaisanterie à propos du temps ; un autre l'interpella mais sans conviction ; un troisième cria « *Guten Abend !* » mais il ne répondit pas ; car il ne s'intéressait qu'à la silhouette rebondie à cent pas devant lui, qui trottinait au long de la large avenue, entrant dans l'ombre d'un drapeau noir, puis en émergeant quand la lueur blafarde d'un réverbère le reprenait.

Les ténèbres n'avaient pas fait plus de cérémonie pour venir que le jour gris pour s'en aller, mais pour une fois la nuit était fraîche et sentait l'hiver. Durant presque toute l'année, Bonn n'a pas de saison : ce qui compte, c'est le climat qu'il fait à l'intérieur, un climat à migraines, tiède et plat comme de l'eau mise en bouteille, un climat d'attente, de goûts amers pris aux eaux lentes du fleuve, un climat de fatigue et de croissance nonchalante, et l'air est un vent épuisé qui tombe sur la plaine, et le soir quand il vient n'est rien qu'un assombrissement de la brume de la journée, avec les lampadaires qui s'allument dans le brouhaha des rues. Mais en cette nuit de printemps l'hiver était revenu faire une visite, remontant sournoisement la vallée du Rhin à la faveur de l'ombre, et la morsure de cette bise inattendue leur faisait hâter le pas. Le froid faisait pleurer les yeux du plus petit des deux hommes, fixés droit devant lui.

L'avenue tournait, et ils longeaient les murs jaunes de l'université. « Démocrates ! Pendez le baron de la presse ! « Le monde appartient aux jeunes ! » « Rien pour les roitelets anglais ! » « Axel Springer à la potence ! » « Vive Axel Springer ! » « La contestation c'est la liberté. » Ces affiches étaient faites en gravure sur bois sur une presse appartenant aux étudiants. Plus haut le feuillage tout neuf étincelait en une voûte de vitraux verts morcelés. A cet endroit l'éclairage était plus fort et les policiers plus rares. Les deux hommes marchaient toujours, sans accélérer ni ralentir le pas ; le premier avait la démarche affairée d'un bedeau. Son pas, bien que vif, avait quelque chose de théâtral et de maladroit comme s'il était descendu d'une scène plus noble ; il avait une allure tout imprégnée de la dignité d'un bourgeois allemand. Ses bras courts se balançaient à ses côtés et il se tenait le dos très droit. Savait-il qu'il était suivi ? Il levait la tête d'un air autoritaire, mais l'autorité lui seyait mal. Était-ce un homme attiré par ce qu'il voyait ? Ou bien poussé par ce qu'il laissait derrière lui ? Était-ce la peur alors qui l'empêchait de se retourner ? Mais un homme bien installé dans la vie ne bouge pas la tête. L'autre homme marchait d'un pas léger dans son sillage. Un lutin immatériel comme la nuit, se glissant à travers les ombres comme si c'étaient les mailles d'un filet : un clown traquant un courtisan.

Ils pénétrèrent dans une ruelle étroite, pleine de relents aigres de nourriture. Là encore les murs les interpellaient, mais cette fois en reprenant la liturgie révélatrice de la publicité allemande : « Les hommes forts boivent de la bière ! » « La connaissance c'est la puissance », « Lisez les livres de Molden ! » Là, pour la première fois, l'écho de leurs pas se mêlaient : c'était comme un défi qu'on ne pouvait plus ignorer ; pour la première fois l'homme bien installé dans la vie parut s'éveiller, sentant le danger derrière lui. Ce n'était qu'une rupture à peine perceptible, qu'un infime défaut dans le rythme décidé et majestueux de sa démarche ; mais cela l'amena au bord du trottoir, loin de l'obscurité des murs et il parut trouver quelque réconfort dans ces zones mieux éclairées où les lampadaires et les policiers pouvaient le protéger. Son poursuivant toutefois ne renonçait pas. « Rendez-vous à Hanovre ! » criait une affiche. « Karfeld parle à Hanovre ! » « Rendez-vous à Hanovre dimanche ! »

Un tram vide passa, ses vitres protégées par un filet d'albuplast. La cloche esseulée d'une église entama son carillon monotone, pleurant la vertu chrétienne dans une cité déserte. Ils marchaient toujours, plus près l'un de l'autre, mais l'homme devant continuait à ne pas se retourner. Ils tournèrent un autre coin ; devant eux, la grande flèche du ministère se découpait comme une pointe métallique sur le ciel vide. Comme à regret d'autres cloches vinrent répondre aux échos de la première jusqu'à ce que sur toute la ville s'élevât une lente cacophonie de carillons incertains. Était-ce un angélus ? Une alerte aérienne ? Un jeune policier, posté sur le seuil d'un magasin d'articles de sport, se découvrit. Sur le porche de la cathédrale, un cierge brûlait dans une tulipe de verre rouge ; sur un côté de l'édifice il y avait une librairie religieuse. Le petit homme replet s'arrêta, se pencha en avant comme pour examiner quelque chose dans la vitrine ; jeta un coup d'œil vers la rue ; et à cet instant la lumière de la vitrine vint éclairer ses traits. L'autre homme se précipita en avant ; s'arrêta ; repartit en courant ; c'était trop tard.

La limousine s'était arrêtée, une Opel Rekord conduite par un homme pâle dissimulé par le verre fumé des vitres. La portière arrière s'ouvrit et se referma ; pesamment la voiture prit de la vitesse, indifférente au cri perçant qui montait, un cri de fureur et d'accusation, un cri de total échec et de totale amertume qui, comme arraché de force à la poitrine de l'homme qui le lançait, retentit brusquement dans la rue déserte et tout aussi brusquement s'étrangla. Le policier pivota sur ses talons, sa torche allumée. Pris dans son faisceau, le petit homme ne bougeait pas ; il suivait des yeux la limousine. Secouée sur le pavé, dérapant un peu sur les rails humides, sans se soucier des feux rouges, elle avait disparu vers l'ouest, du côté des collines illuminées.

« Qui êtes-vous ? » Le faisceau de la torche restait braqué sur le manteau de tweed anglais, trop velu pour un si petit homme, sur les fines chaussures grises de boue, sur les yeux sombres et qui ne cillaient pas.

« Qui êtes-vous ? » répéta le policier ; car les cloches sonnaient partout maintenant et leurs échos s'attardaient étrangement.

Une petite main disparut dans les plis du manteau et en ressortit avec un porte-cartes en cuir. Le policier le prit maladroitement, l'ouvrit tout en essayant de s'accommoder de sa torche et du pistolet noir qu'il tenait tant bien que mal dans sa main gauche.

« Qu'est-ce qui s'est passé ? demanda le policier tout en lui rendant le portefeuille. Pourquoi avez-vous crié ? »

Le petit homme ne répondit pas. Il avait fait quelques pas.

« Vous ne l'avez jamais vu ? demanda-t-il, regardant toujours du côté où avait disparu la voiture ; vous ne savez pas qui c'était ? » Il parlait d'une voix douce, comme s'ils étaient des enfants qui dormaient dans les chambres du haut ; une voix vulnérable, qui respectait le silence.

« Non. »

Le visage acéré, marqué de rides profondes, s'éclaira d'un sourire conciliant.

« Pardonnez-moi. J'ai commis une erreur stupide. J'ai cru le reconnaître. » Son accent n'était ni tout à fait anglais ni tout à fait allemand, il évoquait un *no man's land* personnellement choisi, juste entre les deux. Et on sentait à l'entendre que l'homme était prêt à le pousser un peu dans l'une ou l'autre direction, si cela risquait d'incommoder son auditeur.

« C'est la saison, dit le petit homme, décidé à faire la conversation. Ce froid soudain, on regarde davantage les gens. »

Il ouvrit une boîte de petits cigares hollandais et il en offrait un au policier. Celui-ci refusa, alors il en alluma un pour lui.

« Ce sont les émeutes, répondit lentement le policier. Les drapeaux, les slogans. On est tous nerveux en ce moment. Cette semaine Hanovre, la semaine dernière Francfort. Ça chambarde tout. » C'était un jeune homme et il avait étudié pour entrer dans la police. « On devrait leur interdire davantage de manifester, ajouta-t-il, reprenant la formule habituelle : comme les communistes. »

Il salua nonchalamment ; une fois de plus l'étranger sourit, un dernier sourire, soumis, cherchant le contact et qui s'effaça à regret. Puis disparut.

Restant où il était, le policier écouta attentivement les pas qui s'éloignaient. Ils s'arrêtèrent, puis reprirent, plus vite et — était-ce un effet de son imagination ? — avec une plus grande conviction qu'avant. Il resta un moment songeur.

« A Bonn, se dit-il en soupirant et se rappelant le pas léger de l'étranger, même les rigolos sont des fonctionnaires. »

Tirant son carnet, il nota soigneusement l'heure, le lieu et la nature de l'incident. Ce n'était pas un homme à l'esprit vif, mais on admirait sa conscience professionnelle. Cela fait, il ajouta le numéro de la voiture qui, on ne sait pourquoi, était demeuré gravé dans son esprit. Brusquement il s'arrêta ; il fixa ce qu'il venait d'écrire ; le nom et le numéro de la voiture ; il pensa à l'homme un peu replet, à son pas allongé, et son cœur se mit à battre très vite. Il se rappela les instructions secrètes qu'il avait lues sur le tableau de service du commissariat, avec la petite photographie rendue un peu floue par les années. Le carnet toujours à la main, il se précipita vers la cabine téléphonique aussi vite que ses bottes pouvaient le porter.

Tout là-bas là-bas dans
Une petite ville en Allemagne
Vivait un cordonnier
Qui s'appelait Schumann

Ich bin ein Musikant
Ich bin für das Vaterland
Regardez ma grosse caisse
Et la façon dont j'en joue !

Chanson à boire qu'on chantait, avec des variations obscènes, dans les mess britanniques en Allemagne occupée, aux accents de la *Marche militaire.*

1

Mr MEADOWES ET Mr CORK

« Pourquoi ne descendez-vous pas pour continuer à pied ? C'est ce que je ferais si j'avais votre âge. Ce serait plus rapide que de rester assis au milieu de cette cohue.

— Ça va très bien, dit Cork, l'employé du Chiffre albinos, en jetant un regard inquiet à l'homme d'un certain âge assis au volant à côté de lui. Nous serons tout bonnement obligés de nous dépêcher lentement », ajouta-t-il de son ton le plus conciliant. Cork était un cockney, vif comme l'air, et cela le préoccupait de voir Meadowes dans tous ses états. « Il va bien falloir le supporter, n'est-ce pas, Arthur ?

— J'aimerais flanquer tous ces salopards dans le Rhin.

— Vous savez très bien que vous ne le feriez pas. »

On était samedi matin, il était neuf heures. La route de Friesdorf à l'ambassade était bloquée par des voitures qui protestaient, les trottoirs étaient bordés de photographies du chef du Mouvement et les banderoles s'étendaient en travers de la route comme des panneaux publicitaires à un rallye : « L'Ouest nous a déçus ; les Allemands peuvent regarder vers l'Est sans honte. » « Assez de la culture du Coca-Cola ! » Cork et Meadowes étaient assis au cœur même du long cortège, leur voiture immobilisée, tandis que la clameur des klaxons s'élevait tout autour d'eux en un concert de plus en plus strident. Parfois ils retentissaient par série, commençant à la tête du cortège et remontant lentement vers l'arrière, si bien que leurs rugissements passaient au-dessus de la route comme un avion, parfois à l'unisson, tut-tut-tut, K pour Karfeld le chef que nous nous sommes élu ; et parfois c'était simplement chacun pour soi, comme des instruments qui s'accordent avant la symphonie.

« Mais, bon sang, qu'est-ce qu'ils veulent ? Tous ces hurlements, à quoi ça rime ? Un bon coup de tondeuse, voilà ce qu'il leur faut à la moitié d'entre eux, une bonne correction et le retour à l'école.

— Ce sont les fermiers, dit Cork. Je vous l'ai dit, ils font une marche autour du Bundestag.

— Des fermiers ? Cette bande-là ? La moitié d'entre eux mourraient s'ils avaient les pieds mouillés. Ce sont des gosses. Regardez-moi un peu ceux-là. Dégoûtant, tout simplement dégoûtant. »

A leur droite, dans un Volkswagen rouge, étaient installés trois étudiants, deux garçons et une fille. Celui qui conduisait portait un blouson de cuir et des cheveux très longs et il fixait intensément à travers son pare-brise la voiture devant lui, sa main fine juste au-dessus du volant, attendant le signal d'actionner son klaxon. Ses deux compagnons, enlacés, s'embrassaient éperdument.

« Ils sont là pour la figuration, dit Cork. Pour eux, c'est une blague. Vous connaissez le slogan des étudiants : "La liberté n'est réelle que quand on se bat pour elle." Ça n'est pas si différent de ce qui se passe chez nous, vous ne trouvez pas ? Vous avez vu ce qu'ils ont fait à Grosvenor Square hier soir ? demanda Cork, faisant un nouvel effort pour changer de sujet. Si c'est ça l'instruction, je suis pour l'analphabétisme. »

Mais Meadowes ne voulait pas se laisser distraire.

« Ils devraient instituer le service national, déclara-t-il, en foudroyant du regard le Volkswagen. Ça permettrait de faire un tri.

— Ils l'ont déjà. Ils l'ont depuis vingt ans au moins. » Sentant que Meadowes était disposé à se calmer, Cork choisit le sujet le plus susceptible de l'encourager dans cette voie. « Au fait, comment s'est passée la soirée pour l'anniversaire de Myra ? Il paraît que c'était bien ? Elle a dû être ravie. »

Mais, Dieu sait pourquoi, la question ne fit que plonger Meadowes dans une humeur plus sombre encore, et après cela Cork estima que garder le silence était la solution la plus sage. Il avait tout essayé, et sans résultat. Meadowes était un brave type, plutôt pratiquant, on n'en faisait plus de comme lui et il en valait bien d'autres ; mais il y avait une limite même au dévouement quasi filial de Cork. Il avait essayé tous les sujets de conversation : la Rover neuve que Meadowes s'était achetée pour sa retraite, hors taxes et avec une remise de dix pour cent. Il en avait vanté la construction, le confort et l'aménagement jusqu'à en perdre le souffle, et tout ce qu'il avait eu pour sa peine, ça avait été un vague grognement. Il avait essayé le club automobile des Exilés, dont Meadowes était un ardent supporter ; il avait essayé le championnat des Enfants du Commonwealth qu'ils espéraient organiser cet après-midi dans les jardins de l'ambassade. Et voilà maintenant qu'il avait même essayé la grande soirée de la veille, à laquelle sa femme et lui n'avaient pas voulu assister car Janet était sur le point d'accoucher ; Cork estimait avoir épuisé toute la liste et Meadowes n'avait qu'à s'en contenter. Si Meadowes ne prenait pas de vacances, se dit Cork, de longues vacances ensoleillées loin de Karfeld et des négociations de Bruxelles et loin de sa fille Myra, il allait droit à la dépression nerveuse.

« Vous avez vu, dit Cork, essayant une fois encore de relancer la conversation, la Shell hollandaise a monté d'un shilling.

— Et la Guest Keen en a perdu trois. »

Cork s'était résolument constitué un portefeuille de valeurs étrangères, mais Meadowes préférait payer le prix du patriotisme.

« Ne vous en faites pas, ça remontera après Bruxelles.

— Qu'est-ce que vous croyez ? Les conversations sont pratiquement rompues, non ? Je n'ai peut-être pas votre intelligence, mais je sais lire, figurez-vous. »

Meadowes, et Cork était le premier à l'admettre, avait toutes les excuses pour être mélancolique, indépendamment de ses investissements dans l'acier britannique. Il était arrivé après quatre ans passés à Varsovie presque sans interruption, ce qui était suffisant pour rendre nerveux n'importe qui. C'était son dernier poste, il avait la perspective de sa retraite à l'automne et l'expérience avait montré à Cork que, loin de s'améliorer, ils empiraient à mesure que l'heure approchait. Sans parler du fait qu'il avait une fille complètement névrosée : Myra Meadowes était sur la voie de la guérison, certes, mais s'il fallait en croire la moitié de ce qu'on racontait sur son compte, elle avait encore du chemin à faire.

Ajoutez à cela les responsabilités d'archiviste de la chancellerie — c'est-à-dire de tenir des archives politiques durant la crise la plus aiguë dont personne ne gardait le souvenir — et cela faisait du pain sur la planche. Même Cork, enfermé au chiffre, avait un peu senti cette pression, avec l'augmentation du nombre des câbles, les heures supplémentaires, le bébé de Janet qui était en route et les « faites-moi-donc-ça-pour-hier » que vous demandaient la plupart des gens de la chancellerie ; et, il le savait pertinemment, sa propre expérience n'était rien auprès de ce qu'avait dû subir le vieil Arthur. C'était le fait d'être harcelé de tous les côtés, se dit Cork, qui vous fichait par terre aujourd'hui. On ne savait jamais d'où ça allait tomber. On venait à peine de recevoir une demande avec réponse de toute urgence sur les émeutes de Brême ou sur le jamboree du lendemain à Hanovre, qu'on remettait ça à propos de la spéculation sur l'or, de Bruxelles, ou d'un nouvel emprunt de quelques centaines de millions à Francfort et à Zurich ; et si c'était dur au chiffre, c'était encore plus dur pour ceux qui devaient suivre les dossiers, y ajouter les nouveaux documents, noter les nouveaux arrivages et remettre les dossiers en circulation... ce qui lui rappela, Dieu sait pourquoi, qu'il devait téléphoner à son comptable. Si les syndicalistes de Krupp continuaient comme ça, il ferait peut-être bien de regarder un peu du côté de l'acier suédois, une petite opération à court terme pour le compte en banque du bébé...

« Tiens, dit Cork, son visage s'éclairant d'un sourire, on dirait que nous allons avoir un peu de bagarre. »

Deux policiers étaient descendus du trottoir pour interpeller un robuste agriculteur au volant d'une Mercedes à moteur Diesel. Il commença par abaisser la vitre en leur criant quelque chose ; puis il ouvrit la portière et recommença. Brusquement, les policiers se retirèrent. Cork eut un bâillement déçu.

Jadis, se rappelait Cork avec nostalgie, les crises arrivaient l'une après l'autre. On poussait des cris à propos du couloir de Berlin, des hélicoptères russes qui venaient frôler la frontière, d'un incident à la commission quadripartite de Washington. Ou alors on était en pleine intrigue : on soupçonnait une initiative diplomatique allemande à Moscou qu'il fallait étouffer dans l'œuf, une possibilité de trafic à propos de l'embargo sur la Rhodésie, ou bien il fallait faire le black-out sur une mutinerie de l'armée du Rhin à Minden. Et c'était tout. On avalait son petit déjeuner, on ouvrait la boutique et on restait jusqu'au moment où on avait fini ; et on rentrait chez soi en homme libre. Ça s'arrêtait là ; c'était comme ça qu'était la vie ; c'était Bonn. Qu'on fût un diplomate comme de Lisle ou un simple employé derrière la porte tendue de feutre vert, la scène était la même ; un peu de drame, beaucoup de bla-bla-bla, on taquinait un peu la Bourse, et puis on retombait dans l'ennui et on se laissait glisser jusqu'au poste suivant.

Jusqu'à l'arrivée de Karfeld, Cork promena sur les affiches un regard navré. Jusqu'à l'arrivée sur scène de Karfeld. Ça faisait neuf mois, songea-t-il — les traits agrandis demeuraient gras et sans vie, le visage exprimait une sincérité prétentieuse —, cela faisait neuf mois qu'Arthur Meadowes avait brusquement ouvert la porte qui communiquait avec les archives pour annoncer les manifestations de Kiel, la nomination surprise, les démonstrations pacifiques d'étudiants et les quelques actes de violence qu'ils s'étaient peu à peu habitués à attendre. Qui avait trinqué cette fois ? Quelques contre-manifestants socialistes. L'un battu à mort, l'autre lapidé... Dans le bon vieux temps, ça les scandalisait. C'étaient des bleus alors. Seigneur, se dit-il, cela aurait aussi bien pu être il y a dix ans ; mais Cork pouvait préciser la date presque à l'heure près.

Kiel était le matin où le médecin de l'ambassade avait annoncé que Janet était enceinte. A partir de ce jour-là, plus rien n'avait jamais été comme avant.

Les klaxons se remirent à hurler ; le cortège s'ébranla et s'arrêta brutalement, dans une cacophonie stridente.

« Toujours pas de nouvelles de ces dossiers alors ? demanda Cork, tombant par hasard sur la cause qu'il soupçonnait vaguement de l'air préoccupé de Meadowes.

— Non.

— On n'a pas retrouvé le chariot ?

— Non, on n'a pas retrouvé le chariot. »

Des roulements à billes pensa brusquement Cork : une bonne petite firme suédoise dynamique, une boîte vraiment capable d'une expansion rapide... Deux cents livres là-dessus et en voiture...

« Allons, Arthur, ne vous laissez pas démoraliser. Ça n'est pas Varsovie, vous savez : vous êtes à Bonn maintenant. Écoutez : vous savez combien de tasses il leur manque à la cantine, rien que pour ces six dernières semaines ? Attention, pas cassées, simplement perdues, vous comprenez : vingt-quatre. »

Meadowes n'était pas impressionné.

« Qui a envie de piquer une tasse de l'ambassade ? Personne. Les gens sont distraits. Ils sont préoccupés. C'est la crise, vous comprenez. Partout la même chose. Et c'est pareil pour les dossiers.

— Les tasses n'ont rien de confidentiel, toute la différence est là.

— Alors, poursuivit Cork, pas plus que les chariots à courrier. Pas plus que le radiateur électrique de la salle de conférences à propos duquel les gens de l'administration s'arrachent les cheveux. Pas plus que la machine à écrire à grand chariot du pool des dactylos, pas plus... Écoutez, Arthur, ça n'est pas vous qu'on peut tenir pour responsable, pas avec tout ce qui se passe ! Comment pourrait-on ? Vous savez comment sont les gens de la carrière quand il s'agit de rédiger des câbles. Regardez de Lisle, Gaveston : des rêveurs. Ce sont peut-être des petits génies, mais la moitié du temps ils ne savent pas où ils sont, ils ont la tête dans les nuages. On ne peut pas vous faire de reproches pour cette histoire.

— Mais si, on peut. Je suis responsable.

— Bon, torturez-vous, lança Cork, à bout de patience. D'ailleurs c'est Bradfield qui est responsable, pas vous. Il est chef de la chancellerie ; il est donc responsable de la sécurité. »

Sur cette remarque, Cork se remit à observer la scène peu engageante qui se déroulait autour de lui. Il se dit qu'à plus d'un titre Karfeld était responsable de beaucoup de choses.

La perspective qui s'offrait aux yeux de Cork n'était guère réconfortante pour personne, quelles que fussent ses préoccupations. Le temps était maussade. Une brume rhénane, comme la trace de l'haleine sur un miroir, s'étendait sur le vaste désert où s'étaient implantés les bureaucrates de Bonn. Des immeubles gigantesques, encore inachevés, dressaient leur morne silhouette au-dessus de champs en friche. Devant lui, l'ambassade britannique, toutes ses fenêtres allumées, perchée sur sa colline de bruyère brune comme un hôpital improvisé dans le crépuscule de la bataille. A la grille, le pavillon britannique, mystérieusement en berne, pendait tristement au-dessus d'un petit groupe de policiers allemands.

Le choix même de Bonn comme salle d'attente de Berlin a longtemps été une anomalie ; c'est aujourd'hui un abus. Il n'y a sans doute que les Allemands pour élire un chancelier et déposer ensuite leur capitale à sa porte. Pour faire face à l'immigration de diplomates, de politiciens et de fonctionnaires témoins de cet honneur inattendu et aussi pour les garder à distance — les indigènes ont construit tout un faubourg en dehors des murs de leur cité. C'était par l'extrémité sud de cette banlieue que le flot de la circulation s'efforçait maintenant de passer : un fatras de lourdes tours et de baraquements militaires récents qui bordaient la route presque jusqu'à la charmante agglomération de maisons de santé de Bad Godesberg, dont la principale industrie, qui jadis était l'eau minérale, est aujourd'hui la diplomatie. Bien sûr, certains ministères ont été admis dans la ville même et sont venus ajouter leur maçonnerie de pacotille aux cours pavées. Bien sûr, certaines ambassades sont à Bad Godesberg, mais le siège du gouvernement fédéral et la grande majorité des quatre-vingt-dix et quelques missions étrangères accréditées auprès de lui, sans parler des membres des groupes de pression, de la presse, des partis politiques, des organisations de réfugiés, des résidences officielles des hauts fonctionnaires fédéraux, du Kuratorium pour l'Allemagne indivisible, ainsi que toutes les superstructures démocratiques de la capitale provisoire de l'Allemagne de l'Ouest, se trouvent de chaque côté de cette grande artère qui relie l'ancien siège de l'évêché de Cologne aux villas victoriennes d'une ville d'eau rhénane.

De ce village étrangement promu au rang de capitale, de cet îlot gouvernemental, qui manque tout à la fois d'identité politique et de ressources mondaines et qui est en permanence voué à l'état d'impermanence, l'ambassade britannique fait partie intégrante. Imaginez une vaste usine sans caractère, le genre de construction qu'on voit par douzaines dans la banlieue londonienne, en général avec le symbole de son produit juché sur le toit ; peignez autour un ciel rhénan morne, ajoutez une touche indéfinissable d'architecture nazie, un souffle, pas davantage, et dressez dans le terrain vague derrière deux montants de but à la peinture fanée pour la récréation des prolétaires, et vous avez un portrait fort exact de ce qui représente l'esprit et la force de l'Angleterre en République fédérale. D'un bras tendu il maintient enfoui le passé tandis que d'un autre il aplanit le présent ; cependant qu'un troisième fouille fébrilement la terre humide de Rhénanie pour découvrir quel avenir s'y cache. Construit à l'époque où l'occupation touchait à sa fin prématurée, l'ambassade reflète précisément cette renonciation mal acceptée ; c'est un visage de pierre tourné vers un ancien ennemi, un sourire gris destiné à l'allié actuel. A gauche de Cork, comme ils franchissaient enfin la grille, se dressaient les bureaux de la Croix-Rouge, et à sa droite une usine Mercedes ; derrière lui, de l'autre côté de la rue, les sociaux-démocrates et un dépôt de Coca-Cola. L'ambassade est séparée de ces voisins invraisemblables par un bout de terrain vague qui, parsemé d'oseille et de plaques d'argile nue descend en pente douce jusqu'au Rhin négligé. Cela s'appelle la ceinture verte de Bonn et c'est l'orgueil des urbanistes de la ville.

Peut-être un jour iront-ils tous s'installer à Berlin ; c'est une éventualité dont même à Bonn on parle parfois. Un jour, peut-être, toute la montagne grise glissera vers l'*autobahn* pour prendre place dans les parkings humides qui bordent la carcasse du Reichstag ; mais jusque-là, ces tentes de béton demeureront, discrètement provisoires par déférence pour le rêve, discrètement permanentes par déférence pour la réalité ; elles resteront, croîtront et multiplieront ; car à Bonn, le mouvement a remplacé le progrès et tout ce qui refuse de croître doit mourir.

Garant sa voiture à sa place habituelle derrière la cantine, Meadowes en fit lentement le tour, comme il le faisait toujours après chaque trajet, vérifiant la fermeture des poignées et cherchant sur la carrosserie les traces d'un caillou perdu. Toujours plongé dans ses pensées, il traversa l'avant-cour jusqu'à la grande porte où deux membres de la police militaire britannique, un sergent et un caporal, examinaient les laissez-passer. Cork, toujours vexé, suivait à quelques pas, si bien que lorsqu'il arriva à la porte Meadowes était déjà en grande conversation avec les sentinelles.

« Mais qui êtes-vous ? demandait le sergent.

— Meadowes, des Archives. Il travaille pour moi. » Meadowes s'efforçait de regarder par-dessus l'épaule du sergent, mais le sergent gardait la liste serrée contre sa tunique. « Il était en congé de maladie, vous comprenez. Je voulais simplement savoir.

— Alors pourquoi est-il inscrit au rez-de-chaussée ?

— Il a un bureau là. Il a deux fonctions. Deux postes différents. L'un avec moi, l'un au rez-de-chaussée.

— Négatif », dit le sergent en regardant de nouveau la liste.

Un groupe de dactylos, leurs jupes aussi courtes que le permettait l'ambassadrice, montaient en pépiant les marches derrière eux.

Meadowes s'attardait, toujours sceptique. « Vous voulez dire qu'il n'est pas arrivé ? demanda-t-il avec cette tendresse qui appelle la contradiction.

« C'est exactement ce que je veux dire. Négatif. Il n'est pas arrivé. Il n'est pas ici. Vous comprenez ? »

Ils suivirent les jeunes filles dans le hall. Cork lui prit le bras et l'attira dans le renfoncement de la porte qui menait au sous-sol.

« Qu'est-ce qui se passe, Arthur ? Quel est votre problème ? Ça n'est pas seulement cette affaire de dossier disparu, n'est-ce pas ? Qu'est-ce qui vous ronge ?

— Rien ne me ronge.

— Alors qu'est-ce que c'est que cette histoire de congé de maladie de Leo ? Il n'a jamais été malade un jour de sa vie. »

Meadowes ne répondit pas.

« Qu'est-ce qu'il fabrique, Leo ? demanda Cork soudain plein de méfiance.

— Rien.

— Alors pourquoi avez-vous demandé s'il était là ? Vous ne l'avez quand même pas perdu aussi ? Bon sang, ça fait vingt ans qu'ils essaient de perdre Leo. »

Cork sentit la noble hésitation de Meadowes, la révélation toute proche puis la retraite à contrecœur.

« Vous ne pouvez pas être responsable de Leo. Personne ne l'est. Vous ne pouvez pas être le père de tout le monde, Arthur. Il est probablement quelque part à vendre au noir des tickets d'essence. »

A peine avait-il dit ces mots que Meadowes se tourna vers lui, absolument furieux.

« Ne parlez pas comme ça, vous entendez ! Qu'est-ce qui vous permet ? Leo n'est pas comme ça ; c'est une chose scandaleuse à dire de quelqu'un : vendre des tickets d'essence au marché noir. Simplement parce qu'il est... un intérimaire. »

L'expression de Cork, tandis qu'il suivait Meadowes à prudente distance dans l'escalier qui menait au premier étage, était assez éloquente. Si c'était cela les effets de l'âge, la retraite à soixante ans n'avait rien de prématuré. Quand Cork prendrait sa retraite, ce ne serait pas comme ça. Il rêvait — et qui ne rêve pas ? — de s'en aller dans une île grecque. La Crête, songea-t-il ; Spetsai. Si je mets dans le mille avec ces roulements à billes, je pourrai décrocher à quarante ans. Enfin, à quarante-cinq en tout cas.

Dans le même couloir, à un pas des Archives, se trouvait le bureau du Chiffre et, un pas plus loin, le petit bureau ensoleillé occupé par Peter de Lisle. La chancellerie, dans une ambassade britannique, cela signifie tout simplement la section politique ; les jeunes hommes qui s'y trouvent appartiennent à l'élite. C'est là en tout cas que peut se réaliser le rêve populaire du brillant diplomate anglais ; et chez personne il ne s'incarnait aussi bien que chez Peter de Lisle. C'était un être élégant, svelte, presque beau, dont la jeunesse avait obstinément persisté jusqu'à sa quarantaine à peine entamée, et il avait des façons languissantes au point de friser la léthargie. L'arbre généalogique de De Lisle avait été désastreusement émondé par deux guerres et appauvri encore par une succession de catastrophes qui, pour se situer à une plus modeste échelle, n'en étaient pas moins violentes. Un frère était mort dans un accident de voiture ; un oncle s'était suicidé ; un second frère s'était noyé au cours de vacances à Penzance. C'est ainsi que par degrés de Lisle avait acquis tout à la fois les forces et les devoirs d'un survivant inattendu. Il aurait infiniment préféré ne pas recevoir cet appel du destin, tout dans ses manières le laissait entendre ; mais puisque c'était ainsi, force lui était d'assumer le fardeau de la succession.

Tandis que Meadowes et Cork pénétraient chacun dans son domaine, de Lisle était en train de rassembler les feuilles bleues de papier à brouillon répandues sur son bureau dans un désordre artistique. Les ayant nonchalamment entassées en pile il boutonna son gilet, s'étira, lança un regard songeur à l'affiche représentant le lac Windermere, fournie par le ministère des Travaux publics avec l'aimable autorisation de la Compagnie de chemins de fer Londres-Midlands-Écosse, puis il glissa d'un pas satisfait jusqu'au palier pour saluer cette journée nouvelle. S'attardant auprès de la longue fenêtre, il scruta un moment le cortège noir des voitures de fermiers parsemé des petits îlots bleus des voitures de police avec leur feu clignotant.

« Ils ont vraiment cette passion de l'acier », observa-t-il, à l'adresse de Mickie Crabbe, un homme aux cheveux en désordre, à l'œil larmoyant perpétuellement paralysé par la gueule de bois. Crabbe montait lentement l'escalier, une main posée d'un geste rassurant sur la rampe, ses maigres épaules voûtées comme pour le protéger d'on ne sait quels coups. « J'avais complètement oublié. Je me souvenais du sang, mais j'avais oublié l'acier.

— En effet, murmura Crabbe, en effet », sa voix traînant derrière lui comme les lambeaux de sa propre existence. Seuls ses cheveux n'avaient pas vieilli ; ils poussaient bruns et drus sur sa petite tête, comme si l'alcool avait sur eux l'effet d'un engrais.

« Et le championnat, s'écria Crabbe, faisant une halte imprévue. Ils n'ont pas dressé cette saloperie de tente.

— Ça va venir, lui assura doucement de Lisle. Ils ont été retardés par la révolte des paysans.

— C'est désert comme une église sur l'autre voie de l'autoroute ; satanés boches », marmonna Crabbe d'un ton vague, comme si c'était un salut, et il poursuivit péniblement son chemin.

Le suivant lentement dans le couloir, de Lisle ouvrit une porte après l'autre, jetant un coup d'œil à l'intérieur pour lancer un nom ou un bonjour, jusqu'au moment où il arriva à celui occupé par le chef de la chancellerie ; là, il frappa avec énergie et pencha la tête dans l'entrebâillement de la porte.

« Tous présents, Rawley, annonça-t-il, à votre disposition si vous êtes prêt.

— Je suis prêt.

— Dites donc, vous ne m'auriez pas piqué mon ventilateur électrique par hasard ? Il s'est volatilisé.

— Dieu merci, je ne suis pas kleptomane.

— Ludwig Siebkron demande une réunion à quatre heures, ajouta tranquillement de Lisle. Au ministère de l'Intérieur. Il refuse de dire pourquoi. J'ai insisté et il s'est mis en rogne. Il a simplement dit qu'il voulait discuter notre dispositif de sécurité.

— Notre dispositif est parfaitement suffisant tel qu'il est. Nous en avons discuté avec lui la semaine dernière ; il dîne avec moi mardi. Je n'imagine pas qu'il soit nécessaire d'en faire plus. L'ambassade grouille déjà de police. Je ne veux pas le laisser la transformer en forteresse. »

La voix était austère et empreinte d'une certaine suffisance, une voix d'universitaire mais pourtant militaire ; une voix qui gardait beaucoup en réserve ; une voix qui protégeait ses secrets et sa souveraineté, un peu traînante et par moments tranchante.

Faisant un pas dans la pièce, de Lisle repoussa la porte et laissa le loquet se refermer.

« Comment ça s'est passé hier soir ?

— Convenablement. Vous pourrez lire le compte rendu si vous voulez. Meadowes le porte à l'ambassadeur.

— J'imaginais que c'était à propos de ça que Siebkron téléphonait.

— Je ne suis pas obligé de rendre compte à Siebkron et je n'en ai pas l'intention. Je ne sais absolument pas pourquoi il a téléphoné à une pareille heure, ni pourquoi il veut que nous ayons une réunion. Votre imagination va plus loin que la mienne.

— Quand même, j'ai accepté pour vous. Ça m'a paru sage.
— A quelle heure sommes-nous convoqués ?
— Quatre heures. Il nous fait chercher. »
Bradfield fronça les sourcils.
« C'est à cause de la circulation. Il pense qu'une escorte nous faciliterait les choses, expliqua de Lisle.
— Ah bon. J'ai cru un moment qu'il voulait nous éviter la dépense. »
Ils apprécièrent tous deux la plaisanterie en silence.

2

« J'ENTENDAIS LEURS HURLEMENTS AU TÉLÉPHONE... »

A Bonn, la conférence quotidienne de chancellerie a lieu normalement à dix heures, ce qui laisse à tout le monde le temps d'ouvrir son courrier, de jeter un coup d'œil aux télégrammes, aux journaux allemands et peut-être de se remettre des ennuyeuses mondanités de la soirée précédente. En tant que rituel, de Lisle comparait souvent cette réunion aux prières du matin dans une communauté agnostique : bien que n'apportant qu'une modeste contribution sur le plan de l'inspiration et de l'instruction, cela donnait le ton de la journée, cela tenait lieu d'appel et cela donnait aussi une impression d'activité organisée. Autrefois, le samedi, on venait en tweed, si on en avait envie, et c'étaient des réunions en petit comité qui vous rendaient le détachement qu'on avait perdu et aussi ce sentiment de loisir. Tout cela était bien fini aujourd'hui. Les samedis se passaient dans l'état d'alerte générale et étaient soumis à la discipline des jours de semaine. Ils entrèrent en file indienne, de Lisle en tête. Ceux qui avaient l'habitude de se saluer le firent ; les autres gagnèrent leur place en silence parmi les chaises disposées en demi-cercle, soit feuilletant leur liasse de télégrammes sur papier de couleur ou bien contemplant d'un air distrait par la grande baie vitrée les vestiges de leur week-end. La brume matinale se dissipait ; des nuages noirs s'étaient rassemblés au-dessous de l'aile arrière en ciment armé de l'ambassade ; les antennes sur le toit plat se dressaient comme des arbres surréalistes sur ce fond sombre.

« Ça n'a pas l'air engageant pour les épreuves sportives, il faut bien le dire », lança Mickie Crabbe, mais Crabbe n'avait aucun poids à la chancellerie et personne ne prit la peine de lui répondre.

En face d'eux, seul derrière son bureau métallique, Bradfield feignait de n'avoir pas remarqué leur arrivée. Il appartenait à cette école de fonctionnaires qui lisent une plume à la main ; car elle suivait rapidement son regard de ligne en ligne, s'immobilisant à tout moment pour corriger, annoter.

« Quelqu'un peut-il me dire, demanda-t-il sans lever la tête, comment on traduit *Geltungsbedürfnis* ?

— Le besoin de s'affirmer, proposa de Lisle en regardant le stylo fondre sur sa proie, tuer un mot et s'élever de nouveau.

— Excellent. Nous commençons ? »

Jenny Pargiter était chef du service de presse et la seule femme présente. Elle lisait d'un ton grognon, comme si elle contredisait une opinion populaire ; et elle lisait sans espoir, sachant au fond d'elle-même que c'était le lot de toute femme, quand elle donne des nouvelles, de ne pas être crue.

« A part les fermiers, Rawley, la principale information concerne l'incident d'hier à Cologne, où des étudiants qui manifestaient, aidés par des ouvriers des aciéries Krupp, ont renversé la voiture de l'ambassadeur des États-Unis.

— La voiture *vide* de l'ambassadeur des États-Unis. Ce n'est pas pareil, vous savez. »

Il griffonna quelque chose dans la marge d'un télégramme. Mickie Crabbe, de sa place auprès de la porte, croyant bien à tort que cette interruption était humoristique, eut un petit rire nerveux.

« Ils s'en sont pris également à un vieil homme qu'ils ont enchaîné aux grilles sur la place de la gare, la tête rasée avec une étiquette autour du cou disant “J'ai arraché les affiches du Mouvement”. Il n'est pas censé être gravement blessé.

— Censé ?

— Il ne semble pas être sérieusement blessé.

— Peter, vous avez expédié un télégramme pendant la nuit. Nous en verrons certainement une copie.

— Il expose les principales implications.

— Qui sont ? »

De Lisle sut se montrer à la hauteur des circonstances.

« Que l'alliance entre les étudiants dissidents et le Mouvement de Karfeld progresse vite. Que le cercle vicieux se poursuit, l'agitation crée le chômage, le chômage crée l'agitation : Halbach, le dirigeant étudiant, a passé presque toute la journée d'hier enfermé avec Karfeld à Cologne. Ils ont concocté toute l'affaire ensemble.

— C'était Halbach, n'est-ce pas, qui était aussi à la tête de la délégation des étudiants antibritanniques à Bruxelles en janvier ? Celui qui a lancé une motte de boue sur Haliday-Pride ?

— J'ai souligné ce point dans le télégramme.

— Continuez, Jenny, je vous en prie.

— La plupart des grands journaux font des commentaires.

— Donnez-nous seulement des échantillons.

— La *Neue Ruhrzeitung* et les autres journaux du groupe ont surtout mis l'accent sur la jeunesse des manifestants. Ils insistent sur le fait que ce ne sont pas des chemises brunes ni des gens de la pègre, mais de jeunes Allemands complètement déçus par les institutions de Bonn.

— Qui ne l'est pas ? murmura de Lisle.

— Merci, Peter, dit Bradfield, sans un soupçon de reconnaissance, et Jenny Pargiter rougit tout à fait inutilement.

« Quant à *Die Welt* et au *Frankfurter Allgemeine,* tous deux font un parallèle avec les récents événements d'Angleterre ; ils font notamment allusion aux manifestations contre la guerre du Viêt-nam à Londres, aux émeutes raciales de Birmingham et aux protestations de l'Association des propriétaires de meublés concernant la location aux gens de couleur. L'un comme l'autre parlent du fossé qui existe entre les électeurs et leur gouvernement élu, que ce soit en Angleterre ou en Allemagne. D'après le *Frankfurter,* tout commence avec l'imposition ; si le contribuable n'estime pas qu'on utilise de façon sensée son argent, il prétend que sa voix est perdue aussi. Ils appellent ça la nouvelle inertie.

— Tiens. Un nouveau slogan. »

Fatigué par sa longue veille et par tout ces sujets qu'il connaissait trop bien, de Lisle écoutait distraitement, il entendait les vieilles formules comme les bribes d'une émission sur un poste mal réglé : *l'inquiétude croissante causée par les sentiments antidémocratiques aussi bien de la gauche que de la droite... La coalition gouvernementale devrait comprendre que seul un gouvernement vraiment fort, même aux dépens de certaines minorités extravagantes, peut contribuer à l'unité européenne... Les Allemands doivent reprendre confiance, ils doivent considérer la politique comme le trait d'union entre la pensée et l'action...*

Qu'y avait-il donc, se demanda-t-il rêveusement, dans le jargon de la politique allemande qui, même traduit, le rendait parfaitement irréel ? Fatras métaphysique, c'était l'expression qu'il avait utilisée dans son télégramme d'hier soir, et il n'en était pas mécontent. Un Allemand n'avait qu'à se lancer sur un sujet politique pour se laisser emporter par un flot de ridicules abstractions... Mais n'étaient-ce que les abstractions qui étaient si fuyantes ? Même le fait le plus évident était étrangement peu plausible ; même l'incident le plus macabre, le temps qu'il fût parvenu jusqu'à Bonn, semblait avoir perdu sa saveur. Il essayait d'imaginer ce que ce devait être que de se faire rosser par les étudiants de Halbach ; d'être giflé jusqu'à en avoir les joues en sang ; d'être rasé, enchaîné, bourré de coups de pied... Tout cela semblait si loin. Et pourtant à quelle distance était donc Cologne ? Vingt-sept kilomètres ? Vingt-sept mille kilomètres ? Il devrait circuler davantage, se dit-il, il devrait assister aux meetings et voir comment cela se passait. Mais comment le pouvait-il, alors que Bradfield et lui, à eux deux, rédigeaient toutes les dépêches politiques importantes ? Et quand il fallait régler ici tant de problèmes délicats et qui pouvaient devenir une source d'embarras...

Jenny Pargiter s'échauffait en parlant. Le *Neue Zürcker* publiait un article faisant le point sur nos chances à Bruxelles, disait-elle ; elle estimait essentiel que tout le personnel de la chancellerie le lût de très près. De Lisle soupira bruyamment. Bradfield la laisserait-elle donc parler indéfiniment ?

« L'auteur de l'article dit qu'il ne nous reste absolument plus aucun point sur lequel négocier, Rawley. Aucun. Le gouvernement de Sa Majesté est aussi épuisé que Bonn ; aucun soutien de l'électorat et très peu de la majorité parlementaire. Le gouvernement de Sa Majesté considère Bruxelles comme le remède magique à tous les maux dont souffre la Grande-Bretagne ; mais, par une ironie du sort, il ne peut réussir que grâce à la bonne volonté d'un autre gouvernement tout autant sur le déclin.

— D'accord.

— Et, ce qui est plus ironique encore, le Marché commun a pratiquement cessé d'exister.

— D'accord.

— L'article est intitulé *L'opéra du gueux.* Il souligne également le fait que Karfeld sape nos chances d'obtenir des Allemands un soutien efficace pour notre candidature.

— Tout cela me semble fort prévisible.

— Et que la demande formulée par Karfeld d'un axe commercial Bonn-Moscou qui exclurait les Français *et* les Anglo-Saxons est examinée avec beaucoup d'attention dans certains cercles.

— Quels cercles, je me demande ? murmura Bradfield et le stylo descendit encore une fois. Le terme « Anglo-Saxons » ne doit plus être utilisé, ajouta-t-il. Je refuse de voir mes origines dictées par de Gaulle. »

C'était le signal pour les anciens d'émettre un petit rire complice.

« Que pensent les Russes de l'axe Bonn-Moscou ? » lança quelqu'un du centre du bureau. Ç'aurait pu être Jackson, un ancien des colonies qui aimait à proposer le sens commun comme antidote au bla-bla-bla intellectuel.

« Je veux dire : c'est quand même la moitié du problème, non ? Quelqu'un leur a-t-il fait une proposition précise ?

— Voyez notre dernière dépêche », dit de Lisle.

Par la fenêtre ouverte, il s'imaginait pouvoir entendre le chœur plaintif des klaxons des fermiers. C'est Bonn, songea-t-il soudain. Cette route est tout notre univers, combien de noms portait-elle sur ces huit kilomètres qui séparaient Mehlem de Bonn ? Six ? Sept ? C'est bien nous : une bataille de mots pour quelque chose dont personne ne veut. Une cacophonie constante et stérile de réclamations et de protestations. Si nouveaux que soient les modèles, si rapide que soit le trafic, si violente que soit la collision, si hauts que soient les immeubles, la route est inchangée et peu importe la destination.

« Nous allons passer très vite sur le reste, n'est-ce pas, Mickie ?

— Oh, fichtre oui. »

Crabbe, s'animant brusquement, se lança dans une histoire interminable et inintelligible que lui avait racontée à l'American Club le correspondant du *New York Times,* qui la tenait de Karl-Heinz Saab, qui à son tour la tenait de quelqu'un du bureau de Siebkron. Karfeld, disait-on, se trouvait en fait à Bonn hier soir ; après s'être montré avec les étudiants à Cologne la veille, il n'avait pas, comme tout le monde le croyait, repris le chemin de Hanovre pour préparer la manifestation de demain, mais il était retourné par une petite route jusqu'à Bonn où il avait eu une entrevue secrète en ville.

« Vous comprenez, Rawley, dit Crabbe, on dit qu'il a parlé à Ludwig Siebkron », mais le peu de conviction qu'il y aurait pu avoir dans sa voix était délayé par d'innombrables cocktails.

Bradfield, toutefois, fut irrité par ce rapport et riposta très brutalement.

« On raconte toujours qu'il a parlé à Ludwig Siebkron. Pourquoi diable ne parlerait-il pas ? Siebkron est responsable de l'ordre public ; Karfeld a beaucoup d'ennemis. Prévenez Londres, ajouta-t-il d'un ton las en griffonnant une nouvelle note. Envoyez-leur un télégramme rapportant la rumeur. Ça ne peut pas faire de mal. »

Une rafale de pluie cingla soudain la vitre encadrée d'acier et ce crépitement furieux les fit tous sursauter.

« Les championnats du Commonwealth, les voilà dans le lac », murmura Crabbe, mais une fois de plus son inquiétude n'éveilla aucun écho.

« La discipline maintenant, poursuivit Bradfield. La manifestation de demain à Hanovre commence à dix heures trente. Ça paraît une heure bien extraordinaire pour une manifestation mais il paraît qu'ils ont un match de football dans l'après-midi. On joue le dimanche ici. Je ne puis imaginer que cela ait la moindre répercussion en ce qui nous concerne, mais l'ambassadeur prie tout le personnel de ne pas sortir après les matines, à moins d'avoir à se rendre à l'ambassade pour le service. A la demande de Siebkron, durant toute la journée de dimanche, il y aura des renforts de police allemande à l'entrée principale et à la porte de derrière et, pour je ne sais quelle invraisemblable raison, des inspecteurs en civil assisteront au championnat cet après-midi.

— Et Dieu sait, murmura de Lisle, qu'ils passent absolument inaperçus.

— Allons, allons. La sécurité maintenant. Nous avons reçu de Londres les laissez-passer imprimés pour le personnel de l'ambassade ; ils seront distribués lundi et devront ensuite être présentés à toute réquisition. Exercices d'incendie. Sachez pour votre information qu'il y aura une réunion d'entraînement lundi à midi. Peut-être devriez-vous tous vous arranger pour y assister, cela donne l'exemple au petit personnel. Activités sociales. Championnats du Commonwealth cet après-midi dans les jardins de l'ambassade ; courses éliminatoires. Là encore je vous prierai tous d'y assister. Avec vos épouses, bien entendu, ajouta-t-il, comme si cela plaçait sur leurs épaules un fardeau encore plus lourd. Mickie, il faudra avoir l'œil sur le chargé d'affaires du Ghana. Tenez-le éloigné de l'ambassadrice.

— Est-ce que je peux simplement faire une observation, Rawley ? » fit Crabbe en se tortillant nerveusement. Les tendons de son cou étaient comme des pattes de poulet, et raffermissaient la chair mollissante.

« L'ambassadrice remet les prix à quatre heures, voyez-vous. Quatre heures. Tout le monde ne pourrait-il pas se diriger vers la grande tente à moins le quart ? Pardon, ajouta-t-il. Quatre heures moins le quart, Rawley. Désolé. » On racontait qu'il avait été un des aides de camp de Montgomery pendant la guerre et que cette façon de parler militaire était tout ce qui lui en restait.

« Noté. Jenny. »

Son haussement d'épaules était assez éloquent : elle n'avait plus rien à dire, plus rien en tout cas qu'ils fussent disposés à écouter.

De Lisle s'adressa à eux tous, en braquant son regard sur une certaine bande entre ciel et terre qui constitue le territoire réservé de la classe dirigeante britannique.

« Puis-je demander si quelqu'un travaille sur l'*Annuaire des personnalités* ? Meadowes me harcèle à ce propos et je peux jurer que je n'y ai pas touché depuis des mois.

— Au nom de qui est-il inscrit ?

— Eh bien, au mien, semble-t-il.

— Dans ce cas, dit sèchement Bradfield, c'est probablement vous qui l'avez retiré.

— Justement, je ne crois pas l'avoir fait. Je suis tout à fait disposé à prendre ça sur mon dos, mais je n'arrive pas à imaginer ce que j'aurais voulu en faire.

— Voyons, est-ce que quelqu'un l'a pris ? »

Toutes les déclarations de Crabbe étaient des aveux.

« Il est marqué à mon nom aussi, murmura-t-il du coin sombre qu'il occupait près de la porte. Vous comprenez, Rawley ? »

Ils attendirent.

« Je suis censé l'avoir eu avant Peter et l'avoir rendu. D'après Meadowes, Rawley. »

Mais personne ne l'aidait.

« Deux semaines, Rawley. Seulement je n'y ai jamais touché. Désolé. Arthur Meadowes m'est tombé dessus à bras raccourcis. Mais ça n'a servi à rien, vous comprenez. Je ne l'avais pas. C'est plein de ragots à propos des industriels allemands. Pas mon genre. J'ai dit à Meadowes : la meilleure chose, c'est de demander à Leo. C'est lui qui s'occupe des personnalités. C'est sa spécialité. »

Il tourna un pâle sourire vers ses collègues alignés jusqu'au moment où son regard arriva à la fenêtre où se trouvait la chaise vide. Ils se retrouvèrent soudain tous les yeux braqués dans la même direction, vers le siège vide ; non pas avec inquiétude ou comme s'ils faisaient une découverte extraordinaire, mais avec curiosité, remarquant pour la première fois une absence. C'était une chaise banale en pin verni, différente des autres et d'une couleur qui tirait un peu sur le rose, rappelant vaguement un boudoir ; et sur le siège, il y avait un petit coussin brodé.

« Où est-il ? demanda sèchement Bradfield qui, seul, n'avait pas suivi le regard de Crabbe. Où est Harting ? »

Personne ne répondit. Personne ne regarda Bradfield. Jenny Pargiter, le visage tout rouge, fixait ses mains un peu masculines posées sur ses gros genoux.

« Il doit être bloqué sur ce satané bac, j'imagine, fit de Lisle venant promptement au secours de l'absent. Dieu sait ce que les fermiers font de ce côté-là du fleuve.

— Que quelqu'un se renseigne, voulez-vous ? demanda Bradfield, du ton le plus désintéressé qui fût. Qu'on téléphone chez lui, qu'on s'informe, n'est-ce pas ? »

Il convient de noter qu'aucun de ceux qui se trouvaient là ne prit à son compte cette demande ; et ils quittèrent la pièce dans un curieux désordre, sans se regarder entre eux, sans regarder Bradfield ni Jenny Pargiter, dont la confusion semblait insupportable.

La dernière course en sac était terminée. Le vent qui s'était levé, balayant le terrain vague, projetait comme des cailloux les gouttes de pluie contre la toile qui battait. La charpente mouillée avait des grincements pénibles. A l'abri de la tente, les enfants qui avaient survécu aux éliminatoires, pour la plupart des enfants de couleur, étaient groupés autour du mât. Les petits drapeaux du Commonwealth, qui gardaient encore les plis du magasin et dont diverses sécessions avaient diminué le nombre, flottaient dans un triste désordre. Au-dessous des pavillons, Mickie Crabbe, aidé de Cork, l'employé au Chiffre, rassemblait les vainqueurs pour la remise des prix.

« M'butu, Alistair, murmura Cork. Où est-ce qu'il est passé ? »

Crabbe porta le mégaphone à sa bouche :

« Monsieur Alistair M'Butu est prié de s'avancer. Alistair M'Butu... Bon Dieu, marmonna-t-il, je ne peux même pas les distinguer les uns des autres.

— Et Kitty Delassus. Elle est blanche.

— Et mademoiselle Kitty Delassus, je vous prie », ajouta Crabbe, zozotant nerveusement sur le « s » final. Une amère expérience lui avait montré que déformer un nom pouvait être un crime abominable.

L'ambassadrice, en vison râpé, attendait avec bienveillance auprès de la table dressée sur des tréteaux, derrière tout un assortiment de colis en provenance de la NAAFI et enveloppés de papier de couleurs gaies. Le vent, rageusement, redoubla de violence ; le chargé d'affaires du Ghana, l'air abattu auprès de Crabbe, frissonna et remonta le col de fourrure de son manteau.

« Disqualifiez-les, souffla Cork. Donnez les prix aux seconds.

— Je lui tordrai le cou, déclara Crabbe, en clignotant avec violence. Je lui tordrai le cou, à ce salaud. Tirer au flanc de l'autre côté du fleuve... Oh, pardon ! »

Janet Cork, enceinte de plusieurs mois, avait repéré les enfants qu'on cherchait et vint les ajouter à ceux qui se trouvaient déjà dans l'enclos des vainqueurs.

« Attendez un peu lundi, murmura Crabbe avant de porter le mégaphone à ses lèvres, je vais lui passer un de ces savons. »

Mais à la réflexion il savait très bien qu'il n'en ferait rien. Il ne dirait rien à Leo. A vrai dire, il éviterait même soigneusement Leo ; il fermerait son bec en attendant que ça se passe.

« Mesdames et messieurs, l'ambassadrice va maintenant remettre les prix ! »

Il y eut des applaudissements, mais qui ne s'adressaient pas à Crabbe. La fin était en vue. Avec une parfaite désinvolture qui aurait tout aussi bien convenu au lancement d'un navire qu'à l'acceptation d'une demande en mariage, l'ambassadrice s'avança pour lire son discours. Crabbe écouta d'une oreille distraite. Une fête de famille... Les nations égales du Commonwealth... Si seulement les grandes rivalités du monde pouvaient se résoudre par des voies aussi amicales... Le chaleureux remerciement au Comité des sports, Messieurs Jackson, Crabbe, Harting, Meadowes...

Nullement ému par ces phrases émouvantes, un policier en civil, adossé à la paroi de toile, tira une paire de gants de la poche de son manteau de cuir et fixa un regard vide sur un de ses collègues. Hazel Bradfield, la femme du chef de la chancellerie, surprit le regard de Crabbe et eut un radieux sourire. Quel ennui, semblait-elle dire, mais cela va être bientôt fini, et ensuite nous pourrons peut-être même prendre un verre. Il détourna rapidement les yeux. L'essentiel, se dit-il avec ferveur, c'est de ne rien savoir et de ne rien voir. Faire le mort, voilà la consigne. Faire le mort. Il jeta un coup d'œil à sa montre. Encore une heure et le soleil serait au-dessus du bout de vergue à Greenwich, sinon à Bonn. Il commencerait par une bière, histoire de se mettre en train ; et ensuite quelque chose d'un peu plus corsé. Faire le mort. Ne rien voir et s'éclipser discrètement.

« Dites donc, lui fit Cork à l'oreille. Vous vous souvenez de ce tuyau que vous m'avez donné ?

— Je suis désolé, mon vieux, mais je ne vois pas.

— Les diamants sud-africains. Les fonds consolidés. Ils ont baissé de six shillings.

— Ne les lâchez pas », insista Crabbe avec un manque total de sincérité, sur quoi il se retira prudemment vers le bord de la tente. A peine avait-il trouvé le genre de crevasse sombre et protectrice qui séduisait tout naturellement son caractère effacé qu'une main le saisit par l'épaule et le fit brutalement pivoter sur ses talons. Revenu de sa surprise, il se trouva nez à nez avec un policier en civil. « Qu'est-ce que ?... commença-t-il, furieux, car c'était un petit homme et il avait horreur d'être houspillé. Qu'est-ce que c'est ?... » mais le policier secouait déjà la tête en marmonnant des mots d'excuse. Il était navré, expliquait-il, il avait pris le gentleman pour quelqu'un d'autre.

Urbain on non, de Lisle cependant commençait à être furieux. Le trajet depuis l'ambassade l'avait considérablement irrité. Il avait horreur des motocyclettes et il avait horreur d'être escorté, aussi la bruyante combinaison des deux était-elle pratiquement plus qu'il n'en pouvait supporter. Il avait également horreur de la grossièreté délibérée, que ce fût lui ou quelqu'un d'autre qui en fût l'objet. Et, se disait-il, on ne pouvait qualifier autrement la façon dont on les traitait. A peine s'étaient-ils arrêtés dans la cour du ministère de l'Intérieur qu'une équipe de jeunes gens en manteau de cuir, criant tous à la fois, avaient brutalement ouvert les portières de la voiture.

« Herr Siebkron va vous voir immédiatement ! Allons, je vous en prie ! Oui ! Immédiatement je vous prie !

— J'irai au pas qui me plaît, avait répliqué Bradfield tandis qu'on les faisait entrer dans la cabine d'acier de l'ascenseur. Ne vous avisez pas de me donner des ordres. » Et, se tournant vers de Lisle « J'en parlerai à Siebkron. Qu'est-ce que c'est que cette bande de macaques ! »

L'arrivée dans les étages supérieurs les remit un peu. C'était le Bonn qu'ils connaissaient : les intérieurs pâles et fonctionnels, les reproductions pâles et fonctionnelles pendues aux murs, le teck pâle et mat ; les chemises blanches, les cravates grises et les visages pâles comme la lune. Ils étaient sept. Les deux hommes assis de part et d'autre de Siebkron n'avaient pas de nom et de Lisle se demanda malicieusement si ce n'étaient pas des employés qu'on avait fait venir pour faire nombre. Lieff, un cheval de parade à la tête vide qui appartenait au service du protocole, était assis à sa gauche ; en face de lui, à la droite de Bradfield, un vieux *Polizeidirektor* de Bonn, pour qui de Lisle éprouvait une sympathie instinctive : c'était une sorte de monument marqué par les batailles, avec des taches blanches comme du plâtre par-dessus des traces de balle dans le cuir de sa peau. Il y avait des paquets de cigarettes sur un plateau. Une fille à l'air sévère offrit du café décaféiné et ils attendirent qu'elle fût sortie.

Que veut donc Siebkron ? se demanda-t-il pour la centième fois depuis la laconique convocation reçue à neuf heures ce matin.

La conférence commença, comme toutes les conférences, par un résumé de ce qui s'était dit la dernière fois. Lieff lut le procès-verbal d'un ton d'onctueuse flatterie, comme un homme qui décerne une médaille. C'était, laissait-il entendre, l'occasion de se féliciter grandement. Le *Polizeidirektor* déboutonna sa veste verte et promena une allumette sous un interminable cigare hollandais jusqu'au moment où il s'enflamma comme une papillote. Siebkron toussa d'un air agacé mais le vieux policier ne lui accorda aucune attention.

« Vous n'avez pas d'objections contre ces procès-verbaux, Mr Bradfield ? »

Siebkron souriait généralement quand il posait cette question et, bien que son sourire fût aussi froid que le vent du Nord, de Lisle aujourd'hui regrettait son absence.

« A première vue, aucune, répondit tranquillement Bradfield. Mais il faut que je les voie par écrit avant de pouvoir les signer.

— Personne ne vous demande de les signer. »

De Lisle leva la tête, surpris.

« Vous me permettrez, déclara Siebkron, de lire la déclaration suivante. Des copies en seront ensuite distribuées. »

Le texte était fort court.

Le doyen, disait-on, avait déjà discuté avec Herr Lieff du service du protocole ainsi qu'avec l'ambassadeur des États-Unis, le problème de la sécurité intérieure des locaux diplomatiques en cas d'agitation provoquée par les manifestations d'une minorité dans la République fédérale. Siebkron regrettait que des mesures supplémentaires se révélassent nécessaires, mais il était souhaitable d'anticiper les éventualités fâcheuses plutôt que de tenter d'y remédier lorsqu'il était trop tard. Siebkron avait reçu du doyen l'assurance que tous les chefs de mission diplomatique coopéreraient pleinement avec les autorités fédérales. L'ambassadeur de Grande-Bretagne avait déjà donné son accord à ces dispositions. La voix de Siebkron avait un accent tranchant qui était étrangement proche de la colère. Lieff et le vieux policier s'étaient tournés délibérément vers Bradfield et leur expression était franchement hostile.

« Je suis convaincu que vous souscrivez à cette opinion », conclut Siebkron en anglais, tout en faisant circuler des copies de la déclaration le long de la table.

Bradfield n'avait rien remarqué. Tirant son stylo d'une poche intérieure de sa veste, il dévissa le capuchon, l'enfonça avec soin à l'autre extrémité et parcourut du bout de sa plume le texte, ligne après ligne.

« C'est un aide-mémoire ?

— Un mémorandum. Vous trouverez la traduction allemande jointe au texte.

— Je ne vois rien ici qui ait besoin d'être par écrit, dit Bradfield sans se démonter. Vous savez très bien, Ludwig, que nous sommes toujours d'accord sur ce genre de problèmes. Nos intérêts sont identiques. »

Siebkron ne tint pas compte de cet aimable appel du pied : « Vous comprenez également que le Doktor Karfeld n'est pas bien disposé à l'égard des Anglais. Cela place donc l'ambassade britannique dans une catégorie spéciale. »

Bradfield ne se départit pas de son sourire. « Cela n'a pas échappé à notre attention. Nous comptons sur vous pour veiller à ce que les sentiments de Herr Karfeld ne s'expriment pas en termes physiques. Nous vous faisons entièrement confiance pour y parvenir.

— Précisément. Vous serez sensible alors à l'intérêt que je porte à voir sain et sauf tout le personnel de l'ambassade britannique. »

La voix de Bradfield était au bord du persiflage. « Ludwig, qu'est-ce que c'est ça ? Une déclaration d'amour ? »

Le reste vint très vite, lancé comme un ultimatum : « Je dois donc vous demander que, jusqu'à nouvel avis, tout le personnel de l'ambassade britannique ayant un rang inférieur à celui de conseiller ne quitte pas la zone urbaine de Bonn. Vous aurez la bonté de leur donner la consigne que, pour leur propre sécurité, ils veuillent bien rester dans leur résidence (il lisait de nouveau un document posé dans le dossier devant lui) dorénavant et jusqu'à nouvel avis, à partir de onze heures du soir, heure locale. »

Les visages blancs les fixaient à travers la brume de la fumée des cigarettes comme des lampes aperçues à travers le voile d'un anesthésique. Dans la confusion, dans la stupéfaction qui suivirent, seule la voix de Bradfield, nette et décisive comme celle d'un commandant sur le champ de bataille, ne vacilla pas.

Il y avait un principe concernant l'ordre qu'une amère expérience avait enseigné aux Anglais dans bien des parties du monde, expliqua-t-il, c'était que les incidents désagréables étaient en fait provoqués par un excès de précautions.

Siebkron s'abstint de tout commentaire.

Tout en tenant compte autant qu'il pouvait des inquiétudes de Siebkron sur le plan professionnel comme sur le plan personnel, Bradfield se sentait dans l'obligation de le mettre en garde avec fermeté contre tout geste qui risquerait d'être mal interprété par le monde extérieur.

Siebkron attendit.

Comme Siebkron, poursuivit Bradfield, lui-même avait la responsabilité de protéger le moral de l'ambassade et notamment de préparer les jeunes aux difficultés qu'ils pourraient encore rencontrer. Il ne pouvait à ce stade se faire l'apôtre d'aucune mesure qui ressemblerait à une retraite devant un ennemi qui n'avait encore qu'à peine avancé... Seibkron tenait-il vraiment à entendre raconter qu'il était incapable de contrôler une poignée de jeunes vauriens ?...

Siebkron s'était levé, et les autres l'avaient imité. Une sèche inclinaison de la tête remplaca la poignée de main obligatoire. La porte s'ouvrit et les manteaux de cuir les escortèrent d'un pas vif vers l'ascenseur. Ils se retrouvèrent dans la cour détrempée. Le rugissement des motocyclettes était assourdissant. La Mercedes les emporta. Que diable avons-nous fait ? se demanda de Lisle. Que diable avons-nous fait pour mériter ça ? Qui donc a lancé la pierre dans le carreau du professeur ?

« Ça n'a rien à voir avec hier soir ? demanda-t-il enfin à Bradfield, comme ils approchaient de l'ambassade.

— Il ne saurait y avoir le moindre rapport », répliqua Bradfield. Il était assis très droit, l'air crispé et furieux.

« Quelle qu'en soit la raison, ajouta-t-il, plutôt comme un aide-mémoire pour lui-même qu'en guise de confidence à de Lisle, Siebkron est le seul fil que je n'ose pas couper.

— Je pense bien », fit de Lisle et ils descendirent. Les épreuves sportives venaient tout juste de se terminer.

Derrière l'église anglicane, sur une colline boisée, dans une avenue un peu campagnarde à quelque distance du centre de Bad Godesberg, l'ambassade s'est installé un modeste morceau de banlieue du Surrey. De confortables maisons d'agents de change avec de grandes cheminées et de longs couloirs pour la domesticité qui n'est plus là, se dissimulent dans un superbe isolement assuré tant bien que mal par des troènes et des cytises. L'air frémit à la douce musique de la radio des forces britanniques. Des chiens incontestablement anglais rôdent dans les longs jardins ; les trottoirs sont encombrés par les petites voitures des épouses des conseillers d'ambassade. C'est dans cette avenue que chaque dimanche, durant les mois les plus chauds, un rituel plus agréable remplace la réunion de chancellerie. Quelques minutes avant onze heures, on rappelle les chiens à l'intérieur, on bannit les chats dans le jardin et une douzaine d'épouses en chapeau de couleur avec sac à main assorti émergent de la porte d'une douzaine de villas, suivies de leur mari en costume du dimanche.

Bientôt une petite foule s'est rassemblée sur la route ; quelqu'un a fait une plaisanterie, quelqu'un a ri ; on jette des regards inquiets pour voir s'il n'y a pas de retardataires. Est-ce que les Crabbe n'ont pas oublié de se réveiller ? Ne faudrait-il pas aller sonner à leur porte ? Non, les voilà qui arrivent enfin. Doucement on commence à descendre vers l'église, les femmes en tête, les hommes derrière, les mains enfoncées dans leurs poches. Arrivé au pied des marches de l'église, tout le monde s'arrête, et chacun tourne un sourire encourageant vers la femme du diplomate qui occupe le rang le plus élevé dans la hiérarchie. Celle-ci, avec un petit geste de surprise, gravit les marches devant eux et disparaît derrière le rideau vert, laissant ses inférieures suivre, de façon tout à fait fortuite, l'ordre que le protocole, si l'on se souciait de ces choses-là, aurait très précisément exigé.

Ce dimanche matin-là, Rawley Bradfield, escorté de Hazel, sa belle épouse, entra dans l'église et ils prirent place à leur banc habituel auprès des Till, qui par la nature des choses les avaient précédés dans la procession. Bradfield, bien qu'il fût théoriquement catholique romain, considérait comme un devoir impérieux d'assister au service dans la chapelle de l'ambassade ; c'était un problème à propos duquel il refusait de consulter son Église ou sa conscience. Sa femme et lui formaient un très beau couple. Le sang irlandais était très apparent chez Hazel, dont les cheveux châtains étincelaient là où les touchaient les rayons du soleil qui filtraient par les vitraux ; et Bradfield avait en public une façon de lui témoigner de la déférence qui vous sentait à la fois le galant homme et le chef. Juste derrière eux, Meadowes des Archives était assis, impassible, auprès de sa fille blonde et très nerveuse. Elle était jolie, mais les épouses notamment se demandaient volontiers comment un homme aux principes si sévères que son père pouvait tolérer une telle quantité de maquillage.

S'étant installé sur son banc, Bradfield chercha dans son recueil de cantiques ceux dont les numéros étaient affichés — il y en avait certains qu'il avait proscrits pour des raisons de goût — puis il promena son regard à la ronde pour voir ceux qui n'assistaient pas au service. Comme il n'y avait pas d'absents, il s'apprêtait à consacrer de nouveau son attention au recueil quand Mrs Vandelung, la femme d'un conseiller d'ambassade néerlandais et l'actuelle vice-présidente des Dames internationales, se pencha vers lui pour lui demander à mi-voix, d'un ton essoufflé et quelque peu nerveux, pourquoi il n'y avait pas d'organiste. Bradfield jeta un coup d'œil vers le petit recoin éclairé, vers le tabouret vide avec le coussin brodé sur le siège, et au même instant il parut se rendre compte du silence embarrassé qui régnait autour de lui et qu'accentuait encore le grincement de la porte de gauche au moment où Mickie Crabbe, dont c'était le tour d'être le marguillier adjoint, la refermait sans que le bruit fût masqué par les accents de l'orgue. Se levant aussitôt, Bradfield descendit la nef latérale. Du premier rang du chœur, John Gaunt, le garde de la chancellerie, l'observait avec une appréhension à peine déguisée. Jenny Pargiter, toute droite comme une mariée, avait les yeux fixés devant elle, sans rien voir que la lumière de Dieu. Janet Cork, la femme de l'employé au Chiffre, était debout auprès d'elle, l'esprit tout occupé de l'enfant qu'elle attendait. Son mari était à l'ambassade, de permanence à la salle du Chiffre.

« Où diable est passé Harting ? » demanda Bradfield, mais un coup d'œil à l'expression de Crabbe lui révéla que c'était une question inutile. Sortant discrètement sur la route, il prit à grands pas un raccourci qui escaladait la colline et ouvrit une petite grille donnant accès à la sacristie où il entra sans frapper.

« Harting n'est pas là, annonça-t-il sèchement. Qui d'autre joue de l'orgue ? »

L'aumônier, qui considérait la présence de l'ambassade comme une redoutable épreuve mais qui estimait que cela faciliterait son avancement, était un homme de tendances missionnaires qui avait une femme et quatre enfants au pays de Galles. Personne ne savait pourquoi ils ne venaient pas le rejoindre.

« Il n'a jamais manqué jusqu'à maintenant. Jamais.

— Qui d'autre sait jouer ?

— Peut-être que le bac ne marche pas. J'ai entendu dire qu'il se passait des tas de choses.

— Il pourrait faire le crochet par le pont. Ça lui est arrivé souvent. Personne ne peut le remplacer ?

— Pas que je sache, dit l'aumônier en tripotant le bord de son étole dorée d'un air absent. Mais je n'ai jamais eu l'occasion de m'en enquérir, pas vraiment.

— Alors qu'allez-vous faire ?

— Peut-être que quelqu'un pourrait chanter en solo, proposa l'aumônier sans conviction, mais il avait le regard fixé sur un faire-part de baptême fixé derrière un calendrier. Ce serait peut-être la solution. Johnny Gaunt, en tant que Gallois, a une jolie voix de ténor.

— Très bien, le chœur n'a qu'à diriger. Vous feriez mieux de les prévenir tout de suite.

— L'ennui, voyez-vous, Mr Bradfield, dit l'aumônier, c'est qu'ils ne connaissent pas les hymnes. D'ailleurs, il n'était pas là vendredi non plus, à la répétition du chœur. Il n'est pas venu, en fin de compte. Nous avons été obligés d'y renoncer, vous voyez. »

Ressortant dans l'air frais, Bradfield se trouva nez à nez avec Meadowes, qui avait discrètement quitté sa place auprès de sa fille pour le suivre au fond de l'église.

« Il a disparu, dit Meadowes, avec un calme redoutable. J'ai vérifié partout. La liste des malades, le médecin ; je suis allé chez lui. Sa voiture est au garage, il n'a pas pris son lait. Personne ne l'a vu, personne n'a entendu parler de lui depuis vendredi. Il n'est pas allé au Club des exilés. Il y avait une soirée pour l'anniversaire de ma fille, mais il n'est pas venu non plus. Il avait d'autres engagements mais il devait passer quand même. Il lui avait promis comme cadeau d'anniversaire un séchoir ; ça ne lui ressemble pas, Mr Bradfield, ça ne lui ressemble pas du tout. »

L'espace d'un instant, d'un bref instant, Bradfield parut perdre contenance. Il regarda Meadowes d'un air furieux, puis se tourna vers l'église comme s'il se demandait lequel des deux il valait mieux détruire ; comme si dans sa colère ou dans son désespoir il allait dévaler le sentier, ouvrir toutes grandes les portes et crier la nouvelle à ceux qui attendaient si complaisamment à l'intérieur.

« Venez avec moi. »

Au moment même où ils franchissaient la grande grille de l'ambassade et bien avant de passer le contrôle de police, on reconnaissait les symptômes d'une crise. Deux motocyclettes militaires étaient garées sur la pelouse. Cork, l'employé du Chiffre de service attendait sur les marches, un guide de la Bourse encore à la main. Une camionnette verte de la police allemande, sa lumière bleue clignotant, était garée auprès de la cantine et l'on entendait le crépitement de sa radio.

« Dieu merci, vous êtes venu, monsieur, dit Macmillan, le chef des gardes. J'ai envoyé le chauffeur de service ; il a dû vous croiser dans l'allée. »

Dans tout le bâtiment les téléphones sonnaient.

« Il y a un message de Hanovre, monsieur, du consulat général ; je n'ai pas très bien entendu. La manifestation a mal tourné, monsieur ; c'est la pagaille là-bas. Ils sont en train de donner l'assaut à la bibliothèque et ils s'apprêtent à marcher sur le consulat ; je ne sais pas où nous allons ; c'est pire que Grosvenor Square. J'entendais leurs hurlements au téléphone, monsieur. »

Meadowes suivit rapidement Bradfield qui grimpait les marches.

« Vous avez dit un séchoir ? Il devait donner un séchoir à votre fille ? »

Ce fut un instant d'illogisme délibéré, de lenteur délibérée peut-être, une réaction nerveuse avant d'aller prendre part au combat. Ce fut ainsi du moins que Meadowes l'interpréta.

« Il l'avait commandé spécialement, précisa-t-il.

— Ça ne fait rien », dit Bradfield et il allait entrer dans la salle du Chiffre quand Meadowes reprit :

« Le dossier a disparu, murmura-t-il. Le dossier vert des procès-verbaux spéciaux. Il a disparu depuis vendredi. »

3

ALAN TURNER

C'était un jour à être presque libre, un jour à rester à Londres en rêvant de la campagne. Dans St James' Park, l'été prématuré entamait sa troisième semaine. Au bord du lac, des filles étaient allongées comme des fleurs coupées dans la chaleur anormale d'un dimanche après-midi de mai. Un gardien, pour invraisemblable que ce fût, avait allumé un feu et l'odeur de l'herbe brûlée se mêlait aux rumeurs de la circulation. Seuls les pélicans, boitillant d'un air affairé autour de leur pavillon sur l'île, semblaient disposés à bouger ; seul Alan Turner, ses grandes chaussures crissant sur le gravier, avait quelque part où aller ; pour une fois, même les filles ne parvenaient pas à le distraire.

C'étaient de lourdes chaussures de cuir brun fréquemment réparées aux trépointes. Il portait un costume d'été taché et à la main une valise de toile couverte de taches. C'était un grand gaillard un peu lourd, aux cheveux blonds, au visage pâle et banal, avec des épaules larges et les doigts carrés d'un alpiniste, et sa démarche avait la lenteur irrésistible d'une péniche ; un pas agressif de policier, délibérément dépourvu de finesse. Il était difficile de deviner son âge. Les étudiants l'auraient trouvé vieux, mais vieux pour un étudiant. Il pouvait inquiéter les jeunes avec son âge et les plus âgés avec sa jeunesse. Ses collègues avaient depuis longtemps cessé de faire des hypothèses là-dessus. On savait qu'il avait débuté tard dans la carrière, ce qui n'était jamais un bon signe, et qu'il avait été chargé de cours au collège Anthony à Oxford où l'on admet toute sorte de gens. Les publications officielles du Foreign Office étaient réservées. Alors qu'elles jetaient une lumière sans merci sur l'origine de tous les autres Turner, dans le cas d'Alan, elles demeuraient parfaitement muettes comme si, ayant considéré tous les faits, elles estimaient que le silence était l'attitude la plus polie à observer.

« Tiens, on vous a fait venir aussi, dit Lambert, en le rattrapant. Il faut dire que cette fois-ci Karfeld a vraiment mis le paquet.

— Qu'est-ce qu'ils peuvent bien attendre de nous ? Que nous tenions les barricades ? Qu'on tricote des couvertures ? »

Lambert était un petit homme vigoureux et il aimait entendre dire de lui qu'il était à l'aise avec tout le monde. Il occupait un poste assez élevé au département d'Europe occidentale et était capitaine d'une équipe de cricket ouverte à tous les membres de la hiérarchie.

Ils commencèrent à gravir les marches de l'escalier de Clive.

« Voulez-vous que je vous dise ? dit Lambert. On ne les changera jamais. C'est une nation de psychopathes. Ils s'imaginent toujours qu'ils vont se faire avoir. Versailles, l'encerclement, le poignard dans le dos, la manie de la persécution, voilà ce qu'ils ont. »

Il laissa à Turner le temps d'acquiescer.

« On a convoqué tout le département. Même les filles.

— Fichtre, ça va vraiment leur faire peur. On fait vraiment donner les réserves.

— Ça pourrait avoir des répercussions à Bruxelles, vous savez. Ça risque de nous retomber sur le nez. Si le cabinet allemand perd les pédales à cause de la situation intérieure, nous sommes dans de beaux draps. » Cette perspective apparemment le ravissait. « Dans ce cas il nous faudra trouver une solution radicalement différente.

— Je croyais qu'il n'y en avait pas.

— Le secrétaire d'État a déjà parlé à leur ambassadeur ; d'après ce qu'on m'a dit, ils se sont mis d'accord sur une indemnisation complète. Alors, il n'y a pas de quoi s'inquiéter, n'est-ce pas ? Nous pouvons poursuivre tranquillement notre week-end, nous allons tous aller nous recoucher. »

Ils étaient arrivés en haut des marches. Le fondateur de l'empire des Indes, un pied nonchalamment posé sur un plateau de bronze vaincu, fixait au-delà d'eux un regard satisfait sur les clairières du parc.

« Ils ont laissé les portes ouvertes, reprit Lambert d'une voix pleine d'un tendre respect. Ils sont toujours sur l'horaire de semaine. Fichtre, ils en mettent un coup. Bon, ajouta-t-il, ne recevant aucun écho admiratif vous allez par ici, moi je vais par là. Mais vous savez, ajouta-t-il d'un ton confidentiel, ca pourrait nous faire beaucoup de bien, cette histoire. Unifier le reste de l'Europe derrière nous contre la menace nazie. Rien de tel que le martèlement des bottes pour renforcer les vieilles alliances. »

Sur un dernier petit signe de tête plein d'une bonne volonté que rien n'avait pu ébranler, il disparut comme emporté par une nuée dans les ténèbres impériales de la grande entrée. Un moment, Turner le suivit des yeux, comparant son corps frêle aux colonnes toscanes du grand portique, et il y avait même une sorte de nostalgie dans son expression, comme si vraiment il aimerait être un Lambert, petit, soigné, habile et sans souci. Se secouant enfin, il poursuivit jusqu'à une porte plus petite sur le côté du bâtiment. C'était une porte à la peinture éraillée avec une plaque de contre-plaqué clouée derrière la vitre et un panneau annonçant que cette entrée était interdite à toute personne non munie d'une autorisation. Il eut quelque difficulté à passer.

« Mr Lumley vous cherche, annonça le concierge. Quand vous aurez un instant de libre, bien sûr. »

C'était un jeune homme efféminé qui préférait l'autre aile du bâtiment. « Il tenait beaucoup à vous voir, d'ailleurs. Je vois que vous voilà tout prêt à partir pour l'Allemagne. »

Son poste à transistor marchait sans arrêt ; quelqu'un faisait un reportage en direct de Hanovre et l'on entendait en fond sonore un grondement semblable à celui de la mer.

« Eh bien, d'après ce qu'on entend, vous allez être bien reçu. Ils ont déjà liquidé la bibliothèque et en ce moment ils s'attaquent au consulat.

— Ils avaient déjà pillé la bibliothèque à l'heure du déjeuner. C'était au bulletin d'une heure. Il y a un cordon de police autour du consulat. Sur trois rangs. Il n'y a pas la moindre possibilité qu'ils puissent approcher.

— Ça a empiré depuis, lui lança le concierge. Ils sont en train de brûler des livres sur la place du Marché ; attendez un peu !

— Je pense bien. C'est exactement ce que j'ai l'intention de faire. » Sa voix était d'un calme redoutable mais elle portait loin ; une voix du Yorkshire, un aboiement de bâtard.

« Il a fait retenir votre billet pour l'Allemagne. Demandez au bureau des transports ! Classe touriste ! Mr Shawn voyage en première ! »

Poussant la porte de son bureau, il trouva Shawn qui flemmardait à son bureau, son blazer de la brigade des gardes accroché au dossier de la chaise de Turner. Les huit boutons étincelaient sous les quelques rayons de soleil qui, plus audacieux que les autres, avaient franchi le verre teinté. Il parlait au téléphone. « Ils ont tout mis dans le même bureau », dit-il de ce ton apaisant qui mène le plus calme des hommes au bord de la crise de nerfs. Il l'avait déjà dit plusieurs fois, apparemment, mais il le répétait à l'usage des esprits simples. « Avec les bombes incendiaires et le lacérateur de papier. C'est le premier point. Second point, tous les membres du personnel local doivent rentrer chez eux et rester tranquilles. Nous ne pouvons pas payer d'indemnité aux citoyens allemands qui se feront blesser à cause de nous. Dites-leur ça d'abord et puis rappelez-moi. Bonté divine ! s'écria-t-il à l'adresse de Turner en raccrochant, est-ce que vous avez jamais essayé de discuter avec ce type ?

— Quel type ?

— Ce clown chauve du service administratif.

— Il s'appelle Crosse, fit Turner en lançant sa valise dans le coin. Et ça n'est pas un clown.

— C'est un aliéné, marmonna Shawn en perdant courage. Je vous jure.

— Alors n'en parlez pas, sinon on l'affectera à la Sécurité.

— Lumley vous cherche.

— Je ne pars pas, dit Turner. Je n'ai aucune envie de perdre mon temps. Hanovre est un poste D. Ils n'ont pas de code, pas de chiffre, rien. Qu'est-ce que vous voulez que je fiche là-bas ? Que je sauve les joyaux de la Couronne ?

— Alors pourquoi avez-vous apporté votre valise ? » Il prit sur son bureau une liasse de télégrammes.

« Ça fait des mois qu'ils savent que cette manifestation doit avoir lieu. Tout le monde sait, depuis le département occidental jusqu'à nous. La chancellerie l'a signalé en mars. Pour une fois, nous avons vu le télégramme. Pourquoi n'ont-ils pas évacué le personnel ? Pourquoi n'ont-ils pas renvoyé les gosses ? Pas d'argent, j'imagine. Plus de places en troisième classe. Eh bien, qu'ils aillent se faire voir !

— Lumley a dit tout de suite.

— Que Lumley aille se faire voir aussi, dit Turner en s'asseyant. Je ne sors pas de ce bureau avant d'avoir lu les journaux.

— C'est de la politique de ne pas les renvoyer ici », continua Shawn en répondant aux objections de Turner. Shawn se considérait comme *détaché* plutôt qu'*affecté* au service de Sécurité ; un peu comme s'il se reposait entre deux missions et il ne manquait jamais une occasion de faire étalage de sa connaissance du vaste monde de la politique. « Que tout continue comme d'habitude, voilà le slogan. Nous ne pouvons pas nous permettre de céder à la pression de la rue. Après tout, le Mouvement n'est qu'une minorité. Le lion britannique, ajouta-t-il, lançant une plaisanterie sans conviction, ne peut pas se laisser démonter par les piqûres d'épingles de quelques voyous.

— Oh, il n'en est pas question ; mon Dieu, absolument pas question. »

Turner reposa un télégramme et en attaqua un autre. Il lisait vite et sans effort, avec l'assurance d'un universitaire, arrangeant les papiers en piles séparées suivant quelque critère secret.

« Alors qu'est-ce qui se passe ? Qu'est-ce qu'ils ont donc à perdre, à part leur honneur ? interrogea-t-il, tout en continuant à lire. Pourquoi diable nous appeler, nous ? Ça regarde le service des indemnités du département d'Europe occidentale, non ? L'évacuation, ça regarde le service administratif, non ? S'ils sont inquiets à propos du bail, ils n'ont qu'à aller pleurer au ministère des Travaux publics. Alors pourquoi, bon sang, ne peuvent-ils pas nous foutre la paix ?

— Parce que c'est l'Allemagne, suggéra Shawn sans conviction.

— Oh, mon œil.

— Désolé, si ça a gâché vos projets », dit Shawn avec un ricanement déplaisant, car il soupçonnait Turner d'avoir une vie amoureuse plus colorée que la sienne.

Le premier télégramme pertinent émanait de Bradfield. Il était marqué « Urgent » ; il avait été envoyé à onze heures quarante et remis au diplomate de permanence à neuf heures vingt-huit. Skardon, consul général à Hanovre, avait convoqué tous les membres du personnel britannique et leurs familles à la résidence et protestait vigoureusement auprès de la police. Le second télégramme était un flash de Reuter datant de onze heures cinquante-trois : des manifestants avaient forcé l'entrée de la Bibliothèque britannique ; la police ne parvenait pas à faire face à la situation ; on était sans nouvelle de Fraülein Eick (*sic*), la bibliothécaire.

Tout de suite après arriva un second télégramme urgent de Bonn : « Le *Nordeutscher Rundfunk* annonce que Eick, je répète Eick, a été tuée par les manifestants. » Mais cette nouvelle fut à son tour démentie, car Bradfield grâce aux bons offices de Herr Siebkron du ministère de l'Intérieur (« avec lequel j'entretiens d'excellentes relations ») avait sur ces entrefaites réussi à entrer directement en contact avec la police de Hanovre. D'après les plus récentes évaluations de celle-ci, la Bibliothèque britannique avait été mise à sac et ses livres brûlés en présence d'une foule nombreuse. Des affiches étaient apparues avec des slogans antibritanniques tels que « Les fermiers ne veulent pas payer pour votre empire ! » et « Travaillez pour gagner votre pain, ne volez pas le nôtre ! » Fraülein Gerda Eich (*sic*) âgée de cinquante et un ans, domiciliée 4, Hohenzollernweg à Hanovre avait été traînée sur deux étages de l'escalier de pierre, bourrée de coups de pied et de coups de poing et on l'avait obligée à jeter ses propres livres au feu. Des renforts de police montée avec du matériel anti-émeute arrivaient des villes voisines.

Une annotation en marge, de la main de Shawn, précisait que le service de l'identité avait fourni un dossier sur la malheureuse Fraülein Eich. C'était une institutrice en retraite qui à un moment avait été employée dans les Forces d'occupation britanniques, à un autre moment avait été secrétaire de la section de Hanovre de la Société anglo-allemande, et qui en 1962 avait reçu une décoration britannique pour services rendus à la compréhension internationale.

« Encore une anglophile qui mord la poussière », marmonna Turner.

Suivait alors un long résumé, encore que hâtivement composé, de bulletins d'information et de dépêches. Ceux-là aussi, Turner les étudia avec une extrême application. Personne, apparemment, et moins que tous ceux qui en avaient été les témoins, personne n'était capable de dire avec précision ce qui avait déclenché l'émeute, ni ce qui avait tout d'abord attiré la foule vers la bibliothèque. Les manifestations avaient beau être maintenant chose courante en Allemagne, une émeute à cette échelle ne l'était pas ; les autorités fédérales avaient elles-mêmes avoué leur « profonde préoccupation ». Herr Ludwig Siebkron, du ministère de l'Intérieur, avait rompu son silence habituel pour observer dans une conférence de presse qu'il y avait « des raisons de très réelle inquiétude ». On avait pris une décision immédiate afin de renforcer la protection de tous les bureaux et résidences britanniques officiels et quasi officiels sur tout le territoire de la République fédérale. L'ambassadeur britannique, après quelque hésitation au début, avait accepté d'imposer à ses collaborateurs un couvre-feu volontaire.

Les comptes rendus de l'incident par la police, la presse et même par les délégués eux-mêmes étaient d'une désespérante confusion. Selon les uns il avait éclaté spontanément ; c'était un geste collectif aggravé par le mot « britannique » qui s'étalait précisément sur le côté du bâtiment de la bibliothèque. Il était naturel, disait-on, que, comme le jour de la décision à Bruxelles approchait rapidement, la politique d'opposition du Mouvement au Marché commun prît une forme spécifiquement antibritannique. D'autres juraient avoir vu un signal, un mouchoir blanc agité à une fenêtre ; un témoin prétendait même qu'une fusée s'était élevée derrière la mairie en projetant des étoiles rouges et or. Selon certains la foule s'était précipitée dans un grand élan ; selon les autres elle s'était lentement amassée ; à en croire d'autres encore elle était agitée de remous divers. « Cela venait du centre », déclarait un inspecteur de police. « La périphérie était immobile jusqu'au moment où le centre a bougé. » « Ceux qui se trouvaient au centre, affirmait la radio, ont gardé leur sang-froid. L'émeute a été déclenchée par quelques voyous au premier rang. Les autres alors ont été obligés de suivre. » Sur un point seulement tout le monde semblait d'accord : l'incident s'était produit au moment où la musique jouait le plus fort. Une femme qui avait assisté à la scène suggéra même que la musique avait été le signal au son duquel la foule s'était précipitée.

Le correspondant du *Spiegel* de son côté, parlant à la Radio du Nord, racontait comment un autobus gris, frété par un mystérieux Herr Meyer, de Lunebourg, avait transporté « un groupe de trente hommes triés sur le volet » jusqu'au centre de Hanovre une heure avant le début de la manifestation et que c'étaient ces hommes composés en partie d'étudiants et en partie de jeunes fermiers qui avaient formé un « cordon de protection » autour de l'estrade de l'orateur. C'étaient ces « hommes triés sur le volet », qui avaient donné le signal de l'attaque. Toute l'action avait donc été inspirée par Karfeld lui-même. « Voilà qui est déclarer ouvertement, affirmait-il, que désormais le Mouvement se propose de marcher suivant sa propre musique. »

« Cette Eich, dit enfin Turner. Quelles sont les dernières nouvelles ?

— Elle est aussi bien qu'on peut l'espérer.

— Ça veut dire quoi ?

— C'est tout ce qu'ils ont dit.

— Oh, parfait.

— Heureusement, les autorités britanniques ne sont responsables ni de Eich ni de la bibliothèque. La bibliothèque a été fondée pendant l'occupation mais remise aux Allemands très peu après. Elle est maintenant sous le contrôle et propriété exclusive des autorités du *Land.* Il n'y a plus rien de britannique là-dedans.

— Ils ont donc brûlé leurs propres livres. »

Shawn eut un sourire surpris.

« Ma foi oui, en fait, dit-il. A la réflexion, c'est ça. C'est un point qui peut nous servir ; nous pourrions même en faire part au service de presse. » Le téléphone sonnait. Shawn décrocha le combiné et écouta.

« C'est Lumley, dit-il, en posant la main sur le microphone. Le concierge lui a dit que vous étiez là. »

Turner ne semblait pas entendre. Il examinait un autre télégramme ; c'était un télégramme très bref, deux paragraphes, pas plus ; il portait la mention « Personnel pour Lumley » et le tampon « Urgent » et c'était le double qui était communiqué à Turner.

« Il vous réclame, Alan », fit Shawn en lui tendant l'appareil.

Turner lut le texte une fois et puis le relut. Se levant, il se dirigea vers l'armoire d'acier et y prit un petit carnet noir tout neuf qu'il fourra dans les profondeurs de son costume d'été.

« Pauvre crétin, dit-il très tranquillement sur le pas de la porte. Vous ne pouvez pas apprendre à lire vos télégrammes ? Pendant tout ce temps où vous étiez là à bêler en réclamant des extincteurs, nous avions tout simplement un traître sur les bras. »

Il brandit la feuille de papier rose sous le nez de Shawn.

« C'est un départ soigneusement préparé, voilà ce que c'est. Quarante-trois dossiers disparus, dont pas un au-dessous de *Confidentiel*. Un dossier vert classé *Ultra-Secret* et *Sécurité maximum*, disparu depuis vendredi. Ça ne sent pas l'improvisation. »

Laissant Shawn avec le téléphone toujours à la main, Turner s'éloigna dans le couloir en direction du bureau de son maître. Ses yeux étaient ceux d'un nageur, très pâles, décolorés par la mer.

Shawn le regarda s'éloigner. Voilà ce qui arrive, se dit-il, quand on ouvre ses portes à des gens qui ne sont pas de votre rang. Ils abandonnent leur femme et leurs enfants, ils parlent grossièrement dans les couloirs et envoient à vau-l'eau les bons usages dont on a l'habitude. En soupirant, il reposa le combiné, puis le reprit et appela le service de presse. C'était Shawn à l'appareil expliqua-t-il S-H-A-W-N. Il venait d'avoir une assez bonne idée à propos des émeutes de Hanovre, quelque chose qu'on pourrait utiliser à une conférence de presse. Après tout, cela ne nous regardait en rien, si les Allemands décidaient de brûler leurs propres livres... Il pensait que cela pourrait être un bon échantillon d'humour anglais à froid. Oui, Shawn S-H-A-W-N. Pas du tout ; on pourrait même déjeuner ensemble un jour.

Lumley avait un dossier ouvert devant lui et sa vieille main était posée dessus comme une serre.

« Nous ne savons rien sur lui. Il n'est même pas fiché. Pour nous, il n'existe pas. On n'a même pas fait d'enquête sur lui, c'est dire qu'il n'a donc même pas été accepté par la Sécurité. Il a fallu que j'aille chiper ses papiers au personnel.

— Et alors ?

— Je flaire quelque chose, voilà tout. Je ne sais pas quoi. Famille de réfugiés, émigrée dans les années 30. École à la campagne, engagé dans le génie, équipe de déminage. Il s'est retrouvé en Allemagne en 45, assimilé sergent ; commission de contrôle ; un de ces expatriés professionnels ; vous savez. En ce temps-là il y en avait un dans chaque mess d'Allemagne occupée. Les uns ont survécu, d'autres ont échoué dans des consulats. Pas mal d'entre eux ont retourné casaque ; ils ont disparu ou bien ils ont repris leur citoyenneté allemande. Quelques-uns ont mal tourné. La plupart d'entre eux n'ont pas eu d'enfance, c'est ça le malheur. Désolé », dit brusquement Lumley. Ce fut tout juste s'il ne rougit pas.

« Rien d'autre dans le dossier ?

— Pas de quoi mettre le feu à la Tamise. Nous avons retrouvé le parent le plus proche. Un oncle habitant Hampstead ; Otto Harting. Il a été quelque temps son père adoptif. Pas d'autre famille. Il était dans l'industrie pharmaceutique. Plutôt l'air d'un alchimiste d'ailleurs. Les spécialités pharmaceutiques, des choses comme ça. Il est mort maintenant. Depuis dix ans. Il a été membre de la section de Hampstead du Parti communiste britannique de 41 à 45. Une condamnation pour une histoire de petites filles.

— De quel âge ?

— Quelle importance ? Son neveu Leo a habité avec lui un moment. Il a peut-être été contaminé. Le vieux aurait même pu le recruter à ce moment-là, je pense... Une pénétration à longue échéance. Ça correspondrait. Ou bien quelqu'un a pu le lui rappeler plus tard. Ils ne vous lâchent jamais, vous savez, dès l'instant que vous en avez goûté. Aussi terribles que les catholiques. »

Lumley avait horreur de la foi.

« A quelles catégories de dossiers a-t-il accès ?

C'est vague. Il est classé à *Contentieux* et *Affaires consulaires.* Dieu sait ce que cela veut dire. Il a rang de diplomate, tout juste. Assimilé à deuxième secrétaire. Vous connaissez ce genre d'arrangement. Pas de possibilité d'avancement, d'affectation, de pension. La chancellerie lui a alloué un bureau. Ce n'est pas un *vrai* diplomate.

— Heureux gaillard. »

Lumley ne releva pas.

« Notes de frais autorisées..., dit Lumley en jetant un coup d'œil au dossier... Cent quatre livres par an, à répartir sur cinquante verres et trente-quatre dîners. Avec justification. Très menu fretin. Il est attaché au personnel de Bonn. A titre temporaire, bien sûr. Depuis vingt ans

— Ça me laisse encore seize ans devant moi.

— En 56, il a demandé l'autorisation d'épouser une fille du nom d'Eickmnan. Margaret Eickman. Quelqu'un qu'il avait rencontré dans l'armée. Il semble que cette demande soit restée sans suite. Et rien n'indique qu'il ait fini par se marier.

— Ils ont peut-être renoncé à demander. Les dossiers disparus, ils concernent quoi ? »

Lumley hésita. « C'est tout un salmigondis, dit-il d'un ton détaché. Il y a un peu de tout. Bradfield est en train d'essayer d'en dresser une liste. »

On entendait le poste de radio du concierge qui tonitruait de nouveau dans le couloir.

Turner, adoptant le ton de Lumley, demanda tout aussi nonchalamment « Quelle sorte de salmigondis ?

— Politique, répliqua Lumley. Pas du tout votre domaine.

— Vous voulez dire que je ne peux pas être au courant ?

— Je veux dire que vous n'avez pas besoin d'être au courant. » Il avait dit cela d'un ton amène ; le monde de Lumley se mourait et lui-même n'en voulait à personne. « Je dois dire qu'il a choisi un bon moment, reprit-il. Avec tout ce qui se passe. Peut-être est-ce qu'il a simplement ramassé ce qu'il a pu et qu'il a détalé avec.

— Et côté discipline ?

— Pas grand-chose. Il a été mêlé à une bagarre il y a cinq ans à Cologne. Dans une boîte de nuit. On a réussi à étouffer l'affaire.

— Et on ne l'a pas flanqué dehors ?

— Nous aimons bien donner aux gens une chance de se racheter. » Lumley était toujours plongé dans son dossier, mais son ton était lourd de sous-entendus.

Il avait la soixantaine passée, il s'exprimait avec une certaine vulgarité et il y avait en lui quelque chose de gris : visage gris, silhouette de chouette vêtue de gris, un homme voûté et desséché. Il avait jadis été ambassadeur dans quelque petit pays, mais il n'était pas resté en poste bien longtemps.

« Il faudra me câbler tous les jours. Bradfield va arranger ça. Mais ne me téléphonez pas, vous comprenez ? Cette ligne directe est trop dangereuse. » Il referma le dossier. « J'ai l'accord du département d'Europe occidentale, Bradfield a l'accord de l'ambassadeur. On vous laisse partir à une condition.

— C'est trop gentil de leur part.

— Les Allemands ne doivent pas savoir. A aucun prix. Ils ne doivent pas savoir qu'il a disparu ; ils ne doivent pas savoir que nous le recherchons ; ils ne doivent pas savoir qu'il y a eu une fuite.

— Et s'il a emporté des documents secrets de l'OTAN ? Ça les concerne tout autant que nous.

— Des décisions de ce genre ne vous regardent pas. Vos instructions sont d'y aller doucement. Ne foncez pas. Compris ? »

Turner ne dit rien.

« Vous ne devez pas troubler, agacer ni vexer les gens. Ils marchent sur des œufs là-bas ; n'importe quoi, mais alors n'importe quoi pourrait faire pencher la balance. Maintenant, demain, à tout moment. Il y a même un risque que les boches puissent croire que nous jouons un double jeu avec les Russes. Si cette idée leur venait, ça pourrait tout foutre en l'air.

— On a déjà l'air d'avoir assez de mal, dit Turner, reprenant la formule de Lumley, à jouer tout simplement avec les boches.

— L'ambassade n'a qu'une idée en tête, et ça n'est pas Harting, ça n'est pas Karfeld et encore moins vous. C'est Bruxelles. Alors rappelez-vous ça. Ça vaudrait mieux, parce que sinon vous allez vous retrouver sur vos fesses.

— Pourquoi ne pas envoyer Shawn ? Il est plein de tact. Il les charmerait tous, j'en suis sûr. »

Lumley poussa une note à travers la largeur du bureau. C'était une liste de renseignements personnels sur Harting. « Parce que vous, vous le trouverez et pas Shawn. Non pas que je vous admire pour ça. Vous arracheriez toute la forêt, j'en suis sûr, pour trouver un gland. Qu'est-ce qui vous pousse ? Qu'est-ce que vous cherchez ? Je ne sais quelle connerie d'absolu. Si il y a une chose que j'ai vraiment en horreur, c'est un cynique à la recherche de Dieu. Peut-être qu'un peu d'échec est ce qu'il vous faut.

— De ce côté-là, je suis gâté.

— Vous avez des nouvelles de votre femme ?

— Non.

— Vous pourriez lui pardonner, vous savez. Ça se fait.

— Bon Dieu, murmura Turner, vous prenez des risques. Qu'est-ce que vous savez de mon mariage ?

— Rien. C'est pourquoi je suis bien placé pour vous donner un conseil. J'aimerais simplement que vous cessiez de nous punir tous de ne pas être parfaits.

— Rien d'autre ? »

Lumley l'examina comme un vieux magistrat à qui il ne restait plus beaucoup de dossiers.

« Fichtre, vous avez le mépris rapide, dit-il enfin. Vous me faites peur, et je vais vous dire une chose. Il va falloir bientôt que vous vous mettiez à aimer les gens, sinon il sera trop tard. Vous aurez besoin de nous, vous savez, avant de mourir. Même si nous ne sommes pas à la hauteur de vos exigences. » Il poussa un dossier vers Turner. « Allez-y. Trouvez-le. Mais ne vous imaginez pas que vous avez la bride sur le cou. Si j'étais vous, je prendrais le train de minuit. Ça vous mettra là-bas à l'heure du déjeuner. » Ses yeux jaunes aux lourdes paupières se tournèrent vers le parc ensoleillé. « Il y a toujours du brouillard à Bonn.

— Quand même, je préférerais prendre l'avion. »

Lumley secoua lentement la tête.

« Vous ne pouvez pas attendre, hein ? Vous ne pouvez pas attendre de mettre la main sur lui. Toujours à piaffer. Bon sang, je voudrais bien avoir votre enthousiasme.

— Vous l'avez eu autrefois.

— Et tâchez de vous trouver un costume. Essayez d'avoir l'air convenable.

— Mais je ne le suis pas, n'est-ce pas ?

— Bon, dit Lumley, dépassé. Portez donc une casquette. Seigneur, ajouta-t-il, j'aurais pensé que ce dont votre classe souffrait c'était d'être déjà trop reconnue.

— Il y a quelque chose que vous n'avez pas dit. A quoi tiennent-ils le plus : à l'homme, ou aux dossiers ?

— Demandez à Bradfield », répondit Lumley en évitant son regard.

Turner regagna son bureau et composa le numéro de téléphone de sa femme. Ce fut sa belle-sœur qui lui répondit.

« Elle est sortie, dit-elle.

— Tu veux dire qu'ils sont encore au lit.
— Qu'est-ce que tu veux ?
— Dis-lui que je pars pour l'étranger. »
Dès qu'il eut raccroché il fut de nouveau distrait par le poste à transistors du concierge. Celui-ci l'avait ouvert à pleine puissance et écoutait une station européenne. Une dame bien élevée donnait un résumé des nouvelles. Le prochain meeting du Mouvement se tiendrait à Bonn, annonçait-elle ; vendredi, dans cinq jours.
Turner sourit. On aurait dit une invitation à prendre le thé. Prenant son sac de voyage, il partit pour Fulham, un quartier bien connu pour ses pensions de famille et pour ses hommes mariés en exil loin de leurs épouses.

4

LES ÉCHÉANCES DE DÉCEMBRE

De Lisle alla le prendre à l'aéroport. Il avait une voiture de sport, un tout petit peu trop jeune pour lui et qui bringuebalait avec fracas sur le pavé humide des villages. Bien que ce fût une voiture toute neuve, la peinture était déjà ternie par la résine des châtaigniers de Godesberg. Il était neuf heures du matin mais les lampadaires étaient encore allumés. De chaque côté de la route, au milieu de champs plats, des fermes et des immeubles neufs émergeaient des nappes de brume comme des carcasses abandonnées par la mer. Des gouttes de pluie venaient pointiller le petit pare-brise.
« Nous vous avons retenu une chambre à l'Adler, je pense que ça va. Nous ne savions pas très bien quel genre de défraiement on vous octroie dans votre service.
— Qu'est-ce que disent les affiches ?
— Oh, nous ne les lisons pratiquement plus. Réunification... Alliance avec Moscou... Anti-Amérique... Anti-Angleterre.
— C'est agréable de savoir qu'on nous considère toujours comme des grands.
— Je crois malheureusement que vous êtes tombé sur un jour typique de Bonn. Quelquefois le brouillard est un peu plus froid, poursuivit gaiement de Lisle. Alors on dit que c'est l'hiver. Quelquefois il est plus chaud, et c'est l'été. Vous savez ce qu'on dit de Bonn : ou bien il pleut ou bien les passages à niveau sont fermés. En fait, bien sûr, les deux arrivent en même temps. Une île isolée dans le brouillard, c'est nous. C'est un endroit très métaphysique : les rêves ont totalement remplacé la réalité. Nous vivons quelque part entre le proche avenir et un passé qui n'est pas si récent. Pas personnellement, vous comprenez. La plupart d'entre nous ont l'impression d'être en poste ici depuis toujours.

— Vous avez toujours une escorte ? »

L'Opel noire roulait à trente mètres derrière eux. Elle maintenait soigneusement sa distance. Deux hommes pâles étaient assis à l'avant et les phares étaient allumés.

« Ils nous protègent. Théoriquement. Vous avez peut-être entendu parler de notre entrevue avec Siebkron ? » Ils prirent à droite et l'Opel les suivit. « L'ambassadeur est absolument furieux. Et maintenant, bien sûr, ils peuvent raconter que tout cela est justifié par Hanovre : aucun Anglais n'est en sûreté sans un garde du corps. Ce n'est pas du tout notre avis. Enfin, peut-être qu'après vendredi ils nous laisseront de nouveau tranquilles. Quoi de neuf à Londres ? Il paraît que Steed-Asprey a décroché Lima.

— Oui, nous avons tous trouvé ça formidable. »

Un panneau jaune annonçait : « Bonn, six kilomètres. »

« Si ça ne vous ennuie pas, je crois que nous allons contourner la ville ; il risque d'y avoir pas mal d'encombrements pour entrer et pour sortir. Ils contrôlent les laissez-passer et tout ça.

— Je croyais que vous disiez que Karfeld ne vous gênait pas.

— Nous disons tous ça. Ça fait partie de notre religion locale. Nous sommes conditionnés à considérer Karfeld comme un élément irritant mais pas comme un générateur d'épidémie. Il va falloir vous y habituer. Au fait, j'ai un message de Bradfield pour vous. Il est désolé de ne pas être allé vous chercher lui-même, mais il est assez débordé. »

Ils quittèrent brusquement la grand-route, traversèrent en cahotant une ligne de tramway et s'engagèrent à toute allure dans un petit chemin qui coupait à travers champs. De temps en temps une affiche ou une photo se dressait devant eux puis disparaissait dans la brume.

« Il n'y avait rien d'autre dans le message de Bradfield ?

— Il y avait la question de savoir qui sait quoi. Il pensait que vous aimeriez tirer ce point au clair tout de suite. Comment appelez-vous ça déjà, une couverture ?

— Si vous voulez.

— La disparition de notre ami a été remarquée de façon générale, continua de Lisle du même ton amène. C'était inévitable. Mais heureusement Hanovre est arrivé par là-dessus et cela nous a permis de réparer quelques brèches. Officiellement, Rawley l'a mis en congé de maladie. Il n'a donné aucun détail ; il a simplement fait allusion à des problèmes personnels sans aller plus loin. Le personnel subalterne peut penser ce qu'il veut : dépression nerveuse ; ennuis de famille ; qu'ils fabriquent donc leurs propres rumeurs. Bradfield en a parlé à la conférence de ce matin : nous le soutenons tous. Quant à vous...

— Oui ?

— Une inspection générale de sécurité en raison de la crise ? Qu'est-ce que vous en dites ? Ça nous a semblé assez convaincant.

— Vous le connaissiez ?

— Harting ?

— Oui. Vous le connaissiez ?

— Je pense, dit de Lisle en s'arrêtant à un feu rouge, que nous devrions peut-être laisser à Rawley l'honneur de tirer le premier, vous ne croyez pas ? Dites-moi, quelles nouvelles de nos petits lords d'York ?

— Qu'est-ce que c'est que ça ?

— Oh, pardonnez-moi, fit de Lisle sincèrement gêné. C'est comme ça que nous appelons ici le Cabinet. Stupide de ma part. »

Ils approchaient de l'ambassade. Comme ils s'engageaient à gauche pour franchir l'allée, l'Opel noire les dépassa silencieusement comme une vieille nounou qui vient de voir ses enfants traverser la route sans encombre. Une grande agitation régnait dans le hall. Des estafettes côtoyaient des journalistes et des policiers. Une grille de fer, peinte au minium, barrait l'escalier du sous-sol ; de Lisle l'entraîna rapidement au premier étage. Quelqu'un avait dû téléphoner de la réception car Bradfield était déjà debout quand ils entrèrent.

« Rawley, voici Turner », fit de Lisle, comme s'il n'y pouvait pas grand-chose et il referma prudemment la porte sur eux.

Bradfield était un homme solide, frugal, à l'ossature frêle et il était bien conservé, comme les gens de cet âge et de cette génération qui peuvent se contenter de très peu de sommeil. Toutefois les épreuves des dernières vingt-quatre heures avaient déjà laissé leur marque sous forme de petites meurtrissures insolites au coin de ses yeux et il était d'une pâleur inhabituelle. Il inspecta Turner sans un mot : le sac de voyage serré dans la lourde main, le costume marron déformé, les traits fermes, sans classe ; et on put croire un instant qu'une soudaine bouffée de colère allait venir bouleverser le calme traditionnel de Bradfield. Un élan de protestation esthétique en voyant qu'on lui présentait à une pareille heure un spectacle aussi agressivement incongru. Dehors, dans le couloir, Turner entendait des chuchotements étouffés, des pas qui claquaient, le crépitement plus rapide des machines à écrire et la pulsation fantomatique des machines à coder de la salle du Chiffre.

« C'est très aimable à vous de venir à une heure aussi peu commode. Donnez-moi donc ça. » Il prit le sac de voyage qu'il déposa derrière la chaise.

« Bon sang, il fait chaud », dit Turner. S'approchant de la fenêtre, il posa ses coudes sur l'appui et regarda dehors. Au loin à sa droite, les sept collines de Königswinter, talquées de blanc par des nuages légers, se dressaient comme des rêves gothiques sur le ciel sans couleur. A leurs pieds, il distinguait les reflets atténués de l'eau et les ombres de navires immobiles.

« Il habitait par là, n'est-ce pas ? A Königswinter ?

— Nous avons deux ou trois locations sur l'autre rive. Elles ne sont jamais beaucoup demandées. Le bac est très malcommode. » Sur le gazon piétiné, des ouvriers démontaient la marquise sous le regard attendri de deux policiers allemands.

« J'imagine que vous avez une méthode de travail pour ce genre d'affaire, reprit Bradfield en s'adressant au dos de Turner. Il faut que vous nous disiez ce que vous voulez et nous ferons de notre mieux pour vous le fournir.

— Bien sûr.

— Les employés du Chiffre ont un salon de lecture où vous ne serez pas dérangé. Ils ont la consigne d'expédier vos télégrammes sans en référer à personne d'autre. J'ai fait installer là pour vous un bureau et un téléphone. J'ai demandé également aux Archives de préparer une liste des dossiers manquants. Si vous avez besoin de quoi que ce soit d'autre, je suis certain que de Lisle fera de son mieux pour vous le procurer. Quant au côté mondain..., fit Bradfield avec un peu d'hésitation... Il faut que je vous invite à dîner avec nous demain soir. Cela nous ferait très plaisir. C'est la soirée habituelle de Bonn. De Lisle vous prêtera un smoking, j'en suis sûr.

— Il y a des tas de méthodes de travail », répondit enfin Turner. Il était adossé au radiateur et inspectait le bureau. « Dans un pays comme celui-ci, ce devrait être extrêmement simple. On alerte la police. On fait des vérifications dans les hôpitaux, dans les maisons de santé, dans les prisons, dans les hospices de l'Armée du Salut. On fait circuler sa photo et son signalement et on affranchit la presse locale. Ensuite, je le chercherais moi-même.

— Le chercher ? Où ça ?

— Chez les autres. En examinant ses antécédents. Ses mobiles, ses affiliations politiques, les amis et les petites amies qu'il a, ses contacts. Qui d'autre était dans le coup ; qui savait ; qui savait à moitié ; qui savait un quart ; qui le manipulait ; qui il rencontrait et où ; comment il communiquait ; les boîtes à lettres ; les lieux de rendez-vous ; depuis combien de temps ça dure. Peut-être qui l'a protégé. C'est ça ce que j'appelle chercher. Ensuite j'écrirais un rapport : je dénoncerais les responsabilités et je me ferais de nouveaux ennemis. » Il continua à examiner la pièce et rien ne semblait innocent sous le regard de ses yeux clairs et impénétrables. « C'est une méthode de travail. Ça marche pour un pays ami, bien sûr.

— La plupart de ce que vous suggérez est absolument inacceptable ici.

— Bien sûr. Lumley m'a déjà expliqué tout ça.

— Peut-être avant de poursuivre, serait-il préférable que je vous l'explique aussi.

— Je vous en prie, dit Turner d'un ton qu'on aurait pu croire délibérément choisi pour agacer.

— J'imagine que dans votre monde, les secrets représentent une valeur absolue. Ils comptent plus que tout. Ceux qui les préservent sont vos alliés ; ceux qui les trahissent sont votre proie. Ici, ce n'est tout simplement pas le cas. Les considérations politiques locales l'emportent désormais de loin sur les considérations de sécurité. »

Turner se mit tout d'un coup à sourire. « C'est toujours comme ça, dit-il. C'est étonnant.

— Ici, à Bonn, on n'attend de nous qu'une seule chose : que nous maintenions à tout prix la confiance et la bonne volonté du gouvernement fédéral. Que nous renforcions sa détermination contre les critiques de plus en plus nombreuses émanant du corps électoral. La coalition est malade ; le moindre virus pourrait la tuer. Notre tâche est de dorloter l'invalide. De le consoler, de l'encourager et parfois de le menacer, de prier Dieu qu'il survive assez longtemps pour que nous nous retrouvions au sein du Marché commun.

— Quelle ravissante image, fit Turner qui de nouveau regardait par la fenêtre. Le seul allié que nous ayons, et il marche sur des béquilles. Les deux hommes malades de l'Europe prenant appui l'un sur l'autre.

— Que ça vous plaise ou non, il se trouve que c'est la vérité. Nous jouons ici une partie de poker. A cartes découvertes et sans rien en main. Notre crédit est épuisé, nos ressources sont nulles. Pourtant, en échange de guère plus qu'un sourire, nos partenaires suivent et jouent. Ce sourire est tout ce que nous avons. Les relations entre le gouvernement de Sa Majesté et la coalition fédérale reposent entièrement sur ce sourire. Notre situation est aussi délicate que cela ; et aussi mystérieuse. Et j'ajouterai : aussi critique. Tout notre avenir par rapport à l'Europe pourrait se décider d'ici à dix jours. » Il marqua un temps, attendant sans doute que Turner intervienne. « Ce n'est pas une coïncidence si Karfeld a choisi vendredi prochain pour sa manifestation à Bonn. D'ici vendredi, nos amis du cabinet allemand seront contraints de décider s'ils vont céder à la pression française ou bien honorer leurs engagements envers nous et envers leurs partenaires des Six. Karfeld déteste le Marché commun et est partisan d'une ouverture à l'Est. A court terme, il penche vers Paris, à long terme, vers Moscou. En faisant cette marche sur Bonn et en accélérant le rythme de sa campagne, il fait délibérément pression sur la coalition au moment le plus critique. Vous me suivez ?

— Avec les mots courts je peux m'arranger », dit Turner. Un portrait de la reine en Kodachrome était accroché juste derrière la tête de Bradfield. Son écusson était partout : sur les sièges tendus de cuir bleu, sur le coffret à cigarettes en argent, même en haut des blocs-notes disposés sur la longue table de conférence. On aurait dit que la monarchie était venue jusqu'ici en avion en laissant derrière elle tous ces cadeaux.

« C'est pourquoi je vous demande d'agir avec la plus grande circonspection. Bonn est un village, reprit Bradfield. Elle a les manières, la vision et les dimensions d'un lavoir communal et pourtant c'est un État à l'intérieur d'un village. Rien ne compte plus pour nous que la confiance de nos hôtes. Selon certaines indications il semble déjà que nous les ayons vexés. Je ne sais même pas comment nous l'avons fait. Mais leur attitude, depuis quarante-huit heures, s'est considérablement rafraîchie. Nous sommes sous surveillance ; nos conversations téléphoniques sont interrompues ; nous avons la plus grande difficulté à joindre même nos contacts officiels dans les ministères.

— Très bien, dit Turner, qui en avait assez. J'ai compris. Message reçu. Nous marchons sur des œufs. Alors quoi ?

— Alors voilà, fit sèchement Bradfield. Nous savons tous les deux ce que Harting peut être ou a pu être. Dieu sait qu'il y a des précédents. Plus grande est l'étendue de sa trahison, plus grands sont les risques d'une situation embarrassante, plus grand le choc pour la confiance des Allemands. Imaginons maintenant la pire hypothèse. S'il était possible de prouver — je ne dis pas encore que ce le soit ; mais il y a certaines indications dans ce sens —, s'il était possible de prouver que, à cause des activités de Harting au sein de notre ambassade, nos secrets les plus importants sont depuis des années livrés aux Russes — des secrets que dans une large mesure nous partageons avec les Allemands —, alors le choc, pour insignifiant qu'il puisse se révéler à la longue, risquerait de briser le dernier fil auquel est suspendu notre crédit. Attendez. » Il était assis très droit derrière son bureau, une expression de dégoût soigneusement contrôlée sur son beau visage. « Écoutez-moi jusqu'au bout. Il y a quelque chose ici qui n'existe pas en Angleterre. Cela s'appelle l'alliance antisoviétique. Les Allemands prennent cela très au sérieux, et c'est à nos risques et périls que nous nous en moquons : *c'est encore notre billet pour Bruxelles.* Cela fait vingt ans au moins que nous nous parons de l'étincelante armure du défenseur. Nous pouvons être en faillite, nous pouvons mendier des prêts, des devises et des échanges commerciaux ; nous pouvons à l'occasion... réinterpréter... nos engagements au sein de l'OTAN ; quand les canons tonnent, nous pouvons même nous enfouir la tête sous les couvertures ; nos dirigeants peuvent être aussi vains que les leurs. »

Qu'était-ce donc que Turner discernait en cet instant dans la voix de Bradfield ? Du dégoût pour le rôle qu'il jouait ? La conscience impitoyable de son propre déclin ? Il s'exprimait comme un homme qui avait essayé tous les remèdes et qui ne voulait plus rien avoir à faire avec les médecins. Pendant un moment, la brèche qui les séparait s'était comblée et Turner entendit sa propre voix qui résonnait dans la brume de Bonn.

« Malgré tout, au niveau de la psychologie populaire, c'est la grande force que nous avons et dont on ne parle jamais : c'est que quand les Barbares arrivent de l'Est, les Allemands peuvent compter sur notre appui. Que l'armée du Rhin se rassemblera précipitamment sur la colline du Kent et que l'on s'empressera de mettre en service la force de dissuasion britannique. Maintenant voyez-vous ce que Harting pourrait signifier entre les mains d'un homme comme Karfeld ? »

Turner avait tiré de la poche intérieure de sa veste son carnet noir. Cela fit un petit craquement lorsqu'il l'ouvrit. « Non. Pas du tout. Pas encore. Vous ne voulez pas qu'on le trouve, vous voulez qu'on le perde. Si on vous avait laissé le choix, vous ne m'auriez pas fait venir. » Il hocha sa tête massive avec une admiration qu'il n'arrivait pas à maîtriser. « Eh bien, je vais vous dire une chose : personne ne m'a jamais mis en garde aussi tôt. Bon sang, j'ai à peine eu le temps de m'asseoir. C'est à peine si je connais son identité. Nous n'avons pas entendu parler de lui à Londres, vous saviez ça ? D'après nos fiches il n'a jamais eu accès à rien. Même pas au moindre manuel militaire. Il a peut-être été enlevé. Il est peut-être passé sous un autobus, il a filé avec une fille, pour nous, nous n'en savons absolument rien. Mais vous, fichtre ! Vous n'y allez pas avec le dos de la cuiller, hein ? Il est à lui tout seul tous les espions que nous avons jamais eus. Alors, qu'est-ce qu'il a donc raflé ? Qu'est-ce que vous savez que je ne sais pas ? » Bradfield essaya de l'interrompre mais Turner s'acharnait, implacable. « Ou bien peut-être que je ne devrais pas demander ? Il ne faudrait surtout pas, j'imagine, que j'inquiète qui que ce soit. »

Ils se foudroyaient du regard à travers des siècles de méfiance : Turner, habile comme un rapace, et vulgaire, avec l'œil dur du parvenu ; Bradfield, pris au dépourvu mais nullement démonté, replié sur lui-même, choisissant ses mots comme s'ils avaient été faits pour lui.

« Notre dossier le plus secret a disparu. Il s'est volatilisé le même jour où Harting est parti. Il contient l'essentiel de nos conversations les plus délicates avec les Allemands, officielles et officieuses, depuis les six derniers mois. Pour des raisons qui ne vous concernent pas, sa publication serait une catastrophe pour nous à Bruxelles. »

Il crut tout d'abord que c'était le rugissement des moteurs d'avion qui lui sonnait encore aux oreilles, mais la circulation à Bonn est aussi constante que le brouillard. En regardant par la fenêtre, il eut brusquement l'impression que désormais il ne verrait ni n'entendrait plus distinctement, que ses sens étaient envahis et submergés par la chaleur écœurante et par les sons désincarnés.

« Écoutez, fit-il en désignant son sac de voyage. Je suis l'avorteur. Vous ne voulez pas de moi mais vous êtes bien obligé de faire appel à moi. Un travail net et sans bavure, c'est pour ça que vous payez. D'accord ; je ferai de mon mieux. Mais avant de vous lancer, si nous comptions un peu sur nos doigts, voulez-vous ? »

Le catéchisme commença.

« Il était célibataire ?

— Oui.

— Il l'a toujours été ?

— Oui.

— Il vivait seul ?

— Pour autant que je sache.

— Quand l'a-t-on vu pour la dernière fois ?

— Vendredi matin, à la réunion de la chancellerie. Ici.

— Et pas ensuite ?

— Il se trouve que je sais que l'employé de la paierie l'a vu, mais le nombre de gens à qui je peux poser la question est limité.

— Il ne manque personne d'autre ?

— Personne.

— Vous êtes bien sûr ? Il ne manquerait pas une petite mignonne aux longues jambes des Archives ?

Les gens ont constamment des congés ; mais personne n'est absent de façon injustifiée.

— Alors pourquoi Harting n'a-t-il pas pris de congé ? C'est généralement ce qu'ils font, vous savez. Passer de l'autre côté dans des conditions confortables, voilà ce que je conseille.

— Je n'ai aucune idée.

— Vous n'étiez pas intime avec lui ?

— Certainement pas.

— Et ses amis ? Que disent-ils ?

— Il n'a pas d'amis dont cela vaille la peine de parler.

— Et ceux dont ça ne vaut pas la peine de parler ?

— Pour autant que je sache, il n'a pas de vrais amis dans la communauté britannique. Très peu d'entre nous en ont. Nous avons des relations, mais peu d'amis. C'est ainsi dans les ambassades. Avec une vie mondaine aussi intense, on apprend à apprécier la tranquillité.

— Et les Allemands ?

— Je n'ai aucune idée. Il était jadis en très bons termes avec Harry Praschko.

— Praschko ?

— Nous avons une opposition parlementaire ici : les démocrates libres. Praschko est un des membres les plus hauts en couleur du parti. Il a été des tas de choses en son temps, et notamment sympathisant communiste. Il y a une note dans le dossier de Harting précisant qu'ils ont jadis été amis. Ils se sont connus pendant l'occupation, je crois. Nous conservons un fichier des contacts utiles. Je l'ai un jour interrogé à propos de Praschko par pure routine et il m'a dit qu'ils ne se voyaient plus. C'est tout ce que je peux vous dire.

— Il a à un moment été fiancé à une nommée Margaret Eickman. Cet Harry Praschko était cité comme témoin de moralité. En tant que membre du Bundestag

— Alors ?

— Vous n'avez jamais entendu parler d'Eickman ?

— Le nom malheureusement ne me dit rien.

— Margaret.

— C'est ce que vous avez dit. Je n'ai jamais entendu parler de fiançailles et je n'ai jamais entendu parler de cette femme.

— Pas de marottes ? La photographie ? Les timbres-poste ? Radio amateur ? »

Turner n'arrêtait pas d'écrire. On aurait dit qu'il remplissait un formulaire.

« Il était musicien. Il tenait l'orgue à la chapelle. Je crois qu'il avait également une collection de disques. Vous feriez mieux de vous renseigner auprès du petit personnel ; il était plus à l'aise avec eux.

— Vous n'êtes jamais allé chez lui ?

— Une fois. Pour dîner.

— Est-il venu chez vous ? »

Il y eut une imperceptible rupture dans le rythme de l'interrogatoire pendant que Bradfield réfléchissait.

« Une fois.

— Pour dîner ?

— Pour prendre un verre. Il n'était pas tout à fait l'homme qu'il fallait pour des dîners. Je suis désolé de heurter vos instincts sociaux.

— Je n'en ai pas. »

Bradfield ne parut pas surpris.

« Quand même, vous êtes allé chez lui, n'est-ce pas ? Je veux dire, vous lui avez donné de l'espoir. » Il se leva et déambula vers la fenêtre comme un grand papillon attiré par la lumière. « Vous avez un dossier sur lui, n'est-ce pas ? » Il parlait d'un ton très détaché comme s'il avait été contaminé par le style de médecin légiste de Bradfield.

« Seulement des feuilles de paye, des rapports annuels, un certificat de bonne conduite de l'armée. Tout cela est très banal. Lisez-le si vous voulez. » Comme Turner ne répondait pas, il ajouta : « Nous gardons très peu de choses ici sur le personnel ; les gens changent de poste si souvent. Harting était l'exception.

— Il est ici depuis vingt ans.

— Oui. Comme je vous le disais, il est l'exception.

— Et jamais on n'a fait d'enquête sur lui. »

Bradfield ne dit rien.

« Vingt ans à l'ambassade, la plupart du temps à la chancellerie. Et jamais la moindre enquête. Jamais aucune vérification. C'est étonnant, vraiment. » On aurait pu croire à l'entendre qu'il faisait un commentaire sur la vue.

« Nous pensions tous, j'imagine, que cela avait déjà été fait. Après tout, il venait de la commission de contrôle. On peut supposer qu'ils exigeaient certaines références.

— C'est flatteur, vous savez, d'être l'objet d'une enquête. Ce n'est pas le genre de chose qu'on fait pour n'importe qui. » On avait démonté la marquise. Sans abri maintenant, les deux policiers allemands arpentaient la pelouse grise, leur manteau de cuir mouillé battant nonchalamment sur leurs bottes. C'est un rêve, songea Turner. Un rêve bruyant et que je fais à contrecœur. « Bonn est un endroit très métaphysique, lui rappela la voix plaisante de De Lisle. Les rêves ont totalement remplacé la réalité. »

« Voulez-vous que je vous dise une chose ?

— Je ne peux guère vous en empêcher.

— Très bien ; vous m'avez mis en garde. C'est assez habituel. Mais que faites-vous du reste ?

— Je n'ai aucune idée de ce que vous voulez dire.

— Vous n'avez pas de théorie, c'est ça ce que je veux dire. Ça ne ressemble à rien de ce que j'ai jamais rencontré. Il n'y a pas de panique. Pas d'explication. Pourquoi donc ? Il travaillait pour vous. Vous le connaissiez. Maintenant vous me racontez que c'est un espion ; qu'il a raflé vos dossiers les plus intéressants. Que c'est une ordure. C'est toujours comme ça ici quand quelqu'un s'en va ? Est-ce que les vides se comblent vite ? » Il attendit. « Laissez-moi vous aider, voulez-vous ? "Il travaille ici depuis vingt ans. Nous lui faisions confiance implicitement. Nous continuons à lui faire confiance." Qu'est-ce que vous en dites ? »

Bradfield resta silencieux.

« Essayez encore. "Je me suis toujours méfié de lui depuis ce soir où nous avons discuté de Karl Marx. Harting a avalé une olive sans recracher le noyau." Toujours rien ? »

Bradfield se cantonnait dans le silence.

« Vous voyez bien, ça n'est pas habituel. Vous comprenez ce que je veux dire ? Il est sans importance. Mais vous ne vouliez pas l'avoir à dîner. Et vous vous êtes lavé les mains de lui. Et quel petit salaud il est. Ce qu'il a trahi. »

Turner l'observait de ses yeux pâles de chasseur ; il guettait un mouvement, un geste, la tête penchée, attendant le vent. En vain. « Vous ne vous donnez même pas la peine de l'expliquer, pas à moi, pas à vous-même. Rien. A propos de lui c'est... c'est le blanc. Comme si vous l'aviez condamné à mort. Vous permettez que je sois aussi personnel ? Seulement je suis sûr que vous n'avez pas beaucoup de temps, c'est la prochaine chose que vous allez me dire.

— Je ne me rendais pas compte, fit Bradfield, glacial, que j'étais censé faire votre travail. Ni vous le mien.

— Capri. Qu'est-ce que vous en dites ? Il a dégoté une fille. C'est la pagaille à l'ambassade, il y a piqué quelques dossiers qu'il bazarde aux Tchèques et il file avec elle.

— Il n'a pas de petite amie.

— Eickman. Il l'a retrouvée. Il est parti avec Praschko, ça fait d'une pierre deux coups. La fiancée, le témoin et le garçon d'honneur.

— Je vous ai dit, il n'a pas de petite amie.

— Oh ! parce que ça, vous le savez ? Je veux dire : il y a des choses dont vous êtes sûr : c'est un traître et il n'a pas de petite amie.

— Pour autant qu'on sache, il n'y a pas de femme dans sa vie. Est-ce que ça vous satisfait ?

— C'est peut-être une tante.

— Je suis sûr que non.

— Ça lui a pris tout d'un coup. Nous sommes tous un peu fous, n'est-ce pas, quand on en arrive à notre âge. La ménopause masculine, hein ?

— C'est une suggestion absurde.

— Vraiment ?

— Pour autant que je sache, oui. » La voix de Bradfield tremblait de colère ; celle de Turner n'était guère plus qu'un murmure.

« Quand même, on ne sait jamais. Du moins pas avant qu'il ne soit trop tard. Est-ce qu'il lui passait de l'argent entre les mains ?

— Oui. Mais il ne manque rien. »

Turner pivota vers lui. « Bon Dieu, fit-il, une lueur de triomphe dans les yeux. Vous avez vérifié. Ce que vous avez l'esprit mal tourné. »

« Peut-être qu'il s'est simplement jeté à l'eau, suggéra Turner d'un ton consolant, les yeux toujours fixés sur Bradfield. Pas de vie amoureuse. Rien qui vaille la peine de vivre. Qu'est-ce que vous en dites ?

— Puisque vous me demandez mon avis : ridicule.

— Quand même, pour un type comme Harting, la vie amoureuse c'est important. Vous comprenez, si on est seul, on n'a que ça, je ne sais pas comment certains de ces types s'arrangent. Je sais que je ne pourrais pas. Une quinzaine de jours, c'est mon maximum. Quand on vit seul, c'est la seule réalité. En tout cas, c'est ce que je pense. A part la politique.

— La politique ? Harting ? Je ne pense même pas qu'il lisait un journal par an. Dans ce domaine-là, c'était un enfant. Un parfait innocent.

— C'est souvent leur cas, dit Turner. C'est ce qu'il y a de remarquable. » Se rasseyant, Turner croisa une jambe par-dessus l'autre et se carra dans son fauteuil comme un homme sur le point d'évoquer des souvenirs. « J'ai connu un type un jour qui avait vendu son droit d'aînesse parce qu'il n'arrivait pas à se procurer une place assise dans le métro. Il me semble qu'il y en a plus de ce genre à mal tourner qu'on n'en a jamais vu convertis par la lecture de la Bible. C'était peut-être ça son problème ? Il ne faisait pas l'affaire pour les dîners : pas de place dans le train. Après tout, c'était un employé temporaire, n'est-ce pas ? »

Bradfield ne répondit pas.

« Et il était là depuis longtemps. Au fond, il faisait partie des meubles. Ça fait mauvais effet, n'est-ce pas, dans une ambassade. S'ils restent trop longtemps, ils prennent les façons des indigènes. Mais c'est vrai qu'il était un indigène, n'est-ce pas ? A moitié boche, comme dirait de Lisle. Il ne parlait jamais politique ?

— Jamais.

— Vous avez senti ça en lui, une inquiétude politique ?

— Non.

— Vous ne l'avez pas senti céder ? Il n'était pas tendu ?

— Non.

— Et cette bagarre à Cologne ?

— Quelle bagarre ?

— Il y a cinq ans. Dans une boîte de nuit. Quelqu'un l'a tabassé, il est resté six semaines à l'hôpital. On a réussi à étouffer l'affaire.

— C'était avant mon arrivée.

— Est-ce qu'il buvait beaucoup ?

— Pas à ma connaissance.

— Il parlait russe ? Il prenait des leçons ?

— Non.

— Qu'est-ce qu'il faisait de ses congés ?

— Il en réclamait rarement. Quand cela lui arrivait, je crois qu'il restait chez lui à Königswinter. Il s'intéressait à son jardin, paraît-il. »

Un long moment, Turner scruta franchement le visage de Bradfield, y cherchant quelque chose qu'il ne parvenait pas à trouver.

« Il ne baisait pas à droite et à gauche, dit-il. Ce n'était pas une tante. Il n'avait pas d'amis mais ça n'était pas un reclus. On n'a jamais fait une enquête de sécurité sur son dossier et vous n'avez pas de fiches sur lui. C'était un innocent sur le plan politique mais il a réussi à mettre les mains sur le seul dossier qui compte vraiment pour vous. Il n'a jamais volé d'argent, il tenait l'orgue à la chapelle, il portait un certain intérêt à son jardin et aimait son prochain comme lui-même. C'est bien ça ? Il n'était rien du tout, ni positif, ni négatif. Alors, nom de Dieu, qu'est-ce qu'il était ? L'eunuque de l'ambassade ? Vous n'avez donc aucune idée, insista Turner d'un ton faussement suppliant, qui puisse aider un pauvre couillon d'enquêteur dans sa tâche solitaire ? »

Une chaîne de montre barrait le gilet de Bradfield, ce n'était guère plus qu'un fil d'or, un petit symbole de dévouement à une société ordonnée.

« Vous semblez délibérément perdre du temps sur des questions qui n'ont rien à voir avec cette affaire. Je n'ai ni le temps ni l'envie de jouer à vos jeux tortueux. Pour insignifiant qu'ait été Harting, pour obscurs que soient ses mobiles, depuis ces trois derniers mois, il avait malheureusement accès à des renseignements secrets. Il avait obtenu cela sournoisement et je vous conseillerais au lieu de hasarder des hypothèses sur ses penchants sexuels, de consacrer quelque attention à ce qu'il a volé.

— Volé ? répéta doucement Turner. C'est un drôle de mot », et il l'écrivit d'une main délibérément maladroite en grandes majuscules en haut d'une page de son carnet. Le climat de Bonn le marquait déjà : des taches sombres de transpiration apparaissaient sur le tissu léger de son costume mal coupé.

« Bon, dit-il, avec une soudaine brutalité, je vous fais perdre votre temps. Alors commençons par le commencement et tâchons de savoir pourquoi vous l'aimez tant. »

Bradfield examina son stylo. Toi, disait clairement l'expression de Turner, tu pourrais bien être une pédale si tu n'aimais pas davantage l'honneur.

« Voulez-vous me préciser cela en anglais ?

Parlez-moi de lui de votre propre point de vue. Quel était son travail, comment il était.

— Sa seule tâche, quand je suis arrivé, consistait à s'occuper des plaintes des civils allemands contre l'armée du Rhin. Des dégâts occasionnés par les chars aux récoltes ; des obus perdus au cours d'exercices ; du bétail tué lors de manœuvres. Depuis la fin de la guerre, c'est toute une industrie en Allemagne. Lorsque j'ai repris la chancellerie il y a deux ans et demi, il en avait fait son fief.

— Vous voulez dire que c'était un expert.

— Si vous voulez.

— C'est seulement que je n'aime pas les termes affectifs, vous comprenez. Ça me déconcerte. Quand vous parlez comme ça, je ne peux pas m'empêcher de le trouver sympathique.

— Le contentieux, c'était son métier, si vous préférez. C'est ça qui au début l'a amené à l'ambassade, il connaissait le travail par cœur ; il a fait ça pendant des années à des titres divers. D'abord pour la commission de contrôle, puis pour l'armée.

Qu'est-ce qu'il faisait *avant* ça ? Il est arrivé en 45.

— Il est arrivé en uniforme, évidemment. Il était sergent ou quelque chose comme ça. Il est ensuite devenu assistant civil. Je n'ai aucune idée de ce en quoi consistait son travail. J'imagine que le War Office pourrait vous le dire.

— Ils n'en savent rien. J'ai essayé également les archives de la commission de contrôle. Tout ça est enterré dans la naphtaline : il leur faudra des semaines pour exhumer son dossier.

— En tout cas, il avait bien choisi. Dès l'instant qu'il y aurait des unités britanniques stationnées en Allemagne, il y aurait des manœuvres, et des civils allemands demanderaient réparation. On pourrait dire que son travail, bien que spécialisé, était en tout cas garanti par notre présence militaire en Europe.

— Fichtre, il n'y en a pas beaucoup qui vous accorderaient une hypothèque là-dessus, dit Turner avec un brusque sourire, mais par lequel Bradfield ne se laissa pas contaminer.

— Il s'en tirait fort convenablement. Plus que convenablement : très bien. Il avait acquis je ne sais où des rudiments de droit, de droit allemand aussi bien que de droit militaire. Il avait une tendance à thésauriser.

— Un voleur, suggéra Turner en l'observant.

— Dans le doute il pouvait toujours consulter l'attaché juridique. Ça n'était pas du goût de tout le monde d'agir comme intermédiaire entre les fermiers allemands et l'armée britannique, de leur lisser les plumes et d'éviter que la presse ne s'empare de tel ou tel incident. Cela nécessitait un certain instinct. Il le possédait, observa Bradfield, une fois de plus avec un mépris non dissimulé. A son niveau, c'était un négociateur compétent.

— Mais ce n'était pas votre niveau, n'est-ce pas ?

— Ce n'était celui de personne, répliqua Bradfield, évitant délibérément de relever l'insinuation. Professionnellement, c'était un solitaire. Mes prédécesseurs avaient estimé préférable de le laisser tranquille et quand je suis arrivé, je n'ai vu aucune raison de changer cet état de chose. Il était attaché à la chancellerie si bien que nous pouvions exercer un certain contrôle disciplinaire ; rien de plus. Il assistait aux conférences du matin, il était ponctuel, il ne faisait pas d'histoires. On l'aimait bien jusqu'à un certain point, mais, me semble-t-il, on ne lui faisait pas confiance. Son anglais n'a jamais été parfait. A un certain niveau il avait pas mal d'activités mondaines : principalement dans les ambassades où on se montrait le moins difficile sur le choix des invités. On dit qu'il s'entendait bien avec les Sud-Américains.

— Est-ce qu'il voyageait pour son travail ?

— Fréquemment. Et à travers toute l'Allemagne.

— Seul ?

— Oui.

— Et il savait tout sur l'armée : il avait les rapports de manœuvres ; il connaissait la disposition des unités, leurs effectifs, il savait tout, exact ?

— Il en savait bien plus que cela : il entendait les ragots de mess dans toutes les garnisons, un grand nombre de manœuvres étaient des opérations interalliés. Certaines comprenaient l'usage expérimental d'armes nouvelles. Comme celles-ci causaient également des dégâts, il était obligé d'en connaître l'étendue. Il y a pas mal de renseignements qu'il aurait pu glaner ici et là.

— Concernant l'OTAN ?

— Principalement.

— Depuis quand fait-il ce travail ?

— Depuis 1948 ou 49, je suppose. Je ne saurais vous dire, sans consulter les dossiers, quand les Anglais ont commencé à payer des dommages et intérêts.

— Disons vingt et un ans, à peu près.

— C'est ce que j'estimerais.

— Pas mal pour un employé temporaire.

— Vous voulez que je continue ?

— Mais oui. Bien sûr. Allez-y », dit Turner d'un ton affable en pensant : « Si j'étais toi, je me flanquerais dehors pour une phrase comme ça. »

« Telle était la situation quand j'ai été nommé ici. C'était un contractuel ; son emploi était sujet à une révision annuelle. Chaque décembre son contrat devait être renouvelé, chaque décembre on recommandait la reconduction. C'était encore comme ça jusqu'il y a dix-huit mois.

— Quand l'armée du Rhin s'est retirée.

— Nous préférons dire ici que l'armée du Rhin est venue renforcer nos réserves stratégiques au Royaume-Uni. Vous ne devez pas oublier que les Allemands continuent à payer les frais d'entretien.

— Je ne l'oublierai pas.

— Quoi qu'il en soit, seule une force symbolique est demeurée en Allemagne. Le retrait des troupes s'est fait très brusquement ; je pense que cela nous a tous pris au dépourvu. Il y avait eu des discussions à propos d'accords de compensation, des émeutes à Minden. Le Mouvement commençait tout juste à démarrer ; les étudiants en particulier devenaient extrêmement bruyants ; la présence des troupes devenait une provocation. La décision a été prise au niveau le plus élevé ; l'ambassadeur n'a même pas été consulté. L'ordre est arrivé ; et en un mois l'armée du Rhin était partie. Nous avions beaucoup réduit les dépenses vers cette époque. C'est la folie à Londres en ce moment ; on supprime au petit bonheur et on appelle ça des économies. »

Une fois de plus Turner eut un aperçu de cette amertume qui rongeait Bradfield, comme un honteux secret de famille auquel nul invité ne faisait allusion.

« Et on a laissé Harting sur le sable.

— Depuis quelque temps, assurément, il voyait de quel côté le vent tournait. Mais cela n'atténue pas le choc.

— Il était toujours employé temporaire ?

— Bien sûr. A vrai dire, ses chances d'être titularisé, si jamais elles avaient sérieusement existé, diminuaient rapidement. Dès l'instant où il devint évident que l'armée du Rhin devait se retirer, la situation devenait claire. Pour cette seule raison, j'ai estimé que ç'aurait été une grave erreur que de prendre à son égard des dispositions permanentes.

— Oui, dit Turner, je comprends.

— Il est facile d'affirmer qu'il a été injustement traité, riposta Bradfield. On pourrait tout aussi équitablement dire qu'après tout il en a eu pour son argent. » Malgré ses efforts, la conviction perçait dans sa voix, comme une tache à travers le tissu.

« Vous disiez qu'il lui passait entre les mains de l'argent du gouvernement. » Turner songeait : c'est comme ça que font les docteurs. Ils explorent jusqu'au moment où ils peuvent poser leur diagnostic.

« De temps en temps il remettait des chèques pour l'armée. Il était une boîte à lettres, rien de plus. Un intermédiaire. L'armée touchait l'argent. Harting le remettait en échange d'un reçu. Je vérifiais ses comptes régulièrement. Les comptables de l'armée, comme vous le savez, sont connus pour leur méfiance. Il n'y avait aucune irrégularité : le système n'en permettait aucune.

— Même pour Harting ?

— Ce n'est pas ce que j'ai dit. D'ailleurs, il n'a jamais paru manquer d'argent. Je ne crois pas qu'il soit avare, je n'ai pas cette impression.

— Est-ce qu'il vivait au-dessus de ses moyens ?

— Comment voulez-vous que je sache quels moyens il a ? S'il vivait sur ce qu'il touchait ici, je pense qu'il vivait à la hauteur de ses moyens. Sa maison de Königswinter était très grande ; elle ne correspondait certainement pas à son poste. Je crois qu'il avait là-bas un certain train de vie.

— Je vois.

— Hier soir, j'ai précisément vérifié les sommes qu'il avait tirées au cours des trois derniers mois précédant son départ. Vendredi, après la conférence de la chancellerie, il a tiré soixante et onze livres et quatre pence.

— Drôle de somme.

— Au contraire, c'est très logique. Vendredi était le 10 du mois.

Il avait tiré exactement un tiers de son salaire et indemnités mensuelles déduction faite des impôts, de l'assurance, des retenues pour détérioration et des conversations téléphoniques personnelles. » Il marqua un temps. « C'est un aspect de sa personnalité sur lequel je n'ai peut-être pas insisté : c'était quelqu'un de très indépendant.

— Vous voulez dire : *c'est.*

— Je ne l'ai encore jamais pris à mentir. Ayant décidé de partir, il semble avoir pris ce qu'on lui devait et rien de plus.

— Il y a des gens qui trouveraient cela honorable.

— De ne pas voler ? Je dirais que c'est un exploit négatif. Il pourrait savoir aussi, étant donné ses connaissances en droit, qu'un vol aurait justifié que nous alertions la police allemande.

— Bon Dieu, fit Turner en l'observant, on ne peut pas dire que vous soyez prêt à lui donner des points de bonne conduite. »

Miss Peate, la secrétaire particulière de Bradfield, apporta du café. C'était une femme entre deux âges, vêtue avec une simplicité exagérée, mais tirée à quatre épingles et l'air sévère et désapprobateur. Elle semblait savoir d'où venait Turner, car elle lui lança un regard de souverain mépris. C'étaient ses chaussures, observa-t-il avec plaisir, qui semblaient la choquer le plus ; et il se dit : allons, tant mieux, c'est à ça que servent les chaussures.

Bradfield poursuivit : « L'armée du Rhin s'est retirée très rapidement et il s'est retrouvé sans travail. Voilà en gros comment cela s'est passé.

— Et sans avoir accès aux renseignements d'ordre militaire sur l'OTAN ? C'est ce que vous me dites.

— C'est mon hypothèse.

— Ah, fit Turner, feignant d'être soudain éclairé, et il écrivit laborieusement *hypothèse* sur son carnet, comme si c'était là un mot qui venait enrichir son vocabulaire.

— Le jour où l'armée du Rhin est partie, Harting est venu me trouver. Il y a dix-huit mois de cela environ. »

Il resta un moment silencieux, plongé dans ses propres souvenirs. « Il est si insignifiant, dit-il enfin, avec une douceur qui ne lui était pas habituelle : vous ne comprenez pas ça ? C'est tellement un poids plume. » Il en semblait encore surpris. « C'est facile de le perdre de vue maintenant ; quelqu'un d'aussi insignifiant.

— Il ne le sera jamais plus, dit Turner d'un ton nonchalant. Autant vous y faire.

— Il est entré, il semblait pâle, c'était tout ; autrement, pas changé du tout. Il s'est assis sur cette chaise là-bas. Tiens, c'est son coussin. » Il se permit un petit sourire glacé. « Le coussin, c'était son territoire. Il était le seul membre de la chancellerie qui réservait son siège.

— Et le seul qui risquait de le perdre. Qui a fait les broderies ?

— Je n'ai vraiment aucune idée.

— Avait-il une gouvernante ?

— Pas à ma connaissance.

— Bon.

— Il n'a pas dit un mot du bouleversement que cela apportait à sa situation. Je me souviens, ils écoutaient tous la radio aux Archives. Les régiments étaient en train d'embarquer à bord des trains.

— Ça a dû être un moment qui comptait pour lui.

— J'imagine. Je lui ai demandé ce que je pouvais faire pour lui. Eh bien, m'a-t-il répondu, il voulait être utile. Il m'expliqua cela tout doucement, avec beaucoup de délicatesse. Il avait remarqué que Miles Gaveston était surmené, entre les troubles à Berlin, les étudiants de Hanovre et divers autres incidents. Est-ce qu'il ne pourrait pas donner un coup de main ? Je lui ai fait remarquer qu'il n'était pas qualifié pour s'occuper de questions intérieures ; c'était le domaine réservé des membres réguliers de la chancellerie. Non, dit-il, ce n'était pas du tout ce qu'il voulait dire. Il ne songeait pas une minute à empiéter sur un domaine qui n'était pas le sien. Mais il s'était dit que Gaveston avait une ou deux petites activités annexes ; ne pourrait-il pas l'en décharger ? Il pensait, par exemple, à la Société anglo-allemande, qui pour l'instant était assez assoupie, mais qui nécessitait quand même une certaine quantité de menue correspondance. Il y avait aussi le service des personnes disparues : ne pourrait-il pas reprendre quelques-unes de ces choses pour décharger les membres de la chancellerie trop occupés ? Je dus bien reconnaître que cela tenait debout.

— Alors vous avez dit oui.

— J'ai accepté sa proposition. A titre purement provisoire, bien sûr. Pour assurer un intérim. Je pensais que nous lui donnerions congé en décembre, à l'expiration de son contrat. D'ici là, il pourrait occuper son temps à toutes les petites tâches qu'il trouverait. Cela lui donnait un pied dans la place. J'ai certainement été stupide de l'écouter.

— Je n'ai pas dit ça.

— Vous n'en avez pas besoin. Je lui ai donné un pouce ; il a pris le reste. Au bout d'un mois, il avait tout pris en main ; toutes les menues besognes que comporte le travail de la chancellerie, tous les déchets d'une grande ambassade. Le service des personnes déplacées, les pétitions à la reine, les visiteurs impromptus, les visites officielles, la Société anglo-allemande, les lettres d'injures, les menaces, tout ce qui pour commencer n'aurait jamais dû arriver jusqu'à la chancellerie. En même temps, il déployait également ses talents sur le plan mondain. La chapelle, la chorale, la commission d'achats alimentaires, le comité des sports. Il a même fondé un groupe d'épargne. A un moment il a demandé l'autorisation d'utiliser le titre « consulaire » et j'ai consenti. Vous comprenez, nous n'avons pas de service consulaire ici ; tout passe par Cologne. » Il haussa les épaules. « Quand décembre arriva, il s'était rendu utile. On m'a apporté son contrat (il avait repris son stylo et de nouveau en contemplait la plume) et je l'ai renouvelé. Je lui ai donné encore un an.

— Vous l'avez bien traité, dit Turner, sans quitter Bradfield des yeux. Vous avez vraiment été très bon avec lui.

— Il n'avait aucun rang ici, aucune sécurité. Il était déjà sur le pas de la porte et il le savait. J'imagine que ça joue. On a plus tendance à s'intéresser aux gens dont on peut facilement se débarrasser.

— Vous le plaigniez. Pourquoi ne voulez-vous pas l'admettre ? Bon sang, c'est une raison bien suffisante.

— Oui. Oui, je pense. Cette première fois où il est venu me voir, je le plaignais vraiment. » Il souriait, mais seulement de sa propre stupidité.

— Est-ce qu'il faisait bien son travail ?

— Il avait des méthodes peu orthodoxes mais qui ne manquaient pas d'efficacité. Il préférait le téléphone aux messages écrits, mais c'était bien naturel ; il n'avait jamais appris à rédiger convenablement. L'anglais n'était pas sa langue maternelle. » Il haussa les épaules. « Je lui ai donné encore un an, répéta-t-il.

— Qui expirait en décembre dernier. Comme un permis, au fond. Un permis de travail, un permis d'être l'un de nous. » Il observait toujours Bradfield. « Un permis d'espionner. Et vous l'avez renouvelé une seconde fois.

— Oui.

— Pourquoi ? »

Turner une fois de plus sentit cette hésitation qui semblait dissimuler quelque chose.

« Ce n'était pas par compassion ? pour lui ? Pas cette fois-ci ?

— Mes sentiments n'ont rien à voir là-dedans, dit-il en reposant brusquement son stylo. Les raisons pour lesquelles je l'ai gardé étaient totalement objectives.

— Je n'ai pas dit le contraire. Mais ça ne vous empêche pas de le plaindre.

— Nous étions débordés et surmenés. Les inspecteurs nous avaient déjà diminués de moitié malgré les protestations les plus vives. On avait réduit le budget de cinquante pour cent. Il n'y avait pas que l'Europe, tout bougeait. Il n'y avait plus nulle part de constante. La Rhodésie, Hong Kong, Chypre... Les troupes britanniques couraient d'un endroit à l'autre en essayant d'éteindre un feu de forêt. Nous étions à moitié engagés en Europe et à moitié dégagés. On parlait d'une Fédération nordique ; Dieu sait quel imbécile a accouché de cette idée ! déclara Bradfield avec un mépris total. Nous tâtions le terrain à Varsovie, à Copenhague et à Moscou. Tantôt nous conspirions contre les Français et tantôt nous conspirions avec eux. Pendant que tout cela se passait nous trouvions l'énergie d'envoyer à la ferraille les trois quarts de la Navy et les neuf dixièmes de notre force de frappe. C'était notre pire moment ; le moment le plus humiliant et où nous avions le plus de travail. Pour couronner le tout, Karfeld venait de prendre la tête du Mouvement.

— Alors Harting vous a eu en vous refaisant le même numéro.

— Pas le même.

— Qu'est-ce que vous voulez dire ? »

Un silence.

« Harting avait des intentions plus précises. Il insistait davantage. Je l'ai senti et je n'ai rien fait. Je me le reproche. J'avais conscience d'un état d'esprit différent chez lui et je n'ai pas poussé plus avant. » Il poursuivit : « A l'époque j'ai mis cela sur le compte de la tension dans laquelle nous vivions tous. Je me rends compte maintenant qu'il était en train de jouer sa plus grosse carte.

— Ah oui ?

— Il a commencé par déclarer qu'il n'avait toujours pas l'impression d'en faire assez. Il avait eu une bonne année, mais il avait le sentiment qu'il pouvait faire plus. C'était une mauvaise période ; il aimerait avoir l'impression de vraiment contribuer à remettre les choses d'aplomb. Je lui ai demandé ce qu'il voulait dire par là ; je croyais que ce qu'il avait fait jusqu'à maintenant ç'avait pratiquement été de balayer le plancher. Il m'a répondu que, ma foi, on était en décembre — c'est la seule allusion qu'il ait jamais faite à son contrat — et que naturellement il se demandait ce qu'on faisait pour l'*Annuaire des personnalités.*

— Quoi donc ?

— Les biographies des principaux personnages de la vie allemande. Notre *Who's Who* confidentiel. Nous le préparons chaque année. Chacun de nous se met de la partie et fournit une contribution sur les personnalités allemandes avec lesquelles il est en rapport. Les gens du service commercial fournissent des renseignements sur leurs contacts commerciaux, ceux du service économique sur les économistes, les attachés, les gens du service de presse, de l'information, tout le monde apporte sa contribution. Une grande partie de ces renseignements sont extrêmement peu flatteurs, certains d'entre eux proviennent de sources secrètes.

— Et la chancellerie édite et compile tout cela ?

— Oui. Une fois de plus, il avait remarquablement choisi. C'était une autre de ces corvées qui venait s'ajouter à notre travail habituel. Nous étions déjà en retard. De Lisle, qui aurait dû s'en occuper, était à Berlin ; cela posait un vrai problème.

— Alors vous l'en avez chargé.

— A titre provisoire, oui.

— Jusqu'à décembre de l'année prochaine, par exemple ?

— Par exemple. Il est facile aujourd'hui de trouver les raisons pour lesquelles il recherchait ce travail particulier. Ce travail lui fournissait un laissez-passer dans tous les services de l'ambassade. Ça couvre absolument tout, toute la gamme des affaires fédérales. Le domaine industriel, militaire, administratif. Une fois chargé de tenir cette liste, il pouvait aller trouver qui il voulait sans qu'on ait de questions à lui poser. Il pouvait prendre des dossiers dans les archives de n'importe quel service : commercial, économique, naval, militaire, défense... toutes les portes lui étaient ouvertes.

— Et l'idée de faire faire une enquête sur lui ne vous a jamais passé par la tête ?

— Jamais, fit Bradfield d'un ton où de nouveau perçait l'autocritique.

— Bah, nous avons tous nos moments de distraction, dit calmement Turner. Et voilà comment il a eu accès à tout ?

— Ça ne s'arrête pas là.

— Comment ça ? Il ne reste pas grand-chose, si ?

— Nous n'avons pas seulement des archives ici ; nous avons aussi un programme de destruction. Il est en cours depuis des années. Il a pour but de laisser de l'espace disponible aux Archives pour de nouveaux dossiers et de se débarrasser des anciens dont nous n'avons plus besoin. Ça fait un peu universitaire et à bien des égards ça l'est ; néanmoins il se trouve que c'est d'une importance essentielle. Il y a des limites extrêmement précises à la quantité de documents qui peuvent passer par les Archives et à la quantité de documents qu'on peut y faire tenir. C'est un problème qui ressemble à celui de la circulation : nous créons constamment plus de papiers que nous ne pouvons en digérer. Tout naturellement, c'était une autre de ces tâches à laquelle nous nous attelions et que nous interrompions selon le temps dont nous disposions ; c'était aussi une véritable plaie. Pendant un moment, on n'y pensait plus ; puis le Foreign Office écrivait en demandant nos derniers chiffres. » Il haussa les épaules. « Comme je viens de vous le dire, c'est très simple. Nous ne pouvons pas, même dans un immeuble de cette taille, continuer indéfiniment à constituer plus de dossiers que nous n'en détruisons. Les Archives sont déjà sur le point d'éclater

— Alors Harting s'est proposé pour ce travail.

— Précisément.

— Et vous avez donné votre accord.

— A titre provisoire. Il devait essayer et voir comment ça marchait. Il y travaille plus ou moins régulièrement depuis cinq mois. Je lui ai dit que quand il avait des doutes, il n'avait qu'à consulter de Lisle. Il ne l'a jamais fait.

— Où faisait-il exactement ce travail ? Dans son bureau ? »

Bradfield eut à peine une hésitation. « Dans les archives de la chancellerie, où sont conservés les documents les plus délicats. Il avait libre accès à la chambre forte. Il pouvait en retirer ce qu'il voulait à condition de ne pas exagérer. Il n'y a même pas trace des documents qu'il a consultés. Il manque également quelques lettres ; l'archiviste vous donnera tous les détails. »

Turner se redressa lentement, se frottant lentement les mains comme si elles étaient couvertes de sable.

« Sur les quarante et quelques dossiers qui manquent, dix-huit appartiennent à la liste des personnalités et contiennent les renseignements les plus confidentiels sur d'importants hommes politiques allemands. Une lecture attentive désignerait clairement nos sources d'information les plus désagréables à révéler. Les autres sont des dossiers ultra-secrets et concernent des accords anglo-allemands sur toutes sortes de sujets : traités secrets, codicilles secrets à des accords rendus publics. S'il souhaitait nous embarrasser, il n'aurait guère pu choisir mieux. Certains des dossiers remontent à 48 ou 49.

— Et le dossier spécial ? "Conversations officielles et officieuses" ?

— C'est ce que nous appelons un *vert.* C'est soumis à une procédure spéciale.

— Combien de *verts* y a-t-il à l'ambassade ?

— C'est le seul. Il était à sa place, dans la chambre forte des Archives, jeudi matin. L'archiviste a remarqué son absence jeudi soir et a supposé que quelqu'un l'utilisait. Samedi matin, il était profondément inquiet. Dimanche il m'a signalé la disparition du dossier.

— Dites-moi, fit enfin Turner. Que lui est-il arrivé au cours de l'année dernière ? Que s'est-il passé d'un décembre à l'autre ? A part Karfeld.

— Rien de précis.

— Alors pourquoi l'avez-vous lâché comme ça ?

— Je ne l'ai pas lâché, répondit Bradfield avec mépris. Comme je n'ai jamais éprouvé aucun sentiment pour lui ni dans un sens ni dans l'autre, la question ne se pose pas. J'ai simplement appris au cours de l'année écoulée à reconnaître sa technique. J'ai vu comment il agissait avec les gens ; comment il les enjôlait. J'ai vu son jeu, voilà tout. »

Turner le dévisagea.

« Qu'est-ce que vous avez vu ? »

La voix de Bradfield était aussi sèche, aussi catégorique et aussi irréductible qu'une formule mathématique. « La duplicité. Je croyais m'être exprimé assez clairement. »

Turner se leva.

« Je vais commencer par son bureau.

Ils ont les clés à la garde de la chancellerie. Ils vous attendent. Demandez Macmullen.

— Je veux voir sa maison, ses amis, ses voisins ; si c'est nécessaire, je parlerai à ses contacts étrangers. Je casserai les œufs qu'il faudra, pas plus, pas moins. Si ca ne vous plaît pas, dites-le à l'ambassadeur. Qui est aux Archives ?

— Meadowes.

— Arthur Meadowes ?

— Je crois. »

Quelque chose l'arrêtait : une certaine répugnance, un peu d'incertitude, presque de dépendance ; il prit un ton neutre qui contrastait visiblement avec tout ce qui s'était passé jusque-là.

« Meadowes était à Varsovie, n'est-ce pas ?

— C'est exact.

— Et Meadowes, reprit-il d'une voix plus forte, a une liste des dossiers disparus, n'est-ce pas ?

— Et des lettres.

— Et Harting travaillait pour lui ; bien sûr.

— Bien sûr. Il s'attend à votre visite.

— Je vais voir le bureau de Harting d'abord. » C'était une résolution qu'il semblait avoir déjà prise.

« Comme vous voudrez. Vous avez dit que vous désiriez également visiter sa maison...

— Alors ?

— Je crois malheureusement que pour l'instant ça n'est pas possible. Depuis hier elle est placée sous la protection de la police.

— C'est une mesure générale ?

— Quoi donc ?

— La protection de la police ?

— Siebkron insiste là-dessus. Je ne peux pas me quereller avec lui en ce moment.

— Cela s'applique à toutes les locations ?

— Principalement aux résidences du personnel supérieur. J'imagine que la police a inclus celle de Harting parce qu'elle est éloignée.

— Vous n'avez pas l'air convaincu.

— Je n'imagine pas d'autres raisons.

— Et les ambassades des pays du Rideau de fer ? Est-ce que Harting les fréquentait ?

— Il allait chez les Russes de temps en temps, je ne saurais pas vous dire si c'était souvent.

— Ce Praschko, cet ami qu'il avait, le politicien. Vous disiez qu'il avait été un sympathisant communiste.

— C'était il y a quinze ans.

— Et quand ont-ils cessé de se voir ?

— C'est dans le dossier. Il y a environ cinq ans.

— Au moment de la bagarre à Cologne. Il était peut-être avec Praschko.

— Tout est possible.

— Encore une question.

— Oui ?

— Ce contrat qu'il avait. S'il était venu à expiration... Disons jeudi dernier.

— Eh bien ?

— Est-ce que vous l'auriez renouvelé ? Encore une fois ?

— Nous sommes extrêmement surmenés. Oui, je l'aurais renouvelé.

— Alors Harting doit vous manquer. »

La porte s'ouvrit : c'était de Lisle. Son visage aimable était tendu, grave.

« Ludwig Siebkron a téléphoné : le standard avait la consigne de ne pas vous passer de communication. Je lui ai parlé moi-même.

— Alors ?

— C'est à propos de cette bibliothécaire, Eich : cette pauvre femme qui s'est fait rosser à Hanovre.

— Que lui est-il arrivé ?

— Elle est malheureusement morte il y a une heure. »

Bradfield médita en silence sur cette information. « Tâchez de savoir où a lieu l'enterrement. Pour que l'ambassadeur fasse un geste, un télégramme à la famille plutôt que des fleurs. Rien de trop voyant, simplement ses plus sincères condoléances. Adressez-vous à son secrétariat particulier, ils connaîtront la formule. Et quelque chose aussi de la part de la Société anglo-allemande. Vous feriez mieux de vous occuper de ça vous-même. Envoyez aussi un câble à l'Association des bibliothécaires ; ils demandaient de ses nouvelles. Et téléphonez à Hazel, voulez-vous, pour la prévenir. Elle a insisté pour qu'on la tienne au courant. »

Il était très calme et parfaitement maître de lui. « Si vous avez besoin de quoi que ce soit, ajouta-t-il à l'adresse de Turner, dites-le à de Lisle. »

Turner l'observait.

« Sinon nous comptons sur vous demain soir. Vers huit heures moins cinq ? Les Allemands sont très ponctuels. C'est la coutume locale de nous rassembler avant leur arrivée. Et si vous allez dans son bureau, vous pourriez peut-être prendre ce coussin. Je ne vois aucune raison de le laisser ici. »

Cork, penché sur les machines à coder tirait doucement les rubans de papier imprimés entre les rouleaux ; il entendit un bruit sourd et tourna vivement ses yeux rougis vers la grande silhouette qui se découpait sur le seuil.

« C'est à moi. Laissez ça là ; je repasserai tout à l'heure.

— Entendu », dit Cork en pensant : encore un rigolo. C'était bien sa veine, avec toutes ces histoires qu'il y avait partout, le bébé de Jeanet qu'on attendait d'une minute à l'autre, cette pauvre femme à Hanovre qui cassait sa pipe, de se retrouver avec un rigolo dans la salle de service. Ça n'était pas sa seule raison d'être mécontent. La grève des aciéries allemandes s'étendait gentiment ; si seulement il y avait pensé vendredi et non pas samedi, cette spéculation sur l'acier suédois lui aurait fait gagner quatre shillings par action en trois jours. Et cinq pour cent par jour, dans la bataille perdue que Cork menait contre son statut d'employé, c'était avec ça qu'on se payait des villas sur l'Adriatique. « Ultra-Secret », lut-il d'un œil las, pour Bradfield personnellement à déchiffrer lui-même. Est-ce que tout ça va durer encore longtemps ? Capri... La Crète... Spetsai... L'île d'Elbe... *Donnez-moi une île pour moi tout seul,* chantonna-t-il, improvisant d'une voix aiguë — car Cork rêvait aussi d'enregistrer des disques — *Donnez-moi une île pour moi tout seul, n'importe quelle île, n'importe laquelle, mais pas Bonn.*

5

JOHN GAUNT

Il y avait moins de monde dans le hall. La pendule du style bureau de poste au-dessus de l'ascenseur condamné marquait dix heures trente-cinq ; ceux qui n'osaient pas s'aventurer jusqu'à la cantine s'étaient rassemblés devant le bureau de la réception ; la garde de la chancellerie avait préparé le thé matinal et ils étaient là, à le boire en parlant d'une voix étouffée lorsqu'ils entendirent ses pas qui approchaient. Il avait des coins métalliques à ses talons qui éveillaient des échos contre les murs de faux marbre comme des coups de feu dans une vallée. Les estafettes, avec ce flair qu'ont les soldats pour reconnaître l'autorité, reposèrent doucement leurs tasses et reboutonnèrent leurs tuniques.

« Macmullen ? » Il s'était arrêté sur la dernière marche, une main lourdement posée sur la rampe, l'autre serrant le coussin brodé. A sa droite et à sa gauche, des couloirs, où se dressaient des grilles de protection et des colonnes chromées, s'enfonçaient dans l'obscurité tels des ghettos à l'écart d'une ville magnifique. Le silence devint brusquement important, rendant ridicule tout ce qui s'était passé jusque-là.

« Macmullen n'est pas de service, monsieur. Il est allé à la Naafi.

— Qui êtes-vous ?

— Gaunt, monsieur, je le remplace.

— Je m'appelle Turner. Je vérifie les mesures de sécurité prises, je veux voir le bureau 21. »

Gaunt était un petit homme, un Gallois fervent, qui avait hérité de son père de longs souvenirs de la crise. Il était arrivé à Bonn venant de Cardiff, où il était chauffeur de la police. Il tenait les clefs dans sa main droite, qui pendait le long de son corps, et il marchait d'un pas carré et passablement solennel, si bien qu'en précédant Turner dans la gueule sombre du corridor, il faisait penser à un mineur qui se dirige vers le carreau.

« C'est vraiment scandaleux, tout ce qui s'est passé, marmonna Gaunt, parlant sans se retourner et laissant le son revenir en arrière. Peter Aldock, c'est mon copain, vous savez, il a un frère à Hanovre, qui était dans l'armée d'occupation, et puis il a épousé une Allemande et ouvert une épicerie. Je vous assure qu'il était terrifié : évidemment, il dit, qu'ils savent tous que mon George est anglais. Qu'est-ce qui va lui arriver ? C'est pire que le Congo. Tiens, bonjour, padre ! »

L'aumônier était assis devant une machine à écrire portative dans une petite cellule blanche en face du standard téléphonique, une photo de sa femme accrochée au mur, sa porte grande ouverte à qui voudrait se confesser. Une croix de jonc était glissée sous un fil électrique. « Bonjour, John », répondit-il d'un ton légèrement réprobateur qui leur rappelait à tous les deux le caractère obstinément insoumis de leurs dieux gallois ; et Gaunt répéta « Bonjour », mais sans ralentir le pas. De tous côtés leur parvenaient les rumeurs bien reconnaissables d'une communauté polyglotte : le ronronnement allemand esseulé du principal lecteur du service de presse qui dictait une traduction ; l'aboiement de l'employé du service des transports qui criait dans son téléphone ; le sifflement lointain, harmonieux mais nullement anglais qui semblait venir de partout, arrivait des autres couloirs. Turner perçut au passage des odeurs mêlées de salamis et de second petit déjeuner, d'encre d'imprimerie et de désinfectant et il se dit : « Zurich, tout le monde descend, te voilà enfin à l'étranger. »

« Par ici, c'est surtout le personnel local, expliqua Gaunt, dominant le brouhaha. Comme ils sont allemands, ils ne peuvent pas aller plus haut. » Sa sympathie pour les étrangers était sensible mais contrôlée : c'était la compassion d'une infirmière, tempérée par les exigences de la vocation.

Une porte s'ouvrit à leur gauche ; un rai de lumière blanche jaillit brusquement sur eux, faisant ressortir le plâtre délabré des murs et le tissu vert loqueteux d'un tableau de service bilingue. Deux filles, qui s'apprêtaient à sortir des Archives de l'information, s'effacèrent pour leur laisser le passage et Turner les examina machinalement en songeant : « C'était donc ça son monde. Seconde classe et étrangers. » L'une portait une bouteille thermos, l'autre peinait sous une pile de dossiers. Derrière elles, par une fenêtre que protégeait un grillage serré, il aperçut le parking et entendit le rugissement d'une motocyclette tandis qu'une estafette démarrait. Gaunt avait tourné à droite dans un autre couloir ; il s'arrêta et ils se retrouvèrent devant la porte, Gaunt introduisant la clef dans la serrure pendant que Turner regardait par-dessus son épaule la pancarte fixée au panneau du milieu : « Leo Harting, contentieux et affaires consulaires », témoignage pour l'homme vivant ou bien monument à l'homme mort.

Les caractères des deux premiers mots avaient cinq bons centimètres de haut, leurs hachures aux crayons vert et rouge soigneusement encadrées ; les mots « affaires consulaires » étaient en lettres beaucoup plus grosses, chacune entourée à l'encre pour leur donner ce supplément de substance qu'exigeait évidemment le titre. Se penchant, Turner palpa la surface ; c'était du papier collé sur du contreplaqué et, même avec l'éclairage insuffisant, il distinguait les légères traces de crayon marquant les lignes supérieure et inférieure de chaque lettre ; définissant peut-être les frontières d'une modeste existence ; ou d'une vie anormalement raccourcie par la duplicité. « La duplicité. Je croyais m'être exprimé assez clairement. »

« Faites vite », dit-il.

Gaunt déverrouilla la porte. Au moment où Turner mettait la main sur la poignée et ouvrait la porte toute grande, il crut entendre de nouveau la voix de sa sœur au téléphone et ce qu'il avait répondu juste avant de raccrocher : « Dites-lui que j'ai quitté le pays. » Les fenêtres étaient fermées. La chaleur qui montait du linoléum les frappa au visage. Il flottait une odeur de caoutchouc et de cire. Un rideau était légèrement tiré. Gaunt tendit la main pour l'écarter.

« Laissez-le. Ne vous approchez pas de la fenêtre. Et restez là. A tous ceux qui viennent, dites de s'en aller. » Il lança le coussin brodé sur une chaise et inspecta la pièce.

Le bureau avait des poignées chromées ; il était plus beau que celui de Bradfield. Le calendrier accroché au mur avait été offert par une firme d'importateurs hollandais. Pour sa corpulence, Turner se déplaçait avec beaucoup de légèreté, examinant tout mais ne touchant jamais rien. Une vieille carte militaire fixée au mur montrait les limites des zones originales d'occupation. La zone britannique était en vert clair, tache fertile au milieu des déserts étrangers. On dirait une cellule de prison, songea-t-il, une cellule de haute sécurité ; ce sont peut-être simplement les barreaux aux fenêtres. C'est vraiment un endroit dont s'échapper, et qui n'en aurait envie ? Un parfum étranger flottait dans la pièce, mais il n'arrivait pas à le situer.

« Tiens, ça c'est étonnant, disait Gaunt. Il y a un tas de choses qui ne sont plus là. »

Turner demanda sans le regarder :

« Par exemple ?

— Je ne sais pas. Des gadgets. De toute sorte. C'est le bureau de Mr Harting, expliqua-t-il. Il adore les gadgets, Mr Harting.

— De quel genre ?

— Eh bien, il avait un appareil à faire le thé, vous savez, ceux qui vous réveillent ? Ça faisait un thé excellent, je dois dire. Dommage que ça ait disparu, vraiment.

— Quoi d'autre ?

— Un radiateur électrique. Le nouveau modèle, soufflant, avec deux résistances. Et une lampe. Une lampe formidable, japonaise. Qui s'inclinait dans toutes les directions. Et puis on pouvait ne l'allumer qu'à moitié et elle éclairait tout doucement. Très économique, il m'avait dit. Mais ça n'est pas moi qui m'en paierais une, vous savez, pas maintenant. On a diminué les indemnités. Enfin, reprit-il d'un ton consolant, je pense qu'il a emporté tout ça chez lui, vous ne croyez pas, si c'est là qu'il est allé.

— Oui. Oui, sans doute. »

Sur l'appui de la fenêtre était posé un poste à transistors. Se penchant jusqu'à avoir les yeux au niveau du tableau, Turner l'alluma. Ils entendirent aussitôt la voix fade d'un speaker des forces britanniques commentant les émeutes de Hanovre et les perspectives d'une victoire anglaise à Bruxelles. Turner manœuvra lentement le bouton qui déplaçait l'aiguille le long de la bande éclairée, tendant sans cesse l'oreille au brouhaha qui passait du français à l'allemand puis au hollandais.

« Je croyais que vous aviez parlé de visite de sécurité.

— C'est vrai.

— Vous n'avez pratiquement pas regardé les fenêtres. Ni les serrures.

— Je vais le faire, je vais le faire. » Il avait trouvé une voix suave et il écoutait avec une profonde concentration. « Vous le connaissiez bien, n'est-ce pas ? Vous veniez souvent ici prendre une tasse de thé ?

— Assez souvent. Enfin, ça dépendait du service. »

Éteignant le poste de radio, Turner se redressa. « Attendez dans le couloir, dit-il. Et donnez-moi les clefs.

— Qu'est-ce qu'il a fait ? demanda Gaunt d'un ton hésitant. Qu'est-ce qui ne va pas ?

— Ce qu'il a fait ? Rien. Il est en congé de maladie, voilà tout.

— On dit qu'il a des ennuis.

— Qui ça ?

— Des gens.

— Quelle sorte d'ennuis ?

— Je ne sais pas. Un accident de voiture, peut-être. Il n'était pas à la répétition de la chorale, vous savez. Ni à la chapelle.

— Il conduit mal ?

— Je ne pourrais pas vous dire. »

Avec un air où le dépit se mêlait à la curiosité, Gaunt resta près de la porte, à regarder Turner ouvrir le placard pour en examiner l'intérieur. Trois séchoirs, encore dans leur carton étaient posés par terre auprès d'une paire de caoutchoucs.

— Vous êtes un de ses amis, n'est-ce pas ?

— Pas vraiment. Je ne le connais qu'à cause de la chorale, vous comprenez ?

— Ah, dit Turner, en le regardant maintenant droit dans les yeux. Vous chantiez pour lui. Je faisais partie d'une chorale, moi aussi.

— Oh, vraiment, où ça ?

— Dans le Yorkshire, dit Turner d'un ton redoutablement amical, tandis que son regard pâle fixait le visage lisse de Gaunt. On m'a dit que c'était un excellent organiste.

— Pas mauvais du tout, je dois dire, renchérit Gaunt, avouant témérairement un intérêt commun.

— Qui est son ami intime ; quelqu'un qui faisait partie de la chorale ? Une dame peut-être ? interrogea Turner, d'un ton toujours empreint de respect.

— Il n'a pas d'amis proches, Leo.

— Alors pour qui achète-t-il ça ? »

Les séchoirs étaient plus ou moins compliqués de diverses qualités ; les prix marqués sur le carton allaient de quatre-vingts à deux cents marks. « Pour qui ? répéta-t-il.

— Pour nous tous. Le personnel diplomatique, non diplomatique ; ça lui était égal. Il dirige un service, vous comprenez ; c'est lui qui s'occupe des remises qu'on fait aux diplomates. Toujours prêt à vous rendre service, Leo. Sur tout ce que vous voulez : des postes de radio, des machines à laver la vaisselle, des voitures ; il vous aura une petite réduction, vous savez.

— Débrouillard, hein ?

— C'est vrai.

— Il prend son pourcentage aussi, j'imagine. Pour se payer de sa peine, suggéra Turner d'un ton enjôleur. Mais c'est bien normal d'ailleurs.

— Je n'ai pas dit ça.

— Et il vous trouvait tout aussi bien une fille, n'est-ce pas ? Une vraie providence, n'est-ce pas ?

— Certainement pas, dit Gaunt, très choqué.

— Ça lui rapportait quoi ?

— Rien. Pas que je sache.

— Simplement pour être un peu l'ami de tout le monde, hein ? Il aime bien qu'on l'aime ?

— Mais on l'aime tous bien, n'est-ce pas ?

— On est philosophe.

— Toujours plein de bonne volonté, poursuivit Gaunt très lent à suivre les changements d'humeur de Turner. Tenez, demandez à Arthur Meadowes, voilà un exemple. Dès l'instant où Leo est aux Archives, ça ne fait même pas un jour qu'il est là et c'est lui qui descend chercher le courrier. "Ne vous donnez pas la peine, qu'il dit à Arthur. Ménagez vos jambes, vous n'êtes plus si jeune et vous avez déjà bien assez de choses à faire. Tenez, j'irai le chercher pour vous." C'est tout Leo. L'obligeance même. Un vrai saint, quand on pense à ses handicaps.

— Quel courrier ?

— Tout. Secret ou pas secret, ça ne changeait rien. Il descendait ici pour signer la décharge et le remonter à Arthur. »

D'un ton très tranquille, Turner reprit :

« Je vois. Et peut-être qu'en chemin il s'arrêtait ici, n'est-ce pas ? Il passait par son bureau ; il se faisait une tasse de thé.

— Exactement, dit Gaunt. Toujours prêt à rendre service. » Il ouvrit la porte. « Bon, je vais vous laisser.

— Restez donc, dit Turner, sans le quitter des yeux. Ça ne me gêne pas. Restez pour me parler, Gaunt. J'aime bien la compagnie. Parlez-moi de ses handicaps. »

Remettant les séchoirs dans leur carton, il prit une veste de toile, qui pendait sur son cintre. Une veste d'été ; comme celles que portent les barmen. Il y avait une rose fanée à la boutonnière.

« Quels handicaps ? demanda-t-il en jetant la rose dans la corbeille à papiers. Vous pouvez me le dire, Gaunt, et de nouveau il remarqua l'odeur, l'odeur qu'il avait perçue dans le placard sans pouvoir la définir, le doux parfum familier, européen, de cosmétique pour homme et de cigare.

— Oh, il n'y a que son enfance, c'est tout. Il avait un oncle.

— Parlez-moi de l'oncle.

— Il n'y a rien à en dire ; seulement qu'il était toqué. Il changeait tout le temps d'opinion politique. Ah, il savait raconter les histoires, Leo. Il nous disait comment il restait dans la cave à Hampstead avec son oncle pendant que les bombes tombaient, à fabriquer des comprimés sur une machine. Des fruits déshydratés. Il les écrasait et il les roulait dans du sucre, et puis il les mettait dans des boîtes, vous comprenez. Il crachait dessus, Leo. Histoire d'embêter son oncle. Ma femme était choquée quand elle a appris ça ; je lui ai dit : ne sois pas stupide, c'est de la privation ; il n'a pas connu l'amour de ses parents, tu comprends, pas celui que tu as eu. »

Ayant palpé les poches, Turner décrocha prudemment la veste du cintre et la posa sur ses robustes épaules.

« Pas grand ?

— Il s'intéresse à la toilette, dit Gaunt. Il est toujours très élégant, Leo.

— Votre taille ? »

Turner tendit la veste vers lui, mais Gaunt recula d'un air dégoûté.

« Plus petit, dit-il, les yeux toujours fixés sur la veste. Plutôt le genre danseur. Papillon. On avait l'impression qu'il portait tout le temps des escarpins.

— Pédale ?

— Certainement pas, dit Gaunt, de nouveau très choqué et rougissant à cette idée.

— Comment le savez-vous ?

— C'est un type bien, voilà tout, dit Gaunt d'un ton résolu. Même s'il a fait quelque chose de mal.

— Pieux ?

— Respectueux, très. Et surtout sur la religion. Jamais effronté ni insolent, et pourtant il était étranger.

— Qu'est-ce qu'il disait d'autre à propos de son oncle ?

— Rien.

— Qu'est-ce qu'il disait d'autre de ses opinions politiques ? » Il regardait le bureau, examinant les serrures des tiroirs.

Jetant la veste sur une chaise, il tendit la main pour avoir les clefs que Gaunt lui remit à contrecœur.

« Rien. Je ne sais rien de ses opinions politiques.

— Qui dit qu'il a fait quelque chose de mal ?

— Vous. Cette façon de le traquer. De vouloir le jauger ; ça ne me plaît pas.

— Qu'est-ce qu'il aurait fait, je me demande ? Pour que je le traque comme ça ?

— Dieu seul le sait.

— Dans sa sagesse. » Il avait ouvert les tiroirs du haut. « Vous avez un agenda comme ça ? »

Il y avait une reliure de matière plastique bleue frappée de la couronne royale dorée.

« Non.

— Pauvre Gaunt. Trop humble ? » Il tourna les pages en remontant en arrière. A un moment, il s'arrêta et fronça les sourcils ; à un autre moment, il nota quelque chose dans son carnet noir.

« C'était pour ceux qui avaient rang de conseillers et au-dessus, c'est pour ça, répliqua Gaunt. Je n'ai pas voulu accepter.

— Mais il vous en a offert un, n'est-ce pas ? Encore une autre de ses combines, j'imagine. Qu'est-ce qui s'est passé ? Il en a chipé un tas aux Archives, n'est-ce pas, et il les a proposés à ses vieux copains du rez-de-chaussée. “Tenez, les gars : les rues sont pavées d’or là-haut. Voilà un souvenir de votre vieil ami Leo” Ça n’est pas ça, Gaunt ? Et c’est la vertu chrétienne qui vous a retenu, n’est-ce pas ? » Refermant l’agenda, il se mit à ouvrir les tiroirs du bas.

« Et si c’était vrai ? Vous n’avez aucune raison de fouiller dans son bureau comme ça, vous ne croyez pas ? Pas pour une petite chose comme ça ! Piquer quelques agendas : mon Dieu, ça n’est pas la fin du monde. » Son accent gallois avait franchi tous les obstacles et se déchaînait librement.

« Vous êtes un chrétien, Gaunt. Vous savez comme le diable travaille mieux que moi. De petites choses mènent aux grandes choses, n’est-ce pas ? Qui vole un œuf vole un bœuf. Vous savez comment c’est, Gaunt. Qu’est-ce qu’il vous a dit d’autre sur lui ? Pas d’autres souvenirs de sa petite enfance ? »

Il avait trouvé un coupe-papier, une sorte de couteau en argent effilé avec un manche large et plat et il était en train de lire à la lumière de la lampe ce qui était gravé dessus.

« *A L. H. de la part de Margaret.* Tiens, qui était donc Margaret, je me demande ?

— Je ne l’ai jamais entendu parler d’elle.

— A un moment il était fiancé, vous saviez ça ?

— Non.

— A miss Eickman. Margaret Eickman. Ça vous dit quelque chose ?

— Non.

— Et l’armée ? Il vous en a parlé ?

— Il adorait l’armée. A Berlin, il disait qu’il regardait la cavalerie sauter les obstacles. Il adorait ça.

— Il était dans l’infanterie, n’est-ce pas ?

— Je ne sais pas au juste. »

Turner avait reposé le coupe-papier, auprès de l’agenda bleu, il nota encore quelque chose dans son carnet et prit une petite boîte de cigares hollandais.

« Fumeur ?

— Il aimait bien les cigares, oui. Il ne fumait que ça, vous savez. Il avait toujours des cigarettes sur lui. Mais je ne l’ai jamais vu fumer que ceux-là. Il y en a quelques-uns à la chancellerie qui se sont plaint, il paraît. Les cigares, ça ne leur plaisait pas. Mais Leo pouvait être entêté quand il s’était mis une chose dans la tête. Il faut le dire.

— Vous êtes ici depuis combien de temps, vous Gaunt ?

— Cinq ans.

— Il a été mêlé à une bagarre à Cologne. C’était de votre temps ? »

Gaunt hésita.

« Je dois reconnaître que c’est extraordinaire la façon dont on étouffe les choses ici. Vous donnez un sens nouveau au “besoin de savoir”. Tout le monde est au courant sauf les gens qui devraient l’être. Qu’est-ce qui s’est passé ?

— Ça n’était qu’une bagarre. A ce qu’on dit, il l’a vraiment cherchée.

— Comment ?

— Je ne sais pas. Il paraît que c'était mérité. C'est mon prédécesseur qui m'a raconté ça : on l'a ramené un soir, il était méconnaissable, c'est ce qu'il m'a dit. Bien fait pour lui, qu'il m'a dit, c'est ce qu'on lui a expliqué. Vous savez, il était bagarreur, je ne le nie pas.

— Mais qui ? Mais qui lui a dit ça ?

— Je ne sais pas. Je n'ai pas demandé. Ça ne me regardait pas.

— Il se battait souvent, n'est-ce pas ?

— Non.

— Est-ce qu'il y avait une femme mêlée à cette histoire ? Margaret Eickman, peut-être ?

— Je ne sais pas.

— Alors pourquoi est-il bagarreur ?

— Je ne sais pas, dit Gaunt, déchiré une fois de plus entre la méfiance et le désir passionné de communiquer. Et vous, au fait, pourquoi l'êtes-vous ?

— C'est vrai. Il ne faut jamais se mêler de ce qui ne vous regarde pas. Ne jamais jaser sur le compte d'un ami. Dieu n'aimerait pas ça. J'admire un homme qui a des principes.

— Ça m'est égal ce qu'il a fait, poursuivit Gaunt, prenant courage au fur et à mesure. Ça n'était pas un mauvais cheval. Il était peut-être un peu combinard, mais ça n'a rien d'étonnant pour un Européen, on sait tous ça », marmonna-t-il cherchant la riposte, mais Turner ne répliqua pas. Il désigna le bureau et les tiroirs ouverts. « Il n'était pas si mauvais que ça.

— Personne ne l'est. Voulez-vous que je vous dise ? Personne n'est jamais si mauvais. C'est ça, la miséricorde. Au fond, nous sommes tous des gens charmants. Il y a une hymne là-dessus, non ? Une des hymnes qu'il jouait, et que vous et moi chantions, vous en souvenez-vous, Gaunt, avant de grandir et de devenir élégants. C'est ce qu'il y a de merveilleux avec les hymnes : on ne les oublie pas. C'est comme les limericks. Dieu savait ce qu'il faisait quand il a inventé la rime. Qu'est-ce qu'il a appris quand il était gosse, racontez-moi ? Qu'est-ce que Leo a appris sur les genoux de son oncle ?

— Il parlait italien, dit brusquement Gaunt, comme s'il dévoilait tout d'un coup une carte maîtresse.

— Tiens.

— Et il l'a appris en Angleterre. Quand il était à l'école à la campagne. Les autres gosses ne voulaient pas lui parler, vous comprenez, comme il était allemand, alors il s'en allait à bicyclette bavarder avec les prisonniers de guerre italiens. Et il n'a jamais oublié, jamais. Il a une mémoire formidable, je vous assure. Il n'oublie jamais un mot qu'on lui dit, j'en suis certain.

— C'est merveilleux.

— Un vrai cerveau qu'il aurait pu être, s'il avait bénéficié des mêmes avantages que vous. »

Turner tourna vers lui un regard froid. « Qu'est-ce qui vous dit que j'ai bénéficié d'avantages ? »

Il avait ouvert un autre tiroir, plein de la camelote habituelle que n'importe qui amoncelle dans n'importe quel bureau : une agrafeuse, des crayons, des élastiques, des pièces de monnaie.

« La chorale, Gaunt, c'était souvent ? Une fois par semaine, non ? Vous poussiez gentiment votre cantique et après ça vous filiez prendre une bière au coin de la rue et il vous parlait de lui. Il y avait les sorties, j'imagine. Les voyages en car, sans doute. Cest ce que nous aimons, n'est-ce pas, vous et moi ? Quelque chose d'organisé qui reste sur le plan spirituel. Les cars, les organisations, les chorales, et Leo venait, n'est-ce pas ? Il fallait qu'il connaisse tout le monde, qu'il entende leurs petites confidences, qu'il tienne leurs petites mains ? C'était un vrai boute-en-train, à vous entendre. »

Pendant toute leur conversation, il continuait à dresser un inventaire sur son carnet : du matériel de raccommodage, un paquet d'aiguilles, des comprimés de différentes tailles et de différentes couleurs. Fasciné malgré lui, Gaunt s'approcha.

« Oh, il n'y avait pas que ça, vous savez. Seulement j'habite au dernier étage, il y a un appartement là-haut : ç'aurait dû être pour Macmullen, mais il ne peut pas l'occuper, parce qu'il a trop d'enfants, on ne pouvait pas les avoir à courir dans les couloirs là-haut. On répétait dans la salle de réunion d'abord, le vendredi, vous savez, c'est de l'autre côté du couloir en face de la paierie et puis après ça il montait prendre une tasse de thé. D'ailleurs, j'en prenais souvent ici aussi ; mais c'était un vrai plaisir de lui rendre la politesse après tout ce qu'il avait fait pour nous ; les choses qu'il achetait pour nous et tout ça. Il adorait prendre une tasse de thé, dit simplement Gaunt. Il aimait bien du feu dans la cheminée aussi. J'ai toujours eu cette impression, qu'il aurait aimé avoir une famille, lui qui n'en avait pas.

— Il vous l'a dit ? Il vous a dit qu'il n'avait pas de famille ?

— Non.

— Alors comment le savez-vous ?

— C'était trop évident pour qu'on en parle. Il n'avait pas d'instruction non plus ; il avait été élevé à la va-comme-je-te-pousse, ça se sentait. »

Turner avait trouvé un flacon contenant de longues pilules jaunes qu'il secouait dans le creux de sa main en les reniflant prudemment.

« Et ça dure depuis des années, n'est-ce pas ? On taille une petite bavette tranquillement après la répétition ?

— Oh non. En fait, c'est à peine s'il me remarquait, en tout cas jusqu'à il y a encore quelques mois, et je ne voulais pas le presser, vous comprenez, il faisait partie du personnel diplomatique. Ce n'est que récemment qu'il a commencé à s'intéresser à moi. C'est comme pour les Exilés.

— Les Exilés ?

— Le club automobile.

— Qu'est-ce que vous appelez récemment ? Quand s'est-il lié d'amitié avec vous ?

— Vers le nouvel an, dit Gaunt, l'air maintenant très surpris. Oui. Depuis janvier. On dirait que c'est vers janvier qu'il a changé.

— Janvier dernier ?

— Oui, dit Gaunt, comme s'il le découvrait pour la première fois. Janvier dernier. En fait, depuis qu'il a commencé avec Arthur. Arthur a eu une grande influence sur Leo. Il l'a rendu plus contemplatif, vous savez. Plus le genre méditatif. Une grande amélioration, je trouve. Et ma femme est de mon avis, vous savez.

— Je n'en doute pas. En quoi encore a-t-il changé ?

— Non, vraiment c'est ça. Il est devenu plus réfléchi.

— Depuis janvier, quand il s'est lié d'amitié avec vous. Bang, le nouvel an arrive et voilà que Leo est réfléchi.

— Enfin, plus posé. Comme s'il était malade. On se posait des questions, vous savez. J'ai dit à ma femme... (Gaunt baissa la voix d'un ton respectueux...) J'ai dit à ma femme : je ne serais pas surpris si le docteur lui avait conseillé de se ménager. »

Turner regardait de nouveau la carte, d'abord directement et puis de côté, observant les marques d'épingle laissées par les unités disparues. Sur un vieux rayonnage s'entassaient divers rapports, des coupures de presse et des magazines. S'agenouillant, il se mit à les trier.

« De quoi d'autre parliez-vous ?

— De rien de sérieux.

— Simplement de politique ?

— Personnellement, dit Gaunt, j'aime bien les conversations sérieuses. Mais je ne m'y risquais pas trop avec lui, on ne savait jamais très bien où ça finirait.

— Il perdait patience, c'est ça ? »

Les coupures de presse concernaient le Mouvement. Les rapports faisaient état de sondages d'opinion sur l'accroissement de la popularité de Karfeld.

« Il était trop doux. Un peu comme une femme ; on pouvait le décevoir terriblement ; il suffisait d'un mot. Il était vulnérable. Et si tranquille. C'est ce que je n'ai jamais compris à propos de cette histoire de Cologne, vous savez. J'ai dit à ma femme : ma foi, je me trompe peut-être, mais si Leo a déclenché la bagarre, c'est que le diable s'était emparé de lui. Il en avait vu beaucoup, pas vrai ? »

Turner était tombé sur une photographie montrant des étudiants lors d'une émeute à Berlin.

Deux jeunes gens tenaient un vieil homme par les bras et un troisième le giflait à toute volée. Il avait les doigts levés et la lumière faisait ressortir les jointures comme une sculpture. La photo avait été encadrée d'un trait au stylo à bille rouge.

« Je veux dire qu'on ne savait jamais si on n'était pas trop personnel, poursuivit Gaunt. Si on ne le touchait pas trop près. Je pensais ça quelquefois, je le disais d'ailleurs à ma femme, elle-même n'était jamais tout à fait à l'aise avec lui, je disais : "Ma foi, je n'aimerais pas faire les rêves qu'il doit faire."

Turner se leva. « Quels rêves ?

— Des rêves. Des choses qu'il a vues, je suppose. A ce qu'on dit il en a vu beaucoup, pas vrai ? Toutes les atrocités.

— Qui dit ça ?

— Des gens. Un des chauffeurs de l'ambassade, je crois. Marcus. Il n'est plus là. Il s'était trouvé avec lui à Hambourg en 46 ou 47. Il paraît que c'était terrible. »

Turner avait ouvert un vieux numéro de *Stern* posé sur le rayonnage. De grandes photos des émeutes de Brême occupaient deux pages. Il y avait un cliché de Karfeld parlant du haut d'une estrade ; des jeunes gens criaient, en extase.

« Je pense que cela le tracassait, vous savez, reprit Gaunt en regardant par-dessus l'épaule de Turner. Il parlait beaucoup du fascisme.

— Ah oui ? fit Turner doucement. Racontez-nous ça, Gaunt. Ça m'intéresse, ce genre de conversation.

— Oh, de temps en temps, fit Gaunt, l'air nerveux. Ça lui arrivait de s'exciter beaucoup là-dessus. Il disait que ça pourrait recommencer et que l'Ouest se contenterait d'être spectateur ; les banquiers donneraient tous un peu d'argent et voilà. Il disait que socialiste, conservateur, ça ne voulait plus rien dire, aujourd'hui où toutes les décisions se prenaient à Zurich ou à Washington. Il disait que ça se voyait assez clairement dans les récents événements. Je devais bien reconnaître qu'au fond c'était vrai. »

Pendant un moment, la piste sonore s'arrêta : la circulation, les machines, les voix, et Turner n'entendit plus rien que le battement de son propre cœur.

« Quel était le remède alors ? demanda-t-il doucement.

— Il n'en avait pas.

— L'action personnelle, par exemple ?

— Il n'en parlait pas.

— Dieu ?

— Non, ça n'était pas un croyant. Pas vraiment.

— La conscience ?

— Je viens de vous le dire. Il ne proposait rien.

— Il n'a jamais suggéré que vous pourriez rétablir l'équilibre ? Vous et lui ensemble ?

— Ça n'était pas son genre, dit Gaunt avec impatience. Il n'aimait pas tellement la compagnie. Pas quand il s'agissait... enfin, de problèmes qui lui tenaient à cœur, vous comprenez ?

— Pourquoi votre femme ne l'aimait-elle pas ? »

Gaunt hésita.

« Elle aimait surtout rester près de moi quand il était là, voilà tout. Ça ne tenait pas à ce qu'il disait ou faisait, attention, simplement elle ne me quittait pas d'une semelle. » Il eut un sourire indulgent. « Vous savez comment elles sont, dit-il. Très naturelles.

— Est-ce qu'il restait longtemps ? Est-ce qu'il s'asseyait pendant des heures de suite ? A parler de tout et de rien, en lorgnant votre femme ?

— Ne dites pas ça », fit sèchement Gaunt.

Abandonnant le bureau, Turner ouvrit le placard et nota le numéro imprimé sur la semelle des caoutchoucs.

« D'ailleurs il ne restait pas longtemps. Il aimait bien partir pour aller travailler la nuit, vous comprenez ? Récemment, aux Archives, et tout ça. Il me disait : "John, je veux fournir ma contribution." Et il le faisait. Il était fier de son travail, ces derniers mois. C'était beau, c'était magnifique à voir, vraiment. Ça lui arrivait quelquefois de travailler la moitié de la nuit. Toute la nuit. »

Les yeux pâles, si pâles de Turner fixaient le visage sombre de Gaunt.

« Vraiment ? »

Il laissa retomber les caoutchoucs dans le placard où ils dégringolèrent avec un fracas qui paraissait ridicule dans le silence.

« Ah, il avait beaucoup à faire, vous savez ; beaucoup. C'est fou ce qu'il a comme responsabilités, Leo. Un homme très bien, vraiment. Trop bien pour cet étage, à mon avis.

— Et voilà ce qui se passait tous les vendredis soirs depuis janvier Après la chorale. Il venait prendre une tasse de thé et bavarder, il traînait jusqu'à ce que tout soit tranquille, et puis il filait pour travailler aux Archives ?

— C'était régulier comme une horloge. D'abord la répétition de la chorale, ensuite une tasse de thé jusqu'au moment où les autres étaient partis et puis il descendait aux Archives. "John, disait-il, je ne peux pas travailler dans le brouhaha, je ne le supporte pas, j'aime la paix et le calme. Je vieillis et c'est comme ça." Il avait un sac avec lui, tout prêt. Avec une bouteille thermos, peut-être un sandwich. Il était très organisé ; débrouillard.

— Il signait le livre de nuit, n'est-ce pas ? »

Gaunt se troubla, prenant conscience enfin de tout ce qu'il y avait de menaçant dans ce ton uni, tranquille, destructeur. Turner referma bruyamment les portes du placard. « Ou bien est-ce que vous vous en foutiez pas mal ? Ou plutôt, ça n'était pas tout à fait ça, hein ? On ne peut pas prendre des airs trop officiels, pas avec un invité. Un diplomate, par-dessus le marché, un diplomate qui vous faisait l'honneur de vous rendre visite. Qu'il aille et qu'il vienne comme bon lui semble en plein milieu de la nuit, bon Dieu, pas vrai ? Ça n'aurait pas été respectueux de vérifier, n'est-ce pas ? Il faisait partie de la famille, en fait, non ? On ne va pas gâcher ça pour des formalités. Ça ne serait pas chrétien, n'est-ce pas. Et vous n'avez aucune idée de l'heure à laquelle il quittait l'ambassade, je suppose ? Deux heures, quatre heures ? »

Gaunt devait demeurer très silencieux pour comprendre Turner, tant il parlait doucement.

« Ça n'est pas grave, non ? demanda-t-il.

— Et son sac, poursuivit Turner de cette même voix redoutablement sourde. Ça n'aurait pas été convenable de regarder ce qu'il y avait dedans, je suppose ? D'ouvrir le thermos, par exemple. Dieu nous en préserve, n'est-ce pas ? Ne vous inquiétez pas, Gaunt, ce n'est rien de grave. Rien qu'une prière et qu'une tasse de thé ne peuvent arranger. » Il était sur le pas de la porte et Gaunt ne le quittait pas des yeux. « Vous formiez tous d'heureuses petites familles, n'est-ce pas ? » Il avait pris l'accent gallois qu'il imitait cruellement. « Regardez comme nous sommes vertueux... Quel amour règne parmi nous... Comme c'est magnifique d'avoir des diplomates chez soi ! Le sel de la terre voilà ce que nous sommes... Toujours quelque chose qui mijotait... Désolé de ne pas pouvoir vous la refiler, mais elle, c'est mon privilège. Eh bien, vous avez avalé tout ça, Gaunt. Dire qu'on vous appelait un garde, Gaunt : mais avec une demi-couronne il vous aurait traîné dans son lit. » Il poussa la porte pour sortir. « Il est en congé de maladie et tâchez de ne pas l'oublier, sinon vous vous retrouverez dans de plus mauvais draps encore que vous ne l'êtes déjà.

— C'est peut-être le monde dont vous venez, dit brusquement Gaunt, en le contemplant comme s'il venait d'avoir une révélation. Mais ce n'est pas le mien, mister Turner ; alors ne venez pas vous venger sur moi, vous comprenez. J'ai fait de mon mieux pour Leo et je recommencerais, et je ne sais pas tout ce qu'il y a de tordu dans votre esprit. Du poison, voilà ce que c'est : du poison.

— Allez vous faire voir. » Turner lui lança les clefs que Gaunt laissa tomber à ses pieds.

« S'il y a autre chose que vous sachiez sur lui, un autre merveilleux potin, vous feriez mieux de me le dire maintenant. Vite. Alors ? »

Gaunt secoua la tête. « Allez-vous-en.

— Qu'est-ce que les gens disent d'autre ? Il n'y avait pas une jeunesse dans la chorale, Gaunt ? Vous pouvez me le dire, je ne vous mangerai pas.

— Je n'ai jamais entendu dire.

— Qu'est-ce que Bradfield pensait de lui ?

— Comment voulez-vous que je le sache ? Demandez à Bradfield.

— Est-ce qu'il l'aimait ? »

La désapprobation avait assombri le visage de Gaunt.

« Je n'ai pas l'occasion d'en parler, riposta-t-il. Je ne cancane pas sur mes supérieurs.

— Qui est Praschko ? Praschko, c'est un nom qui vous dit quelque chose ?

— Il n'y a rien d'autre. Je ne sais rien. »

Turner désigna le petit tas des affaires de Leo sur le bureau. « Emportez ça dans la salle du Chiffre. J'en aurai besoin plus tard. Et les coupures de presse. Remettez-les à l'employé et faites-lui signer un reçu, vous comprenez ? Que ça vous plaise ou non. Et faites une liste de tout ce qui manque. De tout ce qu'il a emporté chez lui. »

Au lieu d'aller tout de suite chez Meadowes, il sortit et se planta au bord de la pelouse près du parking. Un voile de brume flottait sur les champs dénudés et on entendait le vacarme de la circulation comme le rugissement d'une mer furieuse. Le bâtiment de la Croix-Rouge était assombri par les échafaudages et couronné d'une grue orange : on aurait dit un derrick ancré sur l'asphalte. Les policiers observaient Turner avec curiosité, car il demeurait parfaitement immobile et ses yeux semblaient fixés sur l'horizon, bien que l'horizon fût obscur. Il finit quand même par tourner les talons — peut-être en réponse à un ordre qu'ils n'avaient pas entendu — et par regagner lentement le perron.

« Il faudrait vous procurer un laissez-passer, lui dit le sergent à la mine chafouine. Si vous devez faire des allées et venues comme ça toute la journée. »

Aux Archives flottait une odeur de poussière, de cire à cacheter et d'encre d'imprimerie. Meadowes l'attendait. Il avait l'air hagard et épuisé. Il ne fit pas un geste lorsque Turner s'approcha, se frayant un chemin entre les bureaux et les dossiers, il se contenta de l'observer d'un œil éteint et méprisant.

« Pourquoi a-t-il fallu qu'on vous envoie ? demanda-t-il. Ils n'ont donc personne d'autre ? Qui allez-vous démolir cette fois-ci ? »

6

L'HOMME A LA MÉMOIRE D'ACIER

Ils se tenaient dans un petit sanctuaire, un réduit aux parois d'acier qui servait tout à la fois de chambre forte et de bureau. Les fenêtres étaient protégées par un fin grillage puis par des barres d'acier. De la pièce voisine parvenait un remue-ménage constant de pas et de papiers qu'on remuait. Meadowes portait un costume noir. Les bords des revers étaient hérissés d'épingles. Comme des sentinelles, des armoires métalliques montaient la garde le long des murs, chacune portant un numéro au pochoir et munie d'une serrure à combinaisons.

« De tous les gens que j'aurais bien juré ne jamais revoir...

— Turner était en haut de la liste. Bon. Bon, vous n'êtes pas le seul. Finissons-en, voulez-vous ? »

Il s'assit.

« Elle ne sait pas que vous êtes ici, dit Meadowes. Je n'ai pas l'intention de le lui dire.

— Très bien.

— Il l'a rencontrée un certain nombre de fois, mais il n'y avait rien entre eux.

— Je l'éviterai.

— Oui », dit Meadowes. Il ne s'adressait pas à Turner, mais derrière lui, aux armoires. « Oui, il le faut.

— Essayez d'oublier que c'est moi, dit Turner. Prenez votre temps. »

Pendant un moment son expression parut s'adoucir, tandis que des ombres se dessinaient sur son teint uni, jusqu'à ce que son visage dans une certaine mesure parût aussi vieux que celui de Meadowes, et aussi las.

« Je vais tout vous dire d'un coup, dit Meadowes. Et nous nous en tiendrons là. Je vais vous dire tout ce que je sais, et puis vous filez. »

Turner acquiesça.

« Ça a commencé avec le club automobile des Exilés, dit Meadowes. C'est comme ça que j'ai vraiment fait sa connaissance. J'aime bien les voitures. Je les ai toujours aimées. J'avais acheté une Rover, la trois litres, en vue de ma retraite...

— Depuis combien de temps êtes-vous ici ?

— Un an. Oui, ça fait un an maintenant.

— Vous êtes venu directement de Varsovie ?

— Nous avons passé un moment à Londres entre les deux. Ensuite on m'a envoyé ici. J'avais cinquante-huit ans, encore deux ans à faire et après Varsovie je m'étais dit que j'irais doucement. Je voulais m'occuper d'elle, la remettre sur pied...

— Bon

— En général je ne sors pas beaucoup, mais je me suis inscrit à ce club, les membres sont principalement des Anglais et des membres du Commonwealth, mais d'un milieu convenable. Je me disais que cela serait très bien pour nous : une soirée par semaine, les rallyes en été, des réunions en hiver. Je pouvais emmener Myra, vous comprenez ; la remettre dans le bain, tout en gardant un œil sur elle. C'est ce qu'elle voulait d'ailleurs elle-même. Elle était perdue ; elle avait envie de compagnie. Elle n'a que moi.

— Bon, dit Turner.

— Ce n'était pas mal quand nous nous sommes inscrits, mais bien sûr, c'est comme dans n'importe quel club, il y a des hauts et des bas ; ça dépend de qui le dirige. Si dans l'ensemble les gens sont bien, on s'amuse ; sinon, il y a des histoires.

— Et Harting était quelqu'un d'important là-bas, n'est-ce pas ?

— Ne me bousculez pas, voulez-vous ? » Meadowes avait un ton ferme et désapprobateur : comme un père qui réprimande son fils. « Non. Il n'était pas quelqu'un d'important là-bas, pas à ce moment-là. Il était membre du club, voilà tout. Un membre comme les autres. Je ne crois pas qu'il se soit montré plus d'une fois en six réunions. Vous comprenez, il n'était pas vraiment à sa place, après tout, c'était un diplomate, et les Exilés, ça n'est pas fait pour les diplomates. A la mi-novembre, nous avons l'assemblée générale annuelle. Vous n'avez pas votre carnet noir avec vous ?

— Novembre, dit Turner sans bouger. L'assemblée générale. Il y a cinq mois.

— Ça a été une drôle de soirée en fait. Une atmosphère bizarre. Karfeld s'agitait depuis environ six semaines et je crois que nous nous demandions tous ce qui allait se passer. Freddie Luxton présidait et il était sur le point de partir pour Nairobi. Bill Aintree, le secrétaire chargé d'animer les diverses manifestations, avait été prévenu de son départ pour la Corée et nous étions tous fort affairés à essayer d'élire de nouveaux membres du Bureau, de liquider l'ordre du jour et de fixer la date de l'excursion d'hiver. C'est sur ces entrefaites que Leo s'est manifesté et, dans une certaine mesure, c'est comme ça qu'il est entré aux Archives. »

Meadowes se tut. « Je ne sais pas quel idiot je suis, reprit-il. Je ne sais vraiment pas. »

— Turner attendit.

« Je vous le répète : nous n'avions jamais entendu parler de lui, pas vraiment, pas comme quelqu'un qui puisse se passionner pour les Exilés. Et puis il avait cette réputation, vous savez...

— Quelle réputation ?

— Oh, on disait qu'il avait un côté un peu bohème. Toujours prêt pour une combine ou pour une autre. Il y avait aussi une histoire à propos de Cologne. A vrai dire, je n'aimais pas beaucoup ce que j'avais entendu, et je n'avais pas envie de le voir rencontrer Myra.

— Quelle histoire à propos de Cologne ?

— Des rumeurs, rien de plus. Il avait été mêlé à une bagarre. Dans une boîte de nuit.

— Pas de détails ?

— Aucun.

— Qui d'autre y avait-il ?

— Je n'ai aucune idée. Où en étais-je ?

— Les Exilés, l'assemblée générale annuelle.

— Ah oui, l'excursion d'hiver. Oui. "Bon, dit Aintree, pas de suggestion de l'assistance ?" Et voilà que Leo se lève. Il était à peu près à trois chaises de moi. J'ai dit à Myra : "Allons, qu'est-ce qu'il veut encore celui-là ?" Eh bien, Leo avait une proposition à faire, expliqua-t-il. Pour l'excursion d'hiver. Il connaissait un vieil homme à Königswinter qui possédait une flottille de péniches, un type très riche qui aimait beaucoup les Anglais, ajouta-t-il. Et ce vieil homme avait accepté de nous prêter deux péniches et deux équipages pour emmener tout le club jusqu'à Coblence et retour. A titre de remerciement pour un service que les Anglais lui avaient rendu pendant l'occupation. Leo connaissait toujours des gens comme ça, dit Meadowes et un bref sourire affectueux illumina la tristesse de son visage. Les péniches seraient aménagées avec des bâches, il y aurait du rhum et du café pendant le trajet et un grand déjeuner à Coblence. Leo avait tout arrangé ; il estimait qu'il pourrait mettre tout ça sur pied pour vingt et un marks quatre-vingts par personne, y compris les boissons et un cadeau pour son ami. » Il s'interrompit. « Je ne peux pas aller plus vite, ça n'est pas mon genre.

— Je n'ai rien dit.

— Vous êtes tout le temps impatient, je le sens, dit Meadowes d'un ton plaintif et il soupira. Ils ont tous sauté sur cette occasion, on l'a tous acceptée, comité ou pas comité. Vous savez comment sont les gens : s'il y en a un qui sait ce qu'il veut...

— Et il savait ce qu'il voulait.

— Certains estimaient, je suppose, qu'il agissait dans un but intéressé, mais tout le monde s'en fichait. Pour tout vous dire, certains d'entre nous ont pensé qu'il touchait un pourcentage, mais ma foi, peut-être qu'il le méritait. Et le prix était fort honnête. Bill Aintree s'en allait : lui s'en moquait éperdument ; il a donc proposé cette solution. Freddie Luxton avait déjà fait ses valises : il s'en fichait tout autant. Il a soutenu la proposition qui a été votée et acceptée sans un mot de protestation, et sitôt l'assemblée terminée, Leo se dirige droit sur Myra et sur moi, tout souriant. "Elle va adorer ça, dit-il. Myra va adorer ça. Une charmante promenade sur le fleuve. Ça va la changer." Comme s'il avait organisé ça exprès pour elle. J'ai dit que oui, sûrement et je lui ai offert un verre. Ça ne semblait pas juste vraiment qu'il se donne tant de mal et que personne ne fasse un geste pour lui, malgré tout ce qu'on pouvait dire. Je le plaignais et puis je lui étais reconnaissant, ajouta-t-il, avec simplicité. Je le suis encore : ça a été une délicieuse promenade. »

De nouveau il se tut et de nouveau Turner attendit que le vieil homme en eût fini avec les conflits et les problèmes qui l'agitaient. De derrière la fenêtre à barreaux parvenait la palpitation inlassable du cœur de fer de Bonn, le grondement lointain des perceuses et des grues, le gémissement des voitures toujours en proie à une hâte que rien ne justifiait.

« A vrai dire, reprit-il enfin, je croyais que c'était à Myra qu'il en voulait. Je le guettais, je ne vous le cacherai pas. Mais il n'y avait absolument rien entre eux, ni d'un côté ni de l'autre. Et Dieu sait que j'ai l'œil pour ça, après Varsovie.

— Je vous crois.

— Je me fiche que vous me croyiez ou pas. C'est la vérité.

— Il avait cette réputation là aussi, n'est-ce pas ?

— Un peu.

— Avec qui ?

— Si vous permettez, dit Meadowes en regardant ses mains, je vais poursuivre mon récit. Je ne m'en vais pas me faire l'écho de ce genre de ragots. Et surtout pas auprès de vous. On raconte plus d'absurdités ici qu'il n'est bon d'en entendre.

— Je trouverai, dit Turner, son visage figé comme celui d'un mort. Ça me prendra plus longtemps, mais que cela ne vous inquiète pas. »

« Il faisait terriblement froid, poursuivit Meadowes. Il y avait des blocs de glace qui flottaient dans l'eau, c'était beau, si on est sensible à ce genre de chose. C'était exactement comme Leo avait dit : du rhum et du café pour les adultes, du cacao pour les gosses et tous gais comme des pinsons. Nous sommes partis de Königswinter, nous avons commencé par prendre un verre chez lui avant d'embarquer et dès l'instant où nous sommes arrivés là-bas, Leo a été aux petits soins pour nous. Pour Myra et pour moi. Il nous avait choisis et c'était comme ça. On aurait dit que pour lui nous étions les seuls à bord. Myra était ravie. Il lui a mis un châle sur les épaules, il lui racontait des histoires... Je ne l'avais pas vue rire comme ça depuis Varsovie. Elle n'arrêtait pas de me dire : "Voilà des années que je n'ai pas été aussi heureuse."

— Quelle sorte d'histoires ?

— Des histoires sur lui principalement... sans fin. Il y en avait une qui lui était arrivée à Berlin, il avait traversé le champ de manœuvres en poussant un chariot plein de dossiers au milieu d'un exercice de cavalerie, avec le sergent-major sur son cheval et Leo en bas avec sa charrette... Il était capable d'imiter toutes les voix, Leo ; tantôt il était là-haut sur son cheval, après ça il était le caporal de la garde... Il savait même imiter les trompettes. Vraiment merveilleux. Remarquablement doué. Un homme très divertissant, Leo... Très. »

Il jeta un coup d'œil à Turner comme s'il s'attendait à être contredit, mais le visage de Turner demeurait impassible. « Pendant le retour, il me prend à part. "Arthur, un mot en particulier", me dit-il. C'est tout lui, un mot en particulier. Vous savez comment il parle.

— Non.

— Toujours comme s'il vous faisait une confidence. Pour lui chacun a quelque chose de spécial. "Arthur, dit-il, Rawley Bradfield vient de me faire venir ; ils veulent que je passe aux Archives pour vous donner un coup de main et avant de lui dire oui ou non, j'aimerais savoir ce que vous vous en pensez." Il remettait ça entre mes mains, vous comprenez. Si l'idée ne me plaisait pas, il s'arrangerait pour que ça tombe à l'eau, voilà ce qu'il laissait entendre. Ma foi, inutile de vous dire que ça m'est venu comme une surprise. Je ne savais trop que penser ; après tout, il était second secrétaire... Ça ne me paraissait pas normal, ça a été ma première réaction. Et puis, pour vous parler franc, je ne le croyais pas tout à fait. Alors je lui ai demandé : "Avez-vous l'expérience des Archives ?" Oui, mais ça datait de longtemps, m'a-t-il expliqué, seulement il s'était toujours dit qu'un jour il s'y remettrait.

— Ça datait de quand ?

— Quoi donc ?

— L'époque où il s'occupait d'archives ?

— Berlin, je suppose. Je ne lui ai jamais posé la question. On ne posait pas de question à Leo sur ses antécédents ; on ne savait jamais ce qu'on risquait d'entendre. »

Meadowes secoua la tête. « Il était donc là à me faire cette proposition. Ça ne me semblait pas naturel, mais qu'est-ce que je pouvais dire ? "A Bradfield de décider, lui ai-je répondu. S'il vous envoie et que vous vouliez venir, ça n'est pas le travail qui manque." Pour tout dire, ça m'inquiétait un peu. J'ai même pensé à en parler à Bradfield, mais je ne l'ai pas fait. Le mieux, me suis-je dit, c'est de laisser tomber ; je n'en entendrai probablement plus jamais parler. Et pendant un moment c'est exactement ce qui s'est passé. Myra n'allait de nouveau pas bien, il y avait cette crise ministérielle et cette affaire de l'or à Bruxelles. Quant à Karfeld il s'en donnait à cœur joie partout. Il y avait des délégations qui venaient d'Angleterre, des protestations des Trade Unions, de vieux camarades ou je ne sais quoi. Aux Archives, c'était une vraie ruche, et j'avais complètement oublié Harting. Il était devenu entre-temps secrétaire animateur des Exilés, mais à part ça je ne le voyais pratiquement pas. Vous comprenez, je ne m'occupais pas de lui : j'avais trop d'autres choses en tête.

— Je comprends.

— Là-dessus, voilà que Bradfield me convoque. C'était juste avant les vacances — vers le 20 décembre. D'abord il me demande comment je m'en sors avec le programme de destruction. J'étais un peu déconcerté ; nous avions eu tellement de travail ces derniers mois que la destruction était bien la dernière chose dont nous pouvions nous soucier.

— Allez-y doucement maintenant : je ne veux pas en perdre une bouchée.

— J'ai expliqué que ça traînait en longueur. Eh bien, me dit-il, qu'est-ce que je dirais s'il m'envoyait quel qu'un pour me donner un coup de main, pour venir travailler aux Archives et rattraper le retard ? On lui avait suggéré, m'expliqua-t-il, rien de précis et il voulait m'en parler d'abord, on lui avait suggéré que Harting pourrait me donner un coup de main.

— Qui lui avait suggéré ?

— Il ne l'a pas dit. »

La vérité leur apparaissait soudain, et chacun à sa façon était intrigué.

« Qui a jamais suggéré quelque chose à Bradfield ? dit Meadowes. Ça ne tient pas debout.

— C'est un peu cc que je me disais, avoua Turner, et le silence retomba entre eux. Alors vous avez dit que vous alliez le prendre ?

— Non, je lui ai dit la vérité. Je lui ai dit que je n'avais pas besoin de lui.

— Que vous n'aviez pas besoin de lui ? Vous avez dit ça à Bradfield ?

— Ne me bousculez pas comme ça. Bradfield savait parfaitement que je n'avais besoin de personne. Pas pour la destruction en tout cas. J'étais allé trouver les gens de la bibliothèque à Londres et je leur en avais parlé, c'était en novembre, au moment où la panique a commencé à propos de Karfeld. Je leur avais dit que j'étais inquiet à propos du programme, que j'avais du retard. Je leur avais demandé si je pouvais laisser tomber jusqu'à la fin de la crise. On m'avait dit de ne pas m'en soucier. »

Turner le regarda avec des yeux ronds.

« Et Bradfield savait ça. Vous êtes certain que Bradfield savait ?

— Je lui avais envoyé un compte rendu de la conversation. Il n'y a même jamais fait allusion. Par la suite j'ai demandé à sa secrétaire particulière et elle était absolument certaine de lui avoir transmis.

— Où est-il ? Où est ce procès-verbal maintenant ?

— Disparu. Il s'agissait d'un mémo séparé et c'était à Bradfield de décider s'il le gardait ou pas. Mais ils le sauront à la bibliothèque ; ils ont été très surpris plus tard de découvrir que nous nous préoccupions de la destruction.

— A qui avez-vous parlé à la bibliothèque ?

— Une fois à Maxwell, une fois à Cowdry.

— Avez-vous rappelé cela à Bradfield ?

— J'ai commencé, mais il m'a interrompu. Il m'a littéralement coupé la parole. "Tout est arrangé, me dit-il, Harting vient chez vous à la mi-janvier, il s'occupera des personnalités et de la destruction." Autrement dit, arrangez-vous. "Ne pensez pas que c'est un diplomate", reprit-il, traitez-le comme votre subordonné, traitez-le comme vous voudrez. Mais il arrive à la mi-janvier et voilà." Vous connaissez sa façon d'utiliser les gens n'importe comment. Surtout Harting. »

Turner prenait des notes dans son carnet, mais Meadowes n'en avait cure.

« Alors c'est comme ça qu'il est venu dans mon service. C'est la vérité. Je ne voulais pas de lui, je ne lui faisais pas confiance, en tout cas pas complètement et au début je le lui ai fait comprendre. Nous étions trop occupés : je ne voulais pas pour ma part perdre mon temps à former un homme comme Leo. Qu'est-ce que j'étais censé faire de lui ? »

Une employée apporta du thé. Un cache-pot de laine marron recouvrait la théière et les morceaux de sucre étaient enveloppés séparément dans du papier frappé de l'insigne de la Naafi. Turner lui fit un sourire mais elle n'y répondit pas. Il entendait dans le couloir quelqu'un qui criait quelque chose à propos de Hanovre.

« Il paraît que ça ne va pas en Angleterre non plus, dit Meadowes. De la violence ; des manifestations ; la contestation permanente. Qu'est-ce que vous avez donc dans votre génération ? Qu'est-ce que nous vous avons fait ? C'est ça que je ne comprends pas.

— Nous allons commencer avec le moment où il est arrivé », dit Turner. Ça devait être comme ça d'avoir un père en qui on croyait : des valeurs dans l'absolu et entre vous deux un fossé large comme l'Atlantique.

« J'ai dit à Leo quand il est arrivé : "Leo, ne venez pas nous gêner. Je ne veux pas vous avoir dans les jambes et n'allez pas embêter les autres." Il a pris cela avec une humeur exquise. "D'accord, Arthur, comme vous voudrez." Je lui ai demandé s'il avait quelque chose à faire. Il m'a dit que oui, que les personnalités l'occuperaient un moment.

— On dirait un rêve, murmura Turner en levant enfin les yeux de son carnet. C'est un rêve divin. Pour commencer, il met la main sur les Exilés. La prise du pouvoir par un seul homme, suivant la vraie tactique du parti ; je ferai le sale boulot, rendormez-vous tranquillement.

Ensuite il vous blouse, et puis il blouse Bradfield, et au bout de deux mois le voilà qui a la main sur ce qu'il y a de plus intéressant aux Archives. Comment était-il ? Effronté ? Je pense qu'il devait être plié en deux de rire.

— Il était silencieux. Pas effronté du tout. Je dirais plutôt taciturne. Pas du tout comme on m'avait dit qu'il était.

— Qui ça ?

— Oh... je ne sais pas. Il y a un tas de gens qui ne l'aimaient pas ; il y en a encore plus qui étaient jaloux de lui.

— Jaloux ?

— Eh bien, il avait statut de diplomate, n'est-ce pas ? Même si c'était à titre temporaire. Ils disaient qu'en quinze jours il dirigerait tout, en prenant dix pour cent sur les dossiers. Vous savez comment les gens parlent. Mais il avait changé. Ils en convenaient tous, même le jeune Cork et Johnny Slingo. On pouvait presque, disaient-ils, dater ce changement : ça remontait au début de la crise. Ça l'avait calmé. » Meadowes secoua la tête, comme s'il était navré de voir quelqu'un de bien se tromper. « Et il était utile.

— Je pense bien. Il vous a pris par surprise.

— Je ne sais pas comment il s'est arrangé. Il ne connaissait rien des Archives, en tout cas pas du genre que nous avons ; et je serais bien incapable de dire comment il a pu approcher quelqu'un du service pour se renseigner ; mais à la mi-février, la liste des personnalités était dressée, visée et expédiée et le programme de destruction avait redémarré. Nous étions tous à travailler autour de lui : il y avait Karfeld, Bruxelles, la crise de la coalition et tout le reste. Et Leo était là, ferme comme un roc, vaquant à ses petites affaires. Personne ne lui disait rien deux fois, je crois que c'était la moitié du secret. Il avait une mémoire extraordinaire. Il recueillait un renseignement, le mettait de côté et le ressortait des semaines plus tard quand on l'avait complètement oublié. Je ne crois pas qu'il ait jamais oublié un mot que quelqu'un avait pu dire. Il pouvait écouter avec ses yeux, Leo. » Meadowes secoua la tête à ce souvenir. « L'homme à la mémoire d'acier, c'est comme ça que Johnny Slingo l'appelait.

— Commode. Pour un archiviste, bien sûr.

— Vous voyez tout cela sous un jour différent, finit par dire Meadowes. Vous n'arrivez pas à distinguer le bien du mal.

— Vous me direz quand je serai sur la mauvaise voie, répliqua Turner, sans cesser d'écrire. Je vous en serai reconnaissant. Très.

— La destruction est un jeu bizarre, reprit Meadowes, du ton songeur d'un homme qui réfléchit à son propre métier. Au début, on pourrait croire que c'est simple. On choisit un dossier, un gros, disons un dossier général comportant vingt-quatre volumes. Je vais vous donner un exemple : *Désarmement.* C'est un vrai sac de chiffonniers. Vous commencez par remonter aux plus anciens numéros pour vérifier les dates et le contenu, vous voyez ? Qu'est-ce que vous trouvez ? Démantèlement industriel de la Ruhr, 1946. Politique de la commission de contrôle sur la délivrance de permis de port d'armes, 1949. Rétablissement du potentiel militaire allemand, 1950. Il y a là-dedans des choses qui remontent si loin que ça vous ferait éclater de rire. Jetez un coup d'œil aux colonnes d'enregistrement pour comparer, et qu'est-ce que vous trouvez ? Têtes nucléaires pour la Bundeswehr. C'est à mille lieues de là. Alors vous vous dites, bon, brûlons les vieux documents, ils ne servent à rien. Il y a au moins quinze volumes qu'on peut bazarder. Qui est le responsable du désarmement ? Peter de Lisle : on va lui demander : "Pouvons-nous détruire les dossiers jusqu'en 1960 ? — Pas d'objection", répond-il, alors vous voilà tranquille. » Meadowes secoua la tête. « Seulement ça n'est pas ça. Vous n'êtes pas au bout de vos peines. Vous ne pouvez pas tout simplement retirer les dix volumes anciens et les jeter au feu. D'abord, il y a le Registre : qui va annuler tout ce qui y a été enregistré ? Et puis il y a le fichier ; il va falloir l'épouiller. Y avait-il des traités ? Bon : vérifier avec le service juridique. Y a-t-il un intérêt militaire ? Vérifier avec l'attaché militaire. Y a-t-il des doubles à Londres ? Non. Alors on reste tous assis sur nos fesses à attendre encore deux mois : pas de destruction des originaux sans une permission écrite de la bibliothèque, vous voyez ce que je veux dire ?

— Je crois savoir, dit Turner, attendant la suite.

— Et puis il y a tous les renvois, les dossiers jumeaux dans la même série. Est-ce que ça va les affecter ? Faut-il les détruire quand même ? Ou bien faut-il pour plus de sûreté en tirer des dossiers réduits ? Avant de savoir où on est, on fait tout le tour des Archives, en regardant dans tous les coins ; une fois qu'on a commencé, ça n'a pas de fin ; plus rien n'est sacré.

— Ça devait lui convenir admirablement.

— Il n'y a aucune restriction, observa Meadowes avec simplicité, comme s'il répondait à une question. Ça vous choque peut-être, mais c'est le seul système que je puisse comprendre. N'importe qui peut regarder n'importe quoi, voilà mon principe. Tous ceux qui sont envoyés ici, je leur fais confiance. Il n'y a pas d'autre façon de diriger le service. Je ne peux pas aller fureter partout en demandant qui regarde quoi, non ? interrogea-t-il, sans se soucier du regard ahuri de Turner.

« Il a tout de suite été comme un poisson dans l'eau. J'étais stupéfait. D'abord, il était heureux. Il était ravi de travailler ici et très vite j'ai été ravi aussi de l'avoir. Il aimait bien la compagnie. » Il s'interrompit. « La seule chose qui nous ait jamais vraiment gênés, reprit-il avec un sourire inattendu, c'étaient ces horribles cigares qu'il fumait. Je crois qu'ils venaient des Indes néerlandaises. Ça empestait partout. On lui faisait des plaisanteries là-dessus, mais il ne voulait pas en démordre. Quand même, je crois qu'ils me manquent maintenant. » Il poursuivit tranquillement : « Il n'était pas du tout dans son élément à la chancellerie, ce n'est absolument pas leur genre, et, à mon avis, au rez-de-chaussée il n'y avait pas grand-chose pour lui non plus mais, ici, c'était exactement ce qu'il lui fallait. » De la tête il désigna la porte fermée. « C'est comme un magasin ici, quelquefois : il y a les clients, et puis les gens du service. Johnny Slingo, Valérie... ma foi ils l'ont accepté aussi, et c'est tout ce qu'on peut en dire. Ils étaient tous contre lui quand il est arrivé et au bout d'une semaine ils l'avaient tous accepté. Il savait vraiment s'y prendre. Je sais ce que vous pensez : vous devez vous dire que ça flattait mon ego. D'accord, c'est vrai. Tout le monde a envie d'être aimé et il nous aimait. D'accord, je suis très seul ; Myra est un souci pour moi, j'ai échoué en tant que père et je n'ai jamais eu de fils ; il y avait un peu de ça aussi, j'imagine, bien qu'il n'y ait que dix ans de différence entre nous. Peut-être que ce qui change tout, c'est qu'il est petit.

— Un peu coureur, non ? demanda Turner plus pour rompre le silence pesant que parce qu'il avait préparé des questions dans son esprit.

— Oh, seulement pour s'amuser.

— Vous n'avez jamais entendu parler d'une femme du nom d'Eickman ?

— Non.

— Margaret Eickman. Ils étaient fiancés, Leo et elle.

— Non. »

Ils continuaient à ne pas se regarder.

« Il aimait bien le travail aussi, poursuivit Meadowes. Au cours de ces premières semaines, je ne crois pas qu'il se soit jamais rendu compte combien il en savait long par rapport aux autres. Je veux dire, à propos de l'Allemagne, de la réalité de l'Allemagne. »

Il s'interrompit, évoquant des souvenirs, et ç'aurait pu être cinquante ans plus tôt. « Il connaissait ce monde-là aussi, ajouta-t-il. Il le connaissait en long et en large.

— Quel monde ?

— L'Allemagne de l'après-guerre. L'occupation ; les années dont on ne veut plus parler. Il connaissait ça comme le creux de sa main. "Arthur, m'a-t-il dit un jour, j'ai vu ces villes quand elles étaient des parcs à voitures. J'ai entendu ces gens parler quand même leur langue était interdite." Quelquefois, ça lui faisait faire complètement fausse route. Je l'apercevais plongé dans un dossier, immobile comme une souris, purement et simplement fasciné. Ou alors il levait le nez, il regardait autour de lui, cherchant quelqu'un qui aurait un instant, rien que pour pouvoir parler de quelque chose qu'il venait de découvrir : "Tiens, disait-il, vous voyez ça ? Nous avons démantelé cette firme en 1947. Regardez ce qu'elle est aujourd'hui !" D'autres fois, il se perdait dans un rêve, et alors plus question de le rattraper ; il était dans son univers à lui. Je crois que ça le gênait d'en savoir tant. J'ai l'impression qu'il se sentait presque coupable parfois. Il parlait beaucoup de sa mémoire. "C'est mon enfance que vous me faites détruire", me dit-il un jour où nous étions occupés à vider des dossiers pour l'incinérateur. "Vous faites de moi un vieil homme." Je lui ai répondu : "Si c'est ce que je fais, vous en avez de la chance."

— Est-ce qu'il parlait jamais de politique ?

— Non.

— Qu'est-ce qu'il disait de Karfeld ?

— Il était préoccupé. Naturellement. C'est pourquoi il était si heureux de nous donner un coup de main.

— Oh, bien sûr.

— C'était de la confiance, dit Meadowes d'un ton de défi, mais vous ne pouvez pas comprendre. Et c'était vrai ce qu'il disait : ces vieux dossiers dont nous cherchions à nous débarrasser, c'était son enfance ; c'étaient ces documents-là qui signifiaient le plus pour lui.

— D'accord.

— Écoutez, je ne cherche pas à le défendre. Pour autant que je sache, il a ruiné ma carrière, du moins ce qu'il en restait après votre passage. Mais je vous dis une chose : il faut voir en lui le bien aussi.

— Je ne vous dis pas le contraire.

— Ça le gênait vraiment, sa mémoire. Je me souviens d'une histoire à propos de musique : il me faisait écouter des disques. Surtout pour pouvoir me les vendre, j'imagine ; il avait conclu un marché dont il était très fier avec un des disquaires de Bonn. “Vous savez, ai-je dit, ça ne sert à rien, Leo, vous perdez votre temps. Il faut que je connaisse à fond un disque pour en apprendre un autre. Et à ce moment-là j'ai oublié le premier.” Il m'a répliqué, du tac au tac : “Alors, vous devriez être un politicien, Arthur. C'est ce qu'ils font.” Et il était sérieux, croyez-moi. »

Turner eut un brusque sourire. « C'est très drôle.

— Ce l'aurait été, dit Meadowes, s'il n'avait pas eu un air aussi violent. Et puis une autre fois, nous parlions de Berlin, de la crise de Berlin, et je lui ai dit : “Bah, ça ne fait rien, plus personne ne pense à Berlin”, ce qui est absolument vrai. Je parle des dossiers ; personne ne consulte les dossiers ni ne se préoccupe de ce qui pourrait se passer ; pas comme autrefois en tout cas. Je veux dire politiquement, c'est mort. “Non, dit-il. Il y a la grande mémoire et la petite mémoire. La petite mémoire, c'est de se rappeler les petites choses et la grande mémoire c'est d'oublier les grandes.” Voilà ce qu'il a dit ; ça m'a touché, vous savez. Vous comprenez, nous sommes nombreux à penser comme ça, on ne peut pas s'en empêcher actuellement.

— Il vous raccompagnait chez vous, n'est-ce pas, quelquefois ? Vous passiez la soirée ensemble ?

— De temps en temps. Quand Myra était sortie. Quelquefois, c'était moi qui allais jusque chez lui.

— Pourquoi quand Myra était sortie ? insista brutalement Turner. Vous n'aviez toujours pas confiance en lui, n'est-ce pas ?

— Il y a des bruits qui courent, dit Meadowes sans se démonter. On racontait des histoires sur lui. Je ne voulais pas qu'elle y fût mêlée

— Sur lui et sur qui ?

— Oh, des filles. Des filles en général. Il était célibataire et il aimait bien s'amuser.

— Avec qui ? »

Meadowes secoua la tête. « Vous vous trompez, dit-il. Il jouait avec deux trombones et qu'il essayait d'attacher l'un à l'autre. »

« Est-ce qu'il parlait jamais de l'Angleterre pendant la guerre ? D'un oncle à Hampstead ?

— Il m'a raconté un jour qu'il était arrivé à Douvres avec une étiquette autour du cou. Ça n'était pas habituel non plus.

— Qu'est-ce qui n'était pas habituel ?

— Le fait qu'il parle de lui. Johnny Slingo disait qu'il l'avait connu quatre ans avant son arrivée aux Archives et qu'il n'avait jamais pu lui tirer un mot. Ce jour-là, il n'arrêtait plus, c'est ce que disait Johnny, ça doit être l'âge.

— Continuez.

— Bref c'était tout ce qu'il avait, une étiquette : Harting, Leo. On lui a rasé le crâne, on l'a épouillé et on l'a envoyé dans une école à la campagne. Il semble qu'on lui ait laissé le choix : hôtellerie ou agriculture. Il a choisi l'agriculture parce qu'il voulait devenir propriétaire terrien. Ça m'a paru insensé, que Leo veuille devenir fermier, mais c'est comme ça.

— Pas question de communistes ? Un groupe de gosses de gauche à Hampstead ? Rien de ce genre ?

— Rien.

— Vous me le diriez s'il y avait quelque chose ?

— J'en doute.

— A-t-il jamais parlé d'un nommé Praschko ? Au Bundestag. »

Meadowes hésita. « Il a dit un soir que Praschko l'avait lâché.

— Comment ? Lâché comment ?

— Il n'a pas voulu le dire. Il m'a raconté qu'ils avaient émigré en Angleterre ensemble et qu'ils étaient revenus ici ensemble après la guerre ; Praschko avait choisi une voie et Leo en avait choisi une autre. » Il haussa les épaules. « Je n'ai pas insisté. Pourquoi l'aurais-je fait ? Après ce soir-là, il n'a plus jamais mentionné son nom.

— Tous ces discours à propos de sa mémoire : à votre avis, qu'est-ce qu'il avait en tête ?

— Un ouvrage historique, j'imagine. Il pensait beaucoup à l'histoire, Leo. Mais attention, ça date d'il y a à peu près deux mois maintenant.

— Qu'est-ce que ça change ?

— C'était avant qu'il se lance sur une piste.

— Sur quoi ?

— Il s'est lancé sur une piste, dit simplement Meadowes. C'est ce que j'essaie de vous expliquer.

— Je veux que vous me parliez des dossiers disparus, dit Turner. Je veux vérifier les registres et le courrier.

— Vous attendrez votre tour. Il y a certaines choses qui ne sont pas seulement des faits, et si vous voulez bien prêter attention, peut-être que vous en entendrez parler. Vous êtes comme Leo, vous savez : vous voulez toujours la réponse avant même d'avoir entendu la question.

Ce que j'essaie de vous dire, c'est que j'ai su depuis le jour où il est arrivé ici qu'il cherchait quelque chose. Nous le savions tous. Avec Leo ça se sentait. On sentait qu'il cherchait quelque chose. Bien sûr, c'est notre cas à tous, mais Leo était à la recherche de quelque chose de réel. Quelque chose qu'on pouvait presque toucher tant ça avait d'importance pour lui. Et c'est rare ici, croyez-moi. »

C'était toute une existence què Meadowes semblait évoquer.

« Un archiviste est comme un historien, il a des périodes qui sont son dada ; des endroits, des rois et des reines. Tous les dossiers ici sont liés entre eux, il le faut bien. Donnez-m'en un, n'importe lequel, et je pourrais vous tracer un circuit à travers toutes les archives, depuis le droit maritime islandais jusqu'aux dernières indications sur les cours de l'or. C'est ce qu'il y a de fascinant dans les dossiers : il n'y a pas de limites où s'arrêter. »

Meadowes poursuivait. Turner scrutait le visage gris, paternel, les yeux gris assombris par l'inquiétude, et il sentait naître une sorte de passion chez son interlocuteur.

« Vous croyez diriger un service d'archives, dit Meadowes. Pas du tout. C'est lui qui vous dirige. Il y a dans les archives des qualités qui finissent par vous avoir et vous n'y pouvez absolument rien. Tenez, prenez Johnny Slingo. Vous l'avez vu en entrant, sur la gauche, le vieux type en veste de tweed. C'est le genre intellectuel, études universitaires et tout ça. Johnny n'est ici que depuis un an, il nous est arrivé de l'administration, mais il est coincé avec le S 994 : Relations de l'Allemagne fédérale avec les pays tiers. Il pourrait s'installer où vous êtes et vous réciter la date et le lieu de toutes les négociations qui ont jamais été engagées à propos de la doctrine Hallstein. Ou bien, prenez mon exemple, je suis attiré par la mécanique. J'aime les voitures, les inventions, tout ça. J'estime que j'en sais plus à propos des violations de brevets par les Allemands que n'importe qui au service commercial.

— Sur quelle piste s'était lancé Leo ?

— Attendez. C'est important, ce que je suis en train de vous dire. J'ai passé beaucoup de temps à y réfléchir depuis vingt-quatre heures, et, que ça vous plaise ou non, vous allez l'entendre jusqu'au bout. On est prisonnier des dossiers ; il n'y a rien à faire. Si on les laissait faire, ils gouverneraient votre existence. Pour certains hommes, ils jouent le rôle de l'épouse et de l'enfant, j'ai vu ça se produire. Et quelquefois, ils vous prennent simplement, et alors on se lance sur une piste et on n'arrive pas à s'en libérer ; c'est ce qui est arrivé à Leo. Je ne sais pas comment ça se passe. Un document attire votre regard, quelque chose d'idiot : une menace de grève des ouvriers d'une sucrerie de Sourabaya, c'est notre plaisanterie favorite en ce moment. “Tiens, vous dites-vous, pourquoi Mr Untel n'a-t-il pas paraphé ça ?” Vous vérifiez : Mr Untel ne l'a jamais vu. Il n'a jamais lu le télégramme. Bon, il faut qu'il le voie, n'est-ce pas ? Seulement tout ça s'est passé il y a trois ans, et Mr Untel est maintenant ambassadeur à Paris. Alors vous essayez de savoir quelle mesure a été prise ou pas prise. Qui a été consulté ?

Pourquoi n'a-t-on pas informé Washington ? Vous vous trouvez passant de dossier en dossier. Vous finissez par tomber sur le document de base. A ce moment il est trop tard ; vous avez perdu tout sens des proportions ; vous êtes lancé, et quand vous vous secouez, vous avez perdu dix jours et vous n'êtes pas plus avancé pour ça, mais peut-être que vous revoilà à l'abri pour deux ans. De l'obsession. Voilà ce que c'est. Un pèlerinage personnel. Ça nous arrive à tous. Nous sommes faits comme ça.

— Et c'est arrivé à Leo ?

— Oui. C'est arrivé à Leo. Seulement le premier jour où il est arrivé ici, j'ai eu le sentiment qu'il... disons qu'il attendait. Rien qu'à sa façon de regarder, de manipuler les documents... Comme s'il regardait toujours par-dessus la haie. Je jetais un coup d'œil et je l'apercevais et je voyais ses petits yeux bruns qui furetaient tout le temps. Je sais, vous allez dire que je brode : ça m'est égal ; je n'en ai pas fait un plat, pourquoi l'aurais-je fait ? Nous avons tous nos problèmes et d'ailleurs à cette époque-là, c'était une véritable usine ici. C'était quand même vrai. Plus j'y réfléchis, plus c'est vrai. Au début, il n'y avait pas grand-chose. J'ai fait simplement la remarque. Et puis, peu à peu, il s'est lancé sur une piste. »

Une sonnette retentit soudain ; une longue sonnerie impérative qui se répercutait dans les couloirs. On entendit des claquements de portes et des pas précipités. Une voix de femme criait : « Où est Valérie, où est Valérie ? »

« Les exercices d'incendie, expliqua Meadowes. Nous en faisons deux ou trois par semaine maintenant. Ne vous inquiétez pas. Aux Archives, on est exempt. »

Turner s'assit. Il avait l'air encore plus pâle qu'avant. Il passa une grande main à travers ses cheveux blonds et drus.

« J'écoute, dit-il.

— Depuis mars maintenant il travaille sur un grand projet : tous les 707. Ce sont les ordonnances. Il y en a environ deux cents ou plus, et qui concernent essentiellement la passation des pouvoirs quand l'occupation s'est terminée. Conditions du retrait des forces d'occupation, les droits de compensation, les droits de citation, les phases de l'autonomie et Dieu sait quoi. Des documents qui datent tous de 49 à 55, et dont nous n'avons plus rien à faire. Il aurait pu commencer la destruction par une demi-douzaine d'autres endroits, mais dès l'instant où il a aperçu les 707, il a mis le grappin dessus. “Tenez, a-t-il dit, c'est exactement ce qu'il me faut, Arthur, je peux me faire les dents là-dessus. Je sais de quoi ça parle ; je suis en pays de connaissance.” Je ne crois pas que personne y avait mis le nez depuis quinze ans. Mais, même si c'est dépassé, c'est assez compliqué. Bourré de vocabulaire technique. Mais c'est surprenant ce que Leo savait. Tous les termes, allemands et anglais, toutes les formules légales, ajouta Meadowes en secouant la tête avec admiration. J'ai vu une note de lui adressée à l'attaché juridique, le résumé d'un dossier ; je suis certain que pour ma part j'aurais été incapable de coordonner tout cela, et je doute que personne d'autre à la chancellerie ait pu le faire. Il n'était question que de code criminel prussien et de la souveraineté de la justice sur le plan régional. Et la moitié en allemand, par-dessus le marché.

— Il en savait plus qu'il n'était disposé à le montrer : c'est ça que vous dites ?

— Non, pas du tout, fit Meadowes. Et je vous prierai de ne pas me mettre les mots dans la bouche. On l'utilisait, voilà ce que je veux dire ; il avait en lui un tas de connaissances dont il n'avait rien fait depuis longtemps. Et tout d'un coup, voilà qu'il pouvait s'en servir. »

Meadowes reprit : « Avec les 707, il n'était pas vraiment question de destruction : il s'agissait plutôt de renvoyer les dossiers à Londres pour les faire entreposer là-bas, mais ça devait être lu et visé comme tout le reste, et ces dernières semaines il était en plein là-dedans. Je vous disais qu'ici il était assez silencieux ; et dès l'instant où il s'est plongé dans les ordonnances il l'a été de plus en plus. Il était sur une piste.

— Quand est-ce arrivé ? »

A la fin du carnet de Turner il y avait un agenda qu'il venait d'ouvrir devant lui.

« Il y a trois semaines. Il était de plus en plus renfermé. Oh, toujours plein d'entrain, bien sûr ; toujours prêt à bondir pour offrir un fauteuil aux dames ou pour les aider à porter un paquet. Mais il était la proie de quelque chose, qui comptait beaucoup pour lui. Toujours curieux : personne ne le guérira jamais de ça. Il avait besoin de savoir exactement ce que faisait chacun de nous. Mais il était plus calme. Et ça a empiré. De plus en plus songeur ; de plus en plus sérieux. Et puis lundi, lundi dernier, il a changé

— Il y a une semaine, dit Turner. Le 5.

— Sept jours. Seulement ? Mon Dieu. » Une bouffée de cire chaude arriva de la porte voisine et on entendit le bruit sourd d'un grand cachet avec lequel on scellait un paquet.

« Ça doit être le sac de deux heures qu'ils préparent murmura-t-il machinalement, en jetant un coup d'œil à sa montre de gousset en argent. On doit l'apporter ici à deux heures trente.

— Je reviendrai après déjeuner si vous voulez.

— J'aimerais autant en finir avec vous avant, dit Meadowes. Si ça ne vous ennuie pas. » Il rangea sa montre. « Où est-il ? Vous le savez, vous ? Qu'est-ce qui lui est arrivé ? Il est passé en Russie, c'est ça ?

— C'est ce que vous pensez ?

— Il aurait pu aller n'importe où, impossible de le dire. Il n'était pas comme nous. Il essayait, mais ça ne marchait pas. Il était plutôt votre genre, j'imagine : compliqué. Toujours affairé mais toujours en train de faire les choses à l'envers. Rien n'était simple, je crois que c'était là le malheur avec lui. Trop d'enfance, ou pas assez. Au fond, ça revient au même. J'aime bien que les gens grandissent lentement.

— Parlez-moi de lundi dernier. Il a changé, m'avez-vous dit : en quoi ?

— Il a changé en mieux. Il s'était secoué. Il était arrivé au bout de sa piste. Il souriait quand je suis arrivé, il avait l'air vraiment heureux. Johnny Slingo, Valérie, tous les deux l'ont remarqué comme moi. Nous avions tous travaillé comme des dingues, bien sûr ; j'avais passé au bureau presque tout le samedi et tout le dimanche ; les autres avaient sans cesse fait des allées et venues.

— Et Leo ?

— Eh bien, il avait du travail aussi, il n'y a pas de doute là-dessus, mais nous ne le voyions pas beaucoup. Il passait une heure ici, trois heures en bas...

— En bas où ?

— Dans son bureau. Il faisait ça quelquefois. Il emportait quelques dossiers en bas pour travailler. C'était plus calme. "Je voudrais le garder chaud, disait-il. C'est mon vieux bureau, je ne veux pas que la place refroidisse."

— Et il descendait ses dossiers là-bas, n'est-ce pas ? demanda Turner, très calme.

— Et puis il y avait la chapelle : bien sûr, ça occupait une partie du dimanche. Il tenait l'orgue.

— Au fait, depuis combien de temps fait-il ça ?

— Oh, des années et des années. Ça le rassurait, expliqua Meadowes avec un petit rire. Ça lui donnait l'impression d'être indispensable.

— Donc lundi il était heureux.

— Serein ; il n'y a pas d'autre mot pour ça. "Je me plais bien ici, Arthur, m'a-t-il dit, Je tiens à ce que vous le sachiez." Et puis il s'est assis et s'est remis à son travail.

— Et il est resté comme ça jusqu'à son départ ?

— Plus ou moins.

— Comment ça : plus ou moins ?

— Oh, nous nous sommes un peu disputés. C'était mercredi. Il était très bien le mardi, heureux comme un pinson, et puis le mercredi je l'ai pincé. Il avait croisé ses mains devant lui sur ses genoux et il les regardait, tête basse.

« Il essayait de regarder le dossier vert. Ce qui se fait de plus secret dans l'Ultra-Secret. » Il se frotta la tête d'un petit geste nerveux. « Il a toujours été fureteur, je vous l'ai dit. Il y a des gens comme ça, c'est plus fort qu'eux. Peu importe ce que c'était, je pouvais laisser sur le bureau une lettre de ma mère : je suis absolument sûr qui si Leo en avait l'occasion, il la lirait. Il croyait toujours que les gens conspiraient contre lui. Au début, ça nous exaspérait ; il mettait son nez partout. Dans les dossiers, dans les placards, partout. Il n'était pas là depuis une semaine qu'il signait la décharge pour le courrier. Tout le courrier, en bas dans la salle des sacs. Ça ne m'a pas plu, mais il est monté sur ses grands chevaux quand je lui ai dit de cesser et j'ai fini par céder. » Il ouvrit les mains comme s'il cherchait une réponse. « Et puis en mars nous avons reçu de Londres certains documents sur la politique commerciale : des directives particulières pour le service économique sur les réajustements et la planification, et je l'ai surpris avec tout le paquet sur son bureau. “Eh bien, lui ai-je dit, vous ne savez pas lire ? C'est réservé aux abonnés, ça n'est pas pour vous.” Il n'a pas pipé. En fait, il était absolument furieux. “Je croyais que je pouvais m'occuper de tout !” a-t-il dit. Pour un peu il m'aurait frappé. “Eh bien, vous vous êtes trompé”, lui ai-je dit. C'était en mars. Il nous a fallu à tous les deux deux ou trois jours pour nous calmer.

— Dieu nous protège, murmura Turner.

— Ensuite, nous avons eu ce dossier vert. Un dossier vert, c'est rare. Moi-même, je ne sais pas ce qu'il y a dedans ; Johnny ne le sait pas, Valérie non plus. Il reste dans sa propre valise. Son Excellence a une clef, Bradfield a l'autre, qu'il partage avec de Lisle. La sacoche doit revenir ici tous les soirs dans la chambre forte. On signe une décharge quand elle arrive, une autre quand elle ressort, et il n'y a que moi à m'en occuper. Bref, c'était mercredi à l'heure du déjeuner. Leo était ici tout seul ; Johnny et moi sommes descendus à la cantine.

— Il était souvent ici à l'heure du déjeuner, non ?

— Il aimait bien, oui. Il aimait la tranquillité.

— Bon.

— Il y avait une longue file d'attente à la cantine et je ne peux pas supporter de faire la queue, alors j'ai dit à Johnny : “Restez ici, je vais remonter travailler un peu et j'essaierai de nouveau dans une demi-heure.” Je suis donc revenu à l'improviste. Je suis entré. Pas de Leo, et la chambre forte était ouverte. Et il était là ; il était planté là ; avec la sacoche contenant le dossier vert.

— Comment ça : *avec* ?

— Il la tenait. Il regardait la serrure pour autant que j'aie pu voir. Par pure curiosité. Il a souri en me voyant, pas du tout démonté. Il est vif, je vous l'ai dit. “Arthur, me dit-il, vous m'avez surpris, vous avez découvert mon coupable secret.” Je lui ai dit : “Qu'est-ce que vous fichez ? Regardez ce que vous avez dans les mains !” Comme ça. “Vous me connaissez, dit-il, d'un ton désarmant. C'est plus fort que moi.” Il repose la valise. “En fait je cherchais des 707, vous n'en avez pas vu, par hasard ? De mars et février 1958.” Quelque chose comme ça.

— Alors qu'est-ce que vous avez fait ?

— Je lui ai passé un savon. Qu'est-ce que je pouvais faire d'autre ? Je lui ai dit que je ferais un rapport à Bradfield, le grand jeu. J'étais furieux.

— Mais vous n'avez rien fait ?

— Non.

— Pourquoi ?

— Vous ne comprendriez pas, dit enfin Meadowes. Vous pensez que j'ai perdu la boule, je sais. C'était l'anniversaire de Myra vendredi ; nous avions une soirée aux Exilés. Leo avait les répétitions de la chorale et un dîner.

— Un dîner ? Où ça ?

— Il n'a pas dit.

— Il n'y a rien dans son agenda.

— Ça ne me regarde pas.

— Continuez.

— Il avait promis de passer un moment dans la soirée pour lui donner son cadeau. Ce devait être un séchoir ; nous l'avions choisi ensemble. » De nouveau il secoua la tête. « Comment voulez-vous que je vous explique ? Je vous l'ai dit : je me sentais responsable pour lui. Il était comme ça. Vous et moi, il ne nous aurait fallu qu'un souffle pour le faire tomber, si nous avions voulu. »

Turner le contemplait d'un œil incrédule.

« Mais je pense qu'il y avait autre chose aussi. » Il se tourna pour faire face à Turner. « Si je le dis à Bradfield, ça y est, Leo a son compte. Il n'a nulle part où aller, n'est-ce pas ? Vous comprenez ce que je veux dire. C'est comme maintenant, par exemple : je veux dire que j'espère qu'il est bien allé à Moscou, parce qu'il n'y a nulle part ailleurs où on puisse l'accepter.

— Vous voulez dire que vous le soupçonniez ?

— Je pense, oui. Au fond de moi-même, probablement. Ce sont les suites de Varsovie, vous savez. J'aurais aimé que Myra s'installe là-bas. Avec son étudiant. D'accord, ils l'avaient poussé ; ils l'avaient forcé à la séduire. Mais il avait bien dit qu'il l'épouserait, n'est-ce pas ? Pour le bébé. J'aurais aimé ce bébé plus que je ne puis dire. C'est ça que vous m'avez pris. Et à elle aussi. C'était toute l'histoire. Vous n'auriez pas dû faire ça, vous savez. »

Turner bénissait le ciel qu'il y eût de la circulation, il était heureux du moindre bruit qui venait emplir cette espèce de cuve et qui noyait l'écho accusateur de la voix de Meadowes.

« Et jeudi, la sacoche a disparu ? »

Meadowes haussa les épaules. « Le secrétariat particulier l'a rendue jeudi à midi. J'ai signé moi-même la décharge et j'ai laissé la sacoche dans la chambre forte. Vendredi elle n'était plus là. Voilà. »

Il marqua un temps.

« J'aurais dû le signaler tout de suite. J'aurais dû me précipiter chez Bradfield vendredi après-midi quand je m'en suis aperçu. Je ne l'ai pas fait. Et j'ai remâché ça toute la journée de samedi. J'ai engueulé Cork, j'ai harcelé Johnny Slingo, je leur ai rendu la vie infernale. Ça me rendait fou. Je ne voulais pas soulever un lièvre. Nous avions perdu toute sorte de choses pendant la crise. Les gens se transforment en pickpokets. Quelqu'un a piqué notre chariot. Je ne sais pas qui : un des employés de l'attaché militaire, à mon avis. Quelqu'un d'autre a barboté notre fauteuil tournant. Il y a aussi une machine à écrire à long chariot qui a disparu ; des agendas ; toute sorte de choses ; même des tasses de la Naafi. Bref, c'étaient les prétextes. J'ai cru qu'un des utilisateurs autorisés l'avait peut-être pris : de Lisle, le secrétariat privé...

— Vous avez demandé à Leo ?

— A ce moment-là il avait disparu, n'est-ce pas ? »

Turner avait repris le traintrain habituel de l'interrogatoire.

« Il avait une serviette, n'est-ce pas ?

— Oui.

— Était-il autorisé à l'apporter ici ?

— Il apportait des sandwiches et une bouteille thermos.

— Il avait donc l'autorisation ?

— Oui.

— Avait-il sa serviette jeudi ?

— Je crois que oui. Oui, il devait l'avoir.

— Était-elle assez grande pour contenir la sacoche ?

— Oui.

— Est-ce qu'il a déjeuné ici jeudi ?

— Il est parti vers midi.

— Et il est revenu ?

— Je vous l'ai dit : le jeudi c'est un jour spécial pour lui. Jour de conférence. C'est une séquelle de son ancienne affectation. Il va à un des ministères à Bad Godesberg. A propos des plaintes en suspens. Jeudi dernier il avait rendez-vous pour déjeuner d'abord, je suppose et puis il est allé à la réunion.

— Il est toujours allé à cette réunion ? Tous les jeudis ?

— Depuis le jour où il est arrivé aux Archives.

— Il avait une clef, n'est-ce pas ?

— Pour quoi faire ? Une clef de quoi ? »

Turner ne se sentait pas sur un terrain très sûr. « Pour entrer aux Archives et pour en sortir ? Ou bien il connaissait la combinaison. »

Meadowes se mit à rire.

« Il n'y a que moi et le chef de la chancellerie à savoir comment entrer ici et en sortir, et personne d'autre. Il y a trois combinaisons, une demi-douzaine de dispositifs antivol et il y a la chambre forte. Ni Slingo, ni de Lisle, personne ne sait. Rien que nous deux. »

Turner griffonnait rapidement des notes.

« Dites-moi ce qu'il manque d'autre », dit-il enfin.

Meadowes ouvrit un tiroir fermé à clef de son bureau et y prit une liste. Ses gestes étaient rapides et d'une étonnante assurance.

« Bradfield ne vous a pas dit ?

— Non. »

Meadowes lui tendit la liste. « Vous pouvez garder ça. Il manque quarante-trois dossiers. Ce sont tous de gros classeurs et ils ont tous disparu depuis mars.

— Depuis qu'il s'est lancé sur une piste.

— Les classifications des sécurités varient de *Confidentiel* à *Ultra-Secret*, mais la majorité sont simplement *Secret*. Il y a des dossiers sur l'organisation, les conférences, les personnalités et les deux dossiers concernant le traité. Cela va du démantèlement d'usines de produits chimiques de la Ruhr en 1947 à des comptes rendus de conversations anglo-allemandes officieuses au niveau exécutif et s'étendant sur ces trois dernières années. Plus le dossier vert qui concerne des conversations officielles et officieuses...

— Bradfield m'a dit.

— Croyez-moi, c'est comme les pièces d'un puzzle... C'est ce que j'ai cru tout d'abord... Je les ai passées en revue dans ma tête. Heure après heure. Je n'ai pas dormi. De temps en temps... » Il s'interrompit. « De temps en temps je croyais avoir une idée, me faire une image, une moitié d'image, plutôt... » Mais il conclut :

« Il n'y a pas de fil directeur précis. On ne voit aucune raison. Certains sont marqués par Leo pour être adressés à différentes personnes ; d'autres sont marqués *Visé pour destruction,* mais la plupart manquent tout simplement. Et on ne peut pas dire ce que c'est, vous comprenez. On ne peut pas tenir une comptabilité, c'est impossible. Jusqu'au jour où quelqu'un demande justement le dossier, on ne sait pas qu'il n'est pas là.

— Des dossiers dans des classeurs ?

— Je vous l'ai dit. Il y en a quarante-trois. Au total, ça doit faire près de cent kilos.

— Et les lettres ? Il y a des lettres qui ont disparu aussi.

— Oui, admit Meadowes à contrecœur. Il nous manque trente-trois lettres qui nous ont été adressées.

— Et qui ne sont jamais arrivées, n'est-ce pas ? Elles traînaient là en attendant que n'importe qui les prenne ? Et sur quels sujets ? Ça n'a pas été noté.

— Nous ne savons pas. C'est vrai. Ce sont des lettres provenant de ministères allemands. Nous connaissons les références parce que la salle du courrier les a enregistrées. Elles ne sont jamais arrivées jusqu'aux Archives.

— Mais vous avez vérifié les références ? »

D'un ton très compassé, Meadowes répondit : « Les lettres qui manquent appartiennent aux dossiers disparus. Les références sont les mêmes. C'est tout ce qu'on peut dire. Comme elles émanent de ministères allemands, Bradfield a décrété que nous n'en demanderions pas de doubles tant qu'on n'a pas pris de décision à Bruxelles : au cas où notre curiosité attirerait leur attention sur l'absence de Harting. »

Ayant remis son carnet noir dans sa poche, Turner se leva et s'approcha de la fenêtre à barreaux, tâtant les serrures, vérifiant la solidité du grillage.

« Il y avait quelque chose chez lui. Il était à part. Quelque chose vous poussait à le surveiller. »

De la route leur parvint le hululement à deux notes d'une sirène qui s'approchait puis de nouveau s'éloignait.

« Il était à part, répéta Turner. Pendant tout le temps où vous avez parlé, j'ai entendu ça. Leo ceci, Lea cela. Vous aviez l'œil sur lui ; vous sentiez quelque chose chez lui. Je le sais. Pourquoi ?

— Il n'y avait rien.

— Qu'est-ce que c'étaient que ces rumeurs ? Qu'est-ce qu'on disait donc sur lui qui vous faisait peur ? Est-ce qu'il était le petit ami de quelqu'un, Arthur ? De la pâture pour Johnny Slingo, n'est-ce pas, sur ses vieux jours ? Il faisait la tournée des tapettes, c'est ça qui vous fait tous rougir ? »

Meadowes secoua la tête. « Vous avez perdu votre mordant, dit-il. Vous ne pouvez plus me faire peur. Je vous connais ; je vous connais sous votre plus vilain jour. Ça n'a rien à voir avec Varsovie. Ce n'était pas son genre. Je ne suis pas un enfant et Johnny n'est pas un homosexuel non plus. »

Turner le dévisageait toujours. « Il y a quelque chose que vous avez entendu dire, quelque chose que vous saviez. Vous l'observiez, je le sais. Vous le regardiez traverser une pièce ; vous observiez sa façon de marcher, de prendre un dossier. Il faisait le travail le plus idiot aux Archives et vous parlez de lui comme si c'était l'ambassadeur. C'était la pagaille ici, vous l'avez dit vous-même. Tout le monde sauf Leo recherchait des dossiers, ou en constituait de nouveaux, ou enregistrait, ou dressait un fichier, vous étiez tous prêts à faire les pieds au mur pour que tout continuât à se passer normalement pendant une crise. Et qu'est-ce que faisait Leo ? Leo travaillait au programme de destruction. Pour ce à quoi ça servait, il aurait aussi bien pu tisser du lin. C'est vous qui l'avez dit, pas moi. Alors qu'est-ce qu'il y avait donc chez lui ? Pourquoi l'observiez-vous ?

— Vous rêvez. Vous avez l'esprit tordu et vous ne pouvez rien voir de normal. Mais si par hasard vous aviez raison, je ne vous l'avouerais même pas dans un murmure sur mon lit de mort. »

Une pancarte accrochée à la porte du bureau du Chiffre annonçait : « Retour à deux heures et quart. En cas d'urgence appeler le poste 333. » Il frappa à la porte de Bradfield et essaya la poignée ; c'était fermé à clef. Il se pencha par-dessus la rampe et jeta un regard furieux vers le hall. Au bureau de la réception, un jeune garde de la chancellerie était en train de lire un livre technique de mécanique. Il distinguait les diagrammes sur la page de droite. Dans la salle d'attente fermée par une paroi vitrée, le chargé d'affaires ghanéen en manteau à col de velours, contemplait d'un air songeur une photographie de Clydeside prise de très haut.

« Ils sont tous à déjeuner, mon vieux, murmura une voix derrière lui. Pas un boche ne bougera avant trois heures. C'est la trêve quotidienne, mais la séance continue. » Une silhouette dégingandée, aux allures de renard, se dressait au milieu des extincteurs. « Crabbe, expliqua-t-il. Mickie Crabbe, ajouta-t-il, comme si le nom lui-même était une excuse. Si vous permettez, Peter de Lisle vient de rentrer. Il était au ministère de l'Intérieur à sauver des femmes et des enfants. Rawley l'a envoyé pour vous nourrir.

— Je veux envoyer un télégramme. Où est le bureau 333 ?

— C'est là où se reposent les prolos, mon vieux. Ils soufflent un peu après tout ce tohu-bohu. Une période troublée. Attendez un peu, suggéra-t-il. Si c'est urgent, ça le restera, et si c'est important, c'est trop tard, voilà ce que je dis. » Et ce disant, Crabbe le précéda dans le couloir silencieux comme un courtisan décrépit qui lui tenait sa bougie jusqu'à son lit. Passant devant l'ascenseur, Turner s'arrêta et l'examina une fois de plus. La grille était solidement cadenassée et une pancarte disait : « En panne. »

Chaque mission est distincte, se dit-il, pourquoi s'en faire, bon Dieu ? Bonn n'est pas Varsovie. Varsovie, c'était il y a cent ans. Bonn, c'est aujourd'hui. On fait ce qu'on a à faire et on continue. Il revoyait la pièce rococo à l'ambassade de Varsovie, le lustre noir de poussière, et Myra Meadowes seule sur cet invraisemblable canapé. « La prochaine fois que vous serez en poste dans un pays de l'autre côté du Rideau de fer, criait Turner, vous feriez fichtre bien de choisir vos amants avec plus de soin ! »

Dites-lui que je quitte le pays, songea-t-il ; je suis parti pour découvrir un théâtre. Un vrai traître, certifié, authentique, garanti sur facture.

Allons, Leo, nous sommes du même sang, vous et moi : des hommes de la clandestinité, voilà ce que nous sommes. Je vous traquerai jusque dans les égouts, Leo ; c'est pour ça que je sens si bon. Nous avons toute la crasse de la terre sur nous, vous et moi. Je vais vous poursuivre, vous allez me poursuivre, et nous nous poursuivrons chacun nous-mêmes.

7

DE LISLE

L'American Club n'était pas aussi sévèrement gardé que l'ambassade.

« Ce n'est pas le rêve en matière de gastronomie, expliqua de Lisle, tout en montrant ses papiers au GI en faction à la porte, mais il y a une somptueuse piscine. » Il avait réservé une table auprès de la fenêtre d'où l'on dominait le Rhin. Rafraîchis par leur bain, ils buvaient des Martini en regardant les énormes hélicoptères bruns qui dansaient au-dessus d'eux pour se diriger vers l'aire d'atterrissage en amont. Les uns étaient marqués de croix rouges, d'autres ne portaient aucun insigne. De temps en temps des navires blancs, glissant dans la brume, emmenaient des groupes compacts de touristes vers les pays des Nibelungen. Le fracas des haut-parleurs dont ils étaient équipés les suivait comme un tonnerre en miniature. A un moment une foule d'écoliers passa et ils entendirent les accents de la *Lorelei,* exécutés à l'accordéon, avec l'accompagnement zélé d'un chœur céleste dans ses intentions encore qu'imparfait dans son exécution. Les sept collines de

Königswinter étaient beaucoup plus proches maintenant, bien que la brume brouillât leurs contours.

Avec un manque d'assurance étudié, de Lisle désigna le Petersberg, un cône boisé régulier coiffé d'un hôtel rectangulaire. Neville Chamberlain avait séjourné là dans les années 30, expliqua-t-il : « C'était quand nous avons abandonné la Tchécoslovaquie, bien sûr. Je veux dire, la première fois. » Après la guerre, ç'avait été le siège de la Haute Commission alliée ; plus récemment, la reine y était descendue en visite officielle. A droite se trouvait le Drachenfels, où Siegfried avait tué le Dragon et s'était baigné dans son sang magique.

« Où est la maison de Harting ?

— On ne peut pas tout à fait la voir, dit tranquillement de Lisle, sans rien montrer de plus. Elle est au pied du Petersberg. Il habite, pour ainsi dire, dans l'ombre de Chamberlain. » Et là-dessus, il aiguilla la conversation vers des sujets plus généraux.

« Je pense que ce qu'il y a d'ennuyeux quand on est un pompier en mission, c'est qu'on arrive si souvent sur les lieux une fois que le feu est éteint. N'est-ce pas ?

— Est-ce qu'il venait souvent ici ?

— Les petites ambassades donnent des réceptions ici ; si leurs salons ne sont pas assez grands. Naturellement, c'était plutôt son style. »

Son ton redevint réticent, bien que la salle à manger fût vide. Il n'y avait, dans le coin près de l'entrée, assis au bar derrière la paroi de verre, que l'inévitable groupe de correspondants étrangers qui dînaient, buvaient et remuaient la bouche comme des hippocampes suivant un rituel solennel.

« Est-ce que toute l'Amérique est comme ça ? interrogea de Lisle. Ou bien pire ? » Il regarda lentement autour de lui.

« Enfin, je pense que ça donne quand même une impression de *dimension.* Et d'optimisme. C'est ce qu'il y a d'ennuyeux avec les Américains en fait, n'est-ce pas ? Toute cette insistance sur l'avenir. C'est si dangereux. Ça les rend destructeurs vis-à-vis du présent. Je pense toujours que c'est beaucoup plus agréable de regarder en arrière. Je ne vois aucun espoir dans l'avenir et ça me donne un grand sentiment de liberté. D'intérêt pour mon prochain aussi : nous sommes prévenants les uns envers les autres dans la cellule des condamnés, n'est-ce pas ? Vous savez, il ne faut pas me prendre trop au sérieux.

— Si vous vouliez vous procurer des dossiers de la chancellerie, tard le soir, qu'est-ce que vous feriez ?

— J'irais dénicher Meadowes.

— Ou Bradfield ?

— Oh, ce serait seulement en cas d'urgence. Rawley a la combinaison, mais c'est seulement en dernier ressort. Si Meadowes passe sous un autobus, Rawley peut encore avoir accès aux documents. Vous n'avez pas perdu votre matinée, ajouta-t-il. Je vois que vous êtes encore un peu sous l'effet de l'anesthésique.

— Qu'est-ce que vous, vous feriez ?

— Oh, je retirerais les dossiers dans l'après-midi.

— Bon ; et maintenant, avec toute cette activité nocturne ?

— Si les Archives sont ouvertes en période de crise, c'est sans problème. Si c'est fermé, eh bien, la plupart d'entre nous ont des coffres et on les débarrasse pour qu'on puisse y ranger les dossiers pour la nuit.

— Harting n'en avait pas.

— Voulez-vous que nous disions simplement *il* à partir de maintenant ?

— Alors où travaillerait-il ? S'il retirait des dossiers le soir, des dossiers secrets et qu'il travaillait tard : qu'est-ce qu'il ferait ?

— Il les emporterait dans son bureau, j'imagine et il remettrait les dossiers au gardien de la chancellerie en partant. S'il ne travaille pas aux Archives. Le gardien a un coffre.

— Et le gardien signerait un reçu ?

— Oh, Seigneur, oui. Nous ne sommes pas aussi irresponsables que ça.

— Je pourrais donc savoir en consultant le registre de nuit du gardien ?

— Vous pourriez.

— Il est parti sans dire bonsoir au gardien.

— Oh, fichtre, fit de Lisle, de toute évidence fort intrigué. Vous voulez dire qu'il a emporté les dossiers chez lui ?

— Quel genre de voiture avait-il ?

— Un mini-break. »

Tous deux restèrent un moment silencieux.

« Il n'y a pas d'autre endroit où il aurait pu travailler, une salle de lecture spéciale, une chambre forte au rez-de-chaussée ?

— Nulle part, fit de Lisle d'un ton catégorique. Allons, je crois que vous feriez mieux de prendre une autre de ces décoctions, vous ne croyez pas, pour vous rafraîchir un peu le cerveau ? »

Il appela le garçon.

« Oh, j'ai passé une heure absolument épouvantable au ministère de l'Intérieur, avec les hommes sans visage de Ludwig Siebkron.

— A quoi faire ?

— Ah, à pleurer la pauvre miss Eich. C'était sinistre. C'était également très bizarre, ajouta-t-il. Vraiment très bizarre. » Il passa à un autre sujet. « Saviez-vous que le plasma sanguin voyage en boîtes ? Le ministère dit maintenant qu'il veut que nous en entreposions quelques-unes à la cantine de l'ambassade à tout hasard. C'est l'idée la plus orwellienne que j'aie jamais entendue ; Rawley va être furieux. Il trouve qu'ils sont déjà allés trop loin. Il semble qu'aucun de nous n'appartient plus à des groupes. *Unisang.* Je pense que c'est un pas vers l'égalité. Rawley, reprit-il, commence à en avoir assez de Siebkron.

— Pourquoi ?

— Tout le mal qu'il peut se donner, rien que pour ces pauvres Anglais. D'accord, Karfeld est violemment antibritannique et anti-

Marché commun. D'accord, Bruxelles est un tournant crucial et l'entrée de la Grande-Bretagne dans le Marché commun chatouille les nerfs des nationalistes et exaspère le Mouvement. La manifestation de vendredi est alarmante et tout le monde est à cran. Tout cela, on le reconnaît sincèrement. Et il y a eu du vilain à Hanovre. Mais quand même, nous ne méritons pas une telle attention, vraiment pas. D'abord le couvre-feu, ensuite les gardes et maintenant ces fichues voitures. Je crois que nous avons l'impression qu'il fait exprès d'entraver nos mouvements. » Tendant le bras devant Turner, de Lisle prit l'énorme menu dans sa main frêle, presque féminine. « Des huîtres, ça vous dirait ? Ça n'est pas ce que mangent les gens réels ? Ils en ont en toute saison ici. Je crois qu'elles viennent du Portugal ou de je ne sais où.

— Je ne les ai jamais essayées, répondit Turner, d'un ton légèrement agressif.

— Alors il vous en faut une douzaine pour rattraper ça, répondit de Lisle sans se démonter, et il but une gorgée de Martini. C'est agréable de rencontrer quelqu'un qui vient de l'*extérieur.* Je ne pense pas que vous puissiez comprendre ça. »

Un convoi de péniches sous leurs yeux remontaient le fleuve.

« Ce qui est agaçant, j'imagine, c'est qu'on n'a pas l'impression qu'en fin de compte toutes ces précautions soient prises pour notre bien. Les Allemands ont tout d'un coup l'air de rentrer les cornes, comme si nous nous montrions délibérément provocants, comme si c'était nous qui manifestions. C'est à peine s'ils nous adressent la parole. C'est le gel total. Parfaitement. Vous comprenez, conclut-il, ils nous traitent comme si nous étions hostiles. Ce qui est doublement frustrant quand tout ce que nous demandons c'est d'être aimés.

— Il avait un dîner vendredi soir, dit soudain Turner.

— Ah oui ?

— Mais ce n'était pas marqué dans son agenda.

— Ça n'est pas malin. » Il jeta un coup d'œil autour de lui mais personne ne vint. « Où est passé ce maudit garçon ?

— Où était Bradfield vendredi soir ?

— Taisez-vous, fit de Lisle sèchement. Je n'aime pas ce genre de propos. Et puis il y a Siebkron lui-même, reprit-il, comme si de rien n'était. Nous savons tous de lui qu'il est une planche pourrie, nous savons tous qu'il fait de la haute voltige avec la coalition et nous savons tous qu'il avait des aspirations politiques. Nous savons également que vendredi prochain il va se trouver devant un problème de sécurité terrible et qu'une foule d'ennemis n'attendent que l'occasion de dire qu'il s'en est mal tiré. Bon, fit-il en hochant la tête vers le fleuve, comme si d'une certaine façon lui aussi était mêlé à ses problèmes. Alors pourquoi passer six heures au chevet de la pauvre Fraülein Eich ? Qu'est-ce que ça avait de si fascinant de la regarder mourir ? Et pourquoi prendre des mesures aussi ridicules que de poster des sentinelles devant le moindre malheureux local occupé par des

Britanniques dans le secteur ? Il est obsédé par nous, je vous jure. Il est pire que Karfeld.

— Qui est Siebkron ? Quelle est sa spécialité ?

— Oh, les flaques de boue. Votre monde, au fond. Pardonnez-moi, je n'aurais pas dû dire ça. »

Il rougit, horriblement gêné. Seule l'arrivée fort opportune du garçon le tira de son embarras. Le garçon était très jeune et de Lisle s'adressa à lui avec une excessive courtoisie, lui demandant son avis sur des questions qui dépassaient sa compétence, acceptant ses conseils dans le choix du moselle et s'enquérant avec minutie de la qualité de la viande.

« Pour reprendre une formule connue, poursuivit-il lorsqu'ils furent de nouveau seuls, on dit à Bonn que si on a Ludwig Siebkron comme ami, on n'a pas besoin d'ennemis. Ludwig est une variété très locale. Il est toujours le bras gauche de quelqu'un. Il répète tout le temps qu'il ne veut voir aucun de nous mourir. C'est justement en quoi il est effrayant : il rend cette éventualité si possible. Il est facile d'oublier, continua-t-il d'un ton narquois, que Bonn est peut-être une démocratie, mais elle manque rudement de démocrates. » Il se tut un instant. « L'ennui avec les dates, poursuivit-il enfin d'un ton songeur, c'est qu'elles créent des compartiments dans le temps. 39 à 45. 45 à 50. Bonn n'appartient pas à l'avant-guerre, à la guerre ni même à l'après-guerre. C'est simplement une petite ville en Allemagne. On ne peut pas plus la découper en tranches que ça n'est possible avec le Rhin. Il traîne ses eaux ou je ne sais ce que dit la chanson. Et la brume délave les couleurs. »

Rougissant brusquement, il dévissa le bouchon du tabasco et s'attela à la tâche délicate de verser une seule goutte par huître. Cela mobilisait toute son attention. « Nous nous excusons tous pour Bonn. C'est comme ça qu'on reconnaît les indigènes. Je regrette de ne pas faire collection de trains miniatures, continua-t-il avec entrain. J'aimerais consacrer beaucoup plus de temps aux petites choses. Vous n'êtes pas comme ça ? Vous n'avez pas un passe-temps favori vous aussi ?

— Je n'ai pas le temps, dit Turner.

— *Théoriquement,* il dirige un organisme intitulé "comité de liaison du ministère de l'Intérieur" ; on m'a dit que c'était lui qui avait choisi le nom. Je lui ai demandé un jour : liaison avec qui, Ludwig ? Il a cru que c'était une grande plaisanterie. Il a notre âge, bien sûr. La génération qui était au front moins cinq ; un peu agacé d'avoir manqué la guerre, je crois, et il a hâte de vieillir. Il flirte aussi avec la CIA, mais ici c'est du snobisme. Sa principale occupation est de connaître Karfeld. Quand quelqu'un veut conspirer avec le Mouvement, Ludwig Siebkron arrange ça. En effet, c'est une vie bizarre, reconnut-il en surprenant l'expression de Turner. Mais Ludwig s'en délecte. Le gouvernement invisible : c'est ce qu'il aime. La république de Weimar aurait été exactement ce qui lui convenait. Il faut comprendre le gouvernement ici : toutes les divisions sont très artificielles. »

Mus, semblait-il, par une commune impulsion, les correspondants étrangers avaient quitté le bar et flottaient en un long banc vers la table du milieu déjà préparée pour eux. Un homme de très grande taille, apercevant de Lisle, ramena sur son œil droit une longue mèche de cheveux noirs et tendit le bras dans un salut hitlérien. De Lisle en réponse leva son verre.

« C'est Sam Allerton, expliqua-t-il en aparté. Il est un peu salaud. Où en étais-je ? Ah oui, les divisions artificielles. Ça nous rend absolument fous ici. C'est toujours la même chose : dans un monde gris nous sommes frénétiquement à la recherche d'absolus. Antifrançais, profrançais, communiste et anticommuniste. C'est de l'absurdité pure, mais nous recommençons à chaque fois. C'est pourquoi nous sommes tellement dans l'erreur à propos de Karfield. Si terriblement dans l'erreur. Nous discutons *définitions* quand nous devrions discuter *faits*. Bonn s'en ira à l'échafaud en discutant sur la longueur de la corde qui doit nous pendre. Pour moi, je ne sais pas comment vous définissez Karfeld ; qui le sait ? Un Poujade allemand ? La révolution des classes moyennes ? Si c'est ça, alors nous sommes bel et bien fichus, j'en conviens, parce qu'en Allemagne ils sont tous de la classe moyenne. Comme en Amérique : l'égalité à contrecœur. Ça n'est pas qu'il veuillent être égaux, qui en a envie ? Mais ils le sont. *Unisang.* »

Le garçon avait apporté le vin et de Lisle insista pour que Turner le goûtât. « Je suis sûr que votre palais est plus frais que le mien. » Turner déclina l'invitation, aussi de Lisle le goûta-t-il lui-même, avec soin. « Excellent choix, dit-il d'un air de connaisseur au garçon. Très bon. »

« Toutes les définitions astucieuses s'appliquent à lui, toutes, évidemment, elles s'appliquent à n'importe qui, c'est comme la psychiatrie : présumez les symptômes et vous pourrez toujours leur trouver un nom. Il est isolationniste, chauvin, pacifiste, revanchard. Et il veut un traité commercial avec la Russie. Il est progressiste, ce qui séduit les vieux Allemands, et il est réactionnaire, ce qui séduit les jeunes Allemands. Les jeunes sont si puritains ici. Ils veulent qu'on les purifie de leur prospérité, ils veulent des arcs et des flèches et Frédéric Barberousse. » Il tendit une main lasse vers les sept collines. « Ils veulent tout ça en costume moderne. Ça n'est pas étonnant que les vieux soient des hédonistes. Mais les jeunes... » Il s'interrompit. « Les jeunes, dit-il avec un profond dégoût, ont découvert la plus cruelle des vérités : que la façon la plus efficace de punir leurs parents est de les imiter. Karfeld, c'est l'adulte adopté par les étudiants. Pardonnez-moi. C'est vraiment mon dada. Dites-moi donc de me taire. »

Turner ne semblait pas avoir entendu. Il regardait les policiers postés à intervalles réguliers le long du sentier. L'un d'eux avait découvert un canot amarré sur la berge et il jouait avec la voile, la faisant tourner comme une corde à sauter.

« Ils n'arrêtent pas à Londres de nous demander : qui sont ses supporters ? D'où tire-t-il son argent ? Des définitions, des définitions.

Qu'est-ce que vous voulez que je leur dise ? "L'homme de la rue, leur ai-je écrit un jour, traditionnellement la classe sociale la plus difficile à appréhender." Ils adorent ce genre de réponse jusqu'au moment où ça arrive au département des recherches, "Les désenchantés, ai-je dit, les orphelins d'une démocratie défunte, les morts d'un gouvernement de coalition." Des socialistes qui croient qu'on les a vendus aux conservateurs, des antisocialistes qui s'imaginent avoir été vendus aux rouges. Des gens qui sont tout bonnement trop intelligents pour voter. Karfeld est le chapeau qui couvre toutes leurs têtes. Comment définit-on une humeur ? Mon Dieu qu'ils sont obtus. Nous ne recevons plus d'instructions, rien que des questions. Je leur ai dit : "Vous avez sûrement le même genre de phénomène en Angleterre ? C'est la grande mode partout ailleurs." Et après tout, personne n'a soupçonné une conspiration mondiale à Paris : pourquoi en chercher une ici ? C'est une question d'humeur... d'ignorance... d'ennui. » Il se pencha à travers la table. « Est-ce que vous avez jamais voté ? Je suis sûr que oui. Quel effet ça fait-il ? Est-ce que vous vous êtes senti modifié ? Est-ce que c'était comme la messe ? Êtes-vous reparti sans faire attention à personne ? » De Lisle goba une autre huître. « Je crois que Londres a été bombardé. Est-ce que c'est ça la réponse ? Et vous, vous êtes juste un leurre qu'on nous a envoyé pour nous réconforter. Peut-être qu'il ne reste que Bonn. Quelle horrible pensée. Un monde en exil. C'est pourtant ce que nous sommes. Et habité par des exilés en plus.

— Pourquoi Karfeld déteste-t-il les Anglais ? demanda Turner, ses pensées très loin de De Lisle.

— Ça, je l'avoue, demeure un grand mystère. Nous avons tous cherché à la chancellerie. Nous en avons parlé, discuté, nous avons lu des tas de choses. Personne n'a trouvé la réponse. » Il haussa les épaules. « Qui croit aux motifs aujourd'hui, surtout chez un politicien ? Nous avons quand même essayé de définir ce point. Quelque chose que nous lui aurions fait autrefois, peut-être ? Ou quelque chose qu'il nous aurait fait. Il paraît que ce sont les impressions d'enfance qui subsistent le plus longtemps. Au fait, vous êtes marié ?

— Quel rapport ça a-t-il ?

— Fichtre, fit de Lisle avec admiration. Vous êtes susceptible.

— Comment se débrouille-t-il pour l'argent ?

— Il est chimiste industriel ; il dirige une grande usine dans la banlieue d'Essen. On dit que les Anglais lui en ont fait voir de toutes les couleurs pendant l'occupation, qu'ils ont démantelé son usine et ruiné son affaire. Je ne sais pas dans quelle mesure tout cela est vrai. Nous avons essayé de faire quelques recherches, mais nous avons très peu d'éléments et Rawley, fort justement, nous interdit d'enquêter en dehors de l'ambassade. Dieu sait, déclara-t-il avec un petit frisson, ce que Siebkron penserait de nous si nous nous étions lancés dans ce petit jeu-là. La presse dit simplement qu'il nous déteste, comme si cela n'exigeait aucune explication. Et les journalistes ont peut-être raison.

— Quels sont ses antécédents ?

— Oh, prévisibles. Terminé ses études avant la guerre, mobilisé dans le génie. Front russe comme spécialiste en démolition, blessé à Stalingrad mais a réussi à s'en sortir. La désillusion de la paix. Le dur combat et la lente remontée. Tout ça est très romantique. La mort de l'esprit, la renaissance progressive. Il y a les rumeurs classiques et assommantes selon lesquelles il était la tante de Himmler ou quelque chose comme ça. Personne n'y fait guère attention ; à Bonn aujourd'hui, c'est le signe qu'on est arrivé quand les Allemands de l'Est déterrent contre vous des accusations invraisemblables.

— Mais il n'y a rien de vrai là-dedans ?

— Il y a toujours quelque chose ; mais jamais assez. De toute façon, ça n'impressionne personne, sauf nous. Alors pourquoi s'en soucier ? Il est venu à la politique petit à petit, raconte-t-il ; il parle de ses années de sommeil et de ses années d'éveil. Il a une façon de s'exprimer un peu messianique, je le crains, du moins quand il parle de lui.

— Vous ne l'avez jamais rencontré, n'est-ce pas ?

— Bonté divine, non. J'ai simplement lu des choses sur lui. Je l'ai entendu à la radio. Il est très présent dans nos existences à certains égards. »

Les yeux pâles de Turner étaient revenus vers Petersberg ; le soleil, filtrant entre les collines, faisait étinceler les vitres de l'hôtel gris. Il y a une colline là-haut qui est cassée comme une carrière ; de petites machines, blanches de poussière, s'affairent à ses pieds.

« Il faut reconnaître qu'en six mois il a changé toute la galère. Les cadres, l'organisation, le jargon. Avant Karfeld, il n'y avait que des dingues : des bohémiens, des prédicateurs errants, Hitler va revenir. Et autres âneries. Aujourd'hui c'est un groupe de patriciens, de gens qui ont fait leurs études. Pas de hordes en manches de chemise pour lui, pas question ; pas de votre prêchi-prêcha socialiste, sauf de la part des étudiants, et c'est très habile de sa part de les tolérer. Il sait quelle étroite ligne sépare le pacifiste qui attaque le policier et le policier qui attaque le pacifiste. Mais pour la plupart d'entre nous, Barberousse a une chemise propre, et un diplôme de docteur en chimie. *Herr Doktor Barberousse,* c'est le refrain aujourd'hui. Des économistes, des historiens, des statisticiens... et surtout, bien sûr, des avocats. Les avocats sont les grands gourous allemands, ils l'ont toujours été ; vous savez combien les avocats sont illogiques. Mais pas de politiciens : les politiciens ne sont absolument pas respectables. Et pour Karfeld, bien sûr, ils sentent trop la représentation ; et Karfeld ne veut personne pour le représenter, merci. Le pouvoir sans gouvernement, voilà son refrain. Le droit de connaître mieux, le droit de ne pas être responsable. C'est la fin, pas le commencement, dit-il avec une conviction parfaitement disproportionnée à sa léthargie. Aussi bien nous que les Allemands sommes passés par la démocratie et personne ne nous a rendu hommage pour cela. C'est comme se raser. Personne ne vous remercie de vous raser, personne ne vous remercie de la démocratie. Maintenant nous nous retrouvons de l'autre côté. La démocratie n'était possible qu'avec un système de classes, c'est pour ça : c'était une indulgence accordée par les privilégiés. Nous n'avons plus le temps pour ça, ça a été une brève lueur entre la féodalité et l'automation, et maintenant c'est fini. Qu'est-ce qui reste ? Les électeurs sont coupés du parlement, le parlement est coupé du gouvernement et le gouvernement est coupé de tout le monde. Le gouvernement par le silence, voilà le slogan. Le gouvernement par l'aliénation. Mais ce n'est pas à vous que j'ai besoin de dire ça ; c'est un produit typiquement britannique. »

Il s'arrêta, s'attendant que Turner intervînt, mais Turner était toujours plongé dans ses pensées. A leur longue table, les journalistes discutaient. L'un d'eux avait menacé d'en frapper un autre ; un troisième promettait de leur casser la figure à tous les deux.

« Moi-même, je ne sais pas ce que je défends. Ni ce que je représente ; d'ailleurs qui le sait ? "Un gentleman qui ment dans l'intérêt de son pays", disaient-ils avec un clin d'œil à Londres. "Bien volontiers, dirai-je. Mais commencez par me dire quelle vérité je dois cacher." Ils n'en ont pas la moindre idée. En dehors du Foreign Office, le pauvre monde s'imagine que nous avons un livre à reliure dorée avec le mot POLITIQUE écrit sur la couverture... Mon Dieu, si seulement ils savaient. » Il finit son vin. « Peut-être que vous, vous savez ? Je suis censé obtenir le maximum d'avantages avec le minimum de friction. Qu'est-ce qu'ils veulent dire par avantage, je me le demande : pouvoir ? Je doute que le pouvoir soit à notre avantage. Peut-être devrions-nous nous laisser décliner. Peut-être avons-nous besoin d'un Karfeld ? D'un nouvel Oswald Mosley ? Je crois malheureusement que c'est à peine si nous le remarquerions. L'opposé de l'amour, ce n'est pas la haine, c'est l'apathie. L'apathie est ici notre pain quotidien. Une apathie hystérique. Reprenez donc un peu de moselle.

— Croyez-vous possible, dit Turner, le regard toujours perdu vers la colline, que Siebkron soit déjà au courant en ce qui concerne Harting ? Est-ce que cela les rendrait hostiles ? Est-ce que cela expliquerait leur surcroît d'attention ?

— Plus tard, fit doucement de Lisle. Pas devant les enfants, si vous voulez bien. »

Le soleil atteignit le fleuve, l'éclairant de nulle part comme un grand oiseau doré, déployant ses ailes sur toute la vallée, effleurant la surface de l'eau des mouvements légers d'un nouveau jour de printemps. Après avoir demandé au garçon de leur apporter deux de ses meilleurs cognacs dans le jardin auprès des tennis, de Lisle se fraya élégamment un chemin entre les tables vides vers la porte de côté. Au milieu de la salle, des journalistes étaient maintenant silencieux ; abrutis par l'alcool, vautrés sur leur siège de cuir, ils attendaient sans grâce le stimulant que serait pour eux une nouvelle catastrophe politique.

« Mon pauvre vieux, observa-t-il lorsqu'ils se retrouvèrent dans l'air frais. Que j'ai donc été assommant. Est-ce que vous avez droit à ça partout où vous allez ? Je pense que nous déchargeons tous nos cœurs devant l'étranger de passage, non ? Et finissons-nous tous comme de petits Karfeld ? C'est ça ? Des anarchistes bourgeois patriotes ? Que ça doit être assommant pour vous.

— Il faut que je voie sa maison, dit Turner. Il faut que je trouve.

— Vous êtes débouté de votre demande, répondit de Lisle, sans se démonter. Ludwig Siebkron la fait surveiller par la police. »

Il était trois heures ; un soleil blême avait fini par percer entre les nuages. Ils étaient assis dans le jardin sous des parasols, à siroter leur cognac et à regarder les filles des diplomates tenter des volées et rire sur la terre humide et rouge des courts de tennis.

« Praschko, j'imagine, est un salopard, déclara de Lisle. Il était dans nos petits papiers il y a longtemps, mais il s'est fâché avec nous. » Il bâilla. « Il était très dangereux en son temps : un pirate de la politique. Aucune conspiration n'était complète sans lui. Je l'ai rencontré un certain nombre de fois ; les Anglais l'agacent toujours. Comme tous les convertis, il a la nostalgie des loyautés perdues. Aujourd'hui, c'est un démocrate libre ; ou bien Rawley vous l'a-t-il dit ? La libre démocratie, c'est vraiment le refuge des causes perdues ; ils ont des créatures très bizarres là-bas.

— Mais c'était un ami.

— Vous êtes innocent, fit de Lisle d'un ton sommeillant. Comme Leo. On peut connaître des gens toute sa vie sans devenir ami. On peut connaître des gens depuis cinq minutes et ils sont nos amis pour la vie. Est-ce que Praschko est si important ?

— Il est tout ce que j'ai, dit Turner. Il est tout ce qui peut me permettre de continuer. Il est la seule personne dont j'aie entendu parler qui le connaissait en dehors de l'ambassade. Il devait être garçon d'honneur à son mariage.

— A son mariage ? Leo ? fit de Lisle en se redressant tout d'un coup sur son siège, perdant son calme.

— Il était fiancé il y a longtemps à une nommée Margaret Eickman. Ils semblent s'être connus avant l'époque où Leo travaillait à l'ambassade. »

De Lisle retomba sur son siège, apparemment soulagé.

« Si vous envisagez de contacter Praschko..., dit-il.

— Je n'y songe pas, ne vous inquiétez pas ; c'est un des messages qu'on m'a transmis. » Il but une gorgée. « Mais quelqu'un a prévenu Leo. Quelqu'un l'a sûrement fait. Il s'est affolé. Il savait qu'il luttait contre la montre et il a pris ce sur quoi il pouvait mettre la main. N'importe quoi. Des lettres, des dossiers... Et quand il a fini par filer, il n'a même pas pris la peine de demander un congé.

— Rawley ne le lui aurait pas accordé ; pas dans la situation actuelle.

— Un congé de maladie ; il l'aurait eu sans difficulté, c'est la première chose à quoi Bradfield a pensé.

— Est-ce qu'il a piqué le chariot aussi ? »

Turner ne répondit pas.

« Je pense qu'il s'est approprié mon beau ventilateur. Ah, il en aura besoin à Moscou, c'est sûr. » De Lisle se renversa plus en arrière dans son fauteuil. Le ciel était très bleu, le soleil aussi chaud et intense que s'il venait de derrière une vitre. « Si ça dure, il va falloir que je m'en procure un autre.

— Quelqu'un l'a prévenu, insista Turner. C'est la seule explication. Il a été pris de panique. C'est pourquoi j'ai pensé à Praschko, vous comprenez : il a un passé de gauche. Sympathisant communiste, c'est le terme que Rawley a employé. Il était très copain avec Leo ; ils avaient même passé la guerre ensemble en Angleterre. » Il leva les yeux vers le ciel.

« Vous allez avancer une théorie, murmura de Lisle. Je l'entends venir.

— Ils reviennent en Allemagne en 45 ; ils font un peu de service dans l'armée ; puis ils se séparent. Chacun s'en va de son côté. Leo reste anglais et s'occupe de ce secteur-là, Praschko se germanise et se mêle de politique allemande. Ils feraient une belle équipe, ces deux-là, comme agents à long terme, il faut le dire. Ils jouaient peut-être le même jeu... Recrutés par la même personne en Angleterre, quand la Russie était notre alliée. Peu à peu, leurs relations s'estompent. Ça, c'est classique. Il n'est plus prudent d'être vus ensemble... C'est risqué d'avoir nos noms associés l'un à l'autre, mais leurs relations se poursuivent, elles se poursuivent en secret. Et puis un jour Praschko est alerté. Il y a juste quelques semaines. Peut-être tout à fait par hasard. Il apprend cela par ce fameux téléphone arabe de Bonn, dont vous êtes tous si fiers : Siebkron est en chasse. On a retrouvé une vieille piste ; quelqu'un a parlé, nous sommes trahis. Peut-être qu'ils sont seulement après Leo. Fais tes valises, dit-il. Prends ce que tu peux et file.

— Quel horrible esprit vous devez avoir, fit de Lisle en ronronnant. Quel esprit vilainement inventif.

— Le seul ennui, c'est que ça ne marche pas.

— Pas vraiment, n'est-ce pas ? Pas en termes humains. Je suis heureux que vous le reconnaissiez. Leo ne s'affolerait pas, ce n'est pas son genre. Il avait trop de maîtrise sur lui-même. Et ça paraît stupide, mais il nous aimait. Modestement, il nous aimait. Il avait quand même notre style, Alan, pas le leur. Il attendait extrêmement peu de la vie. Il était comme un cheval de mine. C'est comme ça que je me le représentais, dans ces abominables étables du rez-de-chaussée. Même quand il montait, il donnait l'impression d'apporter un peu d'obscurité avec lui. Les gens le trouvaient rigolo. L'extraverti rigolo...

— Personne à qui j'ai parlé ne le trouvait rigolo. »

De Lisle tourna la tête et regarda Turner avec un intérêt sincère. « Ah non ? Quelle pensée terrifiante ! Chacun de nous croyait que l'autre riait. Comme des clowns à la tragédie. C'est très moche, dit-il.

— Bon, admit Turner. Ce n'était pas un croyant. Mais il aurait pu l'être quand il était plus jeune, non ?

— Possible.

— Là-dessus il s'endort... Je veux dire sa conscience s'endort...

— Ah !

— Jusqu'à ce que Karfeld vienne le réveiller... Le nouveau nationalisme... Le vieil ennemi. Il se réveille brusquement. “Hé, qu'est-ce qui se passe ?” Il a vu tout qui recommençait ; il l'a dit à des gens : l'Histoire se répète.

— C'est vraiment Marx qui a dit “L'Histoire se répète, mais la première fois c'est une tragédie et la seconde fois c'est une comédie” ? Ça me paraît bien trop spirituel pour un Allemand. Mais, je le reconnais bien volontiers, Karfeld de temps en temps rend le communisme fichtrement attirant.

— Comment était-il ? insista Turner. Comment était-il vraiment ?

— Leo ? Mon Dieu, comment sommes-nous tous ?

— Vous le connaissiez, pas moi.

— Vous n'allez pas m'interroger, non ? demanda-t-il d'un ton qui n'était pas tout à fait celui de la plaisanterie. C'est quand même le comble que je vous paie à déjeuner pour que vous me démasquiez.

— Est-ce que Bradfield l'aimait bien ?

— Qui est-ce que Bradfield aime ?

— Est-ce qu'il l'avait à l'œil ?

— Pour son travail, certainement, chaque fois que ça s'imposait. Rawley est un professionnel.

— C'est un catholique romain aussi, non ?

— Bonté divine, déclara de Lisle avec une véhémence tout à fait inattendue, quelle horrible chose à dire. Il ne faut pas compartimenter les gens comme ça, ça ne marche pas. La vie ne se partage pas entre tant de cow-boys d'un côté et tant d'Indiens de l'autre. Encore moins la vie diplomatique. Si c'est ça l'opinion que vous avez de la vie, vous feriez mieux de passer de l'autre côté vous-même. » Là-dessus, il renversa la tête en arrière et ferma les yeux, laissant le soleil le baigner. « Après tout, ajouta-t-il, retrouvant son ton égal, c'est ça que vous trouvez répréhensible chez Leo, n'est-ce pas ? Qu'il soit allé s'attacher à une foi stupide. Dieu est mort. Mais ça ne marche pas dans les deux sens, ce serait trop médiéval. »

Il retomba une fois de plus dans un silence satisfait.

« J'ai de Leo une image particulière, dit-il enfin. Tenez, voilà quelque chose pour votre petit carnet. Qu'est-ce que vous en dites ? Un superbe après-midi d'hiver. J'étais allé à une conférence allemande assommante, il était quatre heures et demie et je n'avais pas grand-chose à faire, alors je suis allé faire un tour en voiture dans les collines derrière Godesberg. Du soleil, un temps glacial, un peu de neige, un peu de vent... C'est comme ça que j'imagine l'ascension vers le paradis. Et tout d'un coup j'ai aperçu Leo. Incontestablement, sans doute possible, c'était absolument Leo, enfoui jusqu'aux oreilles dans une pelisse noire, et coiffé d'un de ces affreux feutres à bord relevé qu'ils portent dans le Mouvement. Il était planté au bord d'un terrain de football, à regarder des gosses taper sur un ballon en fumant un de ses petits cigares dont tout le monde se plaignait.

— Seul ?

— Tout seul. J'ai pensé à m'arrêter mais je ne l'ai pas fait. Il n'avait apparemment pas de voiture et il était à des kilomètres de n'importe où. Et tout d'un coup je me suis dit : non, ne t'arrête pas ; il est à l'église. Il regarde l'enfance qu'il n'a jamais eue.

— Vous l'aimiez bien au fond, n'est-ce pas ? »

De Lisle lui aurait sans doute répondu, car la question ne semblait pas le déconcerter, mais il fut interrompu par l'arrivée d'un intrus.

« Salut. Une nouvelle recrue ? » La voix était grasseyante et un peu grinçante. Comme l'homme était planté juste dans le soleil, Turner dut plisser les yeux pour même le distinguer, il finit par voir la silhouette doucement chancelante et la chevelure noire en désordre du journaliste anglais qui les avait salués à déjeuner. Il désignait Turner, mais sa question, à en juger par l'angle de sa tête, s'adressait à de Lisle.

« Qu'est-ce qu'il est, interrogea-t-il, proxénète ou espion ?

— Qu'est-ce que vous voulez être, Alan ? demanda gaiement de Lisle, mais Turner refusa de répondre. Alan Turner, Sam Allerton, reprit-il, nullement démonté. Sam représente un tas de journaux, n'est-ce pas, Sam ? Il est extrêmement puissant. Non pas bien sûr que la puissance l'intéresse. Ça n'intéresse jamais les journalistes. »

Allerton continuait de dévisager Turner.

« D'où vient-il alors ?

— De la bonne ville de Londres, fit de Lisle.

— Quelle partie de la bonne ville de Londres ?

— De l'Agriculture.

— Menteur.

— Du Foreign Office, alors. Vous n'aviez pas deviné ?

— Il est là pour longtemps ?

— Il est simplement en visite.

— Pour longtemps ?

— Vous savez ce que c'est que les visites.

— Je sais ce que c'est ce genre de visites, dit Allerton. C'est un limier. » Ses yeux jaunes au regard mort le jaugèrent lentement : les grosses chaussures, le costume d'été, le visage sans expression et le regard pâle et fixe.

« Belgrade, dit-il enfin, je me souviens. Un type de l'ambassade a sauté une espionne et s'est fait photographier. On a tous dû écraser l'affaire, sinon l'ambassadeur ne nous aurait plus offert de porto. Turner la Sécurité, voilà ce que vous êtes. L'homme de Bevin. Vous avez opéré une fois à Varsovie, n'est-ce pas ? Je m'en souviens aussi. Ça s'est mal passé, hein ? Il y a une fille qui a essayé de se suicider. Quelqu'un avec qui vous y étiez allé un peu fort. Là aussi, il a fallu pousser tout ça sous le tapis.

— Fichez le camp, Sam », fit de Lisle.

Allerton se mit à rire. C'était un bruit déplaisant, sans joie et morbide ; cela semblait même vraiment lui faire mal, car il s'assit et s'interrompit par une série de petits jurons étouffés. Sa crinière noire et un peu grasse tremblait comme une perruque mal ajustée, son ventre dépassant par-dessus sa ceinture était agité de soubresauts incertains.

« Alors, Peter, comment était Luddi Siebkron ? Il va nous garder sains et saufs, n'est-ce pas ? Il va protéger l'Empire ? »

Sans un mot, Turner et de Lisle se levèrent et traversèrent la pelouse en direction du parking.

« Au fait, leur cria Allerton, vous avez entendu la nouvelle ?

— Quelle nouvelle ?

— Vous n'êtes vraiment jamais dans le coup, vous autres. Le ministre des Affaires étrangères d'Allemagne fédérale vient de partir pour Moscou. Conversations au sommet à propos d'un traité commercial germano-soviétique. L'Allemagne entre au Comecon et signe le pacte de Varsovie. Tout ça pour faire plaisir à Karfeld et saboter Bruxelles. Sortie de la Grande-Bretagne, entrée de la Russie. Un Rapallo de la non-agression. Qu'est-ce que vous pensez de ça ?

— Nous pensons que vous êtes un fieffé menteur, fit de Lisle.

— Bah, c'est toujours amusant, répliqua Allerton, avec un zozotement délibéré d'homosexuel. Mais ne me dites pas que ça n'arrivera pas, mon tout joli, parce qu'un jour ça arrivera. Un jour, ils le feront. Il le faudra. On gifle maman en pleine figure. On trouve un papa pour la patrie. Ce n'est plus l'Ouest, n'est-ce pas ? Alors qui ça va-t-il être ? » Il poursuivit en élevant la voix à mesure qu'ils s'éloignaient « C'est ce que vous ne comprenez pas, stupides larbins que vous êtes ! Karfeld est le seul en Allemagne qui leur dise la vérité la guerre froide est finie pour tout le monde sauf pour ces crétins de diplomates ! » Sa flèche de Parthe les atteignit au moment où ils claquaient les portières. « Ça ne fait rien, mes chéris, l'entendirent-ils crier. Nous pouvons tous dormir sur nos deux oreilles maintenant que Turner est là. »

La petite voiture de sport roulait lentement devant les arcades d'une blancheur hygiénique de la colonie américaine. Une cloche d'église, aux accents très amplifiés, célébrait le soleil. Sur les marches de la chapelle style Nouvelle-Angleterre, un couple de jeunes mariés faisait face aux flashs des photographes. Ils s'engagèrent dans la Koblezerstrasse, et le bruit les frappa comme un coup de vent. Au-dessus de leurs têtes, des indicateurs électroniques annonçaient des contrôles de vitesse théoriques. Les photographies de Karfeld s'étaient multipliées. Deux Mercedes avec des plaques égyptiennes les dépassèrent, se rabattirent, se déboîtèrent de nouveau et disparurent.

« Cet ascenseur, dit soudain Turner. A l'ambassade. Depuis combien de temps est-il hors de service ?

— Mon Dieu, de quand date tout ça ? Depuis la mi-avril, j'imagine.

— Vous en êtes sûr ?

— Vous pensez au chariot ? Qui a disparu également vers la mi-avril ?

— Pas mal, dit Turner. Pas mal du tout.

— Et vous feriez une très regrettable erreur si jamais vous vous imaginiez que vous êtes un spécialiste, répliqua de Lisle, avec cette même violence imprévisible que Turner avait déjà discernée chez lui. N'allez pas croire que vous êtes en blouse blanche, voilà tout ! N'allez pas croire que nous sommes tous des échantillons de laboratoire. » Il donna un brusque coup de volant pour éviter un camion remorque, et de furieux coups de klaxon retentirent aussitôt derrière eux. « Je suis en train de sauver votre âme bien que vous ne vous en aperceviez peut-être pas. » Il sourit. « Désolé, mais Siebkron me tape sur les nerfs, voilà tout.

— Il a noté P. sur son agenda, dit soudain Turner. Après Noël rendez-vous P. Dîner P. et puis ça a de nouveau disparu. Ç'aurait pu être Praschko.

— Ça aurait pu.

— Quels ministères y a-t-il à Bad Godesberg ?

— Travaux publics, Recherche scientifique, Santé. Pour autant que je sache, il n'y a que ces trois-là.

— Il allait à une conférence tous les jeudis après-midi. Auquel était-ce ? »

De Lisle s'arrêta à un feu rouge et Karfeld baissa vers eux un regard sévère de cyclope, un œil arraché par une main hostile.

« Je ne crois pas qu'il allait vraiment à une conférence, dit prudemment de Lisle. En tout cas pas récemment.

— Qu'est-ce que vous voulez dire ?

— Simplement ça.

— Enfin, bon sang !

— Qui vous a dit qu'il y allait ?

— Meadowes. Et Meadowes le tenait de Leo et Leo disait que c'était une réunion qui avait lieu chaque semaine et qu'il avait l'accord de Bradfield. Il s'agissait de réclamations.

— Oh, mon Dieu », murmura de Lisle. Il déboîta, roulant sur la file de gauche malgré les appels de phares impérieux d'une Porsche blanche.

— Qu'est-ce que veut dire "Oh, mon Dieu" ?

— Je ne sais pas. Pas ce que vous croyez sans doute. Il n'y avait pas de conférence, pas pour Leo. Pas à Bad Godesberg, ni nulle part ailleurs ; pas le jeudi, ni aucun autre jour. Jusqu'à l'arrivée de Rawley, c'est vrai, il assistait à une conférence à un échelon assez bas au ministère des Travaux publics. On y discutait les contrats passés avec des entrepreneurs pour la réparation de maisons allemandes endommagées par les manœuvres alliées. Leo donnait son approbation à leurs propositions.

— Jusqu'à l'arrivée de Bradfield ?

— Oui.

— Alors qu'est-ce qui s'est passé ? La conférence avait fini par ne plus rimer à rien, c'est ça ? Comme le reste de son travail.

— Plus ou moins. »

Au lieu de tourner à droite pour franchir la porte de l'ambassade, de Lisle continua vers la gauche en s'apprêtant à faire une seconde fois le tour du bâtiment.

« Comment ça : "plus ou moins" ?

— Rawley y a mis un terme.

— A la conférence ?

— Je vous l'ai dit : c'était purement mécanique. Ça pouvait se faire par correspondance. »

Turner était au bord de l'exaspération. « Pourquoi vous esquivez-vous comme ça ? Qu'est-ce qui se passe ? Est-ce qu'il a supprimé la conférence ou pas ? Quel rôle joue-t-il dans tout ça ?

— Attention, lui dit de Lisle, en levant une main du volant. Pas de précipitation. Rawley m'a envoyé à sa place. Ça ne lui plaisait pas de voir l'ambassade représentée par quelqu'un comme Leo.

— Quelqu'un comme...

— Par un employé temporaire, voilà tout ! Par un temporaire sans un vrai statut de diplomate. Il a estimé que ce n'était pas bien, alors il m'a chargé d'y aller à sa place. Après ça, Leo ne m'a plus jamais adressé la parole. Il croyait que j'avais intrigué contre lui. Maintenant ça suffit. Ne m'en demandez pas plus. » Ils passaient de nouveau devant la station Aral, roulant vers le nord. Le pompiste reconnut la voiture et salua gaiement de Lisle. « Il faut savoir vous arrêter. Je n'ai pas l'intention de discuter de Bradfield avec vous, même si vous me houspilliez jusqu'à en perdre le souffle. C'est mon collègue, mon supérieur et...

— Et votre ami ! Dieu me pardonne : qui représentez-vous ici ? Vous-même ou le pauvre cochon de payant ? Je vais vous dire moi : le Club. *Votre* Club. Ce Foreign Office à la manque ; et si vous aperceviez Rawley Bradfield au milieu du pont de Westminster en train de solder ses dossiers pour arrondir sa pension, vous vous empresseriez de regarder de l'autre côté. »

Turner ne criait pas. C'était plutôt la lenteur lourde de son discours qui lui donnait un caractère pressant.

« Vous me faites vomir. Tous autant que vous êtes. Tout ce cirque de minables. Vous vous fichiez tous pas mal de Leo pendant qu'il était là. Un type si commun, n'est-ce pas ? Pas de famille, pas d'enfance, rien du tout. On le colle de l'autre côté du fleuve, là où on ne le remarquera pas ! On l'enfouit dans les catacombes avec le personnel allemand ! On peut l'inviter pour un verre, mais pas pour dîner ! Et maintenant qu'est-ce qui se passe ? Il fout le camp. Il emporte avec lui la moitié de vos secrets pour faire bonne mesure et voilà tout d'un coup que vous avez des remords et que vous rougissez comme une bande de vierges avec les mains crispées sur vos fesses sans vouloir parler à des hommes que vous ne connaissez pas. Tout le monde : vous, Meadowes, Bradfield. Vous savez comment il s'est introduit ici, comme il les a tous mis dans sa poche ; comment il a volé et triché. Vous savez autre chose aussi : vous êtes au courant d'une amitié, d'une aventure, de quelque chose qui lui donnait à vos yeux un cachet particulier, qui le rendait intéressant. Il y a tout un monde dans lequel il vivait et aucun de vous ne veut lui donner un nom. Qu'est-ce que c'était ? Qui était-il ? Où diable allait-il le jeudi après-midi si ce n'était pas au ministère ? Qui était son chef ? Qui le protégeait ? Qui lui donnait des ordres et de l'argent en échange de renseignements ? Qui lui tenait la main ? Bon Dieu, c'est un espion ! Il a puisé dans le tiroir-caisse ! Et dès l'instant où vous découvrez ça, vous voilà tous de son côté !

— Non », fit de Lisle. Ils s'arrêtaient à la porte de l'ambassade ; les policiers s'approchaient d'eux, en frappant à la fenêtre. Il les laissa attendre. « Vous vous trompez. Leo et vous, vous formez une équipe à vous deux. Vous êtes de l'autre côté de la barricade. Tous les deux. C'est ça, votre problème. Quelles que soient les définitions, quelles que soient les étiquettes. C'est pour ça que vous nagez. »

Ils entrèrent dans le parking et de Lisle roula jusque du côté de la cantine où Turner était planté ce matin à contempler le champ.

« Il faut que je voie sa maison, dit Turner. Il le faut. » Ils regardaient tous les deux droit devant eux à travers le pare-brise.

« Je pensais que vous me demanderiez ça.

— Bon, n'en parlons plus.

— Pourquoi donc ? Je suis certain que vous irez de toute façon. Tôt ou tard. »

Ils sortirent et traversèrent lentement la surface goudronnée. Les estafettes étaient couchées dans l'herbe, leurs motocyclettes garées autour du mât. Les géraniums, en rangs martiaux, luisaient comme des gardes minuscules au bord des parterres.

« Il adorait l'armée, fit de Lisle tandis qu'ils gravissaient les marches. Il aimait vraiment ça. »

Comme ils s'arrêtaient pour montrer une fois de plus leurs laissez-passer au sergent à la mine chafouine, Turner jeta par hasard un coup d'œil vers l'allée.

« Tenez ! fit-il soudain. Voilà les deux qui nous ont filés à l'aéroport. »

Une Opel noire venait de s'engager lourdement dans l'entrée ; deux hommes étaient assis devant. De l'endroit où il était, en haut du perron, Turner distinguait facilement les facettes du rétroviseur grand angle.

— Ludwig Siebkron nous a emmenés déjeuner, fit de Lisle avec un sourire sec, et voilà maintenant qu'il nous raccompagne. Je vous l'ai dit : n'allez pas croire que vous êtes un spécialiste.

— Alors où étiez-vous vendredi soir ?

— Caché dans la cabane du jardin, riposta de Lisle, à attendre le moment d'assassiner lady Ann pour ses diamants inestimables ! »

Le bureau du Chiffre était de nouveau ouvert. Cork était allongé sur un lit de camp à roulettes, une brochure touristique sur les bungalows des Caraïbes posée par terre auprès de lui. Sur le bureau de la salle de permanence se trouvait une enveloppe bleue de l'ambassade, adressée à Alan Turner, Esquire. Son nom était dactylographié ; le style de la lettre était guindé et un peu gauche. Il y avait un certain nombre de choses, disait l'auteur de la lettre, que mister Turner aimerait sans doute savoir en rapport avec l'affaire qui l'avait amené à Bonn. Si cela lui convenait, poursuivait l'auteur de la lettre, voudrait-il venir prendre un verre de sherry à l'adresse ci-dessus à six heures et demie. L'adresse était à Bad Godesberg et l'auteur de la lettre était miss Jenny Pargiter, du service de presse et d'information, actuellement attachée à la chancellerie. Elle avait signé et dactylographié son nom dessous pour être plus claire ; le P majuscule était plutôt grand, se dit Turner ; en ouvrant le petit agenda relié en faux cuir bleu, il se permit un sourire d'expectative comme il en avait rarement, un sourire un peu intrigué. P. pour Praschko ; P. pour Pargiter. Et P. c'était l'initiale qu'il y avait dans l'agenda. Allons, Leo, voyons un peu votre coupable secret.

8

JENNY PARGITER

« Je présume, commença Jenny Pargiter, qui avait préparé sa déclaration, que vous avez l'habitude de traiter les affaires délicates. »

La bouteille de sherry était entre eux sur le verre de la table basse. L'appartement était sombre et laid : les sièges étaient en vannerie de style victorien, les tentures allemandes et très lourdes. Des reproductions de Constable étaient accrochées dans le coin salle à manger.

« Comme un médecin, vous avez une certaine notion du secret professionnel.

— Oh, je pense bien, dit Turner.

— On a mentionné ce matin à la réunion de chancellerie que vous faisiez une enquête sur la disparition de Leo Harting. On nous a avertis de ne pas en discuter, même entre nous.

— Vous avez le droit d'en discuter avec moi, dit Turner.

— Sans doute. Mais je désirerais naturellement savoir jusqu'où peuvent aller les renseignements que je vous donnerais. Quels sont par exemple vos rapports avec le service du personnel ?

— Ça dépend des renseignements. »

Elle avait élevé à la hauteur de ses yeux son verre de sherry et semblait en jauger la contenance. C'était une attitude évidemment conçue pour exprimer son degré de sophistication et son aisance.

« Supposons que quelqu'un... Supposons que j'aie moi-même manqué de jugement. Dans une affaire personnelle.

— Ça dépend *avec qui* vous avez manqué de jugement, répliqua Turner et Jenny Pargiter rougit soudain.

— Ça n'est pas du tout ce que je voulais dire.

— Écoutez, dit Turner en l'observant, si vous venez me confier que vous avez laissé un tas de dossiers dans l'autobus, il faudra que je donne des détails au service du personnel. Si vous me racontez que vous êtes sortie de temps en temps avec un petit ami, je ne m'en vais pas tomber évanoui. En général, dit-il, en poussant son verre de sherry à travers la table pour se le faire remplir, le service du personnel ne veut pas savoir que nous existons. » Ses manières étaient très nonchalantes, comme si tout cela lui était égal. Il était assis, impassible, occupant tout le fauteuil.

« Il y a le problème de protéger les autres, les tiers qui ne peuvent pas forcément parler en leur propre nom.

— Il y a aussi le problème de sécurité, dit Turner. Si vous n'estimiez pas que c'était important, vous ne commenceriez pas par demander à me voir. A vous de juger. Je ne peux vous donner aucune garantie. »

Elle alluma une cigarette avec des gestes brusques et anguleux. Elle n'était pas laide, mais elle semblait s'habiller de façon trop jeune ou trop âgée, si bien que quel que fût l'âge de Turner, elle n'était pas sa contemporaine.

« J'accepte », dit-elle en le contemplant un moment d'un œil sombre, comme pour mesurer ce que Turner était capable d'encaisser. « Toutefois, vous avez mal compris la raison pour laquelle je vous ai demandé de venir. La voici. Puisque l'on ne manquera pas de vous rapporter toute sorte de commérages à propos de Harting et de moi-même, j'ai estimé préférable que vous entendiez la vérité par ma bouche. »

Turner reposa son verre et ouvrit son calepin.

« Je suis arrivée juste avant Noël, dit Jenny Pargiter. De Londres. Avant cela, j'étais à Djakarta. Je suis revenue à Londres avec l'intention de me marier. Vous avez peut-être lu l'annonce de mes fiançailles ?

— Je crois que ça m'a échappé, dit Turner.

— La personne à qui j'étais fiancée a décidé à la dernière minute que nous n'étions pas faits l'un pour l'autre. C'était une décision très courageuse. J'étais alors en poste à Bonn. Nous nous connaissions depuis bien des années ; nous avions fait les mêmes études à l'université et j'avais toujours pensé que nous avions beaucoup en commun. Mais cette personne en a décidé autrement. C'est à cela que servent les fiançailles. Je ne lui ai fait absolument aucun reproche. Il n'y a aucune raison pour que personne me plaigne.

— Vous êtes arrivée ici à Noël ?

— J'ai insisté pour être ici à temps pour les fêtes. Les années précédentes, nous allions toujours passer Noël ensemble. Sauf quand j'étais à Djakarta, bien sûr. La... séparation en l'occurrence serait sûrement pénible pour moi. Je tenais beaucoup à atténuer mon désarroi en me plongeant dans une atmosphère nouvelle.

— Je comprends.

— Quand on est une célibataire dans une ambassade, on est très souvent assaillie d'invitations à Noël. Presque tout le monde à la chancellerie m'a invitée à passer les fêtes avec eux. Les Bradfield, les

Crabbe, les Jackson, les Gaveston : ils m'ont tous invitée. Et aussi les Meadowes. Vous avez certainement rencontré Arthur Meadowes.

— Oui.

— Meadowes est veuf et vit avec sa fille, Myra. En fait, c'est un B 3 bien qu'on n'utilise plus cette classification. J'ai trouvé très touchant d'être invitée par un membre du petit personnel. »

Elle avait un accent très léger, provincial plutôt que régional, et, malgré tous ses efforts pour le renier, il s'obstinait à la railler.

« A Djakarta, nous avions toujours cette tradition. On se mélangeait davantage. Dans une ambassade plus grande comme à Bonn, les gens ont tendance à rester chacun dans son groupe. Je ne veux pas dire par là qu'il devrait y avoir une assimilation totale : je considérerais même cela comme mauvais. Les A, par exemple, ont tendance à avoir des goûts différents de même que des intérêts intellectuels différents de ceux des B. Ce que je veux dire, c'est qu'à Bonn les distinctions sont trop rigides et trop nombreuses. Les A restent avec les A et les B avec les B, même à l'intérieur des différents départements : les économistes, les attachés, la chancellerie ; ils forment tous des cliques, je ne trouve pas que ce soit bien. Voulez-vous encore un peu de sherry ?

— Merci.

— J'ai donc accepté l'invitation des Meadowes. L'autre invité était Harting. Nous avons passé une journée agréable, nous sommes restés là jusqu'au soir et puis nous sommes partis. Myra Meadowes sortait : elle a été très malade, vous savez ; il paraît qu'elle a eu une aventure à Varsovie avec un Polonais indésirable et que cela a bien failli finir en tragédie. Personnellement, je suis contre les mariages arrangés. Myra Meadowes allait à une soirée de jeunes gens et Meadowes, pour sa part, était invité chez les Cork, si bien qu'il n'était pas question pour nous de rester. Au moment de partir, Harting m'a proposé de marcher un peu. Il connaissait un endroit pas très loin ; ce serait agréable d'aller jusque-là en voiture et de prendre un peu d'air après avoir tant mangé et tant bu. J'adore l'exercice. Nous avons donc marché un peu et puis il m'a proposé de rentrer avec lui pour dîner. Il a beaucoup insisté. »

Elle ne le regardait plus. Elle avait joint sur ses genoux le bout de ses doigts, faisant de ses mains une corbeille.

« J'ai eu l'impression que ce serait mal de refuser. C'était une de ces décisions que les femmes trouvent extrêmement difficiles à prendre. J'aurais été parfaitement satisfaite de me coucher de bonne heure, mais je ne voulais pas le vexer. Après tout, c'était Noël, et son attitude au cours de notre promenade avait été d'une parfaite correction. Il faut dire d'un autre côté que c'était à peine si je l'avais vu avant ce jour-là. J'ai donc accepté mais j'ai dit que je ne voulais pas rentrer tard. Il a admis cette condition et je l'ai suivi à Königswinter dans ma voiture. A ma surprise, j'ai constaté qu'il avait tout préparé pour mon arrivée. Le couvert était mis pour deux. Il avait même persuadé le préposé aux chaudières de venir allumer le feu. Après le dîner, il m'a dit qu'il m'aimait. » Prenant sa cigarette, elle en tira une profonde bouffée. Elle parlait d'un ton plus détaché que jamais : certaines choses devaient être dites. « Il m'a expliqué que dans toute sa vie il n'avait jamais éprouvé une pareille émotion. Dès ce premier jour où j'étais apparue à la réunion de la chancellerie, il avait perdu la tête. Il m'a désigné les lumières des péniches sur le fleuve. "Je m'installe à la fenêtre de ma chambre, me dit-il, et je les regarde tout au long de la nuit. Matin après matin, je vois l'aube se lever sur le Rhin." Tout cela était dû à son obsession pour moi. J'étais abasourdie.

— Qu'est-ce que vous avez dit ?

— Je n'ai pas eu l'occasion de dire quoi que ce soit. Il voulait me donner un cadeau. Même s'il ne me revoyait jamais, il souhaitait me voir accepter ce cadeau de Noël comme gage de son amour. Il a disparu dans son bureau et il est revenu, portant un paquet, tout prêt, avec une étiquette "A mon amour". Naturellement, j'étais extrêmement déconcertée. "Je ne peux pas accepter ça, ai-je dit. Je refuse. Je ne peux pas vous laisser m'offrir des cadeaux. Cela me met dans une situation difficile." Je lui ai expliqué que, bien qu'il fût tout à fait anglais à bien des égards, dans ce domaine, les Anglais agissaient tout autrement. En Europe, il était très habituel de prendre les femmes d'assaut, mais en Angleterre, on faisait sa cour longuement et de façon réfléchie. Il faudrait que nous nous connaissions, que nous comparions nos opinions. Il y avait la différence d'âges, j'avais ma carrière à considérer. Je ne savais que faire, ajouta-t-elle, j'étais désemparée. » Elle avait perdu son ton détaché : elle était sans défense et un peu pathétique. « Il me répétait qu'après tout c'était Noël ; que je ne devrais considérer cela que comme un cadeau de Noël ordinaire.

— Qu'y avait-il dans le paquet ?

— Un séchoir. Il m'a dit qu'il admirait par-dessus tout mes cheveux. Il regardait le soleil briller sur eux le matin. Pendant les réunions de chancellerie, vous comprenez. Il devait parler au figuré : nous avions un hiver abominable. » Elle prit une petite inspiration. « Ça a dû lui coûter vingt livres. Personne, pas même mon ex-fiancé à l'époque où nous étions le plus intime, ne m'a jamais offert quelque chose d'aussi cher. »

Elle commença un nouveau rituel avec la boîte de cigarettes, plongeant la main et l'arrêtant brusquement dans son mouvement, choisissant une cigarette comme s'il s'agissait d'un chocolat, pas celle-ci, mais plutôt celle-là, et l'allumant en fronçant les sourcils. « Nous nous sommes assis et il a mis un disque. Je ne suis malheureusement pas musicienne, mais j'ai pensé que cette musique pourrait le distraire. J'étais tout à fait navrée pour lui et j'hésitais beaucoup à le laisser dans cet état. Il se contentait de me regarder. Je ne savais pas où tourner les yeux. Il a fini par s'approcher et par essayer de me prendre dans ses bras, et j'ai dit qu'il fallait que je rentre. Il m'a accompagnée jusqu'à ma voiture. Il a été très correct. Heureusement, nous avions encore deux jours de vacances, ce qui m'a permis de décider quoi faire. Il m'a téléphoné deux fois pour m'inviter à dîner et j'ai refusé. A la fin des vacances, j'avais pris ma décision. Je lui ai écrit une lettre et je lui ai rendu son cadeau. J'estimais que je n'avais pas d'autre solution. Je suis arrivée au bureau de bonne heure et j'ai laissé le paquet à la garde de la chancellerie. J'expliquais dans ma lettre que j'avais beaucoup réfléchi à tout ce qu'il avait dit et que j'étais convaincue que je ne parviendrais jamais à lui rendre son affection. Ce serait donc mal de ma part de l'encourager et, puisque nous étions collègues et destinés à nous voir souvent, je pensais que la prudence était de lui dire cela tout de suite, avant...

— Avant quoi ?

— Avant que les commérages commencent, fit-elle, avec une brusque passion. Je n'ai jamais connu d'endroits où l'on potine davantage. On ne peut pas faire un geste sans que les gens inventent toute une histoire sur votre compte.

— Quelle histoire ont-ils inventée en ce qui vous concerne ?

— Dieu sait, fit-elle en pure perte. Dieu sait.

— A quel garde avez-vous laissé le paquet ?

— A Walter, le plus jeune. Le fils de Macmullen.

— En a-t-il parlé à d'autres gens ?

— Je lui ai expressément demandé de considérer cela comme confidentiel.

— Ça a dû l'impressionner », dit Turner.

Elle le considéra d'un air furieux, le visage rouge de gêne.

« Bon. Vous l'avez donc envoyé aux pelotes. Comment a-t-il réagi ?

— Ce jour-là, il est arrivé à la réunion de la chancellerie et m'a dit bonjour comme si de rien n'était. Je lui ai souri et voilà. Il était pâle mais brave... Triste, mais maître de lui. J'ai eu l'impression que le pire était passé... Par bonheur, il devait prendre de nouvelles fonctions aux Archives de la chancellerie et j'espérais que cela lui changerait les idées. Pendant une quinzaine de jours c'est à peine si je lui ai adressé la parole. Je le voyais soit à l'ambassade, soit à des réunions mondaines et il semblait parfaitement heureux. Il ne faisait aucune allusion au soir de Noël ni au séchoir. De temps en temps, à des cocktails, il venait se planter tout près de moi et je savais que... qu'il recherchait ma présence. Quelquefois, j'avais conscience de son regard posé sur moi. Une femme sent ces choses-là ; je savais qu'il n'avait pas complètement perdu tout espoir. Il avait une façon de surprendre mon regard qui... qui ne permettait aucun doute. Je n'arrive pas à imaginer comment je ne l'avais pas remarqué plus tôt. Toutefois j'ai continué à ne lui donner aucun encouragement. C'était la décision que j'avais prise, et j'avais beau être tentée parfois de soulager sa détresse, je savais qu'à long terme cela ne servirait à rien de... de le mener en bateau. J'étais persuadée également que quelque chose d'aussi soudain et d'aussi... déraisonnable passerait rapidement.

— Et c'est ce qui est arrivé ?

— Nous avons continué comme ça pendant environ une quinzaine de jours. Cela commençait à me porter sur les nerfs. J'avais l'impression de ne pouvoir aller à aucune soirée, de n'accepter aucune invitation sans tomber sur lui. Il ne me parlait même plus, il se contentait de me regarder. Partout où j'allais, son regard me suivait... Il a des yeux très sombres. Très expressifs. Marron foncé, bien sûr, et qui donnaient un extrême sentiment de dépendance... A la fin j'avais presque peur de sortir. Je crois même qu'à ce stade j'ai eu une pensée indigne. Je me suis demandé s'il ne lisait pas mon courrier.

— Vraiment ?

— Nous avons chacun notre casier aux Archives. Pour les télégrammes et le courrier. Chacun aux Archives trie le courrier qui arrive. C'est évidemment la coutume ici comme en Angleterre d'envoyer les invitations dans les enveloppes non cachetées. Il lui aurait été parfaitement possible de regarder à l'intérieur.

— Pourquoi cette pensée était-elle indigne ?

— C'était faux, voilà tout, répliqua-t-elle. Je l'en ai accusé et il m'a assuré que c'était absolument faux.

— Je vois. »

Elle avait pris un ton encore plus doctoral ; elle parlait avec une assurance sèche qui ne souffrait pas la moindre question.

« Il ne ferait jamais une chose pareille. Ce n'était pas dans sa nature, l'idée ne lui en était même pas venue. Il m'affirma catégoriquement qu'il ne... me suivait pas à la trace. C'est l'expression que j'avais employée ; je l'ai aussitôt regrettée. Je ne peux pas imaginer comment j'en suis arrivée à employer une métaphore aussi ridicule. Au contraire, dit-il, il se contentait de mener sa vie mondaine habituelle ; si cela me gênait, il en changerait ou bien refuserait toute autre invitation jusqu'à de nouvelles instructions de ma part. Rien n'était plus éloigné de son esprit que d'être pour moi un fardeau.

— Donc, après cela vous étiez de nouveau amis, n'est-ce pas ? »

Il la vit chercher les mots qu'il ne fallait pas, se balancer dangereusement au bord de la vérité et se reculer avec embarras.

« Depuis le 23 janvier il ne m'a plus adressé la parole », lâcha-t-elle. Même dans cette triste lumière, Turner vit des larmes ruisseler sur ses joues sans douceur tandis qu'elle penchait la tête en avant et qu'elle levait précipitamment les mains pour se couvrir le visage. « Je ne peux pas continuer. Je pense à lui tout le temps. »

Se levant, Turner ouvrit la porte du vaisselier et emplit jusqu'à moitié un verre de whisky.

« Tenez, fit-il doucement. C'est ça que vous aimez ; buvez donc, et cessez de faire semblant.

— C'est le surmenage, dit-elle en acceptant le verre. Bradfield n'a jamais un instant de répit. Il n'aime pas les femmes. Il les déteste. Il veut nous écraser toutes de travail.

— Maintenant, racontez-moi ce qui s'est passé le 23 janvier. »

Elle était assise de côté sur son siège, lui tournant le dos, et elle parlait très fort.

« Il ne faisait plus attention à moi. Il faisait semblant de se noyer dans le travail. J'allais aux Archives pour prendre mon courrier et il ne levait même pas les yeux. Pas pour moi. C'était fini. Il le faisait peut-être pour d'autres gens, mais pas pour moi. Oh non. Il ne s'était jamais beaucoup intéressé au travail : il n'y avait qu'à l'observer aux réunions de chancellerie pour s'en rendre compte. Au fond, il avait un tempérament d'oisif. Beau parleur. Mais dès l'instant où il m'entendait arriver, il se jetait à corps perdu dans son travail. Même si je lui disais bonjour, il me regardait comme si j'étais transparente. Même si je le croisais dans le couloir, c'était pareil. Il ne me remarquait pas. Je n'existais pas. J'ai cru que j'allais perdre la tête. C'était insensé. Après tout, il n'est qu'un B, vous savez, et à titre temporaire, en fait, il n'est rien du tout. Il n'a aucune influence, il n'y a qu'à entendre la facon dont on parle de lui... Un type superficiel, voilà ce qu'on dit de lui. L'esprit vif mais auquel on ne peut absolument pas se fier. » Un moment, elle l'écrasa de sa supériorité hiérarchique. « Je lui ai écrit des lettres. Je lui ai téléphoné chez lui à Königswinter.

— Ils le savaient tous, n'est-ce pas ? Vous vous êtes affichée, n'est-ce pas ?

— Il commence par me poursuivre... Il me harcèle de déclarations d'amour... comme un gigolo vraiment. Bien sûr, il y a une partie de moi qui voit clair dans tout ça, ne vous inquiétez pas. Cette façon de jouer à la douche écossaise comme ça : pour qui se prend-il ? »

Elle était affalée sur le fauteuil, la tête enfouie au creux de son coude, les épaules secouées au rythme de ses sanglots.

« Il faut me dire, fit Turner, penché au-dessus d'elle, une main sur son bras. Écoutez. Il faut me dire ce qui s'est passé à la fin de janvier. C'était quelque chose d'important, n'est-ce pas ? Quelque chose qu'il vous a demandé de faire pour lui. Quelque chose de politique. Quelque chose de particulier qui vous a fait peur. Pour commencer, il vous a fait la cour. Il s'est acharné sur vous, il vous a prise au dépourvu... Et puis il a eu ce qu'il voulait ; quelque chose de très simple qu'il ne pouvait pas se procurer lui-même. Et quand il l'a eu, il n'a plus voulu vous connaître. »

Les sanglots s'arrêtèrent.

« Vous lui avez dit quelque chose qu'il avait besoin de savoir ; vous lui avez rendu service : un grand service. D'accord, vous n'êtes pas la seule. Il y en a pas mal d'autres qui en ont fait autant d'une façon ou d'une autre, croyez-moi. Alors qu'est-ce que c'est ? reprit-il en s'agenouillant auprès d'elle. Qu'est-ce que c'est qui était imprudent ? Qu'est-ce que c'était donc qui mettait en cause des tiers ? Dites-moi ! C'était quelque chose qui vous a terrifiée ! *Dites-moi ce que c'était !*

— Oh, mon Dieu, je lui ai prêté des clefs. Je lui ai prêté des clefs », dit-elle.

Allons.

« Les clefs du diplomate de permanence. Tout le trousseau. Il est venu me supplier... Non, pas supplier. Non. »

Elle s'était redressée, très pâle. Turner lui emplit de nouveau son verre et le lui remit dans la main.

« J'étais de permanence. De service de nuit. Jeudi le 23 janvier. Leo n'avait pas le droit d'être de permanence. Il y a des choses que les employés à titre temporaire ne peuvent pas voir : les instructions spéciales... les plans d'urgence. J'étais restée pour faire face à un afflux de télégrammes ; il devait être sept heures et demie, huit heures. J'ai quitté le bureau du Chiffre... Je suis allée aux Archives, je l'ai vu planté là. Comme s'il attendait. Souriant. "Jenny, dit-il, quelle bonne surprise." J'étais si heureuse. »

Les sanglots reprirent.

« J'étais si heureuse. J'avais tellement envie qu'il me parle de nouveau. Il m'attendait, je le savais ; il faisait semblant que c'était seulement un hasard. Et je lui ai dit : "Leo." Je ne l'avais encore jamais appelé comme ça. Leo. Nous sommes restés à parler, debout dans le couloir. Quelle charmante surprise, répétait-il tout le temps. Peut-être qu'il pouvait m'inviter à dîner ? Je lui ai rappelé, au cas où il l'aurait oublié, que j'étais de permanence. Cela ne l'a pas démonté. Quel dommage, alors demain soir ? Alors le week-end ? Il me téléphonerait samedi matin, d'accord ? Ce serait parfait, ai-je dit, je serais ravie. Et nous pourrions aller marcher d'abord, dit-il, sur le terrain de football ? J'étais si heureuse. J'avais toujours les télégrammes à la main, toute une liasse, alors je lui ai dit : allons ; je ferais mieux d'aller mettre tout ça dans le bureau d'Arthur Meadowes. Il voulait le faire pour moi mais je lui ai dit que non, que je pouvais m'en arranger que ça allait très bien. Je venais juste de tourner les talons... Je voulais être la première à partir, vous comprenez. Je ne voulais pas le laisser, lui, s'éloigner de moi. Je m'en allais donc et il m'a dit : "Oh, Jenny, au fait...", vous savez comment il parle. "Figurez-vous qu'il m'est arrivé une chose ridicule, la chorale attend en bas et personne ne peut ouvrir la porte de la salle de réunion. Quelqu'un l'a fermée à clef, impossible de mettre la main dessus et nous nous demandions si vous en aviez une." A vrai dire, ça semblait un peu bizarre ; je ne comprenais pas pourquoi quelqu'un aurait voulu fermer cette porte à clef. Alors j'ai dit que oui, que j'allais descendre l'ouvrir ; il fallait simplement que je vérifie un télégramme pour la distribution. Je veux dire, il savait que j'avais une clef, le diplomate de permanence a la clef de tous les bureaux de l'ambassade. "Ne prenez pas la peine de descendre, me dit-il. Donnez-moi simplement la clef et je vais le faire. J'en ai pour deux minutes." Et il m'a vu hésiter. » Elle ferma les yeux.

« Il était si petit, éclata-t-elle. On pouvait le blesser si facilement. Je l'avais déjà accusé d'ouvrir mes lettres. Je l'aimais... Je vous jure que je n'ai jamais aimé personne... » Ses sanglots peu à peu cessèrent.

« Alors vous lui avez donné les clefs ? Tout le trousseau ? Ça veut dire les clefs de la salle, les clefs du coffre...

— Les clefs de tous les bureaux et de tous les classeurs métalliques ; les clefs de la porte de devant et de derrière et la clef pour arrêter le signal d'alarme aux Archives de la chancellerie.

— Les clefs de l'ascenseur ?

— L'ascenseur n'était pas encore condamné à ce moment-là... On n'avait pas posé les grilles... Ça a été fait le week-end suivant.

— Pendant combien de temps les a-t-il eues ?

— Cinq minutes. Peut-être moins. Ça n'est pas assez, n'est-ce pas ? » Elle lui avait saisi le bras et le suppliait. « Dites que ce n'est pas assez.

— Pour prendre une empreinte ? Il pouvait prendre cinquante empreintes s'il savait de quoi il s'agissait.

— Il lui aurait fallu de la cire, de la matière plastique ou quelque chose : j'ai demandé. J'ai cherché.

— Il n'avait qu'à avoir ça prêt dans son bureau, dit Turner d'un ton indifférent. Il était au rez-de-chaussée. Ne vous inquiétez pas, ajouta-t-il doucement. Il a peut-être simplement ouvert la porte à la chorale. Ne vous laissez pas emporter par votre imagination. »

Elle ne pleurait plus. Sa voix s'était calmée. Elle parlait avec même une certaine dignité : « Ce n'était pas le soir de répétition de la chorale. Les répétitions ont lieu le vendredi. C'était jeudi.

— Vous avez découvert ça ? Vous avez demandé au garde de la chancellerie ?

— Je le savais déjà. Je le savais quand je lui ai remis les clefs. Je me dis que je ne le savais pas, mais c'est faux. Mais il fallait que je lui fasse confiance. C'était un geste envers lui. Vous ne comprenez pas ? Un geste, un acte d'amour. Comment puis-je m'attendre qu'un homme comprenne ça ?

— Et après que vous ayez fait ce geste, dit Turner en se levant, il ne voulait plus de vous, n'est-ce pas ?

— C'est comme tous les hommes, non ?

— Est-ce qu'il vous a téléphoné le samedi ?

— Vous savez bien que non. » Elle avait toujours le visage enfoui au creux de son coude.

Il referma son calepin. « Vous m'entendez ?

— Oui.

— Est-ce qu'il vous a jamais parlé d'une femme, d'une certaine Margaret Eickman ? Il était fiancé avec elle. Elle connaissait également Harry Praschko.

— Non.

— Pas d'autres femmes ?

— Non.

— Est-ce qu'il parlait jamais de politique ?

— Non.

— Vous a-t-il jamais donné à penser qu'il avait des opinions de gauche marquées ?

— Non.

— Vous ne l'avez jamais vu en compagnie d'individus suspects ?

— Non.

— Est-ce qu'il parlait de son enfance ? De son oncle ? D'un oncle qui habitait Hampstead. D'un communiste qui l'avait élevé ?

— Non.

— Oncle Otto ?

— Non.

— Est-ce qu'il a jamais mentionné le nom de Praschko ? Allons, répondez-moi. A-t-il jamais parlé de Praschko, vous m'entendez ?

— Il disait que Praschko était le seul ami qu'il ait jamais eu. » Elle s'effondra de nouveau et de nouveau il attendit.

« Est-ce qu'il parlait des opinions politiques de Praschko ?

— Non.

— Disait-il qu'ils étaient toujours amis ? »

Elle secoua la tête.

« Quelqu'un a déjeuné avec Harting jeudi dernier. La veille de son départ. Au *Maternus*. C'était vous ?

— Je vous ai dit que non ! Je vous le jure !

— Vraiment ?

— Je vous assure !

— C'est pourtant vous qu'il a marquée dans son agenda. C'est marqué P. C'est comme ça qu'il écrivait votre nom les autres fois.

— Ce n'était pas moi !

— Alors c'était Praschko, n'est-ce pas ?

— Comment voulez-vous que je sache ?

— Parce que vous avez été sa maîtresse ! Vous ne m'avez raconté que la moitié et pas le reste ! Vous couchiez avec lui jusqu'au jour où il est parti !

— Ça n'est pas vrai !

— Pourquoi Bradfield le protégeait-il ? Il ne pouvait pas sentir Leo : pourquoi veillait-il sur lui comme ça ? Lui donnait-il du travail à faire ? Le gardait-il parmi le personnel de l'ambassade ?

— Je vous en prie, dit-elle, allez-vous-en. Je vous en prie Ne revenez jamais.

— Comment ça ? »

Elle se redressa.

« Sortez, dit-elle.

— Vous avez dîné avec lui vendredi soir. Le soir où il est parti. Vous couchiez avec lui et vous refusez de l'admettre !

— Non !

— Il vous a demandé le dossier vert ! Il vous a obligée à aller chercher le sac pour lui !

— Mais non ! Mais non ! Allez-vous-en !

— Je voudrais un taxi. »

Il attendit pendant qu'elle téléphonait. « *Sofort,* dit-elle, *sofort* ; venez tout de suite le prendre. »

Il était déjà sur le seuil.

« Qu'est-ce que vous ferez quand vous le retrouverez ? » demanda-t-elle de cette voix sans force qui suit les accès de passion.

— Ça n'est pas mon boulot.

— Ça vous est égal ?

— Nous ne le retrouverons jamais, alors qu'est-ce que ça fait ?

— Alors pourquoi le cherchez-vous ?

— Pourquoi pas ? C'est comme ça qu'on passe sa vie, n'est-ce pas ? A rechercher des gens qu'on ne retrouvera jamais. »

Il descendit lentement l'escalier jusqu'au vestibule. D'un autre appartement venait la rumeur d'un cocktail. Un groupe d'Arabes, tout à fait ivres, passèrent devant lui en ôtant leurs manteaux et en criant. Il attendit sur le pas de la porte. De l'autre côté du fleuve, les petites lumières du Petersberg de Chamberlain pendaient comme un collier dans la nuit tiède. Un nouvel immeuble se dressait juste devant lui. On aurait dit qu'il avait été construit en partant du haut, en commençant avec la grue et en descendant. Turner croyait l'avoir déjà vu sous un autre angle. Un pont de chemin de fer enjambait le bout de l'avenue. Il vit l'express le franchir dans un grondement de tonnerre et il aperçut dans le wagon-restaurant les dîneurs silencieux qui broutaient leur nourriture.

« A l'ambassade, l'ambassade britannique.

— *Englische Botschaft ?*

— Pas anglaise, britannique. Je suis pressé. »

Le chauffeur lâcha quelques jurons en marmonnant contre les diplomates. Ils roulaient très vite et à un moment ils faillirent emboutir un tramway.

« Vous ne pouvez pas vous remuer un peu, non ? » fit Turner.

Il réclama un reçu. Le chauffeur avait un tampon encreur dans sa boîte à gants et il l'appliqua sur le papier avec une telle force que cela le froissa. L'ambassade avait l'air d'un navire, avec toutes ses fenêtres éclairées. Des silhouettes noires évoluaient dans le hall comme au rythme lent d'un bal. Le parking était plein. Il jeta le reçu. Lumley n'acceptait pas les frais de taxi. C'était un nouveau règlement depuis la dernière diminution de budget. Il n'y avait personne à qui il pouvait réclamer. Sauf Harting, dont les dettes semblaient s'accumuler.

Bradfield était en conférence, annonça miss Peate. Il allait probablement prendre l'avion pour Bruxelles avec l'ambassadeur avant la fin de la nuit. Elle avait rangé ses papiers et elle s'affairait avec un sous-main de cuir bleu, inscrivant les noms autour d'une table de dîner suivant l'ordre de préséance, et elle s'adressait à Turner comme si elle était là pour lui mettre des bâtons dans les roues. Et de Lisle était au Bundestag, pour assister au débat sur les lois d'urgence.

« Je veux voir les clefs du diplomate de permanence.

— Je crains que vous ne puissiez les avoir qu'avec l'autorisation de Mr Bradfield. »

Il discuta avec elle et c'était ce qu'elle voulait. Il finit par l'emporter et c'était aussi ce qu'elle voulait. Elle lui donna une autorisation écrite, signée par la section administrative et contresignée par le ministre (service politique). Il porta ce papier jusqu'au bureau où Macmullen était de service. C'était un grand et solide gaillard, qui avait été quelque temps sergent dans la police d'Édimbourg et tout ce qu'il avait entendu de Turner ne lui plaisait guère.

« Et le cahier de nuit, dit Turner. Montrez-moi le cahier de nuit depuis janvier.

— Je vous en prie », dit Macmullen, penché sur lui et ne le quittant pas de l'œil au cas où Turner l'emporterait. Il était huit heures et demie et l'ambassade se vidait.

« A demain matin, mon vieux », murmura Mickie Crabbe en passant.

Il n'y avait aucune mention de Harting.

« Inscrivez-moi, dit Turner, en repoussant le cahier à travers le comptoir. Je vais rester là toute la nuit. »

Comme l'a fait Leo, songea-t-il.

9

COUPABLE JEUDI

Il y avait une cinquantaine de clefs, dont une demi-douzaine seulement portaient une étiquette. Il était planté dans le couloir du premier étage, comme Leo, dans l'ombre d'une colonne, en train d'inspecter la porte du bureau du Chiffre. Il était à peu près sept heures et demie, l'heure de Leo, et Turner imagina Jenny Pargiter, qui sortait avec une liasse de papiers sous le bras. Le couloir était actuellement très bruyant, et la trappe d'acier aménagée dans la porte du bureau du Chiffre se levait et retombait comme une guillotine pour permettre aux filles des Archives de déposer des télégrammes et de les recevoir ; mais ce jeudi soir là était tranquille, c'était une accalmie dans la crise qui montait, et Leo s'était adressé à elle ici, là où se trouvait maintenant Turner. Il regarda sa montre, puis de nouveau les clefs et songea : cinq minutes. Qu'avait-il fait ? Le bruit était assourdissant ; pire qu'en plein jour ; ce n'étaient pas seulement les voix mais le martèlement des machines qui annonçaient un monde abordant une période de crise. Mais cette nuit-là était calme et Leo était une créature de silence, qui attendait en cet endroit même de lancer sa proie pour la détruire. En cinq minutes.

Il suivit le couloir jusqu'au hall et plongea son regard dans la cage de l'escalier pour voir l'équipe du soir des dactylos disparaître dans l'ombre, survivantes d'un navire en flammes, laissant la nuit les recueillir. Des gestes rapides mais un air détaché, voilà ce que devait être son attitude, car Jenny devait l'observer jusqu'ici ; et Gaunt ou

Macmullen devait le voir descendre ces escaliers. Vif mais pas triomphant.

Il était immobile dans le hall. Mais quel risque, songea-t-il soudain. Quel jeu dangereux ! La foule s'écarta pour livrer passage à deux fonctionnaires allemands. Ils avaient à la main des porte-documents noirs et ils marchaient d'un pas sinistre comme s'ils étaient venus accomplir une opération. Ils avaient des écharpes grises par-dessus leur manteau, qui retombaient en larges pans comme des tuniques russes. Quel risque ! Elle pouvait changer d'avis ; elle pouvait se précipiter à sa poursuite ; elle saurait en quelques minutes, si elle ne le savait déjà, que Leo mentait, elle saurait dès l'instant où elle arriverait dans le hall et où elle n'entendrait aucun chant venir de la salle de réunion, où elle ne verrait pas trace d'une douzaine de choristes inscrits sur le registre de nuit, où elle ne verrait ni chapeaux ni manteaux sur ces mêmes patères près de la porte où les fonctionnaires allemands en cet instant se débarrassaient de leurs lourds vêtements ; elle saurait que Harting Leo, réfugié, individu en marge, amoureux manqué et négociant en artifices de troisième ordre, lui avait menti pour se procurer les clefs.

« Un geste, un acte d'amour : comment puis-je m'attendre qu'un homme comprenne ça ? »

Avant d'entrer dans le couloir, il s'arrêta pour inspecter l'ascenseur. La porte peinte en doré était cadenassée ; le panneau central en verre était noir, bouché de l'intérieur par des planches. Pour plus de sûreté on avait fixé horizontalement deux lourdes barres d'acier.

« C'est là depuis longtemps ?

— Depuis Brême, dit Macmullen.

— Brême, c'était quand ?

— En janvier, monsieur. Fin janvier. C'est le Foreign Office qui l'a conseillé, monsieur. Ils ont envoyé un homme exprès. Il a bouclé les caves et l'ascenseur, monsieur. » Macmullen donnait ces renseignements comme s'il déposait devant le tribunal d'Édimbourg, par petites phrases sèches et militaires, reprenant sa respiration aux intervalles réglementaires. « Il a travaillé tout le week-end », ajouta Macmullen avec respect ; car c'était un homme qui avait tendance à se dorloter et le travail l'épuisait vite.

Turner se dirigea lentement dans la pénombre jusqu'au bureau de Harting en pensant : ces portes-là devaient être fermées ; ces lumières-là éteintes ; ces bureaux silencieux. Y avait-il de la lune qui brillait à travers les barreaux ? Ou seulement ces veilleuses bleues conçues pour réduire les dépenses de la Grande-Bretagne et seul le bruit de ses pas qui retentissaient sous les voûtes ?

Deux filles le croisèrent, vêtues en tenue de crise. L'une était en blue-jeans et elle le regarda bien en face, comme pour jauger son poids. Bon sang, se dit-il, si ça continue, je vais en empoigner une, et là-dessus il ouvrit le verrou du bureau de Leo et s'immobilisa dans l'obscurité. Qu'est-ce que tu pouvais bien chercher, se demanda-t-il, petit voleur ?

Des boîtes de fer. Des étuis à cigares feraient l'affaire, pleines de mastic blanc durci ; de la pâte à modeler pour enfants, comme on en trouvait dans ce grand magasin Woolworth à Bad Godesberg, ferait l'affaire aussi ; un peu de talc pour assurer une empreinte nette. Trois mouvements de la clef, à droite, à gauche, en avant pour s'assurer que les embases sont nettement visibles. Ça peut ne pas être parfait ; ça dépend des flans et de l'empreinte, mais un bon métal tendre cédera un peu dans la matrice et s'adaptera à la gorge... Allons, Turner, disait toujours le sergent, vous trouveriez même s'il y avait des poils autour. Il avait tout ça prêt, alors. Cinquante boîtes ? Ou juste une seule ?

Une seule clef ? Laquelle ? Quelle grotte d'Aladin, quelle chambre secrète dissimulait les trésors secrets de cette maison anglaise peu amène ?

Harting, voleur. Il commença par la porte du bureau de Harting, rien que pour l'agacer, pour faire comprendre à un voleur absent qu'on pouvait tripoter tout aussi bien sa propre porte, et il procéda lentement le long du couloir, essayant les clefs dans les serrures, et chaque fois qu'il trouvait une clef qui correspondait, il l'ôtait du trousseau et la laissait tomber dans sa poche en songeant : à quoi donc est-ce que cela t'avançait ? La plupart des portes n'étaient même pas verrouillées, si bien que les clefs de toute façon étaient inutiles : des placards, des toilettes, des bureaux, une petite infirmerie qui empestait l'alcool et une pièce où se trouvaient des disjoncteurs et des câbles électriques.

Une histoire de microphone ? Quelle était la nature de vos intérêts techniques, voleur ? Tout ces gadgets, ces bouts de câble, ces séchoirs, tout cet attirail, tout cela était-il une charmante couverture permettant d'installer dans la place une installation d'écoute démente ? « Des clous », dit-il tout haut et, avec une douzaine de clefs déjà lui battant la cuisse, il monta lourdement l'escalier pour retomber sur le secrétaire particulier de l'ambassadeur, un personnage plastronnant et à l'air toujours affairé qui avait copieusement emprunté à l'autorité de son maître.

« Son Excellence va s'en aller d'une minute à l'autre ; à votre place, je décamperais, dit-il avec une glaciale nonchalance. Il n'a pas une sympathie exagérée pour vous autres. »

Dans la plupart des couloirs, on se serait cru en plein jour. Au département commercial on célébrait la semaine écossaise. Un coq de bruyère mauve, drapé dans un tartan aux couleurs des Campbell, était accroché auprès d'une photographie de la reine en robe de montagnarde écossaise. Des échantillons de whisky étaient montés en collage avec des danseurs et des cornemuses, le tout encadré de baguettes de contre-plaqué. Dans le grand bureau divisé en niches, sous des panneaux exhortant énergiquement à acheter les produits de l'Écosse, des employés aux visages blêmes s'acharnaient avec obstination à additionner et à calculer sur des machines. *Objectif Bruxelles !* leur annonçait un panneau, mais cela ne semblait pas émouvoir les machines. Il monta un étage et se retrouva à Whitehall, avec les divers attachés, chacun à la tête de son minuscule ministère avec son titre au pochoir sur la porte.

« Qu'est-ce que vous foutez là ? » demanda un sergent secrétaire et Turner lui conseilla de garder un ton civil. Quelque part une voix militaire s'efforçait vaillamment de dicter. Dans le pool des dactylos, les employées étaient assises tristement en rang comme dans une salle de classe : deux jeunes dactylos en salopette verte couvaient un duplicateur géant pendant qu'une troisième rangeait les télégrammes de différentes couleurs comme si c'était des mouchoirs de batiste qu'on allait agiter sur un quai de gare. Les dominant toutes, leur chef de service, les cheveux bleus et la soixantaine bien sonnée, était assise sur une estrade à part à vérifier des stencils. Elle fut la seule, flairant l'ennemi, à lever brusquement la tête, le nez dans le vent. Les murs derrière elle étaient tapissés de cartes de Noël envoyées par des collègues dans d'autres postes. Les unes montraient des chameaux, les autres des armoiries royales.

« J'inspecte les serrures », marmonna-t-il et le regard de la vieille fille disait clairement : « Inspectez ce que vous voulez, mais pas mes filles. »

Bon sang, je m'en enverrais bien une, je vous assure. Allons, vous pourriez bien vous en passer d'une pour un petit tour au paradis ? Harting, espèce de voleur.

Il était dix heures du soir. Turner avait visité toutes les pièces dont Harting s'était procuré la clef ; il n'avait gagné pour sa peine qu'une migraine. Ce que Harting voulait n'était certainement plus là, ou alors était si bien caché qu'il faudrait des semaines de recherches ; ou au contraire tellement en vue que c'en était invisible. Il ressentait l'impression de malaise qui suit une longue tension et des souvenirs désordonnés lui traversaient l'esprit. Bon Dieu : dire que cela ne faisait qu'un seul jour. Passer de l'enthousiasme à la déception en un jour. D'un avion au bureau de la salle de service, tous les indices et pas un ; j'ai vécu toute une vie et on n'est que lundi. Il contempla les pages blanches du cahier de formules de télégramme en se demandant ce qu'il allait bien pouvoir écrire. Cork dormait et les robots étaient silencieux. Les clefs étaient entassées devant lui. Une par une, il entreprit de les remettre dans l'anneau. Il faut rassembler, se dit-il ; *construire*. Tu n'iras pas te coucher avant d'avoir au moins une idée de la piste que tu dois suivre. La mission d'un intellectuel, braillait son abruti de professeur, est de créer l'ordre à partir du chaos. Définissez l'anarchie. C'est un esprit sans système. S'il vous plaît, monsieur, qu'est-ce qu'un système sans esprit ? Prenant un crayon, il dessina nonchalamment un tableau des jours de la semaine et divisa chaque jour en cases d'une heure. Il ouvrit l'agenda bleu. Reconstituer les fragments, faire de tous les morceaux un tout. Vous le trouverez, et pas Shawn. Harting Leo contentieux et affaires consulaires, voleur et chasseur, je finirai bien par te traquer.

« Vous ne vous y connaissez pas en Bourse par hasard ? demanda Cork s'éveillant en sursaut.

— Non, pas du tout.

— Voyez-vous, poursuivit-il en frottant ses yeux rougis, mon problème c'est que s'il y a une baisse à Wall Street et une baisse à Francfort et si nous n'entrons pas dans le Marché commun cette fois-ci, quel effet cela va-t-il avoir sur l'acier suédois ?

— Si j'étais vous, dit Turner, je passerais tout ça aux profits et pertes et je n'y penserais plus.

— Seulement voilà, expliqua Cork, j'ai un projet précis. Nous avons un bout de terrain que j'ai repéré dans les Caraïbes...

— Bouclez-la. »

Construire. Mettre ses idées sur un tableau noir et ensuite voir ce qui leur arrive. Allons, Turner, tu es un philosophe, dis-nous comment le monde tourne. Quel petit absolu allons-nous mettre dans la bouche de Harting, par exemple ? Des faits. Construire. Après tout, mon cher Turner, est-ce que tu n'as pas abandonné la vie contemplative de l'universitaire en faveur de la vie fonctionnelle du serviteur de l'État ? Construis ; mets tes théories en pratique et de Lisle dira que tu es un personnage réel.

Les lundis d'abord. Les lundis, ce sont des jours où on est invité. On préfère les réceptions avec buffet, lui avait glissé de Lisle au cours du déjeuner ; cela supprime les affres du placement. Les lundis sont réservés pour les matchs en extérieur. L'Angleterre rencontre les macaroni. On s'en va voir une nouvelle forme d'esclavage. Harting était essentiellement un homme de seconde division. Les petites ambassades, les ambassades avec de petits salons. L'équipe B qu'on faisait jouer le lundi.

« ... Et si c'est une fille, je pense que nous pourrions trouver une bonne d'enfants de couleur, une amah ; elle pourrait lui servir d'institutrice, en tout cas jusqu'aux petites classes.

— Vous ne pouvez pas vous taire ?

— A condition d'avoir les fonds, ajouta Cork. Je suis sûr qu'on ne les a pas pour rien.

— Je travaille, vous ne comprenez pas ? »

J'essaie, songea-t-il et son esprit se mit à vagabonder dans d'autres directions. Il était dans le couloir avec la petite, dont les lèvres pleines et non maquillées avaient tant de mal à se fondre dans la peau duveteuse ; il imaginait ce long regard qui jaugeait son embonpoint naissant et il l'entendait rire comme avait ri sa propre femme : Alan chéri, tu es censé me prendre, pas me combattre. C'est une question de rythme, c'est comme la danse, tu ne comprends pas ? Et Tony est un si excellent danseur. Alan chéri, je serai un peu en retard ce soir et je ne serai pas là demain, j'ai une rencontre à l'extérieur avec mon amant du lundi. Alan, arrête. Arrête ! Alan, je t'en prie ne me frappe pas ! Je ne le toucherai jamais plus, je le jure. Jusqu'à mardi.

Harting, espèce de voleur.

Les mardis, c'était pour recevoir chez soi. La maison, c'est un mardi ; la maison, c'est recevoir des gens. Il fit une liste et se dit : c'est pire que Blackheath. C'est pire que sa satanée mère luttant pour son fragment de pouvoir ; c'est pire que Bournemouth et le gâteau d'amandes pour le pasteur ; c'est pire que les dimanches noirs du Yorkshire et les mariages calculés pour le thé de six heures ; c'est un usage établi, une détention préventive indiscutable dans le cadre de laquelle on procède à des échanges mondains sans intérêt. Les Vandelung (Hollandais)... les Canard (Canadiens)... les Oboutou (Ghanéens)... les Cortezani (Italiens...) les Allerton, les Crabbe et une fois, bien sûr, les Bradfield ; cette joyeuse petite bande ne comprenait pas moins de quarante-huit raseurs patentés définis seulement par leur quantité : les Oboutou plus six... Les Allerton plus deux... Les Bradfield seuls. Vous leur consacriez toute votre attention, n'est-ce pas ? « On m'a dit qu'il avait un certain train de vie là-bas. » Champagne et deux légumes ce soir-là. Des œufs de vanneau payés par le contribuable russe. Sa femme l'interrompait : chéri, pourquoi ne dînons-nous pas dehors ce soir ? Les Willoughby s'en fichent pas mal, ils savent que j'ai horreur de faire la cuisine et Tony *adore* les restaurants italiens. Oh bien sûr, bien sûr : n'importe quoi pour faire plaisir à Tony.

«... et si c'est un garçon, dit Cork, je m'occuperai de lui moi-même. Il doit bien y avoir des facilités pour les garçons, même dans un endroit pareil. Je veux dire, que c'est un paradis, n'est-ce pas, surtout pour les professeurs. »

Le mercredi, c'était le jour social. Le ping-pong. Mahjong. Concert d'amateurs. Le mess des sous-officiers : « Mettez un petit quelque chose dans ce gin whisky, Mr Turner, rien que pour le corser un peu. Il y a une chose que les gars disent de vous, mon lieutenant, et je suis sûr que vous ne m'en voudrez pas de vous le répéter, puisque c'est Noël : ils disent : "mister Turner", ils vous appellent toujours monsieur, et ils ne font pas ça pour tout le monde, "mister Turner n'est pas commode ; mister Turner est sévère. Mais mister Turner est juste". Maintenant, mon lieutenant, pour ma permission... » La soirée des Exilés. Bonne occasion pour que le ver se glisse de quelques centimètres de plus dans la chair de l'ambassade ; reviens donc, ma petite, et ôte-moi ces jeans. Une soirée strictement réservée aux affaires. Il examina en détail les engagements de Harting en se disant : on peut dire que tu te donnais du mal pour tes secrets, je l'avoue. Tu payais de ta personne, n'est-ce pas ? Le bal écossais, le club des quilles, le club automobile des Exilés, le comité sportif. Plutôt toi que moi, mon vieux : toi, tu y croyais vraiment. Ça on peut le dire. Tu voulais vraiment marquer des buts, n'est-ce pas ? Tu gardais le ballon et tu traversais toutes les lignes, espèce de voleur.

Ce qui laissait — puisque rien n'était marqué pour les week-ends, sauf des allusions au jardinage et deux ou trois voyages à Hanovre —, ce qui laissait les jeudis.

Coupables jeudis.

Dessiner un cadre autour de jeudi, téléphoner à l'Adler pour savoir à quelle heure ils ferment. Ils ne ferment pas. Dessiner un autre cadre autour de ce cadre-là, de quatre centimètres sur un centimètre et décorer l'espace qui les sépare de serpents ondulants ; leurs langues fourchues léchant de façon suggestive les douces formes gothiques de la lettre J, et attendre que les pulsations de la migraine se mêlent au battement inlassable des machines à coder. Et le résultat ? Le silence. Maudit silence.

Le résultat est un jeudi enveloppé dans les mystères du sexe, exacerbés par l'abstinence. Un jeudi bourré de notes méticuleuses, rédigées de la main appliquée et ennuyeuse d'un employé de mairie par un homme qui n'avait rien à faire et beaucoup de temps pour ça. « Penser au moulin à café de Mary Crabbe », l'honorable maire de la ville natale de Turner dans le Yorkshire prévenait ainsi son heureux biographe ; penser à moudre Mary Crabbe, voleur. « Parler à Arthur de l'anniversaire de Myra », murmurait dans un chuchotement bienveillant le pasteur Crail, bien connu dans tout le Yorkshire pour la stupidité de ses sermons ; « déjeuner buffet de la Société Anglo-Allemande pour les Amis de la Ville Libre de Hambourg », « Déjeuner de Cotisations des Dames internationals, Costumes de toutes les Nations, quinze marks, vin compris », proclamait le meneur de jeu, en gonflant ses majuscules au long des lignes. Penser à ruiner la carrière de Jenny Pargiter. Et la retraite de Meadowes. Et Gaunt ? Et Bradfield ? Et qui d'autre sur le chemin ? Myra Meadowes ? Harting, démolisseur.

« Vous ne pouvez pas arrêter de faire marcher ces saloperies ?

— Je voudrais bien, dit Cork. Il se mijote quelque chose, ne me demandez pas quoi. Personnel pour Bradfield, à décoder lui-même. Il y en a déjà un : à faire remettre en main propre par le diplomate de permanence... Ça doit être son anniversaire.

— Plutôt son enterrement », grommela Turner en se replongeant dans la lecture de l'agenda.

Mais le jeudi, Harting avait bel et bien quelque chose à faire, quelque chose de réel ; et de pas encore réalisé. Quelque chose à propos de quoi il se montrait discret. Très. Quelque chose d'urgent et de constructif ; quelque chose de secret. Quelque chose qui rendait supportable tous les autres jours, quelque chose à quoi il pouvait croire. Le jeudi, Leo Harting, touchait le fond ; et n'en soufflait mot. Le mensonge hebdomadaire n'était même pas noté. Il n'y avait quelque chose que le jeudi précédent et on pouvait lire : « *Maternus. Une heure. P.* » Les autres jeudis étaient aussi blancs, aussi innocents et aussi peu révélateurs que les petites vierges du couloir du rez-de-chaussée.

Ou tout aussi coupables.

Toute la vie de Harting se déroulait ce jour-là. Il avait vécu d'un jeudi à l'autre comme d'autres vivent d'une année à l'autre. Quel *genre* de rencontres avaient-ils, Harting et son maître ? Quelles étaient leurs relations après toutes ces années de collaboration ? Où se retrouvaientils ? Où déballait-il ces dossiers et ces lettres et récitait-il d'une voix haletante les renseignements qu'il avait pu recueillir ? Dans la bibliothèque circulaire d'une villa au toit d'ardoise ? Dans un lit aux draps doux avec une fille douce à la peau de soie, et dont les jeans étaient accrochés aux montants ? Sous le pont du chemin de fer ? Ou bien dans une ambassade croulante aux lustres poussiéreux, avec le vieux papa Meadowes qui tenait sa petite main sur les dorures du divan ? Dans une jolie chambre baroque d'un hôtel de Godesberg ? Dans l'immeuble grisâtre d'un nouveau grand ensemble ? Dans un bungalow retiré avec le nom sur une plaque en fer forgé et un verre teinté à la porte ? Il essaya de les imaginer, Harting et son maître, furtifs, mais en même temps pleins d'assurance, les plaisanteries murmurées et les rires chuchotés. Tenez, quelque chose de bien, murmure le vendeur de livres pornos ; ça m'ennuie presque de m'en séparer moi-même. Vous, vous aimez faire ça de façon classique, non ? « Ma foi, c'est agréable d'avoir des variantes », zozotait Allerton. Étaient-ils assis autour d'une bouteille tout en discutant nonchalamment leur prochain assaut contre la citadelle, pendant qu'à l'arrière-plan on entendait le déclic de l'appareil de photo et que l'assistant faisait doucement glisser un document après l'autre ? Encore un peu plus, chéri, mais doucement, comme Tony. Tu n'as pas d'assurance, chéri, tu n'as pas lu les manuels et tu n'as pas vu les diagrammes du fusil.

Ou bien était-ce une rencontre hâtive ? Un rendez-vous furtif dans une ruelle, un échange frénétique tandis qu'ils roulaient dans les petites rues en priant Dieu de ne pas avoir d'accident ? Ou bien au sommet d'une colline ? Auprès d'un terrain de football où Harting portait le chapeau tyrolien et l'uniforme gris du Mouvement ?

Cork parlait au téléphone à miss Peate et il y avait dans sa voix une note de respect :

« Soyez prête pour sept cents groupes en provenance de Washington. Londres demande de transmettre pour déchiffrer personnellement. Vous feriez mieux de le prévenir maintenant : il va en avoir pour toute la nuit. Écoutez, mon ange, peu m'importe s'il est en conférence avec la reine d'Angleterre. Ce message-là a priorité absolue, et c'est mon travail de le prévenir, alors si vous ne le faites pas je vais le faire. Woou, quelle garce.

— Je suis heureux de vous l'entendre dire, fit Turner, avec un de ses rares sourires.

— La reine des garces ; le capitaine de l'équipe.

— Angleterre contre le reste du monde », renchérit Turner et tous deux éclatèrent de rire.

Était-ce avec Praschko alors qu'il avait déjeuné au *Maternus* ? Dans ce cas, Praschko n'avait guère de chance d'être son contact régulier, car ce Harting qui était si fort à brouiller les pistes n'irait pas noter ce P. révélateur ; et il ne déjeunerait pas non plus avec Praschko en public après tout le mal qu'il s'était donné pour rompre leurs relations.

Existait-il dans ce cas un intermédiaire entre Praschko et Harting ? Ou bien était-ce le jour où le système avait eu une défaillance ? Attention, Turner, cramponne-toi à la raison, car la déraison sera ta chute. Créer l'ordre à partir du chaos. Ce P. signifiait-il que Praschko proposait de le voir personnellement, pour le prévenir peut-être que Siebkron était sur ses traces ? Pour lui ordonner — ça, c'était possible — pour lui ordonner *à tout prix* de voler le dossier vert avant de s'enfuir ?

Jeudi.

Il prit les clefs et balança doucement le trousseau à son doigt. Jeudi c'était le jour du rendez-vous... le jour de pression... Le jour où on l'avait prévenu... La veille de son départ... Le jour où chaque semaine on lui donnait ses instructions et où il transmettait ses renseignements... Le jour où il avait emprunté les clefs à Pargiter.

Bon Dieu : avait-il vraiment couché avec Pargiter ? Il y a certains sacrifices, général Chlobodovitch, que même Leo Harting n'est pas disposé à faire pour le service de la patrie russe.

Les clefs inutiles. Que pensait-il en tirer ? L'accès au sac de courrier convoité ? Des clous. Il aurait suivi la procédure normale ; Meadowes lui avait même donné des instructions à ce sujet. Il savait pertinemment qu'il n'y avait pas de clef de rechange de ce sac dans le trousseau du secrétaire de permanence. L'accès aux Archives elles-mêmes ? Des clous encore. Il s'était rendu compte au premier coup d'œil que les Archives étaient protégées par de meilleures serrures que ça.

Alors quelle clef voulait-il ?

Quelle clef recherchait-il si désespérément qu'il avait mis en péril toute sa carrière d'espion pour en faire une copie ? Quelle clef voulait-il donc pour avoir fait la cour à Jenny Pargiter et risqué la désapprobation de l'ambassade — pour la subir même, si Meadowes et Gaunt avaient quelque chose à dire ? Quelle clef ? La clef de l'ascenseur, pour pouvoir emporter ces dossiers discrètement, les entasser dans quelque cachette aux étages supérieurs d'où il les reprendrait séparément et à loisir dans sa serviette ? Était-ce ça que signifiait la disparition du chariot ?

Des visions fantastiques lui traversaient l'esprit. Il voyait la petite silhouette de Harting fonçant dans le couloir sombre, poussant le chariot devant lui dans l'ascenseur, il voyait la pyramide de dossiers oscillant sur le plateau supérieur et, sur le plateau d'en dessous, les sous-produits : le papier à lettres, le cachet, les journaux, la machine à écrire à grand chariot... Il voyait la petite camionnette attendant à la porte de côté et le maître anonyme de Harting tenant la porte ouverte, et il s'exclama : « Oh, et puis merde », comme un collégien, à l'instant précis où miss Peate entrait chercher les télégrammes, et le soupir que poussa miss Peate était une proclamation d'abstinence sexuelle.

« Il aura besoin de ses codes aussi, lui expliqua Cork.

— Figurez-vous qu'il connaît parfaitement la procédure de décodage, je vous remercie.

— Allons, qu'est-ce qu'il y a, qu'est-ce qui se passe à Bruxelles ? demanda Turner.

— Des rumeurs.

— De quoi ?

— Si on voulait vous tenir au courant, on n'aurait sans doute pas recours aux télégrammes personnels, vous ne croyez pas ?

— Vous ne connaissez pas Londres », dit Turner.

En sortant, elle réussit même dans sa démarche — dans son trottinement style les-Anglais-ne-touchent-à-rien, ne sentent-rien, l'amour-c'est-pour-la-canaille — à traduire le dégoût particulier que lui inspiraient Turner et ses œuvres.

« Je la tuerais, dit Cork avec assurance, je couperais volontiers son cou de poulet. Je n'aurais pas un instant de regret. Ça fait trois ans qu'elle est ici et la seule fois où elle a souri c'est quand le vieux a embouti sa Rolls Royce. »

C'était absurde. Pas de question. Il savait que c'était absurde. Des espions de l'envergure de Harting ne volent pas ; ils enregistrent, ils apprennent par cœur, ils photographient ; des escrocs du calibre de Harting agissent par corruption et par calcul, pas par impulsion. Ils brouillent leur piste et survivent pour trahir encore demain.

Et ils ne disent pas non plus de mensonges transparents.

Ils ne racontent pas à Jenny Pargiter que les répétitions de la chorale ont lieu le jeudi quand elle peut découvrir dans les cinq minutes qu'elles ont lieu le vendredi. Ils ne disent pas à Meadowes qu'ils assistent à des conférences à Bad Godesberg, quand et Bradfield et de Lisle savent que non ; et qu'ils ne le font plus depuis au moins deux ans. Ils ne touchent pas le solde de leur traitement et de leurs indemnités avant de passer à l'Est, comme pour lancer un signal à tous ceux que cela peut intéresser ; ils ne risquent pas d'éveiller la curiosité de Gaunt pour travailler tard le soir.

Travailler où ?

Il voulait être tranquille. Il voulait faire la nuit des choses qu'il ne pouvait pas faire le jour. Quelles choses ? Utiliser son appareil de photo dans un bureau éloigné où il avait caché les dossiers, où il pouvait s'enfermer à clef ? Où était donc le chariot ? Où était donc la machine à écrire ? Ou bien leur disparition, comme l'avait supposé Meadowes n'avait-elle vraiment aucun rapport avec Harting ? Pour l'instant il n'y avait qu'une seule réponse : Harting dissimulait les dossiers dans une cachette pendant la journée, il les photographiait tranquillement la nuit et les remettait en place le lendemain matin... Seulement il ne les avait pas remis en place. Alors pourquoi voler ?

Un espion ne vole pas. Règle numéro un. Une ambassade, quand elle découvre une disparition, peut changer ses plans, refaire ou révoquer des traités, prendre une douzaine de mesures prophylactiques pour prévenir et minimiser le dommage causé. La femme la plus désirable est celle que l'on n'a pas. La trahison la plus efficace est celle qui n'est jamais découverte. Alors pourquoi voler ? La raison était déjà claire. Harting était sous pression. Pour calculées que pussent être ses actions, elles avaient tous les symptômes d'un homme qui lutte contre la montre. Pourquoi tant de hâte ? Quel était donc le délai imposé ?

Lentement, Alan ; doucement, Alan ; sois comme Tony, Alan, sois comme le charmant Tony Willoughby, lent, ondoyant, avec le sens du rythme et de l'anatomie, sois comme l'aimable Tony Willoughby, bien connu dans les meilleurs clubs et célèbre pour sa technique de copulation.

« A vrai dire, reprit Cork, j'aimerais mieux avoir un garçon pour commencer. Vous comprenez, quand on en a un derrière soi, on peut voir venir. Attention, je n'en suis pas pour les familles nombreuses. Pas à moins de pouvoir résoudre le problème des domestiques. Au fait, vous êtes marié ? Oh, mon Dieu, excusez-moi de vous avoir demandé ça. »

Imaginons un instant que cette extraordinaire expédition clandestine aux Archives ait été le résultat d'une sympathie communiste latente réveillée par les événements de l'automne dernier ; supposons que ce soit cela qui l'ait poussé. Alors, vers quel dénouement précipité sa fureur était-elle dirigée ? Seulement vers la limite imposée par un maître avide ? Le premier stade était facile à déduire. Karfeld était devenu puissant en octobre. Dès lors, un parti nationaliste populaire était une réalité ; même un gouvernement nationaliste n'était pas impossible. Pendant un mois, deux mois, Harting réfléchit. Il voit le visage de Karfeld sur toutes les palissades, il entend les slogans familiers : « C'est vraiment une invitation au communisme », avait dit de Lisle... L'éveil se fait lentement et à contrecœur, les vieilles alliances et les sympathies d'autrefois sont bien enfouies et mettent longtemps à revenir à la surface. Et puis c'est l'heure de la décision, le tournant. Soit tout seul, soit persuadé par Praschko, il se décide à trahir. Praschko l'approche : le dossier vert. Mets la main sur le dossier vert et cela servira notre cause d'autrefois... Procure-toi le dossier vert avant le jour de la décision à Bruxelles... Le contenu de ce dossier, avait dit Bradfield, pouvait effectivement compromettre toute notre position à Bruxelles...

Était-il victime d'un chantage ? De quel genre de course s'agissait-il ? Devait-il choisir entre servir un maître avide ou se laisser compromettre par quelque imprudence dont on ne savait rien ? Y avait-il quelque chose, par exemple, dans l'incident de Cologne qui le rendait vraiment grave pour Harting : une femme, la participation à quelque louche trafic ? Avait-il puisé dans les fonds de l'armée du Rhin ? Vendait-il du whisky et des cigarettes hors taxe ? S'était-il laissé aller à une liaison homosexuelle ? Avait-il en fait succombé à l'une de la douzaine de tentations classiques qui constituent le régime habituel de l'espionnage diplomatique ? Allons, ma fille, remplacez-moi immédiatement ces jeans.

Tout cela ne collait pas. De Lisle avait raison : il y avait un élan, un mobile impérieux aux actes de Harting qui dépassait l'instinct de conservation ; une agressivité, une intrépidité, une ferveur infiniment plus positives que l'acquiescement à contrecœur d'un homme sous la menace. Dans cette vie secrète que Turner explorait maintenant, Harting n'était pas un serviteur mais un protagoniste. Il n'était pas délégué mais désigné ; ce n'était pas un opprimé mais un oppresseur, un chasseur, un poursuivant. A cet égard du moins il y avait une certaine identité entre Turner et Harting. Mais Turner connaissait le nom de sa proie. Sa piste jusqu'à un certain point était nette. Au-delà de ce point, les traces se perdaient dans la brume du Rhin. Et le plus déconcertant de tout, songea Turner, c'était, que bien que Harting chassât en solitaire, il n'avait pas manqué de protection...

Est-ce que Harting faisait chanter Bradfield ?

Turner se posa soudain la question en se redressant tout d'un coup sur son fauteuil. Était-ce l'explication de la protection que lui accordait à contrecœur Bradfield. Était-ce pour ça qu'il lui avait trouvé du travail aux Archives, lui avait permis de disparaître sans explication le jeudi après-midi, de circuler dans les couloirs une serviette à la main ?

Il regarda de nouveau l'agenda et se dit : mettre en question les assises fondamentales. Madame, montrez donc à ce collégien fatigué vos assises fondamentales... apprendre les différentes parties du cours, lire le manuel à fond... c'était le conseil de ton maître et qui es-tu pour mépriser le conseil de ton maître ? Ne demande pas *pourquoi* le Christ est né le jour de Noël, demande s'il est né. Si c'est Dieu qui nous a donné l'esprit, mon cher Turner, Il nous a donné aussi l'esprit de voir plus loin que Sa simplicité. Alors pourquoi jeudi ? Pourquoi l'après-midi ? Pourquoi des rendez-vous *réguliers* ? Malgré son acharnement, pourquoi Harting retrouvait-il son contact en plein jour, pendant les heures de travail, à Godesberg, aux moments où son absence de l'ambassade devait déjà l'obliger à mentir ? C'était absurde : allons donc, Turner, Harting pouvait rencontrer son contact n'importe quand. La nuit à Königswinter : sur les pentes boisées du Petersberg de Chamberlain ; à Cologne, à Coblence, à Luxembourg, sur la frontière hollandaise, pendant les week-ends quand il était inutile d'offrir à personne d'excuse, vraie ou fausse.

Il laissa tomber son crayon et jura à haute voix.

« Des ennuis ? » demanda Cork. Les robots bavardaient éperdument et Cork veillait sur eux comme sur des enfants affamés.

« Rien que la prière ne guérira pas », dit Turner, se rappelant une phrase qu'il avait dite à Gaunt ce matin.

« Si vous voulez envoyer ce télégramme, lui dit Cork, imperturbable, vous feriez mieux de vous dépêcher. »

Il passait rapidement d'une machine à l'autre, tirant des bandes de papier, manipulant des boutons comme si sa tâche consistait à faire fonctionner toutes les machines. « On dirait que ça barde à Bruxelles. Nous sommes menacés de voir les boches retirer leurs billes si nous ne misons pas un peu plus gros sur le fonds de soutien agricole. Haliday-Pride dit qu'à son avis c'est un prétexte. D'ici une demi-heure je vais prendre des paris pour juin si ça continue à ce train-là.

— Quelle sorte de prétexte ? »

Cork lut tout haut : « Une porte de sortie commode permettant de quitter Bruxelles en attendant que la situation redevienne normale en République fédérale. »

Turner en bâillant repoussa les formulaires de télégrammes. « Je l'enverrai demain.

— On est déjà demain », fit doucement Cork.

Si je fumais, je fumerais un de vos cigares. Je ne détesterais pas un rien de drogue pour l'instant, songea-t-il ; si je ne peux toucher à aucune de ces filles, je prendrai plutôt un cigare. Du commencement jusqu'à la fin, il savait que sa théorie ne tenait pas debout.

Rien ne marchait, rien ne se recoupait, rien n'expliquait l'*énergie,* rien ne s'expliquait. Il avait construit une chaîne dont aucun maillon n'était capable de supporter les autres. Le menton appuyé sur une main, il laissa les Furies se déchaîner et les regarda prendre des poses suivant un rythme lent et grotesque devant son imagination épuisée : Praschko, l'homme sans visage, le maître espion, contrôlant à l'abri de son immunité parlementaire un réseau d'agents recrutés parmi les réfugiés ; Siebkron, l'égoïste gardien de la sécurité publique, qui soupçonnait l'ambassade de complicité dans une trahison massive, tantôt protégeant et tantôt persécutant ceux qu'il croit être responsables. Bradfield, rigoureux, grand bourgeois compassé, ennemi juré et protecteur d'espions, impénétrable malgré tous ses coupables secrets, détenteur des clefs des Archives, de l'ascenseur et du sac à courrier, sur le point de disparaître à Bruxelles après toute une nuit de veille. Jenny Pargiter la fornicatrice, poussée à une complicité bien plus sinistre par une passion illusoire qui avait déjà terni sa réputation de vieille fille dans toute l'ambassade. Meadowes, aveuglé par un amour paternel frustré pour le petit Harting, chargeant en équilibre précaire le dernier des quarante dossiers sur son chariot ; de Lisle, la pédale moralisante, défendant le droit pour Harting de trahir ses amis. Chacun, grossi et déformé, se penchait, dansait, se tordait et disparaissait devant les objections dérisoires de Turner. Les faits mêmes, qui, il y a quelques heures encore, l'avaient amené au bord de la révélation le rejetaient maintenant dans l'épaisse forêt de ses propres doutes.

Et pourtant, quelle autre voie, se dit-il, enfermant à clef ses affaires dans l'armoire métallique et abandonnant Cork aux machines en pleine contestation ; quelle autre voie, demandait le ministre du culte en brisant l'hostie sur le petit plateau de sa main énorme et douce, par quelle autre voie les chimères se multiplient-elles, par quelle autre voie se forge donc la sagesse et trouve-t-on finalement une méthode d'action chrétienne sinon par le doute ? Assurément, ma chère Mrs Turner, le doute est le plus grand don de Notre-Seigneur pour ceux qui ont besoin de foi ! Dans le couloir, étourdi et écœuré, il se demanda une fois de plus : quels secrets garde-t-on dans le magique dossier vert ? Et qui diable va bien me le dire : à moi, Turner, un temporaire ?

La rosée montait du champ et déferlait comme de la vapeur sur l'allée.

Les routes luisaient sous les nuages gris chargés de pluie, les roues des voitures chuintaient dans l'humidité lourde. Nous voilà de nouveau dans le gris, se dit-il avec lassitude. Plus de chasse aujourd'hui. Plus de petit ange à soumettre à ce vieux singe sans poil. Plus d'absolus au bout du chemin ; rien pour faire de moi un traître.

Le veilleur de nuit de l'Adler le regarda avec bienveillance.

« Vous vous êtes bien amusé ? demanda-t-il en lui tendant sa clef.

— Pas beaucoup.

— Il faut aller à Cologne. C'est comme Paris. »

Le smoking de De Lisle était soigneusement drapé sur son fauteuil avec une enveloppe épinglée à la manche. Une bouteille de whisky de la Naafi était posée sur la table. « Si vous voulez jeter un coup d'œil à cette propriété, lut Turner, je viendrai vous chercher mercredi matin à cinq heures. » Un post-scriptum lui souhaitait une agréable soirée chez les Bradfield et le priait facétieusement de ne pas renverser de sauce tomate sur les revers car de Lisle ne souhaitait pas voir sa politique mal interprétée ; particulièrement, ajoutait-il, puisque Herr Ludwig Siebkron du ministère de l'Intérieur fédéral comptait au nombre des invités.

Turner se fit couler un bain, prit le verre posé sur le lavabo et l'emplit à moitié de whisky. Pourquoi de Lisle s'était-il adouci ? Par compassion pour une âme perdue ? Protégez-nous. Et puisque c'était la fin d'une nuit de questions stupides, pourquoi l'invitait-on pour rencontrer Siebkron ? Il alla se coucher et sommeilla jusque dans l'après-midi, en rêvant de Bournemouth et des conifères pointus et impossibles à escalader qui couraient le long des falaises nues de Branksome ; et il entendit sa femme dire, tout en rangeant les vêtements des enfants dans la valise : « Je trouverai ma route, tu n'as qu'à trouver la tienne et voyons qui arrive au paradis le premier. » Il croyait entendre Jenny Pargiter sangloter et sangloter encore, lançant son appel à la pitié dans un monde vide. Ne vous en faites pas, Arthur, songea-t-il, je ne m'approcherais pas de Myra, même si cela devait me sauver la vie.

10

KULTUR CHEZ LES BRADFIELD

« Vous devriez leur interdire davantage, Siebkron, déclara catégoriquement Herr Saab, d'une voix alourdie par le bourgogne. Ce sont de fieffés crétins, Siebkron. Des Turcs. »

Saab parlait plus et buvait plus que tout le monde, contraignant les autres à un silence embarrassé. Seule sa femme, une petite poupée blonde aux origines inconnues et aux seins doux et exposés continuait à lui octroyer des regards admiratifs. Comme des infirmes, incapables de riposter, le reste des invités succombait silencieusement sous le mortel ennui des diatribes de Herr Saab. Derrière eux, deux domestiques hongrois évoluaient comme des infirmières parmi les lits, et on leur avait dit — cela ne faisait aucun doute dans l'esprit de Turner — que Herr Ludwig Siebkron méritait plus d'attention que tous les autres malades réunis. C'était vrai qu'il en avait besoin. On ne voyait plus briller dans ses grands yeux pâles que les dernières gouttes de la vie ; ses mains blanches étaient pliées comme des serviettes auprès de son assiette et il avait l'attitude apathique d'un invalide qui attend qu'on le déplace.

Quatre chandeliers d'argent, 1729, signés Paul de Lamerie et, comme disait le père de Bradfield, fort convenablement marqués à son chiffre, reliaient Hazel Bradfield à son mari, comme une rangée de diamants le long de la table. Turner était assis au centre, entre le second et le troisième, sanglé dans le corset de fer du smoking de De Lisle. Même la chemise était trop petite pour lui. Le concierge de l'hôtel la lui avait trouvée à Bad Godesberg pour une somme dépassant tout ce qu'il avait jamais de sa vie payé pour une chemise et maintenant elle l'étouffait et les pointes légèrement amidonnées du col s'enfonçaient dans la chair de son cou.

« Déjà ils arrivent des villages. Ils vont se retrouver à dix mille sur cette fichue place du Marché. Vous savez ce qu'ils sont en train de construire ? Ils construisent un *Schaffott.* » Son anglais une fois de plus l'avait trahi. « Comment dit-on *Schaffott* ? » demanda-t-il à la cantonade.

Siebkron s'agita légèrement comme si on lui avait offert de l'eau. « Estrade », murmura-t-il, et dans ses yeux mourants qui s'étaient levés dans la direction de Turner, une brève lueur s'alluma puis s'éteignit.

« L'anglais de Siebkron est fantastique ! s'écria Saab, tout joyeux. Siebkron rêve de Palmerston pendant la journée et de Bismarck dans le noir. Maintenant c'est le soir, vous comprenez : il est entre les deux ! » Siebkron entendit le diagnostic, qui ne lui fit aucun plaisir. « Oui, une estrade, reprit Saab. J'espère qu'on y pendra ce triste individu. Siebkron, vous êtes trop bon avec lui. » Il leva son verre vers Bradfield en proposant un long toast lourd de compliments inopportuns.

« Karl-Heinz parle aussi un anglais extraordinaire, dit la petite poupée. Tu es trop modeste, Karl-Heinz. Son anglais est tout aussi bon que celui de Herr Siebkron. » Entre ses seins, tout au fond, Turner entr'aperçut quelque chose de blanc. Un mouchoir ? Une lettre ? Frau Saab n'aimait pas Siebkron ; en fait, elle n'aimait aucun homme dont on prônait les vertus au-dessus de celles de son mari. Son exclamation avait coupé le fil : une fois de plus la conversation retomba comme un cerf-volant échoué et pendant un moment même son mari n'eut pas le souffle de la faire repartir.

« Vous disiez de lui interdire davantage. » Siebkron avait pris une râpe à noix muscade en argent et la tournait doucement à la lueur des bougies, en quête de défaut révélateur. L'assiette devant lui était parfaitement saucée, comme l'assiette d'un chat un dimanche. C'était un homme pâle et maussade, à l'air soigneusement briqué, de l'âge environ de Turner avec des allures un peu d'hôtelier, d'un homme habitué à fouler le tapis des autres. Il avait les traits arrondis, mais sévères ; ses lèvres semblaient jouir d'une certaine autonomie, s'écartant pour exercer une fonction, se refermant pour en exercer une autre. Ses paroles, loin d'apporter une aide, étaient un défi, c'était comme un fragment d'une interrogation silencieuse que seule la fatigue, ou le froid glacial qui régnait dans son cœur, l'empêchait de poursuivre tout haut.

« *Ja.* Lui interdire davantage, renchérit Saab en se penchant à travers la table pour mieux convaincre son auditoire. Interdire les meetings, interdire les défilés, interdire tout ça. Comme les communistes, ils ne comprennent que ça. Siebkron, *Sie waren ja auch in Hannover !* Siebkron était là aussi : pourquoi n'a-t-il pas interdit la manifestation ? Ce sont des bêtes sauvages là-bas. Ils sont forts, *nicht wahr* Siebkron ? Mon Dieu, moi aussi j'ai une certaine expérience. » Saab était un homme plus âgé, un journaliste qui en son temps avait travaillé dans un certain nombre de publications, mais la plupart d'entre elles avaient disparu depuis la guerre. Personne ne semblait avoir beaucoup de doutes sur le genre d'expérience que Herr Saab avait pu connaître. « Mais je n'ai jamais détesté les Anglais. Siebkron, vous pouvez le confirmer. *Das können Sie ja bestätigen.* Ça fait vingt ans que j'écris des articles à propos de cette république démente. J'ai critiqué — parfois avec pas mal de violence — mais je n'ai jamais été dur contre les Anglais. Ça, jamais », conclut-il, en marmonnant ces derniers mots d'une façon qui vint aussitôt jeter le doute sur tout ce qu'il venait de dire.

« Karl-Heinz est à fond pour les Anglais, dit la petite poupée. Il mange de la cuisine anglaise, il boit des boissons anglaises. » Elle soupira comme si le reste de ses activités étaient passablement britanniques aussi. Elle mangeait beaucoup et elle avait encore la bouche un peu pleine en parlant, et ses petites mains tenaient d'autres choses qu'elle allait bientôt manger.

« Nous avons une dette envers vous, dit Bradfield avec un entrain pesant. Fasse le ciel que nous restions longtemps vos débiteurs, Karl-Heinz. » Il était rentré de Bruxelles une demi-heure plus tôt et il ne quittait pas des yeux Siebkron.

Mrs Vandelung, la femme du conseiller d'ambassade hollandais tira son étole plus confortablement autour de ses amples épaules. « Nous allons en Angleterre tous les ans, déclara-t-elle avec complaisance et parfaitement hors de propos. Notre fille est à l'école en Angleterre, notre fils est à l'école en Angleterre... » Elle poursuivit. Il n'y avait rien qu'elle aimât, chérît, ou possédât qui n'eût pas quelque rapport avec l'Angleterre. Son mari, un homme aux airs ratatinés de navigateur, toucha le magnifique poignet de Hazel Bradfield et s'inclina avec la même ferveur.

« Toujours », murmura-t-il, comme si c'était un serment. Hazel Bradfield, tirée de sa rêverie, le gratifia d'un sourire un peu solennel pendant que ses yeux considéraient avec détachement la main grisâtre qui la tenait toujours. « Oh, Bernhard, dit-elle doucement, quel amour vous êtes ce soir. Vous allez rendre toutes les femmes jalouses de moi. » Mais il n'y avait rien de confortable dans cette plaisanterie. On sentait dans sa voix un accent déplaisant ; elle n'était peut-être pas fille unique, se dit Turner, surprenant son regard furieux au moment où Saab reprenait son monologue, mais elle n'avait certainement aucune pitié pour ses sœurs moins belles. « Est-ce que je suis assis à la place de Leo ? se demanda-t-il, est-ce que je mange la portion de Leo ? » Mais Leo restait chez lui le mardi... Et d'ailleurs, Leo n'était pas admis ici, se rappela-t-il en levant son verre en réponse à un toast de Saab, on l'invitait seulement à prendre un verre de temps en temps.

Par un étonnant miracle, c'était toujours des Anglais que parlait Saab, mais il avait enrichi ses propos de considérations autobiographiques sur les inconforts des bombardements : « Vous savez ce qu'on dit à propos de Hambourg ? Question : quelle différence y a-t-il entre un Anglais et un habitant de Hambourg ? Réponse : l'habitant de Hambourg parle allemand. Vous savez ce qu'on racontait dans les abris ? *Dieu merci ce sont des bombes anglaises !* Bradfield, *prosit* ! Plus jamais.

— Oh non, plus jamais », renchérit Bradfield et avec lassitude il répondit à son toast, à l'allemande, en le regardant par-dessus le bord de son verre, buvant une gorgée et le regardant de nouveau.

« Bradfield, vous êtes *das beste Stück,* vous êtes formidable. Vos ancêtres ont combattu à Waterloo et votre femme est belle comme la reine. Vous êtes le plus beau fleuron de l'ambassade britannique et vous n'invitez pas ces fichus Américains ni ces fichus Français. Vous êtes un type bien. Les Français sont des salauds, conclut-il dans l'inquiétude générale et un moment de silence stupéfait suivit sa déclaration.

— Karl-Heinz, je suis certaine que ça n'est pas très loyal », dit Hazel, et il y eut quelques rires à son bout de la table, déclenchés par une comtesse allemande, une Gräfin fade et entre deux âges invitée à la dernière minute pour être la cavalière d'Alan Turner. Un flot bien inopportun de lumière électrique déferla sur les invités : les Hongrois arrivèrent de la cuisine comme s'ils venaient relever l'équipe de nuit et entreprirent de débarrasser vaisselle et bouteilles avec un panache absolument hors de propos.

Saab se pencha encore plus sur la table et braqua sur l'invité d'honneur un gros doigt pas très propre. « Vous voyez, ce Ludwig Siebkron que voilà est un drôle d'oiseau. Nous l'admirons tous dans la presse, parce qu'on n'arrive jamais à lui mettre la main dessus et que dans le journalisme on admire uniquement ce qu'on ne peut pas avoir. Et vous savez pourquoi on ne peut pas avoir Siebkron ? »

La question amusait énormément Saab. Il promena un regard ravi autour de la table, son visage brun rayonnant de plaisir. « Parce qu'il est si occupé avec son vieil ami et... *Kumpan.* » Il claqua des doigts avec agacement. « *Kumpan,* répéta-t-il. *Kumpan* ?

— *Compagnon de beuverie* », proposa Siebkron. Saab le regarda d'un air piteux, déconcerté par cette aide venant de façon si imprévue. « Oui, marmonna-t-il, son compagnon de beuverie : Klaus Karfeld » et il se tut.

« Karl-Heinz, il faudra te rappeler ce que veut dire *Kumpan* dit doucement sa femme, sur quoi il hocha la tête en lui adressant un vaillant sourire.

— Vous êtes venu vous joindre à nous, Mr Turner ? » demanda Siebkron en s'adressant à la râpe à muscade. Les projecteurs tout d'un coup se braquaient sur Turner et Siebkron ayant quitté son lit de malade commençait de pratiquer les délicates incisions d'un grand chirurgien.

« Pour quelques jours », dit Turner. L'assistance fut lente à se regrouper, si bien que pendant quelques instants les deux hommes s'affrontèrent en une secrète communion cependant que les autres poursuivaient chacun leurs propos. Bradfield échangeait des répliques décousues avec Vandelung ; Turner surprit une allusion au Viêt-nam. Saab, reprenant soudain sa place sur le terrain, se joignit à la conversation pour l'accaparer aussitôt.

« Les Yankees sont prêts à se battre à Saigon, déclara-t-il, mais pas à Berlin. C'est bien dommage qu'ils n'aient pas construit le mur de Berlin à Saigon. » Il parlait d'une voix plus forte et plus agressive mais pour Turner elle sortait des ténèbres qui régnaient par-delà le regard inflexible de Siebkron. « Voilà tout d'un coup que les Yankees s'emballent pour l'autodétermination. Pourquoi ne l'essaient-ils pas un peu en Allemagne de l'Est ? Tout le monde se bat pour ces foutus nègres. Tout le monde se bat pour cette saloperie de jungle. C'est peut-être dommage que nous ne portions pas de plumes. » Il semblait chercher à provoquer Vandelung, mais sans effet : la peau grise du vieil Hollandais était aussi lisse qu'un cercueil et plus rien ne pousserait là. « C'est peut-être dommage que nous n'ayons pas de palmiers à Berlin. » On l'entendit s'interrompre pour boire. « Le Viêt-nam, c'est un vrai merdier. Mais au moins cette fois-ci peut-être qu'ils ne pourront pas dire que c'est nous qui avons déclenché ça, ajouta-t-il, d'un ton quelque peu geignard.

— La guerre est terrible, gémit la Gräfin, nous avons tout perdu », mais elle parlait alors que le rideau s'était déjà levé. Herr Ludwig Siebkron entendait prendre la parole et il avait reposé la râpe à muscade afin de manifester sa volonté.

« Et d'où êtes-vous, monsieur Turner ?

— Du Yorkshire. » Il y eut un silence. « J'ai passé la guerre à Bournemouth.

Herr Siebkron voulait dire : de quel service ? fit Bradfield un peu crispé.

— Du Foreign Office, dit Turner. Comme tout le monde », précisa-t-il en le regardant d'un air indifférent à travers la table. Les yeux pâles de Siebkron ne condamnaient pas plus qu'ils n'admiraient, ils attendaient seulement l'instant d'insérer le scalpel.

« Et peut-on demander à Mr Turner quel département du Foreign Office a la chance de bénéficier de ses services ?

— Recherches.

— C'est également un alpiniste distingué », lança Bradfield et la petite poupée s'exclama avec le ravissement d'une femme qui se pâme dans l'extase « *Die Berge !* » Du coin de l'œil, Turner vit une petite main de porcelaine toucher l'épaulette de sa robe comme si dans son enthousiasme elle s'apprêtait à s'en dépouiller. « Karl-Heinz...

— L'an prochain, lui assura dans un murmure la voix de Saab. L'an prochain nous allons à la montagne. » Et Siebkron sourit à Turner comme si c'était une plaisanterie qu'ils pouvaient sûrement partager. « Mais Mr Turner actuellement est dans la vallée. Vous êtes descendu à Bonn, Mr Turner ?

— A Godesberg.

— Dans un hôtel, Mr Turner ?

— L'Adler. Chambre 10.

Et quel genre de recherches, je me demande, mène-t-on depuis la chambre 10 de l'hôtel Adler ?

— Ludwig, mon cher, intervint Bradfield d'un ton de plaisanterie assez convaincant, vous reconnaissez sûrement un espion quand vous en voyez un. Alan est notre Mata Hari. Le cabinet tout entier défile dans son alcôve. »

Les rires, semblait dire l'expression de Siebkron, ne durent pas éternellement ; il attendit qu'ils se fussent calmés. « Alan, répéta-t-il calmement. Alan Turner du Yorkshire, travaillant au département recherches du Foreign Office et séjournant à l'hôtel Adler, alpiniste distingué. Il faut pardonner ma curiosité, Mr Turner. Nous sommes tous à bout de nerfs ici à Bonn, vous savez. Puisque, pour expier mes péchés, je suis chargé de la protection matérielle de l'ambassade britannique, je porte tout naturellement un certain intérêt à ceux que je protège. Votre présence ici a sans nul doute été signalée au service du personnel ? J'ai dû ne pas remarquer le bulletin.

— Nous l'avons inscrit comme technicien, dit Bradfield, visiblement irrité maintenant d'être interrogé devant ses invités.

— Très judicieux, dit Siebkron. C'est tellement plus simple que "Recherches". Il fait de la recherche mais vous l'inscrivez comme technicien. Vos techniciens d'autre part sont tous occupés à des travaux de recherche. C'est un arrangement d'une parfaite simplicité. Mais vos recherches sont de caractère pratique, Mr Turner ? De la statistique ? Ou bien peut-être êtes-vous un universitaire ?

— Des recherches d'ordre général.

— D'ordre général. Une responsabilité bien catholique. Vous allez être ici longtemps ?

— Une semaine. Peut-être plus. Cela dépend du temps que prendra le projet.

— Le projet de recherche ? Ah ! parce que vous avez un projet. Je m'étais imaginé tout d'abord que vous remplaciez quelqu'un. Ewan Waldebere, par exemple, il s'occupait de recherches commerciales, n'est-ce pas, Bradfield ? Ou bien Peter McCreedy, aux questions scientifiques. Ou bien Harting : vous ne remplacez pas Leo Harting, par hasard ? Quel dommage qu'il soit parti. Un de vos plus anciens et plus précieux collaborateurs.

— Oh, Harting ! » Mrs Vandelung avait entendu le nom et de toute évidence elle avait sur ce sujet des opinions bien arrêtées. « Vous savez ce qu'on raconte déjà ? Que Harting est ivre à Cologne. Il a des sortes de crises vous savez. » Elle était aux anges de captiver leur attention. « Toute la semaine il porte des ailes d'ange, joue de l'orgue et chante comme un chrétien ; mais pendant les week-ends, il va à Cologne se battre avec les Allemands. C'est tout à fait le docteur Jekyll et Mr Hyde je vous assure ! » Elle eut un petit rire indulgent. « Oh, c'est un vrai fripon. Rawley, vous vous rappelez André de Hoog, j'en suis sûre. Il a appris tout ça de la police d'ici : Harting a provoqué une bagarre à Cologne. Dans une boîte de nuit. Tout ça à propos d'une femme de mauvaise vie. Oh, c'est quelqu'un de très mystérieux, je vous assure. Et maintenant nous n'avons personne pour tenir l'orgue. »

A travers la brume, Siebkron répéta sa question.

« Je ne remplace personne, dit Turner et il entendit sur sa gauche la voix de Hazel Bradfield, très ferme, mais vibrant de toute une colère inexprimée.

— Mrs Vandelung, vous connaissez nos ridicules habitudes anglaises. Nous sommes censées laisser les hommes à leurs plaisanteries. »

Les femmes se retirèrent à regret. La petite Frau Saab, navrée de quitter son mari, l'embrassa dans le cou en lui faisant promettre d'être sobre. La Gräfin déclara qu'en Allemagne il fallait prendre un cognac après le repas : cela facilitait la digestion. Seule Frau Siebkron suivit sans rechigner ; c'était une beauté tranquille et abandonnée qui avait appris dès les premiers temps de son mariage que cela ne payait pas de résister.

Bradfield était auprès du buffet où s'alignaient des carafons sur des plateaux d'argent ; les Hongrois avaient apporté le café dans un service en argent du XVIIIe siècle dont la splendeur était passée inaperçue au bout de la table où se trouvait Hazel. Le petit Vandelung était perdu dans ses souvenirs ; planté près des portes-fenêtres, il contemplait par-delà la pelouse qui descendait dans l'ombre les lumières de Bad Godesberg.

« Maintenant nous allons avoir du porto, leur assura Saab. Avec Bradfield, c'est toujours une expérience extraordinaire. » Il choisit Turner comme prochaine victime. « J'ai déjà bu ici des portos, je vous assure, qui sont plus vieux que mon père. Qu'est-ce que nous avons ce soir, Bradfield ? Un Cockburn ? Peut-être qu'il va nous offrir un Cruft's. Bradfield connaît toutes les marques. *Ein richtiger Kenner* : Siebkron, comment dit-on *Kenner auf Englisch* ?

— *Connoisseur.*

— Du français ! fit Saab scandalisé. Les Anglais n'ont pas de mot pour *Kenner* ? Ils utilisent un mot français ? Bradfield ! Un télégramme ! Ce soir ! *Sofort an Ihre Majestät !* Recommandation personnelle et ultra-secrète à cette chère reine. Tous les *connoisseurs* sont interdits. On ne permet que les *Kenner* ! Vous êtes marié, Mr Turner ? »

Bradfield s'étant installé à la place de Hazel, fit passer le porto à sa gauche. Le plateau sur lequel il reposait était double, chaque partie savamment liée à l'autre par des cordons d'argent.

« Non », dit Turner, en lançant le mot avec une violence qui mettait au défi quiconque de le relever. Mais Saab n'entendait que sa petite musique personnelle.

« C'est de la folie ! Les Anglais devraient se reproduire ! Plein de bébés. Faire une culture. L'Angleterre, l'Allemagne et la Scandinavie ! Au diable les Français, au diable les Américains, au diable les Africains. *Klein-Europa,* vous me comprenez, Turner ? » Il leva son poing crispé. « Rude et bonne. Une Europe capable de s'exprimer et de penser. Je ne suis pas si timbré que ça. La *Kultur.* Vous savez ce que ça veut dire, *Kultur* ? » Il but une gorgée. « Fantastique ! s'écria-t-il. Le meilleur que j'aie jamais bu ! Numéro un. » Il leva son verre à la hauteur des bougies. « Le meilleur porto que j'aie jamais goûté. On voit le sang dans le cœur. Bradfield, qu'est-ce que c'est ? Un Cockburn, bien sûr, mais il me contredit toujours. »

Bradfield hésita, pris dans un dilemme sincère. Son regard se tourna d'abord vers le verre de Saab, puis vers les carafons, puis revint à son verre.

« Je suis ravi qu'il vous ait plu. Karl-Heinz, reprit-il, il me semble en fait que ce que vous êtes en train de boire est du madère. »

Du côté de la porte-fenêtre, Vandelung se mit à rire. C'était un rire vengeur et fêlé et qui dura longtemps, pendant que tout son petit corps en était secoué, s'élevant et retombant comme les soufflets de ses vieux poumons.

« Alors, Saab, dit-il enfin en revenant lentement vers la table, peut-être que vous allez faire bénéficier aussi les Pays-Bas d'un peu de votre culture. »

Il se remit à rire comme un collégien, portant à sa bouche sa main noueuse afin de dissimuler les hoquets, et en cet instant précis Turner avait pitié de Saab et se fichait pas mal de Vandelung.

Siebkron n'avait pas pris de porto.

« Vous êtes allé à Bruxelles aujourd'hui. J'espère vivement que vous avez eu un voyage réussi, Bradfield ? On m'a dit qu'il y avait de nouvelles difficultés. J'en suis absolument navré. Mes collègues m'affirment que la Nouvelle-Zélande présente un grave problème.

— Les moutons ! s'écria Saab. Qui va manger des moutons ? Les Anglais sont allés faire une ferme là-bas et maintenant personne ne veut manger les moutons. »

La voix de Bradfield se fit encore plus délibérée. « Aucun nouveau problème n'a été soulevé à Bruxelles. La question de la Nouvelle-Zélande et celle du fonds agricole sont pendantes depuis des années. Elles ne présentent aucun problème qui ne puisse s'arranger entre amis.

— Entre bons amis. Espérons que vous avez raison. Espérons que l'amitié est assez forte et les difficultés assez minces. Espérons-le. » Le regard de Siebkron était revenu sur Turner. « Alors Harting est parti, observa-t-il en joignant les mains comme dans une prière. Quelle perte pour notre communauté ! Surtout pour l'Église. » Et regardant Turner droit dans les yeux, il ajouta : « Mes collègues me disent que vous connaissez Mr Sam Allerton, le distingué journaliste britannique. Vous lui avez parlé aujourd'hui je crois. »

Vandelung s'était versé un verre de madère qu'il dégustait avec ostentation. Saab, maussade et le visage sombre, les regardait tour à tour, ne comprenant pas grand-chose.

« Ludwig, quelle idée extraordinaire. Que voulez-vous dire : Harting est parti ? Il est en congé. Je n'arrive pas à imaginer comment toutes ces rumeurs ridicules ont pu se répandre. Pauvre diable, son seul crime a été de ne pas prévenir l'aumônier. » Le rire de Bradfield était parfaitement artificiel, mais c'était un acte de courage en soi. « En congé de maladie. Ça ne vous ressemble pas, Ludwig, d'être mal informé.

— Vous voyez, Mr Turner, j'ai de grandes difficultés ici. Pour l'expiation de mes péchés, je suis responsable de l'ordre pendant les manifestations. Responsable vis-à-vis de mon ministre, vous comprenez ; et seulement à un échelon modeste. Mais responsable quand même. »

Sa modestie était celle d'un saint. On n'avait qu'à lui passer une collerette et un surplis et il pourrait chanter dans le chœur de Harting n'importe quand. « Nous nous attendons à une petite manifestation vendredi. Je crains malheureusement que, chez certaines minorités, les Anglais ne soient pas actuellement très populaires. Vous comprendrez que je ne veuille voir personne blessé ; absolument personne. Je tiens donc naturellement à savoir où se trouve tout le monde. Pour pouvoir les protéger. Mais le pauvre Mr Bradfield est souvent si débordé de travail qu'il ne me prévient pas. » Il s'interrompit et jeta un bref coup d'œil à Bradfield. « Bien sûr, je ne reproche pas à Bradfield de ne pas me prévenir, pourquoi le ferait-il ? » Les mains blanches s'écartèrent dans un geste plein d'indulgence. « Il y a des tas de petites choses et il y a même une ou deux choses importantes que Bradfield ne me dit pas. Pourquoi le ferait-il ? Cela ne conviendrait pas à sa vocation de diplomate. N'ai-je pas raison, Mr Turner ?

— Ça n'est pas mon problème.

— Mais c'est le mien. Permettez-moi de vous expliquer ce qui se passe. Mes collègues sont des gens observateurs. Ils regardent, ils comptent les têtes et ils s'aperçoivent que quelqu'un manque. Ils font des enquêtes, ils interrogent les domestiques et les amis peut-être, et on leur dit qu'il a disparu. Aussitôt je m'inquiète pour lui. Et mes collègues aussi. Mes collègues sont des gens compatissants. Ils n'aiment pas voir quelqu'un s'égarer. C'est humain, non ? Certains d'entre eux sont des garçons jeunes. Vraiment jeunes. Harting est parti pour l'Angleterre ? »

La dernière question s'adressait directement à Turner, mais Bradfield y répondit lui-même et Turner l'en bénit.

« Il a des problèmes familiaux dont de toute évidence nous ne pouvons pas discuter publiquement. Je n'ai pas l'intention d'étaler sur la table la vie privée d'un homme pour que vos dossiers soient en ordre.

— Voilà un excellent principe. Et que nous devrions tous suivre. Vous entendez cela, Mr Turner ? fit-il d'une voix lourdement insistante. A quoi rime ce rallye-papier ? A quoi rime-t-il vraiment ?

— Pourquoi diable vous inquiétez-vous tant de Harting ? demanda Bradfield comme s'il s'agissait d'une plaisanterie qui le lassait. Je suis étonné que vous connaissiez même son existence. Allons prendre un peu de café, voulez-vous ? »

Il se leva, mais Siebkron resta où il était.

« Mais bien entendu, nous connaissons son existence, déclara-t-il. Nous admirons son travail. Nous l'admirons même beaucoup. Dans un ministère comme le mien, l'ingéniosité de Mr Harting trouve de nombreux admirateurs. Mes collègues parlent constamment de lui.

— Qu'est-ce que vous racontez ? fit Bradfield dont la colère avait fait rougir les joues. Qu'est-ce que c'est que tout ça ? De quel travail parlez-vous ?

— Il était avec les Russes, vous savez, expliqua Siebkron à Turner. A Berlin. Oh, je sais, il y a longtemps, mais je suis persuadé qu'il a beaucoup appris d'eux, vous ne croyez pas, Mr Turner ? Un peu de technique, un peu d'idéologie peut-être ? Et puis d'entêtement. Les Russes ne lâchent jamais. »

Bradfield avait posé les deux verres sur un plateau et était planté sur le pas de la porte pour laisser ses invités passer devant lui.

« Quel travail était-ce ? demanda Turner d'un ton bourru tandis que Siebkron à regret se levait de son siège.

— Recherches. Simplement des recherches d'ordre général, Mr Turner. Comme vous-même, voyez-vous. C'est agréable de se dire que Harting et vous avez des intérêts communs. C'est d'ailleurs pourquoi j'ai demandé si vous alliez le remplacer. Mes collègues ont cru comprendre d'après ce que disait Mr Allerton, que Harting et vous aviez beaucoup de choses en commun. »

Hazel Bradfield leva vers eux un regard inquiet lorsqu'ils entrèrent et le coup d'œil qu'elle échangea avec Bradfield trahissait une vive alarme. Ses quatre invitées étaient groupées sur un même divan. Mrs Vandelung s'affairait sur un modèle de broderie ; Frau Siebkron tout de noir vêtue avait posé les mains sur ses genoux et contemplait le feu de bois, perdue dans ses rêves. La Gräfin, pour se consoler de la compagnie roturière qu'on lui imposait, sirotait un grand cognac à petites gorgées moroses. Deux petites taches rouges éclairaient son visage sévère comme des coquelicots sur un champ de bataille. Seule la petite Frau Saab, la gorge poudrée de frais, leur sourit quand ils entrèrent.

Ils étaient installés, résignés à l'ennui.

« Bernhard, dit Hazel Bradfield en tapotant le coussin auprès d'elle, venez vous asseoir auprès de moi. Je vous trouve particulièrement confortable ce soir. » Avec un sourire rusé, le vieil homme prit docilement place auprès d'elle.

« Maintenant, vous allez me raconter toutes les horreurs auxquelles je dois m'attendre vendredi. »

Elle jouait la coquette gâtée et elle jouait fort bien ce rôle, mais il y avait dans sa voix une nuance d'angoisse que même les leçons de Bradfield ne lui avaient pas enseigné à totalement réprimer.

A une table séparée, Siebkron était assis tout seul, comme un homme voyageant en pullman. C'était à sa femme que Bradfield s'adressait. Non, reconnut-elle, elle n'était pas allée à Bruxelles, elle ne voyageait pas souvent avec son mari. « Mais vous devriez insister ! » déclara-t-il, sur quoi il se lança dans une description de son hôtel favori à Bruxelles. L'Amigo. Il fallait descendre à l'Amigo ; jamais il n'avait trouvé un service aussi parfait. Frau Siebkron n'aimait pas les grands hôtels ; elle passait ses vacances dans la Forêt-Noire ; c'était là que les enfants se plaisaient le mieux. Oh, oui ; Bradfield, lui aussi, adorait la Forêt-Noire ; il avait d'excellents amis à Dornstetten.

Turner écoutait avec une admiration écœurée l'inépuisable flot de la conversation de Bradfield. Il ne comptait sur l'aide de personne. Ses yeux étaient cernés de fatigue, mais son dialogue était aussi frais, aussi courtois et aussi vain que s'il était en vacances.

« Allons, Bernhard, vous êtes un vieux briscard et personne ne me raconte jamais rien. Je suis simplement la Hausfrau. Je suis censée regarder *Vogue* et préparer des sandwiches toute la journée.

— Vous connaissez le dicton, répondit Vandelung. Quoi d'autre doit donc arriver à Bonn avant qu'il se passe quelque chose ? Ils ne peuvent rien faire que nous n'ayons déjà vu.

— Ils peuvent piétiner mes roses, remarqua Hazel en s'allumant une cigarette. Ils peuvent enlever mon mari à n'importe quelle heure de la nuit. Aller pour la journée à Bruxelles, je vous demande un peu ! C'est parfaitement absurde. Et regardez ce qu'ils ont fait à Hanovre. Vous vous imaginez ce qui se passerait s'ils cassaient ces fenêtres-là ? Il faudrait s'adresser à cet incroyable ministère des Travaux publics. Nous serions tous assis là en manteau en attendant qu'ils aient fini de régler la question de savoir qui paiera. C'est très ennuyeux, vraiment. Dieu merci, nous avons Mr Turner pour nous protéger. » Comme elle disait ces paroles, son regard s'arrêta sur lui et il crut y discerner une interrogation inquiète. « Frau Saab, est-ce que votre mari à vous voyage tout le temps en ce moment ? Je suis sûre que les journalistes font de bien meilleurs maris que les diplomates.

— Il est très vrai, dit la petite poupée en rougissant d'un air malheureux.

— Elle veut dire *loyal.* » Saab lui baisa amoureusement la main.

Ouvrant son minuscule sac du soir, elle y prit un poudrier dont elle écarta les pétales d'or l'un après l'autre. « Cela fera un an demain que nous sommes mariés. C'est si merveilleux. »

— *Du bist noch schöner* », s'écria Saab et la conversation se désintégra en un échange de renseignements domestiques et financiers concernant le foyer récemment fondé des Saab. Oui, ils avaient acheté un bout de terrain près d'Oberwinter. Karl-Heinz l'avait acheté l'an dernier lors de leurs fiançailles et cela valait déjà quatre marks de plus par *quadratmeter.*

« Karl-Heinz, comment dit-on *quadratmeter* ?

— La même chose, déclara Saab, mètre carré », et il braqua sur Turner un regard flamboyant au cas où celui-ci oserait le contredire.

Frau Saab tout d'un coup parlait et personne ne pouvait plus l'arrêter. Toute sa petite vie s'étalait devant eux, avec ses espoirs et ses désillusions qui tintaient comme un colifichet oriental ; la couleur qui était si joliment montée à ses joues restait là comme la chaude rougeur d'un moment d'amour réussi.

Ils avaient espéré que Karl-Heinz aurait le *Büro* de Bonn de son journal. Chef de bureau à Bonn : c'était cela qu'ils attendaient : il serait augmenté de mille marks et il aurait vraiment une position. Et au lieu de cela qu'est-ce qui s'était passé ? Le journal avait nommé *den Flitzdorf* et ce petit Flitzdorf n'était qu'un jeune homme sans expérience ni rien et parfaitement homosexuel alors que Karl-Heinz, qui travaillait depuis maintenant dix-huit ans au journal et qui avait tant de contacts, n'était que son adjoint et devait faire des extras en écrivant pour tous ces journaux sensationnels.

« La presse à sensation », corrigea son mari, mais pour une fois elle ne l'écouta pas.

Bref quand c'était arrivé ils avaient eu une longue discussion et décidé qu'ils allaient s'en tenir à leurs projets de construction et pourtant l'*Hypothek* était terrifiante, et à peine avaient-ils versé l'argent au *Makler* qu'il s'était produit quelque chose de vraiment épouvantable : les Africains étaient venus s'installer à Oberwinter. C'était absolument terrible. Karl-Heinz avait toujours eu des mots très durs contre les Africains, mais le fait est qu'ils avaient maintenant acheté le terrain d'à côté où ils construisaient une *Residenz* pour un de leurs ambassadeurs, et deux fois par semaine ils arrivaient tous et grimpaient comme des singes sur les tas de briques en criant qu'ils voulaient tel ou tel changement ; en un rien de temps, ils auraient toute une colonie là-haut, avec Cadillac, enfants et musique toute la nuit, et quant à elle, elle serait toute seule quand Karl-Heinz travaillait tard, et ils faisaient déjà poser des verrous spéciaux aux portes pour qu'elle ne risque pas de...

« C'est incroyable ce qu'ils racontent ! » s'exclama Saab d'une voix si forte que Siebkron et Bradfield se tournèrent brusquement vers lui ; car les deux hommes s'étaient retirés près de la fenêtre où ils conversaient à voix basse en regardant la nuit. « Mais nous n'avons rien à boire !

— Karl-Heinz, mon pauvre, nous vous négligeons complètement. »

Sur un dernier mot à Siebkron, Bradfield se dirigea vers l'endroit où les verres attendaient sur leur plateau d'argent aux élégantes découpures. « Qui d'autre aimerait un petit verre ? »

Vandelung aurait volontiers accepté, mais sa femme le lui interdit. « Et faites bien attention, souffla-t-elle à la jeune Frau Saab dans un aparté affreusement audible, ou bien il aura une crise cardiaque. A force de manger, de boire et de crier comme ça : ça fatigue le cœur. Et avec une jeune femme qu'on ne satisfait pas aisément, ajouta-t-elle d'un ton complaisant, il pourrait mourir facilement. »

Prenant fermement par le poignet son petit mari grisonnant, Frau Vandelung l'entraîna dans le vestibule. Au même instant, Hazel Bradfield se pencha par-dessus le fauteuil que celle-ci venait d'abandonner. « Mr Turner, dit-elle doucement, il y a un problème à propos duquel vous pouvez m'aider. Est-ce que je peux vous enlever un instant ? »

Ils étaient debout dans la véranda. Des plantes en pot et des raquettes de tennis étaient posées sur l'appui des fenêtres ; une trottinette, un tracteur et un tas de cannes de jardin jonchaient le sol carrelé. Une mystérieuse odeur de miel flottait dans l'air.

« Il paraît que vous faites une enquête à propos de Harting », commença-t-elle. Elle parlait d'un ton sec et autoritaire ; elle était bien la femme de Bradfield.

« Ah oui ?

— Rawley se fait beaucoup de souci. Je suis convaincue que Leo Harting est derrière tout cela.

— Je vois.

— Il ne dort pas et il refuse d'en discuter. Depuis ces trois derniers jours, c'est à peine s'il m'a adressé la parole. Il va même jusqu'à m'envoyer des messages par l'intermédiaire d'autres gens. Il s'est entièrement enfermé dans son travail. Il est sur le point de craquer.

— Il ne m'a pas donné cette impression.

— Figurez-vous que c'est mon mari.

— Il a beaucoup de chance.

— Qu'est-ce que Harting a pris ? » Ses yeux brillaient de colère ou bien de détermination. « Qu'est-ce qu'il a volé ?

— Qu'est-ce qui vous fait croire qu'il a volé quelque chose ?

— Écoutez. C'est moi, et pas vous, qui suis responsable de la santé de mon mari. J'ai le droit de savoir si Rawley a des ennuis ; dites-moi ce que Harting a fait. Dites-moi où il est. Tout le monde en parle à mots couverts ; tout le monde. Cette ridicule histoire de Cologne ; la curiosité de Siebkron : pourquoi est-ce que moi je ne peux pas savoir ce qui se passe ?

— C'était justement ce que je me demandais », dit Turner.

Il crut qu'elle allait peut-être le frapper et il savait que si elle le faisait, il riposterait. Elle était belle, mais elle avait les commissures des lèvres tirées vers le bas par la grimace de fureur déçue d'une enfant de riche, et il y avait mille choses dans sa voix et dans ses manières qu'il trouvait redoutablement familières.

« Allez-vous-en. Laissez-moi tranquille.

— Je me fiche de qui vous êtes. Si vous avez envie de connaître des secrets d'État n'allez pas me raconter que vous ne pouvez pas vous les procurer à la source », dit Turner, prêt à un nouvel assaut.

Mais au lieu de cela, elle passa à grands pas devant lui pour gagner le vestibule et se mit à monter l'escalier en courant. Il resta un moment où il était, fixant sans les voir l'entassement de jouets d'enfant et de jouets d'adulte, des cannes à pêche, le jeu de croquet et tout le nonchalant bric-à-brac d'un monde qu'il n'avait jamais connu. Toujours perdu dans ses pensées, il revint à pas lents vers le salon. Lorsqu'il entra, Bradfield et Siebkron, côte à côte auprès de la porte-fenêtre, se retournèrent comme un seul homme pour le dévisager, lui, l'objet de leur commun mépris.

Il était minuit. On avait chargé dans un taxi la Gräfin, ivre et incapable d'articuler un mot. Siebkron était parti ; il avait limité ses adieux aux Bradfield. Sa femme avait dû partir avec lui, bien que Turner n'eût pas remarqué son départ ; le coussin sur lequel elle était assise était à peine enfoncé. Les Vandelung s'étaient retirés également. Ils étaient tous les cinq maintenant autour du feu, dans un état de stupeur postprandiale, les Saab sur le divan se tenant la main, les yeux fixés sur les braises mourantes, Bradfield buvant en silence son fond de whisky ; cependant que Hazel, dans sa longue jupe de tweed vert, pelotonnée comme une sirène dans un fauteuil, jouait avec le chat persan bleu, parodiant délibérément une image de rêve du XVIIIe siècle. Bien qu'elle regardât rarement Turner, elle ne prenait pas la peine d'ignorer sa présence ; de temps en temps elle lui adressait même une remarque. Un commerçant s'était montré impertinent, mais Hazel Bradfield n'allait pas lui faire l'honneur de lui retirer sa clientèle.

« Hanovre était fantastique, murmura Saab.

— Oh, vous n'allez pas recommencer, Karl-Heinz, fit Hazel d'un ton suppliant ; j'en ai vraiment entendu assez là-dessus.

— Pourquoi donc se sont-ils mis à courir ? se demanda-t-il tout haut. Siebkron était là aussi. Ils se sont bel et bien mis à courir. C'est parti des premiers rangs. Ils se sont précipités comme des fous sur cette bibliothèque. Pourquoi ont-ils fait ça ? Tous à la fois *alles auf einmal.*

— Siebkron n'arrête pas de me poser la même question, dit Bradfield, dans un accès de franchise causé par un moment de fatigue. Pourquoi ont-ils couru ? Si quelqu'un devrait le savoir, c'est bien lui : il était au chevet d'Eich ; moi pas. Il a entendu ce qu'elle avait à dire, j'imagine, moi pas. Qu'est-ce qui lui a pris ? C'est tout le temps le même refrain "Ce qui s'est passé à Hanovre ne doit pas se passer à Bonn." Bien sûr que non, mais il a l'air de croire que je suis responsable de ce qui s'est passé à Hanovre. Je ne l'ai jamais vu comme ça.

— Vous ? dit Hazel Bradfield avec un mépris non dissimulé. Pourquoi au nom du ciel vous poserait-il des questions ? Vous n'étiez même pas là.

— Il me les pose quand même, dit Bradfield en se levant, un instant si totalement passif et tendre que Turner en vint soudain à s'interroger sur les relations du ménage. Il me les pose quand même. » Il reposa son verre vide sur le buffet. « Que cela vous plaise ou non. Il me demande sans arrêt : "Pourquoi se sont-ils mis à courir ?" Tout comme Karl-Heinz le demandait à l'instant. "Qu'est-ce qui les a fait courir ? Qu'est-ce qu'il y avait dans cette bibliothèque qui les a attirés ?" Tout ce que j'ai pu répondre c'est qu'il s'agissait d'un centre culturel britannique et nous savons tous ce que Karfeld pense des Anglais. Allons. Karl-Heinz : c'est l'heure pour les jeunes d'aller au lit

— Et les cars gris, murmura Saab. Vous avez lu ce qu'on a découvert à propos des cars gris pour les gardes du corps ? Ils étaient gris, Bradfield, gris !

— Est-ce que ça a une signification ?

— Ça en avait, Bradfield. Il y a environ mille ans, je vous garantis que ça avait une signification, mon cher.

— J'ai peur de ne pas vous suivre, observa Bradfield avec un sourire las.

— Comme d'habitude », dit sa femme ; et personne ne prit cela pour une plaisanterie.

Ils étaient debout dans le vestibule. Des deux Hongrois il ne restait que la femme.

« Vous avez été rudement brave avec moi, Bradfield, dit tristement Saab en prenant congé. Peut-être que je parle trop. *Nicht wahr, Marlene* : je parle trop. Mais je ne me fie pas à ce Siebkron. Je suis un vieux salopard, vous comprenez ? Mais Siebkron est un jeune salopard. Faites attention !

— Pourquoi voulez-vous que je ne me fie pas à lui, Karl Heinz ?

— Parce qu'il ne pose jamais de question à moins d'en connaître la réponse. » Sur cette réplique énigmatique, Karl-Heinz Saab baisa avec ferveur la main de son hôtesse et s'enfonça dans la nuit, étayé par le jeune bras de son épouse en adoration.

Turner s'assit derrière ; Saab roulait très lentement sur le côté gauche de la route. Sa femme s'était assoupie contre lui, une petite main grattant encore tendrement la fourrure noire qui décorait la nuque de son mari.

« Pourquoi se sont-ils mis à courir à Hanovre ? répéta Saab en zigzaguant avec bonheur parmi les voitures qui arrivaient en sens inverse, pourquoi ces imbéciles se sont-ils mis à courir ? »

A l'Adler, Turner demanda qu'on lui servît son café à quatre heures et demie, et le concierge le nota avec un sourire entendu, comme si c'était le genre d'heure auquel il s'attendait à voir un Anglais se lever. En allant se coucher, il cessa de penser aux questions désagréables et déconcertantes de Herr Ludwig Siebkron pour s'attarder sur la personnalité plus agréable de Hazel Bradfield. C'était vraiment mystérieux, songea-t-il en s'endormant, qu'une femme si belle, si désirable, si évidemment intelligente, pût tolérer l'ennui sans mesure de la vie diplomatique à Bonn. Si le cher Anthony Willoughby, avec ses airs de fils de famille, s'entichait jamais d'elle, se dit-il, que diable ferait alors Bradfield ? Et pourquoi — le refrain qui le berçait vers le sommeil était le même qui l'avait maintenu éveillé durant cette longue soirée absurde et tendue —, pourquoi au nom du ciel l'avait-on invité ?

Et qui d'ailleurs l'avait prié ? « Il faut que je vous invite à dîner », avait dit Bradfield : ce n'est pas à moi qu'il faudra reprocher ce qui se passera.

Et Bradfield, j'ai entendu ! Je vous ai entendu céder à la pression ; pour la première fois j'ai perçu ce qu'il y a en vous de vulnérable ; j'ai fait un pas dans votre direction, j'ai vu le poignard dans votre dos et je vous ai entendu parler avec ma propre voix. Hazel, garce ; Siebkron, salaud ; Harting, voleur : si c'est cela que vous pensez de la vie, lui susurrait à l'oreille cette pédale de De Lisle, pourquoi ne pas vous en aller vous aussi ? Dieu est mort. Pourquoi perdre mon temps à chercher le diable ?

Il avait mis son réveil à quatre heures et il eut l'impression que la sonnerie retentissait déjà.

11

KÖNIGSWINTER

Il faisait encore noir quand de Lisle vint le chercher et Turner dut demander au veilleur de nuit de lui ouvrir la porte de l'hôtel. La rue était froide, hostile et déserte. Le brouillard arrivait sur eux par brusques paquets.

« Il va falloir faire le détour par le pont. Le bac ne marche pas, à cette heure-ci. » Il était d'une sécheresse qui confinait à la brusquerie. Ils s'étaient engagés sur la grand-route. De chaque côté, de nouveaux blocs d'immeubles, en mosaïque et en verre armé, jaillissaient comme des herbes folles au milieu de champs en friche, couronnés par les projecteurs de petites grues. Ils passèrent devant l'ambassade. Les ténèbres flottaient sur l'asphalte humide comme la fumée d'une bataille terminée. Le pavillon britannique pendait mollement à son mât, fleur unique sur la tombe d'un soldat. Sous la lumière fatiguée qui éclairait le perron, le lion et la licorne, leurs profils estompés par l'application répétée de couche de rouge et d'or, poursuivaient vaillamment leur lutte. Sur le terrain vague à côté, les deux poteaux de but étaient penchés avec des airs d'ivrogne dans l'aube naissante.

« Ça commence à chauffer à Bruxelles », observa de Lisle d'un ton qui promettait peu de précisions. Une douzaine de voitures étaient garées dans la cour de devant, où la Jaguar blanche de Bradfield avait sa place réservée.

« Pour nous ou contre nous ?

— Qu'est-ce que vous croyez ? » Il reprit : « Nous avons demandé des entretiens privés avec les Allemands : les Français en ont fait autant. Non pas qu'ils aient besoin de ça ; c'est la lutte à la corde qu'ils adorent.

— Et qui gagne ? »

De Lisle ne répondit pas.

La ville déserte baignait dans la lumière rose irréelle qui enveloppe comme d'un lange toutes les villes dans l'heure qui précède l'aurore. Les rues étaient humides et vides, les maisons salies comme de vieux uniformes. Près de l'arc de l'Université, trois policiers, qui avaient édifié un passage de barricades, leur firent signe de ralentir au moment où ils approchaient. L'air morne, ils contournèrent la petite voiture, notant le numéro minéralogique, vérifiant la suspension en se mettant debout sur le pare-chocs arrière, scrutant à travers le pare-brise embué les deux passagers pelotonnés à l'intérieur.

« Qu'est-ce qu'ils ont crié ? demanda Turner comme ils repartaient.

— Attention aux panneaux de sens unique. » Il tourna à gauche, en suivant la flèche bleue. « Où diable est-ce qu'ils nous emmènent ? »

Un chariot électrique nettoyait le caniveau ; deux autres policiers en longs manteaux de cuir vert, la visière de leur casquette rabattue, suivaient avec méfiance sa progression. Dans une vitrine, une jeune fille ajustait des tenues de plage sur un mannequin, levant un bras de plastique pour enfiler la manche. Elle portait de grosses bottes de feutre et évoluait en traînant les pieds comme une prisonnière. Ils étaient sur la place de la Gare. Des banderoles noires s'étendaient en travers de la route et le long de la marquise de la gare. « Bienvenue à Klaus Karfeld ! » « Karfeld ! Merci de défendre notre honneur ! » Une photographie, plus grande que toutes celles que Turner avait vues jusque-là, était clouée sur une énorme palissade. « *Freitag !* » disait la légende : vendredi. Les projecteurs étaient braqués sur le mot et laissaient le visage dans l'ombre.

« Ils arrivent aujourd'hui. Tilsit, Meyer-Lothringen, Karfeld. Ils arrivent de Hanovre pour préparer le terrain.

— Avec Ludwig Siebkron jouant les hôtes. »

Ils roulaient le long d'une ligne de tramway, suivant toujours les panneaux de déviation qui les entraînaient à gauche, puis de nouveau à droite. Ils étaient passés sous un petit pont, étaient revenus sur leurs pas, avaient traversé une autre place, s'étaient arrêtés à des feux rouges improvisés et tout d'un coup ils se retrouvèrent penchés en avant sur leurs sièges inconfortables, contemplant avec stupéfaction la place du Marché qui montait en pente douce vers l'Hôtel de ville.

Juste devant eux, les tribunes vides s'alignaient comme des lits dans un casernement. Derrière elles, les maisons de pain d'épice offraient leurs pignons dentelés au ciel qui s'éclaircissait. Mais le regard de De Lisle et de Turner allait plus haut, jusqu'au bâtiment gris, isolé qui dominait toute la place. Des échelles étaient appuyées contre la façade ; le balcon était festonné de noir ; un troupeau de Mercedes stationnait devant, sur les pavés. A gauche, devant une pharmacie, éclairée par une douzaine de projecteurs, s'élevait un échafaudage blanc qui évoquait une tour d'assaut médiévale. Le faîte atteignait les fenêtres à lucarne du bâtiment voisin ; les pieds géants, nus comme des racines qui auraient poussé dans l'ombre, s'évasaient de façon vaguement obscène au-dessus de l'ombre noire qu'ils projetaient. Des ouvriers grouillaient déjà à la base. Turner entendait l'écho métallique des marteaux et les gémissements des scies électriques. Une pile de madriers s'élevait lentement sous un palan silencieux.

« Pourquoi les drapeaux sont-ils à mi-mât ?

— En berne. Encore un de leurs trucs. Ils portent le deuil de leur honneur national. »

Ils franchirent le long pont. « Ça va mieux », fit de Lisle avec un petit grognement de satisfaction en rabattant le col de son manteau comme s'il venait d'entrer dans un monde moins froid.

Ils roulaient très vite. Ils traversèrent un village puis un autre. Bientôt ils se retrouvèrent en pleine campagne, suivant une route qui longeait la rive orientale. A leur droite, le pic de Godesberg, divisé par des bancs de brume, dressait sa silhouette sinistre au-dessus de la ville endormie. Ils contournèrent un vignoble. Les sillons étaient comme des coutures traversant le zigzag des espaliers. Au-dessus du vignoble, les forêts des Sept Collines ; au-dessus des forêts, des châteaux en ruine et des folies de style gothique dressaient leurs silhouettes noires sur l'horizon. Quittant la grand-route, ils s'engagèrent dans une petite avenue qui menait droit à une esplanade bordée de lampadaires éteints et d'arbres étêtés. Plus loin, c'était la présence confuse du Rhin fumant derrière ces brumes.

« La prochaine à gauche, fit de Lisle d'une voix crispée. Dites-moi s'il n'y a personne de garde. »

Une grande maison blanche se dressait devant eux. Les volets des fenêtres du bas étaient fermés, la grille d'entrée ouverte. Turner descendit de voiture et fit quelques pas sur le trottoir. Ramassant une pierre, il la lança avec violence et précision contre le côté de la maison. Le bruit se répercuta sur l'eau et remonta les pentes sombres du Petersberg. Scrutant la brume, ils attendirent un cri ou un bruit de pas. Rien.

« Allez vous garer un peu plus haut et revenez, dit Turner.

— Je crois que je vais simplement aller me garer. Combien de temps vous faudra-t-il ?

— Vous connaissez la maison. Venez me donner un coup de main.

— Ça n'est pas mon genre. Désolé. Je veux bien vous ramener mais je n'entre pas.

— Alors pourquoi m'amener ? »

De Lisle ne répondit pas.

« Vous ne voulez pas vous salir les mains, c'est ça ? »

Marchant au bord du gazon, Turner suivit l'allée vers la maison. Même sous cette pâle lumière, il retrouvait le même sentiment d'ordre qui caractérisait le bureau de Harting. La longue pelouse était très soignée, les massifs de roses taillés et émondés, les pieds encerclés d'herbe et portant chacun une étiquette métallique. A la porte de la cuisine, trois poubelles, numérotées et conformes aux règlements locaux, étaient alignées sur une plate-forme cimentée. Au moment d'introduire la clef dans la serrure, il entendit marcher.

C'était bien un pas, il n'y avait pas à s'y tromper. Il reconnaissait le double bruit, un peu brouillé mais humain à n'en pas douter, d'un talon s'abattant sur le gravier, avec la plante du pied qui suivait aussitôt. Un pas prudent peut-être ; un geste esquissé puis retenu, un message envoyé et annulé ; mais sans aucune discussion, un pas.

« Peter ? » Il a de nouveau changé d'avis, se dit-il. Il s'adoucit. « Peter !

Toujours pas de réponse.

« Peter, c'est vous ? » Il se pencha, ramassa rapidement une bouteille vide dans le casier de bois auprès de lui et attendit, l'oreille à l'affût du moindre bruit. Il entendait un coq chanter du côté des Sept Collines. Il entendait le frémissement de la terre détrempée, comme les bruissements des aiguilles de pin dans un bois ; il entendait le froissement des vaguelettes contre la berge du fleuve ; il entendait la rumeur lointaine du Rhin, comme le ronronnement d'une machine fantastique, aux accents riches et divers, se rompant et se réunissant comme ces flots qu'on ne voyait pas ; il entendait le murmure des péniches invisibles, le bruit des ancres qu'on lâchait soudain ; il entendait un cri, comme la plainte du bétail perdu sur une lande, et c'était une sirène esseulée dont les échos se répercutaient sur la pente. Mais il n'entendit pas d'autres bruits de pas, ni les accents réconfortants de la voix courtoise de De Lisle. Tournant la clef, il ouvrit la porte d'un geste brusque ; puis il s'immobilisa et tendit de nouveau l'oreille, sa main crispée sur la bouteille, tandis que de vagues relents de cigare montaient à ses narines.

Il attendit, laissant la pièce venir à lui, émerger de ces ténèbres froides. Peu à peu, des bruits nouveaux lui parvinrent. D'abord, du côté du panneau de service lui vint le tintement d'un verre ; du vestibule, le craquement du bois ; dans la cave, on traînait une caisse vide sur un sol cimenté ; un gong retentit, un seul ton, impérieux et distinct ; et de partout maintenant, tout autour de lui s'élevait une sorte de bourdonnement organique, obscur et cependant tout proche, qui se resserrait sur lui, plus bruyant de minute en minute, comme si une main venait de frapper la maison et qu'elle tremblait encore sous le choc. Se précipitant dans le vestibule, il entra en courant dans la salle à manger, abaissa le commutateur d'un seul geste de la paume et promena autour de lui un regard farouche, les épaules voûtées, la bouteille serrée dans son gros poing.

« Harting ! s'écria-t-il. Harting ? » Il entendit des pas précipités et repoussa la porte.

« Harting ! » cria-t-il de nouveau, mais il n'eut pour toute réponse que la suie qui glissait dans la cheminée et le battement d'un volet solitaire sur le stuc de mauvaise qualité dont la maison était badigeonnée. Il s'approcha de la fenêtre et regarda par-delà la pelouse en direction du fleuve. Sur l'autre rive, l'ambassade américaine, illuminée comme une centrale électrique projetait des rais de lumière jaune à travers les épaisseurs du brouillard jusqu'à l'eau invisible. Il reconnut enfin l'origine de tout ces bruits qui l'avaient assailli : un convoi de six péniches leurs pavillons battant au vent, les lumières de leurs radars brillant au-dessus d'elles comme des étoiles bleues clouées au mât, disparaissait dans la brume. Au moment où la dernière embarcation s'évanouissait ainsi, l'étrange orchestre domestique reposait ses instruments. Le verre cessa de tinter, l'escalier de grincer, la suie de tomber, les murs de trembler. La maison retrouva son calme, elle resta là, songeuse mais pas encore rassurée, attendant le prochain assaut.

Reposant la bouteille sur l'appui de la fenêtre, Turner se redressa et passa lentement de pièce en pièce. C'était une sorte de caserne bâtie en mauvais matériaux, édifiée pour un colonel avec l'argent des réparations, à une époque où la Haute Commission avait son siège au Petersberg ; c'était un élément d'une colonie, avait dit de Lisle, mais la colonie n'avait jamais été terminée, car à ce moment-là l'occupation s'était achevée et l'on avait renoncé au projet. Une maison abandonnée pour un homme abandonné. Elle avait un côté clair et un côté sombre, suivant que les pièces donnaient sur le fleuve ou sur le Petersberg ; les murs étaient crépis à la chaux, plutôt comme on le fait pour des murs extérieurs. L'ameublement était équivoque, comme si personne n'avait jamais décidé à quel prestige Harting avait droit. Si un détail frappait, c'était le tourne-disque. Des fils en partaient dans toutes les directions et de chaque côté de la cheminée on avait disposé des haut-parleurs sur pivot pour une bonne écoute stéréophonique.

Sur la table, le couvert était mis pour deux.

Au milieu, quatre chérubins de porcelaine dansaient en cercle. Le Printemps poursuivait l'Été, l'Été tentait d'échapper à l'Automne et l'Hiver les poussait tous en avant. De chaque côté, on avait dressé un couvert. Des bougies, des allumettes, une bouteille de bourgogne non ouverte dans son panier ; une brassée de roses qui dépérissait dans un vase d'argent. Et sur tout cela, une mince couche de poussière.

Il prit rapidement quelques notes sur son calepin, puis poursuivit son chemin vers la cuisine. Elle aurait pu être installée spécialement pour un magazine féminin. Il n'avait jamais vu tant d'appareils : des mixers, des hachoirs, des grille-pain, des ouvre-boîtes. Un plateau en matière plastique était posé sur le comptoir, avec les restes d'un seul petit déjeuner. Il souleva le couvercle de la théière. C'était du thé tout rouge. Il en restait un fond dans la tasse qui avait marqué la cuiller. Une seconde tasse était posée à l'envers sur l'égouttoir. Un poste à transistors, semblable à celui qu'il avait vu à l'ambassade, était sur le réfrigérateur. Ayant une fois de plus noté sur quelles longueurs d'onde il était réglé, Turner se dirigea vers la porte, tendit l'oreille, puis se mit à ouvrir les buffets, en sortant des boîtes et des bouteilles, en examinant l'intérieur. De temps en temps il notait ce qu'il découvrait. Dans le réfrigérateur, des bouteilles de lait d'un demi-litre s'alignaient en bon ordre. Sortant une terrine de pâté, il le renifla doucement pour tenter de lui donner un âge. Sur une assiette blanche, deux steaks étaient disposés côte à côte. On avait enfoncé dans la viande des pointes d'ail. Il a préparé ça jeudi soir, songea tout d'un coup Turner. Jeudi soir il ne savait toujours pas qu'il allait filer le vendredi.

Dans le couloir du premier étage, il y avait en guise de tapis de minces bandes de natte. Le mobilier en pin était très branlant. Il prit les costumes un par un, fourrant ses mains dans les poches, puis les jetant sur un fauteuil comme s'ils étaient usés. Leur coupe, comme celle de la maison, était militaire, les vestes avaient la taille marquée, avec au-dessus de la poche droite, une autre plus petite ; les pantalons étaient étroits et sans revers. De temps en temps, tout en poursuivant sa perquisition, il tirait un mouchoir, un morceau de papier ou un bout de crayon qu'il examinait plus longuement et dont peut-être il prenait note avant de rejeter le costume et d'en saisir un autre sur la tringle mal assurée. La maison tremblait de nouveau. De quelque part — cela semblait cette fois être des fondations mêmes de la maison — venait un bruit de métal entrechoqué comme un train de marchandises qui freine, montant d'étage en étage. A peine le bruit s'était-il tu que Turner entendit un nouveau bruit de pas. Lâchant le costume qu'il tenait, il bondit à la fenêtre. Là, il l'entendit encore. Deux fois. Deux fois il avait entendu un net bruit de pas. Repoussant le volet, il se pencha dans la pâle lumière de l'aube et inspecta l'allée.

« Peter ? »

Était-ce le noir qui bougeait ou un homme ? Il avait laissé les lumières allumées dans le vestibule et elles projetaient sur l'allée un damier d'ombres. Il n'y avait pas de vent pour faire s'incliner les branches des hêtres. Un homme alors ? Un homme qui passait en courant derrière la fenêtre, à l'intérieur de la maison ? Un homme dont l'ombre s'était projetée sur le gravier ?

« Peter ? »

Rien. Pas de voiture. Pas de gardien. Les maisons voisines étaient toujours dans l'ombre. Au-dessus de lui, la montagne de Chamberlain s'éveillait lentement à l'aurore. Il referma la fenêtre.

Il se mit à travailler plus vite. Dans la seconde penderie, il se trouva confronté avec encore une demi-douzaine de costumes. Il les arracha de leurs cintres, plongea les mains dans les poches et les rejeta ; et tout d'un coup ce sixième sens qu'il avait lui souffla : va lentement. Il était tombé sur un costume de gabardine bleu foncé, un costume d'été mais beaucoup plus habillé, plus froissé que les autres et mis de côté comme s'il attendait le teinturier ou le lendemain. Turner le soupesa soigneusement. L'étalant sur le lit, il tâta les poches et en tira une enveloppe brune soigneusement pliée en deux. Une enveloppe brune de l'administration, comme le fisc en utilise. Il n'y avait rien d'écrit dessus, le rabat avait été collé et l'enveloppe était ouverte. Elle contenait une clef : une clef de sûreté terne, non pas récemment découpée mais émoussée par l'âge ou par l'usure, une longue clef compliquée, très différente de celles tout à fait ordinaires qui composaient le trousseau du diplomate de permanence. Une clef de sacoche à courrier ? La remettant dans l'enveloppe, il plaça celle-ci entre les pages de son carnet et examina soigneusement les autres poches. Trois pique-saucisses, dont l'un un peu noirci au bout comme si on l'avait utilisé pour se nettoyer les ongles. Des noyaux d'olive. Un peu de monnaie. Quatre marks quatre-vingts, en petites coupures. Et une note d'apéritifs, sans date, d'un hôtel de Remagen.

Il avait gardé le cabinet de travail pour la fin. C'était une petite pièce, pleine de cartons de whisky et de conserves. Une planche à repasser se dressait auprès de la fenêtre aux volets clos. Sur une vieille table de bridge, des piles de catalogues, de brochures commerciales et des listes d'articles sur lesquels on faisait une ristourne aux diplomates s'entassaient dans un désordre surprenant. Sur un petit carnet étaient notées les commandes que Harting avait dû s'engager à satisfaire. Turner y jeta un coup d'œil puis le fourra dans sa poche. Les boîtes métalliques de cigares hollandais étaient dans une caisse en bois ; il devait bien y en avoir douze douzaines, sinon plus.

La bibliothèque aux portes vitrées était fermée à clef. S'accroupissant, Turner examina les titres, se releva, tendit de nouveau l'oreille, puis alla chercher un tournevis dans la cuisine et, d'un seul geste énergique, arracha le bois si bien que le cuivre de la serrure apparut soudain comme un os à travers les chairs et que la porte, inutile, s'ouvrit. Les six ou sept premiers livres étaient des volumes allemands reliés, d'avant la guerre, aux côtes épaisses et dorés sur tranche. Il ne pouvait pas lire nettement tous les titres, mais il en devina quelques-uns ; le *Leipziger Kommentar zum Strafgesetzbuch* de Stundinger ; *Verwaltungsrecht* ; et un autre ouvrage sur les statuts concernant la prescription. Sur chacun était inscrit le nom, Harting Leo, comme sur le cintre ; il tomba même une fois sur l'emblème d'un ours de Berlin tracé d'une écriture allemande pointue, avec des pleins et des déliés « *Für meinen geliebten*

Sohn Leo ». Sur l'étagère inférieure il y avait de tout : un manuel de savoir-vivre à l'intention des officiers britanniques en Allemagne, un livre de poche allemand sur les pavillons du Rhin, un manuel de conversation anglo-allemand publié à Berlin avant la guerre, annoté et qui avait été maintes fois feuilleté. Plongeant la main vers le fond de la bibliothèque, il en tira une poignée de bulletins d'informations mensuels sous reliure de toile, de la commission de contrôle en Allemagne pour les années 49 à 51 ; certains volumes manquaient. Lorsqu'il ouvrit le premier volume, le dos craqua et un nuage de poussière lui monta au nez. « Groupe d'enquête numéro 18 de Hanovre », pouvait-on lire sur l'inscription soigneusement calligraphiée, les jambages bien marqués et les courbes délicates, d'une encre noire et poudreuse comme seuls les gouvernements savent en acheter. Un trait fin barrait le titre qui avait été remplacé par : « Groupe général d'enquête numéro 6, Brême. » Et dessous encore entre parenthèses car Brême aussi avait été barré il lut : « Propriété du service du procureur général, Moenchengladbach », et en dessous encore « Commission d'armistice, Hanovre. A consulter sur place. » Choisissant une page au hasard, il tomba soudain sur un compte rendu rétrospectif concernant le pont aérien de Berlin. Le sel devait être accroché sous les ailes de l'appareil et en aucun cas transporté à l'intérieur de la carlingue... Le transport d'essence présentait d'énormes risques à l'atterrissage et au décollage... On avait estimé préférable, dans l'intérêt du moral de la population sinon de l'économie, d'acheminer par avion du charbon et du blé plutôt que de préparer du pain d'avance et de le livrer tout cuit... En utilisant des pommes de terre déshydratées au lieu de fraîches, on pouvait économiser sept cent vingt tonnes sur une ration quotidienne de neuf cents tonnes destinées à la population civile. Fasciné, il tourna lentement les pages jaunes, son œil s'arrêtant sur des phrases étonnamment familières. *La première réunion de la Haute Commission alliée s'est tenue le 21 septembre à Petersberg, près de Bonn*... Un bureau du tourisme allemand allait s'ouvrir à New York... Les festivals de Bayreuth et d'Oberammergau devaient avoir lieu le plus tôt possible... Il jeta un coup d'œil au sommaire des comptes rendus des réunions de la Haute Commission : *On a procédé à l'examen de méthodes destinées à augmenter les possibilités et les responsabilités de la République allemande dans le domaine des activités économiques et de politique étrangère... On a défini les pouvoirs plus larges attribués à la République fédérale allemande dans le domaine du commerce extérieur, tel qu'ils avaient été fixés sous le statut d'occupation... On a autorisé la participation directe de l'Allemagne à deux autres organisations internationales...*

Le volume suivant s'ouvrait tout naturellement à une page concernant la libération de prisonniers allemands appartenant à diverses catégories. Une fois de plus il ne put s'empêcher de lire : Trois millions d'Allemands actuellement en captivité... Les détenus avaient un sort bien meilleur que ceux qui étaient en liberté... Les Alliés confrontés avec l'impossibilité de séparer le bon grain de l'ivraie... L'opération Seau à charbon allait les envoyer dans les mines, l'opération Orgeblé allait les envoyer moissonner... Un passage était vigoureusement marqué d'un trait de stylo à bille bleu en marge : *Le 31 mai 1948, donc, dans un esprit de clémence, une amnistie a été accordée pour les faits relevant de l'ordonnance 69 à tous les membres des SS n'appartenant pas à une catégorie impliquant l'arrestation automatique, à l'exception de ceux ayant joué un rôle actif en tant que gardiens de camps de concentration.* Les mots « dans un esprit de clémence » avaient été soulignés et l'encre semblait encore étonnamment fraîche.

Les ayant examinés chacun, il prit solidement les couvertures et d'un geste violent les arracha de la reliure comme s'il brisait les ailes d'un oiseau ; il retourna ensuite ce qui restait, le secoua, cherchant des documents cachés ; puis il se leva et se dirigea vers la porte.

Les bruits de métal entrechoqué avaient repris avec beaucoup plus de force qu'avant. Turner demeura immobile, la tête penchée de côté, ses yeux sans couleur scrutant vainement l'obscurité : il entendit une sorte de sifflement, une longue plainte monotone, sonore et lugubre, comme un appel patient, une douce exhortation, un gémissement mystérieux. Une brise s'était levée assurément, c'était le vent. Il entendait le volet battre de nouveau contre le mur ; pourtant il l'avait bien refermé ? C'était le vent : le vent de l'aurore qui remontait la vallée du fleuve. Un vent assez fort, d'ailleurs, car le craquement des escaliers était vigoureux et s'amplifiait comme le crissement des cordages d'un navire lorsque les voiles se gonflent ; et les verres, les verres de la salle à manger tintaient de façon absurde ; beaucoup plus bruyamment qu'avant.

« Vite », murmura Turner. C'était à lui-même qu'il parlait.

Il ouvrit les tiroirs du bureau. Ils n'étaient pas fermés à clef. Quelques-uns étaient vides. Ailleurs on trouvait des ampoules électriques, des fusibles, du matériel de couture ; des chaussettes, des manchettes de rechange ; une gravure représentant un galion toutes voiles dehors. Il la retourna et lut au dos : « A Leo chéri de la part de Margaret, Hanovre 1949. Avec ma plus tendre affection. » L'écriture était nettement continentale. La pliant sommairement, il la fourra dans sa poche. Dessous, il trouva une boîte. Une boîte carrée, dure au toucher, enveloppée dans un mouchoir de soie noire qui l'entourait comme un colis et maintenu par quelques épingles. Otant les épingles, il découvrit avec précaution une boîte d'un métal argenté terne ; elle avait dû jadis être peinte, car le métal avait la texture mate et irrégulière d'une surface soigneusement grattée. Soulevant le couvercle, il regarda à l'intérieur, puis avec douceur, presque avec respect il en vida le contenu dans le mouchoir. Cinq boutons s'étalaient devant lui. Chacun avait environ deux centimètres et demi de diamètre, il était en bois et taillé à la main suivant le même modèle, un peu grossièrement mais avec le plus grand soin, comme si ce qui manquait à l'artisan ce n'était pas l'application mais les instruments, et ils avaient deux larges trous, permettant le passage d'un fil très épais. Sous la boîte il y avait un manuel allemand, appartenant à une bibliothèque de Bonn, et qui portait le tampon et des annotations de bibliothécaire. Turner ne comprenait pas très bien, mais cela semblait être un traité technique sur l'emploi des gaz de combat. Le dernier emprunteur avait sorti le livre en février de cette année. Certains passages étaient marqués et il y avait de petites notes en marge : « Effet toxique immédiat... Symptômes retardés par temps froid. » Braquant la lumière sur les pages, Turner s'assit au bureau, la tête appuyée sur une main et les étudia avec la plus grande concentration. Si bien que ce fut son seul instinct qui le fit se retourner pour se trouver nez à nez avec la haute silhouette qui se découpait sur le pas de la porte.

C'était un homme d'un certain âge. Il portait une tunique et une casquette à visière comme on en voyait aux étudiants allemands ou aux marins de commerce de la première guerre. Il avait le visage noir de poussier ; il tenait devant lui un pique-feu rouillé comme un trident, qui tremblait affreusement dans ses vieilles mains ; mais ses yeux rouges et stupides considéraient la pile de livres profanés et il avait l'air très en colère. Très lentement, Turner se leva. Le vieil homme ne bougea pas, mais le pique-feu s'agitait violemment et, à travers la couche de suie, on voyait les jointures blanches de ses doigts. Turner risqua un pas en avant.

« Bonjour », dit-il.

Une main noire se détacha du pique-feu et s'éleva machinalement jusqu'à la visière de la casquette. Turner se dirigea vers le coin ou étaient entassés les cartons de whisky. Il ouvrit celui du haut, en tira une bouteille dont il déchira la capsule. Le vieil homme marmonnait en secouant la tête, fixant toujours les livres.

« Tenez, fit doucement Turner, servez-vous », et il tendit la bouteille sous les yeux du vieil homme.

Celui-ci laissa mollement tomber son pique-feu, prit la bouteille et la porta à ses lèvres minces cependant que Turner, passant devant lui, se précipitait dans la cuisine. Ouvrant la porte, il cria à pleins poumons : « De Lisle ! »

L'écho retentit dans la rue déserte en se répercutant vers le fleuve.

« De Lisle ! »

Il n'était pas encore revenu dans le bureau que les lumières s'allumaient aux fenêtres des maisons voisines.

Turner avait ouvert les volets de bois pour laisser entrer la lumière du jour nouveau, et ils étaient là maintenant tous les trois, formant un petit groupe très surpris, le vieil homme regardant toujours les livres déchiquetés et serrant la bouteille de whisky dans sa main tremblante.

« Qui est-ce ?

— Le type qui s'occupe des chaudières. Nous en avons tous.

— Demandez-lui quand il a vu Harting pour la dernière fois. »

Le vieil homme ne répondit pas immédiatement : s'intéressant de nouveau au whisky, il en but une nouvelle lampée, puis passa la bouteille à de Lisle qui semblait lui inspirer une confiance instinctive. De Lisle la reposa sur le bureau auprès du mouchoir de soie et répéta calmement sa question, pendant que le regard du vieil homme allait de l'un à l'autre puis revenait aux livres.

« Demandez-lui quand il a vu Harting pour la dernière fois. »

L'homme parla enfin. Il avait une voix hors du temps : l'accent lent et traînant d'un paysan, le murmure du confessionnal, plaintif mais docile, la voix de l'éternel vaincu recherchant sans espoir la considération. A un moment, il tendit ses doigts noirs pour palper la reliure déchiquetée des bulletins d'information ; à un autre moment il hocha la tête en direction du fleuve, comme si c'était là qu'il vivait ; mais à travers ses gestes, le murmure continuait comme s'il émanait de quelqu'un d'autre.

« Il vend des billets de croisière sur le Rhin, chuchota de Lisle. Il vient à cinq heures du soir en rentrant chez lui et le matin de bonne heure en se rendant à son travail. Il remplit les chaudières et vide les poubelles. En été, il nettoie les bateaux avant l'arrivée des autocars.

— Demandez-lui encore : quand a-t-il vu Harting pour la dernière fois ? Tenez..., fit-il en exhibant un billet de cinquante marks... Montrez-lui ça... Dites-lui que je le lui donnerai s'il me dit ce que je veux savoir. »

En voyant l'argent, le vieil homme examina soigneusement Turner de ses yeux rouges et secs. Il avait le visage creux et marqué, émacié et qui semblait maintenu par les longs cordons de sa peau desséchée, et la suie semblait du pigment broyé sur de la toile. Pliant soigneusement le billet en deux, il l'ajouta à la liasse qu'il avait dans sa poche revolver.

« Quand ? interrogea Turner. *Wann ?* »

Avec précaution, le vieil homme se mit à rassembler ses mots, les choisissant un par un, comme des fruits à l'étalage. Il avait ôté sa casquette ; son crâne brun était hérissé de cheveux taillés en brosse et noircis de suie.

« Vendredi », traduisit tranquillement de Lisle. Il avait les yeux tournés vers la fenêtre et semblait distrait. « Leo l'a payé vendredi après-midi. Il est allé chez lui et l'a payé sur le pas de la porte. Il lui a annoncé qu'il partait pour un long voyage.

— Où ça ?

— Il ne l'a pas dit.

— Quand va-t-il revenir ? Demandez-lui ça ? »

Une fois de plus, à mesure que de Lisle traduisait, Turner reconnaissait des mots vaguement familiers *kommen... zurück.*

« Leo lui a donné deux mois de salaire. Il dit qu'il a quelque chose à nous montrer. Quelque chose qui vaut encore cinquante marks. »

Le vieil homme leur jetait des coups d'œil furtifs ; l'air craintif mais avec un certain espoir, cependant que ses longues mains exploraient nerveusement sa tunique de toile. C'était une blouse de matelot, informe et décolorée et dont les dimensions n'avaient aucun rapport avec celles de son étroite carcasse. Trouvant ce qu'il cherchait, il retroussa avec précaution le bas de sa tunique, sa main remonta vers le haut et détacha quelque chose de son cou. En même temps il se remit à murmurer, mais plus vite cette fois, d'un ton nerveux et volubile.

« Il a trouvé ça samedi matin dans les ordures. » C'était un étui de toile verte, d'un modèle militaire, comme l'armée en fournissait pour les pistolets de neuf millimètres. L'inscription « Harting Leo » était tracée à l'intérieur mais l'étui était vide.

« Dans la poubelle, juste en haut ; la première chose qu'il a vue en soulevant le couvercle. Il ne l'a pas montré aux autres. Les autres lui ont crié après en le menaçant de lui casser la figure. Les autres lui ont rappelé ce qu'ils lui avaient fait pendant la guerre en disant qu'ils recommenceraient.

— Quels autres ? Qui ça ?

— Attendez. »

Se dirigeant vers la fenêtre, de Lisle jeta dehors un regard nonchalant. Le vieil homme continuait à parler.

« Il dit qu'il distribuait des tracts antinazis pendant la guerre, lança-t-il en regardant toujours dehors. Par erreur. Il croyait que c'étaient des journaux ordinaires, les autres l'ont pris et l'ont pendu la tête en bas. C'est ce que semblent être les autres. Il dit qu'il aime beaucoup les Anglais. Il dit que Harting était un vrai gentleman. Il dit qu'il voudrait bien garder le whisky. Leo lui donnait toujours du scotch. Et des cigares. Des petits cigares hollandais, comme on n'en trouve pas dans les bureaux de tabac. Leo se les faisait envoyer exprès. Et à Noël dernier il a donné à sa femme un séchoir. Il voudrait aussi cinquante marks pour l'étui », ajouta-t-il, mais là-dessus des voitures venaient de pénétrer dans l'allée et la petite pièce où ils se trouvaient s'emplit soudain du double hurlement d'une sirène de police et du double éclair d'une lanterne bleue tournante. Ils entendirent les cris, les bruits de pas tandis que les silhouettes vertes se rassemblaient derrière les fenêtres, leurs armes braquées sur le bureau. La porte s'ouvrit et un jeune homme en manteau de cuir apparut, un pistolet à la main. Le vieil homme pleurait, gémissait, s'attendant à être frappé et la lumière bleue tournait comme le projecteur d'un dancing. « Ne faites rien, avait dit de Lisle. N'obéissez à aucun ordre. »

Il s'adressait au jeune homme en manteau de cuir, en lui tendant sa carte rouge de diplomate. Il parlait d'un ton calme mais très ferme, d'une voix de négociateur, ni insolente ni soumise, empreinte d'une sèche autorité et qui sous-entendait une atteinte à quelque privilège. Le visage du jeune policier était aussi impassible que celui de Siebkron. Peu à peu, de Lisle parut prendre l'avantage. Son ton changea, passant à l'indignation. Il se mit à poser des questions et le jeune homme devint conciliant, voire évasif. Turner lentement parvint à suivre le fil des doléances de De Lisle. Un état des lieux, expliquait-il, ils étaient en train de faire un état des lieux. Était-ce interdit aux diplomates ? Pour évaluer les dégâts éventuels, pour faire l'inventaire du mobilier appartenant à l'ambassade ? C'était pourtant bien naturel à une époque où les biens britanniques risquaient la destruction. Mr Harting était parti pour un long congé ; il convenait donc de prendre certaines dispositions, de payer au préposé aux chaudières ses cinquante marks... Et depuis quand, de Lisle aimerait bien le savoir, les diplomates britanniques n'avaient-ils plus le droit de pénétrer dans des résidences appartenant à l'ambassade britannique ? De quel droit, demandait de Lisle, toute cette milice venait-elle s'immiscer dans la vie des personnes bénéficiant du privilège d'extra-territorialité ?

On échangea d'autres cartes, on examina d'autres documents ; chacun nota des noms et des matricules. L'inspecteur était navré, dit-il ; c'était une époque troublée et il considéra longuement Turner, comme s'il reconnaissait un collègue. Époque troublée ou non, semblait répondre de Lisle, les droits des diplomates devaient être respectés. Plus les risques étaient grands, plus il était nécessaire d'assurer l'immunité. Ils se serrèrent la main. Quelqu'un salua. Peu à peu ils se retirèrent tous. Les uniformes verts se dispersèrent, les lumières bleues disparurent, les voitures partirent. De Lisle avait trouvé trois verres et versait dans chacun d'eux un peu de whisky. Le vieil homme gémissait. Turner avait remis les boutons dans leur boîte et l'avait fourrée dans sa poche avec le petit livre sur les gaz de guerre.

« Qui était-ce ? demanda-t-il. C'étaient ceux qui l'ont interrogé ?

— Il dit : l'homme était comme l'inspecteur, mais un peu plus âgé. Les cheveux plus blancs, dit-il : l'air plus riche. Je crois que nous savons tous les deux de qui il parle. Tenez, vous feriez mieux d'examiner ça vous-même. »

Tirant l'étui des plis de son manteau marron, de Lisle le lança sans en paraître plus fier pour autant dans la main tendue de Turner.

Le bac arborait les drapeaux de la fédération allemande. Les armes de Königswinter étaient clouées au pont. Des policiers s'entassaient à l'avant. Leurs casques d'acier étaient carrés, leurs visages pâles et tristes. Ils étaient très silencieux pour d'aussi jeunes gens et leurs bottes de caoutchouc ne faisaient aucun bruit sur les plaques d'acier du pont. Et ils avaient les yeux fixés sur le fleuve comme si on leur avait dit de ne pas l'oublier. Turner se tenait à l'écart, il regardait l'équipage exécuter les manœuvres d'appareillage et il percevait tout avec une extraordinaire clarté parce qu'il était fatigué, parce qu'il avait peur et parce que c'était encore le petit matin : la lourde vibration du pont métallique à mesure que les voitures arrivaient par la rampe et s'efforçaient de gagner les meilleures places à l'avant, le rugissement des machines et le fracas de chaînes qui se mêlaient aux cris des hommes en train de larguer les amarres, la cloche stridente dont les accents couvraient celles des églises de la ville, l'hostilité uniforme des conducteurs qui émergeaient de leurs voitures et cherchaient de la monnaie dans leurs portefeuilles de cuir comme s'ils appartenaient tous à une société secrète et ne pouvaient se reconnaître en public ; et les piétons, le visage tanné et l'air pauvre, convoitant du regard les voitures dont ils étaient séparés. La berge s'éloignait ; la petite ville lançait ses clochers vers les collines comme un décor d'opérette. Peu à peu ils décrivaient leur bizarre trajectoire, se laissant emporter en une longue courbe par le courant pour éviter l'autre bac venant de la rive d'en face. Ils ralentirent presque au point de s'arrêter, dérivant avec le courant tandis que le *John F. Kennedy,* chargé de pyramides identiques de charbon, fonçait rapidement sur eux, la lessive des enfants battant dans l'air humide. Puis ils se retrouvèrent à rouler dans son sillage et les passagères du bac échangèrent quelques plaisanteries avec les matelots.

« Il vous a dit autre chose. A propos d'une femme. Je l'ai entendu dire *Frau* et *Auto.* Il était question d'une femme et d'une voiture.

— Désolé, mon vieux, fit de Lisle d'un ton froid, c'est cet accent rhénan. Il y a des moments où je ne comprends tout simplement pas. »

Turner regarda la rive de Königswinter, sa main gantée en visière au-dessus de ses yeux car même en ce printemps misérable, la lumière se reflétait brutalement sur l'eau. Il finit par voir ce qu'il cherchait : de chaque côté, comme des mains gantelées tendues vers les Sept Collines de Siegfried, des villas brunes à tourelles bâties sur la fortune de la Ruhr ; entre elles, une tache blanche se détachant sur les arbres de l'esplanade. C'était la maison de Harting qui s'enfonçait dans la brume.

« Je traque un fantôme, murmura-t-il. Une ombre, rien de plus.

— La vôtre, répliqua de Lisle, d'une voix vibrante de dégoût.

— Mais voyons !

— Je vais vous ramener en voiture à l'ambassade, poursuivit de Lisle. A partir de là, vous vous arrangerez pour vous trouver un moyen de transport.

— Je me demande bien pourquoi vous m'avez fait venir si vous êtes si délicat ? » Tout d'un coup il éclata de rire. « Mais bien sûr, dit-il. Quel abruti je suis ! Je m'endors ! Vous aviez peur que je ne trouve le dossier vert et vous vous êtes dit que vous alliez attendre en coulisse. Pas question de laisser ca tomber entre les mains de temporaires. Merde alors ! »

Cork venait d'entendre les informations de huit heures. La délégation allemande avait quitté Bruxelles pendant la nuit. Officiellement, le gouvernement fédéral « désirait reconsidérer certains problèmes techniques qui s'étaient posés au cours des discussions ». Officieusement, comme le disait Cork, ils s'en étaient allés faire l'école buissonnière. Le regard perdu dans le vide, il voyait les bandes de papier coloré sortir par saccades des télescripteurs pour tomber dans la corbeille. Il y avait dix minutes environ que Turner avait été convoqué. On avait frappé à la porte et la tête stupide de miss Peate était apparue par le petit guichet. Mr Bradfield désirait le voir immédiatement. Ses yeux mauvais brillaient de plaisir. Mr Bradfield allait en finir avec lui une fois pour toutes, pensait-elle. En la suivant dans le couloir, il aperçut les prospectus de Cork sur les terrains des Bahamas et il se dit : Ça va être utile quand il en aura fini avec moi.

12

« ET LEO ÉTAIT LÀ. EN SECONDE CLASSE »

« J'ai déjà parlé à Lumley. Vous rentrez ce soir. Le service des transports va s'occuper de vos billets. » Des télégrammes s'entassaient sur le bureau de Bradfield. « Et j'ai présenté en votre nom des excuses à Siebkron.

— *Des excuses ?* »

Bradfield laissa retomber le loquet de la porte. « Voulez-vous que je vous mette les points sur les *i* ? Comme Harting, vous êtes de toute évidence une sorte de primitif sur le plan politique. Vous êtes ici avec un statut diplomatique temporaire ; sinon, vous seriez certainement en prison, à l'heure qu'il est. » Il était pâle de colère. « Dieu seul sait ce qui est passé par la tête de De Lisle. Je lui parlerai séparément. Vous avez délibérément désobéi à mes instructions ; mais j'imagine, que vous autres, vous avez votre propre code et que je suis tout aussi suspect que n'importe qui.

— Vous vous flattez.

— Dans ce cas, toutefois, vous étiez placé précisément sous mon autorité par Lumley, par l'ambassadeur et par les nécessités de la situation locale, et vous aviez la consigne de ne faire aucun geste susceptible d'avoir des répercussions en dehors de l'ambassade. Taisez-vous et écoutez-moi ! Mais voilà qu'au lieu de témoigner du minimum de considération qu'on vous demandait, vous vous en allez jusqu'à la maison de Harting à cinq heures du matin, vous affolez son homme de peine, vous réveillez les voisins, vous appelez de Lisle de toute la force de vos poumons et vous finissez par déclencher une descente de police en règle qui, d'ici deux heures, ne manquera pas d'être l'objet de toutes les conversations du quartier. Non content de cela, voilà que vous vous faites complice d'un stupide mensonge à la police en racontant que vous procédez à un inventaire ; j'imagine que cela fera sourire même Siebkron, après la description que vous lui avez faite hier soir de votre travail.

— Vous en avez encore beaucoup ?

— Pas mal, je vous remercie. Quels qu'aient pu être les soupçons de Siebkron à propos de Harting, vous avez maintenant fourni la preuve. Vous avez vu par vous-même quelle attitude il avait déjà. Dieu sait ce qu'il ne va pas s'imaginer maintenant.

— Alors dites-le-lui, suggéra Turner. Pourquoi pas ? Calmez-le. Bon sang, il en sait plus que nous. Pourquoi faire un secret de quelque chose qu'ils savent tous ? Toute la meute est lancée à ses trousses. Le pire que nous puissions faire, ce serait de leur gâcher la mise à mort.

— Je ne veux pas qu'il en soit question ! N'importe quoi vaut mieux, tous les doutes, tous les soupçons, de leur part, que notre aveu dans les circonstances actuelles que depuis vingt ans un membre de notre personnel diplomatique est employé par les Soviétiques. Vous ne voulez donc rien comprendre ? Je ne veux pas qu'il en soit question ! Laissez-les penser et faire ce qu'ils veulent, sans notre coopération, ils ne peuvent que hasarder des hypothèses. »

C'était une proclamation de foi personnelle. Il était assis aussi droit et aussi immobile qu'une sentinelle montant la garde devant un autel national.

« C'est tout ?

— Les gens comme vous sont censés opérer en secret. Quand on fait appel à vous, on s'attend à une certaine discrétion. Je pourrais vous en dire beaucoup sur votre comportement ici, si vous n'aviez pas laissé clairement comprendre que les bonnes manières ne signifient absolument rien pour vous. Il va falloir longtemps pour réparer le gâchis que vous avez laissé derrière vous dans cette ambassade. Vous avez l'air de croire que rien ne m'atteint. J'ai déjà prévenu Gaunt et Meadowes ; il y en aura certainement d'autres qu'il faudra que je calme.

— Je ferais mieux de partir cet après-midi, proposa Turner qui n'avait pas quitté des yeux le visage de Bradfield. J'ai tout bousillé, n'est-ce pas ? Désolé. Désolé que le client ne soit pas satisfait. J'écrirai pour m'excuser ; c'est ce que Lumley aime que je fasse. Une lettre de château. Alors c'est ce que je ferai. J'écrirai. » Il soupira. « Je me fais l'effet d'être un Jonas. La meilleure chose à faire vraiment, c'est de me recracher. Ça va être un peu difficile pour vous. Vous n'aimez pas vous débarrasser des gens, n'est-ce pas ? Vous aimez mieux leur donner un contrat.

— Qu'est-ce que vous voulez dire ?

— Que vous avez une rudement bonne raison d'insister sur la discrétion ! J'ai dit à Lumley — bon Dieu, c'est marrant quand on y pense —, je lui ai demandé, figurez-vous qu'est-ce qu'il veut, les dossiers ou l'homme ? Qu'est-ce que vous cherchez donc ? Attendez ! Vous commencez par lui donner un travail et ensuite vous ne voulez plus le connaître. Si on apportait son corps ici maintenant, vous vous en ficheriez pas mal : vous palperiez ses poches pour retrouver ses papiers et vous lui souhaiteriez bonne chance ! »

Il remarqua, Dieu sait pourquoi, les chaussures de Bradfield. Elles étaient faites à la main et cirées jusqu'à avoir ce ton brun acajou qu'obtiennent seulement les serviteurs où ceux qui ont été élevés avec eux.

« Que diable voulez-vous dire ?

— Je ne sais pas qui vous coince : je m'en fiche. Siebkron, me semble-t-il, étant donné la façon dont vous rampez devant lui. Pourquoi nous avez-vous fait nous rencontrer hier soir si vous étiez tellement inquiet à l'idée de le vexer ? D'abord, ça rimait à quoi ? *Ou bien est-ce qu'il vous en a donné l'ordre ?* Ne me répondez pas encore, c'est mon tour. Vous êtes l'ange gardien de Harting, vous vous en rendez compte ? Ça se sent à une lieue et je vais l'expliquer en long et en large quand je serai rentré à Londres. Vous lui avez renouvelé son contrat, n'est-ce pas ? Comme ça, pour commencer. Alors que vous le méprisiez. Mais vous ne vous êtes pas contenté de lui donner du travail ; vous avez créé du travail pour lui. Vous saviez parfaitement que le Foreign Office se foutait pas mal du programme de destruction. Sans doute aussi de l'*Annuaire des personnalités,* ça ne m'étonnerait pas. Mais vous avez fait semblant ; vous avez grossi ça pour lui. Et n'allez pas me raconter que c'était par compassion pour un homme qui n'était pas de votre classe.

— Ce qu'il y a pu y avoir de *ça* est pas mal usé aujourd'hui, observa Bradfield, avec un peu de ce découragement, de cette absence de toute illusion sur son compte que Turner maintenant discernait de temps en temps chez lui.

— Alors et la réunion du jeudi ? » Une expression de pure et simple souffrance passa sur le visage de Bradfield.

« Mon Dieu, vous êtes vraiment intolérable », dit-il, plutôt comme une note à conserver dans son esprit, comme un jugement qu'il enregistrait dans ses archives personnelles que comme une insulte délibérée.

« La conférence du jeudi qui n'a jamais eu lieu ! C'est vous qui avez décidé que Harting n'y assisterait plus ; c'est vous qui avez confié cette mission à de Lisle. Mais Harting continuait à sortir quand même le jeudi après-midi. Vous l'en avez empêché ? Jamais de la vie. Je pense que vous saviez même où il allait, n'est-ce pas ? » Il brandit la clef d'acier qu'il avait prise dans le costume de Harting. « Parce qu'il y a un endroit spécial, vous voyez. Une cachette. Ou peut-être que je vous raconte quelque chose que vous savez déjà. Qui rencontrait-il là-bas ? Vous le savez aussi ? Je croyais que c'était Praschko, jusqu'au jour où je me suis rappelé que c'est *vous* qui m'avez donné cette idée-là, vous-même. Alors j'ai l'intention d'être fichtrement prudent en ce qui concerne Praschko. »

Turner était penché sur le bureau, s'adressant en criant à Bradfield qui baissait la tête. « Quant à Siebkron, il a très probablement déployé tout un réseau. Des douzaines d'agents, qu'est-ce que nous en savons ? Harting n'était qu'un maillon d'une chaîne. Vous ne pouvez pas commencer à trier ce que Siebkron sait et ce qu'il ne sait pas. Nous avons affaire à la réalité, vous savez, pas à la diplomatie. » Il désigna du doigt la fenêtre et les contours estompés des collines de l'autre côté du fleuve. « Ce sont de vrais maquignons là-bas ! Ils déconnent, ils parlent à des amis, ils voyagent ; ils sont allés plus loin que la lisière de la forêt, ils savent à quoi ressemble le monde !

— Cela exige très peu, chez une personne intelligente, pour savoir cela, dit Bradfield.

— Et c'est ce que je m'en vais expliquer à Lumley quand je rentrerai. Harting ne travaillait pas seul ! Il avait un protecteur en même temps qu'un contrôleur, et pour autant que je sache, ils ne faisaient qu'un seul et même homme ! Et pour autant que je sache, Leo Harting était le petit protégé de Rawley Bradfield ! Comme dans un bon vieux collège anglais ! »

Bradfield s'était levé, le visage crispé de colère. « Racontez à Lumley ce qui vous plaît, murmura-t-il, mais fichez-moi le camp d'ici et ne revenez jamais », et ce fut sur ces entrefaites que Mickie Crabbe passa son petit visage rougeaud et rond par la porte du bureau de miss Peate.

Il avait l'air surpris et quelque peu indigné, et il mâchonnait stupidement sa moustache rousse. « Oh, Rawley, dit-il, puis il recommença comme s'il avait démarré au mauvais octave. Désolé de faire irruption comme ça, Rawley, j'ai essayé la porte du couloir mais le verrou était mis. Désolé, Rawley. C'est à propos de Leo », dit-il. Le reste suivit de façon assez précipitée « Je viens de le voir à la gare. Figurez-vous qu'il était en train de boire un demi. »

« Soyez bref, dit Bradfield.

— Je faisais une course pour Peter de Lisle. C'est tout », commença Crabbe, sur la défensive. Turner sentit dans son haleine les relents d'alcool se mêlant au parfum d'un bonbon à la menthe. « Peter devait aller au Bundestag. Un débat sur les lois d'exception, un gros truc, semble-t-il, déjà le second jour, alors il m'a demandé de m'occuper du jamboree à la gare. Les chefs du Mouvement qui arrivent de Hanovre. Surveiller les arrivées, voir qui rapplique. Je fais souvent des petites choses comme ça pour Peter, ajouta-t-il d'un ton d'excuse. Je suis tombé sur une vraie kermesse. La presse, des projecteurs, des masses de voitures, alignées sur la route — il jeta un coup d'œil nerveux à Bradfield — là où il y a les taxis, Rawley, vous savez. Et une foule énorme. Tout ça chantant et brandissant leurs bons vieux drapeaux noirs. Un peu de musique aussi. » Il secoua la tête, encore surpris de ce qu'il avait vu. « Toute cette place est littéralement couverte de slogans.

— Et vous avez vu Leo, dit Turner, le pressant. Dans la foule ?

— A peu près.

— Qu'est-ce que vous voulez dire ?

— Je ne l'ai vu que de dos. La tête et les épaules. Aperçu. Pas eu le temps de lui mettre la main dessus : il avait filé. »

Turner l'empoigna de ses grandes mains de roc. « Vous avez dit que vous l'aviez vu en train de boire un demi !

— Lâchez-le, dit Bradfield.

— Hé, doucement ! » Un instant, Crabbe eut un air presque féroce. « Oui, je l'ai vu ensuite, figurez-vous. Une fois la fête terminée. Pratiquement nez à nez. »

Turner le lâcha.

« Le train est arrivé et tout le monde s'est mis à pousser des acclamations, à se bousculer et à essayer d'apercevoir Karfeld. Il y a même eu un peu de bagarre sur les bords, je crois, mais c'étaient surtout les journalistes. Ces types, ajouta-t-il, avec une étincelle de véritable haine. Tiens, ce salaud de Sam Allerton était là. Ça ne m'étonnerait pas si c'était lui qui avait déclenché ça.

— Oh, nom de Dieu ! » s'écria Turner, et Crabbe le regarda droit dans les yeux, l'air choqué, semblait-il, d'une pareille grossièreté.

« Tout d'abord Meyer-Lothringen est sorti — la police lui avait ménagé un passage entre deux barricades de cageots — et puis Tilsit, et puis Halbach, et tous les gens criaient à en perdre le souffle. Comme pour les Beatles, reprit-il, l'air ahuri. C'étaient surtout des gosses qui étaient là, le genre étudiant à cheveux longs, penchés sur les barrières, essayant de leur toucher l'épaule. Karfeld n'est pas passé. Un type à côté de moi m'a dit qu'il avait dû sortir de l'autre côté, prendre le passage souterrain pour éviter la foule. Il n'aime pas que les gens s'approchent trop, à ce qu'on dit ; c'est pour ça qu'il fait dresser partout ces énormes tribunes. Alors la moitié de la foule se précipite pour voir si on peut le trouver. Les autres restent là à tout hasard, et puis le haut-parleur annonce : on peut tous rentrer parce que Karfeld est encore à Hanovre. Une chance pour Bonn, voilà ce que je me suis dit. » Il eut un sourire satisfait. « Comment ? »

Ses deux interlocuteurs restaient muets.

« Les journalistes étaient furieux et je me suis dit que j'allais passer un coup de fil à Rawley pour lui dire que Karfeld n'était pas arrivé. Londres aime bien être tenu au courant, vous comprenez. Pour Karfeld. » Ça, c'était pour Turner. « Ils aiment bien suivre ses allées et venues, savoir qu'il ne parle pas à des étrangers. » Il reprit : « Il y a un bureau de poste ouvert jour et nuit dans le hall de la gare et j'y allais quand l'idée m'est venue — il fit une tentative peu convaincante pour s'assurer leur complicité — que je ferais peut-être bien de prendre au passage une tasse de café pour rassembler mes idées et j'ai regardé par hasard par la porte vitrée de la salle d'attente. Les portes sont côte à côte, vous voyez. Le buffet d'un côté, la salle d'attente de l'autre. Il y a un comptoir avec quelques places où on peut s'asseoir aussi. Je veux dire s'asseoir sans consommer, expliqua-t-il, comme si c'était une forme particulière d'excentricité qu'il avait de temps en temps rencontrée. Il y a les premières classes à gauche et les secondes classes à droite, toutes les deux avec des portes vitrées.

— Oh, bonté divine ! murmura Turner.

— Et Leo était là. En seconde classe. A une table. Il portait un imperméable, un truc d'aspect militaire. Il avait l'air plutôt en mauvaise forme.

— Ivre ?

— Je ne sais pas. Dieu, ce serait quelque chose, quand même : à huit heures du matin. » Il avait un air très innocent « Mais il avait l'air fatigué et, comment dirais-je, pas tiré à quatre épingles, vous savez, pas comme il est généralement. Ma foi, ajouta-t-il, stupidement, ça nous arrive à tous, je suppose.

— Vous ne lui avez pas parlé ?

— Que non. Je le connais quand il est de cette humeur-là. J'ai fait un crochet pour l'éviter et je suis revenu pour prévenir Rawley.

— Portait-il quelque chose, s'empressa de demander Bradfield. Avait-il une serviette avec lui ? N'importe quoi susceptible de contenir des papiers ?

— Rien que j'aie vu, murmura Crabbe, désolé Rawley, mon vieux. »

Ils restèrent tous les trois silencieux, tandis que Crabbe leur jetait tour à tour des coups d'œil furtifs.

« Vous avez bien fait, murmura enfin Bradfield. Très bien, Crabbe.

— Comment ça bien ? s'écria Turner. Il s'est débrouillé comme un manche ! Leo n'est pas en quarantaine. Pourquoi ne lui a-t-il pas adressé la parole, ne l'a-t-il pas traîné ici par la peau du cou, n'a-t-il pas discuté avec lui ? Bonté divine, mais vous êtes comme deux empaillés, tous les deux ! *Bien fait ?* il a peut-être disparu maintenant ; c'était notre dernière chance ! Il attendait probablement son dernier contact ; ils se sont arrangés de façon à le compromettre encore pour son dernier voyage ! Est-ce qu'il y avait quelqu'un avec lui ? » Il ouvrit violemment la porte. « J'ai dit : Est-ce qu'il y avait quelqu'un avec lui ? Allons !

— Une gosse, dit Crabbe. Une petite fille.

— Une *quoi* ?

— Une fillette de six ou sept ans. La gosse de quelqu'un. Il lui parlait.

— Il vous a reconnu ?

— J'en doute. Il regardait de mon côté comme si j'étais transparent. »

Turner décrocha son imperméable de la patère.

« J'aimerais autant pas, dit Crabbe, répondant au geste plutôt qu'à l'exhortation. Désolé.

— Et vous ! Pourquoi restez-vous là ? Allons ! »

Bradfield ne bougeait pas.

« Enfin, bon Dieu !

— Je reste ici. Crabbe a une voiture. Qu'il vous emmène. Ça doit faire près d'une heure qu'il l'a vu, ou cru le voir avec toute la circulation qu'il y a. Il aura disparu maintenant. Je n'ai pas l'intention, moi, de perdre mon temps. » Sans se soucier du regard stupéfait de Turner, il poursuivit : « L'ambassadeur m'a déjà prié de ne pas quitter le bâtiment. Nous attendons des nouvelles de Bruxelles d'une minute à l'autre ; selon toute probabilité, il va vouloir aller rendre visite au chancelier.

— Mais, bon sang, qu'est-ce que vous croyez que c'est ? Une conférence tripartite. Quand je pense qu'il est peut-être assis là-bas avec un porte-documents bourré de secrets ! pas étonnant qu'il ait l'air un peu secoué ! Qu'est-ce qui vous prend maintenant ? Vous tenez tellement à ce que Siebkron le trouve avant nous ? Vous voulez qu'on le prenne la main dans le sac ?

— Je vous l'ai déjà dit : les secrets ne sont pas sacro-saints. Nous préférerions les garder, c'est vrai. Par rapport à ce que j'ai à faire ici...

— Mais ces secrets-là sont sacro-saints, non ? Et votre foutu dossier vert ? »

Bradfield hésita.

« Moi, cria Turner, je n'ai aucune autorité sur lui. Je ne sais même pas de quoi il a l'air ! Qu'est-ce que je suis censé faire quand je le vois ? Lui dire que vous aimeriez lui dire un mot ? C'est vous son patron, non ? Vous voulez vraiment que Ludwig Siebkron le trouve d'abord ? » Des larmes étaient ridiculement montées à ses yeux. Il parlait d'un ton de totale supplication. « Bradfield !

— Il était tout seul, marmonna Crabbe, sans regarder Bradfield. Absolument tout seul, mon vieux. Avec la gosse J'en suis sûr. »

Bradfield considéra Crabbe, puis Turner, et son visage de nouveau parut hanté de souffrances secrètes qu'il avait bien du mal à contenir.

« C'est vrai, dit-il enfin, vraiment à contrecœur, c'est vrai que je suis son supérieur. Je suis responsable. Il vaudrait mieux que j'aille là-bas. »

Fermant soigneusement à double tour la porte qui donnait sur le couloir, il annonça à miss Peate que Gaveston n'avait qu'à le remplacer et les précéda dans l'escalier.

De nouveaux extincteurs, tout juste arrivés de Londres, se dressaient comme des sentinelles rouges le long du couloir. Sur le palier, un chargement de lits métalliques attendait d'être monté. Un chariot à dossiers était chargé de couvertures grises. Dans le hall, deux hommes, chacun monté sur une échelle, dressaient une grille d'acier. Gaunt, l'air sombre, les regarda avec stupeur franchir en trombe les portes vitrées et se précipiter vers le parking, Crabbe en tête. Bradfield conduisait avec une arrogance qui prit Turner au dépourvu. Ils passaient les feux à l'orange, se maintenant sur la file de gauche pour prendre la route qui menait à la gare. Au contrôle de police, ce fut à peine s'il s'arrêta ; Crabbe et lui avaient leur carte rouge prête à la fenêtre. Ils se retrouvèrent sur le pavé mouillé, dérapant sur les rails de tramway et Bradfield maintenait le volant immobile, attendant patiemment que la voiture retrouvât son bon sens. Ils approchaient d'un carrefour précédé d'un panneau annonçant « Stop », et ils le franchirent presque sous les roues d'un car qui arrivait. Les voitures étaient plus rares, les rues étaient bondées de gens.

Les uns brandissaient des drapeaux, les autres portaient les imperméables de gabardine grise et les feutres noirs qui étaient l'uniforme des supporters du Mouvement. Ils s'écartaient à contrecœur, lançant des regards mauvais aux plaques minéralogiques et à la rutilante carrosserie anglaise. Bradfield, sans klaxonner ni changer de vitesse, les laissait prendre conscience de son arrivée et l'éviter comme ils pouvaient. Une fois, il freina pour un vieil homme qui était ou bien sourd ou bien ivre ; une fois un jeune garcon frappa de sa main nue le toit de la voiture, et Bradfield se crispa et pâlit. Des confettis jonchaient les marches, les colonnes étaient couvertes de slogans. Un chauffeur de taxi hurlait comme si on venait de le frapper. Ils s'étaient garés à la station de taxis.

« A gauche », lança Crabbe tandis que Turner courait devant lui. Une haute porte leur donna accès au hall principal.

« Toujours à gauche », cria Crabbe aux oreilles de Turner pour la seconde fois.

Trois barrières menaient aux quais ; trois contrôleurs étaient assis chacun dans sa cage de verre. Des avis en trois langues déconseillaient à Turner de leur demander le moindre service. Un groupe de prêtres, chuchotant, se retourna pour le regarder d'un air désapprobateur : la précipitation, disaient-ils, n'est pas une vertu chrétienne. Une fille blonde, le visage d'un brun marron, l'évita de peu avec son sac à dos et ses skis usés, et il remarqua le tremblement de son pull-over.

« Il était assis juste là », murmura Crabbe, mais Turner avait déjà ouvert toute grande la porte battante et vitrée, et, planté à l'intérieur du buffet, il examinait à travers la fumée de cigarettes chaque table tour à tour. Un haut-parleur aboyait un message à propos d'un changement à Cologne. « Le salaud a filé. »

La fumée flottait autour d'eux, s'élevant en nappes à la lueur des longs tubes à néon, s'étirant en volutes dans les coins plus sombres. On sentait des relents de bière, de jambon fumé et de désinfectant municipal ; le comptoir, en carrelage blanc, étincelait comme un mur de glace dans la brume. Dans une alcôve de bois était installée une famille pauvre en pleine émigration ; les femmes étaient vieilles et vêtues de noir, leurs valises entourées de ficelle ; les hommes lisaient des journaux grecs. A une table séparée, une petite fille faisait rouler des soucoupes en carton jusqu'à un ivrogne, et c'était la table que désignait Crabbe.

« C'est là où est la petite, vous voyez. Il buvait une Pils. »

Sans s'occuper de l'ivrogne ni de l'enfant, Turner prit les verres et les examina vainement. Trois petits mégots de cigare étaient dans le cendrier. L'un d'eux brûlait encore doucement. La fillette le regarda se pencher, inspecter le plancher et se relever, les mains vides ; elle le regarda passer à grands pas d'une table à l'autre, scrutant les visages, saisissant une épaule, abaissant un journal, touchant un bras.

« C'est lui ? » cria-t-il. Un prêtre esseulé lisait *Bildzeitung* dans un coin ; auprès de lui, tapi dans son ombre, un gitan au visage sombre croquait des châtaignes grillées qu'il tirait d'un sac.

« Non.

— Et celui-là ?

— Désolé, mon vieux, dit Crabbe, très nerveux maintenant. Pas de chance. Dites donc, allez-y doucement. »

Auprès de la fenêtre à vitraux, deux soldats jouaient aux échecs. Un homme barbu faisait le geste de manger mais il n'y avait pas de nourriture devant lui. Dehors, sur le quai, un train arrivait, et la vibration ébranlait la vaisselle. Crabbe s'adressait à la serveuse. Il était penché sur elle, lui parlant à voix basse et il avait une main posée sur la chair de son bras. Elle secouait la tête.

« Nous allons essayer l'autre », dit-il comme Turner venait les rejoindre. Ils traversèrent la salle ensemble, et la femme hochait la tête, fière de s'être souvenue et se lança dans une longue histoire, en désignant la fillette et en parlant de « *der kleine Herr* », le petit monsieur, et quelquefois simplement « *der Kleine* » comme si « monsieur » était là comme un hommage pour ceux qui l'interrogeaient plutôt que pour Harting.

« Il était ici il y a encore quelques minutes, dit Crabbe non sans surprise. En tout cas, c'est sa version à elle.

Est-ce qu'il est parti seul ?

— Elle n'a pas vu.

— Il ne lui a fait aucune impression ?

— Doucement. Ça n'est pas une grande penseuse, mon vieux. Il ne s'agit pas de l'affoler.

— Pourquoi est-il parti ? Est-ce qu'il a vu quelqu'un ? Est-ce que quelqu'un lui a fait signe de la porte ?

— Vous vous faites des illusions, mon vieux. Elle ne l'a pas vu partir. Elle ne s'inquiétait pas de lui, il payait chaque fois qu'elle apportait sa commande. Comme s'il risquait de partir rapidement. Pour prendre un train. Il est sorti pour regarder la cohue quand les types du Mouvement sont arrivés, et puis il est revenu et il a fumé encore un cigare et bu une bière.

— Alors qu'est-ce qu'il y a ? Pourquoi faites-vous cette tête-là ?

— C'est rudement curieux, marmonna Crabbe, en fronçant les sourcils sans raison.

— Qu'est-ce qui est vraiment curieux ?

— Il a passé toute la nuit ici. Tout seul. A boire mais sans s'enivrer. Pendant une partie du temps il a joué avec la petite. La petite Grecque. C'était ce qu'il aimait le mieux ; la petite. » Il donna une pièce à la femme et elle le remercia longuement.

« C'est aussi bien que nous l'ayons manqué, déclara Crabbe. Il est bagarreur, ce petit Leo, quand il est comme ça. Il s'attaquerait à n'importe qui quand il est en rogne.

— Comment le savez-vous ? »

Crabbe eut un sourire lourd de pénibles souvenirs : « Vous auriez dû le voir cette nuit-là à Cologne, marmonna-t-il, regardant toujours la serveuse. Bon sang.

— Quand il y a eu la bagarre ? Vous étiez là ?

— Puisque je vous le dis », répéta Crabbe. Il parlait du fond du cœur. « Quand il est vraiment remonté, le mieux à faire, c'est de l'éviter. Tenez. » Il tendit la main. Un bouton de bois était dans sa paume, identique aux boutons dans la petite boîte métallique à Königswinter. « Elle l'a ramassé sur la table, dit-il. Elle croyait qu'il pouvait en avoir besoin. Elle le gardait au cas où il reviendrait, vous comprenez. »

Bradfield franchit le seuil à pas lents. Il avait le visage crispé mais sans expression.

« J'imagine qu'il n'est pas ici. »

Tous deux restèrent muets.

« Vous persistez à dire que vous l'avez vu ?

— Pas d'erreur, mon vieux. Désolé.

— Eh bien, je suppose que nous devons vous croire. Je propose que nous retournions à l'ambassade. » Il jeta un coup d'œil à Turner. « A moins que vous ne préfériez rester. Si vous avez quelque autre théorie à vérifier. » Il jeta autour de lui un regard circulaire. Les visages étaient tournés vers eux. Derrière le comptoir, une machine chromée fumait, sans que personne s'en occupât. Personne ne bougeait. « Enfin, il semble que vous ayez laissé votre empreinte ici. » Comme ils regagnaient lentement la voiture, Bradfield dit : « Vous pouvez venir à l'ambassade chercher vos affaires, mais vous devez être parti pour l'heure du déjeuner. Si vous avez des papiers, laissez-les à Cork et nous vous les enverrons par la valise. Il y a un avion à sept heures. Prenez-le. Si vous ne pouvez pas avoir de place, prenez le train. Mais partez. »

Ils attendirent pendant que Bradfield parlait aux agents de police en leur montrant sa carte rouge. Son allemand avait une résonance très britannique, mais la grammaire était impeccable. Le policier hocha la tête, salua et ils repartirent. Ils regagnèrent lentement l'ambassade au milieu des visages maussades de cette foule sans but.

« C'est un drôle d'endroit pour que Leo y passe la nuit », marmonna Crabbe, mais Turner palpait la petite clef métallique à l'intérieur de l'enveloppe brune dans sa poche et il ne pouvait s'empêcher de se demander, malgré l'impression d'échec qu'il ressentait, quelle porte elle pouvait bien ouvrir.

13

A FORCE D'ESSAYER D'ÊTRE UN PORC

Il était assis au bureau de la salle du Chiffre, toujours en imperméable, rassemblant les trophées inutiles de son enquête, l'étui à pistolet, la gravure pliée, le coupe-papier offert par Margaret Eickman ; l'agenda à reliure bleue des conseillers d'ambassade et surtout, le petit carnet des magasins accordant des réductions aux diplomates, et la petite boîte avec les cinq boutons de bois taillés à la main ; et maintenant le sixième bouton et les trois mégots de cigare.

« Ça ne fait rien, dit gentiment Cork. Il finira bien par revenir.

— Oh, bien sûr. C'est comme les placements et le rêve des Caraïbes. Leo est le chéri de tout le monde. Le fils perdu de tout le monde, voilà ce qu'il est. Il a beau nous couper la gorge, nous aimons tous Leo.

— Vous savez, pour ce qui est de raconter des histoires, il avait le pompon. » Il était assis sur le lit métallique en manches de chemise, et enfilait ses chaussures. Il portait des bracelets métalliques au-dessus des coudes et sa chemise ressemblait à une affiche dans le métro. Aucun bruit ne venait du couloir. « C'est ce qu'il y avait de terrible chez lui. Un petit père tranquille, mais un malin. »

Un téléscripteur se mit à crépiter et Cork lui lanca un regard réprobateur.

« Du bagout, reprit-il. Voilà ce qu'il avait. Un don. Il pouvait vous raconter n'importe quelle histoire à dormir debout et on y croyait. »

Turner avait tout fourré dans un sac en papier. L'étiquette à l'extérieur disait : SECRET. A N'ÊTRE DÉTRUIT QU'EN PRÉSENCE DE DEUX TÉMOINS AUTORISÉS.

« Je veux que ceci soit scellé et adressé à Lumley, dit-il et Cork rédigea un reçu qu'il signa.

— Je me souviens de la première fois que je l'ai rencontré, dit Cork, de cette voix pleine d'entrain qui, pour Turner, évoquait les petits déjeuners d'enterrement. J'étais un bleu. Vraiment un bleu. Je n'étais marié que depuis six mois. Si je n'avais pas pigé tout de suite quel genre de type il était, j'aurais...

— Vous auriez suivi ses tuyaux sur la façon de placer votre argent. Vous lui auriez prêté les livres de code pour lire au lit. » Il agrafa le haut du sac en le repliant sur lui

— Pas les livres de code. Janet. C'est elle qu'il aurait lue au lit, fit Cork avec un sourire ravi. Quel culot ! Vous ne le croiriez pas. Allons venez, c'est l'heure du déjeuner. »

Pour la dernière fois, Turner actionna sauvagement le manche de l'agrafeuse. « Est-ce que de Lisle est là ?

— Ça m'étonnerait. Londres a envoyé une dépêche longue comme ça. Tout le monde sur le pont. Branle-bas de combat pour tout le personnel diplomatique. » Il éclata de rire.

« Ils devraient s'activer quand même un peu, eux aussi. Aller persuader les députés. Faire d'énergiques représentations à tous les niveaux. Faire feu de tout bois. Et en même temps ils vont y aller d'un autre emprunt. Il y a des jours où je me demande où les boches trouvent le fric. Vous savez ce que Leo m'a dit un jour ? “Vous ne savez pas, Bill, nous allons remporter une grande victoire diplomatique. On va aller jusqu'au Bundestag pour leur proposer de leur prêter un million de livres. Rien que vous et moi. Je vous parie qu'ils en tombent évanouis.” Et il avait raison, vous savez. »

Turner composa le numéro de De Lisle, mais on ne répondit pas.

« Dites-lui que j'ai téléphoné pour dire au revoir, fit-il à Cork, puis il changea d'avis. Oh, laissez tomber. »

Il téléphona au bureau des transports pour s'enquérir de son billet. Tout était en ordre, lui assura-t-on ; Mr Bradfield l'avait fait prendre personnellement et le billet l'attendait au bureau. Ils avaient l'air impressionné. Cork prit son manteau. « Et vous feriez mieux de câbler à Lumley pour lui indiquer l'heure de mon arrivée.

— Je crois bien que le chef de la chancellerie l'a déjà fait, dit Cork, et ce fut tout juste s'il ne rougit pas.

— Bon. Merci. » Il était sur le pas de la porte, regardant derrière lui comme s'il allait ne jamais revoir cette pièce. « J'espère que tout se passera bien pour le bébé. J'espère que vos rêves se réaliseront. J'espère que les rêves de tout le monde se réaliseront. J'espère qu'ils trouveront tous ce qu'ils cherchent.

— Écoutez, fit Cork d'un ton compatissant, je pense qu'il faut voir cette histoire comme ça : il y a des choses auxquelles il faut tout bonnement renoncer, vous ne trouvez pas ?

— C'est vrai.

— Je veux dire : tout ne va pas toujours comme sur des roulettes. Pas dans la vie, non. Ce sont les filles qui croient ça. C'est du romantisme. Autrement, on devient comme Leo : on ne laisse plus rien passer. Alors, qu'est-ce que vous allez faire de votre après-midi ? Il y a matinée au cinéma américain... Non. Ça ne vous irait pas. Une salle pleine de gosses braillards.

— Qu'est-ce que vous voulez dire : il ne laisse plus rien passer ? »

Cork circulait dans la pièce, vérifiant les machines, les bureaux et les documents secrets à détruire.

« Rancunier. Rancunier, voilà ce qu'il était. Une fois il a eu une histoire avec Fred Anger ; Fred était au service administratif. Il paraît qu'il a fallu cinq ans à Fred pour avoir de l'avancement.

— C'était à propos de quoi ?

— De rien. » Il avait ramassé par terre un bout de papier qu'il lisait. « Une histoire absolument ridicule. Fred avait fait couper un tilleul dans le jardin de Leo, en disant que ça risquait d'endommager la clôture. Ce qui était vrai. Fred m'a dit : "Bill, cet arbre serait tombé à l'automne."

— Il avait le sens de la terre, dit Turner. Il avait envie d'avoir son petit lopin à lui. Ça ne lui plaisait pas d'être comme ça, d'être dans les limbes.

— Vous savez ce qu'a fait Leo ? Il a fait une couronne avec les feuilles. Il l'a apportée à l'ambassade et l'a clouée à la porte du bureau de Fred. Avec d'énormes clous de cinq centimètres. Une vraie crucifixion. Les employés allemands ont cru que Fred avait cassé sa pipe. Mais Leo n'a pas ri. Il ne plaisantait pas, il était sérieux. Il était violent, vous comprenez. Seulement les diplomates ne remarquent pas ces choses-là. Avec eux, il était tout onction et comment allez-vous, mon cher ? Et pour ce qui est d'être serviable, je ne dis pas qu'il n'était pas serviable. Je dis simplement que quand Leo en voulait à quelqu'un, ça ne m'aurait pas amusé d'être cette personne-là. Voilà tout.

— Il a fait la cour à votre femme, non ?

— J'y ai mis le holà, dit Cork. Et j'ai aussi bien fait. Quand on voit ce qui s'est passé ailleurs. C'était au bal du personnel. Il y a deux ans.

Il a commencé à lui tourner autour. Oh, ça n'était pas méchant, bien sûr. Il voulait lui offrir un séchoir ou je ne sais quoi. Rendez-vous sur la colline, on connaît la chanson. Je lui ai dit : "Gardez-le donc pour vous sécher les cheveux, voilà ce que je lui ai dit. Elle est à moi." Mais quand même, on ne peut pas lui en vouloir. Vous savez ce qu'on dit des réfugiés : ils perdent tout sauf leur accent. C'est drôlement vrai, vous savez. Le malheur avec Leo, c'est qu'il voulait tout récupérer. Ça doit être ça : il a pris la crème des dossiers et il a filé. Pour les fourguer au plus offrant. Ça ne représente pas plus que ce que nous devons, je ne pense pas. » Ayant achevé son inspection de sécurité, Cork rassembla ses papiers et se dirigea vers la porte où Turner attendait toujours. « Vous êtes du Nord, n'est-ce pas ? demanda-t-il. Ça se reconnaît à votre voix.

— Vous le connaissez bien ?

— Leo ? Oh, comme nous tous, en fait. Je lui achetais une chose par-ci par-là, je lui donnais une tasse de lait de temps en temps ; une commande pour le Hollandais.

— Le Hollandais ?

— Une boîte d'exportateurs pour diplomates. D'Amsterdam. C'est meilleur marché si on veut se donner le mal, vous savez. Ils vous envoient ce qu'on veut, du beurre, de la viande, des postes de radio, des bagnoles, n'importe quoi.

— Des séchoirs ?

— Tout. Il y a un représentant qui vient tous les lundis. Vous remplissez votre feuille de commande, vous la passez à Leo et vous avez votre marchandise la semaine suivante. Je pense qu'il y avait un petit pourcentage pour lui là-dedans : vous savez ce que c'est. Mais, attention, pas moyen de le pincer. Je veux dire que vous pourriez faire des vérifications jusqu'à en avoir les cheveux blancs : vous ne trouverez jamais sur quoi il faisait ses petits bénéfices. A mon avis, pourtant, c'était sur ces saloperies de cigares. Une vraie cochonnerie, vous savez. Je ne crois pas qu'il les aimait ; il les fumait simplement parce qu'ils ne lui coûtaient rien. Et parce qu'on le blaguait à propos de ça. » Il eut un petit rire innocent. « Il nous a tous bien eus, voilà la vérité. Vous aussi, je suppose. Allons, je file. Salut.

— Vous me parliez de cette première fois où vous l'aviez rencontré.

— Ah oui ? Oh, c'est vrai. » Il rit de nouveau. « Ce que je veux dire c'est qu'on ne pouvait pas croire n'importe quoi quand même. Le premier jour, par exemple : c'est Mickie Crabbe qui m'a emmené le voir. On avait fait la tournée des bureaux. "Tenez, dit Mickie, encore un dernier arrêt", et il m'emmène en bas voir Leo. "Je vous présente Cork, dit-il. Il vient d'arriver pour travailler au Chiffre." Là-dessus, Leo s'installe. » Cork s'était assis sur le fauteuil tournant près de la porte et se carrait dedans comme le riche homme d'affaires qu'il rêvait d'être. « Il me dit : "Un verre de sherry." On est censé être au régime sec ici, mais ça n'a jamais gêné Leo. Mais, attention, il ne buvait pas lui-même. "Il faut fêter le nouvel arrivant. Vous ne chantez pas, par hasard, Cork ? — Seulement dans mon bain", je lui ai répondu et on a tous bien rigolé. Il recrutait pour la chorale, vous comprenez : ça les impressionnait toujours Un monsieur très pieux, que ce Mr Harting, je me suis dit. Vous comprenez. "Voulez-vous un cigare, Cork ? — Non merci. — Une cigarette alors ? — Ma foi, ça n'est pas de refus, Mr Harting." Et on s'assied là, comme de vrais diplomates, à siroter notre sherry et je me dis : "Eh bien, je dois dire qu'il est là comme un vrai petit roi." Les meubles, les cartes, le tapis... Tout un tralala. Bien sûr, Fred Anger m'a ôté beaucoup de mes illusions avant de partir. Leo en avait piqué la moitié. *Libéré*, vous savez. Comme au bon vieux temps de l'occupation. "Alors comment ça va à Londres, Cork ? me demande-t-il. Toujours à peu près pareil, j'imagine ?" Il cherchait à me mettre à l'aise, l'animal. "Le vieux concierge à la grande porte : toujours impertinent avec les ambassadeurs en visite, n'est-ce pas, Cork ?" Il y allait vraiment carrément. "Et les feux de charbon : est-ce qu'on allume toujours les feux de charbon tous les matins, Cork ? — Ma foi, je lui réponds, ils ne s'en tirent pas trop mal, mais c'est comme tout le reste, ça prend du temps." Ou quelque chose dans ce genre-là. "Oh, vraiment, dit-il, parce que j'ai eu une lettre d'Ewan Waldebere il y a quelques mois seulement me disant qu'on installait le chauffage central. Et ce vieux type qui priait sur les marches du 10 Downing Street, est-ce qu'il est encore là, Cork, matin et soir, à dire ses prières ? Ça n'a pas l'air de nous avoir avancés à grand-chose, n'est-ce pas ?" Je vous assure : pour un rien je l'aurais appelé "Sir". Ewan Waldebere était à cette époque-là chef du département d'Europe occidentale et tout près du Bon Dieu. Là-dessus voilà qu'il se remet à parler de la chorale et du Hollandais et de quelques autres petites choses, tout ce qu'il peut faire pour m'aider, et quand nous sortons je regarde Mickie Crabbe et Mickie rigole à s'en tordre les boyaux. Il est plié en deux. "Leo ? il me fait, Leo ? Il n'a jamais de sa vie mis les pieds à l'intérieur du Foreign Office. Il n'a même pas mis les pieds en Angleterre depuis 45." » Cork s'interrompit en secouant la tête. « Quand même, reprit-il avec un petit rire affectueux, on ne peut pas le lui reprocher, vous ne trouvez pas ? » Il se leva. « Et puis, d'ailleurs, on voyait tout dans son jeu, mais quand même on marchait, figurez-vous. Je veux dire Arthur et... au fond tout le monde. C'est comme ma villa, ajouta-t-il, avec simplicité, je sais que je n'irai jamais là-bas, mais j'y crois quand même. Je veux dire il faut vraiment... je ne pourrais pas vivre, pas sans illusions. Pas ici. »

Sortant ses mains de la poche de son imperméable, Turner regarda d'abord Cork puis la clef d'acier dans sa grande paume et il semblait en proie à la plus grande hésitation.

« Quel est le numéro de Mickie Crabbe ? »

Cork le regarda avec appréhension décrocher le combiné, composer le numéro et entamer la conversation.

« Ils ne s'attendent vraiment pas à vous voir continuer à le chercher, dit Cork avec inquiétude. Je ne crois vraiment pas.

— Pas question de le rechercher, je déjeune avec Crabbe, je prends l'avion de ce soir et rien au monde ne me retiendrait dans cet endroit de rêve une heure de plus que je n'en ai besoin. » Il raccrocha violemment et sortit du bureau à grands pas.

La porte de De Lisle était grande ouverte mais son bureau était désert. Turner laissa un mot : « Passé vous dire au revoir. Alan Turner » et sa main tremblait de colère et d'humiliation. Dans le hall, de petits groupes déambulaient vers le soleil pour manger leur sandwich ou déjeuner à la cantine. La Rolls-Royce de l'ambassadeur était arrêtée devant la porte ; l'escorte de motards de la police l'attendait patiemment. Gaunt, à la réception, chuchotait quelque chose à Meadowes et il se tut brusquement quand Turner approcha.

« Tenez, dit-il, en lui tendant l'enveloppe. Voilà votre billet. » Son expression disait clairement : « Retournez donc d'où vous venez ; votre place n'est pas ici. »

« A votre disposition, mon vieux », murmura Crabbe de cette zone d'ombre qu'il semblait transporter toujours avec lui.

Les serveurs étaient silencieux et terriblement discrets. Crabbe avait commandé des escargots qui, disait-il, étaient très bons. La gravure encadrée dans leur petite alcôve montrait des bergers dansant avec des nymphes, et il y avait dans tout cela une vague suggestion de péché luxueux.

« Vous étiez avec lui ce fameux soir à Cologne. Le soir où il y a eu cette bagarre.

— Extraordinaire, dit Crabbe, vraiment. Vous voulez de l'eau ? demanda-t-il et il en versa un peu dans leur verre, mais c'était tout juste un pleur versé pour des gens sobres. Je ne sais vraiment pas ce qui lui a pris.

— Vous sortiez souvent avec lui ? »

Il essaya un sourire pas très réussi et ils burent une gorgée.

« C'était il y a cinq ans, vous comprenez. La mère de Mary était malade ; elle n'arrêtait pas de faire la navette entre Bonn et l'Angleterre. J'étais une sorte de veuf périodique.

— Alors de temps en temps vous traîniez avec Leo, pour prendre un verre et draguer un peu.

— Plus ou moins.

— A Cologne ?

— Doucement, mon vieux, dit Crabbe. C'est un véritable interrogatoire. » Il but une nouvelle gorgée et, à mesure que l'alcool descendait en lui, il tremblait comme un mauvais comédien aux réactions lentes. « Bon sang, fit-il, quelle journée. Seigneur !

— C'est à Cologne qu'il y a les meilleures boîtes de nuit, n'est-ce pas ?

— On ne peut pas faire ça ici, mon vieux, dit Crabbe en sursautant. Il faut être drôlement prudent à Bonn. » Il ajouta sans raison

« Drôlement prudent. » Il agita la tête pour confirmer farouchement. « C'est bien plus sûr à Cologne.

— Les filles sont mieux ?

— Fini pour moi, mon vieux. Depuis des années.

— Mais pas pour Leo, n'est-ce pas ?

— Il aimait bien les filles, dit Crabbe.

— Alors vous êtes allé à Cologne ce soir-là. Votre femme était en Angleterre, et vous êtes allé faire la fête avec Leo.

— On était simplement assis à une table. A boire. » A ce mot, comme par un réflexe conditionné, il porta la main à son verre. « Leo parlait de l'armée. Vous vous souvenez de ce vieux Untel. Vous voyez le genre. Il adorait l'armée, Leo, il l'adorait. Il aurait dû y rester, c'est mon avis. Et on n'aurait pas voulu de lui non plus, pas comme officier de carrière. Ce qu'il lui fallait, voyez-vous, c'est la discipline. En fait, c'était un gosse insupportable. Comme moi. C'est très bien quand on est jeune, ça n'a pas d'importance. Seulement c'est plus tard. On m'a flanqué de ces tournées à Sherborne. C'était quelque chose. Je me cramponnais aux robinets la tête dans le lavabo, pendant que ces salauds de préfets me battaient. A ce moment-là ça m'était égal. Je croyais que c'était ça la vie. » Il posa une main sur le bras de Turner. « Mon vieux, murmura-t-il, c'est que je les déteste maintenant. Je ne savais pas que j'avais ça en moi. Tout ça est remonté à la surface. Si je m'écoutais, je retournerais là-bas et je les descendrais tous. Parole d'honneur.

— Vous l'aviez connu dans l'armée ?

— Non.

— Alors de qui donc vous souveniez-vous ?

— J'étais tombé sur lui une ou deux fois au Haut Commandement en Allemagne. Moenchengladbach. Groupe Quatre.

— Quand il était aux réparations ? »

La réaction de Crabbe quand on le harcelait était exaspérante. Comme l'animal dont il tirait son nom, il semblait mystérieusement replier les extrémités de sa présence sous une coquille protectrice pour attendre passivement que le danger fût passé. Plongeant le nez dans son verre, il resta ainsi, les épaules voûtées, tout en regardant Turner de ses yeux un peu rouges aux paupières épaisses.

« Vous étiez donc là à boire et à bavarder.

— Tout tranquillement. En attendant le spectacle. J'aime bien un bon spectacle. » Il se lança dans le récit parfaitement incroyable d'une tentative à laquelle il s'était livré sur une fille à Francfort à l'occasion de la dernière conférence des démocrates libres : « Un véritable fiasco, déclara-t-il fièrement. Elle grimpait sur moi comme une vraie guenon et je n'arrivais à rien faire du tout.

— Alors la bagarre a eu lieu après le spectacle ?

— Avant. Il y avait un tas de boches au bar qui faisaient du chahut ; ils chantaient. Ça n'a pas plu à Leo. Il a commencé à les foudroyer du regard. A piaffer un peu. Et puis tout d'un coup il a demandé l'addition. "*Zahlen !*" Comme ça. Et d'une voix de stentor. J'ai dit :

“Hé là ! Mon vieux, qu’est-ce qui se passe ?” Il ne m’a pas écouté. “Je ne veux pas m’en aller, lui ai-je dit. Je veux voir les nanas avec leurs seins à l’air.” J’aurais aussi bien pu parler à un mur. Le garcon apporte l’addition, Leo vérifie le total, plonge sa main dans sa poche et pose un bouton sur l’assiette.

— Quel genre de bouton ?

— Un simple bouton. Comme celui que la serveuse à trouvé à la gare. Un malheureux bouton de bois avec des trous dedans. » Il en était encore tout indigné. « On ne peut quand même pas payer des additions avec un bouton, non ? Tout d’abord, j’ai cru que c’était une plaisanterie. Qu’il voulait rigoler un peu. “C’est tout ce qu’il vous reste d’elle ?” je lui ai dit. J’ai cru qu’il plaisantait, vous comprenez. Pas du tout.

— Allez-y.

— “Tenez, a-t-il dit. Gardez la monnaie”, et il se lève le plus calmement du monde. “Venez, Mickie, quittons cette sale boîte.” Là-dessus ils lui sautent dessus. Bon Dieu. Fantastique. Je n’aurais jamais cru qu’il était capable de ça. Il en descend trois et il n’en reste plus qu’un quand quelqu’un l’assomme avec une bouteille. Tous les coups permis. On se serait cru dans l’East End. Du travail d’artiste. Et puis ils l’ont eu. Ils l’ont penché la tête en arrière sur le comptoir et se sont mis à le tabasser. Je n’ai jamais rien vu de pareil. Personne ne disait un mot. Rien. La raclée systématique. On s’est retrouvé dans la rue : Leo était à quatre pattes et ils sont sortis pour lui assener encore quelques coups pendant que moi je rendais tripes et boyaux sur le trottoir.

— Vous étiez soûl ?

— Parfaitement sobre, mon vieux. Seulement ils m’avaient donné des coups de pied dans le ventre.

— A vous ? »

Il secoua violemment la tête tout en la penchant vers le verre : « J’ai essayé de le tirer de là, marmonna-t-il. J’ai essayé d’arranger ça avec les autres pendant qu’il s’en allait. Le malheur, expliqua-t-il, en buvant une grande lampée de whisky, c’est que je ne suis plus ce que j’étais. A ce moment-là, Praschko s’était déjà taillé. » Il eut un rire bref. « Le bouton n’avait pas encore touché l’assiette que Praschko était déjà en train d’ouvrir la porte. Il avait l’air de connaître la musique. Oh, je ne le lui reproche pas. »

Du ton dont on demande des nouvelles d’un vieil ami, Turner reprit : « Praschko venait souvent ? A cette époque-là ?

— C’était la première fois que je le rencontrais, mon vieux. Et la dernière. On ne s’est jamais revu après ça. Je le comprends. Parlementaire et tout le tremblement. Ça n’était pas bon pour lui.

— Et vous, qu’est-ce que vous avez fait ?

— Seigneur. J’ai marché comme sur des œufs, mon vieux, dit-il en frissonnant. Je m’imaginais renvoyé à Londres gros comme une maison. Dans mon trou à rat de Bushey avec Mary. Très peu pour moi.

— Comment ça s'est-il fini ?

— Je crois que Praschko a alerté Siebkron. Des flics nous ont jetés à l'ambassade. Un des huissiers a appelé un taxi et nous sommes remontés chez moi où nous avons appelé un docteur. Là-dessus Ewan Waldebere a rappliqué, il était chargé des affaires politiques. Et puis Ludwig Siebkron dans une énorme Mercedes. Dieu sait ce qui ne s'est pas passé. Siebkron l'a cuisiné. Il s'est installé dans mon salon et l'a cuisiné à n'en plus finir. Je dois dire que je m'en foutais pas mal. Tout de même, quand on y réfléchit, c'était assez sérieux. Vous vous rendez compte : un diplomate en train de se bagarrer dans une boîte de nuit, cassant la gueule à des citoyens du pays. Ça fait du dégât, tout ça. »

Le garçon apporta des rognons cuits dans une sauce au vin.

« Seigneur ! Regardez-moi ça. Délicieux. Ça va être merveilleux après les escargots.

— Qu'est-ce que Leo a dit à Siebkron ?

— *Nix*. Rien. Vous ne connaissez pas Leo. Il l'a bouclé de façon incroyable. Waldebere, moi, Siebkron : on ne lui a pas arraché un mot. Et j'aime autant vous dire qu'ils avaient essayé. Waldebere lui a trafiqué un congé : des dents à refaire, des points de suture, Dieu sait quoi. Il a raconté à tout le monde qu'il s'était fait ça en nageant en Yougoslavie. En plongeant à un endroit où il n'y avait pas assez de fond. Il s'était esquinté la figure. Un drôle de plongeon : Seigneur !

— Pourquoi croyez-vous que ce soit arrivé ?

— Aucune idée, mon vieux. Après ça, je n'ai plus voulu sortir avec lui. Ça n'était pas sûr.

— Pas d'opinion ?

— Désolé », dit Crabbe. Son visage s'enfonça sous la surface, derrière un voile de rides impénétrables.

« Vous n'avez jamais vu cette clef ?

— Non. » Il eut un sourire attendri. « C'est une clef de Leo, n'est-ce pas ? Sacré Leo, il sautait n'importe quoi autrefois. Il est plus calme maintenant.

— Vous ne pouvez pas mettre un nom sur celle-ci ? »

Crabbe contemplait toujours la clef.

« Essayez Myra Meadowes.

— Pourquoi ?

— Elle est disponible. Elle a déjà eu un bébé. A Londres. Il paraît que la moitié des chauffeurs se la tapent toutes les semaines.

— Est-ce qu'il a jamais mentionné devant vous une femme du nom d'Eickman ? Quelqu'un qu'il allait épouser ? »

Crabbe semblait se rappeler des souvenirs qui l'étonnaient.

« Eickman, dit-il. C'est drôle. Elle faisait partie de la vieille bande. De Berlin. En effet, il parlait d'elle. Quand ils travaillaient avec les russkis. C'est ça. C'était encore une de ces intermédiaires. Berlin, Hambourg, tout le circuit. C'est elle qui lui a brodé ces foutus coussins. Pleine d'attentions.

— Qu'est-ce qu'il faisait avec les Russes ? demanda Turner après un silence. De quel travail s'agissait-il ?

— Commission quadripartite, bipartite... Un de ces trucs-là. Berlin, c'est à part, vous comprenez. Un monde différent, surtout en ce temps-là, une île. Un autre genre d'île. » Il secoua la tête. « Ça ne lui ressemble pas, ajouta-t-il. Ce côté communiste. Ça n'est pas du tout son style. Il connaît trop bien la musique pour se laisser avoir par ce genre de couillonnades.

— Et cette Eickman ?

— Miss Brandt, miss Etling et miss Eickman.

— Qui est-ce ?

— Trois pépées. A Berlin. Il est arrivé d'Angleterre avec elles. Jolies comme des images, disait Leo. Jamais vu des filles comme ça. Jamais vu de filles du tout, si vous voulez mon avis. Le genre émigrées rentrant en Allemagne. Pour participer à l'occupation. Comme Leo. Il était là, à l'aéroport de Croydon, assis sur une caisse à attendre l'avion et voilà que ces trois nanas arrivent en uniforme en agitant la queue. Miss Eickmann, miss Brandt et miss Etling. Affectées à la même unité. Après ça, il n'a plus jamais regardé en arrière. Il y avait lui et Praschko et un autre type. Ils sont partis tous ensemble d'Angleterre en 45. Avec ces pépées. Ils avaient composé une chanson : miss Eickman, miss Etling et miss Brandt... Une chanson à boire, assez corsée. Tenez, ils la chantaient ce soir-là. Dans la voiture, gais comme des pinsons. Seigneur. »

Pour un peu, il l'aurait chantée lui-même.

« La petite amie de Leo, c'était Eickman. Sa première. Il lui revenait toujours, c'était ce qu'il disait. "Il n'y en aura jamais une autre comme la première", disait-il toujours. "Toutes les autres sont des imitations." Ce sont ses propres paroles. Vous connaissez la façon de parler des boches. Toujours à s'analyser.

— Qu'est-ce qu'elle est devenue ?

— Pas la moindre idée, mon vieux. Volatilisée. Elle est devenue ce qu'elles deviennent toutes, non ? Elle a pris de l'âge. Des rides. Hoop, attention ! » Un morceau de rognon s'était détaché de sa fourchette et la sauce gicla sur sa cravate.

« Pourquoi ne l'a-t-il pas épousée ?

— Elle a pris l'autre route, mon vieux.

— Quelle autre route ?

— Ça ne lui plaisait pas qu'il soit anglais, disait-il. Elle voulait qu'il redevienne un boche et qu'il regarde la réalité en face. Elle était très portée sur la métaphysique.

— Peut-être qu'il est allé la retrouver.

— Il disait toujours qu'il le ferait un jour. "J'ai bu à pas mal de fontaines, Mickie, disait-il. Mais il n'y aura jamais une autre femme comme Eickman." Au fond, c'est ce que nous disons tous, non ? » Il plongea dans son verre de moselle comme si c'était un refuge.

« Vous trouvez ?

— Au fait, mon vieux, vous êtes marié ? Évitez ça, ajouta-t-il en secouant la tête. Ça serait très bien si je pouvais me débrouiller au plumard. Mais rien à faire. Impossible de décrocher la timbale : je n'y arrive pas. » Il ricana. « Un bon conseil : mariez-vous à cinquante-cinq ans. Épousez une petite mignonne de seize ans. Comme ça, elles ne savent pas ce qu'elles manquent.

— Praschko était là-bas ? A Berlin ? Avec les Russes et Eickman ?

— La même écurie.

— Qu'est-ce qu'il vous a raconté d'autre à propos de Praschko ?

— Qu'en ce temps-là c'était un vrai bolchevik. Rien d'autre.

— Eickman aussi ?

— Possible, mon vieux. Il ne me l'a jamais dit ; ça ne l'intéressait pas à ce point-là.

— Et Harting ?

— Pas Leo, mon vieux. Pour ce qui est de la politique, il n'y connaissait rien. Oh, c'était bien agréable. De la truite, murmura-t-il. Je prendrais bien de la truite après. Les rognons c'est un plat de transition. Enfin, si c'est le contribuable qui paie.

Cette plaisanterie l'amusa par à-coups jusqu'à la fin du repas. Une fois seulement il se laissa entraîner à parler de Leo, et ce fut quand Turner lui demanda s'il avait eu beaucoup affaire à lui ces derniers mois.

« Ma foi non, murmura Crabbe.

— Pourquoi ?

— Il devenait distrait, mon vieux. Je le sentais. Il se préparait encore à casser la figure à quelqu'un. Un petit bagarreur, dit-il, une brusque grimace d'alcoolique lui découvrant les dents. Il avait commencé à laisser traîner ces foutus boutons. »

Turner rentra à l'Adler à quatre heures ; il était passablement éméché. Comme l'ascenseur était occupé, il prit l'escalier. Voilà, se dit-il. Ça s'appelait finir en beauté. Il allait continuer à boire tout l'après-midi. Il boirait dans l'avion et, avec un peu de chance, lorsqu'il verrait Lumley, il serait incapable d'articuler un mot. La solution de Crabbe : des escargots, des rognons, de la truite et du scotch et garder la tête baissée pendant que l'orage passait. Lorsqu'il arriva à son étage il remarqua vaguement que la porte de l'ascenseur était coincée avec une valise et il se dit que le chasseur devait être en train de prendre d'autres bagages dans une chambre. Nous sommes les seuls à avoir de la chance dans cet hôtel, se dit-il. Nous partons. Il essaya d'ouvrir la porte de sa chambre mais la serrure était coincée ; il s'escrima sur la clef mais la porte ne cédait pas. Il recula précipitamment en entendant les bruits de pas, mais il n'y avait vraiment guère de moyen de s'en tirer. La porte s'ouvrit de l'intérieur. Il aperçut un visage rond et pâle, des cheveux blonds soigneusement peignés en arrière, un front plissé par l'inquiétude, il aperçut les coutures du cuir au moment où la matraque s'abattait sur lui au ralenti et il se demanda si cela entaillait le cuir chevelu comme cela tailladait le visage. Il sentit la nausée le frapper et son estomac se contracter, il sentit aussi le bois de la commode derrière ses genoux ; il entendit la douce voix de chirurgien l'appeler dans l'ombre tandis que l'herbe tiède des prés du Yorkshire chatouillait son visage d'enfant. Il entendit la voix agacante de Tony Willoughby, douce comme du velours, insinuante comme un amant, il vit ses mains de pianiste s'égarer sur la blancheur de ses hanches à elle et il entendit la musique de Leo pleurnicher jusqu'à Dieu dans tous les tabernacles de bois rouge de son enfance. Il sentit la fumée des cigares hollandais, et puis c'était de nouveau la voix de Willoughby lui offrant un séchoir ; je ne suis qu'un temporaire, Alan, mon vieux, mais il y a 10 % de remise pour les amis de la famille. Il sentit de nouveau la douleur, les coups sourds lorsqu'ils commencèrent à le gifler et il vit le granit humide et sombre de l'orphelinat de Bornemouth et le télescope de Constitution Hill. « S'il y a une chose que j'aie vraiment en horreur, observait Lumley, c'est un cynique à la recherche de Dieu. » Il eut un moment d'horrible souffrance lorsqu'on le frappa à l'aine et, comme la douleur se dissipait lentement, il aperçut la femme qui l'avait laissé errer dans les rues sombres de sa solitude hautaine. Il entendit le hurlement de Myra Meadowes lorsqu'il démontait l'un après l'autre chacun de ses mensonges, son cri quand on l'avait arrachée à son amant polonais, et son cri quand on l'avait séparée de son bébé ; et il crut qu'il allait peut-être se mettre à crier aussi jusqu'à ce qu'il s'aperçût qu'on lui avait fourré une serviette dans la bouche. Il sentit quelque chose de froid et de dur comme du fer lui frapper la nuque et rester là comme un morceau de glace, il entendit la porte claquer et comprit qu'il était seul ; et il aperçut toute la sainte kyrielle des trompés et des égoïstes ; il entendit la voix stupide d'un évêque anglais chantant les louanges de Dieu et de la guerre ; et il s'endormit. Il était dans un cercueil, un cercueil froid et lisse. Sur une dalle de marbre avec un carrelage bien astiqué et du chrome qui brillait tout au bout d'un tunnel. Il entendit de Lisle qui lui parlait doucement et les sanglots de Jenny Pargiter qui lui rappelaient la plainte de toutes les femmes qu'il avait abandonnées ; il entendit la voix paternelle de Meadowes l'exhortant à la charité et le joyeux sifflement des gens sans souci. Et puis Meadowes et Pargiter disparurent, appelés par d'autres funérailles et il ne resta plus que de Lisle et la voix de De Lisle pour lui apporter quelque réconfort.

« Mon bon ami, disait-il, tout en regardant par terre d'un air intrigué, j'étais passé vous dire au revoir, mais si vous voulez prendre un bain, vous pourriez au moins ôter cet abominable costume. »

« C'est jeudi ? »

De Lisle avait pris une serviette qu'il mouillait sous le robinet d'eau chaude.

« Mercredi Tout ce qu'il y a de plus mercredi L'heure de l'apéritif. »

Il se pencha sur lui et se mit à essuyer doucement le sang qu'il avait sur le visage.

« Ce terrain de football où vous l'avez vu. Où il a emmené Pargiter. Dites-moi comment aller là-bas.

— Restez tranquille. Et ne parlez pas. Sinon vous allez réveiller les voisins. »

Le plus doucement possible, il continuait à ôter par petites touches le sang séché. Libérant sa main droite, Turner palpa avec précaution la poche de sa veste, cherchant la clef d'acier : elle était toujours là.

« Avez-vous jamais vu cette clef ?

— Non. Non, jamais. Et je n'étais pas non plus dans la serre à trois heures du matin le 2. C'est bien du Foreign Office, dit-il en reculant pour examiner d'un œil critique son travail, d'envoyer un taureau pour attraper un matador. Vous permettez que je reprenne mon smoking ?

— Pourquoi Bradfield m'a-t-il demandé de venir ?

— De venir où ?

— Dîner. Pour rencontrer Siebkron. Pourquoi m'a-t-il invité mardi ?

— Par amour fraternel, que voulez-vous que ce soit ?

— Qu'est-ce qu'il y a dans cette sacoche à courrier qui fait si peur à Bradfield ?

— Des serpents venimeux.

— Cette clef-là ne l'ouvrirait pas par hasard ?

— Non. »

De Lisle s'assit au bord de la baignoire. « Vous ne devriez pas faire ça, dit-il. Je sais ce que vous allez me dire ; il fallait bien que quelqu'un leur salisse les mains. Mais ne vous attendez pas à me trouver ravi que ce soit vous. Vous n'êtes pas simplement *quelqu'un* : c'est ça le malheur. Laissez ça aux gens qui sont nés avec des œillères. » Une ombre d'inquiétude passa dans ses yeux gris et tendres. « C'est absolument ridicule, déclara-t-il. Il y a des gens qui craquent tous les jours à force d'essayer d'être des saints. Vous, vous craquez à force d'essayer d'être un porc. »

« Pourquoi ne s'en va-t-il pas ? Pourquoi reste-t-il à traîner par ici ?

— C'est ce qu'on demandera à propos de vous demain. »

Turner était allongé sur le long divan de De Lisle. Il tenait un verre de whisky à la main et son visage était couvert d'un antiseptique jaune prélevé dans la vaste armoire à pharmacie de De Lisle. Sa valise de toile était posée dans un coin de la pièce. De Lisle était assis à son clavecin, il ne jouait pas mais se contentait de caresser les touches. C'était un instrument du XVIIIe siècle, en bois satiné et dont le haut était décoloré par les soleils des tropiques.

« Vous trimballez ce machin-là partout ?

— Autrefois j'avais un violon. Il est tombé en miettes à Léopoldville. La colle a fondu. Il est extrêmement difficile, observa-t-il sèchement, de poursuivre une activité culturelle quand la colle fond.

— Puisque Leo est si malin, pourquoi ne part-il pas ?

— Peut-être qu'il se plaît ici. Je dois dire qu'il serait le premier.

— Et si eux sont si malins, pourquoi ne l'emmènent-ils pas ?

— Peut-être qu'ils ne savent pas qu'il est dans la nature.

— Qu'est-ce que vous avez dit ?

— J'ai dit qu'ils ne savent peut-être pas qu'il a filé. Je ne suis pas un espion, malheureusement, mais je suis humain et je connaissais bien Leo. C'est quelqu'un d'extrêmement compliqué. Je n'arrive pas à imaginer un instant qu'il ferait exactement ce qu'on lui dirait. S'il y a un "on", ce dont je doute. Il n'avait rien d'un serviteur.

— Tout le temps, reprit Turner, j'essaie de le faire entrer dans un moule. Rien à faire. »

De Lisle frappa deux notes du bout du doigt.

« Dites-moi, qu'est-ce que vous voulez qu'il soit ? Un bon ou un méchant ? Ou bien voulez-vous seulement la liberté de la poursuite ? Vous voulez bien quelque chose, non ? Parce que n'importe quoi vaut mieux que rien. Vous êtes comme ces maudits étudiants : vous ne pouvez pas supporter le vide. »

Turner avait fermé les yeux et était plongé dans ses pensées.

« Je pense qu'il est mort. Ce serait très macabre.

— Il n'était pas mort ce matin, non ? fit Turner.

— Et ça ne vous plaît pas qu'il soit dans les limbes. Ça vous agace. Ce que vous voulez, c'est qu'il atterrisse ou qu'il décolle. Pour vous, il n'y a pas de nuance, n'est-ce pas ? Je pense que c'est cela qui est amusant quand on recherche des extrémistes : on recherche leurs convictions, c'est ça ?

— Il court toujours, poursuivit Turner. Qui fuit-il donc ? Nous ou eux ?

— Il est peut-être à son compte.

— Avec cinquante dossiers volés ? Oh, mais comment donc. Bien sûr. »

De Lisle examina Turner par-dessus le clavecin.

« Vous vous complétez l'un l'autre. Je vous regarde et je pense à Leo. Vous êtes un Saxon. De grandes mains, de grands pieds, un grand cœur et cette admirable raison qui se cramponne à des idéaux. Leo, c'est tout le contraire. C'est un acteur. Il porte nos vêtements, emploie notre langue, mais il n'est qu'à moitié apprivoisé. Je crois qu'en fait je suis de votre bord : vous et moi, nous sommes le public au concert. » Il referma le clavecin. « Nous sommes ceux qui jettent un coup d'œil, tendent la main et retombent. Il y a un Leo chez nous tous, mais il est généralement mort quand nous atteignons vingt ans.

— Qu'est-ce que vous êtes ?

— Moi ? Oh, à mon corps défendant, un chef d'orchestre. » Se levant, il referma avec soin le couvercle du clavecin en prenant une petite clef de cuivre qui pendait à sa chaîne. « Je ne sais même pas en jouer, dit-il en caressant le couvercle de ses doigts élégants. Je me dis qu'un jour je saurai, que je prendrai des lecons ou que j'achèterai un manuel. Mais au fond, ça m'est égal : je n'ai appris à vivre qu'en n'étant qu'à demi fini. Comme la plupart d'entre nous.

— Demain c'est jeudi, dit Turner. S'ils ne savent pas qu'il a filé, ils s'attendront à le voir, n'est-ce pas ?

— Je suppose, fit de Lisle en bâillant. Mais dans ce cas ils savent où aller, n'est-ce pas, qui qu'ils soient. Et vous pas. Il y a là une sorte de handicap.

— Peut-être pas.

— Ah.

— Nous savons où *vous* l'avez vu, en tout cas, ce jeudi après-midi, n'est-ce pas, quand il était censé être au ministère ? Au même endroit où il a emmené Pargiter. Ça m'a tout l'air d'être son terrain de chasse. »

De Lisle était parfaitement immobile, son trousseau de clefs toujours à la main.

« Ça ne sert à rien de vous dire de ne pas y aller, j'imagine ?

— Non.

— De vous le demander ? Vous agissez à l'encontre des instructions de Bradfield.

— Ça ne fait rien.

— Et vous êtes malade. Bon. Allez chercher votre moitié indomptée. Et si vous trouvez vraiment ce dossier, nous comptons sur vous pour nous le rendre non ouvert. » Et cette dernière phrase, brusquement, était un ordre.

14

L'ENFANT DU JEUDI

Le temps sur le plateau avait été volé à d'autres saisons et à d'autres lieux. C'était un vent marin de mars qui faisait chanter le treillage métallique, qui courbait les touffes d'herbe drue avant de se précipiter dans la forêt derrière lui ; et si une tante excentrique avait planté un araucaria dans le sol sablonneux, Turner aurait pu descendre en sautillant le sentier afin de prendre le trolleybus pour Bournemouth Square. C'était la gelée de novembre dont les tuyaux de glace enfermaient les tiges des fougères ; car là le froid s'était caché du vent et lui serrait les chevilles comme de l'eau glacée ; c'était le gel d'une crevasse sur une face nord, quand seule la peur fera fonctionner vos mains et qu'on chérit la vie parce qu'on la conquiert. Les derniers rayons d'un soleil d'Oxford se mouraient courageusement sur le terrain de jeu désert ; et le ciel était un soir d'automne du Yorkshire, sombre et nuageux. Les arbres restaient ployés depuis leur plus jeune âge, courbés par les rafales de vent, comme la jeunesse de Mickie Crabbe penchée sur les robinets des lavabos, et une fois les rafales apaisées, ils attendaient toujours, courbant le dos pour le prochain assaut.

Les coupures sur son visage le brûlaient et la souffrance faisait briller ses yeux pâles. Il attendait, en contemplant le pied de la colline. Tout en bas à sa droite, c'était le fleuve, et pour une fois le vent l'avait réduit au silence et les péniches lançaient leurs appels en vain. Une voiture montait lentement vers lui ; une Mercedes noire, avec une plaque d'immatriculation de Cologne, et une femme au volant ; et elle ne ralentit pas en passant. De l'autre côté du treillage, il y avait une cabane neuve aux volets fermés et à la porte verrouillée. Une corneille s'était perchée sur le toit et le vent lui hérissait les plumes. Une Renault passa, plaque diplomatique française, conduite par une femme, à côté d'elle un passager pâle : Turner nota le numéro dans son carnet noir. Il faisait cela d'une écriture raide et enfantine, et les lettres se formaient péniblement. Il avait dû riposter après tout, car deux jointures de sa main droite étaient vilainement entaillées, comme s'il avait cogné sur une bouche ouverte et touché des dents de devant. Harting avait une écriture nette, arrondie aux angles, mais celle de Turner était grande et brutale, elle promettait la collision.

« Vous êtes tous les deux des gens qui bougent les choses, Leo et vous, avait dit de Lisle la veille au soir, alors que chacun était assis dans les profondeurs d'un fauteuil. Bonn est immobile mais vous, vous bougez... Vous vous combattez l'un l'autre, mais en fait c'est vous contre nous... Le contraire de l'amour n'est pas la haine, mais l'apathie... Il faut que vous vous arrangiez de l'apathie.

— Seigneur, gémit Turner.

— Vous descendez là, avait dit de Lisle en lui ouvrant la portière de la voiture. Et si vous n'êtes pas de retour demain matin, je préviendrai les garde-côtes. »

Turner avait acheté à Bad Godesberg une clef à molette, dont la lourde tête pesait contre sa hanche. Un petit car Volkswagen gris foncé, avec une plaque SU, et plein d'enfants, s'arrêta à la cabane qui devait servir de vestiaire. Leur vacarme lui arriva brusquement, comme un vol d'oiseaux passant avec le vent, un mélange confus de rires et de plaintes Quelqu'un donna un coup de sifflet. Le soleil les frappait presque à l'horizon, comme le faisceau d'une torche le long d'un couloir. La cabane les avala tous. « Je n'ai jamais connu personne, avait fini par s'écrier de Lisle, qui fasse un tel plat de ses handicaps. »

Turner se plaqua rapidement derrière l'arbre. Une Opel Rekord ; deux hommes. Immatriculée à Bonn. Il sentait la clef à molette dans sa poche tandis qu'il notait le numéro. Les hommes portaient des chapeaux et des manteaux et leur visage avait une absence d'expression toute professionnelle. Les vitres de côté étaient en verre fumé. La voiture continua sa route, mais au pas. Il vit leur visage blond et vide se tourner vers lui, comme deux lunes jumelles dans l'obscurité artificielle de la voiture. Ce sont peut-être vos dents ? se demanda Turner. Est-ce que ce sont vos dents que j'ai enfoncées ? Je n'arrive pas à vous reconnaître l'un de l'autre. Mais je comptais bien sur votre visite. Durant toute la montée, ils ne dépassèrent certainement pas quinze à l'heure. Une camionnette passa, suivie de deux camions. Quelque part, une horloge sonna ; ou était-ce la cloche d'une école ? ou l'angélus, ou bien les complies, ou alors des moutons à la toisson crasseuse dans la vallée du Yorkshire, à moins que ce ne fût la clochette du bac sur le fleuve ? Il ne l'entendrait plus jamais ; pourtant, comme dirait Mr Crail, il n'existe pas de vérité qui ne puisse être confirmée. Non, mon enfant, mais les péchés d'autrui sont un sacrifice à Dieu. Notre sacrifice. La corneille s'était envolée. Le soleil avait disparu. Une petite Citroën approchait. Une deux-chevaux, sale comme le brouillard, avec une aile enfoncée, une plaque minéralogique illisible, son conducteur caché dans l'ombre, un unique phare qui s'allumait et s'éteignait et un klaxon qui sonnait le taïaut. L'Opel avait disparu. Vite, les lunes, vous allez manquer Son arrivée. Les roues sont secouées comme des membres disloqués tandis que la petite voiture quitte la route et cahote dans sa direction sur les ornières gelées du chemin, son arrière-train se balançant comme une queue mutine sur ses essieux. Il entend les échos d'une musique de danse lorsque la portière s'ouvre, il a la bouche desséchée par les comprimés, et les coupures sur son visage sont comme un réseau de broussaille. Un jour, quand le monde sera libre, lui assurait son esprit enfiévré, les nuages exploseront lorsqu'ils entreront en collision et les anges de Dieu tomberont, abasourdis, sous les regards des hommes. Sans bruit il laissa la clef à molette tomber au fond de sa poche.

Elle était debout à moins de dix mètres, lui tournant le dos, parfaitement indifférente au vent, comme aux enfants qui s'étaient maintenant répandus sur le terrain de jeu.

Elle regardait en bas de la colline. Le moteur tournait toujours, ébranlant la voiture et ses vieilles douleurs. Un essuie-glace chuintait vainement sur le pare-brise encrassé. Pendant une heure, ce fut à peine si elle fit un mouvement.

Pendant une heure, elle attendit avec une immobilité d'Orientale, sans s'intéresser à rien qu'à quelqu'un qui ne venait pas. Elle était plantée là comme une statue, et semblait grandir à mesure que le soir tombait.

Le vent tirait sur les plis de son manteau. A un moment, sa main se leva pour rassembler les quelques mèches folles, une autre fois elle s'avança jusqu'au bout du chemin pour regarder jusque dans la vallée, en direction de Königswinter ; puis elle revint lentement, perdue dans ses pensées, et Turner s'agenouilla derrière les arbres, en priant le ciel qu'il fût suffisamment protégé par leurs ombres.

Elle finit par perdre patience. Remontant bruyamment dans la voiture, elle alluma une cigarette et du plat de la main actionna le klaxon. Les enfants oublièrent un instant leurs jeux et sourirent en entendant le hoquet rauque de la batterie épuisée. Le silence retomba.

L'essuie-glace s'était arrêté mais le moteur tournait toujours et elle l'emballait pour ragaillardir le chauffage. Les vitres commençaient à s'embuer. Elle ouvrit son sac à main et y prit une glace et un bâton de rouge à lèvres.

Elle était renversée en arrière sur la banquette, les yeux fermés, écoutant de la musique de danse, une main battant doucement la mesure sur le volant. En entendant une voiture, elle ouvrit la portière et regarda dehors mais ce n'était que l'Opel noire qui redescendait lentement la colline et bien que les deux lunes cette fois fussent tournées vers elle, leur intérêt la laissait parfaitement indifférente.

Le terrain de jeu était désert. Les volets de la cabane étaient fermés. Allumant son briquet, elle regarda l'heure à sa montre, mais déjà les premières lumières s'allumaient dans la vallée et le fleuve était perdu dans la brume basse du crépuscule. Turner s'avança d'un pas lourd et ouvrit d'un coup la portière du passager.

« Vous attendez quelqu'un ? » demanda-t-il en s'asseyant auprès d'elle et en refermant rapidement la portière. Il arrêta la radio.

« Je vous croyais parti, dit-elle, furieuse. Je croyais que mon mari s'était débarrassé de vous. » La peur, la colère, l'humiliation s'emparaient d'elle. « Vous n'avez pas arrêté de m'espionner ! Tapi dans les buissons comme un détective ! Comment osez-vous ? Espèce de vulgaire, de sale petit bonhomme ! » Elle crispa son poing et peut-être hésita-t-elle en voyant dans quel état il avait le visage, mais cela n'aurait pas changé grand-chose car au même instant Turner la frappa avec violence en plein sur la bouche si bien que sa tête alla brutalement heurter le montant de la carrosserie. Ouvrant sa portière, il fit le tour de la voiture, la tira dehors et la gifla de nouveau.

« Nous allons faire un tour, dit-il, et nous allons parler de votre vulgaire petit bonhomme d'amant. »

Il l'entraîna le long du chemin de terre jusqu'au faîte de la colline. Elle le suivait sans protester, cramponnée des deux mains au bras de Turner, la tête basse, pleurant en silence.

Ils regardaient le Rhin en bas. Le vent était tombé. Déjà au-dessus d'eux les premières étoiles erraient comme des étincelles phosphorescentes sur une mer doucement agitée. Le long du fleuve, des lumières apparaissaient l'une après l'autre, hésitantes au moment de leur naissance et puis miraculeusement prenant de la vigueur, devenant de petits feux qu'animait le souffle noir de la vie. Seules les rumeurs du fleuve parvenaient jusqu'à eux : le teuf-teuf des péniches et le tintement enfantin des cloches de bord sonnant les quarts. Ils percevaient l'odeur de moisissure qui montait du Rhin, ils sentaient son haleine froide sur leurs mains et sur leurs joues.

« Ça a commencé comme un défi. »

Elle se tenait à quelques pas de lui, le regard plongeant dans la vallée, les bras serrés autour du corps comme si elle se drapait dans une serviette.

« Il ne viendra plus. Cette fois, ça y est. Je le sais.

— Pourquoi ne viendra-t-il plus ?

— Leo ne disait jamais les choses. Il était beaucoup trop puritain. » Elle alluma une cigarette. « Parce qu'il ne s'arrêtera jamais de chercher, voilà pourquoi.

— De chercher quoi ?

— Qu'est-ce que nous cherchons tous ? Des parents, des enfants, une femme. » Elle se tourna pour lui faire face. « Allez-y, dit-elle d'un ton de défi. Demandez-moi le reste. »

Turner attendit.

« Quand nos relations ont commencé, ça n'est pas ça que vous voulez savoir ? J'aurais couché avec lui le soir même s'il me l'avait demandé, mais il n'a pas osé parce que je suis la femme de Rawley et qu'il savait que les hommes de son espèce étaient rares. Je veux dire, qu'il savait qu'il devait absolument survivre. C'était un type étonnant, vous savez ? Il aurait persuadé une oie d'arracher elle-même ses plumes. » Elle s'interrompit. « Je suis idiote de vous dire tout ça.

— Vous le seriez encore bien plus si vous ne le faisiez pas. Vous êtes dans de sales draps, dit Turner, au cas où vous ne le sauriez pas.

— Je n'arrive pas à me rappeler une époque où je ne l'ai pas été. Par quel autre moyen voulez-vous que je batte le système ? Nous étions deux vieilles putains et nous sommes tombés amoureux. »

Elle était assise sur un banc et jouait avec ses gants.

« C'était un buffet. Un de ces horribles buffets de Bonn avec du canard laqué et d'affreux Allemands. On fêtait l'arrivée de quelqu'un. Ou le départ de quelqu'un. Des Américains, me semble-t-il. Mr et Mrs Machin III. Une sorte de fête dynastique. C'était épouvantablement provincial. » C'était bien sa voix, rapide et pleine d'une fausse assurance, mais malgré tous ses efforts elle conservait ses accents d'habileté durement acquise que Turner avait trouvés chez les épouses de diplomates britanniques dans le monde entier : une voix faite pour meubler les silences, dissimuler les moments embarrassants, réparer des offenses ; une voix qui n'était ni particulièrement cultivée ni particulièrement sophistiquée mais qui, comme une nurse en quête d'une réputation perdue, poursuivait obstinément son chemin. « Nous étions arrivés directement d'Aden et cela faisait juste un an. Avant cela nous étions à Pékin et maintenant nous étions à Bonn. C'était fin octobre : l'octobre de Karfeld. Ça commençait à peine à chauffer. A Aden nous avions été bombardés, à Pékin houspillés par la foule et maintenant nous allions être brûlés sur la place du Marché. Pauvre Rawley : on dirait qu'il attire l'humiliation. Il a été prisonnier de guerre aussi, vous savez. Il devrait y avoir un nom pour lui : la génération humiliée.

— Il vous aimerait s'il vous entendait, dit Turner.

— Il m'aime sans ça. » Elle marqua un temps. « Ce qu'il y a de drôle, c'est que je ne l'avais jamais remarqué jusque-là. Je croyais que c'était simplement un petit... temporaire assommant. Le petit bonhomme un peu constipé qui tenait l'orgue à la chapelle et qui fumait ces abominables cigares aux réceptions... Je n'avais rien vu chez lui... Le vide. Et ce soir-là, dès l'instant où il est arrivé, dès l'instant où il est apparu sur le pas de la porte, je l'ai senti me choisir et j'ai pensé : Attention. Alerte aérienne. Il est venu directement vers moi." Bonjour, Hazel." Il ne m'avait jamais appelée Hazel de sa vie et je me suis dit : Petit impertinent, il faudra payer ça.

— C'était gentil de votre part de prendre le risque, dit Turner.

— Il a commencé à parler. Je ne sais pas de quoi ; Je n'ai jamais fait beaucoup attention à ce qu'il disait ; pas plus qu'à ce qu'il faisait. Il parlait de Karfeld, j'imagine, des émeutes. De toutes ces manifestations et de tous ces hurlements. Mais par contre j'ai fait attention à lui. Pour la première fois. » Elle se tut. « Et j'ai pensé : Allons où diable as-tu été pendant toute ma vie ? C'était la même impression que quand on regarde un vieux chéquier et qu'on découvre qu'on a de l'argent à son compte au lieu d'être en découvert. Il était *vivant.* » Elle éclata de rire. « Pas du tout comme vous. Vous, vous êtes ce que j'ai jamais rencontré de plus mort. »

Turner aurait pu la frapper de nouveau, s'il n'avait pas perçu dans sa raillerie quelque chose d'horriblement familier.

« C'était la tension qu'on remarquait d'abord. Il était toujours en patrouille. Son langage, ses façons... Tout cela était faux. Il était sur ses gardes. Il écoutait sa propre voix comme il écoutait la vôtre, trouvant la bonne cadence, plaçant les adverbes dans le bon ordre. J'essayais de le situer : qui est-ce que je *croirais* que tu es si je ne savais pas ? Un Allemand d'Amérique du Sud ?... Un membre d'une délégation commerciale argentine ? Un de ces boches gominés et latinisés ? » Elle s'interrompit de nouveau, perdue dans ses souvenirs... « Il avait de temps en temps de ces tournures allemandes très suaves et il les utilisait pour assurer l'équilibre de chaque phrase. Je l'ai fait parler de lui, me raconter où il vivait, qui faisait la cuisine pour lui, comment il passait ses week-ends. Et tout d'un coup voilà qu'il s'est mis à me donner des conseils. Des conseils d'ordre diplomatique : où acheter de la viande bon marché. Le Hollandais était le mieux placé pour ceci, la Naafi pour cela ; il fallait acheter le beurre à l'économat, les noisettes salées à l'intendance. Comme une femme. Il avait la passion des infusions ; les Allemands sont obsédés par la digestion. Et puis il m'a proposé de me vendre un séchoir. Pourquoi riez-vous ? demanda-t-elle, brusquement furieuse.

— Je riais ?

— Il connaissait un moyen d'avoir une remise. Vingt-cinq pour cent, disait-il. Il avait comparé tous les prix, il connaissait tous les modèles.

— Il avait regardé vos cheveux aussi. »

Elle se retourna vers lui « Restez à votre place, lança-t-elle. Vous ne lui arrivez pas à la cheville. »

Il la frappa de nouveau, une longue gifle à toute volée et elle dit « salaud », et pâlit soudain dans l'obscurité, frissonnante de rage.

« Continuez. »

Elle reprit enfin : « Alors j'ai dit oui. D'ailleurs j'en avais assez. Rawley était enfoui dans un coin avec un conseiller d'ambassade français ; tous les autres se battaient pour approcher du buffet. Alors j'ai dit oui, que j'aimerais beaucoup un séchoir. Avec vingt-cinq pour cent de remise. Malheureusement je n'avais sans doute pas l'argent sur moi ; est-ce qu'il accepterait un chèque ? J'aurais tout aussi bien pu dire : mais oui, je vais coucher avec vous. C'était la première fois que je le voyais sourire ; en général il ne souriait pas souvent. Tout son visage s'était illuminé. Je l'ai envoyé chercher de quoi manger au buffet et je n'ai pas cessé de l'observer, en me demandant comment ça allait être. Il avait cette démarche prudente, il avait l'air de marcher sur des œufs... *Eiertanz,* comme ils disent ici... Exactement comme à la chapelle en fait, mais en plus marqué. Les Allemands s'entassaient devant le bar, se battant pour attraper les asperges et il avait simplement foncé entre eux et il ressortait avec deux assiettes chargées de victuailles, et les couteaux et les fourchettes dépassant par-dessus sa pochette ; tout souriant. J'ai un frère qui s'appelle Andrew, qui joue demi de mêlée au rugby. Exactement le même style. A partir de là, j'ai cessé de m'inquiéter. Un abominable Canadien essayait de me faire écouter une conférence sur l'agriculture et je l'ai envoyé paître. Ils sont à peu près les seuls à y croire encore, les Canadiens. Ils sont comme les Anglais aux Indes. »

Entendant un bruit, elle tourna brusquement la tête et son regard parcourut le chemin. Les troncs des arbres se découpaient en noir sur l'horizon ; le vent était tombé ; la rosée nocturne avait mouillé leurs vêtements.

« Il ne viendra pas. Vous l'avez dit vous-même. Continuez. Vite.

— Nous nous sommes assis sur un escalier et il a recommencé à parler de lui. Il n'avait pas besoin qu'on le pousse. Ça venait tout seul... C'était fascinant. Il parlait de l'Allemagne des premiers jours d'après la guerre. “Il n'y avait que les fleuves d'intacts.” Je n'ai jamais su s'il traduisait de l'allemand, s'il utilisait son imagination ou s'il répétait simplement ce qu'il avait entendu. » Elle hésita et de nouveau jeta un coup d'œil au chemin. « Il m'a raconté comment la nuit les femmes travaillaient à la lueur des lampes à arc... Se passant les pierres à la chaîne comme si elles éteignaient un incendie... Comment il avait appris à dormir dans une camionnette en se servant de l'extincteur en guise d'oreiller. Il m'a fait un petit numéro, en posant sa tête de côté et en grimaçant pour montrer qu'il avait le torticolis. Des petits jeux. » Elle se leva brusquement. « Je retourne. S'il trouve la voiture vide, il s'en ira ; il est nerveux comme un chat. » Il la suivit, mais le plateau était désert à l'exception de l'Opel Rekord garée sur le bas-côté, tous feux éteints.

« Asseyez-vous dans la voiture, dit-elle. Ne vous occupez pas d'eux. »

Pour la première fois elle parut remarquer les marques qu'il avait sur le visage et elle tressaillit.

« Qui vous a fait ça ?

— Ils le feront à Leo s'ils le trouvent les premiers. »

Elle était renversée en arrière sur la banquette, les yeux clos. Il y avait une déchirure dans la toile du toit qui pendait comme des loques de mendiant. Sur le plancher il y avait un petit volant pour enfant monté sur un tube de matière plastique et Turner le repoussa du pied.

« Quelquefois je me disais : “Tu es vide. Tu ne fais qu'imiter la vie.” Mais on n'ose pas penser ça d'un amant. C'était un négociateur, un acteur, j'imagine. Il était pris entre tous ces mondes : l'Allemagne et l'Angleterre, Königswinter et Bonn, la chapelle et les commerçants qui faisaient des remises, le premier étage et le rez-de-chaussée. On ne peut pas s'attendre à voir quelqu'un livrer tous ces combats et s'en tirer vivant. Certaines fois, il se contentait de nous servir, expliqua-t-elle simplement. Ou de me servir. Comme un maître d'hôtel. Nous étions tous ses clients ; nous pouvions avoir envie de n'importe quoi. Il ne vivait pas. Il survivait. Il a toujours survécu. Jusqu'à maintenant. » Elle alluma une autre cigarette. Il faisait très froid dans la voiture. Elle essaya de mettre le moteur en marche pour allumer le chauffage, mais elle n'y parvint pas.

« Après ce premier soir, tout était déjà consommé sauf le lit. Rawley est venu me retrouver et nous avons été les derniers à partir. Il avait eu une discussion à propos de je ne sais quoi avec Lésère et il était ravi de s'en être tiré à son honneur. Leo et moi étions toujours assis sur l'escalier, à boire du café et Rawley est simplement venu m'embrasser sur la joue. Qu'est-ce que c'était que ça ?

— Rien.

— J'ai vu une lumière sur la pente.

— C'était une bicyclette qui traversait la route. Elle est partie maintenant.

— J'ai horreur qu'il m'embrasse en public, il sait que je ne peux pas l'en empêcher. Il ne le fait jamais en privé. “Allons, ma chère, il est temps de partir.” Leo s'est levé en le voyant venir, mais Rawley ne l'a même pas remarqué. Il m'a emmenée jusqu'à Lésère. “Voici la personne à qui vous devriez vraiment présenter vos excuses, dit-il. Elle a passé la soirée assise toute seule dans l'escalier.” Nous allions sortir et Rawley s'est arrêté pour prendre son manteau et Leo était là, à le lui tendre. » Elle sourit, et c'était un sourire d'amour sincère, elle savourait ce souvenir. « Il n'a plus paru faire attention à moi. Rawley lui a tourné le dos pour enfiler les manches et j'ai bel et bien vu les bras de Leo se raidir et ses doigts se crisper. Mais, vous savez, j'étais contente. Je voulais vraiment que Rawley se conduise comme ça. » Elle haussa les épaules. « J'avais mordu à l'hameçon, dit-elle. Et je m'apercevais que ce que j'avais trouvé dépassait mes espérances. Le lendemain j'ai cherché son nom dans le Livre rouge. Vous savez ce qu'il est maintenant : rien du tout. J'ai appelé Mary Crabbe pour lui demander des renseignements sur lui. Comme ça, pour m'amuser. "Je suis tombée sur un extraordinaire petit bonhomme hier soir", lui ai-je dit. Mary m'a fait toute une tirade. "Ma chère, il est venimeux. Surtout évitez-le. Il a entraîné Mickie dans une boîte de nuit une fois et cela lui a valu les pires ennuis. Dieu merci, précisa-t-elle, son contrat expire en décembre et il s'en ira." J'ai essayé Sally Askew, elle est terriblement digne. J'ai failli mourir de rire. »... Elle éclata de rire, puis baissa la tête pour imiter la voix retentissante de la femme du conseiller économique : « "Un célibataire fort utile, quand on manque de boches." C'est souvent le cas, vous savez ; nous sommes plus nombreux qu'eux. Il y a trop de diplomates à traquer, trop peu d'Allemands. C'est ça, Bonn. L'ennui, me dit Sally, c'est que les Allemands commençaient à être de nouveau un peu collet monté à propos de gens comme Leo, alors Aubrey et elle avaient à regret renoncé à l'inviter. "C'est un irritant inconscient, ma chère, si vous voyez ce que je veux dire." J'étais absolument aux anges. J'ai raccroché et je me suis précipitée dans le salon pour lui écrire une grande lettre à propos d'absolument n'importe quoi. »

Elle essaya une fois encore de faire démarrer le moteur mais il ne toussa même pas. Elle serra plus étroitement son manteau autour d'elle.

« La barbe, murmura-t-elle. Allons, Leo. On ne traite pas ses amies comme ça. »

Dans l'Opel noire, une petite lumière s'alluma et s'éteignit comme un signal. Turner ne dit rien, mais ses doigts épais palpèrent doucement la clef à molette dans sa poche.

« Une lettre de collégienne. Merci d'être si plein d'attention. Désolée de vous prendre tout votre temps et, s'il vous plaît, n'oubliez pas le séchoir. Et puis une longue et ravissante histoire de mon invention racontant comment j'étais allée faire des courses au *Spanischer Garten* et qu'une vieille dame avait laissé tomber une pièce de deux marks dans un cageot d'oranges où personne ne pouvait la trouver et qu'elle disait que c'était un paiement puisqu'elle l'avait laissée dans la boutique. J'ai porté personnellement la lettre à l'ambassade et il a téléphoné l'après-midi même. Il y avait deux modèles, m'a-t-il dit, le plus cher avait différentes vitesses et on n'avait pas besoin d'un adapteur.

— Transformateur.

— Et pour la couleur ? Je l'écoutais. Il m'expliquait que ce serait très difficile pour moi de prendre une décision, avec cette histoire de vitesses différentes et de couleurs. Est-ce que nous ne pourrions pas nous rencontrer pour en discuter ? C'était un jeudi et nous nous sommes donné rendez-vous ici. Il m'a dit qu'il venait tous les jeudis pour prendre un peu d'air et regarder les enfants. Je ne l'ai pas cru, mais j'étais très heureuse.

— C'est tout ce qu'il a dit à propos du fait qu'il venait ici ?

— Il a dit une fois qu'on lui devait du temps.

— Qui ça ?

— L'ambassade. Quelque chose que Rawley lui avait pris pour le donner à quelqu'un d'autre. Un travail. Alors il venait ici à la place. » Elle secoua la tête avec une sincère admiration. « Il est entêté comme une mule, déclara-t-elle. "Il me doit du temps, disait-il, alors je le prends. Et c'est la seule façon de vivre."

— Vous m'expliquiez tout à l'heure qu'il ne disait jamais les choses ?

— Pas les grandes choses. »

Il attendit.

« Nous nous sommes contentés de marcher en regardant le fleuve et au retour nous nous tenions par la main. Au moment de partir il a dit : "J'ai oublié de vous montrer le séchoir", alors j'ai dit : "Quel dommage. Il va falloir nous retrouver ici jeudi prochain, n'est-ce pas ?" Il a été *extrêmement* choqué. » Elle avait un ton particulier pour parler de lui : un ton tout à la fois moqueur et possessif et qui semblait exclure Turner plutôt que de rechercher sa complicité. « "Mais, ma chère Mrs Bradfield..." Je l'ai interrompu en disant : "Si vous venez la semaine prochaine je vous laisserai m'appeler Hazel." Je suis une putain, expliqua-t-elle. C'est ce que vous pensez.

— Et ensuite ?

— Tous les jeudis. Ici. Il garait sa voiture en bas de l'allée et je laissais la mienne sur la route. Nous étions amants mais nous n'avions pas couché ensemble. C'était très adulte. Tantôt il parlait ; tantôt il ne parlait pas. Il me montrait tout le temps sa maison de l'autre côté du fleuve comme s'il voulait me la vendre. Nous suivions le chemin d'une petite colline à une autre si bien qu'on la voyait toujours. Un jour, je lui ai dit pour le taquiner : "Vous êtes le diable. Vous me montrez tout le royaume." Ça ne lui a pas plu. Il n'oubliait jamais rien, vous savez. C'était son côté survivant. Il n'aimait pas m'entendre parler du mal, de la souffrance ni de rien. Il connaissait tout cela à fond.

— Et le reste ? »

Il la vit tressaillir et le sourire se briser.

« Dans le lit de Rawley. Un vendredi. Il y a chez Leo un vengeur, assez près de la surface. Il savait toujours quand Rawley partait en voyage : il se renseignait au bureau des transports, il regardait les locations faites par l'employé du service. Il me disait : Il va à Hanovre la semaine prochaine... Il va à Brême.

— Pourquoi est-ce que Bradfield allait là-bas ?

— Oh, mon Dieu. Pour visiter les consulats... Leo me posait la même question : comment voulez-vous que je sache ? Rawley ne me dit jamais rien. J'avais l'impression parfois qu'il suivait Karfeld à travers l'Allemagne... Il avait toujours l'air d'aller là où avaient lieu les manifestations.

— Et ça a continué ? »

Elle haussa les épaules. « Oui. Ça a continué. Chaque fois que nous pouvions.

— Bradfield savait ?

— Oh, Seigneur ! Est-ce qu'il sait ? Est-ce qu'il ne sait pas ? Vous êtes pire que les Allemands. C'était entre les deux. Vous voulez qu'on vous mette les points sur les *i,* n'est-ce pas ? Il y a des cas où ça n'est pas possible. Certaines choses ne sont vraies que quand on les a dites. Rawley sait cela mieux que quiconque.

— Bon Dieu, murmura Turner. Vous vous donnez toutes les chances », et il se souvint qu'il avait dit la même chose à Bradfield trois jours avant.

Elle regarda devant elle à travers le pare-brise.

« Qu'est-ce que valent vraiment les gens ? Les enfants, les maris, les carrières. On coule à pic et ils parlent de sacrifice. On survit et ils vous traitent de garce. Il faudrait se couper en tranches minces. Pour quoi faire ? Je ne suis pas Dieu. Je ne peux pas les supporter tous sur mes épaules. Je vis pour eux ; ils vivent pour quelqu'un d'autre. Nous sommes tous des saints. Nous sommes tous des imbéciles. Pourquoi ne vivons-nous pas pour nous-mêmes en appelant ça un service pour changer ?

— *Est-ce qu'il savait ?* »

Il lui avait empoigné le bras.

« Alors ! »

Les larmes coulaient de côté par-dessus l'arête de son nez. Elle les essuya.

« Rawley est un diplomate, dit-elle enfin. L'art du possible, c'est Rawlev. Le but limité, l'esprit bien entraîné. "Ne nous échauffons pas. Ne donnons pas un nom aux choses. Ne négocions pas sans savoir ce que nous voulons obtenir." Il est incapable... il est incapable de se mettre en colère, ca n'est pas son caractère. Il est incapable de vivre pour quoi que ce soit. Sauf pour moi.

— Mais il savait.

— Je pense que oui, dit-elle d'un ton las. Je ne lui ai jamais demandé. Oui, il savait.

— Parce que vous lui avez fait renouveler ce contrat, n'est-ce pas ? En décembre dernier. Vous avez insisté auprès de lui.

— Oui. C'était terrible. C'était vraiment épouvantable. Mais il fallait le faire, expliqua-t-elle, comme si elle faisait allusion à une cause plus noble dont tous deux connaissaient l'existence. Ou alors il aurait renvoyé Leo.

— Et c'était cela que voulait Leo. C'est pourquoi il vous a choisie.

— Leo m'a épousée pour mon argent. Pour ce qu'il pouvait tirer de moi, dit-elle. Il est resté avec moi par amour. Ça vous satisfait ? »

Turner ne répondit pas.

« Il ne l'a jamais exprimé en mots. Je vous l'ai dit. Il ne disait jamais les grandes choses. "Un an de plus, c'est tout ce qu'il me faut. Simplement un an, Hazel. Un an pour vous aimer, un an pour obtenir ce qu'ils me doivent. Un an à partir de décembre et puis je m'en irai. Ils ne se rendent pas compte à quel point ils ont besoin de moi." Alors je l'ai invité à venir prendre un verre. Quand Rawley était là. C'était au début, avant qu'on commence à jaser. Nous étions juste tous les trois ; j'avais demandé à Rawley de rentrer de bonne heure. “Rawley, je vous présente Leo Harting, il travaille pour vous et il tient l'orgue à la chapelle. — Oh, bien sûr. Nous nous connaissons”, dit-il. Nous avons parlé de tout et de rien. Des cacahuètes de la cantine. Du congé de printemps. De ce qu'était Königswinter en été. “Mr Harting nous a invités à dîner, ai-je dit. N'est-ce pas que c'est gentil ?” La semaine suivante nous sommes allés à Königswinter. Il a déployé tout un tralala : des biscuits à la cuiller avec le dessert, le halva avec le café. Ça s'est borné à ça.

— Comment ça ?

— Oh, mon Dieu, vous ne comprenez donc pas ? Je lui avais montré ! J'avais montré à Rawley ce que je voulais qu'il m'achète ! »

Tout était très silencieux maintenant. Les corneilles s'étaient perchées comme des sentinelles sur les branches qui s'agitaient doucement, et il n'y avait plus de vent pour faire bouffer leurs plumes.

« Est-ce qu'elles sont comme les chevaux ? dit-elle. Est-ce qu'elles dorment debout ? »

Elle tourna la tête pour le regarder mais il ne répondit pas

« Il avait horreur du silence, continua-t-elle d'un ton rêveur. Ça lui faisait peur. C'est pourquoi il aimait la musique ; c'est pourquoi il aimait sa maison... Elle était pleine de bruits. Même les morts n'auraient pas pu dormir là-bas. A plus forte raison Leo. »

Elle sourit à l'évocation de ces souvenirs.

« Il n'y vivait pas, il la pilotait. Comme un navire. Il passait la nuit à courir d'un endroit à l'autre pour fermer solidement une fenêtre, un volet ou autre chose. Toute sa vie était comme ça. Des peurs secrètes, des souvenirs secrets ; des choses dont il ne voulait jamais parler mais qu'il pensait que vous connaissiez. » Elle bâilla. « Il ne viendra plus maintenant, dit-elle. Il avait horreur de l'obscurité aussi.

— Où est-il ? demanda Turner d'un ton pressant. Qu'est-ce qu'il fait ? »

Elle ne dit rien.

« Écoutez. Il vous a bien fait des confidences. La nuit il se vantait, il vous disait comment il allait faire tourner le monde à sa guise. Combien il était malin, les tours qu'il jouait, les gens qu'il roulait !

— Vous vous trompez sur son compte. Vous vous trompez complètement.

— Alors dites-moi !

— Il n'y a rien à dire. Nous étions en correspondance, voilà tout. Il me parlait d'un autre monde.

— Quel monde ? Ces conneries de Moscou et de la lutte pour la paix ?

— J'avais raison. Vous êtes vulgaire. Vous voulez que toutes les lignes se rejoignent et que toutes les couleurs soient nettes. Vous n'avez pas le cran d'affronter les demi-tons.

— Et lui, il l'a ? »

Elle semblait l'avoir chassé de son esprit. « Oh, bon sang, allons-nous-en », dit-elle sèchement, comme si Turner l'avait fait attendre.

Il dut pousser la voiture sur une longue distance le long du chemin avant qu'elle démarrât. Comme ils dévalaient la colline, il vit l'Opel quitter le bas-côté et s'empresser de prendre position à trente mètres derrière eux. Elle roula jusqu'à Remagen, et s'arrêta à un des grands hôtels au bord de l'eau, dirigé par une vieille dame qui lui tapota le bras lorsqu'elle s'assit. Où était le petit monsieur ? demanda-t-elle, *der nette kleine Herr* qui était toujours si joyeux, qui fumait des cigares et qui parlait un si bon allemand.

« Il avait un petit accent, expliqua-t-elle à Turner. Un léger accent anglais. C'était une chose qu'il s'était enseignée lui-même. »

La véranda était absolumènt vide à l'exception d'un jeune couple dans le coin. La fille avait de longs cheveux blonds. Tous deux le regardèrent drôlement à cause des coupures qu'il avait sur le visage. De leur table auprès de la vitre, Turner vit l'Opel se garer sur l'esplanade au-dessous d'eux. La plaque minéralogique avait changé, mais les lunes étaient exactement les mêmes. Il avait une horrible migraine. Il n'avait pas bu la moitié de son whisky qu'il avait envie de vomir. Il demanda de l'eau. La vieille dame apporta une bouteille d'eau minérale de la région et lui en expliqua toutes les vertus. Ils l'avaient utilisée lors des deux guerres, expliqua-t-elle, quand l'hôtel était un poste de secours pour ceux qui s'étaient blessés en essayant de franchir le fleuve.

« Il devait me retrouver ici vendredi dernier, dit Hazel. Et me ramener à la maison pour dîner. Rawley partait pour Hanovre. Leo s'est décommandé à la dernière minute. »

« Le jeudi après-midi, il était en retard. Je n'y ai pas fait grande attention. Quelquefois il ne venait pas du tout. Quelquefois il travaillait. Les choses avaient un peu changé. Depuis un mois environ. Il n'était plus le même. J'ai cru tout d'abord qu'il s'était trouvé une autre femme. Il s'en allait toujours en voyage...

— Où ça ?

— Berlin, une fois. Hambourg. Hanovre. Stuttgart. A peu près comme Rawley. En tout cas, c'est ce qu'il disait ; je n'étais jamais sûre. Il n'avait pas la passion de la vérité. Pas comme vous.

— Il est arrivé en retard. Jeudi dernier. Allons, je vous écoute !

— Il avait déjeuné avec Praschko.

— Au Maternus, souffla Turner.

— Ils avaient eu une *discussion.* C'était encore un mot cher à Leo. Ça ne vous engageait pas. Une *discussion* avait eu lieu. Il ne disait pas à propos de quoi. Il était préoccupé. Distrait. Je le connaissais assez pour ne pas essayer de le brusquer alors nous avons simplement marché. Avec *eux* qui nous surveillaient. Et je savais que c'était ça.

— C'était quoi ?

— Que c'était l'année dont il avait besoin. Ce qu'il cherchait, il l'avait trouvé, et maintenant il ne savait pas quoi en faire. » Elle haussa les épaules. « Et à ce moment-là j'avais trouvé aussi. Il ne s'en est jamais rendu compte. Il n'aurait eu qu'à lever le petit doigt et j'aurais fait mes valises et je serais partie avec lui. » Elle regardait le fleuve. « Je n'avais ni enfant, ni mari, ni rien du tout qui m'aurait arrêtée. Seulement lui, il ne voulait pas de moi.

— Qu'est-ce qu'il a trouvé ? murmura Turner.

— Je ne sais pas. Il l'a trouvé, il en a parlé à Praschko et Praschko n'a pas été encourageant. Leo savait que ce serait comme ça ; mais il devait revenir pour s'en assurer. Il devait être certain qu'il était bien tout seul.

— Comment savez-vous ça ? Qu'est-ce qu'il vous a dit au juste ?

— Moins qu'il ne croyait, sans doute. Il supposait que je faisais partie de lui et voilà. » Elle haussa les épaules. « J'étais une amie et les amis ne posent pas de question. Vous ne pensez pas ?

— Continuez.

— Rawley partait pour Hanovre, m'a-t-il dit ; vendredi soir, Rawley irait à Hanovre. Alors Leo m'offrirait à dîner à Königswinter. Un dîner pas comme les autres. J'ai dit : "Pour fêter quelque chose ? — Non. Non, Hazel, pas pour fêter quelque chose." Mais tout était différent maintenant, dit-il, et il ne restait pas beaucoup de temps. On ne lui renouvellerait pas son contrat. Après décembre ce serait fini. Alors pourquoi ne pas faire un bon dîner de temps en temps ? Et il m'a regardée d'un air terriblement fuyant et nous avons fait une fois de plus le tour du terrain, lui marchant devant. Nous nous retrouverions à Remagen, disait-il : ici. Et puis : "Dites donc, Hazel, qu'est-ce qui lui prend à Rawley d'aller comme ça à Hanovre ? Juste deux jours avant la manifestation ?" »

Elle avait une expression toute faite quand elle imitait Leo, une expression lourdement allemande de sincérité exagérée qu'elle devait sûrement utiliser pour se moquer de lui quand ils étaient ensemble.

« Alors, interrogea Turner, qu'est-ce qui avait donc pris à Rawley ?

— Rien, en fait. Il n'y est pas allé. Et Leo a dû avoir vent de ça, parce qu'il s'est décommandé.

— Quand ?

— Il a téléphoné vendredi matin.

— Qu'est-ce qu'il a dit ? Qu'est-ce qu'il a dit *exactement* ?

— Exactement il a dit qu'il ne pouvait pas ce soir. Il ne m'a pas donné de raison. Pas de vraie raison. Il était absolument navré ; il y avait quelque chose qu'il devait faire. C'était devenu urgent. Il avait pris sa voix très officielle : "Absolument désolé, Hazel."

— C'est tout ?

— J'ai dit bon. » Elle se donnait du mal pour ne pas avoir l'air tragique. « Et bonne chance. » Elle haussa les épaules. « Je n'ai pas eu de ses nouvelles depuis. Il a disparu et je me suis inquiétée. J'ai téléphoné chez lui à toutes les heures du jour et de la nuit. C'est pour ça que vous êtes venu dîner. Je pensais que vous sauriez peut-être quelque chose Vous ne saviez rien. Le premier imbécile venu pouvait s'en rendre compte. »

La fille blonde s'était levée. Elle portait un costume de daim assez moulant et elle dut tirer vigoureusement sur le pantalon en haut des cuisses pour effacer les plis. La vieille dame rédigeait une note. Turner l'appela et lui demanda encore une bouteille d'eau et elle quitta la pièce pour aller la chercher.

« Vous n'avez jamais vu cette clef ? »

Il la tira tant bien que mal de l'enveloppe jaune et la posa sur la nappe devant elle. Elle la prit et la déposa doucement au creux de sa paume.

« Où avez-vous trouvé ça ?

— A Königswinter. C'était dans un costume bleu.

— Celui qu'il portait jeudi, dit-elle en examinant la clef.

— C'est vous qui la lui avez donnée, n'est-ce pas ? demanda-t-il avec un mépris non dissimulé. C'est la clef de chez vous ?

— C'est peut-être celle que je n'ai pas voulu lui donner, répondit-elle enfin. C'est la seule chose que j'ai refusé de faire pour lui.

— Continuez.

— Je pense que c'est ce qu'il voulait de Pargiter. Cette garce de Mary Crabbe m'a raconté qu'il s'était entiché d'elle. » Elle baissa les yeux vers l'esplanade, vers l'Opel qui attendait, garée dans les zones d'ombre entre les lumières ; et puis de l'autre côté du fleuve, vers la berge de Leo.

« Il disait que l'ambassade détenait quelque chose qui lui appartenait. Quelque chose qui datait d'il y a bien des années. “Ils me le doivent, Hazel.” Il ne voulait pas dire ce que c'était. Des souvenirs, disait-il seulement. Ça datait d'il y a longtemps et je pouvais lui procurer la clef pour qu'il puisse les reprendre. Je lui ai dit : “Parlez-leur. Expliquez ça à Rawley, il est humain.” Il m'a dit que non, que Rawley était la dernière personne au monde à qui il pouvait parler. Ce qu'il cherchait n'avait aucune valeur. C'était enfermé à clef quelque part et ils ne savaient même pas qu'ils l'avaient. Vous allez m'interrompre. Contentez-vous de m'écouter. Je vous en dis plus que vous ne méritez. »

Elle but une gorgée de whisky.

« Vers la troisième fois... chez nous. Il était dans le lit et il s'est mis comme ça à en parler : “Ça n'a rien de mal, disait-il, ça n'a rien de politique, mais c'est quelque chose qu'on me doit.” S'il était de permanence un jour, ça n'aurait pas d'importance, mais, étant donné ce qu'il était, il n'était jamais de permanence. Ce n'était qu'une malheureuse clef, on ne s'apercevrait jamais qu'elle manquait, d'ailleurs personne ne savait combien il y en avait. C'était une clef qu'il lui fallait. » Elle s'interrompit. « Rawley le fascinait. Il adorait son vestiaire. Tout l'appareil d'un gentleman. Il aimait voir. Certaines fois, c'était ce que j'étais pour lui : la femme de Rawley. Les boutons de manchette, l'Edward Leer... Il voulait connaître tous les détails privés, par exemple, qui lui cirait ses chaussures, où il se faisait faire ses costumes. C'est à ce moment-là qu'il a joué sa carte : pendant qu'il s'habillait. Il a fait semblant de se souvenir de ce dont nous avions parlé toute la nuit. "Vous savez, Hazel, au fond vous, vous pourriez me procurer la clef. Quand Rawley travaille tard un soir, vous ne pourriez pas ? Je ne sais pas, vous viendriez le voir en disant que vous avez oublié quelque chose dans la salle d'assemblée. Ce serait extraordinairement simple. C'est une clef différente, me disait-il. Elle n'est pas comme les autres. Très facile à reconnaître, Hazel." (C'est cette clef-là, remarqua-t-elle d'un ton uni en la lui rendant.) "Vous êtes malin, lui ai-je dit, vous trouverez bien un moyen."

— C'était avant Noël ?

— Oui.

— Quel crétin je suis, murmura Turner. Bon Dieu !

— Pourquoi ? Qu'est-ce qu'il y a ?

— Rien. » Une lueur de triomphe brillait dans ses yeux. « L'espace d'un instant, j'ai oublié qu'il était un voleur, voilà tout. Je croyais qu'il aurait fait une copie de la clef et il s'est contenté de la voler. Évidemment !

— Ce n'est pas un voleur ! C'est un homme. Il est dix fois plus un homme que vous.

— Oh, bien sûr, bien sûr. Vous deux, vous aviez du style. Je connais la chanson, croyez-moi. Vous viviez dans ce domaine de la vie dont on ne parle pas, coupé du monde de tous les jours, n'est-ce pas ? Vous étiez des artistes et Rawley était le pauvre couillon de technicien. Vous aviez une âme, vous deux, vous entendiez des voix ; Rawley se contentait de ramasser les miettes parce qu'il vous aimait. Et moi qui ai cru tout le temps que c'était à propos de Jenny Pargiter qu'on ricanait. Bonté divine ! Pauvre connard, dit-il en regardant par la fenêtre. Pauvre vieux. Je n'aimerai jamais Bradfield, ça c'est sûr ; mais, Seigneur, il a toute ma sympathie. »

Laissant de l'argent sur la table il la suivit sur le perron. Elle avait peur.

« Il ne vous a jamais parlé de Margaret Eickman, je suppose ? Il devait l'épouser, vous savez. C'était la seule femme qu'il ait aimée.

— Il n'a jamais aimé personne que moi.

— Mais il ne vous a pas parlé d'elle ? Il en a parlé à d'autres, vous savez. A tout le monde sauf à vous. C'était son grand amour !

— Je ne le crois pas. Je ne le croirai jamais !

Il ouvrit la portière de la voiture et se pencha vers elle. « Vous êtes parfaite, n'est-ce pas ? Vous avez touché le fond. Il vous aimait. Tout le monde entier peut bien se mettre en guerre dès l'instant où vous avez votre petit garçon !

— C'est vrai. J'ai touché le fond. Avec moi il était réel. Je l'ai rendu réel. Quoi qu'il fasse en ce moment, il est réel. Ce temps-là était à nous et je ne vais pas vous laisser le détruire ; ni vous ni personne d'autre. C'est lui qui m'a trouvée.

— Qu'est-ce qu'il a trouvé d'autre ? »

Par miracle, la voiture démarra.

« Il m'a trouvée et ce qu'il a trouvé en bas, c'était l'autre chose qui l'a réveillé.

— En bas ? En bas où ? Où est-il allé ? Dites-le-moi ! Vous savez ! C'est ça qu'il vous a dit ? »

Elle démarra sans regarder en arrière, très lentement, remontant l'esplanade dans le soir au milieu des petites lumières.

L'Opel démarra, s'apprêtant à la suivre. Turner la laissa passer, puis traversa la route en courant et sauta dans un taxi.

Le parking de l'ambassade était plein, la garde était doublée à l'entrée. Une fois de plus, la Rolls-Royce de l'ambassadeur attendait à la porte comme un vieux navire à bord duquel il allait affronter la tempête. Turner monta les marches quatre à quatre, les pans de son imperméable flottant derrière lui, la clef toute prête à la main.

15

LE MAGASIN DES ACCESSOIRES

Deux courriers de la reine étaient debout auprès du bureau, leur sacoche de cuir noir pendant comme des harnais de parachute par-dessus leurs blazers marqués des armes de leur régiment.

« Qui est de permanence ? demanda sèchement Turner.

— Je croyais que vous étiez parti, dit Gaunt. Sept heures hier, c'est ce que... »

Dans un bruit de cuir crissant, les courriers s'empressèrent de lui laisser le passage.

« Je veux les clefs. »

Gaunt aperçut les coupures sur le visage de Turner et ouvrit de grands yeux.

« Téléphonez au diplomate de permanence. » Turner décrocha le combiné et le lui tendit à travers le bureau. « Dites-lui de descendre avec les clefs. Tout de suite ! »

Gaunt protestait. Le hall se balança un peu puis s'immobilisa. Turner entendit ses bêlements stupides de Gallois, les récriminations se mêlant aux flatteries, et il l'empoigna brutalement par le bras et l'entraîna dans le couloir sombre.

« Si vous ne faites pas ce que je dis, je m'arrangerai pour que vous regrettiez jusqu'au jour où vous mourrez de mort naturelle le poste où on vous aura envoyé.

— On n'a pas demandé les clefs, je vous assure.

— Où sont-elles ?

— Je les ai ici. Dans le coffre. Mais vous ne pouvez pas les avoir, pas sans une signature, vous le savez très bien.

— Je ne les veux pas. Je veux que vous les comptiez c'est tout. Comptez-moi toutes ces foutues clefs ! »

Les courriers, feignant avec ostentation d'être discrets, échangeaient des chuchotements bizarres, mais la voix de Turner vint les séparer comme un coup de hache : « Combien devrait-il y en avoir ?

— Quarante-sept. »

Appelant un jeune collègue, Gaunt ouvrit le coffre et en retira le trousseau familier de clefs de cuivre aux arêtes nettes. Dévorés de curiosité, les deux courriers regardaient, cependant que les doigts carrés de mineur énuméraient chaque clef comme une boule sur le boulier. Il les compta une fois et il les compta une seconde fois, puis il les tendit à son collègue qui les compta une fois encore.

« Alors ?

— Quarante-six, fit Gaunt en rechignant. Pas de doute.

— Quarante-six, fit en écho le jeune homme. Il en manque une.

— Quand les a-t-on comptées pour la dernière fois ?

— C'est impossible à dire, murmura Gaunt. Ça fait des semaines qu'elles entrent et qu'elles sortent. »

Turner désigna la grille neuve et brillante qui barrait l'entrée descendant au sous-sol.

« Comment est-ce que je descends là ?

— Je vous l'ai dit. Bradfield a la clef. C'est une grille en cas d'émeute, vous comprenez. Les gardes n'ont pas le droit d'y toucher.

— Comment les femmes de ménage descendent-elles alors ? Et les préposés aux chaudières ?

— La chaufferie a une porte séparée maintenant, depuis Brême, vous comprenez. On a posé des grilles là-bas aussi. On peut passer par l'escalier extérieur mais on ne peut pas aller plus loin que la chaufferie parce que c'est barré. » Gaunt semblait affolé.

« Il y a un escalier d'incendie... Un monte-charge.

— Il y a juste l'escalier de service, mais celui-là est fermé à clef aussi, vous savez. Bouclé.

— Et les clefs ?

— C'est Bradfield qui les a. Comme pour le monte-charge.

— D'où part-il ?

— Du dernier étage.

— A côté de votre appartement ?

— Et alors ?

— A côté de votre appartement ou non ?

— Pas loin.

— Montrez-moi ! »

Gaunt baissa les yeux, regarda son jeune collègue, regarda Turner et puis de nouveau le jeune homme. A regret, il laissa tomber les clefs dans la main du jeune garde et, sans un mot aux courriers, entraîna Turner dans les étages.

On se serait cru en plein jour. Toutes les lumières étaient allumées, les portes ouvertes. Des secrétaires, des employés et des diplomates se hâtaient dans les couloirs, sans faire attention à eux lorsqu'ils passaient. On ne parlait que de Bruxelles. On chuchotait le nom de la ville comme un mot de passe. Il était sur toutes les lèvres et on le tapait sur tous les claviers de machine à écrire ; il se découpait dans la cire blanche des stencils et courait sur toutes les lignes téléphoniques. Ils montèrent encore un étage jusqu'à un petit corridor qui sentait la piscine. Une bouffée d'air frais les frappa, venant de la gauche. La porte devant eux annonçait « Garde privée de la chancellerie » et l'étiquette en dessous précisait : « Mr et Mrs J. Gaunt, ambassade de Grande-Bretagne, Bonn. »

« Nous n'avons pas besoin d'entrer ici ?

— C'est là qu'il venait vous voir ? Le vendredi soir après la chorale ? Il montait ici ? »

Gaunt acquiesça.

« Qu'est-ce qui se passait quand il s'en allait ? Vous le raccompagniez jusqu'à la porte ?

— Il ne voulait pas. “Restez ici mon garçon à regarder votre télé, je trouverai bien mon chemin.”

— Et voilà la porte : celle de l'escalier de service. »

Il désignait sur sa gauche l'endroit d'où venait le courant d'air.

« Elle est fermée à clef, vous voyez. Ça fait des années qu'on ne l'a pas ouverte.

— C'est le seul accès ?

— Ça descend droit jusqu'au sous-sol. On devait faire un vide-ordures mais ils ont manqué d'argent alors on a mis un escalier. »

La porte était solide avec deux robustes verrous auxquels on n'avait pas touché depuis longtemps. Promenant le faisceau d'une torche de poche sur les linteaux, Turner palpa doucement les baguettes de bois qui couraient sur les deux côtés, puis saisit la poignée d'une main ferme.

« Venez un peu. Vous avez sa taille. Essayez. Prenez la poignée. Ne la tournez pas. Poussez. Poussez dur. »

La porte céda sans un bruit.

Ils respirèrent brusquement un air très froid et confiné ; l'air d'Amérique quand les climatiseurs tombent en panne. Ils se trouvaient sur un palier entre deux étages. Les marches étaient très raides. Une petite fenêtre donnait sur le champ de la Croix-Rouge. Juste en dessous, le capuchon de la cheminée de la cantine lâchait dans la nuit un petit panache de fumée éclairé par les projecteurs. Le plâtre s'écaillait par grandes plaques. On entendait l'eau couler goutte à goutte. De l'autre côté de la porte, le montant avait été soigneusement scié. Suivant le mince pinceau de la torche, ils commencèrent leur descente. Les marches étaient en pierre, une étroite bande de natte couvrait le milieu. « Club de l'ambassade par ici », annonçait une très vieille affiche. « Bienvenue à tous. » Ils perçurent le bruit d'une bouilloire qui frémissait sur le réchaud électrique et ils entendirent la voix d'une sténo relisant un passage qu'elle venait de prendre en dictée : « Alors que le communiqué officiel du gouvernement fédéral qualifie les raisons de ce recul de purement techniques, même ceux qui commentent cette décision avec le plus de sobriété... » Et instinctivement tous deux s'arrêtèrent, le cœur battant, écoutant les mots énoncés avec précision dans la cage de l'escalier.

« C'est la ventilation, murmura Gaunt. Ça vient par le conduit, vous comprenez.

— Taisez-vous. »

Ils entendirent la voix de De Lisle qui corrigeait avec langueur. « *Modération* », dit-il. « *Modération* serait infiniment préférable. Remplacez *sobriété* par *modération,* voulez-vous, mon petit ? Nous ne voulons pas leur faire croire que nous noyons nos chagrins dans l'alcool. »

La fille eut un petit rire.

Ils devaient être au rez-de-chaussée, car l'encadrement d'une porte murée par des briques se dressait devant eux et on voyait un peu de plâtre humide sur le linoléum. Un tableau d'affichage improvisé annonçait des distractions évanouies : la troupe de l'ambassade donnerait pour Noël une représentation du *Revizor* de Gogol. Un grand goûter pour les enfants du Commonwealth aurait lieu à la résidence de l'ambassadeur ; les noms avec toutes les précisions diététiques éventuelles devaient être soumis au secrétariat particulier d'ici le 10 décembre. C'était l'année 1954 et la signature était celle de Harting.

Un instant, Turner dut lutter pour conserver son sens du temps et du lieu, et il faillit le perdre. De nouveau il entendait les péniches et le tintement des verres, la suie qui tombait et la charpente qui craquait. La même palpitation, la même vibration intérieure qui dépassait la perception sonore.

« Qu'est-ce que vous disiez ? demanda Gaunt.

— Rien. »

Étourdi, déconcerté, il s'engagea le premier dans le couloir le plus proche, les tempes battantes.

« Vous n'êtes pas bien, dit Gaunt. Qui donc vous a fait ça ? »

Ils étaient dans une seconde pièce vide à l'exception d'un vieux tour, les copeaux de métal tout rouillés autour du pied. Dans le mur du fond il y avait une porte. Turner la poussa et un instant il perdit son sang-froid et recula avec un petit cri de dégoût, mais c'étaient seulement les barres de fer de la nouvelle grille allant du plafond au plancher, les salopettes mouillées accrochées au fil et l'eau qui tombait goutte à goutte sur le ciment. Cela sentait la lessive et le mazout à moitié brûlé ; le feu faisait trembler une lueur rouge sur les briques ; de petites lumières dansaient sur l'acier tout neuf. Rien d'apocalyptique se dit-il en suivant avec prudence le passage jusqu'à la porte du fond, rien qu'un train de nuit pendant la guerre, un compartiment bondé et nous voilà tous endormis.

C'était une porte d'acier, encastrée dans le plâtre, une porte d'inondation bien au-dessous de la ligne de flottaison, aux montants rouillés avec la mention ENTRÉE INTERDITE tracée des années auparavant avec une peinture officielle qui s'écaillait. Le mur sur sa gauche avait jadis été peint en blanc et Turner distinguait les éraflures là où le chariot l'avait heurté. La lumière au-dessus de lui était protégée par un treillage métallique qui lançait des doigts sombres sur son visage. Il fit un vaillant effort pour reprendre conscience. Les conduites d'eau calorifugées qui couraient le long du plafond gargouillaient et glougloutaient dans leur gaine et la chaudière derrière sa grille de fer crachait des étincelles blanches qui faisaient jaillir par moments de petites ombres. Bon Dieu, se dit-il : il y a de quoi faire marcher le *Queen Élisabeth,* il y a de quoi marquer au fer toute une armée de prisonniers, et tout cela est gaspillé sur une usine de rêves.

Il dut se battre avec la clef ; il dut secouer avec force la poignée avant que le pêne glissât. Puis brusquement il avait cédé comme un bout de bois qui casse et on entendait l'écho s'éloigner et se répercuter dans les autres pièces du sous-sol. Gardez-moi ici, ô mon Dieu gardez-moi ici, se dit-il. Ne changez pas ma nature ni ma vie, ne changez pas l'endroit, ne déplacez pas le chemin que je suis... Il devait y avoir un fragment de ciment sous la porte car elle grinça, puis s'arrêta et Turner dut la forcer de tout son corps, pendant que Gaunt le Gallois attendait derrière, observant avec convoitise mais sans oser toucher. Tout d'abord, cherchant à tâtons le commutateur, il ne vit que des ténèbres ; puis une unique fenêtre couverte d'une épaisse couche de toiles d'araignée découpait sa forme lugubre et cela lui fit peur parce qu'il avait horreur de la prison. Elle était située haut sur le mur, voûtée comme la porte d'un four et protégée par des barreaux pour plus de sécurité. Par les carreaux du haut, il apercevait le gravier humide du parking. Pendant qu'il était là à regarder, le faisceau d'un phare glissa lentement le long du plafond, un projecteur de prison en quête d'évadés, et toutes les catacombes s'emplirent du rugissement d'un moteur qui démarrait. Une couverture militaire était posée sur l'appui de la fenêtre et Turner se dit : Tu t'es souvenu de masquer la fenêtre comme pendant le black-out, tu t'es souvenu des nuits de veille à Londres.

Sa main avait trouvé le commutateur ; il était rond comme un sein de femme et quand Turner pressa le bouton, le ressort le repoussa avec un bruit sourd contre son doigt et la poussière tomba en nuage alangui sur le ciment noirci.

« On appelle ça le magasin des accessoires », murmura Gaunt.

Le chariot était dans une alcôve auprès du bureau. Des dossiers sur le plateau du dessus, du papier à lettres en dessous, de différents formats, frappé de belles armoiries, avec des enveloppes assorties, toutes disposées à portée de la main. Au milieu du bureau, près de la lampe, bien d'aplomb sur son tapis de feutre et soigneusement recouverte d'une housse de matière plastique grise, se trouvait la machine à grand chariot manquante, et auprès d'elle trois ou quatre boîtes de cigares hollandais. Sur une petite table, un thermos et une quantité de gobelets de la Naafi ; la théière électrique à minuterie ; par terre un petit ventilateur en deux tons de matière plastique, braqué vers le bureau pour tenter de lutter contre les tristes effets de l'humidité ; sur la chaise neuve avec sa galette de rexine, un coussin rose brodé par miss Eickmann. Tout cela, il le reconnut d'un coup d'œil, sans surprise, saluant brièvement tous ces objets comme on accueille de vieux amis, pendant qu'il contemplait plus loin les archives qui tapissaient les murs du sol au plafond ; les dossiers noirs et minces, chacun avec une boucle rouillée et un onglet arrondi, les uns couverts d'un duvet gris de poussière, les autres froissés et gondolés par l'humidité, s'alignant par colonnes dans leurs uniformes noirs, comme autant de vétérans bien entraînés qui attendaient l'appel.

Il avait dû demander ce que c'étaient que ces dossiers, car Gaunt chuchotait quelque chose. Non, il n'avait aucune idée de ce qu'ils étaient. Non. Ça n'était pas son secteur. Pas du tout. Ils étaient là depuis si longtemps. Certains disaient que c'étaient des dossiers Jusmi. il voulait dire les dossiers de la justice militaire, c'était ce que disaient les bavards et les bavards ajoutaient que tout ça était arrivé de Minden par camion, qu'on les avait déchargés là pour faire de la place, ça devait bien faire vingt ans, vingt ans bien tassés, quand l'occupation avait cessé. C'était tout ce qu'il pouvait dire là-dessus, vraiment ; il avait entendu ça par hasard, tout à fait par hasard parce que Gaunt n'avait rien d'une concierge, ça, en tout cas on pouvait le dire. Oh oui, plus de vingt ans... Les camions étaient arrivés un soir d'été... Macmullen et quelqu'un d'autre avaient passé la moitié de la nuit à aider au déchargement... Bien sûr, en ce temps-là, on pensait que l'ambassade pourrait en avoir besoin... Non, personne n'avait accès à ces pièces, plus maintenant, ça n'était d'ailleurs pas nécessaire ; qui ça pouvait-il intéresser ? Il y a longtemps, un type de la chancellerie demandait parfois la clef et venait consulter un dossier, mais ça faisait vraiment longtemps, Gaunt ne s'en souvenait même pas, et personne n'avait mis les pieds ici depuis des années, mais bien sûr Gaunt ne pouvait pas l'affirmer avec certitude ; avec Turner, il surveillait ses paroles, il avait appris ça maintenant, pour sûr... Non, on avait dû garder la clef à part à un moment puis l'ajouter au trousseau du diplomate de permanence... Mais, ça faisait un moment, Gaunt ne pouvait pas dire quand, il les avait entendus en parler, Marcus, un des chauffeurs, qui était parti maintenant, disait que ce n'étaient pas des dossiers Jusmi, mais des dossiers de groupes, de petites formations anglaises de spécialistes... Il poursuivait, d'un ton complice et insistant, comme une vieille femme à l'église. Turner n'écoutait plus. Il avait vu la carte.

Une carte toute simple, imprimée en Pologne.

Elle était épinglée au-dessus du bureau, épinglée depuis très peu de temps dans le plâtre humide, à l'endroit où d'aucuns pourraient accrocher les photos de leurs enfants. Aucune ville importante n'était marquée, aucune frontière, il n'y avait pas d'échelle, pas de jolies flèches pour corriger la déviation magnétique : rien que les emplacements où se trouvaient les camps. Neuengamme et Belsen dans le nord, Dachau, Mauthausen dans le sud, à l'est, Treblinka, Sobibor, Majdanek, Belzec et Auschwitz ; au centre Ravensbrück, Sachsenhausen, Kulmhof et Gross Rosen.

« Ils ont des dettes envers moi, songea-t-il soudain. Ils ont des dettes envers moi. » Dieu du Ciel, quel imbécile, quel triste imbécile j'ai été. Leo, espèce de voleur, tu venais ici fouiller dans ta terrible enfance.

« Partez. Si j'ai besoin de vous je vous appellerai. » Turner fixa Gaunt sans le voir, sa main droite appuyée sur une étagère. « Ne dites rien à personne. Bradfield, de Lisle, Crabbe... Personne, vous comprenez.

— Je ne dirai rien, fit Gaunt.

— Je ne suis pas ici. Je n'existe pas. Je ne suis jamais venu ici ce soir. Vous comprenez.

— Vous devriez voir un docteur, dit Gaunt.

— Allez vous faire foutre. »

Tirant la chaise en arrière, il fit glisser le petit coussin par terre et s'assit au bureau. Le menton appuyé sur sa main, il attendit que la pièce s'immobilisât. Il était seul. Il était seul comme Harting, la contrebande bien arrivée, vivant comme Harting sur du temps qui ne lui appartenait pas. En quête, comme Harting, d'une vérité qui manquait. Il y avait un robinet près de la fenêtre ; il emplit la théiére électrique et manipula les boutons jusqu'au moment où elle commença à siffler. En revenant vers le bureau il trébucha sur une boîte verte. Elle avait la taille d'un étroit porte-documents, mais elle était raide et rectangulaire, faite dans cette sorte de moleskine dure qu'on utilise pour les boîte à jeux de cartes et les étuis à fusil. Il y avait les initiales de la reine, juste sous la poignée et des coins renforcés par de petites plaques d'acier ; la serrure avait été arrachée et la boîte était vide. *C'est ce que nous faisons tous, n'est-ce pas ? Nous cherchons quelque chose qui n'est pas là ?* Il était seul, avec pour toute compagnie les dossiers et l'odeur chaude et humide du radiateur électrique ; et la brise anémique du ventilateur en matière plastique et le murmure de la théière électrique. Lentement, il se mit à tourner les pages. Certains des dossiers étaient vieux, ils avaient été pris sur les étagères, moitié en anglais et moitié dans une écriture gothique aux aspérités cruelles comme du fil de fer barbelé. Les noms ressortaient comme des athlètes, le nom de famille d'abord et le prénom ensuite avec seulement une ou deux lignes en haut et une signature hâtive en bas de page pour autoriser leur destruction. Les dossiers sur le chariot étaient neufs, le papier était somptueux et lisse et les signatures sur les minutes étaient familières. Certains n'étaient que des classeurs, où l'on avait enregistré le courrier expédié et le courrier reçu, avec les titres soulignés et des marges tracées au crayon.

Il était seul, au début du voyage de Harting, avec seulement ces traces pour compagnie, et le grommellement maussade des conduites d'eau dans le couloir dehors, comme des brodequins traînant sur les marches d'un échafaud. *Est-ce qu'ils sont comme les chevaux ?* demanda la voix de Hazel Bradfield. *Est-ce qu'ils dorment debout ?* Il était seul. *Et ce qu'il a trouvé en bas, c'était l'autre chose qui l'a réveillé.*

Meadowes dormait. Il n'aurait pas un instant voulu l'avouer ; et Cork, par charité, ne l'aurait pas un instant accusé de s'être assoupi ; et il est vrai que techniquement, comme les chevaux de Hazel Bradfield, ses yeux étaient ouverts. Il était renversé dans son fauteuil de cuir dans une attitude de repos bien mérité, cependant que les rumeurs de l'aurore pénétraient par la fenêtre ouverte.

« Je passe les consignes à Bill Sutcliffe, dit Cork d'une voix forte et avec une nonchalance affectée. Vous n'avez besoin de rien avant que je file ? Si ça vous dit, nous nous faisons une tasse de thé.

« Ça va très bien », dit Meadowes d'une voix indistincte, se redressant dans son fauteuil en sursautant.

Cork, qui regardait par la fenêtre ouverte le parking, lui laissa le temps de se remettre.

« Si ça vous dit, répéta-t-il, nous nous faisons un peu de thé. Valérie a mis de l'eau à bouillir. » Il serrait dans sa main une liasse de télégrammes. « Il n'y a pas eu une nuit comme ça depuis Brême. Du bavardage, voilà ce que c'est. Des mots. A quatre heures du matin ils avaient complètement oublié tous les principes de sécurité. Son Excellence et le secrétaire d'État bavardaient gaiement sur la ligne normale. Incroyable. Ils ont dû tout griller : les codes, les chiffres, le grand jeu, quoi.

— Tout est déjà grillé », répondit Meadowes, se parlant à lui-même plutôt qu'à Cork, puis il vint le rejoindre près de la fenêtre. « Par Leo. »

Aucune aube n'est jamais totalement menaçante. La terre est trop sa propre maîtresse ; les cris, les couleurs et les parfums sont trop confiants pour servir de support à nos sinistres appréhensions. Même les gardes à la grille d'entrée, dont on avait doublé les effectifs depuis le soir, avaient un air paisible et domestique. La lumière matinale qui luisait sur leur long manteau de cuir était douce et étrangement inoffensive ; leurs pas, lorsqu'ils arpentaient lentement le périmètre, étaient sages et mesurés. Cork se sentit enclin à l'optimisme.

« Ça pourrait bien être pour aujourd'hui, dit-il. Me retrouver père à l'heure du déjeuner : qu'est-ce que vous en dites, Arthur ?

— Ça ne va jamais si vite, dit Meadowes. Pas pour les premiers », et ils se mirent à compter les voitures.

« On a pratiquement fait le plein », déclara Cork ; et c'était vrai. La Jaguar blanche de Bradfield, la voiture de sport rouge de De Lisle, la petite Wolseley de Jenny Pargiter, le break de Gaveston avec le fauteuil de bébé à la place du passager, la Rover 2000 mal entretenue de Jackson ; même l'Opel Kapitän délabrée de Crabbe, à qui l'ambassadeur avait par deux fois personnellement interdit l'accès du parking, toutes étaient revenues à la faveur de la crise.

« La Rover n'est pas mal », dit Cork. Dans un silence respectueux, ils admirèrent consciencieusement son contour distingué se détachant sur la clôture de l'autre côté de la cantine. Plus près, la Rolls grise attendait à la place qui lui était réservée, sous la surveillance d'un caporal.

« Il l'a vu alors ? demanda Meadowes.

— Je pense bien. » Cork s'humecta le doigt, trouva le télégramme en question dans le classeur qu'il portait sous son bras et se mit à lire, comme s'il débitait une comptine, le compte rendu par l'ambassadeur de la conversation qu'il avait eue avec le chancelier fédéral... « "J'ai répondu qu'en tant que secrétaire au Foreign Office vous faisiez toute confiance aux nombreux engagements que vous avait déjà exprimés personnellement le chancelier et que vous étiez persuadé que le chancelier ne songerait pas un instant à céder à la pression de minorités tapageuses. Je lui ai rappelé également la position française vis-à-vis du problème de la réunification de l'Allemagne en la qualifiant non seulement de déraisonnable mais également d'antiaméricaine, d'antieuropéenne et surtout d'antiallemande..." »

— Écoutez, dit soudain Meadowes. Taisez-vous et écoutez.

— Qu'est-ce que ?...

— Ne faites pas de bruit. »

Du bout du couloir on entendait un ronronnement régulier comme le bruit d'une voiture grimpant une colline.

« Ça n'est pas possible, dit tout de suite Cork. Bradfield a les clefs et il... » Il s'interrompit lorsqu'ils entendirent le fracas de la grille qui se refermait et le petit soupir de freins hydrauliques.

« Ce sont les lits ! D'autres lits. Ils l'ont fait fonctionner pour les lits ; c'est pour ça qu'il a ouvert la porte. » Comme pour confirmer cette théorie, ils entendirent le cliquetis du métal heurtant du métal et le gémissement des ressorts.

« D'ici dimanche, ça va être une véritable arche de Noé, ici, c'est moi qui vous le dis. Des gosses, des femmes, même le personnel allemand : une vraie Babylone, voilà ce que ça va être. Ou plutôt Sodome et Gomorrhe. Tiens, qu'est-ce qui se passe si l'accouchement a lieu au moment où ils manifestent ? Ce serait bien ma chance, vous ne croyez pas ? Mon premier gosse : bébé Cork, né en captivité !

— Allez-y. Écoutons le reste.

— "Le chancelier fédéral a pris note de l'inquiétude du gouvernement britannique qu'il a jugée injustifiée ; il m'a assuré qu'il consulterait ses ministres et verrait quelles mesures pouvaient être prises pour rétablir le calme. Je lui ai suggéré qu'une déclaration de politique serait fort utile ; le chancelier, par contre, estimait que la répétition avait un effet affaiblissant. Là-dessus il m'a demandé de vous transmettre ses meilleurs vœux, et de toute évidence il considérait l'entretien comme terminé. Je lui ai demandé s'il envisageait de réserver de nouvelles chambres d'hôtel à Bruxelles afin de mettre un terme à des rumeurs lancées par des gens mal informés, car vous aviez été personnellement navré à la lecture de rapports d'après lesquels la délégation allemande avait payé ses notes et annulé ses réservations. Le chancelier répondit que certainement des mesures de cet ordre devraient être prises."

— Négatif dit Meadowes d'un ton distrait.

— "Le chancelier a demandé des nouvelles de la santé de la reine. Il avait appris qu'elle avait été légèrement grippée. Je lui ai dit que je croyais savoir qu'elle était en voie de guérison mais que j'allais me renseigner et le lui faire savoir. Le chancelier dit qu'il espérait que Sa Majesté prendrait des précautions ; c'était une saison où il le fallait. Je répondis que nous espérions tous sincèrement que d'ici à lundi le climat serait redevenu plus stable et il m'a fait la grâce de rire. Nous nous sommes quittés en bons termes." Ha ha ha. Ils ont échangé quelques mots aussi à propos de la manifestation d'aujourd'hui. Le chancelier a dit que nous ne devions pas nous inquiéter. Londres envoie des doubles au Palais. "L'entrevue, ajouta Cork en bâillant, s'est achevée sur l'échange habituel de compliments à vingt-deux heures vingt. Un communiqué conjoint a été remis à la presse." Pendant ce temps-là, la section économique perd la tête et la section commerciale essaie d'estimer ce que coûterait une spéculation sur la livre. Sur l'or ou sur je ne sais quoi. A moins que ce ne soit une crise. Au fond, on s'en fout.

— Vous devriez passer l'examen, dit Meadowes. Vous avez l'esprit trop vif pour rester seulement au Chiffre.

— Je me contenterai de jumeaux », dit Cork et Valérie apporta le thé.

Meadowes avait porté la tasse à ses lèvres lorsqu'il entendit le bruit du chariot et le trille familier de la roue qui grinçait. Valérie reposa le plateau d'un geste si brusque qu'un peu de thé jaillit de la théière pour tomber dans le sucrier. Elle portait un pull-over vert et Cork, qui aimait bien la regarder, remarqua lorsqu'elle se tourna vers la porte que le col montant avait provoqué une légère rougeur sur le côté de sa gorge. Et Cork, plus rapide que les deux autres, remit à Meadowes le classeur, se dirigea vers la porte et regarda dans le couloir. C'était leur chariot, chargé de dossiers rouges et noirs et Alan Turner le poussait. Il était en manches de chemise et il avait des meurtrissures sous les yeux. Il avait une lèvre fendue à laquelle on avait fait quelques points de suture sommaires. Il n'était pas rasé. La sacoche diplomatique était en haut de la pile. Cork raconta plus tard qu'on aurait dit qu'il avait poussé tout seul le chariot à travers les lignes ennemies. A mesure qu'il descendait le couloir, les portes s'ouvraient l'une après l'autre sur son passage. Edna du pool des dactylos, Crabbe, Pargiter de Lisle, Gaveston : l'une après l'autre, leur tête apparaissait, suivie de leur corps, si bien que lorsqu'il arriva aux Archives, releva le battant mobile du comptoir d'acier et poussa le chariot nonchalamment au milieu de la pièce, la seule porte à demeurer close était celle de Rawley Bradfield, chef de la chancellerie.

« Laissez ça là. N'y touchez pas. Ne touchez à rien. »

Turner traversa le couloir et, sans frapper, entra droit chez Bradfield.

16

« UNE VASTE IMPOSTURE... »

« Je vous croyais parti. » Son ton était las et surpris.

« J'ai manqué l'avion. Elle ne vous a pas dit ?

— Qu'est-ce que vous vous êtes donc fait au visage ?

— Siebkron a envoyé ses hommes fouiller ma chambre. Pour chercher des nouvelles de Harting. Je les ai interrompus. » Il s'assit. « Ce sont des anglophiles. Comme Karfeld.

— L'affaire Harting est close. » Avec des gestes très lents, Bradfield écarta quelques télégrammes. « J'ai renvoyé ses papiers à Londres avec une lettre donnant une estimation des dommages subis sur le plan de la sécurité. Ils régleront cela de là-bas. Je n'ai aucun doute qu'en temps utile une décision sera prise sur la question de savoir si nous devons ou non informer nos partenaires de l'OTAN.

— Alors vous pouvez annuler votre lettre et vous dispenser de l'estimation.

— J'ai été tolérant avec vous, riposta Bradfield, retrouvant sa brusquerie des premiers entretiens. Extrêmement tolérant. J'ai supporté votre profession peu ragoûtante, votre ignorance des usages diplomatiques et votre rare grossièreté. Votre séjour ici ne nous a valu que des ennuis ; vous semblez décidé à être impopulaire. J'aimerais bien savoir ce qui vous prend de rester à Bonn quand je vous ai dit de partir ? De faire une arrivée en trombe dans mon bureau dans une tenue débraillée ? Vous n'avez donc aucune idée de ce qui se passe ici ? C'est vendredi ! Le jour de la manifestation au cas où vous auriez oublié. »

Turner ne bougeait pas et la colère de Bradfield fini par l'emporter sur la fatigue. « Lumley m'avait prévenu que vous étiez malappris mais efficace : jusque-là vous vous êtes seulement montré malappris. Je ne suis pas le moins du monde surpris que vous ayez été victime de violence : vous attirez la violence. Je vous ai mis en garde contre les dégâts que vous risquiez de causer ; je vous ai fait part des raisons pour lesquelles j'avais décidé d'abandonner l'enquête ici ; et je suis passé sur l'inutile brutalité avec laquelle vous avez traité mes collaborateurs. Mais maintenant j'en ai assez. L'accès de l'ambassade vous est interdit. Partez.

— J'ai retrouvé les dossiers, dit Turner. Je les ai tous retrouvés. Et le chariot. Et la machine à écrire et la chaise. Et le radiateur électrique et le ventilateur de De Lisle. » Il parlait d'un ton saccadé et peu convaincant, et son regard semblait voir des choses qui n'étaient pas dans la pièce. « Et les tasses à thé et tout le matériel qu'il a piqué à un moment ou à un autre. Et les lettres qu'il prenait à la salle du Courrier et qu'il ne remettait jamais à Meadowes. Elles étaient adressées à Leo, figurez-vous. C'étaient des réponses à des lettres qu'il avait envoyées. Il dirigeait tout un service en bas : une section à part de la chancellerie. Seulement vous ne l'avez jamais su. Il a découvert la vérité sur Karfeld et maintenant ils sont à ses trousses. » Sa main effleura sa joue. « Les gens qui m'ont fait ça : ils sont à la poursuite de Leo. Il a filé parce qu'il en savait trop, il avait posé trop de questions. Je n'en sais rien mais il se peut très bien qu'ils l'aient déjà pris. Je suis navré d'être aussi assommant, ajouta-t-il d'un ton neutre. Mais c'est comme ça. Si vous n'y voyez pas d'inconvénient, j'aimerais une tasse de café. »

Bradfield ne fit pas un geste.

« Et le dossier vert ?

— Il n'est pas là. Il n'y a que la sacoche vide.

— Il l'a pris ?

— Je n'en sais rien. Praschko le sait peut-être. Moi pas. » Il secoua la tête. « Je suis navré. » Il reprit : « Il faut que vous le retrouviez avant eux parce que sans ça ils le tueront. Voilà ce que je veux dire. Karfeld est un imposteur et un meurtrier et Harting en a découvert la preuve. » Enfin il éleva la voix. « Est-ce que je me fais bien comprendre ? »

Bradfield continuait à l'observer, attentif mais nullement affolé.

« Quand est-ce que Harting a découvert la vérité ? se demanda Turner. Au début il n'a pas voulu faire attention. Il a tourné le dos. Il avait tourné le dos à un tas de choses, en essayant de ne pas se rappeler. En essayant de ne rien remarquer. Il se maîtrisait comme nous le faisons tous, s'en tenant à la discipline de ne se mêler de rien et en appelant ça sacrifice. En jardinant, en allant à des cocktails. En s'adonnant à ses distractions. En survivant. Et en n'intervenant pas. En gardant la tête baissée et en laissant le monde passer au-dessus de lui. Jusqu'en octobre, quand Karfeld est arrivé au pouvoir. Il connaissait Karfeld, vous savez. Et Karfeld avait une dette envers lui. Ça comptait pour Leo.

— Quelle dette ?

— Attendez. Graduellement, petit à petit, il a commencé à... à s'épanouir. Il s'est permis le luxe d'avoir des sentiments. Karfeld le provoquait. Nous savons tous les deux ce que cela veut dire, n'est-ce pas : qu'on nous provoque. Le visage de Karfeld était partout, comme aujourd'hui. Souriant, sévère, prophétique... Son nom ne cessait de retentir aux oreilles de Leo : Karfeld est un escroc ; Karfeld est un meurtrier. Karfeld est un imposteur.

— De quoi parlez-vous ? Ne soyez donc pas ridicule.

— Leo n'aimait pas ça non plus : il n'aimait pas non plus les charlatans ; il voulait la vérité. La ménopause masculine : c'est ça. Il était dégoûté de lui-même... De ce qu'il n'avait pas pu faire, de ses péchés par omission... De ses péchés tout court. Il en avait par-dessus la tête de ses propres clowneries et de son numéro. Nous connaissons tous ce sentiment, n'est-ce pas ? Eh bien, Leo l'éprouvait. Pleinement.

Alors il a décidé d'avoir ce qu'on lui devait : faire juger Karfeld. Il avait bonne mémoire, vous comprenez. Il paraît que ça n'est pas de bon ton aujourd'hui. Alors il a comploté. D'abord pour avoir accès aux Archives, puis pour faire renouveler son contrat, puis pour mettre la main sur les dossiers : l'*Annuaire des personnalités*... les vieux dossiers, ceux qui étaient destinés à être détruits... Les vieilles affaires enterrées au magasin des accessoires. Il voulait rassembler les éléments de l'affaire, rouvrir l'enquête...

— Je n'ai aucune idée de ce à quoi vous faites allusion. Vous êtes malade. Vous battez la campagne et vous êtes malade. Je vous conseille d'aller vous allonger. » Il tendit la main vers le téléphone.

« Pour commencer il s'est procuré la clef, c'était assez facile. Reposez ça ! Laissez ce téléphone tranquille ! » La main de Bradfield hésita et retomba sur le buvard. « Puis il s'est mis au travail au magasin des accessoires, il a monté son petit bureau, constitué ses propres dossiers, gardé des minutes, entretenu toute une correspondance... Il s'est installé là. Tout ce dont il avait besoin aux Archives, il le volait. C'était un voleur ; vous l'avez dit. Vous devriez le savoir. » Pendant un moment il y eut dans la voix de Turner un accent doux et compatissant. « Quand est-ce que vous avez muré le sous-sol ? A l'époque de Brême, n'est-ce pas ? Pendant un week-end ? C'est alors que la panique l'a pris. La seule fois. C'est alors qu'il a volé le chariot. Je parle de Karfeld. Écoutez ! Je vous parle de son doctorat, de son service militaire, de la blessure à Stalingrad, de l'usine de produits chimiques...

— Ces rumeurs circulent depuis des mois. Depuis que Karfeld est devenu un rival politique sérieux, nous n'avons entendu que des histoires sur son passé et chaque fois il a réussi à les réfuter. Il n'y a pratiquement pas un homme politique ayant une certaine envergure en Allemagne de l'Ouest, que les communistes n'aient pas calomnié à un moment ou à un autre.

— Leo n'est pas un communiste, dit Turner avec une immense lassitude. Vous me l'avez dit vous-même : c'est un primitif. Pendant des années, il s'est tenu à l'écart de la politique parce qu'il avait peur de ce qu'il pourrait entendre. Je ne parle pas de rumeurs. Je parle des faits : de faits de fabrication britannique. En exclusivité. Tout ça est dans nos dossiers à nous, enfermé dans notre sous-sol à nous. C'est là qu'il les a trouvés et même vous ne pouvez plus les enterrer. » Il n'y avait ni triomphe ni hostilité dans sa voix. « Toutes ces informations sont aux Archives maintenant, si vous voulez vérifier. Avec la sacoche vide. Il y a certaines choses que je n'ai pas suivies, mon allemand n'est pas assez bon. J'ai donné des instructions pour que personne ne touche à tout ça. » Il sourit, et c'était sans doute parce qu'il évoquait la situation difficile dans laquelle il était lui-même. « Si seulement vous l'aviez su, vous vous seriez tout bonnement débarrassé de lui. Il a descendu le chariot en bas le week-end où on a posé les grilles et scellé l'ascenseur. Il était terrifié à l'idée de ne pas pouvoir continuer ; d'être coupé du magasin des accessoires. Jusqu'alors, c'était un jeu d'enfant.

Il n'avait qu'à sauter dans l'ascenseur avec ses dossiers : il pouvait aller n'importe où, vous comprenez ; l'*Annuaire des personnalités* lui en donnait le droit — et les emporter dans le sous-sol. Mais sans vous en rendre compte vous mettiez un terme à tout ça ; les grilles anti-émeutes ont compromis tous ses plans. Alors il a fourré tout ce dont il pourrait avoir besoin sur le chariot et il a passé tout le week-end en bas en attendant que les ouvriers en aient terminé. Il a du faire sauter les serrures de l'escalier de service pour sortir. Après ça, il a compté sur Gaunt pour l'inviter au dernier étage. Innocemment bien sûr. D'une certaine façon, tout le monde est innocent. Mais je suis désolé, ajouta-t-il fort gracieusement, je suis désolé de ce que je vous avais dit. J'avais tort.

— Le moment n'est guère aux excuses », répliqua Bradfield et il sonna miss Peate pour qu'elle apporte du café.

« Je m'en vais vous dire comment c'est dans les dossiers, dit Turner. L'affaire Karfeld. Vous m'obligeriez en ne m'interrompant pas. Nous sommes tous les deux fatigués, nous n'avons pas beaucoup de temps. »

Bradfield avait une feuille de papier brouillon bleu sur le buvard devant lui, son stylo était comme suspendu au-dessus. Miss Peate, ayant servi le café, prit congé. Son expression, l'unique coup d'œil écœuré qu'elle lança à Turner étaient plus éloquents que tous les mots qu'elle aurait pu trouver.

« Je m'en vais vous expliquer ce qu'il avait rassemblé. Vous pouvez toujours y trouver des trous ensuite si vous voulez.

— Je ferai de mon mieux, dit Bradfield avec un bref sourire qui était comme le souvenir d'un autre homme.

— Il y a un village près de Dannenberg, à la frontière de la zone britannique. Un village qui s'appelle Hapstorf. Il y a trois pelés et un tondu et c'est au fond d'une vallée boisée. Ou plutôt ça l'était. En 38, les Allemands ont installé là une usine. Il y avait une vieille papeterie auprès d'une rivière au courant rapide, avec une maison de campagne attenante, construite contre la falaise. Ils ont converti la papeterie et bâti des laboratoires le long de la rivière et transformé l'endroit en une petite station de recherches tout ce qu'il y a de plus confidentielle pour certains types de gaz. »

Il but une gorgée de café, mordit dans son biscuit et cela semblait lui faire mal de manger, car il tenait sa tête de côté et mâchait avec d'infinies précautions.

« Des gaz toxiques. Les avantages de l'endroit étaient évidents. Le site était difficile à bombarder ; la rivière avait un courant rapide et il leur fallait ça pour les émanations ; le village était petit et ils pouvaient en expulser tous ceux qui ne leur plaisaient pas. D'accord ?

— D'accord. » Bradfield avait pris son stylo et notait les points essentiels à mesure que Turner parlait. Turner apercevait les numéros sur le côté gauche et il songeait : qu'est-ce que ça change de mettre des numéros ? On ne peut pas détruire des faits en numérotant.

« La population locale prétend qu'elle ne savait pas ce qui se passait là, ce qui est probablement vrai. Les gens savaient qu'on avait démantelé la papeterie et ils savaient qu'on avait monté là des installations coûteuses. Ils savaient que les entrepôts au fond étaient particulièrement gardés et que les ingénieurs n'avaient pas le droit de se mêler à la population. La main-d'œuvre était étrangère : Français et Polonais, qui n'avaient pas le droit de sortir du tout, si bien qu'il n'y avait aucun contact au niveau inférieur non plus. Et tout le monde avait entendu parler des animaux. Des singes principalement, mais aussi des moutons, des chèvres et des chiens. Des animaux qui entraient là et qui n'en sortaient pas. Il paraît que le *Gauleiter* local a reçu des lettres de réclamation d'amis des animaux. »

Il regarda Bradfield, l'air étonné. « Il travaillait en bas, nuit après nuit, à rassembler tout ça.

— Il n'avait rien à faire en bas. Voilà des années que les archives du sous-sol sont fermées.

— Oh, si, il avait à faire. »

Bradfield continuait à prendre des notes.

« Deux mois avant la fin de la guerre, l'usine a été détruite par les Anglais. Du bombardement de précision. L'explosion a été formidable. L'usine a été rasée et le village avec. Les travailleurs étrangers ont été tués. Il paraît que le bruit de l'explosion s'est entendu à des kilomètres. »

La plume de Bradfield courait sur le papier.

« A l'époque du bombardement, Karfeld était dans sa famille à Essen ; il n'y a aucun doute là-dessus. Il dit qu'il enterrait sa mère ; elle avait été tuée au cours d'un raid aérien.

— Et alors ?

— Oh, il était bien à Essen. Mais il n'était pas en train d'enterrer sa mère. Elle était morte deux ans plus tôt.

— C'est ridicule ! s'écria Bradfield. Il y a longtemps que la presse aurait...

— Il y a une photocopie de l'original du certificat de décès dans le dossier, dit Turner sans se démonter. Je ne peux pas vous dire à quoi ressemble le nouveau. Ni qui lui en a fabriqué un. Mais je pense que nous pourrions trouver tous les deux sans un trop grand effort d'imagination. »

Bradfield le regarda gravement.

« Après la guerre, les Britanniques étaient à Hambourg et ils envoyèrent une équipe voir ce qui restait de Hapstorf, pour recueillir les souvenirs et prendre des photographies. Une simple équipe des services de renseignement, rien de spécial. Ils pensaient qu'ils pourraient ramasser les savants qui avaient travaillé là... Tirer profit de leurs connaissances, vous voyez ce que je veux dire ? Ils signalèrent dans leur rapport qu'il ne restait rien. Ils rapportèrent aussi certaines rumeurs. Un travailleur français, un des rares survivants, avait parlé d'expériences sur des cobayes humains. Pas sur les travailleurs eux-mêmes, disait-il, mais sur d'autres gens qu'on avait amenés. Au début, racontait-il, ils utilisaient des animaux, mais par la suite ils ont voulu voir ce que ça donnait dans la réalité, alors ils se sont fait livrer quelques échantillons. Il disait qu'il était de garde à l'entrée une nuit — on lui faisait confiance — et que les Allemands lui avaient dit de regagner sa baraque, de se coucher et de ne pas se montrer avant le matin. Comme il se méfiait, il était resté à traîner dans les parages. Et il vit une scène étrange : un car gris, un banal car gris à un seul étage, a franchi une porte après l'autre sans qu'on demande de papiers au conducteur. Il est allé jusqu'au fond, du côté des entrepôts et le Français n'a plus rien entendu. Deux minutes plus tard, le car est reparti, beaucoup plus vite. Vide. » Il s'interrompit de nouveau et cette fois il prit un mouchoir dans sa poche et d'une main fort mal assurée se tamponna le front. « Le Français parlait aussi d'un de ses amis, un Belge, à qui on avait fait des offres tentantes pour venir travailler dans les nouveaux laboratoires au pied de la falaise. Il y est allé deux jours et il en est revenu pâle comme un fantôme. Il a dit qu'il ne voulait pas passer une nuit de plus là-bas, pas pour tous les avantages du monde. Le lendemain il a disparu. Affecté ailleurs, à ce qu'on a dit. Mais avant de partir, il avait bavardé avec son copain et mentionné le nom du docteur Klaus. Le docteur Klaus était le directeur administratif, expliqua-t-il, c'était l'homme qui s'occupait des détails matériels et facilitait la vie aux savants. C'était le docteur Klaus qui lui avait offert cette place.

— Vous appelez ça des preuves ?

— Attendez. Attendez un peu. L'équipe a fait un rapport sur ces découvertes et une copie en a été transmise au Groupe local des crimes de guerre. C'est eux qui ont pris le relais. Ils ont interrogé le Français, pris note de sa déposition mais n'ont pas réussi à la corroborer. Une vieille femme qui avait une boutique de fleuriste racontait qu'elle entendait des hurlements dans la nuit, mais elle ne pouvait pas dire quelle nuit, et ça aurait pu être les animaux. Tout ça était bien fragile.

— C'est en effet ce que j'aurais pensé.

— Écoutez, dit Turner. Nous sommes du même bord maintenant, non ? Il n'y a plus de portes à ouvrir.

— Il peut y en avoir quelques-unes à fermer, dit Bradfield en notant de nouveau. Enfin...

— Le Groupe était débordé de travail et manquait d'effectifs, alors ils ont abandonné l'affaire. Classée. Il y avait des affaires plus importantes dont il fallait s'occuper. Ils ont fait une fiche au nom du docteur Klaus et ils n'y ont plus pensé. Le Français est rentré en France, la vieille dame a oublié les hurlements et on en est resté là. Pendant deux ans.

— Attendez. »

Le stylo de Bradfield allait lentement. Il formait les lettres comme il le faisait toujours : de façon lisible, en songeant à ses successeurs.

« Là-dessus un accident s'est produit. Le genre d'incident auquel nous sommes habitués. Un fermier près de Hapstorf a acheté un bout de terrain au conseil municipal. C'était de la terre en friche, très caillouteuse et boisée, mais il pensait qu'il pourrait en faire quelque chose. Lorsqu'il a eu fini de la retourner et de la labourer, il avait déterré trente-deux corps humains. La police allemande est venue voir et a informé les autorités d'occupation. Les crimes contre le personnel allié tombaient sous la juridiction de la justice alliée. Les Anglais ont ouvert une enquête et sont parvenus à la conclusion que trente et un des hommes avaient été gazés. Le trente-deuxième portait la tunique d'un travailleur étranger et il avait été abattu d'une balle dans la nuque. Et il y avait autre chose... Quelque chose qui les a vraiment secoués. Les corps étaient massacrés.

— Massacrés ?

— On avait fait des recherches ; des autopsies. Quelqu'un était passé là d'abord. Alors on a réouvert l'enquête. Quelqu'un en ville s'est souvenu que le docteur Klaus était originaire d'Essen. »

Bradfield l'observait maintenant ; il avait reposé son stylo et croisé les mains.

« On a recherché tous les chimistes susceptibles de mener des recherches de haut niveau qui habitaient Essen et dont le prénom était Klaus. Il ne leur a pas fallu longtemps pour découvrir Karfeld. Il n'avait pas de doctorat ; nous y reviendrons. Mais là-dessus tout le monde s'est dit que puisque les ingénieurs travaillaient sous des pseudonymes, pourquoi ne pas se gratifier d'un titre par la même occasion ? Essen se trouvait également en zone britannique, alors on l'a convoqué. Il a tout nié. Naturellement. Attention ! à part les corps, on n'avait pas grand-chose. Sauf un autre petit renseignement complémentaire. »

Bradfield cette fois ne l'interrompit pas.

« Vous avez entendu parler du projet Euthanasia ?

— A Hadamar. » Du menton, Bradfield indiqua la fenêtre. « En aval. Hadamar, répéta-t-il.

— Hadamar, Weilmunster, Eichberg, Kalmenhof : des cliniques pour l'élimination des indésirables ; pour quiconque vivait sur l'économie du pays sans y apporter sa contribution. Vous pouvez lire tous les détails là-dessus au magasin des accessoires et il y a beaucoup de choses aussi aux Archives. Dans les dossiers destinés à la destruction. Au début, ils avaient des catégories pour les gens qu'ils comptaient tuer. Vous savez : les infirmes, les malades mentaux, les enfants gravement handicapés de huit à treize ans. Ceux qui mouillaient leur lit. A de très rares exceptions près, les victimes étaient des citoyens allemands.

— Ils les appelaient des patients, dit Bradfield avec un intense dégoût.

— Il semble que de temps en temps certains patients sélectionnés étaient mis de côté et employés à des fins médicales. Des enfants aussi bien que des adultes. »

Bradfield acquiesça, comme s'il savait cela aussi.

« Lorsque l'affaire de Hapstorf éclata, les Américains et les Allemands avaient pas mal travaillé sur ce programme Euthanasia. Entre autres choses, ils avaient déterré la preuve que tout un car de “travailleurs hybrides” avait été réservé pour “des expériences dangereuses à la Station de recherches chimiques de Hapstorf”. Un car, c’était trente et une personnes. Au fait, ils utilisaient des cars gris, si ça vous rappelle quelque chose.

— Hanovre, dit aussitôt Bradfield. C’était avec ça qu’il transportait les gardes du corps.

— Karfeld est un administrateur. Tout le monde l’admire pour ça. Autrefois comme aujourd’hui. C’est agréable de savoir qu’il n’a pas perdu la main, n’est-ce pas ? Il a un de ces esprits qui suivent les mêmes ornières.

— Cessez de distiller votre histoire. Je veux toute l’affaire et vite.

— Nous en étions donc au car gris. Trente et un sièges et il restait de la place pour le gardien. Les vitres étaient noircies de l’intérieur. Dans la mesure du possible, ils effectuaient les transports la nuit.

— Vous disiez qu’il y avait trente-deux corps et non trente et un...

— Il y avait le travailleur belge, n’est-ce pas ? Celui qui avait été employé au pied de la falaise et qui avait parlé au Français ? Ils savaient très bien quoi faire de lui. Il en avait appris un peu trop, n’est-ce pas ? Comme Leo aujourd’hui.

— Tenez, dit Bradfield en se levant et en lui apportant le café. Vous feriez mieux d’en reprendre un peu. » Turner tendit sa tasse d’une main qui ne tremblait pas trop.

« Alors quand ils l’ont convoqué, ils ont emmené Karfeld à Hambourg et l’ont confronté avec les cadavres et les preuves, enfin ce qu’ils avaient, et il leur a éclaté de rire au nez. Toute cette histoire, leur a-t-il dit, est parfaitement ridicule. Il n’avait jamais mis les pieds à Hapstorf de sa vie. C’était un ingénieur. Un spécialiste de la démolition. Il fournit un compte rendu très détaillé de ses travaux sur le front russe : on lui avait même donné des médailles de campagne et Dieu sait quoi. Je pense qu’on faisait ça pour eux dans les SS et il a fait tout un numéro sur Stalingrad. Il y avait des petits détails qui ne collaient pas, mais pas tellement, et il a tenu le coup pendant tout l’interrogatoire et nié avoir jamais mis les pieds à Hapstorf ou avoir jamais connu l’existence de l’usine. Non, non, non à tour de bras. Pendant des mois de suite. “Bon, répétait-il tout le temps, si vous avez la preuve, traînez-moi en justice. Expliquons-nous devant le tribunal. Ça ne me gêne pas ; je suis un héros. je n’ai jamais rien administré de ma vie, sauf notre usine familiale d’Essen, et les Anglais l’ont réduite en miettes, n’est-ce pas ? Je suis allé en Russie, je n’ai pas empoisonné d’hybrides ; pourquoi voulez-vous que je l’aie fait ? Je suis un ami du genre humain. Trouvez-moi un témoin vivant, trouvez-moi n’importe qui.” Ils n’ont pas pu. A Hapstorf les chimistes vivaient dans une ségrégation totale et sans doute en était-il de même des bureaucrates. Les dossiers avaient été détruits par les bombardements et chacun était connu sous son prénom ou sous un faux nom. » Turner haussa les épaules. « On en était donc là. Il a même ajouté pour faire bonne mesure une histoire d’assistance aux réseaux antinazis en Russie et comme les unités qu'il citait avaient été ou bien faites prisonnières en masse ou bien massacrées, on n'a pas pu poursuivre cette piste-là non plus. Il ne semble d'ailleurs plus parler de cette histoire, de son côté résistant.

— Ça n'est plus à la mode, dit sèchement Bradfield. Surtout dans son milieu.

— L'affaire n'est donc jamais allée devant les tribunaux. Il y avait de nombreuses raisons pour cela. Les groupes d'enquêtes sur les crimes de guerre eux-mêmes étaient sur le point d'être dissous ; des pressions s'exerçaient à Londres et à Washington pour qu'on enterre la hache de guerre et qu'on remette toute la responsabilité aux tribunaux allemands. C'était le chaos. Pendant qu'une unité essayait de préparer un acte d'accusation, le quartier général préparait des amnisties. Puis il y avait d'autres raisons, des raisons techniques pour ne pas aller plus avant. Il s'agissait de crimes commis contre des Français, des Belges et des Polonais sans doute, mais puisqu'il n'existait aucune méthode permettant d'établir la nationalité des victimes, cela posait des problèmes de juridiction. Pas des problèmes d'ordre matériel, mais des problèmes annexes, et cela contribuait à la difficulté de décider quoi faire. Vous savez comment c'est quand on tient absolument à trouver des difficultés.

— Je sais comment c'était alors, dit doucement Bradfield. C'était de la folie pure.

— Les Français n'étaient pas chauds ; les Polonais étaient *trop* chauds et Karfeld lui-même était entre-temps devenu un gros bonnet. Il exécutait quelques gros contrats alliés. Il sous-traitait même à des concurrents pour satisfaire à la demande. C'était un bon administrateur, vous savez. Efficace.

— Vous dites ça comme si c'était un crime.

— Sa propre usine avait été démantelée deux fois mais elle marchait maintenant comme sur des roulettes. Ça semblait vraiment dommage de venir troubler ça. Selon même certaines rumeurs, ajouta Turner sans changer le ton de sa voix, il aurait pu démarrer avant tout le monde parce qu'il était tombé sur un envoi spécial de gaz rares et qu'il les avait entreposés dans une cave à Essen à la fin de la guerre. C'était ce qu'il faisait pendant que la RAF bombardait Hapstorf. Pendant qu'il était censé enterrer sa pauvre vieille mère. Il avait piqué la marchandise pour faire sa pelote.

— En se fondant sur les preuves que vous avez données jusqu'à maintenant, fit doucement Bradfield, il n'y a absolument rien qui relie Karfeld à Hapstorf et rien du tout qui permette de l'accuser de complicité dans un meurtre prémédité. Le récit qu'il a fait lui-même de ses états de service peut fort bien être vrai. Qu'il s'est battu en Russie, qu'il a été blessé...

— C'est exact. C'est ce qu'on a pensé au quartier général.

— Il n'est même pas prouvé que les corps provenaient de Hapstorf. Le gaz pouvait en effet leur appartenir, cela ne prouve pas que les chimistes eux-mêmes l'aient administré aux victimes, encore moins que

Karfeld était au courant ni qu'il ait dans aucune mesure été complice de...

— La maison de Hapstorf avait une cave. La cave n'a pas été touchée par le bombardement. Les fenêtres avaient été murées et des tuyaux passaient à travers le plafond venant des laboratoires situés au-dessus. Les murs de la cave étaient labourés.

— Comment ça "labourés" ?

— Par des mains, dit Turner. Ç'aurait pu être par des ongles. »

« En tout cas ils ont adopté la même attitude que vous. Karfeld l'a bouclé, on n'a pas trouvé de nouvelles preuves. On ne l'a pas poursuivi. C'était tout à fait normal. On a classé l'affaire. L'unité a été affectée à Brême, puis à Hanovre, puis à Moenchengladbach et les dossiers ont été envoyés ici. Avec diverses paperasseries provenant du service de la justice militaire. En attendant une décision sur leur destruction éventuelle.

— Et c'est l'histoire sur laquelle est tombé Harting ?

— Il y était depuis le début. C'était lui le sergent qui a mené l'enquête. Avec Praschko. Tout le dossier, les procès-verbaux, les mémorandums, la correspondance, les rapports d'interrogatoires, les listes de preuves, toute l'affaire du début jusqu'à la fin — car elle a une fin maintenant — est de la main de Leo. C'est Leo qui l'a arrêté, qui l'a interrogé, qui a assisté aux autopsies, qui a recherché les témoins. La femme qu'il a failli épouser, Margaret Eickman, elle faisait partie de cette unité aussi. A titre civil. On les appelait les chasseurs de têtes : c'était sa vie... Ils avaient tous très envie de voir Karfeld convenablement inculpé. »

Bradfield demeurait plongé dans ses pensées. « Et ce mot *hybride*..., demanda-t-il enfin.

— C'était un terme technique nazi pour désigner les demi-Juifs.

— Je vois. Oui, je vois. Il était donc personnellement en cause, n'est-ce pas ? Et ça comptait pour lui. Il prenait tout personnellement. Il vivait pour lui-même : c'était la seule chose qu'il comprenait. » Le stylo demeurait parfaitement immobile. « Mais c'est une affaire qui ne tient pas sur le plan juridique. » Il se répéta : « C'est une affaire qui ne tient pas sur le plan juridique. En fait elle ne tient pratiquement sur aucun plan. Même en se bornant à l'analyse la plus sommaire et la plus partisane. Il n'y a pas d'affaire. C'est intéressant, bien sûr : ça explique les sentiments de Karfeld à propos des Anglais. Mais ça ne fait même pas de lui un commencement de criminel.

— Non, reconnut Turner devant Bradfield un peu surpris. Non. Ce n'est pas une affaire qui tient debout. Mais pour Leo, ça le tenaillait. Il n'a jamais oublié ; il est allé aussi loin que c'était possible. Mais il n'arrivait pas à s'en détacher. Il voulait à tout prix trouver ; il voulait regarder encore pour s'assurer, et en janvier de cette année il est descendu au magasin des accessoires et il a relu ses propres rapports et ses propres arguments. »

Bradfield était de nouveau parfaitement immobile dans son fauteuil.

« C'était peut-être son âge. C'était surtout l'impression de quelque chose d'inachevé. » Turner dit cela comme s'il s'agissait d'un problème qui s'appliquait à son propre cas et auquel il n'avait pas de solution. « Un certain sens de l'histoire, si vous voulez. » Il reprit en hésitant : « Du temps. Les paradoxes l'ont rattrapé et il a bien été obligé de faire quelque chose. Et puis il était amoureux, ajouta-t-il en regardant fixement par la fenêtre. Mais il ne l'aurait probablement pas avoué. Il s'était servi de quelqu'un et il avait récolté plus qu'il n'en demandait... Il avait échappé à la léthargie. C'est ça l'essentiel, vous ne trouvez pas : le contraire de l'amour ce n'est pas la haine. C'est la léthargie. Le néant. Cette ville. Et il y avait des gens qui lui ont donné à penser qu'il était devenu quelqu'un d'important..., ajouta-t-il doucement. Alors, je ne sais pour quelle raison précise il a rouvert le dossier. Il a relu les documents du commencement jusqu'à la fin. Il a de nouveau étudié les circonstances, il a compulsé tous les dossiers contemporains, aux Archives et au magasin des accessoires. Il a contrôlé tous les faits depuis le début et il a commencé à se livrer à des enquêtes personnelles.

— Quelles sortes d'enquêtes ? » demanda Bradfield. Ils ne se regardaient pas.

« Il a monté son propre bureau. Il écrivait des lettres et recevait des réponses. Tout ça sur du papier à en-tête de l'ambassade. Il prenait le courrier de la chancellerie au moment où il arrivait et en retirait tout ce qui lui était adressé. Il a mené tout ça comme il menait sa propre vie : dans le secret et de façon efficace. Sans faire confiance à personne, sans se fier à personne ; jouant tel élément contre tel autre... De temps en temps il faisait de petits voyages, consultait des archives, allait dans les ministères, compulsait les registres paroissiaux, interrogeait des groupes de survivants... Tout ça avec le papier à lettres de l'ambassade. Il collectionnait les coupures de presse, faisait des copies, tapait lui-même à la machine et apposait lui-même un sceau. Il a même piqué un sceau officiel. Il mettait comme en-tête de ses lettres : Contentieux et Affaires consulaires, si bien que de toute façon la plupart d'entre elles lui arrivaient directement. Il a comparé tous les détails : les certificats de naissance, de mariage la mort de la mère, les permis de chasse : il cherchait tout le temps des détails qui ne concordaient pas : n'importe quoi pour prouver que Karfeld ne s'était pas batttu sur le front russe. Il a rassemblé un énorme dossier. Ça n'est guère étonnant que Siebkron soit tombé sur lui. Il n'y a pratiquement pas un service du gouvernement fédéral qu'il n'ait pas consulté sous un prétexte ou sous un autre...

— Oh, mon Dieu, murmura Bradfield, reposant son stylo dans un geste éphémère de défaite.

— A la fin de janvier, il était parvenu à la seule conclusion possible : que Karfeld avait menti comme un arracheur de dents et que quelqu'un — ce semblait être quelqu'un de très haut placé et qui ressemblait beaucoup à Siebkron —, que quelqu'un l'avait couvert. Il paraît que

Siebkron a des ambitions personnelles : qu'il est prêt à accrocher son chariot à n'importe quelle étoile, dès l'instant qu'elle le tire.

— C'est assez vrai, reconnut Bradfield, plongé dans ses méditations.

— Comme Praschko autrefois... Vous voyez où ça nous mène, n'est-ce pas ? Et bien sûr, comme il le savait fort bien, Siebkron n'allait pas tarder à remarquer que l'ambassade procédait à des enquêtes assez insolites, même pour le service du contentieux et affaires consulaires. Et que quelqu'un allait être foutrement en colère, et peut-être même ne s'en tiendrait pas là. Surtout quand Leo a trouvé la preuve.

— Quelle preuve ? Comment peut-il prouver une telle accusation maintenant, vingt ans ou davantage après le crime ?

— Tout est aux Archives, dit Turner avec une brusque répugnance. Vous feriez mieux d'aller voir vous-même.

— Je n'ai pas le temps et j'ai l'habitude d'entendre des faits peu ragoûtants.

— Et de ne pas en tenir compte.

— J'insiste pour que vous me disiez. » Il insistait mais de façon nullement spectaculaire.

« Très bien. L'an dernier, Karfeld a décidé de passer un doctorat. C'était un personnage important alors, dans l'industrie chimique, il valait une fortune. Ses talents d'administrateur lui avaient énormément rapporté — et il était en train de faire une carrière dans la politique locale à Essen et il voulait être docteur. Peut-être qu'il était comme Leo, il avait laissé un travail inachevé et il voulait que tout fût en ordre. Peut-être pensait-il qu'une rallonge serait un atout utile : votez pour le docteur Karfeld. On aime bien un titre de docteur ici, chez un chancelier... Alors il est retourné à l'école et il a rédigé une thèse. Il n'a pas fait beaucoup de recherches et tout le monde a été très impressionné, surtout ses directeurs de thèse. C'est étonnant, ont-ils dit, qu'il ait trouvé le temps.

— Et alors ?

— C'est une étude des effets de certains gaz toxiques sur l'organisme humain. Apparemment, on a trouvé ça très remarquable ; sur le moment, ça a causé une certaine sensation.

— Ça n'est guère concluant.

— Oh, que si. Karfeld a basé toute son analyse sur l'examen détaillé de trente et un cas fatals. »

Bradfield avait fermé les yeux

« Ce n'est pas une preuve, dit enfin Bradfield ; il était très pâle mais le stylo dans sa main était aussi ferme que jamais. Vous savez que ce n'est pas une preuve Cela laisse le champ libre à des suppositions, j'en conviens Cela donne à penser qu'il était à Hapstorf. Ça n'est même pas la moitié d'une preuve

— C'est dommage que nous ne puissions pas le dire à Leo.

— Ces renseignements lui sont parvenus dans le cours de son

expérience dans l'industrie ; c'est ce que prétendait Karfeld. Il les a recueillis d'une tierce partie, ce serait sa position de repli.

— Des vrais salauds.

— Même si l'on pouvait prouver que les renseignements sont venus de Hapstorf il y a une douzaine d'explications possibles sur la façon dont ils sont arrivés entre les mains de Karfeld. Vous l'avez dit vous-même, il ne participait même pas aux recherches...

— Non. Il était assis derrière un bureau. Ça s'est déjà fait.

— Précisément. Et le fait même qu'il ait utilisé ces renseignements tendrait à l'exonérer de l'accusation de les tenir de première main.

— Le malheur, voyez-vous, dit Turner, c'est que Leo n'est qu'à moitié avocat : c'est un hybride. Il faut tenir compte de l'autre moitié aussi. Il faut tenir compte du voleur.

— Oui, fit Bradfield, distrait. Et il a pris le dossier vert.

— Toutefois, en ce qui concerne Siebkron et Karfeld, il semble être arrivé assez près de la vérité pour constituer un risque assez sérieux, n'est-ce pas ?

— Des éléments valables, remarqua Bradfield, en examinant de nouveau ses notes. Justifiant la réouverture d'une enquête, je vous l'accorde. Mais dans le meilleur des cas, on pourrait persuader un procureur de procéder à un premier examen du dossier. » Il jeta un coup d'œil à sa liste des divers postes téléphoniques. « L'attaché juridique devrait le savoir.

— Ne vous donnez pas la peine, dit Turner d'un ton consolant. Quoi qu'il ait fait ou qu'il n'ait pas fait, Karfeld ne risque rien. Il a passé le poteau. » Bradfield le regardait avec des yeux ronds. « Personne ne peut le poursuivre maintenant, même avec des aveux inattaquables signés de Karfeld lui-même.

— Bien sûr, fit doucement Bradfield. J'oubliais. » Il semblait soulagé. « Il est protégé par la loi. Le *Verjährungsfrist* a réglé ça, la loi sur la prescription. Leo a mis une note dans le dossier jeudi soir. L'affaire est morte. Personne ne peut rien faire.

— Il y a une procédure permettant de rouvrir le dossier...

— Il y'en a une, reconnut Turner. Mais elle ne s'applique pas en l'occurrence. Il se trouve que c'est la faute des Anglais. L'affaire de Hapstorf a donné lieu à une enquête britannique. Nous n'avons jamais passé le dossier aux Allemands. Il n'y a pas eu de procès, pas de rapport public, et quand les autorités judiciaires allemandes ont assumé seules la responsabilité des crimes de guerre nazis nous ne leur avons pas notifié l'existence de ce dossier. Toute l'affaire Karfeld est tombée dans la brèche entre les Allemands et nous-mêmes. » Il marqua un temps. « Et maintenant Leo a fait la même chose.

— Qu'est-ce que Harting comptait faire ? Quel était le but de toutes ces investigations ?

— Il voulait savoir. Il voulait compléter le dossier. Ça l'agaçait, comme une enfance ratée ou comme une vie dont on n'arrive pas à s'accoutumer. Il avait besoin de remettre ça d'aplomb. Je crois que pour le reste il a improvisé.

— Quand s'est-il procuré cette soi-disant preuve ?

— La thèse est arrivée le samedi précédant son départ. Il avait un tampon à date, vous savez, tout était inscrit dans les dossiers. Le lundi, il est arrivé aux Archives, marchant sur les nuages. Il a passé deux jours à se demander ce qu'il allait faire ensuite. Jeudi dernier il a déjeuné avec Praschko...

— Pourquoi diable a-t-il fait ça ?

— Je ne sais pas. J'y ai réfléchi. Je ne sais pas. Sans doute pour discuter quelle mesure ils devaient prendre. Ou pour avoir l'opinion d'un juriste. Peut-être croyait-il qu'il y avait encore un moyen de poursuivre...

— Il n'y en a aucun ?

— Non.

— Dieu soit loué. »

Turner poursuivit sans faire attention à lui : « Ou peut-être pour dire à Praschko que ça commençait à chauffer un peu trop. Pour lui demander protection. »

Bradfield regarda Turner avec beaucoup d'attention. « Et le dossier vert a disparu, dit-il, retrouvant ses forces.

— La sacoche était vide.

— Et Harting a filé. Vous savez la raison de cela aussi ? dit-il sans quitter Turner des yeux. Ça figure aussi dans ses dossiers ?

— Il écrivait sans cesse dans ses notes : “Il me reste très peu de temps.” Tous ceux qui parlent de lui le décrivent comme quelqu'un qui lutte contre la montre... Cette hâte récente... J'imagine qu'il pensait à la prescription.

— Mais nous savons que d'après la loi de prescription, Karfeld était déjà un homme libre, à moins bien sûr qu'on ne pût obtenir un délai suspensif. Alors pourquoi est-il parti ? Et qu'y avait-il de si pressant ? »

Turner se contenta de répondre par un haussement d'épaules au ton étrangement inquisiteur, voire provocant des questions de Bradfield.

« Alors vous ne savez pas exactement pourquoi ? Pourquoi il a choisi ce moment précis pour s'enfuir ? Ou pourquoi il a choisi de voler ce dossier-là ?

— J'imagine que Siebkron le pressait. Leo avait la preuve et Siebkron le savait. A partir de cet instant, Leo était un homme marqué. Il avait un pistolet, ajouta Turner, un vieux pistolet de l'armée. Il a eu assez peur pour l'emporter avec lui. Il a dû s'affoler.

— Certainement, dit Bradfield du même ton soulagé. Certainement. Sans nul doute, c'est l'explication. »

Turner le contempla avec stupeur.

Pendant peut-être dix minutes Bradfield n'avait pas fait un geste ni dit un mot.

Il y avait un pupitre dans un coin du bureau, fait d'un vieil étui de bible et de longs pieds métalliques assez laids, que Bradfield avait commandé à un forgeron de Bad Godesberg. Il était planté les coudes dessus, à regarder le fleuve par la fenêtre.

« Ça ne m'étonne pas que Siebkron nous mette sous surveillance », dit-il enfin ; il aurait pu tout aussi bien parler de la brume. « Pas étonnant qu'il nous traite comme si nous étions dangereux. Il n'y a sans doute pas un ministère à Bonn, pas un journaliste qui n'ait appris à l'heure qu'il est que l'ambassade britannique est lancée dans une chasse à mort du passé de Karfeld. Que s'attendent-ils que nous fassions ? Que nous le fassions chanter en public ? Que nous réapparaissions au bout de vingt-cinq ans coiffés de perruques pour le condamner aux termes de la juridiction alliée ? Ou bien pensent-ils simplement que nous avons un esprit absurdement vindicatif et que nous nous proposons de nous venger sur l'homme qui est en train de gâcher nos rêves européens ?

— Vous le trouverez, n'est-ce pas ? Vous irez doucement avec lui ? Il a besoin de toute l'aide qu'il peut avoir.

— Nous en sommes tous là, dit Bradfield, contemplant toujours le fleuve.

— Ce n'est pas un communiste. Ce n'est pas un traître Il considère que Karfeld est une menace pour nous. C'est un homme très simple. Ça se voit d'après les dossiers...

— Je connais sa sorte de simplicité.

— Après tout, nous sommes responsables de lui. C'est nous qui lui avons mis ça dans l'esprit jadis : la notion de justice absolue. C'est nous qui lui avons fait toute ces promesses : Nuremberg, la dénazification. Nous lui avons fait croire tout ça. Nous ne pouvons pas le laisser être une victime simplement parce que nous avons changé d'avis. Vous n'avez pas vu ces dossiers... Vous ne pouvez pas vous imaginer ce qu'ils pensaient des Allemands en ce temps-là. Leo n'a pas changé. Il est l'homme qui est resté en arrière. Ça n'est pas un crime, non ?

— Je sais parfaitement ce qu'ils pensaient. J'y étais moi-même. J'ai vu ce qu'il a vu ; ça m'a suffi. Il aurait dû dépasser cela ; nous l'avons bien fait, nous autres.

— Ce que je veux dire, c'est qu'il mérite notre protection. Il y a chez lui une sorte d'intégrité... J'ai senti ça en bas. Il n'est pas déconcerté par le paradoxe. Pour vous et pour moi, il y a toujours une douzaine de bonnes raisons pour ne rien faire. Leo a suivi l'autre itinéraire. Pour Leo, il n'y a qu'une seule raison de faire quelque chose : parce qu'il doit le faire. Parce qu'il s'y sent obligé.

— J'espère que vous ne le proposez pas comme un exemple à suivre ?

— Il y a encore autre chose qui l'a déconcerté.

— Tiens donc ?

— Dans les affaires comme celles-là, il y a toujours des documents extérieurs. Au quartier général SS, des documents concernant la clinique ou l'unité de transport. Des ordres de mission, des instructions écrites, des documents annexes provenant d'une autre source et qui dévoileraient le pot aux roses. Pourtant il n'a rien trouvé. Leo n'a cessé de noter au crayon : pourquoi aucune trace à Coblence ? Pourquoi pas ceci, pourquoi pas cela ? Comme s'il soupçonnait que d'autres preuves avaient été détruites... Par Siebkron, par exemple.

« Nous pouvons le respecter, n'est-ce pas ? ajouta Turner d'un ton presque suppliant.

— Ici, il n'y a pas d'absolus. » Son regard était toujours perdu sur le lointain. « Tout n'est que doute. Que brume. La brume délave les couleurs. Il n'y a plus de distinction, les socialistes s'en sont occupés. Ils sont tout et ils sont tous rien. Pas étonnant que Karfeld soit en deuil. »

Qu'était-ce donc que Bradfield examinait sur le fleuve ? Les petits bateaux luttant contre la brume ? Les grues rouges et les terrains plats, ou bien les lointains vignobles qui se sont aventurés si loin du sud ? Ou bien la colline fantomatique de Chamberlain et la longue boîte de ciment où on l'avait gardé jadis ?

« L'accès du magasin des accessoires est interdit, dit-il enfin puis il se tut. Praschko. Vous avez dit qu'il a déjeuné avec Praschko jeudi ?

— Bradfield...

— Oui ? fit-il, se dirigeant déjà vers la porte.

— Nous n'avons plus le même sentiment sur lui maintenant, n'est-ce pas ?

— Vraiment ? Peut-être qu'il est quand même un communiste après tout. » Il y avait une nuance d'ironie dans le ton de Bradfield. « Vous oubliez qu'il a volé un dossier. Vous semblez croire tout d'un coup que vous pouvez voir dans son cœur.

— Pourquoi l'a-t-il volé ? Qu'est-ce qu'il y avait dans ce dossier ? »

Mais Bradfield se frayait déjà un chemin entre les lits qui encombraient le couloir. Des pancartes avaient jailli partout : Poste de secours... Salle de récréation... Les enfants ne sont pas admis au-delà de ce point. En passant devant les Archives de la chancellerie, ils entendirent un brusque cri de joie suivi d'applaudissements dérisoires. Cork, tout blanc, se précipita au-devant d'eux.

« Elle vient de l'avoir, murmura-t-il. L'hôpital a appelé à l'instant. Elle n'a pas voulu qu'on me fasse chercher pendant que j'étais de service. » Ses yeux roses étaient agrandis par la peur. « Elle n'a même pas eu besoin de moi. Elle n'a même pas voulu que je sois là. »

17

PRASCHKO

Derrière l'ambassade, il y a une allée goudronnée. Elle mène de la partie orientale du périmètre vers le nord en traversant un lotissement de villas neuves trop chères pour être des habitations britanniques.

Chacune a un petit jardin d'une grande valeur sur le plan immobilier, chacune se distingue de sa voisine par ces prudentes déviations architecturales qui sont la marque du conformisme moderne. Si une maison a un barbecue bâti en brique et un patio en pierres reconstituées, la suivante répliquera par un mur extérieur d'ardoise bleue, de pierre de carrière audacieusement brute. En été, les jeunes épouses prennent des bains de soleil auprès des minuscules piscines. En hiver, les caniches noirs se fraient un chemin dans la neige ; et tous les jours à midi, du lundi au vendredi, des Mercedes noires ramènent le maître à la maison pour le déjeuner. Constamment flotte dans l'air, même si elle est vague, une odeur de café.

C'était encore un matin froid et gris, mais la terre était baignée de cette clarté qui suit la pluie. Ils roulaient très lentement, avec les fenêtres grandes ouvertes. Passant devant un hôpital, ils s'engagèrent sur une route plus sombre où avait survécu l'ancien faubourg ; derrière des conifères dépenaillés et des buissons de lauriers d'un bleu noir, des clochers de plomb qui jadis avaient représenté les rêves académiques de Weimar jaillissaient comme des lances dans une forêt qui pourrissait. Devant eux se dressait le Bundestag, nu, et n'offrant ni confort ni réconfort ; on aurait dit un vaste motel dont les propres drapeaux célébraient le deuil et badigeonné d'un lait jaunâtre. Derrière, entre le pont Kennedy qui l'enjambait et la salle Beethoven qui le bordait, le Rhin aux eaux brunes allait dans l'incertitude d'une culture à l'autre.

Il y avait de la police partout : on avait rarement vu le siège d'une démocratie si bien protégé de ses démocrates. A l'entrée principale, une file agitée d'enfants des écoles attendaient et les policiers les surveillaient comme si c'était leur progéniture. Une équipe de télévision installait ses lampes à arc. Devant la caméra, un jeune homme en velours couleur mûre pirouettait machinalement, une main sur la hanche, pendant qu'un collègue mesurait la luminosité de son teint ; la police observait, inquiétante, confondue par tant de liberté. Le long du trottoir, briqués comme des jurés, leurs bannières droites comme des étendards romains, les membres de la foule grise attendaient docilement. Les slogans avaient changé : *Unité allemande d'abord, unité européenne ensuite. Notre nation a sa fierté aussi : rendez-nous notre patrie !* Les policiers leur faisaient face, en cordon, les contrôlant comme ils contrôlaient les enfants.

« Je vais me garer auprès du fleuve, dit Bradfield. Dieu sait ce que ce sera d'ici que nous sortions.

— Qu'est-ce qui se passe ?

— Un débat. Sur les amendements à la législation d'urgence.

— Je croyais qu'ils en avaient fini avec ça depuis longtemps.

— Ici, rien n'est jamais résolu. »

Le long de la berge, aussi loin qu'on pouvait voir sur chaque rive, des détachements gris attendaient passivement comme des soldats sans arme. Des pancartes improvisées annonçaient leur provenance : Kaiserslautern, Hanovre, Dortmund, Kassel. Ils étaient là dans un silence parfait, attendant l'ordre de protester. Quelqu'un avait apporté un poste de radio à transistors qui jouait très fort. Ils se démanchaient le cou pour apercevoir la Jaguar blanche.

Côte à côte, ils remontèrent lentement la pente en revenant du fleuve. Ils passèrent devant un kiosque ; on semblait n'y rien afficher d'autre que les photographies en couleurs de la reine Soraya. Deux colonnes d'étudiants formaient une avenue vers l'entrée principale. Bradfield allait de l'avant, le dos très raide. A la porte, le gardien fit quelques difficultés pour laisser entrer Turner, et Bradfield discuta brièvement avec lui. Il faisait abominablement chaud dans le hall où flottaient des relents de cigare ; on y entendait comme autour d'un ring des rumeurs de discussion. Des journalistes, dont certains avaient un appareil de photo, regardaient Bradfield avec curiosité, mais il secoua la tête et détourna le regard. Par petits groupes, des députés bavardaient sans bruit, ne cessant de jeter en vain un coup d'œil par-dessus les épaules les uns des autres en quête de quelqu'un de plus intéressant. Une silhouette familière se dressa devant eux.

« *Das beste Stück !* C'est bien ce que je disais. Bradfield, vous êtes formidable ! Vous êtes venu voir la fin de la démocratie ? Vous êtes venu pour le débat ? Fichtre, quelle efficacité là-bas ! Et le service secret est toujours avec vous ? Mr Turner, vous êtes loyal, j'espère ? Mon Dieu, qu'est-ce qui est arrivé à votre figure ? » Ne recevant pas de réponse, il continua plus bas, d'un ton furtif : « Bradfield, il faut que je vous parle. C'est extrêmement urgent. J'ai essayé de vous joindre à l'ambassade, mais pour Saab, vous n'êtes jamais là.

— Nous avons un rendez-vous.

— Vous en avez pour longtemps ? Dites-le-moi. Sam Allerton aussi désirerait vous parler. »

Il avait penché sa tête noire vers l'oreille de Bradfield. Son cou était encore broussailleux : il ne s'était pas rasé.

« C'est impossible à dire.

— Écoutez, je vous attendrai. C'est une question d'une extrême importance. Je vais dire à Allerton : nous allons attendre Bradfield. Le bouclage, nos journaux : tout ça ne compte pas. Il faut parler à Bradfield.

— Il n'y a aucun commentaire, vous le savez. Nous avons publié notre communiqué hier soir. Je croyais que vous en aviez une copie. Nous acceptons les explications du chancelier. Nous nous attendons à voir la délégation allemande de retour à Bruxelles d'ici quelques jours. »

Ils descendirent les marches qui menaient au restaurant.

« Le voilà. C'est moi qui vais parler. Il faut que vous me le laissiez entièrement.

— Je vais essayer.

— Vous allez faire mieux que ça. Vous allez la boucler. C'est un client extrêmement difficile. »

Avant toute chose, Turner vit le cigare. Il était très petit et vissé au coin de la bouche comme un thermomètre noir ; et il savait que c'était également un cigare hollandais et que Leo les lui avait fournis pour rien.

On aurait dit qu'il avait passé la moitié de la nuit au marbre d'un journal. Il apparut par la porte menant à la galerie marchande et il marchait les mains dans les poches, sa veste écartée de sa chemise, heurtant les tables sans jamais s'excuser. C'était un grand gaillard mal soigné, aux cheveux grisonnants coupés court et à la poitrine large qui s'épanouissait en un ventre plus large encore. Il avait ses lunettes relevées sur son front comme des lunettes de motard. Une jeune fille le suivait, un porte-documents à la main. C'était une fille à l'air apathique et sans expression, qui était soit très ennuyée soit très chaste ; elle avait une chevelure noire et abondante.

« De la soupe, cria-t-il à travers la salle, tandis qu'ils échangeaient une poignée de main. Apportez de la soupe et quelque chose pour elle. » Le garçon écoutait les informations à la radio, mais en apercevant Praschko il baissa le son et se précipita, l'air empressé. Les bretelles de Praschko avaient des mâchoires de cuivre qui pinçaient obstinément la ceinture un peu luisante de son pantalon.

« Vous avez travaillé aussi ? Elle ne comprend rien, leur expliqua-t-il. Dans aucune langue. *Nicht wahr, Schatz.* Tu es bête comme un mouton. Qu'est-ce qui se passe ? » Il parlait anglais très couramment et le peu d'accent qu'il avait était fortement camouflé par des inflexions américaines. « Vous allez vous retrouver ambassadeur un de ces jours ?

— Je ne crois malheureusement pas.

— Qui est ce type ?

— Un visiteur. »

Praschko examina très soigneusement Turner, puis Bradfield, puis de nouveau Turner.

« C'est une femme qui vous a fait ça ? »

Seuls ses yeux remuaient. Ses épaules s'étaient légèrement soulevées et il y avait dans son attitude une légère crispation des muscles, une mise en alerte instinctive. Sa main gauche se posa sur le bras de Bradfield.

« C'est bien, dit-il. C'est parfait. J'aime le changement. J'aime bien les nouvelles têtes. » Sa voix se situait à un unique niveau ; un ton pesant mais bref ; une voix de conspirateur, contenue par l'expérience d'avoir dit pendant des années des choses qui n'étaient pas pour les oreilles indiscrètes.

« Qu'est-ce que vous venez chercher tous les deux ? L'opinion personnelle de Praschko ? La voix de l'opposition ? » Il expliqua à Turner : « Quand vous avez une coalition, l'opposition est un club fichtrement fermé. » Il rit bruyamment, partageant la plaisanterie avec Bradfield.

Le garçon apporta une assiette de bouillon. Prudemment, avec des petits mouvements nerveux de sa main de boucher, Praschko se mit à chercher les bouts de viande.

« Vous êtes venus pour quoi ? Hé, peut-être que vous voulez envoyer un télégramme à la reine ? fit-il en souriant. Un message de son ancien sujet ? O K, envoyez-lui un télégramme. Qu'est-ce que ça peut lui fiche, ce que dit Praschko ? Qui est-ce que ça intéresse ? Je suis une vieille putain... » (Cela à l'intention de Turner)... « On vous a dit ça ? J'ai été anglais, j'ai été allemand, j'ai bien failli être américain. Je suis dans ce bordel depuis plus longtemps que toutes les autres putains. C'est pour ça que plus personne ne veut de moi. On m'a eu de tous les côtés. On vous a raconté ça ? La gauche, la droite et le centre.

— De quel côté est-ce qu'ils vous ont maintenant ? » demanda Turner.

Ses yeux toujours fixés sur le visage meurtri de Turner, Praschko leva la main et frotta le bout de son index contre son pouce. « Vous savez ce qui compte en politique ? Le cash. Vendre. Tout le reste, c'est du bla-bla-bla. Les traités, les politiques, les alliances ; du bla-bla... Peut-être que j'aurais dû rester marxiste. Alors les voilà qui ont quitté Bruxelles. C'est triste. Bien sûr que c'est très triste. Vous n'avez plus personne à qui parler. »

Il brisa un petit pain en deux et en trempa une moitié dans la soupe.

« Dites à la reine que Praschko déclare que les Anglais sont de sales hypocrites. Votre femme va bien ?

— Très bien, merci.

— Ça fait longtemps que je ne suis pas allé dîner là-haut. Vous vivez toujours dans ce ghetto, hein ? Charmant endroit Oh, ça ne fait rien, personne ne m'aime longtemps. C'est pour ça que je change de parti, expliqua-t-il à Turner. Autrefois, je croyais que j'étais un romantique, toujours à chercher la fleur bleue. Maintenant je pense que je m'ennuie tout simplement. C'est la même chose avec les amis, avec les femmes, avec Dieu. Ils sont tous sincères et ils vous trompent tous. Ce sont tous des salauds. Seigneur. Tenez, encore autre chose : j'aime mieux les nouveaux amis que les anciens. D'ailleurs, j'ai une nouvelle femme : qu'est-ce que vous en pensez ? » Il prit la fille par le menton et lui fit tourner un peu la tête pour la montrer sous son meilleur jour et elle sourit en lui caressant la main. « Je suis étonnant. Il y a une époque, reprit-il sans leur laisser le temps de commenter, il y a eu une époque où je me serais mis à plat ventre pour faire entrer ces foutus Anglais dans le Marché commun. Maintenant vous êtes à pleurer sur le pas de la porte et je m'en fiche. » Il secoua la tête. « Je suis vraiment surprenant. Enfin, ça doit être l'histoire. Peut-être que c'est seulement moi. Peut-être que je ne m'intéresse qu'au pouvoir : peut-être que je vous aimais parce que vous étiez forts et que maintenant je vous déteste parce que vous n'êtes rien. Ils ont tué un jeune homme hier soir, vous avez entendu ? A Hagen. On l'a annoncé à la radio. »

Il but une gorgée de bière. Le rond de carton collait au pied du verre. Il l'arracha. « Un jeune homme. Un vieillard. Une bibliothécaire dingue. Bon, c'est une équipe de football mais ça n'est pas Armageddon. »

Par la fenêtre, on apercevait les colonnes grises qui attendaient sur l'esplanade. Praschko d'un geste large balaya la salle. « Regardez-moi toute cette saloperie. Rien que du papier. Une démocratie de papier, des politiciens de papier, des aigles de papier, des soldats de papier, des députés de papier. Une démocratie de maison de poupée ; chaque fois que Karfeld éternue, nous faisons dans notre culotte. Vous savez pourquoi ? Parce qu'il est rudement près de la vérité.

— Vous êtes pour lui alors ? C'est ça ? » demanda Turner, sans se soucier du coup d'œil furieux de Bradfield.

Praschko termina sa soupe, les yeux toujours fixés sur Turner. « Le monde rajeunit tous les jours, dit-il. D'accord, Karfeld est un tas de merde. D'accord. Il s'est enrichi, vous comprenez, mon garçon ? Nous avons mangé et bu, bâti des maisons, acheté des voitures, payé des impôts, nous sommes allés à l'église et nous avons fait des bébés. Maintenant nous voulons quelque chose de *réel.* Vous savez ce que c'est, mon garçon ? »

Ses yeux n'avaient pas quitté le visage meurtri de Turner.

« Des illusions. Les rois et les reines. Les Kennedy, de Gaulle, Napoléon. Les Wittelsbach, Potsdam. Ça n'est même plus un patelin perdu. Tenez, et cette histoire des étudiants qui manifestent en Angleterre ? Qu'est-ce que la reine en pense ? Est-ce que vous ne leur donnez pas assez d'argent de poche ? Ah, la jeunesse. Vous voulez que je vous dise quelque chose à propos de la jeunesse ? Écoutez. » Turner était maintenant son seul public. « "La jeunesse allemande reproche à ses parents d'avoir déclenché la guerre." C'est ce qu'on entend. Tous les jours il se trouve un petit malin pour l'écrire dans un nouveau journal. Vous voulez savoir la vérité ? Ils reprochent à leurs parents d'avoir *perdu* cette foutue guerre, non pas de l'avoir déclenchée ! "Hé ! Où est passé notre Empire ?" C'est la même chose pour les Anglais, j'imagine. C'est la même couillonnade. Les mêmes gosses. Ils veulent qu'on leur rende Dieu. » Il se pencha par-dessus la table, approchant son visage de celui de Turner. « Tenez. Peut-être qu'on pourrait faire un marché : on vous donne du fric, vous nous donnez des illusions. Le malheur, c'est qu'on a essayé. On a fait ce marché-là et vous ne nous avez donné que de la merde. Les illusions, vous ne les avez pas livrées. C'est ce que nous n'aimons plus à propos des Anglais. Ils ne savent plus conclure un marché. Le *Vaterland* a voulu épouser la Mère Angleterre, mais le jour du mariage vous n'étiez pas là. » Il éclata de nouveau d'un rire qui sonnait faux.

« Peut-être le moment est-il venu aujourd'hui de consacrer cette union », suggéra Bradfield en souriant comme un homme d'État fatigué.

Du coin de l'œil, Turner vit deux hommes, blonds, en costume sombre et chaussures de daim, venir s'installer discrètement à une table voisine. Le garçon se précipita vers eux, flairant qui ils étaient. Au même moment, une nuée de jeunes journalistes arriva du hall. Certains d'entre eux avaient les journaux du jour ; les gros titres parlaient de Bruxelles, de Hagen. A leur tête, Karl-Heinz Saab, leur père à tous, tournait vers Bradfield son visage de poupon inquiet. Par-delà la fenêtre, dans un patio sans charme, des rangées de chaises vides en matière plastique étaient plantées comme des fleurs artificielles dans le béton fendillé. « Ce sont les vrais nazis, cette racaille. » D'une voix assez forte pour que tout le monde l'entendît, Praschko désignait les journalistes d'un geste méprisant de sa main potelée. « Ils tirent la langue et ils pètent et ils croient qu'ils ont inventé la démocratie. Où est passé ce foutu serveur : il est mort ?

— Nous cherchons Harting, dit Bradfield.

— Je pense bien ! » Praschko avait l'habitude des crises. Sa main, passant la serviette sur ses lèvres gercées, se déplaçait au même rythme régulier. Les yeux, tout jaunes dans leurs orbites parcheminées, cillaient à peine tandis qu'il continuait à inspecter les deux hommes.

— Je ne l'ai pas vu par ici, reprit-il d'un ton nonchalant. Peut-être qu'il est dans les tribunes. Vous avez une loge pour vous là-haut. » Il reposa la serviette. « Vous devriez peut-être regarder.

— Il a disparu depuis vendredi dernier. Ça fait une semaine qu'il a disparu.

— Voyons : Leo ? Ce type reviendra toujours. » Le serveur apparut. « Il est indestructible.

— Vous êtes son ami, reprit Bradfield. Peut-être son seul ami. Nous pensions qu'il vous avait peut-être consulté.

— A propos de quoi ?

— Ah, dit Bradfield avec un petit sourire, c'est là le problème. Nous pensions qu'à vous, il en avait peut-être parlé.

— Il ne s'est jamais fait d'amis anglais ? dit Praschko, les regardant tour à tour. Pauvre Leo. » Il y avait quelque chose d'un peu tranchant dans sa voix maintenant.

« Vous aviez une place à part dans sa vie. Après tout, vous avez fait beaucoup de choses ensemble. Vous avez partagé un grand nombre d'expériences. Nous nous sommes dit que s'il avait eu besoin de conseil, ou d'argent, ou de ce dont on peut avoir besoin lors de certaines crises de l'existence, il s'adresserait instinctivement à vous. Nous avons pensé qu'il avait même pu venir vous demander protection. »

Praschko regarda de nouveau les coupures sur le visage de Turner. « Protection ? » Ses lèvres s'écartaient à peine quand il parlait ; on aurait dit qu'il préférait ne pas savoir même qu'il avait parlé. « Autant protéger un... » Des gouttes brusquement perlaient sur son front. L'humidité semblait venir de l'extérieur et se déposer sur lui comme de la buée. « Va-t'en », dit-il à la jeune femme. Sans un mot, elle se leva, leur adressa un sourire absent et quitta le restaurant, pendant que Turner, oubliant un instant toutes ses préoccupations pour savourer étourdiment le présent, suivait la rotation provocante de ses hanches qui s'éloignaient, mais Bradfield avait déjà repris la parole.

« Nous n'avons pas beaucoup de temps. » Il se penchait en avant et parlait très vite. « Vous étiez avec lui à Hambourg et à Berlin. Il y a certaines questions connues de vous deux seuls. Vous me suivez ? »

Praschko attendait.

« Si vous pouvez nous aider à le retrouver sans histoire ; si vous savez où il est et si vous pouvez raisonner avec lui ; s'il y a quoi que ce soit que vous puissiez faire au nom d'une vieille amitié, je vous promets d'être très gentil avec lui et très discret. Votre nom ne sera pas mentionné, ni celui de personne. »

C'était à Turner maintenant d'attendre, et il les dévisagea tour à tour. Seule, la sueur trahissait Praschko ; seul, le stylo trahissait Bradfield. Il le serrait entre ses doigts crispés tout en se penchant sur la table. Par la fenêtre, Turner apercevait les colonnes grises qui attendaient ; dans le coin de la salle, les hommes au visage de lune observaient d'un air morne, en mangeant des petits pains beurrés.

« Je le renverrai en Angleterre ; je lui ferai quitter l'Allemagne si c'est nécessaire. Il s'est dejà mis dans son tort ; il n'est pas question de le remployer. Il a fait des choses... Il s'est conduit d'une façon qui nous dispense de toute considération pour lui ; vous comprenez ce que je veux dire ? Tous les renseignements qu'il peut détenir sont la propriété de la Couronne... » Il se rassit. « Il faut que nous le trouvions avant eux », dit-il, et Praschko continuait à le regarder de ses petits yeux durs, sans rien dire.

« Je comprends également, poursuivit Bradfield, que vous avez des intérêts particuliers dont il convient de tenir compte. »

Praschko s'agita sur sa chaise. « Doucement, dit-il.

— Rien n'est plus loin de moi que de me mêler des affaires intérieures de la République fédérale. Vos ambitions politiques, l'avenir de votre parti par rapport au Mouvement, ce sont là des problèmes qui sont totalement en dehors de notre sphère d'intérêt. Je suis ici pour protéger l'alliance, non pas pour juger un allié. »

Très brusquement, Praschko sourit.

« C'est parfait, dit-il.

— Le fait que vous ayez bien connu Harting il y a vingt ans, votre appartenance à certains organismes du gouvernement britannique...

— Personne n'est au courant de ça, s'empressa de dire Praschko. Tâchez d'être prudent là-dessus.

— J'allais précisément faire la même déclaration, dit Bradfield avec un sourire de soulagement réciproque. Je ne voudrais pas un instant qu'il soit dit de l'ambassade que nous nourrissons des rancunes, que nous persécutons des hommes politiques allemands de premier plan, que nous remuons de vieilles affaires enterrées depuis longtemps ; que nous nous rangeons au côté des pays qui n'ont pas de sympathie pour la cause allemande, afin de calomnier la République fédérale. Je suis absolument certain que dans votre propre domaine, vous n'aimeriez pas qu'on dise de vous ce genre de chose. Je ne fais que souligner une identité d'intérêts.

— Bien sûr, dit Praschko. Bien sûr. » Son visage buriné demeurait impénétrable.

« Nous avons tous nos méchants. Il ne faut pas les laisser s'interposer entre nous.

— Bon sang, dit Praschko en jetant un regard en coulisse aux meurtrissures du visage de Turner. Nous avons de drôles d'amis aussi. C'est Leo qui vous a fait ça ?

— Ils sont assis dans le coin, dit Turner. C'est eux qui ont fait ça. Ils attendent de lui en faire autant s'ils en ont l'occasion.

— Bon, dit enfin Praschko. Je vais marcher avec vous. Nous avons déjeuné ensemble. Je ne l'ai pas vu depuis. Qu'est-ce que veut ce singe ?

— Bradfield, cria Saab à travers la salle. C'est pour bientôt ?

— Je vous l'ai dit, Karl-Heinz. Nous n'avons pas de déclaration à faire. »

« Nous avons simplement bavardé, c'est tout. Je ne le vois pas si souvent. C'est lui qui m'a appelé : si on déjeunait un de ces jours ? J'ai proposé le lendemain. » Il tendit les paumes pour montrer qu'il ne dissimulait aucune carte dans sa manche.

« De quoi avez-vous parlé ? » demanda Turner.

Il haussa les épaules. « Vous savez ce que c'est avec de vieux amis. Leo est un brave type, mais... vous savez, les gens changent. Ou peut-être qu'on n'aime pas s'entendre rappeler qu'ils ne changent pas. Nous avons parlé du bon vieux temps. Nous avons pris un verre. Vous voyez.

— Quel bon vieux temps ? insista Turner et Praschko, furieux, le foudroya du regard.

— Du bon vieux temps en Angleterre, bien sûr. Du temps où on était dans la merde. Vous savez pourquoi on est allé en Angleterre, moi et Leo ? On était gosses. Vous savez comment nous sommes arrivés là-bas ? Son nom commençait par un H, mon nom commençait par un P. Alors je l'ai remplacé par un B. Harting Leo, Braschko Harry. Quelle époque ! Une chance qu'on ne se soit pas appelés Wess ou Zachary, vous savez : ils étaient trop bas sur la liste alphabétique. Les Anglais n'aimaient pas la seconde moitié de l'alphabet. C'est de ça qu'on a parlé : expédiés FOB Douvres. Cette foutue époque. Cette saloperie d'école agricole à Shepton Mallet, vous connaissez ce trou ? Peut-être qu'ils l'ont repeinte maintenant. Peut-être qu'il est mort, ce vieux type qui nous engueulait comme plâtre parce qu'on était allemands et qui disait que nous devrions remercier les Anglais d'être vivants. Vous savez ce qu'on a appris à Shepton Mallet ? L'italien. Avec les prisonniers de guerre. C'étaient les seuls pauvres bougres à qui nous avons jamais pu parler ! » Il se tourna vers Bradfield. « Qui est ce nazi au fait ? demanda-t-il et il éclata de rire. Voyons, je suis fou ou quoi ? Je déjeunais avec Leo.

— Et il a parlé de ses difficultés, des difficultés qu'il pouvait avoir ? demanda Bradfield.

— Il voulait des renseignements sur le Statut, répondit Praschko, toujours souriant.

— Le Statut de Prescription ?

— Exactement. Il voulait connaître la loi.

— Appliquée à un cas particulier ?

— Ç'aurait dû être ça ?

— Je vous posais la question.

— Je pensais que peut-être vous pensiez à un cas particulier.

— Cela l'intéressait sur le plan général du principe juridique ?

— Bien sûr.

— Quelle politique bénéficierait de cela, je me le demande ? Il n'est dans les intérêts d'aucun de nous qu'on ressuscite le passé.

— C'est vrai, hein ?

— C'est du simple bon sens, dit brièvement Bradfield, ce qui, j'imagine, compte plus pour vous que toutes les assurances que je pourrais vous donner. Que voulait-il savoir ? »

Praschko parlait très lentement maintenant : « Il voulait en connaître la *raison.* Il voulait en comprendre la philosophie. Alors je lui ai dit : “Ce n'est pas une loi nouvelle, elle est vieille. C'est pour mettre un terme aux choses. Chaque pays à une cour suprême, un point au-delà duquel on ne peut pas aller, d'accord ? En Allemagne, il faut qu'il y ait un jour suprême aussi.” Je lui ai parlé comme à un enfant : il est si innocent, vous savez ? Un vrai moine. Je lui ai dit : “Écoute, tu roules à bicyclette sans lumière, bon ? Si au bout de quatre mois personne ne s'en est aperçu, tu ne risques plus rien. S'il s'agit d'homicide, alors ce n'est pas quatre mois mais quinze ans ; si c'est un meurtre, vingt ans. Si c'est un meurtre commis par les nazis, plus longtemps encore, parce qu'on leur a donné un délai supplémentaire. Ils ont attendu quelques années avant de commencer à compter jusqu'à vingt. Si on n'ouvre pas une enquête, il y a prescription.” Je lui ai dit : “Écoute, ils ont tellement tourné autour du pot avec ce truc-là que ça a bien failli claquer. Ils ont fait des amendements pour plaire à la reine et ils en ont fait pour se plaire à eux-mêmes ; ils ont commencé par choisir comme date 45, puis 49 et maintenant ils ont encore changé.” » Praschko ouvrit les mains... « Alors il me crie : “Qu'est-ce que ça a de si sacré, vingt ans ? — Vingt ans ça n'a rien de sacré, n'importe quel nombre d'années n'a rien de sacré. On vieillit. On se fatigue. On meurt.” Voilà ce que je lui ai dit. Je lui ai dit : “Je ne sais pas ce que tu t'es mis dans ta petite tête, mais tout ça c'est du bla-bla. Tout doit avoir une fin. Les moralistes disent que c'est une loi morale, les apologistes disent que c'est un expédient. Écoute, je suis ton ami et je vais t'expliquer ; Praschko dit : c'est un fait de la vie, alors ne t'en mêle pas.” Là-dessus il s'est mis en colère. Vous ne l'avez jamais vu en colère ?

— Non.

— Après le déjeuner je l'ai ramené ici. Nous discutions toujours, vous comprenez. Pendant tout le trajet en voiture. Et puis nous nous sommes installés à cette table. Ici même où nous sommes maintenant. “Je vais peut-être découvrir de nouveaux renseignements”, m’a-t-il dit. Je lui ai répondu : “Si tu trouves de nouveaux renseignements, oublie-les, parce que tu ne pourras absolument rien faire : ne perds pas ton temps. Tu arrives trop tard. C’est la loi.”

— Il ne vous a pas par hasard laissé entendre qu’il avait *déjà* ces renseignements ?

— Il les a ? demanda Praschko, très vite.

— Je ne puis imaginer qu’ils existent. »

Praschko acquiesça lentement, sans quitter des yeux Bradfield.

« Alors qu’est-ce qui s’est passé ? dit Turner.

— C’est tout. Je lui ai dit : “OK, tu prouves qu’il y a eu homicide : tu es déjà en retard de plusieurs années. Alors tu prouves qu’il y a eu meurtre : tu es en retard depuis décembre dernier. Alors va te faire foutre.” Voilà ce que je lui ai dit. Là-dessus il me prend le bras et il murmure, comme un prêtre devenu dingue : “Aucune loi ne tiendra jamais compte de ce qu’ils ont fait. Toi et moi, nous le savons. On enseigne ça à l’église : le Christ est né d’une vierge et est monté au Ciel dans une nuée de lumière. Des millions de gens croient ça. Écoute, je joue de l’orgue tous les dimanches. Je les entends.” C’est vrai ?

— Il tenait l’orgue à la chapelle, dit Bradfield.

— Seigneur, dit Praschko, abasourdi. Leo faisait ça ?

— Il le fait depuis des années.

— Alors il reprend : “Mais toi et moi, Praschko, durant notre existence, nous avons vu le témoignage vivant du mal.” C’est ce qu’il m’a dit. “Pas au sommet d’une montagne, pas la nuit, mais là, dans le champ où nous étions. Nous sommes des privilégiés. *Et voilà maintenant que tout recommence.*” » Turner voulut l’interrompre, mais Bradfield le retint.

« Alors je me suis foutu en colère. Vous comprenez, je lui ai dit : “Ne viens pas jouer Dieu avec moi. Ne viens pas pousser des hurlements à propos de la justice pour mille ans à Nuremberg qui a duré quatre ans. Au moins le Statut nous en a donné vingt. Et d’ailleurs, qui a imposé le Statut ? Vous, les Anglais, vous auriez pu nous faire changer. Quand vous avez passé la main, vous auriez pu nous dire : tenez, espèces de sales Allemands, occupez-vous donc de ces affaires, jugez ces gens-là dans vos tribunaux, rendez des verdicts conformément à votre code pénal, mais commencez par abolir le Statut. A cette époque-là, vous étiez complices ; soyez complices maintenant. C’est fini. C’est bel et bien fini.” Voilà ce que je lui ai dit. Et il a continué à me regarder en répétant mon nom. “Praschko, Praschko.” »

Tirant un mouchoir de sa poche, il se tamponna le front et s’essuya la bouche.

« Ne faites pas attention à moi, dit-il, je m’excite. Vous savez ce que c’est que les hommes politiques. Je lui ai dit, pendant qu’il me dévisageait, je lui ai dit : “Écoute, je suis chez moi ici. S’il me reste un cœur, il est ici, dans ce bordel. Je me demandais pourquoi jadis.

Pourquoi pas le palais de Buckingham ? Pourquoi pas la culture du Coca-Cola ? Mais c'est mon pays. Et c'est ce que tu aurais dû trouver : un pays. Ne pas te contenter d'une foutue ambassade." Il a continué à me regarder ; je vous assure, je commençais vraiment à m'énerver. Je lui ai dit : "Bon, suppose que tu découvres cette preuve, dis-moi à quoi tout ça rime : commettre un crime à trente ans, être puni à soixante, qu'est-ce que ça veut dire ? Nous sommes vieux, lui ai-je dit, toi et moi. Tu sais ce que Goethe nous a expliqué : aucun homme ne peut observer un coucher de soleil pendant plus d'un quart d'heure." Il m'a répondu : "Ça recommence. Regarde les visages, Praschko, écoute les discours. Il faut que quelqu'un arrête ce salaud, ou bien toi et moi nous nous retrouverons à porter les mêmes étiquettes." »

Ce fut Bradfield qui parla le premier. « S'il avait vraiment découvert la preuve, et nous savons que ça n'est pas le cas, qu'aurait-il fait ? Si au lieu de la chercher encore, il l'avait déjà trouvée, alors que serait-il arrivé ?

— Oh, Seigneur ; je vous assure : il serait devenu fou.

— Qui est Eickman ? fit Turner, pour mettre un terme au long silence.

— Comment avez-vous dit mon garçon ?

— Eickman. Qui est-elle ? Miss Eickman, miss Etling et miss Brandt... Elle a été sa fiancée à un moment.

— C'était seulement une femme qu'il avait à Berlin ou bien était-ce à Hambourg ? Peut-être les deux. Seigneur, j'oublie tout. Dieu merci, hein ?

— Qu'est-ce qu'elle est devenue ?

— Jamais entendu parler », dit Praschko. Ses petits yeux étaient sommairement taillés dans la vieille écorce.

De leur coin, les visages nets les observaient sans expression ; quatre mains pâles reposaient sur la table comme des armes dont on ne se sert pas pour l'instant. Le haut-parleur appelait Praschko : la *Fraktion* l'attendait.

« Vous l'avez trahi, dit Turner. Vous avez mis Siebkron à ses trousses. Vous l'avez bel et bien vendu. Il vous a tout raconté et vous avez prévenu Siebkron parce que vous voulez aussi être du côté du manche.

— Taisez-vous, dit Bradfield. Taisez-vous.

— Espèce de salaud, siffla Turner. Vous allez le faire tuer. Il vous a expliqué qu'il avait découvert la preuve. Il vous a dit ce que c'était et il vous a demandé de l'aider et vous, pour le récompenser de sa peine, vous avez mis Siebkron à ses trousses. Vous étiez son ami et vous avez fait ça.

— Il est fou, chuchota Praschko. Vous ne vous rendez donc pas compte qu'il est fou ! Vous ne l'avez pas vu en ce temps-là. Vous ne l'avez jamais vu avec Karfeld dans la cave. Vous trouvez que ces types vous ont tabassé ? Karfeld, lui, ne pouvait même pas ouvrir la bouche : "Parle ! Parle !" » Praschko plissait les yeux. « Quand il a vu ces corps dans le champ... Ils étaient liés ensemble. On les avait ligotés avant de les gazer. Il est devenu fou. Je lui ai dit : "Écoute, ce n'est pas ta faute. Ce n'est pas ta faute si tu as survécu !" Il vous a montré les boutons peut-être ? Ceux qui servaient de monnaie au camp ? Vous n'avez jamais vu ça non plus, n'est-ce pas ? Ça ne vous est jamais arrivé de sortir avec lui et deux filles pour prendre un verre ? Vous l'avez jamais vu payer avec les boutons de bois pour déclencher une bagarre ? Il est fou, je vous dis. » Cette évocation le menait au bord du désespoir. « Assis à cette table, je lui ai dit : "Allons, viens. Qui diable a jamais bâti Jérusalem en Allemagne ? Ne te ronge pas, viens sauter quelques filles !" Je lui ai dit : "Écoute ! Il faut que nous nous contrôlions, que nous nous maîtrisions où alors on va tous devenir dingues." C'est un moine Un moine fou qui ne veut pas oublier. Le monde, à votre avis, qu'est-ce que c'est ? Un terrain de jeu pour une bande de moralistes fous ? Bien sûr que j'ai prévenu Siebkron. Vous n'êtes pas bête. Mais il faut apprendre à oublier aussi. Seigneur, si les Anglais ne savent pas, qui le sait ? »

En entrant dans le hall ils entendirent des vociférations. Deux étudiants en manteau de cuir avaient forcé le cordon de police et, plantés sur l'escalier, se battaient avec les huissiers. Un député d'un certain âge tenait un mouchoir devant sa bouche et le sang coulait sur son poignet. « Nazis ! » criait quelqu'un, « Nazis ! » mais il désignait un étudiant sur le balcon et celui-là brandissait un drapeau rouge.

« Retournons au restaurant, dit Bradfield. Nous pourrons sortir par l'autre porte. »

Le restaurant s'était brusquement vidé. Attirés ou repoussés par l'agitation qui régnait dans le hall, députés et visiteurs avaient disparu chacun dans la direction qu'il avait choisie. Bradfield ne courait pas, mais marchait vite, d'un long pas militaire. Ils étaient dans la galerie marchande. Un magasin de maroquinerie offrait des porte-documents dans un beau box-calf. Dans la vitrine suivante, un barbier couvrait de mousse le visage d'un client invisible.

« Bradfield, il faut que vous m'écoutiez : mon Dieu est-ce que je ne peux même pas vous prévenir de ce qu'ils disent ? »

Saab était terriblement essoufflé. On voyait sa corpulente carcasse haleter sous sa veste graisseuse ; des gouttes de sueur perlaient dans les poches sous ses yeux jaunes. Allerton, le visage cramoisi sous sa crinière noire, regardait par-dessus l'épaule de son collègue. Ils se retirèrent sur le seuil d'un magasin. Au bout du couloir, le calme était descendu sur le hall.

« Qu'est-ce qu'on dit et qui le dit ? »

Allerton répondit à sa place : « Tout Bonn, mon vieux. Toutes les salles de rédaction.

— Écoutez. Il y a des rumeurs. Vous savez, c'est fantastique ce qu'on raconte. Vous savez ce qui s'est passé à Hanovre ? Vous savez pourquoi il y a eu ces émeutes ? On en parle dans tous les cafés : les délégués, les hommes de Karfeld le racontent. Déjà les rumeurs se sont répandues dans tout Bonn. Ils ont reçu la consigne de ne rien dire ; tout cela est un secret fantastique. »

Il jeta un bref coup d'œil du haut en bas de la galerie.

« C'est l'histoire la plus sensationnelle depuis des années, dit Allerton. Même pour ce bled. »

« Pourquoi ils ont forcé le cordon de police et se sont précipités comme des chiens enragés vers la bibliothèque ? Ces types qui sont arrivés dans les cars gris ? Quelqu'un a tiré sur Karfeld, pendant que la musique jouait : on a tiré sur lui de la fenêtre de la bibliothèque. Un ami de la femme, la bibliothécaire : Eich. Elle avait travaillé pour les Anglais à Berlin. C'était une émigrée, elle avait changé son nom et se faisait appeler Eich. Elle l'a laissé entrer pour qu'il tire de la fenêtre. Ensuite elle a tout raconté à Siebkron avant de mourir. Eich. Le garde du corps l'a vu tirer, le garde du corps de Karfeld. Pendant que la musique jouait ! Ils ont vu le type tirer de la fenêtre et se sont précipités pour l'attraper. Les gardes du corps, Bradfield, ceux qui sont arrivés dans les cars gris ! Écoutez, Bradfield ! Écoutez ce qu'on raconte ! On a retrouvé la balle, une balle d'un pistolet de marque anglaise. Vous comprenez maintenant ? Les Anglais veulent assassiner Karfeld : c'est ça, la rumeur fantastique qui court. Il faut que vous les empêchiez de dire ça ; il faut parler à Siebkron. Karfeld est terrifié ; c'est un froussard de première grandeur. Vous savez, c'est pour ça qu'il est si prudent, c'est pour ça que partout il fait bâtir ces fichus *Schaffott.* Bon sang, comment dit-on *Schaffott* ?

— Estrade », dit Turner.

La foule venant du hall les poussa vers l'air frais dehors.

« L'estrade ! Un grand secret, Bradfield ! Pour votre information. » Ils l'entendirent crier : « Au nom du Ciel, ne me citez pas. Siebkron serait absolument furieux !

— Soyez-en assuré, Karl-Heinz, répondit la voix unie qui dans la tourmente gardait un ton absurdement officiel, votre secret ne sera pas trahi.

— Dites-moi, mon vieux », dit Allerton à l'oreille de Turner. Il ne s'était pas rasé et ses mèches noires étaient luisantes de sueur. « Qu'est-ce qui est arrivé à Leo ces temps-ci ? On dirait qu'il s'est volatilisé. Il paraît que la vieille Eich était un vrai numéro en son temps... Elle travaillait avec les chasseurs de têtes à Hambourg. Qu'est-ce qu'on vous a fait à la figure, mon vieux ? Elle a refermé les jambes trop tôt, c'est ça ?

— Il n'y a rien dans tout cela, dit Bradfield.

— Non, pas encore, mon vieux, dit Allerton.

— Il n'y aura jamais rien.

— On raconte qu'il a bien failli l'avoir à Bonn le soir d'avant la manifestation de Hanovre. Il n'était pas tout à fait assez sûr de son homme. Karfeld revenait d'une conférence secrète ; il se rendait à pied à l'endroit où la voiture devait venir le chercher et Leo a bien failli l'avoir. Les sbires de Siebkron ont rappliqué juste à temps. »

Sur le quai, les colonnes immobiles attendaient en échelons patients. La brise poussive agitait à peine leurs drapeaux noirs. De l'autre côté du fleuve, derrière une rangée d'arbres bleus, de lointaines cheminées d'usine lâchaient nonchalamment leur panache de fumée dans la pâle lumière du matin. De petits bateaux, comme autant de taches brillantes, étaient échoués sur l'herbe grise de la berge. A la gauche de Turner se dressait un vieux hangar à bateaux que personne n'avait encore démoli. Une pancarte clouée dessus proclamait qu'il était la propriété de l'Institut d'exercice physique de l'université de Bonn.

Ils étaient sur la berge, côte à côte. La brume infiniment pâle, comme la trace de l'haleine sur du verre, rapprochait les horizons marron et envahissait le pont tout proche. Il n'y avait pas d'autre bruit que l'écho de choses absentes, le cri de mouettes perdues, le gémissement de péniches égarées et l'inévitable couinement de foreuses invisibles. Il n'y avait personne que les ombres grises au bord de l'eau et ce bruit de pas qui ne se rattachait à rien ; il ne pleuvait pas, mais parfois ils sentaient l'humidité dans la brume, comme le picotement du sang sur la peau au soleil. Il n'y avait pas de navires sur le fleuve mais des barques funèbres dérivant vers les dieux du Nord et l'on ne sentait rien que les relents de charbon et d'industries qui n'étaient pas présentes.

« Karfeld se cache jusqu'à ce soir, annonça Bradfield. Siebkron y a veillé. On s'attend à une nouvelle tentative ce soir. Et il le fera. » Il reprit, répétant comme si c'était une formule : « Jusqu'à la manifestation, Karfeld se cache Après la manifestation, Karfeld se cachera de nouveau. Les ressources de Harting sont très limitées ; il ne peut compter rester beaucoup plus longtemps en liberté. Il va essayer ce soir.

« Eickman est morte, dit Turner. Ils l'ont tuée.

— Oui. Il va vouloir essayer ce soir.

— Arrangez-vous pour que Siebkron annule la manifestation.

— Si c'était en mon pouvoir, je le ferais. Si Siebkron en avait le pouvoir, il le ferait. » Il désigna les colonnes grises. « C'est trop tard. »

Turner le dévisagea.

« Non, je ne vois pas Karfeld annulant le meeting si effrayé soit-il, reprit Bradfield, comme si un instant de doute avait traversé son esprit. Cette manifestation est le point culminant de sa campagne en province. Il l'a organisée pour qu'elle coïncide avec le moment le plus critique à Bruxelles. Il est déjà à mi-chemin du succès. »

Il tourna les talons et s'engagea à pas lents sur le sentier qui menait au parking. Les colonnes grises l'observaient en silence.

« Retournez à l'ambassade. Prenez un taxi. Désormais tout mouvement est formellement interdit. Personne ne doit quitter le périmètre de l'ambassade sous peine d'être congédié. Prévenez de Lisle. Dites-lui aussi ce qui s'est passé et mettez de côté les papiers concernant Karfeld que je verrai à mon retour. Tout ce qui l'accuse : le rapport d'enquête, la thèse... Tout ce qui revient du magasin des accessoires et qui raconte l'histoire. Je serai de retour au début de l'après-midi. »

Il ouvrit la portière de la voiture.

« Quel marché avez-vous fait avec Siebkron ? dit Turner. Quelle est la clause en petits caractères ?

— Il n'y a pas de marché. Ou bien ils détruisent Harting ou bien il détruira Karfeld. Dans l'un comme dans l'autre cas, je dois le désavouer. C'est la seule chose qui compte. Préféreriez-vous me voir agir autrement ? Voyez-vous une issue ? J'informerai Siebkron que l'ordre doit être rétabli. Je lui donnerai ma parole que nous n'avons joué aucun rôle dans le travail de Harting et que nous n'en avions pas connaissance. Avez-vous une solution de rechange à me proposer ? Je vous en serais reconnaissant. »

Il mit le moteur en marche. Un frisson d'intérêt parcourut les colonnes grises qui aimaient bien la Jaguar blanche.

« Bradfield !

— Oui.

— Je vous en supplie. Cinq minutes. J'ai une carte à jouer aussi. Quelque chose dont nous n'avons jamais parlé. Bradfield !

Sans un mot Bradfield ouvrit la portière et sortit.

« Vous dites que nous n'avons joué aucun rôle là-dedans. Mais si. Il était un produit de chez nous, vous le savez, nous l'avons fait ce qu'il est, nous l'avons broyé entre tous ces mondes... Nous l'avons obligé à descendre en lui-même, nous lui avons fait voir des choses que personne ne devrait jamais voir, entendre des choses... Nous l'avons lancé dans ce voyage au bout de lui-même... Vous ne savez pas ce que c'est en bas, dans ce sous-sol. Moi, je sais ! Écoutez, Bradfield ! Nous avons des dettes envers lui, il le savait.

— Nous sommes tous des créanciers. Très peu d'entre nous sont payés.

— Vous *voulez* le détruire ! Vous voulez le réduire au néant ! Vous *voulez* le désavouer parce qu'il était son amant ! Parce que...

— Mon Dieu, fit doucement Bradfield, si c'était la tâche à laquelle je m'étais attelé, il me faudrait en tuer plus de trente-deux. C'est tout ce que vous vouliez me dire ?

— Attendez ! Bruxelles... Le Marché commun... Tout ça. La semaine prochaine c'est l'affaire de l'or, la semaine d'après c'est le pacte de Varsovie. Pour faire plaisir aux Américains nous serions bien prêts à nous inscrire à l'Armée du Salut. Qu'importe les noms... Vous voyez ça plus clairement qu'aucun de nous : cette lente dérive. Pourquoi vous laissez-vous aller comme ça ? Pourquoi ne dites-vous pas halte ?

— Qu'est-ce que je dois faire à propos de Harting ? Dites-moi ce que je peux faire d'autre que le désavouer ? Vous savez maintenant comment nous sommes ici. Les crises sont académiques, les scandales ne sont pas. Vous ne vous êtes pas rendu compte que seules les apparences comptent ? »

Turner cherchait frénétiquement des arguments. « Ça n'est pas vrai ! Ça n'est pas possible que vous soyez si attaché à la surface des choses.

— Qu'est-ce qu'il y a donc d'autre quand ce qui est dessous est pourri ? Brisez la surface et nous coulons. C'est ce que Harting a fait. Je suis un hypocrite, poursuivit simplement Bradfield. Je crois beaucoup à l'hypocrisie. Pour nous, c'est ce qu'il y a de plus proche de la vertu. C'est une déclaration sur ce que nous devrions être. Comme la religion, comme l'art, comme la loi, comme le mariage. Je sers l'apparence des choses. C'est le pire des systèmes ; il vaut quand même mieux que les autres. C'est ma profession et c'est ma philosophie. Et contrairement à vous, ajouta-t-il, je n'ai pas signé de contrat pour servir une nation puissante, encore moins une nation vertueuse. Tout pouvoir corrompt. La perte du pouvoir corrompt davantage encore. Rendons grâce à un Américain de ce conseil. C'est tout à fait vrai. Nous sommes une nation corrompue et nous avons besoin de toute l'aide que nous pouvons trouver. C'est lamentable et, je le confesse, parfois humiliant. Toutefois, je préférerais échouer en tant que pouvoir plutôt que survivre par l'impuissance. Je préférerais être vaincu plutôt que neutre. Je préférerais être anglais plutôt que suisse. Et contrairement à vous, je n'attends rien. Je n'attends pas plus des institutions que je n'attends quoi que ce soit des gens. Alors, vous n'avez pas de suggestion à me faire ? Vous me voyez déçu.

— Bradfield, je la connais. Je vous connais et je sais ce que vous ressentez ! Vous le détestez ! Vous le détestez plus encore que vous n'osez l'avouer. Vous le détestez pour avoir des sentiments : pour aimer, même pour haïr. Vous le détestez pour tromper et pour être honnête. Pour l'avoir éveillée. Pour vous avoir fait honte. Vous le détestez pour le temps qu'elle lui a consacré... Pour l'idée, pour le rêve qu'elle se faisait de lui !

— Mais vous n'avez aucune suggestion à me faire. J'imagine que vos cinq minutes sont passées. Il a commis une offense, ajouta-t-il nonchalamment, comme si une fois de plus il évoquait ce sujet. En effet. Pas tant contre moi-même, comme vous pourriez le supposer. Mais contre l'ordre qui résulte du chaos ; contre la modération inhérente à une société qui n'a pas de but. Il n'avait pas besoin de haïr Karfeld et de... Il n'avait pas besoin de se souvenir. Si vous et moi servons encore à quelque chose, c'est à sauver le monde de pareilles présomptions.

— De vous tous... Écoutez !... De vous tous il est le seul qui soit réel, le seul qui ait cru et le seul qui ait agi ! Pour vous, ce n'est qu'un jeu stérile, pourri, un jeu de loto familial, voilà tout... Pour s'amuser. Mais Leo, lui, est là-dedans jusqu'au cou ! Il sait ce qu'il veut et il est parti pour l'avoir !

— Oui. Cela seul devrait suffire à le condamner. » Il avait oublié Turner maintenant. « Il n'y a plus de place pour des gens de son espèce. C'est la seule chose que nous ayons apprise, Dieu merci. » Il contempla le fleuve. « Nous avons appris que même le néant est une tendre fleur. Vous parlez comme s'il y avait ceux qui apportent leur contribution et ceux qui ne le font pas. Comme si nous travaillions tous pour le jour où l'on n'aura plus besoin de nous ; où le monde pourrait faire ses bagages et cultiver son jardin. Il n'y a pas de produit. Il n'y a pas de jour final. Cette vie, c'est celle pour laquelle nous travaillons. Maintenant. En ce moment. Tous les soirs, en m'endormant, je me dis : encore un jour de passé. Encore un jour ajouté à la vie artificielle d'un monde sur son lit de mort. Et si je ne me laisse jamais aller ; si je ne lève jamais les yeux, nous pourrons tenir encore cent ans. Oui. » C'était au fleuve qu'il parlait. « Notre politique, c'est comme le niveau de ce fleuve, avec ses huit centimètres de variation. Huit centimètres de liberté vers le haut ou vers le bas de la berge. C'est la limite de notre action. Au-delà, c'est l'anarchie et tout le fatras romantique de la contestation et des prises de conscience. Nous cherchons tous la liberté plus grande, tous autant que nous sommes. Elle n'existe pas. Dès l'instant qu'on accepte cela, on peut rêver tout son soûl. Pour commencer, Harting n'aurait jamais dû descendre dans le sous-sol. Vous auriez dû rentrer à Londres quand je vous l'ai dit. Le statut de prescription a fait de l'oubli une loi. Il l'a enfreinte. Praschko a parfaitement raison : Harting a enfreint la loi de modération.

— Mais nous ne sommes pas des automates ! Nous sommes nés libres ; je crois à ça ! Nous ne pouvons pas contrôler le fonctionnement de notre propre esprit !

— Bonté divine, qui donc vous a dit ça ! » Il s'était tourné vers Turner maintenant et on voyait de petites larmes dans ses yeux. « J'ai contrôlé le fonctionnement de mon propre esprit pendant dix-huit ans de mariage et vingt ans de diplomatie. J'ai passé la moitié de ma vie à apprendre à ne pas regarder et l'autre à apprendre à ne pas sentir. Croyez-vous que je ne puisse pas aussi apprendre à oublier ? Dieu, il y a des moments où je suis accablé par toutes les choses que je ne sais pas ! Alors pourquoi diable ne pourrait-il pas oublier, lui aussi ? Croyez-vous que ça m'amuse, ce que je dois faire ? Croyez-vous qu'ils ne me contraignent pas à le faire ? C'est lui qui a mis tout ça en branle, pas moi ! Avec sa maudite impudence...

— Bradfield ! Et Karfeld ? Est-ce que Karfeld n'a pas franchi la ligne lui aussi ?

— Il y a des façons extrêmement différentes de régler son cas. » La coquille de nouveau s'était refermée autour de sa voix.

« Leo en a trouvé une.

— Il semble que ce ne soit pas la bonne.

— Pourquoi ?

— Peu importe pourquoi. »

Il repartit à pas lents vers la voiture, mais Turner l'interpellait.

« Qu'est-ce qui a décidé Leo à filer ? Quelque chose qu'il a lu. Quelque chose qu'il a volé. Qu'est-ce qu'il y avait donc dans ce dossier vert ? Qu'est-ce que c'était que ces conversations officielles et officieuses avec des hommes politiques allemands. Bradfield ! Qui parlait à qui ?

— Baissez la voix, ils vont entendre.

— Dites-moi ! Vous avez eu des conversations avec Karfeld ? C'est ça qui a décidé Leo à faire son expédition nocturne ? C'est de ça qu'il s'agissait ? »

Bradfield ne répondit pas.

« Seigneur, murmura Turner. Nous sommes comme les autres, après tout. Comme Siebkron et comme Praschko ; nous essayons de jouer le gagnant de demain ! »

« Attention ! lui dit Bradfield.

— Allerton... Ce qu'Allerton a dit...

— Allerton ? Il ne sait rien !

— Karfeld est arrivé de Hanovre ce vendredi soir. Il s'est rendu secrètement à Bonn. Pour une conférence. Il y est arrivé et il en est parti à pied, tellement c'était secret. Finalement vous n'êtes pas allé à Hanovre ce vendredi soir, n'est-ce pas ? Vous avez changé vos plans, annulé votre billet. Leo a découvert ça au bureau des transports...

— Vous racontez n'importe quoi.

— Vous avez rencontré Karfeld à Bonn. C'est Siebkron qui a arrangé ça, et Leo vous a suivi parce qu'il savait ce que vous mijotiez !

— Vous perdez la tête.

— Non, pas du tout. Mais Leo oui, n'est-ce pas ? Parce que Leo avait des soupçons. Tout le temps, au fond de son esprit, il savait que vous preniez en secret une assurance contre un échec à Bruxelles. Jusqu'au moment où il a vu ce dossier, jusqu'au moment où il a vraiment vu et compris, il a cru qu'il pourrait agir dans le cadre de la loi. Mais lorsqu'il a vu le dossier vert, il a compris : ça recommençait bel et bien. Il savait. C'est pourquoi il était pressé. Il fallait absolument vous arrêter, arrêter Karfeld avant qu'il ne soit trop tard ! »

Bradfield ne dit rien.

— Qu'est-ce qu'il y avait dans le dossier vert, Bradfield ? Qu'est-ce qu'il a emporté avec lui comme souvenir ? Pourquoi était-ce le seul dossier qu'il ait volé ? Parce qu'il contenait les comptes rendus de ces entrevues-là, n'est-ce pas ? Et c'est ce qui vous a décidé à intervenir ! Vous deviez absolument remettre la main sur le dossier vert ! Est-ce que vous avez signé ces comptes rendus, Bradfield ? Avec ce stylo qui ne demandait que ça ? » Ses yeux pâles brillaient de colère. « Quand a-t-il volé la sacoche, voyons : vendredi... Vendredi matin il a eu la vérification de ses hypothèses, n'est-ce pas ? Il a lu ça noir sur blanc ; c'était l'autre preuve qu'il cherchait. Il est allé montrer ça à Eickman... “Ils recommencent leur petit jeu, il faut que nous arrêtions ça avant qu'il ne soit trop tard... Nous sommes les élus.” C'est pour ça qu'il a emporté le dossier vert ! Pour leur montrer ! *Regardez, mes enfants,* veut-il dire, *c'est vrai que l'Histoire se répète et que ce n'est pas du tout de la comédie !*

— C'était un document ultra-secret. Rien que pour cela, il pourrait aller en prison pour des années.

— Mais il n'ira jamais, parce que vous voulez le dossier et non pas l'homme. Ça aussi, ça fait partie de vos huit centimètres de liberté, n'est-ce pas ?

— Vous préféreriez que je sois un fanatique ?

— Ce qu'il soupçonnait depuis des mois, ce qu'il avait recueilli dans le flot des potins de Bonn et des bribes d'information qu'il obtenait d'elle, maintenant il en avait la preuve : que les Anglais misaient sur deux tableaux pour être plus sûrs. Qu'ils prenaient une police d'assurance sur l'axe Bonn-Moscou. Quels sont les termes du marché, Bradfield ? Quelles sont les clauses en petits caractères ? Bon Dieu, ça ne m'étonne pas que Siebkron croyait que vous jouiez un triple jeu ! Vous commencez par miser tous vos jetons sur Bruxelles et vous agissez fort sagement. "Que rien ne vienne perturber cette entreprise." Ensuite vous vous assurez en pariant sur Karfeld et vous confiez votre mise à Siebkron. "Arrangez-moi une entrevue secrète avec Karfeld", lui dites-vous. "Les Anglais s'intéressent aussi à un axe passant par Moscou." Attention, un intérêt tout à fait officieux. Des conversations strictement exploratoires et sans témoin. Mais en fin de compte un alignement commercial avec l'Est n'est pas du tout hors de question, *Herr Doktor* Karfeld, si jamais vous deveniez une solution de rechange crédible à une coalition croulante ! Au fond, nous sommes nous-mêmes très antiaméricains, nous avons ça dans le sang, vous savez, *Herr Doktor* Karfeld...

— Vous avez manqué votre vocation.

— Et alors qu'est-ce qui se passe ? A peine Siebkron a-t-il amené Karfeld dans votre lit qu'il en apprend assez pour lui glacer le sang : l'ambassade britannique est en train de constituer un dossier sur le passé douteux de Karfeld ! L'ambassade a déjà les documents — les *seuls* documents, Bradfield — et voilà maintenant qu'à tout hasard ils se préparent à le faire chanter. Et ce n'est pas tout !

— Non.

— Siebkron et Karfeld ont à peine eu le temps de se remettre de ce petit choc que vous leur en donnez un plus fort. Un qui les ébranle vraiment. Pas même Albion, croyaient-ils, ne pouvait être aussi perfide : les Anglais essaient bel et bien d'assassiner Karfeld. Ça ne rime à rien, bien sûr. Pourquoi tuer l'homme qu'on veut faire chanter ? Ça a dû les ahurir complètement. Ça ne m'étonne pas que Siebkron ait eu l'air si malade mardi soir !

— Maintenant vous savez tout. Vous partagez le secret : gardez-le.

— Bradfield !

— Oui ?

— Qui voulez-vous voir gagner ? Cet après-midi, là-bas, sur qui avez-vous misé cette fois-ci, Bradfield ? Sur Leo ? Ou bien sur l'allié au rabais ? »

Bradfield mit le moteur en marche.

« Sur les amis au rabais ! Ce sont les seuls que nous ayons les moyens de nous permettre ! Ce sont les seuls que nous ayons le courage de nous faire ! Nous sommes une nation fière, Bradfield ! Vous pouvez avoir

Karfeld avec vingt-cinq pour cent de remise, maintenant, n'est-ce pas ! Peu importe s'il nous déteste. Il marchera ! Les gens changent ! Et il pense à nous tout le temps ! C'est un début encourageant ! Une petite poussée maintenant et il marchera à jamais.

— Ou bien on est dedans ou bien on est dehors. Ou bien on joue le jeu, ou bien on est en dehors du coup. » Il hésita. « Ou alors, préféreriez-vous être suisse ? »

Sans un mot ni un coup d'œil, Bradfield remonta la colline, tourna à droite et disparut en direction de Bonn. Turner attendit qu'il eût disparu avant de remonter le long du fleuve jusqu'à la station de taxis. Comme il s'y rendait, il entendit soudain s'élever derrière lui une rumeur irréelle de pas et de voix, le son le plus triste, le plus sourd qu'il eût jamais entendu de sa vie. Les colonnes avaient commencé à s'ébranler ; elles avançaient lentement, en masses médiocres, lourdes et terrifiantes, un monstre gris sans cervelle qu'on ne pouvait plus retenir, tandis que derrière elles, presque caché dans la brume, se dessinait le contour boisé de la colline de Chamberlain.

18

ÉPILOGUE

Bradfield marchait en tête ; de Lisle et Turner suivaient. C'était le début de la soirée et il n'y avait aucune circulation dans les rues. Dans tout Bonn, rien ne bougeait que les étrangers muets vêtus de gris qui grouillaient dans les petites rues et se hâtaient vers la place du Marché. Les drapeaux noirs, qu'aucune brise n'agitait, pendaient mollement au-dessus du flot humain.

Bonn n'avait jamais vu de pareils visages. Les jeunes et les vieux, ceux qui s'étaient perdus et ceux qui s'étaient retrouvés, les bien nourris et les affamés, les habiles, les stupides, ceux qui se laissaient gouverner et ceux qui ne l'admettaient pas, tous les enfants de la République, semblait-il, s'étaient levés en une seule légion pour marcher sur ces petits bastions. Il y avait des paysans aux cheveux bruns, aux jambes torses, qui s'étaient briqués pour cette sortie, il y avait des employés, des gratte-papier que mordait soudain l'air vif, il y avait des hommes du dimanche, la lente infanterie des promenades allemandes, en gabardine grise et chapeau de feutre gris. Les uns portaient leurs drapeaux d'un air honteux, comme s'ils avaient dépassé ce stade, d'autres comme des étendards qu'on emporte au combat, d'autres encore comme des corbeaux qu'on va vendre au marché. C'était la forêt de Birnam qui venait à Dunsinane.

Bradfield s'arrêta pour attendre ses compagnons.

« Siebkron nous a réservé des places. Nous devrions arriver par le haut. Nous allons être obligés de nous frayer un chemin vers la droite. »

Turner acquiesça, c'était à peine s'il entendait. Il regardait partout, chaque visage et chaque fenêtre, chaque boutique, chaque coin et chaque rue. A un moment il saisit le bras de De Lisle, mais, s'il avait vu quelqu'un, celui-ci avait disparu, perdu de nouveau dans la masse mouvante.

Il n'y avait pas que la place : les balcons, les fenêtres, chaque marche et chaque crevasse étaient occupés par des manteaux gris et des visages blancs, et par les uniformes verts des soldats et de la police. Et pourtant il en arrivait encore, qui bouchaient l'entrée des ruelles où tombait la nuit, se démanchant le cou pour apercevoir l'estrade de l'orateur, cherchant un chef, des hommes sans visage en quête d'un visage, pendant que Turner cherchait désespérément parmi eux un visage qu'il n'avait jamais vu. Au-dessus d'eux, devant les projecteurs, des haut-parleurs pendaient au bout de leurs câbles comme des affiches ; derrière eux, le ciel s'assombrissait.

Il n'y arrivera jamais, se dit Turner ; jamais il ne passera à travers une foule comme celle-là. Mais il crut entendre la voix de Hazel Bradfield : *J'avais un frère cadet qui jouait demi de mêlée au rugby, exactement le même style.*

« A gauche, dit Bradfield. Vers l'hôtel. »

— Vous êtes anglais ? demanda une voix de femme, comme on prend le thé chez des voisins. Ma fille habite Yarmouth. Mais le flot l'emporta. Des bannières enroulées leur barraient le chemin, abaissées comme des lances. Elles formaient un cercle et, comme des gitans, les étudiants étaient à l'intérieur, rassemblés autour du petit feu qu'ils avaient allumé. « Brûlez Axel Springer », cria un garçon, sans guère de conviction, et un autre déchira un livre en deux et le lança dans les flammes. Le livre brûlait mal, s'étouffant avant de disparaître. On ne devrait pas faire ça à des livres, se dit Turner ; c'est à des gens qu'on le fera ensuite. Des filles étaient allongées sur des matelas et le feu faisait des poèmes de leurs visages.

« Si nous sommes séparés, rendez-vous sur les marches du *Stern* », ordonna Bradfield. Un garçon l'entendit et se précipita, encouragé par les autres. Deux filles criaient déjà en français. « Vous êtes anglais ! » s'exclama le garçon, bien que son visage fût jeune et nerveux. « Cochon d'Anglais ! » Entendant de nouveau les clameurs des filles, il décocha farouchement son petit poing par-dessus les lances. Turner hâta le pas, mais le coup tomba sur l'épaule de Bradfield qui n'y prêta aucune attention. La foule s'écarta, sa volonté mystérieusement disparue, et l'Hôtel de ville apparut devant eux tout au fond de la place, et c'était le premier rêve de cette nuit. Une montagne magique baroque de sucre rose et d'or. Une apparition toute de style et d'élégance, de soie, de dentelle, de fer et de soleil. Une apparition toute d'éclat et de gloire latine, comme les palais où les menuets prisonniers du clavecin de De Lisle ravissaient l'âme des bourgeois replets. A sa gauche, l'estrade, encore dans l'ombre, séparée par le rideau de lumière braqué sur l'immeuble, attendait comme un bourreau la présence impériale.

« Herr Bradfield ? » demanda l'inspecteur au visage blême. Il n'avait pas changé son manteau de cuir depuis l'aube de l'autre jour à Königswinter, mais deux dents manquaient dans la cavité noire de sa bouche. Les visages lunaires de ses collègues s'animèrent un peu en reconnaissant le nom.

« Je suis Bradfield, oui.

— Nous avons l'ordre de dégager le perron pour vous. » Son anglais avait fait l'objet de répétitions : un petit rôle dans une pièce nouvelle. Un ordre urgent crépita, émanant du poste de radio dans sa poche de cuir. L'homme le porta à sa bouche. Ces messieurs les diplomates étaient arrivés, dit-il, et étaient installés à la place prévue. Le monsieur de la Recherche était présent également.

Turner regarda délibérément la bouche aux dents cassées et sourit.

« Salope », dit-il avec satisfaction. La lèvre était assez vilainement entaillée aussi, mais pas autant que celle de Turner.

« Pardon ?

— Salope, expliqua Turner. Petite ordure.

— Taisez-vous », dit Bradfield.

Du perron on avait une vue sur toute la place. Déjà l'après-midi virait au crépuscule ; les projecteurs à arc victorieux divisaient les têtes innombrables en taches blanches qui flottaient comme des disques pâles sur une mer sombre. Les maisons, les magasins, les cinémas s'en étaient allés. Seuls leurs pignons restaient, se découpant comme des silhouettes de contes de fées sur le ciel sombre et c'était le second rêve, les contes d'Hoffmann, le monde en bois découpé de l'illusion allemande destiné à prolonger l'enfance allemande. Perchée sur un toit, une enseigne de Coca-Cola, qui s'allumait et s'éteignait, teintait d'un rose de cosmétique les tuiles environnantes ; à un moment un projecteur errant parcourut les façades, scrutant d'un œil d'amant les vitrines vides des magasins. Sur les dernières marches, les inspecteurs attendaient, leur tournant le dos, les mains dans les poches, silhouettes noires sur le fond de lumière.

« Karfeld arrivera par le côté, fit soudain de Lisle. Par la petite rue à gauche. » Suivant la direction indiquée par le bras tendu de De Lisle, Turner remarqua pour la première fois juste au pied de l'estrade un minuscule passage entre la pharmacie et l'Hôtel de ville, n'ayant pas plus de trois mètres de large et rendu très profond par les hauts murs des immeubles voisins.

« Nous restons ici, c'est bien compris ? Sur ces marches. Quoi qu'il se passe. Nous sommes ici en tant qu'observateurs ; simples observateurs et rien de plus. » Le dilemme dans lequel il se trouvait durcissait encore le visage sévère de Bradfield. « S'ils le trouvent, ils nous le livreront. C'est entendu ainsi. Nous l'emmènerons aussitôt à l'ambassade pour le mettre à l'abri. » La musique, se rappela Turner. A Hanovre il avait essayé au moment où la musique jouait le plus fort. La musique est censée noyer le bruit du coup de feu. Il se souvint aussi des séchoirs et songea : ce n'est pas un homme à changer de technique ; si ça a marché avant, ça marchera encore : c'est son côté allemand ; comme Karfeld et les cars gris. Ses pensées se perdirent dans la rumeur de la foule, le murmure d'attente ravie qui montait comme une prière furieuse à mesure que les projecteurs s'éteignaient. Il ne resta plus que l'Hôtel de ville, autel pur et radieux, occupé par le petit groupe qui était apparu à son balcon. Les noms se formaient dans les bouches innombrables tandis que tout autour de lui commençait la lente liturgie des commentaires :

Tilsit, Tilsit était là, Tilsit le vieux général, le troisième en partant de la gauche et, tenez, il porte sa décoration, celle qu'on a voulu lui refuser, sa médaille de la guerre, il la porte autour du cou, Tilsit est un homme courageux. Voilà Meyer-Lothringen, l'économiste ! Oui, *der Grosse,* le grand, comme il salue de la main avec élégance, on sait bien qu'il fait partie d'une des meilleures familles ; il paraît qu'il est à moitié Wittelsbach ; la race, ça finit toujours par se reconnaître ; et un homme de grande culture ; il comprend tout. Et les prêtres ! L'évêque ! Tiens, l'évêque en personne nous bénit ! Comptez donc les mouvements de sa Sainte Main ! Maintenant il regarde à sa droite ! Il a tendu le bras ! Et Halbach, la jeune tête brûlée, regardez, il est en pull-over ! C'est fantastique, son impertinence : un pull-over dans une occasion pareille ! A Bonn ! *Halbach ! Du toller Hund !* Mais Halbach est de Berlin, et les Berlinois sont célèbres pour leur arrogance ; un jour, c'est lui qui nous commandera tous, si jeune et pourtant déjà si brillant.

Le murmure devint un rugissement, un cri d'amour viscéral et avide, trop profond pour une seule gorge, trop dévot pour une seule âme, trop plein d'amour pour un seul cœur ; et il retomba au niveau d'une sourde rumeur tandis que retentissaient les premiers accents de la musique. L'Hôtel de ville recula et l'échafaudage se dressa devant eux. Était-ce la chaire d'un prédicateur, la passerelle d'un commandant, l'estrade d'un chef d'orchestre ? Le berceau d'un enfant, un simple cercueil de bois ordinaire, grandiose et pourtant vertueux, un Graal de bois, abritant la vérité allemande. Juché dessus, seul mais plein de vaillance, l'unique champion de la vérité, un homme du nom de Karfeld.

« Peter. » Turner désigna discrètement le petit passage. Sa main tremblait mais son regard était parfaitement assuré. Était-ce une ombre ? Une sentinelle qui prenait son poste ?

« Si j'étais vous, chuchota de Lisle, je ne tendrais plus la main. Ils pourraient mal interpréter votre geste. »

Mais en cet instant, personne ne leur accordait la moindre attention, car ils ne voyaient que Karfeld.

« Der Klaus ! criait la foule, der Klaus est ici ! » Saluez-le, mes enfants ; der Klaus, l'homme magique, a fait toute la route jusqu'à Bonn. Sur des échasses en sapin d'Allemagne.

Il entendit de Lisle murmurer : « Il est très anglais, der Klaus. Ce qui ne l'empêche pas de nous détester. »

Il était un si petit homme là-haut. On disait qu'il était grand ; et ç'aurait été assez facile, sans trop d'artifices, de lui donner une trentaine de centimètres de plus, mais il semblait avoir envie d'être diminué, comme pour souligner que les grandes vérités sortent des bouches humbles ; car Karfeld était un homme humble et britannique dans son manque d'assurance.

Et Karfeld était un homme nerveux aussi, gêné par ses lunettes qu'il n'avait sans doute pas eu le temps de nettoyer en ces jours occupés, car il les enlevait et les polissait comme s'il ne savait pas qu'on l'observait : ce sont les autres qui font le cérémonial, leur annonçait-il avant d'avoir dit un mot ; c'est vous et moi qui savons pourquoi nous sommes ici.

Prions.

« La lumière est trop vive pour lui, dit quelqu'un. On devrait réduire l'éclairage. »

Il était l'un d'eux, ce *Doktor* isolé ; un puissant cerveau sûrement, il y en avait là-dedans, mais quand même un d'entre eux au bout du compte, prêt à tout moment à descendre de cette hauteur si quelqu'un de mieux se présentait. Et pas du tout politicien. Absolument dépourvu d'ambition, en fait, car hier encore il avait promis de se démettre en faveur de Halbach si telle était la volonté populaire. La foule murmurait sa sollicitude. Karfeld a l'air fatigué, il a l'air reposé ; il a l'air bien ; Karfeld a l'air malade, plus vieux, plus jeune, plus grand, plus petit... On dit qu'il va se retirer ; mais non, il va abandonner son usine et consacrer tout son temps à la politique. Il ne peut pas se le permettre ; il est millionnaire.

Lentement il se mit à parler.

Personne ne l'introduisit, lui-même ne dit même pas son nom. Les quelques notes de musique qui avaient annoncé sa venue n'eurent pas de suite, car Klaus Karfeld est seul là-haut, absolument seul, et nulle musique ne peut le consoler. Karfeld n'est pas un de ces moulins à paroles de Bonn ; même s'il est beaucoup plus intelligent, c'est l'un de nous : Klaus Karfeld, docteur et citoyen, un honnête homme, honnêtement inquiet du sort de l'Allemagne, est obligé, poussé par son sens de l'honneur, de s'adresser à quelques amis.

C'était fait si doucement, de façon si discrète qu'il sembla à Turner que toute la foule massée là tendait littéralement l'oreille pour éviter à Karfeld la peine d'élever la voix.

Après cela, Turner n'aurait pu dire combien il avait compris, ni combien il n'avait que trop bien compris. Il eut l'impression, au début, que l'intérêt de Karfeld était purement historique. Il était question de l'origine de la guerre et Turner retrouva les vieux slogans de la vieille religion, Versailles, le chaos, la crise et l'encerclement ; les erreurs commises par les hommes d'État de l'un et de l'autre camp, car les Allemands sont incapables de fuir leurs propres responsabilités. Suivit alors un modeste hommage aux victimes de la déraison : trop de gens étaient morts, dit Karfeld, et trop peu savaient pourquoi. Cela ne devait jamais se reproduire, Karfeld le savait : de Stalingrad il était revenu avec plus que des blessures : il était revenu avec des souvenirs, des souvenirs indélébiles de misère humaine, de mutilation et de trahison...

C'est bien vrai, murmuraient-ils, le pauvre Klaus il a souffert pour nous tous.

Mais tout cela était sans rhétorique. Vous et moi, disait Karfeld, nous avons appris les leçons de l'Histoire ; vous et moi pouvons considérer tout cela avec détachement : cela ne doit jamais se reproduire. Certes, il y avait ceux qui voyaient dans les batailles de 14 et de 39 des épisodes d'une croisade incessante contre les ennemis d'un héritage allemand, mais Karfeld — il tenait à ce que cela fût connu de tous ses amis —, Klaus Karfeld n'appartenait absolument pas à cette école.

« Alan. » C'était la voix de De Lisle, ferme comme celle du capitaine de l'équipe. Turner suivit son regard.

Un frémissement, un mouvement dans la foule, un message qu'on transmettait ? On s'agitait sur le balcon. Il vit Tilsit, le général, incliner sa tête de soldat et Halbach le leader lui murmurer quelque chose à l'oreille, il vit Meyer-Lothringen se pencher par-dessus la dentelle de fer du balcon, pour écouter quelqu'un en dessous. Un agent de police ? Un inspecteur en civil ? Il vit des lunettes briller et le visage de chirurgien patient de Siebkron lorsqu'il se leva et disparut ; et tout fut de nouveau calme sauf que Karfeld, cet homme instruit, cet homme de raison, parlait d'aujourd'hui.

Aujourd'hui, disait-il, comme jamais encore, l'Allemagne était le jouet de ses alliés. Ils l'avaient achetée, maintenant ils étaient en train de la vendre. C'était un fait, disait Karfeld, il ne voulait pas faire de théorie. Il y avait déjà trop de théorie à Bonn, expliqua-t-il, et il ne se proposait pas d'ajouter à la confusion. Il s'agissait d'un fait et il était nécessaire, même si c'était pénible, de discuter entre bons amis, entre gens raisonnables, de la façon dont les alliés de l'Allemagne étaient arrivés à cette étrange situation. L'Allemagne était riche, après tout : plus riche que la France et plus riche que l'Italie. Plus riche que l'Angleterre, ajouta-t-il en passant, mais il ne fallait pas être grossier avec les Anglais, car après tout c'étaient les Anglais qui avaient gagné la guerre et c'était un peuple étonnamment doué. Sa voix demeurait extraordinairement raisonnable tandis qu'il énumérait tous les dons des Anglais : leurs mini-jupes, leurs chanteurs pop, leur armée du Rhin cantonnée à Londres, leur empire qui s'effondrait, leur budget déficitaire... Sans ces dons des Anglais, l'Europe à coup sûr irait à la catastrophe. Karfeld l'avait toujours dit.

Là ils se mirent à rire ; c'était un rire de fureur qui vous réchauffait, et Karfeld, choqué et peut-être un infime instant déçu d'entendre ces pécheurs bien-aimés que Dieu avait confiés à son humilité pour qu'il les instruisît, de les entendre se mettre à rire dans le temple, Karfeld attendit patiemment que le silence fût retombé.

Comment alors, si l'Allemagne était si riche, si elle possédait la plus forte armée d'Europe et pouvait dominer le soi-disant Marché commun, comment était-il possible qu'on la vendît dans les lieux publics comme une putain ?

Se renversant un peu en arrière, il ôta ses lunettes et fit de la main un geste prudent et apaisant, car il y avait maintenant des clameurs de protestation et d'indignation, et Karfeld de toute évidence n'aimait pas cela du tout. Nous devons essayer de résoudre cette question dans un esprit sans haine, raisonnable et totalement intellectuel, leur annonça-t-il, sans émotion et sans rancœur comme on doit le faire entre bons amis ! C'était une main ronde et dodue et elle aurait bien pu être palmée car il n'écartait jamais les doigts, mais utilisait son poing tout entier comme une massue.

En cherchant alors une explication rationnelle à cet étrange fait historique — et, pour les Allemands du moins, extrêmement important — l'objectivité était essentielle. Tout d'abord — le poing de nouveau se dressa vers le ciel — nous avions eu douze ans de nazisme et trente-cinq ans d'antinazisme. Karfeld ne comprenait pas ce qu'il y avait de si mal dans le nazisme pour que cela dût valoir à l'Allemagne d'être éternellement punie de l'hostilité du monde entier. Les nazis avaient persécuté les Juifs : et cela, c'était mal ; il tenait à affirmer que c'était mal. Tout comme il condamnait Oliver Cromwell pour la façon dont il avait traité les Irlandais, les États-Unis pour la façon dont ils avaient traité les Noirs et pour leurs campagnes de génocide contre les Indiens et le péril jaune du Sud-Est asiatique ; tout comme il condamnait l'Église pour avoir persécuté les hérétiques et les Anglais pour avoir bombardé Dresde, de même condamnait-il Hitler pour ce qu'il avait fait aux Juifs ; et pour avoir importé cette invention britannique qui avait si bien réussi dans la guerre des Boers : le camp de concentration.

Juste devant lui, Turner vit la main du jeune inspecteur chercher doucement la poche de son manteau de cuir ; il entendit de nouveau le crépitement léger de la radio. Une fois de plus il plissa les yeux, scrutant la foule, le balcon, les petites rues ; une fois de plus il inspecta le seuil des maisons et les fenêtres, et il n'y avait rien. Rien que les sentinelles postées sur les toits et la milice attendant dans ses camions, rien qu'une foule innombrable d'hommes et de femmes silencieux, aussi immobiles que l'oint du Seigneur devant la Présence du Verbe.

Examinons, proposait Karfeld — puisque cela nous aidera à parvenir à la solution logique et objective des nombreux problèmes avec lesquels nous sommes pour l'instant confrontés —, examinons ce qui s'est passé après la guerre.

Après la guerre, expliqua Karfeld, il n'était que juste que les Allemands fussent traités comme des criminels ; et, comme les Allemands avaient pratiqué le racisme, que leurs fils et leurs petits-fils fussent traités également comme des criminels. Mais comme les Alliés étaient des gens charitables, de braves gens, ils étaient disposés à faire quelque chose pour la réhabilitation des Allemands : à titre tout à fait spécial, ils voulaient bien les admettre dans l'OTAN.

Au début, les Allemands étaient intimidés ; ils ne voulaient absolument pas réarmer, bien des gens en avaient assez de la guerre. Karfeld lui-même appartenait à cette catégorie : les leçons de Stalingrad avaient agi comme un acide sur la mémoire du jeune homme. Mais les Alliés étaient aussi décidés qu'ils étaient charitables. Les Allemands fourniraient l'armée, les Anglais, les Américains et les Français la commanderaient... Et les Hollandais... Et les Norvégiens... Et les Portugais... Et n'importe quel autre général étranger qui voulait bien commander les vaincus.

« Pourquoi pas : nous aurions même pu avoir des généraux africains commandant la Bundeswehr ! »

Quelques-uns — ils étaient au premier rang, ils appartenaient à ce rideau protecteur d'hommes en manteau de cuir au pied de l'estrade — quelques-uns se mirent à rire, mais il les fit taire aussitôt.

« Écoutez ! leur dit-il. Mes amis il faut m'écouter ! C'est ce que nous méritions ! Nous avons perdu la guerre ! Nous avons persécuté les Juifs ! Nous n'étions pas dignes de commander ! Seulement de payer ! » Leur colère peu à peu se calma. « Voilà pourquoi, expliqua-t-il, nous payons aussi pour l'armée britannique. Et c'est pourquoi on nous a laissés entrer à l'OTAN. »

« Alan !

— Je les ai vus. » Deux cars gris étaient garés auprès de la pharmacie. Le faisceau d'un projecteur effleura leur carrosserie terne et s'en éloigna. Les fenêtres étaient parfaitement noires, scellées de l'intérieur.

Et nous étions reconnaissants, poursuivit Karfeld. Reconnaissants d'être admis dans un club aussi fermé. Bien sûr. Le club n'existait pas ; ses membres ne nous aimaient pas ; les cotisations étaient très élevées ; et comme les Allemands étaient encore des enfants ils ne devaient pas jouer avec des armes susceptibles de causer des dommages à leurs ennemis ; mais nous étions reconnaissants quand même, parce que nous étions allemands et que nous avions perdu la guerre.

Une fois de plus le murmure d'indignation s'éleva, mais Karfeld le calma de nouveau d'un geste sec de la main. « Nous ne voulons pas d'émotion ici, leur rappela-t-il. Nous parlons de faits ! »

En haut d'une minuscule corniche, une femme brandissait son bébé. « Regarde, murmurait-elle. Tu n'en reverras pas de comme lui. » Sur toute la place, rien ne bougeait ; les visages le fixaient toujours de leurs yeux caverneux.

Pour souligner sa grande impartialité, Karfeld une fois de plus se renversa en arrière et, prenant tout son temps, abaissa un peu ses lunettes et examina les feuillets devant lui. Cela fait, il hésita, scruta d'un air hésitant les visages les plus proches de lui et parut méditer, ne sachant jusqu'où il pouvait compter sur ses ouailles pour suivre ce qu'il allait dire.

Quelle était donc la fonction des Allemands dans ce club distingué ? Il allait l'expliquer ainsi. Il allait donner la formule d'abord et ensuite il citerait un ou deux exemples de la méthode permettant de l'appliquer. La fonction des Allemands au sein de l'OTAN était en bref celle-ci : se montrer *dociles* envers l'Ouest et *hostiles* envers l'Est ; reconnaître que même parmi les Alliés victorieux il y avait les bons vainqueurs et les *mauvais* vainqueurs...

Les rires de nouveau s'élevèrent et retombèrent. *Der Klaus,* murmuraient-ils, *der Klaus* sait plaisanter, quel club, cet OTAN. L'OTAN, le Marché commun, tout ça c'est de la frime, tout ça c'est pareil, ils appliquent les mêmes principes au Marché commun qu'ils ont appliqués à l'OTAN. Klaus nous l'a dit et c'est pourquoi les Allemands ne doivent pas aller à Bruxelles. Ce n'est qu'un piège de plus, et c'est l'encerclement qui recommence...

« Voilà Lésère », murmura de Lisle.

Un petit homme grisonnant qui rappelait obscurément à Turner un contrôleur d'autobus, les avait rejoints sur les marches et prenait avec satisfaction des notes sur son carnet.

« Le conseiller d'ambassade de France. Grand ami de Karfeld. »

Au moment de tourner de nouveau son regard vers l'estrade, Turner regarda par hasard dans la petite rue de côté ; et c'est ainsi qu'il vit pour la première fois la petite armée sombre et folle qui attendait le signal.

Exactement à l'autre bout de la place, rassemblé dans la petite rue sans lampadaires, le petit groupe silencieux attendait. Ils portaient des drapeaux qui n'étaient pas tout à fait noirs dans le crépuscule et il y avait devant eux, Turner était sûr qu'il y avait devant eux les restes d'une musique militaire. Les faisceaux obliques des projecteurs faisaient étinceler une trompette, éclairaient les cordons sur les flancs d'un tambour. A sa tête se tenait une silhouette solitaire ; son bras, levé comme celui d'un chef d'orchestre, les maintenait immobiles.

La radio de nouveau crépita, mais les mots furent noyés dans des vagues de rires parce que Karfeld venait de faire une nouvelle plaisanterie ; une plaisanterie dure, suffisante pour provoquer leur colère, une allusion à la décadence de l'Angleterre et à la personnalité de son monarque. Le ton avait changé, s'était durci : ainsi l'Angleterre, avec ses alliés, avait rééduqué les Allemands. Pouvait-on rêver maître plus qualifié ? Après tout, c'était Churchill qui avait laissé les Barbares pénétrer dans Berlin, c'était Truman qui avait lâché des bombes atomiques sur des villes sans défense ; à eux deux, ils avaient fait de l'Europe un champ de ruines. Qui donc était mieux qualifié pour enseigner aux Allemands ce que signifiait la civilisation ?

Dans la ruelle, rien n'avait bougé. Le bras du chef d'orchestre était toujours levé devant la petite fanfare, il attendait toujours le signal d'attaquer son morceau.

« Ce sont les socialistes, chuchota de Lisle. Ils préparent une contre-manifestation. Qui diable les a laissés venir ? »

Les Alliés s'étaient donc mis au travail : il fallait apprendre aux Allemands à se conduire. C'était mal de tuer les Juifs, avaient-ils expliqué ; il fallait plutôt tuer les communistes. C'était mal d'attaquer la Russie, avaient-ils expliqué ; mais nous vous protégerons si les Russes vous attaquent. C'était mal de vouloir vous battre pour vos frontières, avaient-ils expliqué ; mais nous soutiendrons vos revendications sur les territoires de l'Est.

« Nous connaissons tous ce genre de soutien ! fit Karfeld en levant les bras au ciel. "Tenez, mon cher, tenez ! Vous pouvez emprunter mon parapluie tant que vous voulez... Jusqu'à ce qu'il pleuve !" »

Était-ce l'imagination de Turner ou bien pouvait-on déceler, dans ce morceau de bravoure, un soupçon de ce ton patelin qui jadis dans les music-halls allemands était la marque traditionnelle du Juif ? Ils se mirent à rire, mais de nouveau ils l'écoutèrent.

Dans la ruelle, le chef d'orchestre avait toujours son bras levé. Est-ce qu'il ne se lassera jamais, se demanda Turner, de ce sinistre salut ?

« Ils vont se faire massacrer, insista de Lisle. La foule va les massacrer ! »

Et donc, mes amis, c'est ce qui s'est passé. Nos vainqueurs, dans toute leur pureté et toute leur sagesse, nous ont enseigné le sens du mot *démocratie*. Hourra pour la démocratie. La démocratie, c'est comme le Christ ; il n'est rien qu'on ne puisse faire au nom de la démocratie.

« C'est Praschko, déclara tranquillement Turner, c'est Praschko qui a écrit ça pour lui.

— Il écrit la plus grande partie de ses discours », fit de Lisle.

« La démocratie consiste à abattre les Noirs en Amérique et à leur donner des leaders en Afrique ! La démocratie consiste à gouverner un empire colonial, à combattre au Viêt-nam et à attaquer Cuba ; la démocratie consiste à faire retomber sur les Allemands vos scrupules de conscience ! La démocratie, *c'est de savoir que, quoi que vous fassiez, vous ne serez jamais, jamais aussi mauvais que les Allemands !* »

Il avait élevé la voix pour donner le signal, le signal que la fanfare attendait. Une fois de plus le regard de Turner parcourut la foule jusqu'à la ruelle, vit la main blanche, blanche comme une serviette, retomber mollement dans la lumière, il aperçut le visage blême de Siebkron en personne qui s'empressait d'abandonner son poste de commandement pour se retirer dans l'ombre du trottoir, il vit la première tête se tourner devant lui, puis une seconde, en même temps que lui-même entendait à son tour : le bruit lointain de la musique, une fanfare, et des voix d'hommes qui chantaient ; il vit Karfeld se pencher par-dessus le bord de l'estrade et appeler quelqu'un en dessous de lui ; il le vit se retirer dans le coin le plus reculé pendant qu'il continuait à parler et il entendit, tandis que Karfeld prenait brusquement un ton indigné, il entendit derrière toute la colère neuve de Karfeld et ses exhortations forcenées, derrière tous les appels, les injures et les encouragements, l'accent indéniable de la peur.

« Les sozis ! » cria le jeune inspecteur de l'autre côté de la foule. Il avait les talons joints, ses épaules de cuir bien droites et il hurlait entre ses mains en porte-voix : « Les sozis sont dans la ruelle ! Les socialistes nous attaquent ! »

« C'est une diversion, dit Turner, d'un ton parfaitement détaché. Siebkron organise une diversion. » C'est pour l'attirer avec un leurre, songea-t-il ; *pour attirer Leo et lui faire tenter sa chance. Et voilà la musique pour noyer le bruit du coup de feu,* pensa-t-il encore tandis qu'on attaquait *La Marseillaise. Tout ça est arrangé pour l'inciter à tenter sa chance.*

Tout d'abord personne ne bougea. Ce fut à peine si on entendit les premières mesures ; de petites notes décousues jouées par un enfant sur un harmonica. Et le chant qui l'accompagnait n'était pas plus que les mâles accents qui retentissaient dans un pub du Yorkshire un samedi soir, lointains et manquant d'assurance, sortant de bouches qui n'avaient pas l'habitude de la musique ; et pour commencer la foule vraiment n'y fit pas attention, tant elle s'intéressait à Karfeld.

Mais Karfeld, lui, avait entendu la musique et il réagit remarquablement.

« Je suis un vieil homme, cria-t-il. Bientôt je serai un vieil homme. Qu'est-ce que vous direz, jeunes gens, quand vous vous éveillerez le matin ? Qu'est-ce que vous direz en regardant la putain américaine qu'est devenue Bonn ? Vous vous direz ceci : combien de temps, jeunes gens, pouvons-nous vivre sans honneur ? Vous regarderez votre gouvernement et vous direz, vous regarderez les sozis et vous direz : faut-il suivre même un chien parce qu'il est au pouvoir ? »

Il citait *Le Roi Lear,* se dit Turner de façon tout à fait déplacée, et les projecteurs s'éteignirent l'un après l'autre, comme si le rideau tombait : d'épaisses ténèbres emplissaient la place et, en même temps, les accents plus vigoureux maintenant de *La Marseillaise.* Il perçut l'odeur âcre de la poix apportée par l'air de la nuit, tandis que de petites flammes tremblaient et se déplaçaient, il entendit l'appel chuchoté et la réponse chuchotée et il entendit le mot d'ordre qu'on se passait de bouche en bouche dans une conspiration précipitée. Les voix de ceux qui chantaient, la musique devinrent un énorme grondement, repris soudain et délibérément par les haut-parleurs, une vocifération démente, monstrueuse, plébéienne, grossière, amplifiée et déformée jusqu'à devenir presque méconnaissable, assourdissante et exaspérante.

Mais oui, se répéta Turner avec une lucidité toute saxonne, *c'est ça que je ferais si j'étais Siebkron. Je créerais une diversion, je déchaînerais la foule et je ferais assez de bruit pour l'inciter à tirer.* La musique retentissait encore plus fort. Il vit le policier se retourner et lui faire face et le jeune inspecteur les arrêter d'un geste : « Restez ici, je vous en prie, Mr Bradfield ! Mr Turner, je vous en prie, restez ici ! » Un frémissement parcourait la foule ; tout autour d'eux ils entendaient cette rumeur sifflante et avide.

« Les mains hors de vos poches, je vous prie ! »

On allumait des torches tout autour d'eux ; quelqu'un avait donné le signal. Leurs flammes s'élevèrent comme des espoirs venant dorer les visages mornes de l'or de la foi, transformant en rêves insensés leurs traits prosaïques, allumant dans leurs yeux éteints la dévotion des Apôtres. La petite fanfare avançait sur la place ; elle ne comptait sans doute pas plus de vingt musiciens, et l'armée qui marchait dans son sillage était dépenaillée et hésitante, mais leur musique maintenant était partout, la terreur socialiste grossie par les haut-parleurs de Siebkron.

« Les sozis ! cria de nouveau la foule. Les sozis nous attaquent ! »

L'estrade était vide, Karfeld avait disparu, mais les socialistes continuaient à marcher pour Marx, la Juiverie et la Guerre. « Cognez dessus, cognez sur nos ennemis ! Cognez sur les Juifs ! Sur les rouges ! » Suivez l'ombre murmuraient les voix, suivez la lumière, suivez les espions et les saboteurs ! Les sozis sont responsables de tout.

La musique pourtant continuait encore plus forte.

« Voilà, dit de Lisle, d'un ton uni. Ils l'ont débusqué. »

Un groupe silencieux et affairé s'était rassemblé autour des montants de bois brut de l'estrade de Karfeld ; des manteaux de cuir se penchaient, des visages lunaires apparaissaient et disparaissaient, en pleine conversation.

« Les sozis ! Mort aux sozis ! » La foule était en pleine fermentation ; on avait oublié l'estrade. « Tuez-les ! » Tout ce que vous ne pouvez pas sentir, murmuraient les voix, tuez-le ici : les Juifs, les Nègres, les taupes, les conspirateurs, les démolisseurs, les parents, les amants ; ils sont bons, ils sont mauvais, stupides ou habiles.

« Mort aux Juifs socialistes ! » Prêts pour le départ, murmuraient les voix. En avant ! En avant !

Il faut le tuer, Praschko, se dit Alan Turner dans son désarroi, *ou bien nous nous retrouverons à porter les étiquettes...* « Mort à qui ? dit-il à de Lisle. Qu'est-ce qu'ils font ?

— Ils poursuivent le rêve. »

La musique n'était plus qu'une seule note maintenant, un vacarme rauque, brutal, assourdissant, un appel au combat et un appel à la colère, un appel à tuer la laideur, à détruire les malades et les impotents, les infirmes, les ratés et les incompétents. Soudain à la lueur des torches, les drapeaux noirs se levèrent et tremblèrent comme des papillons qui s'éveillent, la foule parut dériver et se porter d'un côté jusqu'au moment où ses contours se brisèrent et où les torches disparurent dans la ruelle, poussant la fanfare devant elles, l'acclamant comme si c'était leur héros, l'étouffant sous les baisers, arrivant en dansant sur elle avec une joyeuse fureur, brisant les vitrines et les instruments, faisant tantôt jaillir et tantôt plonger les drapeaux rouges comme des giclées de sang, pour disparaître sous la masse qui, énorme et murmurante, guidée par ces torches impudiques, avait atteint la ruelle pour aller plus loin encore.

La radio crépita. Turner entendit la voix froide et parfaitement nette de Siebkron, il entendit l'ordre sec et ce seul mot : *Schaffott*. Il se retrouva en train de courir à travers les vagues de la foule, courant vers l'estrade, l'épaule en feu après le coup qu'il venait d'encaisser ; il sentit les mains du survivant qui le retenaient et il s'arracha à leur emprise comme on repousse les mains des enfants. Il courait. Des mains le retenaient et il les secouait comme des brindilles. Un visage se dressa devant lui et d'un coup de poing il l'écarta ; se laissant porter par les vagues de la foule pour atteindre l'estrade. Ce fut alors qu'il le vit.

« Leo ! » cria-t-il.

Il était accroupi comme ces peintres qui dessinent sur les trottoirs, entre des pieds immobiles. Ils faisaient cercle autour de lui mais personne ne le touchait. Ils l'entouraient de près mais ils lui avaient laissé la place de mourir. Turner le vit se soulever et retomber, et une fois encore il cria : « Leo ! » Il vit les yeux sombres se tourner vers lui et il perçut la réponse à son cri, à Turner, au monde, à Dieu ou à la pitié, à la miséricorde de tout homme qui le sauverait du fait accompli. Il vit la mêlée courber la tête et l'enfouir et courir ; il vit le feutre noir rouler sur le pavé humide et il se précipita en répétant le nom.

« Leo ! »

Il avait empoigné une torche et il sentait l'odeur du tissu brûlé. Il agitait la torche, écartant les mains qui voulaient l'arrêter et puis brusquement il ne rencontra plus aucune résistance ; il était là tout au bord, au pied de l'estrade, à regarder sa propre vie, son propre visage, les mains de l'amant qui griffaient le pavé, les tracts que le vent poussait comme des feuilles sur le corps frêle.

Il n'y avait pas d'arme auprès de lui, rien pour montrer comment il était mort, rien que cet étrange démanchement du cou, là où le raccord ne se faisait plus. Il gisait comme une petite poupée cassée et dont on avait soigneusement rassemblé les morceaux, accablé sous l'air tiède de Bonn. Un homme qui avait senti et qui ne sentait plus ; un innocent, en quête par-delà la place du Marché d'un prix qu'il ne trouverait jamais. Au loin, Turner entendit les cris de colère de la foule grise qui suivait la musique s'en aller dans les ruelles ; tandis que derrière lui arrivait le bruit de pas légers qui approchaient.

« Fouillez ses poches », dit quelqu'un d'une voix tout empreinte d'un calme saxon.

LA PETITE FILLE AU TAMBOUR

(The Little Drummer Girl)

Roman traduit de l'anglais
par Natalie Zimmermann et Lorris Murail

A David et J.B. Greenway,
Julia, Alice, et Sadie...
pour leur temps, leur hospitalité
et leur amitié.

AVANT-PROPOS

Ce livre n'aurait pu être écrit sans l'aide précieuse de nombreux Palestiniens et Israéliens. Parmi les Israéliens, je me dois de citer tout particulièrement mes bons amis de *Ma'ariv*, Yuval Elizur et sa femme, Judy, qui ont pris la peine de lire le manuscrit et, tout en me laissant ma liberté de jugement quelque erroné que ce jugement puisse être, m'ont permis d'éviter certaines graves erreurs que je préfère oublier.

Je remercie aussi sincèrement d'autres Israéliens — dont plusieurs officiers, à la retraite ou en activité, de la grande confrérie du renseignement — pour leurs conseils et leur coopération. Eux non plus ne m'ont demandé aucune garantie quant à mes intentions, et ils se sont fait un point d'honneur de me laisser toute indépendance. Je songe avec une gratitude toute particulière au général Shlomo Gazit, ancien chef des renseignements militaires et aujourd'hui président de l'université Ben Gourion, à Beer-Shev'a dans le Néguev, qui personnifiera toujours à mes yeux le combattant et l'érudit israélien éclairé de sa génération. Mais il est encore bien d'autres noms que je suis dans l'obligation de taire.

Je dois également exprimer toute ma reconnaissance à Teddy Kollek, maire de Jérusalem, pour m'avoir accueilli à Mishkenot Sha'ananim ; aux célèbres M. et Mme Vester de l'hôtel de la Colonie américaine de Jérusalem ; aux propriétaires et au personnel de l'hôtel Commodore de Beyrouth, qui ont tout rendu possible dans les conditions les plus impossibles ; et à Abu Said Abu Rish, doyen des journalistes de Beyrouth, pour la générosité de ses conseils alors qu'il ne savait rien de mes intentions.

Parmi les Palestiniens, certains sont morts, d'autres sont retenus prisonniers, et la plupart vivent vraisemblablement dispersés, sans patrie. Les jeunes combattants qui ont veillé sur moi dans cet appartement de Sidon et ont bavardé avec moi dans les plantations de mandariniers ; les réfugiés des camps de Rashidiyeh et Nabitiyeh, qui restent indomptables malgré l'assaut des bombes : l'évolution récente des événements tend à leur donner un destin pas tellement différent de celui que subissent leurs frères dans le présent roman.

Mon hôte à Sidon, le commandant militaire palestinien Salah Ta'amari, mériterait un livre à lui tout seul, et je souhaite qu'il me soit donné un jour de l'écrire. En attendant, que ce roman témoigne de son courage, et de ma gratitude envers lui et ses hommes, qui m'ont fait découvrir le cœur palestinien.

Je dois au lieutenant-colonel John Gaff de m'avoir initié aux horreurs maintenant banales des bombes artisanales, tout en s'assurant que je ne livrais pas, par inadvertance, la notice de fabrication, et à M. Jeremy Cornwallis, de l'Alan Day Ltd. de Finchley, d'avoir jeté un coup d'œil professionnel sur ma Mercedes bordeaux.

JOHN LE CARRÉ
Juillet 1982

Première partie

LA PRÉPARATION

1

La preuve en fut donnée par l'attentat de Bad Godesberg, même si les autorités allemandes n'avaient absolument aucun moyen de le savoir. Avant Bad Godesberg, les soupçons s'étaient accumulés ; de sérieux soupçons. C'est la combinaison d'un plan parfaitement élaboré et d'une bombe de piètre fabrication qui transforma ces soupçons en certitude. Tôt ou tard, comme on dit dans le métier, la signature finit par apparaître. le plus pénible c'est d'attendre.

Elle explosa beaucoup plus tard que prévu, sans doute une bonne douzaine d'heures après, le lundi matin à huit heures vingt-six. Plusieurs montres mortes ayant appartenu aux victimes le confirmèrent. Il n'y avait pas eu d'avertissement mais, comme lors des attentats des mois précédents, cela répondait à une tactique délibérée. Aucun avertissement n'avait précédé l'explosion de la voiture piégée de l'envoyé israélien venu négocier des contrats d'armement à Düsseldorf, ni celle du colis qui, adressé aux organisateurs du congrès juif orthodoxe d'Anvers, tua sur le coup la secrétaire honoraire et causa des brûlures mortelles à son assistante. Aucune alerte non plus lorsque la poubelle piégée blessa grièvement deux personnes qui passaient devant une banque israélienne à Zurich. Seul l'attentat de Stockholm avait été annoncé, mais il se révéla qu'il ne faisait pas partie de la série et qu'il fallait l'imputer à un groupe totalement différent.

A huit heures vingt-cinq, à Bad Godesberg, la Drosselstrasse n'était encore qu'un de ces havres diplomatiques paisibles et verdoyants, à peu près aussi éloigné de la turbulence politique de Bonn qu'on peut raisonnablement espérer l'être quand quinze minutes de voiture seulement vous en séparent. C'était une rue récente mais respectable, aux jardins clos et touffus, où les chambres de bonne étaient situées au-dessus des garages et les fenêtres vert bouteille protégées par des grilles gothiques. Pendant la majeure partie de l'année, le climat rhénan évoque la chaleur moite et humide de la jungle ; la végétation de cette région, comme sa communauté diplomatique, croît presque aussi vite que les Allemands construisent leurs routes et légèrement plus vite qu'ils ne remettent leurs cartes à jour. Ainsi, la façade de certaines demeures disparaissait déjà à demi derrière des rangs serrés de conifères qui, s'ils atteignent jamais la taille adulte, finiront sans doute un jour par plonger le quartier tout entier dans des ténèbres dignes d'un conte de Grimm. Ces arbres se révélèrent d'une remarquable efficacité contre le souffle et, dans les jours qui suivirent l'explosion, un pépiniériste local s'en fit une spécialité.

Quelques bâtisses revendiquent par le style leur appartenance nationale. La résidence de l'ambassadeur de Norvège, située au coin de la Drosselstrasse, est par exemple une austère ferme de brique rouge arrachée aux *hinterlands* réhabilités d'Oslo. A l'autre bout de la rue, le consulat égyptien a l'aspect désolé d'une villa alexandrine dont l'heure de gloire est passée. Des mélodies arabes et mélancoliques s'en échappent, et ses volets sont en permanence fermés à l'accablante chaleur nord-africaine. Cette journée de la mi-mai s'annonçait magnifique, les fleurs et les feuilles nouvelles se balançant en harmonie dans la brise légère. La floraison des magnolias touchait à sa fin et leurs tristes pétales blancs, déjà éparpillés, se retrouvèrent par la suite mêlés aux débris. L'écran de verdure étouffait la rumeur du trafic quotidien sur la nationale. Jusqu'au moment de l'explosion, le son le plus distinct fut le ramage des oiseaux parmi lesquels quelques colombes dodues s'étaient prises d'affection pour les glycines qui faisaient la fierté de l'attaché militaire australien. Un kilomètre au sud, les chalands invisibles du Rhin émettaient ce ronflement ample et lancinant que les riverains n'entendent plus à moins qu'il ne s'interrompe. Bref, c'était une matinée où tout conspirait à vous faire croire malgré toutes les calamités que rapportait la presse sérieuse et plutôt alarmiste d'Allemagne fédérale — récession, inflation, faillites, chômage, et autres maux habituels et apparemment incurables d'une économie capitaliste globalement prospère — que Bad Godesberg était un endroit tranquille et agréable à vivre, tandis que Bonn était loin d'être aussi épouvantable qu'on le dit.

Selon la nationalité ou la position, certains époux étaient déjà partis travailler, mais les diplomates n'en correspondent pas moins à l'image qu'on se fait d'eux. Ainsi, un sombre conseiller scandinave se trouvait encore au lit, cloué par une gueule de bois consécutive à un conflit conjugal. Les cheveux pris dans une résille et vêtu d'un peignoir de soie chinois, trouvaille rapportée d'un voyage à Pékin, un chargé d'affaires sud-américain se penchait par la fenêtre, demandant à son chauffeur philippin de faire pour lui quelques achats. Nu, le conseiller italien se rasait. Il aimait à se raser après son bain mais avant sa gymnastique quotidienne. Déjà prête, sa femme était descendue au rez-de-chaussée et reprochait à une enfant impénitente son retour tardif à la maison, scène qui se reproduisait presque chaque matin de la semaine. S'entretenant sur le réseau international, un envoyé de Côte-d'Ivoire informait ses supérieurs de ses derniers efforts visant à arracher une aide au développement à un ministre des Finances allemand de plus en plus réticent. Quand la ligne fut coupée, ils crurent qu'il leur avait raccroché au nez et lui adressèrent un télégramme plutôt aigre lui demandant s'il désirait démissionner. L'attaché du travail israélien était sorti depuis plus d'une heure. Il ne se sentait pas du tout à l'aise à Bonn et s'efforçait autant que faire se pouvait de respecter les horaires de Jérusalem. Ainsi en allait-il, tant de mauvaises plaisanteries racistes trouvant leur justification dans la réalité et dans la mort.

Chaque bombe qui explose nous gratifie de son miracle ; en l'occurrence, on le dut au car de ramassage de l'École américaine qui s'était arrêté puis était reparti, emportant la plupart des jeunes enfants de la communauté, lesquels s'étaient rassemblés comme à l'habitude sur le rond-point, à cinquante mètres à peine de l'épicentre. Par bonheur, aucun des enfants n'ayant en ce lundi matin oublié de faire ses devoirs ou de se réveiller, aucun ne s'étant rebellé contre l'éducation, le car démarra à l'heure. Les vitres arrière explosèrent, le chauffeur se laissa déporter sur le bas-côté, une petite Française perdit un œil. Mais, dans l'ensemble, les enfants s'en tirèrent indemnes, ce dont on conçut après coup un immense soulagement. Il s'agit là encore d'une caractéristique de certaines explosions, ou du moins de leurs conséquences immédiates : un besoin général et farouche de fêter les vivants plutôt que de perdre du temps à pleurer les morts. En de telles situations, la véritable douleur ne survient que plus tard quand l'effet de choc se dissipe, ce qui prend habituellement plusieurs heures, parfois moins.

La déflagration produite par la bombe proprement dite ne fut pas quelque chose dont quiconque placé à proximité put se souvenir. De l'autre côté du fleuve, ceux de Konigswinter perçurent le vacarme d'une guerre entre étrangers et, ébranlés, à demi sourds, s'attardèrent en échangeant des mimiques complices de rescapés. Maudits diplomates, se lançaient-ils, c'était couru d'avance ! Qu'on les expédie tous à Berlin, qu'ils puissent dépenser nos impôts en paix ! Mais, sur l'instant, ceux qui se trouvaient tout près n'entendirent rien. Tout ce qu'ils purent décrire, quand ils parvinrent seulement à parler, fut la route qui se soulevait, une cheminée qui s'arrachait sans un bruit au toit de la maison d'en face, ou la rafale qui s'engouffrait chez eux, leur étirant la peau, les frappant, les projetant à terre, aspirant les fleurs hors des vases et soufflant les vases contre les murs. Ils se rappelèrent nettement le tintement du verre qui volait en éclats et le bruissement timide des jeunes feuillages heurtant le macadam. Et les geignements de gens trop terrifiés pour hurler. Ils n'étaient donc pas tant inconscients du bruit que victimes d'un trouble des sens. Plusieurs témoins mentionnèrent également le volume de la radio qui, dans la cuisine du conseiller français, beuglait la recette du jour. Croyant poser une question sensée, une maîtresse de maison demanda à la police s'il était possible que le souffle ait augmenté le son de la radio. Comme ils l'emportaient enveloppée dans une couverture, les officiers de police lui répondirent avec douceur que lors d'une explosion tout était possible mais qu'en l'occurrence l'explication était autre. Les vitres de la maison du conseiller français ayant été pulvérisées, et personne à l'intérieur ne se trouvant en état d'éteindre l'appareil, rien n'empêchait plus les émissions de se déverser dans la rue. Mais la femme ne comprit pas vraiment.

Bien sûr, les journalistes ne tardèrent pas à se presser derrière les cordons de police, tuant allégrement dans leurs premiers comptes rendus huit personnes, en blessant trente, et accusant du forfait un groupuscule marginal allemand d'extrême droite appelé Nibelungen 5, organisation composée de deux jeunes attardés mentaux et d'un vieux fou qui n'auraient pas su faire éclater un ballon. A midi, ils avaient été contraints de ramener leur score à cinq morts, dont un Israélien, quatre blessés graves et une douzaine de personnes hospitalisées pour une raison ou pour une autre, et avançaient le nom des Brigades rouges au sujet desquelles, là non plus, ils ne possédaient pas l'ombre d'une preuve. Le lendemain, changeant à nouveau d'idée, ils penchaient pour Septembre noir. Le jour suivant, l'attentat fut revendiqué par un groupe signant Agonie de la Palestine, qui s'attribuait également de façon convaincante les explosions précédentes. Et, bien qu'il s'agît moins d'un nom que de l'explication d'un crime, Agonie de la Palestine resta et fit même les gros titres de nombreux articles de fond.

Parmi les victimes non juives, on comptait le cuisinier sicilien des Italiens et leur chauffeur philippin. Au nombre des quatre blessés graves se trouvait la femme de l'attaché du travail israélien, dans la maison duquel avait explosé l'engin. Elle perdit une jambe. La victime israélienne était son jeune fils Gabriel. Mais, comme on s'accorda communément à le reconnaître par la suite, la personnalité visée était en fait un oncle de l'épouse de l'attaché, récemment arrivé de Tel-Aviv : un talmudiste assez connu pour les positions de faucon qu'il avait adoptées vis-à-vis des droits des Palestiniens dans les territoires occupés. En un mot, il ne leur en accordait aucun : il ne se privait pas de le proclamer haut et fort, pour provoquer ouvertement sa nièce qui appartenait à la gauche avancée israélienne et que son enfance passée dans les kibboutzim n'avait pas préparée aux luxueuses rigueurs de la vie diplomatique.

Si Gabriel avait pris le car scolaire, il aurait eu la vie sauve, mais ce jour-là, comme très souvent, il ne se sentait pas bien. C'était un enfant agité et hypernerveux qui, jusqu'à présent, avait été considéré dans le voisinage comme un élément perturbateur, notamment à l'heure de la sieste. Mais, comme sa mère, il avait un don pour la musique. Soudain, le plus naturellement du monde, personne dans la rue ne se souvenait d'avoir connu enfant plus adorable. Débordant de sentiments pro-israélites, un quotidien allemand de droite le surnomma « l'Ange Gabriel », lequel, détail ignoré des rédacteurs, était célébré dans les deux religions ; pendant toute une semaine parurent des histoires fantaisistes témoignant de sa sainteté. Les magazines s'emparèrent de l'affaire. Le christianisme, déclara un célèbre commentateur — citant ainsi sans le nommer Disraeli —, était un judaïsme abouti ou n'était rien. Gabriel devint donc un martyr chrétien tout autant que juif ; et les Allemands inquiets se sentirent aussitôt rassurés. Sans avoir été sollicités, des lecteurs envoyèrent des milliers de marks dont il fallut bien faire quelque chose. On parla d'élever un mémorial à Gabriel, mais fort peu des autres victimes. Comme le voulait la tradition juive, le cercueil minuscule et pathétique de Gabriel fut aussitôt rapatrié en Israël pour y être enterré ; la mère du petit garçon, trop malade pour voyager, resta à Bonn jusqu'à ce que son époux fût en mesure de l'accompagner et qu'ils puissent respecter *shiva* ensemble à Jérusalem.

Le jour même de l'explosion, en début d'après-midi, arriva de Tel-Aviv une équipe de six experts israéliens. Le controversé Dr Alexis, du ministère de l'Intérieur, fut vaguement chargé de l'enquête côté allemand, et la corvée d'aller les accueillir à l'aéroport lui échut. Alexis était un homme intelligent, rusé, mais qui avait souffert toute sa vie d'avoir une dizaine de centimètres de moins que la plupart de ses frères humains. Aussi, peut-être était-ce pour compenser ce handicap qu'il se montrait souvent impulsif : sur un plan tant privé que professionnel, ses relations avec les autres étaient toujours difficiles. Dans les coulisses du pouvoir, il était un de ces hommes à la fois juristes et agents de la sûreté comme l'Allemagne en produit aujourd'hui, un libéral dont les opinions audacieuses ne plaisaient pas toujours à la coalition, d'autant moins qu'il avait fâcheusement tendance à en faire étalage à la télévision. Son père, croyait-on savoir, avait été une sorte d'opposant au régime hitlérien et, en ces temps troublés, il n'était pas aisé pour le fils d'endosser le costume. Bien sûr, il y avait à Bonn ces puissants aux mains blanches qui ne le trouvaient pas tout à fait à la hauteur ; un récent divorce et la découverte de l'existence embarrassante d'une maîtresse de vingt ans sa cadette n'avaient en rien amélioré l'image qu'ils se faisaient de lui.

S'il s'était agi de n'importe qui d'autre, Alexis ne se serait pas donné la peine de se déplacer — l'événement ne devait pas être couvert par la presse —, mais les relations entre Israël et la République fédérale traversant une mauvaise passe, il céda devant l'insistance du ministre et se rendit à l'aéroport. Contre sa volonté, on lui colla à la dernière minute un policier lymphatique connu pour ses opinions conservatrices et sa lenteur de tortue, un Silésien de Hambourg qui s'était fait une réputation dans le domaine de la « surveillance estudiantine » au cours des années soixante-dix et que l'on considérait comme un excellent spécialiste des explosifs. Le second argument était qu'il s'entendait bien avec les Israéliens, quoique Alexis, comme chacun, sût parfaitement qu'on le lui avait essentiellement imposé pour faire contrepoids. Mais, compte tenu de l'atmosphère tendue de ce jour, le plus important restait peut-être qu'Alexis comme le Silésien étaient *unbelastet,* c'est-à-dire que ni l'un ni l'autre n'était suffisamment âgé pour porter la plus infime responsabilité dans ce que les Allemands appellent amèrement leur passé insurmontable. Quoi que l'on fasse aujourd'hui aux Juifs, Alexis et son indésirable collègue silésien n'étaient pour rien dans ce qu'ils avaient subi autrefois ; pas plus, si ces garanties ne suffisaient pas, que le père d'Alexis. Inspirée par Alexis, la presse ne manqua pas de relever tout cela. Seul l'un des journaux osa avancer qu'aussi longtemps que les Israéliens bombarderaient aveuglément les camps et les villages palestiniens — tuant non pas un enfant mais des dizaines à la fois — ils devraient s'attendre à des représailles barbares de cette sorte. Dès le lendemain, l'attaché de presse de l'ambassade israélienne diffusa en hâte une réponse des plus vives, quoique légèrement confuse. Depuis 1961, écrivait-il, l'État d'Israël avait constamment servi de cible au terrorisme arabe. Il ne tomberait plus le moindre Palestinien nulle part si seulement les Israéliens pouvaient vivre en paix. Gabriel était mort pour une seule et unique raison : parce qu'il était juif. Les Allemands se souvenaient sans doute que Gabriel n'était pas seul dans ce cas. S'ils avaient oublié l'holocauste, peut-être se rappelaient-ils les jeux Olympiques de Munich, dix ans auparavant ?

Le rédacteur en chef arrêta là l'échange et prit un jour de vacances.

L'avion militaire anonyme en provenance de Tel-Aviv atterrit tout au bout de l'aérodrome, les formalités habituelles furent balayées, et la collaboration commença sur-le-champ, totale et sans relâche. On avait instamment prié Alexis de ne rien refuser aux Israéliens, mais de telles recommandations étaient superflues : il était *philosemitisch* et ne s'en cachait pas. Il s'était acquitté de l'indispensable visite de « liaison » à Tel-Aviv et fait photographier, l'air recueilli, au musée de l'Holocauste. Quant au Silésien — eh bien, ce lourdaud ne se lassait pas de le répéter à quiconque voulait l'entendre — ils couraient tous après le même ennemi, n'est-ce pas ? Les Rouges, indubitablement. Au quatrième jour, bien que les résultats de diverses investigations fussent encore en suspens, l'équipe de travail au complet avait dressé un tableau provisoire convaincant de ce qui s'était produit.

On s'accorda tout d'abord à admettre que la maison visée n'avait fait l'objet d'aucune mesure de sécurité particulière, et que les arrangements conclus entre l'ambassade et les autorités de Bonn n'en prévoyaient pas. La résidence de l'ambassadeur israélien, à trois rues de là, était, elle, surveillée vingt-quatre heures sur vingt-quatre. Une voiture de police kaki montait la garde à l'extérieur, une clôture métallique circonscrivait le périmètre, des sentinelles armées de mitraillettes et trop jeunes pour comprendre toute l'ironie de leur présence patrouillaient dans les jardins. L'ambassadeur avait droit également à une voiture à l'épreuve des balles et à une escorte de police. Il était ambassadeur, après tout, et pas seulement juif, ce qui doublait la mise. Mais, pour un simple attaché du travail, l'enjeu n'était plus le même, et il ne faut jamais trop en faire. Son domicile se trouvait sous la protection générale de la patrouille diplomatique mobile, et tout ce qu'on pouvait dire était qu'en tant que maison israélienne elle faisait certainement l'objet d'une surveillance particulière, comme l'attestaient d'ailleurs les registres de la police. Précaution supplémentaire, l'adresse des membres du personnel israélien ne figurait pas sur les listes diplomatiques officielles, de peur d'encourager un acte impulsif à un moment où Israël se montrait plutôt difficile à prendre. Politiquement s'entend.

Peu après huit heures ce lundi matin, l'attaché du travail ouvrit le garage et inspecta comme à l'habitude les enjoliveurs de sa voiture puis, à l'aide d'un miroir fixé au bout d'un manche à balai réservé à cet effet, le dessous du châssis. L'oncle de sa femme, qui l'accompagnait, confirma tout cela. Il regarda sous le siège du chauffeur avant de mettre le contact. Depuis le début de la série d'attentats, ces précautions étaient devenues impératives pour tout le personnel israélien résidant à l'étranger. Il savait, comme tous savaient, qu'il ne fallait pas plus de quarante secondes pour bourrer d'explosifs un enjoliveur ordinaire et encore moins pour coller du plastic sous le réservoir. Il savait, comme tous savaient — on le lui avait enfoncé dans le crâne depuis le début de sa formation —, qu'un tas de gens avaient envie de le faire sauter. Il lisait les journaux et les télégrammes. Constatant avec satisfaction que tout semblait normal, il dit au revoir à sa femme et à son fils, puis se rendit à son travail.

Deuxièmement, la fille au pair de la famille, une jeune Suédoise à la réputation irréprochable nommée Elke, était partie la veille dans le Westerwald pour y passer une semaine de vacances en compagnie de Wolf, son petit ami allemand, soldat tout aussi irréprochable de la Bundeswehr, qui avait obtenu une permission. Le dimanche après-midi, Wolf était venu prendre Elke à bord de sa Volkswagen décapotable, et quiconque passant devant la maison ou la surveillant aurait pu voir la jeune fille vêtue de sa tenue de voyage franchir la porte d'entrée, embrasser le petit Gabriel, confier l'enfant à son père avec un sourire affectueux, et s'en aller en agitant joyeusement la main en direction de l'attaché du travail qui la regarda s'éloigner depuis le perron tandis que sa femme, qui avait la passion du jardinage et de tout ce qui pouvait lui rappeler une vie plus rude, continuait ses travaux dans le potager. Elke vivait avec eux depuis plus d'un an et, selon les propres termes de l'attaché du travail, elle faisait partie de la famille.

Ces deux facteurs — l'absence de l'affectionnée au pair et celle d'une surveillance policière — avaient rendu l'attentat possible. Son succès fut dû à la nature trop accueillante de l'attaché du travail lui-même.

A dix-huit heures ce même dimanche — soit deux heures après le départ d'Elke —, au moment où l'attaché se débattait dans une conversation religieuse avec son hôte et où sa femme s'adonnait comme à l'habitude à son jardinage thérapeutique, la sonnette de la porte d'entrée retentit. Un seul coup. Comme toujours, l'attaché du travail regarda par le judas optique de la porte avant d'ouvrir. Comme toujours, et même si théoriquement les lois locales lui interdisaient de porter des armes à feu, il sortit en même temps son revolver d'ordonnance. Mais la lentille ne lui montra qu'une jeune fille blonde d'environ vingt et un ou vingt-deux ans, plutôt fragile et émouvante, debout sur le perron près d'une valise grise fatiguée portant, attachées à la poignée, des étiquettes aux couleurs de Scandinavian Air Services. Un taxi — ou bien s'agissait-il d'une conduite intérieure privée ? — attendait derrière elle dans la rue, et l'attaché put entendre tourner son moteur. Aucun doute. Il crut même, mais plus tard, quand il en fut à se raccrocher au moindre brin d'herbe, se souvenir du cliquetis d'un magnéto défectueux. Sa description en faisait une fille vraiment ravissante, à la fois délicate et sportive, au nez auréolé de taches de rousseur — *Sommersprossen.* Au lieu de l'inévitable uniforme débraillé jeans chemise, elle portait une sage robe bleue boutonnée jusqu'au col et un foulard de soie blanc ou grège qui rehaussaient l'or de ses cheveux et — il le confessa d'emblée lors d'un premier entretien déchirant — flattèrent son goût naïf de la respectabilité. Ainsi, ayant rangé son revolver dans le tiroir supérieur de la commode placée à l'entrée, il ôta la chaîne, ouvrit la porte et rougit en la voyant si charmante, lui qui se savait timide et un peu fort.

Tout cela confié lors du premier entretien. L'oncle talmudiste n'avait rien vu et n'en avait pas entendu davantage. Son témoignage ne serait d'aucune utilité. A partir du moment où il fut laissé seul derrière une porte close, il semble qu'il se soit plongé dans un commentaire de la Mishna, se conformant au précepte selon lequel on ne devait jamais perdre son temps.

La jeune fille parlait anglais avec un fort accent nordique, pas français ni latin ; ils lui firent écouter divers accents mais nordique fut le plus haut degré de précision auquel ils purent parvenir. La jeune fille demanda tout d'abord si Elke était là, ne l'appelant pas Elke mais Ucki, petit nom affectueux que seuls employaient ses amis intimes. L'attaché du travail lui expliqua qu'Elke était partie en vacances depuis deux heures seulement : quel dommage, mais pouvait-il se rendre utile ? Son interlocutrice exprima une légère déception et dit qu'elle repasserait. Elle arrivait juste de Suède, raconta-t-elle, et avait promis à la mère d'Elke de faire parvenir cette valise contenant quelques vêtements et des disques. L'allusion aux disques était particulièrement judicieuse du fait qu'Elke adorait la pop music. A ce moment-là, l'attaché du travail l'avait priée d'entrer et, dans son innocence, s'était même emparé de la valise pour lui faire franchir le seuil de sa maison, geste qu'il ne se pardonnerait jamais. Oui, bien sûr, il avait lu les nombreuses circulaires exhortant à n'accepter en aucun cas les paquets remis par des intermédiaires : oui, il savait que les valises mordaient parfois. Mais il s'agissait là de Katrin, la charmante amie d'Elke, qui arrivait de Suède, de la ville natale de la jeune au pair et c'était la mère de celle-ci qui lui avait confié la valise le jour même ! Il trouva le bagage légèrement plus lourd qu'il s'y était attendu, mais mit cela sur le compte des disques. Lorsqu'il s'inquiéta de l'excédent que cela avait dû lui occasionner, Katrin lui expliqua que la mère d'Elke l'avait conduite à l'aéroport de Stockholm pour payer la surcharge. Il avait remarqué que c'était une valise de type rigide, apparemment aussi bourrée qu'elle était lourde. Non... rien n'avait bougé à l'intérieur quand il l'avait soulevée. Il en était sûr. Ne fut épargné qu'un fragment, une étiquette brune.

Il proposa une tasse de café à la jeune fille mais elle refusa, prétextant qu'elle ne pouvait pas faire attendre son chauffeur. Pas le taxi. *Son chauffeur.* Les enquêteurs cherchèrent par tous les moyens à exploiter cette piste. Il lui demanda ce qu'elle venait faire en Allemagne et elle répondit qu'elle espérait s'inscrire en théologie à l'université de Bonn. Il chercha fébrilement un bloc-notes et invita la jeune fille à y inscrire son nom et son adresse, mais elle le lui rendit avec un sourire en déclarant : « Dites-lui simplement "Katrin" et elle saura. » Elle logeait dans un foyer luthérien pour jeunes filles, ajouta-t-elle, mais seulement en attendant de trouver une chambre. (Il existait un tel foyer à Bonn, nouvelle preuve d'un travail soigné.) Elle repasserait quand Elke serait rentrée de vacances, proposa-t-elle. Peut-être pourraient-elles fêter ensemble son anniversaire. Cela lui ferait plaisir. Tellement plaisir. L'attaché du travail suggéra qu'ils pourraient peut-être organiser une soirée pour Elke et ses amis, pourquoi pas une fondue dont Elke était friande. Lui aussi adorait cela, et il la préparait lui-même, car sa femme la kibboutznik n'avait aucune patience pour préparer des plats exotiques et n'en raffolait d'ailleurs pas.

Dans la rue, la voiture ou le taxi commença à klaxonner, plusieurs coups légers, peut-être trois. Ils se serrèrent la main, elle lui donna la clé et l'attaché remarqua que la jeune fille portait des gants de coton blanc, mais c'était bien dans son style et ce devait être un jour à faire transpirer qui s'encombrait d'une aussi lourde valise. Ainsi, pas trace d'écriture sur le bloc-notes et pas d'empreintes, ni sur ce même bloc, ni sur la valise, ni sur la clé. Le malheureux estima plus tard que l'entrevue avait duré cinq minutes. Pas plus, en raison du chauffeur. L'attaché du travail la regarda descendre l'allée — jolie démarche, séduisante mais sans rien de délibérément provocant —, ferma la porte, remit consciencieusement la chaîne en place, puis emporta la valise dans la chambre d'Elke, située au rez-de-chaussée, et la déposa sur le lit, songeant, plein d'attentions, qu'en la laissant bien à plat il épargnerait les vêtements et les disques. Il plaça la clé sur le couvercle. Du jardin, où elle brisait inlassablement des mottes de terre à la binette, sa femme n'avait rien entendu, et lorsqu'elle rentra pour se joindre aux deux hommes, son mari oublia de mentionner le fait.

Une petite défaillance bien humaine nécessita alors rectification.

« *Oublié ?* lui demandèrent avec incrédulité les enquêteurs israéliens. Comment avez-vous pu *oublier* de signaler le passage dans votre maison d'une amie d'Elke venue de Suède ? Et cette valise posée sur le lit ? »

L'attaché du travail faillit s'effondrer en en convenant. Non, il n'avait pas à proprement parler oublié.

« Alors quoi ? » interrogèrent-ils.

C'était plutôt — semblait-il — qu'il s'était mis dans la tête, lui tout seul, comme ça —, eh bien, que, voyez-vous, monsieur, la vie sociale avait complètement cessé d'intéresser sa femme. « Elle ne désirait plus que retourner dans son kibboutz et retrouver avec les gens des relations naturelles, loin de la causticité du milieu diplomatique. Enfin, si vous préférez, monsieur, cette fille était si jolie — eh bien, il avait pensé qu'il valait peut-être mieux garder tout cela pour lui. Quant à la valise, eh bien ma femme n'entre jamais dans la chambre d'Elke — enfin, n'y entrait jamais — vous comprenez. Elke s'occupe elle-même de ses affaires. »

« Et le talmudiste, l'oncle de votre femme ? »

L'attaché du travail ne lui avait rien dit non plus. Les deux témoignages concordent.

Il fut donc écrit sans autre commentaire : *Garder tout cela pour lui.*

Ici, tel un train fantôme qui disparaît brusquement de la voie, la séquence des événements s'interrompait. La jeune au pair Elke, vaillamment soutenue par Wolf, fut promptement ramenée à Bonn et déclara ne connaître aucune Katrin. On entreprit une enquête sur l'entourage d'Elke, mais cela prendrait du temps. Sa mère ne lui avait fait parvenir aucune valise, et cela ne lui serait pas même venu à l'idée. Elle désapprouvait les goûts musicaux déplorables de sa fille, informa-t-elle la police suédoise, et n'aurait jamais songé à les encourager. Wolf rejoignit tristement son unité où la sécurité militaire le soumit à des interrogatoires pénibles mais stériles. Aucun chauffeur ne se présenta — qu'il conduisît un taxi ou un véhicule privé — quoiqu'il en fût prié dans toute l'Allemagne par la police et par la presse ; et qu'on lui offrît, *in absentia,* de fortes sommes d'argent pour ce qu'il avait à raconter. Les listes de passagers et les systèmes informatiques et de mise en mémoire de tous les aéroports d'Allemagne, sans même parler de celui de Cologne, ne permirent pas de retrouver la trace d'une quelconque voyageuse venant de Suède ou d'ailleurs qui corresponde à la description. Les photographies de terroristes du sexe féminin, connues ou non, dont celles du dossier consacré aux « simples suspectes », n'éveillèrent aucun souvenir chez l'attaché du travail, bien qu'il fût accablé de douleur et prêt à n'importe quoi, ne fût-ce que pour se sentir utile à quelque chose. Il ne parvenait pas à se rappeler comment était chaussée la jeune fille, si elle portait du rouge à lèvres, du parfum ou du mascara, si à la réflexion ses cheveux lui semblaient décolorés ou s'il avait pu s'agir d'une perruque. Comment aurait-il pu — allégua-t-il — lui, économiste de formation et sinon un brave type pantouflard et plutôt popote qui, en dehors d'Israël et de sa famille, ne se passionnait vraiment que pour Brahms —, comment aurait-il pu reconnaître des cheveux teints ?

Oui, il se souvenait parfaitement qu'elle avait de jolies jambes et la gorge très blanche. Des manches longues, oui, sans quoi il aurait remarqué ses bras. Sans doute un jupon ou une combinaison, sinon, à contre-jour, le soleil aurait révélé ses formes. Un soutien-gorge ? — pas forcément, elle avait une petite poitrine et aurait très bien pu s'en passer. On fit défiler devant lui des mannequins, et il dut examiner une bonne centaine de robes bleues différentes en provenance de tous les coins d'Allemagne. Mais il ne se rappelait absolument pas si la robe était ornée d'un col et de poignets d'une autre couleur, et les affres qu'il connaissait ne lui rendaient nullement la mémoire. Plus on le pressait de questions, moins il savait. Les habituels témoins fortuits confirmèrent certains détails de son récit mais n'y ajoutèrent rien de conséquent. Les patrouilles de police avaient complètement manqué la scène et sans doute cela entrait-il dans le plan des terroristes. La valise était d'un modèle des plus courants. Quant à la voiture ou au taxi, il s'agissait parfois d'une Opel parfois d'une Ford, on la disait grise, pas très propre, ni ancienne ni neuve, immatriculée à Bonn, non à Siegburg. Oui, il y avait un voyant « Taxi » sur le toit. Non, il y avait un toit ouvrant, et quelqu'un avait entendu de la musique s'en échapper, sans pouvoir préciser de quelle émission il s'agissait. Oui, une antenne. Non, aucune. Le chauffeur était de type européen mais pouvait être turc. C'étaient les Turcs qui avaient fait le coup. Il était rasé de frais, portait la moustache, avait les cheveux bruns. Non, blonds. De carrure étroite, ç'aurait pu être une femme travestie. Quelqu'un était certain d'avoir aperçu un petit ramoneur suspendu à la vitre arrière. Ou peut-être ne s'agissait-il que d'un autocollant. Oui, un autocollant. On passa des enregistrements de toute une série d'avertisseurs et de moteurs. Nombre d'entre eux furent catégoriquement reconnus. Quelqu'un prétendit que le chauffeur portait un anorak. Mais ç'aurait pu être un pull-over.

Parvenue à cette impasse, l'équipe israélienne parut sombrer dans une sorte de coma collectif. Pris de léthargie, ils arrivaient tard dans la matinée et repartaient de bonne heure, passant beaucoup de temps à leur ambassade où, semblait-il, ils recevaient de nouvelles instructions. Les jours passant, Alexis estima qu'ils attendaient quelque chose. Piétinant mais d'une certaine façon impatients, état qu'il connaissait lui-même trop bien. Alexis avait un nez formidable pour sentir ce genre de choses bien avant ses collègues. Le troisième jour, l'équipe fut complétée par un vieil homme au visage large, qui se faisait appeler Schulmann et qu'accompagnait un acolyte plutôt maigre et deux fois plus jeune. Alexis les compara à un César juif flanqué de son Cassius.

L'arrivée de Schulmann et de son assistant soulagea le brave Alexis de la folie contrôlée de toute cette enquête, et du poids d'avoir à traîner partout le policier silésien, dont l'attitude commençait à ressembler plus à celle d'un successeur qu'à celle d'un second. La première chose qu'il remarqua à propos de la présence de Schulmann fut qu'elle galvanisa aussitôt l'équipe israélienne. Auparavant, il avait semblé manquer quelque chose aux six hommes. Ils s'étaient montrés polis, n'avaient pas bu d'alcool, avaient tissé leur toile et su préserver entre eux la mystérieuse cohésion orientale d'une unité de combat. La maîtrise de soi dont ils faisaient preuve déconcertait ceux qui ne la possédaient pas et quand, à l'occasion d'un repas rapide à la cantine, ce lourdaud de Silésien entreprit de plaisanter au sujet de la nourriture kasher et d'ironiser à propos des merveilles de leur patrie, s'autorisant au passage une allusion particulièrement grossière à la qualité du vin israélien, ils acceptèrent l'hommage avec une courtoisie qui, Alexis le savait, leur coûtait infiniment. Même quand le Silésien en vint à évoquer le renouveau de la *Kultur* juive en Allemagne et la manière habile dont les nouveaux Juifs avaient accaparé les marchés immobiliers de Francfort et de Berlin, ils parvinrent encore à se taire, bien que les acrobaties financières de ces Juifs des *Stettel* qui n'avaient pas répondu à l'appel d'Israël les écœurassent au fond d'eux-mêmes presque autant que le goût pour la cochonnaille de leurs hôtes. Puis, soudain, avec la venue de Schulmann, tout s'éclaira différemment. C'était le chef qu'ils avaient attendu : Schulmann de Jérusalem, dont l'arrivée avait été annoncée quelques heures auparavant par un coup de téléphone déroutant du quartier général de Cologne.

« Ils envoient un spécialiste supplémentaire, il vous rejoindra par ses propres moyens. »

« Spécialiste de quoi ? » s'enquit Alexis qui, contrairement à la plupart de ses compatriotes, avait horreur des titres.

Non communiqué. Mais brusquement, il était là — non pas un spécialiste, aux yeux d'Alexis, mais un vétéran qui avait fait tous les champs de bataille depuis les Thermopyles, un baroudeur au visage carré et d'un âge compris entre quarante et quatre-vingt-dix ans, trapu, slave, puissant, européen bien plus qu'hébreu, avec une poitrine comme une barrique, une démarche de lutteur et une façon de mettre tout le monde aussi à l'aise que lui ; et puis il y avait cet acolyte tourmenté, que l'on n'avait même pas annoncé. Pas vraiment Cassius ; plutôt l'archétype de l'étudiant dostoïevskien : étique et en proie aux démons. Quand Schulmann souriait, les rides qui plissaient son visage avaient été creusées par le passage séculaire des eaux sur les mêmes chemins rocailleux, et ses yeux s'étrécissaient comme ceux d'un vieux Chinois. Puis, longtemps après, l'autre souriait à son tour, émanation altérée du sourire précédent. Quand Schulmann vous saluait, son bras droit se détendait dans votre direction telle une pince de crabe suffisamment puissante pour vous balayer si vous ne l'arrêtiez pas à temps. Mais son acolyte, lui, laissait ses bras collés à ses flancs comme s'il préférait les garder sous surveillance. Quand Schulmann parlait, il mitraillait, ses idées tumultueuses giclant en rafales, puis attendait de voir lesquelles se perdaient et lesquelles lui revenaient. La voix de l'acolyte suivait, rassemblant soigneusement les cadavres, telle une équipe de brancardiers.

« Schulmann, très heureux de vous rencontrer, docteur Alexis », dit Schulmann dans un anglais à la prononciation allégrement déformée.

Simplement Schulmann.

Pas de prénom, pas de grade, ni titre universitaire, ni spécialisation, ni fonction ; l'étudiant, lui, n'avait pas de nom du tout, du moins pour les Allemands. Alexis vit en Schulmann un général ; un dispensateur d'espoir, un fonceur, un extraordinaire maître d'œuvre ; un supposé spécialiste à qui il fallait un bureau personnel et qui en obtint un le jour même : son acolyte y veilla. Bientôt, traversant la porte close, sa voix au débit incessant prit le ton de celle d'un attorney venu tout exprès, analysant et évaluant le travail effectué jusqu'alors. Inutile de savoir l'hébreu pour saisir les pourquoi et les comment, les quand et les pourquoi pas. Le sens de l'improvisation, songea Alexis : lui-même parfaitement rompu à la guérilla urbaine. Quand il se taisait, Alexis l'entendait aussi et se demandait alors ce qu'il pouvait bien lire soudain d'assez passionnant pour que sa langue cesse de s'agiter — ou étaient-ils en train de prier ? — cela leur arrivait-il ? A moins, bien sûr, que ce ne fût au tour de l'acolyte de s'exprimer, auquel cas Alexis n'aurait pu capter même un murmure car, en présence d'Allemands, la voix du jeune homme n'avait pas plus de volume que son corps.

L'association que formaient les deux hommes fascinait Alexis : un spectacle qui lui faisait un peu oublier ses préoccupations. Ainsi, quand Schulmann se rendit à la Drosselstrasse et visita les ruines précaires de la maison plastiquée, levant les bras au ciel, regardant sa montre, jetant des imprécations, aussi durement frappé en apparence que si la demeure avait été la sienne, telle sa conscience l'acolyte ne quitta pas son ombre, ses mains squelettiques définitivement clouées à ses flancs, semblant contenir son maître par la ferveur murmurée de ses certitudes. Lorsque Schulmann fit venir l'attaché du travail pour lui parler une dernière fois en privé, que leur conversation, étouffée par la cloison du bureau, s'éleva en un cri pour ne plus devenir que le murmure saccadé d'un confessionnal, c'est à l'acolyte qu'il incomba ensuite de reconduire cet homme brisé et de le confier à la responsabilité de son ambassade : confirmation pour Alexis de la conviction qu'il avait acquise depuis le début, mais à laquelle Cologne lui avait ordonné de ne donner suite en aucun cas.

Tout allait dans ce sens : le zèle déployé par une femme introvertie ne rêvant qu'à sa terre sacrée ; le terrible sentiment de culpabilité de l'attaché du travail ; l'absurdité de l'accueil excessivement chaleureux réservé à la jeune Katrin, l'attaché jouant presque les grands frères en l'absence d'Elke ; l'étrange aveu selon lequel si lui était entré dans la chambre d'Elke, sa femme ne se le serait jamais permis. Pour Alexis, qui s'était déjà trouvé dans de semblables situations et en vivait une actuellement — sa culpabilité exacerbée guettant le moindre signe d'aventure —, les indices apparaissaient en filigrane d'un bout à l'autre du dossier, et il se réjouissait intérieurement que Schulmann ait su lui aussi les déceler. Mais si Cologne se montrait inflexible sur ce point, à Bonn on frisait l'hystérie. L'attaché du travail était un héros populaire : père éploré, mari d'une femme atrocement mutilée. Il était victime d'un attentat antisémite commis sur le sol allemand, et de surcroît diplomate accrédité à Bonn. Qui étaient les Allemands, entre tous — on adjurait Alexis d'y songer —, pour se permettre d'en faire un mari adultère ? Le soir même, l'attaché du travail accablé prit après son fils le chemin d'Israël et les journaux télévisés retransmirent dans tout le pays l'image de son large dos se hissant pesamment jusqu'au sommet de la passerelle, et celle d'un Alexis omniprésent qui, chapeau à la main, le contemplait avec un respect glacé.

Alexis n'eut vent de certaines activités de Schulmann qu'après le départ de l'équipe israélienne. Ainsi, presque par hasard mais pas tout à fait, il découvrit que Schulmann et son étudiant avaient réussi à contacter Elke indépendamment des enquêteurs allemands et à la persuader de retarder son retour en Suède afin que tous trois puissent organiser une petite conversation généreusement rétribuée et entièrement volontaire. Ils avaient passé tout un après-midi à l'interroger dans une chambre d'hôtel et l'avaient même accompagnée en taxi à l'aéroport, ce qui contrastait curieusement avec l'économie dont ils faisaient preuve en d'autres secteurs. Tout cela — supposa Alexis — dans le but de savoir qui étaient ses *véritables* amis et où elle allait s'amuser quand son petit ami avait bien gentiment réintégré sa caserne ; où elle avait acheté la marijuana et les amphétamines qu'ils avaient découvertes dans les décombres de sa chambre ou, plus vraisemblablement, qui les lui avait données ; dans quels bras enfin elle aimait à s'abandonner, parler d'elle-même et de ses patrons quand elle était complètement partie et se laissait aller. Alexis devina tout cela car il était à présent en possession du rapport confidentiel que ses hommes avaient consacré à Elke, et les questions qu'il mettait dans la bouche de Schulmann étaient en fait celles précisément qu'il aurait aimé poser à la jeune fille, si Bonn ne lui avait pas mis un bandeau sur les yeux et crié « Pas touche ! » dans les deux oreilles.

Pas de souillure, s'obstinaient-ils à répéter. Attendez que les choses se tassent. Alexis, qui défendait maintenant sa situation, saisit l'allusion et la ferma. De jour en jour, la cote du Silésien grimpait au détriment de la sienne.

Quoi qu'il en soit, il aurait payé cher pour obtenir le genre de réponses que Schulmann, toujours implacable et pressé, avait dû soutirer à la fille entre deux coups d'œil sur sa vieille montre ; le portrait sur papier de cet Arabe viril, étudiant ou jeune attaché évoluant à la périphérie des milieux diplomatiques — à moins qu'il ne fût cubain ? —, qui avait de l'argent à dépenser, la marchandise qu'il fallait dans ses petits paquets et prêtait une oreille étonnamment complaisante. Longtemps après, alors que cela n'avait déjà plus d'importance, Alexis apprit également — par l'entremise de la sûreté suédoise qui elle aussi s'était penchée sur la vie sentimentale d'Elke — que Schulmann et son acolyte avaient en fait sorti les photographies de candidats éventuels et que la jeune fille avait désigné celle d'un présumé Chypriote dont elle ne connaissait que le prénom, *Marius,* à prononcer de préférence à la française. Et qu'elle leur avait signé une déclaration assez floue — « Oui, c'est bien le Marius avec lequel j'ai couché » —, réclamée, lui avaient-ils laissé entendre, par Jérusalem. Pourquoi ? s'interrogea Alexis. Pour payer en quelque sorte les échéances de Schulmann ? Pour servir de caution et ramener ainsi le crédit nécessaire ? Alexis comprenait ces choses. Et plus il y réfléchisait, plus il se sentait d'affinités avec Schulmann, de complicité. Toi et moi ne faisons qu'un, se surprenait-il sans cesse à penser. Nous luttons, nous sentons, nous voyons.

Alexis éprouvait tout cela très profondément, et avec la plus grande conviction.

Présidée par le Silésien, la traditionnelle conférence de clôture eut lieu dans l'amphithéâtre où les deux groupes s'étaient répartis parmi les trois cents fauteuils vides, comme les membres de deux familles assistant à un mariage, assis de part et d'autre de la nef de l'église, les Israéliens étant en minorité et paraissant de loin les moins riches. Le camp allemand avait été renforcé par quelques responsables du ministère de l'Intérieur et un peu de chair à canon fournie par le Bundestag ; du côté israélien, l'attaché militaire de l'ambassade était présent, mais plusieurs membres de l'équipe, dont l'acolyte émacié de Schulmann, étaient déjà repartis pour Tel-Aviv, ou c'est du moins ce que déclarèrent leurs camarades. Tous se retrouvèrent à onze heures, le matin, devant la grande table recouverte d'une nappe blanche sur laquelle on avait disposé les fragments révélateurs de l'explosion à la façon de trouvailles archéologiques portant chacune leur petite étiquette tapée à la machine. Un tableau, juste à côté, présentait les habituelles photos d'horreur — en couleur, pour plus de réalisme. A l'entrée, une jolie fille au sourire trop éclatant leur distribua des chemises plastifiées contenant tous les éléments de base de l'enquête. Alexis n'aurait pas été autrement étonné de la voir proposer des bonbons ou des chocolats glacés. Le contingent allemand bavardait et tendait le cou dans toutes les directions, y compris celle des Israéliens qui, pour leur part, conservaient l'immobilité cadavérique de ceux pour qui chaque minute perdue représente un véritable martyre. Seul Alexis — il en était certain — saisissait et comprenait leur souffrance secrète, quelle qu'en fût la cause.

Nous sommes tout simplement trop nombreux, se dit-il, arrivant délibérément en retard : nous sommes du côté des survivants. Une heure auparavant encore, il s'attendait à présider la séance. Il avait prévu à leur intention — et même secrètement préparé — un bref aperçu de son style lapidaire, suivi d'un sec « Merci, messieurs », et terminé. Il en irait autrement. Les barons avaient tranché ; ils voulaient le Silésien au petit déjeuner, au déjeuner et au dîner ; ils ne voulaient pas d'Alexis, pas même pour le café. Aussi mit-il un point d'honneur à traîner ostensiblement dans le fond de la salle, les bras croisés, affectant un intérêt distrait tout en rageant et en compatissant à l'épreuve des Juifs. Quand tous sauf Alexis se furent assis, le Silésien fit son entrée, se dirigeant vers l'estrade comme s'il avançait dans l'eau, de cette démarche déhanchée que, Alexis le savait, finissait toujours par prendre un certain type d'Allemands dès qu'ils montaient à la tribune. Un jeune homme apeuré en blouse blanche semblant sortir de sa première expérience en salle d'opération apparut à sa suite, porteur d'une valise grise fatiguée à laquelle ne manquaient pas même ses étiquettes Scandinavian Air Services, et qu'il plaça sur l'estrade parmi d'autres pièces plus ou moins reconnaissables. En quête de Schulmann, Alexis le découvrit installé à l'écart sur un siège situé près de l'allée et plutôt en retrait. Il avait ôté sa cravate et portait des pantalons confortables qui, en raison de son tour de taille avantageux, découvraient un peu trop ses chaussures démodées. Sa montre d'acier tranchait sur le hâle de son poignet ; la blancheur de sa chemise contre sa peau tannée lui donnait l'air débonnaire de quelqu'un s'apprêtant à partir en vacances.

Un peu de patience et je viens avec toi, songea intérieurement Alexis, se souvenant de sa pénible séance avec les barons.

Le Silésien avait déjà commencé et il s'exprimait en anglais « par égard pour nos amis israéliens » ; mais aussi, soupçonnait Alexis, par égard pour ceux de ses supporteurs qui étaient venus admirer les prouesses de leur champion. Le Silésien avait suivi le stage obligatoire de lutte anti-terroriste à Washington et parlait un anglais massacré d'astronaute. En guise d'introduction, il affirma que l'attentat était l'œuvre d' « éléments extrémistes de gauche » ; et, quand il glissa une allusion à « l'attrait excessif du socialisme sur la jeunesse actuelle », il y eut des murmures approbateurs parmi les parlementaires. Alexis eut presque envie de demander si à leur avis Hitler aurait fait mieux. Pour des raisons architecturales, le souffle s'était dirigé verticalement, continua le Silésien en se tournant vers le diagramme que son assistant déroulait derrière lui ; il avait balayé toute la structure centrale de la maison, emportant le premier étage et, donc, la chambre de l'enfant. Bref, c'était un gros boum, songea cruellement Alexis, alors pourquoi ne pas le dire et nous foutre la paix ? Selon les meilleures estimations, la charge aurait atteint cinq kilos. La mère avait survécu parce qu'elle se trouvait dans la cuisine. La cuisine était une *Anbau*. Cet emploi soudain et inattendu d'un mot allemand suscita un certain embarras chez les germanophones.

« *Was ist Anbau ?* » grommela d'un ton maussade le Silésien à l'adresse de son assistant, amenant l'auditoire à se mettre fébrilement à la recherche d'une traduction.

« Dépendance », lança Alexis avant tout le monde ; à quoi les plus malins sourirent légèrement tandis que les membres du comité de soutien au Silésien laissaient plus ouvertement percer leur irritation.

« Dépendance », répéta le Silésien, ignorant sa source, avant de poursuivre son laborieux exposé.

Dans une autre vie, se dit Alexis, je serai juif ou espagnol ou eskimo, ou juste un anarchiste complètement compromis comme tout le monde. Mais allemand, certainement pas ; quand vous l'avez été une fois, ça suffit comme pénitence. Il n'y avait qu'un Allemand pour tirer un tel préambule de la mort d'un petit Juif.

Le Silésien parlait maintenant de la valise. Vilaine et bon marché, du type qu'affectionnent généralement les travailleurs immigrés, les Turcs et autres non-personnes. Il aurait aussi bien pu ajouter les socialistes. Ceux qui désiraient en savoir plus pouvaient se reporter à leur dossier ou examiner les fragments de l'armature d'acier disposés sur la table. Mais on pouvait aussi décider, comme Alexis l'avait fait depuis longtemps, que la bombe et la valise n'aboutissaient toutes deux qu'à une impasse. Ils ne pouvaient en revanche éviter d'entendre le Silésien, car c'était aujourd'hui sa journée, et ce discours était son cri de victoire face à l'ennemi terrassé, Alexis.

Puis il passa péniblement de la valise à son contenu. On avait, continua-t-il, maintenu le dispositif en place à l'aide de deux matériaux différents : de vieux journaux provenant d'après les expertises des éditions réalisées à Bonn par les imprimeries Springer au cours des six derniers mois (ce qui convenait à merveille, songea Alexis) et, déchirée en lanières, une couverture issue des surplus de l'armée, identique à celle que présentait son assistant. Tandis que ce dernier soumettait à l'examen général une grande couverture grise, le Silésien dressa fièrement la liste des autres indices. Alexis prêta une oreille lasse à la litanie familière : l'extrémité tordue d'un détonateur..., d'infimes parcelles n'ayant pas détoné d'un explosif identifié comme du plastic russe standard, que les Américains avaient appelé C4, les Anglais PE et les Israéliens comme il leur plaisait..., le remontoir d'une montre bon marché..., le ressort carbonisé mais encore reconnaissable d'une pince à linge. Bref, se dit Alexis, la parfaite panoplie du petit fabricant de bombes. Aucun matériel compromettant, pas de frime, pas de fantaisie, rien qu'un piège rudimentaire installé dans l'angle du couvercle. Quand on voyait la camelote que les gosses se procuraient aujourd'hui, il y avait de quoi vous donner la nostalgie des bons vieux terroristes des années soixante-dix.

Le Silésien semblait partager cet avis, ce qu'il exprima par une sinistre plaisanterie : « Nous appelons ce genre d'engins la bombe Bikini ! s'exclama-t-il fièrement. Le minimum ! Pas de superflu ! »

« Et pas d'arrestations non plus ! » lança sans réfléchir Alexis, ce qui lui valut un sourire admiratif et curieusement compréhensif de Schulmann.

Se substituant soudain à son assistant, le Silésien plongea le bras dans la valise et, d'un geste un peu théâtral, en extirpa un morceau de bois tendre sur lequel était fixée la maquette du dispositif, sorte de circuit de voitures pour enfants, en fil électrique assez mince et terminé par une dizaine de bâtonnets de plastic. Au moment où les non-initiés se rassemblaient autour de l'objet pour l'examiner de plus près, Alexis eut la surprise de voir Schulmann se lever, les mains dans les poches, pour aller les rejoindre d'un pas tranquille. Pourquoi ? songea Alexis, le regard fixé sur Schulmann. Pourquoi cette nonchalance quand vous aviez à peine le temps de consulter votre vieille montre ? Cessant de feindre l'indifférence, Alexis le suivit. Voici comment vous y prendre pour fabriquer une bombe, expliquait en substance le Silésien, si vous êtes monsieur tout-le-monde et désirez faire sauter du Juif. Vous achetez une montre ordinaire comme celle-ci. Ne la volez pas, achetez-la dans un grand magasin aux heures d'affluence avec deux ou trois bricoles pour brouiller les cartes. Otez la petite aiguille. Percez un trou dans le verre... enfoncez une punaise dans l'orifice... fixez à la colle forte votre circuit électrique à la tête de la punaise... maintenant, la pile... enfin, selon votre désir, placez la grande aiguille très près ou très loin de la punaise. Mais, en règle générale, essayez de vous contenter du délai le plus court possible, afin que la bombe ne soit pas découverte et désarmée. Remontez la montre. Assurez-vous que la grande aiguille fonctionne toujours. Vous enfoncez le détonateur dans le plastic, une petite prière et voilà. Quand l'aiguille touche la pointe de la punaise, le contact ferme le circuit électrique, et les Juifs sont expédiés au paradis des Juifs.

Afin de compléter la démonstration de ce prodige, le Silésien ôta le détonateur désarmé et les dix pains de plastic factice pour les remplacer par une unique petite ampoule adaptable sur une lampe de poche.

« Et maintenant ! s'exclama-t-il, je vais vous prouver que le circuit fonctionne ! »

Personne n'en doutait, tous connaissant le système par cœur, mais, pendant un instant, Alexis eut l'impression qu'un frisson avait parcouru l'assistance quand l'ampoule avait joyeusement émis sa petite lueur. Seul Schulmann resta de marbre. Peut-être en a-t-il vraiment trop vu, songea Alexis, et qu'il ne sait plus ce qu'est la pitié. En effet, Schulmann ne s'intéressait pas le moins du monde à l'ampoule. Il demeura penché au-dessus de la maquette, un large sourire sur les lèvres, l'examinant avec l'attention critique du connaisseur.

Désireux de faire preuve de pertinence, un parlementaire demanda pourquoi la bombe avait tant tardé à exploser. « Cet engin est resté quatorze heures dans la maison, fit-il remarquer dans un anglais mielleux. En principe, la grande aiguille ne met pas plus d'une heure à faire le tour du cadran. La petite aiguille, elle, en met douze. Comment expliquez-vous, je vous prie, qu'une bombe devant sauter au bout d'une heure ne le fasse que treize heures plus tard ?

Le Silésien tenait un petit laïus tout prêt pour chaque question. Il en débita un tandis que Schulmann, souriant toujours d'un air indulgent, commençait à sonder doucement de ses doigts épais la bourre qui entourait la maquette, comme s'il y avait perdu quelque chose. La montre avait pu tomber en panne, énumérait le Silésien. Le transport en voiture jusqu'à la Drosselstrasse avait pu dérégler le mécanisme. En posant la valise sur le lit d'Elke, l'attaché du travail avait pu faire bouger le circuit. La montre, de mauvaise qualité, avait pu s'arrêter et prendre du retard, poursuivit le Silésien. Il avait pu se produire n'importe quoi, se dit Alexis, contenant difficilement son irritation.

Mais Schulmann suggéra une autre solution, beaucoup plus ingénieuse : « Ou encore le terroriste a pu ne pas décaper suffisamment l'aiguille de la montre », lâcha-t-il d'un ton désinvolte, presque en aparté, en reportant toute son attention sur les charnières de la valise. Il extirpa de sa poche un vieux canif d'ordonnance, sélectionna un poinçon large et court puis l'introduisit sous la tête de l'axe de la charnière, vérifiant avec quelle facilité il pouvait se retirer. « Vos spécialistes, eux, ont gratté *toute* la peinture. Mais le poseur de bombe n'est peut-être pas aussi calé que vos spécialistes, continua Schulmann en refermant son canif d'un coup sec. Pas aussi habile, ni aussi soigneux dans sa construction. »

Mais il s'agissait pourtant d'une fille, corrigea aussitôt mentalement Alexis. Pourquoi Schulmann parlait-il du terroriste au masculin alors que nous sommes tous censés nous représenter une ravissante jeune fille en robe bleue ? Apparemment inconscient d'avoir, momentanément tout au moins, ravi la vedette au Silésien au beau milieu de son numéro, Schulmann se mit à étudier le dispositif artisanal fixé dans le couvercle, tirant doucement sur le fil métallique qui était cousu à l'intérieur de la doublure et relié à un bouchon sur la maquette grâce à une pince à linge.

« Quelque chose d'intéressant, Herr Schulmann ? s'enquit le Silésien avec une patience d'ange. Vous avez trouvé un *indice*, peut-être ? Parlez, je vous en prie. Cela nous intéressera sûrement. »

Schulmann considéra cette offre généreuse.

« Pas assez de fil, déclara-t-il en revenant vers la table pour fouiller parmi la collection noirâtre. Voici les restes de soixante-dix-sept centimètres de fil, pas moins. » Il brandissait un écheveau carbonisé. Le fil était enroulé sur lui-même comme celui d'une pelote de laine, serré en son milieu par une boucle. « Dans votre reconstitution, vous n'en avez utilisé que vingt-cinq centimètres. Pourquoi manque-t-il cinquante centimètres de fil ? »

Il y eut un moment de silence interloqué puis le Silésien partit d'un gros rire condescendant.

« Mais, Herr Schulmann, commença-t-il, comme s'il s'adressait à un enfant, c'était du fil *en trop*. Pour le circuit. Du simple fil électrique. Quand le ou la terroriste a fabriqué son engin, il lui est évidemment resté du fil, alors il — ou elle —, enfin ils l'ont jeté dans la valise. Pour que cela ne traîne pas, c'est normal. C'était du fil *en trop*, répéta-t-il. *Übrig*. Sans utilité technique. *Sag ihm doch Übrig*. »

« Du fil restant, traduisit inutilement quelqu'un. Il ne sert à rien, monsieur Schulmann. C'est du fil *restant*. »

L'incident était clos, tout était rentré dans l'ordre, et lorsque Alexis prêta de nouveau attention à Schulmann, celui-ci était figé près de la porte, s'apprêtant à s'éclipser discrètement, sa large tête à demi tournée en direction du docteur et son poignet porteur de la montre levé, mais à la façon de quelqu'un qui interroge son estomac plutôt que l'heure. Leurs yeux ne se rencontrèrent pas vraiment, mais Alexis sut que Schulmann l'attendait, désirait qu'il traversât la pièce pour qu'ils aillent déjeuner. Le Silésien ronronnait toujours, son public toujours planté autour de lui, aussi désœuvré qu'un groupe de passagers à peine débarqués de leur avion. Alexis s'éloigna sans se faire remarquer, puis se glissa promptement à la suite de Schulmann. Dans le couloir, Schulmann feignit la surprise en voyant Alexis surgir à ses côtés et lui saisit le bras en un geste d'affection spontané. Parvenus sur le trottoir — c'était de nouveau une belle journée ensoleillée — les deux hommes ôtèrent leurs vestes et, par la suite, Alexis se souvint très nettement de la façon dont Schulmann avait roulé la sienne comme pour en faire un oreiller de fortune tandis que lui-même hélait un taxi et lui indiquait le nom d'un restaurant italien situé sur une colline, à l'autre bout de Bad Godesberg. Il y avait parfois emmené des femmes, mais un homme jamais, et les premières fois comptaient toujours pour ce sybarite qu'était Alexis.

Ils parlèrent peu pendant le trajet. Schulmann admirait le paysage et, quoiqu'on fût au milieu de la semaine, il émanait de lui la sérénité de quelqu'un qui a bien gagné son sabbat. Son avion, Alexis se le rappela, devait décoller de Cologne en début de soirée. Comme un enfant qui reçoit la permission de quitter l'école, Alexis compta les heures que cela leur laisserait, supposant avec la plus totale inconscience que Schulmann n'avait pas d'autres projets. Au restaurant, le *padrone* italien réserva comme prévu à Alexis un accueil exubérant mais ce fut surtout Schulmann qui le séduisit. Il lui donna du *Herr Professor* et insista pour les installer à une table de six près de la fenêtre. En contrebas s'étendait la vieille ville, et au-delà les méandres du Rhin, ses collines brunes et ses châteaux dentelés. Alexis connaissait ce spectacle par cœur mais, aujourd'hui, à travers le regard de son nouvel ami Schulmann, il lui semblait le découvrir pour la première fois. Il commanda deux whiskies. Schulmann ne protesta pas.

Admirant avec plaisir le paysage tandis qu'ils attendaient leurs verres, Schulmann sortit enfin de son mutisme : « Après tout, peut-être que si Wagner avait laissé en paix ce pauvre Siegfried, nous vivrions dans un monde meilleur », lâcha-t-il ironiquement.

L'espace d'un instant, Alexis ne parvint pas à déterminer ce qui n'allait pas. La journée avait été chargée, il avait l'estomac vide et l'esprit embrumé. Puis il prit conscience que Schulmann venait pour la première fois de lui parler en allemand : avec un accent sudète épais et rouillé, semblant émis par un moteur de cérémonie sorti tout exprès pour l'occasion. De plus, il s'exprimait avec un sourire contrit qui tenait à la fois de la confession et de l'invite à la complicité. Alexis émit un petit rire auquel se joignit Schulmann ; les whiskies arrivèrent et les deux hommes burent à leur santé mutuelle ; mais pas trace de ce pesant cérémonial germanique consistant à lever les yeux avant et après chaque gorgée, qui avait toujours déplu à Alexis, notamment en présence de Juifs car ceux-ci décelaient instinctivement une menace dans toute coutume allemande.

« On m'a dit que vous alliez être bientôt muté ailleurs, à Wiesbaden, déclara Schulmann avec un sourire quand ils en eurent terminé avec ces préliminaires. Un travail administratif. Promotion, mais sur une voie de garage, si j'ai bien compris. D'après eux, vous avez trop de cran pour les gens d'ici. Maintenant que je vous ai vu, et que j'ai vu les gens en question, eh bien, ça ne me surprend pas. »

Alexis s'efforça de ne pas avoir l'air étonné non plus. Il ne savait rien de sa nouvelle affectation : seulement qu'il en viendrait une. Même son remplacement par le Silésien demeurait confidentiel, du moins à la connaissance d'Alexis : il n'avait pas eu le temps d'en souffler mot à quiconque, pas même à sa jeune amie avec laquelle il avait plusieurs entretiens téléphoniques par jour, généralement sans autre propos que les petits détails de la vie quotidienne.

« C'est la vie, hein ? constata Schulmann avec philosophie, s'adressant tout autant au fleuve qu'à Alexis. Il y a des hauts et des bas. C'est la vie. » Il paraissait tout de même un peu désabusé. « On m'a dit aussi qu'elle est ravissante, poursuivit-il, semblant lire de nouveau dans les pensées de son compagnon. Jolie, intelligente, droite. Peut-être qu'elle aussi est trop bien pour eux. »

Résistant à la tentation de transformer cette conversation en une analyse de ses problèmes personnels, Alexis l'orienta vers la conférence de la matinée, mais Schulmann répondit évasivement, faisant simplement remarquer que les techniciens ne résolvaient jamais tous les problèmes, et que les bombes l'ennuyaient.

Il avait commandé des pâtes et les mangeait après avoir fait tourner sa fourchette dans une cuiller, automatiquement, sans baisser les yeux. Craignant de l'interrompre, Alexis se tenait aussi tranquille qu'il savait le faire.

Tout d'abord, avec le talent de conteur d'un vieil homme, Schulmann se lança, mais sans acrimonie, dans des récriminations concernant la difficulté d'être juif quand on exerçait sa profession : « En janvier dernier, alors que nous menions une enquête d'une nature tout à fait différente, nous avons fait appel à nos amis italiens, commença-t-il du ton de quelqu'un qui va livrer des souvenirs intimes. On leur a donné des preuves, indiqué quelques adresses. Aux dernières nouvelles, ils avaient bien arrêté quelques Italiens, mais les personnes que recherchait vraiment Jérusalem avaient regagné la Libye où elles étaient bien en sécurité, la mine bronzée et reposée, attendant leur prochaine mission. Ce n'était pas ce que nous avions prévu. » Une nouvelle bouchée de pâtes. Un petit coup de serviette sur les lèvres. La nourriture est un vrai carburant pour lui, se dit Alexis ; il mange pour pouvoir se battre. « En mars, lors d'un cas semblable, exactement le même scénario s'est reproduit, mais cette fois-ci nous traitions avec Paris. Quelques Français furent arrêtés, mais personne d'autre. Certains responsables eurent droit à des félicitations et, grâce à nous, à une promotion. Quant aux Arabes... » Il eut un haussement d'épaules ample et fataliste. « C'est sans doute plus avantageux comme ça. La loi de la politique pétrolière, la loi économique, la loi de tout ce que vous voudrez. Mais sûrement pas celle de la justice. Et c'est la justice que nous voulons. » Son sourire s'élargit, contrastant curieusement avec l'humour de la remarque. « Je dirai donc que nous avons appris à choisir nos amis. Nous avons décidé que mieux valait en dire pas assez que trop. Quand nous sentons que quelqu'un est bien disposé à notre égard, quand nous avons des informations favorables sur lui — un père bien sous tous les rapports comme le vôtre —, alors nous pouvons travailler avec lui. En y allant doucement. Officieusement. Entre amis. Si nos informations peuvent lui être utiles personnellement, lui donner un petit coup de pouce dans sa profession..., cela nous arrange aussi que nos amis acquièrent davantage d'influence dans leur métier. Mais nous voulons notre part du contrat. Nous comptons sur les gens pour nous la donner. Et particulièrement sur nos amis. »

Jamais par la suite, ni ce jour-là ni plus tard, Schulmann ne formula plus clairement les termes de sa proposition. Alexis, lui, ne prononça pas même une parole. Il laissa son silence exprimer son consentement. Il semble d'ailleurs que Schulmann, qui le comprenait si bien, comprit également cet assentiment tacite car il poursuivit la conversation comme si le marché avait été conclu, et que tous deux travaillaient ensemble sans ambiguïté possible :

« Il y a quelques années de cela, une poignée de Palestiniens s'étaient mis à faire pas mal de bruit dans mon pays, commença-t-il. En général, il ne s'agit que de menu fretin. Des gosses de paysans qui se prennent pour des héros. Ils passent clandestinement la frontière, s'arrêtent dans le premier village, balancent leurs bombes et prennent la fuite. Si on ne les attrape pas du premier coup, c'est pour la fois suivante, quand il y en a une. Mais ceux dont je parle étaient d'une autre envergure. Ils étaient organisés. Ils savaient comment se déplacer. Comment se tenir à l'écart des indicateurs, se débrouiller par eux-mêmes, agir de façon autonome. La première fois, ils ont fait sauter un supermarché à Beit Shean. Ensuite, ç'a été une école, puis des camps, un autre magasin, jusqu'à ce que cela devienne monotone. Alors, ils ont commencé à enlever nos soldats en permission qui faisaient du stop pour rentrer chez eux. Les mères en colère, les journaux. Et tous réclamaient : Attrapez-les ! Nous nous sommes mis en chasse et avons passé le mot à tout le monde. Nous avons découvert qu'ils utilisaient des grottes dans la vallée du Jourdain. Des repaires provisoires. Ils ne traînaient jamais dans la région. Nous ne parvenions toujours pas à leur mettre la main dessus. Leurs partisans les appelaient les héros du Commando Huit. Mais ce Commando Huit n'avait pas de secret pour nous, et il n'aurait pu craquer une allumette sans que nous en soyons informés longtemps à l'avance. On parlait de frères. Une entreprise familiale. Un informateur en dénombrait trois, un autre quatre. Mais des frères, ça c'était sûr, et qui n'opéraient pas dans le Jourdain, ce qui ne nous apprenait rien.

« Nous avons constitué une équipe et l'avons mise sur leur piste. On nous avait dit que leur chef était un solitaire et qu'il répugnait fortement à accorder sa confiance à quiconque ne faisait pas partie du clan familial. Sa méfiance de la fourberie arabe frisait la paranoïa. Nous ne l'avons jamais trouvé. Les deux autres n'étaient pas aussi habiles. L'un d'eux avait un faible pour une petite jeune fille d'Amman. Un matin, il est passé sous le feu d'une mitrailleuse en sortant de chez elle. Le second a commis l'erreur de téléphoner à un ami, à Sidon, et de s'inviter chez lui pour le week-end. L'armée de l'air a réduit sa voiture en miettes tandis qu'il descendait la route côtière. »

Alexis ne put réprimer un sourire d'excitation. « Pas assez de fil », murmura-t-il, mais Schulmann choisit d'ignorer la remarque :

« A ce moment-là, on les avait enfin identifiés. Ils sont originaires d'un village viticole, près d'Hébron, en Cisjordanie, et ont fui après la guerre des Six Jours. Il y avait un quatrième frère, mais il était trop jeune pour se battre, même d'après les normes palestiniennes. Il y avait également deux sœurs, mais l'une avait péri sous les bombardements lors d'une opération de nettoyage que nous avions dû mener au sud du Litani. Tout cela ne laissait pas une bien grosse armée. Nous avons tout de même continué à rechercher notre homme. Nous nous attendions à ce qu'il s'assure du renfort pour revenir à la charge. Il ne l'a pas fait. Plus une seule action pendant six mois. Un an. Nous nous sommes dit : "N'en parlons plus. Il a dû se faire descendre par les siens, ce qui n'a rien d'étonnant." Le bruit courait que les Syriens lui avaient fait passer un mauvais quart d'heure, alors peut-être n'y avait-il pas survécu. Et puis, voici quelques mois, nous avons entendu dire qu'il se trouvait ici, en Europe. Qu'il rassemblait une équipe de sympathisants n'ayant pas encore de passé dont des filles, plusieurs Allemandes, jeunes. Qu'il les tenait en laisse. » Il enfourna une nouvelle bouchée, mâcha, puis avala tranquillement. « Il joue les Méphisto avec une bande de gamins », conclut-il.

Pendant les premières secondes du long silence qui suivit, Alexis ne parvint pas à lire en Schulmann. Le soleil avait quitté l'ombre des collines brunes et inondait maintenant la fenêtre de ses rayons. Dans la clarté aveuglante, Alexis avait peine à déchiffrer l'expression de son compagnon. Il déplaça discrètement la tête pour le contempler sous un autre angle. Pourquoi ce voile laiteux troublant ses yeux sombres ? se demanda-t-il. Était-ce vraiment la lumière du soleil qui décolorait ainsi le visage de Schulmann, donnant à sa peau cet aspect malsain, parcheminé, presque mort ? En ce jour de sensations intenses et parfois douloureuses, Alexis reconnut la passion qu'il n'avait su jusqu'alors déceler ; ici, dans ce restaurant, ici, dans cette ville thermale assoupie jalonnée de cantonnements ministériels. Comme l'amour peut transparaître sur les traits de certains hommes, une haine profonde et terrible avait pris possession de ceux de Schulmann.

Schulmann partit le soir même. Le reste de son équipe s'attarda deux jours encore. La fête d'adieu, sur laquelle comptait le Silésien pour célébrer les excellentes relations qui unissaient traditionnellement les deux services — un buffet à base de bière blonde et de saucisses —, fut tranquillement sabotée par Alexis qui fit remarquer que, le gouvernement de Bonn ayant justement choisi ce jour pour laisser filtrer des informations au sujet d'un éventuel contrat d'armements passé prochainement avec les Saoudiens, leurs invités n'auraient sans doute pas le cœur à festoyer. Ce fut l'une de ses dernières interventions à Bonn. Un mois plus tard, comme Schulmann le lui avait annoncé, il fut muté à Wiesbaden. En théorie une promotion mais en fait un rôle subalterne, qui laissait moins les coudées franches à sa personnalité rebelle. Un journal sans pitié, qui comptait autrefois au nombre des partisans du bon docteur, souligna aigrement que ce que Bonn perdait était autant que les téléspectateurs gagneraient. La seule consolation d'Alexis fut en fait, au moment où tant de ses amis allemands se dépêchaient de l'abandonner, la petite carte manuscrite en provenance de Jérusalem qui, dès le premier jour, l'accueillit sur son nouveau bureau. Signant « Comme toujours, Schulmann », l'Israélien lui souhaitait bonne chance et disait attendre avec impatience leur prochaine rencontre, qu'elle soit privée ou officielle. Avec un sourire, Alexis fourra la carte dans un tiroir où n'importe qui pourrait la lire, et la lirait sûrement. Il comprenait exactement ce qu'entreprenait Schulmann et ne l'en admirait que plus : il jetait innocemment les bases de leurs relations futures. Lorsque, quinze jours plus tard, le Dr Alexis et sa jeune amie s'unirent à l'occasion d'une discrète cérémonie de mariage, ce furent, de tous les présents, les roses de Schulmann qui lui procurèrent la plus grande joie et le plus vif amusement : et je ne lui avais même pas dit que j'allais me marier !

Les roses lui apparurent comme la promesse de cette nouvelle idylle dont il avait tant besoin.

2

Près de deux mois s'écoulèrent avant que l'homme connu par le Dr Alexis sous le nom de Schulmann ne revînt en Allemagne. Les enquêtes et les plans des équipes de Jérusalem avaient alors fait de tels progrès que celles qui s'acharnaient encore sur les débris de Bad Godesberg auraient eu du mal à reconnaître leur affaire. S'il ne s'était agi que de punir les coupables — si l'attentat de Godesberg n'avait pas fait partie intégrante d'une série d'actions concertées —, Schulmann n'aurait même pas pris la peine de s'occuper des recherches : ses objectifs dépassaient de loin la simple vengeance et conditionnaient directement la suite de sa carrière. Cela faisait maintenant des mois que, sous la pression continue qu'il exerçait sur elle, son équipe cherchait une ouverture suffisamment large pour permettre à quelqu'un de s'y glisser et de prendre l'ennemi par l'intérieur plutôt que de l'écraser de front en utilisant l'artillerie et les tanks, comme Jérusalem semblait de plus en plus enclin à le faire. Grâce à Godesberg, Schulmann et ses hommes croyaient en avoir trouvé une. Quand les Allemands de l'Ouest se débattaient encore avec quelques vagues indices, à Jérusalem, les hommes de Schulmann établissaient secrètement des liens entre des points aussi éloignés que Berlin-Est et Ankara, et traçaient les circuits de commande présumés avant même que ceux-ci ne soient à l'abri de telle ou telle forteresse diplomatique. Les vieux routiers commencèrent à parler de copie conforme, de la réplique en Europe d'un schéma bien connu au Moyen-Orient deux ans auparavant.

Cette fois-ci, Schulmann, qui ne s'appelait d'ailleurs plus Schulmann, atterrit non pas à Bonn mais à Munich, et ni Alexis ni son successeur silésien ne furent avertis de sa venue, ce qui répondait à ses intentions. Son nom, s'il en avait un, était *Kurtz,* mais il l'utilisait si rarement que, l'eût-il oublié, on n'aurait pu lui en tenir rigueur. Kurtz signifiant court, Kurtz coupe au plus court, disaient certains, ses victimes — Kurtz court-circuite. D'autres tentaient des comparaisons laborieuses avec le héros de Joseph Conrad. En vérité, le nom était d'origine morave et s'écrivait Kurz, jusqu'au jour où un officier de police britannique du Mandat, dans sa grande sagesse, lui ajouta un t — et Kurtz, dans la sienne, le conserva, lame fine et acérée plantée dans la masse de son identité, demeurant là comme un aiguillon.

Il accomplit le trajet de Tel-Aviv à Munich *via* Istanbul, changeant deux fois de passeport et trois fois d'avion. Avant cela, Londres l'avait accueilli pendant une semaine, mais il n'avait tenu là-bas qu'un rôle extrêmement discret. Partout où il s'était rendu, il avait raccordé des éléments et vérifié des résultats, avait trouvé des appuis, persuadé des gens, leur livrant des histoires fabriquées et des demi-vérités ; même s'il se répétait parfois, ou oubliait qu'il avait donné certaine petite instruction, la portée et l'étendue de ses plans, ainsi que son énergie extraordinaire et inépuisable, venaient à bout des plus réticents. La vie est si brève, se plaisait-il à remarquer avec un clin d'œil, et la mort si longue. C'était la seule justification qu'il s'autorisât jamais, et il avait personnellement choisi pour solution de renoncer au sommeil. A Jérusalem, on prétendait que Kurtz dormait aussi vite qu'il travaillait. Ce qui n'était pas peu dire. Ils vous expliquaient que Kurtz était le roi de la ruse offensive à l'européenne. Kurtz savait tracer le chemin impossible. Kurtz faisait fleurir le désert. Kurtz louvoyait, marchandait et mentait jusque dans ses prières, mais à lui seul il força plus la chance que tous les autres Juifs en deux mille ans.

Non pas qu'ils aimaient vraiment le personnage ; il était trop paradoxal, trop complexe, fait de trop d'âmes et de couleurs. D'une certaine façon, les relations qu'il entretenait avec ses supérieurs, et en particulier avec Misha Gavron, son chef, le posaient plus en intrus à peine toléré qu'en égal de confiance. Il n'avait pas de bureau mais, mystérieusement, n'en désirait aucun. Le siège de son autorité était branlant, et perpétuellement mouvant, suivant ceux qu'il avait le plus récemment offensés au cours de sa quête d'alliances opportunes. Il n'était pas sabra, n'avait pas eu le privilège d'être formé dans les kibboutzim, les universités ou les régiments d'élite qui, à sa grande consternation, fournissaient le gros de l'aristocratie toujours plus réduite de son service. Il ne se faisait pas à leurs détecteurs de mensonges, leurs ordinateurs et leur foi grandissante dans les techniques américaines de pressing, de psychologie appliquée ou d'enraiement des crises. A une époque où la plupart des Israéliens cherchaient ardemment à redonner à leur identité un caractère oriental, lui se plaisait dans la diaspora et s'en était fait une vraie spécialité. Cependant, c'étaient les obstacles qui nourrissaient Kurtz et les refus qui l'avaient forgé. S'il le fallait, il savait se battre sur tous les fronts à la fois, et ce qu'il ne parvenait pas à obtenir au grand jour d'une façon, il le prenait en douce d'une autre. Au nom d'Israël. Au nom de la paix. De la sagesse. Et au nom de son propre droit de marquer le point et de survivre.

A quel moment de la chasse le plan s'était-il formé dans son esprit ? Kurtz lui-même n'aurait probablement pas pu le dire. De tels plans naissaient au plus profond de lui-même, comme une impulsion rebelle n'attendant qu'un prétexte pour jaillir avant même qu'il n'en soit vraiment conscient. Ce plan lui vint-il quand la signature du terroriste ne laissa plus aucun doute ? Alors qu'il dégustait ses pâtes sur les collines qui dominent Bad Godesberg, et commençait à entrevoir tout le bénéfice qu'il pourrait tirer d'Alexis ? Avant. Bien avant. Il faut que tout soit terminé au printemps, avait-il déclaré à qui voulait l'entendre après une séance particulièrement orageuse du comité de direction de Gavron. Si nous ne prenons pas l'ennemi depuis l'intérieur de son propre camp, ces clowns de la Knesset et de la Défense sont capables de faire sauter la planète pour l'avoir. Certains de ses enquêteurs affirmèrent même que l'idée remontait à une date encore antérieure et que Gavron avait fait avorter un projet similaire voilà plus d'un an. Aucune importance. Il est en tout cas certain que toute l'opération était déjà mise en place quand on retrouva la piste du garçon, même si Kurtz s'évertuait à en dissimuler la teneur au regard perçant de Misha Gavron, et trafiquait ses rapports pour mieux mystifier son chef. En polonais, Gavron signifie corbeau. Sa silhouette noire et anguleuse, sa voix croassante n'auraient pu appartenir à aucune autre créature.

Trouvez le gosse, expliqua Kurtz à son équipe de Jérusalem avant d'entamer son énigmatique voyage. Il y a un gosse et il y a son ombre. Trouvez le gosse, l'ombre suivra, aucun problème. Kurtz leur enfonça cette idée dans le crâne jusqu'à ce qu'ils le haïssent ; il savait imposer une pression avec autant d'acharnement qu'il savait résister aux contraintes. Il téléphonait à ses hommes depuis les endroits les plus invraisemblables, à n'importe quelle heure du jour ou de la nuit, simplement pour leur rappeler sans cesse sa présence. Alors, vous l'avez trouvé ce gosse ?... Pourquoi n'arrivez-vous pas à le dénicher ? Mais il maquillait toujours ses questions de telle façon que même si elles devaient parvenir aux oreilles de Gavron le Corbeau, celui-ci ne pût les comprendre. Kurtz préférait en effet attendre le moment favorable pour attaquer Gavron. Il annulait des départs, abolissait le Sabbat et utilisait ses maigres économies plutôt que de faire porter prématurément ses dépenses sur ses notes de frais. Il alla tirer des réservistes du confort de leurs planques administratives et les renvoya, sans solde, derrière leurs anciens bureaux dans le but d'accélérer les recherches. Trouvez le gosse. Il nous indiquera le chemin. Un jour, comme ça, il lui attribua un nom de code, *Yanuka,* nom affectueux signifiant gosse en araméen — ou, plus exactement, nourrisson à demi sevré. « Attrapez-moi Yanuka et je livrerai à ces clowns toute l'organisation sur un plateau. »

Mais pas un mot à Gavron. Attendons. Pas une miette au corbeau.

Dans sa chère diaspora, sinon à Jérusalem, sa collection d'alliés était ahurissante. Ne serait-ce qu'à Londres, et en se donnant tout juste la peine de modifier son sourire, il fréquenta aussi bien de respectables marchands d'art que de futurs magnats du cinéma, aussi bien de petites logeuses d'East End que des costumiers, des revendeurs de voitures douteux ou de grandes sociétés de la City. On l'aperçut plusieurs fois au théâtre, dont une hors de Londres, mais toujours pour assister à la même pièce ; il y emmena un diplomate israélien chargé de questions culturelles mais avec qui il s'entretint d'un tout autre sujet. A Camden Town, il mangea à deux reprises dans un petit restaurant tenu par des Indiens originaires de Goa ; à Frognal, soit à trois kilomètres au nord-ouest, il inspecta une demeure victorienne isolée baptisée *The Acre,* et la déclara parfaitement adaptée à ses besoins. Mais ce n'est qu'hypothétique, remarquez, confia-t-il à ses obligeants propriétaires ; le marché ne sera conclu que si nos affaires nous conduisent par ici. Ils acceptèrent la condition, toutes les conditions, en fait. Ils étaient fiers d'avoir été choisis pour servir Israël, même si cela les contraignait à aller s'installer pendant quelques mois dans leur propriété de Marlow. Ne possédaient-ils pas un appartement à Jérusalem, où ils descendaient à chaque Pâque, après un séjour d'une quinzaine entre la mer et le soleil d'Eilat, quand ils allaient voir leurs amis et leur famille ? N'envisageaient-ils pas sérieusement d'émigrer là-bas — mais pas avant que leurs enfants aient passé l'âge militaire et que le taux d'inflation ait baissé ? D'un autre côté, peut-être se contenteraient-ils de Hampstead. Ou Marlow. Entre-temps, ils étaient prêts à se montrer généreux et à faire tout ce que Kurtz attendait d'eux, sans espérer quoi que ce soit en retour, ni souffler mot à quiconque.

Cependant, dans les ambassades, consulats et légations qui jalonnaient sa route, Kurtz se tenait au courant des dissensions et des événements qui agitaient présentement son pays, ainsi que des progrès qu'accomplissaient ses hommes un peu partout dans le monde. Pendant les heures d'avion, il se replongeait dans les littératures révolutionnaires de tous bords ; son acolyte émacié, dont le véritable nom était Shimon Litvak, en conservait tout un choix dans sa serviette usée et lui en fourrait toujours un exemplaire dans les mains aux moments les moins appropriés. A l'extrémité dure, il lisait Fanon, Guevara et Marighella ;

chez les plus modérés, il prenait Debray, Sartre et Marcuse, sans parler des bonnes âmes dont les principaux sujets de préoccupation relevaient des injustices du système éducatif dans les sociétés de consommation, des horreurs de la religion et de l'atrophie de l'esprit chez l'enfant en milieu capitaliste. De retour à Jérusalem et à Tel-Aviv, où les mêmes problèmes se posent, Kurtz se retrouva dans son élément à s'entretenir avec ses agents, déborder ses rivaux et examiner les portraits exhaustifs retracés à partir de vieux dossiers, mais soigneusement réactualisés et complétés par son équipe. Il entendit un jour parler d'une maison louée à très bas prix mais dont personne ne voulait, au numéro 11 de la rue Disraeli, et, afin de mieux préserver le secret, ordonna à tous ceux qui s'occupaient de l'affaire d'aller s'installer discrètement là-bas.

« On m'a dit que vous nous quittiez déjà », lui demanda d'un ton sceptique Misha Gavron le lendemain même, lorsqu'ils se rencontrèrent à une conférence n'ayant rien à voir avec le sujet ; Gavron le Corbeau avait en effet eu vent de certaines choses sans cependant en saisir véritablement le sens.

Mais Kurtz ne se laisserait pas faire, pas encore. Il prétexta l'autonomie du service opérationnel et se cacha derrière un sourire inaltérable.

Le numéro 11 était une belle villa de construction arabe, pas très grande mais assez fraîche, dont le jardin comptait un citronnier et environ deux cents chats ridiculement gavés par les épouses des officiers. L'endroit fut donc inévitablement baptisé la chatterie et donna à l'équipe une cohésion nouvelle tout en évitant, grâce au rassemblement de ses membres, un manque de coordination entre les diverses branches spécialisées, ou des fuites éventuelles. Cette installation gonfla également le prestige de l'opération, ce qui, pour Kurtz, était fondamental.

Le lendemain, l'explosion qu'il attendait mais n'était toujours pas en mesure de prévenir se produisit. Quoique épouvantable, elle servit son dessein. En Hollande, un jeune poète israélien, venu à l'université de Leyde pour y recevoir un prix, trouva la mort le matin de son vingt-cinquième anniversaire. Un colis piégé lui avait été remis à son hôtel, alors qu'il prenait son petit déjeuner. Kurtz se trouvait à son bureau quand il apprit la tragédie ; il l'encaissa comme un vieux boxeur prend un crochet : il chancela, ferma les yeux une seconde, mais quelques heures à peine plus tard, il se tenait dans le bureau de Gavron, une pile de dossiers sous le bras et deux versions de son plan dans sa main libre. L'une était destinée à Gavron lui-même et l'autre, beaucoup moins précise, s'adressait au comité de direction de son chef, assemblée principalement composée de politiciens peureux et de généraux assoiffés de guerres.

Ni Kurtz ni Gavron n'étant de nature particulièrement bavarde, on ne connut pas tout de suite la teneur de l'entretien entre les deux hommes. Cependant, le lendemain matin, visiblement doté d'une certaine liberté, Kurtz rassemblait des troupes fraîches. Il employa pour cette tâche les services du zélé Litvak, ce sabra, cet apparatchik parfaitement entraîné qui savait évoluer parmi les jeunes fanatiques de Gavron, que Kurtz trouvait secrètement difficiles à manier. Le benjamin de cette famille constituée à la hâte était Oded, vingt-trois ans, issu du même kibboutz que Litvak et, comme lui, diplômé de la prestigieuse Sayaret. Le grand-père était un Géorgien de soixante-dix ans répondant au nom de Bougaschwili, raccourci en « Schwili ». Il avait un crâne chauve et luisant, les épaules voûtées, et portait toujours des pantalons rappelant ceux d'un clown : un entrejambes très bas et des jambes trop courtes. Le curieux personnage arborait de surcroît un chapeau de feutre noir qu'il ne quittait jamais. Schwili avait commencé sa carrière comme contrebandier et escroc, ce qui n'était pas rare dans son pays d'origine, puis s'était vers la quarantaine reconverti en faussaire en tout genre. Son plus bel exploit, il l'avait réussi à la Loubianka, en fabriquant de faux documents pour des codétenus, à partir de vieux numéros de la *Pravda* qu'il pilonnait pour obtenir de la pâte à papier. Une fois remis en liberté, il avait appliqué son génie au monde des arts, à la fois comme faussaire et comme expert pour le compte de célèbres galeries. Il avait eu plusieurs fois, prétendait-il, le plaisir d'authentifier ses propres faux. Kurtz appréciait Schwili et, dès que l'occasion s'en présentait, l'emmenait prendre une grosse glace au caramel, le parfum préféré du vieil homme, chez le glacier installé au pied de la colline.

Kurtz dota également Schwili des deux assistants les plus invraisemblables qu'on pût imaginer. Le premier — une découverte de Litvak — était diplômé de l'université de Londres et s'appelait Leon. Cet Israélien ne devait son enfance britannique qu'à la profession de son père, *macher* et kibboutznik envoyé en Europe pour y représenter une coopérative commerciale : *macher* qualifiant en yiddish un touche-à-tout, un individu débordant d'activité. A Londres, Leon s'était passionné pour la littérature, avait édité un magazine et fait paraître un roman demeuré totalement ignoré. Il supporta très mal ses trois années passées dans l'armée israélienne et, son service militaire terminé, alla se terrer à Tel-Aviv où il travailla pour l'un de ces hebdomadaires intellectuels qui vont et viennent comme de jolies filles. Quand Leon finit par craquer, il assurait toute la rédaction à lui seul. Pourtant, parmi la jeunesse claustrophobe et ultra-pacifiste de Tel-Aviv, il retrouva pleinement son identité de Juif, et, parallèlement, ressentit le besoin indicible de débarrasser Israël de ses ennemis, passés et à venir.

« Désormais, lui dit Kurtz, tu vas écrire pour moi. Ça ne te fera pas beaucoup de lecteurs, mais tu peux être sûr qu'ils seront attentifs. »

L'autre assistant de Schwili se nommait Miss Bach et était une femme d'affaires aux manières douces originaire de South Bend, dans l'Indiana. Séduit tant par son intelligence que par son aspect non sémite, Kurtz avait engagé Miss Bach, l'avait initiée à toutes sortes de disciplines pour finalement l'envoyer à Damas en tant qu'instructeur de programmation d'ordinateurs. Durant plusieurs années, la tranquille Miss Bach avait alors transmis des informations concernant la puissance et la position des systèmes radar de l'armée de l'air syrienne. Enfin rappelée, Miss

Bach songeait tristement à partager la vie errante des colons de Cisjordanie, lorsqu'une nouvelle convocation de Kurtz lui épargna cette épreuve.

Schwili, Leon et donc Miss Bach : Kurtz fit de ce trio incongru son Conseil des Lettrés et lui conféra un statut spécial au sein de son armée personnelle en pleine expansion.

La tâche qui attendait Kurtz à Munich était purement administrative, mais il s'en acquitta avec une délicatesse affectée, parvenant à réduire sa nature impétueuse à la plus grande modestie qui soit. Pas moins de six membres de sa toute nouvelle équipe avaient déjà été envoyés là-bas où ils occupaient deux endroits totalement différents en deux quartiers de la ville relativement éloignés l'un de l'autre. La première équipe ne comprenait que les deux hommes de l'extérieur. Ils auraient dû être cinq en tout, mais Misha Gavron ne se décidait toujours pas à lâcher la bride à Kurtz ; aussi ne furent-ils que deux à venir chercher leur chef, non à l'aéroport mais dans un café sinistre de Schwabing. Ils le conduisirent, à bord d'une vieille camionnette d'entrepreneur — encore une économie —, jusqu'au village Olympique où ils s'enfoncèrent dans l'un de ces obscurs parkings souterrains, repaires favoris de petites frappes en tout genre et de prostitués des deux sexes. Le Village ne ressemble évidemment pas du tout à un village, mais à une citadelle de béton grisâtre, désaffectée, tombant en ruine et évoquant, plus que tout autre chose en Bavière, un baraquement israélien. Afin de sortir de cet immense garage souterrain, ils lui firent emprunter un escalier répugnant dont la cage disparaissait sous les graffiti polyglottes, puis traverser de petits jardins en terrasses avant d'arriver à un duplex qu'ils avaient loué — meublé — pour très peu de temps. Dehors, ils s'exprimaient en anglais et l'appelaient monsieur, mais à l'intérieur, leur chef devenait Marty et ils s'adressaient à lui en hébreu.

L'appartement se situait au sommet d'un immeuble formant un angle, et abritait tout un bric-à-brac d'éclairage photo, de prodigieux appareils photographiques sur pied ainsi que des magnétophones et des écrans de projection. L'endroit s'enorgueillissait d'une échelle de meunier en teck et d'une loggia rustique qui gémissait lorsqu'ils s'y déplaçaient trop pesamment. Celle-ci donnait sur une chambre de quatre mètres sur trois et demi dont le pan mansardé était percé d'une lucarne ; ils lui expliquèrent qu'ils avaient soigneusement recouvert cette partie du comble tout d'abord grâce à une couverture puis à de l'aggloméré et enfin avec un capitonnage de kapok maintenu par des bouts de chatterton. Les murs, le sol et le plafond avaient subi un traitement identique, ce qui conférait à l'ensemble un aspect tenant à la fois de la cellule monacale moderne et de la chambre d'aliéné. Ils avaient discrètement renforcé la porte au moyen d'une couche d'acier et y avaient ménagé un œil de verre blindé à hauteur d'homme, accrochant au-dessus une petite pancarte disant : « Chambre noire — Ne pas entrer » et, plus bas « *Dunkelkammer-kein Eintritt !* » Kurtz pria l'un d'eux de pénétrer dans la petite pièce, de refermer la porte et de hurler aussi fort qu'il le pouvait. Ne percevant qu'un son rauque et étouffé, il leur manifesta son approbation réjouie.

Le reste de l'appartement était aéré mais, à l'image du village Olympique, affreusement décrépit. Au nord, les fenêtres offraient une vue sinistre sur la route conduisant à Dachau, où tant de Juifs avaient trouvé la mort en camp de concentration ; l'ironie de la situation n'échappait pas aux trois hommes, et ce d'autant moins que la police bavaroise, avec une inconscience accablante, avait basé ses escadrons volants dans les anciens bâtiments situés là-bas. Beaucoup plus près, et évoquant des événements plus récents, ils purent désigner à Kurtz le lieu même où un commando palestinien avait fait irruption dans le village israélien, tuant sur-le-champ plusieurs athlètes et prenant les autres en otage jusqu'à l'aéroport militaire, où ils les avaient abattus à leur tour. L'appartement d'à côté, l'informèrent-ils, était occupé par des étudiants vivant en communauté ; celui du dessous était vide car le dernier locataire en date s'était suicidé. Ayant arpenté seul l'endroit, inspecté les entrées et les issues possibles, Kurtz décida qu'il fallait louer également le niveau inférieur et téléphona le jour même à un homme de loi de Nuremberg pour lui demander de s'occuper du contrat. Les deux agents avaient pris l'apparence de gosses lymphatiques et désœuvrés, l'un d'eux — le jeune Oded — s'étant même fait pousser la barbe. Leurs passeports les présentaient comme des Argentins, photographes professionnels, dont la spécialité exacte importait peu. Parfois, expliquèrent-ils à Kurtz, pour donner le change et paraître mener la vie irrégulière qui convenait, ils avertissaient leurs voisins qu'ils organisaient une soirée dont les seules manifestations étaient une musique puissante diffusée jusqu'à des heures indues et des bouteilles vides dans les poubelles. Mais, en réalité, ils n'avaient jamais introduit personne dans l'appartement, à l'exception du courrier envoyé par l'autre équipe : aucun invité, aucun visiteur quel qu'il fût. Quant aux femmes, il ne fallait pas même y penser, ils les avaient chassées de leur esprit, du moins jusqu'à leur retour à Jérusalem.

Quand ils eurent fait un rapport plus que détaillé à Kurtz et discuté de points purement professionnels (moyen de transport supplémentaire, coûts de l'opération et éventuelle fixation d'anneaux métalliques dans les murs capitonnés de la chambre noire — suggestion que Kurtz approuva), ils l'emmenèrent, sur sa propre demande, marcher un peu et prendre l'air. Ils déambulèrent parmi les coûteux taudis étudiants, s'attardèrent devant une école de poterie, une autre de menuiserie et ce que l'on présentait fièrement comme la première piscine au monde à avoir été conçue pour les nourrissons, tout en déchiffrant les slogans anarchistes barbouillés sur les portes des petites maisons. Ils finirent inévitablement par se retrouver devant le pôle magnétique que constituait le bâtiment tragique où, près de dix ans auparavant, l'équipe sportive israélienne avait subi l'assaut qui ébranla l'opinion mondiale.

Une plaque de pierre, gravée en hébreu et en allemand, rappelait la mémoire des onze victimes. Onze morts ou onze mille, ils éprouvaient la même colère partagée.

« N'oubliez jamais ça », leur enjoignit inutilement Kurtz tandis qu'ils regagnaient en silence la camionnette.

Ils quittèrent le village et ramenèrent Kurtz au centre-ville où il choisit de se perdre volontairement, se laissant guider par sa seule envie jusqu'au moment où les deux jeunes, qui le suivaient de près, l'informèrent d'un signal qu'il pouvait se rendre au rendez-vous suivant. L'endroit qui l'attendait formait un contraste étonnant avec le lieu précédent. Kurtz se rendait en effet au dernier étage d'une demeure assez clinquante, à haut pignon, située au cœur des quartiers chics de Munich. La rue était étroite, pavée, et extrêmement chère. Elle se prévalait d'un restaurant suisse et d'un grand couturier qui paraissait ne rien vendre mais pourtant prospère. Kurtz emprunta un escalier obscur pour se rendre à l'appartement et la porte s'ouvrit alors qu'il atteignait le dernier palier : on l'avait observé sur un petit écran de télévision en circuit fermé tandis qu'il descendait la rue. Il entra sans rien dire. Les hommes qui l'accueillirent étaient plus âgés que ceux de la première équipe, plutôt des pères que des fils. Ils avaient la pâleur de vieux détenus et une démarche résignée, encore accentuée lorsqu'ils se mouvaient les uns près des autres, les pieds en chaussettes. Il s'agissait de guetteurs professionnels et, même à Jérusalem, ils formaient une société secrète à part. Des rideaux de dentelle masquaient la fenêtre ; dehors, il faisait sombre, et de même dans l'appartement, où il régnait une atmosphère de laisser-aller un peu triste. Toute une collection de matériel optique et électronique encombrait la pièce meublée en faux Biedermeier. Dans la lumière crépusculaire, les formes fantomatiques des diverses antennes intérieures ajoutaient encore au climat d'abattement.

Kurtz étreignit gravement chacun des hommes. Plus tard, tout en dégustant des crackers, du fromage et du thé, le plus âgé d'entre eux, répondant au nom de Lenny, fit à Kurtz la description détaillée de la vie que menait Yanuka, sans tenir compte du fait que, depuis maintenant des semaines, Kurtz partageait la moindre de leurs découvertes dès qu'elle intervenait : les coups de téléphone que donnait et recevait Yanuka, ses derniers visiteurs, ses dernières conquêtes. Lenny était gentil, il avait le cœur sur la main mais se montrait un peu timide à l'égard des gens qu'il ne surveillait pas. Un visage laid, aux traits trop accusés, et de trop grandes oreilles expliquaient peut-être qu'il se dissimulât au regard impitoyable du monde. Il portait un grand gilet gris tricoté, semblable à une cotte de mailles. En temps ordinaire, Kurtz se lassait très vite des détails, mais il éprouvait un profond respect pour Lenny et prêtait attention à chacune de ses paroles, acquiesçant, le félicitant, trouvant toujours l'expression juste.

« Ce Yanuka est un jeune homme tout à fait normal, fit Lenny d'un ton convaincu. Les commerçants l'aiment bien. Ses amis l'aiment bien.

Tout le monde l'apprécie, Marty. Il étudie, aime s'amuser, parle beaucoup ; c'est un gosse sérieux qui a des goûts très sains. » Croisant le regard de Kurtz, il se sentit un peu bête : « Il est parfois difficile de croire qu'il puisse être autre chose, Marty, je t'assure. »

Kurtz certifia à Lenny qu'il comprenait parfaitement. Il n'avait pas terminé sa phrase que la fenêtre de la mansarde située juste en face s'éclaira. Le petit rectangle de lumière jaune, point lumineux isolé sur la façade sombre, semblait un signal d'amoureux. Sans un mot, l'un des hommes de Lenny se précipita sur la pointe des pieds vers une paire de jumelles fixée à un support, tandis qu'un autre s'accroupissait devant un récepteur radio en posant un casque sur ses oreilles.

« Tu veux jeter un coup d'œil, Marty ? » proposa Lenny d'un air encourageant. « Le sourire de Joshua m'indique que l'on doit très bien voir Yanuka ce soir. Si tu attends trop, il va tirer les rideaux. Qu'est-ce que tu vois, Joshua ? Yanuka s'est fait beau pour sortir ? A qui est-il en train de téléphoner ? Une fille, à tous les coups. »

Kurtz repoussa doucement Joshua pour coller sa grosse tête contre les jumelles. Le dos voûté comme un vieux loup de mer dans la tempête, le souffle à peine perceptible, il resta ainsi un long moment à examiner Yanuka, ce nourrisson à demi sevré.

« Tu aperçois ses livres, là-bas, dans le fond ? lui demanda Lenny. Ce gosse lit autant que mon père. »

« C'est un bon garçon que vous avez là, déclara enfin Kurtz avec un sourire figé. Un beau gosse, y a pas à dire. » Il saisit son imperméable gris sur une chaise, choisit une manche et l'enfila lentement. « Fais simplement attention à ne pas le marier à ta fille. » Lenny prit un air plus déconfit encore que précédemment, mais Kurtz ne tarda pas à le consoler : « Tous, nous devrions te remercier, Lenny. Sois certain que nous te sommes vraiment reconnaissants. » Puis, comme après réflexion : « Continue à le photographier, sous tous les angles. La pellicule ne coûte pas si cher. »

Kurtz serra la main à chacun, compléta sa tenue avec un vieux béret bleu puis, ainsi harnaché pour affronter la cohue de l'heure de pointe, regagna la rue d'un pas vif.

Il pleuvait lorsqu'ils le récupérèrent à bord de leur camionnette, et il semblait que le ciel maussade déteignait sur l'humeur des trois hommes qui se mirent à rouler d'un endroit sinistre à un autre pour tuer le temps en attendant l'heure de l'avion de Kurtz. Oded conduisait et, à la lumière fugitive des néons, son jeune visage barbu trahissait une colère boudeuse.

« Qu'est-ce qu'il a maintenant ? » s'enquit Kurtz, bien qu'il sût sans doute la réponse.

« Une voiture de riche, cette fois-ci, une BMW », répondit Oded. « Direction assistée, moteur à injection, cinq mille kilomètres au compteur. Il a un faible pour les voitures. »

« Les bagnoles, les femmes, la vie facile », ajouta l'autre garçon depuis le siège arrière. « Je me demande bien ce qui fait sa force. »

« Encore une auto de location ? » Kurtz s'adressait de nouveau à Oded.

« Oui, louée. »

« Surveillez la voiture, leur conseilla Kurtz à tous deux. Pour nous, le moment crucial viendra lorsqu'il rendra son auto à la société de location et n'en reprendra pas d'autre. » Ils connaissaient cette phrase jusqu'à la nausée. Ils l'avaient entendue avant même de quitter Jérusalem. « L'instant décisif, c'est quand Yanuka la ramènera », n'en répéta pas moins Kurtz.

C'en fut trop, soudain, pour Oded. Peut-être sa jeunesse et son tempérament le poussaient-ils plus à l'emportement que ne l'avaient jugé ses sélectionneurs. Peut-être, au regard de son âge, n'eût-on pas dû lui confier une tâche nécessitant une telle patience. Il gara la camionnette le long du trottoir et tira si fort sur le frein à main qu'il faillit le déboîter.

« Pourquoi le laisse-t-on s'en sortir comme ça ? demanda-t-il. Pourquoi jouer au chat et à la souris ? Et s'il retourne chez lui et ne réapparaît plus ? Alors, qu'est-ce qui se passera ? »

« Alors, on l'aura perdu. »

« Eh bien, tuons-le maintenant ! Ce soir. Un ordre de vous, et c'est fait ! »

Kurtz le laissa déverser sa fureur.

« Nous avons l'appartement d'en face, non ? Qu'on balance une roquette de l'autre côté de la rue. Nous l'avons déjà fait. Une RPG-7. Des Arabes tuant un Arabe avec une roquette russe, pourquoi pas ? »

Kurtz ne disait toujours rien. Oded aurait aussi bien pu cracher sa fureur à la gueule d'un sphinx.

« Pourquoi pas, hein ? » hurla de nouveau Oded.

Kurtz ne le ménagea pas, mais conserva néanmoins son sang-froid : « Parce que cela ne nous mènerait à rien, Oded, voilà pourquoi. Tu n'as donc jamais entendu ce que Misha Gavron ne cesse de répéter ? C'est une expression que je reprends volontiers à mon compte. Il dit que si on veut attraper le lion, il faut d'abord attacher la chèvre. Je me demande bien qui a pu te mettre des idées pareilles dans la tête ? Es-tu sérieusement en train de m'affirmer que tu veux tuer Yanuka, alors que pour dix dollars de mieux tu peux te payer le meilleur terroriste sorti de leurs rangs depuis des années ? »

« Bad Godesberg, c'est lui ! Vienne, c'est encore lui et peut-être que Leyde aussi ! On tue des Juifs, Marty ! Est-ce que Jérusalem s'en fout, maintenant ? Combien d'autres allons-nous laisser mourir pendant qu'on joue à notre petit jeu ? »

Empoignant calmement de ses grandes mains le col du blouson d'Oded, Kurtz le secoua deux fois, la seconde en envoyant cogner avec rudesse la tête du garçon contre la vitre. Kurtz ne s'excusa pas, Oded ne se plaignit pas non plus.

« Pas *lui, eux,* Oded. *Eux,* corrigea Kurtz, d'un ton soudain menaçant. Bad Godesberg, c'est *eux*. Ce sont *eux* encore qui ont fait Leyde. Et c'est *leur* peau que nous voulons ; pas celle de six pauvres pères de famille allemands et d'un sale gosse pas très malin. »

« D'accord », répliqua Oded en rougissant. « Laissez-moi tranquille. »

« *Non*, pas d'accord, Oded. Yanuka a des *amis,* Oded. Des *parents*. Des gens que nous ne connaissons pas encore. Tu veux bien conduire cette opération pour moi ? »

« J'ai dit d'accord. »

Kurtz le lâcha et Oded fit redémarrer le moteur. Le vieil homme suggéra qu'ils poursuivent leur intéressante tournée sur les traces de Yanuka. Ils descendirent donc en tressautant la rue pavée où se trouvait sa boîte de nuit préférée, passèrent devant la boutique où il se procurait ses chemises et ses cravates, devant l'endroit où il se faisait couper les cheveux, la librairie gauchisante où il aimait à feuilleter et acheter des livres. Et, durant tout ce temps, Kurtz, d'excellente humeur, ne cessa de sourire et d'approuver tout ce qu'il découvrait, comme s'il regardait un vieux film dont il ne pouvait se lasser, jusqu'au moment où, sur une petite place située à proximité de l'aérogare, les trois hommes durent se séparer. Debout sur le trottoir, Kurtz tapota affectueusement l'épaule d'Oded, puis lui passa la main dans les cheveux.

« Écoutez-moi, tous les deux. Ne tirez pas tant sur la corde. Allez vous offrir un bon repas et vous ferez porter ça sur mon compte, d'accord ? »

Il avait la voix d'un meneur d'hommes qui se laisse attendrir avant la bataille. Et, dans la mesure où Misha Gavron le permettait, il n'était pas autre chose.

Le vol de nuit Munich-Berlin constitue, pour les quelques personnes qui le connaissent, l'un des derniers grands voyages empreints de nostalgie que l'Europe offre encore. L'*Orient-Express*, la *Flèche d'Or* et le *Train Bleu* ont beau être morts, mourants ou artificiellement ressuscités, les soixante minutes de vol nocturne au-dessus du couloir est-allemand, à bord d'un coucou branlant aux trois quarts vide de la Pan American, représentent pour ceux qui ont conservé quelques souvenirs le véritable safari d'un vieil habitué qui s'abandonne à ses penchants. La Lufthansa n'a pas le droit de survoler ce couloir. Il reste la propriété exclusive des vainqueurs, des occupants de l'ancienne capitale allemande ; des historiens et des amateurs de sensations fortes ; et puis d'un vieil Américain marqué par la guerre qui, avec la tranquillité docile d'un vrai professionnel, prend le vol presque tous les jours, s'assoit immanquablement à la même place et connait le prénom de l'hôtesse, qu'il prononce dans cet affreux allemand du temps de l'occupation. Pour un peu, on a l'impression qu'il va glisser un paquet de Lucky Strike à la jeune femme et lui donner rendez-vous derrière le dépôt de vivres. Le fuselage gémit puis s'élève, les lumières clignotent, il est difficile d'admettre que l'avion n'a pas d'hélices. Votre regard plonge dans les ténèbres du territoire ennemi — pour le bombarder, pour sauter ? — et vous voyez défiler vos souvenirs ; les guerres se confondent : en bas du moins, d'une façon un peu trouble, le monde n'a pas changé.

Kurtz ne faisait pas exception.

Il s'était installé près du hublot et ses yeux se perdaient dans la nuit, au-delà de son propre reflet ; comme à chaque fois qu'il faisait ce trajet, il se mit à contempler son existence. Quelque part dans l'obscurité courait cette même voie ferrée qu'avait empruntée le train de marchandises dans son interminable voyage en provenance de l'Est ; quelque part se trouvait la même voie d'évitement sur laquelle le train s'était immobilisé cinq nuits et six jours, en plein cœur de l'hiver, pour laisser la place aux convois militaires, tellement plus importants, tandis que Kurtz et sa mère, ainsi que cent dix-huit autres Juifs entassés dans leurs wagons, mangeaient de la neige et mouraient de froid. « Au prochain camp, tout ira mieux », répétait sa mère pour le rassurer, pour lui donner du courage. Quelque part dans cette obscurité, sa mère s'était ensuite rangée passivement dans les rangs qui allaient à la mort ; quelque part dans ces champs, le petit Sudète qu'il était avait eu faim, avait volé et tué, s'attendant sans illusion qu'un autre monde hostile le rattrape. Kurtz vit les camps d'accueil alliés, les uniformes inhabituels, le visage des enfants, aussi vieilli et creusé que l'était le sien. Un nouveau manteau, de nouvelles bottes, de nouveaux barbelés, et une nouvelle évasion, mais de chez ses libérateurs cette fois-ci. Il se revit dans les champs, se coulant des semaines durant de fermes en villages en direction du sud, ballotté là où le conduisait sa ligne de fuite, vers des terres où les nuits graduellement se réchauffaient, où l'air se chargeait du parfum des fleurs et où, pour la première fois de sa vie, il perçut le bruissement des palmiers dans le vent salin. « Écoute-nous, pauvre petit garçon gelé, lui murmurèrent-ils. C'est le bruit que nous faisons en Israël. Vois comme la mer peut être bleue ici. » Il vit le vapeur rouillé à demi dissimulé derrière la jetée et jamais ses yeux n'avaient effleuré bateau plus grand et plus beau ; le pont était si noir de la foule des têtes juives qu'il déroba une calotte lorsqu'il s'embarqua et n'osa l'enlever avant que le bateau eut quitté le port. Mais ils avaient besoin de lui, cheveux clairs ou même sans cheveux du tout. Sur le pont, de petits groupes s'étaient formés et les chefs montraient comment se servir des fusils Lee-Enfield volés. Deux jours encore le séparaient de Haïfa, mais la guerre de Kurtz venait tout juste de commencer.

L'avion opérait son virage avant l'atterrissage. Kurtz le sentit s'incliner puis vit qu'il passait au-dessus du Mur. Il ne s'était muni que d'un sac, mais le terrorisme avait rendu les services de sécurité vigilants, aussi les formalités prirent-elles assez longtemps.

Shimon Litvak attendait sur le parking dans une petite Ford. Il avait quitté la Hollande après avoir passé deux jours à examiner le carnage de leyde. Comme Kurtz, il ne se sentait pas le droit de dormir.

« Le colis piégé a été apporté par une fille, annonça-t-il à Kurtz dès que celui-ci eut pénétré dans la voiture. Une jolie brune. En jeans. Le chasseur de l'hôtel a pensé qu'elle était étudiante et il est fermement convaincu qu'elle est venue et repartie à bicyclette. Pure supposition, mais je suis tenté de le croire. Quelqu'un d'autre prétend qu'on l'a déposée devant l'hôtel à mobylette. Un paquet cadeau avec une petite carte "Joyeux anniversaire, Mordecai". Un plan, un moyen de transport, une bombe, une fille..., ça ne te rappelle rien ? »

« L'explosif ? »

« Du plastic russe, des lambeaux de papier, rien de compromettant. »

« Une signature ? »

« Un bel écheveau de fil électrique rouge inutilisé. »

Kurtz lui jeta un regard pénétrant.

« Pas de fil en trop, confessa Litvak. Quelques fragments carbonisés, oui. Mais pas de fil identifiable. »

« Pas non plus de pince à linge ? » demanda Kurtz.

« Cette fois, il s'est servi d'une tapette. Une charmante petite souricière. » Il mit le contact.

« Ce n'est pas la première fois », remarqua Kurtz.

« Il utilise des souricières, des pinces à linge, de vieilles couvertures de bédouin, des explosifs conventionnels, des montres bon marché sans petite aiguille, des filles faciles. Et il n'existe pas de bricoleur de bombes plus tocard que lui, même parmi les Arabes », récapitula Litvak qui haïssait l'incompétence presque aussi fort que l'ennemi qui en faisait preuve. « Combien de temps t'a-t-il donné ? »

Kurtz feignit de ne pas comprendre. « *Donné ?* Qui m'a donné quoi ? »

« De combien disposes-tu ? Un mois ? Deux ? Quel est le marché ? »

Mais Kurtz avait parfois tendance à éluder les détails précis. « Le fait est qu'ils sont nombreux à Jérusalem qui préféreraient charger les moulins à vent du Liban plutôt que d'affronter l'ennemi avec leur cervelle. »

« Le Corbeau est-il en mesure de les retenir ? Et toi, le peux-tu ? »

Kurtz sombra dans un silence inaccoutumé dont Litvak préféra ne pas le tirer. Le centre de Berlin-Ouest ignore l'obscurité et sa périphérie la lumière. Ils se dirigeaient vers la lumière.

« Tu as fait à Gadi un bien grand honneur », remarqua soudain Litvak en jetant un coup d'œil en coin à son chef. « Lui rendre ainsi visite dans sa ville. De ta part, un tel voyage doit être pris comme un hommage. »

« Ce n'est pas sa ville, rectifia Kurtz. Tout au plus une ville d'emprunt. Il a une bourse, un métier à apprendre, une vie à recommencer. C'est uniquement pour cela que Gadi se trouve à Berlin. »

« Et il peut supporter de vivre dans une fange pareille ? Même pour une nouvelle carrière ? Après Jérusalem, il arrive à vivre *ici* ? »

Kurtz ne répondit pas directement à la question, mais Litvak n'en attendait pas tant. « Gadi a déjà payé sa part, Shimon. Personne n'a donné davantage, compte tenu de ses capacités. Il s'est bien battu et dans des endroits difficiles, souvent de l'autre côté de la frontière. Pourquoi n'aurait-il pas le droit de refaire sa vie ? Il a bien gagné son repos. »

Mais on avait appris à Litvak à ne pas abandonner si vite la partie.

« Pourquoi le déranger alors ? Pourquoi faire resurgir ce qui est terminé ? S'il veut repartir à zéro, laisse-le donc tranquille. »

« Parce qu'il se trouve entre deux chaises, Shimon. » Litvak lança vers Kurtz un regard insistant, mais le visage de celui-ci se perdait dans l'ombre. « Parce qu'il hésite suffisamment pour ne pas couper les ponts. Parce qu'il réfléchit encore. »

Ils dépassèrent l'église du Souvenir et évoluèrent entre les feux glacés du Kurfürstendamm avant de retrouver le calme menaçant des banlieues sombres de la ville.

« De quel nom se sert-il en ce moment ? demanda Kurtz avec un sourire indulgent dans la voix. Dis-moi comment il se fait appeler. »

« Becker », répondit sèchement Litvak.

« Becker ? » Kurtz exprimait un joyeux désappointement. « Où a-t-il été pêcher un nom pareil ? Gadi *Becker*, il est toujours sabra ? »

« C'est la version allemande de la version hébraïque de la version allemande de son nom, expliqua Litvak sans la moindre pointe d'humour. A la demande de ses employeurs, il a dû reprendre son ancienne nationalité. Il n'est plus israélien, il n'est plus qu'un Juif. »

Un sourire errait toujours sur les lèvres de Kurtz. « Il sort avec quelqu'un en ce moment, Shimon ? Où en est-il avec les femmes ? »

« Une nuit par-ci, une nuit par-là. Rien de vraiment régulier. »

Kurtz se carra plus confortablement dans son siège. « Peut-être n'a-t-il besoin que de participer encore à une mission. Et puis après il pourrait retourner auprès de son épouse, à Jérusalem. Frankie est tout à fait charmante et il n'aurait pas dû la laisser tomber, à mon avis. »

Ils s'engouffrèrent dans une petite rue sordide et se rangèrent en face d'un vilain immeuble de pierre mouchetée, haut de trois étages. On y accédait grâce à une entrée à pilastre miraculeusement épargnée par la guerre. Tout contre la porte, donnant sur la rue, une boutique de vêtements proposait dans une vitrine éclairée au néon une collection de robes ternes. Une enseigne indiquait *« Vente en gros uniquement »*.

« Appuie sur la sonnette du haut, lui indiqua Litvak. Deux coups, tu attends, et puis tu sonnes une troisième fois, il viendra t'ouvrir. Ils lui ont donné une chambre au-dessus du magasin. » Kurtz s'extirpa de la voiture. « Alors, bonne chance. Bonne chance, vraiment. »

Litvak regarda Kurtz foncer de l'autre côté de la rue. Il le regarda attaquer trop vite le trottoir de sa démarche chaloupée puis s'arrêter un peu trop brusquement devant l'entrée délabrée. Il vit le bras épais se lever en direction du bouton de la sonnette, puis la porte s'ouvrir presque aussitôt, comme si quelqu'un attendait juste derrière, ce qui, songea-t-il, était probablement le cas. Il vit Kurtz rapprocher les talons et courber les épaules pour étreindre un homme plus mince ; il vit les bras de l'homme se refermer sur Kurtz en un salut viril, un salut de soldat. La porte fut close, Kurtz avait disparu derrière elle.

Litvak reprit lentement le chemin de la ville. Il considérait tout ce qu'il croisait d'un air mauvais, donnant libre cours à sa jalousie : Berlin, cette ville qu'il haïssait tant, cet ennemi ancestral et éternel ; Berlin où la terreur trouvait, alors comme aujourd'hui, son terrain d'élection. Il se rendit dans une pension miteuse où personne ne semblait dormir, et lui pas davantage. A sept heures moins cinq, il était de retour dans la petite rue où il avait laissé Kurtz. Il pressa le bouton de la sonnette, attendit puis perçut un bruit de pas, assez lent ; une seule personne. La porte s'ouvrit devant Kurtz qui sortit avec reconnaissance dans l'air matinal, puis s'étira comme un vieux chat. Il n'était pas rasé et avait ôté sa cravate.

« Eh bien ? » s'enquit Litvak, dès qu'ils se furent installés dans la voiture.

« Eh bien quoi ? »

« Qu'est-ce qu'il a dit ? Est-il d'accord ou bien préfère-t-il rester tranquillement à Berlin et apprendre à faire des robes pour une poignée de réfugiés polacks ? »

Kurtz parut véritablement surpris. Il allait accomplir le geste qui avait tant fasciné Alexis, levant le bras gauche de façon à amener sa vieille montre dans sa ligne de mire tandis qu'il écartait sa manche de la main droite. Mais la question de Litvak l'interrompit. « S'il est *d'accord* ? C'est un officier israélien, Shimon. » Puis il sourit avec tant de chaleur que Litvak ne put s'empêcher de l'imiter. « Je dois reconnaître que Gadi a commencé par dire qu'il préférait continuer à étudier toutes les finesses de son nouveau métier. Nous avons alors parlé de sa superbe mission, de l'autre côté du canal de Suez, en 1963. Ensuite, il a assuré que le plan ne marcherait jamais, alors nous avons discuté de toutes les difficultés que présentait le fait de vivre à Tripoli sous une fausse identité pour y maintenir un réseau d'agents libyens extrêmement âpres au gain — Gadi a fait cela pendant trois ans, si mes souvenirs sont bons. Enfin il a dit : "Prends quelqu'un de plus jeune", ce qui est toujours un faux prétexte. Et nous avons évoqué les nombreux raids de nuit qu'il a accomplis au-delà du Jourdain ainsi que les limites de l'action militaire contre les bases des guérillas — il était d'ailleurs tout à fait de mon avis. Pour terminer, nous avons abordé le plan proprement dit. Ensuite ? »

« Et la ressemblance ? Sera-t-elle suffisante ? La taille, le visage ? »

« Elle sera suffisante », répliqua Kurtz. Ses traits se durcirent, ses rides se creusèrent. « Nous étudions la question, ça suffit. Ne me parle plus de lui, maintenant, ou je sens que je vais l'aimer trop. »

Puis son sérieux l'abandonna et il fut pris d'un fou rire qui lui tira des larmes de fatigue et de soulagement. Le rire était contagieux et, tout en s'esclaffant, Litvak sentit sa jalousie disparaître. Ces brusques et étranges sautes d'humeur prenaient chez Litvak un caractère particulièrement accusé et témoignaient d'une nature où s'opposaient de nombreux facteurs incompatibles. A l'origine, son nom, qui signifiait « Juif de Lituanie », avait un caractère péjoratif. Comment se voyait-il ? Tantôt comme un orphelin attardé de vingt-quatre ans, un kibboutznik n'ayant plus aucune famille, tantôt comme l'enfant adoptif d'une fondation orthodoxe américaine et des forces spéciales israéliennes. Ou encore comme le justicier de Dieu chargé de nettoyer le monde.

C'était un merveilleux pianiste.

L'enlèvement ne mérite que peu de commentaires. Avec une équipe entraînée, ce genre d'opération est conduit extrêmement rapidement et devient presque rituel, ou alors on ne la tente pas. Seule la valeur potentielle de la prise peut rendre l'entreprise quelque peu fiévreuse. Il n'y eut à déplorer ni coups de feu intempestifs ni autres désagréments ; il ne s'agissait que de l'appropriation pure et simple d'une Mercedes bordeaux et de son occupant, le chauffeur, à quelque trente kilomètres de la frontière turque, sur une route grecque. Litvak était à la tête du commando et, comme toujours sur le terrain, il se montra excellent. De retour à Londres pour y résoudre la crise qui avait soudain éclaté au sein du Conseil des Lettrés de Schwili, Kurtz passa des heures critiques à côté du téléphone de l'ambassade israélienne. Après avoir dûment signalé que Yanuka avait rendu sa voiture sans en louer une autre, les deux jeunes observateurs de Munich suivirent le Palestinien jusqu'à l'aéroport ; on n'entendit, semble-t-il, parler à nouveau de lui que trois jours plus tard, à Beyrouth, quand une équipe radio opérant dans une cave du quartier palestinien capta sa voix enjouée saluant sa sœur Fatmeh, qui travaillait dans un bureau au service de la révolution. Il lui dit qu'il séjournerait dans la capitale pendant une quinzaine de jours, pour y voir des amis ; aurait-elle une soirée à lui consacrer ? Il avait l'air vraiment joyeux, affirmèrent les agents : impatient, excité, passionné. Cependant, Fatmeh lui répondit froidement. Soit elle n'approuvait pas totalement sa conduite, jugèrent-ils, soit elle savait son téléphone sur écoute. Les deux, peut-être. Quoi qu'il en soit, le frère et la sœur ne se rencontrèrent pas.

On retrouva de nouveau sa trace quand il atterrit à Istanbul, où il descendit au Hilton sous passeport diplomatique chypriote et s'abandonna pendant deux jours aux charmes religieux et séculiers de la ville. Le rapport des enquêteurs en fit un musulman s'immergeant une dernière fois dans l'islam avant de retrouver la gent chrétienne d'Europe. Il se rendit à la mosquée de Süleyman le Magnifique, où on le vit prier pas moins de trois fois, pour ensuite se faire cirer ses chaussures Gucci sur la promenade herbeuse qui suit le mur d'enceinte sud. En outre, il but quelques verres de thé en compagnie de deux hommes tranquilles que l'on photographia mais ne parvint jamais à identifier : il s'agissait d'une fausse piste et non du contact qu'ils attendaient. Et il s'amusa énormément du spectacle offert par un groupe de vieillards qui, installés sur le bas-côté, tiraient, grâce à une carabine à air comprimé, des fléchettes dans une cible dessinée sur une boîte en carton. Il voulut se joindre à eux, mais ils le repoussèrent.

Dans les jardins de Sultan Ahmed, il s'assit sur un banc parmi les parterres de fleurs mauves et orangées, contempla distraitement les dômes et les minarets qui l'entouraient, ainsi que les hordes gloussantes de touristes américains, et notamment une bande d'adolescentes en shorts. Mais, curieusement, et contrairement à ses manières habituelles, il ne s'approcha pas des jeunes filles pour rire et bavarder avec elles jusqu'à se faire adopter. Il acheta des diapos et des cartes postales à de petits vendeurs à la sauvette, sans se soucier de leur prix exorbitant ; il erra autour de Sainte-Sophie, admirant avec un égal plaisir les merveilles de la Byzance justinienne et celles de la conquête ottomane ; on l'entendit même pousser une exclamation de franche stupeur devant les colonnes traînées depuis la lointaine ville de Baalbek, située dans le pays qu'il venait juste d'abandonner.

Mais il réserva son recueillement le plus fervent à la mosaïque où l'on voyait Constantin et Augustin offrant leur église et leur ville à la Vierge Marie, car c'était là qu'il devait rencontrer son contact : un homme longiligne et nonchalant vêtu d'un blouson, qui devint aussitôt son guide. Yanuka avait jusque-là refusé toutes les offres, mais les paroles que prononça l'inconnu — ainsi sans doute que le lieu et l'heure où il se proposa — le convainquirent immédiatement. Ils effectuèrent côte à côte un second tour rapide de l'intérieur, admirèrent respectueusement le très ancien dôme, puis longèrent le Bosphore à bord d'une vieille Plymouth américaine jusqu'à un parking situé non loin de la route d'Ankara. La Plymouth s'éloigna ; une fois encore, Yanuka se retrouvait livré à lui-même, mais désormais propriétaire d'une magnifique Mercedes bordeaux qu'il ramena tranquillement au Hilton et fit enregistrer à son nom à la réception.

Yanuka s'abstint de sortir en ville ce soir-là — même pour contempler les danseuses du ventre qu'il avait tant appréciées la nuit précédente — et on ne le revit donc que très tôt le lendemain matin, alors qu'il prenait, vers l'ouest, la longue route droite et cabossée qui conduisait au-delà des plaines, à Erdine et Ipsala. La matinée était brumeuse et fraîche, l'horizon fermé. Il fit halte dans un bourg où il but un café et photographia une cigogne nichant sur le dôme d'une mosquée. Il grimpa sur un tertre et se soulagea en regardant la mer. La chaleur s'intensifia, les montagnes obscures prirent une teinte jaune et rouge. A sa gauche, la mer semblait en noyer le pied. Une telle route n'offrait à ses poursuivants que la possibilité de le prendre « à califourchon », selon l'expression consacrée, c'est-à-dire de placer une voiture très loin devant, et une autre très loin derrière, en priant Dieu pour qu'il ne s'engage pas dans une voie impossible à repérer, ce dont il était parfaitement capable. La nature désertique de l'endroit ne leur laissait pas d'autre solution : les seuls signes de vie à des kilomètres à la ronde étaient des campements nomades, quelques petits bergers et, de temps à autre, un homme revêche, tout habillé de noir et dont l'unique occupation sur terre semblait être d'étudier le phénomène de la marche. Arrivé à Ipsala, Yanuka affola tout le monde en empruntant la route de droite en direction de la ville au lieu de poursuivre son chemin vers la frontière. Devait-il remettre la voiture à quelqu'un ? Dieu les en préserve ! Et puis, nom d'un chien, qu'allait-il bien faire dans une sale petite ville frontalière de Turquie ?

Le Seigneur était la réponse. Une fois de plus, dans une mosquée pouilleuse de la grand-place, à quelques lieues seulement de la chrétienté, Yanuka recommanda son âme à Allah. Voilà qui était sage, commenta sinistrement Litvak en l'apprenant. Il fut mordu en sortant par un chien qui s'enfuit avant que le jeune homme ne pût se venger. Cela aussi apparut comme un présage.

Il finit ensuite, au soulagement de tous, par reprendre la grand-route. Le poste frontière se présente ici comme un petit endroit hostile. Les Turcs et les Grecs ne s'entendent pas facilement. Le secteur est miné d'un côté comme de l'autre ; terroristes et *contrebandiers* de tout poil y suivent des itinéraires et des buts illicites ; les fusillades sont fréquentes et passées le plus souvent sous silence ; la frontière bulgare s'étend au nord à quelques kilomètres seulement de là. Sur le territoire turc, une pancarte indique en anglais *« Faites bon voyage »*, mais aucun mot aimable ne salue le voyageur grec. Il faut d'abord passer devant l'emblème turc fixé au-dessus d'un panneau militaire, puis franchir un pont enjambant une eau verte et dormante, pour se placer derrière une petite queue attendant nerveusement la fin des formalités d'émigration turques que Yanuka, fort de son passeport diplomatique, parvint à éviter, hâtant ainsi son propre anéantissement. Vient ensuite, coincé entre le poste de police turc et la douane grecque, un *no man's land* d'une vingtaine de mètres où Yanuka alla s'acheter une bouteille de vodka détaxée, puis déguster une glace sous l'œil vigilant d'un garçon rêveur aux cheveux longs nommé Reuven, qui depuis trois heures déjà s'empiffrait de brioches dans ce même café. Un imposant buste de bronze qui représentait l'Atatürk, ce visionnaire décadent, contemplant les plaines grecques hostiles, constituait le dernier ornement turc. A peine Yanuka eut-il dépassé la statue que Reuven enfourcha sa moto pour transmettre les cinq bips du signal à Litvak, qui s'était posté à trente kilomètres à l'intérieur du territoire grec — mais hors de la zone militaire —, en un endroit où la circulation se ralentissait énormément pour cause de travaux. Puis le jeune homme se dépêcha pour ne pas rater la scène.

Ils se servirent d'une fille, ce qui, vu les appétits de Yanuka, relevait du pur bon sens, et l'affublèrent d'une guitare — une très bonne idée en ce sens que, de nos jours, une guitare suffit à situer une fille, même si elle ne sait pas en jouer. De récentes observations en d'autres parties du monde leur avaient enseigné qu'une guitare est l'uniforme d'un certain pacifisme sentimental. Ils plaisantèrent pour décider s'il fallait utiliser une blonde ou une brune, connaissant sa préférence pour les premières mais le sachant toujours prêt à faire une exception. Ils optèrent finalement pour la brune qui avait, jugèrent-ils, le dos plus suggestif et la démarche plus voluptueuse, et la postèrent tout au bout de la portion de route en travaux. Ce chantier était une véritable bénédiction. Ils n'en doutaient pas. Certains croyaient même que, plutôt qu'à Kurtz ou à Litvak, c'était à Dieu — le Dieu des Juifs — qu'ils devaient la bonne tournure des opérations.

Il y avait d'abord le macadam ; puis, sans avertissement, apparaissaient de gros graviers bleus, de vraies balles de golf mais en beaucoup plus découpées. Venait ensuite la rampe de bois bordée de feux jaunes clignotants, vitesse limitée à dix kilomètres à l'heure que seul un fou aurait dépassée. Enfin, au-delà de la rampe, la jeune fille avançait péniblement sur le bas-côté. Ne t'arrête pas de marcher, lui recommandèrent-ils : pas de gringue, contente-toi de lever le pouce. Leur seule inquiétude était que la beauté de la fille ne subjugue quelqu'un d'autre avant que Yanuka ait eu le temps de se la réserver. Un nouvel atout considérable était que la route, déjà peu fréquentée, faisait momentanément l'objet d'un sens unique. Une cinquantaine de mètres de terrain vague encombré de tracteurs, de cabanes de chantier et de tout un bric-à-brac séparaient la voie droite de la gauche. Ils auraient pu y dissimuler un régiment complet sans alerter qui que ce fût. Ils n'allèrent pourtant pas jusque-là. Le commando comprenait en tout sept personnes y compris Litvak et son bel appât. Gavron n'avait pas voulu avancer un centime de plus. Les cinq autres étaient des jeunes en tenue d'été et chaussures de sport, de ceux qui peuvent passer des journées entières à examiner leurs ongles sans que personne ne s'interroge jamais sur leur silence. De ceux qui passent à l'action, rapides comme l'éclair, avant de se replonger dans leur contemplation léthargiquc.

La matinée était déjà bien avancée ; le soleil cognait et l'air s'emplissait de poussière. La majeure partie du trafic consistait en camions gris chargés de chaux ou d'argile. En une telle compagnie, la Mercedes bordeaux bien entretenue — pas neuve mais encore belle — faisait l'effet d'une voiture de mariés prise entre des camions à ordures. Elle attaqua le gravier à trente kilomètres à l'heure, ce qui était beaucoup trop rapide, et freina quand les cailloux se mirent à heurter le dessous de la caisse. Elle franchit la rampe à vingt à l'heure, ralentit à quinze, puis à dix. Lorsqu'elle dépassa la fille, tous purent voir Yanuka tourner vivement la tête pour vérifier si l'auto-stoppeuse était aussi avenante vue de face que de dos. Elle l'était. Il parcourut pensivement les cinquante derniers mètres de gravier et Litvak crut un instant avec consternation qu'il lui faudrait mettre en œuvre le plan de rechange, une opération plus compliquée qui impliquait une seconde équipe et un faux accident de la route à une centaine de kilomètres de là. Mais le vice, la nature, ou tout ce qui nous fait agir en dépit du bon sens, finirent par l'emporter. Yanuka stoppa net, baissa la vitre automatique et sortit sa tête séduisante et juvénile pour regarder joyeusement la jeune fille s'avancer vers lui d'une démarche lascive dans la lumière du soleil. Lorsqu'elle parvint à son niveau, il lui demanda si elle avait l'intention de marcher ainsi jusqu'en Californie. Elle lui répondit, en anglais également, qu'elle se dirigeait « du côté » de Thessalonique — allait-il par là ? D'après la fille, il lui aurait répliqué : « Du côté que vous voulez », mais comme personne d'autre ne l'entendit, cette repartie compta au nombre des points que l'on discute toujours une fois l'opération terminée. Yanuka, pour sa part, nia absolument avoir dit quoi que ce fût, aussi la jeune fille broda-t-elle peut-être un peu autour de son triomphe. Ses yeux, son visage vraiment très attrayant et son allure lente et provocante captivèrent toute l'attention du Palestinien. Que pouvait espérer de mieux un bon Arabe venant de passer deux semaines d'une formation politique austère dans les montagnes méridionales du Liban, que cette vision enjôleuse sortie d'un harem en jeans ?

Il faut ajouter que Yanuka était lui-même très mince et extrêmement séduisant, d'un beau type sémite qui s'accordait magnifiquement avec celui de la jeune fille, et qu'il émanait de lui une gaieté contagieuse. L'effet produit fut donc une attraction mutuelle, de celles qui interviennent instantanément entre deux superbes créatures lorsqu'elles ont en fait l'impression d'échanger leur propre image en faisant l'amour. L'auto-stoppeuse posa sa guitare et, conformément aux ordres, se dégagea de son sac de voyage qu'elle laissa tomber sur le sol avec reconnaissance. Selon Litvak, cette ébauche de déshabillage pouvait conduire Yanuka à faire deux choses : soit ouvrir la portière arrière depuis l'intérieur, soit sortir de la voiture et aller lui-même ouvrir le coffre. Dans l'un ou l'autre cas, il se découvrirait. Évidemment, certains modèles de Mercedes offrent la possibilité de déverrouiller le coffre depuis le tableau de bord. Mais pas celui-ci. Litvak le savait. Tout comme il savait pertinemment que le coffre était bien *fermé* ; ou qu'il eût été inutile de mettre la jeune fille en scène du côté turc de la frontière, car — si authentique que pussent paraître ses papiers, et, selon les normes arabes, ils furent tenus pour tels — Yanuka ne se serait jamais montré assez stupide pour prendre le risque de traverser une frontière, chargé d'un poids non déclaré aussi encombrant.

En fait, il opta pour la solution que tous jugeaient de loin la plus désirable. Au lieu de se contenter de tendre le bras pour lever le loquet d'une des portières arrière, il préféra, sans doute pour impressionner sa future passagère, actionner le système central de fermeture, déverrouillant ainsi non une seule, mais les quatre portières à la fois. La jeune fille ouvrit celle qui se trouvait la plus près d'elle à l'arrière et, restant dehors, fourra son sac et sa guitare sur la banquette. Le temps qu'elle claque la porte et se dirige, de son pas nonchalant, vers l'avant de l'automobile dans le but évident de prendre place près du chauffeur, un homme collait un revolver contre la tempe de Yanuka tandis que Litvak, plus frêle que jamais, s'agenouillait sur le siège arrière en maintenant la tête du Palestinien en une prise savante extrêmement meurtrière et lui administrait la drogue qui, on le lui avait assuré, correspondait le mieux au dossier médical du jeune homme : les crises d'asthme de son adolescence leur avaient causé quelques soucis.

Après coup, le détail le plus marquant de toute l'opération leur sembla être le silence. Tout en attendant que le soporifique agisse, Litvak perçut distinctement, par-dessus le grondement de la circulation, le claquement de lunettes de soleil qui se brisent et, durant une fraction de seconde particulièrement horrible, il crut qu'il s'agissait du cou de Yanuka, ce qui aurait tout anéanti. Ils pensèrent d'abord qu'il avait trouvé moyen d'oublier ou d'abandonner les faux papiers et plaques d'immatriculation nécessaires à la suite de son voyage, mais ils finirent par les découvrir soigneusement rangés dans sa luxueuse valise noire, sous une pile de cravates criardes et de chemises en soie cousues main qu'ils durent s'approprier à des fins ultérieures, ainsi que sa superbe montre en or Cellini, le bracelet, en or lui aussi, et le médaillon plaqué or — sans doute un présent de sa sœur adorée Fatmeh — qu'il aimait à porter sur son cœur. Ils tirèrent un autre motif de satisfaction — d'ailleurs entièrement imputable à Yanuka — du fait que la voiture était équipée de verres fumés, empêchant ainsi le commun des mortels de voir ce qui se passait à l'intérieur. Ce détail constitua le premier d'une longue série d'exemples où le jeune homme devint victime de ses goûts trop luxueux. Faire soudain réapparaître la Mercedes dans l'ouest, puis dans le sud du pays ne présentait après cela plus aucune difficulté ; ils auraient sans doute pu la conduire tout à fait normalement sans que personne s'en aperçoive. Mais, au nom de la sécurité, ils avaient loué un camion censé convoyer des abeilles vers de nouvelles ruches. Les transferts d'abeilles sont très fréquents dans la région, avait réfléchi Litvak, et le plus curieux des policiers hésite à deux fois avant de venir troubler la tranquillité de ces petits insectes.

Le seul élément imprévu fut la morsure du chien : et si la bête avait la rage ? Ils se procurèrent du sérum et le lui administrèrent ; il fallait tout prévoir.

Yanuka provisoirement mis hors circulation, il était fondamental de faire en sorte que personne, à Beyrouth ou ailleurs, ne remarque son absence. Ils le savaient déjà d'une nature indépendante et insouciante. Ils connaissaient sa tendance à cultiver l'acte illogique, à altérer ses plans à la dernière seconde, à la fois par fantaisie, et parce qu'il jugeait avec raison que c'était la meilleure façon de brouiller les pistes. Ils étaient au courant de sa nouvelle passion pour l'art grec et de son habitude avérée de courir les ruines dès que l'occasion s'en présentait. Lors de son dernier voyage, sans rien demander à personne, il s'était autorisé un très grand crochet par Épidaure, où il n'avait apparemment rien de particulier à faire. Cette tactique aventureuse l'avait autrefois rendu extrêmement difficile à localiser. Utilisée, comme c'était désormais le cas, contre lui, elle devenait un atout pour ses ravisseurs car, estimait froidement Litvak, ses alliés ne le contrôlaient pas mieux que ses ennemis. L'équipe s'empara de lui puis le fit disparaître. Elle attendit. Et, nulle part où elle avait des écoutes, ne retentit la moindre sonnerie d'alarme, ne se fit entendre le moindre murmure d'inquiétude. Si jamais les chefs de Yanuka se représentaient leur agent, conclut prudemment Litvak, alors sans doute le voyaient-ils comme un jeune homme en pleine possession de ses capacités intellectuelles et physiques, parti vivre un peu sa vie et — qui sait ? — recruter de nouveaux soldats pour leur cause.

Ainsi la fiction, comme l'appelaient maintenant Kurtz et son équipe, pouvait commencer. Quant à savoir si elle pourrait aboutir — si elle aurait le temps, d'après la vieille montre en acier de Kurtz, de se dérouler comme prévu —, c'était une tout autre histoire. Kurtz subissait des pressions de deux ordres différents : d'une part, cela était fort simple, il lui fallait absolument progresser s'il ne voulait pas se faire destituer par Misha Gavron. D'autre part, Gavron menaçait de ne pouvoir longtemps enrayer le désir grandissant de tout régler par des solutions militaires si Kurtz ne lui donnait pas des preuves de réussite. Et Kurtz redoutait une telle situation.

« Vous êtes pire que les Anglais avec votre morale ! » lui lança un jour Gavron le Corbeau de sa voix croassante, lors d'une de leurs fréquentes altercations. « Et regardez donc ce qu'ils font, *eux* ! »

« Alors peut-être devrions-nous bombarder également les Anglais », suggéra Kurtz avec un sourire meurtrier.

Mais ce n'était pas par pure coïncidence que la conversation portait alors sur les Anglais ; ironiquement, c'était en effet d'Angleterre que Kurtz attendait maintenant son salut.

3

Ils furent solennellement présentés l'un à l'autre sur l'île de Mykonos, dans l'une des deux tavernes donnant sur la plage, lors d'un déjeuner tardif à l'heure où le soleil de la fin du mois d'août darde ses rayons les plus brûlants sur la Grèce. Ou, si l'on veut replacer l'événement dans un plus large contexte historique, un mois après le premier bombardement du quartier palestinien surpeuplé de Beyrouth par les avions israéliens, action visant, déclara-t-on après coup, à tenter d'anéantir les organes de commandement ; aucun leader ne fut pourtant retrouvé parmi les centaines de cadavres — à moins bien sûr que l'on ne considérât ceux-ci, en majorité des enfants, comme les leaders de demain.

« Charlie, dis donc bonjour à Joseph », fit quelqu'un d'une voix excitée, et ce fut fait.

Cependant, tous deux se comportèrent comme si la présentation avait à peine eu lieu : elle, en prenant sa moue farouche de révolutionnaire et en tendant une main de collégienne anglaise empreinte d'une respectabilité résolument vicieuse ; lui, en la jaugeant d'un regard calme et tolérant, curieusement dépourvu de toute ambition.

« Eh bien Charlie, oui, bonjour », prononça-t-il sans sourire plus qu'il n'était nécessaire pour se montrer poli. Ce fut donc lui et non Charlie qui salua l'autre.

Elle remarqua qu'il avait ce tic militaire de pincer les lèvres avant de parler. Sa voix, qui trahissait un accent même s'il la contrôlait étroitement, était d'une douceur intimidante — Charlie sentait plus ce qu'elle dissimulait que ce qu'elle révélait. Son attitude envers la jeune fille fut donc tout le contraire d'une agression.

Elle se prénommait en fait Charmian, mais tout le monde l'appelait « Charlie », et parfois même « Charlie la Rouge » en référence à sa couleur de cheveux et à ses positions extrémistes qui représentaient sa façon à elle de se soucier du monde et de lutter contre les injustices. Elle tranchait curieusement sur le reste de la troupe bruyante des jeunes acteurs anglais qui dormaient dans une ferme délabrée à un kilomètre à l'intérieur des terres, et descendaient journellement sur la plage en formant une famille unie et hirsute que rien ne séparait jamais. Le seul fait de se trouver dans cette ferme — pour ne pas dire sur cette île — constituait pour eux tous un véritable miracle, même si, en tant qu'acteurs, les miracles ne devaient pas les surprendre. Ils avaient pour bienfaitrice une riche société de la City qui s'était brusquement mise à jouer les anges gardiens auprès du théâtre itinérant. Une fois terminée leur tournée en province, la demi-douzaine de membres fixes de la troupe avaient eu la surprise de se voir offrir repos et loisirs aux frais de la société. Un charter les largua là-bas, la ferme n'attendait qu'eux et une légère augmentation de salaire couvrait les dépenses. Tout semblait trop beau, trop généreux, trop soudain, trop suranné. Quand ils avaient reçu leurs invitations, tous étaient tombés d'accord pour décider gaiement que seule une bande de sales fascistes pouvait agir avec une philanthropie si désarmante. Ils avaient ensuite oublié comment ils étaient arrivés là, ne s'en souvenant que quand l'un d'entre eux levait son verre et prononçait d'une voix pâteuse le nom de la société, lui portant un toast morne, presque maussade.

Loin d'être la plus jolie des filles, Charlie n'en possédait pas moins une sensualité rayonnante et un bon cœur que son jeu ne parvenait jamais à masquer entièrement. Lucy, quoique extrêmement bête, était une fille splendide alors que Charlie, si l'on s'en tenait aux normes généralement admises, n'était pas belle et même plutôt *moche* : un nez trop grand dans un visage prématurément creusé qui pouvait se faire tour à tour enfantin, puis soudain si vieux et lugubre que, déjà effrayé par son expérience de la vie, vous vous demandiez ce qu'il allait encore advenir d'elle. Elle était parfois leur enfant trouvée, parfois leur mère, celle qui tenait les comptes, savait où se trouvait la crème antimoustiques et le sparadrap pour les coupures aux pieds. Et dans ce rôle, comme dans tous les autres, elle se montrait toujours la plus généreuse, la plus compétente. De temps à autre, elle était leur conscience, les engueulant lorsqu'elle les prenait, à tort ou à raison, en flagrant délit de chauvinisme, de sexisme ou d'indifférence bien occidentale. C'était sa classe qui lui conférait le droit de les juger ainsi car, comme ils se plaisaient à le dire, Charlie leur apportait un petit brin de noblesse : éducation en institution privée et père courtier, même si — elle ne se lassait jamais de le leur répéter — le pauvre homme avait fini ses jours derrière les barreaux pour escroquerie. Quoi qu'il en soit, la classe ressort toujours.

Enfin, elle était leur vedette incontestée. Lorsque, le soir venu, la famille se mettait à jouer de petites pièces, pour elle-même, en chapeaux de paille et peignoirs de plage, c'était toujours Charlie, quand elle daignait participer, qui surpassait les autres. S'ils choisissaient de chanter, c'était encore Charlie qui pinçait un peu trop bien les cordes de sa guitare par rapport à leurs voix ; Charlie qui connaissait les chants révolutionnaires et les interprétait avec une violence presque masculine. D'autres fois, ils préféraient rester vautrés, morne conseil fumant de la marihuana et buvant du résiné à trente drachmes le demi-litre. Tous sauf Charlie, qui reposait à l'écart comme quelqu'un qui a déjà bu et fumé tout ce qu'il lui fallait depuis longtemps. « Attendez donc de voir ma révolution », leur promettait-elle d'une voix endormie. « Tous autant que vous êtes, vous allez vous retrouver à cultiver les navets avant le petit déjeuner. » Les autres mimaient alors l'horreur : « Mais où donc, Chas ? Où tombera la première tête ? » « Dans cette putain de Rickmansworth », répondait-elle, faisant allusion à son enfance turbulente de banlieue. « On va flanquer toutes leurs saloperies de Jaguar dans leurs piscines à la noix. » Ils laissaient à ce moment-là échapper des gémissements de terreur, tout en sachant pertinemment que Charlie avait elle-même un faible pour les voitures puissantes.

En attendant, ils l'aimaient. Indiscutablement. Et Charlie, quoiqu'elle pût prétendre, les aimait également.

Joseph, lui, comme ils l'avaient baptisé, ne faisait absolument pas partie de la famille. Il n'en était pas même, à la façon de Charlie, un membre un peu à part. Il possédait l'autonomie qui apparaît aux plus faibles comme un courage en soi. Il n'avait pas d'amis mais ne s'en plaignait pas. Il était l'étranger qui n'avait besoin de personne, pas même d'eux. Juste une serviette, un livre, une gourde, et son petit trou creusé dans le sable. Charlie seule savait que c'était un revenant.

La première fois qu'elle l'aperçut sur l'île, elle venait de perdre par knock-out sa grande bagarre avec Alastair. Il émanait de Charlie une sorte de douceur profonde qui semblait irrémédiablement attirer les brutes, et la brute du moment se trouvait être un ivrogne écossais d'un mètre quatre-vingts répondant, pour la famille, au nom de « Long Al », qui menaçait beaucoup et citait sans cesse, mais de façon erronée, l'anarchiste Bakounine. Comme Charlie, il avait les cheveux roux, la peau blanche et les yeux très bleus. Lorsqu'ils sortaient ensemble de l'eau, étincelant sous le soleil, ils semblaient appartenir à une autre race, et l'expression brûlante de leur visage montrait qu'ils le savaient. Lorsque, main dans la main et sans rien dire à personne, ils prenaient brusquement le chemin de la ferme, l'urgence de leur désir s'imposait à vous comme une douleur déjà ressentie mais rarement partagée. Mais lorsqu'ils se battaient — comme cela s'était produit la veille —, leur haine atteignait tant les âmes moins bien trempées qu'étaient Willy et Pauly, que ceux-ci disparaissaient jusqu'à la fin de l'orage. Et cette fois-ci, Charlie les avait imités : elle s'était terrée dans un coin du grenier pour panser ses blessures. Le lendemain, parfaitement réveillée dès six heures, elle décida d'aller prendre un bain solitaire puis de se rendre en ville où elle pourrait s'offrir un quotidien anglais et un bon petit déjeuner. Elle était en train d'acheter son *Herald Tribune* quand il lui apparut : le cas typique du phénomène psychique.

C'était l'homme au blazer rouge. Il se tenait juste derrière elle et choisissait un livre de poche sans lui accorder la moindre attention. Cette fois-ci, pas de blazer rouge sombre mais un tee-shirt, un short et des sandales. C'était pourtant le même homme, sans doute possible. Ces mêmes cheveux noirs coupés court, grisonnants au bout et plantés en pointe au milieu du front ; ces mêmes yeux bruns et courtois, si respectueux des passions d'autrui, et qui, pendant toute une demi-journée, ne l'avaient pas quittée, lanternes sombres au premier rang du Barrie Theatre à Nottingham : en matinée, puis à la séance du soir, ces yeux ne voyant que Charlie, chacun des gestes qu'elle exécutait. Un visage que le temps n'avait ni durci ni adouci, un visage immuable comme une empreinte. Des traits qui, pour Charlie, énonçaient une réalité forte et intangible, à l'opposé des masques multiples des acteurs.

Elle interprétait alors Jeanne d'Arc et pensait que le Dauphin allait la rendre folle à force d'en faire des kilos et de détourner l'attention de toutes les tirades qu'elle devait dire. Elle ne prit donc conscience de sa présence qu'à la dernière scène, quand elle l'aperçut, assis au milieu d'un groupe scolaire, au premier rang de l'auditorium à moitié vide. Si la lumière n'avait été si faible, elle ne l'aurait sûrement pas remarqué, mais tout leur matériel d'éclairage était resté coincé à Derby, et Charlie n'avait donc pas la vue brouillée par les feux habituellement trop vifs. Elle le prit d'abord pour un instituteur, mais au lieu de partir avec les enfants, il resta sur son siège, à lire ce qui lui sembla être le texte de la pièce ou peut-être l'introduction. Puis, lorsque le rideau se leva de nouveau pour la représentation du soir, il se trouvait toujours là, bien au milieu du rang, la contemplant du même regard froid et tranquille. Quand le rideau final tomba, elle se sentit soudain dépossédée de lui, privée de sa présence.

Quelques jours plus tard, à York, alors qu'elle ne pensait plus à lui, elle fut presque certaine de le revoir, mais un doute subsista ; cette fois-ci, la scène était convenablement éclairée, l'empêchant ainsi de pénétrer l'obscurité. Et puis l'étranger ne resta pas assis à sa place entre les deux représentations. Elle aurait pourtant juré que c'était le même visage, suivant chacun de ses gestes depuis le centre du premier rang, et le même blazer rouge sombre également. Était-ce un critique ? Un producteur ? Un agent ? Un metteur en scène ? Appartenait-il à la société qui finançait pour le moment leur troupe à la place de l'*Arts Council* ? Il paraissait trop mince, d'une immobilité trop attentive pour n'être qu'un simple homme d'affaires contrôlant les investissements de sa boîte. Quant aux critiques, agents et compagnie, c'était miracle s'ils restaient un acte entier ; alors deux représentations consécutives... Et lorsqu'elle le vit — ou crut le voir — pour la troisième fois, juste avant de partir en vacances, en fait lors de la toute dernière soirée de leur tournée, posté devant l'entrée des artistes du petit théâtre de l'East End, elle eut presque envie d'aller se planter devant lui pour lui demander ce qu'il cherchait — s'il était un éventreur en herbe, un chasseur d'autographes ou juste un maniaque sexuel comme nous tous. Mais son air de vertu appliquée la retint.

Le voir ainsi maintenant — debout à moins d'un mètre d'elle, semblant apparemment ne pas la remarquer et examinant les livres avec la même attention grave qu'il lui avait consacrée quelques jours seulement auparavant — la plongea dans un trouble profond. Elle se tourna vers lui, rencontra son regard impassible et le considéra un instant plus farouchement qu'il ne l'avait jamais contemplée. Elle avait l'avantage des verres fumés qu'elle portait pour dissimuler son hématome. Vu d'aussi près, elle le trouva plus vieux qu'elle se l'était imaginé, plus mince et plus marqué. Elle songea qu'un peu de repos lui ferait du bien et se demanda si ses yeux tirés n'étaient pas dus à la fatigue du voyage en avion. Il n'eut pas le moindre tressaillement d'excitation ou de reconnaissance. Rejetant le *Herald Tribune* à sa place, Charlie battit précipitamment en retraite vers la protection d'une taverne du front de mer.

Je suis complètement cinglée, se dit-elle en portant à ses lèvres une tasse de café tremblante. Je me raconte des histoires. C'est un sosie. Je n'aurais jamais dû avaler cette sacrée pilule que Lucy m'a donnée pour me remonter après les coups de ceinture de Long Al. Elle avait lu quelque part que l'impression de *déjà vu* venait d'un manque de communication entre les yeux et le cerveau. Mais quand elle voulut regarder la route, dans la direction de l'endroit qu'elle venait de quitter, il était là, s'imposant à la vue comme à l'esprit, installé à la taverne voisine, une casquette de golf blanche vissée sur la tête pour protéger ses yeux tandis qu'il lisait son poche anglais : *Conversations avec Allende* de Debray. Elle-même avait failli l'acheter la veille.

Il est venu chercher mon âme, songea-t-elle en le dépassant d'un air dégagé afin de lui prouver qu'elle n'avait rien à craindre. Pourtant, quand ai-je pu la lui promettre ?

Il prit très vraisemblablement son poste sur la plage l'après-midi même, à moins de vingt mètres du coin où s'était installée la famille. Il portait un maillot de bain noir et sévère, et était équipé d'une gourde en fer-blanc d'où il tirait parfois quelques gorgées frugales, donnant l'impression que la première oasis se trouvait à une journée de marche au moins. Sans jamais les regarder, sans jamais leur accorder le moindre intérêt, il lisait son Debray à l'ombre de sa casquette de golf blanche trop lâche. Il suivait pourtant chacun de ses gestes, elle en était sûre, ne fût-ce qu'en raison de l'angle et de l'immobilité de sa tête si séduisante. Entre toutes les plages de Mykonos, il avait choisi la leur. Entre tous les endroits qu'offrait leur plage, il s'était perché sur la dune la plus haute qui commandait tous ses mouvements, qu'elle aille se baigner ou chercher à la taverne une autre bouteille de résiné pour Al. Il pouvait, de son abri surélevé, la dégommer quand il voulait, mais elle n'avait à sa disposition aucun moyen de le déloger. En parler à Long Al équivaudrait à s'exposer au ridicule et pire encore ; elle n'avait pas du tout l'intention de lui donner une occasion aussi inespérée de tourner en dérision une de ses nouvelles lubies. Se confier à quelqu'un d'autre reviendrait au même : Al le saurait en moins d'une journée. Il ne lui restait pas d'autre solution que de garder son secret pour elle, et c'était bien ce qu'elle avait décidé de faire.

Elle n'entreprit donc rien, et lui non plus, mais elle savait qu'il attendait ; elle sentait avec quelle patience disciplinée il comptait les heures. Même lorsqu'il gisait, aussi immobile qu'un mort, Charlie percevait, portée par le soleil, la mystérieuse vigilance qui émanait de son corps souple et brun. La tension semblait parfois se briser en lui et il se dressait brusquement sur ses pieds, ôtait sa casquette et descendait gravement sa dune pour rejoindre la mer, tel un guerrier privé de sa lance, puis plonger sans bruit, troublant à peine la surface de l'eau. Elle attendait ; attendait encore. Il ne pouvait que s'être noyé. Mais enfin, alors qu'elle avait perdu tout espoir, il réapparaissait loin de l'autre côté de la baie, nageant tranquillement à l'indienne comme s'il avait des milles à parcourir, sa tête aux cheveux courts, noirs et étincelants, pareille à celle d'un phoque. Des bateaux à moteur fonçaient autour de lui, mais il les ignorait. Jamais non plus son visage ne se tourna en direction des filles qui se trouvaient à proximité — Charlie vérifia. Après son bain venait la suite, lente et méthodique, d'exercices physiques, avant qu'il ne se recoiffe de sa casquette de golf un peu penchée et ne se consacre de nouveau à Allende et Debray.

A qui appartient-il ? se demanda-t-elle en vain. Qui lui écrit son rôle et le met en scène ? Il jouait pour elle tout comme elle avait joué pour lui en Angleterre. Comme elle, il faisait partie d'une troupe. Sous la lumière brûlante du soleil qui tremblait entre le ciel et le sable, elle pouvait contempler des minutes d'affilée son corps bien fait et élancé, le prenant pour cible de ses fiévreuses élucubrations. Toi pour moi, rêva-t-elle ; moi pour toi ; ces enfants ne peuvent pas comprendre. Mais quand vint l'heure du déjeuner et que tous passèrent lentement devant son château pour se rendre à la taverne, Charlie enragea de voir Lucy lâcher le bras de Robert et faire à l'inconnu un salut aguicheur tout en se déhanchant.

« N'est-il pas *superbe* ? lança bien haut Lucy. J'en ferais volontiers mon dessert. »

« Et moi donc ! s'écria Willy, plus fort encore. Tu ne crois pas Pauly ? »

Il ne leur prêta aucune attention. Dans l'après-midi, Al ramena Charlie à la ferme où ils firent l'amour violemment, sans aucune tendresse. Lorsqu'ils revinrent à la plage en début de soirée et qu'elle s'aperçut de sa disparition, Charlie se sentit malheureuse d'avoir trompé son mystérieux inconnu. Elle se demanda si elle devrait ratisser toutes les boîtes de nuit pour lui parler. Faute de pouvoir communiquer avec lui le jour, elle décida qu'il menait sans doute une vie nocturne.

Le lendemain matin, elle ne se rendit pas à la plage. Pendant la nuit, la puissance de son obsession l'avait d'abord amusée puis effrayée, et elle se réveilla avec la ferme intention d'en finir. Couchée près de la masse endormie de Al, elle s'était imaginée passionnément amoureuse d'un inconnu à qui elle n'avait jamais adressé la parole, le prenant de toutes les façons les plus inventives, laissant tomber Al et s'enfuyant avec lui pour toujours. A seize ans, ce genre de bêtises se concevait encore ; à vingt-six ans, cela devenait indécent. Larguer Al était une chose, et cela se produirait tôt ou tard — tôt, vraisemblablement. Poursuivre un rêve en casquette de golf blanche en était une autre, même en vacances à Mykonos. Aussi recommença-t-elle le même programme que la veille, mais cette fois-ci — à sa grande déception — il ne surgit pas derrière elle à la librairie, et ne prit pas non plus son café à la terrasse de la taverne voisine ; sa silhouette ne se dessina pas non plus à côté de la sienne sur les vitrines du front de mer tandis qu'elle déambulait en espérant l'apercevoir. Lorsqu'elle rejoignit la famille à la taverne pour le déjeuner, elle apprit que pendant son absence ils l'avaient baptisé Joseph.

Cela n'avait rien d'exceptionnel ; la famille attribuait des noms, le plus souvent tirés de pièces ou de films, à quiconque sollicitait leurs regards, et l'éthique voulait qu'une fois approuvés ces noms soient généralement adoptés. Leur Bosola de *La Duchesse d'Amalfi* [1], par exemple, était un armateur suédois au coup d'œil vicieux ; leur Ophélie, une énorme mémère francfortoise qui arborait un superbe bonnet de bain à fleurs roses et pas grand-chose d'autre. Mais Joseph, lui déclarèrent-ils, devait son surnom à son apparence sémite et au peignoir rayé multicolore qu'il portait par-dessus son maillot noir lorsqu'il arrivait à la plage et repartait. Joseph aussi à cause de l'attitude distante qu'il manifestait envers ses semblables et pour son air d'avoir été élu

1. Tragédie en cinq actes de John Webster publiée en 1623. (N.d.T.)

entre tous ceux qui n'avaient pas eu la même chance. Joseph rejeté par ses frères, abandonné à sa gourde et à son livre.

Charlie, attablée avec eux, les regardait d'un œil de plus en plus mauvais à mesure qu'ils s'appropriaient grossièrement son secret. Alastair, qui se sentait menacé dès que l'on encensait quelqu'un sans son approbation, était occupé à remplir son verre à la chope de Robert.

« Joseph mon cul », lança-t-il avec impudence. « C'est une sale tante, comme Willy et Pauly. Et puis il drague, il frime devant les nanas. J'ai envie de lui faire une grosse tête, moi, à ce mec aux yeux décavés. Sûr que je vais le cogner. »

Mais ce jour-là, Charlie en avait déjà profondément marre d'Alastair, marre d'être à la fois son esclave sadique et sa mère nourricière. Elle ne se montrait en général pas aussi corrosive, mais le dégoût qu'elle sentait monter en elle pour Alastair luttait maintenant contre le sentiment de culpabilité qu'elle éprouvait en pensant à Joseph.

« Si c'est une tante, pourquoi draguerait-il des nanas, pauvre crétin ? » lui jeta-t-elle férocement en se tournant vers lui, la bouche déformée par la colère. « A deux plages d'ici, il pourrait se taper les plus belles minettes de Grèce. Et tu peux en faire autant si ça te chante. »

Prenant note de cette téméraire autorisation, Alastair lui assena une gifle magistrale sur la joue, qui blanchit avant de devenir écarlate.

Les suppositions allèrent bon train jusque dans l'après-midi. Joseph était un voyeur ; c'était un rôdeur, un frimeur, un tueur, un cossard, un travelo, un Tory. Mais ce fut à Alastair que revint, comme d'habitude, le dernier sarcasme : « Ça, c'est un putain de branleur ! » vociféra-t-il en ricanant du coin des lèvres, puis il produisit un bruit de succion pour souligner la perspicacité de sa remarque.

Joseph, lui, ignorait les insultes avec un naturel que Charlie elle-même n'osait espérer ; à tel point que vers le milieu de l'après-midi, quand le soleil et le joint eurent achevé de les plonger dans un état approchant de la stupidité — sauf Charlie, une fois encore —, ils décidèrent qu'il était « cool », ce qui correspondait au compliment suprême. Ce fut comme toujours Alastair qui fit opérer à la meute ce changement radical. S'ils n'étaient pas parvenus à faire fuir Joseph, ils n'arrivaient pas non plus à l'attirer — pas même Lucy, ni les deux homosexuels non plus. Par conséquent, il était « cool », comme Alastair lui-même. Il régnait sur son territoire et tout son être le faisait savoir : personne ne me fait marcher, c'est ici que j'ai dressé mon camp. A l'aise toujours. Bakounine lui aurait donné une super-note.

« Il est cool et il me plaît bien », conclut Alastair tout en caressant pensivement le dos soyeux de Lucy, ses doigts effleurant le bord de son Bikini avant de remonter vers la nuque. « Si c'était une femme, je saurais *exactement* ce qu'il faudrait en faire. Pas vrai, Luce ? »

La minute d'après, Lucy était debout, seule silhouette dressée dans la chaleur de la plage miroitante. « Qui parie que je ne vais pas le faire courir ? » dit-elle en s'extirpant de son maillot de bain.

Lucy resplendissait, blonde, la hanche pulpeuse, à croquer. Elle jouait souvent les serveuses, les prostituées ou encore les traditionnels jouvenceaux de la pantomime anglaise, mais sa spécialité consistait à interpréter les adolescentes nymphomanes et elle savait tourner la tête à n'importe qui d'un simple battement de cils. Elle noua vaguement une sortie de bain sous sa poitrine, ramassa un pichet de vin et un gobelet de plastique, puis se dirigea vers la dune, le pichet posé sur sa tête, la démarche ondulante et la cuisse provocante, offrant ainsi une interprétation personnelle et piquante de la déesse grecque revue et corrigée par Hollywood. La jeune fille escalada la petite pente puis, arrivée près de lui, mit un genou en terre et versa le vin en maintenant la cruche très haut au-dessus du gobelet. Elle laissa les pans de son vêtement s'écarter. Lui tendant le gobelet, elle choisit de s'adresser à lui en français, ou du moins en ce qu'elle pensait être du français.

« Aimez-vous ? » s'enquit Lucy.

Joseph sembla tout d'abord n'avoir pas même remarqué sa présence. Il tourna une page ; il examina ensuite l'ombre de la jeune femme, daigna enfin se tourner sur le côté, puis, l'ayant observée d'un œil critique protégé par l'ombre de sa visière, accepta le présent et but gravement quelques gorgées, tandis qu'à vingt mètres de là les fervents supporteurs de Lucy applaudissaient ou poussaient des grognements de contentement imbécile dignes de la Chambre des communes.

« Vous êtes sans doute Héra », avança Joseph à l'adresse de Lucy avec autant de sentiment que s'il déchiffrait une carte routière. Ce fut alors que se produisit la terrible découverte : il avait de ces cicatrices !

Lucy eut du mal à se contenir. La plus affreuse était un petit trou rond et net, gros comme une pièce de cinq pence, et évoquant ces autocollants en forme d'impacts de balles que Willy et Pauly appliquaient sur les ailes de leur Mini ; seulement celui-ci se trouvait sur le côté gauche de son estomac ! Ces marques ne se voyaient pas de loin, mais au toucher elles semblaient à la fois douces et dures.

« Et vous, vous êtes Joseph », lui répondit Lucy de façon sibylline, sans savoir qui était Héra.

Une nouvelle salve d'applaudissements leur parvint au moment où Alastair levait son verre et hurlait un toast : « Joseph ! Mr. Joseph, monsieur ! Que votre coude ne faiblisse pas ! Que sous la terre reposent vos frères jaloux ! »

« Venez avec nous, Mr. Joseph ! » cria Robert, aussitôt suivi par la voix furieuse de Charlie lui ordonnant de se taire.

Mais Joseph ne se joignit pas à eux. Il leva son gobelet, et, dans son imagination délirante, il sembla à Charlie que c'était à elle particulièrement que s'adressait ce salut, mais comment aurait-elle pu en être sûre à plus de vingt mètres et alors qu'elle se trouvait avec quatre autres personnes ? Joseph retourna à sa lecture. Il ne marqua aucune désapprobation ; il ne fit rien de positif, rien de négatif, pour citer l'expression de Lucy. Il se remit simplement sur le ventre et reprit son livre et, bon sang, il s'agissait *bien* d'une blessure par balle : sur son dos, elle distingua la cicatrice qu'avait faite le projectile en *sortant,* grosse comme un boulet de canon ! En regardant plus attentivement, Lucy s'aperçut qu'il n'y avait pas une, mais toute une série de blessures : ses bras portaient de longues cicatrices à l'intérieur des coudes ; des îlots de peau blanchâtre et dépourvue de poils parsemaient la face externe de ses bras ; les vertèbres paraissaient *à vif,* raconta-t-elle — « comme si quelqu'un lui avait passé un morceau de laine métallique chauffée au rouge dessus » —, peut-être même qu'on lui avait fait subir un supplice ? Lucy resta un moment près de lui, faisant semblant de lire par-dessus son épaule tandis qu'il tournait les pages, mais mourant en fait d'envie de lui caresser le dos car, mis à part les cicatrices, il avait une colonne vertébrale velue et qui s'encastrait entre deux blocs de muscles, de celles qu'elle préférait. Mais elle n'osa pas : l'ayant touché une fois, expliqua-t-elle par la suite à Charlie, elle n'était pas sûre de pouvoir recommencer. Elle se demanda — raconta-t-elle avec une rare et soudaine modestie — si elle ne devait pas avoir au moins le tact de frapper d'abord. L'expression resta ensuite ancrée dans la tête de Charlie. Lucy avait pensé vider la gourde pour la remplir de vin, mais il avait à peine touché à son gobelet, aussi peut-être préférait-il l'eau ? Elle finit par jucher de nouveau la cruche sur sa tête puis pivota langoureusement pour rejoindre la famille à qui elle se dépêcha de débiter son rapport d'un trait avant de s'assoupir sur des genoux accueillants. On jugea Joseph plus « cool » que jamais.

L'incident qui les amena tous deux à des présentations plus officielles se produisit le lendemain après-midi, et ce fut Alastair qui en fournit l'occasion. Long Al s'en allait. Son agent venait de lui envoyer un télégramme, ce qui constituait un miracle en soi. On avait jusque-là supposé, et avec quelque raison, que son agent ne connaissait pas cette forme coûteuse de communication. Le message avait été déposé à la ferme par une Lambretta à dix heures du matin, et c'était Willy et Pauly qui, tirés de leur grasse matinée, l'avaient porté à la plage. Le câble proposait une « possibilité rôle grand film », ce que la famille accueillit comme une grande nouvelle car Alastair n'avait qu'une ambition : obtenir des premiers rôles dans des films à gros budget, bref, avoir la vedette. « Je suis trop fort pour eux, expliquait-il chaque fois qu'on le rejetait. Il faudrait qu'ils relèvent la distribution à mon niveau ; c'est ça le problème et ces porcs le savent bien. » Tous se sentirent donc très heureux pour Alastair à l'arrivée du télégramme, mais, au fond d'eux-mêmes, ils éprouvaient surtout un immense soulagement car la violence du grand rouquin finissait par les insupporter. Ils en avaient assez pour Charlie qui, à force de coups, prenait une teinte noire et violacée, et ils commençaient à craindre pour la suite de leur séjour sur l'île. Seule Charlie accepta assez mal la perspective de son départ, mais il ne s'agissait en fait que d'apitoiement sur elle-même. Comme les autres, cela faisait des jours qu'elle désirait voir Alastair disparaître à tout jamais de sa vie. Mais maintenant que le télégramme venait exaucer ses prières, la culpabilité et la peur que ne s'achève une autre de ses vies la rendaient malade.

Pour s'assurer que Long Al puisse bien prendre le vol du lendemain matin en direction d'Athènes, la famille conduisit le jeune homme au bureau d'Olympic Airways dès l'ouverture, après l'heure de la sieste. Charlie les accompagnait, mais elle était blême, flageolante et serrait les bras sur sa poitrine comme si elle avait froid.

« Cette saloperie de zinc va être plein comme un œuf », leur assura-t-elle. « On ne va pas pouvoir se débarrasser de ce salaud pendant des semaines. »

Elle se trompait. Il y avait non seulement une place disponible pour Long Al, mais même un siège *réservé* à son nom, retenu par télex de Londres trois jours auparavant et confirmé la veille. Cette découverte dissipa leurs derniers doutes. Cette fois-ci, Long Al volait vers le succès. Rien de tel n'était jamais arrivé à aucun d'entre eux. A côté, la philanthropie de leur mécène pâlissait. Un agent — et entre tous, l'agent de Al, notoirement le pire péquenot de toute la foire aux bestiaux — réservant pour lui un vrai billet d'avion, et par télex !

« Je vais lui raccourcir sa commission, moi », leur dit Alastair, avalant plusieurs *ouzos* à la file en attendant le car qui devait les ramener à la plage. « J'ai pas envie d'avoir une saleté de parasite me bouffant dix pour cent de ce qui me revient pendant le restant de mes jours ; *ça,* je peux vous le certifier ! »

Un hippy aux cheveux blond filasse, un toqué qui se joignait parfois à eux, lui rappela que toute propriété était un vol.

Complètement séparée d'Alastair, souffrant pour lui, Charlie gardait un air maussade et ne buvait rien. « Al », murmura-t-elle une fois en essayant de lui prendre la main. Mais Long Al ne se montrait pas plus tendre dans la réussite qu'il l'était dans l'amour ou l'échec, et le matin même, Charlie avait eu la lèvre fendue pour s'en rendre compte, lèvre qu'elle ne cessait d'ailleurs d'effleurer pensivement du bout des doigts. Sur la plage, il poursuivit son monologue, aussi implacable que le soleil. Il faudrait d'abord que le metteur en scène lui plaise avant de signer, déclara-t-il.

« Pas de ces empaffés de pédés anglais pour *moi,* pas question minette. Et pareil pour le script, j'suis pas du genre à rester assis comme un bon acteur bien gentil à ingurgiter ce qu'on lui jette pour tout recracher comme un perroquet. Tu me *connais,* Charlie. Et s'ils *veulent* savoir qui je suis, *moi,* tu vois, eh bien, ils feraient mieux de s'habituer à cette idée tout de suite, ma petite Charlie, parce que autrement, entre eux et moi, ça va être la *super*-guerre et je peux te dire que ça fera des morts, c'est moi qui te le dis ! »

A la taverne, pour monopoliser toute leur attention, Long Al s'installa en bout de table, et ce fut à ce moment-là qu'il s'aperçut de la disparition de son passeport, de son portefeuille, de sa carte de crédit, de son billet d'avion et d'à peu près tout ce qu'un bon anarchiste se devrait de considérer comme les scories produites par une société aliénée.

Comme bien souvent, le reste de la famille ne saisit pas tout de suite de quoi il retournait. Ils ne crurent tout d'abord déceler que les signes annonciateurs d'une nouvelle scène entre Alastair et Charlie. Tout en grommelant des insultes à son oreille, Alastair avait saisi le poignet de la jeune fille et le lui tordait contre l'épaule. Le visage grimaçant, Charlie émit un cri de douleur étouffé, suivi d'un silence qui permit aux autres d'entendre enfin ce qu'il lui répétait sur tous les tons depuis un bon moment.

« Je t'avais pourtant dit de les foutre dans le sac, espèce de conne ! Ils étaient posés là sur le comptoir de l'agence et je te l'ai dit, je te l'ai répété, je te l'avais pourtant dit : "Prends-les et mets-les dans ton sac, Charlie." Parce que les *mecs,* à part les empaffés de pédés vicelards comme Willy et Pauly, les mecs, *ma chérie,* ça ne trimballe pas de sacs à main, n'est-ce pas *ma chérie* ? Alors, où est-ce que tu les as foutus, où ? Ce n'est pas comme ça qu'on arrête un homme qui a rendez-vous avec son destin, tu peux me croire ! C'est pas comme ça non plus que vous allez en finir avec les machos, même si vous en crevez de voir les succès des mecs. J'ai du travail qui m'attend là-bas, ma petite, et des *châteaux* à bâtir, moi ! »

Ce fut à peu près en cet instant où la bataille faisait rage que Joseph apparut. D'où venait-il précisément, personne ne semblait le savoir — pour reprendre la formule de Pauly, ce fut exactement comme si quelqu'un avait frotté la lampe merveilleuse. Pour autant qu'on ait pu l'établir par la suite, il arrivait de la gauche — soit, en d'autres termes, de la direction de la plage. En tout cas, il était là soudain, avec son peignoir multicolore et sa casquette de golf enfoncée sur la tête, tenant à la main le passeport d'Alastair, son portefeuille et son billet d'avion tout neuf, qu'il venait apparemment de ramasser dans le sable, au pied des marches de la taverne. Impassible, tout au plus légèrement interloqué, il observa la scène opposant les deux amants terribles, attendant en messager distingué de recueillir leur attention. Puis il étala ses découvertes sur la table. Une à une. Brusquement, on n'entendit plus dans la taverne que le petit claquement de chacun des objets heurtant le plateau. Enfin, il prit la parole :

« Veuillez m'excuser. Il me semble que ceci va manquer très bientôt à quelqu'un. Je suppose qu'on devrait pouvoir s'en passer dans la vie, mais je crains qu'en l'occurrence cela ne pose un problème. »

Seule Lucy avait jusqu'à présent entendu le son de sa voix, et elle était alors trop partie pour en avoir remarqué les inflexions ou le timbre. Ils ne s'attendaient donc pas à cet anglais sans relief, parfaitement maîtrisé et dont la moindre intonation étrangère avait été gommée. S'ils avaient *su,* ils se seraient tous empressés de l'imiter. Il y eut un instant de stupéfaction, puis un éclat de rire et enfin de la gratitude. Ils le supplièrent de s'asseoir près d'eux. Joseph protesta mais leurs cris s'intensifièrent. Il était Marc Antoine devant la foule en délire : sans eux, il n'aurait *rien* fait. Il les examina ; son regard se posa sur Charlie, parcourut quelques visages puis revint sur Charlie. Enfin, avec un sourire résigné, il capitula. « Eh bien, si vous insistez », dit-il. Lucy l'embrassa comme un vieil ami. Willy et Pauly se présentèrent mutuellement. Chacun des membres de la famille affronta successivement son expression directe, et puis ce furent les yeux intensément bleus de Charlie face aux yeux bruns de Joseph, la confusion furibonde de Charlie face à la parfaite tranquillité de Joseph, tranquillité d'où tout triomphe avait été soigneusement banni — mais dont Charlie seule savait qu'elle était un masque dissimulant de tout autres motifs et pensées.

« Eh bien, Charlie, oui, bonjour. Enchanté », prononça-t-il d'une voix calme en lui serrant la main.

A ce moment-là, un hiatus dans son jeu et puis — comme s'il se libérait enfin d'une longue captivité, s'échappait pour la première fois — un sourire épanoui, aussi juvénile qu'un rire d'écolier mais deux fois plus communicatif. « Je croyais pourtant que Charlie était un nom de garçon ? » objecta-t-il.

« Eh bien, je suis une fille », répliqua Charlie, et tous éclatèrent de rire, Charlie comme les autres, avant que le lumineux sourire de Joseph ne retrouve brusquement les limites très strictes de son confinement.

Pendant les quelques jours qui restaient encore à la famille, Joseph devint leur mascotte. Dans le soulagement suscité par le départ d'Alastair, ils l'avaient tous adopté d'un même élan. Lucy s'offrit à lui ; il refusa, avec courtoisie et même un peu de regret. Elle transmit la triste nouvelle à Pauly qui, lui, rencontra une opposition plus forte : autre preuve impressionnante qu'il avait fait vœu de chasteté. Jusqu'au départ d'Alastair, la famille avait subi un certain relâchement. Leurs petits mariages se désagrégeaient et les nouvelles combinaisons ne parvenaient pas à enrayer le mouvement ; Lucy se croyait enceinte, mais cela lui arrivait souvent, et non sans raison. Faute d'impulsion suffisante, leurs grands débats politiques s'étaient raréfiés car ils ne savaient en réalité qu'une chose : que le système était contre eux et qu'ils étaient contre le système. A Mykonos, cependant, le système en question devenait quelque peu difficile à définir, surtout quand il vous avait payé le voyage jusque-là. Le soir, dans la ferme, en dînant de pain, de tomates, d'huile d'olive et de résiné, ils s'étaient mis à évoquer avec nostalgie la pluie et le froid londoniens, les rues qu'embaume le fumet du bacon au breakfast du dimanche matin. Et voilà que soudain le départ d'Alastair et l'arrivée de Joseph venaient changer les données et offrir une nouvelle perspective. Ils l'accaparèrent avec avidité. Non contents de requérir sa compagnie sur la plage et à la taverne, ils organisèrent une soirée en son honneur, une *Josephabend* comme ils l'appelèrent, et Lucy, toute à son rôle de future mère, déploya un assortiment d'assiettes en carton, de tarama, de fromages et de fruits. Se sentant trop vulnérable en l'absence d'Alastair et effrayée par le chaos de ses propres sentiments, Charlie seule demeura en retrait.

« Bande d'imbéciles, vous ne voyez donc *pas* que c'est un fumiste de quarante berges ? Vous n'êtes pas aveugles, non ? Mais non, vous formez vous aussi un tel lot de fumistes complètement ratés que vous ne pouvez plus vous rendre compte de *rien* ! »

Ils en furent pétrifiés. Qu'était-il advenu de sa générosité coutumière ? Comment pouvait-il être un fumiste, protestèrent-ils, alors qu'il n'avait jamais prétendu être quoi que ce fût ? Allez, Chas, laisse-le tranquille ! Mais elle ne voulait pas en entendre parler. A la taverne un ordre naturel s'instaura autour de la grande table que Joseph, par la volonté générale, présidait sereinement, se montrant compréhensif, écoutant avec les yeux, mais restant incroyablement silencieux. Charlie, elle, et quand elle daignait venir, s'installait le plus loin possible de lui, à bougonner ou à railler tout en le méprisant pour sa trop grande disponibilité. Joseph lui rappelait son père, avoua-t-elle à Pauly, en conclusion de ce qui était censé être une analyse pénétrante. Il avait exactement le même charme insidieux : mais c'est *forcé,* Pauly, ça sonne complètement *faux* ; elle l'avait vu au premier coup d'œil, mais surtout ne dis rien.

Pauly jura de rester bouche cousue.

Charlie traverse encore une de ses crises à propos des hommes, expliqua Pauly le soir même à Joseph ; avec Charlie, cela ne se dirigeait jamais contre quelqu'un en particulier, c'était politique — sa vioque était une sorte de conformiste assez sotte, et son père un escroc pas possible, continua-t-il.

« Un père malhonnête ? » s'étonna Joseph avec un sourire suggérant qu'il connaissait bien l'engeance. « Comme c'est fascinant. Parlez-moi donc de lui, je vous en prie. »

Pauly s'exécuta donc et tira un plaisir énorme à se confier ainsi à Joseph. Et il n'était pas le seul car, après le déjeuner ou le dîner, il en restait toujours deux ou trois pour parler à leur nouvel ami de leurs dons théâtraux, de leurs histoires sentimentales ou encore de l'angoisse permanente qu'impliquait la condition d'artiste. Quand leurs confessions risquaient de manquer de piquant, ils inventaient un peu pour n'être pas ennuyeux. Joseph les écoutait gravement jusqu'au bout, hochait gravement la tête ou souriait tout aussi gravement ; mais il ne leur donnait jamais le moindre conseil, pas plus, comme ils le découvrirent bientôt pour leur plus grande surprise et leur plus grande admiration, qu'il ne répétait ce qu'on lui avait confié : il gardait pour lui ce qu'il entendait. Et le summum était qu'il ne se permettait jamais d'interférer dans leurs monologues, préférant les orienter de loin par des questions pleines de tact les concernant directement ou même — puisqu'elle occupait tant leurs pensées — ayant trait à Charlie.

Ils ignoraient jusqu'à sa nationalité. Pour une raison quelconque, Robert le déclara portugais. Un autre assura qu'il devait être arménien, l'un des survivants du génocide turc — il avait vu un documentaire sur le sujet. Pauly, qui était juif, y voyait l'« Un des nôtres », mais Pauly voyait des Juifs partout, aussi les autres décidèrent-ils qu'il était sûrement arabe, pour embêter Pauly.

Mais personne ne demanda à Joseph ce qu'il était exactement, et quand ils essayèrent de le coincer sur sa profession, il se contenta de répondre qu'il avait beaucoup voyagé, mais qu'il avait récemment arrêté. A l'entendre, ils pouvaient presque croire qu'il venait de prendre sa retraite.

« Qu'est-ce que c'est alors, ta boîte, Jose ? » l'interrogea Pauly, plus téméraire que les autres. « Pour qui tu bosses, quoi ? Tu vois ? »

Eh bien, il ne pouvait pas dire qu'il avait à proprement parler une entreprise, répondit-il prudemment en tapotant d'un air pensif le bord de sa casquette blanche. En tout cas il n'en avait plus. Il lisait un peu, faisait un peu de commerce et avait récemment hérité d'une petite somme d'argent, aussi supposait-il pouvoir se définir comme étant à son propre compte. Oui, c'était l'expression qui convenait, à son propre compte.

Seule Charlie ne s'estima pas satisfaite : « Alors nous sommes tous des parasites, c'est ça, Jose ? » le provoqua-t-elle en s'empourprant. « On lit, on fait du commerce, on claque notre fric et, de temps en temps, on se fait une petite virée dans une de ces îles grecques si excitantes ? C'est ça ? »

Sans se départir de son sourire serein, Joseph accepta la description. Mais elle ne suffisait pas à Charlie. La jeune fille ne se contenait plus : elle se dressa de sa chaise, le corps projeté en avant.

« Mais *qu'est-ce* qu'on lit, bon Dieu ? C'est tout ce que je veux savoir. Qu'est-ce qu'on vend ? J'ai bien le droit de savoir, non ? » Le sourire conciliant de son interlocuteur acheva de la mettre hors d'elle. Il était tout simplement trop grand pour ses enfantillages. « Vous faites quoi, vous vendez des livres ? Allez, videz votre sac. »

Il prit son temps. Cela lui arrivait parfois. La famille avait déjà baptisé ces instants de réflexion prolongée les Trois Minutes d'Avertissement de Joseph.

« Mon sac ? » répéta-t-il avec une stupéfaction exagérée. « Mon *sac* ? Charlie, je suis peut-être n'importe quoi, mais sûrement pas un voleur ! »

Criant pour faire taire leurs rires, Charlie en appela désespérément aux autres. « Et qu'est-ce que vous croyez qu'il vend, de l'*air*, pauvres crétins ? Qu'est-ce qu'il *fait* ? Qu'est-ce qu'il trafique ? » Elle se laissa retomber sur sa chaise. « Bon sang, lâcha-t-elle. Quelle bande de tarés. » Puis elle capitula, paraissant soudain cinquante ans et usée, performance à laquelle elle pouvait parvenir en un clin d'œil.

« Ne pensez-vous pas qu'il est vraiment trop ennuyeux de parler de tout cela ? » demanda Joseph, tout à fait affable, en voyant que personne ne venait en aide à Charlie. « Il me semble que nous sommes justement venus à Mykonos pour échapper à ces notions de travail et d'argent, n'êtes-vous pas d'accord, Charlie ? »

« Eh bien, *Charlie* peut vous dire qu'elle a eu l'impression de parler tout le temps avec une espèce de chat du Cheshire », rétorqua-t-elle méchamment.

Soudain, quelque chose sembla se casser en elle. Elle se leva, émit une exclamation sifflante puis, rassemblant toute la force nécessaire pour chasser l'incertitude, frappa son poing contre la table. Il s'agissait de la même table que celle où ils étaient installés quand Joseph avait miraculeusement exhibé le passeport d'Alastair. La nappe de plastique glissa et la bouteille de limonade vide, leur piège à guêpes, atterrit directement sur les genoux de Pauly. Charlie commença par une bordée d'injures, les mettant tous assez mal à l'aise car, devant Joseph, ils avaient tendance à surveiller leur langage ; elle l'accusa d'être une sorte de maniaque, un satyre traînant sur la plage et jouant au plus fort avec des gamins deux fois plus jeunes que lui. Elle voulut parler des séances d'espionnage de Nottingham, York et Londres, mais se sentait peu à peu perdre pied et craignait surtout de se rendre ridicule ; aussi les passa-t-elle sous silence. Les autres ne surent pas très bien ce qu'il avait compris de cette première salve. Charlie avait la voix étranglée par la fureur et elle avait pris son accent des faubourgs. Tout ce qu'ils purent observer sur les traits de Joseph, si tant est qu'ils pussent y lire quelque chose, ne fut qu'un examen attentif de Charlie.

« Que désirez-vous savoir exactement, Charlie ? » s'enquit-il après sa pause réfléchie habituelle.

« Vous avez bien un nom, pour commencer, non ? »

« Vous m'en avez donné un. Joseph. »

« Dites votre vrai nom ! »

Un silence consterné s'abattit sur le restaurant, et même ceux qui, comme Willy et Pauly, aimaient Charlie sans restriction sentirent leur loyauté envers elle s'altérer.

« Richthoven », finit-il par répondre, comme s'il en sélectionnait un parmi un choix considérable. « Comme l'aviateur, mais avec un "v". Richthoven, répéta-t-il vivement, semblant s'animer à cette idée. Suis-je soudain différent, maintenant ? Et si je suis bien le genre de type malfaisant que vous voyez en moi, pourquoi donc devriez-vous me croire ? »

« *Quoi* Richthoven ? Quel est votre prénom ? »

Une nouvelle pause avant qu'il se décide.

« Peter. Mais je préfère Joseph. Où je vis ? A Vienne. Mais je voyage. Vous désirez mon adresse ? Je vais vous la donner. Malheureusement, vous ne me trouverez pas dans l'annuaire. »

« Donc vous êtes autrichien. »

« Charlie, je vous en prie. Disons que je suis un métis d'origines européenne et orientale. Cela vous satisfait-il ? »

La bande commença alors à sortir de sa torpeur pour se ranger aux côtés de Joseph et émettre quelques murmures embarrassés : « Charlie, enfin, pour l'amour de Dieu... Allez, Chas, t'es pas à Trafalgar Square... J'te jure Chas. »

Mais Charlie ne pouvait plus reculer. Projetant son bras de l'autre côté de la table, elle fit furieusement claquer ses doigts sous le nez de Joseph. Un claquement, puis un second, attirant l'attention de tous les clients, tous les serveurs du restaurant, trop heureux de profiter du spectacle.

« Passeport, s'il vous plaît ! Allez, franchissez ma frontière. Vous avez bien déterré celui d'Al, montrez-moi donc le vôtre. Date de naissance, couleur des cheveux, nationalité. *Donnez !* »

Il contempla d'abord les doigts tendus, qui, sous cet angle, prenaient un aspect désagréablement importun. Il remonta ensuite vers le visage congestionné, comme pour se rassurer sur les intentions de la jeune femme. Enfin, il choisit de sourire, et ce sourire parut à Charlie une danse lente et légère à la surface d'un secret profondément enfoui, un secret qui la narguait tant par ce qu'il laissait entendre que par ses omissions.

« Je suis désolé, Charlie, mais je crains que nous, les métis, nous y opposions farouchement. Il s'agit d'un refus bien ancré, je dirais même historique, de voir notre identité définie par des morceaux de papier. Mais vous êtes progressiste et je suis certain que vous partagez mes sentiments, n'est-ce pas ? »

Il prit sa main dans la sienne puis, après avoir soigneusement replié chacun des doigts de Charlie, la lui rendit de l'autre côté de la table.

Charlie et Joseph entreprirent leur tour de Grèce la semaine suivante. De même que tant d'autres propositions fructueuses, celle-ci n'avait pas à proprement parler été formulée. S'étant complètement séparée de la bande, Charlie avait pris l'habitude d'aller marcher en ville tôt le matin, quand il faisait encore frais, puis de tuer la journée dans deux ou trois tavernes, à boire du café grec et apprendre le rôle qu'elle interpréterait à la rentrée dans *Comme il vous plaira,* pendant sa tournée dans l'ouest de l'Angleterre. Sentant qu'on l'observait, elle leva les yeux et aperçut Joseph, qui se trouvait de l'autre côté de la rue, juste en face d'elle, et sortait de la pension où elle avait découvert qu'il vivait : Richthoven, Peter, chambre 18, seul. Elle se convainquit par la suite qu'il s'agissait d'une pure coïncidence si elle avait choisi de s'asseoir à cette taverne à l'heure précise où il avait coutume de se rendre à la plage. Dès qu'il l'eut repérée, il s'approcha et vint s'installer près d'elle.

« Allez-vous-en », fit-elle.

Tout en souriant, il se commanda un café. « Je crains que vos amis ne deviennent à la longue un peu difficiles à digérer, confessa-t-il. On en vient à rechercher l'anonymat de la foule. »

« Je ne vous dirai pas le contraire », reconnut Charlie.

Il regarda ce qu'elle lisait, et la seule chose dont se souvint ensuite la jeune femme fut qu'ils se retrouvèrent en train de décortiquer le rôle de Rosalind pratiquement scène par scène ; mais c'était Joseph qui alimentait à lui tout seul la conversation. « Elle incarne tant de caractères en un seul, me semble-t-il. Lorsqu'on la regarde se découvrir au fur et à mesure de la pièce, on a l'impression de voir défiler tout un régiment de personnages antagonistes. Elle est bonne, elle est sage, elle est pourtant perdue d'une certaine façon, elle est trop clairvoyante, elle a même le sens du devoir social. Il me semble que vous êtes faite pour ce rôle, Charlie. »

Elle ne put se retenir. « Vous connaissez Nottingham, Jose ? » demanda-t-elle en le dévisageant sans se donner la peine de sourire.

« Nottingham ? Je crains que non. Le devrais-je ? Nottingham présente-t-il un intérêt particulier ? Pourquoi me demandez-vous cela ? »

Elle sentait ses lèvres la démanger. « C'est juste parce que je jouais là-bas le mois dernier. J'aurais bien aimé que vous ayez pu me voir. »

« Mais c'est terriblement intéressant. Et dans quoi aurais-je eu le plaisir de vous voir ? Dans quelle pièce ? »

« Dans *Jeanne d'Arc.* La *Jeanne d'Arc* de Shaw. Je jouais Jeanne. »

« Mais c'est justement l'une de mes pièces préférées. Je crois bien ne pas passer une année sans relire l'introduction de *Jeanne d'Arc.* Allez-vous reprendre le rôle ? Peut-être aurai-je l'occasion de me rattraper ? »

« Nous l'avons présentée à York également », reprit-elle sans détacher son regard de celui de Joseph.

« Vraiment ? Il s'agissait donc d'une tournée, comme c'est bien. »

« Oui, n'est-ce pas ? Vos voyages ne vous ont jamais conduit jusqu'à York ? »

« Hélas, je ne suis jamais monté plus haut que Hampstead, au nord de Londres. Mais j'ai entendu dire que York était une ville superbe. »

« Oh, c'est magnifique. Surtout la cathédrale. »

Elle continua de le fixer des yeux aussi longtemps qu'elle en eut le courage. Elle fouillait ses iris sombres, guettait le moindre tressaillement de cils trahissant la complicité ou l'amusement, mais rien ne perça, rien ne se manifesta.

Il est amnésique, décida-t-elle. Ou bien c'est moi. Oh ! mon Dieu !

Il ne lui demanda pas si elle voulait déjeuner, ou elle aurait sûrement refusé. Il se contenta d'appeler le garçon pour s'enquérir en grec du poisson du jour. Tout cela avec autorité, sachant déjà qu'elle aimait particulièrement le poisson, levant le bras en l'air à la façon d'un guide pour interpeller le serveur. L'ayant renvoyé, il reprit ses propos sur le théâtre comme s'il n'y avait rien de plus naturel que de manger du poisson et de boire du vin à neuf heures par un matin d'été — bien que lui-même se soit commandé du Coca-Cola. Il ne parlait visiblement pas sans savoir. Peut-être ne s'était-il jamais rendu dans le nord de l'Angleterre, mais il n'en possédait pas moins une connaissance approfondie du milieu théâtral londonien qu'il n'avait jamais révélée à quiconque de la bande. En l'écoutant, elle éprouva la même impression troublante qui s'était imposée à elle dès le début : que son caractère extérieur, comme sa présence à Mykonos, ne constituait qu'un prétexte — son véritable objectif était d'ouvrir une brèche qui lui permettrait de laisser percer son autre nature, une nature foncièrement malhonnête.

Elle lui demanda s'il lui arrivait souvent de passer à Londres. Il assura qu'après Vienne, Londres était la seule véritable capitale du monde. « Dès que la plus petite occasion se présente, je la saisis au vol », déclara-t-il. Il arrivait que même son anglais ait l'air d'avoir été acquis d'une façon un peu louche. Elle s'imagina les heures de sommeil volées à emmagasiner des manuels d'expressions idiomatiques, tant par semaine.

« Mais nous avons aussi joué *Jeanne d'Arc* à Londres..., il y a à peine, vous savez..., enfin il y a juste quelques semaines. »

« Dans le West End ? Mais, Charlie, c'est tout à fait épouvantable. Comment se fait-il que je n'aie rien lu à ce sujet ? Pourquoi ne m'y suis-je pas précipité ? »

« L'East End », corrigea-t-elle avec mauvaise humeur.

Ils se retrouvèrent le lendemain dans une autre taverne — elle n'aurait su dire si le hasard était seul responsable, mais son instinct lui dictait que non —, et il lui demanda alors avec le plus grand naturel quand commenceraient les répétitions de *Comme il vous plaira,* ce à quoi elle répondit, sans autre idée en tête que d'alimenter la conversation, pas avant octobre et, connaissant la compagnie, peut-être même pas en octobre et, de toute façon, cela ne tiendrait sans doute pas plus de trois semaines. L'*Arts Council* avait trop dépensé pour eux, lui expliqua-t-elle, et parlait de supprimer carrément leur subvention pour la tournée. Pour souligner son effet, elle choisit d'enjoliver un peu.

« Enfin, je veux dire, ils ont juré que notre pièce serait la dernière, et pourtant nous avions été magnifiquement soutenus par le *Guardian,* et la tournée ne coûterait pas plus aux contribuables qu'un trois-centième de char d'assaut, mais qu'est-ce que vous voulez faire ? »

Et quels étaient ses projets en attendant ? l'interrogea Joseph avec une remarquable indifférence. En y réfléchissant longuement par la suite, Charlie constata que, curieusement, lorsqu'il avait établi qu'il avait manqué *Jeanne d'Arc,* il avait en même temps impliqué qu'ils se devaient mutuellement de réparer une telle faute d'une manière ou d'une autre.

Charlie répondit avec insouciance. Elle prendrait sans doute un job de serveuse dans un bar, dans le quartier des théâtres. Oui, serveuse. Elle retaperait son appartement. Pourquoi ?

Joseph parut épouvanté. « Mais Charlie, ce n'est vraiment pas grand-chose. Votre talent mérite certainement mieux que d'être gaspillé dans des bars. L'enseignement ou un poste de fonctionnaire ne vous tentent-ils pas plus ? Ne serait-ce pas plus intéressant pour vous ? »

Plutôt nerveuse, elle ne put s'empêcher de lui rire au nez en rencontrant une telle candeur. « En Angleterre ? Avec le chômage qu'il y a ? Ça ne va pas. Qui pourrait bien me payer cinq mille livres par an pour saper l'ordre établi ? C'est que, bon sang, je suis *subversive.* »

Il sourit. Il semblait surpris et dubitatif. Puis il rit, la réprimandant gentiment. « Oh ! allons, Charlie. *Qu'est-ce* que cela veut dire maintenant ? »

Certaine d'être contrariée, elle leva brusquement les yeux vers lui mais ne rencontra que son regard, faisant comme un barrage entre elle et lui.

« Rien de plus que ce que j'ai dit. Je suis un mauvais sujet. »

« Mais que voulez-vous subvertir, Charlie ? protesta-t-il vigoureusement. Vous m'apparaissez comme une personne des plus orthodoxes, vraiment. »

Quoi qu'elle pût penser ce jour-là, elle avait l'impression désagréable que la discussion ne pourrait tourner qu'en faveur de Joseph ; aussi choisit-elle, pour se protéger, d'adopter une soudaine lassitude.

« On arrête là, d'accord, Jose ? conseilla-t-elle d'une voix fatiguée. Nous nous trouvons sur une île grecque, c'est bien ça ? En vacances, oui ? Vous ne vous mêlez pas de ma politique et je ne m'occupe pas de votre passeport. »

L'allusion suffit. Elle fut frappée d'avoir un tel pouvoir sur lui au moment où, justement, elle craignait de n'en posséder aucun. On apporta leurs verres et, tout en sirotant son jus de citron, il demanda à Charlie si elle avait eu l'occasion de visiter de nombreuses ruines antiques depuis le début de son séjour. Il ne s'agissait que d'une question de pur intérêt général et Charlie lui répondit avec la même légèreté. Long Al et elle étaient allés passer une journée à Délos pour y admirer le hieron d'Apollon, lui apprit-elle ; c'était tout. Elle se retint de lui avouer qu'Alastair s'était complètement enivré sur le bateau, ou que la journée avait été un véritable fiasco, ou qu'elle avait ensuite passé des heures dans les librairies de la ville à éplucher les guides pour en savoir plus sur le peu qu'elle avait vu. Mais elle sentait que, de toute façon, il savait déjà. Ce ne fut que lorsqu'il souleva la question de son billet de retour qu'elle commença à soupçonner une intention cachée derrière tant de curiosité. Joseph la pria de le lui montrer, et elle l'extirpa de son sac avec un haussement d'épaules indifférent. Il le lui prit des mains et l'examina attentivement.

« Eh bien, vous pourriez parfaitement vous en servir à partir de Thessalonique, finit-il par déclarer. Pourquoi ne pas le faire rectifier par un de mes amis qui tient une agence de voyages ? Ainsi, nous pourrions voyager ensemble », expliqua-t-il, comme si tous deux ne cherchaient que cette solution depuis le début.

Elle ne répondit rien. Il lui semblait que chacune des facettes de sa personnalité combattait l'autre : l'enfant s'opposait à la mère, la prostituée luttait contre la nonne. Ses vêtements lui irritaient la peau et le dos lui brûlait, mais elle ne trouvait toujours rien à dire.

« Je dois être à Thessalonique d'ici à une semaine, poursuivit-il. Nous pourrions louer une voiture à Athènes, passer par Delphes et remonter doucement vers le nord pendant deux jours, pourquoi pas ? » Le silence de la jeune femme ne paraissait pas le gêner. « En nous arrangeant convenablement, nous ne devrions pas trop souffrir de la foule, si c'est ce qui vous préoccupe Quand nous serons arrivés à Thessalonique, vous pourrez prendre un vol pour Londres. Nous pourrons même conduire à tour de rôle, si vous le désirez. Tout le monde prétend que vous conduisez parfaitement. Bien entendu, vous seriez mon invitée. »

« Bien entendu », répéta-t-elle.

« Qu'est-ce qui vous en empêche ? »

Elle songea à toutes les bonnes raisons qu'elle s'était fabriquées en prévision de ce moment ou d'un autre semblable, à toutes les phrases sèches et concises qui lui venaient lorsque des hommes plus vieux lui faisaient des avances. Elle pensa à Alastair, à l'ennui qu'elle éprouvait en sa compagnie quand ils n'étaient pas au lit, et même là, ces derniers temps. A la nouvelle page de sa vie qu'elle s'était promis de tourner. Elle se représenta la grisaille des mois de dèche et de vache enragée qui l'attendaient en Angleterre, maintenant qu'il ne lui restait plus un sou d'économie, perspective que Joseph lui avait rappelée, par hasard ou par perfidie. Elle lui jeta un regard en coin mais ne découvrit une fois encore aucun signe de supplication sur son visage : *Qu'est-ce qui vous en empêche ?* et rien de plus. Elle songea à son corps souple et puissant, traçant un sillon unique à la surface de l'eau : *Qu'est-ce qui vous en empêche ?* à nouveau. Elle songea au frôlement de sa main et à la note étrangement familière dans sa voix : « *Charlie*, oui, *bonjour* »..., au sourire adorable qu'elle lui avait si rarement vu depuis. Et puis elle se rappela combien de fois elle s'était dit que s'il arrivait jamais à Joseph de se laisser aller, l'éclat devait en être assourdissant et que c'était surtout cela qui l'avait attirée vers lui.

« Je ne veux pas que la bande le sache, marmonna-t-elle, le nez baissé sur son verre. Vous combinez ça comme vous voulez. Sinon ils n'auront pas fini de se foutre de moi. »

Il répliqua aussitôt qu'il partirait dès le lendemain et s'occuperait de tout : « Et bien sûr, si vous préférez vraiment quitter vos amis en catimini... »

Oui, elle ne tenait même qu'à ça, lui assura-t-elle.

Voici donc, fit Joseph du même ton pragmatique, ce qu'il suggérait. Elle n'aurait su dire s'il avait déjà tout prévu à l'avance ou s'il avait simplement l'esprit pratique et efficace. Quoi qu'il en fût, elle apprécia sa précision, même si elle prit conscience par la suite qu'elle n'avait jamais espéré autre chose.

« Vous vous rendrez jusqu'au Pirée avec vos amis. Le bateau accoste généralement en fin d'après-midi, mais des grèves sont prévues pour cette semaine et il aura peut-être du retard. Juste avant l'arrivée au port, vous informerez vos amis que vous avez décidé de voir un peu le continent seule pendant quelques jours. Une décision impulsive, vous êtes connue pour cela. Ne leur en parlez pas trop tôt ou ils vont passer la traversée à tenter de vous en dissuader. Ne leur en dites pas trop, c'est signe que l'on n'a pas la conscience tranquille », ajouta-t-il avec l'autorité de quelqu'un qui connaît bien la question.

« Et si je suis à sec », laissa-t-elle échapper sans réfléchir car Alastair avait évidemment claqué son fric à elle en plus du sien. De toute façon, elle s'en serait bien mordue la langue jusqu'au sang et s'il lui avait offert de l'argent à l'instant même, elle le lui aurait jeté en pleine figure. Mais il semblait en être conscient.

« *Savent-ils* que vous êtes fauchée ? »

« Bien sûr que non. »

« Il me semble donc que votre histoire tient toujours. » Puis, comme si cela réglait le problème, il glissa le billet d'avion de Charlie dans la poche intérieure de sa veste.

« *Hé ! rend-moi ça !* » cria-t-elle, brusquement alarmée. Mais pas — quoiqu'il s'en fallût d'un cheveu — pas tout haut.

« Quand vous vous serez débarrassée de vos amis, prenez un taxi jusqu'à la place Kolokotroni. » Il lui épela le nom. « La course vous coûtera environ deux cents drachmes. » Il attendit de savoir si cela représentait une difficulté, mais ce n'était pas le cas ; il lui en restait en fait huit cents, même si elle ne le lui dit pas. Il répéta le nom une fois encore et vérifia qu'elle l'avait bien retenu. Il était agréable de se soumettre à son efficacité toute militaire. Juste à côté de la place, poursuivit-il, se trouvait un restaurant avec une terrasse. Il lui en donna le nom — Diogène — et se permit une pointe d'humour au passage : beau nom, soupira-t-il, l'un des plus beaux de l'histoire, il en aurait fallu davantage au monde et moins d'Alexandre. Il l'attendrait au Diogène. Pas sur la terrasse, mais à l'intérieur du restaurant, au calme et au frais. Reprenez après moi, Charlie : *Diogène.* Aussi absurde que cela pût paraître, elle s'exécuta passivement.

« Tout de suite après le Diogène, vous apercevrez l'hôtel Paris. Si, par hasard, j'avais un empêchement, je vous laisserais un message à la réception de cet hôtel. Demandez M. Larkos. C'est un bon ami à moi. Si vous aviez besoin de quoi que ce soit, argent ou n'importe quoi d'autre, montrez-lui ceci et il vous aidera par tous les moyens. » Il lui tendit une carte. « Vous vous souviendrez de tout cela ? Mais bien sûr que vous vous en souviendrez, vous êtes actrice. Vous pouvez vous rappeler les mots, les gestes, les chiffres, les couleurs, tout ce que vous voulez. »

Richthoven Entreprise, lut-elle, *Export,* suivi par un numéro de boîte postale à Vienne.

Se sentant dangereusement, merveilleusement bien, elle s'arrêta devant un étalage et acheta une nappe en crochet pour sa vioque, ainsi qu'une calotte grecque à glands pour Kevin, sa peste de neveu. Elle choisit ensuite une douzaine de cartes postales qu'elle adressa pour la plupart à ce vieux Ned Quilley, l'imprésario incapable qui l'attendait à Londres, lui rédigeant de petits messages facétieux destinés à l'embarrasser devant les vieilles filles pincées qui composaient son personnel. « Ned, Ned, écrivit-elle sur l'une des cartes, je te veux tout entier, attends-moi. » « Ned, Ned, une femme déchue peut-elle tomber plus bas ? » sur une autre. Mais elle opta pour un ton plus sobre dans une troisième où elle l'informa qu'elle pensait retarder son retour pour visiter un peu le continent. « Il est grand temps que ta petite Chas rehausse son niveau culturel, Ned », expliqua-t-elle, ignorant le conseil de Joseph d'en dire le moins possible. A l'instant où elle allait traverser la rue pour poster son courrier, Charlie eut l'impression d'être observée, mais quand elle se retourna, prête à tomber sur Joseph, son regard ne rencontra que le hippy aux cheveux filasse, celui qui aimait à se joindre à la famille et qui avait présidé au départ d'Alastair. Il se traînait derrière elle, sur le trottoir, les bras pendants comme ceux d'un singe. L'apercevant, il leva lentement la main droite en un salut évoquant celui du Christ. Elle le lui rendit en riant. Le trip a été dur, difficile de redescendre, songea-t-elle avec indulgence en laissant tomber une à une ses cartes dans la boîte aux lettres. Peut-être faudrait-il faire quelque chose pour lui.

La dernière carte s'adressait à Alastair et l'assurait de sentiments mensongers, mais Charlie ne la relut pas. Elle se plaisait parfois, surtout dans des moments d'incertitude, de bouleversements ou quand elle s'apprêtait à tenter une action d'éclat, à croire que son cher, son irrécupérable, son ivrogne de Ned Quilley, bientôt âgé de cent quarante printemps, représentait son seul et unique amour.

4

Dès qu'ils eurent appris que le scénario Charlie-Joseph se déroulait comme prévu, Kurtz et Litvak se présentèrent en fin de matinée, par un vendredi brumeux et mouillé, au bureau de Ned Quilley, à Soho — visite purement professionnelle visant à conclure une affaire. Ils se trouvaient dans un état proche du désespoir depuis l'attentat de Leyde, ils avaient Gavron sur le dos à toute heure de la journée ; seul retentissait dans leur tête le tic-tac implacable de la vieille montre de Kurtz. Pourtant, ils n'étaient apparemment que deux honnêtes Américains d'Europe centrale assez mal assortis, vêtus d'imperméables neufs et dégoulinants, l'un trapu, la démarche chaloupée, évoquant un peu un vieux loup de mer, l'autre jeune, dégingandé, insinuant, les lèvres imperceptiblement étirées en un sourire figé. Ils s'annoncèrent sous les noms de Gold et Karman, envoyés par la société anonyme des Créations GK, et leur papier à lettre, précipitamment imprimé, arborait pour l'attester un monogramme bleu et or semblable à une épingle de cravate des années trente. Ils avaient pris rendez-vous depuis l'ambassade, mais en s'arrangeant pour que l'employée de Quilley soit persuadée qu'ils appelaient de New York, et arrivèrent pile à l'heure comme les requins du show-business qu'ils n'étaient pas.

« Nous sommes Gold et Karman », dit Kurtz à la réceptionniste sénile de Quilley, Mrs. Longmore, à midi moins deux exactement, après s'être précipité sans hésitation sur elle en entrant. « Nous avons rendez-vous à midi avec Mr. Quilley. Merci... Non, nous attendrons debout, très chère. Ce n'est pas vous, par hasard, que nous avons eue au téléphone, charmante ? »

Non, il ne s'agissait pas d'elle, répondit Mrs. Longmore du ton de celle qui ménage deux cinglés. Les rendez-vous relevaient du domaine de Mrs. Ellis, une tout autre personne.

« Je comprends, très chère », reprit Kurtz, nullement impressionné. Ils procédaient souvent ainsi dans ce genre de situations : d'une manière quelque peu officielle, Kurtz, le plus massif, battant la mesure, et Litvak, le longiligne, renchérissant doucement d'une voix de fausset derrière son dos, sans jamais se départir de son petit sourire.

Il fallait, pour accéder au bureau de Ned Quilley, emprunter un escalier raide et nu, et les cinquante années d'expérience de Mrs. Longmore lui avaient enseigné que la plupart des gentlemen américains émettaient en le voyant des commentaires ironiques et reprenaient leur souffle au tournant. Mais pas Gold ; ni Karman non plus. Ces deux-là, elle les regarda par la vitre, escaladèrent les marches puis disparurent de sa vue comme s'ils n'avaient jamais connu d'ascenseur. Ce doit être le jogging, songea-t-elle avant de se replonger dans son tricot à quatre livres de l'heure. Ne s'y étaient-ils pas tous mis à New York, ces derniers temps ? A tourner autour de Central Park, les pauvres chéris, en évitant les sadiques et les chiens ? Elle avait même entendu dire que beaucoup en mouraient.

« Monsieur, nous sommes Gold et Karman, annonça Kurtz pour la seconde fois au moment où le petit Ned Quilley leur ouvrait gaiement la porte. Je suis Gold. » Et sa grande main droite s'était déjà refermée sur celle du pauvre vieux Ned avant que celui-ci ait eu le temps de la tendre. « Mr. Quilley, monsieur... Ned..., nous sommes extrêmement honorés de vous rencontrer. Vous avez bonne, très bonne réputation dans la profession. »

« Et moi, monsieur, je suis Karman », expliqua Litvak, à part, tout aussi respectueusement, en lorgnant par-dessus l'épaule de Kurtz. Mais Litvak n'était pas de ceux qui vous serrent la main : Kurtz l'avait fait pour eux deux.

« Mais mon cher », protesta Ned avec un charme réprobateur très édouardien, « bonté divine, mais c'est *moi* qui suis honoré, pas *vous* ! » Puis il les conduisit aussitôt vers la baie vitrée à châssis mobile qui avait fait autrefois la gloire de son père, et devant laquelle, selon la tradition, vous vous asseyiez face au marché de Soho en sirotant le sherry du vieux Quilley et en contemplant le monde qui s'activait tandis que vous traitiez d'excellentes affaires pour le vieil homme et ses clients. En effet, à soixante-deux ans, Ned Quilley se cantonnait encore dans le rôle du fils. Il ne demandait qu'à poursuivre la vie agréable inaugurée par son père. C'était un petit homme très doux, aux cheveux blancs, extrêmement soigné comme le sont souvent les gens de théâtre, doté d'une coquetterie dans l'œil, de joues bien roses et d'un air d'être à la fois agité et en retard.

« C'est un temps à ne pas mettre une prostituée dehors »,

remarqua-t-il en tapotant élégamment la vitre de sa petite main. Pour Ned, la vie n'était qu'insouciance. « A cette époque de l'année, nous en avons d'ordinaire une collection tout à fait convenable. Des grandes, des noires, des jaunes, de toutes les tailles et de toutes les formes. L'une d'elles est tellement vieille qu'elle était là avant moi. Mon père avait coutume de lui donner une livre à Noël. Une livre, cela ne représente plus grand-chose de nos jours. Oh ! non ! Plus rien du tout ! »

Tandis qu'ils s'esclaffaient poliment avec lui, Ned sortit une carafe de sherry de la bibliothèque à bords brisés qu'il chérissait tant, huma le bouchon de verre avec un peu trop de zèle, puis remplit à demi trois coupes de cristal sous le regard de ses deux visiteurs. Leur vigilance l'avait tout de suite frappé. Il sentait qu'ils l'évaluaient, qu'ils évaluaient les meubles, le bureau. Une pensée affreuse s'imposa — elle lui trottait dans la tête depuis le moment où il avait reçu leur lettre.

« Je voulais vous dire, vous n'êtes pas venus dans l'idée de tout racheter ou quoi que ce soit d'aussi horrible, n'est-ce pas ? » s'enquit-il nerveusement.

Kurtz émit un rire homérique et réconfortant. « Ned, ce n'est certainement pas ce que nous sommes venus faire. » Litvak riait lui aussi.

« Eh bien, c'est déjà ça », répliqua sincèrement Ned, en distribuant les verres. « Savez-vous qu'aujourd'hui, *tout le monde* se fait racheter ? J'ai au bout du fil toute sorte de types que je ne connais ni d'Ève ni d'Adam et qui me proposent de l'argent. Toutes ces petites entreprises tenues de père en fils — des maisons convenables — englouties comme des n'importe quoi, c'en est choquant. Au revoir, bonne chance et à bientôt », déclara-t-il, secouant toujours la tête en signe de désapprobation.

Ned continua son rituel. Il leur demanda où ils séjournaient, et Kurtz répondit au Connaught ; s'y plaisaient-ils ? Oui, c'était vraiment très agréable et ils s'y étaient tout de suite sentis chez eux. En l'occurrence, il ne mentait pas ; ils avaient délibérément choisi cet hôtel et Misha Gavron aurait une attaque en voyant la note. Ned leur demanda encore s'ils trouvaient des moyens de se distraire et Kurtz lui répondit avec chaleur qu'ils appréciaient chaque instant de leur séjour. Ils devaient s'envoler pour Munich le lendemain même.

« Munich ? Bonté divine, mais qu'allez-vous donc faire là-bas ? » s'exclama Ned en jouant de son âge, cultivant son rôle anachronique d'éternel dandy. « Vous n'êtes pas du genre à faire des sauts de puce, me semble-t-il ! »

« Un financement en coproduction », lâcha Kurtz, comme si l'explication suffisait.

« Un gros financement », confirma Litvak d'une voix presque aussi imperceptible que son sourire. « Le marché allemand est important à l'heure actuelle. Le théâtre est en pleine expansion là-bas, Mr. Quilley. »

« Oh, je n'en doute pas. Ça, je l'ai déjà entendu dire, fit Ned avec indignation. Ils forment une puissance considérable, il faut bien l'admettre. Et ce partout. La guerre est oubliée maintenant, reléguée tout au fond des oubliettes. »

Déployant une mystérieuse énergie à agir de la façon la moins efficace possible, Ned entreprit de leur reverser un peu de sherry, feignant de n'avoir pas remarqué qu'ils n'avaient presque rien bu. Puis il gloussa et reposa la carafe. Il s'agissait d'une carafe de marine datant du XVIIIe siècle, évasée à la base pour rester stable par les plus gros temps. Ned avait pris l'habitude d'expliquer tout cela aux nouveaux venus, pour les mettre à l'aise. Mais quelque chose dans l'attitude concentrée de ces deux-là l'en dissuada et il n'y eut donc qu'un léger silence troublé seulement par le craquement des sièges. Dehors, la pluie avait redoublé et l'on ne distinguait plus rien.

« Ned », commença Kurtz en calculant exactement son effet, « Ned, je voudrais vous expliquer un peu qui nous sommes, pourquoi nous vous avons écrit et pourquoi nous vous faisons perdre un temps précieux. »

« Mais mon cher, je vous en prie, j'en serais ravi », dit Ned qui, se sentant soudain un autre homme, croisa ses jambes courtes et se composa un sourire attentif tandis que Kurtz prenait tout doucement son ton persuasif.

A son front large et fuyant, Ned supposa qu'il devait être hongrois, mais il pouvait tout aussi bien venir de Tchécoslovaquie ou de tout autre coin de ce genre. Il avait une voix riche et naturellement puissante, marquée par un accent d'Europe centrale que l'Atlantique n'avait pas encore estompé. Il s'exprimait aussi vite et aussi facilement qu'un présentateur de radio tandis que ses yeux étroits et brillants semblaient suivre tout ce qu'il disait, et que de son bras droit, à petits coups rapides et précis, il réduisait en pièces tout ce qui se trouvait à portée. Lui, Gold, était le juriste du groupe, expliqua Kurtz ; Karman représentait plutôt le côté créatif, avec une formation d'écrivain, d'imprésario et de producteur, en particulier au Canada et dans le Middle-West. Ils s'étaient récemment installés à New York où ils travaillaient comme producteurs indépendants et s'occupaient surtout de la mise en boîte d'émissions de télé.

« Notre rôle créatif, Ned, se limite pour quatre-vingt-dix pour cent à trouver un concept qui convienne à la fois aux réseaux et aux budgets. Le concept, nous le vendons aux commanditaires. Quant à la mise en scène, nous la laissons aux metteurs en scène. Point final. »

Il en avait terminé et avait regardé sa montre en exécutant un mouvement étrangement précipité. C'était maintenant au tour de Ned de dire quelque chose d'intelligent et il avait la réputation de s'y entendre plutôt bien. Il fronça les sourcils, tendit son verre à bout de bras et esquissa de la pointe des pieds une lente pirouette réfléchie qui faisait pendant au numéro de Kurtz. « Mais, mon cher. Si vous faites de la *mise en boîte,* mon ami, qu'avez-vous besoin de venir contacter un *agent* ? » protesta-t-il. « J'aimerais savoir ce qui me vaut l'honneur d'un *déjeuner* ? Vous comprenez ce que je veux dire ? Oui ? Pourquoi ce déjeuner si vous vous occupez surtout de *conception* ? »

A la stupéfaction de Ned, la première réaction de Kurtz fut de partir d'un rire des plus allègres et communicatifs. Pour être honnête, Ned s'était trouvé assez spirituel et n'était pas mécontent de son jeu ; mais la cause de l'hilarité de Kurtz se situait ailleurs. Les yeux étroits du visiteur se refermèrent, ses épaules massives se soulevèrent et Ned ne se souvint plus que des chaleureux éclats de la joie toute slave qui emplissait la pièce. Au même instant, son visage se parchemina, se brisant en mille sillons déconcertants. Ned avait évalué jusqu'alors l'âge de Kurtz à quarante-cinq ans au pire. Et ils avaient soudain le même âge, le front, les joues et le cou de Kurtz s'étaient desséchés, craquelés, certaines rides évoquant l'entaille profonde d'un couteau. La transformation troubla Ned. Il se sentit en quelque sorte dupé. « Un peu comme un cheval de Troie humain, raconta-t-il plus tard à sa femme, Marjory. Tu laisses entrer un grand magna du show-biz et tout d'un coup, tu te retrouves avec un vieux guignol. Ça fait un sacré effet. »

Mais ce fut cette fois-ci au tour de Litvak de fournir la réponse cruciale et si longtemps répétée à la question de Ned, la réponse dont toute la suite des opérations dépendait. Il pencha son corps long et anguleux en avant, les coudes posés sur les genoux, ouvrit la main droite, en écarta les doigts puis se saisit du majeur, à qui il sembla adresser son monologue aux accents traînants bostoniens, résultat d'un travail acharné auprès de professeurs juifs américains.

« Mr. Quilley, monsieur », commença-t-il avec une telle ferveur qu'il paraissait prêt à livrer quelque secret mystique. « Voilà, nous pensons à un projet totalement original. Sans précèdent et sans imitateurs. Nous prenons seize heures d'émissions télé très bien placées — disons en automne et en hiver. Nous constituons une compagnie théâtrale composée de comédiens itinérants. Toute une troupe d'excellents acteurs du répertoire, des Anglais et des Américains, un brassage de races et de personnalités, l'interaction entre les gens. Cette compagnie, nous la faisons bouger de ville en ville, chaque acteur interprétant des rôles très divers, tantôt en tête d'affiche, tantôt comme simple figurant. A leurs histoires et relations personnelles de donner une dimension supplémentaire au spectacle, l'accueil du public tenant une part importante. Des matinées en direct dans chacune des villes. »

Litvak leva suspicieusement la tête, comme s'il croyait avoir entendu Quilley parler, mais il n'en était rien.

« Mr. Quilley, nous accompagnons cette troupe, reprit Litvak, ralentissant encore son débit à mesure que sa ferveur s'intensifiait. Nous voyageons dans les mêmes voitures qu'eux ; nous aidons la compagnie à changer les décors ; nous, le public, nous partageons leurs problèmes, leurs hôtels miteux ; nous assistons à leurs querelles et leurs histoires d'amour. Nous, le public, nous répétons avec eux. Nous éprouvons avec eux le trac de la première, lisons les articles de presse le lendemain, nous réjouissons de leurs succès, souffrons de leurs échecs, écrivons à leurs parents. Nous redonnons au théâtre son esprit d'aventure, son esprit de pionnier. Nous faisons renaître les rapports comédiens-public. »

Quilley crut un instant qu'il avait fini. Mais Litvak choisissait simplement un autre doigt à étreindre.

« Nous sélectionnons des pièces du répertoire classique, sans droits à payer, nous sommes gagnants sur toute la ligne. Nous faisons une tournée. Nous prenons de jeunes acteurs, relativement peu connus, et de temps en temps une vedette pour faire bonne mesure, mais au départ, nous lançons de nouveaux talents et leur donnons la possibilité de démontrer toute l'étendue de leur art en un minimum de quatre mois — et cette période pourrait être allongée. Ré-allongée peut-être. Pour les acteurs, un moyen de se faire connaître, de la très bonne publicité, des pièces honorables, pas de saletés, rien à perdre et tout à gagner. Voilà l'idée, Mr. Quilley, et elle semble plaire à nos commanditaires. »

Puis, avant même que Quilley ait eu le temps de présenter ses félicitations, ce qu'il ne manquait jamais de faire lorsqu'on lui faisait part d'une idée, Kurtz avait à nouveau pris d'assaut la scène.

« Ned, nous voudrions engager votre Charlie », annonça-t-il puis, aussi fougueux qu'un messager shakespearien apportant des nouvelles de victoire, il balaya l'air de son bras droit, qu'il laissa en suspens.

Très excité, Ned allait parler quand il s'aperçut que Kurtz l'avait une fois encore devancé.

« Ned, nous sommes certains que votre Charlie a beaucoup d'esprit, un vrai don de comédienne et énormément de possibilités. Si vous pouvez nous rassurer concernant deux ou trois points assez importants, eh bien, je pense que nous pourrons lui permettre de se faire une place au firmament du théâtre, que ni vous, ni elle n'aurez sûrement à regretter. »

Ned s'apprêta de nouveau à dire quelque chose, mais ce fut cette fois-ci Litvak qui l'en empêcha : « Nous sommes tous décidés à la lancer, Mr. Quilley. Il vous suffit de répondre à deux ou trois questions et Charlie rejoint les plus grands. »

Le silence se fit soudain, et Ned ne perçut plus que les battements de son cœur. Il pinça les lèvres puis, s'efforçant de prendre une attitude professionnelle, ajusta l'une après l'autre ses élégantes manchettes. Il rectifia la position de la rose que Marjory avait glissée le matin même dans sa boutonnière en lui rappelant, comme à l'habitude, de ne pas trop boire après déjeuner. Mais Marjory aurait sans doute pensé tout différemment si elle avait su que, bien loin de vouloir racheter Ned, ses visiteurs proposaient en fait de donner à leur petite Charlie la chance si longtemps attendue. Si elle avait su *cela,* cette bonne Marjory aurait levé toutes ses restrictions, aucun doute là-dessus.

Kurtz et Litvak burent du thé, excentricité que l'on accepta à l'*Ivy* sans trop de problèmes, quant à Ned, il ne fallut pas le persuader longtemps pour qu'il choisisse une très bonne demi-bouteille sur la carte des vins, et, puisqu'ils semblaient tant y tenir, une grande coupe givrée de chablis pour accompagner son entrée de saumon fumé. Dans le taxi, qu'ils avaient pris pour échapper à la pluie, Ned avait entrepris de leur raconter la façon amusante dont Charlie était devenue sa cliente. Il poursuivit son récit à l'*Ivy*.

« Je me suis laissé prendre à son hameçon, sa ligne et son plomb. Ça ne m'était jamais arrivé. Un vieil imbécile, voilà ce que j'étais — pas aussi vieux que maintenant, mais déjà un imbécile. Pas grand-chose à tirer du spectacle. Une petite pièce comique un peu vieillotte, légèrement arrangée pour avoir l'air moderne. Mais Charlie était absolument merveilleuse. La *douceur défendue,* voilà ce que je cherche chez les filles. » Il tenait en fait l'expression de son père. « A peine le rideau tombé, je me suis précipité dans sa loge — si on pouvait appeler ça une loge —, lui ai joué mon numéro de Pygmalion et l'ai fait signer sur-le-champ. D'abord, elle ne voulait pas me croire. Elle me prenait pour un vieux cochon. Il a fallu que je retourne chercher Marjory pour la convaincre. Ha ! »

« Et ensuite, que s'est-il passé ? » s'enquit Kurtz très aimablement en lui tendant la corbeille de pain de seigle beurré. « Pas une ombre au tableau, c'est ça ? »

« Mais vous n'y êtes pas du tout ! protesta Ned, plein de naïveté. Elle était comme les autres au même âge. Ils sortent tout feu tout flamme de leur cours d'art dramatique, avec les yeux remplis d'étoiles et tout leur avenir devant eux ; on leur donne un ou deux rôles ; ils se croient arrivés, achètent un appartement à crédit ou autre stupidité, et puis soudain c'est fini. Le crépuscule, comme on dit. Certains tiennent bon, d'autres non. »

« Charlie, elle, a tenu », souffla doucement Litvak en dégustant son thé.

« Ça oui. Et elle en a sué pour s'en sortir. Cela n'a pas été facile, mais ça ne l'est jamais. Des années qu'elle attendait. Beaucoup trop longtemps. » Ned fut surpris de se sentir si ému et l'expression de ses deux interlocuteurs indiquait qu'ils l'étaient aussi. « Eh bien, on dirait que tout va s'arranger pour elle, maintenant. Oh, je suis heureux pour cette petite ! Oh ! oui, vraiment. »

Là encore, il y avait quelque chose de bizarre, rapporta par la suite Ned à Marjory. Ou peut-être s'agissait-il toujours de la même chose. Il faisait allusion à la façon dont l'attitude des deux hommes évoluait à mesure que le temps s'écoulait. Au bureau, par exemple, on lui avait à peine laissé placer un mot. Tandis qu'à l'*Ivy,* ils l'avaient écouté débiter ses tirades en hochant la tête au bon moment mais presque sans le moindre commentaire. Et ensuite... Eh bien, ensuite ce fut encore une tout autre paire de manches.

« Une enfance épouvantable, bien sûr, continua Ned avec fierté. J'ai remarqué que c'était souvent le cas chez les filles. C'est ce qui les pousse en premier lieu à se réfugier dans l'imaginaire. Une façon de se cacher, de dissimuler leurs émotions. On fait semblant d'être plus heureux qu'on ne l'est. Ou plus malheureux. Voler un peu aux autres — c'est déjà la moitié du métier d'acteur. La détresse. Le vol. Mais je parle trop. A la vôtre. »

« Qu'entendez-vous par épouvantable, Mr. Quilley ? » demanda respectueusement Litvak avec l'air de quelqu'un qui étudie tout particulièrement la notion d'épouvante. « L'enfance de Charlie. Épouvantable en quel sens, monsieur ? »

Sans voir ce qu'il considéra *a posteriori* comme un sérieux accru tant dans l'attitude de Litvak que dans le regard de Kurtz, Ned leur confia tout ce qu'il avait incidemment appris au cours de ces déjeuners-confidences qu'il offrait parfois à Charlie chez *Bianchi,* où il les emmenait tous. Une mère pas très maligne, leur dit-il. Le père, un de ces affreux escrocs, un courtier qui avait mal tourné et qui, grâce à Dieu, n'était plus ; un de ces menteurs enjôleurs qui s'imaginent toujours que le Seigneur va leur glisser un cinquième as dans la manche. Il a fini sous les verrous. Mort en prison, c'est choquant.

Une fois encore, Litvak se permet une discrète intervention.

« Vous avez dit mort en prison, monsieur ? »

« Oui, et même enterré là-bas. La mère était si mauvaise qu'elle n'a pas voulu gaspiller d'argent pour une tombe décente. »

« C'est Charlie elle-même qui vous l'a raconté, monsieur ? »

Quilley ne comprenait pas. « Mais, qui d'autre l'aurait pu ? »

« Pas de garantie ? » insista Litvak.

« Pas de *quoi* ? » s'exclama Ned qui sentait soudain sa peur d'une mainmise le reprendre.

« De confirmation, monsieur. Personne d'autre n'a donc attesté ses dires. Avec les actrices parfois... »

Mais Kurtz l'interrompit d'un sourire paternel : « Ned, ne faites pas attention à ce que dit ce garçon, conseilla-t-il. Mike est d'une nature extrêmement soupçonneuse, n'est-ce pas, Mike ? »

« C'est possible », concéda Litvak d'une voix aussi légère qu'un souffle.

Ce fut à ce moment-là seulement que Ned songea à leur demander ce qu'ils connaissaient du travail de Charlie et, à son agréable surprise, il se révéla qu'ils avaient mené leur enquête avec le plus grand sérieux. En plus de s'être procurés des bouts de film de toutes les petites apparitions de Charlie à la télévision, ils s'étaient même aventurés jusqu'à ce trou qu'est Nottingham lors de leur précédent séjour en Angleterre, pour ne pas rater sa *Jeanne d'Arc.*

« Bonté divine, quelle paire de petits cachottiers vous faites ! » s'écria Ned tandis que les serveurs débarrassaient leurs assiettes pour préparer l'arrivée du canard rôti. « Si vous m'aviez prévenu, moi ou Marjory, nous vous aurions conduits là-bas nous-mêmes. Vous avez été la voir dans les coulisses, vous l'avez emmenée dîner quelque part ? Non ? Eh bien, que je sois pendu ! »

Kurtz se permit un instant d'hésitation et prit une voix grave. Il lança un coup d'œil interrogateur à son acolyte, Litvak, qui lui fit un petit signe d'encouragement. « Ned, commença-t-il, à dire toute la vérité, le moment ne nous semblait pas approprié vu les circonstances. »

« Mais de quelles circonstances s'agissait-il ? » s'enquit Ned, supposant que Kurtz faisait référence à quelque règle purement morale vis-à-vis de l'imprésario. « Mon Dieu, nous ne nous offensons pas pour si peu ici, vous savez ! Si vous voulez lui proposer quelque chose, ne vous gênez pas. Je n'ai pas à vous donner d'autorisation écrite. Ne vous inquiétez pas, je récupérerai bien ma commission un jour ! »

Et puis Ned se tut : ils avaient pris tous les deux un visage si sévère, expliqua-t-il à Marjory. On aurait dit qu'ils venaient d'avaler des huîtres avariées. Et la coquille avec.

Litvak tapotait pensivement ses lèvres minces. « Puis-je vous poser une question, monsieur ? »

« Mais je vous en prie », répliqua Ned, ahuri.

« Pourriez-vous nous dire, s'il vous plaît, comment — à votre avis — Charlie se comporte pendant les interviews ? »

Ned reposa son verre de bordeaux. « Pendant les interviews ? Oh, si c'est ce qui vous inquiète, je peux vous certifier qu'elle est du plus parfait naturel. De toute première classe. Elle sait instinctivement ce que cherche le journaliste et, si on lui laisse sa chance, comment ne pas le décevoir. C'est un vrai caméléon, croyez-moi. Je dois vous accorder qu'elle manque un peu de pratique depuis quelque temps, mais elle s'y remettra d'un coup, vous verrez. N'ayez aucune crainte là-dessus. » Il but un long trait de vin pour les rassurer. « Oh ! non, vraiment. »

Mais Litvak ne semblait pas aussi remonté par ces affirmations que l'avait espéré Ned. Pinçant les lèvres en une moue inquiète et désapprobatrice, il se mit à rassembler les miettes qui jonchaient la nappe de ses longs doigts osseux. Ned finit lui aussi par baisser la tête puis la releva pour tenter de chasser les idées noires de son voisin. « Mais mon cher, protesta-t-il, indécis. Ne faites pas cette tête-là ! Quel est le problème alors, puisqu'elle sait répondre aux interviews ? Il y a des kyrielles de filles qui s'y entendent pour tout flanquer par terre. Si c'est *vraiment* ce que vous cherchez, j'en ai plus qu'il ne m'en faut ! »

Mais il en fallait plus pour s'attirer les bonnes grâces de Litvak. Il se contenta de jeter un bref regard vers Kurtz, l'air de dire « A toi de jouer », avant de concentrer de nouveau toute son attention sur la nappe. « Un vrai *duo,* raconta Ned à Marjory d'un ton piteux. Ils donnaient l'impression de pouvoir échanger leur rôle en un clin d'œil. »

« Ned », lui dit Kurtz, « si nous engageons votre Charlie dans cette affaire, elle va voir toute sa vie déballée devant elle, et je n'*exagère* pas. Une fois qu'elle sera jusqu'au cou dans le projet, elle ne pourra plus rien cacher. Non seulement sa vie sentimentale, sa famille, ses pop-stars et ses poètes préférés. Non seulement l'histoire de son père. Mais aussi sa religion, ses positions, ses opinions. »

« Et ses engagements politiques », murmura Litvak en raclant les dernières miettes. Ned en éprouva aussitôt une perte d'appétit, légère mais indubitable ; il reposa son couteau et sa fourchette tandis que Kurtz débitait son monologue : « Ned, dans ce projet, nos commanditaires sont de bons Américains du Middle West. Ils ont toutes les vertus. Trop d'argent, des enfants ingrats, des résidences secondaires en Floride, des valeurs saines. Mais *surtout* des valeurs saines. Ils veulent que ces valeurs transparaissent dans leurs productions, du début à la fin. On peut en rire ou en pleurer, mais c'est la réalité, c'est la télévision, et c'est là que se trouve l'argent...

« Et c'est l'Amérique », souffla Litvak, vibrant de patriotisme, à l'adresse de son tas de miettes.

« Ned, nous serons francs avec vous. Nous ne vous cacherons rien. Lorsque nous nous sommes enfin décidés à vous écrire, nous étions tous prêts, dans la mesure où il restait encore d'autres accords à obtenir, à libérer Charlie de ses engagements en cours pour la mettre sur la voie du succès. Mais je dois vous avouer que depuis deux jours que nous sommes ici, Karman ici présent et moi-même avons glané des informations qui nous ont fait sursauter et nous poser quelques questions. Il ne s'agit pas de son talent — Charlie est vraiment très, très douée, elle est sous-employée, sérieuse et ainsi de suite. Mais de savoir si elle représente un investissement sain dans le contexte de ce projet. Si elle est absolument *montrable.* Ned, nous voulons entendre de votre bouche que ces bruits ne sont pas fondés. »

Ce fut une fois de plus Litvak qui assena le coup décisif. Abandonnant enfin ses miettes, il plia son index sous sa lèvre inférieure et contempla Ned d'un regard lugubre à travers ses lunettes à monture sombre.

« Le bruit court qu'elle est extrémiste, lâcha-t-il. On nous a dit qu'elle s'engageait à fond dans ses idéaux politiques. Qu'elle militait. On la voit souvent, paraît-il, avec un drôle de type, un anarchiste pas très équilibré. Nous ne voulons condamner personne sur de faux bruits, Mr. Quilley, mais d'après ce que nous avons entendu, elle serait un peu la mère de Fidel Castro et la sœur d'Arafat associées en un cocktail explosif. »

Ned portait son regard sur l'un, puis sur l'autre de ses interlocuteurs, et il eut un instant l'illusion que leurs quatre yeux n'étaient contrôlés que par un seul et même nerf optique. Il essaya de dire quelque chose mais se sentit hors de la réalité. Peut-être avait-il bu son chablis plus vite qu'il n'était prudent. Son esprit ne parvenait à se concentrer que sur l'une des formules favorites de Marjory dans la vie, une bonne affaire, ça n'existe pas.

L'effroi qui s'était emparé de Ned évoquait la panique des vieillards et des impuissants. Il ne se sentait physiquement pas à la hauteur de sa tâche, trop faible, trop fatigué. Les Américains le mettaient toujours mal à l'aise ; la plupart l'effrayaient, que ce soit par l'étendue de leur savoir ou par celle de leur ignorance, ou les deux à la fois. Mais ces deux-là, qui, le visage fermé, le regardaient chercher désespérément une réponse, lui inspiraient une terreur spirituelle bien plus épouvantable que tout ce qu'il se savait prêt à endurer. Il était aussi, et cela ne lui servait à rien, profondément en colère. Il haïssait les ragots. *Quels* qu'ils fussent. Il les considérait comme le véritable fléau de sa profession. Ils avaient ruiné tant de carrières : Ned en avait horreur, il pouvait s'empourprer et se montrer presque grossier lorsqu'il se trouvait face à l'un de ces colporteurs qui ignoraient ses sentiments. Quand Quilley parlait des gens, il s'exprimait avec franchise et affection, comme il venait de le faire à propos de Charlie. C'est qu'il l'aimait vraiment, cette fille. Il lui vint même à l'esprit de dire tout cela à Kurtz, ce qui, pour Ned, aurait constitué un pas immense, et cela dut transparaître sur son visage car il s'imagina voir Litvak s'inquiéter et s'apprêter à faire un peu marche arrière tandis que les traits extraordinairement mobiles de Kurtz esquissaient un sourire engageant. Mais, comme toujours, son incurable politesse l'en empêcha ; il mangeait leur pain, que diable, et puis c'étaient des étrangers, réagissant selon des normes totalement différentes. De plus, il lui fallait bien admettre, quoique à contrecœur, qu'ils avaient un travail à accomplir, des commanditaires à contenter et même, en un certain sens, le droit pour eux ; et que lui, Ned, n'avait plus d'autre alternative que de jouer leur jeu ou risquer de saper le marché et avec lui, tous les espoirs qu'il fondait sur Charlie. Il devait en outre prendre en compte, dans sa trop grande pusillanimité, le fait que même si leur projet se révélait une vraie catastrophe, ce dont il ne doutait pas, que même si Charlie jetait au panier tous les textes qui lui seraient confiés, montait sur scène en état d'ébriété ou mettait du verre pilé dans la baignoire de son metteur en scène, ce qu'en véritable professionnelle elle n'imaginerait pas une seule seconde de faire, la carrière de la jeune femme, son statut, sa valeur sur un plan purement commercial prendraient enfin l'essor si longtemps espéré et devant lequel il ne fallait jamais renâcler.

Pendant tout ce temps, Kurtz, inébranlable, n'avait cessé de parler. « Nous avons besoin de votre conseil, Ned, disait-il gravement. De votre *aide*. Nous voulons être sûrs que cette histoire ne va pas nous exploser en pleine figure au deuxième jour du tournage. Car je peux vous dire quelque chose. » Un doigt court et puissant était braqué sur Ned comme un canon de revolver. « On ne verra jamais personne dans tout l'État du Minnesota filer un quart de million de dollars à une rouge, à une ennemie de la démocratie, si c'est vraiment ce qu'elle est, et ce n'est sûrement pas quelqu'un de la GK qui va leur conseiller de faire hara-kiri en l'engageant. »

Tout d'abord, du moins, Ned se reprit assez bien. Il ne présenta pas la moindre excuse. Il leur rappela, sans revenir sur quoi que ce fût, sa description de l'enfance de Charlie, et souligna qu'une tout autre jeune fille aurait fini délinquante au plus haut degré ou — comme son père — en prison. Quant à ses « engagements politiques » ou quelqu'autre nom qu'ils voulaient leur donner, continua-t-il, depuis les neuf années et demie que Marjory et lui la connaissaient, Charlie avait été opposante passionnée de l'apartheid — « On ne peut quand même pas le lui reprocher, si ? » (ils n'en semblaient pourtant pas si certains) —, pacifiste militante, soufi, manifestante anti-nucléaire et contre la vivisection, et, jusqu'à ce qu'elle se remette à fumer, championne des campagnes antitabagiques dans les théâtres et le métro. Et il ne doutait pas qu'avant son heure dernière, Charlie adopterait et appuierait de tout son cœur, même si de façon éphémère, les causes les plus diverses.

« Et vous ne l'avez jamais laissé tomber, Ned, remarqua Kurtz, débordant d'admiration. Je vous tire mon chapeau, Ned. »

« Non, comme je n'aurais laissé tomber aucun d'eux ! » répliqua l'imprésario avec une fougue soudaine. « De la frime tout ça, c'est une *actrice* ! Il ne faut pas la prendre trop au sérieux. Les acteurs n'ont pas d'*opinions,* mon cher, et moins encore les actrices. Ils ont des lubies. Des humeurs. Des attitudes. Des engagements de vingt-quatre heures. On ne peut vraiment pas dire que tout va bien dans le monde. Les acteurs sont avides de solutions dramatiques, ils en vivent. Et pour autant que je sache, le temps que vous la sortiez de tout ce cirque et elle sera encore quelqu'un d'autre ! »

« Pas d'un point de vue politique, en tout cas », grommela méchamment Litvak.

Sous l'influence bénéfique du bordeaux, Ned continua encore quelque temps son morceau de bravoure. Une sorte de vertige l'envahit. Il entendait les mots résonner dans sa tête, les prononçait et se sentait à nouveau jeune, tout à fait dégagé de ses propres actions. Il leur parla des acteurs en général, de « cette horreur absolue de l'irréel » qui les poursuivait. De la façon dont, sur scène, ils exprimaient toute la souffrance du monde et dans la vie, devenaient des coupes vides n'attendant que d'être remplies. Il parla de leur timidité, de leur insignifiance, de leur vulnérabilité et de leur habitude de masquer ces faiblesses en jouant les grandes gueules et en épousant des causes extrémistes empruntées au monde des adultes. Il expliqua leur obsession du moi et le fait qu'ils se croyaient en représentation vingt-quatre heures sur vingt-quatre — en train d'enfanter, de périr sous le couteau, d'aimer. Et puis, nom de nom, il s'embrouilla, ce qui lui arrivait un brin trop souvent ces temps-ci. Il perdit le fil, perdit son élan. Le sommelier amena le chariot des liqueurs. Sous le regard sobre et froid de ses hôtes, Quilley, désespéré, choisit un marc de champagne et laissa le sommelier lui en verser une grande rasade avant de l'arrêter d'un signe. Dans l'intervalle, Litvak s'était suffisamment repris pour revenir à la charge avec une bonne idée. Il plongea ses doigts maigres à l'intérieur de sa veste et en extirpa l'un de ces porte-blocs-notes qui ressemblent à un étui à photographie vide, agrémenté d'un dos en imitation crocodile et de coins en cuivre pour maintenir les petites feuilles de papier.

« Je propose que nous commencions par le commencement », déclara doucement Litvak, s'adressant plus à Kurtz qu'à Ned. « Les *quand,* les *où,* les *avec qui* et les *combien de temps.* » Il traça une colonne, sans doute réservée aux dates. « Les meetings auxquels elle a participé, les manifestations, les pétitions, les marches. Tout ce qui a pu attirer l'œil du public. Lorsque nous serons en possession de toutes les informations, nous pourrons faire une estimation valable. Décider s'il faut prendre le risque ou prendre les jambes à notre cou. Ned, quand, à votre connaissance, a-t-elle été impliquée pour la première fois ? »

« Ça me plaît, remarqua Kurtz. La méthode me paraît bonne. Et je pense qu'elle est tout à fait correcte vis-à-vis de Charlie. » Il parvint à prononcer ces mots exactement comme si le plan de Litvak tombait soudain du ciel et n'était pas l'aboutissement de nombreuses heures de préparation minutieuse.

Ned s'exécuta donc. Quand il le pouvait, il maquillait un peu la réalité ; il se permit même un ou deux petits mensonges, mais, dans l'ensemble, il leur répéta tout ce qu'il savait. Il se méfia, bien sûr, mais surtout après coup. Sur le moment, comme il l'expliqua ensuite à Marjory, ils l'avaient mené par le bout du nez. Non qu'il en sût énormément. Il y avait évidemment cette affaire d'anti-apartheid et d'anti-nucléaire mais, bon, c'était de notoriété publique de toute façon. Et puis venait cette bande du Théâtre de la réforme totale à laquelle elle se joignait parfois et qui s'était rendue si impopulaire en croyant malin d'interrompre les représentations du National. Et puis encore ce groupe d'Islington appelé Action alternative, une quinzaine de dissidents trotskistes complètement cinglés. Ensuite il y avait eu ces affreux débats féministes auxquels elle avait participé à St. Pancras Town Hall, traînant Marjory avec elle pour lui montrer la lumière. Et puis, deux ou trois ans auparavant, il y avait eu ce coup de fil du poste de police de Durham, en plein milieu de la nuit, où elle lui demandait de venir payer sa caution : on l'avait arrêtée à une espèce de jamboree anti-nazi.

« C'est bien cet événement qui a fait tant de remous, où l'on a vu sa photo apparaître dans les journaux, Mr. Quilley ? »

« Non, ça c'était Reading, corrigea Ned. Cela se passait bien après. »

« Durham, c'était quoi alors ? »

« Eh bien, je ne sais pas exactement. Pour être franc, j'évite plutôt de parler de ce genre de choses. Cela vous tombe dans l'oreille presque par inadvertance. Ne prévoyait-on pas de construire une centrale nucléaire là-bas ? On oublie. Tout bêtement, on oublie. Elle s'est considérablement assagie ces derniers temps, vous savez. Elle n'est plus du tout la petite bombe qu'elle faisait semblant d'être, je peux vous l'assurer. Elle a beaucoup mûri. Oh, oui ! »

« Faisait semblant, Ned ? » répéta Kurtz d'un ton de doute.

« Parlez-nous de Reading, Mr. Quilley, dit Litvak. Que s'y est-il passé ? »

« Oh ! le même genre de choses. L'un d'eux a mis le feu à un autobus et ils ont tous été condamnés. Ils manifestaient contre la réduction des services pour les personnes âgées, je crois. A moins que ce ne fût contre le refus d'engager des Noirs comme chauffeurs ? Bien entendu, le bus était vide, s'empressa-t-il d'ajouter. Il n'y a eu *aucun* blessé. »

« Grand Dieu », soupira Litvak, jetant un coup d'œil vers Kurtz dont les questions évoquaient de plus en plus ces interrogatoires en salle d'audience dans les feuilletons de télévision.

« Ned, vous venez de nous indiquer que Charlie adoptait désormais des positions moins extrémistes. C'est bien ce que vous vouliez dire ? »

« Oui, je le crois. Si jamais l'on peut considérer qu'elle ait eu des positions extrémistes. Ce n'est qu'une impression, mais cette bonne Marjory la partage également. Aucun doute... »

« Mais Charlie vous a-t-elle fait part elle-même d'un tel revirement, Ned ? » l'interrompit Kurtz assez sèchement.

« Je pense simplement que si une chance comme celle-ci se présente... »

Kurtz l'ignora : « A Mrs. Quilley, peut-être ? »

« Eh bien, non, pas vraiment. »

« Aurait-elle pu se confier à quelqu'un d'autre ? Cet ami anarchiste par exemple ? »

« Oh, il serait le dernier à l'apprendre. »

« Ned, à part vous, voyez-vous quelqu'un — réfléchissez bien, s'il vous plaît, une amie, un ami, une personne plus âgée peut-être, une relation de la famille — à qui Charlie aurait pu parler de ce changement d'opinion ? Du fait qu'elle *tourne le dos* à l'extrémisme ? Ned ? »

« Non, pas que je sache. Non, je ne vois vraiment personne. En fait, elle est assez secrète. Plus que vous ne pourriez le croire. »

Il se produisit alors quelque chose de tout à fait incroyable. Ned en fit par la suite l'exacte description à Marjory. Pour échapper aux feux croisés inquiétants et, de l'avis de Ned, complètement étudiés, de leurs regards sur lui, Quilley s'était mis à jouer avec son verre, lui consacrant toute son attention et promenant le marc tout le long de la paroi. Sentant que Kurtz avait en quelque sorte conclu son réquisitoire, il leva la tête et surprit sur ses traits une expression de soulagement évident que le vieil homme transmettait à Litvak : le véritable *plaisir* d'apprendre qu'en fin de compte, Charlie n'avait pas modifié ses convictions d'un iota. Ou que, si c'était le cas, elle n'en avait soufflé mot à personne. Ned regarda de nouveau, mais l'expression s'était évanouie. Pourtant, rien, et pas même Marjory, ne put le convaincre qu'il avait rêvé.

Litvak, assistant du grand avocat, avait repris l'interrogatoire : le débit s'était fait plus rapide pour clore l'affaire.

« Mr. Quilley, monsieur, conservez-vous à votre agence des fiches individuelles concernant chacun de vos clients ? Des dossiers ? »

« Eh bien, je suis certain que Mrs. Ellis garde cela quelque part, répondit Ned. Sûrement. »

« Cela fait longtemps que Mrs. Ellis s'occupe de ces choses, monsieur ? »

« Oh ! je pense bien. Elle était déjà là du temps de mon père. »

« Et quel type d'informations classe-t-elle ainsi ? Les frais — les dépenses —, les commissions perçues, ce genre de détails ? Ne met-elle dans ces dossiers que des documents d'affaires secs et impersonnels ? »

« Mon Dieu, non, elle y range n'importe quoi. Les anniversaires, les fleurs qu'ils préfèrent, les restaurants. Une fois nous avons même trouvé un chausson de danse dans l'un d'eux. Il y a aussi le nom de leurs gosses, de leurs chiens. Des coupures de presse. Tout un tas de choses. »

« Des lettres personnelles ? »

« Oui, bien sûr. »

« Des lettres de Charlie ? Écrites de sa propre main et sur plusieurs années ? »

Kurtz semblait gêné. Ses sourcils slaves le trahissaient : ils s'amassaient en une ligne douloureuse au-dessus de l'arête du nez.

« Karman, je pense que Mr. Quilley nous a déjà accordé beaucoup de son temps et de son expérience, fit-il sévèrement remarquer à Litvak. Si nous avons besoin d'autres informations, Mr. Quilley nous les fournira sans doute plus tard. Ou mieux encore, si Charlie accepte de discuter de tout ceci avec nous, elle nous les fournira elle-même. Ned, nous garderons de cette rencontre un souvenir inoubliable. Je vous remercie, monsieur. »

Mais Litvak ne se laissait pas si facilement écarter. Il avait l'obstination des jeunes gens : « *Nous* n'avons rien caché à Mr. Quilley, s'exclama-t-il. Enfin, Mr. Gold, je ne fais que lui demander ce que tout le monde sait déjà et ce que nos services d'immigration mettraient moins de cinq secondes à découvrir avec leurs ordinateurs. Le temps presse, vous le savez aussi bien que moi. S'il existe des documents, ses propres lettres, écrites de sa propre main, qui puissent atténuer les faits ou même prouver un certain revirement, pourquoi ne pas demander à Mr. Quilley de nous les montrer ? S'il est d'accord. S'il ne veut pas, évidemment, c'est une autre histoire », ajouta-t-il d'un ton lourd de sous-entendus.

« Karman, bien sûr que Ned est d'accord », soupira Kurtz, excédé et comme si là n'était pas la question. Puis il secoua la tête, l'air de dire qu'il ne s'habituerait jamais à l'arrogance des jeunes gens d'aujourd'hui.

La pluie s'était arrêtée. Le petit Quilley marchait entre les deux hommes qui réglaient attentivement leur pas élastique sur son allure vacillante. Il se sentait ivre, malheureux, affecté par les mauvais pressentiments qu'engendre l'alcool et que les vapeurs épaisses de la circulation ne faisaient rien pour dissiper. Mais que veulent-ils donc ? ne cessait-il de se demander. A offrir la lune à Charlie une minute, et à s'émouvoir de ses engagements politiques la suivante ? Et voilà que maintenant, pour des raisons qu'il ne se rappelait plus, ils s'offraient de consulter un *dossier* qui n'était en réalité qu'une collection hétéroclite de souvenirs, chasse gardée d'une employée trop âgée pour être mise à la retraite. Mrs. Longmore, la réceptionniste, les regarda entrer et

Ned sut aussitôt, au coup d'œil désapprobateur qu'elle lui jeta, qu'il avait un peu forcé sur le déjeuner. Qu'elle aille au diable ! Kurtz insista pour que Ned les précède dans l'escalier. Une fois dans son bureau, et pratiquement sous la menace d'un revolver, il téléphona à Mrs. Ellis pour la prier de porter tout ce qui concernait Charlie dans la salle d'attente et de laisser les documents là-bas.

« Devrons-nous frapper à votre porte lorsque ce sera fini, Mr. Quilley ? » s'enquit Litvak, comme s'il était sur le point d'accoucher.

La dernière image qu'il conserva d'eux les montrait assis devant la table ronde en bois de rose de la salle d'attente, entourés par une demi-douzaine de boîtes brunes et crasseuses que Mrs. Ellis semblait avoir sauvées des bombardements. On eût dit deux percepteurs penchés sur les mêmes séries de chiffres suspects, du papier et un crayon tout prêts sous le coude ; Gold, le plus trapu, avait ôté sa veste et posé sa vieille montre sur la table, près de lui, comme s'il chronométrait le temps passé à ses terribles calculs. Ensuite, Quilley avait dû s'assoupir. Il se réveilla en sursautant à cinq heures pour trouver la salle d'attente déserte. Et lorsqu'il appela Mrs. Longmore, elle lui fit remarquer d'un ton sarcastique que ses invités n'avaient pas voulu le déranger.

Ned n'en parla pas à Marjory tout de suite. « Oh, *eux,* fit-il quand elle l'interrogea le soir même. Rien que deux concepteurs assez ennuyeux, j'en ai peur ; ils repartaient pour Munich. *Rien* de bien intéressant. »

« Des Juifs ? »

« Oh ! eh bien oui, des Juifs, je suppose. Aucun doute, en fait. » Marjory acquiesça comme si elle le savait depuis le début. « Oh ! mais attention, ils étaient *tout à fait* charmants », se reprit-il sans trop de conviction.

A ses heures perdues, Marjory visitait les prisonniers et elle savait désormais tout de suite quand Ned travestissait la vérité. Bill Lochheim était le correspondant de Ned à New York, et son seul ami américain. Ned lui téléphona dès le lendemain après-midi. Le vieux Loch ne les connaissait absolument pas, mais il le rappela pour lui apprendre ce que Ned savait déjà : que la GK était une toute nouvelle boîte, et qu'elle avait des commanditaires, mais de nos jours, les indépendants ne se rencontraient pas à tous les coins de rues. Quilley n'aima pas beaucoup le ton de la voix du vieux Loch. On aurait dit qu'il s'était fait avoir — pas par Quilley, qui de toute sa vie n'avait jamais trompé personne, mais par un tiers qu'il aurait consulté. Quilley sentait confusément que lui et le vieux Loch se trouvaient peut-être embarqués sur la même galère. Faisant preuve d'une témérité étonnante, il composa le numéro de la GK à New York sous un prétexte quelconque. Mais l'endroit se révéla être une boîte aux lettres pour des sociétés de province : on ne donnait aucune information sur les clients. La pensée de ses deux visiteurs et du déjeuner ne cessait plus d'obséder Ned. Il s'en voulait de ne pas leur avoir montré la porte. Il appela également l'hôtel munichois dont ils avaient mentionné le nom, et tomba sur un gérant grincheux. Herr Gold et Herr Karman y avaient séjourné une nuit mais étaient repartis tôt le lendemain matin pour raison d'affaires imprévue, expliqua-t-il d'un ton revêche — pourquoi donner tant de détails, alors ? Toujours trop d'informations, songea Ned. Ou pas assez. Et à chaque fois, ce sentiment que les gens agissaient à l'envers de ce que leur dictait leur bon sens. Un producteur allemand, évoqué par Kurtz, affirma que c'étaient « des gens très bien, très respectables, oh ! vraiment très bien ». Mais lorsque Ned lui demanda si les deux hommes s'étaient rendus à Munich récemment et sur quel genre de projet ils travaillaient ensemble, l'Allemand se fit hostile et lui raccrocha pratiquement au nez.

Il restait encore les confrères de Ned, les autres imprésarios. Ned les interrogea à contrecœur et avec une extrême désinvolture, évitant les points trop précis, créant des zones d'ombre partout.

« J'ai vu deux Américains *terriblement* charmants, l'autre jour », finit-il par confier à Herb Nolan du Lomax Stars, en s'arrêtant à la table de Herb au Garrick. « Ils cherchent des contrats par ici pour des séries de télé de haut vol qu'ils sont en train de monter. Gold et machin. Tu vois qui je veux dire ? »

Nolan s'esclaffa. « C'est moi qui te les ai envoyés, mon vieux. Ils m'ont d'abord posé quelques questions sur deux de *mes* monstres, et puis ils m'ont demandé plein de trucs sur ta Charlie. Si je pensais qu'elle pourrait tenir la distance. Je leur ai dit, Ned. Je leur ai dit ! »

« Qu'est-ce que tu leur as dit ? »

« Que sûrement elle pouvait tous nous envoyer au ciel, voilà ce que je leur ai dit ! Hein ? »

Navré par l'humour de bas étage de Herb, Ned n'insista pas. Mais le soir même, après que Marjory lui eut extorqué son inévitable confession, il lui fit part également de ses inquiétudes.

« Ils étaient tellement pressés, souligna-t-il. Ils avaient trop d'énergie, même pour des Américains. Ils m'ont travaillé comme de vrais flics, se plaignit-il. D'abord l'un, puis l'autre. De vrais terriers, ajouta Ned, changeant de métaphore. Je n'arrête pas de me demander si je ne devrais pas alerter la police », conclut-il.

« Mais, mon chéri, répondit enfin Marjory, d'après ce que tu viens de me raconter, je crains bien que la police, ce ne soit justement *eux*. »

« Je vais écrire à Charlie, déclara Ned avec une grande fermeté. J'ai bien envie de lui écrire pour la prévenir, au cas où. Elle pourrait avoir des ennuis. »

Mais, même s'il avait mis son idée à exécution, il s'y serait pris trop tard. En effet, quarante-huit heures à peine plus tard, Charlie s'embarquait pour Athènes, où elle devait retrouver Joseph.

Ainsi, une fois encore, mission accomplie ; une amusette, comparée au coup de grâce que devait représenter l'opération dans son ensemble ;

mais une amusette des plus aléatoires, et Kurtz fut le premier à le reconnaître quand, le soir même, il fit à Misha Gavron le compte rendu modeste de sa victoire. Mais qu'aurions-nous pu faire d'autre, Misha ?... Tu peux me le dire ? Où donc se procurer un tel stock de précieuse correspondance, courant sur une période de temps aussi longue ? Ils avaient bien cherché d'autres détenteurs de lettres de Charlie — des amis, filles et garçons, sa vioque, une ancienne maîtresse d'école ; ils s'étaient présentés, en deux ou trois endroits, comme les représentants d'une société commerciale désireuse d'acquérir les manuscrits et les autographes des futurs grands. Et puis Kurtz, après avoir arraché l'accord de Gavron, avait fait interrompre toute l'opération. Mieux vaut un grand coup que plein de petits tout aussi dangereux, avait-il déclaré.

En outre, Kurtz voulait l'intangible. Il fallait qu'il sente la chaleur et la texture de sa proie. Qui mieux que Quilley, avec toute l'innocence des relations qu'il entretènait avec elle depuis des années, aurait donc pu le satisfaire ? Alors Kurtz fonça, et, à force de volonté, gagna. Puis il s'envola dès le lendemain matin pour Munich, comme il l'avait annoncé à Quilley, bien que le type de production qui l'attendait là-bas ne correspondît pas exactement à ce qu'il avait laissé entendre à l'imprésario. Il fit un saut dans chacun de ses deux repaires ; insuffla un nouveau courage à ses hommes. Kurtz parvint même à ménager une agréable rencontre avec ce bon Dr Alexis : un autre long déjeuner durant lequel ils n'abordèrent presque aucun sujet important — mais de vieux amis ont-ils besoin d'autre chose que de leur présence mutuelle ?

De Munich, Kurtz prit l'avion pour Athènes, poursuivant ainsi sa route vers le sud.

5

Le bateau accosta au Pirée avec deux heures de retard et, si Joseph n'avait pas empoché son billet d'avion, Charlie aurait volontiers fait une croix sur leur rendez-vous. Quoique, en fait, cela ne fût pas aussi sûr, car, sous sa mauvaise tête apparente, Charlie était affligée d'un caractère très dépendant que ne pouvaient épanouir les relations qu'elle entretenait habituellement. D'une part, elle avait eu trop de temps pour réfléchir et, même si elle avait réussi à se convaincre que son admirateur fantomatique de Nottingham, de York et de Londres devait être quelqu'un d'autre, ou personne du tout, il restait encore au fond d'elle-même une petite voix troublante et récalcitrante. D'autre part, et contrairement aux prédictions de Joseph, il avait été extrêmement pénible d'annoncer ses projets à la famille. Lucy avait éclaté en sanglots et l'avait forcée à accepter de l'argent — « Mes cinq cents derniers drachs, Chas, prends tout ». Willy et Pauly, complètement ivres, s'étaient agenouillés sur le quai devant un public d'environ mille personnes — « Chas, oh ! Chas, comment peux-tu nous faire une chose pareille ? » — et la jeune femme dut pour s'enfuir se frayer un chemin à travers une foule goguenarde, puis remonter la rue en courant, maintenant son sac dont la bandoulière avait cassé sous un bras, et sa guitare trop encombrante de l'autre tandis que de ridicules larmes de remords lui inondaient le visage. Oh ! surprise, son sauveur se présenta sous les traits du hippy aux cheveux filasse de Mykonos : sans doute avait-il fait la traversée avec eux sans qu'elle s'en aperçoive. La dépassant à bord d'un taxi, il la fit monter avec tout son barda et la déposa à moins de cinquante mètres de l'endroit indiqué par Joseph. Il lui apprit qu'il était suédois et s'appelait Raoul. Son père se trouvait à Athènes en voyage d'affaires ; Raoul espérait bien le taper un peu. Charlie fut légèrement surprise de le découvrir si lucide et de ne pas l'entendre une seule fois prononcer le nom du Christ. Un auvent bleu signalait le Diogène et un cuisinier en contre-plaqué en indiquait l'entrée.

Désolée, Jose, ce n'est ni le lieu ni l'heure. Désolée, Jose, c'était un beau rêve mais les vacances sont terminées et la place de Chas est à Londres, alors je récupère ce billet et disparais dans les airs.

Ou peut-être choisirait-elle la facilité et dirait-elle qu'on lui avait proposé un rôle.

Se sentant moche dans son jean usé et ses bottes élimées, elle réussit à passer entre les tables de la terrasse pour arriver à l'entrée de la salle. De toute façon, se dit-elle, il ne sera plus là — qui de nos jours attendrait encore après deux heures de retard ? — et le billet doit se trouver à la réception de l'hôtel d'à côté. Ça m'apprendra à courir après les play-boys de plage, à Athènes en pleine nuit, pensa-t-elle. Pour tout arranger, Lucy l'avait obligée à prendre quelques-unes de ses satanées pilules la veille au soir, et les premiers moments d'intense excitation passés, elle s'était retrouvée plongée dans un grand trou noir dont elle s'efforçait encore de sortir. Charlie préférait en général éviter ce genre de substances mais cette hésitation entre deux amants, car c'était ainsi qu'elle voyait maintenant la situation, l'avait mise en état de vulnérabilité.

Elle allait pénétrer à l'intérieur du restaurant quand deux Grecs éclatèrent de rire en apercevant la courroie brisée de son sac. Elle se précipita vers eux et, submergée par la colère, traita ces sales cochons sexistes de tous les noms. Encore tremblante, elle poussa la porte du pied et entra. Un air frais l'enveloppa, le brouhaha de la terrasse se tut et elle découvrit une salle lambrissée assez obscure où, dans un petit coin d'ombre, se tenait Saint Joseph de l'Ile, auteur furtif et néanmoins connu de tous les maux et émois de la jeune femme, une tasse de café grec posée près du coude et un livre de poche ouvert devant lui.

Ne t'avise pas de me toucher, l'avertit-elle silencieusement tandis qu'il venait vers elle. Ne t'imagine surtout pas que tu as des droits sur un seul de mes doigts. Je suis fatiguée et affamée ; attention, je mords et j'ai laissé tomber la bagatelle pour au moins deux cents ans.

Mais il ne lui prit rien de plus que sa guitare et son sac endommagé. Et il ne lui donna rien de plus qu'une poignée de main rapide et efficace, adressée depuis l'autre bout de l'Atlantique. La seule réflexion qui lui vint à l'esprit fut donc : « Vous avez mis une chemise en soie. » Ce qui était le cas, une chemise grège agrémentée de boutons de manchette en or gros comme des cous de bouteille. « Bon sang, Jose, quelle allure ! s'exclama-t-elle en détaillant le reste de sa tenue. « Montre en or, bracelet en or... Je n'ai pas le dos tourné que vous vous trouvez déjà une riche protectrice ! » Le tout débité sur un ton mi-agressif, mi-hystérique, dans le but instinctif de le mettre aussi mal à l'aise dans ses vêtements qu'elle se sentait ridicule dans les siens. Et à quoi aurais-je dû m'attendre ? songea-t-elle, furieuse — à ce qu'il porte son austère maillot de bain et une gourde ?

Mais Joseph ne releva pas la remarque.

« Charlie. Bonjour. Le bateau avait du retard. Pauvre Charlie. Mais cela n'a plus d'importance. Vous êtes ici. » Là au moins il n'avait pas changé — ni triomphe, ni surprise, un simple salut dépouillé et un geste de la tête en direction du serveur. « Vous désirez un whisky ou vous laver les mains d'abord ? Les toilettes sont là-bas. »

« Un whisky », répondit-elle en s'affalant sur une chaise en face de lui.

L'endroit était agréable, elle le sut immédiatement. Le genre de lieu que les Grecs se gardaient pour eux.

« Oh ! avant que j'oublie... » Il cherchait quelque chose derrière lui.

Que tu oublies quoi ? se dit-elle, la tête dans la paume, en train de l'observer. Allez Jose. Tu n'as jamais rien oublié de toute ton existence. Joseph avait fait apparaître de sous son banc un sac de laine tissée grec aux couleurs très pâles, et le lui présentait en choisissant délibérément d'éviter toute cérémonie.

« Puisque nous devons faire ensemble notre entrée dans le monde, voici votre trousse de sauvetage. Vous y trouverez votre billet d'avion Thessalonique-Londres, que vous pouvez faire changer à tout moment ; également de quoi faire quelques courses, vous enfuir ou simplement vous changer les idées. Avez-vous eu du mal à vous débarrasser de vos amis ? Je suis sûr que oui. On a toujours horreur de tromper les gens, mais surtout ceux que l'on aime. »

Il s'exprimait comme s'il avait trompé les gens toute sa vie. Comme s'il pratiquait cet exercice tous les jours avec regret.

« Il n'y a pas de parachute, se lamenta-t-elle en regardant dans le sac. Merci, Jose. » Elle répéta une deuxième fois. « Il est très beau, merci beaucoup. » Mais elle avait l'impression de ne pas croire à ce qu'elle disait. Ce devait être les cachets de Lucy, pensa-t-elle. La fatigue du voyage.

« Que diriez-vous d'un homard, maintenant ? A Mykonos, vous

m'avez affirmé que le homard était votre plat préféré. C'est vrai ? Le chef en garde un à votre intention et n'attend qu'un ordre de vous pour l'exécuter. Qu'est-ce que vous risquez ? »

Le menton toujours appuyé sur la main, Charlie laissa son humour reprendre le dessus. Avec un pauvre sourire, elle leva son poing libre et abaissa le pouce, ordonnant ainsi, tel César, la mort du homard. « Dites-leur de ne pas se montrer trop cruels », implora-t-elle. La jeune femme se saisit d'une des mains de Joseph et la pressa entre les siennes pour se faire pardonner sa mauvaise humeur. Il sourit, lui abandonnant sa main en pâture. Il les avait très belles, pourvues de longs doigts fermes et de muscles puissants.

« Et le vin que vous aimez, reprit Joseph. Du boutaris, du blanc très frais. C'est bien ce que vous m'aviez dit, n'est-ce pas ? »

Oui, songea-t-elle en regardant la main s'éloigner d'elle par-dessus la table. C'est bien ce que je disais. Il y a dix ans, quand nous nous sommes rencontrés sur cette drôle de petite île grecque.

« Et après dîner, je serai votre Méphistophélès attitré et vous emmènerai tout en haut d'une colline pour y admirer le deuxième endroit le plus beau du monde. Vous êtes d'accord ? Une randonnée mystérieuse ? »

« Je veux le plus beau », répondit-elle en buvant son scotch.

« Mais je ne décerne jamais de premier prix », répliqua tranquillement Joseph.

Sors-moi de là ! cria-t-elle mentalement. Balance le scénariste ! Trouve un nouveau script ! Elle tenta un coup d'ouverture sorti tout droit de Rickmansworth.

« Alors, qu'est-ce que vous avez fabriqué pendant ces derniers jours, Jose ? A part languir de mon absence, bien sûr. »

Il ne répondit pas vraiment. Au lieu de cela, il lui posa des questions sur son attente à elle, sur le voyage, sur la bande. Il sourit lorsqu'elle mentionna l'apparition providentielle du taxi de ce jeune hippy qui ne parlait pas de Jésus : il voulut savoir si elle avait eu des nouvelles d'Alastair et manifesta un dépit poli en apprenant qu'il n'en était rien. « Oh ! il n'écrit *jamais* », déclara-t-elle avec un rire insouciant. Il lui demanda pour quel rôle, à son avis, on l'avait fait rentrer ; elle supposait qu'il s'agissait d'un western spaghetti et il trouva cela amusant : il n'avait jamais entendu cette expression et insista pour qu'elle la lui explique. Le temps de terminer son scotch et elle commença à croire qu'elle lui plaisait peut-être, après tout. Lorsqu'elle lui parla de Al, la façon dont elle faisait place nette pour laisser entrer un nouvel homme dans sa vie l'impressionna elle-même.

« Quoi qu'il en soit, je lui souhaite *vraiment* d'avoir du succès, c'est tout », dit-elle en sous-entendant qu'un succès le consolerait peut-être de certaines déceptions.

Mais tout en se rapprochant ainsi de Joseph, elle était assaillie par le sentiment que quelque chose n'allait pas. Elle éprouvait parfois semblable impression sur les planches, quand une scène ne fonctionnait pas : que les événements se produisaient isolément les uns des autres, en une succession trop figée ; que le texte était trop mince, trop pauvre. Maintenant, décida-t-elle. Fouillant dans son sac, elle en extirpa une boîte en bois d'olivier et la lui tendit de l'autre côté de la table. Il la prit parce qu'on la lui donnait mais ne comprit pas tout de suite qu'il s'agissait d'un cadeau et, avec une pointe d'amusement, elle décela une ombre d'inquiétude, de suspicion même, sur son visage, comme si quelque facteur inattendu menaçait de contrarier ses plans.

« Vous êtes censé l'ouvrir », expliqua-t-elle.

« Mais qu'est-ce que c'est ? » Lui jouant un peu la comédie, il secoua l'objet, puis l'approcha de son oreille. « Dois-je commander un seau d'eau ? » s'enquit-il. Il soupira comme s'il n'y avait rien à en tirer et leva le couvercle, contemplant les petits paquets de tissu ouaté qui tapissaient le fond. « Charlie. Qu'est-ce que c'est ? Je suis tout à fait confus. Je voudrais que vous rameniez tout cela où vous l'avez trouvé. »

« Allez-y. Ouvrez-en un. »

Il leva une main en l'air ; Charlie la regarda hésiter — s'imaginant un instant la voir au-dessus de son propre corps — puis fondre sur le premier paquet qui renfermait en fait le gros coquillage rose qu'elle avait ramassé sur la plage le jour où Joseph avait quitté l'île. Il le posa solennellement sur la table puis s'empara du second présent, un petit âne grec sculpté à Taiwan qu'elle avait acheté dans la boutique de souvenirs et sur la croupe duquel elle avait peint elle-même le nom de Joseph. Le tenant à deux mains, il le tourna et le retourna pour mieux l'examiner.

« C'est un garçon », annonça-t-elle. Elle ne parvint pourtant pas à chasser le sérieux du visage de Joseph. « Et ça, c'est moi qui fais la tête », expliqua-t-elle tandis qu'il saisissait la photo couleur encadrée prise sur le Polaroïd de Robert et qui montrait la jeune femme de dos, portant un chapeau de paille et un caftan. « J'étais furieuse et ne voulais pas qu'on me prenne. J'ai pensé que cela vous ferait plaisir. »

Ses remerciements étaient empreints d'une froide réflexion qui la glaça. Merci mais pas maintenant, semblait-il dire : merci mais ce sera pour une autre fois. Ni Pauly, ni Lucy et ni vous non plus. Elle hésita, puis finit par se décider — doucement, gentiment, en le regardant droit dans les yeux. « Jose, nous ne sommes pas obligés de continuer, vous savez. Je peux toujours me débrouiller pour prendre l'avion si vous préférez. C'est que je ne voudrais pas que vous vous croyiez obligé de... »

« De quoi ? »

« De tenir une promesse en l'air, c'est tout. »

« Ce n'était pas une promesse en l'air. J'étais sérieux. »

A son tour, maintenant. Il produisit une liasse de brochures touristiques. Charlie se déplaça spontanément pour venir s'asseoir près de lui et lui passer négligemment le bras gauche par-dessus l'épaule de façon qu'ils puissent examiner ensemble les dépliants. Il avait l'épaule aussi dure qu'un roc et presque aussi avenante, mais elle y appuya quand même son bras. Delphes, Jose : ouais, super. Elle laissa ses cheveux effleurer la joue de Joseph. Elle se les était lavés la veille à son intention. Olympe : géant. Météores : connais pas. Leurs fronts se touchaient. Thessalonique : waouh. Les hôtels où ils dormiraient : tout était prévu, tout était retenu. Elle déposa un baiser sur sa tempe, tout près de l'œil, un baiser léger, enfantin. Il sourit et lui pressa la main, comme un oncle bienveillant, si bien qu'elle cessa presque de se demander ce qui, en elle ou en lui, pouvait bien donner à cet homme le droit de la vaincre sans la moindre lutte, sans même de capitulation ; ou bien d'où venait cette impression familière — le « Charlie, oui, bonjour » — qui avait fait de leur première rencontre des retrouvailles de vieux amis, et de cette nouvelle réunion une conférence concernant leur lune de miel.

Ce n'est rien, pensa-t-elle. « Vous ne mettez jamais de blazer rouge, n'est-ce pas, Jose ? » demanda-t-elle avant même d'avoir envisagé la question. « Enfin, bordeaux, avec des boutons de cuivre et un vague air des années vingt dans la coupe ? »

Il leva lentement la tête puis considéra avec attention son regard. « C'est une plaisanterie ? »

« Non, non. Une simple question. »

« Un blazer rouge ? Mais pourquoi donc ? Vous voulez que je soutienne votre équipe de football ou quoi ? »

« Cela vous irait très bien. C'est tout. » (Il attendait toujours des explications). « Des fois, je m'imagine les gens comme ça, fit-elle, essayant de s'en sortir. C'est du théâtre. Tout dans ma tête. Vous ne connaissez pas les actrices, si ? Je maquille les gens — je leur mets des barbes, toutes sortes de choses. Vous n'en reviendriez pas. Et je les habille aussi. En costume de golf. En uniforme. Tout sort de mon imagination. C'est une manie. »

« Vous voudriez que je me laisse pousser la barbe, c'est ça ? »

« Si l'envie me prend, je vous le ferai savoir. »

Ils échangèrent un sourire — acteur et public à nouveau réunis ; il cessa de la dévisager et elle en profita pour gagner les toilettes où elle put s'en prendre à elle-même, dans le miroir, tout en essayant de percer Joseph à jour. Pas étonnant qu'il soit couvert de cicatrices, songea-t-elle. Les femmes lui ont tiré dessus.

Ils avaient dîné, avaient discuté avec le sérieux dont font preuve les étrangers entre eux et il avait réglé l'addition en produisant un portefeuille en peau de crocodile qui avait sans doute coûté la moitié de la dette nationale que lui devait on ne savait quel pays.

« Vous me faites passer sur vos frais, Jose ? » l'interrogea-t-elle en le voyant plier puis ranger la note.

La question resta sans réponse car soudain, et fort à propos, l'habituel génie organisateur de Joseph reprit le dessus : ils allaient être en retard.

« Voulez-vous regarder si vous voyez une vieille Opel verte aux ailes cabossées et conduite par un garçon de dix ans tout au plus ? » lui demanda-t-il en la poussant dans un couloir de cuisine étroit et en s'emparant de ses bagages.

« Elle est pile là », indiqua-t-elle.

La voiture attendait devant l'entrée de service, les ailes bien bosselées, comme promis. Le chauffeur déchargea Joseph des bagages de Charlie et les rangea rapidement dans le coffre. Il était blond, avait des taches de rousseur, un air très sain, un grand sourire juvénile et, effectivement, s'il n'avait plus tout à fait dix ans, il n'en paraissait pas plus de quinze. Comme tous les soirs, la nuit chaude déversait une pluie paresseuse.

« Charlie, je vous présente Dimitri, fit Joseph en la faisant asseoir sur la banquette arrière. Sa mère lui a donné la permission de se coucher tard, ce soir. Dimitri va nous conduire gentiment au deuxième endroit le plus beau du monde. » Il s'était glissé près de la jeune femme. L'automobile démarra aussitôt, de même que le commentaire touristique facétieux de Joseph. « Voilà Charlie, ici nous avons le sanctuaire de la démocratie grecque moderne, la place de la Constitution ; vous remarquerez les nombreux démocrates qui passent leurs heures de liberté dans les restaurants. Maintenant, sur votre gauche, vous apercevez l'Olympéion et la porte d'Hadrien. Je dois cependant vous dire, avant que vous ne vous imaginiez des choses, qu'il ne s'agit pas du même Hadrien que celui de votre célèbre mur. Le modèle athénien semble beaucoup plus imaginatif, non ? Plus artiste, dirais-je. »

« Ça, oui », lâcha-t-elle.

Réveille-toi, se dit-elle avec colère. Vis un peu. Une promenade gratuite, un homme nouveau et superbe, la Grèce antique, ça s'appelle *s'amuser*. Ils ralentissaient. Elle entrevit des ruines sur sa droite, mais les buissons les dissimulèrent à nouveau. L'Opel atteignit un rond-point, gravit lentement une colline pavée puis s'immobilisa. Joseph jaillit hors de la voiture, vint lui ouvrir sa portière, lui saisit la main et la mena d'un pas rapide, presque furtif, à un étroit escalier de pierre qui s'enfonçait entre deux rangées d'arbres.

« Nous devons chuchoter et, même tout bas, employer un code des plus compliqués », la prévint-il en un murmure très théâtral, et elle répliqua par une phrase tout aussi sibylline.

Son contact lui faisait comme une décharge électrique. Elle sentait ses doigts la brûler lorsqu'il la touchait. Ils suivaient un sentier de forêt, tantôt empierré, tantôt de terre sèche, mais toujours abrupt. La lune s'était cachée et il faisait très sombre, mais Joseph fonçait devant elle sans la moindre hésitation, aussi facilement qu'en plein jour. Une fois, ils traversèrent un escalier de pierre, une autre un chemin plus large et praticable, mais il repoussait la facilité. Les bois s'éclaircirent et elle aperçut sur sa droite les lumières de la ville déjà très loin au-dessous d'elle. Sur sa gauche, mais encore bien plus haut, se découpait en noir sur le ciel orangé une sorte de rocher. Elle entendit derrière elle un bruit de pas et des éclats de rire, mais il ne s'agissait que de deux gosses en train de plaisanter.

« Cela ne vous ennuie pas de marcher ? » s'enquit Joseph sans ralentir l'allure.

« Si, énormément. »

« Vous voulez que je vous porte ? »

« Oui. »

« Malheureusement, je me suis froissé un muscle dorsal. »

« J'ai vu », dit-elle en s'accrochant plus fort à sa main.

Elle se tourna à nouveau vers la droite et distingua ce qui apparaissait au premier abord comme les vestiges d'une vieille usine anglaise, tout en fenêtres cintrées, surplombant la ville illuminée. Elle jeta un coup d'œil à gauche et le rocher se métamorphosa en une forme noire et rectangulaire, un bâtiment d'où jaillissait à un bout ce qui aurait pu être un conduit de cheminée. Puis ils s'enfoncèrent une fois encore dans les bois, environnés par le chant assourdissant des cigales et une odeur de pin assez forte pour lui piquer les yeux.

« C'est une tente, murmura-t-elle, l'obligeant à s'arrêter un instant. Ah ! l'amour à la missionnaire ! Comment avez-vous deviné mes désirs secrets ? »

Mais il s'était remis à avancer d'un pas vif devant elle. Elle ne parvenait plus à respirer mais pouvait marcher toute la journée quand elle se sentait dans cet état-là ; son essoufflement avait donc d'autres causes. Ils avaient emprunté un large chemin empierré. Devant eux, deux silhouettes grises en uniforme montaient la garde près d'une petite cabane en pierre surmontée d'une ampoule électrique qui brillait à travers un grillage. Joseph les rejoignit et Charlie perçut leur murmure de salut. La cabane se dressait entre deux portails de fer. Derrière le premier s'étendait à nouveau la ville, lointain halo de lumières vives et agitées ; mais le second ne dissimulait qu'un noir d'encre, et c'était dans ces ténèbres qu'ils étaient sur le point d'être admis car elle entendit le cliquetis des clés et le grincement des gonds au moment où la grille s'effaçait lentement. Elle fut un instant prise de panique. Qu'est-ce que je fais ici ? Où suis-je ? File, crétine, file. Les hommes étaient des militaires ou des policiers et elle supposa à leur air embarrassé que Joseph avait dû les soudoyer. Puis tous regardèrent leur montre et Charlie distingua, au moment où il levait le poignet, l'éclat de la chemise de soie et des boutons de manchette de Joseph. Il lui fit signe d'avancer. Elle jeta un coup d'œil en arrière et aperçut deux jeunes filles se tenant en contrebas sur l'allée dallée, la tête tournée dans leur direction. Joseph l'appelait. Elle se dirigea vers le portail ouvert, sentant le regard des policiers la dévêtir, et elle se dit que jamais encore Joseph ne l'avait examinée ainsi ; jamais il n'avait manifesté directement le moindre désir pour elle. Maintenant assaillie par tant de doutes, elle espérait ardemment qu'il allait le faire.

La grille se referma derrière elle. Il y avait d'abord des marches puis un sentier de roche glissante. Elle l'entendit lui dire de faire attention. Elle aurait aimé s'accrocher à lui mais il la fit passer devant, expliquant qu'il ne voulait pas masquer la vue. Ainsi, c'est un point de vue, songea-t-elle. La deuxième vue la plus belle du monde. La roche, sans doute du marbre, luisait même dans l'obscurité et Charlie sentait ses semelles de cuir déraper dangereusement. Une fois, elle faillit tomber mais une main la rattrapa avec une rapidité et une force qui auraient rendu Al chétif à côté. A un autre moment, elle serra le bras contre son flanc, entraînant la main de son guide contre sa poitrine. Touche, hurla-t-elle en silence. C'est à moi et il y en a deux ; le gauche a un côté beaucoup plus érogène que le droit, mais quelle importance ? Le sentier sinuait, la nuit s'éclaircissait et devenait plus douce, comme si elle avait retenu la chaleur du soleil. Charlie découvrit à ses pieds la ville qui semblait tomber comme une planète en fuite ; au-dessus de sa tête, elle ne discerna qu'une masse sombre et découpée de tours et d'échafaudages. La rumeur de la circulation se tut, cédant la nuit aux cigales.

« Marchez doucement, maintenant, je vous prie. »

Elle comprit au son de sa voix que, quel qu'il fût, le but approchait. Le sentier se remit à zigzaguer ; ils atteignirent un escalier de bois. Des marches, une langue de terrain plat, puis à nouveau des marches. Joseph avait pris un pas furtif à cet endroit et Charlie l'imita, la clandestinité les unissant de nouveau. Côte à côte, ils franchirent une porte monumentale dont l'échelle démesurée força la jeune femme à lever la tête. Elle vit alors une demi-lune rougeoyante se frayer un chemin parmi les étoiles pour venir se ficher entre les colonnes du Parthénon.

« Mon Dieu », murmura-t-elle. Charlie se sentit dépassée et, pendant quelques secondes, très seule. Elle reprit lentement sa progression, comme quelqu'un se dirigeant vers un mirage et attendant qu'il disparaisse, mais la vision subsista. Elle longea ainsi le temple jusqu'au bout, en quête d'un accès, mais les premières marches qu'elle rencontra étaient barrées par un panneau sévère indiquant *Interdit de monter.* Et puis soudain, sans raison définie, elle courait. Guidée miraculeusement, elle évoluait entre les blocs de pierre en direction de la frontière obscure de cette ville irréelle, à peine consciente de la présence de Joseph qui, en chemise de soie grège, se maintenait sans effort à sa hauteur. Elle riait et parlait en même temps ; elle prononçait les mots que, lui avait-on dit, elle laissait échapper au lit — tout ce qui lui passait par la tête. Elle éprouvait la sensation de pouvoir s'évader de son corps et s'élever dans le ciel sans risque de tomber. Ralentissant l'allure, elle arriva au parapet, s'écroula sur le rebord et plongea son regard vers l'îlot illuminé, encerclé par les océans noirs des plaines de l'Attique. Elle se retourna et le vit qui l'observait, à quelques pas d'elle.

« Merci », dit-elle enfin.

Charlie le rejoignit, elle lui saisit la tête à deux mains et l'embrassa sur la bouche, d'abord à la façon d'une petite fille, les lèvres closes, puis avec la langue, imprimant au corps de l'homme le mouvement voulu et scrutant son visage à chaque respiration, comme pour mesurer l'effet produit, et cette fois-ci ils restèrent enlacés suffisamment longtemps pour qu'elle sache ; aucun doute possible, l'effet était positif.

« Merci, Jose », répéta-t-elle, le sentant aussitôt se soustraire à son étreinte. Il dégagea sa tête et lui prit les bras pour les replacer sagement le long de ses flancs. C'était stupéfiant, mais il l'avait abandonnée sans un mot, sans un geste.

Trompée, presque en colère, elle fixa du regard son visage immobile de sentinelle éclairé par la lune. Elle croyait autrefois tous les connaître. Les homos honteux qui faisaient semblant avant d'éclater en sanglots. Les puceaux attardés perturbés par l'ombre imaginaire de l'impuissance. Les soi-disant Don Juan et les super mâles d'opérette qui se dérobaient au dernier moment sur un brusque accès de timidité ou de conscience. Et il s'était toujours trouvé assez de véritable tendresse en elle pour qu'elle devienne la mère, la sœur ou autre chose encore et établisse un lien avec chacun d'entre eux. Mais en fouillant les deux trous sombres de ses yeux, elle perçut chez Joseph une résistance qu'elle n'avait jamais rencontrée auparavant. Il ne s'agissait ni d'une absence de désir ni d'une virilité défaillante. Charlie avait trop d'expérience pour se méprendre sur la tension et l'assurance de son étreinte. Il semblait plutôt qu'il concevait d'autres buts qui la dépassaient et qu'en se soustrayant ainsi à elle, il essayait de le lui faire comprendre.

« Faut-il que je vous remercie encore ? » s'enquit-elle.

Il la contempla encore un instant en silence. Puis il leva le poignet et regarda sa montre en or à la lueur de la lune.

« Il me semble que, comme nous sommes déjà en retard, je devrais vous montrer un peu les temples. Me permettez-vous de vous ennuyer ? »

Compte tenu de l'extraordinaire décalage qui s'était établi entre eux, il attendait d'elle qu'elle l'aide à respecter son vœu d'abstinence.

« Je veux le grand jeu, Jose », déclara-t-elle, glissant un bras sous le sien et l'entraînant avec la même fierté que s'il avait été un trophée. « Qui l'a construit, combien ça a coûté, à quels dieux ce temple était consacré et si ça a servi à quelque chose. Vous pouvez m'ennuyer jusqu'à ce que la vie nous sépare. »

Il ne lui vint pas même à l'idée qu'il pouvait ne pas connaître les réponses et elle avait raison. Il lui fit un cours et elle l'écouta ; il la conduisit lentement d'un temple à l'autre et elle le suivit, lui tenant le bras et songeant : je serai ta sœur, ton élève, ta ce que tu voudras. Je te relèverai et dirai n'y être pour rien, je te mettrai par terre et dirai être seule responsable, et je te tirerai encore ce sourire, même s'il doit m'en coûter la vie. « Non, Charlie, répondait-il d'un ton sérieux, les Propylées ne sont pas des déesses, mais les portes d'un sanctuaire. Le mot vient de propylon ; les Grecs utilisaient le pluriel pour honorer leurs lieux sacrés. »

« Vous avez tout appris exprès pour moi, Jose, c'est ça ? »

« Bien sûr. Tout pour vous. Pourquoi pas ? »

« Je pourrais en faire autant. Je suis une vraie éponge. Vous n'en reviendriez pas. Un coup d'œil dans les bouquins et je deviens aussitôt votre spécialiste. »

Il s'immobilisa ; elle fit de même.

« Alors répétez-moi ce que j'ai dit », demanda-t-il.

Elle crut d'abord qu'il plaisantait, qu'il se moquait d'elle. Puis, lui saisissant les bras, elle lui fit opérer un brusque demi-tour et reprendre le chemin inverse tandis qu'elle lui débitait toutes ses phrases.

« Ça ira ? » Ils étaient revenus à leur point de départ. « Ai-je droit au deuxième prix ? »

Elle attendit les fameuses Trois Minutes d'Avertissement : « Ce n'est pas le *tombeau* d'Agrippa, c'est le *monument* d'Agrippa. Sinon, à part cette petite erreur, je dirais que vous saviez votre leçon sur le bout des doigts. Félicitations. »

Au même instant, très loin en contrebas, retentit un avertisseur de voiture, trois coups calculés, et Charlie comprit qu'ils leur étaient destinés car Joseph leva aussitôt la tête et écouta comme un animal humant le vent,. avant de regarder de nouveau sa montre. Le carrosse s'est transformé en citrouille, songea-t-elle ; c'est l'heure où les gentils enfants se trouvent au lit et se racontent ce à quoi ils pensent tous.

Ils avaient déjà commencé à redescendre la colline quand Joseph s'arrêta pour contempler le mélancolique théâtre de Dionysos, cirque vide que seuls éclairaient la lune et les rayons diffus des lumières lointaines. C'est un dernier regard, se dit Charlie, très troublée, en examinant la forme sombre et immobile de son corps se découpant contre les feux de la ville.

« J'ai lu quelque part que le vrai théâtre ne se limitait jamais à l'expression d'un seul, déclara-t-il. Les romans, les poèmes, oui. Mais pas le théâtre. Le théâtre doit trouver une application dans la réalité. Le théâtre doit être utile. Vous croyez cela ? »

« A l'Institut féminin de Burton-sur-le-Trent ? répliqua-t-elle en riant. A jouer Hélène de Troie le samedi après-midi devant des retraités ? »

« Je suis sérieux. Dites-moi ce que vous en pensez. »

« Au sujet du théâtre ? »

« Au sujet de son utilité. »

Sa gravité la déconcerta. Il semblait trop attendre de sa réponse.

« Eh bien, je suis d'accord, répondit-elle maladroitement. Le théâtre *devrait* être utile. Il *devrait* permettre aux gens de sentir les choses et de les partager. Il devrait... Eh bien, il devrait réveiller la conscience des gens. »

« Il devrait donc être vrai ? Vous en êtes sûre ? »

« Évidemment, j'en suis sûre. »

« Très bien, alors », conclut-il comme si, en ce cas, elle ne pouvait rien lui reprocher.

« Très bien, alors », répéta-t-elle gaiement.

Nous sommes complètement fous, décida-t-elle. Une vraie paire de cinglés, tous les deux. Le policier les salua lorsqu'ils furent redescendus sur terre.

Elle crut tout d'abord qu'il lui jouait un mauvais tour. La route était déserte à l'exception d'une Mercedes, garée toute seule, en évidence. Sur un banc, non loin de là, un couple s'embrassait ; autrement, il n'y avait personne alentour. La Mercedes était sombre mais pas noire. Comme elle était rangée très près du talus, l'herbe dissimulait la plaque d'immatriculation avant. Charlie aimait les Mercedes depuis qu'elle roulait en voiture et elle sut tout de suite, à sa solidité, que celle-ci sortait d'un atelier de carrossier, son parfait état et les antennes dont elle était pourvue lui indiquant qu'il s'agissait là d'une fantaisie très chère au cœur de son propriétaire et équipée de tous les gadgets possibles. Joseph lui avait pris le bras et ils avaient déjà presque atteint la portière du conducteur lorsqu'elle se rendit compte qu'il s'apprêtait à l'ouvrir. Elle le vit introduire la clé dans la serrure, entendit les quatre taquets se lever en même temps et s'aperçut soudain qu'il la conduisait vers le côté passager pendant qu'elle lui demandait ce que tout cela signifiait.

« Celle-ci ne vous plaît pas ? » s'enquit-il avec une légèreté qu'elle trouva aussitôt suspecte. « Dois-je en commander une autre ? Je croyais que vous aviez un faible pour les belles voitures. »

« Vous voulez dire que vous l'avez louée ? »

« Pas exactement. On nous l'a prêtée pour le voyage. »

Il tenait la portière ouverte. Elle ne bougea pas.

« Prêtée par qui ? »

« Un bon ami. »

« Comment s'appelle-t-il ? »

« Charlie, ne soyez pas si ridicule. Herbert. Karl. Un nom, qu'est-ce que cela change ? Vous préféreriez le manque de confort démocratique d'une Fiat grecque ? »

« Où sont mes affaires ? »

« Dans le coffre. Dimitri les y a mises sur mes instructions. Cela vous rassurerait-il de jeter un coup d'œil ? »

« Je ne vais pas rentrer là-dedans, c'est complètement dingue. »

Elle y pénétra cependant et il fut instantanément assis près d'elle, mettant le contact. Joseph portait des gants de conduite. Des gants de cuir noir, percés de petits trous sur le dessus. Il avait dû les garder dans sa poche et les enfiler en montant dans l'auto. L'or qui habillait ses poignets rutilait contre le cuir sombre. Il conduisait vite et avec adresse. Cela ne plut pas non plus à Charlie — ce n'était pas ainsi que l'on pilotait la voiture d'un ami. Sa portière était verrouillée. Il les avait toutes refermées depuis le tableau de bord, grâce au système central de fermeture. Il avait également allumé la radio d'où se déversait une musique grecque plaintive.

« Comment je fais pour ouvrir ces sacrées fenêtres ? », dit-elle.

Il appuya sur un bouton et le vent tiède de la nuit balaya le visage de la jeune femme, lui apportant des senteurs de résine. Mais Joseph n'abaissa pas la vitre de plus de cinq centimètres.

« Vous faites ça souvent, n'est-ce pas ? » lui demanda-t-elle en haussant le ton. « C'est une de vos petites manies, hein ? Conduire des dames vers des destinations inconnues à deux fois la vitesse du son. »

Pas de réponse. Son regard fixait intensément la route devant lui. Qui est-il ? Oh ! pauvre de moi — comme disait si souvent sa vioque —, qui est-il ? L'intérieur de la voiture s'illumina. Charlie se retourna et aperçut des phares à une centaine de mètres derrière eux, qui ne gagnaient ni ne perdaient de terrain.

« Ils sont des nôtres ou non ? » interrogea-t-elle.

Elle était déjà en train de se carrer dans son siège lorsqu'elle comprit ce qui avait aussi attiré son attention. Un blazer rouge sombre, jeté sur la banquette arrière et agrémenté des mêmes boutons de cuivre que ceux de Nottingham et de York : elle aurait parié que la coupe évoquait un peu les années vingt.

Elle réclama une cigarette.

« Pourquoi ne regardez-vous pas dans le vide-poches ? » lui conseilla-t-il sans même tourner la tête. Elle ouvrit le compartiment et découvrit un paquet de *Marlboro*. La boîte à gants contenait également une écharpe de soie et une paire de coûteuses lunettes de soleil Polaroïd. Elle saisit l'écharpe et la renifla : le tissu sentait l'eau de toilette pour homme. Charlie prit une cigarette. De sa main gantée, Joseph lui passa l'allume-cigares du tableau de bord.

« Votre copain s'habille plutôt chic, non ? »

« Assez, oui. Pourquoi ? »

« C'est à lui le blazer rouge sur la banquette, ou à vous ? »

Il lui lança un rapide coup d'œil pour la féliciter, puis reporta son regard sur la route.

« Disons que c'est à lui mais que je l'ai emprunté », répondit-il d'un ton calme tandis que la voiture prenait de la vitesse.

« Vous lui avez aussi emprunté ses lunettes de soleil, c'est ça ? Vous deviez en avoir sacrément besoin, assis aussi près de la rampe que vous l'étiez. Pour un peu vous faisiez partie de la distribution. Vous vous appelez Richthoven, c'est bien ça ? »

« Exact. »

« Prénom Peter, mais vous préférez Joseph. Domicile : Vienne. Vous faites un peu de commerce et vous étudiez un peu. » Elle s'interrompit mais il ne dit rien. « Dans une boîte, reprit-elle. Boîte postale sept cent soixante-deux, poste centrale. Je me trompe ? »

Elle le vit hocher légèrement la tête pour rendre hommage à sa capacité de mémorisation. L'aiguille du compteur atteignait maintenant cent trente kilomètres heure.

« Nationalité non divulguée, métis plutôt susceptible, continua-t-elle avec désinvolture. Vous avez trois gosses et deux épouses. Le tout dans une boîte postale. »

« Ni femme ni enfant. »

« Jamais ? Ou simplement pas au moment où nous parlons ? »

« Pas en ce moment. »

« Ne vous imaginez pas que cela me gêne, Jose. Au contraire. J'accueille avec plaisir tout ce qui peut m'aider à vous définir. Absolument tout. Les filles sont comme ça — toutes des fouineuses. »

Elle s'aperçut qu'elle tenait toujours l'écharpe. Elle la fourra dans le vide-poches qu'elle referma d'un coup sec. La route était droite mais extrêmement étroite, l'aiguille indiquait maintenant cent quarante et Charlie sentait la panique monter en elle, s'attaquer au calme qu'elle s'était composé.

« Ça vous embêterait de m'annoncer quelque chose d'agréable ? Quelque chose qui puisse mettre une personne normale à l'aise ? »

« Je peux vous dire pour vous rassurer que je vous ai menti aussi peu que possible et que vous allez comprendre, dans très peu de temps maintenant, les excellentes raisons de votre présence parmi nous. »

« Qui ça, *nous* ? » interrogea-t-elle sèchement.

Jusqu'à présent, il avait semblé agir seul. Charlie n'aimait pas du tout ce changement. Ils arrivaient à une route nationale, mais Joseph ne ralentissait pas. Elle distingua les phares de deux voitures venant à leur rencontre, puis retint son souffle tandis qu'il rétrogradait et appuyait sur le frein pour glisser la Mercedes sur la grande route juste devant les deux véhicules, en faisant assez vite pour permettre à l'automobile qui les suivait depuis un moment de s'intercaler à son tour.

« Il ne va pas y avoir de coups de feu, n'est-ce pas ? s'enquit-elle en pensant soudain aux cicatrices de Joseph. Nous ne serions pas en route pour aller faire une petite guerre quelque part, par-dessus le marché ? Voyez-vous, je ne supporte pas les coups de feu. J'ai les tympans tellement fragiles. » Le son de sa voix, chargé d'une insouciance trop fabriquée, lui devenait très vite étranger.

« Non, Charlie, il n'est pas question de coups de feu. »

« *Non, Charlie, il n'est pas question de coups de feu.* La traite des blanches, alors ? »

« Non, la traite des blanches non plus. »

Elle répéta cela aussi.

« Alors il ne reste plus que la drogue, c'est ça ? Vous faites bien le commerce de *quelque chose,* non ? Mais la drogue, ce n'est pas mon truc non plus, à vrai dire. Long Al me confie toujours son hasch quand nous devons traverser une frontière et après, je suis bonne à ramasser à la petite cuillère pendant des jours, juste à cause de la nervosité. » Pas de réponse. « C'est plus fort que ça ? Plus noble ? Je suis tombée complètement à côté ? » Elle tendit le bras et éteignit la radio. « Et que penseriez-vous d'arrêter tout simplement la voiture, en fin de compte ? Inutile de m'emmener où que ce soit. Vous pouvez retourner à Mykonos dès demain si cela vous chante, vous vous contenterez de ma doublure. »

« Et je vous laisserais ici, en plein désert ? Ne soyez pas si absurde. »

« Faites-le tout de suite ! hurla-t-elle. *Arrêtez cette foutue bagnole !* »

Ils avaient grillé un feu rouge et tourné à gauche, si brusquement que Charlie sentit sa ceinture de sécurité se bloquer et lui couper la respiration. Elle voulut se saisir du volant mais il avait levé son avant-bras avant qu'elle ait eu le temps d'esquisser le moindre geste. Il prit encore à gauche, leur faisant franchir un portail blanc puis remonter une allée bordée d'azalées et d'hibiscus. L'allée s'incurvait et la Mercedes s'engouffra dans le virage pour s'immobiliser brutalement sur une aire de gravier cerclée de cailloux peints en blanc. La seconde voiture s'arrêtait derrière eux, bouchant ainsi la sortie. Charlie entendit des pas sur le gravier. La maison était une vieille villa disparaissant sous les fleurs rouges. Sous le faisceau des phares, les fleurs semblaient des taches de sang frais. Une faible lueur émanait du porche. Joseph coupa le contact et fourra la clé dans sa poche. Se penchant par-dessus la jeune femme, il lui ouvrit la portière. L'odeur rance des hortensias et le chant familier des cigales les enveloppèrent. Il sortit de l'auto, mais Charlie resta sur son siège. Il n'y avait pas un souffle d'air, aucune sensation de fraîcheur et pas d'autre bruit que le léger frottement des fines semelles des jeunes gens qui se rassemblaient autour de la voiture. Dimitri, le chauffeur de dix ans au sourire enfantin. Raoul, le hippy aux cheveux filasse qui prenait le taxi et avait un riche papa suédois. Deux filles en jeans et sahariennes, celles-là mêmes qui les avaient suivis dans leur ascension vers l'Acropole et — maintenant qu'elle les voyait plus clairement — qu'elle avait déjà croisées une ou deux fois à Mykonos quand elle faisait du lèche-vitrines. Percevant le choc provoqué par quelqu'un qui ouvrait le coffre et en sortait ses bagages, Charlie jaillit furieusement hors de la Mercedes. « Ma guitare ! » vociféra-t-elle. « Laissez ça tranquille, vous... »

Mais Raoul la tenait déjà sous son bras, Dimitri se chargeant de son sac. Elle allait se précipiter sur eux quand les filles lui saisirent chacune un poignet et un avant-bras puis la menèrent sans le moindre effort vers le porche.

« Où est passé ce salaud de Joseph ? » hurla-t-elle.

Mais ce salaud de Joseph, une fois sa mission accomplie, avait déjà franchi la moitié des marches et ne regardait pas en arrière, comme quelqu'un qui fuit un accident. En dépassant la Mercedes, Charlie distingua à la lumière du porche les inscriptions portées sur la plaque d'immatriculation arrière. Il ne s'agissait pas du tout d'une plaque grecque. Elle était arabe, ornée de fioritures franchement hollywoodiennes autour des chiffres et, sur le coffre, juste à gauche de l'emblème Mercedes, se trouvait collé un « CD » plastifié pour corps diplomatique.

6

Les deux filles lui avaient montré les toilettes et y étaient entrées avec elle sans la moindre gêne. L'une blonde, l'autre brune, toutes deux négligées et chargées de se montrer gentilles avec la nouvelle venue. Elles portaient des chaussures de sport et la chemise flottant par-dessus leurs jeans ; elles n'avaient eu aucun mal à maîtriser Charlie lorsque celle-ci avait essayé de se jeter sur elles et n'avaient répondu à ses injures que par un sourire évoquant la douceur absente des sourds.

« Moi, je suis Rachel », lui confia la brune en haletant lors d'une courte trêve. « Et elle, c'est Rose. Rachel..., Rose, c'est entendu ? Nous sommes les deux “R”. »

Rachel était la plus avenante. Elle s'exprimait avec l'accent moqueur du Nord et ses yeux brillaient d'un éclat joyeux ; c'était le dos de Rachel qui avait séduit Yanuka, au bord de la frontière. Coiffée de cheveux clairs et ondulés, Rose avait un corps long et ferme d'athlète, mais quand elle ouvrait les mains, ses paumes semblaient de vrais battoirs au bout de ses poignets minces.

« Tout ira bien, Charlie, ne t'en fais pas », lui affirma Rose avec un accent saccadé qui aurait pu être sud-africain.

« Tout allait très bien avant », répliqua Charlie en s'efforçant encore de les repousser.

Elles la conduisirent ensuite à une chambre, au rez-de-chaussée, lui donnèrent un peigne, une brosse et un verre de thé sans sucre ni lait, puis Charlie s'assit sur le lit à boire son thé et à blasphémer d'une voix frémissante de colère tout en essayant de reprendre une respiration normale. « Enlèvement d'une actrice désargentée », marmonna-t-elle. « Qu'est-ce qu'on réclame comme rançon, les filles ? Ce que je dois à la banque ? » Mais elles se contentèrent de sourire plus patiemment encore, encadrant, les bras le long du corps, leur prisonnière, en attendant de pouvoir lui faire monter le grand escalier. Arrivée au premier palier, Charlie se rua de nouveau sur elles, le poing fermé cette fois-ci, et projeta violemment tout son bras en avant pour se retrouver aussitôt allongée sur le sol, les yeux fixés sur la verrière qui couronnait la cage d'escalier et renvoyait tel un prisme le clair de lune en une mosaïque d'or pâle et de rose. « Mais je voulais seulement te casser la gueule », expliqua-t-elle à Rachel dont l'unique réponse fut un regard rayonnant de compréhension.

C'était une vieille maison qui sentait le chat et lui rappelait sa vioque. Elle était encombrée de vilains meubles grecs style empire, de rideaux de velours passé et de chandeliers de cuivre. Mais eût-elle été aussi propre qu'un hôpital suisse ou aussi penchée qu'un pont de navire, la folie serait apparue d'un autre ordre, ni meilleur ni pire. Au second étage, une jardinière lui fit encore penser à sa mère : Charlie se revit toute petite, assise près d'elle et vêtue d'une salopette en velours côtelé, en train d'écosser des petits pois dans une serre où abondaient les araucarias. Pourtant, Charlie ne parvint absolument pas à se souvenir, ni sur le moment ni après, de la moindre demeure possédant une serre, à moins qu'il ne s'agît de la toute première maison que ses parents avaient habitée à Branksome, près de Bournemouth, quand elle avait trois ans. Les trois filles s'approchèrent d'une double porte. Rachel la poussa et se rangea sur le côté tandis que Charlie découvrait une pièce immense et sombre ; au centre, deux silhouettes se tenaient assises derrière une table, l'une grande et imposante, l'autre maigre et courbée, toutes deux vêtues de bruns et de gris foncés et, vues du palier, semblables à des fantômes. La jeune femme distingua des papiers éparpillés sur la table, des documents auxquels le plafonnier donnait un relief disproportionné, mais que Charlie reconnut de loin comme des coupures de presse. Rose et Rachel s'étaient effacées, semblant désormais inutiles. Rachel lui assena une petite tape sur les fesses et lui dit : « Allez, vas-y », et Charlie s'aperçut qu'elle parcourait toute seule les derniers mètres, avec l'impression d'être une vilaine souris mécanique qu'on a remontée à fond. Fais-leur une attaque, se dit-elle. Prends-toi l'estomac, feins une appendicite. Hurle. Son entrée marqua le signal pour les deux hommes de se dresser instantanément sur leurs pieds. Le maigre resta debout derrière la table, mais le grand s'avança fermement vers Charlie et sa main droite s'ouvrit comme une pince de crabe pour saisir la sienne et la serrer avant qu'elle eût pu l'en empêcher.

« Charlie, nous sommes très heureux de pouvoir vous accueillir saine et sauve parmi nous ! » s'exclama Kurtz d'un ton admiratif, comme si elle avait bravé tous les périls pour venir les rejoindre. « Charlie, *mon* nom » — il enfermait toujours sa main dans sa poigne puissante et le contact de leurs deux épidermes ne correspondait pas du tout à ce que la jeune femme s'était attendue à ressentir — « *mon* nom est, faute de mieux, Marty, et quand Dieu en a eu fini avec *moi,* il lui restait encore quelques morceaux épars et il a fabriqué Mike, comme par scrupule, alors vous pouvez dire bonjour à *Mike*. Là-bas, pour reprendre un pseudonyme commode, c'est Mr. Richthoven — Joseph, comme vous l'appelez —, enfin, j'imagine que c'est plus ou moins vous qui l'avez baptisé ainsi, non ? »

Il avait dû pénétrer dans la pièce après elle, sans qu'elle le remarque. Le cherchant des yeux, Charlie le découvrit à l'écart des autres, en train de disposer des documents sur une petite table pliante. On avait installé sur celle-ci une lampe de chevet dont la lueur évoquant la flamme d'une bougie lui caressa le visage au moment où il se pencha en avant.

« Je pourrais bien le baptiser maintenant, ce salaud », répondit-elle.

Elle pensa à se précipiter sur lui de la même façon qu'elle l'avait fait sur Rachel : trois rapides enjambées, et une bonne gifle avant d'être ceinturée ; mais elle savait que c'était impossible et elle se contenta de lui lancer une bordée d'injures que Joseph écouta d'un air de profond recueillement. Il avait troqué, apparemment à tout jamais, sa chemise en soie de chef de gang et ses boutons de manchettes en or gros comme des cous de bouteilles contre un pull fin de couleur brune.

« Je vous conseille de suspendre votre jugement et votre grossièreté jusqu'à ce que vous ayez entendu ce que ces deux hommes ont à vous dire, lui répliqua-t-il sans même lever la tête et tout en continuant de classer ses papiers. Vous êtes ici en très bonne compagnie. Meilleure que celle que vous fréquentez habituellement, dirais-je. Il vous reste beaucoup à apprendre et, si vous avez de la chance, beaucoup à accomplir. Gardez donc votre énergie », lui suggéra-t-il, semblant faire pour lui-même une récapitulation distraite, sans cesser de brasser des piles de documents.

Il s'en fout, songea-t-elle amèrement. Il s'est déchargé de son fardeau et son fardeau, c'était moi. Les deux hommes se tenaient toujours debout près de leur table, attendant qu'elle s'asseye, ce qui déjà paraissait de la folie pure. Folie que de se montrer polis envers une fille qu'on vient juste d'enlever, folie que de lui faire un cours sur ce qui est bien ou mal, folie que de venir participer à un débat avec ses ravisseurs après avoir pris une bonne tasse de thé et réajusté son maquillage. Elle s'assit pourtant. Kurtz et Litvak l'imitèrent.

« Qui distribue les cartes ? » plaisanta-t-elle en écrasant du poing une larme égarée. Elle distingua une mallette marron assez usée, posée sur le sol entre les deux hommes ; elle était ouverte, mais pas suffisamment pour révéler ce qu'elle contenait. Effectivement, les papiers qui jonchaient le bureau étaient des coupures de presse, et bien que Mike fût déjà en train de les ranger dans une chemise, Charlie reconnut sans peine les articles qui la concernaient, elle et sa carrière.

« Vous êtes bien sûrs que vous ne vous êtes pas trompés de fille ? » interrogea-t-elle résolument. Elle s'adressait à Litvak, le soupçonnant à tort d'être le plus influençable en raison de sa frêle constitution. Mais elle se moquait en fait de savoir à qui elle parlait tant qu'elle restait à flot. « Seulement, si vous cherchez les trois hommes masqués qui ont braqué la banque de la Cinquante-deuxième Rue, ils ont filé dans l'autre sens. Je n'étais que la passante innocente qui a accouché prématurément. »

« Charlie, nous pouvons être sûrs que nous ne nous sommes pas trompés ! » s'écria Kurtz, ravi, levant en même temps ses deux bras épais de la table. Il regarda Litvak, puis jeta de l'autre côté de la pièce un coup d'œil rapide mais empreint d'un froid calcul en direction de Joseph ; le moment d'après, il était lancé, s'exprimant avec la fougue animale qui avait tant subjugué Quilley et Alexis ainsi que d'innombrables autres collaborateurs inespérés au cours de sa formidable carrière : les mêmes riches accents euro-américains, les mêmes gestes amples des avant-bras.

Mais Charlie était actrice, et jamais ses instincts professionnels n'avaient été plus aiguisés. Ni le torrent verbal de Kurtz ni la confusion qu'avait suscitée en elle la trahison dont elle était victime n'obscurcissaient la perception multiple qu'elle avait de la scène. Nous sommes en représentation, se dit-elle ; il y a nous et eux. Tandis que les jeunes gardes se répartissaient dans l'ombre tout autour de la chambre, Charlie croyait presque entendre les retardataires marcher sur la pointe des pieds pour gagner leurs sièges de l'autre côté du rideau. Le décor, en l'examinant plus attentivement, ressemblait à la chambre à coucher d'un tyran destitué ; ses kidnappeurs, aux combattants pour la liberté qui l'avaient déposé. Derrière le front large et paternel de Kurtz qui s'était assis face à elle, la jeune femme discerna, imprimé sur le mur décrépit, le contour poussiéreux de ce qui avait dû être une tête de lit impériale. Derrière le maigre Litvak pendait un miroir au cadre en volutes dorées placé en un endroit stratégique pour le plaisir d'amants défunts. Le parquet nu renvoyait un écho sourd et théâtral ; la lumière du plafonnier accentuait les creux sur le visage des deux hommes et l'aspect terne de leurs costumes de partisans. Au lieu de son luxueux complet de Madison Avenue — mais Charlie ne possédait pas cet élément de comparaison —, Kurtz arborait maintenant une veste militaire informe tachée de sueur sous les aisselles et dont la poche à rabat laissait dépasser toute une rangée de stylos métallisés ; Litvak, lui, l'intellectuel du parti, préférait une chemisette kaki d'où ses bras blancs jaillissaient telles de petites branches dépouillées de leurs feuilles. Pourtant, Charlie avait compris au premier regard leur identité avec Joseph. Ils sont entraînés dans les mêmes buts, songea-t-elle ; ils partagent les mêmes idées, les mêmes pratiques. La montre de Kurtz reposait devant lui, sur le bureau. La jeune femme pensa à la gourde de Joseph.

Deux portes-fenêtres s'ouvraient dans la façade de la maison. Deux autres donnaient sur l'arrière. On avait fermé les doubles portes qui menaient aux ailes du bâtiment, et si Charlie avait jamais conçu l'idée de se ruer vers ces issues, elle savait maintenant que c'était impossible car, malgré leur apparente langueur de dilettantes, elle avait décelé chez les gardes — à certains signes indubitables — la vigilance de professionnels. Et puis au-delà encore des sentinelles, tout au fond du décor, rougeoyaient quatre serpentins antimoustiques évoquant des mèches d'explosif à combustion lente et répandant un parfum musqué. Enfin, derrière Charlie, la petite lampe de chevet de Joseph — malgré tout, ou peut-être justement à cause de tout, la seule lumière réconfortante de la pièce.

Elle avait déjà englobé presque tout ceci du regard avant même que la voix si riche de Kurtz n'ait empli la chambre de ses locutions sournoisement mobilisatrices. Si Charlie n'avait pas déjà deviné qu'elle s'acheminait vers une très longue nuit, cette voix martelée et inflexible le lui annonçait maintenant.

« Charlie, ce que nous voulons d'abord, c'est essayer de nous définir, essayer de nous présenter, et même si personne ici n'a tellement l'habitude de s'excuser, nous voudrions aussi vous dire que nous sommes désolés. Il est des choses qui doivent être faites. Nous en avons accompli une ou deux, un point c'est tout. Alors, pardon, bonjour et encore une fois bienvenue. Salut. »

Il s'interrompit assez longtemps pour permettre à la jeune femme de lâcher une nouvelle bordée d'injures, fit un large sourire et reprit son monologue.

« Charlie, je ne doute pas que vous mourez d'envie de nous poser une multitude de questions, et soyez assurée que nous y répondrons du mieux que nous pourrons en temps voulu. En attendant, nous allons au moins nous efforcer de vous donner quelques informations de base. Vous nous demandez qui nous sommes ? » Il ne fit cette fois-ci aucune pause, s'intéressant en fait bien moins à l'effet produit par ses paroles qu'au pouvoir bienveillant qu'elles lui permettaient d'exercer sur la discussion et sur Charlie. « Charlie, tout d'abord, nous sommes des gens honnêtes, comme Joseph vous l'a déjà dit, des gens bien. Et en ce sens, comme toutes les bonnes et honnêtes gens du monde, je crois que l'on peut raisonnablement nous ranger parmi les non-sectaires et les non-alignés qui se sentent comme vous profondément concernés par les mauvaises directions que prend actuellement le monde. Si j'ajoute à tout ceci que nous sommes également citoyens israéliens, j'espère que l'écume ne va pas vous monter immédiatement à la bouche, que vous n'allez ni vomir ni vous jeter par la fenêtre, à moins bien sûr que vous ne soyez intimement convaincue qu'il faille balayer Israël de la carte, l'arroser de napalm ou en faire un joli paquet cadeau pour l'une ou l'autre de ces exigeantes organisations arabes qui se sont juré de nous éliminer. » La sentant se contracter intérieurement, Kurtz se précipita sur l'occasion. « *C'est* ce que vous pensez, Charlie ? » s'enquit-il en baissant le ton. « Peut-être après tout. Pourquoi ne nous feriez-vous pas tout simplement part de votre avis sur la question ? Vous voulez vous lever tout de suite ? Rentrer chez vous ? Vous avez votre billet d'avion, il me semble. Nous vous dédommagerons. Cela vous tente ? »

Masquant le chaos et la terreur momentanée qui l'agitaient, Charlie se figea dans une attitude d'un calme glacé. Que Joseph fût juif, elle n'en avait plus douté depuis l'interrogatoire avorté qu'elle lui avait fait subir sur la plage. Mais Israël ne représentait pour elle qu'une abstraction confuse qui déclenchait à la fois ses instincts protecteurs et hostiles. Elle ne s'était jamais imaginée qu'elle devrait un jour affronter personnellement cette question.

« De quoi s'agit-il exactement ? » demanda-t-elle, ignorant la proposition de Kurtz d'interrompre les transactions avant même qu'elles ne soient commencées. « D'un conseil de guerre ? D'une expédition punitive ? Vous allez me mettre les électrodes ? C'est quoi, bon sang, la grande idée ? »

« Vous aviez déjà rencontré des Israéliens avant ? » demanda Kurtz.

« Pas que je sache. »

« Avez-vous des préjugés raciaux contre les Juifs en général ? Les Juifs en tant que Juifs, point ? Vous ne trouvez ni que nous puons ni que nous nous conduisons mal à table ? Dites-le-nous. Nous comprenons ce genre de choses. »

« Ne dites pas de conneries. » Sa voix sonnait faux, à moins que ce ne fût son ouïe qui la trompât.

« Vous vous sentez en milieu ennemi parmi nous ? »

« Mon Dieu, qu'est-ce qui peut vous donner une idée pareille ? Mes ravisseurs deviennent toujours pour *moi* des amis à la vie à la mort », répliqua-t-elle, suscitant à sa grande surprise un éclat de rire spontané. Seul Joseph ne s'y joignit pas, étant bien trop absorbé par sa lecture, comme l'indiquait derrière Charlie le froissement des pages qu'il tournait.

Kurtz insista un peu plus lourdement. « Alors dissipez nos craintes, la pressa-t-il, toujours rayonnant de la même chaleur humaine. Oublions que vous êtes en un certain sens retenue captive ici. Israël peut-il survivre ou devons-nous, nous tous ici, rassembler nos affaires et retourner dans nos anciens pays pour repartir à zéro ? Peut-être préféreriez-vous que nous choisissions un morceau de Centrafrique ? D'Uruguay ? D'Égypte, non merci, nous avons déjà essayé et ça s'est soldé par un échec. Ou peut-être devrions-nous nous disperser à nouveau dans les ghettos d'Europe et d'Asie en attendant les prochains pogroms ? Qu'en dites-vous, Charlie ? »

« Tout ce que je veux, c'est que vous laissiez ces pauvres Arabes tranquilles », fit-elle, contournant encore la difficulté.

« Formidable. Et cela revient à quoi, au juste ? »

« Arrêter de bombarder leurs camps. De les chasser de leurs terres. De passer leurs villages au bulldozer. De les torturer. »

« Vous avez déjà regardé une carte du Moyen-Orient ? »

« Évidemment. »

« Et quand vous vous êtes penchée sur cette carte, il ne vous est pas venu une seule fois à l'idée que les Arabes pourraient, eux, *nous* laisser tranquilles ? » demanda Kurtz, toujours aussi pernicieusemcnt aimable.

A son trouble et à sa peur s'ajouta un certain embarras, ce qui était sans doute dans l'intention de Kurtz. Face à une réalité aussi dépouillée, les reparties effrontées de Charlie semblaient tout juste dignes d'une salle de classe. La jeune femme se sentait comme une sotte faisant la morale aux sages.

« Je ne veux que la paix », déclara-t-elle stupidement, même si en fait cela correspondait à la vérité. Elle voyait assez bien, quand l'occasion s'en présentait, une Palestine rendue comme par magie à ceux qui en avaient été chassés pour faire place aux gardiens européens plus puissants.

« En ce cas, pourquoi ne jetteriez-vous pas un nouveau coup d'œil sur la carte en vous demandant ce que veut *exactement* Israël ? » lui conseilla Kurtz avec une satisfaction évidente avant d'observer une pause, semblant un silence à la mémoire de tous les êtres chers qui ne pouvaient être avec eux ce soir.

Et, fait extraordinaire, ce silence se prolongea extrêmement longtemps, car Charlie elle-même se garda de le briser. Charlie, qui cinq minutes auparavant envoyait les pires insanités à la tête de Dieu et du monde, n'avait soudain plus rien à ajouter. Ce fut donc Kurtz, et non pas elle, qui rompit le charme en prononçant ce qui ressemblait fort à une déclaration écrite à l'intention de la presse.

« Charlie, nous ne sommes pas ici pour critiquer vos engagements politiques. Vous n'allez pas nous croire car il est encore trop tôt — pourquoi donc nous croiriez-vous ? — mais en fait, vos engagements nous *plaisent*. Sous tous leurs aspects. Chacun de leurs paradoxes et de leurs bonnes intentions. Nous les respectons et nous en avons besoin ; il n'est pas du tout dans notre idée de nous en moquer, et je souhaite sérieusement que nous revenions sur ce sujet en temps voulu pour en discuter de façon ouverte et fructueuse. Nous avons pour but de toucher la bonté et l'humanité qui sont en vous, un point c'est tout. Nous voulons nous adresser à votre cœur généreux, humain et compatissant. A vos sentiments. A votre sens de la justice. Nous ne voulons rien vous demander qui puisse en quelque façon s'opposer à vos fortes et respectables préoccupations éthiques. Vos engagements politiques *polémiques* — ces noms que vous donnez à vos convictions — eh bien, nous préférerions les laisser mijoter sur le feu. Quant à vos convictions en elles-mêmes — aussi confuses, irrationnelles et *frustrées* qu'elles puissent être — nous les respectons pleinement, Charlie. Ceci posé, je suis certain que vous allez encore rester un peu en notre compagnie et écouter ce que nous avons à vous dire. »

Une fois de plus, Charlie dissimula sa réponse sous une nouvelle attaque : « Si Joseph est israélien, s'étonna-t-elle, qu'est-ce qu'il fout dans une bagnole arabe aussi grande ? »

Le sourire qui avait si brutalement trahi son âge auprès de Quilley fissura soudain le visage de Kurtz en mille rides et sillons. « Nous l'avons volée, Charlie », répondit-il joyeusement, et son aveu fut suivi par un nouvel éclat de rire général auquel Charlie faillit se joindre. « Et ce que vous voulez savoir *ensuite*, Charlie », fit-il — annonçant donc incidemment que la question palestinienne était, du moins pour le moment, gardée au chaud sur le feu déjà mentionné précédemment — « c'est ce que vous faites là avec nous et pourquoi on vous a traînée ici en prenant tant de précautions et de façon aussi cavalière. Je vais vous le dire. La raison, Charlie, en est que nous voulons vous proposer un travail. Un travail d'*actrice*. »

Il avait atteint les eaux calmes et son sourire avenant montrait qu'il le savait. Sa voix s'était faite plus lente et mesurée, comme s'il s'apprêtait à annoncer la liste des heureux gagnants : « Le plus grand rôle qu'on vous ait jamais offert, le plus exigeant, le plus difficile, certainement le plus dangereux mais certainement aussi le plus important. Et ce n'est pas d'argent que je parle. Vous pourrez avoir de l'argent en abondance, aucun problème, dites votre chiffre. » Il balaya de son gros avant-bras ces considérations financières. « Le rôle que nous vous réservons, Charlie, combine tous vos talents, tant sur le plan humain que professionnel. Votre esprit. Votre excellente mémoire. Votre intelligence. Votre courage. Mais aussi cette qualité supérieure dont j'ai déjà parlé : votre chaleur humaine. Nous vous avons choisie, Charlie. Nous vous avons attribué le rôle. Il y avait beaucoup de concurrents au départ, des candidats de nombreux pays. Nous avons opté pour vous et c'est pour cette raison que vous êtes ici. Parmi vos fans. Tous ceux qui sont présents dans cette pièce vous ont vue jouer, tous vous admirent. Alors mettons les choses au clair. De notre côté, il n'y a aucune hostilité. Il y a de l'affection. Il y a de l'admiration. De l'espoir. Écoutez-nous jusqu'au bout. Votre ami Joseph vous a dit la vérité, vous êtes en bonne compagnie, comme nous le sommes avec vous. C'est vous que nous voulons. Nous avons besoin de vous. Et il y a là-bas des gens qui vont avoir encore beaucoup plus besoin de vous que nous. »

Sa voix laissa un vide. Charlie avait connu des acteurs, très peu, dont la voix produisait cet effet. C'était une présence ; son impitoyable bienveillance en faisait une drogue qui vous laissait, quand elle se dissipait, tout désemparé. D'abord Al qui décroche son grand rôle, songea-t-elle prise par un soudain élan d'exaltation, et maintenant c'est mon tour. La folie de sa situation lui apparaissait toujours aussi nettement, et pourtant elle parvenait à peine à réfréner le sourire d'excitation qui lui démangeait les lèvres.

« Alors c'est comme ça que vous faites la distribution, oui ? » dit-elle, réussissant une fois encore à prendre un ton sceptique. « On les assomme et on leur passe les menottes pour vous les amener ? Vous procédez toujours ainsi, je suppose. »

« Mais, Charlie, nous ne prétendons absolument pas qu'il s'agit ici de dramaturgie classique », répondit Kurtz d'une voix égale, lui abandonnant une fois de plus l'initiative.

« Un rôle dans quoi au juste ? » s'enquit-elle refoulant toujours son sourire.

« Appelez ça du théâtre. »

Elle se rappela Joseph et la gravité qui avait empreint son visage lorsqu'il avait fait allusion au théâtre du réel. « Alors c'est une pièce, conclut-elle. Mais pourquoi ne pas le dire clairement ? »

« En un certain sens, c'est une pièce », concéda Kurtz.

« Elle est de qui ? »

« Nous nous chargeons de l'intrigue et Joseph écrit les dialogues. Grâce à votre collaboration. »

« Qui sera le public ? » Elle esquissa un geste en direction des ombres. « Ces charmants jeunes gens ? »

Le sérieux de Kurtz surprenait et impressionnait tout autant que sa bienveillance. Ses mains calleuses se trouvèrent sur la table, sa tête s'inclina au-dessus d'elles et le plus incrédule n'aurait pu douter de la sincérité de son attitude. « Charlie, il existe dans le monde des gens qui ne verront jamais la pièce, qui ne sauront même pas qu'elle se joue et qui pourtant vous devront tout pour le restant de leur vie. Des innocents. Ceux dont vous vous êtes toujours préoccupée, pour lesquels vous avez essayé de parler, de manifester, que vous avez tenté d'aider. Dans tout ce qui suivra cet entretien, il vous faudra garder cette notion à l'esprit ou bien vous nous perdrez et vous vous perdrez vous-même, cela ne fait aucun doute. »

Elle s'efforça de détourner son regard. Sa rhétorique volait trop haut, cherchait trop à convaincre. Elle aurait préféré qu'il l'essayât sur quelqu'un d'autre.

« Mais, bon sang, qui êtes-vous donc pour décider qui est innocent ? » lança-t-elle violemment, se révoltant à nouveau contre le pouvoir de persuasion de son interlocuteur.

« Vous voulez dire nous en tant qu'Israéliens, Charlie ? »

« Je veux dire *vous* », rétorqua-t-elle en évitant le terrain dangereux.

« Je choisirai de contourner légèrement votre question, Charlie, et de dire que, selon nous, il faut que quelqu'un soit véritablement très coupable pour avoir mérité de mourir. »

« Qui par exemple ? Qui a mérité de mourir ? Les pauvres types que vous descendez en Cisjordanie ? Ou ceux que vous bombardez au Liban ? » Comment avaient-ils pu en arriver à parler de la mort, elle se le demandait, même en posant ces questions saugrenues. Était-ce lui, elle ? Cela ne faisait aucune différence. Il pesait déjà sa réponse.

« Ceux qui ont enfoncé les barrières humaines, Charlie », déclara-t-il avec une force soutenue. « *Ceux-là,* et seulement ceux-là méritent la mort. »

Entêtée, Charlie ne capitulait toujours pas : « Y a-t-il des Juifs parmi eux ? »

« Oui, des Juifs, et des Israéliens aussi, sûrement, mais nous n'en faisons pas partie et, heureusement, ils ne concernent pas le problème qui nous occupe ce soir. »

Il possédait suffisamment d'autorité pour s'exprimer ainsi. Il détenait les réponses que les enfants attendent. Il avait l'expérience nécessaire et toutes les personnes présentes le savaient, y compris Charlie : il était homme à ne parler que de ce qu'il connaissait. Quand il posait des questions, on sentait qu'il avait lui-même répondu à d'innombrables. Quand il lançait des ordres, on savait qu'il avait déjà obéi. Quand il parlait de la mort, il était clair que la mort l'avait frôlé bien souvent et qu'elle pouvait revenir à tout moment. Et quand il décidait de donner à la jeune femme un avertissement, ce qui était précisément le cas, il évoquait des dangers qui n'avaient rien pour lui d'immatériel : « Ne prenez pas notre pièce pour un divertissement, Charlie, précisa-t-il gravement. Cela n'a rien à voir avec une quelconque forêt enchantée. Quand les feux de la rampe s'éteindront, il fera nuit noire dans la rue. Quand les comédiens riront, ils seront vraiment joyeux, mais quand ils pleureront, il est à craindre qu'ils soient désespérés et profondément malheureux. Et s'ils sont jamais blessés et ils le seront, Charlie, n'en doutez pas — ils ne seront pas en mesure de se relever après le tomber du rideau et d'attraper le dernier bus qui les ramènera chez eux. Il n'y aura pas de flou pudique sur les scènes les plus dures, pas de congés maladie. C'est le grand jeu du début à la fin. Si c'est ce que vous voulez, et si vous pouvez vous en tirer — nous le pensons — alors écoutez-nous. Sinon, arrêtons là l'audition. »

De sa voix traînante aux accents de Boston et aussi distante qu'un signal radio émis depuis l'autre côté de l'Atlantique, Shimon Litvak fit une première remarque enrouée : « Charlie n'a jamais reculé devant un combat, Marty, jamais, objecta-t-il du ton du disciple qui rassure son maître. Ce n'est pas une *intuition,* c'est une *certitude.* Tout son dossier l'indique. »

Ils avaient déjà parcouru la moitié du chemin, raconta par la suite Kurtz à Misha Gavron lors d'un rare cessez-le-feu dans leurs relations : une femme qui accepte d'écouter est une femme qui consent, dit-il, arrachant presque un sourire à son chef.

La moitié, peut-être, et pourtant, si l'on tenait compte du temps que devait encore durer la discussion, à peine le début. Bien que tenant à exercer une certaine pression sur la jeune femme, Kurtz ne voulait surtout pas agir trop vite. Il comptait beaucoup sur une tactique très élaborée, il voulait alimenter ses frustrations, contraindre l'impatience de Charlie à devenir l'aiguillon du débat. Personne mieux que Kurtz ne comprenait les affres d'une nature trop vive dans ce monde si pesant, ni ne savait orienter mieux une telle turbulence. En quelques minutes, après son arrivée, alors que la jeune femme avait encore peur, il l'avait prise sous son aile : s'était montré un père pour l'amie de Joseph. Quelques minutes supplémentaires et il lui offrait les moyens de concilier toutes les composantes jusqu'ici désordonnées de sa vie. Il avait fait appel à l'actrice qui était en elle, à la martyre, à l'aventurière ; il avait cajolé la fille et excité la concurrente. Conscient qu'au fond d'elle-même, comme la plupart des révoltés, elle n'aspirait qu'à un conformisme plus solide, il lui avait laissé entrevoir une famille dans laquelle il lui tiendrait à cœur d'entrer. Et surtout, en accumulant ainsi tant de bénéfices au-dessus de sa tête, il l'avait enrichie, ce qui — Charlie elle-même l'avait longtemps proclamé à qui voulait l'entendre — marquait le commencement de la subordination.

« Ainsi, Charlie, voici ce que nous proposons, commença Kurtz d'une voix plus lente et moins solennelle. Nous proposons une audition sans durée limitée, une série de questions à laquelle nous vous demanderons de répondre très franchement, très ouvertement, même si, pour le moment, nous ne pouvons encore vous en révéler le but. »

Il se tut mais elle ne répliqua pas et son silence exprimait désormais une soumission tacite.

« Nous vous demandons de ne pas peser vos réponses, de ne pas essayer de vous mettre à notre place, de ne chercher ni à nous plaire ni à nous faire plaisir. De nombreux passages de votre existence qui peuvent vous paraître négatifs auront sans doute pour nous une tout autre valeur. Ne tentez pas de penser pour nous. » Un petit geste sec de l'avant-bras souligna cet avertissement amical. « Question. Que se passerait-il si, maintenant ou plus tard, l'un de nous décidait d'en rester là ? Charlie, laissez-moi essayer de vous expliquer cela. »

« Allez-y, Mart », l'encouragea-t-elle, puis elle mit ses coudes sur la table et appuya son menton sur ses mains en lui souriant d'un air qui se voulait chargé d'une stupéfaction incrédule.

« Merci, Charlie, alors écoutez-moi attentivement, je vous prie. Selon le moment précis où vous, ou bien nous, déciderions d'arrêter, selon ce que vous saurez alors et le jugement que nous aurons porté sur vous, nous aurons deux possibilités. Première solution, nous vous arrachons une promesse solennelle, vous donnons de l'argent et vous renvoyons en Angleterre. Une poignée de main, confiance réciproque, nous restons bons amis, et de notre côté, nous gardons un œil sur vous pour nous assurer que vous respectez le contrat. Vous me suivez ? »

A la fois pour échapper à son regard inquisiteur et pour dissimuler son excitation grandissante, Charlie baissa le nez vers la table. Kurtz comptait aussi sur cet élément-là, que la plupart des professionnels de l'espionnage oublient trop souvent : leur monde clandestin paraît aux profanes attirant en soi ; il lui suffit de tourner sur son axe pour drainer les plus mal amarrés vers son sein.

« Deuxième solution, un peu plus sévère mais encore supportable. Nous vous mettons en quarantaine. Nous vous aimons bien mais nous craignons d'avoir atteint un point où vous pourriez compromettre notre projet, où le rôle ne pourrait plus être tenu en toute sécurité par quelqu'un d'autre du fait que vous risqueriez d'en parler autour de vous. »

Elle savait, sans même le regarder, qu'il lui souriait d'un air débonnaire, suggérant qu'une telle faiblesse de la part de Charlie serait bien humaine et compréhensible.

« Dans ce cas, Charlie, ce que nous pourrions faire, reprit-il, c'est louer une jolie petite maison quelque part, au bord de la mer, par exemple, dans un endroit agréable. Nous vous trouvons de la compagnie, des jeunes dans le genre de ceux qui sont ici. Des gens sympathiques mais qui connaissent leur métier. Nous inventons une raison pour expliquer votre absence. Une idée à la mode, qui puisse coller à votre réputation d'instabilité, un séjour mystique en Orient par exemple. »

Les doigts épais de Kurtz avaient retrouvé sa vieille montre sur la table. Ils la soulevèrent pour la reposer quinze centimètres plus près de lui. Éprouvant elle aussi le besoin de s'occuper, Charlie saisit un stylo et feignit de griffonner sur un bloc posé devant elle.

« Une fois la quarantaine terminée, on ne vous abandonne pas comme ça, loin de là. Nous vous remettons sur les bons rails, vous dotons d'une belle somme d'argent, gardons le contact avec vous et nous assurons que vous ne commettez pas d'imprudences ; et, dès que tout danger est écarté, nous vous aidons à reprendre votre carrière et à retrouver vos amis. C'est là le pire qui pourrait vous arriver, Charlie, et si je vous raconte tout cela, c'est pour que vous ne vous imaginiez pas qu'en disant "non", tout de suite ou plus tard, vous allez vous retrouver morte au fond d'une rivière, une paire de bottes en béton aux pieds. Ce n'est pas dans nos habitudes. Et encore moins quand il s'agit d'amis. »

Elle gribouillait toujours. Après avoir tracé un cercle, elle le compléta d'une flèche en diagonale pour le rendre masculin. Elle avait un jour feuilleté un ouvrage de psychologie populaire qui utilisait ce symbole. Soudain, comme un homme qui en a assez d'être dérangé, Joseph prit la parole ; malgré sa sévérité, sa voix ne manqua pas de troubler et de réconforter la jeune femme.

« Charlie, il ne vous suffit pas de jouer les témoins butés. C'est de votre avenir qu'ils sont en train de parler, et il pourrait comporter de nombreux risques. Allez-vous rester ainsi et les laisser disposer de votre vie sans vous consulter ou presque ? C'est un engagement, vous comprenez ? Charlie, allons ! »

Elle dessina un autre cercle. Un autre garçon. Elle avait entendu chacun des mots de Kurtz, chacune de ses insinuations. Elle aurait pu les lui débiter tout comme elle l'avait fait pour Joseph sur l'Acropole. Elle avait l'esprit parfaitement clair et se sentait aussi éveillée qu'elle l'avait jamais été de toute sa vie, mais son instinct lui conseillait de le dissimuler, de rester en retrait.

« Et combien de temps devra durer la pièce, Mart ? » demanda-t-elle d'une voix morne, ignorant l'interpellation de Joseph.

Kurtz formula différemment la question : « Eh bien, j'imagine que vous voulez savoir ce qui vous arrivera quand vous aurez terminé votre mission, c'est bien cela ? »

Elle se montra merveilleuse. Une vraie mégère. Jetant son stylo à terre, elle frappa la table de sa paume ouverte : « Non, bordel, ça n'a rien à voir ! Je vous ai demandé combien de temps ça va durer et ce que va devenir ma tournée de cet automne dans *Comme il vous plaira* ? »

Kurtz ne laissa rien paraître de sa satisfaction à constater le pragmatisme de sa nouvelle recrue. « Charlie, répondit-il d'un ton pénétré, il n'est pas question de modifier en quoi que ce soit vos projets. Nous n'avons jamais douté que vous respecteriez cet engagement, en admettant bien sûr que la subvention soit accordée. Quant à la durée de notre affaire, votre mission pourrait prendre six semaines ou deux ans, mais nous espérons bien que ce ne sera pas le cas. Nous aimerions maintenant vous entendre dire si vous voulez passer cette audition ou bien si vous préférez souhaiter une bonne nuit à tout le monde et retourner à une vie plus sûre, mais plus ennuyeuse. Quel est votre verdict ? »

Il créait ici un faux suspense, mais il voulait lui donner l'impression de conquérir en même temps que celle de se soumettre. L'impression d'avoir choisi elle-même ses ravisseurs. Elle portait une veste en denim dont l'un des boutons métalliques ne tenait plus très bien ; le matin, en enfilant la veste, elle s'était promis de le recoudre pendant la traversée et puis avait oublié, toute à l'excitation de retrouver Joseph. Elle saisit le bouton et éprouva la solidité du fil. Elle occupait le devant de la scène. Elle sentait tous les regards converger vers elle, depuis la table, depuis l'ombre, de derrière son dos. Elle perçut le raidissement de leurs corps, dont celui de Joseph, et entendit le craquement que produit toujours la tension du public quand il est accroché. Elle devinait toute la puissance de leur attente et de son propre pouvoir : allait-elle dire oui ou non ?

« Jose ? » appela-t-elle sans tourner la tête.

« Oui, Charlie. »

Elle ne le regardait toujours pas, mais savait pourtant que de son îlot de lumière tamisée il guettait sa réponse avec plus d'intensité que tous les autres réunis.

« Alors c'est ça, hein ? Notre vaste et romantique tour de Grèce ? Delphes, tous les seconds endroits les plus beaux du monde ? »

« Il n'est pas question de modifier quoi que ce soit à notre voyage vers le nord », répliqua Joseph, parodiant légèrement Kurtz.

« Il ne sera pas même remis ? »

« Je dirais qu'il est tout à fait imminent. »

Le fil cassa et le bouton lui resta dans la main. Elle le laissa tomber sur la table et le regarda tourner avant de s'immobiliser. Pile ou face, songea-t-elle. Qu'ils transpirent un peu. Elle souffla une bouffée d'air, comme pour écarter une mèche de cheveux.

« Alors je vais attendre de voir ce que donne cette audition, pourquoi pas ? » fit-elle à l'adresse de Kurtz d'un ton détaché, sans quitter le bouton des yeux. « J'ai rien à perdre », ajouta-t-elle, le regrettant aussitôt. Elle avait une malheureuse tendance à en faire un peu trop dans le but de trouver une bonne chute : « Rien que je n'aie déjà perdu, de toute façon. »

Rideau, pensa-t-elle ; allez, Joseph, applaudis, et j'attendrai les critiques demain. Mais aucun son ne retentit et elle ramassa son stylo pour dessiner une fille cette fois-ci, tandis que Kurtz, peut-être sans même s'en apercevoir, déplaçait sa montre vers un endroit plus commode encore.

L'interrogatoire pouvait maintenant, avec l'aimable autorisation de Charlie, commencer sérieusement.

La lenteur est une chose, la concentration en est une autre. Kurtz ne se détendit pas une seule seconde ; il provoqua Charlie, la cajola, l'endormit, la réveilla et utilisa toutes les cordes de son esprit dynamique pour resserrer les liens de leur association théâtrale naissante sans s'accorder, pas plus qu'à la jeune femme, le temps de respirer. Dieu seul et peut-être quelques rares personnes à Jérusalem, disait-on dans son service, savaient où Kurtz avait appris son répertoire — l'intensité magnétique, la prose lourde mais efficace, le flair, les ruses d'avocat. Son visage marqué, tantôt admiratif, tantôt tristement dubitatif, et qui exprimait maintenant toute la tranquillité dont elle avait besoin, devint petit à petit un public à lui tout seul, de sorte que Charlie ne joua plus que pour gagner à tout prix son approbation et celle de personne d'autre. Joseph lui-même fut oublié : relégué à une autre vie. Les premières questions de Kurtz se révélèrent à dessein anodines et disparates. On eût dit, songea Charlie, qu'il avait un formulaire de demande de passeport épinglé dans le crâne, et que la jeune femme le remplissait sans le voir. Nom de jeune fille de votre mère, Charlie. Date et lieu de naissance de votre père, si vous les connaissez, Charlie. Profession de votre grand-père ; non Charlie, de votre grand-père paternel. Suivi, sans la moindre raison compréhensible, de la dernière adresse connue d'une tante maternelle, puis de quelque détail mystérieux touchant à l'éducation de son père. Aucune de ces questions préliminaires ne la concernait directement, Kurtz suivait une tactique très étudiée. Charlie se présentait comme le sujet tabou qu'il devait scrupuleusement éviter de mentionner. Cette salve d'ouverture rapide et bon enfant n'était absolument pas destinée à lui soutirer une quelconque information, mais à inculquer à la jeune femme l'obéissance automatique, le oui-monsieur-non-monsieur de la salle de classe, dont dépendrait la suite de l'échange ; Charlie, elle, sentait la sève de son art l'envahir, elle jouait, répondait, réagissait avec une obligeance sans cesse croissante. N'en avait-elle pas fait autant pour des dizaines de producteurs et de metteurs en scène — n'avait-elle pas utilisé la matière de conversations insignifiantes pour leur donner un échantillon de ses possibilités ? Raison de plus pour prouver son talent maintenant, sous l'encouragement quasi hypnotique de Kurtz.

« Heidi ? répéta Kurtz. *Heidi* ? Curieux nom pour une sœur aînée anglaise, non ? »

« Pas pour Heidi, non », répliqua-t-elle allègrement, déclenchant un éclat de rire immédiat de la part des jeunes gens assis dans l'ombre. Heidi parce que ses parents avaient passé leur lune de miel en Suisse, expliqua-t-elle ; et sa sœur avait été conçue là-bas. « Au milieu des edelweiss, ajouta-t-elle avec un soupir. Dans la position du missionnaire. »

« Alors pourquoi *Charmian* ? » interrogea Marty lorsque les rires se furent enfin apaisés.

Charlie haussa le ton pour reproduire les accents roucoulants de sa vioque : « Le nom de Charmian est venu comme cela, dans l'idée de *plaire* à une cousine éloignée, mais *très* riche, du *même* nom. »

« Et ça a rapporté ? » demanda Kurtz en penchant la tête pour saisir ce que Litvak essayait de lui dire.

« Pas encore », répondit-elle d'un ton espiègle, imitant toujours le ton précieux de sa mère. « Père, vous savez, s'en est allé, mais la cousine Charmian, hélas ! ne l'a pas encore rejoint. »

Ce ne fut qu'en empruntant de semblables détours qu'ils se rapprochèrent insensiblement du sujet qui les intéressait, soit Charlie elle-même.

« Balance », murmura Kurtz avec satisfaction en notant la date de naissance de Charlie.

Il lui fit retraverser, méticuleusement mais rapidement, toute son enfance — les établissements scolaires, les maisons, les noms des premiers amis et poneys — et Charlie lui répondait sur le même mode, se servant de tout son registre, parfois avec humour, mais toujours pleine de bonne volonté, son excellente mémoire sublimée par l'attention de son interlocuteur et par le besoin grandissant de communiquer avec lui. De l'école et de l'enfance, il semblait tout naturel — même si Kurtz ne procéda qu'avec une extrême prudence — de passer au douloureux récit de la ruine de son père, que Charlie relata tranquillement, de façon détaillée et émouvante, décrivant la manière brutale dont la nouvelle avait éclaté, puis le choc du procès, de la condamnation et de l'emprisonnement. De temps à autre, il est vrai, sa voix dérapait un peu ; son regard se posait sur ses propres mains qui s'animaient de façon si gracieuse et expressive à la lumière du plafonnier ; une phrase courageuse et légèrement moqueuse venait alors balayer la moindre tendance à l'apitoiement.

« Nous nous en serions mieux sortis si nous avions fait partie de la classe ouvrière, déclara-t-elle avec un sourire sage et résigné. On vous met à la porte, vous êtes de trop, les forces du capital se dirigent contre vous — c'est la vie, c'est la triste réalité mais vous savez où vous en êtes. Nous, nous n'étions pas des travailleurs. Nous étions nous, tout simplement. Du côté des nantis. Et puis tout à coup, se retrouver dans le camp des défavorisés. »

« Dur », fit gravement Kurtz en secouant sa grosse tête.

Il revint en arrière, cherchant des faits concrets : la date et le lieu du procès, Charlie ; la durée exacte de la peine, Charlie ; le nom des avocats, si elle s'en souvenait. Ce n'était pas le cas, mais elle fit tout ce qu'elle put pour l'aider, et Litvak notait consciencieusement chacune de ses réponses, permettant à Kurtz de se consacrer entièrement à la jeune femme. Les rires s'étaient tus pour de bon maintenant. C'était comme si l'on avait supprimé le bruitage, ne laissant entendre que leurs deux voix : celle de Kurtz, et celle de Charlie. Aucun craquement, aucune toux, aucun frottement ne retentissait d'où que ce fût. Jamais de toute sa vie Charlie n'avait joué devant un public aussi attentif, aussi sensible à son numéro. Ils comprennent, pensa-t-elle. Ils savent ce qu'est mener une existence de nomades, n'avoir plus à compter que sur soi-même quand les cartes s'accumulent contre vous. Une fois, sur un ordre tranquille de Joseph, ils éteignirent les lumières et attendirent dans l'obscurité angoissante et le silence le plus total, Charlie se montrant aussi tendue que les autres, le grondement d'un quelconque raid aérien jusqu'à ce que Joseph donnât le feu vert à Kurtz qui reprit son minutieux interrogatoire. Joseph avait-il réellement entendu quelque chose ou s'agissait-il d'une façon de faire comprendre à la jeune femme qu'elle était désormais l'une d'entre eux ? Pour elle, l'effet était le même :

durant ces quelques secondes, elle s'était sentie leur complice, sans imaginer qu'on pût la secourir.

Il lui arrivait parfois de détacher son regard de Kurtz pour contempler rapidement les ombres somnolant à leur poste : Raoul, le Suédois, sa tête trop blonde penchée sur sa poitrine et la semelle d'une de ses chaussures de sport appuyée contre le mur ; Rose, l'Afrikander, calée contre la double porte, ses jambes de coureuse étendues devant elle et ses bras croisés sous ses seins ; Rachel, la fille du Nord, ses mèches de cheveux noirs retombant sur son visage et ses yeux mi-clos, un doux sourire chargé de sensualité enfuie flottant sur ses lèvres. Le moindre murmure inattendu ou suspect aurait pourtant rendu à chacun d'eux toute sa vivacité.

« Quelle serait donc votre conclusion, Charlie ? » lui demanda gentiment Kurtz. « Concernant cette toute première période de votre vie, jusqu'à ce que nous pourrions appeler la chute... »

« L'âge de l'innocence, Mart ? » suggéra-t-elle pour lui venir en aide.

« Exactement. L'âge de l'innocence. Définissez-moi le vôtre. »

« C'était l'enfer. »

« Vous voulez m'expliquer un peu pourquoi ? »

« La banlieue londonienne. Cela ne vous suffit pas ? »

« Non, pas vraiment. »

« Oh, Mart. Vous êtes tellement... » La voix geignarde. Un accent de profond désespoir. Les mains exprimant la lassitude. Comment pouvait-elle lui faire comprendre ? « Pour vous, ce n'est pas pareil, vous êtes juif, vous voyez ce que je veux dire ? Vous avez toutes ces traditions merveilleuses, la sécurité. Même quand on vous persécute, vous savez qui vous êtes, et pourquoi vous en êtes là. »

Kurtz reconnut tristement les faits.

« Mais pour nous — de riches petits banlieusards venus de Nullepartville — pas question. Nous n'avons plus ni tradition, ni foi, ni conscience de ce que nous sommes, ni plus rien du tout. »

« Vous m'avez pourtant dit que votre mère était catholique. »

« Pâques et Noël. De la pure hypocrisie. Nous sommes dans l'ère postchrétienne, Mart. On ne vous l'a pas encore dit ? La foi laisse un grand vide derrière elle quand elle s'en va. C'est dans ce vide que nous vivons. »

Elle croisa alors le regard ténébreux et ardent de Litvak qui la toisait sans dissimuler sa colère rabbinique.

« Elle n'allait pas à confesse ? »

« N'y pensez pas. Maman n'a jamais eu quoi que ce soit à confesser ! C'est bien là le problème. Rien pour s'amuser, aucun péché, rien. Rien que l'apathie et la peur. La peur de la vie, la peur de la mort, la peur des voisins... La *peur*. Quelque part, ailleurs, des gens vrais étaient en train de vivre de vraies vies. Mais pas nous, voilà. Pas à Rickmansworth. Impossible. Je veux dire, mince... Pour les gosses... Je veux dire que c'est une véritable *castration* ! »

« Et vous..., vous n'aviez pas peur ? »

« Seulement de devenir comme ma mère. »

« Pourtant l'image que nous avons tous — cette vieille Angleterre figée dans sa tradition ? »

« C'est fini. »

Kurtz sourit puis secoua sa tête de sage comme pour dire qu'on en apprenait toujours.

« Ainsi, vous êtes partie de chez vous dès que vous avez pu et vous êtes réfugiée dans la comédie et l'extrémisme politique », avança-t-il d'un air satisfait. « Vous êtes devenue une exilée politique sur les planches. J'ai lu cela quelque part, dans une de vos interviews. Cela m'a plu. Reprenez à partir de là. »

Elle s'était remise à griffonner de nouveaux symboles psychologiques. « Oh, il y a eu d'autres moyens de s'évader avant *ça* », corrigea-telle.

« Quoi par exemple ? »

« Eh bien, le *sexe,* vous savez, expliqua-t-elle avec désinvolture. Je veux dire que nous n'avons pas encore parlé du sexe en tant que base essentielle de la révolte, non ? Ni de la drogue. »

« Nous n'avons pas encore abordé la révolte », rectifia Kurtz.

« Eh bien, écoutez-moi, Mart... »

Il se produisit une chose curieuse : preuve, peut-être, qu'un public parfait peut tirer le meilleur d'une actrice et la contraindre à se dépasser de façon spontanée et inattendue. Charlie avait été à deux doigts de leur déclamer sa tirade sur les prisonniers de la société. De leur expliquer comment la découverte du moi était un prélude essentiel à l'identification au mouvement extrémiste ; comment, quand on en viendrait à écrire l'histoire de la révolution nouvelle, il faudrait chercher ses vraies racines dans les salons de la classe moyenne, là où la *tolérance répressive* trouvait son milieu naturel. Au lieu de quoi elle s'entendit avec surprise énumérer à l'intention de Kurtz — ou à celle de Joseph ? — ses innombrables amants de jeunesse et la liste des motifs ridicules qu'elle s'était forgés pour coucher avec eux. « Ça me dépasse complètement, Mart », insista-t-elle en ouvrant à nouveau les mains en signe d'impuissance. Ne se servait-elle pas trop de ses mains ? Elle craignit que oui et les posa sur ses genoux. « Même aujourd'hui. Je n'avais pas *envie* d'eux, ils ne me *plaisaient* pas, mais je les *laissais* tout simplement faire. » Les hommes à qui elle s'était donnée par ennui, pour aérer un peu l'atmosphère viciée de Rickmansworth, Mart. Par curiosité. Des hommes pour montrer son pouvoir, pour se venger d'autres hommes, pour se venger d'autres femmes, de sa sœur, de sa vioque. Des hommes à qui elle s'était donnée par politesse, Mart, ou par lassitude devant leur persistance. Bon sang, un vrai défilé, Mart, vous n'imaginez pas ! Des hommes pour soulager la tension, des hommes pour la créer. Des hommes pour l'éclairer — ses initiateurs politiques, invités dans son lit pour lui expliquer ce qu'elle ne parvenait pas toujours à comprendre dans les livres. Les désirs éphémères qui s'effritaient entre ses mains comme des porcelaines trop fragiles et la laissaient plus seule encore qu'auparavant. Ratages, ratages — tous sans exception, Mart — ou du moins voulait-elle qu'il le croie. « Mais ils m'ont *libérée,* vous ne voyez pas ? Je me servais de mon propre *corps* comme je l'*entendais* ! Même si ce n'était pas la bonne façon de s'en servir. C'était mon numéro à moi ! »

Kurtz hochait prudemment la tête, tandis que Litvak, assis près de lui, écrivait furieusement. Mais c'était Joseph qu'elle imaginait en secret installé derrière elle. Elle le voyait les yeux levés de sa lecture, son index puissant barrant sa joue rasée pendant qu'il recevait le don qu'elle lui faisait de son ahurissante franchise. Prends-moi tout entière, lui disait-elle ; offre-moi ce que les autres n'ont jamais pu m'offrir.

Puis elle se tut et son propre silence la glaça. Pourquoi avait-elle agi ainsi ? Jamais encore elle n'avait interprété ce rôle-là pour personne, pas même pour elle-même. L'heure imprécise de la nuit l'avait troublée. L'éclairage, la chambre, cette sensation de voyager, de parler à des étrangers dans un train. Elle voulait dormir. Elle en avait assez fait. Ils n'avaient qu'à lui donner le rôle ou la renvoyer chez elle, ou les deux à la fois.

Mais Kurtz en décida autrement. Le moment n'était pas encore venu. Il se contenta de décréter une courte pause, ramassa sa montre et la fixa à son poignet au moyen du bracelet de grosse toile kaki. Puis il sortit précipitamment de la pièce, emmenant Litvak avec lui. Charlie guetta un bruit de pas derrière elle, s'attendant que Joseph les suive, mais en vain. Ce silence s'éternisait. Elle mourait d'envie de tourner la tête, mais n'osait pas. Rose lui apporta un verre de thé sucré, toujours sans lait. Rachel lui présenta quelques biscuits recouverts de sucre et évoquant le shortbread anglais. Charlie en accepta un.

« Tu t'en sors *super* bien, confia Rachel, le souffle coupé. Tu y as mis le paquet quand tu as parlé de l'Angleterre. Je suis restée là à boire tes paroles comme du petit-lait, ce n'est pas vrai, Rose ? »

« Je peux le confirmer », assura Rose.

« C'est seulement ce que je ressentais », expliqua Charlie.

« Tu veux aller aux toilettes, mon chou ? »

« Non merci. Jamais entre deux actes. »

« Très bien », fit Rachel avec un clin d'œil.

Tout en buvant son thé, Charlie posa le coude sur le dossier de sa chaise de façon à pouvoir regarder naturellement derrière elle. Joseph avait disparu, et tous ses papiers avec lui.

La chambre à coucher où ils s'étaient retirés semblait aussi grande que la pièce qu'ils venaient de quitter et tout aussi nue. Deux lits de camp et un téléscripteur en constituaient tout l'ameublement ; une porte à deux battants s'ouvrait sur une salle de bains. Becker et Litvak s'étaient assis l'un en face de l'autre, chacun sur un lit, et compulsaient leurs dossiers ; un jeune homme se tenant très droit et répondant au nom de David s'occupait du téléscripteur, accumulant soigneusement près de son coude les feuilles de papier que l'appareil crachait à intervalles réguliers. Le seul autre bruit perceptible était un éclaboussement d'eau en provenance de la salle de bains où Kurtz, torse nu et tournant le dos à ses hommes, s'aspergeait devant le lavabo comme un athlète entre deux épreuves.

« C'est une fille très bien », lança Kurtz au moment où Litvak tournait une page et cochait un passage à l'aide d'un feutre. « Elle est exactement ce que nous espérions. Brillante, imaginative et sous-employée. »

« Elle ment comme elle respire », grogna Litvak sans quitter sa lecture. Mais l'inclinaison de son corps tout autant que l'insolence provocatrice de sa voix indiquaient clairement qu'il ne s'adressait pas à Kurtz.

« Qui s'en plaindrait ? interrogea Kurtz, se mouillant de plus belle le visage. Cette nuit, elle ment pour elle-même, demain elle mentira pour nous. Aurions-nous tout à coup besoin d'un ange ? »

Le téléscripteur émit brusquement une nouvelle mélopée. Becker et Litvak se tournèrent aussitôt vers l'appareil, mais Kurtz ne paraissait pas avoir entendu. Peut-être avait-il de l'eau dans les oreilles.

« Pour une femme, le mensonge est un moyen de protection. En protégeant la vérité, elle défend sa pudeur. Chez une femme, le mensonge est une preuve de vertu. »

Installé près du téléphone, David leva la main pour attirer l'attention. « C'est Athènes, l'ambassade, Marty, dit-il. Ils veulent transmettre un message de Jérusalem. »

Kurtz hésita. « Dites-leur d'y aller », ordonna-t-il à contrecœur.

« Vous seul devez le lire », fit David qui se leva et traversa la pièce.

Le téléscripteur eut un sursaut. Kurtz se jeta une serviette sur les épaules, gagna le siège de David puis inséra un disque dans l'appareil avant de regarder défiler le message qui s'inscrivait désormais intelligiblement sous ses yeux. Enfin, la transmission cessa ; Kurtz déchiffra l'ensemble du message puis arracha la bande de papier et la relut. Il laissa échapper un rire de colère. « Et voilà que Misha Gavron nous demande de nous faire passer pour des Américains, maintenant, annonça-t-il. N'est-ce pas charmant ? “Vous ne devez en aucun cas lui faire savoir que vous êtes citoyens israéliens et que vous agissez de façon officielle ou quasi officielle.” J'adore ça. C'est constructif, utile, ça tombe juste au bon moment et c'est du grand Corbeau tout craché. Jamais de toute ma vie je n'ai travaillé pour quelqu'un à qui l'on peut autant se fier. Tu réponds “Oui répète non” », commanda-t-il sèchement au pauvre garçon étonné en lui tendant la feuille de papier. Les trois hommes se rassemblèrent pour retourner sur scène.

7

Kurtz avait choisi, pour reprendre sa conversation avec Charlie, d'adopter un ton d'épilogue bienveillant, comme s'il ne lui restait plus que quelques points de détail à vérifier avant de passer à autre chose.

« Charlie, pour en revenir à vos parents », disait-il. Litvak avait sorti un dossier de sa serviette et le tenait hors du champ de vision de la jeune femme.

« Oui, mes parents », répéta-t-elle, prenant bravement une cigarette.

Kurtz garda un instant le silence tandis qu'il examinait un document que Litvak venait de lui glisser. « Reprenons maintenant la dernière phase de la vie de votre père, sa ruine, sa disgrâce financière, etc. Pourrions-nous juste revoir le déroulement des événements ? Vous êtes en pension. On vous apprend la terrible nouvelle. A partir de là, je vous prie. »

Elle ne comprit pas très bien. « D'où ? »

« On vous apprend la nouvelle. Que se passe-t-il ensuite ? »

Elle haussa les épaules. « L'école m'a fichue dehors, je suis rentrée à la maison qui était infestée d'huissiers. Mais nous avons déjà vu tout ça, Mart. Que voulez-vous d'autre ? »

« Vous nous racontiez que la directrice vous avait fait venir, lui rappela Kurtz après un silence. Très bien. Que vous a-t-elle dit exactement, s'il vous plaît ? »

« "Désolée, mais j'ai demandé à l'intendante de faire vos bagages. Au revoir et bonne chance". Pour autant que je me souvienne. »

« Oh, vous vous rappelez sûrement *ça* », fit Kurtz avec bonne humeur en s'inclinant pour jeter un nouveau coup d'œil sur les papiers de Litvak. « Pas de sermon sur le vilain monde qui vous attendait dehors ? suggéra-t-il sans s'arrêter de lire. "Gardez toujours une certaine retenue", ce genre de conseil ? Non ? Aucune explication concernant la raison pour laquelle vous deviez partir ? »

« Cela faisait deux trimestres que la pension n'avait pas été payée — ça ne vous suffit pas ? C'est une entreprise, Marty. Il faut bien qu'ils pensent à leur compte en banque. Il s'agissait d'une école privée, vous vous rappelez ? » Elle affecta une certaine lassitude. « On ne pourrait pas remettre ça à un autre jour ? Je ne sais pas pourquoi mais je me sens un peu vannée. »

« Oh, je suis sûr du contraire. Vous vous êtes reposée et vous avez des ressources. Ainsi vous êtes rentrée chez vous. Par le train ? »

« Oui, tout le trajet, et toute seule. Avec ma petite valise. Le retour au pays. » Elle s'étira et sourit à la ronde mais Joseph ne la regardait pas. Il semblait écouter une autre musique.

« Et qu'y avez-vous retrouvé exactement ? »

« Le chaos, je vous l'ai déjà dit. »

« Mais pouvez-vous préciser un peu ? »

« Un camion de déménagement dans l'allée. Des hommes en blouse partout. Ma mère en larmes. Ma chambre déjà à moitié vide. »

« Et Heidi ? »

« Pas là. Absente. Ne figure pas au nombre des présents. »

« Personne n'avait été la chercher ? Votre sœur aînée, la prunelle des yeux de votre père ? N'habitant qu'à une vingtaine de kilomètres de là ? Avec un mariage sans problème ? Pourquoi Heidi n'est-elle pas venue aider ? »

« Sans doute enceinte, expliqua Charlie d'un ton léger en contemplant ses mains. Elle l'est toujours. »

Kurtz dévisageait Charlie et il prit tout son temps avant de parler. « Qui était enceinte, je vous prie ? » s'enquit-il, comme s'il avait mal entendu.

« Heidi. »

« Charlie, Heidi n'attendait pas d'enfant. Sa première grossesse n'est intervenue que l'année suivante. »

« D'accord, pour une fois elle n'était pas enceinte. »

« Alors pourquoi n'est-elle pas venue pour aider sa famille ? »

Peut-être qu'elle ne voulait pas savoir. Elle est restée en dehors, c'est tout ce dont je me souviens. Bon sang, Mart, ça fait dix ans, j'étais une gosse, une autre personne. »

« C'était la déchéance, hein ? Heidi ne pouvait accepter ça. La faillite de votre père, j'entends. »

« De quelle autre déchéance aurait-il pu s'agir ? » coupa-t-elle.

Kurtz considéra sa question d'un point de vue rhétorique. Il s'était replongé dans ses documents, suivant le long doigt de Litvak qui lui désignait certains passages. « Quoi qu'il en soit, Heidi s'est défilée et c'est sur vos jeunes épaules qu'est retombée la responsabilité d'affronter la crise familiale, c'est ça ? Charlie, seize ans à peine, arrive à la rescousse. Une "dégringolade dans la précarité du système capitaliste", comme vous l'avez si bien dit vous-même. "Une leçon de choses que vous n'avez jamais oubliée." Vous avez vu de vos yeux se désagréger et disparaître toutes les fantaisies de la société de consommation, tous les attributs de la respectabilité bourgeoise — les jolies robes, les beaux meubles... Vous restez toute seule. Vous prenez les choses en main. Personne ne vient vous disputer l'emprise que vous devez assurer sur vos parents bourgeois et pathétiques qui auraient dû naître travailleurs, mais qui négligemment sont venus au monde autrement. Vous les consolez, adoucissez leur disgrâce, leur donnez, me semble-t-il, une sorte d'absolution. Difficile, ajouta-t-il tristement. Très, très difficile », puis il se tut, attendant sa réaction.

Elle ne dit rien, le regarda fixement. Elle ne pouvait s'en empêcher. Les traits taillés à coups de serpe de Kurtz s'étaient mystérieusement durcis, surtout autour des yeux. Mais elle continua tout de même à le dévisager ; c'était une attitude qu'elle savait très bien prendre depuis l'enfance : elle se composait une figure de marbre et se mettait à penser à autre chose. Elle gagna la partie, et le sut tout de suite car Kurtz brisa le silence le premier, ce qui constituait la preuve.

« Charlie, nous sommes conscients que tout ceci vous est très douloureux, mais nous vous demandons de poursuivre vous-même le récit. Nous voyons le camion, vos biens qui quittent la maison. Qu'avons-nous ensuite ? »

« Mon poney. »

« Ils l'ont emmené aussi ? »

« Je vous l'ai déjà dit. »

« Avec les meubles ? Dans le même camion ? »

« Non, dans un autre. Ne soyez pas stupide. »

« Donc il y avait deux camions. Les deux en même temps ou bien l'un après l'autre ? »

« Je ne sais plus. »

« Où se trouvait votre père pendant tout ce temps ? Dans son bureau ? Il regardait par la fenêtre, il regardait ses meubles s'en aller ? Comment se comporte un homme comme lui dans une telle épreuve ? »

« Il était dans le jardin. »

« Qu'y faisait-il ? »

« Il examinait les roses. Il ne les quittait pas des yeux. Il ne cessait de répéter qu'ils ne devaient pas emmener les roses. Quoi qu'il arrive. Il n'arrêtait pas de le dire. "S'ils me prennent mes roses, je me tuerai." »

« Et votre mère ? »

« Maman s'occupait dans la cuisine. Elle préparait à manger. Elle n'avait rien trouvé d'autre à faire. »

« Gaz ou électricité ? »

« Électricité. »

« Aurais-je mal entendu ou m'avez-vous dit que le courant avait été coupé ? »

« On nous l'avait rebranché. »

« Les huissiers vous laissaient la cuisinière ? »

« C'est la loi. Ils doivent laisser la cuisinière, une table, et une chaise par personne dans la maison. »

« Des couteaux et des fourchettes ? »

« Un couvert par personne. »

« Pourquoi n'ont-ils pas tout simplement saisi la maison ? Pourquoi ne vous ont-ils pas mis dehors ? »

« Elle était au nom de ma mère. Elle avait insisté pour qu'il en soit ainsi des années auparavant. »

« Quelle femme avisée ! La maison était pourtant au nom de votre père. Et où m'avez-vous dit que la directrice de la pension avait appris la faillite de votre père ? »

Elle manqua perdre le fil. Pendant une fraction de seconde, les images s'évanouirent dans sa tête, mais elle les retrouva bientôt, et avec elles, les mots dont elle avait besoin : sa mère, en foulard mauve, penchée au-dessus de la cuisinière à préparer frénétiquement le pudding préféré de toute la famille. Son père, vêtu de son blazer bleu à double boutonnage, contemplant les roses, le visage gris et hébété. La directrice, les mains derrière le dos, réchauffant sa croupe recouverte de tweed devant l'âtre éteint de son imposant salon.

« Dans la *London Gazette,* répondit-elle sans sourciller. Là où l'on publie toutes les faillites. »

« La directrice était abonnée à ce journal ? »

« C'est possible. »

Kurtz hocha lentement la tête puis ramassa un crayon avec lequel il écrivit « C'est possible » sur un bloc placé devant lui de façon que Charlie pût lire. « Bon. Après sa faillite sont venues les accusations d'escroquerie. Je me trompe ? Voulez-vous nous décrire le procès ? »

« Je vous l'ai déjà dit. Mon père ne nous a pas laissées y assister. Au départ, il voulait assurer lui-même sa défense — jouer les héros. Nous devions occuper les premières places et l'encourager. Quand ils lui ont montré les preuves, il a changé d'avis. »

« On l'accusait de quoi ? »

« De détourner l'argent des clients. »

« A combien a-t-il été condamné ? »

« Dix-huit mois, sans la remise de peine. J'ai déjà raconté tout ça, Mart. Je vous ai déjà tout dit. Qu'est-ce que ça signifie ? »

« Vous avez été le voir en prison ? »

« Il ne le permettait pas. Il ne voulait pas que nous soyons témoins de sa honte. »

« Sa honte, répéta pensivement Kurtz. Sa disgrâce. La chute. Cela vous a vraiment marquée, n'est-ce pas ? »

« Vous préféreriez que cela n'ait pas été le cas ? »

« Non, Charlie, je ne crois pas. » Il observa de nouveau une courte pause. « Bon, nous y sommes. Alors vous êtes restée chez vous. Vous avez lâché l'école, renoncé à poursuivre l'instruction qu'aurait méritée votre intelligence vive, veillé sur votre mère et attendu la libération de votre père, c'est bien cela ? »

« Oui. »

« Vous n'êtes jamais allée du côté de la prison ? »

« Bon sang, marmonna-t-elle, abattue. Que cherchez-vous donc, à retourner le couteau dans la plaie comme ça ? »

« Vous ne vous en êtes pas même approchée ? »

« Non ! »

Elle retenait ses larmes avec un courage qu'ils ne manquaient sûrement pas d'admirer. Que pouvait-elle ressentir en ce moment ? Qu'avait-elle pu ressentir alors ? Ils devaient tous se le demander. Pourquoi Marty s'acharnait-il à rouvrir ses blessures les plus secrètes ? Le silence semblait une interruption entre deux cris. Seul se faisait entendre le grattement du stylo-bille de Litvak, qui courait sur les feuilles d'un bloc-notes.

« Ces informations peuvent-elles vous servir, Mike ? » Kurtz s'adressait à Litvak sans quitter pourtant Charlie du regard.

« C'est parfait, souffla Litvak tout en continuant d'écrire avec frénésie. C'est culotté, ça se tient, ça peut nous servir. J'aimerais simplement savoir si elle n'aurait pas une petite anecdote accrocheuse à propos de toute cette histoire de prison. Ou plutôt un détail frappant datant d'après la sortie — pendant les derniers mois — c'est une idée, non ? »

« Charlie ? » fit brièvement Kurtz, transmettant ainsi la requête de Litvak.

Charlie fit mine de réfléchir, cherchant l'inspiration. « Eh bien, il y a eu le truc des *portes* », avança-t-elle, l'air dubitatif.

« Des *portes* ? s'étonna Litvak. Quelles portes ? »

« Racontez-nous cela », suggéra Kurtz.

La jeune femme leva la main et se pinça délicatement la base du nez entre le pouce et l'index, signe d'un profond chagrin et d'une légère migraine. Elle avait souvent raconté cette histoire, mais jamais aussi bien que cette fois-ci. « Nous ne l'attendions pas avant un mois... Il ne nous avait pas téléphoné, comment l'aurait-il pu ? Nous avions déménagé. Nous vivions du secours populaire. Il est arrivé comme ça. Il paraissait plus mince, plus jeune. Les cheveux coupés court. "Salut, Chas, je suis sorti." Il m'a embrassée. Il a pleuré. Maman était en haut, trop effrayée pour oser descendre. Il était toujours le même. Sauf pour les portes. Il n'arrivait plus à les ouvrir. Il s'approchait d'elles, s'arrêtait, prenait une pose militaire, les pieds joints, la tête baissée, et il attendait que le gardien vienne lui ouvrir. »

« Et le gardien, c'était *elle*, commenta doucement Litvak en aparté, pour Kurtz. Sa propre fille. Fichtre ! »

« La première fois, je n'ai pas voulu le croire. Je lui ai hurlé : "Mais ouvre donc cette foutue porte ! " Sa main refusait littéralement de le faire. »

Litvak écrivait comme un possédé. Kurtz, lui, se montrait moins enthousiaste. Il s'était replongé dans le dossier et son expression trahissait de sérieuses réserves. « Charlie, dans cette interview — accordée à l'*Ipswich Gazette*, c'est bien ça ? — vous rapportez que vous et votre mère aviez pris l'habitude de vous rendre sur une colline qui dominait la prison et de faire de grands signes en direction de la cellule de votre père qui pouvait vous voir par la fenêtre. Or, vous venez de nous affirmer que vous ne vous êtes jamais approchée de cette prison. »

Charlie parvint à éclater de rire — un rire plein et convaincant, même s'il ne fut pas repris par les ombres alentour. « Mart, c'était une *interview* », déclara-t-elle, se moquant de la gravité de Kurtz.

« Et alors ? »

« On a toujours tendance à enjoliver un peu ses souvenirs pour intéresser les journalistes. »

« Vous êtes sûre de ne pas avoir fait la même chose ici ? »

« Évidemment que j'en suis sûre. »

« Votre agent, Ned Quilley, a récemment raconté à l'un de nos amis que votre père était mort en prison. Pas du tout à la maison. *Encore* des fioritures ? »

« C'est Ned qui vous a dit ça, pas moi. »

« C'est vrai. Vous avez raison. Au temps pour moi ! »

Il referma son dossier, l'air toujours sceptique.

Elle ne put s'en empêcher. Se tournant brusquement sur sa chaise, elle interpella Joseph pour le supplier indirectement de la tirer de ce mauvais pas.

« Comment ça marche, Jose... Tout va bien ? »

« C'est très impressionnant, dirais-je, répliqua-t-il, toujours aussi absorbé par ses occupations. »

« C'est mieux que *Jeanne d'Arc* ? »

« Mais ma chère Charlie, votre texte est bien meilleur que celui de Shaw ! »

Il ne me félicite pas, il me console, songea tristement la jeune femme. Pourquoi prenait-il un ton si dur avec elle ? Si cassant ? Pourquoi se montrait-il si distant depuis leur arrivée ici ?

Rose, l'Afrikander, apportait un plateau chargé de sandwiches. Rachel la suivait avec des gâteaux et un thermos de café sucré.

« On ne dort jamais par ici ? » se lamenta Charlie en se servant. Personne n'entendit sa question. Ou plutôt, ils l'avaient tous entendue mais personne ne répondit.

La période douce était maintenant terminée, relayée par le moment périlleux tant attendu, l'heure incertaine de vigilance qui précède l'aube, l'heure où elle se sentirait l'esprit extrêmement clair et où sa colère atteindrait son paroxysme ; autrement dit l'heure de ramener les engagements politiques de Charlie — dont Kurtz lui avait assuré que tous ici les respectaient profondément — du petit feu où ils mijotaient, sur une flamme plus violente. Une fois encore, sous la direction de Kurtz, chaque chose s'inscrivait dans une chronologie et une arithmétique particulières. Les premières influences, Charlie. Les dates, les lieux et les gens, Charlie : citez-nous vos cinq principes directeurs, vos dix premiers contacts avec le militantisme. Mais Charlie n'était plus d'humeur à se montrer objective. Son envie de dormir avait fait place à un instinct de rébellion qui commençait à la tenailler. Le ton de sa voix et ses regards tour à tour méfiants ou foudroyants auraient dû les avertir. Elle en avait assez de les voir. Assez de se prêter à cette alliance forcée, d'être traînée de pièce en pièce sans savoir ce que faisaient toutes ces mains expertes et autoritaires sur son coude ni ce que ces voix trop malignes lui susurraient à l'oreille. La victime en elle brûlait du désir de se battre.

« Ma chère Charlie, rien de tout ceci ne sortira du dossier, n'ayez crainte, assura Kurtz. Quand le dossier sera complet, nous nous arrangerons pour que rien ne s'ébruite », certifia-t-il encore. Il insista néanmoins pour lui faire examiner toute une liste fastidieuse de manifs, de sit-in, de marches, d'occupations illégales de locaux divers et de révolutions minables du samedi, en exigeant à chaque fois « les motifs » que cachaient ces actions.

« Mais bon Dieu, quand arrêterez-vous donc d'essayer de nous définir ? se défendit-elle. Nous ne sommes ni logiques, ni informés, ni organisés... »

« Qu'êtes-vous donc alors, ma chère Charlie ? » demanda Kurtz avec une patience angélique.

« Nous ne sommes pas *chère* non plus. Nous sommes des *personnes* ! Des êtres humains adultes, compris ? Arrêtez de vous ficher de moi ! »

« Charlie, mais nous ne nous fichons sûrement pas de vous. Personne ici ne se fiche de vous. »

« Oh ! allez vous faire foutre. »

Elle se haïssait quand elle réagissait ainsi. Elle haïssait la dureté qui émanait d'elle lorsqu'elle se sentait acculée. Elle se voyait cognant inutilement une énorme porte en bois de ses poings frêles de faible femme tandis que sa voix stridente débitait des slogans dangereux et irréfléchis. Mais en même temps, elle aimait les couleurs violentes que lui procurait la colère, cette formidable libération, ce bruit de verre brisé.

« Pourquoi avez-vous besoin de *croire* avant de rejeter ? » questionna-t-elle, se rappelant une des grandes expressions dont Long Al — ou était-ce quelqu'un d'autre ? — l'avait gavée. « Peut-être que rejeter, c'est *aussi* croire. Cela vous est-il jamais venu à l'idée ? Nous ne disputons pas le même combat, Mart — le nôtre est plus juste. Ce n'est plus le pouvoir contre le pouvoir, l'Est contre l'Ouest. Ce sont les affamés contre les porcs. Les esclaves contre les oppresseurs. Vous vous croyez libre, n'est-ce pas ? C'est parce que quelqu'un d'autre est enchaîné. Quand vous mangez, un être humain meurt de faim. Quand vous courez, un homme, ailleurs, ne peut pas bouger. Il faut que nous changions tout ça. »

Elle l'avait cru autrefois ; sincèrement. Peut-être y croyait-elle encore. Cette vision s'était imposée à elle. Elle avait fait du porte-à-porte et avait vu le visage des inconnus s'éclairer, perdre de leur méfiance à mesure qu'elle leur apportait la bonne parole. Elle avait éprouvé cette vérité et avait manifesté en son nom : pour le droit de chacun à libérer l'esprit des autres, de se dégager mutuellement du marécage que constitue le bourrage de crâne raciste et capitaliste, et de se tourner vers ses semblables pour former avec eux une communauté libre. Là-bas, dehors et au grand jour, cette vision pouvait encore lui emplir le cœur et la pousser à accomplir des actes de courage qu'elle n'aurait jamais osé tenter la tête froide. Mais, prisonnière de ces murs et entourée par ces visages trop attentifs, elle manquait d'espace pour déployer ses ailes.

Elle essaya de nouveau, la voix plus criarde encore : « Vous savez, Mart, il y a une différence entre les gens de votre âge et ceux du mien, c'est que nous commençons à faire les *difficiles* dès qu'il s'agit de sacrifier notre vie. Nous n'avons plus tellement envie — on peut se demander pourquoi — de nous faire zigouiller pour des boîtes multinationales établies au Liechtenstein avec des comptes en banque aux Antilles néerlandaises. » Cette tirade-là lui venait d'Al, aucun doute. Elle lui avait même emprunté son ton âpre pour la faire passer. « Nous pensons qu'il y a mieux à faire que de laisser le monde se détruire par la faute de gens que nous ne connaissons pas, que nous n'avons jamais vus et pour lesquels nous n'avons jamais voté. Aussi curieux que cela puisse paraître, nous n'aimons pas les dictatures que ce soit celle des personnes, des pays ou des institutions, et nous n'aimons pas non plus la course aux armements, les armes chimiques, le napalm, pas plus que n'importe quelle autre composante de tout ce jeu de massacre. Nous ne croyons pas qu'Israël ne doive être qu'une garnison de l'État impérialiste américain et nous ne considérons pas non plus les Arabes comme des sauvages pouilleux ou des cheikhs décadents du pétrole. Alors, nous rejetons. Dans le but d'éviter certaines entraves..., de nous protéger de certains préjudices, de délimitations arbitraires. Le rejet peut donc être positif, d'accord ? Parce que *ne pas subir tout cela* est positif, compris ? »

« Qu'entendez-vous exactement par "laisser le monde se détruire", Charlie ? » demanda Kurtz tandis que Litvak notait toujours.

« En l'empoisonnant. En le brûlant. En le pourrissant avec des ordures, le colonialisme et le conditionnement total et calculé des travailleurs et... — et la suite va me revenir dans une seconde, songea-t-elle. Alors ne venez pas me demander les noms et adresses de mes cinq principaux gourous. OK ! Mart ? Parce que c'est *là* qu'ils sont tous — elle se cogna la poitrine — et ne venez pas me rire au nez si je ne suis pas capable de vous réciter Che Guevara toute la nuit ; contentez-vous de me demander si je veux que le monde vive et que mes enfants »...

« Vous pourriez réciter Che Guevara ? » l'interrompit Kurtz, intéressé.

« Un moment », souffla Litvak, levant une main pour réclamer une pause et écrivant furieusement de l'autre. « *Formidable.* Attendez *une* seconde, Charlie, merci. »

« Pourquoi ne plaquez-vous pas tout ça pour aller vous acheter un magnétophone ? » répliqua sèchement Charlie. Elle avait les joues en feu. « Ou en voler un, puisque telle est votre habitude ? »

« Parce que nous ne disposons pas d'une semaine pour déchiffrer les transcriptions », expliqua Kurtz. Litvak ne s'était pas arrêté. « L'oreille humaine sélectionne, vous comprenez ? Pas les machines. Elles ne sont pas économiques. Vous pouvez réciter Che Guevara, Charlie ? » insista-t-il.

« Bien sûr que non, je ne peux pas. »

De derrière elle — à des kilomètres de là, semblait-il — la voix désincarnée de Joseph rectifia la réponse.

« Mais elle pourrait si elle l'*apprenait*. Elle a une excellente mémoire, assura-t-il, un brin de la fierté du créateur dans la voix. Il lui suffit d'entendre quelque chose pour le retenir. Si elle s'y mettait, elle pourrait apprendre tous les textes de Guevara en une semaine. »

Pourquoi s'était-il immiscé dans la conversation ? Essayait-il de calmer les esprits ? D'avertir quelqu'un ? De s'interposer entre Charlie et sa destruction imminente ? Mais Charlie n'était pas prête à sonder ces subtilités ; Kurtz et Litvak, eux, s'étaient remis à discuter, cette fois-ci en hébreu.

« Ça vous gênerait de parler anglais quand je suis là, vous deux ? » s'indigna-t-elle.

« Un instant, très chère », fit aimablement Kurtz avant de reprendre en hébreu.

Toujours avec la même froideur quasi clinique — ceci n'est destiné qu'au dossier, Charlie — Kurtz lui fit passer méthodiquement en revue les derniers articles disparates de sa foi vacillante. Charlie, tour à tour désarçonnée et remontée, éprouvait de plus en plus le désespoir de ceux qui n'en savent pas assez ; Kurtz, rarement critique, toujours courtois, examinait le dossier, s'interrompait pour échanger une phrase avec Litvak ou, en fonction de ses propres desseins détournés, jetait quelques mots sur le bloc en face de lui. Intérieurement, et tout en continuant à se débattre avec férocité, elle se voyait dans un de ces sketches improvisés qu'on leur faisait jouer au conservatoire, cherchant à se sortir d'un rôle qui perdait peu à peu de sa signification à mesure qu'elle avançait. Elle suivait ses propres gestes qui se dissociaient maintenant de ses paroles. Elle protestait, donc elle était libre. Elle criait, donc elle protestait. La jeune femme écoutait sa voix qui ne semblait plus lui appartenir. Tirée des confidences d'un amant oublié, elle cita une phrase de Rousseau puis, d'elle ne se souvenait plus où, une formule de Marcuse. Elle vit Kurtz se redresser sur sa chaise, puis baisser les yeux, hocher pensivement la tête et reposer son crayon, ce qui lui laissa supposer qu'elle avait terminé, à moins que ce ne fût lui. Elle décida qu'étant donné la classe de son public et la pauvreté de son texte, elle s'était plutôt bien débrouillée en fin de compte. Kurtz paraissait du même avis. Elle se sentit aussitôt mieux et plus en sûreté. Kurtz aussi, apparemment.

« Charlie, je me dois de vous féliciter, déclara-t-il. Vous nous avez tout décrit avec beaucoup d'honnêteté et de franchise. Nous vous en remercions. »

« Merci encore », murmura le scribe, Litvak.

« Je vous en prie », rétorqua-t-elle, éprouvant le sentiment d'être laide et trop rouge.

« Vous ne voyez pas d'inconvénient à ce que je structure un peu tout ceci ? » s'enquit Kurtz.

« Si, j'en vois. »

« Pourquoi cela » ? questionna Kurtz, sans surprise.

« Nous représentons l'autre solution, voilà pourquoi. Nous ne formons pas un parti, nous ne sommes pas organisés et nous n'avons pas de manifeste. Et nous sommes contre toutes vos saloperies de structures. »

Elle aurait voulu contrôler un peu mieux son langage. Ou bien que la grossièreté lui vienne plus facilement en cette docte compagnie.

Kurtz n'en commença pas moins sa récapitulation des faits, employant pour cette tâche un style des plus pesants.

« D'un côté, Charlie, il semble que nous ayons le principe de base de l'anarchisme classique tel qu'il a été prôné depuis le XVIIIe siècle. »

« Mais quelle connerie ! »

« A savoir une véritable répulsion pour tout embrigadement. A savoir la conviction que le gouvernement est néfaste, et par conséquent, que la notion même d'État est néfaste ; la conscience que l'association des deux contrarie la croissance naturelle et la liberté de l'individu. Vous y avez ajouté certaines positions résolument modernes. Par exemple la répulsion pour l'ennui, la prospérité, pour ce que l'on appelle, je crois, la misère climatisée du capitalisme occidental. Vous n'oubliez pas non plus la misère véritable qui accable les trois quarts de la population mondiale. D'accord, Charlie ? Vous vous opposez à ces définitions ? Ou devons-nous considérer votre "Quelle connerie !" comme une chose établie, cette fois-ci ? »

Elle l'ignora, préférant consacrer toute son attention à ses ongles. Mais bon sang... que voulaient *dire* encore toutes ces théories ? Les rats s'étaient emparés du navire, rien de plus compliqué ; le reste n'est que foutaise narcissique. Sûrement.

« Je dirais que le monde d'aujourd'hui, poursuivit Kurtz, imperturbable, que le monde d'aujourd'hui vous offre plus d'arguments allant dans ce sens que n'en ont jamais eu vos pères, car jamais les États n'ont été plus puissants qu'actuellement ; et il en va de même pour les trusts. Quant aux possibilités d'embrigadement, elles n'ont jamais été plus nombreuses. »

Elle prit conscience qu'il la manipulait, mais ne savait plus comment s'y prendre pour résister. Il s'était tu, attendant son commentaire, mais elle ne put que détourner la tête et dissimuler la crainte qui la gagnait sous un masque de refus farouche.

« Vous vous opposez à la technologie à outrance, reprit-il d'un ton égal. Huxley l'a déjà fait bien avant vous. Vous voulez promouvoir des motivations humaines qui pour une fois laissent de côté l'esprit de compétition et l'agressivité. Mais pour y parvenir, il vous faudra d'abord supprimer l'exploitation. Comment ? »

Il s'interrompit de nouveau et ses silences devenaient pour Charlie plus menaçants encore que son discours ; ils évoquaient les pauses qui séparent chaque pas menant à l'échafaud.

« Vous allez arrêter avec vos airs condescendants, Mart ? Ça suffit ! »

« D'après ce que je lis, Charlie, continua Kurtz avec une bonne humeur inébranlable, c'est lorsque nous abordons cette question de l'exploitation que nous passons de l'anarchisme, disons, *passif*, à un anarchisme *actif*. » Il se tourna vers Litvak, le faisant lui aussi monter sur le ring. « Vous aviez une remarque, Mike ? »

« Je dirais que c'est à partir de cette question de l'exploitation que tout se gâte, Marty, murmura Litvak. En effet, par exploitation il faut entendre *propriété* et tout s'éclaire. Primo, l'exploiteur s'enrichit considérablement sur le dos des esclaves salariés ; secundo, il les abrutit jusqu'à les persuader que l'argent est un motif valable pour se tuer au travail. On peut dire ainsi qu'il les tient deux fois. »

« Très bien, fit tranquillement Kurtz. Chercher à s'enrichir est mal, donc l'argent lui-même est mauvais, donc ceux qui défendent la propriété sont néfastes, donc — puisque vous avouez franchement ne pas vouloir attendre l'évolution du processus démocratique — il faut détruire la propriété et exterminer les riches. C'est bien votre avis, Charlie ? »

« Dites pas de conneries ! Je ne marche pas là-dedans ! »

Kurtz prit une expression déçue. « Vous voulez dire que votre but n'est pas de faire rendre gorge à l'État voleur ? Que se passe-t-il, Charlie ? Pusillanime tout à coup ? » Puis, s'adressant à Litvak : « Oui, Mike ? »

« "L'État est tyrannique", cita Litvak pour se rendre utile. Ce sont les mots mêmes de Charlie. Elle a également mentionné la *violence* de l'État, le *terrorisme* de l'État, la *dictature* de l'État — tout ce qu'un État peut présenter de pire », conclut Litvak d'un ton quelque peu surpris.

« Ça ne veut pas dire que je vais assassiner des gens et braquer des banques ! Nom de Dieu ! Qu'est-ce que ça signifie ? »

Kurtz ne fit pas attention à l'agitation de la jeune femme. « Charlie, vous nous avez vous-même déclaré que les forces de la loi et de l'ordre ne sont rien de plus que de petits despotes au service d'une autorité usurpée. »

Litvak compléta heureusement la citation : « Et aussi que les masses populaires ne peuvent avoir accès à une véritable justice en passant par les tribunaux », rappela-t-il à Kurtz.

« Et c'est vrai ! C'est tout le système qui est de la merde ! Il est borné, corrompu, paternaliste, il est... »

« Alors pourquoi ne le détruisez-vous pas ? s'étonna Kurtz le plus plaisamment du monde. Pourquoi ne le faites-vous pas sauter et ne descendez-vous pas tous les policiers qui tenteraient de vous en empêcher, et les autres aussi pendant que vous y serez ? Pourquoi ne faites-vous pas sauter la cervelle de tous les colonialistes et de tous les impérialistes qui vous tombent sous la main ? Où est donc passée votre intégrité tant vantée ? Qu'est-ce qui ne va pas ? »

« Je ne veux rien faire sauter du tout ! Je veux la paix ! Je veux que les gens soient libres ! » insista-t-elle avec véhémence, se raccrochant désespérément à son seul principe sûr.

Mais Kurtz ne parut pas l'entendre : « Vous me décevez, Charlie. Ce soudain manque de cohérence. Vous avez tout compris. Pourquoi n'essayez-vous pas de mettre cette compréhension au service de quelque chose ? Comment se fait-il que vous vous présentiez d'abord comme l'intellectuelle capable de saisir ce qui dépasse les masses leurrées par le pouvoir, pour ensuite n'avoir pas le courage de rendre un petit service — comme par exemple de *voler*..., de *tuer*... ou de *faire sauter quelque chose*, un commissariat de police, pourquoi pas ? — à ces cœurs et ces esprits esclaves des puissants capitalistes ? Allons, Charlie, que devient l'action ? C'est vous, l'âme généreuse ici. Donnez-nous des actes, pas des mots. »

La gaieté communicative de Kurtz avait atteint de nouveaux sommets. Ses yeux s'étaient tant plissés qu'ils ne semblaient plus que deux fentes sombres ménagées dans sa peau malmenée. Mais Charlie elle aussi savait se battre et elle lui parlait en le regardant bien en face, en imitant sa manière d'employer les mots, en les lui envoyant à la tête, en essayant une dernière fois de lui échapper pour recouvrer la liberté.

« Écoutez, je suis superficielle, compris, Mart ? Je suis inculte, illettrée, incapable de calculer, de raisonner et encore plus d'analyser ; j'ai fréquenté des institutions scolaires très chères mais de second ordre, et regrette sincèrement — plus que tout au monde en fait — de ne pas avoir vu le jour dans un quartier pauvre des Midlands, et que mon père n'ait pas travaillé de ses mains au lieu de détourner les économies des vieilles dames ! J'en ai assez de subir des lavages de cerveau, assez d'entendre tous les jours les mille et une raisons qui m'interdisent d'aimer mon prochain comme un égal et j'ai envie d'aller me pieuter ! »

« Vous voulez dire que vous revenez sur vos positions déclarées, Charlie ? »

« Je n'ai *pas* de position déclarée ! »

« Vous n'en avez pas ? »

« Non ! »

« Pas de position déclarée, pas de participation active aux mouvements extrémistes, vous vous contentez d'être non alignée »

« Oui ! »

« *Pacifiquement* non alignée, souligna Kurtz avec bonhomie. Vous faites donc partie de l'extrême centre. »

Il déboutonna lentement le haut du pan gauche de sa tunique, en palpa un instant l'intérieur de ses doigts épais pour en extirper, au milieu d'un fouillis incroyable, une coupure de presse assez longue, pliée sur elle-même et qui, vu l'endroit particulier où il l'avait rangée, différait sans doute de celles contenues dans le dossier.

« Charlie, vous avez tout à l'heure mentionné en passant un endroit dans le Dorset où Al et vous alliez assister à certaines réunions, reprit Kurtz en dépliant laborieusement le morceau de papier. "Un cours du week-end sur l'idéologie extrémiste", vous l'avez défini ainsi, je crois. Nous n'avons pas vraiment approfondi la question à ce moment-là ; il me semble que pour une raison ou pour une autre, nous avons glissé très vite sur cette partie de la discussion. Cela vous dérangerait-il que nous y revenions ? »

Puis, comme pour se rafraîchir la mémoire, il entreprit de parcourir sans mot dire l'article, secouant parfois la tête en un « Bien, bien » silencieux.

« Endroit intéressant, fit-il remarquer d'un ton affable tout en lisant.

Entraînement au tir avec des armes factices. Les différentes techniques du sabotage — en utilisant bien sûr de la pâte à modeler en fait de plastic. Comment vivre dans la clandestinité. La survie. La philosophie de la guérilla urbaine. Et même comment prendre soin d'un invité non consentant ; je lis : "Séquestration d'éléments insoumis en milieu domestique." Cela me plaît. Quel bel euphémisme. » Il jeta un coup d'œil par-dessus l'article. « Ce rapport est-il à peu près exact ou avons-nous affaire à un exemple typique de l'exagération coutumière de la presse occidentale capitalo-sioniste ? »

Elle ne croyait plus à sa bienveillance et telle était bien le souhait de Kurtz. Il voulait en effet l'inquiéter en la confrontant à l'extrémisme de ses opinions, et la forcer ainsi à se dégager des positions qu'elle venait de prendre sans s'en rendre compte. Certains interrogatoires sont menés dans le but de faire jaillir la vérité, d'autres pour susciter le mensonge. Kurtz réclamait des mensonges. Sa voix rocailleuse s'était donc nettement durcie tandis que son expression amusée se dissipait.

« Vous voulez peut-être nous dresser un tableau plus objectif des choses, Charlie ? » lui proposa Kurtz.

« Tout ça, c'était le cirque d'Al, pas le mien », répliqua-t-elle d'un air de défi, mais battant en retraite pour la première fois.

« Vous vous y rendiez pourtant ensemble. »

« Ça faisait un week-end pas cher à la campagne à un moment où nous étions complètement fauchés. C'est tout. »

« C'est tout », souffla Kurtz, la laissant se débattre dans un silence trop épais et chargé de trop de culpabilité pour qu'elle puisse le briser toute seule.

« Nous n'étions pas que tous les deux, protesta-t-elle. Ils étaient... bof... une vingtaine. Des jeunes, des comédiens. Certains n'avaient pas fini le conservatoire. Ils louaient un car, emportaient un peu de hasch et jouaient aux lits musicaux toute la nuit. Qu'y a-t-il de mal à ça ? »

Kurtz n'avait pour le moment aucune opinion concernant ce qui était bien ou mal.

« *Ils*, remarqua-t-il. Et *vous*, que faisiez-vous ? Vous conduisiez le car ? Vous êtes très bonne conductrice, nous a-t-on dit ? »

« J'accompagnais Al. Je vous l'ai dit. C'était son plan à lui, pas le mien. »

Elle avait perdu prise et sombrait. Elle ne savait pas très bien comment cela s'était produit, qui lui avait écrasé les doigts pour qu'elle lâche. Peut-être s'était-elle simplement laissé aller par lassitude. Peut-être n'avait-elle cherché que cela depuis le début.

« Vous rappelez-vous combien de fois vous vous êtes adonnée à ces petites séances, Charlie ? A débiter des stupidités et fumer du hasch ? A pratiquer innocemment l'amour libre pendant que les autres suivaient leur entraînement de terroristes ? Vous en parlez comme s'il s'agissait d'une habitude. C'est ça ? C'était habituel ? »

« Non, ça n'avait *rien* d'habituel ! C'est terminé et je ne m'y suis jamais *adonnée* !

« Pouvez-vous nous indiquer la fréquence de ces réunions, alors ? »

« Ce n'était pas fréquent non plus ! »

« Combien de fois ? »

« Une ou deux. C'est tout. Et puis j'ai eu la trouille. »

Tout s'écroulait, l'univers tournoyait et l'obscurité devenait plus dense. La jeune femme se sentait perdue dans un tourbillon d'air et avait pourtant l'impression d'en manquer.

Joseph, emmène-moi d'ici ! Mais c'était lui qui l'y avait amenée. Elle guettait les sons qu'il pouvait produire, lui envoyait mentalement des messages, mais ne recevait rien en retour.

Kurtz la dévisageait et elle soutenait son regard. Elle aurait voulu le transpercer, le foudroyer de ses yeux étincelants de défi.

« Une ou deux fois, répéta Kurtz d'une voix pensive. C'est cela, Mike ? »

Litvak leva le nez de ses notes. « Une ou deux fois », confirma-t-il.

« Pouvez-vous nous dire pourquoi vous avez eu la trouille ? » demanda Kurtz.

Sans quitter son interlocutrice des yeux, il saisit le classeur de Litvak.

« C'était trop dur à supporter », avoua-t-elle en baissant le ton pour ménager son effet.

« Je n'en doute pas », repartit Kurtz en ouvrant le classeur.

« Je ne parle pas de politique, mais de sexe. C'était plus que je n'en voulais vraiment. Ne soyez pas si obtus. »

Kurtz se lécha le pouce et tourna une page ; il se mouilla de nouveau le pouce et tourna une autre feuille avant de marmonner quelques mots à l'adresse de Litvak, qui lui répondit tout aussi brièvement mais pas en anglais. Kurtz referma le classeur jaune pâle et le glissa dans la serviette. « "Une ou deux fois. C'est tout. Et puis j'ai eu la trouille", psalmodia-t-il, songeur. Voulez-vous corriger cette déclaration ? »

« Pourquoi donc ? »

« Une ou deux fois, vous en êtes sûre ? »

« Pourquoi devrais-je dire autre chose ? »

« Cela fait deux au maximum, d'accord ? »

Au-dessus d'elle, la lumière vacillait, à moins que ce ne fût son esprit. La jeune femme se retourna délibérément sur sa chaise. Joseph se tenait courbé sur son bureau, trop absorbé pour lever la tête. Charlie reprit sa position normale, face à Kurtz qui attendait sa réponse.

« Deux ou trois fois, lâcha-t-elle. Et alors ? »

« Quatre ? Une ou deux pourraient-elles tout aussi bien donner quatre fois ? »

« Oh, allez vous faire voir ! »

« Je suppose que c'est une question de linguistique. "Je suis allée voir ma tante une ou deux fois l'année dernière" pourrait signifier trois fois, n'est-ce pas ? Quatre fois, même. Cinq. Mais il me semble qu'on n'irait pas au-delà de cinq. Cinq devient déjà "une demi-douzaine". » Il ne cessait de fouiller lentement dans la paperasse accumulée devant lui. « Voulez-vous remplacer ce “un ou deux” par une “demi-douzaine”, Charlie ? »

« J'ai dit deux maximum et je le maintiens. »

« Deux ? »

« Oui, deux ! »

« Bon, deux alors. “Oui, je ne me suis rendue à ces réunions qu'en deux occasions seulement. Les autres participaient peut-être à des activités paramilitaires, mais seul l'aspect sexuel, distrayant et social m'attirait. Amen.” Signé Charlie. Pouvez-vous dater ces deux visites ? »

Elle lui donna une date de l'année précédente, se situant peu après qu'elle et Al eurent décidé de sortir ensemble.

« Et l'autre fois ? »

« J'ai oublié. Qu'est-ce que ça peut faire ? »

« Elle a oublié. » Son débit s'était ralenti au point de presque s'arrêter mais le timbre de sa voix avait conservé toute sa puissance. Charlie eut la vision de cette voix s'approchant lourdement d'elle comme un animal disgracieux. « La seconde visite a-t-elle eu lieu peu après la première ou s'est-il écoulé un grand laps de temps entre les deux ? »

« Je ne sais plus. »

« Elle ne sait plus. Le premier week-end était un cours d'initiation destiné aux novices, exact ? »

« Oui. »

« A quoi vous a-t-on initiée ? »

« Je vous l'ai dit, à des partouzes. »

« Pas de débats, de séminaires, de cours magistraux ? »

« Il y avait des débats, oui. »

« Sur quels sujets, je vous prie ? »

« Les principes de base. »

« De quoi ? »

« De quoi voulez-vous que ce soit ? De l'extrémisme. »

« Vous vous rappelez autour de qui s'organisaient ces débats ? »

« Il y a eu une lesbienne boutonneuse pour parler du MLF, un Écossais, qui a parlé de Cuba. Al l'admirait beaucoup. »

« Et la fois d'après — la seconde et la dernière, celle dont la date est oubliée — qui a animé les discussions ? »

Pas de réponse.

« Oublié, ça aussi ? »

« Exactement ! »

« Plutôt curieux, non ? Vous vous souvenez parfaitement du premier week-end — l'amour, les sujets de discussion, les animateurs. Et il ne vous reste plus rien du second ? »

« Après avoir passé toute la nuit à répondre à vos questions de fous, non, ce n'est pas tellement curieux ! »

« Où allez-vous ? l'interrogea Kurtz. Vous avez envie d'aller aux toilettes ? Rachel, accompagne Charlie. Rose. »

Charlie était debout. Elle perçut un léger bruit de pas en provenance de l'ombre.

« Je m'en vais. J'ai le droit de choisir. Je veux sortir. Maintenant. »

« Vous exercerez votre droit de choisir au moment opportun et seulement quand nous vous y inviterons. Si vous avez oublié quels étaient vos interlocuteurs lors de ce second séminaire, peut-être nous direz-vous tout de même de quelle nature étaient ces cours. »

Elle se tenait toujours debout et ne s'en sentait en fait que plus petite. Elle regarda autour d'elle et aperçut Joseph, la tête dans la main, le visage plongé dans la pénombre. Il lui apparut, dans sa frayeur, comme flottant dans une sorte de monde intermédiaire, situé entre son univers à elle et le sien. Mais, où qu'elle portât les yeux, la voix de Kurtz lui emplissait le crâne, étouffant toutes les autres présences. Charlie posa les mains sur la table et se pencha en avant ; elle se trouvait dans une église étrange sans personne pour la conseiller, sans un ami pour lui indiquer s'il fallait se redresser ou s'agenouiller. Mais la voix de Kurtz semblait omniprésente et elle aurait pu s'allonger sur le sol ou s'enfuir par la fenêtre de verre teinté à des kilomètres de là, cela n'y aurait rien changé ; impossible d'échapper à ce viol auditif. La jeune femme leva les mains et les croisa derrière son dos, très serrées car elle perdait le contrôle de ses gestes. Les mains jouent un rôle, elles parlent. Elles agissent. Charlie les sentait se réconforter mutuellement telles des enfants apeurés. Kurtz l'interrogeait au sujet d'une résolution.

« Vous n'en avez pas signé, Charlie ? »

« Je ne sais plus ! »

« Mais, Charlie, on adopte toujours une résolution à la fin d'une session. Il y a d'abord une discussion. Et il y a une résolution. Quelle était la motion cette fois-ci ? Essayez-vous sérieusement de me dire que vous ne *saviez* pas ce que c'était, que vous ne *savez* même pas si vous l'avez signée ou non ? Peut-être avez-vous *refusé* de la signer ? »

« Non. »

« Charlie, montrez-vous raisonnable. Comment, avec l'intelligence que nous vous connaissons, pouvez-vous prétendre avoir oublié une résolution en bonne et due forme prise en clôture d'un séminaire de trois jours ? Un document que vous avez préparé et represparé..., que vous avez voté..., adopté ou pas adopté..., signé ou pas signé ? Une résolution, cela représente toute une série de procédures compliquées, pour l'amour de Dieu, Charlie. Pourquoi devenez-vous brusquement si évasive, alors que vous êtes capable de donner tant de précisions sur d'autres matières ? »

Elle ne faisait plus attention. Elle se moquait tellement de tout qu'elle ne prenait même plus la peine de le lui *dire*. Elle se sentait fatiguée à mourir. Charlie avait envie de s'asseoir mais ne parvenait plus à bouger. Elle avait besoin d'une pause, d'aller aux toilettes, de retoucher un peu son maquillage et de dormir pendant au moins cinq ans. Seul un reste de conscience théâtrale lui ordonnait de tenir le coup jusqu'à la fin.

Assis devant elle, Kurtz avait sorti un nouveau document de la serviette. Il l'examina d'un air préoccupé puis choisit de s'adresser à Litvak. « Elle a bien dit deux fois ? »

« Deux maximum, confirma Litvak. Vous lui avez laissé toutes les chances de rehausser son évaluation, mais elle en est restée à deux. »

« Et *nous*, nous trouvons combien ? »

« Cinq fois. »

« Mais d'où sort-elle ce chiffre deux, alors ? »

« Elle minimise la réalité, expliqua Litvak en s'efforçant de paraître plus déçu encore que son compagnon. Elle est à environ deux cents pour cent au-dessous de la vérité. »

« Alors elle ment », prononça lentement Kurtz, comme s'il avait du mal à admettre cette conclusion.

« Cela ne fait aucun doute », répliqua Litvak.

« Je n'ai pas menti, j'ai oublié ! C'était Al ! J'y suis allée pour faire plaisir à Al, *rien de plus* ! »

Parmi les stylos métallisés rangés dans la poche à rabat de sa veste chamois, Kurtz conservait également un mouchoir kaki. Il s'en saisit et s'en frotta maladroitement le visage, terminant par la bouche. Il le remit ensuite dans sa poche. Puis il déplaça de nouveau sa montre de la gauche vers la droite, en une sorte de rituel très personnel.

« Vous voulez vous asseoir ? »

« Non. »

Le refus l'attrista. « Charlie, je ne vous comprends plus. Je perds toute ma confiance en vous. »

« Eh bien, tant mieux ! Trouvez quelqu'un d'autre à emmerder ! Mais qu'est-ce que je fais ici à continuer ce petit jeu avec des truands israéliens ? Allez donc piéger d'autres bagnoles arabes. Lâchez-moi les baskets. Je vous déteste ! Tous autant que vous êtes ! »

Charlie éprouva en prononçant ces mots une impression des plus curieuses. Elle était certaine qu'ils n'écoutaient que distraitement ce qu'elle disait, pour se concentrer surtout sur la technique de son jeu. Si quelqu'un l'avait interpellée en lui demandant : « Reprends ça Charlie, mais un peu moins vite peut-être », elle n'aurait absolument pas été surprise. Mais Kurtz avait d'abord un point à éclaircir, et rien en ce monde créé par le Dieu des Juifs — Charlie le savait maintenant — ne pourrait l'arrêter.

« Charlie, je ne comprends pas vos faux-fuyants », insista-t-il. Sa voix avait retrouvé un rythme plus lent mais n'avait rien perdu de sa puissance. « Je ne comprends pas ce qui oppose la Charlie qui se trouve avec nous à celle que nous donne notre dossier. Vous avez mis les pieds dans cette école révolutionnaire pour la première fois le quinze juillet de l'année dernière, dans le but d'y suivre un cours de deux jours destiné aux débutants. Les sujets portaient bien sur le colonialisme et la révolution, et vous vous êtes effectivement rendue sur place en car, en compagnie de tout un groupe de comédiens, dont Alastair. Vous y êtes retournée un mois plus tard, toujours avec Alastair, et vous avez écouté cette fois-ci, vous et vos camarades, un soi-disant exilé bolivien qui a préféré taire son nom, ainsi qu'un autre monsieur, incognito lui aussi, et qui prétendait s'exprimer au nom de l'aile provisoire de l'Armée républicaine irlandaise. Vous avez généreusement fait un chèque de cinq livres à chacune de ces organisations, chèques dont voici les photocopies. »

« C'était pour Al ! Il était à sec ! »

« Vous y êtes retournée une troisième fois, encore un mois plus tard, et vous avez pris part à une discussion tout à fait pathétique concernant l'œuvre du philosophe américain Thoreau. Après le débat, le verdict du groupe, et vous y avez souscrit, fut que dès qu'il s'agissait de militantisme, Thoreau se révélait un idéaliste des plus creux n'ayant qu'une compréhension pratique de l'activisme très restreinte — bref, un nullard. Vous ne vous êtes pas contentée de soutenir ce verdict, vous avez réclamé une résolution supplémentaire réclamant un plus grand extrémisme de la part de tous les camarades. »

« C'était pour Al ! Je voulais être acceptée par les autres ! Je voulais plaire à Al ! Je ne m'en souvenais plus le jour d'après !

« Cela nous amène à octobre. Vous et Alastair vous retrouvez là-bas pour assister cette fois-ci à une séance particulièrement bien venue sur le fascisme bourgeois dans les sociétés capitalistes occidentales. Vous participez activement aux groupes de discussion, régalant vos camarades de multiples anecdotes mythiques à propos de votre père escroc, de votre mère inepte et de votre éducation répressive en général. »

Charlie ne protestait même plus. Elle ne pensait ni ne voyait plus. Elle avait brouillé sa vision et saisi la chair de son pouce entre ses dents, la mordant doucement comme pour se punir. Mais elle ne pouvait pas s'empêcher d'entendre : la voix de Marty ne l'aurait pas permis.

« Enfin, comme nous l'a rappelé Mike, c'est en février de cette année qu'a eu lieu la dernière visite. Vous et Alastair suivez alors un débat dont vous avez obstinément chassé le sujet de votre mémoire, sauf tout à l'heure, lorsque vous avez cru bon d'injurier l'État d'Israël. En effet, cette fois-ci, la discussion portait exclusivement sur la déplorable extension du sionisme mondial et sur les liens qu'il entretient avec l'impérialisme américain. La personnalité reçue était un homme qui se présentait comme un porte-parole de la révolution palestinienne, bien qu'il ait refusé d'avouer à quelle branche de ce vaste mouvement il appartenait. Il refusa également, au sens le plus littéral du terme, de se découvrir ; il avait en effet dissimulé ses traits sous une cagoule, ce qui lui donnait une apparence extrêmement menaçante. Vous souvenez-vous de cet homme, maintenant ? » Il ne lui laissa pas le temps de répondre. « Il vous a parlé de sa vie héroïque de grand combattant et de tueur de sionistes. " L'arme à feu me sert de passeport pour ma patrie ", vous a-t-il déclaré. " Nous ne sommes plus des réfugiés ! Nous sommes un peuple révolutionnaire ! " Il a alors suscité une certaine inquiétude dans l'assistance et une ou deux voix, la vôtre n'en faisait pas partie, se sont élevées pour l'accuser d'aller un peu trop loin. » Kurtz s'interrompit de nouveau mais Charlie resta muette. Il rapprocha légèrement sa montre de lui et adressa à Charlie un petit sourire triste. « Pourquoi nous avez-vous caché tout cela, Charlie ? Pourquoi errer ainsi sans savoir quel nouveau mensonge inventer ? Ne vous ai-je pas affirmé que nous avons besoin de votre passé tel qu'il est ? Qu'il nous plaît beaucoup comme ça ? »

Il attendit patiemment sa réponse, une fois encore en vain. « Nous savons que votre père n'est jamais allé en prison. Que les huissiers ne vous ont jamais rien pris, et encore moins votre poney. Votre pauvre homme de père n'a jamais rien essuyé d'autre qu'une petite faillite due à un manque de compétence et qui n'a porté tort à personne d'autre qu'à deux directeurs de banques locales. Il a été réhabilité avec tous les honneurs, si c'est bien ainsi qu'il faut dire, longtemps avant sa mort ; quelques amis s'étaient cotisés pour l'aider. Quant à votre mère, elle lui est restée une épouse fidèle et dévouée jusqu'à la fin. Votre père n'a donc été pour rien dans votre abandon scolaire prématuré, vous êtes seule responsable. Vous vous étiez montrée, disons, un peu trop accessible à certains garçons du voisinage, et cela avait fini par se savoir parmi la direction de l'école. On vous a aussitôt renvoyée de l'établissement en vous accusant d'être un élément corrompu et susceptible de provoquer des scandales. Vous êtes donc retournée chez des parents bien trop indulgents à votre égard et qui, à votre grande frustration, vous ont comme d'habitude pardonné vos écarts tout en faisant de leur mieux pour avaler vos explications. Les années passant, vous avez tissé toute une histoire des plus astucieuses autour de cet incident dans le but de le rendre acceptable, et vous avez même fini par y croire, quoique au fond de vous-même, ce souvenir vous tourmente toujours et vous contraigne à prendre des directions assez curieuses. » Kurtz déplaça une fois de plus sa montre sur la table. « Nous sommes vos amis, Charlie. Vous pensez sincèrement que nous pourrions vous reprocher un tel comportement ? Croyez-vous vraiment que nous ne pouvons comprendre que vos engagements politiques correspondent à l'extériorisation d'une quête restée sans réponse au moment où vous en aviez le plus besoin ? Nous sommes vos *amis*, Charlie. Nous ne sommes ni médiocres, ni las, ni apathiques, ni étriqués, ni conformistes. Nous voulons partager avec vous, nous voulons vous rendre utile. Pourquoi nous débiter mensonges sur mensonges quand nous attendons de vous, du début à la fin, la vérité objective et sans fard ? Pourquoi dresser ainsi un barrage entre vous et vos *amis* au lieu de nous faire pleinement confiance ? »

Charlie sentit la colère l'envahir comme une marée brûlante. La fureur la remonta, la purifia ; à mesure que le sentiment s'emparait d'elle, la jeune femme voyait en lui son meilleur allié. Avec tout le calcul dû à son art, elle laissa cette colère la submerger totalement pour prendre la direction des opérations tandis qu'elle-même, minuscule créature gyroscopique parvenant à conserver son équilibre et à rester debout, se retirait avec reconnaissance vers les coulisses sur la pointe des pieds pour ne plus être que spectatrice. La rage effaçait sa stupéfaction, anesthésiait la douleur de se voir découverte ; elle lui clarifiait l'esprit et lui donnait une vision plus vive des choses. La jeune femme esquissa un pas en avant tout en levant le poing pour en frapper son tortionnaire ; mais il était trop avisé, trop difficile à intimider, on l'avait trop souvent frappé déjà. Et puis, elle avait d'autres comptes à régler derrière elle.

C'était effectivement Kurtz qui, en manipulant Charlie de la sorte, avait mis le feu aux poudres. Mais c'était la ruse de Joseph, la cour qu'il lui avait faite, et ses mystérieux silences qui avaient provoqué la véritable humiliation. Charlie fit volte-face et avança de deux grandes enjambées dans sa direction, s'attendant à être aussitôt ceinturée. Il n'en fut rien. Elle repoussa violemment la table d'un coup de pied et regarda la lampe voltiger gracieusement dans les airs avant de retomber, brusquement arrêtée par le fil, avec un fracas étonné. La jeune femme serra de nouveau le poing, pensant que Joseph allait réagir. Il ne bougea pas et le coup, assené avec toute la force dont elle était capable, l'atteignit à la tempe. Elle lui hurla tous les mots orduriers dont elle gratifiait habituellement Long Al et la vacuité oppressante d'une vie embrouillée mais tellement étriquée, tout en espérant qu'il allait l'arrêter ou la frapper en retour. Elle cogna encore, de l'autre main, aveuglée par le désir de lui faire mal et de laisser des traces. Elle attendait toujours qu'il se défende, mais les yeux bruns et familiers continuaient de l'observer, aussi immobiles que des balises côtières dans la tempête. Elle lui porta un autre coup de son poing à demi fermé et sentit ses jointures craquer tandis que le sang coulait sur le menton de Joseph. « Salaud, fasciste ! » criait-elle sans fin, consciente de gaspiller son souffle et ses forces. Elle vit Raoul, le hippy aux cheveux filasse, debout près de la porte, et l'une des filles — Rose, l'Afrikander — barrer la porte-fenêtre au cas où Charlie essaierait de se précipiter sur la véranda ; elle souhaita désespérément devenir folle et que tout le monde la plaigne ; elle aurait voulu n'être qu'une pauvre démente à qui l'on pardonnerait tout et non une imbécile de petite actrice extrémiste qui s'inventait des personnages minables et avait renié père et mère pour embrasser des convictions trop hâtives auxquelles elle n'avait pas le courage de renoncer — de toute façon, que lui avait-on proposé jusque-là pour les remplacer ? Elle entendit la voix de Kurtz ordonner à tout le monde en anglais de ne pas bouger. Elle vit Joseph se détourner puis tirer un mouchoir de sa poche pour se tamponner la lèvre, ne montrant pas plus de réaction à l'égard de Charlie que s'il avait eu devant lui un enfant de cinq ans en train de faire une colère. Elle le traita une fois encore de « Salaud ! » et lui donna une claque retentissante sur le côté de la tête, si forte qu'elle se tordit le poignet et en éprouva un engourdissement passager. Puis elle se sentit épuisée et affreusement seule, n'aspirant qu'à recevoir les coups de Joseph.

« Je vous en prie, Charlie, lui dit tranquillement Kurtz, depuis sa chaise. Vous avez lu Frantz Fanon. La violence est une force purificatrice, vous vous rappelez ? Elle nous libère de nos complexes d'infériorité, dissipe notre peur et nous rend le respect de nous-mêmes. »

Il ne restait plus à la jeune femme qu'une seule issue et elle n'hésita pas. Elle se voûta et enfouit son visage dans ses mains, éclatant en sanglots. Sur un signe de Kurtz, Rachel quitta son poste et vint lui passer le bras autour des épaules, geste que Charlie commença par refuser avant de se laisser faire.

« Trois minutes, pas une de plus, indiqua Kurtz tandis que les deux filles se dirigeaient vers la porte. Qu'elle ne change pas de vêtements et n'ait pas le temps d'endosser une nouvelle identité, je veux qu'elle revienne aussitôt. Le moteur ne doit pas ralentir. Charlie, arrêtez un moment. Attendez. J'ai dit arrêtez-vous. »

Charlie obtempéra, mais sans se retourner. Elle se tint immobile, s'efforçant d'exprimer sa douleur avec son dos et se demandant misérablement si Joseph soignait bien son visage meurtri.

« Vous vous en êtes très bien sortie, Charlie, déclara Kurtz sans complaisance. Je vous félicite. Vous avez perdu pied, mais vous vous êtes reprise. Vous avez menti, vous vous êtes embrouillée, mais vous avez tenu bon, et quand vos derniers supports ont lâché, vous avez piqué une vraie rage et vous en êtes prise au monde entier. Nous sommes tous fiers de vous. Nous allons maintenant vous imaginer une meilleure histoire à raconter. Dépêchez-vous, d'accord ? Il ne nous reste que très, très peu de temps maintenant. »

Arrivée dans la salle de bains, Charlie s'appuya le front contre le mur en sanglotant tandis que Rachel lui faisait couler de l'eau dans le lavabo et que Rose attendait, par précaution, à l'extérieur.

« Je me demande comment tu peux supporter l'Angleterre une seule minute, fit remarquer Rachel en préparant du savon et une serviette. J'y suis restée quinze ans avant qu'on s'en aille. J'ai cru en mourir. Tu connais Macclesfield ? C'est l'enfer. Enfin quand tu es juif en tout cas. Toute cette bourgeoisie, cette froideur, cette hypocrisie. Je crois que c'est l'endroit le plus triste du monde, Macclesfield, enfin pour un Juif. Je me frottais la peau avec du citron quand je me lavais, parce qu'ils me disaient que j'avais la peau grasse. Ne t'approche pas toute seule de cette porte, tu seras gentille, sinon il faudra que je t'en empêche. »

L'aube se levait et il était donc temps de se coucher, mais elle avait regagné sa place parmi eux et n'aurait pour rien au monde voulu être ailleurs. Ils lui avaient brièvement raconté de quoi il était question, ils avaient effleuré le sujet comme un projecteur balayant une entrée obscure, lui laissant simplement entrevoir ce que ces ténèbres dissimulaient. Imaginez-vous, lui dirent-ils... Et ils lui décrivirent l'amant idéal qu'elle n'avait jamais rencontré.

Ses réticences étaient vaincues. Ils voulaient bien d'elle. Ils la connaissaient maintenant parfaitement ; ils étaient conscients de ses faiblesses et de sa pluralité. Pourtant, ils la voulaient toujours. Ils l'avaient enlevée pour mieux la secourir. Après toutes les errances de sa vie passée, ils lui fournissaient une voie droite. Après toute la culpabilité et la dissimulation qu'elle avait montrées venait leur approbation. Après tous les mots qu'elle avait prononcés s'imposaient leurs actes, leur sobriété, la ferveur que trahissaient leurs yeux limpides, leur authenticité, leur fidélité inaltérable, de quoi combler la vacuité qui béait et hurlait en elle tel un démon fatigué depuis qu'elle était assez vieille pour se souvenir. Elle se sentait une plume prise dans un tourbillon quand soudain, à son soulagement étonné, ce tourbillon devint le leur, et il la menait désormais quelque part.

Elle se détendit et les laissa la porter, la diriger, la manipuler. Merci mon Dieu, songea-t-elle : une patrie, enfin. Vous interpréterez votre propre rôle, mais plus encore, lui dirent-ils — qu'avait-elle donc jamais fait d'autre ? Votre rôle qui nécessitera absolument tous vos talents de comédienne... Cela peut vous donner une idée. L'idée que vous voudrez, pensa-t-elle.

Oui, j'écoute. Oui, je comprends.

Ils avaient cédé la place d'honneur, au centre de la table, à Joseph. Litvak et Kurtz l'encadraient, aussi figés que deux satellites. Là où elle l'avait frappé, la chair de son visage était à vif et une série de petites ecchymoses suivait l'ossature de sa joue gauche. Des rais de lumière matinale filtraient à travers les volets fermés pour tomber sur le parquet et le plateau de bois posé sur ses tréteaux. Les voix se turent.

« Je n'ai pas accepté encore ? » demanda-t-elle à Joseph.

Il fit non de la tête. Une barbe naissante soulignait les creux de son visage. Le plafonnier accusait une toile de lignes très fines autour de ses yeux.

« Explique-moi encore à quoi cela va servir », suggéra-t-elle.

Elle perçut l'intensité de leur attention tendue à l'extrême. Litvak, ses mains blanches croisées devant lui et une férocité jusque-là insoupçonnée dans son regard humide ; Kurtz, sa figure de prophète sans âge parsemée de poussières argentées. Et, toujours postés tout autour de la pièce, les jeunes gens concentrés et impassibles comme des premiers communiants.

« Ils t'ont dit que tu allais sauver des vies, Charlie », répliqua Joseph d'un ton détaché dont tout effet théâtral avait été rigoureusement banni. Malgré le tutoiement nouveau, n'avait-elle pas entendu une certaine contrainte dans sa voix ? Si tel était le cas, cela accentuait encore la gravité de ses paroles. « Que tu rendras des enfants à leurs mères et que tu contribueras à redonner la paix à des gens pacifiques. Ils t'ont dit que grâce à toi, des femmes et des hommes innocents continueront à vivre. Grâce à toi, Charlie. »

« Et toi, qu'est-ce que tu dis ? »

Il choisit une réponse des plus mornes. « Pourquoi serais-je ici sinon ? S'il s'agissait de l'un des nôtres, cette mission serait un sacrifice, une forme d'expiation. Pour toi... peut-être n'est-ce pas tellement différent après tout. »

« Et toi, où seras-tu ? »

« Nous resterons toujours aussi près que possible. »

« Je n'ai pas dit vous, mais toi, Joseph. »

« Je ne serai pas loin, bien sûr. Ce sera mon travail. »

Et seulement mon travail, laissait-il entendre ; même Charlie n'aurait pu se méprendre sur le sens de sa phrase.

« Joseph vous accompagnera tout le temps, Charlie, précisa doucement Kurtz. Joseph est un très bon, un excellent professionnel. Joseph, parle-lui maintenant du facteur temps, je te prie. »

« Nous avons extrêmement peu de temps devant nous, dit Joseph. Chaque heure compte. »

Kurtz souriait toujours et semblait attendre que Joseph continue, mais celui-ci en avait terminé.

Elle avait dit « Oui ». Sûrement. Ou du moins, elle avait dû accepter la phase suivante car elle perçut un léger mouvement de soulagement dans la salle et, à sa grande déception, rien de plus. Son imagination débridée lui avait donné la vision d'un auditoire applaudissant à tout rompre : un Mike épuisé enfouissant sa tête dans ses mains pour pleurer sans honte ; un Marty qui, comme le vieil homme qu'il était devenu, lui posait ses grandes mains sur les épaules et — ma fille, mon enfant — pressait son visage rugueux sur sa joue de jeune fille. Des jeunes, ses fans en chaussures de sport, qui se précipitaient pour la toucher. Et un Joseph qui l'enlaçait. Mais il semblait que dans le théâtre du réel les gens n'agissaient pas ainsi. Kurtz et Litvak se dépêchaient de ranger des papiers, de refermer des attaché-cases. Joseph s'entretenait avec Dimitri et Rose, l'Afrikander. Raoul débarrassait les vestiges du thé et des gâteaux secs. Seule Rachel paraissait se préoccuper de ce qu'il advenait de leur nouvelle recrue. Elle lui prit le bras et la conduisit vers le palier pour, lui promit-elle, aller se reposer un peu. Elles n'avaient pas atteint la porte que Joseph prononça doucement le nom de Charlie. Il la dévisageait, le regard empli d'une curiosité pensive.

« Alors, bonne nuit », répéta-t-il, comme si ces mots eux-mêmes constituaient pour lui une énigme.

« Bonne nuit à toi aussi », rétorqua Charlie avec un sourire las qui aurait dû marquer le signal du tomber de rideau. Il n'en fut rien. Suivant Rachel dans le couloir, la jeune femme eut la stupéfaction de se retrouver dans le club que fréquentait son père, à Londres, en train de gagner l'annexe réservée aux femmes, pour le déjeuner. Elle s'immobilisa et regarda autour d'elle pour tenter de repérer la source de l'hallucination. Et puis elle comprit : il s'agissait du cliquetis incessant d'un téléscripteur invisible qui crachait les derniers cours de la Bourse. Elle supposa que le bruit venait de derrière une porte mal fermée. Mais Rachel lui fit presser le pas avant qu'elle ait eu le temps de localiser l'endroit.

Les trois hommes, eux, étaient revenus dans la chambre à coucher où le caquetage du décodeur avait, tel un clairon, battu le rappel. Becker et Litvak observaient Kurtz, qui, voûté devant le bureau, déchiffrait avec une expression de profonde incrédulité le dernier télégramme urgent, inattendu et strictement personnel tout juste arrivé de Jérusalem. Postés derrière lui, ses deux compagnons voyaient des taches sombres de transpiration s'élargir sur le dos de sa chemise, évoquant une blessure qui s'épanche. Le radio les avait laissés : Kurtz l'avait envoyé au lit dès que le texte codé de Jérusalem avait commencé à s'imprimer. Il régnait sur le reste de la maison un silence total. Si dehors des oiseaux chantaient ou des autos circulaient, aucun des trois hommes ne les entendait. Ils ne percevaient que les va-et-vient de l'imprimante.

« Je ne t'ai jamais vu aussi bon, Gadi », déclara Kurtz, pour qui habituellement le travail fourni n'était jamais assez satisfaisant. Il s'exprimait en anglais, langue dans laquelle était rédigé le message de Gavron. « Impérieux, magnanime, incisif. » Il déchira une feuille et attendit que la suivante soit imprimée. « Exactement ce qu'une fille un peu paumée peut rechercher chez un homme. N'est-ce pas Shimon ? » L'appareil reprit sa course.

« Certaines personnes à Jérusalem — M. Gavron, pour ne nommer que lui — ont renâclé quand j'ai donné ton nom. Litvak aussi d'ailleurs. Mais moi, j'avais confiance. » Marmonnant un juron, il déchira la feuille suivante. « Je leur ai dit que Gadi était le meilleur homme que j'avais jamais eu, reprit-il. Un cœur de lion, une tête de poète, mot pour mot. Je leur ai dit aussi qu'une vie passée dans la violence n'avait pas suffi à te durcir. Comment réagit-elle, Gadi ? »

Il tourna la tête et l'inclina de côté, guettant la réponse de Becker.

« Tu ne t'en es pas rendu compte ? » répliqua celui-ci.

Si tel était le cas, Kurtz ne jugea pas utile de le confirmer tout de suite. Le message terminé, il fit pivoter sa chaise en tenant les pages verticalement devant lui de façon que la lumière du bureau puisse les éclairer par-dessus son épaule. Mais, curieusement, ce fut Litvak qui brisa le silence — Litvak qui laissa échapper un cri strident d'énervement et d'impatience, prenant ses deux compagnons par surprise. « Ils ont fait sauter une autre bombe ! cria-t-il. Dis-le-nous ! Où ? Combien d'entre nous ont-ils tués cette fois-ci ? »

Kurtz secoua lentement la tête en signe de dénégation, et sourit pour la première fois depuis qu'il avait reçu le texte.

« Une bombe, peut-être, Shimon. Mais personne n'en est mort. Pas encore. »

« Laisse-le lire, conseilla Becker. Il va te faire marcher. »

Mais Kurtz préféra leur résumer les faits. « Misha Gavron nous salue et nous envoie trois nouveaux messages », expliqua-t-il. « Message un : certaines installations seront bombardées au Liban, mais aucun doute que les personnes vraiment visées ne se trouveront pas à l'intérieur. Message deux » — il mit de côté ses feuilles de papier — « le message deux est un ordre tout aussi fin et judicieux que celui que nous avons reçu plus tôt dans la soirée. Nous aurions déjà dû laisser tomber le charmant Dr Alexis. Plus de contact. Misha Gavron a transmis son dossier à de grands psychologues très avisés qui l'ont déclaré fou à lier. »

Litvak se remit à protester. Peut-être était-ce ainsi que se manifestait son extrême fatigue. Ou peut-être était-ce la chaleur, la nuit avait été absolument étouffante. Kurtz, toujours souriant, le ramena doucement sur terre.

« Calme-toi, Shimon. Notre cher patron assure ses arrières, c'est tout. Si Alexis saute le pas et qu'éclate un scandale remettant en cause les relations que notre pays entretient avec un allié dont nous avons grandement besoin, c'est Marty Kurtz qui se fera taper sur les doigts. Si Alexis reste avec nous, sait tenir sa langue et fait ce qu'on lui dit, alors Misha Gavron récolte gloire et honneur. Tu sais comment Misha me traite. Je suis son Juif. »

« Et le troisième message ? » s'enquit Becker.

« Notre chef nous rappelle qu'il ne nous reste que très peu de temps. La meute est à ses trousses, soi-disant. En fait, il veut dire à *nos* trousses, évidemment. »

Suivant le conseil de Kurtz, Litvak sortit ranger sa brosse à dents. Resté seul avec Becker, Kurtz laissa échapper un soupir de soulagement et, l'allure beaucoup plus décontractée, se dirigea vers le lit de camp, ramassa un passeport français, l'ouvrit, et en étudia tous les détails pour les fixer dans sa mémoire. « Tu es le dépositaire de notre succès, Gadi, déclara-t-il tout en lisant. Quelque chose à savoir, un besoin particulier, tu me demandes. »

Becker acquiesça d'un hochement de tête.

« Les gosses m'ont dit que vous faisiez un beau couple là-bas, sur l'Acropole. Ils ont même dit : "De vraies stars de cinéma." »

« Tu les remercieras pour moi. »

Saisissant une vieille brosse et un peigne, Kurtz s'approcha du miroir et s'efforça de séparer ses cheveux suivant une raie régulière.

« Une affaire comme celle-ci, avec une fille, une idée, je la laisse à la discrétion de celui qui s'en occupe, remarqua-t-il d'un ton réfléchi sans cesser de se coiffer. Parfois, il vaut mieux garder une certaine distance, parfois... » Il fourra brosse et peigne dans une valise ouverte.

« Garder ses propres distances », précisa Becker.

La porte s'ouvrit. Litvak, en costume de ville et un porte-documents à la main, attendait impatiemment la compagnie de son chef.

« Nous sommes en retard », déclara-t-il avec un coup d'œil venimeux en direction de Becker.

Malgré les pressions toujours plus fortes auxquelles Charlie avait été soumise, la jeune femme était restée libre de choisir — c'était du moins l'avis de Kurtz. Il avait insisté sur ce point depuis le début. Leur plan devait absolument s'appuyer, assurait-il, sur une base saine de moralité. Lors de la première phase de l'élaboration du plan, il avait bien été question de manipulation, de domination et même d'un asservissement sexuel à un Apollon beaucoup moins scrupuleux que Gadi Becker ; on avait parlé de soumettre la jeune femme à des conditions extrêmement perturbantes pendant plusieurs nuits avant de lui tendre une main secourable. Après avoir étudié son dossier, les psychologues avisés de Gavron proposèrent toute une série de solutions plus stupides les unes que les autres et dont certaines faisaient appel à la manière forte. Mais ce fut en définitive le jugement pratique de Kurtz et son expérience des opérations qui l'emportèrent sur le bataillon d'experts toujours plus fourni qui sévissait à Jérusalem. Les volontaires se battent mieux et plus longtemps, avait affirmé Kurtz. Ils trouvent en eux-mêmes des raisons de se convaincre. En outre, quand vous demandez une dame en mariage, mieux vaut ne pas l'avoir violée avant.

D'autres, et Litvak en faisait partie, s'étaient prononcés pour une jeune Israélienne à qui l'on aurait forgé un passé similaire à celui de Charlie. Litvak, comme les autres d'ailleurs, était viscéralement opposé à l'idée que l'on pût compter sur la loyauté d'un gentil, à plus forte raison quand il s'agissait d'un sujet anglais. Kurtz avait réagi avec la même véhémence. Il aimait le naturel qu'il trouvait en Charlie et ne convoitait que l'original, se méfiant d'une imitation. Les égarements idéologiques de la jeune femme ne l'avaient pas découragé le moins du monde ; plus elle se sentirait perdre pied, avait-il dit, plus elle serait heureuse d'être ramenée sur la terre ferme.

Une autre école de pensée — l'équipe pouvait au moins se targuer d'être démocratique, si l'on exceptait la tyrannie naturelle de Kurtz — avait prôné une approche de la jeune femme beaucoup plus lente et plus graduelle, commençant avant même l'enlèvement de Yanuka et se terminant par une offre franche et directe dans la ligne classique du recrutement des espions. Une fois encore, Kurtz étouffa la suggestion dans l'œuf. Une fille du tempérament de Charlie ne se décidait pas après des heures de réflexion, leur cria-t-il à la figure — tel n'était pas en fait le tempérament de Kurtz non plus. Mieux valait concentrer les efforts ! Mieux valait tout préparer jusqu'au moindre détail et emporter son adhésion en un assaut unique et formidable ! Lorsqu'il eut lui-même observé la jeune femme, Becker lui donna raison : une adhésion impulsive était préférable.

Mais bon sang, et si elle dit non ? avaient-ils tous demandé, Gavron le premier. Tant de préparatifs pour être plaqués devant l'autel !

Dans ce cas, nous en serons pour un peu de temps, un peu d'argent et quelques prières, répliquait Kurtz. Il n'en démordait pas, même si, en compagnie plus intime — c'est-à-dire avec sa femme et parfois Becker —, il confessait qu'il jouait à quitte ou double. Mais peut-être ne fallait-il voir là qu'une coquetterie. Kurtz avait repéré Charlie depuis l'apparition de celle-ci au cours d'entraînement révolutionnaire. Il avait noté son nom, fait faire une enquête et s'était bien pénétré de sa personnalité. On prend les outils, on ne pense qu'à l'objectif à atteindre et on improvise, avait-il coutume de dire. Il faut adapter les opérations aux ressources dont on dispose.

Mais pourquoi la traîner jusqu'en Grèce, Marty ? Avec tous les autres ? Sommes-nous une œuvre de bienfaisance maintenant, pour prodiguer nos précieux fonds secrets à une bande d'acteurs anglais déracinés ?

Mais Kurtz se montra intraitable. Il réclama dès le début une certaine marge financière, sachant pertinemment qu'on la lui rognerait par la suite. Puisque l'odyssée de Charlie devait commencer en Grèce, souligna-t-il, pourquoi ne pas l'y conduire un peu à l'avance ? Le dépaysement et la magie d'une telle situation faciliteraient la renonciation de la jeune femme à certaines liaisons. Que le soleil la rende plus malléable. Et comme Alastair ne la laisserait jamais partir seule, qu'il y aille aussi — et disparaisse au moment psychologique, la privant ainsi de tout soutien moral. Enfin, puisque les acteurs se rassemblent toujours en tribus — ne se sentent en sécurité que sous la protection du troupeau — et comme aucun autre moyen naturel ne se présentait pour attirer le couple à l'étranger... Les préparatifs continuèrent donc, un argument en entraînant un autre, pour aboutir à la seule démarche logique, la fiction, celle-ci devenant une toile qui prenait au piège quiconque tentait de s'en débarrasser.

Quant au départ d'Alastair, il fournit le jour même, à Londres, un amusant *post-scriptum* à tous leurs plans. La scène eut lieu dans l'antre du pauvre Ned Quilley, à une heure où Charlie dormait encore et où Ned s'autorisait un petit rafraîchissement dans l'intimité de son bureau de manière à pouvoir affronter les rigueurs du déjeuner. Il était en train de déboucher la carafe quand il fut interrompu par une bordée d'injures prononcée avec des accents mâles et celtiques qui semblaient provenir de la loge de Mrs. Longmore. La harangue s'achevait sur un violent « Allez me tirer cette vieille bique de son trou avant que j'aille le sortir de là moi-même. » Se demandant qui de ses clients les plus fantasques avait pu choisir de piquer une crise de nerfs en écossais juste avant le déjeuner, Quilley se dirigea prudemment vers la porte et colla son oreille contre le panneau. Il ne parvint pas à reconnaître la voix. Un instant plus tard une cavalcade retentit dans les escaliers et la porte s'ouvrit violemment sur la silhouette vacillante de Long Al. Ned le reconnut pour l'avoir déjà aperçu dans la loge de Charlie, où le jeune homme avait l'habitude d'attendre la fin des représentations, une bouteille à la main, lors de ses longues périodes d'oisiveté. Il était sale, affichait une barbe de trois jours, et était saoul comme un âne. Prenant son plus beau style pickwickien, Quilley s'efforça de lui demander ce que signifiait un tel outrage, mais ce fut peine perdue. En outre, l'imprésario avait déjà dû affronter bien des scènes similaires, et l'expérience lui avait enseigné que mieux valait parler le moins possible.

« Espèce de vieux pédé méprisable, commença aimablement Alastair en agitant l'index juste sous le nez de Quilley. Alors, vieille pédale, on joue les méchants comploteurs ? Je vais te casser ta sale petite gueule. »

« Mais cher ami, répliqua Quilley. Pour quelle raison ? »

« Je vais appeler la police, Mr. Ned ! cria d'en bas Mrs. Longmore. Je fais *tout de suite* leur numéro ! »

« Asseyez-vous et racontez-moi votre histoire, fit sévèrement Quilley, sinon Mrs. Longmore va appeler la police. »

« Je fais le numéro ! » confirma Mrs. Longmore qui s'était déjà prêtée en plusieurs occasions à cette petite mise en scène.

Alastair s'assit.

« Alors, déclara Quilley, battant le rappel de toute sa férocité. Que diriez-vous d'une tasse de café noir pendant que vous m'expliquez en quoi j'ai bien pu vous offenser ? »

La liste était longue : Quilley lui avait joué un tour de cochon. Pour le bien de Charlie. Il s'était fait passer pour une pseudo-compagnie de cinéma ; avait persuadé l'agent d'Alastair d'envoyer un télégramme à Mykonos ; avait monté toute une machination avec l'aide d'amis très malins qu'il connaissait à Hollywood ; payé des billets d'avion et tout fait pour que Long Al passe pour un imbécile devant la bande. Et tout ça pour que lui, Alastair, lâche les baskets à Charlie.

Petit à petit, Quilley finit par débrouiller l'histoire. Une société de production cinématographique de Hollywood, se présentant sous le nom de Pan Talent Celestial, avait appelé l'agent d'Al depuis la Californie, pour lui expliquer que leur acteur principal était tombé malade et qu'ils voulaient tout de suite faire tourner un bout d'essai à Alastair dans des studios londoniens. Ils se chargeraient de tous les frais. Quand ils apprirent qu'Alastair se trouvait en Grèce, ils convinrent d'envoyer un chèque certifié d'un millier de dollars à son agent. Alastair rentra de vacances tout excité, puis se croisa les pouces pendant une semaine à attendre son bout d'essai fantôme. « TENEZ-VOUS PRÊT », lui disaient les télégrammes. Tout par télégramme, remarquez bien. « ARRANGEMENTS IMMINENTS. » Ce fut le neuvième jour que, dans un état frisant la démence, Alastair reçut une convocation pour les studios Shepperton. Demandez un certain Pete Vyschinsky, studio D.

Aucun Vyschinsky. Nulle part. Aucun Pete.

L'agent d'Alastair téléphona au numéro qu'on lui avait donné à Hollywood. Une standardiste l'informa que la Pan Talent Celestial avait résilié son abonnement. L'imprésario appela alors certains collègues. Aucun d'entre eux n'avait jamais entendu parler de la Pan Talent Celestial. Catastrophe. Alastair avait une tête pour réfléchir et, au terme des deux jours de saoulerie qu'il avait déduits de ses mille dollars de dédommagement, il avait abouti à la conclusion que la seule personne susceptible de lui jouer un tel tour était Ned Quilley, surnommé « Quilley le terrible » dans la profession, et qui n'avait jamais caché ni son animosité pour Alastair, ni sa conviction que le jeune homme était à l'origine des ridicules engagements politiques de Charlie. Al avait donc décidé de venir tordre de ses mains le cou de Quilley. Cependant, après quelques tasses de café, il se mit à assurer son hôte de son admiration éternelle, et Quilley pria Mrs. Longmore de lui appeler un taxi.

Le soir même, installés dans le jardin pour jouir avant le dîner du coucher du soleil — les Quilley avaient récemment fait l'achat d'assez beaux meubles d'extérieur ; du fer forgé mais coulé dans des moules victoriens originaux — Marjory écouta gravement le récit de son mari puis, au grand trouble de celui-ci, éclata de rire.

« Quelle petite peste, s'exclama-t-elle. Elle a dû se dénicher un homme très riche qui a écarté le gosse à coups de billets de banque ! »

Puis elle remarqua l'expression de Quilley. Une société de production américaine construite sur du vent. Des numéros de téléphone qui ne répondent plus. Des metteurs en scène introuvables. Et tout ceci tournant toujours autour de Charlie. Et de son Ned.

« Et il y a pire encore », geignit Ned.

« Quoi, mon chéri ? »

« Ils ont dérobé toutes ses lettres. »

« Ils ont dérobé *quoi* ? »

Toutes les lettres écrites de sa main, répondit Quilley. Sur une période d'au moins cinq ans. Tous les petits *billets-doux* si bavards et si personnels qu'elle gribouillait quand elle partait en tournée ou quand elle se sentait seule. De vraies merveilles. Ses portraits au crayon de producteurs et d'autres membres de la troupe. Les charmants petits dessins qu'elle aimait bien faire quand elle était joyeuse. Disparus. Subtilisés de son dossier. C'étaient ces deux affreux Américains qui ne buvaient pas — Karman et son horrible acolyte. Mrs. Longmore ne s'en était pas remise. Mrs. Ellis en était tombée malade.

« Écris-leur une lettre bien sentie », conseilla Marjory.

« Mais cela servirait à quoi ? s'interrogea misérablement Quilley. Et à quelle adresse l'envoyer ? »

« Parles-en à Brian », suggéra-t-elle.

Brian était certes son avoué, mais qu'était-il donc censé faire dans une situation pareille ?

Quilley pénétra lentement dans la maison et alla se servir un remontant avant d'allumer la télévision qui diffusait les nouvelles du soir — des images d'un nouvel attentat sauvage. Des ambulances, des policiers étrangers évacuant les blessés. Mais Quilley ne se sentait pas d'humeur à regarder d'aussi frivoles distractions. On avait *pillé* le dossier de Charlie, ne cessait-il de se répéter. Le dossier d'une *cliente*, bon sang. Dans mon *propre* bureau. Et le fils du vieux Quilley qui fait la sieste à côté pendant qu'ils accomplissent leur forfait ! Cela faisait des années qu'il n'avait pas été aussi hors de lui.

8

Elle n'eut pas conscience d'avoir rêvé lorsqu'elle s'éveilla. Ou peutêtre, tel Adam, s'éveilla-t-elle pour découvrir que le rêve était réalité car la première chose qu'elle aperçut fut un verre de jus d'orange posé près du lit, et la seconde Joseph qui arpentait la chambre d'un air affairé, ouvrant les placards et tirant les rideaux pour laisser le soleil inonder la pièce. Charlie fit semblant de dormir et l'observa à travers ses yeux mi-clos, comme elle l'avait fait sur la plage, à Mykonos. La ligne de son dos couturé. Les premiers grisonnements du temps sur ses tempes aux cheveux noirs. Et puis de nouveau la chemise de soie et ses accessoires d'or massif.

« Quelle heure est-il ? » demanda-t-elle.

« Trois heures. » Il tira d'un coup sec sur le rideau. « Assez dormi. Il est temps de nous mettre en route. »

Et une chaîne en or, songea-t-elle ; avec un médaillon dissimulé à l'intérieur de la chemise.

« Et ta lèvre, comment ça va ? » s'enquit Charlie.

« Hélas ! trois fois hélas ! il semble que je ne pourrai plus jamais chanter. » Il se dirigea vers une vieille armoire peinte et en sortit un caftan bleu qu'il posa sur une chaise. Charlie ne distingua aucune marque sur son visage si ce n'étaient des cernes de fatigue sous les yeux. Il ne s'est pas couché, se dit-elle, songeant à la concentration avec laquelle il avait étudié toute la nuit ses documents ; il a terminé ses devoirs.

« Tu te souviens bien de notre conversation de ce matin, avant que tu n'ailles te coucher, Charlie ? Quand tu te lèveras, j'aimerais, s'il te plaît, que tu enfiles cette robe et que tu prennes les sous-vêtements neufs qui sont dans cette boîte. Aujourd'hui, je te préfère en bleu et les cheveux défaits. Pas de couettes. »

« De tresses. »

Il ignora la correction. « Ces vêtements sont un cadeau et j'adore te dire comment t'habiller, quel style tu dois prendre. Lève-toi, s'il te plaît, et examine bien la chambre. »

Elle était nue. Pressant le drap sur sa gorge, elle s'assit précautionneusement. Une semaine auparavant, il avait pu se rassasier de la vue de son corps. Mais c'était une semaine auparavant.

« Retiens bien tout ce qu'il y a dans cette chambre. Nous sommes amants, nous nous cachons, et c'est ici que nous avons dormi cette nuit. Cela s'est passé comme cela s'est passé. Nous nous sommes retrouvés à Athènes, puis nous sommes venus ici, dans cette maison vide. Pas de Marty, pas de Mike, rien que nous deux. »

« Mais qui es-tu alors ? »

« Nous avons garé la voiture là où nous l'avons garée. Le porche était déjà allumé. J'ai ouvert la porte d'entrée avec une clé et nous nous sommes aussitôt précipités, main dans la main, vers le grand escalier. »

« Et les bagages ? »

« Juste ma serviette et ton sac. Je portais les deux. »

« Comment faisais-tu pour me tenir la main, en ce cas ? »

Elle pensa qu'elle devançait ses propos, mais la précision de la question parut le satisfaire.

« Comme la lanière du sac est cassée, je l'avais coincé sous mon bras droit. Je tenais la serviette de la main droite. Je te donnais donc la main gauche. Nous avons trouvé la chambre exactement comme tu la vois, prête à nous accueillir. Nous avons commencé à nous embrasser avant même d'atteindre la porte. Nous ne pouvions contenir plus longtemps notre désir. »

En deux enjambées il était près du lit, fouillant parmi les couvertures tombées sur le sol pour en extirper le chemisier de Charlie, qu'il brandit sous ses yeux. Deux boutons avaient été arrachés et toutes les boutonnières béaient, déchirées.

« La passion », commenta-t-il d'un ton aussi neutre que s'il annonçait le jour de la semaine. « C'est bien le terme ? »

« Entre autres. »

« La passion, alors. »

Il mit le chemisier de côté et s'autorisa un petit sourire strict. « Une tasse de café ? »

« Ce serait super ! »

« Du pain ? Un yaourt ? Des olives ? »

« Du café, ce sera parfait. » Il allait sortir quand elle lui lança d'une voix un peu plus forte : « Désolée de t'avoir frappé, Jose. Tu aurais dû lâcher un de tes cerbères israéliens pour qu'il me tombe dessus avant que l'idée me vienne seulement à l'esprit. »

La porte se referma et elle entendit ses pas s'éloigner dans le couloir. Elle se demanda s'il reviendrait jamais. Avec l'impression d'évoluer dans un univers irréel, Charlie quitta prudemment le lit. C'est de la pantomime, se dit-elle — Boucles d'Or dans la maison de l'ours. Les vestiges témoignant de leur orgie imaginaire l'entouraient : une bouteille de vodka, aux deux tiers pleine, flottant dans un seau à glace. Deux verres sales. Une coupe de fruits, deux assiettes contenant des pelures de pomme et des pépins de raisin. Le blazer rouge accroché au dossier d'une chaise. La belle serviette de cuir noir munie de poches extérieures, accessoire indispensable à la virilité de tout jeune cadre dynamique. Pendu à la porte, un kimono Hermès style karaté — pour lui encore, de la soie lourde et noire. Dans la salle de bains, son propre sac d'écolière en éponge serré contre le fourre-tout en veau retourné de Joseph. Elle trouva deux serviettes et utilisa celle qui était sèche. Après examen, le caftan bleu se révéla assez beau, en coton épais, sagement échancré et portant encore l'étiquette de la boutique cousue dans l'encolure : Zelide, Rome et Londres. Noirs et à sa taille, les sous-vêtements étaient dignes d'une poule de luxe. Sur le sol, une sacoche de cuir neuve et des sandales chics à talons plats. Elle en essaya une, qui lui allait. Elle s'habilla et était en train de se brosser les cheveux quand Joseph revint dans la chambre, un plateau à la main. Son pas pouvait être pesant mais aussi tellement léger que le son semblait alors avoir été coupé. C'était un homme qui savait varier à volonté ses approches.

« Tout cela me semble parfait », déclara-t-il en posant le plateau sur la table.

« *Parfait ?* »

« Tu es belle. Superbe. Radieuse. Tu as vu les orchidées ? »

Non, pas encore, mais elle les voyait maintenant, et son estomac se serra, exactement comme sur l'Acropole : un bouquet d'or et de roux et, glissée contre le rebord du vase, une petite enveloppe blanche. Charlie acheva ostensiblement de se coiffer puis alla déloger l'enveloppe de son perchoir avant de s'installer dans une chaise longue. Joseph resta debout. La jeune femme tira de l'enveloppe un carton blanc portant les mots : « Je t'aime » tracés d'une écriture penchée n'ayant rien de britannique, et la signature familière : « M ».

« Eh bien ? Cela ne te rappelle rien ? »

« Tu sais très bien ce que ça me rappelle », fit-elle sèchement alors que la mémoire lui revenait avec un temps de retard.

« Alors, dis-le-moi. »

« Nottingham, le Barrie Theatre. York, le Phoenix. Stratford, le Cockpit. Et toi, affalé au premier rang à me bouffer des yeux. »

« La même écriture ? »

« La même écriture, le même message et les mêmes fleurs. »

« Tu me connais sous le nom de Michel. "M" pour Michel. »

Il ouvrit la belle serviette noire et entreprit d'y ranger ses vêtements. « Je corresponds exactement à l'homme que tu attendais depuis toujours », lâcha-t-il sans même la regarder. « Il ne te suffit pas de te souvenir de tout pour remplir ta mission, il faut que tu y croies, que tu le sentes, que tu le rêves. Nous construisons une autre réalité, une réalité meilleure. »

Charlie posa le carton puis se versa un peu de café, opposant une lenteur voulue à la précipitation de Joseph.

« Meilleure d'après qui ? » interrogea-t-elle.

« Tu as passé tes vacances à Mykonos, en compagnie d'Alastair, mais en secret, tu brûlais de me retrouver, moi, Michel. » Il s'engouffra dans la salle de bains et en ressortit avec sa trousse de veau retourné. « Pas Joseph, mais Michel. Dès que les vacances s'achèvent, tu te précipites à Athènes. Sur le bateau, tu racontes à tes amis que tu préfères passer quelques jours toute seule. Mensonge. Tu as rendez-vous avec Michel. Pas Joseph, Michel. » Il fourra la trousse dans la serviette. « Tu prends un taxi jusqu'au restaurant où tu dois me rejoindre. Moi, Michel. En chemise de soie. Du homard au dîner. Le cadre reste le même. J'ai apporté des dépliants pour te montrer ce que nous allons visiter ensemble. Nous mangeons ce que nous avons mangé, tout en échangeant des propos tendres d'un ton légèrement excité, bref une réunion secrète d'amoureux. » Il alla décrocher le kimono de la porte. « Je laisse un pourboire généreux et empoche l'addition, comme tu l'as remarqué. Puis je t'emmène sur l'Acropole pour une visite fabuleuse et interdite. Un taxi spécial, le mien, nous attend et j'appelle le chauffeur Dimitri... »

« Ainsi donc c'était là le seul but de ta balade sur l'Acropole », le coupa-t-elle d'une voix neutre.

« Ce n'est pas moi qui t'ai emmenée sur l'Acropole, c'est Michel, rappelle-toi. Michel est fier de son don pour les langues, de ses qualités d'organisateur. Il apprécie un certain romantisme, le lyrisme même, les élans soudains. Il est ton magicien. »

« Je n'aime pas les magiciens. »

« Il s'intéresse aussi sincèrement, quoique superficiellement, à l'archéologie, comme tu as pu le constater. »

« Qui m'a embrassée, alors ? »

Il plia soigneusement le kimono avant de le ranger dans la serviette. C'était la première fois que Charlie voyait un homme faire convenablement ses bagages.

« Il a en fait une raison plus pragmatique de te conduire sur l'Acropole : il veut prendre possession de la Mercedes de façon discrète et préfère, pour des motifs personnels, ne pas l'amener en ville à une heure de pointe. Tu ne t'étonnes pas de voir la Mercedes ; tu l'acceptes comme faisant partie de la magie d'être avec moi, comme tu acceptes le parfum de clandestinité qui accompagne chacun de nos gestes. Tu acceptes tout. Dépêche-toi, s'il te plaît. Nous avons un long trajet devant nous et beaucoup de choses à dire. »

« Et toi ? questionna-t-elle. Tu es amoureux de moi ou c'est de la comédie ? »

Attendant sa réponse, elle eut l'impression de le voir physiquement s'écarter pour laisser la flèche filer vers le visage obscur de Michel.

« Tu aimes Michel et tu crois que Michel t'aime aussi. »

« Je me trompe ? »

« Il te dit qu'il t'aime et il te le prouve. Que te faut-il de plus pour être convaincue ? Tu ne peux pas savoir ce qui se passe à l'intérieur de la tête d'un homme. »

Il s'était remis à parcourir la chambre, vérifiant tous les détails. Puis il s'arrêta devant le carton signé Michel.

« A qui appartient cette maison ? » demanda Charlie.

« Je ne réponds jamais à ce genre de questions. Ma vie reste un mystère pour toi. Il en est ainsi depuis notre première rencontre et je n'ai pas l'intention de changer cette situation. » Il prit le carton et le lui tendit. « Garde-le dans ton sac neuf. Il faut qu'à partir de maintenant, tu te mettes à chérir ces petits souvenirs de moi. C'est clair dans ton esprit ? »

Il avait à demi sorti la bouteille de vodka du seau à glace.

« Je suis un homme, il est donc naturel que je boive plus que toi. Je ne supporte pas très bien l'alcool ; cela me donne des maux de tête et me rend parfois nauséeux. Mais j'aime la vodka. » Il replongea la bouteille dans le seau. « Toi, tu en prends un petit verre parce que j'ai l'esprit large, mais en règle générale, je désapprouve les femmes qui boivent. » Il saisit une assiette sale et la lui montra. « Je suis gourmand de sucreries ; j'aime le chocolat, les gâteaux et les fruits. Surtout les fruits. Le raisin, mais à condition qu'il soit blanc, comme le raisin de mon village natal. Et toi, Charlie, qu'est-ce que tu as mangé ? »

« Rien du tout. Pas dans ce genre de situation. Je fume juste mon clope d'après l'amour. »

« Je crains de ne pas accepter qu'on fume dans la chambre. Je l'ai toléré dans le restaurant d'Athènes parce que je suis très libéral. Dans la Mercedes, à la rigueur, je fais une exception pour toi. Mais jamais dans la chambre à coucher. Si par hasard tu as eu soif pendant la nuit, tu as bu de l'eau du robinet. » Il enfila le blazer rouge sombre. « Tu as remarqué si le robinet faisait du bruit ? »

« Non. »

« Alors il n'en a pas fait. Ça dépend des fois. »

« Il est Arabe, n'est-ce pas ? » demanda-t-elle sans le quitter des yeux. « Il est ton archétype de l'Arabe phallocrate. C'est sa voiture que vous avez fauchée ? »

Il refermait la serviette. Se raidissant, il dévisagea un instant la jeune femme d'un air à la fois évaluateur et, elle ne put s'empêcher de le ressentir, trop distant.

« Ce n'est pas un Arabe ordinaire, ni un phallocrate ordinaire. Il n'a en fait absolument rien d'*ordinaire*, et encore moins à tes yeux. Approche-toi du lit, s'il te plaît. » Il attendit qu'elle s'exécute tout en l'observant attentivement. « Cherche sous mon oreiller. Doucement... Fais attention ! Je dors toujours à droite. »

Prudemment, comme il le lui demandait, elle glissa la main sous l'oreiller froid, imaginant le poids de la tête endormie de Joseph pesant dessus.

« Tu l'as trouvé ? Je t'ai dit de faire attention. »

« Oui, Jose, elle l'avait trouvé.

« Prends-le doucement. Le cran de sécurité n'est pas mis. Michel n'a pas l'habitude de prévenir avant de tirer. Cette arme est comme notre enfant. Elle partage tous nos lits. Nous l'appelons "Notre enfant". Même aux moments les plus passionnés, nous ne dérangeons jamais cet oreiller et nous n'oublions jamais ce qu'il y a dessous. C'est notre façon de vivre. Tu comprends bien maintenant que je n'ai rien d'ordinaire ? »

Elle contemplait l'arme, qui reposait si sagement au creux de sa paume. Petite, brune et bien proportionnée.

« Tu as déjà manié ce genre de pistolet ? » s'enquit Joseph.

« Souvent. »

« Où ? Contre qui ? »

« Sur scène. Pendant des soirs et des soirs. »

Elle le lui tendit et le regarda ranger le pistolet dans la poche intérieure de son blazer avec la même désinvolture que s'il s'était agi d'un portefeuille. Elle le suivit en bas des escaliers. La maison était déserte et curieusement fraîche. La Mercedes les attendait dans l'allée. Elle n'eut d'abord qu'une envie : partir, aller n'importe où, prendre la route avec lui. Le pistolet l'avait effrayée et elle éprouvait le besoin de bouger. Mais tandis que Joseph faisait démarrer la voiture, Charlie se retourna et embrassa du regard la façade jaune et décrépite, les fleurs rouges, les volets, les vieilles tuiles rouges. Elle s'aperçut trop tard combien cette maison était belle, combien elle lui apparaissait accueillante maintenant qu'ils partaient. C'est la maison de mon enfance, décida-t-elle — d'une des multiples enfances que je n'ai jamais vécues. C'est la demeure que je n'ai jamais quittée pour aller me marier ; Charlie non plus en bleu mais en blanc, ma vioque en pleurs et adieu tout ceci.

« Et nous, nous existons aussi ? » lui demanda-t-elle alors qu'ils rejoignaient la circulation du soir. « Ou bien n'y a-t-il place que pour les deux autres ? »

Les Trois Minutes d'Avertissement précédèrent une fois de plus la réponse. « Evidemment, nous existons. Pourquoi pas ? » Puis vint le merveilleux sourire pour lequel Charlie se serait bien damnée. « Nous obéissons à la loi de Berkeley, tu comprends. Si nous n'existons pas, comment le pourraient-ils ? »

Qu'est-ce que la loi de Berkeley ? s'interrogea-t-elle. Mais elle était trop fière pour le lui demander.

Pendant les vingt premières minutes qu'indiqua la montre à quartz du tableau de bord, Joseph parla à peine. Mais Charlie ne sentit aucune détente dans ce silence ; il s'agissait plutôt d'une préparation méthodique avant l'attaque.

« Alors, Charlie, déclara-t-il brusquement, tu es prête ? »

« Je suis prête, Jose. »

« Le vendredi vingt-six juin, tu interprètes Jeanne d'Arc au Barrie Theatre de Nottingham. Tu ne joues pas avec ta troupe habituelle ; tu as été choisie à la dernière minute pour remplacer une actrice qui ne pouvait remplir ses engagements. Les décors arrivent tard, l'éclairage n'est pas encore là, tu as répété toute la journée et deux membres du personnel ont la grippe. Tout ceci est clair dans ta mémoire ? »

« C'est comme si j'y étais. »

La légèreté de la réponse lui tira un regard interrogateur qui, apparemment, ne lui apprit rien de répréhensible. L'obscurité tombait rapidement en cette fin d'après-midi, mais la concentration de Joseph semblait procéder du même caractère immédiat que la lumière du soleil. Il est dans son élément, songea-t-elle ; c'est ce qu'il sait le mieux faire dans la vie ; cet élan impitoyable constitue l'explication qui manquait jusqu'à présent.

« Quelques minutes avant le lever du rideau, on remet, à l'entrée des artistes, un bouquet d'orchidées brun doré accompagné d'un message adressé à Jeanne. "Jeanne, je vous aime infiniment." »

« Il n'y a pas d'entrée des artistes. »

« Il existe une entrée prévue pour les livraisons à remettre en coulisses. Ton admirateur, quel que soit son nom, sonne à la porte et fourre les orchidées dans les bras du portier, un certain Mr. Lemon, avec un billet de cinq livres. Mr. Lemon, assez impressionné par le généreux pourboire, promet de te porter les fleurs aussitôt... l'a-t-il fait ? »

« Se précipiter dans les loges des femmes sans prévenir est la spécialité de Lemon. »

« Bon. Dis-moi maintenant ce que tu as fait en recevant le bouquet. »

Elle hésita. « C'était signé "M" ? »

« M, c'est ça. Qu'as-tu fait ? »

« Rien du tout. »

« Ridicule. »

Charlie se sentit piquée au vif : « Qu'est-ce que tu voulais que je fasse ? Il me restait environ dix secondes avant d'entrer en scène. »

Un camion chargé de terre et qui roulait du mauvais côté de la chaussée leur fonçait droit dessus. Avec une aisance majestueuse, Joseph fit monter la Mercedes sur le bas-côté puis accéléra pour lui faire regagner la route. « Ainsi tu as balancé pour trente livres d'orchidées dans ta corbeille à papier, haussé les épaules, et puis tu es montée sur scène. Parfait. Je te félicite. »

« Je les ai mises dans de l'eau. »

« Et dans quoi as-tu mis l'eau ? »

Cette question inattendue donna plus d'acuité à ses souvenirs. « Dans un pot d'argile peint. Le matin, le Barrie fait aussi école des beaux-arts. »

« Donc, tu as trouvé un pot, tu l'as rempli d'eau et tu as mis les fleurs dedans. Bon. Et quels étaient tes sentiments pendant ce temps ? Tu étais émue ? Excitée ? »

La question la prit en quelque sorte à contre-pied. « J'ai simplement repris mon rôle », répondit-elle en gloussant sans raison. « J'ai attendu de voir qui allait se présenter. »

Ils s'étaient arrêtés à cause d'un feu rouge. L'immobilité créait une nouvelle intimité.

« Et le "je vous aime" ? » s'enquit-il.

« C'est du théâtre, non ? Tout le monde aime tout le monde, à un certain moment. Pourtant, le "infiniment" m'a plu. Ça avait de la gueule. »

Le feu passa au vert et ils redémarrèrent.

« Tu n'as pas pensé à regarder si tu reconnaissais quelqu'un dans le public ? »

« Je n'avais pas le temps. »

« Et pendant l'entracte ? »

« Là, j'ai cherché. Mais je n'ai vu personne que je connaissais. »

« Et après la pièce, qu'est-ce que tu as fait ? »

« Je suis allée me changer et puis j'ai traîné un peu. Alors je me suis dit qu'il valait mieux faire une croix dessus et je suis rentrée chez moi. »

« Chez toi, c'est-à-dire au Astral Commercial Hotel, près de la gare. »

Plus rien désormais ne l'étonnait de la part de Joseph. « Le Astral Commercial and Private Hotel, confirma-t-elle. Près de la gare. »

« Et les orchidées ? »

« Je les ai emportées avec moi. »

« Pourtant, tu n'as pas demandé à Mr. Lemon à quoi ressemblait celui qui les avait apportées ? »

« Le lendemain. Pas le jour même, non. »

« Et que t'a-t-il répondu ? »

« Il m'a dit un homme à l'air étranger mais convenable. Je lui ai demandé l'âge approximatif ; il m'a fait un clin d'œil en soufflant "juste le bon". J'ai essayé de retrouver un "M" étranger, mais sans succès. »

« Pas un seul "M" étranger dans toute ta petite ménagerie personnelle ? Tu me déçois. »

« Pas l'ombre d'un. »

Ils eurent tous deux un bref sourire, mais sans se regarder.

« Bien, passons maintenant au deuxième jour ; le samedi, en matinée, et puis comme d'habitude en soirée... »

« Et toi, tu étais là, c'est bien ça ? En plein milieu du premier rang, avec ton beau blazer rouge et entouré d'une bande d'écoliers qui n'arrêtaient pas de tousser et d'avoir envie de faire pipi. »

Agacé par une telle désinvolture, il concentra un instant toute son attention sur la route, puis, lorsqu'il reprit son interrogatoire, sa voix s'était empreinte d'une gravité que trahissait également le froncement sévère de ses sourcils. « Charlie, s'il te plaît, je voudrais que tu me décrives exactement ce que tu ressentais. Nous sommes en milieu d'après-midi et les rideaux trop minces laissent passer la lumière du jour ; les spectateurs ont davantage l'impression de se trouver dans une immense salle de classe que dans un théâtre. Je suis assis au premier rang ; j'ai, à n'en pas douter, l'air étranger, quelque chose d'étranger dans l'attitude, dans ma façon de m'habiller ; le moins que l'on puisse dire, c'est que l'on me remarque parmi tous les enfants. Tu as déjà la description que Lemon t'a faite de moi et de plus, je ne te quitte pas des yeux. Tu ne te dis à aucun moment que je dois être l'homme aux orchidées, celui qui signe mystérieusement "M" et qui prétend t'aimer infiniment ? »

« Bien sûr que si. Je l'ai su tout de suite. »

« Comment ? Tu m'as montré à Lemon ? »

« Je n'en ai pas eu besoin. Je savais, c'est tout. Quand je t'ai vu là, qui ne me quittais pas des yeux, j'ai pensé, tiens, salut, c'est toi. Toi, qui que *tu* sois. Et puis le rideau de fin de matinée est tombé, mais tu es resté sur ton siège, montrant ton billet pour la séance suivante... »

« Comment sais-tu ça ? Qui te l'a dit ? »

Ça aussi, c'est bien ton genre, songea-t-elle en ajoutant ce trait à l'album si difficile à compléter qu'elle réunissait sur lui : dès que tu obtiens ce que tu veux, tu deviens soudain d'une méfiance typiquement masculine.

« Tu l'as dit toi-même. C'est une petite compagnie dans un théâtre minable. Ce n'est pas si souvent qu'on reçoit des orchidées — un bouquet tous les dix ans, pas plus — ni qu'on voit des mecs friqués rester deux séances de suite. » Elle ne put se retenir de lui demander : « Ça t'a beaucoup ennuyé, Jose ? la pièce... Vraiment ? Deux fois de suite, comme ça ? Ou est-ce que tu as trouvé des trucs pas mal ? »

« Ça a été le jour le plus ennuyeux de ma vie », répliqua-t-il sans la moindre hésitation. Son expression figée s'évanouit soudain pour laisser place à son merveilleux sourire, donnant réellement l'impression qu'il venait d'échapper aux barreaux qui le retenaient prisonnier. « En fait, je t'ai trouvée tout à fait parfaite », ajouta-t-il.

Elle ne contesta pas cette fois-ci son choix de l'adjectif. « Tu veux bien foncer dans quelque chose, maintenant, Jose ? L'endroit me convient parfaitement. Je mourrai ici. »

Et avant qu'il eût pu l'en empêcher, elle lui avait saisi la main et déposait un baiser passionné sur la jointure de son pouce.

La route était droite mais défoncée ; de chaque côté, les arbres et les collines disparaissaient sous une poussière lunaire provenant d'une cimenterie avoisinante. Joseph et Charlie se trouvaient à l'intérieur d'une capsule, et la proximité des autres véhicules ne faisait que renforcer l'intimité de leur univers. Il lui réinventait leur rencontre et elle croyait la vivre en imagination. Elle était un soldat, ou du moins apprenait à l'être.

« Alors raconte-moi, maintenant. Mis à part les orchidées, as-tu reçu d'autres cadeaux pendant que tu te produisais au Barrie Theatre ? »

« La boîte », répondit-elle avec un haussement d'épaules, sans même faire mine de réfléchir.

« Quelle boîte, je te prie ? »

Elle s'attendait à cette question et mimait déjà son aversion pour Joseph, croyant que c'était l'attitude qu'il espérait d'elle. « Oh, une blague fumeuse. Un crétin qui m'a envoyé une boîte au théâtre. En recommandé. »

« Quand était-ce ? »

« Le samedi. Le jour où tu es resté aux deux représentations. »

« Et qu'y avait-il dans la boîte ? »

« Rien. C'était un écrin vide. Une boîte vide en recommandé. »

« Comme c'est curieux. Et l'adresse, l'adresse sur le paquet ? Tu l'as examinée ? »

« Écrite en grandes capitales, au stylo-bille. »

« Mais si c'était en recommandé, il devait bien y avoir le nom de l'expéditeur. »

« Illisible. Ça ressemblait à Marden. Mais c'était peut-être Hordern. Et l'adresse d'un hôtel du coin. »

« Où l'as-tu ouverte ? »

« Dans la loge, entre les deux représentations. »

« Seule ? »

« Oui. »

« Et qu'en as-tu fait ? »

« J'ai cru que c'était quelqu'un qui s'en prenait à moi pour des raisons politiques. Cela s'était déjà produit. Des lettres d'injures, du genre "Vendue aux nègres" ou "Sale coco pacifiste". Une bombe puante jetée par la fenêtre de ma loge. J'ai cru qu'il s'agissait des mêmes. »

« Tu n'as pas établi la moindre relation entre les orchidées et la boîte vide ? »

« Jose, mais j'*aimais* les orchidées ! Et *toi* aussi tu me plaisais. »

Il avait immobilisé la voiture. Une aire de stationnement en plein milieu d'une zone industrielle. Des poids lourds les dépassaient dans un bruit d'enfer. Elle crut un instant qu'il allait tout changer et la prendre dans ses bras, tant la tension qui envahissait la jeune femme se montrait fantasque et paradoxale. Il n'en fit rien. Au lieu de cela, il plongea la main dans la poche de sa portière et en extirpa une enveloppe rembourrée postée en recommandé, dont le rabat était maintenu par un cachet de cire et qui renfermait une petite forme dure et carrée ; la copie exacte de celle reçue au Barrie Theatre. Le cachet de la poste de Nottingham, le vingt-cinq juin. Sur l'enveloppe, au stylo-bille bleu, le nom de Charlie et l'adresse du théâtre. Au dos, le griffonnage de l'expéditeur.

« Et maintenant, la fiction commence », annonça tranquillement Joseph tandis qu'elle retournait lentement l'enveloppe entre ses mains « Nous allons superposer une nouvelle histoire sur l'ancienne réalité. »

Trop proche de lui pour se sentir sûre d'elle, Charlie ne répondit rien.

« La journée a été trépidante, cela c'est vrai. Tu es dans ta loge, attendant le début de la deuxième représentation. Le paquet, encore intact, t'attend. Tu as combien de temps avant de remonter sur scène ? »

« Une dizaine de minutes, à peine. »

« Très bien. Ouvre le paquet maintenant. »

Elle lui jeta un coup d'œil mais il fixait l'horizon hostile du regard. Charlie baissa la tête vers l'enveloppe, la tourna de nouveau vers Joseph puis glissa un doigt sous le rabat qu'elle arracha enfin. Le même écrin rouge, plus lourd cependant qu'à Nottingham. Une petite enveloppe blanche, ouverte, et un carton blanc à l'intérieur. *Pour Jeanne, le génie de ma liberté,* lut-elle. *Vous êtes merveilleuse. Je vous aime !* L'écriture était facilement reconnaissable, mais le « M » était remplacé par la signature « Michel », tracée en lettres amples, le « l » final revenant sur lui-même en une longue queue soulignant l'importance du nom. Charlie saisit l'écrin et perçut un petit choc, étouffé mais excitant.

« Mes dents de lait », fit-elle d'un ton facétieux sans pourtant parvenir à briser la tension qui les raidissait tous les deux. « Je l'ouvre ? Qu'est-ce que c'est ? »

« Comment le saurais-je ? Fais ce que tu aurais fait. »

Elle souleva le couvercle. Un lourd bracelet d'or incrusté de pierres bleues reposait sur le coussinet de satin.

« Mince, souffla-t-elle en refermant vivement le couvercle. Que faut-il que je fasse pour mériter *ça* ? »

« Très bien, voilà donc ta première réaction, commenta aussitôt Joseph. Tu regardes, tu marmonnes une exclamation et tu refermes la boîte. Souviens-toi bien de cela. A partir de maintenant, telle a été ta réaction. »

Elle rouvrit l'écrin, prit le bracelet et le soupesa dans le creux de sa main. Mais elle ne connaissait rien aux bijoux, mis à part la pacotille qu'elle portait parfois sur scène.

« C'est du vrai ? » demanda-t-elle.

« Tu n'as malheureusement pas d'experts sous la main pour te conseiller. Décide toute seule. »

« C'est ancien », finit-elle par déclarer.

« Très bien, tu décides que c'est ancien. »

« Et lourd. »

« Ancien et lourd. Cela ne sort pas d'une pochette-surprise, ce n'est pas une babiole pour enfant mais un véritable article de bijouterie. Qu'est-ce que tu fais ? »

L'impatience dont il faisait preuve les séparait l'un de l'autre : elle, pensive et troublée, lui, si pragmatique. Elle examina la sertissure, les poinçons, mais cela ne lui apprenait rien non plus. Elle gratta légèrement le métal du bout de l'ongle. L'or était lisse, glissant.

« Tu as très peu de temps devant toi, Charlie. Tu dois monter sur scène dans une minute trente secondes. Que fais-tu ? Tu le laisses dans ta loge ? »

« Mon Dieu, non. »

« On t'appelle. Tu dois agir, Charlie. Tu dois décider. »

« Arrête de me bousculer ! Je demande à Millie de le garder pour moi. Millie est ma doublure. Elle est souffleuse, aussi. »

L'idée ne lui convint pas du tout.

« Tu ne lui fais pas assez confiance. »

Charlie se sentait au bord du désespoir. « Je le mets dans les chiottes, proposa-t-elle. Derrière la chasse d'eau... »

« Trop évident. »

« Dans la corbeille à papier. En entassant des trucs dessus. »

« On pourrait venir la vider. Réfléchis un peu. »

« Jose, fous-moi la... Je le mets derrière les produits de maquillage ! C'est ça. En haut, sur une étagère. Ça fait des années que personne n'y a passé un coup de chiffon. »

« Parfait. Tu le mets au fond de l'étagère, et tu te dépêches d'aller prendre ta place. En retard. Charlie, Charlie, où étais-tu passée ? Le rideau se lève. D'accord ? »

« D'accord », concéda-t-elle en expirant au moins cinq litres d'air.

« Et *maintenant*, qu'est-ce que tu ressens ? A propos du bracelet de celui qui te l'a offert ? »

« Eh bien, je suis... Je suis épouvantée, non ? »

« Pourquoi épouvantée ? »

« Eh bien, je ne peux accepter un truc pareil... Ça représente de l'argent... C'est un objet de valeur. »

« Mais tu l'as *déjà* accepté. Tu as signé pour l'obtenir et tu viens de le cacher. »

« Seulement jusqu'à la fin de la représentation. »

« Et ensuite ? »

« Eh bien, je le rends, non ? »

Semblant se détendre un peu, il poussa un soupir de soulagement, comme si Charlie confirmait enfin ses thèses. « Et entre-temps, qu'est-ce que tu ressens ? »

« Qu'est-ce que tu veux que je ressente ? Je n'en reviens pas, je suis ébranlée. »

« Il se trouve à quelques mètres de toi, Charlie. Ses yeux ne te quittent pas. C'est la troisième fois qu'il voit la pièce. Il t'a offert des orchidées, un bijou, et t'a déjà avoué deux fois qu'il t'aimait. Une fois qu'il t'aimait tout court, et une fois infiniment. Il est beau. Beaucoup plus séduisant que moi. »

Charlie se sentait trop irritée pour prêter attention à l'autorité toujours plus intense qui émanait de Joseph lorsqu'il lui décrivait son soupirant.

« Alors je mets tout mon cœur dans mon jeu », répondit-elle avec l'impression d'être à la fois stupide et prise au piège. « Mais ça ne veut pas dire qu'il a gagné le match, pas même un set », ajouta-t-elle sèchement.

Tout doucement, comme s'il ne voulait pas déranger Charlie, Joseph remit le moteur en marche. Les derniers rayons du soleil avaient disparu et sur la route ne traînaient plus que quelques retardataires. Ils longeaient le golfe de Corinthe. De l'autre côté de l'eau plombée, une file de camions-citernes roulaient vers l'ouest, semblant attirés magnétiquement par le halo rougeâtre laissé par le soleil. Au-delà, la chaîne des montagnes dessinait une masse sombre dans la lumière crépusculaire. La route bifurqua et ils entreprirent la longue ascension des lacets interminables qui menaient à un ciel purifié.

« Tu te souviens comme je t'ai applaudie ? s'enquit Joseph. Tu te souviens comme je t'ai attendue, rappel après rappel ? »

Oui, Jose, je m'en souviens. Mais elle n'était pas sûre d'avoir réellement prononcé les mots.

« Maintenant, tu dois te rappeler le bracelet aussi. »

Elle obéit. Un effort d'imagination dédié à Joseph — un cadeau destiné à son bienfaiteur, le bel inconnu. Le dernier acte terminé, elle était donc retournée sur scène pour saluer le public, puis, à peine libre, elle s'était précipitée dans sa loge, avait récupéré le bracelet sur l'étagère, s'était démaquillée à une vitesse record et avait sauté dans ses vêtements de ville pour le rejoindre au plus vite.

Si elle avait adhéré jusque-là à la version de Joseph, Charlie fit brusquement marche arrière, tardivement secourue par un soudain sens des convenances. « Attends un peu... Une seconde, là... Pourquoi ne serait-ce pas à *lui* de venir *me* rejoindre ? C'est lui qui tient les rênes. Pourquoi ne me contenterais-je pas de rester tranquillement dans ma loge à attendre qu'il se montre au lieu de courir après lui ? »

« Peut-être que le courage lui manque. Il t'admire trop, pourquoi pas ? Tu lui as fait perdre la tête. »

« D'accord, mais pourquoi ne resterais-je pas sagement dans ma loge, pour *voir* ? Rien qu'un peu. »

« Charlie, qu'as-tu l'intention de faire ? *Qu'est-ce* que tu lui dis dans ta tête ? »

« Je lui dis : "Je ne peux accepter, reprenez ceci" » répliqua-telle, vertueuse.

« Très bien. Alors prendras-tu sérieusement le risque de le laisser filer — disparaître à tout jamais — en abandonnant un cadeau si précieux que tu ne veux sincèrement pas accepter ? »

Elle se résigna donc de mauvaise grâce à sortir de sa loge.

« Mais comment, et où, le trouver ? Où cherches-tu d'abord ? » interrogea Joseph.

La route était dégagée mais il conduisait lentement de façon à ne pas laisser le présent trop pénétrer dans leur passé imaginaire.

« Je cours vers l'arrière du théâtre » répondit Charlie sans réfléchir. Je prends la porte de service et fais le tour du théâtre pour le retrouver sur le trottoir, en train de sortir. »

« Pourquoi ne pas traverser la salle ? »

« Parce qu'une foule compacte bouche toutes les issues, tout simplement. Il serait déjà parti avant que j'arrive à passer. »

Il examina la réponse. « Si tu sors, alors tu dois prendre un imperméable. »

Il avait encore raison. Charlie avait oublié la pluie qui tombait cette nuit-là sur Nottingham ; une averse suivant l'autre pendant toute la durée des représentations. Elle recommença son récit. Après s'être changée à la vitesse de la lumière, elle avait donc enfilé son imperméable neuf — un imper français acheté en solde chez Liberty —, serré la ceinture, puis foncé sous une pluie battante dans la ruelle qui donnait sur la rue de l'entrée principale...

« Tu arrives devant le théâtre pour t'apercevoir que le public s'est massé sous la marquise en attendant que la pluie cesse, l'interrompit Joseph. Pourquoi souris-tu ? »

« Je dois avoir mon foulard jaune sur la tête. Tu sais bien, le Jaeger que m'a rapporté mon spot publicitaire à la télé. »

« Nous notons donc que malgré ta hâte de te débarrasser du bracelet, tu n'oublies pas ton foulard jaune. Bon. Vêtue d'un imperméable et d'un foulard jaune, Charlie se précipite sous la pluie à la recherche de son trop ardent admirateur. Elle arrive devant l'entrée bondée du théâtre — peut-être en criant "Michel ! Michel !" Oui ? Magnifique. Elle s'égosille cependant en vain. Michel n'est pas là. Que fais-tu alors ? »

« As-tu *écrit* toute cette histoire, Jose ? »

« Ne t'occupe pas de cela. »

« Je retourne dans ma loge ? »

« Il ne te vient pas à l'idée de regarder dans la salle ? »

« Mince, d'accord... Oui, je regarde. »

« Par où entres-tu ? »

« Par l'orchestre. C'est là que tu étais assis. »

« Que Michel était assis. Tu pousses donc les battants qui conduisent à l'orchestre. Hourra, ils cèdent. Mr. Lemon n'a pas fermé à clef. Tu pénètres dans la salle, te diriges lentement vers les sièges. »

« Et le voilà, souffla-t-elle. Qu'est-ce que c'est ringard. »

« Mais ça marche encore. »

« D'accord, admettons. »

« Il est toujours assis dans le même fauteuil, au milieu du premier rang, regardant intensément le rideau comme s'il voulait faire réapparaître sa Jeanne, génie de sa liberté, la Jeanne qu'il aime infiniment. »

« Je trouve ça *épouvantable* », murmura Charlie (mais il l'ignora).

« Cela fait maintenant sept heures qu'il n'a pas bougé de ce siège. »

Je veux rentrer chez moi, songea-t-elle. Je veux dormir seule et de tout mon saoul dans ma chambre de l'Astral Commercial and Private. Combien de destins peut-on croiser en une seule journée ? Le surcroît d'assurance, le charisme dont Joseph faisait preuve lorsqu'il parlait de l'inconnu avaient en effet cessé d'échapper à Charlie.

« Tu hésites, et puis tu prononces son nom. "Michel ! " Le seul que tu connaisses. Il se tourne vers toi mais ne se lève pas. Il ne sourit ni ne parle ni ne cherche en aucune façon à faire étalage de son charme. »

« Alors que fait-il, ce casse-pieds ? »

« Rien. Il te fixe d'un regard passionné et insondable, te laissant l'initiative. Il peut te paraître arrogant, romantique, mais en tout cas, il n'est pas ordinaire et n'a absolument pas l'air de s'excuser ni d'être timide. Il est venu te chercher. Il est jeune, cosmopolite, bien habillé. Un homme riche, un homme d'action montrant tous les signes d'une parfaite assurance. » Joseph passa à la première personne. « Tu t'approches de moi, comprenant déjà que la scène ne se déroule pas comme tu l'avais prévu. Ce n'est plus moi, mais toi qui dois apparemment donner des explications. Tu tires le bracelet de ta poche.

Tu me le tends. Je ne bouge pas. Tu es bien entendu complètement trempée. »

La route se faisait sinueuse à l'assaut des montagnes. La voix autoritaire de Joseph, associée au rythme hypnotique des courbes régulières, contraignait la jeune femme à s'enfoncer plus avant dans le labyrinthe de la fiction.

« Tu dis quelque chose, mais quoi ? » N'obtenant aucune réponse, il lui dicta ses paroles. « "Je ne vous connais pas. Je vous remercie, Michel, je suis extrêmement flattée. Mais je ne vous connais pas et ne peux accepter un tel cadeau." Tu dirais cela, n'est-ce pas ? Oui, tu le dirais. Mieux peut-être. »

Elle l'entendait à peine. Elle se tenait devant lui, dans le théâtre, lui tendant l'écrin tout en fouillant ses yeux sombres. Mes bottes toutes neuves, pensa-t-elle ; les cavalières marron que je me suis achetées à Noël. La pluie a dû abîmer le cuir, mais quelle importance ?

Joseph poursuivait son conte de fées. « Je ne dis toujours rien. L'expérience théâtrale t'aura déjà appris que rien ne vaut le silence pour établir la communication. Si le misérable ne veut pas parler, que te reste-t-il à faire ? Tu n'as plus qu'à prendre toi-même la parole. Maintenant, dis-moi ce que tu me dis. »

Une timidité insolite lutta soudain contre l'imagination débordante de la jeune femme. « Je lui demande qui il est. »

« "Je m'appelle Michel." »

« "Ça, je le sais déjà. Michel comment ?" »

« Pas de réponse. »

« Je te demande ce que tu es venu faire à Nottingham. »

« "Tomber éperdument amoureux de vous". Continue. »

« Bon Dieu... Jose... »

« Continue ! »

« Il ne peut pas me dire une chose pareille ! »

« Alors, dis-le-lui ! »

« Je lui fais entendre raison. J'essaie de lui faire comprendre. »

« Comment, Charlie ? Il t'attend. Parle-lui ! »

« Je dirais... »

« Oui ? »

« "Écoutez Michel... C'est très gentil... Je suis très flattée. Mais, je suis désolée... C'est vraiment trop." »

Joseph parut déçu. « Charlie, tu dois y mettre plus de cœur, la réprimanda-t-il d'un ton sévère. Il est arabe — même si tu ne le sais pas encore vraiment, tu t'en doutes un peu — et tu lui refuses un cadeau. Recommence. »

« "Ce ne serait pas honnête, Michel. Les gens s'éprennent souvent d'actrices... d'acteurs... Cela se produit tous les jours. Ce n'est franchement pas une raison pour que vous vous ruiniez... au nom d'une simple... illusion." »

« Bien. Ensuite ? »

Les mots lui venaient plus facilement. Elle avait horreur de cette façon qu'il avait de la rudoyer, comme elle avait horreur des metteurs en scène en général, mais elle ne pouvait en nier l'efficacité. « "L'illusion est la substance même de notre art, Michel. Le public vient s'asseoir ici dans l'espoir d'être ensorcelé. Les comédiens montent sur ces planches avec le désir de vous envoûter. Cette fois-ci nous avons réussi. Mais je ne peux accepter. Il est magnifique. (Elle regarda le bracelet.) Bien trop beau. Je ne peux rien accepter. Nous vous avons abusé. Il ne s'est rien produit d'autre. Le théâtre est un leurre. Comprenez-vous ? Une escroquerie. On vous a trompé !" »

« Je ne parle toujours pas. »

« Eh bien, mime-le ! »

« Pourquoi ? Es-tu déjà à court d'arguments ? Ne te sens-tu pas un peu coupable ? Un si jeune garçon — si séduisant — qui dilapide son argent en orchidées et bijoux coûteux ? »

« Bien sûr que si ! Je te l'ai déjà dit ! »

« Alors sauve-moi, insista-t-il avec impatience. Protège-moi de mes coups de foudre. »

« Mais j'essaie ! »

« Ce bracelet m'a coûté des centaines de livres — cela, tu es capable de le deviner. Des milliers même. J'ai pu le voler pour toi. Tuer. Mettre mes biens au clou. Tout pour toi. Je n'ai pas l'esprit clair, Charlie ! Sois bonne ! Exerce ton pouvoir ! »

Charlie s'était mentalement assise près de Michel. Les mains crispées sur les genoux, elle s'était légèrement penchée en avant, le visage grave, pour tenter de le raisonner. Elle devenait son infirmière, sa mère. Son amie.

« Je lui dis qu'il serait très déçu s'il me connaissait réellement. »

« Les mots exacts, s'il te plaît. »

Elle prit une longue inspiration et se lança : « "Écoute, Michel, je ne suis qu'une fille ordinaire. Mes collants sont filés, j'ai un découvert à la banque et je n'ai vraiment rien d'une Jeanne d'Arc, crois-moi. Je ne suis ni vierge ni guerrière, quant à Dieu, lui et moi on ne se parle plus depuis qu'on m'a mise à la porte du lycée avec pour motif — mais cela, je ne le dirais pas — que je suis Charlie, une petite coureuse, une sale capitaliste." »

« Parfait. Continue. »

« "Michel, tu dois revenir sur terre. Tout ce que je veux c'est t'aider, tu comprends ? Alors, reprends ceci, garde ton argent et tes illusions... et merci. Merci, sincèrement. Merci. Point final et rideau." »

« Mais tu ne veux pas qu'il conserve ses illusions, la reprit sèchement Joseph. Je me trompe ? »

« D'accord. Qu'il les perde, ses satanées illusions ! »

« Comment se termine la scène ? »

« Elle se termine, c'est tout. Je pose le bracelet sur le fauteuil voisin du sien et je m'en vais. Si je me dépêche, j'aurai juste le temps d'attraper l'autobus pour ne pas manquer le poulet trop sec de l'Astral. »

Joseph semblait horrifié. Ses traits trahissaient son désarroi et sa main lâcha le volant en un rare mouvement de supplication.

« Mais, Charlie, comment peux-tu faire une chose pareille ? Ne comprends-tu pas que tu me laisses peut-être aller au suicide ? Errer toute la nuit dans les rues de Nottingham balayées par la pluie ? Seul ? Alors que toi, tu pourras contempler mes orchidées et mon message dans la chambre douillette de ton hôtel élégant ? »

« Élégant ! Tu parles, c'est bourré de puces ! »

« Tu n'as donc aucun sens des responsabilités ? Toi qui es toujours la première à défendre les opprimés... tu te désintéresses d'un pauvre garçon que ta beauté, ton talent, ta fougue révolutionnaire ont ensorcelé ? »

Elle voulut protester mais n'en eut pas le temps.

« Tu as du cœur, Charlie. D'autres pourraient considérer Michel comme une sorte de play-boy raffiné, mais pas toi. Tu fais confiance aux gens. Et tu es compréhensive avec Michel cette nuit-là. Tu oublies ta petite personne et tu t'inquiètes pour lui. »

Devant eux, un village délabré se découpa contre le ciel, formant comme un palier sur la pente qu'ils gravissaient. Charlie distingua les lumières d'une taverne au bord de la route.

« De toute façon, ta réponse compte peu à ce moment-là car Michel choisit enfin de parler », reprit Joseph en jetant vers la jeune femme un rapide coup d'œil inquisiteur. « D'une voix douce et pleine de charme, avec un accent mi-français, mi-indéterminé, il s'exprime sans la moindre timidité ni gêne. Il te déclare que peu lui importent les raisonnements, tu es la femme qu'il attend depuis toujours, il veut devenir ton amant, le soir même de préférence, et il ne cesse de t'appeler Jeanne quand tu lui répètes que ton nom est Charlie. Si tu acceptes de dîner avec lui, et si tu ne veux toujours pas de lui à la fin de la soirée, alors il envisagera peut-être de reprendre le bracelet. Tu refuses, il doit le reprendre maintenant ; tu as déjà quelqu'un et puis il faut être raisonnable, où trouver un restaurant ouvert à dix heures et demie, un samedi soir de pluie dans une ville comme Nottingham ?... Tu dirais bien cela n'est-ce pas ? »

« Il n'y a que d'infâmes gargotes », admit-elle en évitant de le regarder.

« Et ce dîner dirais-tu littéralement que ce dîner est un rêve impossible ? »

« Il ne reste que les Chinois ou les "Fish and Chips". »

« Il n'en demeure pas moins que tu viens de lui faire une concession dangereuse. »

« Laquelle ? » demanda-t-elle, vexée.

« Tu n'as fait qu'une objection d'ordre pratique. "Nous ne pouvons dîner ensemble parce qu'il n'y a plus de restaurants." Tu pourrais tout aussi bien dire que nous ne pouvons coucher ensemble parce qu'il n'y a pas de lit. Michel perçoit la nuance. Il balaie tes hésitations. Il connaît un endroit et y a déjà réservé une table. Donc, rien ne nous empêche d'aller dîner. Non ? »

Il fit déboîter la Mercedes pour la ranger dans l'allée de gravier qui menait à la taverne. Émerveillée par l'aisance avec laquelle il passait de la fiction d'hier à la réalité présente, envahie par une exaltation perverse d'être ainsi harcelée par lui, et soulagée de savoir qu'en fin de compte, Michel ne l'avait pas laissée partir, Charlie demeura immobile sur son siège. Joseph ne bougea pas non plus. Elle se tourna vers lui et remarqua, à la lueur irréelle des ampoules colorées de la taverne, qu'il avait baissé les yeux sur les mains qu'elle tenait toujours serrées sur ses genoux, la droite sur le dessus. Son visage, pour autant que la lumière un peu magique lui permettait d'en déchiffrer les traits, parut à la jeune femme fixe et inexpressif. Il tendit le bras et saisit le poignet droit de Charlie avec une assurance prompte et quasi médicale, puis il le leva, révélant sous la manche le bracelet d'or qui l'entourait, rutilant dans la pénombre.

« Bravo, je te félicite, dit-il d'un ton impassible. Vous les Anglaises, vous ne perdez pas de temps ! »

Elle dégagea brutalement sa main. « Qu'y a-t-il donc ? fit-elle avec sécheresse. On est jaloux, c'est ça ? »

Elle n'avait aucun moyen de le blesser. Son visage ne marquait pas. Qui es-tu ? se demandait-elle en vain tout en le suivant dans l'auberge. Lui ? Ou toi ? Ou personne ?

9

Quoi que Charlie eût pu penser, elle ne constituait pas, cette nuit-là, l'unique centre de l'univers de Joseph ; ni de Kurtz ; et encore moins de Michel.

Bien avant que Charlie et son amant fictif n'aient fait leurs adieux à la villa athénienne — soit à un moment où ils étaient censés dormir dans les bras l'un de l'autre, épuisés par une nuit d'amour —, Kurtz et Litvak se trouvaient chastement installés sur des sièges très éloignés l'un de l'autre à bord d'un avion de la Lufthansa à destination de Munich. Kurtz voyageait sous passeport français et Litvak, canadien. Après l'atterrissage, Kurtz se rendit aussitôt au village Olympique, où l'attendaient impatiemment ses prétendus photographes argentins, et Litvak à l'hôtel Bayerischer Hof, où il fut accueilli par un expert en explosifs répondant au nom de Jacob, curieux homme vêtu d'une veste de daim maculée et qui, un éternel soupir aux lèvres, gardait avec lui un sac en plastique empli de cartes et plans à grande échelle. Se prétendant géomètre, Jacob avait passé les trois jours précédents à relever laborieusement des mesures le long de l'autoroute Munich-Salzbourg. Il avait pour mission de calculer les effets probables de l'explosion d'une charge très puissante sur le bord de la route, de très bonne heure un jour de semaine, et dans des conditions météorologiques et de circulation très variables. Les deux hommes discutèrent longuement les suggestions de Jacob dans le salon de l'hôtel et devant une succession impressionnante de tasses d'un excellent café, puis, à bord d'une voiture de location, parcoururent la totalité des cent quarante kilomètres d'autoroute concernés en gênant par leur lenteur la circulation pressée, et en s'arrêtant dès que les aménagements l'autorisaient et même, parfois, quand rien n'était prévu à cet effet.

De Salzbourg, Litvak continua seul jusqu'à Vienne où une autre équipe l'attendait, avec de nouveaux visages et de nouveaux moyens de transport. A l'intérieur d'une salle de conférence insonorisée de l'ambassade israélienne, il la mit au courant des opérations ; puis, ayant survolé tous les points importants, et lu les derniers bulletins en provenance de Munich, Litvak et son équipe se mirent en route pour le sud en un convoi évoquant une file hétéroclite d'excursionnistes. Arrivés près de la frontière yougoslave, ils étudièrent les moindres parkings, gares et places de marché avec la franche curiosité de touristes avant de se répartir dans plusieurs pensions modestes de la région de Villach. Son filet ainsi tendu, Litvak se dépêcha de retourner à Munich pour assister aux derniers préparatifs de l'appât.

Lorsque Kurtz arriva pour prendre les rênes, l'interrogatoire de Yanuka durait déjà depuis plus de trois jours et s'était jusqu'alors déroulé dans un calme éprouvant.

« Vous disposerez de six jours maximum avec lui », avait déclaré Kurtz à ses deux spécialistes de l'interrogatoire. « Au bout de six jours, il sera trop tard pour rattraper vos erreurs, et les siennes. »

Il s'agissait d'une mission comme Kurtz les aimait. S'il avait pu se trouver en trois endroits à la fois au lieu de deux, il s'en serait volontiers chargé lui-même mais, cela étant impossible, il choisit de déléguer ses pouvoirs à ce couple de vieux routiers de la manière douce, ces deux armoires à glace célèbres pour leurs talents refoulés de comédiens et leur sinistre bonhomie. D'après ce que l'on en savait, ils n'étaient ni parents ni amants, mais travaillaient ensemble depuis si longtemps qu'un certain mimétisme s'était produit entre les deux hommes, et, quand Kurtz les convoqua pour la première fois dans la maison de la rue Disraeli, leurs quatre mains reposèrent tout le temps sur le bord de la table comme les pattes de deux gros chiens. Kurtz avait commencé par s'adresser à eux d'un ton rude, d'abord parce qu'il les enviait, ensuite parce qu'il considérait encore cette délégation comme une défaite. Il ne leur avait donné qu'un très vague aperçu des opérations, puis leur avait ordonné d'étudier le dossier de Yanuka et de ne se représenter devant lui que quand ils le connaîtraient par cœur. Lorsqu'ils étaient revenus, trop rapidement à son goût, il les avait véritablement cuisinés, les bombardant de questions concernant l'enfance de Yanuka, son train de vie, son comportement, enfin tout ce qui aurait pu les désarçonner.

Ils lui répondirent impeccablement. Alors, de mauvaise grâce, Kurtz avait fait venir son Conseil des Lettrés, soit Miss Bach, Leon l'écrivain et le vieux Schwili, qui, au cours des dernières semaines, avaient rassemblé leurs originalités pour former une équipe parfaitement soudée. Le compte rendu que leur fit alors Kurtz se posa en véritable chef-d'œuvre de l'art abscons.

« Miss Bach, ici présente, supervise les opérations, elle tire toutes les ficelles », avait-il annoncé en guise de présentation. Malgré trente-cinq ans de pratique, son hébreu était toujours aussi déplorable. « Miss Bach recueille la matière première qu'on lui transmet. Elle rédige les communiqués qui sont envoyés aux équipes. Elle fournit à Leon les textes dont il a besoin, vérifie ses compositions et s'assure qu'elles s'insèrent bien dans le plan général de la correspondance. » Si les deux nouveaux venus n'avaient pas saisi grand-chose auparavant, ils en comprenaient encore moins maintenant. Mais ils étaient restés silencieux. « Une fois que Miss Bach a approuvé une composition, elle convoque Leon et Mr. Schwili ensemble. » Cela faisait au moins un siècle que personne n'avait donné du « Mister » à Schwili. « Au cours de cette réunion, ils décident du papier, de l'encre, des stylos, des conditions physiques et émotionnelles du rédacteur à l'intérieur d'un contexte fictif donné. Est-il, ou est-elle en forme ou dans un état dépressif ? Est-il ou est-elle en colère ? L'équipe considère pour chaque détail imaginé l'ensemble de la fiction sous tous ses aspects. » Petit à petit, et malgré l'intention de leur nouveau chef de sous-entendre ses informations plutôt que de les communiquer, les deux enquêteurs avaient commencé à entrevoir les contours du plan dans lequel ils s'inscrivaient désormais. « Miss Bach peut également posséder dans ses dossiers un échantillon original d'écriture — lettre, carte postale, calepin — susceptible de servir de modèle. Mais elle peut ne pas en avoir. » Kurtz avait souligné chacune de ces possibilités d'un mouvement du bras droit exécuté par-dessus le bureau dans la direction de ses deux interlocuteurs. « Une fois terminés ces préparatifs, et pas avant, Mr. Schwili se met au travail. Ses faux sont magnifiques. Mr. Schwili n'est pas simplement un faussaire, c'est un *artiste* », avait-il insisté — et que cela soit bien clair. « Dès qu'il a fini son œuvre, Mr. Schwili la remet à Miss Bach qui vérifie tous les détails, s'occupe des empreintes, du classement, de l'enregistrement. Des questions ? »

Leur humble sourire plaqué sur les lèvres, ils lui avaient répondu qu'ils n'en avaient aucune à poser.

« Commencez par la fin », aboya Kurtz tandis qu'ils se retiraient. « Vous pourrez toujours revenir au début plus tard, s'il reste assez de temps. »

Ils s'étaient ensuite retrouvés plusieurs fois pour résoudre un problème délicat : comment convaincre Yanuka de coopérer en un délai aussi court ? Une fois de plus, on fit appel aux chers psychologues de Misha Gavron, on écouta jusqu'au bout leurs propositions puis on leur montra la porte. Une conférence sur les drogues hallucinogènes et dysleptiques eut plus de succès et il fallut courir après d'autres spécialistes de l'interrogatoire qui avaient déjà efficacement utilisé ces substances. Comme toujours s'ajouta donc aux projets à long terme cette atmosphère d'improvisation de dernière minute qui plaisait tant à Kurtz et à toute son équipe. Lorsque leur mission fut parfaitement mise au point, Kurtz envoya ses deux enquêteurs à Munich avec un peu d'avance pour qu'ils puissent préparer les éclairages, le bruitage, et apprendre leur rôle aux geôliers. Ils débarquèrent en Allemagne avec l'allure de deux musiciens de jazz, vêtus à la Louis Armstrong et portant d'encombrantes valises de métal bosselé. Le Conseil de Schwili suivit deux jours plus tard et s'installa discrètement dans l'appartement du dessous ; ils se présentèrent comme des marchands de timbres professionnels venus à Munich pour une importante vente aux enchères. Les voisins n'y trouvèrent rien à redire. Des Juifs, chuchotèrent-ils, mais quelle importance aujourd'hui ? Cela faisait longtemps qu'ils ne choquaient plus. Et bien sûr, c'étaient des marchands, que voulez-vous qu'ils fassent d'autre ? Pour leur tenir compagnie, outre le petit ordinateur de Miss Bach, ils disposaient de magnétophones, d'écouteurs, de caisses entières de boîtes de conserve et d'un jeune homme mince surnommé « Samuel le Pianiste » qui maniait le petit téléscripteur relié au propre poste de commande de Kurtz. Samuel gardait toujours sur lui, dans une poche spéciale de son gilet molletonné, un gros Colt qui cognait contre la table lorsque le jeune homme transmettait des messages. Il affichait la même tranquillité que le David de la maison d'Athènes ; par le comportement, ils auraient pu être jumeaux.

Ce fut à Miss Bach qu'incomba la répartition des chambres. Elle donna, en raison de sa bonne insonorisation, la chambre d'enfant à Leon. Sur les murs, un cerf aux yeux mouillés broutait des marguerites géantes. A Samuel revint la cuisine et ses accès à la cour intérieure dans laquelle il monta son fil antenne, y suspendant des chaussettes d'enfant. Mais quand Schwili aperçut la pièce qui lui était réservée — à la fois pour dormir et travailler — il laissa échapper un gémissement d'horreur.

« Ma lumière ! Mon Dieu, mais regarde ma lumière ! On ne pourrait pas même imiter l'écriture de sa propre grand-mère là-dedans ! »

Leon, esprit fébrile et créatif, se sentit déboussolé face à un orage aussi inattendu, mais la pratique Miss Bach situa aussitôt le problème : Schwili avait besoin de la lumière du jour pour travailler, mais aussi, après tant d'années d'emprisonnement, pour la paix de son âme. En un tournemain, elle avait téléphoné à l'étage, fait descendre les deux pseudo-Argentins et déplacer les meubles comme les pièces d'un jeu de construction ; le bureau de Schwili trouva sa place devant la baie vitrée de la salle de séjour qui donnait sur un coin de ciel et de verdure. Miss Bach installa elle-même un léger rideau pour le protéger des regards indiscrets et demanda à Leon de confectionner une rallonge pour sa superbe lampe italienne. Enfin, sur un signe de tête de

Miss Bach, ils laissèrent Schwili seul, quoique Leon continuât secrètement de l'observer depuis sa porte.

Assis à son bureau, dans la lumière du couchant, Schwili entreprit de disposer son papier, ses encres et ses stylos si précieux selon un ordre très précis, comme s'il préparait un examen capital pour le lendemain. Puis il ôta ses boutons de manchette et commença à se frotter les mains pour les réchauffer. Il ne faisait pourtant pas froid dans la pièce, même pour un vieux prisonnier. Il retira son chapeau. Il tira ensuite sur chacun de ses doigts, un à un, faisant bruyamment craquer ses jointures. Alors, il se prépara à attendre, comme il avait attendu toute sa vie d'adulte.

La vedette qu'ils s'apprêtaient tous à recevoir atterrit le soir même à Munich, en provenance de Chypre. Aucune horde de journalistes n'accueillit son arrivée ; en fait, il fut débarqué sur une civière et accompagné par un médecin et un infirmier. Le médecin en était indubitablement un, même si son passeport était faux ; quant à Yanuka, on le présentait comme un homme d'affaires anglais de Nicosie transporté d'urgence à Munich pour y subir une intervention cardiaque. Une liasse impressionnante de documents médicaux confirmait le scénario mais les autorités allemandes ne lui accordèrent pas un regard.

Un simple coup d'œil sur le visage sans vie du patient leur apprit visiblement tout ce qu'ils voulaient savoir. Une ambulance les conduisit, toutes sirènes dehors, en direction de l'hôpital, puis bifurqua au dernier moment dans une petite rue avant de s'engager, au cas où les choses auraient tourné mal, dans la cour fermée d'un entrepreneur de pompes funèbres dévoué à leur cause. Au village Olympique, on vit les deux photographes argentins et des amis à eux sortir un grand panier à linge en osier portant l'indication « ATTENTION FRAGILE » de leur vieux minibus et le porter jusqu'à l'ascenseur de service ; les voisins ne doutèrent pas qu'ils ajoutaient encore une pièce à leur stock de plus en plus énorme de matériel. Amusés, ils se demandèrent si les marchands de timbres du dessous allaient se plaindre de leurs goûts musicaux : les Juifs se plaignent toujours de tout. Pendant ce temps, chez les Argentins, on déballait le trophée, et le médecin vérifiait que rien ne s'était cassé durant le voyage. Quelques minutes plus tard, ils allongèrent le jeune homme sur le sol de la cellule capitonnée où il devait normalement revenir à lui au bout d'une demi-heure, quoique en fait la cagoule opaque dont ils lui avaient recouvert la tête risquât de retarder le processus d'éveil. Le docteur partit peu après. C'était un homme scrupuleux et, inquiet de ce qu'il allait advenir de Yanuka, il avait expressément demandé à Kurtz qu'on n'exigeât rien de lui pouvant s'opposer à son éthique médicale.

Quoi qu'il en soit, Yanuka commença moins de quarante minutes plus tard à tirer sur ses chaînes, d'abord celles des poignets puis celles des genoux, enfin sur les quatre à la fois, comme une chrysalide s'efforçant de briser son enveloppe, jusqu'à ce qu'il se rende compte, sans doute, qu'il était ligoté face contre terre ; à ce moment en effet, il s'arrêta, parut analyser sa situation, puis laissa échapper un grognement interrogateur. Enfin, sans le moindre avertissement, la tempête éclata : Yanuka se mit à pousser des rugissements de rage et d'angoisse, il se tordit, se cabra et se jeta dans tous les sens avec une vigueur qui fit doublement apprécier la présence des chaînes à ses ravisseurs. Après quelques instants de ce spectacle, les deux enquêteurs cédèrent leur place aux gardes pour qu'ils puissent assister à la fin de l'orage. Yanuka avait probablement été gavé d'histoires à faire dresser les cheveux sur la tête à propos de la brutalité des méthodes israéliennes. Dans son affolement, il espérait certainement que ces rumeurs s'avèrent, que son attente soit comblée. Mais ses geôliers se firent un devoir de le décevoir. Ils avaient reçu l'ordre de jouer les gardes sinistres, de se tenir à distance et de ne pas recourir à la violence, même s'il leur en coûtait — surtout à Oded, le benjamin. Depuis l'arrivée honteuse de Yanuka dans l'appartement, le regard du jeune Oded s'était assombri de haine. Chaque jour qui s'écoulait le rendait plus malade et grisâtre ; au sixième, ses épaules s'étaient complètement raidies à force de tension : Yanuka était vivant sous le même toit que lui.

Yanuka sembla enfin s'assoupir et les deux enquêteurs décidèrent qu'il était temps de commencer. Ils passèrent donc des enregistrements de circulation matinale, allumèrent une multitude de projecteurs très blancs et allèrent ensemble lui porter son petit déjeuner — il n'était en fait pas encore minuit — en commandant aux gardiens de le détacher pour qu'il puisse manger comme un être humain et non comme un chien. Ensuite, pleins de sollicitude, ils le délivrèrent eux-mêmes de sa cagoule, voulant que la première image perçue par le prisonnier soit celle de leurs deux visages européens penchés sur lui avec une expression inquiète et paternelle.

« Qu'on ne lui remette jamais ces choses-là », ordonna doucement en anglais l'un des deux hommes aux gardiens avant de lancer d'un geste courroucé et hautement symbolique les chaînes et la cagoule dans un coin.

Les geôliers se retirèrent — Oded en marquant un dégoût appuyé — et Yanuka consentit à avaler quelques gorgées de café sous le regard de ses deux nouveaux protecteurs. Ils le savaient dévoré par la soif car ils avaient, avant son départ, demandé au médecin de faire en sorte qu'il en soit ainsi. Le café devait donc sembler exquis au prisonnier, quelles que soient les substances qui y étaient mêlées. Ils savaient également qu'il n'avait pas récupéré toute sa conscience et que certaines zones importantes de son esprit restaient sans défense — qu'il aurait par exemple du mal à repousser la compassion qu'on lui offrait. Après plusieurs visites similaires, faites parfois à quelques minutes seulement d'intervalle, les deux complices jugèrent que le moment était venu de se jeter à l'eau, soit de se présenter. Dans ses grandes lignes, cette partie du plan d'ensemble avait été la première conçue, mais elle avait subi quelques modifications.

Ils étaient, annoncèrent-ils en anglais, observateurs de la Croix-

Rouge. Ils étaient ressortissants suisses mais attachés ici, à la prison. Ils n'avaient pas le droit de lui révéler de quelle prison il s'agissait ni où elle se trouvait, mais lui laissèrent entendre que c'était en Israël. Ils lui montrèrent d'impressionnants laissez-passer protégés par des pochettes de plastique fatiguées qui permettaient de voir leurs photographies tamponnées et le sigle de la Croix-Rouge en filigrane, visant à éviter, comme pour les billets de banque, les contrefaçons trop faciles. Ils lui expliquèrent qu'ils étaient chargés de contrôler que les Israéliens respectaient bien les règles établies par la convention de Genève concernant les prisonniers de guerre — et Dieu savait combien cela était délicat — et de fournir à Yanuka un lien avec l'extérieur, dans la mesure autorisée par la législation de la prison. Ils faisaient tout ce qu'ils pouvaient pour qu'on le transfère dans le quartier des Arabes, mais avaient cru comprendre qu'un « interrogatoire serré » devait bientôt commencer et que les Israéliens refusaient obstinément de le sortir de son isolement avant. Parfois, soupirèrent-ils, les Israéliens se laissaient aveugler par leurs obsessions et en oubliaient totalement leur image de marque. Ils prononcèrent le mot « interrogatoire » avec une certaine répugnance, comme s'ils regrettaient de ne pas en connaître un meilleur. Comme convenu, Oded revint à ce moment-là pour s'occuper des sanitaires et les deux hommes se turent aussitôt jusqu'à son départ.

Ils lui présentèrent ensuite un grand formulaire imprimé et l'aidèrent à le remplir lui-même : le nom ici mon ami, adresse, date de naissance, parents les plus proches, c'est comme ça, occupation — eh bien, étudiant fera l'affaire, non ? — diplômes, religion, et désolés de vous ennuyer avec tout cela mais c'est le règlement. Malgré une certaine réticence au début, Yanuka s'exécuta d'assez bonne volonté, et ce premier signe de coopération fut accueilli avec une tranquille satisfaction par le Conseil des Lettrés qui attendait en bas — même si l'écriture, à cause des drogues, apparaissait des plus puériles.

En prenant congé, les deux enquêteurs tendirent à Yanuka un fascicule imprimé en anglais lui indiquant ses droits et, avec un clin d'œil et une petite tape sur l'épaule, deux barres de chocolat suisse. Et ils l'appelèrent par son prénom, Salim. Depuis la pièce voisine, ils l'observèrent durant une heure, grâce à des lampes à infrarouge, en train de sangloter et de secouer la tête, allongé dans une obscurité totale. Puis ils firent un peu de lumière avant de pénétrer joyeusement dans sa cellule en clamant : « Regarde ce que nous t'apportons, Salim ; allons, réveille-toi, c'est le matin. » Ils lui tendirent une lettre adressée à son nom. Le cachet était de Beyrouth, l'enveloppe confiée aux bons soins de la Croix-Rouge et barrée d'un tampon indiquant l'accord de la censure de la prison. Au bas de la lettre figurait la signature de sa sœur tant aimée Fatmeh, celle qui lui avait offert le porte-bonheur doré qui pendait à son cou lors de son enlèvement. Le don de caméléon de Leon avait fourni l'accent véridique de l'affection sévère dont faisait preuve Fatmeh à l'égard de son frère, Miss Bach en avait tiré un texte et Schwili avait contrefait l'écriture. Les lettres que Yanuka avait reçues de sa sœur alors qu'il était surveillé leur avaient servi de modèles. Fatmeh assurait Salim de tout son amour et souhaitait qu'il sache faire preuve de courage quand le moment viendrait. Par « moment », elle semblait faire allusion à cet interrogatoire tant redouté. Elle avait décidé de quitter son ami et son travail de bureau pour reprendre, lui écrivait-elle, son service d'aide au dispensaire de Sidon ; elle ne pouvait plus supporter de vivre si loin de la frontière de sa chère Palestine en sachant Salim dans une telle situation. Elle l'admirait et l'admirerait toujours, Leon lui en donnait sa parole. Jusque dans la tombe et au-delà encore, Fatmeh continuerait d'aimer un frère si brave et héroïque, Leon y veillait. Yanuka accepta la lettre avec une indifférence feinte, mais à peine se retrouva-t-il seul qu'il se laissa tomber dévotement à terre, le visage levé et légèrement tourné de côté, tel un martyr attendant l'épée, tout en étreignant la lettre de Fatmeh sur sa joue.

« Je demande de quoi écrire », commanda-t-il fièrement aux gardiens lorsque ceux-ci revinrent une heure plus tard pour balayer sa cellule. « Je demande du papier ! Je demande à voir les représentants de la Croix-Rouge ! Je demande, en vertu de la convention de Genève, à écrire une lettre à ma sœur Fatmeh ! Oui ! »

Ces réclamations reçurent également un accueil favorable à l'étage du dessous, elles constituaient en effet la preuve que la première offre du Conseil des Lettrés avait été acceptée par Yanuka. On envoya aussitôt une dépêche à Athènes. Les gardiens s'éclipsèrent, visiblement pour en référer à leur supérieur, puis réapparurent porteurs d'un petit paquet de feuilles de la Croix-Rouge. Ils donnèrent aussi à Yanuka un imprimé intitulé *Conseils aux prisonniers* lui indiquant que seules les lettres en anglais seraient transmises, étant bien entendu qu'elles ne devraient receler aucun message secret. Mais pas de stylo. Yanuka exigea un stylo, supplia qu'on lui en donne un, cria, pleura, attitudes se succédant comme au ralenti, mais les garçons lui répliquèrent fort distinctement qu'il n'était pas fait mention de stylos dans la convention de Genève. Une demi-heure plus tard, les deux Suisses, submergés par une juste colère, firent irruption dans la cellule ; ils lui apportaient un de leurs propres stylos où figuraient les mots : *Pour l'Humanité.*

Scène après scène, la comédie se poursuivit encore quelques heures tandis que Yanuka, dans un état de vulnérabilité totale, luttait en vain pour tenter de repousser la main qu'on lui tendait. La lettre qu'il écrivit en réponse à Fatmeh représentait un classique du genre : trois pages d'une prose décousue où se mêlaient conseils, apitoiement sur soi-même et positions courageuses, prose qui fournissait à Schwili son premier échantillon « propre » de l'écriture de Yanuka dans des conditions de tension affective, et à Leon un parfait avant-goût de son style en anglais.

« Ma chère sœur, dans moins d'une semaine maintenant, j'affronterai l'épreuve fatidique de ma vie et je ne doute pas que ton âme généreuse m'assistera », écrivait-il. Cela aussi fit l'objet d'un message spécial.

« Faites-moi tout parvenir », avait dit Kurtz à Miss Bach. « Pas de silences. Si rien ne se passe, alors il faut me signaler que rien ne se passe. » Puis, d'un ton plus féroce à l'adresse de Leon : « Et toi, surveille qu'elle me fasse bien un compte rendu au moins toutes les deux heures. Ou encore mieux, toutes les heures. »

La lettre que Yanuka venait d'adresser à Fatmeh marqua le début d'une véritable correspondance. Parfois, leurs lettres se croisaient ; parfois, Fatmeh répondait à ses questions alors qu'il venait à peine de les formuler et lui demandait en retour de satisfaire sa propre curiosité.

Commencez par la fin, leur avait ordonné Kurtz. La fin, en l'occurrence, représentait des kilomètres de bavardages apparemment sans importance. Des heures durant, les deux enquêteurs s'entretinrent avec Yanuka sans jamais se départir de leur bienveillance, jouant, ou du moins devait-il le penser, de leur inébranlable sincérité suisse pour lui redonner courage, pour l'armer moralement en prévision du jour où les cerbères israéliens le conduiraient à son interrogatoire. D'abord, ils sondèrent ses positions concernant tous les sujets qu'il acceptait d'aborder, le flattant tant par leur attitude à la fois intéressée et respectueuse que par la compréhension dont ils faisaient preuve. Ils lui confessèrent que la politique n'avait jamais été leur fort : ils avaient toujours eu une tendance naturelle à placer l'homme au-dessus des idées. L'un d'eux cita même un vers de Robert Burns, qui se révéla, par le plus grand des hasards, l'un des poètes préférés de Yanuka aussi. Parfois, il semblait presque que les deux hommes attendissent de Yanuka qu'il les convertisse à sa façon de penser tant ils se montraient réceptifs à ses arguments. Ils lui demandèrent comment il réagissait face au monde occidental après y avoir passé plus d'un an, puis écoutèrent avec ravissement la liste des généralités coutumières : l'individualisme des Français, la cupidité des Allemands, la décadence des Italiens.

Et l'Angleterre ? s'enquirent-ils innocemment.

Oh ! l'Angleterre, c'était pire que tout ! répliqua-t-il d'un ton catégorique. L'Angleterre était en pleine décadence, en pleine faillite et ne savait où elle allait ; l'Angleterre était l'agent de l'impérialisme américain ; l'Angleterre représentait tout ce qu'il y avait de négatif et son plus grand crime avait été de livrer la Palestine, sa patrie, aux sionistes. Il se perdit dans de nouvelles récriminations contre Israël et ils se gardèrent bien de l'interrompre. Ils ne voulaient surtout pas qu'il puisse soupçonner trop tôt l'intérêt tout particulier qu'ils portaient à ses séjours en Grande-Bretagne. Ils changèrent donc de sujet et le questionnèrent sur son enfance — ses parents, son village en Palestine — constatant avec une satisfaction muette que jamais il ne mentionna son frère aîné, que, même dans sa situation actuelle, Yanuka avait définitivement rayé son grand frère de sa vie. Ils notèrent donc que malgré toute la sympathie qu'il éprouvait pour eux, Yanuka n'abordait jamais que des questions qu'il jugeait inoffensives pour sa cause.

Ils écoutèrent avec une compassion stoïque ses récits d'atrocités sionistes et ses souvenirs de gardien de but de l'équipe de football victorieuse de Sidon. « Raconte-nous ton meilleur match, le prièrent-ils. Parle-nous de ton meilleur arrêt. Parle-nous de la coupe que tu as remportée et de la cérémonie, quand le grand Abu Ammar lui-même te l'a mise entre les mains ? » Yanuka s'exécuta, mais en hésitant et avec une certaine timidité. Au-dessous, les magnétophones tournaient et Miss Bach confiait chaque information à son petit appareil de mise en mémoire, ne s'interrompant que pour donner ses communiqués à Samuel le pianiste qui s'empressait de les transmettre à David, son homologue d'Athènes. Leon, lui, s'isolait dans son paradis personnel. Les yeux mi-clos, il s'immergeait dans l'anglais parlé très particulier de Yanuka : dans son débit pressé et impulsif ; dans ses brusques images exagérément littéraires ; dans son rythme et son vocabulaire ; dans sa façon de changer de sujet sans crier gare, en plein milieu d'une phrase. De l'autre côté du couloir, Schwili traçait ses lettres, tout en marmonnant et gloussant. Mais Leon remarqua que parfois, il s'arrêtait et sombrait dans un soudain désespoir. Quelques instants plus tard, Leon l'apercevait, arpentant doucement sa chambre, en faisant lentement le tour, pris soudain d'une sympathie de vieux prisonnier pour le malheureux garçon enfermé là-haut.

Pour aborder la question de l'agenda, ils avaient imaginé un autre stratagème, mais extrêmement hasardeux. Ils avaient attendu le troisième jour, c'est-à-dire le moment où ils avaient, comme ils savaient si bien le faire, tiré le maximum de Yanuka en utilisant la seule conversation. Et même à ce moment-là, alors qu'il était trop tard pour recourir à une autre solution, ils craignaient tellement de briser la confiance fragile que leur accordait Yanuka qu'ils durent, avant de poursuivre, se répéter que Kurtz le voulait ainsi. Les guetteurs avaient découvert l'agenda le lendemain de l'enlèvement de Yanuka. Trois d'entre eux, vêtus de combinaisons jaune canari et portant l'insigne d'une société de nettoyage, avaient pénétré dans l'appartement du jeune homme. Une clé de la maison et une lettre d'instructions quasi authentique signée de la main du propriétaire de Yanuka leur donnaient tous les droits. Ils sortirent de leur camionnette du même jaune un escabeau et tout un attirail d'aspirateurs et de balais à franges. Puis ils fermèrent la porte, tirèrent les rideaux et fouillèrent chaque parcelle de l'appartement pendant huit heures d'affilée ; pas un objet qui ne fût sondé ou photographié avant d'être remis en place et recouvert d'une fine couche de poussière. Ils découvrirent le petit agenda de cuir brun, cadeau de la Middle East Airlines dont Yanuka avait dû utiliser les services pour venir, fixé derrière la bibliothèque, non loin du téléphone. Ils savaient qu'il en possédait un, mais ne l'avaient pas trouvé parmi ses affaires lors de son enlèvement. Et voilà qu'à leur plus grande joie, ils venaient de mettre la main dessus. Le carnet contenait des informations en arabe, en français, en anglais. D'autres qui semblaient indéchiffrables dans quelque langue que ce fût, d'autres encore dans des codes relativement simples. La plupart des notes faisaient référence à des rendez-vous à venir, mais certaines avaient été ajoutées après coup : « Ai vu J., téléphoné à P. » Outre l'agenda, les trois guetteurs dénichèrent des documents qu'ils cherchaient particulièrement : dans une enveloppe rebondie en papier bulle contenant une liasse de reçus gardés en vue du jour où Yanuka se mettrait à faire le compte de ce que lui avaient coûté les opérations. Se conformant aux ordres, l'équipe subtilisa aussi l'enveloppe.

Mais comment interpréter les informations recueillies dans l'agenda ? Comment les déchiffrer sans l'aide de Yanuka ?

Et par conséquent, comment obtenir la coopération de Yanuka ?

Ils envisagèrent d'augmenter sa dose de drogues puis repoussèrent l'idée. Ils craignaient de lui obscurcir totalement l'esprit. Recourir à la violence serait revenu à briser définitivement l'image de bienveillance qu'ils avaient eu tant de mal à imposer. Et cette éventualité même révoltait véritablement leur conscience professionnelle. Ils préférèrent construire sur les bases qu'ils avaient déjà jetées : sur la peur, la dépendance et sur l'imminence du terrible interrogatoire israélien qu'il attendait toujours. Ils commencèrent donc par apporter au jeune homme une lettre urgente de Fatmeh, l'une des compositions les plus brèves et les meilleures de Leon : « Je viens d'apprendre que le moment est très proche maintenant. Je te supplie, je t'implore de faire preuve de courage. » Ils allumèrent la lumière pour qu'il puisse la lire puis l'éteignirent et le laissèrent seul plus longtemps qu'à l'accoutumée. Dans une obscurité impénétrable, ils lui firent entendre des cris étouffés, le cliquetis lointain de portes de cellules que l'on ouvre et le bruit sourd d'un corps inerte et enchaîné traîné sur les dalles du couloir. Alors, ils passèrent un enregistrement d'un air funèbre palestinien joué par des cornemuses militaires ; Yanuka se crut peut-être mort. En tout cas, il ne bougea pas beaucoup. Ils lui envoyèrent les geôliers qui le déshabillèrent, lui enchaînèrent les mains derrière le dos et lui mirent des fers aux chevilles. Puis ils le laissèrent à nouveau seul, semblant ne jamais devoir revenir. Ils l'entendirent répéter « Oh ! non, oh ! non », inlassablement.

Ils revêtirent Samuel le pianiste d'une blouse blanche, l'équipèrent d'un stéthoscope et l'envoyèrent écouter, sans y prêter d'ailleurs le moindre intérêt, le rythme cardiaque de Yanuka. Le tout dans le noir, le prisonnier ne distinguant peut-être que le reflet de la blouse blanche s'affairant autour de son corps. Puis il se retrouva seul une fois encore. A la lueur des infrarouges, ils le regardèrent frissonner et transpirer ; il sembla même envisager à un moment la possibilité de se tuer en se cognant la tête contre le mur, seul mouvement que lui permettaient ses chaînes. Mais eût-il frappé la paroi toute une année durant, l'épaisseur de kapok qui tapissait sa cellule ne lui aurait pas permis d'en tirer la moindre satisfaction. Ils lui firent entendre d'autres hurlements puis laissèrent s'installer le silence le plus total. Ils tirèrent alors un coup de feu dans la nuit. La détonation retentit si soudaine et si nette que Yanuka sursauta violemment. Il se mit à crier, mais à voix basse, comme s'il ne parvenait pas à augmenter le son.

C'est le moment qu'ils choisirent pour entrer en action.

Les gardiens pénétrèrent d'abord dans sa cellule ; l'air décidé, ils le prirent chacun par un bras et le dressèrent sur ses pieds. Ils s'étaient vêtus très légèrement, donnant l'impression de devoir affronter un travail exténuant. A peine eurent-ils le temps de traîner le corps tremblant de Yanuka jusqu'à la porte de la cellule qu'apparurent ses deux sauveurs suisses, l'expression même de l'inquiétude et du courroux plaquée sur leurs bons visages. Les deux nouveaux venus bloquèrent le passage, provoquant une discussion longue et véhémente avec les gardiens. Les mots étant échangés en hébreu, Yanuka n'en saisissait pas tout le sens, mais il ne pouvait manquer d'en percevoir la nuance définitive, il s'agissait bien d'une dernière chance. Il fallait encore l'accord du gouverneur pour que l'on puisse interroger Yanuka, protestaient les deux Suisses : l'arrêté six, neuvième alinéa de la convention de Genève spécifiait clairement qu'il était interdit d'exercer une coercition intensive sans l'autorisation du gouverneur et la présence d'un médecin. Mais les gardiens se moquaient éperdument de la convention et ne s'en cachèrent pas. La convention, elle finissait par leur sortir par les yeux, dirent-ils en faisant la mimique appropriée. Ils en vinrent presque aux mains et la bagarre ne fut évitée que grâce à l'infinie patience des deux Suisses. Ils tombèrent enfin d'accord pour se rendre tous les quatre auprès du gouverneur, qui devrait trancher sur-le-champ. Ils sortirent donc en coup de vent, laissant une fois de plus Yanuka seul dans l'obscurité. Le jeune homme ne tarda pas à se prosterner devant le mur pour prier, quoiqu'il ne disposât plus d'aucun moyen tangible de savoir où se trouvait l'Orient.

Les deux Suisses revinrent enfin, seuls cette fois-ci, mais l'air extrêmement préoccupé. Ils apportaient avec eux l'agenda de Yanuka, agenda qui, si petit qu'il pût être, n'en semblait pas moins avoir retourné la situation. Ils détenaient également ses deux passeports de rechange, l'un français et l'autre chypriote, retrouvés dissimulés sous les lames du parquet de son appartement, et le passeport libanais qu'il avait sur lui au moment de son enlèvement.

Puis ils lui expliquèrent le problème. Laborieusement. Mais avec un rien d'inquiétant dans l'attitude qui leur était nouveau — pas une menace, plutôt un avertissement. Ils lui apprirent qu'à la demande des Israéliens, les autorités ouest-allemandes avaient fouillé son appartement de Munich. Elles y avaient découvert cet agenda, les deux passeports et une multitude d'indices concernant ses déplacements des derniers mois, sur lesquels elles se proposaient maintenant « d'enquêter sérieusement ». Les Suisses avaient protesté auprès du gouverneur, prétextant qu'une telle procédure n'était ni légale, ni utile. Qu'on les laisse montrer les documents au prisonnier, avaient-ils suggéré, il saurait fournir les explications nécessaires. Par décence, que l'on invite le prisonnier à faire une déclaration — une déclaration écrite si tel était le désir du gouverneur — au lieu de l'y forcer. Il mentionnerait ses déplacements des six mois écoulés avec les dates, les lieux de rendez-vous, les noms des personnes rencontrées, les lieux de séjour et les papiers sous lesquels il avait voyagé. Si l'honneur militaire lui dictait la réserve, avaient-ils dit, alors le prisonnier l'indiquerait aux endroits concernés. Les informations divulguées, elles, feraient au moins gagner un peu de temps pendant qu'eux deux continueraient à protester.

Arrivés là, ils s'aventurèrent jusqu'à lui donner un conseil personnel. Par-dessus tout, il faudra être *précis*, le supplièrent-ils en installant une table pliante, lui remettant une couverture et lui délivrant les mains. Ne révèle pas ce que tu veux garder secret, mais assure-toi bien que tu ne leur dis que la vérité. Rappelle-toi que nous avons une réputation à défendre. Pense à ceux qui viendront après toi. Si tu ne veux pas faire de ton mieux pour nous, alors fais-le pour eux. Ils prononcèrent ces dernières phrases d'une façon qui laissait entendre que Yanuka se trouvait déjà à mi-chemin du martyre. Pour quelle raison, cela importait peu ; il ne pouvait alors être sûr que d'une chose : la terreur qui lui emplissait l'âme.

Le scénario était mince, ils le savaient depuis le début. Il y eut même un moment, assez long, où ils craignirent d'avoir perdu la confiance de Yanuka. Celui-ci fixa en effet chacun d'eux d'un regard direct et soutenu, comme s'il cherchait à écarter le voile de tromperie qui lui masquait ses tortionnaires. Mais leurs relations n'avaient jamais été fondées sur la clarté, pourquoi l'ambiguïté se serait-elle levée maintenant ? Yanuka accepta le stylo qu'ils lui tendaient et ils lurent dans ses yeux suppliants qu'il ne désirait plus que d'être encore trompé.

Le lendemain — vers midi en temps réel — Kurtz arriva directement d'Athènes pour examiner l'ouvrage de Schwili et donner son feu vert afin que soient rendus à qui de droit l'agenda, les passeports et les factures, agrémentées de quelques petits ajouts innocents.

C'était à Kurtz que revenait également la tâche de repartir au début de l'histoire. Mais tout d'abord, confortablement installé dans l'appartement du dessous, il convoqua toute son équipe à l'exception des gardiens, pour que chacun lui résume, à son rythme et à sa manière, les progrès accomplis. Sans quitter ses gants de coton blanc et sans accuser le moins du monde la fatigue de toute une nuit passée à interroger Charlie, Kurtz étudia le discours de chacun, écouta attentivement les enregistrements des moments les plus cruciaux, et regarda avec admiration le mini-ordinateur de Miss Bach afficher l'emploi du temps détaillé de Yanuka durant ces dernières semaines : dates, numéros de vol, heures d'arrivées, hôtels. Il continua ensuite d'observer le petit écran tandis que Miss Bach faisait en sorte que sur la réalité se superpose la fiction : « A écrit à Charlie, du City Hotel de Zurich, lettre postée à l'arrivée aéroport Charles de Gaulle, à 18 h 20... a vu Charlie à l'Excelsior Hotel, Heathrow... A téléphoné à Charlie depuis la gare de Munich... » A chaque insertion s'ajoutait une série de détails additionnels : quelle facture et quelle note de l'agenda faisaient référence à telle rencontre ; où figuraient délibérément des trous et des passages obscurs, car dans une reconstruction rien ne devait jamais paraître trop clair, trop évident.

Une fois ces opérations terminées — le soir tombait déjà —, Kurtz retira ses gants, troqua sa tenue contre un véritable uniforme de l'armée israélienne orné d'un insigne de colonel et de quelques décorations crasseuses au-dessus de la poche gauche, et parvint à comprimer sa personnalité jusqu'à ne plus être que l'image même de l'officier de réserve ayant sombré dans l'administration d'une prison militaire. Puis il monta à l'étage, et se dirigea vivement, sur la pointe des pieds, vers la lucarne d'où il examina longuement le prisonnier. Ensuite, il envoya Oded et son compagnon en bas avec l'ordre de ne les déranger, lui et Yanuka, sous aucun prétexte. S'exprimant en arabe, d'une voix morne et bureaucratique, Kurtz commença par poser à Yanuka quelques questions simples et monotones, des points de détail : la provenance de telle amorce, de tel explosif ou de telle voiture, l'endroit exact où lui et la fille s'étaient retrouvés avant qu'elle place la bombe de Bad Godesberg. Les connaissances si précises de Kurtz, révélées avec une quasi-indifférence, emplirent Yanuka d'effroi. Il se mit à crier et à ordonner à Kurtz de se taire pour raisons de sécurité. Kurtz ne cacha pas sa stupéfaction.

« Mais pourquoi devrais-je me taire ? » protesta-t-il avec cette bêtise manifeste qui n'épargne personne demeuré trop longtemps en prison, qu'il s'agisse des gardiens ou des détenus. « Si votre grand frère ne veut pas se taire, que me reste-t-il donc à passer sous silence ? »

Il formula la question sans effet, comme si elle ne représentait que le résultat logique de ce que tout le monde savait. Tandis que Yanuka le dévisageait d'un air affolé, Kurtz ajouta quelques informations le concernant et que seul son frère pouvait connaître. Rien de magique à cela. Après tant de semaines passées à fouiller la vie quotidienne du jeune homme, à enregistrer ses coups de téléphone et intercepter sa correspondance — sans parler du dossier constitué deux ans auparavant à Jérusalem —, il n'était pas étonnant que Kurtz et son équipe fussent tout aussi bien renseignés que Yanuka lui-même sur des éléments comme les adresses sûres où il déposait ses lettres, le système naïf par lequel on lui transmettait ses ordres, le point exact où Yanuka, ainsi qu'eux-mêmes, était coupé de ses propres organes de commande. Mais ce qui distinguait Kurtz de ses prédécesseurs, c'était l'indifférence avec laquelle il assenait ses informations, et avec laquelle il accueillait les réactions de Yanuka.

« Où est-il ? se mit à hurler le jeune homme. Qu'avez-vous fait de lui ? Mon frère ne parlera pas ! Il ne parlera jamais ! Comment avez-vous fait pour le capturer ? »

Quelques instants suffirent pour établir les termes du marché. En bas, l'équipe, qui s'était réunie autour du haut-parleur, fut saisie d'une sorte d'admiration craintive en entendant comment, trois heures après son arrivée, Kurtz avait balayé les dernières défenses de Yanuka. En tant que gouverneur, mon devoir se limite aux tâches administratives, expliqua-t-il. Votre frère se trouve actuellement dans une cellule de l'infirmerie, en bas, il est un peu fatigué ; nous espérons bien sûr qu'il s'en sortira, mais il ne pourra marcher avant plusieurs mois. Lorsque vous aurez répondu aux questions suivantes, je vous signerai une autorisation vous permettant de partager sa chambre et de le soigner. Si vous refusez, alors vous ne bougerez pas d'ici. Puis, pour appuyer ses dires, Kurtz produisit la photo Polaroïd en couleurs qu'ils avaient montée, montrant le visage à peine reconnaissable du frère de Yanuka, qui émergeait d'une couverture de la prison maculée de sang tandis que deux gardes l'emportaient de la salle d'interrogatoire.

Mais une fois encore, le génie de Kurtz ne s'arrêta pas là. Lorsque Yanuka se mit véritablement à parler, Kurtz eut aussitôt à cœur de susciter la passion du pauvre garçon ; le vieux geôlier éprouvait brusquement le besoin d'entendre tout ce que le grand guerrier avait appris à son élève. Quand Kurtz redescendit avec les autres, l'équipe avait à peu près tiré tout ce qu'il était possible d'obtenir de Yanuka — ce qui, comme ne tarda pas à le souligner Kurtz, ne leur apprenait strictement rien concernant les déplacements de son frère aîné. Ces résultats permirent en outre de confirmer l'adage du vieux spécialiste de l'interrogatoire, selon lequel la violence physique est contraire à l'éthique et à l'esprit de la profession. Kurtz insista tout particulièrement auprès d'Oded, lui faisant un véritable cours de morale. Si l'on est absolument contraint de recourir à la violence, et il ne reste parfois pas d'autre solution, alors il faut toujours s'attaquer à l'esprit, jamais au corps, recommanda-t-il. Pour Kurtz, tout était matière à tirer des leçons, si seulement les jeunes pouvaient faire un peu attention.

Il prêcha les mêmes idées auprès de Gavron, mais avec moins d'effet.

Cependant, même après ce succès, Kurtz ne voulait, ou peut-être ne pouvait pas se reposer. Tôt le lendemain matin, la question de Yanuka n'attendant plus que son règlement final, Kurtz se rendit dans le centre de Munich pour remonter un peu son équipe de surveillance que la disparition du jeune Palestinien avait fort abattue. Que lui est-il arrivé ? s'écria le vieux Lenny — le garçon avait un si bel avenir devant lui, il était si doué ! Sa mission charitable terminée, Kurtz fit route vers le nord où il devait retrouver ce bon docteur Alexis, sans tenir compte du fait que Misha Gavron le lui avait interdit, en raison de la nature notoirement fantasque de l'Allemand.

« Je lui dirai que je suis américain », promit-il à Litvak avec un large sourire en se rappelant le télégramme ridicule que Gavron lui avait envoyé à Athènes.

Kurtz se sentait pourtant d'un optimisme mesuré. Nous avançons, dit-il à Litvak ; et Misha ne me frappe que quand je me tiens tranquille.

10

La taverne était moins accueillante que celles de Mykonos. Un téléviseur noir et blanc palpitait comme un drapeau que personne ne saluait devant une clientèle de vieux montagnards trop fiers pour prêter attention aux touristes, même lorsqu'il s'agissait d'une belle Anglaise aux cheveux roux portant caftan bleu et bracelet d'or. Mais dans l'histoire que Joseph lui contait, Charlie dînait avec Michel dans le grill-room désert d'une auberge située à la sortie de Nottingham et dont Michel avait soudoyé le patron pour qu'il accepte de leur ouvrir sa salle. La pauvre voiture de Charlie se trouvait, comme d'habitude, en réparation dans le dernier garage fétiche de la jeune femme, à Camden. Mais Michel possédait une conduite intérieur Mercedes, sa marque préférée ; il l'avait laissée garée devant l'entrée des artistes du théâtre et y avait sans traîner fait monter Charlie ; dix minutes s'écoulèrent sous l'incessante pluie de Nottingham. Et ce n'était pas l'un des accès de colère de Charlie ou un moment de doute qui, ici ou là-bas, allait interrompre le flot narratif de Joseph.

« Il porte des gants, fit remarquer Joseph. C'est une manie chez lui. Tu t'en aperçois mais tu ne dis rien. »

Avec le dos ajouré, songea-t-elle. « Comment conduit-il ? »

« Il n'est pas vraiment doué pour ça, mais tu ne lui en tiens pas rigueur. Tu lui demandes où il habite et il te répond qu'il a fait toute la route depuis Londres pour te voir. Tu lui demandes ce qu'il fait et il te dit qu'il est "étudiant". Alors tu lui demandes où il étudie et il te répond "en Europe" avec l'air de dire que le terme Europe ne convient pas vraiment. Quand tu insistes un peu, pas trop, il t'explique qu'il change de ville tous les semestres, au gré des cours et des conférences données. Il ajoute que les Anglais ne comprennent pas ce système. Et il prononce le mot "Anglais" avec une nuance hostile dans la voix, tu ne sais pas pourquoi, mais tu le ressens nettement. Que demandes-tu ensuite ? »

« Où il vit pour le moment ? »

« Il se montre évasif, comme moi. Parfois à Rome, d'autres fois à Munich, à Paris aussi, cela dépend. Vienne. Il ne te dit pas qu'il n'a qu'une boîte postale pour adresse, mais ne te cache pas qu'il est célibataire, ce que tu n'apprends pas sans une certaine satisfaction. » Il sourit. « Tu lui demandes quelle ville il préfère, il élude la question : cela n'a pas d'importance ; tu voudrais savoir sur quoi portent ses études, il te répond "la liberté" ; alors tu lui demandes d'où il vient et il te déclare que sa patrie est actuellement occupée par l'ennemi. Comment réagis-tu ? »

« Je suis troublée. »

« Cependant, avec l'entêtement qui te caractérise, tu insistes encore et il finit par lâcher le nom de *Palestine*. Il ne le dit pas, il le proclame. Dans sa bouche, *Palestine* devient un défi, un cri de guerre. » Joseph la dévisageait avec une telle intensité qu'elle ne put réprimer un sourire nerveux et détourna les yeux. « En outre, Charlie, je te rappellerai que, si tu étais très liée à Alastair à l'époque, celui-ci se trouvait en sûreté à Argyll où il tournait un spot publicitaire pour quelque produit dénué d'intérêt, et tu avais appris qu'il sortait avec sa partenaire féminine. Exact ? »

« Exact », répondit-elle, se rendant compte avec surprise qu'elle rougissait.

« Maintenant, tu dois donc me dire ce que tu éprouves vraiment en entendant ce garçon passionné prononcer le nom *Palestine* dans une auberge de Nottingham par une nuit pluvieuse. Disons qu'il te le demande lui-même. Oui, il te pose la question. Pourquoi pas ? »

Oh ! bon sang, songea-t-elle, quelle est la couleur du cheval blanc d'Henri IV ? « "J'ai beaucoup d'admiration pour le peuple palestinien." »

« "Je vous en prie, appelez-moi Michel." »

« "Je l'admire vraiment, Michel." »

« "Pourquoi ?" »

« "Pour ce qu'il a enduré. (Elle se sentit un peu bête.) Parce qu'il ne capitule pas." »

« "Ridicule. Nous, les Palestiniens, ne sommes qu'une poignée de terroristes mal élevés, qui aurions dû nous faire depuis longtemps à la perte de notre patrie. Nous ne sommes rien d'autre que d'anciens cireurs de chaussures, de petits vendeurs des rues, de jeunes délinquants avec une mitraillette dans les mains, des vieux qui refusent d'oublier. Ou alors, trouvez une meilleure définition, je vous en prie. Dites-moi ce que vous pensez. Je respecterai vos opinions." Je t'appelle toujours Jeanne, ne l'oublie pas. »

Elle prit une longue inspiration. Ces week-ends d'éducation politique n'auront pas été tout à fait inutiles, en fin de compte. « "Bon, d'accord. Voilà. Les Palestiniens — c'est-à-dire vous — forment un peuple de fermiers aux traditions ancestrales, un peuple respectable qu'on a chassé injustement de ses terres en 1948 pour calmer les sionistes... et permettre à l'Occident d'avoir un pied en territoire arabe." »

« Tes paroles ne sont pas pour me déplaire. Continue, s'il te plaît. »

Tant de détails lui revenaient sous la pression insidieuse de Joseph, Charlie n'en revenait pas. Des tirades entières de pamphlets oubliés, les explications d'amants de passage, les harangues de combattants pour la paix, des extraits d'ouvrages juste parcourus... tout se pressait dans sa tête tels des alliés fidèles accourant à son aide. « "Vous êtes le produit d'un complexe de culpabilité des Européens envers les Juifs... On vous a fait payer un holocauste dans lequel vous n'étiez pour rien... Vous êtes victimes d'une politique d'expropriation et d'expatriation impérialiste, raciste et anti-arabe..." »

« Et d'une politique meurtrière », compléta doucement Joseph.

« “Meurtrière.” » Hésitant de nouveau, elle croisa le regard si lointain de son interlocuteur qui la contemplait fixement, et, comme à Mykonos, elle ne sut pas ce qu’elle devait y lire. « Quoi qu’il en soit, voilà comment je vois les Palestiniens », conclut-elle d’un ton badin. Puis, comme il ne disait rien : « C’est bien ce que tu me demandais, non ? »

Elle le regardait toujours, attendant qu’on lui dise qui elle devait être. Sous l’emprise de Joseph, la jeune femme avait rejeté ses convictions comme autant de scories d’une existence révolue. Elle les reniait toutes en bloc, à moins que Joseph ne lui ordonnât le contraire.

« Tu remarqueras qu’il ne parle pas pour ne rien dire », dit enfin Joseph, avec une froideur qui faisait douter de son aptitude à sourire. « Il s’est tout de suite adressé à ce qu’il y a de plus sérieux en toi. Il se montre pour certaines choses extrêmement méticuleux. Ainsi, cette nuit, il a tout préparé à l’avance — le menu, le vin, les chandelles, même la conversation. Nous pourrions dire qu’il a organisé, avec une efficacité à l’israélienne, une véritable campagne pour essayer de prendre à lui tout seul sa Jeanne tant convoitée. »

« C’est infâme », commenta gravement Charlie en examinant le bracelet.

« En tout cas, il te répète que tu es la meilleure comédienne du monde, ce qui, j’en suis certain, ne t’est pas absolument désagréable. Il persiste à t’appeler Jeanne d’Arc, mais tu commences à accepter sa façon de mêler le théâtre et la vie. Il voue depuis toujours à Jeanne d’Arc une profonde admiration. C’était une femme, et pourtant, elle est parvenue à réveiller la conscience de la paysannerie française et à soulever le peuple de France contre l’oppresseur impérialiste britannique. C’était une vraie révolutionnaire et elle a allumé la flamme de la liberté pour éclairer tous les opprimés du monde. Elle a mué les esclaves en héros. Voilà en résumé son analyse critique. La voix divine qué Jeanne entend n’est rien d’autre que sa propre conscience révolutionnaire qui la presse de lutter contre le colonialisme. Il ne peut en aucun cas s’agir de la voix de Dieu car Michel a décidé une fois pour toutes que Dieu était mort. Peut-être ne t’étais-tu pas rendu compte de la portée de ton rôle pendant que tu l’interprétais ? »

Charlie jouait toujours avec le bracelet. « Oh ! *certaines* implications avaient dû m’échapper », reconnut-elle avec insouciance, puis elle leva la tête, ne rencontrant chez Joseph qu’une désapprobation implacable. « Oh ! assez », soupira-t-elle.

« Charlie, je te conseille du fond du cœur de ne jamais jouer de ton esprit occidental avec Michel. Il a un sens de l’humour des plus capricieux et n’apprécie pas beaucoup de faire l’objet de plaisanteries, surtout de la part d’une femme. » Un silence pour laisser à Charlie le temps de se pénétrer de la recommandation. « Très bien. La nourriture est épouvantable, mais tu n’y prêtes pas attention. Il a demandé des steaks sans savoir que tu traverses une de tes phases végétariennes. Tu en avales quelques bouchées pour ne pas le vexer.

Plus tard, dans une lettre, tu lui avoueras que c'était le steak le plus mauvais de ta vie, mais aussi le meilleur. Pendant qu'il te parle, tu n'arrives pas à te concentrer sur autre chose que sa voix vibrante et passionnée et son beau visage arabe qui te contemple à la lueur des chandelles. D'accord ? »

Elle hésita un instant puis sourit. « D'accord. »

« Il t'aime, il aime ton talent, il aime Jeanne d'Arc. Il te dit qu'aux yeux des colonialistes britanniques, Jeanne était une criminelle. “Il en a toujours été ainsi pour ceux qui se battent au nom de la liberté. George Washington, le Mahatma Gandhi, Robin des Bois. Les soldats clandestins de la lutte irlandaise pour la liberté.” Les idées ne sont pas neuves, tu t'en rends compte, mais sa voix si riche de ferveur orientale, si pleine d'une, comment dirais-je — d'une spontanéité animale ? — leur confère un effet hypnotique ; les vieux clichés prennent une cure de jouvence et sont comme la redécouverte de l'amour. Il reprend : “Pour les Anglais, celui qui s'élève contre la terreur du colonialisme devient aussitôt un terroriste. Les Anglais sont tous mes ennemis, tous sauf vous. Les Anglais ont livré mon pays aux sionistes, ils ont envoyé des bateaux entiers de Juifs chez nous avec la mission de transformer l'Orient en Occident. *Allez domestiquer l'Orient pour nous*, ont-ils dit aux Juifs. *Les Palestiniens ne valent rien, mais vous en ferez de bons larbins.* Les vieux colons britanniques étaient trop fatigués, trop las, alors ils ont laissé la place aux nouveaux colons, suffisamment implacables et zélés pour couper définitivement le cordon” ».

« Les Anglais leur ont dit : “*Ne vous en faites pas pour les Arabes. Nous vous promettons de regarder de l'autre côté pendant que vous réglerez ce problème.* Ecoute. Tu m'écoutes ?” »

« Jose, mais je n'arrête pas. »

« Pour toi, Michel est un prophète, cette nuit-là. Jusque-là, personne n'a jamais déployé une telle force de fanatisme pour toi seule. Lorsqu'il parle, la conviction, l'engagement, la dévotion font rayonner son visage. En théorie, bien sûr, il prêche une convertie, mais en réalité, il donne un cœur au tas informe de tes vagues principes gauchisants. Cela aussi, tu lui en feras part dans une lettre, même s'il ne semble pas très logique de donner un cœur à un tas informe. Tu veux qu'il t'enseigne son savoir et c'est ce qu'il fait. Tu attends de lui qu'il exploite ta culpabilité d'être Anglaise et il répond à cette attente. Il balaie d'un seul coup le mur de cynisme derrière lequel tu t'abrites. Tu te sens renaître. Comme il est loin des petits préjugés bourgeois que tu n'es pas encore parvenue à gommer en toi ! Loin de tes opinions occidentales conçues en dilettante ! Oui ? » s'enquit-il doucement, comme si elle lui avait posé une question. Elle secoua la tête et Joseph disparut à nouveau, submergé par la ferveur de son double arabe.

« Il ignore que, déjà, tu te ranges théoriquement à son côté ; il exige de toi que tu fasses corps avec sa cause, que tu te convertisses. Il t'accable de chiffres comme si c'était toi qui en étais responsable. Depuis 1948, plus de deux millions d'Arabes chrétiens et musulmans chassés de leur patrie et privés de tous droits civiques. On a rasé leurs maisons, leurs villages — il t'en donne le nombre exact —, volé leurs terres en vertu de lois qu'ils n'avaient pas élaborées — il énumère les dunams, c'est-à-dire les milliers de mètres carrés perdus. Tu lui demandes des précisions qu'il s'empresse de te fournir. Et puis, quand les Palestiniens sont arrivés en terre d'exil, ils se sont fait massacrer par leurs frères arabes et traiter comme la lie du monde. Les Israéliens ne cessent de bombarder leurs camps pour la simple raison qu'ils refusent de capituler. Parce que ne pas se laisser dépouiller sans rien dire, c'est être un terroriste, alors que la colonisation, le bombardement des réfugiés et l'extermination d'un peuple ne sont que de malheureux impératifs politiques. Parce que dix mille Arabes morts valent moins cher que le cadavre d'un seul Juif. Écoute-moi. » Il se pencha en avant et saisit les poignets de la jeune femme. « "En Occident, il n'est pas un seul esprit libéral qui hésiterait à condamner les injustices commises au Chili, en Afrique du Sud, en Pologne, en Argentine, au Cambodge, en Iran, en Irlande du Nord ou autre point du monde dont les problèmes sont à la mode. (Son étreinte se resserra.) Mais qui fait aujourd'hui preuve de suffisamment de courage pour parler tout haut de la plaisanterie la plus cruelle de l'histoire, pour proclamer qu'en trente ans les Israéliens ont fait des Palestiniens les nouveaux Juifs de la terre ? Sais-tu comment les sionistes parlaient de mon pays avant de s'en emparer ? *Une terre sans peuple pour un peuple sans terre. Nous n'existions pas !* Mentalement, les sionistes avaient déjà commis un génocide, il ne leur restait plus qu'à passer à l'acte. Quant à vous, les Anglais, vous avez été les architectes de ce grand dessein. Tu sais comment est né Israël ? Une puissance européenne n'a rien trouvé de mieux que de faire cadeau d'un territoire arabe à un lobby juif, et cela sans consulter un seul habitant du pays concerné. Cette puissance, c'était l'Angleterre. Veux-tu que je te *décrive* comment est né Israël ?... Il est tard ? Tu es fatiguée peut-être ? Faut-il que tu rentres à ton hôtel ?" »

Tout en lui donnant les réponses qu'il attendait, Charlie parvint encore à s'émerveiller intérieurement des paradoxes que présentait un homme qui pouvait jongler ainsi avec tant d'ombres antagonistes sans en laisser tomber une seule. La flamme d'une bougie brûlait entre eux deux. Le cylindre de cire était enfoncé dans le col d'une bouteille noire et graisseuse autour de laquelle ne cessait de virevolter un vieux papillon de nuit ivre, que Charlie chassait parfois du revers de la main, faisant scintiller le bracelet. A la lueur de la bougie, et tandis que Joseph tissait sa fiction autour de la jeune femme, celle-ci observait ses traits solides et disciplinés se superposer sur ceux de Michel comme deux images imprimées sur une même plaque photographique.

« Ecoute-moi. Tu m'écoutes bien ? »

« Oui, Jose, j'écoute. "Oui, Michel, j'écoute." »

« "Je suis né d'une famille patriarcale dans un village situé non loin de la ville de Khalil, celle que les Juifs appellent Hébron." » Il s'interrompit, son regard sombre la contemplant intensément. « "*Khalil*, répéta-t-il. Souviens-toi de ce nom ; il représente beaucoup pour moi pour diverses raisons. Tu t'en souviendras ? Répète-le !" »

Elle s'exécuta : « "Khalil". »

« "Khalil est un grand centre de la pure foi islamique. En arabe, le nom signifie l'ami de Dieu. Les gens de Khalil, ou Hébron, constituent l'élite de la Palestine. Je vais te raconter une petite histoire qui va te faire bien rire. On dit que le seul endroit dont les Juifs ne sont jamais partis serait la montagne d'Hébron, située au sud de la ville. Il se pourrait donc que du sang juif coule dans mes veines. Mais je n'en ai pas honte. Je ne suis pas antisémite, seulement antisioniste. Tu me crois ?" »

Il n'attendit pas d'être rassuré ; il n'en avait pas besoin. « "Je suis le plus jeune d'une famille de quatre frères et deux sœurs. Tous, nous travaillions la terre et mon père était le *mukhtar*, le chef, élu par les sages du village. Mon village était renommé pour ses figues et son raisin, pour ses guerriers et pour ses femmes, belles et obéissantes comme toi. La plupart des villages ne doivent leur célébrité qu'à une seule chose. Le mien se distinguait par bien des côtés." »

« Naturellement », murmura Charlie, mais il était bien trop perdu dans son histoire pour entendre le sarcasme.

« "Mais on le connaissait surtout pour les sages conseils de mon père, qui préconisait une société où vivraient ensemble chrétiens, juifs et musulmans, de la même façon exactement que leurs prophètes cohabitent harmonieusement au paradis, sous l'autorité d'un Dieu unique. Je te parlerai beaucoup de mon père, de ma famille et de mon village. Maintenant et plus tard. Mon père admirait les Juifs. Il avait étudié le sionisme et aimait à les inviter au village pour parler avec eux. Il avait forcé mes frères aînés à apprendre l'hébreu. La nuit, quand j'étais enfant, j'écoutais les paysans chanter le récit de guerres lointaines. Le jour, j'allais faire boire le cheval de mon grand-père et écoutais les histoires des voyageurs et des colporteurs. Lorsque je te décris ce paradis sur terre, tu as l'impression d'entendre un poème. Je sais transmettre les sensations. J'ai un véritable don de conteur. Je fais revivre pour toi la place du village où nous dansions le *dabke* et écoutions le *oud* pendant que les vieux jouaient au jacquet en fumant leur narghilé." »

Elle ne comprenait pas tous les mots, mais fit preuve de suffisamment de prudence pour ne pas l'interrompre.

« "En réalité, et je l'admets sans peine, je me souviens de très peu de choses. Je me contente de répéter les souvenirs de mes frères aînés, car c'est ainsi que se perpétuent nos traditions dans les camps. De plus en plus, à mesure que les générations s'éteignent, nous devons faire revivre notre patrie à travers les réminiscences des plus vieux. Les sionistes te diraient que nous ne possédions pas de culture, que nous n'existions pas. Ils te diraient que nous étions des dégénérés, que nous vivions dans des taudis de boue séchée et que nous nous vêtions de haillons malodorants. Ils te répéteraient mot pour mot ce qu'on disait autrefois des Juifs en Europe. Mais, qu'il s'agisse des Juifs ou des Palestiniens, la vérité est la même : nous formons un peuple noble." »

Un mouvement de sa tête aux cheveux noirs suggéra que sur ce point, ses deux identités étaient tombées d'accord.

« "Je te décris notre existence paysanne et les multiples systèmes extrêmement complexes qui assuraient la cohésion de notre village. Les vendanges, la façon dont le village tout entier se rendait dans les vignes sous le commandement du *mukhtar*, mon père. Je te raconte comment mes grands frères ont commencé leur éducation dans une école fondée sous le mandat, par vous, les Anglais. Tu vas rire, mais mon père avait également foi en les Anglais. Je te laisse imaginer le café, maintenu au chaud à toute heure de la journée dans l'auberge du village, pour que jamais personne ne pût dire un jour de nous : *Ce village est trop pauvre et ses habitants ne savent pas accueillir les étrangers.* Veux-tu savoir ce qu'il est advenu du cheval de mon grand-père ? Il a dû le vendre contre un fusil pour pouvoir se défendre contre les sionistes quand ceux-ci attaqueraient. Mais en fait, ce sont les sionistes qui ont abattu mon grand-père, et ils ont obligé mon père à assister à l'exécution. Mon père, qui avait cru en eux." »

« Cela aussi, c'est vrai ? »

« Bien sûr. »

Elle n'aurait su dire qui de Joseph ou de Michel lui avait répondu, mais elle ne doutait pas que c'était bien là l'effet recherché.

« "Je parle toujours de la guerre de 1948 comme de la *Catastrophe*. Je ne dis jamais la guerre, toujours la Catastrophe. Je t'explique donc que la Catastrophe de 1948 a révélé les faiblesses fatales d'une société pacifique. Nous n'étions pas organisés pour nous battre et ne pouvions nous défendre contre un agresseur armé. Notre économie, comme notre culture, s'épanouissait surtout dans de petites communautés autonomes. Comme les Juifs d'Europe avant l'holocauste, nous manquions d'unité politique et c'est ce qui nous a perdus. De plus, nos communautés se battaient trop souvent entre elles, fléau qui empoisonne le monde tout entier, et peut-être aussi le monde juif. Sais-tu ce qu'ils ont fait de mon village, ces sionistes ? Et tout cela parce que nous n'avons pas fui comme les autres ?" »

Elle le savait, elle ne le savait pas. Quelle importance, de toute façon, il ne lui accordait pas la moindre attention.

« "Ils ont rempli des tonneaux de pétrole et d'explosifs, puis leur ont fait dévaler la montagne pour mettre le feu à nos femmes et à nos enfants. Il me faudrait une semaine entière pour te décrire les tortures infligées à mon peuple. Les mains tranchées. Les femmes violées puis brûlées. Les enfants aveuglés." »

Une fois encore, elle tenta de le sonder, de découvrir s'il croyait vraiment à ce qu'il disait ; mais il ne laissa percer aucun indice derrière le masque de gravité intense qu'il avait adopté et qui pouvait convenir à chacune de ses personnalités.

« "Je te souffle les mots *Deir Yassine.* Les connais-tu ? Sais-tu ce qu'ils signifient ?" »

« "Non, Michel, c'est la première fois que je les entends."

Il parut satisfait. « Alors, maintenant, demande-moi : "Qu'est-ce que Deir Yassine" ? »

« "S'il te plaît, Michel, qu'est-ce que Deir Yassine ?" »

« "Comme depuis le début, je te réponds comme si j'avais assisté à ces événements. Le 9 avril 1948, dans le petit village arabe de Deir Yassine, deux cent cinquante-quatre paysans — des femmes, des vieillards et des enfants — sont massacrés par une troupe sioniste pendant que les hommes sont aux champs. On tue les fœtus dans le ventre des femmes enceintes. La plupart des corps sont jetés au fond d'un puits. En moins de quelques jours, près de cinq cent mille Palestiniens auront fui leur pays. Le village de mon père représente une exception. *Nous resterons,* dit-il. *Si nous nous exilons, les sionistes ne nous laisseront jamais revenir.* Il croyait même que vous, les Anglais, alliez vous porter à notre secours. Il ne comprenait pas qu'il vous fallait, pour satisfaire vos ambitions impérialistes, un allié occidental servile installé au cœur du Moyen-Orient." »

Charlie sentit le poids de son regard sur elle et se demanda si Joseph était conscient du retrait qui s'opérait en elle, ou s'il avait choisi délibérément de l'ignorer. Elle ne comprit que plus tard qu'il cherchait à l'éloigner de lui pour la faire se ranger au côté du camp opposé.

« "Mon père a continué à s'accrocher à ce qui restait de notre village pendant près de vingt ans après la Catastrophe. Certains le traitaient de collaborateur. Ils ne savaient pas. Ils n'avaient jamais senti le couperet sioniste suspendu au-dessus de leur tête. Partout, dans les régions voisines, on chassait les gens, on les battait, on les emprisonnait. Les sionistes confisquaient leurs terres, rasaient leurs maisons pour reconstruire des camps interdits aux Arabes. Mais mon père était un homme sage et pacifique, et il réussit pendant un certain temps à tenir tête aux sionistes." »

Charlie éprouva une fois encore l'envie de lui demander si tout cela était vrai, mais elle n'en eut pas le temps.

« "Mais, pendant la guerre de 1967, quand les tanks ont foncé sur notre village, nous aussi avons dû fuir de l'autre côté du Jourdain. Les yeux embués de larmes, mon père nous a tous réunis en nous commandant de rassembler nos biens. *Les pogroms vont commencer,* nous a-t-il dit. Alors moi, le plus jeune, je lui ai demandé ce qu'était un pogrom. Et il m'a répondu : *C'est ce que les Européens ont fait subir aux Juifs, et c'est ce que les sionistes nous font subir maintenant. Ils ont remporté une grande victoire et pourraient se permettre de se montrer magnanimes. Mais la vertu n'entre pas dans leur programme politique.* Je me souviendrai jusqu'à ma mort de mon père, si fier, pénétrant dans la cabane qui allait devenir notre foyer. Il est resté longtemps immobile sur le seuil, réunissant tout son courage pour entrer. Il ne pleurait pas, mais il s'est assis sur une caisse remplie de ses livres et est demeuré ainsi des jours entiers sans rien manger. Ces quelques jours l'avaient soudain vieilli de vingt ans. *Je suis entré dans ma tombe*, a-t-il déclaré. *Ce taudis est mon cercueil.* Notre exil en Jordanie avait fait de nous des apatrides, privés de papiers, de droits, d'avenir et de travail. Mon école ? Un abri de tôle plein à craquer que se disputent des mouches bien grasses et des enfants affamés. C'est le Fatah qui se charge de mon enseignement. Il y a beaucoup à apprendre. Comment se servir d'un fusil. Comment se battre contre l'agresseur sioniste." »

Il se tut et la jeune femme crut d'abord qu'il lui souriait, mais son expression ne trahissait aucune gaieté.

« "*Je me bats, donc j'existe,* (énonça-t-il calmement). Sais-tu de qui sont ces mots, Charlie ? D'un sioniste. D'un sioniste idéaliste, patriote et amoureux de la paix, un sioniste qui, par des méthodes terroristes, a causé la mort de nombreux Britanniques et de nombreux Palestiniens ; mais, comme c'est un sioniste, ce n'est pas un terroriste, non, c'est un héros, un patriote. Et sais-tu qui il était, ce sioniste pacifiste et civilisé, quand il a dit ces mots ? Il était Premier ministre d'un pays qu'ils appellent Israël. Et sais-tu d'où il venait, ce sioniste Premier ministre et terroriste ? De Pologne. Pourrais-tu m'expliquer, je te prie — toi, Anglaise éduquée, à un simple paysan apatride —, pourrais-tu m'expliquer comment il se fait qu'un Polonais soit devenu le chef de mon pays, la Palestine ? Un Polonais qui n'existe que parce qu'il se bat ? Pourrais-tu me démontrer par quels principes de la justice anglaise, de l'impartialité et du *fair-play* britannique, cet homme dirige mon pays ? Et *nous* traite de terroristes ?" »

La question échappa à Charlie avant qu'elle eût pu la retenir. Elle ne voulait pas lui lancer de défi. Mais il jaillit tout seul du chaos que Joseph avait provoqué en elle : « "Et toi, le pourrais-tu ?" »

Il ne répondit pas et, pourtant, n'éluda pas la question. Il la reçut. Charlie eut un instant l'impression qu'il l'attendait. Puis il rit, d'un rire un peu forcé, saisit son verre et le leva.

« "Bois à ma santé, ordonna-t-il. Allez. Lève ton verre. L'histoire appartient aux vainqueurs. Aurais-tu oublié cela ? Bois avec moi !" »

D'un geste hésitant, elle obéit.

« "A Israël, ce pays minuscule et généreux, déclara-t-il. A son étonnante survie, bien aidée par les sept millions de dollars quotidiens des subsides américains et par la toute-puissance du Pentagone soumise à ses moindres caprices." » Il reposa son verre sans même l'avoir porté à ses lèvres. Charlie l'imita. A son grand soulagement, il lui sembla que ce geste marquait, du moins temporairement, la fin du psychodrame.

« Et toi, Charlie, tu écoutes. Intimidée. Stupéfiée. Par son romantisme, sa beauté, son fanatisme. Il ne montre aucune réticence, ne semble pas sujet aux inhibitions occidentales. Le scénario fonctionne-t-il ou bien ton imagination rejette-t-elle cette greffe dérangeante ? »

Lui prenant la main, elle se mit à explorer sa paume du bout du doigt. « Et il parle suffisamment bien l'anglais pour exprimer tout ça ? » s'enquit-elle pour gagner du temps.

« Il possède un vocabulaire qui tient souvent du jargon et un stock impressionnant d'expressions rhétoriques, de statistiques plutôt douteuses, et de citations obscures. Malgré tout il parvient à transmettre la fougue de son esprit juvénile, passionné, et expansif. »

« Et qu'est censée faire Charlie pendant tout ce temps ? Je me contente de rester là, la gueule enfarinée, à boire chacune de ses paroles ? Ou est-ce que je l'encourage ? Qu'est-ce que je fais ? »

« D'après le script, ton rôle se limite à une présence passive. A la lueur de la bougie, Michel t'a quasi hypnotisée. C'est du moins ce que tu lui affirmeras dans une de tes lettres : *Tant que je vivrai, je n'oublierai jamais ton beau visage qui me regardait à la flamme de la chandelle, lors de cette première nuit que nous avons passée ensemble.* Trouves-tu cela trop chargé, trop mélo ? »

Elle lui lâcha la main. « Quelles lettres ? D'où sors-tu toutes ces lettres sans arrêt ? »

« Contentons-nous pour l'instant d'admettre que tu vas lui écrire. Je te repose ma question, le scénario fonctionne-t-il ? Ou bien ne nous reste-t-il plus qu'à liquider l'auteur et à rentrer chacun chez soi ? »

Charlie prit une gorgée de vin. Puis une autre. « Ça fonctionne. Jusque-là ça fonctionne. »

« Et la lettre, cela ne t'empêchera pas de dormir ? »

« Si tout cela n'apparaissait pas dans une lettre d'amour, où donc ? »

« Parfait. Donc, tu lui écris bien de cette façon et c'est bien ainsi que se déroule la pièce jusqu'à présent. Il ne reste qu'une correction à faire. Ce n'est pas la première fois que tu rencontres Michel. »

Perdant tous ses réflexes d'actrice, elle reposa le verre avec un claquement sec.

Une excitation nouvelle s'était emparée de Joseph. « Écoute-moi bien », lui dit-il, en se penchant en avant, la lueur de la bougie se reflétant sur ses tempes dorées comme un rayon de soleil sur un heaume. « Écoute-moi bien, répéta-t-il. Tu m'écoutes ? »

Il ne prit pas la peine d'attendre sa réponse.

« Une citation. D'un philosophe français : *Le plus grand crime est de ne rien faire par crainte d'en faire trop peu.* Cela t'évoque-t-il quelque chose ? »

« Nom de Dieu », souffla Charlie, qui aussitôt croisa les bras sur sa poitrine en un geste de défense.

« Puis-je continuer ? (La demande n'appelait aucune autorisation.) Cela ne te rappelle pas quelqu'un ? *Il n'existe qu'une seule lutte des classes, et c'est celle qui oppose les colonisés aux colonialistes, les exploités aux capitalistes. Notre tâche est de porter la guerre chez ceux qui l'ont déclenchée. Chez ces milliardaires racistes qui considèrent le tiers monde comme leur propriété privée. Chez ces émirs corrompus et enrichis par le pétrole qui ont vendu le patrimoine arabe.* » Il s'interrompit, observant Charlie, qui s'était caché la tête dans les mains.

« Arrête, Jose, murmura-t-elle. Ça suffit, va te faire voir. »

« *Chez ces fauteurs de guerre impérialistes qui fournissent les armes à l'agresseur sioniste. Chez cette bourgeoisie occidentale complètement inconsciente qui se pose à la fois en esclave et en protecteur du système qu'elle a créé.* (Il s'exprimait d'une voix à peine audible, ce qui ne conférait que plus de force à ses propos.) *Le monde nous somme de ne plus nous attaquer à des femmes et à des enfants innocents. Mais je peux vous certifier qu'il n'existe plus désormais d'innocence. Pour chaque enfant qui meurt de faim dans le tiers monde, il y a un petit occidental qui lui ôte le pain de la bouche...* »

« Arrête », répéta la jeune femme à travers ses doigts, ne comprenant que trop où il voulait en venir. « J'en ai assez. Je me rends. »

Il n'en poursuivit pas moins sa récitation. « *J'avais six ans quand on m'a chassé de mon pays. J'avais huit ans quand je suis entré dans l'Ashbal. "Pardon, qu'est-ce que l'Ashbal" ?* Allez, Charlie. C'est toi qui as posé cette question. Ne me dis pas le contraire. Tu as levé la main, "Pardon, qu'est-ce que l'Ashbal ?" Et qu'ai-je répondu ? »

« "La milice des enfants" dit-elle, le visage toujours enfoui dans ses mains. Je n'en peux plus, Jose. Je vais avoir un haut-le-cœur. »

« *J'avais dix ans quand j'ai dû me cacher dans un abri de fortune pour me protéger des bombardements syriens. J'en avais quinze quand ma mère et ma sœur ont péri sous les bombes sionistes.* Vas-y, Charlie, continue. Donne-moi donc la suite. »

Elle lui avait repris la main et la cognait doucement sur la table pour le faire taire.

« *Si les enfants sont assez grands pour subir les raids aériens, alors ils le sont assez pour se battre,* (lui rappela-t-il). *Et s'ils deviennent des colonisateurs ?* Alors ? Allez ! »

« "Alors il faut les tuer" », chuchota Charlie malgré elle.

« *Et si ce sont leurs mères qui les nourrissent et leur enseignent à nous prendre nos maisons, à bombarder notre peuple en exil dans des camps ?* »

« "Alors les mères deviennent l'ennemi au même titre que leurs maris." Jose... »

« *Et que devons-nous faire d'elles ?* »

« "Il faut les tuer aussi." Mais je n'en ai pas cru un mot quand il nous a dit ça, et je n'y crois toujours pas. »

Joseph passa outre ses protestations. Il lui faisait déjà sa déclaration d'amour éternel. « "Écoute-moi. Tout en te délivrant mon message lors de ce débat dans le Dorset, par les ouvertures de ma cagoule noire, j'observais ton visage extasié tourné vers moi. Ta chevelure rousse. Tes traits vigoureux de révolutionnaire. N'est-il pas amusant qu'en cette première rencontre j'aie tenu, moi, le devant de la scène, tandis que toi, tu faisais partie des spectateurs ?" »

« Je n'étais pas extasiée du tout ! Je trouvais que tu dépassais les bornes et j'ai eu assez de bon sens pour ne pas te l'envoyer dire. »

Il ne pensa pas même à s'excuser. « Quoi que tu aies pu penser à l'époque, ici, dans cette auberge de Nottingham, tu subis complètement mon pouvoir hypnotique et tu corriges aussitôt tes souvenirs. Bien que tu n'aies pu distinguer alors mon visage, tu m'assures que chacune de mes paroles est restée gravée dans ta mémoire. Pourquoi pas ?... Allons, Charlie ! C'est dans ta lettre ! »

Elle ne voulait pas capituler. Pas encore. Pour la première fois depuis le début du récit de Joseph, Michel lui apparaissait soudain comme un être de chair, une personne à part entière. Elle se rendit compte qu'elle s'était jusqu'alors servie des traits de Joseph pour tenter de se représenter son amant imaginaire, de la voix de Joseph pour le faire parler. Et maintenant, comme une cellule qui se divise, les deux hommes devenaient des êtres indépendants et antagonistes ; Michel prenait corps. Elle revit la salle de conférence poussiéreuse, les portraits cornés de Mao et les bancs d'écoliers couverts de graffiti. Elle revit les rangées de têtes inégales allant de l'afro à la « Jésus-Christ », de la « Jésus-Christ » à l'afro, et Long Al, avachi près d'elle et plongé dans un ennui embrumé par l'alcool. Puis, sur l'estrade, elle revit la silhouette isolée et mystérieuse de notre aimable représentant de la Palestine. Plus petit que Joseph, il semblait peut-être un peu plus trapu mais son masque noir, son ample chemise kaki et son keffieh noir et blanc ne permettaient pas de s'en assurer. En tout cas il était plus jeune — cela, aucun doute — et plus fanatique. Elle se rappela sa bouche évoquant celle d'un poisson et que la prison de tissu rendait inexpressive. Elle se souvint du mouchoir rouge noué, comme par défi, autour du cou et des mains gantées qui marquaient le rythme de ses phrases. Et surtout, elle réentendit sa voix, non pas gutturale comme elle s'y était attendue, mais posée et cultivée, formant un contraste macabre avec le message sanguinaire qu'elle délivrait. Pourtant, cette voix ne ressemblait pas non plus à celle de Joseph. Elle perçut de nouveau les silences que le Palestinien observait avant de reformuler une phrase, obsédé, contrairement à Joseph, par la correction grammaticale : « *Pour nous, fusil et retour ne font qu'un... Celui qui ne nous soutient pas dans notre révolution est un impérialiste... Ne rien faire, c'est souscrire à l'injustice...* »

« "Je t'ai aimée tout de suite", (déclarait Joseph, du ton rêveur du souvenir). Ou c'est du moins ce que je t'affirme maintenant. A peine le débat terminé, je demande qui tu es, mais je ne veux pas t'aborder devant tant de monde. Je n'oublie pas non plus que je n'ai pas pu te montrer mon visage, qui est mon meilleur atout. Je décide donc d'aller te chercher au théâtre. Je me renseigne et suis ta trace jusqu'à Nottingham. Et me voilà. *Je vous aime infiniment*, signé Michel ! »

Comme pour se faire pardonner, Joseph fit mine de se préoccuper du bien-être de Charlie, lui reversant du vin, commandant du café — pas trop sucré, comme tu l'aimes. Voulait-elle se laver les mains ? Non merci, ça va très bien comme ça. A la télévision, les informations montraient des images d'un homme politique souriant qui descendait la passerelle d'un avion. Il arriva à la dernière marche sans encombre.

Son moment de bonté terminé, Joseph parcourut lentement la taverne du regard, puis s'arrêta sur Charlie. Sa voix résonnait maintenant exempte de toute passion.

« Donc, Charlie, tu es sa Jeanne. Son unique amour. Son obsession. Le personnel de l'auberge a quitté son service et nous sommes seuls dans la salle. Ton amant démasqué et toi. Il est minuit passé et j'ai bien trop parlé, même si je ne t'ai presque rien dit de mes sentiments, ni ne t'ai rien demandé concernant ce que toi tu éprouves, toi que j'aime plus que tout, toi qui suscites en moi des émotions jamais éprouvées, *et cetera*. Demain, c'est dimanche et tu ne joues pas ; j'ai retenu une chambre à l'auberge. Je n'essaie pas de te persuader de monter. Ce n'est pas mon genre. Peut-être aussi que je respecte trop ta dignité. Ou peut-être suis-je trop fier pour songer que tu as besoin d'être persuadée. Soit tu viendras à moi comme une sœur d'arme, une amante libre et consentante, comme une égale prête à se battre..., soit tu ne viendras pas du tout. Comment réagis-tu ? Éprouves-tu la soudaine envie de retourner près de la gare, à l'Astral Commercial and Private Hotel ? »

Charlie le dévisagea puis détourna les yeux. Une demi-douzaine de réponses moqueuses lui brûlaient la langue mais elle les retint. Le visage masqué de la conférence n'était de nouveau plus qu'une abstraction. C'était Joseph et non l'étranger qui lui posait cette question. Et que restait-il à dire quand elle s'imaginait déjà couchée à son côté, la tête brune de Joseph appuyée contre son épaule, le corps puissant et couturé de Joseph allongé tout près du sien, quand elle ne désirait que libérer la véritable nature de Joseph ?

« Après tout, Charlie — comme tu nous l'as dit toi-même —, tu as déjà couché avec un certain nombre d'hommes, me semble-t-il. »

« Un certain nombre pour le moins », convint-elle, soudain fascinée par la salière de plastique.

« Tu portes le somptueux bracelet qu'il t'a offert. Tu te trouves seule dans une ville sinistre. Il pleut. Il t'a émerveillée — il a flatté l'actrice, enflammé la révolutionnaire. Comment peux-tu lui refuser ce qu'il désire ? »

« Il m'a aussi payé à dîner, lui rappela Charlie. Même si j'étais au régime végétarien. »

« Il représente exactement ce à quoi peut rêver une petite Occidentale qui s'ennuie, me semble-t-il. »

« Jose, je t'en prie », murmura-t-elle sans même pouvoir lever les yeux.

« Très bien », conclut-il sèchement avant de réclamer l'addition. « Félicitations. Tu as enfin rencontré l'âme sœur. »

Son attitude s'était empreinte d'une curieuse brusquerie. Elle eut l'impression ridicule que sa soumission lui avait déplu. Elle le regarda régler l'addition, puis empocher la fiche. Elle le suivit dans l'obscurité du dehors. Je suis la fille aux deux fiancés, pensa-t-elle. Si tu aimes

Joseph, prends Michel. Il m'a livrée à son fantôme dans son théâtre du réel.

« Au lit, il t'apprend que son vrai nom est Salim, mais cela doit rester absolument secret », reprit Joseph d'un ton détaché tandis qu'ils pénétraient dans la voiture. « Il préfère que tu l'appelles Michel. A la fois par souci de sécurité et parce qu'il éprouve déjà une certaine attirance pour la décadence européenne. »

« Je préfère Salim. »

· « Mais tu l'appelles Michel. »

Tout ce que tu voudras, songea-t-elle. Mais sa passivité n'était qu'une comédie, comédie qu'elle se jouait d'abord à elle-même. Tout au fond, bien enfouie, elle sentait sa colère se réveiller, sensation très lointaine mais qui montait, montait...

L'hôtel évoquait un atelier d'usine, bas et allongé. Il ne restait apparemment plus de place où se garer, mais un minibus Volkswagen blanc s'avança pour leur permettre de se ranger et Charlie reconnut la silhouette de Dimitri au volant. Étreignant les orchidées comme Joseph le lui avait indiqué, elle le suivit à travers le parking jusqu'à l'entrée de l'hôtel, mais à contrecœur et en conservant une certaine distance. Joseph lui avait pris sa sacoche et portait également son élégante serviette noire. « Donne-moi ça, c'est mon sac. » Dans le hall, elle aperçut du coin de l'œil Raoul et Rachel qui se tenaient sous le néon sinistre à déchiffrer les horaires des excursions du lendemain. Elle les foudroya du regard. Joseph se dirigea vers la réception et elle se rapprocha pour le voir signer le registre, bien qu'il lui eût recommandé de ne pas le faire. Un nom arabe, nationalité libanaise, l'adresse d'un appartement à Beyrouth. Une attitude méprisante : un homme important, toujours prêt à s'offusquer. Rien à redire, se dit-elle tristement tout en s'efforçant de le haïr. Pas de gestes inutiles, de la classe, tu te mets dans la peau du personnage. Le réceptionniste lança vers la jeune femme un coup d'œil lubrique mais lui épargna les grossièretés auxquelles elle était habituée. Le portier chargeait leurs bagages sur un énorme chariot d'hôpital. Je porte un caftan bleu, un bracelet d'or et des sous-vêtements sortis tout droit de chez Persephone, et j'arrache les yeux au premier péquenot qui me traite de pute. Joseph lui prit le bras et elle ressentit une véritable brûlure au contact de sa main. Charlie se libéra. De l'air. Aux accents d'un chant grégorien, ils suivirent leurs bagages le long d'un couloir gris jalonné de portes aux tons pastels. Leur chambre était extrêmement luxueuse, ce qui signifiait un lit immense et une propreté aussi aseptique que celle d'une salle d'opération.

« Bon Dieu ! » s'exclama-t-elle, examinant la pièce d'un regard mauvais.

Le portier, surpris, se retourna, mais la jeune femme ne lui prêta aucune attention. Elle nota la présence d'une coupe de fruits, d'un seau à glace et d'une bouteille de vodka attendant près du lit. Celle d'un vase pour les orchidées. Elle les y laissa tomber. Joseph donna un pourboire au portier, le chariot s'éloigna dans un grincement et ils se retrouvèrent brusquement seuls devant ce lit grand comme un terrain de football, deux fusains encadrés représentant des taureaux minoens qui donnaient à la chambre une petite touche érotique de bon ton, et un balcon avec vue imprenable sur le parking. Charlie sortit la bouteille de vodka du seau à glace et s'en versa une bonne rasade avant de s'écrouler sur le bord du lit.

« A la tienne, mon vieux », lança-t-elle.

Joseph se tenait toujours debout, la dévisageant d'un air inexpressif. « A la tienne, Charlie », répliqua-t-il, bien qu'il n'eût pas de verre.

« Alors, que fait-on, maintenant ? Un Monopoly ? Ou est-ce enfin le moment de la grande scène tant attendue ? » Elle ne put s'empêcher d'élever la voix. « Je voudrais bien savoir qui on est maintenant, comme ça, histoire de se renseigner ? *Qui ?* Tu piges ? Tout bêtement qui on est ? »

« Tu sais très bien qui nous sommes, Charlie. Nous sommes deux amants profitant agréablement de leur lune de miel en Grèce. »

« Je croyais que nous nous trouvions dans une auberge de Nottingham. »

« Nous jouons tous les rôles en même temps. Je pensais que tu l'avais compris. Nous mettons au point le passé et le présent. »

« Parce qu'il ne nous reste que très peu de temps, c'est ça ? »

« Disons plutôt parce que des vies humaines sont en jeu. »

Elle prit une nouvelle gorgée de vodka et sa main ne tremblait pas le moins du monde. Une telle maîtrise de ses mouvements trahissait toujours chez elle un accès de profonde colère. « Des vies juives », corrigea-t-elle.

« Sont-elles différentes des autres ? »

« J'ai bien l'impression que oui ! Merde alors ! Kissinger peut foutre autant de bombes qu'il veut sur la gueule des Cambodgiens, personne ne lève le petit doigt. Les Israéliens ont le droit de réduire tous les Palestiniens qu'ils veulent en bouillie. Mais quand deux malheureux rabbins sont descendus à Francfort ou ailleurs..., ça c'est de la supercatastrophe, une immense perte au niveau international, je me trompe ? »

Elle s'adressait à un ennemi invisible, un point situé bien au-delà de Joseph, mais elle le vit cependant faire un pas dans sa direction et s'imagina un bref instant qu'il allait d'un seul geste supprimer en elle toute notion de doute ou de choix. Il se contenta pourtant d'aller jusqu'à la baie vitrée pour ouvrir la porte. Peut-être éprouvait-il le besoin d'entendre le bruit de la circulation pour couvrir les mots de Charlie.

« Toutes ces morts sont des catastrophes, déclara-t-il d'un ton neutre en regardant par la fenêtre. Demande-moi plutôt ce qu'éprouvent les habitants de Kiryat Shmonah quand les obus palestiniens leur tombent dessus. Demande à ceux qui vivent dans les kibboutzim de te décrire la plainte des fusées Katioucha qui foncent sur eux à plus de quarante à la fois pendant qu'ils précipitent leurs enfants au fond des abris en leur disant que c'est un jeu. » Joseph se tut et lui lança un regard las, semblant avouer qu'il n'avait lui-même que trop entendu ses propres arguments. « Quoi qu'il en soit, reprit-il d'un ton plus ferme, la prochaine fois que tu tiendras ce genre de raisonnement, je te conseille de ne pas oublier que Kissinger est juif. Cela tient également une place dans la rhétorique politique assez élémentaire de Michel. »

Charlie porta son poing à sa bouche et s'aperçut qu'elle pleurait. Il s'approcha du lit et prit place à côté d'elle ; la jeune femme crut qu'il allait poser le bras sur son épaule, l'abreuver de nouvelles paroles sages et morales, ou tout simplement la prendre, solution qu'elle aurait de loin préférée, mais il ne fit rien de tel. Il la laissa sangloter et Charlie finit par rêver qu'il pleurait aussi. Mieux que n'importe quels mots, le silence de Joseph sembla adoucir leur situation. Ils restèrent ainsi longtemps, très longtemps l'un près de l'autre, et les hoquets de Charlie se muèrent bientôt en un profond soupir d'épuisement. Mais il n'esquissait toujours aucun mouvement, ni pour se rapprocher d'elle ni pour s'en éloigner.

« Jose, murmura-t-elle avec désespoir en lui reprenant la main. Mais qui es-tu, bon sang ? Que ressens-tu *vraiment* derrière toute ta cuirasse ? »

Levant la tête, elle se mit à écouter les bruits de la vie qui emplissaient les chambres voisines. Les grognements maussades d'un enfant rebelle au sommeil. Une violente scène de ménage. Elle perçut des pas sur le balcon et se retourna pour voir pénétrer dans la chambre une Rachel en survêtement portant un sac en éponge et un thermos.

Charlie était allongée, trop fatiguée pour parvenir à dormir. Jamais Nottingham ne pourrait ressembler à cela. Elle entendit le son étouffé d'une conversation téléphonique à travers le mur, et crut reconnaître la voix de Joseph. Elle dormait dans les bras de Michel. Elle dormait dans les bras de Joseph. Elle eut envie d'Al. Elle se trouvait à Nottingham avec l'homme de ses rêves, bien au chaud dans son lit, à Camden, dans la chambre que sa vioque continuait à appeler la chambre d'enfant. Elle restait couchée comme lorsqu'elle était petite, après sa chute de cheval, regardant se dérouler le film de sa vie et explorant son esprit comme elle avait autrefois exploré son corps, palpant chaque centimètre carré pour estimer le dommage. Au bout du monde, de l'autre côté du lit, Rachel lisait un poche de Thomas Hardy à la lueur d'une lampe minuscule.

« Il a quelqu'un, Rache ? demanda Charlie. Qui lui lave ses chaussettes et lui cure ses pipes ? »

« Il vaudrait mieux que tu le lui demandes à lui, mon chou. »

« C'est pas toi ? »

« Ça ne marcherait pas, non ? Pas à la longue en tout cas. »

Charlie parut s'assoupir tout en s'efforçant de le visualiser. « Il s'est battu », fit-elle remarquer.

« Mieux que tout le monde, répliqua Rachel avec une certaine satisfaction. Et il continue. »

« Comment a-t-il fait pour se bagarrer autant, alors ? »

« Ce n'est pas vraiment lui qui choisissait, tu sais », répondit Rachel, toujours plongée dans sa lecture.

Charlie essaya encore une fois : « Il a été marié. Qu'est-il advenu de sa femme ? »

« Désolée, mon chou. »

« On se demande si elle a sauté toute seule ou si elle a été poussée », plaisanta Charlie, ignorant la rebuffade. « On peut vraiment se poser la question. Pauvre petite, il lui fallait tenir le rôle d'au moins six caméléons à la fois rien que pour prendre le bus avec ce mec-là. »

Elle demeura un moment immobile.

« Et toi, comment t'es-tu embarquée là-dedans, Rache ? » s'enquit-elle, et, à sa grande surprise, Rachel posa son livre ouvert sur son ventre et se mit à lui raconter son histoire. Ses parents étaient des Juifs orthodoxes de Poméranie. Après la guerre, ils s'étaient installés à Macclesfield et avaient fait fortune dans l'industrie textile. Des succursales en Europe et un atelier à Jérusalem, énuméra-t-elle sans la moindre fierté. Ils voulaient que Rachel fasse des études à Oxford avant d'entrer dans l'entreprise familiale, mais la jeune fille avait préféré se pencher sur la Bible et l'histoire juive à l'université Hébraïque.

« Ça s'est passé comme ça », expliqua-t-elle quand Charlie voulut connaître l'étape suivante.

« Mais comment ? (Charlie insista). Pourquoi ? Qui s'est chargé de te recruter, Rache, qu'est-ce qu'ils t'ont dit ? »

Rachel ne répondit pas directement aux questions de Charlie, elle lui donna plutôt la raison de son engagement. Elle connaissait l'Europe, et elle savait ce qu'était l'antisémitisme, raconta-t-elle. Et elle avait voulu montrer à tous ces sabras prétentieux, ces petits héros qui sévissaient à l'université, qu'elle aussi pouvait se battre pour Israël, au même titre que n'importe quel garçon.

« Et Rose ? » s'enquit Charlie, exploitant le filon au maximum.

Le cas de Rose était plus compliqué, répliqua Rachel comme si le sien était tout à fait naturel. Rose avait participé au mouvement des Jeunesses sionistes en Afrique du Sud, puis était venue en Israël en se demandant si elle n'aurait pas mieux fait de rester en Afrique pour lutter contre l'apartheid.

« Elle se donne vraiment à fond parce qu'en fait elle ne sait pas exactement où elle en est », expliqua Rachel en se replongeant dans *Le Maire de Casterbridge* avec une fermeté qui coupait court à la discussion.

Pléthore d'idéaux, songea Charlie. Il y a deux jours, je n'en avais aucun. En avait-elle davantage maintenant ? Nous verrons cela demain matin. Dans un demi-sommeil, elle se plut à imaginer des gros titres. « UNE STAR QUI REDESCEND SUR TERRE. » « JEANNE D'ARC CONDUIT

L'ACTIVISME PALESTINIEN AU BUCHER. » Très bien, Charlie, c'est ça, dors bien.

La chambre de Becker ne se trouvait qu'à quelques mètres de celle de Charlie. Elle contenait des lits jumeaux, la direction de l'hôtel semblant ignorer qu'on peut voyager seul. Becker s'était allongé sur l'un d'eux et contemplait l'autre, dont il était séparé par une table de nuit surmontée d'un téléphone. Dans dix minutes, il serait une heure trente et ce serait le moment. Après pourboire, le portier de nuit avait promis de faire passer l'appel. Gadi se sentait parfaitement réveillé, comme toujours à cette heure-ci. A force de se concentrer trop intensément, de se détendre trop lentement. De ramener ce qu'il fallait au premier plan pour refouler toutes les autres pensées. La sonnerie retentit à l'heure dite et la voix de Kurtz l'accueillit aussitôt. D'où appelle-t-il, s'interrogea intérieurement Becker. Il perçut un fond musical et devina qu'il s'agissait d'un hôtel. L'Allemagne, se rappela-t-il. Un hôtel allemand en liaison directe avec un autre hôtel à Delphes. Kurtz s'exprimait en anglais pour ne pas attirer l'attention, et avec une désinvolture apparente qui aurait trompé l'oreille la plus attentive. Oui, tout se passait très bien, lui assura Becker ; l'affaire se déroulait sans encombre et il n'y avait aucun problème en vue pour l'instant.

« Comment cela se présente-t-il avec notre dernière acquisition ? » demanda-t-il.

« Nous obtenons toute la coopération espérée », l'informa Kurtz du ton chargé qu'il employait généralement pour rallier ses troupes éparpillées. « Tu peux revenir au magasin quand tu veux, tu ne seras pas déçu par la marchandise. Entre autres. »

Becker terminait rarement ses conversations téléphoniques avec Kurtz. C'était un vieux rite entre eux deux chacun devait s'efforcer de couper le premier la communication. Cette fois-ci, pourtant, Kurtz écouta jusqu'au bout ce que Becker avait à lui dire et ce dernier en fit autant. Lorsqu'il reposa le combiné, Becker aperçut son image séduisante se refléter dans le miroir, et il la contempla avec un dégoût non dissimulé. Elle lui fit un instant l'effet d'être un feu de naufrageur et il éprouva l'envie morbide et violente de l'étreindre pour de bon : *Mais qui es-tu, bon sang ?... Que ressens-tu vraiment ?* Il se rapprocha du miroir. J'ai l'*impression* de contempler un ami défunt en espérant qu'il va revivre, voilà ce que je ressens. J'ai l'*impression* de rechercher en quelqu'un d'autre des espoirs morts depuis longtemps, mais en vain. J'ai l'*impression* d'être un acteur, comme toi, de multiplier les personnalités parce que l'originale manque, oubliée en route, quelque part. Mais en vérité, je ne ressens rien du tout, parce que les sentiments sont subversifs et contraires à la discipline militaire. Par conséquent, je ne ressens rien, mais je me bats, donc j'existe.

Une fois dans la rue, il marcha avec impatience, faisant de grandes enjambées et regardant loin devant lui, comme si la marche l'ennuyait et que les distances étaient toujours trop courtes. La ville semblait prête pour l'attaque, atmosphère qu'en plus de vingt ans il avait connu trop souvent dans de trop nombreuses villes. Les gens avaient déserté les rues, aucun cri d'enfant ne venait troubler la nuit. Rasez les maisons. Tirez sur tout ce qui bouge. Les cars et les voitures garés le long du trottoir avaient été abandonnés par leurs propriétaires et Dieu seul savait quand ceux-ci récupéreraient leurs biens. Le regard rapide de Becker se glissait parfois vers une porte ouverte ou le portail d'une allée sombre, mais guetter ainsi lui était habituel et ne ralentissait en rien son allure. Parvenu à une rue latérale, il leva la tête pour déchiffrer la plaque, mais continua néanmoins son chemin avant de tourner brusquement au niveau d'un chantier. Un minibus criard était rangé près d'un gros tas de briques. Tout à côté, des piquets d'étendage penchaient lamentablement, camouflant trente mètres de fil-antenne. Une musique étouffée s'échappait du véhicule. La porte s'ouvrit, le canon d'un pistolet fut braqué sur le visage de Becker tel un œil qui le scrutait, puis disparut. « Shalom », fit une voix respectueuse. Becker monta dans la camionnette et referma la portière derrière lui. La musique ne parvenait pas à couvrir totalement le cliquetis irrégulier du petit téléscripteur. David, le radio de la maison d'Athènes, se tenait courbé sur l'appareil ; deux des hommes de Litvak lui tenaient compagnie. Sans autre salut qu'un hochement de tête, Becker s'installa sur la banquette rembourrée et se mit à déchiffrer l'épaisse liasse de feuilles qui l'attendait.

Les deux garçons le regardaient avec admiration. Il sentit leurs esprits avides compter ses médailles ; sans doute connaissaient-ils mieux que lui ses actes d'héroïsme.

« Elle a l'air très bien, Gadi », déclara le plus téméraire des deux.

Becker ignora la remarque. Parfois, il cochait un paragraphe, d'autres fois il soulignait une date. Lorsqu'il eut terminé, il tendit les feuillets aux garçons et leur demanda de lui faire réciter son rôle jusqu'à ce qu'il s'estimât satisfait.

De retour à l'air libre, il ne put s'empêcher de s'arrêter près de la fenêtre pour entendre leurs voix enthousiastes parler de lui.

« Le Corbeau l'a mis à la tête de toute une entreprise, une grande usine textile, ultra-moderne, près d'Haïfa », lançait le jeune téméraire.

« Super, répliqua l'autre. Qu'on se mette à la retraite et que Gavron fasse de nous des millionnaires. »

11

Pour ses retrouvailles interdites, mais primordiales, avec le bon Dr Alexis, Kurtz avait ce soir-là adopté une attitude complice réservée aux confrères estimés, et à laquelle se mêlait un parfum de vieille amitié. Sur la suggestion de Kurtz, ils se rejoignirent non pas à Wiesbaden, mais un peu plus au sud à Francfort, où la foule est plus dense et plus mobile, dans un grand hôtel sans luxe, achalandé par les congrès et qui accueillait cette semaine des disciples de l'industrie du jouet en peluche. Alexis avait proposé d'organiser la rencontre chez lui, mais Kurtz avait refusé d'un ton lourd de sens que le bon docteur ne manqua pas de remarquer. Ils s'étaient donné rendez-vous à vingt-deux heures, et la plupart des clients de l'hôtel étaient déjà sortis, en quête de jouets d'une nature bien différente. Le bar était aux trois quarts vide et les deux hommes n'avaient l'air que de deux industriels parmi les autres, qui refaisaient le monde au-dessus d'une coupe de fleurs artificielles. Et, d'une certaine façon, c'était effectivement ce qu'ils faisaient. Une musique sirupeuse emplissait la salle, mais le barman écoutait un récital de Bach sur un petit transistor.

Depuis leur première rencontre, le démon qui animait autrefois Alexis semblait s'être calmé. Les premières ombres de l'échec planaient sur lui comme les signes avant-coureurs de la maladie, et son sourire télévisuel s'était chargé d'une modestie nouvelle et peu seyante. Kurtz, qui s'attendait à devoir assener le coup de grâce, s'en aperçut aussitôt avec soulagement — Alexis, lui, s'en rendait compte avec nettement moins de soulagement tous les matins lorsque, dans l'intimité de sa salle de bains, il tendait la peau autour de ses yeux, essayant de sauver les derniers vestiges d'une jeunesse qui s'enfuyait. Kurtz lui transmettait les amitiés de Jérusalem et lui apportait, en témoignage de sympathie, une petite bouteille d'eau trouble dont l'étiquette certifiait qu'il s'agissait de l'eau du Jourdain. Il avait appris que la nouvelle Mme Alexis attendait un enfant et assura que cette eau sacrée venait fort à propos. Alexis fut très touché par l'attention, plus, à vrai dire, que par l'heureux événement qui l'avait motivée.

« Ma parole, vous l'avez su avant moi », protesta-t-il quand il eut examiné le flacon avec un émerveillement poli. « Je n'en ai pas même encore parlé au bureau. » Il disait vrai : son silence avait constitué une sorte d'ultime tentative pour nier, et donc empêcher la conception.

« Vous le leur annoncerez quand tout sera terminé et vous vous excuserez », suggéra Kurtz, non sans avoir une idée derrière la tête. Avec la tranquillité de ceux qui ne s'embarrassent pas de cérémonies, ils burent à la santé et à l'avenir de l'enfant à naître du Dr Alexis.

« On m'a dit que vous étiez chargé d'un travail de coordination, maintenant ? » s'enquit Kurtz, une étincelle dans le regard.

« A la santé de tous les coordinateurs », répliqua gravement Alexis, et tous deux reprirent donc une autre gorgée. Ils se mirent d'accord pour s'appeler par leurs prénoms, mais Kurtz en resta néanmoins au vouvoiement. Il ne voulait en rien diminuer son ascendant sur Alexis.

« Puis-je vous demander ce que vous coordonnez, Paul ? »

« Herr Schulmann, je me dois de vous informer que les liaisons avec les services amis n'entrent plus désormais dans mes attributions officielles », dit Alexis en parodiant délibérément la syntaxe de Bonn. Il attendit que Kurtz l'interrogeât plus avant.

Mais Kurtz choisit de lui faire part de ses déductions, qui en fait étaient plutôt des informations. « Un coordinateur a des responsabilités administratives dans des secteurs aussi importants que les transports, la formation, le recrutement, et la comptabilité des services opérationnels. Il intervient également dans les transferts entre agences fédérales et agences nationales. »

« Vous avez oublié les congés », objecta Alexis une fois encore tout autant amusé qu'horrifié par la précision des renseignements de l'Israélien. « Vous voulez une rallonge de congé ? Venez me voir à Wiesbaden et je vous donnerai quelques jours. Nous sommes dotés d'une commission très puissante qui ne s'occupe que de cela. »

Kurtz promit qu'il n'y manquerait pas — il était grand temps qu'il prenne un peu de vacances, confessa-t-il. Cette allusion au surmenage rappela à Alexis le temps où lui aussi travaillait sur le terrain, et il entreprit de raconter une affaire durant laquelle il n'avait pas dormi littéralement pas dormi, Marty, pas même somnolé — pendant trois nuits de suite. Kurtz l'écouta avec intérêt et sympathie. C'était une oreille attentive, qualité qu'Alexis ne rencontrait que trop rarement à Wiesbaden.

« Vous savez, Paul, dit Kurtz lorsqu'ils eurent discuté ainsi un moment, moi aussi j'ai rempli les fonctions de coordinateur, une fois. Mon supérieur avait jugé que je ne m'étais pas bien conduit. (Kurtz émit un petit sourire de tristesse complice.) Alors il m'a nommé coordinateur. Je me suis tellement emmerdé qu'au bout d'un mois, j'ai écrit au général Gavron pour lui dire qu'il était une nullité. "Général, ceci est officiel, Marty Schulmann vous traite de nullité." Il m'a convoqué dans son bureau. Vous avez déjà rencontré Gavron ? Non ? Il est tout petit, tout ratatiné, avec une grosse tignasse de cheveux noirs. Toujours excité. Toujours en mouvement. Il m'a hurlé : « "Schulmann, qu'est-ce que ça veut dire ? A peine un mois et vous me traitez de nullité ? Comment m'avez-vous percé à jour ?" Tout ça d'une voix fêlée, comme si on l'avait fait tomber quand il était petit. "Général, je lui ai répondu, s'il vous restait une once d'amour-propre, vous me renverriez dans les rangs de mon ancienne unité, là où je ne peux pas vous insulter en face." Et vous savez ce qu'a fait Misha ? Il m'a mis à la porte, et puis il m'a monté en grade. Voilà comment j'ai récupéré mon unité. »

Alexis trouva l'histoire d'autant plus amusante qu'elle lui rappelait l'époque révolue où il faisait figure d'indomptable, chéri des médias, parmi les fonctionnaires infatués de la hiérarchie de Bonn. Puis la conversation glissa le plus naturellement du monde sur l'attentat de Bad Godesberg, qui, après tout, avait été à l'origine de leur première rencontre.

« J'ai entendu dire que l'affaire progressait enfin un petit peu, fit remarquer Kurtz. Ils ont réussi à remonter la piste de la fille jusqu'à Orly, ce n'est déjà pas mal, même s'ils ne connaissent pas encore son identité. »

Alexis ne cacha pas son irritation d'entendre ainsi un homme qu'il admirait et respectait tant faire un éloge aussi peu mesuré. « Vous trouvez ça pas mal ? J'ai eu hier entre les mains les derniers résultats de l'enquête. Une fille a pris le vol Orly-Cologne le jour de l'attentat, croient-ils. Elle portait des jeans, croient-ils. Un foulard, une jolie silhouette, peut-être blonde, et puis ? Les Français ne retrouvent même pas trace de son embarquement. Enfin, c'est ce qu'ils disent. »

« Peut-être est-ce parce qu'elle n'a pas pris un vol pour Cologne, Paul », suggéra Kurtz.

« Mais comment fait-elle pour atterrir à Cologne si elle ne s'embarque pas pour Cologne ? » s'étonna Alexis, sans comprendre vraiment l'objection de Kurtz. « Ces crétins n'arriveraient même pas à retrouver la trace d'un éléphant dans un tas de cacao. »

Les tables voisines restaient inoccupées, et la musique de Bach, passant sur la radio, ajoutée à *Oklahoma*, que déversaient les haut-parleurs, suffisaient à couvrir certaines bêtises.

« Imaginez qu'elle prenne un billet pour une autre destination, commença patiemment Kurtz. Madrid, par exemple. Elle embarque bien à Orly, mais avec un billet pour Madrid. »

Alexis accepta l'hypothèse.

« Elle prend un billet Paris-Madrid et, arrivée à Orly, elle se présente au contrôle. Elle passe ensuite dans la salle d'attente, munie de sa carte d'embarquement, à destination de Madrid, puis va s'asseoir en un endroit convenu à l'avance. Elle attend. Près d'une porte de départ, pourquoi pas ? La porte dix-huit, peut-être. Disons qu'elle attend près de la porte dix-huit. Quelqu'un s'approche d'elle, une jeune fille, et lui glisse quelque formule de connivence. Elles se rendent aux toilettes et échangent leurs billets. Belle organisation. Du travail bien propre. Elles échangent également leurs passeports. Pour des filles, cela ne pose pas de problèmes particuliers. Un peu de maquillage, une perruque. Vous savez, Paul, si vous réfléchissez, toutes les jolies filles se ressemblent. »

L'aphorisme plut énormément à Alexis qui, déçu par son second mariage, en était arrivé aux mêmes tristes conclusions. Mais il ne s'attarda pas sur la question ; toute sa vigilance de policier s'était réveillée et il sentait déjà l'imminence de la révélation d'informations capitales. « Et quand elle atterrit à Bonn ? » s'enquit-il en allumant une cigarette.

« Elle atterrit sous passeport belge. Un assez joli faux, exemplaire d'une série tirée en Allemagne de l'Est. Un garçon barbu l'attend à l'aéroport avec une moto volée équipée de fausses plaques. Grand, jeune et barbu : c'est tout ce que la fille sait, et personne n'en sait plus d'ailleurs, car ces gens sont très forts en matière de sécurité. Une barbe ? Qu'est-ce qu'une barbe ? Et puis il ne retire pas son casque. Dès qu'il s'agit de sécurité, ces gens prévoient le moindre détail. Ils sont vraiment hors pair. Oui, c'est cela, hors pair. »

Alexis dit qu'il s'en était déjà aperçu.

« Dans cette opération, le garçon ne joue qu'un rôle de coupe-circuit, reprit Kurtz. Il n'a rien d'autre à faire. Il sert d'interrupteur. Il vient chercher la fille, s'assure que personne ne la suit, lui fait faire un petit tour avant de la conduire là où elle recevra des instructions. » Il se tut. « Il y a une vieille ferme près de Mehlem. On l'appelle Haus Sommer. Tout au bout de l'allée, au sud de la propriété, on trouve une grange aménagée. L'allée donne sur une petite route qui conduit directement à l'autoroute. Sous la chambre, il y a un garage et, dans le garage, il y a une Opel immatriculée à Siegburg ; le chauffeur est déjà au volant. »

Cette fois-ci, à la stupéfaction ravie de Kurtz, Alexis le comprit à demi-mot. « Achmann, prononça-t-il dans un souffle. Achmann, le célèbre Achmann de Düsseldorf ! On est tous malades, ma parole. Comment se fait-il que personne n'ait pensé à cet homme ? »

« Achmann, bien vu, fit Kurtz à son élève d'un ton approbateur. Haus Sommer appartient bien au Dr Achmann de Düsseldorf, dont la famille renommée possède une entreprise florissante de bois en gros, quelques magazines et une chaîne de sex-shops. A côté de cela, il dirige également la publication de calendriers représentant de romantiques paysages allemands. Mais la grange aménagée appartient à la fille du Dr Achmann, Inge, et a constitué le théâtre de bien des conférences marginales auxquelles participaient surtout de riches explorateurs de l'âme humaine, déçus par la société. A l'époque en question, Inge avait prêté la maison à un ami dans le besoin, un ami qui avait lui-même une petite amie... »

« Et ainsi de suite », compléta Alexis avec admiration.

« Écartez la fumée et vous en trouvez d'autre. Le feu couve toujours. C'est ainsi que ces gens travaillent. C'est ainsi qu'ils ont toujours opéré. »

Lorsqu'ils se terraient dans des grottes de la vallée du Jourdain, songea Alexis, tout excité. Avec le surplus de fil électrique roulé en écheveau. Avec des bombes Bikinis qu'on peut fabriquer dans son arrière-cour.

A mesure que Kurtz parlait, les traits et l'allure générale d'Alexis semblaient se détendre mystérieusement, métamorphose qui n'échappait pas à l'Israélien. Les rides d'inquiétude et la fatigue physique qui déprimaient tant Alexis s'étaient évanouies. Il se tenait maintenant assis bien droit, ses petits bras confortablement croisés sur sa poitrine, un sourire de jeunesse retrouvée sur les lèvres et sa tête grisonnante légèrement penchée en avant, pour se laisser totalement subjuguer par le superbe numéro de son mentor.

« Puis-je vous demander à partir de quoi vous échafaudez ces théories passionnantes ? » questionna Alexis en tentant d'afficher un certain scepticisme.

Kurtz fit mine de réfléchir ; les révélations de Yanuka lui apparaissaient pourtant aussi nettement que s'il se trouvait encore assis près du jeune homme, dans la cellule capitonnée de Munich, en train de lui maintenir la tête pendant qu'il toussait et sanglotait. « Eh bien,

Paul, nous sommes maintenant en possession des plaques d'immatriculation de l'Opel, d'une photocopie du contrat de location de l'auto, et d'une déposition signée par l'un des complices », avoua-t-il, puis — en espérant que ces maigres indices suffiraient pour le moment à étayer ses théories — il reprit son récit.

« Le barbu laisse la fille devant la grange et s'en va pour ne plus reparaître. La fille, elle, met la robe bleue bien sage, une perruque, et s'arrange de façon à plaire à l'attaché du travail crédule et un peu trop affectueux. Elle monte dans l'Opel, et c'est un autre jeune homme qui la conduit à la maison visée. Ils s'arrêtent en route pour amorcer la bombe. Oui ? »

« Le garçon, interrogea Alexis, avide d'en savoir plus. Le connaît-elle ou bien ne sait-elle rien de lui ? »

Se refusant absolument à en dire davantage à propos du rôle joué par Yanuka, Kurtz éluda la question et se contenta de sourire. Son silence ne fut pas mal interprété, car Alexis voulait maintenant tous les détails, mais comprenait que son attente ne pouvait être systématiquement comblée, ce qui était tout à fait l'effet recherché.

« Sa mission accomplie, le chauffeur change les plaques d'immatriculation, et les papiers de la voiture, puis emmène la jeune fille à Bad Neuenahr, ravissante petite ville d'eau au bord du Rhin, où il la laisse », reprit Kurtz.

« Et après ? »

Kurtz adopta soudain un débit plus lent, comme si chaque mot menaçait de faire échouer son plan si complexe ; ce qui était effectivement le cas. « Après, je dirais — mais ce n'est qu'une supposition — que la fille est présentée à quelqu'un qui l'admire en secret, quelqu'un qui lui donne peut-être quelques leçons ce jour-là. Qui lui apprend à armer une bombe. A régler la minuterie, à piéger un objet. Je dirais aussi, mais il s'agit toujours d'une supposition, que cet admirateur a déjà retenu une chambre d'hôtel quelque part et que, stimulé par leur réussite commune, le couple commence une nuit d'amour des plus passionnées. Le lendemain matin, alors qu'ils récupèrent de cette nuit de plaisir, la bombe explose — avec un peu de retard, mais quelle importance ? »

Alexis se projeta en avant, l'excitation le rendant presque accusateur. « Et le *frère*, Marty ? Le grand héros qui a déjà tué tant d'Israéliens ? Où se trouve-t-il pendant tout ce temps ? A Bad Neuenahr, c'est ça, en train de se payer un peu de bon temps avec sa petite poseuse de bombe, oui ? »

Mais le visage de Kurtz s'était figé en une expression impassible que l'enthousiasme du bon Dr Alexis ne fit qu'intensifier.

« Où qu'il se trouve, il commande une opération efficace, remarquablement fractionnée et répartie entre les participants, sans rien laisser au hasard, répliqua Kurtz, l'air satisfait. Le barbu ne possède que la description de la fille, rien de plus. Pas même le but de sa venue. La fille ne connaît que le numéro de la moto. Le chauffeur de l'Opel est au courant du but de l'opération, mais ne connaît pas le barbu. Tout cela est vraiment pensé. »

Kurtz sembla ensuite frappé de soudaine surdité ; ses questions n'obtenant plus pour toute réponse qu'un sourire angélique, Alexis ressentit le besoin urgent de commander de nouveaux whiskies. En vérité, le bon docteur se sentait en manque d'oxygène. Sa vie semblait s'être jusqu'alors écoulée à un rythme très lent, et plus lent encore durant ces derniers mois. Et puis soudain, voilà que le grand Schulmann l'entraînait dans une course folle dont il n'aurait pas même osé rêver.

« Et vous n'êtes venu en Allemagne que pour transmettre ces informations à vos confrères officiels allemands, je suppose », lança Alexis d'un air provocant.

Kurtz laissa passer un long silence avant de répondre, silence durant lequel il parut jauger Alexis des yeux comme de la pensée. Puis il esquissa le geste qu'Alexis admirait tant, écartant sa manche tout en levant le poignet pour regarder sa montre. Le bon docteur songea alors combien sa vie se passait de façon morne et lente tandis que Kurtz semblait trouver la sienne toujours trop courte.

« A Cologne, ils vous en seront très reconnaissants, soyez-en sûr, insista Alexis. Mon excellent successeur — vous vous souvenez de lui, Marty ? — en tirera un immense succès personnel. Avec le concours des médias, il deviendra le policier le plus brillant et le plus populaire d'Allemagne. J'ai raison, n'est-ce pas ? Et tout cela grâce à vous. »

Kurtz acquiesça d'un large sourire. Il avala une toute petite gorgée de whisky et se tamponna les lèvres avec un vieux mouchoir kaki. Puis il appuya son menton dans le creux de sa main et soupira, sous-entendant qu'il aurait préféré ne pas parler de cela, mais que puisque Alexis mettait le sujet sur le tapis, il allait le faire.

« Voilà, Paul, Jérusalem s'est longuement penché sur la question, confessa-t-il, et nous ne sommes pas aussi certains que vous semblez l'être que votre successeur corresponde au type d'homme dont nous cherchons absolument à améliorer l'avenir. » Alors, que décider ? semblaient s'interroger ses sourcils. « Il nous est cependant apparu qu'il nous restait une autre solution, et que nous pouvions peut-être la creuser avec vous, et considérer votre réaction. Peut-être, nous sommes-nous dit, existerait-il un moyen par lequel notre bon Dr Alexis pourrait transmettre ces informations à Cologne pour notre compte ? A titre privé. A la fois de façon officielle et non officielle, si vous comprenez ce que je veux dire. En se fondant sur son esprit d'initiative et sa sagesse de vue. Nous nous sommes donc posé la question. Nous pourrions peut-être aller voir Paul et lui dire ceci : "Paul, vous êtes un ami d'Israël. Acceptez ceci. Servez-vous-en. Profitez-en. Prenez-le comme un cadeau et ne donnez vos sources à personne." Pourquoi toujours pousser l'homme qui ne convient pas dans ces cas-là ? nous sommes-nous demandé. Pourquoi ne pas choisir le bon, pour une fois ? Pourquoi ne pas traiter avec des amis alors que tel est au départ notre principe ? Pour leur faire gagner de l'avancement ; pour les récompenser de leur loyauté envers nous. »

Alexis feignit de ne pas comprendre. Il était devenu passablement écarlate et ses protestations trahissaient une certaine hystérie. « Mais, Marty, écoutez-moi, je ne possède aucune source d'informations ! Je ne suis pas opérationnel, je ne suis plus qu'un bureaucrate ! Vous croyez qu'il me suffit de décrocher mon téléphone — "Allô ! Cologne, ici Alexis, je vous conseille de vous rendre immédiatement à Haus Sommer. Là-bas, vous arrêterez la fille d'Achmann et embarquerez tous ses petits copains pour les interroger" ? Suis-je donc un prestidigitateur — un alchimiste — pour tirer de si magnifiques informations d'un simple courant d'air ? Mais à quoi pensent-ils, à Jérusalem ? Qu'un vulgaire coordinateur peut en un tour de main devenir un sorcier ? » Le ridicule de ses propos devenait gênant et lui donnait une impression croissante d'irréalité. « Dois-je demander qu'on arrête tous les motards barbus ayant l'air vaguement italien ? On va se foutre de moi ! »

Il était à court d'arguments et Kurtz l'aida à s'en sortir car c'était bien ce qu'Alexis attendait. Il se trouvait dans l'état d'esprit d'un enfant qui critique l'autorité pour mieux s'assurer de son emprise.

« Personne ne parle d'arrestation, Paul. Pas encore. Pas de notre côté en tout cas. Personne ne cherche la moindre action publique, et surtout pas à Jérusalem. »

« Qu'est-ce que vous voulez, alors ? » questionna Alexis d'un ton brusquement irrité.

« La justice », répondit doucement Kurtz. Mais son sourire direct et inaltérable transmettait un tout autre message. « La justice, un peu de patience, un peu de sang-froid, beaucoup d'inventivité, beaucoup d'imagination de la part de ceux qui acceptent de jouer notre jeu. Permettez-moi de vous demander quelque chose, Paul. » Sa grosse tête se rapprocha brusquement ; sa main puissante se posa sur l'avant-bras du docteur. « Imaginons, imaginons maintenant un informateur tout à fait anonyme et dont l'existence doit rester top secret — j'entends par là un Arabe haut placé, Paul, un Arabe du centre modéré, qui aime l'Allemagne, qui l'admire, et qui détient certaines informations concernant des opérations terroristes qu'il désapprouve — imaginons que cet homme ait vu le Dr Alexis à la télévision, il y a de cela quelque temps. Imaginons par exemple, qu'installé dans sa chambre d'hôtel, à Bonn — ou Düsseldorf, ou ailleurs — il ait allumé son poste de télévision, pour se distraire, et que soit apparu sur l'écran le beau Dr Alexis, un juriste, soit, un policier, mais aussi un homme spirituel, un homme intelligent, pragmatique, un humaniste jusqu'au bout des ongles — bref, un homme —, d'accord ? »

« Imaginons », répondit Alexis, l'esprit à demi assourdi par l'ampleur des mots de Kurtz.

« Et cet Arabe, Paul, il vient vous voir, reprit Kurtz. Il ne veut parler à personne d'autre. Son instinct lui dicte qu'il peut vous faire confiance et il refuse d'avoir affaire avec aucune autre personnalité allemande. Il passe outre la police, les ministres, les services de renseignements. Il repère votre numéro dans l'annuaire et vous téléphone, disons, chez vous. Ou à votre bureau, comme vous préférez — à vous de décider. Vous le rencontrez ici, dans cet hôtel. Ce soir-même. Vous prenez ensemble deux whiskies, qu'il vous laisse payer. Le grand Alexis — il ne veut personne d'autre. Cette solution vous semble-t-elle présenter quelque avantage, pour un homme que l'on a injustement privé du déroulement logique de sa carrière ? »

Lorsqu'il revécut par la suite cette scène dans sa mémoire, ce qui lui arriva fréquemment au fil d'humeurs contradictoires où se mêlaient la stupéfaction, la fierté ainsi qu'une horreur totale et incontrôlée, Alexis se mit à considérer les paroles qui suivirent comme la justification détournée de ce que Kurtz gardait à l'esprit.

« Les terroristes s'en sortent de mieux en mieux, ces derniers temps, se plaignit Kurtz d'un air sombre. “Introduisez un agent, Schulmann”, m'a hurlé Misha Gavron, à moitié couché sur son bureau. “C'est ça, Général, lui ai-je répondu. Je vous trouve un agent. Je le forme, l'aide à se faire une réputation, à attirer l'attention des gens qu'il faut, je le donne en pâture à l'opposition. Je fais tout ce que vous demandez. Et vous savez ce que les terroristes vont faire en premier ? lui ai-je demandé. Ils vont exiger de lui qu'il prouve ses convictions. Qu'il descende un gardien de banque ou un soldat américain. Ou qu'il fasse sauter un restaurant. Ou qu'il apporte une jolie valise à une charmante personne, qu'il la réduise en pièces. C'est bien ce que vous voulez ? C'est ce que vous aimeriez me voir faire, Général ? Introduire un agent dans la place et puis m'installer confortablement pour le regarder tuer les nôtres pour le compte de l'ennemi ?” » Il adressa une fois encore à Alexis le triste sourire de celui qui est lui aussi à la merci de supérieurs déraisonnables. « Les organisations terroristes ne traînent pas de poids morts, Paul. Et je l'ai dit à Misha. Elles ne s'embarrassent pas de secrétaires, de dactylos, de spécialistes du codage ou de tous ceux qui pourraient tout naturellement devenir des agents sans avoir à prendre place en première ligne. Ces milieux-là exigent de nouvelles formes d'infiltration. “Aujourd'hui, si vous voulez détruire l'objectif terroriste, lui ai-je expliqué, vous devez presque vous constituer votre propre formation terroriste d'abord.” Vous croyez qu'il m'a écouté ? »

Alexis ne put réfréner plus longtemps sa fascination. Il se rapprocha de Kurtz, les yeux brillants d'excitation, en saisissant la nuance de risque contenue dans la question. « Et vous l'avez fait, Marty ? murmura-t-il. Ici, en *Allemagne* ? »

Kurtz, comme souvent, ne répondit pas directement, et son regard slave semblait déjà considérer un point situé bien au-delà d'Alexis, un nouveau jalon le long de sa route solitaire et tortueuse.

« Supposons que je doive vous faire part d'un accident, Paul », suggéra-t-il du ton de celui qui choisit une option parmi la multitude que lui propose son esprit fertile. « Un accident qui se produirait dans, disons, quatre jours environ. »

Le concert du barman était terminé et l'homme remettait bruyamment de l'ordre, indiquant ainsi qu'il voulait partir. Sur la proposition de Kurtz, ils gagnèrent le hall de l'hôtel et se tapirent dans un coin, tête contre tête, tels deux passagers sur le pont d'un bateau balayé par les vents. Deux fois au cours de leur entretien, Kurtz jeta un coup d'œil sur sa vieille montre d'acier et s'excusa précipitamment pour aller donner un coup de fil ; plus tard, quand Alexis se renseigna, simplement pour satisfaire sa curiosité oisive, il apprit que le premier coup de téléphone avait été adressé à un hôtel de Delphes, en Grèce, et avait duré douze minutes payées comptant, tandis que l'autre renvoyait à un numéro impossible à identifier à Jérusalem. A trois heures passées, un groupe de travailleurs immigrés en combinaisons usées fit irruption dans la salle, muni d'un énorme aspirateur vert qui évoquait un canon Krupp. Mais Kurtz et Alexis continuèrent de converser par-dessus le ronflement. L'aube était déjà levée depuis longtemps lorsque les deux hommes quittèrent l'hôtel et se serrèrent la main, concluant ainsi leur marché. Mais Kurtz prit bien garde de ne pas trop remercier sa dernière recrue. Il savait pertinemment qu'une gratitude excessive serait le meilleur moyen de perdre Alexis.

Ce fut un Alexis rajeuni qui se précipita chez lui puis, après s'être rasé, changé, et attardé suffisamment longtemps pour convaincre sa jeune épouse du caractère extrêmement secret de sa mission, arriva à son bureau de verre et de béton avec une expression de mystérieuse satisfaction qu'il n'avait pas présentée depuis des mois. Le service remarqua qu'il plaisantait beaucoup et se permettait même quelques commentaires audacieux concernant ses collègues. Tout à fait l'Alexis d'avant, raconta le personnel ; il montra même un certain sens de l'humour, quoique l'humour n'ait jamais été son point fort. Il demanda du papier à lettres et, faisant sortir jusqu'à son secrétaire personnel, entreprit d'écrire à ses supérieurs un rapport très long et volontairement flou où il était question d'un contact avec « une source orientale haut placée, rencontrée alors que j'occupais encore mes précédentes fonctions », et d'une foule d'informations nouvelles portant sur l'attentat de Bad Godesberg — aucune d'entre elles ne présentant encore une importance suffisante pour avoir d'autre but que d'attester le sérieux de l'informateur, et celui du bon docteur qui contrôlait ses dires. Alexis réclamait certains pouvoirs et certains moyens, ainsi qu'un compte en banque opérationnel ouvert en Suisse et débitable à sa seule et entière discrétion. Il n'était pas particulièrement âpre au gain, même s'il fallait avouer que son remariage lui avait coûté cher et que son divorce l'avait littéralement ruiné. Mais il avait conscience qu'en cette époque matérialiste, les gens accordaient la plus grande valeur à ce qui leur coûtait le plus.

Et pour finir, il fit une prédiction angoissante que Kurtz lui avait dictée mot pour mot, et lui avait fait relire ensuite. Elle était assez imprécise pour ne rien empêcher, mais donnait suffisamment de détails pour faire de l'effet quand elle se serait réalisée. Des rapports non confirmés faisaient état de livraisons importantes d'explosifs à Istanbul par l'intermédiaire d'une organisation extrémiste islamique turque, dans le but d'accomplir des actions antisionistes en Europe de l'Ouest. Il fallait s'attendre à un nouvel attentat dans les jours qui suivaient. Des bruits couraient sur une cible éventuelle dans le sud de l'Allemagne. Il fallait alerter tous les postes frontières et polices locales. Pas d'autres détails. L'après-midi même, Alexis était convoqué par ses supérieurs. Le soir, il eut un long entretien téléphonique clandestin avec son grand ami Schulmann, pour recevoir ses félicitations et encouragements, de même que de nouvelles instructions.

« Ils mordent à l'hameçon, Marty ! » s'écria-t-il en anglais, tout excité. « Ce sont de vrais moutons. Nous pouvons les manipuler comme nous voulons ! »

Alexis a mordu l'hameçon, déclara Kurtz à Litvak, de retour à Munich, mais il va falloir faire sacrément attention qu'il ne s'égare pas. « Mais qu'est-ce que fait Gadi avec cette fille ? » marmonna-t-il en consultant sa montre.

« C'est parce qu'il ne supporte plus l'idée de tuer ! » répliqua Litvak avec une jubilation qu'il ne put dissimuler. « Tu crois que je ne m'en suis pas aperçu ? Tu t'imagines que toi non plus, tu ne le vois pas ? »

Kurtz lui ordonna de se taire.

12

La colline exhalait des senteurs de thym et semblait représenter pour Joseph quelque chose d'important. Il l'avait cherchée sur la carte et y avait conduit Charlie d'abord en voiture, puis à pied. L'air pénétré, il gravissait maintenant la pente devant la jeune femme, dépassant des rangées de ruches clayonnées, des bosquets de cyprès, traversant des champs caillouteux couverts de fleurs jaunes. Le soleil n'avait pas encore atteint son zénith et le pays n'apparaissait que comme une multitude de plis montagneux brun sombre. A l'est, Charlie put embrasser du regard les immensités argentées de la mer Egée avant que la brume ne les confonde avec le ciel. L'air embaumait le miel et la résine, il résonnait du tintement des clochettes pendues au cou des chèvres. Une brise légère cuisait le profil de Charlie et lui collait sa robe au corps. La jeune femme s'accrochait au bras de Joseph, mais celui-ci, trop concentré, semblait ne pas s'en apercevoir. Charlie crut à un moment distinguer Dimitri, assis sur une barrière, mais comme elle laissait échapper une exclamation, Joseph la pria sèchement de ne pas le saluer. Une autre fois, elle aurait juré avoir vu la silhouette de Rose se découper sur l'horizon, mais quelques secondes plus tard, la vision avait disparu.

Jusqu'à présent, leur journée s'était déroulée suivant une chorégraphie propre, et la jeune femme avait laissé Joseph la diriger avec son impatience habituelle. Elle s'était éveillée de bonne heure pour trouver Rachel penchée au-dessus d'elle, lui disant qu'elle serait gentille de passer l'autre robe bleue, celle à manches longues. Charlie prit une douche rapide puis retourna, complètement nue, dans la chambre ; mais Rachel n'était plus là et elle trouva Joseph installé devant un plateau de petit déjeuner pour deux et en train d'écouter le bulletin d'informations en grec que déversait la radio, image aux yeux du monde de son compagnon de nuit. Elle battit précipitamment en retraite vers la salle de bains et il dut lui tendre les vêtements par la porte entrouverte ; ils avalèrent très vite leur petit déjeuner sans échanger un mot. En bas, dans le hall de l'hôtel, il paya en liquide et empocha la note. Lorsqu'ils furent près de la Mercedes, Joseph rangeant les bagages, Charlie découvrit Raoul, le hippy, couché à moins de deux mètres du pare-chocs arrière, occupé à examiner le moteur d'une moto surchargée, et Rose qui se tenait allongée sur l'herbe, la hanche provocante, en train de manger un petit pain. Charlie se demanda depuis combien de temps ils étaient là et pourquoi ils devaient surveiller ainsi la voiture. Joseph prit le volant pour parcourir les deux kilomètres qui les séparaient des sites antiques, gara la Mercedes, puis, bien avant que les autres mortels n'aient commencé à faire la queue sous un soleil torride, il avait entraîné la jeune femme de l'autre côté des grilles, pour lui faire faire une visite guidée et à nouveau strictement privée du centre du monde. Il lui montra le temple d'Apollon, les vestiges d'un mur dorique et son hymne gravé, la pierre symbolisant le nombril de l'univers. Il lui montra les trésors et la piste de course tout en la gratifiant d'un cours sur les multiples guerres qui avaient été menées pour posséder l'oracle. Mais son attitude ne trahissait plus la même désinvolture que sur l'Acropole. Charlie s'imagina son guide avec une liste imprimée dans la tête, liste dont il rayait chaque ligne au fur et à mesure qu'il la promenait.

De retour près de la voiture, il lui tendit les clés.

« Moi ? » s'étonna-t-elle.

« Pourquoi pas ? Je croyais que tu avais un faible pour les belles autos. »

Ils se dirigèrent vers le nord, empruntant des routes désertes et sinueuses. Au début, Joseph évalua surtout la conduite de la jeune femme, lui donnant l'impression qu'elle repassait son permis, mais il ne réussit pas à la rendre nerveuse et elle ne parvint pas non plus à l'inquiéter, car il ne tarda pas à déplier une carte routière sur ses genoux sans plus prêter attention à la conductrice. La Mercedes réagissait merveilleusement ; l'asphalte se mua bientôt en une piste de gravillons et, à chaque virage un peu délicat, un nuage de poussière s'élevait dans la lumière matinale pour se perdre dans un paysage splendide. Joseph replia brusquement sa carte et la remit dans la pochette de sa portière.

« Alors, Charlie, te sens-tu prête ? » s'enquit-il, aussi vivement que s'il répétait sa question après une longue attente. Puis il reprit son récit.

Ils se trouvaient toujours à Nottingham, au paroxysme de leur passion. Ils venaient de passer deux nuits et un jour dans l'auberge, le registre pouvant en témoigner.

« Si on le questionne, le personnel se souviendra d'un couple répondant à notre description. Notre chambre donnait à l'ouest du bâtiment, sur un jardinet individuel. On te conduira là-bas en temps voulu pour que tu puisses te rendre compte par toi-même. »

Ils avaient passé la plupart du temps au lit, rapporta-t-il, à parler politique, à se raconter leur vie et à faire l'amour. Il semble que les seules interruptions aient été quelques promenades dans la campagne autour de Nottingham, mais à chaque fois, le désir des deux amants devenait si impérieux qu'il les ramenait bien vite à l'auberge.

« Pourquoi ne pas se contenter de la voiture ? demanda-t-elle pour essayer de lui arracher un sourire. J'adore ce genre de petits imprévus. »

« Je respecte tes goûts, mais, malheureusement, Michel se montre assez timide en ce qui concerne ces questions, et il préfère l'intimité d'une chambre à coucher. »

Charlie ne se laissa pas démonter : « Et ses prouesses ? »

Joseph tenait déjà une réponse toute prête. « Selon nos sources les mieux informées, il ne fait pas preuve de beaucoup d'imagination, mais il est d'un enthousiasme illimité et sa virilité est tout à fait impressionnante. »

« Merci », fit gravement Charlie.

Tôt le lundi matin, reprit-il, Michel était reparti pour Londres mais Charlie, qui n'avait pas de répétition de toute la matinée, dut rester à l'auberge, abandonnée, le cœur brisé. Joseph résuma sèchement son chagrin.

« Le jour est triste comme un deuil. Il pleut toujours. Souviens-toi du temps. Tu commences par pleurer tellement que tu ne parviens pas à te lever. Tu restes couchée dans ce lit encore imprégné de la chaleur de son corps, à sangloter. Il t'a dit qu'il essaierait de te rejoindre à York la semaine suivante, mais tu es persuadée que tu ne le reverras plus jamais. Que fais-tu ensuite ? » Il ne lui laissa pas le temps de répondre. « Tu t'assois devant la coiffeuse trop petite et tu contemples dans le miroir l'empreinte de ses mains sur ton corps, tu regardes tes larmes couler. Puis tu ouvres le tiroir et en sors une chemise portant le nom de l'auberge. A l'intérieur de la chemise, tu trouves du papier à en-tête de l'auberge et un stylo bille publicitaire. Et tu te mets aussitôt à lui écrire. Cinq pages. Tu lui décris ce que te révèle le miroir, tu lui décris tes pensées les plus secrètes. Cette lettre sera la première de la multitude que tu lui enverras. Cela correspond-il à ce que tu ferais ? En plein désespoir ? Après tout tu écris toujours des lettres sous le coup de l'émotion. »

« Si j'avais son adresse, oui, j'écrirais. »

« Il t'a donné une adresse à Paris. » Joseph la lui transmit : Aux bons soins d'un bureau de tabac de Montparnasse. Enveloppe adressée à Michel, faire suivre, SVP, pas de nom de famille.

« Le soir même, tu lui écris à nouveau, dans la tristesse de l'Astral Commercial and Private Hotel. Le lendemain matin, à peine réveillée, tu recommences. Le moindre bout de papier à lettres qui traîne fait l'affaire. Pendant les répétitions, les entractes, les moments les plus inattendus, tu lui écris des lettres passionnées, spontanées, d'une sincérité absolue. (Il lui jeta un coup d'œil.) Cela ne te paraît pas bizarre, n'est-ce pas ? insista-t-il. Tu agirais vraiment comme ça ? »

Combien de fois un homme a-t-il besoin d'être rassuré ? se demanda Charlie. Mais il s'était déjà replongé dans son récit. Et, ô joie inespérée — malgré ses prévisions pessimistes — Michel vint la voir non seulement à York, mais aussi à Bristol, et, mieux encore, à Londres, où il passa toute une nuit de rêve dans l'appartement que Charlie louait à Camden. Toute une nuit de passion. Et c'est là, expliqua Joseph, — avec la même satisfaction que s'il exposait une prémisse mathématique compliquée « dans ton propre lit, chez toi, entre deux promesses d'amour éternel, que nous avons projeté ces vacances grecques dont nous sommes en train de jouir en ce moment même ».

Un long silence suivit. Charlie conduisait tout en réfléchissant. Enfin, nous y voilà. De Nottingham à la Grèce en une heure de route.

« Il était prévu que je retrouve Michel après Mykonos ? » demandat-elle d'un ton sceptique.

« Pourquoi pas ? »

« Mykonos avec Al, toute la bande, je les plante sur le bateau pour retrouver Michel au restaurant d'Athènes et nous partons tous les deux ? »

« C'est cela. »

« Pas Al, déclara-t-elle enfin. Amoureuse de toi, je n'aurais jamais emmené Al à Mykonos. Je l'aurais plaqué. Il n'était pas invité par les sponsors, c'est lui qui s'est accroché. Jamais deux hommes à la fois, ce n'est pas mon genre. »

Il balaya son objection d'un geste de la main. « Michel n'exige pas de toi ce type de loyauté ; il ne la respecte pas lui-même et ne te la demande pas. C'est un soldat, un ennemi de la société à laquelle tu appartiens ; il peut être arrêté d'un moment à l'autre. Il peut se passer six mois comme une semaine avant que vous puissiez vous revoir. Tu crois vraiment qu'il voudrait soudain te voir vivre comme une nonne ? Que tu languisses, piques des crises de nerfs ou confies ton secret à tes meilleures amies ? Ridicule. Tu coucherais avec tout un bataillon s'il te le demandait. » Ils dépassèrent une chapelle située au bord de la route. « Ralentis », commanda-t-il, avant d'examiner à nouveau la carte.

Ralentis, gare-toi. Marche...

Joseph avait accéléré le pas. Le sentier menait à un groupe de cabanes abandonnées, puis débouchait sur une carrière désaffectée creusée dans la pierre comme un cratère de volcan, au sommet de la colline. Au pied du front de taille, Joseph découvrit un vieux bidon d'huile. Sans un mot, il le remplit de petits cailloux pendant que Charlie l'observait avec stupéfaction. Puis il ôta son blazer rouge, le plia et le posa délicatement sur le sol. Le pistolet pendait contre sa poitrine, glissé dans un étui de cuir qui rejoignait la ceinture, la crosse légèrement inclinée vers l'avant sur une courroie qui passait sous l'aisselle droite. Joseph portait un autre étui sur l'épaule gauche, mais celui-ci était vide. Il saisit le poignet de Charlie pour la faire accroupir près de lui, à l'arabe.

« Bon. Nottingham fait désormais partie du passé, de même que York, Bristol et Londres. Aujourd'hui redevient aujourd'hui, soit le troisième jour de notre grande lune de miel grecque ; nous sommes bien censés nous trouver ici, après avoir passé toute la nuit à faire l'amour dans notre hôtel de Delphes. Nous nous sommes levés tôt et Michel t'a une fois encore fait entrevoir le berceau de notre civilisation. Tu as conduit la Mercedes et j'ai pu constater que ce qu'on m'avait dit est tout à fait vrai : tu aimes conduire, et, pour une femme, tu conduis très bien. Je t'ai maintenant amenée ici, sur cette colline, mais tu ne sais pas pourquoi. Comme tu l'as remarqué, je me montre assez renfermé. Je semble lutter contre le doute, sur le point peut-être de prendre une grande décision. Les efforts que tu fais pour me distraire ajoutent encore à mon agacement. Tu te demandes ce qui se passe. Notre amour est-il en train d'évoluer ? Ou as-tu fait quelque chose qui m'a déplu ? S'il s'agit d'évolution, dans quel sens ? Je te fais asseoir ici... près de moi... voilà... et je sors mon pistolet. »

Fascinée, Charlie le regarda extirper prestement l'arme de son étui pour en faire le prolongement naturel de sa main.

« "Tu vas avoir l'immense privilège, partagé par nul autre, d'apprendre l'histoire de ce pistolet, et, pour la première fois — sa voix se ralentit pour accentuer l'importance de la déclaration — je vais te parler de mon grand frère, dont l'existence même représente un secret militaire dont seuls quelques rares camarades d'une fidélité absolue ont connaissance. Je vais te parler de lui parce que je t'aime, et parce que..." » Il hésita.

Parce que Michel adore dévoiler des secrets, songea-t-elle, mais elle n'aurait pour rien au monde voulu gâcher sa pièce.

« "Parce que j'ai décidé aujourd'hui que j'allais commencer à t'initier au combat pour notre armée clandestine. Ne m'as-tu pas sans cesse pressé — dans tes lettres, pendant nos étreintes — de te donner une chance de prouver ta loyauté en agissant pour moi ? Nous allons aujourd'hui entamer ce long apprentissage." »

Une fois encore, elle remarqua son apparente facilité à endosser sa personnalité arabe. Comme la nuit précédente, dans la taverne où elle avait eu parfois du mal à distinguer lequel de ces deux esprits antagonistes s'adressait à elle, elle écoutait maintenant, subjuguée, le style arabe assez orné qu'avait emprunté Joseph pour continuer son récit.

« "Durant toute la vie nomade que j'ai dû mener jusqu'à aujourd'hui en tant que victime de l'usurpateur sioniste, mon grand frère a brillé au-dessus de moi tel une étoile. Que ce soit en Jordanie, dans notre premier camp, là où mon école n'était qu'une masure de tôle envahie par les mouches. Que ce soit en Syrie, où nous avons dû fuir lorsque les tanks jordaniens nous ont chassés de notre camp. Que ce soit au Liban, où les sionistes nous bombardaient depuis la mer et depuis les airs, aidés en cela par les chiites. Que ce soit maintenant, accablé par tant de pertes, je ne manque jamais de penser à mon frère, le grand héros absent, mon frère, dont les exploits, que me raconte à voix basse ma sœur adorée Fatmeh, représentent ce que je cherche plus que tout au monde à égaler." »

Il ne lui demandait plus si elle l'écoutait.

« "Je ne le rencontre que très rarement et toujours dans le plus grand secret. Parfois à Damas. D'autres à Amman. Un ordre de lui : *Viens.* Et je passe une nuit à ses côtés, à boire ses paroles, à me réjouir de sa noblesse de cœur, de son intelligence aiguë de chef, de son courage. Un soir, il m'a fait venir à Beyrouth. Il venait de rentrer d'une mission extrêmement risquée dont je ne devais rien savoir si ce n'est qu'elle avait constitué une victoire totale sur les fascistes. Il m'a emmené avec lui pour écouter parler un grand homme politique, un Libyen, un orateur doué d'un sens de la rhétorique et de la persuasion formidable. Ce fut le plus beau discours qu'il m'ait jamais été donné d'entendre. Je pourrais te le réciter par cœur. Tous les peuples opprimés de la terre auraient dû entendre les paroles qu'a prononcées ce grand homme libyen ce soir-là." » Le pistolet reposait bien à plat sur sa paume. Il le présentait à Charlie pour qu'elle le recouvre de sa propre main. « "Le cœur battant d'excitation, nous avons quitté le lieu secret où s'était tenue la conférence et nous sommes rentrés à pied, dans l'aube qui se levait sur Beyrouth. Nous marchions bras dessus, bras dessous, à l'arabe. J'avais les yeux embués de larmes. Mû par une soudaine impulsion, mon frère s'est arrêté et m'a embrassé, là, sur le trottoir. Je sens encore son visage plein de sagesse pressé contre le mien. Il a sorti ce pistolet de sa poche et me l'a glissé dans la main, comme ceci. (Saisissant la main de Charlie, il y déposa l'arme, mais sans retirer sa propre paume, en orientant le canon vers la paroi de la carrière). *C'est un cadeau,* m'a-t-il dit. *Pour venger notre peuple, pour le libérer de ses chaînes. Le cadeau d'un combattant à un autre. C'est avec ce pistolet que j'ai fait mon serment sur la tombe de mon père.* Et moi, je n'ai rien trouvé à répondre." »

Sa main fraîche n'avait pas quitté celle de Charlie, la forçant à étreindre le revolver, et la jeune femme avait l'impression que sa paume et ses doigts tremblants ne faisaient plus partie d'elle-même.

« "Charlie, pour moi, ce revolver est sacré. Je te le dis parce que j'aime mon frère, que j'aimais mon père et que je t'aime, toi. Je vais t'apprendre comment t'en servir, mais avant, je te demande de baiser ce pistolet." »

Elle le regarda, puis baissa les yeux sur l'arme. Mais le visage fanatique de Joseph ne lui offrit aucun répit. De sa main libre, il s'empara du bras de la jeune femme et l'aida à se relever.

« Nous nous aimons, l'as-tu oublié ? Nous sommes tous deux des camarades au service de la révolution. Nous nous accordons parfaitement tant sur le plan intellectuel que physique. Je suis arabe, je suis passionné et j'aime les mots comme les gestes. Embrasse ce pistolet. »

« Mais, Jose, je ne peux pas faire ça. »

Elle s'adressait alors à Joseph et ce fut Joseph qui lui répondit.

« Qu'est-ce que tu crois, Charlie, que nous prenons le thé dans un salon anglais ? Que le fait d'être beau garçon oblige Michel à s'amuser ? Comment aurait-il pu apprendre à s'amuser, alors que ce pistolet représente la seule chose qui lui donne une valeur en tant qu'homme ? » interrogea Joseph, tout à fait logique.

Charlie fit non de la tête tout en fixant l'arme du regard. Mais cet entêtement ne sembla pas irriter son guide. « "Écoute, Charlie. La nuit dernière, pendant que nous faisions l'amour, tu m'as demandé : *Michel, où est le champ de bataille ?* Et sais-tu ce que j'ai fait ? J'ai posé ma main sur ton cœur et je t'ai dit : *Nous menons une jihad et le champ de bataille se trouve ici.* Tu es mon disciple. Jamais ton sens de la mission n'a été aussi exalté. Sais-tu ce que c'est — une *jihad* ? »

Charlie avoua son ignorance d'un signe de tête.

« "La *jihad* est ce que tu attendais avant de me rencontrer. La *jihad*, c'est la guerre sainte. Tu vas vraiment tirer le premier coup de feu de notre guerre sainte. Embrasse ce pistolet." »

Elle hésita, puis pressa ses lèvres contre le métal bleuté du canon.

« "Bien, déclara-t-il en s'éloignant brusquement d'elle. A partir de maintenant, cette arme fait partie de nous deux. Elle est à la fois notre honneur et notre étendard. Tu le sens ?" »

« Oui, Jose, je le sens. "Oui, Michel, je le sens". Ne me redemande plus jamais une chose pareille. » Elle frotta involontairement ses lèvres contre son poignet, comme pour en enlever du sang. Elle se haïssait, elle le haïssait et commençait à douter de sa propre raison.

« C'est un Walther PPK, était en train de lui expliquer Joseph lorsqu'elle se remit à l'écouter. Il n'est pas très lourd mais rappelle-toi qu'un automatique constitue toujours un compromis entre la discrétion, la maniabilité et l'efficacité. C'est ainsi que Michel s'exprime quand il te parle des armes, car c'est ainsi que son frère lui en a parlé. »

Debout derrière elle, il guida sa hanche pour la placer à la perpendiculaire de la cible, les jambes bien écartées. Puis il enferma la main de Charlie dans son poing, mêlant ses doigts aux siens et lui maintenant le bras complètement tendu, le canon du pistolet pointé sur le sol, exactement entre les deux pieds de la jeune femme.

« Le bras gauche mou et détendu. Comme ça. » Il l'aida à prendre la position désirée. « Les deux yeux bien ouverts, tu lèves lentement le canon jusqu'à ce qu'il soit dans la ligne de mire de la cible. En gardant toujours le bras bien tendu. Oui. Quand je dirai feu, tu tireras deux fois, baisse le canon vers le sol, tiens-toi prête. »

Elle replaça docilement le pistolet comme il le lui indiquait. « Feu » commanda-t-il, et elle leva le bras d'un mouvement raide, suivant ses instructions ; Charlie pressa la gâchette, mais rien ne se produisit.

« Cette fois-ci », dit-il en ôtant le cran de sécurité.

Elle recommença son geste, appuya de nouveau sur la gâchette et le pistolet fit un tel bond dans sa main qu'on l'eût pu croire lui-même atteint par une balle. Charlie tira encore et sentit son cœur s'emplir de la même excitation qu'elle avait éprouvée lorsque, pour la première fois, elle avait fait sauter un cheval ou s'était baignée nue dans la mer. Elle abaissa le canon. Joseph répéta son ordre, le pistolet se redressa, beaucoup plus vite que précédemment ; deux détonations retentirent, très rapprochées l'une de l'autre, puis une série de trois, à tout hasard. Puis le mouvement s'accéléra. Charlie n'attendit plus le commandement de Joseph, elle se mit à tirer à volonté, le claquement des balles emplissant l'air de toutes parts tandis que le sifflement des ricochets allait se perdre dans la mer, au-delà de la vallée. Charlie vida son chargeur puis laissa pendre son bras le long de son corps, le cœur battant, les poumons pleins des senteurs du thym et de la poudre.

« Qu'est-ce que ça donne ? » demanda-t-elle en se tournant vers lui.

« Va voir. »

Le laissant où il était, elle se précipita vers le bidon. Elle eut du mal à admettre ce qu'elle découvrit : le bidon ne présentait aucun impact de balle.

« Mais que s'est-il passé ? » s'écria-t-elle, indignée.

« Tu l'as raté », répliqua Joseph en lui prenant l'arme.

« C'était des balles à blanc ! »

« Absolument pas. »

« J'ai fait exactement comme tu m'as dit ! »

« D'abord, tu ne devrais pas tirer d'une seule main. Pour une fille d'une cinquantaine de kilos, qui a des poignets épais comme des allumettes, c'est tout à fait ridicule. »

« Alors pourquoi m'as-tu indiqué cette façon-là ? »

Il se dirigeait vers la voiture, conduisant Charlie par le bras. « Puisque c'est Michel qui t'apprend à tirer, tu dois tirer comme lui. Il ne sait pas du tout tirer à deux mains. C'est son frère qui lui a montré la position. Tu voudrais que je te mette partout l'étiquette *made in Israël* ? »

« Pourquoi fait-il comme ça ? » insista-t-elle avec colère en lui saisissant le bras. « *Pourquoi* ne sait-il pas tenir un pistolet correctement ? Pourquoi ne le lui a-t-on pas appris ? »

« Je te l'ai dit. C'est son frère qui l'a initié. »

« Alors pourquoi son frère ne lui a-t-il pas appris comme il faut ? »

Elle voulait réellement connaître la réponse. Elle se sentait humiliée et prête à faire une scène. Il sembla s'en apercevoir puisqu'il finit par sourire ce qui, d'une certaine façon, équivalait à une capitulation.

« "Dieu a voulu que Khalil ne tire qu'avec une main", te répond-il. »

« Pourquoi ? »

Il éluda la question d'un mouvement de tête. Ils arrivèrent à la voiture.

« Son frère aîné s'appelle Khalil ? »

« Oui. »

« Tu as dit que c'était le nom arabe d'Hébron ? »

Il parut satisfait, quoique étrangement distrait. « C'est vrai aussi. » Il mit le contact. « Khalil, notre ville. Khalil mon frère. Khalil, l'ami de Dieu, le prophète hébreu Abraham que l'islam respecte et qui repose dans notre très ancienne mosquée. »

« Khalil, alors », répéta Charlie.

« Khalil, conclut-il brièvement. Souviens-t'en. Et aussi des circonstances au cours desquelles il a prononcé ce nom. Parce qu'il t'aime. Parce qu'il aime son frère. Parce que tu as embrassé le pistolet de son frère et que vous êtes désormais du même sang. »

La voiture amorça la descente de la colline, Joseph à son volant. Charlie ne savait plus du tout qui elle était, en admettant qu'elle l'eût jamais su. Le son de ses coups de feu lui résonnait encore aux oreilles. Le goût du métal lui imprégnait encore les lèvres, et quand son guide lui désigna l'Olympe, elle ne discerna qu'un amas de nuées blanches et noires évoquant un nuage atomique. Joseph ne se montrait pas moins préoccupé qu'elle, mais une fois encore, ses visées les dépassaient tous deux, et, tout en conduisant, il ne cessait d'assener des multitudes de petits détails, sans jamais perdre le fil de son inlassable récit. Khalil à nouveau. Leur vie commune avant que l'aîné ne parte combattre. Nottingham, le choc de deux âmes sœurs. Fatmeh et l'amour immense qu'il lui porte. Ses autres frères, morts. Ils rejoignirent la route côtière. La circulation beaucoup trop rapide y faisait un vacarme assourdissant ; des vestiges de cabanes jonchaient les plages souillées et les tours des usines semblaient à Charlie des prisons qui n'attendaient qu'elle.

La jeune femme s'efforça de rester éveillée pour l'écouter mais la fatigue eut raison d'elle. Sa tête s'abandonna sur l'épaule de Joseph et, pour un moment, Charlie s'évada.

A Thessalonique, leur hôtel était un vieil édifice de style édouardien orné de dômes que la lumière de projecteurs mettait en valeur, et d'où se dégageait un air de circonstance. Leur suite était située au dernier étage et comprenait une alcôve pour les enfants, une salle de bains longue de plus de six mètres et des meubles des années vingt complètement rayés qui créaient une atmosphère familière. Charlie avait allumé la lumière, mais il lui ordonna de l'éteindre. Joseph avait fait monter de quoi manger, mais ni l'un ni l'autre n'y avaient touché. Tournant le dos à la jeune femme, il se planta devant la baie vitrée et contempla la place verdoyante qui précédait un front de mer baigné de lune. Charlie s'assit sur le lit. Dans la chambre flottaient les accords égarés d'une musique grecque venue de la rue.

« Alors, Charlie. »

« Alors, Charlie », répéta-t-elle doucement, attendant l'explication qui lui était due.

« Tu t'es engagée dans mon combat. Mais quel combat ? Comment sont livrées les batailles ? Je t'ai parlé de la cause, je t'ai parlé de l'action : nous croyons, donc nous agissons. Je t'ai dit que la terreur est un théâtre et qu'il faut parfois tirer les oreilles du monde pour qu'il écoute la voix de la justice. »

Charlie remua nerveusement.

« Dans mes lettres, au cours de nos discussions, je t'ai à plusieurs reprises promis de te faire entrer dans l'action. Mais j'ai tergiversé. J'ai retardé le moment. Jusqu'à ce soir. Peut-être n'ai-je pas suffisamment confiance en toi. Peut-être en suis-je venu à trop t'aimer pour te voir ainsi jetée en première ligne. Tu ne sais pas vraiment laquelle de ces deux explications est la bonne, mais tu t'es parfois sentie blessée par mon mutisme touchant à ces questions, comme en témoignent tes lettres. »

Encore ces lettres, songea-t-elle. Toujours ces lettres.

« Comment donc deviendras-tu concrètement mon petit soldat ? C'est ce dont nous allons parler ce soir. Ici. Dans le lit sur lequel tu t'es assise. Lors de cette dernière nuit de notre lune de miel grecque. Lors d'une nuit qui est peut-être notre dernière nuit ensemble, car tu n'es jamais sûre de me revoir un jour. (Il se tourna vers elle, sans précipitation. On eût dit qu'une même retenue entravait son corps et sa voix.) Tu pleures énormément, fit-il remarquer. Je pense que tu dois pleurer ce soir. Tout en m'étreignant. Tout en me jurant fidélité éternelle. D'accord ? Tu pleures et, entre tes sanglots, je te dis que le moment est venu. Que demain, tu auras ta chance. Que demain matin, tu pourras accomplir la promesse que tu m'as faite sur l'arme du grand Khalil. Je te commande... Je te demande (très lentement, presque majestueusement, il retourna près de la fenêtre) de faire traverser la frontière yougoslave à la Mercedes, et de la conduire vers le nord, jusqu'en Autriche. Quelqu'un prendra le relais là-bas. Te sens-tu capable de faire cela ? Toi toute seule ? Que réponds-tu ? »

En surface, elle ne sentait rien sinon la préoccupation de présenter comme Joseph une apparente absence de tout sentiment. Ni peur, ni conscience du danger, ni surprise : elle leur avait fermé à tous la porte avec violence. Voilà, pensa-t-elle. Charlie, tu y es. Une mission de chauffeur. Eh bien allons-y. Elle le regardait fixement, la mâchoire serrée, dans cette même attitude qu'elle prenait lorsqu'elle mentait.

« Alors... Qu'est-ce que tu lui réponds ? » la pressa-t-il en se moquant un peu. « Toute seule, lui rappela-t-il. Cela fait un assez bon bout de chemin, tu sais. Mille trois cents kilomètres, toute la Yougoslavie à traverser — c'est déjà beaucoup pour une première mission. Qu'en dis-tu ? »

« Pourquoi ce voyage ? » s'enquit-elle.

Elle n'aurait su dire s'il avait choisi volontairement de ne pas comprendre sa question : « Pour de l'argent. Pour marquer ton entrée dans le théâtre du réel. Pour que tu puisses mériter tout ce que Marty t'a promis. » Son esprit semblait aussi fermé à Charlie qu'il le lui était peut-être à lui-même. Il avait pris un ton cassant et désapprobateur.

« Je te demandais le véritable but de ce voyage. Que contient la voiture ? »

Les Trois Minutes d'Avertissement avant que sa voix ne reprenne, plus autoritaire encore. « "Quelle importance, ce que contient la voiture ? Un message militaire. Des documents... Tu penses donc devoir connaître tous les secrets de notre grand mouvement dès le premier jour de ton engagement ? (Un silence suivit, mais Charlie ne répondit rien.) Conduiras-tu la Mercedes, oui ou non ? C'est tout ce qui importe." »

Elle ne voulait pas des réponses de Michel. Elle attendait celles de Joseph.

« Pourquoi ne conduit-il pas cette voiture lui-même ? »

« Charlie, en tant que nouvelle recrue, il n'entre pas dans tes attributions de discuter les ordres. Évidemment, si quelque chose te choque » — qui était-il ? Charlie croyait voir son masque glisser, mais sans savoir de quel masque il s'agissait. « Si tu soupçonnes soudain — dans le cadre de la fiction — que cet homme t'a manipulée, que toute l'adoration qu'il dit te porter, que son charme, ses promesses d'amour éternel... » Il parut de nouveau perdre pied. N'était-ce que le fruit de son imagination et de ses désirs, ou osait-elle supposer que, dans cette demi-obscurité, il se soit laissé gagné par quelque sentiment qu'il aurait préféré garder enfoui tout au fond de lui-même ? « Je veux simplement dire qu'à ce stade — sa voix retrouva toute sa force —, si tu as l'impression d'y voir enfin clair, ou si tu sens le courage te manquer, alors, bien sûr, tu dois refuser. »

« Je t'ai posé une question. Pourquoi ne prends-tu pas toi-même le volant — toi, Michel ? »

Il se replongea vivement dans la contemplation de la rue, et Charlie eut l'impression qu'il avait beaucoup de choses à étouffer avant de répondre. « Voilà ce que te dit Michel, et rien de plus, commença-t-il avec une patience tendue. Quoi que puisse contenir l'auto — il pouvait la voir de la fenêtre, garée sur la place et surveillée par le minibus Volkswagen —, "c'est en tout cas vital pour notre grande lutte, et c'est aussi très dangereux. Que l'on trouve dans cette voiture de la littérature subversive, des documents ou autres genres de marchandises, des messages peut-être, il serait extrêmement compromettant de se faire arrêter pendant ces treize cents kilomètres. Et aucune influence — qu'il s'agisse de pressions diplomatiques ou d'avocats habiles — ne pourrait empêcher le chauffeur de passer un très mauvais quart d'heure. Si tu ne penses qu'à ta propre peau, prends ce que je viens de te dire en considération." » Puis il ajouta, d'une voix fort différente de celle de Michel : « Après tout, tu as ta vie. Tu n'es pas des nôtres. »

Si légère qu'ait pu être la défaillance de Joseph, elle avait donné à

Charlie une assurance tout à fait nouvelle. « Je t'ai demandé pourquoi il ne la conduisait pas lui-même. J'attends toujours la réponse. »

Il se reprit une fois encore, mais avec un peu d'exagération. « Charlie ! Je suis un activiste palestinien. On sait que je me bats pour la cause. Je voyage sous un faux passeport, toujours à la merci d'un contrôle. Mais pour toi, une jolie Anglaise inspirant confiance, pour toi qui n'es pas fichée, qui as l'esprit vif et du charme, cela ne constitue aucun danger. Cela devrait te suffire ! »

« Tu viens juste de me dire que c'était dangereux. »

« Mais non. Michel t'assure que ça ne l'est pas. Pour lui, à la rigueur, mais pour toi, sûrement pas. "Fais-le pour moi, te dit-il. Fais-le et sois-en fière. Fais-le au nom de notre amour et de la révolution. Fais-le au nom de tout ce que nous nous sommes juré. Fais-le pour mon frère. Toutes tes promesses ne signifient-elles donc rien ? Te contentais-tu de proférer des mensonges hypocrites de petite Occidentale quand tu te prétendais révolutionnaire ?" (il s'interrompit.) Fais-le parce que si tu refuses, ta vie sera plus vide encore que quand je t'ai trouvée sur cette plage. »

« Plutôt au théâtre », corrigea-t-elle.

Il négligea la remarque. Il lui tournait le dos, son regard toujours posé sur la Mercedes. Il était redevenu Joseph, le Joseph qui appuyait ses voyelles, qui soignait ses phrases et dont la mission était de sauver des vies innocentes : « Voilà où tu en es. Devant ton Rubicon. Tu sais ce que c'est, le Rubicon ? Tu arrêtes maintenant, tu rentres chez toi, empoches un peu d'argent, oublies la révolution, la Palestine, Michel, tu oublies tout. »

« Ou ? »

« Ou tu conduis la voiture. Ta première action d'éclat pour la cause. Toute seule. Treize cents kilomètres. Alors ? »

« Où seras-tu ? »

Son calme ne présentait plus de faille et il s'était à nouveau dissimulé derrière Michel. « "Par l'esprit, je serai avec toi, mais je ne pourrai pas t'aider. Personne ne le pourra. Tu seras seule à assumer une action criminelle visant à soutenir ce que le monde appellerait un groupe terroriste." » Il reprit la parole, mais cette fois en tant que Joseph. « Certains des gosses t'escorteront, mais ils ne pourraient rien faire si les choses tournaient mal, sinon nous en informer, Marty et moi. La Yougoslavie ne soutient pas particulièrement Israël. »

Charlie ne s'avoua pas vaincue. Son instinct de conservation le lui commandait. Elle s'aperçut qu'il s'était de nouveau tourné vers elle et croisa son regard sombre, sachant qu'il voyait son visage tandis que le sien était à contre-jour. Contre qui te bats-tu ? songea-t-elle ; contre toi ou contre moi ? Pourquoi veux-tu toujours être l'ennemi ?

« La scène n'est pas terminée, lui rappela-t-elle. Je t'ai demandé, je vous ai demandé, ce que contenait la voiture. Tu — qui que tu sois — veux que je la conduise. Il faut que je sache ce qu'il y a dedans. Maintenant. »

Elle crut qu'elle allait devoir patienter. Elle s'attendait à Trois nouvelles Minutes d'Avertissement tandis que l'esprit de Joseph sélectionnait les options avant d'afficher ses réponses délibérément cassantes. Elle se trompait.

« Des explosifs, répliqua-t-il de son ton le plus détaché. Quatre-vingt-dix kilos de plastic russe divisés en petits pains de deux cent cinquante grammes. Du très bon matériel, tout neuf, bien préparé, capable de résister au froid comme au chaud et pouvant exploser par pratiquement toutes les températures. »

« Oh ! Contente d'apprendre qu'il a été soigneusement préparé », fit Charlie d'une voix enjouée, en repoussant l'afflux soudain de ses sentiments. « Où est-il caché ? »

« Sous le capitonnage, dans le châssis, le toit, les sièges. C'est un vieux modèle, et il a l'avantage d'avoir des poutrelles tubulaires. »

« A quoi doit servir ce plastic ? »

« A *notre* combat. »

« Mais pourquoi s'emmerde-t-il à aller chercher son truc en Grèce, pourquoi ne pas se le procurer en Europe ? »

« Mon frère applique certaines lois du secret et il m'oblige à les respecter scrupuleusement. Il ne fait confiance qu'à un petit cercle de personnes extrêmement restreint, et ne veut pas l'élargir. En vérité, il ne fait pas plus confiance aux Arabes qu'aux Européens. On est seul à pouvoir trahir ce qu'on a fait tout seul. »

« Et, en l'occurrence, quelle forme revêtira *notre* combat ? D'après toi ? » s'enquit Charlie de cette même intonation badine et trop dégagée.

Il n'hésita pas non plus. « Il s'agit de liquider les Juifs de la diaspora. Ils ont dispersé le peuple de Palestine et nous allons les punir au sein même de leur diaspora, clamant ainsi notre souffrance aux yeux et aux oreilles du monde. Nous voulons par ce moyen réveiller aussi la conscience du prolétariat endormi », ajouta-t-il avec un peu moins d'assurance.

« Eh bien, cela me paraît très raisonnable. »

« Merci. »

« Alors, toi et Marty..., vous vous êtes dit que ce serait une bonne idée de me faire aller jusqu'en Autriche pour les aider un peu. » Elle inspira une goulée d'air, se leva et se dirigea, la mine décidée, vers la fenêtre. « Tu ne voudrais pas me prendre dans tes bras, s'il te plaît, Jose ? Ce n'est pas pour te draguer. Mais c'est juste que je commençais à me sentir seule là-bas. »

Un bras se posa sur son épaule et elle frissonna violemment. S'abandonnant contre sa poitrine, elle pivota légèrement de façon à pouvoir l'enlacer, le presser contre elle, et elle sentit à son grand soulagement le corps de Joseph se détendre et lui rendre son étreinte. Charlie ne savait plus sur quoi se concentrer, son esprit lui semblait un œil ouvert sur un paysage immense et inattendu. Pourtant, ce qui lui apparaissait maintenant le plus clairement ce n'était pas le danger que constituait ce voyage en voiture, mais le voyage tellement plus vertigineux qui l'attendait, cette longue route que jalonnaient les camarades sans visage de l'armée qu'elle s'apprêtait à rejoindre. M'envoie-t-il ou me retient-il ? s'interrogea-t-elle. Il ne le sait pas. Il s'efforce en même temps de se réveiller et de dormir. Le bras de Joseph toujours posé sur son épaule, Charlie sentit monter en elle un nouveau courage. Sous l'influence de la chasteté volontaire de son guide, elle avait fini par croire confusément que son corps androgyne ne lui plaisait pas. Et brusquement, pour des raisons qu'il lui restait encore à comprendre, ce dégoût d'elle-même l'avait quittée.

« Continue de me convaincre, lui dit-elle sans le lâcher. Fais ton boulot. »

« Cela ne te suffit-il pas de savoir que Michel t'envoie en mission mais ne veut pourtant pas que tu y ailles ? »

Elle ne répondit pas.

« Faut-il que je te cite Shelley : "La beauté impétueuse de la terreur" ? Faut-il que je te rappelle nos multiples serments, que nous sommes prêts à tuer parce que nous sommes prêts à mourir ? »

« Je ne pense pas que les mots puissent changer quoi que ce soit maintenant. J'en ai une indigestion, je crois. » Elle avait enfoui son visage dans la poitrine de Joseph. « Tu m'as promis de rester avec moi », lui dit-elle, et elle sentit l'étreinte de l'homme se relâcher tandis que sa voix se durcissait.

« Je t'attendrai en Autriche, répliqua-t-il d'un ton qui cherchait plus à la rebuter qu'à la convaincre. C'est l'engagement de Michel. C'est aussi le mien. »

Elle recula un peu et lui prit la tête entre ses mains, comme elle l'avait fait sur l'Acropole, scrutant ses traits à la lumière du dehors. Elle eut alors l'impression qu'il s'était fermé, telle une porte, et qu'il ne la laisserait plus jamais ni entrer ni sortir. A la fois glacée et excitée, elle retourna vers le lit où elle se rassit. Sa voix avait pris une assurance nouvelle qui l'impressionna elle-même. Elle gardait les yeux fixés sur le bracelet qu'elle tournait pensivement dans la pénombre.

« Donc, qu'est-ce que tu veux, toi ? demanda-t-elle. Toi, Joseph ? Charlie reste-t-elle pour accomplir sa mission, ou se tire-t-elle en empochant le fric ? Quel est ton scénario *personnel* ? »

« Tu connais tous les risques. A toi de décider. »

« Toi aussi tu les connais. Mieux que moi. Et depuis le début. »

« Marty et moi-même t'avons donné tous les arguments. »

Elle dégrafa le bracelet et le laissa glisser dans le creux de sa main. « Nous sauvons des vies innocentes. En admettant bien sûr que je transporte ces explosifs. Mais il y a aussi ceux — des imbéciles — qui pourraient croire que davantage de vies seraient épargnées si je ne transportais *pas* ces explosifs. Si j'ai bien compris, ils se tromperaient complètement ? »

« A long terme, si tout se passe bien, ils auraient tort. »

« Il lui tournait de nouveau le dos et s'était apparemment replongé dans l'étude du paysage.

« Si l'on considère que c'est Michel qui me parle, alors c'est facile », reprit-elle non sans raison en fixant le bracelet à son autre poignet. « Tu m'as fait perdre la tête ; j'ai baisé le pistolet et n'ai qu'une hâte : monter sur les barricades. Si nous ne croyons pas à cette version-là, tous tes efforts de ces derniers jours n'auront servi à rien. Ce n'est pas le cas. C'est le rôle que tu m'as attribué et c'est celui que je tiendrai. Je conduirai la voiture. »

Elle le vit acquiescer d'un léger signe de tête. « Et si c'est Joseph qui parle, quelle différence cela fait-il ? Si je refuse, je ne te reverrai plus jamais. Cela signifierait le retour à Nullepartville après une poignée de main généreuse pour le dérangement. »

A sa stupéfaction, elle remarqua qu'il ne l'écoutait plus. Il redressa les épaules et laissa échapper un profond soupir ; il regardait toujours par la fenêtre, un point situé très loin vers l'horizon. Il prit la parole et elle crut tout d'abord qu'il cherchait à esquiver le coup qu'elle lui avait porté. Mais à mesure qu'elle écoutait, Charlie se rendit compte qu'il lui expliquait pourquoi, selon lui, ils n'avaient jamais eu ni l'un ni l'autre réellement le choix.

« Je pense que Michel apprécierait cette ville. Avant l'occupation allemande, six mille Juifs vivaient assez tranquillement ici, de ce côté-ci de la colline. Des postiers, des marchands, des banquiers. Des Sefardim. Ils étaient venus d'Espagne après avoir traversé les Balkans. Quand les Allemands sont partis, il n'en restait plus un seul. Ceux qui n'avaient pas été exterminés s'étaient réfugiés en Israël. »

Charlie s'allongea sur le lit. Joseph se tenait toujours près de la baie vitrée, observant les feux de la rue, qui mouraient. Elle se demanda s'il viendrait à elle, sachant qu'il n'en ferait rien. Elle perçut le grincement du divan lorsque Joseph se coucha dessus, son corps parallèle au sien et n'en étant séparé que par une distance longue comme la Yougoslavie. La jeune femme le désirait plus qu'elle n'avait jamais désiré aucun homme, la peur du lendemain intensifiant encore ce désir.

« Tu as des sœurs et des frères, Jose ? » demanda-t-elle.

« Un frère. »

« Que fait-il ? »

« Il est mort pendant la guerre des Six Jours. »

« La guerre qui a chassé Michel de l'autre côté du Jourdain », dit-elle. Elle ne s'était pas attendue à une réponse aussi franche, mais elle sut qu'il ne lui mentait pas. « Et toi aussi tu t'es battu dans cette guerre ? »

« Je suppose. »

« Et dans celle d'avant, celle dont je ne me rappelle pas la date ? »

« 56. »

« Oui ? »

« Oui. »

« Et dans celle d'après ? Celle de 73 ? »

« Sans doute. »

« Pourquoi te battais-tu ? »

Nouveau silence.

« En 56, parce que je voulais être un héros. En 67, pour la paix. Et en 73 (il semblait avoir du mal à se souvenir) en 73, pour Israël. »

« Et maintenant ? Pourquoi te bats-tu maintenant ? »

Parce que c'est comme ça, songea-t-elle. Pour sauver des vies. Parce qu'on me l'a demandé. Pour que dans mon village, on puisse danser le *dabke* et écouter les récits des voyageurs près du puits.

« Jose ? »

« Oui, Charlie. »

« Comment as-tu attrapé ces cicatrices ? »

Dans l'obscurité, ses silences exhalaient la même fièvre qu'un feu de camp.

« Les brûlures, dirais-je, je me les suis faites en restant dans un tank. Les balles, je les ai reçues en m'en échappant. »

« Quel âge avais-tu ? »

« Vingt ans. Vingt et un. »

J'avais huit ans quand je suis entré dans l'Ashbal, rêva-t-elle. J'en avais quinze...

« Et ton père, qui c'était ? » poursuivit-elle, bien décidée à conserver son élan.

« Un pionnier. L'un des premiers colons. »

« Il venait d'où ? »

« De Pologne. »

« Quand ? »

« Dans les années vingt. Pendant la troisième *Aliyah*, si tu sais à quoi cela correspond. »

Elle ne le savait pas, mais cela importait peu pour l'instant.

« Et qu'est-ce qu'il faisait ? »

« Il travaillait dans le bâtiment. De ses mains. Il a fait une ville d'une simple dune de sable. Tel-Aviv. Un socialiste, mais un socialiste pragmatiste. Il n'était pas très croyant. Il nc buvait pas et n'a jamais cu plus de quelques dollars en poche. »

« Et toi aussi, tu aurais aimé vivre comme ça ? » s'enquit-elle.

Il ne va pas répondre, se dit-elle. Il dort déjà. Ne l'ennuie pas.

« J'ai opté pour de plus hautes sphères », répliqua-t-il sèchement.

Ou ce sont elles qui ont opté pour toi, songea-t-elle ; c'est toujours ainsi que se présente la notion de choix quand on naît enfermé. Puis, très vite, elle s'endormit.

Mais Gadi Becker, le guerrier endurci, gisait patient et éveillé, contemplant l'obscurité et écoutant le souffle irrégulier de sa jeune recrue. Pourquoi lui avait-il parlé ainsi ? Pourquoi s'ouvrir ainsi à elle à l'heure même où il l'envoyait accomplir sa première mission ? Il n'avait par moments plus confiance en lui-même. Il voulut faire jouer ses muscles mais s'aperçut seulement que les cordes de la discipline ne les raidissaient plus comme autrefois. Il voulut regarder devant lui, mais ne put que considérer le passé et s'étonner de sa marge d'erreur.

Quel est mon but, pensa-t-il, la lutte ou la paix ? Il se sentait trop vieux pour l'une et pour l'autre. Trop vieux pour continuer, trop vieux pour s'arrêter. Trop vieux pour se donner, mais pourtant incapable de refuser. Trop vieux pour ne pas reconnaître l'odeur de la mort avant de tuer.

Il prêta de nouveau l'oreille à la respiration de Charlie, qui se calmait avec le sommeil. Levant, un peu à la façon de Kurtz, son poignet devant son visage, il déchiffra le cadran lumineux de sa montre. Puis, si doucement que, même éveillée, Charlie aurait eu du mal à l'entendre, il enfila le blazer rouge sombre et se glissa hors de la chambre.

Le réceptionniste de nuit avait l'esprit vif, et un simple coup d'œil sur les vêtements coûteux de son visiteur lui fit sentir la proximité d'un généreux pourboire.

« Avez-vous des formulaires de télégramme ? » demanda Becker d'un ton autoritaire.

L'homme plongea littéralement sous son comptoir.

Becker se mit à écrire. De grandes lettres soignées à l'encre noire. Il connaissait l'adresse par cœur — aux bons soins d'un avocat de Genève ; Kurtz la lui avait communiquée depuis Munich, après s'être assuré auprès de Yanuka qu'elle était toujours valable. Le texte aussi, il le savait par cœur. Cela commençait par « Ayez la gentillesse d'informer votre client » et faisait référence à des obligations arrivant à échéance « d'après les normes stipulées dans notre contrat ». Le message comprenait quarante-cinq mots, et lorsqu'il les eut relus, il y ajouta la signature raide et appliquée que lui avait enseignée patiemment Schwili. Puis il tendit le formulaire au réceptionniste, et adjoignit cinq cents drachmes pour le remercier.

« Je voudrais que vous l'envoyiez deux fois, vous comprenez ? Le même message, deux fois. La première maintenant, par téléphone, et la seconde demain matin, à la poste. Ne le faites pas faire par un chasseur, chargez-vous-en personnellement et faites-moi ensuite monter dans ma chambre la confirmation du message. »

Le réceptionniste ferait tout ce que désirait le gentleman. Il avait entendu parler des pourboires arabes et en avait longtemps rêvé. Et cette nuit, voilà qu'il lui en tombait un du ciel. Il aurait été ravi de rendre bien d'autres services au gentleman, mais hélas, celui-ci resta sourd à son offre. Désespéré, le réceptionniste regarda sa proie sortir de l'hôtel, puis se diriger tout droit vers le front de mer. Le minibus de transmission était garé sur le parking. Il était l'heure pour le grand Gadi Becker de compléter son rapport et de s'assurer que tout se présentait bien pour le jour J.

13

Le monastère se dressait à deux kilomètres de la frontière, dans une cuvette de galets et de joncs. C'était un édifice triste et désacralisé dont les toits s'étaient affaissés et dont la cour ne présentait plus que des cellules éventrées aux murs de pierre décorés de jeunes hulas peintes dans un style psychédélique. Leur vocation chrétienne oubliée, les bâtiments avaient été transformés en boîte de nuit, mais, imitant les moines, le propriétaire avait fui. La Mercedes bordeaux trônait sur l'ancienne piste de danse en ciment, tel un cheval de guerre qu'on parait avant la bataille ; à côté, la championne qui allait le monter et Joseph, l'organisateur, qui s'occupait des derniers préparatifs. C'est ici que Michel t'a conduite pour changer les plaques d'immatriculation et te dire au revoir, Charlie ; c'est ici qu'il t'a donné les faux papiers et les clés de l'auto. Rose, essuie donc cette portière, ce n'est pas bien fait. Rachel, qu'est-ce que ce bout de papier par terre ? Il était redevenu Joseph le perfectionniste, qui prenait garde aux plus infimes détails. Le minibus était rangé près du mur d'enceinte, son antenne se balançant doucement dans la brise tiède.

Les plaques munichoises étaient déjà mises en place, un « D » allemand poussiéreux avait été substitué à l'autocollant diplomatique. Tous les détritus indésirables avaient disparu. Becker entreprit alors avec un soin méticuleux de les remplacer par des souvenirs éloquents : un guide de l'Acropole tout corné et fourré dans la poche d'une portière où on l'avait oublié ; des pépins de raisin dans le cendrier et des fragments d'écorce d'orange sur le sol ; des bâtons d'esquimaux grecs et des bouts d'emballage de chocolat. Et puis deux tickets d'entrée validés pour les ruines de Delphes ainsi qu'une carte de Grèce Esso dont la portion de route entre Delphes et Thessalonique était marquée au feutre, et sur laquelle figuraient, près de l'endroit où Charlie avait tiré au revolver et manqué sa cible, des annotations en arabe écrites de la main de Michel. Un peigne dont les dents étaient maculées de la lotion capillaire allemande de Michel et auxquelles s'accrochaient quelques cheveux noirs. Une paire de gants de conduite en cuir imprégnés de la sueur de Michel. Un étui à lunettes Frey, de Munich, qui avait abrité les verres teintés accidentellement brisés lors de l'enlèvement de leur propriétaire.

Il soumit enfin Charlie au même examen minutieux, son regard se posant sur ses chaussures, puis sur son visage en passant par le bracelet, avant de parcourir de nouveau tout le corps habillé dans le sens inverse. Puis il se tourna — à contrecœur, sembla-t-il à Charlie — vers une petite table à tréteaux où s'étalait le contenu revu et corrigé du sac de la jeune femme.

« Range tout cela dedans, maintenant, s'il te plaît », ordonna-t-il enfin après une nouvelle vérification. Joseph la regarda enfouir tous les objets à sa façon à elle : d'abord le mouchoir, puis le rouge à lèvres, le permis de conduire, la monnaie, le portefeuille, les petits souvenirs, les clés et tout l'attirail soigneusement étudié qui, si on l'examinait, pourrait attester la fiction compliquée de ses vies enchevêtrées.

« Et les lettres ? » s'enquit Charlie. Joseph ne réagit pas. « S'il m'a écrit toutes ces lettres passionnées, je les trimbalerais partout avec moi, non ? »

« Michel ne te le permet pas. Il t'a donné des instructions très strictes tu dois les conserver dans un endroit sûr de ton appartement et surtout, tu ne dois jamais traverser une frontière avec ces lettres en ta possession. Cependant... » Il tira de la poche de sa veste un petit agenda recouvert d'une feuille de cellophane protectrice. Il s'agissait d'un carnet toilé et garni d'un petit crayon fixé sur la tranche. « Comme tu n'as pas d'agenda, nous en avons rempli un à ta place », expliqua Joseph. Charlie le saisit avec précaution et ôta le papier cellophane. Elle extirpa le crayon de sa languette ; l'extrémité présentait quelques marques de dents : elle n'avait jamais pu s'empêcher de mordiller ses crayons. La jeune femme parcourut une demi-douzaine de pages. Schwili n'y avait pas noté grand-chose mais, grâce au flair de Léon et à l'ordinateur de miss Bach, Charlie aurait pu signer chacune des annotations. Rien concernant la période de Nottingham : Michel avait surgi sans avertir. Pour York, un grand « M » et un point d'interrogation, le tout entouré d'un cercle. Sur la même page, dans un coin, un membre viril long et quelque peu pensif, de ceux qu'elle traçait quand elle rêvassait. Sa voiture apparaissait : *Fiat chez Eustace à 9 heures.* Sa mère aussi : *Anniversaire de maman dans une semaine. Chercher cadeau.* Et même Alastair : *Une pub pour Kellogg's dans l'île de Wight ?* Elle se rappela qu'il n'y était pas allé ; *Kellogg's* s'était trouvé une vedette plus sobre et de plus grande envergure. Au moment de ses règles, quelques traits ondulés et, une ou deux fois, une pointe d'humour : *hors service.* Tournant les feuillets du carnet pour arriver à ses vacances en Grèce, elle découvrit le nom de Mykonos, tracé en grandes majuscules rêveuses, ainsi que les heures de départ et d'arrivée du charter. Mais lorsqu'elle parvint au jour de son arrivée à Athènes, une volée d'oiseaux bleu et rouge toutes ailes déployées l'attendait, tracée au stylo bille sur une double page et évoquant un peu un tatouage de marin. Charlie laissa tomber l'agenda dans le sac qu'elle referma avec un claquement sec. C'en était trop. Elle se sentait violée, salie. Elle n'éprouvait qu'une envie : rencontrer des gens nouveaux qu'elle pourrait encore surprendre, des gens incapables d'imiter ses sentiments et son écriture avec une perfection qui la faisait douter d'elle-même. Peut-être Joseph comprenait-il cela. Peut-être le devina-t-il à la soudaine brusquerie de la jeune femme. Elle l'espérait. De sa main gantée, il lui tenait la portière ouverte. Charlie s'installa rapidement derrière le volant.

« Vérifie encore une fois tes papiers », commanda-t-il.

« Pas la peine », lâcha-t-elle en regardant droit devant elle.

« Numéro de la voiture ? »

Elle le lui donna.

« Date d'immatriculation ? »

Elle débita toutes les informations : histoire dans l'histoire dans l'histoire. L'automobile appartenait à un médecin en vue de Munich — elle en fournit le nom — avec qui elle sortait habituellement. La Mercedes était assurée et enregistrée au nom du docteur, voir les faux papiers.

« Et pourquoi ce médecin ne t'accompagne-t-il pas ? C'est Michel qui te pose toutes ces questions, tu comprends bien ? »

Elle comprenait. « Il a dû prendre l'avion à Thessalonique ce matin, peur une urgence. J'ai accepté de me charger de la voiture. Il était venu faire une conférence à Athènes et nous en avons profité pour visiter un peu. »

« Où as-tu fait sa connaissance ? »

« En Angleterre. C'est un ami de mes parents — il soigne leurs lendemains de cuite. Mes parents sont fabuleusement riches, comprenez l'allusion. »

« En dernier recours, tu peux utiliser les mille dollars que Michel a mis dans ton sac pour la durée du voyage. On ne sait jamais le temps que tu pourrais faire perdre à ces gens ou les ennuis que tu pourrais leur causer : une petite pièce leur paraîtrait peut-être souhaitable. Quel est le nom de sa femme ? »

« Renate, et je ne peux pas l'encaisser. »

« Les enfants ? »

« Christoph et Dorothea. Et je serais pour eux une mère merveilleuse si seulement Renate pouvait aller voir ailleurs si j'y suis. Je voudrais partir maintenant. Rien d'autre ? »

« Si. »

Que tu m'aimes, par exemple, lui suggéra-t-elle mentalement. Que tu as un peu mauvaise conscience de m'envoyer comme ça traverser la moitié de l'Europe avec un chargement de plastic russe de la meilleure qualité.

« Ne sois pas trop sûre de toi », lui conseilla-t-il, sans plus de sentiment que s'il examinait son permis de conduire. « Les douaniers ne sont pas tous des imbéciles ou des maniaques sexuels. »

Charlie s'était promis de ne pas faire d'adieux, et peut-être Joseph en avait-il décidé de même.

« Allez, Charlie », lança-t-elle en mettant le contact.

Il ne lui fit aucun geste, aucun sourire. Il est possible qu'il lui renvoya son « Allez, Charlie », mais si ce fut le cas, elle n'entendit pas. La jeune femme parvint à la route nationale ; le monastère et ses occupants temporaires disparurent de son rétroviseur. Elle parcourut assez vite environ deux kilomètres avant d'arriver à la hauteur d'une vieille flèche peinte indiquant « *Jugoslawien.* » Puis elle ralentit, prenant le rythme de la circulation. La chaussée s'élargit, devenant une aire de stationnement. Charlie aperçut une file d'autocars, une autre de voitures et une rangée de drapeaux de tous les pays, dont les couleurs, brûlées par le soleil, avaient pris des tons pastel. Je suis anglaise, allemande, israélienne et arabe. Elle se rangea derrière une décapotable. Deux garçons occupaient les sièges avant, deux filles celui de l'arrière. Charlie se demanda s'ils travaillaient pour Joseph. Ou pour Michel. Ou pour une police quelconque. C'était ainsi qu'elle commençait à entrevoir le monde : il fallait que chacun appartienne à quelqu'un d'autre. Un homme en uniforme gris lui fit impatiemment le geste d'avancer. Tout était prêt. Les faux papiers, les fausses explications. On ne lui demanda ni les uns ni les autres. Elle était de l'autre côté.

Debout tout en haut de la colline, bien au-dessus du monastère, Joseph abaissa ses jumelles et regagna le minibus qui attendait.

« Colis posté », dit-il brièvement à l'adresse de David, qui s'empressa de taper les mots sur son clavier. Il aurait tapé n'importe quoi pour Becker, risqué n'importe quoi, tué n'importe qui. Becker représentait pour le jeune homme une véritable légende vivante, le summum de ce qu'on pouvait atteindre, le héros qu'il n'aurait de cesse d'imiter.

« Marty vous répond “Félicitations” », annonça respectueusement le garçon.

Mais le grand Becker ne parut pas entendre.

Elle conduisit éternellement. Elle conduisit, les bras douloureux à force d'étreindre le volant, le cou l'élançant à force de tenir ses jambes trop raides. Elle conduisit, l'estomac nauséeux après la peur. Puis nauséeux à nouveau lorsque la peur revint. Puis plus mal encore quand le moteur cala ; bravo, songea-t-elle, nous allons piquer une petite crise. *Si cela t'arrivait,* lui avait dit Joseph, *laisse tout tomber. Cours vers le premier carrefour, fais-toi prendre en stop, débarrasse-toi des papiers, prends le train. Et surtout éloigne-toi au maximum de tout ça.* Mais maintenant que les dés en étaient jetés, elle ne pouvait plus suivre ces conseils : c'eût été comme de quitter un spectacle au milieu. Elle s'assourdit de musique ; elle éteignit la radio, mais le vacarme des camions l'assourdit plus encore. Elle se trouvait dans un sauna, elle crevait de froid, elle chantait à tue-tête. Elle n'avançait pas, elle bougeait seulement. Elle bavarda gaiement avec son défunt père et sa vioque : « Voilà, mère, j'ai fait la connaissance de cet Arabe tout à fait *charmant, merveilleusement* bien éduqué, *extraordinairement* riche et cultivé, et nous n'avons pas arrêté de baiser de l'aube au crépuscule, du crépuscule à l'aube... »

Elle conduisit en faisant le vide dans son esprit, en prenant du recul par rapport à ses pensées. Elle se força à demeurer spectatrice plutôt que sujet. Oh ! regarde, un village ; oh ! regarde, un lac, se disait-elle, sans jamais se permettre la moindre incursion dans son chaos intérieur. Je suis libre, détendue, et je m'amuse comme une petite folle. Elle déjeuna de fruits et de pain achetés dans la boutique d'une station-service. Ainsi que d'une glace — cela lui avait pris comme une envie de femme enceinte. Une glace yougoslave jaunâtre et gorgée d'eau, sur l'emballage de laquelle figurait une fille dotée d'une poitrine opulente. Elle croisa une fois un auto-stoppeur et fut terriblement tentée de passer outre les ordres de Joseph et de le prendre. Sa solitude lui parut tout à coup tellement insupportable qu'elle aurait fait n'importe quoi pour garder l'inconnu près d'elle : l'épouser dans l'une de ces petites chapelles disséminées sur les collines pelées, le violer dans l'herbe jaunie des bas-côtés. Mais jamais, au cours de ces centaines d'années et de kilomètres de route, jamais elle ne voulut admettre qu'elle transportait quatre-vingt-dix kilos d'explosif soviétique de première qualité, divisés en petits pains de deux cent cinquante grammes répartis dans toute la voiture. Ou que ce modèle assez ancien de Mercedes présentait bien des avantages pour ce genre de transport. Ou qu'il s'agissait de très bon matériel, tout neuf, bien préparé, capable de résister au froid comme au chaud et pouvant exploser par pratiquement toutes les températures.

Fonce, ma fille ! ne cessait-elle de se répéter, parfois même tout haut. *Il fait beau et tu es une pute de luxe conduisant la Mercedes de ton amant.* Elle déclama des vers de *Comme il vous plaira,* d'autres extraits de son tout premier rôle. D'autres encore tirés de *Jeanne d'Arc.* Mais elle chassa complètement Joseph de ses pensées ; jamais de sa vie elle n'avait rencontré cet Israélien, jamais elle ne l'avait désiré, jamais elle n'avait changé d'idéaux ou de religion pour lui, et jamais elle n'était devenue sa créature tout en prétendant être celle de son ennemi ; jamais elle ne s'était préoccupée ni inquiétée des conflits intérieurs qui se déroulaient en lui.

A six heures du soir, et malgré son envie de continuer à rouler toute la nuit, elle aperçut l'enseigne peinte que personne ne lui avait dit de guetter, et s'exclama : « Tiens, comme cet endroit a l'air charmant ! Je vais l'essayer. » Comme ça, tout bêtement. Elle avait prononcé les mots à voix haute, peut-être à l'adresse de sa vioque. Elle parcourut encore un kilomètre dans ce paysage montagneux et l'hôtel annoncé apparut, exactement tel que celui-qui-n'existait-pas l'avait décrit : construit sur des ruines et agrémenté d'une piscine et d'un terrain de golf. Lorsqu'elle pénétra dans le hall, devinez sur qui elle tomba ? Ses vieux copains Rose et Dimitri, qu'elle avait rencontrés à Mykonos et qui se trouvaient ici par le plus grand des hasards. « Eh ! regarde, c'est Charlie, quelle coïncidence, on dîne ensemble ? » Ils mangèrent un méchoui près de la piscine, nagèrent puis, quand il fallut rentrer et que Charlie assura ne pas pouvoir dormir, ils jouèrent au Scrabble dans la chambre de la jeune femme, comme un prisonnier et ses deux gardiens à la veille de l'exécution. Charlie somnola quelques heures mais, dès six heures du matin, elle se trouvait déjà sur la route. Ce fut en milieu d'après-midi qu'elle rejoignit la file d'attente patientant à la frontière autrichienne et se soucia tout à coup terriblement de son apparence.

Elle portait un chemisier sans manches extrait du trousseau de

Michel ; elle s'était soigneusement brossé les cheveux et ses trois rétroviseurs lui renvoyaient une image très satisfaisante. La plupart des véhicules passaient sans qu'on les arrêtât, mais elle ne voulait pas compter sur ce genre de chance, pas une seconde fois. On demandait aux autres automobilistes leurs papiers, et certains devaient se soumettre à une fouille en règle. Charlie se demanda si on les choisissait au hasard, ou si les douaniers étaient prévenus à l'avance, ou s'ils se laissaient guider par quelques indications mystérieuses. Deux hommes en uniforme parcouraient lentement la file, s'immobilisant devant la vitre du conducteur de chaque voiture. L'un était en vert, l'autre en bleu, ce dernier ayant incliné sa casquette de façon à avoir l'air d'un as de l'aviation. Tous deux regardèrent en direction de Charlie, puis firent sans se presser le tour de la Mercedes. La jeune femme sentit un coup de pied donné dans un pneu arrière, et elle eut envie de lancer un « Ouille ! ça fait mal », mais se retint en songeant à ce que Joseph, l'homme barré de sa mémoire, lui avait dit : « Ne fais pas le premier pas, conserve tes distances, pense à ce qui te semble nécessaire et n'en fais que la moitié. » L'homme en vert lui demanda quelque chose en allemand et elle lui répondit « Pardon ? » en anglais. Elle lui tendait son passeport britannique, profession actrice. L'homme s'en saisit, examina la photographie, et le tendit à son collègue. Ils avaient l'air de deux bons garçons ; elle ne s'était pas rendu compte à quel point ils étaient jeunes. Blonds, pleins de sève, le regard franc, et le hâle permanent des montagnards. Premier choix, voulut-elle leur certifier, prise d'une terrible envie suicidaire ; c'est moi, Charlie, évaluez-moi.

Leurs quatre yeux ne la quittaient pas tandis qu'elle répondait à leurs questions, chacun leur tour. « Non, fit-elle, juste quelques paquets de cigarettes grecques et une bouteille d'ouzo. Non, pas de cadeaux, je vous assure. » Elle regarda ailleurs, résistant à la tentation de faire un peu de charme. Oh, il y avait bien une bricole pour sa mère, mais sans aucune valeur. Pas plus de dix dollars. Banalités : ne les laisse pas cogiter. Ils ouvrirent sa portière et demandèrent à voir sa bouteille d'ouzo, mais elle soupçonna que s'étant rassasiés de ce que promettait son chemisier, ils étaient curieux d'admirer ses jambes pour se faire une meilleure idée. La bouteille se trouvait dans un panier placé près d'elle sur le plancher. Elle se penchait au-dessus du siège passager pour l'en extirper quand, involontairement ou presque, sa jupe s'ouvrit, révélant sa cuisse gauche jusqu'à la hanche. La jeune femme leva la bouteille pour la leur montrer et sentit au même moment un objet froid et humide heurter sa peau nue. *Mais, c'est un coup de couteau !* Elle poussa un petit cri, pressa aussitôt la main sur sa cuisse et eut la surprise d'y découvrir, imprimé à l'encre bleue, le tampon attestant son arrivée en République autrichienne. Elle éprouva une telle fureur qu'elle faillit se précipiter sur eux ; elle éprouva une telle reconnaissance qu'elle faillit éclater d'un rire incontrôlable. Sans les recommandations de Joseph, elle les aurait embrassés pour leur incroyable, leur adorable, leur innocente générosité. Elle avait réussi, elle était formidable. Charlie jeta un coup d'œil dans son rétroviseur pour voir les deux chéris lui faire de timides signes d'adieu pendant au moins trente-cinq minutes d'affilée, sans se préoccuper des files de voitures en attente.

Jamais Charlie n'avait tant aimé les douaniers.

L'interminable guet de Shimon Litvak avait commencé très tôt le matin, huit heures avant que l'on ne signale Charlie saine et sauve de l'autre côté de la frontière autrichienne, deux nuits et un jour après que Joseph eut expédié ses deux télégrammes à l'avocat de Genève pour qu'il les transmette à son client. L'après-midi était bien avancé et Litvak avait déjà supervisé trois relèves de la garde. Personne pourtant ne semblait en avoir assez, personne ne semblait subir la moindre baisse d'attention, et le problème de Litvak n'était pas de maintenir son équipe éveillée, mais plutôt de persuader ses hommes de se reposer quand il n'avait pas besoin d'eux.

De son poste de commandement — la fenêtre de la suite nuptiale d'un vieil hôtel — Litvak embrassait du regard une ravissante place de marché carinthienne dont les principaux points d'attraction étaient deux tavernes traditionnelles avec des tables en terrasse, un petit parking, et une jolie petite station de chemin de fer très ancienne, dont le bureau du chef de gare était surmonté d'un dôme en oignon. La taverne la plus proche de Litvak avait pour nom le *Cygne Noir* et s'enorgueillissait d'un accordéoniste, un jeune homme pâle et renfermé qui jouait trop bien pour se sentir à l'aise et s'empourprait dès qu'une voiture passait trop près, ce qui arrivait assez souvent. La seconde s'appelait *Aux Armes du Charpentier* et arborait une superbe enseigne dorée constituée à partir d'outils d'artisans. *Aux Armes du Charpentier* avait une certaine classe : nappes blanches et truites, que l'on pouvait choisir dans un aquarium placé dehors. Peu de piétons s'aventuraient dehors à cette heure de la journée ; une chaleur lourde et poussiéreuse plongeait le tableau dans une agréable somnolence. Devant le *Cygne Noir*, deux jeunes filles buvaient du thé et s'amusaient à écrire ensemble une lettre qui était en fait la liste exhaustive de tous les numéros des véhicules qui entraient sur la place ou en sortaient. A la terrasse de l'autre taverne, un jeune prêtre concentré lisait son bréviaire en sirotant un verre de vin, et dans le sud de l'Autriche, il ne viendrait à personne l'idée de demander à un prêtre de s'en aller. En vérité, le prêtre se prénommait Udi, diminutif d'Ehud, l'assassin gaucher du roi Moab, et comme son illustre prédécesseur, il était gaucher, armé jusqu'aux dents, et avait été posté là au cas où il y aurait de la bagarre. Il était secondé par un couple d'Anglais d'âge moyen qui, installés dans le parking à l'ombre de leur Rover, semblaient digérer un repas copieux en faisant la sieste. Ils gardaient néanmoins, coincées entre leurs pieds, quelques armes à feu, et, à portée de la main, toute une quincaillerie du même ordre. Leur radio était réglée sur la fréquence du minibus garé à quelque deux cents mètres de là, sur la route de Salzbourg.

Litvak avait en tout neuf hommes et quatre filles. Il aurait préféré disposer de trois personnes de plus, mais ne se plaignait pas. Il aimait le risque, et la tension le remplissait toujours d'une sensation de bien-être. Je suis vraiment fait pour ça, songea-t-il ; il se le disait toujours dans les moments d'attente précédant l'action. Il se sentait très calme, le corps et l'esprit au repos pendant que son équipage restait allongé sur le pont, à rêvasser d'un petit ami, d'une petite amie, ou encore de promenades estivales en Galilée. Pourtant, au moindre souffle d'air, chacun d'eux serait à son poste avant même que les voiles aient pu frémir.

Litvak murmura un mot de code dans son casque et reçut la réponse convenue. Ils s'exprimaient en allemand pour ne pas attirer l'attention. Leur couverture se trouvait être tantôt un radio-taxi d'une société de Graz, tantôt un hélicoptère des services de secours d'Innsbruck. Ils changeaient fréquemment de longueur d'ondes et utilisaient toute une série de signaux d'appel très embrouillés.

Il était quatre heures lorsque Charlie et sa Mercedes arrivèrent tranquillement sur la place, et l'une des sentinelles postées sur le parking entonna facétieusement trois notes de fanfare dans son micro. Charlie eut du mal à trouver où se garer, mais Litvak avait décidé que personne ne devait l'aider. Qu'elle se débrouille, on ne va pas lui mâcher le travail. Un espace finit par se libérer ; Charlie s'empressa d'y ranger la Mercedes, descendit de voiture, s'étira, se massa le dos, puis alla récupérer son sac et sa guitare dans le coffre. Elle est très bien, dut reconnaître Litvak en l'observant à travers ses lunettes. Quel naturel. Ferme l'auto maintenant. C'est ce qu'elle fit aussitôt. Allez, glisse la clé dans le pot d'échappement. Le geste fut exécuté prestement, au moment où elle se baissait pour ramasser ses bagages ; puis la jeune femme prit lentement la direction de la gare, sans regarder ni à droite ni à gauche. Litvak se remit à attendre. La chèvre est attachée, se dit-il, citant une expression favorite de Kurtz. Il ne nous manque plus que le lion. Il cracha un mot dans son micro et perçut la confirmation de son ordre. Il se représenta Kurtz dans l'appartement de Munich, penché au-dessus du petit téléscripteur tandis que le minibus lui transmettait le message. Il imagina le mouvement inconscient et si évocateur de ses gros doigts étirant nerveusement son sourire immuable ; le geste de l'avant-bras épais tandis qu'il consultait sa montre. Enfin nous pénétrons dans l'obscurité, songea Litvak en contemplant le soleil qui déclinait. L'obscurité que nous attendons depuis tant de mois.

Une heure s'écoula. Le bon prêtre Udi régla sa modeste addition puis s'éloigna de son pas recueilli au long d'une ruelle où un appartement très sûr lui permettrait de se reposer et de changer d'aspect. Les deux filles avaient enfin terminé leur lettre et réclamaient un timbre. Lorsqu'elles l'eurent obtenu, elles s'en allèrent rejoindre le faux prêtre. Litvak surveilla avec satisfaction la relève : un travailleur immigré italien venant prendre un café et acheter un journal milanais ; une vieille camionnette de blanchisseur ; deux auto-stoppeurs affamés. Une voiture de police s'engagea sur la place et exécuta trois tours d'honneur très lents, mais ni le chauffeur ni son collègue ne prêtèrent la moindre attention à la Mercedes bordeaux dont les clés se trouvaient dans le pot d'échappement. A sept heures quarante, provoquant un regain d'excitation parmi les guetteurs, une grosse femme se dirigea tout droit vers la portière du conducteur, tenta d'enfoncer sa clé dans la serrure, prit une expression de stupéfaction très comique, puis s'éloigna à bord d'une Audi rouge. Elle s'était trompée de marque. A huit heures, une moto puissante passa si rapidement que personne n'eut le temps de relever son numéro, puis repartit en rugissant. Un passager, des cheveux longs, peut-être une fille. Apparemment deux gosses en bordée.

« Les contacts ? » demanda Litvak dans son micro.

Les avis étaient partagés. « Trop inconscients », déclara une voix. « Allure trop rapide », fit une autre. Pourquoi courir le risque de se faire arrêter par la police ? Litvak voyait les choses différemment. Il s'agissait d'un premier tour de reconnaissance ; il en était certain, mais préféra se taire pour ne pas les influencer. Il se remit à attendre. Le lion est venu renifler, pensa-t-il. Reviendra-t-il ?

Il était dix heures. Les restaurants commençaient à se vider. Un calme profond et campagnard recouvrait peu à peu la petite ville. Mais la Mercedes n'avait pas bougé d'un millimètre et la moto n'avait pas réapparu.

S'il ne vous est jamais arrivé de surveiller une voiture inoccupée, sachez qu'il n'y a rien de plus stupide à surveiller, et Litvak n'en était pas à sa première. Au bout d'un certain temps, le simple fait de garder le véhicule en ligne de mire vous rappelle combien une automobile est une machine idiote dès que l'homme n'est plus là pour lui donner un sens. Et combien l'homme lui-même est une créature stupide d'avoir conçu une telle machine. Au bout de deux heures, vous prenez véritablement l'automobile en horreur et vous vous mettez à rêver d'un monde de chevaux et de piétons. D'un monde où la vie serait à nouveau faite de chair, et non plus de ces sales petits morceaux de métal. De votre kibboutz et de ses orangeraies. Du jour où le monde entier connaîtra enfin le risque qu'il y a à répandre le sang juif.

Vous avez soudain envie de faire sauter toutes les voitures ennemies de la terre et de libérer Israël une fois pour toutes.

Ou bien vous vous rendez compte que c'est le sabbat, et que selon la Loi, mieux vaut sauver une âme en ne respectant pas le sabbat, que de l'observer en ne sauvant pas cette âme.

Ou bien encore que vous vous apprêtez à épouser une jeune fille sans charmes et très pieuse dont vous n'êtes pas particulièrement amoureux, à vous installer à Herzliya avec un crédit sur les bras, et à tomber dans le piège de la paternité sans un seul mot de protestation.

Ou bien vous vous mettez à réfléchir au Dieu des Juifs et à établir des parallèles bibliques avec votre situation actuelle.

Mais quoi que vous pensiez ou ne pensiez pas, et quoi que vous fassiez, si vous avez subi le même entraînement que Litvak, si vous êtes responsable de l'opération, et si vous êtes de ceux pour qui la perspective de lutter contre les tortionnaires des Juifs constitue une drogue ne laissant aucun repos, alors vous ne quittez pas cette voiture des yeux, ne serait-ce qu'une seconde.

La moto était revenue.

D'après la montre à cadran lumineux de Litvak, cela faisait cinq minutes trente secondes, soit une éternité, qu'elle se trouvait sur la place. De son poste, près de la fenêtre de la chambre obscure de l'hôtel, à une vingtaine de mètres à vol d'oiseau, Litvak l'observait depuis son arrivée. C'était une moto superbe, une grosse cylindrée japonaise immatriculée à Vienne et dont le guidon, très haut, avait été commandé spécialement. L'engin avait pénétré sur la place en roue libre, dans une sorte de clandestinité. Il était monté par le pilote, vêtu de cuir, casqué et dont le sexe restait encore à déterminer, et par son passager, un garçon large d'épaules aussitôt surnommé Cheveulong, qui portait un jean, des tennis et un petit foulard de héros noué autour du cou. La moto s'était garée non loin de la Mercedes, mais pas assez près pour qu'on puisse suspecter quoi que ce soit. Litvak aurait agi de même.

« Groupe au complet », murmura-t-il dans son casque, recevant immédiatement quatre réponses positives. Litvak se sentait tellement sûr de son affaire que si le couple avait pris peur et choisi de s'enfuir, il aurait sans hésitation donné l'ordre de tirer, même s'il en eût alors résulté la fin de toute l'opération. De la cabine de sa camionnette de blanchisseur, Aaron se serait redressé et les aurait réduits en pièces en plein milieu de la place ; Litvak serait alors descendu vider un nouveau chargeur sur toute cette boucherie pour plus de sûreté. Mais, et cela valait bien, bien mieux, personne ne se mit à courir. Les deux inconnus restèrent assis sur leur engin, se débattant avec leurs courroies et leurs boucles pendant un temps interminable, comme le font souvent les motards, quoique en fait cela ne durât pas plus de deux minutes. Ils continuaient à respirer un peu l'atmosphère de la place, vérifiant les issues, les voitures garées là, et les fenêtres, dont celle de Litvak — mais l'équipe s'était déjà assurée depuis longtemps que rien ne se voyait de la rue.

Une fois la période de réflexion terminée, Cheveulong descendit mollement de sa monture, et commença à marcher tranquillement, tournant innocemment la tête vers la Mercedes lorsqu'il la dépassa, sans doute pour s'assurer que la clé de contact dépassait bien du pot d'échappement. Mais — Litvak apprécia le professionnalisme de l'homme — il n'esquissa pas le moindre mouvement en direction de la voiture et continua d'avancer vers la gare, où se trouvaient les toilettes publiques. Il s'engouffra dans le hall pour en ressortir aussitôt, espérant ainsi prendre par surprise quiconque aurait eu la mauvaise idée de le suivre. Personne ne s'y était risqué. De toute façon, les filles ne le pouvaient pas, et les garçons étaient beaucoup trop malins. Cheveulong repassa donc devant la Mercedes et Litvak le supplia de se baisser pour s'emparer des clés : il lui fallait une preuve décisive. Mais Cheveulong lui refusa ce plaisir. Il retourna à la moto, que chevauchait toujours son compagnon, visiblement au cas ou un départ précipité se serait révélé nécessaire. Cheveulong prononça quelques mots à l'adresse de son complice, puis retira son casque, exposant, d'un petit mouvement insouciant de la tête, son visage à la lumière.

« *Luigi* », souffla Litvak dans son casque, donnant ainsi le nom de code.

Il éprouva en même temps un instant rare et fugitif d'intense satisfaction. Alors, c'est toi, pensa-t-il calmement. Rossino, l'apôtre de la solution pacifique. Litvak le connaissait parfaitement. Il savait les noms et adresses de ses petites amies, de ses copains, de ses parents de droite à Rome, et de son mentor de gauche, de l'académie de musique de Milan. Il avait lu la feuille clandestine napolitaine qui continuait à publier ses articles moralisateurs prônant la non-violence comme la seule voie acceptable. Litvak était au courant des soupçons que Jérusalem portait depuis longtemps sur lui et des efforts répétés mais vains des Israéliens pour prouver la culpabilité du jeune homme. Il connaissait l'odeur de Rossino, la pointure de ses chaussures, et il commençait à deviner le rôle que ce pacifiste avait joué à Bad Godesberg et ailleurs ; en fait, comme tous les autres, il savait très exactement quel était le meilleur traitement à lui faire subir. Mais pas tout de suite. Loin de là. Ce compte-là ne serait réglé que lorsque le long voyage qu'ils venaient d'entamer serait derrière eux.

Elle a fait du bon travail, se dit joyeusement Litvak. En nous permettant de coincer ce type-là, elle justifie le chemin parcouru jusqu'ici. C'était une fille bien, quoiqu'elle ne fût pas juive, ce qui, selon le jeune Israélien, était exceptionnel.

C'était maintenant au tour du conducteur de descendre de la moto. Il céda la place à Rossino derrière le guidon spécialement conçu, s'étira et entreprit d'ôter son casque.

Il s'agissait en fait d'une fille.

Les verres légèrement grossissants de Litvak lui montrèrent une jeune fille mince et blonde, aux traits délicats, et qui, malgré la maîtrise avec laquelle elle pilotait la grosse cylindrée, avait une allure presque éthérée. Parvenu à ce stade de son examen, Litvak refusa catégoriquement de se demander si elle ne s'était pas par hasard embarquée à Orly, soi-disant pour Madrid, et si elle n'avait pas l'habitude de livrer des valises pleines de disques à de jeunes amies suédoises. Car s'il s'était laissé aller à ce genre de considérations, la haine accumulée par toute l'équipe aurait fini par déborder leur sens de la discipline. La plupart d'entre eux avaient déjà tué, et lorsqu'un cas comme celui-ci se présentait, ce n'était pas le remords qui les arrêtait. Litvak choisit donc de se taire ; il laissa ses hommes faire eux-mêmes la corrélation entre les deux affaires, rien de plus.

Comme son compagnon, la jeune fille se rendit aux toilettes. Elle prit d'abord un petit sac sur le porte-bagages, confia son casque à

Rossino, et traversa, tête nue, la place vers la gare, pour pénétrer dans le hall où, contrairement à son complice, elle demeura. Une fois encore, Litvak attendit qu'elle se saisisse de la clé en passant, mais elle n'en fit rien. Comme celle de Rossino, sa démarche était souple et déliée, dépourvue de la moindre hésitation. C'était assurément une très belle fille pas étonnant que ce pauvre attaché du travail ait succombé. Litvak reporta son attention sur l'Italien. Légèrement dressé sur sa selle, celui-ci penchait la tête, comme s'il écoutait quelque chose. Bien sûr, devina Litvak en prêtant lui aussi l'oreille au faible grondement : le train de vingt-deux heures vingt-quatre en provenance de Klagenfurt. Dans un lent frémissement, le train s'immobilisa le long du quai. Les premiers voyageurs aux yeux battus émergèrent dans le hall. Deux taxis s'avancèrent pour se ranger devant la sortie. Deux ou trois automobiles particulières s'éloignèrent. Un groupe de touristes fatigués apparut, une vraie marée, chacun d'eux portant le même badge.

Allez, maintenant, supplia Litvak. *Prends cette voiture et file avec la circulation. Montre donc pourquoi tu es là.*

Il ne s'attendait pourtant pas au plan qu'ils avaient préparé. Un vieux couple faisait la queue pour obtenir un taxi, et, juste derrière lui, une jeune fille très sage semblait les accompagner, comme une garde-malade, ou une demoiselle de compagnie. Elle portait un tailleur brun à veste croisée et un petit chapeau très strict assorti dont elle avait laissé les bords baissés. Litvak la remarqua, comme il nota beaucoup d'autres personnes dans le hall — d'un œil clair et entraîné, rendu plus aiguisé encore par la tension. Une jolie fille, tenant à la main un petit sac de voyage. Le vieux couple héla un taxi, la jeune fille restant juste derrière lui pour regarder la voiture approcher. Les deux personnes âgées montèrent dans le taxi ; la jeune fille les aida, leur passant tout leur bric-à-brac — de toute évidence, leur fille. Litvak se concentra de nouveau sur la Mercedes, puis sur la moto. S'il pensa à la fille en brun, il l'imagina dans le taxi s'éloignant avec ses parents. Evidemment. Ce ne fut que lorsqu'il se remit à examiner le groupe de touristes fatigués qui se dirigeaient vers deux cars garés à proximité qu'il se rendit compte avec un sursaut de joie qu'il s'agissait de *sa* fille, de *nôtre* fille, de la fille de la moto : elle s'était rapidement changée dans les toilettes et l'avait complètement abusé. Puis elle s'était collée à ce vieux couple pour pouvoir traverser discrètement la place. Litvak se réjouissait toujours lorsqu'il la vit déverrouiller la portière avec sa propre clé, jeter son sac dans l'auto et s'installer sagement derrière le volant, aussi innocente que si elle se rendait à l'église, puis s'éloigner, le bout de la clé brillant toujours à l'extrémité du pot d'échappement. Ce dernier petit détail enchanta l'Israélien. Comme c'est évident ! et combien astucieux ! Deux télégrammes, deux clés : notre chef préfère multiplier ses chances par deux.

Il donna alors le mot de code et regarda sa troupe s'arracher discrètement à son poste : les deux filles à bord de la Porsche ; Udi au volant de sa grosse Opel ornée d'un drapeau européen à l'arrière ;

et puis l'acolyte d'Udi, sur une moto bien moins belle que celle de Rossino. Litvak resta près de la fenêtre, à contempler la place qui se vidait lentement comme une salle de spectacle après le tomber du rideau. Les automobiles démarraient, les cars emmenaient leur chargement de passagers, les piétons disparaissaient, les lumières s'éteignaient autour du hall de gare, et il perçut le bruit d'une grille que l'on refermait pour la nuit. Seules les deux tavernes tardaient encore.

Puis la réponse qu'il attendait retentit dans son casque. « *Ossian* » ; la voiture se dirige vers le nord.

« Et Luigi ? » demanda-t-il.

« En direction de Vienne. »

« Attendez », ordonna Litvak, qui ôta son casque pour pouvoir réfléchir plus clairement.

Il lui fallait opérer un choix immédiat, et toute sa formation lui avait justement appris à le faire. Il était impossible de suivre à la fois Rossino et la fille. Les hommes manquaient. En théorie, il devait suivre les explosifs, donc la fille, mais il hésitait : Rossino était insaisissable et constituait une prise importante, alors que la Mercedes était facilement repérable et sa destination pratiquement certaine. Il atermoya encore un instant. Les écouteurs crachotèrent. Il les ignora, tentant de se représenter la logique de la fiction dans son esprit. L'idée de laisser échapper Rossino lui était presque insupportable. Pourtant le jeune Italien constituait à coup sûr un maillon important de la chaîne ennemie et, comme le répétait souvent Kurtz, comment Charlie pourrait-elle remonter cette chaîne si on la brisait ? Rossino pourrait retourner à Vienne certain que tout s'était bien déroulé : s'il était un maillon important, il représentait également un témoin crucial. Quant à la fille, elle n'était qu'une exécutante ; elle servait de chauffeur, posait des bombes, constituait la chair à canon de leur grand mouvement. De plus, Kurtz avait déjà tout préparé pour son avenir, alors que celui de Rossino pouvait attendre.

Litvak remit son casque. « Suivez la voiture. Que Luigi s'en aille. »

Sa décision prise, Litvak se permit un sourire de satisfaction. Il connaissait par cœur la disposition des véhicules. Venait d'abord le second d'Udi sur sa moto, puis la blonde dans la Mercedes bordeaux, suivie de l'Opel. Ensuite, très loin derrière, les deux filles dans la Porsche, se tenant prêtes à remplacer l'un ou l'autre dès qu'on leur en donnerait l'ordre. Litvak passa en revue tous les jalons postés le long de la route jusqu'à la frontière allemande. Il s'imagina l'histoire tirée par les cheveux qu'Alexis aurait inventée pour éviter que la Mercedes ne soit arrêtée à la douane.

« Vitesse ? » interrogea Litvak en jetant un coup d'œil sur sa montre.

« D'après Udi, elle roule très doucement, lui répondit-on. Cette jeune dame ne veut pas avoir de problème avec la police, et sa cargaison ne la met pas très à l'aise. »

Elle n'a pas tort, songea Litvak en reposant son casque. Si j'étais à sa place, cette voiture me ferait frémir de peur.

Il descendit dans le hall de l'hôtel, sa serviette à la main. Il avait déjà réglé la note, mais il l'aurait payée une deuxième fois si on le lui avait demandé : cette nuit, il aimait le monde entier. Sa voiture radio l'attendait dans le parking de l'hôtel. Avec un calme qu'il devait à sa longue expérience, il mit le contact et partit à la suite du convoi. Que saura-t-elle exactement ? Combien de temps leur faudrait-il pour le découvrir ? Pas trop vite, se dit-il ; il faut d'abord attacher la chèvre. Il se remit à penser à Kurtz et imagina avec un plaisir douloureux sa voix bourrue et infatigable qui le couvrait de louanges dans un hébreu abominable. Litvak se sentait pleinement heureux de songer qu'il allait remettre à Kurtz un si beau sacrifice.

Salzbourg attendait toujours de connaître l'été. Une brise fraîche et printanière balayait les montagnes, et la Salzach répandait un parfum de mer. Charlie avait tant dormi pendant le voyage qu'elle ne comprenait pas comment ils pouvaient se trouver là. De Graz, ils avaient pris l'avion jusqu'à Vienne, mais le vol n'avait, semblait-il, duré que cinq secondes, aussi avait-elle dû sombrer aussitôt dans le sommeil. A Vienne, une voiture de location les attendait, une belle BMW. Charlie s'était rendormie, et, lorsqu'ils pénétrèrent dans Salzbourg, elle se réveilla en sursaut, croyant que la voiture avait pris feu, mais il ne s'agissait que du soleil couchant se reflétant sur la carrosserie.

« Au fait, pourquoi Salzbourg? » lui avait-elle demandé.

« Parce que c'est l'une des villes de Michel, avait répondu Joseph. Parce que c'est sur le chemin. »

« Sur le chemin de quoi ? » insista-t-elle, mais elle ne rencontra encore que son silence.

Leur hôtel présentait un patio couvert, des balustres dorés et des plantes grasses dans des urnes de marbre. Leur suite donnait directement sur les eaux brunes et rapides puis, au-delà de la rivière, sur plus de dômes encore que ne devait en contenir le paradis. Plus loin, dans la montagne, surgissait un château relié à la ville par un téléphérique.

« J'ai besoin de marcher un peu », déclara Charlie.

Elle prit un bain et s'endormit dans l'eau. Joseph dut cogner fort à la porte pour la réveiller. Elle s'habilla puis se laissa guider par Joseph qui, comme toujours, savait quels endroits lui montrer et devinait ce qui lui plairait le plus.

« C'est la dernière nuit que nous passons ensemble, n'est-ce pas ? » s'enquit-elle, et cette fois-ci, il ne se dissimula pas derrière Michel pour lui répondre.

« Oui, c'est la dernière, Charlie. Demain, il nous reste une visite à rendre, et puis tu retourneras à Londres. »

S'accrochant des deux mains à son bras, elle parcourut avec lui les ruelles étroites et les places qui communiquaient entre elles comme des enfilades de salons. Ils s'arrêtèrent devant la maison où Mozart était né, et les touristes apparurent à Charlie comme le public inconscient et joyeux d'une matinée.

« Je m'en suis bien sortie, hein, Jose ? Je m'en suis bien tirée, dis-le. »

« Tu t'en es tirée parfaitement », reconnut-il — mais, curieusement, sa réserve toucha plus encore la jeune femme que le compliment.

La beauté des églises de poupées dépassait tout ce qu'elle avait imaginé, avec leurs autels dorés à volutes, leurs anges sensuels et leurs tombes où les morts semblaient encore rêver au plaisir. Un Juif se faisant passer pour musulman me fait découvrir mon héritage chrétien, pensa-t-elle. Mais lorsqu'elle lui demanda des informations plus précises, il se contenta d'acheter un superbe guide de la ville et en enfouit le ticket dans son portefeuille.

« Je crains que Michel n'ait pas eu encore le loisir de se lancer dans l'époque baroque », donna-t-il pour toute explication, pourtant Charlie devina à nouveau en lui l'ombre de quelque obstacle inexpliqué.

« Tu veux rentrer maintenant ? » proposa-t-il.

Charlie fit non de la tête. Que cela dure encore un peu. La nuit s'épaissit, la foule se dispersa ; des portes les plus inattendues s'échappaient des sons de chorales. Ils allèrent s'asseoir au bord de la rivière et écoutèrent le concert assourdissant des vieilles cloches se répondant inlassablement. Puis ils se remirent à marcher, et elle se sentit soudain si faible qu'il dut la prendre par la taille pour l'empêcher de s'écrouler.

« Manger », commanda-t-elle, tandis qu'il la guidait vers l'ascenseur. « Champagne, musique. »

Mais le temps qu'il appelle la réception, elle s'était déjà profondément endormie sur le lit, et rien au monde, pas même Joseph, n'allait la réveiller.

Elle était couchée comme sur le sable de Mykonos, son bras replié sur le visage, et Becker la contemplait, assis dans son fauteuil. Les premières lueurs de l'aube traversaient les rideaux. Des senteurs de feuilles fraîches et de bois lui montaient aux narines. Un orage avait éclaté pendant la nuit, si violent et soudain qu'on eût dit un train express s'écrasant au fond de la vallée. Becker s'était approché de la fenêtre et avait regardé la ville vaciller sous les assauts d'éclairs immenses et prolongés, il avait regardé la pluie danser sur les dômes miroitants. Mais Charlie n'avait pas bronché, et il avait fini par aller se pencher au-dessus d'elle, tendant l'oreille vers la bouche de la jeune femme pour s'assurer qu'elle respirait.

Il lança un coup d'œil sur sa montre. Fais des plans, se dit-il. Bouge. Laisse l'action étouffer le doute. La table du dîner était toujours mise dans le renfoncement vitré de la chambre, chargée de nourriture intacte et d'un seau à glace dont la bouteille de champagne n'avait pas été ouverte. Prenant chaque couvert à tour de rôle, il entreprit d'extirper la chair du homard de sa carapace, de salir les assiettes, tourner la salade, déranger les fraises, ajoutant ainsi une nouvelle fiction à toutes celles qu'ils avaient déjà vécues ensemble : le dîner de gala de Salzbourg ; Charlie fêtant, avec Michel, la réussite de sa première mission au service de la révolution. Il emporta la bouteille de champagne dans la salle de bains et referma la porte pour ne pas réveiller la jeune femme en tirant le bouchon. Puis il versa le liquide dans le lavabo, faisant ensuite couler l'eau. Il vida la chair de homard, les fraises et la salade dans la cuvette des toilettes et dut tirer la chasse d'eau une deuxième fois, les aliments refusant de disparaître du premier coup. Il laissa suffisamment de champagne au fond de la bouteille pour pouvoir en verser un peu dans son verre et quelques gouttes dans celui de Charlie, après l'avoir préalablement enduit de rouge à lèvres pris dans son sac. Puis il retourna près de la fenêtre où il avait passé la majeure partie de la nuit et regarda les montagnes bleutées trempées de pluie. Je suis un alpiniste las de la montagne, songea-t-il.

Il se rasa, puis enfila le blazer rouge sombre. Becker se dirigea ensuite vers le lit, tendit la main pour réveiller sa compagne, mais la retira avant. Un refus, comme une sorte d'immense fatigue, s'était emparé de lui. Il se rassit dans le fauteuil, les yeux fermés, et se contraignit à les ouvrir ; il sursauta, sentant le poids de la rosée du désert s'accrocher à sa tenue de combat, respirant l'odeur du sable humide avant que le soleil ne l'ait complètement asséché.

« Charlie ? » Il tendit de nouveau le bras, cette fois pour lui toucher la joue, mais il se rabattit sur le poignet. Charlie, c'est un triomphe ; Marty assure que tu es une vedette, que tu lui as fait découvrir toute une palette de nouveaux personnages. Il a appelé son Gadi cette nuit, mais tu n'as rien entendu. Il t'a dite meilleure que Garbo. Il a affirmé que rien ne pourrait nous arrêter. Charlie, réveille-toi. Nous avons beaucoup à faire. Charlie.

Mais à voix haute, il se contenta de prononcer son nom, puis il descendit payer la note et récupérer la dernière fiche du voyage. Il sortit ensuite pour aller chercher la BMW derrière l'hôtel. L'aube lui apparut comme la veille le coucher du soleil, fraîche et encore printanière.

« Tu dois me dire au revoir, puis partir comme pour une promenade », lui indiqua-t-il. Dimitri te conduira séparément à Munich.

14

Charlie pénétra dans l'ascenseur sans mot dire. Il sentait le désinfectant, et les graffiti s'incrustaient profondément dans le vinyle gris. Elle avait concentré toute la dureté dont elle était capable sur ses traits, comme lorsqu'elle participait à des manifs, des sit-in ou autres parties de plaisir de ce type. Elle se sentait excitée, soupçonnant une conclusion imminente. Dimitri enfonça le bouton de la sonnette et ce fut Kurtz lui-même qui ouvrit la porte. Joseph apparut derrière lui et, derrière Joseph, une vieille plaque de cuivre représentant saint Christophe en train de bercer un enfant.

« Charlie, c'est formidable, *vous* êtes formidable », déclara aussitôt Kurtz avec douceur et sincérité en prenant la jeune femme dans ses bras pour la presser contre son cœur. « Charlie, c'est extraordinaire. »

« Où est-il ? » demanda Charlie qui regardait au-delà de Joseph vers la porte déjà refermée. Dimitri n'était pas même entré. Une fois la jeune femme à bon port, il avait repris l'ascenseur en sens inverse.

S'exprimant toujours comme s'ils se trouvaient dans une église, Kurtz choisit de contourner la question. « Il va très bien, Charlie, assura-t-il en la libérant de son étreinte. Un peu fatigué par les déplacements, c'est bien naturel, mais il va très bien. Des verres fumés, Joseph, ajouta-t-il. Donne-lui des lunettes. En avez-vous, mon enfant ? Voici un foulard pour dissimuler ces beaux cheveux. Conservez-le. » C'était un joli foulard de soie verte. Kurtz l'avait gardé tout prêt dans sa poche. Debout l'un à côté de l'autre, les deux hommes la regardèrent se confectionner une coiffe d'infirmière devant un miroir.

« Une simple précaution, expliqua Kurtz. Nous ne serons jamais assez prudents dans cette affaire. N'est-ce pas, Joseph ? »

Charlie avait tiré de son sac un poudrier tout neuf, et elle rajusta son maquillage.

« Charlie, cette scène pourrait se révéler assez pénible », l'avertit Kurtz.

Elle rangea le compact et sortit son rouge à lèvres.

« Si le mal au cour vous prenait, rappelez-vous simplement qu'il a tué de nombreux êtres humains innocents, lui conseilla-t-il. Tout le monde a un visage humain, et ce garçon ne fait pas exception. Tant de charme, de talent, de possibilités gâchés. Cela ne fait jamais plaisir à voir. Lorsque nous serons entrés, je ne veux pas vous entendre prononcer un mot. Souvenez-vous bien de cela. Laissez-moi parler. » Il ouvrit une porte. « Vous le trouverez très calme. Nous avons dû faire en sorte qu'il soit ainsi pendant le voyage et durant tout son séjour ici. Autrement il est en parfaite santé. Aucun problème. Ne lui parlez pas, c'est tout. »

Joli duplex comme on les fait maintenant, mais pas très entretenu, remarqua-t-elle automatiquement. Elle enregistra aussi l'élégante échelle de meunier, la loggia rustique et la balustrade de fer forgé. La cheminée de style anglais et les fausses braises peintes sur toile. Les projecteurs placés bien en évidence et accompagnés par des appareils photos montés sur des trépieds. Le gros magnétophone posé sur ses pieds et le gracieux sofa incurvé Marbella en caoutchouc mousse, qui était en fait dur comme du bois. Charlie s'y installa pourtant, et Joseph à son côté. Nous devrions nous tenir la main, songea-t-elle. Kurtz s'était emparé d'un combiné téléphonique gris et appuyait sur le bouton d'appel. Il prononça quelques mots en hébreu, en levant la tête vers la loggia. Puis il reposa le combiné et sourit à Charlie d'un air rassurant.

Elle respirait des odeurs d'hommes, de poussière, de café et de foie haché. L'odeur de milliers de cigarettes consumées. Elle repéra un autre parfum, mais sans pouvoir l'identifier à cause des multiples possibilités qui lui venaient à l'esprit, allant du crin de son premier poney à la transpiration de son premier amant.

Puis ses pensées se ralentirent et elle faillit s'endormir. Je suis malade, se dit-elle. J'attends les résultats de mes examens médicaux. Docteur, docteur, dépêchez-vous de me les donner. Elle nota la présence d'une pile de magazines et regretta de ne pas en avoir un sur les genoux pour renforcer cette idée de salle d'attente. Joseph lui aussi avait levé la tête vers la loggia. Charlie l'imita, mais après un petit moment seulement car elle voulait se donner l'impression d'avoir déjà accompli ce geste un nombre incalculable de fois, au point de connaître la vue par cœur ; l'impression d'être une cliente dans une présentation de mode. La porte donnant sur la loggia s'ouvrit, livrant passage à un garçon barbu qui avançait à reculons en se dandinant d'une démarche déséquilibrée et qui parvenait à exprimer sa colère, même de dos.

Durant un instant, elle ne distingua rien d'autre, puis apparut une sorte de ballot rouge sombre assez bas suivi par un jeune homme rasé de frais et dont l'expression disait moins la colère qu'une profonde piété.

Enfin, elle comprit. Ils étaient trois, et non deux, mais le garçon du milieu, portant un blazer rouge, était soutenu par les deux autres : son bel Arabe, son unique amour, sa marionnette échappée du théâtre du réel.

Oui, songea-t-elle, très loin derrière ses verres fumés, et avec un grand calme. Oui, c'est assez ressemblant, compte tenu de la différence d'âge et de la maturité indéfinissable de Joseph. Parfois, dans ses élucubrations, elle s'était servie des traits de Joseph pour deviner ceux de l'amant de ses rêves. A d'autres moments, elle avait imaginé un visage tout différent à partir du souvenir assez flou qu'elle gardait du Palestinien masqué observé lors du débat, et elle se sentait maintenant frappée de constater combien elle s'était peu trompée. Ne trouves-tu pas la bouche un *millimètre* trop étirée aux commissures ? se demanda-t-elle. La sensualité n'est-elle pas un *tout petit brin* trop chargée ? Les narines trop épatées ? La taille trop marquée ? Charlie pensa se lever et courir pour le protéger, mais sur scène, cela ne se fait pas, pas si cela ne figure pas dans le script. Et puis elle n'aurait jamais pu se libérer de Joseph.

Mais pendant une seconde, elle manqua perdre tout contrôle d'elle-même. Pendant cette seconde-là, elle fut tout ce que Joseph avait dit qu'elle était — l'ange salvateur et libérateur de Michel, sa Jeanne d'Arc, son esclave, son étoile. Elle avait joué de toute son âme pour lui, elle avait dîné avec lui aux chandelles dans une auberge minable, partagé son lit, adhéré à sa révolution, porté son bracelet, bu sa vodka, épuisé son corps et lui avait laissé le sien en pâture. Pour lui, elle avait conduit la Mercedes, embrassé le pistolet et apporté du meilleur plastic russe aux armées assiégées de la libération. Elle avait avec lui célébré la victoire dans un hôtel du bord de l'eau à Salzbourg. Elle avait dansé avec lui de nuit sur l'Acropole, et il avait fait revivre pour elle l'histoire de l'humanité ; et elle sentait une folle culpabilité la submerger en songeant qu'elle avait pu envisager d'autres amours.

Il était tellement beau, aussi beau que Joseph l'avait promis. Plus beau, même. Il émanait de lui ce charme absolu que Charlie et celles de sa race savaient reconnaître immanquablement : il faisait partie de cette élite et il le savait. Il avait un corps mince et parfait ; des épaules bien dessinées et des hanches très étroites. Des sourcils de battant battaient son visage de Pan enfant couronné d'une masse de cheveux noirs et raides. Rien de ce qu'on lui avait administré pour le calmer n'avait suffi à atténuer la passion de son caractère et la lueur rebelle qui animait ses yeux de braise.

Il paraissait tellement enfantin — un petit paysan tombé d'un olivier avec une collection de phrases toutes faites et un œil de pie pour les jouets brillants, les jolies filles et les voitures rutilantes. Avec une indignation bien paysanne portée contre ceux qui l'ont chassé de sa ferme. Viens mon bébé, viens voir maman dans son lit, elle t'apprendra un peu les mots compliqués de la vie.

Ils le portaient sous les bras et ses pieds chaussés de Gucci ne parvenaient pas à attraper les marches qui dévalaient sous lui. Cela semblait l'embarrasser car un sourire fugitif passa sur ses lèvres et il lança un regard honteux vers ses jambes indisciplinées.

Ils le conduisaient vers elle, et elle ne fut pas certaine de pouvoir le supporter. Elle se tourna vers Joseph pour le lui faire savoir, mais croisa son regard qui la contemplait fixement. Elle l'entendit dire quelque chose, mais au même instant, le gros magnétophone se mit à émettre des sons puissants et elle fit volte-face pour découvrir ce cher Marty, penché au-dessus de l'appareil et s'efforçant de baisser le ton.

La voix était douce et dotée d'un fort accent étranger, exactement comme elle se la rappelait de ce fameux week end. Elle débitait des slogans provocateurs avec une verve incertaine.

« *Nous sommes les colonisés ! Nous parlons au nom des natifs et contre les colons !... Nous parlons pour les muets, nous nourrissons les bouches aveugles, nous encourageons les oreilles muettes !... Nous, les animaux aux sabots dociles, avons fini par perdre patience !... Nous vivons par la loi que le feu fait naître chaque jour !... Nous sommes les seuls dans le monde entier à n'avoir rien à perdre !... Nous combattrons tous ceux qui prétendront prendre en main notre terre !* »

Les deux garçons l'avaient installé sur le sofa, à l'autre bout de la courbe, presque en face de Charlie. Il ne parvenait pas à conserver son équilibre et semblait toujours entraîné en avant, contraint d'utiliser ses avant-bras pour se redresser. Le jeune Palestinien gardait ses mains collées l'une sur l'autre, comme enchaînées. Ses gardiens ne lui avaient pourtant passé au poignet qu'une gourmette en or, pour compléter sa tenue de scène. Le barbu se tenait, la mine boudeuse, debout derrière lui ; son camarade rasé avait pris place à côté du prisonnier. Tandis qu'en fond sonore, la voix enregistrée continuait à faire entendre ses accents triomphants, Charlie vit Michel remuer les lèvres pour essayer de rattraper les mots. Mais le rythme était devenu trop rapide pour celui qui avait prononcé ces phrases, les intonations trop puissantes. Il abandonna donc peu à peu ses efforts et se contenta d'émettre un sourire stupide et contrit qui rappela à la jeune femme son père après son attaque.

« *Un acte de violence n'est plus criminel... quand il est perpétré pour lutter contre la force d'un État... jugé criminel par les terroristes.* » Bruit de froissement de papier au moment où il tournait une autre page. La voix se fit plus embarrassée, légèrement hésitante : « *Je t'aime... Tu es ma liberté... Maintenant, tu es l'une des nôtres... Nos corps et notre sang ne font plus qu'un... Tu m'appartiens... mon petit soldat... Mais, s'il vous plaît, pourquoi dois-je dire cela ? »* Silence étonné. *« S'il vous plaît, monsieur. Qu'est-ce que cela signifie ? Je vous pose une question.* »

« Montrez-lui ses mains », ordonna Kurtz lorsqu'il eut éteint le magnétophone.

Saisissant l'une des mains de Michel, le garçon glabre l'ouvrit vivement et la présenta à Charlie comme s'il s'agissait d'un échantillon de marchandise.

« Tant qu'il vivait dans les camps, le travail manuel lui faisait des mains calleuses », expliqua Kurtz en venant les rejoindre. « Maintenant, c'est un grand intellectuel. De l'argent, des filles, de bons repas, la vie facile. Je me trompe, mon petit gars ? » Il s'était rapproché par l'arrière du sofa, et il posa sa large paume sur la tête de Michel pour la tourner vers lui. « Tu es un grand intellectuel, c'est bien ça ? » Sa voix n'exprimait ni cruauté ni ironie. Il aurait tout aussi bien pu s'adresser à un fils dévoyé — son visage trahissait la même tendresse. « Mais tu fais faire le travail par les filles à ta place, n'est-ce pas mon petit gars ? En fait, il s'est même servi de l'une d'elles comme d'une bombe », raconta-t-il à Charlie. « Il l'a mise dans l'avion avec une très belle valise. L'avion a explosé. Je suppose qu'elle n'était pas au courant. Ce n'est pas très joli, n'est-ce pas, mon petit gars ? Cela ne se fait pas avec une dame. »

Charlie reconnut soudain l'odeur qu'elle n'avait pu identifier en entrant : il s'agissait de la lotion après-rasage que Joseph laissait dans toutes les salles de bains qu'ils n'avaient jamais partagées. Ils avaient dû en asperger le jeune Palestinien pour l'occasion.

« Tu ne veux rien dire à cette dame ? demandait Kurtz. Ne veux-tu pas lui souhaiter la bienvenue dans notre villa ? Je commence à me poser des questions : Pourquoi refuses-tu de coopérer maintenant ? » Peu à peu, cédant à l'insistance de Kurtz, Michel ouvrit les yeux et raidit légèrement son corps. « Veux-tu dire bonjour bien poliment à cette jeune dame ? Veux-tu la saluer ? Bonjour ? Tu veux lui dire bonjour, mon petit gars ? »

Bien sûr qu'il le voulait : « Bonjour », articula Michel, dont la voix semblait la réplique apathique de celle enregistrée.

« Ne dis rien », souffla doucement Joseph à l'oreille de Charlie.

« Bonjour *madame* », insista Kurtz, sans le moindre sadisme cependant.

« Madame », concéda Michel.

« Qu'on lui fasse écrire quelque chose », ordonna Kurtz, qui le laissa s'éloigner.

Les deux garçons le firent asseoir à une table et posèrent devant lui de quoi écrire, mais ils ne purent en tirer grand-chose. Kurtz ne sembla pas s'en formaliser. Regardez comment il tient son stylo, disait-il. Observez la façon dont ses doigts se placent naturellement pour l'écriture arabe.

« Peut-être une nuit vous êtes-vous réveillée et l'avez-vous trouvé en train de faire des comptes ? Vous comprenez ? C'est à cela qu'il ressemblait. »

La jeune femme s'adressait à Joseph, mais sans proférer un son. *Emmène-moi. Je crois que je vais mourir.* Elle perçut le choc des pieds de Michel lorsqu'ils lui firent remonter les escaliers, le transportant hors de portée de voix. Mais Kurtz ne lui accorda aucun répit, pas plus qu'il ne s'en accorda à lui-même. « Charlie, il nous reste encore une chose à faire avant d'en terminer avec tout ceci. Je pense qu'il vaut mieux nous en débarrasser dès maintenant, même s'il doit vous en coûter un peu. Il est des choses que l'on ne peut éviter. »

Le salon était parfaitement calme, un salon d'appartement, comme tant d'autres. S'accrochant au bras de Joseph, elle suivit Kurtz à l'étage. Elle ne sut pas pourquoi, mais elle trouva rassurant de boiter un peu, comme Michel.

La rampe de bois était encore humide de transpiration. On avait collé sur les marches des bandes qui semblaient être de papier émeri, mais quand Charlie posa le pied dessus, elle n'entendit pas le petit crissement attendu. La jeune femme nota tous ces détails avec beaucoup de précision, car il est des moments où les détails représentent le seul lien qui reste avec la réalité. La porte des toilettes était grande ouverte, mais un second coup d'œil montra à la nouvelle venue qu'en fait, il n'y avait pas de porte du tout, juste une embrasure ; aucune chaîne non plus ne pendait à la chasse d'eau. Sans doute que quand vous deviez garder un prisonnier des jours entiers, se dit-elle, même si ce prisonnier était complètement drogué, il vous fallait penser à ces choses, préparer votre maison en conséquence. Ce ne fut que lorsqu'elle eut réfléchi sérieusement à toutes ces questions primordiales qu'elle s'autorisa à admettre qu'elle venait de pénétrer dans une chambre capitonnée, meublée d'un seul lit collé au mur du fond. Michel se trouvait allongé sur le lit, nu à l'exception de son médaillon d'or, les mains crispées sur son sexe, le ventre à peine marqué à la pliure de son corps. Sur ses épaules, les muscles étaient pleins et ronds, sur sa poitrine, ils devenaient plus plats et plus larges, soulignés d'ombres si nettes qu'elles paraissaient tracées à l'encre de Chine. Sur l'ordre de Kurtz, les deux garçons le mirent debout et lui écartèrent les bras, révélant un sexe circoncis, beau, harmonieux. Sans prononcer une parole et avec une moue désapprobatrice, le garçon barbu indiqua une tache de naissance blanche sur le flanc gauche, sorte de tache de lait ; puis le contour incertain d'une cicatrice, un coup de couteau, sur l'épaule droite ; puis le touchant filet de duvet noir qui partait du nombril. Silencieusement toujours, ils lui firent opérer un demi-tour, et Charlie songea à Lucy et à son goût pour certain type de dos : la colonne vertébrale enserrée dans deux blocs de muscles. Et cette fois-ci, aucune cicatrice ne venait troubler la pureté d'une telle beauté.

Ils le firent tourner de nouveau sur lui-même, mais Joseph semblait considérer qu'il ne fallait pas abuser des bonnes choses, car il entraînait déjà Charlie au bas des escaliers, marchant très vite, un bras passé autour de la taille de la jeune femme, l'autre main lui tenant le poignet si fort qu'il lui faisait mal. Elle s'enferma suffisamment longtemps dans les toilettes de l'entrée pour vomir, puis n'eut plus qu'un désir, sortir de cet appartement. Partir loin d'eux, partir loin d'elle-même, de son esprit, de son corps.

Elle courait. C'était jour d'éducation physique. Elle courait aussi vite qu'elle pouvait ; les dents de béton qui se découpaient contre le ciel semblaient tomber à sa rencontre. Les jardins des terrasses lui apparaissaient bordés de coquets petits chemins de brique, des signaux miniatures lui indiquaient des lieux qu'elle ne parvenait pas à déchiffrer, des tubes aériens de plastique bleu et jaune faisaient des bandes de couleur défilant au-dessus de sa tête. Elle courait de toutes ses forces, gravissait puis dévalait des marches, prenant un intérêt tout particulier à la végétation qu'elle croisait, aux élégants géraniums, aux buissons fleuris mais chétifs, aux mégots de cigarettes et aux taches de terre nue qui semblaient autant de tombes anonymes. Joseph ne la quittait pas et elle lui hurlait de s'en aller, de la laisser ; un vieux couple assis sur un banc sourit avec nostalgie en voyant cette querelle d'amoureux. Charlie parcourut ainsi deux grandes terrasses, puis elle atteignit un parapet qui donnait, beaucoup plus bas, sur un parking. Elle ne se suicida pourtant pas : elle avait déjà décidé que ce n'était pas son genre et qu'elle préférait vivre avec Joseph plutôt que mourir avec Michel. Elle s'immobilisa, à peine essoufflée. La course lui avait fait du bien ; elle devrait courir plus souvent. Elle lui réclama une cigarette, mais il n'en avait pas. Il l'attira vers un banc ; elle s'assit, puis se releva aussitôt, par esprit de contradiction. La jeune femme savait par expérience que les scènes affectives ne paraissent pas très convaincantes quand les protagonistes marchent, aussi eut-elle soin de rester plantée près du banc.

« Je te conseille de garder ta sympathie pour les innocents », l'avertit Joseph, coupant court à ses invectives.

« Il *était* innocent avant que vous ne l'inventiez ! »

Prenant son silence pour du désarroi, et son désarroi pour de la faiblesse, Charlie s'interrompit et feignit de contempler l'horizon monstrueux. « “C’est *nécessaire*”, fit-elle d’un ton mordant. “Je ne serais pas ici si cela n’était pas *nécessaire.*” Je cite. “Aucun tribunal honnête au monde ne nous condamnerait pour ce que nous te demandons de faire.” Je cite toujours. C’est toi qui disais cela, je crois. Veux-tu retirer tes paroles ? »

« Non, je ne pense pas. »

« *Je ne pense pas !* Eh bien, tu ferais mieux d’en être sacrément sûr, non ? Parce que s’il y a quelques doutes à lever dans » cette histoire, j’aimerais autant que ce soit les miens. »

Toujours debout, elle concentra toute son attention sur un point situé juste devant elle, quelque part au centre de l’immeuble d’en face qu’elle étudiait soudain avec l’intérêt d’un acheteur potentiel. Mais Joseph était resté assis, ce qui déséquilibrait complètement la scène. Ils auraient dû se trouver face à face, très près l’un de l’autre. Ou bien il aurait dû se placer derrière elle, et examiner la même trace de craie.

« Ça t’embête si nous faisons un petit calcul ? » demanda-t-elle.

« Je t’en prie. »

« Il a tué des Juifs. »

« Il a tué des Juifs et il a tué des passants innocents qui n’étaient pas juifs et n’avaient rien à voir avec toute cette affaire. »

« Je te jure que j’aimerais bien écrire un livre sur la culpabilité de tous les passants innocents que vous persécutez. Je commencerais par parler de vos bombardements au Liban et à partir de là, je passerais à un secteur plus large. »

Assis ou pas, il revint à la charge beaucoup plus vite qu’elle ne l’avait escompté. « Le livre est déjà fait, Charlie. Il s’appelle l’Holocauste. »

Elle esquissa du pouce et de l’index un petit judas par lequel elle se mit à examiner un lointain balcon. « D’un autre côté, toi aussi tu as tué des Arabes, je suppose. »

« Évidemment. »

« Beaucoup ? »

« Assez. »

« Mais seulement pour te défendre. Quand un Israélien tue, c’est toujours pour se défendre. » Aucune réponse. « *J’ai tué assez d’Arabes,* signé Joseph. » Toujours pas de réaction. « Un Israélien qui a tué assez d’Arabes. Ça c’est une trouvaille pour le bouquin. »

Elle portait une jupe de tartan sortie du trousseau de Michel, et elle avait tout récemment découvert qu’elle était pourvue de poches. La jeune femme y fourra les mains et entreprit de faire voler les pans du vêtement, prétendant étudier l’effet produit.

« *Vous* êtes de vrais salauds, hein ? lança-t-elle avec insouciance. De véritables salopards. Tu dirais le contraire ? » Elle n’avait cessé d’examiner sa jupe, tout à fait passionnée par le mouvement ample du tissu. « Et toi, tu es vraiment le plus salaud d’entre tous, non ? Parce que tu joues sur tous les tableaux. Un coup, tu es Joseph au cœur sensible, l’autre tu deviens Joseph le guerrier héroïque. Alors qu’en réalité, tu n’es qu’un sale petit Juif pilleur de terres et assoiffé de sang. »

Non seulement il se leva, mais il la frappa. Deux fois. En prenant d'abord la peine de lui retirer ses lunettes de soleil. Plus fort et plus vite qu'elle n'avait jamais été frappée, les deux fois sur la même joue. La première gifle fut assenée avec une telle puissance que Charlie en éprouva un sentiment de triomphe pervers et projeta son visage dans la direction d'où elle venait. Nous sommes quittes, songea la jeune femme en se souvenant de la maison d'Athènes. Le second coup lui parut une nouvelle explosion dans le cratère laissé par le précédent. Lorsque ce fut terminé, Joseph la poussa sur le banc pour qu'elle puisse pleurer toutes les larmes de son corps, mais elle était bien trop fière pour lui offrir ce plaisir. M'a-t-il giflée pour son bien ou pour le mien ? se demanda-t-elle. Elle espérait de tout son cœur qu'il l'avait fait pour lui-même ; qu'au bout de la douzième heure de leur mariage de fous, elle avait enfin réussi à percer sa réserve. Mais un coup d'œil sur son visage fermé et son regard léger, détaché, lui indiqua que si l'un d'eux était malade, c'était elle et non lui. Il lui tendit un mouchoir qu'elle refusa d'un geste vague.

« Ce n'est rien », marmonna-t-elle.

Elle lui prit le bras, et il la reconduisit lentement le long de l'allée bétonnée. Le même vieux couple leur sourit quand ils le croisèrent. Des enfants, se dirent les vieux époux — comme nous dans le temps. A se battre comme des chiffonniers une minute pour se retrouver au lit la suivante, et que ce soit meilleur encore qu'avant.

L'appartement du dessous ressemblait beaucoup à celui qu'ils venaient de quitter, mais il n'offrait ni loggia ni prisonnier et, tout en lisant ou tendant l'oreille, elle arrivait parfois à se convaincre qu'elle n'était jamais montée plus haut — que l'appartement du dessus était une chambre des horreurs sortie tout droit des profondeurs obscures de son inconscient. Mais un coup sourd venant du plafond, et provoqué par les jeunes gens qui remballaient leur matériel photographique et se préparaient à la fin de leur séjour, la contraignait alors à admettre que le duplex était aussi réel que l'endroit où elle se trouvait maintenant : plus réel même, puisque les lettres étaient factices, alors que Michel était un être de chair.

Ils s'assirent en cercle, tous les trois, et Kurtz se lança dans l'un de ses préambules coutumiers, mais dans un style plus incisif, moins sinueux qu'à l'habitude. Peut-être jugeait-il que Charlie avait maintenant fait ses preuves en tant que soldat, qu'elle était devenue un vétéran « ayant déjà à son crédit des tas d'informations nouvelles et passionnantes », comme il le déclara lui-même. Sur la table trônait la mallette qui contenait les lettres mais, avant de l'ouvrir, Kurtz jugea utile de rappeler à Charlie en quoi consistait la « fiction », terme qu'il avait en commun avec Joseph. D'après la fiction, loin d'être seulement une amoureuse passionnée, la jeune femme se présentait également comme une épistolière infatigable à qui il ne restait plus, durant les longues absences de Michel, que ce moyen d'expression. Tout en lui expliquant cela, Kurtz enfila une paire de gants de coton bon marché. Ces lettres ne constituaient donc pas une simple facette des relations qui unissaient Charlie à Michel ; elles représentaient « le seul endroit où vous pouviez vivre à découvert, dire vos vrais sentiments, Charlie ». Ces lettres témoignaient de l'amour de plus en plus obsessionnel que Charlie portait à Michel — et cela souvent avec une franchise désarmante — mais aussi du réveil de sa conscience politique et de son glissement vers un « activisme global » qui reconnaissait tout naturellement la « relation » entre l'ensemble des luttes contre l'oppresseur dans le monde. Une fois rassemblées, elles formaient le journal d'une « personne excitée tant sur un plan émotionnel que sexuel » à mesure qu'elle passait d'une vague position de protestation à un activisme à part entière impliquant le recours à la violence.

« Et comme nous ne pouvions, en la circonstance, compter sur vous pour nous fournir un éventail complet de votre style littéraire, conclut-il en ouvrant la malette, nous avons décidé de les rédiger à votre place. »

Evidemment, se dit-elle. Elle se tourna vers Joseph qui était assis le dos bien droit et l'air particulièrement innocent, les paumes coincées entre ses genoux, comme un homme qui de sa vie n'avait jamais frappé personne.

Elles se trouvaient dans deux paquets bruns, l'un beaucoup plus gros que l'autre. Kurtz choisit le plus petit d'abord et le défit maladroitement de ses doigts gantés avant d'étaler les documents bien à plat. Charlie reconnut l'écriture d'écolier de Michel. Puis il ouvrit le second et, à la façon dont un rêve se matérialise, la jeune femme sut aussitôt que ces lettres avaient été écrites de sa main. Les lettres de Michel sont des photocopies, lui disait Kurtz ; les originales vous attendent en Angleterre. Vos lettres à vous, mon enfant, sont originales et appartiennent donc à Michel, vous êtes bien d'accord ? »

« Évidemment », répliqua-t-elle, tout haut cette fois-ci, en regardant instinctivement dans la direction de Joseph, et plus particulièrement de ses mains enfermées qui s'efforçaient tant de nier toute responsabilité.

Elle lut d'abord les lettres de Michel parce qu'elle sentait qu'elle lui devait son attention. Il y en avait une douzaine, allant des franchement érotiques et passionnées aux très brèves et autoritaires. « Je t'en prie, n'oublie pas de numéroter tes lettres. Si tu ne les numérotes pas, alors n'écris pas. Je ne peux apprécier tes lettres si je ne suis pas certain de les recevoir toutes. Ma sécurité est en jeu. » Les passages d'éloges extasiés concernant la façon de jouer de la jeune femme s'entrecoupaient d'exhortations très sèches à n'interpréter que « des rôles ayant une portée sociale pour réveiller les consciences ». Charlie devait aussi « éviter d'accomplir en public des actes susceptibles de révéler tes vrais engagements ». Finis désormais les cours de formation extrémiste, les manifestations et les rassemblements. Elle devait se comporter « de manière bourgeoise » et feindre de se reconnaître dans les normes capitalistes. Il lui fallait laisser entendre qu'elle avait « renoncé à la révolution », tout en continuant en secret « et par tous les moyens, à lire les grands auteurs révolutionnaires ». Ces lettres contenaient beaucoup d'erreurs de logique, de fautes de syntaxe et d'orthographe. Il y était fait mention de « notre prochaine réunion », référence sans doute à la Grèce ; on y parlait à plusieurs reprises de raisin blanc, de vodka, et de « prendre des réserves de sommeil avant de nous retrouver enfin ».

A mesure qu'elle lisait, Charlie commençait à se forger une image nouvelle et plus humble de Michel, une image soudain beaucoup plus proche du prisonnier qu'ils retenaient là-haut. « C'est un enfant, murmura-t-elle en jetant un coup d'œil accusateur à Joseph. Tu l'as tellement gonflé. Ce n'est qu'un gosse. »

Ne recevant aucune réponse, elle se tourna vers ses propres lettres et les ramassa délicatement, comme s'il s'agissait de la solution d'un grand mystère. « Les livres d'école », fit-elle à voix haute avec un sourire niais en les examinant rapidement. En effet, grâce aux archives de ce pauvre Ned Quilley, le vieux Géorgien avait su reproduire, non seulement le goût très éclectique de Charlie en matière de papier à lettres — des dos de menus, des additions de restaurant, des feuilles aux en-têtes des hôtels, des théâtres et des pensions qui jalonnaient sa route — mais aussi les variations spontanées qu'affectait son écriture, allant des gribouillis puérils de la tristesse naissante aux caractères passionnés et pourtant fermes de la femme amoureuse, en passant par l'écriture lasse de l'actrice enterrée dans un bled mais qui espérait une petite amélioration, et par le style de l'apprentie révolutionnaire érudite qui se donnait le mal de citer des passages entiers de Trotski, mais oubliait un « r » à arrivé.

Grâce à Léon, sa prose n'était pas rendue avec moins de précision ; Charlie ne put s'empêcher de rougir en s'apercevant à quel point ils avaient imité ses hyperboles colorées, ses brusques glissements vers un style philosophique maladroit et creux, ses déchaînements de fureur contre la politique du gouvernement conservateur. Contrairement à celles de Michel, ses allusions à leurs retrouvailles charnelles prenaient un tour graphique et parfaitement explicite ; ses allusions à ses parents étaient grossières et ses souvenirs d'enfance se chargeaient de colère et de rancœur. Charlie retrouva Charlie la romancière, Charlie la pénitente, Charlie la salope. Elle rencontra ce que Joseph appelait l'Arabe en elle — la Charlie qui aimait sa propre rhétorique, celle dont les notions de vérité s'inspiraient moins de ce qu'il était advenu réellement que de ce qu'il aurait dû advenir. Lorsqu'elle eut parcouru toutes les lettres, la jeune femme rassembla les deux piles puis, la tête posée dans les mains, les relut toutes, mais comme une véritable correspondance, ses cinq lettres pour une seule de Michel, les réponses aux questions qu'il lui posait, les faux-fuyants de Michel aux questions qu'elle lui posait.

« Je te remercie, Jose, déclara-t-elle enfin sans lever la tête. Non, vraiment, merci du fond du cœur. Si tu voulais juste me prêter ton flingue un petit moment, j'irais faire un tour et me faire sauter la cervelle. »

Kurtz riait déjà, mais personne ne se joignit à sa bonne humeur. « Mais, Charlie, je ne pense pas que cela soit très juste pour notre ami Joseph. Il s'agissait là d'un travail d'équipe. Nous nous y sommes mis à beaucoup pour obtenir un tel résultat. »

Kurtz avait encore une dernière requête : les enveloppes qui contiennent vos lettres, mon enfant. Il les tenait toutes prêtes sur lui, voyez, elles n'étaient ni affranchies ni oblitérées et il n'y avait pas encore glissé les lettres, dans le but de les faire réouvrir par Michel. Charlie serait-elle assez aimable ? C'était surtout pour les empreintes, expliqua-t-il. D'abord les vôtres, ensuite celles des postiers, et enfin celles de Michel. Cependant, il restait encore un petit détail : il fallait que les timbres et les rabats soient fixés par la salive de Charlie ; il voulait aussi connaître son groupe sanguin, au cas où un petit malin aurait l'idée de vérifier : surtout, n'oubliez jamais qu'ils ont avec eux des hommes vraiment très forts, comme nous l'a encore démontré hier soir votre excellent travail.

Elle se rappela la longue étreinte paternelle de Kurtz parce qu'elle lui sembla sur le moment aussi inévitable et nécessaire qu'un lien parental. Pourtant, elle ne parvint plus par la suite à se souvenir des adieux de Joseph, les derniers de la série : ni de la façon dont ils s'étaient déroulés ni du lieu. Les instructions, oui ; le retour à Salzbourg, oui : une heure et demie dissimulée à l'arrière du fourgon de Dimitri, et pas de bavardages après l'extinction des feux. Elle se souvint également de l'atterrissage à Londres, de son impression d'être plus seule qu'elle l'avait jamais été de sa vie ; du parfum de la tristesse britannique qui l'avait accueillie à peine l'avion posé, et lui avait rappelé quelles étaient les origines de ses engagements extrémistes : l'indolence insidieuse du pouvoir, le désespoir muselé des déshérités. Les bagagistes de l'aéroport observaient une grève du zèle et il y avait des arrêts de travail dans les chemins de fer ; les toilettes pour dames lui donnèrent un avant-goût de prison. Charlie se plia aux formalités habituelles et, comme toujours, le douanier désœuvré l'arrêta pour lui poser quelques questions, à la différence que, cette fois-ci, la jeune femme se demanda s'il n'avait pas une bonne raison de l'interroger ainsi.

Rentrer à la maison, c'est un peu comme partir à l'étranger, songea-t-elle en rejoignant la foule découragée qui faisait la queue pour le bus. On va faire sauter tout ça et repartir à zéro.

15

L'enseigne Romanz annonçait un motel installé au milieu des sapins, sur une petite butte en bordure d'autoroute. Les bâtiments, vieux d'un an à peine, avaient été tout spécialement conçus pour les amoureux nostalgiques du roman courtois, avec ses cloîtres crépis au béton, ses mousquets de plastique et ses éclairages au néon de couleur. Kurtz occupait le dernier chalet de la rangée et jouissait d'une fenêtre à jalousie gris plomb donnant sur la voie en direction de Munich. Il était deux heures du matin, moment de la nuit que Kurtz affectionnait. Il s'était douché, rasé, avait préparé du café à l'aide d'un appareil très astucieux, bu du Coca-Cola pris dans le réfrigérateur aux contours de teck et passé le reste du temps à faire ce qu'il faisait actuellement : assis dans l'ombre, en manches de chemise devant le petit secrétaire, une paire de jumelles près du coude, il regardait les phares des autos balayer le tronc des arbres avant de poursuivre leur route vers l'ouest. A cette heure-ci, la circulation n'était pas très dense, environ cinq véhicules à la minute, et, avec la pluie, ils avaient tendance à se regrouper.

La journée avait été très longue et, s'il fallait compter les nuits, la nuit aussi, mais Kurtz considérait que la lassitude obscurcissait le cerveau. Cinq heures de sommeil devaient suffire à n'importe qui et représentaient déjà trop pour lui. Quoi qu'il en soit, la journée avait été longue ; elle n'avait en fait commencé que lorsque Charlie les avait quittés. Il avait fallu vider les appartements du village Olympique et Kurtz avait lui-même supervisé l'opération ; il savait que sa détermination à tout prendre en main donnait toujours à ses gosses un peu plus de nerf. Il avait fallu aussi ranger les lettres de Charlie dans le logement de Yanuka, entreprise que Kurtz avait une fois encore dirigée. De son poste d'observation, de l'autre côté de la rue, il avait pu regarder les guetteurs se glisser dans l'appartement, et il avait attendu leur retour pour les féliciter et leur promettre que leur veille longue et héroïque ne tarderait pas à être récompensée.

« Que lui est-il arrivé ? avait demandé Lenny d'un ton geignard. Ce garçon a tout son avenir devant lui, Marty. Ne l'oublie pas. »

Kurtz avait répondu de façon assez sibylline : « Oui, Lenny, ce garçon a un avenir devant lui, mais pas avec nous, c'est tout. »

Shimon Litvak s'installa derrière Kurtz, au bout du grand lit. Il avait ôté son imperméable dégoulinant d'eau pour le laisser tomber par terre, à ses pieds. Il semblait avoir été dupé et ne cachait pas son énervement. Becker s'était assis à l'écart des deux autres, sur une coquette chaise capitonnée, et, entouré par un petit halo de lumière, il avait le même aspect solitaire que dans la maison d'Athènes, tout en entretenant cependant l'atmosphère de vigilance qui régnait avant la bataille.

« La fille ne sait rien », fit Litvak avec indignation à l'adresse du dos impassible de Kurtz. « Elle n'a pas toute sa tête. » Sa voix avait monté d'un ton et laissait percer un léger tremblement. « Elle est hollandaise, elle s'appelle Larsen et croit que Yanuka l'a recrutée alors qu'elle faisait partie d'une communauté de squatters à Francfort. Mais elle n'en est pas très sûre parce qu'elle a couché avec tellement d'hommes qu'elle a un peu oublié. Yanuka l'a emmenée plusieurs fois avec lui en voyage, il lui a appris à tirer n'importe comment et l'a prêtée à son grand frère pour qu'il puisse se délasser et se divertir. De ça, elle s'en souvient. Même quand il s'agissait de la vie amoureuse de Khalil, ils utilisaient des coupe-circuits et changeaient d'endroits à chaque fois. Elle trouvait cela plutôt lassant. Entre-temps, elle a piloté des voitures, posé une ou deux bombes pour eux et volé quelques passeports. Par amitié. Parce qu'elle est anarchiste. Parce que c'est une faible d'esprit. »

« Une fille bien commode », dit pensivement Kurtz, s'adressant moins à Litvak qu'à son propre reflet dans la vitre.

« Elle avoue Godesberg et elle reconnaît Zurich à moitié. Avec un peu de temps, elle finirait par l'avouer complètement. Mais pas Anvers. »

« Et Leyde ? » interrogea Kurtz. Sa voix faisait maintenant entendre le même enrouement que celle de Litvak et, de l'endroit où était assis Becker, il devait sembler que les deux hommes souffraient de la même affection de la gorge, de la même contraction des cordes vocales.

« Pour Leyde, un non catégorique, répliqua Litvak. Non, non, et encore non. Elle passait des vacances avec ses parents à ce moment-là. A Sylt. Où cela se trouve-t-il ? »

« C'est une île, tout au nord de la côte allemande », répondit Becker, et Litvak le regarda comme s'il soupçonnait une insulte.

« Elle nous retarde tellement, se lamenta Litvak en se tournant de nouveau vers Kurtz. Elle s'est mise à parler vers midi, et trois heures à peine plus tard, elle revenait sur tout ce qu'elle avait dit. "Non, je n'ai jamais dit ça. Vous mentez." Nous avons dû retrouver les endroits sur les bandes, les lui faire écouter, mais elle n'arrêtait pas de crier que c'était du trucage, et elle a commencé à nous cracher dessus. C'est une tête de mule hollandaise complètement cinglée. »

« Je comprends », commenta Kurtz.

Mais Litvak réclamait plus que de la compréhension : « Si on la tape, elle se fout en colère et devient plus butée encore. Si on arrête de la taper, elle reprend du poil de la bête et il n'y a plus rien à en tirer, à part des insultes. »

Kurtz se tourna à demi, de manière que s'il avait voulu regarder quelqu'un, il n'aurait pu s'agir que de Becker.

« Elle marchande, poursuivit Litvak du même ton aigu et pleurnichard... Nous sommes juifs, alors elle marchande. "Je vous dis ça et vous me laissez la vie sauve, *d'accord* ? Je vous raconte ceci et vous me laissez partir, *d'accord* ?" » Il fit brusquement volte-face en direction de Becker. « Alors, que dit notre héros ? interrogea-t-il.

Peut-être devrais-je la faire succomber à mon charme ? Faire en sorte qu'elle tombe amoureuse de moi ? »

Kurtz regardait sa montre, et au-delà. « Quoi qu'elle puisse savoir, c'est déjà du passé, fit-il remarquer. Tout ce qui compte maintenant, c'est de décider ce que nous allons faire d'elle. Et quand. » Sa manière de s'exprimer montrait bien que la réponse finale devrait venir de lui. « Comment fonctionne la fiction, Gadi ? » demanda-t-il à Becker.

« Ça marche », répondit celui-ci. Il les laissa patienter un moment. « Rossino s'est servi d'elle à Vienne pendant deux jours, puis il l'a conduite dans le sud pour prendre livraison de la voiture. Jusque-là, tout est vrai. Ensuite, elle se rend à Munich avec la Mercedes et y retrouve Yanuka. Là, la fiction commence, mais ils seront les seuls à le savoir. »

Litvak s'empressa de reprendre l'histoire : « Ils se retrouvent à Ottobrunn. C'est un village situé au sud-est de la ville. De là, ils vont quelque part et font l'amour. L'endroit exact, quelle importance ? Personne ne viendra vérifier tous les détails. Ils peuvent faire ça dans la voiture. De toute façon, elle aime ça, elle le dit elle-même. Mais ce qu'elle préfère, c'est faire l'amour avec des guerriers, comme elle les appelle. Ils peuvent aussi prendre une chambre quelque part, et le propriétaire aurait tellement peur qu'il ne se ferait jamais connaître. Ce genre de trous est tout à fait normal. Ceux d'en face s'attendent à en rencontrer. »

« Et cette nuit ? » s'enquit Kurtz en jetant un coup d'œil vers la fenêtre. « Maintenant ? »

Litvak n'aimait pas les questions directes. « Eh bien, ils sont dans la Mercedes et filent vers Munich. Pour y faire l'amour. Pour faire un coup et dissimuler le reste du plastic. Qui le saura jamais ? Pourquoi faudrait-il fournir une explication pour tout ? »

« Et où est-elle en ce moment ? » insista Kurtz qui réunissait ses informations tout en continuant de réfléchir. « Vraiment ? »

« Dans le fourgon », répondit Litvak.

« Où est le fourgon ? »

« Près de la Mercedes. Dans l'allée. Tu as donné l'ordre, alors nous l'avons transportée là. »

« Et Yanuka ? »

« Lui aussi dans la camionnette. C'est leur dernière nuit ensemble. Nous les avons drogués tous les deux, comme convenu. »

Kurtz reprit ses jumelles, mais ne les porta pas complètement à ses yeux avant de les reposer. Puis il croisa ses mains et les contempla d'un air soucieux.

« Suggère-moi une autre méthode, proposa-t-il, parlant visiblement à Becker. Nous la faisons venir chez nous, la planquons au fin fond du Néguev et l'enfermons là-bas, dans le désert. Et après ? Ils vont se demander ce qu'elle est devenue. A peine aura-t-elle disparu qu'ils imagineront le pire. Ils penseront qu'elle a déserté. Ou qu'Alexis a mis la main dessus. Ou les sionistes. De toute façon, ils se diront que leurs plans sont menacés, et leur réaction sera à coup sûr de dissoudre l'équipe et de renvoyer chacun chez soi. » Il résuma : « Il faut qu'ils aient la preuve que personne ne l'a touchée à part Dieu et Yanuka. Il faut qu'ils sachent qu'elle est aussi morte que Yanuka. Tu n'es pas d'accord, Gadi ? Ou dois-je lire sur ton visage que tu as une meilleure idée ? »

Kurtz attendit tranquillement, mais le regard de Litvak, rivé sur Gadi Becker, restait hostile et accusateur. Peut-être Litvak craignait-il de ne rencontrer qu'innocence au moment où il avait tant besoin que l'on partageât avec lui la culpabilité.

« Non », lâcha Becker après une éternité. Mais Kurtz ne se méprit pas sur l'expression de soumission volontaire qui lui durcissait les traits.

Et puis, soudain, Litvak fut sur lui — la voix si tendue, si nerveuse, que les mots semblaient jaillir de l'endroit qu'il venait de quitter.

« *Non ?* » répéta-t-il.

« Non quoi ? Non à l'opération ? Qu'est-ce que ça veut dire, *non* ? »

« Non signifie qu'il ne nous reste pas d'autre solution, expliqua Becker, toujours au même rythme. Si nous épargnons la Hollandaise, ils n'accepteront jamais Charlie. Vivante, Miss Larsen est aussi dangereuse que Yanuka. Si nous voulons continuer, c'est maintenant qu'il faut décider. »

« *Si* », souligna Litvak avec mépris.

Kurtz rétablit l'ordre avec une nouvelle question.

« Elle ne connaît vraiment aucun nom qui pourrait nous être utile ? demanda-t-il à Litvak, visiblement désireux d'être contredit. Rien qui nous donne une raison de continuer l'interrogatoire ? Un motif pour la garder ? »

Litvak haussa les épaules en signe d'impuissance. « Elle connaît une grosse Allemande du Nord répondant au nom de Edda. Mais elle ne l'a vue qu'une fois. A part ça, il y a une autre fille dont elle a entendu la voix au téléphone, un coup de fil de Paris. Et puis sinon, il y a Khalil, mais Khalil ne laisse pas de cartes de visite. Elle est cinglée, rappela-t-il. Elle est tellement droguée qu'il suffit de rester près d'elle pour se sentir partir. »

« Alors, c'est une impasse », conclut Kurtz.

Litvak finissait déjà de boutonner son imperméable sombre. « Une impasse, c'est bien le mot », acquiesça-t-il avec un sourire sans joie. Il ne bougeait toujours pas vers la porte, attendant l'ordre précis.

Kurtz avait encore une dernière question. « Quel âge a-t-elle ? »

« Elle aura vingt et un ans la semaine prochaine. Qu'est-ce que ça change ? »

Très lentement, en étudiant ses gestes, Kurtz se leva lui aussi et fixa Litvak d'un regard autoritaire depuis l'autre bout de la chambre étroite, encombrée de meubles sculptés évoquant ceux d'un pavillon de chasse, et d'ornements en fer forgé.

« Demande à chaque gosse individuellement, Shimon, ordonna-t-il. Demande-leur s'ils veulent se désister. Pas besoin de donner des explications et ils ne seront pas marqués pour autant. Un vote libre et qui ne lésera personne. »

« Je leur ai déjà posé la question », dit Litvak.

« Alors recommence. (Kurtz leva le poignet pour vérifier l'heure.) Appelle-moi dans une heure exactement. Pas avant. Ne fais rien avant de m'avoir parlé. »

Avant que la circulation ne soit au plus faible, sous-entendait-il. Avant que j'aie pris mes dispositions.

Litvak sortit. Becker n'avait pas bougé.

Kurtz téléphona tout d'abord à sa femme, Elli, en P.C.V., car il se montrait toujours extrêmement pointilleux dès qu'il s'agissait des dépenses.

« Restes où tu es, s'il te plaît, Gadi », dit-il doucement au moment où Becker se levait pour partir. Kurtz se flattait en effet de n'avoir rien à cacher de sa vie privée. Becker dut ainsi écouter durant une dizaine de minutes des informations aussi essentielles que la façon dont Elli s'en sortait avec son groupe d'études bibliques, ou dont elle arrivait à faire ses courses malgré la voiture en panne. Il n'eut pas besoin de demander à Kurtz pourquoi il avait choisi un tel moment pour s'entretenir de ces problèmes avec son épouse. Lui-même s'était comporté pareillement il n'y avait pas si longtemps. Kurtz voulait éprouver ses racines avant l'assassinat. Il voulait entendre Israël lui parler de vive voix.

« Elli va parfaitement bien, déclara-t-il gaiement à Becker en raccrochant. Elle t'embrasse et te fait dire de rentrer au plus vite. Elle est tombée sur Frankie voilà deux jours de cela. Ta femme avait l'air en forme. Tu lui manques un peu mais elle va bien. »

Kurtz réserva son deuxième coup de téléphone à Alexis, et, si Becker n'avait pas connu son ami depuis longtemps, il aurait pu penser au début que ce coup de fil était du même ordre que le précédent : un appel à un intime. Kurtz écouta d'abord les nouvelles familiales de son agent ; il s'enquit de l'enfant à naître — oui la mère et le futur bébé se trouvaient en parfaite santé. Mais une fois ces préliminaires terminés, Kurtz s'arma de courage et fonça tout droit au but. Il avait en effet senti, au cours de ses dernières conversations avec Alexis, que le dévouement de celui-ci semblait s'étioler.

« Paul, il paraîtrait que l'accident dont nous avons parlé récemment devrait se produire d'un instant à l'autre, et que ni vous ni moi ne puissions rien faire pour l'empêcher, alors prenez donc de quoi écrire », annonça-t-il d'un ton enjoué. Puis, passant à un allemand sec et efficace, il lui déversa un flot d'instructions : « Pendant les vingt-quatre heures qui suivront l'ordre officiel, vous limiterez vos investigations aux cités universitaires de Francfort et de Munich. Vous ferez alors savoir que les principaux suspects font partie d'un groupe d'activistes gauchistes connu pour entretenir des relations avec une cellule parisienne. Vous avez noté ? » Il s'interrompit pour permettre à Alexis de tout écrire.

« Le deuxième jour, après midi, vous vous présenterez à la poste centrale de Munich et y prendrez une lettre adressée poste restante à votre nom », reprit Kurtz lorsque son interlocuteur lui eut apparemment indiqué de continuer. « Vous y trouverez l'identité de votre première coupable, une jeune Hollandaise, ainsi que certaines dates et informations concernant sa participation à plusieurs incidents antérieurs. »

Kurtz assenait maintenant ses ordres au rythme de la dictée et d'une voix impérieuse : l'enquête ne devrait pas commencer dans le centre ville de Munich avant le quatorzième jour ; tous les résultats des expertises médico-légales devraient être remis en priorité à Alexis et ne seraient dévoilés qu'une fois triés par Kurtz ; des rapprochements avec d'autres incidents ne pourraient être faits en public qu'après l'accord de Kurtz. Entendant son agent renâcler, Kurtz éloigna un peu le récepteur de façon que Becker puisse saisir lui aussi. « Mais, Marty, écoutez... mon ami... Il faut quand même que je vous pose une question...

« Allez-y. »

« De *quoi* sommes-nous en train de parler, Marty ? Un accident, ça n'a rien à voir avec un pique-nique. Nous vivons dans un pays démocratique et civilisé, vous comprenez ce que je veux dire ? »

Si Kurtz comprenait, il n'en fit rien savoir.

« Écoutez, Marty, je dois vous demander quelque chose. Quelque chose à quoi je tiens et sur quoi j'insiste particulièrement. Pas de dégâts ni de pertes de vies humaines. C'est la condition. Nous sommes amis. Vous me suivez ? »

Kurtz suivait très bien, comme en témoignèrent ses réponses concises. « Paul, soyez assuré qu'aucun bien allemand ne sera endommagé. Un peu de tôle froissée, rien de plus. Pas de casse. »

« Et les vies humaines. Bon sang, Marty, nous ne sommes pas des *sauvages* ! » s'écria Alexis avec une soudaine inquiétude.

La voix de Kurtz exprimait désormais un calme inaltérable. « Aucun sang innocent ne sera répandu, Paul. Vous avez ma parole. Aucun citoyen allemand ne risquera la moindre égratignure. »

« Puis-je en être sûr ? »

« Vous n'avez pas le choix », conclut Kurtz avant de raccrocher sans laisser son numéro.

Habituellement, Kurtz ne se servait pas du téléphone avec la même légèreté, mais comme c'était maintenant Alexis qui supervisait les écoutes téléphoniques, il se sentait en droit de prendre le risque.

Litvak appela dix minutes plus tard. « Allez-y, commanda Kurtz ; feu vert ; exécution. »

Ils attendirent, Kurtz toujours posté près de la fenêtre et Becker installé sur sa chaise, les yeux tournés vers le ciel nocturne et tourmenté. Kurtz saisit la poignée et ouvrit la croisée, écartant au maximum les deux battants pour laisser entrer dans la chambre le vacarme de la circulation en provenance de l'autoroute.

« Pourquoi ces risques inutiles », murmura-t-il comme s'il se prenait en flagrant délit de négligence.

Becker commença de compter à la cadence du soldat. Tant pour mettre en scène les deux corps. Tant pour la dernière vérification. Tant pour s'éloigner. Tant pour que l'on signale de chaque côté qu'il n'y avait plus de véhicule en vue. Tant pour évaluer une fois encore le prix de la vie humaine, même quand les êtres concernés semblent à peine mériter d'appartenir au genre humain. Même quand ils n'en font pas partie du tout.

Ce fut comme toujours l'explosion la plus terrible jamais entendue. Pire que Godesberg, pire qu'Hiroshima, pire que toutes les batailles où Becker s'était battu. Sans bouger de sa chaise, le regard porté très loin, au-delà de la silhouette de Kurtz, il vit une boule de feu orangée s'élever du sol puis disparaître, emportant avec elle les étoiles tardives et les premières lueurs du jour. Une poussée de fumée noire et graisseuse suivit aussitôt pour combler le vide créé par les gaz en expansion. Becker discerna des débris qui volaient dans les airs et un jet de fragments noirâtres qui s'échappait en tournoyant de l'arrière — une roue, un peu de goudron, de la chair calcinée, qui aurait su le dire ? Il vit le rideau se frotter affectueusement contre le bras nu de Kurtz et sentit le souffle chaud d'un sèche-cheveux sur son visage. Il perçut, semblable à celui que produiraient des insectes, le bourdonnement des objets durs frémissant les uns contre les autres et, bien avant que ce son ne se soit calmé, les premiers cris d'indignation, les aboiements des chiens et les frottements de pas effrayés tandis que les gens se rassemblaient en pantoufles sous l'allée couverte qui reliait les chalets entre eux. Des phrases absurdes retentissaient, dignes de ces films catastrophes où l'on voit des navires sombrer : « Maman ! Où est maman ! Je ne trouve plus mes bijoux. » Il entendit une femme crier de façon hystérique que les Russes arrivaient, et une autre voix tout aussi apeurée lui assurer qu'il ne devait s'agir que d'un réservoir de pétrole qui avait sauté. Quelqu'un déclara que c'était sûrement à cause des militaires — tout ce qu'ils déplacent, la nuit, c'en est une honte ! Il y avait une radio près du lit. Kurtz resta devant la fenêtre, mais Becker préféra allumer le poste, tombant sur un bavardage local pour insomniaques. Il le laissa cependant en marche pour guetter un éventuel bulletin d'informations. Toutes sirènes hurlantes et lumières bleues clignotantes, une voiture de police arriva en trombe. Puis plus rien. Puis les pompiers, bientôt suivis par une ambulance. La musique s'interrompit, laissant la place au premier flash : une explosion inexpliquée à l'ouest de Munich, cause inconnue, pas d'autres détails. Autoroute fermée des deux côtés, prière aux automobilistes de suivre la déviation.

Becker éteignit la radio et alluma la lumière. Kurtz ferma la fenêtre, tira les rideaux puis s'assit sur le lit avant d'ôter ses chaussures, sans même les délacer.

« J'ai, ah ! j'ai eu des nouvelles de l'ambassade de Bonn, l'autre jour, Gadi, dit Kurtz comme si cela lui revenait tout juste en mémoire. Je leur ai demandé de se renseigner un peu sur ces Polonais avec lesquels tu travailles, à Berlin. De vérifier leurs comptes. »

Becker resta muet.

« Et il semble que cela ne se présente pas très bien. On dirait qu'il va nous falloir te trouver d'autre argent, ou d'autres Polonais. »

Ne recevant toujours pas de réponse, Kurtz leva lentement la tête pour voir Becker qui le contemplait depuis l'embrasure de la porte, et quelque chose dans l'attitude de son ami embrasa d'un coup sa colère.

« Tu as quelque chose à me dire, Mr. Becker ? Veux-tu faire une petite mise au point morale qui puisse te mettre de meilleure humeur ? »

Ce n'était visiblement pas le cas et Becker disparut en refermant doucement la porte derrière lui.

Kurtz avait encore un dernier coup de fil à donner : il devait appeler Gavron, directement chez lui. Il tendit la main vers le combiné, hésita, puis renonça. Que le petit Corbeau attende, songea-t-il, sentant la colère se ranimer en lui. Il lui téléphona quand même. La conversation commença doucement, chaque phrase étant contrôlée, raisonnable. Ils se saluaient toujours ainsi. Les deux hommes s'exprimaient en anglais et se servaient des noms de code décidés pour la semaine. « Nathan ? C'est Harry. Salut. Comment va ta femme ? Formidable, remercie-la et transmets-lui mes amitiés. Nathan, tu sais, nos deux petites chèvres ? Elles viennent d'attraper un mauvais rhume. Cela fera sûrement plaisir à tous ces gens qui n'arrêtent pas de réclamer. »

En écoutant les réponses neutres que lui croassait Gavron, Kurtz sentit son corps se mettre à trembler. Mais il se contraignit encore à maîtriser sa voix. « Je crois, Nathan, que ton grand jeu commence, maintenant. Tu me dois bien de faire en sorte que soient relâchées certaines pressions pour laisser notre affaire mûrir. Je t'ai fait des promesses, elles ont été tenues, un certain degré de confiance est donc établi, un peu de patience. » De tous les hommes et femmes qu'il connaissait, Gavron était le seul à lui faire prononcer des paroles qu'il regrettait par la suite. Mais Kurtz se contrôlait toujours. « Personne ne s'attend à gagner une partie d'échecs avant le petit déjeuner, Nathan. J'ai besoin d'air, tu m'entends ? D'air, de liberté, d'un peu de terrain devant moi. (La colère le submergea soudain :) Alors tu vas me faire tenir tous ces cinglés tranquilles, compris. Va donc faire le tour du marché pour me trouver un peu d'appui, ça changera ! »

La communication fut coupée. Kurtz ne sut jamais si l'interruption était due à l'explosion ou bien à Misha Gavron : il ne rappela pas pour le savoir.

Deuxième partie

LA CAPTURE

16

Pendant trois semaines interminables, et tandis que Londres subissait sa mue automnale, Charlie vécut en état de semi-réalité, oscillant entre l'incrédulité et l'impatience, entre l'attente excitée et la terreur convulsive.

Tôt ou tard, ils prendront contact avec toi, ne cessait-il de lui répéter. C'est obligatoire. Et il entreprit de la préparer psychologiquement à cette rencontre.

Pourquoi devaient-ils se manifester ? Charlie ne le savait pas et il ne lui dit rien, préférant se murer dans sa réserve. Mike et Marty essayeraient-ils de faire de Michel leur agent, comme ils en avaient fait un d'elle ? La jeune femme passait des jours à s'imaginer Michel prenant en route la fiction qu'ils avaient bâtie pour lui, et apparaissant devant elle, brûlant de lui donner son dû d'amour. Joseph encourageait insensiblement sa schizophrénie, poussait Charlie toujours plus près des bras de son double absent. Michel, mon amour ; viens à moi. Aime Joseph mais rêve à Michel. Au début, elle osait à peine se regarder dans un miroir, tant elle était convaincue que ses traits devaient trahir son secret. Son visage lui paraissait tiré par l'information honteuse qu'il dissimulait ; sa voix et ses gestes lui semblaient alourdis par une masse d'eau qui la coupait du reste de l'humanité : je tiens mon spectacle solo vingt-quatre heures sur vingt-quatre ; il y a d'un côté le monde, et moi de l'autre.

Puis, lentement, à mesure que le temps s'écoulait, sa crainte de dévoiler le secret fut remplacée par un petit dédain affectueux pour ces innocents qui n'arrivaient pas à voir ce qu'on leur agitait tous les jours sous le nez. J'étais comme eux, pensa-t-elle. Ils sont tels que j'étais avant de passer de l'autre côté du miroir.

Envers Joseph, elle reprenait la technique qu'elle avait mise au point lors de sa traversée de la Yougoslavie. Il était l'ami à qui elle rendait compte de chacun de ses actes et décisions ; il était l'homme aimé pour lequel elle prenait un ton badin et se maquillait. Il était son ancre, son confident, le prince qu'elle inventait. Il était le génie qui surgissait aux endroits les plus inattendus, qui devinait toujours avec une sûreté extraordinaire le lieu où elle se rendrait — tantôt un arrêt d'autobus, tantôt une bibliothèque, ou une laverie automatique où elle restait assise parmi les mères fatiguées, à contempler son linge qui tourbillonnait sous la lumière crue des néons. Mais jamais elle n'admettait son existence. Il demeurait totalement en dehors de sa vie, hors de portée, hors du temps — mis à part leurs rendez-vous furtifs, qui la soutenaient. Mis à part Michel, son double.

Pour les répétitions de *Comme il vous plaira*, la compagnie avait loué une vieille salle d'exercice de l'armée territoriale située près de Victoria Station, et Charlie s'y rendait tous les matins, contrainte tous les soirs de se laver les cheveux pour en faire disparaître l'odeur de bière militaire.

Elle se laissa inviter par Quilley chez Bianchi et le trouva bizarre. Il avait l'air de vouloir la prévenir de quelque chose, mais quand elle lui demanda franchement de quoi il s'agissait, il battit en retraite en prétendant que la politique était l'affaire de chacun et que c'était pour défendre cette liberté qu'il s'était engagé pendant la guerre. Mais il but affreusement. Après l'avoir aidé à régler l'addition, Charlie partit se fondre dans la foule londonienne et ressentit l'impression de marcher devant elle-même ; de suivre sa silhouette intangible qui s'échappait de son propre corps pour fendre la cohue. Je ne fais plus partie intégrante de la vie. Je suis perdue à tout jamais. Mais à peine eut-elle le temps de formuler ses sensations qu'elle perçut le frôlement d'une main contre son coude : Joseph fit quelques pas à son côté avant de disparaître dans les entrailles d'un Marks & Sparks. L'effet de ces apparitions sur la jeune femme n'avait pas tardé à se manifester. Elles la maintenaient dans un état constant de vigilance, et, si elle se montrait honnête avec elle-même, de désir. Un jour sans lui n'était plus un jour ; un simple regard de lui et son cœur, son corps tout entier, se troublait comme celui d'une gamine.

Elle lisait les très respectables journaux du dimanche et se penchait sur les toutes dernières révélations concernant Sackville-West — à moins que ce ne fût Sitwell — pour s'émerveiller de l'inconséquence hautaine de l'esprit anglais dominant. Elle observait le Londres qu'elle avait oublié et y trouvait partout des motifs expliquant sa révolte par la voie de la violence. La société telle qu'elle la voyait était une plante morte ; sa tâche était de l'arracher pour utiliser le sol à de meilleures fins. Les visages résignés des vendeurs se traînant comme des esclaves enchaînés le lui disaient ; le vieux désespéré et le flic aux yeux venimeux aussi. De même que les petits Noirs qui erraient en regardant passer les Rolls-Royce, et les banques coquettes qui affichaient une dignité séculaire et de vertueux gardes-chiourme en guise de directeurs. Les sociétés immobilières qui attiraient les naïfs dans leurs pièges ; les marchands de bière, les bureaux de paris, les flaques de vomissure... Charlie n'avait pas beaucoup d'efforts à fournir pour que Londres devienne une poubelle remplie d'espoirs avortés et d'âmes déçues. Grâce à l'influence de Michel, la jeune femme construisait des ponts imaginaires entre l'exploitation capitaliste dans les pays du tiers monde et le pas de sa porte, à Camden Town.

A être vécue si intensément, la vie lui envoya même la vision d'un homme à la dérive, un symbole à n'en pas douter. Très tôt un dimanche matin, alors qu'elle se promenait le long du canal de Regent's Park — en fait pour se rendre à l'un de ses rendez-vous avec Joseph — elle entendit le son d'un instrument à cordes assez grave qui égrenait un negro spiritual. Le canal s'ouvrit soudain, découvrant, au milieu d'une décharge de meubles boiteux, un vieux Noir sorti tout droit de *La Case de l'oncle Tom*, assis sur un radeau amarré, et jouant du violoncelle pour une bande d'enfants fascinés. La scène semblait tirée d'un film de Fellini ; c'était trop kitsch ; c'était un mirage, une vision inspirée surgie de son inconscient.

Quoi qu'il en soit, la vision devint pendant plusieurs jours le point de référence intime de tout ce qui l'entourait, trop intime même pour qu'elle en parlât à Joseph : il se moquerait d'elle ou pire encore, il lui donnerait une explication rationnelle.

Elle coucha à plusieurs reprises avec Al, à la fois parce qu'elle voulait éviter une scène, et parce que, après sa longue traversée du désert avec Joseph, son corps l'exigeait ; et puis Michel le lui avait commandé. Elle ne laissa cependant pas Alastair pénétrer dans son appartement, car il était de nouveau sans toit et elle craignait qu'il n'essaye de s'y installer ; il l'avait déjà fait autrefois et elle avait dû jeter ses vêtements et son rasoir à la rue pour se débarrasser de lui. De toute façon, son appartement contenait maintenant des secrets qu'elle n'aurait pour rien au monde voulu partager avec Al : son lit était désormais celui de Michel, le revolver de celui-ci avait reposé sous l'oreiller, et ni Al ni personne d'autre ne pourrait la forcer à le désacraliser. Joseph avait également averti la jeune femme que le grand rôle d'Al était tombé à l'eau et, sachant combien son petit ami supportait mal que l'on blessât sa fierté, elle prit soin de se montrer très prudente.

Leurs premières retrouvailles passionnées eurent lieu dans le pub qu'il fréquentait habituellement, et Charlie découvrit le grand philosophe entouré de deux ferventes disciples. Tout en se dirigeant vers lui, elle songea : il va sentir Michel ; Michel imprègne mes vêtements, ma peau, mon sourire. Mais Al se montra bien trop occupé à faire preuve d'indifférence pour sentir quoi que ce fût. De la pointe du pied, il lui tira une chaise et, tout en s'asseyant, la jeune femme pensa : mon Dieu, dire qu'il y a un mois c'était ce minus qui m'apprenait ce qui fait tourner le monde. Quand le pub ferma, ils se rendirent chez un ami pour y réquisitionner une chambre, et Charlie fut effrayée de constater qu'elle s'imaginait Michel entrant en elle, le visage de Michel penché sur le sien, le corps brun de Michel pesant sur le sien dans la pénombre — Michel, son petit terroriste à elle, Michel, la conduisant au vertige. Mais au-delà de Michel se dissimulait encore une autre silhouette,

Joseph se livrant enfin ; Joseph, dont la sexualité ardente et réprimée se libérait, dont le corps couturé et l'esprit blessé s'abandonnaient à elle.

Outre les journaux du dimanche, Charlie lisait parfois les quotidiens capitalistes et écoutait les informations prédigérées des radios de grande consommation, mais elle ne découvrit pas la moindre allusion à une jeune Anglaise rousse qui aurait fait passer du plastic russe de très haute qualité en Autriche. J'ai rêvé. C'était une autre fille, encore une de mes petites lubies. Sinon, les événements du monde avaient pratiquement cessé de l'intéresser. Elle parcourut un article sur le bombardement par les Palestiniens de la ville d'Aachen, puis un autre concernant les représailles israéliennes sur un camp du Liban, raid tuant un nombre important de civils. Elle apprit la fureur populaire qui montait en Israël et éprouva un juste frisson en lisant une interview d'un général israélien qui promettait de résoudre le problème palestinien « en le prenant à la racine ». Mais, après sa brutale initiation aux rouages du complot, Charlie ne croyait plus désormais aux versions officielles des faits. Les seules nouvelles qu'elle suivait sans arrière-pensées concernaient le panda femelle du zoo de Londres, dont la froideur amoureuse défrayait la chronique — les féministes assuraient que toute la faute en incombait au mâle. Et puis le zoo constituait l'un des lieux de prédilection de Joseph. Ils se retrouvaient là-bas, sur un banc, parfois simplement pour se prendre la main comme des amoureux avant de reprendre chacun leur chemin.

Bientôt, lui disait-il. Bientôt.

A se maintenir ainsi à la surface, à jouer en permanence pour un public invisible, à surveiller chacun de ses mots, chacun de ses gestes, craignant le moindre moment d'oubli, Charlie se rendit compte qu'elle s'appuyait énormément sur le rite. Les week-ends, elle se rendait généralement à Peckham pour animer un groupe théâtral d'enfants. Cela se passait dans une grande salle voûtée, assez vaste pour y jouer Brecht, et Charlie prenait beaucoup de plaisir à mettre ainsi les gosses en action. Ils projetaient de monter une pantomime rock pour Noël, de l'anarchie pure.

Le vendredi, elle allait parfois rejoindre Al au pub, et le mercredi, elle portait deux canettes de bière brune à Miss Dubber, qui était une ancienne girl et habitait tout à côté. Miss Dubber souffrait d'arthrite, de rachitisme, de nécrose et de bien d'autres maux plus graves encore, et elle maudissait son corps avec une véhémence qu'elle réservait autrefois à des amants trop pingres. Charlie, elle, lui emplissait la tête de merveilleux potins imaginaires concernant les derniers scandales du monde du show-business, et toutes deux éclataient d'un rire tellement perçant que les voisins montaient le son du téléviseur pour couvrir le vacarme.

Sinon, Charlie ne supportait aucune compagnie, quoique son métier d'actrice lui eût déjà fourni une bonne demi-douzaine de familles qu'elle aurait pu appeler à tout moment si l'envie l'en avait prise.

Elle bavarda un jour avec Lucy au téléphone ; elles se promirent de se revoir, mais sans fixer de date. Elle retrouva Robert à Battersea, mais le petit peuple de Mykonos lui apparaissait comme des amis de lycée perdus de vue depuis dix ans ; la jeune femme avait l'impression que sa vie ne lui appartenait plus assez pour la partager avec eux. Elle dîna chez un Indien avec Willy et Pauly, mais les deux garçons songeaient à rompre et la soirée fut loupée. Elle essaya quelques amis intimes d'existences précédentes, mais sans plus de succès ; alors, elle se résigna à la vie de vieille fille. Elle se mit à arroser les arbustes de sa rue quand le temps devenait sec, et à déposer des poignées de noix dans des coupes métalliques sur le rebord de sa fenêtre, pour les moineaux bien sûr, mais aussi parce que cela constituait un signe de connivence avec Joseph, de même que l'autocollant pour le désarmement mondial sur sa voiture et l'étiquette de cuir frappée d'un « C » de cuivre qu'elle avait attachée à sa sacoche. Il les appelait ses signaux de sécurité et lui rappelait régulièrement leur usage. La disparition de n'importe lequel d'entre eux signifierait un appel au secours. Une écharpe de soie blanche ne quittait jamais le sac de la jeune femme ; la porter n'aurait pas été un signe de reddition mais aurait indiqué « Ils sont venus », si jamais ils se décidaient. Elle tenait maintenant son agenda, le reprenant là où le Conseil des Lettrés l'avait laissé ; elle termina un canevas qu'elle avait acheté avant les vacances : Lotte à Weimar, pleurant à en mourir sur la tombe de Werther. Toujours moi, version classique. Elle écrivit d'interminables missives à son amant absent mais finit peu à peu par ne plus les poster.

Michel, mon amour, ô Michel, je t'en prie, viens.

Mais elle évitait soigneusement les appartements squattés et les librairies parallèles d'Islington où elle avait l'habitude de débarquer pour y prendre un café dans une ambiance léthargique ; et plus soigneusement encore les révoltés de St Pancras pour qui elle distribuait auparavant des pamphlets prônant la cocaïne, parce que personne d'autre ne se dévouait pour le faire. Elle récupéra enfin sa voiture, une Fiat gonflée qu'Alastair avait bousillée, chez Eustace, son garagiste préféré, et décida d'aller pour son anniversaire jusqu'à Rickmansworth où elle pourrait porter à sa vioque la nappe qu'elle lui avait achetée à Mykonos. En règle générale, Charlie craignait ces visites comme la peste : le piège du repas dominical avec ses trois légumes et son *pie* à la rhubarbe suivi par la liste détaillée de tous les maux que le monde avait réservés à sa mère depuis leur dernière rencontre. Mais cette fois-ci, à sa grande surprise, tout se passa parfaitement bien. Elle dormit là-bas et, le lendemain matin, mit un foulard sombre, surtout pas le blanc, et conduisit sa mère à la messe en prenant bien garde de ne pas penser à la dernière fois où elle s'était coiffée d'un foulard. Une fois à genoux, elle sentit renaître en elle un reste inattendu de piété et mit avec ferveur ses diverses identités au service de Dieu. La musique de l'orgue lui tira des larmes, ce qui lui fit douter en fin de compte du contrôle qu'elle croyait exercer sur elle-même.

C'est parce que je ne veux pas m'avouer qu'il faut rentrer à la maison, se dit-elle.

Elle se sentait déconcertée par la façon surnaturelle dont son appartement s'était modifié pour accueillir la nouvelle personnalité qu'elle s'efforçait si précautionneusement d'endosser : un changement de décor dont l'ampleur ne se manifesta que peu à peu. De toute sa vie nouvelle, la métamorphose insidieuse de son appartement durant son absence était ce qui la troublait le plus. Jusqu'à présent, ce studio lui était apparu comme l'endroit le plus sûr du monde, une sorte de Ned Quilley architectural. Elle l'avait hérité d'un acteur au chômage, qui, après avoir trempé dans des histoires de cambriolage, s'était retiré en Espagne avec son petit ami. Le lieu en question se situait tout au nord de Camden Town et au-dessus d'un café tenu par un Indien de Goa, qui s'animait vers deux heures du matin et restait ouvert jusqu'à sept heures pour servir des *samosas* et des petits déjeuners de friture. Afin d'atteindre son escalier, Charlie devait se faufiler entre la cuisine et les toilettes puis traverser une cour, ce qui lui laissait le temps d'être suivie des yeux par le patron, le cuisinier et le petit ami rondouillard de celui-ci, sans parler de l'occupant éventuel des waters. Lorsqu'elle parvenait au haut de l'escalier, il lui fallait encore franchir une autre porte avant de pénétrer dans le domaine sacré, constitué d'un grenier pourvu du meilleur lit de la terre, d'une salle de bains et d'une cuisine dûment comptabilisés dans le loyer.

Et voilà qu'elle perdait brusquement ce havre de paix et de consolation. Ils le lui avaient volé. Elle avait l'impression d'avoir sous-loué l'appartement à quelqu'un d'autre pendant son absence, quelqu'un qui y aurait apporté tout un tas de modifications pour la remercier. Mais comment avaient-ils pu entrer sans se faire remarquer ? Lorsqu'elle se renseigna au café, ils ne savaient rien. Elle découvrit par exemple dans le tiroir de son bureau les lettres de Michel, entassées dans le fond — tous les originaux dont elle avait lu les photocopies à Munich. Elle trouva aussi, dissimulés derrière une planche brisée de la salle de bains, là où elle conservait son herbe à l'époque où elle fumait, ses fonds de lutte : trois cents livres en vieux billets de cinq. Elle les déplaça pour les cacher sous une lame du parquet, puis les remit dans la salle de bains, puis de nouveau sous le parquet. Il y avait aussi les petits souvenirs, les témoignages de son histoire d'amour glanés depuis le premier jour, à Nottingham les pochettes d'allumettes au nom de l'auberge ; le stylo à bille avec lequel elle lui avait écrit ses premières lettres à Paris ; les toutes premières orchidées rousses séchées et pressées entre les pages de la *Cuisine de Mrs. Beeton ;* la première robe qu'il lui avait offerte à York, et ils s'étaient rendus ensemble dans la boutique ; les affreuses boucles d'oreilles qu'il lui avait données à Londres, si laides qu'elle ne pouvait les porter que pour lui faire plaisir. En fait, elle s'était attendue à ces ajouts, Joseph l'avait plus ou moins prévenue de leur présence. Ce qui la troublait véritablement, c'était qu'à force de vivre avec ces petits détails, ils semblaient lui appartenir plus qu'elle-même : dans la bibliothèque, prudemment dédicacés par Michel et trop souvent feuilletés, des dépliants sur la Palestine ; sur le mur, l'affiche pro-palestinienne représentant le visage de crapaud du premier ministre israélien étalé de manière peu flatteuse au-dessus de silhouettes de réfugiés arabes ; punaisées à côté, toute une série de cartes en couleurs indiquant les nouvelles frontières de l'expansion israélienne depuis 1967, Tyr et Sidon étant marqués par un point d'interrogation tracé évidemment de la main de Charlie après qu'elle eut appris les prétentions de Ben Gourion sur ces deux villes ; la pile de périodiques mal imprimés de propagande anti-israélienne en langue anglaise.

C'est tout à fait moi, constata-t-elle en passant lentement en revue les nouveautés ; dès que quelque chose me branche, il faut que j'achète la boutique.

Mais cette fois-ci, ce n'est pas moi. Ils ont tout fait.

La réflexion ne lui fut pas d'un grand secours, et avec le temps, la distinction entre eux et elle commença de se brouiller dans son esprit. *Michel, pour l'amour de Dieu, t'ont-ils attrapé ?*

Peu après son retour à Londres, elle se rendit comme prévu à la poste de Maida Vale, présenta ses papiers d'identité et ne reçut qu'une seule lettre en échange, postée à Istanbul et arrivée visiblement juste après son départ pour Mykonos. *Mon amour. Athènes est pour très bientôt maintenant. Je t'aime.* Signé « M ». Une simple note griffonnée pour lui donner du courage. Mais la vue de ce signe concret de communication la perturba profondément. Des hordes d'images enfouies se libérèrent pour la hanter. Les pieds de Michel, chaussés de Gucci et dérapant sur les marches. Son beau corps sans force soutenu par ses deux geôliers. Son visage hâlé, trop jeune pour la conscription. Sa voix trop riche, trop innocente. Le médaillon d'or battant doucement la peau brune de sa poitrine dénudée. Joseph, je t'aime.

Elle alla ensuite tous les jours à la poste, parfois deux fois par jour, et devint très vite l'attraction de l'endroit, ne fût-ce que parce qu'elle repartait toujours les mains vides et la mine plus déprimée ; un morceau de bravoure tout en finesse qu'elle travaillait avec beaucoup de soin et auquel Joseph, dans son rôle de professeur clandestin, assista plus d'une fois en achetant des timbres au guichet voisin.

Durant le même temps, et dans l'espoir de lui tirer un souffle de vie, Charlie envoya à Michel trois lettres adressées à Paris, le suppliant de lui écrire, lui criant son amour et le pardonnant à l'avance pour son silence. Ces trois lettres constituaient en fait les premières qu'elle composait et écrivait elle-même. Elle éprouva mystérieusement un certain soulagement dans le fait de les poster ; elles authentifiaient en quelque sorte les précédentes, ainsi que les sentiments artificiellement inspirés à la jeune femme. A chaque nouvelle lettre qu'elle rédigeait, on lui indiquait une boîte aux lettres différente, et Charlie supposait que quelqu'un passait derrière elle pour couvrir l'enveloppe, mais elle avait appris à ne jamais se retourner ni même y penser. Elle repéra un jour Rachel dans la vitre d'un Wimpy, mal fagotée et l'air tellement anglais. Un autre jour, ce furent Raoul et Dimitri qui la dépassèrent à moto. Elle envoya son dernier message à Michel en exprès, du même bureau postal où elle réclamait en vain du courrier, et griffonna en hâte un *Mon amour je t'en prie je t'en prie oh je t'en prie écris* au dos de l'enveloppe affranchie tandis que Joseph attendait patiemment derrière elle.

Elle en vint peu à peu à concevoir la vie de ces récentes semaines comme une page écrite en caractères gras et en italiques. Le caractère gras représentait le monde dans lequel elle évoluait. L'italique symbolisait le monde dans lequel elle se faufilait dès que l'autre ne la regardait pas. Aucune liaison, même avec le mieux marié des hommes, n'avait jamais constitué un tel secret pour elle.

Leur balade à Nottingham eut lieu le cinquième jour. Joseph se montra d'une prudence exceptionnelle. Au volant d'une Rover, il passa la prendre un samedi soir à la sortie d'une station de métro isolée, et la ramena le dimanche après-midi. Il lui avait apporté une très belle perruque blonde, de quoi se changer et un manteau de fourrure, le tout dans une valise. Il avait organisé un dîner tardif qui se révéla aussi épouvantable que l'original ; au milieu du repas, Charlie avoua éprouver la peur absurde que le personnel puisse la reconnaître malgré sa perruque et son manteau de fourrure, et cherche à savoir ce qu'il était advenu de son véritable amant.

Ils montèrent dans la chambre, des lits jumeaux très sages que, dans la fiction, ils avaient rapprochés en disposant les matelas dans l'autre sens. Elle crut un instant que la réalité allait rejoindre cette fiction. Quand elle sortit de la salle de bains, Joseph était allongé de tout son long sur le lit et la regardait ; elle se coucha près de lui et posa la tête sur sa poitrine, puis elle leva son visage vers lui et entreprit de l'embrasser, choisissant soigneusement l'endroit avant d'y déposer un baiser : le bord des tempes, les joues, et enfin les lèvres. Il leva la main pour la retenir, puis souleva la tête pour embrasser Charlie à son tour, la main toujours posée sur la joue de la jeune femme, les yeux ouverts. Puis, tout doucement, il la repoussa et s'assit. Un dernier baiser : Au revoir.

« Écoute », lui dit-il en prenant son manteau.

Il souriait. Son beau, son merveilleux sourire empreint de douceur. Elle tendit l'oreille et perçut le martèlement de la pluie de Nottingham sur le carreau — cette même pluie qui les avait cloués au lit pendant deux nuits et un jour.

Le lendemain matin, ils refirent avec nostalgie les petites excursions inaugurées par Charlie et Michel dans la campagne environnante, promenades interrompues alors par la montée du désir qui les ramenait systématiquement à l'auberge. Tout ceci, lui expliqua Joseph, pour lui donner une mémoire visuelle des événements et raffermir ainsi sa confiance en elle. Entre ces leçons, et apparaissant presque comme une détente, il lui enseignait d'autres choses. Les signaux silencieux, comme il les appelait ; et une méthode qui consistait à écrire des messages secrets à l'intérieur d'un paquet de Marlboro, méthode que Charlie ne parvenait pas à prendre au sérieux.

Ils se retrouvèrent plusieurs fois chez un costumier, derrière le Strand, en général après les répétitions.

« Alors mon chou, vous venez pour l'essayage ? » lui demandait une gigantesque dame blonde d'une soixantaine d'années, toujours vêtue de robes fluides, à chaque fois que Charlie pénétrait dans le magasin. « Suivez-moi, mon chou », ajoutait la dame en lui désignant une arrière-chambre où Joseph attendait, évoquant un client dans l'antre d'une prostituée. Tu vas symboliser l'automne, songea-t-elle en remarquant une nouvelle fois le givre qui commençait à saupoudrer ses cheveux et la pointe rosée qui avivait ses joues maigres ; ce sera toujours vrai.

Le principal souci de la jeune femme était de ne jamais savoir comment le joindre : « Où habites-tu ? Comment faire pour te trouver ? »

« Par Cathy, répondait-il. Tu connais les signaux de sécurité, et tu as Cathy. »

Cathy représentait pour Charlie un lien de communication vital, la partie accessible du bureau de Joseph, celle qui préservait l'impénétrabilité de Joseph. Tous les soirs entre six et huit heures, Charlie se glissait dans une cabine téléphonique, jamais la même, et composait un numéro du West End pour que Cathy l'aide à supporter l'existence : comment s'étaient passées les répétitions, quelles étaient les nouvelles d'Al et de la bande, comment allait Quilley, et lui avait-il parlé de rôles éventuels pour l'avenir, avait-elle déjà passé des auditions pour le cinéma, avait-elle besoin de quelque chose ? Les conversations duraient souvent plus d'une demi-heure. Au début, Charlie en voulut à Cathy, en ce qu'elle freinait ses relations avec Joseph, mais, peu à peu, la jeune femme se mit à attendre impatiemment ces entretiens téléphoniques car Cathy se révéla posséder beaucoup d'esprit et pas mal de bon sens. Charlie se la représentait comme une personne chaleureuse et désintéressée qui était peut-être canadienne l'une de ces psychologues imperturbables qu'elle allait voir à la Tavistock Clinic après son expulsion du lycée, à une époque où ça ne tournait pas très rond dans sa tête. Cela n'était pas si mal vu de la part de Charlie, car si Miss Bach n'était pas canadienne, mais américaine, elle appartenait à une famille de médecins depuis des générations.

La maison de Hampstead que Kurtz avait louée pour ses guetteurs était une très grande demeure située dans un quartier extrêmement calme prisé par les moniteurs d'auto-écoles. Ses propriétaires, suivant la suggestion de leur bon ami Marty de Jérusalem, s'étaient retirés à Marlow, mais leur maison n'avait rien perdu de son élégance paisible et raffinée. On y trouvait des tableaux de Nolde dans le salon, une photographie de Thomas Mann signée dans la serre où trônait également un oiseau encagé qui se mettait à chanter quand on le remontait, une bibliothèque pourvue de fauteuils de cuir craquants et une salle de musique équipée d'un piano à queue Bechstein. Il y avait aussi une table de Ping-Pong à la cave, et, derrière la maison, un jardin désordonné où se désagrégeait un court de tennis grisâtre, inutilisable, dont les enfants avaient fait le terrain d'un nouveau jeu, une sorte de golf-tennis qui tirait parti de toutes les bosses et crevasses. La façade était agrémentée d'une loge minuscule sur laquelle l'équipe avait posé ses pancartes indiquant « Groupe d'études humanistes et hébraïques, entrée réservée aux étudiants et au personnel », ce qui, à Hampstead, n'étonnait personne.

Ils étaient quatorze en tout, dont Litvak, mais s'étaient répartis sur les quatre étages avec une telle discrétion, avec des manières si furtives, si félines, qu'il eût été difficile d'affirmer que la maison était habitée. Leur moralité n'avait jamais constitué un problème, et la maison de Hampstead acheva de la rendre à toute épreuve. Ils aimaient ces meubles sombres et le sentiment que chacun des objets qui les entouraient semblait en savoir beaucoup plus qu'eux. Travailler toute la journée et souvent une partie de la nuit, puis revenir dans ce temple de l'existence juive agréable et se conformer à cet héritage leur plaisait. Quand Litvak jouait du Brahms, et il en jouait merveilleusement, Rachel elle-même, qui était une fan de pop-music, oubliait ses préjugés pour descendre l'écouter. Au début — et ils n'hésitaient jamais à le lui rappeler — elle s'était montrée très rétive à l'idée de revenir en Angleterre et avait même insisté pour ne pas voyager avec un passeport britannique.

Ce fut donc dans le meilleur état d'esprit possible qu'ils commencèrent leur attente, comme un système d'horlogerie bien réglé. Ils évitèrent, sans même en avoir reçu l'ordre, les pubs et les restaurants du coin ainsi que tout contact superflu avec le voisinage. D'autre part, ils prenaient soin de s'envoyer du courrier, d'acheter du lait, de prendre le journal, enfin d'accomplir toutes les petites choses que les curieux remarquent quand elles ne sont pas faites. Ils se promenaient beaucoup à bicyclette et découvrirent avec une joie sans bornes combien de Juifs distingués et parfois discutés les avaient précédés en ces lieux. Aucun d'entre eux ne manqua de se rendre, l'esprit partagé, devant la maison de Friedrich Engels, ou la tombe de Karl Marx, au cimetière de Highgate. Ils se fournissaient en moyens de transport dans un joli petit garage peint en rose et installé à la sortie de Haverstock Hill, garage dont la vitrine s'ornait d'une vieille Rolls-Royce argentée portant l'inscription « Pas à vendre », et qui appartenait à un certain Bernie. Bernie était un gros homme bougonnant au visage sombre, qui tenait toujours une cigarette à demi consumée entre ses lèvres et, à la façon de Schwili, ne quittait jamais son feutre bleu, même pour taper ses factures. Il disposait de camionnettes, d'automobiles, de motos et d'un énorme stock de plaques minéralogiques. Le jour de l'arrivée de l'équipe, il accrocha une grosse pancarte : « LOCATION SUR CONTRAT UNIQUEMENT. INUTILE DE SE PRÉSENTER. »

« Tu parles d'une bande d'enculés, raconta-t-il grossièrement à des collègues. Une compagnie de cinéma, qu'y m'ont dit. Ils ont loué tout ce que j'avais dans la boutique, et ils m'ont payé en bons biftons... Alors, hein, comment tu veux dire non ? »

Et tout ceci, jusqu'à un certain point, était vrai puisque c'était la fiction dont ils étaient convenus ensemble. Mais Bernie en savait en réalité beaucoup plus. Lui aussi, en son temps, avait fait une chose ou deux.

Pendant ce temps, et presque quotidiennement, des parcelles d'informations leur parvenaient via l'ambassade de Londres, telles des nouvelles d'une bataille lointaine. Rossino s'était représenté à l'appartement de Yanuka, à Munich, cette fois accompagné par une blonde qui semblait correspondre à leurs théories concernant la fille nommée Edda. Untel était allé voir Untel à Paris, à Beyrouth, à Damas, ou encore à Marseille. L'identification de Rossino avait permis d'ouvrir de nouvelles voies dans des douzaines de directions différentes. Pas moins de trois fois par semaine, Litvak faisait un exposé sur la situation et laissait s'instaurer le débat. Lorsqu'il disposait de photographies, il organisait de véritables séances de lanterne magique, faisant un rapide commentaire sur les divers noms connus, les comportements observés, les goûts personnels et les méthodes de travail. Il arrangeait régulièrement des concours de devinettes, distribuant des récompenses amusantes aux gagnants.

Parfois, mais pas trop souvent, le grand Gadi Becker se glissait dans la salle pour entendre les derniers mots, s'asseyait tout au fond, à l'écart des autres, puis disparaissait à peine la réunion terminée. De la vie séparée qu'il menait, ils ne savaient rien, ct ils ne s'attendaient pas qu'il en soit autrement : Becker s'occupait des agents, un rôle à part ; c'était Becker, le héros méconnu de plus de missions secrètes qu'ils n'avaient, pour la plupart, fêté d'anniversaires. Ils le surnommaient affectueusement « le Loup des Steppes » et se racontaient des histoires terribles à demi inventées sur ses hauts faits.

L'appel arriva le dix-huitième jour. Un télex de Genève les mit sur leurs gardes et un câble de Paris leur donna la confirmation. En moins d'une heure, les deux tiers de l'équipe étaient sur la route et roulaient vers l'ouest sous une pluie sombre.

17

La compagnie avait pour nom les Hérétiques et avait entamé sa tournée à Exeter, devant une assemblée sortie tout droit de la cathédrale : femmes en mauve de demi-deuil, vieux prêtres aux yeux mouillés. Lorsqu'ils ne jouaient pas en matinée, les comédiens erraient dans la ville en bâillant, et le soir, après la représentation, ils devaient avaler du vin et du fromage avec de très sérieux disciples des Arts, car cet échange de bons procédés avec les autochtones était de règle. Après Exeter, ils s'étaient rendus à Plymouth et avaient joué à la base navale, devant de jeunes officiers déroutés qui s'arrachaient les cheveux pour décider si l'on pouvait temporairement considérer les machinistes comme des gentlemen et les admettre au mess.

Mais Plymouth, comme Exeter, avait semblé terriblement excitant, presque perverti, comparé à la petite ville minière aux murs de granit dégoulinants d'eau qui les avait accueillis au fin fond de la Cornouailles : des ruelles tortueuses disparaissant sous la brume marine et des arbres rabougris dont les coups de vent faisaient des bossus. La troupe dut se répartir dans une demi-douzaine d'auberges et le sort conduisit Charlie dans un îlot de pignons d'ardoise entouré d'hortensias, où le grondement des trains à destination de Londres donnait à la jeune femme l'impression d'être une naufragée accablée par la vision d'une voile lointaine. Le théâtre avait été improvisé à l'intérieur d'une salle de sport et, du haut de la scène trop bruyante, les acteurs respiraient les vapeurs de chlore émanant de la piscine et percevaient le martèlement paresseux des balles de squash à travers le mur. Le public se composait de brigades fichu-et-pot-au-feu dont les yeux rassasiés et envieux vous disaient bien qu'elles feraient mille fois mieux que vous si jamais elles s'abaissaient à essayer. Enfin, les comédiens devaient se contenter des vestiaires pour toute loge, et c'est là que l'on apporta les orchidées — pendant que Charlie se maquillait, dix minutes avant le lever du rideau.

Elle les aperçut tout d'abord dans le long miroir qui surmontait les lavabos, bouquet enveloppé de papier blanc et humide, qui franchissait la porte. Puis elle vit les fleurs hésiter avant d'approcher d'une allure incertaine dans sa direction. Mais elle poursuivit son maquillage comme si elle n'avait jamais vu la moindre orchidée de sa vie. Le bouquet était couché, tel un bébé enveloppé de papier, dans les bras d'une vestale de Cornouailles, une jeune fille d'une quinzaine d'années nommée Val, dotée de tresses noires et d'un sourire insipide. Des orchidées rousses.

« Je, par ces présentes, vous déclare être la noble Rosalind », dit Val d'un ton espiègle.

Un silence hostile s'abattit aussitôt, durant lequel toute la gent féminine de la troupe put savourer l'inconvenance de Val. Avant d'entrer en scène, les acteurs sont toujours très nerveux et extrêmement silencieux.

« Je suis Rosalind », concéda Charlie, sans grand secours. « Pourquoi ? » Elle saisit alors son *eye-liner* pour bien montrer combien la réponse l'intéressait peu.

Courageusement, Val prit le temps de déposer les fleurs dans le lavabo avant de détaler tandis que Charlie s'emparait de l'enveloppe, bien en vue pour que quiconque le voulait pût l'observer. A *Miss Rosalind*. Écriture cursive, un stylo à bille bleu au lieu de l'encre noire. A l'intérieur, une carte de visite en bristol. Le nom n'était pas imprimé mais saillait en relief, en capitales penchées et acérées : *ANTON MESTERBEIN, GENEVA*. Au-dessous, un seul mot, *Justice*. Pas d'autre message, et pas de « Jeanne, esprit de ma liberté » non plus.

Elle reporta toute son attention sur sa deuxième paupière et œuvra si soigneusement que cette paupière semblait ce qu'il y avait de plus précieux sur terre.

« Qui est-ce, Chas ? » lui demanda une bergère installée devant le lavabo voisin. Elle sortait à peine du lycée et n'avait pas plus de quinze ans d'âge mental.

Les sourcils froncés par la concentration, Charlie examinait son œuvre d'un œil critique.

« Ça a dû lui coûter un paquet, tu crois pas, Chas ? » insista la bergère.

« Tu crois pas, Chas ? » parodia Charlie.

C'est lui !

C'est un signe de lui !

Alors pourquoi n'est-il pas là ? Pourquoi le mot n'est-il pas écrit de sa main ?

Ne te fie à personne, lui avait conseillé Michel. *Mais surtout, méfie-toi de ceux qui prétendent me connaître.*

C'est un piège. Ce sont ces salauds de flics. Ils savent pour la traversée de la Yougoslavie. Ils veulent me faire marcher pour mettre la main sur Michel.

Michel, Michel ! Mon amour, ma vie..., dis-moi ce qu'il faut faire !

Elle entendit qu'on criait son nom : « Rosalind... Où est passée Charlie, bon sang ? Charlie, pour l'amour de Dieu. »

Dans le couloir, un groupe de nageurs portant serviette autour du cou regarda d'un air morne une jeune femme rousse sortir du vestiaire des dames en habit râpé de paysan élisabéthain.

Elle parvint à dire son rôle. Peut-être même réussit-elle à jouer aussi. Pendant l'entracte, le metteur en scène, un esprit monacal qu'ils surnommaient Frère Mycroft, lui demanda avec un air bizarre si cela ne la dérangerait pas d' « en faire un peu moins », et elle promit humblement d'y veiller. Mais elle l'entendait à peine, bien trop occupée à détailler les rangs à moitié vides, en quête d'un bout de blazer rouge.

En vain.

Elle distingua d'autres visages — ceux de Rachel, de Dimitri, par exemple — mais sans les reconnaître. Il n'est pas là, se dit-elle avec désespoir. C'est un piège. C'est la police.

Une fois dans le vestiaire, elle se changea rapidement, mit son foulard blanc, puis traîna jusqu'à ce que le portier la mette dehors. Dans le hall, dressée tel un spectre à tête blanche parmi les athlètes qui s'en allaient, elle attendit encore, les orchidées pressées contre sa poitrine. Une vieille dame lui demanda si elle les avait cultivées elle-même. Un écolier lui réclama un autographe. La bergère la tira par la manche : « Chas... la soirée, bon sang... Val te cherche *partout* ! »

Les portes du complexe sportif se refermèrent derrière elle. Charlie se laissa envelopper par l'air nocturne, et une soudaine rafale de vent faillit la faire tomber sur la chaussée. Elle se dirigea en chancelant vers sa voiture, déverrouilla la portière, déposa les fleurs sur le siège du passager puis referma sa porte. Elle eut du mal à mettre le contact, mais une fois démarrée, l'auto fila comme un cheval galopant vers son écurie. Tout en descendant la rue qui débouchait sur la grand-route, la jeune femme vit dans son rétroviseur les phares d'une autre voiture s'allumer derrière elle et la suivre à distance égale jusqu'à son auberge.

Elle se gara et entendit la bourrasque tyranniser les hortensias. Charlie s'enroula dans son manteau, y enfouit également les orchidées, puis piqua un sprint vers la porte de l'établissement. Il y avait quatre marches, et elle les compta deux fois ; la première en les franchissant d'un bond, et la seconde en les regardant, pantelante, depuis le bureau de la réception, tandis que quelqu'un les montait après elle d'un pas léger mais décidé. Aucun client n'était en vue, ni dans le salon, ni dans le hall. La seule âme en vie était Humphrey, un gros garçon dickensien qui jouait les portiers de nuit.

« Pas *six,* Humph », corrigea-t-elle gaiement alors qu'il cherchait sa clé. « *Seize.* Allez, mon chou. Là, tout en haut de la rangée. Ah, et puis donne-moi vite cette lettre d'amour qui est là avant de la filer à quelqu'un d'autre. »

Elle saisit la feuille de papier pliée en espérant qu'elle venait de Michel, puis laissa son visage exprimer une déception contenue lorsqu'elle découvrit que c'était un message de sa sœur lui disant : *Bonne chance pour ce soir,* ce qui constituait la façon de Joseph de lui murmurer : « Nous sommes avec toi », mais si bas qu'elle entendit à peine.

Derrière elle, la porte du hall s'ouvrit puis se referma. Des pieds masculins se rapprochaient sur le tapis. Charlie s'autorisa un rapide coup d'œil au cas où il se serait agi de Michel. Ce n'était pas lui, comme l'indiqua clairement sa mine déconfite. Ce n'était qu'un homme parmi tant d'autres, un homme qui n'avait rien à voir avec elle. Un garçon mince et d'un calme inquiétant, qui avait des yeux sombres et bienveillants. Il portait un trench-coat en gabardine brune agrémenté d'un empiècement militaire pour donner un peu plus de carrure aux épaules. Une cravate brune assortie aux yeux qui allaient avec le manteau. Et d'inévitables souliers bruns à bouts renforcés et surpiqûres. Rien d'un homme de justice, décida Charlie, plutôt un homme à qui l'on avait refusé la justice. Un garçon de quarante ans dépossédé très tôt de sa justice.

« Miss Charlie ? »

Une bouche trop charnue sur un menton trop pâle.

« Je vous transmets les amitiés d'une connaissance commune, Michel, Miss Charlie. »

Charlie crispa ses traits comme quelqu'un s'apprêtant à recevoir un châtiment. « Michel qui ? » répliqua-t-elle. La jeune femme s'aperçut qu'aucun des muscles de son interlocuteur ne tressaillait, et à son tour se figea complètement, un peu à la façon dont on se fige devant un tableau, une statue, ou un policier immobile.

« Michel de Nottingham, Miss Charlie. » Un accent suisse plus prononcé, presque accusateur. La voix doucereuse, comme si la justice était un sujet secret. « Michel m'a prié de vous faire porter ces orchidées dorées et de vous emmener dîner en son nom. Il a insisté pour que vous acceptiez. S'il vous plaît. Je suis le meilleur ami de Michel. Venez. »

Vous ? Pensa-t-elle. Son ami ? Michel ne compterait sûrement pas sur un ami comme vous pour sauver sa peau. Mais elle laissa à son visage le soin d'exprimer son mépris.

« Je suis également chargé de représenter Michel d'un point de vue juridique, Miss Charlie. Michel a droit à la protection pleine et entière de la loi. Venez, maintenant, je vous prie. »

Le geste lui demanda un grand effort, mais elle le voulait ainsi. Les orchidées pesaient affreusement lourd, et il y avait un grand espace à franchir pour les faire passer de ses bras dans ceux de l'homme. Mais elle y parvint ; elle trouva en elle assez de force et de courage, et l'inconnu se pencha pour recevoir les fleurs. Puis elle trouva aussi le ton effronté qu'il fallait pour prononcer les mots qu'elle avait préparés.

« Vous tombez mal, lui dit-elle. Je ne connais aucun Michel de Nottingham, et d'ailleurs, je ne connais aucun Michel de nulle part. Et nous ne nous sommes pas non plus rencontrés à Monte-Carlo l'été dernier. Ce n'était pas mal, mais je suis fatiguée. Fatiguée de vous tous. »

Se tournant vers le comptoir pour prendre sa clé, elle se rendit compte que Humphrey, le portier, lui parlait de quelque chose de primordial. Sa figure rutilante tremblotait, et il tenait un crayon en suspens au-dessus d'un grand cahier.

« J'ai *dit* », souffla-t-il, indigné et avec un accent du Nord à couper au couteau : « à quelle heure désirez-vous qu'on vous monte votre petit déjeuner, Miss ? »

« Neuf heures, mon chou, et surtout pas avant. » Elle se dirigea d'un pas las vers l'escalier.

« Un journal, Miss ? » demanda Humphrey.

Elle se retourna et le dévisagea avec insistance. « Mon Dieu », murmura-t-elle.

Humphrey semblait soudain très excité. Sans doute pensait-il que seul un ton très vif pourrait réveiller sa cliente. « Le journal du matin ! Pour lire ! Lequel voulez-vous ? »

« Le *Times,* mon chou », répondit-elle.

Humphrey se replongea dans une apathie satisfaite. « Le *Telegraph,* dit-il en écrivant. Le *Times* sur commande seulement. » Charlie avait déjà commencé à se hisser sur les marches du grand escalier qui menait aux ténèbres tristement célèbres du palier.

« Miss Charlie ! »

Tu prononces encore une fois ce nom-là, songea-t-elle, et je redescends foutre une baffe sur ton joli petit passe-montagne suisse. Elle gravit encore deux marches avant qu'il ne prenne à nouveau la parole. Elle ne s'était pas attendue à de telles ressources de la part de l'homme.

« Michel sera très heureux d'apprendre que Rosalind portait son bracelet, ce soir ! Et qu'elle le porte encore maintenant, si je ne me trompe ! A moins qu'il ne s'agisse du cadeau d'un autre monsieur ? »

La tête de Charlie, puis tout son corps pivotèrent en direction de l'inconnu. Il tenait les orchidées du bras gauche, le droit pendant le long de son flanc comme une manche vide.

« Je vous ai dit de vous en aller. Sortez. S'il vous plaît... D'accord ? »

Mais, comme le trahissait sa voix hésitante, elle protestait désormais sans grande conviction.

« Michel m'a demandé de vous commander du homard et une bouteille de boutaris. Du boutaris blanc et bien frais, a-t-il précisé. J'ai d'autres messages de lui également. Il ne manquera pas d'être fâché quand il apprendra que vous avez refusé son hospitalité, il se sentira insulté. »

C'en était trop. Il ne pouvait être que son ange de malheur venant réclamer l'âme qu'elle avait trop facilement engagée. Mais qu'il mente, qu'il soit de la police ou un simple maître-chanteur, elle le suivrait jusqu'en enfer s'il pouvait la conduire à Michel. Cahotant sur ses talons, elle descendit les marches d'un pas lourd et s'approcha du comptoir.

« Humphrey ? » Elle posa sa clé puis prit le crayon des mains molles du garçon pour écrire le nom « CATHY » sur le bloc de papier placé devant lui. « C'est une Américaine, compris ? Une copine. Si elle appelle, dis-lui que je suis partie avec une demi-douzaine d'amoureux. Dis-lui que je passerai peut-être demain midi. C'est clair ? » s'enquit-elle.

Elle arracha la feuille de papier du bloc et la fourra dans la poche de poitrine du garçon, puis elle déposa un baiser distrait sur sa joue tandis que Mesterbein l'observait avec l'irritation contenue d'un amant attendant son dû pour la nuit. Une fois dehors, il sortit une torche suisse fonctionnelle. Le faisceau éclaira l'autocollant Hertz, petit point jaune sur le pare-brise de sa voiture. L'homme ouvrit la portière du côté passager et prononça un « S'il vous plaît », mais Charlie se dirigea tout droit sur sa Fiat, s'y installa, mit le contact et attendit. Elle remarqua, alors que l'autre voiture roulait devant elle, que l'homme portait un béret noir pour conduire, et que les bords trop enfoncés donnaient l'impression qu'il s'agissait d'un bonnet de bain, excepté qu'il faisait saillir plus encore les oreilles.

Ils avançaient très lentement à cause des nappes de brouillard. A moins peut-être que Mesterbein ne roulât toujours de cette manière car il jetait sans cesse derrière lui des coups d'œil agressifs de conducteur ordinairement prudent. Ils franchirent une colline puis firent route vers le nord au travers d'une lande désertique. Le brouillard s'éclaircit, laissant voir les poteaux télégraphiques dressés comme des aiguilles tirant leur fil contre le ciel nocturne. Une lune grecque atrophiée perça brièvement les nuages avant qu'ils ne l'engloutissent de nouveau. A un carrefour, Mesterbein s'arrêta pour consulter une carte. Puis il indiqua la gauche, d'abord avec son clignotant, ensuite en esquissant un mouvement tournant de sa main blanche. Oui, Anton, j'ai compris ton message. Elle le suivit au bas d'une colline, puis dans un village ; Charlie baissa la vitre pour laisser la voiture s'emplir d'air salin. Le souffle lui ouvrit la bouche en un cri. Elle le suivit sous une banderole en lambeaux indiquant *East West Timesharer Chalets Ltd*, puis sur une route étroite et nouvelle conduisant, au milieu des dunes, à une mine d'étain désaffectée se découpant sur l'horizon, et enfin à une grande pancarte « Venez en Cornouailles ». De chaque côté de la route, des bungalows de planches, toutes lumières éteintes. Mesterbein se gara et Charlie rangea sa Fiat juste derrière, laissant la vitesse en première à cause de la pente. Le frein recommence à râler, se dit-elle ; il faudra la ramener chez Eustace. Il sortit. La jeune femme l'imita et verrouilla sa voiture. Le vent était tombé ; ils se trouvaient du côté abrité de la péninsule. Des mouettes tournoyaient au ras du sol et criaient comme si elles avaient perdu un objet précieux. La torche à la main, Mesterbein saisit le coude de Charlie pour la guider.

« Laissez-moi », lui dit-elle. Il poussa un portail qui grinça. Une lumière passa au loin. Un court chemin bétonné, puis une porte bleue où était inscrit « Varech ». Mesterbein tenait une clé déjà prête. La porte s'ouvrit ; il entra le premier puis s'effaça pour lui laisser le passage tel un agent immobilier montrant la maison à une cliente potentielle. Il n'y avait pas de porche, et, d'une certaine façon, pas d'avertissement. Charlie le suivit donc à l'intérieur, il referma la porte derrière elle et elle se retrouva dans un salon. Elle respirait une odeur de linge humide et aperçut des tâches de moisissure sur le plafond. Une grande blonde en costume de velours essayait d'introduire une pièce dans un compteur électrique. Quand elle les vit entrer, elle tendit le cou avec un sourire, puis sauta sur ses pieds en repoussant une mèche de longs cheveux dorés.

« Anton ! Oh ! c'est trop gentil ! Tu m'as amené Charlie ! Bienvenue à toi, Charlie. Et tu le seras deux fois plus si tu veux bien me montrer comment fonctionne cette machine impossible. » Saisissant Charlie par les épaules, elle l'embrassa vivement sur les deux joues. « Oh ! écoute, Charlie, je voulais te dire que tu étais vraiment formidable ce soir dans ce Shakespeare, hein ? N'est-ce pas, Anton ? Superbe, vraiment. Moi, c'est *Helga,* d'accord ? » Pour elle, visiblement, les noms n'étaient qu'un jeu. « *Helga.* Oui ? Comme toi tu es Charlie, moi, c'est Helga. »

Elle avait des yeux gris, lumineux, et, comme ceux de Mesterbein, dangereusement innocents. Il émanait d'eux une simplicité de militants dans ce monde trop compliqué. Être vrai, c'est être indompté, se dit Charlie, citant mentalement une expression tirée des lettres de Michel. Je sens, donc j'agis.

Retiré dans un coin de la pièce, Mesterbein répondit à retardement à la question d'Helga. Il était en train de mettre son trench-coat de gabardine sur un cintre. « Oh ! elle était très impressionnante, naturellement. »

Les mains de Helga reposaient toujours sur les épaules de Charlie, ses gros pouces lui effleurant doucement le cou. « Est-ce que c'est difficile d'apprendre tant de mots par cœur, Charlie ? » demanda-t-elle en enveloppant du regard le visage de la visiteuse.

« Cela ne me pose pas de problème », répondit la jeune femme en se libérant.

« Tu apprends vite, alors ? » Helga prit la main de Charlie et lui colla une pièce de cinquante pence dans le creux de la paume. « Viens, montre-moi. Montre-moi comment fonctionne cette formidable invention des Anglais qu'on appelle le *feu.* »

Charlie s'accroupit devant le compteur, leva la poignée, introduisit la pièce, baissa la poignée et laissa la pièce disparaître avec un léger tintement. Le chauffage se mit en marche en émettant une plainte de protestation.

« Incroyable ! Oh ! Charlie ! Mais tu sais, c'est tout à fait moi. Je n'ai absolument pas l'esprit technique », s'empressa d'expliquer Helga comme s'il s'agissait là d'un détail important qu'une nouvelle amie se devait de connaître. « Je suis complètement contre la propriété, alors, si je ne possède rien, comment pourrais-je savoir comment les choses marchent ? Anton va traduire : Je crois en *Sein, nicht Haben.* » L'ordre était digne d'une despote de maternelle. Helga parlait assez bien l'anglais pour se débrouiller toute seule. « As-tu lu Erich Fromm, Charlie ? »

« Elle veut dire, l'être, non la possession », traduisit lugubrement Mesterbein tout en regardant les deux femmes. « Voilà l'essence même de la morale de Fräulein Helga. Elle croit au bien fondamental, et aussi à la suprématie de la nature sur la science. Moi aussi », ajouta-t-il, comme s'il voulait s'interposer entre les deux femmes.

« As-tu lu Erich Fromm ? » répéta Helga qui rejeta une nouvelle fois ses cheveux blonds en arrière et pensait déjà à tout autre chose. « J'en suis tombée complètement amoureuse. » Elle s'accroupit devant le feu, les mains tendues devant elle. « Dès que j'admire un philosophe, j'en deviens amoureuse. Ça aussi, c'est moi tout craché. » La grâce superficielle de ses mouvements ne dissimulait pas complètement sa raideur d'adolescente. Elle portait des talons plats pour faire oublier sa taille.

« Où est Michel ? » s'enquit Charlie.

« Fräulein Helga ne sait pas où est Michel », lança sèchement Mesterbein depuis l'autre bout de la pièce. « Elle n'est pas juriste. Elle n'est venue ici que pour le voyage et la justice. Fräulein Helga ne sait rien des activités de Michel, ni de ses déplacements. Asseyez-vous, je vous prie. »

Charlie resta debout. Mais Mesterbein s'assit sur une chaise, croisant ses mains blanches et nettes sur ses genoux. Son trench-coat enlevé, il arborait maintenant un complet marron neuf. On eût dit un cadeau d'anniversaire de sa mère.

« Vous m'avez dit que vous aviez des nouvelles de lui », protesta Charlie, la voix légèrement tremblante et les lèvres gourdes.

Toujours accroupie, Helga l'observait. Elle pressait pensivement l'ongle de son pouce contre ses solides incisives.

« Quand l'avez-vous vu pour la dernière fois, s'il vous plaît ? » demanda Mesterbein.

Charlie ne savait plus lequel d'entre eux regarder. « A Salzbourg » ; répondit-elle.

« Salzbourg n'est pas une date, que je sache », fit remarquer Helga, du même endroit.

« Il y a cinq semaines. Six. Où est-il ? »

« Et à quand remontent les dernières nouvelles que vous avez eues de lui ? » interrogea Mesterbein.

« Dites-moi où il est ! Que lui est-il arrivé ? (Elle se tourna brusquement vers Helga.) Où est-il ? »

« Personne n'est venu vous voir ? poursuivit Mesterbein. Pas d'amis à lui ? La police ? »

« Peut-être n'as-tu pas aussi bonne mémoire que tu le dis, Charlie », suggéra Helga.

« Dites-nous avec qui vous avez eu des contacts, Miss Charlie, reprit Mesterbein. Tout de suite. C'est de la plus haute importance. Nous sommes ici pour raison d'urgence. »

« Une actrice pareille, elle peut mentir quand elle veut », constata Helga tout en contemplant Charlie de ses yeux immenses et innocemment interrogateurs. « Comment pourrions-nous avoir confiance en une femme qui sait tellement bien faire semblant ? »

« Nous devons nous montrer très prudents », accorda Mesterbein, comme s'il prenait une bonne disposition pour l'avenir.

Leur petit duo laissait présager un certain sadisme : ils jouaient déjà sur une douleur qu'elle n'avait pas encore ressentie. Charlie dévisagea Helga, puis Mesterbein. Les mots lui échappèrent. Elle ne pouvait les retenir plus longtemps.

« Il est mort, n'est-ce pas ? » souffla-t-elle.

Helga parut ne pas entendre. La contemplation l'absorbait totalement.

« Oh ! oui, Michel est mort, avoua Mesterbein d'une voix morne. Naturellement je suis désolé. Fräulein Helga aussi est désolée. Nous sommes tous les deux désolés. Et, d'après les lettres que vous lui écriviez, vous aussi vous êtes sûrement désolée. »

« Mais peut-être qu'elle faisait semblant aussi dans les lettres, Anton », lui rappela Helga.

Cela lui était déjà arrivé une fois, à l'école. Trois cents filles alignées le long des murs du gymnase, la directrice au milieu de la salle, attendant que la coupable se dénonce. Comme la plupart, Charlie avait regardé autour d'elle, en quête de la voleuse. Serait-ce *celle-ci* ? Je parie que c'est *elle.* Elle ne rougissait pas, elle avait l'air sérieux et innocent et elle n'avait — c'était vrai et fut démontré de façon irréfutable par la suite —, elle n'avait absolument rien volé du tout. Pourtant, ses genoux s'étaient soudain dérobés et elle s'était affaissée, se sentant tout à fait bien de la taille à la tête, mais se trouvant dans l'impossibilité de bouger les jambes. Et c'était ce qui se produisait maintenant. Rien de calculé, non ; elle tomba avant même d'en avoir pris conscience, avant même d'avoir assimilé l'énormité de ce qu'elle venait d'apprendre, avant même que Helga pût tenter de la rattraper. Elle chavira et heurta le sol avec une force qui fit osciller l'ampoule qui pendait du plafond. Helga s'agenouilla très vite près de la jeune femme, murmura quelque chose en allemand et posa une main féminine et rassurante sur son épaule — un mouvement de tendresse spontané. Mesterbein se pencha pour l'examiner, mais sans la toucher. Il semblait plutôt s'intéresser à la façon dont elle pleurait.

Elle avait la tête couchée de côté, la joue appuyée sur son poing serré de sorte que les larmes fuyaient en travers du visage au lieu de ruisseler vers le bas. Peu à peu, à mesure qu'il l'observait, les larmes de Charlie parurent le réjouir. Il hocha timidement la tête, comme pour marquer son approbation ; il suivit Helga lorsqu'elle transporta la jeune femme jusqu'au divan où celle-ci s'allongea, le visage enfoui dans les coussins rugueux, les mains collées à la figure, et pleurant comme seuls les endeuillés ou les enfants savent le faire. Le tumulte, la colère, la culpabilité, le remords, la terreur : Charlie percevait chacun de ces sentiments comme une phase d'un rôle maîtrisé mais profondément ressenti. Je le savais ; je ne le savais pas ; je n'osais pas même y penser. Bande de tricheurs, sales tricheurs fascistes, salauds, vous avez tué mon amour du théâtre du réel.

Sans doute prononça-t-elle une partie de tout cela à voix haute. En fait, elle savait pertinemment ce qu'elle laissait échapper. Elle contrôlait et sélectionnait ses phrases étranglées alors même que le chagrin l'étreignait : *Salauds de fascistes, espèces de porcs, ordures, oh ! mon Dieu, Michel.*

Un silence, puis elle entendit la voix égale de Mesterbein l'inviter à développer son idée, mais elle l'ignora et continua de rouler sa tête en tous sens, les mains toujours plaquées sur son visage. Elle hoqueta, réprima un haut-le-cœur et les mots se bloquèrent dans sa gorge, butèrent contre ses lèvres. Les larmes, la souffrance, les sanglots répétés ne lui posèrent aucun problème — elle adhérait parfaitement à la source de sa douleur et de sa rage. Elle n'eut pas besoin de penser aux derniers moments de son père, dont la mort avait été hâtée par son expulsion du lycée, ni de se dépeindre comme une enfant perdue dans la cruauté de la vie adulte, comme elle le faisait d'habitude. Il lui suffisait de penser à ce jeune Arabe à demi sauvage, qui avait fait renaître toutes ses réserves d'amour, qui avait donné à sa vie le sens qui lui faisait tant défaut, et qui maintenant était mort, pour que les larmes jaillissent à volonté.

« Elle dit que ce sont les sionistes, remarqua en anglais Mesterbein à l'adresse de Helga. Pourquoi dit-elle que ce sont les sionistes alors que c'était un accident ? La police nous a assurés qu'il s'agissait d'un accident. Pourquoi dirait-elle le contraire ? C'est très dangereux d'aller contre ce qu'affirme la police. »

Peut-être Helga avait-elle trop entendu cette phrase-là, ou peut-être s'en moquait-elle, en tout cas, elle était allée mettre une cafetière sur la plaque électrique. Puis, agenouillée près de la tête de Charlie, elle ramena pensivement la masse de cheveux roux de la jeune femme en arrière, lui découvrant le visage de sa main puissante en attendant que les pleurs cessent et que les explications commencent.

La cafetière se mit soudain à vibrer ; Helga se leva et alla s'en occuper. Les joues toujours ruisselantes de larmes, Charlie s'assit sur le divan, serrant sa tasse à deux mains, courbée au-dessus du liquide fumant comme pour en inhaler les vapeurs. Helga passa le bras autour des épaules de sa protégée tandis que Mesterbein s'asseyait en face d'elles, observant les deux femmes depuis l'ombre de son monde ténébreux.

« C'était une explosion accidentelle, déclara-t-il. Sur l'autoroute Salzbourg-Munich. D'après la police, sa voiture était remplie d'explosifs. Une centaine de kilos. Pourquoi ? Pourquoi donc ces explosifs auraient-ils explosé tout d'un coup, sur une autoroute ? »

« Tes lettres sont en sûreté », murmura Helga en écartant une nouvelle mèche des cheveux de Charlie pour la lui ramener affectueusement derrière l'oreille.

« C'était une Mercedes, précisa Mesterbein. Immatriculée à Munich, mais la police prétend que les plaques sont fausses. Pareil pour les papiers. Des faux. Pourquoi mon client conduisait-il une voiture bourrée d'explosifs sous de faux papiers et fausses plaques minéralogiques ? C'était un étudiant, pas un poseur de bombes. En réalité, c'est une conspiration, j'en suis persuadé. »

« Tu connais cette voiture, Charlie ? » lui souffla Helga dans l'oreille, la serrant plus tendrement encore contre elle pour lui soutirer une réponse. Mais Charlie ne parvenait pas à chasser de son esprit la vision de son amant réduit en pièces par cent kilos de plastic russe caché dans toutes les parties de la Mercedes : un véritable enfer anéantissant le corps qu'elle adorait. Et elle ne pouvait chasser la voix de son autre mentor sans nom lui répétant : *méfie-toi d'eux, mens-leur, nie tout ce qu'ils te diront, rejette, refuse.*

« Elle a dit quelque chose » fit Mesterbein d'un ton accusateur.

« Elle a dit "Michel" », répondit Helga en séchant un nouveau torrent de larmes à l'aide d'un mouchoir providentiel tiré de son sac.

« Une *fille* est morte aussi, ajouta Mesterbein. Ils affirment qu'elle se trouvait avec lui dans la voiture. »

« Une Hollandaise », précisa Helga, si près que Charlie sentit le souffle de l'Allemande contre son oreille. « Une blonde. Une très belle fille. »

« Apparemment, ils sont morts ensemble », reprit Mesterbein en montant un peu la voix.

« Tu n'étais pas la seule, Charlie, expliqua Helga sur le ton de la confidence. Tu n'avais pas l'usage exclusif de notre petit Palestinien, tu sais. »

Pour la première fois depuis qu'ils lui avaient assené la nouvelle, Charlie prononça une phrase cohérente.

« Je ne l'ai jamais demandé », murmura-t-elle.

« La police prétend que la Hollandaise était une terroriste », se plaignit Mesterbein.

« Ils disent que Michel aussi était un terroriste », ajouta Helga.

« Ils affirment que la Hollandaise avait déjà posé plusieurs bombes pour le compte de Michel, renchérit Mesterbein. Ils disent aussi que Michel et la fille préparaient un nouvel attentat, et qu'ils ont trouvé dans la voiture un plan de Munich sur lequel le Centre commercial israélien était marqué de la main de Michel. Sur l'Isar, ajouta-t-il. Un dernier étage — une cible vraiment très difficile. Vous a-t-il parlé de cet attentat, Miss Charlie ? »

Charlie grelottait et elle avala un peu de café, ce qui parut faire autant plaisir à Helga qu'une réponse. « Voilà ! Enfin elle se réveille. Tu veux encore du café, Charlie ? J'en fais réchauffer ? Tu veux manger ? Nous avons des œufs, du fromage, des saucisses, tout ce que tu veux. »

Tout en faisant non de la tête, Charlie se laissa guider par Helga jusqu'aux toilettes, où elle resta assez longtemps : elle s'aspergea le visage d'eau froide et essaya de vomir en regrettant de ne pas comprendre suffisamment d'allemand pour suivre la conversation hachée et agitée qui lui parvenait à travers la porte trop mince.

Lorsqu'elle sortit, elle vit Mesterbein debout près de la porte d'entrée, revêtu de son trench-coat en gabardine.

« Miss Charlie, je vous rappelle que Fräulein Helga a droit à la pleine protection de la loi », déclara-t-il avant de franchir le seuil de la maison.

Enfin seules. Entre filles.

« Anton est un vrai génie, lança Helga en riant. Il est notre ange gardien. Il hait la loi, alors bien sûr, il tombe amoureux de ce qu'il hait le plus. Tu ne crois pas ?... Charlie, il faut que tu sois toujours d'accord avec moi, sinon je suis horriblement déçue. (Elle se rapprocha.) La violence n'est pas le but, déclara-t-elle, reprenant une conversation qu'elles n'avaient pas entamée. Jamais. Nous faisons un acte de violence, ensuite nous faisons une action pacifique, pour nous c'est pareil. Pour nous, le but, c'est d'être logique, de ne pas rester de côté pendant que le monde se dirige tout seul, mais de transformer des opinions en convictions, et ces convictions en actions. » Elle s'interrompit, étudiant l'effet de sa déclaration sur son élève. Leurs têtes se touchaient presque. « L'action, c'est la réalisation de soi, mais c'est aussi le but. D'accord ? » Un nouveau silence, mais toujours pas de réponse. « Tu veux que je te dise un truc qui va t'étonner complètement ? Je m'entends parfaitement bien avec mes parents. Pour toi, c'est différent. Ça se voit dans tes lettres. Anton aussi. Bien sûr, ma mère est la plus intelligente, mais mon père... » Elle s'arrêta une fois encore et parut soudain énervée par le silence de Charlie et par son nouvel accès de larmes.

« Ça suffit, Charlie. *Arrête*, maintenant, d'accord ? Nous sommes jeunes. Tu l'aimais et nous pouvons le comprendre, mais il est mort. (Sa voix s'était curieusement durcie.) Il est mort, mais nous ne sommes pas des individualistes, et l'expérience personnelle compte peu pour nous. Nous sommes des combattants et des travailleurs. Arrête de pleurer. »

Elle saisit le coude de Charlie et l'aida à se lever pour lui faire parcourir lentement la pièce de long en large.

« Écoute-moi. Tout de suite. Une fois, j'ai eu un petit ami très riche, Kurt. Un vrai fasciste, un type complètement primitif. Je le voyais pour le sexe, un peu comme Anton, mais j'essayais aussi de l'éduquer. Et puis un jour, l'ambassadeur allemand en Bolivie, un *Graf* quelque chose, a été exécuté par l'armée libre. Tu te souviens de ça ? Kurt, qui ne connaissait même pas le type en question, s'est aussitôt mis en rage : “Les porcs ! Bande de terroristes ! Quels ingrats !” Alors je lui ai dit : “Kurt” — c'est comme ça qu'il s'appelait —“mais qui plains-tu ? Il y a des gens qui meurent de faim tous les jours en Bolivie. Pourquoi se lamenter sur la mort d'un Graf ?” Tu es d'accord avec cette façon de voir les choses, Charlie ? Oui ? »

Charlie haussa légèrement les épaules. Helga lui fit faire demi-tour afin de repartir dans l'autre sens.

« Maintenant, je vais te donner un argument plus dur. Michel est un martyr, mais les morts ne peuvent pas se battre, et il y a déjà beaucoup d'autres martyrs. Un soldat est mort. La révolution continue. Oui ? »

« Oui », réussit à émettre Charlie.

Elles étaient revenues près du divan. Helga saisit son précieux sac et en extirpa une flasque de whisky sur laquelle Charlie remarqua la mention hors taxes. L'Allemande dévissa le bouchon et tendit le flacon à sa compagne.

« A Michel ! s'exclama-t-elle. Buvons à Michel. Dis-le : A Michel. »

Charlie avala une gorgée et fit la grimace. Helga lui reprit la bouteille.

« Assieds-toi, maintenant, Charlie. Je veux que tu t'asseyes. Tout de suite. »

La jeune femme obéit sans protester. Helga se pencha au-dessus d'elle.

« Tu m'écoutes et tu réponds à mes questions, d'accord ? je ne suis pas venue ici pour m'amuser, tu comprends ? Pas pour discuter non plus. J'aime bien discuter, mais pas maintenant. Dis "oui". »

« Oui », prononça faiblement Charlie.

« Il était très attiré par toi. C'est un fait prouvé. En fait, il était même amoureux fou. Nous avons trouvé une lettre inachevée de lui sur le bureau de son appartement, une lettre géniale pleine d'amour et de sexe. Pour toi seulement. Et puis avec de la politique aussi. »

Lentement, comme si le sens de ce qu'elle venait d'entendre ne lui parvenait que graduellement, Charlie prit une expression avide « Où est-elle ? » demanda la jeune femme, le visage rouge et gonflé par les pleurs. « Donnez-la-moi ! »

« On en fait des photocopies. Dans une opération, tout doit être examiné, tout doit être reproduit objectivement. »

Charlie fit mine de se lever. « C'est à moi ! rendez-la-moi ! »

« Cette lettre appartient à la révolution. Peut-être l'auras-tu plus tard. On verra. » Helga la repoussa sans grande douceur sur le divan. « Cette voiture. La Mercedes qui joue maintenant les urnes funéraires. Tu lui as fait passer la frontière allemande ? Pour Michel ? Une mission ? Réponds-moi. »

« L'Autriche », chuchota Charlie.

« A partir d'où ? »

« Par la Yougoslavie. »

« Charlie, j'ai l'impression que la précision n'est pas ton fort : *à partir d'où ?* »

« De Thessalonique. »

« Et Michel t'accompagnait, bien sûr, pendant tout le voyage. Je crois qu'il procédait souvent ainsi. »

« Non. »

« Non quoi ? Tu as conduit toute seule ? Une telle distance ? C'est ridicule ! Je n'en crois pas un mot. Tu mens sur toute la ligne. »

« Quelle importance ? » répondit Charlie qui replongea dans l'apathie.

Pour Helga, cela semblait en avoir. Elle était furieuse. « Bien sûr, pour toi, ça n'a pas d'importance ! Si tu es une espionne, pourquoi cela en aurait-il ? Je suis déjà certaine de ce qui s'est passé. Je n'ai même plus besoin de poser de questions si ce n'est par pure formalité. Michel t'a recrutée, il a fait de toi sa maîtresse clandestine, et, dès que tu l'as pu, tu es allée raconter ton histoire à la police pour te protéger et gagner des montagnes d'argent. Tu es une espionne de la police. Je vais rapporter tout ça à certaines personnes très efficaces que nous connaissons et qui sauront s'occuper de toi, même s'il leur faut attendre vingt ans. Ils auront ta peau. »

« Super, lâcha Charlie. Formidable. (Elle éteignit sa cigarette.) Vas-y Helg. C'est exactement ce qu'il me faut. Tu veux bien me les envoyer ? Chambre seize, en haut de l'hôtel. »

Helga s'était dirigée vers la fenêtre et elle tira le rideau, apparemment pour rappeler Mesterbein. Regardant par la vitre, Charlie vit que la petite voiture de location avait le plafonnier allumé, et que la silhouette chapeautée de Mesterbein se tenait, impassible, derrière le volant.

Helga cogna au carreau. « Anton ? Anton, viens ici tout de suite, nous avons une espionne parmi nous ! » Mais, et c'était exactement ce qu'elle voulait, sa voix ne portait pas jusqu'à la voiture. « Pourquoi Michel ne nous a-t-il jamais parlé de toi ? » demanda-t-elle en refermant le rideau puis en se retournant vers Charlie. « Pourquoi te garder ainsi pour lui tout seul ? Pourquoi t'a-t-il gardée dans sa manche pendant tant de mois ? C'est trop absurde ! »

« Il m'aimait. »

« *Quatsch !* Il se servait de toi. As-tu toujours ses lettres — celles qu'il t'a écrites ? »

« Il m'a ordonné de les détruire. »

« Mais tu ne l'as pas fait. Bien sûr que non. Comment aurais-tu pu t'y résoudre ? Tu es une petite imbécile sentimentale, ce qui se voit tout de suite dans tes lettres. Tu as profité de lui, profité de son argent — des vêtements, des bijoux, les hôtels — et puis tu l'as vendu à la police. Évidemment que tu l'as fait ! »

Se trouvant tout près du sac de Charlie, Helga s'en saisit, puis, sans réfléchir, en vida le contenu sur la table. Elle n'était malheureusement pas d'humeur à remarquer les superbes preuves qu'on y avait astucieusement glissées — l'agenda, le stylo à bille de Nottingham, la pochette d'allumettes au nom du Diogène d'Athènes —, elle ne cherchait que des indices démontrant la trahison de Charlie, pas sa dévotion.

« Cette radio. »

Un petit appareil japonais muni d'un réveil qui lui servait pour les répétitions.

« Qu'est-ce que c'est ? C'est un truc d'espions. D'où ça vient ? Pourquoi trimballerais-tu une radio dans ton sac autrement ? »

L'abandonnant à ses préoccupations, Charlie lui tourna le dos pour fixer des yeux sans le voir le chauffage allumé. Helga tripota les boutons du poste et parvint à capter un peu de musique. Elle éteignit l'appareil et le repoussa avec irritation.

« Dans la dernière lettre de Michel, celle qu'il n'a pas postée, il dit que tu as embrassé le pistolet. Qu'est-ce que ça veut dire ? »

« Ça veut dire que j'ai embrassé son pistolet. » Puis elle se corrigea : « Enfin, le pistolet de son frère. »

La voix de Helga se fit plus aiguë. « Son frère ? Quel frère ? »

« Il avait un frère aîné. Son héros. Un grand soldat. Son frère lui avait donné l'arme et Michel m'a demandé de l'embrasser, pour marquer mon engagement. »

Helga l'examinait d'un air dubitatif. « C'est Michel qui t'a dit ça ? »

« Mais non, je l'ai lu dans le journal ! »

« *Quand* t'a-t-il raconté ça ? »

« En Grèce, sur une colline. »

« Et quoi d'autre, sur son frère... Allez ! » Elle criait presque.

« Michel l'adorait. Je l'ai déjà dit. »

« Des faits. Je veux des faits. Que t'a-t-il dit d'autre à propos de son frère ? »

Mais une petite voix souffla à Charlie qu'elle était allée assez loin. « C'est un secret militaire », déclara-t-elle en prenant une nouvelle cigarette.

« T'a-t-il dit où il est ? Ce qu'il fait ? Charlie, je t'ordonne de me répondre ! (Elle se rapprocha.) La police, les services secrets, peut-être même les sionistes, tous te recherchent déjà. Nous entretenons de très bonnes relations avec certains éléments de la police allemande. Ils savent que ce n'est pas la Hollandaise qui a fait traverser la Yougoslavie à la voiture. Ils ont des signalements. Ils ont assez d'informations pour t'inculper. Si nous le voulons, nous pouvons t'aider. Mais pas avant que tu nous répètes tout ce que Michel t'a appris concernant son frère. » Elle se pencha jusqu'à ce que ses grands yeux clairs ne fussent plus qu'à quelques centimètres de ceux de Charlie. « Il n'avait pas le droit de te parler de son frère. Tu n'avais aucun droit de savoir. Dis-le-moi maintenant. »

Charlie considéra les propos de Helga, puis, après mûre réflexion, les rejeta.

« Non », répondit-elle.

Elle pensait continuer : J'ai promis et ne reviendrai pas dessus... Je n'ai pas confiance... foutez-moi la paix. Mais quand elle eut entendu son simple « Non », elle jugea qu'il sonnait bien mieux tout seul. *Fais en sorte qu'ils aient besoin de toi,* lui avait dit Joseph. *Penses-y comme à quelqu'un qui te ferait la cour. Tu compteras beaucoup plus pour eux s'ils ne peuvent pas te posséder.*

Helga était maintenant d'un calme extraordinaire. La comédie avait pris fin. Elle était entrée dans une phase de froideur extrême, ce que Charlie comprenait parfaitement car elle aurait pu agir de même.

« Ainsi, tu as conduit la voiture jusqu'en Autriche. Et alors ? »

« Je l'ai laissée où on m'avait dit de le faire. Nous nous sommes retrouvés et puis nous sommes allés à Salzbourg. »

« Comment ? »

« Avion et voiture. »

« Ensuite ? A Salzbourg ? »

« Nous sommes allés à l'hôtel. »

« Le nom de l'hôtel, s'il te plaît ? »

« Je ne m'en souviens pas. Je n'ai pas fait attention. »

« Décris-le alors. »

« Il était grand, assez ancien et donnait sur une rivière. C'était très beau », ajouta-t-elle.

« Et vous avez fait l'amour. Il s'est montré très viril et, comme d'habitude, il a joui plusieurs fois. »

« Nous sommes allés nous promener. »

« Et après la balade, vous vous êtes envoyés en l'air. Ne sois pas ridicule, s'il te plaît. »

Une fois encore, Charlie la fit attendre un peu. « Nous en avions l'intention, mais je me suis endormie tout de suite après dîner. La conduite m'avait épuisée. Il a essayé de me réveiller à plusieurs reprises, et puis il y a renoncé. Le matin, quand je me suis réveillée, il était déjà habillé. »

« Alors tu l'as accompagné à Munich, c'est ça ? »

« Non. »

« Qu'as-tu fait en ce cas ? »

« J'ai pris un avion pour Londres dans l'après-midi. »

« Qu'avait-il comme voiture ? »

« Une auto de location. »

« Quelle marque ? »

Charlie feignit de ne pas se le rappeler.

« Pourquoi n'es-tu pas allée avec lui à Munich ? »

« Il ne voulait pas que nous traversions la frontière ensemble. Il a dit qu'il avait du travail à faire. »

« Du travail à faire ? Il t'a *dit* ça ? N'importe quoi ! Quel travail ? Pas étonnant que tu aies pu le trahir ! »

« Il m'a dit qu'il était chargé de prendre la Mercedes et de la laisser quelque part pour son frère. »

Cette fois-ci, Helga ne fit preuve d'aucun étonnement, pas même d'indignation, en apprenant l'ampleur inimaginable des indiscrétions de Michel. Son esprit était entré en action et c'était sur l'action que reposait toute sa foi. Elle se précipita vers la porte et l'ouvrit à toute volée pour faire signe à Mesterbein de rentrer sur-le-champ. Elle fit volte-face, les mains sur les hanches, et contempla Charlie de ses grands yeux clairs qui n'exprimaient plus qu'un vide menaçant et inquiétant.

« Tu me fais tout à coup penser à Rome, Charlie, remarqua-t-elle. Tous les chemins mènent à toi. C'est trop absurde. Tu es sa maîtresse cachée, tu conduis sa voiture, tu passes sa dernière nuit avec lui. Savais-tu ce que contenait cette voiture quand tu l'as conduite ? »

« Des explosifs. »

« Ridicule. Quel genre ? »

« Du plastic russe. Quatre-vingt-dix kilos. »

« C'est la police qui t'a appris ça. Ils t'ont menti. La police ment toujours. »

« C'est Michel qui me l'a dit. »

Helga émit un rire faux et énervé. « Oh ! Charlie ! Maintenant je ne crois plus un mot de ce que tu racontes. Tu me mens sur toute la ligne. » Mesterbein surgit d'un pas silencieux derrière elle. « Anton, tout est clair. Notre petite veuve est une menteuse, j'en suis sûre. Nous ne ferons rien pour l'aider. Partons tout de suite. »

Mesterbein dévisageait Charlie, Helga la dévisageait. Aucun d'eux ne semblait pourtant à moitié aussi sûr de soi que le laissaient entendre les paroles de Helga. De toute façon, Charlie s'en moquait. Elle restait affalée comme une poupée de chiffons, ignorant tout ce qui l'entourait pour se concentrer uniquement sur son malheur.

S'asseyant près d'elle, Helga passa un bras autour de ses épaules indifférentes. « Quel était le nom du frère ? » interrogea-t-elle. « Allez. » L'Allemande déposa un baiser sur la tempe de Charlie. « Peut-être pourrions-nous devenir tes amis. Nous devons nous montrer prudents, faire un peu d'esbroufe. C'est normal. D'accord, dis-moi d'abord le nom de Michel. »

« Salim, mais j'avais promis de ne jamais m'en servir. »

« Et le nom de son frère ? »

« Khalil », souffla-t-elle. Elle se remit à pleurer. « Michel l'adorait », ajouta-t-elle.

« Et sont nom de guerre ? »

Charlie ne comprit pas, et peu lui importait. « C'était un secret militaire », répondit-elle.

Elle avait décidé de conduire tant que ses forces le lui permettraient — une nouvelle Yougoslavie à traverser. Je vais lâcher la pièce et puis aller à Nottingham pour me tuer sur le lit même que nous avons partagé à l'auberge.

Elle parcourait de nouveau la lande déserte, son compteur indiqua près de cent trente kilomètres à l'heure et la voiture faillit quitter la chaussée. Charlie s'arrêta et arracha brusquement ses mains du volant. Les muscles de sa nuque semblaient se tordre comme du fer rouge et elle avait mal au cœur.

Charlie s'était assise sur le bas-côté, la tête pendant entre ses genoux. Un couple de poneys sauvages s'étaient rapprochés pour l'observer. L'herbe était haute et trempée de rosée. Charlie s'en mouilla les mains puis se les pressa sur le visage pour se rafraîchir. Une moto la dépassa lentement, et elle vit un jeune homme la regarder, l'air de se demander s'il devait s'arrêter pour l'aider. Elle suivit entre ses doigts la silhouette qui disparut à l'horizon. Un des nôtres, un des leurs ? Elle retourna à la voiture et nota le numéro ; pour une fois, elle ne se fiait pas à sa mémoire. Les orchidées de Michel gisaient sur le siège du passager ; elle les avait réclamées en partant.

« Charlie, enfin, ne sois donc pas aussi ridicule ! s'était exclamée Helga. Tu es vraiment trop sentimentale. »

Je t'emmerde, Helg. Elles sont à moi.

Elle roulait sur un haut plateau dénué d'arbres. un paysage de roses, de bruns et de gris. Le soleil levant se reflétait dans son rétroviseur. Sa radio ne voulait retransmettre que des émissions françaises. Charlie avait l'impression qu'il s'agissait de questions et de réponses concernant des problèmes de filles, mais la signification des mots lui échappait.

Elle croisait une caravane bleue endormie, rangée dans un champ. Une Land-Rover vide était garée à côté et, près de la Land Rover, du linge de bébé pendait à un étendage télescopique. Où avait-elle déjà vu une corde à linge comme celle-ci auparavant ? Jamais. Absolument jamais.

Elle était allongée sur son lit, à l'auberge, et regardait le jour éclairer le plafond, écoutait les colombes roucouler sur le rebord de sa fenêtre. *Le plus dangereux sera de redescendre le flanc de la montagne,* lui avait dit Joseph. Elle perçut un bruit de pas furtifs dans le couloir. Ce sont eux. Mais qui, eux ? Toujours la même question. Bordeaux ? Non commissaire, jamais de ma vie je n'ai conduit de Mercedes bordeaux, alors sortez de ma chambre. Une goutte de sueur glacée dévala son estomac dénudé. La jeune femme se représenta mentalement la goutte traversant son nombril puis atteignant ses côtes avant de tomber sur le drap. Un craquement du parquet, une respiration légèrement essoufflée : il regarde par le trou de la serrure. Un petit coin de papier blanc apparut sous la porte. Il se mit à bouger, à grandir. Le gros Humphrey lui apportait son *Daily Telegraph.*

Elle avait pris un bain puis s'était habillée. Maintenant, elle conduisait lentement, prenant les petites routes et s'arrêtant dans une ou deux boutiques en chemin, comme le lui avait appris Joseph. Elle s'était vêtue n'importe comment et ses cheveux pendaient dans tous les sens. Personne n'aurait pu douter de sa détresse en observant ses gestes raides et sa mise négligée. La route s'assombrit ; des ormes malades se refermèrent sur la jeune femme, dissimulant presque une vieille église de Cornouailles tapie dans les branchages. Charlie immobilisa de nouveau la voiture puis alla pousser la grille de fer. Les tombes semblaient très anciennes. Très peu portaient des inscriptions. Charlie en découvrit une située à l'écart des autres. Un suicide ? Un meurtre ? Non, un révolutionnaire. Elle s'agenouilla puis déposa respectueusement les orchidées au bout de la tombe où, ainsi en avait-elle décidé, se trouvait sa tête. Funérailles impulsives, songea-t-elle en pénétrant dans l'atmosphère froide et confinée de l'église. C'est bien ainsi que Charlie aurait agi, dans le théâtre du réel.

Elle continua à errer de la sorte une heure encore, s'arrêtant sans autre raison, peut-être, que de s'appuyer contre une grille et de contempler un champ. Ou de s'appuyer sur une grille et de ne rien contempler du tout. Elle dut attendre midi pour être certaine que la moto avait cessé de la filer. Et même alors, elle fit encore plusieurs grands détours et s'agenouilla dans deux autres églises avant de rejoindre la route nationale conduisant à Falmouth.

L'hôtel était une ancienne ferme au toit de tuiles emboîtées, plantée au bord de l'estuaire de Helford et agrémentée d'une piscine couverte, d'un sauna, et de clients qui ressemblaient eux-mêmes à des hôteliers.

Charlie s'était déjà rendue dans les autres hôtels du coin, mais ne connaissait pas encore celui-ci. Lui s'était inscrit à la réception comme éditeur allemand et avait apporté avec lui toute une pile de livres illisibles pour le prouver. Il avait offert un généreux pourboire aux standardistes, leur expliquant qu'il avait des correspondants dans le monde entier, qui ne tenaient pas toujours compte de ses heures de sommeil. Les garçons et portiers le considéraient comme une bonne affaire, debout à toute heure de la nuit. Il avait passé ainsi les quinze derniers jours, sous des noms et des prétextes différents à chaque fois, à suivre discrètement l'itinéraire de Charlie en un safari solitaire à l'intérieur de la péninsule. Il s'était allongé sur des lits et, comme Charlie, avait contemplé des plafonds. Il s'était entretenu avec Kurtz, au téléphone, et suivait heure par heure les progrès de Litvak. Il n'avait parlé à Charlie que très rarement, lui offrant quelques repas frugaux et lui enseignant d'autres manières de communiquer secrètement. Il avait été tout autant le prisonnier de Charlie qu'elle avait été sa prisonnière.

Il lui ouvrit la porte et elle le dépassa avec un froncement de sourcils forcé, sans savoir ce qu'elle devait éprouver. Assassin. Salaud. Ordure. Mais elle ne se sentait aucun goût pour les scènes obligatoires ; elle les avait déjà toutes jouées, son deuil s'était consumé. Charlie attendait qu'il s'avance vers elle et l'enlace, mais il ne bougea pas. La jeune femme ne lui avait jamais vu un visage aussi grave et elle préféra garder ses distances. De profonds cernes d'inquiétude soulignaient les yeux de Joseph. Il portait une chemise blanche dont les manches étaient roulées jusqu'au coude — du coton, pas de la soie. Charlie se concentra sur le tissu, consciente, en fin de compte, de ce qu'elle éprouvait. Pas de boutons de manchettes. Pas de médaillon autour du cou. Pas de souliers Gucci non plus.

« Tu es tout seul alors », fit-elle remarquer.

Il ne comprit pas ce qu'elle voulait dire.

« Tu peux bien oublier le blazer rouge, non ? Tu es toi, et personne d'autre. Tu as éliminé ton propre garde du corps. Tu n'as plus personne derrière qui te cacher. »

Elle ouvrit son sac et lui tendit le petit réveil-radio. Il ramassa le modèle original sur la table et le laissa tomber dans le sac ouvert. « Oui, c'est vrai, fit-il avec un petit rire en refermant le sac de Charlie. Notre relation sera désormais plus directe, dirais-je. »

« Qu'est-ce que ça a donné ? s'enquit Charlie. Elle s'assit. J'avais l'impression d'être aussi géniale que Sarah Bernhardt. »

« Bien meilleure encore. D'après Marty, tu as fait ce qui s'est vu de mieux depuis que Moïse a redescendu la montagne. Peut-être même depuis que Moïse l'a gravie. Si tu veux, tu peux t'arrêter maintenant avec tous les honneurs. Ils te doivent suffisamment. Plus que cela même. »

Ils, songea-t-elle. Jamais *nous*. « Et, d'après Joseph ? »

« Tu avais affaire à des gens importants, Charlie. A la tête de l'organisation. Ce n'était pas du cinéma. »

« Tu crois que je les ai eus ? »

Il vint s'asseoir à côté d'elle. Tout près, mais sans la toucher.

« Étant donné que tu es toujours en vie, nous devons supposer que, pour l'instant, tu les as dupés », répondit-il.

« Allons-y », décida-t-elle. Un joli petit magnétophone attendait sur la table. Charlie tendit le bras devant Joseph et alluma l'appareil. Sans autre préambule, et comme le couple de vieux époux qu'ils étaient devenus, ils se mirent à décortiquer les informations. Car, si la camionnette radio de Litvak avait reçu l'intégralité de la conversation de la nuit telle que l'avait transmise le petit réveil-radio astucieusement trafiqué, il restait encore à extraire et filtrer l'or pur que représentaient les impressions de Charlie.

18

Le jeune homme vif qui s'était présenté à l'ambassade israélienne de Londres portait un long pardessus de cuir et des lunettes rondes ; il disait s'appeler Meadows. La voiture, une Rover verte, immaculée, était beaucoup trop puissante pour les routes britanniques. Kurtz s'était installé à l'avant pour rester près de Meadows. Litvak rongeait son frein sur la banquette arrière. Kurtz se montrait embarrassé et quelque peu médiocre, ce qui lui arrivait toujours lorsqu'il se trouvait en présence de supérieurs ex-coloniaux.

« Vous venez juste d'arriver, n'est-ce pas, monsieur ? » s'enquit Meadows avec désinvolture.

« De la veille, comme d'habitude », répondit Kurtz qui vivait à Londres depuis une semaine.

« Vous auriez dû nous le faire savoir, monsieur. Le commandant aurait pu vous faciliter les choses à l'aéroport. »

« Oh ! vous savez, nous n'avions pas *tant* de choses que ça à déclarer, Mr. Meadows ! » protesta Kurtz, et tous deux éclatèrent de rire, heureux de constater que la liaison s'établissait si bien. A l'arrière, Litvak se joignit à eux mais sans grande conviction.

La Rover roula à belle allure jusqu'à Aylesbury, puis s'engagea, toujours très vite, dans de jolis chemins. Elle s'arrêta devant un portail de grès surmonté de coqs en pierre. Un panneau rouge et bleu indiquait « N° 3 TLSU », une barrière blanche fermait l'entrée. Meadows laissa ses deux passagers seuls pendant qu'il pénétrait dans la loge. Des yeux sombres les surveillaient depuis la fenêtre. Aucune automobile en vue, aucun lointain grondement de tracteur. La vie alentour semblait se faire rare.

« Ça a l'air pas mal », dit Kurtz en hébreu tandis qu'ils patientaient.

« Magnifique », répondit Litvak à l'adresse d'un éventuel microphone. « Et puis les gens sont sympathiques. »

« La crème (renchérit Kurtz.) Parmi les meilleurs dans le métier, aucun doute. »

Meadows revint, la barrière se leva et ils évoluèrent pendant un temps étonnamment long à travers les paysages inquiétants de l'Angleterre paramilitaire. Des sentinelles en uniforme bleu et bottes Wellington remplaçaient les doux pur-sang qui auraient dû brouter là. Des baraquements de brique sans fenêtres dépassaient à peine le niveau du sol. Ils admirèrent au passage un exercice d'attaque et une piste d'atterrissage privée délimitée par des cônes orangés. Des passerelles de corde avaient été jetées par-dessus un cours d'eau à truites.

« Un véritable rêve, déclara poliment Kurtz. C'est tout à fait superbe, Mr. Meadows. Ce serait magnifique d'avoir ce genre d'installations chez nous, mais comment le pourrions-nous ? »

« Merci », répliqua Meadows.

La maison avait dû paraître vénérable, mais sa façade disparaissait désormais sous l'horrible couche de peinture bleue réglementaire, et, dans les jardinières des fenêtres, les fleurs rouges s'alignaient strictement sur la gauche. Un autre jeune homme les attendait à l'entrée et leur fit monter aussitôt un escalier rutilant de pin bien astiqué. « Je suis Lawson », se présenta-t-il, le souffle court, comme s'ils étaient déjà en retard ; puis il cogna courageusement la double porte de ses jointures.

« Entrez ! » aboya une voix à l'intérieur.

« Mr. Raphael, de Jérusalem, monsieur, annonça Lawson. De petits problèmes d'embouteillage, j'en ai peur, monsieur. »

Le commandant Picton resta assis juste ce qu'il fallait de temps pour se montrer grossier. Il saisit un stylo puis, avec un foncement de sourcils, inscrivit sa signature au bas d'une lettre. Il leva ensuite la tête et fixa Kurtz de ses yeux jaunâtres. Puis il baissa le front comme s'il voulait foncer droit sur quelqu'un et se dressa lentement, se dépliant complètement jusqu'à obtention de la pose militaire.

« Bonjour, Mr. Raphael », déclara-t-il. Puis il émit un sourire pingre, suggérant que les sourires n'étaient pas de saison.

Il était grand, de type aryen, ses cheveux clairs partagés par une raie nette comme un coup de rasoir. L'homme était fort, doté d'un visage épais, et il respirait la violence avec ses lèvres serrées et son regard de taureau. Il s'exprimait dans la langue pénible et maladroite des officiers supérieurs de la police, et empruntait ses bonnes manières à la société des gentlemen, mais pouvait abandonner l'un et l'autre sans avertissement dès que l'envie l'en prenait. Le commandant gardait un mouchoir taché glissé dans sa manche gauche, et portait une cravate frappée de couronnes dorées vous indiquant clairement qu'il frayait en général en meilleure compagnie que la vôtre. C'était un anti-terroriste qui s'était fait tout seul, « un peu soldat, un peu flic et un peu bandit », comme il aimait à le répéter, et qui appartenait à la génération mythique de sa profession. Il avait chassé le communiste en Malaisie, le Mau-Mau au Kenya, le Juif en Palestine, l'Arabe à Aden et l'Irlandais à peu près partout. Il en avait fait sauter des mecs, avec les Scouts[1] des Trucial States, et, à Chypre, il n'avait manqué Grivas que d'un cheveu, ce dont il parlait avec regret lorsqu'il avait un peu bu — mais gare à qui osait le plaindre ! Il avait joué les seconds dans bien des endroits, le premier rôle rarement, car il y avait eu d'autres ombres au tableau.

« Misha Gavron est-il en forme ? » s'enquit-il en choisissant une touche sur son téléphone et en la pressant si fort qu'elle aurait pu rester coincée.

« Misha se porte comme un charme, commandant ! » répondit Kurtz d'un ton enthousiaste, avant de lui demander à son tour des nouvelles de son supérieur. Mais Picton ne s'intéressait pas du tout à ce que Kurtz avait à lui dire, surtout s'il s'agissait de son chef.

Un étui à cigarettes soigneusement poli et portant les signatures de frères d'armes gravées sur son couvercle trônait sur le bureau. Picton l'ouvrit et le présenta à Kurtz, ne fût-ce que pour lui en faire admirer le lustre. L'Israélien objecta qu'il ne fumait pas. Picton remit l'objet à sa place exacte, comme dans une vitrine. On frappa à la porte et deux hommes furent introduits, l'un vêtu de gris, l'autre de tweed. L'homme en gris était un Gallois d'une quarantaine d'années, un poids coq dont la mâchoire inférieure portait des marques de griffes. Picton le présenta comme « Mon inspecteur principal ».

« J'ai bien peur de ne m'être jamais rendu à Jérusalem, monsieur », s'excusa l'inspecteur principal en se dressant sur la pointe des pieds et en tirant sur les pans de sa veste pour tenter de prendre quelques centimètres. « Ma femme ne demanderait qu'à aller passer Noël à Bethléem, mais moi, je me suis toujours contenté de Cardiff, oh ! oui ! »

L'homme en tweed était le capitaine Malcolm ; il possédait cette classe naturelle que Picton enviait parfois et haïssait toujours. Il émanait de Malcolm une courtoisie feutrée qui constituait une agression en soi.

« Très flatté, monsieur, vraiment », assura-t-il à Kurtz avec sincérité, puis il lui tendit la main avant même que Kurtz eût avancé la sienne.

Cependant, lorsque vint le tour de Litvak, Malcom ne parut pas saisir son nom tout de suite : « Vous pouvez répéter, mon vieux ? » demanda-t-il.

« Levene », prononça Litvak d'une voix un peu plus audible. « J'ai le bonheur de travailler ici avec Mr. Raphael. »

Une grande table était préparée pour une conférence. Aucune photographie ne décorait la salle — aucun portrait de femme encadré, pas même celui de la reine. Les fenêtres à guillotine donnaient sur une cour déserte. Le seul détail surprenant était une odeur lancinante d'essence réchauffée donnant l'impression qu'un sous-marin venait juste de passer par là.

« Eh bien, pourquoi ne pas lâcher la bombe maintenant, Mr... »

1. Petit avion de reconnaissance. (N.d.T.)

— l'hésitation se prolongeait vraiment trop — « Raphael, c'est cela ? » décréta Picton.

La phrase avait au moins le mérite de ne pas manquer d'à-propos. Au moment même où Kurtz ouvrait sa serviette pour distribuer ses documents, un coup sourd et prolongé retentit, provoqué par une explosion en milieu contrôlé.

« J'ai *connu* un Raphael, autrefois », déclara Picton en ouvrant son dossier pour y jeter un coup d'œil rapide, à la façon dont on parcourt un menu. « Nous en avions même fait un maire durant un certain temps. Un jeune type. J'ai oublié la ville. Ce n'était pas vous, n'est-ce pas ? »

Kurtz déplora avec un sourire triste de ne pas avoir eu cette chance.

« Aucun lien ? Raphael... Comme le peintre ? » Picton tourna plusieurs pages. « Mais, on ne peut jamais être sûr, n'est-ce pas ? »

Kurtz faisait preuve d'une patience angélique. Litvak lui-même, qui le connaissait déjà sous une bonne centaine de facettes différentes, n'aurait pu prévoir que son chef saurait ainsi museler tous les démons qui l'assaillaient d'ordinaire. Son énergie tapageuse s'était totalement évanouie pour faire place à un sourire servile d'esclave. Sa voix même, du moins au début, avait pris des accents timides et hésitants.

« "Mesterbaïne" », lut l'inspecteur principal. « C'est bien ainsi que cela se prononce, n'est-ce pas ? »

Le capitaine Malcolm, désireux de montrer sa culture linguistique, intercepta la question. « "Mesterbaïne", c'est ça, Jack. »

« Les signalements se trouvent dans la poche de gauche, messieurs », indiqua Kurtz avec indulgence, les laissant examiner leurs dossiers un peu plus longtemps. « Commandant, il nous faut votre engagement officiel concernant l'usage et la répartition de ces documents. »

Picton leva lentement sa tête blonde. « Par écrit ? » s'étonna-t-il. Kurtz lui adressa un sourire confus. « La parole d'un officier anglais suffira sûrement à Misha Gavron », répondit-il, attendant toujours quelque chose.

« Eh bien, d'accord », concéda l'Anglais, visiblement submergé par la fureur. Kurtz passa rapidement à un sujet moins délicat : Anton Mesterbein.

« Le père est un Suisse conservateur, un gentleman propriétaire d'une villa au bord du lac, commandant, et on ne lui connaît pas d'autre intérêt que de faire de l'argent. La mère est une libre penseuse de la gauche extrémiste. Elle passe six mois de l'année à Paris où elle tient un salon très populaire parmi la communauté arabe...

« Ça vous dit quelque chose, Malcolm ? » interrompit Picton.

« Peut-être, monsieur. »

« Le jeune Anton, le fils, est un juriste assez aisé », poursuivit Kurtz. « Des études de sciences politiques à Paris et de philosophie à Berlin. Un an de droit et de politique à Berkeley. Un semestre à Rome, quatre ans à Zurich, diplômé *magna cum laude.* »

« Un intellectuel », cracha Picton. Il aurait pu dire de la même façon « Un lépreux ».

Kurtz admit cependant la définition. « Sur le plan politique, nous pourrions dire que Mr. Mesterbein tient surtout de sa mère..., mais, sur le plan financier, il penche plutôt du côté du père. »

Picton laissa échapper un gros rire d'homme privé du sens de l'humour. Kurtz se tut assez longtemps pour goûter avec lui la fine plaisanterie.

« La photographie que vous avez devant vous a été prise à Paris mais, en fait, Mr. Mesterbein exerce sa profession à Genève, dans un petit cabinet réservé aux étudiants extrémistes, aux ressortissants du tiers monde et aux travailleurs immigrés. Font aussi partie de sa clientèle un certain nombre d'organisations progressistes à court d'argent. » Kurtz tourna une page, invitant son assistance à faire de même. Il portait une paire de grosses lunettes sur le bout du nez, ce qui lui donnait le museau de souris d'un employé de banque.

« Vous voyez qui c'est, Jack ? » demanda Picton à l'inspecteur principal.

« Pas du tout, monsieur. »

« Qui est la blonde assise avec lui, monsieur ? » interrogea le capitaine Malcolm.

Mais Kurtz suivait une ligne bien définie et, malgré ses airs dociles, il n'allait pas se laisser manipuler par Malcolm.

« En novembre dernier, à Berlin Est, reprit Kurtz, Mr. Mesterbein a participé à une conférence organisée par de soi-disant juristes pour la justice, durant laquelle les Palestiniens ont bénéficié d'un temps de parole exagérément long. Ou peut-être est-ce un jugement partial de ma part », ajouta-t-il avec un humour teinté d'humilité, qui ne suscita aucun rire. « En avril, répondant à une invitation faite lors de cette conférence, Mr. Mesterbein entreprend sa première visite connue à Beyrouth. Là-bas, il rend visite à deux organisations comptant parmi les plus radicalement opposées au régime. »

« A la recherche de nouveaux clients, c'est ça ? » demanda Picton.

Tout en posant sa question, Picton serra le poing droit et en frappa l'air. La main ainsi dégourdie, il griffonna quelques mots sur le calepin posé devant lui. Puis il déchira la feuille et la tendit à l'affable Malcolm qui, après avoir souri à la ronde, quitta tranquillement la pièce.

« Au retour de ce voyage à Beyrouth, poursuivit Kurtz, Mr. Mesterbein a fait escale à Istanbul, où il s'est entretenu avec certains activistes clandestins turcs dont le but est, entre autres, l'élimination du sionisme. »

« Des types plutôt ambitieux, alors », commenta Picton.

Cette fois-ci, la plaisanterie venant de Picton, tout le monde s'esclaffa, excepté Litvak.

Avec une rapidité surprenante, Malcolm était déjà rentré de sa petite course. « Rien de *tellement* joyeux, j'en ai peur », murmura-t-il d'une voix doucereuse puis, ayant rendu la feuille de papier à Picton, il sourit à Litvak et reprit sa place. Mais Litvak semblait s'endormir ; il avait posé son menton dans ses longues mains et gardait le visage baissé sur son dossier fermé. Heureusement, la position de ses doigts empêchait que l'on pût lire son expression.

« Vous avez informé la Suisse de tout ceci, n'est-ce pas ? » s'enquit Picton, qui posa le message de Malcolm dans un coin.

« Nous n'en avons pas encore parlé aux Suisses, commandant », avoua Kurtz d'un ton qui suggérait que cela posait un problème.

« Je croyais que vous étiez en excellents termes avec les Suisses », s'étonna Picton.

« Nous le sommes, mais Mr. Mesterbein a un certain nombre de clients partiellement ou totalement résidents en Allemagne Fédérale, ce qui nous met dans une position assez embarrassante. »

« Je ne vous suis pas », déclara Picton, l'air buté. « Je pensais que vous vous étiez rabibochés avec les Boches depuis longtemps. »

Le sourire de Kurtz semblait peut-être incrusté dans ses joues, mais sa réponse fut un modèle de fuite narquoise. « Vous avez raison, commandant, néanmoins Jérusalem a le sentiment — étant donné la susceptibilité de nos sources et la complexité des affinités politiques de l'Allemagne à l'heure actuelle — que nous ne pouvons avertir nos amis suisses sans avertir également leurs homologues allemands. Ce serait un poids trop lourd à imposer aux Suisses dans leurs relations avec Wiesbaden. »

Les silences de Picton produisaient eux aussi leur petit effet. Son regard bilieux et incrédule avait autrefois fait merveille avec des hommes de moindre envergure trop préoccupés de leur avenir proche.

« Vous êtes sans doute au courant de la façon dont ils ont remis ce tordu d'Alexis sur le devant de la scène, n'est-ce pas ? » interrogea Picton à brûle-pourpoint. Kurtz commençait à l'intéresser : s'il ne connaissait pas l'homme proprement dit, l'espèce lui était familière.

Kurtz répondit que, naturellement, il était au courant. Mais cela ne sembla pas le troubler outre mesure, car il passa au deuxième document.

« Une seconde », fit doucement Picton. Il examinait le document 2 de son dossier. « Je connais ce bellâtre. C'est le génie qui s'est fait sauter sur l'autoroute de Munich il y a un mois. Il avait une petite poule hollandaise avec lui, non ? »

Laissant un instant de côté son bouclier de feinte humilité, Kurtz accéléra le rythme. « Oui, commandant, et nous savons que le véhicule et les explosifs de ce malheureux accident avaient été fournis par les contacts de Mr. Mesterbein à Ankara, et qu'ils étaient arrivés à Munich *via* la Yougoslavie et l'Autriche. »

Picton saisit la feuille de papier que lui avait rapportée Malcolm, puis se mit à la rapprocher et à l'éloigner de son nez comme s'il était myope, ce qui n'était pas le cas. « On m'apprend que notre boîte magique, en bas, ne contient pas un seul Mesterbein », déclara-t-il avec une désinvolture étudiée. « Ni dans les listes blanches, ni dans les noires, pas même chez les pédés. »

Kurtz parut plutôt satisfait : « Mais, commandant, cela ne constitue en aucun cas une preuve d'inefficacité de la part de vos services. En fait, voilà quelques jours encore, Jérusalem croyait Mr. Mesterbein au-dessus de tout soupçon. Il en va de même pour ses complices. »

« Y compris la blonde ? » demanda le capitaine Malcolm, revenant sur la compagne de Mesterbein.

Kurtz se contenta de sourire, puis il rajusta ses lunettes afin de ramener l'attention de son auditoire sur le document suivant. Il s'agissait d'une des multiples photographies prises par l'équipe de surveillance depuis l'immeuble d'en face, et elle montrait Yanuka, de nuit, s'apprêtant à rentrer chez lui. Elle était un peu floue, comme le sont souvent les clichés à infrarouges pris à très petite vitesse, mais permettait malgré tout d'identifier sans peine le sujet. Yanuka se trouvait en compagnie d'une grande blonde vue de trois quarts. Elle se tenait un peu en retrait pendant qu'il introduisait la clé dans la serrure de la porte d'entrée, et ne faisait qu'une avec la jeune femme qui avait déjà attiré l'attention du capitaine Malcolm sur la photo précédente.

« Où sommes-nous maintenant ? questionna Picton. Ce n'est plus Paris, les immeubles ne conviennent pas. »

« Munich », répondit Kurtz. Il précisa l'adresse.

« Et *quand* ? » Picton avait employé un ton si sec qu'il aurait pu donner l'impression de s'adresser à l'un de ses subalternes.

Mais Kurtz choisit une fois encore d'ignorer la question. « La dame se nomme Astrid Berger », continua-t-il. Le regard jaune de Picton se posa sur lui avec un air de suspicion avertie.

Privé de la parole depuis trop longtemps, le policier gallois avait décidé de lire les détails de la vie de Mlle Berger à voix haute : « "Berger, Astrid, alias Edda, alias Helga"... alias qui vous voulez... "née à Brême en 1954, fille d'un riche armateur." Vous évoluez dans de beaux milieux, dirais-je, Mr. Raphael. "A suivi les cours des universités de Brême et de Francfort, diplômée de sciences politiques et de philosophie en 1978. Écrit occasionnellement dans des journaux satiriques ou extrémistes ouest-allemands. Dernier domicile connu à Paris, en 1979, nombreux séjours au Moyen-Orient..." »

Picton le coupa brutalement. « Encore une de ces foutues intellectuelles. Cherchez-la, Malcolm. »

Tandis que Malcolm quittait à nouveau la pièce, Kurtz reprit sans tarder l'initiative.

« Si vous voulez bien être assez aimable pour comparer les dates qui sont là, commandant, vous verrez que le tout dernier voyage de Miss Berger à Beyrouth intervient en avril de cette année, et correspond donc au séjour là-bas de Mr. Mesterbein. Elle se trouvait également à Istanbul lors de l'escale de Mr. Mesterbein. Ils n'ont pas pris le même avion, mais ont dormi dans le même hôtel. Oui, Mike. Je vous en prie. »

Litvak présentait des photocopies du registre de l'hôtel, indiquant les noms de Mr. Anton Mesterbein, de Miss Astrid Berger, et daté du 18 avril. A côté, mais beaucoup plus réduite par la photocopie, se trouvait la note payée par Mesterbein : le Hilton d'Istanbul. La porte s'ouvrit de nouveau puis se referma pendant que Picton et l'inspecteur principal étudiaient les documents.

« NF pour Astrid Berger aussi, monsieur. Est-ce possible ? » annonça Malcolm avec un sourire des plus pitoyables.

« Non fiché, c'est bien cela, n'est-ce pas ? » s'enquit aussitôt Kurtz.

Picton saisit son porte-mine en argent à deux mains et se mit à le faire tourner devant ses yeux de dyspeptique.

« C'est cela, répliqua-t-il pensivement. C'est cela. Venons-en à l'essentiel, Mr. Raphael. »

La troisième photographie dont disposait Kurtz — ou, comme l'appelait avec impertinence Litval, la troisième carte dans sa manche — était un faux si bien réussi qu'il avait échappé à l'équipe d'experts de Tel-Aviv chargée d'examiner toute une série de clichés trafiqués ou non. Elle montrait Charlie et Becker s'approchant de la Mercedes dans le parking de l'hôtel, à Delphes, le matin de leur départ. Becker portait la sacoche de Charlie et sa propre serviette de cuir noir. Charlie était vêtue de sa belle parure grecque et se chargeait de sa guitare. Becker arborait le blazer rouge, la chemise de soie, et les souliers Gucci. Sa main gantée se tendait vers la portière côté chauffeur de la Mercedes. Il était également affublé de la tête de Michel.

« Commandant, cette photo a été prise par un coup de chance quinze jours avant l'accident de Munich, où, comme vous le disiez justement, un couple de terroristes a eu le malheur de se tuer avec ses propres explosifs. La rousse que l'on voit au second plan est un sujet britannique. Son compagnon l'appelait "Jeanne", et elle l'appelait "Michel", ce qui ne correspond absolument pas au nom inscrit sur son passeport. »

Le changement d'atmosphère évoqua une soudaine baisse de température. L'inspecteur principal adressa un rictus à Malcolm qui s'efforça de lui renvoyer un sourire ; mais le sourire du capitaine, cela devenait de plus en plus évident, n'avait pas grand-chose à voir avec ce que l'on prend généralement pour de l'humour. En fait, c'était l'immobilité pesante de Picton qui attirait toute l'attention — son refus, semblait-il, d'accepter toute autre information que ce que montrait la photographie posée devant lui. En faisant allusion à un sujet britannique, Kurtz s'était aventuré, comme par inadvertance, sur le territoire sacré de Picton, ce qu'un homme averti ne faisait qu'à ses risques et périls.

« Par un coup de chance », murmura Picton entre ses lèvres serrées tout en continuant d'examiner la photo. « Un bon *ami* qui, justement, avait son appareil sur lui, je suppose — ce genre de coup de chance-là. » Kurtz sourit timidement mais ne dit rien.

« Il fait comme ça une ou deux photos, et puis il les envoie à Jérusalem, au cas où. Un terroriste qu'il a pris comme ça, en passant... et il s'est dit que ça pourrait peut-être avoir une utilité. »

Le sourire de Kurtz s'élargit et, à sa grande surprise, il vit les lèvres de Picton s'étirer elles aussi en un rictus qui se voulait avenant.

« Eh bien, je pense *effectivement* me rappeler des amis de ce genre. Maintenant que j'y réfléchis, vous avez vraiment des relations partout. Dans les sphères les plus hautes, les moins relevées, les plus riches... » Il sembla, durant un instant assez délicat, que certaines frustrations datant du service de Picton en Palestine menaçaient de remonter à la surface, poussées par sa mauvaise humeur. Mais Picton se contint. Il se composa une nouvelle figure et baissa le ton. Puis il réussit à décrisper son sourire pour le rendre presque amical. De toute façon, la bonhomie de Kurtz était à toute épreuve, et Litvak déformait tant le bas de son visage avec ses doigts que personne n'eût pu déterminer s'il était pris d'un fou rire ou bien d'une rage de dents.

L'inspecteur principal se racla la gorge puis, avec une simplicité toute galloise, tenta d'intervenir au bon moment. « Bien, même si l'on admet qu'elle *est* anglaise, monsieur, ce qui me paraît encore à vérifier, il n'y a pas à ma connaissance de loi en Angleterre interdisant de coucher avec des Palestiniens, non ? Nous ne pouvons mettre tout le pays à la recherche de cette dame pour un tel motif ! Bon sang, si nous... »

« Il y a autre chose », l'interrompit Picton en regardant Kurtz droit dans les yeux. « *Beaucoup* plus. »

Mais son intonation suggérait plus encore : *Il leur reste toujours quelque chose,* disait-il en vérité.

Sa bonne humeur et sa courtoisie toujours intactes, Kurtz invita son auditoire à examiner la Mercedes, à droite sur la photographie. Qu'on lui pardonne son ignorance en matière de voitures, mais son équipe lui avait assuré qu'il s'agissait d'un modèle d'exposition de couleur bordeaux, pourvu d'une antenne radio à l'avant, de deux rétroviseurs extérieurs, d'un système de fermeture central et de ceintures de sécurité à l'avant seulement. Tous ces détails, poursuivit-il, et bien d'autres qui n'étaient pas visibles ici, correspondaient exactement à la description de la Mercedes qui avait explosé accidentellement près de Munich, et dont une grande partie de l'avant avait miraculeusement subsisté.

Malcolm trouva soudain la solution. « Mais enfin, monsieur... Toute cette histoire comme quoi elle serait anglaise... ne serait-elle pas plutôt la *Hollandaise* ? Rousse, blonde — cela ne prouve rien. *Anglais* ne ferait en ce cas référence qu'à la langue dans laquelle ils s'exprimaient. »

« Suffit », ordonna Picton qui s'alluma une cigarette sans en offrir une seule. « Laissez-le parler », ajouta-t-il. Il avait posé ses deux poings fermés sur la table, de chaque côté du dossier.

« Nous savons aussi par d'autres sources, commandant », déclara Kurtz d'une voix plus forte, « que lors de sa traversée de la Yougoslavie, cette Mercedes était pilotée par une jeune femme possédant un passeport britannique. Son ami ne l'a pas accompagnée, il s'est rendu à Salzbourg par un vol d'Austrian Airways. C'est par cette même compagnie qu'il a fait réserver une chambre luxueuse à Salzbourg, à l'hôtel Österreichischer Hof où nous avons appris que le couple s'est inscrit sous le nom de M. et Mme Laserre, bien que la dame ne comprît pas le français mais seulement l'anglais. On se rappelait très bien la dame pour son allure remarquable, ses cheveux roux, l'absence d'alliance, pour sa guitare qui amusa un peu, et aussi pour le fait qu'elle a quitté l'hôtel très tôt le matin en compagnie de son mari, mais est revenue seule dans l'après-midi. Le portier principal se souvient d'avoir appelé un taxi pour conduire Mme Laserre à l'aéroport de Salzbourg, il se rappelle même l'heure exacte, 14 heures, juste avant qu'il ne quitte son service. Il a proposé de confirmer sa réservation et de s'assurer que l'avion ne serait pas retardé, mais Mme Laserre a refusé, sans doute parce qu'elle ne voyageait pas sous ce nom-là. On a dénombré trois vols en partance de Salzbourg à l'heure correspondante, l'un d'entre eux étant un vol d'Austrian Airlines à destination de Londres. La jeune femme du guichet se souvient très distinctement d'une Anglaise rousse qui s'est présentée avec un billet charter Thessalonique-Londres non utilisé et qui voulait le faire transformer, ce qui n'était pas possible. L'Anglaise a donc dû acheter un aller simple plein tarif, qu'elle a payé presque entièrement en billets de vingt dollars américains. »

« Arrêtez d'être aussi timoré », gronda Picton. « Son nom ? » Puis il écrasa sa cigarette avec une violence extrême, continuant à la presser contre le cendrier longtemps après qu'elle se fut éteinte.

En réponse à sa question, Litvak faisait déjà passer à la ronde des photocopies de la liste des passagers. Il était livide et semblait souffrir. Lorsqu'il eut terminé sa distribution, il se servit un peu d'eau de la carafe, bien qu'il eût à peine soufflé mot de toute la matinée.

« A notre grande consternation, commandant, nous n'avons tout d'abord pas trouvé de Jeanne », confessa Kurtz alors que tous parcouraient la liste. « Notre seule piste était une Charmian. Vous avez son nom devant vous. La dame du guichet a confirmé : numéro trente-huit sur sa liste. Elle se souvenait même de la guitare. Un heureux hasard a fait qu'elle est elle-même fervente admiratrice du grand Manitas de Plata, et que la guitare de l'Anglaise l'a vraiment frappée. »

« Encore une bonne amie », commenta brutalement Picton, déclenchant une quinte de toux chez Litvak.

Le dernier document de Kurtz provenait également de la serviette de Litvak. Kurtz le réclama les deux mains tendues, et Litvak y déposa une série de photos encore légèrement collantes. Kurtz les répartit sommairement. Elles montraient Mesterbein et Helga dans le hall de départ d'un aéroport. Mesterbein fixait le vide d'un regard abattu tandis que, derrière lui, Helga achetait une demi-bouteille de whisky détaxé. Mesterbein portait un bouquet d'orchidées enveloppées dans du papier absorbant.

« L'aéroport Charles-de-Gaulle, Paris, il y a trente-six heures, dit mystérieusement Kurtz. Berger et Mesterbein avant de s'embarquer pour Exeter *via* Gatwick. Mesterbein a réservé une automobile chez Hertz pour qu'elle les attende à l'aéroport d'Exeter à leur arrivée. Ils sont rentrés à Paris hier, même trajet mais sans les orchidées. Berger voyageait sous le nom de Maria Brinkhausen, nationalité suisse, une nouvelle identité qu'il faudrait ajouter à sa liste déjà longue. Son passeport faisait partie de la série que fabriquent les Allemands de l'Est à l'usage des Palestiniens. »

Malcolm n'avait pas attendu l'ordre. Il ouvrait déjà la porte.

« Dommage que vous n'ayez pas de clichés d'eux arrivant à Exeter », regretta Picton d'un ton lourd de sous-entendus, tandis que tous attendaient.

« Mais, commandant, vous savez très bien que nous ne pouvons nous permettre cela », protesta Kurtz avec conviction.

« Vraiment ? dit Picton. Oh ! »

« Nos supérieurs sont convenus d'un marché réciproque, monsieur. Ne pas marcher sur les plates-bandes de l'autre sans autorisation écrite. »

« Oh, *ça* », lâcha Picton.

Le policier gallois fit encore montre de ses trésors de diplomatie. « Elle viendrait donc d'Exeter, monsieur ? demanda-t-il à Kurtz. Une fille du Devon ? Vous n'imaginez tout de même pas qu'une petite provinciale puisse se lancer comme ça dans le tertorisme, je suppose ? »

Mais les informations de Kurtz semblaient s'arrêter à la côte britannique. L'assemblée perçut un bruit de pas gravissant le grand escalier, puis le crissement des bottes en daim de Malcolm. Le Gallois, jamais découragé, revint à la charge.

« Je ne sais pas pourquoi mais, pour moi, les roux ne vont pas avec le *Devon*, déplora-t-il. Et à vrai dire, pour être honnête, surtout pas les *Charmian*. Bess, Rose, à la rigueur.., je verrais assez bien une Rose. Mais pas une Charmian, pas dans le Devon. Dans le centre, peut-être. Il me semble que *Charmian* est presque à coup sûr de Londres. »

Malcolm pénétra dans la pièce avec circonspection, décomposant soigneusement chacun de ses pas. Il avait les bras chargés d'une pile de dossiers : fruit des incursions de Charlie dans la gauche militante. Le bas de la pile avait beaucoup souffert du temps et des manipulations. Des coupures de presse et des pamphlets polycopiés dépassaient.

« Eh bien, monsieur », déclara Malcolm avec un grognement de satisfaction en posant son fardeau sur la table, « il me semble que si ce n'est pas la fille que nous cherchons, ça en a pourtant bien l'air ! »

« Manger », aboya Picton, puis, ayant grogné toute une série d'ordres furibonds à ses subordonnés, il conduisit ses invités à une immense salle à manger embaumant le choux et la cire.

Un lustre oblong pendait au-dessus d'une table gigantesque, deux chandelles brûlaient, et deux majordomes en veste d'un blanc éclatant guettaient leurs moindres désirs. Picton mangeait, le visage inexpressif ; Litvak, d'une pâleur mortelle, piquait sa nourriture avec des gestes d'invalide. Kurtz, lui, ne tenait aucun compte de l'énervement de ses voisins. Il bavardait à bâtons rompus, sans jamais aborder leur affaire, évidemment : il doutait que le commandant puisse reconnaître Jérusalem, s'il avait un jour la chance de retourner là-bas ; il appréciait sincèrement son premier repas dans un mess d'officiers anglais. Picton ne resta pas même assis tout le long du déjeuner. Par deux fois le capitaine Malcolm l'appela près de la porte pour échanger avec lui quelques mots chuchotés ; une autre fois, son supérieur le demanda au téléphone. Et quand on apporta le pudding, il se leva aussi brusquement que s'il avait été piqué, tendit sa serviette damassée au majordome puis s'en alla, apparemment pour donner lui-même un coup de fil, mais peut-être en fait pour se plonger dans le placard fermé à clé de son bureau, où il conservait quelques provisions personnelles.

Mis à part les sentinelles omniprésentes, le parc était aussi désert qu'une cour de récréation le premier jour des vacances, et Picton le parcourait avec l'impatience capricieuse d'un propriétaire, jetant des coups d'œil maussades en direction de la clôture et frappant de sa canne tout ce qui lui déplaisait. Kurtz trottait joyeusement à moins de trente centimètres de lui. De loin, ils auraient pu passer pour un prisonnier et son garde, quoiqu'il eût été difficile de déterminer qui était qui. Derrière eux, Shimon Litvak traînait la jambe en portant les deux serviettes, et, derrière Litvak, venait Mrs. O'Flaherty, la célèbre chienne alsacienne de Picton.

« Mr. Levene aime bien écouter, n'est-ce pas ? » laissa échapper Picton assez fort pour que Litvak puisse entendre. « Une bonne oreille, une bonne mémoire aussi ? Ça me plaît. »

« Mike est très réservé, commandant », répondit Kurtz avec un sourire soumis. « Mike me suit partout. »

« Plutôt boudeur, on dirait. Mon chef préfère un tête-à-tête, si cela ne vous dérange pas. »

Kurtz se retourna et lança quelques mots en hébreu à Litvak. Celuici ralentit pour se trouver hors de portée de voix. Curieusement — ni Kurtz ni Picton n'auraient su expliquer pourquoi même s'ils étaient prêts à l'admettre —, un sentiment de camaraderie s'installa entre les deux hommes dès qu'ils furent seuls.

L'après-midi était gris et venteux. Picton avait prêté à Kurtz un duffle-coat qui lui donnait l'air d'un vieux loup de mer. Picton, lui, portait un Warm anglais, et l'air vif du dehors n'avait pas tardé à lui raviver le teint.

« C'était vraiment très aimable à vous de faire tout ce chemin pour nous parler de cette fille, dit Picton en manière de défi. Mon chef a l'intention de faire un mot à ce vieux Misha. »

« Misha appréciera sûrement », répliqua Kurtz.

« Enfin, c'est quand même drôle. Maintenant c'est vous qui nous tuyautez sur nos propres terroristes. A une époque, c'était plutôt le contraire. »

Kurtz prononça quelques phrases apaisantes concernant la roue de l'histoire, mais Picton n'avait rien d'un poète.

« Bien sûr, c'est votre opération, coupa Picton. Vos sources, votre tournée. Mon chef ne s'est pas laissé impressionner. Tout ce que nous avons à faire, c'est de rester bien sages et de faire ce qu'on nous commandera », ajouta-t-il avec un regard en coin.

Kurtz assura que de nos jours plus rien ne fonctionnait sans une certaine coopération, et Picton parut un instant sur le point d'exploser. Ses yeux jaunâtres s'agrandirent et son menton se ficha dans son cou pour y rester. Mais il se contenta, peut-être pour se calmer, d'allumer une cigarette, se plaçant le dos au vent et arrondissant ses larges mains de catcheur afin d'abriter la flamme.

« En attendant, vous serez stupéfié d'apprendre que vos informations ont été confirmées », dit Picton d'un ton lourd d'ironie tout en jetant son allumette. « Berger et Mesterbein ont bien pris un Paris-Exeter aller et retour. Une voiture de louage Hertz les attendait à l'arrivée à Exeter. Le compteur a enregistré six cent soixante-quinze kilomètres. Mesterbein a payé avec une carte de crédit American Express à son nom. On ne sait pas où ils ont passé la nuit, mais je suis certain que vous nous l'apprendrez en temps voulu. »

Kurtz observa un silence vertueux.

« Quant à la fille », poursuivit Picton avec la même légèreté forcée, « vous serez tout aussi surpris d'apprendre qu'elle fait actuellement une tournée théâtrale au fin fond de la Cornouailles. Elle fait partie d'une troupe classique, les Hérétiques, que j'aime bien d'ailleurs, mais cela non plus, vous ne le saviez pas, hein ? On assure à son hôtel qu'un homme répondant au signalement de Mesterbein est venu la prendre après la représentation et qu'elle n'est rentrée qu'au petit matin. Elle n'a pas l'air farouche, votre petite dame. » Il s'autorisa un silence massif que Kurtz feignit de ne pas remarquer. « Quoi qu'il en soit, je voulais vous dire que mon chef est à la fois un officier et un gentleman, et qu'il vous accordera toute l'aide dont vous aurez besoin. Mon chef vous est vraiment très reconnaissant. Il est reconnaissant et touché. Il a un faible pour les Juifs et pense que c'était vraiment très bien de votre part de prendre la peine de venir jusqu'ici pour nous mettre sur la piste de cette fille. » Il foudroya Kurtz du regard. « Mon chef est encore jeune, vous comprenez. C'est un grand admirateur de votre beau pays. Il a toute confiance et n'est pas disposé à écouter le moindre des soupçons malveillants que *je* pourrais concevoir. »

Picton s'immobilisa devant un grand hangar vert et fit tambouriner sa canne contre la porte métallique. Un garçon en chaussures de sport et survêtement bleu les fit pénétrer dans le gymnase vide. « Samedi », fit Picton, sans doute pour expliquer l'atmosphère de désertion qui régnait dans le local. Puis il entreprit une furieuse inspection des lieux, tantôt vérifiant l'état des vestiaires, tantôt passant son doigt énorme sur les barres parallèles pour s'assurer qu'il ne s'y trouvait pas de poussière.

« J'ai appris que vous aviez recommencé à bombarder ces camps, reprit Picton d'un ton accusateur. Une idée de Misha, hein ? Il n'a jamais su faire dans la dentelle quand la grosse artillerie suffisait. »

Kurtz voulut lui avouer tout à fait sincèrement que le processus de décision tel qu'il se pratiquait dans les hautes sphères de la société israélienne avait toujours constitué pour lui un mystère, mais Picton n'était pas enclin à écouter ce genre de réponses.

« Eh bien, il ne s'en tirera pas comme ça. Vous le lui direz de ma part. Ces Palestiniens n'ont pas fini de venir vous obséder. »

Cette fois-ci, Kurtz se borna à sourire et à hocher la tête pour marquer son incompréhension du monde actuel.

« Misha Gavron sortait de l'Irgun, n'est-ce pas ? » s'enquit Picton par pure curiosité.

« De la Haganah », corrigea Kurtz.

« Et vous alors ? » insista Picton.

Kurtz affecta l'attitude timide et contrite du défavorisé. « Par bonheur ou non, commandant, les Raphael sont arrivés en Israël trop tard pour être de quelque utilité aux Britanniques », répondit-il.

« Pas de craques avec moi, dit aussitôt Picton. Je sais très bien où Misha va pêcher ses amis. C'est moi qui l'ai mis là où il est. »

« C'est ce qu'il m'a dit », répliqua Kurtz avec son sourire à toute preuve.

Le jeune sportif leur tenait une porte ouverte. Ils la franchirent. Une grande vitrine présentait un assortiment d'armes silencieuses et artisanales : une massue dont la tête était hérissée de pointes, une épingle à chapeau couverte de rouille et au bout de laquelle était fixée une poignée de bois, des seringues de fortune, et un garrot improvisé.

« Les étiquettes s'effacent », aboya Picton à l'adresse du jeune homme lorsqu'il eut contemplé un moment les instruments avec nostalgie. « De nouvelles étiquettes avant lundi, exécution ou vous aurez de mes nouvelles. »

Puis il sortit dans l'air du dehors, Kurtz trottinant aimablement à son côté. Mrs. O'Flaherty, qui les avait attendus, tomba aux pieds de son maître.

« Bon, que voulez-vous ? » fit enfin Picton, comme un homme qui se calme à contrecœur. « Et ne me dites pas que vous êtes venu m'apporter un billet doux de Misha le Corbeau, car je ne vous croirai pas. De toute façon, quoi que vous puissiez me dire, il est douteux que j'y croie. Je suis difficile à convaincre dès qu'il s'agit de vous tous. »

Kurtz sourit et secoua la tête, montrant ainsi qu'il appréciait l'humour anglais de Picton.

« Voilà, monsieur, Misha le Corbeau considère qu'en l'occurrence une arrestation pure et simple serait tout à fait hors de question. Ceci en raison de la position délicate de nos sources, naturellement », expliqua-t-il, se plaçant en position de simple messager.

« Je croyais que vous ne teniez vos sources que de très bons amis », fit remarquer Picton d'un ton mauvais.

« Et même si Misha était d'accord pour une arrestation en bonne et due forme, (poursuivit Kurtz toujours souriant) il se demande quelles charges pourraient être portées contre la jeune femme et devant quel tribunal. Qui serait en mesure de prouver que les explosifs se trouvaient déjà à bord de la Mercedes quand elle la pilotait ? Elle prétendra que le plastic y a été mis après. Cela ne nous laisserait, me semble-t-il, qu'un motif d'inculpation bien léger : avoir traversé la Yougoslavie avec de faux papiers. Et d'ailleurs, où *sont* ces papiers ? Comment prouver qu'ils ont existé ? C'est extrêmement mince. »

« Extrêmement, reconnut Picton. On dirait que Misha apprend le droit sur ses vieux jours ? » s'étonna-t-il avec un regard en coin. « C'est bien la première fois que j'entends parler d'un braconnier qui devient garde-chasse. »

« Et puis — c'est ce que pense Misha —, il faut songer à ce qu'elle représente. Tant qu'elle reste où elle est, elle nous est à tous très précieuse. Tant qu'elle reste dans cette position de presque innocence. Que *sait*-elle exactement ? Qu'est-elle à même de *divulguer* ? Prenez le cas de Miss Larsen. »

« Larsen ? »

« La Hollandaise qui a trouvé la mort dans ce malheureux accident près de Munich. »

« Oui, et alors ? » Picton s'immobilisa puis se tourna vers Kurtz pour le contempler d'un air de plus en plus méfiant.

« Miss Larsen elle aussi conduisait des autos et rendait quelques menus services à son petit ami palestinien. Il s'agissait d'ailleurs du même garçon que pour notre jeune Anglaise. Miss Larsen a même accepté de poser des bombes. Deux. Peut-être trois. Sur le papier, Miss Larsen était extrêmement impliquée (Kurtz secoua tristement la tête.) Mais en matière de renseignement, c'était une outre vide. » Sans tenir compte de la proximité menaçante de Picton, l'Israélien leva les mains et les ouvrit pour souligner à quel point l'outre était vide. « Ce n'était qu'une petite groupie qui aimait bien jouer, qui aimait le danger, les garçons, qui aimait plaire. Mais elle ne savait rien. Aucune adresse, aucun nom, aucun plan. »

« Comment savez-vous cela ? » demanda Picton d'un ton accusateur.

« Nous avons eu une petite conversation avec elle. »

« Quand ? »

« Il y a quelque temps. Un certain temps déjà. Le petit marchandage habituel avant de la relâcher dans l'arène. Vous savez comment cela se passe. »

« C'est-à-dire cinq minutes avant de la faire sauter, je suppose », suggéra Picton, fixant toujours Kurtz de ses yeux jaunâtres.

Mais rien ne devait altérer le sourire de Kurtz. « Si cela pouvait être aussi facile », soupira-t-il.

« Je vous ai demandé ce que vous vouliez, Mr. Raphael. »

« Nous voulons la faire agir, commandant. »

« C'est bien ce que je pensais. »

« Nous voulons qu'elle sente un peu l'odeur du roussi, mais ne soit pas arrêtée. Nous voulons qu'elle prenne peur, tellement peur qu'elle en vienne à reprendre contact avec ses amis, ou bien que ce soient eux qui viennent la chercher. Nous voulons qu'elle nous conduise à eux. C'est ce que nous appelons un agent inconscient. Évidemment, nous partagerions le bénéfice de l'opération avec vous, et lorsque ce serait terminé, vous pourriez disposer à votre aise de la dame et des informations recueillies. »

« Elle a déjà repris contact avec eux, objecta Picton. Ils sont venus la voir en Cornouailles et lui ont même apporté un bouquet de fleurs, non ? »

« Commandant, nous voyons plutôt cette rencontre comme une sorte d'exercice de prospection. Nous craignons qu'elle ne connaisse aucune suite si personne n'intervient. »

« Mais bon Dieu, comment savez-vous *ça* ? » La voix de Picton trahissait à la fois colère et admiration. « Je vais vous le dire, moi. Vous étiez collés contre le trou de la serrure ! Pour qui me prenez-vous, Mr. Raphael ? Pour le dernier des couillons ? Cette fille travaille pour vous, Mr. Raphael, je le sais parfaitement ! Je vous connais trop bien, foutus Israéliens, je connais ce sale nabot de Misha et je commence à vous connaître *vous* aussi ! » Le ton avait monté de façon alarmante. Picton accéléra le pas pour se calmer un peu. Puis il attendit que Kurtz l'ait rejoint. « Je crois que j'ai un très joli scénario en tête tout d'un coup, Mr. Raphael, et j'aimerais assez vous en faire part. Puis-je ? »

« Ce sera un honneur, commandant », répondit aimablement Kurtz.

« Merci. D'habitude, on se sert de viande froide. On trouve un beau cadavre, on l'habille et on le laisse à un endroit où l'ennemi ne manquera pas de tomber dessus. "Salut", fait l'ennemi. "Qu'est-ce que c'est que ça ? Un mort avec une mallette ? Regardons ce qu'il y a dedans." Il regarde et trouve un petit message. "Ça alors, s'écrie l'ennemi, ce devait être un courrier ! Lisons le message et tombons dans le piège." C'est ce qu'il fait, et nous, nous sommes couverts de médailles. On appelle ça de la "désinformation", ça sert à égarer l'ennemi et c'est très bien ficelé. » Les sarcasmes de Picton inquiétaient tout autant que sa colère. « Mais pour vous et Misha, c'est beaucoup trop simple. La bande de fanatiques trop savants que vous formez a préféré aller plus loin. "Pas de cadavre pour nous, oh ! non ! Nous, il nous faut du *vivant*. Un peu d'Arabe, un peu de Hollandais." Alors, vous avez trouvé un Arabe et une Hollandaise et vous les avez fait sauter dans une belle Mercedes. La leur. Ce que j'ignore — et je l'ignorerai toujours car même sur vos lits de mort, vous et Misha continuerez de tout nier, n'est-ce pas ? —, c'est où vous avez introduit votre désinformation. Mais vous l'avez placée quelque part, et ils ont mordu à l'appât. Ou ils n'auraient pas apporté ces superbes fleurs, non ? »

Secouant tristement la tête pour marquer combien il appréciait l'histoire amusante de Picton, Kurtz fit mine de s'écarter, mais Picton le retint où il était d'un geste sûr et souple de policier.

« Vous direz tout cela à votre sale petit Gavron. Si j'ai raison et si vous avez recruté un sujet britannique sans notre consentement, j'irai personnellement faire un tour dans votre lopin de terre pour lui arracher les couilles. Compris ? » Mais soudain, et comme contre sa volonté, Picton se détendit et ses lèvres s'étirèrent en un sourire presque tendre.

« Que disait donc ce vieux diable, déjà ? se souvint-il. Il parlait de tigres, c'est ça ? Vous savez sûrement. »

Kurtz lui aussi employait l'expression. Il la prononça avec son rictus de pirate. « Pour prendre le lion, il faut d'abord attacher la chèvre. »

Le moment de complicité entre adversaires passé, les traits de Picton se durcirent à nouveau. « S'agissant du niveau officiel, Mr. Raphael, vous avez les compliments de mon chef et le marché est conclu », déclara-t-il sèchement. Il tourna les talons et se dirigea d'un pas vif vers la demeure, laissant Kurtz et Mrs. O'Flaherty trottiner derrière lui. « Et puis dites-lui aussi », ajouta Picton en pointant sa canne sur Kurtz pour affirmer une dernière fois son autorité coloniale, « qu'il sera bien aimable de ne plus se servir de nos passeports anglais. Si les autres peuvent se débrouiller sans, alors ce salaud de Corbeau peut en faire autant. »

Lors du trajet de retour vers Londres, Kurtz fit asseoir Litvak à l'avant pour qu'il apprenne les bonnes manières anglaises. Meadows, qui avait pris de l'assurance, désirait parler du problème de la Cisjordanie : Comment trouver une solution à toute cette affaire, sans léser les Arabes, bien sûr, monsieur, qu'en pensez-vous ? Les abandonnant à leur conversation futile, Kurtz se laissa submerger par des souvenirs qu'il avait jusque-là contenus.

Il existe à Jérusalem une potence encore en état mais où personne désormais ne se fait plus pendre. Kurtz la connaissait bien : tout près du vieux quartier russe, sur la gauche quand vous arrivez, par une route à moitié goudronnée, et que vous vous arrêtez devant un portail très ancien conduisant à ce qui fut autrefois la prison centrale de Jérusalem. Les pancartes indiquent « ACCÈS AU MUSÉE » mais aussi « LE PALAIS DE L'HÉROÏSME », et un vieil homme un peu fêlé traîne devant le bâtiment et vous invite à entrer d'une révérence en balayant le sol poussiéreux de son chapeau plat et noir. L'entrée est de quinze shekels, mais augmente régulièrement. C'est ici que les Anglais pendaient les Juifs durant le Mandat, à un nœud coulant bordé de cuir. Très peu de Juifs en fait, alors que des dizaines d'Arabes y étaient morts ; mais deux amis de Kurtz avaient été exécutés là, à l'époque où il faisait partie de la Haganah avec Misha Gavron. Kurtz aurait tout aussi bien pu subir le même sort. Les Anglais l'avaient emprisonné deux fois, interrogé quatre fois, et s'il lui arrivait encore de souffrir parfois de maux de dents, il les devait, d'après son dentiste, aux coups qu'il avait reçus de la main d'un jeune officier, aujourd'hui mort, dont les manières, sinon l'apparence, lui rappelaient un peu Picton.

Mais un type bien malgré tout, songea Kurtz avec un sourire intérieur alors qu'il évaluait le nouveau pas franchi. Un peu grossier peut-être ; la langue et la main un peu lourdes ; et puis un penchant bien regrettable pour l'alcool — c'était toujours dommage. Mais la violence cachait chez lui une certaine finesse d'esprit. Misha Gavron avait toujours affirmé avoir appris beaucoup de lui.

19

Ce fut le retour à Londres et l'attente. Pendant les deux semaines d'automne mouillé qui suivirent la terrible nouvelle apportée par Helga, la Charlie de son imagination était entrée dans un enfer morbide où la soif de vengeance la consumait. Je suis en état de choc ; je suis une veuve obsédée et solitaire qui n'a personne vers qui se tourner. Je suis un soldat privé de son général, une révolutionnaire coupée de sa révolution. Cathy elle-même l'avait abandonnée. « A partir de maintenant, tu dois te débrouiller sans nounou », lui avait dit Joseph avec un sourire forcé. « Nous ne pouvons plus nous permettre de te laisser faire toutes les cabines téléphoniques. » Leurs rencontres durant cette période furent rares et purement professionnelles ; il la prenait généralement quelque part en voiture suivant un plan très élaboré. Il l'emmenait parfois dans des restaurants écartés de la périphérie londonienne ; un jour, ils allèrent se promener à Burnham Beeches ; une autre fois ce fut le Zoo de Regent's Park. Mais où qu'ils se trouvent, il lui parlait de son état d'esprit et l'avertissait sans cesse d'éventualités diverses qu'il se refusait toujours à définir précisément.

« Que vont-ils faire maintenant ? » demanda-t-elle.

« Ils vérifient ; ils te surveillent ; ils réfléchissent sur ton cas. »

Elle s'inquiétait parfois des bouffées d'hostilité imprévues qu'elle ressentait à l'égard de Joseph, mais, comme un bon docteur, il s'empressait de lui affirmer que ces symptômes étaient absolument normaux dans sa situation. « Mais je représente l'archétype même de l'ennemi ! J'ai tué Michel, et à la première occasion, je te tuerai aussi. Il est tout à fait naturel que tu me considères avec la plus grande méfiance, non ? »

Merci pour l'absolution, pensa-t-elle, s'émerveillant en secret des innombrables facettes que présentait leur schizophrénie commune ; comprendre, c'est pardonner.

Et puis vint un jour où il lui annonça qu'ils devaient momentanément cesser de se voir, sauf en cas d'extrême urgence. Il semblait savoir que quelque chose allait se produire, mais refusait de lui préciser quoi, de crainte qu'elle ne réagisse plus avec spontanéité. Ou même ne réagisse plus du tout. Il ne serait pas loin, lui assura-t-il, rappelant ainsi la promesse faite dans la villa d'Athènes : tout près — mais pas présent — et par intermittence. Ensuite, lorsqu'il eut, peut-être délibérément, exacerbé chez la jeune femme son sentiment d'insécurité, il la renvoya à la vie isolée qu'il avait inventée pour elle ; mais cette solitude avait désormais pour leitmotiv la mort de l'être aimé.

L'appartement qu'elle avait tant chéri devenait peu à peu, grâce à une négligence appliquée, un mausolée désordonné à la mémoire de Michel, un lieu sale, et tranquille comme une chapelle. Les livres et les pamphlets qu'il lui avait donnés gisaient sur le sol et la table, ouverts à des passages soulignés. La nuit, prise d'insomnies, elle s'asseyait à son bureau, un cahier d'écolier posé au milieu du fouillis, et se mettait à recopier des phrases de ses lettres. Le but était de réunir une biographie secrète de Michel qui le présenterait à un monde meilleur comme le Che Guevara arabe. Elle pensa même reprendre contact avec un éditeur marginal qu'elle connaissait : « Lettres nocturnes d'un assassin palestinien », imprimé sur du mauvais papier et bourré de coquilles. Tous ces préparatifs trahissaient une folie certaine, et Charlie s'en rendait parfaitement compte dès qu'elle prenait un peu de recul. Mais d'un autre côté, elle était consciente que cette folie était indispensable à sa santé mentale ; soit il y avait le rôle, soit il n'y avait rien du tout.

Elle ne s'aventurait que rarement dans le monde extérieur, mais une nuit, pour se prouver plus encore sa volonté de porter le drapeau de Michel dans la bataille — il ne lui restait plus qu'à trouver le champ de bataille — elle assista à une réunion de camarades au-dessus du pub St. Pancras. Charlie prit place parmi les Complètement Timbrés, dont la plupart étaient déjà bourrés à mort avant même de monter. Mais elle resta jusqu'au bout, et effraya tant l'assistance qu'elle-même en lançant contre le sionisme sous toutes ses manifestations fascistes et exterminatrices une diatribe des plus violentes qui, au grand amusement de son autre elle-même, provoqua quelques protestations énergiques des représentants de l'extrême gauche juive.

A d'autres moments, elle fit mine de persécuter le pauvre Quilley au sujet de ses futurs rôles — qu'advenait-il de ses auditions ? Bon Dieu, Ned, j'ai besoin de travailler ! Mais à la vérité, la scène perdait de son piquant. Charlie se dévouait corps et âme — pour aussi longtemps que cela devait durer et malgré les périls de plus en plus grands — au théâtre du réel.

Enfin les avertissements commencèrent, comme les craquements d'un grain tout proche dans le gréement.

Le premier vint de ce pauvre Ned Quilley, sous la forme d'un coup de fil beaucoup plus matinal qu'à l'habitude, visiblement pour se venger de l'appel que Charlie lui avait adressé la veille. Mais la jeune femme sut aussitôt qu'il s'agissait d'une corvée que Marjory lui avait ordonné de faire à son arrivée au bureau, avant qu'il n'oublie, ou ne manque de courage, ou ne prenne un remontant. Non, expliqua Quilley, il n'avait rien à lui proposer, mais voulait annuler leur déjeuner d'aujourd'hui. « Ce n'est pas grave », répondit Charlie, s'efforçant poliment de dissimuler sa déception : ils avaient fixé ce déjeuner pour fêter la fin de la tournée et parler des possibilités à venir. Elle avait véritablement attendu ce repas comme une trêve qu'elle pouvait décemment se permettre.

« Aucun problème », insista-t-elle, puis elle attendit qu'il lui dévide un chapelet d'excuses. Au lieu de quoi il choisit la direction opposée et préféra enfoncer stupidement le couteau en se montrant désagréable.

« Je ne pense pas que ce soit vraiment le moment », déclara-t-il avec hauteur.

« Ned, que se passe-t-il ? Ce n'est pas le carême. Qu'est-ce qui t'arrive ? »

La légèreté affectée à laquelle elle recourut pour lui faciliter les choses ne fit qu'accentuer l'emphase de Quilley.

« Charlie, je me demande surtout ce qui t'arrive à *toi*, commença-t-il du haut de sa chaire. J'ai moi-même été jeune et peut-être pas aussi étriqué que tu pourrais le penser, mais, si la moitié de ce que l'on raconte est vrai, je ne peux m'empêcher de considérer qu'il vaudrait mieux, infiniment mieux pour toi et pour moi... » Pourtant, restant malgré tout son Quilley chéri, il ne pouvait se résoudre à assener le coup final, aussi se contenta-t-il de dire « Enfin qu'il serait préférable de remettre notre rendez-vous jusqu'à ce que tu aies repris tes esprits. » Il était clair que dans le scénario de Marjory, il se devait de raccrocher aussitôt, ce qu'il finit par faire après plusieurs fausses sorties et non sans y être largement aidé par Charlie. La jeune femme s'empressa de composer le numéro de son bureau et tomba, comme elle le désirait, sur Mrs. Ellis.

« Que se passe-t-il, Pheeb ? Qu'est-ce qui me rend si repoussante, tout d'un coup ? »

« Oh ! Charlie, mais *qu'as*-tu donc fabriqué ? » fit Mrs. Ellis à voix basse de peur que la ligne soit sur écoute. « La police a passé toute une matinée ici à poser des questions sur toi. Ils étaient trois et nous ont interdit d'en parler. »

« Qu'ils aillent se faire foutre », lança bravement Charlie.

Encore une de leurs sempiternelles vérifications, se dit-elle. La Brigade d'Investigation Discrète, débarquant avec ses gros sabots pour remettre son dossier à jour avant Noël. Ils le faisaient régulièrement depuis qu'elle avait suivi les stages de formation extrémiste. Cependant, cette visite-là semblait différente. Toute une matinée et trois policiers. C'était déjà la classe au-dessus.

Ensuite, il y eut le coiffeur.

Charlie avait pris rendez-vous pour onze heures et, déjeuner ou pas, elle décida de s'y rendre. Le salon était tenu par une généreuse Italienne répondant au nom de Bibi. Elle se rembrunit en voyant entrer Charlie et lui dit qu'elle allait s'occuper d'elle personnellement aujourd'hui.

« Tu es encore sortie avec un homme marié ? » cria-t-elle en shampouinant les cheveux de Charlie. « Tu n'as pas bonne mine, tu sais ? Tu as été méchante et tu as volé le mari de quelqu'un ? Hein, qu'est-ce que tu fais, Charlie ? »

« Trois hommes », avoua Bibi quand Charlie eut réussi à la faire parler. Hier. Ils ont dit qu'ils étaient des Impôts, qu'ils voulaient vérifier le livret de rendez-vous de Bibi, et ses comptes pour la T.V.A. Mais en réalité, c'était Charlie qui les intéressait.

« "Qui est cette Charlie, ici", ils ont demandé. "Vous la connaissez donc bien, Bibi ?" Alors moi j'ai dit : "Très bien, et Charlie est une bonne fille, elle vient souvent.” “Oh, elle vient souvent, hein ? Elle vous raconte ses histoires de cœur, n’est-ce pas ? Avec qui elle est en ce moment ? Où est-ce qu’elle dort ?” Plein de questions sur tes vacances avec qui tu es partie, où tu es partie après la Grèce. Moi, j’ai rien dit. Fais confiance à Bibi. »

Mais à la porte, lorsque Charlie eut réglé ce qu’elle devait, Bibi se montra, pour la première fois depuis qu’elles se connaissaient, un peu désagréable. « Ne reviens pas pendant quelque temps, d’accord ? J’aime pas les ennuis, j’aime pas la police. »

Moi non plus, Bib. Crois-moi, moi non plus. Et surtout pas ces trois play-boys. *Plus vite les autorités entendront parler de toi, plus vite nous forcerons la main à l’adversaire,* l’avait prévenue Joseph. Mais il ne lui avait pas dit que cela allait se passer comme ça.

Ensuite, moins de deux heures plus tard, ce fut le joli garçon.

Elle venait de manger un hamburger et se mit à marcher sous la pluie, parce que, stupidement, elle se disait que tant qu’elle marchait, elle ne craignait rien, et encore moins si c’était sous la pluie. Elle se dirigea vers l’ouest, pensant vaguement se rendre à Primrose Hill, puis changea d’avis et sauta dans un bus. Il s’agissait sans doute d’une coïncidence, mais en jetant un coup d’œil en arrière, elle vit un homme prendre un taxi à moins de cinquante mètres du bus : et en y repensant, le taxi n’affichait déjà plus libre quand l’homme lui avait fait signe.

Garde toujours en tête la logique de la fiction, lui avait dit et redit Joseph. *Une faiblesse et tu sabotes toute l’opération. Colle à la fiction, et quand ce sera fini, nous réparerons les torts.*

Proche de la panique, elle pensa filer chez le costumier et demander Joseph d’urgence. Mais sa loyauté envers lui la retint. Elle l’aimait sans honte et sans espoir. Dans ce monde qu’il avait bouleversé pour elle, il était le seul élément constant à la fois dans la réalité et dans la fiction.

Alors elle alla au cinéma et c’est là que le joli garçon essaya de la draguer ; et elle fut à deux doigts de le laisser faire.

Il était grand, malicieux, portait un long manteau de cuir tout neuf et une paire de lunettes rondes, et quand il se rapprocha d’elle pendant l’entracte, elle crut bêtement qu’elle le connaissait mais était trop troublée pour le remettre. Elle lui rendit donc son sourire.

« Salut, comment ça va ? » s’écria-t-il en s’asseyant près d’elle. « Charmian, c’est cela ? Ouah ! vous étiez formidable dans *Alpha Bêta* l’année dernière ! N’étiez-vous pas tout à fait merveilleuse ? Prenez donc du pop-corn. »

Soudain, rien ne collait plus : le sourire insouciant n’allait pas avec la mâchoire de squelette, les verres ronds tranchaient avec les yeux de rat, le pop-corn contredisait les souliers bien cirés, et le manteau de cuir s’opposait à la pluie. Il était tombé du ciel dans le seul but d’arrêter Charlie.

« Vous voulez que j’appelle le directeur ou vous vous en allez tranquillement ? » demanda-t-elle.

Il ne perdit pas son bagout pour autant, protestant, minaudant, lui demandant si elle n'était pas gouine, et, lorsqu'elle se rua dans l'entrée pour trouver du renfort, le personnel semblait s'être évanoui comme neige au soleil excepté la petite Noire du guichet qui feignit d'être occupée à compter sa monnaie.

Rentrer chez elle exigeait plus de courage qu'elle n'en possédait, plus que Joseph n'était en droit d'en attendre d'elle, et elle pria pendant tout le trajet pour qu'elle se brise la cheville, se fasse renverser par un bus ou perde à nouveau connaissance. Il était sept heures du soir quand elle arriva : l'heure creuse pour le café. Le cuisinier la gratifia d'un sourire lumineux, et, comme à l'habitude, son petit ami joufflu la salua d'un grand geste semblant sous-entendre qu'elle était un peu marteau. Une fois dans son appartement, au lieu d'allumer la lumière, elle s'assit sur le lit, les rideaux grands ouverts, et examina dans le miroir la façon dont les deux hommes du trottoir d'en face flânaient sans jamais se parler ni regarder dans la direction de sa fenêtre. Les lettres de Michel se trouvaient toujours sous une lame du parquet ; de même le passeport de Charlie et ce qui subsistait de sa caisse de lutte. *Ton passeport constitue désormais un document dangereux,* l'avait prévenue Joseph dans son petit cours concernant le nouveau statut de la jeune femme depuis la mort de Michel : *Il n'aurait jamais dû te laisser l'utiliser pour conduire la Mercedes. Ton passeport doit maintenant prendre place parmi tes autres secrets.*

Cindy, songea Charlie.

Cindy était une pauvre fille du Nord qui faisait le service de nuit au café du dessous. Son petit ami antillais se trouvait en prison pour voie de fait, et Charlie donnait à la jeune fille des leçons de guitare gratuites pour l'aider à passer le temps.

« Cind écrivit Charlie, voilà un cadeau d'anniversaire même si ton anniversaire ne tombe pas vraiment maintenant. Emmène-la chez toi et travaille jusqu'à ce que tu sois crevée. Tu es douée, alors ne laisse pas tomber. Prends aussi la serviette à partitions, mais comme une imbécile, j'ai oublié la clé chez maman. Je te la rapporterai la prochaine fois que j'irai. De toute façon, tu n'es pas encore prête pour jouer ce qu'il y a dedans. Gros bizous, Chas. »

La serviette en question avait appartenu à son père. C'était un sac robuste de style édouardien, pourvu de solides coutures et de fortes serrures. Charlie y fourra les lettres de Michel, son passeport et toute une pile de partitions. Puis elle descendit serviette et guitare au café.

« C'est pour Cindy », indiqua-t-elle au cuisinier, qui se mit à glousser en rangeant le tout dans les toilettes pour dames où s'entassaient déjà l'aspirateur et les bouteilles vides.

Charlie remonta chez elle, alluma la lumière, tira les rideaux et revêtit ses peintures de guerre rituelles car c'était le soir de Peckham et que rien au monde, pas même ses amants défunts, ne l'empêcherait d'aller faire répéter la pantomime à ses gamins. Elle rentra peu après onze heures ; rien à signaler sur le trottoir ; Cindy avait pris livraison de ses cadeaux. Charlie composa le numéro d'Al : elle avait soudain affreusement besoin d'un homme. Pas de réponse. Le salaud était parti baiser ailleurs. Elle essaya d'appeler deux mecs de réserve, mais sans succès. Son téléphone résonnait bizarrement, mais vu l'état dans lequel elle se trouvait, peut-être s'agissait-il de ses oreilles. Avant de se mettre au lit, elle jeta un dernier coup d'œil par la fenêtre pour découvrir que ses deux gardiens avaient repris leur faction sur le trottoir.

Le lendemain, rien ne se produisit sinon que, quand elle appela chez Lucy, s'attendant à demi à y trouver Al, celle-ci lui affirma qu'Al s'était volatilisé et qu'elle avait téléphoné à la police, aux hôpitaux, à tout le monde.

« Essaie la fourrière de Battersea », lui conseilla Charlie. Mais lorsqu'elle eut regagné son appartement, son bon vieil Al ne tarda pas à l'appeler, en pleine hystérie alcoolique.

« Amène-toi ici *tout de suite*. Écrase, et tu ferais mieux de te ramener *maintenant.* »

Charlie se mit en route, sachant à peu près ce qui l'attendait. Sachant qu'il ne subsisterait plus un seul coin de sa vie où le danger n'avait pas pénétré.

Al s'était casé chez Willy et Pauly, qui en fin de compte ne se séparaient plus. Charlie s'aperçut en arrivant qu'il avait réuni tout un fan-club. Robert avait amené une nouvelle petite amie aux lèvres peintes en blanc et aux cheveux mauves, appelée Samantha. Mais c'était comme d'habitude Al qui occupait le devant de la scène.

« Et vous pourrez me dire tout ce que vous voudrez ! hurlait-il quand Charlie entra. Ça y *est* ! C'est la guerre ! Oh ! oui, ça y est, la guerre à *mort* ! »

Il continua à tempêter ainsi jusqu'à ce que Charlie lui crie de la fermer et de lui raconter ce qui s'était passé.

« Ce qui s'est passé, ma vieille ? *Passé ?* Il s'est passé que la contre-révolution est passée à l'attaque, voilà ce qui s'est passé, et que leur première victime, c'était bibi ! »

« Mais parle donc anglais, merde ! » hurla à son tour Charlie, qui eut presque le temps de devenir folle avant de pouvoir lui soutirer les faits bruts.

Il sortait du pub quand trois gorilles lui étaient tombés dessus à bras raccourcis, raconta Al. Un, deux à la rigueur, il aurait pu s'en tirer, mais ils étaient trois, de vraies armoires à glace, qui l'attaquaient de front. Mais ce ne fut que lorsqu'il se retrouva dans la voiture de police, à moitié émasculé, qu'il se rendit compte qu'il venait d'être arrêté par les cognes sous une accusation bidon d'outrage aux bonnes mœurs.

« Et tu sais très bien de quoi ils voulaient parler, en fait, hein ? » Il tendit le bras vers Charlie. « De toi, ma vieille ! De toi et moi et de nos conneries de politique, comme je te le dis ! Et ne compterions-nous pas, par hasard, quelques activistes palestiniens parmi nos amis ? Et en attendant, ils me disent que j'ai montré ma bite à un joli petit flic dans les chiottes du Rising Sun, en exécutant de la main droite des mouvements de nature masturbatoire. Et quand ils ne me disent pas *ça,* ils me racontent qu'ils vont m'arracher les ongles les uns après les autres et qu'ils vont me coller dix ans à Sing Sing pour avoir fomenté des complots anarchistes sur des îles grecques avec mes sales petits copains extrémistes, Willy et Pauly par exemple. Je te dis que ça y *est,* pouffiasse ! C'est le jour J et la première ligne, c'est nous. »

Ils l'avaient frappé sur l'oreille avec une telle violence qu'il ne s'entendait plus parler, raconta Al ; il avait les couilles comme des œufs d'autruche et vise un peu les bleus qu'il avait sur le bras. Ils l'avaient gardé vingt-quatre heures en tôle et interrogé durant six heures. Ils lui avaient bien proposé de téléphoner, mais sans lui filer de pièce de monnaie, et quand il avait réclamé un annuaire, ils l'avaient perdu et il ne put même pas appeler son agent. Et puis ils avaient inexplicablement abandonné l'accusation d'outrage aux bonnes mœurs pour le laisser partir sous caution.

Participait à la réunion un garçon nommé Matthew, un apprenti comptable au menton proéminent et en quête d'une autre vie ; il avait un appartement. A sa stupéfaction, Charlie l'y accompagna et dormit avec lui. Comme elle ne répétait pas le lendemain, elle avait eu l'intention d'aller voir sa mère, mais en se réveillant, vers midi, dans le lit de Matthew, elle ne s'en sentit pas le courage et téléphona pour annuler la visite. La police ne s'y attendait sûrement pas, car lorsque Charlie arriva devant le café indien ce soir-là, elle tomba sur une fourgonnette garée en bordure de trottoir et sur un sergent montant la garde devant la porte ouverte ; le cuisinier, qui se tenait derrière lui, jeta à la jeune femme de grands sourires empreints d'un embarras tout oriental.

Ça y est, songea-t-elle avec calme. Le grand jour. Ils montrent enfin le bout de leur nez.

Le sergent était du type petits yeux méchants et coupe en brosse, qui hait le monde entier mais particulièrement les Indiens et les jolies filles. Peut-être fut-ce en raison de cette haine qu'il ne comprit pas qui pouvait être Charlie au moment même où la tension dramatique touchait au paroxysme.

« Le café est fermé pour l'instant », lui lança-t-il d'un ton sec. « Circulez. »

Le deuil suscite ses propres réactions. « Quelqu'un est mort ? » s'enquit Charlie d'une voix inquiète.

« Si c'est le cas, on ne m'en a rien dit. Un cambrioleur présumé a été repéré sur les lieux. Nos officiers enquêtent. Circulez maintenant. »

Peut-être travaillait-il depuis trop longtemps et avait-il l'esprit embrumé. Peut-être n'imaginait-il pas avec quelle rapidité une fille impulsive est capable de réfléchir et de foncer. Quoi qu'il en soit, une fraction de seconde suffit à Charlie pour plonger dans le café et claquer la porte derrière elle, tout en courant. La salle était déserte et tous les appareils éteints. La porte de son appartement était fermée mais des chuchotements masculins lui parvenaient à travers le panneau. En bas, le sergent hurlait et cognait contre la porte. « Revenez tout de suite. Sortez de là », entendit-elle, de façon assourdie. *Clé,* se dit-elle, et elle ouvrit son sac. Au lieu de prendre la clé, elle aperçut le foulard blanc et le mit sur sa tête, métamorphose éclair entre deux scènes. Puis elle pressa le bouton de la sonnette, deux petits coups rapides et assurés. Elle poussa ensuite le battant de sa boîte aux lettres.

« Chas ? Tu es là ? C'est moi, Sandy. »

Les voix se turent, Charlie perçut un bruit de pas puis un « Harry, dépêche-toi ! » murmuré. La porte s'entrouvrit et la jeune femme se retrouva soudain nez à nez avec un petit homme furieux aux cheveux et costume gris. Derrière lui, elle vit toutes les reliques tant chéries de Michel éparpillées sur le sol, son lit retourné, ses affiches décollées, son tapis roulé et le parquet descellé. Elle remarqua un appareil photo fixé sur un trépied et un autre homme qui en dirigeait l'objectif sur quelques lettres de sa mère. Elle vit des ciseaux, des tenailles, et son dragueur à lunettes rondes de cinéma, agenouillé au milieu d'une pile de vêtements neufs, et elle comprit tout de suite qu'elle n'interrompait pas l'enquête mais le cambriolage lui-même.

« Je voudrais voir Charmian, ma sœur, dit-elle. Mais qui êtes-vous donc ? »

« Elle n'est pas là », répondit l'homme aux cheveux gris. Charlie saisit une nuance d'accent gallois dans sa voix, et nota une marque de griffure sur sa mâchoire.

La dévisageant toujours, il aboya soudain. « Sergent Mallis, sergent Mallis, raccompagnez cette dame et prenez ses coordonnées ! »

Puis il lui claqua la porte au visage. D'en bas lui parvenaient toujours les cris du malheureux sergent. Elle descendit doucement les marches, mais s'arrêta au premier palier pour se glisser contre les piles de carton qui la séparaient de la porte de la cour. Elle était fermée, mais pas au verrou. La cour donnait sur une ruelle et la ruelle sur la rue où vivait Miss Dubber. En passant devant sa fenêtre, Charlie cogna au carreau et lui fit un grand bonjour de la main. Elle ne sut jamais comment elle y parvint, comment elle trouva assez de présence d'esprit pour cela. Puis elle continua de marcher, mais ni bruit de pas ni vociférations ne la poursuivirent, aucune voiture ne démarra en trombe derrière elle. Elle arriva dans la grand-rue et enfila un chemin en gant de cuir, comme Joseph lui avait indiqué de faire au moment où elle serait dénichée. Elle aperçut un taxi libre et le héla. Eh bien, voilà, se dit-elle joyeusement, nous y sommes. Ce ne fut que longtemps, longtemps après, dans une vie ultérieure, que l'idée lui vint qu'ils l'avaient peut-être laissé s'échapper sciemment.

Joseph avait décrété que la Fiat de Charlie n'était plus en état de rouler, et elle l'avait admis, bien qu'à contrecœur. Elle procéda donc par étapes, sans rien précipiter. Elle raisonnait pour se calmer. Après le taxi, nous prendrons le bus, se dit-elle, nous marcherons un peu, et puis nous prendrons le métro. Elle se sentait l'esprit aiguisé, mais devait ordonner ses pensées ; sa gaieté l'avait abandonnée ; elle savait qu'elle devait contrôler étroitement chacune de ses réactions avant de faire le moindre geste, car, si elle le ratait, c'était toute la pièce qui serait manquée. Joseph le lui avait assuré et elle le croyait.

Je me suis enfuie. Ils me courent après. Bon sang, Helg, qu'est-ce que je dois faire ?

Tu ne dois appeler à ce numéro qu'en cas d'extrême urgence, Charlie. Si tu nous appelles pour rien, nous serons très fâchés, tu comprends ?

Oui, Helg, j'ai compris.

Charlie alla s'asseoir dans un pub et commanda l'une des vodkas de Michel, se remémorant la suite de recommandations dont l'avait gracieusement abreuvée Helga pendant que Mesterbein restait terré dans sa voiture. Assure-toi que personne ne te suit. Ne te sers pas du téléphone d'un parent ou d'un ami. N'utilise pas non plus la cabine du coin, du haut ou du bas de ta rue, ni celle du trottoir d'en face. *Jamais, tu m'entends ? Tous ces appareils sont extrêmement dangereux. N'oublie jamais que les flics peuvent poser une table d'écoute en quelques minutes. Et ne te sers jamais deux fois du même téléphone. Tu m'entends, Charlie ?*

Oui, Helg, je t'entends parfaitement.

Charlie descendit du taxi et aperçut un homme qui contemplait une vitrine obscure et un autre qui s'éloignait tout doucement du premier pour se diriger vers une automobile pourvue d'une antenne. Elle sentit la terreur la submerger, à tel point qu'elle voulut se coucher par terre, pleurer, tout raconter et supplier le monde de la reprendre. Les personnes qui se trouvaient devant elle semblaient aussi effrayantes que celles qui la suivaient, la bordure fantomatique du trottoir conduisait à un point horrible et indistinct qui était celui de sa propre perte. Helga, supplia-t-elle ; oh ! Helga, tire-moi de là. Elle monta dans un bus qui allait dans la mauvaise direction, attendit un peu, monta dans un autre, puis se remit à marcher ; elle supprima le trajet en métro : la seule idée de descendre sous terre l'effrayait. Alors elle céda à l'envie de prendre un autre taxi, et ne cessa de regarder par la vitre arrière. Personne ne la suivait. La rue était déserte. Assez de marcher, assez d'attraper des métros et des bus.

« Peckham », indiqua-t-elle au chauffeur, et elle s'offrit le luxe de le faire arrêter juste devant les portes.

La salle dont ils se servaient pour les répétitions se situait derrière l'église. Il s'agissait d'une sorte de grange qui jouxtait un terrain de jeux mis en pièces depuis longtemps par les enfants. Pour y arriver, Charlie dut descendre une allée bordée d'ifs. Aucune lumière ne brillait, mais elle sonna à cause de Lofty, le vieux boxeur à la retraite. Lofty faisait office de gardien de nuit, mais depuis les restrictions budgétaires il ne venait plus que trois nuits par semaine tout au plus et, au grand soulagement de la jeune femme, son coup de sonnette ne suscita aucun bruit de pas. Elle déverrouilla la porte et pénétra dans le bâtiment. L'air froid et monastique lui rappela l'église de Cornouailles où elle était entrée après avoir déposé sa gerbe au révolutionnaire inconnu.

Elle referma la porte derrière elle et craqua une allumette. La flamme vacilla contre le vert miroitant du carrelage et la haute voûte en pin de la charpente victorienne. « Loftiii », appela-t-elle joyeusement pour se donner du courage. L'allumette s'éteignit, mais Charlie parvint à trouver la chaîne de la porte et la glissa dans son logement. Sa voix, le bruit de ses pas et le cliquetis de la chaîne résonnèrent pendant un temps interminable dans l'obscurité d'encre.

Elle s'imagina des chauves-souris et autres objets de répulsion ; des algues s'accrochant à son visage. Un escalier muni d'une rampe métallique menait à un balcon qu'on avait par dérision baptisé la « salle commune », et qui, depuis la visite clandestine de Charlie au duplex de Munich, lui faisait penser à Michel. S'agrippant à la rampe, elle gravit les marches, puis, arrivée en haut, se tint immobile à fouiller du regard les ténèbres de la salle pour s'accoutumer au noir. Elle finit par discerner la scène, puis les nuages orageux et psychédéliques de sa toile de fond, et enfin les encorbellements et le plafond. Elle remarqua l'éclat argenté de leur unique projecteur, un phare transformé par les soins d'un gosse originaire des Bahamas qui l'avait piqué dans un cimetière de voitures. Sur le balcon trônait un vieux divan, et, à côté, une table au revêtement de plastique clair accrochait les lueurs de la ville qui entraient par la fenêtre. Sur la table se trouvaient le téléphone noir réservé au personnel, ainsi qu'un cahier où chacun était censé indiquer ses appels personnels et qui déclenchait six bonnes crises tous les mois.

Charlie s'assit sur le divan, puis attendit que son estomac se dénoue et que son pouls descende au-dessous des trois cents pulsations minute. Ensuite, elle posa le téléphone sous la table. Le tiroir de cette même table contenait habituellement deux bougies gardées là en cas de panne de l'installation électrique, ce qui arrivait fréquemment, mais quelqu'un les avait subtilisées. Charlie confectionna donc une torche en tordant une page d'un vieux journal paroissial qu'elle déposa dans une tasse à thé sale avant de l'enflammer. Avec la table au-dessus et la balustrade sur le côté, la flamme était bien dissimulée, mais Charlie préféra tout de même l'éteindre, son numéro à peine composé sur le cadran. Le numéro comprenait quinze chiffres, et, la première fois, le combiné se contenta de lui mugir à l'oreille. La seconde, la jeune femme se trompa et fut accueillie par un Italien furieux et vociférant. La troisième, son doigt glissa. Mais, la quatrième, elle obtint un silence pensif suivi de la sonnerie lointaine d'un poste continental. Puis, après un long moment retentit enfin la voix stridente de Helga s'exprimant en allemand.

« C'est Jeanne, annonça Charlie. Tu te souviens de moi ? »

Nouveau silence pensif.

« Où es-tu, Jeanne ? »

« Mêle-toi de ce qui te regarde. »

« Tu as des problèmes, Jeanne ? »

« Pas vraiment. Je voulais simplement te remercier d'avoir envoyé les cognes chez moi. »

Puis elle sentit avec jouissance sa bonne vieille colère reprendre le dessus, et elle la laissa faire avec un abandon auquel elle n'était plus parvenue depuis ce jour qu'elle devait rayer de sa mémoire, ce jour où Joseph l'avait emmenée voir son petit Arabe chéri avant de le mettre en pièces pour servir d'appât.

Helga l'écouta jusqu'au bout sans l'interrompre. « Où es-tu ? » s'enquit-elle quand Charlie sembla avoir terminé. Elle parlait de mauvaise grâce, comme si elle enfreignait des règles qu'elle s'était fixées.

« Aucune importance », répliqua Charlie.

« Peut-on te joindre quelque part ? Dis-moi où tu seras durant les prochaines quarante-huit heures. »

« Non. »

« Peux-tu me retéléphoner dans une heure ? »

« Impossible. »

Un long silence. « Où sont les lettres ? »

« En sûreté. »

Un nouveau silence. « Prends un papier et un crayon. »

« Inutile. »

« Prends-les quand même. Tu n'es pas en état de retenir les choses convenablement. Tu es prête ? »

Ni une adresse, ni un numéro de téléphone. Mais des indications de rues, une heure et le trajet à suivre pour y arriver. « Fais exactement ce que je te dis. Si tu ne le peux pas, si tu as des problèmes, appelle au numéro qui figure sur la carte d'Anton et dis que tu veux joindre Petra. Apporte les lettres. Tu as compris ? Petra, et n'oublie pas les lettres. Si tu ne les apportes pas, nous serons extrêmement fâchés contre toi. »

Charlie raccrocha puis perçut le son d'un applaudissement discret venant de la salle, en bas. Elle s'approcha de la balustrade et regarda par-dessus. Une joie incommensurable la submergea lorsqu'elle vit Joseph, assis tout seul en plein milieu du premier rang. Elle fit volte-face et se précipita vers les escaliers. Quand elle atteignit la dernière marche, il l'attendait déjà en bas, les bras tendus. Il craignait qu'elle ne trébuche dans l'obscurité. Il l'embrassa, et l'embrassa encore ; puis il lui fit remonter l'escalier, portant un panier d'une main, et de l'autre la serrant contre lui sans jamais la lâcher, même sur les degrés les plus étroits.

Il avait apporté du saumon fumé et une bouteille de vin. Il les avait posés sur la table sans les déballer. Il savait que les assiettes se trouvaient sous l'évier et qu'il fallait brancher le petit radiateur électrique à la prise libre de la cuisinière. Joseph avait également apporté un thermos de café et deux couvertures plutôt râpées dénichées dans l'antre de Lofty. Il plaça le thermos près des assiettes, puis descendit vérifier que les grandes portes victoriennes étaient bien fermées, tirant le verrou de l'intérieur. Et Charlie sut, malgré le manque de clarté — le dos de Joseph et la secrète assurance de ses mouvements l'indiquaient à la jeune femme —, qu'il exécutait des gestes qui n'étaient pas prévus au programme, qu'il fermait les portes à tous les univers pour préserver le leur. Il s'assit près d'elle, sur le divan, et l'enveloppa d'une couverture : il fallait vraiment commencer à se préoccuper du froid qui sévissait dans la salle ; et du tremblement qui agitait Charlie. Le coup de fil à Helga l'avait terrorisée, de même le regard meurtrier du policier dans son appartement, de même l'accumulation des jours d'attente à ne savoir que la moitié des choses, ce qui était bien, bien pire que de ne rien savoir du tout.

La seule lumière émanait du petit chauffage électrique et elle projetait sur les traits de Joseph une lueur verticale évoquant les feux de la rampe qu'on utilisait autrefois dans les théâtres. Charlie se rappela ce qu'il lui avait dit en Grèce : que les projecteurs qui éclairaient les ruines constituaient un acte de vandalisme moderne, car les temples avaient été construits pour être vus sous le soleil, pas au-dessus. Il avait passé son bras autour de ses épaules, sous la couverture, et Charlie se rendit compte à quel point elle paraissait menue contre lui.

« J'ai maigri », lui dit-elle, comme pour l'avertir.

Il ne répondit pas, mais la serra plus étroitement afin de mieux contrôler le tremblement de la jeune femme, de l'absorber et le faire sien. Charlie prit conscience qu'elle n'avait jamais douté, malgré ses fuites et ses masques, qu'il fût par essence un homme bon, éprouvant une sympathie instinctive pour les gens en général ; qu'il fût, dans la guerre comme dans la paix, un homme tourmenté qui haïssait causer le mal. Elle posa la main sur son visage et fut heureuse de constater qu'il ne s'était pas rasé, parce que cette nuit, elle ne voulait pas penser qu'il avait tout calculé, même si c'était loin d'être leur première nuit, loin d'être leur cinquantième — ils étaient déjà de vieux habitués de la passion, ayant derrière eux la moitié des hôtels d'Angleterre, ayant vécu la Grèce, Salzbourg et Dieu seul savait combien d'autres vies encore ; parce qu'il lui apparaissait soudain très clairement que toute cette fiction partagée n'avait servi qu'à annoncer cette nuit de faits bien réels.

Ayant écarté sa main, il attira la jeune femme à lui ; il lui embrassa les lèvres, elle ne répondant qu'avec chasteté, attendant qu'il enflamme les passions dont ils avaient si souvent parlé. Elle adora ses mains, ses poignets. Jamais mains ne s'étaient montrées plus sensibles. Il lui caressait le visage, le cou, la poitrine, et elle se retenait de lui rendre ses baisers pour goûter pleinement la saveur de l'instant ; il m'embrasse maintenant, il me caresse, il me déshabille, il s'allonge contre moi, nous sommes nus, nous sommes sur la plage, sur le sable rugueux de Mykonos, nous sommes des temples violés par un soleil brillant au-dessous de nous. Il rit, et s'écartant d'elle, déplaça le radiateur. Et jamais de toutes ses nuits d'amour elle n'avait rien vu de plus beau que ce corps penché sur la lueur rougeoyante, le feu plus vif encore là où la peau s'embrasait. Puis il revint près d'elle, s'agenouilla à son côté et recommença tout depuis le début, craignant qu'elle n'ait oublié où il l'avait laissée. Il l'embrassait, la touchait de toute part avec une légère possessivité qui gagnait peu à peu en assurance, mais il revenait toujours à son visage car ils éprouvaient sans cesse le besoin de se voir, de se savourer, de s'assurer qu'ils étaient bien ceux qu'ils disaient être. Et il fut le meilleur, bien avant qu'il la pénétrât, l'amant unique et incomparable, celui qu'elle n'avait jamais eu, l'étoile lointaine qu'elle avait poursuivie à travers tout ce pays pourri. Eût-elle été aveugle, elle l'aurait reconnu au toucher ; eût-elle été mourante, elle l'aurait reconnu à son sourire triste et victorieux qui vainquait la terreur et le doute par sa seule présence ; au pouvoir instinctif qu'il avait de la connaître, et d'accroître son savoir à elle.

Charlie s'éveilla et le trouva penché au-dessus d'elle, attendant qu'elle reprenne ses esprits. Il avait tout rangé.

« C'est un garçon », lui dit-il en souriant.

« Ce sont des jumeaux », répliqua-t-elle, attirant la tête de Joseph à elle pour la presser contre son épaule. Il voulut parler, mais elle l'interrompit d'une voix sévère : « Je ne veux pas t'entendre proférer un son. Pas de prétextes, pas d'excuses, pas de mensonges. Si tout cela fait partie de la mission, alors ne le dis pas. Quelle heure est-il ? »

« Minuit. »

« Alors recouche-toi. »

« Marty veut te parler », lâcha-t-il.

Mais quelque chose dans sa voix et son attitude indiquait à Charlie que c'était lui et non Marty qui en avait décidé ainsi.

Joseph vivait ici.

Elle le sut à peine entrée : une petite chambre rectangulaire et studieuse qui donnait sur la rue, quelque part dans Bloomsbury ; des rideaux de dentelle et de la place pour une seule personne. Sur un mur, des plans de Londres ; contre un autre, un buffet où trônaient deux téléphones. Un lit d'une personne, non débordé, occupait le troisième mur ; collé au quatrième, un bureau de bois blanc sur lequel était posée une vieille lampe. Une cafetière bouillonnait près des téléphones et un feu brûlait dans l'âtre. Marty ne se leva pas en la voyant entrer, mais il se tourna vers elle et la gratifia du sourire le plus beau et le plus chaleureux qu'elle eût jamais reçu de lui, ou peut-être était-ce tout simplement Charlie qui voyait soudain la vie en rose. Il lui tendit les bras et elle se pencha pour recevoir sa longue étreinte paternelle ; ma fille, rentrée de ses voyages. Elle s'assit en face de lui et Joseph s'accroupit sur le sol, à l'Arabe, comme il l'avait fait sur la colline pour lui raconter l'histoire du revolver.

« Vous voulez vous réécouter ? » proposa Kurtz en lui montrant le magnétophone placé à côté de lui. Charlie fit non de la tête. « Charlie, vous avez été fantastique. Vous ne méritez pas la troisième place, ni la seconde, mais la première de tous les temps. »

« Il te flatte », avertit Joseph, et il ne plaisantait pas.

Une petite dame en brun entra sans frapper et il fallut déterminer qui prenait du sucre ou pas.

« Charlie, vous êtes libre de vous retirer », reprit Kurtz quand la dame fut sortie. « Joseph a absolument insisté pour que je vous le rappelle ici tout à fait clairement. Arrêtez maintenant et vous vous retirerez avec tous les honneurs. D'accord, Joseph ? Beaucoup d'argent, beaucoup d'honneur. Tout ce que nous vous avons promis et plus encore. »

« Je le lui ai déjà dit », glissa Joseph.

La jeune femme vit le sourire de Kurtz s'élargir pour dissimuler son irritation. « Mais je n'en doute pas, Joseph, seulement maintenant, je le lui dis aussi. N'est-ce pas ce que tu veux me voir faire ? Charlie, grâce à vous, nous avons pu mettre la main sur un nid de vipères que nous cherchions depuis longtemps. Vous avez levé plus de noms, de lieux et de liens que vous ne le saurez jamais, et d'autres vont encore tomber. Avec ou sans vous. Vous vous en sortez sans trop de dommages, et, quant à ceux que nous n'avons pu vous éviter, donnez-nous quelques mois et il n'y paraîtra plus. Une petite quarantaine quelque part, pour que les choses se tassent, vous prenez un ami avec vous... Si c'est ce que vous voulez, vous en avez parfaitement le droit. »

« C'est vrai, Charlie, confirma Joseph. Ne te contente pas de dire comme ça que tu continues. Réfléchis bien avant. »

Elle remarqua une fois encore la nuance d'irritation dans la voix de Kurtz lorsque celui-ci s'adressa à son subordonné : « Bien sûr que c'est vrai, et si ça ne l'était pas, alors c'était sûrement la chose au monde qui se rapprochait le plus de la vérité », déclara-t-il, s'efforçant de terminer sur une plaisanterie.

« Bon, où en sommes-nous ? demanda Charlie. Que faisons-nous ? »

Joseph allait parler, mais Marty le devança avec la grossièreté d'un chauffard. « Charlie, dans toute cette affaire, il y a comme une ligne. Jusqu'à présent, vous êtes restée au-dessus de cette ligne, mais vous êtes malgré tout parvenue à nous montrer ce qui se passait un peu plus bas. Mais à partir de maintenant..., eh bien, cela pourrait devenir assez différent. C'est du moins ce que nous croyons. Nous pouvons nous tromper, mais c'est ainsi que nous voyons la situation. »

« Il veut dire en fait que jusqu'à présent, tu as toujours été en terrain ami. Nous pouvions rester tout près de toi, te venir en aide si besoin était. A partir de maintenant, il ne faudra plus y compter. Tu seras l'une des leurs. Tu partageras leur vie. Leur mentalité. Leur éthique. Tu pourrais rester des semaines, voire des mois sans avoir le moindre contact avec nous. »

« Peut-être pas sans contact, mais hors d'atteinte sûrement », concéda Marty ; il souriait, mais pas en direction de Joseph. « Cependant, nous ne serons jamais très loin, vous pouvez compter sur nous. »

« Quelle sera la fin de tout ça ? » interrogea Charlie.

Marty parut un instant troublé. « Qu'entendez-vous par fin, mon enfant... La fin qui justifie ces moyens ? Je ne suis pas sûr de bien comprendre. »

« Que suis-je censée chercher ? Quand serez-vous satisfaits ? »

« Mais, Charlie, nous sommes déjà plus que satisfaits », assura Marty aimablement, et Charlie sut qu'il tergiversait.

« La fin est en fait un homme », coupa Joseph, et elle vit le visage de Marty se tourner brusquement vers son compagnon, lui cachant ainsi son expression. Mais celle de Joseph était toujours visible, et elle trahissait une volonté pleine de défi que Charlie ne lui connaissait pas.

« Oui, Charlie, la fin est un homme », accorda enfin Marty en reportant son regard sur la jeune femme. « Si vous devez continuer, cela fait partie des choses que vous devrez savoir. »

« Khalil », prononça-t-elle.

« Khalil, c'est cela, confirma Marty. Khalil est à la tête de tout leur réseau européen. Il est l'homme à abattre. »

« Il est dangereux, fit remarquer Joseph. Il est aussi fort que Michel était faible. »

Peut-être pour déjouer sa manœuvre, Marty renchérit. « Khalil n'accorde sa confiance à personne, il n'a même pas d'amie régulière. Il ne dort jamais deux nuits de suite dans le même lit. Il s'isole complètement. Il a réussi à réduire ses besoins élémentaires au point de devenir presque totalement indépendant. Il est extrêmement fort », conclut Kurtz avec un sourire des plus indulgents en direction de Charlie. Puis il alluma un autre cigare, et la jeune femme comprit au tremblement qui agitait l'allumette à quel point il était en colère.

Pourquoi n'hésita-t-elle pas un instant ?

Un calme extraordinaire l'avait envahie, une lucidité et une acuité qu'elle n'avait jamais connues jusqu'alors. Joseph ne lui avait pas fait l'amour pour la décider à partir, mais pour la retenir. Il endurait à sa place toutes les craintes et les hésitations qu'elle aurait dû ressentir. Elle savait cependant que dans le microcosme secret qu'ils avaient conçu pour elle, abandonner maintenant reviendrait à se retirer pour toujours ; qu'un amour qui n'avançait pas ne se régénérait jamais et ne pouvait que sombrer dans le gouffre de médiocrité où croupissaient déjà toutes ses aventures précédentes depuis que Joseph était entré dans sa vie. Il voulait qu'elle s'arrête, mais cela ne constituait pas un obstacle ; au contraire, cela fortifiait encore la résolution de la jeune femme. Ils étaient associés. Ils étaient amants. Ils étaient unis dans un destin commun, une progression commune.

Elle demandait à Kurtz comment elle reconnaîtrait la proie. Ressemblait-il à Michel ? Marty secouait la tête en riant. « Hélas ! mon enfant, il n'a jamais voulu poser pour nos photographes ! »

Ensuite, tandis que Joseph concentrait consciencieusement toute son attention sur la fenêtre maculée de suie, Kurtz se leva prestement et alla fouiller dans le vieux porte-documents qui se trouvait derrière son fauteuil pour en extirper une sorte de grosse recharge de stylo à bille gondolée à un bout, et d'où jaillissaient deux fils électriques rouges, telles des antennes de homard.

« Voilà, mon enfant, c'est ce que nous appelons un détonateur », expliqua-t-il tout en tapotant la recharge d'un gros doigt précautionneux. « Au début, ici, il y a un bouchon de liège dans lequel sont fichés les fils électriques que vous voyez là. Il n'a besoin que de très peu de fil. Ce qui lui reste, il le range comme ça. » Il sortit de la serviette une paire de ciseaux spéciaux et coupa chaque tige l'une après l'autre pour ne laisser qu'une cinquantaine de centimètres de fil fixé au dispositif. Puis, d'un geste habile et entraîné, il roula le fil superflu en un bel écheveau, le resserrant en son milieu par une boucle. Il tendit ensuite son œuvre à Charlie. « Cette petite poupée représente ce que nous appelons sa signature. Tôt ou tard, chacun finit par avoir une signature. Voici la sienne. »

Charlie lui laissa reprendre l'écheveau.

Joseph lui donna une adresse où aller. La petite dame en brun la raccompagna à la porte. La jeune femme sortit dans la rue et trouva un taxi qui l'attendait. Le jour se levait à peine et les moineaux commençaient à chanter.

20

Elle était partie plus tôt que le lui avait indiqué Helga, à la fois parce qu'elle se méfiait toujours et parce qu'elle avait décidé d'adopter un scepticisme sans finesse concernant la fiabilité du plan. Et si elle ne marche pas ? avait-elle objecté — on est en Angleterre ici, Helg, loin de la super-efficacité allemande —, et si la cabine est occupée quand tu appelles ? Mais Helga s'était refusée à écouter ces arguments : fais exactement ce qu'on te demande, je me charge du reste. Charlie partit donc comme prévu, de Gloucester Road, et alla s'asseoir en haut du bus à impériale ; mais, au lieu de prendre le bus de sept heures trente, elle monta dans celui de sept heures vingt. A la station de Tottenham Court Road, elle eut de la chance : le métro arriva au moment même où elle atteignait le quai. Mais à Embankment, elle dut faire tapisserie un bon moment avant d'obtenir sa correspondance. C'était un dimanche matin et, mis à part quelques insomniaques et fidèles se rendant à l'église, elle paraissait la seule personne éveillée dans tout Londres. Lorsque la jeune femme parvint à la City, celle-ci était totalement déserte, et à peine Charlie se fut-elle engagée dans la rue indiquée qu'elle aperçut, à une centaine de mètres d'elle, la cabine téléphonique annoncée par Helga, clignotant dans sa direction comme un phare. Elle était vide.

« Tu vas d'abord jusqu'au bout de la rue, et puis tu fais demi-tour, et tu reviens vers la cabine », lui avait dit Helga, aussi Charlie obéit-elle consciencieusement, s'assurant au passage que le téléphone avait l'air en état de marche ; mais elle avait déjà décidé que cet endroit était bien trop clairement destiné à recevoir des coups de fil de terroristes internationaux. Arrivée au fond de la rue elle pivota sur ses talons et repartit vers la cabine ; c'est alors qu'à sa grande inquiétude, un homme y pénétra et referma la porte derrière lui. Charlie jeta un coup d'œil sur sa montre et s'aperçut qu'il lui restait encore douze minutes à attendre, ce qui la rasséréna un peu. Elle alla se planter à quelques mètres de la cabine. L'homme portait un feutre à bord rabattu rappelant un chapeau de pêcheur, et un manteau d'aviateur en cuir orné d'un col de fourrure, un peu excessif pour l'atmosphère poisseuse qui régnait ce matin-là. Il lui tournait le dos et déversait un flot d'italien dans le combiné. C'est ce qui explique le col de fourrure, se dit Charlie ; son sang latin ne s'habitue pas à nos climats. La jeune femme, elle, portait toujours les vêtements qu'elle avait sur le dos lorsqu'elle avait quitté avec Matthew la petite réunion d'Al : un vieux jean et sa veste tibétaine. Ses cheveux étaient peignés mais pas brossés ; elle se sentait habitée, possédée, et souhaitait que cela se vît.

Plus que sept minutes, et l'homme s'était lancé dans un de ces monologues italiens passionnés dont on ne sait jamais s'ils ont pour objet un amour malheureux ou les cours de la bourse milanaise. Sentant la nervosité la gagner, la jeune femme se passa la langue sur les lèvres et examina les deux côtés de la rue, mais pas une âme ne bougeait — pas de conduite intérieure noire et inquiétante, ni d'ombres dans les encoignures ; pas de Mercedes bordeaux non plus. Le seul véhicule en vue était une fourgonnette Citroën aux ailes de tôle ondulée garée juste en face d'elle et dont la portière était encore ouverte. Quoi qu'il en soit, Charlie commençait à se sentir très exposée. Huit heures sonnèrent, célébrées par un nombre incroyable de carillons séculiers et religieux. Helga lui avait dit huit heures cinq. L'inconnu s'était tu, mais elle perçut un tintement de monnaie lorsqu'il fouilla dans ses poches en quête de nouvelles pièces ; puis elle entendit des coups frappés à la vitre pour attirer son attention. Elle se retourna et le vit qui lui montrait une pièce de cinquante pence d'un air suppliant.

« Pouvez-vous d'abord me céder la place ? demanda-t-elle. Je suis très pressée. »

Mais il ne semblait pas comprendre l'anglais.

Eh ! puis merde, songea-t-elle ; Helga n'aura qu'à rappeler. Je l'avais prévenue. Elle tira sur la courroie de son sac afin de mieux voir ce qu'il contenait et de réunir pour cinquante pence de pièces de dix et de cinq. Bon sang, qu'est-ce que mes mains transpirent. Elle lui tendit son poing fermé, les doigts trop humides vers le bas, prêts à lâcher leur cargaison dans la paume reconnaissante de l'Italien, quand elle vit qu'il pointait sur elle un petit pistolet dissimulé sous les plis de son manteau. Le canon visait le point situé à la jonction de l'estomac et de la cage thoracique, le piège était parfaitement bien conçu. Il ne s'agissait pas d'un gros revolver, quoiqu'elle se rendît compte qu'une arme à feu paraît toujours plus grosse quand elle est dirigée sur vous. La taille de celui de Michel à peu près. Mais, comme le lui avait justement fait observer Michel, un automatique constitue toujours un compromis entre la discrétion, la maniabilité et l'efficacité. L'homme tenait encore le combiné de l'autre main, et elle supposa qu'il y avait vraiment quelqu'un à l'autre bout de la ligne car, même s'il s'adressait à Charlie, il gardait la bouche collée au micro.

« Tu vas marcher à côté de moi jusqu'à la voiture, Charlie », lui expliqua-t-il en bon anglais. « Tu vas te mettre à ma droite, tu vas marcher en restant à ma droite et légèrement devant moi, en plaçant tes mains derrière ton dos pour que je puisse les voir. Tu les croises dans ton dos, c'est compris ? Si tu essayes de te sauver, de faire un signe à quelqu'un ou d'appeler, je tirerai : une balle dans le flanc gauche — ici — qui te tuera. Si la police arrive, si quelqu'un tire, si j'ai des doutes, ce sera pareil. Je tirerai. »

Il lui indiqua de nouveau le point d'impact éventuel, mais sur son propre corps cette fois-ci, pour qu'elle comprenne bien. Il prononça quelques mots en italien dans le combiné et raccrocha. Il sortit de la cabine et, au moment où son visage toucha presque celui de Charlie, il la gratifia d'un grand sourire confiant. C'était un véritable visage italien, aucun trait ne semblant jamais rester statique. La voix aussi était pleinement italienne, riche et musicale. Charlie l'imaginait très bien résonnant sur de vieilles places, chantant la sérénade sous le balcon des dames.

« Allons-y », commanda-t-il. Il avait gardé une main dans la poche de son manteau. « Pas trop vite, compris ? Sagement et gentiment. »

Juste avant, elle avait éprouvé une terrible envie de faire pipi, mais avec la marche, celle-ci l'avait quittée pour céder la place à un torticolis ainsi qu'à un bourdonnement dans l'oreille droite évoquant un moustique virevoltant dans la nuit.

« En t'asseyant sur le siège du passager, pose tes mains sur la boîte à gants, devant toi », lui conseilla-t-il en avançant derrière elle. « La fille à l'arrière est armée elle aussi, et elle a la gâchette *très* facile. Beaucoup plus que moi. »

Charlie ouvrit la portière indiquée, s'assit, et posa le bout des doigts sur le tableau de bord, comme une jeune fille qui sait se tenir à table.

« Allez, Charlie, détends-toi, fit joyeusement la voix de Helga derrière elle. Baisse donc tes épaules, on dirait une vieille ! » Charlie ne bougea pas d'un pouce. « Un petit sourire maintenant. Hourra. Continue de sourire. Tout le monde est content aujourd'hui. On tirera sur tous ceux qui ne le sont pas. »

« Tu peux commencer par moi », l'invita Charlie.

L'Italien s'installa derrière le volant et mit la radio qui retransmettait la voix du Seigneur.

« Ferme ça », ordonna Helga. Les genoux levés, elle appuyait son dos aux portières arrière, et tenait l'arme à deux mains ; elle n'avait absolument pas l'air de quelqu'un qui rate un bidon d'huile à quinze pas. Avec un haussement d'épaules, l'Italien éteignit la radio et, dans le silence retrouvé, s'adressa de nouveau à Charlie.

« Très bien, maintenant mets ta ceinture, puis croise les mains et pose-les sur tes genoux », lui dit-il. « Attends, je vais le faire. » Il s'empara du sac de la jeune femme et le tendit à Helga, puis il attrapa la ceinture de sécurité et la boucla en effleurant au passage la poitrine de Charlie. Très « années trente ». Beau comme une star de cinéma. Un Garibaldi loupé portant foulard rouge autour du cou et prêt à jouer les héros. Avec un calme extrême, en prenant tout le temps qu'il faut pour tuer, il extirpa de sa poche une paire de grandes lunettes de soleil et les lui glissa sur le nez. Charlie crut tout d'abord que la terreur l'avait rendue aveugle car elle ne voyait plus rien. Puis elle comprit que c'était là l'effet recherché.

« Si tu les enlèves, elle te tirera une balle dans la nuque, n'en doute pas », l'avertit l'Italien en mettant le contact.

« Oh ! elle n'y manquera pas », fit gaiement cette bonne vieille Helga.

Ils démarrèrent, cahotant d'abord sur des pavés puis gagnant des eaux plus calmes. Charlie guetta le son d'une autre voiture mais ne parvint pas à distinguer autre chose que les vrombissements et cliquètements de leur propre moteur. Elle s'efforça de déterminer la direction qu'ils prenaient, mais elle était déjà perdue. Et puis brusquement, ils s'arrêtèrent. Charlie n'avait senti aucun ralentissement, aucune manœuvre indiquant que l'on garait l'automobile. Elle avait dénombré trois cents pulsations à son pouls et deux arrêts rapides, sans doute des feux rouges. Elle avait enregistré de petits détails comme le tapis de caoutchouc tout neuf sous ses pieds et le diable rouge portant une fourche à la main qui se balançait au porte-clefs. L'Italien l'aidait à descendre de la voiture ; on lui fourra une canne dans la main, une canne blanche, supposa-t-elle. Grâce aux soins diligents de ses amis, elle parvint à franchir les six pas et à gravir les quatre marches qui la séparaient d'une porte d'entrée. L'ascenseur produisait exactement le même gazouillis que le sifflet à eau dans lequel elle avait soufflé pour l'orchestre de l'école, dans la symphonie des Jouets où elle se chargeait des chants d'oiseaux. *Ce sont de vrais professionnels*, lui avait certifié Joseph. *Tu ne seras plus en apprentissage. Ce sera comme si tu sortais de tes cours d'art dramatique pour te produire aussitôt dans le West End.* Elle dut s'asseoir sur une sorte de selle en cuir sans dossier. Ils lui avaient redemandé de croiser les mains et de les poser sur ses genoux. On ne lui avait pas rendu son sac et elle entendit qu'on en renversait le contenu sur une table de verre qui tinta quand les clés et la monnaie la heurtèrent. Un bruit plus sourd retentit lorsque les lettres de Michel, que Charlie avait récupérées le matin même sur l'ordre de Helga, tombèrent sur le plateau. Un parfum d'eau de Cologne flottait dans l'air, plus douceâtre que celle de Michel, plus lourde aussi. Par terre, la moquette était épaisse et rousse, comme les orchidées de Michel ; la jeune femme devina que des rideaux épais devaient être soigneusement tirés car ses lunettes noires ne lui laissaient entrevoir qu'une lumière électrique jaune, pas un seul rai de jour. Ils se trouvaient dans la pièce depuis plusieurs minutes sans qu'un seul mot eût été prononcé.

« Je veux voir le camarade Mesterbein, déclara soudain Charlie. J'exige la protection de la loi. »

Helga éclata d'un rire ravi. « Oh, Charlie ! C'est trop dingue. Elle est merveilleuse. Tu ne crois pas ? » Ceci s'adressant sans doute à l'Italien car la jeune femme ne percevait aucune autre présence dans la pièce. Mais la question ne reçut pas de réponse et Helga ne semblait en attendre aucune. Charlie fit un nouvel essai.

« C'est fou ce que les revolvers te vont bien, Helg, je te reconnais ça. A partir de maintenant, je ne pourrai plus t'imaginer vêtue de quoi que ce soit d'autre. »

Cette fois-ci, Charlie distingua nettement la note d'orgueil un peu nerveux dans le rire de Helga ; l'Allemande présentait visiblement Charlie à quelqu'un — quelqu'un qu'elle respectait infiniment plus qu'elle ne respectait l'Italien. Charlie entendit un bruit de pas puis aperçut, tout au bas de son champ de vision, et se détachant sur la moquette rouille, le bout noir et luisant d'un soulier masculin extrêmement coûteux. Elle écouta le bruit d'une respiration et celui d'un clappement de langue contre les dents supérieures. Le pied disparut et la jeune femme sentit un léger courant d'air au moment où le corps parfumé passa très près d'elle. Elle eut un mouvement de recul instinctif, mais Helga lui commanda de rester tranquille. Charlie entendit une allumette craquer puis respira l'odeur des cigares que fumait son père à Noël. Helga lui répétait de se tenir tranquille — « ne bouge pas ou tu seras punie, sans la moindre hésitation ». Mais les menaces de Helga troublaient à peine la réflexion de Charlie qui s'efforçait par tous les moyens de se représenter le visiteur invisible. Elle s'imaginait telle une sorte de chauve-souris envoyant des signaux et guettant la façon dont ils lui revenaient. Elle se souvint des jeux auxquels elle jouait, enfant, pour Halloween, quand il fallait, les yeux bandés, respirer ceci, toucher cela, deviner qui embrassait les lèvres de vos treize ans.

L'obscurité lui donnait le vertige. Je vais tomber. Heureusement que je suis déjà assise. Il se trouvait près de la table de verre et inspectait le contenu du sac, de la même façon que Helga l'avait fait en Cornouailles. Charlie perçut quelques accords de musique au moment où il tripota le petit réveil-radio, puis un claquement lorsqu'il le posa de côté. *Pas de subterfuge cette fois-ci,* avait décrété Joseph. *Tu reprends ton poste à toi, pas une imitation.* Elle l'entendit ensuite feuilleter l'agenda tout en tirant sur son cigare. Il va me demander ce que signifie « hors service », songea-t-elle. Voir M..., rencontrer M..., aimer M..., ATHÈNES !... Il ne lui demanda rien du tout. Elle entendit un grognement de satisfaction quand il s'assit sur le divan ; elle perçut le crissement de son pantalon contre le chintz tendu. Un homme assez lourd qui se sert de lotions coûteuses, porte des souliers faits main et fume des havanes, s'assoit avec un plaisir évident sur un divan de bordel. Le noir devenait hypnotique. Charlie tenait toujours ses mains croisées sur ses genoux, mais elles ne semblaient plus lui appartenir. Elle distingua le petit claquement d'un élastique. Les lettres. Nous serons très fâchés contre toi si tu n'apportes pas les lettres. Cindy, tu viens de me rembourser toutes tes leçons de musique. Si seulement tu savais où j'allais quand je suis passée chez toi. Si seulement je l'avais su.

Le noir commençait à la rendre folle. S'ils me séquestrent je ne le supporterai pas — je suis complètement claustrophobe. Elle se récitait T. S. Eliot, un poème qu'elle avait appris au lycée juste avant qu'on ne la renvoie : des vers où il était question du présent et du passé se réunissant dans l'avenir. De tous les temps apparaissant comme un éternel présent. Elle ne les avait pas compris à l'époque et ne les comprenait pas plus maintenant. Heureusement que je ne me suis pas chargée de Whisper, se dit-elle. Whisper était un vilain bâtard croisé de lévrier et de berger, qui habitait en face de chez Charlie et dont les maîtres partaient à l'étranger. Elle se représenta Whisper couché près d'elle, des lunettes noires sur le museau.

« Dites-nous la vérité et nous vous épargnerons », prononça une voix d'homme assez douce.

C'était Michel ! Presque. Michel, presque vivant ! C'était l'accent de Michel, le rythme si beau de Michel, l'intonation riche et profonde de Michel, sa voix partant du fond de la gorge.

« Vous nous répétez tout ce que vous leur avez dit, vous avouez ce que vous avez déjà fait pour eux et combien ils vous ont payée. C'est normal, nous comprenons. Nous vous laisserons partir. »

« Ne bouge pas la tête », aboya Helga de derrière Charlie.

« Nous ne pensons pas que vous l'avez trahi délibérément, d'accord ? Vous avez eu peur, vous êtes allée trop loin et alors vous vous êtes mise de leur côté. D'accord, c'est naturel. Nous ne sommes pas inhumains. Nous vous emmenons d'ici, nous vous laissons quelque part en banlieue et vous allez leur raconter tout ce qui s'est passé. Cela nous est égal, du moment que vous êtes loyale. »

Il soupira, comme si la vie lui devenait un vrai fardeau.

« Peut-être vous laissez-vous influencer par un beau policier, c'est ça ? Et vous essayez de lui faire plaisir. Nous comprenons ce genre de choses. Nous sommes engagés, pas psychopathes. Vous saisissez ? »

Helga ne cachait pas son embarras. « Tu comprends, Charlie ? Réponds ou tu seras punie. »

Charlie se fit un point d'honneur de ne pas répondre.

« Quand êtes-vous allée les voir pour la première fois ? Dites-le-moi. Après Nottingham ? York ? Cela n'a pas d'importance. Nous sommes d'accord, vous êtes allée les voir. Vous avez pris peur et vous vous êtes précipitée à la police. "Il y a un Arabe complètement cinglé qui veut faire de moi une terroriste. Tirez-moi de là, je ferai tout ce que vous me demanderez." Cela s'est passé comme ça ? Écoutez, quand vous retournerez les voir cela ne posera pas non plus le moindre problème. Vous leur raconterez combien vous vous êtes montrée héroïque. Nous vous donnerons même quelques informations pour vous rendre service. Nous sommes accommodants, raisonnables. Allons-y maintenant. Vous êtes une gentille fille, mais vous avez perdu pied, c'est tout. Allons-y. »

Elle se sentait en paix. Une profonde lassitude l'avait submergée, provoquée par l'isolement et la nuit. Elle ne craignait rien, elle avait regagné le ventre maternel pour renaître ou mourir en paix, selon ce que la nature déciderait. Elle dormait du sommeil de l'enfance ou de la vieillesse. Son propre silence la ravissait. C'était le silence de la liberté parfaite. Ils attendaient qu'elle parle — elle sentait leur impatience mais n'éprouvait pas la moindre envie de la partager. Elle alla plusieurs fois jusqu'à se demander ce qu'elle pourrait leur dire, mais sa voix se situait à des kilomètres et elle ne voyait pas l'utilité d'aller la chercher. Helga prononça quelques mots en allemand, et quoique Charlie n'en comprît pas le sens, elle en saisit parfaitement la nuance de résignation et de stupéfaction mêlées. La réponse du gros homme trahissait autant de perplexité mais aucune hostilité. Peut-être..., peut-être pas, semblait-il dire. Charlie eut l'impression que l'un et l'autre déclinaient toute responsabilité la concernant tout en se renvoyant verbalement leur encombrant otage : petite querelle bureaucratique. L'Italien voulut s'en mêler, mais Helga lui ordonna aussitôt de se taire. La discussion reprit entre le gros homme et Helga, et Charlie attrapa au passage le mot *Logisch*. Helga se montrait logique. Ou Charlie ne l'était pas. Ou encore le gros homme ferait mieux de l'être.

Puis l'homme déclara « Où avez-vous passé la nuit après votre coup de téléphone à Helga ? »

« Avec un amant. »

« Et la nuit dernière ? »

« Avec un amant. »

« Un autre ? »

« Oui, mais c'étaient des policiers tous les deux. »

Elle se rendit compte que si elle n'avait pas porté de lunettes, Helga l'aurait sûrement giflée. L'Allemande se précipita sur elle et lui hurla des ordres d'une voix vibrante de colère : pas d'impertinences, ne mens pas, réponds tout de suite, pas de sarcasmes. Les questions reprirent et Charlie y répondit d'un ton las, les contraignant à lui tirer chaque mot de la bouche parce qu'en fin de compte, rien de tout cela ne les regardait. Le numéro de la chambre à Nottingham ? L'hôtel à Thessalonique ? S'étaient-ils baignés ? A quelle heure étaient-ils arrivés, avaient-ils dîné, quelles boissons avaient-ils fait monter dans la chambre ? Mais peu à peu, à mesure qu'elle s'écoutait puis qu'elle les écoutait, elle sut que, jusque-là du moins, elle avait gagné — même s'ils lui laissèrent les lunettes devant les yeux pour sortir et ne les lui ôtèrent que quand ils se furent suffisamment éloignés de la maison.

21

Il pleuvait lorsqu'ils atterrirent à Beyrouth, et Charlie sut que la pluie était chaude en sentant une moiteur envahir la carlingue alors qu'ils tournoyaient encore, une touffeur qui réveilla l'irritation causée par la teinture dont Helga l'avait contrainte à enduire ses cheveux. Ils traversèrent des nuages qui semblèrent des rochers chauffés au rouge sous les feux de l'appareil. La couche nuageuse s'interrompit, et soudain l'avion rasait l'eau, fonçant tout droit sur une masse de montagnes. La jeune femme souffrait fréquemment de cauchemars évoquant cette image, mais l'avion rasait alors une rue bondée bordée de grands immeubles. Et rien ne pouvait redresser l'appareil car le pilote, dans son rêve, lui faisait l'amour. Rien ne devait le redresser maintenant non plus. Ils effectuèrent un atterrissage parfait, les portes s'ouvrirent et elle respira, pour la première fois, l'odeur du Moyen-Orient qui l'accueillait comme une enfant du pays. Il était sept heures du soir, mais il aurait tout aussi bien pu être trois heures du matin car Charlie se sentit aussitôt dans un monde qui ne se mettait jamais au lit. La rumeur du hall d'accueil lui rappela celle d'un champ de courses avant le départ ; il y avait suffisamment d'hommes en armes portant des uniformes divers pour qu'ils commencent à se battre entre eux. Étreignant son sac contre sa poitrine, la jeune femme se fraya un chemin vers la queue des contrôles immigration et s'aperçut avec surprise qu'elle souriait. Son passeport est-allemand et son déguisement, qui, cinq heures auparavant, à l'aéroport de Londres, avaient constitué une question de vie ou de mort, perdaient maintenant toute leur importance dans cette atmosphère de bousculade et de danger imminent.

« Prends la file de gauche, et quand tu montreras ton passeport, demande à parler à Mr. Mercedes », lui avait indiqué Helga, dans la Citroën garée sur le parking de l'aéroport de Heathrow.

« Et s'il se met à me parler allemand ? »

La question fut ignorée. « Si tu te perds, prends un taxi jusqu'à l'hôtel Commodore, installe-toi dans le hall et attends. Ceci est un ordre. Mercedes, comme les voitures. »

« Et ensuite ? »

« Charlie, il me semble vraiment que tu es un peu butée et pas très maligne. Ça suffit maintenant, s'il te plaît. »

« Ou alors tu me tireras dessus », suggéra Charlie.

« Miss Palme ! Passeport. Oui, s'il vous plaît ! »

Palme était son nom allemand. A prononcer « Pal-meur », lui avait signalé Helga. C'était pour le moment un petit Arabe portant une barbe d'un jour, des cheveux bouclés et des vêtements râpés mais immaculés qui le prononçait. « S'il vous plaît », répéta-t-il en la tirant par la manche. Son veston était ouvert et il gardait un gros automatique argenté passé dans sa ceinture. Une vingtaine de personnes séparaient la jeune femme de l'officier d'immigration ; jamais Helga ne lui avait annoncé que cela se passerait ainsi.

« Je suis Mr. Danny. Venez, je vous prie, Miss Palme. »

Elle lui donna son passeport et il plongea aussitôt dans la foule, écartant les bras pour qu'elle puisse suivre son sillage. Autant pour Helga. Autant pour Mercedes. Danny disparut puis réapparut bientôt, l'air très fier de lui, tenant d'une main une feuille d'atterrissage blanche et de l'autre un grand homme d'allure officielle en manteau de cuir noir.

« Des amis », expliqua Danny avec un beau sourire patriote. « Tout le monde est ami de la Palestine. »

Charlie en doutait quelque peu, mais la politesse l'empêcha de ternir l'enthousiasme de son interlocuteur. Son grand compagnon l'examina avec gravité, puis étudia le passeport, qu'il tendit ensuite à Danny. Enfin, il regarda la feuille blanche qu'il fourra dans sa poche de poitrine. « *Willkommen* », déclara-t-il avec un petit hochement de tête en biais, mais il s'agissait plutôt d'une invitation à se dépêcher.

Ils atteignaient la sortie quand la bagarre éclata. D'abord tout doucement : une simple réflexion d'un membre du personnel en uniforme à un voyageur visiblement aisé. Et puis soudain les deux hommes hurlaient et leurs mains passaient chacune très près du visage de l'autre. En quelques secondes, deux clans s'étaient formés et, tandis que Danny guidait la jeune femme vers le parking, un groupe de soldats en bérets verts se précipitait vers la scène, libérant en chemin ses mitraillettes.

« Des Syriens », expliqua Danny en lui souriant avec philosophie comme pour dire que chaque pays avait ses Syriens.

Une vieille Peugeot bleue imprégnée d'une odeur de cigarette froide les attendait, garée près d'une buvette où l'on servait du café. Danny ouvrit la portière arrière et entreprit de brosser un peu les coussins du revers de la main. Quand Charlie monta dans l'auto, un garçon pénétra lui aussi à l'intérieur par l'autre portière. Lorsque Danny mit le contact, un autre garçon se matérialisa pour prendre place sur le siège du passager, il faisait trop sombre pour que la jeune femme pût distinguer leurs traits, mais elle voyait sans peine leurs mitraillettes. Ils paraissaient si jeunes qu'elle eut tout d'abord du mal à croire que leurs armes étaient vraies. Le garçon assis près d'elle lui proposa une cigarette et se montra très triste de la voir refuser.

« Vous parlez espagnol ? » s'enquit-il avec une extrême courtoisie, pour compenser. Charlie répondit que non. « Alors vous devrez pardonner mon anglais. Si vous aviez parlé espagnol, j'aurais parlé sans faute. »

« Mais votre anglais est tout à fait étonnant. »

« Ce n'est pas vrai », répliqua-t-il sans dissimuler sa réprobation. Peut-être y avait-il vu le signe de la perfidie occidentale, en tout cas il sombra dans un silence agité.

Deux coups de feu retentirent derrière eux, mais personne n'y prêta attention. Ils arrivaient à un endroit où s'accumulaient des sacs de sable. Danny immobilisa la voiture. Une sentinelle en uniforme dévisagea la passagère puis leur fit signe de passer du bout de la mitraillette.

« Encore un Syrien ? » demanda Charlie.

« Un Libanais », répondit Danny avec un soupir.

Mais elle perçut malgré tout son excitation. Elle la sentait chez ces trois hommes — à une certaine acuité, une vivacité de l'œil et de l'esprit. Les rues tenaient à la fois du champ de bataille et du quartier d'habitation ; les lampadaires, ceux qui fonctionnaient encore, en révélaient de fugitifs lambeaux. Des souches d'arbres calcinés témoignaient d'une belle avenue ; de jeunes bougainvillées commençaient déjà de recouvrir les ruines. Des carcasses de voitures incendiées et trouées de balles envahissaient les trottoirs. Ils dépassèrent des taudis éclairés qui abritaient encore des boutiques criardes, et les silhouettes massives d'immeubles bombardés transformés en montagnes escarpées. Ils laissèrent derrière eux une maison, cible de tant d'obus qu'elle semblait maintenant une gigantesque râpe à fromage dressée contre la pâleur du ciel. Un fragment de lune les poursuivit longtemps, glissant d'un trou à l'autre des ruines. Parfois, un bâtiment tout neuf surgissait, à demi construit, à demi éclairé, à demi habité, le coup osé d'un spéculateur, tout de poutres rouges et de verres sombres.

« A Prague, j'ai passé deux années. A la Havane, Cuba, trois ans. Vous êtes déjà allée à Cuba ? »

Le garçon assis à côté d'elle semblait revenu de sa déception.

« Je ne suis jamais allée à Cuba », avoua-t-elle.

« Maintenant, je suis interprète titulaire, espagnol et arabe. »

« Formidable, déclara Charlie. Mes félicitations. »

« Je vous servirai d'interprète, Miss Palme ? »

« Quand vous voulez », dit Charlie, déclenchant un éclat de rire général. L'Occidentale semblait en fin de compte réhabilitée.

Danny conduisait maintenant au ralenti et baissait sa vitre. Juste devant eux, en plein milieu de la chaussée, rougeoyait un grand feu autour duquel étaient assis des hommes et des garçons en keffieh et morceaux disparates d'uniformes kaki. Tout près, quelques chiens brunâtres formaient un campement à part. Charlie se souvint de Michel écoutant dans son village les récits des voyageurs, et songea : Désormais, ils reconstituent leurs villages dans les rues. Au moment où Danny passait ses phares en code, un magnifique vieillard se leva, se frotta le dos puis s'approcha péniblement d'eux, mitraillette au poing. Il pencha son visage ridé par la fenêtre de Danny au point de presque pouvoir l'embrasser. Une conversation interminable s'engagea. Oubliée de tous, Charlie écoutait chaque mot, s'imaginant que d'une certaine façon elle les comprenait. Mais, quand elle regarda au-delà du vieil homme, un tableau moins rassurant l'attendait : formant un demi-cercle impassible, quatre compagnons du vieux chef s'étaient levés pour braquer leurs mitraillettes sur la voiture, et aucun d'eux ne paraissait avoir plus de quinze ans.

« Notre peuple », expliqua avec respect le voisin de Charlie alors qu'ils reprenaient leur chemin. « Des commandos palestiniens. C'est notre partie de la ville. »

Celle de Michel aussi, songea-t-elle avec orgueil.

Tu trouveras en eux un peuple facile à aimer, lui avait assuré Joseph.

Charlie passa quatre jours et quatre nuits en compagnie des garçons et les aima tout de suite, ensemble ou séparément. Ils constituaient la première des diverses familles qui l'attendaient. Ils la déplaçaient sans cesse, comme un trésor, et toujours de nuit, toujours avec la plus grande courtoisie. Elle était arrivée si brusquement, lui avaient-ils expliqué avec une charmante nuance de regret ; il fallait bien que notre capitaine fasse certains préparatifs. Les garçons l'appelaient « Miss Palme », et peut-être pensaient-ils qu'il s'agissait de son vrai nom. Ils lui rendaient toute la tendresse qu'elle leur portait, mais ne posaient jamais de questions personnelles ou indiscrètes ; ils conservaient toujours une réserve timide et disciplinée, et Charlie s'interrogeait sur la nature du pouvoir qui les dirigeait. Elle passa sa première nuit tout en haut d'une vieille maison bombardée où il ne subsistait pour toute vie qu'un perroquet abandonné par les propriétaires, volatile qui ne supportait pas la fumée et se mettait à tousser dès que quelqu'un allumait une cigarette. Il savait également imiter la sonnerie du téléphone, particulièrement pendant les heures de sommeil, ce qui faisait bondir à chaque fois Charlie vers la porte où elle attendait que quelqu'un réponde. Les garçons dormaient sur le palier, en se relayant, l'un se reposant pendant que les deux autres fumaient, buvaient de petits verres de thé sucré et jouaient aux cartes en produisant un léger murmure qui évoquait une veillée autour d'un feu de camp.

Les nuits paraissaient éternelles, pourtant, les minutes se suivaient sans jamais se ressembler. Les bruits eux-mêmes semblaient en guerre les uns contre les autres ; ils restaient tout d'abord à bonne distance, puis se rapprochaient, puis se regroupaient, puis fondaient les uns sur les autres en une vaste échauffourée de sons antagonistes — une soudaine explosion de musique, le hurlement des pneus et celui des sirènes —, suivis par un profond silence de forêt. Dans cet orchestre, les coups de feu ne représentaient qu'un instrument mineur : un roulement de tambour par-ci, le son d'une retraite par-là, ou encore le sifflement nonchalant d'un obus. La jeune femme entendit une fois un concert de rires, mais, en général, les voix humaines se faisaient rares. Une autre fois, à l'aube, après avoir frappé précipitamment à sa porte, Danny et les deux garçons se dirigèrent sur la pointe des pieds jusqu'à sa fenêtre. Charlie les imita et aperçut une voiture garée dans la rue à une centaine de mètres de là. De la fumée s'en échappait ; puis l'auto se souleva et roula sur le côté comme quelqu'un se retournant dans son lit. Une bouffée d'air chaud fit reculer Charlie. Un objet tomba d'une étagère. La jeune femme sentit un bruit sourd retentir dans sa tête.

« Paix », déclara Mahmoud, le plus beau, avec un clin d'œil ; puis ils sortirent, le regard brillant et plein de confiance.

Seule l'aube revenait immuablement, avec ses haut-parleurs crachotants qui déversaient la plainte du muezzin appelant les fidèles à la prière.

Néanmoins, Charlie acceptait tout et se donnait totalement en échange. Dans cet univers de déraison, dans ce répit imprévu voué à la méditation, elle trouva au moins un nid prêt à accueillir sa propre irrationalité. Et puisque aucun paradoxe ne semblait trop grand pour cet immense chaos, elle découvrit également un petit coin pour Joseph. Dans ce monde de dévotions inexpliquées l'amour qu'elle lui portait se cachait dans tout ce qu'elle entendait, dans tout ce qu'elle voyait. Quand les garçons, au-dessus d'un verre de thé et dans la fumée des cigarettes, l'abreuvaient du récit des souffrances héroïques de leurs familles entre les mains des sionistes — comme l'avait fait Michel, et avec la même pointe de romantisme —, c'était une fois encore son amour pour Joseph, le souvenir de sa voix douce et de son sourire si rare, qui ouvraient son cœur à leurs tragédies.

La deuxième fois, elle dormit tout en haut d'un immeuble rutilant. Sa fenêtre donnait sur la façade noire d'une nouvelle banque internationale et, au-delà, sur la mer immobile. La plage déserte et ses cabines abandonnées évoquaient une station balnéaire en période creuse permanente. Sur la grève, l'unique promeneur paraissait aussi excentrique qu'un baigneur de Noël dans la Serpentine de Hyde Park. Mais ce qui étonna le plus la jeune femme en ce lieu furent les rideaux. Quand les garçons les tirèrent dans sa chambre, elle ne remarqua rien de particulier. Mais au lever du soleil, elle s'aperçut que des impacts de balles dessinaient une ligne ajourée serpentant en travers de la fenêtre. Elle choisit ce jour-là pour confectionner des omelettes au petit déjeuner et apprendre aux garçons à jouer au gin rummy, en vue de parties acharnées.

La troisième nuit, sa chambre se situa au-dessus d'une sorte de quartier général militaire. Des barreaux protégeaient les fenêtres et les escaliers présentaient des trous d'obus. Des affiches montraient des enfants agitant des fleurs et des mitraillettes. Des gardes aux yeux sombres traînaient à tous les paliers, et il émanait de tout le bâtiment une atmosphère débraillée de Légion étrangère.

« Notre capitaine vous verra bientôt », lui assurait parfois Danny avec affection. « Il fait des préparatifs. C'est un grand homme. »

La jeune femme commençait à savoir reconnaître le sourire arabe annonçant les retards. Pour lui faire oublier l'attente, Danny lui raconta l'histoire de son père. Il semblait qu'après vingt ans passés dans les camps, le désespoir avait quelque peu entamé la raison du vieil homme. Et un matin, avant le lever du soleil, il avait réuni ses pauvres biens ainsi que ses titres de propriété dans un sac, et, sans rien dire à sa famille, s'était mis en route vers les lignes sionistes dans le but de réclamer sa ferme de vive voix. Se précipitant sur ses traces, Danny et ses frères étaient arrivés à temps pour voir la petite silhouette ratatinée avancer, s'enfoncer dans la vallée puis exploser sur une mine. Danny fit ce récit avec une précision ahurissante, tandis que les deux autres surveillaient son anglais, l'interrompaient pour formuler autrement une phrase dont la syntaxe ou le rythme leur déplaisait, ou hochaient la tête comme de vieux sages pour approuver une expression. Quand il eut terminé, ils posèrent à Charlie toute une série de questions très sérieuses concernant la chasteté des Occidentales au sujet desquelles ils avaient entendu rapporter des détails déshonorants, mais non dénués d'intérêt.

Son amour pour eux ne cessait de croître, véritable miracle de quatre jours. Elle aimait leur timidité, leur virginité, leur discipline, et l'autorité qu'ils exerçaient sur elle. Elle les aimait parce qu'ils étaient ses geôliers et ses amis. Cependant, malgré tout l'amour qu'elle leur portait, jamais ils ne lui rendirent son passeport, et quand elle s'approchait trop près de leurs armes, ils s'écartaient d'elle avec des regards redoutables, impitoyables.

« Venez, s'il vous plaît », dit Danny en cognant doucement à sa porte pour la réveiller. « Notre capitaine est prêt. »

Il était trois heures du matin et le jour tarderait encore longtemps.

Par la suite, elle se souvint d'une vingtaine de voitures, mais peut-être n'y en eut-il que cinq, car tout se déroula très vite, en un enchevêtrement de trajets de plus en plus inquiétants à travers la ville, à bord de conduites intérieures couleur sable pourvues d'antennes à l'avant et à l'arrière, et en compagnie de gardes qui n'ouvraient pas la bouche. Le premier véhicule attendait au pied de l'immeuble, mais du côté cour, que Charlie ne connaissait pas. Ce ne fut qu'une fois dans l'auto, dévalant la rue sur les chapeaux de roues, que Charlie se rendit compte que les garçons ne les avaient pas suivis. Au bas de la rue, le chauffeur sembla apercevoir quelque chose qui ne lui plut pas, car il exécuta un demi-tour spectaculaire qui faillit tous les verser, avant de reprendre à fond de train le même chemin en sens inverse. La jeune femme entendit alors un crépitement et un cri non loin d'elle, tandis qu'une main puissante lui abaissait brusquement la tête, lui faisant supposer que la fusillade leur était destinée.

Ils foncèrent sur un carrefour sans se préoccuper du feu rouge et évitèrent un poids lourd d'un cheveu ; ils empiétèrent sur le trottoir de droite puis opérèrent un virage très large sur la gauche pour entrer dans un parking en pente donnant sur une lagune déserte. Charlie vit de nouveau le croissant de lune de Joseph, suspendu au-dessus de la mer, et s'imagina un instant qu'elle se trouvait sur la route de Delphes. Ils s'arrêtèrent près d'une grosse Fiat et la transbordèrent sans ménagement à l'intérieur ; la jeune femme s'éloignait toujours, à la charge de deux nouveaux gardes du corps, sur une autoroute défoncée, bordée de chaque côté par des édifices blessés de mille brèches. Des phares les suivaient de très près. Les montagnes qui se dressaient devant eux formaient une masse noire, mais celles qui s'élevaient sur la gauche prenaient une teinte grise, leur flanc éclairé par une lueur provenant de la vallée et de la mer qui s'étendait au-delà. L'aiguille du compteur indiquait le cent quarante puis, soudain, n'indiqua plus rien du tout parce que le chauffeur avait éteint ses phares, imitant la voiture qui les suivait.

A leur droite s'étendait une rangée de palmiers, à leur gauche le terre-plein central qui séparait les deux voies de l'autoroute, surface de près de deux mètres de large recouverte parfois de gravier, parfois de végétation. Ils le franchirent d'un bond pour atterrir de l'autre côté avec une autre secousse. Les autres voitures klaxonnaient, Charlie hurlait « Nom de Dieu ! » mais le conducteur semblait imperméable aux blasphèmes. Il remit pleins phares et dirigea la Fiat tout droit sur la circulation avant de la projeter violemment vers la gauche, sous un petit pont, et de l'immobiliser brutalement sur une route boueuse et déserte où les attendait une Land Rover dépourvue de fenêtres. Il pleuvait. Charlie ne l'avait pas remarqué auparavant, mais le temps qu'ils la fassent monter à la hâte dans la Land Rover, et elle était trempée jusqu'aux os ; elle vit l'explosion d'un obus, éclair de lumière blanche, illuminer la montagne. Enfin, peut-être s'agissait-il d'un obus.

Ils roulaient sur une route en lacet très abrupte. Par l'arrière de la Land Rover, la jeune femme voyait la vallée sombrer derrière eux ; devant, par le pare-brise, entre la tête de son garde du corps et celle du chauffeur, elle regardait les gouttes de pluie rebondir sur l'asphalte tels des bancs d'épinoches. Une voiture les précédait, et Charlie comprit à la façon dont ils la suivaient qu'elle était des leurs ; une autre venait derrière eux et, comme personne ne s'en préoccupait, elle sut qu'elle était également des leurs. Elle monta dans une nouvelle automobile, puis peut-être encore dans une autre ; ils pénétrèrent dans ce qui semblait être la cour d'une école abandonnée, mais cette fois-ci, le chauffeur coupa le moteur tandis que lui et le garde du corps guettaient, la mitraillette à la vitre, qui d'autre gravissait la colline. Des contrôles intervenaient partout où ils s'arrêtaient, mais aussi quand ils roulaient, réduits alors à un simple geste du bras en direction d'une sentinelle impassible. Il y eut un contrôle quand le garde du corps baissa soudain sa vitre et tira une volée de sa mitraillette dans l'obscurité, n'obtenant pour toute réponse que la plainte terrifiée d'un mouton. Puis il y eut un dernier plongeon effrayant dans les ténèbres, entre deux jeux de phares dirigés droit sur eux, mais Charlie avait dépassé l'état de frayeur ; elle était secouée, comme saoule et se moquait de tout.

L'auto s'immobilisa ; la jeune femme se retrouva devant une vieille villa sur le toit de laquelle se découpaient les silhouettes de sentinelles armées de mitraillettes, évoquant un peu ces héros de films russes. L'air était frais, pur, et riche des senteurs grecques que la pluie avait délivrées — parfums de cyprès, de miel et de toutes les fleurs sauvages de la terre. Le ciel se gonflait de nuages d'orage ; la vallée s'étirait sous eux en petits carrés de lumière allant s'étrécissant. On fit traverser à Charlie un porche qui la conduisit dans une salle, où, à la lumière extrêmement faible des plafonniers, elle aperçut pour la première fois Notre Capitaine : un homme brun, un peu bancal, pourvu d'une masse de cheveux d'écolier raides et très noirs, d'une canne de frêne tout à fait britannique pour seconder sa jambe atrophiée, et d'un sourire de bienvenue plutôt forcé égayant son visage grêlé. Il suspendit sa canne à son bras gauche pour serrer la main de la nouvelle venue, et elle eut l'impression de le retenir durant une fraction de seconde avant qu'il ne se redresse.

« Miss Charlie, je suis le capitaine Tayeh et je vous accueille au nom de la révolution. »

Il avait une voix brève, très professionnelle. Elle était aussi, comme celle de Joseph, extrêmement belle.

La peur représentera un critère majeur, lui avait dit Joseph. *Malheureusement, on ne peut pas avoir peur sans arrêt. Mais avec le capitaine Tayeh, comme il se fait appeler, tu devras donner ton maximum : le capitaine Tayeh est un homme d'une grande intelligence.*

« Pardonnez-moi », fit Tayeh avec un joyeux manque de sincérité.

La maison ne lui appartenait pas car il ne trouvait rien de ce qu'il cherchait. Il dut tâtonner dans la pénombre pour dénicher un simple cendrier, interrogeant ironiquement les objets afin de déterminer s'ils pouvaient lui être utiles. Néanmoins, la villa semblait la propriété d'un ami cher, car Charlie nota dans son attitude une sorte de tendresse qui disait : *Ce serait bien d'eux... Oui, c'est exactement l'endroit où ils mettraient leurs boissons.* La lumière était toujours aussi pauvre, mais à mesure que ses yeux s'y accoutumaient, la jeune femme décida qu'il devait s'agir de la maison d'un professeur ; ou d'un homme politique ; ou d'un homme de loi. Les murs disparaissaient sous des rayonnages de vrais livres qu'on avait lus, laissés ouverts, puis rangés à la va-vite ; un tableau accroché au-dessus de la cheminée pouvait représenter Jérusalem. Le reste n'était qu'un fouillis bien masculin de goûts disparates : fauteuils de cuir, coussins en patchwork et accumulation de tapis d'Orient. Puis des objets arabes en argent, très blancs, très travaillés, rutilants comme des trésors surgissant d'une alcôve obscure. Deux marches séparaient le salon de l'étude, aménagée dans un renfoncement : un bureau de style anglais et une vue panoramique sur la vallée que Charlie venait de quitter et sur la côte baignée de lune.

Elle s'était assise là où il le lui avait indiqué, sur le sofa de cuir, pendant que Tayeh, lui, ne cessait de parcourir la pièce en s'aidant de sa canne. Il n'accomplissait qu'une seule tâche à la fois en observant son invitée sous différents angles, tout en la jaugeant ; d'abord, les verres ; ensuite, un sourire ; puis, avec un autre sourire, la vodka ; et enfin le scotch qui, d'après le coup d'œil approbateur qu'il jeta sur l'étiquette, semblait de sa marque préférée. Un garçon prit place à chaque bout de la pièce, chacun d'eux gardant une mitraillette posée sur les genoux. Une pile de lettres jonchait la table, et Charlie sut sans même les regarder que c'était celles qu'elle avait écrites à Michel.

Ne prends pas une certaine confusion apparente pour de l'incompétence, avait insisté Joseph. *Pas de racisme, s'il te plaît, concernant une prétendue infériorité arabe.*

Les lumières s'éteignirent complètement, mais cela se produisait souvent, même dans la vallée. Il se dressa devant elle, se profilant contre la fenêtre immense, telle une ombre vigilante et souriante appuyée sur une canne.

« Savez-vous à quoi cela ressemble pour nous de rentrer chez nous ? » lui demanda-t-il en la dévisageant toujours. Mais sa canne montrait la baie vitrée. « Pouvez-vous imaginer ce que cela représente que de se trouver dans son propre pays, sous ses propres étoiles, debout sur sa propre terre et de devoir garder l'arme à la main à guetter sans cesse l'agresseur ? Demandez aux garçons. »

Sa voix, comme d'autres voix que Charlie connaissait, devenait plus belle encore dans le noir.

« Ils vous aimaient bien, déclara-t-il. Et vous ? »

« Oui, beaucoup. »

« Lequel préfériez-vous ? »

« Je les aimais tous autant », répliqua-t-elle. Il rit.

« Ils disent que vous aimez toujours votre petit Palestinien mort. C'est vrai ? »

« Oui. »

Sa canne désignait toujours la fenêtre. « Dans le temps, si vous en aviez eu le courage, nous vous aurions prise avec nous. De l'autre côté de la frontière. L'attaque. La vengeance. Le retour. La fête. Nous y serions allés ensemble. Helga prétend que vous voulez vous battre. C'est vrai ? »

« Oui. »

« Contre tout le monde ou seulement contre les sionistes ? »

Tayeh n'attendit pas la réponse. Il but un peu. « Nous récupérons de la racaille parfois, et ceux-là veulent faire sauter le monde entier. Êtes-vous comme eux ? »

« Non. »

« Ces gens-là sont de la racaille. Helga... Mr. Mesterbein... mais de la racaille nécessaire, non ? »

« Je n'ai pas eu le temps de me faire une idée », dit-elle.

« Êtes-*vous* comme eux ? »

« Non. »

La lumière revint. « Non », concéda-t-il, sans cesser de l'examiner. « Non, je ne le pense pas non plus. Peut-être que vous changerez. Vous avez déjà tué ? »

« Non. »

« Vous avez de la chance. Vous avez une police. Un pays. Un parlement. Des droits. Des passeports. Où habitez-vous ? »

« A Londres. »

« Dans quel quartier ? »

Elle eut le sentiment que les blessures de Tayeh le rendaient impatient d'entendre ses réponses ; qu'elles le renvoyaient bien au-delà de ce qu'il apprenait, à d'autres questions. Il s'était déniché une grande chaise et la charriait sans ménagement vers son invitée. Aucun des garçons ne se leva pour l'aider et Charlie supposa qu'ils n'osaient pas. Lorsqu'il eut amené la chaise à l'endroit voulu, il alla en chercher une autre, puis il s'installa sur la première et hissa avec un grognement sa jambe sur la seconde. Ceci fait, il prit une cigarette qui traînait au fond de la poche de sa tunique et l'alluma.

« Vous êtes notre première Anglaise, vous savez ça ? Une Hollandaise, un Italien, un Français, des Allemands, des Suédois. Deux Américains. Un Irlandais. Ils viennent tous se battre pour nous. Mais pas d'Anglais. Pas jusqu'à présent. Les Anglais arrivent trop tard, comme toujours. »

Elle éprouva une impression familière. Il parlait, comme Joseph, de souffrances qu'elle n'avait pas connues, d'un point de vue qu'il lui fallait encore apprendre. Tayeh n'était pas vieux mais il possédait une sagesse acquise trop tôt. Le visage de Charlie recevait toute la lumière de la petite lampe. Peut-être était-ce la raison pour laquelle il l'avait fait asseoir là. Le capitaine Tayeh est un homme d'une grande intelligence.

« Si vous voulez changer le monde, oubliez ça, fit-il remarquer. Les Anglais en ont déjà trop fait. Restez chez vous. Interprétez vos petits rôles. Faites travailler votre esprit à vide. C'est plus sûr. »

« Plus maintenant », répliqua-t-elle.

« Oh! vous pourriez faire marche arrière. » Il avala quelques gorgées de whisky. « Vous avouez. On vous rééduque. Un an de prison. Tout le monde devrait passer au moins une année en prison. Pourquoi vous faire tuer pour nous ? »

« Pour lui », corrigea-t-elle.

D'un mouvement irrité de sa cigarette, Tayeh balaya son romantisme. « Qu'est-ce que ça veut dire ? Il est mort. D'ici un an ou deux, nous serons tous morts. Pourquoi pour lui ? »

« Pour tout. Il m'a tout appris. »

« Vous a-t-il dit ce que nous faisons ? — Les bombes ? — Les armes ? — La mort ?... Et puis tant pis. »

Durant un long moment, il ne sembla se préoccuper que de sa cigarette. Il la regarda brûler, en tira quelques bouffées, lui jeta un coup d'œil menaçant puis l'écrasa avant d'en allumer une autre. Charlie devina qu'il n'aimait pas réellement fumer.

« Qu'a-t-il pu vous apprendre ? s'étonna-t-il. A une femme comme vous ? Ce n'était qu'un petit garçon. Il ne pouvait rien apprendre à personne. Il n'était rien. »

« Il était tout », protesta-t-elle, butée, et elle le sentit se désintéresser de la conversation, comme quelqu'un qui s'ennuie en compagnie de gens trop jeunes. Puis elle s'aperçut qu'il avait entendu un bruit, avant tout le monde. Il donna un ordre bref. L'un des garçons bondit vers la porte. On court plus vite pour les handicapés, songea la jeune femme. Elle distingua un bruit de voix parlant doucement à l'extérieur.

« Vous a-t-il appris à haïr ? » suggéra Tayeh, comme si rien ne s'était produit.

« Il disait qu'il laissait la haine aux sionistes. Il disait qu'il faut aimer pour se battre. Il disait que l'antisémitisme est une invention chrétienne. »

Elle se tut, percevant ce que Tayeh avait entendu depuis longtemps déjà : une voiture remontant la montagne. Il entend comme un aveugle, pensa-t-elle. C'est à cause de son corps.

« Vous aimez l'Amérique ? » s'enquit-il.

« Non. »

« Vous y êtes allée ? »

« Non. »

« Comment pouvez-vous dire que vous n'aimez pas si vous n'y êtes jamais allée ? » demanda-t-il.

Mais sa question, une fois de plus, relevait de la pure rhétorique ; c'était un point qu'il éclaircissait pour lui-même dans le dialogue qu'il conduisait au-dessus d'elle. La voiture s'arrêtait devant la maison. Charlie entendit des pas et des voix assourdies puis vit le faisceau des phares traverser la pièce avant qu'on ne les éteigne.

« Restez où vous êtes », ordonna Tayeh.

Deux garçons apparurent, l'un porteur d'un sac de plastique, l'autre d'une mitraillette. Ils s'immobilisèrent, attendant respectueusement que Tayeh leur adressât la parole. Les lettres gisaient toujours sur la table, et quand Charlie songea à l'importance qu'elles avaient eue, leur désordre sembla majestueux.

« Personne ne vous suit et vous allez partir vers le sud », lui apprit Tayeh. « Finissez votre vodka et accompagnez ces garçons. Peut-être que je vous crois, peut-être pas. Peut-être que cela importe peu. Ils ont apporté des vêtements pour vous. »

Ce n'était pas une simple voiture, mais une ambulance blanche et crasseuse, dont les flancs étaient ornés de croissants verts et le capot couvert d'une couche de poussière rouge. Un garçon aux cheveux ébouriffés et aux lunettes sombres se tenait derrière le volant. Deux autres garçons étaient assis en tailleur sur les couchettes défaites de l'arrière, leurs mitraillettes inconfortablement casées dans l'espace réduit, mais Charlie, vêtue d'une blouse grise d'infirmière et d'un foulard, monta courageusement près du chauffeur. La nuit cédait la place à une aube allègre ; sur leur gauche, tandis qu'eux-mêmes descendaient à faible allure le flanc de la montagne, un gros soleil rouge grimpait implacablement. Charlie essaya de bavarder en anglais avec le chauffeur mais il se fâcha. Elle lança un joyeux « Salut derrière » aux deux autres garçons, mais l'un se montra renfrogné et l'autre féroce. Gardez-la donc, votre saloperie de révolution, songea-t-elle alors, puis elle regarda le paysage. Le sud, avait-il dit. Pour combien de temps ?

Pourquoi ? Mais une certaine éthique semblait interdire de poser des questions, et la fierté, tout autant que l'instinct de conservation, avait dicté à Charlie de s'y conformer.

Le premier contrôle eut lieu quand ils pénétrèrent dans la ville. Il y en eut quatre autres avant qu'ils n'atteignent la route du sud et, lors du quatrième, elle vit deux hommes charger un mort dans un taxi et des femmes crier en frappant le capot. La victime était couchée de côté, une main vide pointée vers le sol, cherchant encore à étreindre quelque chose. *La première mort est la dernière,* se récita Charlie en pensant à son Michel assassiné. La mer se découvrit sur leur droite et, une fois de plus, le paysage devint absurde. On eût dit qu'une guerre civile avait éclaté sur les côtes britanniques. Des carcasses de voitures et des villas criblées d'impacts de balles bordaient la route ; sur un terrain de jeux, deux enfants tapaient dans un ballon par-dessus un cratère d'obus. Les pontons des yachts, éventrés, émergeaient à peine de l'eau. Même du camion de fruits qui venait en sens inverse et manqua leur faire quitter la chaussée émanait un désespoir fugitif.

Ils s'arrêtèrent une fois de plus à un contrôle routier. Des Syriens. Mais une infirmière allemande dans une ambulance palestinienne n'intéressait strictement personne. Elle entendit le moteur d'une moto s'emballer et regarda avec indifférence dans sa direction. Une Honda poussiéreuse, les sacoches bourrées de bananes vertes. Un poulet vivant pendu par les pattes au guidon. Et, sur la selle, Dimitri écoutant le moteur d'un air concentré. Il portait des bouts d'uniforme palestinien et un keffieh rouge enroulé autour du cou. Et passé dans l'une des épaulettes kaki de sa chemise, telle une faveur, un audacieux brin de bruyère blanche qui signifiait « Nous sommes avec toi ». La bruyère blanche était le signe que Charlie guettait depuis quatre jours.

A partir de maintenant, seul le cheval connaît le chemin, l'avait avertie Joseph ; *il te suffit de rester en selle.*

Une fois de plus, ils formèrent une famille et attendirent.

Leur foyer fut cette fois-ci un petit pavillon situé près de Sidon [1]. Le porche avait été scié net par un obus lancé par un bateau de guerre israélien, et des barres de fer rouillées en jaillissaient comme les antennes d'un insecte géant. Derrière la maison s'étendait une plantation de mandariniers où une vieille oie picorait les fruits tombés. Devant n'apparaissait plus qu'une masse de boue et de débris de ferraille, en cet endroit qui s'était rendu célèbre lors de la dernière invasion, ou de l'avant-avant-avant-dernière, comment savoir ? Dans le pré voisin, une famille de poussins et une épagneule en cavale flanquée de quatre chiots replets se partageaient les restes d'une voiture blindée. Derrière cette niche improvisée s'étendaient les eaux bleues des chrétiens de Sidon, la forteresse des croisés se dressant sur le front de mer comme un magnifique château de sable. Des réserves apparemment inépuisables

1. Il s'agit de Saïda, anciennement Sidon. (N.d.T.)

de Tayeh, Charlie avait hérité deux nouveaux gardiens : Karim et Yasir. Karim était un garçon rondouillard, un peu clownesque, et qui faisait toujours mine de considérer sa mitraillette comme un poids mort, soufflant et grimaçant dès qu'il devait la passer en bandoulière. Mais si Charlie lui souriait avec compassion, il se troublait aussitôt et se dépêchait de rejoindre Yasir. Il rêvait de devenir ingénieur. Karim avait dix-neuf ans, et cela faisait six ans qu'il se battait. Il s'exprimait en un anglais murmuré et ponctuait chacune de ses phrases d'un « d'habitude » assez curieux.

« D'habitude, quand la Palestine sera libre, j'étudierai à Jérusalem, expliqua-t-il. En attendant, (il écarta les mains en signe d'impuissance et soupira à cette horrible perspective) peut-être Leningrad, peut-être Detroit. »

Oui, répondit poliment Karim, d'habitude, il avait un frère et une sœur, mais sa sœur avait péri lors d'un raid aérien sioniste sur le camp de Nabatiyeh. Son frère avait fui à Rachidiyeh et y était mort trois jours plus tard dans un bombardement naval. Il raconta ces deuils avec une très grande modestie, sous-entendant qu'ils comptaient peu dans la tragédie générale.

« La Palestine est d'habitude un petit chat », dit mystérieusement Karim à Charlie, un matin, alors que, vêtue d'une chemise de nuit flottante blanche, elle attendait patiemment près de la fenêtre qu'il ait fini de guetter, la mitraillette prête à tirer. « Elle a besoin qu'on la caresse beaucoup, sinon elle devient sauvage. »

Il avait vu, lui expliqua-t-il, un homme à l'air louche dans la rue, et était monté pour déterminer s'il devait le tuer.

Mais Yasir, ses sourcils de boxeur éternellement froncés sur un regard flamboyant et furieux, ne pouvait pas lui parler du tout. Il portait une chemise à carreaux rouges et un cordon noir noué sur l'épaule pour se donner l'allure d'un agent de la sécurité militaire. Quand la nuit tombait, il se postait dans le jardin et surveillait la mer, à l'affût des bombardiers sionistes. C'était un grand communiste, expliqua affectueusement Karim, et il allait anéantir le colonialisme dans le monde entier. Yasir haïssait les Occidentaux, même lorsqu'ils se prétendaient amis de la Palestine, poursuivit Karim. Sa mère et toute sa famille avaient péri à Tal al-Zataar.

« De quoi ? » demanda Charlie.

« De soif, répondit Karim, qui lui fit un petit cours d'histoire moderne : Tal al-Zataar, la colline au thym, était un camp de réfugiés de Beyrouth. Des cabanes au toit de tôle, souvent à onze dans une seule pièce. Trente mille Palestiniens ou Libanais parmi les plus pauvres s'entassèrent là-dedans pendant dix-sept mois pour tenter d'échapper aux bombardements continuels. Les bombardements de qui ? interrogea Charlie. Karim fut stupéfait. Mais, ceux des Kata'ib, répondit-il, comme si cela allait de soi. Des irréguliers fascistes maronites, soutenus par les Syriens et sans doute par les sionistes également. Des milliers de personnes furent tuées, mais nul n'aurait su donner le chiffre exact car, ajouta Karim, il restait trop peu de monde pour les pleurer. Lorsque les agresseurs pénétrèrent dans le camp, ils massacrèrent la plupart des survivants. Les médecins et les infirmières furent alignés contre un mur et abattus eux aussi, ce qui relevait de la pure logique puisqu'il ne leur restait plus ni médicaments, ni eau, ni malades.

« Et tu étais là-bas ? » s'enquit Charlie.

Non, répondit-il ; mais Yasir y était.

« A l'avenir, plus de bains de soleil », la sermonna Tayeh quand il vint la chercher le lendemain soir. « Ce n'est pas la Riviera ici. »

Elle ne revit jamais les garçons. Elle entrait graduellement dans cet état que Joseph lui avait prédit. On lui apprenait le malheur, et le malheur l'absolvait du besoin de se disculper. Elle était un cavalier à qui l'on eût mis des œillères, ballottée parmi des événements, des émotions trop graves pour qu'elle pût compatir ; sur une terre où le seul fait d'être présente revenait à partager une injustice monstrueuse. Elle avait rejoint le camp des victimes et supportait désormais mieux sa tromperie. A mesure que chaque jour s'écoulait, la fidélité fictive qu'elle vouait à Michel s'appuyait de plus en plus sur des faits, tandis que sa fidélité bien réelle à Joseph ne subsistait plus que comme une marque secrète imprimée sur son âme.

« Bientôt, nous aurons l'habitude d'être morts », lui déclara Karim, en écho à Tayeh. « Les sionistes vont nous génocider jusqu'au dernier, vous aurez l'habitude de voir. »

La vieille prison se trouvait au centre de la ville, et, lui avait dit de façon sibylline Tayeh, c'était l'endroit où les innocents purgeaient leur condamnation à vivre. Ils durent pour y arriver se garer sur la grand-place et pénétrer dans un labyrinthe de ruelles antiques tendues de calicots recouverts de plastique que Charlie prit tout d'abord pour du linge en train de sécher. C'était l'heure du marché du soir ; le monde se pressait devant les boutiques et les étalages. La lumière des lampadaires pénétrait profondément le vieux marbre des murs, semblant l'éclairer de l'intérieur. Dans les ruelles adjacentes, le bruit leur parvenait par bribes, et disparaissait parfois complètement au détour d'un chemin. Ils ne percevaient plus alors que le martèlement et le frottement de leurs propres pas sur les pavés romains polis. Un homme hostile en culotte difforme les guidait.

« J'ai raconté à l'administrateur que vous êtes une journaliste occidentale », expliqua Tayeh à Charlie tout en clopinant à son côté. « Il n'aura pas une attitude très bonne envers vous parce qu'il n'apprécie pas ceux qui viennent ici pour améliorer leurs connaissances en zoologie. »

Une lune déchirée les accompagnait ; la nuit était très chaude. Ils arrivèrent à une autre place et une explosion de musique arabe les accueillit, retransmise par des haut-parleurs installés à la hâte sur des piquets. Les grands portails étaient ouverts et donnaient accès à une cour vivement éclairée d'où partait un escalier de pierre conduisant à une série de balcons. La musique se faisait plus intense.

« Mais qui sont-ils ? » chuchota Charlie, qui ne comprenait toujours pas. « Qu'ont-ils fait ? »

« Rien. C'est là leur crime. Ce sont des réfugiés qui se sont réfugiés des camps de réfugiés, répondit Tayeh. La prison a des murs épais et elle était vide, alors nous nous en sommes emparés pour les protéger. Prenez un air solennel, ajouta-t-il. Ne souriez pas trop facilement ou ils croiront que vous vous moquez de leur misère. »

Un vieillard assis sur une chaise de cuisine les fixa d'un regard vide. Tayeh et l'administrateur s'avancèrent pour le saluer. Charlie jeta un coup d'œil autour d'elle. *Je vois ça tous les jours. Je suis une journaliste occidentale endurcie qui décrit la misère à ceux qui ont tout et se sentent malheureux.* Elle se tenait au milieu d'une sorte de grand silo de pierre dont les murs, très vieux, étaient percés jusqu'en haut de portes grillagées et ornées de balcons de bois. Partout, une couche fraîche de peinture blanche donnait une illusion d'hygiène. Les cellules du rez-de-chaussée étaient voûtées. Les portes en restaient ouvertes, comme par hospitalité ; les silhouettes qui se dessinaient à l'intérieur semblaient à première vue immobiles. Même les enfants ne remuaient qu'avec une grande économie. Des cordes à linge pendaient devant chaque cellule, et leur symétrie parfaite suggérait cet esprit de concurrence propre à la vie villageoise. Charlie respira des senteurs de café, d'égouts et de lessive. Tayeh et l'administrateur revenaient.

« Laissez-les vous parler les premiers », lui conseilla le capitaine, et il insista : « Ne faites jamais le premier pas avec ces gens, ils ne comprendraient pas. Vous observez là une espèce en voie de disparition. »

Ils gravirent un escalier de marbre. Au premier, les cellules étaient pourvues de portes solides percées de judas pour les geôliers. Le bruit semblait monter avec la chaleur. Une femme en costume de paysanne les croisa. L'administrateur lui adressa quelques mots et elle désigna, un peu plus loin dans la galerie, une inscription à la main en arabe, sorte de flèche grossière. Baissant les yeux vers la cour, Charlie vit que le vieil homme avait regagné sa chaise et regardait le néant. Il a accompli son travail de la journée, songea-t-elle ; il nous a dit : « Montez là-haut. » Ils atteignirent la flèche, suivirent la direction qu'elle indiquait, en découvrirent une autre et parvinrent bientôt au cœur même de la prison. Il me faudrait un fil pour retrouver mon chemin, pensa Charlie. Elle regarda vers Tayeh, mais il détournait délibérément les yeux. A l'avenir, plus de bains de soleil. Ils pénétrèrent dans un ancien mess, ou une ancienne cantine. Au milieu de la salle traînaient une table d'examen recouverte de plastique et un chariot tout neuf présentant un assortiment de médicaments, de bocaux pleins de coton et de seringues. Un homme et une femme s'affairaient ; la femme, vêtue de noir, tamponnait les yeux d'un bébé avec du coton. Les mères attendaient patiemment, assises le long du mur, pendant que leurs enfants somnolaient ou pleurnichaient.

« Restez ici », commanda Tayeh, qui s'avança tout seul, laissant Charlie avec l'administrateur. Mais la femme l'avait déjà vu entrer ; son regard se posa d'abord sur le capitaine, puis sur Charlie, où il s'attarda, chargé de sens et d'interrogation. Elle prononça quelques mots à l'adresse de la mère du petit patient et lui rendit son enfant. Puis elle se dirigea vers le lavabo et se lava méthodiquement les mains tout en étudiant Charlie dans le miroir.

« Suivez-nous », ordonna Tayeh.

Chaque prison a la sienne : une petite pièce lumineuse décorée de fleurs artificielles et d'une photographie d'un paysage suisse, où l'on peut converser avec ceux qui n'ont rien à se reprocher. L'administrateur s'était retiré. La jeune femme et Tayeh s'assirent de part et d'autre de Charlie, la première raide comme une bonne sœur, le second de guingois, une jambe rejetée, toute droite, sur le côté, sa canne lui faisant comme un piquet de tente planté au milieu du corps, et la sueur ruisselant sur son visage grêlé tandis qu'il fumait, s'agitait et grimaçait. Les bruits de la prison étaient toujours audibles, mais ils s'étaient fondus en un seul ensemble discordant de musique et de voix humaines. Parfois, et cela lui semblait ahurissant, Charlie percevait un rire. La jeune infirmière était belle, sévère, le noir de sa tenue inspirait une certaine crainte, et elle avait des traits solides mais réguliers, ainsi qu'un regard sombre, profond, qui ne s'embarrassait pas de mensonge. Elle portait les cheveux courts. La porte restait ouverte, gardée par les deux garçons de rigueur.

« Vous savez qui elle est ? » s'enquit Tayeh qui écrasait déjà sa première cigarette. « Vous ne reconnaissez rien de familier dans ses traits ? Regardez bien. »

Charlie n'en avait pas besoin. « Fatmeh » souffla t-clle.

« Elle est revenue à Sidon pour être avec son peuple. Elle ne parle pas anglais, mais elle sait qui vous êtes. Elle a lu les lettres que vous avez écrites à Michel et celles de Michel aussi. Des traductions. Vous l'intéressez, naturellement. »

Remuant douloureusement sur sa chaise, Tayeh pêcha une nouvelle cigarette maculée de transpiration et l'alluma.

« Elle a du chagrin, mais nous en avons tous. Alors pas de sentimentalisme quand vous lui parlerez, je vous prie. Elle a déjà perdu trois frères et une sœur. Elle sait ce que c'est. »

Fatmeh se mit à parler, très calmement. Lorsqu'elle se tut, Tayeh entreprit de traduire, avec un certain mépris, puisque telle était son attitude ce soir-là.

« Elle veut d'abord vous remercier d'avoir été un tel réconfort pour son frère, Salim, dans sa lutte contre le sionisme, et aussi de votre engagement dans ce combat pour la justice. » Il attendit que Fatmeh reprenne la parole. « Elle dit que vous êtes sœurs désormais. Vous aimiez toutes les deux Michel, et vous êtes toutes les deux fières de sa mort héroïque. Elle vous demande... » Il s'interrompit de nouveau pour la laisser parler. « Elle vous demande si vous préféreriez mourir plutôt que de devenir esclave de l'impérialisme. Elle attache beaucoup d'importance à la politique. Répondez oui.. »

« Oui. »

« Elle voudrait savoir comment Michel parlait de sa famille et de la Palestine. N'inventez pas. Elle a un instinct sûr. »

Tayeh abandonnait sa contenance indifférente. Il se leva à grand-peine et se mit à arpenter lentement la pièce, tantôt traduisant, tantôt posant des questions de son cru.

Charlie s'exprima du fond du cœur, du fond de sa mémoire blessée, en regardant droit devant elle. Elle ne mentait à personne, pas même à elle-même. Au début, raconta-t-elle, Michel ne mentionna pas même l'existence de son frère ; et celle de Fatmeh, sa sœur tant aimée, une fois seulement. Et puis, un jour — cela se passait en Grèce — il se mit à parler d'eux avec beaucoup d'amour, lui disant qu'après la mort de leur mère, c'était Fatmeh qui était devenue la mère de toute la famille.

Tayeh traduisit d'un ton brusque. La jeune femme ne répondit rien, mais ses yeux ne quittaient pas le visage de Charlie, étudiant, écoutant, interrogeant.

« Qu'a-t-il dit sur eux — ses frères ? » questionna Tayeh avec impatience. « Dites-le-lui. »

« Il m'a raconté que pendant toute son enfance, ses frères aînés étaient ses exemples resplendissants. Dans le premier camp, en Jordanie, alors qu'il était encore trop jeune pour se battre, ses frères disparaissaient sans dire où ils allaient. Alors Fatmeh s'approchait de son lit pour lui murmurer qu'ils étaient allés lancer une nouvelle attaque contre les sionistes. »

Tayeh l'arrêta pour jouer son rôle d'interprète.

Les questions de Fatmeh perdirent leurs accents nostalgiques et prirent la sécheresse d'un interrogatoire. Quelles études avaient suivies ses frères ? Quels étaient leurs talents, leurs aptitudes, comment étaient-ils morts ? Charlie répondait quand elle le pouvait, par bribes : Salim — Michel — ne lui avait pas tout dit. Fawaz était un grand juriste, ou voulait le devenir. Il était amoureux d'une étudiante d'Amman — elle était en fait la jeune fille de ses rêves depuis l'enfance, dans leur village de Palestine. Et les sionistes l'avaient tué alors qu'il sortait de chez elle, très tôt un matin. « D'après Fatmeh... » commença Charlie.

« Quoi, d'après Fatmeh ? » insista Tayeh.

« D'après Fatmeh, c'étaient les Jordaniens qui avaient livré l'adresse de la fille aux sionistes. »

Fatmeh posait une question. Avec colère. Tayeh traduisit de nouveau :

« Michel mentionne dans l'une de ses lettres sa fierté d'avoir partagé la torture avec son grand frère, dit Tayeh. A propos de cet incident, il écrit qu'à part vous, sa sœur Fatmeh est la seule femme sur terre qu'il peut aimer complètement. Expliquez cela à Fatmeh, s'il vous plaît. De quel frère parle-t-il ? »

« Khalil », répondit Charlie.

« Décrivez l'incident dont il parle », commanda Tayeh.

« Cela se passait en Jordanie. »

« Où ? Comment ? Donnez des faits précis. »

« C'était le soir. Un convoi de jeeps jordaniennes, six en tout, ont pénétré dans le camp. Les Jordaniens ont pris Khalil et Michel — Salim — et ont ordonné à Michel d'aller couper des branches de grenadier — elle écarta les mains comme Michel l'avait fait cette nuit-là, à Delphes — six jeunes branches d'un mètre chacune. Ils ont obligé Khalil à ôter ses souliers, et Salim à s'agenouiller pour tenir les pieds de son frère pendant qu'ils les frappaient avec les branches de grenadier. Et puis ils ont fait le contraire. Khalil tenant Salim. Leurs pieds ne ressemblaient plus à des pieds, ils étaient devenus des masses sanglantes. Mais les Jordaniens les ont fait courir quand même, en leur tirant dans les jambes. »

« Ensuite ? » dit Tayeh avec impatience.

« Ensuite quoi ? »

« Comment Fatmeh devient-elle si importante ? »

« Elle les a soignés. De nuit comme de jour, elle a baigné leurs pieds. Elle leur a redonné courage. Elle leur a lu les grands écrivains arabes. Leur a permis de dresser de nouveaux plans d'attaque. "Fatmeh est notre cœur", disait-il. Il disait aussi : "Fatmeh est notre Palestine. Je dois prendre exemple sur son courage et sur sa force." »

« Il l'a même écrit, l'imbécile », déclara Tayeh en accrochant sa canne au dos d'une chaise afin d'allumer une cigarette.

Regardant fixement le mur vide comme s'il s'y trouvait un miroir, et s'appuyant légèrement en arrière sur sa canne de frêne, Tayeh s'épongeait le visage avec un mouchoir. Fatmeh se leva et se dirigea silencieusement vers le lavabo pour lui rapporter un verre d'eau. Tayeh tira une flasque de scotch de sa poche et en versa une rasade dans le verre. Charlie songea une fois de plus qu'ils se connaissaient très bien, à la façon d'associés très proches, ou même d'amants. Ils discutèrent un moment ensemble ; puis Fatmeh se tourna de nouveau vers Charlie pendant que Tayeh assenait sa dernière question.

« Que signifie ce passage dans une lettre : "Le plan que nous nous sommes juré de suivre sur la tombe de mon père." Quel plan ? Expliquez-ça. »

Charlie commença de décrire la mort du père de Michel, mais Tayeh l'interrompit avec impatience.

« Nous savons comment il est mort. Il est mort de désespoir. Parlez-nous des obsèques. »

« Il avait demandé à être enterré à Hébron — à al-Khalil — alors ils l'ont emporté jusqu'au pont Allenby. Mais les sionistes n'ont pas voulu les laisser passer. Alors Michel, Fatmeh et deux amis ont porté le cercueil tout en haut d'une montagne, et quand le soir est tombé, ils ont creusé une tombe en un lieu d'où il pourrait voir la terre que les sionistes lui avaient volée. »

« Où était Khalil à ce moment-là ? »

« Il n'était pas là. Il était parti depuis des années. Impossible à joindre. En train de se battre. Mais cette nuit-là, alors qu'ils refermaient la tombe, il est soudain apparu. »

« Ensuite ? »

« Il a aidé à refermer la tombe. Puis il a dit à Michel de venir se battre. »

« Venir se battre ? » répéta Tayeh.

« Il lui a dit qu'il était temps de s'attaquer à l'ensemble des Juifs. Partout. Il ne devait plus exister la moindre distinction entre Juifs et Israéliens. Il a ajouté que la race juive tout entière constituait une base de ravitaillement sioniste, et que les sionistes ne s'arrêteraient que quand ils auraient exterminé notre peuple. Notre seule chance était de violer le monde pour l'obliger à écouter. Encore et encore. S'il fallait sacrifier des vies innocentes, pourquoi devraient-elles toujours être palestiniennes ? Les Palestiniens ne suivraient pas l'exemple des Juifs et n'attendraient pas deux mille ans pour récupérer leurs terres. »

« Et alors, en quoi consistait le plan ? » insista Tayeh sans se laisser impressionner.

« Michel devait se rendre en Europe. Khalil se chargerait de tout. Il y deviendrait étudiant, mais aussi soldat. »

Fatmeh se mit à parler. Elle fut brève.

« Elle dit que son frère ne savait pas tenir sa langue et que Dieu, dans sa grande sagesse, a eu raison de le faire taire », traduisit Tayeh, puis, après un signe à l'adresse des garçons, il se dirigea en clopinant très vite vers l'escalier. Charlie s'apprêtait à le suivre mais Fatmeh la retint par le bras et la dévisagea de nouveau, avec une curiosité non dissimulée mais dépourvue d'animosité. Côte à côte, les deux femmes descendirent le couloir. A la porte de la clinique, Fatmeh la regarda une dernière fois sans cacher son trouble. Puis elle déposa un baiser sur la joue de Charlie. La jeune Anglaise la suivit des yeux alors qu'elle allait reprendre l'enfant pour lui tamponner de nouveau les paupières, et, n'eût été la voix de Tayeh qui la pressait de le suivre, Charlie serait bien restée à aider Fatmeh jusqu'à la fin de ses jours.

« Vous devrez patienter », l'avertit Tayeh en la conduisant au camp. « Nous ne vous attendions pas, après tout. Nous ne vous avons pas invitée. »

Elle crut tout d'abord qu'il l'avait amenée dans un village, car les terrasses des cabanes blanches qui s'accrochaient au flanc de la colline semblaient, à la lumière des phares, plutôt agréables. Mais à mesure qu'ils se rapprochaient, l'état des lieux se précisait, et lorsqu'ils eurent atteint le sommet de la colline, Charlie comprit qu'elle se trouvait dans une ville de fortune construite pour abriter non des centaines, mais des milliers de réfugiés. Un homme très digne et grisonnant les accueillit ; il réserva cependant tout son empressement à Tayeh, en l'honneur duquel il avait revêtu des souliers noirs et bien cirés, ainsi qu'un uniforme kaki dont les plis étaient si bien repassés qu'ils paraissaient tranchants comme des lames de rasoir.

« C'est lui le chef ici », se contenta de dire Tayeh en guise de présentations. « Il sait que vous êtes anglaise, et c'est tout. Il ne demandera rien d'autre. »

Ils le suivirent dans une pièce dépouillée où des coupes sportives s'alignaient sur des étagères de verre. Des paquets de cigarettes de marques différentes s'empilaient sur une assiette posée bien au milieu d'une table à thé. Une jeune femme très grande apporta du thé sucré et des gâteaux, mais personne ne lui adressa la parole. Elle portait un foulard, une jupe longue traditionnelle et des chaussures plates. Sœur ? Épouse ? Charlie ne parvenait pas à le déterminer. Des cernes de douleur soulignaient les yeux de la jeune Palestinienne qui paraissait se mouvoir dans un univers de tristesse intime. Lorsqu'elle eut disparu, le chef fixa Charlie d'un regard féroce et la gratifia d'un discours morne, prononcé avec un accent écossais indubitable. Il lui expliqua sans sourire qu'il avait servi dans la police palestinienne durant le Mandat et touchait toujours une retraite britannique. L'âme de son peuple, affirma-t-il, avait été trempée par les épreuves subies. Il donna des chiffres. En douze ans, le camp avait été bombardé sept cents fois. Il fournit le nombre des victimes, détaillant les proportions de femmes et d'enfants tués. Les obus fusants de fabrication américaine constituaient les armes les plus destructrices ; les sionistes lâchaient également des jouets d'enfants piégés. Il lança un ordre et un garçon sortit pour revenir aussitôt, porteur d'une voiture de course miniature toute cabossée. Il souleva la carrosserie, révélant les fils métalliques et l'explosif qu'elle contenait. Peut-être, se dit Charlie. Peut-être pas. Le chef mentionna aussi les différentes idéologies politiques en vigueur parmi les Palestiniens, mais il lui assura gravement que, dans la lutte contre le sionisme, toutes ces factions n'en formaient plus qu'une.

« Ils nous bombardent tous », déclara-t-il.

Il appelait Charlie « Camarade Leïla », puisque c'était sous ce nom que Tayeh l'avait présentée, et, lorsqu'il eut fini son laïus, il lui souhaita la bienvenue puis la confia avec reconnaissance aux soins de la jeune femme si grande et si triste.

« Pour la justice », lui dit-il en guise de salut.

« Pour la justice », répliqua-t-elle.

Tayeh la regarda partir.

Les ruelles étroites semblaient éclairées à la bougie. Un caniveau les partageait en leur milieu. La lune bientôt pleine dérivait au-dessus des montagnes. La jeune Palestinienne ouvrait le chemin ; les garçons fermaient la marche, munis de leur mitraillette et du sac de Charlie. Ils dépassèrent un terrain de jeux boueux puis des baraquements oblongs qui formaient peut-être une école. Charlie se souvint du goût de Michel pour le football et se demanda trop tard s'il avait remporté l'une des coupes d'argent qui ornaient les étagères du chef. Des lumières bleu pâle brûlaient au-dessus des portes rouillées des abris antiaériens. La nuit résonnait des bruits nocturnes de l'exil. Le rock et la musique patriotique se mêlaient au murmure incessant des vieillards. Quelque part, un jeune couple se disputait. Leurs voix jaillirent en une explosion de fureur contenue.

« Mon père s'excuse pour le peu de confort. Dans le camp il est de règle que les bâtiments ne soient pas prévus pour durer, de peur que nous ne soyons tentés d'oublier où se trouve notre vraie patrie. Si une attaque aérienne se produit, surtout n'attendez pas les sirènes, suivez la foule en courant. Après un raid, faites attention à ne rien toucher de ce qui traîne par terre. Stylos, bouteilles, radios... rien du tout. »

Elle s'appelait Salma, lui apprit-elle avec son petit sourire triste, et le chef était son père.

Charlie se laissa guider avec abandon. La cabane se révéla minuscule et aussi propre qu'un service hospitalier. Elle était équipée d'un lavabo, de waters, et d'une cour attenante grande comme un mouchoir de poche.

« Que faites-vous, ici, Salma ? »

La question parut un instant la stupéfier. Le fait d'être là constituait déjà une occupation.

« Où avez-vous appris l'anglais, alors ? » insista Charlie.

En Amérique, répondit Salma ; elle était diplômée en biochimie de l'université du Minnesota.

Vivre longtemps parmi les vraies victimes de ce monde procure une paix absolument terrible et pourtant pastorale. Charlie éprouva du moins toute la compassion que la vie lui avait refusée jusque-là. A attendre ainsi, elle gonflait les rangs de ceux qui avaient attendu toute leur existence. A partager leur captivité, elle rêvait qu'elle s'était évadée de la sienne. A les aimer, elle s'imaginait qu'elle se faisait pardonner les multiples fourberies qui l'avaient amenée ici. Elle n'avait plus de gardes attachés à sa personne, et le premier matin, à peine éveillée, elle entreprit de sonder avec précaution les limites de sa liberté. Il n'en subsistait apparemment aucune. Elle traversa les terrains de jeux et regarda des petits garçons aux épaules voûtées faire des efforts désespérés pour parvenir à ressembler à des hommes. Charlie découvrit le dispensaire, les écoles, et les boutiques minuscules qui vendaient de tout, allant des oranges à la bouteille familiale de shampooing *Head and Shoulders.* Dans le dispensaire, une vieille Suédoise lui parla sans se plaindre de la volonté divine.

« Ces pauvres Juifs ne peuvent reposer en paix tout en nous gardant sur la conscience », expliqua-t-elle d'un ton rêveur. « Dieu s'est montré si *dur* avec eux. Pourquoi ne leur apprend-il pas à aimer maintenant ? »

A midi, Salma lui apporta une tourte au fromage aplatie et du thé.

Puis, lorsqu'elles eurent déjeuné dans la cabane de Charlie, Salma l'entraîna dans une orangeraie qui menait au sommet d'une colline très semblable à celle où Michel lui avait appris à tirer. Une chaîne de montagnes brunes bordait l'horizon au sud et à l'ouest.

« Par là, à l'est, c'est la Syrie », lui indiqua Salma en montrant un point situé au-delà de la vallée. « Mais ces montagnes-là » — elle tendit le bras vers le sud puis le laissa retomber en un mouvement de soudain désespoir — « celles-là sont les nôtres, et c'est par là que les sionistes arriveront pour nous tuer. »

En redescendant la colline, Charlie repéra des camions de l'armée camouflés par des filets, et, dans un bouquet de cèdres, l'éclat mat de canons de fusils pointés vers le sud. Son père venait de Haïfa, raconta Salma, à une soixantaine de kilomètres de là. Sa mère avait été tuée, mitraillée par un avion de chasse israélien au moment où elle quittait son abri. Elle avait un frère, riche banquier au Koweït. Non, répondit-elle à la question qui s'imposait ; les hommes la trouvaient trop grande, et trop intelligente.

Le soir, Salma conduisit Charlie à un concert d'enfants. Elles se rendirent ensuite dans une salle d'école où, avec une vingtaine d'autres femmes, et à l'aide d'une machine qui ressemblait à un gros gaufrier vert, elles collèrent en vue de la grande fête des imprimés criards sur des tee-shirts d'enfants. Les pièces à coller portaient des slogans en arabe promettant une victoire totale ; d'autres représentaient des portraits de Yasser Arafat, que les femmes appelaient Abou Ammar. Charlie passa la plus grande partie de la nuit avec elles et devint leur championne. Deux mille chemises, toutes à la bonne taille et prêtes à temps, grâce à la camarade Leïla.

Sa cabane s'emplit bientôt d'enfants de l'aube au coucher du soleil, certains venant pour parler anglais avec elle, d'autres pour lui apprendre leurs danses et leurs chants. Ou pour lui tenir la main et marcher avec elle dans la rue, fiers d'être vus en sa compagnie. Quant aux mères, elles lui apportèrent tant de biscuits sucrés et de tourtes au fromage qu'elle aurait pu vivre ici jusqu'à la fin de ses jours, ce qui était bien dans son intention.

Mais qui est-elle ? se demanda Charlie, laissant son imagination courir vers une nouvelle histoire inachevée, alors qu'elle regardait Salma évoluer à sa façon triste et secrète parmi les siens. Il lui fallut attendre pour que, peu à peu, une explication commence à se dessiner. Salma connaissait le monde extérieur. Elle savait comment les Occidentaux parlaient de la Palestine. Et elle avait vu, avec plus d'acuité encore que son père, la distance qui les séparait désormais de leur patrie.

La grande procession eut lieu trois jours plus tard. Elle commença en milieu de matinée, sur le terrain de jeux et progressa lentement autour du camp, dans la chaleur de rues bondées et décorées de bannières brodées à la main qui auraient fait la fierté d'une institution de jeunes filles anglaise. Charlie se tenait sur le pas de la porte, portant dans ses bras une enfant trop petite pour marcher, et l'attaque aérienne se déclencha deux minutes à peine après qu'elle eut admiré la maquette de Jérusalem transportée par une demi-douzaine de gamins lui arrivant à l'épaule. Vint tout d'abord Jérusalem, figurée — lui expliqua Salma — par une mosquée d'Omar en papier doré et coquillages. Puis défilèrent les enfants des martyrs, chacun d'eux revêtu d'une longue chemise de nuit, et porteur d'une branche d'olivier. Puis, comme intégré à la suite de la fête, retentit le son joyeux d'une canonnade venant de la colline. Mais personne ne cria ni ne fit mine de bouger. Pas encore. Salma, qui se trouvait près de Charlie, ne leva pas même la tête.

Jusqu'alors, Charlie n'avait pas vraiment pensé aux avions. Elle en avait bien remarqué deux, très haut dans le ciel, et avait admiré le beau panache blanc qu'ils laissaient derrière eux en tournoyant paresseusement. Mais, dans son ignorance, il ne lui était pas venu à l'idée que les Palestiniens pouvaient ne pas posséder d'aviation, ou que l'armée de l'air israélienne pouvait ne pas apprécier que l'on prétende à son territoire avec une telle ferveur et aussi près de la frontière. La jeune femme s'était beaucoup plus intéressée aux filles en uniforme qui dansaient les unes en face des autres sur des chars tirés par des tracteurs, balançant leurs mitrallettes d'avant en arrière, au rythme des claquements de mains de la foule ; aux jeunes combattants qui, des bandes de keffieh rouge nouées autour du front à la façon des Apaches, posaient, la mitraillette à la main, à l'arrière de camions ; à la lamentation ininterrompue de ces milliers de voix, qui courait d'un bout à l'autre du camp — ils ne s'enrouaient donc jamais ?

Et puis, à ce moment précis, son regard avait été attiré par un petit incident qui se produisait juste en face de l'endroit où elle et Salma se tenaient : un garde qui corrigeait un enfant. Le garde avait ôté sa ceinture, l'avait repliée, et frappait l'enfant en travers du visage avec la boucle. Durant un instant, alors qu'elle se demandait encore si elle devait intervenir, Charlie eut l'illusion, parmi tout le vacarme qui l'entourait, que c'était la ceinture qui avait déclenché les explosions.

Enfin le mugissement d'un avion virant trop raide se fit entendre, suivi par de nombreuses rafales en provenance du sol, détonations dérisoires au regard d'une cible si haute et si rapide. La première bombe fut en explosant comme un rappel à la réalité : l'entendre signifiait être vivant. Charlie en aperçut les lueurs à environ quatre cents mètres de là, sur le flanc de la colline, puis elle vit s'élever un champignon de fumée noire en même temps que lui parvenaient le bruit et le souffle de la déflagration. Elle se tourna vers Salma et lui cria quelque chose, forçant sa voix comme pour couvrir le fracas d'un orage bien que tout autour d'elle fût devenu étonnamment calme ; mais le visage de Salma, transformé par la haine, restait levé vers le ciel.

« Quand ils voudront nous avoir, ils nous auront, déclara-t-elle. Aujourd'hui, ils veulent simplement s'amuser un peu. Tu dois nous porter chance. »

Le sens d'une telle suggestion parut insupportable à Charlie, qui le rejeta en bloc.

Une deuxième bombe tomba, plus loin apparemment, ou peut-être Charlie se laissait-elle déjà moins impressionner : la bombe pouvait bien tomber où elle voulait, sauf sur ces ruelles bondées, et sur ces colonnes d'enfants patients qui attendaient, telles de petites sentinelles condamnées, que la lave dévale la montagne. La fanfare attaqua un nouvel air, beaucoup plus fort que précédemment ; la procession se remit en route, deux fois plus belle. La fanfare interprétait une marche que la foule accompagnait en frappant dans ses mains. Prise d'une envie soudaine, Charlie posa la petite par terre et se mit elle aussi à battre la mesure. Ses paumes ne tardèrent pas à la brûler, ses épaules à la tirer, mais elle continua de frapper. Le cortège se rangea de côté ; une jeep, tous feux clignotants, passa en trombe, suivie par des ambulances et une pompe à incendie. Un voile de poussière jaune vola derrière elles comme la fumée d'un champ de bataille. La brise le dispersa, la fanfare reprit et ce fut au tour de l'union des pêcheurs de défiler, représentée par un fourgon jaune assez sobre, décoré de portraits d'Arafat et, fixé sur le toit, d'un immense poisson de papier peint en blanc, rouge et noir. Ensuite, conduite par un groupe de fifres, venait une nouvelle marée d'enfants armés de fusils en bois, et qui chantaient les paroles de la marche. Le chant s'amplifia, la foule entière le reprenait maintenant, et Charlie, paroles ou pas, s'y donnait de tout son cœur.

Les avions disparurent. La Palestine venait de remporter une nouvelle victoire.

« Ils t'emmèneront ailleurs dès demain », lui apprit Salma ce soir-là, alors qu'elles marchaient ensemble sur la colline.

« Je ne pars pas », décréta Charlie.

Les avions revinrent deux heures plus tard, juste avant la tombée de la nuit ; Charlie était de retour dans sa cabane. Les sirènes se déclenchèrent en retard, et elle courait encore vers les abris quand les premiers appareils s'approchèrent — deux engins sortis tout droit d'un meeting d'aviation et qui assourdissaient la foule du fracas de leurs moteurs. Allaient-ils éviter l'écrasement ? Mais oui, et le souffle de leur première bombe projeta la jeune femme contre la porte d'acier. Cependant, le bruit ne fut pas aussi terrible que le tremblement de terre qui l'accompagnait, ou que les cris hystériques de piscine que charriait la fumée noire et épaisse, de l'autre côté du terrain de jeux. Quelqu'un entendit le poids de son corps cogner contre la porte, et celle-ci s'ouvrit aussitôt pour permettre à de fortes mains de femmes de tirer Charlie à l'intérieur de l'abri obscur et de la coincer sur un banc de bois. Tout d'abord, elle se crut sourde, mais elle perçut peu à peu les pleurs d'enfants terrifiés et les voix plus régulières, et pourtant ferventes, de leurs mères. Quelqu'un alluma une lampe à pétrole puis l'accrocha à un anneau fixé au milieu du plafond et, dans son vertige, Charlie crut un instant qu'elle se trouvait dans une gravure de Hogarth suspendue à l'envers. Puis elle s'aperçut que Salma était à côté d'elle, et se rappela que la Palestinienne l'avait rejointe à peine l'alarme déclenchée. Deux nouveaux avions arrivèrent — ou s'agissait-il des deux mêmes qui revenaient ? — la lampe à pétrole oscilla, et Charlie eut une vision plus large des lieux tandis qu'une série de bombes se rapprochait en un crescendo soigneusement étudié. La jeune Anglaise eut l'impression que les deux premières la heurtaient violemment — non, assez, assez, par pitié. La troisième fut beaucoup plus puissante et la tua sur place ; la quatrième et la cinquième lui apprirent qu'en fin de compte, elle vivait encore.

« America ! » cria brusquement au visage de Charlie une femme submergée par la douleur et la folie. « America, America, America ! » Elle essaya de rallier les autres à son accusation, mais Salma la pria doucement de se taire.

Charlie patienta une heure, qui ne dut en fait pas excéder deux minutes puis, s'apercevant que rien ne se produisait, elle se tourna vers Salma pour lui demander de sortir ; l'abri lui semblait soudain pire que partout ailleurs. Salma fit non de la tête.

« C'est ce qu'ils attendent, expliqua-t-elle tranquillement, en se souvenant peut-être de sa mère. Nous ne pouvons pas sortir avant la nuit. »

La nuit finit par tomber et Charlie retourna seule à sa cabane. L'électricité étant coupée, elle alluma une bougie, et la toute dernière chose qui attira son regard fut le petit brin de bruyère blanche, dans son verre à dents, au-dessus du lavabo. La jeune femme se plongea dans la contemplation d'un dessin naïf que lui avait fait un petit Palestinien ; elle sortit dans la cour minuscule où pendaient ses vêtements — chic, tout est sec. Elle n'avait rien pour repasser, aussi ouvrit-elle un tiroir de sa petite commode en contre-plaqué, et se mit-elle à y ranger son linge avec le soin maniaque d'une habituée des camps. C'est sûrement l'un des gosses qui a mis ça là, se dit-elle gaiement lorsque la bruyère blanche s'imposa une fois de plus à sa vue. Sans doute le petit marrant avec les dents en or, celui que j'appelle Aladin. Ou c'est un cadeau de Salma pour ma dernière nuit ici. Comme c'est gentil de sa part. De leur part.

Nous sommes comme une histoire d'amour, lui avait dit Salma quand elles s'étaient séparées. *Tu vas partir, et quand tu seras partie, nous ne serons plus qu'un rêve.*

Espèces de salauds, pensa Charlie. Espèces de sionistes pourris, assassins. Si je n'avais pas été là, vous les auriez tous envoyés au paradis.

La seule loyauté est de se trouver ici, lui avait dit Salma.

22

Charlie n'était pas seule à regarder le temps passer et sa vie se dérouler devant ses yeux. Depuis qu'elle avait franchi la ligne fatidique, Litvak, Kurtz et Becker — toute son ancienne famille en fait — avaient été, d'une façon ou d'une autre, contraints de brider leur impatience et de se mettre au rythme étrange et décousu de leurs adversaires. « Il n'est rien de plus difficile dans la guerre », Kurtz aimait-il à répéter à ses compagnons — et sans doute à lui-même —, « que l'action héroïque consistant à se retenir. »

Et Kurtz se retenait comme jamais auparavant. Le repli de son armée hétéroclite loin des clairs-obscurs britanniques fut considéré — par la piétaille du moins — plus comme une défaite que comme la somme des victoires remportées jusque-là mais si peu célébrées. Quelques heures après le départ de Charlie, la maison de Hampstead fut rendue à la diaspora, le fourgon radio fut démonté et son matériel électronique expédié à Tel-Aviv par valises diplomatiques, comme sous le coup d'une disgrâce. Le fourgon proprement dit fut, lui, dépouillé de ses fausses plaques et des numéros de série de son moteur, puis abandonné, nouvelle carcasse calcinée sur le bord d'une route, quelque part entre Bodmin et la civilisation. Mais Kurtz ne s'attarda pas sur ces deuils en série. Il retourna dare-dare rue Disraeli, s'enchaîna à contrecœur au bureau qu'il haïssait tant, et devint ce même coordinateur dont il avait si bien raillé les attributions devant Alexis. Jérusalem jouissait du charme suave d'un soleil hivernal, et, tandis que Kurtz se hâtait d'un lieu de travail secret à un autre, repoussant les attaques et mendiant des ressources, la pierre dorée de la vieille ville fortifiée se reflétait dans le bleu d'un ciel miroitant. Pour une fois, Kurtz tira une petite consolation de ce spectacle. Sa machine de guerre, raconta-t-il par la suite, s'était muée en une voiture tirée par un attelage dont les chevaux partaient dans tous les sens. Sur le terrain, malgré tous les efforts de Gavron pour l'en empêcher, il était son propre maître ; en Israël, là où n'importe quel politicien de seconde zone ou soldat de troisième classe se considérait comme une sorte de génie des services secrets, il recevait plus de critiques encore qu'Élie et comptait plus d'ennemis que les Samaritains. Sa première bataille fut pour sauver la tête de Charlie, et peut-être la sienne, scène inévitable qui commença au moment même où Kurtz mit les pieds dans le bureau de Gavron.

Gavron le Corbeau s'était déjà levé, les bras tendus, prêt à la bagarre. Ses cheveux noirs et épais semblaient plus ébouriffés que jamais. « Alors on s'est bien amusé ? croassa-t-il. On a fait de bons petits repas ? Tu as grossi pendant ton séjour à ce que je vois. »

L'attaque était lancée, l'éclat de leurs voix résonnait partout ; ils criaient, ils hurlaient et frappaient sur la table de leurs poings fermés comme mari et femme lors d'une scène de ménage purgative. Qu'étaient devenus tous les résultats que Kurtz avait promis ? demandait le Corbeau. Qu'en était-il de la grande addition dont il avait parlé ? Et qu'apprenait-il au sujet d'Alexis, alors qu'il avait formellement interdit à Marty de poursuivre les contacts avec cet homme ?

« Et tu te demandes pourquoi je ne te fais plus confiance, avec tous ces stratagèmes, cet argent, ces ordres négligés et ce manque de résultats ? »

Pour le punir, Gavron l'obligea à assister à une réunion de son comité de direction, qui, faute d'autre solution, se devait de discuter des grands moyens. Et Kurtz dut intriguer de façon éhontée, ne fût-ce que pour obtenir une modification de leurs plans.

« Mais qu'êtes-vous en train de manigancer, Marty ? » le pressaient à voix basse ses amis, dans les couloirs. « Donnez-nous au moins une petite idée, que nous sachions pourquoi nous devrions vous aider. »

Son silence les offensa, et ils le laissèrent se débattre dans ses affres de piètre diplomate.

Et puis il y avait d'autres fronts où lutter. Afin de contrôler la progression de Charlie en territoire ennemi, il dut aller faire des courbettes au service chargé de la surveillance des lignes de courrier principales et des postes d'écoute le long de la côte Nord-Est. Le directeur de ce service, un Séfardi d'Alep, haïssait tout le monde, mais Kurtz plus que tout autre. Une piste pareille pouvait conduire n'importe où ! objecta-t-il. Et que deviendraient ses propres opérations ? Quant à fournir une assistance sur le terrain aux trois hommes de Litvak dans le seul but de rassurer une jeune fille parachutée en milieu inconnu, jamais il n'avait entendu de telles sornettes, et il ne se sentait pas disposé à jouer les nounous. Kurtz dut suer sang et eau, et faire toutes sortes de concessions plus ou moins régulières, pour obtenir la collaboration nécessaire. Misha Gavron, lui, prit soin de rester à l'écart de toutes ces tractations, préférant laisser les forces en lice trouver une solution naturelle. Si Kurtz y croit suffisamment il y arrivera, disait-il tout bas à ses amis ; cela ne lui fait pas de mal que l'on agite un peu le fouet et que l'on tire légèrement sur les rênes, ajoutait-il.

Peu désireux de quitter Jérusalem ne fût-ce qu'une nuit durant tous ces conciliabules, Kurtz confia à Litvak la navette européenne, le chargeant de renforcer ou de recomposer l'équipe de surveillance, et de préparer par tous les moyens possibles ce qui devait être — tous priaient pour qu'il en soit ainsi — la phase finale. L'époque insouciante de Munich, où une poignée d'hommes travaillant par équipes suffisaient amplement, était bien terminée. La surveillance du trio infernal Mesterbein, Helga, Rossino exigeait que l'on réunît un véritable bataillon d'agents — tous germanophones, et certains d'entre eux un peu rouillés par l'inaction. La méfiance que Litvak éprouvait à l'égard des Juifs non israéliens ne facilitait pas la tâche, mais il ne voulait pas en démordre : ils étaient trop mous dans l'action, affirmait-il ; trop divisés dans leurs fidélités. Sur l'ordre de Kurtz, il se rendit également à Francfort pour y rencontrer clandestinement Alexis à l'aéroport, à la fois dans le but d'obtenir une aide pour les opérations de surveillance, et dans celui d' « éprouver la solidité de son échine, dont on sait qu'elle ploie facilement », selon l'expression même de Kurtz. En l'occurrence, ces retrouvailles furent un vrai désastre, car les deux hommes ne pouvaient pas se sentir. Pire encore, l'opinion de Litvak confirma les prédictions avancées par les psychiatres de Gavron, à savoir que se fier à Alexis était la dernière chose à faire.

« Ma décision est prise », annonça Alexis à Litvak, avant même qu'ils ne se soient assis, commençant un monologue furieux et assez peu cohérent d'une voix chuchotée qui glissait sans cesse vers le fausset. « Et je ne reviens jamais sur une décision, tout le monde le sait. Dès que cette entrevue sera terminée, je vais aller voir le ministre et lui faire des aveux complets. Pour un homme d'honneur, il n'y a pas d'autre solution. » Il se révéla rapidement qu'Alexis n'avait pas simplement tourné casaque, mais aussi subi un réalignement politique complet :

« Ce n'est pas contre les Juifs en particulier, naturellement... Tout Allemand qui se respecte a sa conscience... Mais des événements récents..., un certain accident, des explosifs..., des mesures qui ont été imposées — par chantage —, enfin, disons que l'on commence à comprendre pourquoi les Juifs ont, tout au long de leur histoire, toujours attiré les persécutions. Pardonnez-moi. »

Le foudroyant toujours du regard, Litvak ne pardonna rien du tout.

« Votre ami Schulmann... Un homme très capable, très impressionnant..., très persuasif aussi... Votre ami n'a aucune modération. Il a perpétré des actes de violence illégaux sur le sol allemand ; il fait preuve de cet excès dans la violence que l'on nous a trop souvent attribué, à nous, les Allemands. »

C'en fut trop pour Litvak. Le visage blême, maladif, il avait détourné les yeux, peut-être pour en dissimuler le feu. « Pourquoi ne l'appelez-vous pas pour lui dire tout ceci vous-même ? » suggéra-t-il. Alexis suivit le conseil. Il recourut aux services téléphoniques de l'aéroport, utilisant le numéro spécial que Kurtz lui avait donné, tandis que Litvak se postait près de lui, l'oreille collée contre l'écouteur annexe.

« Mais je vous en prie, Paul », fit cordialement Kurtz lorsque Alexis en eut terminé. Puis il changea de ton : « Et pendant que vous serez chez le ministre, Paul, n'oubliez pas de lui parler de votre compte en Suisse aussi. Parce que, si vous oubliez, il se pourrait que je sois tellement impressionné par votre bel exemple de candeur que je m'y rende moi-même pour le lui raconter de vive voix. »

Kurtz donna ensuite l'ordre au standard de ne prendre aucune communication venant d'Alexis pendant les prochaines quarante-huit heures. Mais Kurtz ne lui garda aucune rancœur. Jamais avec les agents. Il attendit que les choses se calment un peu, puis réussit à prendre un jour pour effectuer son petit pèlerinage à Francfort, où il retrouva ce bon docteur nettement assagi. Nul doute que l'allusion au compte en banque suisse, même si Alexis la qualifia de « coup bas », avait dégrisé le petit Allemand, mais le facteur le plus déterminant de son retour à la raison fut indubitablement la vue réconfortante de son portrait dans les pages centrales d'un grand quotidien allemand — un Alexis résolu, passionné, mais dont l'esprit affleurait toujours —, description qui, il n'eut aucun mal à s'en convaincre, correspondait à la réalité. Kurtz l'abandonna à son heureuse fiction, et lui extorqua en prime, pour ses spécialistes surmenés, un indice aguichant qu'Alexis avait jusque-là dissimulé dans sa manche : la photocopie d'une carte postale adressée à Astrid Berger sous l'un de ses innombrables pseudonymes.

Écriture inconnue, cachet du septième arrondissement de Paris. Interceptée par la poste allemande sur ordre de Cologne.

Le texte donnait : « Le pauvre oncle Fri sera opéré comme prévu le mois prochain. Mais cela aura au moins l'avantage de te laisser la maison de V. Je te verrai là-bas. Bises. K. »

Trois jours plus tard, une deuxième carte écrite de la même main, envoyée à une autre des adresses sûres de Berger, mais postée cette fois-ci à Stockholm, fut prise dans le même filet. Ayant retrouvé tout son dévouement, Alexis s'empressa d'en faire parvenir une copie à Kurtz par courrier spécial. Le texte en était bref : « Appendicectomie Fri chambre 251 à 18 heures le 24. » Et il était signé « M », ce qui indiqua aux spécialistes qu'il manquait un message ; c'était du moins ce que laissait croire la façon dont Michel avait parfois reçu ses ordres. La carte postale L, malgré les efforts de chacun, resta introuvable. Cependant, deux des filles de Litvak interceptèrent une lettre postée par le gibier lui-même, en l'occurrence Berger, adressée tout bonnement à Anton Mesterbein, à Genève. L'opération fut astucieusement menée. Berger était alors de passage à Hambourg et séjournait avec l'un de ses multiples amants dans le quartier très chic de Blankenese. Un jour qu'elles la filaient en ville, les filles la virent glisser subrepticement une lettre dans une boîte. A peine Berger disparue, elles s'empressèrent de poster elles aussi une enveloppe, une grosse enveloppe jaune, affranchie et réservée à cet effet, pour couvrir celle de l'Allemande. Puis la plus jolie des deux agents monta la garde près de la boîte. Lorsque le préposé vint vider celle-ci, la fille lui concocta une telle histoire où il était question d'amour et de dispute, et lui fit des promesses si explicites qu'il resta planté là, à sourire timidement, pendant qu'elle récupérait la lettre qui aurait pu gâcher sa vie. Comment aurait-il pu savoir qu'il s'agissait en fait de celle d'Astrid Berger, soigneusement protégée par la grosse enveloppe jaune ? Après l'avoir ouverte à la vapeur, et photocopiée, ainsi que son contenu, elles la repostèrent dans la même boîte, à temps pour la levée suivante.

Le butin s'élevait à huit pages débordant d'une passion de lycéenne. Sans doute Berger était-elle complètement partie quand elle les avait écrites, mais peut-être à rien de plus que sa propre adrénaline. Elle s'exprimait avec franchise et faisait l'éloge de la puissance sexuelle de Mesterbein. Elle se lançait aussi au hasard dans des digressions où s'unissaient arbitrairement le Salvador et le budget de la Défense ouest-allemande, les élections espagnoles et quelque scandale ayant récemment éclaté en Afrique du Sud. Elle pestait contre les bombardements sionistes au Liban et parlait de la « Solution Définitive » que les Israéliens prônaient pour régler le problème palestinien. Elle s'émerveillait de la vie, mais trouvait partout à redire ; et elle faisait enfin allusion, visiblement pour le cas où le courrier de Mesterbein tomberait aux mains des autorités, à la vertueuse nécessité de « ne jamais franchir les limites de la légalité ». Mais il y avait un *post-scriptum*, une seule ligne, griffonnée comme un bon mot de dernière minute, lourdement soulignée et renforcée par des points d'exclamation. Une plaisanterie un peu fade qui leur appartenait et ne pouvait amuser qu'eux, et qui pourtant, comme d'autres mots d'adieux, constituait peut-être le véritable motif de toute la lettre. La phrase était rédigée en français : *Attention ! On va épater les Bourgeois !*

Les experts froncèrent les sourcils. Pourquoi un « B » majuscule ? Pourquoi souligner ? Helga était-elle si peu instruite qu'elle appliquât la règle allemande aux noms français ? C'était ridicule. Et pourquoi cette apostrophe juste en haut, dans le coin gauche ? Alors que les spécialistes du décryptage et autres experts se cassaient la tête pour percer le code à jour, alors que les ordinateurs vibraient, craquaient, gémissaient pour sortir des combinaisons impossibles, ce fut la petite Rachel qui, avec son bon sens d'Anglaise du Nord, tira les conclusions qui s'imposaient. Rachel passait son temps à faire des mots croisés et rêvait de gagner un jour une voiture à un concours. Le Fri d'« Oncle Fri » constituait, déclara-t-elle simplement, la première partie du mot « Fribourgeois » dont « Bourgeois » était la seconde. Les habitants de Fribourg allaient donc être secoués par une « opération » le vingt-quatre, à six heures du soir. Chambre 251 ? « Là, il va bien falloir se renseigner, non ? » dit-elle aux spécialistes médusés.

Oui, reconnurent-ils. Il allait falloir.

On éteignit les ordinateurs, mais un certain scepticisme n'en régna pas moins pendant deux ou trois jours. La supposition semblait absurde. Trop simple, pour ne pas dire puérile.

Cependant, comme ils le savaient déjà, Helga et ses pairs se faisaient presque une philosophie de renoncer à toute méthode de communication systématique. Entre camarades, le discours devait s'établir d'un cœur révolutionnaire à un autre, par allusions entortillées inaccessibles à ces sales flics.

Essayons, se dirent les experts.

Il existait au moins une demi-douzaine de Fribourg, mais ils pensèrent tout de suite à la petite ville de Fribourg, dans la Suisse natale de Mesterbein, ville où l'on parlait le français, comme l'allemand, et où la bourgeoisie, même parmi les Suisses, restait célèbre pour son calme inébranlable. Sans plus attendre, Kurtz y envoya deux enquêteurs extrêmement discrets, avec mission de dénicher les cibles éventuelles d'une attaque antisémite en jetant un coup d'œil particulièrement attentif sur les entreprises liées par contrats à la Défense israélienne ; de vérifier, du mieux qu'ils pourraient et sans aide officielle, toutes les chambres ou pièces 251, qu'il s'agisse d'hôpitaux, d'hôtels ou de bureaux ; les noms de tous les patients devant subir une appendicectomie le 24 de ce mois, ou toute autre opération à dix-huit heures ce jour-là.

Par l'Agence juive de Jérusalem, Kurtz obtint la liste exhaustive et remise à jour de toutes les personnalités juives habitant Fribourg, ainsi que celle des lieux de culte et des associations qu'ils fréquentaient. Existait-il un hôpital juif ? Ou, sinon, y avait-il un hôpital qui respectait les exigences des Juifs orthodoxes ? Et ainsi de suite.

Mais, comme toute l'équipe, Kurtz agissait sans conviction. De telles cibles ne présentaient pas l'aspect dramatique que revêtaient toutes les précédentes ; elles n'allaient *épater* personne ; elles n'attiraient l'attention sur rien qu'on pût découvrir.

Puis, un après-midi, au milieu de toute cette agitation — on eût dit que toutes leurs énergies concentrées sur un point unique avaient fait jaillir la vérité en un autre endroit —, Rossino, l'Italien meurtrier, prit à Vienne un avion pour Bâle, où il loua une moto. De là, il franchit la frontière allemande et roula pendant une quarantaine de minutes jusqu'à Fribourg-en-Brisgau, ancienne capitale du Bade célèbre pour sa cathédrale. Là-bas, après s'être offert un somptueux déjeuner, il se rendit au *Rektorat* de l'université où il se renseigna très poliment à propos d'une série de conférences sur l'humanisme, ouvertes, selon un pourcentage donné, au grand public. Puis, d'une manière plus détournée, il demanda où se trouvait la salle 251 sur le plan des locaux universitaires.

Ce fut un trait de lumière dans le brouillard. Rachel avait raison ; Kurtz avait raison ; Dieu était équitable, et Misha Gavron aussi. Les forces en lice avaient abouti à une solution naturelle.

Seul Gadi Becker ne partageait pas l'exaltation générale.

Où était-il ?

Les autres semblaient parfois le savoir mieux que lui-même. On le voyait un jour arpenter la maison de la rue Disraeli, son regard nerveux concentré sur les décodeurs qui, trop rarement pour son goût, annonçaient que l'on avait aperçu son agent, Charlie. La nuit même, ou, plus exactement, très tôt le lendemain matin, il pressait le bouton de sonnette de Kurtz, réveillant Elli et les chiens, pour qu'on lui assure qu'il n'y aurait aucune attaque lancée contre Tayeh ou un autre tant que Charlie serait là-bas ; des bruits couraient, expliqua-t-il ; « et Misha Gavron n'est pas réputé pour sa patience », ajouta-t-il sèchement.

Dès qu'un agent revenait du Liban — le garçon qu'on appelait Dimitri par exemple, ou son ami Raoul, rapatrié par canot pneumatique —, Becker insistait pour être présent lors de son rapport, et le bombardait alors de questions concernant l'état de Charlie.

Quelques jours de ce manège suffirent à Kurtz pour en avoir assez de le voir — « à me hanter comme ma mauvaise conscience » — et il finit par menacer son ami de lui interdire la maison jusqu'à ce qu'il retrouve la raison. « Un instructeur sans son agent est comme un chef sans orchestre », expliqua-t-il sentencieusement à Elli alors qu'il faisait tous ses efforts pour réprimer sa colère. « Le mieux est d'essayer de se montrer gentil et de l'aider à passer le temps. »

En grand secret, et sans autre complicité que celle d'Elli, Kurtz téléphona à Frankie pour l'informer que son ancien mari se trouvait en ville et lui donner le numéro où elle pouvait le joindre ; Kurtz, avec une grandeur d'âme digne de Churchill, souhaitait à tout le monde un mariage comme le sien.

Frankie ne manqua pas d'appeler ; Becker écouta un moment le son de sa voix — en admettant que ce fût bien lui qui avait décroché — puis reposa doucement le combiné sur son support sans prononcer un mot, ce qui la mit en rage.

Le petit complot de Kurtz eut au moins un effet, car Becker entreprit dès le lendemain ce que l'on considéra par la suite comme une sorte de voyage visant à examiner les postulats de base de son existence. Il loua une voiture et se rendit d'abord à Tel-Aviv où, après avoir pris quelques dispositions plutôt pessimistes avec son banquier, il alla au vieux cimetière où était enterré son père. Il déposa des fleurs sur la tombe, désherba méticuleusement la terre tout autour à l'aide d'une houlette qu'il emprunta, et récita le *Kaddish* à voix haute bien que ni lui ni son père ne se fussent jamais vraiment consacrés à la religion. Puis, de Tel-Aviv, il prit la route du Sud-Est, celle de Hébron ou, comme l'aurait appelée Michel, celle de al-Khalil. Il visita la mosquée d'Abraham qui, depuis la guerre de 1967, faisait bizarrement office de synagogue aussi ; Becker bavarda avec les réservistes aux chapeaux affaissés et chemises déboutonnées jusqu'au nombril, qui flânaient devant l'entrée ou bien patrouillaient le long des remparts.

Becker, s'étonnèrent-ils dès qu'il fut parti — mais ils employèrent son nom hébreu —, le grand Gadi en personne — l'homme qui s'était battu pour le Golan au delà des lignes syriennes —, que pouvait-il bien faire dans ce sale trou arabe avec l'air d'être si mal dans sa peau ?

Sous leurs regards admiratifs, il se promena dans le vieux marché couvert sans paraître se préoccuper du silence explosif ou des coups d'œil venimeux des peuples occupés. Parfois, avec, semblait-il, d'autres idées en tête, il s'arrêtait pour parler en arabe avec un commerçant, lui demandant une épice ou le prix d'une paire de chaussures, pendant que des petits garçons s'attroupaient autour de lui pour l'écouter, et même, une fois, pour lui toucher témérairement la main. Becker retourna ensuite à sa voiture en saluant au passage les soldats d'un signe de tête, puis s'engagea sur de petites routes qui sillonnaient de riches terrasses de vigne rouge. Il finit par arriver aux villages arabes qui s'égrenaient sur l'ouest des montagnes, villages de pierre aux maisons ramassées d'où pointaient des antennes de tour Eiffel. Une mince couche de neige recouvrait les pentes supérieures ; des amas de nuages sombres donnaient à la terre des reflets durs et implacables.

De l'autre côté de la vallée se dressait, tel l'émissaire d'une planète conquérante, une énorme colonie israélienne flambant neuve.

Becker choisit l'un de ces villages pour s'arrêter et prendre l'air. C'était là que Michel et sa famille avaient vécu jusqu'en 1967, année où son père avait jugé nécessaire de fuir.

« Et pendant qu'il y était, il n'est pas allé visiter sa propre tombe ? » s'enquit Kurtz avec aigreur lorsqu'il apprit tout cela. « Celle de son père, et ensuite la sienne... Je me trompe ? »

Le moment de stupéfaction fut bientôt suivi par un éclat de rire général : ils se rappelèrent soudain la croyance arabe selon laquelle Joseph, fils d'Isaac, aurait lui aussi été enterré à Hébron, alors que tout Juif sait qu'il n'en est rien.

Il semble qu'après Hébron, Becker se soit dirigé vers le nord, pour faire halte en Galilée, à Beit Shean, ville arabe désertée par ses habitants lors de la guerre de 1948 puis réoccupée par les Juifs. Il s'attarda là-bas assez longtemps pour admirer l'amphithéâtre romain, puis prit lentement la route de Tibériade qui est en train de devenir la ville d'eau la plus moderne du Nord avec ses immenses hôtels à l'américaine tout neufs bordant le front de mer, son lido, ses grues innombrables et son excellent restaurant chinois. Mais le spectacle ne parut pas le passionner, car il se contenta de ralentir, examinant les gratte-ciel depuis sa vitre comme s'il les dénombrait. Il refit ensuite surface à Metulla, tout au nord de la frontière libanaise. Une bande labourée et recouverte de plusieurs épaisseurs de barbelés délimitait la frontière qu'on appelait en de meilleurs temps la Bonne Frontière. D'un côté, les citoyens israéliens se tenaient sur une plate-forme d'observation et scrutaient avec des expressions ahuries les terres arides qui s'étendaient au-delà des barbelés. De l'autre côté, les milices chrétiennes libanaises ne cessaient de faire des aller et retour à bord de toutes sortes de moyens de transport, prenant livraison des fournitures israéliennes qui leur permettraient d'alimenter la guerre sanglante et interminable qui les opposait à l'usurpateur palestinien.

Mais à ce moment-là, Metulla constituait également le terminus naturel des courriers remontant vers Beyrouth, et le service de Gavron conservait là-bas une section fort discrète chargée de s'occuper des agents en transit. Le grand Becker s'y présenta en début de soirée, parcourut le registre de la section, posa quelques questions décousues concernant la situation des troupes des Nations unies, puis repartit. Il avait l'air préoccupé, déclara le commandant de la section. Peut-être même malade. Oui, ses yeux et son teint paraissaient malsains.

« Mais bon Dieu, que pouvait-il chercher ? » demanda Kurtz au commandant lorsqu'il fut prévenu. Mais le commandant, homme prosaïque et engourdi par la clandestinité, ne put rien lui apprendre de plus. Préoccupé, répéta-t-il. Comme les agents le sont parfois quand ils reviennent d'une très longue mission.

Et Becker poursuivait son chemin. Il finit par atteindre une route de montagne en lacet défoncée par les chenilles des tanks, et l'emprunta pour se rendre au kibboutz qui, entre tous, restait cher à son cœur : un nid d'aigle dominant le Liban de trois côtés. Ce fut en 1948 que ce lieu devint pour la première fois demeure juive, lorsque Israël en fit une place forte militaire visant à contrôler l'unique voie est-ouest située au sud du Litani. En 1952, les premiers jeunes colons sabras s'installèrent là pour y mener l'existence rude et séculaire qui constitua un certain temps l'idéal sioniste. Depuis, le kibboutz avait subi quelques bombardements, avait fait l'objet d'une affluence apparente puis d'une désaffection inquiétante de la part de ses membres. Quand Becker arriva, les pelouses se gorgeaient de l'eau des arroseurs : l'air embaumait du parfum douceâtre des roses blanches et roses. Ses hôtes le reçurent humblement et avec une grande excitation.

« Tu te décides à te joindre à nous, Gadi ? Ton combat est enfin terminé ? Écoute, il y a une maison qui t'attend ici. Tu peux emménager dès ce soir ! »

Becker rit mais ne répondit rien. Il aurait voulu travailler un ou deux jours au kibboutz, mais ils n'avaient pas grand-chose à lui proposer. C'était, lui expliquèrent-ils, la saison morte. Les fruits et le coton avaient été récoltés, les arbres taillés et les champs labourés, prêts à attendre le printemps. Puis, voyant qu'il insistait, ils lui promirent qu'il pourrait procéder à la distribution de la nourriture dans la salle à manger commune. Mais ils attendaient surtout de lui qu'il leur donnât son avis sur la politique israélienne — si quelqu'un savait ces choses-là, c'était bien Gadi. Ce qui signifiait en fait qu'ils voulaient que Becker écoutât leurs propres opinions — sur ce gouvernement tapageur, sur la dégradation de la politique de Tel-Aviv.

« Nous, nous sommes venus ici pour travailler, pour retrouver une identité, pour faire des Juifs des Israéliens, Gadi ! Allons-nous enfin devenir un pays, ou sommes-nous condamnés à n'être qu'une vitrine pour la communauté juive internationale ? Quel est notre avenir, Gadi ? Dis-le-nous ! »

Ils lui posaient ces questions avec une animation pleine de confiance, comme s'il était une sorte de prophète venu à eux pour donner un sens nouveau à leur existence recluse ; ils ne pouvaient pas savoir — pas au début du moins — qu'ils s'adressaient au vide de son âme. Et qu'est-il advenu de tous nos beaux discours comme quoi nous allions nous entendre avec les Palestiniens, Gadi ? Notre grande erreur a été 1967, décidèrent-ils, répondant, comme d'habitude, à leurs propres questions : nous aurions dû nous montrer généreux en 1967 ; nous aurions dû leur proposer un marché honnête. Qui pouvait faire preuve de générosité sinon les vainqueurs : « Nous sommes si puissants, Gadi, et ils sont si faibles ! »

Mais, très vite, tous ces problèmes insolubles se mirent à ronronner aux oreilles de Becker, et il préféra faire seul dans le camp des promenades qui s'harmonisaient mieux avec son besoin de recueillement. Son but favori était une tour de guet en ruine qui commandait, juste en dessous, une petite ville chiite, et, au nord-est, le bastion des croisés de Beaufort, encore aux mains des Palestiniens à ce moment-là. Les kibboutzniks l'aperçurent là-bas lors du dernier soir qu'il passa au camp. Il se tenait debout, très droit et complètement à découvert, aussi près de la barrière électronique séparant les deux pays qu'il le pouvait sans déclencher le signal d'alarme. Seul un côté de son corps s'offrait à la lumière du couchant, et sa posture semblait inviter tout le bassin du Litani à prendre connaissance de sa présence.

Le lendemain matin, il était de retour à Jérusalem et, après une apparition rue Disraeli, il passa la journée à errer dans les rues de cette ville où il s'était tant de fois battu et où il avait vu tant de sang couler, y compris le sien. Il paraissait pourtant interroger tout ce qu'il voyait. Hébété, il contempla les voûtes nues du quartier juif reconstruit ; il s'assit dans le hall des hôtels gigantesques qui mutilaient désormais la silhouette générale de Jérusalem, et jeta des regards sombres aux groupes de bons citoyens américains venus par cargaisons entières de Oshkosh, Dallas ou Denver — en toute bonne foi et dans la force de l'âge — pour garder certains liens avec leur héritage. Il s'attarda devant les petites boutiques qui présentaient des caftans arabes brodés à la main et des articles d'artisanat arabe garantis par le commerçant ; il écouta le bavardage innocent des touristes, respira les parfums coûteux qu'ils exhalaient et les entendit se plaindre, mais avec la politesse de la solidarité, de la qualité du bœuf premier choix dit à la façon de New York et qui n'avait vraiment pas le même goût que chez eux. Et il passa tout un après-midi au musée de l'Holocauste, à souffrir devant des photographies d'enfants qui auraient eu son âge s'ils avaient vécu.

Ayant eu vent de tout cela, Kurtz mit fin à la permission de Becker et l'envoya aussitôt au travail. Trouve-moi ce qui va se produire à Fribourg, ordonna-t-il. Passe les bibliothèques, les dossiers au peigne fin. Vois qui nous connaissons là-bas, procure-toi la topographie de l'université. Trouve les plans d'architecte. Pense à tout ce dont nous avons besoin et multiplie par deux. Le tout pour hier.

Un bon combattant n'est jamais tout à fait normal, dit Kurtz à Elli pour se consoler. Quand il n'est pas complètement stupide, alors il pense trop.

Mais en lui-même, Kurtz s'émerveillait de constater à quel point sa petite agnelle égarée le mettait encore dans tous ses états.

23

C'était le terminus. Et le pire endroit où elle eût jamais vécu au cours de toutes ses vies réunies. C'était le sale pensionnat de son adolescence avec des violeurs en plus, un camp d'entraînement planté au milieu du désert et où l'on ne tirait pas à blanc. Le rêve meurtri d'une Palestine toute proche se trouvait maintenant à cinq heures d'un voyage éreintant au-delà des montagnes, et ils devaient se contenter d'un petit fort digne du décor d'un remake de *Beau geste,* aux remparts en pierre ocre, aux escaliers de roc, aux murs à demi éventrés par les bombes et au portail protégé par des sacs de sable et orné d'une hampe dont le vent brûlant faisait battre les cordes élimées qui ne hissaient jamais de drapeau. A la connaissance de Charlie, personne ne dormait dans le fort. Il servait à l'administration et aux entrevues ; aux trois repas journaliers de riz et d'agneau ; et aux grandiloquentes discussions de groupe qui se poursuivaient après minuit et au cours desquelles les Allemands de l'Est haranguaient les Allemands de l'Ouest, les Cubains haranguaient tout le monde, et une espèce de zombie américain se faisant appeler Abdoul lisait des articles de vingt pages sur la réalisation immédiate de la paix mondiale.

Ils avaient pour autre centre de réunion le petit champ de tir, qui ne ressemblait en rien à une carrière désaffectée en haut d'une colline, mais comprenait un vieux baraquement aux fenêtres condamnées, éclairé par des séries d'ampoules montées sur des poutrelles d'acier, et dont les murs étaient bordés de sacs de sable troués. Il ne s'agissait pas non plus de tirer sur des bidons d'essence vides, mais sur des mannequins figurant d'affreux marines américains, une grimace peinte en fait de visage, la baïonnette à la main et à leurs pieds des rouleaux de papier collant brun destiné à boucher les trous après les séances de tir. L'endroit était très fréquenté, souvent même en plein cœur de la nuit, et il y résonnait constamment des éclats de rire bruyants et des grognements de concurrents déçus. Un jour, un grand combattant arriva, une sorte de caïd du terrorisme circulant à bord d'une Volvo conduite par un chauffeur, et il fallut lui abandonner tout le baraquement pour ses exercices ; une autre fois, un groupe de Noirs complètement fous firent irruption dans le cours de Charlie ; ils vidèrent chargeur sur chargeur sans prêter la moindre attention au jeune Allemand de l'Est qui dirigeait l'exercice.

« T'es content de nous, visage pâle ? » gueula l'un d'eux par-dessus son épaule avec un fort accent d'Afrique du Sud.

« Oh ! mais oui... Bien... Vraiment très bien », bredouilla le jeune Allemand, blessé par leur racisme.

Ils partirent très fiers d'eux et absolument écroulés de rire, laissant les marines troués comme des passoires, ce qui contraignit les filles à passer toute une heure à les couvrir de papier collant de la tête aux pieds.

Ils disposaient pour vivre de trois longues cabanes, l'une pourvue de cloisons, pour les femmes ; une autre sans cloisons pour les hommes ; et une troisième baptisée bibliothèque et réservée au personnel d'encadrement — si jamais on t'invite à la bibliothèque, lui dit une grande Suédoise qui s'appelait Fatima, ne t'attends pas à faire beaucoup de lecture. Le matin, pour les réveiller, un haut-parleur impossible à arrêter se mettait à cracher une musique militaire, puis venaient les exercices physiques à exécuter sur une étendue de sable où les stries de rosée faisaient comme de gigantesques traces de serpents. Mais Fatima affirmait que les autres camps étaient pires. A l'en croire, la jeune Suédoise était un monstre de l'entraînement. Elle avait fait des stages au Yemen, en Libye, à Kiev. Elle suivait le circuit à la façon d'un professionnel du tennis en attendant qu'on décide de lui confier une mission. Elle avait aussi un petit garçon de trois ans nommé Knout, qui courait, toujours nu et solitaire, à travers le camp, mais qui se mit à pleurer dès que Charlie essaya de lui parler.

Ils avaient pour gardes une nouvelle race d'Arabes que Charlie ne connaissait pas auparavant et n'avait pas envie de retrouver un jour : des cow-boys arrogants et quasi muets dont le plus grand plaisir consistait à humilier les Occidentaux. Ils se pavanaient à l'intérieur du camp, et montaient à six dans des jeeps qu'ils conduisaient à un train d'enfer. Fatima disait qu'ils faisaient partie d'une milice spéciale formée sur la frontière syrienne. Certains semblaient si jeunes que Charlie se demandait s'ils pouvaient atteindre les pédales. La nuit, jusqu'au jour où Charlie et une Japonaise piquèrent une crise, ces gosses faisaient des descentes à deux ou trois pour tenter de décider les filles à les accompagner dans le désert. La plupart du temps Fatima acceptait, ainsi qu'une Allemande de l'Est, et elles revenaient l'air assez impressionnées. Mais les autres filles préféraient, quand l'envie les en prenait, s'en tenir sagement aux instructeurs occidentaux, ce qui mettait les jeunes Arabes en rage.

Il n'y avait pas de cadres femmes, et, pour la prière du matin, tous les instructeurs s'alignaient devant les camarades étudiants, donnant l'image d'une armée dépenaillée, pendant que l'un d'eux lisait la condamnation virulente du grand ennemi du jour : le sionisme, la traîtrise égyptienne, l'exploitation capitaliste européenne, le sionisme à nouveau, et l'expansionnisme chrétien, jusqu'alors inconnu de Charlie — mais peut-être intervenait-il parce que c'était Noël, fête marquée par l'indifférence étudiée de l'encadrement. Les Allemands de l'Est présentaient une coupe en brosse, une expression renfrognée, et prétendaient ne pas s'intéresser aux femmes ; les Cubains se faisaient tour à tour passionnés, nostalgiques ou arrogants, et la plupart d'entre eux puaient ou avaient les dents gâtées, mis à part le gentil Fidel, qui était le préféré de tous. C'étaient les Arabes qui avaient le caractère le plus changeant et se montraient les plus durs ; ils hurlaient après les traînards et, plus d'une fois, tirèrent dans les pieds des élèves jugés trop inattentifs, effrayant un jour l'un des Irlandais à tel point qu'il se coupa un lambeau de doigt en se mordant, au grand amusement de l'Américain Abdoul qui, comme à son habitude, rôdait et grimaçait à quelques mètres d'eux tel un photographe de plateau tout en prenant des notes sur un bloc en vue de son grand roman révolutionnaire.

Mais, durant ces premiers jours insensés, la vedette de l'endroit fut un Tchèque, une sorte de malade de l'explosif appelé Bubi, qui, le matin même de leur arrivée, tira sur sa coiffe de combat posée sur le sable, d'abord avec une Kalachnikov, puis avec un gros revolver 45, et enfin, pour achever la bête, avec une grenade russe qui la fit voler à plus de cent mètres de haut.

Pour les discussions politiques, le sabir employé consistait en un anglais élémentaire mêlé, çà et là, de quelques mots français, et Charlie se jurait dans le tréfonds de son cœur que, si jamais elle sortait vivante de toute cette histoire, elle pourrait se régaler de ces débats imbéciles sur « L'Aube de la Révolution » pour le restant de sa vie factice. En attendant, elle ne s'amusait de rien du tout. Elle n'avait pas ri une seule fois depuis que ces fumiers avaient fait sauter son amour sur la route de Munich ; et la vision qu'elle venait d'avoir des souffrances du peuple palestinien n'avait fait qu'intensifier son amer besoin de vengeance.

Tu considéreras tout avec une gravité profonde et solitaire, lui avait dit Joseph, paraissant lui-même aussi grave et seul qu'il voulait voir Charlie l'être. *Tu te montreras très renfermée, peut-être un peu dérangée, ils y sont habitués. Tu ne poseras jamais de questions et garderas tes opinions pour toi, de jour comme de nuit.*

Leur nombre varia dès le premier jour. Lorsque leur camion quitta Tyr, ils formaient un groupe de cinq garçons et trois filles encadrés par deux gardes au visage barbouillé de suie, qui, installés avec eux à l'arrière, leur interdisaient de parler tandis que le véhicule tressautait et dérapait sur le chemin de montagne caillouteux. Une fille, qui se révéla être basque, parvint à chuchoter à l'oreille de Charlie qu'ils se trouvaient à Aden. Deux jeunes Turcs affirmèrent qu'ils étaient à Chypre. A l'arrivée, une dizaine d'autres stagiaires attendaient, mais le lendemain, les deux Turcs et la Basque avaient disparu, apparemment de nuit, lorsque des camions arrivaient et repartaient tous feux éteints.

Le jour de leur engagement, on leur fit prononcer un serment de fidélité à la révolution anti-impérialiste et jurer de respecter les « Règles régissant ce camp », énoncées tels les dix commandements sur un bout de mur blanc du Centre d'accueil des camarades. Tous les camarades étaient sommés de n'utiliser que leur nom arabe ; drogues, nudité, alcool, blasphèmes, conversations privées, cohabitation et masturbation étaient tous rigoureusement interdits. Au moment où Charlie se demandait quelle interdiction violer la première, le haut-parleur se mit à hurler sans pitié un discours de bienvenue.

« Camarades. Qui sommes-nous ? Nous sommes les soldats sans nom et sans uniforme. Nous sommes les rats échappés de l'occupation capitaliste. Nous venons des camps de l'horreur du Liban ! Et nous combattrons le génocide ! Nous venons des tombeaux de béton des cités occidentales ! Et nous nous trouvons les uns les autres ! Et ensemble nous enflammerons les torches au nom des huit cents millions de bouches affamées qui peuplent le monde ! »

Mais quand ce fut terminé, Charlie sentit une sueur glacée lui couler dans le dos tandis qu'une colère sourde lui battait la poitrine. *Nous le ferons,* pensa-t-elle. *Nous le ferons, nous le ferons.* Se tournant vers une jeune Arabe qui se tenait près d'elle, Charlie lut dans ses yeux la même ferveur.

De jour comme de nuit, avait dit Joseph.

Alors elle lutta de jour comme de nuit... pour Michel, pour ne pas perdre l'esprit — quelque fou qu'il fût déjà —, pour la Palestine, pour Fatmeh, pour Salma et pour les enfants bombardés de la prison de Sidon ; elle se concentra sur l'extérieur afin d'échapper au chaos intérieur ; elle rassembla les éléments de sa personnalité présumée comme jamais auparavant, les fondant en un seul et unique personnage agressif.

Je suis une veuve éplorée et révoltée venue ici pour reprendre le combat de mon amour défunt.

Je suis la militante exaltée qui a déjà perdu trop de temps en actions timorées et se présente à vous l'épée à la main.

J'ai posé la main sur le cœur palestinien ; je m'engage à soulever le monde pour le forcer à écouter.

Je suis fanatique, mais aussi rusée et pleine de ressources. Je suis la guêpe endormie qui attend la fin de l'hiver avant de piquer.

Je suis la camarade Leïla, citoyenne de la révolution mondiale.

De jour comme de nuit.

Elle poussait ce rôle à fond, allant de la sécheresse agressive avec laquelle elle menait la lutte à mains nues, à la lueur inflexible qui animait son regard devant le miroir lorsqu'elle brossait sauvagement ses longs cheveux noirs dont la racine rousse réapparaissait déjà. Et puis, ce qui exigeait au départ un effort de volonté devint peu à peu une habitude du corps et de l'esprit, une colère permanente, solitaire et maladive qui se communiqua très vite à son public, qu'il s'agît de stagiaires ou d'instructeurs. Ils acceptèrent presque aussitôt l'étrangeté qui émanait d'elle et l'éloignait du reste du groupe. Peut-être en avaient-ils vu d'autres avant elle comme le prétendait Joseph. La violence froide qu'elle mettait à exécuter les exercices d'artillerie — qui allaient du maniement des lance-fusées soviétiques à la fabrication de bombes avec du fil électrique rouge et des détonateurs en passant par l'inévitable tir à la Kalachnikov — impressionna jusqu'au bouillonnant Bubi. Elle se donnait totalement, mais se tenait en retrait. Bientôt, les hommes, même les miliciens syriens, cessèrent de lui faire des avances inconsidérées ; les femmes renoncèrent à se méfier de son allure saisissante ; les camarades les plus faibles commencèrent à se rassembler timidement autour d'elle, et les forts à la considérer comme une égale.

La chambre où Charlie dormait comptait trois lits, mais l'Anglaise n'eut au départ qu'une seule compagne — une Japonaise minuscule qui passait la plupart de son temps agenouillée à dire ses prières mais ne parlait rien d'autre que sa propre langue à ses camarades mortels. Une fois endormie, elle grinçait des dents si fort que Charlie dut une nuit la réveiller, puis s'asseoir à côté d'elle en lui tenant la main jusqu'à l'heure du lever annoncée par les beuglements du haut-parleur tandis que la pauvre fille pleurait de silencieuses larmes asiatiques. Elle disparut peu après et sans explications, bien vite remplacée par deux sœurs algériennes qui fumaient des cigarettes rances et semblaient en savoir aussi long sur les armes et les bombes que Bubi lui-même. Charlie les considérait comme des filles ordinaires, mais les instructeurs leur vouaient une véritable vénération en raison de quelque haut fait contre l'oppresseur. Le matin, on les voyait sortir, l'air ensommeillé et vêtues de survêtements en lainage, du quartier réservé à l'encadrement, alors que les filles moins prisées terminaient leurs exercices de lutte à mains nues. Charlie bénéficia donc pendant quelque temps d'une chambre pour elle toute seule, et, même si Fidel, le gentil Cubain, se présenta une nuit frotté et récuré comme un enfant de chœur pour lui prouver son amour révolutionnaire, elle persista, la mâchoire crispée, dans son attitude de renoncement et ne lui accorda pas même un baiser avant de le renvoyer.

Après Fidel, le seul à lui réclamer ses faveurs fut l'Américain Abdoul. Il passa la voir très tard, une nuit, frappant à la porte avec une telle discrétion qu'elle s'attendit à découvrir l'une des deux Algériennes — elles oubliaient fréquemment leur clé. Charlie avait déjà décidé qu'Abdoul devait être un permanent du camp. Il paraissait trop proche du personnel d'encadrement, trop libre de ses mouvements, et en outre n'avait d'autre attribution que de lire ses articles assommants et de citer Marighella avec un accent du Sud trop flottant, de l'avis de Charlie, pour être naturel. Fidel, qui l'admirait profondément, affirmait qu'il s'agissait d'un déserteur du Viêt-nam qui haïssait l'impérialisme et avait atterri ici en passant par La Havane.

« Salut », lança Abdoul qui se faufila devant elle en souriant avant qu'elle n'ait eu le temps de lui claquer la porte au nez. Il s'assit sur le lit de Charlie et entreprit de se rouler une cigarette.

« Du vent, répliqua Charlie. Fiche le camp. »

« C'est ça », répondit-il en continuant de confectionner sa cigarette. Il était grand, souffrait d'une calvitie naissante et, vu de très près, paraissait extrêmement maigre. Il portait un treillis cubain et arborait une barbe brune et douce un peu pelée.

Quel est ton *vrai* nom, Leïla ? » s'enquit-il.

« Smith ».

« *Smith.* Ça me plaît. » Il répéta le nom à plusieurs reprises sur des tons différents. « Tu es irlandaise, Smith ? » Il alluma la cigarette et lui en proposa une bouffée. Charlie l'ignora. « On m'a dit que tu étais la propriété privée de Mr. Tayeh. Tu as du goût. Tayeh est un type très exigeant. Qu'est-ce que tu fais dans la vie, Smith ? »

Elle se dirigea vers la porte et l'ouvrit toute grande, mais il resta sur le lit, lui souriant d'une manière lasse et désabusée à travers la fumée de sa cigarette.

« Tu ne veux pas baiser ? l'interrogea-t-il. Dommage. Ces *Fräuleins* me font penser à des bébés éléphants de chez Barnum. J'espérais que nous pourrions relever un peu le niveau. Leur montrer ce que c'est qu'une Relation Particulière. »

Il se leva mollement, laissa tomber son mégot près du lit et l'écrasa d'un coup de botte.

« Tu n'aurais pas un peu de hasch pour un pauvre homme, hein, Smith ? »

« Dehors », ordonna-t-elle.

Obéissant passivement à l'injonction, il se traîna jusqu'à la jeune femme puis s'arrêta, leva la tête et ne bougea plus ; alors, à son grand embarras, Charlie s'aperçut que les yeux fatigués et atones de son visiteur étaient emplis de larmes et que sa bouche se crispait en une moue suppliante enfantine.

« Tayeh ne me laissera jamais descendre du manège », se lamenta-t-il. Son accent du Sud s'était mué en un accent de la côte Est tout à fait classique. « Il craint que mes batteries idéologiques ne soient en baisse. Et il n'a pas tort, j'en ai peur. Je commence à oublier le raisonnement selon lequel chaque enfant mort est un pas de plus vers la paix mondiale. Ça n'est plus si évident quand on en a tué quelques-uns. Et Tayeh est très fort pour s'en apercevoir. Tayeh est très fort de toute façon. "Si tu veux partir, pars." Voilà ce qu'il dit. Et puis il te montre le désert. C'est de bonne guerre. »

Puis, tel un mendiant hébété, il saisit à deux mains celle de Charlie et se mit à contempler la paume vide. « Je m'appelle Halloran », expliqua-t-il, comme s'il avait lui-même du mal à s'en souvenir. « A la place d'Abdoul, tu mets Arthur J. Halloran. Et si jamais il t'arrivait un jour de passer devant une ambassade américaine, Smith, je te serais *terriblement* reconnaissant si tu pouvais laisser un mot comme quoi Arthur Halloran, un ancien de Boston et du Viêt-nam, et, plus récemment, d'armées moins officielles, aimerait rentrer dare-dare chez lui pour payer sa dette à la société avant que ces dingues de Maccabées nous tombent dessus et nous zigouillent tous. Tu ferais ça pour moi, Smith, vieille branche ? Enfin, quand les carottes sont cuites, nous les Anglo-Saxons, on est toujours les premiers à se faire bouffer, tu ne crois pas ? »

Elle parvenait à peine à bouger. Elle sentait une somnolence irrésistible la gagner, à la façon dont un blessé grièvement atteint sent le froid l'envahir. Elle ne désirait plus que dormir. Avec Halloran. Lui donner le réconfort qu'il réclamait et en recevoir en retour. Et puis qu'il aille donc la dénoncer dès le lendemain matin. Aucune importance. Elle ne savait qu'une chose : elle ne pourrait affronter une nuit de plus le vide infernal de cette affreuse cellule.

Il lui tenait toujours la main. Elle le laissait faire, hésitant comme un candidat au suicide debout sur le rebord de la fenêtre et qui contemple avec envie la rue si loin, tout en bas. Puis, avec un immense effort, elle se libéra et repoussa à deux mains dans le couloir le corps soumis et efflanqué de Halloran.

Elle s'assit sur le lit. Oui, c'était toujours la même nuit. Elle sentait l'odeur de sa cigarette. Voyait le mégot écrasé à ses pieds.

Si tu veux partir, pars, disait Tayeh. Et puis il montrait le désert. Tayeh est vraiment très fort.

Cette peur est la plus terrible de toutes, lui avait dit Joseph. *Ton courage se présentera comme de l'argent. Tu le dépenseras, et puis une nuit, tu fouilleras tes poches et tu t'apercevras que tu n'as plus un sou. C'est là que commencera le vrai courage.*

Il n'y a qu'une seule logique, avait affirmé Joseph : *toi. Il n'y aura qu'un seul survivant : toi. Tu ne pourras compter que sur une seule personne : toi.*

Elle se planta près de la fenêtre, s'inquiétant au sujet du sable. Elle ne s'était jamais rendu compte que le sable pouvait monter si haut. Le jour, écrasé par un soleil torride, il reposait, docile. Mais dès que la lune brillait, comme en ce moment, le sable enflait en cônes vicieux qui se glissaient d'un horizon à l'autre, annonçant à Charlie qu'elle ne tarderait pas à l'entendre se répandre par la fenêtre pour l'étouffer dans son sommeil.

L'interrogatoire de Charlie commença le lendemain matin et dura, elle le calcula ensuite, un jour et deux demi-nuits. Ce fut un procès violent et ahurissant. La question semblait de savoir qui avait la priorité pour hurler après la jeune femme et de déterminer s'ils mettaient en doute son engagement révolutionnaire, ou s'ils l'accusaient d'être une indicatrice à la solde des Anglais, des sionistes, ou même des Américains. Elle fut, pendant tout le temps que cela dura, dispensée de cours et, entre les séances, sommée de demeurer en état d'arrestation dans sa cabane, quoique personne ne parût se formaliser de la voir se promener dans le camp. Les quatre Arabes pleins de ferveur qui l'interrogeaient travaillaient deux par deux, aboyaient leurs questions en déchiffrant des pages de notes manuscrites et devenaient plus furieux encore quand Charlie ne comprenait pas leur anglais. Ils ne la battaient pas, bien qu'elle l'eût en fait préféré : elle aurait au moins su alors ce qu'ils voulaient entendre. Mais leur colère suffisait pour susciter la peur. Ils se relayaient parfois pour lui crier à la figure, leurs visages tout contre le sien, la couvrant de postillons puis la laissant avec une migraine épouvantable. Ils s'amusèrent aussi à lui proposer un verre d'eau, puis à le lui vider à la face au moment où elle tendait le bras pour le saisir. Lors de la séance suivante cependant, le garçon responsable de la plaisanterie lui lut des excuses écrites devant ses trois camarades et quitta la pièce profondément humilié.

Une autre fois, ils menacèrent de la fusiller en raison de son attachement notoire au sionisme et à la reine d'Angleterre. Mais devant son refus inflexible de confesser ces péchés, ils se désintéressèrent du problème et se mirent à lui conter la glorieuse histoire de leurs villages, de ces villages qu'ils n'avaient jamais connus et qui s'enorgueillissaient des plus belles femmes de la terre, de la meilleure huile d'olive et du vin le plus succulent. Elle sut alors qu'elle avait retrouvé la normale, qu'elle avait retrouvé Michel.

Au plafond, les pales d'un ventilateur électrique tournaient ; sur les murs, des rideaux gris dissimulaient en partie des cartes géographiques. Par la fenêtre ouverte, Charlie percevait les coups sourds et intermittents des exercices d'artillerie de Bubi. Tayeh s'était réservé le sofa et y avait allongé une jambe. Son visage abîmé était blême, maladif. Charlie se tenait debout devant lui comme une petite fille pas sage, les yeux baissés et la mâchoire serrée par la rage. Elle avait bien essayé de parler, mais Tayeh l'en avait dissuadé en sortant de sa poche sa flasque de whisky pour en avaler une goulée. Puis il s'essuya la bouche du revers de la main, des deux côtés, comme s'il avait eu une moustache, ce qui n'était pas le cas. Il paraissait plus réservé que lors de leurs précédentes rencontres, et, d'une certaine façon, moins à l'aise avec elle.

« Abdoul, l'Américain », déclara-t-elle.

« Oui ? »

Elle avait tout préparé. Elle n'avait cessé de répéter son rôle mentalement : le haut sens du devoir révolutionnaire de la camarade Leïla était venu à bout de sa répugnance naturelle à dénoncer ainsi un frère d'armes. Elle savait chacun des mots par cœur. Elle connaissait les garces du camp qui les avaient déjà prononcés. Pour les dire, elle se détourna du visage de son interlocuteur et s'exprima avec un acharnement rude, presque masculin.

« Il s'appelle en réalité Halloran. Arthur J. Halloran. C'est un traître. Il m'a demandé d'aller dire aux Américains qu'il voulait rentrer et passer en justice, quand je serai sortie d'ici. Il reconnaît ouvertement entretenir des idées contre-révolutionnaires. Il pourrait nous trahir tous. »

Le regard sombre de Tayeh n'avait pas quitté le visage de la jeune femme. Il tenait sa canne de frêne à deux mains et, de son extrémité, tapotait les orteils de sa mauvaise jambe, comme s'il voulait l'empêcher de s'engourdir.

« C'est pour cela que vous vouliez me parler ? »

« Oui. »

« Cela fait trois nuits que Halloran est venu vous voir, fit-il remarquer en regardant ailleurs. Pourquoi ne pas l'avoir dit plus tôt ? Pourquoi attendre trois jours ? »

« Vous n'étiez pas là. »

« Je ne suis pas tout seul. Pourquoi ne pas m'avoir fait venir ? »

« J'avais peur que vous ne le punissiez. »

Mais Tayeh ne semblait pas considérer Halloran comme un accusé potentiel. « Peur », répéta-t-il, comme si c'était là un aveu grave. « *Peur ?* Pourquoi avoir peur pour Halloran ? Pendant trois jours entiers ? Vous approuvez donc en secret ses positions ? »

« Vous savez bien que non. »

« Ce serait donc pour cela qu'il vous a parlé si ouvertement ? Parce que vous lui aviez donné des raisons de le penser ? C'est sûrement ça. »

« Non. »

« Vous avez couché avec lui ? »

« *Non.* »

« Alors pourquoi voudriez-vous protéger Halloran ? Pourquoi craindriez-vous pour la vie d'un traître quand on vous apprend à tuer pour la révolution ? Pourquoi ne pas être honnête avec nous ? Vous me décevez. »

« Je n'ai pas l'habitude. Je le plaignais et ne voulais pas lui faire de mal. Et puis je me suis rappelé mon devoir. »

Tayeh paraissait de plus en plus troublé par toute cette conversation. Il but un long trait de whisky.

« Asseyez-vous. »

« Pas la peine. »

« Asseyez-vous. »

Elle obéit. Elle jetait un regard féroce sur quelque point haï d'un horizon intérieur situé à côté de Tayeh. Il lui semblait avoir dépassé le stade où le capitaine était en droit de la connaître. J'ai appris ce que tu voulais que j'apprenne ici. Ne t'en prends qu'à toi-même si tu ne me comprends pas.

« Dans l'une des lettres que vous avez écrites à Michel, vous parlez d'un enfant. Vous avez un enfant ? De lui ? »

« Je faisais allusion au pistolet. Nous dormions avec. »

« De quelle arme s'agissait-il ? »

« Un Walther. C'était Khalil qui le lui avait donné. »

Tayeh soupira. « Si vous étiez à ma place, dit-il enfin en détournant la tête, et que vous deviez prendre une décision au sujet de Halloran — qui veut rentrer chez lui mais en sait beaucoup trop — que feriez-vous ? »

« Je le neutraliserais. »

« En le tuant ? »

« Ça, c'est votre affaire. »

« Oui, en effet. » Il observait de nouveau sa jambe malade, tenant sa canne juste au-dessus, à l'exacte parallèle. « Mais pour quelle raison exécuter un homme qui est déjà mort ? Pourquoi ne pas simplement le laisser travailler pour nous ? »

« Parce que c'est un traître. »

Une fois encore, Tayeh persista à ne pas vouloir comprendre la logique des positions de Charlie.

« Halloran se lie avec beaucoup de monde dans ce camp. Et jamais sans raison. Il nous sert de vautour : il nous montre où sont la faiblesse et le mal. Il nous conduit aux traîtres potentiels. Ne pensez-vous pas qu'il serait ridicule de nous débarrasser d'un être aussi utile ? Avez-vous couché avec Fidel ? »

« Non. »

« Parce qu'il est trop bronzé ? »

« Parce que je n'en avais pas envie, c'est tout. »

« Et avec les petits Arabes ? »

« Non. »

« Vous me paraissez bien difficile. »

« Je ne faisais pas la difficile avec Michel. »

Poussant un soupir de perplexité, Tayeh prit une troisième rasade d'alcool. « Qui est *Joseph* ? » demanda-t-il d'un ton vaguement maussade. « Joseph. Qui est-ce, je vous prie ? »

Avait-elle tué l'actrice en elle ? Où s'était-elle si bien fondue dans le théâtre du réel qu'elle ne parvenait plus à différencier la vie de l'art ? Aucune de ses compositions passées ne s'imposa à son esprit ; elle n'eut pas l'impression de sélectionner un rôle. Elle ne songea même pas à s'effondrer sur le sol de pierre pour ne plus bouger. L'idée de se vautrer dans une confession complaisante en marchandant sa vie contre tout ce qu'elle savait — cette option ultime lui était permise — ne la tenta pas non plus. Elle était furieuse. Elle en avait plus qu'assez de voir son intégrité disséquée, traînée dans la boue puis remise en question chaque fois qu'elle atteignait une nouvelle borne dans sa progression vers la révolution de Michel. Alors elle fit volte-face sans réfléchir — une carte présentée sur le dessus du paquet, à prendre ou à laisser et débrouille-toi avec.

« Je ne connais pas de Joseph. »

« Allons. Réfléchissez. A Mykonos. Avant d'aller à Athènes. Lors d'une conversation tout à fait fortuite avec une relation à nous, l'un de vos amis a fait référence à un *Joseph* qui se serait joint à votre groupe. Il a même dit que Charlie était complètement fascinée. »

Il ne subsistait plus aucun obstacle, plus aucun détour. Charlie les avait tous écartés et avait maintenant le champ libre.

« Joseph ? Ah ! *ce* Joseph-là » Elle laissa son visage exprimer la remémoration tardive, puis, à mesure que le souvenir se précisait, un dégoût certain.

« Je m'en souviens. C'était un sale petit Juif qui s'accrochait à notre bande. »

« Ne parlez pas ainsi des Juifs. Nous sommes antisionistes, pas antisémites. »

« A d'autres », répliqua-t-elle sèchement.

Tayeh parut intéressé. « Me traiteriez-vous de menteur, Charlie ? »

« De toute façon, sioniste ou pas, c'était un casse-pieds. Il me rappelait mon père. »

« Votre père était juif ? »

« Non, mais c'était un escroc. »

Tayeh réfléchit un long moment, se concentrant d'abord sur le visage de la jeune femme, puis sur tout son corps pour tenter de clarifier les doutes qui obscurcissaient encore son esprit. Il lui offrit une cigarette mais elle ne la prit pas : son instinct lui disait de ne pas faire la moindre concession avec lui. Il tapota une fois de plus son pied sans vie du bout de sa canne. « Cette nuit que vous avez passée avec Michel à Thessalonique dans le vieil hôtel — vous vous rappelez ? »

« Oui, pourquoi ? »

« Le personnel a entendu des éclats de voix venant de votre chambre très tard dans la nuit. »

« Bon, et alors, quelle est la question ? »

« Ne me poussez pas, je vous prie. Qui criait cette nuit-là ? »

« Personne. Ces connards ont écouté à la mauvaise porte. »

« Qui criait ? »

« Nous n'avons pas crié. Michel ne voulait pas que je parte. C'est tout. Il avait peur pour moi. »

« Et vous ? »

Elle avait travaillé ce scénario avec Joseph : le moment où elle se montrait plus forte que Michel.

« J'ai voulu lui rendre son bracelet », répondit Charlie.

Tayeh hocha la tête. « Ce qui explique le post-scriptum d'une de vos lettres : "Je suis heureuse d'avoir gardé le bracelet." Et bien sûr..., il n'y a pas eu d'éclats de voix. Vous dites vrai. Pardonnez mon petit piège arabe. » Il lui lança un dernier regard inquisiteur, essayant une fois encore, en vain, de percer l'énigme ; puis il pinça les lèvres en cette moue de soldat que faisait parfois Joseph et qui annonçait un ordre.

« Nous avons une mission à vous confier. Allez chercher vos affaires et revenez ici immédiatement. Votre formation est terminée. »

Ce départ dépassa en folie tout ce qu'elle avait vécu jusqu'alors. Pire que la fin d'un trimestre : pire que la grande scène où elle abandonnait la bande au port du Pirée. Fidel et Bubi la pressèrent contre leur poitrine, leurs larmes se mêlant aux siennes. L'une des Algériennes lui offrit un pendentif figurant un Christ enfant en bois.

Le Pr Minkel habitait sur la croupe qui relie le mont Scopus à la colline Française, tout près de l'université hébraïque, au huitième étage d'une tour récente appartenant au grand ensemble qui avait tant chagriné les conservateurs malheureux de Jérusalem en défigurant la silhouette de leur cité. Il n'y avait pas un seul appartement qui ne donnât sur la vieille ville, mais l'ennui était que, de la vieille ville, on ne manquait pas un seul appartement non plus. Comme tous les immeubles voisins, la tour en question avait été conçue à la façon d'une forteresse, l'orientation des fenêtres étant déterminée en fonction des meilleurs angles de tir au cas où il faudrait répondre à une attaque. Kurtz se trompa trois fois avant de trouver son chemin. Il se perdit tout d'abord dans un centre commercial aux murs de béton épais d'un bon mètre cinquante. Puis dans un cimetière britannique réservé aux disparus de la Première Guerre mondiale : « Offert par le peuple de Palestine », pouvait-on lire à l'entrée. Il explora d'autres édifices, presque tous dons de millionnaires américains, puis arriva enfin au pied de cette tour de pierre de taille. Tous les noms avaient été barbouillés devant les boutons de sonnette, aussi Kurtz en pressa-t-il un au hasard, ce qui fit surgir un vieux Polonais de Galicie ne parlant que le yiddish. Le Polonais savait où se trouvait l'immeuble que cherchait Kurtz — Aussi vrai que vous me voyez, c'est celui-là ! — il connaissait le Pr Minkel et l'admirait pour sa situation. Lui-même avait suivi les cours de la tant vénérée université de Cracovie. Mais il avait encore beaucoup de questions à poser à Kurtz, qui fut contraint de répondre du mieux qu'il pouvait : par exemple, de quel pays Kurtz était-il originaire ? Oh ! bonté divine, et ne connaissait-il pas Untel ? Et qu'est-ce qui amenait Kurtz par ici, un homme mûr comme lui, à onze heures du matin, alors que le Dr Minkel était censé instruire l'élite future de la philosophie de notre peuple ?

Le service des ascenseurs était en grève, et Kurtz dut prendre les escaliers, mais rien n'aurait pu contrarier sa bonne humeur. D'abord, sa nièce venait de lui annoncer ses fiançailles avec un jeune homme de son propre département — il était temps. Ensuite, les conférences bibliques d'Elli s'étaient très bien terminées ; elle avait donné une petite fête pour célébrer l'occasion et, à sa grande joie, il avait réussi à être présent. Enfin, et mieux encore, plusieurs indices étaient venus confirmer la piste fribourgeoise, le plus satisfaisant de tous ayant été fourni la veille par l'un des espions de Shimon Litvak, qui testait un tout nouveau microphone directionnel sur le toit d'un immeuble de Beyrouth : Fribourg, Fribourg, trois fois en cinq pages, un vrai plaisir. Parfois la chance vous favorisait ainsi, songeait Kurtz en gravissant les marches. Et, comme Napoléon ou n'importe quel habitant de Jérusalem le savait bien, c'était la chance qui faisait les bons généraux.

Parvenant à un petit palier, il fit halte pour reprendre son souffle et rassembler un peu ses pensées. L'éclairage de la cage d'escalier évoquait celui d'un abri antiaérien : des ampoules nues derrière des cages de fil de fer. Mais c'étaient aujourd'hui les sons de son enfance passée dans les ghettos qui revenaient aux oreilles de Kurtz dans cet escalier obscur. J'ai eu raison de ne pas amener Shimon, se dit-il. Shimon a tendance à tout voir en noir ; un peu plus de gaieté ne lui ferait pas de mal.

La porte 18 D présentait un judas optique cerclé d'acier et, sur un côté, toute une série de verrous que Mrs. Minkel défit les uns après les autres comme des boutons de bottine, sans cesser de répéter « Un instant, s'il vous plaît » à mesure qu'elle se baissait. Kurtz entra puis attendit qu'elle eût patiemment repoussé tous les verrous. C'était une grande femme assez jolie, aux yeux bleus très brillants et aux cheveux gris rassemblés en un petit chignon très sage.

« Vous êtes Mr. Spielberg du ministère de l'Intérieur », annonça-t-elle avec une certaine circonspection en lui tendant la main. « Hansi vous attend. Soyez le bienvenu. S'il vous plaît. »

Elle ouvrit la porte d'un bureau minuscule où était installé son Hansi, sorte de patriarche usé par le temps et tout droit sorti des *Buddenbrooks* [1]. Cela faisait des années que sa table de travail ne lui

1. Roman de Thomas Mann. (N.d.T.)

suffisait plus ; ses livres et ses papiers s'empilaient sur le sol en un ordre qui ne semblait rien devoir au hasard. Le bureau se trouvait de biais par rapport à une baie vitrée formant un demi-hexagone, ornée de curieuses meurtrières de verre fumé et surmontant une banquette encastrée. Minkel se leva précautionneusement puis, avec une dignité presque irréelle, se fraya un chemin jusqu'à l'îlot que son érudition n'avait pas encore envahi. Son accueil fut assez gauche et, tandis que les deux hommes prenaient place sur la banquette, Mrs. Minkel approcha un tabouret et s'installa résolument à égale distance de chacun d'eux, tel un arbitre veillant à la bonne tenue du jeu.

Un silence gêné s'ensuivit. Kurtz affichait le sourire contrit de l'homme contraint à faire son devoir. « Je crains, Mrs. Minkel, que mon service ne tienne à ce que je parle tout d'abord de certaines questions ayant trait à la sécurité seul à seul avec votre mari », déclara-t-il. Puis il attendit, sans se départir de son sourire, jusqu'à ce que le professeur suggérât à son épouse d'aller faire du café ; cela conviendrait-il à Mr. Spielberg ?

Non sans lancer un regard d'avertissement à son mari depuis l'embrasure de la porte, Mrs. Minkel se retira à contrecœur. En réalité, la différence d'âge entre les deux hommes devait être minime ; cependant, Kurtz prit soin de parler haut et clair à Minkel, sachant que le professeur y était accoutumé.

« Professeur, j'ai cru comprendre que notre amie mutuelle, Ruthie Zadir, ne vous a eu au bout du fil qu'hier », commença Kurtz avec tout le respect que l'on réserve habituellement à un malade. En fait, il savait très bien de quoi il parlait, puisqu'il avait pris l'écouteur annexe pendant la conversation téléphonique entre Ruthie et Minkel, afin de sentir un peu son homme.

« Ruth était l'une de mes meilleures élèves », fit observer le professeur, l'air un peu perdu.

« Elle est sans nul doute l'une de nos meilleures également », renchérit Kurtz avec plus de chaleur. « Connaissez-vous, je vous prie, professeur, la nature des travaux que poursuit Ruthie actuellement ? »

Minkel n'avait pas vraiment l'habitude de répondre à des questions débordant le cadre de ses recherches, et il lui fallut un instant de réflexion troublée avant de répondre.

« Il me semble que je dois vous dire quelque chose », prononça-t-il comme s'il prenait une résolution difficile.

Kurtz lui sourit d'un air avenant.

« Si votre visite ici touche aux inclinations — aux tendances politiques de mes étudiants, j'ai le regret de vous apprendre que je ne peux collaborer avec vous. Il s'agit là de critères que je ne peux considérer comme légitimes. Nous avons déjà discuté de tout cela. Je suis désolé. » Il parut soudain embarrassé, à la fois par ce qui lui venait à l'esprit et par son hébreu. « Je défends quelque chose ici. Quand on défend quelque chose, il faut non seulement s'exprimer, mais surtout agir. C'est ce que je défends. »

Kurtz, qui avait lu le dossier de Minkel, savait exactement ce que le professeur défendait. C'était un disciple de Martin Buber et il appartenait à la formation idéaliste, maintenant tombée dans l'oubli, qui avait prôné une véritable paise avec les Palestiniens entre les guerres de 1967 et de 1973. Les hommes de droite le traitaient de traître et parfois, lorsqu'ils se souvenaient encore de lui, les hommes de gauche aussi. Il était considéré comme un oracle en matière de philosophie judaïque, de christianisme primitif, de mouvements humanistes ayant éclos dans son Allemagne natale et d'une bonne trentaine d'autres sujets également : il était l'auteur d'un ouvrage en trois tomes portant sur la théorie et la pratique du sionisme, étude qu'accompagnait un index gros comme un annuaire téléphonique.

« Professeur, commença Kurtz, je connais votre position concernant ces questions, et il n'entre sûrement pas dans mes intentions de chercher à contrecarrer votre sens moral tout à fait louable. » Il se tut, laissant le temps à ses paroles rassurantes d'atteindre leur but. « Je crois d'ailleurs savoir que la conférence que vous devez donner à l'université de Fribourg porte justement sur ce problème des droits individuels, n'est-ce pas ? Les Arabes..., leurs libertés élémentaires... n'est-ce pas de cela que vous parlerez le vingt-quatre ? »

Le professeur ne pouvait laisser passer cela. Il ne se satisfaisait pas de définitions aussi hâtives.

« En l'occurrence, ma conférence ne portera pas sur ce sujet. Elle traitera de l'épanouissement du judaïsme, non par la conquête, mais par la justification de la morale et de la culture juives. »

« En quoi consiste exactement votre raisonnement, professeur ? » demanda Kurtz avec bienveillance.

Mrs. Minkel revint porteuse d'un plateau chargé de gâteaux faits maison. « Te demande-t-il encore des dénonciations ? interrogea-t-elle. Si c'est ce qu'il cherche, réponds-lui non. Et quand tu auras dit non, répète-lui encore non, jusqu'à ce qu'il comprenne. Que crois-tu qu'il puisse te faire ? Te donner des coups de matraque ? »

« Mrs. Minkel, soyez assurée que je n'attends rien de tel de votre époux », répliqua Kurtz, tout à fait imperturbable.

Lui jetant un regard de méfiance déclarée, Mrs. Minkel disparut à nouveau.

Mais Minkel s'interrompit à peine. S'il avait remarqué la courte apparition de sa femme, il n'en laissa rien paraître. Kurtz lui avait posé une question ; et Minkel, pour qui tout obstacle à la connaissance était inacceptable, entendait bien y répondre.

« Je vais vous dire en quoi consiste exactement mon raisonnement, Mr. Spielberg, déclara-t-il solennellement. Tant que nous possédons un petit État juif, nous pouvons progresser, en tant que Juifs, vers l'épanouissement de notre judaïcité de manière pleinement démocratique. Mais dès que nous nous trouvons en présence d'un État plus vaste, comprenant des Arabes, il nous faut choisir. » Il illustra son propos d'un mouvement de ses vieilles mains tavelées. « De ce côté-ci, vous avez la démocratie sans l'épanouissement de la judaïcité. De ce côté-là, vous avez cet épanouissement, mais pas la démocratie. »

« Quelle serait donc la solution, professeur ? » demanda Kurtz.

Les mains de Minkel battirent l'air en un geste d'abandon trahissant une impatience très professorale. Il paraissait avoir oublié que Kurtz n'était pas un élève.

« Enfantin ! Évacuons Gaza et la Cisjordanie avant d'avoir perdu nos valeurs ! Quelle autre solution pourrait-il y avoir ? »

« Et comment les Palestiniens réagissent-ils à cette proposition, professeur ? »

L'assurance de Minkel se mua aussitôt en tristesse. « Ils m'accusent de cynisme », avoua-t-il.

« Vraiment ? »

« D'après eux, je chercherais à la fois un État juif et la sympathie du monde, alors ils prétendent que je constitue une menace pour leur cause. » La porte se rouvrit sur Mrs. Minkel qui apportait cette fois-ci du café et des tasses. « Mais je ne suis *pas* subversif », continua le professeur avec désespoir. Il ne put aller plus loin en raison de sa femme.

« *Subversif ?* répéta Mrs. Minkel, qui s'empourpra en posant violemment la vaisselle. Vous traitez Hansi de subversif ? Parce que nous disons ce que nous pensons sur ce qui se passe dans ce pays ? »

Même s'il l'avait voulu, Kurtz n'aurait pu l'interrompre et, en l'occurrence, il ne s'y risqua pas. Il était assez content de la laisser vider son sac.

« Et les coups, et les tortures dans le Golan ? Et la façon dont on les traite en Cisjordanie, ce n'est pas pire que les S.S. ? Et au Liban, à Gaza ? Même ici, à Jérusalem, on frappe les petits Arabes simplement parce qu'ils sont arabes ! Et alors nous, nous serions *subversifs* parce que nous osons dénoncer l'oppression, simplement parce que personne ne nous opprime, *nous...*, des Juifs allemands, *subversifs* en Israël ? »

« *Aber, Liebchen...* », bredouilla le professeur, affreusement gêné.

Mais Mrs. Minkel avait visiblement l'habitude de faire valoir son opinion. « Nous n'étions pas capables d'arrêter les nazis, et maintenant, nous ne sommes pas capables de nous arrêter nous-mêmes. Nous obtenons un pays à nous, et qu'est-ce que nous faisons ? Quarante ans après, nous réinventons une tribu égarée. Quelle stupidité ! Et si *nous* ne le proclamons pas, le monde entier le fera. Il le dit déjà. Lisez les journaux, Mr. Spielberg ! » Comme pour prévenir une gifle, Kurtz leva le bras pour l'interposer entre son visage et celui de Mrs. Minkel. Mais elle n'en avait pas terminé. « Cette *Ruthie*, continua-t-elle avec un sourire de mépris. Une fille intelligente. Elle étudie trois ans avec mon mari et qu'est-ce qu'elle fait ? Elle entre dans l'appareil d'Etat. »

Kurtz baissa la main, révélant ainsi qu'il souriait. Non par moquerie, non par colère, mais avec l'orgueil teinté d'émerveillement d'un homme, qui aime profondément la diversité étonnante de son peuple. Il avait beau répéter « S'il vous plaît », il avait beau en appeler au professeur, Mrs. Minkel avait encore un torrent à déverser.

Elle finit pourtant par se taire et Kurtz lui demanda alors si elle ne voulait pas s'asseoir pour écouter ce dont il était venu s'entretenir. Elle se hissa donc une nouvelle fois sur son tabouret, attendant d'être rassurée.

Kurtz choisit très soigneusement ses mots, avec beaucoup de douceur. Ce qu'il avait à dire devait rester aussi secret qu'un vrai secret devait l'être, commença-t-il. Ruthie Zadir elle-même — un très bon officier qui faisait des secrets son pain quotidien —, Ruthie elle-même n'en savait rien, ajouta-t-il ; ce qui n'était pas vrai, mais tant pis. Il n'était pas venu pour parler des étudiants du professeur, assura-t-il, et moins encore pour accuser celui-ci d'être subversif ou pour s'opposer à ses louables idéaux. Il ne s'était présenté ici que pour parler de la prochaine conférence du professeur à Fribourg, qui avait attiré l'attention de certains éléments extrêmement nuisibles. Puis il leur livra toute la vérité.

« Voilà donc les tristes faits », dit-il en prenant une profonde inspiration. « Si certains de ces Palestiniens, dont vous défendez tous les deux si courageusement les droits, parviennent à leurs fins, vous ne prononcerez aucun discours à Fribourg le vingt-quatre de ce mois. En fait, professeur, vous ne prononcerez plus jamais aucun discours. » Il se tut mais son auditoire ne manifesta aucune intention de prendre la parole. « D'après les informations dont nous disposons actuellement, il apparaît que l'un de leurs groupes les plus incontrôlables vous a distingué comme étant un dangereux modéré, susceptible de noyer l'essence pure de leur cause. Les critiques que vous me citiez tout à l'heure, monsieur, mais en pire. Un apôtre de la solution des Bantoustans pour les Palestiniens. Un homme qui, tel un feu trompeur, conduit les plus faibles et les plus crédules à faire à l'expansionnisme sioniste la concession qui sera fatale au peuple palestinien. »

Mais il fallut plus, bien plus qu'une simple menace de mort, pour convaincre le professeur d'accepter une version non encore prouvée des événements.

« Excusez-moi, coupa-t-il sèchement. Il s'agit là mot pour mot de la description qu'a faite de moi la presse palestinienne après ma conférence de Beer-Sheva. »

« C'est précisément de là que nous l'avons tirée, professeur », répondit Kurtz.

24

Elle atterrit à Zurich en début de soirée. Des feux de tempête jalonnaient la piste, flamboyant devant elle comme la voie de ses propres desseins. Charlie s'était préparée avec acharnement pour n'être plus que la somme de ses vieilles frustrations, désormais mûries et concentrées sur ce monde pourri. Elle *savait* maintenant qu'il ne s'y trouvait pas une seule parcelle de bien : elle avait vu la souffrance qui représentait le prix à payer pour l'opulence occidentale. Elle était ce qu'elle avait toujours été : une exclue enragée qui voulait reprendre son dû ; mais à la différence que la Kalachnikov avait remplacé ses éclats inutiles. Les feux défilaient devant son hublot comme des épaves en flammes. L'appareil toucha le sol. Le billet de la jeune femme indiquait cependant Amsterdam, et il lui restait théoriquement un atterrissage à subir. *Les filles seules qui reviennent du Moyen-Orient sont suspectes,* lui avait dit Tayeh lors de leur dernière entrevue à Beyrouth. *Il nous faut tout d'abord vous donner une provenance plus respectable.* Fatmeh, venue lui dire adieu, se montra plus précise : *Khalil a décidé que l'on te donne une nouvelle identité à ton arrivée.*

Pénétrant dans la salle de transit déserte, Charlie eut le sentiment d'être le tout premier pionnier à y avoir jamais posé le pied. Les haut-parleurs déversaient de la musique, mais personne n'était là pour l'entendre. Une boutique de luxe vide de clients proposait des barres de chocolat et du fromage. La jeune femme se rendit aux toilettes et examina son apparence tout à loisir. Les cheveux coupés au bol et teints en un vague châtain. Tayeh lui-même n'avait cessé d'arpenter en boitillant l'appartement de Beyrouth pendant que Fatmeh procédait au massacre. Pas de maquillage, pas de *sex-appeal*, avait ordonné Tayeh. Charlie portait un ensemble brun assez lourd et des lunettes d'astigmate qui lui donnaient un air renfrogné. Il ne me manque plus qu'un canotier et un blazer à écusson, songea-t-elle. Elle était loin de la *poule de luxe* révolutionnaire de Michel.

Embrasse Khalil pour moi, lui avait demandé Fatmeh en l'étreignant au moment du départ.

Rachel se tenait devant le lavabo voisin, mais le regard de Charlie passa au travers d'elle. Charlie ne la trouvait en rien attirante, elle ne la connaissait pas et n'avait posé son sac grand ouvert entre elles deux, le paquet de Marlboro bien en évidence sur le dessus comme Joseph le lui avait appris, que par pure coïncidence. Et elle ne vit pas non plus la main de Rachel plonger dans le sac pour échanger les paquets de cigarettes, ni le clin d'œil rassurant de la jeune femme dans la glace.

Je n'ai pas d'autre vie que celle-ci. Je n'ai pas d'autre amour que Michel et pas d'autre loyauté que celle que je voue à Khalil.

Installez-vous aussi près que possible du tableau des départs, lui avait recommandé Tayeh. Elle alla donc s'asseoir à l'endroit indiqué et tira de sa petite mallette une brochure sur les plantes alpestres aussi grande et mince qu'une publication d'écolières. Elle arborait également un badge tout rond : « Sauvez les baleines », ce qui, lui avait expliqué Tayeh, constituait l'autre signe ; dorénavant en effet, Khalil exigeait que tout fût multiplié par deux : deux plans, deux signes de reconnaissance, partout un système de rechange au cas où le premier raterait ; une balle de rechange au cas où le monde vivrait encore.

Khalil ne fait jamais confiance du premier coup, avait dit Joseph. Mais Joseph était mort et enterré depuis longtemps déjà, prophète oublié du temps de son adolescence. Elle était la veuve de Michel, le soldat de Tayeh, et elle était venue s'engager dans l'armée du frère de son amant défunt.

Un militaire suisse la dévisageait, un homme plus très jeune armé d'un Heckler & Koch. Charlie tourna une page. Les Heckler comptaient parmi ses préférés. Lors de son dernier exercice d'artillerie, elle avait fiché quatre-vingt-quatre balles sur cent dans le pauvre marine qui leur servait de cible. C'était le record absolu, masculin comme féminin. Du coin de l'œil, elle s'aperçut que le Suisse la regardait toujours. Une méchante idée lui vint à l'esprit. Je vais te faire ce qu'a fait Bubi au Venezuela, songea-t-elle. Bubi avait reçu l'ordre d'exécuter un policier fasciste, le matin, au moment où il sortirait de chez lui, l'heure idéale. Bubi se dissimula contre une porte et attendit. Sa cible portait une arme sous le bras, mais était aussi un bon père de famille toujours heureux de jouer avec ses gosses. Quand il le vit sortir, Bubi extirpa une balle de sa poche et l'envoya rebondir aux pieds du policier. Une balle d'enfant, en caoutchouc — quel père de famille ne se baisserait pas instinctivement pour la ramasser ? A peine s'était-il courbé que Bubi surgissait et l'abattait aussitôt. Qui en effet pourrait tirer tout en ramassant une balle de caoutchouc ?

Quelqu'un essayait de la draguer. Un fumeur de pipe, souliers en peau de porc, flanelle grise. Charlie le sentit hésiter, puis s'approcher.

« Je vous prie de m'excuser, mais parlez-vous anglais ? »

Question banale, le violeur anglais de la classe moyenne, blondasse, la cinquantaine plutôt enveloppée. Ayant faussement l'air de s'excuser. *Non, pas du tout,* eut-elle envie de lui répondre. *Je regarde seulement les images.* Elle avait tellement horreur de ce genre de types qu'elle en eut la nausée. Elle le foudroya du regard, mais il était collant, comme les autres.

« Cet endroit est si *affreusement* désert, expliqua-t-il. Je me demandais tout simplement si cela vous dirait de venir prendre un verre avec moi ? Ça n'engage à rien et ne ferait de mal à personne. »

Charlie répondit non, merci, et faillit ajouter : « Papa m'a dit de ne pas parler aux étrangers. » Il finit par s'éloigner à grands pas indignés, en quête d'un agent à qui la signaler. Elle se replongea dans l'étude de l'edelweiss commun en écoutant la salle se remplir, un seul bruit de pas à la fois. Devant elle, en direction de la boutique de fromages. Devant elle, en direction du bar. Vers elle. Halte.

« Imogen ? Tu te souviens de moi ? Sabine ! »

Lever les yeux. Le temps de la remettre.

Un ravissant foulard suisse pour dissimuler les cheveux coupés au bol et teints en un vague châtain. Pas de lunettes, mais il suffirait à Sabine de mettre les mêmes que les miennes pour qu'on nous prenne pour des jumelles. Un grand sac de voyage Franz Carl Weber, de Zurich, pendait au bout de son bras, ce qui était le second signe.

« Mince ! Sabine. C'est toi. »

Debout. Un petit bécot sur la joue. Quelle surprise ! Où vas-tu comme ça ?

Hélas ! le vol de Sabine n'allait pas tarder. Quel dommage de ne pas pouvoir papoter un peu, mais c'est la vie, non ? Sabine laissa tomber le sac aux pieds de Charlie. Tu me le gardes un moment, chérie ? Bien sûr, Sabs, pas de problème. Sabine disparaît dans les toilettes. Fouillant carrément dans le sac comme si c'était le sien, Charlie en sort une enveloppe de couleur gaie entourée d'un ruban et repère le contour d'un passeport dans lequel on a glissé un billet d'avion. Elle remet soigneusement dans le sac l'enveloppe contenant son propre passeport irlandais, son billet et sa carte de transit. Sabine revient, récupère son bien — elle doit se dépêcher, porte de droite. Charlie compte jusqu'à vingt, retourne aux toilettes et y reste un bon moment. Baastrup Imogen, sud-africaine, lit-elle. Née à Johannesburg trois ans et un mois après moi. Destination Stuttgart d'ici à une heure vingt minutes. Adieu petite Irlandaise, bonjour petite chrétienne coincée, raciste jusqu'au bout des ongles et qui réclame son héritage de fille à peau blanche.

Sortant des toilettes, elle s'aperçut que le militaire l'observait toujours. Il a tout vu. Il est sur le point de m'arrêter. Il croit que j'ai la courante et ne se doute pas à quel point il est proche de la vérité. Elle l'examina jusqu'à ce qu'il s'en aille. Il voulait simplement regarder quelque chose, songea-t-elle en se plongeant une fois de plus dans son livre sur les fleurs alpestres.

Le vol ne parut pas durer plus de cinq minutes. Un sapin de Noël désuet trônait dans le hall de l'aéroport de Stuttgart, où régnait une atmosphère de remue-ménage familial, de retour au bercail. Faisant la queue avec son passeport sud-africain à la main, Charlie étudia les portraits des terroristes recherchées et s'attendit presque à découvrir le sien. Elle franchit les contrôles d'immigration et de douane comme une fleur. Arrivant près de la sortie, elle vit Rose, sa compatriote sud-africaine, affalée sur un sac à dos et dormant à moitié, mais Rose était aussi morte que Joseph, aussi morte que n'importe qui d'autre et aussi invisible que Rachel. Les portes automatiques s'écartèrent, une bourrasque de neige la frappa au visage. Elle releva le col de son manteau et traversa d'un pas vif le large trottoir qui menait au parking. Quatrième niveau, lui avait indiqué Tayeh ; le coin extrême gauche ; cherchez une queue de renard accrochée à une antenne de radio. Elle s'était imaginée une antenne bien sortie et ornée à son bout d'une touffe de renard rousse se balançant fièrement. Mais la queue n'était en fait qu'une miteuse imitation de nylon attachée à un anneau et gisant sur le capot de la petite Volkswagen.

« Je suis Saul. Comment t'appelles-tu, mon chou ? » fit, tout près de Charlie, une voix d'homme à l'accent américain doucereux. Elle crut un instant avec horreur que Arthur J. Halloran, *alias* Abdoul, revenait la hanter, et fut soulagée de découvrir, en regardant derrière le pilier, un jeune homme apparemment normal appuyé contre le mur. Des cheveux longs, des bottes fatiguées, un sourire juvénile et paresseux. Et le badge « Sauvez les baleines » épinglé à son anorak.

« Imogen », répondit-elle, Saul étant le nom que lui avait annoncé Tayeh.

« Lève le capot, Imogen. Mets ta valise dans le coffre. Et maintenant jette un coup d'œil autour de toi, regarde qui tu vois. Personne qui t'ait embêtée ? »

Charlie inspecta lentement le parking du regard. Dans la cabine d'un fourgon Bedford couvert de gigantesques marguerites, Raoul et une fille qu'elle ne parvenait pas à distinguer convenablement paraissaient sur le point de passer à l'acte.

« Personne », répondit-elle.

Saul lui ouvrit la portière.

« Et mets ta ceinture, mon chou », recommanda-t-il en prenant place derrière le volant. « Ils ont des lois dans ce pays, compris ? D'où viens-tu, Imogen ? Où as-tu pêché ce bronzage ? »

Mais une jeune veuve obsédée par le meurtre n'engage pas de conversation futile avec des étrangers. Saul alluma la radio avec un haussement d'épaules et se mit à écouter les informations en allemand.

La neige rendait le paysage magnifique et les chauffeurs très prudents. La petite Volkswagen se fraya un chemin dans la cohue, puis s'engagea sur une route à double voie bordée d'immeubles. De gros flocons se précipitaient sur les phares. Le bulletin d'informations s'acheva et une présentatrice annonça un concert.

« Tu aimes ça, Imogen ? C'est du classique. »

Il laissa de toute façon le programme. Mozart... Salzbourg où Charlie avait été trop épuisée pour faire l'amour à Michel la veille de sa mort.

Ils contournèrent le halo brillant de la ville, où les flocons de neige semblaient s'engouffrer comme des cendres noirâtres. Ils franchirent un échangeur et Charlie aperçut en dessous un terrain de jeux, où des enfants en anorak rouge faisaient une bataille de boules de neige à la lueur des arcs voltaïques. Elle songea à son groupe de gosses, là-bas, en Angleterre, à des millions de kilomètres. Je le fais pour eux, pensa-t-elle. Michel aussi avait cru à cela, d'une certaine façon. Nous y croyons tous. Tous, sauf Halloran, qui avait perdu la foi. Pourquoi ne pouvait-elle le chasser de ses pensées ? Parce qu'il doutait, et le doute représentait ce qu'elle avait appris à craindre le plus. *Douter, c'est trahir,* l'avait prévenue Tayeh.

Joseph lui avait affirmé à peu près la même chose.

Ils avaient pénétré dans un autre paysage et la route s'était métamorphosée en une rivière sombre sillonnant des gorges de champs tout blancs et de forêts alourdies. Charlie perdit le sens du temps et celui des proportions. Elle vit des châteaux de rêve et des villages de trains électriques se découper contre le ciel pâle. Les églises miniatures avec leurs dômes en oignon lui donnèrent envie de prier, mais elle était trop grande, seuls les faibles pouvaient s'en remettre à la religion. Elle vit des poneys frissonnants brouter des bottes de foin et se rappela chacun des poneys de son enfance. Vers chaque merveille qu'ils dépassaient, elle lançait son cœur pour tenter de la rattraper et de la retenir. Mais toutes s'échappèrent et aucune ne laissa la moindre empreinte dans son esprit ; de simples souffles sur du verre poli. De temps en temps, une automobile les faisait disparaître ; une fois, une moto dépassa leur voiture en trombe et la jeune femme crut reconnaître le dos de Dimitri qui s'éloignait, mais il fut hors de portée des phares avant qu'elle pût en être sûre.

Ils montèrent une colline et Saul se mit à accélérer. Il prit brusquement à gauche, traversa une route, puis tourna à droite, sur un chemin bosselé. Des troncs d'arbres abattus jonchaient les bas-côtés tels les soldats gelés d'un documentaire soviétique. Très loin devant, Charlie parvint à discerner la masse sombre d'une vieille demeure pourvue de hautes cheminées et qui lui fit un instant penser à la villa d'Athènes. *La passion, c'est bien le mot ?* Saul immobilisa la voiture et lança deux appels de phares. Une torche lui répondit depuis ce qui semblait être le centre de la maison. Saul regardait sa montre en comptant les secondes à voix basse. « Neuf... dix..., ça devrait être *maintenant* », dit-il, puis la lumière se remit à clignoter. Il se pencha par-dessus Charlie et lui ouvrit la portière.

« Pour nous, ça s'arrête là, mon chou, dit-il. C'était une conversation passionnante. On fait la paix, d'accord ? »

Sa valise à la main, Charlie trouva un passage dans la neige et se dirigea vers la maison, n'ayant pour se repérer que la blancheur du sol et les rais de lune qui traversaient les arbres. A mesure que la demeure se rapprochait, la jeune femme distingua une tour d'horloge dont l'horloge avait disparu puis un bassin gelé dont le socle central avait perdu sa statue. Une moto rutilait sous un auvent de bois.

Soudain, elle entendit une voix familière lui parler dans un chuchotement de conspirateur : « Imogen, fais attention au toit. Si tu te prends un bout du toit, ça te tucra aussitôt. Imogen... Oh ! Charlie..., c'est vraiment *trop* ridicule ! » L'instant d'après, un corps puissant et doux surgissait de l'obscurité du porche et l'enlaçait, à peine embarrassé par la torche électrique et le pistolet automatique.

Submergée par une vague de gratitude absurde, Charlie rendit à Helga son étreinte. « Bon Dieu, Helg..., c'est toi... Génial ! »

A la lumière de sa lampe électrique, Helga la guida à travers une salle au sol de marbre dont on avait déjà retiré la moitié des dalles ; puis, avec précaution, en haut d'un escalier de bois branlant dépourvu de rampe. La maison tombait en décrépitude, mais quelqu'un avait précipité sa mort. Les murs suintants étaient barbouillés de slogans à la peinture rouge ; on avait pillé les poignées de porte et les dispositifs d'éclairage. Retrouvant son hostilité première, Charlie voulut dégager sa main, mais Helga la serra plus fort, avec autorité. Elles traversèrent une enfilade de pièces vides, chacune des salles paraissant assez grande pour y tenir un banquet. Dans la première, un poêle de faïence brisé, bourré de papier journal. Dans la seconde, une presse à bras disparaissait sous la poussière et, sur le sol, les restes jaunis de journaux révolutionnaires d'autrefois montaient à hauteur de cheville. Elles pénétrèrent dans une troisième salle, et Helga promena le faisceau de sa torche sur une pile de dossiers et de papiers entassés dans une alcôve.

« Sais-tu ce que nous faisons ici, mon amie et moi, Imogen ? interrogea-t-elle en élevant brusquement la voix. Mon amie est trop formidable. Elle s'appelle Verona et son père était un nazi complet. Un propriétaire terrien, un industriel, tout ce qu'on peut imaginer. » Sa main se détendit juste le temps de glisser jusqu'au poignet de Charlie, qu'elle enserra aussitôt. « Il est mort et nous le vendons pour nous venger. Les arbres aux saccageurs d'arbres. Les terres aux saccageurs de terres. Les statues et les meubles aux puces. Quand ça vaut cinq mille balles, nous vendons à cinq. Le bureau de son père se trouvait là. Nous l'avons démoli de nos propres mains et puis nous en avons fait un grand feu. Pour le symbole. C'était de là que partaient ses campagnes fascistes-là qu'il signait ses chèques, là qu'il accomplissait tous ses actes répressifs. Nous l'avons écrabouillé et puis nous l'avons brûlé. Verona est libre maintenant. Elle est pauvre, elle est libre, elle a rejoint la masse. Tu ne la trouves pas formidable ? Peut-être que tu aurais dû faire ça, toi aussi. »

Un escalier de service tortueux conduisait à un long couloir. Helga passa tranquillement devant. Charlie perçut, venant d'en haut, des accords de folk music et une odeur de paraffine brûlée. Elles arrivèrent à un palier, dépassèrent toute une série de chambres de bonne et s'immobilisèrent devant la dernière. Un rai de lumière passait sous la porte. Helga frappa et prononça doucement quelques mots en allemand. On tira un verrou et la porte s'ouvrit. Helga entra la première, invitant d'un signe Charlie à la suivre. « Imogen, voici la camarade Verona. » Sa voix avait pris une note autoritaire. « Vero ! »

Une fille rondelette attendait, l'air affolé. Elle portait un tablier sur des pantalons noirs, assez larges, et avait les cheveux courts, comme ceux d'un garçon. Un automatique Smith & Wesson pendait, dans un étui, a sa hanche ronde. Verona sécha ses doigts sur son tablier et serra très bourgeoisement la main de Charlie.

« Il y a un an, Vero était aussi fasciste que son père », fit remarquer Helga du ton catégorique du propriétaire. « C'était à la fois une esclave et une fasciste. Maintenant, elle se bat. Hein, Vero ? »

Une fois congédiée, Verona repoussa le verrou puis se retira dans un coin où elle faisait un peu de cuisine sur un camping-gaz. Charlie se demanda si elle rêvait en secret du bureau de son père.

« Allez, viens voir qui est là », commanda Helga qui la traîna de l'autre côté de la pièce. Charlie lança un rapide coup d'œil autour d'elle. Elle se trouvait dans un immense grenier, le même que celui dans lequel elle avait joué tant de fois pendant ses vacances dans le Devon. La faible clarté émanait d'une lampe à pétrole suspendue à un chevron. Plusieurs épaisseurs de rideaux de velours avaient été clouées devant les lucarnes. Un superbe cheval à bascule se découpait contre un mur ; tout à côté se dressait un tableau noir fixé à un chevalet. On y avait dessiné un plan de rues : des flèches de couleurs indiquaient, au centre, un grand bâtiment rectangulaire. Sur une vieille table de Ping-Pong gisaient des restes de salami, de pain noir et de fromage. Des vêtements masculins et féminins séchaient devant un poêle à fuel. Elles arrivaient à quelques marches de bois que Helga gravit en tête. Sur le plancher surélevé, deux matelas pneumatiques étaient posés l'un à côté de l'autre. Nu jusqu'à la ceinture et plus bas encore, l'Italien ténébreux qui avait tenu Charlie en joue lors de ce fameux dimanche matin à la City, se reposait sur le premier. Il avait jeté un couvre-lit décati sur ses cuisses et Charlie remarqua qu'il était en train de nettoyer les morceaux d'un Walther automatique démonté. Un poste de radio placé près de son coude déversait du Brahms.

« Et voilà notre Mario si énergique », annonça Helga avec une fierté sarcastique, tout en agitant du bout du pied les parties génitales de son compagnon. « Mario, sais-tu que tu devrais avoir honte ? Couvre-toi tout de suite et salue notre invitée. C'est un ordre ! »

Mais Mario se contenta pour toute réponse de rouler gaiement jusqu'au bord de sa couche, invitant celle qui le voulait à le rejoindre.

« Comment va le camarade Tayeh, Charlie ? demanda-t-il. Donne-nous donc des nouvelles de la famille. »

Aussi incongrue qu'un cri dans une église, une sonnerie de téléphone retentit : il n'était pas même venu à l'esprit de Charlie qu'ils pouvaient en avoir un. Cherchant à la dégeler un peu, Helga proposait de porter un toast à la santé de Charlie et en faisait toute une histoire. Elle avait disposé des verres et une bouteille sur une planche à pain et l'apportait en grande cérémonie quand elle entendit la sonnerie. Elle se figea puis, à gestes très lents, alla poser la planche sur la table de Ping-Pong qui se trouvait tout près. Rossino éteignit la radio. Le téléphone monopolisait une petite table en marqueterie que Verona et Helga n'avaient pas encore carbonisée ; c'était un très vieil appareil, le micro et l'écouteur formant deux pièces séparées. Helga se pencha au-dessus, mais n'essaya pas de décrocher l'écouteur. Charlie compta huit coups avant que la sonnerie ne s'interrompe. Helga ne bougea pas, continuant de le fixer des yeux. Complètement nu, toujours, Rossino traversa nonchalamment la pièce pour aller chercher une chemise propre sur le fil à linge.

« Il a dit qu'il appellerait demain, geignit-il en enfilant le vêtement. Qu'est-ce qui lui prend ? »

« Tais-toi », coupa Helga.

Verona tournait toujours sa cuiller dans sa casserole, mais plus lentement, comme si la vitesse devenait dangereuse. Elle faisait partie de ces femmes dont le moindre geste semble partir du coude.

Le téléphone se remit à sonner, deux fois, et Helga souleva l'écouteur pour le replacer aussitôt sur son socle. Quand la sonnerie résonna de nouveau, elle répondit cette fois-ci d'un « Oui » bref et écouta, sans un sourire ni même un mouvement de tête, pendant environ deux minutes puis raccrocha.

« Les Minkel ont changé leurs plans, déclara-t-elle. Ils passent la nuit à Tübingen, chez des amis qu'ils ont à la faculté. Ils emportent quatre grandes valises, plein de bricoles et un *attaché-case.* » Sentant instinctivement comment produire son effet, elle ramassa un chiffon mouillé dans l'évier de Verona et entreprit de nettoyer le tableau. « L'attaché-case est noir, avec des charnières ordinaires. La conférence n'aura pas lieu non plus à l'endroit prévu. La police ne se doute de rien, mais elle est agitée. Les flics prennent ce qu'ils appellent de sages précautions. »

« Et les gorilles ? » interrogea Rossino.

« La police voudrait augmenter le nombre des gardes du corps, mais Minkel refuse catégoriquement. C'est soi-disant un homme de principes. Lui qui prône le droit et la justice, prétend qu'il ne peut se laisser environner par la police secrète. Rien de changé pour Imogen. Les ordres restent les mêmes. C'est sa première mission. Elle va devenir une vraie star. Hein, Charlie ? »

Et soudain, ils la regardaient tous — Verona avec sa fixité indifférente, Rossino avec un sourire encourageant, et Helga de ses yeux francs et directs d'où tout manque d'assurance était, comme d'habitude, exclu.

Charlie était allongée à plat, son avant-bras lui servant d'oreiller. Sa chambre n'avait rien d'une estrade dans une nef d'église ; ce n'était qu'une mansarde sans lumière ni rideaux. La jeune femme couchait sur un vieux matelas de crin garni d'une couverture jaunâtre embaumant le camphre. Helga se tenait assise près d'elle, caressant de sa main forte les cheveux teints de Charlie. Le clair de lune entrait par la haute lucarne ; la neige créait ce profond silence si caractéristique. On devrait écrire un conte de fées ici. Mon amant devrait brancher le radiateur électrique et me prendre dans la lumière rougeoyante. Elle se trouvait dans une hutte en troncs d'arbres, à l'abri de tout sauf du lendemain.

« Qu'y a-t-il, Charlie ? Ouvre les yeux. Tu ne m'aimes plus ? »

Elle ouvrit les yeux et regarda droit devant elle, ne voyant rien, ne pensant à rien.

« Tu songes encore à ton petit Palestinien ? Ça t'embête, ce que nous faisons ici ? Tu veux laisser tomber et t'en aller pendant qu'il est encore temps ? »

« Je suis fatiguée. »

« Pourquoi ne viendrais-tu pas dormir avec nous, alors ? On pourrait faire l'amour. Et puis on pourrait dormir. Mario est un amant excellent. »

Se penchant au-dessus d'elle, Helga l'embrassa dans le cou.

« Tu veux que Mario vienne tout seul ? Tu es timide ? Je te permets même ça, si tu veux. » Elle l'embrassa de nouveau, mais Charlie restait de glace ; le corps raide, immobile.

« Tu seras peut-être plus tendre demain soir. Il n'est pas question de refuser, avec Khalil. Il est déjà très impatient de te voir. Il a insisté pour que ce soit toi. Tu sais ce qu'il a dit à une amie une fois ? “Sans les femmes, je perdrais ma chaleur humaine, et ne serais qu'un soldat raté. Pour faire un bon soldat, il est essentiel d'être humain.” Maintenant tu peux comprendre quel grand homme c'est. Comme tu aimais Michel, il t'aimera. Cela ne fait aucun doute. Bon. »

Helga la gratifia d'un dernier baiser appuyé, puis quitta la pièce, laissant Charlie couchée sur le dos, les yeux grands ouverts, à contempler la nuit s'éclaircir lentement par la vitre. Elle entendit un gémissement de femme s'amplifier en un sanglot suppliant et contracté ; puis un cri masculin, pressant. Helga et Mario faisaient progresser la révolution sans son aide.

Suis-les partout oû ils te conduiront, lui avait dit Joseph. *S'ils te demandent de tuer, alors tue. Nous serons responsables, pas toi.*

« Où seras-tu»

« Tout *près.* »

Tout près du bout du monde.

Elle conservait dans son sac une minuscule pile électrique Mickey Mouse, de celles avec lesquelles elle aurait joué sous les couvertures, en pension. Elle la prit, de même que le paquet de Marlboro de Rachel. Il contenait encore trois cigarettes qu'elle mit de côté. Puis, doucement, comme Joseph le lui avait enseigné, elle retira le papier d'argent, déplia complètement le carton et l'étala sur le lit. Elle se mouilla le doigt et se mit à enduire la face interne du carton de salive. Les lettres se dessinèrent en brun, extrêmement fines, comme tracées au stylo de cartographe. Charlie lut le message puis fourra les restes du paquet dans une fente du parquet, appuyant jusqu'à ce qu'ils disparaissent complètement.

Courage. Nous sommes avec toi. Tout le Notre-Père au bout d'une épingle.

Ils avaient pour base d'opérations un bureau loué à la hâte dans le centre de Fribourg, au rez-de-chaussée d'une rue très animée, et pour couverture l'une des douzaines de sociétés fictives dont les services de Gavron assuraient de façon permanente l'existence légale, la *Walker & Frosch Investment Company, GmbH.* Leur matériel de communication pouvait facilement passer pour du logiciel commercial ; de plus, ils disposaient de trois appareils téléphoniques, cadeaux d'Alexis, dont l'un — le moins réglementaire — était réservé aux appels urgents entre le docteur et Kurtz. Le matin se levait à peine et la nuit avait été chargée ; il avait d'abord fallu suivre et localiser Charlie, tâche délicate s'il en fut ; et puis un sérieux désaccord était intervenu entre Litvak et ses homologues ouest-allemands, mais Litvak se disputait maintenant avec tout le monde. Kurtz et Alexis ne s'étaient pas mêlés de ces querelles entre inférieurs. Le grand marché tenait toujours et Kurtz n'avait aucun intérêt à le remettre en question. A Alexis et à ses hommes devait revenir la gloire ; à Litvak et aux siens, la satisfaction.

Quand à Gadi Becker, il s'était à nouveau jeté dans la bataille. L'imminence de l'action avait conféré à ses gestes une rapidité volontaire et assurée. Les interrogations qui l'avaient assailli à Jérusalem s'étaient évanouies ; les affres de l'inaction dans l'attente avaient disparu. Pendant que Kurtz somnolait sous une couverture militaire et que Litvak, épuisé et nerveux, arpentait le bureau ou bien prononçait quelques mots mystérieux dans l'un ou l'autre combiné, plongeant dans une sorte d'humeur incertaine, Becker, lui, se tenait immobile près des stores vénitiens de la grande fenêtre, contemplant patiemment les montagnes enneigées de l'autre côté de la Dreisam olivâtre. Comme Salzbourg en effet, Fribourg est une ville cernée de hauteurs, et chaque rue semble mener à une Jérusalem perdue dans les nues.

« Elle panique complètement », dit soudain Litvak à l'adresse du dos de Becker.

Troublé, Becker se tourna vers son interlocuteur.

« Elle s'est mise de leur côté », insista Litvak. Sa voix paraissait coincer au niveau de la gorge.

Becker reprit sa position face à la fenêtre. « Une partie d'elle-même est maintenant avec eux, l'autre nous est restée fidèle, répliqua-t-il. C'est ce que nous lui avons demandé. »

« Elle nous a lâchés ! » s'obstina Litvak, son ton prenant la mesure de sa colère. « Ce n'est pas la première fois que des agents nous font le coup. C'est vrai. Tu ne l'as pas vue toi, à l'aéroport. Moi, si. Elle avait l'air d'un fantôme, crois-moi ! »

« Si elle ressemble à un fantôme, c'est parce qu'elle veut y ressembler, répondit Becker avec une sérénité majestueuse. C'est une actrice. Elle tiendra jusqu'au bout, ne t'inquiète pas. »

« Mais quelles raisons aurait-elle ? Elle n'est pas juive. Elle n'est rien. Elle est des leurs. Fais une croix dessus ! »

Entendant que Kurtz remuait sous sa couverture, Litvak haussa encore la voix pour l'inclure dans la discussion.

« Si elle était toujours des nôtres, pourquoi aurait-elle donné un paquet de cigarettes vierge à Rachel, dis-le-moi ? Après des semaines passées avec cette racaille, elle ne nous écrit même pas un mot en rentrant ? Qu'est-ce que ça veut dire, de la part d'un agent si loyal ? »

Becker parut chercher sa réponse dans les montagnes lointaines. « Peut-être n'avait-elle rien à dire, décida-t-il. C'est avec des actes qu'elle fait pencher la balance, pas avec des mots. »

Depuis l'inconfort de son lit de camp sommaire, Kurtz, encore ensommeillé, voulut calmer les esprits. « L'Allemagne te rend nerveux, Shimon. Calme toi. Charlie peut bien se ranger du côté qu'elle veut tant qu'elle nous montre le chemin. »

Mais les paroles de Kurtz produisirent l'effet opposé à celui recherché. Litvak se trouvait d'une humeur si masochiste qu'il y vit aussitôt une alliance injuste et hostile entre ses deux compagnons, ce qui le rendit plus furieux encore.

« Et si elle craque, si elle raconte tout ? Si elle leur débite toute l'histoire de Mykonos à maintenant ? Alors elle nous montrera toujours le chemin, peut-être ? »

Il paraissait chercher la bagarre ; rien d'autre ne le satisferait.

Se dressant sur un coude, Kurtz prit un ton plus sec. « Que nous reste-t-il à faire alors, Shimon ? Donne-nous la solution. Imaginons qu'elle soit passée de l'autre côté. Imaginons qu'elle ait craché le morceau, du début à la fin. Tu veux que j'appelle Misha Gavron pour lui dire que nous sommes fichus ? »

Becker était resté posté près de la fenêtre, mais s'était retourné et examinait pensivement Litvak, à l'autre bout de la pièce. Faisant courir son regard de l'un à l'autre, Litvak agita brusquement les bras en l'air, mouvement véritablement démentiel devant deux hommes aussi statiques.

« Il est quelque part là-dedans ! hurla Litvak. Dans un hôtel. Un appartement. Un asile de nuit. C'est forcé. Fermez la ville. Les routes. Les chemins de fer. Les bus. Qu'Alexis fasse cerner la ville. Fouillez les maisons jusqu'à ce que vous le trouviez ! »

Kurtz essaya de plaisanter gentiment : « Shimon, nous sommes à Fribourg ici, pas en Cisjordanie. »

Mais Becker, enfin intéressé, semblait désireux de poursuivre la discussion. « Et une fois que nous l'avons trouvé ? » interrogea-t-il, comme s'il n'avait pas très bien saisi le plan de Litvak. « Que faisons-nous alors, Shimon ? »

« Eh bien, nous le tenons ! Nous le tuons ! L'opération est terminée ! »

« Et qui se charge de tuer Charlie ? demanda Becker de la même voix posée. Nous ou eux ? »

C'était soudain plus que Litvak ne pouvait en supporter. Sous la tension de la nuit passée et du jour à venir, la masse nouée de toutes ses frustrations, masculines et féminines, remonta à la surface de son être. Son visage se congestionna, ses yeux jetèrent des éclairs et un bras grêle se leva, accusateur, en direction de Becker. « C'est une putain, c'est une communiste, une vendue aux Arabes ! » hurla-t-il, assez fort pour qu'on l'entendît de l'autre côté de la cloison. « Laisse-la tomber. Quelle importance ? »

Si Litvak espérait ainsi déclencher une lutte à mains nues, il fut déçu car Becker se contenta de hocher la tête tranquillement, semblant confirmer que tout ce qu'il pensait depuis quelque temps de Litvak venait d'être démontré. Kurtz avait repoussé sa couverture. Il était assis au bord du lit, en caleçons, la tête penchée en avant tandis qu'il frottait ses cheveux gris du bout des doigts.

« Va prendre un bain, Shimon, commanda-t-il calmement. Un bon bain, un peu de repos et du café. Reviens vers midi. Pas avant. » Un téléphone sonna. « Ne réponds pas », ajouta-t-il, et il décrocha lui-même le récepteur tandis que Litvak, empli d'un effroi silencieux, l'observait depuis le pas de la porte. « Il est occupé », dit Kurtz en allemand. « Oui, c'est Helmut ; qui est à l'appareil ? »

Il fit oui ; puis oui encore ; puis très bien. Il raccrocha. Enfin il sourit de son sourire sans joie et sans âge. D'abord vers Litvak, pour le consoler, puis vers Becker, parce qu'à ce moment-là, leurs différends ne comptaient plus. « Charlie est arrivée il y a cinq minutes à l'hôtel des Minkel, annonça-t-il. Rossino est avec elle. Ils sont en train de prendre un bon petit déjeuner ensemble, bien à l'avance, exactement comme nos amis les aiment. »

« Et le bracelet ? » s'enquit Becker.

C'était ce qui faisait le plus plaisir à Kurtz. « Au poignet droit », répondit-il fièrement. « Elle a un message pour nous. C'est une fille bien, Gadi, et je te félicite. »

L'hôtel datait des années soixante, d'une époque où l'industrie hôtelière croyait encore aux grands salons encombrés, ornés de fontaines lumineuses apaisantes et d'horloges dorées sous verre. Un immense escalier à double volée conduisait à une mezzanine, et, de la table où ils étaient installés, Charlie et Rossino pouvaient surveiller à la fois la porte principale et la réception. Rossino portait un complet bleu de cadre moyen, Charlie son uniforme de guide scoute sud-africaine et le Christ enfant en bois qu'on lui avait offert au camp. Tayeh avait insisté pour que ses verres de lunettes ne soient pas factices, et ils lui faisaient mal aux yeux dès que venait son tour de surveillance. Elle se sentait un appétit d'ogre, aussi avaient-ils pris des œufs au bacon, suivis maintenant par du café noir que Rossino buvait tout en lisant le *Stuttgarter Zeitung*, abreuvant de temps en temps Charlie de faits divers amusants. Ils étaient arrivés en ville de très bonne heure, et Charlie avait cru mourir de froid à l'arrière de la moto ; puis ils avaient laissé l'engin à la gare où Rossino avait demandé quelques renseignements, avant de prendre un taxi jusqu'à l'hôtel. Durant l'heure qu'ils avaient passée là, Charlie avait vu une escorte policière amener un évêque catholique à bon port, puis repartir avec une délégation d'Afrique occidentale en costumes traditionnels. Elle avait observé l'arrivée d'un car d'Américains, et le départ de toute une troupe de Japonais ; elle connaissait désormais la procédure par cœur : les fiches à remplir et jusqu'au nom du chasseur qui s'emparait des bagages dès qu'ils avaient franchi les portes automatiques pour les empiler sur de petits chariots, puis attendait, à moins d'un mètre de distance, que les formalités soient réglées.

« Et Sa Sainteté le Pape qui projette une tournée dans tous les pays fascistes d'Amérique du Sud », lisait Rossino, plongé dans son journal, tandis qu'elle se levait. « Peut-être qu'ils vont l'achever, cette fois-ci. Où vas-tu, Imogen ? »

« Pisser. »

« Qu'y a-t-il ? Tu te sens nerveuse ? »

Dans les toilettes pour dames, de petites lumières roses clignotaient au-dessus des lavabos et une musique douce couvrait le ronflement des ventilateurs. Rachel rajustait son ombre à paupières. Deux autres femmes se lavaient les mains et l'une des portes était fermée. Charlie passa près de Rachel en la frôlant et lui fourra un bout de papier griffonné dans la main. Puis elle fit un brin de toilette et retourna à la table.

« Allons-nous-en d'ici », souffla-t-elle comme si son absence l'avait fait changer d'avis. « C'est ridicule. »

Rossino alluma un gros cigare hollandais et lui souffla volontairement la fumée au visage.

Une Mercedes d'apparence officielle s'immobilisa puis déversa son chargement d'hommes en costumes sombres portant un badge à leur nom sur le revers. Rossino s'apprêtait à faire une plaisanterie obscène à leur sujet quand un groom annonça qu'on le réclamait au téléphone : le signor Verdi, qui avait laissé son nom plus cinq marks à la réception, était demandé à la cabine 3. Charlie finit son café encore brûlant, le sentant descendre dans sa poitrine. Rachel lisait *Cosmopolitan* sous un palmier d'aluminium en compagnie de son petit ami. Charlie ne connaissait pas le garçon en question, qui paraissait allemand. Il tenait à la main un document recouvert d'une chemise transparente. Une vingtaine de personnes se répartissaient dans la salle, mais le seul visage familier était celui de Rachel. Rossino revenait.

« Les Minkel sont arrivés à la gare il y a deux minutes. Ils ont pris un taxi, une Peugeot bleue. Ils ne devraient pas tarder. »

Il demanda l'addition, la régla, puis se replongea dans son journal.

Je ne ferai chaque chose qu'une fois, s'était-elle promis alors qu'encore couchée, elle attendait le matin ; ce sera à chaque fois la dernière. Elle se répéta ces mêmes mots. Puisque je suis assise ici et maintenant, je n'aurai plus jamais à m'y asseoir. Quand je descendrai l'escalier, je n'aurai plus jamais à le remonter. Quand je quitterai l'hôtel, ce sera pour toujours.

« Pourquoi ne pas se contenter d'abattre ce salaud ici pour en être débarrassés ? » siffla-t-elle entre ses dents, saisie par une brusque bouffée de haine et de peur alors qu'elle gardait une fois de plus son regard rivé sur l'entrée.

« Parce qu'il nous faut rester en vie si nous voulons la peau d'autres salauds », expliqua patiemment Rossino avant de tourner une page. « Manchester United a encore perdu », ajouta-t-il non sans satisfaction. « Pauvre vieil empire. »

« Action », lâcha Charlie.

Une Peugeot bleue venait de s'arrêter devant les portes vitrées. Une femme aux cheveux gris s'en extirpait, suivie par un homme grand et distingué à la démarche lente et cérémonieuse.

« Surveille les petits bagages, je me charge des valises », ordonna Rossino tout en rallumant son cigare.

Le chauffeur du taxi ouvrait le coffre ; Franz, le chasseur, se tenait derrière lui avec son chariot. Vinrent d'abord deux valises de nylon brun assorties, ni neuves ni usées. Une courroie les entourait pour assurer une meilleure solidité et des étiquettes rouges pendaient à leurs poignées. Puis surgit une vieille valise de cuir, beaucoup plus encombrante et pourvue de roulettes sur le côté. Et puis vint encore une autre valise.

Rossino laissa échapper une exclamation en italien. « Mais ils s'installent pour combien de temps ? » se lamenta-t-il.

Les bagages à main étaient empilés sur le siège avant droit. Le chauffeur referma le coffre puis entreprit de les décharger, mais le chariot de Franz ne pouvait tout emporter d'un coup. Un sac de voyage fatigué fait de pièces de cuir multicolores, deux parapluies, un pour lui et un pour elle, un sac en papier décoré d'un chat noir. Deux grands paquets cadeaux, sans doute des présents de Noël tardifs. Enfin Charlie l'aperçut : un attaché-case noir. Parois rigides, cadre d'acier, une étiquette de cuir sans doute au nom de Minkel. Cette bonne vieille Helg, songea-t-elle ; ne le perds pas de vue. Minkel réglait le taxi. Comme quelqu'un que Charlie avait connu autrefois, il conservait ses pièces dans un porte-monnaie séparé qu'il vida dans le creux de sa paume avant de se défaire des espèces étrangères. Mrs. Minkel saisit l'attaché-case.

« Merde », s'exclama Charlie.

« Attends », dit Rossino.

Se chargeant des paquets, Minkel suivit sa femme dans le hall.

« A ce moment-là, tu me dis que tu crois le reconnaître », reprit calmement Rossino. « Je te conseille de descendre pour aller voir de plus près. Tu hésites, tu es une petite vierge très timide. » Il la tenait par la manche de sa robe. « N'en fais pas trop. Si cela ne marche pas, il restera encore tout un tas de possibilités. Fronce les sourcils. Rajuste tes lunettes. Vas-y. »

Minkel s'approchait de la réception à tout petits pas légèrement ridicules, comme s'il n'avait jamais fait cela de sa vie. Sa femme, la mallette à la main, se tenait à son côté. Il n'y avait qu'une seule réceptionniste de service et elle s'occupait de deux autres clients. Minkel se planta derrière, jetant des regards affolés autour de lui. Son épouse, très calme, évalua l'endroit d'un coup d'œil. Un groupe d'Allemands vêtus avec soin s'étaient réunis de l'autre côté du hall, derrière une cloison de verre fumé. Elle les étudia d'un air désapprobateur et murmura quelques mots à l'adresse de son mari. Le bureau d'accueil se libéra et Minkel prit l'attaché-case des mains de sa femme ; échange tacite, instinctif, entre partenaires. La réceptionniste était blonde et portait une robe noire. Elle passa en revue le fichier de ses ongles écarlates puis tendit à Minkel un formulaire à remplir. Les pas de Charlie résonnaient dans l'escalier ; sa main humide collait à la large rampe et Minkel ne lui apparaissait que comme une abstraction brumeuse à travers ses verres d'astigmate. Le sol s'approcha enfin d'elle et elle entreprit sa traversée hésitante vers la réception. Minkel s'était courbé au-dessus du comptoir, en train de remplir sa fiche. Il avait coincé son passeport israélien sous son coude et en recopiait le numéro. L'attaché-case était posé contre son pied gauche ; Mrs. Minkel se trouvait hors de portée. Se plaçant à la droite de Minkel, Charlie se pencha par-dessus son épaule pour essayer de déchiffrer ce qu'il écrivait. Mrs. Minkel arriva par la gauche et regarda Charlie avec stupéfaction. Elle donna un coup de coude à son mari. Prenant enfin conscience qu'on l'étudiait attentivement, Minkel souleva lentement sa vénérable tête et se tourna vers l'inconnue. Charlie se racla la gorge, jouant les timides, ce qui ne lui fut pas très difficile. *Maintenant.*

« Professeur Minkel ? » interrogea-t-elle.

Il montrait des yeux gris perturbés et paraissait plus embarrassé encore que Charlie. Elle eut soudain l'impression de donner la réplique à un mauvais acteur.

« Je suis bien le professeur Minkel », concéda-t-il comme s'il n'en était lui-même pas très sûr. « Oui. Pourquoi ? »

Le vieil homme jouait si mal que Charlie se sentit reprendre courage. Elle prit une profonde inspiration.

« Professeur, je suis Imogen Baastrup, de Johannesburg, et je suis diplômée de sociologie de l'université de Witwatersrand », dit-elle d'une traite. Son accent évoquait moins l'Afrique du Sud que les antipodes ; son attitude trahissait une émotivité certaine, mais aussi de la détermination. « J'ai eu la chance immense, l'année dernière, d'entendre votre conférence sur les droits des minorités dans les sociétés établies selon un contexte racial. C'était une très belle conférence. Je dois même dire qu'elle a changé ma vie. Je voulais vous écrire mais n'ai jamais réussi à me décider. Je serais si heureuse, s'il vous plaît, de vous serrer la main. »

Elle dut presque la lui prendre de force. Il regarda bêtement sa femme qui faisait preuve de plus de talent que lui et avait au moins la présence d'esprit de sourire à Charlie. Il copia son rôle sur le sien et se mit lui aussi à sourire, quoique faiblement. Si Charlie transpirait, ce n'était rien à côté de Minkel : elle crut plonger la main dans une jarre d'huile.

« Allez-vous rester ici longtemps, professeur ? Qu'êtes-vous venu faire ? Allez-vous donner de nouvelles conférences ? »

En arrière-plan, personne ne lui prêtant attention, Rossino demandait en anglais à la réceptionniste si un certain Mr. Boccaccio n'était pas encore arrivé de Milan.

Ce fut une fois de plus Mrs. Minkel qui vint à la rescousse : « Mon mari fait une tournée européenne, expliqua-t-elle. Nous prenons un peu de vacances, donnons quelques conférences et passons voir quelques amis. Nous nous faisons une grande joie de ce voyage. »

Ainsi encouragé, Minkel réussit enfin à parler : « Et vous, miss Baastrup, qu'est-ce qui vous amène à Fribourg ? » questionna-t-il avec un accent germanique tel que Charlie n'en avait jamais entendu ailleurs que sur une scène de théâtre.

« Oh ! je me suis juste dit qu'il valait mieux voir un peu le monde avant de décider quoi faire de ma vie », répondit-elle.

Sors-moi de là. Mais bon Dieu, sors-moi de là. La réceptionniste regrettait mais ne trouvait aucune réservation au nom de Mr. Boccaccio, et, hélas ! l'hôtel était complet ; de l'autre main, la blonde tendait une clé à Mr. Minkel. Charlie se retrouva en train de remercier à nouveau le professeur pour sa conférence si instructive et stimulante, Minkel la remerciait de ses compliments ; Rossino, après avoir remercié la réceptionniste, se dirigeait d'un pas vif vers la porte d'entrée, l'attaché-case de Minkel à la main, à demi dissimulé par le bel imperméable noir qu'il tenait plié sur son bras. Après une dernière effusion d'excuses et de remerciements timides, Charlie sortit à sa suite, prenant garde de ne montrer aucune précipitation. Elle arriva à temps devant les portes vitrées pour voir s'y refléter la silhouette des Minkel cherchant désespérément autour d'eux dans un effort pour se rappeler qui avait tenu la mallette en dernier, et où.

Charlie se fraya un chemin parmi les taxis garés et atteignit le parking de l'hôtel où Helga, vêtue d'une cape de loden à boutons de corne, attendait dans une Citroën verte. Charlie monta près d'elle ; l'Allemande conduisit très lentement la voiture jusqu'à la sortie du parking puis tendit son ticket et l'argent nécessaire. Au moment où la barrière se levait, Charlie éclata de rire, comme si c'était la barre qui avait déclenché son hilarité. Elle suffoqua, enfonça son poing dans sa bouche et laissa rouler sa tête sur l'épaule de Helga, prise d'un fou rire inextinguible.

« J'ai été formidable, Helg ! Tu aurais dû me voir... Bon sang ! »

Au carrefour, un jeune agent de la circulation contempla avec stupéfaction ces deux femmes adultes qui se tordaient et pleuraient de rire dans la voiture. Helga baissa la vitre et lui envoya un baiser.

A la base d'opérations, Litvak était assis devant la radio, Becker et Kurtz se tenant debout derrière lui. Pâle et silencieux, Litvak semblait craindre ses propres réactions. Il portait un casque muni dun seul écouteur et d'un micro.

« Rossino a pris un taxi jusqu'à la gare, annonça-t-il. Il a la mallette. Il va récupérer sa moto. »

« Je ne veux pas qu'on le suive », dit Becker à Kurtz, par-dessus la tête de Litvak.

Litvak repoussa son micro et fit comme s'il n'en croyait pas ses oreilles. « Il ne veut pas qu'on le suive ? Nous avons six hommes autour de cette moto. Alexis n'en a pas loin de cinquante. Nous avons posé un émetteur dessus, et des voitures attendent dans toute la ville. On suit la moto, on suit la mallette. Et la mallette nous conduira à notre homme ! » Il se tourna vers Kurtz, cherchant son soutien.

« Gadi ? » questionna Kurtz.

« Il va se servir de coupe-circuit, répliqua Becker. C'est sa tactique habituelle. Rossino gardera la mallette un certain temps, puis la donnera à quelqu'un d'autre, qui la passera à un troisième comparse et ainsi de suite. D'ici à cet après-midi, ils nous auront traînés dans une multitude de ruelles, de campagnes découvertes et de restaurants déserts. Il n'existe pas une seule équipe de surveillance au monde capable de tenir dans ces conditions sans se faire repérer. »

« Ensuite, Gadi, la vraie raison ? » insista Kurtz.

« Berger ne va pas lâcher Charlie de toute la journée. Khalil lui téléphonera à des lieux et des moments convenus à l'avance. Si Khalil sent quelque chose, il ordonnera à Berger de la tuer. S'il n'appelle pas pendant deux heures, trois heures, ou plus selon leur arrangement, Berger la tuera de toute façon. »

Apparemment indécis, Kurtz tourna le dos à ses deux compagnons et se mit à arpenter la pièce. Une fois, deux fois, pendant que Litvak le regardait avec des yeux de dément. Puis Kurtz finit par décrocher le téléphone d'urgence le reliant à Alexis, et les autres l'entendirent prononcer « Paul » du ton de celui qui demande un conseil et un service. Il parla un moment à voix basse, écouta puis reprit la parole avant de raccrocher.

« Il nous reste neuf secondes avant qu'il n'arrive à la gare », hurla Litvak, l'oreille collée à son écouteur. « Six. »

Kurtz l'ignora. « On m'apprend que Charlie et Berger viennent d'entrer chez un coiffeur à la mode », dit-il en revenant vers les deux hommes. « On dirait qu'elles veulent se faire faire une beauté pour le grand événement. » Il s'arrêta devant eux.

« Le taxi de Rossino vient de stopper devant la gare, fit Litvak d'une voix désespérée. Maintenant, il le *paye*. »

Kurtz dévisageait Becker. Son regard était empreint de respect et même de tendresse. Il ressemblait à un vieil entraîneur dont l'athlète préféré retrouve enfin la condition physique.

« C'est le jour de Gadi, Shimon », déclara Kurtz, les yeux toujours fixés sur Becker. « Rappelle tes gosses. Dis-leur de se reposer jusqu'à ce soir. »

Une sonnerie de téléphone retentit. Kurtz prit l'appel. C'était le Pr Minkel, piquant sa quatrième crise de nerfs depuis son entrée dans l'opération. Kurtz l'écouta jusqu'au bout puis fit un long discours apaisant à son épouse.

« Quelle merveilleuse journée », commenta-t-il avec une exaspération contenue en reposant le combiné. « On s'amuse tous comme des petits fous. » Puis il se coiffa de son béret bleu et s'en alla retrouver Alexis afin d'inspecter avec lui les lieux où se tiendrait la conférence.

Cette attente lui parut la plus pénible et la plus longue de toutes ; une première nuit pour clôturer toute une suite de premières nuits. Pire encore, Helga avait fait d'elle sa pupille et sa nièce favorite, ne lui laissant pas un instant de répit sans même parler de solitude. Après le coiffeur, où Helga, sous le casque, avait reçu son premier coup de téléphone, elles s'étaient rendues dans un grand magasin et Helga avait acheté à Charlie des bottes bordées de fourrure ainsi qu'une paire de gants en soie pour éviter les « marques de doigts », comme elle les appelait. Elles avaient ensuite poussé jusqu'à la cathédrale où Helga lui avait assené un cours d'histoire avant de la conduire, non sans gloussements et insinuations, à un petit square pour lui faire rencontrer un certain Berthold Schwartz, « le type le plus sexy qui soit — Charlie, tu peux être sûre que tu vas succomber aussitôt ! » Berthold Schwartz se révéla être une statue.

« Tu ne le trouves pas fantastique, Charlie ? N'aurais-tu pas envie de le voir relever ses jupes, ne serait-ce qu'une fois ? Sais-tu ce qu'il a fait, notre Berthold ? C'était un franciscain, un célèbre alchimiste, et il a inventé la poudre à canon. Il aimait tellement Dieu qu'il a appris à toutes ses créatures comment se faire sauter les unes les autres. Alors, évidemment, les bons citoyens de cette ville lui ont élevé une statue. » Elle saisit le bras de Charlie et serra frénétiquement la jeune femme contre elle. « Tu sais ce que nous allons faire quand tout sera terminé ? chuchota-t-elle. Nous reviendrons ici avec des fleurs pour Berthold, et nous les déposerons à ses pieds. D'accord ? D'accord, Charlie ? »

La flèche de la cathédrale commençait à agacer prodigieusement Charlie : elle semblait un phare érodé par le temps, pointu et toujours sombre, qui surgissait devant elle à chaque tournant, à chaque nouvelle rue.

Elles allèrent déjeuner dans un petit restaurant assez chic ou Charlie eut même droit à du vin de Bade, produit, lui apprit Helga, des terres volcaniques du Kaiserstuhl — un volcan, Charlie tu te rends compte ! Tout ce qu'elles buvaient, mangeaient ou voyaient, devenait maintenant sujet à allusions facétieuses et lassantes. Au moment du gâteau de la Forêt-Noire — « Nous devons tout faire à la bourgeoise aujourd'hui » — Helga fut de nouveau convoquée au téléphone puis revint en disant qu'il leur fallait partir à l'université si elles voulaient que tout fût prêt à temps. Elles s'enfoncèrent dans un passage piéton souterrain bordé de boutiques prospères et ressurgirent devant un monstrueux édifice de grès fraise écrasée, orné de piliers et d'une façade incurvée portant en lettres d'or une maxime que Helga traduisit aussitôt.

« Tiens, Charlie, voici un message pour toi. Écoute. “La vérité te rendra libre.” C'est de Karl Marx et ils le citent pour toi. Tu ne trouves pas ça beau et profond ? »

« Oh ! je croyais que c'était du Noël Coward », répliqua Charlie qui vit une ombre de colère passer sur le visage surexcité de Helga.

Une esplanade dallée s'étendait devant le bâtiment. Un vieux policier qui patrouillait là regarda avec indifférence les deux femmes s'extasier et tendre le bras, touristes jusqu'au bout des ongles. Quatre marches permettaient d'accéder à l'entrée principale. Les portes vitrées assombries laissaient entrevoir l'éclat des lumières d'un grand hall. L'entrée latérale était gardée par des statues d'Homère et d'Aristote, et ce fut là que Helga et Charlie s'attardèrent le plus longtemps, faisant mine d'admirer les sculptures et l'architecture majestueuse tout en évaluant en secret les distances et les abords. Une affiche jaune annonçait la conférence de Minkel pour le soir même.

« Tu as peur, Charlie, murmura Helga sans attendre de réponse.

Mais après ce que tu as réussi ce matin, tu vas faire un triomphe. Tu es parfaite, je t'assure. Tu vas montrer ce que sont la vérité et le mensonge ; tu vas le leur montrer, et aussi ce que c'est que la liberté. Aux grands mensonges, il faut une grande action, c'est logique. Une grande action, un grand public, une grande cause. Viens. »

Une passerelle moderne permettait de franchir la route à quatre voies. Une sorte de totem de pierre assez macabre trônait à chaque bout. Les deux filles quittèrent la passerelle, traversèrent la bibliothèque universitaire et se rendirent à la cafétéria qui surplombait la route comme un gros berceau de béton. Les parois vitrées leur permirent d'observer tout en buvant leur café le personnel et les étudiants qui entraient dans l'amphithéâtre ou en sortaient. Helga espérait encore un coup de fil. Il arriva comme prévu mais, lorsque Helga se rassit à sa place, elle lut sur les traits de Charlie une expression qui la mit en colère.

« Mais qu'est-ce que tu as ? demanda-t-elle d'une voix sifflante. Tu te sens soudain prise de compassion pour les charmantes idées sionistes de Minkel ? Si nobles, si séduisantes ? Écoute-moi bien. Il est pire qu'Hitler, et sous son masque, c'est un tyran total. Je te commande un schnaps pour te donner du courage. »

La chaleur du schnaps la brûlait encore lorsqu'elles atteignirent le parc désert. La mare était gelée ; l'obscurité commençait déjà à tomber ; l'air du soir les piquait de gouttelettes d'eau glacée. Une très vieille cloche sonna bruyamment l'heure. Une autre, plus petite et au son plus aigu, reprit le carillon. Sa cape vert sombre serrée contre elle, Helga laissa aussitôt échapper un cri de joie.

« Oh ! Charlie, écoute ça ! Tu entends cette petite cloche ? C'est de l'argent. Et tu sais pourquoi ? Je vais te le dire. Une certaine nuit, un voyageur à cheval s'est perdu. Il y avait des brigands, la tempête faisait rage, et il a été si content de voir Fribourg qu'il a fait cadeau d'une cloche d'argent à la cathédrale. Elle sonne maintenant tous les soirs. N'est-ce pas magnifique ? »

Charlie hocha la tête, s'efforçant de sourire mais sans grand succès. Helga lui passa un bras solide autour des épaules et l'attira dans les plis de sa cape. « Charlie... Écoute-moi... tu veux que je te fasse un nouveau sermon ? »

Charlie fit non de la tête.

Pressant toujours la jeune femme contre sa poitrine, Helga jeta un coup d'œil à sa montre, puis vers le sentier qui s'enfonçait dans la pénombre.

« Tu veux que je te raconte encore quelque chose au sujet de ce parc, Charlie ? »

Je sais que c'est le second endroit le plus affreux du monde, et que je ne décerne jamais de premier prix.

« Alors ! je vais te raconter une nouvelle histoire. D'accord ? Pendant la guerre, il y avait un oie ici. On dit un oie ? »

« Un jars. »

« Ce jars était une vraie sirène antiaérienne. Il était toujours le premier à entendre les bombardiers arriver, et quand il se mettait à crier, les gens se précipitaient dans leurs caves, avant l'alerte officielle. Le jars est mort mais, après la guerre, les habitants d'ici lui ont été si reconnaissants qu'ils lui ont élevé un monument. Tu vois comment est Fribourg. Une statue à leur moine inventeur de poudre, et une autre pour des alertes antiaériennes. Tu ne les trouves pas fous, ces petits Fribourgeois ? » Helga se raidit, regarda une fois encore sa montre puis l'obscurité brumeuse. « Il est là », dit-elle très tranquillement, puis elle se retourna pour lui dire au revoir.

Non, cria mentalement Charlie. Helg, je t'adore, tu peux m'avoir au petit déjeuner tous les jours si ça te chante, mais ne me laisse pas rejoindre Khalil.

Helga posa ses mains sur les joues de Charlie et l'embrassa doucement sur les lèvres.

« Au nom de Michel, d'accord ? » Puis un second baiser, plus sauvage. « Au nom de la révolution, de la paix et de Michel. Tu vas au bout de ce sentier, tu tomberas sur un portail. Une Ford verte t'attend là-bas. Tu t'assiéras à l'arrière, juste derrière le chauffeur. » Un ultime baiser. « Oh ! Charlie, écoute-moi, tu es trop fantastique. Nous resterons toujours amies. »

Charlie s'engagea dans le sentier puis fit une halte pour regarder en arrière. Helga, raide et curieusement soumise dans la lumière crépusculaire, l'observait, sa cape de loden vert flottant autour d'elle comme celle d'un agent.

Helga lui fit un signe d'adieu, grande main qui s'agitait en un balancement royal. Charlie lui renvoya son salut, toujours surveillée par la flèche de la cathédrale.

Le chauffeur portait une toque de fourrure qui lui dissimulait à demi le visage, et il avait relevé le col de fourrure de son manteau. Il ne se retourna pas pour l'accueillir et, de sa place, la seule indication que Charlie put obtenir fut, à la ligne de sa pommette, qu'il était jeune, et peut-être arabe. Il conduisit lentement, d'abord dans la circulation du soir, puis en pleine campagne, par des routes étroites que la neige recouvrait encore. Ils dépassèrent une petite gare de chemin de fer, s'approchèrent d'un passage à niveau, et s'arrêtèrent. Charlie entendit la sonnerie d'alarme et vit la barrière rouge vibrer puis entamer sa descente. Le conducteur passa très vite en seconde et précipita la Ford sur la voie ferrée, atteignant l'autre côté de la chaussée juste au moment où les barrières se refermaient derrière eux.

« Merci », réussit à prononcer Charlie, déclenchant un éclat de rire guttural de la part du chauffeur ; aucun doute, il était arabe. Il conduisit encore un moment, puis, en haut d'une colline, stoppa de nouveau la voiture, cette fois-ci devant un arrêt d'autocar. Il tendit une pièce de monnaie à sa passagère.

« Prenez un ticket à deux marks dans le prochain car. Cette direction », indiqua-t-il.

C'est la chasse au trésor annuelle qui marque l'anniversaire de notre chère école, songea Charlie ; le prochain indice te mènera à un nouvel indice ; et le dernier te donnera accès à la récompense.

Il faisait un noir d'encre et les premières étoiles apparaissaient. Un vent glacé balayait les montagnes. Très loin, au bas de la route, la jeune femme distingua les lumières d'une station-service, mais pas la moindre maison. Au bout de cinq minutes d'attente, un car s'immobilisa dans un soupir. Il était aux trois quarts vide. Charlie prit un ticket puis s'assit près de la porte, les genoux serrés, le regard vide. Trois arrêts plus loin, un garçon en veste de cuir sauta dans le car et vint joyeusement s'installer près d'elle. Elle reconnut son chauffeur américain de la veille.

« Dans deux arrêts, tu verras une église moderne, expliqua-t-il sur le ton de la conversation. Tu descends, tu dépasses l'église et tu prends la rue en restant sur le trottoir de droite. Tu arriveras à un véhicule rouge avec un petit diable accroché au rétroviseur. Tu ouvres la portière droite, tu t'assieds et tu attends, c'est tout ce que tu as à faire. »

Le car fit halte, Charlie descendit et se mit en marche. L'Américain resta à bord. La route était parfaitement rectiligne et, malgré la nuit très sombre, la jeune femme aperçut, à environ cinq cents mètres de là, une sorte de tache rouge penchée sous un lampadaire. Pas d'autre lumière. la neige crissait sous ses bottes neuves, accentuant encore son impression d'être détachée de son corps. Salut mes pieds, comment ça va, en bas ? Avance, ma fille, avance. La camionnette se rapprochait et Charlie se rendit compte qu'il s'agissait d'un petit fourgon Coca-Cola garé à cheval sur le trottoir. Cinquante mètres plus loin, surgissait un café minuscule éclairé par le lampadaire suivant, et, au-delà du café, n'apparaissaient plus que le plateau enneigé, désolé, et cette route si droite qui semblait ne mener nulle part. Mais qu'est-ce qui leur avait pris d'installer un café dans un endroit aussi perdu ? L'énigme trouverait sa réponse dans une autre vie.

Elle ouvrit la portière de la camionnette et grimpa dedans. L'habitacle paraissait étrangement clair en raison du lampadaire juste au-dessus. Elle sentit une odeur d'oignons et repéra un carton qui en était plein parmi les caisses de bouteilles vides encombrant l'arrière. Un diable en plastique tenant une fourche à la main se balançait au rétroviseur. Il lui rappela le petit personnage pendant au porte-clés de la fourgonnette de Londres, quand Mario l'avait tenue sous la menace de son revolver. Charlie découvrit à ses pieds une pile de cassettes poussiéreuses. Le silence paraissait unique au monde. Une lumière isolée descendait la route à petite allure dans sa direction. Lorsqu'elle arriva à son niveau, Charlie s'aperçut qu'il s'agissait d'un jeune prêtre à bicyclette. Il tourna la tête vers elle tout en pédalant et prit un air offensé, comme si elle venait de défier sa chasteté. Elle patienta encore. Un homme assez grand, coiffé d'une casquette surgit enfin du café ; il huma l'air, regarda de chaque côté de la route, hésitant apparemment sur l'heure qu'il pouvait être, et rentra dans l'établissement. Puis il en ressortit et se dirigea lentement vers elle jusqu'à ce qu'il arrive à sa hauteur. Il cogna alors à la vitre de Charlie de sa main gantée. Du cuir, rigide et luisant. Il braqua une torche sur le visage de la jeune femme, l'aveuglant complètement. Le puissant faisceau la quitta un instant pour parcourir lentement l'intérieur du véhicule puis revint sur elle, l'éblouissant à nouveau. Elle leva une main pour se protéger et, quand elle l'abaissa, entraîna avec elle la lumière de la lampe sur ses genoux. La torche disparut soudain, la portière s'ouvrit et une main se referma sur son poignet, l'attirant hors de la camionnette. Elle se retrouva nez à nez avec lui, plus petite d'une bonne trentaine de centimètres, lui si large, si carré devant elle. Mais son visage disparaissait dans l'ombre de la visière et son col était relevé pour donner moins de prise au froid.

« Ne bougez pas », ordonna-t-il.

Il fit glisser le sac de Charlie le long du bras de la jeune femme, le soupesa, l'ouvrit et en étudia le contenu. Pour la troisième fois en quelques semaines, le petit réveil-radio attira fortement l'attention. L'inconnu l'alluma puis, voyant qu'il marchait, l'éteignit et le manipula un instant avant de fourrer quelque chose dans sa poche. Charlie crut tout d'abord qu'il avait décidé de le garder pour lui, mais elle le vit le remettre dans le sac et replacer le sac dans la camionnette. Ensuite, tel un professeur de maintien corrigeant sa position, il posa le bout de ses doigts gantés sur les épaules de la jeune femme, la faisant se redresser. Son regard sombre ne quittait pas son visage. Puis il laissa pendre son bras droit et entreprit de palper légèrement le corps de Charlie du plat de la main gauche en commençant par le cou et les épaules. Vinrent ensuite la clavicule, les omoplates — en s'arrêtant là où auraient dû se trouver les bretelles du soutien-gorge, si elle en avait porté un —, puis les aisselles et les flancs jusqu'aux hanches ; la poitrine et le ventre.

« Ce matin, à l'hôtel, vous portiez le bracelet au poignet droit. Ce soir, il est à votre poignet gauche, pourquoi ? »

L'anglais d'un étranger cultivé et courtois ; un accent, pour autant qu'elle eut le temps d'en juger, arabe. Une voix douce mais puissante ; une voix radiophonique.

« J'aime bien changer », répliqua-t-elle.

« Pourquoi ? » répéta-t-il.

« Pour me donner l'impression qu'il est nouveau. »

Il s'accroupit soudain et se mit à explorer ses hanches, ses jambes et l'intérieur de ses cuisses avec la même attention minutieuse que pour le haut du corps ; puis, ne se servant toujours que de sa main gauche, il sonda attentivement les bottes fourrées toutes neuves.

« Vous savez combien coûte ce bracelet ? » demanda-t-il en se relevant.

« Non. »

« Restez tranquille. »

Il se tenait derrière elle, suivant la ligne de son dos, de ses fesses, et enfin de ses jambes à nouveau, jusqu'aux bottes.

« Vous ne l'avez pas fait assurer ? »

« Non. »

« Pourquoi pas ? »

« Michel me l'a offert par amour, pas pour son prix. »

« Montez dans le fourgon. »

Elle obéit ; il fit le tour en passant devant le capot et s'installa près d'elle.

« Très bien, je vous conduis à Khalil. » Il mit le contact. « Livraison à domicile. C'est ça ? »

La camionnette était équipée de vitesses automatiques mais Charlie remarqua qu'il maniait le volant principalement de la main gauche tandis que la droite restait, inerte, sur ses genoux. Le vacarme des bouteilles vides qui s'entrechoquaient prit la jeune femme par surprise. Ils arrivèrent à un carrefour et tournèrent à gauche, sur une route aussi rectiligne que la précédente, mais dépourvue de lampadaires. D'après ce que Charlie pouvait discerner du visage de l'inconnu, il lui rappelait celui de Joseph, non tant par ses traits que par la concentration qu'il montrait, par ce tiraillement au coin de ses yeux de soldat qui ne cessaient jamais de regarder dans les trois rétroviseurs à la fois sans perdre pour autant de vue la passagère.

« Vous aimez les oignons ? » cria-t-il pour couvrir le bruit des bouteilles.

« Assez, oui. »

« Vous aimez faire la cuisine ? Que faites-vous ? Des spaghettis ? Des *Wienerschnitzels* ? »

« Ce genre de choses, oui. »

« Qu'avez-vous préparé pour Michel ? »

« Un steak. »

« Quand ? »

« A Londres. La nuit qu'il a passée dans mon appartement. »

« Sans oignons ? » hurla-t-il.

« Si, dans la salade » répondit-elle.

Ils revenaient vers la ville. Son halo de lumière faisait comme un mur rose sous la couche de nuages. La route accusait une forte dénivellation et ils débouchèrent dans une immense vallée très plate, dénuée soudain de tout relief. Charlie distingua des usines inachevées et de gigantesques aires de stationnement prévues pour recevoir une multitude de camions encore à venir. Elle aperçut un tas d'ordures transformé en véritable montagne. Elle ne vit aucune boutique, aucun panneau publicitaire, aucune lumière à aucune fenêtre. Ils s'engagèrent dans une cour bétonnée. Le chauffeur stoppa le véhicule, mais sans couper le moteur. « HOTEL GARNI EDEN » lut-elle en lettres lumineuses rouges et, au-dessus de l'entrée criarde : « *Willkommen ! Bienvenu ! Well-come !* »

En lui rendant son sac, il eut brusquement une idée. « Hé...

apportez-lui donc ça. Il aime ça lui aussi », ajouta-t-il en attrapant le carton d'oignons parmi les casiers de bouteilles. Elle remarqua de nouveau, alors qu'il posait le carton sur ses genoux, l'immobilité de sa main droite. « Quatrième étage, chambre cinq. Les escaliers. Pas l'ascenseur. Bonne chance. »

Le moteur de la camionnette ronronnant toujours, il la regarda traverser la cour vers l'entrée illuminée. Le carton se révéla plus lourd qu'elle ne s'y était attendue et exigeait qu'elle le portât à deux mains. Le hall était désert et l'ascenseur libre, mais elle l'ignora. L'escalier en colimaçon était fort étroit et le tapis usé jusqu'à la corde. La musique enregistrée semblait lourde de halètements et l'air vicié charriait des relents de parfums bon marché et de tabac. Au premier palier, une vieille femme lui lança un « Grüss Gott » depuis sa cabine vitrée, mais sans même lever la tête. L'hôtel ne paraissait plus compter les jeunes dames qui allaient et venaient sans avoir loué de chambre.

Au deuxième étage, elle perçut de la musique et un rire féminin ; au troisième, l'ascenseur la dépassa et elle se demanda pourquoi le chauffeur lui avait fait prendre l'escalier, mais il ne restait plus une once de volonté ou de révolte en elle ; ses mots et ses actes lui étaient tous dictés. Le carton lui faisait mal aux bras et, le temps qu'elle arrive au couloir du quatrième étage, la douleur occupait toutes ses pensées. La première porte était une sortie de secours, et la seconde, juste à côté, portait le numéro 5. L'ascenseur, la sortie de secours, l'escalier, songea-t-elle automatiquement ; il lui faut toujours au moins deux possibilités.

Elle frappa à la porte qui s'ouvrit aussitôt et sa première pensée fut : oh ! mince, ça y est, j'ai tout foutu par terre ; car l'homme qui se tenait devant elle et le chauffeur de minibus Coca-Cola ne faisaient qu'un, la casquette et le gant gauche en moins. Il lui prit le carton des mains et le posa sur le banc réservé aux valises. Il ôta les lunettes du nez de sa visiteuse, les plia et les lui tendit. Cela fait, il lui reprit son sac, et en vida le contenu sur le vilain édredon rose, comme ils l'avaient fait dans l'appartement de Londres, quand elle avait des lunettes noires devant les yeux. Mis à part le lit, l'unique objet remarquable de la chambre était l'attaché-case. Il gisait sur le lavabo, vide et sa gueule obscure tournée vers Charlie comme une paire de mâchoires béantes. Elle reconnut celui qu'elle avait aidé à dérober au Pr Minkel dans ce grand hôtel au restaurant en mezzanine, alors qu'elle était encore trop jeune pour se rendre compte.

Un calme parfait avait maintenant envahi la base d'opérations. Plus de coups de téléphone, pas même de Minkel ou d'Alexis ; pas de terribles rétractations par messages codés en provenance de l'ambassade de Bonn. Il semblait aux trois hommes que, dans leur imagination collective, toute cette conspiration si embrouillée retint son souffle. Litvak s'était effondré, l'air abattu, sur une chaise de bureau ; Kurtz paraissait plongé dans une heureuse rêverie, les yeux mi-clos et un sourire de vieil alligator flottant sur ses lèvres. Gadi Becker, comme auparavant, se montrait le plus impassible des trois ; il fixait l'obscurité d'un œil critique, à la façon d'un homme qui contemple les promesses de sa vie passée — lesquelles avait-il tenues ? Lesquelles avait-il brisées ?

« Nous aurions dû lui donner l'émetteur, regretta Litvak. Ils lui font confiance maintenant. Pourquoi ne lui avons-nous pas donné l'émetteur ? Pourquoi l'avoir laissée disparaître ? »

« Parce qu'il va la fouiller, répondit Becker. Il va chercher une arme éventuelle, un micro ou un émetteur. »

Litvak se redressa pour protester. « Alors pourquoi se serviraient-ils d'elle ? Tu es complètement fou. Tu crois qu'ils utiliseraient une fille en qui ils n'ont pas confiance ? Pour une mission pareille ? »

« Ils ne lui font pas confiance parce qu'elle n'a pas tué, expliqua Becker. Parce qu'elle a les mains propres. C'est pour cela aussi qu'ils veulent que ce soit elle. Pour la même raison. »

Le sourire de Kurtz devint presque humain. « Quand elle aura tué, Shimon ; quand elle ne sera plus une novice ; quand elle sera passée du mauvais côté de la barrière, dans l'illégalité perpétuelle, pour toujours une terroriste... *Alors,* ils lui feront confiance. Tout le monde lui fera confiance à ce moment-là », dit-il à Litvak sans dissimuler sa satisfaction. « Dès neuf heures ce soir, elle sera des leurs... aucun problème, Shimon, ne t'inquiète pas. »

Litvak ne parut pas rasséréné.

25

Il était beau. Il donnait l'image d'un Michel mûri possédant la maîtrise et la grâce de Joseph, l'autorité tranquille de Tayeh. Il correspondait au portrait qu'elle avait imaginé en essayant de se le représenter comme l'homme qu'elle attendait. Il avait les épaules larges, le corps sculpté et cette qualité rare qu'ont les objets d'art protégés des regards. Il n'aurait pu pénétrer dans un restaurant sans faire taire aussitôt les conversations sur son passage, ou en sortir sans provoquer un certain soulagement dans son sillage. C'était un homme du dehors condamné à se cacher dans des chambres exiguës, et son teint trahissait la pâleur du cachot.

Il avait tiré les rideaux et allumé la lampe de chevet. Le lit lui servait d'établi et Charlie ne vit pas de chaise où s'asseoir. Khalil posa donc les oreillers près du carton et la pria de s'installer à leur place pendant qu'il se mettait au travail. Il ne cessait de parler, s'adressant tout autant à lui-même qu'à Charlie. Sa voix ne connaissait que l'attaque : sorte de poussée en avant des mots et des idées.

« On dit que Minkel est un homme très bien. Peut-être. Quand je lis des articles sur lui, alors je me dis peut-être qu'il a du courage de dire ce qu'il dit, ce vieux Minkel. Peut-être que je devrais le respecter. Je sais respecter un ennemi. Je sais lui rendre honneur. Cela ne me pose pas de problème. »

Il fourra les oignons dans un coin et entreprit d'extirper du carton toute une série de petits paquets en ne se servant toujours que de sa main gauche. Puis il les défit un par un en les maintenant avec la main droite. Désespérant de pouvoir se concentrer sur quoi que ce fût, Charlie s'efforça de tout enregistrer dans sa mémoire puis y renonça : une pochette de deux piles électriques neuves achetées dans un supermarché ; un détonateur semblable à ceux dont elle s'était servie au camp d'entraînement, avec du fil électrique rouge jaillissant de son bout ondulé. Un canif. Des tenailles. Un tournevis. Un fer à souder. Une bobine de fil électrique rouge, des crampons d'acier, du fil de cuivre. Du ruban isolant, une ampoule de lampe électrique, tout un assortiment de chevilles de bois. Enfin, la planchette de liège rectangulaire qui devait servir de support au dispositif. Khalil porta le fer à souder près du lavabo et le brancha à la prise de rasoir, provoquant une odeur de poussière brûlée.

« Mais les sionistes pensent-ils à tous les gens bien qui sont parmi nous quand ils nous bombardent ? Je ne le crois pas. Quand ils envoient du napalm sur nos villages, quand ils tuent nos femmes ? Cela m'étonnerait beaucoup. Je ne crois pas que le terroriste israélien qui pilote son avion là-haut se dise : “Ces pauvres civils, ces pauvres victimes innocentes”, avant de lâcher ses bombes. » Il doit parler ainsi lorsqu'il est seul, se dit-elle. Et il est souvent seul. Il parle pour que sa foi ne meure pas ; pour apaiser sa conscience. « J'ai tué bien des gens que j'aurais sans doute pu respecter », reprit-il en revenant vers le lit. « Les sionistes en ont tué beaucoup plus. Mais je ne tue que par amour. Je tue pour la Palestine et pour ses enfants. Essayez de penser aussi de cette façon », lui conseilla-t-il avec piété, s'interrompant un instant pour l'observer. « Vous vous sentez nerveuse ? »

« Oui. »

« C'est normal. Moi aussi, je suis nerveux. Vous avez le trac au théâtre ? »

Oui. »

« C'est pareil. La terreur, c'est du théâtre. Nous inspirons des sentiments, nous faisons peur, nous suscitons l'indignation, la colère, l'amour. Nous éclairons les gens. Le théâtre aussi. Le guérillero est le plus grand acteur du monde. »

« Michel m'a écrit cela. C'est dans ses lettres. »

« Mais c'est moi qui le lui ai appris. C'était mon idée. »

Le dernier paquet était enveloppé de papier huilé. Khalil l'ouvrit avec respect. Trois pains de plastic russe de deux cents grammes chacun. Il les déposa à la place d'honneur, au milieu de l'édredon.

« Les sionistes tuent par peur et par haine, déclara-t-il. Les Palestiniens pour l'amour et la justice. Souvenez-vous de cette différence. Elle est importante. » Un nouveau coup d'œil, rapide et impérieux. « Vous vous souviendrez de cela quand vous aurez peur ? Vous vous répéterez “Pour la justice” ? Vous verrez que vous n’aurez plus peur ».

« Pour Michel aussi », ajouta-t-elle.

Il ne parut pas vraiment satisfait. « Pour lui aussi, naturellement », concéda-t-il. Puis il secoua un papier brun pour en faire tomber deux pinces à linge sur le lit. Il les approcha ensuite de la lumière pour comparer leur mécanisme élémentaire. L’observant maintenant de très près, Charlie distingua une plaque de peau blanche et plissée en un endroit où le lobe de l’oreille et la mâchoire semblaient avoir fondu ensemble avant de se figer de nouveau.

« Pourquoi cachez-vous votre visage dans vos mains, je vous prie ? » s’enquit Khalil, par curiosité, quand il eut sélectionné la meilleure pince à linge.

« Je me suis sentie fatiguée pendant un moment », avoua-t-elle.

« Alors, réveillez-vous. Soyez en forme pour votre mission. Pour la révolution aussi. Connaissez-vous ce type de bombe ? Tayeh vous en a-t-il montré ? »

« Je ne sais pas. Bubi peut-être. »

« Alors, faites attention. » Il s’assit près d’elle sur le lit, ramassa le socle de liège et traça vivement au stylo à bille des traits figurant le circuit. « Nous allons fabriquer une bombe qui marche dans tous les cas. Elle fera à la fois office de bombe à retardement — ici — et d’engin piégé — là. Ne se fier à rien. C’est notre philosophie. » Il lui tendit la pince à linge et deux punaises puis la regarda enfoncer une punaise dans chaque branche de la pince. « Je ne suis pas antisémite, vous savez ? »

« Oui. »

Elle lui rendit la pince ; il l’emporta jusqu’au lavabo et se chargea de souder les fils métalliques à la tête des punaises.

« *Comment* savez-vous cela ? » Il paraissait intrigué.

« Tayeh m’a dit la même chose. Michel me l’avait dit avant. » Et au moins deux cents autres personnes, songea-t-elle.

« L’antisémitisme est une invention purement chrétienne. ». Il revint près du lit avec, cette fois-ci, la mallette ouverte de Minkel. « Vous les Européens, vous êtes anti-tout-le-monde. Anti-Juif, anti-Arabe, anti-Noir. Nous avons beaucoup d’amis en Allemagne. Non parce qu’ils aiment la Palestine, mais parce qu’ils haïssent les Juifs. Cette Helga... Vous l’aimez ? »

« Non. »

« Moi non plus. Je la trouve très décadente. Vous aimez les animaux ? »

« Oui. »

Il s’assit près d’elle, posant la mallette sur le lit à côté de lui. « Et Michel, il les aimait ? »

Choisis, n’hésite jamais, lui avait dit Joseph. *Il vaut mieux paraître contradictoire que peu sûre de toi.*

« Nous n'en avons jamais discuté. »

« Pas même de chevaux ? »

Et surtout, ne reviens jamais, jamais, sur ce que tu as dit.

« Non. »

Khalil avait tiré un mouchoir plié de sa poche et, de l'intérieur du mouchoir, il sortit une montre bon marché dont on avait ôté le verre protecteur et la grande aiguille. Il la posa près des explosifs, s'empara du fil électrique rouge et le déroula. Charlie tenait le support de liège sur ses genoux. Il le lui prit, puis lui saisit la main et la plaça de façon qu'elle puisse tenir les chevilles pendant qu'il les enfonçait dans leur logement, fixant le fil rouge suivant le schéma qu'il avait tracé. Ensuite, il retourna au lavabo pour souder les fils à la pile tandis que Charlie coupait des bandes de ruban isolant à l'aide d'une paire de ciseaux.

« Regardez », annonça-t-il fièrement en ajoutant la montre.

Il la touchait presque et elle ressentait cette proximité comme une chaleur. Il se tenait courbé comme un cordonnier au-dessus de son ouvrage, complètement absorbé par sa tâche.

« Mon frère se montrait-il très pieux avec vous ? » questionna-t-il en s'emparant d'une petite ampoule pour y fixer l'extrémité dénudée d'un fil.

« Il était athée. »

« Parfois il se disait athée, d'autres fois très pieux. D'autres fois encore, il n'était plus qu'un petit garçon stupide grisé par les femmes, les idées, les voitures. Tayeh dit que vous étiez très chaste au camp. Ni les Cubains, ni les Allemands, ni personne d'autre. »

« Je voulais Michel. Je ne voulais que Michel », répliqua-t-elle avec, lui sembla-t-il, un peu trop d'emphase. Mais quand elle leva les yeux, elle ne put s'empêcher de se demander dans quelle mesure l'amour qui unissait les deux frères était aussi parfait que le lui avait assuré Michel, car les traits de Khalil s'étaient figés en une moue dubitative.

« Tayeh est un grand homme », déclara-t-il, entendant peut-être par là que ce n'était pas le cas de Michel. L'ampoule s'alluma. « Le circuit marche », annonça-t-il avant de tendre doucement le bras devant Charlie pour attraper les explosifs. « Tayeh et moi..., nous sommes morts ensemble. Tayeh vous a-t-il raconté cet incident ? » demanda-t-il tout en assemblant, avec l'aide de Charlie, les trois pains de plastic au moyen de ruban adhésif.

« Non. »

« Les Syriens nous ont pris une fois... Coupez ici. Ils ont commencé par nous battre. C'est normal. Levez-vous, s'il vous plaît. » Il avait sorti du carton une vieille couverture brune et demanda à la jeune femme de la lui tenir pendant qu'il la découpait en longues bandes. Leurs visages n'étaient qu'à quelques centimètres l'un de l'autre par-dessus la couverture et Charlie percevait la chaleur sucrée de son corps arabe.

« Et tout en nous frappant, ils se sont excités et ont décidé de nous briser tous les os. D'abord les doigts, puis les bras, puis les jambes. Ensuite, ils nous ont défoncé les côtes à coups de crosse. »

La pointe du couteau traversant le tissu passait très près d'elle. Khalil coupait à gestes vifs et nets, comme si la couverture était une proie qu'il avait traquée puis tuée. « Quand ils en ont eu fini avec nous, ils nous ont abandonnés dans le désert. J'étais content. Au moins, j'allais mourir dans le désert ! Mais nous ne sommes pas morts. Une de nos patrouilles nous a trouvés. Pendant trois mois, Tayeh et Khalil sont restés couchés côte à côte dans un hôpital. Comme des bonshommes de neige. Couverts de plâtre. Nous avons beaucoup parlé, nous sommes devenus amis, nous avons lu ensemble de bons livres. »

Khalil pliait maintenant les bandes pour en faire de petits tas d'une rigueur militaire et il paraissait s'adresser à la mallette qui était — Charlie s'en apercevait seulement — ouverte par l'arrière, par les charnières, tandis que la serrure demeurait soigneusement fermée. Il rangea une à une les bandes pliées à l'intérieur pour former une sorte de plateau assez mou sur lequel il déposerait la bombe.

« Et vous savez ce que Tayeh m'a dit, une nuit ? » interrogea-t-il en s'activant. « “Khalil”, m'a-t-il dit. “Combien de temps encore allons-nous rester gentils ? Personne ne nous aide, personne ne nous remercie. Nous faisons de grands discours, nous envoyons de beaux orateurs aux Nations unies, et avec un peu de chance, s'ils sont encore en vie, ce sera à nos petits-enfants que dans cinquante ans, on rendra un peu de justice.” » Il s'interrompit pour lui montrer combien de ses doigts valides. « “En attendant, nos frères arabes nous tuent, les sionistes nous tuent, les pholangistes nous tuent, et ceux d'entre nous qui arrivent à survivre vont créer de nouvelles diasporas. Comme les Arméniens Comme les Juifs eux-mêmes.” Il prit un air rusé. “Mais si nous fabriquons quelques bombes... Tuons quelques personnes... si nous faisons une petite boucherie, deux minutes à peine au regard de l'histoire...” »

Sans finir sa phrase, il prit le dispositif et, avec une grande précision, le déposa solennellement à l'intérieur de l'attaché-case.

« Il me faudrait des lunettes », expliqua-t-il en souriant, puis il secoua la tête à la façon d'un vieil homme. « Mais où voulez-vous que je m'en fasse faire — quelqu'un comme moi ? »

« Si vous avez été torturé avec Tayeh, pourquoi ne boitez-vous pas comme lui ? » demanda-t-elle, la nervosité lui faisant hausser le ton.

Il retira délicatement l'ampoule, libérant ainsi les extrémités dénudées pour y brancher le détonateur.

« Si je ne boite pas, c'est que j'ai prié Dieu pour qu'il me donne des forces, et Dieu m'a exaucé afin que je combatte notre ennemi véritable et non mes frères arabes. »

Il lui tendit le détonateur et la regarda avec approbation brancher l'appareil au circuit. Quand elle eut terminé, il ramassa le fil restant et, d'un mouvement habile et presque inconscient, se mit à l'enrouler autour de ses doigts morts, comme s'il commençait une pelote de laine, pour en faire un petit écheveau qu'il resserra en son milieu avec le bout du fil.

« Vous savez ce que Michel m'a écrit avant de mourir ? Dans sa dernière lettre ? »

« Non, Khalil, je ne sais pas », répondit-elle en l'observant qui fourrait l'écheveau dans la mallette.

« Pardon ? »

« Non, je disais *non,* je ne sais pas. »

« Postée quelques heures seulement avant sa mort ? "Je l'aime. Elle n'est pas comme les autres. Il est vrai que quand je l'ai rencontrée, elle avait la conscience paralysée des Européens" — là, remontez la montre, s'il vous plaît. "Il est vrai aussi que c'était une putain. Mais elle est maintenant arabe au fond de son âme et je la présenterai un jour à notre peuple, et à toi." »

Il restait à piéger la mallette et ils durent pour cela travailler encore plus près l'un de l'autre. Il lui demanda en effet de passer un morceau de fil d'acier dans le tissu du couvercle, puis, tandis qu'il maintenait lui-même le couvercle aussi bas que possible, d'amener, grâce à ses petites mains, le fil jusqu'aux crampons de la pince à linge. Très délicatement maintenant, il porta tout le dispositif au lavabo et, tournant le dos à la jeune femme, remit les charnières en place et les consolida d'un petit coup de fer à souder. Le point de non-retour était désormais dépassé.

« Vous savez ce que j'ai dit un jour à Tayeh ? »

« Non. »

« "Tayeh, mon ami, nous, les Palestiniens, ne sommes pas très entreprenants dans l'exil. Pourquoi n'avons-nous pas de Palestiniens au Pentagone ? Au ministère des Affaires étrangères des États-Unis ? Pourquoi ne sommes-nous pas encore à la tête du *New York Times,* de Wall Street, de la CIA ? Pourquoi ne faisons-nous pas de film à Hollywood pour montrer notre grande lutte, ne nous faisons-nous pas élire maire de New York ou président de la Cour suprême ? Qu'est-ce qui ne va pas chez nous, Tayeh ? Pourquoi restons-nous sans ambition ? Cela ne suffit pas que notre peuple donne des docteurs, des scientifiques, des professeurs. Pourquoi ne dirigerions-nous pas nous aussi l'Amérique ? Est-ce à cause de cela que nous nous rabattons sur les bombes et les mitrailleuses ?" »

Il se tenait debout juste devant elle, portant l'attaché-case par sa poignée, comme n'importe quel homme d'affaires.

« Vous savez ce que nous devrions faire ? »

Elle ne le savait pas.

« Marcher. Nous tous. Avant qu'ils nous détruisent pour toujours. » Il lui offrit son bras pour l'aider à se lever. « Depuis les États-Unis, depuis l'Australie, Paris, la Jordanie, l'Arabie Saoudite, le Liban... depuis tous les coins du monde où il y a des Palestiniens. Nous devrions prendre le bateau jusqu'à la frontière. L'avion. Par millions. Comme une immense marée que personne ne pourrait faire reculer. » Il lui donna la mallette et entreprit vivement de réunir ses outils pour les ranger dans le carton. « Et puis, tous ensemble, nous entrerions dans notre patrie, nous réclamerions nos maisons, nos fermes et nos villages, même s'il faut pour les trouver abattre leurs villes, leurs colonies et leurs kibboutzim. Mais cela ne marcherait pas. Vous savez pourquoi ? Parce que tous ces Palestiniens ne viendraient jamais. » Il s'accroupit, examinant la moquette râpée pour s'assurer qu'il ne laissait pas d'indices derrière lui. « Nos riches ne supporteraient pas cette *régression brutale dans l'échelle socio-économique* », expliqua-t-il en utilisant avec ironie le jargon des spécialistes. « Nos marchands devraient quitter leurs banques, leurs boutiques, leurs bureaux. Nos médecins devraient abandonner leurs cliniques sophistiquées, nos juristes leurs pratiques corrompues, nos lettrés leurs universités confortables. » Il s'était relevé et son sourire semblait une victoire sur ses souffrances. « Donc, les riches gagnent l'argent et les pauvres livrent bataille. En a-t-il jamais été autrement ? »

Charlie quitta la chambre un peu avant lui. Sortie d'une pute chargée de sa boîte à accessoires. La camionnette Coca-Cola attendait tranquillement dans la cour mais Khalil passa devant comme s'il ne l'avait jamais vue de sa vie et grimpa dans une Ford de fermier, une diesel remplie jusqu'au toit de bottes de paille. La jeune femme monta près de lui. De nouveau des montagnes. Des sapins, alourdis d'un côté par une nouvelle couche de neige. Des instructions rappelant celles de Joseph : C'est compris, Charlie ? Oui, Khalil, c'est compris. Alors, répète après moi. Elle répéta. C'est pour la paix, souviens-toi de cela. Je m'en souviendrai, Khalil, je m'en souviendrai : pour la paix, pour Michel, pour la Palestine ; pour Joseph, pour Khalil ; pour Marty, pour la révolution, pour Israël et le théâtre du réel.

Il avait stoppé la voiture derrière une grange et éteint les phares. Il regardait sa montre. Une torche électrique jeta deux éclairs au bas de la route. Khalil se pencha et ouvrit la portière de sa passagère.

« Il s'appelle Franz et vous vous présenterez à lui sous le nom de Margaret. Bonne chance. »

Le soir était calme et mouillé, les lampadaires du cœur de la vieille ville semblaient des lunes blanches emprisonnées dans des cages de fer. Charlie avait demandé à Franz de la déposer au coin de la rue car elle voulait marcher un peu avant de faire son entrée. Elle voulait avoir l'air essoufflé de quelqu'un qui vient du dehors, elle voulait le pincement du froid sur son visage et sa haine rentrée tout au fond d'elle-même. Elle marchait dans une ruelle bordée d'échafaudages assez bas qui se refermaient sur elle tel un tunnel étroit. Elle dépassa une galerie de tableaux emplie d'auto-portraits d'un blondinet à lunettes plutôt déplaisant, puis une autre, qui jouxtait la première et exposait des paysages stylisés que ne connaîtrait jamais le blondinet narcissique. Sur les murs, les graffiti lui criaient des injures qu'elle ne comprenait pas, puis un *Fuck America* accrocha son regard. Amérique, va te faire foutre.

Merci pour la traduction, songea-t-elle. Elle se retrouva à l'air libre, franchissant des marches de béton qui, malgré le sable versé, restaient glissantes de neige. Elle arriva en haut et aperçut la porte vitrée de la bibliothèque universitaire sur sa gauche. Les lumières brillaient toujours à la cafétéria. Rachel était assise près de la fenêtre en compagnie d'un garçon. Ils paraissaient tendus. Charlie passa devant le premier totem de marbre, avança sur la passerelle, très haut au-dessus de la route. L'amphithéâtre se dressait déjà devant elle, sa pierre fraise écrasée devenue cramoisie sous l'éclat des projecteurs. Des automobiles se garaient ; les premiers membres du public arrivaient, gravissant les quatre marches qui conduisaient à l'entrée principale, s'arrêtant pour se serrer la main et se féliciter mutuellement de leur immense importance. Deux agents de la sécurité vérifiaient négligemment le contenu des sacs féminins. Charlie marchait toujours. La vérité te rendra libre. Elle laissa derrière elle le second totem et avança, vers l'escalier.

L'attaché-case se balançait à sa main droite et elle le sentait frôler sa cuisse. Le mugissement d'une sirène de police lui contracta les muscles des épaules mais elle continua de descendre les marches. Deux motos de police équipées de gyrophares bleus freinèrent, encadrant une Mercedes noire et luisante qui arborait un fanion. Habituellement, quand une voiture officielle passait près d'elle, Charlie détournait la tête pour ne pas donner à ses occupants le plaisir d'être regardés, mais cette nuit, c'était différent. Cette nuit, elle pouvait marcher la tête haute ; elle avait la réponse toute prête dans sa main. Alors elle les fixa des yeux et fut récompensée par le spectacle d'un homme gras et rubicond vêtu d'un costume noir et d'une cravate argentée, qu'accompagnait une épouse renfrognée portant triple menton et manteau de vison. *Aux grands mensonges, il faut un grand public, c'est logique,* se rappela-t-elle. Elle entrevit l'éclair d'un flash et le couple éminent se dirigea vers les portes vitrées, admiré par au moins trois passants. *Bientôt votre tour, vieux salauds,* pensa-t-elle. *Bientôt.*

Au bas de l'escalier, vous tournerez à droite. Elle suivit l'indication et continua jusqu'au croisement. Attention de ne pas tomber dans le ruisseau, lui avait dit Helga, toujours pleine d'humour ; les bombes de Khalil ne sont pas étanches, Charlie, et toi non plus. La jeune femme prit à gauche et commença à raser l'édifice, empruntant un trottoir dallé de cailloux agglomérés qui n'accrochait pas trop la neige. Le trottoir s'élargit pour devenir une cour au centre de laquelle, près d'un ensemble de baquets à fleurs en béton, trônait un car de police. Juste devant, deux policiers en uniforme se faisaient des mines, levant bien haut leurs bottes puis s'esclaffant avant de jeter un coup d'œil menaçant à quiconque osait les observer. Charlie se trouvait à cent cinquante mètres à peine de la porte latérale quand elle sentit venir cette impression de calme tant attendue — cette sensation, évoquant presque la lévitation, qui l'envahissait lorsqu'elle montait sur scène et abandonnait toutes ses autres personnalités dans sa loge. Elle était Imogen Baastrup, sud-africaine, aussi pleine de courage que dépourvue de grâce, et qui se dépêchait d'aller prêter main-forte à un grand héros généreux. Elle se sentait gauche — bon sang, elle avait l'impression qu'elle allait mourir de timidité —, mais elle allait faire ce qu'il fallait ou bien sauter. Elle atteignait l'entrée latérale. La porte était fermée. Elle essaya de tourner la poignée : rien. Hésitation. Elle posa la main à plat sur le panneau et s'efforça de pousser : rien. Elle recula, le contempla puis chercha des yeux quelqu'un qui pût l'aider. Les deux policiers avaient cessé leur petite comédie et l'observaient d'un regard suspicieux, mais aucun d'eux ne s'approcha.

Le rideau est levé. Ça y est.

« Pardon, excusez-moi, leur cria-t-elle. Comprenez-vous l'anglais ? »

Ils ne bougeaient toujours pas. S'il fallait se déplacer, elle n'avait qu'à le faire. Elle n'était qu'une citoyenne ordinaire après tout, et une femme de surcroît.

« Je vous demande si vous parlez anglais ? *Englisch-sprechen Sie ?* Il faut que quelqu'un remette ceci au professeur, tout de suite. Voudriez-vous venir s'il vous plaît ? »

Tous deux s'assombrirent, mais un seul d'entre eux se dirigea vers elle. Lentement, comme l'exigeait sa dignité.

« *Toilette nicht hier* », fit-il d'un ton coupant avant de lui indiquer l'endroit d'où elle venait d'un signe du menton.

« Je ne veux pas aller aux toilettes. Je voudrais que vous trouviez quelqu'un qui puisse donner cette mallette au Pr Minkel. *Minkel* », répéta-t-elle en montrant l'attaché-case.

Le policier était jeune mais se moquait de la jeunesse. Il ne prit pas la mallette mais laissa la jeune femme la porter pendant qu'il allait lui-même s'assurer que le loquet était bien fermé.

Pauvre gosse, songea-t-elle, *tu viens juste de te suicider et tu continues à me faire les gros yeux.*

« *Öffnen* », ordonna-t-il.

« Je ne peux pas l'ouvrir. Elle est *fermée.* » Elle laissa entrer dans sa voix une note de désespoir. « C'est au professeur, vous ne comprenez pas ? Il doit y avoir les notes pour sa conférence à l'intérieur. Il en a besoin pour ce soir. » Elle se détourna de lui et se mit à cogner contre la porte. « Professeur Minkel ? C'est moi, Imogen Baastrup, de Wits. Oh ! *mon Dieu.* »

Le second policier les avait rejoints. Il était plus âgé et avait la mâchoire plus sombre. Charlie en appela à sa grande sagesse. « Bon, et vous, parlez-*vous* anglais ? » demanda-t-elle. Au même instant, la porte s'entrouvrit de quelques centimètres, révélant un visage masculin plutôt caprin qui l'examinait avec une profonde suspicion. Il lança quelques mots en allemand à l'adresse du policier le plus proche, et Charlie perçut le mot « Amerikanerin » dans la réponse de celui-ci.

« Je ne suis *pas* américaine », corrigea-t-elle, au bord des larmes. « Je m'appelle Imogen Baastrup, je suis sud-africaine et je rapporte sa mallette au Pr Minkel. Il l'a perdue. Seriez-vous assez gentil pour la lui remettre car je suis sûre qu'il en a affreusement besoin. *Je vous en prie !* »

La porte s'écarta suffisamment pour montrer le reste de l'inconnu : un homme d'une soixantaine d'années ou plus, replet et l'allure d'un maire dans son costume noir. Il était très pâle et, Charlie le savait tout au fond d'elle-même, très effrayé.

« Monsieur. Parlez-vous anglais, s'il vous plaît ? Oui ? »

Non seulement il le parlait, mais il aurait pu jurer dans cette langue, car il lui répondit un « Oui, je le parle », si solennel qu'il lui eût été impossible de revenir sur une telle affirmation jusqu'à la fin de ses jours.

« Pourriez-vous alors remettre ceci au Pr Minkel avec les compliments d'Imogen Baastrup et lui dire qu'elle est absolument *désolée,* que l'hôtel a fait une confusion *stupide* et que j'attends avec impatience sa conférence de ce soir... »

Elle lui tendait la mallette mais l'homme à l'allure de maire refusa de la prendre. Il jeta un coup d'œil au policier derrière elle, et parut en recevoir un signe rassurant ; il regarda ensuite l'attaché-case et enfin Charlie.

« Suivez-moi », dit-il comme un maître d'hôtel de théâtre gagnant ses dix sacs la soirée, puis il s'écarta pour la laisser passer.

Elle fut horrifiée. Cela ne faisait pas partie du script. Cela ne figurait ni dans celui de Khalil, ni dans celui de Helga ni de personne d'autre. Qu'arriverait-il si Minkel ouvrait la mallette devant elle ?

« Oh ! je ne peux pas. Il faut que j'aille chercher ma place dans l'*amphithéâtre*. Je dois prendre mon *billet. S'il vous plaît !* »

Mais l'homme en noir avait lui aussi ses ordres, et ses propres terreurs, car lorsque Charlie lui tendit la mallette d'un peu trop près, il bondit comme s'il allait se brûler.

La porte se referma et ils se retrouvèrent dans un couloir au plafond duquel couraient des tuyaux calorifugés. Charlie se rappela brièvement les conduits du village Olympique. Son guide réticent marchait devant elle. Charlie respira des relents de fuel et perçut le grondement étouffé d'une chaudière ; elle sentit une bouffée de chaleur la frapper au visage et songea un instant s'évanouir ou céder à la nausée. La poignée de la mallette lui semblait un flot de sang coulant, tiède et visqueux, entre ses doigts.

Ils arrivèrent à une porte où figurait la mention *Vorstand.* L'homme en noir frappa et cria : « *Oberhauser ! Schnell !* » Charlie jeta un regard désespéré derrière elle et vit que deux garçons blonds en veste de cuir barraient maintenant le couloir ; ils étaient armés de mitraillettes. *Dieu tout puissant, mais que se passe-t-il donc ?* La porte s'ouvrit, Oberhauser entra le premier et se rangea bien vite de côté, semblant renier la jeune femme. Elle pénétra dans un décor cinématographique pour *Journey's End*. Les coulisses et l'arrière-scène disparaissaient sous les sacs de sable ; on avait recouvert le plafond de gros ballots de capitonnage maintenus à l'aide de grillage. Des sacs de sable empilés faisaient un chemin en zigzag partant de la porte. Au centre de la scène se dressait une table à thé sur laquelle était posé un plateau chargé de boissons. Minkel se tenait assis juste à côté, dans un fauteuil assez bas, et regardait Charlie avec la fixité d'un mannequin de cire. Sa femme attendait de l'autre côté de la table, et, près de lui se trouvait une Allemande boulotte en étole de fourrure que Charlie prit pour l'épouse d'Oberhauser.

Voilà pour le gratin. Puis, tassé dans les coulisses parmi les sacs de sable, venait le reste de l'unité, séparé en deux groupes distincts dont les porte-parole se serraient les coudes au milieu. La partie familière avait Kurtz à sa tête ; Charlie ne vit à sa gauche qu'un homme d'âge mûr au visage faible et assez vulgaire, sur lequel elle ne jugea pas bon de s'arrêter : brève vision d'Alexis. Les jeunes chiens-loups de ce dernier s'étaient massés autour de lui, leurs figures hostiles tournées vers la jeune femme. Sur la même ligne, côté Kurtz, se dressaient des membres de la famille qu'elle connaissait déjà, famille augmentée de quelques têtes étrangères, et le brun de leur type juif contrastant avec la blondeur allemande des autres formait un tableau qui resterait à tout jamais gravé dans sa mémoire. Kurtz, le meneur de jeu, avait un doigt posé sur ses lèvres et le poignet gauche levé pour qu'il pût voir sa montre.

Elle allait demander « Où est-il ? » quand, soudain submergée par la joie et la colère, elle l'aperçut, à l'écart des autres comme toujours, metteur en scène soucieux et solitaire lors de la première représentation. Il s'approcha vivement d'elle, puis s'immobilisa à quelques pas, lui laissant le champ libre pour aller à Minkel.

« Récite-lui ton rôle, Charlie, commanda Joseph d'une voix calme. Dis ce que tu dirais si nous n'étions pas là, ignore tous ceux qui ne sont pas autour de la table » — il ne manquait plus à Charlie que le *clac* de la claquette devant son visage.

La main de Joseph vint tout près de la sienne, Charlie sentit les poils qui en hérissaient le dos effleurer sa peau. Elle voulut lui dire « Je t'aime... Comment vas-tu ? » mais son rôle lui dictait d'autres mots. Elle prit donc une profonde inspiration et prononça sa tirade puisque telle était, après tout, la condition de leur union.

« Professeur, il s'est passé une chose épouvantable, commença-telle d'un ton précipité. Le personnel de l'hôtel a stupidement fait porter votre attaché-case dans ma chambre avec mes bagages. Ils nous ont vus parler ensemble, je suppose, et puis il y avait *mes* bagages, et juste à côté *vos* bagages, et puis cet *imbécile* de garçon a *bêtement* cru que c'était ma mallette... » Elle se tourna vers Joseph pour lui dire qu'elle ne trouvait plus ses mots.

« Donne l'attaché-case au professeur », commanda-t-il.

Minkel se levait, perdu dans ses pensées, le visage fermé, tel un homme qui apprend sa condamnation à une longue peine de prison. Mrs. Minkel s'efforçait de sourire. Charlie eut l'impression d'avoir les genoux paralysés mais, avec la main de Joseph posée sur son coude, elle réussit à se mouvoir en chancelant et à tendre la mallette au professeur tout en poursuivant son monologue.

« Seulement, je m'en suis aperçue il y a une demi-heure à peine.

Ils l'avaient mise dans mon placard, et toutes mes robes la cachaient, alors, quand je l'*ai* vue et que j'ai lu l'étiquette, j'ai cru que j'allais avoir une attaque... »

Minkel aurait bien pris l'attaché-case, mais, à peine Charlie le lui eut-elle tendu, que d'autres mains le subtilisèrent pour le mettre dans une grande boîte noire posée sur le sol et d'où s'échappaient de gros câbles sinueux. Charlie sembla soudain faire peur à tout le monde. Tous se dissimulèrent derrière les sacs de sable et Joseph l'emporta là-bas de ses bras puissants, lui faisant baisser la tête au point de lui plier le torse en deux, les yeux au niveau de l'abdomen. Mais elle eut le temps d'entrevoir ce qui semblait un scaphandrier avancer péniblement vers la boîte. Il portait un casque muni d'un épais hublot de verre, et, dessous, un masque chirurgical pour éviter la formation de buée. Un ordre assourdi imposa le silence. Joseph l'avait attirée à lui et l'étouffait à demi du poids de son corps. Un nouvel éclat de voix annonça le repos général ; les têtes se relevèrent, mais Joseph la retenait toujours prisonnière. Elle entendit le bruit des pas qui s'éloignaient avec une hâte ordonnée, et, quand elle put enfin se redresser, vit Litvak s'approcher d'une démarche rapide en tenant à la main ce qui était selon toute apparence une bombe de son cru, engin beaucoup plus orthodoxe que celui de Khalil, avec tous ses fils n'attendant plus que d'être branchés. Joseph la ramenait fermement au centre de la pièce.

« Continue tes explications », lui glissa-t-il à l'oreille. « Tu en étais au moment où tu déchiffrais l'étiquette. Repars de là. Qu'as-tu fait ensuite ? »

Reprends ton souffle, la pièce n'est pas terminée.

« Alors je me suis renseignée à la réception et ils m'ont appris que vous seriez absent toute la soirée et que vous donniez une conférence à l'université, j'ai donc sauté dans un taxi et... Je ne sais comment me faire pardonner. Bon, je dois filer. Bonne chance professeur, bonne conférence. »

Sur un signe de tête de Kurtz, Minkel avait sorti un trousseau de clés de sa poche et faisait mine d'en choisir une, bien qu'il n'eût aucune mallette à ouvrir. Mais Charlie, pressée par Joseph, se dirigeait déjà vers la porte, moitié marchant, moitié se laissant porter par le bras de Joseph passé autour de sa taille.

Je n'en peux plus, Jose. C'est fini, j'ai épuisé toutes mes réserves de courage comme tu dis. Ne me laisse pas repartir, Jose, ne me laisse pas. Elle perçut derrière elle des ordres étouffés et des bruits de pas précipités indiquant que tout le monde battait en retraite.

« Deux minutes », leur cria Kurtz pour les avertir.

Ils étaient de retour dans le couloir où se tenaient toujours les deux garçons blonds et leurs mitraillettes.

« Où l'as-tu rencontré ? » interrogea Joseph d'une voix basse et rapide.

« A l'hôtel Eden. Une espèce de bordel, en banlieue. A côté d'une pharmacie. Il a une camionnette Coca-Cola rouge. FR—BT quelque chose, quelque chose, 5. Et une conduite intérieure Ford toute cabossée. Je n'ai pas le numéro. »

« Ouvre ton sac. »

Elle s'exécuta. Très vite, pour suivre son rythme. Il en sortit le petit réveil-radio qu'il remplaça par un autre, identique, tiré de sa poche.

« Ce n'est pas le même procédé que celui d'avant, expliqua-t-il vivement. Il ne reçoit qu'une seule station. Il donne encore l'heure mais n'a pas de sonnerie. Enfin, il émet et nous indiquera où tu seras. »

« Quand ? » demanda-t-elle bêtement.

« Quelles sont les instructions de Khalil, maintenant ? »

« Je dois marcher le long de la route, marcher encore... Jose, mais *quand* viendras-tu ?... mais bon sang ! »

Le visage de l'homme exprimait une gravité hagarde et désespérée, mais aucune concession.

« Ecoute-moi, Charlie. Tu m'écoutes ? »

« Oui, Jose, je t'écoute. »

« Si tu appuies sur le bouton de volume de ta radio — tu ne le tournes pas, tu *appuies* — nous saurons qu'il s'est endormi. Tu comprends ? »

« Il ne va pas s'endormir comme ça. »

« Que veux-tu dire ? Que sais-tu de la façon dont il s'endort ? »

« Il te ressemble. Ce n'est pas son genre. Il reste éveillé de jour comme de nuit. Il... Jose, je ne peux pas y retourner. Ne m'y force pas. »

Elle le dévisageait d'un air suppliant, espérant une réaction, mais les traits de Joseph semblaient figés.

« Mais bon Dieu, il veut que je couche avec lui ! Il veut sa nuit de noces, Jose. Ça ne te fait vraiment rien ? Il veut reprendre les choses là où Michel les a laissées. Il ne l'aimait pas. Il veut égaliser le score. Alors j'y vais toujours ? »

Elle s'agrippait à Joseph avec une telle sauvagerie qu'il eut du mal à briser son étreinte. Elle se tenait devant lui, la tête appuyée contre sa poitrine, désirant qu'il la reprenne sous sa protection. Au lieu de cela, il la prit par les bras puis la redressa et elle vit de nouveau son visage, fermé, verrouillé, qui lui disait que l'amour ne les concernait pas : ni elle, ni lui et encore moins Khalil. Il lui fit faire les premiers pas de son long voyage mais elle se dégagea pour marcher seule ; il avança encore d'une enjambée puis s'immobilisa. Elle regarda en arrière et se mit à le haïr ; puis elle ferma les yeux, les rouvrit et poussa un profond soupir.

Je suis morte.

Elle sortit dans la rue, se raidit et, aussi droite qu'un soldat et presque aussi aveugle, remonta à vive allure la ruelle étroite, passant devant un night-club miteux qui affichait les photographies illuminées de filles de trente ans ou plus à la poitrine triste et dévêtue. Voilà ce que je devrais faire, songea-t-elle. Elle arriva dans une rue plus importante, se rappela les consignes de la sécurité routière et regarda à gauche, où elle vit une porte monumentale moyenâgeuse barrée d'une élégante enseigne McDonald. Le feu piéton passa au vert et Charlie traversa ; elle aperçut tout en marchant une masse de hautes montagnes noires qui bouchait l'horizon de la rue et le ciel pâle et nuageux qui s'agitait nerveusement au-dessus. Elle jeta un coup d'œil autour d'elle et repéra la flèche de la cathédrale qui la suivait. Elle prit à droite et avança plus lentement qu'elle n'avait jamais avancé de sa vie, le long d'une avenue verdoyante aux demeures patriciennes. Tantôt elle se mettait à compter mentalement. Des chiffres. Tantôt elle faisait des rimes. Jose Arrose la Rose Rose. Tantôt elle se rappelait ce qui s'était passé dans la salle, mais sans Kurtz, sans Joseph, sans ces techniciens du meurtre qui formaient les effectifs de deux camps encore brouillés. Devant elle, Rossino poussait sa moto silencieuse pour lui faire franchir une grille. La jeune femme le rejoignit ; il lui tendit un casque et un blouson de cuir ; tandis qu'elle les enfilait, quelque chose contraignit Charlie à regarder dans la direction d'où elle venait et elle vit une lueur orangée s'étirer paresseusement vers elle en glissant sur le pavé humide comme les derniers rayons du soleil couchant ; elle s'étonna du temps que l'image resta imprimée sur sa rétine après qu'elle eut disparu. Puis elle entendit enfin le bruit qu'elle attendait fermement : un fracas lointain et pourtant intime, le fracas d'une rupture irréparable tout au fond d'elle-même ; la cassure nette et permanente de l'amour. C'est cela, Joseph. Au revoir.

Au même moment, le moteur de Rossino s'anima, déchira la nuit humide de ses rugissements de rire triomphants. Moi aussi, décida Charlie. C'est le jour le plus drôle de ma vie.

Rossino conduisait lentement, s'en tenant aux petites routes et suivant un itinéraire soigneusement étudié.

Tu conduis et moi je suis. Il est peut-être temps que je devienne italienne.

Un crachin tiède avait fait fondre une bonne partie de la neige, mais Rossino pilotait en prenant garde à la surface encore glissante et à sa précieuse passagère. Il lui hurlait de joyeuses réflexions et paraissait beaucoup s'amuser, mais Charlie n'éprouvait aucune envie de partager sa bonne humeur. Ils passèrent par un grand portail et elle cria « On est arrivés ? » sans savoir ce qu'arriver pouvait bien signifier et en s'en moquant totalement ; le portail donnait en fait sur une route non goudronnée qui traversait des collines et des vallées de forêts privées qu'ils franchirent sans rencontrer âme qui vive, sous une lune suspendue qui avait été la propriété privée de Joseph. Charlie découvrit au-dessous d'elle un village endormi drapé dans un suaire blanc ; elle respirait le parfum des sapins grecs et sentait le vent repousser ses larmes chaudes. Elle se serrait contre le corps tremblant et nouveau de Rossino et lui disait : sers-toi, il ne reste plus rien.

Ils dévalèrent une dernière pente et sortirent par une autre grille pour pénétrer sur une route bordée de mélèzes dénudés qui évoquaient les arbres de France lors de vacances familiales. Ils grimpèrent de nouveau et, lorsqu'ils eurent atteint le sommet de la colline, Rossino coupa les gaz et emprunta un petit chemin qui s'enfonçait dans les bois. Il ouvrit l'une des sacoches pour en extirper un ballot de vêtements ainsi qu'un sac à main qu'il donna à Charlie. Il l'éclaira à l'aide d'une torche et ne détourna pas les yeux pendant qu'elle se changeait, la contemplant un instant à demi-nue.

Tu me veux, prends-moi ; je suis libre et disponible.

Elle ne s'aimait pas, se trouvait sans valeur. Elle était revenue à son point de départ et le monde entier, aussi pourri fût-il, pouvait bien la baiser.

Elle transvasa tout son bric-à-brac d'un sac dans l'autre, le compact, les tampons, les pièces de monnaie, son paquet de Marlboro. Son petit réveil-radio de pacotille pour les répétitions — *appuie sur le bouton de volume, Charlie, tu m'écoutes ?* Rossino prit son vieux passeport et lui en tendit un autre ; elle ne chercha même pas à connaître sa nouvelle nationalité.

Citoyenne de Nullepartville, née d'hier.

Il ramassa les vêtements qu'elle venait d'ôter et les fourra dans la sacoche avec le sac vide et les lunettes. Tu attends ici mais tu regardes en direction de la route, lui dit-il. Il fera clignoter une lumière rouge deux fois. Rossino n'était pas parti depuis cinq minutes qu'elle vit la lumière rouge s'allumer deux fois de suite, de l'autre côté des arbres. Hourra, un ami, enfin.

26

Khalil lui prit le bras et dut presque la porter jusqu'à la nouvelle voiture rutilante car elle pleurait et frissonnait tant qu'elle avait du mal à marcher. Après sa tenue modeste de chauffeur de camionnette, il arborait maintenant la panoplie complète du P.-D.G. allemand au-dessus de tout soupçon : pardessus noir et souple, chemise, cravate, et cheveux soigneusement rejetés en arrière. Il ouvrit la portière de Charlie et retira son pardessus qu'il posa avec sollicitude sur les épaules de la jeune femme, comme s'il s'agissait d'un petit animal malade. Elle ne savait pas du tout quelle réaction il pouvait attendre d'elle, mais il ne paraissait pas choqué de la voir dans cet état, plutôt respectueux. Le moteur tournait déjà. Khalil mit le chauffage au maximum.

« Michel serait fier de vous », lui dit-il avec bonté en l'examinant un moment à la lumière du plafonnier. Elle voulut répondre mais éclata de nouveau en sanglots. Il lui donna un mouchoir qu'elle tint à deux mains, l'entortillant autour de ses doigts tandis que les larmes ne cessaient de tomber. Ils commencèrent à descendre le flanc de la colline boisée.

« Que s'est-il passé ? » souffla-t-elle.

« Vous avez remporté une grande victoire pour notre cause. Minkel est mort en ouvrant la mallette. On annonce que d'autres amis du sionisme sont gravement blessés. Le nombre n'est pas définitif. » Il s'exprimait avec une satisfaction cruelle. « On crie à l'outrage. On parle de choc. De meurtre de sang-froid. Ils devraient aller faire un tour à Rashidiyeh un jour. J'invite toute l'université. Ils devraient aller se terrer dans un abri et se faire canarder en sortant. Ils devraient aller se faire briser les os et regarder torturer leurs enfants. Demain, le monde entier pourra lire que les Palestiniens ne deviendront pas les pauvres Noirs de Sion. »

Le chauffage, pourtant puissant, ne suffisait pas à Charlie. Elle resserra encore le manteau contre elle. Les pans de velours sentaient le neuf.

« Vous voulez me raconter comment ça s'est passé ? » demanda-t-il.

Elle fit non de la tête. Les sièges étaient doux et confortables, le moteur silencieux. Elle tenta de repérer d'autres sons d'automobiles, mais en vain. Elle regarda dans le rétroviseur. Rien derrière, rien devant. Quand viendrait donc ce là-bas ? Elle croisa les yeux sombres de Khalil qui la dévisageaient.

« Ne vous inquiétez pas. Nous veillons sur vous. Je vous le promets. Je suis heureux de vous voir pleurer. D'autres rient et fanfaronnent quand ils ont tué. Ils boivent, arrachent leurs vêtements comme des bêtes. J'ai vu toutes les réactions. Mais vous..., vous pleurez. C'est très bien. »

La maison se dressait près d'un lac, dans une vallée humide. Khalil passa deux fois devant avant de faire entrer la voiture dans l'allée et ses yeux, tandis qu'il scrutait les alentours, étaient ceux de Joseph, sombres, décidés, auxquels rien n'échappait. C'était une villa moderne, résidence secondaire d'un homme riche. Des murs blancs, des fenêtres mauresques et un toit de tuiles rouges trop abrupt pour que la neige s'y amoncelle. Le garage était attenant. Khalil y rangea la voiture et les portes se refermèrent. Il coupa le moteur et sortit de sa veste un pistolet automatique de gros calibre. Khalil, le tireur manchot. Charlie resta dans la voiture, examinant les toboggans et les bûches entreposés contre le mur du fond. Il ouvrit la portière.

« Suivez-moi. A trois mètres, pas plus près. »

Une porte intérieure blindée donnait sur un couloir. La jeune femme attendit, puis le suivit. Les lumières du salon brûlaient déjà et un feu de bois couvait dans l'âtre. Un sofa recouvert de poulain. Des meubles rustiques. Le couvert mis pour deux sur une table de rondins. Une bouteille de vodka plongée dans un seau à glace au support de fer forgé.

« Restez ici », commanda-t-il.

Elle s'immobilisa au milieu de la pièce, étreignant son sac à deux mains pendant qu'il allait de chambre en chambre, si discrètement qu'elle ne percevait que le bruit des placards s'ouvrant et se refermant. Elle se remit à trembler, violemment. Il revint dans le salon, posa son arme de côté, s'accroupit devant la cheminée et entreprit de faire repartir le feu. Pour tenir les bêtes sauvages à l'écart, pensa Charlie en l'observant. Et protéger les moutons. Les flammes ronronnèrent et elle s'assit sur le sofa, juste devant. Il alluma la télévision. Un vieux film en noir et blanc passait, celui de la taverne sur la colline. Khalil ne monta pas le son. Il se plaça devant Charlie.

« Voulez-vous un peu de vodka ? s'enquit-il poliment. Je ne bois pas mais vous devez vous mettre à l'aise. »

Elle voulait bien, alors il lui en versa dans un verre, beaucoup trop.

« Désirez-vous une cigarette ? »

Il lui présenta un étui de cuir et lui offrit du feu.

La clarté de la pièce s'intensifia ; Charlie se tourna aussitôt vers la télévision et fit soudain face au visage trop animé et surexcité du petit Allemand chafouin entrevu une heure auparavant au côté de Marty. Il se tenait près du car de police. Derrière lui, elle distinguait un bout de trottoir et la porte latérale de l'amphithéâtre, défendue par un ruban fluorescent. Des voitures de police, des pompes à incendie et des ambulances ne cessaient de franchir dans un sens ou dans l'autre le cordon de sécurité. La terreur, c'est du théâtre, songea-t-elle. La caméra montrait maintenant en arrière-plan une vue des bâches vertes dressées pour protéger les sauveteurs des intempéries pendant la durée des recherches. Khalil augmenta le son et elle entendit le mugissement des ambulances derrière la voix doucereuse et bien timbrée d'Alexis.

« Que dit-il ? » demanda-t-elle.

« Qu'il mène l'enquête. Attendez. Je vous dirai. »

Alexis disparut, bientôt remplacé par un Oberhauser indemne installé dans un studio.

« C'est l'imbécile qui m'a ouvert la porte », dit-elle.

Khalil la fit taire d'un geste du bras. Elle écouta et se rendit compte, avec une curiosité détachée, qu'Oberhauser était en train de la décrire. Elle saisit les mots *Süd-Afrika* et une allusion à des cheveux bruns ; elle vit sa main se lever pour esquisser une paire de lunettes ; gros plan sur un doigt tremblant désignant une monture semblable à celle que lui avait donnée Tayeh.

Après Oberhauser vint le premier portrait-robot de la suspecte, qui ne ressemblait à aucune créature existant sur terre, sauf, peut-être, à la vedette d'une vieille publicité pour une potion laxative que l'on voyait en grand dans les gares une dizaine d'années plus tôt. Apparut ensuite l'un des deux policiers qui lui avaient parlé, ajoutant sa propre description embarrassée.

Khalil alla éteindre le poste puis revint se planter devant elle.

« Vous permettez ? » demanda-t-il timidement.

Elle prit son sac et le posa de l'autre côté pour que son hôte puisse s'asseoir. Avait-il bourdonné ? Produit un bip ? Était-ce un microphone ? Mais bon sang, quel bruit avait-il fait ?

Khalil s'exprima clairement — en médecin expérimenté qui offre son diagnostic.

« Vous courez quelques risques, commença-t-il. Mr. Oberhauser se souvient de vous, sa femme aussi, le policier aussi, ainsi que plusieurs personnes de l'hôtel. Votre taille, votre silhouette, votre anglais, votre talent d'actrice. Et, malheureusement, une Anglaise a surpris une partie de votre conversation avec Minkel et pense que vous n'êtes pas du tout sud-africaine mais bien anglaise. Votre signalement a été envoyé à Londres, et nous savons que les Anglais conçoivent déjà quelques soupçons à votre sujet. Ici, toute la région est en alerte : barrages routiers, postes de contrôle, tout le monde est sur pied. Mais vous n'avez pas à vous inquiéter. » Il lui prit la main et la maintint fermement. « Je vous protégerai de ma vie. Cette nuit, nous serons en sécurité. Demain, nous vous ferons passer à Berlin et vous renverrons à la maison. »

« A la maison », murmura-t-elle.

« Vous êtes des nôtres. Vous êtes notre sœur. Fatmeh dit que vous êtes notre sœur. Vous n'avez pas de maison mais vous faites partie d'une grande famille. Nous pouvons vous procurer une nouvelle identité, ou vous pouvez aller retrouver Fatmeh et rester avec elle aussi longtemps que vous le désirerez. Vous n'aurez plus jamais à vous battre mais nous prendrons soin de vous. Pour Michel. Pour ce que vous avez fait pour nous. »

La loyauté de Khalil l'effrayait. Elle avait toujours sa main dans la sienne, dans sa poigne forte et rassurante. Elle voyait dans ses yeux une lueur d'orgueil possessif. Charlie se leva et sortit de la pièce, emportant son sac à main avec elle.

Un grand lit, un radiateur électrique allumé, ses deux barres rougeoyant sans souci de la dépense. Une étagère de best-sellers en provenance de Nullepartville — *Je prends mon pied... Tu prends ton pied... Les joies du sexe.* Le lit ouvert des deux côtés. La salle de bains venait juste après, agrémentée d'un sauna. Charlie sortit le petit réveil-radio et l'examina : c'était exactement le sien, à l'éraflure près, mais peut-être un peu plus lourd, un peu plus massif dans la main. Attends qu'il s'endorme. Que je m'endorme. Elle se regarda dans le miroir. Ce portrait-robot n'était pas si mauvais en fin de compte. Une terre sans peuple pour un peuple sans terre. Elle commença par se laver soigneusement les mains et les ongles ; puis, sur une impulsion, elle se déshabilla et prit une douche interminable, ne fût-ce que pour rester un peu plus longtemps à l'écart de la confiance chaleureuse de Khalil. Elle s'aspergea de lotion pour le corps prise dans le placard au-dessus du lavabo. Les yeux qu'elle découvrit dans son miroir l'intéressèrent ; ils lui rappelèrent ceux de Fatima, la Suédoise du camp d'entraînement — ils présentaient le même vide violent de l'esprit qui a appris à renoncer aux dangers de la compassion. La même haine de soi. Elle retourna dans la salle de séjour et le trouva en train de disposer des plats sur la table. Des viandes froides, du fromage, une bouteille de vin. Des chandelles déjà allumées. Khalil, très grand style européen, lui avança une chaise. Il s'assit en face d'elle et se mit aussitôt à manger, faisant preuve de la même concentration qu'il mettait en toute chose.

Il avait tué et maintenant il mangeait : que pouvait-il y avoir de plus naturel ? Le repas le plus fou que j'aie jamais fait, songea-t-elle. Le plus fou et le pire. Si un violoniste s'approche de notre table, je lui demanderai de jouer « Moon River ».

« Vous regrettez ce que vous avez fait ? » s'enquit-il par pur intérêt, comme s'il lui avait dit. « Votre mal de tête est-il passé ? »

« Ce sont des porcs », répliqua-t-elle, et elle le pensait. « Des brutes, des assassins... » Les sanglots la reprenaient mais elle les ravala à temps. Son couteau et sa fourchette tremblaient tellement qu'elle dut les poser sur la table. Elle perçut un bruit de moteur. Une voiture. Ou était-ce un avion ? Mon sac — ses pensées devenaient chaotiques —, où l'ai-je laissé ? Dans la salle de bains, loin de ses doigts fureteurs. Elle reprit sa fourchette et vit que le beau visage indompté de Khalil l'étudiait par-dessus la flamme de la bougie, comme l'avait fait Joseph dans la taverne de la colline, près de Delphes.

« Peut-être faites-vous trop d'efforts pour les haïr », suggéra-t-il, pour l'aider.

Elle n'avait jamais joué dans une pièce aussi mauvaise, et n'avait jamais participé à un dîner aussi affreux. Son besoin de briser la tension équivalait à celui qu'elle éprouvait de se briser elle-même. Elle se leva et entendit ses couverts heurter le sol. Charlie ne voyait plus que Khalil à travers ses larmes de détresse. Elle voulut déboutonner sa robe, mais ses mains ne lui obéissaient plus. Elle fit le tour de la table, s'approcha de lui et l'attira à elle alors qu'il se levait déjà. Ses bras se refermèrent sur elle ; il l'embrassa puis la souleva en la pressant en travers de son corps, et la porta comme une camarade blessée jusqu'à la chambre. Il l'allongea sur le lit et soudain, par elle ne savait quelle réaction désespérée de l'esprit et du corps, elle le prenait. Elle était sur lui et le déshabillait ; elle l'attirait en elle comme s'il était le dernier homme de la terre lors du dernier jour du monde : pour se détruire et pour le détruire. Elle le dévorait, le nourrissait, comblait avec cet homme tous les espaces vides et déchirants de sa culpabilité et de sa solitude. Elle pleurait, criait, refoulait ses propres mensonges en le prenant à pleine bouche, elle le faisait rouler sur le lit et s'étouffait, tuait le souvenir de Joseph sous le poids de son corps ardent. Elle le sentit jouir en elle mais, par défi, refusa longtemps encore après que tout mouvement eut cessé de le laisser partir, ses bras refermés sur le torse massif pour se protéger de la tempête qui approchait.

Il ne dormait pas mais somnolait déjà. Il reposait, sa tête noire et ébouriffée appuyée contre l'épaule de Charlie, son bras valide jeté négligemment en travers de la poitrine de la jeune femme.

« Salim avait bien de la chance », murmura-t-il avec un sourire dans la voix. « Une fille comme toi est une bonne raison de mourir. »

« Qui a dit qu'il était mort pour moi ? »

« Tayeh pense que c'est possible. »

« Salim est mort pour la révolution. Les sionistes ont fait sauter sa voiture. »

« Il s'est fait sauter tout seul. Nous avons lu pas mal de rapports de la police allemande à ce sujet. Je lui avais interdit de fabriquer des bombes, mais il m'a désobéi. Il n'était pas doué pour cela. Ce n'était pas un soldat-né. »

« Qu'est-ce que c'est ? » demanda-t-elle en s'écartant pour mieux écouter.

C'était comme un crépitement, un bruit de papier froissé, une série de petits sons et puis plus rien. Elle imagina une auto avançant tout doucement, les gaz coupés, sur du gravier.

« Quelqu'un qui pêche sur le lac », répondit Khalil.

« En plein milieu de la nuit ? »

« Tu n'as jamais péché de nuit ? » Il émit un rire ensommeillé. « Tu n'es jamais partie en mer sur un petit canot pour attraper des poissons à mains nues ? »

« Réveille-toi. Parle-moi. »

« Mieux vaudrait dormir. »

« Je ne peux pas. J'ai peur. »

Il entreprit de lui raconter l'histoire d'une mission qu'il avait effectuée en Galilée, de nuit, il y avait très longtemps, avec deux autres camarades. Il lui expliqua comment, devant traverser la mer à la rame, ils s'étaient trouvés si bien qu'ils en avaient oublié le but de leur mission et s'étaient mis à pêcher. Elle l'interrompit.

« Ce n'était pas un bateau, insista-t-elle. C'était une voiture, je l'ai entendue à nouveau. Écoute. »

« C'était un bateau » répondit-il d'une voix endormie.

La lune s'était frayée un passage entre les rideaux et s'étirait sur le parquet en direction du lit. Charlie se leva, se dirigea vers la fenêtre et, sans toucher aux rideaux, regarda dehors. Partout se dressaient des forêts de sapins et, sur le lac, la clarté lunaire faisait un escalier blanc conduisant au fin fond de la terre. Mais il n'y avait aucun bateau nulle part, ni aucune lumière pour attirer le poisson. Elle se remit au lit et le bras droit de Khalil se posa sur elle, la ramenant à lui, mais, dès qu'il sentit sa résistance, il la laissa gentiment et se tourna paresseusement sur le dos.

« Parle-moi, répéta-t-elle. Khalil, réveille-toi. » Elle le secoua brutalement puis l'embrassa sur les lèvres. « Réveille-toi », supplia-telle.

Alors il se réveilla pour elle, parce que c'était un homme bon et qu'il avait fait d'elle sa sœur.

« Tu sais ce qui m'a paru étrange dans tes lettres à Michel ? demanda-t-il. Le pistolet. "Je rêverai désormais de ta tête sur mon oreiller, et de ton pistolet juste dessous" — phrase d'amoureux. Une belle phrase d'amoureux. »

« Qu'y avait-il d'étrange là-dedans ? Dis-le-moi. »

« J'avais eu une conversation avec lui à ce sujet une fois. Précisément sur cette question. Je lui avais dit : “Écoute, Salim, il n’y a que les cow-boys pour dormir avec leur revolver sous l’oreiller. Si tu dois ne te souvenir que d’un seul de mes conseils, rappelle-toi celui-ci. Quand tu es au lit, mets ton arme à côté de toi, là où tu peux le mieux la cacher, et là où se trouve ta main. Apprends à dormir comme cela. Même quand tu es avec une femme.” Il m’avait dit qu’il le ferait. Il me promettait toujours tout. Et puis il oubliait. Il se trouvait une nouvelle femme. Ou une nouvelle auto. »

« Il aimait bien passer outre les règles, n’est-ce pas ? » questionna-t-elle en saisissant sa main gantée. Elle l’examina dans la pénombre, pinçant tour à tour chacun des doigts sans vie. Ils étaient tous rembourrés, tous sauf le pouce et l’auriculaire.

« Qu’est-ce qui t’a fait ça ? demanda-t-elle vivement. Des souris ? Qui t’a fait ça, Khalil ? Réveille-toi. »

La réponse mit longtemps à venir. « C’était à Beyrouth, j’étais un petit imbécile, comme Salim. Je me trouvais dans un bureau et le facteur est arrivé. J’étais pressé, j’attendais un paquet et je l’ai ouvert. C’était une erreur. »

Quoi ? Qu’est-il arrivé ? Tu l’as ouvert et ça a fait boom, c’est ça ? Ça t’a sauté dans les doigts. Et ta figure, c’est cela aussi ?

« Quand je me suis réveillé à l’hôpital, Salim était là. Tu sais quoi ? Il était très content que je me sois montré aussi bête. “La prochaine fois que tu reçois un paquet, montre-le-moi ou regarde le cachet de la poste avant de l’ouvrir, m’a-t-il dit. Et si ça vient de Tel-Aviv, mieux vaut le renvoyer à son expéditeur.” »

« Pourquoi fabriques-tu toi-même tes bombes, alors ? Si tu n’as qu’une main ? »

Sa réponse résidait dans son silence. Dans l’immobilité de ses traits à peine distincts alors qu’il se tenait allongé sur le côté pour la fixer de son regard froid et direct de soldat. La réponse résidait dans tout ce qu’elle avait vu depuis qu’elle avait signé son contrat avec le théâtre du réel. Ce contrat qui tenait pour la Palestine. Pour Israël. Pour Dieu. Pour mon destin sacré. Pour rendre coup pour coup à tous ces salauds. Pour réparer les injustices. Par l’injustice. Jusqu’à ce que tous les justes soient réduits en miettes et que la justice soit enfin libre de sortir des décombres et de parcourir les rues dévastées.

Et, soudain, il la réclamait sans qu’il fût question de lui résister.

« Mon amour, murmura-t-elle. Khalil. Oh ! mon chéri, mon amour. Oh ! oui. »

Et tout ce que disent les putains.

L’aube se levait mais elle ne le laissait toujours pas dormir. Avec la pâle lueur du jour, une sorte de délire éveillé s’emparait de Charlie. Les baisers, les caresses, elle se servit de tous les charmes qu’elle connaissait pour le garder éveillé, pour ranimer sans cesse son désir. Tu es le meilleur, lui chuchotait-elle, et je n’accorde jamais de premier prix. Mon plus fort, mon plus brave, l’amant le plus intelligent de tous les temps. Oh, Khalil, Khalil, mon Dieu, oh ! oui. Meilleur que Salim ? demanda-t-il. Plus patient que Salim, plus caressant, plus doux et reconnaissant. Meilleur que Joseph, qui m'a livrée à toi sur un plateau.

« Que se passe-t-il ? » interrogea-t-elle tandis qu'il se dégageait brusquement. « Je t'ai fait mal ? »

Il ne répondit pas mais tendit la main gauche et lui pinça doucement les lèvres pour lui imposer le silence. Puis il se dressa furtivement sur le coude. Elle tendit l'oreille avec lui. Le claquement d'ailes d'un oiseau aquatique s'envolant du lac. Des cris d'oies. Le cocorico d'un coq, le carillon d'une cloche. Assourdis par la campagne enneigée. Charlie sentit le matelas se soulever près d'elle.

« Aucune vache », murmura-t-il depuis la fenêtre.

Il se tenait sur le côté de la croisée toujours nu mais avec l'étui de son revolver passé par-dessus son épaule. Durant une seconde, au paroxysme de la tension, Charlie imagina, juste en face de lui, le reflet de Joseph rougi par la lueur du radiateur et séparé de Khalil par la simple épaisseur du rideau.

« Que vois-tu ? » demanda-t-elle enfin, incapable de supporter plus longtemps l'angoisse de l'instant.

« Il n'y a pas de vaches. Pas de pêcheurs non plus. Et pas de bicyclettes. Je vois beaucoup trop peu de choses. »

Sa voix s'était tendue à l'approche de l'action. Ses vêtements gisaient au pied du lit, là où elle les avait jetés sous l'emprise de la passion. Il enfila son pantalon sombre et sa chemise blanche puis fixa l'étui du revolver à sa place, sous l'aisselle.

« Pas de voitures, pas de phares, reprit-il d'une voix égale. Pas un seul ouvrier allant à son travail. Et pas de vaches. »

« Elles sont à la traite. »

Il secoua la tête. « On ne les trait pas pendant deux heures. »

« C'est à cause de la neige. On les garde à l'étable. »

Le ton de sa voix alerta Khalil ; le réveil de tous ses sens avait acéré la perception qu'il avait de la jeune femme. « Pourquoi cherches-tu des excuses ? »

« Pas du tout. J'essaye seulement de... »

« Pourquoi essaies-tu de trouver de bonnes raisons à l'absence de toute vie autour de cette maison ? »

« Pour apaiser tes craintes. Pour te réconforter. »

Une idée germait en lui — une idée terrible. Il la lisait sur son visage, dans sa nudité ; et Charlie à son tour sentait le soupçon prendre forme. « Pourquoi voudrais-tu apaiser mes craintes ? Pourquoi aurais-tu plus peur pour moi que pour toi-même ? »

« Ce n'est pas vrai. »

« Tu es recherchée. Pourquoi te sens-tu si disponible pour m'aimer ? Pourquoi parles-tu de mon réconfort quand tu devrais penser à ta propre sécurité ? Qu'as-tu sur la conscience ? »

« Rien du tout. Je n'ai pas aimé tuer Minkel. Je veux me sortir de tout ça. Khalil ? »

« Tayeh aurait-il vu juste ? Mon frère est-il mort pour toi quand même ? Réponds-moi, s'il te plaît », insista-t-il extrêmement calmement. « Je voudrais une réponse. »

Le corps tout entier de Charlie réclamait un sursis. Son visage lui brûlait et ce feu ne s'éteindrait jamais.

« Khalil... reviens au lit, souffla-t-elle. Aime-moi. Reviens. »

Pourquoi traînait-il autant si la maison était cernée ? Comment pouvait-il la regarder ainsi alors que le nœud se resserrait de plus en plussurlui ?

« Quelle heure est-il, s'il te plaît ? » demanda-t-il sans la quitter des yeux. « Charlie ? »

« Cinq heures. Cinq heures et demie. Quelle importance ? »

« Où est ton *réveil* ? Ton petit *réveil* ? Il faut que je sache l'heure, je te prie. »

« Je ne sais pas. Dans la salle de bains. »

« Reste où tu es, s'il te plaît. Sinon je devrai peut-être te tuer. Nous allons voir. »

Il alla chercher l'appareil et le lui tendit sur le lit.

« Ouvre-le gentiment pour moi », lui dit-il en la regardant manipuler le fermoir.

« Alors, quelle heure est-il, Charlie, s'il te plaît ? » demanda-t-il encore avec une légèreté effrayante. « Dis-moi gentiment l'heure que te donne ton petit réveil. »

« Six heures moins dix. Plus tard que je ne pensais. »

Il lui arracha le réveil-radio des mains et déchiffra lui-même l'heure. Affichage numérique sur vingt-quatre heures. Il alluma la radio qui lui envoya une plainte musicale avant qu'il ne l'éteigne. Il soupesa le petit appareil d'un air appréciateur dans le creux de sa main.

« Depuis que tu m'as quitté la nuit dernière, tu n'as pas eu beaucoup de temps à toi, je pense. Je me trompe ? Tu n'en as même pas eu du tout. »

« Non, pas du tout. »

« Alors comment as-tu fait pour acheter des piles neuves ? »

« Je n'en ai pas acheté. »

« Pourquoi ce réveil-radio marche-t-il alors ? »

« Mais il ne fallait pas de piles neuves — elles étaient encore bonnes — ça marche des années ces trucs-là... Ce sont des spéciales..., des longue durée... »

Elle ne savait plus quoi inventer. Son imagination s'était asséchée, maintenant et pour toujours, parce qu'elle venait de se rappeler le moment où il l'avait fouillée près du fourgon Coca-Cola ; le moment où il avait laissé tomber les piles dans sa poche avant de remettre le réveil dans le sac et de fourrer le sac dans la camionnette.

Il ne s'intéressait plus à elle. Le réveil-radio mobilisait toute son attention. « Apporte-moi cette grosse radio qui se trouve près du lit, Charlie, s'il te plaît. Nous allons procéder à une petite expérience. Une expérience technologique intéressante portant sur la radio à haute fréquence. »

Elle murmura : « Je peux passer quelque chose ? » Puis elle enfila sa robe et lui apporta la radio, un poste moderne en plastique noir et dont le haut-parleur évoquait un cadran téléphonique. Khalil rapprocha le gros poste du petit réveil-radio, alluma le premier et fit défiler les canaux jusqu'à ce qu'il tombe sur un mugissement blessé, montant et descendant comme une sirène annonçant un raid aérien. Puis il saisit le réveil-radio, ouvrit le rabat découvrant les piles et les fit tomber sur le sol, comme il avait dû le faire la veille au soir. Le mugissement s'interrompit. A la façon d'un enfant qui vient de réussir un tour, il leva la tête pour la regarder en feignant de sourire. Elle voulut se détourner mais n'y parvint pas.

« Pour qui travailles-tu, Charlie? Pour les Allemands ? »

Elle fit non de la tête.

« Pour les sionistes ? »

Il prit son silence pour un acquiescement.

« Tu es juive ? »

« Non. »

« Alors tu crois en *Israël* ? Qu'est-ce que tu es ?

« Rien », répliqua-t-elle.

« Es-tu chrétienne ? Les considères-tu comme les fondateurs de ta grande religion ? »

Elle fit un nouveau signe de dénégation.

« C'est pour l'argent alors ! Ils t'ont achetée ? Fait chanter ? »

Elle avait envie de crier. Elle serra les poings et emplit ses poumons d'air. Mais le chaos la suffoqua et elle se mit à sangloter. « C'était pour sauver des vies. Pour participer à quelque chose. Pour être quelqu'un. Je l'aimais. »

« As-tu trahi mon frère ? »

La boule qui obstruait sa gorge disparut et sa voix devint plate, atone, morte. « Je ne le connaissais pas. Je ne lui ai jamais parlé de ma vie. Ils me l'ont montré avant de le tuer, tout le reste a été inventé. Notre histoire d'amour, ma conversion... Tout. Je n'ai même pas écrit les lettres, elles sont d'eux. Ils ont aussi écrit la dernière lettre que tu as reçue. Celle qui parle de moi. Je suis tombée amoureuse de l'homme qui veillait sur moi. C'est tout. »

Lentement, sans agressivité, il leva la main gauche pour lui toucher la joue, comme s'il voulait s'assurer que la jeune femme existait vraiment. Il contempla le bout de ses doigts puis la dévisagea de nouveau, comme s'il s'abîmait dans une comparaison intérieure.

« Tu es donc de ces Anglais qui ont livré mon pays », constata-t-il tranquillement, semblant avoir du mal à croire ce qu'il voyait.

Il leva la tête, et Charlie vit ses traits se tordre en une grimace de désapprobation puis, sous la puissance de l'arme avec laquelle Joseph avait tiré, prendre feu. On avait enseigné à Charlie de ne pas bouger lorsqu'elle appuyait sur la gâchette, mais Joseph ne respectait pas cette règle. Il ne se fiait pas à l'œuvre de ses balles et courait après elles, semblant vouloir arriver le premier sur la cible. Il franchit la porte avec la précipitation d'un intrus ordinaire mais, au lieu de s'arrêter, se jeta en avant tout en faisant feu. Il tira, les deux bras complètement tendus, comme s'il voulait réduire encore la distance qui le séparait de son point de mire. Elle vit le visage de Khalil exploser, elle vit l'homme tourner sur lui-même puis lever les bras vers le mur pour implorer son aide. Les balles pénétrèrent alors dans son dos, sacrifiant sa belle chemise blanche. Ses mains s'aplatirent contre le mur — l'une de cuir, l'autre de chair — et son corps déchiqueté s'affaissa en une posture de rugbyman dans la mêlée tandis qu'il essayait encore de traverser la paroi. Mai Joseph s'était déjà suffisamment rapproché pour le déséquilibrer d'un coup de pied et hâter ainsi son dernier voyage jusqu'au sol. Après Joseph, Litvak pénétra dans la chambre, Litvak qu'elle connaissait sous le nom de Mike et qu'elle avait toujours soupçonné, elle s'en rendait compte maintenant, d'être une nature malsaine. Au moment où Joseph se reculait, Litvak s'agenouilla et logea une dernière balle dans la nuque de Khalil, ce qui paraissait totalement superflu. A la suite de Mike firent irruption dans la pièce la moitié de tous les bourreaux du monde, en costume d'hommes-grenouilles, ainsi que Marty, la fouine allemande et au moins deux mille brancardiers, ambulanciers, médecins et femmes sévères qui la tenaient, nettoyaient la vomissure dont elle s'était maculée, et l'entraînaient dans le couloir puis dans le bon air frais et divin qui ne parvint pas à dissiper l'odeur chaude et visqueuse du sang lui emplissant les narines et la gorge.

Une ambulance reculait vers la porte d'entrée. Charlie aperçut des bouteilles de sang à l'arrière, et des couvertures rouges elles aussi, alors elle refusa d'y monter. En fait, elle dut même se débattre très violemment car l'une des femmes qui la tenaient la laissa soudain échapper et se détourna, la main plaquée sur le visage. Charlie était devenue sourde et ne percevait que vaguement ses propres cris, mais sa première préoccupation restait d'ôter sa robe, à la fois parce qu'elle était une putain et parce que le tissu s'était trop imprégné du sang de Khalil. Mais la robe lui semblait encore moins familière que la veille et la jeune femme ne parvenait pas à déterminer s'il fallait chercher des boutons ou une fermeture à glissière, aussi décida-t-elle de ne plus s'en occuper. Puis Rose et Rachel se matérialisèrent de part et d'autre d'elle, chacune lui saisissant un bras, exactement comme elles l'avaient fait à la villa d'Athènes quand Charlie était venue passer son audition pour le théâtre du réel : l'expérience lui indiqua que toute résistance devenait désormais inutile. Elles la hissèrent sur les marches permettant d'accéder à l'ambulance, puis, toujours dans le même ordre, s'assirent avec elle sur l'une des couchettes. Charlie baissa la tête et vit tous ces visages stupides qui la regardaient — les vilains petits garçons qui prenaient l'air dur des héros, Marty et Mike, Raoul et Dimitri, et plein d'autres amis dont certains ne lui avaient pas encore été présentés. Puis la foule se divisa pour laisser passer Joseph, qui avait eu la délicatesse de se débarrasser de l'arme avec laquelle il avait tué Khalil mais dont le jean et les chaussures de sport, elle le nota, étaient malheureusement couverts de sang. Il avança jusqu'au bas des marches et leva les yeux vers elle ; Charlie crut d'abord regarder son propre visage : elle pouvait discerner en lui précisément tout ce qu'elle haïssait en elle. Il semblait se produire un échange de personnalité, elle, prenant le rôle du tueur et du maquereau, lui, endossant sans doute celui de l'appât, de la pute et du traître.

Et soudain, alors qu'elle le fixait toujours des yeux, une ultime étincelle de révolte se ranima en elle et lui rendit l'identité qu'il lui avait volée. Elle se dressa si vite que ni Rachel ni Rose ne purent la retenir ; elle aspira une énorme masse d'air et lui hurla : *Va-t'en* — ou du moins fût-ce ce qu'elle crut entendre. Peut-être avait-elle prononcé autre chose. Cela importait peu.

27

Concernant les répercussions immédiates, et moins immédiates de l'opération, le monde apprit beaucoup plus qu'il n'en eut conscience ; et certainement beaucoup plus que Charlie. Il apprit par exemple — ou aurait pu apprendre, s'il avait étudié les nouvelles brèves en pages « Étranger » de la presse anglo-saxonne — qu'un terroriste palestinien présumé avait trouvé la mort au cours d'une fusillade avec les membres d'une brigade d'élite ouest-allemande, et que la femme qu'il gardait en otage, dont le nom n'était pas communiqué, avait été transportée à l'hôpital en état de choc, mais autrement indemne. Les journaux allemands proposèrent des versions des faits plus accrocheuses les unes que les autres — *Le Far-West en pleine Forêt-Noire* —, mais les articles, quoique contradictoires, étaient si bien contrôlés qu'il semblait impossible d'en tirer quoi que ce fût. Tout lien avec l'attentat manqué contre le professeur Minkel — que l'on avait d'abord cru mort mais qui, miraculeusement, avait pu s'échapper à temps — fut si habilement nié par le si courtois Dr Alexis, que personne ne songea à mettre sa parole en doute. N'était-il pas tout à fait normal, commentèrent les journalistes en vue les plus sages, que l'on ne nous en dise pas trop ?

Une succession d'incidents mineurs intervenant dans l'hémisphère occidental suscitèrent quelques considérations occasionnelles sur les agissements de l'une ou l'autre organisation terroriste arabe, mais avec tous les groupes rivaux qui existaient aujourd'hui, mieux valait ne pas trop s'avancer. On mit, par exemple, le mystérieux assassinat en plein jour du Dr Anton Mesterbein, le juriste humaniste suisse, défenseur des droits des minorités et fils du célèbre financier, sur le compte d'une organisation extrémiste phalangiste ayant récemment « déclaré la guerre » aux Européens qui soutenaient ouvertement l'« occupation » palestinienne du Liban. Le meurtre se produisit au moment où la victime sortait de chez elle pour se rendre à son travail — sans protection, comme à son habitude —, et le monde se sentit profondément bouleversé pendant une bonne moitié de la matinée. Une lettre revendiquant l'attentat et signée « Liban libre » parvint au rédacteur en chef d'un journal zurichois et fut déclarée authentique. On pria alors, en mesure de représailles, un diplomate libanais de quitter le pays, ce qu'il fit avec philosophie.

L'attentat à la bombe perpétré contre un diplomate du Front du refus devant la toute nouvelle mosquée de St. John's Wood n'eut droit qu'à un entrefilet ; c'était la quatrième voiture piégée qui explosait en quatre mois.

D'autre part, l'assassinat sanglant d'Alberto Rossino, musicien et journaliste italien, et de sa compagne allemande, dont les corps nus et rendus difficilement reconnaissables par les coups de couteau furent découverts plusieurs semaines plus tard près d'un lac tyrolien, n'avait, à en croire les autorités autrichiennes, aucune signification politique, même si les deux victimes entretenaient des relations avec les milieux extrémistes. Toutes les preuves, ajouta la police, donnaient à penser qu'il s'agissait d'un crime passionnel. La dame, une certaine Astrid Berger, était connue pour ses penchants, disons, particuliers, et l'on n'excluait pas la possibilité, quelque grotesque qu'elle pût paraître, que le couple se fût entretué. Une autre série de morts moins intéressantes passa à peu près inaperçue, dont le bombardement par l'aviation israélienne d'une ancienne forteresse située en plein désert, sur la frontière syrienne, et qui servait, d'après Jérusalem, de camp d'entraînement palestinien pour les terroristes étrangers. Quant à la bombe de deux cents kilos qui fut lâchée sur une colline des environs de Beyrouth, détruisant une luxueuse villa estivale et tuant tous ses occupants — parmi lesquels Fatmeh et Tayeh —, elle ne fut pas plus explicable que la plupart des actes de terreur perpétrés dans cette région tragique.

Mais Charlie, perdue au fin fond de son repaire, au bord de la mer, ne sut rien de tout cela ; ou, plus exactement, elle l'apprit d'une façon générale mais fut trop lasse, ou trop effrayée, pour essayer d'obtenir des détails. Au début, elle se contenta de nager ou de marcher, lentement, sans but, jusqu'au bout de la plage et puis de revenir, serrant son peignoir de bain contre sa gorge tandis que ses gardes du corps la suivaient à distance respectueuse. Lorsqu'elle entrait dans la mer, elle avait tendance à s'asseoir tout au bord puis à faire le geste de se laver dans l'eau étale et salée, en commençant par le visage, puis les bras et les mains. Les autres filles reçurent d'abord l'ordre de se baigner nues mais, voyant que Charlie refusait de suivre cet exemple de libéralisme, le psychiatre leur demanda de remettre un maillot, et attendit.

Kurtz venait la voir une fois par semaine, parfois deux. Il se montrait extrêmement doux avec elle ; patient et fidèle, même quand elle lui hurlait des insanités. Il lui apportait toujours des nouvelles d'ordre pratique annonçant que tout s'arrangeait pour elle.

On lui avait inventé un parrain, lui apprit-il, un vieil ami de son père qui s'était enrichi et venait de s'éteindre en Suisse, lui léguant une grosse somme d'argent qui, venant de l'étranger, ne serait pas soumise à l'impôt sur les successions en vigueur dans le Royaume-Uni.

On avait discuté avec les autorités britanniques qui avaient accepté — pour des raisons qu'il ne pouvait communiquer à Charlie — de renoncer à des recherches plus approfondies concernant les relations que la jeune femme avait entretenues avec certains extrémistes palestiniens et européens ; Kurtz put également la rassurer à propos de la bonne opinion que Quilley avait d'elle : la police, lui apprit-il, s'était fait un devoir d'aller lui expliquer que tous leurs soupçons au sujet de Charlie s'étaient révélés sans fondement.

Kurtz s'entretint également avec Charlie de la façon dont elle pourrait expliquer sa brusque disparition de Londres, et la jeune femme accepta passivement une version où il était question de peur des tracasseries policières, d'une légère dépression nerveuse et d'un amant mystérieux rencontré après son séjour à Mykonos, un homme marié qui l'avait fait marcher avant de la laisser tomber. Et c'est lorsqu'il commença à lui faire apprendre cette nouvelle leçon et à la tester sur certains petits points qu'elle pâlit et se mit à trembler. Les mêmes symptômes se reproduisirent quand Kurtz lui annonça, de manière inconsidérée peut-être, qu'il avait été décidé « au plus haut niveau » qu'elle pourrait prendre la nationalité israélienne à n'importe quel moment de sa vie si l'envie l'en prenait.

« Donnez-la donc à Fatmeh », aboya alors Charlie, et Kurtz, qui s'occupait déjà d'un certain nombre de nouvelles affaires, dut consulter le dossier pour se rappeler qui était cette Fatmeh ; ou qui elle avait été.

Quant à sa carrière, Kurtz lui fit miroiter quelques propositions exaltantes qui ne demandaient qu'à être saisies. Deux ou trois producteurs importants de Hollywood s'étaient sincèrement intéressés à Charlie pendant son absence, et attendaient impatiemment qu'elle se décide à aller tourner des bouts d'essai sur la West Coast. L'un d'eux avait justement un rôle qui devrait lui convenir parfaitement ; Kurtz ne connaissait pas les détails. Et les choses ne se présentaient pas moins bien du côté de la scène londonienne.

« Tout ce que je demande, c'est de retourner où j'étais », répliqua Charlie.

Kurtz lui affirma que cela ne poserait, mon enfant, aucun problème. On arrangerait ça.

Le psychiatre, brillant jeune homme doté d'un regard malicieux et d'un passé militaire, n'était absolument pas partisan de l'auto-analyse ou de toute autre forme d'introspection plus ou moins vaseuse. En réalité, plutôt que de la faire parler, son principal souci semblait de la convaincre qu'elle ne devait pas le faire ; sans doute était-il dans sa profession quelqu'un d'extrêmement controversé. Il l'emmena faire des balades en voiture, d'abord le long de la côte, puis jusqu'à Tel-Aviv. Mais lorsqu'il eut la mauvaise idée de lui montrer les superbes maisons arabes qui avaient survécu au modernisme, la colère rendit les propos de sa patiente complètement incohérents. Il l'invita dans de petits restaurants écartés, se baigna avec elle et alla même jusqu'à s'allonger à ses côtés sur la plage pour bavarder un peu, mais elle lui avoua un jour, la voix légèrement étranglée, qu'elle préférait lui parler dans son cabinet. Lorsqu'il apprit qu'elle aimait l'équitation, il fit venir des chevaux et ils passèrent toute une journée en selle, journée durant laquelle Charlie parut s'abandonner complètement. Le lendemain pourtant, il la trouva trop calme à son goût et demanda à Kurtz d'attendre au moins une semaine de plus. Et elle ne manqua pas le soir même d'être prise d'une crise prolongée de vomissements, ce qui surprit d'autant plus qu'elle n'avalait pratiquement rien.

Rachel, qui s'était replongée dans ses études universitaires, vint la voir. Elle se montra ouverte, gentille et détendue, tout à fait différente de celle que Charlie avait rencontrée à Athènes. Dimitri avait lui aussi repris ses cours, lui raconta-t-elle ; Raoul songeait à faire sa médecine pour, éventuellement, devenir médecin militaire ; mais, d'un autre côté, l'archéologie le tentait aussi. Charlie sourit poliment en écoutant ces petites nouvelles de la famille — Rachel rapporta ensuite à Kurtz qu'elle avait eu l'impression de parler avec sa grand-mère. Quoi qu'il en fût, ni ses origines du nord de l'Angleterre ni ses manières plaisantes de petite bourgeoise anglaise ne produisirent l'effet escompté et, au bout d'un moment, Charlie demanda, toujours très poliment, si on ne pouvait pas la laisser seule.

En attendant, le département de Kurtz avait ajouté un certain nombre de précieuses leçons à la somme immense de savoir technique et humain qui constituait le trésor accumulé au cours de toutes les opérations précédentes. Les non-Juifs, malgré les préjugés dont ils feraient toujours l'objet, devenaient non seulement utilisables, mais même essentiels dans certaines situations. Une Juive n'aurait probablement pas réussi à tenir aussi longtemps dans cette position intermédiaire. Les techniciens se penchèrent également avec fascination sur cette histoire de piles dans le réveil-radio ; il n'est jamais trop tard pour apprendre. On reconstitua à des fins de formation — et fort efficacement d'ailleurs — une version expurgée de toute l'affaire. Dans un monde parfait, regretta-t-on, l'officier responsable aurait dû s'apercevoir au moment de la substitution que les piles manquaient dans l'appareil de son agent. Enfin, au moins avait-il eu la présence d'esprit d'ajouter deux et deux quand le signal sonore s'était tu, et de se précipiter dans la pièce. Bien entendu, le nom de Becker n'apparut nulle part ; sans parler des questions de sécurité, Kurtz n'avait pas appris grand-chose de bon à son sujet depuis la fin de l'opération et il ne se sentait pas disposé à le voir canoniser.

Enfin, alors que le printemps se terminait, et que le Litani devenait suffisamment sec pour permettre aux tanks de passer, les pires craintes de Kurtz, ou les pires menaces de Gavron, se réalisèrent : la percée tant attendue des Israéliens au Liban se produisit, mettant fin à une longue période d'hostilités, ou, selon le point de vue duquel on se plaçait, annonçant la prochaine. Les camps de réfugiés qui avaient accueilli Charlie furent tous assainis, ce qui signifie en gros que l'on y envoya des bulldozers pour enterrer les cadavres et achever l'œuvre commencée par les tanks et les raids aériens ; une tragique colonne de réfugiés prit la direction du nord, abandonnant derrière elle ses centaines, puis ses milliers de morts. Des groupes spéciaux firent disparaître de la carte tous les lieux secrets de Beyrouth où Charlie avait séjourné ; de la propriété de Sidon ne subsistèrent plus que les poulets et la plantation de mandariniers. La villa fut anéantie par une équipe de Sayaret qui se chargea également d'exécuter les deux garçons, Karim et Yasir. Le commando arriva de nuit, par la mer, exactement comme l'avait prédit Yasir, ce grand agent de renseignements, et utilisa un type de balles explosives américaines tout à fait spécial, encore consigné sur la liste secrète et qui présente la particularité de tuer au simple contact avec le corps. On épargna sagement à Charlie le compte rendu de tout cela — de la destruction systématique de ce qui avait constitué sa brève histoire d'amour avec la Palestine. Elle pourrait en perdre la raison, déclara le psychiatre ; étant donné son imagination et son repli sur elle-même, elle serait parfaitement capable de se tenir responsable de toute l'invasion. Mieux valait donc ne rien lui dire ; elle l'apprendrait plus tard, en temps voulu. Pendant plus d'un mois, plus personne ne rencontra Kurtz, ou, quand on le rencontra, on le reconnut à peine. Son corps semblait avoir rétréci de moitié, toute étincelle avait disparu de son regard slave et il paraissait enfin son âge, pour autant qu'on pût savoir quel âge il avait vraiment. Puis, un jour, tel un homme qui sort d'une longue et épuisante maladie, il réapparut, et il ne lui fallut apparemment que quelques heures pour reprendre, plus vigoureusement que jamais, son étrange et interminable querelle avec Misha Gavron.

De retour à Berlin, Gadi Becker avait d'abord flotté dans un vide comparable à celui où se débattait Charlie ; mais ce n'était pas la première fois et, d'une certaine façon, il s'attachait maintenant moins aux causes et aux effets d'un tel état. Il retrouva son appartement, et ses perspectives d'avenir professionnel assez incertaines ; la faillite se remit à rôder autour de lui. Il avait beau passer des journées entières à se disputer au téléphone avec les grossistes, ou à traîner des cartons d'un bout à l'autre de l'entrepôt, la crise mondiale semblait frapper l'industrie vestimentaire berlinoise plus que toute autre. Il existait bien une fille avec qui il dormait parfois, une créature assez imposante sortie tout droit des années trente, généreuse à l'excès et qui présentait même l'avantage, apaisant ainsi ses scrupules ancestraux, d'être vaguement juive. Après plusieurs jours de tergiversations inutiles, il lui téléphona et lui dit qu'il séjournait quelque temps à Berlin. A peine quelques jours, précisa-t-il ; peut-être même un seul. Il écouta le ravissement de la jeune femme de le savoir de retour, et ses joyeuses remontrances pour avoir disparu sans prévenir ; mais il écouta aussi les voix indistinctes qui lui parlaient tout au fond de lui-même.

« Allez, passe donc me voir », lui proposa-t-elle quand elle eut terminé de le gronder.

Il ne s'y rendit pourtant pas. Il refusait d'avance le plaisir qu'elle pourrait lui donner.

Ne se fiant plus à lui-même, il se précipita dans une boîte de nuit grecque en vogue, tenue par une femme dont on lui avait vanté la sagesse cosmopolite, et, ayant enfin réussi à s'enivrer, regarda les convives heurter trop avidement leurs assiettes, dans la meilleure tradition gréco-allemande. Le lendemain, sans y avoir vraiment réfléchi, il commença à écrire un roman sur une famille juive de Berlin qui aurait fui en Israël, puis se serait à nouveau déracinée en comprenant ce qui était perpétré au nom de Sion. Mais lorsqu'il eut relu ses premières notes, il les confia d'abord à sa corbeille à papiers puis, pour des raisons de sécurité, à sa cheminée. Un nouveau contact de l'ambassade de Bonn fit le voyage jusqu'à Berlin pour venir le voir et l'informer qu'il remplaçait l'ancien : si vous avez besoin de communiquer avec Jérusalem ou de quoi que ce soit d'autre, demandez-moi. Apparemment incapable de se retenir, Becker entama avec lui une discussion des plus provocantes concernant l'État d'Israël. Et il termina sur une question très agressive, une phrase qu'il prétendit avoir tirée des écrits d'Arthur Koestler et qui correspondait évidemment à ses propres préoccupations : « Qu'allons-nous devenir, je me le demande ? Une patrie juive ou un vilain petit État spartiate ? »

Le nouveau contact était un homme au regard sévère, dépourvu de toute imagination et, visiblement, la question l'ennuya sans qu'il en comprît véritablement la signification. Il laissa un peu d'argent et sa carte : Second secrétaire, Affaires commerciales. Mais il abandonna surtout derrière lui un épais nuage de doutes que le coup de fil de Kurtz, le lendemain matin, chercha certainement à dissiper.

« Mais qu'est-ce que tu veux me dire, bon Dieu ? » interrogea-t-il brutalement en anglais dès que Becker eut décroché le combiné. « Tu es en train de faire du vilain, alors rentre en Israël. Là-bas au moins, personne ne fera attention à toi. »

« Comment va-t-elle ? »

La réponse de Kurtz fut peut-être volontairement cruelle, car cette conversation intervenait alors qu'il atteignait le creux de la vague. « Frankie va très bien. Elle se porte comme un charme autant psychologiquement que physiquement, et je ne comprends vraiment pas pourquoi elle persiste à t'aimer. Elli lui a parlé l'autre jour et a eu très nettement l'impression que le divorce n'avait pour elle rien d'un engagement irrévocable. »

« Les divorces ne sont pas faits pour ça. »

Mais Kurtz eut, comme d'habitude, le dernier mot. « Les divorces ne devraient pas être faits du tout. Point final. »

« Mais comment va-t-elle ? » répéta Becker avec insistance.

Kurtz dut museler sa mauvaise humeur avant de répondre. « S'il est question d'une amie mutuelle, elle est en bonne santé, on est en train de la guérir et elle ne veut plus jamais te revoir — oh ! et puisses-tu rester toujours jeune ! » ne put s'empêcher de crier Kurtz avant de raccrocher.

Frankie appela le soir même — Kurtz avait dû malgré tout lui transmettre le numéro. Le téléphone constituait l'instrument de prédilection de Frankie. Elle en jouait comme d'autres du violon, du *schofar* ou de la harpe.

Becker l'écouta parler un assez long moment. Il écouta ses pleurs, pour lesquels elle était inégalable ; ses cajoleries et ses promesses. « Je serai tout ce que tu voudras que je sois, lui assura-t-elle. Dis-moi ce que tu veux et je le serai. »

Mais la dernière chose que Becker désirait était d'inventer qui que ce soit.

Peu de temps après ces conversations, Kurtz et le psychiatre décidèrent qu'il était temps de rejeter Charlie à l'eau.

La tournée s'intitulait « Un parfum de comédie », et le théâtre, comme nombre des salles qu'elle avait connues, faisait également office d'institution pour dames, de crèche, et probablement de bureau de vote en période électorale. C'était une pièce minable dans un théâtre minable et tout cela arrivait alors qu'elle se trouvait au plus bas. Le bâtiment avait un toit de tôle et un parquet de bois, et quand elle marchait un peu trop vigoureusement de petits nuages de poussière s'échappaient des fentes. Au début, Charlie s'était cantonnée dans les rôles tragiques : Quilley, après un coup d'œil inquiet sur la jeune femme, avait supposé que c'était sans doute ce qu'elle désirait et, pour des raisons très personnelles, Charlie l'avait cru aussi. Mais elle se rendit rapidement compte qu'elle n'était pas à même de tenir des rôles sérieux, pour autant qu'ils eussent encore une signification à ses yeux. Elle se mettait à pleurer ou à crier aux moments les plus incongrus et dut plusieurs fois simuler une sortie pour se ressaisir.

Mais le plus souvent, c'était leur inconsistance qui lui portait sur les nerfs ; elle n'éprouvait plus l'envie de plaindre — et, pire encore, elle ne comprenait même plus — ce qui passait pour de la souffrance dans la société bourgeoise occidentale. La comédie apparut donc, en fin de compte, comme le masque le plus approprié, masque à travers lequel elle put regarder défiler les semaines, se partageant entre Sheridan et Priestley, ou quelque autre génie de la dernière heure dont, sur les programmes, on présentait la pièce comme un soufflé ultra-léger étincelant d'un esprit corrosif. Ils avaient joué à York, mais s'étaient heureusement dispensés de Nottingham : ils avaient donné des représentations à Leeds, Bradford, Huddersfield, Derby ; mais Charlie attendait toujours de voir le soufflé monter ou l'esprit corrosif étinceler. Sans doute la faute lui en incombait-elle, car elle se voyait débiter son rôle à la façon d'un boxeur groggy qui n'aurait plus qu'une alternative : cogner comme une brute ou s'écrouler pour de bon.

Lorsqu'elle ne répétait pas, elle passait ses journées à fumer et à lire des magazines, traînant comme une patiente dans le salon d'attente d'un médecin. Ce soir cependant, alors que le rideau se levait une fois de plus, elle sentit une dangereuse indolence remplacer sa nervosité et ne parvint pas à se débarrasser de cette envie de dormir. Elle entendit sa voix couvrir la gamme des tons, elle vit son bras se tendre de ce côté, son pied avancer par là ; elle se tut à temps pour, normalement, entendre le rire franc du public, mais ne perçut cette fois-ci qu'un silence incrédule. Au même instant, des photos de son album interdit commencèrent à défiler dans sa tête : des images de la prison de Sidon, de la file des mères qui patientaient le long du mur ; de Fatmeh ; de cette salle d'école, dans le camp, où elle avait passé la nuit à imprimer des slogans sur des tee-shirts, pour la procession ; de l'abri antiaérien et des visages stoïques qui l'observaient sans savoir s'il fallait la blâmer. Et de la main gantée de Khalil traçant de grossières marques de griffes dans son propre sang.

Les comédiennes partageaient toutes la même loge mais, lorsque vint l'entracte, Charlie ne suivit pas les autres. Elle alla se poster devant l'entrée des artistes, en plein air, fumant, frissonnant, contemplant cette rue brumeuse des Midlands et se demandant si elle ne ferait pas mieux de marcher, et de continuer à marcher jusqu'à ce qu'elle tombe ou se fasse renverser par une voiture. On criait son nom, elle percevait des bruits de course éperdue, mais il lui semblait que ce n'était pas son problème, elle le laissait aux autres. Seule une dernière — une toute dernière — parcelle de conscience de ses responsabilités la contraignit à ouvrir la porte et à reprendre lentement le chemin de la scène.

« Charlie, mais bon sang ? Charlie, t'es dingue ou quoi ? »

Le rideau se leva et elle se retrouva une fois de plus en scène. Seule. Le long monologue où Hilda s'assoit devant le bureau de son mari pour écrire une lettre à son amant : à Michel, à Joseph. Une chandelle brûle près de son coude et, dans une minute elle va ouvrir le tiroir du bureau pour y prendre une nouvelle feuille de papier et découvrir — « Oh ! non ! » — une lettre non postée de son mari à sa maîtresse. Elle commença à écrire et se crut dans l'auberge de Nottingham ; elle regarda la flamme de la bougie et vit le visage de Joseph tourné vers elle depuis l'autre bout de la table, dans la taverne près de Delphes. Elle leva de nouveau la tête et c'était Khalil, dînant avec elle sur cette table de rondins, dans la maison de la Forêt-Noire. Elle disait son rôle et, miraculeusement, les phrases n'appartenaient ni à Joseph, ni à Tayeh, ni à Khalil, mais à Hilda. Elle ouvrit le tiroir du bureau, y plongea la main, rata un battement de cœur, en sortit, complètement ébahie, une feuille manuscrite, la souleva et se tourna de côté pour la montrer au public. Elle se mit debout et, ses traits exprimant une stupéfaction grandissante, avança vers le bord de la scène en lisant tout haut — une lettre tellement spirituelle, chargée de tant d'allusions et de phrases à double sens. Dans un instant, son mari, John, allait entrer en robe de chambre par la gauche, s'approcher du bureau et lire la lettre qu'*elle* avait commencé d'écrire à son amant. Dans un instant, il y aurait un chassé-croisé de lettres plus spirituel encore et le public se tordrait littéralement de rire. Puis le rire se transformerait en ravissement quand les deux amoureux trompés, chacun d'eux stimulé par les infidélités de l'autre, s'effondreraient ensemble en une étreinte lascive. Elle entendit son époux entrer, ce qui constituait le signal lui indiquant qu'elle devait élever la voix : la curiosité devait se muer en indignation à mesure que Hilda lisait. Elle agrippa la lettre à deux mains, se retourna, et exécuta deux pas vers la gauche pour ne pas masquer John.

C'est alors qu'elle le vit — pas John, mais Joseph, assez distinctement, installé à la place de Michel, au centre du premier rang, et qui la dévisageait avec cette même sollicitude empreinte d'une terrible gravité.

Elle n'éprouva au début pas la moindre surprise ; à ses meilleurs moments, la séparation entre son monde intérieur et le monde extérieur était déjà bien mince, mais ces derniers temps, elle avait virtuellement cessé d'exister.

Alors, il est venu, songea-t-elle. Et à l'heure. Des orchidées, Jose ? Pas la moindre orchidée ? Pas de blazer rouge sombre ? De médaillon d'or ? De souliers Gucci ? J'aurais peut-être dû aller dans la loge quand même. J'aurais trouvé ton mot. Su que tu viendrais. Préparé un gâteau.

Elle avait arrêté de lire tout haut parce qu'elle ne voyait vraiment plus aucune raison de jouer, même si le souffleur lui criait maintenant les mots sans la moindre gêne, ou si le metteur en scène, qui se tenait juste derrière, faisait de grands gestes des bras comme s'il cherchait à se débarrasser d'un essaim d'abeilles ; ils se trouvaient curieusement dans son champ de vision alors qu'elle ne quittait pas Joseph des yeux. A moins qu'elle ne fût en train de les imaginer, car Joseph était, lui, devenu si réel enfin. Dans son dos, John, son cher époux, essayait sans grande conviction d'inventer des répliques pour la couvrir. Il te faudrait un Joseph, eut-elle envie de lui dire fièrement ; notre Joseph que voilà t'écrira des répliques pour toutes les occasions.

Un écran de lumière s'interposait entre eux deux — pas tant un écran qu'une cloison optique. Et cette cloison, ajoutée à ses larmes, commençait à troubler la vision qu'elle avait de lui, la faisant douter qu'il ne s'agît pas en fin de compte d'un mirage. On lui hurlait depuis les coulisses de quitter la scène ; John, son cher mari, était venu vers elle — clong, clong — et l'avait saisie doucement, mais fermement, par le coude, avant de l'emmener, elle en était sûre, vers la poubelle. Elle supposa qu'on allait baisser le rideau et donner à cette petite conne — comment s'appelait-elle déjà ? Sa doublure, quoi — la chance de sa vie. Mais Charlie ne pensait plus qu'à s'approcher de Joseph et à le toucher, pour savoir enfin. Le rideau s'abaissa, mais elle descendait déjà les marches qui la séparaient de l'homme. Les lumières s'allumèrent et, oui, c'était bien lui, c'était Joseph. Mais elle se sentit soudain très lasse en le voyant si clairement : il ne devenait plus qu'un spectateur ordinaire. Elle allait remonter le couloir quand une main se posa sur son bras. John, ce cher époux encore, va-t'en, se dit-elle. A l'exception de deux duchesses décrépites qui constituaient sans doute la direction, le hall était désert.

« Ma chère, je crois que je devrais aller voir un docteur », disait la première.

« Ou prendre une bonne nuit de sommeil », répliquait l'autre.

« Oh ! n'y pensez plus », leur conseilla gaiement Charlie, qui utilisait cette expression pour la première fois.

La pluie de Nottingham n'était pas au rendez-vous, et la Mercedes bordeaux non plus, alors elle marcha jusqu'à l'arrêt du bus, pensant presque qu'elle allait trouver le jeune Américain à bord, et qu'il lui ordonnerait de chercher un fourgon rouge.

Joseph avançait vers elle dans la rue vide. Il marchait à grands pas et elle l'imagina se mettant à courir pour arriver sur elle avant les balles de son revolver, mais il n'en fit rien. Il s'immobilisa devant elle, légèrement essoufflé, et il paraissait évident qu'il était porteur d'un message, vraisemblablement de Marty, mais peut-être de Tayeh. Il ouvrit la bouche pour le lui transmettre, mais elle le devança.

« Je suis morte, Jose. Tu m'as tuée, tu ne t'en souviens pas ? »

Elle voulut ajouter quelque chose à propos du théâtre du réel, sur le fait que les morts ne s'y relevaient pas pour se remettre à marcher, mais elle ne se rappelait déjà plus les mots.

Un taxi les croisa et Joseph lui fit signe de s'arrêter avec sa main libre. La voiture s'éloigna, mais qu'est-ce que vous voulez ? Les taxis, de nos jours... C'est eux qui font la loi. Charlie s'appuyait sur Joseph et serait tombée s'il ne l'avait tenue aussi fermement. Les larmes l'aveuglaient à moitié et elle entendait la voix de Joseph comme assourdie par l'eau. Je suis morte, ne cessait-elle de répéter, je suis morte, je suis morte. Mais il semblait qu'il la voulût morte ou vive. Étroitement enlacés, ils se mirent en marche d'un pas inégal sur ce trottoir qui les conduisait vers une ville étrangère.

LE BOUT DU VOYAGE

(The End of the Line)

Traduit de l'anglais par Natalie Zimmermann

John Le Carré a écrit cette pièce
pour la télévision

PERSONNAGES

Paul Bagley
Alfred Frayne

Un contrôleur
Un surveillant de wagon-lit

Une dame d'âge mûr
Un représentant de commerce
Plusieurs hommes d'allure identique dans un compartiment
Des amoureux sur des bancs
Des soldats
Des employés du tri postal
Des vendeuses de buffets ambulants
Une troupe d'écoliers
Un chef de train

Gare d'Édimbourg.

Quai 1, par une belle soirée du mois d'août, un peu avant dix heures. L'express de nuit à destination de Londres est sur le point de partir.

Un jeune homme blond, séduisant et plutôt gauche, vêtu d'un habit clérical irréprochable, se tient, tout essoufflé, devant le contrôle. Près de lui, une mallette noire indique : « Révérend P. Bagley ». L'esprit ailleurs, il n'en finit pas de tâter ses poches. Il paraît d'un caractère doux et agréable, naturellement obligeant ; sa mèche de cheveux le gêne un peu. Il a un corps d'athlète, mais sans ostentation. Le contrôleur écossais le contemple d'un œil impavide.

BAGLEY

Je l'avais il y a tout juste un instant. Je viens de l'acheter, là, au guichet. Catastrophe ! Je suis vraiment désolé !

LE CONTRÔLEUR

Hum, hum...

BAGLEY

Dites, vous ne pourriez pas me laisser passer quand même ?

LE CONTRÔLEUR

Quand vous aurez retrouvé votre billet.

BAGLEY
(*cherchant toujours frénétiquement*)

Je n'ai su que je partais qu'à la dernière minute, sinon je l'aurais acheté plus tôt.

LE CONTRÔLEUR

C'est toujours comme ça.

BAGLEY

Oh, laissez-moi passer !

De l'autre côté de la barrière, le chef de gare déploie son drapeau vert et donne un coup de sifflet. Comme inspiré par le signal, le révérend Bagley retrouve son billet dans la poche de son gilet.

BAGLEY

Le voilà quand même. (*Rire timide.*) Je n'ai pas l'habitude de porter le gilet : je viens juste d'être ordonné. Sinon, qui aurait l'idée de porter un gilet par une chaleur pareille ? Je veux dire, normalement.

LE CONTRÔLEUR
(*tout en compostant le billet*)

Dépêchez-vous de monter. Prenez donc la première voiture.

Dans sa hâte, Bagley a pu ne pas entendre. Il se précipite par le portail ouvert — manque de trébucher sur un tas de skis rouge vif, curieusement anachroniques, appuyés contre un pilier — et se met à courir le long du quai.

A l'intérieur du train, les passagers se préparent déjà à leur nuit de voyage. Une dame d'âge mûr retire ses bijoux tout en fronçant les sourcils devant un miroir invisible. Un représentant de commerce, debout devant sa valise de carton bouilli, tire une bouteille de whisky des plis d'une chemise sale avant de baisser le store. Bagley court de plus belle. Le surveillant d'un wagon-lit l'observe depuis la porte ouverte de sa voiture.

LE SURVEILLANT

Allez, padre, sautez ! Vous trouverez votre couchette après, d'accord ? (*Le train donne une secousse d'avertissement.*) Montez, bon sang !

Un autre coup de sifflet retentit. Sans se démonter, Bagley continue prestement sa remontée vers l'avant du train. Il ne se laisse distraire qu'une seule fois, très brièvement, alors qu'il passe devant une voiture de seconde classe — wagon sans couchettes — remplie d'hommes. Ils sont tous du même âge et présentent tous la même allure curieusement militaire. Ils sont assis en silence, tous vêtus d'imperméables de la marine, et font penser à des croque-morts attendant qu'on les appelle. Au moment où il les dépasse, ralentissant un peu le pas, un courant de complicité, de reconnaissance collective, passe fugitivement entre Bagley et ces hommes. Il leur adresse un léger signe de tête. On lui rend son salut. Le train n'a toujours pas bougé. Attendrait-il Bagley ? Celui-ci s'est immobilisé devant le dernier wagon. la mention « RÉSERVÉ », écrite en grandes lettres capitales, est affichée à chaque fenêtre. Soudain, il semble que tout le monde soit en train de regarder Bagley : les amoureux sur les bancs, les soldats éreintés ployant sous leurs paquetages, les employés du tri postal, les vendeuses de buffets ambulants et même une troupe d'écoliers qui pressent le visage contre les vitres de leurs voitures de seconde classe ; durant un instant, tous paraissent suspendus aux mouvements du jeune pasteur.

LE SURVEILLANT
(*de plus loin, à l'arrière du train*)

Vous ne pouvez pas entrer là ! C'est réservé ! La voiture tout entière ! C'est privé !

Bagley essaie une poignée. La porte est verrouillée. Il sort alors un passe métallique de la poche de son pardessus noir, l'introduit dans la serrure et le tourne vivement.

BAGLEY

Merci. Cela fera parfaitement l'affaire quand même.

Il ouvre la portière d'une brusque poussée de son bras vigoureux, franchit prestement les marches et pénètre dans le couloir au moment même où le train s'ébranle enfin avec des soubresauts désordonnés et un bruit de ferraille.

Le train prend de la vitesse, une lumière crépusculaire s'installe. Telle une île enchantée, la ville sombre lentement dans l'obscurité. Bagley ferme la porte tout en rangeant son passe dans la poche de sa veste, remet ses cheveux en place en se regardant dans la vitre, sort un exemplaire du *Cricketer* de la poche de son pardessus, puis le fourre sous son bras avant de ramasser sa mallette et d'entreprendre la remontée du couloir désert pour trouver une place.

Les trois premiers compartiments sont vides ; Bagley les dépasse. Arrivé au quatrième, il s'arrête, pose sa mallette et regarde à l'intérieur du compartiment. Un unique passager, entièrement vêtu de gris, est installé à une place d'angle et fixe du regard les coussins vides qui lui font face. Et, quoiqu'il n'ait pu manquer de remarquer du coin de l'œil ne serait-ce que l'ombre de ce guetteur imprévu, il ne manifeste aucun signe, aucune sorte d'étincelle, susceptible de témoigner du moindre intérêt.

On imaginerait difficilement plus grand contraste entre les deux hommes. Bagley est avant tout robuste. Son regard, au départ si soumis, est vif et perçant. Sous sa mèche rebelle, ses yeux pâles conservent une intelligence inquiète. Malgré l'austérité de son habit noir, le jeune homme est indubitablement fait de chair et de sang ; toute son apparence évoque une existence bien terrestre. L'homme en gris, au contraire, manque de consistance. Son corps, comme son visage, est incroyablement anguleux, tel un motif géométrique anarchique qui n'aurait ni centre ni équilibre. Replié en travers sur les coussins de son siège d'angle, il évoque l'un de ces insectes géants qui surgissent d'un pré estival avant de s'envoler au loin. Ses yeux enfoncés, et qui le paraissent plus encore sous l'effet de la lumière terne de la veilleuse, sont des cratères ouvrant sur un monde inconnu. Seule une main émaciée qui pianote sur l'accoudoir s'oppose par son mouvement à l'immobilité de son propriétaire. C'est seulement quand Bagley fait coulisser la porte et pénètre dans le compartiment que l'homme en gris tourne la tête vers lui.

BAGLEY

Bonsoir ! (*L'homme en gris l'examine dans un silence incrédule.*) Ces places seraient-elles libres, par hasard ? Elles ne sont pas occupées, n'est-ce pas ? (*Il déchiffre les étiquettes.*) Édimbourg... Édimbourg... Édimbourg... Eh bien, je crois que je peux tenter le coup, non ? Apparemment, les autres ne vont pas venir.

FRAYNE [1]

Quels autres ? (*Une voix lointaine, seul signe de vie dans ce train fantôme.*)

BAGLEY

Les gens qui ont réservé.

1. Nous nous servirons dès à présent de son nom quoiqu'il ne sera en réalité révélé que plus tard.

FRAYNE

Oh ! eux, non, je ne pense pas qu'ils viendront ce soir.

Bagley hisse sa mallette sur le porte-bagages, juste à côté de celle de Frayne. La mallette de Bagley fait partie de l'attirail classique des prêtres, alors que celle de Frayne est en similicuir noir gravée aux armoiries royales d'Angleterre. Bagley lit adroitement l'étiquette attachée à la poignée, puis s'assoit, ouvre son journal, le *Cricketer,* et se met à lire.

FRAYNE
(*qui le dévisage toujours fixement*)

La portière était fermée à clé.

BAGLEY (*levant les yeux*)

Je vous demande pardon ?

FRAYNE

On la verrouille une fois que je suis monté. Toujours.

BAGLEY

Eh bien, pas ce soir.

FRAYNE

Si, ce soir aussi.

BAGLEY

En tout cas, moi, je n'ai eu aucun mal à l'ouvrir, c'est tout ce que je peux dire.

Silence. Bagley se replonge dans son magazine.

FRAYNE

Très bien. On se retrouve à Londres.

BAGLEY

Je vous demande pardon ?

FRAYNE

On se retrouve à Londres. Notre destination. Au revoir ! S'il faut que vous lisiez votre journal, allez-y...

BAGLEY
(*qui pose son magazine avec une gêne un peu puérile*)

Je ne pensais pas vous offenser.

FRAYNE

Mais non, voyons ! On débarque ici, on commence à discuter, et puis on arrête ça aussitôt. Je me demande pourquoi je me plaindrais.

BAGLEY

Oh ! mais si vous avez envie de parler, je vous en prie, parlons.

Frayne se passe une main sur la figure comme pour s'assurer que tout est bien en place. Puis il lève les deux mains, les examine, les laisse retomber et fait rouler lentement son crâne contre l'appuie-tête. Enfin :

FRAYNE

Excusez-moi. Je deviens nerveux.

BAGLEY

Ce n'est rien.

FRAYNE

Vous êtes le premier Blanc auquel j'adresse la parole depuis maintenant quatre semaines, vous comprenez. Je suis devenu une sorte de Robinson Crusoé errant. Un mec un peu paumé. Qui a peur de son ombre. Qui fuit les sentiers battus. Dans le temps, j'étais plutôt drôle. C'est fini, tout ça. « Je n'agitais pas les bras, je me noyais [1] », dit le poète. On lit beaucoup de poètes dans ma situation.

BAGLEY

Je comprends.

FRAYNE (*indigné*)

Vous comprenez quoi ?

BAGLEY

Que vous êtes troublé, c'est tout.

FRAYNE (*furieux*)

Je ne suis pas troublé du tout, c'est bien là le problème ! Ça fait quatre semaines que rien ne vient me troubler. Essayez donc, vous, et vous verrez ce que ça donne. Retirez-vous quelque temps du monde, et vous comprendrez ce que c'est que d'essayer de revenir. Qui êtes-vous ?

BAGLEY

Je suis prêtre. Un prêtre anglais.

FRAYNE

Ah ! bon.

BAGLEY

Ah ! bon.

FRAYNE

Vous me rappelez un ami, vous savez, et c'est cela qui me gêne. Quelqu'un que je connaissais assez bien. Un type plutôt farceur, et je pensais que vous étiez du même genre.

---

1. « Nobody heard him, the dead man. But still he lay moaning : I was much further out than you thought, *And not wawing, but drowning* », de S. Smith (1902-1971) (N.d.T.).

BAGLEY

Et de qui s'agit-il ?

FRAYNE

Vous ne le connaissez pas, mon ami, n'est-ce pas ?

BAGLEY
(*après une longue pause*)

Pas personnellement. Il s'appelle comment ?

FRAYNE

Drôle de manière de répondre.

BAGLEY

Ce n'était pas voulu.

Frayne fixe la fenêtre obscure du regard et se met à dessiner sur la buée.

FRAYNE

Vous ne seriez pas *envoyé,* par hasard ?

BAGLEY (*hésitant*)

Pardon ?

FRAYNE

Dépêché. Délégué, expédié. Envoyé.

BAGLEY

Nous aimons tous à penser que nous sommes élus... et certains d'entre nous sont, oui, je suppose... envoyés.

FRAYNE
(*toujours tourné vers la fenêtre*)

Mon père était prêtre. Enfin, pasteur, vous savez. Baptiste. C'était un homme profondément religieux. Pas question de faire des châteaux de sable le dimanche... le vieil harmonium qui résonnait là-bas... le gâteau au millet... un grand, très grand prédicateur, vraiment. Je suppose que vous appartenez à l'Église anglicane ?

BAGLEY

Oui.

FRAYNE

Plusieurs départements, un seul bureau central. Et tout ça.

BAGLEY

Belle formule.

FRAYNE

Ce n'est pas l'Église qui vous a envoyé ici ? Jusqu'à moi ?

BAGLEY

Non.

FRAYNE

C'est le MI-5 ?

BAGLEY

Non.

FRAYNE

La CIA ?

BAGLEY

Non.

FRAYNE

Vous m'écoutez ?

BAGLEY

Je suis tout ouïe.

FRAYNE

(*s'arrachant ostensiblement à la contemplation de la fenêtre*)

Écoutez-moi ça : la dernière fois que je me trouvais à Édimbourg, j'ai vu Sa Majesté la reine et son cortège.

Silence.

BAGLEY

Et alors ?

FRAYNE (*haussant le ton*)

La reine et son cortège. Ça ne vous évoque rien ?

BAGLEY

C'était quoi, au juste ? Une fête nationale ?

FRAYNE

Et son cortège. Ça ne vous dit vraiment rien ? Et son imposant cortège. Des enfants royaux, des dames d'honneur, valets, gardes et bouffons. Tout ce que vous pouvez imaginer. *Et son cortège.*

Silence. Bagley est visiblement perdu. Frayne abandonne.

FRAYNE

Bon d'accord. Continuez donc à lire, et moi, je vais continuer à réfléchir.

Avec un sourire quelque peu perplexe, Bagley reprend son magazine et se replonge dans sa lecture. Frayne reporte son attention vers la vitre sur laquelle il trace le labyrinthe embrouillé de sa complexité intérieure.

FRAYNE

Dans le temps, nous avions toujours un beau rassemblement dans ce train, un échantillonnage d'humanité tout à fait fascinant.

Avec complaisance et résignation, Bagley pose doucement son magazine de côté.

FRAYNE

Des instituteurs, des professeurs, des hommes de loi... et même, une fois, une star de cinéma. Il s'appelait Bryanston, Jock Bryanston. Je crois qu'il jouit d'une certaine réputation parmi les *aficionados.* En fait, je dirais que nous formions presque une sorte de *club.* Je comptais pas mal dessus pour avoir des contacts avec mes semblables.

BAGLEY

J'ai l'impression que vous empruntez souvent cette ligne.

FRAYNE

Deux fois par semaine. L'aller le mardi, et le retour le jeudi. Sauf quand je suis en congé. Cela fait cinq ans que je fais ça, maintenant ; c'est véritablement devenu une habitude pour moi, enfin, une sorte de routine, plutôt, si vous voyez ce que je veux dire. Oui, c'est cela...

BAGLEY

Je me demande pourquoi vous ne prenez pas de couchette.

FRAYNE

J'ai horreur d'être trimballé allongé.

BAGLEY

Oui, oui, personne n'est pressé de monter au paradis...

FRAYNE

Charlie me disait la même chose que vous : prends une couchette et profite du confort. Je n'ai jamais voulu. Une autre raison étant que, franchement, j'appréciais trop les conversations de hasard que je pouvais avoir dans ce wagon. Jusqu'à ce qu'on me supprime cette possibilité-là.

BAGLEY

Qui ? Qui a supprimé cela ?

FRAYNE

Eh bien, je pensais qu'il s'agissait peut-être des vôtres. (*Silence.*) C'est comme si l'on voulait m'écarter de tout, comme si quelqu'un le voulait. Depuis la disparition de Charlie. C'est comme si on m'avait réduit au silence. On réserve toutes les places et on ferme le wagon à clé... On me prive de la chaleur des contacts humains. En fait, je suis en état de manque. La compagnie des hommes n'est-elle pas une drogue dont on ne peut se passer ? A mon avis, c'est même un analgésique puissant.

Et cette drogue suscite des cas de toxicomanie aiguë. Je n'ai même plus droit au contrôleur, plus maintenant. Je suis en quarantaine. Cela explique ma surprise en vous voyant arriver. Et c'est aussi pourquoi je ne peux m'empêcher de me demander ce que vous êtes venu faire.

BAGLEY (*enfin*)

J'ai le sentiment — j'espère que vous me pardonnerez — que vous m'associez en quelque sorte avec votre ami Charlie. Je me trompe ?

Frayne, qui a dessiné une toile d'araignée, en désigne un coin extérieur.

FRAYNE

Là, c'est moi. (*Puis, montrant l'araignée :*) Et ici, c'est vous.

BAGLEY (*sèchement*)

Ça n'est pas très aimable. Je n'ai pas la moindre intention de vous dévorer. (*Il reprend son magazine.*)

FRAYNE (*précipitamment*)

Allons, allons, je plaisantais... (*Court silence, tandis que Bagley repose son magazine ; puis, pour s'expliquer :*) Nous vivons une drôle d'époque, c'est tout. On ne sait jamais vraiment à qui l'on a affaire. On ne peut jamais savoir ce qu'on attend de vous, ce genre de choses, pour qui vous travaillez.

BAGLEY

Pour qui je travaille ?

FRAYNE

Oh ! ne le prenez pas mal, cela n'a rien de désobligeant. Il y a simplement comme des sortes de forces. Des forces qui nous poussent, tous autant que nous sommes.

BAGLEY

C'est justement afin de comprendre le but de ces forces que nous cherchons le réconfort auprès de l'Église. (*Silence.*)
Charlie était-il pieux ?

FRAYNE

Oh ! non.

BAGLEY

Vous en paraissez bien sûr.

FRAYNE

J'ai appris un jour qu'il avait été élevé dans l'athéisme le plus complet.

BAGLEY

En Angleterre, c'est difficile à imaginer. La religion fait tellement partie intégrante de nos institutions !

FRAYNE

En fait, il n'est pas anglais. Vous le saviez déjà, n'est-ce pas ? (*Frayne efface sa toile d'araignée, puis se tourne de nouveau vers Bagley.*) Autre explication de votre présence ici, et je pencherais plutôt pour celle-ci : vous êtes envoyé par les Chemins de fer britanniques. Ce n'est pas aussi stupide que ça en a l'air.

Je me suis, en fait, plaint amèrement de mon isolement. Par écrit. J'ai écrit à la fois à mon député et au directeur des Chemins de fer. Je suis devenu une véritable épine à leur pied, si vous me passez l'expression. Je pourrais même vous montrer la correspondance si j'en avais envie, mais les lettres sont toutes à Battersea. Bref, je les verrais bien envoyer quelqu'un comme vous pour, comment dirais-je ?... pour me faire taire. Une sorte de comparse un peu loquace chargé de neutraliser mes récriminations.

BAGLEY (*avec un petit rire*)

J'avoue ne jamais m'être considéré sous cet angle. Mais vous, vous êtes l'agent de qui, alors ?

FRAYNE

Je travaille dans l'administration. Domaine scientifique et technique. Haut fonctionnaire d'État.

BAGLEY

Ciel, je suis très honoré.

FRAYNE

Plus exactement, je suis mathématicien. L'informatique.

BAGLEY

Cela signifie-t-il que vous travaillez pour un ministère particulier ?

FRAYNE

Oui, la Défense. Le ministère de la Défense. Il s'agit, en fait, de travaux ultra-secrets. Délicat.

BAGLEY

C'est en Écosse ou à Londres ?

FRAYNE

Les deux. Je navigue entre Whitehall et l'aurore boréale. Glengerry, vous en avez entendu parler ?

BAGLEY

Le centre atomique ? Oui, bien sûr. Je comprends maintenant pourquoi vous pensiez que j'étais du MI-5.

FRAYNE

Du MI-5 ou d'un autre service. C'est que tout le monde s'y intéresse, non ? Dès qu'il est question de secrets d'État et de sécurité nationale, ils ont tendance à s'activer pas mal, n'est-ce pas ?

BAGLEY

Aucune idée.

FRAYNE

Ne faites pas l'innocent avec moi, mon garçon ! Ne me donnez pas de leçon non plus ! Il y en a plus d'un qui a déjà essayé de m'embobiner pour s'apercevoir à ses dépens qu'il était tombé sur un os. Absolument.

Long silence.

FRAYNE

Où trouvez-vous des chaussures comme celles-ci ? sans lacets ?

BAGLEY

Dans des magasins.

FRAYNE

A Londres ?

BAGLEY

Oui.

FRAYNE

C'est là que vous travaillez ? A Londres ?

BAGLEY

All Saints, à Hampstead. Charlie portait-il des souliers pareils ?

FRAYNE

Les mêmes souliers... Le même âge... Les mêmes cheveux. C'est vraiment étonnant. Pourquoi avoir choisi ces chaussures ?

BAGLEY

Pour faire le tour de la paroisse.

FRAYNE

Vous avez fait une *public school* ?

BAGLEY

Oui.

FRAYNE

Eton ? (*Bagley fait oui de la tête.*) L'université ?

BAGLEY

Non, j'ai loupé les examens.

FRAYNE

Et votre père, qu'est-ce qu'il fait ?

BAGLEY

Il est mort, je le crains.

FRAYNE (*ému*)

Oh ! oh ! je suis vraiment désolé.

BAGLEY

Non, ce n'est rien. Il y a déjà plus de vingt ans. (*Silence.*) Au fait, je me présente : Bagley, Paul Bagley.

FRAYNE

Dites-moi donc ce que vous faisiez en Écosse, Bagley ?

BAGLEY

J'étais venu entendre une confession. D'une âme en peine.

Long silence.

FRAYNE

Quelqu'un que je connais ?

BAGLEY

Une jeune fille. Une simple jeune fille. Je crois qu'elle se sent mieux, à présent.

FRAYNE

On vous envoie loin, juste pour une confession.

BAGLEY

Oh ! pour cela, nous sommes prêts à tout.

Le train vit sa vie. Nous sentons sa présence pendant les silences. C'est un train rapide et bringuebalant ; un train bruyant, lancé dans une course impossible à arrêter.

FRAYNE

Tout va mal pour moi, en ce moment. Je n'arrive plus à m'imposer. J'ai l'impression d'être un courant d'air.

BAGLEY

Nous sentons tous cela, un jour ou l'autre.

FRAYNE

Oui, mais ce n'est pas une simple sensation, c'est une réalité. Il ne s'agit pas seulement de ce train, mais de ma vie en général.

BAGLEY

C'est parce que Charlie est parti ?

FRAYNE

J'aimais vraiment cet homme. (*Silence.*) Et pourtant, c'est absolument incroyable que cela ait pu se passer en quatre semaines. Ça a été tellement rapide. Qu'on puisse disparaître comme ça, sans que quiconque s'aperçoive de rien.

BAGLEY

Évidemment, s'il vous était très cher...

FRAYNE

Non, je ne parlais pas d'affection. Je ne parlais pas de Charlie. En fait, je pensais à mes roses. Jeudi soir. Il y a un mois. Je n'avais pas eu de nouvelles de Charlie. Il n'était pas passé à son hôtel, et je dois avouer que je me sentais un peu nerveux. En plus, je venais de passer une dure journée au ministère. On m'appelle Bourriquet, là-bas, comme dans *Winnie l'ourson,* parce que je vois tout en noir.

BAGLEY

Ils ne devraient pas...

FRAYNE (*qui s'emporte*)

Il y a tant de choses qu'ils ne devraient pas faire ! Ils ne devraient pas me laisser tout seul pour le thé ! Me dépouiller de mes dossiers secrets ! Ne pas me voir dans les couloirs, se détourner comme si j'étais trop sale pour qu'on me regarde... Ils ne devraient pas non plus me couper le téléphone. Si ? Me prendre mes crayons, me laisser tout seul à ma table à la cantine, alors que la salle est bondée !

BAGLEY

Vous les avez peut-être contrariés.

FRAYNE (*plus calmement*)

Comment ça ?

BAGLEY

Je ne sais pas, vous avez pu les décevoir, les agacer. Vous avez peut-être la langue un peu trop vive. Je cherche des motifs, je ne dis pas que je suis d'accord avec ces gens.

FRAYNE

Dix-huit ans que je trime dans cette boîte.

BAGLEY

Vous ne les auriez pas trahis, par hasard ? Vous comprenez... Ne serait-ce pas tout simplement votre conscience qui vous fait *croire* que toutes ces choses se produisent autour de vous ?

FRAYNE (*furieux*)

Je n'ai *rien* à me reprocher ! Et je n'ai *rien* d'un moraliste : ce ne sont pas les préjugés bourgeois qui m'empêchent de dormir !

Silence.

BAGLEY

Parlez-moi de vos roses.

FRAYNE

La seule chose qui me pèse sur la conscience, c'est d'avoir perdu dix-huit ans de bons et loyaux services pour une bande de gros bonnets qui font du népotisme et sont bons pour la casse.

BAGLEY

Vous avez peut-être un peu trop affiché le mépris que vous leur portez.

Silence.

FRAYNE

Vous m'avez fait perdre le fil.

BAGLEY

Les roses.

Silence.

FRAYNE

Je suis rentré à pied, ce soir-là. Il fallait que je passe quelque part pour voir s'il y aurait un signe de Charlie.

BAGLEY

Où cela ?

FRAYNE

J'étais inquiet pour lui. Je ne savais rien. Je suis rentré à Battersea, chez moi, au numéro onze. Il faisait beau, c'était l'été et, dans le noir, je n'ai pas reconnu la maison.

BAGLEY

Et pourquoi donc ?

FRAYNE

Parce qu'on l'avait repeinte. En vert tendre. De nouveaux rideaux, un nouveau portail, le grand jeu.

BAGLEY

Et c'était tellement inhabituel ?

FRAYNE

Vous ne connaissez pas Mrs. Partridge ! Cette bonne femme ne ferait pas plus repeindre la maison qu'elle ne m'achèterait une Rolls Royce. Cela fait six ans que je lui réclame un tapis d'escalier neuf. Je suis donc resté là... complètement abasourdi, et c'est alors que j'ai vu mes roses. Disparues. (*Silence.*) Ces roses étaient tout ce qui me retenait encore là-bas. C'était la seule raison qui m'empêchait de partir. Ces roses étaient la seule chose qui comptait pour moi, à part Charlie.

BAGLEY

Et Mrs. Partridge, non ?

FRAYNE

Je vois ce que vous voulez dire. Une fois, rien qu'une fois, j'ai commis une erreur fatale avec cette femme, une erreur que je regretterai toute ma vie : je l'ai autorisée à avoir des relations sexuelles avec moi. Depuis, elle s'est cru tout permis. Figurez-vous qu'elle détestait Charlie. Encore plus que moi, si c'est possible.

BAGLEY

Vous étiez donc planté devant la maison.

FRAYNE

J'étais comme fou. Je me suis mis à hurler : Partridge ! Partridge ! Pour toute la rue. Puis j'ai essayé la porte d'entrée, mais mes clés ne rentraient plus dans la serrure. Alors j'ai sonné, et je me suis retrouvé avec de la peinture plein les mains. Je peux vous dire que j'étais fou furieux. Les voisins qui commençaient à gueuler : « Ça suffit, Frayne ! » J'ai enfoncé la porte et je suis monté. Ma chambre avait disparu, elle aussi.

BAGLEY

Disparu ?

FRAYNE

Déménagée de l'autre côté du couloir. (*Après un long silence.*) Il ne manquait rien, remarquez. On n'avait rien volé. Le tourne-disque, les meubles, les tapis, les tableaux... Tout y était, et au bon endroit. Excepté une chose. Mes disques de russe.

BAGLEY

Disparus, eux aussi ?

FRAYNE

Non, étiquettes interverties. Arrachées, puis recollées en dépit du bon sens. Quand j'ai voulu mettre « Le thé dans un foyer russe », j'ai entendu « Les chants des bâtisseurs du barrage du Dniepr ».

BAGLEY

Que vous a dit Mrs. Partridge ?

FRAYNE

Elle avait disparu, elle aussi. Emmenée le matin même par ambulance, d'après les voisins.

BAGLEY

Mais vous ne lui avez pas parlé, depuis ?

FRAYNE

Ils l'ont perdue. Elle est d'abord allée à un endroit... puis ils l'ont transportée ailleurs, et ils ne se souviennent plus où.

BAGLEY

Avez-vous demandé à la police ?

FRAYNE

J'ai appelé le poste. J'ai même fait quatre déclarations séparées à quatre flics différents. Chaque fois que j'essayais de savoir ce qui se passait, je tombais sur un nouveau flic. Et ça n'a rien donné.

BAGLEY

Et, évidemment, vous n'aviez pas Charlie à qui vous adresser ?

FRAYNE

Je n'avais personne.

Dans le long silence qui suit, Bagley ouvre sa mallette.

BAGLEY

Tenez, mangez donc quelque chose. Vous devez mourir de faim.

Ils mangent avec un plaisir évident.

FRAYNE

Vous avez tout acheté pour deux.

BAGLEY

Tout à fait.

FRAYNE

C'est très aimable de votre part. Ce sont des sandwiches de la compagnie de trains, n'est-ce pas ?

BAGLEY

Je les ai achetés à la gare.

FRAYNE

C'est pour ça que vous avez failli être en retard. J'ai bien vu, vous savez.

BAGLEY

C'est comme ça que vous retrouviez Charlie ? Dans le train ?

La manipulation des Thermos, des sandwiches et des fruits les rapproche encore. L'atmosphère rappelle celle d'un festin dans un dortoir et se teinte d'une intimité croissante.

FRAYNE

Des fois. Ou encore du côté de chez vous, à Hampstead. Nous nous montrions discrets, bien sûr, ou cela aurait pu nous attirer des ennuis. Enfin, c'est ce qu'il disait. Fraterniser avec un sujet britannique. Ils ont vraiment le sens de la discipline, là-bas, on peut au moins leur reconnaître ça. Ça n'est pas comme en Angleterre.

BAGLEY

Où alliez-vous, à Hampstead ?

FRAYNE

Eh bien, surtout à Hampstead Heath. Ce n'était évidemment pas idéal, mais où trouver l'endroit idéal ? Le parc est beaucoup trop fréquenté, mais il y a de bien jolies maisons tout autour. J'imagine que vous suivez certaines des vieilles familles qui y habitent encore, non ?

BAGLEY

Oui, bien sûr.

FRAYNE

Je reprendrais volontiers un peu de café, s'il vous plaît. Vous avez de la fortune personnelle ?

BAGLEY

Oh ! vous savez, nous mettons tous un peu de côté.

FRAYNE

Je me demandais comment vous faisiez pour voyager en première.

BAGLEY

C'est ma mère qui y tient absolument. C'est seulement pour lui faire plaisir, en fait.

FRAYNE

Elle vit avec vous, n'est-ce pas ?

BAGLEY

Oui.

FRAYNE

Oh ! mon Dieu.

BAGLEY

Ce n'est pas aussi terrible que ça, elle est pleine d'entrain.

FRAYNE

J'ai pourtant l'impression que la vieillesse est un des grands problèmes de notre temps. Les vieux ont besoin qu'on s'occupe d'eux. Tôt ou tard, nous devrons tous en passer par là. Impossible d'y échapper.

BAGLEY

Non, en effet.

FRAYNE

Qu'est-ce que vous trouvez à faire, là-bas ? Des soirées musicales, saquebute, dulcimer et luth ? J'imagine que l'Église d'Angleterre n'a pas changé : du sur-mesure pour les classes supérieures. Corrompue et inefficace, mais plutôt agréable tant qu'on en fait partie. Vous êtes marié ?

BAGLEY

Non.

FRAYNE

Vous sortez ?

BAGLEY

Non plus.

FRAYNE

Vous êtes vierge ?

Bagley remplit en silence la tasse de Frayne.

BAGLEY

Ne pensez-vous pas que, si c'était le cas, cela ferait simplement de moi un interlocuteur encore plus accessible ?

Frayne contemple ses mains.

FRAYNE (*enfin*)

Non, non, non et non. Je ne peux pas vous parler. Il y a un véritable gouffre entre nous : l'âge, l'expérience, la classe, tout. Non, vraiment non.

BAGLEY

Ce genre de différence peut au contraire faciliter la confession.

FRAYNE

Laissez tomber, Paul, s'il vous plaît.

BAGLEY

Comme vous voudrez.

FRAYNE

Non, je suis vraiment très content de m'être débarrassé de la religion. Je ne pouvais plus supporter toute cette cruauté. On cherche toujours à vous faire croire que vous n'êtes qu'un arbre sec. Que vous ne donnerez jamais de fruits. Mon père insistait beaucoup là-dessus, même si c'était un incroyable charlatan. (*Il se tourne vers la vitre et regarde le paysage.*) « Joins-moi ces petites mains, fils. Fais ta prière. » Évidemment, on ne peut pas s'empêcher d'y penser. Surtout dans le train. Toutes ces collines, désertes. Et puis ce bouc, là, hein ? un bouc émissaire. Qui porte toutes leurs injustices jusqu'en terre inhabitée. C'est moi.

BAGLEY

Quelles injustices, Alfred ?

Frayne sombre dans ses pensées. Bagley attend patiemment.

FRAYNE

Charlie m'a donné la liberté.

BAGLEY

C'est un bien grand mot.

FRAYNE

Il m'a libéré de l'hypocrisie. Il m'a sorti de moi-même, délivré. Mais si je devais vous raconter, vous dire...

BAGLEY

Oui ?

FRAYNE

Enfin, cela reviendrait à tout ficher en l'air, vous ne croyez pas ? On ne peut quand même pas se balader dans la vie les mains dans les poches, pour devenir complètement dévot l'instant d'après. Il faut rester cohérent.

BAGLEY

Il faut que vous fassiez ce que vous jugez bon de faire.

FRAYNE

La vie est un cadeau, pas un fardeau. Voilà ce que je pense.

BAGLEY

Un don de Dieu.

FRAYNE

Non, réellement, non, je ne crois pas. Vous oubliez que je suis mathématicien. Les origines de la vie demeurent absolument hasardeuses, c'est démontré. Cela a à voir avec la coagulation des espèces élémentaires. C'est comme en arithmétique. (*Silence.*) Et puis, sans lui, je n'aurais jamais pu avoir mes diplômes. Je lui dois aussi ça.

BAGLEY

Quels diplômes ?

FRAYNE

Pas ici. Université d'État de Moscou. Ils n'avaient jamais été accordés à un ressortissant étranger. C'est Charlie qui a tout fait.

BAGLEY

C'est merveilleux. Je ne m'en doutais vraiment pas.

FRAYNE

Évidemment. Je n'avais le droit d'en parler à personne. Il fallait que je protège Charlie. Je ne pouvais donc pas le crier sur les toits, non ?

BAGLEY

Non, bien sûr.

FRAYNE

C'est que je l'aimais vraiment. Je ne mens pas. Il était tout mon univers. Et je ne vais sûrement pas le trahir maintenant, ni pour vous ni pour qui que ce soit.

BAGLEY

Pas question, jamais ! Ne devenez jamais un Judas. Mais au fait, Charlie vous payait-il ?

Frayne semble ne pas entendre.

FRAYNE

D'accord, dites-moi donc ça. Qu'est-ce qui vaut mieux : avoir mal fait ou n'avoir rien fait ? Beaucoup de gens, la plupart en fait, pour se cacher derrière se servent de la morale. Comme d'une excuse. Eh bien, moi, pas. Plus maintenant. Le problème, c'est que vous ne prenez pas cela au sérieux.

BAGLEY

Oh ! mais si, au contraire. Je prends cela très au sérieux.

FRAYNE

Tout bien réfléchi, je ne pense pas que ce soit si important que ça, en réalité. *Je vis ma vie,* comme disent les Français. Je vis l'heure présente, moi, comme Charlie. C'est tout ce qu'il y a à en dire.

BAGLEY

Quel dommage qu'il ne soit pas ici pour développer un peu cette idée.

FRAYNE

Cela ne risque pas. Je l'ai tué.

BAGLEY (*enfin*)

Vous voulez vous agenouiller, Frayne ?

FRAYNE

Cela ne vous ferait rien d'être un peu moins direct ? (*Silence.*) Qu'est-ce que vous pouvez être jeune, encore ! La vérité ne correspond pas toujours à des faits ! Il n'est pas question de gros titres sanglants dans le *Daily Express* ! Il s'agit de doute. De crainte. La vérité, c'est comme un papillon qu'on tiendrait enfermé dans ses mains. On serre trop fort, et il meurt. (*Il se carre dans son fauteuil et regarde ses mains. Il a les paumes pressées l'une contre l'autre pour écraser le papillon.*) C'est comme la foi. La loyauté, si vous préférez. Je vais vous dire ce que je pense de la foi, en toute franchise. Je n'en fais pas mystère. Je crois que la seule personne dont on puisse réellement trahir la confiance, c'est soi-même. Je veux dire que toutes ces doctrines portant sur une prétendue objectivité ne riment à rien, vous ne trouvez pas ? Elles sont nulles. Complètement. Cela a toujours été le cas, n'est-ce pas ? Enfin, c'est mon opinion. Je ne dois rien à personne, si ? Je n'ai jamais rien demandé. Alors, je ne comprends pas de quoi il s'agit.

BAGLEY

C'est pour cela que vous avez tué Charlie ? Parce qu'il avait trahi votre confiance ?

FRAYNE

Je vous ai déjà dit de ne pas poser de questions !

BAGLEY

Comment l'avez-vous tué ?

FRAYNE

Je ne méritais pas son amitié. Je l'ai dénoncé.

BAGLEY

A qui ?

FRAYNE

Mais ça suffit ! Dieu est anglais, n'est-ce pas ? Anglais jusqu'au bout des ongles ? C'est un bon gentleman de la province anglaise qui a fait ses études à Eton et vient d'une vieille famille de la Haute Église. Il est bien comme ça, Dieu, non ? Et c'est pour cette raison que nous voyageons tous les deux en première ! Pour être plus près de Dieu pendant que les malheureux des secondes ont chaud à crever, avec les gamins qui braillent et les bonnes femmes qui s'évanouissent...

BAGLEY

C'est absolument faux ! C'est votre conscience qui vous joue des tours. Le train est à moitié vide.

FRAYNE

Mais pour qui vous prenez-vous ? Pour une sorte de psychiatre ou quoi ? Je n'ai pas la foi. Je vous l'ai déjà dit : je ne crois pas !

BAGLEY (*très sec*)

Eh bien, trouvez votre salut tout seul !

Ils ne se parlent pas pendant un moment. Frayne dessine sur la vitre avec son doigt. Bagley croise les doigts et ferme les yeux.

FRAYNE

Ça fait longtemps que vous faites ça ?

BAGLEY (*glacial*)

Quoi ?

FRAYNE

(*Conciliant : il a horreur des tensions quand elles ne sont pas de son fait.*)

Prêcher, tout ça...

BAGLEY (*toujours froidement*)

Il y a un an que j'ai été ordonné.

FRAYNE

L'ascension a été rapide, non ? Directement une grande paroisse ! Que faisiez-vous auparavant ?

BAGLEY

Oh ! j'ai tâté de plusieurs choses, mais ça n'a jamais rien donné. La pub. Les affaires. Je me suis occupé d'une boutique de jouets. Et puis, j'ai trouvé ma voie.

FRAYNE

Autant de perdu pour le monde des affaires, autant de gagné pour le bon Dieu.

Je voudrais bien que nous soyons amis à nouveau. Comme au début.

BAGLEY

(*se radoucissant un peu*)

Mais nous le sommes. Nous ne cessons pas de l'être.

FRAYNE

Nous ne cessons pas de l'être. « Maintenant et à jamais », c'est cela ?

BAGLEY

C'est cela.

Pause.

FRAYNE

Eh bien, je suppose que vous voudriez que je poursuive ma confession, non ?

BAGLEY

Si vous en avez envie.

FRAYNE

Au point où j'en suis, il faut battre le fer pendant qu'il est chaud...

BAGLEY

C'est bien vrai.

FRAYNE
(*qui réfléchit un instant*)

Vous connaissez ce poème d'Oscar Wilde, le poète, où un homme entreprend de détruire ce qu'il aime ? Eh bien, c'est exactement ce que j'ai fait. Vous comprenez ce que je veux dire ? Ça a l'air grave, c'est grave. Vous ne pensez pas ?

BAGLEY

Je n'en sais rien. Je ne sais même pas si je dois vous croire.

FRAYNE

Vous ne seriez pas un parent à lui, par hasard ?

BAGLEY

Je devrais ?

FRAYNE

Vous avez la même façon que lui d'écouter, c'est tout. Un peu comme si vous attendiez quelque chose.

Silence. Apercevant sa tasse à café, Frayne se met soudain à sourire, emporté par un souvenir joyeux et vivace.

FRAYNE

Vous savez, quand Charlie servait de la vodka, il faisait un truc extraordinaire que seul un Tatare pouvait se permettre. J'entends par là que la vodka n'est pas bon marché, n'est-ce pas ? Même au tarif diplomatique. Je le revois mettre les deux verres bord à bord sur ma table. (*Il s'empare de la tasse de Bagley et la pose contre la sienne.*) C'était la première fois que je le voyais, remarquez ; il venait de faire irruption dans ma chambre et avait ouvert son espèce de valise qui contenait la vodka et les verres. Et puis il a retourné complètement la bouteille... comme ça... d'un seul coup. Rempli le premier verre, et rempli le second. Il y avait de la vodka plein la table. Une vraie catastrophe. Mrs. Partridge en a eu une attaque. Il a fallu revernir, repolir ; enfin, le grand jeu. Bien sûr, en réalité, c'était juste qu'elle ne pouvait pas supporter l'idée que quelqu'un d'autre puisse être intime avec moi. Je sais, c'est plus ou moins biologique avec les femmes. Comme elles sont coincées à la maison, elles n'ont pas la moindre souplesse de caractère. Tout ce qu'elle a vu, c'est qu'une force de la nature, un étranger, rentrait chez elle sans lui demander la permission, et lui prenait son bonhomme pour lui tourner complètement la tête. (*Sourires.*) Il fumait une sorte de clopes verts... On aurait dit qu'il les avait fait sécher au soleil... Il m'arrive encore de sentir leur odeur. J'en avais les yeux qui pleuraient, des fois, dans des espaces confinés.

Mais, le plus extraordinaire, c'est qu'il me connaissait. Tout mon profil psychologique, mes états d'âme, mes désirs, mes blocages... Il me manipulait... C'est de sa technique que je parle. Croyez-moi, Bagley, sa technique dépassait de loin la vôtre ! (*Le train ralentit. Le sifflet retentit.*) Qu'est-ce que c'est ?

BAGLEY

Un signal, sans doute.

FRAYNE

Pour qui ?

BAGLEY

Un signal sur la voie. Il va probablement y avoir un petit arrêt. Vous disiez à quel point il vous connaissait bien...

FRAYNE

Il connaissait mes pensées avant même que je les conçoive. Vraiment. Comme avec vous, j'ai l'impression. C'est comme si on se mariait, non, quand on doit travailler pour Charlie ?

BAGLEY

Je ne peux pas le savoir.

FRAYNE

Si, si, je vous assure. Cela revient à entamer une nouvelle vie. Très peu de gens s'en rendent compte. Quand Charlie m'a donné ce petit appareil photo, pour moi, c'était une sorte d'anneau de mariage sans le sacrement, ou un peu comme une amulette. Il m'arrivait de me tâter la poche en pleine rue ou au bureau, vous savez. « Tu es bien là, mon petit ? Voilà qui est parfait ! » Vous comprenez ce que je veux dire ? Comme une fille qui caresse son alliance. C'est une vraie petite merveille, ce truc-là. Entièrement fabriqué à Moscou. Complètement miniaturisé.

BAGLEY

Je pourrais le voir ?

FRAYNE (*poussé par le soupçon*)

Non, c'est impossible. D'ailleurs, je ne dois même pas l'avoir sur moi. Je ne voyage jamais avec un appareil, ça, non ! C'est trop risqué.

BAGLEY

Pourquoi l'avez-vous tué, si vous l'aimiez tant que ça ?

Frayne secoue la tête, puis se dirige avec empressement vers la fenêtre sur laquelle il se remet à dessiner. Bagley passe rapidement à une autre question :

BAGLEY

Comment avez-vous fait la connaissance de Charlie ? Comment s'est-il présenté, la première fois ? Je commence déjà à le trouver sympathique, en fait.

FRAYNE

Eh bien, on avait proposé ces fameux cours sur Radio Moscou, vous savez bien...

BAGLEY

Je ne pense pas voir du tout de quoi il est question.

FRAYNE

Voilà, c'était un soir alors que j'écoutais le journal de Radio Moscou, histoire de voir un peu l'autre côté des choses. Personne n'écoute jamais ça, si ? En tout cas, pas au ministère ; on leur a tous fait subir un lavage de cerveau.

Je me disais que j'allais faire la bande des ondes courtes jusqu'à ce que je tombe sur de la musique française lascive, et puis que je regarderais des photos pour me payer une petite partie de plaisir solitaire, quand, soudain, j'ai entendu cette fille. Elle était presque maternelle tellement elle était serviable, vous voyez... Elle proposait des cours de russe gratuits. Il suffisait de s'inscrire.

BAGLEY

Vous avez donc écrit tout de suite ?

FRAYNE

Oui, et ils m'ont renvoyé un formulaire.

BAGLEY

Que vous avez rempli ?

FRAYNE

Ça n'a rien donné sur le moment. Alors, j'ai un peu oublié tout ça.

BAGLEY

Mais vous leur avez dit en quoi consistait votre travail, dans ce formulaire, n'est-ce pas ? Vous leur avez parlé de vos visites au centre de Glengerry ? Je suppose que vous ne pouviez pas faire autrement, vu la façon dont la question était formulée, c'est cela ?

Le train s'immobilise.

FRAYNE

Qu'est-ce qui se passe, bon sang ?

BAGLEY

Nous sommes arrêtés, c'est tout.

FRAYNE

Je sais bien que nous sommes arrêtés, mais je n'aime pas ça ! Je veux savoir pourquoi le train s'est arrêté ! Nous discutons de choses graves ici, mais comment voulez-vous que je parle si nous n'avançons plus ?

BAGLEY (*très doucement*)

Tout va bien, Frayne, nous allons repartir dans un instant.

FRAYNE

C'est la première fois que le train s'arrête ici.

BAGLEY

Nous prenons de l'eau.

FRAYNE

Ça ne me plaît pas, faites quelque chose ! Je ne sais pas, moi, dites une prière ! (*Silence.*) On croirait qu'avec tout ce qui se passe, ils pourraient faire un petit effort, non ? Charlie aurait fait ce qu'il fallait, je peux vous l'assurer ! Il avait une influence incroyable. Mais faites quelque chose, vous voyez bien que j'ai besoin d'aide ! (*Silence.*) Mon petit Charlie, où es-tu donc, maintenant que nous avons besoin de toi ?

BAGLEY (*d'une voix pressante*)

Il est passé vous voir. Il a mentionné le formulaire que vous aviez rempli. Qui vous a-t-il dit qu'il était ?

FRAYNE

Je ne pense pas que nous soyons sur la bonne voie.

BAGLEY

Frayne ! Écoutez-moi : il est entré... il a apporté des choses avec lui, des livres, des disques, de la vodka. Il vous a proposé des cours gratuits et a admiré vos roses. Il vous a traité comme un roi. Dîners, opéra... vous alliez vous promener ensemble. Allez ! Qu'a-t-il fait, ensuite ? Dites-le moi ! Expliquez-moi comment il vous a recruté !

Frayne le dévisage, alerté par l'insistance soudaine de Bagley.

FRAYNE

Qui êtes-vous ?

BAGLEY

Rien qu'un jeune prêtre. Un prêtre anglais. Comme votre père.

Frayne continue de l'examiner. Le train s'ébranle.

BAGLEY

Frayne.

FRAYNE

Mmm...

BAGLEY

Cela vous paraîtrait-il vraisemblable que vous n'ayez pas tué Charlie ? Il pourrait s'agir d'un rêve. (*Silence.*) Qui dissimulerait quelque chose de bien différent. (*Silence.*) Quelque chose que vous n'oseriez pas admettre.

FRAYNE

Ça suffit !

BAGLEY

Il a peut-être filé avec Mrs. Partridge.

FRAYNE

Elle ne pouvait pas le voir, je vous l'ai déjà dit.

BAGLEY

On dit que, dans ces cas-là, l'amour a déjà fait la moitié du chemin. La séduction n'est faite que de tension.

FRAYNE

Oui, si on veut.

BAGLEY

Vous ne l'avez quand même pas tué de vos propres mains ?

FRAYNE

C'est avec mon étourderie que je l'ai tué. J'ai commis une erreur qui a abouti à le faire disparaître.

BAGLEY

Quelle erreur ? Qu'avez-vous fait ?

FRAYNE

C'est justement ce qui m'ennuie. Je ne cesse de revoir ma vie depuis la période où je l'ai connu en me demandant quand j'ai bien pu faire un faux pas. Aurais-je laissé échapper une parole inconsidérée ? Aurais-je oublié d'observer un rituel ? Aurais-je attiré l'attention sur lui en me conduisant bizarrement ? J'essaie de me persuader que je suis coupable, vous comprenez, mais je n'y arrive pas.

BAGLEY

Peut-être qu'il vous a simplement plaqué, et que vous ne voulez pas le reconnaître ? Peut-être que c'est lui qui vous a tué ?

Visiblement saisi, Frayne se lève et fait quelques pas dans le compartiment. Il examine le miroir, la carte géographique et différents accessoires avant de se planter devant la fenêtre en regardant dehors.

FRAYNE

Celui qui m'a pris mes roses m'a pris mon chat aussi. Je ne crois pas vous avoir parlé de mon chat. C'est affreux comme on oublie vite ce qu'on a aimé. Seulement, je n'ai plus confiance en vous du tout. Je vais vous raconter un truc incroyable que j'ai lu récemment à propos de la nature. Les mouettes ne procréent que lorsqu'elles font partie d'une colonie. Elles ont besoin de cette protection-là, vous comprenez. Du nombre. Sinon, elles ne se sentent pas bien. Eh bien, moi, je ne me sens pas à l'aise avec vous, là, tout de suite. Je veux dire, pourquoi s'intéresser justement à moi ? Je ne suis pas si beau que ça. Alors, pourquoi *moi ?* Hein ? (*D'un mouvement brusque et désordonné, il esquisse un point d'interrogation qu'il souligne d'un point rageur.*) Répondre à la question en trois phrases courtes. (*Il s'assoit.*) Autant vous le dire maintenant, Bagley, je vous faisais marcher. J'ai tout inventé pour vous entraîner à votre nouveau métier de confesseur. Désolé, je suis peut-être allé un peu loin. (*Silence.*) C'est mon côté pitre. Je ne peux pas y résister. Je faisais du théâtre amateur, autrefois. On me trouvait extrêmement bon acteur pour mon âge. Il y avait un groupe au ministère, un groupe de théâtre, jusqu'à ce que je sois vidé.

Arborant un large sourire, Bagley se retourne vers sa mallette noire.

BAGLEY

Chocolat ?

FRAYNE

Oui, merci.

BAGLEY

Vous voulez donc que j'oublie tout ce que vous avez dit ?

FRAYNE

Faites comme vous voulez. Ce n'était qu'un petit exercice. Un exercice à votre intention. C'était pour vous, pas pour moi.

BAGLEY

Votre secret est enfermé dans ma mémoire. Vous seul en avez la clé.

FRAYNE

Comprenez-moi bien. Je viens de vous le dire, j'ai tout inventé, tout. C'était bidon. C'était une forme d'entraînement pour la fois où vous tomberez sur un vrai coup. Tirez-en un enseignement et des conclusions. (*Tout en mangeant du chocolat.*) En tout cas, je vous ai eu, hein ?

BAGLEY

Oui, sans doute.

FRAYNE

Je vous ai vraiment fait marcher.

BAGLEY

Mmm...

FRAYNE

Je pourrais aussi vous expliquer qu'il y a une différence considérable entre frayer avec un diplomate soviétique dans le cadre de relations sociales parfaitement naturelles, et le fait de lui transmettre des secrets d'État susceptibles de mettre la nation en danger. Distinction que vous semblez avoir négligée.

BAGLEY

En effet, cela m'avait échappé.

FRAYNE

Vous voyez, j'ai effectué pas mal de missions diplomatiques secrètes. Surtout côté russe. C'est pour cela que je n'ai pas eu trop de mal à vous tromper.

BAGLEY

Je vois.

FRAYNE

En fait, je ne suis pas du tout pratiquant, et je préfère vous en avertir dès maintenant. C'est ce que je fais toujours avec les prêtres. Cela me paraît plus correct.

BAGLEY

Dieu a créé à son image de bien des manières.

FRAYNE

Je vois que vous êtes libéral. Vous êtes du courant « Dieu est-il mort ? » ?

BAGLEY

Enfin... pas exactement, non.

FRAYNE

Je ne peux pas dire que je sois vraiment pour tous ces tripatouillages des valeurs religieuses, non. Simplement parce que vos ouailles se font de plus en plus rares. C'est le reproche que j'ai toujours fait à vos collègues de l'Église anglicane... d'être de vraies girouettes soumises à tous les vents. Si je devais vous donner un conseil dans le monde d'aujourd'hui, ce serait de ne pas céder un pouce de terrain. Ne vous dispersez pas.

BAGLEY

Je ne vous aurais jamais cru aussi orthodoxe.

FRAYNE

Je suis conservateur jusqu'au bout des ongles, je l'avoue. Surtout, gardez bien cela à l'esprit si vous voulez vous faire une opinion de moi.

BAGLEY

Je n'y manquerai pas.

FRAYNE

C'est pareil au ministère. La « secrétairite aiguë des bureaux », voilà comment j'appelle ça. C'est plein de petites jeunes, dix-huit-vingt ans, qui arrivent tout juste, et qui se mettent aussitôt à aguicher et à provoquer tout le monde avec leurs minijupes et leurs pulls moulants. Elles se tortillent tellement que c'en est dégoûtant. (*Il entre dans son univers intérieur.*) Je me rappelle surtout une fille qui s'appelait Elsie. Elle n'arrêtait pas de m'exciter, de me provoquer. Les autres l'encourageaient, je le sais, maintenant. « Vas-y, Elsie, laisse-le se rincer l'œil ! Mets-lui en plein la vue... » « Elle est gentille avec toi, hein, Bourriquet, et elle aimerait bien s'envoyer en l'air avec toi, tu sais, elle en meurt d'envie ! » Mais qu'est-ce que je leur ai fait ? Est-ce que j'ai jamais rien fait à qui que ce soit ? (*Acceptant encore un peu de café du Thermos, il revient à la réalité.*) Je crois donc que ce petit jeu de la confession est terminé. Vous ne cesseriez de vous demander ce qui est vrai et ce qui est inventé. Vous prendriez au sérieux des choses qui pourraient affecter ma carrière professionnelle. (*Il rend le gobelet et règle le plafonnier au plus bas.*) En tout cas, je suis content qu'ils vous aient envoyé, vous.

BAGLEY

Je suis bien content aussi.

FRAYNE

J'ai été très heureux de faire votre connaissance. Bonsoir !

Sans avertissement, Frayne s'étend sur la banquette. Les pans de son grand manteau gris dissimulent presque entièrement son visage ; Frayne les remonte encore plus haut.

FRAYNE

Vous ne passez jamais du côté de Glengerry, si ?

BAGLEY

Non.

FRAYNE

Eh bien, si cela vous arrive un jour, il y a un bistro juste à côté de la porte, l'Ivory Tower. Si jamais vous êtes dans le coin, mercredi vers 11 heures, passez donc nous faire un petit bonjour. Mon nom est Frayne. Tout le monde me connaît. Je passe pour être un sacré blagueur, dans mon genre. Je vous l'ai dit. Un farceur.

BAGLEY (*qui l'étudie*)

Vous n'avez vraiment rien d'autre à me dire ?

FRAYNE

Désolé, mon garçon, c'était un jeu, rien de plus. On faisait semblant, vous comprenez. Je suis un peu excentrique, vous savez. Laissez tomber.

BAGLEY

Que pensait Charlie de tout ça ?

FRAYNE

Charlie ? Charlie qui ?

Silence. Bagley semble agressif pour la première fois.

BAGLEY

Vous ne cherchez pas vraiment à me connaître, si ? Vous avez peur des relations trop solides. Tout comme vous avez peur de la vérité.

FRAYNE

Bagley ?

BAGLEY

Oui.

FRAYNE

Je ne veux plus parler, maintenant, Bagley.

BAGLEY

Alors, écoutez.

FRAYNE

Désolé, il n'y a plus personne. C'est un don chez moi, je m'endors comme une masse. Ça se retrouve chez pas mal de gens. Churchill, Wingate pour n'en citer que deux. Bonne nuit. Je vous aime bien, mais je n'ai aucune confiance en vous, vous comprenez ?

BAGLEY

Frayne. (*Pas de réponse.*) Frayne, si on reste dans le contexte de cette confession d'entraînement, accepteriez-vous de répondre à quelques questions ? (*Pas de réponse.*) Pour m'aider à mieux guérir les véritables pécheurs.

FRAYNE

Je ne vous écoute pas.

BAGLEY

Je devine que vous avez dû être très proche de votre père, et que vous avez été contraint de mettre fin à cette relation. Cela ne vous aurait-il pas inspiré un sentiment de culpabilité, par hasard ? (*Silence.*) Seriez-vous à même de déterminer si cette sorte de dépendance précoce vous a rendu éternellement dépendant des autres ? (*Silence.*) Encore une question : du fait de votre éducation anticonformiste, considérez-vous la confession comme un plaisir pervers pour le confesseur, ou pour le confessé ?

FRAYNE

Je voudrais vraiment dormir, maintenant. Et j'ai déjà bien assez de choses à penser comme ça, merci !

BAGLEY (*élevant la voix*)

Je voudrais en savoir un peu plus sur votre conception de la loyauté. Êtes-vous un puriste ou un particulariste ? Servez-vous la cause de l'espionnage pour lui-même — pour le sentiment de supériorité qu'il procure, pour faire partie de l'intérieur, avoir un petit revenu non imposable, un cercle d'amis tout prêt, régler de vieux comptes —, ou bien liez-vous votre activité à des personnalités particulières ? (*Silence.*) Je vais vous poser la question autrement : la condition du secret est-elle en soi rassurante ? J'entends par là — vous ne m'en voudrez pas si je suis indiscret ? — que vous avez mené deux existences distinctes, chacune étant d'une certaine façon secrète. La première vous arme-t-elle pour la seconde ? Si vous ne vous étiez pas engagé au départ à travailler pour un secteur secret du gouvernement, pensez-vous que vous vous seriez aussi facilement mis à l'espionnage ?

Ma question suivante découle tout naturellement de la précédente : quel effet cela vous ferait-il si vos travaux d'espionnage se faisaient au grand jour, et que votre travail pour le ministère de la Défense était totalement souterrain ? Vous voyez où je veux en venir ? (*Silence.*) Mais nous avons déjà plusieurs cas de ce genre à Hampstead. Cela m'aiderait énormément que vous répondiez à mes questions, Frayne ! (*Il le secoue.*) Ça ne sert à rien de se réfugier dans le sommeil, vous savez ! Il faudra bien se réveiller un jour ! (*Le secouant plus violemment.*) Nous sommes tous au courant de ce que vous avez fait, Frayne. Vous feriez bien mieux de tout avouer une fois pour toutes !

Cela ne sert à rien. Frayne feint de dormir profondément. Bagley se lève et contemple longuement la silhouette emmitouflée, allongée devant lui. Il sort enfin le passe de sa poche et le dépose silencieusement à l'endroit où il était assis avant de se glisser dans le couloir. Dès qu'il est seul, Frayne se redresse vivement, jette un coup d'œil furtif autour de lui et ouvre la mallette de Bagley afin d'en étudier le contenu. Il remarque alors le passe sur le siège, le ramasse et l'examine, le tournant et le retournant dans sa main. Puis il entend Bagley revenir et le fourre dans sa poche avant de se recoucher. Bagley entre, jette un coup d'œil sur Frayne, note la disparition de la clé et s'assoit en bâillant. Frayne s'étire.

FRAYNE (*enfin*)

Dites-moi, Bagley, quelle est votre paroisse déjà ?

BAGLEY

All Saints, à Hampstead. Vous devriez passer me voir, un jour.

FRAYNE

All Saints, ah oui ! Laissez-moi me souvenir... Je crois bien que mon père m'y a emmené, un jour, il avait un penchant fatal pour l'Église établie. Quatre piliers corinthiens abattus pour former une crédence.

BAGLEY

Seigneur, quelle mémoire !

FRAYNE

Le toit de la nef est composé d'arcs-doubleaux crénelés qui s'appuient sur des murailles renforcées. De belles découpures...

BAGLEY

C'est proprement incroyable ! Vous en savez beaucoup plus que moi sur le sujet.

FRAYNE

Je me souviens aussi vaguement qu'on a retrouvé le bout d'un autel dans l'office du presbytère, il y a trois ans.

BAGLEY

Vous êtes vraiment bien informé.

FRAYNE

Oui. En effet. Surtout que j'ai tout inventé. Tout sort de ma petite tête. Tiré de ma formidable mémoire qui a emmagasiné des phrases incompréhensibles d'un article récent du *Times.* (*Silence.*) Le contrôleur ne vous a jamais envoyé ici, n'est-ce pas ?

BAGLEY

Mais si, bien sûr.

FRAYNE

Citez-moi les dix commandements.

BAGLEY

Je vous demande pardon ?

FRAYNE

Citez-les !

BAGLEY

Tu honoreras ton père et ta mère, tu ne porteras pas de faux témoignage...

FRAYNE

Dans l'ordre, s'il vous plaît.

BAGLEY (*hésitant*)

Tu aimeras ton prochain comme toi-même, tu ne convoiteras point le bœuf de ton prochain, tu ne commettras point l'adultère...

FRAYNE

Qui était Caïphe ?

BAGLEY

Le grand prêtre qui...

FRAYNE

Qui quoi ?

BAGLEY

Qui... a fermé les yeux sur le martyre de saint Jean-Baptiste...

FRAYNE

Faux ! Celui du Christ. C'est Caïphe qui a livré le Christ à Ponce Pilate !

BAGLEY

Si vous m'aviez laissé terminer, j'aurais pu ajouter le nom de notre Sauveur.

FRAYNE

Trois petits prêtres sortant du Paradis,
La bouche pleine jusqu'à demain midi.
Clarinette, clarinette,
Mes sabots font des lunettes.
Pêche, pomme, poire, abricot,
Y en a un de trop.

Frayne sort le passe de sa poche et l'examine avec ostentation. Inquiet, Bagley réagit et tâte ses propres poches.

FRAYNE

Très aimable de la part du Seigneur et, dirais-je, de la part des Chemins de fer britanniques de vous donner comme ça un petit coup de pouce. Je voudrais voir votre billet, s'il vous plaît.

BAGLEY

Certainement pas !

Frayne vient de sortir un revolver de sa poche intérieure.

FRAYNE

En tant que doyen de l'assemblée ci-présente, en tant que fonctionnaire britannique au service du bureau exécutif du ministère de l'Intérieur, je viens de me nommer représentant de droit des Chemins de fer britanniques. Allez, aboulez ! Et le portefeuille avec.

Bagley lui tend son billet, puis son portefeuille. Frayne s'empare d'abord du billet et en étudie le verso.

FRAYNE

« Délivré sur autorisation du ministère de la Guerre numéro 5077998 ACR ». Pourquoi ? (*Silence.*) Qu'est-ce qu'ils mijotent, au ministère de la Guerre, pour vous payer votre petit voyage minable ? Allons, mon chou, on répond !

BAGLEY

Je... J'ai été invité à prêcher pour les Coldstream Guards... On m'a envoyé cette autorisation pour mes frais de déplacement.

FRAYNE

Je vois. Alors, finalement, on ne va plus à Hampstead ? On a changé d'avis en route ? Vous êtes du genre capricieux, Bagley. Je ne sais pas, mais ils vont être désespérés, à All Saints, de ne pas vous voir. Surtout la maman, qui vous a payé votre billet, rappelez-vous.

Frayne passe en revue le contenu du portefeuille.

FRAYNE

(*Il vient de trouver la photo d'une femme nue dans une pose résolument provocante.*)

Une ouaille de la paroisse, sans doute ? Est-elle vierge ? Et on en profite pour lui donner quelques cours d'instruction libérale pendant qu'on y est ?

De sa main libre, Frayne entreprend de fouiller les pochettes intérieures du portefeuille. Il en extirpe un carton vert qu'il lit :

FRAYNE

« Je certifie par la présente que Paul Pearson Bagley est chargé d'une mission officielle importante de nature secrète... » Pourquoi Pearson ?

BAGLEY

C'était le nom de jeune fille de ma mère.

FRAYNE

« ... On est instamment prié de lui accorder toute l'aide possible dans l'accomplissement de son devoir. Signé J.R. Magee, sous-secrétaire d'État adjoint auprès du ministère de la Guerre. » Regardez à gauche !

Bagley présente son profil droit.

FRAYNE

A droite.

Bagley présente son profil gauche.

FRAYNE

Enlevez-le.

Bagley retire son col, découvrant une chemise à carreaux et une vieille cravate d'Eton.

FRAYNE

Les lunettes.

Bagley ôte ses verres et avec eux son dernier vestige d'allure cléricale. Frayne se penche en avant et tire un revolver de service de la ceinture de Bagley avant d'en vérifier le chargeur.

FRAYNE

Vide.

BAGLEY

C'est la vieille arme de service de mon père. Nous ne sommes pas censés en porter, mais...

FRAYNE

Mais quoi ?

BAGLEY (*atterré*)

Ça me donne un peu confiance...

FRAYNE

Je vous prierai de décrire votre mission exacte, Bagley !

BAGLEY

MI-5. Agissant en pays ami.

FRAYNE

Je vous ai demandé votre mission !

BAGLEY

Mais ma mission, c'est *vous* ! Et vous le savez très bien.

FRAYNE

N'essayez pas de jouer au plus malin avec moi, fiston, j'en ai déjà soupé de vous !

BAGLEY

Frayne, Alfred, George, né à Battersea en 1910, parents d'extraction modeste... (*Silence, Bagley s'empourpre, hésite.*)

FRAYNE

Cela ne me fait strictement rien. Je me contente d'écouter.

BAGLEY

Études au collège technique de Battersea, en sciences et mathématiques jusqu'au bac, licence, ministère de la Défense, spécialiste de programmation informatique et de recherche statistique. Dossier absolument vierge en 1959, probité confirmée en 1965. Recruté par les Services de Renseignements soviétiques en 1966. Voilà... Ce n'est pas très complet, mais c'est comme tout dans ce métier.

FRAYNE

Et après avoir laissé délirer votre imagination, qu'étiez-vous censé faire de lui ?

BAGLEY

Engager la conversation. Tirer quelques conclusions sur son état d'esprit et son comportement général.

FRAYNE

Et puis ?

BAGLEY

Lui soutirer sa confession sous un déguisement de prêtre.

Frayne le contemple d'un regard incrédule.

BAGLEY

Le faux col était là pour vous encourager. (*Silence.*) Ils disaient que vous étiez très ébranlé et prêt à craquer. C'était surtout une question de pure routine : gagner votre confiance et prendre vos déclarations.

FRAYNE
(*désignant la carte du MI-5 de Bagley*)

C'est de J.R. Magee, c'est bien cela ? Sous-secrétaire d'État adjoint ?

BAGLEY

Aux opérations. C'est le secteur de Magee.

Silence.

FRAYNE

Je suppose qu'il est d'Eton aussi, oui ?

BAGLEY

Je ne vois vraiment pas ce que ça vient faire là-dedans.

Frayne fait demi-tour, puis se met à arpenter lentement le compartiment, perdu dans ses pensées.

FRAYNE

Tirez le signal d'alarme !

Bagley n'esquisse pas un geste.

FRAYNE

Je vous ai dit de tirer le signal. Allez-y, j'ai le dos tourné, tirez-le ! Vous êtes du MI-5, non, et vous agissez en pays allié, alors, vous allez me le tirer, ce foutu signal ! Arrêtez ce train. Demandez de l'aide. Je ne vous demande pas de marcher sur l'eau, mais de tirer le signal. (*Il s'avance vers la poignée.*) Alors, c'est moi qui vais le faire !

BAGLEY

Non !

FRAYNE

Pourquoi non ?

BAGLEY

Je vais être la risée de Londres. Tout Whitehall sera au courant dès demain matin. Je serai fini.

FRAYNE

Vous n'êtes pas plus du MI-5 que moi, sale petit menteur !

Frayne le regarde très attentivement. Il fourre le revolver dans sa poche et gifle Bagley sans violence. Bagley se recroqueville comme une fille qui chercherait à se protéger d'autres coups. Inquiet, Frayne lui touche doucement l'épaule. Bagley reste penché en avant, la tête dans les mains. Frayne l'observe, impuissant.

BAGLEY (*dans ses mains*)

Pourquoi avez-vous fait ça ?

FRAYNE

Vous n'êtes pas du MI-5.

BAGLEY

D'accord, je ne suis pas du MI-5. Je ne suis qu'un vicaire de l'Église d'Angleterre qui ne sait pas qui était Caïphe.

FRAYNE

Vous n'êtes pas du MI-5. Les agents du MI-5 n'admettent jamais qu'ils en sont, et ils ne s'aplatissent pas quand on les frappe, ils se mettent en position de combat et ripostent. Ils ne débitent pas la liste de leurs instructions dès qu'ils tombent aux mains de l'ennemi... bien sûr que non !

BAGLEY

Je suppose que je devrais vous prendre en photo par ma boutonnière.

FRAYNE

Vous devriez être déguisé.

BAGLEY

Mais je suis déguisé ! Vous ne croyez quand même pas que le MI-5 recrute des clergymen, si ?

FRAYNE

Vous devriez prétendre être envoyé par Charlie. C'est ça que vous devriez faire ! Vous devriez vous faire passer pour l'allié et l'ami de mon contact russe. Et vous arranger pour gagner ma confiance.

BAGLEY

Et ma carte d'identité, alors ? Comment pouvez-vous l'expliquer ?

FRAYNE

C'est un faux. Évidemment que c'est un faux. Des bouts de papier comme ça, ils en tirent des dizaines à la minute. Ils en ont des tonnes à Moscou, des tonnes ! S'ils sont capables de me faire un faux passeport, ils doivent pouvoir faire ça en dormant.

Frayne saisit Bagley, qui se laisse mollement faire, et le met debout.

FRAYNE

La reine et son cortège ! Son foutu cortège ! Répondez ! La fin du mot de passe ! Donnez-la-moi !

Bagley se balance au rythme des secousses que lui fait subir Frayne.

BAGLEY

Ja, ja, ja. Nein, nein, nein, nein.

Frayne le lâche. Bagley se rassoit avec lassitude.

FRAYNE

Écoutez-moi bien : dans un instant, je vais inventer quatre messages sans rapport. Je les mélangerai au hasard avec la bonne réponse au mot de passe « Et son cortège ». Si, comme je le soupçonne fort, vous êtes une recrue provisoire de l'ambassade soviétique et que vous vous faites passer pour un membre du MI-5, ayez l'obligeance de faire marcher vos méninges et de décliner sur-le-champ votre identité.

Frayne sort des plis de son complet gris un calepin sur lequel on peut lire « Au service de Sa Majesté », puis claque des doigts. Bagley lui tend un crayon. Frayne écrit vite et sans hésiter. Quand il a fini, il arrache la feuille et la fourre dans la main molle de Bagley.

BAGLEY

Vous vous faites des illusions.

FRAYNE

Lisez !

BAGLEY

C'est totalement inutile...

FRAYNE

Lisez !

BAGLEY

« Je suis pour la défense des droits civils. » « Ce pays s'en va à vau-l'eau. » « Le Seigneur nourrit les siens. » « Le libre commerce est notre seul espoir. » « C'est à l'Union soviétique que revient le mérite d'avoir maintenu l'équilibre de la paix. »

FRAYNE

Eh bien ?

BAGLEY

(*tenant la feuille à deux mains*)

C'est excellent, mais qu'est-ce que vous voulez que j'en fasse ? Non, vraiment, désolé...

Avec une grimace de dément, Frayne ramasse le revolver, puis fait glisser le canon d'avant en arrière afin de faire entrer la balle dans le chargeur.

FRAYNE

Il y a plein de petits coins le long de cette voie. Des escarpements, des pentes, des voies de garage, des arbres. Ça vous plairait d'être étendu, mort, quelque part au milieu ?

BAGLEY

Pas du tout.

FRAYNE

Famille ?

BAGLEY

Une sœur à Hastings, et ma mère.

FRAYNE

Élevé par des femmes. Ça se lit sur votre figure. Qu'est-il arrivé au papa ? Renversé un samedi soir par un bus, je parie !

BAGLEY (*retrouvant sa fierté*)

C'était un officier d'infanterie plein de courage qui est mort en France. Vous ne pensez pas, j'espère, que j'aurais la vulgarité d'inventer cela ?

FRAYNE (*après une pause*)

Je vous tuerai comme j'ai tué Charlie.

BAGLEY

C'est un mensonge ridicule, et vous le savez. Charlie vous a lâché. Il a pris un charter de l'Aéroflot à l'aéroport de Londres il y a six semaines, si vous voulez tout savoir. Il vous a laissé affronter seul le grabuge.

FRAYNE

(*Le monde chavire pour Frayne, il cherche ses mots, mais aucun ne vient, il parvient enfin à murmurer :*)

Ce n'est pas vrai. Je l'ai trompé, je l'ai tué. (*D'une voix plus forte et avec raideur :*) Non, non, non, Charlie n'aurait jamais fait une chose pareille. Jamais ! C'était un coup monté. Un sosie, sans doute. Il avait plus d'un tour dans son sac. Non, il n'aurait sûrement pas fait une chose pareille. Non. Non, non. Non, vous êtes à côté de la plaque, mon petit vieux.

BAGLEY

Il a emmené Solomon avec lui. Vous vous souvenez de Solomon, son chauffeur ? C'est Solomon qui était chargé de toutes les photos, si je ne m'abuse, il les développait et les tirait. Eh bien, ils sont partis ensemble.

Frayne ferme les yeux avec une expression de souffrance intense.

BAGLEY

Je suis navré, je croyais que vous étiez au courant. Sinon je vous aurais annoncé cela avec plus de ménagement.

Frayne s'est tourné vers la fenêtre et regarde dehors. Il se concentre sur le paysage et finit par dire, toujours aussi raide et immobile.

FRAYNE

Je ne sais plus où j'en suis. Je ne sais même pas où nous nous trouvons. Je connais cette route comme ma poche, et, pourtant, je ne reconnais rien. Où sommes-nous, Bagley, s'il vous plaît ?

BAGLEY

A une heure d'Édimbourg.

FRAYNE

Je n'ai jamais vu ces lumières. Là-haut, sur cette colline. On dirait un village. Parfois, on a l'impression de tout voir pour la première fois, comme quand on sort d'un hôpital. Vous connaissez le nom de ce village, n'est-ce pas, Bagley ? On dirait Monte-Carlo, ou la Grèce, ou un endroit vraiment exotique. (*Inquiet, il fait volte-face.*) Bagley ?

BAGLEY

Oui ?

FRAYNE

J'ai cru que vous étiez parti. (*Silence.*) On dirait des haches, ces montagnes. Elles vous couperaient en deux comme rien.

Silence. Frayne semble fasciné par les lumières lointaines.

FRAYNE

Il y a un truc fantastique qui me vient à l'esprit au sujet des étoiles. Vous saviez qu'en fait certaines d'entre elles ne brillent plus depuis des millions d'années ? Tout ce que nous contemplons, c'est... un souvenir. Et, pourtant, il faut bien les suivre, non ?

Je suppose qu'il n'a pas pu me faire parvenir de message. Il devait être débordé avec tous les préparatifs, les instructions de dernière minute, les documents à brûler.

C'est qu'ils emmènent tout à l'ambassade pour que ce soit broyé et détruit, même leurs ordures, vous comprenez, leurs vieilles boîtes de conserve, et tout ça... C'est une sécurité incroyable, un vrai modèle de prudence, vous savez. On ne peut pas s'empêcher d'être admiratif.

Oui, je suis certain qu'il a été complètement pris pendant ces dernières heures, coincé.

BAGLEY

Frayne !

Lorsqu'il reprend, Frayne a une voix haut perchée
et semble avoir perdu tout contrôle.

FRAYNE

Je veux dire que notre relation était de celles qui sont au-dessus de tout soupçon, vous comprenez ! L'eau peut couler sous les ponts, ça n'y changera rien. Tout sera toujours pareil. Je pourrais le revoir dans quarante ans, ce serait comme maintenant.

BAGLEY

Frayne, revenez sur terre !

FRAYNE

Il y a un dicton que j'apprécie tout particulièrement. Les idéaux, c'est comme les étoiles : on ne peut les atteindre, mais on jouit de leur présence. C'est une pensée très profonde, je crois.

Il n'a pas laissé de message pour moi, n'est-ce pas ? J'ai vérifié les signaux habituels, en vain. J'ai essayé quelques-unes des procédures. Oui. Mais on ne peut pas tout avoir, n'est-ce pas ?

Mais vous, vous l'avez vu partir ?

BAGLEY

C'était un week-end. Je faisais la planque. Avec Montpelier. Les petits jeunes se tapent toujours les week-ends.

FRAYNE

Comment était-il ?

BAGLEY

Il avait l'air plutôt guilleret.

FRAYNE

Il avait toujours l'air guilleret.

BAGLEY

C'est Solomon qui portait la valise.

FRAYNE

Ce Solomon ne m'a jamais plu. Il manquait sérieusement d'humour, à mon avis. Vraiment. (*Pause.*) A-t-il regardé en arrière ? Scruté la foule ? Ou bien est-il entré tout droit dans l'avion ?

BAGLEY

Nous étions restés sur la terrasse, et j'étais trop loin pour voir. J'ai eu l'impression qu'il montait directement et que la porte se refermait derrière lui.

FRAYNE

Avez-vous attendu que l'avion décolle, par hasard ?

BAGLEY

Nous l'avons regardé se perdre dans le lointain.

FRAYNE

Non ! Non ! Non ! Non, non ! Non, vous m'avez bien eu, j'en ai peur ! Charlie se planque, c'est tout. Il joue la prudence et déjoue la surveillance par des méthodes très élaborées. Il a toujours été aussi discret qu'un chat.

Oui, pareil à un chat. (*L'anxiété de Bagley s'accroît, tandis que Frayne s'égare, glissant d'un état d'équilibre précaire vers une incompréhensibilité délibérée.*) Un chat qui vous tient chaud. Comment fait-on disparaître discrètement un chat ? On le prend au filet, on le cerne de tous côtés, puis on l'enferme dans un endroit clos au bon plaisir de Sa Majesté. Au bon plaisir du cortège de Sa Majesté. Je n'agite pas les bras, je me noie. Hein ?

BAGLEY (*très fort*)

Ça suffit !

Frayne se retourne pour le dévisager. Bagley a ouvert sa mallette et en tire une flasque de brandy. Il s'en verse une grande rasade et la boit d'un coup, avant de remettre le flacon dans la mallette qu'il pose à plat sur ses genoux. Puis il reprend son magazine *Cricketer,* le pose sur le couvercle et se replonge dans sa lecture.

FRAYNE

Qu'est-ce que ça veut dire ?

BAGLEY

Taisez-vous ! Arrêtez de vous moquer de moi, j'en ai assez. D'accord, il était formidable : il était bien mieux que moi, mille fois mieux que moi. Et alors, qu'est-ce que vous voulez y faire ? Me frapper encore ? *Laissez-moi tranquille !* Dieu du ciel ! Je subis déjà ça toute la journée au bureau et je vous préviens que je ne le supporterai pas de vous aussi ! Où est Bagley ? Allez chercher Bagley ! C'est ça, le travail de Bagley ! Où était passé Bagley, hier soir ! Très bien, je suis un raté. Ha ! Ha ! Alors fermez-la et foutez-moi la paix !

Frayne, stupéfait, regarde Bagley reprendre obstinément sa lecture. La tête de Bagley ne tarde pas à s'affaisser de plus en plus sur sa poitrine jusqu'au moment où, malgré lui, son visage s'enfouit dans ses mains et ses épaules se soulèvent en longs sanglots incontrôlables.

FRAYNE

Bagley. Bagley. Bagley, écoutez-moi.

Bagley a atteint son but : sa diversion a touché Frayne, le délivrant d'une dangereuse introspection.

FRAYNE

Allons, posez ce journal. Allez, arrêtez ça ! Vous ne pouvez pas vous comporter de cette façon, ce n'est pas digne d'un homme. Écoutez-moi, ce n'est pas votre faute. (*Il pose sa main sur lui.*) Allons, vingt-sept ans...

et enquêteur pour le compte du MI-5. Voyons, Bagley, que penserait votre père s'il était en vie ? Allons, allons, vous avez toute la vie devant vous. Le monde vous est offert. Ce n'est pas comme moi, cette gueule d'empeigne de vieux Frayne complètement foutu. Vous, vous êtes charmant ! Allez !

BAGLEY

(*qui reprend peu à peu la maîtrise de lui-même*)

Excusez-moi. C'est juste que... Je suis désolé.

FRAYNE

Eh bien, qu'est-ce qui vous arrive ? Vous pouvez me le dire ?

BAGLEY

C'est encore cette histoire d'échec. Oui, j'ai vingt-sept ans. Vous voulez connaître la suite ? J'ai raté l'entrée à Sandhurst [1], j'ai raté l'examen du Bureau colonial, j'ai raté ma chance dans les plantations de café au Kenya. Et maintenant, je deviens un espion raté, c'est tout. Si je suis entré au MI-5, c'est simplement parce que mon père était à l'école avec Magee. Allez, vous pouvez rire, ne vous gênez pas !

FRAYNE

Je ne ris pas.

BAGLEY

C'est pourtant ce qu'ils feront, au bureau, croyez-moi : « Bagley, remets-ça ! » Je ne peux rien réussir, un point c'est tout. C'est une mission après l'autre... un ratage après l'autre... et maintenant celui-ci. Ma mère est tout le temps après moi, à me rebattre les oreilles avec mon père, avec ce qu'il aurait dit, lui. Et puis, tante May s'y met aussi. Je n'ai pas l'impression d'exister à part entière, vous savez. Vous, vous êtes si fort... Si expérimenté, vous arrivez à tout contrôler. Et d'après ce que je sais de vous, vous en auriez été capable même à vingt-sept ans. Eh bien, moi, je ne peux pas. Je ne suis qu'un nullard. Et, aujourd'hui, c'est vraiment la goutte qui fait déborder le vase.

FRAYNE

Écoutez, Bagley, écoutez-moi ! Ce n'est pas votre faute si vous êtes dépassé, non ? Ils vous ont balancé dans la fosse aux lions, c'est tout, et personne ne peut vous le reprocher. Il vaut mieux le considérer comme un compliment. Écoutez-moi, Bagley, écoutez-moi, voulez-vous ? « Allez lui soutirer sa confession ! » Non mais, qu'est-ce que ça veut dire ? Autant vous demander d'aller voler les joyaux de la couronne, c'est pareil. Une confession... c'est quelque chose qui se travaille et qui s'obtient à la sueur de son front. Il faut s'user les mains pour y arriver. Ça y est, allons. (*Il lui tend un mouchoir.*) C'est comme

1. Grande école militaire britannique (N.d.T.).

si, frais émoulu de l'école, ils vous avaient collé tout de suite une batte de cricket dans les mains en vous sélectionnant pour l'équipe nationale. Voilà. Ça ne veut pas dire que vous n'avez pas un avenir plein de promesses, n'est-ce pas ? (*Il s'assied à côté de lui.*) Une confession, c'est... une très, très longue cour. Une illusion soigneusement construite, une illusion mutuelle et fondée sur le besoin et l'amour réciproque.

BAGLEY (*en reniflant*)

Vous devriez venir nous donner des cours, à l'entraînement.

FRAYNE

Vous pensez peut-être que je plaisante, mais je vais vous dire une chose : il faut que j'aie une petite conversation avec votre J.R. Magee, et vite. Il n'a pas fini d'entendre parler de cette histoire.

BAGLEY

Vous allez me sortir de là, hein ?

FRAYNE

N'ayez aucune crainte, Paul. D'accord ?

BAGLEY

D'accord.

FRAYNE

Cigarette ?

BAGLEY

Prenez une des miennes.

Ils échangent des cigarettes et les allument.

FRAYNE

Ça va, maintenant ?

BAGLEY

Mmm...

FRAYNE

Voilà qui est mieux. N'empêche que vous êtes quand même un vrai monstre de m'avoir passé ce brandy sous le nez comme ça. Surtout après ce que je vous ai raconté de Charlie avec la vodka. Hein, c'est vrai !

Avec un petit rire, Bagley ressort sa flasque de brandy et la tend à Frayne. Ils boivent, levant silencieusement le flacon à leur santé mutuelle. Frayne reprend ensuite la flasque à Bagley, lui effleurant fugitivement la main, pour en revisser le bouchon avant de la poser sur la banquette, à côté de lui.

BAGLEY

Oui.

FRAYNE

Charlie n'est pas vraiment parti, n'est-ce pas ? C'était un leurre, n'est-ce pas ?

BAGLEY

Mais oui.

FRAYNE

Vous vouliez essayer de me... de me vexer, j'imagine. De me faire mal.

BAGLEY

Oui, quelque chose comme ça.

FRAYNE

Vous savez que vous pouvez vraiment détruire des gens en utilisant des méthodes de ce genre ?

BAGLEY

Je m'en rends compte, maintenant. Je suis désolé.

FRAYNE

Bon, bon. Écoutez-moi. J'ai réfléchi. Je pense toujours debout, c'est comme ça, vous savez. Vous verrez, un jour, ce sera pareil pour vous. Bon, et je ne veux plus de larmes. C'est promis ?

BAGLEY

Mmm...

FRAYNE

Ne m'interrompez pas. (*Bagley hoche la tête.*) Tout à fait par hasard, sans que vous le vouliez, vous vous retrouvez dans de sales draps, c'est bien ça ? Ce n'est pas la première fois, et ce ne sera sûrement pas la dernière. Dans la vie, tout ce qui vaut la peine d'être fait comporte toujours une part de risques, de déceptions et de souffrances de tous ordres, d'accord ? Votre père vous dirait la même chose s'il était en vie. Bien.

Bagley acquiesce d'un nouveau signe de tête.

FRAYNE

Je ne vous fais pas de peine, si ?

BAGLEY

Non, ça va, maintenant.

FRAYNE

Je ne veux pas vous raconter des histoires, non ?

BAGLEY

Non, bien sûr.

FRAYNE

Un chat est un chat, nous sommes d'accord ?

BAGLEY

Tout à fait.

FRAYNE

Mieux vaut en finir une fois pour toutes.

Bagley hoche la tête.

FRAYNE

Paul, je suis inquiet.

BAGLEY

Je sais.

FRAYNE

Je suis inquiet pour la sécurité de ce grand pays qui est le nôtre, quand je vois qu'elle est confiée à des hommes et des femmes du genre de ce Magee.

BAGLEY (*très doucement*)

Je sais.

FRAYNE

Je me rends maintenant parfaitement compte que dans cette affaire vous jouez à peu de chose près le rôle d'un pauvre passant innocent. D'accord ? Et que c'est pour vous une position très délicate sous bien des aspects.

BAGLEY

C'est vrai.

FRAYNE

Bon.

Silence. Dédaignant la main de Bagley,
Frayne se lève et le domine de toute sa taille.

FRAYNE

Quand êtes-vous entré au MI-5, Paul ? Répondez simplement à la question posée.

BAGLEY

En juin 1969.

FRAYNE

Donc, il y a six mois. Vous avez passé un examen ?

BAGLEY

Mais non, vous savez bien. Magee m'a fait entrer par la petite porte.

FRAYNE

Vous avez reçu une formation ?

BAGLEY

Assez mince.

FRAYNE

Et c'est le tonton Magee qui vous a confié cette mission, c'est bien cela, Paul ?

BAGLEY

Oui.

FRAYNE

Et vous en êtes là pour l'instant.

BAGLEY

Oui.

FRAYNE

Équipé d'un revolver non chargé, de papiers d'identité on ne peut plus compromettants, vous avez reçu l'ordre d'extorquer une confession à un homme que vous n'avez jamais rencontré et qui se révèle, au bout du compte, être un fonctionnaire haut placé. Je me trompe, Paul ?

BAGLEY (*sur le point de craquer*)

Ça s'annonce plutôt mal, hein ?

FRAYNE

Écoutez-moi bien, Paul, ne recommencez pas. Si je comprends bien, nous nous trouvons ici confrontés à une incompétence d'un niveau absolument incroyable. Aujourd'hui, vous et moi avons entrevu, chacun à notre façon et selon notre position, le cœur vulnérable du réseau de la Sécurité britannique. Ce ne sont pas des paroles en l'air, Paul, vous le savez, n'est-ce pas ?

BAGLEY

J'aime vous entendre parler.

FRAYNE (*d'un ton d'avertissement*)

Allons, Paul !

BAGLEY

Oui, je sais. Vous avez raison, sur toute la ligne.

FRAYNE

Je suppose que c'est quelqu'un d'autre que vous avez vu partir.

BAGLEY

Une doublure.

FRAYNE

Quant à Solomon, ils peuvent l'avoir quand ils veulent. Pour rien du tout.

BAGLEY

Solomon n'est qu'un imbécile. (*Silence.*)

FRAYNE

Eh bien, je le répète, vous ne portez aucune responsabilité dans cette affaire. J'irais même jusqu'à dire que, compte tenu des limites dues à votre inexpérience, et vu les instructions aberrantes et les erreurs monumentales de vos supérieurs, vous vous en êtes remarquablement bien tiré.

Bagley émet un petit soupir flatté.

FRAYNE (*gravement*)

Mais voilà la fin de l'histoire, Paul. C'est le terminus. (*Silence.*) Il ne vous reste plus qu'une chose à faire, mon garçon : tout avouer. Parler franchement et laisser les grands décider de ce qu'il faut faire, d'accord ? Cette affaire-là, c'est — ça pourrait être Dreyfus. Ce pourrait être Burgess ou MacLean. C'est aussi grave que cela. Je suis désolé pour vous, mais, en même temps, c'est une expérience fantastique. Si vous jouez vos cartes comme il faut, vous pourrez même en tirer bénéfice. Cela ne tient qu'à vous. Bon, maintenant, je veux que vous repreniez tout au début... Racontez-moi votre histoire étape par étape, sans faire de belles phrases, exactement comme elle vous vient. (*Silence.*) Vous m'entendez, Paul ? Paul !

Bagley semble avoir été saisi par une brusque inspiration. Tandis qu'il dévisage Frayne, ses yeux ont pris un éclat nouveau, chargé d'espoir. Il prend la main de Frayne et s'agenouille cette fois-ci devant lui.

BAGLEY

Vous êtes fort, vraiment fort.

FRAYNE

De la classe des plus grands, Paul.

BAGLEY

Aussi important que Philby ?

FRAYNE (*avec un rire dubitatif*)

Philby, Fuchs, Pontecorvo, des minables à côté.

BAGLEY

C'est Charlie qui le disait ?

FRAYNE

Oui, souvent.

BAGLEY

Ça dure depuis combien de temps ?

FRAYNE
(*long silence, tandis qu'il garde les yeux fixement baissés sur Bagley*)

Huit ans.

BAGLEY

Et pendant tout ce temps, vous avez trahi le secret de tout ce qui vous passait entre les mains : répartition des forces, ordres de combats, réserve de sécurité... Alfred !

FRAYNE

Mmm...

BAGLEY

Vous avez dit que vous m'aimiez bien. C'est toujours vrai ?

FRAYNE

Bien sûr que oui.

BAGLEY

Faites-moi confiance, alors. (*Silence.*) Apprenez-moi, montrez-moi. Ne voyez-vous pas que vous êtes mon seul espoir ? Personne ne me prend jamais au sérieux. Personne ne m'aime. Personne ne croit en moi. Je n'ai pas arrêté d'essayer... de séduire des innocents, de détourner des agents, de recruter, de corrompre, de faire plier... et maintenant, voilà qu'enfin, pour la première fois, j'ai la possibilité de prouver qu'ils ont tous eu tort.

Anxieux, Frayne tente de se dégager de l'étreinte de Bagley, mais celui-ci s'accroche.

BAGLEY

Vous avez réussi... vous avez tout... la célébrité, une grande trahison menée à bien, vous devenez une légende. Vous êtes extraordinaire ! Vous ne pouvez donc plus vous imaginer ce que c'est que d'être comme moi... Un ancien d'Eton raté, au milieu de tous ces petits malins à peine sortis du lycée et qui se croient déjà arrivés... Je les regarde avec leur vulgarité, leurs finasseries, leur absence totale de compassion, leur virtuosité à jouer toutes les variations des sept péchés capitaux... Ne pouvez-vous donc vous remémorer cette période... d'échec, de jalousie, de solitude ? Ne pouvez-vous vous souvenir du désir qui vous consumait de pénétrer dans leur monde pour enfin les dominer ? Les dominer, Frayne. Les dominer. Les diriger par en dessous. Être à la fois leur char et leur fouet...

FRAYNE (*reculant*)

Laissez-moi !

BAGLEY

Apprenez-moi tout, Alfred. Apprenez-moi comme Charlie vous a appris. Enseignez-moi la formule magique.

Mais pour vous aussi, c'est votre seule chance, vous ne voyez pas ? L'immortalité à portée de la main. Personne n'a jamais osé. Tous les grands, ceux que vous avez cités... Philby, Penkovsky, Abel... Tous se sont défilés devant l'instant suprême. Le monde entier attendait. Sur la pointe des pieds. Attendait une révélation. Rien ne s'est produit. À la fin de la journée, le monde a su qu'ils n'étaient pas à la hauteur de leur réputation. Ce n'étaient en fin de compte que des hommes sans envergure. Oh ! bien sûr, ils ont *vu*. Ils avaient un talent consommé pour la tromperie. Mais comme prophètes de leur temps, ils n'ont rien donné. Et ce parce que personne n'a repris leur flambeau. Leur art est mort avec eux. Leur vie a sombré dans la grande fosse des chefs-d'œuvre encore à écrire. Mais si nous pouvions, vous et moi, saisir ce moment, il n'y a rien que nous ne pourrions réussir ensemble.

FRAYNE

Non, Paul. Non, je...

BAGLEY

Une déclaration écrite. Pas une confession, non, n'appelons pas ça une confession, car cela impliquerait une idée de culpabilité et, dans notre monde, la culpabilité est une abstraction, une incongruité. Vous me voyez tendre la déclaration à Magee ? Vous voyez mon visage ? La fierté qui l'anime ? Une centaine de pages d'informations tapées à la machine ? Noms, lieux, codes, calendriers, signaux de sécurité, communications, paiements, agents subalternes, procédures d'avertissement, numéros des plaques de voitures, maisons sûres, boîtes aux lettres mortes. Et il ne s'agit pas de les balancer furtivement, rien à voir avec les aveux partiels d'un espion acculé. Il faut les annoncer avec fierté, avec style, à la manière de Charlie. *« Voici ce que j'ai fait, et voici comment je l'ai fait. »* Et tout au bout, au bas de la centième page, vous écrirez votre nom en grosses lettres voluptueuses : Frayne. Pas un nombre ni un nom de code, pas de Félix, de Bart ni de Solomon. *Frayne,* celui qui a dérobé le monde à ceux qui pensaient le détenir. Celui qui marchait quand tout le monde croyait qu'il rampait, celui qui aimait, alors qu'on lui croyait le cœur sec. Frayne *le maître.* Et après ? Nous dirigerons le monde. Vous et moi, il n'est de sommet que nous ne pourrons vaincre ensemble. (*Silence.*) Eh bien, qu'est-ce qu'il y a ?

FRAYNE

Vous m'avez quelque peu désarçonné, c'est tout.

BAGLEY

Mais non, Alfred, c'est vous qui m'avez plongé dans un grand désarroi. Et vous devez maintenant m'aider à me ressaisir.

FRAYNE

Je ne veux pas d'un tel vedettariat. Cela ne me conviendrait pas.

BAGLEY

Mais ce ne serait pas le cas. Seul le monde du secret serait au courant.

FRAYNE

Ne recommencez pas. Ne vous... excitez pas. Je n'aime pas vous voir dans cet état... Je préfère les choses discrètes. Vous et moi, seulement. Tranquillement. (*Il libère sa main et l'examine longuement.*) Je ne pourrais pas, Paul.

BAGLEY

Mais si, vous pourriez. Vous travailleriez avec moi, et vous adoreriez ça.

FRAYNE

C'est à cause de Charlie, vous comprenez.

BAGLEY (*sans ménagement*)

Bon sang ! ne me dites pas que vous pensez encore à lui, si ?

FRAYNE

Il n'est pas réellement parti, n'est-ce pas ? (*Il se retourne et doit lutter pour ne pas perdre l'équilibre.*) Vous me racontiez à votre façon comment notre rencontre avait pu avoir lieu. Continuez, Paul. Je voudrais que vous repartiez de ce moment-là.

Le regard venimeux, Bagley contemple un instant le dos obstiné et agité de son compagnon. Puis il jette un coup d'œil furtif à sa montre. Enfin :

BAGLEY

D'accord. Reprenons là. Vous n'avez jamais entendu parler de Rosie Franklyn, par hasard ?

FRAYNE

C'est une des filles qui travaillent pour Magee, c'est cela ?

BAGLEY

Maintenant, oui.

FRAYNE

Une nouvelle recrue. Je vois.

BAGLEY

C'est elle que je suis allé voir à Édimbourg. Simple routine. Nous avions entendu dire qu'elle avait été surprise avec un diplomate du rideau de fer.

FRAYNE

Vous êtes donc allé lui parler, c'est ça ?

BAGLEY

Pas tout de suite. Nous l'avons d'abord amadouée.

FRAYNE

Pas de violence, j'espère ?

BAGLEY

Vous pensez bien que non ! Charlie ne vous a donc pas expliqué comment on amadoue les gens ? Ça m'étonne. C'est la grande vogue, en ce moment. On ne parle que de « désintégration ». C'est Magee qui a introduit ce concept. Il est psychologue amateur à ses heures.

FRAYNE

Pas de devinettes, s'il vous plaît...

BAGLEY

Il s'agit simplement d'isoler un suspect de son environnement. De le priver peu à peu de tous ses points d'appui. Vous savez, la plupart des gens qui se lancent dans l'espionnage sont des monomaniaques. Pas forcément d'un point de vue politique, d'ailleurs. Mais il y a toujours *quelque chose* : ça peut être les trains électriques, une fille, une voiture, la boisson, les roses, l'argent...

Il y a toujours un truc en particulier qui les raccroche à la vie. Qu'on le leur enlève, et ils sont déracinés. Il y a des degrés, bien sûr. Au premier degré, une désintégration se résume à... presque rien. Un rappel d'impôts, par exemple, quatre cents livres d'arriérés. Quand la raison de vivre est une voiture, on peut lui rentrer dedans. Vous me suivez ?

FRAYNE

Continuez...

BAGLEY

Dans le cas de Rosie, il s'agissait d'un enfant. Elle avait eu un gosse illégitime. (*Ricanements.*) Abandonné par le père, vous comprenez. Un gentil gamin. Et puis, inexplicablement, il s'est mis à travailler très mal à l'école. Mauvaises notes, plaintes répétées. Pour un travail de ce genre, il est évidemment indispensable de bénéficier de complicités locales.

Elle travaillait au ministère de la Marine. Je n'aurais même jamais pensé que le ministère de la Marine se trouvait à Édimbourg, pas vous ?

Bref, le petit garçon a fini par être renvoyé. Comme le père n'était plus là, elle n'avait personne vers qui se tourner, nous sommes d'accord ? Je suppose que Charlie aurait pu l'aider, mais il avait disparu, n'est-ce pas ?

FRAYNE

Charlie ?

BAGLEY

Oui, pourquoi pas ?

FRAYNE

Qu'est-ce que Charlie a à voir avec ça ?

BAGLEY

C'était un agent de Charlie. Je ne l'avais pas dit ? Je suis confus. C'est comme cela que nous sommes remontés jusqu'à vous. Je n'en avais vraiment pas parlé ? Nous suivons tout son réseau.

FRAYNE (*écumant de rage*)

Charlie n'avait *pas* de réseau ! J'étais son seul agent ! J'étais spécial ! Il n'a jamais eu qui que ce soit d'autre, l'idée ne l'aurait même pas effleuré ! J'étais toute sa vie ! C'est la seule raison qui l'ait fait venir à Londres : il est venu exprès pour me recruter, *moi* !

BAGLEY (*qui passe à l'offensive*)

Il a pas mal parlé de vous à Rosie. C'était sa façon de se détendre. *Après,* vous saisissez ? Au lit. Il lui racontait ses difficultés à manipuler un psychopathe. Vous leur avez causé un certain nombre de fous rires, alors qu'ils se caressaient, dans les bras l'un de l'autre. Ils ne prononçaient jamais votre nom, bien sûr ; juste votre surnom. Bourriquet. Rosie adorait ça. (*Ricanements.*) « Allons, Charlie, raconte encore Bourriquet. » Rosie n'a pas été longue à se mettre à table. J'ai dit quelque chose de mal ?

FRAYNE

Vous essayez de l'éloigner de moi ! Vous voulez me démonter !

BAGLEY

Je pense que si vous aviez vu Rosie...

FRAYNE

Fermez-la ! Vous avez fait assez de mal comme ça. Je ne vous vois pas complètement innocent dans cette histoire. Pas du tout. Mon attitude envers vous est en train de changer radicalement.

BAGLEY

J'ai fait ce que j'ai cru devoir faire.

FRAYNE

Oh ! bien sûr ! en magouillant de tous les côtés, en bousillant la vie des gens, en arrachant des confessions. Ce sont des citoyens, non ? Innocents jusqu'à ce qu'on ait pu prouver leur culpabilité, non ? Où vous croyez-vous donc : en U.R.S.S. ? Il détestait les femmes, comme moi, et il se moquait d'elles sans arrêt !

C'est un mensonge !

Vous avez une sacrée chance si vous ne finissez pas devant une cour de justice, avec vos méthodes ! Un enfant, un petit garçon... Ce sont des pratiques répugnantes, répugnantes ! Avec votre éducation !

BAGLEY

Cela faisait simplement partie du procédé habituel.

FRAYNE

Mais je ne suis pas le procédé habituel ! (*Il plaque ses mains sur ses oreilles et répète inlassablement ces mots :*) Je ne suis pas le procédé habituel !

Bagley jette un nouveau coup d'œil discret à sa montre.

FRAYNE

Je suppose que c'est Magee qui a réservé ce wagon ? Qui a réservé toutes les places pour que j'en sois réduit à n'être qu'un putain d'ermite ! C'est lui qui a chassé tous ceux qui m'entouraient, mes amis. Où est Partridge ? Où est mon chat ? Où sont mes roses ? Mais bon Dieu, il irait jusqu'à empoisonner les oiseaux dans les arbres !

BAGLEY

La théorie veut que...

FRAYNE

On s'en fout, de la théorie ! (*Silence de mort.*) C'était du roman, n'est-ce pas, cette histoire de Rosie Franklyn ? À propos d'elle et de Charlie, ce n'était pas vrai ?

BAGLEY

C'est plutôt dégueulasse, hein, pour un père de se conduire comme ça ? D'abandonner son petit garçon... De faire de la mère un traître.

FRAYNE

Pour un père ?

BAGLEY

Je ne vous l'ai pas dit ? Il s'agissait du gosse de Charlie. Ils l'appelaient Ivan, en secret, bien sûr. Charlie s'en occupait tout le temps, au début, enfin, tant que ça lui a été utile. Et puis, il ne s'y est plus intéressé du tout. Il l'a balancé aux ordures.

Le train s'immobilise. Frayne se raidit sur son siège
et regarde autour de lui. Ses traits se figent.

FRAYNE

J'ai horreur de l'immobilité. J'aime le mouvement.

BAGLEY

Comme tout le monde.

FRAYNE

Je ne peux pas parler si nous n'avançons pas.

BAGLEY (*doucement*)

C'est le voyage lui-même qui compte, pas la destination.

FRAYNE

Saleté de Chemins de fer britanniques. Ils provoquent des claustrophobies ou je ne sais quoi ! Ils n'ont donc aucune pitié pour ces pauvres bougres des secondes ?

Entendant apparemment autre chose,
Frayne se lève brusquement pour regarder par la fenêtre.

BAGLEY

Je ne ferais pas cela, si j'étais vous.

Frayne est en train de manipuler la poignée.

BAGLEY

Vous ne la refermerez jamais. Ne faites pas cela, Frayne.

FRAYNE
(*qui passe la tête par la fenêtre ouverte*)

Qui est-ce ? *Qui est-ce ?* Des hommes ! Là-bas, sur la voie !

BAGLEY

Des cheminots, je suppose.

FRAYNE

Ce ne sont pas des cheminots, trouvez autre chose ! Ils sont grands. Et jeunes.

BAGLEY
(*qui le rejoint auprès de la vitre*)

Je ne vois personne.

FRAYNE

Mais regardez ! Vous avez des yeux, non ? Ces ombres noires qui se découpent à l'horizon. Ils portent des manteaux ! De longs manteaux !

BAGLEY

Mais non. Ce ne sont pas des hommes. Ce sont des prises d'eau.

Il se rassoit et ramasse son *Cricketer.* Du dehors parviennent des tintements métalliques et des cris d'ouvriers.

FRAYNE

Et voilà. Qu'est-ce que je vous disais ?

Bagley lève le nez, l'air perplexe.

BAGLEY

Où ? Quoi ?

FRAYNE

Des hommes, voilà ce que c'est ! Des gens ! Tout un tas de gens qui traînent en faisant cliqueter du métal. Vous n'entendez donc pas ?

Bagley tend l'oreille. Les sons deviennent très perceptibles.

BAGLEY

Non, désolé, mais je n'entends rien.

Un bruit de marteau retentit.

FRAYNE (*qui chuchote*)

Paul, il faut que vous entendiez. Bon Dieu, Bagley, si vous avez la moindre pitié pour l'âme humaine, dites-moi que vous entendez ce marteau ! (*Silence.*) Mais faites quelque chose, merde ! Il faut se remuer. Vite !

Il fond sur Bagley et le secoue violemment. Bagley ne réagit pas.

FRAYNE

Vous ne lui arrivez pas à la cheville ! Vous ne valez pas le dixième de lui, pas le vingtième. Vous savez ce que Charlie ferait, maintenant ?

BAGLEY

Il baiserait Rosie, j'imagine. En se foutant de ce pauvre Frayne.

FRAYNE (*cherchant les mots*)

Il avait plus de tripes dans son petit doigt que vous n'en avez dans tout votre corps de fillette, même si c'était un étranger. On a l'impression de voir une Morris bousillée à côté d'une Rolls Royce flamboyante ! Charlie était un espion, lui, un espion russe de haut niveau ! Pas un petit raté de cinquième classe de l'échelon le plus bas qu'on puisse imaginer des services secrets britanniques !

Bagley reste très absorbé par la lecture de son magazine.

FRAYNE
(*près de la fenêtre, d'une voix changée, mécanique*)

Il me faudra des cigarettes. Je tiens absolument à une ration supplémentaire de cigarettes.

BAGLEY

Je ferai ce que je pourrai.

FRAYNE

Et de la couleur, aussi. Pas la grisaille de vos espèces de murs.

BAGLEY

Je transmettrai.

FRAYNE

Puis j'aurai une bibliothèque, aussi. C'est ce que j'ai décidé. Ça me plairait bien. Prendre un volume et le lire attentivement. Les rayons qui se remplissent peu à peu. (*D'une voix forte et avec un accent très snob :*) Je lis toujours Jane Austen à cette époque de l'année, c'est mieux que des vacances. Et je veux aussi qu'on s'occupe honorablement de mon chat.

BAGLEY

On s'occupera du chat.

FRAYNE
(*embrassant le compartiment du regard*)

Il faudra que ce soit un endroit convenable. Un vrai foyer. Pas une de vos petites cages avec des barreaux devant, je ne le supporterais pas.

BAGLEY

J'en prends personnellement la responsabilité.

FRAYNE

Cela vous ennuierait de remettre votre col ? Je vous préfère avec un col.

Alors que Bagley remet silencieusement son faux col, les coups de marteau se rapprochent.

FRAYNE

Je veux que Rosie Franklyn soit libérée sur-le-champ. Elle est absolument innocente, je m'en porte garant. Vous le direz à Magee, n'est-ce pas ? Vous la laisserez partir, d'accord ? Elle ne signifiait rien pour lui, rien du tout. Simple petite passade. Ma vie contre la sienne, marché conclu ? C'est le seul moyen. Question d'honneur entre adversaires, vous me suivez ?

Bagley a abandonné son magazine et ouvert un calepin sur lequel il écrit.

FRAYNE

Je n'ai jamais eu de fille comme Rosie. C'est sans aucun doute le résultat d'une jeunesse par trop inhibitrice. D'une certaine façon, j'en veux à mon père. Je me les représente, parfois, ces filles, celles qu'elles auraient dû être au lieu de Mrs. Partridge... Vous connaissez ces films qu'ils passent au Cinéphone ? Il y avait une fille, appelez-la Rosie si vous voulez, assise en peignoir près du feu à regarder les flammes. Et puis ce garçon — ce type avec qui elle était, c'était sa maison ou celle de son père, et ils s'étaient promenés dans la forêt —, ce type qui prend le peignoir et le fait glisser le long du dos de la fille. Enfin, qui le guide, qui semble l'attirer voluptueusement vers les reins de la fille. On n'avait jamais rien vu d'aussi adorable. Je veux dire cette douceur de peau. Caresser tendrement une fille, voilà ce que j'aurais voulu.

Je ne lui en veux pas, ça, c'est certain. Absolument.

Je suis d'accord avec vous, il n'aurait pas dû faire ça au gosse. Là, je vous suis. Je vous suis tout à fait. Je ne peux pas laisser passer une chose pareille. C'est de l'abandon d'enfant caractérisé. Et c'est pourquoi je me vois obligé de réagir. On ne peut pas quitter quelqu'un comme ça, un petit môme. C'est absolument antisocial. Non, je suis vraiment désolé, Charlie. Excuse-moi, mon garçon, mais il faut toujours agir avec les autres comme tu voudrais qu'on agisse avec toi. Nous sommes en Angleterre, tu sais, pas en Russie, et cela fait une différence, je le crains.

BAGLEY

J'ai une proposition à vous soumettre, Frayne. De la part de J.R. Magee.

FRAYNE

Le sous-secrétaire adjoint ? Oh oui ! Je le connais très bien, de nom.

BAGLEY

Il voudrait que vous soyez des nôtres.

FRAYNE

J'en serais ravi, naturellement. Si les termes me conviennent.

BAGLEY

Ils vous conviendront.

FRAYNE

J'aimerais faire reporter mes droits à la retraite.

Le train s'ébranle à nouveau, mais pour avancer au ralenti.

BAGLEY

Il y a deux papiers à signer. Le premier est la reconnaissance écrite de votre association avec Charlie. Le second est un formulaire de demande d'inscription. Vous serez des nôtres, désormais, si vous savez tenir votre langue.

Des ombres se sont rassemblées de part et d'autre de la scène ; des hommes en imperméables qui sont entassés dans le couloir et qui attendent d'emmener Frayne. Des lumières extérieures défilent dans l'obscurité.

FRAYNE

Je peux dire quelque chose avant de signer ?

BAGLEY

Oui, sans doute.

FRAYNE

Je voudrais faire remarquer à Magee que, compte tenu de tout ce qui vient de se passer, on pourrait faire ajouter ceci : les moyens employés pour convaincre un homme de trahir le grand pays qui est le sien sont aujourd'hui très semblables aux méthodes utilisées pour soutirer habituellement une confession.

BAGLEY (*qui note*)

C'est inscrit. Nous ajouterons un codicille. Je vais vous relire tout ça pour vérifier que rien ne vous choque, puis je le donnerai à signer.

FRAYNE

Je ne traite qu'avec des responsables.

BAGLEY

Magee est un responsable.

FRAYNE (*enfin*)

Je me suis vraiment demandé à quoi il ressemble, votre Magee. Je l'imagine assez du genre colonel. Fumeur de pipe, vous voyez. Une petite maison à la campagne, un appartement en ville.

BAGLEY

Les deux documents seront présentés en même temps. Le premier servira d'attestation de votre situation précédente et permettra d'estimer votre ancienneté. Dans le cas d'un emploi dans un service conjoint, je crains que l'on ne reconnaisse que six mois par an.

FRAYNE

C'est dur. Vraiment très dur.

BAGLEY

Veuillez signer ici. Et encore ici. Moi, je signerai comme témoin. Voilà. (*Prenant un ton de notaire.*) Et les initiales ici, entre les croix au crayon.

FRAYNE

Mais c'est vierge. Ce n'est qu'une feuille blanche !

BAGLEY

Non, elle est couverte de caractères. Vous apprendrez à les lire en temps voulu.

Frayne secoue la tête d'un air effaré et signe. Le train s'arrête.

BAGLEY

Votre entrée en service sera antidatée au début de ce voyage. Vous pourrez exiger des honoraires à commencer de vingt-deux heures ce soir. Remettez-moi votre arme, s'il vous plaît.

Frayne lui tend son revolver.

BAGLEY

Vous aviez un appareil photo aussi, non ?

Frayne descend sa mallette, ouvre sa trousse de toilette et en extrait sa brosse à cheveux. Il en démonte le dos d'où il extirpe un minuscule Minox qu'il laisse tomber dans la paume ouverte de Bagley.

BAGLEY

Il est chargé ?

FRAYNE

Oui, mais la pellicule est terminée.

BAGLEY

Je la ferai développer pour vous demain matin.

FRAYNE

Vous n'aurez qu'à la lui faire suivre.

BAGLEY

Nous y veillerons.

FRAYNE

En fait, c'est le boulot de Solomon. Il faudra que je m'assure que vous obteniez un reçu, j'y tiens.

BAGLEY

Nous le dirons au courrier. Entre parenthèses, je crois qu'il s'agit d'un simple Minox : c'est un beau petit appareil, mais c'est un modèle essentiellement commercial. Rosie en avait un aussi.

Les grands hommes en imperméables bleus fixent d'un regard vide la vitre du couloir.

BAGLEY

A partir de maintenant, vous ne porterez que de petits calibres, et seulement quand vous en recevrez l'ordre.

FRAYNE

D'accord. Puis-je ajouter quelque chose ?

BAGLEY

Je suppose que vous avez une dernière procédure de secours. Un plan convenu entre vous et Charlie. Qu'est-ce que c'est ?

FRAYNE

L'hôtel Saint-Simon, à Paris. Je dois m'y faire enregistrer sous le nom de Peter Appelby et attendre une petite annonce dans le *Herald Tribune.* Cherche jardinier. Un hectare et demi à Orly, nourri, logé, gros chien, court de tennis.

BAGLEY

Vous étiez censé voyager sous faux passeport.

FRAYNE

Charlie devait m'en envoyer un.

BAGLEY

Où ça ?

FRAYNE

Aux bons soins de Cooks, la papeterie. Sous enveloppe ordinaire. Je pensais que vous le saviez. (*Silence.*) Bagley ?

BAGLEY

Mmm ?

FRAYNE

Il est parti, n'est-ce pas ? Vous saviez déjà tout ce que je viens de vous raconter ? (*Silence.*) Je ne l'ai pas vraiment tué, si ?

BAGLEY
(*Il range les vestiges de leur repas.*)

Tous autant que nous sommes, nous ne pouvons connaître qu'une partie des choses. Personne ne connaît l'ensemble, jamais. Vous devrez vous habituer à cette règle. Qu'est-ce que vous vouliez me dire ?

FRAYNE

J'ai hâte de travailler avec vous. Je vous admire, je vous aime. Je voudrais que vous bourgeonniez et fleurissiez comme une plante que j'aurais mise en terre aujourd'hui. Bonne chance, mon garçon ! J'aimerais que vous considériez ma confession comme un héritage. Quelque chose que je laisse aux petits jeunes qui arrivent. Qu'ils soient tous bénis, vous y compris. Cela a été un beau combat, un combat singulier. Je vous attribuerai de très bonnes notes quand je verrai Magee, Paul.

BAGLEY

Bien. (*Il tire le signal d'alarme.*)

FRAYNE

C'était vrai, au sujet de votre père, n'est-ce pas ? Il est bien mort en France ?

Tandis que la question demeure sans réponse, des coups de marteau leur parviennent de la voie, accompagnés par l'annonce du chef de train, de plus en plus forte :

CHEF DE TRAIN

Édimbourg. Édimbourg. Édimbourg. (*Puis faiblissant.*) Édimbourg. Édimbourg. Édimbourg. Édimbourg.

Alors que, muet de terreur, Frayne jette autour de lui des coups d'œil affolés, des hommes en sombre font irruption dans le compartiment et s'emparent de lui.

Nous sommes à l'extérieur, sur le quai de la gare d'Édimbourg. Frayne se laisse en silence entraîner vers une camionnette qui attend là. La camionnette ne porte d'autre signe distinctif que la mention

« débarras ». Sur le quai, rien n'a changé. L'express de nuit est prêt à partir. Les mêmes amoureux, les mêmes écoliers, les mêmes surveillants des wagons-lits, le même contrôleur attendent sagement le coup de sifflet.

La camionnette s'enfonce sous les vieilles arcades de la gare. Seul Bagley, jeune et plein de curiosité, la regarde s'éloigner.

DOCUMENTS

recueillis par Francis Lacassin

EN MARGE D'« UNE PETITE VILLE EN ALLEMAGNE »

ENTRETIEN AVEC *L'EXPRESS* [1]

L'Express : Votre premier espion, celui qui venait du froid, a atteint un record de ventes international. Combien d'exemplaires ?

John Le Carré : Dix-sept millions, à peu près. Ce n'était pas mon premier livre. En fait, disons que c'est mon premier best-seller.

L'Express : Et le deuxième ?

J. Le Carré : Il a moins bien marché : douze millions d'exemplaires seulement. Le troisième, *Une petite ville en Allemagne*, vient de sortir.

L'Express : Et il est en ce moment parmi les best-sellers, en France et aux États-Unis.

J. Le Carré : Il ne se porte pas trop mal ; je ne sais pas exactement. Je suis en train d'en tirer un film.

L'Express : Pourquoi faites-vous votre carrière dans l'espionnage ?

J. Le Carré : Pour moi, un écrivain est déjà une sorte d'espion. Dans un cas comme dans l'autre, on se situe en dehors du monde, et, en même temps, on en fait partie. Vous êtes compromis, mêlé à la foule, vous lui volez ses informations. N'est-on pas dépendant des gens que l'on abuse ? Vous savez, cette dépendance inéluctable, terrible, entre l'exploité et l'exploitant... L'espion ressemble à l'écrivain. Il vit en marge de la foule. C'est un illusionniste : il reconstruit son monde, son univers, à partir d'expériences fragmentaires. C'est cela, je pense, qui a fait de l'écrivain que je voulais être le spécialiste de l'espionnage que je suis devenu.

L'Express : Comment avez-vous choisi ce terrain ? Votre vie vous y avait-elle préparé ?

J. Le Carré : Non. J'ai ressenti, assez tôt, vers la trentaine, la lassitude d'enseigner. A cette époque, j'étais professeur d'allemand à Eton. Je pensais, même si la chose est discutable, qu'il était mauvais que des gens reçoivent si tôt une instruction qui les prédispose aux privilèges. Qu'il était mauvais

1. Entretien réalisé à Genève par Michèle Cotta et André Bercoff. Paru dans *L'Express* le 21 avril 1969. © *L'Express*, 1969.

qu'ils s'habillent, qu'ils parlent différemment des autres. Qu'ils soient isolés du monde dont ils allaient être appelés à prendre les commandes. Qu'ils n'aient pas suffisamment de contacts humains. Moi, je n'appartenais pas du tout à ce milieu. J'étais d'origine beaucoup plus modeste. Eton, pour moi, c'était humiliant et fascinant. On s'attendait, là-bas, que je deviendrais progressivement citoyen d'Eton.

L'Express : Et pour échapper à ce monde clos, vous avez choisi la diplomatie ?

J. Le Carré : Oui, j'avais l'impression qu'il me fallait voir ce qu'était le monde engagé, responsable. C'est un grand luxe, vous savez, de penser librement.

L'Express : Dans la diplomatie, on peut penser librement ?

J. Le Carré : Vous n'avez jamais fait l'expérience de penser librement, tout en affirmant avec beaucoup d'assurance ce que vous ne pensez pas ? D'argumenter contre vos propres idées ? C'est passionnant. C'est l'expérience que donne la diplomatie. Je suis entré aux Affaires étrangères après le débarquement franco-anglais à Suez. C'était en 1956. Vous vous rappelez, Suez... et Budapest. Au moment où les parachutistes anglais sautaient au-dessus du canal, les chars russes envahissaient la Hongrie.

Les deux aventures, les deux opérations m'ont beaucoup frappé. J'ai voulu voir comment fonctionnait le pouvoir dans le désordre. Comment ce jeu compliqué, cet embrouillamini allaient se dénouer. Eton constituait déjà le premier maillon dans cette volonté de participer au pouvoir. Douze membres du gouvernement sortaient d'Eton, en 1956. C'était un premier pas dans la vie politique anglaise.

L'Express : Et vous pensez que le monde de la diplomatie est aussi froid, aussi fermé que celui de l'espionnage ?

J. Le Carré : Oui, il existe aussi une comédie, une sorte de code du comportement dans le monde de la diplomatie. Être un bon diplomate, c'est, par exemple, pouvoir réduire l'hystérie collective d'une guerre au fait d'accorder ou non une ridicule petite audience. La chorégraphie y est tellement raffinée, qu'en refusant simplement de finir son assiette, dans un dîner officiel, on peut montrer son humeur. Ces règles rigides, parfaitement établies, faisaient ma joie. Comme celles, parfaitement codées aussi, de l'espionnage.

Et puis, si vous voulez — c'est une confession — quelque chose de plus personnel a beaucoup compté dans mon choix d'écrire des livres d'espionnage : j'avais, et j'ai toujours profondément, l'impression de n'appartenir à aucun monde. Depuis ma toute première enfance. Mes parents se sont séparés quand j'étais très jeune. Mon père est parti pour Londres faire fortune. Et j'ai été élevé par mes grands-parents paternels. Avec l'impression d'être assis entre deux chaises.

Quand j'ai rejoint mon père, quelques années après, et même plus tard quand je suis entré au Foreign Office, enfin quand je suis devenu écrivain, j'ai toujours eu cette curieuse sensation de n'appartenir à rien. Un peu comme un corps étranger, un agent de pénétration à l'intérieur d'institutions différentes. Bref, une pièce rapportée dans des univers toujours nouveaux.

L'Express : C'est cela un espion ?

J. Le Carré : Oui. Il appartient à un monde fermé, à une caste particulière. Les espions, de quelque côté qu'ils soient, poursuivent les mêmes objectifs, emploient les mêmes moyens. Il y a entre eux des affinités professionnelles. Les médecins, les soldats, les pilotes ont, entre eux, des rapports réels. L'univers de l'espionnage n'est pas différent. Des deux côtés, à l'Est et à l'Ouest, ceux qui agissent le font avec un culte de la vocation très particulier. Ils visent un but ultime, confronté à des situations immédiates. Cette tension vers un objectif lointain les fait participer à une sorte d'élite. Et chacun des deux camps fascine l'autre.

Ensuite, ils partagent des valeurs communes, et, surtout, une familiarité fatiguée avec la vie. Ils doivent résister aux influences financières ou idéologiques, ils font les mêmes cauchemars, ils vivent en papillons qui butinent d'affaire en affaire. Quelques années plus tard, ils se retrouvent brisés.

Le temps passe vite pour les espions. Parfois, la jeunesse elle-même paraît d'abord un handicap. Puis devient un atout, et, bien vite, un objet de nostalgie. A cinquante ans, on parle d'un homme au passé. Tout cela fait du monde des espions une société à part, non intégrée. C'est une société spéciale qui ne sollicite la confiance de personne autour d'elle.

L'Express : Dans cette communauté dont vous parlez, peut-on faire une sorte de classement des différents espions ? Y a-t-il un type particulier d'espion américain, français ou russe ?

J. Le Carré : J'en doute. Un classement s'impose, mais la nationalité n'en est pas le critère. Il y a deux sortes d'espions : ceux qui agissent et ceux qui exercent le contrôle bureaucratique sur les agents d'exécution. Chacun des deux dépend de l'autre, mais ils se méprisent cordialement.

L'Express : Vous avez écrit que l'espion était le bras gauche de l'État. Ce qui veut dire ?

J. Le Carré : Les espions sont très méfiants, très cyniques vis-à-vis des initiatives gouvernementales. Ils estiment qu'ils font ce que les gouvernements ne peuvent faire. Qu'ils réalisent ce qui est illégal, impossible, clandestin. Ça leur donne une bonne dose de scepticisme. Mais chez nous, à l'Ouest, illégitime ou pas, l'espion est aussi le bras de l'État libéral. C'est lui qui protège les individus contre le totalitarisme. Du moins, c'est la justification qu'il se donne pour recourir à des méthodes douteuses.

La meilleure définition que je peux donner de notre mode de vie occidental est celle-ci : offrir le maximum de libertés avec le minimum d'organisation. Nous élevons l'individu au-dessus de la collectivité. Les nations de l'Est sont précisément à l'opposé de cette conception. Et dans l'exercice de cette détermination, de cette volonté occidentales, l'espion est justement celui que l'on peut sacrifier pour protéger les autres. L'individu que l'on accepte de liquider, à contrecœur, pour sauvegarder la masse.

L'Express : C'est donc une sorte de héros, selon vous ?

J. Le Carré : Oui, si vous voulez. Il s'agit bien d'héroïsme. L'espion sait qu'il est sacrifié, il connaît d'avance sa triste condition. Il en a pris conscience, et, pourtant, il continue d'agir. Il assume une motivation essentielle des pays d'Europe : la préservation de l'élite, de la culture occidentale.

L'Express : Est-elle en danger ?

J. Le Carré : Mes livres vous apparaissent-ils comme une mise en question de ces valeurs de l'Occident ?

L'Express : Une remise en question, pas exactement. L'expression d'une inquiétude, plutôt. Êtes-vous inquiet ?

J. Le Carré : Ce qui me paraît important, ce que je veux dire, c'est que les valeurs occidentales ne sont pas seulement attaquées, comme autrefois, de l'extérieur. Mais bien de l'intérieur même de notre culture. Dans notre bloc. De sorte que c'est un combat douteux que se livrent aujourd'hui les idéologies. Un combat entre ce que le monde occidental produit de pire, et ce que le monde de l'Est a de mieux. Cette certitude donne effectivement à mes personnages un sentiment d'inquiétude. A moi aussi. Cela dit, vous savez, je dois être sincère, et prendre mes distances vis-à-vis de la politique. Et surtout de la politique internationale. L'anxiété qui imprègne mes livres m'est peut-être tout à fait personnelle.

L'Express : Elle est personnelle dans un climat général.

J. Le Carré : Elle est surtout due au monde angoissant qui, je le crois, est le nôtre. Aux relations entre l'individu et la société. Les hommes recherchent une place dans un monde qui évolue sans arrêt. D'où l'anxiété. Certains de mes héros refusent la nécessité de toute évolution. Nous avons connu, depuis la dernière guerre, une multitude de politiques de rechange, d'alliances contradictoires, qui s'imbriquent, se succèdent. C'est ce que l'Allemagne incarne à mes yeux. Les rêves n'y sont jamais devenus réalités. Tout y évolue sans cesse : l'antisémitisme y est devenu anticommunisme. L'anticommunisme de l'époque d'Adenauer a cédé le pas au nationalisme européen. Et le nationalisme européen est tombé sous la coupe de l'Alliance atlantique. Le moment où l'Histoire s'arrête n'existe pas. Le temps ne suspend pas son vol. Tout continue. Tout se tient. Les principes s'écroulent en même temps. C'est un univers qui m'angoisse.

L'Express : Et qui angoisse vos héros ? Leo Harting, dans *Une petite ville en Allemagne,* c'est vous ?

J. Le Carré : Leo Harting appartient aux nostalgiques de l'immédiat après-guerre. Il a cru, comme beaucoup d'entre nous, que l'on pouvait vraiment reconstruire Jérusalem en territoire allemand.

L'Express : C'est la raison pour laquelle tous vos romans se passent en Allemagne ?

J. Le Carré : C'est aussi parce que j'ai reçu une éducation allemande. Je suis allé à l'école en Suisse, après la guerre, où j'ai lu et étudié l'allemand, la littérature et la philosophie surtout. J'ai fait mon service militaire en Autriche, et en Allemagne occupée. Quand je suis entré au Foreign Office, j'ai été en poste à l'ambassade anglaise de Bonn pendant deux ans, et à Hambourg, comme consul britannique pendant six mois. C'est à Hambourg que j'ai donné ma démission après le succès de *L'Espion qui venait du froid.*

L'Express : Ces villes allemandes deviennent dans vos livres de véritables acteurs du drame. Qu'ont-elles de si particulier à vos yeux ?

J. Le Carré : Les villes allemandes ont pour moi un halo mélodramatique. En Allemagne, je me sens à la fois stimulé et inquiété. J'y suis peu à mon aise, mal dans ma peau. C'est pourquoi j'ai choisi ce pays comme toile de fond de mes livres. C'est aussi parce que l'Allemagne exalte les problèmes de générations. La plupart d'entre nous, qui avions entre dix et quinze ans en 1944, nous ressentons une sorte de gêne devant tout Allemand de quarante-cinq à soixante ans. Quoi que nous pensions de l'Allemagne moderne. C'est tout à fait inutile de nier ce sentiment. Je pense que la plupart d'entre nous, en marchant dans une ville allemande, nous sommes tous fascinés par les visages, les attitudes des gens : où étiez-vous en 1940, qu'avez-vous fait, qu'avez-vous vu, qu'ont vu ces rues ?

Mais il y a une autre raison à ma fascination pour l'Allemagne : on y a le sentiment d'une aspiration brute, brutale, non seulement d'un matérialisme glouton, mais aussi d'une quête spirituelle avide. Il y a, je crois, dans la vie allemande, une voracité qui surprend l'Anglais, qui le rend plus conscient de sa propre insécurité, même s'il est particulièrement optimiste. Les Allemands n'aiment pas mes livres.

L'Express : Pourquoi ?

J. Le Carré : Justement parce qu'ils se passent en Allemagne. Et qu'ils ne pourraient pas se passer ailleurs. J'ai donné une interview à la Télévision allemande. J'ai, paraît-il, beaucoup choqué les téléspectateurs allemands en leur disant : regardez tous les articles de votre presse, tous les éditoriaux. Dès qu'un étudiant s'agite, dès qu'une université ferme ses portes, qu'une usine se met en grève, il y a toujours quelqu'un pour demander, l'angoisse au cœur : « Est-ce que “ça” arrive une fois encore, est-ce que “ça” recommence, Nuremberg et tout le reste ? Notre démocratie est-elle en péril ? » Il y a un fantôme qui hante la vie de tous les Allemands. Je ne fais rien d'autre que de lui donner une forme, que de l'habiller. Pour le montrer. Voilà de quoi les Allemands ont peur. Si ce n'est pas de ce fantôme, de quoi d'autre ont-ils peur ? Quel est le cauchemar qui les habite ? Les journalistes qui m'interviewaient ne m'ont pas donné de réponse.

L'Express : La « contestation » des étudiants en Allemagne est-elle un moyen, selon vous, d'exorciser le fantôme ?

J. Le Carré : Je peux comprendre la protestation, la révolte, le refus. Encore que je sois retenu par ma raison. Il n'y a aucun fait historique pour me convaincre que le résultat pourrait être positif. Je me sens en complète sympathie avec les étudiants de Columbia, avec les étudiants français. Par impulsion, je voudrais bien marcher avec eux. Mais, en termes d'efficacité, avec ma raison, je trouve toute cette agitation complètement stérile.

Cela dit, en Allemagne, la forme que prend la contestation me paraît effroyablement dangereuse. Si dangereuse, que c'est sur cette Apocalypse que finit *Une petite ville en Allemagne.* Sur une alliance, traditionnelle en Allemagne, entre les forces de changement, de protestation, et l'extrême droite. C'est pour cette raison que les Allemands n'aiment pas mon livre. Ils l'auraient supporté si je n'y avais pas fait resurgir une terreur fondamentale, celle du fascisme. Celle de la gangrène. Ils veulent bien, à la rigueur, que des étudiants se révoltent, à condition qu'ils restent à gauche.

L'Express : Ce qu'ils ne sont pas ?

J. Le Carré : Non. Ils sont infectés par le malaise de leur génération. Et vivent dans une Allemagne qui est toujours à la recherche de la grandeur. De la dignité, culturelle et politique. L'Allemagne a été le jouet de la politique mondiale depuis la guerre. Nous avons fait des promesses aux Allemands tout en leur faisant ressentir durement leur culpabilité. Nous les avons invités à entrer dans nos clubs de grandes puissances, mais sans leur donner pour autant la possibilité de prendre des décisions. Nous leur avons donné la liberté d'acheter les armes que nous leur fournissons, à condition qu'ils ne s'en servent pas. Pour les Allemands, c'est exaspérant. Le pouvoir corrompt, mais le manque de pouvoir corrompt absolument. C'est ma conviction. C'est pourquoi l'Allemagne, telle que je la vois, est le décor dramatique préféré de mes livres.

L'Express : Inquiétude, angoisse, anxiété, corruption... Votre monde fait peur. Et vos héros aussi. Pourquoi sont-ils toujours fatigués ?

J. Le Carré : Parce qu'ils sont lucides. J'ai mis en scène, dans mon dernier livre, trois sortes d'hommes totalement désenchantés : Harting, Turner et Bradfield. Bradfield est l'aristocrate. L'homme d'élite. Qui a fait tellement de concessions aux choses que la lumière s'est étouffée en lui. Il y a Léo Harting, plus intransigeant, qui a fixé une limite aux concessions qu'il ne dépassera pas. Et, entre eux, il y a Turner, qui a un goût modéré et moderne de socialisme, et l'œil corrosif, sans indulgence, de l'homme qui admet ses erreurs, et recherche à quoi il pourrait bien s'attacher. Cassé en deux entre ses sentiments et la nécessité de faire des compromis.

Là est le dilemme de mes livres, et peut-être le mien. Dans la force explosive, la violence contenue d'un compromis nécessaire et difficile. Il n'y a pas de quoi être gai.

L'Express : Vous parlez des espions de fiction. Et les vrais ? Qui sont, d'après vous, les plus grands espions du XXe siècle ? Kim Philby, cet agent soviétique si bien en cour auprès de l'Establishment anglais ?

J. Le Carré : Non, pas lui. N'importe quel Anglais avec son passé aurait pu faire la même chose que lui. La duplicité était dans sa tradition familiale : son père, sir John Philby, était conseiller politique du roi Séoud d'Arabie. Il n'a jamais caché à son fils dans quel mépris il tenait ses supérieurs de Londres. Son loyalisme se bornait à la famille royale. Et encore, avec quelle arrogance...

De son père, Kim Philby avait hérité les instincts d'un gentleman anglais un peu détraqué. Il était journaliste à l'*Observer*. Il était né et avait grandi dans l'Establishment. Il en copia sans aucun mal les attitudes. Et il en trompa, sans aucun mal aussi, tous les membres. Il n'y a rien de très malin, de très difficile là-dedans. N'importe qui, moi, ou quelqu'un d'autre, aurait pu être Kim Philby. Il y a encore de la place au Foreign Office pour des centaines d'autres Philby. C'est pourquoi je ne l'ai jamais considéré comme un grand espion. Mais plutôt comme un homme qui a le goût du sensationnel, qui rencontre un ennemi très faible, et le trahit sans cesse.

L'Express : Vous le méprisez ?

J. Le Carré : Philby a touché violemment mon côté chauvin : n'importe quelle société libérale — celle dans laquelle je vis — est vulnérable. Elle peut être attaquée et pénétrée. Je préfère une société ouverte au fanatisme que trop bien protégée contre les fanatiques. Je veux que des Rudi Dutschke, des Cohn-Bendit puissent agir dans mon monde. Mais je ne veux pas leur donner toutes les chances de gagner. C'est pourquoi, s'ils venaient dans ma maison pour casser mes fenêtres, je serais du côté des banquiers genevois. Je serais furieux, je me battrais.

Je ne suis pas un masochiste. Il y a du bon et solide capitaliste en moi. Et je refuse, je refuserai toujours d'offrir la société occidentale sur un plateau à quelqu'un. Pourquoi diable le ferais-je ? C'est pourquoi le cas Philby m'a plongé dans une colère noire. J'ai été furieux de voir la réaction des intellectuels progressistes anglais, qui en faisaient leur enfant chéri, alors qu'il les trahissait sans grand mérite. Et sans classe.

L'Express : Y a-t-il une grande différence entre Philby et les autres espions ? Y a-t-il de vrais espions, qui, selon vous, jouent le jeu d'espion ?

J. Le Carré : Vous savez, je ne veux pas décerner des prix de morale. Mais simplement expliquer pourquoi Philby n'était pas, selon moi, le meilleur des espions. C'était un traître, c'est tout. Je pense qu'en termes techniques le meilleur des espions était Sorge, un Allemand qui opérait avant et pendant la guerre au Japon pour le compte des Soviétiques. C'était une mécanique superbe. Il s'était fabriqué une couverture, c'est-à-dire un personnage artificiel qu'il ne trahissait pas et qui était un prolongement de sa personnalité. Il écrivait dans la *Frankfurter Zeitung* ; le plus souvent il agissait lui-même, avec une mémoire exceptionnelle.

Contrairement à Philby, il flirtait tout le temps avec le danger, parce qu'il recrutait de nouveaux agents. Et qu'il y a un moment, bien sûr, comme dans les relations sexuelles, où il faut abattre ses cartes. Où il faut dire à quelqu'un que l'on connaît à peine : « Voilà ce que je suis, voici ce qu'il faut que vous fassiez. » Il nouait des contacts sans arrêt, et il avait réussi avec courage et astuce à quadriller le Japon d'une manière impressionnante.

L'Express : Par quelle méthode ?

J. Le Carré : Il évoluait au milieu du monde aristocratique et libéral de l'élite japonaise, un peu blasée, désenchantée. L'aristocratie est d'ailleurs un terrain fertile pour les traîtres. Richard Sorge mentait tout le temps, sans jamais se couper. Il avait réussi à séduire ses compatriotes allemands de l'ambassade d'Allemagne au Japon, ce qui finit par lui ouvrir l'accès aux relations et aux dossiers. En somme, une personnalité énergique dans une communauté paresseuse.

C'était l'homme des informations, des contacts. Ajoutez-y une mémoire prodigieuse et des connaissances politiques approfondies. Tout ce dont les fonctionnaires nazis en exil au Japon étaient privés. Il s'est mis carrément à travailler pour le compte de l'ambassade. Les conseillers firent de ce très bon journaliste le rédacteur des dépêches qu'ils expédiaient à Berlin. Le premier, il lisait les réponses renvoyées par le ministère des Affaires étrangères allemand à Tokyo. Très tôt, c'est probable, il a déchiffré le code nazi, puisqu'il les voyait « en clair » (le texte en toutes lettres) et leur retranscription codée, telle que l'interceptaient les Soviétiques. Il avait en même temps du positif et du négatif. Oui, c'était un bon espion.

L'Express : Et après Richard Sorge, Cicéron ?

J. Le Carré : Non, je ne le pense pas. Il a été trop ambitieux, dès le début. Tout de suite, il a communiqué des informations considérables, qui l'ont « brûlé » en six mois. Il faut toujours être très modeste, au début. On doit y aller doucement, éduquer ses maîtres. Pas tout livrer en une seule fois. Pour pouvoir consolider la confiance, il est indispensable de distiller ses informations. Perdre du temps pour en gagner plus tard. Cicéron a été trop impatient.

L'Express : Vous pouvez en nommer un autre ?

J. Le Carré : Gordon Lonsdale. Lui était un extraordinaire espion. Il opérait également pour le compte des Soviétiques en Angleterre, en 1950. Russe, il avait pris l'identité d'un Canadien disparu. Il avait obtenu ses papiers de la façon la plus simple du monde : en les demandant à l'ambassade canadienne à Paris, après avoir affirmé les avoir perdus en bourlinguant, depuis l'âge de douze ans, aux quatre coins du monde. Ce sont les autorités canadiennes qui lui ont conféré officiellement la nationalité de leur pays et la personnalité d'un autre.

Il est donc allé s'installer au Canada, où il a mené, pendant des années, l'existence d'un paisible homme d'affaires canadien. Sans prendre aucun contact, rien. Et puis, il est parti pour l'Angleterre. Il faut s'imaginer sa solitude, et la force morale nécessaire pour résister à son isolement. Il n'était pas supérieurement intelligent, il ne recevait pas de véritables instructions. On lui conseillait simplement d'évoluer dans un monde financier un peu trouble, où l'on fait fortune très rapidement, aux limites de l'illégalité. Et de commencer à corrompre. Ce qu'il a fait, sciemment, méthodiquement, en corrupteur organisé.

En trois ou quatre ans, il est arrivé à des résultats remarquables, en obtenant surtout des secrets sur la marine de guerre britannique. Il avait su attendre. C'est très important la patience, quand on est espion.

L'Express : A vos yeux, Sorge et Lonsdale, ce sont les deux meilleurs ?

J. Le Carré : Oui, je le pense. Les plus capables, en tout cas, les plus efficaces.

L'Express : Quels étaient leurs mobiles, à votre sens.

J. Le Carré : Prenons trois exemples : Richard Sorge, marxiste sérieux, communiste fervent, travaillait pour un idéal. Mais il aimait le plaisir aussi, et l'aventure. Il avait également des traits de caractère purement fascistes, la violence, par exemple. A la fois homme de religion et homme de plaisir : l'espion parfait.

Lonsdale était beaucoup plus simple. Il avait deux attachements : la mère Russie, qu'il n'a pas vue souvent dans sa vie, mais il n'en était pas moins d'un nationalisme exacerbé, et sa femme. Les Anglais n'ont jamais pu rien tirer de lui. Une fois mis en prison, il a simplement dit : « Vous m'avez eu, je n'ai rien à dire. Je veux retourner en Russie. » Il n'a jamais ajouté un mot à cette déclaration. Il ne s'est jamais expliqué.

Mais l'aspect le plus pathétique, le plus émouvant, le plus humain de sa personnalité, a été révélé par des lettres adressées à sa femme, mais non postées, qu'on a retrouvées dans ses affaires. Pour lui, sa femme était une sorte de mère vierge, à laquelle il racontait tout. Dans sa correspondance, on a pu voir à quel point l'image qu'il se faisait de l'U.R.S.S. était caricaturale : des champs de blé et des ballets russes. Cette Russie-là représentait pour lui un substitut simpliste d'idéologie, le moteur principal de son action.

L'Express : Et le troisième exemple ?

J. le Carré : Vladimir Petroff : un transfuge de l'ambassade soviétique à Canberra, en Australie, en 1953. Il était colonel de liaison dans les services secrets soviétiques. Sa femme appartenait également aux services de renseignement russes. Petroff occupait un rang dans la hiérarchie officielle de l'ambassade. Diplomate le jour, espion la nuit. Recrutant, cherchant des Australiens pour la cause soviétique.

Mais je pense que, contrairement aux deux autres, il n'y avait pas un atome d'idéologie en lui. La technique représentait en elle-même une motivation suffisante. Il adorait le mécanisme même de son travail. Les lettres qu'il expédiait au Centre, à l'Office central d'espionnage de Moscou, étaient codées ; il les découpait, en envoyait une première moitié, par courrier. Il est finalement passé à l'Ouest, et nous possédons toutes les lettres que lui avait adressées le Centre de Moscou. Tout y était précisé : à quel angle de rue il devait se poster, où il devait trouver ses contacts, quelles questions il devait poser, quelles attitudes adopter. On a très profondément l'impression du rôle écrasant, autoritaire, que jouent les bureaux du Centre, dans l'existence d'un espion soviétique. Le Centre, c'est l'image du père. Et quand un agent se retourne contre lui, comme Petroff, il donne l'impression, presque psychanalytique, de tuer son père. Un adolescent qui s'insurge contre des parents qui l'ont trop couvé. Et qui est en proie à ce sentiment passionnant, exaltant, celui-là même qu'éprouve le transfuge lorsqu'il détruit en un instant tout ce qui l'a entouré, enveloppé jusqu'alors.

L'Express : C'est ainsi que vous vous expliquez les transfuges entre l'Est et l'Ouest, comme Petroff, ou entre l'Ouest et l'Est, comme Maclean ? Comment expliquez-vous qu'ils soient si nombreux ?

J. Le Carré : Je pense que les espions ont le goût du sensationnel, qu'ils sont fascinés par les liaisons nouvelles, pour en revenir aux métaphores sexuelles. Ou par les situations dramatiques. Dans un tel monde, il y a toujours un moment où toutes les issues sont bouchées, où la seule carte à jouer est une frontière à franchir. Je pense aussi qu'un adversaire, quel qu'il soit, exerce sur vous une séduction presque irrésistible. Je l'ai senti lorsque, diplomate, j'ai été confronté avec des fonctionnaires soviétiques. Les rapports qui s'établissent sont tellement opaques, tellement absurdes et troubles, que l'idée de séduire l'autre vient tout naturellement. Ou de sourire à la femme d'un diplomate soviétique à côté de qui vous êtes assis à un dîner. Les relations sont à ce point impossibles qu'elles en deviennent tentantes.

L'Express : Assez pour franchir l'infranchissable ?

J. Le Carré : Pour en avoir parfois envie, oui. Il est possible également que, dans ce monde où l'on passe son temps à évaluer le prix de l'autre, les moyens de le faire changer de camp, on se mette brutalement à se poser des questions sur soi-même, à évaluer son propre prix. A se demander pourquoi on ne passerait pas dans l'autre camp. C'est cela l'attraction de la désertion.

L'Express : Vous avez cité trois motivations différentes à l'espion : l'idéologie, la psychologie et la technique. Vos héros n'en ont guère de semblables. Pourquoi ?

J. Le Carré : Le monde de l'espionnage n'est pour moi qu'une extension du monde dans lequel je vis. Et c'est pourquoi je l'ai peuplé avec mes propres personnages. A la fin, je suis un romancier. Je fais acte d'imagination. Je raconte des histoires. Mes héros ont le sentiment profond d'être engagés dans un labyrinthe dont ils ne trouveront pas la porte de sortie. D'être attachés à des forces qui, tôt ou tard, les détruiront. C'est peut-être ma façon à moi de voir la vie, beaucoup trop pessimiste. Mais ce sont mes affaires.

L'Express : Comment expliquez-vous que vos personnages, assez différents des vrais espions, comme de ceux des romans d'espionnage classiques, aient eu autant de succès. Comment expliquez-vous votre réussite ?

J. Le Carré : Je pense que beaucoup d'auteurs de romans d'espionnage se forcent à décrire un monde qui est en dehors d'eux, un monde dans lequel ils ne pénètrent pas, qui est pour eux un mystère. Et ils l'approchent comme on le fait d'un bâtiment étrange. Moi, j'ai l'impression d'habiter le monde dont je parle. La communication qui s'établit entre mes lecteurs et moi passe, une fois encore — vous allez dire que je suis définitivement sinistre — par l'anxiété, l'inquiétude. Si vous voulez, les lecteurs trouvent James Bond, l'agent 007 de Ian Fleming, très séduisant. Ils aimeraient être comme lui, couverts de femmes, de champagne, de Ferrari. Tandis qu'ils pensent, au contraire, de mes héros, avec terreur : « Mon Dieu ce pourrait être moi ». Ils se projettent sur 007. Et ils s'identifient à mes personnages traqués, fatigués, déçus.

Plus profondément, je pense que notre image d'espions depuis la guerre, telle qu'elle a été présentée dans les romans, a été celle d'un monde positif, excitant, où l'on peut agir pour le bien, où les choses peuvent changer. En réalité, les espions sont des personnages tristes, qui, à un moment, ont fait un choix idéologique. Qui ont pris sur eux la responsabilité d'essayer de changer le monde. Et n'y sont pas parvenus. Ce qui fait que l'image de l'espion a changé avec mes livres : j'ai offert aux lecteurs une autre sorte de rêve, à base de ratage, et de frustration, d'attirance, d'amour impossible, beaucoup plus proche de la réalité.

L'Express : Vous parlez de vos millions de lecteurs comme si vous les connaissiez. Vous ont-ils écrit ?

J. Le Carré : Oui. Je me rappelle les très bonnes réactions. Et aussi les plus mauvaises. Mais je suis sentimentalement touché par ceux de mes lecteurs pour qui j'apparais comme celui qui organise le chaos, qui le rend compréhensible. J'ai articulé leurs frustrations, donné un contenu à leur angoisse.

L'Express : C'étaient des lecteurs occidentaux. Vos livres ont-ils été traduits à l'Est ?

J. Le Carré : J'ai fait une expérience malheureuse avec les Russes. La *Literaturnaïa Gazeta* m'a consacré six pages en octobre 1966 : mes livres, selon le journal, n'étaient qu'une entreprise de corruption idéologique, une des pires qui aient été imaginées par un subtil esprit occidental. Bref, ils ont tout de suite décelé en moi ce que je suis profondément : un social-démocrate.

L'Express : Si nous vous demandons ce qui fait écrire John Le Carré, c'est : organiser le chaos ?

J. Le Carré : Ça et autre chose : la fascination que j'éprouve pour le caractère humain. Qui peut m'amener, sous peu, à sortir du monde de l'espionnage. Et à faire un roman, le prochain peut-être, qui sera radicalement différent des autres.

L'Express : Toujours avec la préoccupation d'en faire un best-seller ?

J. Le Carré : Pourquoi pas ?

L'Express : Il n'y a pas dix ans, vous vous nommiez David Cornwell et vous étiez un fonctionnaire. Aujourd'hui, vous êtes John Le Carré. Et mondialement connu. Avez-vous changé ?

J. Le Carré : Pendant quelques mois, après le succès de *L'Espion qui venait du froid*, j'ai pensé que je ne pourrais plus m'échapper, que j'étais définitivement lié, contre ma volonté, par celle des autres, à un livre qui était mort pour moi. Que je ne pourrais pas échapper à ce destin d'auteur à succès. Mais je crois y être arrivé.

L'Express : Est-ce possible ? Franchement ?

J. Le Carré : A dire vrai, on est corrompu par le succès. Parce qu'on a désespérément envie d'être lu. Avant de savoir ce que c'était, je m'en fichais complètement. Je pense qu'on devient vulnérable. Non pas à la peur de ne pas « faire assez d'argent ». Mais de ne pas être lu. Ou, du moins, pas autant. Si quelque chose a changé en moi, c'est ça. Quand un homme sait qu'il va être pendu le lendemain, il devient très lucide. Un auteur à succès vit dans la certitude qu'il va, lui aussi, être pendu sans tarder.

L'Express : C'est pour être lu que vous avez résolument adopté la forme d'écriture la plus traditionnelle ?

J. Le Carré : Sur ce sujet, je me veux absolument conventionnel. J'ai été tenté d'écrire dans un style beaucoup plus « expérimental ». Mais je m'en suis tenu à la forme narrative la plus ordinaire. C'est la différence entre l'art abstrait et l'art figuratif. Les peintures figuratives atteignent un public beaucoup plus important. Je veux établir entre mes lecteurs et moi la communication la plus large. Je demande, moi aussi, à un écrivain d'avoir la politesse de se faire comprendre. Si vous prenez, par exemple, un grand écrivain comme Balzac : son style est celui d'un gros chien mal élevé. Il est très facile à traduire. Ce qui est le premier critère d'une histoire efficace : vous pouvez lire *Le Père Goriot* en allemand ou en anglais, vous ne perdez rien.

J'ai l'impression qu'en ce moment, avec les styles « expérimentaux », ce qui est écrit perd un peu de sa force : d'autres moyens de communication, le cinéma, par exemple, deviennent plus importants. Je ne veux pas que des gens disent : « Le film n'est pas mal, je lirai le livre un jour si j'en ai le temps. » Le monde de l'écriture doit s'adapter à cette évolution : je fais mes livres comme des films, en montant les séquences, en coupant un plan par-ci, un plan par-là, en réduisant les 250 000 mots que j'écris d'abord en les 80 000 mots que je me décide à publier. Mais ma recette est la seule : si vous voulez écrire un best-seller, écrivez d'abord une bonne histoire.

L'Express : Vous avez gagné beaucoup d'argent en sept ans. Qu'est-ce que ça représente l'argent, pour vous ?

J. Le Carré : La mobilité. Une certaine liberté. Mais ce n'est pas grand-chose. Je me comporte comme un enfant vis-à-vis de l'argent. Si votre livre est bon, vous ne pensez pas à ce qu'il vous rapporte. Et s'il est mauvais, l'argent n'est pas une consolation.

L'Express : Vous le trouvez donc sans importance...

J. Le Carré : C'est même un danger. Pour écrire, j'ai besoin d'un certain manque de confort. D'une feuille de papier et d'un crayon. Je ne tiens à rien que je ne puisse enfermer dans une valise.

L'Express : Êtes-vous heureux ?

J. Le Carré : Je ne pense pas être particulièrement intéressé par le bonheur. Il ne se trouve pas dans l'art d'écrire, et j'aime écrire.

L'Express : Rien d'autre ne vous rend heureux ?

J. Le Carré : Non. Je me veux romantique, et il est bien difficile, aujourd'hui, de concilier dans une même vie, dans une même paix, le tourbillon du succès et le gouffre du romantisme.

L'Express : Rien ne vous interdit de chercher l'échec. Espérez donc, monsieur Le Carré. Ce sera peut-être pour la prochaine fois.

1. UN KIPLING DE LA DÉCADENCE [1]

par Gilles Perrault

Toute organisation humaine connaît son âge d'or, son apogée, le miraculeux point d'équilibre où tout concourt à son efficacité maximale. Ce temps adorable s'ouvrit pour le Secret Intelligence Service dans les années 30, quand il se peupla soudainement d'une légion pittoresque recrutée à Oxford et à Cambridge. Écrivains, journalistes, professeurs, artistes, globe-trotters, érudits aux yeux clignotants arrachés tout soudain à leur bibliothèque : ces personnages inattendus affrontèrent, tasse de thé à la main et pipe au bec, la machine implacable mise au point par les nazis. « Le renseignement est un métier de seigneurs », proclame l'orgueilleuse devise des services allemands. Oxford et Cambridge répondirent qu'il était affaire de gentlemen. Ce furent les gentlemen qui gagnèrent. On ne sait pas assez le rôle déterminant du renseignement britannique dans la victoire alliée. On n'a pas assez célébré l'extraordinaire démonstration de ruse, de courage, d'imagination, de cynisme intelligent qui permit aux amateurs vêtus de tweed fatigué de battre à plate couture les professionnels aux lourds manteaux de cuir de l'Abwehr et du SD nazi.

Mais ces amateurs-là pensaient. C'est toujours à craindre, avec les intellectuels (aussi les services français préfèrent-ils les officiers de carrière). Et plusieurs, parmi les plus brillants, avaient d'ores et déjà épousé la cause communiste. Il en résulta, à partir des années 50 et jusqu'à nos jours, une déconcertante avalanche de révélations dont la plus bouleversante demeure que Kim Philby, parvenu jusqu'au sommet de la hiérarchie, avait en fin de compte fait de l'Intelligence Service l'annexe involontaire du KGB soviétique.

On trouve assez facilement à Londres des personnages considérables, quoique officieux, pour expliquer avec sang-froid que cet incroyable avatar a ses aspects réconfortants puisque Kim Philby demeure un pur produit de l'Intelligence Service et non des écoles soviétiques, que si sa foi politique l'a conduit sur des chemins regrettables, il les a parcourus grâce à une

1. © *Les Nouvelles littéraires*, 20 mars 1980.

technique made in England, et qu'il est satisfaisant de constater que seul un homme formé par le Secret Intelligence Service avait été capable de démolir ce service et de s'en tirer indemne.

Sans doute cette interprétation transformant un chant du cygne en cocorico témoigne-t-elle d'un corporatisme accentué. (On trouve d'ailleurs assez aisément à Moscou des personnages considérables, quoique officiels, pour affirmer que les services britanniques n'ont jamais fonctionné correctement que quand ils étaient truffés d'agents soviétiques sachant leur ouvrage.) Il est en tout cas évident que la classe moyenne anglaise et son héraut, John Le Carré, réagirent de façon plus émotionnelle. On parla même, à propos de Philby, de trahison et de félonie, alors que la caractéristique de cet homme était d'évidence une touchante fidélité à un engagement trentenaire. On l'assimila à une taupe, animal dont la cécité paraît bien mal s'appliquer à un sur-voyant qui ne commit jamais le moindre faux pas. On lui prédit un avenir infernal alors que Philby demeure, aujourd'hui comme hier, ingénument doué pour le bonheur. Et tandis que Graham Greene, lui aussi ancien du Service, saluait de la plume cet homme peu ordinaire, John Le Carré, dans une pauvre préface, s'abandonnait jusqu'à imaginer un Kim Philby qui, devenu vieux, aborderait les touristes anglais dans les rues de Moscou en leur proposant, « la voix gorgée de whisky et l'œil larmoyant », de lamentables justifications de sa trahison. On peut penser ce qu'on veut de Philby mais il n'est certainement pas homme à aborder des inconnus dans la rue. Surtout à Moscou.

Une grande œuvre littéraire est forcément sous-tendue par une grande passion. Si la trilogie de John Le Carré, dont *Les Gens de Smiley* constitue le troisième et dernier volet, a reçu l'accueil que l'on sait de la part du public mais aussi des critiques littéraires les plus sourcilleux, ce n'est pas seulement grâce aux intrigues stupéfiantes que sait bâtir l'auteur, à son talent de conteur, à son don pour le suspense, à l'extraordinaire présence de ses personnages, à son délectable sens de l'humour : c'est aussi et surtout grâce à cette passion secrète qui irrigue toute son œuvre comme un fleuve souterrain. Il n'est qu'un grand écrivain pour tenter et réussir ce formidable pari : raturer l'Histoire tel un mauvais brouillon et la récrire comme on voudrait qu'elle fût.

Car l'affaire Philby n'a pas été banalement pour Le Carré un bon sujet proposé par l'actualité : elle lui a infligé une blessure et signifié un défi. Et cette affaire elle-même va bien au-delà des péripéties ordinaires qui sont le lot des affaires qu'on nomme à la légère secrètes. Elle fut pour tout un peuple l'éclair qui zébra son ciel crépusculaire et lui fit apercevoir son irrésistible déclin. Une décennie à peine avait suffi à faire un petit pays de la grande nation qui avait, un an durant et pour sa gloire éternelle, combattu en soldat solitaire pour la liberté du monde. Son accélération même faisait l'Histoire insaisissable, incompréhensible. Après Philby, on crut comprendre. Si le Secret Intelligence Service, bastion de l'Establishment, colonne du temple et son tabernacle, était farci de taupes, c'était le signe que l'île dérivait décidément hors du champ historique et s'enfonçait dans les brumes helvétiques où l'on s'efforce avec sérieux d'inventer le coucou-clock.

KGB : UN POURVOYEUR D'ASILES PSYCHIATRIQUES

Le Carré n'admet pas. Donc, Philby sera démasqué par Smiley et recevra la mort pour salaire de sa trahison. C'était le premier volume de la trilogie. Accessoirement, et pour que les choses soient bien claires, Philby a couché avec la femme de Smiley. C'est la manière de Le Carré : carrée. De même sa haine antisoviétique le conduit-elle dans son dernier volume à donner du KGB extérieur (à ne pas confondre avec l'exécrable KGB intérieur, pourvoyeur d'asiles psychiatriques) une description digne d'un mélo de quatre sous. Ce service ayant décidé d'interrompre l'existence d'une quinquagénaire russe réfugiée à Paris, nous le voyons dépêcher deux sbires à gueules patibulaires, propres à faire partir d'elles-mêmes toutes les 22 Long Rifle de France, qui useront de la méthode singulière consistant à prendre la dame par les aisselles, en pleine rue, pour la jeter sous une voiture (et ils échouent, en plus !). Même les services albanais, fameux pour leur désinvolture bon enfant, n'agissent plus de la sorte. Tout ce qui vit à l'Est, et spécialement au sein du KGB extérieur, est décrit de cette encre noire et sans nuance. Les membres de la « communauté du renseignement », comme disent les Américains, s'attristeront sans doute de voir ainsi dénigrer un service tenu à juste titre pour l'un des plus distingués du monde et qu'un gentleman comme Philby préféra, après tout, aux clubs londoniens les plus exclusifs.

Mais qu'importe ! Il est devenu banal de reconnaître l'ascendance littéraire balzacienne de cet auteur anglais. Le Carré est anticommuniste comme Balzac se croyait conservateur, mais ils écrivent une autre histoire. On l'a bien vu avec le deuxième volume, *Comme un collégien,* où l'auteur nous donnait sur l'Asie du Sud-Est encore soumise à la loi occidentale un reportage d'une sévérité accablante : ce n'était partout que massacres affreux, lâchetés, concussions et abominations. Smiley avait beau murmurer : « Ces gens me terrifient, mais je suis l'un d'eux » — toujours l'esprit de club — le lecteur avait un peu tendance à entrer dans les raisons de Philby...

LA COMMUNAUTÉ DU RENSEIGNEMENT

Avec le troisième et dernier volume, bouquet final, Le Carré a jeté sa fusée un peu loin, comme on dit du bouchon à la pétanque. Point question de déflorer ici une intrigue d'une audace époustouflante mais menée avec la rigueur habituelle à l'auteur (quel plaisir de lire un livre passionnant qui est aussi un grand livre, dont chaque page nous est à la fois désert et oasis, et qui bénéficie comme les précédents d'une traduction admirable de Jean Rosenthal). L'ouvrage refermé, force est de constater que John Le Carré, démiurge, ne pouvait faire autrement s'il voulait gagner son pari, inverser les signes désignant vainqueurs et vaincus, et faire triompher dans l'imaginaire son vieux pays dont la déconfiture lui navre le cœur. Car — chacun son Kim — Le Carré est le Kipling de la décadence.

Pari tenu, même si Smiley doit y salir un peu son âme proprette, tel un vulgaire agent du KGB extérieur. Dans cent ans d'ici, quand les cendres du grand Kim auront été depuis longtemps dispersées aux vents de la toundra, quand les archivistes des vieilles centrales auront mis à l'incinérateur les dossiers gris et soulagé d'une pression du doigt la mémoire des ordinateurs, les lecteurs de John Le Carré sauront de science certaine que nos années 60 virent le Secret Intelligence Service triompher des forces du mal sous la conduite de George Smiley. La taupe Le Carré, émergeant gaiement aveugle de sa galerie de papier, aura finalement gagné la partie.

2. L'ESPION QUI VENAIT DU MOI [1]

par John Le Carré

Il était une fois un grand chef d'orchestre chez qui l'on retrouvait la plupart des vertus britanniques. Il avait partout l'art de séduire mais surtout par sa musique. Son style était facile et convaincant et les notes semblaient lui venir sans mal. Il se vantait d'avoir des rapports faciles et convaincants avec bon nombre de gens haut placés dont il se souciait comme d'une guigne. Il était parvenu vite et sans détour au sommet de son art.

Ce grand chef d'orchestre un jour donna un grand concert. A l'Albert Hall. Ou bien était-ce à l'université John Hopkins ? J'ai oublié. Tout le monde était là : les têtes couronnées d'Europe, les têtes couronnées des sciences et de l'industrie, même les têtes couronnées de Baltimore.

Ses amis aussi s'étaient déplacés. Son plus vieil ami, le plus cher, qui n'avait acquis ce titre que quelques semaines auparavant et qu'il avait engagé sur-le-champ pour être son nouveau Boswell, avait fait le voyage.

« Cher ami, dit le maestro, je voudrais qu'à l'entracte vous veniez dans ma loge ; je tiens à vous présenter quelqu'un que j'admire presque autant que vous, quelqu'un qui est toujours resté à mes côtés dans les bons comme dans les mauvais moments. »

L'entracte arriva. Son ami s'arracha au public en délire et vint se réfugier dans la loge du grand chef d'orchestre.

Le maître était là, tournant le dos à la porte, planté devant un long miroir et tirant sur sa cravate blanche. Une habilleuse l'aidait à passer un habit frais. Un coiffeur lui donnait un coup de peigne. Dans un coin de la loge, un vieux, très vieux monsieur était assis sur une chaise longue, s'appuyant lourdement sur une canne. Il avait les mains noueuses et sa tête chenue était penchée sur sa poitrine. Je ne sais quel âge il pouvait avoir et je crois qu'il n'en savait rien non plus.

« Très cher ami, dit le grand chef d'orchestre en souriant à son reflet dans le miroir tout en continuant à s'escrimer bien inutilement sur son image sans défaut. Comme c'est aimable à vous d'être venu. Vous avez aimé la musique ?

— Beaucoup.

— Ai-je assez salué ?

— Tout à fait.

1. Conférence prononcée par John Le Carré à l'université John Hopkins de Baltimore, le 20 mai 1986. © Authors Workshop, 1986.
Traduction française de Jean Rosenthal. © Éditions Robert Laffont, 1991.

— Alors, reprit le maestro, permettez-moi de vous présenter un vieil ami que j'ai trouvé à mes côtés dans les bons comme dans les mauvais jours. (Il resserra un peu son nœud de cravate.) Sa Majesté le roi de Norvège. »

Très impressionné, l'ami du maestro se tourna vers le vieux, très vieux monsieur assis dans le coin et, comme le grand chef d'orchestre lui-même, lui aussi s'inclina, mais une seule fois.

Mais, alors qu'il se penchait, le vieux monsieur commença à secouer la tête. D'abord doucement, comme s'il s'éveillait. Puis avec vigueur, comme pour porter la contradiction. Pour finir, il parla, mais dans un souffle, pour ne pas troubler les méditations du maître.

« Non, non. Pas de Norvège, mon vieux. De Suède. »

La morale de cette histoire, comme vous n'aurez pas manqué de le deviner, est double. Elle montre le manque constant de fiabilité de l'artiste en même temps que son insatiable vanité. Elle nous met en garde : à peu près tout ce qu'il nous dit, qu'il s'agisse de lui ou d'autrui, doit être soumis à des tests d'exactitude rigoureux et objectifs.

Et elle souligne aussi le problème de sa propre présentation. Si des gens disent que nous sommes ceci, et que nous savons au fond de nous-même que nous sommes cela, la sagesse est-elle de prendre un air naturel, de paraître occupé et d'avoir le tact de leur laisser leurs illusions ? Ou bien faut-il, au risque de semer la confusion, voire le désenchantement, nous désavouer nous-même ?

J'aimerais ce soir vous faire le plaisir — ainsi qu'à moi-même — de parler avec franchise des origines de mon œuvre : comment j'en suis venu à écrire et pourquoi je continue à écrire.

Demain, j'en suis sûr, je renierai tout ce que j'ai dit. Demain, quelque autre pensionnaire de la ménagerie désordonnée qui, chez un écrivain, fait office d'identité, se fraiera un chemin jusqu'au premier rang de la foule pour vous servir une version totalement différente du même thème, des mêmes événements. Ou bien ce seront les clichés qui prendront la relève — ceux que j'emploie : ces fallacieuses réponses toutes faites, ces classiques faux-fuyants qui constituent pour l'écrivain une protection instinctive contre les curieux et auxquels, s'il ne fait pas grande attention, il finit par croire lui-même.

Cela dit, ces réponses toutes faites et ces faux-fuyants — ces clichés qui vont être ce soir nos ennemis jurés — répondent bien sûr à des questions classiques. Et ces questions, à leur tour, sont le fruit bien ennuyeux d'explications toutes faites — que l'on trouve dans un flux croissant d'articles de journaux, de thèses universitaires et même d'ouvrages entiers — consacrées à la question de savoir pourquoi l'espionnage continue à jouir d'une telle vogue — c'est le mot à la mode — dans notre sous-culture contemporaine.

Les auteurs de ces ouvrages dressent alors une généalogie arbitraire, qui ne se rattache à rien que je puisse reconnaître, et allant d'Alexandre le Grand à J. Edgar Hoover, en entraînant au passage tout ce qui leur semble fondé sur l'intrigue : la chute de Jéricho, Judas l'Iscariote, l'empire des Indes, Burgess et Maclean et le Watergate.

L'idée qui soutient ces échafaudages intellectuels, c'est que, d'une certaine façon, il existe deux Histoires : une Histoire « blanche », comme on l'écrirait pour des enfants impressionnables, et où, hormis un écart de conduite accidentel, les hommes d'État de la planète pratiquent un jeu d'une totale limpidité, et une Histoire « noire » tissée de fourberies grossières et de ruses basses et sans retenue.

Quand ces mêmes commentateurs appliquent leurs talents à l'analyse de l'espionnage de fiction, ils s'embarquent selon leur goût avec l'auteur de la *Chanson des Nibelungen,* avec Horace Walpole ou avec Fenimore Cooper, puis coupent audacieusement par les eaux follement variées de Charles Dickens, E. Phillips Oppenheim, Wilkie Collins, Rudyard Kipling, Conan Doyle et Ian Fleming, pour retrouver avec gratitude ce qu'ils imaginent être les rades tranquilles de Joseph Conrad et de Graham Greene. Voilà, disent-ils, en désignant ce qu'ils ont laissé derrière eux, la route du roman d'espionnage. Et comme quelques-uns de ces téméraires navigateurs — les plus perspicaces d'entre eux, je m'empresse de le dire — ont eu la bonté d'ajouter mon nom au bout de cette liste, je suis enclin, en règle générale, à accepter le compliment et à me taire.

Mais pas ce soir.

Il est vrai que j'adore prendre pour sujet l'aventure. Et l'intrigue — à moi la muse de la clandestinité —, et que mes personnages préférés sont ceux qui rôdent la nuit dans des mondes dont ils n'aperçoivent jamais que la frange spectrale, même s'ils pratiquent eux-mêmes la magie noire. J'ai assurément une tendresse enfantine pour les dragons et les princesses, et une crainte poltronne du danger que, peut-être, je ne parviens à exorciser qu'en inventant des cauchemars presque aussi glaçants que la réalité.

Il est vrai aussi que je me considère toujours et avant tout comme un conteur, et le lecteur comme un public rétif qu'il me faut d'une façon ou d'une autre — comme aimait à le dire Madox Ford — maintenir assis dans son fauteuil au coin du feu. Et que, pour ces raisons et quelques autres, je me sens humblement proche de plusieurs de ces auteurs dont je viens d'égrener les noms. Tous des hommes, vous l'observerez, et qui, non sans mauvaise grâce, semblent toujours oublier les histoires d'Ashenden de Somerset Maugham. Tout comme ils laissent de côté C.P. Snow qui, malgré tout le mépris dont on l'a accablé, n'a pas manqué d'obliger cette société fermée à remplacer la nôtre.

Un chien peut bien regarder un évêque : je reconnais dans les écrits tout à la fois de Conrad et de Greene les mêmes signes d'effort que je constate chez moi lorsque je commence à manipuler les forces d'ombre et de lumière, afin d'entraîner plus avant mon héros dans le tunnel de sa propre destinée ; quand je tente de réconcilier le roman d'action avec ce maudit Message qui essaie constamment de passer son nez sous le fil. Et n'était-ce pas Conrad qui se plaignait un jour qu'à force de représenter tant de choses ses personnages ne tenaient plus debout ? C'est un sentiment que je ne connais que trop bien.

Comme la plupart des écrivains, c'est du conflit que je fais mon miel. « Le chat s'assit sur le tapis » n'est pas une histoire. « Le chat s'assit sur le tapis du chien » est sans doute un point de départ, même si de nos jours la tendance est de se demander si ces deux-là ne vont pas se lancer dans une aventure amoureuse contre nature.

Je me retrouve aussi, j'en suis persuadé, dans l'état d'alerte permanent où vivent ces auteurs : dans cette tension qui n'a que peu, sinon rien, à voir avec l'action du moment ; plutôt une crispation énervante et statique, une prudence sans relâche ; non pas celle de l'homme qui débouche par une porte l'arme au poing, mais celle du quidam évoluant sur un champ de mines truffé des charges explosives que les circonstances, son caractère et — oserons-nous le dire ? — le destin ont enfouies sur sa route.

L'univers de ces deux voyageurs — Greene et Conrad — me rappelle les paysages de ce pauvre Edward Lear, peintre, poète et triste bouffon — lui aussi un voyageur — où si souvent le point de vue paisible est déchiré par les sombres crevasses de l'épilepsie qui l'accablait tragiquement. Alors même qu'on commence à admirer, on comprend que le moindre recoin de la Terre est un endroit dangereux. Nulle part où se cacher, nulle part où dormir.

Et, à en juger par ma propre vie et notamment mon enfance — cette enfance qui, pour citer Greene, est le solde positif de l'écrivain —, je sais que je possède les sommes requises de détachement, de cruauté et de paradoxe pour faire de moi soit un névrosé glapissant, soit ce genre d'artiste qui porte d'emblée sur le monde qu'il observe un regard aiguisé par le danger, un regard qui discerne autour de lui un chaos réclamant d'être mis en ordre ou simplement mis en scène, mais jamais d'être expliqué.

Quand des gens me demandent si je suis un espion (« L'êtes-vous encore ou l'avez-vous jamais été ? »), je suis tenté de répondre avec chaleur : « Oui, depuis l'âge de cinq ans. »

Car cet état de vigilance doit assurément être la première qualité qu'on exige d'un écrivain tout comme d'un agent secret. Un écrivain, comme un espion, doit faire sa proie de ses voisins. Comme un espion, il dépend de ceux qu'il dupe. Comme un espion, il doit d'une façon ou d'une autre s'ingénier à garder une certaine distance par rapport à ses propres sentiments et, pour ce faire, se fabriquer une attitude susceptible de lui valoir l'approbation de ses maîtres. Comme un espion, il n'est pas seulement un intrus mais implicitement un agent de subversion — et même un opposant naturel à l'État organisé puisque le plus clair de ses efforts vise à saper ou à réduire les notions pratiques dont dépend notre vie quotidienne.

Ne vous inquiétez pas : il n'y parvient pas.

Et qu'est-ce que l'espionnage sinon une autre façon de nommer ce que nous vivons chaque jour :

A qui me fier ? Et pourquoi ?

Qu'y a-t-il de vrai... chez lui... chez elle... dans cette histoire, dans cette possibilité ?

Qui puis-je croire ? Qui puis-je aimer ? Qui puis-je acheter et qui peut m'acheter ?

Comment puis-je cette nuit trouver le sommeil, hanté de quels rêves et de quelles peurs, avec qui, et n'est-ce pas dangereux ?

Pourquoi m'a-t-il — m'a-t-elle — dit cela ? Comment le monde me voit-il ? Se prépare-t-il à me détruire ?

Qu'est-ce qui est blanc aujourd'hui qui sera noir demain ? Qu'est-ce que la mode, qu'est-ce qui est éphémère, qu'est-ce qui est durable ?

Et quand je promets une fidélité éternelle, dois-je être déjà prêt à tromper ?

Et quand en retour on m'a promis fidélité, dois-je déjà m'apprêter à être déçu ?

Quelles amitiés vais-je nouer aujourd'hui qu'il me faudra payer demain ?

Suis-je en sûreté chez moi ? Est-ce que j'y cours des dangers ?

S'il m'admire aujourd'hui, m'enviera-t-il demain ?

Un écrivain-espion, nous dit un homme perspicace, est aussi bon que sa paranoïa. Dans un monde aussi étroitement ficelé que le nôtre, où l'on vend de complexes décisions politiques comme des lessives, et où l'humeur d'un homme peut dans l'instant provoquer des ravages dans les coins les plus reculés, ce pourrait bien être l'âge d'or de l'écrivain-espion.

Il ne fait non plus aucun doute pour moi que, si j'étais assez téméraire pour renoncer à mes fictions pour le divan du psychanalyste, le praticien et moi conviendrions bien vite du fait que je suis par nature un transfuge. Ou, comme aimaient à le dire nos grands-parents des femmes les plus légères de la famille, un insoumis.

Je viens d'une vieille famille d'insoumis. Ma mère décampa de la maison familiale pour épouser mon père, déserta encore une fois quand j'avais cinq ans et ne reparut pas de toute mon enfance.

Mon père déguerpit pour fuir une éducation orthodoxe mais répressive et, devenu ce qu'on appelle poliment un aventurier de la finance, il ne cessa de décamper par nécessité presque toute sa vie, souvent pour se soustraire à l'autorité de la loi, et parfois sans succès. Ces choses-là sont contagieuses.

Pour ma part, j'ai déserté d'une *public school* — ce qui veut dire, bien sûr, une école privée — à seize ans ; je me suis arraché à vingt-trois ans aux fardeaux du célibat ; à trente-trois ans au monde crépusculaire du renseignement britannique ; et à trente-six ans à un premier mariage. Un instinct qui simultanément vous pousse à s'engager dans la vie et à s'échapper n'est pas rare chez les créatifs, tout comme l'instinct de sans cesse courir. Mais j'aime à croire, quand je m'arrête pour jeter un regard narcissique sur le parcours en zigzag de ma vie, qu'il s'est manifesté chez moi par bouffées. Alors que chez moi le patriote et l'enfant se précipitaient pour adorer une grande institution après l'autre, le prétendu artiste bouclait déjà secrètement ses bagages, creusait un tunnel sous les murailles du château et sondait la profondeur des douves.

J'ai une nouvelle fois entendu retentir la sonnette d'alarme ce mois-ci lorsque je suis tombé par hasard sur une critique américaine perspicace — c'est-à-dire favorable — de *Un pur espion,* ce livre avec lequel, pouvait-on lire, Le Carré a entrepris de porter la subversion au cœur même du roman d'espionnage.

Était-il donc vrai, me demandai-je, que dans mes écrits aussi j'avais atteint ce point d'ennui ou de désaffection où il me fallait m'attaquer à la citadelle même de mon propre succès ? Que j'allais la saper avant de la trouver insuffisante ?

Eh bien, je ne pense pas. Pas vraiment. Je suis à peu près certain que je considère le roman d'espionnage non pas comme une prison mais comme un ami de tous les instants que je peux emmener partout où je vais. J'ai décrit des organismes de renseignement byzantins et d'une éblouissante efficacité ; et j'en ai décrit qui n'étaient que le sanctuaire des bouffons et des fantaisistes. J'ai décrit des services où l'on s'engageait totalement ; et d'autres qui n'étaient que des eaux dormantes et hors du temps et d'autres encore comme le théâtre secret de la réalité. Mes espions sont des héros ou des faibles. Ce sont des hommes de sagesse ou des idiots murés derrière leurs œillères. Des manipulateurs ou des quasi-psychopathes. Des victimes ou des héros, dans le combat incessant qui se livre pour préserver des valeurs convenables dans une société en train de se déliter. Mes intrigues s'appuient sur les structures classiques du suspense, mais il leur arrive aussi d'aller vagabonder dans leurs propres abstractions sans qu'on y trouve trop à redire. Les limitations de mes romans ne sont pas imposées par le genre, mais par moi-même. Ce n'est pas le roman d'espionnage mais le préjugé qui, dans les cercles littéraires, s'attache à lui que j'ai parfois estimé agaçant.

Je savais pourtant à quoi faisait allusion ce brave homme.

Mon premier livre était sans aucun doute à bien des égards une défection, même s'il vous avait fallu connaître le code pour découvrir pourquoi et, en tant qu'écrivain en ce temps-là, je vivais dans une absolue clandestinité, ce qui m'a contraint à utiliser un pseudonyme.

J'étais fonctionnaire à l'époque, je travaillais dans un service gouvernemental sans visage et confidentiel de Londres. J'avais vingt-neuf ans et, assis à mon bureau anonyme à gratter du papier et à voir approcher l'ombre de mon trentième anniversaire, je ne pouvais m'empêcher de me demander si, en me refusant avec une telle obstination les plaisirs de l'écriture personnelle, je me conduisais comme un saint ou comme un fieffé imbécile.

La conscience que j'avais de mes dons artistiques était très floue. Jeune garçon, j'avais écrit des poésies parfaitement abominables où je m'efforçais d'exalter mon sentiment de solitude et qui m'avaient valu des récompenses. En ce moment même, je l'espère, des agents que je paie très cher passent au peigne fin les bibliothèques scolaires de l'Angleterre de l'Ouest pour détruire toute trace de cette littérature. Quand j'étais un jeune officier de renseignement, je m'étais essayé à des nouvelles, mais sans rien produire qui me plût. Jeune maître d'études à Eton, j'avais arrondi un salaire de misère en illustrant des livres pour enfants et en dessinant des couvertures. Je m'étais même un jour installé au zoo de Harrod's pour dessiner des perroquets destinés à un ouvrage sur les oiseaux qui parlent. Je n'ignorais rien des plumes ventrales d'un ara.

J'étais un linguiste, et la plupart de mes références culturelles étaient allemandes et non pas anglaises. J'étais fauché et, chaque fois que je m'asseyais à mon bureau, extrêmement énervé.

Et puis un matin, alors que j'avais pris le train pour me rendre à mon travail — le trajet me prenait une heure et demie dans chaque sens —, je m'achetai un calepin à trois sous au lieu du *Times* et, sans réfléchir plus longtemps, je me mis à écrire à propos d'un nommé George Smiley, en construisant son personnage à partir de divers éléments — réels ou imaginaires — de ma propre situation et j'y ajoutai le liant de mon affection et de mon admiration filiales.

Smiley était timide, comme j'avais tendance à l'être, et avait du mal à entrer dans une pièce bourrée de monde.

Il était comme moi anonyme et, par choix aussi bien que par obligation professionnelle, il aimait à passer inaperçu.

C'était un officier de renseignement comme moi, mais déjà d'un certain âge, ce qui n'était pas mon cas, même si son désenchantement ménopausique évoquait ce que je redoutais pour moi dans un proche avenir.

Comme moi, c'était un germaniste mais, contrairement à moi, son amour de la littérature allemande avait souffert de son expérience d'agent secret pendant la guerre, qui l'avait laissé meurtri, mais déterminé, attitude qui faisait notre admiration à tous.

Alors que j'avais eu une enfance agitée et embarrassante, Smiley n'avait pas d'enfance du tout, et pas davantage de père vagabond : « Dépourvu de collège, de parents, de régiment ou de profession », écrivais-je avec tout l'abandon d'un romancier débutant, Smiley « voyagea sans étiquette dans le fourgon de queue de l'express social, et devint bientôt un ballot égaré... que personne ne vint réclamer sur l'étagère poussiéreuse des nouvelles de la veille », ce qui était exactement ce que je redoutais qu'il m'arrivât si je continuais à faire la navette dans cet horrible train de Londres.

Il n'est pas besoin d'être un génie pour deviner que le personnage de Smiley, en tant qu'image du père dans mon imagination, était l'antithèse même de tout ce que mon excentrique de père avait été dans la réalité.

Smiley était victime aussi d'une sorte de confusion morale. Il avait combattu avec acharnement le fascisme et participé sans transition à la guerre froide contre le communisme, sans pratiquement prendre le temps de souffler entre les deux. Ce n'était pas non plus une coïncidence si la première affaire épineuse que je lui présentai soulignait cette confusion, et l'obligeait à détruire un vieil ami et allié qui, dans l'arbitraire des réalignements politiques, était devenu son nouvel ennemi.

Smiley et moi avions à cet égard bien plus de points communs que n'auraient pu le laisser croire nos différences d'âge, de caractère et d'apparence. Moi aussi, quand j'étais collégien, on m'avait inculqué l'idée que les Allemands étaient mes ennemis naturels et que quiconque les combattait était mon ami naturel. Lorsque j'étais écolier, Joseph Staline était un héros et l'image populaire qu'on avait de lui était celle d'une bienveillante figure paternelle, arborant une élégante tunique blanche et cueillant des roses dans un jardin ensoleillé. Personne ne nous avait dit qu'entre le moment où il combattait les Allemands et la cueillette des roses, Staline s'employait à exterminer la bourgeoisie russe.

Et, quand j'arrivai en Autriche comme jeune officier de renseignement en 1949, j'avais pu constater directement quel était le prix de ces brèves alliances dictées par les circonstances. Dans les camps de réfugiés d'Europe centrale, j'avais rencontré des familles qui, depuis sept ans, dix ans, ne connaissaient pas de vie en dehors des camps de l'Allemagne nazie et de la Russie communiste. Nombre d'entre elles étaient juives. D'autres venaient d'autres pays dont l'existence, tandis que s'édifiaient les empires russe ou allemand, n'avaient plus semblé opportune.

Deux ans plus tôt, alors que j'étais étudiant en Suisse, j'étais parvenu à me rendre en Allemagne occupée et à Berlin. Et, comme tous ceux qui ont vu ces fantômes crottés évoluant parmi les décombres, j'avais conservé une image inoubliable des vraies conséquences de cette guerre à laquelle, enfant, j'avais tant rêvé de prendre part.

C'était l'époque, souvenez-vous, où de jeunes pilotes américains et britanniques qui, la veille, avaient écrasé Berlin sous leurs bombes, défendaient maintenant courageusement ce qui restait de leur ouvrage grâce au pont aérien. Et les Berlinois eux-mêmes se voyaient affectés à un nouveau panthéon du Bon Allemand : réservé à ceux qui étaient décidés à résister aux communistes. Les communistes ayant été, vous vous le rappelez peut-être, parmi les premiers détenus des camps de concentration hitlériens.

Mais Smiley, s'adaptant à contrecœur à l'esprit d'équipe, assumait bravement tous ces paradoxes dans l'intérêt d'un bien supérieur. Si ses goûts différaient à tous égards de ceux de James Bond, tout comme sa vie sexuelle, il demeurait au bout du compte et à contrecœur le serviteur de la société occidentale établie : même si celle-ci, dans ses formes institutionnelles, se présentait à lui sous un jour impitoyable, décadent et égoïste. Quelque part dans la quête de Smiley – par-delà tous les déchets et tout le désenchantement d'un monde toujours plus matérialiste —, la fleur bleue du romantisme lui faisait signe, et il cheminait vers elle. Dans l'un de ces calepins à trois sous sur lesquels je griffonnai sa première histoire, je fis un croquis de lui comme je l'avais d'abord imaginé. Bedonnant et perplexe, le pèlerin fatigué gravit péniblement une colline pierreuse, portant sur ses épaules son cheval épuisé.

Smiley lui-même — c'était du moins ce que l'image suggérait — paierait noblement le prix des abominables besognes qu'il faudrait accomplir pour assurer aux citoyens ordinaires, honnêtes et ignorants de tout cela, des nuits paisibles dans leur lit. Il en trouverait les moyens dans sa propre conscience. Smiley sacrifierait sa propre moralité sur l'autel des exigences nationales. Pour vous, pour moi. C'est l'argument que, pendant vingt-trois ans, je n'ai cessé de placer dans la bouche des principaux personnages des romans de Smiley : dans *L'Espion qui venait du froid,* où l'utilisent aussi bien le chef du service secret que son infortuné agent ; dans *Comme un collégien* où le protagoniste, avec une détermination presque agressive, impose à Smiley la responsabilité de décider quelle fin justifie quels moyens ; jusqu'aux *Gens de Smiley,* le dernier en date des romans avec Smiley, où ce dernier est bien près de se voir lancer cet argument en plein visage. Permettez-moi de vous rappeler les derniers moments du livre :

Smiley vient de réussir le plus beau coup de sa carrière : il s'est assuré la défection de son adversaire russe. Il se trouve devant le mur de Berlin (où battait encore le cœur inquiet de son Allemagne bien-aimée). Auprès de lui son autrefois jeune écuyer, Peter Guillam, aujourd'hui quadragénaire. Ce devrait être leur moment de triomphe partagé. Mais le récit n'en donne guère l'impression.

« Par une vieille habitude, Smiley avait ôté ses lunettes et les fourbissait d'un geste absent avec le gros bout de sa cravate, bien qu'il lui fallût pour cela plonger entre les plis de son manteau de tweed.

« — George, vous avez gagné, dit Guillam tandis qu'ils revenaient à pas lents vers la voiture.

« — Vous croyez ? fit Smiley. Oui. Oui, ma foi, je pense que oui. »

On n'a plus depuis lors entendu parler de Smiley. S'il a quitté la scène pour de bon, alors il reste pour moi une énigme, sans avoir résolu la question primordiale de sa vie et de la mienne – mais en emportant avec lui, comme il avance à pas pesants vers le walhalla des espions, l'essentiel de mon œuvre dans sa serviette élimée.

Mais que Smiley reste tapi railleur dans les ombres, ou qu'il prépare un nouveau retour en scène, la discussion en lui et moi — le mot « dialogue » est trop faible — se poursuit sans relâche. Était-ce vraiment si héroïque, ce qu'il a fait de sa vie ? Tout ce sacrifice de la conscience morale, était-ce si noble ? Ne ressemble-t-il pas un peu à la vierge d'une nouvelle d'Eric Linklater, qui bravement se livre à la prostitution pour sauver sa famille de la famine, quand un peu de bonne gestion des comptes domestiques aurait tout aussi bien fait l'affaire ?

Y a-t-il en fait une si grande différence entre l'homme qui volontairement renonce à sa conscience morale et celui qui de toute façon n'en a jamais eu ? Est-ce que Smiley, est-ce que personne a le droit — et plus que tout autre un homme d'une telle sensibilité — de faire taire sa conscience individuelle dans l'intérêt d'une brumeuse conscience collective ? Est-ce donc cela la « culture occidentale » de Smiley ? Peut-être faudrait-il le demander à la CIA ?

Ce ne sont pas, après tout, les dissidents qui ont semé la perturbation dans notre monde divisé. Pas plus que les réfractaires, les hérétiques, les détracteurs ni les traîtres. Ce n'est même pas ce nouveau monstre du vocabulaire de Washington, le « pragmatiste » — en qui j'ai bien peur de me reconnaître — qui est parvenu à saper les bases de notre civilisation.

Voyons plutôt ces hommes *loyaux* qui défilent aveuglément aux accents de la musique de leurs croyances institutionnalisées : leur dossier à eux n'est pas bon — qu'ils marchent aux airs posthumes de l'Empire britannique, pour l'Islam, pour l'Allemagne, peu importe laquelle, pour Dieu, peu importe pour qui Il œuvre en ce moment, ou pour la démocratie, peu importe sa forme. Le Christ lui-même ne fournit aucune garantie valable de rigueur quand il s'agit de choisir un champion. Dans quel camp était-Il dans l'affaire des Malouines ? De quel côté se range-t-Il aujourd'hui au Salvador, au Nicaragua ? A Rome ? Sur la question du désarmement nucléaire ? « Il n'y a jamais eu tant de guerres civiles, disait Montesquieu, qu'au royaume du Christ. » Et le sacrifice lui-même ne constitue en rien une garantie. Nous ne pouvons pas mesurer l'intégrité d'une cause au nombre des gens qui sont morts pour elle, comme Smiley devrait parfaitement le savoir.

Tout ce qu'on peut vraiment affirmer, c'est peut-être que la plus grande menace pour l'humanité réside dans le fait de renoncer à des scrupules individuels en faveur de dénominateurs institutionnels. D'adopter des slogans, d'accepter sans rien dire des animosités préconditionnées de préférence à des décisions difficilement prises par la conscience individuelle et humaniste. Le véritable héroïsme réside, comme il résidera toujours, non pas dans le conformisme ni même dans le patriotisme, mais dans des actes de courage moral solitaires. C'est d'ailleurs, si l'on y réfléchit, ce que nous admirions chez notre sauveur chrétien.

Pardonnez-moi cet accès moralisateur, mais j'ai le sentiment que, au moment de quitter la scène, Smiley se demandait sérieusement s'il avait jamais été un héros, ou si tout ce prétendu sacrifice moral de sa part n'était pas plutôt une excuse.

A-t-il jamais de toute sa vie crié « Assez » ? Pas que je sache. A-t-il jamais jeté par terre sa cape et son épée pour foncer dans les couloirs poussiéreux du Cirque, ouvrir d'un coup de pied la porte de son chef et hurler : « Où sont les limites ? »

Il ne l'a pas fait, alors permettez-moi d'écrire aujourd'hui la scène pour vous.

Son directeur — peu importe maintenant de qui il s'agit — est assis à son bureau et savoure sa première tasse de thé du matin.

— Ah, George. Vous avez l'air énervé. Anne a encore filé ?

— Quelles sont les limites ? répète Smiley d'un ton agressif. (Il a répété cette réplique tout le long du chemin.) Je veux savoir combien de temps nous pouvons continuer à faire tout ça pour la défense de la société occidentale, sans qu'elle cesse d'être une société qui mérite d'être défendue. C'est tout.

— Comment « tout ça » ? George, calmez-vous. Prenez des vacances.

Mais Smiley tient à vider son sac.

— L'ingérence dans la politique des pays d'opérette du tiers monde. Les manœuvres d'intimidation. Le saccage de leur économie. Le fait de truquer leurs élections. D'assassiner leurs dirigeants. D'acheter leurs politiciens comme des esquimaux à l'entracte. D'ignorer qu'ils meurent de faim, qu'ils sont analphabètes. Le fait de chasser les paysans de leurs terres. D'armer jusqu'aux dents ceux qui les oppriment. De faire de leurs enfants les terroristes de demain. De manipuler les médias. De mentir. Constamment.

— Mais, mon cher George, songez à ce qu'ils font dans le camp d'en face. C'est bien pire. Un peu de thé ?

Mais Smiley ne veut pas se laisser amadouer.

— Écoutez, chef, j'y ai beaucoup réfléchi. Si nous mettions autant d'énergie à nous arrêter que nous en consacrons à continuer... Si les Américains le faisaient, si la paix était aussi importante que l'envoi d'un homme sur la Lune...

— Vous avez bu, George, je le vois.

— Nous avons perdu toute perspicacité, chef. Tout courage. Qu'est-il arrivé à Tom Paine ? A Thoreau, à Edmund Burke ?

Le chef se laisse aller à un rire inhabituel, las.

— Oh, mon cher George, voilà des années qu'ils émargent chez nous.

Permettez-moi maintenant de revenir à ce critique astucieux qui laissait entendre que j'avais entrepris de porter la subversion dans le roman et — s'il n'a pas encore été dévoré par les ours — de le réduire au silence par une suggestion plus subversive encore. Peut-être n'était-ce pas au cœur du roman d'espionnage que je portais la subversion, mais dans ce pauvre vieux George Smiley lui-même. Peut-être étais-je las de sa douillette résignation. Fatigué aussi de trouver des excuses à sa passivité. Peut-être avais-je atteint un certain stade de mon évolution et en avais-je assez de voir mes choix transmis par son truchement de hibou vieillissant. Peut-être l'âge m'avait-il enfin libéré des étouffantes conventions de la jeunesse qui à l'origine avaient donné naissance à Smiley.

Je l'ai donc plaqué pour m'assurer que mon avenir demeurerait incertain.

Beaucoup de mots. Beaucoup d'idées incomplètes. Comme un cuisinier nerveux, il me semble que je vous ai fait goûter un peu de tout.

Bah, je n'ai jamais encore connu d'écrivain qui se considère comme réconcilié avec lui-même, ni comme achevé. Le truc, conseillait Scott Fitzgerald, c'était de défendre deux opinions contradictoires sur n'importe quel sujet et être quand même capable de fonctionner. S'il y a un peu de vérité chez les romanciers, on a plus de chances de la trouver dans nos fictions que dans nos apparitions en public. C'est là que, même si c'est de façon éphémère, nous façonnons des gens réels à partir des trop nombreuses possibilités qu'offrent nos changeantes natures. Ce n'est pas pour rien que Balzac sur son lit de mort s'enquérait du sort de ses personnages de roman. Dans la fiction, nous pouvons figer le cadre. Dans la vie, pour paraphraser Arthur Koestler, nous sommes identiques aux gens réels, mais nous en sommes trop à la fois.

Pour le rédacteur en chef de la *Gazette littéraire soviétique,* je suis un défenseur acharné de la cause capitaliste, un provocateur issu de la guerre froide et, depuis *La Petite Fille au tambour,* un agent secret des sionistes et le témoin des séances de torture israéliennes.

Il n'a pas dû lire George Will, qui me proclamait le porte-parole de la propagande arabe.

Et George Will n'a pas dû écouter Chaïm Herzog, aujourd'hui président d'Israël, qui a généreusement fait l'éloge de *La Petite Fille au tambour* à la télévision américaine.

Pour les conservateurs britanniques, je suis un démolisseur des valeurs traditionnelles, mais il a fallu un ancien ministre de la Défense travailliste pour me lancer, sans doute en plaisantant, que j'étais un espion soviétique.

Peut-être me connaissez-vous mieux comme le lauréat du prix 1985 du rouge à lèvres Blistex attribué aux lèvres les plus mystérieuses. Le Premier ministre de mon pays, Mrs. Thatcher, s'est vu la même année décerner la même récompense pour avoir les dents les plus serrées du monde.

Et pour moi ? Qu'est-ce que je souhaiterais être ? J'aimerais me voir citer par Ford Madox Ford, que j'ai évoqué tout à l'heure, un écrivain qui appartient à nos deux héritages, américain et anglais. Je crois que surtout j'aimerais être l'homme qui vous a fait rester assis dans votre fauteuil au coin du feu pour écouter mes histoires. Je préférerais cela de loin au fait d'être roi de Suède, ou même roi de Norvège.

IMAGES DES TÉNÈBRES [1]

par John Le Carré

Lorsque l'on m'a demandé d'écrire cette introduction, tout ce que je connaissais de McCullin, c'étaient ses photographies, que je trouvais extraordinaires, et sa réputation de courage, abondamment évoquée devant moi par ses camarades journalistes. Mais les photographies de toute façon la laissaient déjà pressentir. J'avais lu aussi le texte que lui-même avait écrit pour *Retour au foyer,* son album de photographies sur l'Angleterre. C'étaient des pages — ou plutôt des phrases, car de toute évidence cela avait été dicté — touchantes, avec quelque chose d'un peu éperdu, un aveu déclamatoire de culpabilité, d'insécurité et d'indignation, tout cela lâché d'un seul jet, insistant pour nous faire reconnaître ce qui de toute façon me semble chez un artiste l'évidence même — mais qui ne l'était pas du tout pour lui — c'est-à-dire que son œuvre est une extériorisation de son identité fragmentée. Je fus quelque peu embarrassé par sa franchise et un peu agacé contre son éditeur de l'avoir laissé s'y abandonner. Je me demandai si McCullin, accablé, comme il le dit, par le remords de devoir son succès aux souffrances d'autrui, ne jouait pas à provoquer son public, en nous défiant de le rejeter parce qu'il n'était pas un héros, pas un artiste, mais rien qu'un œil rougi par le décalage horaire, fatigué par les combats.

Voilà à peu près ce que je connaissais de lui et ce qui me qualifiait pour écrire sur lui. Quand je me documente sur le décor d'un roman, j'emporte parfois un appareil de photo, mais je n'ai rien d'un photographe. Mes voyages m'ont conduit dans quelques-uns des mêmes lieux que McCullin mais, Dieu merci, pas trop près du cœur de ces ténèbres où il va chercher ses images. Toute mon expérience des champs de bataille n'occuperait pas pour lui un jour entier. J'ai vu aussi, bien sûr, ces hordes polyglottes toujours plus nombreuses de prétendus correspondants de guerre et de prétendus photographes qui s'en viennent grouiller — de nos jours par autocars entiers — partout où s'ouvrent des perspectives de sang, de famine, d'incendie

1. Ce texte a servi d'introduction à l'album de photographies pessimistes – et même sinistres – de Don McCullin : *Hearts of Darkness* (Martin Secker and Warburg, Londres, 1980).

ou d'épidémie. Dans le cadre de mes recherches, par compassion ou par accident, j'ai tenu la tête de quelques-uns d'entre eux et prêté l'oreille aux histoires que dans les brumes de l'alcool chacun raconte sur ses compagnons et donc, par là-même, sur soi. Il était grand temps que quelqu'un écrivît une nouvelle version du *Scoop* d'Evelyn Waugh.

J'ai eu la joie aussi d'en connaître certains d'une tout autre trempe, et ils font passer le reste.

Cela faisait toutefois six ou sept ans que je réagissais de façon décisive à ses photographies. Je les trouvais électriques, je leur trouvais un caractère hanté et parfois surnaturel. Peut-être n'étais-je pas fasciné par ses confessions, mais je pouvais fort bien comprendre que son œuvre était le produit d'une nature inquiète et un tant soit peu puritaine, profondément mal à l'aise devant la condition du monde et sa propre condition.

J'en conclus que la chose la plus simple à faire était de demander à McCullin de le rencontrer : de braquer sur lui l'objectif de l'écrivain tout comme il avait braqué son appareil sur un nombre infini de ses frères humains en leur demandant chaque fois que les circonstances le permettaient : « Ça ne vous ennuie pas que je vous photographie ? » Je pris donc un train pour Bishop's Stortford et il vint me chercher à la gare. C'était une journée de printemps ensoleillée, et nous avions à peine commencé à discuter lorsque le *Sunday Times* téléphona, en lui annonçant qu'il partait la semaine prochaine pour le Pakistan photographier Mme Bhutto. Je ne pus m'empêcher de penser que son journal dépensait beaucoup du temps de McCullin et de ses propres deniers pour faire tirer le portrait de la veuve d'un président qu'on pourrait sans doute se procurer sur place. Pendant le déjeuner quelqu'un téléphona de Hollande pour lui dire qu'il était en train de manquer de grands mouvements de foule qui se produisaient à l'occasion du couronnement de la nouvelle reine. La conclusion était : « Venez donc. » McCullin eut un rire timide. Il peut avoir ce genre de réaction. Comme beaucoup de gens qui parlent d'eux-mêmes avec une grande facilité, il a beaucoup à cacher.

Ce qui suit, je l'écrivis en hâte dans le train qui me ramenait à Londres et je le reproduis à peu près exactement comme je l'ai écrit :

On sent la tension rien qu'en lui serrant la main, c'est un geste timide pour franchir un abîme, timide jusqu'à l'hostilité. Il a des yeux de rebelle, terriblement clairs sous de longs cils, et la tendresse d'un rebelle pour ses grandes amours. Il y a du slave quelque part chez lui, il a un front large et fort et la tête baissée d'un boxeur. Il s'avance vers vous un peu comme un crabe. S'il était sur le ring, on se demanderait s'il n'est pas gaucher, mais on s'apercevrait tout de suite qu'il frappe des deux mains. Il est extrêmement vulnérable. Sa voix n'est pas seulement plate, elle est aplatie, si bien que les plis du Londonien de la classe ouvrière ont presque totalement disparu. Presque. Il a les épaules et un torse de mineur, le corps ensuite s'affine vite. Il est agile et dispos. Le visage sous certains angles est juvénile, sous d'autres creusé, las et bien trop vieux, encore que le vieillissement se traduise moins par des rides que par des ombres et une certaine pâleur. Les ombres qu'ont laissées trop de sensations, la pâleur acquise dans trop de chambres d'hôtel minables et après trop de repas minables. Il a le nez cassé, mais ce qu'il y a de curieux à propos des nez c'est qu'ils ne veulent rien dire. Les bouches, les yeux, les sourires, les visages changent, trahissent, communiquent. Mais un nez ne change pas. Et ne veut rien dire à moins que quelqu'un ne le frappe ou ne le coupe sur la table du chirurgien. Il conduit un break Peugeot, la voiture la plus sûre pour le tiers monde, avec de la place pour les gosses, les appareils de photo ou les blessés. Vieillir lui fait peur et il parle sans cesse de son enfance. Tout cela fait en vérité un très riche mélange.

Il parle sans cesse, me lançant de temps en temps des citations sur mesure, puis me jetant un coup d'œil en coin pour voir si je les ai notées. Il a un vocabulaire étendu, acquis au long des années et un grand stock d'imagerie verbale. Il semble croire que je suis peu observateur ; nous allons faire une promenade et il me montre tout au fur et à mesure : la cartouche de fusil de chasse utilisée, la beauté du sanctuaire qu'il s'est créé si près de Londres, l'étonnant effet que cela donne de partir de là pour des endroits lointains. Il ne me fait pas confiance pour voir quoi que ce soit, ce qui est très innocent et charmant de sa part. Il ne fait pas confiance et il s'attend à tout et notamment à se faire avoir.

Il insiste sur l'existence incroyable qu'il mène, sur les distances incalculables qu'il a parcourues, il s'acharne à souligner l'impossibilité d'embrasser d'aussi vastes tranches de vie humaine tout en restant « une personne, un tout ». De photographier des enfants affamés un jour et de dîner le lendemain avec les siens. Je connais tout cela déjà ; à un modeste degré je l'ai éprouvé moi-même, je l'ai vu chez bien d'autres gens. Mais il ne me fait pas confiance pour voir la moindre chose.

Il adore la campagne avec une passion de citadin, il l'aime comme une église dans laquelle il a investi ses prières pendant son absence, mais il la photographie avec une intensité funèbre, comme un endroit qui pourrait l'éloigner de sa destinée pour recueillir son corps lorsqu'il sera mort. Son amour de la famille, de la campagne, de la maison qu'il a transformée — et vaincue au prix de grands efforts physiques —, de sa superbe épouse, tout cela a pour lui une unité presque désespérée : un havre, un oreiller, un corps pur, intact et chéri, une oasis loin des rougeoyants enfers qu'il ne cesse de visiter.

En Afrique, me raconte-t-il — était-ce au Congo ? — il y avait un groupe de mercenaires blancs qui ne disposaient à eux tous que d'un seul film porno. Après l'avoir regardé un moment, ils mettaient la main sur quelques putains noires, les baignaient et les aspergeaient de lotion après rasage pour les débarrasser de leur odeur indigène avant de les sauter.

Dans un fort de la Légion étrangère où son frère était caporal, on faisait venir une fois par mois quatre prostituées algériennes pour toute l'unité. On pendait quatre couvertures pour servir de cloison entre quatre lits de camp et les hommes faisaient la queue pour prendre leur tour. Le frère de McCullin décampa et la fille lui demanda s'il était pédé.

Il me montre une photo d'un jeune Vietnamien dont le cadavre à son insu lui a tenu compagnie pendant des jours : le corps était de l'autre côté d'une plaque de tôle ondulée. La photographie montre le contenu des poches du jeune garçon vidées dans la boue, et ce beau compagnon mort, figé dans un sommeil éternel. Si c'était un tableau, je le qualifierais de sentimental ;

mais ce n'est pas le cas, c'est la vie et c'est l'amour outragé, c'est un cri de fureur qui monte du fond du cœur sensible de McCullin, mais je crois qu'il tient à ce que je comprenne que c'est aussi un cri de fureur sur sa propre enfance mutilée. Je vous comprends, mais l'image est si forte qu'elle me fait m'intéresser bien plus au jeune garçon qu'à ce diable de photographe esseulé qui a dû partager un trou d'homme avec son cadavre. (Était-ce McCullin qui lui avait vidé les poches ? lui demandais-je plus tard. Non, il n'aurait jamais fait ça, les soldats américains avaient déjà pillé les cadavres.)

Ses photographies d'Angleterre — *Homecoming (Retour à la maison)* — sont des photos de guerre prises en temps de paix, je m'en souviens. Partout où il va il en fait un champ de bataille. Est-ce cela qui le brûle ? Est-il persuadé en secret qu'il est l'auteur des malheurs qui l'accablent ?

Encore des photographies d'enfer rougeoyant. Derrière nous, dans le buffet surmonté d'une vitrine, je remarque une collection de jouets anciens, très jolis, très précieux. « J'ai acheté le lot pour deux sacs il y a quelques années », dit-il. Pour lui-même, semble-t-il. Pour sa propre enfance qu'il n'a pas vécue. Pas pour ses gosses.

Il a commencé aussi une collection de vieux livres d'enfant — mais c'était il y a dix ans. Le puritain montre de nouveau le bout de l'oreille : il se croit obligé de me dire ce qu'il les a payés pour que je ne pense pas qu'il jette son argent par les fenêtres. Son père, me confie-t-il en passant, l'encourageait à dessiner, il est mort à quarante ans, dans des circonstances horribles. Il parle tout le temps, sans s'arrêter, en partie pour se protéger parce qu'il est si timide, en partie pour m'aider parce que moi aussi je fais un numéro. Il paraît tout d'abord n'avoir aucune curiosité à mon sujet, et pourtant il est très gentil, très préoccupé de savoir comment il peut le mieux me venir en aide. Je soupçonne son intelligence d'être visuelle et cela fait assez longtemps que l'objectif est braqué sur moi. On ne peut photographier quelqu'un que pendant un certain temps.

Comme c'est le cas avec la plupart des journalistes, il a des hauts et des bas qui se succèdent très vite. Il ralentit un moment, puis repart avec un nouveau torrent de mots, des mots pour remplir le silence. J'ai l'impression qu'il a du mal à réveiller son intérêt pour moi.

McCullin enfant et McCullin adulte ont pris tous les deux de sacrées rossées — il tient à me le faire savoir, bien que je le sache déjà après le texte qu'il a publié — à l'école, houspillé qu'il a été par de petites brutes et des maîtres insouciants et violents. L'adulte — si tant est qu'il y ait une différence chez lui, chez moi, chez aucun de nous entre l'enfant et l'adulte — a été blessé dans une embuscade tendue par les Khmers rouges et s'est fait tabasser en prison à coups de matraque, de poings et de bottes par les soldats d'Amin. Il parle d'un ton de défi de sa capacité d'encaisser et l'idée me traverse l'esprit que d'une façon un peu terrifiante, à la T.E. Lawrence, les coups du châtiment ont parfois tranquillisé sa conscience. Je pense à *Candide* : il ne sait pas à quel point il est innocent des crimes dont il ne cesse de s'accuser.

Les voyages en avion aussi sont une chose qu'il déteste, une perpétuelle dépossession sensorielle qui le laisse comme fou, dit-il. Moi aussi. Il se rappelle avoir atterri à Saigon dans cet état et s'être fait passer à tabac par les souris blanches — sobriquet sous lequel les correspondants de guerre désignaient la police de Saigon. Dans le même souffle il me raconte comment il volait du charbon quand il était gosse et qu'il devait affronter les endroits dangereux où traînaient des types bizarres ; il me parle de son père qui jouait aux courses de lévriers et de sa mort affreuse et lente. Un jour, il compte étudier sa généalogie et découvrir quelles sont ses véritables origines. Il a fait un premier pas dans ce sens, mais il s'est fichu dedans.

Je n'arrive pas à placer une question. Il parle tant que je me prends à me demander s'il souffre véritablement d'une sorte de décalage horaire permanent et si je ne suis pas pour lui un inconnu de plus assis dans l'avion à la place voisine. Je remarque quelque chose de vitreux dans son regard et je le soupçonne d'en avoir assez de ma présence ; je suis déjà le sujet qu'il a photographié et qui insiste et ne décolle pas.

Il est même assis comme dans un avion, il est bien plié, dans une attitude de réserve un peu nerveuse, les mains coincées dans les crevasses de son corps : l'une sur son genou, l'autre sous son aisselle. Je ne me souviens de personne qui mette une telle intensité dans le fait d'être assis.

Je demande à voir d'autres photos. Soulagé par cet appel à l'action, il saute sur ses pieds. La photographie n'est *pas un art,* insiste-t-il, m'abreuvant d'un nouveau stock de citations, *c'est de la science appliquée.* Il faudra que je lise ce qu'il dit là-dessus dans son texte pour *Homecoming,* mais il ne se fie pas à ma mémoire, pas plus — ce qui est un peu terrifiant chez quelqu'un qui est de quatre ans mon cadet — qu'il ne se souvient le moins du monde de ce qu'il m'a dit voilà une heure. Ou peut-être, parce qu'il ne me fait pas confiance et que je ne prends pas de notes, estime-t-il qu'il doit répéter ce qu'il a dit.

La photographie, dit-il, c'est l'emploi d'une découverte scientifique liée à une émulsion et à la vitesse de la lumière. Il renie toute connaissance technique : ne lui ont-elles pas fait défaut dans son examen pour être photographe dans l'Air Force ? (Il est encore furieux de cette histoire, je le remarque, et, ce qui est drôle, c'est que je le serais aussi, alors sa réaction me plaît.) Eh bien, proclame-t-il avec fierté, elles lui feraient de nouveau défaut demain. Là-dessus, j'aimerais bien lui demander : « D'accord, ça n'est pas un art mais tout de même vous voyez-vous *vous* comme un *artiste* ? »

Mais je commence à m'apercevoir que nous n'en sommes pas encore à avoir des dialogues sur ce genre de sujet ; ses réponses seraient trop rapides, trop prêtes. Plus tard peut-être. La question d'ailleurs est injuste. McCullin doit vivre avec ses camarades journalistes, et ce ne sont pas des gens qui pardonnent facilement lorsqu'ils flairent la prétention. Quant à moi, je n'ai aucun doute sur ce qu'il est : je le savais avant même de prendre le train, et à cet égard l'opinion qu'il a de lui-même m'importe peu. C'est un artiste, et tant pis pour lui. C'est une chose avec quoi il doit vivre à sa façon.

Il y a des poulets dans le jardin et il est en train de remettre en état une basse-cour, pour faire du terrain son terrain. Seulement les fientes de poulet l'ennuient : c'est contraire aux exigences de sa délicatesse. Il s'inquiète aussi du nouvel aéroport qu'on projette de construire à Stansted. Peut-être devront-ils trouver un nouveau havre ailleurs.

Il parle du courage en laissant entendre que ce n'est que la couverture qui masque la terreur. Comme n'importe quel artiste, il parle de lui-même de façon obsédante — non sans vanité, il se voit lui-même comme un phénomène. Si je lui racontais que j'ai campé pendant un an dans une morgue ou que j'ai subi une transplantation cardiaque, il accueillerait cette nouvelle avec politesse et poursuivrait son récit. C'est *sa* vie qui compte et cela aussi je peux le comprendre. C'est *sa* vie cahotée entre l'Enfer et le Savoy qu'il contemple avec ses tendres yeux de rebelle. C'est *sa* vie qui le fascine, *sa* vie bien sûr qui le fait s'émerveiller devant l'ensemble de la race humaine. Et il me dit que la photographie n'est pas un art ?

Il peut encore le faire, m'explique-t-il, en me parlant d'aller au combat. Il peut encore affronter la bataille, se trouver au beau milieu, trouver encore du plaisir à ne pas perdre la tête, pour combien de temps encore ? Il me montre la photo d'un marine américain qui lui crie de ne pas faire le con et de garer ses fesses. Un marine, à l'abri d'un bâtiment, lui conseille d'aller s'abriter... Il le dit, mais dans son esprit l'audace et la victoire sont inséparables.

Il parle du destin comme le ferait un pilote de courses ou un soldat au combat. Un jour, votre numéro sortira. Un jour, on vous distribuera la mauvaise carte. Alors il s'en ira rejoindre son père, dont il s'efforce d'atteindre l'orgueil et la renommée. Je ne sais pas si McCullin croit à Dieu le Père, mais son propre père à n'en pas douter a quelque chose d'un peu divin pour lui.

Nous revenons à la peur. Il a connu toutes les formes de peur, dit-il, il est un expert en la matière. Il est revenu du bord de Dieu sait combien de gouffres, tous différents. Rien que l'expérience qu'il a vécue dans une prison ougandaise, qu'il me raconte, suffirait à déboussoler pour de bon un autre homme — un homme comme moi, tout simplement. On l'a donné pour mort plus de fois qu'il n'arrive à s'en souvenir, ajoute-t-il. Mais il dit cela sans vantardise, il explique, et d'ailleurs les renseignements que j'ai à ce propos sur lui dépassent, et de beaucoup, tout ce qu'il m'a raconté jusqu'alors — mais n'anticipons pas. Lorsqu'il parle ainsi de la mort et du risque, il semble supposer de façon très consciente qu'en mettant chaque fois sa chance à l'épreuve, c'est l'indulgence de son Créateur qu'il met à l'epreuve. Survivre, c'est être pardonné et béni de nouveau. Périr est la récompense de sa démesure. Mon propre père, qui adorait jouer, trouvait la même explication en risquant tout ce qu'il possédait. Mais McCullin, je lui ai posé la question, ne joue pas, cela le laisse complètement froid. Il prend soin de toutes les récompenses qu'il obtient, et les conserve avec une reconnaissance mêlée d'émerveillement. Personne ne va le renvoyer là d'où il est venu. A vrai dire, là encore, il en va de même pour moi.

Du courage nous passons à l'âge, à *son* âge. C'est un sujet que nous avons effleuré au début de notre conversation, mais maintenant nous y revenons. Nous marchons, nous patrouillons les frontières de son refuge et je remarque que le placage qui dissimule son accent londonien est en train de se desserrer et que l'accent commence à reparaître, ce qui me donne à penser qu'il est de nouveau fatigué : non pas physiquement, mais fatigué de se trouver ainsi exposé, fatigué de moi, fatigué de tout ce bavardage dont rien ne sort.

Notre promenade nous prend une heure et quart et il me demande au moins trois fois durant ce temps, et de façon assez bizarre, si ce n'est pas trop m'imposer. Il entend cela sur le plan physique et non plus fiscal. Il est vraiment très timide. Je lui réponds que normalement je marche environ deux heures par jour, mais je ne crois pas que cela l'impressionne. Puis je découvre la vérité : il n'est jamais allé aussi loin encore dans sa campagne.

Est-ce que l'âge épuisera son courage ? se demande-t-il. Il a des fils gris aux tempes et sur la nuque qui illustrent son inquiétude. Il croit qu'on doit être dur avec soi-même ; c'est comme ça qu'on reste en forme. « Être en forme, c'est ce qui me permet de survivre. Si on marche avec des soldats qui ont vingt ans de moins que soi, il faut pouvoir tenir. A Hué, j'étais au front avec des soldats. Leur officier était mort et j'avais trente-trois ans. Je me suis rendu compte tout d'un coup qu'ils me considéraient comme leur chef. Il faut être prêt à prendre des responsabilités. » Même lorsqu'il a voulu retaper une maison en ruine, il a trimé jusqu'à l'épuisement. Ce qui le préoccupe, dit-il, c'est de ne plus *plaire* aux gens qu'il photographie.

C'est ma seconde découverte et, cette fois, c'est de la pure magie :

McCullin parle du moment fugitif où s'établit le rapport avec son sujet, l'instant du *« oui »*. Ce moment d'intimité sans faille, lorsque lui ou elle le voit, lui pardonne, au seuil de la mort, de la famine, d'un chagrin inconsolable, quand leur enfant gît mort sur le sol de l'entrée, tué par une bombe lors de l'attaque : c'est quand même *« oui »*. Oui, prenez-moi. Oui, prenez-nous. Oui, montrez au monde ma souffrance. Et je me souviens avoir lu ou entendu dire quelque part qu'on a vu parfois un mâle blessé s'écarter du troupeau et se retourner pour confronter celui qui va le tuer avec un *« oui »* d'acceptation. Cette révélation à elle seule est en tout cas une Trois Étoiles dans le Michelin : vaut le voyage.

La mort encore. Il a perdu un tas d'amis et il est fidèle à leur mémoire, mais il n'aime pas la foutaise. Il honore beaucoup les morts, et une raison pour laquelle il n'arrive à éprouver aucune sympathie pour les Vietnamiens, c'est qu'un jour où il était épuisé par les combats, il a vu un soldat vietnamien uriner près de la tête du cadavre de son camarade mort.

Mes premières questions sur la technique n'avaient mené nulle part, un peu parce que je n'en sais pas assez pour faire le malin, un peu parce qu'il tient à ce que je sache que la caméra est pour lui un prolongement inconscient, qu'il n'y pense pas. Mais je me rappelle maintenant avoir vu des photographes de guerre à Pnom Penh, en général de jeunes Cambodgiens à deux dollars la journée, avec leur appareil fixé par de l'albuplast à une souche ou à un pan de mur, si bien qu'au plus chaud de la bataille tout ce qu'ils avaient à faire c'était appuyer sur le déclic aussi longtemps qu'ils restaient en vie, ce qui constituait l'élément variable de l'opération. Est-ce que, demandais-je, on procède à chaque fois au réglage de l'appareil, dans toutes les situations ? Oui, absolument. C'est affirmé avec véhémence. Il n'a *jamais* pris une photo sans avoir d'abord consulté son pose-mètre.

Seigneur, me suis-je dit, en me rappelant certaines de ces photographies ! En pensant à Hué et à Khe Sanh et à l'offensive du Têt et à tous les autres impénétrables enfers où je ne suis pas allé, mais où tout ce que j'ai entendu raconter me dit qu'on n'a aucune envie de prendre la moindre mesure ; où la seule envie sérieuse qu'on avait, c'était de se protéger les couilles, et de prier pour rester vivant.

S'il doit mourir en prenant une photo, ce sera pour quelque chose qui en vaudra la peine, explique-t-il. Et j'ai l'impression qu'il se le doit, qu'il le doit à son destin, à son père, à son enfance, à la conscience qui, jour et nuit, semble frapper à sa porte, qu'il se doit de vivre sans ménagements et de bien mourir, en recherchant le meilleur. Car il y a une autre force qui l'entraîne, c'est pourquoi il parle de l'âge et de la retraite, et de faire d'autres choses. La peur de se relâcher dans sa quête de la perfection, de laisser choir son père.

A cet égard, me confie-t-il, la nourriture le préoccupe plus que la boisson. Un coup de cognac apaise la terreur qui monte plus vite que tout. Il les a tous essayés. Mais que faire si la nuit venait où il ne pourrait pas se coucher à même les rochers avec les maquisards afghans sans être obsédé par l'envie d'une bouchée de nourriture occidentale ? Pour parer à ces élans inconvenants, il a toujours avec lui du porridge pré-cuit : encore un aveu qui vaut trois étoiles dans le Michelin.

Nous avons visité maintenant sa chambre noire — il m'assure que je suis le premier à avoir eu cet honneur et je le crois — nous avons regardé les enfers de la guerre et certains des enfers de la paix — des évocations de sa propre enfance misérable pour laquelle, comme d'autres qui ont connu la même expérience estropiante, il brûle d'une nostalgie paradoxale, tout comme il a la nostalgie des tensions et des privations du champ de bataille où, aux dires de tous, il est tout à la fois sans pareil et modeste.

Il me raconte pour la troisième fois maintenant qu'il y a une partie de lui qui trouve bel et bien la guerre grisante, comme si j'en avais jamais douté, ou comme si je ne l'avais pas entendu dire, car voilà quelque temps que je pensais à cette phrase de Michael Herr dans *Putain de mort :* « Je crois que le Viêt-nam, c'est ce qui nous a tenu lieu d'enfances heureuses. » Et aussi la formule de Graham Greene, disant que l'enfance est le solde créditeur du romancier. Et encore aux jouets qu'il collectionnait dans la vitrine, aux vieux livres d'enfant provenant de l'enfance d'un autre et à une foule d'autres détails qu'il était encore un peu trop nerveux, trop lointain pour pouvoir supporter. Et je m'en voulais en secret d'avoir eu la mesquinerie de supposer, au début de notre conversation, que je pouvais comparer avec les siens mes chers malheurs d'enfance, parce que les siens sont cent, mille fois pires que les miens l'ont jamais été, même si, comme les miens, ils lui ont donné un but dans la vie, ils l'ont endurci.

Nous avons regardé quelques superbes photos de la campagne anglaise prises comme les rêves agités qu'il devait avoir dans les trous d'hommes lorsqu'il sommeillait auprès de jeunes Vietnamiens morts. Son fils rentre de l'école. Sa femme, belle et blonde, est revenue de la ville. C'est un soir de printemps anglais ensoleillé, et la jolie cuisine sans apprêt est le fruit de ses durs efforts. Tout d'un coup c'est pour moi l'heure de partir : je ne sais pas si j'en ai assez, mais c'est certainement le cas pour McCullin. Il y a des trains toutes les dix ou quinze minutes, il y en a un auquel il pensait pour moi, c'est du moins ce qu'il me dit, un train rapide : l'imperméable et le porte-documents prestement enfournés dans la Peugeot du tiers monde et il me conduit vite et bien jusqu'à la gare. « J'aime les départs qui ne traînent pas », m'explique-t-il et je m'abstiens de lui dire qu'il s'agit de mon départ et non pas du sien. « La prochaine fois il faudra que vous parliez davantage, me dit-il avec une résurgence de sa timidité. Ça donne un peu un cadre. » Oui, lui ai-je répondu, la prochaine fois j'aimerais suivre un curriculum vitæ avec des dates et des lieux.

Il y a deux trains, un rapide et un lent. Lorsque je me suis assuré qu'il est hors de vue, je me transporte dans celui qui est lent afin de me donner le temps d'écrire, car je tiens à développer les instantanés que j'ai de lui pendant que l'original est encore présent dans ma mémoire. Voilà longtemps — enfin, je l'espère — que je n'avais vu quelqu'un d'aussi content de me voir partir. Nous nous reverrons mardi, dans trois jours. Lundi, après l'en avoir prévenu, je me propose de parler aux gens avec qui il a travaillé. En attendant il a prononcé une phrase d'adieu qui m'obsède plus qu'aucune de celles qu'il a eu la prévenance de m'offrir pour que je puisse les citer. « Vous pourriez peut-être me dire où j'en suis », a-t-il dit peu avant que nous ayons pris congé, s'adressant à ce passager assis dans l'avion à la place à côté de lui. « Si ma vie est juste en train de commencer. Ou bien si elle est finie. »

Cela dit j'ai payé le prix de mon zèle : en changeant de train j'ai oublié mon imperméable, si bien qu'il a dû aller jusqu'à Liverpool Street sans moi.

Le lendemain matin, en relisant ce que j'avais écrit, j'ai eu la surprise de découvrir que ce n'était pas Don McCullin que j'avais trouvé un peu agaçant, mais moi-même. McCullin se présentait sans fard, mais à quel prix. Il transmettait les pires épreuves du monde, revenant de son pèlerinage sur le front de la souffrance humaine avec sa besace pleine d'horreurs pour épouvanter les gens installés dans leur confort, ceux qui ne voulaient pas voir et ceux qui ne savaient pas. Parfois, en visitant ces enfers, il avait su partager. Quand l'avais-je fait ? C'était moi, et non pas lui, qui m'étais montré évasif. C'était moi, et non pas lui, qui découvrais les moyens de fuir la brutalité de son expérience. Le sommeil de la nuit m'avait rappelé aussi comment je réagissais moi-même aux interviews : comment, voilà longtemps, j'avais dressé des défenses que seul aujourd'hui parvient à percer le trait égaré. Comment j'avais mis au point mes réponses toutes faites aux questions stupides que ne cessaient de me poser des gens plus stupides encore, toute une collection de phrases aimables et apparemment chargées d'aveux pour emplir leurs carnets. Pour ma propre protection.

Alors pourquoi me sentir dupé, maintenant que j'ai choisi pour une fois de jouer l'intervieweur, si McCullin me fait le même coup ? Il ne peut rien faire avec nonchalance, rien qui ne touche à l'énigme de l'existence. Dans un monde gris, désemparé, insaisissable et toujours prêt au compromis, il a l'aplomb de penser à la vie et à la mort et au but de l'existence.

H.D.S. Greenway a couvert les guerres du Viêt-nam et du Cambodge tout d'abord pour le magazine *Time*, puis pour le *Washington Post*. C'était un des correspondants de guerre les plus respectés et les plus intrépides et assurément un de ceux qui avait le plus de métier. Il a été décoré pour sa bravoure par les marines américains, en même temps qu'un autre journaliste, lorsqu'il a été blessé à la bataille de Hué. Il est aujourd'hui chroniqueur pour le *Boston Globe*. Je l'appelai le lundi.

« McCullin était vraiment à part parmi les photographes. Les Sean Flynn et autres du même genre faisaient trop d'esbrouffe pour lui, ils étaient trop flamboyants, trop inconfortables pour ce jeune Anglais d'origine ouvrière, puritain, timide, renfermé. Don prenait vraiment le taureau par les cornes, comme un grand matador. Dans l'horrible bataille de Hué en février 68, il y avait un poste avancé où une compagnie de marines avait subi beaucoup de pertes, et tout cela au milieu des ruines de ces murs datant du XVIIIe siècle. Bref on se demandait avec angoisse s'il pourrait y avoir du renfort avec toute cette canonnade, et ça n'a pas été possible. Plus tard le commandant de compagnie m'a demandé : "Vous connaissez McCullin ?" Oh, bien sûr que je le connais. "Eh bien, McCullin est monté là-haut et les a tirés de là tout seul." Le commandant n'aurait même pas envoyé un caporal. "Si McCullin était dans les marines je le recommanderais pour une Croix de la Marine", dit-il. C'est après la Médaille du Congrès la plus haute décoration pour un acte de bravoure... "Oh, et demandez-lui de vous raconter cette fois où il a reçu un shrapnel au Cambodge et où il était trop terrifié pour regarder dans son pantalon..." »

Plus tard, lorsque je suivis le conseil de Greenway, McCullin me raconta cette histoire :

Il avait le tympan d'une oreille éclaté, les deux jambes criblées d'éclats de mortier, qui sont brûlants quand ils touchent le corps. Il y avait du sang qui lui sortait de la braguette. Il a fini par rouler jusqu'au bord d'une rivière et par retirer son pantalon. Il avait une blessure à l'aine, mais Dieu merci pas à l'un de ces endroits où les hommes le redoutent le plus.

En attendant mardi, je revins à ses photographies et à ses confessions :

« Quand j'étais plus jeune j'ai fait ça pour devenir célèbre », raconte McCullin dans son introduction à *Homecoming*.

Et de son enfance il dit : « J'ai appris comment tomber la veste pour me battre avec les autres garçons. C'était la seule façon de se faire respecter par la meute. » Et de son enfance encore : « Tout le monde semblait m'avoir choisi pour me houspiller. »

Et de son père : « Ma terreur c'était de le voir mourir (d'asthme chronique). Ma force, c'était d'essayer de contribuer à ce qu'il survive. » La nuit, il volait du charbon. A maintes reprises, il tient à nous faire comprendre qu'il compatit avec ceux qui souffrent : « J'ai connu ça », écrit-il.

William Shawcross est un journaliste et l'auteur de ce livre salué par toute la critique, *Une tragédie sans importance*, qui raconte ce qui s'est passé en coulisses lors des bombardements du Cambodge :

« J'ai surtout connu Don lors de l'offensive de 1972 au Viêt-nam. C'était quelqu'un avec qui c'était effrayant de travailler tant il prenait des risques insensés. Peut-être qu'en tant que photographe il estimait qu'il le devait. Peut-être qu'en tant que journaliste j'aurais pu penser la même chose. Nous avons remonté ensemble un bout de la Route 13, et puis Don a continué. Pas moi. C'était terrifiant là où il allait, mais il continuait. Ce qu'il y avait de mieux chez lui, c'était sa douceur. La plupart d'entre nous, dans le tiers monde, nous nous sommes habitués à la pauvreté. Don, jamais. Nous étions en train de prendre le petit déjeuner au Royal à Saigon et il apercevait un gosse dans la rue, qui ne mendiait pas ni rien, et il prenait un petit pain et allait le lui porter. »

Toujours en attendant mardi :

Je crois que McCullin était épuisé par la paix avant de partir pour la guerre. Il est arrivé sur le champ de bataille avec des plaies ouvertes et depuis lors il a violemment refusé de les laisser cicatriser. C'est un être d'une incurable ardeur, sans aucune protection devant le monde auquel il s'est confié. Mais il est vrai que c'est son thème d'être sans protection. Sartre dans *La Chambre* montre une femme observant le délire de son mari et brûlant de l'envie de pénétrer dans l'univers secret qui est le sien, où elle aimerait dormir avec la porte à jamais fermée. L'image avait fasciné Camus, qui lui-même connaissait bien la souffrance humaine. Les morts et ceux qui le sont presque, comme les fous, sont libres, mais leur liberté ne leur sert à rien. Je pense que McCullin s'est suicidé bien des fois avec son appareil de photo, avec pour seul résultat, lorsqu'il a abaissé le viseur, de se découvrir une fois de plus sain et sauf et obligé de poursuivre « une vie normale ». Peut-être une part de ce qu'il appelle son « remords » est-elle son don d'être efficace dans un monde impossible à gouverner : de rester vivant au milieu des vivants. Vu sous cet angle, McCullin le photographe de guerre est après tout McCullin le photographe paysagiste. Il est la même sentinelle fantomatique qui hante les jardins où il voudrait vivre.

Il est possible — comme l'affirme Camus — « d'éprouver sans romantisme la nostalgie de la pauvreté perdue », alors peut-être est-ce possible aussi d'éprouver la nostalgie de la souffrance physique comme une forme de noblesse humaine dont notre bonne fortune trop souvent nous prive.

Pour la plupart des écrivains, et assurément pour la plupart des photographes, la réalité de la souffrance est incommunicable. Il y a plusieurs raisons à cela, qui tiennent pour la plupart à notre indolence et à notre lâcheté en tant que public. Nous restons assis dans nos fauteuils, comme des téléspectateurs regardant des séquences de bataille, nous avons tout un arsenal de mécanismes mentaux conçus pour nous épargner tout ce qui pourrait dépasser une participation fugitive, provisoire. Le photographe de guerre ou l'écrivain qui se mêle de « réalité » ne sont pas si différents. Eux aussi ont leurs mécanismes, leurs méthodes qui leur permettent de contempler de loin l'agonie des autres. Je pourrais même me demander si ce n'est pas la secrète déception du bourreau. Ils voient la douleur, ils l'infligent, ils s'efforcent avec diligence de l'accroître. Et pourtant, en coupant tous les courants de sympathie qu'ils possèdent, ils se privent des intuitions mêmes qui leur permettraient d'exceller dans leurs exécrables professions.

Mais McCullin a franchi ce pont. Il y a une part de moi qui préférerait regarder tout ce qu'on voudrait de bobines de batailles filmées par la télévision plutôt que d'être forcé de feuilleter les albums où McCullin dépeint la souffrance des hommes. Son refus de laisser intervenir la distance, son refus de couper court, d'accepter le moindre compromis dans les rapports entre lui-même et son sujet, la façon insistante, véhémente dont il nous crie « REGARDEZ ! » — tout cela nous dépouille de notre arsenal, de nos œillères, de notre complaisance, nous arrache à nos fauteuils. A la question que lui-même posait sur le but de tous ces efforts, Joseph Conrad répondait : « Vous faire entendre, vous faire sentir ; c'est avant tout pour vous faire *voir.* » Oui, voilà qui fera fort bien l'affaire pour McCullin.

Harold Evans est le rédacteur en chef du *Sunday Times* et par conséquent le patron de Don McCullin. Il a déjà écrit quelques lignes sur McCullin photographe dans son vademecum indispensable aux journalistes et rédacteurs en chef, *Pictures on a Page.* Je lui demandai son impression sur l'homme McCullin :

« Les photographies de Don McCullin témoignent sans ambages de son courage, mais dans la réalité il n'est jamais apparu de façon plus éloquente que quand Nicholas Tomalin a sauté avec sa voiture dans le no man's land entre les forces israéliennes et syriennes durant la guerre du Kippour. A peine avait-il entendu ce qui s'était passé que McCullin s'est précipité jusqu'à la voiture de Tomalin, sans tenir compte des avertissements des officiers israéliens, en plein dans une zone balayée par les balles et les roquettes. Ayant identifié le corps, il ramassa les lunettes de Tomalin et revint en courant jusqu'à ses collègues rejoindre un abri relatif. Comme beaucoup d'hommes braves, il était terrifié. Il avait la bouche totalement desséchée. Lorsqu'il est revenu, pendant plusieurs minutes il n'a pas pu parler. Pourtant au bout du compte, nous devons honorer sa vaillance, il nous faut apprécier aussi son extraordinaire talent pour la composition photographique. Bref, voilà ce que je veux dire. Arrangez ça comme vous voudrez. »

Il semblait tout d'un coup embarrassé, comme s'il avait le sentiment de s'être montré insensible alors que ce n'était pas le cas. J'ai essayé d'arranger ça comme il me le demandait, mais je n'arrivai à rien de mieux, alors je gardai sa formule dans sa maladresse : « Oui, il irait affronter un lion, mais regardez comment il compose ses photographies... »

Mardi est arrivé et s'en est allé comme McCullin. Mais la bataille entre nous était pratiquement terminée, il ne restait qu'un peu de nettoyage à faire. J'avais nourri le projet de découper sa vie en dates et en lieux, de montrer une progression réelle de l'homme qui pourrait utilement se refléter dans un arrangement chronologique des photographies. J'avais cru, un peu comme un policier, qu'en lui imposant un banal récit de faits, j'allais pouvoir découvrir sur lui un indice qu'inconsciemment il dissimulait. Au lieu de cela, nous allâmes faire un tour sur Hampstead Heath dans la vague de chaleur qui se poursuivait. Nous n'avions pas fait cinquante mètres qu'il poussa un petit cri consterné en désignant derrière nous un bout de terrain que nous venions de traverser. Un oisillon — sans doute un étourneau — pas plus gros qu'une boîte d'allumettes, était tombé de son nid et gisait mort, les ailes déployées sur le gravier. Est-ce que je l'avais vu ? demanda McCullin. Ma foi non, bon sang, c'est vrai, je ne l'avais pas vu.

Il part vendredi pour le Pakistan.

Mais il n'est pas parti. Comme bien des missions journalistiques, celle-ci fut abandonnée à la dernière minute pour des raisons auxquelles je ne prêtai pas tout à fait attention lorsqu'il me téléphona. Je voulais connaître son verdict. Oui, il avait lu mon texte. Non, il n'avait aucune objection à y faire, il l'aimait même bien, il allait consulter son chirurgien esthétique pour voir s'il ne pouvait pas modifier son aspect physique pour correspondre à la description que je faisais de lui. Juste quelques barres à mettre sur des « t », ce que nous fîmes. Et le reste ? demandais-je. Non, non, il aimait, non, il aimait. Il espérait seulement que des gens n'aillent pas croire qu'il manquât de sens de l'humour. Cela me démonta vraiment, mais pour m'acquitter de ma tâche, je vais essayer de l'expliquer. Oui, c'est vrai : Don McCullin a le sens de l'humour. Cela se manifeste par un rire pétillant, sans méfiance, chassant toute introspection, à mi-chemin de l'auto-pastiche.

Si je menais la vie qu'il a j'en aurais rudement besoin.

TABLE DES MATIÈRES

LES GENS DE SMILEY

UNE PETITE VILLE EN ALLEMAGNE

LA PETITE FILLE AU TAMBOUR

LE BOUT DU VOYAGE

DOCUMENTS

recueillis par Francis Lacassin

DANS LA MÊME COLLECTION

HISTOIRE ET ESSAIS

ANSERMET, Ernest
Les Fondements de la musique dans la conscience humaine et autres écrits *(1 volume)*

BENOIST-MÉCHIN, Jacques
Soixante jours qui ébranlèrent l'Occident (10 mai – 10 juillet 1940) *(1 volume)*
Histoire de l'armée allemande *(2 volumes)* : *Tome 1* : 1918-1937 – *Tome 2* : 1937-1939

BOORSTIN, Daniel
Les Découvreurs *(1 volume)*

CHALIAND, Gérard
Anthologie mondiale de la stratégie – De Sun Zi au nucléaire *(1 volume)*

COURRIÈRE, Yves *(2 volumes sous coffret)*
Tome 1 : La guerre d'Algérie (1954-1957) : Les Fils de la Toussaint – Le Temps des léopards – *Tome 2* : La guerre d'Algérie (1958-1962) : L'Heure des colonels – Les Feux du désespoir *(1 volume)*

FRAZER, James George
Le Rameau d'Or *(4 volumes)* : *Tome 1* : Le roi magicien dans la société primitive – Tabou ou les périls de l'âme – *Tome 2* : Le dieu qui meurt, Adonis, Atys et Osiris – *Tome 3* : Esprits des blés et des bois, Le bouc émissaire – *Tome 4* : Balder le Magnifique, Bibliographie générale

GABORY, Émile
Les Guerres de Vendée *(1 volume)*

GIBBON, Edward
Histoire du déclin et de la chute de l'Empire romain *(2 volumes)* : *Tome 1* : Rome (de 96 à 582) – *Tome 2* : Byzance (de 455 à 1 500)

LA RÉVOLUTION FRANÇAISE (1789-1799)
Histoire et dictionnaire par Jean Tulard, Jean-François Fayard, Alfred Fierro *(1 volume)*

LAVISSE, Ernest
Louis XIV. Histoire d'un grand règne (1643-1715) *(1 volume)*

LE MONDE ET SON HISTOIRE, collection dirigée par Maurice Meuleau
Le monde antique et les débuts du Moyen Age par Maurice Meuleau et Luce Pietri *(1 volume)*
La fin du Moyen Age et les débuts du monde moderne par Luce Pietri et Marc Venard *(1 volume)*
Les révolutions européennes et le partage du monde ; le monde contemporain de 1914 à 1938 par Louis Bergeron et Marcel Roncayolo *(1 volume)*
Le monde contemporain de la Seconde Guerre mondiale à nos jours par Marcel Roncayolo *(1 volume)*

MACAULAY, Thomas Babington
Histoire d'Angleterre depuis l'avènement de Jacques II (1685) jusqu'à la mort de Guillaume III (1702) *(2 volumes sous coffret)*

MARTIN, Jean-Pierre et BURNAND Yves
Histoire et dictionnaire de la Gaule romaine *(1 volume à paraître)*

MICHELET, Jules
Histoire de la Révolution française *(2 volumes sous coffret)*
Le Moyen Age *(1 volume)*
Renaissance et Réforme : Histoire de France au XVIe siècle *(1 volume)*

MOMMSEN, Theodor
Histoire romaine *(2 volumes)* : *Tome 1* : Des commencements de Rome jusqu'aux guerres civiles – *Tome 2* : La Monarchie militaire

NAPOLÉON A SAINTE-HÉLÈNE
Par les quatre Évangélistes : Las Cases, Gourgaud, Montholon, Bertrand. Textes préfacés, choisis et commentés par Jean Tulard *(1 volume)*

PILLORGET, René et Suzanne
Histoire et dictionnaire de la France classique (1594-1715) *(1 volume à paraître)*

RANKE, Léopold
Histoire de la Papauté pendant les seizième et dix-septième siècles *(1 volume)*

REVEL, Jean-François
Ni Marx ni Jésus – La tentation totalitaire – La grâce de l'état – Comment les démocraties finissent *(1 volume)*

RIASANOVSKY, Nicholas V.
Histoire de la Russie (des origines à 1984) *(1 volume)*

ROSTOVTSEFF, Michel
Histoire économique et sociale de l'Empire romain *(1 volume)*
Histoire économique et sociale du monde hellénistique *(1 volume)*

SAINTYVES, Pierre
Les contes de Perrault et les récits parallèles – En marge de la Légende dorée – Les reliques et les images légendaires *(1 volume)*

TAINE, Hippolyte
Les origines de la France contemporaine *(2 volumes)* : *Tome 1* : L'Ancien Régime – La Révolution ; *Tome 2* : La Révolution – Le Régime moderne

THOMAS, Hugh
La guerre d'Espagne (juillet 1936-mars 1939) *(1 volume)*

THUCYDIDE
Histoire de la guerre du Péloponnèse *(1 volume)*

TOCQUEVILLE, Alexis de
De la démocratie en Amérique – Souvenirs – L'Ancien Régime et la Révolution *(1 volume)*

TOLAND, John
Adolf Hitler *(1 volume)*

VIANSSON-PONTÉ, Pierre
Histoire de la République gaullienne (mai 1958-avril 1969) *(1 volume)*

WALLON, Henri
Histoire de l'esclavage dans l'Antiquité *(1 volume)*

WILSON, Arthur M.
Diderot – Sa vie et son œuvre *(1 volume)*

LITTÉRATURE

ALLAIS, Alphonse
Œuvres Anthumes : A se tordre – Vive la vie ! – Pas de bile ! – Le Parapluie de l'escouade – Rose et vert pomme – Deux et deux font cinq – On n'est pas

des bœufs – Le Bec en l'air – Amours, délices et orgues – Pour cause de fin de bail – Ne nous frappons pas – Le Captain Cap *(1 volume)*

Œuvres Posthumes, 1877-1900 : Le Tintamarre – L'Hydropathe – Le Chat Noir – Gil Blas – Le Journal *(1 volume)*

AVENTURES POUR TOUS LES TEMPS

Léon Cahun : La Bannière bleue – Edmond About : Le Roi des montagnes – Alfred Assolant : Aventures merveilleuses mais authentiques du capitaine Corcoran – Théophile Gautier : Le Capitaine Fracasse *(1 volume)*

BALZAC, Honoré de

Le Père Goriot – Les Illusions perdues – Splendeurs et misères des courtisanes *(1 volume)*

Lettres à Madame Hanska *(2 volumes sous coffret)* : *Tome 1* : 1832-1844 ; *Tome 2* : 1844-1850

BARBEY D'AUREVILLY, Jules

Une Vieille Maîtresse – Un prêtre marié – L'Ensorcelée – Les Diaboliques – Une page d'histoire *(1 volume)*

BARRÈS, MAURICE

Œuvres romanesques *(2 volumes sous coffret à paraître) Tome 1* : Le Culte du Moi – Du Sang, de la Volupté et de la Mort - Le Roman de l'énergie nationale ; *Tome 2* : Amori et dolori sacrum – Les Amitiés françaises – Les Bastions de l'Est – La Colline inspirée – Le Voyage à Sparte – Greco ou le Secret de Tolède – Un jardin sur l'Oronte – Le Mystère en pleine lumière

BOILEAU-NARCEJAC

Quarante ans de suspense *(5 volumes)* : *Tome 1* : L'ombre et la proie – Celle qui n'était plus – Les visages de l'ombre – L'ange gardien – D'entre les morts – Les louves – Le dernier mot – Le mauvais œil – Au bois dormant – Meurtre au ralenti – Les magiciennes – L'ingénieur aimait trop les chiffres – Le grand secret – Le retour – A cœur perdu

Tome 2 : Sylvestre à qui je dois la vie – Maléfices – Maldonne – Les victimes – 6 – 1 = 6 – Le mystère de Sutton Place – ... Et mon tout est un homme – Le Train bleu s'arrête treize fois... – Les apprenties détectives – La mort a dit : peut-être – Télé-crime – La bête noire – La porte du large – La clef.

Tome 3 : Delirium – L'île – Les veufs – Récital pour une blonde – Sans Atout et le cheval fantôme – Sans Atout contre l'homme à la dague – Trois indispensables alibis – Manigances – La vie en miettes – Trois nouvelles pour le Journal du Dimanche – Les pistolets de Sans Atout – Opération Primevère – Nouvelles 1973-74 – Frère Judas.

Tome 4 : L'Étrange Traversée – La Tenaille – Nouvelles 1975-76 – La Lèpre – Nouvelles 1977 – Les Apprenties détectives – L'Âge bête – Impunité – Carte Vermeil – Les Intouchables – Terminus – À une heure près – Box-office – Mamie – Un cas unique – Les Eaux dormantes – Dans la gueule du loup

Tome 5 : L'Invisible Agresseur – Les Énigmes littéraires de Boileau-Narcejac – La Dernière Cascade – Le Soupçon – Schuss – Une étrange disparition – L'As de pique – Mr. Hyde – Le cadavre fait le mort – Champs clos – La Brebis galeuse – Nouvelles pièces retrouvées – Tandem ou 35 ans de suspense

CARROLL, Lewis *(2 volumes sous coffret)*

Tome 1 : Les Aventures d'Alice sous terre – Les Aventures d'Alice au pays des merveilles – De l'autre côté du miroir et ce qu'Alice y trouva – Le Frelon à perruque – Alice racontée aux petits enfants – Autour du pays des merveilles – Lettres à ses amies-enfants – Visite d'Isa à Oxford – Visite de Maggie à Oxford – Jeux, casse-tête, inventions – Nuages matinaux – La Guida di bragia – Fantasmagorie et poésies diverses – Journaux

Tome 2 : La Chasse au Snark – Sylvie et Bruno – Tous les contes et nouvelles – Une histoire embrouillée – Le Magazine du presbytère – Le Parapluie du presbytère – Méli-Mélo – Logique sans peine – La Vie à Oxford – Essais et opinions

CESBRON, Gilbert

Notre prison est un royaume – Les saints vont en enfer – Chiens perdus sans collier – Il est plus tard que tu ne penses *(1 volume)*

COLETTE *(3 volumes sous coffret)*

Romans, récits, souvenirs (1900-1919), *Tome 1* : Claudine à l'école – Claudine à Paris – Claudine en ménage – Claudine s'en va – La Retraite sentimentale – Les Vrilles de la vigne – L'Ingénue libertine – La Vagabonde – L'Envers du music-hall – L'Entrave – La Paix chez les bêtes – Les Heures longues – Dans la foule – Mitsou

Romans, récits, souvenirs (1920-1940), *Tome 2* : Chéri – La Chambre éclairée – Le Voyage égoïste – La Maison de Claudine – Le Blé en herbe – La Femme cachée – Aventures quotidiennes – La Fin de Chéri – La Naissance du jour – La Seconde – Sido – Douze Dialogues de bêtes – Le Pur et l'Impur – Prisons et paradis – La Chatte – Duo – Mes apprentissages – Bella-Vista – Le Toutounier – Chambre d'hôtel

Romans, récits, souvenirs (1941-1949), critique dramatique (1934-1938), *Tome 3* : Journal à rebours – Julie de Carneilhan – De ma fenêtre – Le Képi – Trois...Six...Neuf... – Gigi – Belles saisons – L'Étoile Vesper – Pour un herbier – Le Fanal bleu – Autres bêtes – En pays connu – La Jumelle noire

COURTELINE, Georges

Théâtre, contes, romans, nouvelles, écrits divers et fragments retrouvés : Boubouroche – La Peur des coups – Un client sérieux – Hortense couche-toi ! – Monsieur Badin – Théodore cherche des allumettes – La Voiture versée – Les Boulingrin – Le gendarme est sans pitié – Le commissaire est bon enfant – L'Article 330 – Les Balances – La Paix chez soi – Mentons bleus – Le Miroir concave – Lieds de Montmartre – Dindes et grues – Les Miettes de la table – Scènes de la vie de bureau – Les Fourneaux – L'Ami des lois – Messieurs les ronds de cuir – Les Linottes – Le Train de 8 h 47 – Les Gaîtés de l'escadron – Philosophie – Pochades et chroniques – L'Affaire Champignon – Rimes – X..., roman impromptu *(1 volume)*

DICKENS, Charles

Les Grandes Espérances – Le Mystère d'Edwin Drood – Récits pour Noël *(1 volume)*

DOYLE, Conan

Sherlock Holmes *(2 volumes)* : *Tome 1* : Une étude en rouge – Le signe des quatre – Les aventures de Sherlock Holmes – Les mémoires de Sherlock Holmes – Le retour de Sherlock Holmes

Tome 2 : La vallée de la peur – Le chien des Baskerville – Les archives de Sherlock Holmes – Son dernier coup d'archet – Les exploits de Sherlock Holmes

Les Exploits du Pr Challenger et autres aventures étranges : Le Monde perdu – La Ceinture empoisonnée – La Machine à désintégrer – Quand la terre hurla – Au pays des brumes – Le Monde perdu sous la mer – Contes de terreur – Contes de crépuscule – Contes d'aventures – La Tragédie du « Korosko » – Contes de l'eau bleue – Contes de pirates *(1 volume)*

Le Brigadier Gérard : Les exploits du brigadier Gérard – L'Oncle Bernac – Les Aventures du brigadier Gérard – La Grande Ombre – Contes du camp – Les Réfugiés – Contes d'autrefois – Contes du ring – Contes de médecins – Contes de mystère *(1 volume)*

DUMAS, Alexandre

Les Trois Mousquetaires – Vingt ans après *(1 volume)*

Mes mémoires – Quid d'Alexandre Dumas *(2 volumes)*

Romans du XVIIIe siècle : Mémoires d'un médecin *(3 volumes)*

Tome 1 : Joseph Balsamo – *Tome 2* : Le Collier de la reine, Ange Pitou – *Tome 3* : La Comtesse de Charny – Le Chevalier de Maison-Rouge

FABRE, Jean-Henri

Souvenirs entomologiques, suivis d'un répertoire analytique *(2 volumes illustrés sous coffret)*

FLAUBERT, Gustave

Madame Bovary – L'Éducation sentimentale – Bouvard et Pécuchet suivi du Dictionnaire des idées reçues – Trois Contes *(1 volume)*

FLEMING, Ian

James Bond 007 *(2 volumes)* : *Tome 1* : Casino Royal – Vivre et laisser mourir – Entourloupe dans l'azimut – Les diamants sont éternels – Les contrebandiers du diamant – Bons baisers de Russie – Docteur No
Tome 2 : Goldfinger – Bons baisers de Paris – Opération tonnerre – Motel 007 ou l'espion qui m'aimait – Au service secret de Sa Majesté – On ne vit que deux fois – L'homme au pistolet d'or – Meilleurs vœux de la Jamaïque

FÉVAL, Paul

Les Habits Noirs *(2 volumes)* : *Tome 1* : Les Habits Noirs – Cœur d'acier – La rue de Jérusalem – L'arme invisible ; *Tome 2* : Maman Léo – L'avaleur de sabres – Les compagnons du trésor – La bande cadet

FONTANE, Theodor

Errements et tourments – Jours disparus – Frau Jenny Treibel – Effi Briest *(1 volume)*

GALLO, Max

La Baie des anges – Le Palais des fêtes – La Promenade des Anglais *(1 volume)*

GONCOURT, Edmond et Jules de

Journal. Mémoires de la vie littéraire, 1851-1896 *(3 volumes sous coffret)*

GREENE, Graham

La Puissance et la Gloire – Le Fond du problème – La Fin d'une liaison *(1 volume)*
Un Américain bien tranquille – Notre agent à la Havane – Le Facteur humain *(1 volume)*

HOUGRON, Jean

La Nuit indochinoise *(2 volumes)* : *Tome 1* : Tu récolteras la tempête – Soleil au ventre – Rage blanche – Mort en fraude ; *Tome 2* : Les Portes de l'aventure – Les Asiates – La Terre du barbare

ITALIES de Yves Hersant

Anthologie des voyageurs français aux XVIIIe et XIXe siècles *(1 volume)*

JAMES, Henry

Daisy Miller – Les Ailes de la Colombe – Les Ambassadeurs *(1 volume)*

KIPLING, Rudyard

Le livre de la jungle – Le second livre de la jungle – La première apparition de Mowgli – Kim – Simples contes des collines – Fantômes et prodiges de l'Inde – Capitaines courageux *(1 volume)*
Au hasard de la vie – Histoires en noir et blanc – Trois soldats – Le Nauhlaka – Sous les cèdres de l'Himalaya – Wee Willie Winkie – L'administration Smith – Le Rickshaw fantôme et autres contes étranges – Monseigneur l'éléphant *(1 volume)*
Puck, lutin de la colline – Le retour de Puck – La lumière qui s'éteint – Histoires comme ça – Ce chien, ton serviteur – Stalky et Cie – L'histoire des Gadsby – Les yeux de l'Asie – Souvenirs – Un peu de moi-même – Histoire des mers violettes *(1 volume)*

LA BIBLE *(1 volume sous coffret)*

LA LÉGENDE ARTHURIENNE

Le Graal et la Table Ronde. Récits du XIIe au XVe siècle : Perceval le Gallois, par Chrétien de Troyes – Perlesvaus – Merlin et Arthur – Le Chevalier à l'épée – L'Atre périlleux – Hunbaut – La Demoiselle à la mule – Le Livre de

Caradoc – Gliglois – Méraugis de Portlesguez, par Raoul de Houdenc – Le Roman de Jaufré – Blandin de Cornouaille – Les Merveilles de Rigomer – Méliador, par Jean Froissart – Le Chevalier au Papegau *(1 volume)*

LEBLANC, Maurice

Arsène Lupin *(5 volumes)* : *Tome 1* : La comtesse de Cagliostro – Arsène Lupin, gentleman cambrioleur – Les confidences d'Arsène Lupin – Le retour d'Arsène Lupin – Arsène Lupin – Le bouchon de cristal – Arsène Lupin contre Herlock Sholmès – L'aiguille creuse

Tome 2 : La demoiselle aux yeux verts – Les huit coups de l'horloge – « 813 » – L'éclat d'obus – Le triangle d'or – L'île aux trente cercueils

Tome 3 : Les dents du tigre – L'homme à la peau de bique – L'agence Barnett et Cie – Le cabochon d'émeraude – La demeure mystérieuse – La barre-y-va – La femme aux deux sourires – Victor de la brigade mondaine – La Cagliostro se venge

Tome 4 : Boileau-Narcejac : Le secret d'Eunerville – La poudrière – Le second visage d'Arsène Lupin – La justice d'Arsène Lupin – Le serment d'Arsène Lupin – L'affaire Oliveira. Maurice Leblanc : Dorothée danseuse de corde – Le prince de Jéricho – Les milliards d'Arsène Lupin. Valérie Catogan : Le secret des rois de France

Tome 5 : Les rivaux d'Arsène Lupin : La dent d'Hercule Petitgris – De minuit à sept heures – La vie extravagante de Balthazar – Le chapelet rouge – Le cercle rouge – La frontière – La forêt des aventures – Le formidable événement – Les trois yeux – Un gentleman

LE CARRÉ, John

La Taupe – Comme un collégien – Les Gens de Smiley *(1 volume)*

LE ROUGE, Gustave

Le mystérieux Docteur Cornélius – Le prisonnier de la planète Mars – La guerre des vampires – L'espionne du grand Lama – Cinq nouvelles retrouvées – Les poèmes du Docteur Cornélius *(1 volume)*

LEROUX, Gaston

Le Fantôme de l'Opéra – La Reine du sabbat – Les Ténébreuses – La Mansarde en Or *(1 volume)*

Les aventures extraordinaires de Rouletabille, reporter *(2 volumes)* : *Tome 1* : Le Mystère de la chambre jaune – Le Parfum de la dame en noir – Rouletabille chez le tsar – Le château noir – Les étranges noces de Rouletabille

Tome 2 : Rouletabille chez Krupp – Le Crime de Rouletabille – Rouletabille chez les bohémiens, suivis de : La Double vie de Théophraste Longuet – Balaoo – Les Fils de Balaoo

Chéri-Bibi : Les Cages flottantes – Chéri-Bibi et Cécily – Palas et Chéri-Bibi – Fatalitas ! – Le Coup d'état de Chéri-Bibi – Les Mohicans de Babel *(1 volume)*

LES ÉVADÉS DES TÉNÈBRES

Ann Radcliffe : Les Mystères du château d'Udolphe – Mary W. Shelley : Frankenstein ou le Prométhée moderne – Joseph Sheridan Le Fanu : Carmilla – Bram Stocker : Dracula – Gustav Meyrink : Le Golem *(1 volume)*

LES MILLE ET UNE NUITS

Dans la traduction du Dr J.-C. Mardrus *(2 volumes sous coffret)*

LE VOYAGE EN ORIENT de Jean-Claude Berchet

Anthologie des voyageurs français dans le Levant au XIXe siècle *(1 volume)*

LE VOYAGE EN RUSSIE de Claude de Grève

Anthologie des voyageurs français en Russie au XVIIIe et au XIXe siècle *(1 volume)*

LONDON, Jack

Romans, récits et nouvelles du Grand Nord : L'Appel de la forêt – Le Fils du loup – Croc-Blanc – Construire un feu – Histoires du pays de l'or – Les

Enfants du froid – La Fin de Morganson – Souvenirs et aventures du pays de l'or – Radieuse Aurore *(1 volume)*
Romans maritimes et exotiques : Le Loup des mers – Histoires des îles – L'Ile des lépreux – Jerry, chien des îles – Contes des mers du Sud – Fils du soleil – Histoires de la mer – Les Mutinés de l'« Elseneur » *(1 volume)*
Du possible à l'impossible : Michael, chien de cirque – Trois Cœurs – Le Vagabond des étoiles – Le Bureau des assassinats – Le Dieu tombé du ciel – Histoires des siècles futurs – Avant Adam *(1 volume)*
Romans et récits autobiographiques : Martin Eden – Les Pirates de San Francisco – La Croisière du Dazzler – Les Vagabonds du rail – Le Peuple de l'abîme – La Croisière du Snark – Le Mexique puni – Le Cabaret de la dernière chance *(1 volume)*
Aventures des neiges et d'ailleurs : Belliou la Fumée – L'Amour de la vie – En pays lointain – Fille des neiges – L'Aventureuse – Cherry ou Les Yeux de l'Asie – La Petite Dame de la grande maison *(1 volume)*
Épisodes de la lutte quotidienne : Le Talon de fer – Les Temps maudits – Le Jeu du ring – La Brute des cavernes – La Vallée de la lune – Avec vous pour la révolution *(1 volume)*

LOTI, Pierre
Voyages : L'Ile de Pâques – Japoneries d'automne – Au Maroc – Le Désert – Jérusalem – La Galilée – L'Inde (sans les Anglais) – Les Pagodes d'or – En passant à Mascate – Vers Ispahan – Les Derniers Jours de Pékin – Un pèlerin d'Angkor – La Mort de Philae – Suprêmes visions d'Orient *(1 volume à paraître)*

MALET, Léo *(5 volumes)*
Tome 1 : Les enquêtes de Nestor Burma et les nouveaux mystères de Paris, 120, rue de la Gare – Nestor Burma contre C.Q.F.D. – Le Cinquième Procédé – Faux-Frère – Pas de veine avec le pendu – Poste restante – Le Soleil se lève derrière le Louvre – Des kilomètres de linceuls – Fièvre au marais – La Nuit de Saint-Germain-des-Prés – Les Rats de Montsouris – M'as-tu vu en cadavre ?
Tome 2 : Les enquêtes de Nestor Burma et les nouveaux mystères de Paris, Corrida aux Champs Élysées – Pas de bavards à la Muette – Brouillard au pont de Tolbiac – Les eaux troubles de Javel – Boulevard... ossements – Casse-pipe à la Nation – Micmac moche au Boul'Mich – Du Rébecca rue des Rosiers – L'envahissant cadavre de la plaine Monceau
Tome 3 : Dernières enquêtes de Nestor Burma, L'homme au sang bleu – Nestor Burma et le monstre – Gros plan du macchabée – Hélène en danger – Les paletots sans manches – Nestor Burma en direct – Nestor Burma revient au bercail – Drôle d'épreuve pour Nestor Burma – Un croque-mort nommé Nestor – Nestor Burma dans l'île – Nestor Burma court la poupée
Tome 4 : Les confrères de Nestor Burma, *tome 4* : Johnny Metal – Aux mains des réducteurs de têtes – Miss Chandler est en danger – Le dé de jade – Affaire double – Le gang mystérieux – La mort de Jim Licking – L'ombre du grand mur – L'enveloppe bleue – Erreur de destinataire – Derrière l'usine à gaz – L'auberge de banlieue – Le dernier train d'Austerlitz – La cinquième empreinte – Recherché pour meurtre – Cité interdite – Mort au bowling – Énigme aux Folies-Bergère – Abattoir ensoleillé
Tome 5 : Romans, nouvelles et poèmes, La vie est dégueulasse – Le soleil n'est pas pour nous – Sueur aux tripes – « Contes doux » – La forêt aux pendus – La louve du Bas-Graoul – Le diamant du Huguenot – Un héros en guenilles – Le capitaine Cœur-en-Berne – Gérard Vindex gentilhomme de fortune – La sœur du flibustier – L'évasion du masque de fer – Le voilier tragique – Vengeance à Ciudad-Juarez – Vacances sous le pavillon noir – Contes et nouvelles divers – Poèmes – Pièces radiophoniques et téléfilm

MAUPASSANT, Guy de *(2 volumes sous coffret)*
Tome 1 : Quid de Guy de Maupassant – Contes divers 1875-1880 – La Maison Tellier – Contes divers 1881 – Mademoiselle Fifi – Contes divers 1882 – Contes de la bécasse – Clair de lune – Contes divers 1883 – Une vie – Miss Harriet – Les Sœurs Rondoli

Tome 2 : Yvette – Contes divers 1884 – Contes du jour et de la nuit – Bel-Ami – Contes divers 1885 – Toine – Monsieur Parent – La Petite Roque – Contes divers 1886 – Le Horla – Contes divers 1887 – Le Rosier de madame Husson – La Main gauche – Contes divers 1889 – L'Inutile Beauté

MONTAIGNE
Essais – Journal de voyage – Lettres *(1 volume à paraître)*

POE, Edgar Allan
Contes, essais, poèmes *(1 volume)*

PROUST, Marcel
A la recherche du temps perdu, *(3 volumes sous coffret)* : *Tome 1* : Quid de Marcel Proust – Du côté de chez Swann – A l'ombre des jeunes filles en fleurs – *Tome 2* : Le côté de Guermantes – Sodome et Gomorrhe – *Tome 3* : La prisonnière – La fugitive – Le temps retrouvé

RENAN, Ernest
Histoire et parole : Œuvres diverses *(1 volume)*

RENARD, Jules
Journal (1887-1910) *(1 volume)*

RENARD, Maurice
Romans et contes fantastiques : Fantômes et fantoches – Le Docteur Lerne, sous-dieu – Le Péril bleu – M. d'Outremort – Les Mains d'Orlac – L'Homme truqué – Un homme chez les microbes – Le Professeur Krantz – Le Maître de la lumière – Contes des « Mille et Un Matins » *(1 volume)*

RESTIF DE LA BRETONNE et SÉBASTIEN MERCIER
Les Nuits de Paris – Tableau de Paris *(1 volume)*

RIDER HAGGARD, Henry
Elle qui doit être obéie : Elle ou la Source du feu – Le Retour d'Elle – La Fille de la sagesse – Les Mines du roi Salomon – Elle et Allan Quatermain *(1 volume)*

ROMAINS, Jules
Les hommes de bonne volonté *(4 volumes sous coffret)* : *volume I* : 1. Le 6 octobre – 2. Crime de Quinette – 3. Les amours enfantines – 4. Éros de Paris – 5. Les superbes – 6. Les humbles – 7. Recherche d'une église – *volume II* : 8. Province – 9. Montée des périls – 10. Les pouvoirs – 11. Recours à l'abîme – 12. Les créateurs – 13. Mission à Rome – 14. Le drapeau noir – *volume III* : 15. Prélude à Verdun – 16. Verdun – 17. Vorge contre Quinette – 18. La douceur de la vie – 19. Cette grande lueur à l'Est – 20. Le monde est ton aventure – 21. Journées dans la montagne – *volume IV* : 22. Les travaux et les joies – 23. Naissance de la bande – 24. Comparutions – 25. Le tapis magique – 26. Françoise – 27. Le 7 octobre

ROMANS TERRIFIANTS
Horace Walpole : Le Château d'Otrante – Ann Radcliffe : L'Italien ou le Confessionnal des Pénitents Noirs – Matthew Gregory Lewis : Le Moine – Ernst Theodor Amadeus Hoffmann : Les Élixirs du Diable – Charles Robert Maturin : Melmoth ou l'Homme errant *(1 volume)*

ROSNY AÎNÉ, J.-H.
Vamireh – Eyrimah – La guerre du feu – Le félin géant – Helgvor du fleuve bleu – Elem d'Asie – Nomaï – Les Xipéhuz – La grande énigme – Les hommes sangliers *(1 volume)*

SCOTT, Walter
Waverley – Rob-Roy – La Fiancée de Lammermoor *(1 volume)*

SÉGUR, Comtesse de *(3 volumes sous coffret)*
Tome 1 : Lettres à son éditeur – Nouveaux contes de fées – Les Petites Filles modèles – Les Malheurs de Sophie – Les Vacances – Mémoires d'un âne – Pauvre Blaise – *Tome 2* : La Sœur de Gribouille – Les Bons Enfants – Les Deux Nigauds – L'Auberge de l'Ange gardien – François le bossu – Comédies et proverbes – Un bon petit diable – *Tome 3* : Jean qui grogne et Jean qui rit – La Fortune de Gaspard – Quel amour d'enfant ! – Le Mauvais Génie – Diloy le chemineau – Après la pluie le beau temps – La Santé des enfants

SOUVESTRE, Pierre et ALLAIN, Marcel
Fantômas *(3 volumes)* : *Tome 1 :* Le train perdu – Les amours d'un prince – Le bouquet tragique – Le jockey masqué – *Tome 2* : Le cercueil vide – Le faiseur de reines – Le cadavre géant – Le voleur d'or – *Tome 3* : La Série rouge – L'Hôtel du crime – La Cravate de chanvre – La Fin de Fantômas – Dictionnaire des personnages de Fantômas

STEVENSON, Robert Louis
L'Ile au trésor – Le Maître de Ballantrae – Enlevé ! – Catriona – Veillées des îles – Un mort encombrant – L'étrange cas du Dr. Jekyll et de Mr. Hyde *(1 volume)*

SUE, Eugène
Le Juif errant *(1 volume)*
Les Mystères de Paris *(1 volume)*

TWAIN, Mark
Les Aventures de Tom Sawyer – Les Aventures de Huckleberry Finn, l'ami de Tom Sawyer – Tom Sawyer à travers le monde – Tom Sawyer détective – Le Prince et le Pauvre – Un Yankee à la cour du roi Arthur – Wilson Tête-de-Mou – Les Jumeaux extraordinaires *(1 volume)*

VOYAGES AU PAYS DE NULLE PART
Lucien de Samosate : Histoire véritable d'un voyage à la lune – Benoît : Navigation de saint Brendan à la recherche du Paradis – H. de Saltray : Le Purgatoire de Saint-Patrick – Anonyme : La Vision d'Albéric – Thomas Morus : L'Utopie – Tommaso Campanella : La Cité du soleil ou idée d'une République philosophique – Savinien Cyrano de Bergerac : L'Autre Monde : les États et Empires de la Lune et du Soleil – John Bunyan : Voyage du pélerin, de ce monde à celui qui doit venir – Jonathan Swift : Voyages de Gulliver dans des contrées lointaines – Charles-François Tiphaigne de La Roche : Giphantie – Anonyme : Le Passage du pôle arctique au pôle antarctique – Restif de La Bretonne : La découverte australe par un homme-volant ou le dédale français *(1 volume)*

ZÉVACO, Michel *(3 volumes)*
Tome 1 : Les Pardaillan – L'Épopée d'amour – La Fausta – *Tome 2* : La Fausta (suite) – Fausta vaincue – Pardaillan et Fausta – Les Amours du Chico – *Tome 3* : Le Fils de Pardaillan – La Fin de Pardaillan – La Fin de Fausta

ZINOVIEV Alexandre
Les Hauteurs béantes – L'Avenir radieux – Notes d'un veilleur de nuit *(1 volume)*

POÉSIE

BAUDELAIRE, Charles
Œuvres complètes *(1 volume)*

UNE ANTHOLOGIE DE LA POÉSIE FRANÇAISE de Jean-François Revel *(1 volume)*

RIMBAUD – CHARLES CROS – TRISTAN CORBIÈRE – LAUTRÉAMONT
Œuvres complètes *(1 volume)*

TOULET, Paul-Jean
Œuvres complètes *(1 volume)*

VICTOR HUGO : ŒUVRES COMPLÈTES

ROMAN I
Han d'Islande – Bug-Jargal – Le Dernier jour d'un condamné – Notre-Dame de Paris – Claude Gueux *(1 volume)*

ROMAN II
Les Misérables *(1 volume)*

ROMAN III
L'Archipel de la Manche – Les Travailleurs de la mer – L'Homme qui rit – Quatre-vingt-treize *(1 volume)*

POÉSIE I
Premières Publications – Odes et Ballades – Les Orientales – Les Feuilles d'automne – Les Chants du crépuscule – Les Voix intérieures – Les Rayons et les Ombres *(1 volume)*

POÉSIE II
Châtiments – Les Contemplations – La Légende des siècles, première série – Les Chansons des rues et des bois – La Voix de Guernesey *(1 volume)*

POÉSIE III
L'Année terrible – La Légende des siècles, nouvelle série – La Légende des siècles, dernière série – L'Art d'être grand-père – Le Pape – La Pitié suprême – Religions et Religion – L'Ane – Les Quatre Vents de l'esprit *(1 volume)*

POÉSIE IV
La Fin de Satan – Dieu – Le Verso de la page – Toute la Lyre – Les Années funestes – Dernière Gerbe *(1 volume)*

THÉÂTRE I
Cromwell – Amy Robsart – Hernani – Marion de Lorme – Le Roi s'amuse – Lucrèce Borgia – Marie Tudor – Angelo, tyran de Padoue – La Esmeralda *(1 volume)*

THÉÂTRE II
Ruy Blas – Les Burgraves – Torquemada – Théâtre en liberté – Les Jumeaux – Mille francs de récompense – L'Intervention *(1 volume)*

POLITIQUE
Paris – Mes Fils – Actes et Paroles I – Actes et Paroles II – Actes et Paroles III – Actes et Paroles IV – Testament littéraire – Préface à l'édition *ne varietur* *(1 volume)*

CRITIQUE
La Préface de Cromwell – Littérature et philosophie mêlées – William Shakespeare – Proses philosophiques des années 60-66 *(1 volume)*

HISTOIRE
Napoléon le Petit – Histoire d'un crime – Choses vues *(1 volume)*

VOYAGES
Le Rhin – Fragment d'un voyage aux Alpes – France et Belgique – Alpes et Pyrénées – Voyages et excursions – Carnets 1870-1871 *(1 volume)*

CHANTIERS
Notre-Dame de Paris – Châtiments – La Fin de Satan (fragment) – Dieu (fragment) – Le Dossier des Misérables – Autour des chansons des rues et des bois – Fragments critiques – Fragments dramatiques *(1 volume)*

OCÉAN

Océan prose – Philosophie prose – Faits et croyances – Moi, l'amour, la femme – Philosophie vers – Plans et projets *(1 volume)*

INDEX GÉNÉRAL *(à paraître)*

CORRESPONDANCE

Familiale et écrits intimes : I. 1802-1828 *(1 volume)*
Familiale et écrits intimes : II. 1828-1839 *(1 volume)*

OUVRAGES DE RÉFÉRENCE

ATLAS *(4 volumes sous étui)*

Histoire ancienne *(1 volume)*. Histoire du Moyen Âge *(1 volume)*. Histoire moderne *(1 volume)*. Histoire des XIXe et XXe siècles *(1 volume)*

DICTIONNAIRE DE LA BIBLE de André-Marie Gérard *(1 volume)*

DICTIONNAIRE DE LA CIVILISATION INDIENNE de Louis Frédéric *(1 volume)*

DICTIONNAIRE DE L'ARCHÉOLOGIE de Guy Rachet *(1 volume)*

DICTIONNAIRE DE LA SAGESSE ORIENTALE

Bouddhisme, hindouisme, taoisme, zen *(1 volume)*

DICTIONNAIRE DES AUTEURS *(4 volumes sous coffret)*

DICTIONNAIRE DES DISQUES ET DES COMPACTS (Guide critique de la musique classique enregistrée) par l'équipe rédactionnelle et technique de la revue *Diapason* *(1 volume)*

DICTIONNAIRE DES INTERPRÈTES (et de l'interprétation musicale au XXe siècle) de Alain Pâris *(1 volume)*

DICTIONNAIRE DES ŒUVRES *(7 volumes sous coffret)*

DICTIONNAIRE DES PERSONNAGES (de tous les temps et de tous les pays) *(1 volume)*

DICTIONNAIRE DES SYMBOLES de Jean Chevalier et Alain Gheerbrant *(1 volume)*

DICTIONNAIRE DU CINÉMA *(4 volumes)*

Tome 1 : Les réalisateurs de Jean Tulard – *Tome 2* : Les scénaristes, les producteurs, les acteurs, les techniciens de Jean Tulard – *Tome 3* et *Tome 4* : Les films de Jean Tulard *(2 volumes sous coffret)*

DICTIONNAIRE DU COMPORTEMENT ANIMAL par l'Université d'Oxford sous la direction de David McFarland *(1 volume)*

DICTIONNAIRE DU JAZZ de Philippe Carles, André Clergeat, Jean-Louis Comolli *(1 volume)*

DICTIONNAIRE ENCYCLOPÉDIQUE DE LA MUSIQUE par l'Université d'Oxford sous la direction de Denis Arnold *(2 volumes sous coffret)*

HISTOIRE UNIVERSELLE DES CHIFFRES de Georges Ifrah *(1 volume à paraître)*

L'ÉSOTÉRISME de Pierre Riffard

Qu'est-ce que l'ésotérisme ? – Anthologie occidentale *(1 volume)*

L'IMPRESSIONNISME ET SON ÉPOQUE (Dictionnaire international) de Sophie Monneret *(2 volumes sous coffret)*

MOZART (Sa vie musicale et son œuvre) de T. de Wyzewa et G. de Saint-Foix *(2 volumes)*

Tome 1 : 1756-1777 : L'enfant prodige – le jeune maître
Tome 2 : 1777-1791 : Le grand voyage – l'épanouissement – les dernières années

TOUT L'OPÉRA de Gustave Kobbé *(1 volume)*

UNE HISTOIRE DE LA MUSIQUE de Lucien Rebatet *(1 volume)*

OUVRAGES PRATIQUES

CUISINE SANS SOUCI de Rose Montigny *(1 volume)*

DE LA TÊTE AUX PIEDS
Toute la chirurgie, rien que la vérité, par le Pr Herbert Lippert *(1 volume)*

DICTIONNAIRE DE L'ALIMENTATION de John Yudkin *(1 volume)*

DICTIONNAIRE DES MÉDICAMENTS (Tout ce qu'il faut savoir sur les 4 200 médicaments français) du Dr Jean Thuillier *(1 volume)*

ENCYCLOPÉDIE DES VINS ET DES ALCOOLS de Alexis Lichine *(1 volume)*

GASTRONOMIE des cardiaques, des diabétiques, des « hépatiques » et colopathes, de la femme enceinte et qui allaite, des enfants bien portants, des enfants malades, par Catherine Descargues *(1 volume)*

GUIDE MONDIAL DU CONNAISSEUR DE VINS de Huhg Johnson *(1 volume à paraître)*

RÉUSSIR VOTRE CUISINE de Martine Jolly *(1 volume)*

SYMPTÔMES ET MALADIES (Encyclopédie médicale de la famille ; les règles d'or pour vivre plus longtemps et rester toute sa vie en bonne santé) de Sigmund S. Miller, assisté de 20 spécialistes *(1 volume)*

VOTRE ENFANT (Guide à l'usage des parents) par le Dr Lyonel Rossant avec la collaboration du Dr Jacqueline Rossant-Lumbrosco *(1 volume)*

Dans le tome I

INTRODUCTION

L'APPEL DU MORT
CHANDELLES NOIRES
L'ESPION QUI VENAIT DU FROID
LE MIROIR AUX ESPIONS
LA TAUPE
COMME UN COLLÉGIEN

Dans le tome III

UN AMANT NAÏF ET SENTIMENTAL
UN PUR ESPION
LA MAISON RUSSIE

DOCUMENTS
BIBLIOGRAPHIE
FILMOGRAPHIE

DÉPÔT LÉGAL : MARS 1991

Nº ÉDITEUR : S 1114

ACHEVÉ D'IMPRIMER POUR
LES ÉDITIONS ROBERT LAFFONT
SUR LES PRESSES DE
BPCC HAZELL BOOKS
AYLESBURY (GRANDE-BRETAGNE)
Printed in Great Britain